商務
成語大詞典

商務
成語大詞典

商務印書館

商務成語大詞典

主　　編：商務印書館編輯部
編　　著：(按姓氏筆畫排列)
王土然　王　濤　田國忠　沈綠茵　阮智富
陳福疇　董福光　盧潤祥　羅黛娃
策　　劃：王　濤　毛永波
責任編輯：謝江艷　楊克惠
出　　版：商務印書館（香港）有限公司
香港筲箕灣耀興道 3 號東滙廣場 8 樓
http://www.commercialpress.com.hk
發　　行：香港聯合書刊物流有限公司
香港新界荃灣德士古道 220-248 號荃灣工業中心 16 樓
印　　刷：中華商務彩色印刷有限公司
香港新界大埔汀麗路 36 號中華商務印刷大廈 14 字樓
版　　次：2022 年 6 月第 4 次印刷

ISBN 978 962 07 0292 1

Printed in Hong Kong

目 錄

凡 例

一、收詞

1. 本詞典收錄成語約一萬二千條，現代漢語常用的成語和書面語常見的成語大都收錄在內，是一本收詞範圍廣泛的詞典。

2. 成語並不全自古代傳承下來，現代漢語也不斷產生新的成語。本詞典收入了較多他書未收的現代口頭常用成語，即產生於現代社會的成語，例如"一走了之"、"一生一世"、"缺吃少穿"、"逸聞趣事"、"趁火搶劫"等等。

二、釋義

1. 成語的意義包括字面義、引申義、比喻義和轉用義等，用在不同的語言環境中，又會產生不同的語用義，帶有不同的褒貶色彩。本詞典一般先解釋字面意義，再解釋字面以外的意義。

2. 解釋詞義，兼顧所收成語古代意義和現時常用意義，古今意思不同的，分別舉例説明。例證與意義對應明確。

3. 成語中如有難字、生僻字或古今意義差別比較大的字，不加解釋，會影響理解，則先行解釋難字。

4. 成語詞典釋義要做到明白、準確、易懂，是困難的事，解釋不易做到一語破的，常似是而非。本書力求釋深、釋透，切中核心。因此，要結合例證把詞義脈絡梳理清晰。如：

   【大相徑（逕）庭】dà xiāng jìng tíng 原指從門外的小路到門內的庭院還有一大段距離。《莊子•逍遙遊》："吾驚怖其言，猶河漢而無極也；大有徑庭，不近人情焉。"後以"大相徑庭"比喻相差很遠，大不相同。明代何良俊《四友齋叢説•詩》："諸人之詩，雖則尖新太露圭角，乏渾厚之氣，然能鋪寫情景，不專事綺繢，其與但為風雲月露之形者大相徑庭。"朱自清《歷史在戰鬥中》："經過自己的切實的思索，鑄造自己的嚴密的語言，便跟機械的公式化的説教大相徑庭。"

5. 部分成語含義比較複雜，出處眾説紛紜，本書將不同的意思，用❶、❷、❸、❹分列出來，並分列例證，這樣意義清楚，便於讀者理解、記憶與運用。

三、書證和引例

1. 成語古代書證出處一般摘引原文，註明時代、作者、書篇名和引文。現代例句多取自名家著作。為求簡練，部分例句由編者編撰。如取自名家者，列作者名、書篇名和引文，如屬自造例，句前用"◇"分隔標明。

2. 書證列朝代、作者和書篇名者，以清代為限，清代之後的書證只列作者和書篇名。坊間熟悉的書，不再標明年代和作者名，如四大名著、明清一些有名的小說，比如《二十年目睹之怪現狀》《兒女英雄傳》、三言兩拍等。

3. 成語源頭與用例大部分源自古代，書證和引文難以脫離古文，但今人多不熟悉古文，為讓讀者容易明白成語的意義與應用，本詞典注重引用現代白話文的例證，所引例證盡可能古今參半，古今並重。

四、條目和編排

1. 本詞典條目內容依次為：詞目、漢語拼音、釋義、出處、古代書證和現代例句。因條目內容不同，上列各項不一定條條齊備，或有闕如，內容項多寡不一，視乎具體情況而定。

2. 多數條目最後還附有同義詞、反義詞等內容，以增廣對成語的學習和理解。如：

   【排斥異己】…… 同 排除異己、黨同伐異。反 求同存異、大度包容。

3. 同一成語條目，有異體字者，通行非通行者同列條目內，如【磨礪（厲）以須】、【積重難返（反）】等，不另立條目。這些條目用字多擇較通行者放在括號之外，較生僻者放在括號內。

4. 詞條編排以條目首字的部首為序，同部首者以筆畫多少為序，筆畫相同則以起筆筆形（橫、豎、撇、點、折）為序，筆形相同則以第二字筆形計，依次類推。

5. 本詞典正文前，另備有按照成語首字筆畫數多少順序排列的索引表，供查檢使用。

五、關聯條目

意義相同，詞形近似或詞語順序有異的條目，分作正條和附條，分別單列條目。正條條目後有解釋，同時以“也作‘某某’”表示跟附條關係。附條後不具釋義，以“見‘某某’”，表示跟正條的關係。附條的書證見於正條中。如：

【窮則思變】…… 也作“窮極思變”。清代王又僕《易翼述信》卷十：“窮極思變亦不過就爻論爻，至於全卦正以上下四剛爻包裹二柔在內，無些子滲漏，是虛得而剛能固之。”

【窮極思變】…… 見“窮則思變”。

【童顏鶴髮】…… 也作“鶴髮童顏”。唐代田穎《夢遊羅浮》詩：“自言非神亦非仙，鶴髮童顏古無比。”

【鶴髮童顏】…… 見“童顏鶴髮”。

使 用 説 明

詞目　漢語拼音　難字解釋

【堂而皇之】táng ér huáng zhī 堂：古代宮室的前廳；皇：古代沒有四壁的宮室；堂皇：堂隍，官署的大堂。❶形容端正莊嚴或雄偉有氣派。魯迅《花邊文學·"莎士比亞"》："末一句是客氣話，贊成施先生的其實並不少，要不然，能堂而皇之的在雜誌上發表嗎？"◇迎面是堂而皇之的大雄寶殿。❷形容公開、無顧忌◇找一個堂而皇之的藉口，炒他的魷魚！同冠冕堂皇。反鼠竊苟偷。

義項號　自造例句　同義詞　反義詞

【鳳毛麟角】fèng máo lín jiǎo 鳳凰的毛，麒麟的角。比喻極為稀少難得的人才或事物。明代何良俊《四友齋叢説·文》："康對山之文，天下慕向之，如鳳毛麟角。"郭沫若《痛失人師》："有學問知識的人比較容易找，而有人格修養的人實在是如鳳毛麟角。"同麟角鳳毛、曠世奇才。

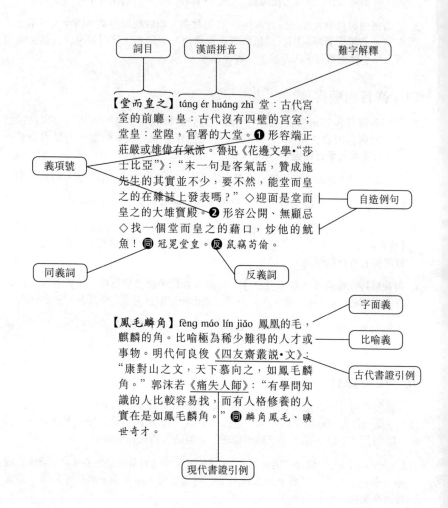

字面義　比喻義　古代書證引例　現代書證引例

通行字　異體字

【大放厥詞(辭)】dà fàng jué cí 原指作詩文極力鋪陳詞藻，盡展文才。唐代韓愈《祭柳子厚文》:“玉佩瓊琚，大放厥辭。”清代趙翼《甌北詩話•蘇東坡詩》:“以文為詩，自昌黎始；至東坡益大放厥詞，別開生面，成一代之大觀。”現指誇誇其談，大發謬論。一般用於貶義。巴金《隨想錄》三：“她唯讀了少得可憐的幾本書，就大放厥詞，好像整個中國只有她一個人讀過四方的作品。”◇他越説越不像話，到後來簡直大放厥詞。反 言之有理、言之成理。

古今不同釋義

不同釋義書證引例

褒貶色彩

成語出處

【窮則思變】qióng zé sī biàn 窮：窮盡，盡頭。《易經•繫辭下》:“易，窮則變，變則通，通則久。”後用“窮則思變”説事物發展到頂點，就會發生變化。《資治通鑒》卷二三四：“凡人之情窮則思變，含悽貪亂或起於玆。”宋代張方平《上北海范天章》:“凡物窮則思變，困則謀亨。”也作“窮極思變”。清代王又僕《易翼述信》卷十：“窮極思變亦不過就爻論爻，至於全卦正以上下四剛爻包裹二柔在內，無些子滲漏，是虛得而剛能固之。”同 窮極則變。

主條書證引例

附條書證引例

主附條關聯詞目

附條詞目

【窮極思變】qióng jí sī biàn 見“窮則思變”。

主條詞目

部首索引表

本索引表採用的部首以《康熙字典》214部為基礎，略有刪改，部首次序按部首筆畫數目多少排列。

詞目筆畫索引

一畫

〔一〕

二畫

〔一〕

〔丨〕

〔丿〕

〔乛〕

三畫

〔一〕

〔丨〕

四畫

〔一〕

〔一〕

五畫

〔一〕

〔丶〕

〔一〕

六畫

〔一〕

〔丨〕

〔丶〕

〔 ㇀ 〕

七畫

〔 一 〕

〔丨〕

〔一〕

八畫

〔一〕

〔乛〕

九畫

〔一〕

〔丨〕

〔丶〕

〔一〕

十畫

〔一〕

〔丶〕

〔乛〕

十一畫

〔一〕

〔丨〕

十二畫

〔一〕

〔丨〕

〔丿〕

〔丶〕

十三畫

〔一〕

〔丨〕

〔丿〕

十四畫

〔一〕

〔丨〕

〔丿〕

十五畫

〔一〕

〔丨〕

〔乛〕

十六畫

〔一〕

十七畫

〔一〕

十八畫

十九畫

〔一〕

〔丨〕

〔丿〕

〔丶〕

〔乛〕

二十畫

〔一〕

〔丨〕

二十一畫

二十二畫

一 部

【一了百了】yī liǎo bǎi liǎo 了：結束、解決。主要的問題解決了，其餘的問題跟着也就解決了。明代王守仁《傳習錄》卷下：“聖人只是知幾遇變而通耳。良知無前後，只知得見在的幾，便是一了百了。”《兒女英雄傳》一九回：“倘他這副花容月貌，果然珠沉玉碎，在他算是一了百了。”◇還了她那筆錢一了百了，省得三天兩頭上門催討。反 糾纏不清、沒完沒了。

【一了百當】yī liǎo bǎi dàng 指辦事妥當或問題解決得徹底。了：結束；完畢。當：妥當；合適。明代王守仁《傳習錄》卷下：“學問也要點化，但不如自家解化者，自一了百當。不然亦點化許多不得。”《醒世姻緣傳》一六〇回：“晁老雖算得科考的日子還早，恃了有這個‘一了百當’的兒子，也可以不用那個邢皋門。”◇你儘可放心，這件事交給他辦，保證一了百當。同 迎刃而解。

【一刀兩斷】yī dāo liǎng duàn 唐代寒山《詩三百三首》詩：“男兒大丈夫，一刀兩斷截；人面禽獸心，造作何時歇！”比喻做事徹底果斷，乾脆利落。也比喻堅決斷絕關係。《歧路燈》七一回：“一個男人家，心裏想做事，便一刀兩斷做出來。”朱自清《山野掇拾》：“前一種人真是一把‘刀’，一把斬亂麻的的快刀！甚麼糾紛，甚麼葛藤，到了他手裏，都是一刀兩斷！”老舍《月牙兒》：“既然要離開他，便一刀兩斷。”反 藕斷絲連。

【一力承當】yī lì chéng dāng 竭力把責任承擔起來；獨力擔當責任。一力：盡全力；獨力。《蕩寇志》一七回：“你再去說，如果他肯歸降，但有山高水低，我一力承當。”《歷史通俗演義》四七回：“適聞老袁為財政問題，有所顧慮，他遂乘機而入，願將帝制經費，一力承當。”◇你放心去留學，錢的事我一力承當。

【一寸丹心】yī cùn dān xīn 丹心：赤心，忠心。唐代杜甫《鄭駙馬池台喜遇鄭廣文同飲》詩：“白髮千莖雪，丹心一寸灰。”後用“一寸丹心”指一片赤誠的心。宋代楊萬里《新除廣東常平之節感恩書懷》詩：“向來百煉今繞指，一寸丹心向日明。”也作“一寸赤心”。宋代陸游《江北莊取米到作飯香甚有感》詩：“飛霜掠面寒壓指，一寸赤心惟報國。”同 一片丹心。

【一寸赤心】yī cùn chì xīn 見“一寸丹心”。

【一己之私】yī jǐ zhī sī 個人的私見或私利。一己：自己一人，個人。宋代辛棄疾《賀錢同知啟》：“某風雨孤蹤，山林晚景，候西清之封，疏淺奚堪；分北顧之憂，切逾已甚。所託萬間之庇，殆成一己之私。”《蕩寇志》七八回：“我等那個沒有老小，單是他為一己之私，廢天下大事？”◇他只想自己，常以一己之私強人所難。反 天下為公。

【一天星斗】yī tiān xīng dǒu ❶ 指空中滿天的繁星。唐代李中《江行夜泊》詩：“半夜風雷過，一天星斗寒。”冰心《寄小讀者》二九：“我合上書，又洋洋的走了出去。出門來一天星斗，我長吁一口氣。”❷ 比喻文章華美或滿腹經綸。元代關漢卿《玉鏡台》一折：“萬里雷霆驅號令，一天星斗煥文章。”明代馮夢龍《雙雄記·劍授雙雄》：“幼好讀書，腹裏一天星斗；長而學劍，腰懸三尺芙蓉。”❸ 形容事情繁複紛雜。《官場現形記》五二回：“說他回家之後，怎樣叫丈人簽字，怎樣叫丈人幫忙，鬧得一天星斗。”《魯迅書信集·致許欽文》：“我其實無病，自這幾天經醫生檢查了一天星斗，從血液以至小便等等，終於決定是喝酒太多，吸煙太多，睡覺太少之故。”

【一木難支】yī mù nán zhī 一根木頭難以支撐得住。《世說新語·任誕》：“元裒如北夏門，拉攞自欲壞，非一木所能支。”後用“一木難支”比喻：❶ 一個人的力量不能挽救崩潰的局面。元代王義山《挽竹薌龔侍郎》詩：“一木難支大廈傾，闔門判卻赴波鯨。”明代張景《飛丸記·

園中落阱》："不想一木難支將顛運，可惜枉費了精神，志未伸。"◇經過三四年的勵精圖治，終究挽不回頹勢，到底是一木難支。❷ 比喻一個人不能勝任艱巨的事業。◇俗話説一木難支、孤掌難鳴，在公司裏做事，總要依靠大家才行。同 獨木難支、孤掌難鳴。反 一手擎天、隻手擎天。

【一五一十】yī wǔ yī shí ❶ 指以五做計數單位來點數。《紅樓夢》二六回："便把手絹子打開，把錢倒出來，交給小紅。小紅就替他一五一十的數了收起。"魯迅《三閒集·新月社批評家的任務》："但大老爺要打鬥毆犯人的屁股時，皂隸來一五一十的打，難道也算犯罪麼？"❷ 比喻敍述得原原本本，清楚有序而無遺漏。《水滸傳》二五回："這婦人聽了這話，也不回言，卻踅過來，一五一十，都對王婆和西門慶説了。"茅盾《林家鋪子》："回到家裏，林先生支開了女兒，就一五一十對林大娘説了。"

【一日九遷】yī rì jiǔ qiān 九：表示多次。遷：調動官職，通常指升擢。一天之內多次晉升，形容官職升得極快。漢代焦贛《易林·節》："安上宜官，一日九遷。"南朝梁任昉《為范尚書讓吏部封侯第一表》："雖千秋之一日九遷，荀爽之十旬遠至，方之微臣，未為速達。"◇他畢業沒多久，就進入了公司高層，真是一日九遷，扶搖直上。同 平步青雲。

【一日三秋】yī rì sān qiū《詩經·采葛》："一日不見，如三秋兮。"三秋：三個秋天、三年。一天沒有見面，就像隔了三年一樣。形容思念之情深厚迫切。南朝梁何遜《為衡山侯與婦書》："路邇人遐，音塵寂絕，一日三秋，不足為喻。"宋代劉過《沁園春》詞："一別三年，一日三秋，庶幾見之。"清代李漁《蜃中樓·怒遣》："你去了這幾日，就像去了幾年的一般，剛合着那一日三秋，書本上的真情話。"同 朝思暮想。反 無情無義、薄情寡義。

【一日千里】yī rì qiān lǐ ❶形容跑得飛快。《莊子·秋水》："騏驥驊騮，一日而馳千里。"《史記·秦本紀》："造父為繆王御，長驅歸國，一日千里以救亂。"唐代高適《畫馬篇》："荷君剪拂與君用，一日千里如旋風。"❷ 形容進步神速或發展極快。宋代葉適《答少詹書》："每見少詹厲志篤意，欲一日千里，未嘗不讚歎。"梁啟超《鄙人對於言論界之過去及將來》："今國中報館之發達，一日千里，即以京師論，已逾百家。"◇香港這幾年的發展，真可説是日新月異，一日千里。同 一日萬里。反 蝸行牛步、老牛破車。

【一日之長】yī rì zhī zhǎng《論語·先進》："以吾一日之長乎爾，毋吾以也。"説比別人年紀較大或資格較老。《梁書·武陵王紀傳》："吾年為一日之長，屬有平亂之功。"《儒林外史》四四回："老先生大位，公子高才，我老拙無能，豈堪為一日之長！"

【一日之長】yī rì zhī cháng 説才能比別人稍強一些。長：長處、才幹。《世説新語·品藻》："論王霸之餘策，覽倚仗之要害，吾似有一日之長。"《明史·楊廷和傳》："吾於文翰，頗有一日之長。"魯迅《且介亭雜文末編·白莽作〈孩兒塔〉序》："這《孩兒塔》的出世並非要和現在一般的詩人爭一日之長，是有別一種意義在。"

【一日之雅】yī rì zhī yǎ 雅：交情。只有一天的交情。説彼此僅僅認職而已，並無深交。《漢書·谷永傳》："永斗筲之才，質薄學朽，無一日之雅，左右之介。"宋代陳亮《陳亮集·與徐彥才大諫·良能》："又嘗拜伏門下，不可謂無一日之雅。"◇他與趙某不過一日之雅，估計是幫不上忙了。同 一面之交、一面之緣。反 生死之交、刎頸之交。

【一手包辦】yī shǒu bāo bàn 一個人獨自包攬，不需或不許別人插手。瞿秋白《餓鄉紀程》六："我們匆匆忙忙吃了些麵包，趕去結好行李，來一位日本西崽，一手包辦，料理我們上了南滿車。"茅盾《第一階段的故事》："然而到此時還沒動員群眾，至多是方才想到怎樣由他們一手包辦來動員民眾。"也作"一手包攬”。《歧路燈》四三回：“你一手包攬，我只睛我的頭錢。”

【一手包攬】yī shǒu bāo lǎn 見“一手包辦”。

【一手遮天】yī shǒu zhē tiān 比喻倚仗權勢掩飾真相、蒙蔽公眾，或阻斷他人同上級聯繫，造成其可為所欲為的局面。明代張岱《馬士英阮大鋮傳》：“弘光好酒喜內，日導以荒淫，毫不省外事，而士英一手遮天，靡所不為矣。”趙樹理《傳家寶》：“人家一手遮天了，裏裏外外都由人家管。”◇上下溝通順暢，難有誰能一手遮天。同 一手障天、隻手遮天。反 眾目睽睽。

【一毛不拔】yī máo bù bá ❶ 連拔身上的一根毛都不肯。專指戰國時代哲學家楊朱的極端利己主義。《孟子•盡心上》：“楊子取為我，拔一毛而利天下，不為也。”❷ 形容不肯出一絲一毫的力量。《燕丹子》中：“(荊軻曰) 有鄙志，常謂心向意，投身不顧；情有異，一毛不拔。”❸ 形容非常吝嗇自私。《水滸傳》六二回：“你這財主們，閒常一毛不拔，今日天開眼，報應得快！”◇有錢就存起來，一毛不拔，出門巴士都捨不得搭 / 有一句形容人吝嗇的話：“瓷公雞，鐵仙鶴，玻璃耗子琉璃貓——一毛不拔。”同 愛錢如命、愛財如命。反 樂善好施、慷慨解囊。

【一片冰心】yī piàn bīng xīn 一顆清明潔純的心。形容心地清純恬淡，不熱衷功名。唐代王昌齡《芙蓉樓送辛漸》詩：“洛陽親友如相問，一片冰心在玉壺。”清代楊潮觀《吟風閣雜劇•東萊郡暮夜卻金》：“豈不知大人一片冰心，但行李往來，用犒從者，亦屬交際常情。”同 冰清玉潔。

【一仍舊貫】yī réng jiù guàn 指完全按照老辦法、舊規矩辦事。仍：全都按照。貫：同“慣”，習慣、規矩。《論語•先進》：“魯人為長府。閔子騫曰：‘仍舊貫，如之何？何必改作？’”《晉書•殷仲堪傳》：“自此之外，一仍舊貫。”魯迅《且介亭雜文•不知肉味和不知水味》：“其譜一仍舊貫，並未改動。”同 蹈常襲故。反 破舊立新。

【一反常態】yī fǎn cháng tài 同平時所持的態度完全相反；因遇到意外情況，使態度驟然改變。◇他一向不喝酒，今日一反常態，喝了三杯 / 一反常態地坐在門口，神色恍惚詭異，不知他遇到了甚麼事。同 一成不變、至死不變。反 搖身一變。

【一分一毫】yī fēn yī háo 形容很少的數量。朱自清《給亡婦》：“那一個夏天他病的時候多，你成天兒忙着，湯呀，藥呀，冷呀，暖呀，連覺也沒有好好兒睡過。那裏有一分一毫想着你自己。”◇他每天錢賬都算得很清，沒有一分一毫的差額。同 一絲一毫。

【一分為二】yī fēn wéi èr《老子》“道生一”隋代楊上善注：“從道生一，謂之樸也。一分為二，謂天地也。從二生三，謂陰陽和氣也。從三以生萬物，分為九野、四時、日月乃至萬物。”指事物本是由一個而生兩個，再生三乃至千萬個的自然發展過程。後也指任何事物作為矛盾的統一體都包含着矛盾對立的兩個方面。《朱子語類》卷六七：“此只是一分為二，節節如此，以至於無窮，皆是一生兩爾。”巴金《隨想錄•結婚》：“然而對甚麼事情都要用一分為二的眼光看待。對這件事也並不例外。”反 合二為一。

【一之為甚】yī zhī wéi shèn 見“一之謂甚”。

【一之謂甚】yī zhī wèi shèn 謂甚：算作過分了。《左傳•僖公五年》：“晉不可啟，寇不可玩，一之謂甚，其可再乎？”說做了一次，已經過分，不可一錯再錯。《太平廣記》卷二八二：“酒至白面年少，復請歌，張妻曰：‘一之謂甚，其可再乎！’”也作“一之為甚”。元代侯克中《歸興》詩：“一之為甚其能再，二者何由可得兼。”同 一之已甚。

【一文不名】yī wén bù míng 名：擁有、佔有。一文錢都沒有。形容極其貧困。馮玉祥《我的生活》第一章：“祖父病了，家裏一文不名，買藥的錢也無從籌措。”◇身上一文不名，要是有一點錢，也不至於連着兩天餓肚子。同 一文莫名、一錢不名。反 腰纏萬貫、家資巨萬。

【一文不值】yī wén bù zhí 見"不值一錢"。

【一心一意】yī xīn yī yì 專一，沒有其他雜念干擾。唐代駱賓王《代女道士王靈妃贈道士李榮》詩："想知人意自相尋，果得深心共一心。一心一意無窮已，投漆投膠非足擬。"《二刻拍案驚奇》卷三六："他妻子見慣了的，況是女流，愈加信佛，也自與他一心一意。"《儒林外史》五二回："陳正公見他如此至誠，一心一意要把銀子借與他。"◇對太太、對家庭，打結婚之日起，從來都是一心一意。同 一心無二、一心一計。反 三心二意、見異思遷。

【一心一德】yī xīn yī dé 見"一德一心"。

【一孔之見】yī kǒng zhī jiàn 孔：小洞。❶ 比喻狹隘片面的見解。漢代桓寬《鹽鐵論·相刺》："持規而非矩，執準而非繩，通一孔，曉一理，而不知權衡。"譚嗣同《上歐陽中鵠書》："不敢諱短而疾長，不敢徇一孔之見而封於舊說，不敢不捨己從人取於人以為善。"老舍《四世同堂》九六："他對國際事務的知識很欠缺，然而又自有他的一孔之見。"❷ 自謙用語。表示自己的意見淺薄不高明。◇鄙人的一孔之見，說出來也只是供大家參酌而已。同 一隅之見、井蛙之見。反 高瞻遠矚、遠見卓識。

【一以貫之】yī yǐ guàn zhī《論語·里仁》："吾道一以貫之。"孔子說忠恕之道貫穿於他的整個學說中。後泛指一種道理或思想貫穿於事物的始終。《漢書·王莽傳上》："此皆上世之所鮮，禹、稷之所難，而公包其始終，一以貫之，可謂備矣！"朱自清《經典常談》一三："到了《紅樓夢》，組織才更嚴密了；全書只是一個家庭的故事。雖然包羅萬有，而能'一以貫之'。"

【一以當十】yī yǐ dāng shí 見"以一當十"。

【一世之雄】yī shì zhī xióng 一個世代中最傑出的。多指人物、集團而言。《宋書·武帝紀上》："劉裕足為一世之雄。"宋代蘇軾《前赤壁賦》："方其破荊州，下江陵，順流而東也，舳艫千里，旌旗蔽空，釃酒臨江，橫槊賦詩，固一世之雄也，而今安在哉！"冰心《再寄小讀者》："有許多感想，真不知從哪裏說起——先從'一世之雄'的'大英帝國'說起吧！"

【一本正經】yī běn zhèng jīng 形容莊重嚴謹。有時反用其意，指故意做出正經的樣子。有時含諷刺意味。茅盾《趙先生想不通》："他一本正經走到電扇跟前，鄭重地關住，嘴裏咕嚕了一句'又不熱，開它幹麼'。"◇他挑了個大蘋果，一本正經地說："這是餵猴子的吧，我吃。"逗得滿堂大笑。同 一板正經、正經八百。反 不三不四、嬉皮笑臉。

【一本萬利】yī běn wàn lì ❶ 形容能用小本錢賺得豐厚利潤。清代昭槤《嘯亭續錄·吳制府》："主算者算盡錙銖，其父猶以為未足。主算者艴然曰：'然則一本萬利莫讀書若也。'"曹禺《日出》第一幕："他說要辦實業，想開一個一本萬利的肥皂廠。"❷ 比喻付出少，收效大。◇世界上沒有一本萬利的事，要想辦好一件事，就得花工夫。反 血本無歸。

【一石二鳥】yī shí èr niǎo 一顆石子打中兩隻鳥。比喻做一件事情達到兩個目的，得到兩樣好處。《胭脂井》："(榮祿)與門下謀士秘密商議，想了一條一石二鳥的妙計。"◇你不但放長線釣大魚，而且一石二鳥，一下子拿了三樣好處。

【一目十行】yī mù shí háng《梁書·簡文帝紀》："讀書十行俱下。"後用"一目十行"說一眼能看十行文字，形容非常聰明或閱讀速度極快。宋代劉克莊《雜記六言》詩："五更三點待漏，一目十行讀書。"《紅樓夢》二三回："你說你會過目成誦，難道我就不能一目十行了？"◇他一目十行，把厚厚的一疊公文看了一遍。同 過目成誦。

【一目了然】yī mù liǎo rán 一眼就看得清清楚楚。了然：清楚明白。明代張岱《皇華考序》："可見按圖索籍，山谿道路，一目了然。"清代李漁《閒情偶寄·音律第三》："措詞又須言之極明，論之極暢，使人一目了然。"清代曾朴《孽海花》一九回："卻說這中堂正對着那個圍場，四扇大窗洞開，場上的事，一目了然。”同 一目瞭然。反 雲遮霧罩。

【一目瞭然】yī mù liǎo rán 一眼就看得清清楚楚，或一看就能完全瞭解。《朱子語類》卷一三七：“見得道理透後，從高視下，一目瞭然。”明代張岱《皇華考序》：“可見按圖索籍，山谿道路，一目瞭然。”魯迅《致曹聚仁》：“然而變遷至速，不必一二年，則誰為漢奸，便可一目瞭然矣。”同 一目了然。反 霧裏看花。

【一生一世】yī shēng yī shì 從出生直到死，一輩子。《紅樓夢》九三回：“說是人生婚配，關係一生一世的事，不是混鬧得的。”◇是你救了我母親，我一生一世都忘不了你的恩典。

【一丘之貉】yī qiū zhī hé 貉：一種貌似狐狸的走獸。同一個山丘上的貉。❶ 比喻都相同，沒有區別。《漢書•楊惲傳》：“古與今，如一丘之貉。”《聊齋誌異•細柳》：“黑心符出，蘆花變生，古與今如一丘之貉，良可哀也。”❷ 用於貶義。比喻都是一樣的貨色，一樣低劣、一樣壞。清代平步青《霞外攟屑•宿遷縣誌》：“人情牟利，無孔不鑽。志局書局同文，機器招商開礦，皆一邱之貉也。”◇打的旗號不同，看上去都是正正經經，其實都是一丘之貉。同 一路貨色。反 涇渭分明。

【一代風流】yī dài fēng liú 開創新風尚，對一個時代有重大影響而備受景仰的人物。風流：風尚流派。唐代杜甫《哭李常侍嶧》詩：“一代風流盡，修文地下深。”明代徐復祚《投梭記•出守》：“一代風流都盡，千古興亡堪惱。”

【一代楷模】yī dài kǎi mó 可作一個時代模範的人物。《舊唐書•李靖傳》：“公能識達大體，深足可嘉。朕今非直成公雅志，欲以公為一代楷模。”◇僑領陳嘉庚先生熱心教育，不愧為一代楷模。

【一式一樣】yī shì yī yàng 見“一模一樣”。

【一成一旅】yī chéng yī lǚ《左傳•哀公元年》載：夏少康“有田一成，有眾一旅，能佈其德，而兆其謀”，並藉此消滅了強敵有窮氏而中興恢復了帝業。古以方圓十里為一成，士兵五百為一旅。“一成一旅”指地少兵寡，勢單力薄。也指以微弱之師克敵制勝。清代錢謙益《棋譜新局•序》：“幼清善用敗局，以一成一旅為能事。”《痛史》一七回：“古人有以一成一旅，尚致中興，今百官有司皆具，士卒尚有數萬，天意若未絕宋，難道竟不可為國麼？”同 小國寡民。

【一成不變】yī chéng bù biàn ❶ 刑法一旦制定下來，就不容改變。《禮記•王制》：“一成而不可變，故君子盡心焉。”❷ 一旦形成，就不再改變。後也形容墨守成規，不知變通。唐代白居易《太湖石記》：“然而自一成不變已來，不知幾千萬年，或委海隅，或淪湖底。”宋代葉適《上韓提刑》：“惟法令制時之要，而經術飾治之餘，二者之間，久焉難居：一成不變，無乃過中。”◇世界上的事沒有一成不變的，情隨事遷是萬古不易的道理。同 一成不易、固定不變。反 千變萬化、瞬息萬變。

【一吐為快】yī tǔ wéi kuài 盡情說出了想說的話，感到很暢快。◇彷彿積鬱在胸中多時的由衷之言，今日終於得以一吐為快。反 骨鯁在喉。

【一帆風順】yī fān fēng shùn ❶ 掛滿帆順風行駛。清代李漁《憐香伴•僦居》：“櫛霜沐露多勞頓，喜借得一帆風順。”◇天朗氣晴，一帆風順，不幾天就到了武昌。❷ 比喻順利，毫無阻礙。《官場現形記》五四回：“在運氣頭上，一帆風順的時候，就是出點小差子，說無事也就無事。”◇你這大半生，雖說不富有，可也算得上是一帆風順。同 順水行舟、順風順水。反 一波三折、坎坷不平。

【一至於此】yī zhì yú cǐ 竟然到了這樣的地步。一：竟然。《戰國策•齊策一》：“宣王太息，動於顏色，曰：‘靖郭君之於寡人一至此乎！’”唐代李白《上韓荊州書》：“‘生不用封萬戶侯，但願一識韓荊州！’何令人之景慕一至於此耶！”孫中山《學生要立志做大事不可做大官》：“我們的祖宗是很富強的，為甚麼現在貧弱一至於此呢？”

【一年一度】yī nián yī dù 每年一次。度：次。唐代施肩吾《古別離》詩：“所嗟不及牛女星，一年一度得相見。”清代葉廷琯《鷗波漁話》卷五：“欲與麻姑話塵劫，一年一度小滄桑。”◇花月春風一年一度，韶光易逝無回復，千萬不能虛耗年少光陰呵！

【一年半載】yī nián bàn zǎi 一年或者半年。泛指一段時間，時間長短隨語意而定。元代楊梓《敬德不伏老》二折：“老將軍，你且耐心者。不過一年半載，眾公卿保奏你回朝也。”《魯迅書信集·致章廷謙》：“只要甚麼事都不管，玩他一年半載，就會好得多。”㊀反 長年累月、日久天長。

【一衣帶水】yī yī dài shuǐ ❶ 形容河道狹窄，如一條衣帶那麼寬。《南史·陳紀下》：“（隋文帝曰）我為百姓父母，豈可限一衣帶水不拯之乎？”◇浩浩蕩蕩的長江，古稱天塹，如今看來，不過一衣帶水而已。❷ 泛指一水之隔，相鄰不遠。明代歸有光《送同年李觀甫之任江浦序》：“高皇帝定鼎，特以六合分為江浦，以為兩縣，而屬之京兆。蓋以畿輔重地，不當以一衣帶水所隔。”◇中國和日本是一衣帶水的友好鄰邦。㊀反 山長水遠、天高地遠。

【一字一板】yī zì yī bǎn ❶ 形容説話吐字清晰，從容清楚。板：音樂和戲劇中的節拍。《文明小史》五四回：“他站起身來……一字一板的唸了三遍。”沙汀《煩惱》：“他竭力忍耐着祖母的囉嗦，一字一板地向她解釋。”❷ 表示正正經經，合乎規矩。趙樹理《傳家寶》：“她本想早給李成娶上個媳婦，把這份事業一字一板傳下去。”㊀同 一板一眼、有板有眼。㊀反 稀裏糊塗。

【一字一珠】yī zì yī zhū 唐代薛能《贈歌者》詩：“一字新聲一顆珠，轉喉疑是擊珊瑚。”本形容歌唱吐詞清楚，婉轉圓潤，後用“一字一珠”説話清亮確當或稱譽詩文精妙。《儒林外史》三回：“這樣文字，連我看一兩遍也不能解，直到三遍之後，才曉得是天地間之至文，真乃一字一珠。”老舍《老張的哲學》二：“‘不忙，有飯吃！’老張搖着蓄滿哲理的腦袋，一字一珠的從薄嘴唇往外蹦。”

【一字千金】yī zì qiān jīn 秦國丞相呂不韋叫門客編寫《呂氏春秋》，書成後貼出佈告，稱能增減一字者賞千金。《史記·呂不韋列傳》：“呂不韋乃使其客人人著所聞，集論……號曰《呂氏春秋》。佈咸陽市門，懸千金其上，延諸侯遊士賓客有能增損一字者予千金。”後用來稱讚詩文價值極高、書法出色，或文辭精煉。南朝梁鍾嶸《詩品》卷中：“驚心動魄，可謂幾乎一字千金。”唐代崔融《嵩山啟母廟碑序》：“漢臣之筆墨泉海，陳其令名；秦相之一字千金，敍其嘉應。”◇他老來苦練書法十餘年，終至龍飛鳳舞，一字千金。㊀同 一字一珠、字字珠璣。

【一字不苟】yī zì bù gǒu 苟：隨便。形容行文、寫字或作畫都反覆錘煉，從不馬虎。宋代羅大經《鶴林玉露》卷一六：“李太白一斗百篇，援筆立成；杜子美改罷長吟，一字不苟。”鄭逸梅《清娛漫筆·褚禮堂作書一筆不苟》：“即寫家信和給戚友的便札，下筆也是一字不苟的，甚至起草也端端正正，決沒有只得自己識，他人認不清的弊病。”㊀同 一絲不苟。㊀反 草草了事、粗枝大葉。

【一字之師】yī zì zhī shī 尊稱糾正自己一個錯字的老師。據五代王定保《唐摭言·切磋》載：李相讀《春秋》中的“叔孫婼”之“婼”（chuò）誤為“chuǐ”，身旁的小吏指正了他，李相便尊小吏為“一字師”。又宋代羅大經《鶴林玉露》卷一三載，楊萬里將晉人“干寶”的“干”誤作“于”，有吏在旁給指了出來，楊萬里大喜，説：“汝乃吾一字之師。”

【一字褒貶】yī zì bāo biǎn 相傳孔子作《春秋》言簡意深，一字即寓褒貶之意。後也泛指論人議事措辭用字嚴謹而有分寸。晉代杜預《〈春秋經傳集解〉序》：“《春秋》雖以一字為褒貶，然皆須數字以成言。”南朝陳周弘正《謝梁元帝賚春秋糊屏風啟》：“豈若三體五例，對玩前史，一字褒貶，坐臥箴規，無復楚台之風，得同鄒谷之暖。”◇魯迅寫文章一字褒貶，深刻見骨。㊀同 一字一珠、字字珠璣。反 廢話連篇、空話連篇。

【一如既往】yī rú jì wǎng 完全像過去一樣。既往：已往，從前。◇我對您的尊重一如既往／農場一如既往，是一片蓬勃的繁忙景象。反 今是昨非。

【一技之長】yī jì zhī cháng 具有某一方面的技能特長。《明史·呂大器傳》："士英、大鋮，臣不謂無一技之長，而奸回邪慝，終為宗社無窮之禍。"老舍《四世同堂》二三："只要你有一技之長，會辦報，會演戲，會唱歌，會畫圖，或者甚至於會説相聲，都可以作為進身的資格。"同 薄技在身。反 一無所長。

【一抔之土】yī póu zhī tǔ 見"一抔黃土"。

【一抔黃土】yī póu huáng tǔ 抔：用手捧。黃土：指墳墓。《史記·張釋之馮唐列傳》："假令愚民取長陵一抔土，陛下何以加其法乎？"後用"一抔黃土"、"一抔之土"借指陵墓或土堆。唐代駱賓王《為徐敬業討武曌檄》："一抔之土未乾，六尺之孤何託？"明代吾邱瑞《運甓記·蔣山致奠》："痛傷情，一抔黃土，高塚卧麒麟。"◇和大海汪洋相比，滾滾的黃河水竟如同一條小溪，巍巍的泰山如同一抔黃土！

【一走了之】yī zǒu liǎo zhī 面對負責的工作或要辦的事情撒手不管，就算作了斷了。《魯迅書信集·致鄭振鐸》："我亦尚在看看《人間世》，不過總有一天，是終於要'一走了之'的，現在是這樣的世界。"◇闖下禍來一走了之，那算甚麼好漢？同 不了了之。反 善始善終。

【一步一趨】yī bù yī qū ❶ 趨：快步走。《莊子·田子方》："夫子步亦步，夫子趨亦趨。"説夫子慢走就慢走，夫子快跑則快跑。後用"一步一趨"泛指追隨着人家走。《兒女英雄傳》一回："苦於自己在他背後，等閒望不着他的面目，就待一步一趨的趕上借問一聲，不想他愈走愈遠。"❷ 比喻事事模仿追隨別人。常含貶義。清代洪亮吉《北江詩話》卷五："惟吾鄉邵山人長蘅，初所作詩，既描摹盛唐，苦無獨到，及一入宋商邱幕府，則又亦步亦趨，不能守其故我矣。"李劼人《大波》一部一章："老頑固們還更罵我是維新派，是一步一趨在學周孝懷周觀察。"同 亦步亦趨。反 別開生面、另闢蹊徑。

【一步登天】yī bù dēng tiān ❶ 比喻突然發跡，爬上高位。含諷刺意味。《清稗類鈔》三四："巡檢作巡撫，一步登天；監生當監臨，斯文掃地。"《獅子吼》二回："哪知康有為是好功名的人，想自己一步登天，做個維新的元勳。"◇此人慣於甜言蜜語，懂得巴結上司的妙訣，説不定真的會一步登天。❷ 比喻達到非常高的境界或程度。◇做學問不下苦工夫，幻想一步登天，必將一事無成。同 平步青雲、青雲直上。反 一落千丈。

【一見如故】yī jiàn rú gù 故：故舊、舊交。初次相見就意氣相投，像老朋友一樣。宋代張洎《賈氏譚錄》："李鄴侯為相日，吳人顧況西遊長安，鄴侯一見如故。"《水滸傳》五八回："一個是花和尚魯智深，一個是青面獸楊志，他二人一見如故。"◇為人爽直，結交新朋友一見如故，無話不談。同 一見如舊。反 白頭如新。

【一見傾心】yī jiàn qīng xīn 一見面便產生了仰慕或愛慕之情。傾心：竭誠仰慕或對異性愛慕。《資治通鑒·晉孝武帝太元九年》："主上與將軍風殊類別，一見傾心，親如宗戚。"冰心《我們太太的客廳》："袁小姐對於我們的太太是一見傾心，説我們的太太渾身都是曲線，是她眼中的第一美人。"

【一見鍾情】yī jiàn zhōng qíng ❶ 一見面便有了深情。多指男女間的愛情。鍾情：情愛專注。清代古吳墨浪子《西湖佳話·西泠韻跡》："乃蒙郎君一見鍾情，故賤妾有感於心。"❷ 對事物一見就產生了感情。林語堂《生活的藝術》一二："這好似一見鍾情，一個讀者不能由旁人指點着去愛好這個或那個作家。"徐遲《三峽記·遠遊》："祁連山俘虜了我的心，青海湖我一見鍾情。"

【一男半女】yī nán bàn nǚ 一個男孩或一個女兒。意為無論男孩女孩，能有一個就好。《京本通俗小說·志誠張主管》："員外何不敢取房娘子，生得一男半女，也不絕了香火。"《二十年目睹之怪現狀》八九回："只是苦了少奶奶，年紀輕輕的，又沒生下一男半女，將來誰是可靠的？"茅盾《林家鋪子》："要是令愛進去，生下一男半女，就是現成的局長太太。"

【一身二任】yī shēn èr rèn 說一人承擔兩項任務或兩種職務。《漢書·王吉傳》："大王於屬則子也，於位則臣也，一身而二任之責加焉。"宋代司馬光《辭知制誥第一狀》："竊以二職，文士之高選，儒林之極致，古之英俊，尚或難兼，況於微臣愚陋無比，一身二任，力所不堪。"◇他既是教務主管，又身兼教職，一身二任，承擔得起嗎？

【一身是膽】yī shēn shì dǎn《三國志·趙雲傳》裴松之注："子龍一身都是膽也。"後用"一身是膽"形容人英勇無畏，膽量極大。明代楊慎《從軍行》："千里獨行無敵，一身是膽曾聞。"◇別看他個子不高，卻一身是膽，無所畏懼。同 渾身是膽。反 膽小如鼠。

【一言一行】yī yán yī xíng 一句話，一個行動；每句話，每個行動。晉代袁山松《後漢書》："(賈彪) 一言一行，天下以為準的。"《隋書·房彥謙傳》："自少及長，一言一行，未嘗涉私。"錢鍾書《貓》："從此他一言一行都求跟自己眼睛的風度調和一貫。"同 一舉一動、言行舉止。

【一言九鼎】yī yán jiǔ dǐng 九鼎：古代象徵國家的寶鼎。傳說夏禹鑄九鼎，象徵九州，夏商周三代都奉為傳國重寶。一句話重過九鼎。形容說話分量極重，有權威性。《史記·平原君列傳》："毛先生一至楚而使趙重於九鼎大呂。"大呂：古代的樂器大鐘，國家的重寶。《歧路燈》五回："李瞻岱來學中備了一分禮，央前任寅兄與我說：'二位老師，一言九鼎。'"◇他在家裏說話算數，一言九鼎，誰也不敢說個不字。反 一言僨事、人微言輕。

【一言為定】yī yán wéi dìng 一句話就算說定了，決不更改決不反悔。《京本通俗小說·錯斬崔寧》："這也是我沒計奈何，一言為定。"《三俠五義》四回："大丈夫一言為定，諒賢契絕不食言。"◇求你再幫我一次，最后一次，一言為定。同 一諾千金。反 自食其言。

【一言喪邦】yī yán sàng bāng《論語·子路》："一言而喪邦，有諸？"後用"一言喪邦"說一句話可以害得國家淪亡。意謂在上位者一言一行都關係全局，切須謹慎。《舊唐書·孫伏伽傳》："周隋之際，忠臣結舌，一言喪邦，諒足深誡。"宋代朱熹《朱子語類》卷一九："聖人說話，磨棱合逢，盛水不漏，如言一言喪邦、以直報怨，自是細密。"反 一言興邦。

【一言興邦】yī yán xīng bāng《論語·子路》："一言而可以興邦，有諸？"後用"一言興邦"指一句話可以使國家興盛，一句話可使人由危轉安、事物由衰退轉為興旺。意謂在上位者一言一行都影響大局，務須謹慎。宋代胡仔《苕溪漁隱叢話後集·杜子美一》："玄禮首議誅太真、國忠輩，近乎一言興邦。"柯靈《墨磨人·八尺樓小簡之一》："魯翁以一言興邦，受之者終身受用。"◇正當生意每況愈下的危難關頭，她的主意竟起到一言興邦的作用。反 一言喪邦。

【一言難盡】yī yán nán jìn 一句話難以說完。表示事情曲折複雜，三言兩語說不清楚。元代石君寶《秋胡戲妻》一折："我迴避了座上客，心間事著我一言難盡。"《二十年目睹之怪現狀》一八回："這話也一言難盡。你老遠的回來，也歇一歇再談罷。"《魯迅書信集·致劉煒明》："中國的事情，說起來真是一言難盡。"

【一決雌雄】yī jué cí xióng 通過戰鬥或比賽以決定勝負。雌雄：比喻勝負高下。《史記·項羽本紀》："項王謂漢王曰：'天下匈匈數歲者，徒以吾兩人耳，願與漢王挑戰，決雌雄，毋徒苦天下之民父子為也。"《三國演義》三一回："汝等各回本州，誓與曹賊一決雌雄。"老舍《面子問題》二幕："我也叫劉司長知道，我還有跟他一決雌雄的膽氣和力量！"同 一決勝負。

【一改故轍】yī gǎi gù zhé 撇開舊路，走上新路，棄舊從新。轍：車輪碾出的痕跡，此指行車的道路。◇誰也想不到她一改故轍，開起美容院來了／過春節的喜慶色彩，家家佈置得都差不多，其實也可時尚一些，一改故轍，來點個性化。反 一成不變、因循守舊。

【一表人才(材)】 yī biǎo rén cái 表：儀表，相貌。形容男子相貌英俊，氣度軒昂。《東周列國誌》四回：“(姜氏）及生次子段，長成得一表人才，面如傅粉，唇若塗朱，又且多力善射，武藝高強。”錢鍾書《圍城》七：“趙辛楣住在租界裏，不能變房子的戲法，自信一表人才，不必惆悵從前有多少女人看中他。”曹禺《王昭君》二幕：“他生得一表人材，濃眉大眼，眉眼裏甚至有些俊俏。”同 一表非凡。反 其貌不揚。

【一表非凡】 yī biǎo fēi fán 形容人的儀表出眾，非比尋常。《西遊記》八八回：“適才有東土大唐差來拜佛取經的一個和尚，倒換關文，卻一表非凡。”魯迅《花邊文學•玩笑只當它玩笑（下)》：“一個是正生，就是‘語錄式’，別的三個都是小丑，自裝鬼臉，自作怪相，將正生襯得一表非凡了。”同 一表人才。

【一長二短】 yī cháng èr duǎn 也作“一長兩短”。❶ 指意外的變故。清代李漁《凰求鳳•假病》：“這等說起來，果然不妙了。若有一長二短，叫我怎生捨得。”《野叟曝言》一〇九回：“娘娘倘若有一長兩短，小尼豈肯獨活。”◇即使遇上一長二短，也不要害怕，沉住氣應付他們。❷ 一五一十，原原本本，非常詳盡。《負曝閒談》十回：“麻花兒一長二短訴說了一遍。”同 三長兩短。

【一長兩短】 yī cháng liǎng duǎn 見“一長二短”。

【一拍即合】 yī pāi jí hé 一打拍子便合乎樂曲的節奏。比喻雙方很容易就取得一致。清代李綠園《歧路燈》一八回：“君子之交，定而後求；小人之交，一拍即合。”陳登科《赤龍與丹鳳》一八：“既然我們一拍即合，所見略同，我也不瞞你。”同 不謀而同。反 不歡而散。

【一板一眼】 yī bǎn yī yǎn 中國民族音樂和戲曲中的節拍，稱為“板、眼”，兩拍則叫做一板一眼。❶ 比喻言語、文章或行為有條有理，嚴肅合規矩。汪曾祺《受戒》：“舅舅這一番大法要，説得明海和尚實在是五體投地，於是一板一眼地跟着舅舅唱起來。”◇他說話做事永遠都是那麼認認真真、一板一眼，由不得你不信任他。❷ 比喻做事死板，不知變通。◇這人做起事來死心眼兒，一板一眼，沒法通融。同 有板有眼、一板三眼。反 亂七八糟、顛三倒四。

【一枕黃粱】 yī zhěn huáng liáng 唐代沈既濟《枕中記》說，盧生在邯鄲旅店中遇見道士呂翁，自歎窮困。道士於是借給他一個枕頭，要他枕着睡覺，這時店家正煮小米飯。盧生入睡後，在夢中享盡榮華富貴，醒來小米飯還未煮熟。後用“一枕黃粱”比喻幻想的事或好事落空。宋代李曾伯《沁園春》詞：“一枕黃粱，滿頭白髮，屈指舊遊能幾人？”明代無名氏《貧富興衰》三折：“百年世事漚隨浪，都做了一枕黃粱。”清代袁枚《夢》詩：“古今最是夢難留，一枕黃粱醒即休。”同 黃粱一夢、南柯一夢。反 遂心如意。

【一事無成】 yī shì wú chéng 一件事也沒有做成。多指事業上毫無成就。唐代白居易《除夜寄微之》詩：“鬢毛不覺白毿毿，一事無成百不堪。”清代納蘭性德《送蓀友》詩：“我今落拓何所止，一事無成已如此。”賈平凹《月跡•夜籟》：“莽撞撞地闖進社會幾年，弄起筆墨文學，一事無成，才知道往日幼稚得可憐。”反 建功立業、功成名就。

【一來一往】 yī lái yī wǎng 一會兒過來，一會兒又過去。形容有來有往，動作反覆交替。《鶡冠子•泰鴻》：“歸時離氣，以成萬業，一來一往，視衡互仰。”《封神演義》五七回：“這一個鋼槍搖動鬼神愁；那一個畫戟展開分彼此。一來一往勢無休，你生我活誰能已。”同 一來二去。

【一來二去】 yī lái èr qù 表示一步步積累起來，或交往逐步加深的過程。《紅樓夢》八八回：“一來二去，眼大心肥，哪裏還能夠有長進呢？”《三俠五義》二一回：“後來一來二去，漸漸的熟識。”老舍《正紅旗下》一：“一來二去，大姐增添了一種本事。” 同 日久天長。

【一門心思】yī mén xīn sī 一心一意。形容心思專一。程乃珊《風流人物》九：“你人是老實的，但就吃虧在太老實，太一門心思了！”◇他從圖書館借來關於數控的書，甚麼也不顧了，一門心思鑽研起來。反 三心二意。

【一呼百諾】yī hū bǎi nuò 漢代韓嬰《韓詩外傳》五卷：“當前快意，一呼再諾者，人隸也。”後來便用“一呼百諾”指一聲呼喚，百人應諾。形容權勢顯赫，僕從或奉承的人很多。諾：答應，應諾。唐代拾得《詩》之五一：“高堂車馬多，一呼百諾至。”《官場現形記》一三回：“果然現任縣太爺一呼百諾，令出如山，只吩咐得一句，便有一個門上，帶了好幾個衙役，拿着鐵鏈子，把這船上的老闆、夥計一齊鎖了帶上岸去了。”老舍《正紅旗下》十：“在家裏，一呼百諾；出去探望親友，還是眾星捧月。” 同 一呼百應、前呼後擁。反 孤家寡人。

【一呼百應】yī hū bǎi yìng 一人召喚，眾人響應。形容號召力大，一聲令下，即有大批接應的人。《文明小史》九回：“其時百姓為貪官所逼，怨氣沖天，早已大眾齊心，一呼百應。”周立波《暴風驟雨》二部一：“張富英一呼百應，輕輕巧巧地把個郭全海攆出了農會。”

【一知半解】yī zhī bàn jiě 知道得不全面，理解得不透徹，似懂非懂。宋代嚴羽《滄浪詩話•詩辨》：“悟有淺深，有分限之悟，有透徹之悟，有但得一知半解之悟。”《野叟曝言》一一八回：“愚兄博覽群書，熟聞母訓，始得一知半解。”葉聖陶《含羞草》：“那些裁判員，沒一個是一知半解的，他們的學問淵博，有正確的審美標準。” 同 不求甚解、似懂非懂。反 融會貫通。

【一邱之貉】yī qiū zhī hé 見“一丘之貉”。

【一往直前】yī wǎng zhí qián 見“一往無前”。

【一往情深】yī wǎng qíng shēn 一往：一直，始終。《世說新語•任誕》：“桓子野每聞清歌，輒喚奈何，謝公聞之曰：‘子野可謂一往有深情。’”意指桓子野寄情深遠。後用“一往情深”形容對人或事，感情始終深摯強烈。清代孔尚任《桃花扇•偵戲》：“看到此處，令人一往情深。”朱自清《白采的詩》：“其實便是在他的言語裏，那種一往情深纏綿無已的哀痛之意，也灼然可見。” 反 不近人情、世態炎涼。

【一往無前】yī wǎng wú qián 一往：一直向前；無前：不怕前面的艱難險阻。形容無所畏懼地奔向既定目標。明代孫傳庭《官兵苦戰斬獲書》：“曹變蛟遵臣指畫，與北兵轉戰衝突，臣之步兵莫不一往無前。”清代龍啟瑞《上梅伯言先生書》：“而幕下人才，亦皆一往無前，陵厲蓋世。”歐陽山《三家巷》十三：“他們把互相的愛悅和義無反顧、一往直前的心情發揮到了淋漓盡致的程度。” 同 知難而進、勇往直前。反 知難而退、望而卻步。

【一命嗚呼】yī mìng wū hū 指死亡。嗚呼：歎詞，古代多用於祭文末。《三俠五義》一回：“劉后所生之子，竟至得病，一命嗚呼。”老舍《二馬》二：“馬夫人不知道是吃多了，還是着了涼，一命嗚呼的死了。” 同 嗚呼哀哉。

【一念之差】yī niàn zhī chā 決定問題時，一個念頭的差錯，往往造成令人遺憾或無可挽救的後果。宋代陸游《丈人觀》詩：“我亦宿頌五千文，一念之差墮世紛。”《警世通言》卷三：“這般會合，那些個男歡女愛，是偶然一念之差。”◇當年一念之差沒有娶她，叫我抱恨終身。同 一念之誤、“差之毫釐，謬以千里”。反 深思熟慮。

【一股腦兒】yī gǔ nǎor 所有的，全部。朱自清《背影》：“他和我走到車上，將橘子一股腦兒放在我的皮大衣上。”◇奶奶急着把爺爺的事一股腦兒說給她聽。反 零敲碎打。

【一狐之腋】yī hú zhī yè 一隻狐狸腋下的

皮毛。《慎子•知忠》："粹白之裘，蓋非一狐之皮也。"《史記•趙世家》："千羊之皮，不如一狐之腋。"後用"一狐之腋"比喻珍稀貴重之物。明代程登吉《幼學瓊林•衣服》："一狐之腋，綺羅之輩，非養蠶之人。"◇毛衣雖舊，卻是媽媽在病中織給他的，所以穿了幾十年還視之如一狐之腋。同 稀世之珍、愛如珍寶。反 棄如敝屣、視如敝屣。

【一刻千金】yī kè qiān jīn 短暫的一刻光陰價值千金。形容時間極其寶貴。常用於形容男女歡會的時刻難得、寶貴。宋代蘇軾《春夜》詩："春宵一刻值千金，花有清香月有陰。"《兒女英雄傳》三十回："再逢着今日這美景良辰，真是一刻千金。"茅盾《子夜》十："他不能延誤一刻千金的光陰。"

【一波三折】yī bō sān zhé ❶ 形容寫字筆畫曲折多變或文章曲折起伏。晉代王羲之《題衞夫人筆陣圖後》："每作一波，常三過折筆。"《宣和書譜•太上內景神經》："其一波三折筆之勢，亦自不苟。"清代劉熙載《藝概•文概》："余謂大蘇文一瀉千里，小蘇文一波三折，亦本此意。"❷ 比喻辦事情波折、阻礙很多。◇談判一波三折，最終不歡而散。同 一波未平，一波又起。反 一帆風順、盡如人意。

【一定之規】yī dìng zhī guī 習以為然的確定的規律、規則、辦法等。比喻打定的主意。郭小川《新路歌》："歷史的發展，有它新陳代謝的一定之規。"《說唐後傳》二八回："他有千條妙計，咱有一定之規，疑神疑鬼，豈不誤事？"◇天下事原無一定之規，貴在隨機應變。反 便宜行事、相機行事。

【一官半職】yī guān bàn zhí 一個半個官職。指普通的或低微的職位。元代王實甫《西廂記》四本四折："都則為一官半職，阻隔得千山萬水。"《紅樓夢》二五回："將來熬的環哥大了，得個一官半職，那時你要做多大功德還怕不能麼？"朱自清《回來雜記》："從前買古董玩器送禮，可以巴結個一官半職的。"反 高官厚祿、官高極品。

【一相(廂)情願】yī xiāng qíng yuàn 指只是單方面的主觀意願。《兒女英雄傳》十回："莫若此時趁事在成敗未定之天，自己先留個地步，一則保了這沒過門的女婿的性命，二則全了這一相情願媒人的臉面。"魯迅《答徐懋庸並關於抗日統一戰線問題》："聲聲口口說聯合任何派別的作家，而仍自己一相情願的製定了加入的限制與條件。這是作家忘記了時代。"蔣子龍《喬廠長上任記》："你這是一廂情願，石敢同意去嗎？"

【一柱擎天】yī zhù qíng tiān 一根柱子托起天來。形容山勢雄拔。也比喻能支撐大局、堪負天下重任的棟樑之材。《唐大詔令集•賜陳敬瑄鐵券文》："卿五山鎮地，一柱擎天，氣壓乾坤，量含宇宙。"《宋史•劉永年傳》："仁宗使(永年)賦《小山詩》，有'一柱擎天'之語。"柳亞子《元旦》："天南鼙鼓喧闐起，一柱擎天仗異才。"也作"擎天一柱"。唐代張固《獨秀山》詩："會得乾坤融結意，擎天一柱在南州。"宋代翁合《賀新郎》詞："問誰是，擎天一柱。"同 棟樑之材、中流砥柱。

【一面之交】yī miàn zhī jiāo《文選•袁宏〈三國名臣序贊〉》李善注："且觀世人之相論也，徒以一面之交，定臧否之決。"臧否：好壞。指只見過一次面的交情，表示僅僅認識，並無深交。《三國演義》二四回："某與關公有一面之交，願往說之。"老舍《駱駝祥子》一一："咱們總算有一面之交，在兵營裏你伺候過我。"葉永烈《秘密縱隊》："他想起他同蔡清的母親孫敏，還有過一面之交呢。"同 一面之緣。反 生死之交。

【一面之緣】yī miàn zhī yuán 見過一面的緣分。也指交往不深。《紅樓夢》一回："若問此物，倒有一面之緣。"朱自清《"海闊天空"與"古今中外"》："'少奶奶的扇子'，我也無一面之緣，——真想到上海去開先施公司不可！"◇我同他只有一面之緣，並無別的來往。同 一面之交。

【一面之辭(詞)】yī miàn zhī cí 單方面的話。指僅是一方所說的理由。《三國演義》二六回："明公（指袁紹）只聽一面之詞，而絕向日之情耶？"《紅樓夢》一一九回："且說外藩原是要買幾個使喚的女人，根據媒人一面之辭，所以派人相看。"杜鵬程《在和平的日子裏》六章："張孔既然來這裏檢查工作，就只聽一面之辭？"

【一面如舊】 yī miàn rú jiù 說一見面就好像是舊相識。《晉書·張華傳》："陸機兄弟……見華（張華）一面如舊，欽華德範，如師資之禮焉。"同 一見如故。反 白頭如新。

【一哄(鬨)而起】 yī hòng ér qǐ 形容人們一下子就自發地行動起來。有時含貶義。哄：指許多人同時發出聲音。《官場現形記》五三回："地方上百姓動了公憤，一鬨而起。"◇一哄而起搞這樣的大型演唱會，實在是勞民傷財。

【一哄(鬨)而散】 yī hòng ér sàn 形容群聚的人在吵嚷聲中一下子便散開了。《初刻拍案驚奇》卷一："看的人見沒得買了，一鬨而散。"周立波《山鄉巨變》三："李主席宣佈休息，大家就一哄而散。"也作"一轟而散"◇一轟而起，一哄而散，他逮不住領頭的人兒，看他有甚麼法子整治？

【一星半點】 yī xīng bàn diǎn 指一點點，數量很少。星：零星，細小。丁玲《杜晚香》："公公有時也把在村上聽到的一星半點的消息帶回家來。"康濯《太陽初升的時候·買牛記》："買下牛，不該你們動的，你們可一星半點也不興動！"同 一丁半點。

【一飛沖天】 yī fēi chōng tiān《韓非子·喻老》："雖無飛，飛必沖天；雖無鳴，鳴必驚人。"指平時不飛，一旦起飛，必定是直沖青天。後用"一飛沖天"比喻平日默默無聞，突然間做出了驚人之舉。《史記·滑稽列傳》："此鳥不飛則已，一飛沖天；不鳴則已，一鳴驚人。"明代楊慎《李白墓誌》："白常欲一鳴驚人，一飛沖天。"《兒女英雄傳》三二回："只可憐安公子經他兩個那日一激，早立了個'一飛沖天，一鳴驚人'的志氣。"同 一鳴驚人。反 默默無聞。

【一馬平川】 yī mǎ píng chuān 馬能疾馳的平地。形容土地平坦遼闊。◇走出山谷，眼前是綠油油的一馬平川 / 她出生在一馬平川的華北大平原上，完全不知道江南丘陵是怎樣的面貌。反 崎嶇不平、懸崖峭壁。

【一馬當先】 yī mǎ dāng xiān ❶ 作戰時策馬跑在最前頭。《三國演義》七一回："黃忠一馬當先，馳下山來。"《武松演義》二回："二虎子一馬當先，衝在頭裏。"❷ 比喻率先做某事或起領頭作用。◇一馬當先撲救山火 / 勇於任事的人，無論做甚麼事，總是一馬當先，敢於承擔。同 身先士卒。反 逃之夭夭。

【一草一木】 yī cǎo yī mù《後漢書·應劭傳》"春一草枯則為災，秋一木華亦為異。"後用"一草一木"：❶ 指一株草、一棵樹，或花草樹木。唐代李華《二孝贊並序》："嘉一草一木，猶或為之歌詠。"宋代邵雍《和君實端明洛陽看花》詩："洛陽最得中和氣，一草一木皆入看。"清代陳天華《猛回頭》："祖宗舊日的土地，失了數百年，仍想爭轉來，一草一木都不容外族佔去。"巴金《從鐮倉帶回的照片》："這裏的一草一木、一窗一柱、一桌一椅，都是那種比酒更濃、比花更美的友情的忠實見證。"❷ 比喻細微、平常、不值錢的東西。《紅樓夢》四五回："我是一無所有，吃穿用度，一草一木，皆是和他們家的姑娘一樣。"老舍《駱駝祥子》一二："你醒明白了？我的東西就是這些，我沒拿曹家一草一木。"同 一針一線。

【一時三刻】 yī shí sān kè 指短暫的時間。刻：時間單位。古以一晝夜的百分之一、今以一小時的四分之一為一刻。清代李漁《凰求鳳·夥媒》："機緣湊，把愁腸暫丟，便難成，也一時三刻展眉頭。"張賢華《小鎮的墟天》一："小崔子才出窩，一時三刻不會有人來，你先進屋來歇息，唱口早茶吧。"同 一時半刻、一時半晌。

【一時半刻】 yī shí bàn kè 指很短的時間。

《紅樓夢》三二回："你這麼個明白人，怎麼一時半刻的就不會體諒人？"丁玲《杜晚香•作媳婦》："晚香一時半刻是不能深刻體會老人們的心意的。"同 一時三刻、一時半晌。

【一時半晌】yī shí bàn shǎng 指短時間。晌：一天之內的某一段時間。元代高文秀《遇上皇》一折："人生死則在一時半晌。"《紅樓夢》七三回："我只說他悄悄的拿了出去，不過一時半晌，仍舊悄悄的放在裏頭，誰知他就忘了。"管樺《清風店》一："他盼望這份統計表，絕不是一時半晌的了。"同 一時三刻、一時半刻。

【一氣呵成】yī qì hē chéng 呵：張口呼氣。一口氣完成。❶ 多形容文章氣勢流暢。明代胡應麟《詩藪•近體中》："若'風急天高'，則一篇之中句句皆律，一句之中字字皆律，而實一意貫串，一氣呵成。"清代袁枚《隨園詩話》卷一六："江寧典史王柏崖光晟見訪，貽五律一首，一氣呵成，中無雜句。"◇李白的詩歌，句句朗朗上口，篇篇一氣呵成，無愧詩聖的桂冠。❷ 比喻不停頓地快速做完。巴金《談〈滅亡〉》："《死去的太陽》的失敗並非由於一氣呵成，而是生活單薄。"◇辦事最緊要的是一氣呵成，最忌三天打魚，兩天曬網。同 一鼓作氣。反 拖泥帶水、零敲碎打。

【一笑了之】yī xiào liǎo zhī 笑一笑就算了事。指用一笑來回答或對待，表示不予重視。沙汀《淘金記》五："因為所謂還席，那顯然是幺長子對白醬丹的毒辣的諷刺；縱然他本人僅僅一笑了之。"◇同樣該捱罵的事，別人幹了，他們會大發雷霆；咱們幹了，他們就一笑了之。同 一笑置之、付之一笑。

【一倡一和】yī chàng yī hè 見"一唱一和"。

【一倡(唱)三歎】yī chàng sān tàn《荀子•禮論》："清廟之歌，一倡而三歎也。"指一人歌唱，三人相和。歎：讚歎而應和。後多用"一倡（唱）三歎"指音樂、詩文等文藝優美婉轉而富有韻味，令人讚歎。《樂府詩集•郊廟歌辭十二•肅雍舞》："一倡三歎，朱弦之聲。"宋代蘇軾《和蔡景繁海州石室》詩："長篇小字遠相寄，一唱三歎神淒楚。"明代王世貞《藝苑卮言》卷一："歌行如作平調，舒徐綿麗者，結須為雅詞，勿使不足，令有一唱三歎之意。"何其芳《關於現代格律詩》："詩的內容既然總是飽和着強烈的或者深厚的感情，這就要求着它的形式便利於表現出一種反覆迴旋、一唱三歎的抒情氣氛。"

【一倡百和】yī chàng bǎi hè 倡：倡導。和：應和。一人首倡，百人附和。漢代桓寬《鹽鐵論•結和》："人罷極而主不恤，國內潰而上不知，是以一夫倡而天下和。"後用"一倡百和"形容附和的人非常多。金代元好問《續夷堅志•胡公去狐》："抵暮張燭而坐，夜半，狐鳴後圃中，一倡百和。"清代江藩《漢學師承記•惠周惕》："郢書燕説，一倡百和。"《官場現形記》四七回："於是一倡百和，大家都是這個說法。"也作"一唱百和"。《孽海花》三五回："那也是承了乾嘉極盛之後，不得不另闢蹊徑，一唱百和，自然的成了一時風氣了。"◇反對全球化的人一倡百和，勢力決不在小。同 一呼百應、八方呼應。

【一息尚存】yī xī shàng cún 還有一口氣存在。說人還活着，生命尚未終止。《論語•泰伯》："死而後已，不亦遠乎！"宋代朱熹集註："一息尚存。此志不容少懈，可謂遠矣。"《兒女英雄傳》二二回："（何玉鳳）忽然的大事已了，一息尚存，且得重返故鄉。"鄧友梅《和老索相處的日子》："這個人只要一息尚存，就在奮鬥不已。"

【一般見識】yī bān jiàn shi 指同樣淺薄的見解或缺少修養。一般：一樣，同樣。元代關漢卿《魯齋郎》一折："若知是我，怎麼敢罵，我不和你一般見識。"《紅樓夢》六十回："姨奶奶不必和他小孩子一般見識，等我們說他。"巴金《秋》三十："她們就不該跟三妹一般見識。"

【一針見血】yī zhēn jiàn xiě 比喻說話或寫文章直截了當，切中要害。梁啟超《盧梭學案》："此論可謂一針見血，簡而嚴、精而透矣。"◇説話乾脆利落，一針見血／在紛紜的眾議中，他的話卻能一針見血，折服大家。同 一語破的、一語道破。反 不痛不癢、言不及義、隔靴搔癢。

【一脈相承】yī mài xiāng chéng 見"一脈相傳"。

【一脈相通】yī mài xiāng tōng 比喻事物間彼此關聯，就像血脈相通一樣。魯迅《花邊文學·誰在沒落》："倘說，中國畫和印象主義有一脈相通，那倒還說得下去的。"茅盾《夜讀偶記》四："因為我覺得這兩家——'古典主義'和'現代派'——表面上雖然極不相同，可是骨子裏卻有一脈相通之處。"

【一脈相傳】yī mài xiāng chuán 一脈：同一血統或同一派系。由同一血統或流派世代傳承下來。比喻文化、風氣、學説、行為、技藝的前後繼承關係。明代汪廷訥《三祝記·敍別》："你向日將囊金封還張子，純仁今日將麥舟賑濟曼卿，這才是一脈相傳，何愁皇天不佑。"朱自清《論書生的酸氣》："書生吟誦，聲酸辭苦，正和悲歌一脈相傳。"也作"一脈相承"。宋代錢時《兩漢筆記》卷一一："一脈相承，如薪傳火。"《歧路燈》九二回："如今這兩個侄兒，雖分鴻臚、宜賓兩派，畢竟一脈相承，所以一個模樣。"◇中華民族一脈相傳，悠悠五千年，從未間斷。同 代代相傳。

【一席之地】yī xí zhī dì 鋪一張坐席的地方。比喻極小的一塊地方或一個位置。《舊唐書·后妃傳上》："然貴妃久承恩顧，何惜宮中一席之地，使其就戮，安忍取辱於外哉！"《儒林外史》三五回："不妨，我只須一席之地，將就過一夜，車子叫他在門外罷了。"

【一病不起】yī bìng bù qǐ 得病後再也起不了牀，直到死亡。宋代洪邁《夷堅乙志·光祿寺》："蔣一病不起。"《兒女英雄傳》三二回："那詹典在途中本就受了些風霜，到家又傳了時症，一病不起，嗚呼哀哉死了。"周立波《山鄉巨變》一："大崽又得個傷寒，一病不起。"

【一差二錯】yī chā èr cuò 指可能發生的差錯或意外變故。《金瓶梅》七九回："你實説便罷，不然有一差二錯，就在你這兩個囚根子身上。"冰心《斯人獨憔悴》："就是辦事上有一差二錯，有我在還怕甚麼！"◇人有失足，馬有失蹄，誰辦事能保險不出一差二錯？反 十全十美、完美無缺。

【一家之言】yī jiā zhī yán 有獨到見解、自成體系的學説、論著或言論。也泛指個人或某一學派的學術論述。漢代司馬遷《報任少卿書》："亦欲以究天人之際，通古今之變，成一家之言。"梁啟超《論譯書》："近歲有續編及駁議等編，皆當補譯，以成一家之言。"田北湖《論文章源流》："儒家從事於文字，辨理決論，更為一家之言。"

【一紙空文】yī zhǐ kōng wén 一張沒用的空頭文書。指只是寫在紙面上而不予履行、不能兑現的契約、條約、法律、規章、計劃等。《官場現形記》四六回："近來又有了甚麼外銷名目，説是籌了款項，只能辦理本省之事，將來不過一紙空文咨部塞責。"梁啟超《立憲法議》："故苟無民權，則雖有至良極美之憲法，亦不過一紙空文。"◇單憑這一紙空文，我還是信不得你。同 白紙黑字。

【一掃而空】yī sǎo ér kōng 一下子掃除乾淨。比喻全部消失或清除、消滅。明代沈德符《萬曆野獲編·紫柏評晦庵》："最後李卓吾出，又獨創特解，一掃而空之。"《慈禧太后演義》一回："其實與西太后反對的人物，已是一掃而空了。"魯迅《彷徨·祝福》："從白天以至初夜的疑慮，全給祝福的空氣一掃而空了。"

【一乾二淨】yī gān èr jìng ❶ 形容一點不剩，都不存在了。《鏡花緣》十回："他是'一毛不拔'，我們是'無毛不拔'，把他拔得一乾二淨，看他如何！"《二十年目睹之怪現狀》七回："藩臺依言問他，他卻賴得個一乾二淨。"魯迅《且介亭雜文·從孩子的照相説起》："做兒子時，以將來的好父親自命，待到自己有了兒子的時候，先前的宣言早已忘得一乾二淨了。”❷形容整潔乾淨。馬烽西戎《呂梁英雄傳》九回：“二先生家裏裏外外，收拾得一乾二淨。”柳青《銅牆鐵壁》十章：“店裏敞開的窰和客房，大都收拾得一乾二淨。”反 污穢不堪。

【一敗如水】yī bài rú shuǐ 形容潰不成軍，就像潑到地上的水那樣不可收拾。◇沒想到打下來一敗如水，他乘勢解甲歸田，回廣東鄉下了 / 校足球隊今天一敗如水，讓人家踢了個零比七。同 一敗塗地。反 大獲全勝。

【一敗塗地】yī bài tú dì 塗地：肝腦塗地。形容徹底失敗，無可挽回。《史記•高祖本紀》：“天下方擾，諸侯並起，今置將不善，一敗塗地。”《紅樓夢》一〇五回：“完了，完了！不料我們一敗塗地如此！”◇台兒莊一戰，日軍一敗塗地，中國軍民士氣大振。反 旗開得勝、馬到成功。

【一唱一和】yī chàng yī hè 和：應和。《詩•鄭風•蘀兮》：“叔兮伯兮，倡予和汝。”指由一人先唱，另一人隨聲應和。也作“一倡一和”。❶形容感情相通，意氣相投。《警世通言•王嬌鸞百年長恨》：“自此一倡一和，漸漸情熟，往來不絕。”❷比喻相互配合、相互呼應。有時含貶義。巴金《春》二一：“四嬸、五嬸在三爸面前你一句我一句一唱一和地說了我們許多閒話。”周立波《暴風驟雨》第一部六：“遠遠近近，蟋蟀和蟈蟈一唱一和地鳴叫。”◇兩人一搭一檔，不論任何場合都是一唱一和，配合默契。

【一唱百和】yī chàng bǎi hè 見“一倡百和”。

【一國三公】yī guó sān gōng 一個國家有三個君主。比喻政出多門，號令不統一，叫人無所適從。《左傳•僖公五年》：“一國三公，吾誰適從？”《資治通鑒•東昏侯永元元年》：“一國三公猶不堪，況六貴同朝，勢必相圖，亂相作矣。”《民國通俗演義》七四回：“武夫當道勢洶洶，一國三公誰適從？”◇公司裏幾個頭頭各吹各的號，一國三公，我們該聽誰的好？同 政出多門、無所適從。反 一言九鼎、定於一尊。

【一得之功】yī dé zhī gōng 指一點微小的成績。一得：一點收穫。◇過分看重眼前利益，沾沾自喜於一得之功和一孔之見，沒有遠大的前途 / 雖有一得之功，但卻止步不前，終究會被淘汰出局。反 居功至偉、功蓋天下。

【一得之見】yī dé zhī jiàn《史記•淮陰侯列傳》：“臣聞智者千慮，必有一失；愚者千慮，必有一得。”一得：一點心得。後指一點膚淺的見解，多用作自謙之辭。《封神演義》六八回：“二位之言雖善，予非不知；此是一得之見。”臧克家《京華練筆三十年》：“我希望自己的一得之見，不致貽誤讀者。”同 一得之愚。

【一貧如洗】yī pín rú xǐ 窮得像被水沖洗得乾乾淨淨一樣，一無所有，十分窮困。元代關漢卿《竇娥冤》楔子：“小生一貧如洗，流落在這楚州居住。”《初刻拍案驚奇》卷十：“休得取笑，我是一貧如洗的秀才，怎承受得令愛起？”老舍《老張的哲學》：“叔父自從丟了官，落得一貧如洗，他心灰意冷，無意再入政界。”◇他小時候家道中落一貧如洗，一日三餐都成問題。同 囊空如洗、家徒四壁。反 富甲一方、腰纏萬貫。

【一毫一絲】yī háo yī sī 見“一絲一毫”。

【一毫不苟】yī háo bù gǒu 形容做事認真，即便是一絲一毫的細微之處也不馬虎。清代冒襄《影梅庵憶語》：“斷斷是再來人，一毫不苟，一絲不掛。誠然而來，誠然而往。”◇他做的賬肯定是一絲不差、一毫不苟的，你儘可放心。同 一絲不苟、一筆不苟。反 丟三落四、粗心大意。

【一毫不差】yī háo bù chā ❶完全相同，沒有任何差異。《西遊記》七一回：“他的鈴兒怎麼與我的鈴兒……一毫不差？”❷一點不少，不缺秤。◇這家藥店以誠信為本，哪怕是買貴重的參茸蟲草，也是一毫不差足秤給的。同 絲毫不差。反 短斤缺兩。

【一望而知】yī wàng ér zhī 一看就知道、就明白。形容顯而易見或問題顯露得十分清楚。《東周列國誌》九六回：“即命許曆引軍萬人，屯據北山嶺上，凡秦兵行動，一望而知。”錢鍾書《圍城》八：“辛楣很喜歡那個女孩子，這一望而知的。”茅盾《子夜》一：“他大概有四十歲了，身材魁梧，舉止威嚴，一望而知是頤指氣使慣了的‘大亨’。”

【一望無際】 yī wàng wú jì 一眼望不到邊際。形容十分遼闊、遼遠。《金瓶梅》三六回：“蔡狀元以目瞻顧西門慶家園池台館，花木深秀，一望無際，心中大喜，極口稱羨。”《鏡花緣》四六回：“此處不獨清秀幽僻，而且前面岩層錯落，遠峰重疊，一望無際，不知有幾許路程。”茅盾《子夜》一七：“四面一望無際，是蒼涼的月光和水色。” 同 一望無邊、一望無涯。

【一清二白】 yī qīng èr bái ❶ 清楚明白。《歧路燈》四六回：“老爺只叫這二人到案，便一清二白。”艾蕪《豐饒的原野》：“你不給我說個一清二白，我是不答允你的！” ❷ 清白無污點。茅盾《劫後拾遺》四：“你還不相信我麼？我在這裏混了這半年，素來一清二白。”老舍《駱駝祥子》六：“一旦要娶，就必娶個一清二白的姑娘。” 反 不明不白、不清不楚。

【一清如水】 yī qīng rú shuǐ ❶ 比喻為官清廉有德政，如水之清澈。《西湖佳話•葛嶺仙跡》：“葛洪到任即薄賦減刑，寬徭息訟，不消兩月，治得一清如水。”《官場現形記》三回：“誰不知道戴二太爺一向是一清如水。” ❷ 形容乾乾淨淨，空無他物。清代李綠園《歧路燈》七回：“孝移進院一看，房屋高朗，台砌寬平，上懸一面‘讀書軒’匾，掃得一清如水。” 同 明鏡高懸、纖塵不染。

【一視同仁】 yī shì tóng rén ❶ 以同樣的仁愛之心待人，不分親疏厚薄。唐代韓愈《原人》：“是故聖人一視而同仁，篤近而舉遠。”《金史•陳規傳》：“今聖主在上，一視同仁，豈可以一家之民自限南北，坐視困餒而不救哉！”◇對有困難的親朋故舊，她都援手相助，一視同仁。❷ 對誰都用同一標準。明代湯顯祖《牡丹亭•耽試》：“這等，故準收考，一視同仁。”老舍《神拳》第三幕：“都是紳士，本縣向來一視同仁。”◇考生錄取一視同仁，只以考卷得分作準。反 厚此薄彼、黨同伐異。

【一張一弛】 yī zhāng yī chí 張：拉緊弓弦。弛：放鬆弓弦。也作“一弛一張”。❶ 治國之道是寬嚴相濟，交替使用。“張、弛”比喻施政的手段。《禮記•雜記下》：“一張一弛，文武之道也。”漢代王充《論衡•儒增》：“故張而不弛，文王不為。弛而不張，文王不行。一弛一張，文王以為當。” ❷ 比喻事物有鬆有緊，處理事情不可偏廢一方。梁啟超《五十年中國進化論概論》：“社會上的事物，一張一弛，乃其常態。”◇你們把工作拉得太緊了。拉得太緊就會斷。古人說：‘文武之道，一張一弛。’現在‘弛’一下，反而會做得更好。同 剛柔並濟。

【一通百通】 yī tōng bǎi tōng 學習或做事只要攻克關鍵的一個環節，其他環節也自然順通。《後西遊記》三回：“猴王一通百通，時常習了口訣，自習自練，將七十二般變化俱學成了，只不懂得觔斗之法。”◇學哲學其實並不難，只要掌握住那幾條基本原理，一通百通。

【一琴一鶴】 yī qín yī hè 琴、鶴：都是古人認為高雅的東西。《宋史•趙抃傳》：“帝曰：‘聞卿匹馬入蜀，以一琴一鶴自隨，為政簡易，亦稱是乎？’”後用“一琴一鶴”表示：❶ 行裝簡單。元代無名氏《馮玉蘭》一折：“你把那行裝整頓，無過是一琴一鶴緊隨身。” ❷ 做官清廉。宋代馬廷鸞《陳塏除資政殿學士致仕制》：“蚤著廉能，今為宿齒，平生冰蘗，有一琴一鶴之風。”

【一場春夢】 yī chǎng chūn mèng 在春花綻放的夜晚做的一場美夢。❶ 比喻世事無常，轉眼成空。唐代盧延讓《哭李郢端公》詩：“詩侶酒徒銷散盡，一場春夢越王城。”五代前蜀張泌《寄人》詩：“倚柱尋思倍惆悵，一場春夢不分明。”元代無名氏《九世同居》二折：“世間萬事，總是一場春夢。” ❷ 比喻設想、計劃落空。《鏡花緣》一六回："這才曉得從前各事都是枉費心機，不過做了一場春夢。"瞿秋白《餓鄉紀程》七："現在謝軍差不多一敗塗地，也不過一場春夢罷了。" 同 黃粱美夢。

【一揮而就】yī huī ér jiù 一提筆就完成了。形容才思敏捷，無論寫字、畫畫、作文，揮筆迅即完成。宋代朱弁《曲洧舊聞》卷七："（蘇）東坡一揮而就，不日傳都下。"《紅樓夢》三七回："黛玉……提筆一揮而就，擲於眾人。"葉聖陶《未厭集·某城紀事》："應松厓等他不及，自己一揮而就，書也沒有翻。" 同 一揮而成、才思敏捷。

【一朝一夕】yī zhāo yī xī 一個早上或一個傍晚。形容很短的時間。《易經·文言》："臣弒其君，子弒其父，非一朝一夕之故，其所由來者漸矣。"《三國演義》一〇一回："吾伐中原，非一朝一夕之事，正當為此長久之計。"張愛玲《談女人》："當然，幾千年的積習，不是一朝一夕可以改掉的。" 同 十天半月。反 三年五載。

【一無長物】yī wú cháng(zhàng) wù 沒有一點多餘的東西，一無所有。多形容貧困之極。長：多餘。《孽海花》二十回："吾倒替筱亭做了一句'綠毛龜伏瑪瑙泉'，倒是自己一無長物怎好？" ◇李老頭室中空空，一無長物，所以出外從不鎖門，也不怕竊賊。同 身無長物。反 家財鉅萬。

【一無所有】yī wú suǒ yǒu 一個也沒有；甚麼也沒有。五代王定保《唐摭言·慈恩寺題名遊賞賦詠雜紀》："（盧）鈞異其事，馳往舊遊訪之，則向之花竹一無所有，但見頹垣壞棟而已。"《紅樓夢》一〇六回："鳳姐兒一無所有，賈璉外頭債務滿身。"徐遲《狂歡之夜》："他們一無所有了，他們只剩死路一條。"

【一無所求】yī wú suǒ qiú 任何要求和需要都沒有。《兒女英雄傳》一六回："（她）要我給她遮掩個門戶；此外一無所求。" ◇爸爸問他需要甚麼儘管説，但他竟一無所求。反 予取予求、誅求無已。

【一無所長】yī wú suǒ cháng 一點特長也沒有，平平庸庸。《東周列國誌》九九回："今先生處勝門下三年，勝未有所聞，是先生于文武一無所長也。"《清朝野史大觀·定庵前生》："此僧生平一無所長，惟每日誦《法華經》而已。"《二十年目睹之怪現狀》九十回："那日記當中，提到他那位葉妹夫，便說他年輕而紈袴習氣太重，除應酬外，乃一無所長，又性根未定，喜怒無常云云。" 反 行家裏手、無出其右。

【一無所知】yī wú suǒ zhī 一概不知，甚麼都不知道。《北史·隋宗室諸王傳》："陛下唯守虛器，一無所知。"《警世通言》卷一五："小學生望後便倒，扶起，良久方醒。問之一無所知。"《紅樓夢》九十回："那雪雁此時只打量黛玉心中一無所知了。"馮至《外來的養分》："五四運動發生後的第二年，我從一個舊制中學畢業。在這以前，我對外國文學一無所知。"

【一無所得】yī wú suǒ dé 甚麼也沒有得到；甚麼也沒找到。五代王定保《唐摭言·通榜》："因命搜壽兒懷袖，一無所得。"《醒世恒言》卷三八："我自幼好道，今經五十餘年，一無所得。"魯迅《為了忘卻的記念》："現在尋起來，一無所得，想必是十七那夜，統統燒掉了。" 同 一無所獲。反 大有斬獲。

【一無所獲】yī wú suǒ huò 甚麼也沒有得到，毫無收穫。《太平廣記》卷二五四："唐宋國公蕭瑀不解射，九月九日賜射，瑀箭俱著垛，一無所獲。"王朔《我是你爸爸》一三章："他站起來，伸了個懶腰，像個一無所獲的小特務，不死心地環顧四周，看還有哪兒遺漏未搜的。" 同 一無所得。

【一無是處】yī wú shì chù 沒有任何好的地方；沒有一點是對的。明代張岱《與胡季望》："是猶三家村子，使之治山珍海錯，烹飪燔炙，一無是處。明眼觀之，只發一粲。"朱自清《白種人——上帝的驕子！》："而他的讀物也推波助瀾，將中國編排得一無是處，以長他自己的威風。" 反 完美無缺。

【一筆勾消】yī bǐ gōu xiāo 見"一筆勾銷"。

【一筆勾銷】yī bǐ gōu xiāo 也作“一筆勾消”。❶ 從賬本或書面名錄、材料上把欠賬、名字、記錄等一筆勾掉，了斷舊債、舊事或除名。元代無名氏《延安府》二折：“如有班部監司，不才官吏，一筆勾銷，永不敍用。”◇陳年舊賬一筆勾消，不須你再掛心了。❷ 比喻完全取消或徹底了結。《初刻拍案驚奇》卷十：“再夾一個鄉官在太守處說了人情，婚約一紙，只須一筆勾銷。”《野叟曝言》一四〇回：“駙馬既如此說，便把前事一筆勾銷。”◇上司這一句話，把她數天來的努力一筆勾消了。

【一筆抹殺(煞)】yī bǐ mǒ shā 不問青紅皂白，用筆一塗，全部抹掉。比喻輕率地全盤否定成績、長處、事實等。明代沈德符《野獲編·嘉靖大獄張本》：“世宗獨斷直謂禮儀新貴所昭雪，即跖蹻亦必曾史。遂將前後爰書，一筆抹殺。”《老殘遊記》一一回：“所以天降奇災，北拳南革，要將歷代聖賢一筆抹煞，此也是自然之理，不足為奇的事。”朱自清《文物·毛筆》：“歷史和舊文化，我們應該批判的接受，作為創造新文化的素材的一部，一筆抹殺是不對的。”魯迅《南腔北調集·“連環圖畫”辯護》：“他（蘇汶）以中立的文藝論者的立場，將‘連環圖畫’一筆抹煞了。”㊂ 一筆勾銷。

【一傅眾咻】yī fù zhòng xiū《孟子·滕文公下》載：有位楚國的大夫把他兒子送到楚國學生集聚的學校裏學齊國的語言，由齊國教師任教，但“一齊人傅之，眾楚人咻之，雖日撻而求其齊也，不可得矣。”說一人悉心施教，眾學生不聽，還吵鬧起鬨，終於學不好齊語。後指在不良環境下，面對不同道者，正面教導抵不過反面干擾。清代陳確《答張考夫書》：“譬之與釋子非佛教，與婆子言無閻王，一傅眾咻，祇自取困耳。”《續孽海花》三九回：“王爺雖則有一定的主見，不過朝夕接近的都是那一班人，挑撥離間，無奇不有，一傅眾咻，孤立者終究吃虧。”

【一飯千金】yī fàn qiān jīn《史記·淮陰侯列傳》記載：韓信年少家貧，無所寄食，一天在淮陰城下釣魚，有一個漂絮的老婦人見韓信飢餓的樣子，便供其飲食。後來韓信貴為楚王，便以千金報答那個老婦。後用“一飯千金”表示受恩厚報。唐代沈亞之《旌故平盧軍節士》：“夫舉食於人，當渴飢之望也，一飯千金，未足者不能十金。”明代湯顯祖《牡丹亭·淮泊》：“太史公表他，淮安府祭他，甫能夠一飯千金價。”㊂ 一飯之恩。㊀ 忘恩負義。

【一飲一啄】yī yǐn yī zhuó《莊子·養生主》：“澤雉十步一啄，百步一飲，不祈畜乎樊中。”後用“一飲一啄”：❶ 指禽鳥隨其本性，自在地飲食和活動。唐代高郢《沙洲獨鳥賦》：“一飲一啄，載沉載浮。”❷ 指人的飲食，或生活遭遇、命運。《初刻拍案驚奇》卷一：“可見一飲一啄，莫非前定。不該是他的東西，不要說八百兩，就是三兩，也得不去。該是他的東西，不要說八百兩，就是三兩，也推不出去。”《二十年目睹之怪現狀》三一回：“豈不聞一飲一啄，莫非前定，既是前定，自然有術數可以算得出了。”◇人世間的恩怨情仇，從來是一飲一啄，報應不爽的。

【一腔熱血】yī qiāng rè xuè 周身都流淌着溫熱的鮮血。形容滿懷為正義事業奮鬥、獻身的熱情。元代尚仲賢《尉遲恭單鞭奪槊》一折：“我必然捨這一腔熱血，與國家出力，方顯某盡忠之心也。”袁鷹《飛》：“無數愛國者一腔熱血，盡付東流，半世奔波，終身飲恨。”㊂ 滿腔熱血。

【一勞永逸】yī láo yǒng yì 辛勞一次把事做好，就能得到長久的安逸。漢代班固《封燕然山銘》：“茲可謂一勞而久逸，暫費而永寧者也。”《明史·曾銑傳》：“此一勞永逸之策，萬世社稷所賴也。”《兒女英雄傳》二五回：“與其聘到別家，萬一弄得有始無終，莫如娶到我家，轉覺可期一勞永逸。”魯迅《再論重譯》：“‘一勞永逸’的話是有的，而‘一勞永逸’的事卻極少。”㊀ 勞而無功、疲於奔命。

【一寒如此】yī hán rú cǐ《史記·范雎蔡澤

列傳》記載，魏國派使者須賈到秦國，秦相范雎聽說後便喬裝穿了破衣服步行去拜望，須賈見狀便說：“范叔一寒如此哉！”一：竟然。意思是說竟然窮困到如此地步。後指貧困潦倒到了極點。元代方回《次韻許大初見贈》：“賴是同鄉復同味，一寒如此遽春還。”◇想不到薛家大少一寒如此，靠乞討度日！反 榮華富貴、高車駟馬。

【一統天下】yī tǒng tiān xià 指統一全國或某種勢力或某些人所把持的局面。《三國演義》一回：“漢朝自高祖斬白蛇而起義，一統天下。”◇同心協力為大元帥打下個一統天下／整個木材市場成了林某的一統天下。反 四分五裂。

【一絲一毫】yī sī yī háo 形容數量極其微小。絲、毫：兩種微小的計量單位，毫是厘的十分之一，絲是毫的十分之一。也作“一毫一絲”。宋代歐陽修《會聖宮頌》：“而職我事，而往惟寅，一毫一絲，給以縣官，無取於民。”《兒女英雄傳》二十七回：“你沒受着我一絲一毫好處；師傅受你的好處，可就難說了。”老舍《四世同堂》二九：“老二沒有一絲一毫的悔悟。”

【一絲不苟】yī sī bù gǒu 苟：不認真。連最微小的事也認真對待。形容做事非常細心、認真。《儒林外史》四回：“上司訪知，見世叔一絲不苟，陞遷就在指日。”◇衣着一向整整齊齊，每一個鈕扣都一絲不苟地扣着。同 嚴肅認真。反 粗枝大葉、敷衍了事。

【一絲不掛】yī sī bù guà ❶佛教語。釣魚竿上不掛絲線。比喻不受塵俗的牽累，或內心清靜，沒有牽掛。《景德傳燈錄·池州南泉禪師》：“師便問：‘大夫十二時中作麼生？’陸云：‘寸絲不掛。’”《楞嚴經》：“一絲不掛，竿木隨身。”宋代張孝祥《請龍牙長老疏》：“一絲不掛，無人無我無眾生；萬境皆融，能縱能奪能殺活。”宋代蘇軾《戲贈虔州慈雲鑒老》詩：“遍界難藏真薄相，一絲不掛且逢場。”朱自清《憶跋》：“你想那顆一絲不掛卻又愛着一切的童心，眼見得在那隱約的朝霧裏，憑你怎樣招着你的手兒，總是不回到腔子裏來。”❷形容赤身裸體。宋代楊萬里《清曉洪澤放閘》詩：“放閘老兵殊耐冷，一絲不掛下冰灘。”《野叟曝言》一三二回：“七姨真個一絲不掛，連翻筋斗，滾到素臣面前。”葉聖陶《皇帝的新衣》：“可是一看見皇帝一絲不掛地坐在寶座上，就覺得像個去了毛的猴子。”同 赤身露體、赤身裸體。

【一葉知秋】yī yè zhī qiū 一片落葉飄下來，就知道秋天將要來了。比喻從細微的跡象可以看出事物的發展趨向。《淮南子·說山訓》：“以小明大，見一葉落而知歲之將暮，睹瓶中之冰而知天下之寒。”《歲時廣記》卷三引唐人詩：“山僧不解數甲子，一葉落知天下秋。”◇要說一葉知秋，那女兒的出走，也就表明了家庭崩潰的到來。同 見微知著、葉落知秋。

【一葉障目】yī yè zhàng mù 一片樹葉遮蔽了眼睛。比喻被細小事物或局部現象所蒙蔽，看不到事物的全部、主流或本質。常和“不見泰山”連用。◇看待朋友一定要全面，不能因自己的好惡而一葉障目／我們不能一葉障目不見泰山，凡事都不要為表象所蒙蔽。

【一葉蔽目】yī yè bì mù 一片葉子遮住了眼睛。比喻被事物局部或表面現象所蒙蔽，看不到事物的全貌和真實情況。《鶡冠子·天則》：“一葉蔽目，不見太（泰）山；兩豆塞耳，不聞雷霆。”◇心胸狹窄的人，一葉蔽目，不見全局，往往害了自己。同 一葉障目、“一葉障目，不見泰山”。反 高瞻遠矚、洞若觀火。

【一落千丈】yī luò qiān zhàng 唐代韓愈《聽穎師彈琴》詩：“躋攀分寸不可上，失勢一落千丈強。”原指琴聲驟然由高降到很低。後來形容境遇、地位、名聲等急劇下降。宋代王邁《上何帥啟》：“失勢一落千丈強，自安蹙步。”鄭振鐸《三姑與三姑丈》：“祖母知道了三姑丈米店倒閉的消息時，還不曉得他們竟是如此的一落千丈，如此的無以度日。”反 平步青雲、飛黃騰達。

【一塌糊塗】yī tā hú tú 形容混亂或糟糕到了極點。《孽海花》三十回：“與其顧惜場面，硬充好漢，到臨了弄的一塌糊塗，還不如一老一實，揭破真情，自尋生路。”郭沫若《我的學生時代》：“新開設的中學，更是一塌糊塗，笑話百出。”曹禺《北京人》第二幕：“事業一到我手裏就莫名其妙地弄得一塌糊塗。”◇道路擁擠得一塌糊塗。同 一無是處。反 十全十美、完美無缺。

【一鼓作氣】yī gǔ zuò qì 一鼓：擂起激勵士氣的第一通鼓；作：振作；氣：勇氣。古代與敵拚殺前先擂鼓激發士氣勇往直前。《左傳•莊公十年》：“夫戰，勇氣也。一鼓作氣，再而衰，三而竭。”後指趁銳氣旺盛時鼓足勁頭，把事情一舉做好做完。《舊唐書•回紇傳》：“奮其智謀，討彼凶逆，一鼓作氣，萬里摧鋒，二旬之間，兩京克定。”《文明小史》五二回：“原來饒鴻生在兩江制台面前告奮勇的時候，不過是個一鼓作氣，他說要遊歷英法日美四國，不免言大而誇。”聞一多《時代的鼓手》：“當這民族歷史行程的大拐彎中，我們得一鼓作氣來渡過危機，完成大業。”同 一舉成功。反 一敗塗地、一蹶不振。

【一概而論】yī gài ér lùn 用同一標準來看待或處理所有的問題，不做具體分析。晉代王羲之《自序草書勢》：“百體千形而呈其巧，豈可一概而論哉？”宋代孫光憲《北夢瑣言》卷一四：“古者文武一體，出將入相，近代裴行儉、郭元振、裴度、韋皋是也。然而時有夷險，不可一概而論。”李六如《六十年的變遷》第十章：“然而天下事，卻也未可機械的一概而論。”反 就事論事。

【一歲三遷】yī suì sān qiān 一年連升三級。形容升官迅速。遷：調動官職，通常指升職。《南史•到僞傳》：“上又數遊僞家，懷其舊德，至是一歲三遷。”◇此公真是了得，一歲三遷，攀龍附鳳果然靈驗，轉眼間就爬了上去。

【一路平安】yī lù píng ān 旅途中全程順利無事。多用來祝福人出行安寧順遂。明代范受益《尋親記•托夢》：“大王爺，保佑弟子一路平安，腳輕手捷。”錢鍾書《圍城》三：“唐小姐挽不住方鴻漸，所以加一句‘希望你遠行一路平安’”。同 順風順水。反 飛來橫禍。

【一路貨色】yī lù huò sè 指同一類的人與物。貨色：原指商品的品類、質量。比喻某類人或事物。多作貶義。王海鴒《她們的路》：“從本質上講，這兩個人我都不喜歡，她們倆完全是一路貨色——俗！”◇這兩家店賣的電器是一路貨色，全是仿名牌的冒牌產品。

【一路順風】yī lù shùn fēng 比喻旅途順利或辦事順當。常用來祈祝出行的人。《蕩寇志》一二二回：“且喜連冬過春，徐槐一邊久無消息，更喜雲陳兩處亦無動靜，一路順風，無些毫打叉之事，以是吳用漸漸向癒。”◇大家換乘上大的帆船，一路順風駛進了洪澤湖。

【一路福星】yī lù fú xīng ❶ 路：宋代指行政大區，相當於明清時代的省。福星：指歲星（即木星），舊時術士認為歲星照臨能降福於民。相傳宋代鮮于侁為官正直寬厚，能救民於困頓之中，司馬光便稱他是“一路福星”。後便用此語稱頌播施恩澤於民的官吏。清代楊潮觀《汲長孺矯詔發倉》：“你既來到此，竟該從權矯詔，持節發倉，救此數百萬生靈垂死之命……豈不是一路福星，千秋盛世。”❷ 祝人旅途平安的話。路：旅途。清代李綠園《歧路燈》五四回：“邊公問了姓名，說了‘弟係初任，諸事仰祈指示’話頭。眾人也說了‘一路福星，愷悌樂只’的話頭。”

【一意孤行】yī yì gū xíng《史記•酷吏列傳》：“公卿相造請禹，禹終不報謝，務在絕知友賓客之請，孤立行一意而已。”意謂謝絕請託，堅持自己的主張。後用“一意孤行”指不聽勸告，頑固地按照自己的想法行事。清代袁枚《隨園詩話》卷三：“蓋一意孤行之士，細行不矜，孔子所謂‘觀過知仁’，正此類也。”茅盾《子夜》十：“說不定他一片好心勸杜竹齋抑制着吳蓀甫的一意孤行那番話，杜竹齋竟也已經告訴了蓀甫！”同 我行我素。反 從諫如流。

【一碧萬頃】yī bì wàn qǐng 碧：青綠色。頃：一百畝。形容蔚藍無際的天空或碧綠遼闊的水面。唐代田穎《浩然台詩序》："北望可見長江一碧萬頃，涵虛無涯。"宋代范仲淹《岳陽樓記》："上下天光，一碧萬頃，沙鷗翔集，錦鱗游泳。"成仿吾《牧夫》："時候已經將近中秋，晴空是一碧萬頃。"

【一鳴驚人】yī míng jīng rén 鳴：鳥叫。《韓非子•喻老》："雖無飛，飛必沖天；雖無鳴，鳴必驚人。"《史記•滑稽列傳》："此鳥不飛則已，一飛沖天；不鳴則已，一鳴驚人。"比喻平時默默無聞，卻一下子表現驚人或做出驚人的成績。明代楊慎《李白墓誌》："白常欲一鳴驚人，一飛沖天。"◇田徑賽場上他那一鳴驚人的表現，讓我至今記憶猶新。同 不鳴則已，一鳴驚人。反 默默無聞。

【一團和氣】yī tuán hé qì ❶ 形容態度和藹或氣氛祥和。《好逑傳》一二回："忽見過公子直出門迎接，十分殷勤，一團和氣。"◇他無論對誰，臉上總露着一團和氣。❷ 用柔和的態度與人和睦相處，避免出現矛盾。《水滸傳》八一回："此人極是仁慈寬厚，待人接物，一團和氣。"◇結婚三十年，他對妻子一團和氣，從沒爭吵過。反 粗聲粗氣、疾言厲色。

【一團漆黑】yī tuán qī hēi ❶ 眼前一片黑暗。形容天色晦暗，沒有一絲亮光。黎汝清《萬山紅遍》五四章："人們把視線轉向谷家寨，但這時的谷家寨卻一團漆黑，沉寂無聲。"◇車窗外一團漆黑，看不到月亮、星星，更看不到燈火人家。❷ 比喻社會黑暗，或景象、遭際淒慘。◇在那一團漆黑的社會裏，人根本無法活得像個人樣 / 她已經完全絕望了，把前途看得一團漆黑，不作任何指望。❸ 比喻對人對事一無所知。◇別看她們常在一起吃飯，也就是吃飯而已，她對那幾個朋友的內心世界，其實完全是一團漆黑。

【一鼻子灰】yī bí zi huī 滿鼻子的灰土，比喻阻礙、挫折。常與"碰、抹、吃、撞"等連用，義同"碰釘子"，指碰壁受阻。《南北史演義》七七回："(周主) 直碰了一鼻子灰，怏怏趨出。"《紅樓夢》六七回："趙姨娘來時興興頭頭，誰知抹了一鼻子灰，滿心生氣，又不敢露出來，只得訕訕的出來了。"鄒韜奮《萍蹤憶語》一："(他) 向這個女子約請吃了一鼻子灰，便改向那個女子約請。"

【一語破的】yī yǔ pò dì 的：箭靶中心，比喻要害、關鍵。一句話就點出要害所在。朱自清《論雅俗共賞》："胡適之先生說宋詩的好處就在'做詩如說話'，一語破的指出了這條路。"◇"不如意者常八九"這句話一語破的，道出了人生的艱難。同 一語道破、一語中的。反 欲言又止、轉彎抹角。

【一語道破】yī yǔ dào pò 一句話就把內容或真相說穿了。清代袁枚《隨園詩話》卷二："老人生平苦心，被君一語道破。"張一弓《山村詩人》："侯木匠一語道破了詩人不幸的根源。"許廣平《欣慰的紀念》："我們讀他的著作，時常看到許多別人不注意的事物，經他一語道破，非常激賞，這也就是從他的仔細認真得來。"

【一語雙關】yī yǔ shuāng guān 一句話裏含有兩層意思，即表面上一層意思，暗中卻深藏着另一層意思。浩然《豔陽天》八六章："(焦克禮) 又轉臉看看彎彎繞這夥子人，一語雙關地說：'我再宣佈一聲，誰想渾水摸魚，挑撥是非，那是辦不到。'"

【一誤再誤】yī wù zài wù《宋史•魏王廷美傳》："太宗嘗以傳國之意訪之趙普，普曰：'太祖已誤，陛下豈容再誤邪？'"後用"一誤再誤"指：❶ 一錯再錯，屢犯不止。《官場現形記》三六回："我已一誤再誤，目下不能不格外小心。"清代壯者《掃迷帚》四回："你有錢百文，不喝酒去，卻與這廝胡纏，這是你的大錯，又何苦一誤再誤呢。"❷ 事情耽誤了一次又一次。《民國演義》七三回："國事一誤再誤，將來仗老友等維持，我也顧不得許多了。"◇你是一誤再誤，把機會都喪失掉了，如今你叫我怎麼辦？

【一塵不染】yī chén bù rǎn 佛教稱色、聲、香、味、觸、法為"六塵"，身無六塵污染，叫“一塵不染”。❶形容非常純淨或不沾染一點壞習氣。宋代張耒《臘初小雪後圃梅開》詩：“一塵不染香到骨，姑射仙人風露身。”《喻世明言》卷二九：“他從小出家，真個是五戒具足，一塵不染。”《兒女英雄傳》九回：“聽起來，老人家又是位一塵不染、兩袖皆空的。”◇在燈紅酒綠的環境裏生活了十年，他卻樸實依舊，一塵不染。❷形容非常清潔乾淨。《隋唐演義》六回：“不覺的步進清舍，卻不是僧人的臥房，乃一淨室的去處，窗明几淨，果然一塵不染。”趙大年《公主的女兒》：“院子掃得乾乾淨淨，玻璃擦得一塵不染。”同纖塵不染。反污泥濁水。

【一網打盡】yī wǎng dǎ jìn 拋下一張魚網，便把河裏的魚都捕光了。❶比喻全部捕獲，或徹底肅清。宋代魏泰《東軒筆錄》卷四：“劉侍制元瑜既彈蘇舜欽，而連坐者甚眾，同時俊彥，為之一空。劉見宰相曰：‘聊為相公一網打盡。’”明代焦竑《玉堂叢語·義概》：“文敏猶欲根蔓公門下士，一網打盡。”《官場現形記》五十回：“真好本事！真好計策！半天一夜，都被他一網打盡了。”唐浩明《曾國藩·黑雨》第一章：“這個為泄私憤而企圖將湘軍一網打盡的密奏，就連慈禧也覺得太過分了。”❷比喻全部收攏進來。《初刻拍案驚奇》卷三二：“誰知鐵生見了門氏也羨慕他，思量一網打盡，兩美俱備，方稱心願。”《官場現形記》一七回：“周老爺道：‘他開口就是三十萬，豈不是一百倍。’胡統領道：‘他的心比誰還狠！咱們辛苦了一趟，所為何事，他竟要一網打盡，我們還要吃什麼呢。’”

【一髮千鈞】yī fà qiān jūn 鈞：古代重量單位，一鈞三十斤。《漢書·枚乘傳》：“夫以一縷之任，繫千鈞之重，上懸無極之高，下垂不測之淵，雖甚愚之人，猶知哀其將絕也。”唐代韓愈《與孟尚書書》：“群儒區區修補，百孔千瘡，隨亂隨失，其危如一髮引千鈞。”一根頭髮上掛着千鈞的重量。比喻情況萬分危急。清代黃景仁《邵二雲自江上歸餘姚》詩：“蠹魚躍出秦灰來，一髮千鈞著書責。”《民國通俗演義》九九回：“當茲國步艱難，一髮千鈞，再事遷延，噬臍何及！”也作“千鈞一髮”。宋代李曾伯《水龍吟》詞：“中流孤艇，千鈞一髮，老夫何有？”楊沫《青春之歌》第一部：“正在這千鈞一髮的緊急關頭，那捉女學生的警察猛地被一個人一腳踢出好遠去。”同十萬火急、危如累卵。反安然無恙、穩如泰山。

【一模一樣】yī mú yī yàng 完全相同，毫無差別。《儒林外史》五四回：“今日抬頭一看，卻見他黃着臉，禿着頭，就和前日夢裏揪他的師姑一模一樣。”老舍《龍鬚溝》二幕：“我得打扮打扮他，把他打扮得跟他當年一模一樣的漂亮！”馬識途《西遊散記》：“這和我在飛機上看到過的保加利亞、南斯拉夫以及在日內瓦看到過的瑞士的葡萄園的作法一模一樣。”也作“一式一樣”。《官場現形記》二九回：“佘道台見了這副神氣，更覺得同花小紅一式一樣，毫無二致。”陳澄之《慈禧西幸記·沐猴而冠》：“珍珠也帶到了，奶奶要的是一百零八顆，現在一式一樣大小，滴溜滾圓的，一般水色的帶來了一百二十一顆。”

【一暴(曝)十寒】yī pù shí hán 暴：同“曝”，日曬。《孟子·告子上》：“雖有天下易生之物也，一日暴之，十日寒之，未有能生者也。”説最容易生長的東西，如果曬一天，凍十天，也難以長成。比喻做事不持之以恆，時斷時續，難得成功。宋代朱熹《朱子語類》卷二十：“雖曰習之，而其工夫間斷，一暴十寒，終不足以成其習之之功矣。”清代侯方域《南省試策》：“皇帝誠厲風旨，於此中得一二人，如恩與吉者，俾侍太子，則一暴十寒之病，庶幾免矣。”◇學習只有一個秘訣，就是刻苦鑽研、持之以恆，一曝十寒無論如何是不行的。同三天打魚，兩天曬網。反鍥而不捨、持之以恆。

【一瞑不視】yī míng bù shì《戰國策·楚策一》：“有斷脰決腹，一瞑而萬世不視，不知所益，以憂社稷者。”指一閉眼就再也沒睜開。瞑：閉眼。後便用“一瞑不視”指人已死去。清代紀昀《閱微草堂筆記·姑妄聽之一》：“果其如是，則是二人者，天上人間，會當相見，定非一瞑不視者矣。”◇可惜他已一瞑不視，永不能再看到這個美麗的古城和學校了。

【一箭之地】yī jiàn zhī dì 射出一箭可以達到的地方。形容相距不遠。《水滸傳》九十回：“宋江上得馬來，前行的眾頭領，已去了一箭之地。”清代洪楝園《懸嶴猿·島別》：“你們退去一箭之地，待吾與眾僧一別。”孫犁《蘆花蕩》：“小船離鬼子還有一箭之地。”也作“一箭之遙”。《官場現形記》一八回：“由船到岸雖只一箭之遙，只因體制所關，所以胡統領仍舊坐了四人綠呢大轎。”茅盾《亡命生活》：“我的寓所離楊賢江的寓所有一箭之遙。”

【一箭之遙】yī jiàn zhī yáo 見“一箭之地”。

【一箭雙雕】yī jiàn shuāng diāo 雕：一種兇猛的大鳥。《北史·長孫晟傳》：“嘗有二雕飛而爭肉，因以箭兩隻與晟請射取之，晟馳往，遇雕相攫，遂一發雙貫焉。”宋代陸游《遣興》詩：“壯年一箭落雙雕，野餉如今擷藥苗。”說一箭能射中兩隻雕。❶形容箭技高超。《續景德傳燈錄·慧海儀禪師》：“萬人膽破沙場上，一箭雙雕落碧空。”❷比喻一舉兩得。《官場現形記》一二回：“因為鳳珠也是十六歲的人了，胡統領早存了個得隴望蜀的心思，想慢慢施展他一箭雙雕的手段。”李六如《六十年的變遷》第八章：“既可以探聽他們的消息，又可以掩護我們自己，一箭雙雕。”同 一舉兩得。

【一德一心】yī dé yī xīn 德：心意。《尚書·泰誓中》：“乃一德一心，立定厥功，惟克永世。”說大家一條心，為共同的目標而努力。《明史·劉安傳》：“居臣上下一德一心，人人各安其位，事事各盡其才。”郭沫若《民族再生的喜炮》詩：“我們的民眾是眾志成城，我們的將士是一德一心。”也作“一心一德”。清代羽衣女士《東歐女豪傑》二回：“總要我們平民一心一德，這卻甚麼事情做不來！”同 同心同德。反 離心離德。

【一盤散沙】yī pán sǎn shā 一盤子分散的黏合不起來的沙子。比喻捏不到一塊兒，或力量分散，組織不起來。梁啟超《十種德性相反相成義》：“然終不免一盤散沙之誚者，則以無合群之德故也。”歐陽山《柳暗花明》：“你們看，咱們五個人商量問題，就能有五種主張，這不是一盤散沙麼？”同 一片散沙。

【一潭死水】yī tán sǐ shuǐ 一池子不流動的水。比喻停頓、沉悶、久無變化的局面。蒲韌《二千年間》八：“假如把中國封建社會比喻做一潭死水的話，那麼異族的侵入就像突然投入一塊大石頭。”張賢亮《靈與肉》四：“他們所在的這個偏僻的農場，是像一潭死水似的地方。”同 死氣沉沉。反 生氣勃勃。

【一窮二白】yī qióng èr bái 指貧窮落後。窮：貧窮；指經濟不發達。白：空白；指科技文化落後。李欣《老生常談·從童謠談起》：“祖國一窮二白的面貌不是短期可以徹底改變的。”

【一擁而入】yī yōng ér rù 指很多人一下子擠了進來。擁：擁擠。《醒世恆言》卷一五：“眾人一擁而入，迎頭就把了緣拿住。”《三俠五義》八回：“王朝等聞聽，一擁而入。來至大殿，只見燈燭輝煌，彼此遜坐。”◇校門剛一打開，同學們一擁而入，爭着跑到照壁前看升學錄取榜。

【一擁而上】yī yōng ér shàng 指許多人一下子簇擁上來。《三國演義》六七回：“呂蒙親自擂鼓，士卒皆一擁而上，亂刀砍死朱光。”沙汀《幺木匠的故事》：“這一下大家一擁而上，把桌子都推翻了。”

【一樹百獲】yī shù bǎi huò 樹：栽培。《管子·權修》：“一樹一獲者，穀也；一樹十獲者，木也；一樹百獲者，人也。”後用“一樹百獲”說培育人才，是獲益的長遠之計。清代百一居士《壺天錄》卷中：“古人於養樹得養人術……彈詞，薄技耳，而好善不倦之心，直與縉紳士夫相將，而其心為尤苦，廣種福田，所謂一樹百獲者，當於此彈詞必之。”◇增加教育經費，是國家一樹百獲的戰略考慮。

【一頭霧水】yī tóu wù shuǐ 比喻摸不着頭腦，弄不明道不白。◇父母親這幾天總是躲在房裏嘀嘀咕咕，她是一頭霧水，又不敢問／他一進門就叫嚷"這筆賬非算不可"，弄得大家一頭霧水，不知發生了甚麼事。同 如墮五里霧中、"丈二金剛，摸不着頭腦"。反 一清二楚、真相大白。

【一舉一動】yī jǔ yī dòng 每一個動作，每一個行為。指人的日常言談舉止。《宣和遺事》前集："適間聽諫議所上表章，數朕失德，此章一出，中外咸知，一舉一動，天子不得自由矣！"清代吳趼人《近十年之怪現狀》六回："你伊老爺是個闊客，那個不知！一舉一動，自然有人看見。"巴金《家》二七："我彷彿看見了她在房裏的一舉一動，我好像就站在她的身邊。"

【一舉成名】yī jǔ chéng míng 封建時代讀書人赴京城趕考中了進士，一下子便名揚天下。後泛指因某事獲得成功，一下子就有了名氣。唐代韓愈《唐故國子司業竇公墓誌銘》："公一舉成名而東。"元代劉祁《歸潛志》卷七："今日一舉成名天下知，十年窗下無人問也。"魯迅《且介亭雜文·隔膜》："不過着了當時通行的才子佳人小說的迷，想一舉成名，天子做媒，表妹入抱而已。"

【一舉兩得】yī jǔ liǎng dé 做一件事，同時得到兩方面的收穫。《東觀漢記·耿弇傳》："吾得臨淄，即西安孤，必覆亡矣。所謂一舉而兩得者矣。"《晉書·束皙傳》："二郡田地逼狹，謂可徙還西州，以充邊土，賜其十年之復，以慰重遷之情，一舉兩得，外實內寬……此又農事之大益也。"《警世通言》卷一："伯牙討這個差使，一來是個大才，不辱使命，二來就便省視鄉里，一舉兩得。"◇別說一舉多得，就算能做到一舉兩得，已經不容易了。同 一舉兩便、一箭雙雕。反 勞而無功。

【一錢不值】yī qián bù zhí 見"不值一錢"。

【一錢如命】yī qián rú mìng 把一枚小錢看得像命一樣重要。形容極其吝嗇。《鏡花緣》二三回："俺進了書館，裏面是些生童，看了貨物，都要爭買。誰知這些窮酸，一錢如命，總要貪圖便宜，不肯十分出價。"《二十年目睹之怪現狀》二四回："這班買辦平日都是一錢如命的。"郭沫若《我的童年》一篇一："他們所搶的人也大概是鄉下的所謂'土老肥'一錢如命的惡地主。"同 愛財如命。反 樂善好施。

【一諾千金】yī nuò qiān jīn 諾：承諾。一經允諾，價值千金。形容說話算數，恪守信用。《史記·季布欒布列傳》："得黃金百斤，不如得季布一諾。"宋代楊萬里《答隆興張尚書》："再有後日特剡之議，得玉求劍，敢萌此心，一諾千金，益深謝臆。"《兒女英雄傳》二五回："再經鄧九公年高有德，出來作這個大媒，姑娘縱然不便一諾千金，一定是兩心相印。"◇講誠信，一諾千金，是做人的第一要義。同 千金一諾、言而有信。反 自食其言、言而無信。

【一聲不響】yī shēng bù xiǎng 見"不聲不響"。

【一點一滴】yī diǎn yī dī 形容少或小。葉聖陶《友誼》："要在日常生活裏頭一點一滴的一小事上學習這些個英雄人物。"謝覺哉《讀》："讀書要有恆，不是一夜長個長子，而是一點一滴地累上去。"

【一錘定音】yī chuí dìng yīn 原指製造銅鑼時，最後一錘決定鑼的音色。後比喻用一句話或動作就把難以處理的事或局面確定下來。劉紹棠《小荷才露尖尖角》："他不聲不響，卻是一家之主；女兒中意，老伴點頭，也還得聽他一錘定音。"

【一謙四益】yī qiān sì yì《周易·謙》："天道虧盈而益謙，地道變盈而流謙，鬼神害盈而福謙，人道惡盈而好謙。"後來便用"一謙四益"指謙虛可使人得到很多益處。《漢書·藝文志》："《易》之嗛嗛，一謙而四益，此其所長也。"宋代蘇軾《賜皇叔改封徐王顥上表辭免冊禮許詔》："卿深懼盈滿，過形抑畏，一謙四益，當克永年。"

【一應俱全】yī yīng jù quán 應該具備的東西全都齊全。一應：所有一切。《何典》十回："活死人來到庫中，見十八般武藝，一應俱全。”郭沫若《洪波曲》一一章：“(教員宿舍) 有良好的衛生設備，冷熱水管，電器電話，一應俱全。”

【一臂之力】 yī bì zhī lì 比喻所給予的幫助。用於謙稱自己幫助別人，或邀請別人幫助自己。宋代黃庭堅《代人求知人書》：“不愛斧斤而斲之，期於成器，捐一臂之力，使小人有黃鐘大呂之重。”《三國演義》四四回：“望孔明助一臂之力，同破曹賊。”《醒世姻緣傳》十六回：“所以特請兄來，遇有甚麼順理可做的事，不憚效一臂之力，可以濟兄燈火。”◇我願助你一臂之力 / 請助我一臂之力。

【一薰一蕕】 yī xūn yī yóu《左傳•僖公四年》：“一薰一蕕，十年尚猶有臭。”指一株香草和一株臭草混放在一起，只會聞到臭聞不到香，且臭得很久也難以消除。比喻一善一惡在一起，善終為惡所掩蓋，而其惡難除。薰：香草。蕕：臭草。唐代權德輿《陸宣公翰苑集序》：“一薰一蕕，善齊不能同其器；方鑿圓枘，良工無以措巧心。”《朱子語類》卷一二九：“小人如何不去得？自是不可合之物。‘一薰一蕕，十年尚猶有臭。’觀仁宗用韓、范、富諸公，是甚次第！只為小人所害。”清代姬文《市聲》一七回：“一薰一蕕，十年尚猶有臭。今天好算的香臭會花糞宴了！”

【一擲千金】 yī zhì qiān jīn 賭博時投一注就是一千金。形容任意揮霍。擲：投，扔。唐代吳象之《少年行》詩：“一擲千金渾是膽，家無四壁不知貧。”秦牧《藝海拾貝•神速的剪影》：“僅僅這麼幾句話，那種奢侈豪華，觥籌交錯，山珍海味，一擲千金的情景就給描繪出來了。”白先勇《金大班的最後一夜》：“這麼個土佬兒，竟也肯為她一擲千金，也就十分難為他了。”也作“千金一擲”。唐代李白《自漢陽病酒歸寄王明府》詩：“莫惜連船沽美酒，千金一擲買芳春。”宋代李清照《打馬賦》：“歲令雲徂，盧或可呼。千金一擲，百萬十都。”◇為了她，他不惜千金一擲，以博取芳心。

【一瀉千里】 yī xiè qiān lǐ ❶形容江河奔流直下，浩浩蕩蕩流向遠方。宋代陳亮《與辛幼安殿撰》：“長江大河，一瀉千里，不足多怪也。”清代黃宗羲《唐烈婦曹氏墓誌銘》：“黃河一瀉千里，非積石、龍門、呂梁之險，不足以見其奇。”王蒙《湖光》：“雄渾的錢塘江好像離他更近了，江水一瀉千里，大橋從容堅實。”❷比喻文筆氣勢奔放。明代焦竑《玉堂叢語》卷一：“其文如源泉奔放，一瀉千里。”◇李白的絕句，足見其恢弘的氣勢，有如“輕舟已過萬重山”，寥寥數字卻一瀉千里。❸形容快速向下。茅盾《子夜》一一：“那麼厲害的跌風，大家都以為總是一瀉千里的了，誰知道月底又跳回來。”同 一瀉萬里、氣勢磅礴。

【一竅不通】 yī qiào bù tōng 竅：窟窿。《呂氏春秋•過理》：“殺比干而視其心，不適也。孔子聞之曰：‘其竅通，則比干不死矣。’”高誘注：“紂性不仁，心不通，安於為惡，殺比干，故孔子言其一竅通則比干不見殺也。”後以“一竅不通”比喻一點都不懂，甚麼都不知道。元代張國賓《羅李郎》一折：“阿，這老爹一竅也不通。”《醒世恆言•徐老僕義憤成家》：“這蕭穎士又非黑漆皮燈，泥塞竹管，是那一竅不通的蠢物。”茅盾《子夜》六：“雖然他是一竅不通的渾蟲，可是雙橋鎮上並無‘鎮長’之流的官兒，他也還明白。”同 一無所知。反 無所不知。

【一蹶不振】 yī jué bù zhèn 蹶：跌倒。一跌倒就爬不起來。漢代劉向《說苑•談叢》：“一蹶之故，卻足不行。”後以“一蹶不振”比喻一遭到挫折就再也振作不起來。明代沈德符《野獲編補遺•奉使被議》：“此數君俱才諝著聞，以出疆僨事，一時同入廢籍，且近在七八年間，皆一蹶不復振云。”清代黃鈞宰《金壺七墨•王廉訪》：“所慮者一蹶不振，從此為外夷所輕。”◇不能因為會考失利就一蹶不振，要再接再厲。反 東山再起、重整旗鼓。

【一蹴而就】 yī cù ér jiù 蹴：踏。踏一步就成功。宋代蘇洵《上田樞密書》：“天下之學者，孰不欲一蹴而造聖人之域。”後用“一蹴而就”形容事情輕而易舉就能辦成或得到。清代吳趼人《痛史》原敍：“從前所受皆為大略，一蹴而就於繁賾，毋乃不可。”◇平時不用功，臨到考試想一蹴而就，十之八九要落空的。同 一蹴而得。反 難上加難。

【一籌莫展】yī chóu mò zhǎn 籌：計策；展：施展。一個計策也拿不出來；一點辦法也沒有。明代唐順之《與陳蘇山職方》：“蓋部中只見其報功而不知其為衰庸闒懦、一籌莫展之人也。”清代孔尚任《桃花扇•阻奸》：“哪知到任一月，遭此大變，萬死無裨，一籌莫展。”《官場現形記》十回：“前頭跟翩仞借的幾百銀子看看又要用完，現在一籌莫展，又不便再向他啟齒。”◇債務四面八方壓了過來，他急得團團轉，一籌莫展。同 束手無策、無計可施。反 急中生智、老謀深算。

【一饋十起】yī kuì shí qǐ《淮南子•氾論訓》：“當此之時，（禹）一饋而十起，一沐而三捉髮，以勞天下之民。”吃一頓飯要站起來好幾次。後多形容事務繁忙。饋：吃飯。晉代常璩《華陽國志•公孫述劉二牧志》：“古人一饋十起，輒沐揮洗，良有以也。”

【一觸即發】yī chù jí fā 本指箭在弦上，一碰就會射出去。後多比喻事態極其緊張，衝突隨時爆發。徐遲《不過，好的日子哪天有？》：“到處引起了紛紛的推測，似乎內戰一觸即發了。”李六如《六十年的變遷》第十章：“就像搭在弦上的箭，大有一觸即發之勢。”◇兩人的婚姻關係本已十分緊張，這一來更有一觸即發之勢。同 劍拔弩張。

【一觸即潰】yī chù jí kuì 一碰就崩潰。形容極易被摧垮，不堪一擊。秦牧《哀“八旗子弟”》：“後來的‘八旗兵’已經變得腐朽透頂，在戰場上常常一觸即潰，和清軍初入關時那種秣馬厲兵，能征慣戰的景象完全不可同日而語了。”峻青《海嘯》：“他們不是那種一觸即潰的人，更何況他們也不是孤立無援的。”

【一轟而散】yī hōng ér sàn 見“一哄（鬨）而散”。

【一覽無餘】yī lǎn wú yú《世說新語•言語》：“江左地促，不如中國，若使阡陌條暢，則一覽而盡，故紆餘委曲，若不可測。”後便用“一覽無餘”指看上一眼，即可全見。覽：看。多形容眼前視野開闊，一切景物都看得到。也形容文藝作品平淡單調，沒有意味。《金瓶梅》六一回：“風虛寒熱之症候，一覽無餘。”清代李綠園《歧路燈》九二回：“這十行俱下的眼睛，看那一覽無餘的詩文。”朱自清《南京》：“水中岸上都光光的；虧得湖裏有五個洲子點綴着，不然便一覽無餘了。”也作“一覽無遺”。明代叢蘭《預防邊患事》：“又況此地平漫高亢，賊若據此俯視本關城內虛實強弱，一覽無遺，為兵家作忌。”李國文《冬天裏的春天》：“我不喜歡一覽無遺的詩，我也不喜歡一眼看不透的人。”

【一夔已足】yī kuí yǐ zú《呂氏春秋•察傳》：“魯哀公問於孔子曰：‘樂正夔一足，信乎？’孔子曰：‘……若夔者，一而足矣，故曰夔一足，非一足也。’”這是說魯哀公誤以為樂官夔只有一隻腳，孔子便給以糾正道：史傳“夔一足”是“像夔一樣的人，有一個就夠了。足：足夠。後便以”一夔已足“表示真正有用的專家人才，有一個就夠了。清代李伯元《中國現在記》一回：“一夔已足，世上哪裏有兼全的事！”梁啟超《王荊公傳》一八章：“而荊公之得士，亦一夔已足者也。”

【一鱗一爪】yī lín yī zhǎo 見“一鱗半爪”。

【一鱗半爪】yī lín bàn zhǎo 原指龍在雲中不見全貌，東露一片鱗，西露半隻爪。後比喻零星片段的事物。也作“一鱗一爪”。明代鄒元標《嘉義大夫吏部右侍郎鄧公墓誌銘》：“用世一番，須令天地變化草木蕃始為不負……倘乘雲霧上青天，人窺一鱗一爪，何以霖雨天下，易之密，書之微，詩之絅，皆是義也。”清代蔡寅《詩徵•序》：“搜采三十年來人物之一鱗一爪，輯錄成書。”清代葉廷琯《鷗波漁話•莪洲公詩》：“身後著作年久多散佚，余遍為搜羅，僅得詩三帙，叢殘不具首尾，於諸集殆不過一鱗半爪耳。”◇現在的年青人，大都不知道數十年來的歷史，即使知道一鱗半爪，印象也極淺淡。同 一星半點。

【丁一卯二】dīng yī mǎo èr 丁是天干之一，卯是地支之一，干支錯誤就影響農曆的推算。而丁卯又是木工“釘鉚”的諧音。丁：即“釘”。這裏借指器物接榫的榫頭。卯：即“鉚”。指接榫的凹入處，卯眼。釘鉚相合相接器物才能安牢，否則就安裝不上。形容確實可靠，或認真仔細。元代無名氏《元曲選•抱妝盒》三折：“要說個丁一卯二，不許你差三錯四。”《醒世姻緣傳》六六回：“若要丁一卯二的算計起來，這二十一兩多的本兒，待了這兩個月，走了這二千里路，極少也賺他八九兩銀子哩。”

【丁一確二】dīng yī què èr 形容確實肯定。丁：釘。指榫頭成功對接榫眼。宋代朱熹《朱子語類》卷六九：“修辭便是立誠，如今人持擇言語，丁一確二，一字是一字，一句是一句，便是立誠。”元代無名氏《殺狗勸夫》四折：“我說的丁一確二，你說的巴三覽四。”《二刻拍案驚奇》卷二五：“知縣見他丁一確二說着，有些相信起來。”同 丁一卯二。

【七七八八】qī qī bā bā 十之七八。❶ 指事物的大部分。《金元散曲•歸來樂》：“眼底事拋卻了萬萬千千，杯中物只飲到七七八八，歡百歲誰似咱。”◇這事已做得七七八八／沒過一年，早把師傅的本事學得七七八八。❷ 各種各樣，零星瑣碎。◇打掃戰場，七七八八的戰利品裝了一車／家務事兒，說來道去，逃不脫七七八八，無所謂的了。同 零七碎八。反 一星半點。

【七上八下】qī shàng bā xià 也作“七上八落”。❶ 形容無所適從或心神不安、慌亂無着。《朱子語類》卷一二一：“學問只是一箇道理……今人被人引得七上八下，殊可笑。”《水滸傳》二六回：“那胡正卿心頭十五個吊桶打水，七上八下。”明代周楫《西湖二集•巧書生金鑾失對》：“甄龍友一發像啞子一樣，心中繚亂，七上八落。”◇他聽完那一席話，只嚇得惶惶不安，七上八下。❷ 形容凌亂不齊。碧野《沒有花的春天》第十章：“於是十幾雙筷子就七上八下地大嚼大吃起來了。”◇只見百多雙手七上八落地舉了起來。同 忐忑不安、“十五個吊桶打水，七上八下”。反 鎮定自若、泰然自若。

【七上八落】qī shàng bā luò 見“七上八下”。

【七手八腳】qī shǒu bā jiǎo 形容人多手雜、動作忙亂。《五燈會元•德光禪師》：“上堂七手八腳，三頭兩面，耳聽不聞，眼覷不見，苦樂逆順，打成一片。”《醒世恆言》卷十八：“眾匠人聞言，七手八腳，一會兒便安下柱子，抬梁上去。”《老殘遊記》十七回：“卻早七手八腳，把他父女手銬腳鐐……一鬆一個乾淨。”◇眾人七手八腳把一應雜物裝到了車上。

【七孔生煙】qī kǒng shēng yān 見“七竅生煙”。

【七老八十】qī lǎo bā shí 七八十歲。泛指年紀很大。《初刻拍案驚奇》卷十：“趕得那七老八十的，都起身嫁人去了。”清代張南莊《何典》一回：“你們兩個尚不至七老八十，要兒子也養得及，愁他則甚？”◇有人活了七老八十，糊裏糊塗，光曉得吃飯穿衣。反 年方二八、青春年少。

【七死八活】qī sǐ bā huó 多次瀕臨死亡，又活過來。形容受盡折磨、半死不活的樣子。《水滸全傳》九回：“若不得人情時，這一百棒打得七死八活。”《紅樓夢》六二回：“你病的七死八活，一夜連命也不顧，給他做了出來，這又是甚麼原故？”杜鵬程《保衛延安》六章：“直到把敵人拖得七死八活的時候，狠狠地猛撲過去，將敵人一網打盡。”

【七折八扣】qī zhé bā kòu ❶ 形容大幅度打折扣，從數額當中扣除一部分。《二十年目睹之怪現狀》一〇八回：“這裏的客店錢，就拿兩塊洋錢出來，由得他七折八扣的勉強用了。”老舍《四世同堂》六五：“除了本錢和丁約翰的七折八扣，只落下四百多塊錢。”❷形容把事情或言語當中所包含的虛假成分剔除掉。◇對他的話我從來都是七折八扣，不能全信的。

【七步之才】qī bù zhī cái《世說新語·文學》載：魏文帝曹丕曾命其弟曹植在走七步的時間內作詩一首，否則就要行大法，曹植不假思索，應聲便吟詩道：“煮豆持作羹，漉菽以為汁；萁在釜下燃，豆在釜中泣。本是同根生，相煎何太急！”曹丕聽了深感慚愧。後用“七步之才”形容人文思敏捷，才華橫溢。《北齊書·魏收傳》：“詔試收為《封禪書》，收下筆便就，不立稿草，文將千言，所改無幾。時黃門郎賈思同侍立，深奇之，白帝曰：‘雖七步之才，無以過此。’”明代無名氏《霞箋記·霞箋題詩》：“李兄端有七步之才，如詩不成，罰依金谷酒數。”也作“七步成章”。明代高明《琵琶記·杏園春宴》：“休道是七步成章……我且將就做一首與列位看看。”清代劉璋《斬鬼傳》七回：“單表那風流鬼生得秉性聰明，人材瀟灑，也吟得詩，也作得賦，雖不能七步成章，絕不至撓腮抓耳。”

【七步成章】qī bù chéng zhāng 見“七步之才”。

【七言八語】qī yán bā yǔ 你一言我一語，眾說紛紜。《紅樓夢》二五回：“當下眾人七言八語，有的說送祟的，有的說跳神的。”◇屋裏坐滿了人，七言八語，到頭兒也沒拿出個像樣的主意來。同 七嘴八舌。反 箝（鉗）口不言。

【七青八黃】qī qīng bā huáng 七青、八黃：指金子成色純度，七成金呈青色，八成金呈黃色，九成呈紫色，足金呈赤色。後用“七青八黃”代指金錢。元代王實甫《西廂記》一本二折：“量着窮秀才人情只是紙半張，又沒甚七青八黃。”明代胡文煥《群音類選·桂枝香》：“那曉得三綱五常，只知道七青八黃。”

【七長八短】qī cháng bā duǎn ❶形容高矮不齊、長短不一。《西遊記》九一回：“又見那七長八短、七肥八瘦的大大小小的妖精，都是些牛頭鬼怪，各執槍棒。”《儒林外史》二回：“直到開館那日，申祥甫同着眾人領了學生來，七長八短幾個孩子，拜見先生。”◇繩子上搭滿了衣服，七長八短的拖着。❷形容說長道短，東拉西扯。《歧路燈》五八回：“嘴裏七長八短，好厭惡人。”《蕩寇志》七六回：“雲龍便坐下，七長八短的和麗卿扳談。”❸指是非好歹。《二刻拍案驚奇》卷一四：“那官人慌了，脫得身子，顧不得甚麼七長八短，急從後門逃了出去。”

【七拼八湊】qī pīn bā còu 指把人或物勉強湊在一起。《二十年目睹之怪現狀》九二回：“他也打了半天的算盤，說七拼八湊，還勉強湊得上來，三天之內，一定交到。”歐陽山《三家巷》三七：“敵人七拼八湊的人數有七、八千之多，而咱們才不過一千多人的樣子。”

【七高八低】qī gāo bā dī 形容高低不平。《西遊記》三六回：“真個生得醜陋：七高八低孤拐臉，兩隻黃眼睛，一個磕額頭。”《孽海花》二三回：“獨自一個，在這七高八低的小路上，一腳拌一腳的望前走去。”

【七情六欲（慾）】qī qíng liù yù 泛指人的各種感情和慾望。七情：指喜、怒、哀、懼、愛、惡、欲。六欲：指生、死、耳、目、口、鼻的生理需要或慾望。《金瓶梅》一回：“單道世上人，營營逐逐，急急巴巴，跳不出七情六欲關頭，打不破酒色財氣圈子。”《鏡花緣》七回：“我雖無甚根基，至求仙一事，無非遠離紅塵，斷絕七情六慾，一意靜修，自然可入仙道了。”丁玲《漫談〈牧馬人〉》：“他也不是超凡入聖的英雄好漢，只是一個小學教員，具有普通人的七情六欲。”

【七零八落】qī líng bā luò 形容零散雜亂、零散不整齊或殘缺不全。多形容原本完整的事物變得零散殘缺。《五燈會元·有文禪師》：“無味之談，七零八落。”《醒世恆言·賣油郎獨佔花魁》：“（宋徽宗）專務遊樂，不以朝政為事……把花錦般一個世界，弄得七零八落。”清代吳趼人《恨海》一回：“走到豐台車站，只見站上燒得七零八落。”◇好端端的一件羊皮背心，讓花貓抓得七零八落。同 零七碎八、七零八碎。

【七擒七縱】qī qín qī zòng《三國志•諸葛亮傳》裴松之注引《漢晉春秋》載：諸葛亮南征孟獲，活捉孟獲七次，每次都款待釋放，終於感化孟獲，甘願臣服蜀漢。後用“七擒七縱”形容以恩威並用的策略使對手心服，或收放在己，完全能控制對方。唐代魏徵《唐故邢國公李密墓誌銘》：“至於三令五申之法，七擒七縱之功，出天入地之奇，拔幟擁沙之策，莫不動如神化，應變無窮。”元代無名氏《小尉遲》一折：“那敬德鞭無虛舉，舉無不中。你便要一衝一撞，登時間早將你七擒七縱。”清代魏源《寰海》詩：“七擒七縱談何易，三覆三翻局愈奇。”同 七縱七擒。

【七橫八豎】qī héng bā shù 有的橫，有的豎。形容亂糟糟的，雜亂無章。《封神演義》九六回：“鐵騎連車衝得七橫八豎。”《孽海花》一一回：“滿架圖書，卻堆得七橫八豎，桌上列着無數的商彝周鼎，古色斑斕。”◇推門一看，只見地上七橫八豎地躺着不少人。同 橫七豎八。反 井然有序、整整齊齊。

【七嘴八舌】qī zuǐ bā shé ❶ 形容人多嘴雜，爭着講話、插話。明代張鳳翼《灌園記•淖齒被擒》：“只怕軍人們七嘴八舌要講開去，怎生是好？”《官場現形記》五回：“不消一刻，一齊來了。當下七嘴八舌，言來語去。”◇大榕樹下的一群婆婆，七嘴八舌在議論。❷ 形容多嘴多舌，說些閒言碎語。《紅樓夢》九十回：“送點子東西沒要緊，倒沒的惹人七嘴八舌的講究。”◇人家忙得要死，哪像你一邊閒着七嘴八舌。同 七嘴八張、七言八語。反 一言不發、閉口不言。

【七竅生煙(烟)】qī qiào shēng yān 形容十分焦急，氣憤之極，好像耳目口鼻都要冒出煙火來。七竅：指耳目口鼻的七孔。《蕩寇志》七五回：“氣得說不出話來，三尸神炸，七竅生煙。”《說唐》三十回：“(邱瑞) 急得七竅生煙，一些主意全無。”《糊塗世界》卷一一：“駱青耜真氣得三尸暴跳，七竅生煙。老大氣喘了一回。”任溶溶《一個怪物和一個小學生》：“怪物氣得七竅生煙，頓時飛出窗子外面。”也作“七孔生煙”。《宦海》三回：“只把個方伯氣得七孔生煙，渾身亂抖，一時軟癱在椅子上，一句話都說不出來。”

【七顛八倒】qī diān bā dǎo《景德傳燈錄•道匡禪師》：“問：‘如何是佛法大意？’師曰：‘七顛八倒。’”後用“七顛八倒”：❶ 形容紛亂，條理或秩序混亂。《紅樓夢》一一一回：“家下人等見鳳姐不在，也有偷閒歇力的，亂亂吵吵，已鬧的七顛八倒，不成事體了。”《說唐》五六回：“俺好好一座江山，被你弄得七顛八倒。”茅盾《子夜》一八：“不過四妹也古怪……連家裏都不肯住，倒去住甚麼七顛八倒的女青年會寄宿舍。”❷ 形容昏頭轉向，心神迷亂的樣子。《警世通言》卷二四：“只為這冤家害的我一絲兩氣，七顛八倒。”《水滸全傳》七五回：“這一堂和尚見了楊雄老婆這等模樣，都七顛八倒起來。”錢鍾書《圍城》四：“這妞兒的本領真大，咱們倆都給她玩弄得七顛八倒。”❸ 形容顛三倒四，語無倫次。《水滸傳》九五回：“林沖、徐寧忙問何處軍馬，耿恭七顛八倒的說了兩句，林沖、徐寧急同耿恭投大寨來。”同 顛三倒四、暈頭轉向。

【三十六行】sān shí liù háng 泛指種種職業或各種行業。清代李漁《玉搔頭•篋哄》：“三十六行，行行相妒。”◇三十六行，行行出狀元 / 管它三十六行、七十二行，都落在一個“奸”字上。同 七十二行。

【三十六計】sān shí liù jì 本是說計謀策略非常多，並無實指。後世漸漸形成所謂三十六種具體謀略的名目：圍魏救趙、暗渡陳倉、假道伐虢、瞞天過海、借刀殺人、以逸待勞、聲東擊西、趁火打劫、無中生有、隔岸觀火、笑裏藏刀、順手牽羊、打草驚蛇、調虎離山、欲擒故縱、李代桃僵、借屍還魂、拋磚引玉、釜底抽薪、擒賊擒王、混水摸魚、關門捉賊、金蟬脱殼、遠交近攻、偷樑換柱、指桑罵槐、上屋抽梯、樹上開花、反客為主、假癡不癲、反間計、空城計、美人計、苦肉計、連環計、走為上計。宋代惠洪《冷齋夜話》卷九："淵才曰：'三十六計，走為上計。'"《醒世姻緣傳》七回："仔細尋思，三十六計，走為上計。"同三十六策、"三十六策，走為上策"。反一籌莫展、無計可施。

【三十而立】sān shí ér lì 立：立足、立身。人到了三十歲，才成熟起來，能自立於社會了。《論語•為政》："吾十有五而志於學，三十而立，四十而不惑。"元代關漢卿《謝天香》一折："耆卿，比及你在花街裏留意，且去你那功名上用心，可不道三十而立！"陸繼綜《三十而立》："他們都是在二十幾歲作出貢獻，三十開外就榮獲諾貝爾獎金，真可謂三十而立。"

【三人成虎】sān rén chéng hǔ《戰國策•魏策二》："龐蔥與太子質於邯鄲，謂魏王曰：'今一人言市有虎，王信之乎？'王曰：'否。''二人言市有虎，王信之乎？'王曰：'寡人疑之矣。''三人言市有虎，王信之乎？'王曰：'寡人信之矣。'龐蔥曰：'夫市之無虎明矣，然而三人言而成虎。'"三個人誤傳街上有虎，聽者就會以為真有虎了。比喻謠言或流言一再重複，便能蠱惑人心。清代侯方域《為司徒公與寧南侯書》："無如市井倉皇，訛以滋訛，幾於三人成虎。"《隋唐演義》二回："正是積毀成山，三人成虎。到開皇二十年十月，隋主御伍德殿，宣詔廢勇為庶人。"◇政敵散佈的事，十百相傳，三人成虎，竟變成真的了。同積毀銷骨、眾口鑠金。反明察秋毫、洞燭其奸。

【三三兩兩】sān sān liǎng liǎng 形容零零落落，數量不多。《樂府詩集•嬌女詩》："行不獨自去，三三兩兩俱。"《警世通言》卷一二："百姓既沒有錢糧交納，又被官府鞭笞逼勒，禁受不住，三三兩兩，逃入山間。"《紅樓夢》九十回："三三兩兩，唧唧噥噥議論着。"◇只見江北岸閃爍着三三兩兩的漁家燈火。同三三五五、兩兩三三。反成千上萬、成群打夥。

【三寸之舌】sān cùn zhī shé 形容人有能言善辯的口才。《史記•平原君虞卿列傳》："毛先生以三寸之舌，強於百萬之師。"《隋唐演義》四一回："全憑弟三寸之舌，用一席話，務要説他來同事，方見平昔間交情。"周而復《上海的早晨》三部二三："他準備拿出渾身的本事，憑他三寸不爛之舌要挽回這個不妙的局勢。"

【三山五嶽】sān shān wǔ yuè 泛指名山、群山。也泛指各地。嶽：指大山。五嶽：東嶽泰山，西嶽華山，南嶽衡山，北嶽恆山，中嶽嵩山。清代曹寅《舟中望惠山舉酒調培山》詩："三山五嶽渺何許？雲煙汗漫空玲㟪。"茅盾《我們這文壇》："三山五嶽的好漢們各引着同宗同派，擺開了陣勢，拚一個你死我活。"同五嶽三山。

【三天兩頭】sān tiān liǎng tóu 三天中有兩天。形容次數頻繁。茅盾《致王亞平》："近來嚴寒，我亦氣管炎發作，三天兩頭大咳，甚至引起低燒。"也作"三日兩頭"《紅樓夢》五九回："三日兩頭兒，打了乾的打親的，還是賣弄你女孩兒多，還是認真不知王法？"同隔三岔五。

【三五成群】sān wǔ chéng qún 三個、五個地結成一群。《喻世明言》卷二七："一般也有輕薄少年及兒童之輩，見他又挑柴，又讀書，三五成群，把他嘲笑戲侮，買臣全不為意。"◇三五成群的騎兵，從部隊行列邊的河漕裏奔跑過去。同三三兩兩。

【三日兩頭】sān rì liǎng tóu 見"三天兩頭"。

【三日繞樑（梁）】sān rì rào liáng《列子•湯問》："昔韓娥東之齊，匱糧，過雍門，鬻歌假食。既去，而餘音繞梁欐，三日不絕。"後用"三日繞樑"、"繞樑之音"形容歌喉婉轉，久久縈繞於耳邊，韻味無窮。晉代陸機《演連珠》："是以充堂之芳，非幽蘭所難；繞梁之音，實縈弦所思。"唐代張鷟《遊仙窟》："片時則梁上塵飛，雅韻鏗鏘，卒爾則天邊雪落。一時忘味，孔丘留滯不虛；三日繞梁，韓娥餘音是實。"《隋唐演義》三十回："寶兒真個是會家不忙，手執紅牙，慢慢的把聲容鎮定，方才吐遏雲之調，發繞梁之音。" 同 餘音繞樑、餘韻繞樑。

【三分鼎足】sān fēn dǐng zú《史記•淮陰侯列傳》："莫若兩利而俱存亡，三分天下，鼎足而居。" 後用"三分鼎足"指像鼎的三足一樣，三者各佔一方的局面，相互抗衡。鼎：古代一種有着三足兩耳的青銅煮食器具。《後漢書•竇融傳》："欲三分鼎足，連衡合從，亦宜以時定。" 元代關漢卿《單刀會》一折："想三分鼎足已定：曹操佔了中原；孫仲謀佔了江東；劉玄德佔了西蜀。" 同 鼎足三分、三足鼎立。

【三六九等】sān liù jiǔ děng 指多種的等級和差別。三六九：形容很多。《紅樓夢》七五回："只不過這會子輸了幾兩銀子，你們就這麼三六九等兒的了。難道從此以後再沒有求着我的事了？" 老舍《駱駝祥子》一三："同是拉車的，為甚麼有三六九等呢？"

【三心二意】sān xīn èr yì 形容心意不專或拿不定主意。也作"三心兩意"。元代關漢卿《救風塵》一折："爭奈是匪妓，都三心二意。"《醒世恆言•賣油郎獨佔花魁》："九阿姐，你休得三心兩意。" 康濯《災難的明天》："三心二意，疑疑思思的，該着餓死沒話說！" 同 二意三心。反 一心一意、全心全意。

【三心兩意】sān xīn liǎng yì 見"三心二意"。

【三平二滿】sān píng èr mǎn 古代術數家以十二地支和"建、除、滿、平"等十二辰相配，推斷時日吉凶，認為滿日、平日主生，是種穀物的好日子。後借用"三平二滿"、"二滿三平"：❶ 表示平平穩穩，沒有大的波折。宋代黃庭堅《四休居士詩序》："粗羹淡飯飽即休，補破遮寒暖即休，三平二滿過即休，不貪不妒老即休。" 宋代辛棄疾《鷓鴣天•登一丘一壑偶成》詞："百年雨打風吹卻，萬事三平二滿休。" 宋代陳亮《三部樂•七月送丘宗卿使虜》詞："小屈穹廬，但二滿三平，共勞均佚。" ❷ 表示平庸無奇。宋代趙令畤《侯鯖錄》卷七："傅欽之作中丞，言劉仲馮。一日，貢父逢之，曰：'小姪何過，致起台章？' 欽之慚云：'也只三平二滿文字。' 貢父熟視，笑曰：'七上八下人才。'" 宋代陳亮《與朱元晦書》："最可惜許多眼光抹漆者，盡指之為盲人，而一世之自號開眼者，正使眼無翳，眼光亦三平二滿，元靠不得；亦何力使得大地清明，赫日常在乎？" 同 二滿三平。

【三占從二】sān zhān cóng èr《尚書•洪範》："三人占，則從二人之言。" 請三個巫師占卜，聽從二個人的說法。後就把"三占從二"指少數服從多數。占：占卜。明代楊慎《魯之郊禘辯》："古語曰'三占從二'，今諺云'四不拗六'，言貴從眾也。" 康有為《上清帝第二書》："凡內外興革大政，籌餉事宜，皆令會議於太和門，三占從二，下部施行。"

【三生有幸】sān shēng yǒu xìng 三生都很幸運。形容極為難得的幸運。三生：佛家指前生、今生和來生。《京本通俗小說•馮玉梅團圓》："小娘子若不棄卑末，結為眷屬，三生有幸。"《老殘遊記》九回："今日得遇諸仙，三生有幸。" ◇遇到像她這樣的好人，待你如閨女，也算是你三生有幸。反 前生作孽、禍不單行。

【三令五申】sān lìng wǔ shēn 申：陳述、說明。再三發出命令，多次申明、告誡。《史記•孫子吳起列傳》："約束既佈，乃設鈇鉞，即三令五申之。"《北齊書•文襄帝紀》："內外感恩，上下戮力，三令五申，可赴湯火。"《三國演義》八三回："吾欽承王命，總督諸軍，昨已三令五申，令汝等各處堅守，俱不遵吾令，何也？" ◇雖經三令五申，還是有人亂闖紅燈。

【三年五載】sān nián wǔ zǎi 指幾年的時間。載：年。《紅樓夢》二六回："不過三年五載，各人幹各人的去了，那時誰還管誰呢？" 艾青《石青嫂子》："希望天有眼睛，三年五載之後，他又好好地走了回來！" 反 彈指之間、轉瞬之間。

【三更半夜】sān gēng bàn yè 午夜，深夜。古代打更報時，一夜分五更，三更正當夜半。《宋史•趙昌言傳》："四人者（陳象輿、胡旦、董儼、梁灝）日夕會昌言第。

京師為之語曰：'陳三更，董半夜。'" 元代無名氏《桃花女》一折："等到三更半夜，拜告北斗星官去。"《紅樓夢》二六回："有事沒事，跑了來坐着，叫我們三更半夜的不得睡覺。" ◇狂風暴雨的三更半夜，忽然聽到敲門的聲音。同 半夜三更、深更半夜。反 日上三竿、光天化日。

【三豕涉河】sān shǐ shè hé《呂氏春秋·察傳》："有讀史記者曰：'晉師三豕涉河。'子夏曰：'非也，是己亥也。'夫己與三相近，豕與亥相似。""三"應是"己"，"豕"應是"亥"，因字形相近而誤。後用"三豕涉河"、"三豕渡河"比喻文字傳抄、刊印訛誤或傳聞失實。南朝梁劉勰《文心雕龍·練字》："晉之史記，三豕渡河，文變之謬也。"清代閻爾梅《歷滑縣開州抵東明訪袁杜少》詩："君既博聞余考誤，適當三豕渡河年。" ◇"三豕涉河"與"亥豕魯魚"都是說文字字形近似而造成錯誤，用今天的話說，就是寫了別字。同 魯魚亥豕。

【三豕渡河】sān shǐ dù hé 見"三豕涉河"。

【三足鼎立】sān zú dǐng lì 鼎：古代三腳兩耳的食器。比喻三方像鼎的三隻腳一樣各據一方，分立相持的局面。◇他只想發一筆財，與兩個哥哥三足鼎立，平起平坐。同 三分天下。

【三言兩語】sān yán liǎng yǔ 兩三句話。形容很少幾句話。宋代吳潛《望江南》詞："六宇五胡生口面，三言兩語費顏情，贏得鬢星星。"《水滸傳》六一回："小乙可惜夜來不在家裏，若在家時，三言兩語，盤倒那先生，到敢有場好笑。"楊絳《洗澡》二部一七章："況且他們倆的事，也不是三言兩語就說得完的。"同 三言兩句、一言半語。反 滔滔不絕、長篇大論。

【三災八難】sān zāi bā nàn 泛指各種災難、不幸和疾病。三災：佛教指水災、火災、風災為大三災，戰爭、饑荒、瘟疫為小三災。八難：佛教指影響見佛求道的各種障礙，如作惡多端、安逸享受、盲啞殘疾、自恃聰明才智等。《群音類選·粉蝶兒·病寒述事》："如來也有三災八難，老子也有七病八疾。"《紅樓夢》四五回："從小兒三災八難，花的銀子也照樣打出你這麼個銀人來了。" ◇這錢你存着，孩子要有個三災八難的，費心請大夫給治治。同 八難三災。反 吉星高照。

【三長兩短】sān cháng liǎng duǎn ❶指意外的災禍或事故。《醒世恆言·喬太守亂點鴛鴦譜》："倘有三長兩短，你取出道袍穿了，竟自走回，哪個扯得你住！" ◇人的一生保不其有個三長兩短的。❷特指死亡。《二十年目睹之怪現狀》一六回："將來我有個甚麼三長兩短……只好請侄少爺照應我的後事。" ◇萬一老人家有個三長兩短，就不好交代了。同 三長四短、山高水低。

【三妻四妾】sān qī sì qiè 指妻妾眾多。妾：側室，是娶正妻之外再娶的女子。《金瓶梅》一回："至如三妻四妾，買笑追歡的，又當別論。"清代李漁《風箏誤·逼婚》："你做狀元的人，三妻四妾，任憑再娶。"

【三姑六婆】sān gū liù pó ❶指不同職業、不同身份的婦女。三姑：尼姑、道姑、卦姑；六婆：牙婆（販賣人口的中間人）、媒婆、師婆（女巫）、虔婆（鴇婆）、藥婆（女醫）、穩婆（接生婆）。《紅樓夢》一一二回："我說那三姑六婆是再要不得的。"《黃繡球》十二回："這些三姑六婆，只可我用他，不可叫他來用我。"❷指走街串戶，不務正業的女人。《鏡花緣》一二回："況三姑六婆，裏外搬弄是非，何能不生事端！" ◇那些四處串遊的三姑六婆，保媒拉線，訛錢詐騙，甚麼都幹。

【三星在天】sān xīng zài tiān 見"三星在戶"。

【三星在戶】sān xīng zài hù《詩·綢繆》："綢繆束薪，三星在天。今夕何夕？見此良人。"又："綢繆束芻，三星在戶，今夕何夕？見此粲者。"後便用"三星在天"、"三星在戶"指男女成親的吉日良辰。三星：即參星。古人以為三星是宜婚娶的徵候。唐代嵩嶽諸仙《嫁女》詩：

"三星在天銀河廻，人間曙色東方來。"明代楊珽《龍膏記•錯媾》:"護藍橋五雲低院，耿銀河三星在天。"《兒女英雄傳》十回："今夜正是月圓當空，三星在戶……就對着這月光，你二人在門外對天一拜，完成大禮。"

【三思而行】sān sī ér xíng《論語•公冶長》:"季文子三思而後行。"後用"三思而行"指經過反覆考慮，然後才去做。比喻做事情非常謹慎。三思：再三考慮。《水滸傳》六七回："兄長，人心難忖，三思而行。"《喻世明言》卷三八："你且忍耐，此事須要三思而行。"◇這是女兒的終身大事，總要三思而行，哪能一口就答應下來呢！同 深思熟慮、三思而後行。反 魯莽滅裂、草率行事。

【三皇五帝】sān huáng wǔ dì 傳説中的古代帝王，説法不一。一般稱伏羲、燧人、神農為三皇，黃帝、顓頊、帝嚳、唐堯、虞舜為五帝。後泛指上古時代的帝王，或借指遙遠的古代。唐代陳子昂《諫政理書》:"陛下方興三皇五帝之事，與天下更始，不其盛哉！"《老殘遊記》一一回："然後由歐洲新文明進而復我三皇五帝舊文明，駸駸進於大同之世矣。"魯迅《隨感錄•人心很古》:"中國人倘能努力再古一點，也未必不能有古到三皇五帝以前的希望，可惜時時遇着新潮流新空氣激蕩着，沒有工夫了。"同 五帝三皇。

【三班六房】sān bān liù fáng 明清時對州縣衙門中吏役的總稱。指分掌緝捕罪犯、看守牢獄、站堂行刑等職責，分為快、皂、壯三班隸役和吏、戶、禮、兵、刑、工六房書辦、胥吏。《儒林外史》二回："想這新年大節，老爺衙門裏，三班六房，那一位不送帖子來？"《歧路燈》三○回："咱每日弄戲，有個薄臉兒，三班六房誰不為咱？"李劼人《死水微瀾》五部二："你能直接同兩縣衙門裏三班六房的朋友，或各街坐卡子的老總們，打堆頑耍。"

【三茶六飯】sān chá liù fàn 泛指齊全的茶水飯菜。《西遊記》二六回："你卻要好生伏侍我師父，逐日家三茶六飯，不可欠缺。"《紅樓夢》六八回："現在三茶六飯，金奴銀婢的住在園裏。"

【三差五錯】sān chā wǔ cuò 意外的差錯或事故。《孽海花》二二回："要有甚麼三差五錯，那事情就難説了。"◇出門在外的，難免有個三差五錯，誰能説的準！同 三長兩短。

【三紙無驢】sān zhǐ wú lǘ 北齊顏之推《顏氏家訓•勉學》:"問一言輒酬數百，責其指歸，或無要會。鄴下諺云：'博士買驢，書券三紙，未有驢字。'"博士買驢寫契約，寫了三張紙還不見一個驢字。後用"三紙無驢"、"博士買驢"形容文辭繁冗，連篇累牘而不得要領。宋代蔣子禮《謝及第啟》:"三紙無驢，自知寡要；一斑窺豹，難語通方。"◇説話做事總是直截了當、快刀斬亂麻為上乘，若像博士買驢那樣"三紙無驢"，在這講究競爭的年代裏，恐怕連飯也沒得吃，更不要説成就大業了。同 廢話連篇。反 直截了當、單刀直入。

【三推六問】sān tuī liù wèn 形容多次反覆地審問。推：審問。元代關漢卿《竇娥冤》四折："他將你孩兒拖到官中，受盡三推六問，吊拷綳扒。"《水滸傳》一二回："三推六問，卻招做一時鬥毆殺傷，誤傷人命。"清代無名氏《賽紅絲》二回："莫説一個秀才，任是甚麼英雄豪傑，也逃不脱三推六問。"同 六問三推。

【三教九流】sān jiào jiǔ liú 三教：儒教、道教、佛教；九流：儒家、道家、陰陽家、法家、名家、墨家、縱橫家、雜家、農家。泛指宗教、學術領域的各種流派或社會上各種各樣的人。宋代趙彥衞《雲麓漫鈔》卷六："問三教九流及漢朝舊事，了如目前。"元代王實甫《西廂記》四本二折："秀才是文章魁首，姐姐是仕女班頭；一箇通徹三教九流，一箇曉盡描鸞刺繡。"《水滸傳》七一回："其人則有帝子神孫、富豪將吏，並三教九流……都一般兒哥弟稱呼，不分貴賤。"《鏡花緣》九九回："細細看去，士農工商，三教九流，無一不有。"◇南來北往，三教九流，各色人等，都到我這茶館品茶聊天。同 九流三教、雞鳴狗盜。

【三從四德】sān cóng sì dé 古代規範女性行為的道德標準。三從：未嫁從父，既嫁從夫，夫死從子；四德：婦德、婦言、婦容、婦功。《敦煌曲子詞•鳳歸雲》："訓習禮儀足，三從四德，針指分明。"《金瓶梅詞話》二十回："自古癡人畏婦，賢女畏夫，三從四德，及婦道之常。"曹禺《日出》第二幕："陳白露：可是，我的顧八奶奶，要講'三從四德'，你總得再坐一次花轎，跟胡四龍啊鳳啊再配配才成呀！"

【三朝元老】sān cháo yuán lǎo《後漢書•章帝紀》："行太尉事節鄉侯熹三世在位，為國元老。"唐代劉長卿《送徐大夫赴廣州》詩："遠人來百越，元老事三朝。"後用"三朝元老"：❶ 尊稱先後受三代皇帝重用的老臣。宋代趙師俠《水調歌頭》詞："共仰三朝元老，要識一時英傑，人物自堂堂。"《古今小說•木綿庵鄭虎臣報怨》："天子念他是三朝元老，不忍加刑。"❷ 泛指長久服務、歷經權力更迭而穩立不倒、資格很老的人。◇綽號叫虎頭蛇的隊長，可說已是三朝元老，也不是簡單角色／父子倆大吹大擂："咱家是三朝元老，改朝換代，改不了咱家的天下。"

【三番五次】sān fān wǔ cì 形容不止一次，而是好多次。《儒林外史》三八回："三番五次，纏的老和尚急了，說道：'你是何處光棍，敢來鬧我們！快出去！我要關山門！'"《說唐》一回："臣與父親三番五次阻擋他，只是不依，反說我們父子備美人局，愚媚大王。"郭小川《秋日談心》："生活真像這杯濃酒，不經三番五次的提煉呵，就不會這樣可口！"同 三番兩次、幾次三番。

【三陽開泰】sān yáng kāi tài 三陽：指春天開始。開泰：開通順暢。《易經》以新年正月為泰卦，卦象下方是三根陽爻，表示陰消陽長，冬去春來，有吉祥亨通之象。因用"三陽開泰"表示春天開始，吉祥亨通。多作為新年伊始或事業順利的祝頌語。明代張居正《賀元旦表》："茲者當三陽開泰之候，正萬物出震之時。"◇新年紀念郵票的圖名是：癸未大吉，三陽開泰／今年開市爆紅，可以說三陽開泰，往下的生意肯定是一帆風順啊！

【三魂七魄】sān hún qī pò 古人認為：魂，能離開人的軀體而獨立存在，共有三個；魄則是依附人的軀體才能顯現的，共有七個。三魂七魄是魂魄的總稱，泛指人的靈魂。晉代葛洪《抱朴子•地真》："欲得通神，當金水分形，形分則自見其身中之三魂七魄。"《金瓶梅》二回："不知怎的，吃他那日叉簾子時見了一面，恰似收了我三魂七魄的一般。"

【三綱五常】sān gāng wǔ cháng 中國封建社會所提倡的一套倫理道德標準。三綱指父為子綱，君為臣綱，夫為妻綱。五常一般指仁、義、禮、智、信。《論語•為政》"周因於殷禮"何晏集解："馬融曰：'所因，謂三綱五常也。'"元代賈仲名《蕭淑蘭情寄菩薩蠻》二折："先生九經皆通，無書不讀，豈不曉三綱五常之理？"李六如《六十年的變遷》第二章："三綱五常的舊教育，把十幾歲的青年，變為八十歲的老翁，同槁木死灰差不多。"

【三墳五典】sān fén wǔ diǎn 傳說是中國最古老的書籍。是講述"大道、常道"的重要著作。《左傳•昭公十二年》："是能讀《三墳》、《五典》、《八索》、《九丘》。"漢代崔瑗《東觀箴》："洋洋東觀，古之史官，三墳五典，靡義不貫。"《太平廣記》卷一七五"賈逵"："吾家窮困，不曾有學者進門，汝安知天下有《三墳》《五典》，而誦無遺句耶！"清代章學誠《文史通義•文集》："即類求書，固流溯源，部次之法明，雖三墳五典，可坐而致之。"

【三緘其口】sān jiān qí kǒu 緘：封閉。漢代劉向《說苑•敬慎》："孔子之周，觀於太廟……有金人焉，三緘其口而銘其背曰：'古之慎言人也。'"後以"三緘其口"形容說話謹慎，少言或不言。宋代尤袤《全唐詩話•姚崇》："欽之伊何？三命而走。謹之伊何？三緘其口。"◇在總裁面前，他通常是三緘其口，很少發表個人意見。同 閉口不言、箝口不言。反 信口雌黃、信口開河。

【三頭六臂】sān tóu liù bì ❶ 佛教語。說佛的法相長有三個頭、六條臂膀。《景德傳燈錄·汾州善昭禪師》："師曰：'三頭六臂擎天地，忿怒那吒撲帝鍾。'"明代袁宏道《錦帆集·尺牘》："且佛亦人也，豈有三頭六臂乎？何用相慕哉？"❷ 比喻神通廣大，有超凡的本領。元代楊暹《西遊記》九齣："我乃八百萬天兵都元帥，我着你見我那三頭六臂的本事。"《紅樓夢》八三回："別說女人當不來，就是三頭六臂的男人，還撐不住呢。"夏衍《秋瑾傳》第二幕："聽人家說，我還以為您是一個三頭六臂的女英雄。"

【三戰三北】sān zhàn sān běi 三次作戰，三次失敗。指屢戰屢敗。北：打敗而逃。《韓詩外傳》卷十："卞莊好勇，母無恙時，三戰而北。"清代黃遵憲《度遼將軍歌》："待彼三戰三北余，試我七縱七擒計。"反 所向披靡。

【三顧茅廬】sān gù máo lú 顧：拜訪；茅廬：草屋。東漢末年，劉備三次拜訪隱居在隆中（今湖北襄樊市郊）的諸葛亮，請他出來協助自己。諸葛亮《出師表》："先帝不以臣卑鄙，猥自枉屈，三顧臣於草廬之中。"後比喻誠心誠意地一再拜訪或邀請。元代馬致遠《薦福碑》一折："我住着半間兒草舍，再誰承望三顧茅廬。"◇就算你三顧茅廬，她也未必肯來你這裏任職。同 三顧草廬。反 棄如敝屣。

【下不為例】xià bù wéi lì 例：先例、成例。只能有這一次，以後不得援引此例要求獲得同樣的處理或待遇。《宦海》一八回："只此一次，下不為例如何？"老舍《茶館》第二幕："王掌柜，這兒現在沒有人，我借個光，下不為例。"◇賞罰必須分明，豈能搞下不為例？

【下車伊始】xià chē yī shǐ 下車：指官吏到任；伊：文言助詞。《禮記·樂記》："武王克殷，反商，未及下車而封黃帝之后于薊。"後謂新官到任或比喻初次到一個地方為"下車伊始"。清代百一居士《壺天錄》卷上："寧波宗太首湘文……當下車伊始，即自撰一聯，懸於門首。"◇下車伊始，人地生疏，瞭解當地風土人情最緊要。同 下車之始。

【下里巴人】xià lǐ bā rén 下里、巴人：戰國時期楚國流行的民歌。楚國宋玉《對楚王問》："客有歌於郢中者，其始曰《下里》《巴人》，國中屬而和者數千人……其為《陽春》《白雪》，國中屬而和者不過數十人。"後泛指通俗的文藝作品。《歧路燈》十回："所以雲岫說請看戲，潛齋便慫恿。及見了戲，卻也有些意外開豁，譚、婁純正儒者，那得動意於下里巴人？"同 巴人下里。反 陽春白雪。

【下阪走丸】xià bǎn zǒu wán 順着斜坡滾下彈丸。比喻快捷迅速，非常容易，沒有阻礙。阪：斜坡。漢代荀悅《漢紀·高祖紀一》："君計莫若以黃屋朱輪以迎范陽令，使馳騖乎燕趙之郊，則邊城皆喜，相率而降。此由（猶）以下阪而走丸也。"五代王仁裕《開元天寶遺事·走丸之辯》："張九齡善談論，每與賓客議論經旨，滔滔不竭，如下阪走丸也，時人服其俊辯。"

【下逐客令】xià zhú kè lìng《史記·李斯列傳》載：秦始皇曾下逐客令，將非秦國的客卿驅逐出秦國。李斯於是寫了《諫逐客書》。後用"下逐客令"指主人趕走不受歡迎的客人。老舍《二馬》三："馬老先生看出伊牧師是已下逐客令，心裏十二分不高興的站起來。"同 端茶送客。

【下情上達】xià qíng shàng dá《管子·明法》："下情不上通，謂之塞。"後用"下情上達"指把下面的實際情形或意見傳達到上頭去。《舊五代史·唐末帝紀中》："遂得下情上達，德盛業隆，太宗之道彌光，文貞之節斯著。"朱自清《文學的標準與尺度》："可是唐代中葉以後，這個尺度似乎已經暗地裏獨立運用，這已經不是上德化下的尺度，而是下情上達的尺度了。"

【下筆千言】xià bǐ qiān yán 言：一字稱一言。一動筆就寫出上千的文字。形容才思敏捷。宋代曾鞏《送豐稷》："讀書一見若經誦，下筆千言能立成。"《醒世恆言》卷七："下筆千言立就，揮毫四座皆驚。"《續孽海花》三五回："十二、三歲時，就下筆千言，皆以神童相待。"◇你這傻小子，如果同女朋友寫情書，大概下筆千言，倚馬可待啦！同 下筆成章、下筆如神。

【下筆成章】xià bǐ chéng zhāng 提筆一揮，就把文章寫成了。形容才思敏捷。也作"下筆成篇"。三國魏曹植《王仲宣誄》："文若春華，思若湧泉，發言可詠，下筆成篇。"晉代左思《悼離贈妹》詩："默識若記，下筆成篇。"《三國志·文帝紀》："天資文藻，下筆成章。"元代戴善夫《風光好》一折："少年文史足三冬，下筆成章氣似虹。"同 下筆千言、一揮而就。

【下筆成篇】xià bǐ chéng piān 見"下筆成章"。

【上下其手】shàng xià qí shǒu 據《左傳·襄公二十六年》，楚國的穿封戌俘虜了鄭將皇頡，王子圍與他爭功相持不下，請伯州犁裁處。伯州犁有意偏袒王子圍，叫皇頡出面説是誰之功，在介紹王子圍時伯州犁"上其手"（舉手），在介紹穿封戌時"下其手"（放下手）。皇頡心領神會，謊稱是王子圍俘獲他的。後用"上下其手"指玩弄手法、串通舞弊。《金石萃編·唐趙思廉墓誌》："或犯法當訊，執事者上下其手。"《金史·刑志》："是非淆亂，莫知適從，奸吏因得上下其手。"《官場現形記》二四回："先把前頭委的幾個辦料委員，抓個錯，一齊撤差，統通換了自己的私人，以便上下其手。"同 徇私舞弊、徇私作弊。反 秉公無私、秉公辦理。

【上天入地】shàng tiān rù dì 上可達天上，下可入地下。❶ 形容神通廣大。唐代李復言《續幽怪錄·盧僕射從史》："吾已得煉形之術也，其術自無形而煉成三尺之形，則上天入地，乘雲駕鶴，千變萬化，無不可也。"❷ 比喻為達到目的而想方設法、採取各種步驟。《三國演義》四一回："（趙雲）又著二卒扶護簡雍先去報與主人：'我上天入地，好歹尋主母與小主人來。"◇不管他們上天入地，非捉到不可。

【上方寶劍】shàng fāng bǎo jiàn 皇帝用的寶劍。授予上方寶劍的大臣，有先斬後奏的權力。現多比喻上級所授予的特別權力或指示。◇有了董事會的支持，他就有了上方寶劍，完全不把同事的意見當回事。同 尚方寶劍。

【上行下效】shàng xíng xià xiào 效：模仿。上級或長輩怎麼做，下級或晚輩就跟着效法。多用作貶義。漢代班固《白虎通·三教》："教者效也，上為之，下效之。"宋代范仲淹《堯舜率天下以仁賦》："殊途同歸，皆得其垂衣而治；上行下效，終聞乎比屋可封。"《元典章·雜例》："省庫取受一分，路取至十倍，上行下效，舊弊未除。"◇家長的一言一行都得注意為孩子立個表率，上行下效，身教勝於言教。

【上情下達】shàng qíng xià dá《管子·明法》："下情不上通，謂之塞。"後用"上情下達"表示把上級的情況或意見、要求等向下面傳達。◇基層官員做好上情下達、下情上達的工作是很重要的。反 下情上達。

【上竄下跳】shàng cuàn xià tiào ❶ 蹦蹦跳跳，跳過來跳過去。◇孩子們高興得上竄下跳。❷ 形容上下奔走，多方聯絡，搞不正當活動。◇他在當中上竄下跳，起了很壞的作用。

【不一而足】bù yī ér zú《公羊傳·文公九年》："許夷狄者，不一而足也。"原指不是一事一物可以滿足，後指類似的事物不只一種或類似情況不止一次。宋代陸游《橋南書院記》："清流美竹，秀木芳草，可玩而樂者，不一而足。"《紅樓夢》一一七回："賈環賈薔等愈鬧的不像事了，甚至偷典偷賣，不一而足。"《老殘遊記》一一回："兩邊擺地攤，售賣農家器具及鄉下日用物件的，不一而足。"嚴復《〈國聞報〉緣起》："數十年來，如鬧教案，殺教士，不一而足。"同 屢見不鮮。反 絕無僅有。

【不二法門】bù èr fǎ mén 不二：唯一。法門：修行入道的門徑。❶ 佛教語。指平等無差異的境界。《維摩詰經•入不二法門品》："於一切法無言無説，無示無識，離諸問答，是為入不二法門。"唐代陳子昂《夏日暉上人房別李參軍詩序》："遂欲高攀寶座，伏奏金仙，開不二之法門，觀大千之世界。"宋代范仲淹《十六羅漢因果識見頌序》："立漸法，序四等功德；説頓教，陳不二法門。"《西遊記》三一回："共登極樂世界，同來不二法門。"❷比喻獨一無二的路徑或方法。清代黃遵憲《與梁任公書》："欲以講學為救中國不二法門。"清代吳趼人《〈糊塗世界〉序》："守株待兔之舉，視若不二法門；覆蕉尋鹿之徒，尊為無上妙品。"◇實行改革開放，發展市場經濟，是中國富民強國的不二法門。同 獨一無二。反 另闢蹊徑。

【不了了之】bù liǎo liǎo zhī 把未完結的事情擱置起來不再管它，就算了結了。也形容拖延了事。宋代葉少蘊《避暑錄語》卷上："唐人言冬烘是不了了之語，故有'主司頭腦太冬烘，錯認顏標是魯公'之言，人以為戲談。"巴金《春》二一："'還不是不了了之！……'覺新極力壓住悲憤一五一十地敍説道。"◇接了一個電話，急着要走，方才的爭吵也就不了了之。同 束之高閣。反 全始全終。

【不三不四】bù sān bù sì ❶形容不倫不類或似是而非。《水滸傳》七回："這夥人不三不四，又不肯近前來，莫不要攧灑家。"◇我穿上這身衣服真有點不三不四／事情讓你弄得不三不四、不尷不尬，你説如何做下去？❷形容歪門邪道，不正派。《二刻拍案驚奇》卷五："可見元宵之夜，趁着喧鬧叢中幹那不三不四勾當的，不一而足。"《歧路燈》八五回："大相公改邪歸正，那些不三不四的人自然是不敢來了。"

【不上不下】bù shàng bù xià《莊子•達生》："上而不下，則使人善怒；下而不上，則使人善忘；不上不下，中身當心，則為病。"原指不居上也不處下，處於正中，後指不好不壞或進退兩難，事情無着落。清代李漁《蜃中樓•怒遣》："把妹子的終身誤得不上不下，也不是個長便之策。"魯迅《野草•死後》："我卻總是既不安樂，也不滅亡地不上不下地生活下來。"同 不尷不尬、進退維谷。

【不毛之地】bù máo zhī dì 毛：指草木。不長草木的地方。泛指荒涼貧瘠的土地。《公羊傳•宣公十二年》："錫之不毛之地，使帥一二耋老而綏焉。"《南齊書•州郡志》："寧州，鎮建寧郡，本益州南中，諸葛亮所謂不毛之地也。"《喻世明言》卷一三："汝若知罪，速避西方不毛之地，勿復行病人間，可保無事。"◇沙漠變成了綠洲，不毛之地如今一片綠油油。同 荒無人煙、荒煙蔓草。反 沃野千里、膏腴之地。

【不仁不義】bù rén bù yì 不講仁愛，不講道義。明代無名氏《白兔記•送子》："你哥哥不仁不義，一定要下落他性命。"《民國通俗演義》四五回："竊若輩之倒行逆施，是直欲陷吾元首於不仁不義之中。"◇一個自私自利的人，肯定也是不仁不義的人。

【不今不古】bù jīn bù gǔ 漢代揚雄《太玄經•更》："童牛角馬，不今不古。"原指既不合今，也不似古，為古今所無。後指既不像古，又不像今，不倫不類。明代沈德符《野獲編•考官爭席》："涂、錢俱治《書經》……又刻一詔，更寥寥數語，不今不古。"清代紀昀《閱微草堂筆記•姑妄聽之四》："遙見雙炬，疑為虎目，至前則官役數人，衣冠不古不今。"◇如今的年輕人衣着打扮竟追時尚，有的老朽看不慣，譏諷為"不今不古，不倫不類，見所未見，聞所未聞"。同 不倫不類、不三不四。

【不分皂白】bù fēn zào bái 皂：黑色。《詩•桑柔》漢代鄭玄箋："賢者見此事之是是非非，不能分別皂白，言之於王也。"後用"不分皂白"説不辨黑白，不分是非，不問好壞，不問情由。《西遊記》一四回："你怎麼不分皂白，一頓打死？全無一點慈悲好善之心！"《初刻拍案驚奇》卷一三："既是做賊來偷，你夜晚間不分皂白，怪你不得，只是事體重大，免不得報官。”同 皂白不分、黑白不分。反 一清二楚。

【不分彼此】bù fēn bǐ cǐ 不分你和我，指不分遠近、親疏、厚薄等。多形容雙方交情深厚，關係密切。宋代陳亮《謝安比王導論》：“故安一切以大體彌縫之，號令無所變更，而任用不分彼此。”《兒女英雄傳》二八回：“我想此後叫他們不分彼此，都是一樣。”◇他們同窗三載，情同手足，不分彼此。反 視如寇仇。

【不分軒輊】bù fēn xuān zhì 不分高低上下，不分優劣。軒輊：古代車子前高後低的部位叫“軒”，前低後高叫“輊”，引申指高低、上下、輕重之別。《後漢書•馬援傳》：“居前不能令人輊，居後不能令人軒，與人怨不能為人患，臣所恥也。”《胭脂井》：“但先入之言，容易見聽，但如果有兩個人在慈禧太后心目中不分軒輊，那時想起溥倫的話，關係出入就太大了。”◇說起文學成就，李白與杜甫雙峰並峙，不分軒輊。同 不分高下、不分高低。

【不文不武】bù wén bù wǔ 既不懂文，又不能武，形容人沒有才幹。唐代韓愈《瀧吏》：“工農雖小人，事業各有守。不知官在朝，有益國家不？得無虱其間，不文亦不武。”◇哥哥不肯讀書，玩電腦遊戲入迷，爸爸說照此下去不文不武，不知將來會做甚麼。反 文武全才。

【不亢不卑】bù kàng bù bēi 不高傲也不卑屈。形容言行、舉止、態度恰當得體。《兒女英雄傳》一八回：“顧先生不亢不卑，受了半禮，便道：‘大人請便。’”◇此人風度瀟灑，舉止文雅，對人不亢不卑，確實是個好後生。同 不卑不亢。反 卑躬屈膝。

【不以為奇】bù yǐ wéi qí 不感到奇怪。《官場現形記》二三回：“而且老太太時常提問案件，大家亦都見慣，不以為奇。”魯迅《准風月談•“感舊”以後（下）》：“‘五四’運動時候，提倡白話的人們，寫錯幾個字，用錯幾個古典，是不以為奇的。”同 不足為奇。反 大驚小怪。

【不以為恥(耻)】bù yǐ wéi chǐ 不認為不道德、違法、受辱等現象是恥辱。說不知羞恥。《鄧析子•轉辭》：“今有墨劓，不以為恥，斯民所以亂多治少也。”宋代樂史《楊太真外傳》：“（玄宗）自得李林甫，一以委成。故絕逆耳之言，恣行燕樂，衽席無別，不以為耻，由林甫之贊成矣。”魯迅《書信集•致曹靖華》：“上海之所謂‘文人’……而居然搖筆作文，大發議論，不以為恥。”同 恬不知恥。反 引以為榮。

【不以為然】bù yǐ wéi rán 不認為是對的。表示不贊同。宋代蘇軾《再乞罷詳定役法狀》：“右臣先曾奏論前衙一役，只當招募，不當定差，執政不以為然。”《東周列國誌》二四回：“鮑叔口雖唯唯，心中不以為然。”◇沒等她說完，他臉上已經露出不以為然的表情。反 深以為然。

【不以為意】bù yǐ wéi yì 不把它放在心上。表示毫不介意，不予重視。《史記•律書》：“又先帝知勞民不可煩，故不以為意。朕豈自謂能？”《喻世明言》卷一八：“那倭寇平素輕視官軍，不以為意。”《野叟曝言》三二回：“我們這樣千方百計去套弄他，他總不以為意。”同 滿不在乎、滿不在意。反 耿耿於懷。

【不刊之論】bù kān zhī lùn 刊：削除。形容言論精當，無懈可擊，無從更改。宋代郭若虛《圖畫見聞志•論曹吳體法》：“況唐室以上，未立曹吳，豈顯釋寡要之談，亂愛賓不刊之論。”嚴復《原強》：“民智者，富強之原，此懸諸日月不刊之論也。”◇秦教授對事對人從不妄加評論，一旦出口，必定是不刊之論。同 不易之論。

【不打自招】bù dǎ zì zhāo ❶ 還沒用刑就招認了。《警世通言•玉堂春落難逢夫》：“劉爺看了書吏所錄口供，再要拷問，三人都不打自招。”◇威逼於嚴刑峻法之下，所謂不打自招釀成的冤獄，實在數不勝數。❷ 比喻無意中透露或主動說出自己的想法或事實。《黃繡球》十二回：“那黃禍是個一團茅草的人，自然瞎嚼蛆的嚼出來，不打而自招的了。”◇在閒聊當中，不打自招地透露了實情。同 不攻自破。反 屈打成招。

【不正之風】bù zhèng zhī fēng 邪門歪道，不正派的作風或風氣。◇公務員中流行的不正之風，必須依靠嚴格的制度管理，才能徹底清除。同 歪風邪氣。反 守正不阿。

【不甘人後】bù gān rén hòu 不甘心落在別人的後面。也作"不甘後人"。《史記•李將軍列傳》："而廣不甘後人，然無尺寸之功以得封邑者，何也？"◇馬耀明好強，不甘人後，每天複習功課直到深夜 / 大家走在山路上，你追我趕，誰也不甘人後。

【不甘示弱】bù gān shì ruò 不甘心顯出自己軟弱怯懦。魯迅《且介亭雜文末編•我的第一個師父》："台下有人罵起來。師父不甘示弱，也給他們一個回罵。"◇對方也不甘示弱，捋袖揎拳，擺出大打一場的架勢。同 爭強好勝。反 退避三舍。

【不甘後人】bù gān hòu rén 見"不甘人後"。

【不甘寂寞】bù gān jì mò 唐代朱慶餘《自述》詩："詩人甘寂寞，居處遍蒼苔。"後用"不甘寂寞"說，過冷落清閒的生活，於心不甘。多形容仍期望有所表現、有所作為。清代呂留良《與高旦中書》："若不甘寂寞，雖對事清高，正是以退為進。"老舍《不成問題的問題》："他不甘寂寞……他要獨樹一幟，自己創辦一個甚麼團體，去過一過領導的癮。"反 安之若素。

【不可一世】bù kě yī shì 可：讚許。世：當世、當時。宋代羅大經《鶴林玉露》卷一五："荊公少年，不可一世士。獨懷刺侯濂溪，三及門而三辭焉。"說少年的王安石不輕易讚許同代的人，唯獨尊崇懷刺侯濂溪。後用以：❶ 表示不輕易稱許別人。明代焦竑《玉堂叢語•簡傲》："為翰林庶吉士，詩已有名，其意不可一世，僅推何景明，而好薛蕙、鄭善夫。"❷ 形容出類拔萃，同時代無人能比。明代張岱《〈贈沈歌敍〉序》："朋儕鄰里，有稱其肝腸如火，俠氣如雲，不可一世者。"清代洪亮吉《〈四哀詩〉序》："推其梗概，實不可一世焉。"❸ 形容目中無人、狂妄自大或驕橫跋扈。《孽海花》三四回："圓圓的臉盤，兩目炯炯有光，於盎然春氣裏，時時流露不可一世的精神。"◇只要掛個"官"字，就敢騎在百姓頭上作威作福，不可一世。同 目空一切、妄自尊大。反 禮賢下士、謙虛謹慎。

【不可向(嚮)邇】bù kě xiàng ěr 說不可接近。邇：近，接近。《尚書•盤庚上》："若火之燎於原，不可嚮邇，其猶可撲滅。"宋代文天祥《使北》詩序："賈(賈餘慶)幸國難，自詭北人，氣焰不可嚮邇。"明代何良俊《四友齋叢說•雜記》："衡山真率，不甚點檢服飾，其足紈甚臭，至不可向邇。"

【不可企及】bù kě qǐ jí 不可能趕得上。企及：希望趕上。說相差甚遠。唐代柳冕《答衢州鄭使君》："不可企而及之者，性也。"宋代張元幹《跋蘇詔君楚語後》："凡所形容，不蘄合於屈、宋，政自超詣，殆不可企及。"◇她終於取得了一般人不可企及的巨大成就。

【不可名狀】bù kě míng zhuàng 不能用言語來表達形容，不可能說清楚。晉代葛洪《神仙傳•王遠》："(麻姑) 衣有文采，又非錦綺，光彩耀目，不可名狀，皆世之所無也。"《聊齋誌異•某公》："兩鬼捉臂按胸，力脫之，痛苦不可名狀。"茅盾《曇》："她終於被那不可名狀的擾亂所征服，她只能偃卧在牀上，狼狽地喘着氣了。"也作"不可言狀"。廖仲愷《再論錢幣革命》："其結果遂致錢幣之購買力銳減，受契約上一定之月給以為生活者，窘苦不可言狀。"同 不可言喻。

【不可多得】bù kě duō dé 形容非常稀少，非常難得。漢代王充《論衡•超奇篇》："譬珠玉不可多得，以其珍也。"明代沈德符《野獲編•時玩》："蓋北宋以雕漆擅名，今已不可多得。"徐遲《牡丹》："傑出的藝術家董瑤階，藝名牡丹花，是一位不可多得的人物。"反 俯拾皆是。

【不可收拾】bù kě shōu shi ❶ 事物或情況糟到無法整頓或不可挽救的地步。唐代韓愈《送高閑上人序》："泊與淡相遭，頹墮委靡，潰敗不可收拾。"宋代文天祥《指南錄後序》："不幸呂師孟構惡於前，賈餘慶獻諂於後，予羈縻不得還，國事遂不可收拾。"巴金《豪言壯語》："卻沒有想到好聽的話越講越多，一旦過了頭，就不可收拾。" ❷ 形容言行、感情達到難以控制的地步。清代黃宗羲《綠蘿庵詩序》："人世怨毒酸苦之境，陷於心坎，則其發之為詩，當必慷慨而不可收拾。"《文明小史》一五回："兄弟三人身到此時，不禁手舞足蹈，樂得不可收拾。"

【不可告人】bù kě gào rén 有難言之隱，不能告訴別人。也用於貶義，指用心險惡。《聊齋誌異·賈奉雉》："賈戲於落卷中，集其闒茸泛濫，不可告人之句，連綴成文示之。"清代陳夢雷《絕交書》："其於不可告人之隱，猶未忍宣之於眾也。"◇他究竟幹了甚麼不可告人的勾當，這樣支支吾吾地不肯明說。反 和盤托出。

【不可言狀】bù kě yán zhuàng 見"不可名狀"。

【不可言喻】bù kě yán yù 無法用言語來表達形容。喻：說明。宋代沈括《夢溪筆談·象數一》："其術可以心得，不可言喻。"《聊齋誌異·江城》："生於此時，欲去不忍，欲留不敢，心如亂絲，不可言喻。"徐遲《牡丹》："只有在舞台上，在創造角色的過程中，魏紫感到不可言喻的快樂！"同 不可言狀、不可名狀。

【不可枚舉】bù kě méi jǔ 不可能一個一個盡列出來。形容同一類的人或事物很多。宋代王楙《野客叢書·俗語有所自》："似此等語（指'龍生龍'等俚俗語），不可枚舉。"《醒世恒言》卷四："更有那金萱、百合、剪春羅、剪秋羅、滿地嬌……不可枚舉。"也作"不可勝舉"、"不勝枚舉"。明代方孝孺《答俞景文》："古之傳世者雖不可勝舉，而其大較皆豪傑之士，道德充溢於中，事功見於當時。"清代俞樾《茶香室續抄·身後請致仕》："於卒後書致仕者，不可勝舉。"聞一多《女神之地方色彩》："《女神》中所用的典故，西方的比中國的多多了……是屬於神話的；其餘屬於歷史的更不勝枚舉了。"

【不可或缺】bù kě huò quē 不可缺少。◇學生就是要學習，學習就要讀書，對學生來說，讀書不可或缺。

【不可思議】bù kě sī yì 佛教語。❶ 說道理神秘奧妙，不可用心思索，不能用言語評議。《洛陽伽藍記·永寧寺》："佛事精妙，不可思議。"《五燈會元·興善寺惟寬禪師》："思之不及，議之不得，故曰不可思議。" ❷ 形容難以理解、無法想像。清代梁紹壬《兩般秋雨盦隨筆》卷一："吳江郭頻伽明經《詠詩筒》……則如羚羊香象，微妙不可思議矣。"梁啟超《與嚴幼陵先生書》："讀賜書二十一紙，循環往復誦十數過，不忍釋手，甚為感佩，乃至不可思議。"◇那麼醜的樹，竟開出那麼美的花，不可思議！

【不可限量】bù kě xiàn liàng 事物的發展前景遠大，沒有止境。明代朱之瑜《答奧村德輝書》："夫能受盡言，則將來成就，不可限量。"《儒林外史》二六回："鮑文卿辭了回來，向知府着實稱讚這季少爺好個相貌，將來不可限量。"冰心《莊鴻的姊姊》："她這樣的材質，這樣的志氣，前途是不可限量的。"同 未可限量、前程遠大。

【不可捉摸】bù kě zhuō mō 形容事物富於變化，難以估量猜測或抓住。明代謝肇淛《五雜俎·人部四》："及一廁足，不能自返，而故為不可捉摸之言以掩之。"清代王有光《吳下諺聯·筆管裏煨鰍》："蓋夫鰍之為狀也，活活潑潑，其身滑溜，入淤泥渾水中，不可捉摸。"朱自清《白采》："白采是一個不可捉摸的人。"反 洞若觀火。

【不可理喻(諭)】bù kě lǐ yù 不能夠用道理使對方明白。形容態度固執，蠻不講理。明代沈德符《野獲編·褐蓋》："要之，此輩不可理諭，亦不足深詰也。"巴金《家》八："他們簡直不可理喻，一定要進來，終於被我們的人趕出來了。"同 蠻不講理、蠻橫無理。反 通情達理、知書達理。

【不可救藥】bù kě jiù yào 病重得不能用

藥救活。《詩•板》："多將熇熇，不可救藥。"比喻已到無法挽救的地步。宋代嚴羽《滄浪詩話•詩辨》："儻猶於此而無見焉，則是野狐外道，蒙蔽其真識，不可救藥，終不悟也。"明代宋濂《傅守剛墓碣》："魚爛河決，不可救藥，君子每為之太息。"◇自從交了幾個壞朋友，他便一步步墮落下去，不可救藥了。同 無可救藥。

【不可造次】bù kě zào cì 不能魯莽行事，要慎重不輕率。造次：倉促、魯莽。《三國演義》一〇五回："此事當深慮遠議，不可造次。"《説岳全傳》五六回："公子不可造次！他帳下人多，大事不成，反受其害。"◇這涉及幾千萬美金的投資，須三思而後行，千萬不可造次！同 三思而行。

【不可偏廢】bù kě piān fèi 對關聯的事物，不可片面地側重一方而忽視另一方。偏廢：忽視了應該兼顧的事情。宋代胡仔《苕溪漁隱叢話前集•山谷下》："讀《莊子》，令人意寬思大，敢作；讀《左傳》，便使人入法度，不敢容易。二書不可偏廢也。"秦牧《在探索學問的道路上》："廣泛涉獵和提綱挈領地掌握要點，應該互相結合起來，'由博返約'和'以約馭博'都是重要的，不可偏廢。"同 兩全其美。

【不可終日】bù kě zhōng rì《禮記•表記》："君子不以一日使其躬儳焉，如不終日。"説在任何時候都不能讓自己的人格受到侮辱，不然的話，就一天也過不下去。後用"不可終日"形容情況極糟或局勢危急，而終日惶恐，極度不安。宋代王質《論廟謀疏》："而華元不得其情，震悼惴栗，奔走求盟，若不可終日。"孫中山《上李鴻章書》："蓋今日之中國，已大有人滿之患矣，其勢已岌岌不可終日。"同 惶惶不安、憂心如焚。反 優哉游哉、氣定神閒。

【不可開交】bù kě kāi jiāo 開：解開；交：糾纏在一起。形容無法擺脱、無法了結。《官場現形記》二回："吳贊善聽到這裏，便氣的不可開交了。"◇為了爭奪家產，兄弟翻臉成仇，打得不可開交。同 難分難解。反 一了百了。

【不可勝計】bù kě shèng jì 見"不可勝數"。

【不可勝數】bù kě shèng shǔ 不能盡數。形容數量極多，數不過來。《墨子•非攻中》："百姓飢寒凍餒而死者，不可勝數。"唐代白居易《與元九書》："唐興二百年，其間詩人，不可勝數。"周瘦鵑《蘇州遊蹤》："這觸目都是不可勝數的名菊。"也作"不可勝計"。《史記•淮陰侯列傳》："且三秦王為秦將，將秦子弟數歲矣，所殺亡不可勝計。"明代張岱《岱志》："其埋沒高文典冊者，不可勝計。"同 數不勝數。反 寥若晨星。

【不可勝舉】bù kě shèng jǔ 見"不可枚舉"。

【不可逾越】bù kě yú yuè 不能越過某種界限或障礙。逾越：超越，越過。《左傳•襄公三十一年》："門不容車，而不可逾越。"峻青《爆破遠征隊》："僅二十分鐘，四十多個地雷埋成了一道不可逾越的長城。"◇欣賞音樂，從初級逐步進入高級階段，中間沒有不可逾越的鴻溝。

【不可磨滅】bù kě mó miè 漢代司馬遷《報任安書》："古者富貴而名摩滅，不可勝記；唯倜儻非常之人稱焉。"摩：同"磨"。後便用"不可磨滅"指事業、功績、道理、印象等永留人世，不會因歷時久遠而逐漸消失。宋代王柏《大學沿革後論》："況聖人之書，正大而平實，精確而詳明，亘千萬世而不可磨滅。"◇在抗戰史上，衡陽戰役是不可磨滅的。同 名垂千古。反 灰飛煙滅。

【不平則鳴】bù píng zé míng 遭遇不公，心中不平就要呼叫；面對不公平的事，就要表示不滿和憤慨。鳴：叫，發聲。唐代韓愈《送孟東野序》："大凡物不得其平則鳴。"《幼學瓊林•訟獄類》："世人惟不平則鳴，聖人以無訟為貴。"《紅樓夢》五八回："怨不得芳官。自古説：'物不平則鳴。'他失親少眷的住在這裏，沒人照看，賺了他的錢，又作踐他，如何怪得！"反 忍氣吞聲。

【不由分説】bù yóu fēn shuō 由：聽從，順從；分説：辯白，解説。不容人分辯解釋。元代武漢臣《生金閣》三折：“怎麼不由分說，便將我飛拳走踢只是打。”《初刻拍案驚奇》卷十五：“眾人不由分說，夾嘴夾面，只是打罵。”《儒林外史》四三回：“那些人駕了小船，跳在鹽船上，不由分說，把他艙裏的子兒鹽，一包一包的，儘興搬到小船上。”

【不由自主】bù yóu zì zhǔ 由不得自己，控制不住。《紅樓夢》八一回：“但覺自己身子不由自主，倒像有甚麼人，拉拉扯扯，要我殺人才好。”《糊塗世界》卷一二：“眼淚已是不由自主滾了下來。”茅盾《第一個半天的工作》：“她不由自主地站住了，離總辦公室的進口不滿二尺。”同 情不自禁。

【不失時機】bù shī shí jī 不錯過適當的時間和有利的機會。◇用兵貴在神速，不失時機。反 坐失良機。

【不白之冤】bù bái zhī yuān 白：清楚。難以辯白或得不到昭雪的冤屈。清代李漁《憐香伴•強媒》：“只是小弟抱了不白之冤，他又成了不解之惑，今日初會，斷不可露出原情。”《野叟曝言》一八回：“若非屢次驗明，則其姊受不白之冤，未老先生亦蒙羞於地下，不孝不弟，罪不容誅。”曹禺《北京人》第三幕：“睜大了眼，像又遭受不白之冤的樣子。”

【不乏先例】bù fá xiān lì 不缺少先前的事例。◇以養子繼承皇位的事在五代不乏先例 / 因燃放煙花爆竹失當而造成屋毀人亡的慘劇，不乏先例。反 史無前例。

【不乏其人】bù fá qí rén 說那樣的人為數不少。明代張岱《石匱書•自序》：“然能為史而能不為史者，世尚不乏其人。”魯迅《朝花夕拾•後記》：“但這種意見，恐怕是懷抱者不乏其人。”劉大白《龍山夢痕序》：“但是逛過西湖而‘又向山陰道上行’的，不乏其人。”同 大有人在。反 寥寥無幾。

【不主故常】bù zhǔ gù cháng 不拘守過往的慣常規則。常：常規。《莊子•天運》：“其聲能短能長，能柔能剛，變化齊一，不主故常。”宋代陳師道《後山詩話》：“余評李白詩，如張樂於洞庭之野，無首無尾，不主故常。”清代王士禎《帶經堂詩話•題識類》：“(趙進美)《放吟》一卷，皆樂府詩，丁明末造，多悲天憫人之思，顧盼跌宕，不主故常。”同 別開生面。反 循規蹈矩。

【不出所料】bù chū suǒ liào 沒有超出預料。明代侯峒曾《與姚文初書》：“大事竟不出所料。”《孽海花》十回：“見你不在，我就猜着到這裏來了，所以一直趕來，果然不出所料。”葉聖陶《一篇宣言》：“‘果然不出所料’，這樣的一念閃過校長先生的心頭。”反 出乎所料。

【不加思索】bù jiā sī suǒ 形容應對敏捷、反應快，或說話處事草率。《醒世姻緣傳》八一回：“趙啞子鋪開格眼，研墨操筆，不加思索，往上就寫。”巴金《春》二：“‘這討厭的東西，我倒想把他剪掉。’淑英不加思索地答道。”同 不假思索。反 深思熟慮。

【不共戴天】bù gòng dài tiān 戴天：指頭上的天。不能共存於同一個天底下。《禮記•曲禮上》：“父之讎，弗與共戴天。”後以“不共戴天”形容誓不兩立，仇恨極深。宋代羅大經《鶴林玉露》卷八：“我國家之於金虜，蓋百世不共戴天之讎也。”《三國演義》八二回：“殺吾弟之仇，不共戴天！欲朕罷兵，除死方休！”《說唐》一五回：“老太師盡忠被戮，理當不共戴天，奈何欲奔南陽，逃遁他方，而不念君父之仇乎？”同 你死我活、誓不兩立。反 捐棄前嫌、握手言歡。

【不在話下】bù zài huà xià 即“不再話下”。❶ 舊小說、戲劇用語。表示一個情節告一段落，不再往下說。元代秦簡夫《趙禮讓肥》四折：“以下各隨次第加官賜賞，這且不在話下。”《紅樓夢》三十回：“那金釧兒含羞忍辱的出去，不在話下。”❷ 表示事屬當然，用不着說，或事物微小，不值得說。周而復《上海的早晨》一部九：“想起平時他說出啥意見一般都得到湯阿英的尊重，這點小事更不在話下了。”

【不死不活】bù sǐ bù huó 形容沒有生氣、處境尷尬或非常無奈。宋代朱熹《朱子語類》卷四八："唯是被囚不死不活，這地位如何處，直是難。"《老殘遊記續集》三回："叫人家盼望的不死不活的幹甚麼呢？"巴金《家》八："眾人開始感到了寒冷和飢餓，尤其令人難堪的是這種不死不活的狀態。"同 半死不活、半死半活。

【不成體統】 bù chéng tǐ tǒng 形容言行不合乎規矩，超出或打破了當時的正統觀念或作法。體統：制度、格局、儀式、規矩、傳統等。《三國演義》一三回："刻印不及，以錐畫之，全不成體統。"《紅樓夢》一三回："我看裏頭着實不成體統，要屈尊大妹妹一個月，在這裏料理料理，我就放心了。"《二十年目睹之怪現狀》二七回："此時官廳上亂烘烘的，鬧了個不成體統。"反 中規中矩、循規蹈矩。

【不劣方頭】 bù liè fāng tóu 形容人個性倔強執拗。不劣：倔強不馴順。方頭：形容倔頭倔腦。元代無名氏《陳州糶米》二折："我從來不劣方頭，恰便如火上澆油。我偏和那有勢力的官人每卯酉。"◇如今正當金融海嘯，你那種不劣方頭的性情，很容易被上司炒魷魚。同 方頭不劣。反 溫文爾雅。

【不同凡響】 bù tóng fán xiǎng 凡響：平凡的音樂。形容出眾，非同一般。多指人物、詩文、論議、設計、藝術作品。魯迅《墳•摩羅詩力說》："自覺之聲發，每響必中於人心，清晰昭明，不同凡響。"◇那深邃含蓄的目光，表明他是不同凡響的人。反 平淡無奇。

【不同流俗】 bù tóng liú sú 與平庸粗俗的，完全不同。《儒林外史》三四回："莊紹光見蕭昊軒氣宇軒昂，不同流俗，也就著實親近。"◇陶淵明的詩文，清雅高潔，確實不同流俗。同 不同凡響。

【不自量力】 bù zì liàng lì《左傳•隱公十年》："不度德，不量力。"後用"不自量力"說不能正確估計自己的力量。多指高估自己。宋代范仲淹《上呂相公書》："是則繫國家之安危，生民之性命，某豈可不自量力而輒當之？"《東周列國誌》八十回："東海役臣勾踐，不自量力，得罪邊境。"◇凡事都要量力而為，不自量力往往招致失敗。同 自不量力。反 量力而行。

【不合時宜】 bù hé shí yí 不符合時勢、世情或潮流。《漢書•哀帝紀》："皆違經背古，不合時宜。"明代張岱《與李硯翁》："中有大老，言此書雖確，恨不擁戴東林，恐不合時宜。"《紅樓夢》六三回："他為人孤癖，不合時宜，萬人不入他的目。"◇那種官式教育方法，如今已不合時宜了。

【不名一文】 bù míng yī wén 名：擁有、佔有。沒有一文錢，形容貧窮。◇他炒了兩年樓，落得不名一文/老人生活困難，到了不名一文的地步。同 不名一錢、一文不名。反 腰纏萬貫、家財萬貫。

【不名一錢】 bù míng yī qián 一文錢也沒有，形容人非常貧窮。漢代王充《論衡•骨相》："(鄧) 通亡，寄死人家，不名一錢。"清代紀昀《閱微草堂筆記•姑妄聽之四》："臣患病乞歸，不名一錢。以授徒終於家。"魯迅《吶喊•自序》："《新生》的出版之期接近了，但最先就隱去了若干擔當文字的人，接着又逃走了資本，結果只剩下不名一錢的三個人。"同 一文不名、不名一文。反 家財萬貫、腰纏萬貫。

【不亦樂乎】 bù yì lè hū 亦：也。不也很快樂嗎？《論語•學而》："有朋自遠方來，不亦樂乎？"後用以：❶ 說內心很高興。《華陽國志•劉後主志》："若滅魏之後，二主分治，不亦樂乎？"明代羅玘《西溪漁樂說》："作吾作也，息吾息也，飲吾飲而食吾食也，不亦樂乎？"❷ 表示達到上限、極點，無以復加。明代無名氏《吳起掛帥》四折："誰想正撞着秦兵，把我一陣殺得不亦樂乎，跑將來了。"《二十年目睹之怪現狀》六二回："你幾乎惹出事來！這個生意做得的麼！只怕就是四兩五錢給你做了，也要累得你一個不亦樂乎呢。"◇忙得不亦樂乎/開懷大嚼，吃得不亦樂乎。

【不安於位】 bù ān yú wèi《左傳•成公六年》："不安其位，宜不能久。"後用"不安於位”、“不安其位”指不安心於所在的職位，想離職他去。明代余繼登《典故紀聞》卷一五：“使大臣不安於位，小臣不安於職。”魯迅《書信集·致鄭振鐸》：“此公在廈門趨奉校長，顏膝可憐，適異己去後，而校長又薄其為人，終於不安於位，殊可笑也。”

【不安於室】bù ān yú shì《詩經·凱風序》：“衞之淫風流行，雖有七子之母，猶不能安其室。”後用“不安於室”、“不安其室”表示已婚婦女有外遇或思離異再嫁。清代王韜《淞隱漫錄·玉簫再世》：“妹之夫夙習航海術，時行賈於東瀛，妹頗不安於室。”

【不如歸去】bù rú guī qù 西漢揚雄《蜀王本紀》：“蜀望帝淫其臣鼈靈之妻，乃禪位而逃，時此鳥適鳴，故蜀人以杜鵑鳴為悲望帝，其鳴為不如歸去云。”杜鵑：也叫子規、杜宇，它的鳴聲很像人説“不如歸去”，因此，就把“不如歸去”用作思歸或催人歸家之辭。宋代柳永《安公子》詞：“聽杜宇聲聲，勸人不如歸去。”元代王實甫《西廂記》五本四折：“不信呵，你去綠楊影裏聽杜宇，一聲聲道‘不如歸去’。”

【不攻自破】bù gōng zì pò ❶ 形容事物薄弱，不堪一擊。晉代劉粲《請殺愍帝表》：“子業若死，民無所望，則不為李矩、趙固之用，不攻而自破矣。”《封神演義》三回：“今只困其糧道，使城內百姓不能接濟，則此城不攻自破矣。”❷ 比喻流言、謬論等站不住腳，不堪一駁。宋代蘇轍《論黃河必非東決箚子》：“而群小妄説，不攻自破矣。”◇那些無恥讕言必將不攻自破。同 固若金湯、堅如磐石。

【不折不扣】bù zhé bù kòu 一點折扣都沒打，是完全的、十足的。《文明小史》四十回：“開上賬來，足足四塊錢，不折不扣。”茅盾《子夜》一：“他那二十多年足不窺戶的生活，簡直是不折不扣的墳墓生活。”老舍《女店員》：“如今的婦女跟男人不折不扣一樣尊貴！”反 七折八扣。

【不求甚解】bù qiú shèn jiě ❶ 讀書只在領會主旨，不在一字一句上費工夫。晉代陶淵明《五柳先生傳》：“好讀書，不求甚解，每有會意，欣然忘食。”明代朱國禎《湧幢小品·己丑館選》：“讀書不求甚解，此語如何？曰靜中看書，大意了然。惟有一等人，穿鑿求解，反致背戾、可笑。”清代黃宗羲《張仁庵〈古本大學説〉序》：“讀書不求甚解，任懷得意，融然遠寄。”❷ 形容只滿足於一知半解，不求深入理解、全面瞭解。《官場現形記》五四回：“這人小的時候，諸事顢顢頇頇，不求甚解。”◇平日貪玩，讀書不求甚解，到了考試急時抱佛腳是趕不及的。反 刨根問底、尋根問底。

【不求聞達】bù qiú wén dá 不追求名聲顯赫，官職顯要。聞：指出名。達：做大官。三國蜀諸葛亮《出師表》：“臣本布衣，躬耕於南陽，苟全性命於亂世，不求聞達於諸侯。”元代王子一《誤入桃源》一折：“因此不事王侯，不求聞達，隱姓埋名，做莊家，學耕稼。”清代顧炎武《答汪苕文書》：“根本先儒，立言簡當，以其人不求聞達，故無當世之名，而其書實似可傳。”反 求名奪利、立身揚名。

【不肖子孫】bù xiào zǐ sūn 肖：像、似。《孟子·萬章上》：“丹朱之不肖，舜之子亦不肖。”説堯的兒子丹朱和舜的兒子都不像他們的老子。後用“不肖子孫”指不能繼承祖上事業或品性不端的子孫。宋代邵雍《盛衰吟》：“不肖子孫，破敗家門。”清代頤瑣《黃繡球》八回：“我黃家卻是這種不肖子孫最多，開了家塾，把這些不肖的教化幾個，也是很要緊的了。”魯迅《彷徨·長明燈》：“造廟的時候，他的祖宗就捐過錢，現在他卻要來吹熄長明燈，這不是不肖子孫？”反 光宗耀祖、光大門戶。

【不見天日】bù jiàn tiān rì 看不見青天和太陽。比喻社會、環境黑暗，或行事齷齪骯髒。宋代魏泰《東軒筆錄》卷八：“福州之人，以為終世不見天日也。”《初刻拍案驚奇》卷二十：“又有那一等人，一時錯誤，問成罪案……拘於那不見天日之處。”清代遁廬《童子軍•越牆》：“俺生平只是性情不好，不肯做那不見天日的勾當，才走到這水盡山窮的地步。”同 暗無天日。反 青天白日。

【不見經傳】bù jiàn jīng zhuàn 在經文和闡釋經文的著述中都不見記載。說沒有多大名氣，或缺乏文獻上的依據。宋代洪邁《容齋三筆•再書博古圖》：“考諸前代，叔夜之名不見於經傳。”《醒世恆言》卷四：“那九州四海之中……不載史冊，不見經傳，奇奇怪怪，蹺蹺蹊蹊的事，不知有多多少少。”鄒韜奮《經歷》五五：“名字不見經傳的文人也不見得都是馴服的羔羊。”同 名不見經傳。反 大名鼎鼎、有根有據。

【不足介意】bù zú jiè yì 見“不足為意”。

【不足為奇】bù zú wéi qí 不值得奇怪。多指某種事物和現象很平常，不新奇。足：值得。宋代畢仲遊《祭范德孺文》：“人樂其大而忘其私，不然則公不足為奇。”《二十年目睹之怪現狀》五四回：“看見人家闊了，便要打算向人家借錢，這本是官場中的慣技，不足為奇的。”魯迅《書信集•致李霽野》：“這些都是小事情，不足為奇，不過偶然想到，舉例而已。”也作“不足為怪”。清代紀昀《閱微草堂筆記•灤陽消夏錄四》：“眾哄然一笑曰：‘是固有之，不足為怪。’”同 不足為怪、何足為奇。反 大驚小怪。

【不足為法】bù zú wéi fǎ 不值得學習仿效。清代趙翼《甌北詩話•李青蓮詩》：“建安以後，更綺麗不足為法。”魯迅《墳•娜拉走後怎樣》：“青皮固然是不足為法的，而那韌性卻大可以佩服。”丁玲《太陽照在桑乾河上•寫在前邊》：“那些工作作風實不足為法。”同 不足為訓。

【不足為怪】bù zú wéi guài 見“不足為奇”。

【不足為訓】bù zú wéi xùn《左傳•僖公二十八年》：“(仲尼曰) 以臣召君，不可以訓。”後用“不足為訓”說不能當作準則、典範。訓：典範。明代胡應麟《詩藪•續編》卷一：“君詩如風螭巨鯨，步驟雖奇，不足為訓。”《孽海花》四回：“孝琪的行為，雖然不足為訓，然聽他的議論思想，也有獨到處。”孫犁《秀露集•耕堂讀書記 (一)》：“這其實是避重就輕、圖省力氣的一種寫法，不足為訓。”同 不足為法。

【不足為意】bù zú wéi yì 不值得放在心上。明代張居正《答鄭范溪》：“公但自信此心，秉公任直，紛紛之言，不足為意。”魯迅《書信集•致沈雁冰》：“偶仍發熱，則由於肋膜，不足為意也。”也作“不足介意”。魯迅《書信集•致韋素園》：“遇見一點事，精神上即很受影響，其實小小是非，成甚麼問題，不足介意的。”同 不足為慮、何足介意。反 殫心竭慮。

【不足為慮】bù zú wéi lǜ 不值得憂慮擔心。《三國志•衛臻傳》：“且合肥城固，不足為慮。”明代李贄《焚書•答陸思山》：“承教方知西事，然倭奴水寇，不足為慮，蓋此輩捨舟無能為也。”◇股市仍處牛市，現在是短暫回調，不足為慮。同 不足介意。

【不足為據】bù zú wéi jù 見“不足為憑”。

【不足為憑】bù zú wéi píng 不能作為憑據。宋代劉安世《論蔡確作詩譏訕事第六》：“詩板是明白已驗之跡，便可為據；開具乃委曲苟免之詞，不足為憑。”《官場現形記》五回：“他的話不足為憑。”也作“不足為據”。魯迅《且介亭雜文•中國人失掉自信力了嗎》：“自信力的有無，狀元宰相的文章是不足為據的，要自己去看地底下。”

【不足掛齒】bù zú guà chǐ《史記•劉敬叔孫通列傳》：“此特群盜鼠竊狗盜耳，何足置於齒牙間。”後用“不足掛齒”說不值得一提，微不足道。用於對人表示輕蔑，也用於表示自謙。掛齒：談及、提起。《水滸傳》四五回：“些少薄禮微物，不足掛齒。”《孽海花》三四回：“這種萌芽時代淺薄的思想，不足掛齒，請先生不要過譽。”同 何足掛齒、不足為意。

【不孚眾望】bù fú zhòng wàng 不為眾人所信服。孚：使人信服。茅盾《動搖》四：“只說你‘不孚眾望’，其餘的事，概沒談起。”◇李大明因能力不足，不孚眾望而落選學生會主席。反 不負眾望、眾望所歸。

【不言不語】bù yán bù yǔ 不說話，悶聲不響。《醒世恆言》卷二八："秀娥一心憶着吳衙內，坐在旁邊，不言不語。"《歧路燈》三二回："(王中) 不言不語，走到前廳。"同 不聲不響。反 滔滔不絕。

【不言而喻(諭)】bù yán ér yù 不必解說就能明白。《孟子·盡心上》："君子所性，仁義禮智根於心……施於四體，四體不言而喻。"宋代蘇軾《卻鼠刀銘》："吾苟有之，不言而喻，是亦何勞。"《老殘遊記續集》一回："今日無意碰着，同住在一個店裏，你想，他們這朋友之樂盡有不言而喻了。"《歧路燈》四七回："王中回房，整整睡了二日，其氣惱可不言而喻。"◇江南塞北，風物景觀差別之大是不言而喻的。同 顯而易見。反 不可言喻、不可名狀。

【不吝指教】bù lìn zhǐ jiào 不吝惜指教我。敬請對方給予指導和教誨的客套語。周而復《上海的早晨》二部四三："各位以為如何？兄弟說的不對的地方，還請不吝指教。"也作"不吝賜教"。賜：給予。魯迅《兩地書》："但我相信有請益的時候，先生是一定不吝賜教的。"同 不吝珠玉。

【不吝珠玉】bù lìn zhū yù 不吝惜拿出寶貴的意見。請別人給予指教的客套話。明代無名氏《人中畫·風流配》："又幸會司馬兄，少年美才。倘不吝珠玉，賜教一律，以志不朽。"◇請在座各位不吝珠玉，對拙作給予指正。同 不吝指教。

【不吝賜教】bù lìn cì jiào 見"不吝指教"。

【不忮不求】bù zhì bù qiú 不嫉妒，不貪婪。忮：妒。求：貪。《詩·雄雉》："不忮不求，何用不臧。"南梁蕭統《〈陶淵明集〉序》："不忮不求者，明達之用心。"宋代陳亮《祭石天民知軍文》："故天下之士有以自負而取名，自足而善謀，未若無挾而好修，淡然而不忮不求者也。"《玉座珠簾》："處理了這些事務，便是長篇大論的'遺訓'，教子孫不忮不求，克勤克儉。"同 淡泊明志。反 妒火中燒、貪得無厭。

【不即不離】bù jí bù lí 即：靠近。佛教語。似接近又非接近。《圓覺經》卷上："不即不離，無縛無脫。"後形容在處理各種關係時，保持既不親近，也不疏遠的態勢。宋代蘇軾《周文炳瓢硯銘》："不即不離，孰曰非道人利器。"《兒女英雄傳》二九回："到了夫妻之間，便合他論房帷資格，自己居右，處得來天然合拍，不即不離。"◇表面上他倆不即不離，私底下是否另有隱情，那就不得而知了。同 若即若離。反 咫尺萬里。

【不改其樂】bù gǎi qí lè 說身居困境，仍泰然處之，怡然自得。《論語·雍也》："一簞食，一瓢飲，在陋巷，人不堪其憂，回也不改其樂。"元代馬致遠《薦福碑》二折："雖然我住破窰，使破瓢，我猶自不改其樂。"朱自清《論吃飯》："(孔子) 稱讚顏回吃喝不夠，'不改其樂'。"反 悶悶不樂、愁眉苦臉。

【不忍卒讀】bù rěn zú dú 不忍心讀完。常用來形容詩文小說的內容悲慘動人。卒：盡。清代淮陰百一居士《壺天錄》卷上："閩督何公小宋，挽其夫人一聯，一字一淚，如泣如訴，令人不忍卒讀。"《花月痕》四四回尾批："前頭無限嗚嗚咽咽之文，苦風淒雨，令人不忍卒讀。"◇有關這次大地震的報告，慘淡之情，令人不忍卒讀。

【不拔一毛】bù bá yī máo《孟子·盡心上》："楊子取為我，拔一毛而利天下，不為也。"說連拔身上的一根毛都不肯。形容極端自私自利，不肯為他人盡一絲一毫的力。宋代秦觀《浩氣傳》："為己者至於不拔一毛，兼愛者至於摩頂放踵。"同 一毛不拔。反 大公無私。

【不拘一格】bù jū yī gé 不局限於一種格局、模式或風格。清代龔自珍《己亥雜詩》一二五："我勸天公重抖擻，不拘一格降人才。"《鏡花緣》六八回："妹子要畫個長安送別圖，大家或贈詩或贈賦，不拘一格，姐姐可肯留點筆墨傳到數萬里外？"臧克家《學詩斷想》："在表現形式和語言運用方面，也隨着內容的豐富多樣達到各體具備，不拘一格的境地。”反 抱俗守常、墨守成規。

【不拘小節】bù jū xiǎo jié 不拘泥於與原則無關的生活瑣事。《後漢書•虞延傳》：“性敦樸，不拘小節。”《初刻拍案驚奇》卷一二：“有一個人姓蔣名霆，表字震卿，本是儒家子弟，生來心性倜儻，頑耍戲浪，不拘小節。”同 不拘細行。

【不拘細行】bù jū xì xíng 不注意、不拘泥於生活中的細節瑣事。《晉書•郤詵傳》：“詵博學多才，瑰偉倜儻，不拘細行。”宋代路振《九國志•鍾章》：“少不拘細行，雄果有四方之志。”◇王先生工作認真，性格豪爽，又不拘細行，所以有許多朋友。同 不拘小節。

【不明不白】bù míng bù bái 形容含糊曖昧、不清不楚，或不正派、見不得人。元代無名氏《連環計》四折：“你的女孩兒送與太師，便則與太師；若與呂布，便則與呂布。怎麼不明不白，着他父子每胡廝鬧了一夜。”魯迅《為了忘卻的紀念》：“聽説官廳因此正在尋找我。印書的合同是明明白白的，但我不願意到那些不明不白的地方去辯解。”同 不三不四。反 一清二楚。

【不易之論】bù yì zhī lùn《易經•乾》：“不易乎世，不成乎名。”後用“不易之論”指不可改變的言論或論斷。形容完全正確。宋代惠洪《冷齋夜話》卷十：“成周三代之際，聖人多生儒中，兩漢以下，聖人多生佛中，此不易之論也。”清代王士禎《池北偶談•借禪喻詩》：“如謂盛唐諸家詩，如鏡中之花，水中之月，鏡中之像，如羚羊掛角，無跡可求，乃不易之論。”《野叟曝言》一回評：“余於此書，屢疑、屢論、屢悟、屢悔，始信其言為不易之論。”同 不刊之論。

【不知大體】bù zhī dà tǐ 不知道有關全局的事理。説不知從整體、長遠的角度看問題或處理問題。漢代賈誼《上疏陳政事》：“俗吏之所務，在於刀筆筐篋，而不知大體。”《舊唐書•田弘正傳》：“時度支使崔倰不知大體，固阻其請，凡四上表不報。”也作“不識大體”。晉代袁宏《後漢紀•明帝紀》：“臣愚淺，不識大體。”◇劉教授雖有學識，可卻愛與學生爭吵，有些不知大體。

【不知凡幾】bù zhī fán jǐ 凡：總共。不知道總計有多少。説同類的人或事物很多。唐代郭受《寄杜員外》詩：“春興不知凡幾首，衡陽紙價頓能高。”清代顧炎武《錢糧論上》：“其逃亡或自盡者，又不知凡幾也。”魯迅《小説舊聞鈔•二十年目睹之怪現狀》：“所作酬應文字，類此者不知凡幾。”同 數不勝數、大有人在。反 絕無僅有、寥寥無幾。

【不知不覺】bù zhī bù jué 不由得、不經意、無意之間，沒有覺察意識到。宋代歐陽修《怨春郎》詞：“為伊家，終日悶，受盡悽惶誰問？不知不覺上心頭，悄一霎身心頓也沒處頓。”《紅樓夢》九六回：“這時剛到沁芳橋畔，卻又不知不覺的順着堤往回裏走起來。”《野叟曝言》三回：“不知不覺，天已昏黑。”茅盾《色盲》二：“林白霜手裏的筆，不知不覺就停下來了。”

【不知去向】bù zhī qù xiàng 不知道去了哪裏。元代楊顯之《瀟湘雨》一折：“我那翠鸞女孩兒，不知去向。”茅盾《殘冬》四：“六寶的哥哥福慶，和鎮上張剝皮鬧過的李老虎，還有多多頭，忽然都不知去向。”

【不知甘苦】bù zhī gān kǔ 不知道甜和苦。形容對艱辛沒有體會。《墨子•非攻上》：“少嘗苦曰苦，多嘗苦曰甘，則必以此人為不知甘苦之辯矣。”◇他是嬌生慣養的獨生子，以為漁民生活很有趣，可以乘船到海裏去沖浪嬉耍，真叫太不知甘苦了。

【不知死活】bù zhī sǐ huó 不瞭解其中的利害關係而魯莽行事，或只形容非常魯莽，不管不顧。《水滸傳》六七回：“單廷珪、魏定國大笑，指着關勝罵道：‘無才小輩，背反狂夫！上負朝廷之恩，下辱祖宗名目，不知死活！’”清代娥川主人《世無匹》二回：“你卻不知死活，灌了這許多酒去。”同 不知利害、不管不顧。反 三思而行、瞻前顧後。

【不知好歹】bù zhī hǎo dǎi 不懂得好壞，不明事理。多用於不能領會別人的好意。元代鄭廷玉《金鳳釵》二折："做兒的不知好歹，做娘的不辨清濁。"《西遊記》二六回："你這猴子，不知好歹。那果子聞一聞，活三百六十歲，吃一個，活四萬七千年，叫做萬壽草還丹。"《紅樓夢》一〇六回："回到自己房中，埋怨賈璉夫婦不知好歹，如今鬧出放賬的事情，大家不好。"同 不識好歹。

【不知利害】bù zhī lì hài 不知道其中何者有利，何者有害。《莊子•齊物論》："子不知利害，則至人固不知利害乎？"後形容做事莽撞，輕舉妄動。《老殘遊記》六回："那張二禿子也是個不知利害的人，聽得高興，儘往下問。"◇有些年青人不知利害，把吸毒當成兒戲，以致"一失足成千古恨"。同 不知死活、不知高低。

【不知其詳】bù zhī qí xiáng 不知道詳細情況。《儒林外史》四四回："施御史家的事，我也略聞，不知其詳。"◇年代久遠，文獻缺乏，對唐代詩人張繼的身世我們不知其詳。

【不知所云】bù zhī suǒ yún 原指心情激動，思緒很亂，不知道說了些甚麼，是一種自謙的表達方法。後也泛指語無倫次，語意不明。諸葛亮《前出師表》："臨表涕泣，不知所云。"唐代劉禹錫《上杜司徒書》："孤志多感，重恩難忘。顧瞻門館，慚戀交會。伏紙流涕，不知所云。"錢鍾書《圍城》三："你看他那首甚麼《拼盤姘伴》，簡直不知所云。"

【不知所以】bù zhī suǒ yǐ 不知道為甚麼會這樣，不明白個中原因。《漢書•胡建傳》："遂斬御史。護軍諸校皆愕驚，不知所以。"《歧路燈》六回："孝移見話頭蹺奇，茫然不知所以。因問道，端的是甚麼事？"茅盾《追求》三："章秋柳驚惶得不知所以……聲音也發抖了。"

【不知所措】bù zhī suǒ cuò 面對突發事件，不知怎麼辦才好。《三國志•諸葛恪傳》："皇太子以丁酉踐尊號，哀喜交並，不知所措。"《宋史•范質傳》："太祖叱彥瓌不退，質不知所措，乃與溥等降階受命。"《兒女英雄傳》三一回："不想這番好意竟把個可左可右的安公子此時倒弄到左右不知所措。"◇見他帶着幾位陌生人突然闖進來，一時不知所措。同 手足無措、莫知所措。反 應付裕如、處之泰然。

【不知所終】bù zhī suǒ zhōng 不知去向，不明下落或結局。《後漢書•逸民傳》："俱遊五嶽名山，竟不知所終。"明代瞿佑《剪燈新話•水宮慶會錄》："後亦不以功名為意，棄家修道，遍遊名山，不知所終。"清代紀昀《閱微草堂筆記•槐西雜志一》："此生有小婢，名杏花，流落不知所終。"同 不知去向。反 壽終正寢。

【不知高低】bù zhī gāo dī 說話做事不知深淺輕重，貿然說話、行事。或拘謹而不敢動作。《京本通俗小說•西山一窟鬼》："教授把三寸舌尖舐破窗眼兒張一張，喝聲采，不知高低道：'兩個都不是人！'"《西遊記》一五回："你那老頭子，說話不知高低！我們是拜佛的聖僧，又會偷馬！"也作"不識高低"。《東周列國誌》六六回："豈不曉得我孫氏是八代世臣，敢來觸犯！全然不識高低，禽獸不如。"清代李玉《一捧雪•豪宴》："謝得先生救俺，則俺有一句不識高低的話兒敢說麼？"

【不知深淺】bù zhī shēn qiǎn 不知道水的深淺。比喻說話行事沒有分寸。《金瓶梅詞話》七一回："我家做官的，初入蘆葦，不知深淺，望乞大人，凡事扶持一二。"《兒女英雄傳》二六回："這裏頭萬一有一句半句不知深淺的話，還得求姐姐原諒妹子個糊塗，耽待妹子個小。"同 不知輕重。

【不知進退】bù zhī jìn tuì 形容言行魯莽失措，不知把握分寸。漢代荀悅《漢紀•哀帝紀下》："恐陛下有過失之譏，賢有小人不知進退之禍。"《二刻拍案驚奇》卷九："官人好不知進退！好人家兒女，又不是煙花門戶。"《紅樓夢》四五回："他們已經多嫌着我呢，如今我還不知進退，何苦叫他們咒我？"同 不知好歹、不知輕重。

【不知就裏】bù zhī jiù lǐ 不知道其中的實情。就裏：內情，底細。金代董解元《西廂記諸宮調》卷四：“你尋思，甚做處，不知就裏，直恁沖沖怒？”《兒女英雄傳》一九回：“方才我那替父報仇的話，先生，你道可惜遲了，是我苦於不知就裏。”朱自清《笑的歷史》：“起初人家不知就裏，還願意借錢給我們。”同 不明就裏、不知所以。

【不知輕重】bù zhī qīng zhòng 分不清甚麼重要，甚麼次要。形容言行冒失魯莽，有失分寸。《呂氏春秋•本生》：“今世之人，惑者多以性養物，則不知輕重也。”宋代陳伯修《五代史序》：“今歐公在天下，如太山北斗，伯修自揣何如，反更作其序，何不知輕重也！”《兒女英雄傳》一六回：“萬一這些小孩子們出去，不知輕重，露個一半句，那姑娘又神通，倘被他預先知覺了，於事大為無益。”同 不知進退。

【不知端倪】bù zhī duān ní 不知道事情的來龍去脈、本末終始，理不出事情的頭緒。端倪：頭緒、跡象。《莊子•大宗師》：“反覆終始，不知端倪。”◇大家討論得很熱烈，張先生不知端倪，只好靜靜坐在一旁聽着。同 不知就裏。

【不知蕭董】bù zhī dǐng dǒng 蕭董：古指蒲草的一種。《爾雅•釋草》郭璞注：“不知蕭董者，豈不辨菽麥意乎？”不知道蕭董為何物，形容愚昧無知。明代董斯張《吹景集•俗語有所祖》：“吾里謂愚者曰不知蕭董。”◇一遇到計算數字，平時挺機靈的她就變得不知蕭董了。同 愚昧無知。反 耳聰目明。

【不依不饒】bù yī bù ráo 形容沒完沒了地糾纏不止。不依：不聽從。◇大娘不依不饒，站在河邊大罵不止，還不許那幾個縴夫爬上岸來 / 家人親友百般勸解，她仍然不依不饒地要他賠錢。

【不卑不亢】bù bēi bù kàng 既不自卑，也不高傲；形容應對的態度和言語得體，合乎分寸。老舍《四世同堂》五三：“今天，他碰上了不怕他的人。他必須避免硬碰，而只想不卑不亢的多撈幾個錢。”◇面對別人的責難，不要將不滿寫在臉上，不卑不亢地，會讓你看起來既自信又穩重。同 不亢不卑。反 奴顏卑膝。

【不近人情】bù jìn rén qíng 違背人之常情。《莊子•逍遙遊》：“大有逕庭，不近人情焉。”後多指性情怪僻或言行冷漠、不合理。《舊唐書•食貨志下》：“豈有令百姓移茶樹就官場中栽，摘茶葉於官場中造，有同兒戲，不近人情。”《廿載繁華夢》三二回：“大人先問自己真情怎樣？還說我恐嚇，實太過不近人情。”◇經常十天半月不洗臉，人們都說他不近人情。同 不近情理。反 通情達理。

【不念舊惡】bù niàn jiù è 不記過去的仇怨。《論語•公冶長》：“伯夷、叔齊，不念舊惡，怨是用希。”元代尚仲賢《單鞭奪槊》二折：“君子人不念舊惡，小人兒自來悔後。”《西遊記》三一回：“師兄是個有仁有義的君子，君子不念舊惡，一定肯救師父一難。”《兒女英雄傳》三九回：“不料你不念舊惡也罷了，又慨然贈我五百兩銀子。”同 捐棄前嫌。

【不服(伏)水土】bù fú shuǐ tǔ 見“不習水土”。

【不咎既往】bù jiù jì wǎng《論語•八佾》：“成事不說，遂事不諫，既往不咎。”說對過去的錯誤不再追究責難。《明史•貴州土司傳》：“令還侵地，不咎既往。”《民國通俗演義》二回：“不獨不咎既往，尚可定必重用。”◇既然已經承認了錯誤，我看不咎既往了吧。同 既往不咎。

【不治之症】bù zhì zhī zhèng 治不好的疾病，也比喻無法革除的弊端或禍患。《醒世恆言》卷十：“太醫診了脈，說道：‘……此乃不治之症。’”蕭乾《栗子•憂鬱者的自白（代跋）》：“我甚至可以說，憂鬱在我個人已是不治之症了。”同 病入膏肓、心腹大患。反 疥癬之疾。

【不衫不履】bù shān bù lǚ 衣着不整齊。形容人性情灑脫，不拘小節。履：鞋。唐代杜光庭《虬髯客傳》：“既而太宗至，不衫不履，裼裘而來，神氣揚揚，貌與常異。”《老殘遊記》九回：“這個人也是個不衫不履的人，與家父最為相契。”沙汀《祖父的故事·小城風波》：“便是學生，也都高興他那副不衫不履的脱略性格。”同 不拘小節、不拘細行。

【不屈不撓】bù qū bù náo《荀子·法行》：“夫玉者，君子比德焉……折而不橈，勇也。”橈：同“撓”，彎曲。後用“不屈不撓”形容在困難和壓力面前不屈服，不低頭。《黃繡球》二九回：“教皇捉了他問，他在堂上不屈不撓。”◇雖然全身癱瘓，但憑着不屈不撓的精神，他終於寫出這本著作。反 低眉折腰。

【不苟言笑】bù gǒu yán xiào《禮記·曲禮上》：“不登高，不臨深，不苟訾，不苟笑。”後用“不苟言笑”指不隨便説笑，形容人態度莊重嚴肅。《二十年目睹之怪現狀》四三回：“那做房官的，我看見他，都是氣象尊嚴，不苟言笑的。”柯巖《船長》：“船長是個老派的船長，十分嚴格，每天板着面孔，不苟言笑，穿一身筆挺的制服。”同 正顏厲色。反 嬉皮笑臉。

【不甚了了】bù shèn liǎo liǎo 模模糊糊，不清楚，不分明。《北齊書·永安王浚傳》：“文宣末年多酒，浚謂親近曰：‘二兄舊來不甚了了。’”《兒女英雄傳》三九回：“凡是老爺的壽禮以及闔家帶寄各人的東西，老爺自己卻不甚了了。”錢鍾書《圍城》七：“鴻漸兄，你初回國教書，對於大學裏的情形，不甚了了。”反 一清二楚、瞭如指掌。

【不相上下】bù xiāng shàng xià 兩相比較，分不出大小、高低、勝負、好壞，差別不大。唐代陸龜蒙《蠹化》：“橘之蠹……翳葉仰齧，如飢蠶之速，不相上下。”宋代蘇軾《三槐堂銘》：“世有以晉公比李栖筠者，其雄才直氣，真不相上下。”◇論學問，他兩個不相上下／這一男一女，看上去年紀不相上下。同 伯仲之間。反 天壤之別。

【不相為謀】bù xiāng wéi móu 雙方立場、觀點、見解不同，不能協商合作。《論語·衛靈公》：“子曰：道不同，不相為謀。”明代李東陽《送張兵部還南京詩序》：“考台之於部，邈乎若不相為謀。”蔡東藩《民國通俗演義》二三回：“民主黨為前清時代老人物……與政府不相為謀。”反 唇齒相依、輔車相依。

【不省人事】bù xǐng rén shì 省：知道、明白；人事：周圍的人和事。❶ 形容失去知覺，陷於昏迷狀態。《三國演義》八三回：“言訖，不省人事，是夜殞於御營。”《紅樓夢》二五回：“他叔嫂二人，一發糊塗不省人事，身熱如火，在牀上亂説。”葉聖陶《夜》：“如果照樣説出來，太傷阿姊的心了，説不定她會昏厥不省人事。”❷ 幼稚，不明道理或不懂人情世故。《水滸傳》五十回：“小妹一時粗鹵，年幼不省人事，誤犯威嚴。”◇你説她不省人事，她倒懂得撥弄是非，我看是人小鬼大。同 人事不省、人事不知。反 老奸巨猾、老謀深算。

【不徇私情】bù xùn sī qíng 辦事剛正不阿，不曲從私人情面。王朔《你不是一個俗人》：“我們是好朋友，可是你能不徇私情，這才説明你是真正愛護我。”反 徇私枉法。

【不急之務】bù jí zhī wù 不是急着要辦的事務，無關緊要的事情。《三國志·孫和傳》：“棄不急之務，以修功業之基。”唐代王維《山中與裴秀才迪書》：“非子天機清妙者，豈能以此不急之務相邀？”清代朱彝尊《衢州府西安縣重修學記》：“長吏迫於催科，視學舍為不急之務。”反 當務之急。

【不計其數】bù jì qí shù 無法計算數目，形容數量極多。宋代魏了翁《奏措京湖諸郡》：“或謂官民兵在城內者約二十萬，而散在四郊者，不計其數。”清代孔尚任《桃花扇·入道》：“你看兩廊道俗，不計其數。”徐遲《火中的鳳凰》：“這庫房打開，珍寶不計其數。”同 不可勝計。

【不為已甚】bù wéi yǐ shèn 已甚：過分。説話處事或批評人掌握分寸，適可而止，不過分。《孟子·離婁下》：“仲尼不為已甚者。”宋代王安石《答李參書》：“君子不為已甚者，求中焉其可也。”《官場現形記》二七回：“敝老師的為人，諸公是知道的：凡事但求過得去，決計不為已甚。”同 中庸之道。反 尖酸刻薄。

【不恤人言】bù xù rén yán 不管別人怎麼說，仍按照自己的意思去做。恤：憂慮。《舊唐書•裴度傳》：“內不慮身計，外不恤人言，古人所難也。”《花月痕》四五回：“不恤人言誰則敢？可憐薄幸我何曾。”◇具有“不畏天變，不恤人言”的勇氣，才能做得改革家。同 無所畏懼。反 人言可畏。

【不郎不秀】bù láng bù xiù 明代田藝蘅《留青日劄•沈萬三秀》：“元時稱人，以郎、官、秀為等第，至今人之鄙人曰不郎不秀，是言不高不下也。”按：元明時將人分成哥、畸、郎、官、秀五等。秀為最高，指貴族子弟；郎為中下，指平民子弟。“不郎不秀”是說郎不像郎，說秀不像秀，實在是不倫不類，不上不下。後也借指“不稂不莠”，意為不成材，沒出息。明代畢魏《竹葉舟•收秀》：“一身無室無家，半世不郎不秀。”◇李家姑娘才貌雙全，王家男孩不郎不秀，他們怎會談戀愛呢？

【不矜不伐】bù jīn bù fá《尚書•大禹謨》：“汝惟不矜，天下莫與汝爭能；汝惟不伐，天下莫與汝爭功。”後用“不矜不伐”說不自誇，不自大，謙虛謹慎。矜：自恃。伐：自誇。宋代羅大經《鶴林玉露丙編》卷一：“余觀大禹，不矜不伐，愚夫愚婦皆謂一能勝予。”明代紀振倫《楊家府演義•王欽誑旨回幽州》：“帝曰：‘今卿不矜不伐，真社稷臣也。’”反 自視甚高、狂妄自大。

【不約而同】bù yuē ér tóng《史記•平津侯主父列傳》：“應時而皆動，不謀而俱起，不約而同會。”後以“不約而同”說事先沒有商量約定，可彼此的想法、行動卻完全一致。宋代王楙《野客叢書•隨筆議論》：“近時《容齋隨筆》出入史書，考據甚新，然觀以前雜說，不約而同者，十居二三。”《官場現形記》四八回：“他二人不約而同，一齊來到首府。”◇眾人不約而同把目光都轉向了她。同 不約而合、不謀而合。

【不約而合】bù yuē ér hé 事前未溝通過，卻在觀念、言論、作法上完全一樣。宋代朱熹《經界申諸司狀》：“今睹上項指揮，適與鄙意所欲言者，不約而合。”同 不約而同、不謀而合。反 南轅北轍、背道而馳。

【不茶不飯】bù chá bù fàn 說人因病或有心事而不思飲食。宋代周密《齊東野語》：“不茶不飯，不言不語，一味供他憔悴。”《二十年目睹之怪現狀》一〇〇回：“賈沖忽然病起來，一天到晚，哼聲不絕，一連三天，不茶不飯。”反 飽食終日、饕餮之徒。

【不恥下問】bù chǐ xià wèn 不以向學問少、地位低的人請教為恥辱。《論語•公冶長》：“敏而好學，不恥下問。”晉代葛洪《抱朴子•勤求》：“夫讀五經，猶宜不恥下問，以進德修業，日有緝熙。”《老殘遊記》七回：“閣下既不恥下問，弟先須請教宗旨何如。”◇就因為他不恥下問，所以學問長進很快。反 目中無人、好為人師。

【不辱使命】bù rǔ shǐ mìng《論語•子路》：“子曰：行己有恥，使於四方，不辱君命，可謂士矣。”說出使別國，能維護本國尊嚴，不負國君的重託。後用“不辱使命”泛指不辜負別人的差遣和託付。◇研發人員不辱使命，成功開發出綠色電動汽車。同 不負重託。反 喪權辱國。

【不破不立】bù pò bù lì 舊的不破除，新的就建立不起來。◇中國如果不改革開放，不除舊佈新，不破不立，就很難成為強國。同 革故鼎新。反 墨守成規。

【不時之需】bù shí zhī xū 隨時需要。不時：不一定甚麼時候。宋代蘇軾《後赤壁賦》：“我有斗酒，藏之久矣，以待子不時之需。”《二十年目睹之怪現狀》九回：“那個稿子，他又謄在冊子上，以備將來不時之需。”曹靖華《到赤松林去》：“那細繩……放在書桌頂下邊的抽斗裏，以備不時之需。”

【不哼不哈】bù hēng bù hā 不吭聲，在該說話時卻悶聲不響。二月河《乾隆皇帝》四卷二六：“這下輪到乾隆驚訝了，想不到這個低等嬪妃整日不哼不哈，竟如此達觀知命，這樣洞悉人情！”◇小麗平時那樣愛説愛笑，今天卻不哼不哈，好像心事重重。同一言不發。反信口開河。

【不值一文】bù zhí yī wén 見“一文不值”。

【不值一哂】bù zhí yī shěn 不值得一笑。哂：微笑；指事物毫無意義和價值，對此只表示輕蔑。魯迅《二心集·非革命的爭進革命論者》：“倘説，凡大隊的革命軍，必須一切戰士的意識，都十分正確、分明，這才是真的革命軍，否則不值一哂。”

【不值一錢】bù zhí yī qián《史記·魏其武安侯列傳》：“生平毀程不識不直（值）一錢。”説一文錢也不值。形容地位輕賤、受人鄙視，或毫無價值。也作“一錢不值”、“一文不值”。宋代史達祖《滿江紅》詞：“三徑就荒秋自好，一錢不值貧相逼。”金代元好問《晨起》詩：“多病所須惟藥物，一錢不值虛云云。”明代畢魏《三報恩·罵佞》：“最可悲年少科名，弄得一文不值。”《孽海花》三二回：“中國人看得他一錢不值。”魯迅《而已集·讀書雜談》：“有時説自己的作文的根柢全是同情，有時將校對者罵得一文不值。”同不值一文。

【不修邊幅】bù xīu biān fú 修：修剪；邊幅：布帛的邊緣。形容不注意衣着、儀容的整潔。《北齊書·顏之推傳》：“好飲酒，多任縱，不修邊幅，時論以此少之。”《儒林外史》五五回：“他又不修邊幅，穿着一件稀爛的直裰，靸着一雙破不過的蒲鞋。”◇他一輩子都不拘小節，不修邊幅，邋邋遢遢的。同不衫不履。反衣冠楚楚。

【不倫不類】bù lún bù lèi 不似這一種，也不像那一類。形容不三不四，不像樣子或不合規範。明代吳炳《療妒羹·絮影》：“眼中人不倫不類，穽中人不伶不俐。”《官場現形記》三一回：“趙元常見他的為人呆頭呆腦，説的話不倫不類，又想到制臺剛才待他的情形，恐怕事情不妙。”◇旗袍配運動鞋，那才真叫不倫不類呢。同不三不四。反正經八百。

【不徐不疾】bù xú bù jí 不慢不快，速度恰當。比喻做事能掌握節奏、分寸。《莊子·天道》：“斫輪，徐則甘而不固，疾則苦而不入。不徐不疾，得之於手而應於心。”也作“不疾不徐”。宋代黃庭堅《王純中墓誌銘》：“君調用財力，不疾不徐，勞民勸功，公私以濟。”◇你不要心急，他做事總是這樣不疾不徐的。同不緊不慢。反只爭朝夕。

【不留餘地】bù liú yú dì 沒留下一點點空餘的地方。比喻做事極端，沒有可供迴旋的地方。清代紀昀《閱微草堂筆記·姑妄聽之一》：“蓋風氣日薄，人情日巧，其傾軋相攻之術，兩機激薄，變幻萬端，弔詭出奇，不留餘地。”《民國通俗演義》二六回：“轉飭滬上法官，傳黃興來京對質，命令非常嚴厲，一點兒不留餘地。”反峰迴路轉、柳暗花明。

【不記前仇】bù jì qián chóu 説對人寬恕仁愛，不計較以前的仇怨。◇他非但不記前仇，而且還主動邀請李亮進自己的公司，委以重任。同不計前嫌。反深仇大恨。

【不疾不徐】bù jí bù xú 見“不徐不疾”。

【不差上下】bù chā shàng xià 不分高下，差不多。《兒女英雄傳》一五回：“抖開他那兵器，原來也是把鋼鞭，合我這鞭的斤兩正不差上下。”沙汀《在其香居茶館裏》：“這個一向堅實樂觀的漢子第一次遭到煩擾的襲擊了，簡直就同一個處在這種境況的平常人不差上下。”同不分高下、不相上下。

【不差累黍】bù chā lěi shǔ 絲毫不差。累黍：古代重量單位，十黍為一累，十累為銖，都是指極輕微的重量。《漢書·律曆志上》：“度長短者不失毫釐……權輕重者不失黍累。”清代高阜《〈書影〉序》：“偶析一字之疑，引據證明，必指其出何書，載何卷……應手而出，不差累黍。”同不差毫髮。

【不差毫髮】bù chā háo fà 一點兒也不差，很準確。毫髮：古代長度單位。十毫為一髮，十髮為釐，都指極短小的長度。唐代張説《進渾儀表》：“令儀半在地上，半在地下，晦朔弦望，不差毫髮。”宋代洪邁《夷堅甲志·東坡書金剛經》：

"其字畫大小高下，墨色深淺，不差毫髮。"也作"不差毫釐"。宋代李昉《太平廣記》卷一五八引《玉堂閒話》："顯晦之事，不差毫釐矣。" 同 絲毫不差。反 差之千里。

【不差毫釐】bù chā háo lí 見"不差毫髮"。

【不容分說】bù róng fēn shuō 見"不由分說"。

【不容置喙】bù róng zhì huì 不容許人插嘴說話。喙：原為鳥嘴，借指人的嘴巴。◇董事長發言，照理說不容置喙，但聽着聽着，他還是忍不住嚷了起來。

【不容置疑】bù róng zhì yí 不容許有甚麼懷疑，指確實可信。宋代陸游《嚴州烏龍廣濟廟碑》："予適蜀，見李冰、張惡子廟於離堆、梓潼之山，皆血食千載，非獨世未有疑者，蓋其靈響暴者，亦有不容置疑者也。"◇實踐是檢驗真理的標準，這是不容置疑的 / 他對朋友的熱忱不容置疑。同 不容置辯。反 將信將疑。

【不容置辯】bù róng zhì biàn 不容許辯解申說。辯：辯解，辯白。《聊齋誌異•三生》："既而俘者盡釋，惟某後至，不容置辯，立斬之。"◇犯罪事實清楚，不容置辯，應依法處置。同 不容置疑。

【不祧之祖】bù tiāo zhī zǔ 沒有遷入祧廟的祖先。古代宗法立廟祭祖，遠祖的祠廟叫祧。歷代祖先的神主，都按輩分次第遷入祧廟合祭。只有創業的始祖或影響很大的遠祖享有獨祭，不遷入祧廟合祭，稱"不祧"。後用"不祧之祖"喻指因開創某種事業而受到尊崇的人或事物。宋代樓鑰《龍圖閣待制趙公神道碑》："太祖當居太廟第一室，永為不祧之祖。"清代宋育仁《三唐詩品》："高適達夫七古與岑（參）一骨，駢語之中，獨能頓宕，啟後人無限法門，當為七言不祧之祖。"◇《詩經》是古代詩歌的不祧之祖。同 不祧之宗。

【不祥之兆】bù xiáng zhī zhào 不吉祥的預兆。五代王仁裕《開元天寶遺事•刀槍自鳴》："武庫中刀槍自鳴，識者以為不祥之兆。"《二十年目睹之怪現狀》六一回："一面才開張，一面便供出那關門的'關'字來，這不是不祥之兆麼？" 反 吉星高照。

【不屑一顧】bù xiè yī gù 不值得回頭看一下，形容對人或事物極端蔑視。《孽海花》二八回："我的眼光是一直線，只看前面的，兩旁和後方，都悍然不屑一顧了。"◇在新聞發布會上，李先生對記者的胡亂發問顯得不屑一顧。同 不值一提。

【不能自已】bù néng zì yǐ 無法克制自己的感情。已：停止，中止。唐代盧照鄰《寄裴舍人書》："殷揚州與外甥韓康伯別，慨然而詠'富貴他人合，貧賤親戚離'，因泣下交頤，不能自已。"明代湯顯祖《紫簫記•出山》："君虞問俺相見後期，零涕相看，不能自已。"《張治中回憶錄》："想到那些在槍林彈雨中衝鋒陷陣的手足兄弟和那些夕陽衰草中的碧血青磷，這一切，更使我傷感交集，不能自已。"

【不能自拔】bù néng zì bá 說自己無法從某種境況中解脫出來。《宋書•武三王傳》："世祖前鋒至新亭，劭挾義恭出戰，恆錄在左右，故不能自拔。"梁啟超《新中國建設問題》："卒成為軍人政治，前後相屠，國家永沉九淵，累劫不能自拔。"◇染上吸毒惡習的人，就像陷入泥沼一般不能自拔。反 苦海無邊，回頭是岸。

【不能免俗】bù néng miǎn sú 南北朝劉義慶《世說新語•任誕》："七月七日，北阮盛曬衣，皆紗羅錦綺。仲容以竿掛大布犢鼻褌於中庭。人或怪之，答曰：'未能免俗，聊復爾耳。'"後用"不能免俗"指不能免去世俗常情或習慣。◇她終於不能免俗，在婚禮上還是穿上了大紅長裙。同 未能免俗、抗塵走俗。反 超凡入聖。

【不捨（舍）晝夜】bù shě zhòu yè 白天黑夜不停止《論語•子罕》："子在川上曰：'逝者如斯夫，不舍晝夜。'"後形容夜以繼日。不捨：不放棄，不停止。漢代崔瑗《河間相張平子碑》："君天資睿哲，敏而好學，如川之逝，不舍晝夜。"宋代蘇軾《司馬溫公行狀》："躬親庶務，不舍晝夜。"同 夜以繼日。

【不教而誅】bù jiào ér zhū 事先不教育，不指明是非正誤，一旦出錯便重罰甚至誅殺。《荀子·富國》："故不教而誅，則刑繁而邪不勝。"《官場現形記》二十回："大人限他們三個月叫他們戒煙，寬之以期限，動之以利害，不忍不教而誅。"反 有教無類。

【不乾不淨】bù gān bù jìng 不乾淨，不清潔。常喻指言語粗俗下流，或男女間越軌之事。清代李漁《凰求鳳·假病》："那判官口裏，還有幾句不乾不淨的話。"《二十年目睹之怪現狀》八八回："上房裏的大丫頭，凡是生得乾淨點的，他總有點不乾不淨的事幹下去。"同 污穢不堪、不明不白。反 淨無纖塵、窗明几淨。

【不速之客】bù sù zhī kè 速：邀請。沒有被邀請、自行來的客人。《易經·需》："有不速之客三人來，敬之終吉。"明代張四維《雙烈記·寫意》："遇着蘇仲虎尚書宴客，我一時高興，做個不速之客。"《聊齋誌異·青鳳》："生突入，笑呼曰：'有不速之客一人來。'群驚奔匿。獨叟出詫問曰：'誰何入人閨闥？'"

【不動聲色】bù dòng shēng sè 外表上一點都沒透露出內心活動。形容神態鎮靜，沉得住氣。宋代歐陽修《相州晝錦堂記》："至於臨大事，決大議，垂紳正笏，不動聲色，而措天下於泰山之安，可謂社稷之臣矣。"《野叟曝言》四七回："都在那裏濡筆構思，惟成之端然靜坐，不動聲色。"◇陰陰沉沉的一個人，做事不動聲色，誰也揣摩不透她。同 聲色不動、不露聲色。反 心慌意亂、氣急敗壞。

【不偏不倚】bù piān bù yǐ ❶ 指儒家折中、調和的中庸之道。倚：偏。《禮記·中庸》宋代朱熹注："中者，不偏不倚，無過不及之名。"後多指不偏袒任何一方。魯迅《華蓋集續編·送灶日漫筆》："在現今的世上，要有不偏不倚的公論，本來是一種夢想；即使是飯後的公評，酒後的宏議，也何嘗不可姑妄聽之呢。"❷ 沒有偏差，正好命中。《孽海花》二一回："余大人睜眼一看，原來是紙筆，不偏不倚，掉在他跪的地方。"《二十年目睹之怪現狀》二二回："那頂帽子，不偏不倚的恰好打在藩台的臉上。"同 不偏不黨、天公地道。

【不偏不黨】bù piān bù dǎng 形容公正而不偏袒。黨：偏袒。《呂氏春秋·士容》："士不偏不黨，柔而堅，虛而實。"◇政府施政不偏不黨，才能廣納人心，社會才能和諧。同 不偏不倚。反 黨同伐異。

【不假思索】bù jiǎ sī suǒ 假：憑藉。不用考慮。形容應對敏捷、反應快或說話處事草率。宋代黃榦《復黃會聊》："不假思索，只是一念之間，此意便在。"《警世通言》卷二六："華安不假思索，援筆立就，手捧所作奉上。"◇生性粗魯，做事不假思索，大都弄得高不成低不就，騎虎難下。同 不加思索。反 深思熟慮。

【不得人心】bù dé rén xīn 得不到人們的認同和擁護，指所作所為違背人們的意願或不討人喜歡。《舊唐書·哥舒翰傳》："翰數奏祿山雖竊河朔，而不得人心，請持重而弊之，彼自離心，因而翦滅之。"《孽海花》一三回："潘尚書拉長耳朵，只等第一名唱出來，必定是江蘇章騫，誰知那唱名的偏偏不得人心，朗朗的喊了姓劉名毅起來。"老舍《離婚》九："邱先生的夫人非常文雅，只是長像不得人心。"反 大得人心。

【不得不爾】bù dé bù ěr 不得不如此，表示無可奈何。《後漢書·袁紹傳》："公曰：卿忠於袁氏，亦自不得不爾也。"宋代蘇軾《東坡志林·記異》："居山養徒，資用乏，不得不爾。"《儒林外史》四六回："這是事勢相逼，不得不爾。"同 無可奈何、迫不得已。反 自覺自願。

【不得而知】bù dé ér zhī 無法知道。唐代韓愈《爭臣論》："故雖諫且議，使人不得而知焉。"清代譚嗣同《治言》："唐、虞以前，吾不得而知也。"鄒韜奮《抗戰以來·自動奮起的千萬青年》："此去是否再有機會回來訪問先生，不得而知。"同 未定之天、捉摸不定。

【不得其所】bù dé qí suǒ 沒有得到其應該有的。多指適當的安排、安頓、居家生活等。《漢書·食貨志上》："男女有不得其所者，因相與歌詠，各言其傷。”唐代韓愈《贈崔復州序》：“幽遠之小民，其足跡未嘗至城邑，苟有不得其所，能自直於鄉里之吏者鮮矣。”◇這幾個失學青年是因為不得其所，找不到出路，才沉淪下去的。反 各得其所。

【不得要領】bù dé yào lǐng《史記•大宛列傳》：“騫從月氏至大夏，竟不得月氏要領。”說拿不到月氏的要契（條約），後指沒有把握事物的要點或關鍵。要：指衣服的腰部；領：指衣領；要領：要點。宋代范鎮《東齋記事》卷二：“凡半月，卒不得要領而歸。”明代沈德符《野獲編•嶺南論囚》：“初，嶺外不靖，連年用兵不得要領。”◇東拉西扯說了半天，大家聽了還是不得要領。反 提綱挈領、切中要害。

【不得善終】bù dé shàn zhōng 得不到好死。《三國演義》六回：“吾若果得此寶，私自藏匿，異日不得善終，死於刀箭之下！’”◇惡有惡報，作惡多端，不得善終。同 惡有惡報。反 壽終正寢。

【不脛而走】bù jìng ér zǒu 脛：小腿。沒有腿就跑起來。漢代孔融《論盛孝章書》：“珠玉無脛而自至者，以人好之也，況賢者之有足乎？”後以“不脛而走”比喻：❶ 不事聲張，卻傳播得很快。《孽海花》四回：“從此，含英社稿不脛而走，風行天下，和柳屯田的詞一般。”◇朱李兩大豪門聯姻的事不脛而走，三四天工夫就傳遍了縣城。❷ 東西丟失，不翼而飛。《官場維新記》四回：“袁伯珍慌忙把家裏所有的東西檢點一番，別的一樣不缺，只有金銀首飾和鈔票洋錢，卻一概不脛而走。”同 無徑而走。反 文風不動。

【不情之請】bù qíng zhī qǐng 不合理的請求。多用為拜託別人辦事時的客套話。清代紀昀《閱微草堂筆記•灤陽消夏錄》：“不情之請，唯君圖之。”◇我想在這大年夜，在這暖暖融融的屋裏，說笑得正熱鬧，叫他頂風冒寒送我，實在是不情之請。反 責無旁貸。

【不惜工本】bù xī gōng běn 不計成本。表示下決心做成某件事。《官場現形記》一回：“姓方的瞧着眼熱，有幾家該錢的，也就不惜工本，公開一個學堂。”◇導演不惜工本，出重資搭建豪華攝影場景。同 在所不惜。反 精打細算、錙銖必較。

【不問不聞】bù wèn bù wén 見“不聞不問”。

【不習水土】bù xí shuǐ tǔ 不適應異地的氣候、飲食、習慣等而產生的徵候。《三國志•周瑜傳》：“遠涉江湖之間，不習水土，必生疾病。”宋代蔡絛《鐵圍山叢談》卷二：“（郭逵）報中原人不習水土，加時熱疫大起，於是十萬大師瘴癘腹疾，死者八九。”也作“不服水土”、“不伏水土”。唐代韓愈《黃家賊事宜狀》：“比者所發諸道南討兵馬，例皆不諳山川，不伏水土。”《紅樓夢》六六回：“方知薛蟠不慣風霜，不服水土，一進京時，便病倒在家。”

【不務正業】bù wù zhèng yè 多指不踏踏實實做好本職工作，而是去做其他的事。務：從事。《金瓶梅》一回：“這人不甚讀書，終日閒遊浪蕩，一自父母亡後，分外不務正業。”清代吳熾昌《客窗閒話•假和尚》：“（金生）惜好為巧詐，不務正業。”艾蕪《海島上》：“有的人勤吃懶做，有的人不務正業，有的人又嫖又賭。”反 心無旁騖。

【不務空名】bù wù kōng míng 不追求虛名。務：致力，追求。◇公司這次提拔的幾位經理，有知識，有能力，不務空名，踏踏實實幹實事。反 沽名釣譽。

【不陰不陽】bù yīn bù yáng 曖昧不明，捉摸不透。元代無名氏《碧桃花》二折：“我害的病，不陰不陽，不知是甚麼症候？”茅盾《追求》二：“我最看不慣那種不陰不陽的局面。”◇見他那副不陰不陽的神情，心中先自不快。同 陰陰陽陽。反 滿面春風。

【不堪一擊】bù kān yī jī 虛弱或軟弱無力，稍微一攻就會垮掉。不堪：承受不了◇誰也想不到薩達姆的數十萬大軍竟不堪一擊，幾天功夫就全軍盡沒／他那篇文章論點看上去新奇，但論據站不住腳，不堪一擊。

【不堪入目】bù kān rù mù 鄙陋、粗俗或下流得讓人看不下去。清代沈復《浮生六記·浪遊記快》："余自續溪之遊，見熱鬧場中卑鄙之狀不堪入目。"葉聖陶《某城紀事》："報上的廣告欄裏有自己的照片登出，下面的文字——總之是不堪入目的。"同 不堪言狀。反 一飽眼福。

【不堪入耳】bù kān rù ěr 粗鄙、齷齪的言辭、音樂、聲響等叫人聽不進去。明代李開先《市井豔詞序》："淫豔褻狎，不堪入耳。"《老殘遊記》十回："只是《下里》之音，不堪入耳。"沙汀《淘金記》一五："他覺得他不該轉述那些不堪入耳的粗話來加重她的不幸。"反 娓娓動聽、繞樑三日。

【不堪回首】bù kān huí shǒu 回憶過去的痛苦或難堪的經歷實在難以承受。形容對過往那段經歷感慨至深。唐代戴叔倫《哭朱放》詩："最是不堪回首處，九泉煙冷樹蒼蒼。"南唐李煜《虞美人》詞："小樓昨夜又東風，故國不堪回首月明中。"《二十年目睹之怪現狀》六五回："正在鬧得筋疲力盡，接着小兒不肖，闖了個禍，便鬧了個家散人亡，直是令我不堪回首。"

【不堪言狀】bù kān yán zhuàng 無法用言語形容描繪。多指醜事、不好的事。《二十年目睹之怪現狀》二二回："然而我在南京住了幾時，官場上面的舉動，也見了許多，竟有不堪言狀的。"◇四川大地震的慘烈，真是不堪言狀。

【不堪造就】bù kān zào jiù 沒有基本素質或必不可少的條件，無法培養成材。茅盾《蝕·追求》八："學生們既然做不出文章，便是不堪造就，應當淘汰出去——這是清校。"老舍《四世同堂》五："他不能相信她的本質就是不堪造就的。"

【不堪設想】bù kān shè xiǎng 不能想像未來的情況。預料事態的發展可能很壞或很危險。《孽海花》六回："若不是後來莊子棟保了馮子材出來……中國的大局，正不堪設想哩！"巴金《春》尾聲："如果沒有你們幫助，那麼我現在過的甚麼日子，真不堪設想了。"

【不敢告勞】bù gǎn gào láo《詩經·十月之交》："黽勉從事，不敢告勞。"說努力做事，不訴說自己的勞苦。後指勤勤懇懇，不辭辛勞。《後漢書·皇甫規傳》："以為忠臣之義，不敢告勞，故耻以片言自及微效。"清代劉坤一《稟張中丞》："本司不敢言病，不敢告勞，惟有得一日活，辦一日事。"同 任勞任怨。反 埋天怨地。

【不敢苟同】bù gǎn gǒu tóng 不敢不經深思就隨便同意。表示不同意對方意見的委婉說法。明代王世貞《藺相如完璧歸趙論》："藺相如完璧歸趙，人人都稱讚他。但我不敢苟同這一看法。"清代譚嗣同《致唐才常》："邇聞梁卓如（啟超）述其師康南海（有為）之說，肇開生面，然亦有不敢苟同者。"◇對於你的設計方案，我不敢苟同。

【不敢後人】bù gǎn hòu rén 不甘心落在別人後面，表示努力向前。鄒韜奮《抗戰以來》："凡遇黨政當局對抗戰建國積極方面有所號召，亦無不竭誠響應，不敢後人。"◇無論何時何地何事，她從來不敢後人，這就是她取得今日成就的原因。同 不甘示弱。反 自暴自棄。

【不敢高攀】bù gǎn gāo pān《樂府詩集·碧玉歌》："碧玉小家女，不敢貴德攀。"後用"不敢高攀"說不敢同社會地位比自己高的人結交。孫犁《白洋淀紀事·村歌下篇》："就算我們不是一家子，我也不敢高攀，我求求你們。"反 攀龍附鳳、趨炎附勢。

【不敢掠美】bù gǎn lüè měi 掠：搶奪。不敢把他人的成績功勞據為己有。冰心《我的文學生活》："這幾篇不知是誰寫的。文字不是我的，思想更不是我的，讓我掠美了！我生平不敢掠美，也更不願意人家隨便借用我的名字。"◇這段話不是我說的，我說不出這些話來，也不敢掠美。

【不敢造次】bù gǎn zào cì 不敢做出不得體或有違規矩、慣例的事情來。造次：舉止魯莽。《景德傳燈錄》卷一九："恁麼即某甲不敢造次。"《醒世恆言》卷三二："黃生亦不敢造次，乃矬身坐於窗口。"◇在德高望重的老教授面前，連李校長也不敢造次。同 循規蹈矩。反 恣意妄為。

【不敢問津】bù gǎn wèn jīn 津：渡口。不敢打聽渡口所在。後多指對某事物不願過問或不敢去做。◇除了長編大套的理論著作我不敢問津外，這個小圖書館所有的文藝書籍，我差不多都借閱過了／聽說手稿的內容犯忌諱，想一窺為快的後來人就都不敢問津了。同 無人問津、乏人問津。

【不揣冒昧】bù chuǎi mào mèi 不考慮自己的魯莽輕率，是向人有所陳述或請求時的自謙之語。《紅樓夢》八四回："晚生還有一句話，不揣冒昧，合老世翁商議。"魯迅《書信集•致胡適》："友人李庸倩君為彼書出主，亦久慕先生偉烈，並渴欲一瞻丰采。所以不揣冒昧，為之介紹。"

【不期而同】bù qī ér tóng 期：約。事先沒有溝通或約定過，然而言論、行為卻相同。◇一看見小丑出場，觀眾就不期而同地哈哈大笑。同 不約而同。反 各行其是。

【不期而然】bù qī ér rán 沒有想到會這樣，結果竟然如此。宋代王楙《野客叢書•楊惲有外祖風》："其怏怏不平之氣，宛然有外祖風致。蓋其平日談外祖太史公記，故發於詞旨，不期而然。"《官場現形記》五九回："甄學忠此時念到他平日相待情形，不期而然的從天性中流出幾點眼淚。"錢鍾書《談藝錄》一："夫人稟性，各有偏至，發為聲詩，高明者近唐，沉潛者近宋，有不期而然者。"

【不期而遇】bù qī ér yù 見"不期而會"。

【不期而會】bù qī ér huì《穀梁傳•隱公八年》："不期而會曰遇。"指事先沒有相約而意外地碰到。《兒女英雄傳》三九回："要出其不意的先去和鄧九公作個不期而會。"也作"不期而遇"。南朝梁簡文帝《湘宮寺智蒨法師墓誌銘》："不期而遇，襄水之陽。"《文明小史》四八回："正想明天穿着這個過來請安，今日倒先不期而遇。"同 邂逅相逢。

【不欺暗室】bù qī àn shì 即使在沒人看得見的地方，也不做見不得人的虧心事。宋代孫光憲《北夢瑣言》卷一三："女仙謂建章曰：'子不欺暗室，所謂君子人也。'"《醒世恆言》卷一三："知縣生平不欺暗室，既讀孔孟之書，怎敢行盜蹠之事？"同 暗室不欺、光明正大。

【不惑之年】bù huò zhī nián《論語•為政》："吾十有五而志於學，三十而立，四十而不惑。"後用"不惑之年"借指四十或四十左右的年紀。唐代黃滔《陳黯集序》："方起於鄉薦，求試貢闈，已過不惑之年矣。"◇她現在 30 來歲，到了 21 世紀，也才不惑之年，正是大有作為的時候。

【不無小補】bù wú xiǎo bǔ 不能說沒有一點補益，指多少有點益處或幫助。宋代蘇軾《乞校正陸贄奏議進御箚子》："藥雖進於醫手，方多傳於古人。倘有醫國手出，或有取於此，庶不無小補。"元代熊禾《熊竹谷文集跋》："此二書於學者，蓋不無小補也。"鄒韜奮《經歷•寫作的嘗試》："到月底結算稿費的時候……不料一拿就拿了六塊亮晶晶的大洋……這在我當時買一枝筆，買一塊墨都須打算打算的時候，當然不無小補。"

【不稂不莠】bù láng bù yǒu《詩經•大田》："不稂不莠，去其螟螣。"說耕作精細，田裏沒有稂（不結實的禾）、沒有莠（雜草）、沒有害蟲。《南齊書•鬱林王本紀》："不稂不莠，實賴民和。"後指既不像稂又不像莠，甚麼都不是，不成材、沒出息。明代畢魏《竹葉舟•收秀》："一身無室無家，半世不稂不莠。"《紅樓夢》八四回："第一要他自己學好才好，不然，不稂不莠的，反倒耽誤了人家的女孩兒，豈不可惜？"同 不堪造就。反 大有作為。

【不進則退】bù jìn zé tuì "逆水行舟，不進則退"的略語。逆：方向相反。逆着水流划船，如不努力向前推進，就會被水流沖得後退。比喻工作和學習不努力向前，就勢必倒退。《鄧析子•無後篇》："不進則退，不喜則憂，不得則亡，此世人之常。"梁啟超《蒞山西票商歡迎會演說辭》："然鄙人以為人之處於世也，如逆水行舟，不進則退。"同 逆水行舟。反 逆流而上。

【不勝其任】bù shèng qí rèn 指沒有能力承擔那項重任。不勝：無法承擔。《易經•繫辭下》："鼎折足……凶。言不勝其任也。"《管子•明法解》："明主之治也，明於分職，而督其成事，勝其任者處官，不勝其任者廢免。"◇王經理久病之後，說自己已不勝其任，昨天提出辭呈。同 力不勝任。反 一身二任。

【不勝其苦】bù shèng qí kǔ 承受不了那樣的苦。唐代白行簡《李娃傳》："去其衣服，以馬鞭鞭之數百，生不勝其苦而斃。"◇峽區一段，上落高山低谷，崎嶇險阻，商客經此，不勝其苦。

【不勝其煩】bù shèng qí fán 忍受不了那樣的煩雜瑣碎。勝：承受。宋代陳師道《先君事狀》："過事叢錯，人不勝其煩，意益自得。"◇人還沒老，就囉嗦得不勝其煩。◇手機中的垃圾短信，令人不勝其煩。

【不勝杯杓(勺)】bù shèng bēi sháo 已經喝醉，酒量有限，禁不住再喝了。不勝：承受不了。杯杓：酒杯和勺子，借指飲酒。《史記•項羽本紀》："沛公不勝杯杓，不能辭。"清代陸以湉《冷廬雜識》卷三："位雖不勝杯勺，猶當謀斗酒以歌太守醉也。"◇看得出，她確實不勝杯杓，才飲半杯臉就飛起紅來。

【不勝枚舉】bù shèng(shēng) méi jǔ 見"不可枚舉"。

【不痛不癢】bù tòng bù yǎng ❶ 沒有感覺到痛和癢，喻指言論或行事沒能切中要害，觸及不到核心問題。《二十年目睹之怪現狀》八二回："我聽了不覺十分納悶，怎麼說了半天，都是不痛不癢的話，內中不知到底有甚麼緣故。"魯迅《書信集•致蕭軍蕭紅》："做幾句不痛不癢的文章，還是不做的好。"❷ 比喻麻木不仁。梁啟超《新民說》一八："而此不痛不癢的世界，既已造成，而今正食其報，耗矣哀哉。"朱自清《白采的詩》："作者是一個火熱的人，那樣不痛不癢的光景，他是不能忍耐的。"同 無關痛癢、隔靴搔癢。反 一語中的。

【不啻天淵】bù chì tiān yuān 無異於高天和深淵，形容差別極大。清代李漁《閒情偶寄•詞曲部下》："吳有吳音，越有越語，相去不啻天淵。"◇我看他倆的性格不啻天淵，和不到一塊去。同 天差地別、天壤之別。反 毫無二致、一模一樣。

【不着(著)邊際】bù zhuó biān jì 空空蕩蕩，觸不到邊緣。《水滸傳》一九回："何濤思想：'在此不着邊際，怎生奈何！我須用自去走一遭。'"比喻言論空泛，不切實際。巴金《春》一五："周氏和張氏又談了一些不着邊際的閒話。"鄒韜奮《抗戰以來•舌戰後的'治本方法'》："奧妙之處在運用文字的結構，把具體的事實或問題盡量抽象化，變為八面玲瓏不著邊際的東西。"◇今天這個會算甚麼呢？字斟句酌的表態，千篇一律的擁護，不着邊際的聯繫實際，熱烈的廢話。

【不勞而獲】bù láo ér huò《墨子•天志下》："入人之場園，取人之桃李瓜薑者，上得且罰之，眾聞則非之，是何也？曰：不與其勞而獲其實。"後用"不勞而獲"說自己不出力卻白拿別人的勞動成果。鄒韜奮《抗戰以來•逆流中的一個文化堡壘》："自理事會主席、總經理至練習生……沒有一個人於勞作換得的薪水之外，有任何不勞而獲的享受。"巴金《談〈憩園〉》："我蔑視那些靠遺產生活的人，我蔑視那些不勞而獲的人。"同 不勞而得、坐享其成。反 自力更生、自食其力。

【不寒而栗】bù hán ér lì 見"不寒而慄"。

【不寒而慄】bù hán ér lì 慄：發抖。天氣不冷而身體卻發抖。形容非常恐懼。《史記•酷吏列傳》："是日皆報殺四百餘人，其後郡中不寒而慄。"唐代劉禹錫《答饒州元使君書》："事下三府，以受賕論，其刑甚渥。於今列郡，不寒而慄。"也作"不寒而栗"。朱自清《執政府大屠殺記》："現在想着死屍上越過的事，真是不寒而栗啊！"巴金《第二次解放》："想到那些陰暗的日子，我真是不寒而栗。"同 心驚膽顫。反 視若無睹。

【不絕如縷】bù jué rú lǚ ❶《公羊傳•僖公四年》："夷狄也，因亟痛中國，南夷與北狄交，中國不絕如線。"絕：斷；

縷：線狀物。後用“不絕如縷”、“不絕如線”比喻情勢危急，就像只有一根絲線維繫着，隨時都會斷絕一樣。宋代陳亮《與應仲實書》：“則中崩外潰之勢遂成，吾道之不絕如縷耳。”清代戴名世《困學集·自序》：“自孟軻氏而後，學者不絕如線，迨宋興而諸儒繼起，不可謂盛者歟！”聞一多《古典新義》：“六書命脈，不絕如縷。”❷形容聲音、思緒等若斷未斷。宋代蘇軾《前赤壁賦》：“餘音嫋嫋，不絕如縷。”冰心《〈寄小讀者〉四版自序》：“年來筆下銷沉多了。然而我覺得那抒寫的情緒，總是不絕如縷。”

【不絕於耳】bù jué yú ěr 聲音在耳旁不斷地鳴響。《史記·平津侯主父列傳》：“金石絲竹之聲不絕於耳。”《老殘遊記》二回：“這時台下叫好的聲音不絕於耳。”《李自成演義》二八回：“刀盾之聲不絕於耳。”

【不落俗套】bù luò sú tào 指文藝作品不落入世俗的陳舊格式之中，有獨創的風格。臧克家《京華練筆三十年》：“我學習寫點評論性質的文章，給自己立了兩個標準。一個是獨立思考，另一個是不落俗套。”◇李女士衣着優雅，不落俗套。反 俗不可耐。

【不落窠臼】bù luò kē jiù 窠：鳥巢、動物的窩。臼：中凹的舂米工具。窠臼：指老一套、舊框框。多比喻不落俗套，有獨創性。《紅樓夢》七六回：“這‘凸’‘凹’二字，歷來用的人最少，如今直用作軒館之名，更覺新鮮，不落窠臼。”◇張恨水的言情小說不落窠臼，自有一番獨到的心裁。同 不落俗套、獨具匠心。反 蹈常襲故、襲人故智。

【不過爾爾(耳)】bù guò ěr ěr 不過如此罷了。有時表示“沒甚麼了不起”的意思。《宋史·沈遼傳》：“既至池，得九華、秋浦間，玩其林泉，喜曰：‘使我自擇，不過爾耳。’”明代胡應麟《詩藪·雜編六》：“金人一代製作不過爾爾。”清代沈復《浮生六記·浪遊記快》：“其紅門局之梅花，姑姑廟之鐵樹，不過爾爾。”錢鍾書《圍城》：“我經過這一次，不知道何年何月會結婚，不過我想真娶了蘇小姐，滋味也不過爾爾。”同 不過如此。

【不置可否】bù zhì kě fǒu 既不說可以，也不說不可以，模棱兩可，不明確表明態度。《官場現形記》五六回：“門生現在求老師賞個劄子……溫欽差聽了一笑，也不置可否。”茅盾《子夜》十：“費小鬍子看來機會已到，就把自己早就想好的主意說了出來……吳蓀甫不置可否地淡淡一笑，轉身就坐在一張椅子裏。”同 模棱兩可、依違兩可。

【不禽(擒)二毛】bù qín èr máo 不擒拿頭髮斑白的老人，指打仗時優待老人。禽：同“擒”。二毛：斑白的頭髮和鬍鬚，指老人。《左傳·僖公二十二年》：“君子不重傷，不禽二毛。”《舊唐書·蕭俛傳》：“古之用兵，不斬祀，不殺傷，不擒二毛，不犯田稼。”

【不解之緣】bù jiě zhī yuán 南朝梁蕭統《古詩十九首》：“著以長相思，緣以結不解。”後用“不解之緣”指分不開的緣分，密切的關係。華羅庚《略談我對數學的認識》：“我還是愈學愈深，愈學愈有勁，終於和數學結下了不解之緣。”◇兩人從小在北京的四合院裏長大，又在同一間學校讀書，結下了此生的不解之緣。反 一面之緣、分薄緣淺。

【不義之財】bù yì zhī cái 不應得到的或來路不正的錢財。漢代劉向《列女傳·齊田稷母傳》：“不義之財，非吾有也；不孝之子，非吾子也。”明代馮夢龍《古今小說》卷二二：“這不義之財，犬豕不顧，誰人要你的！”《水滸傳》一四回：“小弟想此一套是不義之財，取之何礙。”反 生財有道。

【不慌不忙】bù huāng bù máng 不慌張，不忙亂，形容言行沉着鎮定，從容不迫。明代湯顯祖《還魂記·悵眺》：“陸大夫不慌不忙，袖裏出一卷文字。”◇他比她年長一歲，舉止不慌不忙，像是很通達世故。反 慌裏慌張。

【不愧不怍】bù kuì bù zuò 怍：慚愧。《孟子·盡心上》：“仰不愧於天，俯不怍於人，二樂也。”後用“不愧不怍”指光明磊落，問心無愧。宋代劉辰翁《二樂齋記》："惟不知愧怍，則自以為不愧不怍；及欲其愧怍，亦且不可得耳。"◇李先生畢生不愧不怍，晚來心安理得，日子過得很平和。同 問心無愧。反 問心有愧、羞愧難當。

【不違農時】bù wéi nóng shí 不違背農作物的耕種、管理、收穫季節，不耽誤農業生產。《孟子•梁惠王上》："不違農時，穀不可勝食也。"◇農民靠天吃飯，知道不違農時的重要性。也作"不奪農時"。奪：佔用。《舊唐書•李密傳》："是以輕傜薄賦，不奪農時，寧積於人，無藏於府。"◇在古代，賢明的君主大都愛惜民力，不奪農時，保障農業生產。

【不經之談】bù jīng zhī tán 指荒誕的、沒有根據的言論。不經：沒道理，不合常理。晉代羊祜《戒子書》："無傳不經之談，無聽毀譽之語。"《紅樓夢》三回："這和尚瘋瘋癲癲說了這些不經之談，也沒人理他。"胡適《再寄陳獨秀答錢玄同》："神怪不經之談，在文學中自有一種位置。"同 無稽之談。反 言之鑿鑿。

【不經世故】bù jīng shì gù 不懂世態人情，缺乏處世經驗。世故：世態人情的變化。魯迅《〈花邊文學〉序言》："然而他們不經世故，偶爾'忘其所以'也就大碰其釘子。"◇別看她在財經界做事，卻也曾因不經世故，被人騙了一大筆錢去。反 老於世故、老奸巨猾。

【不遠千里】bù yuǎn qiān lǐ 不以千里路為遠。形容不辭辛勞，長途跋涉。《孟子•梁惠王上》："叟不遠千里而來，亦將有以利吾國乎？"《水滸傳》四七回："哥哥息怒，兩個壯士不遠千里而來，同心協力，如何卻要斬他？"也作"不遠萬里"。晉代王嘉《拾遺記•後漢》："門徒來學，不遠萬里。"◇如今許多外國人不遠千里，來到中國學漢語。同 千里迢迢。反 近在咫尺。

【不遠萬里】bù yuǎn wàn lǐ 見"不遠千里"。

【不輕然諾】bù qīng rán nuò 不輕易許諾。《老子》六三章："輕諾必寡信，多易必多難。"後用"不輕然諾"說為人嚴肅認真，講究信譽，一旦許諾，必定兌現。明代許自昌《水滸記•投膠》："不輕然諾，果然季布千金。"清代易宗夔《新世說•文學》："易耕莘，名志伊，少即清矯絕俗，與人交，不輕然諾。"同 一諾千金。反 輕諾寡信。

【不厭其詳】bù yàn qí xiáng 不嫌詳細，表示越詳盡越好。宋代朱熹《答劉公度》："講學不厭其詳，凡天下事物之理，方冊聖賢之言，皆須仔細反覆究竟。"孫犁《耕堂讀書記》："讀者是不厭其詳的，願意多知道一些。"茹志鵑《在果樹園裏》："我那時確實從心底裏關心這個孤苦的小孩，就不厭其詳的問黎鳳關於小英的事。"同 不厭求詳。

【不厭其煩】bù yàn qí fán 不嫌麻煩，很有耐心。清代陳確《與吳仲木書》："連日念尊體，復寄此字，求便郵寄慰，想不厭其煩瀆也。"孫犁《歐陽修的散文》："他是認真觀察，反覆思考，融合於心，然後執筆，寫成文章，又不厭其煩地推敲修改。"反 不勝其煩。

【不奪農時】bù duó nóng shí 見"不違農時"。

【不瞅不睬】bù chǒu bù cǎi 不看也不理睬。元代戴善夫《風光好》四折："我為你離鄉背井，拋家失業，來覓男兒，倒把我不瞅不睬，不知不識。"《儒林外史》五四回："陳木南看見他不瞅不睬，只得自己又踱了出來。"反 熱情洋溢。

【不管不顧】bù guǎn bù gù ❶ 不考慮，不照顧。形容毫不顧念。◇她整日在外跳舞搓麻將，對家裏的事不管不顧。❷ 形容粗心莽撞。◇老師正在朗聲講課的時候，他突然不管不顧地衝進課室，把大家嚇了一跳。

【不聞不問】bù wén bù wèn 既不打聽也不過問，形容對事情漠不關心。聞：聽。《三俠五義》七六回："也不想想朝廷家平空的丟了一個太守，也就不聞不問，焉有是理。"魯迅《書信集•致沈雁冰》："大約這裏的環境，本非有利於病，而不能完全不聞不問，也是使病纏綿之道。"也作"不問不聞"。《紅樓夢》四回："這李紈雖青春喪偶，且居處於膏粱錦繡之中，竟如槁木死灰一般，一概不問不聞，惟知侍親養子。”反 事必躬親。

【不蔓不枝】bù màn bù zhī 宋代周敦頤《愛蓮説》：“予獨愛蓮之出淤泥而不染，濯清漣而不妖，中通外直，不蔓不枝。”説蓮梗既不蔓延，也不分杈。後多指作文主題突出，簡潔流暢。老舍《我怎樣寫〈駱駝祥子〉》：“故事在我心中醞釀得相當長久，收集的材料也相當的多，所以一落筆便準確，不蔓不枝，沒有甚麼敷衍的地方。”反 不着邊際、離題萬里。

【不稼不穡】bù jià bù sè 指不參加農業生產勞動。稼：播種；穡：收割。《詩經•伐檀》：“不稼不穡，胡取禾三百廛兮？”唐代崔祐甫《衛尉卿洪州都督張公遺愛碑頌》：“不稼不穡，民天安仰？”◇那些不稼不穡的村鎮官員，竟然開起了奔馳車，匪夷所思！同 五穀不分、四體不勤。

【不廢江河】bù fèi jiāng hé 唐代杜甫《戲為六絕句》：“爾曹身與名俱滅，不廢江河萬古流。”説江河永遠奔流向前，不可廢止。比喻卓有成就的作家及其作品，萬古流傳而不會被淘汰。清代徐夔《大雲庵訪子美舊址》：“賓客縱能齊擯斥，文章終不廢江河。”也作“江河不廢”。元代王惲《送紫陽歸柳塘》詩：“千古文章事，江河不廢流。”◇不廢江河的作品，如今是寥寥無幾了。反 過眼雲煙、銷聲匿跡。

【不擇手段】bù zé shǒu duàn 為達到某種目的，甚麼手段都使得出來。多指惡劣手段。梁啟超《袁世凱之解剖》：“為目的而不擇手段，雖目的甚正，猶且不可。”魯迅《三閒集•通信》：“第一，要謀生，謀生之道，則不擇手段。”朱自清《論不滿現狀》：“這種讀書人往往不擇手段，只求達到目的。”同 無所不用其極。

【不遺餘力】bù yí yú lì 把所有的力量全用出來，一點都不留。《戰國策•趙策三》：“秦不遺餘力矣，必且破趙軍。”明代歸有光《沈引仁妻周氏墓誌銘》：“二子能養矣，孺人猶自勞苦，不遺餘力。”《清史稿•戴鴻慈傳》：“道經東三省，目擊日俄二國之經營殖民地不遺餘力。”同 竭盡全力。反 敷衍了事。

【不學無術】bù xué wú shù《漢書•霍光傳贊》：“然光不學亡(無)術，闇於大理。”説霍光不師古，所做所為不合古訓。後指既無學識，又沒本事。北周庾信《答趙王啟》：“信不學無術，本分泥沉。”《宋史•寇準傳》：“歸取其傳讀之，至‘不學無術’，笑曰：‘此張公謂我矣。’”曹禺《日出》第四幕：“背後罵我是個老糊塗，瞎了眼，叫一個不學無術的三等貨來做我的襄理。”同 不學無識、胸無點墨。反 博學多才、膽略過人。

【不謀而同】bù móu ér tóng 見“不謀而合”。

【不謀而合】bù móu ér hé 事先沒經商量，彼此的意見和行動卻相一致。晉代干寶《搜神記》卷二：“二人之言，不謀而合。”周而復《上海的早晨》四部一一：“秦媽媽的意見和我們的意見可謂是不謀而合。”也作“不謀而同”。《三國志•張既傳》裴松之注引《魏略》：“今諸將不謀而同，似有天數。”郭沫若《生活的藝術化》：“那很有名的南齊的謝赫，他所創的畫的六法，第一法便是‘氣韻生動’。這便與西洋近代藝術的精神不謀而同。”反 背道而馳。

【不辨真偽】bù biàn zhēn wěi 分不清楚真假。指沒有識別能力。◇你真是不辨真偽，你買的是假古董 / 用高科技造出的偽鈔，幾近以假亂真，甚至連檢測儀器也不辨真偽。同 真偽莫辨。

【不辨菽麥】bù biàn shū mài 分不清豆子和麥子。菽：豆類總稱。《左傳•成公十八年》：“周子有兄而無慧，不能辨菽麥，故不可立。”後用“不辨菽麥”形容愚昧無知，或缺少基本的知識。晉代葛洪《抱朴子•窮達》：“庸俗之夫，暗於別物，不分朱紫，不辨菽麥。”《聊齋誌異•珠兒》：“兒漸長，魁梧可愛。然性絕癡，五六歲尚不辨菽麥。”◇像他這種不辨菽麥的年青人，至少要磨練個五六年，才能獨立工作。同 無知無識。反 見多識廣。

【不懂裝懂】bù dǒng zhuāng dǒng 不明白卻裝作明白。◇一知半解，不懂裝懂，硬撐面子，到頭來面子丟個精光。反 明知故問。

【不聲不吭】bù shēng bù kēng 見“不聲不響”。

【不聲不響】bù shēng bù xiǎng 不説話，不出聲，沉默不語。茅盾《子夜》一一：“偶或有獨自低着頭不聲不響的，那一定是失敗者。”也作“不聲不吭”、“一聲不響”。錢鍾書《圍城》三：“她小時候常發現樹上成群聒噪的麻雀忽然會一聲不響，稍停又忽然一齊叫起來。”杜鵬程《在和平的日子裏》一章二：“他不聲不吭，嗯地豁開人，帶着一股風直向工程隊部隊走去。”同 一言不發。反 滔滔不絕。

【不尷不尬】bù gān bù gà 等於説“尷尬”。❶形容處於窘境，左右為難，不好處理。《醒世恆言》卷三四：“看了那樣光景，方懊悔前日逼勒老婆，做了這件拙事。如今又弄得不尷不尬，心下煩惱。”❷形容不三不四，行為不正。《紅樓夢》九十回：“(薛蝌)及見了寶蟾這種鬼鬼祟祟不尷不尬的光景，也覺了幾分。”❸形容神態不自然，舉止失常。《西遊記》七四回：“他不知怎麼鑽過頭不顧尾的，問了兩聲，不尷不尬的就跑回來了。”茅盾《子夜》八：“她恍惚看見約好了的那人兒，擺出一種又失望又懷疑的不尷不尬的臉色。”同 不上不下。反 從容不迫。

【不避湯火】bù bì tāng huǒ 比喻不怕艱險。湯：熱水。《史記•貨殖列傳》：“壯士在軍，攻城先登……不避湯火之難者，為重賞使也。”◇消防員不避湯火，衝入烈焰吞吐的大樓內搶救被困在火場裏的人。同 赴湯蹈火。

【不翼而飛】bù yì ér fēi 沒長翅膀就飛走了。《管子•戒》：“無翼而飛者，聲也。”後以“不翼而飛”比喻流傳很快或東西突然丟失。《民國通俗演義》七一回：“金珠首飾，統已不翼而飛。”老舍《四世同堂》九二：“他還沒有明白過來是怎麼回事，燒餅油條已經不翼而飛了。”◇他被撤職的消息不翼而飛，很快就在城裏傳遍了。同 無翼而飛、不脛而走。

【不關痛癢】bù guān tòng yǎng 比喻沒有利害關係或無關緊要。《紅樓夢》八回：“這裏雖還有兩三個老婆子，都是不關痛癢的，見李媽走了，也都悄悄的自尋方便去了。”曹禺《雷雨》第一幕：“現在一般青年人，跟工人談談，説兩三句不關痛癢、同情的話，像是一件很時髦的事情。”同 無關痛癢。

【不關緊要】bù guān jǐn yào 不重要，不妨礙大局。《儒林外史》五一回：“此事也不關緊要，因而吩咐祁知府從寬辦結。”魯迅《二心集•風馬年》：“牛馬同是哺乳動物，為了要‘順’，固然混用一回也不關緊要。”也作“無關緊要”。《鏡花緣》一七回：“可見字音一道，乃讀書人不可忽略的。大賢學問淵博，故視為無關緊要；我們後學，卻是不可少的。”◇在這個世界，你到底做了些甚麼是不關緊要的，重要的是你如何讓人們相信你的確做成了事情。同 無關大局。

【不辭而別】bù cí ér bié 不告辭便離開了，或指悄悄地溜走。老舍《駱駝祥子》一五：“他不想跟她去商議，他得走，想好了主意，給她個不辭而別。”◇他一向遵守公司的制度，現在突然不辭而別，個中一定有原因。同 不告而別。

【不辭勞苦】bù cí láo kǔ 縱使勞累辛苦，也不推辭。形容工作努力勤奮，不怕艱辛。唐代牛肅《紀聞•吳保安》：“使亡魂復歸，死骨更肉，唯望足下耳。今日之事，請不辭勞苦。”《紅樓夢》九一回：“我給他送東西，為大爺的事不辭勞苦，我所以敬他，又怕人説瞎話，所以問你。”朱自清《劉雲波女醫師》：“真正難得的，是她不會厭倦的同情和不辭勞苦的服務。”反 拈輕怕重、挑肥揀瘦。

【不識一丁】bù shí yī dīng《舊唐書•張弘靖傳》：“今天下無事，汝輩挽得兩石力弓，不如識一丁字。”“丁”是最易識之字，故用“不識一丁”形容人一字不識。另一説“丁”為“个”的誤寫，“一丁”即指“一個字”。《幼學瓊林•人事類》：“村夫不識一丁，愚者豈無一得？”同 目不識丁。反 博覽群書。

【不識大體】bù shí dà tǐ 見“不知大體”。

【不識好歹】bù shí hǎo dǎi 分不出好壞，不辨是非，愚笨而缺乏識別能力。《西遊記》九二回："我師不識好歹，上橋就拜。我説不是好人，早被他晦暗燈光，連油並我師父一風攝去。"《文明小史》五二回："你們這班牛馬奴隸，真正不識好歹。"夏丏尊、葉聖陶《文心》一五："給你們讀一點古書總是好意；古書又不是毒藥，竟會這樣胡鬧起來，這明明是不識好歹呀！"同 不知好歹。

【不識抬舉】bù shí tái ju 抬舉：稱讚或提拔。不接受或不珍惜別人對自己的好意。《西遊記》六四回："這和尚好不識抬舉，我這姐姐那些兒不好？"《儒林外史》一回："票子傳着倒要去，帖子請着倒不去，這不是不識抬舉了。"◇給台階都不下，不識抬舉的東西！同 不中抬舉。

【不識時務】bù shí shí wù 不識認當前的形勢和時代潮流。也泛指不知趣，惹人嫌。《後漢書•張霸傳》："時皇后兄虎賁中郎將鄧騭，當朝貴盛，聞霸名行，欲與為交，霸逡巡不答，眾人笑其不識時務。"《紅樓夢》九九回："我就不識時務嗎？若是上和下睦，叫我與他們'貓鼠同眠'嗎？"◇俗話説"識時務者為俊傑"，但不識時務者也大有人在。同 不達時務。

【不識高低】bù shí gāo dī 見"不知高低"。

【不覺技癢】bù jué jì yǎng 漢代應劭《風俗通•聲音》："漸離變名易姓，為人庸保，匿作於宋子，久之，作苦，聞其家堂上客擊筑，伎癢。"伎：同"技"。後用"不覺技癢"指有專業技能的人，一遇機會便想表現一下。《鏡花緣》五三回："（緇氏）今聽此言，不覺技癢，如何不喜！"◇王小姐見廳內有架鋼琴，不覺技癢，就坐下彈了起來。

【不露圭角】bù lù(lòu) guī jiǎo 圭角：圭玉的棱角。比喻不顯揚才能或精要之處。《朱子語類》卷二九："如寧武子，雖冒昧向前，不露圭角。"元代劉祁《歸潛志》卷八："彥高《人月圓》，半是古人句，其思致含蓄甚遠，不露圭角，不尤勝於宇文自作者哉？"◇老人平時沉默寡言，不露圭角，但誰都知道他是有名的專家。同 不見圭角。反 露才揚己。

【不露形色】bù lù(lòu) xíng sè 內心活動不流露出來。形容沉着鎮定，若無其事的樣子。◇他畢竟是飽經風霜變故的老人了，遇事不露形色，泰然處之。同 不露聲色、不露辭色。反 形於顏色。

【不露鋒芒】bù lù(lòu) fēng máng 形容深沉含蓄，不誇耀顯示自己的才能抱負。鋒芒：刀劍的刃端，比喻才幹、鋭氣。宋代沈括《夢溪筆談•補筆談》："（寇准）能斷大事，不拘小節；有幹將器，不露鋒芒。"宋代呂祖謙《雜説》："語有力而不露鋒芒者，善言也。"同 不露圭角。反 鋒芒畢露。

【不露聲色】bù lù(lòu) shēng sè 不將內心活動流露出來。形容沉着冷靜，遇事不表露在臉面上。明代張岱《孫忠烈公世乘序》："公蓋縝密綢繆，不露聲色。"◇沒想到她不露聲色，悄悄地把這個難題解決掉了。同 不動聲色。反 形於辭色。

【不顧一切】bù gù yī qiè 只奔向一個目標或為了達到一個目的，把一切都拋開不顧了。巴金《長生塔•塔的秘密》："我閉上眼睛，不顧一切地向着他手裏的刀迎上去。"◇雖然遭到家人反對，他還是不顧一切去投考消防員。同 不顧死活、不管不顧。反 瞻前顧後、思前想後。

【不顧死活】bù gù sǐ huó 是死是活都顧不上了。形容為了達到目的，捨命拼搏。《西遊記》六三回："這呆子不顧死活，闖上宮殿，一路鈀，築破門扇，打破桌椅。"巴金《火》二部一〇："他們更希望有經驗的人來領導他們，他們願意不顧死活地保衛家鄉。"同 不顧一切、拼死拼活。

【不驕不躁】bù jiāo bù zào 不驕傲，不急躁，謙虛冷靜。◇獲勝則驕，遇逆事則躁，口頭上掛着不驕不躁，做起來卻很難。同 戒驕戒躁。

【不歡而散】bù huān ér sàn 非常不愉快地散開。《醒世恒言》卷三二："呂相公心知不祥之事，不肯信以為然，只怪馬夫妄言，不老實，打四十棍，革去不用。眾客咸不歡而散。"《兒女英雄傳》一八回："我們賓東相處多年，君子絕交，不出惡聲，晚生也不願這等不歡而散。"◇雙方各不相讓，談來談去，不歡而散。反 盡歡而散。

【不羈之才】bù jī zhī cái 羈：捆綁，拘束。不受世俗規範約束的非凡才能。漢代司馬遷《報任少卿書》："僕少負不羈之才，長無鄉曲之譽。"晉代向秀《思舊賦序》："余與嵇康、呂安，居止接近，其人並有不羈之才。"◇古今中外的著名人物，大都有不羈之才。反 酒囊飯袋。

【世代書香】shì dài shū xiāng 世世代代都是讀書人家。《紅樓夢》五七回："林家雖貧到沒飯吃，也是世代書香人家，斷不肯將他家的人丟與親戚奚落恥笑。"張愛玲《金鎖記》十："你姜家枉為世代書香，只怕你還要到你開麻油店的外婆家去學點規矩哩！"同 書香門第、禮儀之家。

【世外桃源】shì wài táo yuán 晉朝陶淵明在《桃花源記》中虛構了一個與世隔絕、沒有戰亂、安樂美好的社會："自云先世避秦時亂，率妻子邑人來此絕境，不復出焉，遂與外人間隔。問今是何世，乃不知有漢，無論魏晉。"後以"世外桃源"比喻不受戰亂、不受外界影響的理想樂土。清代孔尚任《桃花扇•歸山》："且喜已到松風閣，這是俺的世外桃源。"◇群山中的那片平壩，土地肥美，林木葱蘢，正是人人向往的世外桃源。

【世風日下】shì fēng rì xià 社會風氣越來越壞。清代顧炎武《與潘次耕》："然而世風日下，人情日諂。"清代秋瑾《致秋譽章書》："我國世風日下，親戚尚如此，況友乎？"◇很多人感歎人心不古，世風日下，學會做人更顯得重要了。同 人心不古。反 春風化雨。

【世態炎涼】shì tài yán liáng 世態：社會上人們交往的情態。炎涼：親熱和冷淡。指一些人在別人有錢有勢時就親近巴結，無錢無勢時就冷淡疏遠。《水滸後傳》三一回："只是在家受不得那愛欲牽纏，生老病死，世態炎涼，人情險惡。"茅盾《一個女性》："那他對於世態炎涼的感覺，大概要加倍的深切罷？"同 人情冷暖。

【且住為佳】qiě zhù wéi jiā 且：暫且。還是暫且住在這裏好。多用以勸留客人住下。晉代無名氏《且住為佳帖》："天氣殊未佳，汝定成行否？寒食近，且住為佳爾。"宋代辛棄疾《霜天曉角•旅興》詞："明日落花寒食，得且住、為佳耳。"◇循路前行，有兩峰底凹成室，且住為佳，彷彿專為走累的遊客而備。

【並行不悖】bìng xíng bù bèi《禮記•中庸》："萬物並育而不相害，道並行而不相悖。"悖：違背，抵觸。後用"並行不悖"指同時進行，互不衝突。《朱子語類》卷四二："二條在學者當並行不悖否？"明代馮夢龍《智囊補•程伯淳》："具二公之識，並行不悖可矣。"李健吾《莫里哀的喜劇》："這是一個古怪時代，粗俚和文雅在一個角落並行不悖。"同 並駕齊驅。

【並(并)駕齊驅】bìng jià qí qū 幾匹馬並排拉車，一齊奔跑。比喻齊頭並進，不分前後，不分高低。南朝梁劉勰《文心雕龍•附會》："是以駟牡異力，而六轡如琴；並駕齊驅，而一轂統輻。"《宣和畫譜•何長壽》："與范長壽同師法，故所畫多相類，然一源而異派，論者次之。至於并駕齊驅，得名則均也。"清代張南莊《何典》八回："(豆腐西施) 雖不能與臭花娘並駕齊驅，卻也算得數一數二的美人了。"◇論數學，他們三個人都是佼佼者，並駕齊驅，難分高下。同 齊頭並進、不分軒輊。反 參差不齊、望塵莫及。

丨部

【中西合璧】zhōng xī hé bì 合璧：璧是一種圓形中空的玉，由兩個半圓形的半璧，合成一個圓形的全璧，叫合璧。表示中外兩方的美好事物相互配合映襯，十分相宜。泛指中外長處兼而有之。《官場現形記》五二回："咱們今天是中西合璧……這邊底下是主位，密司忒薩坐在右首，他同來這位劉先生坐在左手。"茅盾《子夜》八："她轉過臉去看牆壁上的字畫；那也是'中西合璧'的，張大千的老虎立軸旁邊，陪襯着兩列五彩銅版印的西洋畫。"◇在香港，四處皆可看到中西合璧的建築物。

【中原逐鹿】zhōng yuán zhú lù 鹿：原是獵取的對象，借喻政權。《史記•淮陰侯列傳》："秦失其鹿，天下共逐之，高材疾足者先得焉。"後用"中原逐鹿"比喻群雄並起，爭奪天下。唐代溫庭筠《過五丈原》詩："下國卧龍空誤主，中原逐鹿不因人。"◇目前，世界上的一流大企業都進入中國，中原逐鹿，市場競爭相當激烈。同 逐鹿中原。

【中流砥柱】zhōng liú dǐ zhù 砥柱：山名，在河南省三門峽東，屹立在黃河激流之中。《晏子春秋•諫下》："古冶子曰：'吾嘗從君濟於河，黿銜左驂以入砥柱之中流'"。後以"中流砥柱"比喻擔當重任、發揮主要作用的個人或集體。宋代劉仙倫《賀新郎》詞："緩急朝廷須公出，更作中流砥柱。"明代丁鶴年《自詠》詩："長淮橫潰禍非輕，坐見中流砥柱傾。"◇一間公司如果沒有幾個人做中流砥柱，那肯定經營不好。同 砥柱中流。反 朽木糞牆。

【中庸之道】zhōng yōng zhī dào《論語•雍也》："中庸之為德也，其至矣乎。"儒家主張用"不過"和"無不及"的"中庸"態度待人接物。後以"中庸之道"指不偏不倚、調和折衷的處世準則。宋代蘇舜欽《啟事上奉寧軍陳侍郎》："性不及中庸之道，居常慕烈士之行。"◇日常飲食也該講點中庸之道，肉類固然不宜多食，但也不能只吃蔬菜水果。同 不偏不倚。

【丰姿綽約】fēng zī chuò yuē 指風度儀表非常美好。丰姿：風度儀表。清代李斗《揚州畫舫錄•新城北錄下》："李文益丰姿綽約，冰雪聰明。"◇婉小姐穿一件淺桃灰色閃光提花的紗衫，更顯得長身細腰，丰姿綽約。同 儀態萬方、丰韻娉婷。

【串通一氣】chuàn tōng yī qì 暗中盤算，互通消息，勾結在一起。《紅樓夢》四六回："鴛鴦聽了，便紅了臉，說道：'怪道，你們串通一氣來算計我！'"《官場現形記》四七回："司裏實在是為大局起見，生怕他們串通一氣，設或將來造起反來，總不免'荼毒生靈'的。"《文明小史》四三回："只因時常聽見人說起，說維新黨同哥老會是串通一氣的。"◇天高皇帝遠的地方，一些警匪就串通一氣，魚肉百姓。同 沆瀣一氣、一個鼻孔出氣。

【串親訪友】chuàn qīn fǎng yǒu 串：走動、串門。看望親戚，訪問朋友。含有聯絡感情，增益親情友誼的意思。◇春節正是串親訪友的好機會。反 杜門謝客。

丶 部

【丹書鐵券】dān shū tiě quàn 古代帝王賜給功臣世代保持爵祿及免罪等特權的證件。是在特製的鐵牌上書有御示的紅色文字。《後漢書•祭遵傳》："丹書鐵券，傳於無窮。"《水滸傳》五二回："我家是金枝玉葉，有先朝丹書鐵券在門，諸人不許欺侮。"同 鐵券丹書。

【丹楹刻桷】dān yíng kè jué 紅漆的柱子，刻有精美圖紋的椽子。形容屋宇的華美顯貴。晉代杜預《〈春秋左氏傳〉序》："四曰盡而不汙，直書其事，具文見意，丹楹刻桷，天王求車，齊侯獻捷之類是也。"《東周列國誌》五〇回："園中築起三層高台，中間建起一座絳霄樓，畫棟雕樑，丹楹刻桷，四圍朱欄曲檻，憑欄四望，市井俱在目前。"同 金堂玉室、雕樑畫棟、雕欄玉砌。反 蓬門華户。

【丹鳳朝陽】dān fèng cháo yáng 鳳凰向着太陽。《詩經•卷阿》："鳳凰鳴矣，于彼高岡。梧桐生矣，于彼朝陽。"後以"鳳凰"比喻賢才，以"朝陽"比喻社會清明，以"丹鳳朝陽"比喻賢良的有志之士，遇到可以大展才幹、實現抱負的好時代。◇你們年輕人的前景燦爛，現在可以說是千年難遇的丹鳳朝陽的大時代。

【主客顛倒】zhǔ kè diān dǎo 比喻事物輕重、大小顛倒了位置。施蟄存《滇雲浦雨話從文》："由此，從文有了一個固定的職業，有月薪可以應付生活。但這樣一來，寫作卻成為他的業餘事務，在他的精神生活上，有些主客顛倒。"◇文章語句表達經常犯的錯誤是，主客顛倒，邏輯不通。同 喧賓奪主、本末倒置。

丿部

【乃武乃文】nǎi wǔ nǎi wén《尚書•大禹謨》:"帝德廣運，乃聖乃神，乃武乃文。"說既有武功，又有文德。乃：語助詞。唐代王勃《倬彼我系》詩："匡嬴相劉，乃武乃文。"明代湯顯祖《牡丹亭•耽試》："朕惟治天下，有緩有急，乃武乃文。"

【久安長治】jiǔ ān cháng zhì 見"長治久安"。

【久病成醫】jiǔ bìng chéng yī 指人長期患病，因而懂得了一些藥性和治療的方法。比喻對某事唯有親歷和實踐，才能取得經驗，成為內行。黃谷柳《蝦球傳》一部一六章："蝦球道：'不叫醫生來看？'六姑道：'何必請醫生？我自己久病成醫了。"李潮《春寒》:"久病成良醫，我現在比心臟病專家還高明。"

【久假不歸】jiǔ jià bù guī《孟子•盡心上》:"久假而不歸，惡知其非有也。"本意說"長久借用不歸還，怎知道他不會據為己有？"後借用"久假不歸"指長久告假，在外面不回來。《兒女英雄傳》三十回："你我若不早為之計，及至他久假不歸，有個一差二錯，那時就難保不被公婆道出個不字來，責備你我幾句。"◇臨行前告了十五天的假，誰知久假不歸，竟一去無蹤。

【久假不歸】jiǔ jiǎ bù guī 假：借。《孟子•盡心上》："久假而不歸，惡知其非有也。"後用"久假不歸"指長期借用，總不歸還。宋代王明清《揮麈錄後錄》卷七："煨燼之餘，所存不多。諸姪輩不能謹守，又為親戚盜去，或他人久假不歸。"《二刻拍案驚奇》卷二十："商功父正氣的人，不是要存私，卻也只趁着興頭，自做自主，像人像意，那裏還分別是你的我的？久假不歸，連功父也忘其所以。"◇借別人的錢，要及時還，久假不歸，以後再借就難了。

【久懸不決】jiǔ xuán bù jué 懸：擱置。把事情或問題束之高閣，長期不予解決◇他的學歷問題久懸不決，影響他升職提薪，令他很苦惱。

【之乎者也】zhī hū zhě yě 之、乎、者、也都是文言文常用的語助詞。形容半文半白的話或文章，也用來譏諷文人咬文嚼字。宋代文瑩《湘山野錄》卷中："(太祖）指門額問普曰：'何不只書朱雀門，須著"之"字安用？'普對曰：'語助。'太祖笑曰：'之乎者也，助得甚事？'"元代關漢卿《單刀會》四折："你這般攀今覽古，分甚枝葉，我跟前使不着你之乎者也，詩云子曰。"《儒林外史》二二回："一個生意人家，只見這些'之乎者也'的人來講呆話。"魯迅《孔乙己》："他對人說話，總是滿口之乎者也，教人半懂不懂的。"同 之乎者也矣焉哉。反 五大三粗、粗通文墨。

【之死靡它(他)】zhī sǐ mǐ tā《詩經•柏舟》:"髧彼兩髦，實維我儀，之死矢靡它。"一直到死也沒有它心。指女子對愛情忠貞，至死也不變心。後多以"之死靡它(他)"喻指意志堅定，至死不變。唐代李德裕《授歷友特勒以下官官制》："矢其一志，之死靡他。"明代李贄《焚書•崑崙奴》："忠臣挾忠，則扶顛持危，九死不悔；志士挾義，則臨難自奮，之死靡它。"同 忠貞不渝、至死不變。反 見異思遷、心懷異志。

【丟人現眼】diū rén xiàn yǎn 丟臉，出醜。楊朔《春子姑娘》："你看我弄的婆家婆家不要，娘家娘家討厭，丟人現眼的，哪有臉見她！"金庸《笑傲江湖》三二章："我們兩個方外的昏庸老朽之徒，今日到來只是觀禮道賀，卻不用上台做戲，丟人現眼了。"同 出乖露醜。

【丟三落四】diū sān là sì 形容因馬虎或記性不好，做了一部分漏了一部分。《紅樓夢》六七回；"咱們家沒人，俗語說的，'夯鳥先飛'，省的臨時丟三落四的不齊全，令人笑話。"劉白羽《一個溫暖的雪夜》："老是這樣丟三拉四，這毛病甚麼時候能改改！"◇她今天怎麼魂不守舍，丟三落四的？同 丟三忘四。

【丟卒保車】diū zú bǎo jū 卒、車：象棋中的棋子名稱。比喻丟掉次要的，保住主要的。◇總裁當機立斷，丟卒保車，把非主營業務全部賣光。反 因小失大。

【丢盔卸甲】diū kuī xiè jiǎ 盔、甲：古代作戰用的護頭帽和護身衣。跑得連盔甲都丢了。形容戰敗逃跑的狼狽相或事情遭遇徹底失敗。元代孔文卿《地藏王證東窗事犯》："想十三人舞袖登城臨汴梁，向青城擄了上皇。唬得禁軍八百萬丢盔卸甲。"向春《煤城怒火》第七章："鄧二弄了個丢盔卸甲，一敗塗地，投靠了梁欽山。"同 丢盔棄甲。

【丢盔棄甲】diū kuī qì jiǎ 丢掉頭盔、脱去鎧甲。形容戰敗後，狼狽逃跑的樣子◇沒有料到四面受困，心裏一慌，已經沒有鬥志，被殺得丢盔棄甲，四散逃竄。同 丢盔卸甲、棄甲曳兵。

【乖唇蜜舌】guāi chún mì shé 形容口齒伶俐，慣於說討好人的甜言蜜語。《醒世姻緣傳》一〇〇回："素姐那乖唇蜜舌，又拿着那沒疼熱的東西交結得童奶奶這夥子人，不惟不把他可惡，且都說起他的好處。"◇你要和他吵一通，他肯定會乖唇蜜舌地道歉。同 花言巧語、甜言蜜語。反 出言不遜、惡言惡語。

【乘人之危】chéng rén zhī wēi 趁人危難之時，去侵害或要挾對方。《後漢書·蓋勳傳》："謀事殺良，非忠也；乘人之危，非仁也。"《野叟曝言》三回："若然乘人之危，勒逼起來，真與強盜無異，還說謝禮做甚！"◇劉老太太想起年輕時，遭盜劫而流落他鄉，有乘人之危者竟逼她為奴，不禁老淚縱橫。同 趁人之危、乘人之厄。反 救人水火、救人之危。

【乘其不備】chéng qí bù bèi 乘：趁着。趁對方沒有防備時加以襲擊、侵害。《東周列國誌》六回："若命邊人乘其不備，侵入其境，必當大獲。"李劼人《大波》二部六章："（婉姑）剛要叫喊，菊花業已乘其不備，從振邦手上又把荷包奪過來。"同 趁其不備、乘其不意。

【乘肥衣輕】chéng féi yì qīng《論語·雍也》："（公西）乘肥馬，衣輕裘。"說乘着駿馬駕的車，穿着輕軟的皮袍。多形容生活奢華。《三國志·王粲傳》裴松之注引《魏氏春秋》："（鍾）會，名公子，以才能貴幸，乘肥衣輕賓從如雲。"《太平廣記》卷一七："敬伯所樂，將下山乘肥衣輕，聽歌玩色，遊於京洛。"《浮生煙雲》三："馬大羽被捕關進大牢，吃不慣牢飯，心裏老想着以往乘肥衣輕的日子，不禁淚下。"同 乘堅策肥、肥馬輕裘。

【乘風破浪】chéng fēng pò làng ❶ 船借風勢而破浪前進。明代周楫《西湖二集·徐君寶節義雙圓》："率領水兵數萬，乘風破浪而來。"《文明小史》一五回："（小火輪）一溜煙乘風破浪的去了。"❷ 比喻迎着艱難險阻，奮勇前進。多含施展遠大抱負之意。《宋書·宗慤傳》："慤少時，炳問其志。慤答曰：'願乘長風破萬里浪。'"《洪秀全演義》十回："洪軍如乘風破浪，直進軍中，反把張嘉祥困住。"◇他有乘風破浪的心願，卻沒有一展抱負的機遇。同 破浪乘風、乘長風破萬里浪。反 知難而退、激流勇退。

【乘堅策肥】chéng jiān cè féi 堅：指堅固的車。策：驅趕。肥：肥壯的馬。坐着堅固的車子，驅使着肥壯的馬。形容達官貴人的豪華奢侈。漢代晁錯《論貴粟疏》："因其富厚，交通王侯，力過吏勢，以利相傾；千里遊敖（遨），冠蓋相望，乘堅策肥，履絲曳縞。"明代張鳳翼《灌園記·園中幽會》："我也曾乘堅策肥，我也曾遍身羅綺，我也曾金尊綠醑，雕盤甘旨。"章炳麟《人無我論》："若夫膏粱之子，生而多金，乘堅策肥，自快其意。"同 乘輕驅肥、乘堅驅良。

【乘雲行泥】chéng yún xíng ní 比喻彼此地位相差很大。《後漢書·矯慎傳》："乘雲行泥，棲宿不同。"◇幾十年後與她再次相遇，人生的際遇早已改變，大有乘雲行泥之別。同 判若雲泥。

【乘虛而入】chéng xū ér rù 趁着對方空虛或疏於防範之時進入。宋代王十朋《論用兵事宜劄子》："萬一金人乘虛而入，使川陝隔絕，則東南之勢孤矣！"《三國演義》二四回："許昌空虛，若以義兵乘虛而入，上可以保天子，下可以救萬民。"錢鍾書《圍城》六："孫小姐的課沒人代，劉東方怕韓太太乘虛而入，親自代課。”同 趁虛而入、乘機而入。反 無懈可擊。

【乘勝逐北】chéng shèng zhú běi 北：敗逃。趁着勝利一舉追擊潰逃之兵。《戰國策•中山策》：“魏軍既敗，韓軍自潰，乘勝逐北，以是之故能立功。”《周書•孤獨信傳》：“賊不虞信兵之至，望風奔潰，乘勝逐北，徑至城下，賊并出降。”◇一鼓作氣，乘勝逐北，第二天便攻入首府。同 乘勝追擊。

【乘熱打鐵】chéng rè dǎ tiě 見“趁熱打鐵”。

【乘興而來】chéng xìng ér lái《晉書•王徽之傳》：“嘗居山陰，夜雪初霽，忽憶戴逵，逵時在剡，便夜乘小船詣之，經宿方至，造門不前而返。人問其故，徽之曰：‘本乘興而來，興盡而反，何必見安道（戴逵）邪？’”說趁着一時的興致而來。多與“敗興而去”、“敗興而返”連用。《醒世恆言•錢秀才錯佔鳳凰儔》：“況且笙簫鼓樂乘興而來，怎好教他空去。”《東周列國誌》一回：“各軍士未及領賞，草草而散，正是：乘興而來，敗興而返。”老舍《四世同堂》五六：“這樣，汪逆便乘興而來，敗興而去。他的以偽中央、偽黨來統轄南京與華北的野心，已經碰回去一半。”反 敗興而歸。

【乘龍快婿】chéng lóng kuài xù《藝文類聚》卷四十：“孫儁字文英，與李元禮俱娶太尉桓焉女。時人謂桓叔元兩女俱乘龍，言得婿如龍也。”《魏書•劉昞傳》載，北魏博士郭瑀有五百弟子，一次他對弟子們說，“吾有一女，年向成長，欲覓一快女婿”，弟子劉昞自薦說：“向聞先生欲求快女婿，昞其人也。”於是郭瑀把女兒嫁給了他。後以“乘龍快婿”、“乘龍佳婿”比喻優秀的女婿。《醒世恆言•錢秀才錯佔鳳凰儔》：“高贊為選中了乘龍佳婿，到處誇揚，今日定要女婿上門親迎。”明代湯顯祖《紫釵記•回求僕馬》：“待做這乘龍快婿，駸驥才郎，少的駟馬高車。”◇生女兒更好，將來給你招一位乘龍快婿，享不盡的清福啊。同 東牀快婿、坦腹東牀。

【乘龍佳婿】chéng lóng jiā xù 見“乘龍快婿”。

乙部

【九九歸一】jiǔ jiǔ guī yī 珠算口訣的一句，九除以九，商為一。比喻轉來轉去最後又還了原，引申為歸根結蒂的意思。歸：珠算的一種除法。張恨水《八十一夢》楔子：“到了這裏，我對太太說：‘九九歸一，可以收筆了。’”蔣子龍《血往心裏流》：“九九歸一，原因還是領導不力。”

【九天仙女】jiǔ tiān xiān nǚ 指天上的仙女。多比喻絕色美女。元代喬吉《金錢記》一折：“你看此女非凡，真乃九天仙女也。”越劇《梁山伯與祝英台》八場：“那怕是九天仙女我不愛。”

【九五之尊】jiǔ wǔ zhī zūn《易經•乾》：“九五，飛龍在天，利見大人。”九五：《易經》中卦爻位名，術數家以為是人君的象徵。“九五之尊”指帝王的尊位。《封神演義》六三回：“你原是東宮，自當接成湯之胤，位九五之尊，承帝王之統。”《孽海花》二七回：“你想清帝以九五之尊，受此家庭慘變，如何能低頭默受呢？”

【九牛一毛】jiǔ niú yī máo 許多頭牛身上的一根毛。比喻極其微小，微不足道。漢代司馬遷《報任少卿書》：“假令伏法受誅，若九牛亡一毛，與螻蟻何以異？”宋代文天祥《移司即事》詩：“寄書癡兒了家事，九牛一毛亦云小。”《二十年目睹之怪現狀》六三回：“好在古雨山當日有財神之目，去了他七千兩，也不過是九牛一毛、太倉一粟。”◇個人之於社會不過是九牛一毛，絕沒有驕傲的資本。同 滄海一粟。反 重於泰山。

【九死一生】jiǔ sǐ yī shēng 九死：多次瀕臨死亡。戰國楚屈原《離騷》：“亦余心之所善兮，雖九死其猶未悔。”後用“九死一生”：❶ 形容處境十分危險或歷經生死艱險而幸存下來。元代王仲文《救孝子》一折：“您哥哥劍洞槍林快厮殺，九死一生不當個要。”《水滸傳》九三回：“我本鄆城小吏，身犯大罪，蒙眾兄弟於千槍萬刀之中，九死一生之內，屢次捨着性命，救出我來。”《紅樓夢》七回：“你祖宗九死一生掙下這個家業，到如今不報我的恩，反和我充起主子來了。”◇打日本那時候，九死一生是常事。❷瀕於死亡。《説岳全傳》七六回：“口中只有出的氣，沒有入的氣，已是九死一生。”◇眼看着他九死一生，卻拿不出錢替他治病。同 虎口餘生、命若遊絲。反 吉星高照、福壽雙全。

【九死不悔】jiǔ sǐ bù huǐ 戰國楚屈原《離騷》：“亦余心之所善兮，雖九死猶未悔。”説即使多次死亡也決不後悔。後用“九死不悔”形容意志堅定，在任何危難面前決不動搖。宋代黃庭堅《徐氏二子祝詞》：“躬此盛德，其在有功，遭世險傾，九死不悔。”明代李贄《焚書•雜述•崑崙奴》：“忠臣挾忠，則扶顛持危，九死不悔。”同 九死未悔。

【九泉之下】jiǔ quán zhī xià 指人死後所在的地方。九泉：黃泉，指地下深處。《魏書•陽平王傳》：“若死為鬼，永曠天顏，九泉之下，實深重恨。”元代關漢卿《竇娥冤》四折：“俺婆婆年紀高大，無人侍養，你可收恤家中，替你孩兒盡養生送死之禮，我便九泉之下，可也瞑目。”《説岳全傳》六六回：“老身死後，也好相見先夫於九泉之下也。”

【九原可作】jiǔ yuán kě zuò《國語•晉語八》：“趙文子與叔向遊於九原，曰：‘死者若可作也，吾誰與歸？’”墳墓裏的死人可以活過來。九原：即九京，春秋時晉國卿大夫的墓地。作：起，復活。後用“九原可作”指死而復生。唐代楊炯《益州新都縣學碑》：“若使九原可作，大君得廊廟之才。”宋代張表臣《珊瑚鉤詩話》卷一：“漁陽突騎滿關東，百戰孤城挫賊鋒。唐室興亡繫公等，九原可作更誰從！”清代王韜《與所親楊丈》：“逝者已矣，生者何堪？九原如可作也，何惜以郭璞生花筆易之耶？”同 死而復生。反 九原不作。

【九流三教】jiǔ liú sān jiào 三教：儒教、道教、佛教；九流：儒家、道家、陰陽家、法家、名家、墨家、縱橫家、雜家、農家。泛指宗教、學術領域的各種流派或社會上各種各樣的人。元代無名氏《孟母三移》一折：“想老姑娘九流三教，那一件兒不曉的也。”茅盾《子夜》一：“竹齋説，現在的共產黨真厲害，九流三教裏，到處全有。”同 三教九流。

【九鼎大呂】jiǔ dǐng dà lǚ 九鼎：夏禹鑄造的象徵九州的九隻鼎。大呂：周代的大鐘。九鼎、大呂都是國寶。故用來比喻異常珍貴、為天下所重的人或物。《史記•平原君虞卿列傳》：“毛先生一至楚，而使趙重於九鼎大呂。”同 黃鐘大呂。

【九霄雲外】jiǔ xiāo yún wài 九霄：天的極高處。形容極高極遠的地方。元代無名氏《抱妝盒》二折：“太子也，你在這七寶盒中，我陳琳早魂飛九霄雲外。”《水滸傳》七四回：“任原此時，有心恨不得把燕青丟去九霄雲外，跌死了他。”魯迅《三閒集•怎麼寫》：“甚麼哀愁，甚麼夜色，都飛到九霄雲外去了。”同 無影無蹤。反 近在眉睫。

【九變十化】jiǔ biàn shí huà 指變化無窮。宋代張君房《〈雲笈七籤〉序》：“至如三奔三景之妙，九變十化之精，各探其門，互稱要妙。”◇想不到小小的萬花筒裏，卻有着九變十化、奇幻莫測之妙。同 千變萬化。

【乞漿得酒】qǐ jiāng dé jiǔ 討口水喝，得到的卻是酒。比喻得到的超過所求的。漿：較濃的水汁，如米湯之類。晉代袁準《正書》：“語曰：歲在申酉，乞漿得酒；歲在辰巳，嫁妻賣子。”宋代陸游《對食作》詩：“乞漿得酒豈嫌薄，賣馬僦船常覺寬。”清代沈濤《文翠軒筆記》卷一：“《廣平府志》言此山有唐太宗碑跡，余求之不可得，轉獲石趙時刻石。乞漿得酒，亦自快意。”

【乳水交融】rǔ shuǐ jiāo róng 像乳汁和水融合在一起。比喻感情很融洽或結合十分緊密。端木蕻良《曹雪芹》二〇章：“他對平郡王十分信託，兩人可説是乳水交融，合作無間。”郭成康《乾隆皇帝之謎》：“乾隆二十一叔允禧與乾隆同年所生，乾隆養育宮中後，叔侄二人曾有過乳水交融般的親密情誼。”同 水乳交融。

【乳臭未乾】rǔ xiù wèi gān《漢書·高帝紀上》：“是口尚乳臭，不能當韓信。”口尚乳臭：嘴裏還帶有奶腥味。後用“乳臭未乾”形容人幼稚無知。多含譏諷意。也表示對年輕人的輕蔑或不信任。《說唐》三一回：“我看你乳臭未乾，到此做甚麼？”周而復《上海的早晨》三部二五：“那你在蘇州鄉下好了，為啥還要到上海來考大學？乳臭未乾，就不聽大人的話了。”同 口尚乳臭、黄口小兒。反 老成持重、老奸巨猾。

【乾柴烈火】gān chái liè huǒ 見“烈火乾柴”。

【亂七八糟】luàn qī bā zāo 形容很混亂，沒有條理或秩序。清代吳趼人《發財秘訣》四回：“就將衣箱面做了桌子，上面亂七八糟堆了些茶壺、茶碗、洋燈之類。”老舍《離婚》：“有好桌子也是讓那對鄉下孩子給抹個亂七八糟了。”張愛玲《霸王別姬》：“我屋裏亂七八糟的，不能見人。”同 烏七八糟、雜亂無章。反 井然有序、井井有條。

【亂臣賊子】luàn chén zéi zǐ《孟子·滕文公下》：“孔子成《春秋》，而亂臣賊子懼。”本指叛亂的臣下和不孝之子。後泛指心懷異志、伺機作亂的人。唐代韓愈《伯夷頌》：“雖然，微二子，亂臣賊子接跡於後世矣！”宋代趙抃《奏狀乞斥逐燒煉兵士董吉》：“臣等伏以自古亂臣賊子興妖造奸，必偽稱化金寶、益年壽之術，以取媚人主。”《封神演義》二十回：“此等亂臣賊子，陷主君於不義，理當先斬，再議國事。”同 亂臣逆子、逆臣賊子。

【亂作一團】luàn zuò yī tuán 形容非常混亂或慌亂。◇最近的事情多得亂作一團／這時突然響起了一陣槍聲，人群一下子亂作一團。反 井然有序、有條不紊。

【亂箭攢心】luàn jiàn cuán xīn 攢：集聚。亂箭射集在心。形容內心極其悲痛。《醒世恆言》卷二十：“二子一見，猶如亂箭攢心，放聲號哭。”《野叟曝言》五五回：“既訪不出水夫人消息，又有蘇州親戚鬧出事來之說，進門又看了湘靈哀詞，真如亂箭攢心，摩挲不得！”同 痛徹心肺、五內俱裂。

【亂墜天花】luàn zhuì tiān huā 天花：天上的香花。佛經說，佛說《法華經》畢，天上四種香花紛紛而下。後以“亂墜天花”形容話說得非常動聽，也指誇大其辭的話。明代無名氏《蕉帕記·鬧釵》：“縱亂墜天花，教我怎生來聽，不招只是打。”清代李漁《凰求鳳·作難》：“那兩個婦人，起先好不倔強，說得我亂墜天花，他只是不理。”◇那些文章裏面還是亂墜天花地鼓吹所謂的藥效。同 天花亂墜。

【亂頭粗服】luàn tóu cū fú 形容不注意儀容服飾。清代沈德潛等《西湖誌纂》卷一：“御製《汽舟西湖》：‘亂頭粗服猶唐突，正是唐宮鬧掃妝。’”冰心《我的學生》：“自己是亂頭粗服，孩子們也啼哭喧鬧。”同 蓬頭垢面、囚首垢面。反 衣冠濟楚。

【亂點鴛鴦】luàn diǎn yuān yāng 鴛鴦：水鳥，多雌雄成對活動，常用以比喻夫妻。比喻將幾對男女交互胡亂配成夫妻。《隋唐演義》六三回：“唐帝亂點鴛鴦的，把幾個女子賜與眾臣配偶，不但男女稱意，感戴皇恩，即唐帝亦覺處分得暢快。”◇他們倆怎麼能合得來！你不要亂點鴛鴦！

【亂瓊碎玉】luàn qióng suì yù 瓊：美玉。比喻冰雪或其他類似的東西。《水滸傳》二一回：“那婦人獨自一個冷冷清清立在簾兒下等着，只見武松踏着那亂瓊碎玉歸來。”◇海浪奔向礁石，剎那間就被摔成亂瓊碎玉。

亅部

【了不可見】liǎo bù kě jiàn 一點也看不見；甚麼也沒看到。了：完全。也作“了無所見”。明代歸有光《水利後論》：“求所謂安亭江者，了不可見。”晉代干寶《搜神記》卷一四：“果復重來，發聲如前。聞，便閉之，周旋室中，了無所見。”魯迅《古小說鈎沉·述異記》：“把火出看，了無所見。”

【了不長進】liǎo bù zhǎng jìn 一點進步都沒有。形容沒有出息。《世説新語·文學》："身與君別多年，君義言了不長進。"《聊齋誌異·酒狂》："甥了不長進，今且奈何。" 同 了無長進。

【了如指掌】liǎo rú zhǐ zhǎng 見"瞭如指掌"。

【了如觀火】liǎo rú guān huǒ 見"瞭如觀火"。

【了身達命】liǎo shēn dá mìng 佛教語。❶ 徹底醒悟，超脱塵世。元代石德玉《曲江池》三折："人間道亞仙的今生今世，則俺那鄭元和可甚麼了身達命。"《水滸傳》九十回："數載以前，已知魯智深是個了身達命之人。" ❷ 指安身立命。《水滸傳》一一四回："今我四人既已結義了，哥哥三人，何不趁此氣數未盡之時，尋個了身達命之處。"

【了若指掌】liǎo ruò zhǐ zhǎng 見"瞭若指掌"。

【了無所見】liǎo wú suǒ jiàn 見"了不可見"。

【了無懼色】liǎo wú jù sè 了無：全無、毫無。完全沒有懼怕的樣子。多形容從容鎮定。《東周列國誌》一八回："左右縛寧戚去，將行刑，戚顏色不變，了無懼色。" ◇面對父母和親朋的責難，她直情徑行，了無懼色。同 無所畏懼。反 畏首畏尾。

【予取予求】yú qǔ yú qiú 予：我。從我這裏取，從我這裏求。《左傳·僖公七年》："唯我知女，女專利而不厭，予取予求，不女疵瑕也。" 後指任意索取。含貪得無厭意。宋代范仲淹《淡交若水賦》："甘言者不可不畏，澡行者予取予求。" 清代夏燮《〈中西紀事〉後序》："方其索香港之賕，要白門之撫，逼天津之潰，怙海淀之驕，予取予求，輸銀輸地。" ◇予取予求，沒完沒了，都得順着她才行。同 誅求無已。反 分文不取。

【事不宜遲】shì bù yí chí 事情要抓緊時間去做，不應拖延。元代賈仲名《蕭淑蘭》四折："事不宜遲，收拾了便令媒人速去。" 明代諸聖鄰《唐朝開國演義》六回："目下正當旺氣，事不宜遲。" ◇事態緊急，事不宜遲，必須立即採取果斷措施。同 刻不容緩、急如星火。反 來日方長、曠日持久。

【事不師古】shì bù shī gǔ 做事不遵守古訓。《尚書·説命下》："事不師古，以克永世，匪説攸聞。"《史記·李斯列傳》："事不師古而能長久者，非所聞也。" 宋代陸九淵《黃元吉荊州日錄》："到七十而所行已到，事不師古，率由舊章。"

【事不關己】shì bù guān jǐ 事情與自己無關，把它擱在一邊不管。◇女兒用奇怪的眼神打量她，她事不關己地坐在高高的凳子上晃蕩着雙腿。同 漠不相關、漠不關心。反 息息相關、休戚與共。

【事半功倍】shì bàn gōng bèi 只花一半的功夫，卻收加倍的成效。《孟子·公孫丑上》："行仁政，民之悦之，猶解倒懸也，故事半古之人，功必倍之。" 後以"事半功倍"形容費力小、收效大。明代歸有光《太僕寺新立題名記》："兩卿分轄，事半功倍。"《官場現形記》二四回："倘若我找着這個姑子，托他經手，一定事半功倍。" ◇聰明人巧用方法，事半功倍，糊塗人懵懵懂懂，事倍而功半。反 事倍功半。

【事必躬親】shì bì gōng qīn 躬：自身。《禮記·月令》："善相丘陵、阪險、原隰、土地所宜，五穀所殖，以教導民，必躬親之。" 後用"事必躬親"説凡事都親力親為。《官場現形記》五九回："於舅太爺卻勤勤懇懇，事必躬親，於這位外甥的事格外當心。" ◇諸葛亮事必躬親，結果積勞成疾。同 事事躬親、親力親為。反 不聞不問、徒託空言。

【事出有因】shì chū yǒu yīn 事情的發生總是有原因的。《官場現形記》四回："郭道台就替他洗刷清楚，説了些'事出有因，查無實據'的話頭，稟復了制台。" ◇大家低聲地談論着，心裏都有點覺得事出有因。反 平白無故、無緣無故。

【事在人為】shì zài rén wéi 事情的成功要靠人去努力。《東周列國誌》六九回："事在人為耳，彼朽骨者何知。"《官場現形記》三五回："這裏頭事在人為，兩三個月，只怕已經放了實缺也論不定。”茅盾《子夜》一二：“我們還是照原定辦法去做。事在人為！”同 謀事在人。反 成事在天、聽天由命。

【事在必行】shì zài bì xíng 事情已經非做不可了。唐代顏真卿《讓憲部尚書表》：“至如賞罰二柄，事在必行，苟或不明，於何取則？”明代王守仁《再議崇義縣治疏》：“委官守把，事在必行，不可猶豫。”蔡東藩《明史演義》七八回：“閣臣沈一貫，復力陳冊儲冠婚，事在必行。神宗尚在遲疑，鄭貴妃復執盒為證，堅求如約。”同 箭在弦上。

【事倍功半】shì bèi gōng bàn 用加倍的功夫做，卻只收到一半的成效。形容費力多、收效少。《官場現形記》三四回：“我們中國人認得的字有限，要做善事，靠着善書教化人終究事倍功半。”梁啟超《新中國未來記》三回：“把這民間事業，整頓得件件整齊，樁樁發達，這豈不是事倍功半嗎？”◇事必躬親的結果，就是事倍功半。反 事半功倍。

【事敗垂成】shì bài chuí chéng 垂：將要。事情在快要成功時失敗了。明代梁辰魚《浣紗記·允降》：“兇逆不日就誅滅了，料想不勞而集。事敗垂成，怕他日悔之無及。”清代黃世仲《洪秀全演義》三六回：“事敗垂成寧不哀，星沉遂折棟樑材。”黃興《蝶戀花》詞：“事敗垂成原鼠子，英雄地下長無語。”◇功虧一簣，事敗垂成，都在我忽略了這至關重要的一點。同 功敗垂成、前功盡棄。反 大功告成、大獲全勝。

【事過境遷】shì guò jìng qiān 事情已經過去，境況也已改變了。《花月痕》三十回：“文酒風流，事過境遷，下月這時候，你們不都要走麼？”巴金《談〈憩園〉》：“講私話，談秘密，難免要犯信口開河的毛病，而且事過境遷，記憶力又衰退，更不免有記錯講錯的事。”同 時過境遷。

【事與心違】shì yǔ xīn wéi 見“事與願違”。

【事與願違】shì yǔ yuàn wéi 事實與本來的心願相違背。三國魏嵇康《幽憤》詩：“事與願違，遘茲淹留。”梁啟超《意大利建國三傑傳》二三：“加富爾懷此主意，屢與羅馬宮廷懇篤協議，而事與願違，意大利每進一步，則教皇之執拗愈深一層。”也作“事與心違”。宋代葉夢得《石林詩話》卷上：“貌先年老因憂國，事與心違始乞身。”明代袁宏道《錦帆集·劉子威》：“非不願作官，奈事與心違耳。”◇“不如意者常八九”，事與願違，這就是人生的最失落處。

【事緩則圓】shì huǎn zé yuán 遇事只要從容對待，就能圓滿解決。◇欲速不達，事緩則圓，是指辦事切忌求快／遇事要三思而後行，不要急於馬上解決，事緩則圓。同 三思而行、謀而後定。反 欲速不達、急於求成。

二 部

【二三其德】èr sān qí dé 三心二意，反覆無定，沒有確定的操守，沒有遵循的準則。《詩經·氓》：“士也罔極，二三其德。”《南齊書·魏虜傳》：“王上方弘大信於天下，不失臣妾。既與輯和，何容二三其德？”清代王夫之《讀通鑒論·陳高祖》：“（王琳）身為盟主，二三其德……而何能奉詞以討陳邪？”

【二分明月】èr fēn míng yuè 唐代徐凝《憶揚州》詩：“天下三分明月夜，二分無賴是揚州。”說天下有明月三分，揚州獨得二分。後用“二分明月”：❶ 描寫古代揚州的繁華景象。清代李斗《揚州畫舫錄》卷一：“十里畫圖新閬苑，二分明月舊揚州。”❷ 借指揚州。清代袁枚《小倉山房尺牘》二七：“近聞侍講領二分明月，作六一先生。”領二分明月，指到揚州做官。❸ 形容美好的月色或月色皎潔的秋夜。清代龔自珍《水龍吟·題家繡山停琴聽簫圖》詞：“六曲春星，二分明月，可憐齊轉。”徐自華《題潘蘭史江湖載酒圖》詩：“二分明月一分秋，秋滿江湖月滿舟。”趙樸初《贈井上靖先生》詩：“兩邦兄弟永相親，二分明月招提寺。”

【二心三意】èr xīn sān yì 猶豫不定，或心志、感情不專一。《永樂大典戲文三種校注•小孫屠》："和你，共諧百歲直到底，更無二心三意。"明代周楫《西湖二集•胡少保平倭戰功》："力勸丈夫一心投順中國，休得二心三意。"同 三心二意、二心兩意。反 一心一意、全心全意。

【二姓之好】 èr xìng zhī hǎo 二姓：指婚配的雙方。《禮記•昏義》："昏禮者，將合二姓之好，上以事宗廟，而下以繼後世也。"後用"二姓之好"指男女兩家結成親家。唐代白行簡《李娃傳》："明日，命媒氏通二姓之好，備六禮以迎之。"清代俞樾《春在堂隨筆》卷二："縣令為作合，遂成二姓之好。"同 秦晉之好。

【二滿三平】 èr mǎn sān píng 見"三平二滿"。

【二龍戲珠】 èr lóng xì zhū 相對的兩條龍，戲弄同一顆寶珠。是中國裝飾品、建築物上的一種傳統圖像。《紅樓夢》三回："頭上戴著束髮嵌寶紫金冠，齊眉勒著二龍戲珠金抹額。"同 二龍捧珠。

【井井有條】 jǐng jǐng yǒu tiáo 井井：整齊有秩序的樣子。《荀子•儒效》："井井兮其有理也。"後以"井井有條"形容條理分明，秩序不亂。宋代樓鑰《通邵領判範啟》："政術高明，試以劇煩，井井有條而不紊，遇諸盤錯，恢恢遊刃以有餘。"《二刻拍案驚奇》卷一五："不料夫人病重不起，一應家事盡屬愛娘掌管。愛娘處得井井有條，勝過夫人在日，內外大小無不喜歡。"《儒林外史》一三回："魯小姐上侍孀姑，下理家政，井井有條，親戚無不稱羨。"◇她辦事井井有條，深得總經理信賴。同 井井有理、井然有序。反 雜亂無章、亂作一團。

【井中視星】 jǐng zhōng shì xīng 在井裏看天上的星星。比喻眼界狹窄，見識極少。《尸子•廣》："因井中視星，所見不過數星。"清代陳澧《東塾讀書記•諸子書》："因井中視星，所見不過數星，自丘上以視，則見其始出，又見其人，非明益也，勢使然也。夫私心，井中也；公心，丘上也。"同 坐井觀天、管窺蠡測。反 見多識廣、高瞻遠矚、遠見卓識。

【井底之蛙】 jǐng dǐ zhī wā《莊子•秋水》："井蛙不可以語于海者，拘于虛也。"在井底下的青蛙，只能窺見井口大小的外界。比喻眼界狹隘、見識短淺的人。《後漢書•馬援傳》："子陽井底蛙耳，而妄自尊大，不如專意東方。"元代關漢卿《裴度還帶》二折："如今有等輕薄之子，重色輕賢，真所謂井底之蛙耳。"◇他不過是坐井觀天的井底之蛙，能拿得出甚麼高見！同 井蛙之見、井底鳴蛙。反 高瞻遠矚、遠見卓識。

【井蛙之見】 jǐng wā zhī jiàn 喻指短淺褊狹的見識。井蛙：井底之蛙。比喻見識褊狹淺陋的人。南朝宋宗炳《明佛論》："夫一局之弈，形算之淺，而弈秋之心，何嘗有得，而乃欲率井蛙之見，妄抑大猷，至獨陷神於天穽之下，不以甚乎。"《鏡花緣》一八回："婢子見聞既寡，何敢以井蛙之見，妄發議論。"郭沫若《屈原》二幕："唉，那是客臣的井蛙之見嘍，所謂'情人眼裏出西施'啦。"同 井底之蛙、坐井觀天。反 遠見卓識、高瞻遠矚。

【井然有序】 jǐng rán yǒu xù《荀子•儒效》："井井兮其有理也。"後用"井然有序"說條理分明，秩序整齊不亂。《金史•禮志一》："凡事物名數，支分派引，珠貫棋佈，井然有序，炳然如丹。"◇快速公路上成千部車在飛馳，但是井然有序，紋絲不亂。同 秩序井然。反 亂成一團、一團亂麻。

【五大三粗】 wǔ dà sān cū 形容人身材高達壯實，外表比較粗獷。◇她真的想不到，這個五大三粗、孔武有力的男人，對他的女人竟是如此細心體貼。反 温文儒雅、文質彬彬。

【五日京兆】 wǔ rì jīng zhào《漢書•張敞傳》載：京兆尹張敞因故將免官時，叫一下屬辦理案件，下屬不辦，並說："吾為是公盡力多矣，今五日京兆耳，安能復案事？"後便用"五日京兆"喻指任職時間短或即將去職。京兆：即京兆尹，指漢代首都長官。宋代趙鼎臣《與趙伯山書》："時可投劾勇去，頃刻不可留，雖子磐亦自謂五日京兆也。"魯迅《致章廷謙》：

"但即使做教員，也不過是五日京兆，坐在革命的搖籃之上，隨時可以滾出的。"

【五內如焚】 wǔ nèi rú fén 身體裏的五臟像被火燒的一樣。形容內心極其焦急或憂愁。五內：五臟，指心、肺、脾、肝、腎。泛喻內心。《鏡花緣》五七回："而且年來多病，日見衰頹，每念主上，不覺五內如焚。"《官場現形記》三回："此時黃道台早已急得五內如焚，一句話也回答不出。"姚雪垠《李自成》二卷三四章："朕中夜彷徨，五內如焚。"同 愁腸百結、憂心如焚、心急火燎。反 心花怒放、興高采烈、欣喜若狂。

【五方雜厝】 wǔ fāng zá cuò 見"五方雜處"。

【五方雜處】 wǔ fāng zá chǔ 來自四面八方、各色各樣的人聚居在同一個地方。五方：東、西、南、北、中。也作"五方雜厝"。厝：同"錯"，交叉。《漢書·地理志下》："漢興，立都長安，徙齊諸田、楚屈昭景及諸功臣於長陵……是故五方雜厝，風俗不純。"清代汪琬《送胡生序》："京師之俗，五方雜處。"《孽海花》二回："上海雖繁華世界，究竟五方雜處，所住的無非江湖名士。"◇香港五方雜處，是個移民城市，其中以廣東人居多。同 五方雜沓（遝）。反 純一不雜。

【五世其昌】 wǔ shì qí chāng《左傳·莊公二十二年》載：陳國公子完出奔齊國，齊大夫懿仲想把女兒嫁陳完，其妻為此算了一卦，是大吉，一旦聯姻之後，"五世其昌，並於正卿"。即到了第五代，子孫會昌盛，官位和正卿並列。後用"五世其昌"表示後世子孫昌盛。也用來祝賀新婚美滿。宋代王十朋《代送定啟·錢曹》："念兩家生子之初，為鳳和鳴，協五世其昌之盛。"《歧路燈》九〇回："乃培養天下元氣，天之報施善人，豈止五世其昌。"同 子孫昌熾。

【五光十色】 wǔ guāng shí sè 五、十：表示數量多。形容花樣繁多，色彩繽紛。南朝梁江淹《麗色賦》："五光徘徊，十色陸離。"《二十年目睹之怪現狀》四八回："全都穿着細狐、洋灰鼠之類，那面子更是五光十色。"◇五光十色的維多利亞夜景，吸引了成千上萬的遊人。同 五色繽紛、五彩繽紛。反 純一不雜、黯（暗）淡無光。

【五行八作】 wǔ háng bā zuō 指各行各業。老舍《龍鬚溝》一幕："五行八作，就沒你這一行。"孫犁《一個朋友》："張之為人，溫文爾雅，三教九流，無不能交；貿易生財，不分巨細；五行八作，皆稱通曉。"同 七十二行。

【五色繽紛】 wǔ sè bīn fēn 見"五彩繽紛"。

【五花八門】 wǔ huā bā mén 五花：五行陣。本指古代作戰時長於變化的"五行"和"八門"兩種多戰術變化的陣式。後用來比喻花樣繁多、變化多端。清代錢泳《履園叢話·張化怪》："庭不甚廣，而縱橫馳驟，五花八門，宛如教場演習兵弁也。"◇這人間世道各種人都有，林林總總，五花八門。

【五雨十風】 wǔ yǔ shí fēng 見"十風五雨"。

【五雀六燕】 wǔ què liù yàn 晉代劉徽《九章算術·方程》中有一道題說："今有五雀六燕，集稱之衡，雀俱重，燕俱輕；一雀一燕交而處，衡適平；並燕雀重一斤。問燕雀一枚，各重幾何？"後用"五雀六燕"比喻二者輕重相等或力量相當。梁啟超《中國外交方針私議》："當持五雀六燕之均衡。"同 半斤八兩、等量齊觀、旗鼓相當、不相上下。

【五彩繽紛】 wǔ cǎi bīn fēn 形容色彩多種多樣，錯雜燦爛，令人眼花繚亂。也作"五色繽紛"。《二十年目睹之怪現狀》四三回："連日把書房改做了賬房……鋪設得五色繽紛。"丁玲《杜晚香·歡樂的夏天》："蜜蜂、蝴蝶、蜻蜓閃着五彩繽紛的翅膀飛翔。"◇海石花的形態千奇百怪，顏色五彩繽紛／黃昏的秋山，被柞樹、白樺、松樹的金黃、雪白、翠綠顏色一襯托，就成了五色繽紛的世界。同 五顏六色。

【五黃六月】 wǔ huáng liù yuè 指農曆五、六月時天氣大熱的時候。這個季節五穀成熟呈一片金黃，農事繁忙。《西遊記》二七回："只為五黃六月，無人使喚，父母又年老，所以親身來送。"◇五黃六月天，正是農忙時節，讓人吃不下也受不了。

【五短身材】wǔ duǎn shēn cái 形容身材矮小，比例不協調。五短：雙手、雙腿短，身軀粗短。《水滸傳》三二回：“這個好漢祖貫兩淮人氏，姓王名英。為他五短身材，江湖上叫他做短腳虎。”李準《參觀》：“林啟祥仔細看那人，只見他五短身材，赤紅臉，高鼻梁，一雙細長眼睛，炯炯有神。”反 高大魁梧、儀表堂堂。

【五勞七傷】wǔ láo qī shāng 指各種疾病或致病的因素。勞：辛苦過度。傷：指體內損害或外傷。元代劉唐卿《降桑椹》二折：“太醫云：‘我會醫四肢八脈。’糊突蟲云：‘我會醫五勞七傷。’”《中國現在記》三回：“任是你五勞七傷，一切疑難雜症，一經他治，無不手到病除。”也作“五癆七傷”。癆：勞疾。老舍《二馬》二：“兩位馬先生都沒有臟病，也沒有五癆七傷，於是又平安的過了一關。”同 七病八痛、傷筋動骨。反 體壯如牛。

【五湖四海】wǔ hú sì hǎi 五湖：古人泛稱分佈於國內的大湖。四海：古人認為中國四面環海，稱四海。後泛指全國各地、四面八方。唐代呂巖《絕句》詩：“斗笠為帆扇作舟，五湖四海任遨遊。”宋代李洪《謁皇甫清虛》詩：“五湖四海仰儀形，道貌天真孰可名。”◇來自五湖四海的信徒，靜靜地在禪堂聽高僧講佛法。

【五穀不分】wǔ gǔ bù fēn 分不清楚五種穀物。指脫離勞動，缺乏農業常識。五穀：指稻、黍、稷（高粱）、麥、菽（豆）。也泛指農作物。《論語•微子》：“四體不勤，五穀不分，孰為夫子！”清代錢泳《履園叢話•種田》：“斯人也，真所謂四體不勤，五穀不分，不知稼穡之艱難者也。”◇過去知識分子總給人“四體不勤，五穀不分”的印象。同 菽麥不辨、一無所知。反 見多識廣、博學多才。

【五穀豐登】wǔ gǔ fēng dēng 指農作物大豐收。五穀：古指黍（小米）、高粱、麥、稻子和豆類。也作“五穀豐熟”。《六韜•立將》：“是故風雨時節，五穀豐熟，社稷安寧。”《東觀漢記•吳良傳》：“明府視事五年，土地開闢，盜賊滅息，五穀豐熟，家給人足。”元代吳弘道《青杏子•鬥鵪鶉》套曲：“託賴着一人有慶，五穀豐登。”《水滸傳》一回：“那時天下太平，五穀豐登，萬民樂業，路不拾遺，戶不夜閉。”洪深《香稻米》第一幕：“今年呢，難得這樣五穀豐登，稻子收得這樣多。”同 五穀豐稔。反 荒旱連年。

【五穀豐熟】wǔ gǔ fēng shú 見“五穀豐登”。

【五癆七傷】wǔ láo qī shāng 見“五勞七傷”。

【五顏六色】wǔ yán liù sè ❶ 花花綠綠，各種各樣的顏色。《鏡花緣》一四回：“惟各人所登之雲，五顏六色，其形不一。”《官場現形記》一四回：“船頭上，船尾巴上，統通插着五色旗子，也有畫八卦的，也有畫一條龍的，五顏六色，映在水裏，着實耀眼。”茅盾《子夜》一：“他看見滿客廳是五顏六色的電燈在那裏旋轉，旋轉，而且愈轉愈快。”❷ 借指各種各樣、各式各樣。沙汀《兇手》：“這在四川的拉夫史上是一樁奇跡，於是那些鄉下人，哦了一聲，立刻發出五顏六色的推測出來了。”同 五光十色。

【五臟六腑】wǔ zàng liù fǔ ❶ 中醫學名詞。五臟：古指心、肝、肺、腎、脾。六腑：胃、膽、大腸、小腸、膀胱和三焦。《呂氏春秋•達鬱》：“凡人三百六十節、九竅、五藏六府。”藏、府：同“臟”、“腑”。後統稱人的內臟器官。《雲笈七籤》卷三三：“常以生氣時，咽液二七過，按體所痛處，每坐常閉目內視，存見五臟六腑，久久自得，分明了了。”宋代陸游《老學庵筆記》卷三：“五臟六腑中事，皆洞見曲折，不待切脈而後知。”◇一場急雨過後，空明澄碧的景色，彷佛把人的五臟六腑都清洗得乾乾淨淨。❷ 比喻內心世界或內部情況。《平妖傳》一二回：“楊巡檢五臟六腑，向來已被聖姑姑攪渾。”

【五體投地】wǔ tǐ tóu dì ❶ 佛教最虔誠恭敬的一種禮節，行禮時雙膝、雙肘和頭部一起着地。《佛般泥洹經》卷下：“太子五體投地，稽首佛足。”❷形容尊敬或佩服到極點。《梁書·中天竺國傳》：“今以此國群臣民庶，山川珍重，一切歸屬，五體投地，歸誠大王。”《老殘遊記》十一回：“申子平聽得五體投地佩服。”◇誰見了這位學者，都會十分敬仰，五體投地。同 頂禮膜拜、仰之彌高。反 視如敝屣、視如糞土。

【互相標榜】hù xiāng biāo bǎng 彼此相互誇獎、抬舉、宣揚對方。實際是抬高自己。多用為貶義。《東周列國誌》五三回：“君臣宣淫，互相標榜，朝堂之上，穢語難聞，廉恥喪盡，體統俱失。”◇我真不是互相標榜，但實際上，我們的看法是一致的，而且每次都是對的。同 競相標榜。

【互為表裏】hù wéi biǎo lǐ 指密切聯結內外，互相依存。《三國志·董允傳》：“陳祇代允為侍中，與黃皓互相表裏。”姚雪垠《李自成》二卷四五章：“林泉還談到均田和均賦二事互為表裏，但不能混為一談。”同 唇齒相依、骨肉相連、休戚與共、表裏相濟。

【互通有無】hù tōng yǒu wú 相互之間進行交換或交流，以獲得自己所需要的東西。曹禺《王昭君》第三幕：“現在漢匈互通有無，‘關市’大開。”◇兩地互通有無，邊境貿易一直持續不斷。

【亙古未有】gèn gǔ wèi yǒu 亙：延續。從古到今都不曾有過。清代平步青《霞外攟屑·茹韻香先生》：“太青晚作《嘉蓮》詩，七言今體至四百餘首，亙古未有。”清代薛福成《強鄰環伺謹陳愚計疏》：“臣愚以為皇上值亙古未有之奇局，亦宜恢亙古未有之宏謨。”◇青藏鐵路是中外鐵路建設史上亙古未有的奇跡。同 前所未有、史無前例。反 屢見不鮮、司空見慣。

【亙古通今】gèn gǔ tōng jīn 亙：延續。從古到今。南朝宋鮑照《河清頌》：“亙古通今，明鮮晦多；千齡一見，書史登科。”◇泰山有着奇特的亙古通今的魅力，確實是五嶽之尊、山川之首。

亠部

【亡羊補牢】wáng yáng bǔ láo《戰國策·楚策四》：“見兔而顧犬，未為晚也；亡羊而補牢，未為遲也。”羊走失後，趕緊修補羊圈還來得及。❶比喻失誤後及時補救還來得及。宋代陸游《秋興》詩：“懲羹吹虀豈其非，亡羊補牢理所宜。”郭沫若《悼一多》：“日本投降了，我們幸而免掉了亡國之痛。亡羊補牢，尚未為晚。”❷比喻待到出了問題才去補救，那就太晚了。明代沈德符《野獲編·徐州》：“要之是舉必當亟行，若遇有事更張，不免亡羊補牢矣。”◇事情鬧到這步田地，你才想起亡羊補牢，那能成嗎？反 未雨綢繆。

【亡命之徒】wáng mìng zhī tú《史記·張耳陳餘列傳》：“張耳嘗亡命，遊外黃。”命：名。亡命，改變姓名。後用“亡命之徒”指改名換姓、逃亡在外的人，或不顧性命、犯法作惡的人。《舊唐書·樂彥禎傳》：“從訓又召亡命之徒五百餘輩，出入臥內，號為‘子將’，委以腹心。”《周書·郭彥傳》：“亡命之徒，咸從賦役。”《水滸全傳》七四回：“此等山間亡命之徒，皆犯官刑，無路可避，遂乃嘯聚山林，恣為不道。”《糊塗世界》卷九：“這些亡命之徒，聽說頗有點火器。”

【亡國之音】wáng guó zhī yīn ❶國家將亡時充滿悲哀的音樂。《禮記·樂記》：“亡國之音哀以思，其民困。”《北史·隋紀上》：“又設亡陳女樂，謂公卿等曰：‘此聲似啼，朕聞之甚不喜，故與公等一聽亡國之音，俱為永鑒焉。’”❷淫靡、傷風敗俗的音樂。《禮記·樂記》：“桑間、濮上之音，亡國之音也。其政散，其民流。”《舊唐書·張蘊古傳》：“勿內荒於色，勿外荒於禽，勿貴難得之貨，勿聽亡國之音。”清代黃宗羲《李因傳》：“亡國之音與鼓吹之曲，同留天壤。”同 亡國之聲、靡靡之音。

【亡魂喪膽】wáng hún sàng dǎn 形容驚恐

萬狀。元代汪元亨《沉醉東風•歸田》曲："薄利虛名再莫貪，贏得來亡魂喪膽。"《三國演義》五十回："操軍見了，亡魂喪膽，面面相覷。"◇嚇得他亡魂喪膽，扭身逃之夭夭。同 亡魂喪魄、亡魂失魄。

【亢龍有悔】kàng lóng yǒu huǐ《易經•乾》："上九，亢龍有悔。"意為居高位者，若驕矜而不謙遜，則到了衰敗之時，必有後悔。後用"亢龍有悔"比喻盛久必衰，必致懊惱。亢龍：至高的天子，指君主。《後漢書•陰興傳》："貴人不讀書記耶？'亢龍有悔'。夫外戚家苦不知謙退，嫁女欲配侯王，取婦眄睨公主，愚心實不安也。"《晉書•王豹傳》："進則亢龍有悔，退則蒺藜生庭，冀此求安，未知其福。"

【亦步亦趨】yì bù yì qū 老師走學生也走；老師跑學生也跑。《莊子•田子方》："夫子步亦步，夫子趨亦趨，夫子馳亦馳，夫子奔逸絕塵，而回瞠若乎後矣。"後以"亦步亦趨"比喻追隨別人，事事模仿，自己沒有主張。明代朱之瑜《元旦賀源光國書》："今乃怡怡然亦步亦趨，恐非持滿保泰之道也。"◇亦步亦趨，處處模仿，哪能寫得出好文章來！同 一步一趨。反 另闢蹊徑。

【亦莊亦諧】yì zhuāng yì xié 不僅嚴肅莊重，而且詼諧有趣。清代陳維崧《〈佳山堂詩集〉序》"客嘲賓戲，亦莊亦諧；西竺南華，半仙半佛。"◇亦莊亦諧、精闢生動的小故事往往比大道理更能打動人。

【交口稱譽】jiāo kǒu chēng yù 交：一齊，同時。異口同聲地稱讚。《元史•王利用傳》："利用幼穎悟，弱冠，與魏初同學，遂齊名，諸名公交口稱譽之。"唐浩明《曾國藩•血祭》"這次進京，凡所見之昔日朋友，談起賢弟道德學問、文章政績，莫不交口稱譽。"也作"交口稱讚"◇附近村莊的牧童們沒有一個有她吹的好，連大人們也交口稱譽。同 讚不絕口、有口皆碑。反 千夫所指、眾矢之的。

【交口稱讚】jiāo kǒu chēng zàn 見"交口稱譽"。

【交相輝映】jiāo xiāng huī yìng ❶ 各種光亮、色彩互相映照。◇綿延不斷的麥田與六月的陽光交相輝映，到處洋溢的都是刺眼的金光 / 節日的夜晚，彩燈與騰空的焰火交相輝映。❷ 形容互相配合映襯，更加光耀。葉君健《天安門之夜》："這個設計裏面有對比，有穿插，有新舊建築藝術的交相輝映。"

【交淺言深】jiāo qiǎn yán shēn 對交情不深的人說心裏話。《戰國策•趙策四》："交淺而言深，是亂也。"宋代蘇軾《上神宗皇帝書》："交淺言深，君子所戒。"《警世通言•杜十娘怒沉百寶箱》："孫富沉吟半晌，故作愀然之色，道：'小弟乍會之間，交淺言深，誠恐見怪。'"梁羽生《風雲雷電》五六回："秦龍飛情知他說的不盡不實，但想到'交淺言深'這句老話，卻是不便向他盤根問底。"反 深藏不露。

【交頭接耳】jiāo tóu jiē ěr 兩人湊近耳旁低聲說話。元代關漢卿《單刀會》三折："不許交頭接耳，不許笑語喧嘩。"《水滸傳》十回："他卻交頭接耳，說話都不聽得。"◇人們看在眼裏，無不交頭接耳，竊竊私語。同 接耳交頭。

【交臂失之】jiāo bì shī zhī《莊子•田子方》："吾終身與汝交一臂而失之，可不哀與！"交一臂：一臂相碰，指並立。後以"交臂失之"比喻遇到了機會而又當面錯過。《三國演義》一四回："遇可事之主，而交臂失之，非丈夫也。"清代方苞《李世賁墓誌銘》："平生執友凋喪殆盡，得君恨相知晚，常悔曩者交臂失之。"同 失之交臂、錯失良機。

【亥豕魯魚】hài shǐ lǔ yú《呂氏春秋•察傳》："有讀史記者曰：'晉師三豕涉河。'子夏曰：'非也，是己亥也。'夫己與三相近，豕與亥相似。"晉代葛洪《抱朴子•遐覽》："故諺曰：'書三寫，魚成魯，虛成虎。'"說"亥"與"豕"、"魯"和"魚"因字形相似而容易寫錯。後用"亥豕魯魚"指傳寫或刊印中出現的文字錯誤。鄭觀應《盛世危言•工政》："一時牟利之徒紛紛翻刻成書，亥豕魯魚，殊多紕繆。"同 魯魚亥豕。

【京兆畫眉】jīng zhào huà méi《漢書•張敞傳》："(敞)又為婦畫眉，長安中傳張京兆眉憮。有司以奏敞。上問之，對曰：'臣聞閨房之內，夫婦之私，有過於畫眉者。'"説的是漢宣帝時京兆尹張敞為妻子畫眉的事。後用"京兆畫眉"表示夫婦或男女相愛。宋代王寀《蝶戀花》詞："京兆畫眉樊素口。風姿別是閨房秀。"清代王韜《淞濱瑣話•盧雙月》："閨房之樂，亦旖旎亦豪爽，迥與京兆畫眉異趣。"同 舉案齊眉。

【亭亭玉立】tíng tíng yù lì ❶形容花木挺拔。唐代于邵《楊侍郎寫真贊》："仙狀秀出，丹青寫似，亭亭玉立，峨峨嶽峙。"元代無名氏《醉高歌帶喜春來•詠玉簪花》："誰似他幽閒潔白，亭亭玉立瑣軒外。"丁玲《杜晚香》："粉紅色的波斯菊，鮮紅的野百合花，亭亭玉立的金針花，大朵大朵的野芍藥，還有許許多多叫不出名字的花。"❷形容女子身材修長。明代張岱《公祭祁夫人文》："一女英邁出群，亭亭玉立。"清代沈復《浮生六記•閨房記樂》："有女名憨園，瓜期未破，亭亭玉立，真'一泓秋水照人寒'者也。"同 婷婷玉立。反 五短身材。

人部

【人一己百】rén yī jǐ bǎi《禮記•中庸》："人一能之，己百之；人十能之，己千之。果能此道矣，雖愚必明，雖柔必強。"後用"人一己百"説別人花一分氣力，自己用百倍力量、百倍的努力趕過別人。宋代俞德鄰《佩韋齋雜錄》："人一己百，人一己千，雖愚而必明，雖柔而必強。"◇只要有笨鳥先飛、人一己百的精神，定能趕上成績最優秀的同學。

【人丁興旺】rén dīng xīng wàng 人口多，家門旺盛。丁：人口。梁實秋《槐園夢憶》二："程府人丁興旺，為旅食京門一大家庭。"任桐君《一個女教師的自述》："那時我家人丁興旺，足衣足食。"

【人人自危】rén rén zì wēi 每個人都感到自身處境危險。《史記•李斯列傳》："法令誅罰日益刻深，群臣人人自危，欲畔者眾。"《三國演義》五三回："若斬此人，恐降者人人自危，望軍師恕之。"馮驥才《啊！》："這種時候，人人自危，吉凶變幻莫測，他焉知賈大真給他的不是一種假象？"

【人人皆知】rén rén jiē zhī 每個人都知道。◇人人皆知以多勝少是最好的辦法／商界裏人人皆知，如今成本上漲，生意難做。同 盡人皆知。

【人才(材)輩出】rén cái bèi chū 有才幹的人不斷地湧現。輩出：一批接一批地連續出現。宋代張栻《西漢儒者名節何以不競》："而中世以後，人才輩出。"《清朝野史大觀•孔材遺裔》："清康、雍、乾間人材輩出。"徐鑄成《舊聞雜憶補篇》："在百花齊放、推陳出新的方針指導下，必將人才輩出，繁花吐豔。"同 人才濟濟。反 人才難得。

【人才濟濟】rén cái jǐ jǐ 有才能的人很多。濟濟：眾多的樣子。《鏡花緣》六二回："閨臣見人才濟濟，十分歡悦。"《老殘遊記》三回："幕府人才濟濟，凡有所聞的，無不羅致於此了。"徐遲《哥德巴赫猜想》："在解析數論、代數數論……等等的學科之中，已是人才濟濟，又加上了一個陳景潤。"反 人才難得。

【人才難得】rén cái nán dé 真正有才幹的人很少，不容易得到。晉代袁準《袁子政書》："夫用人人君之所司，不可假人者也，使治亂制在一人之手，權重而人才難得，居此職，稱此才者，未有一也。"明代余繼登《典故紀聞》卷一七："若謂人才難得，姑且試焉，則兵者危事，以庸才試危事，所傷益多，此臣所以重為國家惜也。"《兒女英雄傳》一八回："從古人才難得，我看你虎頭燕頷，封侯萬里。"反 人才輩出。

【人山人海】rén shān rén hǎi 形容聚集在一起的人摩肩接踵，非常之多。宋代西湖老人《繁勝錄》："四山四海，三千三百，衣山衣海，卦山卦海，南山南海，人山人海。"《水滸傳》五一回："每日有那一般打散，或是戲舞，或是吹彈，或是歌唱，賺得那人山人海價看。”茅盾《過年》：“遠遠地就看到電影院門前的一帶路上，人山人海，擠得不亦樂乎。”同 稠人廣眾。反 寂靜無人、渺無人煙。

【人亡物在】rén wáng wù zài 人已死而他的東西卻還在。指因見遺物而引起對逝者的懷念和感慨。三國魏曹植《慰子賦》：“入空室而獨倚，對牀帷而切歎；痛人亡而物在，心何忍而復觀。”《紅樓夢》八九回：“人亡物在，公子填詞，蛇影杯弓，顰卿絕粒。”徐鑄成《邵飄萍夫婦》：“看到《京報》，總覺得有一種‘人亡物在’的感情，特別愛好，雖然已看不出它有甚麼特點，似乎趨於平淡了。”同 睹物思人。

【人亡政息】rén wáng zhèng xī《禮記·中庸》：“其人存，則其政舉；其人亡，則其政息。”後用“人亡政息”説賢人不在位或者已死去，則其所定的政策也就廢止了。宋代徐鉉《翰林學士江簡公集序》：“然則日月不知，人亡政息，瞻之則渺然在羲軒之上，蹈之則肅然若旦暮之間。”梁啟超《外交歟？內政歟？》：“就令當局者果然高尚純潔，不過變名的聖君賢相，結果還會落得個‘人亡政息’。”反 人存政舉。

【人云亦云】rén yún yì yún 云：説；亦：也。別人怎麼説，自己也怎麼説。形容隨聲附和，缺乏主見。金代蔡松年《槽聲同彥高賦》詩：“槽牀過竹春泉句，他日人云吾亦云。”巴金《隨想錄》第一集後記：“過去我吃夠了‘人云亦云’的苦頭，這要怪我自己不肯多動腦筋思考。”◇拾人牙慧，人云亦云，不善長獨立思考的人絕不會有出息。同 亦步亦趨、拾人涕唾。反 另闢蹊徑、胸有成竹。

【人之常情】rén zhī cháng qíng 指一般人通常具有的情理。《尉繚子·守權》：“若彼城堅而救不誠，則愚夫蠢婦無不守陴而泣下，此人之常情也。”宋代李清照《打馬賦》：“且好勝者，人之常情，小藝者，士之末技。”魯迅《為了忘卻的紀念》：“我便寫一封回信去解釋，説初次相會，説話不多，也是人之常情。”同 人情之常。

【人心大快】rén xīn dà kuài 見“大快人心”。

【人心不古】rén xīn bù gǔ 指今人的心地不如古人淳厚。多用來感歎世風日下。古：指古代的社會風尚。傳統認為古風淳厚。元代劉時中《端正好·上高監司》套數：“爭奈何人心不古，出落著馬牛襟裾。”《鏡花緣》二七回：“只因三代以後，人心不古，撒謊的人過多。”丁玲《田家沖》：“鄉下也比不了以前，人心不古，那裏沒有壞人？”

【人心叵測】rén xīn pǒ cè 人心險惡，莫測高深。叵：不可。《京本通俗小説·錯斬崔寧》：“只因世路窄狹，人心叵測，大道既遠，人情萬端，熙熙攘攘，都為利來；蚩蚩蠢蠢，皆納禍去。”清代紀昀《閱微草堂筆記·灤陽消夏錄五》：“夫人心叵測，險於山川。”茅盾《子夜》一九：“又是部下倒戈！這比任何打擊都厲害些呀！過一會兒，吳蓀甫咬牙切齒地掙扎出一句話來道：‘真是人心叵測！’”同 人心惟危。反 忠心赤膽、肝膽相照。

【人心向背】rén xīn xiàng bèi 指人民的擁護和反對。向：歸向。背：背離。《宋史·魏了翁傳》：“入奏，極言事變倚伏，人心向背，疆埸安危，鄰寇動靜。”清代王夫之《讀通鑒論·東晉元帝一》：“即此而人心向背之幾可知矣。”同 人心所向。

【人心如面】rén xīn rú miàn《左傳·襄公三十一年》：“人心之不同，如其面焉。吾豈敢謂子面如吾面乎？”後用“人心如面”指人的內心世界如同他們的面貌，各不相同。◇人心如面，就是説人心隔肚皮，一人一個樣，你很難瞭解。同 人心不同，各如其面。

【人心所嚮（向）】rén xīn suǒ xiàng 民眾內心所嚮往的，所擁護的。《舊唐書·隱太子建成傳》：“而秦王勳業克隆，威震四海，人心所向，殿下何以自安？”《清史稿·宣統皇帝紀》：“今全國人民心理，多傾向共和。南中各省既倡義於前，北方諸將亦主張於後。人心所向，天命可知。”康有為《大同書》乙部：“自爾之後，大勢所趨，人心所向……如水之赴壑，莫可遏抑者矣。”同 人心所歸。

【人心莫測】rén xīn mò cè 人心險惡，人的內心不可揣測。清代黃宗羲《張蒼水墓誌銘》：“止憑此一線未死之人心，以為鼓蕩，然而形勢昭然者也，人心莫測者也。”同 人心難測。

【人心惟危】rén xīn wéi wēi 人的心地險惡，不可揣測。《尚書•大禹謨》：“人心惟危，道心惟微。”《梁書•武帝紀下》：“川流難壅，人心惟危，既乖內典慈悲之義，又傷外教好生之德。”魯迅《南腔北調集•為了忘卻的紀念》：“後來他對於我那‘人心惟危’說的懷疑減少了。”同 人心叵測。

【人心惶惶】rén xīn huáng huáng 形容人的心神驚恐不安。惶惶：心神不安的樣子。宋代樓鑰《玫瑰集•雷雪應詔條具封事》：“乃者水旱連年，人心惶惶。”《孽海花》二五回：“在這種人心惶惶的時候，玨齋卻好整以暇，大有輕裘緩帶的氣象。”巴金《寒夜》一四：“今天外面謠言更多，人心惶惶，好像大禍就要臨頭。”

【人去樓空】rén qù lóu kōng 唐代崔顥《黃鶴樓》詩：“昔人已乘黃鶴去，此地空餘黃鶴樓。”後用“人去樓空”表示舊地重遊時感念舊居、懷念舊人的惆悵心情。清代納蘭性德《百字令•廢園有感》詞：“怕見人去樓空，柳枝無恙。”巴金《隨想錄•在尼斯》：“女主人公孤零零地消失在淒清的寒夜裏，那種人去樓空的惆悵感覺一直折磨着我。”

【人生如夢】rén shēng rú mèng 人的一生就像做了一場夢。說人生短促，世事如煙。宋代蘇軾《念奴嬌•赤壁懷古》詞：“人生如夢，一樽還酹江月。”郭沫若《人力以上》：“啊，‘人生如夢’，這雖然是極古老的常談，但也是極新鮮的威脅。”同 人生若夢、浮生若夢。

【人老珠黃】rén lǎo zhū huáng 人老了，就像珍珠年久泛黃一樣失去價值。多指婦女。《綴白裘•醉菩提》：“你掉轉頭，人老珠黃，恓恓惶惶，掩上門兒，愁聽別院笙歌。”《金瓶梅》二回：“娘子正在青年，翻身的日子很有呢，不像俺是人老珠黃不值錢呢。”清代吳趼人《瞎騙奇聞》七回：“真正人老珠黃不值錢，走了這點點路，果然就吃力起來。”◇女兒三十二了還待字閨中，眼見人老珠黃，急得她團團轉。同 人老珠黃不值錢。反 豔如桃李。

【人地生疏】rén dì shēng shū 指剛到新地方，對當地的人事、習俗、環境等均不熟悉。《官場現形記》五六回：“門生這一到省，人地生疏，未必登時就有差委。”曹禺《雷雨》第三幕：“外面人地生疏，在這兒四鳳有鄰居張大嬸照應她，我自然不帶她走。”反 輕車熟路。

【人百其身】rén bǎi qí shēn《詩經•黃鳥》：“彼蒼者天，殲我良人。如可贖兮，人百其身。”說即便自己死一百次也換不回來。表示對逝者的悼念與尊重，或推崇人能力出眾、身價極高。明代薛應旂《溪田馬公墓誌銘》：“斯文之喪，有關於氣運，雖人百其身，莫可贖也。”清代何焯《義門讀書記》卷五三：“部曲將校經其訓練猶足以制四夷，況將軍之材武，豈非人百其身者乎？”同 百身何贖。

【人存政舉】rén cún zhèng jǔ《禮記•中庸》：“文武之政，布在方策。其人存，則其政舉。其人亡，則其政息。”後用“人存政舉”說為政在於人，賢明的君主在位，好的政令就得以推行。明代張居正《答河道吳自湖言蠲積逋疏海口》：“以此知天下事無不可為之事，‘人存政舉’，非虛語也。”《花月痕》四六回：“只這議論，都是認真擔當天下事的文字，人存政舉，便自易易。”反 人亡政息。

【人死留名】rén sǐ liú míng 指人活一世，死後留下一個好名聲。《新五代史•王彥章傳》：“彥章武人，不知書，常為俚語謂人曰：‘豹死留皮，人死留名。’”馮玉祥《我的生活》三八章：“肉體雖死，精神永生。俗語說：‘人死留名，豹死留皮’，也就是這個意思。”同 雁過留聲。

【人同此心】rén tóng cǐ xīn《孟子•告子上》：“欲貴者，人之同心也。”後用“人同此心”表示人們抱有相同的看法。《兒女英雄傳》九回：“只是他也是個女孩兒，俗話說的，人同此心，心同此理。若按照安公子這等的人物，他還看不入眼，這眼界也就太高了，不是情理。”李六如《六十年的變遷》第六章：“這是人同此心的另一種想法。”

【人仰馬翻】rén yǎng mǎ fān 人和馬都被打得仰翻在地。❶ 形容激戰時傷亡慘重。《蕩寇志》八九回：“嘴邊咬着一顆人頭，殺得賊兵人仰馬翻。”◇望過去一馬平川，綠草如茵，誰能想到這裏曾是殺聲震天，人仰馬翻的戰場。❷ 形容狼狽不堪或亂成一團。《官場現形記》一回：“趙家一門大小，日夜忙碌，早已弄得筋疲力盡，人仰馬翻。”◇家裏吵成一片，折騰得人仰馬翻。同 馬仰人翻。

【人自為戰】rén zì wéi zhàn《史記·淮陰侯列傳》：“其勢非置之死地，使人人自為戰。”指人人都能獨自奮力作戰。《晉書·苻登載記》：“人自為戰，所向無前。”梁啟超《愛國論》：“人自為戰，天下之大勇，莫過於是。”反 望風而降。

【人各有志】rén gè yǒu zhì 漢代王粲《詠史》詩：“人生各有志，終不為此移。”後用“人各有志”說每個人都各有自己的志向願望，不能強求一致。《三國志·邴原傳》裴松之注引《邴原別傳》：“人各有志，所規不同，故乃有登山而採玉者，有入海而採珠者，豈可謂登山者不知海之深，入海者不知山之高哉！”明代無心子《金雀記·投箋》：“此乃人各有志，志各不同。大抵名公夙成蘊藉，非俺輩所能深知。”《說岳全傳》二一回：“人各有志，且自由他們罷了。”巴金《隨想錄·探索之四》：“人各有志。即使大家都在探索，目標也不盡相同。”

【人多口雜】rén duō kǒu zá 形容人多，七嘴八舌，議論雜亂，招是惹非，也不易統一。也作“人多嘴雜”。《紅樓夢》九回：“寧府中人多口雜，那些不得志的奴僕，專能造言誹謗主人。”《鏡花緣》五九回：“閨臣恐人多嘴雜，說話不便，即同良箴、紅蕖、紫綃另在一房居住。”夏衍《談自己》：“在人多口雜的地方，我就儘可能的少作些引人注目的行為。”

【人多勢眾】rén duō shì zhòng 人多氣勢大，力量強。《紅樓夢》十回：“話說金榮因人多勢眾，又兼賈瑞勒令賠了不是，給秦鍾磕了頭，寶玉方才不吵鬧了。”康濯《三面寶鏡》：“第三派可人多勢眾，這夥人咬牙發狠地極力肯定，說他是在鬧左道邪門。”

【人多嘴雜】rén duō zuǐ zá 見“人多口雜”。

【人困馬乏】rén kùn mǎ fá 人和馬都疲乏極了。形容旅途勞頓，或因行軍作戰而疲憊不堪。《三國演義》四十回：“劉封又引一軍截殺一陣。到四更時分，人困馬乏，軍士大半焦頭爛額。”《水滸傳》三四回：“看看天色晚了，又走得人困馬乏。”范長江《中國的西北角·祁連山南的旅行》：“黃昏前，記者已人困馬乏，近暮始到大梁。”

【人言可畏】rén yán kě wèi《詩經·將仲子》：“人之多言，亦可畏也。”後用“人言可畏”指流言蜚語是很可怕的。人言：指流言。《續資治通鑒·宋真宗天禧四年》：“人言可畏，賴上始終保全之。”清代洪昇《長生殿·幸恩》：“聖意雖濃，人言可畏。昨日要奴同進大內，再四辭歸。”魯迅《且介亭雜文二集·論“人言可畏”》：“‘人言可畏’，是電影明星阮玲玉自殺之後，發見於他的遺書中的話。”

【人言嘖嘖】rén yán zé zé 見“人言籍籍”。

【人言籍籍】rén yán jí jí 議論紛紛，眾口喧騰。形容人們七嘴八舌，議論雜亂。籍籍：紛亂的樣子。《京本通俗小說·拗相公》：“妾亦聞外面人言籍籍，歸怨相公。”清代紀昀《閱微草堂筆記·姑妄聽之一》：“人言籍籍，亦無從而辨此疑，遂大為門戶玷。”也作“人言嘖嘖”。嘖嘖：形容議論紛紛。《廿載繁華夢》三二回：“話說黃府娶親之日，周女不願叩拜翁姑，以至一場掃興，任人言嘖嘖，他只在房子裏抽大煙。”魯迅《吶喊·頭髮的故事》：“呵！不得了了，人言嘖嘖了；我卻只裝作不知道，一任他們光着頭皮，和許多辮子一齊上講堂。”

【人取我與】rén qǔ wǒ yǔ《史記·貨殖列傳》："當魏文侯時，李克務盡地力，而白圭樂觀時變，故人棄我取，人取我與。"説戰國魏文侯的時候，李克一味教民從事農耕之事，而白圭不這樣做，卻去採購別人不要的滯銷商品，積存起來，等到社會上需要時再高價出售，獲利極豐。他採取了"人棄我取，人取我與"的策略。後用"人取我與"表示別有見地，不隨俗趨時。宋代陳亮《孫天誠墓誌銘》："夫爭名者於朝，爭利者於市，而善致富者則曰：'人棄我取，人取我與。'"◇人取我與，既然大家爭這一席之地，我樂意讓出，我做自己的事好了。同 人棄我取。

【人事代謝】rén shì dài xiè 人世間的事是新舊交替更迭的。代謝：交替。唐代孟浩然《與諸子登峴山》詩："人事有代謝，往來成古今。"◇迭經人事代謝，公司早就大變樣了。

【人非草木】rén fēi cǎo mù 人不是草和樹，人是有思想感情的，易為外物所打動。《水滸傳》一七回："小人們人非草木，豈不省的？"清代紀昀《閱微草堂筆記·槐西雜志一》："人非草木，豈得無情？"同 人非木石。

【人所共知】rén suǒ gòng zhī 事情顯而易見，是人人都知道的。宋代朱熹《朱子全書·封建》："百於古今之變，利害之實，人所共知而易見者，亦復乖戾如此。"《官場現形記》二八回："國家養兵千日，用在一朝……這兩句話是人所共知的。"同 盡人皆知。

【人命危淺】rén mìng wēi qiǎn 晉代李密《陳情表》："但以劉日薄西山，氣息奄奄，人命危淺，朝不慮夕。"劉，李密的祖母。後用"人命危淺"指人臨近死亡，或比喻危在旦夕。宋代魏了翁《哭杜威州文》："憂患摧心，精力遐漂，靡所濟集。益覺歲月遒卒，人命危淺。"

【人命關天】rén mìng guān tiān 事關人命，極為重大。關天：比喻關係重大。元代關漢卿《拜月亭》四折："召新郎更揀選，忒姻眷，不得可將人怨。可須因緣數定，則這人命關天。"《三俠五義》二四回："婦人道：'將他勒死，就完了事咧。'李保搖頭道：'人命關天，不是玩的。'"《二十年目睹之怪現狀》一〇四回："這件事不小，弄起來是人命關天的。"老舍《趙子曰》二三："你不去？現在可是人命關天。"同 人命大如天。

【人定勝天】rén dìng shèng tiān《逸周書·文傳》："人強勝天。"後用"人定勝天"説經過人的努力，能夠達致成功或戰勝自然。天：指實際存在的情況或自然界。宋代劉過《龍洲集·襄陽歌》："人定兮勝天，半壁重開新日月。"《喻世明言》卷九："此是人定勝天，非相法之不靈也。"《聊齋誌異·蕭七》："彼雖不來，寧禁我不往？登門就之，或人定勝天，不可知。"清代魏源《學篇》八："人定勝天，既可轉富貴壽為貧賤夭，則貧賤夭亦可轉為富貴壽。"徐特立《怎樣發展我們的自然科學》："只知道天定勝人，而不知道還有人定勝天，同樣是錯誤的。"

【人面桃花】rén miàn táo huā 唐代孟棨《本事詩·情感》載：唐人崔護到長安趕考，清明日獨遊長安城南，見一人家桃花繞宅。崔叩門討水，一少女取水給他，兩人一見傾心。第二年又往，但人不見，門已深鎖。崔十分感慨，即題詩於左門上："去年今日此門中，人面桃花相映紅。人面不知何處去，桃花依舊笑春風。"後用"人面桃花"形容所愛戀而不能再見的女子，或形容由此而產生的悵惘心情。宋代柳永《滿朝歡》詞："人面桃花，未知何處，但掩朱扉悄悄。"明代汪錂《春蕪記·邂逅》："看殘英綴舊枝，弱柳搏輕絮。人面桃花幾度空相對。"清代王韜《淞濱瑣話·劉淑芳》："則門庭如昨，景物已非，人面桃花，不知歸於何所。"同 桃花人面。

【人面獸心】rén miàn shòu xīn《漢書·匈奴傳贊》："夷狄之人貪而好利，被髮左衽，人面獸心。"後用"人面獸心"指人外貌像人，內心卑劣狠毒，有如野獸一般。隋代盧思道《勞生論》："居家則人面獸心，不孝不義；出門則方諂諛讒佞，無愧無恥。”《官場現形記》一六回：“你當做了官就換了人，其實這裏頭的人，人面獸心的多得很哩！”周立波《暴風驟雨》一部一五：“我把你當人，請你到家來吃飯，你人面獸心，強姦民女。”㊐ 獸心人面、狼心狗肺。

【人急計生】rén jí jì shēng 見“人急智生”。

【人急智生】rén jí zhì shēng 說人在遇到緊急情況時，突然想出瞭解決困難的好辦法。《水滸傳》六回：“智深見了，人急智生，便把禪杖倚了，就灶邊拾把草，把春台揩抹了灰塵。”《老殘遊記》一五回：“這些人人急智生，就把坑裏的冰鑿開，一塊一塊的望火裏投。”也作“人急計生”。元代施君美《幽閨記·文武同盟》：“粉牆這等高峻，如何跳得過？自古道人急計生，不免攀住這杏花梢，跳將過去。”《東周列國誌》九十回：“蘇秦聞言，暗暗吃驚：‘秦兵若到趙，趙君必然亦效魏求和，合縱之計不成矣！’正是‘人急計生’，且答應過去，另作區處。”㊐ 急中生智。㊍ 不知所措。

【人神共憤】rén shén gòng fèn 形容罪惡深重，使人和神都非常憤怒。晉代袁宏《後漢紀·孝桓帝紀》：“大將軍梁冀兄弟奸邪……天下惆悵，人神共憤。”《三國演義》九回：“今卓上欺天子，下虐生靈，罪惡貫盈，人神共憤。”◇說到假冒偽劣藥品，可謂人神共憤。㊐ 人神同憤。

【人約黃昏】rén yuē huáng hūn 宋代歐陽修《生查子》詞：“去年元夜時，花市燈如晝。月上柳梢頭，人約黃昏後。”後用“人約黃昏”表示情人約會。元代無名氏《雲窗夢》二折：“散了客賓，早教我急煎煎心困，我則怕辜負了人約黃昏。”明代祝枝山《八聲甘州》詞：“柳梢頭晚上天街靜，又早人約黃昏，論秋月四時偏勝。”

【人財兩空】rén cái liǎng kōng 人和財物都失去了，一無所得，吃了大虧。《紅樓夢》一六回：“一個知義多情的女兒……便一條汗巾悄悄地尋了自盡。那守備之子誰知也是個情種，聞知金哥自縊，遂投河而死。可憐張李二家沒趣，真是人財兩空。”《三俠五義》二五回：“歸根我落個人財兩空，你如何還說做得呢？”郭沫若《金剛坡下》：“店鋪炸毀了，親戚人家都炸死了，因此上落得人財兩空。”

【人浮於事】rén fú yú shì 浮：超過。《禮記·坊記》：“故君子與其使食浮於人也，寧使人浮於食。”後以“人浮於事”謂在職人數超過了工作的實際需要。形容人多事少，造成浪費。《宦海》：“老兄還沒有曉得這裏的情形，實在人浮於事，安插不來。”◇如今政府機構是疊牀架屋，人浮於事，效率低下。㊍ 精兵簡政。

【人莫予毒】rén mò yú dú 莫：沒有；予：我；毒：傷害。《左傳·宣公十二年》：“及楚殺子玉，公喜而後可知也。曰：‘莫予毒也。’”後以“人莫予毒”說沒有誰能威脅我傷害我，誰也無奈我何。章炳麟《致張繼于佑任書》：“長此不悟，縱令勢力彌滿，人莫予毒，亦乃與滿洲親貴等夷。”◇以天下之大，且不可以為人莫予毒，謙虛謹慎必須時時謹記。

【人情世故】rén qíng shì gù 人情：人之常情；世故：處世經驗。為人處世的道理和方法。宋代文天祥《送僧了敬序》：“姑與之委曲於人情世故之內。”明代湯顯祖《邯鄲記》：“度卻盧生這一人，把人情世故都高談盡，則要你世上人夢回時心自忖。”巴金《春》五：“人年紀大了，就明白一點，多懂點人情世故。”㊐ 人情世態、世故人情。

【人情冷暖】rén qíng lěng nuǎn 說人情冷酷，人們趨炎附勢，貧困失勢時就遭人冷遇，發財得勢時則受人熱捧。唐代劉得仁《送車濤罷舉歸山》詩：“朝是暮還非，人情冷暖移。”明代無名氏《漁樵閒話》一折：“所言者世道興衰，人情冷暖；所笑者附勢趨時，阿諛諂佞。”李六如《六十年的變遷》第八章：“季交恕雖然不好拒絕，但心裏卻打了個寒噤：‘人情冷暖如此呀！’”㊐ 世態炎涼。

【人強馬壯】rén qiáng mǎ zhuàng 人強健，馬壯實。形容軍隊戰鬥力很強、軍容威武雄壯。《敦煌變文集·佛說阿彌陀經講經文》："睹我聖天可汗大回鶻國，莫不地寬萬里，境廣千山，國大兵多，人強馬壯。"元代關漢卿《單刀會》三折："那魯子敬是個足智多謀的人，他又兵多將廣，人強馬壯。"《楊家將傳》一二回："只恐中國人強馬壯，未可進取。" 同 兵強馬壯。反 兵微將寡。

【人琴俱亡】rén qín jù wáng《世說新語·傷逝》："王子猷、子敬俱病篤，而子敬先亡。子猷……取子敬琴彈，弦既不調，擲地云：'子敬！子敬！人琴俱亡。'"後用"人琴俱亡"指人已去世，連同他生前所愛好的事物也不復存在。多表示哀悼之情。宋代劉克莊《風入松·福清道中作》詞："細思二十年前事，歎人琴，已矣俱亡。"明代張岱《贈沈歌敍序》："人琴俱亡，頗勞夢寐。"魯迅《二心集·做古文和做好人的秘訣》："現在去柔石的遇害，已經一年有餘了，偶然從亂紙裏檢出這稿子來，真不勝其悲痛。我想將全文補完，而終於做不到，剛要下筆，又立刻想到別的事情上去了。所謂'人琴俱亡'者，大約也就是這模樣的罷。"

【人間天上】rén jiān tiān shàng 見"天上人間"。

【人間地獄】rén jiān dì yù 人世間的活地獄。比喻極黑暗悲慘的社會環境。地獄：指人生前造下罪孽，死後靈魂受苦受刑的地方。葉元《林則徐》："許多煙鬼橫在地上，像蛆蟲似地在那裏蠕動，吞雲吐霧，活像人間地獄。"傅抱石《〈鄭板橋集〉前言》："他親眼看見掙扎在水深火熱人間地獄裏的勞動人民，焉得不一掬同情之淚？" 反 人間天堂。

【人喊馬嘶】rén hǎn mǎ sī 人在呼喊，馬在嘶叫。形容嘈雜喧鬧或熱鬧歡騰的情景。《二刻拍案驚奇》一四："只聽得外面喧嚷，似有人喊馬嘶之聲，漸漸近前堂來了。"◇公路上、山谷裏，到處是朝聖的洪流，人喊馬嘶，一片歡騰。

【人傑(杰)地靈】rén jié dì líng 靈：靈秀。傑出人物降生在靈秀之地。也指地域靈秀，產生傑出人物。唐代王勃《滕王閣詩序》："物華天寶，龍光射牛斗之墟；人傑地靈，徐孺下陳蕃之榻。"《西湖佳話·葛嶺仙迹》："此嶺在晉時，曾有一異人葛洪，在此靈上修煉成仙，一時人傑地靈，故人之姓，即冒而為嶺之姓也。"柯靈《市樓獨唱》："上海一向是'華洋雜處'之邦，人杰地靈，正是這批角色施展身手的擂台。"◇四川天府之國，人傑地靈，發展前途未可限量。

【人棄我取】rén qì wǒ qǔ《史記·貨殖列傳》："當魏文侯時，李克務盡地力，而白圭樂觀時變，故人棄我取，人取我與。"後用"人棄我取"表示自己有獨到的志向情趣，與眾不同。元代袁桷《癭庵記》："古之君子，事至而名隨，人棄我取，自謙之道也。"張曉水《回憶父親張恨水先生》："馬褂是在舊貨攤上賤價購得的，父親說：'人棄我取，實在取暖。'" 同 人取我與。

【人給家足】rén jǐ jiā zú 人人生活富足，家家衣食充裕。給：富足。《史記·平準書》："國家無事，非遇水旱之災，民則人給家足。"《漢書·東方朔傳》："貧者得以人給家足，無飢寒之憂。" 同 家給人足。反 赤地千里。

【人跡(迹)罕至】rén jì hǎn zhì 人的足跡極少到達。形容地方偏僻荒涼。漢代荀悦《漢紀·孝武紀二》："而夷狄殊俗之國，遼絕異黨之地，舟車不通，人跡罕至。"宋代洪邁《夷堅丁志·龍門山》："南城縣東百餘里龍門山，山巔有寺，幽僻孤寂，人跡罕至。"馮牧《瀑布之歌》："它們所以不被人知，僅僅是因為它們處在人迹罕至、交通阻隔的地方。" 同 渺無人煙。反 車水馬龍。

【人微言輕】rén wēi yán qīng 地位低下，言論、主張不被人重視。宋代蘇軾《上文侍中論強盜賞錢書》："欲具以聞上，而人微言輕，恐不見省。"元代高文秀《誶范叔》三折："這個當得，但恐人微言輕，不足為重。"李六如《六十年的變遷》第一章："雖是同輩，而在社會地位上，乃是店倌，人微言輕，起不了甚麼作用。" 同 身輕言微。反 一言九鼎。

【人微權輕】rén wēi quán qīng 指人的資歷淺，威望低，掌權力不足以服眾。《史記•司馬穰苴列傳》："臣素卑賤，君擢之閭伍之中，加之大夫以上，士卒未附，百姓不信，人微權輕。"清代張南莊《何典》六回："活死人便知他是個仗官託勢的花花公子了，自思人微權輕，雞子不是搭石子鬥的。"同 人微言輕。反 位高權重。

【人煙稠密】rén yān chóu mì 住戶密集，人口眾多。人煙：人家。宋代吳自牧《夢粱錄•肉鋪》："蓋人煙稠密，食之者眾故也。"《文明小史》五二回："那溫哥華雖不及紐約克那樣繁華富麗，也覺得人煙稠密，車馬喧鬧。"洪深《趙閻王》第一幕："這城內便有萬千居民，正是人煙稠密，市場熱鬧。"同 人煙輻輳。反 地廣人稀。

【人壽年豐】rén shòu nián fēng 人長壽，年成好。形容太平盛世，人民生活安樂美好的景象。老舍《老張的哲學》二八："大地回春，人壽年豐。"郭沫若《蔡文姬》第五幕："好在這些年，年年都有好收成。真真是人壽年豐，喜事重重。"同 家給人足。

【人盡其才（材）】rén jìn qí cái 每個人都能充分發揮自己的才能。《淮南子•兵略訓》："若乃人盡其才，悉用其力。"唐代陸贄《論朝官闕員及刺史等改轉倫序狀》："是以事極其理，人盡其材。"吳晗《朱元璋傳》第二章："建議提拔有功和有能力的，處分不稱職的將吏，使得部下都能人盡其才，安心做事。"

【人慾（欲）橫流】rén yù héng liú 人們的情慾放縱，陋習泛濫。形容社會風氣敗壞。慾：慾望嗜好。橫流：形容泛濫。宋代朱熹《朱子語類》九三："世道衰微，人欲橫流，不是剛毅的人，斷立腳不住。"清代譚嗣同《仁學》二二："積疲苦反極，反使人欲橫流，一發而不可止。"

【人窮志短】rén qióng zhì duǎn 人當貧困艱難之時，為窘境所迫，不得不低頭，做出缺乏志氣的事。《二十年目睹之怪現狀》四一回："當我落拓的時候，也不知受盡多少人欺侮。我擺了那個攤，有些居然自命是讀書人的，也三三兩兩常來戲辱。所謂人窮志短，我那裏敢和他較量，只索避了。"錢鍾書《圍城》六："真到憂患窮困的時候，人窮志短，謊話都講不好的。"同 人貧志短、"人貧志短，馬瘦毛長"。反 壯志凌雲、老驥伏櫪。

【人聲鼎沸】rén shēng dǐng fèi 形容很多人喧囂吵嚷，像開水在鼎裏沸騰滾動一樣。鼎：古代青銅做的食器。宋代黃翼之《南爐記聞》："十月或日，將五更，忽金鼓震天，人聲鼎沸，緣同知下將校，有千戶三人作亂。"《醒世恆言》卷十："一日午後，劉方在店中收拾，只聽得人聲鼎沸。"魯迅《朝花夕拾•從百草園到三味書屋》："於是大家放開喉嚨讀一陣書，真是人聲鼎沸。"反 萬籟俱靜。

【人歡馬叫】rén huān mǎ jiào 人在歡騰，馬在嘶叫。形容熱鬧歡騰的情景。諶容《彎彎的月亮》："昨天還是人歡馬叫的村裏，今天連人影兒也不見了。"◇街上鞭炮齊鳴，人歡馬叫，她從窗戶望出去，原來是人家結婚，幾十輛轎車佔滿了半條街。同 人喊馬叫。

【仁人志士】rén rén zhì shì 見"志士仁人"。

【仁人君子】rén rén jūn zǐ 指心懷仁愛、助人為樂、品德高潔的人。有時也用作反語，指偽君子。《晉書•刑法志》："戮過其罪，死不可生，縱虐於此，歲以巨計，此乃仁人君子所不忍聞，而況行之於政乎！"元代關漢卿《裴度還帶》三折："世間似先生者，世之罕有。處於布衣窘迫之中，千金不改其志，端的是仁人君子也。"魯迅《且介亭雜文•論俗人應避雅人》："小心謹慎的人，偶然遇見仁人君子或雅人學者時，倘不會幫閒湊趣，就須遠遠避開，愈遠愈妙。"

【仁心仁術】rén xīn rén shù《孟子•離婁上》："今有仁心仁聞，而民不被其澤，不可法於後世者，不行先王之道也。"《孟子•梁惠王上》："無傷也，是乃仁術也。"後用"仁心仁術"：❶ 指仁愛之心和實行仁政善行的策略方法。清代朱彝尊《水木明瑟園賦》："生乃取介白之遺字，懸擘窠之大書，志先民之軌躅，作後學之模範，豈非仁心仁術，視富貴利達買宅者攸殊？”❷稱頌醫生救死扶傷的善心和高明的醫術。明代張浩著有《仁術便覽》◇侯醫生的診所裏，懸掛着被他醫好的病人，贈送的諸如“仁心仁術”、“妙手回春”之類的匾額。反 蛇蠍心腸。

【仁至義盡】rén zhì yì jìn 至：達到極點；盡：全部用出。《禮記•郊特牲》：“臘之祭……仁之至，義之盡也。”原指年終祭神極其虔誠，竭盡仁義之道，後用以形容關心、愛護和幫助人，盡了全力。宋代陸游《秋思》詩：“虛極靜篤道乃見，仁至義盡餘何憂。”明代沈受先《三元記•團圓》：“恤貧者仁，樂施者義，仁至義盡，實宜寵褒。”冰心《斯人獨憔悴》：“況且他們還說和我們共同管理，總算是仁至義盡的了。”反 不仁不義、假仁假義。

【仁義君子】rén yì jūn zǐ 指有仁愛、正義之心的品德高尚的人。◇武訓以畢生之力興辦義塾，救濟貧困，真是個仁義君子。

【仁義道德】rén yì dào dé 指講求仁愛和正義的道德規範。舊時統治者和儒家提倡的一種行為準則。《戰國策•趙策二》：“今重甲循兵，不可以逾險，仁義道德，不可以來朝。”唐代韓愈《原道》：“後之人，其欲聞仁義道德之說，孰從而聽之。”曹禺《日出》二幕：“你滿肚子的天地良心，仁義道德，你只想憑着老實安分，養活你的妻兒老小。”

【什襲而藏】shí xí ér cáng 見“什襲珍藏”。

【什襲珍藏】shí xí zhēn cáng《太平御覽》卷五載，相傳春秋時宋國有個愚人得到一塊燕石如獲至寶，用“華匱（華麗的盒子）十重、緹巾（紅絲巾）十襲”重重包藏起來。後用“什襲珍藏”、“什襲而藏”形容細心而鄭重地收藏物品。宋代張守《跋〈唐千字帖〉》：“此書無一字刓缺，當與夏璜趙璧什襲珍藏。”宋代何薳《春渚紀聞•亙缶冰花》：“（水）留缶凝結成冰，視之桃花一枝也。眾人觀，異之……自後以白金為護，什襲而藏。”◇他小聲叮囑道：“此乃無價之寶，須什襲珍藏，不可輕示於人。”

【今不如昔】jīn bù rú xī 今天不如昨天，現在不如過去。常用於慨歎人事或世事蛻變，江河日下。宋代吳曾《能改齋漫錄•冷齋不讀書》：“洪覺範《冷齋夜話》，謂山谷謫宜州，殊坦夷，作詩曰：‘老色日上面，歡悰日去心。今既不如昔，後當不如今。’”李劼人《大波》第三章：“生了兒女，當了媽媽，管了家務，勞了精神，自己準定有了變化，既不變醜，一定今不如昔。”◇要說母親的身體，確實今不如昔，一天天衰弱下來。同 今非昔比、江河日下。

【今月古月】jīn yuè gǔ yuè 唐代李白《把酒問月》詩：“今人不見古時月，今月曾經照古人。”後用“今月古月”指月亮古今不變，而人事代謝無常。同 物是人非。

【今來古往】jīn lái gǔ wǎng 從古代一直到現在。唐代張蘊古《大寶箴》：“今來古往，俯察仰觀，惟辟作福，惟君實難。”元代施君美《幽閨記•開場始末》：“今來古往不勝悲，何用虛名虛利？”◇說不清今來古往的是是非非，講不盡滄海桑田的興興廢廢。也作“古來今往”。明代天然癡叟《石點頭•江都市孝婦屠身》：“古來今往事無窮，謾把新詞翻弄。”清代方成培《雷峰塔•開宗》：“古來今往夕陽中，江山依舊在，塔影自凌空。”同 古往今來、往古來今。

【今非昔比】jīn fēi xī bǐ 昔：過去。現在不是過去所能比擬的，前後景況差別很大。宋代崔與之《與循州宋守書》：“循為南中佳郡，今非昔比矣。”元代關漢卿《謝天香》四折：“小官今非昔比，官守所拘，功名在念，豈敢飲酒！”《儒林外史》三回：“姑老爺今非昔比，少不得有人把銀子送上門來給他用。”《官場現形記》三五回：“他總覺得你太尊上海地方面子大，一個電報去，自然有幾十萬滙下來。哪裏曉得今非昔比，呼應不靈！”同 不可同日而語。

【今是昨非】jīn shì zuó fēi 形容人醒悟今天才是正確的，悔恨過去是錯誤的。晉代陶潛《歸去來兮辭》："實迷途其未遠，覺今是而昨非。"宋代辛棄疾《新年團拜後和主敬韻並呈雪平》："今是昨非當謂夢，富妍貧醜各為容。"

【付之一炬】fù zhī yī jù 一炬：一把火。唐代杜牧《阿房宮賦》："戍卒叫，函谷舉，楚人一炬，可憐焦土。"後以"付之一炬"表示一把火給燒了。明代沈德符《萬曆野獲編•尚衣失珠袍》："內府盜竊，乃其本等長技。偶私攘過多，難逃大罪，則故稱遺漏，付之一炬。"◇下令將文檔書信全都付之一炬。同 付之丙丁。

【付之一哂】fù zhī yī shěn 見"付之一笑"。

【付之一笑】fù zhī yī xiào 用笑一笑來回答。表示不必計較，不值得理會。宋代吳曾《能改齋漫錄•辨誤三》："以此知《義海》《西清》寡陋，而妄為之說，可付之一笑。"《官場現形記》四八回："王媽傳出話來，……都是些不要緊的，甚至撫台大人同姨太太說笑的話也說了出來。刁邁彭聽了，不過付之一笑。"◇每當提起這個問題，他總是不置可否，付之一笑。也作"付之一哂"。明代李日華《紫桃軒雜綴》："憶余筮仕江州理官，上官中有向余索《西廂記》者，蓋以世行李日華《西廂》本也。余既辯明，付之一哂。"同 一笑了之、一笑置之。反 鄭重其事。

【付之丙丁】fù zhī bǐng dīng 丙丁：火日，借指火。《呂氏春秋•孟夏》："其日丙丁。"後用"付之丙丁"指用火燒掉。◇想到這裏，他便把寫就的書信悄悄付之丙丁 / 日記為我私人的檔案，生前備偶然檢查之用，最後則擬一概付之丙丁。同 付之一炬。

【付之東流】fù zhī dōng liú 見"付諸東流"。

【付諸東流】fù zhū dōng liú 諸："之於"的合音。把東西丟進東流的江河水裏。比喻希望落空或成果喪失。也作"付之東流"。唐代薛逢《驚秋》詩："露竹風蟬昨夜秋，百年心事付東流。"明代宋應星《野議•風俗議》："其不得也，則數年心力膏血，付之東流。"◇屈原懷沙投江自沉，一腔熱忱的愛國心付諸東流。同 付與東流、盡付東流。反 如願以償、碩果纍纍。

【仗勢欺人】zhàng shì qī rén 倚仗權勢欺壓人。元代王實甫《西廂記》五本三折："他憑師友，君子務本；你倚父兄，仗勢欺人。"《名賢集》："君子當權積福，小人仗勢欺人。"錢鍾書《圍城》一五："而且他並不是老實安分的不通，他是仗勢欺人，有恃無恐的不通。"同 狗仗人勢、為虎作倀。反 鋤強扶弱、除暴安良。

【仗義執言】zhàng yì zhí yán 為伸張正義而說公道話。《京本通俗小說•馮玉梅團圓》："此人姓范名汝為，仗義執言，救民水火。"明代歸有光《昆山縣倭寇始末書》："儀部王主政……挺身冒險，仗義執言，乃至暴沒，皆憤憤不平之所致也。"◇他是個熱心腸人，肯為朋友出頭露面，仗義執言。

【仗義疏(踈)財】zhàng yì shū cái 疏：分出。講義氣，拿出錢財幫助別人。元代無名氏《貧富興衰》二折："全不肯施仁佈德行方便，哪裏有仗義踈財發好心。"《水滸傳》三七回："扶危濟困，仗義疏財。"◇貪得無饜的人多，仗義疏財的人少。同 疏財仗義、樂善好施。反 見財起意、謀財害命。

【代人受過】dài rén shòu guò 替別人承擔所犯過錯的責任。《北洋軍閥統治時期史話》六一章："各省系軍閥懾於人民的巨大力量，都不肯代人受過，曹錕也就不敢一意孤行。"◇她不願接下爛攤子代人受過，所以一口回絕了。反 嫁禍於人。

【代人捉刀】dài rén zhuō dāo 南朝宋劉義慶《世說新語•容止》："魏武（曹操）將見匈奴使者，自以形陋，不足雄遠國，使崔季珪代，帝自捉刀立牀頭。既畢，令間諜問曰：'魏王如何？'匈奴使答曰：'魏王雅望非常，然牀頭捉刀人，此乃英雄也。'"後以"代人捉刀"借指代別人寫文章。清代梁恭辰《北東園筆錄初編》卷四："汝代人捉刀，固不得已，若魁某之好殺，斷無好結局，且靜觀之。"錢鍾書《〈槐聚詩存〉序》："本寡交遊，而牽率酬應，仍所不免。且多俳諧嘲戲之篇，幾於謔虐。代人捉刀，亦復時有。"

【代人説項】 dài rén shuō xiàng 唐代李綽《尚書故實》記載：唐代楊敬之愛才，很賞識項斯的詩才，贈詩讚揚道："處處見詩詩總好，及觀標格過於詩。平生不解藏人善，到處相逢説項斯。"後以"代人説項"表示替人講情、説好話。翁元《我在蔣介石父子身邊四十三年》："蔣方良當然清楚蔣經國的心意，所以，從此再也不代人説項。"◇媒體選擇性地公佈資訊，有誤導市民，代人説項之嫌。也作"代為説項"。《官場現形記》一九回："還有些接連來了好幾天，過道台不見他，弄的沒法，只好托了別位道台寫信代為説項。"

【代代相傳】 dài dài xiāng chuán 一代接一代地相繼傳下去。《雍熙樂府•粉蝶兒•四時享樂》："妻賢子孝應無恙，代代相傳樂榮享。"◇在天一閣的諸多軼事當中，最觸動我心的，是典籍代代相傳的美事/代代相傳的經典民謠，篇篇都閃爍着智慧的光芒。同 世代相傳。

【代為説項】 dài wéi shuō xiàng 見"代人説項"。

【代馬依風】 dài mǎ yī fēng 代：古代北方的郡名，泛指北方邊塞地區。漢代桓寬《鹽鐵論•未通》："樹木數徙則萎，蟲獸徙居則壞，故代馬依北風，飛鳥翔故巢，莫不哀其生。"後以"代馬依風"比喻人心眷戀故土，不願老死他鄉。《後漢書•班超傳》："臣聞太公封齊，五世葬周，狐死首丘，代馬依風。"◇一個年過花甲的老人代馬依風，回鄉心切，卻始終未能如願。同 狐死首丘、葉落歸根。

【仙山瓊閣】 xiān shān qióng gé 仙山：指蓬萊、方丈、瀛洲三神山；瓊閣：美玉砌成的樓閣。古代傳説中神仙居住的地方。比喻虛無縹緲的美妙幻境。◇雲貴高原逶迤的山嶺，梯田在雲間環繞，山腰的農家在飄渺的雲霧裏時隱時現，真似仙山瓊閣一般的境界。

【仙風道骨】 xiān fēng dào gǔ ❶具有神仙、道長的氣質和神采。唐代李白《大鵬賦序》："余昔於江陵，見天台司馬子微，謂余有仙風道骨，可與神遊八極之表，因著大鵬遇希有鳥賦以自廣。"元代王子一《誤入桃源》一折："又見天台縣劉晨、阮肇，此二人素有仙風道骨。"❷形容人超凡絕俗，或神采飄逸、氣度不凡。元代朱有燉《神仙會》楔子："然此女子還是有仙風道骨，不肯隨俗同塵。"宋代文天祥《與文侍郎及翁》："尊性樂在簡淡，激流勇退，仙風道骨人也。"同 道骨仙風。反 凡夫俗子。

【仙姿玉貌】 xiān zī yù mào ❶形容女子姿容秀美。《越劇畢派唱詞經典集•三笑》："眾人並立畫堂上，仙姿玉貌屬秋香。"◇仙姿玉貌的姑娘，終於被他的癡情感動了。❷形容花朵豔麗。◇瓊花的仙姿玉貌，怎麼形容都不過分。同 花容月貌。反 醜態百出。

【他山之石】 tā shān zhī shí《詩經•鶴鳴》："它山之石，可以攻玉。"後用"他山之石"比喻能幫助自己改正錯誤或提供借鑒的外力。清代錢謙益《湖廣提刑按察司僉事晉階朝列大夫管公行狀》："江陵之毀書院，或亦他山之石，而講學聚徒，誠不可不慎也。"魯迅《集外集拾遺補編•〈中國傑作小説〉小引》："外國文學的翻譯極其有限，連全集或傑作也沒有，所謂可資'他山之石'的東西實在太貧乏。"同 引以為戒、前車之鑒。反 重蹈覆轍。

【令人作嘔】 lìng rén zuò ǒu 使人噁心。形容讓人極端厭惡。來新夏《顧炎武與徐乾學》："徐乾學覬覦祿位，急切醜態，令人作嘔。"柏楊《柏楊回憶錄•野生動物》："他們所有的記憶，最遠追溯到三百年前那個令人作嘔的明王朝末年。"同 令人切齒、醜態畢露。反 令人神往、讚不絕口。

【令人神往】 lìng rén shén wǎng 使人很向往。明代胡應麟《少室山房筆叢》卷二七："今著述湮沒，悵望當時蹈海之風，令人神往不已。"清代阿閣主人《梅蘭佳話》一七："吾梅雪香只道如月香姊容貌，天下沒第二人，不料這個美人，比月香姊似更勝些，真是令人神往。"◇花間賞月，月下聽琴，是多麼的令人神往。同 心嚮往之。反 令人作嘔。

【令人起敬】lìng rén qǐ jìng 使人產生敬意。宋代朱熹《跋趙中丞行實》："趙公之孝謹醇篤，雖古人猶難之，三復其書，令人起敬。"蔡東藩《清史演義》八十回："不知千人諾諾，盈廷諂媚，而獨得吳主事之力諫，風厲一世，豈不足令人起敬乎？"◇墓碑兩旁翠柏蒼松，綠草如茵，佈局莊嚴肅穆，令人起敬。同 肅然起敬。反 嗤之以鼻。

【令人捧腹】lìng rén pěng fù 捧腹：捂着肚子。形容笑得很厲害。《歧路燈》七九回："妝女的呈嬌獻媚，令人消魂；耍丑的掉舌鼓唇，令人捧腹。"黃仁宇《萬曆十五年》一二："雖然在行禮時候，他們個個一本正經，散班之後卻總是有很多令人捧腹的故事在他們中間流傳。"同 捧腹大笑、忍俊不禁。反 號啕大哭、催人淚下。

【令人莫測】lìng rén mò cè 形容情況複雜，使人無法推測。《二十年目睹之怪現狀》八二回："既然送甚麼小姐到上海，為甚又帶行李到南京去呢？真是行蹤詭秘，令人莫測了。"蔡東藩《後漢演義》一五回："偏是鼓聲越緊，旗幟越多，迷眩耳目，令人莫測。原是一條疑兵計。"同 鬼神莫測、變幻莫測。

【令人髮指】lìng rén fà zhǐ 指：直立，豎起。《史記•項羽本記》："(樊噲) 嗔目視項王，頭髮上指，目眥盡裂。"後以"令人髮指"形容使人極度憤怒。清代淮陰百一居士《壺天錄》卷下："鬼蜮伎倆，愈出愈奇，真有令人髮指者。"清代嶺南羽衣女士《東歐女豪傑》二回："歷年以來，不知害了我們多少同志，說來真令人髮指。"同 怒髮衝冠。反 喜形於色、興高采烈。

【令人齒冷】lìng rén chǐ lěng《南史•樂預傳》："人笑褚公，至今齒冷。"齒冷：指張口笑的時間長了牙齒感覺冷，借指恥笑。後用"令人齒冷"指使人極端鄙視。明代沈德符《萬曆野獲編•頒行女訓》："觀尃此疏，欲諛悅取寵而迂誕不經，令人齒冷。"蔡東藩《前漢演義》九八回："卑鄙至此，令人齒冷。"魯迅《致台靜農》："北平諸公，真令人齒冷，或則媚上，或則取容，回憶'五四'時，殊有隔世之感。"反 肅然起敬。

【令人噴飯】lìng rén pēn fàn 噴飯：吃飯時忍不住笑，把飯噴出來。形容事情或說話十分可笑。清代阿閣主人《梅蘭佳話》序："此弟遊戲之作，若付之剞劂，實足令人噴飯。"《鏡花緣》二三回："還有各樣燈謎，諸般酒令，以及雙陸、馬吊、射鵠、蹴毬、鬥草、投壺，各種百戲之類，件件都可解得睡魔，也可令人噴飯。"

【令人矚目】lìng rén zhǔ mù 矚：注視。指引起別人的重視。劉鳳舞《民國春秋》八章："黎元洪逐漸成為湖北新軍中令人矚目的軍事人才。"梁鳳儀《世紀末的童話》一："這些香港商政界的名人是令人矚目，然在場人們的眼光，並沒有錯過自港來京拍戲的天皇巨星。"反 不屑一顧、不值一提。

【令行禁止】lìng xíng jìn zhǐ 有令即行，有禁即止。形容法紀嚴明，一切遵照上級的指示辦。《逸周書•文傳》："令行禁止，王始也。"《淮南子•泰族訓》："故湯處亳七十里，文王處酆百里，皆令行禁止於天下。"梁啟超《飲冰室詩話》："以一新進小生，摧抑豪猾，鄉中十餘萬人，令行禁止，賭盜之風頓息。"反 一盤散沙、政出多門。

【以一當十】yǐ yī dāng shí 當：抵擋。形容勇猛善戰，以少擊多。《戰國策•齊策一》："使彼罷弊先弱守於主，必一而當十，十而當百，百而當千。"《三國志•諸葛亮傳》裴松之注："臨戰之日，莫不拔刃爭先，以一當十，殺張郃，卻宣王，一戰大克。"也作"一以當十"。《史記•項羽本紀》："楚戰士無不一以當十，楚兵呼聲動天，諸侯軍無不人人惴恐。"《宋史•宋琪傳》："此人生長塞垣，諳練戎事，乘機戰鬥，一以當十。"◇當年的蒙古騎兵，驍勇善戰，一以當十，所向無敵。同 一以當百、驍勇善戰。反 怕死貪生、貪生怕死。

【以一警百】yǐ yī jǐng bǎi 警：警誡。懲罰一人，以警誡眾人。《漢書•尹翁歸傳》："其有所取也，以一警百，吏民皆服，恐懼改行自新。"◇以一警百，殺雞給猴看，這樣就不會有人再敢挪用客戶保證金了。同 殺一警百、殺雞駭猴。反 既往不咎、寬大為懷。

【以力服人】yǐ lì fú rén 力：強制的力量。用強制的手段使人服從。《孟子•公孫丑上》："以力服人者，非心服也，力不贍也。"宋代范仲淹《奏上時務書》："以德服人，天下欣戴；以力服人，天下怨望。"◇只有以德服人才能真的讓人心服，以力服人必有後患。反 以德服人、以理服人。

【以小見大】yǐ xiǎo jiàn dà 從小的地方看出大的方面。說通過小事可以看出大節，或通過一小部分看出整體。漢代揚雄《法言• 學行》晉代李軌注："揚子之意，自以顏睎夫子為主，正考甫、公子奚斯不過泛舉之，以小見大，以淺見深。"老舍《趙子曰》一四："這樣的事實不能算他的重要建設，可是以小見大，這幾件小事不是沒有完全瞭解新思潮的意義的人們所能辦到的。"

【以己度人】yǐ jǐ duó rén 用自己的想法去猜度別人。漢代韓嬰《韓詩外傳》卷三："然則聖人何以不可欺也？曰：聖人以己度人者也。"《警世通言•范鰍兒雙鏡重圓》："徐信動了個惻隱之心，以己度人道：'這婦人想也是遭難的，不免上前問其來歷。'"清代王夫之《讀通鑒論•漢高帝二》："積忮害者，以己度人，而疑人之忮己。"◇處世切忌以己度人，就是不要將自己的好惡強加於人。同 審己度人。

【以牙還牙】yǐ yá huán yá 以牙咬來對付牙咬。比喻用對方所使用的手段還擊對方。現多比喻針鋒相對地進行鬥爭。◇虎兒耐不住，這才打了他一拳，以牙還牙地把他頂了回去 / 鄰里之間發生糾紛，要互相忍讓寬容，切忌使用暴力或以牙還牙。同 針鋒相對、以眼還眼。反 逆來順受、忍氣吞聲。

【以手加額】yǐ shǒu jiā é 把手放在額上。表示歡欣慶幸。宋代楊萬里《章貢道院記》："斯言一出，十邑之民，以手加額，家傳人誦。"《警世通言•杜十娘怒沉百寶箱》："十娘以手加額道：'使吾二人得遂其願者，柳君之力也！'"◇小李不禁以手加額，暗自慶幸，果然碰上好人了。同 額手稱慶。

【以文會友】yǐ wén huì yǒu 通過文字來結交朋友。《論語•顏淵》："曾子曰：君子以文會友，以友輔仁。"唐代權德輿《唐使君盛山唱和集序》："古者採詩成聲，以觀風俗；士君子以文會友，緣情放言。"元代柯丹丘《荊釵記•會講》："君子講學，以文會友，有何不可？"◇會員定期在詩社以文會友，切磋交流。反 飽以老拳。

【以古非今】yǐ gǔ fēi jīn 非：非難、否定。用古代的人或事來否定攻擊今天的現實。《史記•秦始皇本紀》："有敢偶語《詩》《書》者，棄市；以古非今者，族。"王力《古漢語通論》一："我們都必須以'古為今用'為原則，反對厚古薄今、以古非今，這是堅定不移的。"同 借古諷今、厚古薄今。

【以冰致蠅】yǐ bīng zhì yíng 致：招引。用冰塊招引蒼蠅。比喻做事情違背事理，不可能成功。《呂氏春秋•功名》："以狸致鼠，以冰致蠅，雖工不能。"◇無視病人的實際情況，亂用補藥，無異於夏爐冬扇、以冰致蠅。同 緣木求魚、引足救經。反 對證下藥。

【以攻為守】yǐ gōng wéi shǒu 用主動進攻作為防禦的手段。原為軍事用語。現也泛指以進為退的策略。宋代陳亮《酌古論•先主》："以攻為守，以守為攻，此兵之變也。"清代王夫之《讀通鑒論•三國一二》："(孔明) 以攻為守，而不可示其意於人，故無以服魏延之心而貽之怨怒。"茅盾《腐蝕•九月二十二日》："他一開頭，就'以攻為守'，那我要用'奇襲'，才有希望。"同 以進為退。反 以退為進。

【以求一逞】yǐ qiú yī chěng 逞：如願。指企圖一下子達到目的。清代唐才常《各國猜忌實情認證》："則試問方今世局，能憑盛氣，奮空拳，孤注君父以求一逞耶？"梁羽生《狂俠天嬌魔女》七十章："若只是意圖爭奪幫主之位，排擠師弟，事情還小；最怕他不擇手段，以求一逞，那就更不可饒恕了。"

【以身作則】yǐ shēn zuò zé 身：自身；則：準則。用自身的行動做出榜樣。章炳麟《覆浙江新教育會書》："凡諸飭身修行之事，蓋在以身作則，為民表儀，不聞以口舌化也。"巴金《家》二五："這期間不顧一切阻礙以身作則做一個開路先鋒的便是許倩如。"◇以身作則，說起來容易做起來難。

【以身殉國】yǐ shēn xùn guó 因報效祖國而獻出生命。三國蜀諸葛亮《將苑•將志》："見利不貪，見美不淫，以身殉國，壹意而已。"《宋書•沈文秀傳》："伯宗曰：'丈夫當死戰場，以身殉國，安能歸死兒女手中乎？'"蔡東藩《南北史演義》三回："萬一挫敗，我當橫屍廟門，以身殉國，斷不甘竄伏草間，偷生苟活呢。"同 以身報國、為國捐軀。反 賣國求榮。

【以身殉職】yǐ shēn xùn zhí 為忠於本職工作而犧牲。◇女醫生為搶救非典病人，不幸染病而以身殉職。同 忠於職守。反 玩忽職守。

【以身試法】yǐ shēn shì fǎ 身：自身；試：嘗試。親身去試探法律的威力。指心存僥倖，知法犯法。《漢書•王尊傳》："願諸君卿勉力正身以率下……明慎所職，毋以身試法。"清代林則徐《擬諭英吉利國王檄》："該國夷商欲圖長久貿易，必當懍遵憲典，將鴉片永斷來源，切勿以身試法。"◇誰要是明知故犯，以身試法，那就請他試試看！同 知法犯法、無法無天。反 奉公守法、遵紀守法。

【以卵投石】yǐ luǎn tóu shí 見"以卵擊石"。

【以卵擊石】yǐ luǎn jī shí 卵：蛋。拿蛋碰石頭。比喻不自量力，自取失敗、滅亡。也作"以卵投石"。《荀子•議兵》："以桀詐堯，譬之若以卵投石，以指撓沸。"唐代李德裕《處置楊弁敕》："遽亡臣節，仍助凶威，撫弦登陴，曾不興嘆，以卵投石，自取滅亡。"《三國演義》四三回："劉豫州不識天時，強欲與爭，正如以卵擊石，安得不敗乎！"◇以螳擋車，以卵擊石，都是不自量力的愚蠢行為。同 雞蛋碰石頭。反 以弱勝強。

【以防不測】yǐ fáng bù cè 不測：料想不到的事，多指禍患。用以防備難以預料的不幸事件。《三國演義》三回："公必欲去，我等引甲士護從，以防不測。"◇做好救險的一切準備，以防不測，絕不能有僥倖心理。同 以防萬一。反 高枕無憂。

【以防萬一】yǐ fáng wàn yī 萬一：萬分之一，指可能性很小的意外事故。用以防備難以預料的禍患。◇做好充足的準備，以防萬一。同 有備無患、防患未然。反 萬無一失。

【以沫相濡】yǐ mò xiāng rú《莊子•大宗師》："泉涸，魚相與處於陸，相呴以濕，相濡以沫。"沫：唾沫。濡：沾濕。原指泉水乾了，魚吐沫互相沾濕。後用"以沫相濡"比喻在困境之中用微薄的力量互相救助。魯迅《題〈芥子園畫譜三集〉贈許廣平》詩："十年攜手共艱危，以沫相濡亦可哀。"◇夫妻兩人幾十年來同甘共苦，以沫相濡，感情深厚。同 相濡以沫、和衷共濟。反 同室操戈。

【以毒攻毒】yǐ dú gōng dú 攻：治。❶ 用毒性藥物治療毒瘡等病。元代劉壎《隱居通義•造化》："其劫痼攻積，雖烏喙亦所當用，何也？以毒攻毒。"明代陶宗儀《輟耕錄•骨咄犀》："骨咄犀，蛇角也，其性至毒，而能解毒，蓋以毒攻毒也。"❷ 比喻利用惡人對付惡人，用惡人的手段制服惡人，或利用不良事物本身的弊病來克制其不良因素。宋代克勤《圓悟佛果禪師語錄•示隆知藏》："以言遣言，以機奪機，以毒攻毒，以用破用。"《紅樓夢》四二回："這個叫做以毒攻毒、以火攻火的法子。"◇用嫉妒去治驕傲，是以毒攻毒的好辦法。同 以其人之道，還治其人之身。

【以怨報德】yǐ yuàn bào dé 用怨恨來回報別人的恩惠。《禮記•表記》："子曰：'以德報怨，則寬身之仁也；以怨報德，則刑戮之民也。'”冰心《斯人獨憔悴》：“你自己想一想，你們做的事合理不合理？是不是以怨報德？”同 恩將仇報、忘恩負義。反 以德報怨、感恩戴德。

【以柔克剛】yǐ róu kè gāng 用柔和的手段去制服剛強的對手。三國蜀諸葛亮《將苑•將剛》：“善將者，其剛不可折，其柔不可卷，故以弱制強，以柔制剛。”後用“以柔克剛”：❶ 比喻避開鋒芒，用溫和的手段取勝。清代愛新覺羅•弘曆《難易辭》：“以柔克剛易，餘甘勝黃金。”金庸《倚天屠龍記》二回：“張君寶若有所悟，在洞中苦思七日七夜，猛地裏豁然貫通，領會了武功中以柔克剛的至理，忍不住仰天長笑。”❷ 指用溫和的手段軟化對方，取得成功。◇對待性格暴躁的孩子，要以靜制動，以柔克剛。同 剛柔相濟。

【以珠彈雀】yǐ zhū tán què《莊子•讓王》：“今且有人於此，以隨侯之珠，彈千仞之雀，世必笑之，何也？則其所用者重，而所要者輕也。”後用“以珠彈雀”比喻做事輕重倒置，得不償失。明代唐順之《答皇甫百泉郎中》：“若以一生之精力盡之於此，即盡得古人之精微猶或不免乎以珠彈雀之誚。”梁啟超《中國外交方針私議》：“蓋人當困心衡慮之既極，往往不惜倒行逆施，以珠彈雀。”同 明珠彈雀、隨珠彈雀。

【以殺止殺】yǐ shā zhǐ shā 見“以殺去殺”。

【以殺去殺】yǐ shā qù shā 用殺人來制止殺戮。多指用死刑來根除殺人的犯罪行為。《商君書•畫策》：“故以戰去戰，雖戰可也；以殺去殺，雖殺可也。”◇中外法制史昭示我們，以殺去殺不能從根本上解決犯罪問題。也作“以殺止殺”。明代劉基《擬連珠》：“蓋聞以殺止殺，聖人之不得已；以暴易暴，悍夫之無所成。”◇用重典來震懾、約束群體，是一種以殺止殺的思維方式。反 以德服人、以理服人。

【以退為進】yǐ tuì wéi jìn 原指以謙遜退讓取得德行的進步。漢代揚雄《法言•君子》：“昔者顏淵以退為進，天下鮮儷焉。”後多指以退讓作為晉升或進取的手段。宋代曾鞏《與北京韓侍中啟》“而乃以退為進，處上用謙。自避遠於煩機，久淹回於外服。”清代黃宗羲《子劉子行狀上》：“世道之衰也，士大夫不知禮義為何物，往往知進而不知退，及其變也，或以退為進。”◇欲擒故縱，以退為進，會收到意想不到的效果。同 以屈求伸、尺蠖之屈。

【以弱勝強（彊）】yǐ ruò shèng qiáng 憑弱小的力量戰勝強大的力量。《三國志•譙周傳》：“今國事未定，上下勞心，往古之事，能以弱勝彊者，其術何如？”丁中江《北洋軍閥史話》二四五：“福建的平定，何應欽的戰略戰術都運用得非常靈活，且對於敵情，瞭解透徹，所以能轉守為攻，先發制人，以弱勝強，大獲全勝。”同 以少勝多。

【以理服人】yǐ lǐ fú rén 用道理來説服人。◇調解工作不僅要以理服人，而且要以情感人。反 以力服人。

【以眼還眼】yǐ yǎn huán yǎn 用瞪眼回擊瞪眼。《舊約全書•申命記》：“要以命償命，以眼還眼，以牙還牙，以手還手，以腳還腳。”後用以比喻用對方使用的手段來回擊對方。張天翼《新生》：“我們以眼還眼，以牙還牙！敵人用大炮來轟我們，我們也用大炮去回答他們。”◇舊武俠小説中宣揚以牙還牙、以眼還眼的復仇，帶有濃厚的江湖色彩。同 以牙還牙、針鋒相對。反 逆來順受。

【以售其奸（姦）】yǐ shòu qí jiān 用來推行他的奸計。宋代朱松《上李丞相書》：“至靖康建炎之初群邪並進，爭為誤國之計，以售其姦。”清代青山山農《紅樓夢廣義》：“襲人善事寶玉，寶釵善結襲人，同惡相濟，以售其奸。”劉心武《班主任》：“‘白骨精’們正是拚命利用一些人的輕信與盲從以售其奸！”

【以偏概全】yǐ piān gài quán 根據局部現象來推論整體。朱宗震《讀庚子勤王與晚清政局》：“盲人摸象，不得不以偏概全，又急於貢獻於國人，只好放大本位，以欺世而自炫。”◇書中所述難免掛一漏萬，以偏概全，不妥之處，敬請賜教。同瞎子摸象。

【以假亂真】yǐ jiǎ luàn zhēn 用假的去冒充真的。清代洪亮吉《東晉疆域志序》：“楚越之名區悉改燕秦之郡望，喧客奪主以假亂眞，此則實土之與僑置不可不分者也。”《綠野仙蹤》卷四：“如此辦法，勢必以假亂真，以少報多。”同魚目混珠。

【以訛傳訛】yǐ é chuán é 訛：謬誤，錯誤。把本來就不正確的東西又錯誤地傳開去，越傳越錯。宋代王柏《默成定武蘭亭記》：“南渡以來，紛紛翻刻，幾千石矣，訛以傳訛，僅同兒戲。”元代高德基《平江記事》一八：“語音呼魚為吳，卒以橫山下古吳城為魚城。方言以訛傳訛，有如是者。”《紅樓夢》五一回：“古往今來，以訛傳訛，好事者竟故意的弄出這古蹟來以愚人。”同訛以傳訛、三人成虎。

【以強凌（陵）弱】yǐ qiáng líng ruò 仗着自己強大欺侮弱小者。《莊子•盜跖》：“自是以後，以強陵弱，以眾暴寡。湯武以來，皆亂人之徒也。”《漢書•異姓諸侯王表第一》：“強宗豪右田宅踰制，以強淩弱，以眾暴寡。”《續資治通鑒•宋孝宗乾道二年》：“（王曮）言周室中微，諸侯以強淩弱，擅相攻討，殊失先王征伐之意。”◇他的作品嬉笑怒罵，深刻揭露了以強凌弱、巧取豪奪的醜惡現實。同弱肉強食、恃強凌弱。反抑強扶弱、鋤強扶弱。

【以逸待勞】yǐ yì dài láo 逸：悠閒；勞：疲倦。作戰時重視養精蓄鋭，待敵人疲憊後出擊。《孫子•軍爭》：“以近待遠，以佚（逸）待勞，以飽待飢，此治力者也。”唐代韓愈《論淮西事宜狀》：“若未可入，則深壁高壘，以逸待勞。”《官場現形記》一八回：“我們也只可以逸待勞，以靜待動，等他們來請教我們。若是我去俯就他，這就不值錢了。”反疲於奔命。

【以湯沃雪】yǐ tāng wò xuě 湯：滾水；沃：澆。用熱水澆雪，雪即融化。比喻輕而易舉，容易成功。《淮南子•兵略訓》：“若以水滅火，若以湯沃雪，何往而不遂，何之而不用。”《晉書•列女傳》：“何、鄧執權，必為玄害，亦猶排山壓卵，以湯沃雪耳，奈何與之為親？”◇難辦的事一到他手上，就像以湯沃雪，又快又妥當。同手到拿來。反以湯止沸、以火止沸。

【以管窺天】yǐ guǎn kuī tiān 管：竹管。從竹管裏看天。比喻見聞狹隘或看問題片面。《莊子•秋水》：“是直用管窺天，用錐指地也，不亦小乎！”漢代東方朔《答客難》：“語曰：‘以管窺天，以蠡測海，以莛撞鐘。’豈能通其條貫，考其文理，發其聲音哉！”《二程遺書》卷十三：“釋氏説道，譬之以管窺天，只務直上去，惟見一偏，不見四旁，故皆不能處事。”◇自稱是山溝裏出來的人，以管窺天，不足見怪。同以蠡測海、管窺蠡測。反高瞻遠矚、通觀全局。

【以貌取人】yǐ mào qǔ rén ❶根據外貌來判斷人的品質和能力。《史記•仲尼弟子列傳》：“孔子聞之，曰：‘吾以言取人，失之宰予；以貌取人，失之子羽。’”郭沫若《海濤集•塗家埠四》：“但也只怪我們以貌取人，在事前沒有經過一道甄別。”❷根據人的衣着決定接待的態度。◇不要説別人勢力眼，你不是也喜歡以貌取人，從衣着打扮上看人嗎？反唯才是舉、量才錄用。

【以暴易暴】yǐ bào yì bào 易：替換。用殘暴者代替殘暴者。❶表示統治者改換了，可是暴政依然不變。《史記•伯夷列傳》：“及餓且死，作歌，其辭曰‘登彼西山兮，采其薇矣。以暴易暴兮，不知其非矣。’”明代劉基《擬連珠》：“蓋聞以殺止殺，聖人之不得已；以暴易暴，悍夫之無所成。”◇政權雖然更替，卻是以暴易暴，國家動亂，人民受苦難。❷説去掉了一個禍害，卻換來另一個禍害。《聊齋誌異•周三》：“吏轉念：去一狐，得一狐，是以暴易暴也。游移不敢即應。”◇當局以暴易暴的反恐策略，導致反恐最終失敗。

【以儆效尤】yǐ jǐng xiào yóu 儆：告誡，警告。尤：過失。指處理一個壞人或一件壞事，用來警告那些學着做壞事的人。《歧路燈》九三回："自宜按律究辦，以儆效尤。"李逸侯《宋代十八朝豔史演義》七五回："母后既知藍宮娥係奸佞黃潛善的婢女，豈容留在宮中？論反坐律，應該斬首，以儆效尤。"劉斯奮《白門柳•夕陽芳草》："對於此等貪生畏死，誤國誤民之輩，朝廷應當嚴加懲處，以儆效尤。"同 懲一儆百、罰一勸百。

【以德報怨】yǐ dé bào yuàn 不記別人的仇，反以恩惠回報。《論語•憲問》："或曰：'以德報怨，何如？'子曰：'何以報德？以直報怨，以德報德。'"宋代崔鶠《楊嗣復論》："君子不念舊惡，以德報怨。"◇他做人大方，以德報怨，不記別人的仇。反 以怨報德。

【以鄰為壑】yǐ lín wéi hè 壑：深山溝。原指把鄰國當作排泄本國洪水的溝壑。《孟子•告子下》："禹之治水，水之道（導）也，是故禹以四海為壑，今吾子以鄰國為壑。"後用"以鄰為壑"比喻把災禍或困難轉嫁給他人。宋代文天祥《知潮州寺丞東岩洪公行狀》："公智慮深達，如宿將持重而規畫綿絡，不以鄰為壑也。"◇只考慮自己，以鄰為壑，遲早會變成孤家寡人。

【以戰去戰】yǐ zhàn qù zhàn 用戰爭制止或消除戰爭。《商君書•畫策》："故以戰去戰，雖戰可也。"《後漢書•耿秉傳》："數上言兵事。常以中國虛費，邊陲不寧，其患專在匈奴。以戰去戰，盛王之道。"◇這種以戰去戰，以強兵制止侵略的思想，是安邊的良策。

【以禮相待】yǐ lǐ xiāng dài 用應有的禮節對待人。《水滸傳》八九回："趙樞密留住褚堅，以禮相待。"《三俠五義》七三回："他既是讀書之人，須要以禮相待。"同 禮尚往來。反 趾高氣揚、盛氣凌人。

【以辭（詞）害意】yǐ cí hài yì《孟子•萬章上》："故說《詩》者不以文害辭，不以辭害志也。"後多作"以辭害意"，指因只注重於詞句的解釋，而影響了對原意的理解。《紅樓夢》四八回："詞句究竟還是末事，第一是立意要緊，若意趣真了，連詞句不用修飾，自是好的。這叫做不以詞害意。"◇不論運用哪種修辭方法，都是為了更好地表達思想感情，絕不可削足適履、以辭害意。

【以蠡測海】yǐ lí cè hǎi 蠡：瓢。用瓢來測量海水。比喻見識膚淺狹隘。漢代東方朔《答客難》："語曰：'以管窺天，以蠡測海，以莛撞鍾。'豈能通其條貫，考其文理，發其音聲哉！"漢代曹操《與王修書》："孤之精誠，足以達君；君之察孤，足以不疑。但恐旁人淺見，以蠡測海，為蛇畫足。"◇坐井觀天，以蠡測海，這就是一部分人的畫像。同 以管窺天、坐井觀天。反 目光遠大、高瞻遠矚。

【以權謀私】yǐ quán móu sī 倚仗權力謀取私利。◇權力是一把雙刃劍，秉公用權，可以造福人民；以權謀私，就會禍害人民。同 徇私舞弊、營私舞弊。反 奉公守法、大公無私。

【以觀後效】yǐ guān hòu xiào 指觀察那些犯錯誤或犯法的人在受到警告、從寬處理後是否有改正的表現。《後漢書•安帝紀》："秋節既立，鷙鳥將用，且復重申，以觀後效。"《官場現形記》二八回："叫他戴罪立功，以觀後效。"

【休戚相關】xiū qī xiāng guān 休：喜悅。戚：悲哀。說憂喜、禍福彼此關聯，形容關係密切或利害一致。宋代陳亮《送陳給事去國啟》："眷此設心，無非體國；然用捨之際，休戚相關。"元代石君寶《曲江池》四折："縱然死了，也該備些衣棺埋葬骸骨，豈可委之荒野，任憑暴露，全無一點休戚相關之意。"◇稅率調整與民眾休戚相關，成為近期關注的焦點。同 息息相關、唇齒相依。反 漠不相關。

【休戚與共】xiū qī yǔ gòng 休：喜悅。戚：憂愁。說憂喜、禍福彼此共同承受，同甘共苦。明代瞿共美《天南逸史•帝幸南寧府》："臣與皇上患難相隨，休戚與共，原自不同於諸臣，一切大政自得與聞。"孫中山《同盟會宣言》："一切平等，無有貴賤之差、貧富之別，休戚與共，患難相救。”同 同甘共苦、患難與共。反 水火不容、漠不相關。

【休養生息】xiū yǎng shēng xī 休養：休息保養；生息：繁殖人口。國家在戰亂或大動盪之後，保養民力，增殖人口，恢復和發展生產，安定社會秩序。唐代韓愈《平淮西碑》：“高宗中睿，休養生息；至於玄宗，受報收功。”宋代歐陽修《豐樂亭記》：“而孰知上之功德，休養生息，涵煦於百年之深也。”清代昭槤《嘯亭續錄•本朝富民之多》：“本朝輕薄傜稅，休養生息百有餘年，故海內殷富。”◇近百十年間，戰亂禍患頻仍，人民與國力得不到休養生息的機會。反 兵荒馬亂、旱魃為虐。

【伏低做小】fú dī zuò xiǎo 也作“服低做小”。❶ 形容低聲下氣，小心恭順的樣子。元代李文蔚《圯橋進履》二折：“我又索含容折節，屈脊躬身，伏低做小，跪膝在塵埃。”《三國演義》六十回：“若召到蜀中，以部曲待之，劉備安肯伏低做小？”明代沈孚中《綰春園•議婚》：“況養嬌生性，怕他不慣服低做小。”張愛玲《氣短情長及其他》：“可是我在家裏向來是服低做小慣了的，那樣的權威倒也不羨慕。”❷ 指婦女給人做妾。《儒林外史》四十回：“我家又不曾寫立文書，得他身價，為甚麼肯去伏低做小？”同 低聲下氣、卑躬屈膝。

【伏虎降龍】fú hǔ xiáng lóng 伏、降：使屈服。能制服猛虎和惡龍。原形容法力高超，後比喻本領極大，能戰勝強大的對手。元代馬致遠《任風子》二折：“學師父伏虎降龍，跨鸞乘鳳。”《西遊記》八三回：“你當年在花果山為怪，伏虎降龍，強消死籍，聚群妖大肆倡狂。”梁羽生《還劍奇情錄》十二回：“一切雄心壯志、稱強爭霸之心伏虎降龍之願，盡都付諸東流！”同 降龍縛虎、降龍伏虎。

【伏首帖耳】fú shǒu tiē ěr 低着頭，耷拉着耳朵。形容恭順聽話的樣子。《聊齋誌異•馬介甫》：“萬石不言，惟伏首帖耳而泣。”◇這個人沒幫沒派，資歷又淺，他會伏首帖耳為您效勞的。同 俯首帖耳。反 犯上作亂。

【伐毛洗髓】fá máo xǐ suǐ《太平廣記》卷六：“三千年一返骨洗髓，二千年一剝皮伐毛，吾生來已三洗髓五伐毛矣。”伐毛：削去毛髮。洗髓：洗清骨髓。後用“伐毛洗髓”比喻滌除陳腐的成分，使之煥然一新。明代王鐸《與質公》：“大梁張林宗，詩家董狐，伐毛洗髓於此道。”清代李寶嘉《中國現在記》三回：“如要去掉他這劣根性，竟非大大的伐毛洗髓，拿他重新做個人不成。”◇陳舊的弊政需要伐毛洗髓，進行徹底變革。同 脫胎換骨、革故鼎新。反 抱殘守缺、因循守舊。

【伐性之斧】fá xìng zhī fǔ 伐：砍伐。傷害性命的斧頭。比喻危害身心的事物。《呂氏春秋•本生》：“靡曼皓齒，鄭衛之音，務以自樂，命之曰伐性之斧。”漢代劉向《說苑•敬慎》：“夫徼幸者，伐性之斧也；嗜欲者，逐禍之馬也。”清代方汝浩《東度記》二十回：“酒乃爛腸之物，伐性之斧，吃了它，顛狂放蕩，助火傷神。”

【任人唯賢】rèn rén wéi xián 賢：德才出眾的人。任用人只以德才兼備為標準，不管他同自己的關係如何。《尚書•咸有一德》：“任官惟賢材，左右惟其人。”◇當官的都標榜“任人唯賢”，實際上人人都任人唯親。同 任賢使能。反 任人唯親。

【任人唯親】rèn rén wéi qīn 只任用同自己關係密切的人，而不管才德如何。◇一掃官場任人唯親的積習，展示出清新的氣象。同 黨同伐異。反 任人唯賢。

【任其自然】rèn qí zì rán 聽任人或事物的某種狀況自然而然地發展。《三國志•杜恕傳》裴松之注：“恕亦任其自然，不力行以合時。”宋代周密《齊東野語•小兒瘡痘》：“大要在固臟氣之外，任其自然耳。”◇有生必有死，這是天大的憾事，如何對待？任其自然。同 順其自然、聽其自然。

【任重道遠】rèn zhòng dào yuǎn 任：負擔。擔子很重，路途遙遠。比喻責任重大，需要長期奮鬥。《論語•泰伯》："士不可以不弘毅，任重而道遠。仁以為己任，不亦重乎？死而後已，不亦遠乎？"唐代韓愈《顏子不貳過論》："知高堅之可尚，忘鑽仰之為勞，任重道遠，竟莫之致。"◇青年人肩負未來的社會責任，任重道遠，不可不努力奮鬥。同 任重道悠。

【任怨任勞】rèn yuàn rèn láo 見"任勞任怨"。

【任勞任怨】rèn láo rèn yuàn 任：承受；怨：埋怨。能承受勞苦，不怕招人埋怨。也作"任怨任勞"。《明史•王應熊傳》："陛下焦勞求治，何一不倚信群臣，乃群臣不肯任勞任怨，致陛下萬不獲已，權遣近侍監理。"清代李漁《憐香伴•搜挾》："正是國家隆重之典，仕路清濁之源，非徒任怨任勞，還要其難其慎。"老舍《駱駝祥子》五："一天到晚他任勞任怨的去幹，可是幹着幹着，他便想起那回事。"◇任勞任怨，踏踏實實做事，是一種好品質。反 怨天尤人、好吃懶做。

【任賢使能】rèn xián shǐ néng 任用有德行有才能的人。《吳子•料敵》："有不占而避之者六：……四曰陳功居列，任賢使能。"宋代王安石《興賢》："國以任賢使能而興，棄賢專己而衰。"《三國演義》八二回："吳主浮江萬艘，帶甲百萬，任賢使能，志存經略。"◇儒家學說主張國君要以民為本，仁愛百姓，任賢使能。同 任人唯賢。反 任人唯親。

【仰人鼻息】yǎng rén bí xī 仰：依賴；鼻息：呼吸。《三國志•袁紹傳》："袁紹孤客窮軍，仰我鼻息，譬猶嬰兒在股掌之上，絕其哺乳，立可餓殺。"後以"仰人鼻息"比喻依賴別人生存，看別人的臉色行事。馮玉祥《我的生活》二一章："他恨自己違背良心，在這裏委曲求全，仰人鼻息。"◇我現在寄人籬下，仰人鼻息，日子真是很難過。同 仰承鼻息、寄人籬下。反 獨立自主、憤發圖強。

【仰不愧天】yǎng bù kuì tiān 抬頭仰望，對天無愧。表示沒有做過壞事，問心無愧。《孟子•盡心上》："君子有三樂：……仰不愧於天，俯不怍於人，二樂也。"唐代韓愈《與孟尚書書》："仰不愧天，俯不愧人，內不愧心。"清代玉瑟齋主人《回天綺談》九回："我等實行天理公道，以謀改革，真仰不愧天，俯不怍人，誠毫無所恐懼者也。"◇只要行得正，坐得端，仰不愧天，俯不愧地，就天不怕地不怕。同 問心無愧、心安理得。反 問心有愧。

【仰之彌高】yǎng zhī mí gāo 越抬頭看，越覺得高。原為讚頌孔子人格、推崇其思想的話。《論語•子罕》："顏淵喟然歎曰：'仰之彌高，鑽之彌堅。'"《金史•禮志八》："天生聖人，賢於堯舜，仰之彌高，磨而不磷。"後多用以稱頌人的品德高尚或思想深邃。臧克家《說與作》："他正向古代典籍鑽探，有如向地殼尋求寶藏。仰之彌高，越高攀得越起勁；鑽之彌堅，越堅鑽得越鍥而不捨。"同 高山仰止。

【仰事俯畜】yǎng shì fǔ xù《孟子•梁惠王上》："是故明君制民之產，必使仰足以事父母，俯足以畜妻子。"後用"仰事俯畜"說上要侍奉父母，下要養活妻兒。也泛指維持一家生活。宋代黃榦《與葉雲叟書》："雲叟以隻身任仰事俯畜之責，誠不為易。"清代曾國藩《湘鄉縣賓興堂記》："入無仰事俯畜之累，出無金盡裘敝可憐之色。"徐哲身《大清三傑》九八回："兄弟家有八十多歲的老母，下有兩個孩子，大的不過幾歲，所謂仰事俯畜的事情，一樣沒有辦妥。"

【仰首伸眉】yǎng shǒu shēn méi 抬起頭來，舒展開眉毛。形容意氣昂揚的樣子。漢代司馬遷《報任少卿書》："今以虧形為掃除之隸，在闒茸之中，乃欲仰首伸眉，論列是非，不亦輕朝廷羞當世之士邪？"《梁書•張纘傳》："自出守股肱，入尸衡尺，可以仰首伸眉，論列是非者矣。"梁啟超《辟復辟論》："面逍遙河上之耆舊，乃忽仰首伸眉，論列是非，與眾為仇，助賊張目。"同 揚眉吐氣。反 低首下心。

【企足而待】qǐ zú ér dài 踮起腳後跟等待。❶ 形容盼望的心情很急切。◇聽媽媽說爸爸快要回來了，她天天都望着窗外企足而待。❷形容很快可以實現。◇公司業務起飛企足而待。同 企足翹首、翹首企足。

【何去何從】hé qù hé cóng 該走向哪裏，該聽從甚麼？表示面對問題，須要作出抉擇。戰國楚屈原《楚辭•卜居》："寧與黃鵠比翼乎，將與雞鶩爭食乎？此孰吉孰凶何去何從？"《紅樓夢》八七回："何去何從兮，失我故歡。"梁啟超《立憲法議》："四者之中，孰凶孰吉，何去何從，不待智者而決矣。"徐遲《牡丹》六："他考慮了好久，何去何從。台北？香港？里約熱內盧？紐約？長歎短吁了好幾個月！"

【何足介意】hé zú jiè yì 哪裏值得放在心上。《三國志•先主傳》："袁公路豈憂國忘家者邪？冢中枯骨，何足介意？"◇所謂抄自某某之文云云，不過傳言，空穴來風，何足介意！同 何足道哉、何足掛齒。反 鄭重其事。

【何足為奇】hé zú wéi qí 算不上甚麼，不值得稱奇。元代無名氏《馬陵道》一折："孫先生，恰才你擺的陣勢，都是可破的，何足為奇。"《儒林外史》三回："也要用四五千斤，銀子何足為奇！"◇此事沒甚麼神秘，不過是一些吃飽了飯閒得慌的人大肆渲染，何足為奇。同 不足為怪、何足掛齒。反 咄咄稱奇、大驚小怪。

【何足掛齒】hé zú guà chǐ 掛齒：説話時提起。哪裏值得一提。表示輕視，後也表示客氣或自謙。《史記•劉敬叔孫通列傳》："此特群盜鼠竊狗盜耳，何足置之齒牙間。"元代關漢卿《裴度還帶》二折："吾師不知，如今有等輕薄之子，重色輕黃，真所謂井底之蛙耳，何足掛齒也。"《三國演義》二一回："此等碌碌小人，何足掛齒！"《儒林外史》二九回："這是一時應酬之作，何足掛齒！"◇些須薄禮，何足掛齒！同 何足道哉、不值一哂。反 刻骨銘心、銘記不忘。

【何足道哉】hé zú dào zāi 蔑視，不值一提。哉：表示疑問或反詰的語氣。宋代胡仔《苕溪漁隱叢話後集•杜牧之》："意在言外而幽怨之情自見，不待明言之也，詩貴夫如此。若使人一覽而意盡，亦何足道哉！"元代關漢卿《單鞭奪槊》三折："這廝劖馬單鞭，量你何足道哉。"◇區區兩首歪詩，何足道哉！同 不在話下。

【何樂不為】hé lè bù wéi 有甚麼不喜歡去做的呢？表示樂意做某事。《再生緣》七九回："講到江三嫂原本算小，今見郡主出銀，買他體面，何樂不為？"俞平伯《人力車》："馬車早已沒落，乾脆，置汽車。這不但舒服闊綽，又得文明之譽，何樂不為？"反 迫不得已、勉為其難。

【作奸(姦)犯科】zuò jiān fàn kē 作奸：做壞事；犯科：觸犯法律。為非作歹，違犯法紀。三國諸葛亮《前出師表》"若有作姦犯科，及為忠善者，宜付有司，論其刑賞。"《二刻拍案驚奇》三八："必然是你作奸犯科，誘藏了我娘子。"◇曾經作奸犯科的人，大部分能夠改惡從善。同 橫行不法。反 遵紀守法。

【作如是觀】zuò rú shì guān 對事情只能作出如此的看法。《金剛經》："一切有為法，如夢幻泡影，如露亦如電，應作如是觀。"宋代蘇軾《答孔子君頌》："物去空現，亦未嘗生。應當正遠作如是觀。"◇愛是雙方戀情的果實，並非為己，愛情自私論云云，不很合理，我對愛情作如是觀。

【作好作歹】zuò hǎo zuò dǎi 既裝好人，又扮惡人，用兩手交替使用的策略解決問題。《紅樓夢》九六回："(賴大)向賈璉道：'……饒了他，叫他滾出去罷。'賈璉道：'實在可惡！'賴大賈璉作好作歹……那人趕忙磕了兩個頭，抱頭鼠竄而去。"◇事情到了這個地步，他只能作好作歹，兩面光了。

【作舍道邊】zuò shè dào biān《詩經•小旻》："如彼築室于道謀，是用不潰于成。"説有人在大路邊建房，請路人出主意，結果眾説紛紜，莫衷一是。後用"築室道謀"、"作舍道邊"比喻各説各話，統一不起來，辦不成事。《後漢書•曹褒傳》："諺言：'作舍道邊，三年不成。'會禮之家，名為聚訟，互生疑異，筆不得下。”宋代李覯《強兵策》：“是作舍道邊也，謀無適從，而終不可成矣。”《歧路燈》五回：“這宗事，若教門生們議將起來，只成築室道謀，不如二老師斷以己見。”章炳麟《參議員論》：“謀及芻蕘者國之益，築室道謀者國以亡。”同 無所適從。反 定於一尊。

【作法自斃】zuò fǎ zì bì 斃：死。原指自己立法反而使自己受困、受害。據《史記•商君列傳》，戰國時商鞅在秦國實行變法，後來政局變化，他被迫逃亡在外，卻因自己立下的苛法而不能入住旅舍，於是歎道：“為法之敝，一至此哉！”後用“作法自斃”比喻自作自受。《孽海花》八回：“次芳道：‘作法自斃，這回可江郎才盡了！’”◇他悔恨交加，跺着腳說：“我這純粹是作法自斃！”同 作繭自縛、自作自受。反 因禍得福、飛來橫禍。

【作威作福】zuò wēi zuò fú 威：刑罰；福：獎賞。《尚書•洪範》：“惟辟作福，惟辟作威，惟辟玉食。臣無有作福作威玉食。”本指國君專行賞罰，獨攬威權，後用“作威作福”比喻濫用權勢，橫行無忌。《漢書•王商傳》：“竊見丞相商作威作福，從外制中，取必於上。”《晉書•劉暾傳》：“君何敢恃寵，作威作福，天子法冠而欲截角乎！”《儒林外史》六回：“平日嫌趙氏裝尊，作威作福。”◇有甚麼了不起，芝麻粒大的小官，作威作福！同 作福作威、擅作威福。反 低三下四、低聲下氣。

【作惡多端】zuò è duō duān 端：方面。形容壞事做得很多。《西遊記》四二回：“想當初作惡多端，這三四日齋戒，那裏就積得過來？”◇雖說他狡詐萬端，但作惡多端，最終還是被送上了斷頭台。反 行善積德。

【作賊心虛】zuò zéi xīn xū 偷東西的人總是怕人知道。比喻做了壞事，疑神疑鬼，忐忑不安。《五燈會元•溫州龍翔竹庵士珪禪師》：“問：‘有句無句，如藤倚樹時，如何？’師云：‘作賊人心虛。’”《武松演義》六回：“實在縣主是聽見的，他貪了賄銀，作賊心虛，怕武松當場頂撞起來，下不了台。”◇他雖然躲藏得很隱蔽，但畢竟作賊心虛，成天擔心被抓住。同 做賊心虛、賊人膽虛。

【作嫁衣裳】zuò jià yī shang 比喻白白為別人勞作，而自己一無所獲。唐代秦韜玉《貧女》詩：“苦恨年年壓金線，為他人作嫁衣裳。”◇她做報社編輯四十年，終身“作嫁衣裳”，實在令人敬佩。同 為人作嫁、為人作嫁衣裳。反 不勞而獲、一本萬利。

【作壁上觀】zuò bì shàng guān 壁：營壘，軍營的圍牆。別人交戰，自己站在營壘上觀戰。《史記•項羽本紀》：“及楚擊秦，諸將皆從壁上觀。”後用“作壁上觀”比喻置身事外，坐觀成敗。清代陸玉書《論訟師》詩：“訟師偏作壁上觀，心在局中身局外。”◇爭鬥的雙方各有背景，我是袖手作壁上觀的。同 袖手旁觀、坐觀成敗。反 仗義執言、拔刀相助。

【作繭自縛】zuò jiǎn zì fù 縛：束縛。蠶吐絲作繭，把自己包在裏面。比喻因做某事找來麻煩，把自己推入困境。《敦煌曲•十二時》：“虛忙恰似采花蜂，自縛何殊蠶作繭。”宋代陸游《書歎》詩清：“人生如春蠶，作繭自縛裹。”清代沈復《浮生六記》六：“始悔前此之一段癡情，得勿作繭自縛矣乎！”◇她氣得半死，其實是作繭自縛，自做自受而已。同 作法自斃、自作自受。反 無拘無束。

【伯仲之間】bó zhòng zhī jiān 指兄弟排行中的老大和老二。比喻二者不分高下、不相上下。三國魏曹丕《典論論文》：“文人相輕自古而然。傅毅之於班固，伯仲之間耳。”唐代杜甫《詠懷古跡》詩：“伯仲之間見伊呂，指揮若定失蕭曹。”伊呂：伊尹、呂尚。蕭曹：蕭何、曹參。◇我看兩隊的實力在伯仲之間，這場球恐怕還是打成平局。同 不相上下、軒輊不分。反 雲泥之別、天差地別。

【伶牙俐(利)齒】líng yá lì chǐ 伶、俐：機敏靈活。形容人十分機靈，很會說話。元代吳昌齡《張天師》三折：“你休那裏便伶牙俐齒，調三斡四，說人好歹，訐人曖昧，損人行止。”《紅樓夢》一二〇回：“襲人本來老實，不是伶牙俐齒的人。"蕭乾《夢之谷》三："(那人) 很仔細地盤問一番學歷年齡——這一切，都由朋友伶牙俐齒地應對着。"◇經他一追問，她那伶牙利齒，頓時變成了張口結舌。同 俐（利）齒伶牙、能說會道。反 笨嘴拙舌、瞠目結舌。

【伶仃孤苦】líng dīng gū kǔ 無依無靠，孤單困苦。《兒女英雄傳》二二回："何玉鳳姑娘，一個世家千金小姐，弄得一身伶仃孤苦，有如斷梗飄蓬，生死存亡，竟難預定。"茅盾《子夜》六："但混在人堆裏時，她又覺得難堪的威脅，似乎……世界上只有她一人是伶仃孤苦，她時常這樣想。"同 孤苦伶仃、零丁孤苦。

【低三下四】dī sān xià sì ❶ 形容社會地位低。《儒林外史》三十回："我常州姓沈的，不是甚麼低三下四的人家！"◇她倒不像從低三下四的人家走出來的。❷ 形容卑躬屈膝、屈居下風的樣子。《紅樓夢》一〇一回："我們家的事，少不得我低三兒下四的求你。"清代孔尚任《桃花扇·聽稗》："您嫌這裏亂鬼當家別處尋主，只怕到那裏低三下四還幹舊營生。"◇他為了升官發財，甚麼低三下四的事都幹得出來。同 低聲下氣、卑躬屈膝。反 趾高氣揚、頤指氣使。

【低首下心】dī shǒu xià xīn 低着頭，收斂起自己的想法。形容屈服順從。唐代韓愈《祭鱷魚文》："刺史雖駑弱，亦安肯為鱷魚低首下心，伈伈睍睍，為民吏羞，以偷活於此耶！"伈伈睍睍，恐懼的樣子。《花月痕》二二回："你要倔強，不肯低首下心聽憑氣數，這便是自尋苦惱了。"◇他是那種潔身自好又孤高自許的性格，傲岸清高使他不肯低首下心屈服於黑暗與鬼魅。同 低聲下氣。反 錚錚鐵骨。

【低眉折腰】dī méi zhé yāo 低下眉頭，彎腰行禮。唐代李白《夢遊天姥吟留別》："安能摧眉折腰事權貴，使我不得開心顏。"後用"低眉折腰"形容屈己事人，卑躬屈膝。◇在她看來，公司裏的權貴都是勢利小人，像她這種自命清高的人，哪肯低眉折腰侍奉他們。同 摧眉折腰、低聲下氣。反 趾高氣揚、頤指氣使。

【低眉順眼】dī méi shùn yǎn 順眼：眼裏流露出順從的樣子。形容溫順、謙恭的樣子。◇小華低低眉順眼地站在一邊，不說話了 / 她甚麼時候低眉順眼過，從來都是擰眉橫目，好像欠了她甚麼似的。同 唯唯諾諾、低眉下首。反 剛愎自用、盛氣凌人。

【低頭耷（搭）腦】dī tóu dā nǎo 耷：耷拉、下垂。形容誠惶誠恐或萎靡不振。袁靜《伏虎記》七回："他的辦公室也變得冷下來了，誰進來幹甚麼，都低頭耷腦，躡手躡腳。"◇這幾天低頭搭腦，飯也吃少了，不明白她到底懷着甚麼心事。同 低頭喪氣、垂頭喪氣。

【低頭哈腰】dī tóu hā yāo 哈腰：彎腰。形容謙卑恭順的樣子。陸文夫《榮譽》："'請說吧，請說吧。'檢驗員低頭哈腰的，'別說一件，就是十件我也不推辭。'"◇他這人勢利，看到有錢有勢的人，就會低頭哈腰，沒一點骨氣。同 點頭哈腰、低聲下氣。

【低聲下氣】dī shēng xià qì 形容恭順小心、不敢大聲說話的樣子。宋代朱熹《童蒙須知·語言步趨》："凡為人子弟，須是常低聲下氣，語言詳緩，不可高言喧鬧，浮言戲笑。"《紅樓夢》九五回："這裏只苦了襲人，在寶玉跟前低聲下氣的伏侍勸慰。"曹禺《雷雨》第四幕："我從來對人這樣低聲下氣說話，現在我求你可憐可憐我，這個家我再也忍受不住了。"◇他性格倔強得很，低聲下氣的事哪裏肯幹？同 低三下四、卑躬屈膝。反 呼三喝四、目指氣使。

【低聲悄語】dī shēng qiāo yǔ 見"低聲細語"。

【低聲細語】dī shēng xì yǔ 形容小聲說話。也作"低聲悄語"。周而復《上海的早晨》一部七："湯阿英在枕邊低聲細語說了最近的往來，時斷時續，還是有些羞答答的，怕難為情。"◇情人溫柔動聽的低聲悄語，使他感受到溫暖與愛的力量。同 輕言細語、細聲細語。反 粗聲大氣、大吼大叫。

【你死我活】nǐ sǐ wǒ huó 形容雙方不能共存、鬥爭激烈，或在搏鬥中求勝而圖存。元代無名氏《度柳翠》一折："世俗人沒來由爭長競短，你死我活。"《水滸傳》四九回："顧大嫂道：'既是伯伯不肯，我們今日先和伯伯拼個你死我活。'"清代李顒《傳心錄》八："須當下發憤，拼一個你死我活，實實下一番苦工。"◇兩人明爭暗鬥，搞得你死我活。反 和衷共濟、和睦相處。

【你追我趕】nǐ zhuī wǒ gǎn 形容互相競爭，不甘人後。◇表面看上去，人們之間彬彬有禮，暗地裏的爭鬥、比試、競爭，幾乎和賽跑一樣，你追我趕，激烈得很哪。同 不甘示弱、不敢後人。反 甘拜下風、自暴自棄。

【位卑言高】wèi bēi yán gāo《孟子·萬章下》："位卑而言高，罪也；立乎人之本朝，而道不行，恥也。"指身份地位低的人議論朝政。宋代周煇《清波雜志》卷一："(臣) 今將告歸，不敢終默，位卑言高，罪當萬死，惟陛下裁赦。"《長安宮紀事》："臣本布衣，識見匪高，且位卑言高，言恐未當而有辱聖顏，罪不容誅矣！"反 位卑言微。

【位極人臣】wèi jí rén chén 地位顯赫，官階最高。三國蜀諸葛亮《答李嚴書》："吾本東方下士，誤用於先帝，位極人臣，祿賜百億。"《雲笈七籤》卷六十："雖位極人臣，皆行屍走骨矣。"《蕩寇志》一二三回："可憐一個位極人臣的童貫，早上還烜赫朝中，晚間已拘囚獄底了。"同 貴極人臣、官高極品。

【佛口蛇心】fó kǒu shé xīn 嘴上說慈悲為懷的話，心地像蛇一樣毒。《五燈會元·臨安府淨慈曇密禪師》："諸佛出世，打劫殺人，祖師西來，吹風放火，古今善知識，佛口蛇心，天下衲僧，自投籠檻。"《西遊記》十回："拔舌獄、剝皮獄，哭哭啼啼，淒淒慘慘，只因不忠不孝傷天理，佛口蛇心墮此門。"《說岳全傳》七回："我面貌雖醜，心地卻是善良，不似你佛口蛇心。"◇二太太其實佛口蛇心，她將小翠引自房內，叫人用銀針狠刺小翠十指。同 蛇心佛口、口甜心苦。反 菩薩心腸。

【佛眼相看】fó yǎn xiāng kàn 形容對人友善，不加傷害。明代無名氏《開詔救忠》二折："你如何又敢領兵將代州城圍住，及早領兵退回，我和你佛眼相看，若道半個不字，我直殺你個片甲不回。"《兒女英雄傳》一一回："我勸你把這些話收了，快把金銀獻出來，還有個佛眼相看，不然，大爺們就要動手了！"◇賈先生心地善良，即便過去的仇家，只要覺悔，他還是佛眼相看。同 佛眼佛心。反 蛇蠍之心。

【佛頭着(著)糞】fó tóu zhuó fèn 佛的塑像頭上沾了鳥雀的糞便。《景德傳燈錄·如會禪師》："崔相公入寺，見鳥雀於佛頭上放糞，乃問師曰：'鳥雀還有佛性也無？'師云：'有。'崔云：'為甚麼向佛頭上放糞？'"後以"佛頭着糞"比喻美好的事物被褻瀆糟蹋。元代劉壎《隱居通議·序書》："歐陽公作《五代史》，或作序記其前。王荊公見之曰：'佛頭上豈可著糞！'"《二十年目睹之怪現狀》四十回："香奩體我作不來；並且有他的珠玉在前，我何敢去佛頭着糞！"蘇曼殊《與高天梅論文學書》："拙詩亦見錄存，不亦佛頭着糞耶？"

【似水流年】sì shuǐ liú nián 流年：年歲。年華逝去就如流水一般，形容青春易逝。明代湯顯祖《牡丹亭·驚夢》："則為你如花美眷，似水流年。是答兒閒尋遍，在幽閨自憐。"于之《斷想》："哀歎青春不再，歲月如飛，似水流年是一種無用的對影自憐。只有奮發，充實的人生才對得住自己。"同 似水年華。

【似是而非】sì shì ér fēi《莊子·山木》："材與不材之間，似之而非也。"後以"似是而非"指好像一樣，其實不一樣；好像正確，其實錯誤。漢代王充《論衡·死僞》："世多似是而非，虛僞類真。"宋代蘇軾《石菖蒲贊》："不知退之即以昌陽為菖蒲耶，抑謂其似是而非，不可以引年也。"葉聖陶、夏丏尊《文心》二："同學們的講解，有的似是而非，有的簡直錯得可笑。”◇他說了一大堆似是而非，無可無不可的話。反 確定不移。

【似曾相識】sì céng xiāng shí 好像曾經見過面。形容對所見的人或物好像熟悉，但又不能斷定。宋代晏殊《浣溪沙》詞：“無可奈何花落去，似曾相識燕歸來。”梁啟超《飲冰室詩話》一四〇：“吾初讀此詩，已覺其似曾相識。”◇忽然跑來一位似曾相識的人幫我說話，這才算解了圍。反 素不相識。

【似懂非懂】sì dǒng fēi dǒng 懂：知道、瞭解。好像懂得了，但又像是並未懂。形容朦朦朧朧，瞭解得不深不透。葉聖陶《得失》：“然而學生還是似懂非懂，教他們回講往往講不出來。”◇不求甚解，似懂非懂就以為懂了，這是讀書學習的大忌。同 不求甚解、一知半解。反 瞭若指掌、明若觀火。

【來日大難】lái rì dà nàn 說走過來的日子非常艱難。三國魏曹植《善哉行》詩：“來日大難（nán），口燥唇乾；今日相樂，皆當喜歡。”後用“來日大難”指前途存在着的災禍。清代徐枕亞《玉梨魂》二二章：“家室飄搖，門庭寥落，來日大難，何堪設想？”金庸《笑傲江湖》三二章：“五嶽劍派的前輩師兄們商量，均覺若非聯成一派，統一號令，則來日大難，只怕不易抵擋。”

【來日方長】lái rì fāng cháng 方：正。未來的日子還很長，表示事情大有可為或將來還有機會。宋代文天祥《與洪端明雲岩書》：“某到郡後，頗與郡人相安，日來四境無虞，早收中熟，覺風雪如期，晚稻亦可望，惟是力綿求牧，來日方長。”元代虞集《鄧漢傑改漢淳字說》：“是子之來日方長，仕途方開，非十倍千倍加勉焉不可也。”◇她笑着說，你就別客氣啦，頂你兒子有出息，來日方長，你等着坐享清福吧。同 來日正長。反 來日無多、來日苦短。

【來之不易】lái zhī bù yì 明代朱柏廬《治家格言》：“一粥一飯，當思來處不易；半絲半縷，恆念物力維艱。”後用“來之不易”指得到它不容易。鄭彥英《峭阪石茶》四：“這茶來之不易，我也不能錯過品嘗的機會。”反 唾手可得、探囊取物。

【來因去果】lái yīn qù guǒ ❶ 事情的前因後果。南懷瑾《亦新亦舊的一代》：“瞭解有關這一世紀的思想和心理問題的來因去果，而後才能真正深入其中心，探討其得失。”❷ 比喻人或物的來歷。◇他也不問那幅畫的來因去果，就拿到家裏去了，不想那是件贓物，後來因此而吃了官司。同 前因後果、來龍去脈。

【來者不拒】lái zhě bù jù ❶ 對前來求教的人一概不拒絕。《孟子•盡心下》：“往者不追，來者不拒。”唐代柳宗元《與太學諸生喜詣闕留陽城司業書》：“陽公有博厚恢弘之德，能并容善偽，來者不拒。”❷ 對前來投靠的人或送來的東西一概接受。《古今小說•裴晉公義還原配》：“只是這班阿諛諂媚的，要博相國歡喜……遣人殷殷勤勤地送來，裴晉公來者不拒，也只得納了。”清代吳趼人《發財秘訣》三回：“內中就有許多在廣東犯了事，不能容身的，走到香港去投奔他，他也來者不拒。”◇劉生本來好酒量，當然來者不拒，幾杯下來，興致更高了。同 有求必應。反 拒之門外、拒人千里。

【來者不善】lái zhě bù shàn 善：親善，友好。強調來人不懷好意，要警惕防範。清代醉月山人《狐狸緣》一四回：“似此妖狐這等狂妄，將字批在牒文之上，定是善者不來，來者不善。”梁曉聲《京華聞見錄》三：“她見我來者不善，改換了一種比較客氣的口吻說：‘我告訴你也沒用啊。’”

【來者可追】lái zhě kě zhuī《論語•微子》：“往者不可諫，來者猶可追。”後用“來者可追”說以後還來得及補救。《資治通鑒•唐僖宗中和元年》：“臣躬被寵榮，職在裨益，雖遂事不諫，而來者可追。”瓊瑤《聚散兩依依》一五：“依依又依依，往者已矣，來者可追，別再把心中的門兒緊緊關閉，且立定腳跟，回頭莫遲疑！”同 亡羊補牢。

【來勢洶洶】lái shì xiōng xiōng 挾着威猛的氣勢而來。聞一多《“五四”運動的歷史法則》："封建勢力憑了它那優勢的據點和優勢的武器，確乎來勢洶洶，幾乎有全盤勝利的把握。"高陽《紅頂商人胡雪巖》二章："不會！那條狗是教好了的，來勢洶洶把人嚇走了就好了，從不咬人。"

【來歷不明】lái lì bù míng 人或事物的由來和經歷不清楚。宋代周密《癸辛雜識·鄭仙姑》："適新建縣有闞氏者，雇一婢，來歷不明。"《二刻拍案驚奇》卷五："怎當得那家姬妾頗多，見一人專寵，盡生嫉妒之心，說他來歷不明。"清代尹湛納希《泣紅亭》一三回"雖說是她的師傅，也是我的徒弟，去年才來此庵，年紀很輕，容貌秀麗，心靈手巧，只是她的來歷不明。"余光中《西歐的夏天》："旅客最可怕的惡夢，是錢和證件一起遺失，淪為來歷不明的乞丐。"反 去向不明。

【來龍去脈】lái lóng qù mài ❶ 勘輿師講風水，指山脈的走勢和去向像龍體一樣起伏連貫。明代吾丘瑞《運甓記·牛眠指穴》："此間前岡有好地，來龍去脈，靠嶺朝山，處處合格。"❷ 比喻事情的前因後果或人物的來歷。清代劉熙載《藝概·詩概》二："律詩中二聯必分寬緊遠近，人皆知之。惟不省其來龍去脈，則寬緊遠近為妄施矣。"茅盾《夜讀偶記》三："我以為也有必要講講這些'現代派'的來龍去脈。"同 前因後果。反 來歷不明。

【佳人才子】jiā rén cái zǐ 年輕貌美的女子和才華橫溢的男子。泛指才貌相當，或有婚姻、愛情關係的青年男女。宋代柳永《玉女搖仙珮·佳人》詞："自古及今，佳人才子，少得當年雙美。"明代湯顯祖《牡丹亭·驚夢》："此佳人才子，前以密約偷期，後皆得成秦晉。"梁啟超《論小說與群治之關係》："吾中國人佳人才子之思想何自來乎？小說也。"同 才子佳人。

【佳人薄命】jiā rén bó mìng 年輕美女的命運不好。多指早死、受辱、寡居或婚姻坎坷。宋代辛棄疾《賀新郎》詞："自昔佳人多薄命，對古來、一片傷心月。"明代宋濂《題李易安書〈琵琶行〉》詩："佳人薄命紛無數，豈獨潯陽老商婦。"同 紅顏薄命。

【佳兵不祥】jiā bīng bù xiáng《老子》："夫佳兵者，不祥之器，物或惡之。"後用"佳兵不祥"說好用兵是不吉利的。《明史·徐學詩傳》："國事至此，猶敢謬引佳兵不祥之說，以謾清問。"《北洋軍閥史話》八六："項城亦當知大勢之既去，覆水之難收，佳兵不祥，群情可見。"

【佶屈聱牙】jí qū áo yá 佶屈：曲折。聱牙：拗口，形容文辭艱澀，讀起來不順口。唐代韓愈《進學解》："周'誥'殷'盤'，佶屈聱牙。"宋代居簡《跋九峰了應溈山警策後》："揚雄之文，佶屈聱牙，終有俟於後世子雲。"亦舒《葡萄成熟的時候》八章："明是混血兒，叫亨利狄克湯姆不就行了，偏又取這些佶屈聱牙的中文名。"同 詰屈聱牙。反 琅琅上口。

【供不應求】gōng bù yìng qiú 供應不能滿足需求。魯彥《陳老奶》："突然添加了六七百人口，甚麼東西都供不應求，價格可怕地上漲了。"◇張老太攤頭上的蔬菜種類很多，且價廉物美，所以常常是供不應求。同 僧多粥少。反 供過於求。

【供過於求】gōng guò yú qiú 供應超過需求。梁啟超《生計學學說沿革小史》："凡物之在市也，供過於求，則價格下落。"◇市場供過於求是水果價格大跌的主因。反 供不應求。

【使蚊負山】shǐ wén fù shān 讓蚊子背山。比喻力不勝任。《莊子·應帝王》："其於治天下也，猶涉海鑿河，而使蚊負山也。"宋代黃庭堅《代李野夫亳州謝上表》："使蚊負山，何錙銖之能力；以塵足岳，亦臣子之至情。"◇雖然研究唐史多年，但對若干問題，至今仍不敢使蚊負山，率爾操觚。同 率爾操觚。

【使臂使指】shǐ bì shǐ zhǐ《管子·輕重乙》："若此，則如胸中使臂，臂之使指也。"《漢書·賈誼傳》："今海內之勢，如身之使臂，臂之使指，莫不制從。"後用"使臂使指"說像使用自己的手臂和手指一樣，比喻指揮或應用自如。《叱咤風雲錄》一章："羅德天一人獨佔乾門，主持全陣，調度各門有若使臂使指般圓熟自如。”梁羽生《龍風寶釵緣》四四回：“哪知段克邪出劍如電，使臂使指，雙方以快鬥快。” 同 得心應手。

【例行公事】lì xíng gōng shì 依照規定或慣例辦理的公事。後多指形式主義的工作。清代王濬卿《冷眼觀》十四：“你索性今日在這裏多談一刻……等我把那些例行公事辦畢了，還有幾句要緊的話同你商量呢。”◇這些事現在辦不辦兩可，其實都是例行公事／過年請公司員工吃一頓飯，這都是例行公事。同 例行公差。

【例行差事】lì xíng chāi shì 依照規定或慣例辦理的公事。後多指形式主義的工作。◇他現在還要來查對一番，只不過是為了完成例行差事罷了。同 例行公事。

【侃侃而談】kǎn kǎn ér tán《論語•鄉黨》：“朝，與下大夫言，侃侃如也。”侃侃：形容剛直和悅。後以“侃侃而談”形容滔滔不絕、從容不迫地談論。清代吳熾昌《客窗閒話續集•某少君》：“少君引經據典，侃侃而談，眾皆悅服。”清代魏文忠《繡雲閣》一九回：“吾於大道稍識一二，今日得遇知音，不妨侃侃而談。以相公天授之聰，如或解得，由茲上達，亦未可知。”◇藝高膽大的老梁，侃侃而談，並不把這些人放在心上。同 口若懸河。反 張口結舌。

【佹得佹失】guǐ dé guǐ shī 佹：偶然。《列子•力命》：“佹佹成者，俏成也，初非成也；佹佹敗者，俏敗也，初非敗也。”後用“佹得佹失”說得和失都出於偶然。清代王夫之《讀〈四書大全〉說•〈孟子〉中》：“利者，佹得佹失者也；欲者，偶觸偶興者也。”清代杜綱《〈南史演義〉序》：“二千年間出爾反爾，佹得佹失，禍福迴圈，若合符契，天道報施，分毫無爽。”蔡東藩《清史通俗演義》六一回：“勝敗靡常，佹得佹失；軍情變幻，不可預測。”反 得失在人。

【依依不捨】yī yī bù shě 非常留戀，捨不得離開。明代馮夢龍《情史•朱淩溪》：“罷官之時，送者日數百人，……相隨數日，依依不捨。”清代張春帆《九尾龜》一七五回：“華德生臨走的時候，兩個人依依不捨。”老舍《弔濟南》：“兩地都有親愛的人，熟悉的地方；它們都使我依依不捨，幾乎分不出誰重誰輕。”同 戀戀不捨、留連不捨。反 一刀兩斷。

【依依惜別】yī yī xī bié 形容十分留戀，捨不得分開。唐代司空圖《長命縷》詩：“他鄉處處堪悲事，殘照依依惜別天。”清代張春帆《九尾龜》一五八回：“雲蘭為着秋穀今天要走，未免有些依依惜別的心情，坐在那裏呆呆的不甚開口。”徐志摩《康橋再會》詩：“今日別離時依然能坦胸相見，依依惜別。”同 依依不捨、難捨難分。反 一刀兩斷。

【依阿取容】yī ē qǔ róng 依阿：附和迎合。曲意逢迎以取悅於人。宋代歐陽修《〈歸田錄〉序》：“又不能依阿取容以徇世俗，使怨嫉謗怒叢於一身，以受侮於群小。”明代宋濂《故承直郎刑部司門員外王君墓誌銘》：“孟遠，剛方人也，或有過而折其非，視依阿取容者賤之，不與交語。”郭沫若《雄雞集•關於宋玉》：“那些文字絕大部分是依阿取容的幫閒文字。”同 阿諛奉承、阿世媚俗。反 剛正不阿、守正不阿。

【依草附木】yī cǎo fù mù ❶妖魔鬼怪附着於物上作祟。五代王周《巫廟》詩：“日既恃威福，歲久為精靈，依草與附木，誣詭殊不經。”明代唐順之《與洪方洲郎中》：“且崆峒強魂尚爾依草附木，為祟世間，可發一笑耳。”❷比喻憑藉他人勢力，為非作歹。《水滸傳》七三回：“俺哥哥不是這般的人，多有依草附木，假名託姓的在外頭胡做。”清代紀昀《閱微草堂筆記•灤陽消夏錄六》：“是四種人無官之責，有官之權，官或自顧考成，彼則惟知牟利，依草附木，怙勢作威。”❸比喻依附、投靠別人。清代江藩《漢學師承記•王蘭泉》：“是時依草附木之輩，聞予言大怒。”《文明小史》四七回：“敘起來不但同鄉，而且還沾點親。白趨賢依草附木，更把他興頭的了不得。”同 倚門傍户、傍人門户。反 獨立自主、自力更生。

【依流平進】yī liú píng jìn 流：品級。平進：循序漸進。❶ 指在仕途中按照資歷逐步提升。《南史·王騫傳》："吾家本素族，自可依流平進，不須苟求也。"《清史稿·職官志一》："選人並登資簿，依流平進。"❷ 泛指循序漸進。白燁《依流平進，暗香浮動》："可以說是在平穩發展之中有着平實的收穫，也可以說是表面上依流平進，實際上暗香浮動。"◇生活再沒有甚麼驚喜，照舊依流平進地一天天過去。

【依然如故】yī rán rú gù 照舊像從前一樣，沒有任何改變。唐代薛調《無雙傳》："舅甥之分，依然如故，但寂然不聞選取之議。"《二十年目睹之怪現狀》三十回："那外國人說修得好的。誰知修了個把月，依然如故。"◇闊別多年，她那浸到骨子裏的傲氣卻依然如故。同 一如既往、一仍舊貫。反 面目全非、面目一新。

【依違兩可】yī wéi liǎng kě 依：贊成。違：反對。形容對事情態度不明朗，不表示確定的意見。宋代司馬光《聽斷書》："夫心知其非而面徇其情，口順其說，依違兩可，此最人君之大患也！"明代歸有光《與傅體元書》："昨見子敬寄來丁田文字，不論文字工拙，但依違兩可，主意不定。"老舍《月牙兒》："學生中不反對月考的不敢發言。依違兩可的是與其說和平的話不如說激烈的，以便得同學的歡心與讚揚。"同 模棱兩可、不置可否。反 明白了當、斬釘截鐵。

【便宜行事】biàn yí xíng shì 經過特許，可不拘成規，不須請示，根據當時情勢自行斟酌處理。也作"便宜從事"。《史記·郅都傳》："孝景帝乃使使持節拜都為雁門太守，而便道之官，得以便宜從事。"《漢書·魏相傳》："好觀漢故事及便宜章奏，以為古今異制……數條漢興已來國家便宜行事，及賢臣賈誼、晁錯、董仲舒等所言，奏請施行之。"《紅樓夢》一一〇回："邢夫人等聽了話中有話，不想到自己不令鳳姐便宜行事，反說：'鳳丫頭果然有些不用心。'"◇他有便宜行事的職權，像這類問題可以全權處理。同 便宜施行。

【便宜從事】biàn yí cóng shì 見"便宜行事"。

【保泰持盈】bǎo tài chí yíng 見"持盈保泰"。

【保國安民】bǎo guó ān mín 保衞國家，使人民安居樂業。《水滸傳》八一回："俺哥哥要見尊顏，非圖買笑迎歡，只是久聞娘子遭際今上，以此親自特來告訴衷曲，指望將替天行道、保國安民之心上達天聽，早得招安，免致生靈受苦。"◇洞庭湖既是一塊不可多得的寶地，也是一個保國安民的湖。

【促膝談心】cù xī tán xīn 坐得很近，親密地談心裏話。促膝：形容坐得近，表示關係親密。唐代田穎《攬雲台記》："即有友人，不過十餘知音之侶，來則促膝談心，率皆聖賢之道，不敢稍涉異言。"清代尹會一《答袁丹圃少常書》："闊別知己，正在相思，適得手教，不異促膝談心時也。"葉君健《火花》："真是難得有機會從這些世俗的事務中抽出身來，和一位文人促膝談心。"

【俐齒伶牙】lì chǐ líng yá 形容能說會道。元代張國賓《合汗衫》第二折："你休聽那廝說短論長，那般的俐齒伶牙。"《醒世姻緣傳》十八回："一個鋪眉苫眼，滔滔口若懸河；一個俐齒伶牙，喋喋舌如干將。"◇那人照例很仔細地向我盤問了一番學歷年齡，我朋友俐齒伶牙地應對着。同 能說會道。反 笨口拙舌。

【俗子村夫】sú zǐ cūn fū 見"村夫俗子"。

【俗不可耐】sú bù kě nài 庸俗得使人無法忍受。《聊齋誌異·沂水秀才》："一美人置白金一鋌，可三四兩許，秀才掇內袖中。美人取巾，握手笑出，曰：'俗不可耐！'"老舍《四世同堂》第二部五三："從字號到每間屋裏的一桌一椅，都得要'雅'，萬不能大紅大綠的俗不可耐。"

【係風捕影】xì fēng bǔ yǐng 拴住風，捉住影子。也作"繫風捕影"。❶ 比喻不可能做到的事。《漢書·郊祀志下》："聽其言，洋洋滿耳，若將可遇；求之，盪盪如係風捕景（影），終不可得。"南朝宋謝惠連《秋胡行》詩："係風捕影，誠知不得。"宋代蘇軾《答謝民師書》："求物之妙，如繫風捕影，能使是物了然於心者，蓋千萬人而不一遇也。”❷ 比喻不露形跡。宋代胡仔《苕溪漁隱叢話前集•杜少陵五》：“善用事者，如係風捕影，豈有跡邪？”❸ 比喻說話毫無事實根據。北魏酈道元《水經注•贛水》：“有二崖，號曰‘大蕭’、‘小蕭’，言蕭史所遊萃處也。雷次宗云：‘此乃繫風捕影之論。’”◇這樣的猜測太過離奇，然而他的說法並非係風捕影。同 捕風捉影、无中生有。反 言之鑿鑿、確鑿不移。

【信口開合】xìn kǒu kāi hé 不假思索，隨口亂說。也作“信口開河”。元代關漢卿《魯齋郎》四折：“你休只管信口開合，絮絮聒聒。”明代無名氏《漁樵閒話》一折：“似我山間林下的野人，無榮無辱，任樂任喜，端的是信口開河隨心放蕩，不受拘束。”《紅樓夢》六三回：“賈蓉衹管信口開河，胡言亂語，三姐兒沉了臉。”◇有的人就喜歡信口開合，胡謅亂扯。同 順口開河、信口雌黄。反 沉靜少言、謹言慎行。

【信口開河】xìn kǒu kāi hé 見“信口開合”。

【信口雌黄】xìn kǒu cí huáng 信口：隨口；雌黄：可作顏料的黄色礦物。古時寫字用黄紙，常以雌黄來塗改錯字。晉代孫盛《晉陽秋》：“王衍，字夷甫，能言，於意有不安者，輒更易之，時號口中雌黄。”後世多作“信口雌黄”。比喻不顧事實，隨口亂說。老舍《有關〈西望長安〉的兩封信》：“諷刺是要誇大的，但不能無中生有，信口雌黄。”巴金《最後的時刻》：“他們胡說甚麼‘老右派’、‘黑大炮’，‘不會打仗’，這真是一派胡言，信口雌黄。”同 胡言亂語、胡謅八扯。反 謹言慎行、正言厲色。

【信手拈來】xìn shǒu niān lái ❶ 隨手就拿了過來。《五燈會元•隨州大洪山報恩禪師》：“昔日德山臨濟信手拈來，便能坐斷十方，壁立千仞，直得冰河焰起，枯木花芳。”宋代陸游《遣興》詩：“牀頭亦有閒書卷，信手拈來倦即休。”❷ 形容作文、繪畫能得心應手地運用技巧、材料、語彙、典故等，或能敏捷地發揮自己的思想理念。宋代陸游《秋風亭拜寇萊公遺像》詩：“巴東詩句澶州策，信手拈來盡可驚。”明代陶宗儀《南村輟耕錄•待士鄙吝》：“阿翁作畫如說法，信手拈來種種佳。好山好水塗抹盡，阿婆臉上不曾搽。”◇寫文章雜以詼諧，信手拈來，皆成妙趣。同 隨手拈來、運用自如。反 力不從心。

【信而有徵】xìn ér yǒu zhēng 真實而有依據。信：確實。徵：證據。《左傳•昭公八年》：“君子之言，信而有徵，故怨遠於其身。”漢代蔡邕《王子喬碑》：“稽古老之言，感精瑞之應，咨訪其驗，信而有徵。”

【信馬由韁】xìn mǎ yóu jiāng 不勒韁繩，任馬行走。比喻人漫無目的地隨意走、隨便說。《歧路燈》八六回：“卻說王氏是一個昏天暗地的母親，紹聞是一個信馬由韁的兒子，如何忽然講出大道理來？”老舍《四世同堂》第二部五二：“他氣昏了頭，不知往哪裏去好，於是就信馬由韁的亂碰，走了一二里地，他的氣幾乎完全消了。”

【信筆塗鴉】xìn bǐ tú yā 唐代盧仝《示添丁》詩：“忽來案上翻墨汁，塗抹詩書如老鴉。”小孩打翻桌上的墨汁，把詩書塗抹得如群鴉亂飛，後用“信筆塗鴉”形容書法拙劣或胡亂寫作。常用為自謙之辭。清代李漁《意中緣•先訂》：“僻處蠻鄉，無師講究，不過是信筆塗鴉，怎經得大方品騭？”

【信誓旦旦】xìn shì dàn dàn 信誓：真誠可信的誓言。旦旦：誠懇的樣子。誓言說得誠懇可信。《詩經•氓》：“信誓旦旦，不思其反。”漢代司馬相如《美人賦》：“脈定於內，心正於懷，信誓旦旦，秉志不回。”清代朱彝尊《烈女行》：“兒當從黄泉下，信誓旦旦不可乖。”◇別看她今天信誓旦旦，明天就變卦了，這個人靠不住。同 言而有信、海誓山盟。反 言而無信、背信棄義。

【侯門似海】hóu mén sì hǎi 見“侯門如海”。

【侯門如海】hóu mén rú hǎi 據唐代范攄《雲溪友議•襄陽傑》載，秀才崔郊之姑有侍婢與郊相戀，後姑貧，將婢賣與連帥于頔，崔郊不能見，思慕無已；寒食節婢外出，與郊相遇，崔郊贈詩曰："公子王孫逐後塵，綠珠垂淚滴羅巾；侯門一入深如海，從此蕭郎是路人。"後以"侯門如海"指顯貴人家森嚴，其深宅大院如海一樣深，舊時相熟相識因而疏遠隔絕。清代袁于令《西樓記•緘誤》："(外)侯門如海怕難達。(旦)疾忙去，快來家，這回休得將人註。"◇原本是同窗好友，親密無間，如今地位顯赫，侯門如海，已經多年不見面了。也作"侯門似海"。唐代杜荀鶴《與友人對酒吟》："客路如天遠，侯門似海深。"

【俟河之清】sì hé zhī qīng 俟：等待。等待黃河水由濁變清。比喻期望之事難以實現或不可能實現。《左傳•襄公八年》："周《詩》有之曰：'俟河之清，人壽幾何？'"漢代張衡《思玄賦》："系曰：天長地久歲不留，俟河之清秪懷憂。"宋代歐陽修《感春雜言》詩："俟河之清不可得，聊自歌此譏愚頑。"

【倩人捉刀】qiàn rén zhuō dāo《三國志•陳思王植傳》："(曹植)善屬文。太祖嘗視其文謂植曰：'汝倩人邪？'植跪曰：'言出為論，下筆成章，顧當面試，奈何倩人？'"《世説新語•客止》："既畢，令間諜問曰：'魏王何如？'匈奴使答曰：'魏王雅望非常，然牀頭捉刀人，此乃英雄也。'魏武聞之，追殺此使。"倩：請。捉刀：代人執筆作文。後用"倩人捉刀"表示請別人代寫文章。◇學術腐敗，愈演愈烈，倩人捉刀的事情屢見報端。同 捉刀代筆。反 代人捉刀。

【倩女離魂】qiàn nǚ lí hún 舊指少女為愛情神思恍惚乃至身亡。唐代陳玄祐《離魂記》載：衡州張鎰有女倩娘，與張氏外甥王宙相戀，不意，王卻被另配他人，倩娘抑鬱成病。王宙被遣四川，夜半，倩娘之魂亦隨之趕到船上。五年後，兩人歸家，房中臥病在牀的倩娘聞聲出見，兩女合為一體。元代鄭德輝《倩女離魂》四折："那一個跟他取應，這一個淹煎病損，母親，則這是倩女離魂。"明代馮惟敏《集賢賓•閨思》："因他，悄一似倩女離魂，病染沉疴。"同 離魂倩女。

【借刀殺人】jiè dāo shā rén 比喻自己不出面，利用別人去害人。明代汪廷訥《三祝記•造險》："恩相明日奏仲淹為環慶路經略招討使，以平元昊，這所謂借刀殺人。"《紅樓夢》六九回："鳳姐雖恨秋桐，且喜借他先可發脱二姐，用'借刀殺人之法'。"《老殘遊記》五回："我當初恨他報案，毀了我兩個兄弟，所以用個借刀殺人的法子，讓他家吃幾個月官事，不怕不毀他一兩千吊錢。"同 借劍殺人、假手於人。反 拔刀相助、捨己救人。

【借古諷今】jiè gǔ fěng jīn 假借古人古事，用以影射諷刺當今現實中的是非不公。◇借古諷今，往往是現實生活中的高壓和"文字獄"造成的。同 借古喻今、含沙射影。

【借花獻佛】jiè huā xiàn fó 本是佛家語。《過去現在因果經》一："今我女弱不能得前，請寄二花以獻於佛。"後以"借花獻佛"比喻借用別人的東西做人情。元代無名氏《殺狗勸夫》楔子："既然哥哥有酒，我們借花獻佛，與哥哥上壽咱。"《老殘遊記》六回："今兒有人送來極新鮮的山雞，燙了吃，很好的，我就借花獻佛了。"◇這是朋友送的一罈好酒，借花獻佛，拿來招待大家了。

【借風使船】jiè fēng shǐ chuán 比喻憑藉外力，順勢行事，達到自己的目的。《紅樓夢》九一回："今見金桂所為，先已開了端了，他便樂得借風使船，先弄薛蝌到手，不怕金桂不依。"◇俗話説借風使船，先拿他這筆錢頂上再説吧。同 借水行舟。

【借屍還魂】jiè shī huán hún ❶ 古代認為人死後其靈魂附於他人屍體可以復活。元代無名氏《碧桃花》三折："誰想有這一場奇怪的事，那徐碧桃已着他借屍還魂去了。"清代袁枚《新齊諧•借屍延嗣》："閻君指長鬼告余曰：'此爾翁也，着他領爾借屍還魂，生子延祀。'"❷ 比喻已消亡的事物改頭換面，用別的樣式重新出現。梁啟超《意大利建國三傑傳》九："瑪志尼所妊育之殤子，越二十年而復蘇，雖然，其蘇也，借屍還魂也，非統一而連合也，非共和而立憲也。”◇劇本的作者再三再四地表白說，那純是一齣古裝戲，並沒有以古諷今，借屍還魂，拿先人以刺當世的意思。同 陰魂不散、死灰復燃。

【借酒澆愁】jiè jiǔ jiāo chóu《世說新語•任誕》:“阮籍，胸中壘塊，故須酒澆之。”後“借酒澆愁”說用飲酒來排解心中的愁悶。宋代王千秋《水調歌頭》詞：“座上騎鯨仙友，笑我胸中磊塊，取酒為澆愁。一舉千觴盡，來日判扶頭。”《花月痕》三回：“借酒澆愁帶淚傾。”巴金《〈沉默集〉序》:“將百數十年前的舊事重提，既非‘替古人擔憂’，亦非‘借酒澆愁’。”同 以酒澆愁。

【借貸無門】jiè dài wú mén 見“告貸無門”。

【借題發揮】jiè tí fā huī 假借某個話題，淋漓盡致地說出自己真正要講的意思。清代吳趼人《痛史》七回：“我觸動起來，順口罵他兩句，就是你們文人說的，甚麼‘借題發揮’的意思呢。”清代錢泳《履園叢話•閨秀詩》:“澹仙詩詞俱妙，出於性靈……借題發揮，罵盡世人。”清代太平客人《〈何典〉序》:“豈知韓昌黎之送窮鬼，羅友之路見揶揄鬼，借題發揮，一味搗鬼而已哉！”

【倚老賣老】yǐ lǎo mài lǎo 憑藉年紀大，賣弄老資格。元代無名氏《謝金吾》一折：“我儘讓你說幾句便罷，則管裏倚老賣老，口裏嘮嘮叨叨的說個不了。”《紅樓夢》五七回：“紫鵑飛紅了臉，笑道：‘姨太太真個倚老賣老的。’”《官場現形記》五四回：“馮中書見他倚老賣老，竟把自己當作後輩看待，心上很不高興。”◇像他這種人，倚老賣老，從不把我們放在眼裏。反 平起平坐、平易近人。

【倚門倚閭】yǐ mén yǐ lǘ 閭：古代里巷的大門。《戰國策•齊策六》:“汝朝出而晚來，則吾倚門而望；汝暮出而不還，則吾倚閭而望。”倚在家門口或里巷門口等待兒女歸來。形容父母盼望子女殷切急迫的心情，或形容焦急地等待。清代黃遵憲《別賴雲芝同年》詩：“倚門倚閭久相望，不可以留行束裝。”◇女兒到珠三角打工，一去數年，做母親的她，終日倚門倚閭。同 倚門之望、倚閭之望。

【倚門傍户】yǐ mén bàng hù 戶：門。傍：靠。比喻依附他人而不能自立。唐代李山甫《柳》詩：“弱帶低垂可自由，傍他門戶倚他樓。金風不解相抬舉，露壓煙欺直到秋。”《五燈會元•涿州紙衣和尚》:“僧問：‘如何是賓中賓？’師曰：‘倚門傍戶猶如醉，出言吐氣不慚惶。’”清代黃宗羲《明儒學案•發凡》:“學問之道，以各人自用得着者為真。凡倚門傍戶、依樣葫蘆者，非流俗之士，則經生之業也。”◇做人之道最忌倚門傍戶，不思進取，一生下來，毫無出息。同 依門傍户、傍人門户。

【倚門賣俏】yǐ mén mài qiào 倚：靠。賣俏：故作嬌媚姿態挑逗人。靠在門邊，以色相挑逗引誘，多指妓女生涯。《二刻拍案驚奇》卷二：“看這自由自在的模樣，除非去做娼妓，倚門賣俏，攛哄子弟，方得這樣快活象意。”也作“賣俏倚門”、“倚門賣笑”。《西廂記》三本一折：“你看人似桃李春風牆外枝，賣俏倚門兒。”《老殘遊記續集》二回：“佇看我們這樣打扮，並不像那倚門賣笑的娼妓。”張仲三《黑暗舞者》:“誰也不知這卧底扮作倚門賣笑女子的蘇岩還是個警察。”同 賣笑生涯。

【倚門賣笑】yǐ mén mài xiào 見“倚門賣俏”。

【倚官仗勢】yǐ guān zhàng shì 倚仗着官府的權勢。《社會萬象》三：“也有勢利小人，一旦有了靠山，便倚官仗勢，魚肉鄉里，敲詐勒索，無所不為。”◇如果問倚官仗勢，斂財刮錢最多的是哪一類人，那無疑就是官僚子弟，小子弟小刮，大子弟大斂。同 倚財仗勢、仗勢欺人。

【倚馬可待】yǐ mǎ kě dài 據《世說新語•文學》：晉朝的桓溫領兵出征，命令袁虎起草檄文。袁靠着戰馬，一揮而就，寫成了七張紙的漂亮文稿。後用“倚馬可待”形容才思敏捷，文章頃刻寫成。也形容事情容易做，即刻就可辦成。唐代李白《與韓荊州朝宗書》:“必若接之以高宴，縱之以清談，請日試萬言，倚馬可待。"《兒女英雄傳》三七回："公子此時，一團興致，覺得此事倚馬可待，那知一想，才覺長篇累牘，不合體裁。"◇這件事不其實並不難，交給他倚馬可待。反 久懸不決、曠日持久。

【倚財仗勢】yǐ cái zhàng shì 憑藉自己的財富和權力欺壓他人。《紅樓夢》四回："無奈薛家原係金陵一霸，倚財仗勢，眾豪奴將我小主人竟打死了。"◇當地也確有倚財仗勢的人，不過還不敢大白天就搶人財物。同 倚官仗勢、倚勢挾權。

【倚強凌弱】yǐ qiáng líng ruò 倚：依仗。《莊子·盜跖》："自是之後，以強凌弱，以眾暴寡。"後用"倚強凌弱"說憑藉自己的強勢去欺壓弱小。元代無名氏《延安府》一折："他則待要倚強凌弱胡為做，全不怕一朝人怨天公怒。"明代無名氏《打董達》二折："我平日之間，行兇撒潑，倚強凌弱，欺負平人。"同 仗勢欺人、以強凌弱。

【倒戈卸甲】dǎo gē xiè jiǎ 表示投降。倒戈：放下武器。卸甲：解除鎧甲。宋代釋惟白《續傳燈錄·廣法法光禪師》："(雪峰）九到洞山，為甚麼倒戈卸甲。"《三國演義》六二回："卻說玄德立起免死旗，但川兵倒戈卸甲者，並不許殺害。"◇兵敗如山倒，四散潰逃，倒戈卸甲者無數。同 丟盔卸甲、棄甲曳兵。

【倒打一耙】dào dǎ yī pá 耙：釘耙。古典小說《西遊記》描寫豬八戒以釘耙為武器，常倒打一耙以攻擊對手。後用"倒打一耙"比喻自己錯了，卻反過來指摘對方。《兒女英雄傳》一四回："我輸了理可不輸氣，輸了氣也不輸嘴。且翻打他一耙，倒問他！"陶菊隱《記者生活三十年》三章："此時他倒打一耙，硬說此電係唐捏造。"同 反咬一口。

【倒行逆施】dào xíng nì shī 逆：相反。施：實行。《史記·伍子胥傳》："吾日暮途遠，吾故倒行而逆施之。"後以"倒行逆施"謂做事違反常規、常理。宋代陸九淵《與包詳道》："其於聖賢之言，一失其指，則倒行逆施，弊有不可勝言者。"清代孔尚任《桃花扇·偵戲》："我阮鬍子呵！也顧不得名節，索性要倒行逆施了。"◇倒行逆施必定遭歷史唾棄。反 合情合理、入情入理。

【倒果為因】dào guǒ wéi yīn 把事情的結果當成原因。指顛倒了因果關係。蔡東藩《民國通俗演義》三三回："若要倒果為因，理論上殊說不過去，因此，擬先定憲法，後舉總統。"◇把自己唸不好書歸為父母沒傳給天資，這就是"倒果為因"了。

【倒持泰(太)阿】dào chí tài ē 泰阿：古代寶劍名。倒拿着寶劍，以柄授人，鋒刃反而對着自己。比喻把權柄輕易地交給別人，自己反受其害。常與"授人以柄"連用。《漢書·梅福傳》："倒持泰阿，授楚其柄。"唐代陸贄《論關中事宜狀》："今執事者先拔其本，棄重取輕，所謂倒持太阿，授人以柄。"宋代樂史《綠珠傳》："二子以愛姬示人，掇喪身之禍。所謂倒持太阿，授人以柄。"蔡東藩《民國通俗演義》五九回："維時南軍渠帥，實亦豁達寡防，墮彼奸計，倒持太阿，豢此凶逆。"同 太阿倒持、泰阿倒持。

【倒背如流】dào bèi rú liú 背誦得非常熟練，十分流暢。◇她把《唐詩一百首》讀得滾瓜爛熟，倒背如流了。同 滾瓜爛熟。

【倒海翻江】dǎo hǎi fān jiāng 形容波翻浪湧，水勢浩大。也作"翻江倒海"。宋代陸游《夜宿陽山磯》詩："五更顛風吹急雨，倒海翻江洗殘暑。"後多比喻聲勢、力量極大，或局面極其混亂。《紅樓夢》九十回："薛姨媽家中被金桂攪得翻江倒海。"《說岳全傳》七五回："直殺得天昏地暗鬼神愁，倒海翻江波浪滾。"

【倒置干戈】dào zhì gān gē 干戈：指兵器。《禮記·樂記》："倒載干戈，包之以虎皮。"把兵器倒放着不用。意思是不再爭戰，實現和平。《史記·留侯世家》："倒置干戈，覆以虎皮，以示天下不復用兵。"同 倒載干戈、鑄劍為犁。反 窮兵黷武、南征北討。

【倒鳳顛鸞】dǎo fèng diān luán ❶ 比喻男女交歡的性事。《西廂記》四本二折："你繡幃裏效綢繆，倒鳳顛鸞百事有。"

《清平山堂話本•風月瑞仙亭》："二人倒鳳顛鸞，頃刻雲收雨散。"❷ 指織物上的圖案。金代元好問《贈答張教授仲文》詩："天孫繰絲天女織，倒鳳顛鸞金粟尺。"同 顛鸞倒鳳。

【倒屣而迎】dào xǐ ér yíng 屣：鞋。《三國志•王粲傳》："時邕（蔡邕）才學顯著，貴重朝廷，常車騎填巷，賓客盈坐。聞粲在門，倒屣迎之。"古人在家中脱鞋席地而坐，蔡邕急着迎接王粲，匆忙中穿倒了鞋子。後用"倒屣而迎"形容熱情迎客。《古今小説•臨安里錢婆留發跡》："鍾起知是故人廖生到此，倒屣而迎。"宋代孫光憲《北夢瑣言》卷五："唐進士曹唐《遊仙詩》才情縹緲，岳陽李遠員外，每吟其詩而思其人。一日，曹往謁之，李倒屣而迎。"清代姬文《市聲》三三回："我倒為了他起了個早，倒屣而迎，真不上算。"同 倒屣相迎、倒屣迎賓。反 拒人門外、拒人千里。

【倒繃（綳）孩兒】dào bēng hái ér 繃：包紮。接生婆把剛產下的嬰兒倒着包紮。比喻經驗老到的人一時疏忽失誤。宋代魏泰《東軒筆錄》卷七："（苗振）謁晏丞相（晏殊），晏語之曰：'君久從吏事，必疏筆硯，今將就試，宜稍溫習也。'振率然答曰：'豈有三十年為老娘，而倒繃孩兒者乎？'晏公俯而哂之。"就試：應召試館職。老娘，接生婆。《聊齋誌異•念秧》："作老娘三十年，今日倒綳孩兒，亦復何説！"蔡東藩《民國通俗演義》一四六回："此計妙極，我想袁祖銘雖能用兵，此一番，必然又教他倒綳孩兒了。"同 馬失前蹄。反 老謀深算。

【倒懸之危】dào xuán zhī wēi 見"倒懸之急"。

【倒懸之急】dào xuán zhī jí 倒懸：人的身體倒掛了起來。《孟子•公孫丑上》："當今之世，萬乘之國行仁政，民之悦之，猶解倒懸也。"後用"倒懸之急"比喻處境艱難困苦或非常危急。《後漢書•臧洪傳》："但懼秋風揚塵，伯珪馬首南向，張揚、飛燕旅力作難，北鄙將告倒懸之急，股肱奏乞歸之記耳。"《三國演義》九三回："社稷有累卵之危，生靈有倒懸之急。"也作"倒懸之危"。《西廂記》二本楔子："有遊客張君瑞奉書令小僧拜投於麾下，欲求將軍以解倒懸之危。"《山河風煙》一七："柳和城拜道：'我輩讀書人手無縛雞之能，只有何將軍才能救民於水火，解救於倒懸之危的百姓。'"同 倒懸之患、倒懸之苦。

【修文偃武】xiū wén yǎn wǔ 修：倡導。偃：停止。提倡文教，停止戰備。唐代陸贄《賜尚結贊書》："將期去殺好生，修文偃武，永安兆庶，垂法子孫。"元代孫季昌《點絳唇》曲："見修文偃武是朝廷紀綱。"《三國演義》九八回："陛下初登寶位，未可動兵，只宜修文偃武，增設學校，以安民心。"同 偃武修文、文修武偃。反 投筆從戎。

【修心養性】xiū xīn yǎng xìng 修養心性，使自我人格漸臻完美。元代吳昌齡《東坡夢》二折："我如今修心養性在廬山內。"冰心《寄小讀者》："我縱欲修心養性，那得此半年空閒。"也作"修真養性"。元代無名氏《瘸李岳詩酒翫江亭》一折："修真養性，累積善功，以成正道。"《西遊記》五五回："那裏會憐香惜玉，只曉得修真養性。"◇要想自己心情愉快，只有修心養性這一個法門。同 修身養性、澡身浴德。

【修真養性】xiū zhēn yǎng xìng 見"修心養性"。

【修齊治平】xiū qí zhì píng《禮記•大學》："古之欲明德於天下者，先治其國；欲治其國者，先齊其家；欲齊其家者，先修其身。""修身、齊家、治國、平天下"的省稱。泛指提高自身修養，報效國家的政治理想。廖仲愷《孫文主義叢刊序》："先生倡行易知難之説及三民主義，五權憲法，建國大綱，於修齊治平之道，已提其綱而挈其凡。"

【修德慎罰】xiū dé shèn fá 修養道德情操，慎重對待刑罰。指奉行公平正義的理念，謹慎執法的施政方略。《三國演義》一〇二回："且勸吳王修德慎罰，以安內為念，不當以黷武為事。"◇統治者修德慎罰則民安不躁，天下太平。

【修舊起廢】xiū jiù qǐ fèi ❶恢復過去廢棄了的事業。《史記・太史公自序》："幽厲之後，王道缺，禮樂衰，孔子修舊起廢，論《詩》《書》，作《春秋》，則學者至今則之。" ❷把舊的修復好，將廢棄不用的設法再使用起來。宋代呂陶《重修成都西樓記》："此而不葺，殆非修舊起廢，悅民便俗之理。" 同 修舊利廢。

【倘(儻)來之物】tǎng lái zhī wù 倘：同"儻"，意外。《莊子・繕性》："今之所謂得志者，軒冕之謂也。軒冕在身，非性命也，物之儻來，寄者也。"後以"倘來之物"指意外得到或不應得而得到的東西。元代秦簡夫《東堂老》三折："忠孝是立身之本，這錢財是倘來之物。"《新唐書・紀王慎傳》："況榮寵貴盛，儻來物也，可恃以淩人乎！" ◇從股市賺的錢，本來就是倘來之物，如今又賠了回去，你大可不必上心。

【倡條冶葉】chāng tiáo yě yè 倡：輕佻。冶：妖艷。形容楊柳枝葉婀娜多姿的樣子。多借指歌妓。宋代歐陽修《玉樓春》詞："南國粉蝶能無數，度翠穿紅來復去。倡條冶葉恣留連，飄蕩輕於花上絮。"也作"冶葉倡條"。唐代李商隱《燕台春》詩："蜜房羽客類芳心，冶葉倡條遍相識。"宋代周邦彥《尉遲杯・離恨》詞："冶葉倡條俱相識，仍慣見珠歌翠舞。"清代龔自珍《臺城路》："冶葉倡條，年年慣見露裏風中無數。誰家怨女，有一種閒愁，天然嫵媚。"《社會萬象》三："入夜在城市陰暗一角，自有那冶葉倡條者女，幽靈般勾人魂魄，引人沉淪而忘記倫理道德。"

【倜儻不群】tì tǎng bù qún 形容豪放、灑脫、大方，與眾不同。《晉書・索靖傳》："或若登高望其類，或若既往而中顧，或若倜儻而不群，或若自檢於常度。"《聊齋誌異・狐夢》："余友畢怡庵，倜儻不群，豪縱自喜。"《兒女英雄傳》一五回："先生這等翩然而來，真是倜儻不群，足展抱負。" 同 倜儻不羈、倜儻風流。

【倜儻不羈】tì tǎng bù jī 形容豪放灑脫，不受禮俗的約束。《晉書・袁耽傳》："耽字彥道，少有才氣，倜儻不羈，為士類所稱。"《二刻拍案驚奇》卷二七："做人倜儻不羈，豪俠好遊，又兼權略過人。" ◇他爺爺年輕時曾是一個倜儻不羈的大才子，在他身上多少也帶有這種氣質。同 倜儻不群、風流倜儻。

【俯仰之間】fǔ yǎng zhī jiān 俯仰：低頭與抬頭。在一低頭一抬頭之間。❶形容時間十分短暫。《莊子・在宥》："其疾俯仰之間而再撫四海之外。"疾：迅速。《漢書・晁錯傳》："以大為小，以強為弱，在俯仰之間耳。"晉代王羲之《蘭亭集序》："向之所欣，俯仰之間，已為陳跡。" ◇有時正確與錯誤之選擇，只在俯仰之間，不可不慎。❷指人活在世上。宋代豐稷《辭免左諫議大夫》："俯仰之間，無所愧怍，方能稱其責。" 同 一念之間、彈指之間。反 天長地久、日久天長。

【俯仰由人】fǔ yǎng yóu rén 俯仰：低頭和抬頭，一舉一動。形容一切行動都受別人擺佈支配。《莊子・天運》："且子獨不見夫桔槔者乎？引之則俯，捨之則仰，彼人之所引，非引人也，故俯仰不得罪於人。"桔槔：汲井水的工具。宋代袁燮《桔槔》詩："往來濟物非無用，俯仰由人亦可憐。"《北洋軍閥統治時期史話》六五章："(段祺瑞) 不甘心做俯仰由人的傀儡。" ◇人的可貴之處在於獨立之精神，倘若一切俯仰由人，終究可悲。同 俯仰隨人、俯仰於人。反 獨立自主、我行我素。

【俯仰無愧】fǔ yǎng wú kuì《孟子・盡心上》："仰不愧于天，俯不怍于人。"俯仰：低頭與抬頭。說對天對人都沒有慚愧不安的地方。後形容為人正直、襟懷坦蕩。宋代陸游《賀辛給事啟》："洗鄙夫患失之風，增善類敢言之氣，俯仰無愧，進退兩高。"清代梁紹壬《兩般秋雨庵隨筆》卷五："夫人苟夙夜捫心，俯仰無愧，果足以載福致祥。" ◇做人只要對得起天地君親，就可俯仰無愧了。同 捫心無愧。反 無地自容。

【俯拾即是】fǔ shí jí shì 即：就。到處都是，一彎腰就可撿到。形容為數很多，極易得到。唐代司空圖《二十四時品•自然》："俯拾即是，不取諸鄰。"清代陳僅《竹林答問》："眼前詩境，到處皆春；腕底詩料，俯拾即是。"◇會說流利英語的年輕人俯拾即是，不愁招不到人。同 俯拾皆是、比比皆是。反 寥若晨星、絕無僅有。

【俯首帖耳】fǔ shǒu tiē ěr 低着頭，耷拉着耳朵。形容走獸馴服的樣子，後形容人服帖、順從。多含貶義。唐代韓愈《應科目時與人書》："若俯首帖耳，搖尾而乞憐者，非我之志也。"明代朱國禎《湧幢小品•教官全城》："教授劉士英，湖州人。憤激於眾曰：'吾徒誦詩書，講逆順，而俯首帖耳，以事賊乎？'"《聊齋誌異•阿霞》："景俯首帖耳，口不能道一詞。"◇把柄握在人家手裏，只好俯首帖耳，唯命是從了。同 伏首帖耳、垂首帖耳。反 寧死不屈。

【俯首聽命】fǔ shǒu tīng mìng 低着頭聽從命令。形容絕對服從。《易林•兌之否》："俯伏聽命，不敢動搖。"《舊五代史•杜重威傳》："召諸將會，告以降敵之意，諸將愕然，以上將既變，乃俯首聽命，遂連署降表。"《明史•許進傳》："貢使每至關，率下馬脫弓矢入館，俯首聽命，無敢嘩者。"張天翼《〈西遊記〉劄記》："神是高高在上的統治者，上自天界，下至地府，無不要俯首聽命。"同 俯首貼耳、唯命是聽。反 強頭倔腦、桀驁不馴。

【倍道兼行】bèi dào jiān xíng 一天走兩天路程。倍：加倍。道：行程。《管子•禁藏》："其商人通賈，倍道兼行，夜以續日，千里而不遠者，利在前也。"唐代陳玄祐《離魂記》："(王宙) 遂匿倩娘於船，連夜遁去。倍道兼行，數月至蜀。"也作"倍道兼進"。《說岳全傳》二二回："迎二帝於沙漠，救生民於塗炭，爾其倍道兼進，以慰朕懷。"同 日夜兼程。反 躊躇不前、裹足不前。

【倍道兼進】bèi dào jiān jìn 見"倍道兼行"。

【倉卒之際】cāng cù zhī jì 指匆匆忙忙之間。倉卒：倉促，匆忙。《三國志•王粲傳》裴松之注引《文士傳》："天下大亂，豪傑併起，在倉卒之際，強弱未分。"◇匆匆趕到火車站，他才發現倉卒之際竟忘記帶火車票了。反 不慌不忙。

【倉皇失措】cāng huáng shī cuò 倉皇：匆忙慌亂。措：辦法。匆忙慌亂之間不知怎麼辦才好。宋代劉克莊《跋欽宗宸翰四》："一旦胡騎奄至，京城戒嚴，謀臣武將倉皇失措。"《二刻拍案驚奇》一五回："提控倉皇失措，連忙趨避不及。"《三國演義》四二回："曹操懼張飛之威，驟馬往西而走，冠簪盡落，披髮奔逃……曹操倉皇失措。"也作"倉皇無措"。明代焦竑《玉堂叢語•籌策》："英宗既北守……舉朝倉皇無措。"同 張皇失措、驚慌失措。反 鎮定自若、不慌不忙。

【倉皇出逃】cāng huáng chū táo 匆匆忙忙，急惶惶外出逃跑。倉皇：匆促慌亂。南唐李煜《破陣子》詞："最是倉皇辭廟日，教坊猶奏別離歌，垂淚對宮娥。"◇當兵臨城下之時，即使想倉皇出逃，也已經沒有指望了。反 安安穩穩、穩操勝券。

【倉皇無措】cāng huáng wú cuò 見"倉皇失措"。

【做小伏(服)低】zuò xiǎo fú dī 卑躬屈膝，低聲下氣。有時含有降低身份，服輸、討好人之意。元代無名氏《神奴兒》楔子："我把你個村弟子孩兒，我不誤間撞着你，我陪口相告，做小伏低，你就罵我做驢前馬後，數傷我父母。"元代施君美《幽閨記•姊妹論思》："做小服低，看看地過冬還過春。"明代劉效祖《詞臠•沉醉東風》："爭名利瞞心昧己，趨權勢做小伏低。"◇在人矮簷下，豈能不低頭！他也只能忍聲吞氣，做小服低，捱日子等機會了。同 伏低做小。反 揚眉吐氣。

【做好做歹】zuò hǎo zuò dǎi 一會兒來軟的，一會用硬的，一會做好人，一會當惡人，用盡多種方法進行勸說，或苦苦央告請求。《金瓶梅詞話》九九回："陸秉義見劉二打得兇，和謝胖子做好做歹，把他勸的去了。”《儒林外史》二二回：“店裏人做好做歹，叫他認不是。”《官場現形記》四九回：“那一個急了，便做好做歹，磕頭賠禮，仍舊統通答應了他，方才上輪船。”魯迅《故事新編·采薇》：“叔齊只得接了瓦罐，做好做歹的硬勸伯夷喝了一口半。”同 作好作歹。反 置之不理。

【做賊心虛】zuò zéi xīn xū 比喻做了壞事怕人察覺而心裏不安。《五燈會元·明州雪竇重顯禪師》：“顧謂侍者曰：‘適來有人看方丈麼？’侍者曰：‘有。’師曰：‘作賊人心虛。’”《二十年目睹之怪現狀》六十回：“這個毛病，起先人家還不知道，這又是他們做賊心虛弄穿的。”◇我看她呀，多少有點兒做賊心虛。同 作賊心虛、賊人心虛。

【偃武修文】yǎn wǔ xiū wén 偃：停止。停下武備，提倡文教。表示國家統一，社會安定。《尚書·武成》：“王來自商，至於豐，乃偃武修文，歸馬於華山之陽，放牛於桃林之野。”宋代陳亮《酌古論》：“江東既平，天下既一，偃武修文……數年之間，天下略治。”元代關漢卿《哭存孝》二折：“那其間便招賢納士，今日個俺可便偃武修文。”同 偃武行文、文修武偃。反 南征北戰、窮兵黷武。

【偃旗息鼓】yǎn qí xī gǔ ❶偃：放倒。息：停止。放倒軍旗，停擊戰鼓。形容隱蔽行蹤，不暴露目標，或放棄備戰。《三國志·趙雲傳》注引《趙雲別傳》：“雲入營，更大開門，偃旗息鼓，公軍疑雲有伏兵，引去。”《舊唐書·裴光庭傳》：“突厥受詔，則諸蕃君長必相率而來，雖偃旗息鼓，高枕有餘矣。”❷比喻收斂聲勢，或放棄要做的事情。《官場現形記》十八回：“但是煌煌天使，奉旨而來，難道就此偃旗息鼓，一問不問嗎？”◇前一陣子還聲稱要堅持幹下去，如今也不得不偃旗息鼓。同 偃旗卧鼓。反 大張旗鼓。

【偭規越矩】miǎn guī yuè jǔ 戰國楚屈原《離騷》：“固時俗之工巧兮，偭規矩而改錯。”後以“偭規越矩”指違背規矩、改變法則。清代連斗山《周易辨畫·震》：“笑言啞啞，豈偭規越矩之謂哉。”反 循規蹈矩。

【側目而視】cè mù ér shì 斜着眼睛看，不敢正視。形容敬畏或畏懼的神態。《戰國策·秦策一》：“妻側目而視，側耳而聽。”《老殘遊記》三回：“諸君記得當年常剝皮做兗州府的時候，何嘗不是這樣？總做的人人側目而視就完了。”葉君健《火花》：“如果吳青茂有一個洋舉人的兒子，他自己有一名‘乘龍快婿’，連縣老爺恐怕都要對他們側目而視了，誰敢碰他們一根毫毛？”同 戰戰兢兢。

【側足而立】cè zú ér lì 形容因敬重或畏懼而不敢挪動的樣子。側足：併攏雙腳。《後漢書·吳漢傳》：“漢性強力，每從征伐，帝未安，恆側足而立。”宋代司馬光《請建儲副或進用宗室第一狀》：“竊見陛下自首春以來，聖體小有不康，天下之人側足而立，累氣而息，恟恟憂懼，若蹈冰炭。”◇員工背後叫董事長“雌老虎”，見了她都側足而立，誰也不敢大聲説話。同 重足而立、側目而視。

【偶一為之】ǒu yī wéi zhī 偶爾做一次。宋代歐陽修《縱囚論》：“若夫縱而來歸而赦之，可偶一為之爾，若屢為之，則殺人者皆不死，是可為天下之常法乎？”清代紀昀《閱微草堂筆記·槐西雜志二》：“夫消閒遣日，原不妨偶一為之，以為得失喜怒，則可以不必。”◇這樣的娛樂偶一為之，倒還覺得有趣，多玩幾次，就失去新鮮感了。反 習以為常。

【偷工減料】tōu gōng jiǎn liào ❶在生產或施工中，降低品質要求、減省工序和用料。《兒女英雄傳》二回：“這下游一帶的工程都是偷工減料做的，斷靠不住。”《中國現在記》十回：“今年開的這個口子，聽説就是去年修的，不知怎樣的偷工減料，糊弄局兒，所以不到一年就毀了。”❷比喻做事貪圖省事，敷衍馬虎。◇辦事要盡心盡責，不能偷工減料，糊弄過去就算了。

【偷天換日】tōu tiān huàn rì 比喻玩弄手段，以假代真，達到蒙混欺騙的目的。《群音類選·竊符記·如姬竊符》：“偷天換日，強似攜雲握雨。”清代李漁《憐香伴·簾阻》：“轉劣為優人莫測，偷天換日鬼難防。”洪深《香稻米》第二幕：“人家説他是做外國人的生意的，偷天換日，花頭多着呢！”◇別在我面前玩這種偷天換日的小把戲，我見得多了！ 同 偷樑換柱。

【偷合茍容】tōu hé gǒu róng 茍且迎合，以求容身。《荀子·臣道》：“不卹君之榮辱，不卹國之臧否，偷合茍容，以持祿養交而已耳，謂之國賊。”宋代司馬光《乞開言路狀》：“近歲風俗頹弊，士大夫以偷合茍容為智，以危言正論為狂。”明代趙弼《丹景報應錄》：“爾曹昔為相國，位極人臣，貪慾無厭，求利不止，偷合茍容。” 同 偷合取容、茍合取容。

【偷香竊玉】tōu xiāng qiè yù《世説新語·惑溺》載，晉朝賈充之女賈午與韓壽私通，偷出武帝賜賈充的異香贈韓壽，此香着體，數月不散，終被賈充發覺，最終把賈午嫁給了韓壽。後以“偷香竊玉”指與女人偷情私通。元代石子章《竹塢聽琴》四折：“再不赴偷香竊玉期，再不事煉藥燒丹教，從此後，無煩少惱。”《醒世恆言·吳衙內鄰舟赴約》：“安排佈地瞞天謊，成就偷香竊玉情。”茅盾《自然主義與中國現代小説》：“思想方面自然也是卑陋不足道，言愛情不出才子佳人偷香竊玉的舊套，言政治言社會，不外慨歎人心日非世道淪夷的老調。” 同 竊玉偷香。

【偷偷摸摸】tōu tōu mō mō 形容瞞着人做事，見不得陽光。元代李行道《灰闌記》一折：“我喚你來，不為別事，想俺兩個偷偷摸摸的，到底不是個了期。”《紅樓夢》八十回：“要做甚麼和我説，別偷偷摸摸的。”◇這事擺不到台面上來，她不敢堂堂正正説理，只能偷偷摸摸罵人。 反 光明正大、堂堂正正。

【偷寒送暖】tōu hán sòng nuǎn ❶ 形容奉承拍馬。元代元淮《乙丑鞭春》詩：“偷寒送暖朱門去，搶腳爭頭白上來。”《隋唐演義》二回：“這些臣官宮妾，見皇后有些偏向，自然偷寒送暖，添嘴掬舌。” ❷ 暗地裏照顧人關照人，或喻指暗中為男女私情牽線撮合。元代白樸《牆頭馬上》二折：“枉罵他偷寒送暖小奴才，要這般當面搶白。”《雍熙樂府·滿庭芳·西廂十詠》：“紅娘豔質，能傳芳信，善做良媒，偷寒送暖將婚姻配。” ❸ 指偷情。多為對女性的曲意體貼。元代趙顯宏《南呂一枝花·行樂》：“爭知我愁寂寂悶似江淹，也不怕偷寒送暖來勤，也不怕棄舊憐新女嫌。”《花月痕》四二回：“宗揚輪班，住宿內廂，因得與雲娘偷寒送暖，素無人知。”◇畢竟是個老手，這些偷寒送暖的手段，他早就練得爐火純青了。 同 送暖偷寒。

【偷樑(梁)換柱】tōu liáng huàn zhù 本來指更換房屋柱子的一種方法，後比喻玩弄手法，暗中改變事物的內容或性質。清代平步清《霞外捃屑·垈屋》：“(太祖將受禪，材官薦易太極殿柱。) 薦者，謂柱將損壞，欲易之，而惜費不肯改作，以他木旁承之，乃易去其柱，諺目為偷樑換柱。”《紅樓夢》九七回：“偏偏鳳姐想出一條偷梁換柱之計，自己也不好過瀟湘館來，竟未能少盡姊妹之情，真是可憐可歎！”郭沫若《從典型説起》：“甚至把作者的姓名任意改換，李代桃僵，偷梁換柱。” 同 抽樑換柱、偷天換日。

【偷雞盗狗】tōu jī dào gǒu 見“偷雞摸狗”。

【偷雞摸狗】tōu jī mō gǒu 也作“偷雞盗狗”。指偷竊等低劣行為，或男女有姦情暗中往來的事。《水滸傳》四六回：“小人如今在此，只做得些偷雞盗狗的勾當，幾時是了。”《紅樓夢》四四回：“鳳丫頭和平兒還不是個美人胎子？你還不足？成日家偷雞摸狗，腥的、臭的，都拉了你屋裏去。”茅盾《霜葉紅似二月花》五：“恐怕那姓陳的黨徒，倒還不是偷雞摸狗那一流罷。” 同 小偷小摸、摸雞偷狗。 反 江洋大盗。

【停雲落月】tíng yún luò yuè 晉代陶潛《停雲詩序》：“停雲，思親友也。”唐代杜甫《夢李白》詩：“落月滿屋樑，猶疑照顏色。”後用“停雲落月”表示思念親友。

多用於書札中。◇每當白雲飄遊，月上梢頭，停雲落月之情便纏綿思緒之間。同 暮雲春樹。

【停滯不前】tíng zhì bù qián 停頓滯留，不繼續前進。清代梁啟超《生計學學說沿革小史》："凡百學問，莫不發源於上古，而或則逐漸發達，或則停滯不前，彼停滯焉者，必有為之阻力者也。"劉紹棠《蒲柳人家•後記》："鄉土文學不能停滯不前，一成不變，它要繼承和守真，更要發展和革新。"同 踏步不前。反 快馬加鞭。

【偏信則暗】piān xìn zé àn 漢代王符《潛夫論•明暗》："君之所以明者，兼聽也；其所以暗者，偏信也。"只聽信一方面的話則必然受迷惑，不能明辨是非。《資治通鑒•唐太宗貞觀二年》："上問魏徵曰：'人主何為而明，何為而暗。'對曰：'兼聽則明，偏信則暗。'"◇領導一個政府部門，全面瞭解情況至關重要，偏信則暗，要做到公平正義，就一定要"兼聽"各方面的意見。同 偏聽偏信。反 兼聽則明。

【偏聽偏信】piān tīng piān xìn 漢代王符《潛夫論•明暗》："君之所以明者，兼聽也；其所以暗者，偏信也。"片面地聽了一方面的話就信以為真。多指處事不公正。◇媽媽喜歡哥哥，總是偏聽偏信 / 當時報社沒來找我瞭解情況，就偏聽偏信登出來了。同 偏信則暗。反 兼聽則明。

【健步如飛】jiàn bù rú fēi 步伐矯健，跑得飛快。《聊齋誌異•鳳陽士人》："麗人牽坐路側，自乃捉足，脫履相假。女喜着之，幸不鑿枘，復起從行，健步如飛。"◇他雖然年過七十，兩鬢斑白，但走起路來依然健步如飛。同 大步流星。反 步履維艱。

【假力於人】jiǎ lì yú rén 見"假手於人"。

【假手於人】jiǎ shǒu yú rén《尚書•伊訓》："皇天降災，假手于我有命。"《左傳•隱公十一年》："天禍許國，鬼神實不逞於許君，而假手於我寡人。"後以"假手於人"指利用別人來達到自己的目的。《三國志•龐淯傳》裴松之注引皇甫謐《列女傳》："今雖三弟早死，門戶泯絕，而娥親猶在，豈可假手於人哉！"《舊五代史•晉高祖紀》："朕雖無德，自行敕後已是數月，至於假手於人，也合各有一件事敷奏，食祿於朝，豈當如是！"也作"假力於人"。《列子•湯問》："恥假力於人，誓手劍以屠黑卵。"◇這管錢的事只能親力親為，千萬別假手於人。同 假手旁人。反 親力親為。

【假仁假義】jiǎ rén jiǎ yì 假裝仁慈正義。宋代朱熹《朱子語類》卷一三五："漢高祖私意分數少，唐太宗一切假仁假義以行其私。"明代馮夢龍《新灌園•騎劫代將》："要感動民心，似草隨風，須知湯武可追蹤，假仁假義成何用！"◇他是本地的鄉紳，平時假仁假義，一本正經，其實心狠手辣，壞得很。反 仁至義盡。

【假公濟私】jiǎ gōng jì sī 假：借。濟：補益，助成。假借公事的名義，謀取私人的利益。元代無名氏《陳州糶米》一折："他假公濟私，我怎肯和他干罷了也呵！"《官場現形記》四七回："那些地方官本來是同紳士不對的。今奉本府之命，又是欽差的公事，樂得假公濟私，凡來文指拿的人，沒有一名漏網。"◇打着為民修路的幌子，耍手腕假公濟私。同 假公營私、損公肥私。反 大公無私、公而忘私。

【假以辭色】jiǎ yǐ cí sè 好言好語、和顏悅色地對待。《宋史•田晝傳》："上遇群臣，未嘗假以辭色。"明代歸有光《沈貞甫墓誌銘》："貞甫為人伉厲，喜自修飾，介介自持，非其人未嘗假以辭色。"《二十年目睹之怪現狀》四六回："叫他傳了那廚子來當一次差，我們在旁邊假以辭色，逐細盤問他，怕問不出來？"◇不喜歡的人，她絕對不假以辭色，相反，她一定會置之不理。同 假人辭色。反 冷若冰霜。

【假門假事】jiǎ mén jiǎ shì 假心假意，裝模作樣，做得像真的一樣。曹禺《日出》第二幕："我的女兒好咬文嚼字，信耶酥，好辦個慈善事業，有點假門假事的。"◇他下了轎車，假門假事地要讓老師先走。同 裝模作樣。

【假途滅虢】jiǎ tú miè guó《左傳•僖公五年》載：晉國向虞國借路去滅虢國，宮之奇諫虞公說："虢，虞之表也。虢亡，虞必從之。"虞公不聽，晉滅虢後，於回師途中果然滅掉了虞國。後用"假途滅虢"指用借路的名義而滅亡這個國家。明代王世貞《鳴鳳記•忠佞異計》："下官目睹巨奸，豈容不奏，先把仇鸞一本，就將此揭帖明告嚴嵩，使他知我假途滅虢之計，消彼得隴望蜀之謀。"《三國演義》五六回："孔明曰：'此乃假途滅虢之計也，虛名收川，實來取荊州。'"同 假虞滅虢。

【假戲真做】jiǎ xì zhēn zuò 戲演得非常逼真。洪深《電影戲劇表演術》："表演的所以能感動人，就是因為演員的誠懇，所謂'假戲真做'。"比喻把假的事情變成真事來做，弄假成真。◇在影片中飾演戀人，到影片拍了一半，假戲真做，兩個人真的談起戀愛來了。同 弄假成真。

【假癡假呆】jiǎ chī jiǎ dāi 形容裝傻，假裝糊塗。《海上花列傳》四八回："我有要緊事體請耐來，啥個假癡假呆！"孔厥《新兒女英雄續傳》一八："心裏正沒好氣的田八，下了車，對小龍狠狠地瞪了一眼；幸喜小龍假癡假呆地走開了。"陸文夫《榮譽》："她自己隱瞞了兩疋次布，還假癡假呆地向人家做報告。"同 裝瘋賣傻。反 一本正經。

【備而不用】bèi ér bù yòng 事先作好應急的準備，以備不時之需。清代李漁《閒情偶寄•音律》："此二韻宜避者，不止單為聲音，以其一韻之中，可用者不過數字，餘皆險僻艱生，備而不用者也。"《黃繡球》一七回："凡是零星物件，本地買不出，一定要用，或是備而不用的，也都齊全。"同 常備不懈、未雨綢繆。反 臨渴掘井、臨陣磨槍。

【備位充數】bèi wèi chōng shù 尸位素餐，聊以湊數而已。多指官員不能盡職，或作為官員的自謙之詞。《續資治通鑒•宋高宗紹興二十二年》："樸（宋樸）甫受命，即劾'端明殿學士、簽書樞密院事張（章）廈，多納賄賂，引致市井小人以為肘腋。平居備位充數，未見有害，一旦臨大利害，內懷奸邪，外肆諼險，以致敗事而後已。'"蔡東藩《五代史通俗演義》五回："溫（徐溫）既殺顥（張顥），遂得兼任左右牙都指揮使，軍府事概令取決。隆演不過備位充數，毫無主意。"◇鄙人能力有限，雖擔任此職多年，備位充數，深感愧疚。同 尸位素餐。反 克盡厥職。

【備嘗困苦】bèi cháng kùn kǔ 見"備嘗辛苦"。

【備嘗辛苦】bèi cháng xīn kǔ 備：各方、多方面。《左傳•僖公二十八年》："險阻艱難，備嘗之矣。"後以"備嘗辛苦"、"備嘗艱苦"、"備嘗困苦"說飽受艱辛，歷盡困難，吃夠了苦頭。《隋書•鍾士雄母》："我前在揚都，備嘗辛苦。"唐代韓愈《順宗實錄》一："上常親執弓矢，率軍後先導衞，備嘗辛苦。"《古今小說•吳保安棄家贖友》："十年之中，備嘗艱苦，肌膚毀剔，靡刻不淚。"葉聖陶《文心》二九："中國的家庭制度與婦女地位，使做母親的非備嘗困苦不可。"同 備嘗艱難。反 飽食終日。

【備嘗艱辛】bèi cháng jiān xīn 見"備嘗艱難"。

【備嘗艱苦】bèi cháng jiān kǔ 見"備嘗辛苦"。

【備嘗艱難】bèi cháng jiān nán 備：多種、多方面。《左傳•僖公二十八年》："晉侯在外十九矣，而果得晉國，險阻艱難，備嘗之矣。"後用"備嘗艱難"、"備嘗艱辛"說所有的艱苦困難都經歷過了。《晉書•潘尼傳》："尼職居顯要，從容而已，雖憂慮不及，而備嘗艱難。"唐代李德裕《授何清朝左衞將軍兼分領蕃渾兵馬制》："夙負智勇，備嘗艱難。"明代李贄《壽焦太史尊翁後渠公八秩華誕序》："家大人三歲失怙恃，備嘗艱辛。"◇十多年的積累磨煉，備嘗艱難，好不容易才辦起了這家企業。同 備嘗辛苦。

【傅粉何郎】fù fěn hé láng《世說新語•容止》："何平叔美姿儀，面至白。魏明帝疑其傅粉。"後用"傅粉何郎"稱美男子或喜好修飾打扮的青年男子。唐代李端《贈郭駙馬》詩：“薰香荀令偏憐少，傅粉何郎不解愁。”《品花寶鑒》二二回：“琴言看子玉是瑤柯琪樹，秋月冰壺，其一段柔情密意，沒有一樣與人同處。正是傅粉何郎，熏香荀令，休説那王謝風流，一班烏衣子弟也未必趕得上他。”

【傅粉施朱】fù fěn shī zhū 搽粉抹胭脂。形容修飾打扮。戰國楚宋玉《登徒子好色賦》：“臣里之美者，莫若臣東家之子。東家之子，增之一分則太長，減之一分則太短，著粉則太白，施朱則太赤。”南朝梁費昶《行路難》詩：“蛾眉偃月徒自妍，傅粉施朱欲誰為？”《金瓶梅詞話》一回：“（潘金蓮）從九歲賣在王招宣府裏，習學彈唱，就會描眉畫眼，傅粉施朱。”葉聖陶《一生》：“伊生在農家，沒有享過‘呼婢喚女’‘傅粉施朱’的福氣。”同 施朱傅粉、塗脂抹粉。反 不修邊幅。

【傍人門户】bàng rén mén hù 傍：依附。比喻不能自立，依賴他人。宋代蘇軾《東坡志林》卷一二：“桃符仰視艾人而罵曰：‘汝何等草芥，輒居我上！’艾人俯而應曰：‘汝已半截入土，猶爭高下乎？’桃符怒，往復紛然不已。門神解之曰：‘吾輩不肖，方傍人門戶，何暇爭閒氣耶！’”《紅樓夢》一〇九回：“邢姑娘是媽媽知道的，如今在這裏也很苦，娶了去，雖説咱們窮，究竟比他傍人門戶好多着呢。”《隋唐演義》八六回：“朕知汝他日長成，必能自立，必不傍人門戶也。”同 傍人籬壁。反 獨立自主。

【傍人籬落】bàng rén lí luò 見“傍人籬壁”。

【傍人籬壁】bàng rén lí bì 靠着別人家的籬笆。比喻依賴他人，自己不能自立。宋代嚴羽《答出繼叔臨安吳景仙書》：“僕之《詩辨》……是自家實證實悟者，是自家閉門鑿破此片田地，即非傍人籬壁，拾人涕唾得來者。”明代車大任《又答友人書》：“傍人籬壁下作生活，其能自開一堂奧哉！”也作“傍人籬落”。元代謝應芳《沁園春》詞：“老我衣冠，傍人籬落，賴有平生鐵硯隨。”清代顧炎武《與人札》：“吾輩所恃，在自家本領足垂之後代，不必傍人籬落，亦不屑與人爭名。”同 傍人門户。

【傍花隨柳】bàng huā suí liǔ 順着花叢，沿着柳林。也作“傍柳隨花”、“傍柳穿花”。❶形容春日出遊賞景之樂。宋代程顥《偶成》詩：“雲淡風輕近午天，傍花隨柳過前川。”明代陶宗儀《輟耕錄·真率會》：“幸居同泗水之濱，況地接九山之勝，盡可傍花隨柳，庶幾遊目騁懷。”元代石子章《竹塢聽琴》二折：“只待要説古談今，尋山問水，傍柳穿花。”❷比喻狎妓。元代徐琰《蟾宮曲·初見》曲：“會嬌娥羅綺叢中，兩意相投，一笑情通。傍柳隨花，偎香倚玉，弄月摶風。”

【傍若無人】páng ruò wú rén 旁邊好像沒有人。❶形容神情自若或專心致志。《後漢書·延篤傳》：“雖漸離擊筑，傍若無人；高鳳讀書，不知暴雨。”❷形容態度傲慢，不把別人放在眼裏。元代無名氏《九世同居》三折：“氣昂昂傍若無人，依仗着千兩金，萬兩銀。”《初刻拍案驚奇》卷二二：“七郎此時眼孔已大，各各賫發些賞賜，氣色驕傲，傍若無人。”《三國演義》六五回：“小輩得志，傍若無人，汝敢藐視吾蜀中人物耶？”同 旁若無人。

【傍柳穿花】bàng liǔ chuān huā 見“傍花隨柳”。

【傍柳隨花】bàng liǔ suí huā 見“傍花隨柳”。

【傍觀者清】páng guān zhě qīng 旁邊看的人比當事人看得清楚。也作“傍觀者審”。宋代馬永卿《嬾真子》卷三：“夫為人畫策則工，若自為計多拙。故曰傍觀者審，當局者迷。”《醒世恒言·陳多壽生死夫妻》：“説起來，下棋的最怕傍人觀看。常言道：‘傍觀者清，當局者迷。’倘或傍觀的口嘴不緊，遇煞着處溜出半句話來，贏者反輸，輸者反贏。”《隋史遺文》一五回：“正是：當局者迷，傍觀者清。公子在東轅門外，替叔寶着忙。”同 旁觀者清。反 當局者迷。

【債台高築】zhài tái gāo zhù 據《漢書·諸侯王表序》注所載，戰國時周赧王欠債很多，無力歸還，被債主逼得躲在宮裏的一座高台上。後以“債台高築”形容欠債很多。康有為《大同書》甲部：“又或商業倒閉，士子落魄，債台高築而莫避，田廬盡賣而無歸，則有跼天蹐地，尋死自盡者矣。”龔萼《雪鴻軒尺牘•答沈回言》：“夏屋喬遷，債台高築，吾輩皆生此病。”◇辦這樁婚事，不僅花掉了所有積蓄，還落得債台高築。

【債多不愁】zhài duō bù chóu 欠債多了，還也還不清，反而不放在心上，不為債務發愁。明代李流芳《南歸戲為長句自解》：“人言債多能不愁，我今真作隔夜憂。”◇俗話説，虱多不癢，債多不愁，窮人自有窮人的活法。同 虱多不癢。

【傲不可長】ào bù kě zhǎng 傲慢的情緒不可滋長。《禮記•曲禮上》：“敖不可長，慾不可從，志不可滿，樂不可極。”敖：同“傲”。《南史•顏延之傳》：“驕佷傲慢，禍之始也，況出糞土之中而升雲霞之上，‘傲不可長’，其能久乎？”唐代張鷟《試台付法不伏》：“訴人之口，皆有愛憎，試官之情，終無向背，傲不可長，驕不可盈。”◇做人一定要居安思危，傲不可長。

【傲世輕物】ào shì qīng wù 傲視當世，輕視世俗。形容人孤高自傲。《淮南子•齊俗訓》：“敖世輕物，不污於俗，士之伉行也。”敖：同“傲”◇做人既不能隨波逐流，也不能傲世輕物。同 傲睨一切、傲睨一世。反 謙虛謹慎、虛懷若谷。

【傲睨一切】ào nì yī qiè 傲睨：傲慢地斜着眼睛看。形容傲慢自大，看不起世間一切的樣子。《花月痕》一回：“更有那放蕩不羈，傲睨一切，偏低首下心，作兒女之態。”《二十年目睹之怪現狀》一〇二回：“他當紅的時候，是傲睨一切的，多少同寅，沒有一個在他眼裏的。”◇傲睨一切的人很難交到朋友。同 睥睨一切、傲倪一世。反 虛懷若谷。

【傲睨一世】ào nì yī shì 形容孤傲或傲慢，看不起世上的一切人。宋代朱熹《朱子語類》卷三四：“蓋當時節義底人便有傲睨一世，污濁朝廷之意。”明代耿定向《先進遺風》卷上：“嘉靖中，夏貴溪怙寵負材，傲睨一世，顧獨欽心先生。”同 傲睨一切。反 謙恭下士。

【傲睨自若】ào nì zì ruò 形容傲慢自大，自以為是。唐代范攄《雲溪友議•襄陽傑》：“鄭太穆郎中為金州刺史，致書於襄陽于司空頔。鄭書傲睨自若，似無郡吏之禮。”《三國演義》六五回：“璋令開門接入，雍坐車中，傲睨自若。”同 睥睨一切、傲倪一世。

【傲慢不遜】ào màn bù xùn 態度傲慢不謙遜。《漢書•蕭望之傳》：“有司奏君責使者禮，遇丞相亡禮，廉聲不聞，敖慢不遜。”敖：同“傲”。宋代郭彖《睽車誌》卷三：“張翯初為福州安南縣丞，郡有指使張悦，以州檄到縣，頗傲慢不遜。”宋代程俱《申御營使司乞先勒停使臣宋卸狀》：“因某巡行城上點檢不見，遣人差呼，至夜不伏前來，至次日追到，傲慢不遜。”◇對傲慢不遜的下屬，上司總會感到頭痛。同 桀驁不遜、桀驁不馴。

【傲慢少禮】ào màn shǎo lǐ 對人傲慢，缺少禮節。《三國演義》五三回：“玄（韓玄）怪其傲慢少禮，不肯重用。”◇對他這種傲慢少禮的人，放到一邊，別理他就是了。同 傲慢無禮。反 彬彬有禮。

【傲慢無禮】ào màn wú lǐ 輕視別人，沒有禮貌。宋代李心傳《建炎以來繫年要錄》卷一二〇：“臣聞前此敵中遣使人皆傲慢無禮。”《明史•日本傳》：“祖闡等既至，為其國演教，其國人頗敬信，而王則傲慢無禮。”《東周列國誌》三四回：“宋公傲慢無禮，已被我囚禁在亳都。”◇自以為是大公司，就這麼傲慢無禮，我看非垮台不可。反 以禮相待、富而好禮。

【傲頭傲腦】ào tóu ào nǎo 形容倔強的樣子。《儒林外史》二七回：“現今這小厮傲頭傲腦，也要娶個辣燥些的媳婦來制着他才好！”◇説話總是傲頭傲腦的，你就不能換一種説法嗎？同 倔頭倔腦、強頭倔腦。反 百依百順、唯唯諾諾。

【僅以身免】jǐn yǐ shēn miǎn 僅僅自身一人幸免於難。多指在戰鬥中全軍覆沒，僅少數人逃脱。《史記•樂毅列傳》："濟上之軍受命擊齊，大敗齊人，輕卒鋭兵，長驅至國，齊王遁而走莒，僅以身免。"宋代蘇軾《代滕甫論西夏書》："袁紹以十倍之眾，大敗於官渡，僅以身免。"蔡東藩《唐史演義》七五回："高霞寓到了鐵城，為淮西兵所乘，全軍盡覆，僅以身免。"

【傳杯弄盞】chuán bēi nòng zhǎn 杯：盛酒或羹的器皿。盞：小酒杯。傳遞或玩弄杯盞。形容宴飲歡聚的情景。《敦煌變文集•維摩詰經講經文》："少盛當年説我強，傳杯弄盞相邀請。"《鼓掌絕塵》一二回："你斟我飲，你飲我斟，傳杯弄盞，酣飲了許多時候。"《警世通言》卷二八："因見白娘子容貌，設此一計，大排筵席，各各傳杯弄盞，酒至半酣，卻起身脱衣淨手。"同 傳杯送盞。反 酒酣耳熱、猜拳行令。

【傳宗接代】chuán zōng jiē dài 子孫一代接一代地延續下去。《天雨花》一回："並無三男並四女，只得一個傳宗接代人。"《官場現形記》四九回："自已辛苦了一輩子，掙了這份大家私，死下來又沒有個傳宗接代的人，不知當初要留着這些錢何用！"◇如今的年輕人，早就摒棄了傳宗接代那一套了。同 接續香煙。反 斷子絕孫。

【傳為佳話】chuán wéi jiā huà 見"傳為美談"。

【傳為美談】chuán wéi měi tán 事跡美好，受人稱道，成為廣泛傳播的話題。《宋史•王存傳》："揚、潤相去一水，用故相例，得歲時過家上塚，出賜錢給鄰里，又具酒食召會父老，親與酬酢，鄉黨傳為美談。"清代孫奇逢《中州人物考》卷四："野史氏曰：公在慶陽時，僚友諸婦常以公事會，皆金鈿綺繡。公之內子荊釵布裙而已，至今傳為美談。"也作"傳為佳話"。清代紀昀《閱微草堂筆記•槐西雜志一》："(楊鐵崖) 惟鞋杯一事，可謂不韻之極，而見諸賦詠，傳為佳話。"◇他們的浪漫婚姻，在同學中一時傳為美談。同 傳為佳話。反 傳為笑柄。

【傳為笑柄】chuán wéi xiào bǐng 令人笑話的事情流傳開來，成為人們取笑的資料。明代曹于汴《重刻我真語略序》："主者曰：'爾既應試列名矣，烏用此？'先生聞之，歎曰：'將令我不暇給耶？'士林傳為笑柄。"《歧路燈》七九回："若不自重自愛，萬一遭了嘲笑的批語，房科粘為鐵案，邑里傳為笑柄。"清代王士禎《居易錄》卷一五："一書生預為逢知代製詩數百篇，偽撰名公卿序數篇，又代刻之，裝潢百本，卷軸燦然，是日赴賓筵為獻。馬（馬逢知）大喜，贈之千金。吳人傳為笑柄。"反 傳為美談、傳為佳話。

【傳神阿堵】chuán shén ē dǔ 南朝梁劉義慶《世説新語•巧藝》："顧長康畫人，或數年不點目精。人問其故，顧曰：'四體妍蚩，本無關於妙處，傳神寫照，正在阿堵中。'"阿堵：六朝語，這個。後用"傳神阿堵"形容繪畫、文字等精妙傳神，能準確反映事物的精髓。明代郭正域《南雍譽髦錄序》："設身不真，安能如話；不能寫景而別事，攟拾風光既假，安能如畫。夫肌豐力沉，本之博洽，傳神阿堵，妙在悟門。"清代陳維崧《減字木蘭花•題山陰何奕美小照》詞："傳神阿堵，此是何郎須認取。"◇平日觀察花鳥仔細入微，作花鳥畫方能傳神阿堵。同 神來之筆。

【傳經送寶】chuán jīng sòng bǎo 比喻別人前來傳授成功的經驗、辦法等。◇人家來傳經送寶，你怎麼能對人家冷若冰霜！

【傳誦一時】chuán sòng yī shí 在一個時期裏被廣泛傳述或誦讀。宋代王珪《華陽集•附錄》卷十："傳誦一時，豈特語言之妙；協成大事，固多翰墨之功。"清代阮元《揅經室集外集•遺山樂府五卷提要》："僧李菩薩灑酒作花，開牡丹二株，遺山為賦《滿庭芳》，傳誦一時。"魯迅《花邊文學•洋服的沒落》："這故事頗為傳誦一時，給袍褂黨揚眉吐氣。"

【傳檄而定】chuán xí ér dìng 檄：檄文，古代用於曉諭、聲討的文書。多用於討伐。形容發佈檄文者聲威極盛大，一紙文書就能平息動亂，安定一方。《史記•

淮陰侯列傳》："今大王舉而東，三秦可傳檄而定也。"宋代歐陽修《乞詔邊吏無進取及論事宜劄子》："自今以往，無取尺寸之地，無焚廬舍，無殺老弱，如此期年，諸羌可傳檄而定。"蔡東藩《清史演義》五九回："外和諸戎，內撫百姓，秦蜀一帶，自可傳檄而定，此千載一時之機會也。"

【傾耳而聽】qīng ěr ér tīng ❶傾：側。形容很仔細認真地聽。《戰國策•秦策一》："（蘇秦路過洛陽）妻側目而視，傾耳而聽，嫂蛇行匍伏。"◇傾耳而聽，遠處傳來蟋蟀的叫聲。❷比喻認真、關切地探聽消息。《後漢書•南匈奴傳》："南單于新附，北虜懼於見伐，故傾耳而聽。"《三國志•張郃傳》："二袁未破，諸城未下者傾耳而聽。"同 洗耳恭聽。

【傾耳注目】qīng ěr zhù mù 表示聚精會神地聽和看。多形容權勢、聲威大，令人敬畏或敬仰。《三國志•陳思王植傳》："夫能使天下傾耳注目者，當權者是矣。"唐代韓覃《諫營建中都表》："追蹤堯舜，比德羲軒，天下顒顒，傾耳注目，喜遇非常之主，復在於今日矣。"明代李東陽《倪文毅公集序》："是其文見於敷奏間，天下皆傾耳注目。"同 傾耳拭目。

【傾城傾國】qīng chéng qīng guó 傾：傾覆。原指君主因沉溺於美色而亡國，後用於形容女子極其美麗。《漢書•李夫人傳》："北方有佳人，絕世而獨立，一顧傾人城，再顧傾人國。寧不知傾城與傾國，佳人難再得！"《越絕書•外傳計倪》："傾城傾國，思昭示於後王；麗質冶容，宜求鑒於前史。"宋代袁文《甕牖閒評》卷二："所謂傾城傾國者，蓋一城一國之人皆傾心而愛悅之。"也作"傾國傾城"。《西廂記》一本四折："小子多愁多病身，怎當他傾國傾城貌。"《三國演義》五二回："子龍見婦人身穿縞素，有傾國傾城之貌。"同 閉月羞花、沉魚落雁。

【傾盆大雨】qīng pén dà yǔ 形容雨勢很大，好像整盆的水傾倒下來一樣。清代靳輔《再報兩河水勢疏》："不意十七、十八、十九傾盆大雨。"張愛玲《沉香屑第一爐香》："回來的時候，在半山裏忽然下起傾盆大雨來，陡峭的煤屑路上，水滔滔的直往下沖。"同 瓢潑大雨、滂沱大雨。反 牛毛細雨、濛濛細雨。

【傾家蕩產】qīng jiā dàng chǎn 形容全部家產喪失乾淨。《拍案驚奇》卷二五："所以弄得人傾家蕩產，敗名失德，喪軀殞命，盡道這娼妓一家是陷入無底之坑，填雪不滿之井了。"清代孫承澤《春明夢餘錄》卷五十："以致牽累貧民，甚至傾家蕩產、鬻賣子女始得完結者。"◇從小偷針，長大偷金。這孩子惡習不改，咱們有朝一日必定傾家蕩產。

【傾國傾城】qīng guó qīng chéng 見"傾城傾國"。

【傾巢出動】qīng cháo chū dòng 比喻敵方或壞人的人力全部出來活動。◇兩個裝甲師，幾乎傾巢出動，把不足兩千人的一個團包圍在方圓兩公里的狹小地帶。同 傾巢而出。

【傾巢而出】qīng cháo ér chū 巢：巢穴，鳥獸之窩，比喻壞人盤踞的地方。比喻敵方或壞人全部出來了。清代郝玉麟《廣東通志》卷四二："琇以情致諸盜魁傾巢而出者二十四人，請之上官，人給免死牌一，使守禦贖罪。"◇兩個縣的敵人傾巢而出，讓遊擊隊打得屁滾尿流。同 傾巢出動。

【傾筐倒篋】qīng kuāng dào qiè 篋：小箱子。比喻竭盡所有或竭盡所能。清代施閏章《無可大師六十序》："而師之所以與我者，常傾筐倒篋而授之，不敢忘其言也。"清代毛奇齡《李丹壑進士館選庶吉士賀屏序》："稍閒，遽與天下賢俊傾筐倒篋談千秋之業。"◇他在非政府公益組織裏，義務工作十年，心力可謂傾筐倒篋而出。同 傾箱倒庋、傾箱倒篋。

【傾腸倒肚】qīng cháng dào dù 形容將話全部說出。宋代朱熹《朱子語類》卷三四："但顏子得聖人說一句，直是傾腸倒肚便都了，便無許多廉纖纏擾，絲來線去。"◇兩人傾腸倒肚說了一整夜的話。同 披肝瀝膽、推心置腹。反 虛與委蛇（wēiyí）、支吾其辭（詞）。

【傾箱倒篋】qīng xiāng dào qiè 篋：小箱子。將大大小小箱子裏的東西都倒出來。《喻世明言》卷一："急得陳大郎性發，傾箱倒篋的尋個遍，只是不見，便破口罵老婆起來。"比喻竭盡所有；竭盡所能。《野叟曝言》十回："袁臣遂傾箱倒篋，把那古人之法，不傳之秘，一齊揭示。"◇家裏已經傾箱倒篋為你還了賭債，以後可千萬不要再去賭了！同 傾筐倒篋、傾箱倒庋。

【催人淚下】cuī rén lèi xià 形容事跡感人至深，使人禁不住要落淚。◇他用真摯的愛寫就的詩篇，感人肺腑，催人淚下。

【傷天害理】shāng tiān hài lǐ 天：天道。理：倫理。指做事兇狠殘暴，違反公認的道德準則。《聊齋誌異•呂無病》："怒曰：'堂上公以我為天下齬齪教官，勒索傷天害理之錢，以吮人癰痔者耶！此等乞丐相，我所不能！'"《老殘遊記》六回："只為過於要做官，且急於做大官，所以傷天害理的做到這樣。"◇在饑荒年月囤積糧食，乘機發財，實在是傷天害理的事。

【傷心慘目】shāng xīn cǎn mù 慘目：看到後感到悲慘。形容情景淒慘。唐代李華《弔古戰場文》："魂魄結兮天沉沉，鬼神聚兮雲冪冪。日光寒兮草短，月色苦兮霜白。傷心慘目，有如是耶！"明代王守仁《祭永順、保靖土兵文》："所過之地皆為荊棘，所住之處遂成塗炭，民之毒苦，傷心慘目，可盡言乎？"◇大地震後，到處斷垣殘壁，妻亡子散，傷心慘目。同 慘不忍睹、慘不忍聞。

【傷風敗俗】shāng fēng bài sú 敗壞風俗。多用來譴責道德敗壞的行為。《晉書•苻堅載記上》："趙掇等皆商販醜豎，市郭小人……為藩國列卿，傷風敗俗，有塵聖化。"宋代謝庭芳《辨惑論》："甚而父子兄弟亦不相救，傷風敗俗，莫甚於斯。"《封神演義》一九回："紂王以為妲己好意，豈知內藏傷風敗俗之情，大壞綱常禮義之防。"◇缺乏教養的人，容易做出傷風敗俗的事來。同 敗俗傷風、傷化敗俗。反 禮義廉恥。

【傷筋動骨】shāng jīn dòng gǔ ❶ 傷及筋和骨。表示傷得厲害。元代危亦林《世醫得效方》卷一九："金不換治傷筋動骨、損痛閃朒、風毒惡瘡。"元代關漢卿《蝴蝶夢》二折："打的來傷筋動骨，更疼似懸頭刺股。"◇俗話說："傷筋動骨一百天"，你還是安心靜養幾個月吧。❷ 比喻傷及或觸及根本。明代周楫《西湖二集•灑雪堂巧結良緣》："偏生應各故事之文，瞎眼試官得意，又圈圈點點起來，說他文字穩穩當當，不犯忌諱，不傷筋動骨，是平正舉業之文，竟中高第。"◇這票期貨虧大了，就連他這位巨富，恐怕也算傷筋動骨了。

【價值連城】jià zhí lián chéng 據《史記•廉頗藺相如列傳》：戰國時，趙惠文王得楚和氏璧，秦昭王詐稱願意用秦國的十五座城換取這塊寶玉。後用"價值連城"形容價值非常高，極其珍貴。明代張景《飛丸記•遊園題畫》："一見丹青，眼底春生。美嬌嬌真個輕盈，肯笑笑價值連城。"清代王韜《淞隱漫錄•月裏嫦娥》："出以示人，皆言此非世間所有，珍逾天府，價值連城。"◇秦始皇陵內的寶物一旦出土，必定是空前絕後，價值連城。同 無價之寶。反 一錢不值。

【價廉物美】jià lián wù měi 價格低廉而東西卻很好。清代吳趼人《近十年之怪現狀》十回："久仰貴局的價廉物美，所以特來求教。"魯迅《書信集•致趙家壁》："就是印《引玉集》那樣的大小，二百頁左右，成本總要將近四元，所以，'價廉物美'，在實際上是辦不到的。"◇鄰近的超市二十四小時營業，加上薄利多銷、價廉物美，因而顧客盈門。同 物美價廉。

【儉以養廉】jiǎn yǐ yǎng lián 節儉的品行，可以培養廉潔之風。宋代劉宰《蔡希孟墓誌銘》："惟儉可以養廉，惟靖可以寡過。"清代興泰《經史講義•六事以廉為本》："趙抃守蜀，以琴鶴自隨，蓋能儉以養廉，故取與一無所苟。"◇不施加嚴格監督，而要官員自律，儉以養廉，那不過是一句空話。也作"儉可養廉"。清代王永彬《圍爐夜語》："儉可養廉，覺茅舍竹籬，自饒清趣。"

【儉可養廉】jiǎn kě yǎng lián 見“儉以養廉”。

【億萬斯年】yì wàn sī nián 斯：助詞，無義。形容無限長的時間。唐代李嶠《賀赦表》：“首出千古，遐冠百王，億萬斯年，永荷天祿。”宋代范祖禹《虞神歌》：“巍巍餘烈，輝映簡編中，億萬斯年，覆載同功。”清代勵杜訥《東巡賦》：“將錫聖子神孫以無疆之福，開億萬斯年有道之長。”◇沉睡了億萬斯年、鮮為人知的太行大峽谷，近年來聲名鵲起，吸引了大批中外遊客。㊎白駒過隙、轉瞬之間。

【儀表堂堂】yí biǎo táng táng 形容人外表風度端莊大方。五代王定保《唐摭言》卷十：“十三郎儀表堂堂，好箇軍將，何須以科第為資！”◇真看不出來，他長得眉清目秀，儀表堂堂，心竟那麼狠／有的人儀表堂堂，可是缺乏內涵，腹中空空如也。㊐相貌堂堂、一表人才。

【儀態萬方】yí tài wàn fāng 儀態：指人的外表，包括容貌、姿態、風度等。萬方：多種多樣。❶形容人儀態的方方面面都很美好。漢代張衡《同聲歌》：“素女為我師，儀態盈萬方。”清代紀昀《閱微草堂筆記·姑妄聽之一》：“舞衫歌扇，儀態萬方，彈指繁華，總隨逝水。”❷形容事物的形態、姿勢多種多樣，非常漂亮。◇美洲的蝴蝶形體美麗，儀態萬方，稱得起百蝶之魁／菊花儀態萬方，展現自然之美和傲雪傲霜的高雅氣質。㊐儀態萬千、婀娜多姿。

【優孟衣冠】yōu mèng yī guān《史記·滑稽列傳》記載：春秋時楚國的著名優伶優孟，善談笑諷諭，曾穿已故楚相孫叔敖的衣冠去見楚王，模仿孫叔敖的舉止神態，楚王竟分辨不清。後以“優孟衣冠”：❶表示模仿別人，看去相似，而實質相去甚遠。明代朱存理《趙氏鐵網珊瑚·倪雲林畫竹樹秀石》：“熊君元修徵予詩，適雲林過而見之，訝曰：‘此余舊所作，今忘之矣！’僕因戲之曰：‘對面不識梁武，優孟衣冠，便為孫叔敖。’”《四庫全書總目·〈元史續編十六卷〉題解》：“其他議論雖尺尺寸寸學步宋儒，未免優孟衣冠，過於刻畫。”朱自清《經典常談·詩第十二》：“若不容變，那就只有模擬，甚至只有抄襲；那種‘優孟衣冠’，甚至土偶木人，又有甚麼意義可言！”❷指演戲。清代李漁《閒情偶寄·變調》：“優孟衣冠，原非實事，妙在隱隱約約之間。”《兒女英雄傳》四十回：“這些不經之談，端的都從何說起？難道偌大的官場，真個便同優孟衣冠、傀儡兒戲一樣？”㊐衣冠優孟。

【優哉遊(游)哉】yōu zāi yóu zāi 從容不迫、悠閒自樂的樣子。《詩經·采菽》：“優哉游哉，亦是戾矣。”晉代潘岳《秋興賦》：“優哉游哉，聊以卒歲。”唐代白居易《池上篇》：“靈鶴怪石，紫菱白蓮，皆吾所好，盡在吾前；時飲一杯，或吟一篇，妻孥熙熙，雞犬閒閒，優哉游哉，吾將終老乎其間。”◇他因從小過繼給叔叔，所以一人分得雙份遺產，生活上大可優哉遊哉。㊐優遊卒歲、優遊自得。

【優柔寡斷】yōu róu guǎ duàn 優柔：遲疑不決。寡斷：缺乏決斷。《韓非子·亡徵》：“緩心而無成，柔茹而寡斷，好惡無決，而無所定立者，可亡也。”後用“優柔寡斷”指遇事猶豫，沒有決斷力。明代陳子龍《恢復有機疏》：“其始也，皆起於姑息一二武臣，以至凡百政令，皆近於優柔寡斷，弛緩不張。”《官場現形記》一二回：“這位胡統領最是小膽，凡百事情，優柔寡斷。”◇無能的人在關鍵時刻往往優柔寡斷，坐失良機。㊐猶豫不決、舉棋不定。㊎當機立斷、多謀善斷。

【優勝劣汰】yōu shèng liè tài 見“優勝劣敗”。

【優勝劣敗】yōu shèng liè bài 本是達爾文生物進化論的基本觀點：生物通過“自然選擇”進行生存競爭，競爭力強的得以生存延續，競爭力弱的就被淘汰出局。後多指人在社會競爭中，強勢壓倒劣勢，強者生存發展，劣者退居下風或被淘汰。也作“優勝劣汰”。《痛史》一回：“既有了國度，就有競爭。優勝劣敗，取亂侮亡，自不必說。”梁啟超《劫灰夢·

獨嘯》："優勝劣敗，競力爭存。" 陳獨秀《抵抗力》："萬物之生存進化與否，悉以抵抗力之有無強弱為標準。優勝劣敗，理無可逃。" ◇優勝劣敗、適者生存的激烈競爭機制，培養了西方個人奮鬥、創新進取的精神。

【優遊（游）卒歲】yōu yóu zú suì 優遊：悠閒。卒：終了。悠閒地度過一年，形容悠然自得。《左傳・襄公二十一年》："詩曰：'優哉游哉，聊以卒歲。'"《晉書・裴秀傳》："勤為左右陳禍福之戒，冀無大悖，幸天下尚安，庶可優游卒歲。" 宋代孫光憲《北夢瑣言・不肖子三變》："唐咸通中，荊州有書生，號'唐五經'……旨趣甚高，人所師仰，聚徒五百輩，以束修自給，優游卒歲。" 同 優哉遊哉、悠然自得。

儿部

【元元本本】yuán yuán běn běn 見"原原本本"。

【允文允武】yǔn wén yǔn wǔ 能文能武。指文事武功兼備。允：語助詞，無義。《詩經・泮水》："允文允武，昭假烈祖。" 宋代蘇軾《表忠觀碑》："允文允武，子孫千億。" 秦牧《憤怒的海・同學少年》："吳大人允文允武，做知府兼做兵備道，又很懂風雅。" 同 文武雙全、文武兼備。反 一無所能、碌碌無能。

【兄弟鬩牆】xiōng dì xì qiáng《詩經・常棣》："兄弟鬩於牆。" 鬩：爭吵。牆：牆內、家庭內部。兄弟在家裏爭吵。後用"兄弟鬩牆" 比喻內部互相爭鬥。清代王士禎《池北偶談・施允升》："嘗有羅姓者，兄弟鬩牆，先生要之家，反復勸譬，聲淚俱下，兄弟遂相抱而哭。" 郭沫若《棠棣之花》第二幕："而俠累那傢夥，偏偏要兄弟鬩牆，引狼入室！" ◇無論多大的公司，如果四分五裂，兄弟鬩牆，遲早都得垮台。同 禍起蕭牆。反 兄友弟恭。

【光天化日】guāng tiān huà rì 光天：光輝普照天下。化日：太平時日。❶ 形容太平盛世。明代李開先《中麓小令・仙呂南曲傍妝台》："景輝輝，光天化日古來稀。" 清代陸隴其《答仇滄柱太史書》："不才庸吏得於光天化日之下，效其馳驅。" ❷ 比喻大庭廣眾的環境或陽光照耀的大白天。宋代葛勝仲《郡齋書懷》："不持黃卷來遮眼，可惜光天化日舒。"《西遊記》三回："果然那廂有座城市，六街三市，萬戶千門，來來往往，人都在光天化日之下。"《儒林外史》一九回："如此惡棍，豈可一刻容留於光天化日之下？" ◇我要把他做的那些事擺到光天化日之下，叫大家評評理。同 稠人廣眾。反 暗無天日。

【光芒萬丈】guāng máng wàn zhàng 見"光焰萬丈"。

【光明正大】guāng míng zhèng dà ❶ 明白不偏邪。《朱子語類》卷七三："聖人所說底話，光明正大。" ❷ 心懷坦白，言行正派。宋代朱熹《王梅溪文集序》："是以其心光明正大，疏暢洞達，無有隱蔽。"《西遊記》三七回："我本是個光明正大之僧，奉東土大唐旨意，上西天拜佛求經者。" 老鬼《血色黃昏》三八章："但轉念一想，自己光明正大，不給他，好像怕他知道，好像我說了甚麼見不得人的話。" 同 正大光明、光風霽月。反 鬼鬼祟祟、心懷鬼胎。

【光明磊落】guāng míng lěi luò 磊落：坦率公開。形容胸懷坦蕩，沒有私心。宋代朱熹《朱子語類》卷七四："譬如人光明磊落底便是好人，昏昧迷暗底便是不好人。" 清代歸莊《與潘用微先生書》："丈夫心事光明磊落，彼此各自信，亦交相信，縱使世人笑我識見不定，舉動輕率，亦一聽之而已。" ◇像她這樣光明磊落，公正無私的人，如今已是鳳毛麟角。同 磊落光明、光明正大。反 歪門邪道、心懷鬼胎。

【光怪陸離】guāng guài lù lí 形容事物色彩繽紛的奇特景象或狀態。最初作"光陸離"，後轉為"光怪陸離"。南朝梁沈約《三月三日率爾成章》："綠幘文照耀，紫燕光陸離。" 宋代歐陽修《答聖俞》詩：

"況出新詩數十首，珠璣大小光陸離。" 清代孫嘉淦《南遊記》："石壁插青，流泉界白，氣勃如蒸，嵐深似黛，頂在雲中，有若神龍，其首不見而爪舒鱗躍，光怪陸離。"《二十年目睹之怪現狀》七九回："把門面裝潢得金碧輝煌，把些光怪陸離的洋貨，羅列在外。"《儒林外史》五五回："那柴燒的一塊一塊的，結成就和太湖石一般，光怪陸離。" 同 斑駁陸離。

【光宗耀祖】guāng zōng yào zǔ 建立功業，光顯門庭，為祖先增輝。《紅樓夢》三三回："兒子管他，也為的是光宗耀祖。" 清代吳趼人《瞎騙奇聞》三回："趙澤長便格外相信周先生的話，又連那做大官、發大財、光宗耀祖的話，句句都印在腦筋裏。" ◇功成名就、躋身於富豪階層的思想，與舊時光宗耀祖的陳舊觀念迥然不同。同 光門耀户、榮宗耀祖。反 丢人現眼。

【光風霽月】guāng fēng jì yuè ❶形容雨雪過後天氣轉晴時，風清月朗的景象。宋代丘密《鷓鴣天》詞："陸海蓬湖自有山，光風霽月未應慳。" 宋代陳亮《賀周丞相啟》："長江大河，足以流轉墨客；光風霽月，足以蕩漾英遊。" ❷比喻清明的政治局面。《宣和遺事》楔子："上下三千餘年，興廢百千萬事，大概光風霽月時少，陰雨晦冥之時多。" ❸比喻人的品格高潔，胸襟豁達坦白。宋代黃庭堅《濂溪詩序》："舂陵周茂叔，人品甚高，胸中灑落如光風霽月。"《兒女英雄傳》四十回："聽聽她這段話，是何等的光風霽月。" 同 霽月光風、光明磊落。

【光前裕後】guāng qián yù hòu 裕後：遺惠後代。為祖先增光，為後代造福。形容功業卓著。元代宮大用《范張雞黍》三折："似這般光前裕後，一靈兒可也知不？" 明代李贄《答耿司寇書》："世人之所以光前裕後者，無時刻而不繫念。" 清代石玉昆《小五義》二十回："我叫他出來作官，為的顯親揚名，光前裕後，蔭子封妻，爭一個紫袍金帶，你怎麼説我把他害了？" 賈平凹《秦腔》節："在夏家的本門後輩中，夏風是榮耀的，除了夏風，再也沒一個是光前裕後的人了。"

【光前絕後】guāng qián jué hòu 光：空，無。以前不曾有過，今後也不會再有。形容絕無僅有，獨一無二。宋代洪邁《容齋四筆•藍田丞壁記》："而韓文雄拔超峻，光前絕後，以枊視之，殆猶碔砆之與美玉也。" 元代無名氏《桃花女》一折："我伏侍他三十多年，實見他的卦無有不靈，無有不驗，真個是光前絕後，古今無比。" 同 空前絕後、絕無僅有。

【光彩奪目】guāng cǎi duó mù 奪目：耀眼。光彩極為鮮明，令人眼花繚亂。常用來形容事物鮮豔美好，引人注目。宋代張君房《雲笈七籤》卷一一三："乃令左右引於宮內遊觀，玉台翠樹，光彩奪目。" 清代段桂華《蕉葉帕》五回："且住，幾日不見，怎麼這光彩奪目，異香襲人！" ◇遠處的雪山，在太陽的照耀下光彩奪目。同 光輝燦爛。反 暗淡無光。

【光陰似箭】guāng yīn sì jiàn 前蜀韋莊《關河道中》詩："但見時光流似箭，豈知天道曲如弓。" 後用"光陰似箭"形容時光過得非常快。元代高明《琵琶記•中相教女》："光陰似箭催人老，日月如梭趲少年。"《警世通言•鈍秀才一朝交泰》："光陰似箭，看看服滿。德稱貧困之極，無門可告。" 也作"光陰如箭"。明代陸采《懷香記•青瑣相窺》："光陰如箭逝難追，百歲開懷能幾回。" 蔡東藩《清史演義》五一回："光陰如箭，倏忽間又是一年。" 同 日月如梭、白駒過隙。反 度日如年。

【光陰如箭】guāng yīn rú jiàn 見"光陰似箭"。

【光復舊物】guāng fù jiù wù 光復：恢復。舊物：舊有的東西。指收復故土或恢復舊時的典章文物。宋代辛棄疾《美芹十論》："故臣願陛下姑以光復舊物而自期，不以六朝之勢而自卑。" 魯迅《熱風•隨感錄三十五》："志士説保存國粹，是光復舊物的意思。"

【光焰萬丈】guāng yàn wàn zhàng 強烈的光線照耀到遠方。形容事物極其輝煌燦爛。唐代韓愈《調張籍》詩：“李杜文章在，光焰萬丈長。”梁啟超《論中國學術思想變遷之大勢》三章：“而其時光焰萬丈者，尤在文學。”胡適《〈科學與人生觀〉序》：“那光焰萬丈的科學，決不是這幾個玄學鬼搖撼得動的。”也作“光芒萬丈”。宋代劉克莊《輓李秘監》：“空令蟠結千年核，難掩光焰萬丈文。”◇唐詩宋詞是中華文化寶庫中光焰萬丈的瑰寶。同 光輝燦爛。反 黯淡無光、黯然失色。

【光輝燦爛】guāng huī càn làn 燦爛：光彩鮮明的樣子。❶形容光亮耀眼，色彩鮮明。《五燈會元·藥山惟儼禪師》：“灼然一切處，光明燦爛去。”蔡東藩《五代史演義》四二回：“使人復獻上御衣，光輝燦爛，藻錦氤氳。”❷形容前程光明或業績偉大。◇她覺得丈夫有遠大的抱負，將來肯定會有光輝燦爛的前程。同 光彩奪目、光焰萬丈。反 暗淡無光。

【先人後己】xiān rén hòu jǐ 讓別人在先而自己在後。漢代班昭《女誡·卑弱》“謙讓恭敬，先人後己。”後多指先為別人着想，然後再考慮自己。《三國志·許靖傳》：“自流宕已來，與群士相隨，每有患急，常先人後己，與九族中外同其饑寒。”元代馬鈺《滿庭芳·化胡了仙兄弟》詞：“好事先人後己，做憨憨，有似彌勒。”柳青《創業史》一部七章：“我説你先把自家的稻種舀出再分，你説不好，要先人後己。”同 公而忘私、大公無私。反 先己後人、損人利己。

【先入為主】xiān rù wéi zhǔ 以先聽到的話或先形成的印象為主，後來的就不容易被接受。《漢書·息夫躬傳》：“唯陛下觀覽古戒，反覆參考，無以先入之語為主。”宋代劉克莊《再跋陳禹錫〈杜詩補注〉》：“學者多以先入為主，童蒙時一字一句在胸臆有終其身尊信之太過膠執而不變者。”◇注重瞭解事實，切忌先入為主。

【先天不足】xiān tiān bù zú ❶指人或動物在胚胎時期營養很差，或遺傳有問題。《鏡花緣》二六回：“小弟聞得仙人與虛合體，日中無影；又老人之子，先天不足，亦或日中無影。”清代俞樾《茶香室三鈔·父母呵氣使兒咽》：“醫家云先天不足，此或可以治之乎？”◇先天不足，後天失調，他身體怎麼能好呢？❷比喻事物的根基差。張笑天《怎樣理解戈一蘭的形象？》：“在這一代人身上，由於知識和道德教育的先天不足，他們之中有些人在大膽探索的同時，也可能良莠不分，好壞不辨。”反 得天獨厚。

【先公後私】xiān gōng hòu sī 先辦公事，然後再辦私事，把公事放在第一位。《孔叢子·記義》：“於《東山》，見周公之先公而後私也。”《三國志·杜恕傳》：“憂公忘私者必不然，但先公後私即自辦也。”明代陸采《懷香記·飛報捷音》：“待國事太平，我家事自行停當，先公後私，理當然也。”金庸《神雕俠侶》三六回：“台下群豪轟然叫好，都説先公後私，這才是英雄豪傑的胸懷。”同 公而忘私。反 損公肥私。

【先見之明】xiān jiàn zhī míng 事先看清問題的眼力。形容高瞻遠矚，有預見性。《後漢書·楊彪傳》：“愧無日磾先見之明，猶懷老牛舐犢之愛。”《三國演義》九八回：“卿既有先見之明，何不自引一軍以襲之？”葉聖陶《潘先生在難中》三：“他又恨自己到底沒有先見之明，不然，這一筆冤枉的逃難費可以省了。”反 愚昧無知。

【先我着（著）鞭】xiān wǒ zhuó biān《晉書·劉琨傳》：“吾枕戈待旦，志梟逆虜，常恐祖生先吾著鞭耳。”先吾：在我之前。着鞭：上馬揮動鞭子。後以“先我着鞭”比喻別人搶在前面做了自己本來要辦的事。《孽海花》一八回：“我國若不先自下手，自辦銀行，自築鐵路，必被外人先我著鞭，倒是心腹大患哩。”

【先花後果】xiān huā hòu guǒ 比喻先生女後生男。《醒世恆言·李玉英獄中訟冤》：“夫妻十分恩愛，生下三女一男，……元來是先花後果的，倒是玉英居長，次即承祖。”◇她年紀輕輕的就先花後果，得了一兒一女。

【先來後到】xiān lái hòu dào 按照來到的先後確定次序。明代無名氏《南牢記》

二折：“也有個先來後到，反教俺無下梢。”《水滸傳》三四回：“也有個先來後到！甚麼官人的伴當要換座頭，老爺不換！”◇在公共場所裏，要遵守公德，講究個先來後到。同 井然有序。反 爭先恐後。

【先知先覺】xiān zhī xiān jué《孟子·萬章上》：“天之生此民也，使先知覺後知，使先覺覺後覺也。”後以“先知先覺”指認知事理比一般人早。宋代陸九淵《與曾宅之書》：“今己私未克之人，……見先知先覺，其言廣大高明，與己不類反疑，恐一旦如此，則無所歸，不亦鄙哉！”孫中山《民權主義》三講：“先知先覺的是發明家，後知後覺的是宣傳家，不知不覺的是實行家。”魯迅《集外集·文藝與政治的歧途》：“文藝家先時講的話，漸漸大家都記起來了，大家都贊成他，恭維他是先知先覺。”也指比別人較早地感知變化。◇岳丈大人卓識無差，先知先覺，已窺破小婿的心思。同 先見之明、獨具慧眼。反 後知後覺、無知無覺。

【先斬後奏】xiān zhǎn hòu zòu 原指古代臣下先處決罪犯，再上報皇帝。現比喻先採取行動，再向上司報告。《漢書·申屠嘉傳》：“嘉謂長史曰：‘吾悔不先斬錯乃請之，為錯所賣。’”元代曾瑞《留鞋記》三折：“因為老夫廉能清正，奉公守法，聖人勅賜勢劍金牌，着老夫先斬後奏。”老舍《駱駝祥子》九：“這個事非我自己辦不可，我就挑上了你，咱們是先斬後奏。”

【先發制人】xiān fā zhì rén 搶在對手前邊先開始行動，使對方處於不利地位。《漢書·項籍傳》：“方今江西皆反秦，此亦天亡秦時也。先發制人，後發制於人。”明代李清《三垣筆記·崇貞》：“體仁知之，遂為先發制人計，而蔑倫詞臣之疏出。”◇不等對方講完，他就先發制人，插話說起來。反 後發制人。

【先睹(覩)為快】xiān dǔ wéi kuài 以能先看到為樂事。多就詩文、影視、戲劇作品等而言。唐代韓愈《與少室李拾遺書》：“若景星鳳皇之始見也，爭先覩之為快。”元代王惲《表忠觀碑始末記》：“觀在龍井不十里遠，能一到其下豁先睹為快，何如？”朱自清《子愷畫集跋》：“子愷將畫的稿本寄給我，讓我先睹為快，并讓我選擇一番。”

【先意承志】xiān yì chéng zhì 原指不待父母說出，孝子就能揣測其心意而去做，後泛指行事前先揣測逢迎對方心意。《禮記·祭義》：“君子之所為孝者，先意承志，諭父母於道。”清代昭槤《嘯亭雜錄·張文和之才》：“然其善於窺測聖意，每事先意承志。”魯迅《華蓋集續編·海上通信》：“我不是別人，哪知道別人的意思呢？‘先意承志’的妙法，又未曾學過。”同 先意承旨。

【先憂後樂】xiān yōu hòu lè ❶《大戴禮記·曾子立事》：“先憂事者後樂事，先樂事者後憂事。”後以“先憂後樂”指先憂苦而後得安樂。《今古奇觀·老門生三世報恩》：“即如榮華之日，豈信後來苦楚？如今在下再說個先憂後樂的故事。”錢基博《辛亥江南光復實錄》：“上自都督，下至走卒，一律日支錢二百五十文，以供飯食，同甘共苦，以底於成功；而後酌量經帑，制定薪津，亦先憂後樂也。”❷宋代范仲淹《岳陽樓記》：“先天下之憂而憂，後天下之樂而樂歟！”後簡作“先憂後樂”，指憂慮在天下人之先，安樂在天下人之後。表示把國家命運、人民疾苦放在首位。宋代王十朋《范文正公祠堂》詩：“才兼文武懷經綸，先憂後樂不為身。”明代無名氏《鳴鳳記·鄒林遊學》：“你先憂後樂師忠彥，由義居仁效昔賢。”◇公務員是公僕，必須要有先憂後樂的境界。

【先聲奪人】xiān shēng duó rén 先為己方造聲勢，以壓倒對方士氣。《左傳·昭公二十一年》：“軍志有之：先人有奪人之心，後人有待其衰。”《八十一夢》第七二夢：“加上那些神兵神將，把金鼓打得震天震地的響，更是先聲奪人。”後也指搶先一步，掌握主動。茅盾《子夜》十二：“他這眼光是他每逢定大計，決大疑，那時候兒的先聲奪人的大炮！”

【先禮後兵】xiān lǐ hòu bīng 先採用禮貌方式交涉，無效時再採用武力或其他強硬手段。《三國演義》十一回："郭嘉諫曰：'劉備遠來救援，先禮後兵，主公當用好言答之，以慢備心。'"◇我是先禮後兵，要是不肯賞臉，就別怪我不客氣了。同 先文後武。

【兇相畢露】xiōng xiàng bì lù 兇惡的面目完全暴露。◇再也掩飾不住了，終於兇相畢露 / 兇相畢露地威脅說："不給錢，就給命！"

【兇神惡煞】xiōng shén è shà 形象兇惡、帶給人災禍的神。煞：兇神。❶ 比喻兇狠的人。元代王曄《桃花女》三折："又犯着金神七殺上路，又犯着太歲，遭這般兇神惡煞，必然板僵身死了也。"《說岳全傳》二七回："這幾位兇神惡煞……蜂擁一般，殺入番陣內。" ❷ 形容好像兇神惡煞一樣。清代吳趼人《情變》七回："他向來最膽小，我父親兇神惡煞般跑來捉我，不知他嚇得怎樣了。" 沙汀《丁跛公》："兇神惡煞地喝道：'你另外說點甚麼哇！'" 同 兇相畢露、窮兇極惡。反 溫文爾雅、和藹可親。

【充耳不聞】chōng ěr bù wén 充滿耳朵就像沒聽到。❶ 形容拒絕聽取別人的述說或意見。清代李漁《奈何天·鬧封》："邊陲告急，司轉運者，充耳不聞。" 清代黃小配《大馬扁》四："任他說得天花亂墜，總如充耳不聞。" ❷ 形容專心致志，聲音在耳卻像聽不到一樣。鄭振鐸《桂公塘》八："雜碎的笑語充耳不聞，笑語也擲不到他的一個角隅來。" 馮玉祥《我的生活》第九章："士兵們受不了，背地裏咒罵，他們也充耳不聞。" 同 置之不理。反 洗耳恭聽。

【充類至盡】chōng lèi zhì jìn《孟子·萬章下》："夫謂'非其有而取之者，盜也'，充類至義之盡也。" 充類：事理類推到極精密處。後用"充類至盡"指就事理作充分的推論。清代朱克柔《古蘭譜〈第一香筆記〉》："曰：'是可略窺半面矣，若充類至盡，神而明之存乎其人。'" 清代章學誠《文史通義·博約》："人各有能有不能，充類至盡，聖人有所不能，庸何傷乎？" 梁啟超《駁某報土地國有論二》："若以此種論法為根據，充類至盡，則社會之富，何一非進化主之生產物？"

【克己奉公】kè jǐ fèng gōng 約束自己的私慾，一心為公。《後漢書·祭遵傳》："遵為人廉約小心，克己奉公，賞賜輒盡與士卒，家無私財。"《魏書·高祖紀上》："自今牧守溫仁清儉，克己奉公者，可久於其任。"◇克己奉公，是公務員必須具備的基本素質。同 潔己奉公。反 假公濟私。

【克己復禮】kè jǐ fù lǐ 克己：克制言行私欲。復禮：指恢復西周的禮法。約束自身，克制慾望，使言行合乎昔日的禮教，做到"非禮勿視，非禮勿聽，非禮勿言，非禮勿動"的儒家主張。《論語·顏淵》："克己復禮為仁，一日克己復禮，天下歸仁焉。"《左傳·昭公十二年》："仲尼曰：'古也有志，克己復禮，仁也。'" 漢代班固《東都賦》："克己復禮，以奉終始。" 唐代張說《文昌左丞陸公墓誌》："所謂終溫且惠，行同歸於大雅；克己復禮，身不離於令名。" 明代無名氏《紫泥宣》一折："小官恭謹忠信，克己復禮，奉公守法，正直無私。"

【克紹箕裘】kè shào jī qiú 克：能。紹：繼承。箕：畚箕。《禮記·學記》："良冶之子，必學為裘，良弓之子，必學為箕。" 說從事冶金的人的子弟，受父親冶煉金屬的工藝技能的啟示，必能學會鞣製獸皮縫成皮襖；製做弓箭的匠人的兒子，模仿父親製作弓箭的技能，必能學會彎起柳條編成畚箕。後用"克紹箕裘"比喻能夠繼承父輩的事業。明代陳汝元《金蓮記·首引》："怨將德報，喜雙兒克紹箕裘。" 李劼人《死水微瀾》二部二："他父親雖是病得發昏，也知道這兒子是個克紹箕裘的佳兒，不由不放心大膽，一言不發，含笑而逝。" 同 弓冶箕裘、克傳弓冶。

【克勤克儉】kè qín kè jiǎn ❶ 既勤勞，又節儉。《尚書·大禹謨》："克勤於邦，克儉於家。"《舊唐書·張允伸傳》："允伸領鎮凡二十三年，克勤克儉，比歲豐登。"《歧路燈》一九回："紹祖宗一點真傳，克勤克儉；教子孫兩條正路，曰耕曰讀。”❷ 指勤儉持家。清代陳确《書辰夏雜言後》：“吾儕不幸遭荒亂，惟是克勤克儉，百倍前人，猶懼弗及。”洪深《香稻米》第一幕：“自己的結髮妻子，全仗她克勤克儉地掌持家務，今年也五十八歲了。”同 克儉克勤、勤儉節約。反 揮金如土、鋪張浪費。

【克盡厥職】kè jìn jué zhí 克：能夠。厥：其。能夠忠於職守，盡職盡責。張天翼《談人物描寫》：“但記憶有時候可不能克盡厥職。我所記的，未必全記得那麼完全。”◇他是個克盡厥職，兢兢業業，勇於任事的人。同 克盡職守、忠於職守。反 聊以塞責、敷衍塞責。

【克敵制勝】kè dí zhì shèng 打敗敵人，取得勝利。《水滸傳》二十回：“今番克敵制勝，誰人及得先生良法。”《歧路燈》一〇五回：“因隨任委辦防禦倭寇，密訪通倭逆賊得實，私籌火具克敵制勝，今奉皇上恩旨陛見。”◇《孫子兵法》是克敵制勝的法寶。同 捷報頻傳、得勝回朝。

【免開尊口】miǎn kāi zūn kǒu 尊：敬詞。請不要開口說話。《兒女英雄傳》二六回：“你若果然有成全我的心，衞顧我的話，就請說；要是方才伯父合九公說的那套，我都聽見了，也明白了，免開尊口！”《九命奇冤》五回：“這房子是不變賣的，何況此刻靠着點小生意還有飯吃呢，我看娘舅還是免開尊口罷！”◇您要是想管，就請拿錢出來，不然的話，還是免開尊口吧。

【兒女心腸】ér nǚ xīn cháng 指男孩和女孩所具有的柔善的感情。清代吳兆騫《念奴嬌·家信至有感》詞：“燈昏被冷，夢裏偏叨絮。兒女心腸英雄淚，抵死偏縈離緒。”《兒女英雄傳》一八回：“只可惜他昧了天理人情，壞了兒女心腸，送了英雄性命。”張恨水《啼笑因緣》一六回：“秀姑這個人，秉着兒女心腸，卻有英雄氣概。”同 兒女情長。

【兒女情長】ér nǚ qíng cháng 南朝梁鍾嶸《詩品》卷中：“(張華）雖名高曩代，而疏亮之士，猶恨其兒女情多，風雲氣少。”後用“兒女情長”形容人富於感情或注重愛情。明代許自昌《水滸記·漁色》：“人常說道兒女情長，英雄氣短。宋公明為人倒是反這兩句話，故此擔閣了尊嫂。”清代無名氏《合浦珠》序：“話說人生七尺軀，雖不可兒女情長、英雄志短，然晉人有云：‘情之所鍾，正在我輩。’”蔡東藩《宋史通俗演義》四六回：“古人說得好：‘兒女情長，英雄氣短。’自古以來，無論甚麼男兒好漢，鋼鐵心腸，一經嬌妻美妾，朝訴暮啼，無不被她熔化。”同 兒女情多。反 不解風情。

【兒女親家】ér nǚ qìng jia 兩家兒女結為婚姻的親戚關係。《醒世恒言·陳多壽生死夫妻》：“王三老道：‘莫怪老漢多口，你二人做了一世的棋友，何不扳做兒女親家？’”黃南丁氏《楊乃武與小白菜》三五回：“這位杭州知府，姓陳名魯，乃是劉錫彤的兒女親家，平日為政，倒還清明。”蔡東藩《清史通俗演義》四一回：“和珅與乾隆帝竟作了兒女親家。一個抬轎夫，寵榮至此，可謂古今罕聞。”同 秦晉之好。

【兔死狐悲】tù sǐ hú bēi 比喻因同類的滅亡而感到悲傷。《敦煌變文集·燕子賦》：“叨聞狐死兔悲，物傷其類。”後世多作“兔死狐悲”。金代馬鈺《蘇幕遮·看送孝》：“兔死狐悲，傷類聲淒切。”《紅樓夢》五七回：“黛玉聽了，‘兔死狐悲，物傷其類’，不免也要感歎起來了。”郁達夫《十三夜》：“聽了許多故人當未死前數日的奇異的病症，心裏倒也起了一種兔死狐悲的無常之感。”同 物傷其類。

【兔死狗烹】tù sǐ gǒu pēng《史記·越王勾踐世家》：“蜚（飛）鳥盡，良弓藏；狡兔死，走狗烹。”兔子死了，獵狗就被烹煮吃了。比喻事情成功後，把出力者拋棄或殺掉。明代張景《飛丸記·盟尋泉石》：“還有一等兔死狗烹，銜冤賫志，如漢代韓、彭，宋朝張、岳，後來成甚麼結果？”《北洋軍閥統治時期史話》六三章：“王承斌卻埋怨曹錕對吳景濂不應當採取兔死狗烹的手段。”◇朱元璋做了皇帝，就尋找藉口殺戮功臣，正應了兔死狗烹那句話。同 鳥盡弓藏、"狡兔死，走狗烹"。反 計功行賞、論功行賞。

【兔起鶻落】tù qǐ hú luò 鶻：鷹類猛禽。兔子剛跳起來，鶻就飛撲下去。❶ 形容作畫寫字或寫文章運筆翻飛迅捷。宋代蘇軾《文與可畫篔簹谷偃竹記》："振筆直遂，以追其所見，如兔起鶻落，少縱則逝矣。"明代徐渭《竹》詩："急索吳箋何太忙，兔起鶻落遲不得。"茅盾《霜葉紅似二月花續稿》一五章："婉卿便走到和光與良材之間，眼看着良材提起筆來，兔起鶻落，氣挾風霜。"❷ 比喻行動迅速或動作敏捷。清代紀昀《閱微草堂筆記•如是我聞四》："此事如兔起鶻落，少縱即逝。此媪亦捷疾若神矣。"蔡東藩《明史演義》四一回："眾急忙抵拒，亂下矢石，不料這陶家軍，很是勇悍，兔起鶻落，狖迅猱升，任他矢石如雨，毫不膽怯，只管向前猛登。"同 兔起鳧舉。反 蝸行牛步。

【兢兢業業】jīng jīng yè yè ❶ 小心謹慎、不敢懈怠的樣子。《尚書•皋陶謨》："兢兢業業，一日二日萬幾。"《警世通言•老門生三世報恩》："科貢官兢兢業業，捧了卵子過橋，上司還要尋趁他。"◇他一生兢兢業業，總算平安到老。❷ 形容勤懇認真。《紅樓夢》十四回："於是寧府中人才知鳳姐利害，自此俱各兢兢業業，不敢偷安。"◇他兢兢業業，高效率工作，十年如一日。同 業業兢兢、兢兢翼翼。反 膽大妄為、敷衍了事。

入部

【入土為安】rù tǔ wéi ān 說把死者埋葬了，死者才算得其去所，親人也才心安。清代吳趼人《糊塗世界》一二："舍妹已斷了七，也該出殯了。在家雖好，但一則火燭當心，二則死者亦以早些入土為安。"◇戲班同仁商議着，讓死者早日入土為安，就地埋葬，也算了卻此事。

【入木三分】rù mù sān fēn 原形容書法筆力強勁。相傳晉代書法家王羲之在木板上寫字，工人刻字時，發現墨汁透入木板有三分深。唐代張懷瓘《書斷•王羲之》："晉帝時祭北郊，更祝版，工人削之，筆入木三分。"明代沈德符《野獲編•晉唐小楷真迹》："韓宗伯敬堂所藏《曹娥碑》，為幼軍真跡。絹素稍黯，字亦慘淡。細視良久，則筆意透出絹外，神彩奕然，乃知古云'入木三分'不虛也。"後比喻見解或議論深刻。清代趙翼《楊雪珊自長垣歸來》詩："入木三分詩思銳，散霞五色物華新。"◇寥寥的幾句話，便入木三分。同 真知卓見。

【入不敷出】rù bù fū chū 收入少，支出多。形容經濟困難。敷：足夠。《紅樓夢》一〇七回："但是家計蕭條，入不敷出。"梁實秋《徐志摩》："親戚朋友，都知道他入不敷出，同情他自己節儉，而太太會花錢。"巴金《談〈家〉》："即使他們放不下太太、少爺的架子，每月開支也不會'入不敷出'。"反 綽有餘裕。

【入主出奴】rù zhǔ chū nú 唐代韓愈《原道》："其言道德仁義者，不入於楊，則入於墨；不入於老，則入於佛。入於彼，必出於此。入者主之，出者主之。"說信仰一種學說，必然排斥他種學說，以自己所信仰的為主，以所排斥的為奴。後用"入主出奴"指學術上的門戶之見。《明史•馬孟禎傳》："臣子分流別戶，入主出奴，愛憎由心，雌黃信口，流言蜚語，騰入禁庭，此士習可慮也。"清代全祖望《奉答臨川先生序》："此乃門戶黨伐，入主出奴之說，不足信。"郭沫若《呂不韋與秦王政的批判》："因而互相鬥爭，入主出奴，是丹非素。"

【入吾彀中】rù wú gòu zhōng 彀中：弓箭能射到的範圍。說進入我的弓箭射程之內。比喻在我掌握之中，或落入我的掌握之中。五代王定保《唐摭言•述進士上》："（唐太宗）賜新進士宴，宴罷，綴行而出，上目送之，喜曰：'天下英雄皆入吾彀中矣！'"清代淮陰百一居士《壺天錄》卷中："茲乃投其所好，榮以正位，亦安有不入吾彀中哉！"《型世言》二四回："這邊趙旗牌回復，田副使與沈參將看了，大喜道：'虜入吾彀中矣！'”

【入室操戈】rù shì cāo gē《後漢書•鄭玄傳》："時任城何休好《公羊》學，遂著《公羊墨守》、《左氏膏肓》、《穀梁廢疾》。玄乃發《墨守》，針《膏肓》，起《廢疾》。休見而嘆曰：'康成入吾室，操吾戈以伐我乎！'”説當時的大學者鄭玄進入何休的屋子，拿起何的武器來攻擊他。後用"入室操戈"比喻就對方的論點加以反駁，或反目相向。宋代陳亮《又戊戌冬書》："果能通天地於一身，安有爾許擾擾，入室操戈，不罪唐突。”明代吾丘瑞《運甓記•手板擊鳳》："叵耐奸雄跋扈，偽將心事拋他。謬為恭敬權趨附，待時入室操戈。”郭紹虞《中國文學批評史》四九："何以對於東坡也有微辭呢？難道是入室操戈，難道是知之深故論之切？”同 操戈入室。

【入情入理】rù qíng rù lǐ 合情合理。明代張岱《陶庵夢憶•柳敬亭説書》："款款言之，其疾徐輕重，吞吐抑揚，入情入理，入筋入骨。”清代壯者《掃迷帚》三回："心齋側着耳朵，覺得此段議論，入情入理，不禁連連點首。”茅盾《脱險雜記》："這謠言是那麼入情入理，不由得我們不相信。”反 情理難容。

【入鄉隨俗】rù xiāng suí sú《莊子•山木》："入其俗，從其令。”後以"入鄉隨俗"指到了他鄉，待人接物要依照當地的風俗習慣。《續傳燈錄•洪州大寧道寬禪師》："雖然如是，且道入鄉隨俗一句作麼生道？”◇入鄉隨俗，你新來乍到，過些日子就習慣了。同 入鄉隨鄉。反 我行我素。

【入聖超凡】rù shèng chāo fán 指道德修養超過凡人，達到聖人的境界。後也泛指學術、技藝、修養達到登峰造極的境界。《五燈會元•東林總禪師法嗣》："談玄説妙，譬如畫餅充飢，入聖超凡，大似飛蛾赴火，一向無事。”《鏡花緣》九回："服肉芝延年益壽，食朱草入聖超凡。”魯迅《墳•論睜了眼看》："和尚多矣，但這樣披闊斗篷的能有幾個，已經是'入聖超凡'無疑了。”

【入境問俗】rù jìng wèn sú 進入生疏的地方或別的國家，先要瞭解那裏的風俗，以便適應。《禮記•曲禮上》："入境而問禁，入國而問俗，入門而問諱。”宋代蘇軾《密州謝上表》："受命撫躬，已自知於不稱；入境問俗，又復過於所期。”◇你這趟去西藏要尊重當地的風俗習慣，入境問俗。同 入境問禁、入國問俗。反 我行我素、隨心所欲。

【內外交困】nèi wài jiāo kùn 交：一齊、同時。內部和外部的困難同時擠壓，陷入困境。◇市場風雲變幻，公司一旦應付失當，便會陷入內外交困、瀕臨破產的境地。

【內外夾攻】nèi wài jiā gōng ❶ 從內部和外部兩方面，同時進行攻擊。元代鄭廷玉《楚昭公》一折："等小官直至西秦，借他兵來，那其間內外夾攻，方能取勝。”《三國演義》九八回："（孔明）遂喚馬岱吩咐曰：'汝引三千軍徑到魏兵屯糧之所……'又差馬忠、張嶷各引五千兵在外圍住，內外夾攻。”❷ 比喻利用自己和他方兩種力量，從不同側面分頭去做同一件事情，並形成合力。◇我看必須藉助傳媒界，向公眾揭露此事的真相，內外夾攻，才能徹底解決。同 內外夾擊。反 單打獨鬥。

【內柔外剛】nèi róu wài gāng 內心柔弱，外表剛強。也指內部脆弱，外部強大。《易經•否》："內陰而外陽，內柔而外剛。”◇別看她平時柔情滿懷，其實她內柔外剛，決定了的事情，誰也擋不住她。同 外強中乾、色厲內荏。反 外柔內剛、綿裏藏針。

【內視反聽】nèi shì fǎn tīng《史記•商君列傳》："反聽之謂聰，內視之謂明，自勝之謂強。”後用"內視反聽"指內則捫心自省，外則聽人評説。視：察看。《後漢書•王允傳》："夫內視反聽，則忠臣竭誠；寬賢矜能，則義士厲節。”

【內憂外患】nèi yōu wài huàn《國語•晉語六》："不有外患，必有內憂。”內部和來自外部的禍患同時存在。《孽海花》二五回："當此內憂外患接踵而來，老夫子繫天下人望，我倒可惜他多此一段閒情逸致！"《文明小史》二二回："你想皇上家內憂外患，正臣子卧薪嘗膽之秋，還好少圖安逸嗎？"◇這兩年家裏內憂外患不斷，自顧尚且不暇，哪還管得了她！同 內外交困。

【內顧之憂】nèi gù zhī yōu 顧念來自內部的憂患。《周書·文帝紀上》："吾便速駕，直赴京邑。使其進有內顧之憂，退有被躡之勢。"《三國演義》九一回：'臣受光帝託孤之重，夙夜未嘗有怠。今南方已平，可無內顧之憂。"茅盾《子夜》七："廠裏的工潮已經解決，吳蓀甫勝利了，他沒有內顧之憂了。"同 禍起蕭牆、兄弟鬩牆、同室操戈。

【全力以赴】quán lì yǐ fù 赴：投入。投入全部的力量或精力。鄒韜奮《經歷·對國事的呼籲》："竭盡愚鈍，全力以赴，雖顛沛流離，艱苦危難，甘之如飴。"◇做事或學習都必須全力以赴，一曝十寒是做不好學不好的。同 不遺餘力。反 偷機取巧。

【全心全意】quán xīn quán yì 一心一意，專注、無雜念。◇公務員的職責就是就是全心全意為社會服務 / 做學生，就要心無旁騖，全心全意投入學習。同 一心一意、專心致志。反 三心二意、心神不定。

【全知全能】quán zhī quán néng 無所不知，無所不能。王元化《對於"五四"的再認識答客問》："這和我所讀過的那時被我奉為經典的書籍有關，它們使我相信人的知識可以達到全知全能。"◇有的人總是以全知全能自居，總想把自己對事情的判斷強加給別人。同 無所不能。反 一無所知、一無所能。

【全始全終】quán shǐ quán zhōng 從頭到尾都很完善。形容做事認真負責，善始善終。《三國演義》八六回："孤正欲與蜀主講和，但恐蜀主年輕識淺，不能全始全終耳。"梁啟超《中國歷史上革命之研究》："求其同心戮力、全始全終者，自漢光武以外，殆無一人。"冰心《去國》："橫豎共和已經造成了，功成身隱，全始全終的，又有甚麼缺憾呢。"同 善始善終。反 虎頭蛇尾、有始無終。

【全軍覆沒】quán jūn fù mò ❶整個軍隊全部被消滅。《舊唐書·李希烈傳》："官軍皆為其所敗，荊南節度張伯儀全軍覆沒。"清代昭連《嘯亭雜錄·孝感之戰》："總統永公保屢為所敗，先後徵兵數千，皆全軍覆沒。"歐陽予倩《忠王李秀成》第一幕："英王不聽王爺的話，把安慶丟了，連王爺派去的兵，也因為調度不好，全軍覆沒。"❷比喻事情徹底失敗。陳桂棣、春桃《中國農民調查》第七章："他發現，安徽省的稅費改革並非全軍覆沒。"◇公司在海外的投資全軍覆沒，受到致命的一擊。同 片甲不回、片甲不留。反 大獲全勝。

【全神貫注】quán shén guàn zhù 貫注：(精神或精力）集中。全部精神都集中在某事上。葉聖陶《馬佩弦》："就是在學校裏，課前的預備，我見你全神貫注，表現於外表的情態是十分緊張。"◇此時此刻，她全神貫注地在觀察他，不放過一個細節。同 全神傾注。反 心不在焉。

【全無心肝】quán wú xīn gān ❶《南史·陳後主紀》記載：南朝陳後主陳叔寶亡國後被俘到長安，隋文帝對他比較優待。不料陳後主還想得到一個官號，隋文帝便說："叔寶全無心肝。"後用"全無心肝"比喻不知羞恥或沒有良心。清代黃宗羲《與李杲堂陳介眉書》："弟即全無心肝，謂旦中德如曾史，功如禹稷，言如遷固，有肯信之者乎？"梁啟超《中國立國大方針·結論》："以此自詡成功，非全無心肝者，安得有此言？"老舍《四世同堂》八五："瘦鬼，既是在哭，一定不是全無心肝的人。"❷比喻毫無心計。《聊齋誌異·嬰寧》："觀其孜孜憨笑，似全無心肝者，而牆下惡作劇，其黠孰甚焉。"

【全盤托出】quán pán tuō chū 連同盤子一起端出來。比喻全都講出來，毫無保留。《官場現形記》三九回："他得到這信息，又如趕頭報似的，趕過來到瞿太太跟前，……將此情由全盤托出。"老舍《談簡煉》："知道的多才會有所取捨，找到重點。只知道那麼一點，便難割愛，只好全盤托出。"同 和盤托出、言無不盡。反 諱莫如深、藏頭露尾。

【兩小無猜】liǎng xiǎo wú cāi 唐代李白《長干行》詩："郎騎竹馬來，繞牀弄青梅，同居長干里，兩小無嫌猜。"後以"兩小無猜"形容男女幼童一起玩耍，天真無邪，全無疑忌。《聊齋誌異·江城》："翁有女，小字江城，與生同甲，時皆八九歲，兩小無猜，日共嬉戲。"清代吳趼人《情變》二回："似此天天在一起，雖是兩小無猜，卻也是你愛我臉兒標致，我愛你體態輕盈。"◇兩人從小就住在一個社區，兩小無猜，感情融洽。

【兩手空空】liǎng shǒu kōng kōng 手頭一個錢也沒有或甚麼東西也沒有。形容一無所有。清代張春帆《九尾龜》二二回："剛剛過了中秋，正是起生意的時候，黛玉兩手空空，借盡當絕，沒有墊場，這生意如何做得下去？"徐志摩《愛眉小劄·書信》："每晚每早為他禱告，如今兩手空空的，兩眼汪汪的，連禱告都無從開口，因為上帝待她太慘酷了。"馮驥才《鋪花的歧路》一卷："畢業後，每人只有一張文憑，兩手空空地失業了！。"同 囊空如洗。反 堆金積玉。

【兩全其美】liǎng quán qí měi 照顧到兩方面，讓雙方都覺得圓滿。元代無名氏《連環計》三折："司徒，我三五日間成其大事，則少這麼一個好夫人。司徒，你若肯與了我呵，堪可兩全其美也。"《警世通言·趙太祖千里送京娘》："必然這漢子與妹子有情，千里送來，豈無緣故？妹子經了許多風波，又有誰人聘他。不如招贅那漢子在門，兩全其美。"茅盾《腐蝕·十一月十五日》："剛才那問題，你有沒有甚麼兩全其美的辦法？"反 顧此失彼。

【兩肋插刀】liǎng lèi chā dāo 比喻勇於承擔極大的風險和犧牲。鄧友梅《那五》八："謝儀我不指望，可我為朋友決不惜兩肋插刀！"王朔《美人贈我蒙汗藥》一三篇："談到做人，也可以很正直很規矩，且仗義疏財，一諾千金，為朋友兩肋插刀，他全都有。"同 赴湯蹈火。

【兩次三番】liǎng cì sān fān 多次，好幾次。元代關漢卿《蝴蝶夢》二折："那大蝴蝶兩次三番只在花叢上飛，不救那小蝴蝶，揚長飛去了。"《醒世恆言·白玉娘忍苦成夫》："這賤婢兩次三番誘你逃歸，其心必有他念，料然不是為你，久後必被其害。"朱自清《看花》："天是黑定了，又沒有月色，我們向廟裏要了一個舊燈籠，照着下山。路上幾乎迷了道，又兩次三番地狗咬。"同 幾次三番、屢次三番。

【兩虎相鬥（鬭）】liǎng hǔ xiāng dòu 比喻力量強大的雙方互相搏鬥。《戰國策·秦策四》："天下莫強於秦、楚，今聞大王欲伐楚，此猶兩虎相鬭而駑犬受其弊。"《新元史·郝經傳》："為今之計，則宜救已然之失，防未然之變而已。西師既構，猝不可解，如兩虎相鬭。"梁羽生《龍虎鬥京華》四回："他又深知兩人都是武功極其深湛的名手，如果真打起來，兩虎相鬥，必有一傷，不論傷了哪一個，對婁無畏都是痛心的事。"同 兩虎相爭。

【兩相情願】liǎng xiāng qíng yuàn 雙方都出於自願。《古今小說·史弘肇龍虎君臣會》："當日說成這頭親，回覆了妹子，兩廂情願了。"《水滸傳》五回："既然不兩相情願，如何招贅做個女婿？"《老殘遊記》一九回："事畢，某字號存酬勞銀一百兩，即歸我支用。兩相情願，決無虛假。"◇這是兩廂情願的事，誰也管不了。反 一相情願、一廂情願。

【兩面三刀】liǎng miàn sān dāo 形容當面一套，背後一套，用心險惡。元代李行道《灰闌記》二折："我是這鄭州城裏第一個賢慧的，倒說我兩面三刀，我搬調你甚的來？"《紅樓夢》六五回："嘴甜心苦，兩面三刀，上頭笑着，腳底下就使絆子，明是一盆火，暗是一把刀，他都佔全了。"◇他老婆可是個笑面虎，兩面三刀，比他厲害多了。同 口蜜腹劍、笑裏藏刀。反 光明磊落、表裏如一。

【兩袖清風】liǎng xiù qīng fēng ❶ 形容迎風輕快瀟灑的姿態。元代陳基《次韻吳江道中》："兩袖清風身欲飄，杖藜隨月步長橋。"元代高文秀《遇上皇》一折："兩袖清風和月偃，一壺春色透瓶香。"

❷ 形容做官清正廉潔，家無餘財。明代盧象昇《過穆陵關》詩：“攜歸兩袖清風去，坐看閒雲不厭貧。”《説岳全傳》七回：“這位縣主老爺在這裏歷任九載，為官清正，真個‘兩袖清風，愛民如子。’” 反 貪得無饜。

【兩敗俱傷】liǎng bài jù shāng 爭鬥的雙方都受到損傷。宋代汪應辰《答梁子鋪》：“東漢之君子必欲與小人為敵，終於兩敗俱傷，而國隨以亡。”清代玉瑟齋主人《回天綺談》一二回：“二位壯士休要苦鬥，兩敗俱傷，實在無益，天下正在多事，英雄何患無用武之地呢！”。周國平《風中的紙屑》：“在夫妻吵架中沒有勝利者，結局不是握手言和，就是兩敗俱傷。” 反 兩得其便、兩利俱存。

【兩部鼓吹】liǎng bù gǔ chuī 鼓吹：古時儀仗樂隊的器樂合奏。《南齊書·孔稚珪傳》：“門庭之內，草萊不剪，中有蛙鳴，或問之曰：‘欲為陳蕃乎？’稚珪笑曰：‘我以此當兩部鼓吹，何必期效仲舉。’”後以“兩部鼓吹”稱蛙鳴。宋代陸游《久雨排悶》詩：“老盆濁酒且復醉，兩部鼓吹方施行。”茅盾《霜葉紅似二月花·新版後記》：“特在此簡要地説明其中的經過倒也沒有聊自解嘲的意圖，不過回憶此書在‘兩部鼓吹’聲中寫作的情況，頗堪發笑。”

【兩廂情願】liǎng xiāng qíng yuàn 見“兩相情願”。反 一相情願、一廂情願。

【兩葉掩目】liǎng yè yǎn mù 兩片樹葉遮住了眼睛。比喻受蒙蔽而對事物分辨不清楚。南朝梁劉勰《劉子新論·專學》：“夫兩葉掩目，則冥默無覩；雙珠填耳，必寂寞無聞。”《陰符經·神仙抱一演道章》唐代李筌注：“兩葉掩目，不見泰山；雙豆塞耳，不聞雷霆；一椒掠舌，不能立言。”◇因為被人誤導，調查人員就像兩葉掩目一樣始終弄不清事件的真相。同 一葉障目、兩豆塞耳。

【兩鼠鬥(鬭)穴】liǎng shǔ dòu xué《史記·廉頗藺相如列傳》：“秦伐韓，軍於閼與。王召廉頗而問曰：‘可救不？’對曰：‘道遠險狹，難救’……又召問趙奢，奢對曰：‘其道遠險狹，譬之猶兩鼠鬭於穴中，將勇者勝。’”後以“兩鼠鬥穴”比喻兩軍狹路相逢，沒有退路，只有勇往直前才能取得勝利。宋代蘇軾《送范中濟經略侍郎》詩：“兩鼠鬥穴中，一勝亦偶然。”

【兩腳書櫥】liǎng jiǎo shū chú《南史·陸澄傳》：“澄當世稱為碩學，讀《易》三年不解文義，欲撰《宋書》竟不成。王儉戲之曰：‘陸公，書厨也。’”後以“兩腳書櫥”指讀書很多但不善於應用的人。明代張岱《夜航船序》：“學問之富，真是兩腳書櫥，而其無益於文理考據，與彼目不識丁之人無以異也。”清代葉燮《原詩·內篇下》：“俗諺謂為兩腳書櫥，記誦日多，多益為累，及伸紙落筆時，胸如亂絲。”◇不當兩腳書櫥，做一個會超強自學，又學以致用的人。

【兩意三心】liǎng yì sān xīn 心裏想這樣又想那樣。形容猶豫不決，或意念、情感不專一。《喻世明言·金玉奴棒打薄情郎》：“勸世上婦人事夫盡道，同甘同苦，從一而終；休得慕富嫌貧，兩意三心，自貽後悔。”許地山《無法投遞之郵件》：“似怕人知道我們曾相識，兩意三心，把舊時的好話都撇在一邊。” 同 三心二意、三心兩意。反 一心一意、全心全意。

【兩瞽相扶】liǎng gǔ xiāng fú 瞽：盲人。兩個盲人互相攙扶。比喻彼此都得不到幫助，都沒有好處。漢代韓嬰《韓詩外傳》卷五：“兩瞽相扶，不傷牆木，不陷井穽，則其幸也。”清代無名氏《處旁觀言不平》：“撰造虛偽之材以亂真實，不足當富識者之一粲。兩瞽相扶，定迷蹤失路。今我以旁觀者坦言，以志不平。”

八 部

【八方呼應】bā fāng hū yìng 各方面有呼有應，互相聯繫照應；四面八方響應。◇春節前，李生給災區小朋友做一件小禮物，送一份祝福卡的倡議一經發出，想不到會八方呼應，得到社會各界的熱烈響應。

【八斗之才】bā dǒu zhī cái 唐代李翰《蒙求》：“仲宣獨步，子建（曹植）八斗。”宋代無名氏《釋常談》卷中：“文章多，謂之‘八斗之才’。謝靈運嘗云：天下才有一石，曹子建（植）獨佔八斗，我得一斗，天下共分一斗。”故用後用“八斗之才”比喻極有才學。《宣和書譜》：“自詩道云亡，風流掃地，而（曹）植以八斗之才擅天下，遂以詞章為諸儒倡。”梁啟超《飲冰室詩話》二四：“（邱宗華）乃歸未及一月，竟溘然長逝，年僅逾弱冠耳。懷八斗之才，飲萬斛之恨。”同 才高八斗、學富五車。

【八仙過海】bā xiān guò hǎi 八仙：道教中的八位神仙：漢鍾離、張果老、呂洞賓、鐵拐李、韓湘子、曹國舅、藍采和、何仙姑。傳說八位仙人，各顯神通，乘風破浪，渡過東海。明代無名氏《八仙過海》二折：“則俺這八仙過海神通大，方顯這眾聖歸山道法強，端的萬古名揚。”後用以比喻各有各的本領或辦法。《西遊記》八一回：“正是八仙同過海，獨自顯神通。”《醒世姻緣傳》四一：“誰知這些話又有人傳與魏家，未免就八仙過海，各使神通。”李六如《六十年的變遷》第五章：“你昨天說的八仙過海，就照那樣過吧。”同 八仙過海，各顯神通。

【八兩半斤】bā liǎng bàn jīn 老舍《二馬》三：“你知道英國人的辦法是八兩半斤，誰也不要吃虧的。”同 半斤八兩、半斤對八兩。

【八門五花】bā mén wǔ huā 五花：五行陣。本指古代作戰時長於變化的“五行”和“八門”兩種多戰術變化的陣式。後用來比喻花樣繁多或變化多端。清代孫嘉淦《南遊記》：“伏龍以西，群峰亂峙，四佈羅列，如平沙萬幕，八門五花。”◇誰不知道他是個玩花弄巧、八門五花的人，他的話能信嗎？同 五花八門。

【八面見光】bā miàn jiàn guāng ❶ 面面都有光亮。◇你這套房子八面見光，亮堂堂的，住着真舒服。❷ 形容為人世故圓滑，面面俱到，都能妥善應付。《兒女英雄傳》十回：“張姑娘這幾句話說得軟中帶硬，八面兒見光，包羅萬象。”同 八面玲瓏、八面圓通。反 方正不苟。

【八面玲瓏】bā miàn líng lóng 玲瓏：寬敞明亮。原指窗戶通暢明亮。唐代黃滔《大唐福州報恩定光多寶塔碑記》：“七層八面玲瓏。”元代馬熙《開窗看雨》詩：“洞房編藥屋編荷，八面玲瓏得月多。”後形容：❶ 物體外觀剔透通徹。《說唐》五十回：“中間起造一座假山，八面玲瓏，十分精巧。”❷ 待人處事圓滑機巧，面面俱到，應付裕如。《孽海花》七：“原來寶廷的為人，是八面玲瓏，卻十分落拓。”老舍《四世同堂》四八：“不過，作大事的都得八面玲瓏。方面越多，關係越多，才能在任何地方、任何時候，都吃得開！”❸ 文章結構機巧，措辭圓潤，說得面面俱到，不落把柄。清代李漁《閒情偶寄·音律》：“始為盤根錯節之才，八面玲瓏之筆。”鄒韜奮《抗戰以來·舌戰後的‘治本方法’》：“奧妙之處在運用文字的結構，把具體的事實或問題儘量抽象化，變為八面玲瓏不着邊際的東西。”同 玲瓏八面、面面俱到。反 玲瓏剔透、直情徑行。

【八面威風】bā miàn wēi fēng 形容聲勢或氣派十足。元代陳以仁《存孝打虎》一折：“你八面威風大，端的是將相才。”清代吳趼人《情變》一回：“一個雄赳赳八面威風，一個嬝婷婷雙眉寫月。”◇身背後站着幾個狐群狗黨，吆吆喝喝，擺出一副八面威風的架勢。同 威風八面。反 喪家之犬。

【八面圓通】bā miàn yuán tōng 形容為人處世圓滑，應付周全，面面俱到。《官場現形記》三八回：“見人說人話，見鬼說鬼話，見了官場說官場上的話，見了生意人說生意場中的話，真正要八面圓通，十二分周到，方能當得此任。”◇那個老家伙奸猾狡詐，老謀深算，八面圓通，你們幾個誰也鬥不過他。同 八面見光。

【八拜之交】bā bài zhī jiāo 指異姓結拜的兄弟姊妹。八拜：古代世交子弟謁見長輩的禮節，異姓結拜時也用此禮節。元代王實甫《西廂記》一本一折：“有一故人姓杜名確，字君實，與小生同郡同學，當初為八拜之交。”《古今小說·沈小霞相會出師表》：“老夫與他八拜之交，最相契厚。”《東周列國誌》八七回：“某與兄有八拜之交，誓同富貴。”

【公子王孫】gōng zǐ wáng sūn 指官宦、貴族人家的子弟。《戰國策·楚策四》：“(黃雀）自以為無患，與人無爭也，不知夫公子王孫，左挾彈，右攝丸，將加己乎十仞之上，以其類為招。”唐代楊炯《唐右將軍魏哲神道碑》：“文昭武穆，方駕齊驅。公子王孫，朱輪華轂。”《水滸傳》一六回：“赤日炎炎似火燒，野田禾稻半枯焦。農夫心內如湯煮，公子王孫把扇搖。”同 王孫公子、公子哥兒。反 村夫野老、村夫俗子。

【公子哥兒】gōng zǐ gēr 官僚富貴人家嬌生慣養的子弟。《紅樓夢》六三回：“還虧你是大家公子哥兒，每日唸書學禮的，越發連那小家子的也跟不上。”《孽海花》二二回：“都是這般公子哥兒，鬧哄哄擁進來。”◇家裏並不算有錢，可他卻像個大富大貴人家的公子哥兒。同 公子王孫。

【公正不阿】gōng zhèng bù ē 阿：偏袒、偏頗。處事公平，符合正義，光明磊落，不偏私、不袒護。◇儘管他標榜自己公正不阿，實際上沒人相信 / 當官最重要的，其實不外兩條，一是認真履行職責，二是辦事公正不阿。同 公正廉明。反 官官相護。

【公正無私】gōng zhèng wú sī 公平正直而無私心。《荀子·賦》：“公正無私，反見縱橫。”沈從文《邊城》：“這人雖然腳上有點小毛病，還能泅水，走路難得其平，為人卻那麼公正無私。”反 假公濟私、損人利己。

【公正廉明】gōng zhèng lián míng 見“公正廉潔”。

【公正廉潔】gōng zhèng lián jié 公平正派，處事公道，清明廉潔，不營私舞弊。也作“公正廉明”。《官場現形記》三七回：“像大帥這樣的公正廉明，做屬員的人，只要自己謹慎小心……還愁將來不得差缺嗎？”同 兩袖清風、明鏡高懸。反 營私舞弊、貪贓枉法。

【公平合理】gōng píng hé lǐ 處事公正不偏頗，不袒私護短，合情入理。◇當了十年官，辦事一直公平合理，在退休的時候，獲頒一級勳章。同 公正合理。反 失之偏頗。

【公平交易】gōng píng jiāo yì 公正合理地進行買賣。《西遊記》六八回：“公平交易，又不化他，又不搶他，何禍之有？”蕭乾《摯友、益友和畏友巴金》：“對我來說，它只是個大店鋪而已，公平交易，童叟無欺。我賣稿，它買稿，一手交貨，一手交錢。”同 買賣公平。

【公而忘私】gōng ér wàng sī《漢書·賈誼傳》：“為人臣者主耳忘身，國耳忘家，公耳忘私，利不苟就，害不苟去，唯義所在。”後用“公而忘私”說一心為國家、為公務，把個人的利害得失拋得一乾二淨。《儒林外史》六回：“自古道‘公而忘私，國而忘家’。我們科場是朝廷大典，你我為朝廷辦事，就是不顧私親，也還覺得於心無愧。”郭沫若《〈孔雀膽〉的故事》：“但我揣想，他這人大概是一位豁達大度、公而忘私的人。”同 公爾忘私、“國爾忘家，公爾忘私”。

【公私兩利】gōng sī liǎng lì 見“公私兩便”。

【公私兩便】gōng sī liǎng biàn 公家和私人，都兼顧到，讓雙方都感到便利，都從中獲益。也作“公私兩利”、“公私兼顧”。《漢書·溝洫志》“衣食縣官，而為之作，乃兩便”唐代顏師古注：“令縣官給其衣食，而使修治河水，是為公私兩便也。”宋代劉安世《論役法之弊》：“議者以為不役其身，止令輸賦，則公私兩便，可以久行。”元代馬端臨《文獻通考》卷一七：“惟有於要鬧坊場之地，聽民釀造，納稅之後，以便酤買，為公私兩便。”◇她到上海出差，既辦公司的事，又順道到蘇杭玩幾天，她說這叫公私兩便。

【公私兼顧】gōng sī jiān gù 見“公私兩便”。

【公報私仇】gōng bào sī chóu 藉着辦公務的機會和提供的方便條件做手腳，趁機洩私憤、報私仇。《警世通言•王安石三難蘇學士》:“心下明知荊公為改詩觸犯,公報私仇,沒奈何,也只得謝恩。”蔡東藩《民國通俗演義》二七回:“他因辛亥一役,被南軍驅出南京,此次公報私仇,恨不得……把一座金陵城立刻佔住。”丁玲《太陽照在桑乾河上》三十:“你說那些王八崽子們還有個不趁火打劫、公報私仇的麼?”同 官報私仇。

【公諸同好】gōng zhū tóng hào 把自己喜歡的東西公開出來,使有同樣愛好的人共同欣賞享受。清代趙翼《甌北詩話•小引》:“爰就敝見所及,略為標準,以公諸同好焉。”《兒女英雄傳》四回:“自從聽了這番妙解,說書的纔得明白,如今公諸同好。”《二十年目睹之怪現狀》九九回:“他那位夫人,一向本來已是公諸同好,作為謀差門路的,一旦失了,就同失了靠山一般。”同 公之同好、公之於世。

【公聽並觀】gōng tīng bìng guān 指公正地聽取不同意見,全面地觀察有關問題。並:一起,全方位地。《漢書•鄒陽傳》:“公聽並觀,垂明當世。”宋代王安石《本朝百年無事劄子》:“刑平而公,賞重而信,納用諫官御史,公聽並觀,而不蔽於偏至之讒。”同 不偏不倚、一視同仁。反 偏聽偏信、厚此薄彼。

【六月飛霜】liù yuè fēi shuāng 相傳古代鄒衍對於燕王非常忠心,但燕王信讒而將他繫於獄中。鄒衍仰天痛哭,而時值正夏五月,天為之降霜。南朝梁江淹《詣建平王上書》有句:“昔者賤臣叩心,飛霜擊於燕地。”即敍其事。後用“六月飛霜”比喻大冤獄。唐代張說《獄箴》:“匹夫結憤,六月飛霜。”

【六尺之孤】liù chǐ zhī gū 指尚未成年的孤兒。六尺:周朝六尺約合 138 厘米 (23 厘米 ×6)。泛指矮小而尚未成年。孤:指失去父親或雙親的孤兒。《論語•泰伯》:“可以託六尺之孤,可以寄百里之命。”唐代駱賓王《為徐敬業傳檄天下文》:“一抔之土未乾,六尺之孤安在?”

【六合之內】liù hé zhī nèi 指普天之下。六合:指天地及東南西北四方。《莊子•齊物論》:“六合之內,聖人論而不議。”孫中山《上李鴻章書》:“如電,無形無質,似物非物,其氣附於萬物之中,運乎六合之內。”同 五湖四海、四海九州、四面八方、天南地北。

【六神無主】liù shén wú zhǔ 形容心慌意亂,沒有主意。六神:道教指主宰心、肺、肝、腎、脾、膽六臟的神。《醒世恆言》卷二九:“嚇得知縣已是六神無主,還有甚心腸去吃酒,只得又差人辭了盧柟。”《文明小史》五八回:“家人們看見老爺病了,太太又不曾回來過,更是六神無主。”歐陽山《苦鬥》四二:“(何胡氏)對着她不懷好意的笑,直把她笑得六神無主,摸不着一點頭腦。”同 神不守舍、心慌意亂、手足無措。反 泰然自若、神色不動、從容不迫。

【六根清淨】liù gēn qīng jìng 佛教指眼耳鼻舌身意六根不受慾念干擾,從而沒有煩惱。後泛指清除慾念,或指思想純正,沒有私心雜念。《法華經•法師功德品》:“第一光總明聞經得六根清淨果報,第二廣別出六根清淨之相。”《水滸傳》四回:“寸草不留,六根清淨;與汝剃除,免得爭競。”

【六畜不安】liù chù bù ān 形容全家都不安寧。六畜:指牛、馬、羊、豕、雞、犬。泛指牲畜、家禽。《老殘遊記續集》四回:“人家結髮夫妻過的太太平平和和氣氣的日子,要我去攪得人家六畜不安,末後連我也把個小命兒送掉了,圖着甚麼呢?”魯迅《彷徨•離婚》:“她在大人面前還是這樣。那在家裏是,簡直鬧得六畜不安。”同 雞犬不寧、雞飛狗跳。反 安居樂業、相安無事。

【六畜興旺】liù chù xīng wàng 畜養的牲畜、家禽很健壯,生育繁殖力強,越養越多。六畜:牛、羊、豬、馬、雞、犬。◇農場今年六畜興旺,加上肉類連番上漲,為主人帶來一筆豐厚的回報。反 人丁興旺。

【六街三市】liù jiē sān shì 六街:唐宋時代京城中的六條大街。三市:早中晚三時之市。後用“六街三市”泛指城市中的鬧市。《續景德傳燈錄·希祖禪師》："六街三市，遍處莊嚴。"《水滸傳》六六回："黃昏月上，六街三市，各處坊隅巷陌，點放花燈，大街小巷，都有社火。"《二十年目睹之怪現狀》三七回："這種地方好叫名勝，那六街三市，沒有一處不是名勝了。" 同 十字街頭、車水馬龍、三街六市。

【六道輪迴】liù dào lún huí 佛教指眾生都要依照各自的善惡因果，在六道的範圍內生死相續，如同車輪一樣永遠地循環轉化。六道：佛教指天道、人道、阿修羅道、鬼道、畜生道、地獄道。元代無名氏《藍采和》一折："則你那六道輪迴怎脫免，使不的你九伯風顛。" 明代徐霖《繡襦記·竹林祈嗣》："大開方便門兒待、六道輪迴，生化果奇哉。" 同 因果報應。

【六親不認】liù qīn bù rèn 不論是哪個親屬，一概不認人，一點情面也不講。◇是她媽叫我找她幫忙的，誰知她六親不認，不認我這堂弟。同 翻臉無情。

【六親無靠】liù qīn wú kào 指沒有一家親屬可依靠。六親：指所有親屬。《鏡花緣》二一回："今幸叔叔到此，我家現在六親無靠，故鄉舉目無親，除叔叔外，別無可託之人。" ◇他離鄉來到大上海謀生，卻人地生疏，六親無靠，不知怎樣才能找到工作。同 舉目無親、無依無靠、形單影隻、孤苦伶仃。

【六韜三略】liù tāo sān lüè 《六韜》（分文韜、武韜、龍韜、虎韜、豹韜、犬韜）傳為姜子牙所作的兵書，《三略》傳為秦代黃石公所作的兵書。後用"六韜三略"泛指兵書或兵法。唐代黃滔《祭南海南平王》："天生大賢，濬六韜三略之才謀。"《水滸傳》八五回："更兼軍師文武足備，智謀並優，六韜三略，無有不會。"

【共相唇齒】gòng xiāng chún chǐ 見"共為唇齒"。

【共為唇（脣）齒】gòng wéi chún chǐ 比喻互相輔助。《三國志·鄧芝傳》："蜀有重險之固，吳有三江之阻，合此二長，共為脣齒，進可併兼天下，退可鼎足而立。"《周書·韋瑱傳》："大統初，漢熾屠各阻兵於南山，與隴東屠各共為脣齒。" ◇一方有難，八方支援，共為唇齒，患難相恤，是中華民族的傳統美德。也作"共相唇齒"。《魏書·百濟傳》："或南通劉氏，或北約蠕蠕，共相脣齒，謀陵王略。"《北齊書·楊愔傳》："自王公以還，皆重足屏氣，共相脣齒，以成亂階，若不早圖，必為宗社之害。" 同 唇齒相依、輔車相依。反 貌合神離、同牀異夢。

【共挽鹿車】gòng wǎn lù chē 挽：拉。鹿車：古時的一種小車。《後漢書·鮑宣妻傳》："妻乃悉歸侍御服飾，更著短布裳，與宣共挽鹿車歸鄉里。" 後因以"共挽鹿車"比喻夫妻同心，安貧樂道。清代煙霞散人《鳳凰池》七回："今見賢侄才邁古今，況是王謝舊家人物，意欲將小女下奉箕帚，共挽鹿車。"

【兵不血刃】bīng bù xuè rèn 兵刃上沒有沾血。指戰事順利，未經交戰就取得了勝利。《荀子·議兵》："故近者親其善，遠方慕其義，兵不血刃，遠邇來服。"《晉書·陶侃傳》："默在中原，數與石勒等戰，賊畏其勇，聞侃討之，兵不血刃而擒之，益畏侃。"《水滸傳》九七回："今當乘其警懼，開以自新之路，明其利害之機，城中必縛將出降，兵不血刃，此城唾手可得。" 反 血流成河、血流漂杵。

【兵不厭詐】bīng bù yàn zhà 不厭：不排斥。用兵打仗時，不忌諱用計謀迷惑、欺騙敵人。《韓非子·難一》："戰陣之間，不厭詐僞。"《三國演義》三十回："攸笑曰：'世人皆言孟德奸雄，今果然也！'操亦笑曰：'豈不聞兵不厭詐！'" 郭沫若《蔡文姬》第一幕："可我知道曹丞相很會用兵，'兵不厭詐'。他不是慣會使用詐術嗎？"

【兵戎相見】bīng róng xiāng jiàn 兵戎：武力。❶ 雙方打起來，以武力解決問題。吳晗《朱元璋傳》三章二："從至正十六年起，張士誠和朱元璋兵戎相見，大小數百戰，互有勝負。" ❷ 比喻矛盾激化，衝突激烈。于之《斷想》："人與人之間貴在相互扶持，互相關愛，真心坦誠。每每看到兵戎相見的勾心鬥角，不免痛心。"

【兵多將廣】bīng duō jiàng guǎng 形容兵力雄厚。元代關漢卿《單刀會》三折：“那魯子敬是個足智多謀的人，他又兵多將廣，人強馬壯。”《三國演義》四三回：“先生見孫將軍，切不可實言曹操兵多將廣。”同 兵強馬壯、兵精糧足。反 殘兵敗將、兵微將寡。

【兵荒馬亂】bīng huāng mǎ luàn 形容戰亂時期動盪不安的景象。元代無名氏《梧桐葉》四折：“不然，那兵荒馬亂，定然遭驅被擄。”《水滸後傳》二五：“我有個哥哥在城裏，因兵荒馬亂，好幾時不曾來。”鄭振鐸《桂公塘》第四章：“在這兵荒馬亂的時候，不知那些牛只是被兵士們牽去了呢，還是已經逃避到深山裏去，這裏只剩下空空的一個大牛欄。”同 兵戈擾攘、戰火紛飛。反 太平盛世、繁榮昌盛。

【兵連禍結】bīng lián huò jié 戰爭不斷，災禍頻繁。《漢書·匈奴傳下》：“漢武帝選將練兵，約齎輕糧，深入遠戍……兵連禍結三十餘年。”唐代陸贄《論敘遷幸之由狀》：“凶渠稽誅，逆將繼亂，兵連禍結，行及三年。”明代劉基《前江淮都轉運鹽使宋公政績記》：“兵連禍結，塗炭平民，耗損國用，悔之何及。”同 禍結兵連、兵荒馬亂。反 鑄劍為犁、歌舞昇平。

【兵強馬壯】bīng qiáng mǎ zhuàng 士兵強悍，戰馬強壯。多形容軍隊強盛，富有戰鬥力。也形容實力強大。《新五代史·安重榮傳》：“嘗謂人曰：‘天子寧有種邪？兵強馬壯者為之爾！’”《三國演義》九七回：“時孔明兵強馬壯，糧草豐足，所用之物，一切完備，正要出師。”柳青《創業史》第一部十四章：“嘿，俺弟兄倆兵強馬壯，可能把這塊地播弄好哩。”同 人強馬壯、兵精糧足。反 老弱殘兵、兵微將寡。

【兵貴神速】bīng guì shén sù 貴：重要的是。《孫子·九地》：“兵之情主速。”後用“兵貴神速”：❶ 指用兵打仗貴在行動迅速。《三國志·郭嘉傳》：“嘉言曰：‘兵貴神速。今千里襲人，輜重多，難以趣利……不如留輜重，輕兵兼道以出，掩其不意。’”《水滸後傳》七：“兵貴神速，今夜分四路去劫大寨，殺得他隻輪不返。”❷ 比喻做事以迅速為上。◇常言道“兵貴神速”，你快去辦吧，今天就辦完。

【兵微將寡】bīng wēi jiàng guǎ 兵員少，將領缺。形容軍力單薄。元代關漢卿《單刀會》一折：“他兄弟雖多，兵微將寡。”明代無名氏《四馬投唐》楔子：“量王世充兵微將寡，俺元帥兵多將廣，人強馬壯。”《說唐》六十回：“要奏臣馬伯良大勝明州兵，只是兵微將寡，還要添兵救應。”反 兵多將廣。

【兵精糧足】bīng jīng liáng zú 兵將精鋭，軍糧充足。形容軍力雄厚強盛。《三國演義》四三回：“今江東兵精糧足，且有長江之險。”《說唐》二十回：“他久鎮河北，兵精糧足，自立旗號，不服隋朝所管。”

【兵臨城下】bīng lín chéng xià 敵軍已到城牆下。多形容處境危急、緊迫。《秦併六國平話》卷上：“今有荊楚襄王為招討，合諸國兵馬約二十餘萬，猛將數十員，兵臨城下，將至濠前。”《三國演義》五一回：“兵臨城下而不出戰，是怯也。”巴金《家》二一：“現在兵臨城下，才來說這些漂亮話，為甚麼早不下野？”同 火燒眉睫。反 無關緊要。

【其味無窮】qí wèi wú qióng 形容含義深刻或受到極深的感染，令人回味不盡。宋代朱熹《四書集注·中庸章句序》：“此篇乃孔門傳授心法……‘放之則彌六合，卷之則退藏於密’，其味無窮，皆實學也。”《歧路燈》五回：“學中齋長與那能言的秀才，多赴些‘春茗候光’的厚擾，這就其味無窮了。”蘇雪林《聞一多的詩》：“如《唐書》論韓休之文，如太羹玄酒，有典則而薄於味。竊謂經者道之腴也，其味無窮，何止但有典則。”反 味同嚼蠟。

【其勢洶洶】qí shì xiōng xiōng 其：那種。洶洶：氣勢沸沸騰騰的樣子。形容來勢威猛，或暴怒、兇狠的樣子。費只園《清朝三百年豔史演義》四四回：“英艦其勢洶洶，防兵早經氣餒。況且槍堅炮利，弄得防兵分頭四竄。”郭沫若《洪波曲》一五章：“有的其勢洶洶走來干涉我們，問我們是甚麼機關；有的更不管三七二十一，拿着槍托子去撞各家人家的門。”同 氣勢洶洶。反 和顏悦色。

【其貌不揚】qí mào bù yáng 不揚：不好看。《左傳•昭公二十八年》：“夫今子少不揚，子若無言，吾幾失子矣。”後用“其貌不揚”形容人容貌不好看，不登大雅。宋代王讜《唐語林•文學》：“(皮日休）少隱鹿門山，號醉吟先生。榜末及第，禮部侍郎鄭愚以其貌不揚，戲之曰：‘子之才學甚富，如一目何？’”◇別看他其貌不揚，人卻很聰慧，善於思考，能出好主意。同 獐頭鼠目、尖嘴猴腮。反 美如冠玉、一表人才。

【其樂無窮】qí lè wú qióng 其中的樂趣無窮無盡。宋代邵雍《君子飲酒吟》：“家給人足，時和歲豐；筋骸康健，里閈樂從；君子飲酒，其樂無窮。”魯迅《花邊文學•安貧樂道法》：“説是大熱天氣，闊人還忙於應酬，汗流浹背，窮人卻挾了一條破席，鋪在路上，脱衣服，浴涼風，其樂無窮。”◇讀過幾部名著之後，這才知道讀名著其樂無窮，其味無窮。同 樂不可支、其樂融融。反 興味索然、苦不堪言。

【具體而微】jù tǐ ér wēi ❶ 事物內容大體完備，而規模或形狀較小。《孟子•公孫丑上》：“子夏、子游、子張皆有聖人之一體；冉牛、閔子、顏淵，則具體而微。”唐代白居易《醉吟先生傳》：“所居有池五六畝，竹數千竿，喬木數十株，台榭舟橋，具體而微，先生安焉。”茅盾《成都——“民族形式”的大都會》：“所謂五千年文物之精美，這裏多少還具體而微保存着一些。”❷ 從大處着眼，從小處闡述或從小處做起。◇他們的總裁，雖説做起事來具體而微，卻很有戰略觀念。反 大而無當。

【兼而有之】jiān ér yǒu zhī 兩者同時具備。《墨子•法儀》：“奚以知天兼而愛之，兼而利之也？以其兼而有之，兼而食之也。”《梁書•沈約傳》：“謝玄暉善為詩，任彥升工於為筆，約兼而有之，然不能過也。”朱自清《威尼斯》：“所以，莊嚴華妙兼而有之；這正是威尼斯人的漂亮勁兒。”反 不可兼得。

【兼收並(并)蓄】jiān shōu bìng xù 唐代韓愈《進學解》：“玉劄丹砂，赤箭青芝，牛溲馬勃，敗鼓之皮，俱收並蓄，待用無遺者，醫師之良也。”後以“兼收並蓄”指吸收包羅各方面的人才或不同性質、不同內容的事物。宋代許應龍《論用人劄子》：“蓋人才之在於天下，若十指然，小大長短雖若不齊，而皆適於用，兼收並蓄，待用無遺，則皆有以自見，而天下無不舉之事。”茅盾《市場》：“最後值得一説的，是戲院旁邊一家貼着‘出租新舊小説’紙條的舊書鋪。那倒確是兼收并蓄，琳瑯滿目，所有書籍居然也分了類。”◇懂得尺短寸長，兼收並蓄的道理，就能善用人才。同 兼收並採。

【兼容併包】jiān róng bìng bāo 把各方面的東西全都容納包括進來。《史記•司馬相如列傳》：“必將崇論閎議，創業垂統，為萬世規。故馳騖乎兼容併包，而勤思乎參天貳地。”《野叟曝言》二回：“貧僧豈不知，聖賢學問，兼容併包，釋氏左道旁門，難與抗衡。”朱自清《古文學的欣賞》：“但是流行的作文法、修辭學、文學概念這些書，舉例説明，往往古今中外兼容併包。”同 兼收並蓄。

【兼程而進】jiān chéng ér jìn 兼程：一天走兩天的路。唐代錢起《送原公南遊》詩：“有意兼程去，飄然兩翼輕。”《紅樓夢》一六回：“因聽見元春喜信，遂晝夜兼程而進。”《九命奇冤》三十回：“一路上無心觀看山川景致，只管趲路，兼程而進。”同 兼程前進。反 躊躇不前。

【兼權熟計】jiān quán shú jì 兼：兼顧到各方面。權：權衡、比較。熟：仔細。《荀子•不苟》：“見其可欲也，則必前後慮其可惡也者；見其可利也，則必前後慮其可害也者；而兼權之，熟計之，然後定其欲惡取捨。”後用“兼權熟計”説多方面地比較權衡，深入細緻地考慮、規劃，統籌好全局。清代朱壽朋《光緒朝東華錄•

十二年十月辛巳》：“與其為遷就之計，但顧目前，徒耗數百萬之帑金，終歸無濟，曷若兼權熟計，早為久遠之圖。”◇仔細推敲過這個方案之後，認為兼權熟計，可以付諸實施。反 一意孤行。

冂 部

【再三再四】zài sān zài sì 屢次，多次。元代范康《竹葉舟》二折：“今日我這道友再三再四的度脱你出家，你則不省悟。”《水滸傳》六二回：“宋江殺羊宰馬，大排筵宴，請出盧員外來赴席；再三再四謙讓，在中間裏坐了。”◇常言説，有個再一再二沒有再三再四，以後這樣的事情可不能再做了。

【再生父母】zài shēng fù mǔ 再生：重新獲得生命。比喻對自己有重大恩情的人。多指救命恩人。宋代曾晞顏《賀新郎•賀耐軒周府尹》詞：“夾路香花迎拜了，見説家家舉酒，道公是再生父母。”《醒世恒言•李汧公窮邸遇俠客》：“恩相即某之再生父母，豈可不受一拜。”◇在大災之年救我一命，再造之恩，如同再生父母。同 再造之恩、恩重如山。反 仇深似海。

【再作馮婦】zài zuò féng fù《孟子•盡心下》：“晉人有馮婦者，善搏虎，卒為善士。則之野，有眾逐虎，虎負嵎，莫之敢攖。望見馮婦，趨而迎之。馮婦攘臂下車，眾皆悦之。其為士者笑之。”後以“再作馮婦”比喻重操舊業。魯迅《而已集•反“漫談”》：“曾經有位總長，聽説，他的出來就職，是因為某公司要來立案，表決時可以多一個贊成者，所以再作馮婦的。”丁中江《北洋軍閥史話》四二回：“胡是個書生，認為都督一職已交給陳炯明，自己怎可再作馮婦，因此堅持不肯接受。”同 重操舊業。反 金盆洗手。

【再接再厲】zài jiē zài lì 接：交戰；厲：同“礪”，磨刀石。唐代韓愈、孟郊《鬥雞聯句》：“一噴一醒然，再接再厲乃。”本指公雞相鬥，每次交鋒都先把嘴磨鋒利，鬥敗了磨磨嘴再鬥。後比喻堅持不懈、一次次地不斷努力。清代劉坤一《稟兩省院部》：“賊卻而復前，我勇再接再厲，賊遂披靡。”李六如《六十年的變遷》第八章：“還是再接再厲，重振旗鼓好些。”◇所謂‘失敗者成功之母’，就是説凡事再接再厲，必獲成功。同 再接再礪。反 一蹶不振。

【再造之恩】zài zào zhī ēn 再造：再生。重新給予生命的恩德。多指救命之恩。《宋書•王僧達傳》：“內慮於己，外訪於親，以為天地之仁，施不期報，再造之恩，不可妄屬。”清代鶴市道人《醒風流》一七回：“晚侄今日之微軀，皆老伯再造之恩，真個生感死戴，尚未圖報。”卧龍生《天鶴譜》十回：“小兄弟，陳大俠予我再造之恩，申某實是粉身碎骨，難以為報。”同 重生父母。

【冒名頂替】mào míng dǐng tì ❶ 假冒別人的姓名，充當其替身或乘機佔有他的權利、地位。《西遊記》二五回：“你走了便也罷，卻怎麼綁些柳樹在此冒名頂替？”《鏡花緣》六三回：“大約姐姐意欲仍做女兒國王，不願赴試，所以要把文書給了此女，教他冒名頂替，你便脱身回去。”張天翼《速寫三篇•譚九先生的工作》：“在這次抽調壯丁的那件事上，他老先生竟暗中找些人去冒名頂替，從中揩油水哩。”❷ 指用一事物冒充另一事物。朱自清《經典常談•〈尚書〉第三》：“偽《古文尚書》孔傳如此這般冒名頂替了一千年，直到清初的時候。”◇那年頭物資供應緊張，沒有辦法，就用“乙級大麯”冒名頂替，幸虧沒人發現。

冖 部

【冗詞贅句】rǒng cí zhuì jù 指詩文中多餘的、不必要的詞句。冗、贅：多餘、無用。王暉光《談“精煉”》：“古代‘三紙無驢’的故事，説的就是寫文章廢話連篇，冗詞贅句成堆……”同 空話連篇、空洞無物、言之無物。反、一語破的、言必有中、一針見血。

【冠上加冠】guān shàng jiā guān 戴在頭上的帽子上再加帽子。比喻多此一舉。清代趙翼《陔餘叢考·成語》："畫蛇添足、冠上加冠，二皆陳軫説楚令尹昭陽之言。" 同 畫蛇添足。

【冠袍帶履】guān páo dài lǚ 官帽、袍服、紳帶、鞋子。舊時指帝王、官員、貴族的禮服。《紅樓夢》七八回："這兩個人手裏都捧着東西，倒像擺執事的，一個捧着文房四寶，一個捧着冠袍帶履。" ◇昌平王冠袍帶履穿戴好，起身走出來上了轎。

【冠冕堂皇】guān miǎn táng huáng 形容莊重而又正大光明。《二十年目睹之怪現狀》七五回："這京城裏面，逛相公是冠冕堂皇的。" 巴金《寒夜》一一："我一生的幸福都給戰爭，給生活，給那些冠冕堂皇的門面話，還有街上到處貼的告示拿走了。" ◇那個人呀，人前説冠冕堂皇的話，人後做偷雞摸狗的事。同 堂而皇之。反 鼠竊狗偷。

【冠絕一時】guàn jué yī shí 在當時首屈一指；遠遠超過同一時代的人。冠絕：遠遠超過。《晉書·劉聰載記》："十五習擊刺，猿臂善射，彎弓三百斤，膂力驍捷，冠絕一時。" 北魏楊衒之《洛陽伽藍記·景樂寺》："雕刻巧妙，冠絕一時。" ◇喻嘉言初習科舉，後為僧，最後學醫、行醫，醫名卓著，冠絕一時，成為明末清初著名醫家。同 冠絕時輩。

【冠蓋如雲】guān gài rú yún 舊時指許多官員士紳聚集在一起。冠蓋：指官員戴的禮帽和所坐車的車蓋，借指官員。如雲：好像雲霧籠蓋。漢代班固《西都賦》："冠蓋如雲，七相五公。" 明代沈德符《野獲編·記前生》："偶無聊，策杖散步至閘上，見津吏奔走、冠蓋如雲，急偵之，乃一吏部郎經過也。" ◇康乾盛世那威武雄壯的號角，那冠蓋如雲的排場，那翠華搖曳的儀仗，已是昨日黃花。

【冠蓋相望】guān gài xiāng wàng ❶ 戴着禮帽的官員乘坐有車篷的車子，一輛接一輛相向或相對馳去，相距不遠，能互相望見。形容官吏或使者往來不絕。《韓非子·十過》："宜陽益急，韓君令使者趣卒於楚，冠蓋相望而卒無至者，宜陽果拔，為諸侯笑。" 《聊齋誌異·余德》："尹逢人輒宣，聞其異者，爭交歡余，門外冠蓋相望。" ❷ 指世代仕宦做官，相續不斷。清代戴名世《〈道墟圖詩〉序》："自其始至今，凡數十世，子孫蕃衍，冠蓋相望。紹興着姓，稱章氏為第一。" 也作 "冠蓋相屬"。《史記·魏公子列傳》："平原君使者冠蓋相屬於魏。"

【冠蓋相屬】guān gài xiāng zhǔ 見 "冠蓋相望"。

【冠履倒易】guān lǚ dào yì 見"冠履倒置"。

【冠履倒置】guān lǚ dào zhì 比喻上下顛倒，尊卑失序。冠：帽子。履：鞋子。《史記·轅固生列傳》："冠雖敝，必加於首；履雖新，必關於足。何者，上下之分也。" 《明史·楊繼盛傳》："以堂堂中國，與之互市，冠履倒置。" 《醒世姻緣傳》十回："誰説取妾取娼的沒有？卻也有上下之分、嫡庶之別。難道就大小易位，冠履倒置。" 清代趙翼《廿二史劄記·五代姑息藩鎮》："是明宗之於強藩已多所包容，不能制馭矣。至石晉尤甚，幾有冠履倒置之勢。" 也作 "冠履倒易"。《後漢書·楊賜傳》："郄儉、梁鵠俱以便辟之性，佞辯之心，各受豐爵不次之寵，而令搢紳之徒委伏畎畝，……冠履倒易，陵谷代處。"

【冢中枯骨】zhǒng zhōng kū gǔ 冢：墳墓。指死人。也比喻沒有生氣、沒有作為的人。《三國志·先主傳》："袁公路豈憂國忘家者邪？冢中枯骨，何足介意！" 宋代羅大經《鶴林玉露》卷六："貧富貴賤、夭壽賢愚、稟性賦分，各自有定，謂之天命，不可改也，豈冢中枯骨所能轉移乎？" 《三國演義》二一回："玄德曰：'淮南袁術，兵糧足備，可為英雄。' 操笑曰：'冢中枯骨，吾早晚必擒之。'" 同 行屍走肉、塚中枯骨。

【冥行擿埴】míng xíng zhì zhí 漢代揚雄《法言·修身》："擿埴索涂（途），冥行而已矣。" 冥行：夜間走路。擿：點。埴：地。説盲人走路要用手杖點地探行，就像人夜行一樣。後多比喻研究學問找不到門路，東尋西探，難有成就。清代王夫之《續春秋左氏傳博議》卷下：“起乎異端，冥行擿埴之浮言，五尺童子皆得鉗其喙矣。”清代阮元《周禮漢讀考序》：“先生此言出，學者凡讀漢儒經子漢書之注，如夢得覺，如醉得醒，不至如冥行擿埴。”同 擿埴索涂。

【冥思苦索】míng sī kǔ suǒ 見“冥思苦想”。

【冥思苦想】míng sī kǔ xiǎng 冥：深沉。苦：竭力。形容絞盡腦汁，深入地思考問題。也作“苦思冥想”。巴金《創作回憶錄•關於〈激流〉》：“我拿起筆來從不苦思冥想，我照例寫得快，説我‘粗製濫造’也可以，反正有作品在。”諶容《讚歌》四：“他冥思苦想，絞盡腦汁，終於悟出了一個道理。”同 冥思苦索。

【冥頑不靈】míng wán bù líng 愚昧無知，頑固不化。唐代韓愈《祭鱷魚文》：“不然，則是鱷魚冥頑不靈，刺史雖有言，不聞不知也。”宋代劉克莊《與高樞密書》：“嘉熙之劾，詞罪也，淳祐之劾，亦此罪也，一何冥頑不靈，久而未知悔悟哉！”◇人老了容易冥頑不靈，固執不化，要注意接受和包容新鮮東西。同 頑固不化。反 隨機應變。

【冤家路窄】yuān jiā lù zhǎi 仇人或不願見面的人偏偏相逢，躲不開。明代周藩憲王《三度小桃紅》二折：“一年不見他了，冤家路窄，怎麼在這裏又撞着這瘋和尚？”《玉嬌梨》十回：“若果是他，這又是冤家路窄矣！”《官場現形記》三回：“冤家路窄，偏偏又碰在他手裏，他心中好不自在起來。”同 冤家路狹。反 歡喜冤家。

【冤冤相報】yuān yuān xiāng bào ❶説冤家對頭積怨太深，迭相報復，無休無止。宋代洪邁《夷堅丙志•安氏冤》：“道士曰：‘汝既有冤，吾不汝治，但曩事歲月已久，冤冤相報，寧有窮期，吾今令李宅作善緣薦汝，俾汝盡釋前憤，以得生天，如何？’”《説岳全傳》一回：“這冤冤相報，何日得了！”❷説冤有頭，債有主，種下的冤孽到頭來終有報應。元代無名氏《貨郎旦》四折：“又誰知蒼天有眼，偏爭他來早來遲，到今日冤冤相報，解愁眉頓作歡眉。”同 冤家路窄。反 盡釋前嫌。

冫 部

【冬日可愛】dōng rì kě ài 如同冬天裏的太陽那樣使人感到溫暖、親切。比喻為人和藹可親。《左傳•文公七年》：“趙衰，冬日之日也；趙盾，夏日之日也。”晉代杜預注：“冬日可愛，夏日可畏。”《古今聯語彙選•趙曾望贈愛珠聯》：“將心腸暖人，冬日可愛；以眼淚洗面，秋露如珠。”◇張老師待人親切，給人溫暖，確實是冬日可愛的典型。反 夏日可畏。

【冬烘先生】dōng hōng xiān shēng 五代王定保《唐摭言•誤放》記載：唐代鄭薰主持考試，誤認顏標為魯公（顏真卿）的後代，將他取為狀元。當時有無名氏作詩嘲諷云：“主司頭腦太冬烘，錯認顏標作魯公。”後以“冬烘先生”稱糊塗迂腐的讀書人。魯迅《華蓋集•並非閒話（三）》：“三家村的冬烘先生，一年到頭，一早到夜教村童。”周而復《上海的早晨》三六：“宋其文像一位冬烘先生似的，搖頭擺尾地拖長腔調唸道，‘要工商界朋友們往大處想，不要往小處想。’”

【冬扇夏爐】dōng shàn xià lú 漢代王充《論衡•逢遇》：“作無益之能，納無補之説，以夏進爐，以冬奏扇，為所不欲得之事，獻所不欲聞之語，其不遇禍幸矣，何福佑之有乎？”後以“冬扇夏爐”比喻不合時宜。唐朝泰《詠四季•冬》詩：“冬扇夏爐被人棄，冬溫夏清世人誇。”同 夏爐冬扇。

【冬溫夏凊】dōng wēn xià qìng ❶《禮記•曲禮上》：“凡為人子之禮，冬溫而夏凊，昏定而晨省。”凊：涼。“冬溫夏凊”本指冬天使父母溫暖，夏天使父母涼爽。後泛指兒女侍奉父母盡心周到。北魏《張猛龍碑》：“冬溫夏凊，曉夕承奉。”明代陳汝元《金蓮記•捷報》：“膝下紅顏，須代冬溫夏凊；眼前白髮，況兼影隻形孤。”《兒女英雄傳》三三回：“為人子者，冬溫夏清，昏定晨省，出入扶持，請席請衽，也有個一定的儀節。”❷冬暖夏涼。◇今年大部分地區風調雨順，冬溫夏清，較之往年是難得的好年景。

【冰天雪地】bīng tiān xuě dì 冰雪漫天蓋地。形容非常寒冷。清代蔣士銓《雞毛房》詩：“冰天雪地風如虎，裸而泣者無棲所。”冰心《寄小讀者》十四：“你們圍爐的人，怎知我正在冰天雪地中與造化掙命！”同 冰天雪窖、天寒地凍。反 春暖花開、赤日炎炎。

【冰天雪窖】bīng tiān xuě jiào 形容天氣極為寒冷。也指嚴寒地區。清代陳康祺《郎潛紀聞》卷四：“二萬里冰天雪窖，隻身荷戈，未嘗言苦，此時反憚勞乎？”《孽海花》十四回：“到次日一入俄界，則遍地沙漠，雪厚尺餘，如在冰天雪窖中矣。”◇一個熱情人處於這樣冷酷的環境，就像一株玫瑰花種在冰天雪窖，它的蓓蕾如何能夠萌發？同 冰天雪地、雪窖冰天。反 驕陽似火、鑠石流金。

【冰肌玉骨】bīng jī yù gǔ ❶形容女子肌膚瑩潔光潤。五代孟昶《避暑摩訶池上作》詩：“冰肌玉骨清無汗，水殿風來暗香暖。”元代白樸《牆頭馬上》一折：“你看他霧鬢雲鬟，冰肌玉骨，花開媚臉，星轉雙眸。”《何典》七回：“那臭花娘已有十幾歲，生得瓜子臉，篾條身，彎眉細眼，冰肌玉骨，説不盡的標致。”❷形容傲寒高潔、清麗雅秀的花。多指梅花一類。宋代毛滂《蔡天逸以詩寄梅詩至梅不至》詩：“冰肌玉骨終安在，賴有清詩為寫真。”《醒世恆言》卷四：“水仙冰肌玉骨，牡丹國色天香。”同 玉骨冰肌。

【冰消瓦解】bīng xiāo wǎ jiě 冰凍消融，瓦片粉碎。比喻完全崩潰、消失或徹底解決。晉代成公綏《雲賦》：“於是玄風仰散，歸雲四旋，冰消瓦解，奕奕翩翩。”唐代寒山《詩》八三：“家眷實團圓，一呼百諾至。不過七十年，冰消瓦解置。”《醒世恆言》卷一三：“韓夫人喜不自勝，將一天愁悶，已冰消瓦解了。”《二十年目睹之怪現狀》七二回：“這件事就包在我身上，霎時間就冰消瓦解了。”同 冰消凍解、瓦解冰消。

【冰清玉潔】bīng qīng yù jié 像冰一樣透徹，像玉一樣純淨。比喻人品高尚純潔或廉潔清明。三國魏曹植《光祿大夫荀侯誄》：“如冰之清，如玉之潔，法而不威，和而不褻。”元代無名氏《陳州糶米》楔子：“多謝了眾位大人抬舉！我這一去，冰清玉潔，幹事回還，管着你們喝彩也。”《兒女英雄傳》：“那時叫世人知我冰清玉潔，來去分明。”同 冰清玉粹、玉潔冰清。

【冰清玉潤】bīng qīng yù rùn 冰清：像冰一樣清淨透明。玉潤：像玉一樣潤澤光滑。❶《晉書·衛玠傳》：“玠妻父樂廣，有海內重名，議者以為婦公冰清，女婿玉潤。”後以“冰清玉潤”稱頌翁婿皆才德出眾。《宣和書譜·行書六·蘇舜欽》：“貌奇偉，工文章……一時名卿喜與之遊，杜衍以女妻之。人謂冰清玉潤。”明代程登吉《幼學求源》：“冰清玉潤，丈人女婿同榮；泰水泰山，岳母岳父兩號。”❷比喻人品純正高潔。明代高濂《玉簪記·誑告》：“他是冰清玉潤，怎便肯隨波逐塵。”《再生緣》二回：“淑女才郎同匹配，冰清玉潤兩週全。”同 冰清玉潔、玉潤冰清。反 男盜女娼、雞鳴狗盜。

【冰壺秋月】bīng hú qiū yuè 盛冰的玉壺，秋夜的明月。比喻品格高尚，心地純潔。宋代王質《倦尋芳·試墨》詞：“冰壺秋月，去了潘郎，傳到梁老。”《宋史·李侗傳》：“愿中如冰壺秋月，瑩徹無瑕，非吾曹所及。”元代劉因《有懷》詩：“瑞日祥雲程伯子，冰壺秋月李延平。”同 冰清玉潔、冰清玉潤。

【冰魂雪魄】bīng hún xuě pò 冰、雪：如冰的透明，雪的潔白。比喻人的品質高尚或物的質地純潔。五代王定保《唐摭言·海敍不遇》：“(劉得仁)既終，詩人爭為詩以弔之，唯供奉僧棲白擅名。詩曰：‘忍苦為詩身到此，冰魂雪魄已難招。’”宋代陸游《北坡梅開已久忽放一枝戲作》詩：“廣寒宮裏長生藥，醫得冰魂雪魄回。”宋代葛長庚《賀新郎》詞：“此莫是冰魂雪魄。半逐風飛半隨水，半在枝半落蒼苔白。”◇姑娘心腸很好，冰魂雪魄，和她交往很投緣。同 冰清玉潔。

【冷言冷語】lěng yán lěng yǔ 帶有譏諷意味的冷冰冰的刻薄話。宋代《寶林禪師語錄》：“關着門，儘是自家屋裏，何須冷言冷語，暗地敵人？”《醒世恆言·杜子春三入長安》：“只這冷言冷語，帶譏帶訕的，較人怎麼當得！”舒三和《武松打虎》彈詞：“我是好意對他講，他反而冷言冷語把人傷。”同 冷言熱語、冷語冰人。反 甜言蜜語、軟語溫存。

【冷若冰霜】lěng ruò bīng shuāng 形容待人不熱情，也形容態度嚴肅冷漠。《老殘遊記續集遺稿》二回：“笑起來一雙眼又秀又媚，卻是不笑起來又冷若冰霜。”◇她永遠是冷若冰霜的外表，讓人不敢接近。同 凜若冰霜、冷如霜雪。反 滿面春風、笑容可掬。

【冷眼相待】lěng yǎn xiāng dài 用冷漠的眼光對待。比喻不歡迎或看不起。《明史演義》二十回：“哪知太祖反冷眼相待，並不升賞。”◇請不要對我們冷眼相待，我們沒有敵意。同 白眼相看、冷眼相看。反 青睞有加、熱情洋溢。

【冷眼旁觀】lěng yǎn páng guān 用冷靜客觀的眼光從旁觀看而不介入；對自己應該管或應該幫助的他人的事，冷冷地袖手旁觀，不聞不問、不管不顧。宋代朱熹《答黃直卿》：“故其後複申炎所陳，薦舉之説，乃是首尾專為王地，冷眼旁觀，手足俱露，甚可笑也。”《水滸傳》九回：“欺人意氣總難堪，冷眼旁觀也不甘。”◇她坐在一旁，只是冷眼旁觀，一言不發。同 坐觀成敗。

【冷暖自知】lěng nuǎn zì zhī 本為佛家語，説對佛的信仰和理解如何，只有自己知曉。比喻對事物體會深淺，心中自明。《景德傳燈錄·道明禪師》：“今蒙指授入處，如人飲水，冷暖自知，今行者即是某人師也。”清代劉獻庭《廣陽雜記》卷四：“追憶往昔，念四十年以來，惟學問一事，冷暖自知，餘皆蜣螬耳。”

【冷酷無情】lěng kù wú qíng 對人冷淡刻薄，不講情分。老舍《一封家信》：“她的形影與一切都消逝了，他眼前只是那張死板板的紙，與一些冷酷無情的字！”◇沒有民主與法制，對人民來説是多麼的冷酷無情。同 冷心冷面。反 關懷備至。

【冷語冰人】lěng yǔ bīng rén 用冷冰冰的話刺激人。形容出言冷酷無情，語含諷刺。宋代曾慥《類書》卷二七引《外史檮杌》：“潘菊迎孟蜀時，以財結權要，或戒之，乃曰：‘非是求願，不欲其以冷語冰人耳。’”《聊齋誌異·俠女》：“（女）日頻來，時相遇，並不假以詞色。少遊戲之，則冷語冰人。”◇她性格孤傲，對同事總是一副冷語冰人的樣子。同 冷言冷語、冷若冰霜。

【冷嘲熱諷】lěng cháo rè fěng 尖刻、辛辣的嘲笑和諷刺。蔡東藩《後漢通俗演義》二十回：“郭皇后暗中窺透，當然懷疑，因此對着帝前，往往冷嘲熱諷，語帶蹊蹺。”◇對人要有善心，縱然不熱情幫助，也不要冷嘲熱諷。同 冷譏熱嘲、冷譏熱諷。

【冶容誨淫】yě róng huì yín 誨：引誘。説女子打扮妖豔易招淫邪之事。《易·繫辭上》：“慢藏誨盜，冶容誨淫。”宋代孫光憲《北夢瑣言》卷四：“是知女子修道，亦似一段障難，而況冶容誨淫者哉！”《小城暗幕》：“這裏入夜後邪氣入骨，冶容誨淫、販毒、偷盜、殺人，暗算無數，幾乎是舊時代社會的縮影。”同 誨淫誨盜、誨盜誨淫。

【冶葉倡條】yě yè chāng tiáo 見“倡條冶葉”。

【凌雜米鹽】líng zá mǐ yán 凌雜：零亂紛雜。米鹽：比喻細碎。❶ 形容雜亂瑣碎，沒有條理。《史記·天官書》：“近世十二諸侯七國相王，言從衡者繼踵，而皋、唐、甘、石因時務論其書傳，故其占驗凌雜米鹽。”宋代晁補之《辭免著作佐郎狀》：“素寡學問，憂處積年，凌雜米鹽，益加荒陋。”金代元好問《杜詩學引》：“杜詩註六七十家，發明隱奧，不可謂無功。至於鑿空架虛，旁引曲證，淩雜米鹽，反為蕪累者亦多矣。”❷指瑣碎的家務或小事。清代方苞《武季子哀辭》：“父母皆篤老，煩急家事，淩雜米鹽。”同 米鹽淩雜、雞零狗碎。

【凜若冰霜】lǐn ruò bīng shuāng 嚴肅得像寒冰和凝霜一樣。形容人冷漠嚴肅或方正剛直。◇為人不苟言笑，懍若冰霜／辦起公務來，懍若冰霜，他可是一點面子都不給的。同 冷若冰霜、凜若秋霜。

几部

【凡夫俗子】fán fū sú zǐ 本是佛教稱佛門以外的世俗之人，後泛指人世間的平常人。明代葉憲祖《鸞鎞記•秉操》：“我本玉府仙姝，豈偶凡夫俗子，不如出家入道，到得討個清幽也。”《紅樓夢》一〇九回：“想必他到天上去了，瞧我這凡夫俗子，不能交通神明，所以夢都沒有一個。”◇我是凡夫俗子，沒你那麼聰明能幹！同 肉眼凡胎、凡夫肉眼。

凵部

【凶多吉少】xiōng duō jí shǎo 凶兆多，吉兆少，兇險多過吉利。説前景險惡，遭遇不測的機會很大。《西遊記》四十回：“今日且把這慈悲心略收起，待過了此山，再發慈悲吧，這去處凶多吉少。”《老殘遊記》一七回：“翠環此時按捺不住，料到一定凶多吉少，不覺含淚跪到人瑞面前。”◇聽説他被抓進了憲兵司令部，進到那裏頭，肯定凶多吉少。反 一路福星、吉星高照。

【凶終隙末】xiōng zhōng xì mò《後漢書•王丹傳》：“張、陳凶其終，蕭、朱隙其末，故知全之者鮮矣。”説的是張耳與陳餘原是刎頸之交，後有了矛盾，直到張為漢將兵之後，竟殺了陳餘。蕭育同朱博起先也是名聞一時的好友，後也構怨而絕交。後用“凶終隙末”指原先的至交最後卻成了死對頭。隙：嫌隙，仇恨。清代梁章鉅《浪跡續談•致劉玉坡督部韻珂書》：“某獲交海內賢豪，不下百十輩，周旋且數十年，從無匿怨而友其人及凶終隙末之事。”

【出人意外】chū rén yì wài 見“出人意表”。

【出人意表】chū rén yì biǎo 表：外。出乎人們意料之外。《南史•袁憲傳》：“憲常招引諸生與之談論，新義出人意表，同輩咸嗟服焉。”宋代蘇軾《舉何去非換文資狀》：“其論歷代所以廢興成敗，皆出人意表。”蔡東藩《宋史演義》五二回：“每戴一冠，製一服，無不出人意表，精緻絕倫。”也作“出人意外”。《初刻拍案驚奇》卷一：“卻又自有轉眼貧富出人意外，把眼前事分毫算不得準的哩！”清代魏文忠《繡雲閣》四六回：“豈止聚散，天下事每每有出人意外者。”同 出乎意料。反 意料之中、不出所料。

【出人意料】chū rén yì liào 沒有想到的，超出意想之外。明代無名氏《贈書記•奉詔團圓》：“才貌卻相當，緣合未堪奇賞，出人意料，在那錯聯鸞鳳。”馮玉祥《我的生活》一四章：“最出人意料的，就是捕殺革命黨的事。”同 出人意表、出人意外。反 不出所料、料事如神。

【出人頭地】chū rén tóu dì 宋代歐陽修《與梅聖俞》：“讀軾書，不覺汗出。快哉，快哉！老夫當避路，放他出一頭地也。”説有意讓對方高出自己一頭。後用“出人頭地”表示超出一般、高人一等。《喻世明言》卷三十：“資性聰明，過目不忘，吟詩作賦，無不出人頭地。”清代李漁《憐香伴•聞試》：“妙算神機，出人頭地。”◇希望女兒將來能出人頭地，擺脱我半生的清貧。同 高人一等、加人一等。反 自愧弗如、汗顏無地。

【出口成章】chū kǒu chéng zhāng 隨口説來便成文章。《詩經•都人士》：“彼都人士，狐裘黃黃，其容不改，出言成章。”後用“出口成章”形容口才好或文思敏捷。《雲笈七籤》卷一一三：“可雲出口成章，屬章深遠，多神仙旨趣。”《警世通言•李謫仙醉草嚇蠻書》：“十歲時，便精通書史，出口成章。”◇他每次上台講話，不打腹稿，出口成章。

同 出言成章、脱口成章。反 訥口少言。

【出口傷人】chū kǒu shāng rén 指用惡言惡語辱罵別人。《封神演義》四八回："好妖道！焉敢如此出口傷人，欺吾太甚！"清代邗上蒙人《風月夢》一七回："若不是你出口傷人，我們魏兄弟何能造次動手？"◇有理講理，何必出口傷人！同 赤口毒舌、出言無狀。

【出水芙蓉】chū shuǐ fú róng 見"芙蓉出水"。

【出手得盧】chū shǒu dé lú 盧：古時稱樗蒲戲一擲五子皆黑，為最勝采。比喻一下子就獲勝。《南齊書·張瓌傳》："瓌以百口一擲，出手得盧矣。"◇在競標會上，該公司出手得盧，一舉中標。同 旗開得勝。

【出以公心】chū yǐ gōng xīn 以公正無私的用心為出發點。張笑天《傳奇乞丐皇帝朱元璋》七八："他不因劉基與他過不去而記恨，因為他是出以公心。"

【出生入死】chū shēng rù sǐ 原指從出生到死去。《老子》五十章："出生入死，生之徒十有三，死之徒十有三。"後用"出生入死"形容冒着生命危險，不顧個人安危。宋代柳開《闕題》："賜臣步騎數千，令臣統帥行伍，必能為陛下出生入死，破敵摧堅。"《二十年目睹之怪現狀》六十回："我身邊這幾個人，是跟着我出生入死過來的，好容易有了今天。"◇這些年槍林彈雨，出生入死，總算挺過來了。反 出將入相。

【出乎意外】chū hū yì wài 出於意料之外。《兒女英雄傳》二五回："自己倒出乎意外，一時抓不着話岔兒。"魯迅《彷徨·在酒樓上》："然而出乎意外！被褥，衣服，骨骼，甚麼也沒有。"同 出乎意料。反 意料之中、料事如神。

【出乎意料】chū hū yì liào 說完全沒想到，出於意料之外。吳晗《清華雜憶》："老朋友勸他出去一下調理也好，出乎意料的是學校竟然不准。"丁玲《太陽照在桑乾河上》三九："像張裕民他們，也覺得出乎預料，過去雖然有過鬥爭大會，但那總不像今天這樣的無秩序。"也作"出乎預料"。柯雲路《三千萬》八："白莎輕微地一怔，她對丁猛的平淡反應出乎預料。"反 意料之中、不出所料。

【出乎預料】chū hū yù liào 見"出乎意料"。

【出谷遷喬】chū gǔ qiān qiáo《詩經·伐木》："出自幽谷，遷於喬木。"說鳥兒飛出深谷，到大樹上棲息。後以"出谷遷喬"比喻搬入新居或職位升遷。宋代王之道《青玉案·有懷軒車山舊隱》詞："黃鸝休歎青春暮，出谷遷喬舊家句。"《金瓶梅》二九回："這位娘子，體矮聲高，額尖鼻小，雖然出谷遷喬，但一生冷笑無情，作事機深內重。"清代阿閣主人《梅蘭佳話》一一："我欲出谷遷喬，捨松、梅二人莫屬也。"同 喬遷之喜。

【出言不遜】chū yán bù xùn 說話不客氣、沒禮貌，或粗俗冒犯。《三國志·張郃傳》："圖慚，又更譖郃曰：'郃快軍敗，出言不遜。'郃懼，乃歸太祖。"《東周列國誌》十八回："桓公大怒曰：'匹夫出言不遜！'喝令斬之。"◇今天一反常態，出言不遜，想必是在外面遇到了窩心的事。同 出言無狀。

【出言成章】chū yán chéng zhāng 見"出口成章"。

【出言無狀】chū yán wú zhuàng 無狀：不成樣子。指說話放肆，沒有禮貌。《西遊記》三三回："這潑猴頭，出言無狀。"《二十年目睹之怪現狀》七三回："他小主人下了第，正沒好氣，他卻自以為本事大的了不得，便出言無狀起來。"魯迅《吶喊·阿Q正傳》："這樣滿臉鬍子的東西，也敢出言無狀麼？"同 出口傷人。

【出沒無常】chū mò wú cháng 出現或消失沒有一定的規律，使人無法捉摸。宋代王十朋《論廣海二寇劄子》："海寇出沒無常，尤為瀕海州縣之患。"《西遊記》九一回："水流一道，野鳧出沒無常；竹種千竿，墨客推敲未定。"老舍《二馬》一五："她老在眼前，心上，夢裏，出沒無常，總想忘了她，可是那裏忘得下！"同 神出鬼沒。

【出其不備】chū qí bù bèi 指行動出乎人的意料。《金史·胥鼎傳》："凡兵雄於天下者，必其士馬精強，器械犀利，且出其不備而後能取勝也。”《紅樓夢》七三回：“這倒不是道家玄術，倒是用兵最精的所謂‘守如處女，出如脫兔’，‘出其不備’的妙策。”◇高明的棋手往往能在瞬間看透對手的棋路，出其不備的走出妙着。同 出其不意。

【出其不意】chū qí bù yì《孫子•計》：“攻其無備，出其不意。”是說出兵攻擊對方沒有防備、沒有想到的地方。後多用“出其不意”指行動出人意料之外。唐代劉餗《隋唐嘉話》卷上：“太宗中夜聞告侯君集反，起繞牀而步，亟命召之，以出其不意。”《兒女英雄傳》三六回：“安公子出其不意，倒被他唬了一跳。”同 出其不意，攻其無備。反 有備無患。

【出奇制勝】chū qí zhì shèng《孫子•勢》：“凡戰者，以正合，以奇勝。故善出奇者，無窮如天地，不竭如江河。”後用“出奇制勝”指：❶用奇兵奇計戰勝敵人。唐代陸贄《論替換李楚琳》：“楚琳卒伍凡材，厮養賤品，因時擾攘，得肆倡狂，非有陷堅殪敵之雄，出奇制勝之略。”《明史•王鏊傳》：“分兵掩擊，出奇制勝，寇必不敢長驅直入。”❷用奇妙的、他人意想不到的方法或策略獲取成功。老舍《趙子曰》一四：“這才是真能有出奇制勝隨機應變的本事。”◇在千篇一律的言情小說中，她的作品萬綠叢中一點紅，可謂出奇制勝。同 出奇致勝、出其取勝。反 紙上談兵。

【出乖弄醜】chū guāi nòng chǒu 見“出乖露醜”。

【出乖露醜】chū guāi lòu chǒu 乖：荒謬。醜：可恥的。指在人前出醜丟臉。元代無名氏《馮玉蘭》一折：“只我這知書達禮當恭謹，怎肯着出乖露醜遭談論？”《警世通言•況太守斷死孩兒》：“當初不肯改嫁，要做上流之人，如今出乖露醜，有何顏見諸親之面？”《儒林外史》一四回：“像我家婁表叔結交了多少人，一個個出乖露醜，若聽見這樣話，豈不羞死！”也作“出乖弄醜”。金代董解元《西廂記諸宮調》卷六：“已恁地出乖弄醜，潑水再難收。”同 醜態百出、洋相百出。

【出神入化】chū shén rù huà 形容技藝達到絕妙境界或謀略運用得很老練。清代趙翼《甌北詩話》六：“是放翁於草書工力，幾於出神入化。”《隋唐演義》四九回：“虧得其子羅成，年少英雄，有萬夫不當之勇，其父授的一條羅家槍，使得出神入化。”◇不知道齊白石觀察過多少活蝦，蝦畫得如此出神入化。

【出師不利】chū shī bù lì 師：軍隊。出戰不順利。出戰失敗的委婉說法。《周書•蔣升傳》：“太祖曰：‘蔣升固諫，云出師不利。此敗也，孤自取之，非升過也。’”《三國演義》二五回：“田豐頓首曰：‘若不聽臣良言，出師不利。’紹大怒，欲斬之。”現比喻事情剛開始就遭遇挫折。◇這次被委以重任派到澳門來，沒想到出師不利，栽了大跟斗。反 旗開得勝。

【出將入相】chū jiàng rù xiàng 出征可做將帥，入朝可為丞相。指擔任文武要職，官高爵顯。唐代盧仝《雜興》詩：“綠酒清琴好養生，出將入相無心取。”明代湯顯祖《還魂記•鬧宴》：“平章乃宰相之職，君侯出將入相，官屬不勝欣仰。”老舍《正紅旗下》一：“大姐這次回來，並不是因為她夢見了一條神龍或一隻猛虎落在母親懷裏，希望添個將來會‘出將入相’的小弟弟。”

【出爾反爾】chū ěr fǎn ěr《孟子•梁惠王下》：“出乎爾者，反乎爾者也。”後用“出爾反爾”表示：❶你怎樣對待人家，人家便怎樣對待你。宋代范仲淹《竇諫議錄》：“為善為惡，出爾反爾，天網恢恢，疏而不漏。”清代洪楝園《後南柯•立約》：“凡貴國所以待敝國的苛例，一一施之於貴國，此之謂出爾反爾。”❷言行前後矛盾，反覆無常。《好逑傳》十一回：“今幸那本章趕回來了，故特請世兄來看，方知本官不是出爾反爾，蓋不得已也。”茅盾《霜葉紅似二月花》：“我們可要講究親疏，看重情誼，辨明恩仇，不能那麼出爾反爾，此一時，彼一時。”同 言而無信、“以其人之道，還治其人之身”。反 說一不二。

【出頭之日】chū tóu zhī rì 從困苦處境中擺脱出來的日子。元代無名氏《馬陵道》三折："如今佯推風疾舉發，白日裏與兒童作戲，到晚間共羊犬同眠。不知幾時才得個出頭之日也呵！"《醒世恒言•張廷秀逃生救父》："多蒙義士厚意。老父倘有出頭之日，決不忘報！"◇她堅信丈夫遲早有一天會有出頭之日的，現在沒有出頭只是時間沒到。

【出頭露面】chū tóu lòu miàn ❶ 指出面打交道。《西遊記》四一回："此間乃妖魔之處，汝等且停於空中，不要出頭露面，讓老孫與他賭鬥。"◇他事業做得很大，卻不喜歡應酬和出頭露面。❷ 在有外人或人多的的場合出現。多用於婦女。《水滸全傳》一〇四回："段三娘從小出頭露面，況是過來人，慣家兒，也不害甚麼羞恥。"張愛玲《連環套》："你看他在外頭轟轟烈烈，為人做人的，就不許我出頭露面，唯恐人家知道他有女人。"❸ 指出人頭地。蕭紅《生死場》一四："你應該洗洗衣裳收拾一下，明天一早必得要行路的，在村子裏是沒有出頭露面之日。"同 拋頭露面。反 銷聲匿跡、隱姓埋名。

【出謀畫(劃)策】chū móu huà cè 謀：謀略。畫：籌畫。制定計謀策略。常指為人出主意。陳蔭榮《興唐傳》四回："出家的道士，暗地裏幫着給單家弟兄出謀畫策，調度五路的綠林人眾，就如同是個軍師一般。"孔厥《新兒女英雄續傳》九："其餘的人，連老賀在內，也都出謀劃策，各有貢獻。"唐浩明《楊度》四："王闓運為初出茅廬的弟子出謀畫策。"同 運籌帷幄。

【出類拔萃】chū lèi bá cuì《孟子•公孫丑上》："出於其類，拔乎其萃。"後用"出類拔萃"形容卓越出眾，非等閒可比。《三國志•蔣琬傳》："琬出類拔萃，處群僚之右。"《紅樓夢》四九回："又見林黛玉是個出類拔萃的，便更與黛玉親敬異常。"◇像歷次諾貝爾獎的得主，那都是社會精英，出類拔萃的人物。同 出群拔萃。反 樗櫟庸材。

【出類拔群】chū lèi bá qún 才能卓越，超越常人。《梁書•劉顯傳》："竊痛友人沛國劉顯，韞櫝藝文，研精覃奧，聰明特達，出類拔群。"陸士諤《清朝秘史》一三回："此時漢臣中有一個出類拔群的人才，就是御史楊崇伊。"同 出類拔萃。反 才疏學淺、碌碌無能。

【出類超群】chū lèi chāo qún 同"出類拔萃"。明代無名氏《誤失金環》四折："兩個夫榮妻貴，一雙出類超群。"《鏡花緣》一六回："小子素聞天朝為萬國之首，乃聖人之邦，人品學問，莫不出類超群。"◇憑着勤學苦練，小李在同窗學子中顯得出類超群。同 出類拔群、出類拔萃。反 碌碌無為。

【函矢相攻】hán shǐ xiāng gōng《孟子•公孫丑上》："矢人唯恐不傷人，函人唯恐傷人。"函人：造鎧甲的工匠。矢人：造箭的工匠。後以"函矢相攻"比喻自相矛盾。唐代劉禹錫《答容州竇中丞書》："今夫儒者函矢相攻，蜩螗相喧，不啻於彀弓射空矢者，孰為其的哉？"同 自相矛盾。

刀 部

【刁鑽古怪】diāo zuān gǔ guài ❶ 形容人狡猾奸詐，不好對付。《紅樓夢》二七回："大似寶玉房裏的小紅，他素昔眼空心大，是個頭等刁鑽古怪的丫頭。"曹禺《北京人》一幕："曾思懿：(刁鑽古怪地尖笑着)'難道這兒不是家？我就不能侍候您少奶奶啦。'"❷ 形容怪異冷僻，無從捉摸。《紅樓夢》三七回："你看古人中，哪裏有那些刁鑽古怪的題目和那些極險的韻呢？"《鏡花緣》八一回："弄這刁鑽古怪的，教我一個也猜不着。"陳建功《飄逝的花頭巾》三："按照籤子上寫的，她要在兩分鐘以內猜出一個刁鑽古怪的謎語。"

【刀下留人】dāo xià liú rén 古代對執行斬首死刑的主持人發出停止執刑的緊急命令或呼籲。元代李文蔚《燕青搏魚》楔子："刀下留人！哥哥息怒，想燕青……

也多有功來，怎生看俺眾兄弟之面，饒過他這一次咱！"《小五義》一七回："鍾雄傳令，推在丹鳳橋梟首。內中有人嚷道："刀下留人！"

【刀山火海】dāo shān huǒ hǎi 比喻極險惡的境地。◇前途就算是刀山火海，我也義無反顧，一直走下去。同 火海刀山、刀山劍樹。反 康莊大道、風平浪靜。

【刀光劍影】dāo guāng jiàn yǐng ❶形容激烈的廝殺搏鬥。◇兩人纏鬥得難分難解，只見刀光劍影，不見人影。❷形容殺氣騰騰的態勢。◇望見對方刀光劍影，陣列嚴整，還沒開戰，先自氣餒了三分。

【刀耕火種】dāo gēng huǒ zhòng 古代一種原始的耕作方法。砍去林木、焚燒雜草灌木，以草木灰作肥料就地下種。宋代許觀《東齋紀事•刀耕火種》："沅湘間多山，農家惟植粟，且多在崗阜。每欲佈種時，則先伐其林木，縱火焚之，俟其成灰，即佈種於其間，如是則所收必倍，蓋史所言刀耕火種也。"宋代陸游《雍熙請錫老疏》："山宿山行，平日只成露布；刀耕火種，從今別是生涯。"清代魏源《湖廣水利論》："湖廣無業之民，多遷黔、粵、川、陝交界，刀耕火種。"孫犁《〈藝文軼話〉序》："過去我國的學術，用的都是舊方法，而其成果赫然自在。正像刀耕火種，我們的祖先也能生產糧食一樣。"同 刀耕火耨。

【刀槍入庫】dāo qiāng rù kù 刀槍等武器收進倉庫。指戰事平息，軍備解除。《說岳全傳》一回："其時天下太平已久，真個是馬放南山，刀槍入庫；五穀豐登，萬民樂業。"

【切中時弊】qiè zhòng shí bì 批評或議論時政，都非常中肯，都能擊中時弊。《宋史•陳彭年傳論》："趙安仁言事，切中時弊，及答契丹書，不失祖宗規式，又能以凶器之言折敵，不使矜戰，可謂才辯之臣矣。"◇為人誠懇耿直，關心民眾疾苦，每與朋友議論國事，慷慨陳詞，切中時弊，激動異常。反 離題萬里。

【切磋琢磨】qiē cuō zhuó mó 切、磋、琢、磨：古人加工骨頭、象牙、玉石和石頭、製作器物的工藝。《詩經•淇奧》："如切如磋，如琢如磨。"後用"切磋琢磨"比喻相互之間深入地研究探討，相互啟發。唐代元稹《戒勵風俗德音》："庶人無切磋琢磨之益，多銷鑠浸潤之讒，進則諛言諂笑以相求，退則群居雜處以相議。"宋代陳亮《眾祭潘用和文》："上窮千古，下極目前碎事，以致其切磋琢磨之意，此人情之至歡而人道之所繇成也。"◇同行相聚切磋琢磨學問，樂在其中。同 如切如磋，如琢如磨。

【切齒痛恨】qiè chǐ tòng hèn 咬牙切齒，恨之入骨。明代天然癡叟《石點頭•貪婪漢六院賣風流》："吾愛陶曉得王大郎詈罵，一發切齒痛恨。"鄒韜奮《患難餘生記》第一章："我的這位同學原是一位和平中正的好好先生，也氣得切齒痛恨，怒髮衝冠，但亦何濟於事！"◇兩人結怨已久，每一說到她，總是一副切齒痛恨的表情。同 恨之入骨、咬牙切齒。反 鍾愛有加、相親相愛。

【切齒腐（拊）心】qiè chǐ fǔ xīn 咬緊牙齒，捶拍心胸。形容痛恨到極點。腐（拊）：捶，拍。《戰國策•燕策三》："樊於期偏袒扼腕而進曰：'此臣日夜切齒拊心也。'"《史記•刺客列傳》"拊"作"腐"。《東周列國誌》九七回："寡人念光王之仇，切齒腐心！"

【切膚之痛】qiè fū zhī tòng 親身受過的痛苦，感受得非常深切。明代王守仁《傳習錄》卷中："獨其切膚之痛，乃有未能恝然者，輒復云云爾。"《聊齋誌異•冤獄》："受萬罪於公門，竟屬切膚之痛。"◇她對毒品的危害有切膚之痛。同 剝膚之痛。

【分一杯羹】fēn yī bēi gēng 見"分我杯羹"。

【分化瓦解】fēn huà wǎ jiě 分化：從一個整體分成幾個部分。瓦解：瓦碎裂開來。比喻使分崩離析。◇不斷增加的利益衝突，終於分化瓦解了四家公司多年的合作關係。反 精誠團結、眾志成城。

【分斤掰兩】fēn jīn bāi liǎng 比喻斤斤計較，過於計較小事。◇不是我這人分斤掰兩，這事就該細心盤算一下。同 分斤較兩、分斤撥兩。反 毫不介意、滿不在乎。

【分文不取】fēn wén bù qǔ 一分錢都不要。也作"分毫不取"。《二刻拍案驚奇•神偷寄興一枝梅》："懶龍分文不取，也不問多少，盡數與了貧兒。"清代沈復《浮生六記》卷三："祖父所遺房產，不下三四千金，既已分毫不取，豈自己行囊亦舍去也。"《兒女英雄傳》二一回："果然有意耕種刨鋤，有的是山荒地，山價地租，我分文不取。"《蔡廷鍇自傳•雲貴之遊》："除交紹廬、紹閩兩女各國幣一萬元作為讀書費外，其餘我分毫不取，概交兩兒作為今後謀生資本。"反 誅求無已、來者不拒。

【分甘共苦】fēn gān gòng kǔ 同"同甘共苦"。指同享幸福，共度苦難。《晉書•應詹傳》："詹與（韋泓）分甘共苦，情若弟兄。"魯迅《彷徨•傷逝》："對於她的日夜的操心，使我也不能不一同操心，來算作分甘共苦。"同 同甘共苦、患難與共、休戚與共、風雨同舟。反 明爭暗鬥、勾心鬥角、爾虞我詐。

【分別部居】fēn bié bù jū 本指把漢字按部首分類，歸到應歸的部裏去。泛指將事物分門別類，使系統分明。漢代許慎《說文解字序》："分別部居，不相雜廁。"宋代莊綽《雞肋編》卷中："汝尚深加考核，分別部居，不相雜廁，則六職者均一，非特可正歷代之違，抑亦見今日辨治之精且詳也。"清代譚嗣同《致劉淞芙》："佳書一冊，十約數日可了，分別部居，以意為之。"同 分門別類。

【分我杯羹】fēn wǒ bēi gēng《史記•項羽本紀》："（項羽）為高俎，置太公其上，告漢王曰：'今不急下，吾烹太公。'漢王曰：'吾與項羽俱北面授命懷王，曰約為兄弟，吾翁即若翁，必欲烹爾翁，則幸分我一杯羹。'"後用"分我杯羹"、"分一杯羹"表示分享利益或分擔痛苦。宋代許棐《山間》詩："倩誰分我杯羹去，寄與中朝食肉人。"章炳麟《哀陸軍學生》："當爾受刑時，吾恨不得分一杯羹。"◇我雖然只是給你出過幾個主意，也總算有貢獻吧，公司發達起來之後，別忘了分我杯羹。同 有福同享。

【分門別類】fēn mén bié lèi 按一定標準，把事物分成各種門類。明代朱國禎《湧幢小品• 志錄集》："《夷堅志》，原四百二十卷，今行者五十一卷。蓋病其煩蕪而芟之，分門別類，非全帙也。"清代梁章鉅《浪跡叢談•葉天士遺書》："其門人取其方藥治驗，分門別類，集為一書。"◇把搜集來的資料，分門別類存儲到電腦裏，以備將來使用。

【分秒必爭】fēn miǎo bì zhēng 一分一秒也要爭取。形容抓緊所有時間。◇分秒必爭，拼命學東西 / 人家都在分秒必爭，你卻在這裏玩遊戲機！

【分香賣履】fēn xiāng mài lǚ 三國魏曹操《遺令》："餘香可分與諸夫人，不命祭。諸舍中無所為，可學作組履賣也。"香：燻香。諸舍中：指眾妾。組：絲質的寬帶子。履：鞋。後以"分香賣履"表示臨終時還留戀妻妾，並為其生計打算。宋代蘇軾《孔北海贊敍》："操以病亡，子孫滿前而咿嚶涕泣，留連妾婦，分香賣履。"宋代李清照《金石錄後序》："（趙明誠）取筆作詩，絕筆而終，殊無分香賣履之意。"清代李慈銘《越縵堂詩話》卷下："可憐同望西陵哭，不在分香賣履中。"也作"賣履分香"。清代蒲松齡《聊齋誌異•祝翁》："人當屬纊之時，所最不忍訣者，牀頭之昵人耳。苟廣其術，則賣履分香可以不事矣。"

【分庭抗（伉）禮】fēn tíng kàng lǐ 原意是賓主相見，站在庭院兩邊相對行禮，以示平等相待。《莊子•漁父》："萬乘之主，千乘之君，見夫子未嘗不分庭伉禮。"伉：對等。後以"分庭抗禮"比喻平起平坐、不相上下，或互相對立、互相抗衡。南朝梁鍾榮《詩品•宋豫章太守謝瞻等》："課其實錄，則豫章、僕射，宜分庭抗禮。"清代昭槤《嘯亭雜錄•本朝內官之制》："近日內務府大臣多由僚屬驟遷，又無重臣兼領，故敬事房總管輩多與諸大臣分庭抗禮，無復統轄之制。"◇她竟然敢在會議上與總裁分庭抗禮，大家着實吃了一驚。同 平起平坐。反 甘拜下風。

【分崩離析】fēn bēng lí xī 形容國家、集團等內部四分五裂，土崩瓦解。《論語•季氏》："邦分崩離析，而不能守也。"宋代司馬光《保業》："臣竊觀自周室東遷以來，王政不行，諸侯並僭，分崩離析，不可勝記。"◇內部矛盾太深，導致分崩離析，公司以垮台收場。同 土崩瓦解。反 堅如磐石。

【分釵破鏡】fēn chāi pò jìng 把頭飾釵子分成兩股，把鏡子破成兩半。比喻夫妻離異。◇好幾年來他們整日價爭吵，我看最終定是分釵破鏡才算了結。同 分釵斷帶、一刀兩斷。反 破鏡重圓、和好如初。

【分釵斷帶】fēn chāi duàn dài 把頭上的釵子掰成兩股，把腰間的帶子斷為兩截。比喻夫婦離散或決裂。晉代袁宏《後漢紀•靈帝紀上》："夏侯氏父母曰：'婦人見去，當分釵斷帶。'"

【分毫不取】fēn háo bù qǔ 見"分文不取"。

【分毫不爽】fēn háo bù shuǎng 形容一點差錯都沒有。爽：差別。也作"分毫無雙"。《初刻拍案驚奇》卷一九："金銀財貨，何止千萬。小娥俱一一登有簿籍，分毫不爽。"《警世通言•杜十娘怒沉百寶箱》："孫富甚喜，即將白銀一千兩，送到公子船中，十娘親自檢看，足色足數，分毫無爽。"◇把兒子叫到房裏來，拿出書本同兒子的一比對，果然分毫不爽。反 謬之千里。

【分毫無爽】fēn háo wú shuǎng 見"分毫不爽"。

【分淺緣薄】fèn qiǎn yuán bó 指緣分很淺。元代王子一《誤入桃源》四折："身未到，心先到，分淺緣薄，有上梢沒下梢。"同 緣慳一面。反 情投意合、情同手足。

【分路揚鑣】fēn lù yáng biāo 見"分道揚鑣"。

【分道揚鑣】fēn dào yáng biāo 揚鑣：提起馬嚼子，驅馬前進。原意是分路而行。《魏書•拓跋志傳》："與御史中尉李彪爭路，俱入見，面陳得失……高祖曰：'洛陽我之豐沛，自應分路揚鑣。自今以後，可分路而行。'"《文明小史》五五回："吃了一頓中飯之後，各人穿各人的長衫，和秦王二人分道揚鑣。"後比喻由於目標、志趣、造詣等不同而各奔前程、各幹各的事情，或獨樹一幟、各行其是。明代沈德符《野獲編•武臣好文》："時汪太函、王弇州，並稱其文采，遂儼然以風雅自命……幾與縉紳分道揚鑣。"◇兩人因政見相左，終於分道揚鑣了。同 分路揚鑣、各奔東西。反 休戚與共、齊心協力。

【刊心刻骨】kān xīn kè gǔ 刊：刻。形容印象或感念甚深。聞一多《鄧以蟄〈詩與歷史〉題記》："作者一向在刊物上發表的文章並不多，但是沒有一篇不詰屈聱牙，也沒有一篇不刊心刻骨，博大精深。"◇這樣的教訓讓人刊心刻骨，一輩子也忘不了。也作"鏤心刻骨"。《封神演義》九六回："妾等蒙陛下眷愛，鏤心刻骨，沒世難忘。"◇這一生中我能記住的人也許不少，但是真正讓我鏤心刻骨的人卻不多。同 銘心刻骨、鏤心刻骨。反 不以為然。

【列土封疆】liè tǔ fēng jiāng 列：同"裂"。封疆：劃定疆界。指帝王將土地分封給血親或大臣。《漢書•谷永傳》："方制海內非為天子，列土封疆非為諸侯，皆以為民也。"後也借指外放為掌管一省軍政大權的地方大員。劉鳳舞《民國春秋》八章："他多年來戰功赫赫，居功自傲，因未能列土封疆，甚為不滿。"。同 封疆列土。

【列功覆過】liè gōng fù guò 羅列功績，掩蓋過錯。《漢書•陳湯傳》："故言威武勤勞則大於方叔、吉甫，列功覆過則優於齊桓、貳師，……而大功未著，小惡數布，臣竊痛之！"◇即使功勞再大，也不能列功覆過，不能功過相抵。

【列祖列宗】liè zǔ liè zōng 指歷代祖先。李大釗《敬告全國父老書》："舉國一致，眾志成城，……亦可告無罪於我黃帝以降列祖列宗之靈也。"郭沫若《屈原》二幕："我們楚國產生了你這樣一位頂天立地的人物，真真是列祖列宗的功德啊。"反 公子王孫、子子孫孫。

【列鼎而食】liè dǐng ér shí 列：陳列。鼎：

古代的烹煮器，一般為三足兩耳。形容豪門貴族的奢侈生活。《孔子家語•致思》：“從車百乘，積粟萬鍾，累絪而坐，列鼎而食。”唐代沈既濟《枕中記》：“士之生世，當建功樹名，出將入相，列鼎而食，選聲而聽。”《水滸傳》楔子：“我是朝廷貴官，在京師時重裀而臥，列鼎而食，尚兀自倦怠。”同 鐘鳴鼎食、日食萬錢。反 食不果腹、藜藿不繼。

【刎頸之交】wěn jǐng zhī jiāo 刎頸：割脖子。形容同生死共患難的朋友。《史記•廉頗藺相如列傳》：“廉頗聞之，肉袒負荊，因賓客至藺相如門謝罪……卒相與驩，為刎頸之交。”宋代孔平仲《續世說•奸佞》：“裴度上書言稹（元稹）與宏簡為刎頸之交。”明代無名氏《鬧銅臺》五折：“今在一處，結為刎頸之交，同心合意，生死相護。”同 刎頸至交、生死之交。反 反目成仇、酒肉朋友。

【刪繁就簡】shān fán jiù jiǎn 刪：除去。就：趨向。去掉繁冗的部分，力求簡省。多用在文字方面。《續資治通鑒長編•太宗至道二年》：“三司掌邦計，故多創司分以謹關防，果能刪繁就簡，深合古道也。”《鏡花緣》八九回：“都像這樣，卻也不難，大約刪繁就簡，只消八百韻也就夠了。”◇作報告力求刪繁就簡，不能羅哩羅嗦，拖泥帶水。同 簡明扼要。反 拖泥帶水、連篇累牘。

【別出心裁】bié chū xīn cái 獨創出與眾不同的設計、構想或辦法。明代李贄《〈水滸全傳〉發凡》：“今別出心裁，不依舊樣，或特標於目外，或疊采於回中。”清代顧觀光《武陵山人雜著•雜説》：“敖繼公釋《儀禮》，屏棄古注，別出心裁，於經文有難通處，不以為衍文，即以為脱簡。”《鏡花緣》四五回：“但這倮兒有三十餘口之多，不知賢妹可能別出心裁，另有炮製？”◇別出心裁的裝潢設計，把居室打扮得非常個性化。同 獨出新裁、別出新意。反 照貓畫虎、亦步亦趨。

【別出新意】bié chū xīn yì 創出與眾不同的構思、風格或其他新穎的東西。宋代司馬光《與王介甫書》：“大抵所利不能補其所傷，所得不能償其所亡，徒欲別出新意，以自為功名耳。”◇藝術作品貴乎創新，以別出新意者為佳，最忌因循守舊，抄襲前人。同 別具一格、別出心裁。反 因循守舊、蹈常襲故。

【別出機杼】bié chū jī zhù 機杼：織布機和梭子。比喻詩文等藝術作品與眾不同，創新而不落俗套。《魏書•祖瑩傳》：“文章須自出機杼，成一家風骨。”宋代洪邁《容齋詩話•澗松山苗》：“詩文當有所本。若用古人語意，別出機杼，曲而暢之，自足以傳示來世。”◇青年畫家的作品，色彩往往鮮麗豐富，構思別出機杼。同 別具匠心、別開生面。

【別有天地】bié yǒu tiān dì 另有一種境界。多形容風景優美，引人入勝。唐代段成式《酉陽雜俎•諾臯記下》：“抑知厚地之下，別有天地也。”唐代李白《山中問答》詩：“桃花流水窅然去，別有天地非人間。”明代張岱《快園記》：“如入瑯環福地，癡龍護門，人跡罕到，大父稱之謂別有天地非人間也。”清代淮陰百一居士《壺天錄》卷下：“入門，覺別有天地，一草一木，點綴生新。”同 別有洞天。

【別有用心】bié yǒu yòng xīn 心中另有打算。多指懷有不可告人的企圖。《二十年目睹之怪現狀》：“王太尊也是説他辦事可靠，哪裏知道他是別有用心的呢！”◇一番甜言蜜語説得她笑逐顏開，豈知他骨子裏別有用心。

【別有風味】bié yǒu fēng wèi ❶ 食物具有非同一般的美味。清代王韜《瀛壖雜誌》卷一：“蕹菜一種亦來自異域，莖肥葉嫩，以肉縷拌食，別有風味。”❷ 另有一種特色與趣味。《鏡花緣》六八回：“若到桂花盛開之時，襯着四圍青翠，那種幽香都從松陰中飛來，尤其別有風味。”瞿秋白《亂彈•英雄的言語》：“比如山東狗肉將軍討一位蘇州姨太太，説着一口的蘇白，聽起來的確別有風味。”臧克家《舟子》：“‘不憑漁樵無話説’，漁人的話都是別有風味。”反 千篇一律、味如嚼蠟。

【別有風趣】bié yǒu fēng qù 另有一番風味情趣。形容人或作品富有趣味，格調不同一般。清代周亮工《讀畫錄·張損之》："損之此幅，別有風趣，反恐清言未必臻此。"◇他這個人別有風趣，喜歡說笑逗樂，跟他在一起非常快活。同 饒有風味。反 單調乏味。

【別有洞天】bié yǒu dòng tiān ❶指人世間以外的仙境。唐代章碣《對月》詩："別有洞天三十六，水晶台殿冷層層。"❷另有一種境界。多形容風景、詩文意境等引人入勝。《鏡花緣》九八回："各處盡是畫棟雕樑，珠簾綺戶，那派豔麗光景，竟是別有洞天。"◇不料此地別有洞天，彷彿是當今的桃花源。同 別有天地。

【別抱琵琶】bié bào pí pá 也作"琵琶別抱"。指女人改嫁或移情於他人。清代紀昀《閱微草堂筆記·槐西雜志四》："然故人情重，實不忍別抱琵琶。"清代陳其元《庸閒齋筆記·鹽梟行劫》："歸至橫水洋，陡遇颶風，六舟盡沒，無一生者。家中諸婦聞之，瓜分所有，均別抱琵琶去。"《才子》："小城女姚呈娟風流而婀娜多姿，且水性楊花，丈夫屍骨未寒，不出一月已琵琶別抱改嫁而去。"同 移情別戀。反 從一而終。

【別來無恙】bié lái wú yàng 恙：病。分別以來沒有病痛吧？等於說"別來很健康吧"。《三國演義》四五回："（蔣）干曰：'公瑾別來無恙？'"《水滸傳》六一回："員外，別來無恙！"◇一別經年，想必別來無恙。反 抱病在身。

【別具一格】bié jù yī gé 另有一種獨特的風格或格調。清代呂留良《與施愚山書》："詠見贈詩，風力又別具一格。"◇運動員入場式設計得別具一格。

【別具匠心】bié jù jiàng xīn 另有一種與眾不同的巧妙構思。清代陳廷焯《白雨齋詞話》三："《蓄錦集》運用成語，別具匠心。"◇鳥巢體育場的設計可謂別具匠心。同 匠心獨具、匠心獨運。

【別具隻眼】bié jù zhī yǎn 來自佛教語"具一隻眼"，說眼力獨到，看得見別人看不到的事物。後多比喻有獨到的眼光和見解。宋代楊萬里《送彭元忠》詩："近來別具一隻眼，要踏唐人最上關。"茅盾《清明前後》："然而陳克明教授之所以能別具隻眼，最主要的原因還在於黃夢英有一位'表親'喬張。"同 獨具隻眼、別具慧眼。反 有眼無珠。

【別具慧眼】bié jù huì yǎn 具有與眾不同獨特的眼光。也作"獨具慧眼"◇作家必有別具慧眼的認識，才能寫出激動人心的作品／門警還算獨具慧眼，認出這是常常出入禮賓府的名人，嘴角頓開一團笑。同 別具隻眼、獨具隻眼。

【別開生面】bié kāi shēng miàn 唐代杜甫《丹青引》："凌煙功臣少顏色，將軍下筆開生面。"後用"別開生面"表示另外開創新的局面或創造新的風格、形式。《紅樓夢》六四回："今日林妹妹這五首詩，亦可謂命意新奇，別開生面了。"◇今屆奧運會點燃聖火的儀式令萬眾驚奇，可謂別開生面，匠心獨運了。同 另開生面、獨開生面。反 平淡無奇。

【別無二致】bié wú èr zhì 沒有甚麼區別。二致，不一致。郭沫若《海濤集·徐家埠》："江西境內的風物太平淡無奇了。這兒和長江沿岸所見到的別無二致。"◇雖說年歲日長，已到古稀之年，但看他脾性卻與年輕時別無二致。同 一模一樣、毫無二致。反 判若雲泥、截然不同。

【別無長物】bié wú cháng(zhàng) wù 長：多餘。身邊沒有多餘的東西。《世說新語·德行》："（王恭）對曰：'大人不悉恭，恭作人無長物。'"宋代楊萬里《筠庵》詩："隨身無長物，止跨一隻鶴。"《二刻拍案驚奇》卷三九："其家乃是個貧人，房內止有一張大几，四下一看，別無長物。"《佛影》四："賈公屋內除佛像、經文、磬鼓、一桌一椅、長香燭台外，竟別無長物。"同 身無長物、一無所有。反 一應俱全、綽綽有餘。

【別樹一幟】bié shù yī zhì 另外樹起一面旗幟。比喻與眾不同，自成一家。清代王之春《椒生隨筆·鏡花緣》："小說之《鏡花緣》，是欲於《石頭記》外，別樹一幟者。"◇中國的書法和繪畫，在世界上都是別樹一幟的藝術。同 獨樹一幟、不落窠臼。反 亦步亦趨、率由舊章。

【利令智昏】lì lìng zhì hūn 因貪圖私利而失去理智。《史記•平原君虞卿列傳論》："鄙語曰：'利令智昏。'"宋代洪邁《容齋隨筆•戰國自取亡》："趙以上黨之地代韓受兵，利令智昏，輕用民死，同日坑於長平者過四十萬。"《官場現形記》："他便利令智昏，叫他的幕友、官親，四下裏替他招攬買賣。"◇鳥為食亡是本能，人為財死則是利令智昏。同 利慾燻心。反 不謀私利、清心寡慾。

【利析秋毫】lì xī qiū háo《史記•平準書》載：桑弘羊、東郭咸陽、孔僅三人分配財利時，對極細微之物也不放過，故有"三人言利，事析秋毫矣"之語。秋毫：鳥獸入秋後新長的羽毛。後形容理財精明，錙銖必較。宋代歐陽修《送王學士赴西浙轉運》詩："漢家財利析秋毫，暫屈清才豈足勞。"元代陳友仁《周禮集說》卷二："自粟絲蔬薪百物有稅，日校月比，以盈虧為誅賞，上下促迫，利析秋毫，而民無以為生矣。"清代朱翊清《埋憂集•金鏡》："至於乃兄，其於弟之窘厄，猶忍於袖手若此，則平日之利析秋毫而於他人可知，而卒莫保其身家。"同 錙銖必較。

【利害得失】lì hài dé shī 有利、有害與獲得、喪失。指事關切身利益或成敗的各個方面。清代羽衣女士《東歐女豪傑》四回："我雖然素有是志，可恨自己學問太淺，不能夠把那利害得失，詳詳密密說將出來，感動大眾。"◇她這個人聽風就是雨，也不動腦子想一想，不顧後果，不顧利害得失。

【利慾燻心】lì yù xūn xīn 燻：燻染。被貪圖名利的慾望迷住了心竅。宋代黃庭堅《贈別李次翁》詩："利慾熏心，隨人翕張，國好駿馬，盡為王良。"明代朱國禎《湧幢小品•己丑館選》："三十至四十，利欲熏心，趨避著念，官欲高，門欲大，子孫欲多，奴僕欲眾。"《鏡花緣》一○○回："錢為世人養命之源，乃人人所愛之物，故凡進此陣內，為其蠱惑，若稍操持不定，利慾熏心無不心蕩神迷，因而失據。"同 利令智昏。反 不謀私利。

【利鎖名韁】lì suǒ míng jiāng 韁：韁繩。鎖：鎖鏈。如同套上韁繩和鎖鏈那樣，被名和利束縛住。漢代東方朔《與友人書》："不可使塵網名韁拘鎖。"宋代方千里《慶春宮》詞："人生如寄，利鎖名韁，何用縈縈？"明代賈仲明《升仙夢》一折："斷絕了利鎖名韁，逼綽了酒色財氣。"也作"名韁利鎖"。宋代柳永《夏雲峰》詞："向此免名韁利鎖，虛費光陰。"◇陶淵明不為五斗米折腰的品格，是否能震動仍在名韁利鎖中醉生夢死的人呢！同 利惹名牽。

【刨根問底】páo gēn wèn dǐ 追究底細。◇刨根問底，弄清來龍去脈 / 遇到事總要刨根問底，糾纏得你心煩。同 尋根問底、尋根究底。反 不聞不問、不問不聞。

【判若天淵】pàn ruò tiān yuān 判：分。像天上與深淵那樣大的區別，相差非常懸殊。明代天然癡叟《石點頭》卷三："商民見造此陰德之事，無不稱念，比着吳剝皮，豈非天淵之隔。"清代朱庭珍《筱園詩話》一："不過用心於一兩字間，斟酌而出，即判若天淵，箇中分寸所爭，毫釐千里。"魯迅《弄堂生意古今談》："弄堂裏的叫賣聲，說也奇怪，竟也和古代判若天淵，賣零食的當然還有，但不過是橄欖或餛飩，卻很少遇見那些'香豔肉感'的'藝術'的玩意了。"同 判若雲泥、天淵之別。反 大同小異、等量齊觀。

【判若兩人】pàn ruò liǎng rén 完全像兩個人一樣。形容一個人前後的態度或表現明顯不同。《文明小史》五回："須曉得柳知府於這交涉上頭，本是何等通融、何等遷就，何以如今判若兩人？"《北洋軍閥統治時期史話》七三章："神情非常頹喪，與以前志得意滿的情況判若兩人。"◇沒想到他昨天說的和今天做的判若兩人！

【判若雲泥】pàn ruò yún ní 像天上的雲和地下的泥土那麼大的距離。比喻兩者差距極大。◇雖說他們是親兄弟，但視野見識卻判若雲泥。同 天壤之別、判若天淵。反 別無二致、毫無二致。

【判若鴻溝】pàn ruò hóng gōu 鴻溝：戰國時運河名，在今河南省境內，秦末楚漢相爭時劃為界河，東為楚，西為漢。後形容像鴻溝那樣界限清楚，區分明顯。《史記·項羽本紀》："項王乃與漢約，中分天下，割鴻溝而西者為漢，鴻溝而東者為楚。"魯迅《〈偽自由書〉後記》："中國文壇新舊的界限，判若鴻溝。"同 涇渭分明。反 涇渭不分。

【初出茅廬】chū chū máo lú 東漢末年，諸葛亮隱居於南陽的茅草屋，經劉備三次邀請，答應出來輔佐劉備。初掌兵權，便大破曹（操）軍，被稱做"初出茅廬第一功"。《三國演義》三九回："博望相持用火攻，指揮如意笑談中。直須驚破曹公膽，初出茅廬第一功。"後用"初出茅廬"比喻剛剛涉世，閱歷不深。清代李漁《風箏誤·蠻征》："雖然是初出茅廬，這戎事與軍機似曾經貫。"《官場現形記》十九回："署院一聽他問這兩句話，便知道他是初出茅廬，不懂得甚麼。"同 不經世故。反 老於世故。

【初寫黃庭】chū xiě huáng tíng 黃庭：道家經典《黃庭經》。相傳晉代王羲之曾書寫《黃庭經》換白鵝。《太平御覽》卷二三八引南朝宋何法盛《晉中興書》："山陰道士養群鵝，羲之意甚悅。道士云：'為寫《黃庭經》，當舉群鵝相贈。'乃為寫訖，籠鵝而去。"後人評論王羲之的書法說"初寫黃庭，恰到好處"。後用"初寫黃庭"比喻做事恰如其分，或詩文的意境恰到好處。清代王士禛《帶經堂詩話·自述類下》："元倡如初寫黃庭，恰到好處，諸名士和作皆不能及。"《天絕刀》四章："汪大娘，此箭勁道恰到好處，有如初寫黃庭，佩服佩服！"《曇花夢》二六章："其實上有科座的指引，下靠大家的合力，我不過初寫黃庭，你們實在過獎了！"

【初露鋒芒】chū lù fēng máng 比喻剛剛顯示出力量或才能。柯靈《遙寄張愛玲》一："而我就在這間家庭式的廂房裏，榮幸地接見了這位初露鋒芒的女作家。"《清代宮廷政變紀要》七："辛酉政變，是西太后初露鋒芒的契機。"◇二十出頭，在文壇上就已經初露鋒芒，多次發表膾炙人口的散文。同 嶄露頭角、初試鋒芒。反 不露圭角。

【初露頭角】chū lù tóu jiǎo 比喻剛剛顯示出能力或才幹。汪曾祺《草木春秋》："楊先生對待我這個初露頭角的學生如此，則其接待沈先生的情形可知。"孔慶茂《錢鍾書傳》一章："錢鍾書個性倔強，受捧不受壓，他在桃塢中學初露頭角，出類拔萃，受到校長老師的重視。"同 初露鋒芒、嶄露頭角。反 不露圭角。

【刺刺不休】cì cì bù xiū 唐代韓愈《送殷員外序》："持被入直三省，丁寧顧婢子，語刺刺不能休。"刺刺：多話的樣子。後以"刺刺不休"形容說話嘮叨，沒完沒了。清代魏文中《繡雲閣》一九回"老嫗見其薪束無多，口中刺刺不休。"清代吳趼人《糊塗世界》下回："見了這些候補人員，問長問短，刺刺不休。"林語堂《論解嘲》："伯爵已經氣喘不過來，但是那位訪客還是刺刺不休長談下去。"同 喋喋不休、呶呶不休。反 沉默寡言、三緘其口。

【刺股懸梁（樑）】cì gǔ xuán liáng 漢代孫敬學習十分刻苦，讀書時怕自己睡着，就把頭髮用繩子繫在屋梁上。見《太平御覽》卷三六三引《漢書》。戰國時蘇秦為博取功名發憤讀書，每當要打瞌睡時，就用錐子刺一下大腿來提神。見《戰國策·秦策一》。後以"刺股懸梁"形容勤奮刻苦學習。元代王實甫《西廂記》二本四折："可憐刺股懸樑志，險作離鄉背井魂。"明代胡居仁《歎古人讀書》詩："刺股懸梁辛苦志，其如一敬得功多。"清代李漁《無聲戲》四回："還有一說，若使後來該富貴的人都曉得他後來富貴，個個去趨奉他，周濟他，他就預先要驕奢淫欲起來了，哪裏還肯警心惕慮，刺股懸梁。"同 懸樑刺股、映雪囊螢。反 不學無術。

【刺骨懸梁】cì gǔ xuán liáng 見"懸梁刺股"。

【刮目相看】guā mù xiāng kàn 刮目：擦眼睛。《三國志·呂蒙傳》注引《江表傳》：

"蒙曰：'士別三日，即更刮目相待。'"後用"刮目相看"說別人已有進步，不能再用舊眼光看他。魯迅《僞自由書•航空救國三願》："只有航空救國較為別致，是應該刮目相看的。"同 刮目相待、"士別三日，當刮目相看"。反 一成不變。

【刮垢磨光】guā gòu mó guāng 刮去污垢，磨出光亮。❶ 比喻磨礪人才，培養成高尚純潔的人。唐代韓愈《勸學解》："占小善者率以錄，名一藝者無不庸，爬羅剔抉，刮垢磨光。蓋有幸而獲選，孰云多而不揚？"❷ 比喻深入研磨，力求臻於精湛。元代王實甫《西廂記》一本一折："暗想小生螢窗雪案，刮垢磨光，學成滿腹文章。"◇寫一篇好文章不容易，不花一番刮垢磨光，推敲潤色的功夫，是得不到的。反 粗製濫造。

【刮腸洗胃】guā cháng xǐ wèi《南史•荀伯玉傳》："若許某自新，必吞刀刮腸，飲灰洗胃。"後用"刮腸洗胃"表示痛改前非，重新做人。◇這件事給了我深刻的教訓，從今後刮腸洗胃，痛改前非。同 洗胃刮腸、痛改前非。

【刻不容緩】kè bù róng huǎn 片刻也不能拖延。形容情勢緊迫，不可耽擱。宋代周密《齊東野語•紹熙內禪》："帝王即位，即是好日。兼官曆又吉，何疑？事不容緩，宜亟行之。"清代林則徐《親勘海塘各工片》："臣此次親詣覆勘，所估各段，皆係刻不容緩之工。"《鏡花緣》四十回："至胎前產後以及難產各癥，不獨刻不容緩，並且兩命攸關。"同 迫在眉睫。反 曠日持久。

【刻舟求劍】kè zhōu qiú jiàn 據《呂氏春秋•察今》：楚國有個人過江時把劍掉進水裏，他在船身側面落劍的位置刻上記號，等船停下，從刻記號的地方下水找劍。後以"刻舟求劍"比喻拘泥古板，不懂變通。宋代陸游《謝梁右相啟》："刻舟求劍，固匪通材。"明代李贄《世紀列傳總目後論》："受人家國之託者慎勿刻舟求劍，託名為儒，求治而反以亂。"《紅樓夢》一二〇回："似你這樣尋根究底，便是刻舟求劍、膠柱鼓瑟了。"反 見機行事、隨機應變。

【刻骨仇恨】kè gǔ chóu hèn 形容心頭的深仇大恨深切難忘。徐遲《牡丹》七："那壓抑在她內心多少年的痛苦，第一次被喚醒。十七年的刻骨仇恨，第一次意識到了。"◇她抬起眼睛，怒目而視，眼中充斥着刻骨仇恨。同 深仇大恨、血海深仇。反 深情厚誼、大恩大德。

【刻骨銘心】kè gǔ míng xīn 銘：在器物上刻寫。形容感受極深，永志不忘。多用於表示感激之情。元代劉致《端正好》套曲："萬萬人感恩知德，刻骨銘心。"明代解縉《獻太平十疏》："臣蒙陛下之恩，至深至厚，刻骨銘心，思所以補報。"王蒙《〈中國新文學大系〉總序》："文學是我們最生動、最刻骨銘心的記憶，是我們的'心靈史'。"也作"刻骨鏤心"。《西遊記》八七回："今此一場，乃無量無邊之恩德……雖刻骨鏤心，難報萬一。"孫犁《戲的夢》："這些年來，我見到和聽到的，親身體驗到的，甚至刻骨鏤心的，是另一種現實，另一種生活。"同 銘心刻骨、鏤心刻骨。

【刻骨鏤心】kè gǔ lòu xīn 見"刻骨銘心"。

【刻意經營】kè yì jīng yíng 用心籌劃安排。清代毛祥麟《對山餘墨•平原聞詩記》："若霞思雲想，刻意經營，反失閨人體度。"蔡東藩《兩晉通俗演義》一三回："所有鄰近廬舍，不問公私，統被拆毀，使大匠刻意經營，規制與西宮相等。"白先勇《永遠的尹雪豔》二："尹雪豔對她的新公館倒是刻意經營過一番，客廳的傢具是一色桃花心紅木桌椅。"同 苦心經營。

【刻薄寡恩】kè bó guǎ ēn 寡：少。待人冷酷無情，極少施恩於人。明代洪應明《菜根譚•修身篇》："浪費無度足以敗身，刻薄寡恩必將失人。"清代李百川《綠野仙蹤》一八回："又有幾個罵胡監生的道：'我們鄉黨中刻薄寡恩，再沒有出胡監生之右者。'"二月河《雍正皇帝》九回："你是老臣了，大概早就聽說過這樣一句話：'雍親王，雍親王，刻薄寡恩賽閻王。'"反 溫柔敦厚。

【刻鵠類鶩】kè hú lèi wù《後漢書•馬援傳》："龍伯高敦厚周慎，口無擇言，謙約節儉……效伯高不得，猶為謹敕之士，所謂刻鵠不成尚類鶩者也。"鵠：天鵝。鶩：野鴨。天鵝與野鴨相像。後用"刻鵠類鶩"說雕刻天鵝雖然不很像，但還類似野鴨子。後用"刻鵠類鶩"比喻仿效雖不完全成功，但還算有成果。清代周希陶《重訂增廣賢文》："不嫌刻鵠類鶩，只怕畫虎成狗。"也比喻仿效不成，沒有成果。《文心雕龍•比興》："故比類雖繁，以切至為貴，若刻鵠類鶩，則無所取焉。"司馬紫煙《環劍爭輝》八章："慚愧，慚愧，小弟畫虎似犬，刻鵠類鶩，高明當前，實不勝汗顏。"反 畫虎類犬。

【削木為吏】xuē mù wéi lì ❶ 削刻個木頭人做獄吏。古代俗語有"畫地為獄議不入，刻木為吏期不對"，形容獄吏殘暴，即使是削木而成的獄吏，人們也期望不要去面對。漢代司馬遷《報任少卿書》："故士有畫地為牢，勢不可入；削木為吏，議不可對。"❷ 相傳上古時用木頭雕成獄吏，作為刑威的象徵。形容古代民風淳樸，刑獄稀少。清代程允升《幼學故事瓊林•訟獄》："上古時削木為吏，今日之淳風安在。"

【削足適履】xuē zú shì lǚ 把腳削小適應小鞋。《淮南子•說林訓》："夫所以養而害所養，譬猶削足而適履，殺頭而便冠。"後用"削足適履"比喻不恰當地遷就現成條件，或不顧實際情況勉強硬套。老舍《劇作習作的一些經驗》："我知道，我不應當採取削足適履的辦法；但是，我也知道，力求精簡，也不是不能寫出好戲來。"◇成功的要訣在於因應環境的轉變而改變，若冥頑不靈，削足適履，那必然失敗。同 削趾適履。反 通權達變。

【削職為民】xuē zhí wéi mín 削去官職，降為平民。清代陳忱《水滸後傳》十九回："王黼大怒，將宋昭削職為民。"清代顧炎武《中憲大夫山西按察司副使寇公墓誌銘》："得旨：巡撫削職為民，擢童蒙為太僕寺少卿。"◇ 隆慶六年二月，明代治水專家潘季馴遭人彈劾，削職為民。

【削鐵如泥】xuē tiě rú ní 切削鐵器好像剁泥一樣。形容刀劍等極其鋒利。明代范受益《尋親記•傷生》："純鋼打就，久煉成之，斬人無血，削鐵如泥。"姚雪垠《李自成》一卷五章："這口劍雖不能說削鐵如泥，也似花馬劍一般鋒利。"李劼人《暴風雨前》第一部分："他兩眼一瞪，伸出右手，彷彿就是一把削鐵如泥的鋼刀。"同 吹髮可斷、切玉如泥。

【前仆後繼】qián pū hòu jì 前面的人倒下了，後面的人緊跟着上來。宋代王楙《野客叢書•後宮嬪御》："情慾之不可制如此，故士大夫以粉白黛綠喪身殞命何可勝數，前仆后繼，曾不知悟。"後多形容無畏無懼，不怕犧牲，勇往直前。清代秋瑾《弔吳烈士樾》詩："前仆後繼人應在，如君不愧軒轅孫。"◇人類的歷史，是由大智大勇的人，前仆後繼創造出來的。同 前仆後踣、前赴後繼。反 畏葸不前、望而生畏。

【前功盡棄】qián gōng jìn qì 原作"前功盡滅"。《戰國策•西周策》："一攻而不得，前功盡滅，不若稱病不出也。"後多作"前功盡棄"，指以前所作的努力、功勞全都化為烏有。《史記•周本紀》："今又將兵出塞，過兩週，倍韓，攻梁，一舉不得，前功盡棄。"《紅樓夢》十三回："那賈敬聞得長孫媳婦死了，因自為早晚就要飛升，如何肯又回家染了紅塵，將前功盡棄呢，故此並不在意，只憑賈珍料理。"

【前古未有】qián gǔ wèi yǒu 見"前所未有"。

【前因後果】qián yīn hòu guǒ 佛教語。"先"種甚麼因，"後"就結甚麼果。後泛指事情整個發展變化過程中所存在的因果關係。《南齊書•高逸傳論》："今樹以前因，報以後果，業行交酬，連瑣相襲。"《紅樓夢》一一六回："過去未來，莫謂智賢能打破；前因後果，須知親近不相逢。"《兒女英雄傳》首回："這班兒發落他閻浮人世去，須得先叫他明白了前因後果，才免得怨天尤人。"◇請你把事情的前因後果講清楚。同 後果前因。

【前仰後合】qián yǎng hòu hé 身體前後晃動，不能自持。多形容大笑、睏倦、醉酒時的樣子。《金瓶梅詞話》四十回："把李瓶兒笑得前仰後合。"《紅樓夢》四一回："不承望身不由己，前仰後合的，朦朧兩眼，一歪身，就睡倒在牀上。"《醒世姻緣傳》十九回："方才睏得我前仰後合的，只是不敢睡下。"◇醉得前仰後合，跌跌撞撞地往回走。同 前合後仰、前俯後仰。

【前車之鑒】qián chē zhī jiàn 前面的車子翻了，後面的車子可引以為戒。《大戴禮記•保傅》："鄙語曰：……前車覆，後車誡。"比喻前人失敗的教訓或慘痛的後果，可發人深省，作為借鑒。《水滸後傳》二五回："前車之鑒，請自三思。"清代沈復《浮生六記》卷三："語云：'恩愛夫妻不到頭。'如余者，可作前車之鑒也。"《鏡花緣》九八回："並勸文蕓、章葒早早收兵，若再執迷不悟醒，這四人就是前車之鑒。"也作"前車可鑒"。《清史稿•劉韻珂傳》："洋人在粵，曾經就撫，迨給銀後，滋擾不休，反覆性成，前車可鑒。"孫中山《三民主義與中國前途》："凡有見識的人，皆知道社會革命，歐美是決不能免的，這真是前車可鑒。"同 前車之誡。反 重蹈覆轍。

【前車可鑒】qián chē kě jiàn 見"前車之鑒"。

【前呼後擁】qián hū hòu yōng ❶ 前面有人吆喝開道，後面有人簇擁着保護。形容隨從多，排場大。宋代李燾《續資治通鑒長編•太宗至道三年》："太宗為若水言：'士之學古入官，遭時得位，紆金拖紫，躍馬食肉，前呼後擁，延賞宗族，此足以為榮矣！'"《歧路燈》六一回："恰好有西路一位知府進省，前呼後擁，一陣轎馬過去。"❷ 泛指人多成群。諶容《永遠是春天》："人們前呼後擁，已經分不清哪是衝會場的，哪是在開會的了。"

【前呼後應】qián hū hòu yìng 前面的人吆喝開道，後面的人簇擁着保護。形容達官貴人出行時隨從眾多，聲勢顯赫。◇自從當上總裁就變了一個人，前呼後應，神氣活現。同 前呼後擁、後擁前呼。反 孤家寡人、形影相弔。

【前所未有】qián suǒ wèi yǒu 以前所沒有過的。宋代徐度《卻掃編》："國朝不歷真相而為相者凡七人……而鄧樞密洵武以少保領院事而不兼節鉞，前所未有也。"《東周列國誌》七九回："其舞曲名《康樂》，聲容皆出新製，備態極研，前所未有。"◇大家見了她也好像帶有一種前所未有的敬意，不過大家還是親切地叫她譚家嬸嬸。也作"前古未有"。指自古以來未曾有過。《明史•張養蒙傳》："養蒙復上疏曰：'近日之災，前古未有。'"

【前所未聞】qián suǒ wèi wén 從來沒有聽説過。宋代周密《齊東野語•野婆》："此事前所未聞，是知窮荒絕徼，天奇地怪，亦何所不有，未可以見聞所未及，遂以為誕也。"宋代張邦基《墨莊漫錄》卷八："宋公聞而喜曰：'自古文人不相讓，而好相陵掩，此事前所未聞也。"◇小企業感歎大公司開出的條件過於苛刻，前所未聞。同 曠古未聞、前古未聞。

【前赴後繼】qián fù hòu jì 前面的人奮勇向前，後面的人緊跟着上來。形容堅毅果敢，勇往直前。◇一家人前赴後繼幾十年，終於成就了這份家業。同 前仆後繼。反 逃之夭夭。

【前度劉郎】qián dù liú láng 唐代詩人劉禹錫做地方官時，曾兩度回京師長安，並遊覽玄都觀。前次回京時見觀內桃花燦如紅霞，留下了"玄都觀裏桃千樹，盡是劉郎去後栽"的詩句；再次回京時見觀內桃樹蕩然無存，遂感懷作《再遊玄都觀》詩，中有"種桃道士歸何處？前度劉郎今又來"之句，後以"前度劉郎"指離去後又返回的人。度：次。宋代周邦彥《瑞龍吟》詞："前度劉郎重到，訪鄰尋里，同時歌舞。唯有舊家秋娘，聲價如故。"

【前俯後仰】qián fǔ hòu yǎng 形容身體前後晃動的樣子。◇他此時又帶了七八分酒，走起來身不由己，前俯後仰地。同 前仰後合、前合後偃。

【前倨後恭】qián jù hòu gōng《戰國策•秦策一》載，蘇秦外出求官，數年無成。回家後受到冷遇，嫂子也不為他做飯；後他做了趙國的相國，出行路過家鄉，"嫂蛇行匍伏，四拜自跪而謝，蘇秦曰：'嫂何前倨而後卑也？'（《史記·蘇秦列傳》作“何前倨而後恭也”）嫂曰：‘以季子之位尊而多金。'”後以“前倨後恭”指人的態度起先傲慢，後來恭敬，形容人態度由壞轉好，多指人勢利。宋代孫光憲《北夢瑣言》卷十八：“帝以嫗前倨後恭詰之，曰：‘公貴不可言也。'”《醒世恆言·李道人獨步雲門》：“他沒了銀子時節，我們不曾禮他，怎麼有了銀子便去餞別？這個叫做前倨後恭，反被他小覷了我們。”金庸《鹿鼎記》二回：“韋小寶見茅十八神情前倨後恭，甚覺詫異。”

【前無古人】qián wú gǔ rén 前人從來沒有做過的；前所未有的。多形容創出前人未有過的成果。宋代邵博《河南邵氏聞見後錄》二七：“國初，營丘李成畫山水，前無古人。”宋代洪邁《容齋隨筆》卷二：“二者皆句語雄峻，前無古人。”◇“改革開放”是一項前無古人的偉大事業。㊀同 前所未有、前所未聞。㊀反 亦步亦趨、學步邯鄲。

【前程萬里】qián chéng wàn lǐ ❶前面路程有萬里之遙。形容前面路程遙遠。元代鄭光祖《王粲登樓》三折：“自洛下飄零到這裏，剗的無所歸棲……指望待末尾三梢，越閃的我前程萬里。”❷比喻前途遠大。唐代尉遲樞《南楚新聞·崔鉉》：“（崔鉉）為童兒時，隨父訪於韓公滉，……滉乃指駕上鷹命詠焉，遂命牋筆。略無佇思，於是進曰：‘天邊心性架頭身，欲擬飛騰未有因。萬里碧霄終一去，不知誰是解絛人。'滉益奇之，歎曰：‘此兒可謂前程萬里也。'”元代石德玉《曲江池》楔子：“自來功名之事，前程萬里，全要各人自去努力。”㊀同 前程似錦、鵬程萬里、前程無量。

【前歌後舞】qián gē hòu wǔ ❶《尚書大傳·大誓》：“師乃慆，前歌後舞。”講武王伐紂，軍心歡快，士氣旺盛。後用以稱頌弔民伐罪的正義之師。宋真宗《平晉樂章》：“前歌後舞，人心悅隨。”章炳麟《革命軍約法問答》：“雲南革命軍，自河口至蒙自、江那，市井不驚，民安其業，庶幾孟津觀兵，前歌後舞。”❷形容歡樂的氣氛。宋代辛棄疾《沁園春·再到期思卜築》詞：“解頻教花鳥，前歌後舞，更催雲水，暮送朝迎。”

【剛正不阿】gāng zhèng bù ē 剛強正直，不逢迎附和。《聊齋誌異·一員官》：“濟南同知吳公，剛正不阿。”◇他身居高位，清明廉潔，剛正不阿。㊀同 方正不阿、正大光明。㊀反 狹邪小人。

【剛直不阿】gāng zhí bù ē 剛直正派，不徇私利，不逢迎拍馬，不屈從權勢。明代周楫《西湖二集·救金鯉海龍王報德》：“老夫於數年前，曾將恩人垂救之德，並一生宦跡、剛直不阿之志，具表奏聞。”清代陶貞懷《〈天雨花〉前言》：“他剛直不阿，潔身自好，嫉惡如仇。”㊀同 剛正不阿、守正不阿。㊀反 阿諛逢迎、蠅營狗苟。

【剛柔相濟】gāng róu xiāng jì《易經·蒙》：“剛柔節也。”說剛強與柔和兩者互相調劑、補充、相輔相成。漢代王粲《為劉荊州與袁尚書》：“金木水火以剛柔相濟，然後克得其和，能為民用。”《三國演義》七一回：“凡為將者，當以剛柔相濟，不可徒恃其勇。”◇雖說他性格威猛，但做事不失細膩，剛柔相濟的手段，往往讓大家折服。

【剛愎自用】gāng bì zì yòng 固執任性，自以為是，想怎樣就怎樣。《呂氏春秋·誣徒》：“失之在己，不肯自非，愎過自用，不可證移。”明代沈德符《野獲編·大計部院互訐》：“各堂上官不從臣言，而都御史高明，剛愎自用。”清代袁枚《隨園詩話》卷十四：“汝向人說我剛愎自用，有之乎？”◇他一向剛愎自用，從不聽別人的意見。㊀同 剛戾自用。㊀反 謙虛謹慎。

【剖肝瀝膽】pōu gān lì dǎn 剖：破開。瀝：滴。剖開心肝，滴出膽汁。比喻獻出忠心赤膽。《三國演義》二一回：“（董）承變色而起曰：‘公乃漢朝皇叔，故剖肝瀝膽以相告，公何詐也？'”◇對自己的國家，有生以來就是剖肝瀝膽，一片赤子之心。㊀同 披肝瀝膽。

【剖決如流】pōu jué rú liú 形容判別是非、決斷問題，像流水一樣順利而迅速。

《隋書•裴政傳》："簿案盈几，剖決如流。"◇儘管問題堆積如山，新上任的市長倒是提綱挈領，剖決如流，很快就解決了幾件大事。同 決斷如流。

【剖腹藏珠】pōu fù cáng zhū 剖開自己的肚子，藏入珍珠。《資治通鑒•唐太宗貞觀元年》："上謂侍臣曰：'吾聞西域賈胡得美珠，剖身以藏之，有諸？'侍臣曰：'有之。'"後用"剖腹藏珠"比喻：❶愛財不要命，輕重倒置。明代東魯古狂生《醉醒石》九回："擔着這沒結果，沒名目，去圖名圖利，還道貪幾時的快活，也不免是個剖腹藏珠。"《紅樓夢》四五回："跌了燈值錢呢，是跌了人值錢……怎麼忽然又變出這剖腹藏珠的脾氣來！"❷保守秘密，藏得嚴嚴實實。清代李漁《閒情偶寄•結構第一》："凡有能此者，悉皆剖腹藏珠，務求自秘，謂此法無人授我，我豈獨肯傳人？"◇儘管她剖腹藏珠，遮蓋得密不通風，那件醜事，還是傳得滿天飛。同 殺雞取卵、本末倒置。

【剜肉補瘡】wān ròu bǔ chuāng 唐代聶夷中《詠田家》詩："二月賣新絲，五月糶新谷；醫得眼前瘡，剜卻心頭肉。"後用"剜肉補瘡"比喻用自身受害的方法解救眼前之急。宋代朱熹《乞蠲減星子縣稅錢第二狀》："必從其說，則勢無從出，不過剜肉補瘡，以欺天罔人。"明代史可法《求助左公子啟》："路盡途窮，只得向朝不保夕之周親，為剜肉補瘡之義貸。"◇困於無奈，只好剜肉補瘡，先解燃眉之急再說。同 挖肉補瘡。

【剝膚之痛】bō fū zhī tòng 像剝去皮膚一樣痛苦。《易經•剝》："剝牀以膚，凶。"後用"剝膚之痛"形容受害極深的痛苦。◇自稱孝子賢孫，大辦亡父的喪事，未見剝膚之痛，反多斂財之舉。同 切膚之痛。

【剝繭抽絲】bō jiǎn chōu sī 剝開蠶繭，抽出蠶絲。比喻尋求事情發生的經過，理出頭緒，弄清真實情況。朱光潛《藝文雜談•談對話體》："疑難是思想的起點與核心，思想由此出發，根據有關事實資料，尋求關係條理，逐漸剝繭抽絲，披沙揀金。"◇學術著述一定要搜集大量資料，剝繭抽絲，加以整理，方能有效利用。同 披沙揀金。

【剪草除根】jiǎn cǎo chú gēn 比喻從根本上消除禍難的根源，永免後患。北齊魏收《為侯景叛移梁朝文》："若抽薪止沸，剪草除根……返國奸於司敗，歸侵地於玄武，非直惡之在今，天道人事，實棄無禮。"元代無名氏《賺蒯通》三折："此人與韓信最是契交，必須一併殺壞，方才剪草除根。"◇沿海的村民都做起了海盜生涯，要想剪草除根，倒真是一件難事。同 斬草除根、除惡務盡。反 放虎歸山。

【剪燭西窗】jiǎn zhú xī chuāng 唐代李商隱《夜雨寄北》詩："何當共剪西窗燭，卻話巴山夜雨時。"後用"剪燭西窗"表示親友促膝聚談。宋代周邦彥《鎖窗寒》詞："灑空階，夜闌未休，故人剪燭西窗語。"《聊齋誌異•連瑣》："與談詩文，慧黠可愛。剪燭西窗，如得良友。"◇兩人就坐在那破廟的神座下剪燭西窗，細話當年，共歎前景潦倒。同 西窗剪燭、西窗夜雨。反 遠隔天涯、杳無音信。

【剩水殘山】shèng shuǐ cán shān 剩水：人工開挖的水池。殘山：假山。❶指人造的池塘、假山等園林景物。唐代杜甫《陪鄭廣文遊何將軍山林》詩："剩水滄江破，殘山碣石開。"唐代戴叔倫《暮春感懷》詩："杜宇聲聲喚客愁，故園何處此登樓。落花飛絮成春夢，剩水殘山異昔遊。"❷比喻亡國、經過喪亂後的殘破河山，或比喻殘缺不全的事物。《三國演義》一三回："生靈糜爛肝腦塗，剩水殘山多怨血。"明代邵璨《香囊記•設祭》："慘霧愁煙起，白日易昏，剩水殘山秋復春。"柳亞子《題〈太平天國〉戰史》："傷心怕看秦淮月，剩水殘山總可憐。"同 殘山剩水、半壁江山。反 錦繡山河。

【創業維(惟)艱】chuàng yè wéi jiān 維：為、是。開創事業是非常艱難的。《元史•英宗紀二》："創業惟艱，守成不易，陛下睿思及此，億兆之福也。"◇他深知創業維艱，在商界孜孜不懈，打拼十餘年，終於創出一番成績。同創業艱難。反守成不易。

【割肚牽腸】gē dù qiān cháng 形容事情總是纏繞心頭，牽扯着感情，非常惦念，放心不下。元代高克禮《黃薔薇過慶元貞》曲："又不曾看生見長，便這般割肚牽腸。"《三國演義》八七回："吾想汝等父母、兄弟、妻子必倚門而望，若聽知敗陣，定然割肚牽腸，眼中流血。"《金瓶梅詞話》六二回："寧教我西門慶口眼閉了，倒也沒這等割肚牽腸。"同牽腸掛肚、牽腸割肚。反無掛無礙、無牽無掛。

【割蓆分坐】gē xí fēn zuò 割斷坐蓆，分開而坐。《世說新語·德行》："管寧、華歆共園中鋤菜，見地有片金，管揮鋤與瓦石不異，華捉而擲去之。又嘗同席讀書，有乘軒冕過門者，寧讀如故，歆廢書出看。寧割席分坐曰：'子非吾友也。'"後用"割蓆分坐"表示絕交。《三國演義》六六回："寧自此鄙歆之為人，遂割席分坐，不復與之為友。"◇兩人本是同窗好友，後來因為一些誤會，竟鬧到了割蓆分坐的地步。反契若金蘭。

【劌心怵目】guì xīn chù mù 見"劌目怵心"。

【劌目怵心】guì mù chù xīn 劌：刺傷。怵：害怕、震驚。形容感到觸目驚心，非常驚訝。明代胡儼《感寓賦》："人生其間，眇焉棲託。知誘物交，紛紜揮霍，劌目怵心，神銷精爍。"清代包世臣《再與楊季子書》："至於秦漢之文，莫不洞達駘宕，劌目怵心。"季新《〈紅樓夢〉新評》："至於其他骨肉之間，眈眈逐逐之態，隨時隨處，一一標出，足令人劌目怵心者，不一而足。"也作"劌心怵目"梁啟超《飲冰室詩話》七："狄平子以所著《平等閣筆記》見寄，記述兩年來都中近事，字字令人劌心怵目。"同怵目驚心、駭目驚心。反賞心悅目。

【劍及屨及】jiàn jí jù jí《左傳·宣公十四年》載：楚使派申舟出使齊國，過宋而不經由外交渠道"借道"，被宋人所殺。楚王"聞之，投袂而起，屨及於窒皇，劍及於寢門之外，車及於蒲胥之市。秋九月，楚子圍宋。"説楚莊王報仇心切，鞋未穿，劍未佩，車未駕，立即行動，以致侍奉他的人趕了好多路才追上他。後用"劍及屨及"表示行動堅決迅速。鄒魯《督軍稱兵與復辟》："滇軍師長張開儒、方聲濤等，尤摩拳擦掌，大有劍及屨及之勢。"◇汶川大地震驚動世界，救援人員劍及屨及，奔赴災區解民倒懸。

【劍拔弩張】jiàn bá nǔ zhāng 拔劍出鞘，弓弩拉開。❶形容形勢緊張逼人，一觸即發。老舍《四世同堂》四："他還很自然，不露出劍拔弩張的樣子。"◇在平靜的表像底下，她已嗅到劍拔弩張的氣氛。❷形容書法、作品等氣勢豪放，咄咄逼人。南朝梁袁昂《古今書評》："韋誕書如龍威虎振，劍拔弩張。"清代宋長白《柳亭詩話·詩囚》："東坡詩如其書，劍拔弩張之氣，時時露諸筆端。"反和睦相處。

【劍膽琴心】jiàn dǎn qín xīn 比喻膽略過人，情趣高雅，兼備文才武略。元代吳萊《去歲留杭》詩："小榻琴心展，長纓劍膽舒。"鄭逸梅《南社叢談·南社雜碎》："姜可生著《劍膽琴心》説部，乃夫子自道。"同琴心劍膽。

【劈頭蓋腦】pī tóu gài nǎo 見"劈頭劈腦"。

【劈頭蓋臉】pī tóu gài liǎn 見"劈頭劈臉"。

【劈頭劈腦】pī tóu pī nǎo 正對着頭部。形容打擊、批評等來勢兇猛。李劼人《天魔舞》二十章："動不動便是耳光棍子，甚至扁擔之類，可以打得死人的傢伙，劈頭劈腦打下來。"◇不由分說就劈頭劈腦地責罵起來。也作"劈頭蓋腦"。峻青《海嘯》第三章："突然，一個巨大的浪頭劈頭蓋腦地打了下來。"◇自從那次在會上劈頭蓋腦地批評她，她就再也沒答理過他。同劈頭劈臉、劈頭蓋臉。

【劈頭劈臉】pī tóu pī liǎn 正對着頭部和臉部而來。形容來勢兇猛。元代石德玉《秋胡戲妻》二折："把這廝劈頭劈臉潑拳捶，向前來我可便撾撓了你這面皮。"《紅樓夢》八十回："找着秋菱，不容分說，便劈頭劈臉渾身打起來。"也作"劈頭蓋臉"。蕭軍《五月的礦山》第六章："像似被一條看不見的鞭子，劈頭蓋臉地抽打下來了。"同劈頭劈腦、劈頭蓋腦。

力 部

【力不從心】lì bù cóng xīn 心裏想做而力量或能力達不到，心有餘而力不足。《後漢書·西域傳》："今使者大兵未能得出，如諸國力不從心，東西南北自在也。"《醒世恆言·賣油郎獨佔花魁》："只是小娘子千金聲價，小可家貧力薄，如何擺佈，也是力不從心了。"《官場現形記》二四回："無奈溥四爺提筆在手，欲寫而力不從心，半天畫了兩畫，一個'麗'字寫死寫不對。"同 力不從願、心有餘而力不足。反 應付自如、應付裕如。

【力不勝任】lì bù shèng rèn《莊子·人間世》："汝不知夫螳螂乎？怒其臂以當車轍，不知其不勝任也。"後用"力不勝任"指能力不夠，不足以擔當。◇此事關係重大，只怕我力不勝任 / 慢慢地我發現，和這些人斤斤計較，恐怕我力不勝任。同 力不從心、力不能支。

【力所不及】lì suǒ bù jí 力量達不到或能力做不到。《太平經》卷九八："反覆就責而罪之，不原其力所不及。"反 力所能及。

【力所能及】lì suǒ néng jí 力量可達到或能力可以做到。唐代裴鉶《傳奇·韋自東》："殿宇宏壯，林泉甚佳……似驅役鬼工，非人力所能及。"曹靖華《素箋寄深情》："落入虎口的，生還無望了。健在的於無可奈何之餘，只能作些力所能及的事了。"反 力所不及。

【力爭上游】lì zhēng shàng yóu 指努力奮鬥，爭取處於領先地位。上游：江河接近源頭的一段，比喻處於高位或前列。清代翁方綱《石洲詩話·元遺山論詩》："讀至此首之論蘇詩，乃知遺山之力爭上游，非語言筆墨所能盡傳者矣。"田漢《影事追懷錄·〈憶江南〉與周璇》："只有力爭上游，自強不息的好演員才能永遠保持藝術的青春。"茅盾《白楊禮讚》："那是力爭上游的一種樹，筆直的幹，筆直的枝。"

【力挽狂瀾】lì wǎn kuáng lán 比喻盡力挽救險惡的局勢或扭轉頹廢的風氣。唐代韓愈《進學解》："障百川而東之，回狂瀾於既倒。"元代王惲《挽李子陽》："筆端力挽狂瀾倒，袖裏親攜太華來。"清代丘逢甲《村居書感次崧甫韻》："乾坤蒼莽正風塵，力挽狂瀾仗要人。"◇我可沒有力挽狂瀾的本錢，救不了她的公司。反 推波助瀾。

【力倍功半】lì bèi gōng bàn 指費力大而收效小。明代劉基《贈陳伯光詩序》："防微遏幾，百病不生，幾動形見，力倍功半。"同 事倍功半。反 事半功倍。

【力排眾議】lì pái zhòng yì 竭力排除各種反對意見，以確立自己的主張。《三國演義》四三回："諸葛亮舌戰群儒，魯子敬力排眾議。"清代何剛德《春明夢錄》卷下："或平日緘口不言，遇有要政，獨能力排眾議，侃侃直爭者，皆不愧'拾遺補闕'"。韋君宜《〈未完成的畫〉讀後》："書確實寫得好的，而要想出書，就必須力排眾議。"反 虛懷若谷、兼容併蓄。

【力透紙背】lì tòu zhǐ bèi 形容書法繪畫筆力遒勁有力或詩文立意深刻。唐代顏真卿《張長史十二意筆法記》："當其用鋒，常欲使其透過紙背，此成巧之極也。"清代趙翼《甌北詩話·陸放翁詩》："引用書卷，皆驅使出之，而非徒以數典為能事；意在筆先，力透紙背。"清代黃景仁《題赤橋庵上人畫梅》詩："慘慘著花二三萼，力透紙背非人功。"

【力竭聲嘶】lì jié shēng sī 形容人過分用力説話、叫喊後嗓音嘶啞，或有氣無力、聲音微弱的樣子。《文明小史》九回："這人雖有力氣，究竟寡不敵眾，當時就被四五個兵勇，把他按倒在地，手足交加，直把這人打得力竭聲嘶，動彈不得。"沙汀《煩惱》："只是吵聲卻已經零落了，分散了，並不集中在一處地方，也不再有力竭聲嘶的大吵大鬧。"同 聲嘶力竭。

【力盡筋疲】lì jìn jīn pí 見"筋疲力盡"。唐代韓愈《論淮西事宜狀》："雖時侵掠，小有所得，力盡筋疲，不償其費。"劉復《駕犁》詩："駕犁，駕犁！老農呆氣！拉牛耕田，力盡筋疲。"

【功成不居】gōng chéng bù jū《老子》二章："生而不有，為而不恃，功成而弗居。"居：佔據，佔有。後作"功成不居"，指立了功而不把功勞歸於自己。《舊五代史·晉少帝紀》："天下大定，勢淩宇宙，義感神明；功成不居，遂興晉祚，則翁皇帝有大造於石氏也。"南懷瑾《論語別裁·學問和修養》："古代的諸侯立國的大原則，是要謙讓就位，最後又功成不居。"同 功成身退。反 居功自傲。

【功成名立】gōng chéng míng lì 建立功業，同時贏得美名。《晉書·周處傳》："西蜀仰其威風，中興推為名將，功成名立，不亦美乎！"宋代洪邁《容齋三筆·絳灌》："功成名立，臣為爪牙，世世相屬，百出無邪。"蔡東藩《明史演義》九一回："據文龍的意思，平了滿洲，奪得朝鮮，那時功成名立，歸去未遲。"同 功成名遂、功成名就。反 身敗名裂。

【功成名就】gōng chéng míng jiù 建功立業，並贏得美名。元代范子安《竹葉舟》二折："你則說做官的功成名就，我則說出家的延年益壽。"《水滸傳》九十回："兄長到功成名就之日，也宜尋個退步。"《狄公案》五九回："小弟哪裏知道甚麼兵法，橫豎有武承嗣等人，暗中佈置，只求將官兵打退，弄假成真，那時便功成名就。"同 功成名立、功成名遂。反 一事無成、身敗名裂。

【功成名遂】gōng chéng míng suì 遂：成就。功績建立了，名聲也有了。唐代李白《悲歌行》詩："范子何曾愛五湖，功成名遂身自退。"《水滸全傳》一一〇回："今日兄長功成名遂，貧道就今拜別仁兄，辭別眾位，便歸山中，從師學道，侍養老母。"黃仁宇《萬曆十五年》六："戚繼光的功成名遂，在十六世紀中葉的本朝可以算是特殊的例外。"同 功成名立、功成名就。反 一事無成、身敗名裂。

【功成身退】gōng chéng shēn tuì 功業建成後，自已就引退了。《老子》九章："功成身退，天之道。"宋代晁端禮《醉蓬萊》詞："未必當時，解功成身退。天下蒼生，未知此意，望謝公重起。"蔡東藩《民國演義》十回："本總統今日解職，並非功成身退。"◇再優秀的人物終有完成使命，功成身退的一天。

【功高不賞】gōng gāo bù shǎng 功勞大得無法賞賜。形容功勞極大。《梁書·陳慶之傳》："功高不賞，震主身危，二事既有，將軍豈得無慮？"《水滸後傳》一回："江南回京之日，可憐所存者不過十分之三，雖加封官職，已是功高不賞。"蔡東藩《南北史演義》二六回："功高不賞，古今甚多，如公所處地位，難道可長居北面？"◇當年他父親功高不賞，倍受同行猜忌。反 無功受祿、功高震主。

【功高蓋世】gōng gāo gài shì 功勞極大，當代沒人能比。李紹先《蜀漢後期的三位"賢相"》："大司馬日理萬機，功高蓋世，眾人皆服。"王躍文《我不懂味（八）》："不知功高蓋世的女媧，為何偏偏要長得人面蛇身？"

【功敗垂成】gōng bài chuí chéng 事情將要成功的時候卻遭到失敗。含惋惜之意。《三國志·楊阜傳》："棄垂成之功，陷不義之名，阜以死守之。"《晉書·謝安傳論》："方欲西平鞏洛，北定幽燕，廟算有遺，良圖不果，降齡何促，功敗垂成，拊其遺文，經綸遠矣。"◇差一點就收尾了，請大家合作到底，倘若功敗垂成，大家都不好看。同 功虧一簣。反 功德圓滿。

【功遂身退】gōng suì shēn tuì 建功立業之後，全身而退。《後漢書·李固傳》："天地之心，福謙忌盛，是以賢達功遂身退，全名養壽，無有怵迫之憂。"《隋書·韋世康傳》："吾聞功遂身退，古人常道。今年將耳順，志在懸車，汝輩以為云何？"◇人取我予，功遂身退，很多成功人士都深諳此道。同 功成身退。反 功高震主、身敗名裂。

【功標青史】gōng biāo qīng shǐ 功績巨大，在歷史上留下了美名。標：寫明。青史：古代在竹簡上記事，稱史書為青史。唐代呂巖《雨中花》詞："三百年間，功標青史，幾多俱委埃塵！”《三國演義》三六回：“願諸公善事使君，以圖名垂竹帛，功標青史，切勿效庶之無始終也。”同 名垂青史、名垂後世。反 遺臭萬年。

【功德無量】gōng dé wú liàng ❶ 佛教用語，功德指誦經、唸佛、佈施等。《景德傳燈錄•南陽慧忠國師》：“其金剛大士，功德無量，非口所說，非意所陳。”清代頤瑣《黃繡球》十三回：“最好趁十九菩薩過生日這一天，去許個願，替菩薩裝個金身，助一盞琉璃長明燈，是功德無量的。”❷ 功勞、恩德非常之大。無量：沒有限量。《漢書•丙吉傳》：“所以擁全神靈，成育聖躬，功德已亡（無）量矣。”《舊唐書•狄仁傑傳》：“伏惟聖朝，功德無量，何必要營大像，而以勞費為名。”現常用以稱道做了大有益於人的事。劉冬《中國通俗小說總目提要》序：“中國通俗小說之編目，孫楷第先生篳路藍縷，功德無量。”同 無量功德。

【功德圓滿】gōng dé yuán mǎn 佛教語。❶ 指唸佛誦經或佈施諸事完滿結束。唐代陳集原《龍龕道場銘》：“更於道場之南造釋迦尊像一座，遂得不日而成，功德圓滿。”《官場現形記》四九回：“誰知太太不答應，一定要等和尚拜完四十九天功德圓滿之後，再用姑子。”洪深《五奎橋》第一幕：“四百多畝呢，起碼得打四十九天的大醮！七七四十九天功德圓滿，那時自然是甘霖廣降大雨傾盆了！。”❷ 泛指事情完滿結束。清代袁於令《西樓記•假諾》：“那時功德圓滿，隨即自盡便了。”茅盾《清明前後》：“兄弟算是原經手，了此一事，功德圓滿。”

【功薄蟬翼】gōng bó chán yì 功勞小得像蟬的翅膀那樣微薄，算不得甚麼。常用作謙詞。漢代蔡邕《讓高陽鄉侯章》：“臣事輕葭莩，功薄蟬翼。”◇我才疏學淺，功薄蟬翼，獲此殊榮，誠惶誠恐。反 功標青史。

【功虧一簣】gōng kuī yī kuì《尚書•旅獒》：“為山九仞，功虧一簣。”說堆九仞高的土山，只差一筐土沒能完成。後比喻所做之事僅差一點兒未完成而致前功盡棄。含惋惜之意。《晉書•東海王越傳贊》：“長沙奉國，始終靡慝；功虧一簣，奄罹殘賊。”明代海瑞《平黎書》：“功虧一簣，坐失事機，陛下將奚取哉！”同 功敗垂成。反 大功告成。

【加人一等】jiā rén yī děng《禮記•檀弓上》：“夫子曰：‘獻子加於人一等矣。’”加：超過。後以“加人一等”指超過常人。唐代楊炯《隰州縣令李公墓誌銘》：“尋丁外艱，哀毀逾制，加人一等。”《兒女英雄傳》三十回：“你這見解，一定加人一等，這等玄妙高超法，我兩個怎能說明你得來？”蔡東藩《南北史演義》一一回：“乃知陶靖節之歸隱柴桑，自耽松菊，其固有加人一等者歟！”同 高人一籌、勝人一籌。反 低人一等。

【加油加醋】jiā yóu jiā cù 為誇張或渲染的需要，在敍事或說話時增添原來沒有的內容。古龍《劍客行》一五章：“二人加油加醋一渲染，立把二人的師父激怒。”◇新聞報導貴在真實，不能加油加醋。也作“加油添醋”。席絹《今生住定》七：“當然也不免對自己‘大戰厲鬼全身而退’的事跡猛加油添醋，將永昌城的鬼宅又添上一筆可怕記錄。”◇加油添醋的成分不少，所說的不完全是事實。同 添枝加葉、添油加醋。反 實事求是。

【加油添醋】jiā yóu tiān cù 見“加油加醋”。

【加官晉爵】jiā guān jìn jué 見“加官進爵”。

【加官進祿】jiā guān jìn lù 提升官職，增加俸祿。《金史•章宗元妃李氏傳》：“其飛有四，所應有異，……向裏飛則加官進祿。”《紅樓夢》五三回：“那紅稟上寫着：‘門下莊頭烏進孝叩請爺奶奶萬福金安，並公子小姐金安。新春大喜大福，榮貴平安，加官進祿，萬事如意。’”同 加官晉爵。

【加官進爵】jiā guān jìn jué 晉升官階爵位。也作“加官晉爵”。明代邵璨《香囊記•褒封》：“蔭子封妻世應稀，加官進爵人爭羨。”《鏡花緣》八三回：“就算加官進爵之兆，也未嘗不妙。”《儒林外史》十回："四老爺士星明亮，不日該有加官晉爵之喜。"◇誰都明白，他想着法兒巴結上司，無非是想加官進爵。同 加官進祿。反 削職為民。

【加膝墜淵】jiā xī zhuì yuān《禮記·檀弓下》："進人若將加諸膝，退人若將隊（墜）諸淵。"説用人時好像要把他抱在膝上，不用時又好像要把他推到深淵裏。後用"加膝墜淵"形容待人愛憎無常，全憑私意。《舊唐書·姜公輔傳論》："公輔一言悟主，驟及台司；一言不合，禮遽疏薄。則加膝墜淵之間，君道可知矣。"清代錢謙益《王季木墓表》："世之惜季木者，以謂意氣太盛，肺腸太熱，善善惡惡，或溢而為加膝墜淵，以貽小人口實。"◇他深知主管加膝墜淵的性格脾氣，因此對她處處小心謹慎。同 喜怒無常。

【劣跡昭著】liè jì zhāo zhù 昭著：明顯。惡劣的行徑非常明顯。黃仁宇《萬曆十五年》一部分："幾十年前就曾出現過劉瑾這樣權傾朝野、劣跡昭著的太監。"同 聲名狼藉、臭名昭著。反 名滿天下、口碑載道。

【劫後餘生】jié hòu yú shēng 劫：災難。經歷大災難而幸存下來。清代丘逢甲《嶺云海日樓詩鈔·寄懷許仙屏中丞》詩："歸飛越鳥戀南枝，劫後餘生歎數奇。"◇一座五十年的舊樓轟然倒塌，從廢墟中爬出來的劫後餘生的人，被匆匆抬上急救車。同 死裏逃生、絕處逢生。

【劫富濟貧】jié fù jì pín 奪取富人的財產，救濟貧困窮人。《孽海花》三五回："老漢平時最喜歡劫富濟貧，抑強扶弱，打抱不平！"巴金《家》一二："那時候他常常夢想……成人以後要做一個劫富濟貧的劍俠。"瞿秋白《亂彈·吉訶德的時代》："草澤的英雄……至多也不過劫富濟貧罷了。"同 劫富安貧、抑強扶弱。反 為虎作倀、助紂為虐。

【助人為樂】zhù rén wéi lè 把幫助別人當作快樂的事。巴金《隨想錄》九二："這精神文明中包含的當然不止是：種樹木、掃馬路……助人為樂等等等等。"◇助人為樂，急人所急，為社會貢獻愛心，這是每個人都有的義務。同 樂善好施。反 損人利己。

【助我張目】zhù wǒ zhāng mù 説給以襄助或宣揚，推動我的名氣或聲勢更加壯大。三國魏曹植《與吳質書》："墨翟不好伎，何為過朝歌而迴車乎？足下好伎，值墨翟迴車之縣，想足下助我張目也。"伎：聲樂。清代章炳麟《東京留學生歡迎會演説辭》："留學生中助我張目的人較從前增加百倍才曉得人心進化是實有的。"◇我想作家大抵都希望讀者"助我張目"，使其作品聲聞天下，遠播四方。反 落井下石、暗箭傷人。

【助紂為虐】zhù zhòu wéi nüè 紂：商朝的末代暴君。比喻幫助惡人做壞事。南朝宋謝靈運《晉書武帝紀論》："昔武王伐紂，歸傾宮之女，不可助紂為虐。"《紅樓夢》九回："一任薛蟠橫行霸道，他不但不去管約，反'助紂為虐'討好兒。"同 助桀為虐、為虎作倀。反 嫉惡如仇、除暴安良。

【勃然大怒】bó rán dà nù 突然變臉，大發脾氣。勃然：發怒的樣子。《三國演義》四四回："周瑜聽罷，勃然大怒，離座指北而罵曰：'老賊欺吾太甚！'"《東周列國誌》四三回："晉文公在半途，聞鄭國遣使復通款於楚，勃然大怒，便欲移兵伐鄭。"魯迅《且介亭雜文·拿來主義》："勃然大怒，放一把火燒光，算是保存自己的清白，則是昏蛋。"

【勃然變色】bó rán biàn sè 因惱怒或驚怕而突然變了臉色。勃然：突然，忽然。《孟子·萬章下》"王勃然變乎色"漢代趙岐注："王聞此言，慍怒而驚懼，故勃然變色。"《三國演義》六一回："侍中荀彧曰：'不可。丞相本興義兵，匡扶漢室，當秉忠貞之志，守謙退之節。君子愛人以德，不宜如此。'曹操聞言，勃然變色。"◇本來好心勸她，不料她卻勃然變色，憤憤的離去。

【勉為其難】miǎn wéi qí nán 勉強做力所不及或不願做的事。宋代真德秀《西山讀書記》卷九："勉為其難，不計所獲，循循不已，久自有所至。”◇看在他父親的情面上，勉為其難地答應下來了。反 有求必應。

【勇往直前】yǒng wǎng zhí qián 為達到目的而無所顧忌，勇敢地一直向前做下去。宋代朱熹《答陸子靜》：“不顧旁人是非，不計自己得失，勇往直前，説出人不敢説底道理。”《兒女英雄傳》三九回：“子路那副勇往直前的性兒，卻又不能體會到此。”◇做任何一件事都需要勇往直前的決心和氣概。同 勇猛直前。反 畏縮不前。

【勇冠三軍】yǒng guàn sān jūn 冠：居於首位。勇敢為全軍第一。形容勇猛過人。漢代李陵《答蘇武書》：“陵先將軍，功略蓋天地，義勇冠三軍。”《後漢書•劉縯傳》：“伯升部將宗人劉稷，數陷陣潰圍，勇冠三軍。”◇在球場上他可是勇冠三軍，所向無敵。反 敗軍之將。

【勇猛果敢】yǒng měng guǒ gǎn 勇敢威猛而有決斷。《漢書•翟方進傳》：“內有不仁之性，而外有雋材，過絕於人，勇猛果敢，處事不疑。”宋代許洞《虎鈐經•陣將軍員》：“偏將一人，勇猛果敢，揮戈掉劍，力敵百夫。好勇者任。”◇只見花貓一伏、一躍、一騰、一撲，恰似景陽崗上的吊睛白額虎，煞是勇猛果敢。

【動人心弦】dòng rén xīn xián 打動人心，使人十分激動。◇淒美的故事動人心弦 / 香港輝煌燦爛的夜景，實在動人心弦。同 扣人心弦。

【動人心魄】dòng rén xīn pò 形容使人感動或令人震驚。《儒林外史》二四回：“那秦淮到了有月色的時候，越是夜色已深，更有那細吹細唱的船來，淒清委婉，動人心魄。”◇全劇到了尾聲高潮疊起，動人心魄。

【動地驚天】dòng dì jīng tiān 驚動了天地。形容令人十分震撼、極度震驚，或形容聲勢極大。元代關漢卿《竇娥冤》三折：“沒來由犯王法，不提防遭刑憲，叫聲屈動地驚天。”《再生緣》六五回：“那時勾合皇親府，動地驚天鬧起來。”◇我看這些人鬧得動地驚天，是想引起各方的注意，抬高要價。同 驚天動地。

【動如脱兔】dòng rú tuō tù《孫子•九地》：“是故始如處女，敵人開戶；後如脱兔，敵不及拒。”説軍隊未開始行動時像處女那樣穩重，一行動就像奔跑的兔子那樣快捷，使敵不及防範。後以“動如脱兔”形容行動快速敏捷。《賽花鈴》一三回：“為將之道，因敵制宜，上識天文，下察地利，強而示之以弱，實而形之以虛，靜如處女，動如脱兔，為奇為正，莫知我之所之，斯為上將耳。”◇他在場上動如脱兔、勢如猛虎，驟然一個遠距離灌籃，引爆全場一片驚呼。

【動如參商】dòng rú shēn shāng 唐代杜甫《贈衛八處士》詩：“人生不相見，動如參與商。”參、商：星名。參星出西方，商星出東方，兩星此出彼沒，不同時出現。後用“動如參商”比喻兩相遠離，難以會面，猶如參商二星永不相見。◇一別十年，各自為生活奔波，顛沛亂離，動如參商。反 月圓花好、久別重逢。

【動輒得咎】dòng zhé dé jiù 一舉一動都會受到指摘。形容處境艱難，常被人無理責難。唐代韓愈《進學解》：“公不見信於人，私不見助於友，跋前躓後，動輒得咎。”《鏡花緣》七八回：“小廝因動輒得咎，只得説道：‘請問主人，前引也不好，後隨也不好，並行也不好，究竟怎樣才好呢？’”徐遲《哥德馬赫猜想》七：“過了這樣久心驚肉跳的生活，動輒得咎，他的神經極度衰弱了。”

【動魄驚心】dòng pò jīng xīn 心靈震驚。形容感受極深，震動極大。清代朱彝尊《絳帖平跋》：“記在都下，於孫侍郎耳伯所，獲觀宋拓絳帖二冊，光彩煥發，令人動魄驚心，過眼雲煙，至今攪我心也。”清代姚衡《寒秀草堂筆記》卷三：“秀水所稱，光彩煥發，動魄驚心。”◇整場比賽，雙方攻防激烈，只見那隻球疾如閃電，長傳快攻，三傳進網，動魄驚心。同 驚心動魄。

【勝友如雲】shèng yǒu rú yún 勝友：良友。許多有名望的朋友從各地聚集在一起。唐代王勃《滕王閣序》：“十旬休暇，勝友如雲；千里逢迎，高朋滿座。"《鏡花緣》八一回："今日之聚，可謂極盛了。我出'高朋滿座，勝友如雲'，打曲牌名。"◇參加今次論壇的，有四十多位國內外知名學者，可以說群賢畢集，勝友如雲。同 高朋滿座。反 孤家寡人。

【勝殘去殺】shèng cán qù shā 勝殘：遏制殘暴。去殺：不用死刑。說施行仁政，以德服人，使殘暴之人改惡向善，不須動用刑罰。《論語•子路》："善人為邦百年，亦可以勝錢去殺矣。"《魏書•刑罰志》："自太祖撥亂，蕩滌華夏，至於太和，然後吏清政平，斷獄省簡，所謂百年而後，勝殘去殺。"◇儒家主張仁治，認為只要長期施行德政，注重教化，就可以勝殘去殺，長治久安。反 嚴刑苛法。

【勞心焦思】láo xīn jiāo sī 耗費心力，冥思苦想。勞：耗損。焦：過度、苦苦地。唐代杜甫《憶昔》詩："張后不樂上為忙，至今今上猶撥亂，勞心焦思補四方。"蔡東藩《民國通俗演義》一五回："本大總統勞心焦思，幾廢寢食。"◇為了公司順利上市，不分白天和夜晚，勞心焦思地加班苦幹。同 勞身焦思、焦思苦慮。

【勞民傷財】láo mín shāng cái 勞：役使。傷：耗費。既使人民勞苦不堪，又大量耗費國家錢財。形容濫用人力物力。明代陸容《菽園雜記》卷一："西嶽華山、西鎮吳山，皆在陝西境內，載在祀典，而西安又有五嶽廟。陳僖敏巡撫時，既不能毀，而又奏請重修之，失禮甚矣。況勞民傷財，在所得已，此不學之過也。"《封神演義》一八回："臣啟陛下，塵台之工勞民傷財，願陛下且息此念頭，切為不可。"◇展覽辦得華而不實，客商不多，參觀者寥寥，可謂勞民傷財。

【勞而無功】láo ér wú gōng 花費了力氣卻沒有成果沒有功效。《管子•形勢》："與不可，彊不能，告不知，謂之勞而無功。"《醒世恆言•錢秀才錯佔鳳凰儔》："有這些難處，只怕勞而無功，故此不敢把這個難題目包攬在身上。"◇我看成功希望不大，就此收手損失還不算多，倘若繼續下去，不但勞而無功，恐怕血本無歸。同 徒勞無功。反 勞苦功高。

【勞苦功高】láo kǔ gōng gāo 出大力，吃大苦，立下大功勞。《史記•項羽本紀》："勞苦而功高如此，未有封侯之賞，而聽細說，欲誅有功之人。"《東周列國誌》一〇八回："將軍一出而平燕及代，奔馳二千餘里，方之乃父，勞苦功高，不相上下。"《清史稿•田六善傳》："臣思法律為天下共者也，以滿洲之勞苦功高之人，因與執政諸臣意見相左，輒牽連興大獄，恐尤而效之，報復相尋，藉端推刃。"茅盾《子夜》一五："這一班勞苦功高的'英雄'，手顫顫地舉着'勝利之杯'，心頭還不免有些忐忡不定。"反 徒勞無功、勞而無功。

【勞師動眾】láo shī dòng zhòng 本指調動大批軍隊作戰，今多指動用過量人力做某件事。《醒世恆言•李汧公窮邸遇俠客》："小人倒有一計在此，不消勞師動眾，教他一個也逃不脫。"◇這件事有三兩個人就行了，用不着勞師動眾。同 興師動眾。反 解甲歸田、休養生息。

【勞逸結合】láo yì jié hé 合理安排勞動與休息，避免畸輕畸重。◇好的學習方法，講究勞逸結合，事半功倍。反 勞逸不均。

【勞燕分飛】láo yàn fēn fēi 古樂府《東飛伯勞歌》："東飛伯勞西飛燕，黃姑織女時相見。"後用"勞燕分飛"比喻夫妻或情侶別離。清代王韜《淞隱漫錄•尹瑤仙》："其謂他日勞燕分飛，各自西東，在天之涯地之角耶？"瞿秋白《赤都心史》二九："兄弟姊妹呢，有的在南，有的在北，勞燕分飛，寄人籬下。"反 花好月圓、骨肉團圓。

【勢不兩立】shì bù liǎng lì 雙方矛盾尖銳，不能並存。《戰國策•楚策一》："楚強則秦弱，楚弱則秦強，此其勢不兩立。"《三國志•周瑜傳》："今數雄已滅，惟孤尚存，孤與老賊，勢不兩立。"◇因為爭奪家產，兄弟二人已經鬧得勢不兩立。同 誓不兩立、勢不兩存。反 同心同德、親密無間。

【勢成騎虎】shì chéng qí hǔ 情勢造成了騎

虎難下的局面。比喻處境尷尬為難，進退維谷。明代張溥《漢魏六朝百三家集•梁武帝集題詞》："夫長沙酷害，樊鄧興兵，勢成騎虎，延頸為難。"清代陳鼎《東林列傳•韓爌傳》："首發大難，禍始教猱，或倒身怙終，勢成騎虒。"◇我看如今這事勢成騎虎，看他怎麼辦吧。同 左右為難、騎虎難下。

【勢如破竹】shì rú pò zhú《晉書•杜預傳》："今兵威已振，譬如破竹，數節之後，皆迎刃而解。"後用"勢如破竹"比喻：❶打仗節節獲勝，快速推進。宋代王楙《野客叢書•韓信之幸》："其後以之取燕，以之拔齊，勢如破竹，皆迎刃而解者，又悉資於降虜廣武君之策。"《水滸傳》九九回："關勝等眾，乘勝長驅，勢如破竹，又克了大穀縣。"❷工作順利，沒有阻礙。◇因勢利導，勢如破竹，你這兩件事辦得利索！同 勢如劈竹、破竹之勢。

【勢均力敵】shì jūn lì dí 雙方力量相當，不分高下。《後漢紀•獻帝紀》："且傕汜小豎，樊稠庸兒，無他遠略，又勢均力敵，內難必作，吾乘其弊，事可圖也。"宋代司馬光《乞裁斷政事劄子》："群臣有所見不同，勢均力敵，莫能相壹者，伏望陛下特留聖意，審察是非。"◇若論實力，兩隊勢均力敵，這一場大概會打成平手。同 旗鼓相當。

【勢焰熏(熏)天】shì yàn xūn tiān 權勢、氣焰盛大，上燻及天。形容邪惡勢力囂張，有極大影響力。明代陸澄《辯忠讒以定國是疏》："且宸濠勢焰熏天，觸者萬死，人皆望風奔靡而已。"清代陳鼎《東林列傳•曾櫻傳》："當逆璫勢焰熏天地，炙日月，天下騷然，天下賢人君子夜無安枕，白晝道路以目。"◇如今利益集團勢焰燻天，誰也得罪不起。同 勢傾朝野、氣焰燻天。

【勢傾朝野】shì qīng cháo yě 傾：壓倒，勝過。勢力大，壓倒朝廷和民間的一切力量。形容權重勢強。《宋書•謝瞻傳》："吾家素以恬退為業，不願干預時事，交遊不過親朋，而汝遂勢傾朝野，此豈門戶之福邪？"宋代徐夢莘《三朝北盟會編》卷一八二："閹寺竊權，勢傾朝野，其不殆哉！"蔡東藩《明史演義》八七回："最有勢力的，要算崔呈秀，自復官後，不二年即進職兵部尚書，兼左都御史，輿從烜赫，勢傾朝野。"同 勢焰燻天、權傾朝野。

【勤能補拙】qín néng bǔ zhuō 拙：笨，不聰慧。勤奮能彌補生性不聰。唐代白居易《自到郡齋題閒二十四韻》："救煩無若靜，補拙莫如勤。"◇勤能補拙，笨人只要勤奮努力，也能取得出色的成績。同 將勤補拙、笨鳥先飛。

【勤勤懇懇】qín qín kěn kěn ❶殷切誠懇。漢代司馬遷《報任少卿書》："曩者辱賜書，教以順於接物，推賢進士為務，意氣勤勤懇懇。"《宋書•彭城王義康傳》："所以勤勤懇懇，必訴丹誠者，實恐義康年窮命盡，奄忽於南，遂令陛下有棄弟之責。"❷形容勤勞踏實。◇我金某勤勤懇懇、踏踏實實工作，從沒受過這樣的窩囊氣。同 不辭辛勞、廢寢忘食。反 遊手好閒、好吃懶做。

【勤學苦練】qín xué kǔ liàn 勤奮學習，刻苦訓練。◇他在球場上勤學苦練了一年，終於打出了自己的風格。反 一曝十寒。

【勵精更始】lì jīng gēng shǐ 振奮精神，除舊佈新，重新做起。《漢書•宣帝紀》："今吏修身奉法未有能稱朕意，朕甚愍焉，其赦天下，與士大夫厲精更始。"厲：同"勵"。《冊府元龜》卷八三引唐武德三年詔："今既九圍靜謐，八表乂寧，思與吏民，勵精更始。"《宋史•洪咨傳》："俾大臣充初志而加定力，懲往轍而圖方來，以仰稱勵精更始之意。"同 勵(厲)精圖治。

【勵精圖治】lì jīng tú zhì 振奮精神，力圖把國家或所管理的事務治理好。《漢書•魏相傳》："宣帝始親萬機，勵精為治，練群臣，核名實，而相總領眾職，甚稱上意。"《宋史•神宗紀贊》："勵精圖治，將有大為。"冰心《三寄小讀者》九："這對於現在我國萬眾一心、勵精圖治的大好形勢，是極不相宜的。"同 勵精求治。反 無所作為。

勹部

【勾心鬥角】gōu xīn dòu jiǎo 見"鈎心鬥角"。

【勾魂攝魄】gōu hún shè pò 捉取魂魄。形容某事物具有極大魅力，使人心神搖蕩，不能自制。勾：捉拿。攝：吸取。清代蔣士銓《臨川夢•殉夢》："你好端端造言生事，做出這樣勾魂攝魄的文字來。"《官場現形記》二三回："一雙水汪汪的眼睛，更為勾魂攝魄。" 同 扣人心弦。

【包辦代替】bāo bàn dài tì 指一手包攬，不讓旁人參與。周立波《暴風驟雨》二部二三："媒婆真是包辦代替的老祖宗，可真是把人坑害死了。"◇教育孩子重在啟發引導，不可包辦代替。同 越俎代庖。反 獨立自主。

【包藏禍心】bāo cáng huò xīn 禍心：害人之心。心裏懷着害人的惡意。《左傳•昭公元年》："小國無罪，恃實其罪。將恃大國之安靖己，而無乃包藏禍心以圖之。"《三國志•劉二牧傳》："今操惡直醜正，實繁有徒，包藏禍心，篡盜已顯。"魯迅《且介亭雜文末編•關於太炎先生二三事》："考其生平，以大勳章作扇墜，臨總統府之門，大詬袁世凱的包藏禍心者，並世無第二人。"同 居心叵測、心懷叵測。反 襟懷坦白、光明磊落。

【包羅萬象】bāo luó wàn xiàng 萬象：指形形色色的事物。形容內容豐富，應有盡有。《黃帝宅經》卷上："其象者，日月、乾坤、寒暑、雌雄、晝夜、陰陽等，所以包羅萬象，舉一千從。"《封神演義》一六回："'袖裏乾坤大'乃知過去未來，包羅萬象；'壺中日月長'有長生不死之術。"《兒女英雄傳》十回："張姑娘這幾句話，說得軟中帶硬，八面兒見光，包羅萬象。"張抗抗《空白》："歷史像一個包羅萬象的百科全書，任何當代發生的故事都可以從中找到註解。"同 應有盡有。反 掛一漏萬。

【包攬詞訟】bāo lǎn cí sòng 招攬承辦別人的訴訟，從中謀利。《官場現形記》一七回："幸而他是兩榜出身，又兼歷年在家包攬詞訟，就是刀筆也還來得，所以寫封把信並不煩難。"《二十年目睹之怪現狀》九八回："你想他們有甚弄錢之法？無非是包攬詞訟，干預公事，魚肉鄉里。"黃裳《虞山春》："但要他和和尚們一樣住在廟裏，怕是辦不到的。收起租米來就不方便，更不必說交結官府包攬詞訟了。"

匕部

【化為泡影】huà wéi pào yǐng 見"化為烏有"。

【化為烏有】huà wéi wū yǒu 漢代司馬相如作《子虛賦》，虛構"烏有先生"與人對話，意思是沒有此人。宋代蘇軾《張質夫送酒六壺戲作小詩問之》："豈意青州六從事，化為烏有一先生。"後用"化為烏有"表示事物全部消失，變成一無所有，或希望全部落空。也作"化為泡影"。泡：極易破滅消失的水泡。《三國演義》一七回："若將軍者，向為漢臣，今乃為叛賊之臣，使昔日關中保駕之功化為烏有，竊為將軍不取也。"《聊齋誌異•雨錢》："生竊喜暴富矣。頃之，入室取用，則阿堵化為烏有，惟母錢十餘枚尚在。"清代魏源《湖廣水利論》："漢口鎮舊與鸚鵡洲相連，漢水由後湖出江，國初忽沖開自山下出江，而鸚鵡洲化為烏有。"◇由於父母一而再，再而三地堅決反對，她到美國讀書的想法，最後還是化為烏有。同 化作泡影。

【化整為零】huà zhěng wéi líng 把整體分散開來成為許多部分。姚雪垠《李自成》一卷二六章："現有人馬，也是分駐在幾個地方。這是我們常用的化整為零、分散就食之策。"反 化零為整。

【化險為夷】huà xiǎn wéi yí 險：險要的地勢。夷：平坦。走過險要的地方，步入坦途。比喻化解危險，轉為安全。《孽海花》二七回："以後還望中堂忍辱負重，化險為夷。"魯迅《兩地書》三八："江水入船，船夫墜水，幸全船鎮靜，使船放平，墜水船夫更竭力挽救，始得化險為夷。”郭沫若《南昌之一夜》：“除夕遇險的一幕，自然又回憶起來，但我們這一次是化險為夷了，雖然費了一些周折。”

【北面稱臣】běi miàn chēng chén 古代君主面南而坐，臣子拜見君主則面北。“北面稱臣”意謂臣服於人。《史記•酈生陸賈列傳》：“君主宜郊迎，北面稱臣。”《晉書•禮志上》：“吾雖上繼世祖，然於懷、愍皇帝，皆北面稱臣。”《說唐》一回：“蓋因哥哥楊勇慈懦，日後不願向他北面稱臣，已有奪嫡之念。”同 俯首稱臣。反 稱孤道寡。

匚部

【匹夫之勇】pǐ fū zhī yǒng 不懂得用智謀，一味魯莽蠻幹的勇氣。匹夫：沒有爵位的平民，普通人。《孟子•梁惠王下》：“夫撫劍疾視曰：彼烏敢當我哉！此匹夫之勇，敵一人者也。”《三國志•荀彧傳》：“顏良、文醜，匹夫之勇，可一戰而擒也。”◇商場就是戰場，靠匹夫之勇亂衝亂打不行，要靠智慧和策略，靠靈活的手段。反 精通韜略、乃文乃武。

【匹夫有責】pǐ fū yǒu zé 匹夫：沒有爵位的平民，普通百姓。清代顧炎武《日知錄•正始》：“是故知保天下，然後知保其國。保國者，其君其臣，肉食者謀之；保天下者，匹夫之賤，與有責焉耳矣。”後用“匹夫有責”說平民百姓，人人都有責任。也與“天下興亡”連用。清代王蘊章《碧血花•香盟》：“只是時艱若此，天下興亡，匹夫有責，郎君還當以國事為念哩。”《北洋軍閥統治時期史話》二四章：“敢援匹夫有責之義，不辭武人干政之嫌。”同 責無旁貸、“天下興亡，匹夫有責”。

【匹馬單槍】pǐ mǎ dān qiāng 見“單槍匹馬”。

【匡救彌縫】kuāng jiù mí fèng《左傳•僖公二十六年》：“糾合諸侯，而謀其不協，彌縫其闕，而匡救其災。”後以“匡救彌縫”指：❶ 救助災難，彌補過失。《晉書•良吏傳序》：“安石以時宗鎮雅俗，然外虞孔熾，內難方殷，而匡救彌縫，方免傾覆，弘風革弊，彼則未遑。”❷ 糾正錯誤，彌補過失。明代沈德符《野獲編•閣部離合》：“主上惑於貂弁，粃政日聞，賴諸公匡救彌縫。”◇事故發生以後，公司匡救彌縫，吸取教訓，制定了安全措施。

【匠心獨運】jiàng xīn dú yùn 獨創性地運用精巧的心思。多指工巧獨特的藝術構思。明代姜紹書《述聖記》：“褚河南《聖教碑序》，乃永徽四年十二月建，較懷仁集右軍書，更覺風骨清勁，匠心獨運，猶為可珍。”清代全祖望《〈鶯脰山房詩集〉序》：“清和溫潤，匠心獨運，蓋兼前人之長而別有閑情逸氣，出於行墨之表。”◇望着那一片花海，佈置得棋盤似的整齊，令人讚歎主人真是匠心獨運。同 匠心獨妙、匠心獨具。反 敷衍了事。

【匿跡銷聲】nì jì xiāo shēng ❶ 看不到蹤跡，聽不見聲響。清代袁枚《新齊諧•怪弄爆竹自焚》：“篋內有徽州炮竹數枚，怪持向燈前，把玩良久，燭花飛落藥線上，轟然一聲，響如霹靂，此怪唧唧滾地，遂歿不見，心大異之，慮其復來，待至漏盡，竟匿跡銷聲矣。”◇他腳一打滑，那賊人趁機甩開他往巷子裏逃，一下子便匿跡銷聲了。❷ 隱藏起來，不公開露面。《官場現形記》二八回：“黑八哥一干人也勸他，叫他暫時匿跡銷聲，等避過風頭再作道理。”◇經過幾次清理，無牌小攤販總算匿跡銷聲了。同 銷聲匿跡、銷聲斂跡。反 層出不窮、層出迭見。

【匿影藏形】nì yǐng cáng xíng 隱藏形跡，不露真相。◇匿影藏形，晝伏夜行，總算逃出了魔掌，獲得了自由。同 藏形匿影、匿跡潛形。

【匪石之心】fěi shí zhī xīn 匪：同“非”。《詩經•柏舟》：“我心匪石，不可轉也。”石頭雖堅，尚可轉動，我心之堅，不可轉動。後形容意志堅貞，無可動搖。《晉書•王導傳論》：“實賴元宰，固懷匪石之心；潛運忠謨，竟翦吞沙之寇。”唐代王定保《唐摭言·司空失意》：“遂將匪石之心，冀伸藻鏡之用。”

【匪夷所思】fěi yí suǒ sī 匪：非。夷：平常。不是根據常理所能想象得到的。《易經·渙》：“渙有丘，匪夷所思。”後多形容言談舉止或所見所聞離奇怪誕。明代張岱《陶庵夢憶·劉暉吉女戲》：“十數人手攜一燈，忽隱忽現，怪幻百出，匪夷所思。”清代梁紹壬《兩般秋雨庵隨筆》卷一：“孤山林和靖祠，塑女像為偶，題曰‘梅影夫人之位’。世俗誕妄，真是匪夷所思。”◇他那偏執古怪的想法，實在匪夷所思。

十部

【十之八九】shí zhī bā jiǔ 見“十有八九”。

【十冬臘月】shí dōng là yuè 指農曆十月至十二月天氣寒冷的時節。周立波《暴風驟雨》一部三：“頭年炕沒拔，老冒煙，燒不熱，十冬臘月睡着乍涼乍涼的。”杜鵬程《保衛延安》二章：“寧金山渾身抖得像十冬臘月穿着單衫。”同 隆冬臘月。反 春暖花開。

【十有八九】shí yǒu bā jiǔ《三國志·夏侯玄傳》裴松之注引《魏略》：“(楊) 利以法術占吉凶，十可中八九。”後用“十有八九”、“十之八九”說十份之中有八九份之多，所佔比重極大，或形容極有把握、很有可能。唐代杜甫《負薪行》：“土風坐男使女立，男當門戶女出入。十有八九負薪歸，賣薪得錢應供給。”《新編五代史平話·唐史》卷上：“今天下之勢，歸朱溫的十之八九。”茅盾《子夜》一一：“要是已經回來，那他們的運氣就十有八九。”姚雪垠《李自成》二卷二八章：“闖王十之八九已經動身許久了。”

【十年寒窗】shí nián hán chuāng 金代劉祁《歸潛志》卷七：“古人謂十年窗下無人問，一舉成名天下知。”後用“十年寒窗”、“十載寒窗”形容閉門不出，勤學苦讀。元代無名氏《蘇子瞻醉寫赤壁賦》一折：“想伊每十載寒窗，平生指望，登春榜。”《歧路燈》七九回：“咱心裏又舍不的鬧掉了他這個官，想人家也是十年寒窗苦讀，九載熬油，咱再不肯一筆下去鬧壞。”丁玲《青年戀愛問題》：“以一個文學家來說罷，不是像過去脫離一切，十年寒窗就可以寫得出東西來。”艾蕪《手》：“有些人也算十戴寒窗，鐵硯都磨穿了，哪樣聖賢的話，沒有讀到四五百遍？”同 十年窗下、“十年窗下無人問，一舉成名天下知”。

【十年磨劍】shí nián mó jiàn 唐代賈島《劍客》詩：“十年磨一劍，霜刃未曾試。今日把似君，誰為不平事？”後用“十年磨劍”比喻多年專心致志，潛心於某一方面的研習或工作。清代朱彝尊《解佩令·自題詞集》詞：“十年磨劍，五陵結客，把平生涕淚都飄盡。”

【十全十美】shí quán shí měi 形容完美無缺。老舍《四世同堂》五四：“咱們再慢慢想十全十美的辦法吧！”◇十全十美的事，一輩子怕也碰不上一回吧！同 完美無缺、盡善盡美。

【十羊九牧】shí yáng jiǔ mù 十隻羊，倒有九個人來放牧。古人以羊喻民，以牧人喻官。❶ 比喻民少官多，賦斂很重。《隋書·楊尚希傳》：“竊見當今郡縣，倍多於古。或地無百里，數縣並置；或戶不滿千，二郡分領……所謂民少官多，十羊九牧。”唐代杜佑《通典·職官門序》：“如一州無三數千戶，置五六十官員，十羊九牧，疲吏煩眾。”❷ 比喻政出多門，無所適從。唐代劉知幾《史通·忤時》：“楊令公則云‘必須直詞’，宗尚書則云‘宜多隱惡’。十羊九牧，其令難行。”清代錢謙益《特進光祿大夫中極殿大學士孫公行狀》：“故臣謂南北兩部當受中部節制，而中部諸營，南北部大將亦得過而問焉。但不得人自為制，有十羊九牧之患。”

【十字街頭】shí zì jiē tóu《景德傳燈錄·襄州洞山守初崇慧大師》：“問：‘如何是城裏佛？’師曰：‘十字街頭石幢子。’”後用“十字街頭”指人車頻繁往來呈“十”

字形的交叉路口。宋代劉一止《浣溪沙》詞："十字街頭家住處，心腸四散幾時休？"元代無名氏《村樂堂》二折："則這金釧兒是二人口內的招伏狀，更壓着那十字街頭犯由榜，這公事不虛誑。"馮雪峰《老妖婦與美女》："當她們剛來到頂熱鬧的十字街頭，那老妖婦就真的變得更老醜……"同 十字路口。

【十字路口】shí zì lù kǒu ❶ 兩條道路縱橫交會的地方。《水滸傳》三回："只聽得背後一個人大叫道：'張大哥，你如何在這裏？'攔腰抱住，扯離了十字路口。"◇站在十字路口，欣賞紅燈綠燈、車水馬龍的熱鬧景象。❷ 比喻在重大問題上需要作出抉擇的關頭。魯迅《華蓋集•北京通信》："站在歧路上是幾乎難於舉足，站在十字路口，是可走的道路很多。"◇形勢變化這麼快，目前已到了十字路口，你看怎麼辦？同 十字街頭。反 康莊大道、陽關大道。

【十步芳草】shí bù fāng cǎo 漢代王符《潛夫論•實貢》："夫十步之間，必有茂草，十室之邑，必有俊士。賢材之生，日月相屬，未嘗乏絕。"後用"十步芳草"、"十步香草"比喻到處都有人才。《隋書•煬帝紀上》："方今宇宙平一，文軌攸同，十步之內，必有芳草；四海之中，豈無奇秀！"◇俗話説十步芳草，我們搜羅人才不能捨近求遠 / 都説人才奇缺，十步香草，我看人才就在眼前，問題在於你用甚麼眼光看人。

【十步香草】shí bù xiāng cǎo 見"十步芳草"。

【十指連心】shí zhǐ lián xīn 十個手指頭都連着心。説手指感覺靈敏，一受傷就疼痛到心裏。比喻關係異常密切，有如骨肉一體，心手相連。明代馮惟敏《仙子步蟾宮•中盟》曲："冰肌一點留香印，這恩情海樣深，常言道十指連心。"阮章競《漳河水》一部："紫金英壞了誰家的事……難聽的髒話都往她身擱。十指連心心連血，咱不體貼誰體貼？"反 無關痛癢。

【十面埋伏】shí miàn mái fú 四周都在暗中部署了兵力，伺機圍殲對方。《前漢書平話》卷中："垓下聚兵百萬，會天下諸侯，困羽九重山前，信定十面埋伏，逼羽烏江自刎。"《水滸傳》七七回："原來今次用此十面埋伏之計，都是吳用機謀佈置，殺得童貫膽寒心碎。"

【十風五雨】shí fēng wǔ yǔ 漢代王充《論衡•是應》："風不鳴條，雨不破塊，五日一風，十日一雨。"説十天一颳風，五天一下雨。後用"十風五雨"形容風調雨順。也作"五風十雨"。五代和凝《宮詞》："五風十雨餘糧在，金殿惟聞奏舜弦。"宋代王炎《豐年謠》："五風十雨天時好，又見西郊稻秫肥。"宋代陸游《村居初夏》詩："斗酒隻雞人笑樂，十風五雨歲豐穰。"同 風調雨順、"五日一風，十日一雨"。反 旱魃為虐。

【十室九空】shí shì jiǔ kōng 十戶人家，九家空虛。形容因災荒、戰亂或暴政使得人民破產、流亡的景象。晉代葛洪《抱朴子•用刑》："徐福出而重號咷之仇，趙高入而屯豺狼之黨，天下欲反，十室九空。"《宋史•蘇軾傳》："掊斂民財，十室九空。"《冷眼觀》六回："那起催錢糧的先生們，下了鄉如狼似虎，鬧得十室九空。"同 哀鴻遍野、啼飢號寒。反 太平盛世、歌舞昇平。

【十拿九穩】shí ná jiǔ wěn 形容有必定成功或取勝的把握。明代阮大鋮《燕子箋•購幸》："一定要煩老兄與我着實設個法兒，務必中得十拿九穩方好。"《官場現形記》二四回："這回賈大少爺的保舉竟其十拿九穩。"茅盾《子夜》二："雖然是有人居間，和那邊接洽過一次，而且條件也議定了，卻是到底不敢説十拿九穩呀。"同 十拿十穩、萬無一失。

【十病九痛】shí bìng jiǔ tòng 形容體弱多病。宋代朱熹《答呂伯恭》："交歲以來，十病九痛，甚不堪此勞頓。"《水滸傳》二四回："便是老身十病九痛，怕有些山高水低，頭先要制辦些送終衣服。"《紅樓夢》一〇二回："如今我的身子是十病九痛的。"同 七病八痛、八病九痛。

【十惡不赦】shí è bù shè 十惡：古代指十種不可赦免的重罪：謀反、謀大逆、謀叛、惡逆、不道、大不敬、不孝、不睦、不義、內亂。❶犯有“十惡”罪的，不得赦免。元代關漢卿《竇娥冤》四折：“這藥死公公的罪名，犯在十惡不赦。”❷形容罪大惡極，不可饒恕。魯迅《書信集·致許壽裳》：“僕審現在所出書無不大害青年，其十惡不赦之思想，令人肉顫。”◇你撥弄得兩家大打出手，萬一鬧出人命來，這可是十惡不赦的罪過。同 罪大惡極、罪不容誅。反 功德無量、好生之德。

【十載寒窗】shí zǎi hán chuāng 見“十年寒窗”。

【十萬火急】shí wàn huǒ jí 形容事情非常緊急，到了刻不容緩的地步。老舍《趙子曰》三：“趙子曰的腦府連發十萬火急的電報警告全國。”◇看你急得火燒火燎的，真有這麼十萬火急？同 火燒眉毛、燃眉之急。反 不慌不忙、優遊自在。

【十親九故】shí qīn jiǔ gù 指親友很多。故：故人，朋友。元代尚仲賢《柳毅傳書》一折：“受千辛萬苦，想十親九故。”◇小哥的喜筵，十親九故都邀請了。反 無親無故。

【千人所指】qiān rén suǒ zhǐ 遭到千百人的指責和怨恨。形容觸犯眾怒。《漢書·王嘉傳》：“今（董）賢散公賦以施私惠，一家至受千金，往古以來，貴臣未嘗有此，流聞四方，皆同怨之。里諺曰：‘千人所指，無病而死。’臣常為之寒心。”唐代柳澤《論時政書》：“不節之以禮，不防之以法，終轉吉為凶，變福為禍。諺曰：‘千人所指，無病自死。’”也作“千夫所指”。梁啟超《無槍階級對有槍階級》：“他們的罪惡，已經是千夫所指，更無庸我再添一句半句話。”章炳麟《聯省自治虛置政府議》：“千夫所指，其傾覆可立而期。”

【千了百當】qiān liǎo bǎi dàng 形容一切都很妥當，都有着落。了：結束。當：妥貼。《五燈會元·彭州大隨南堂元靜禪師》：“（五祖笑曰）不道你不是千了百當底人，此語秖似先師下底語。”宋代朱熹《朱子語類》卷三四：“聖人發憤便忘食，樂便忘憂，直是一刀兩段，千了百當。”同 百了千當。

【千刀萬剮】qiān dāo wàn guǎ 原是古代一種酷刑，將罪犯一刀一刀地淩遲處死。❶形容殘酷殺戮。《醒世恆言》卷三七：“（子春）並不開言，激得將軍大怒，遂將韋氏千刀萬剮。”清代孔尚任《桃花扇·誓師》：“誰敢再有二心，俺便拿送轅門，聽元帥千刀萬剮。”❷用作詛咒人的話，等於說“不得好死”，表示極其仇視痛恨。《水滸傳》三八回：“口裏大罵道：‘千刀萬剮的黑殺才！老爺怕你的不算好漢，走的不是好男子！’”同 萬剮千刀。

【千山萬水】qiān shān wàn shuǐ 千條河，萬座山。形容路途遙遠艱險。唐代宋之問《至端州驛見杜審言瀋佺期題壁慨然成詠》：“豈意南中歧路多，千山萬水分鄉縣。”元代王實甫《西廂記四本四折：“都則為一官半職，阻隔得千山萬水。”李瑛《一片紅雲》：“歷千山萬水，你從哪裏飛來？冒疾風驟雨，經受了怎樣的勞頓？”也作“萬水千山”。唐代賈島《送耿處士》詩：“萬水千山路，孤舟幾月程。”《西遊記》一五回：“既是他吃了，我如何前進！可憐啊，這萬水千山，怎生走得！”同 山高水長、地遠天遙。

【千山萬壑】qiān shān wàn hè 見“千巖萬壑”。

【千千萬萬】qiān qiān wàn wàn ❶形容數量非常多。唐代杜牧《晚晴賦》：“千千萬萬之狀容兮，不可得而狀也。”薪以《螢》：“鬱悶的無月夜，不知名的花更香濃了，炎熱也愈難耐了；千千萬萬的火螢在黑暗的海中漂浮着。”❷務必。形容懇切要求，用為叮囑之辭。《兒女英雄傳》三回：“大爺，你可千千萬萬見了這二個人的面再商量走的話！”

【千夫所指】qiān fū suǒ zhǐ 見“千人所指”。

【千方百計】qiān fāng bǎi jì 形容想盡或用盡一切辦法。《朱子語類》卷三五：“譬如捉賊相似，須是着起氣力精神，千方百計去趕捉他。”《醒世恆言》卷二八：“那些庸醫千方百計，騙了好些銀兩。”◇趁她臥病在牀，便千方百計接近她，噓寒問暖地獻殷勤。同 百計千方、想方設法。反 一籌莫展、黔驢技窮。

【千叮萬囑】qiān dīng wàn zhǔ 指再三囑咐。元代楊顯之《瀟湘雨》四折："我將你千叮萬囑，你偏放人長號短哭。"《兒女英雄傳》二回："當下爺兒娘兒們依依不捨，公子只是垂淚，太太也是千叮萬囑沾眼抹淚的説個不了。" 錢鍾書《圍城》一："(鴻漸) 照了張四寸相。父親和丈人處各寄一張，信上千叮萬囑説，生平最恨'博士'之稱，此番未能未俗，不足為外人道。"

【千回百折】qiān huí bǎi zhé 回環反覆，旋繞不絕。形容往復不斷或歷程曲折。回：旋轉。折：折還。清代李綠園《歧路燈》九五回："心中千回百折，胡思亂想，沒個藏身處。" 梁啟超《敬告當道者》："而大勢固不許爾爾，千回百折而遂不得不出於通商。" 同 百折千回。

【千年萬載】qiān nián wàn zǎi 形容年代非常久遠。元代《介之推》一折："史官每罵輕賢重色，傳千年萬載。"《孽海花》二十回："做石老虎還好，就不要做石龜，千年萬載，馱着石老虎，壓得不得翻身哩！" 反 一年半載。

【千里迢迢】qiān lǐ tiáo tiáo 形容路途遙遠。迢迢：遙遠的樣子。宋代法應集《禪宗頌古聯珠通集•吉州清源行思禪師》："千里迢迢信不通，歸來何事太匆匆。" 明代沈受先《三元記•辭親》："出門咫尺天涯，千里迢迢早回家。" 張愛玲《私語•中國人的宗教》："不論有多大的麻煩與花費，死在他鄉的人，靈柩必須千里迢迢運回來葬在祖墳上。" 同 迢迢千里、千里迢遙。反 近在咫尺、近在眼前。

【千里猶面】qiān lǐ yóu miàn《舊唐書•房玄齡傳》載：房玄齡在唐高祖李淵起事後，任秦王府記室，協助李世民籌謀統一，功績卓著。唐高祖曾對侍臣説："此人深識機宜，足堪委任，每為我兒 (指李世民) 陳事，必會人心，千里之外猶對面語耳。" 後用"千里猶面"説對方通過使者或書信傳達心意，猶如面談一樣。◇大年初一接到您的來信，親切之情，千里猶面。

【千里鵝毛】qiān lǐ é máo 千里送鵝毛。據《路史》記載，古代雲南的部族首領緬氏委派緬伯高給唐朝送天鵝，過沔陽湖的時候，天鵝飛去，只墜下一枝羽毛，緬伯高只好獻上這枝羽毛，説："禮輕人意重，千里送鵝毛"。後以"千里鵝毛"比喻禮物雖輕而情意深厚。宋代黃庭堅《長句謝陳適用惠送吳南雄所贈紙》詩："千里鵝毛意不輕，瘴衣腥膩被歸客。"《金瓶梅》五六回："今日華誕，特備的幾件菲儀，聊表千里鵝毛之意，願老爺壽比南山。" 同 千里送鵝毛、"千里送鵝毛，禮輕情意重"。反 無情無義、薄情寡義。

【千言萬語】qiān yán wàn yǔ 形容許許多多的話。唐代呂巖《七言》詩："此道非從它外得，千言萬語漫評論。"《警世通言》卷一三："我前番去，借的一兩銀子，吃盡千言萬語。" 巴金《春》二○："他的情感像潮水似地忽然在他的心裏湧起來。他覺得有千言萬語要向她傾吐。" 同 萬語千言。反 隻言片語、三言兩語。

【千辛萬苦】qiān xīn wàn kǔ 形容無數的艱辛和勞苦。《敦煌變文集•佛説觀彌勒菩薩上生兜率天經講經文》："富貴兒孫爭奉養，貧窮朝夕自營謀。千辛萬苦為誰人，十短九長解甚事？" 元代關漢卿《五侯宴》四折："我那親娘在那裏與人家擔水運漿，吃打吃罵，千辛萬苦，看著至死，不久身亡。" 巴金《復仇》："三年來我歷盡千辛萬苦，做過種種的工作。" 反 坐享其成、榮華富貴。

【千奇百怪】qiān qí bǎi guài 指各種各樣稀奇古怪的事物和現象。《五燈會元•東京華嚴道隆禪師》："知有乃可隨處安閒。如人在州縣住，或聞或見，千奇百怪。"《初刻拍案驚奇》卷一一："若不是前世緣故，殺人竟不償命，不殺人倒要償命，死者、生者，怨氣沖天，縱然官府不明，皇天自然鑒察。千奇百怪的巧生出機會來，了此公案。"《紅樓夢》一九回："且説襲人自幼兒見寶玉性格異常，其淘氣憨頑出於眾小兒之外，更有幾件千奇百怪口不能言的毛病兒。" 同 百怪千奇。

【千門萬户】qiān mén wàn hù 形容屋宇深廣。也指人家眾多。《史記•孝武本紀》："於是作建章宮，度為千門萬戶。"宋代晏殊《霓裳拂》詞："喜秋成，見千門萬戶樂昇平。"《金瓶梅》七九回："看看到年初之日，窗梅表月，檐雪滾風，竹爆千門萬戶，家家帖春勝，處處掛桃符。"◇轉過山來，便見一片平壩，千門萬戶，炊煙裊裊。同 萬户千門、千家萬户。

【千呼萬喚】qiān hū wàn huàn 形容再三地呼喚、催促或邀請。唐代白居易《琵琶行》詩："千呼萬喚始出來，猶抱琵琶半遮面。"朱自清《溫州的蹤跡》："朦朧的豈獨月呢；豈獨鳥呢？但是，咫尺天涯，教我如何耐得？我拼着千呼萬喚，你能夠出來麼？"同 千喚萬喚。

【千依百順】qiān yī bǎi shùn 見"百依百隨"。

【千金一諾】qiān jīn yī nuò《史記•季布欒布列傳》："得黃金百斤，不如得季布一諾。"一經允諾，價值千金。形容說話算數，恪守信用。《金瓶梅》五六回："酒後一言，就果然相贈，又不憚千里送來，你員外真可謂千金一諾矣。"《兒女英雄傳》二四回："待說不依他這句話罷，慢講他那性兒不肯干休，又何以全他那片孺慕孝心？圓我那句千金一諾？"同 一諾千金。反 出爾反爾。

【千金一擲】qiān jīn yī zhì 見"一擲千金"。

【千金之子】qiān jīn zhī zǐ 稱富家子弟。《史記•貨殖列傳序》："諺曰：'千金之子，不死於市。'此非空言也。"宋代蘇軾《仁宗皇帝禦飛白記》："合抱之木，不生於步仞之丘；千金之子，不出於三家之市。"章炳麟《與吳君遂書》："向在張園，嘗以千金之子，坐不垂堂昭示大眾。"

【千金敝帚】qiān jīn bì zhǒu 一把破掃帚也價值千金。比喻自己的東西不管好壞都覺得珍貴。宋代蘇軾《與潘三失解後飲酒》詩："千金敝帚人誰買，半額蛾眉世所妍。"鄧雅聲《避地》詩："千金敝帚殊高價，舊物青氈亦慶余。"同 敝帚自珍。反 視如敝屣。

【千金買笑】qiān jīn mǎi xiào 南朝宋鮑照《代白紵曲》詩："齊謳秦吹盧女弦，千金顧笑買芳年。"說花費千金，買得歌女一笑。後用"千金買笑"指不惜代價，博取美人歡心。唐代盧肇《戲宜春李令求廳前杜鵑》詩："杜家有女小名鵑，生在陶公吏案前。百里望風驚調態，千金買笑愜當筵。"元代張可久《上小樓•春思》曲："蘇小小，張好好，千金買笑，今何在玉容花貌？"李六如《六十年的變遷》第七章："'是不是千金買笑給了她？'把頭一歪，朝着隔壁那個房間努努嘴。"

【千秋萬代】qiān qiū wàn dài 世世代代，歲月久遠。《三國演義》九一回："臣等願竭力以事陛下，以至千秋萬代。"◇世上沒有不散的宴席，沒有千秋萬代不敗落的事。也作"千秋萬歲"。南朝宋鮑照《擬行路難》詩："一去無還期，千秋萬歲無音詞。"◇修建鐵路網是千秋萬歲的大事，馬虎不得！同 千年萬世。反 一年半載、三年兩載。

【千秋萬歲】qiān qiū wàn suì 見"千秋萬代"。

【千姿百態】qiān zī bǎi tài 形容姿態極其豐富多彩。秦牧《藝海拾貝•鮮花百態和藝術風格》："當然，千姿百態的生活本身又為這種競賽提供了根本的條件。"◇一座座住宅模型，雕花刻字，造型千姿百態別具風格。

【千軍萬馬】qiān jūn wàn mǎ 形容兵馬雄壯或隊伍聲勢浩大。宋代陳亮《中興遺傳序》："千軍萬馬，頭目轉動不常，意之所指，猶望必中。"《官場現形記》一二回："一直等到下半夜，齊說湖水來了……及至到了跟前，竟像千軍萬馬一樣，一衝衝了過來。"◇只見千軍萬馬，漫山遍野圍了過來。反 殘兵敗將。

【千真萬確】qiān zhēn wàn què 事情絕對真實可靠，不容置疑。《說岳全傳》一四回："千真萬確！朝廷已差官兵前去征剿了。"老舍《茶館》二幕："我這兒千真萬確還沒開張，這您知道！"◇盡人皆知那是假的，只有他這個書呆子，還說那是千真萬確的。同 丁一確二。反 以假亂真。

【千恩萬謝】qiān ēn wàn xiè 反覆向人道

謝，表示感恩不盡。《水滸傳》一〇八回：“取銀兩米穀，賑濟窮民，村農磕頭感激，千恩萬謝去了。”《紅樓夢》四二回：“劉姥姥千恩萬謝的答應了。”巴金《初戀》：“這種意外的禮物，真使我不得不千恩萬謝了。” 同 感激不盡、感激涕零。 反 恩將仇報、背恩反噬。

【千差萬別】qiān chā wàn bié《大唐善導和尚集•證信序》：“說一切諸法千差萬別，如來觀知歷歷了然。”指品類繁多，差別很大。《朱子語類》卷六十：“今人直是差處多，只一條大路，其餘千差萬別，皆是私路。”明代袁宗道《白蘇齋類稿•雜說類》：“等級千差萬別，雖位至等覺，尚不知如來舉足下足之處。”◇西湖的美就在千差萬別的紅紅綠綠，天下有哪個畫家能畫出這種美豔和諧的紅和綠？ 反 分毫不爽、分毫不差。

【千鈞一髮】qiān jūn yī fà 見“一髮千鈞”。

【千鈞重負】qiān jūn zhòng fù《商君書•錯法》：“烏獲舉千鈞之重，而不能以多力易人。”鈞：古代重量單位，合三十斤。千鈞則重三萬斤，極言其重。後用“千鈞重負”指極大的重量或比喻重大的責任。◇這項工作就算是千鈞重負，我們也要擔當起來。

【千絲萬縷】qiān sī wàn lǚ 縷：線。❶ 千條絲，萬條線。形容纖細修長而且多得數不清。宋代戴石屏《憐薄命》詞：“道旁楊柳依依，千絲萬縷，抵不住一分愁緒。”◇河岸邊的垂柳，近看千絲萬縷，遠望似綠色的輕煙。❷ 形容彼此之間關係或感情密切、複雜，難以分解清楚。元代無名氏《一枝花》曲：“長歎罷羅帕頻掩，都搵盡千絲萬縷。”明代王玉峰《焚香記•陳情》：“可惜你千絲萬縷，織成一段離愁。”◇雖然兩家人是世交，可細算起來千絲萬縷，恩恩怨怨，說不清道不白。 同 萬縷千絲。 反 純一不雜。

【千載一時】qiān zǎi yī shí 一千年才遇到一次的時機。形容機遇非常難得。《後漢紀•桓帝紀下》：“為仁者博施兼愛，崇善濟物，得其志而中心傾之，然忘己以為千載一時也。”宋代陳東《上高宗第一書》：“君臣相遇如此，真可謂千載一時。”曹禺《日出》第四幕：“月亭，這是千載一時的好機會。” 同 千載一遇、千載難逢。

【千載難逢】qiān zǎi nán féng 一千年也難得碰到一次。形容機會難得，或事物極其少有。南朝齊㾓杲之《臨終上世祖表》：“臣以凡庸，謬徼昌運，獎擢之厚，千載難逢。”宋代王質《代虞樞密宴晁制置口號》：“千載難逢今日會，一杯且為故人傾。”郭沫若《天才與教育》：“天賦發展到七十分的從古以來少有，發展到一百分的恐怕更是千載難逢。” 同 千載一時、千載一逢。 反 坐失良機、錯失良機。

【千萬買鄰】qiān wàn mǎi lín《南史•呂僧珍傳》：“初，宋季雅罷南康郡，市宅，居僧珍宅側。僧珍問宅價，曰：‘一千一百萬。’怪其貴。季雅曰：‘一百萬買宅，千萬買鄰。’”後用“千萬買鄰”形容好鄰居的難求與可貴。宋代辛棄疾《新居上梁文》：“百萬買宅，千萬買鄰，人生孰若安居之樂。”◇近朱者赤，近墨者黑，為了兒子，千萬買鄰都值得。 同 孟母三遷、遠親不如近鄰。

【千端萬緒】qiān duān wàn xù 見“千頭萬緒”。

【千慮一失】qiān lǜ yī shī《晏子春秋•內篇雜下》：“聖人千慮，必有一失；愚人千慮，必有一得。”後以“千慮一失”說聰明人儘管考慮周密，還是會有失誤。唐代李觀《弔韓弇沒胡中文》：“嗚呼！有備無患，軍志也，戎人安所暴其詐？千慮一失，聖人也，韓君是以為虜。”清代俞樾《春在堂隨筆》卷五：“著書之家，千慮一失，往往有之。”◇自視甚高的人，最好明白這個道理：千慮一失。 同 智者千慮，必有一失。 反 千慮一得、“愚者千慮，必有一得”。

【千慮一得】qiān lǜ yī dé 得：得當、可取。《晏子春秋•內篇雜下》：“聖人千慮，必有一失；愚人千慮，必有一得。”後以“千慮一得”說愚蠢的人經過深思熟慮，也會拿出一點好主意好見解。也用於自謙之語。唐代陸贄《論敍遷幸之由狀》：

"伏惟陛下不以人廢言，不以言廢直，千慮一得，或有取焉。"宋代張綱《書舍人四年正月兼詳定一司敕令》："臣既不能補助大化，以表見千慮一得之思；職在詞章，又不能發揚盛德，以聳動四方萬里之聽。"◇集思廣益的好處，就在"千慮一得"四個字。同 愚者千慮，必有一得。反 千慮一失、"智者千慮，必有一失"。

【千篇一律】qiān piān yī lǜ ❶ 千篇文章都是一個樣。南朝梁鍾嶸《詩品》卷中："謝康樂云：'張公雖復千篇，猶一體耳。'"說詩文寫作程式化，缺少變化。明代沈德符《萬曆野獲編·會場搜檢》："至嘉靖末年，詩文冗濫，千篇一律，記誦稍多。"梁啟超《清議報一百冊祝辭》："大抵'滬濱冠蓋'……'甘為情死'等字樣，闐塞紙面，千篇一律。"❷ 泛指事物形式、內容單調，缺少變化。魯迅《兩地書》一二一："雲南腿已將吃完，很好，肉多，油也足，可惜這裏的做法千篇一律，總是蒸。"◇事情總是因人因時而異，用千篇一律的方法處理，肯定行不通。同 千人一面。反 千變萬化。

【千瘡百孔】qiān chuāng bǎi kǒng 無數的瘡口和孔洞。比喻殘破、缺漏、弊端非常嚴重。宋代樓鑰《送叔韶弟宰體亭》詩："固知三泖五茸勝，其奈千瘡百孔何！"清代李漁《意中緣·毒餌》："雖然得些潤筆之資，以助薪水，究竟這千瘡百孔，那裏補救得來。"◇此時實在是千瘡百孔，周轉不開。同 百孔千瘡、百孔千創。

【千嬌百媚】qiān jiāo bǎi mèi 形容女子容貌美麗、姿態可愛。嬌：柔弱溫存。媚：美豔。唐代張文成《遊仙窟》："千嬌百媚，造次無可比方。"《醒世恆言》卷二八："吳衙內在燈下把賀小姐仔細一觀，更覺千嬌百媚。"夏衍《法西斯細菌》第一幕："這位錢八小姐——她排行第八，實在長的漂亮，我的話沒有一分的誇張，真夠得上說千嬌百媚。"同 百媚千嬌。

【千頭萬緒】qiān tóu wàn xù 形容事物紛亂，頭緒繁多。緒：絲的頭，借指事物的開端。宋代葛長庚《永遇樂》詞："尋思往事，千頭萬緒，回首諳如夢裏。"◇越想越愁悶，千頭萬緒，心亂如麻。也作"千端萬緒"。端：頭。三國魏曹植《自試令》："(王) 機等吹毛求疵，千端萬緒，然終無可言者。"孫中山《社會主義之派別及方法》："經濟學之概說，千端萬緒，分類周詳。"反 純一不雜。

【千錘百煉(鍊)】qiān chuí bǎi liàn 煉：也寫作"鍊"。❶ 形容對詩文、語言等反覆加工潤色，精益求精。清代趙翼《甌北詩話·李青蓮詩》："詩家好作奇句警語，必千錘百煉而後能成。"◇一句千錘百煉、寓意深遠的話語，抵過許許多多不着邊際的閒言碎語。❷ 比喻久經磨煉和考驗。清代紀昀《閱微草堂筆記·灤陽續錄五》："除夕前自題門聯曰：三間東倒西歪屋，一個千錘百煉人。"◇只有經受過千錘百煉，人才會成熟起來。反 乳臭未乾、黃口小兒。

【千難萬險】qiān nán wàn xiǎn 形容困難重重，危險極多。元代楊暹《西遊記》一八齣："火焰山千難萬險，早求法力到西天，莫把殘軀葬山崦。"◇公司的命運在此一舉，縱有千難萬險，我們也要闖過去。同 刀山火海。反 如履平地。

【千難萬難】qiān nán wàn nán 形容困難和阻礙重重迭迭。元代貫雲石《一枝花·離悶》曲："常言道好事多慳，陡恁的千難萬難。"《醒世恆言》卷八："我們小人家的買賣，千難萬難，方才支持得這樣。"◇只強調千難萬難，你一個男子漢，就拿不出半點勇氣來？

【千巖萬壑】qiān yán wàn hè《世說新語·言語》："千巖競秀，萬壑爭流。"巖：山崖。壑：山谷。後用"千巖萬壑"形容山嶺連綿，溪澗流水，氣象萬千。也比喻路途遙遠，險阻重重。唐代皮日休《河橋賦》："分其注使不可潰，修其流使不可吞，然後千巖萬壑，雷吼電奔，抉逆流而並瀉，入渤海以猶渾。"清代屈大均《題陸天浥泰山圖》詩："千巖萬壑太古色，秦代蒼松人不識。"俞平伯《山陰五日記遊》："石壁則黑白紺紫，如屏如牆，有千巖萬壑氣象，高松生其顛，雜樹出其罅。"也作"千山萬壑"。元代楊暹《西遊記》一四齣："自從那日着簡書去約朱生，誰想被這妖魔化作朱生模樣，將我攝在這裏，千山萬壑，不知是那裏。"◇楓葉紅了，千山萬壑燃遍旺盛的火焰，像被沒有盡頭的紅毯包了起來。

【千巖競秀】qiān yán jìng xiù 千座山嶺爭比秀麗。形容山色美麗。《世說新語•言語》："顧長康從會稽還，人問山川之美。顧云：'千巖競秀，萬壑爭流，草木蒙籠其上，若雲興霞蔚。'"◇遠望黃山，千巖競秀，萬峰爭奇，美景無限。

【千變萬化】qiān biàn wàn huà 形容變化無窮。《莊子•田子方》："獨有一丈夫，儒服而立乎公門。公即召而問以國事，千變萬變而不窮。"《二刻拍案驚奇•小道人一着饒天下》："其中有千變萬化，神鬼莫測之機。"《紅樓夢》三一回："天地間都賦陰陽二氣所生，或正或邪，或奇或怪，千變萬化，都是陰陽順逆多少。"也作"千變萬狀"。漢代伶元《飛燕外傳》："後殿又為溫室，凝缸室，浴蘭室，曲房連檻，飾黃金白玉，以璧為表裏，千變萬狀。"唐代白居易《廬山草堂記》："陰晴顯晦，昏旦含吐，千變萬狀，不可殫紀。"◇都說峨嵋雲海千變萬狀，依我看，黃山雲海更勝一籌。

【千變萬狀】qiān biàn wàn zhuàng 見"千變萬化"。

【升堂入室】shēng táng rù shì 登上堂屋，再進入內室。《論語•先進》："由也升堂矣，未入於室。"孔子說他的弟子子路學習雖有成就，但未入高深的境界，須再接再厲。後用"升堂入室"比喻學問、技藝達到高深的境地。《三國志•管寧傳》："升堂入室，究其閫奧，韜古今於胸懷，包道德風尚之機要。"唐代盧照鄰《樂府雜詩序》："君升堂入室，踐龜字以長驅；藏翼蓄鱗，展龍圖以高視。"◇向齊白石學習畫蝦的不乏其人，然而升堂入室，得其妙訣的，卻寥寥無幾。同 入室升堂、登堂入室。反 目不識丁、不學無術。

【半斤八兩】bàn jīn bā liǎng 舊制一市斤是十六兩，半斤就是八兩。比喻彼此相當，不分上下。有時含貶義。宋代無名氏《張協狀元》戲文："兩個半斤八兩，各家歸去不須嗔。"《水滸全傳》一〇七回："眾將看他兩個本事，都是半斤八兩的，打扮也差不多。"郭沫若《孔墨的批判》："這和殷紂王的故事，真可以說是半斤八兩了。"同 不相上下、半斤對八兩。反 千差萬別、天差地遠。

【半生不熟】bàn shēng bù shú ❶沒有完全成熟或未烹煮至可食用的程度。◇吃了一口半生不熟的飯粒，洋蔥炒得不很透，險些辣出眼淚。❷比喻生硬，不熟練。馮玉祥《我的生活》十二章："比如西醫，如果半生不熟的只學人家穿白衣，戴白帽，學一些百姓看不慣的洋派頭，而學識經驗一無所有，只拿病人的性命開心，委實有很大的惡影響。"茅盾《過封鎖線》："五個中間的老徐能說幾句半生不熟的廣府話。"

【半老徐娘】bàn lǎo xú niáng《南史•后妃傳下》："徐娘雖老，猶尚多情。"徐娘：梁元帝的妃子徐氏。後指風韻猶存的中年婦女。李六如《六十年的變遷》第九章："雖是半老徐娘，皮膚白皙，顯得很年輕。"同 徐娘半老、"徐娘半老，風韻猶存"。反 人老珠黃。

【半死不活】bàn sǐ bù huó ❶死又死不了，活又活不好，介於生死之間。《老殘遊記續集遺稿》四回："打了二三百鞭子，教人鎖到一間空屋子裏去，一天給兩碗冷飯，吃到如今，還是那麼半死不活的呢！"魯迅《准風月談•看變戲法》："(狗熊)現在是半死不活，卻還要用鐵圈穿了鼻子，再用索子牽着做戲。"❷形容人萎靡不振或事物沒有生氣。茅盾《子夜》三："彷佛那位不肯通融的錢莊經理的一副半死不活的怪臉相，就近在咫尺。"老舍《四世同堂》一一："醞釀了許久的平津政治組織，在那半死不活的政務委員會外，只出來了沒有甚麼用處的地方維持會。"◇看他那副半死不活的可憐相，就知道今天又出了事。同 半死辣活。反 鬥志昂揚。

【半死半活】bàn sǐ bàn huó 死也死不了，活又活不好。《醒世恆言·張廷秀逃生救父》："少頃，見兩個人扶着父親出來，兩眼閉着，半死半活。"沈從文《爹爹》："若能隨到兒子死，儺壽先生也願意。此時但是半死半活。"◇老舊的印刷廠接不到業務，已處於半死半活狀態。同 半死不活。反 生龍活虎、生氣勃勃。

【半吞半吐】bàn tūn bàn tǔ 形容說話有顧慮，想說又不敢說。《醒世恆言·喬太守亂點鴛鴦譜》："事在兩難，欲言又止。孫寡婦見他半吞半吐，越發盤問得急了。"清代袁枚《隨園詩話》卷五："仿王孟以為高，而半吞半吐者，謂之貧賤驕人。"郁達夫《過去》："'你……？'我半吞半吐地問她。"也作"吞吞吐吐"。《兒女英雄傳》五回："你一味的吞吞吐吐，支支吾吾；你把我作何等人看待？"◇別半吞半吐了，快點爽快地說出來吧。

【半青半黃】bàn qīng bàn huáng ❶ 指農作物還沒有完全成熟時，青黃相接。◇田裏的麥子還沒有全熟，有的還是半青半黃的。❷ 比喻思想等還沒有達到成熟的階段。宋代朱熹《朱子全書·學三》："今既要理會，也要理會取透，莫要半青半黃，下梢都不濟事。"南懷瑾《如何修證佛法》三三："也有全不曾下功夫說不得者，也有半青半黃，開口自信不及者。"

【半夜三更】bàn yè sān gēng 指深夜。舊時一夜分為五更，三更是午夜時分。元代馬致遠《青衫淚》三折："這船上是甚麼人，半夜三更，大呼小叫的。"《紅樓夢》六一回："你若忘了時，日後半夜三更打酒買油的，我不給你老人家開門。"徐志摩《愛眉小劄·日記》："我每天的寫，有功夫就寫，倒像是我唯一的功課，很多是夜闌人靜半夜三更寫的。"也作"深更半夜"。《兒女英雄傳》九回："再講到這個地方，……遠無村，近無鄰，這樣深更半夜，絕沒人來。"同 三更半夜、夜闌更深。反 光天化日。

【半面之交】bàn miàn zhī jiāo《後漢書·應奉傳》李賢注引謝承《後漢書》載：應奉年輕時有個造車匠曾開門露半面看他。幾十年後應奉在路上遇見這個車匠，還能認出他來。後用"半面之交"稱只見過一面的人。宋代沈與求《謝知鎮江府到任表》："奮身無半面之交，最為孤立；遇主有一言之合，亟被深知。"《封神演義》六二回："我與道友未有半面之交，此語從何而來？"◇我和他只是在一次會上見過面，並沒有交談過，算是半面之交吧。也作"一面之交"。《綠野仙蹤》三六回："一面之交也是朋友，大哥何不預先教以趨吉避凶之策？"老舍《駱駝祥子》一一："咱們總算有一面之交，在兵營裏你伺候過我。"同 一面之緣。反 莫逆之交、刎頸之交。

【半信半疑】bàn xìn bàn yí 有點相信，又有點懷疑。表示對真假是非不能肯定。清代李漁《蜃中樓·義舉》："莫說耳聞不敢輕信，就是親眼見了，也還半信半疑。"《紅樓夢》九四回："眾人聽了，也都半信半疑，惟有襲人、麝月喜歡的了不得。"茅盾《子夜》二："他愕然望着尚仲禮，半信半疑地問道：'哦——仲老看得那麼準？'"同 滿腹狐疑。反 深信不疑、堅信不疑。

【半真半假】bàn zhēn bàn jiǎ 一半真情，一半假意。形容言行不真誠，有作假成分。元代范居中《金殿喜重重·秋思》曲："我這裏千回百轉自彷徨，撇不下多情數椿。半真半假喬模樣，宜嗔宜喜嬌情況，知疼知熱俏心腸。"◇她半真半假地用話試探對方／小白菜來了，賣俏不像賣俏，半真半假的白着眼兒。同 虛情假意。反 真心實意、誠心誠意。

【半推半就】bàn tuī bàn jiù 一邊推開，一邊湊近。形容表面上推辭，內心卻願意。元代王實甫《西廂記》四本一折："半推半就，又驚又愛，檀口搵香腮。"《二刻拍案驚奇》卷二八："李方哥半推半就的接了。程朝奉正是會家不忙，見接了銀子，曉得有了機關。"巴金《滅亡》第八章："終於半推半就地被房東女兒拉下去了。"反 直截了當。

【半途而廢】bàn tú ér fèi 半路上停下不

走了。比喻做事有始無終，不能堅持到底。《禮記•中庸》："君子遵道而行，半涂而廢，吾弗能已矣。"《梁書•徐勉傳》："況夫名立宦成，半途而廢者，亦焉可已已哉！"《鏡花緣》四六回："與其尋的半途而廢，終非了局，莫若甥女自去，倒覺爽利。"◇打定了主意就該一直做下去，不可半途而廢。同 中道而廢。反 善始善終。

【半部論語】bàn bù lún yǔ《論語》是儒學經典之一。據宋代羅大經《鶴林玉露》卷七記載，宋代的開國宰相趙普喜讀《論語》，曾對宋太宗說："臣平生所知，誠不出此。昔以其半輔太祖定天下，今欲以其半輔陛下致太平。"後人遂以"半部論語治天下"作為對《論語》的稱讚之辭。有時也含有嘲諷意味。《官場現形記》六十回："況且從前古人以半部《論語》治天下，就是半部亦何妨。"老舍《趙子曰》一九："好像以半部《論語》治天下的人們唸那半部《論語》似的那麼百讀不厭。"同 半部論語治天下。

【半絲半縷】bàn sī bàn lǚ 縷：線。半根絲，半縷線。指數量少價值輕微的東西。清代朱柏廬《治家格言》："一粥一飯，當思來處不易；半絲半縷，恆念物力維艱。"◇祖上沒給他留下半絲半縷的財產。反 價值連城。

【半路出家】bàn lù chū jiā 指成年後才出家做和尚或尼姑。《西遊記》三二回："八戒道：'好兒子，有些靈性！你怎麼就曉得老爺是半路出家的？'"比喻中途改行，從事另一工作。◇她演戲是半路出家，一直深感底蘊不足。也作"半路修行"。明代朱國禎《湧幢小品•俚詩有本》："茅鹿門先生，文章擅海內……晚喜作詩，自稱半路修行，語多率易。"反 科班出身。

【半路修行】bàn lù xiū xíng 見"半路出家"。

【半新不舊】bàn xīn bù jiù 見"半新半舊"。

【半新半舊】bàn xīn bàn jiù 不新也不舊。《西遊記》九三回："你看那寺，倒也不小不大，卻也是琉璃碧瓦；半新半舊，卻也是八字紅牆。"《紅樓夢》一一九回："次日，寶玉、賈蘭換了半新半舊的衣服，欣然過來見了王夫人。"老舍《新〈王寶釧〉》："要新就全新，何必東補補，西減減，半新半舊不像樣子呢？"也作"半新不舊"。《醒世姻緣傳》三回："只見一個七八十歲的白鬚老兒，戴一頂牙色絨巾，穿一件半新不舊的褐子道袍。"葉聖陶《多收了三五斗》"就有另一個人指着萬盛的半新不舊的金字招牌說：'近在眼前，就是替他們種的。'"同 半新不舊。

【半截入土】bàn jié rù tǔ 截：段。半段身子埋入土內。比喻人在世的日子不多了。宋代蘇軾《東坡志林》卷十二："汝已半截入土，猶爭高下乎？"《歧路燈》九九回："生下愚弟兄兩個人，到半截入土的年紀，卻只知北京在北，並不知彰儀門值南值西。"李準《不能走那條路》："他已經半截入土了，還不是為你們打算。"同 屍居餘氣、風燭殘年。反 風華正茂。

【半壁江山】bàn bì jiāng shān ❶半壁：半邊。江山：國土。指國家經過戰亂後保存下來的或喪失掉的部分國土。清代蔣士詮《冬青樹•提綱》："半壁江山，比五季朝廷尤小？"蔡東藩《兩晉演義》一回："淝水一役，大破苻秦，半壁江山，僥倖保全。"◇大遼王朝最強盛時期，曾經雄霸中國北部半壁江山。❷比喻事物佔到一半。◇中小企業發展迅速，已佔香港經濟的半壁江山。同 殘山剩水。反 一統天下、金甌無缺。

【半籌莫展】bàn chóu mò zhǎn 半條計策也拿不出來。比喻一點辦法也沒有。《封神演義》四四回："且說子牙坐在相府，與諸將商議破陣之策，默默不言，半籌莫展。"清代無名氏《繡鞋記》一六回："左右躊躇，半籌莫展，遂即採服毒草身死。"茅盾《子夜》一六："簇新的一個希望又忽然破滅了。他那顆心又僵硬了似的半籌莫展。"◇他急得抓耳搔腮，在原地團團亂轉，半籌莫展。同 半籌不納、束手無策。反 急中生智、情急智生。

【協力同心】xié lì tóng xīn 團結一致，共同努力。唐代吳兢《貞觀政要•政體第二》："然耳目股肱，寄於卿輩，既義均一體，宜協力同心，事有不安，可極言無隱。”《三國演義》一回：“我莊後有一桃園，花開正盛。明日當於園中祭告天地，我三人結為兄弟，協力同心，然後可圖大事。”《水滸傳》六二回：“眾軍摩拳擦掌，諸將協力同心。等梁山泊軍馬到來，便要建功。”同 同心協力。反 四分五裂。

【卓有成效】zhuó yǒu chéng xiào 卓：卓越不凡。有突出的成績和效果。何滿子《“他們的菩薩靈”主義》：“中國的新文藝，從魯迅起，就提倡吸取世界進步藝術的營養，而且卓有成效，這有‘五四’以來新文學的史實為證。”◇銀行監管體系進行了許多卓有成效的改革。同 立竿見影、行之有效。反 無濟於事、勞而無功。

【卓爾不群】zhuó ěr bù qún 卓爾：突出的樣子。形容超群出眾。《論語•子罕》：“如有所立卓爾。”《漢書•景十三王傳贊》：“夫唯大雅，卓爾不群，河間獻王近之矣。”唐代楊炯《後周明威將軍梁公神道碑》：“惟公弱不好弄，卓爾不群。”◇在一群無能之輩中突顯出來，叫做“鶴立雞群”，至於出類拔萃，那就稱為“卓爾不群”了。同 卓爾出群、卓犖不群。反 樗櫟庸材、碌碌無能。

【卑躬屈節】bēi gōng qū jié 卑躬：彎腰。屈節：降低人格。形容低聲下氣地作出逢迎的姿態，奉承討好別人。《官場現形記》五七回：“單道台至此方才卑躬屈節的口稱：‘職道才進來，因見大帥有公事，所以不敢驚動。’”鄭振鐸《桂公塘》三：“求和的，投降的使臣們不知見了千千萬萬，只有哀懇的，苦訴的，卑躬屈節的，卻從來不曾見過像這位蠻子般的那末侃侃而談，旁若無人的氣概。”張恨水《金粉世家》四二回：“大爺這樣卑躬屈節，大概是有事求我。你就乾脆説罷，要我辦甚麼事？”同 卑躬屈膝。反 方正不阿。

【卑躬屈膝】bēi gōng qū xī 卑躬：彎腰。屈膝：下跪。形容低聲下氣地作出逢迎的姿態，奉承討好別人。宋代魏了翁《江陵州叢蘭精舍記》：“公卿大臣皆卑躬屈膝唯後，雖謝安石之賢也，而猶不能免。”◇對小人物呼三喝四，對大人物卑躬屈膝，這就是一些人的臉譜。同 卑躬屈節、奴顏卑膝。反 高風亮節、堅貞不屈。

【卑鄙無恥】bēi bǐ wú chǐ 品質惡劣，毫無廉恥。《官場現形記》三五回：“辦你個‘膽大鑽營，卑鄙無恥。’下去候着吧。”聞一多《最後一次講演》：“反動派挑撥離間，卑鄙無恥，你們看見聯大走了，學生放暑假了，便以為我們沒有力量了嗎？”金庸《笑傲江湖》十章：“令狐沖笑道：‘對付卑鄙無恥之徒，説不得，只好用點卑鄙無恥的手段。’”同 厚顏無恥。反 正氣凜然。

【卑鄙齷齪】bēi bǐ wò chuò 齷齪：骯髒。品質惡劣，行為下流。明代唐順之《答俞教諭》：“其於卑鄙齷齪越禮放法者，固未嘗敢有雷同隨俗之心，而其間尚可告語轉移者，亦豈敢遂無憫惜愛護之心而遽疾之如讎者哉！”馮玉祥《我的生活》第四章：“一批利慾熏心的官僚政客，用種種卑鄙齷齪的方法，從旁推波助瀾。”林語堂《京華煙雲》四一：“他發現學院越小，政客越多，裏面的政爭越複雜。那些人的卑鄙齷齪胸襟狹小，很使他受刺激。”同 卑鄙無恥、卑鄙下流。反 德高望重、一身正氣。

【卑辭(詞)厚禮】bēi cí hòu lǐ 言辭謙卑，禮物豐厚。表示聘請賢士的誠意或待人極其恭敬。《後漢書•許劭傳》：“曹操微時，常卑辭厚禮求為己目。”明代余邵魚《周朝秘史》一二二回：“太子聞衞人荊軻賢，遂卑詞厚禮請而見之，與之議論。”金庸《倚天屠龍記》九章：“這老者便是高麗青龍派的掌門人，名叫泉建男，是嶺南‘三江幫’幫主卑詞厚禮的從高麗聘請而來。”同 卑辭厚幣。

【南山可移】nán shān kě yí 典出《新唐書•李元紘傳》：“元紘早修謹，仕為雍州司戶參軍。時太平公主勢震天下，百司順望風指，嘗與民競碾磑，元紘還之民。長史竇懷貞大驚，趣改之，元紘大署判後曰：‘南山可移，判不可搖也。’”指終南山可以移動，案件的判詞不可動搖更改。後來用“南山可移”反襯既經判定的案件不可改變，拒絕權勢、人情干擾司法。清代紀昀《閱微草堂筆記•灤陽消夏錄三》：“問官申辯百端，終以為南山可移，此案不動。”

【南征北戰】nán zhēng běi zhàn 泛指轉戰南北，經歷許多戰鬥。宋代李燾《續資治通鑒長編•太祖開寶元年》：“普曰：‘陛下小天下耶？南征北戰，今其時也，願聞成算所向。’”《説唐》十五回：“我家世代忠良，我們赤心為國，南征北戰，平定中原。”同 東討西伐。

【南柯一夢】nán kē yī mèng 唐代李公佐《南柯太守傳》：淳于棼在夢中到了大槐安國，娶了公主，被封為南柯郡太守，享盡榮華富貴。醒來後發現，大槐安國原來是住宅南邊大槐樹下的一個螞蟻洞。後用以：❶ 代指夢。宋代黃庭堅《戲答荊州王充道烹茶詩》：“為公喚醒荊州夢，可待南柯一夢成。”《警世通言•趙太祖千里送京娘》：“可憐閨秀千金女，化作南柯一夢人。”《兒女英雄傳》二二回：“登時急得一身冷汗，啊呀一聲醒來，卻是南柯一夢。”❷ 借指夢想或空歡喜一場。元代鄭德輝《倩女離魂》三折：“分明見王生，説得了官也，醒來卻是南柯一夢。”《水滸傳》六回：“可憐兩個強徒，化作南柯一夢。”同 夢裏南柯。

【南風不競】nán fēng bù jìng《左傳•襄公十九年》：“晉人聞有楚師，師曠曰：‘不害，吾驟歌北風，又歌南風，南風不競，多死聲，楚必無功。’”杜預注：“歌者吹律以詠八風，南風音微，故曰不競也。師曠唯歌南北風者，聽晉楚之強弱。”風：指曲調；競：強。指南方的音樂曲調不強勁，原比喻楚軍士氣不振，力量衰弱，出師無功，後喻指競賽或競爭中勢弱，顯示敗跡。南朝宋代劉義慶《世説新語•方正》：“王子敬數歲時，嘗看諸門生樗蒲，見有勝負，因曰：‘南風不競’。”唐代賈至《燕歌行》：“君不見隋家昔為天下宰，窮兵黷武征遼海；南風不競多死聲，鼓隊旗折黃雲橫。”

【南冠楚囚】nán guān chǔ qiú《左傳•成公九年》：“晉侯觀於軍府，見鍾儀，問之曰：‘南冠而縶者，誰也？’有司對曰：‘鄭人所獻楚囚也。’使稅之。”南冠：春秋時楚人戴的帽子。稅：通“脱”，釋放。“南冠楚囚”指被俘的楚國囚犯，後用來泛指囚犯或戰俘。宋代嚴日益《題汪水雲詩卷》詩：“南冠楚囚血化碧，恨入《胡笳十八拍》。”清代遯廬《童子軍•警鼓》：“百戰功名今在否，怕只怕南冠楚囚，還讀甚兵謀共將謀。”

【南郭先生】nán guō xiān sheng《韓非子•內儲説上》：“齊宣王使人吹竽，必三百人。南郭處士請為王吹竽，宣王説之，廩食以數百人。宣王死，湣王立，好一一聽之，處士逃。”南郭：複姓。後以“南郭先生”比喻無真才實學而混在行家裏面充數的人。《晉書•劉寔傳》：“推賢之風不立，濫舉之法不改，則南郭先生之徒盈於朝矣。”清代朱彝尊《趙壎傳》：“趙壎，字伯友，新喻人，元至正中貢於鄉，官上猶教諭，人目為南郭先生。”◇執業資格制度的推行將使濫竽充數的“南郭先生 ”的生存空間越來越小。同 南郭處士。

【南腔北調】nán qiāng běi diào ❶ 各種地方戲曲的腔調或各地獨具的方言音。清代趙翼《檐曝雜記》卷一：“每數十步間一戲臺，南腔北調，備四方之樂。”清代富察敦崇《燕京歲時記•封臺》：“象聲即口技，能學百鳥音，並能作南腔北調。”❷ 形容口音不純，夾雜不同的方言音。《儒林外史》十一回：“三間東倒西歪屋，一個南腔北調人。”◇我的口音不南不北，不入流，不合調，是典型的南腔北調。

【南箕北斗】nán jī běi dǒu 箕宿與斗宿。箕宿四個星，像簸箕；斗宿六個星，像古代盛酒的斗。當箕斗一並在天空出現時，箕在南而斗在北。《詩經•大東》：“維南有箕，不可以簸揚；維北有斗，不可以挹酒漿。”後即用“南箕北斗”喻有名無實。《魏書•李崇傳》：“今國子雖有學官之名，而無教授之實，何異兔絲燕麥、南箕北斗哉！”《陳書•後主紀》：“且取備實難，舉長或易，小大之用，明言所施，勿得南箕北斗，名而非實。”同 兔絲燕麥、燕麥兔絲。

【南轅北轍】nán yuán běi zhé 轅：車前駕牲口的兩根直木；轍：車輪滾壓出的痕跡。《戰國策·魏策四》：有個人要到南方楚國去，卻駕着車往北走，別人説他走錯了，他硬説能走到。後用“南轅北轍”比喻所採取的行動和所要達到的目的相反。明代高攀龍《答涇陽論儒佛善字不同》：“今日談學者都將佛宗來證聖學，實無有知吾聖人之道者。若果知之，自見彼此正如南轅北轍，如何合得。”清代魏源《〈書古微〉序》：“南轅北轍，誣聖師心，背理害道，不可勝數。”◇南轅北轍，刻舟求劍，愚蠢的行為是聰明人無法理解的。同 北轍南轅。

【南鷂北鷹】nán yào běi yīng《晉書·崔洪傳》記載，晉武帝時，博陵人崔洪，以清厲剛直著稱，官至御史，朝中同僚都懼怕他，時人為之語曰：“叢生棘刺，來自博陵，在南為鷂，在北為鷹。”鷂、鷹：兩種猛禽。後用為“南鷂北鷹”，指在南面就像鷂一樣，在北面就像鷹一樣，比喻為人剛直嚴峻，也比喻強勁有力。宋代呂南公《和酬道先高秋見寄之句》：“千秋治亂三鍾酒，萬里關河一畝宮；南鷂北鷹方得志，更誰迂闊問哀鴻。”

【博士買驢】bó shì mǎi lǘ 見“三紙無驢”。

【博大精深】bó dà jīng shēn 學識廣博豐富，思想理論精微深奧。明代徐光啟《勾股義序》：“如若思者，可謂博大精深，繼神禹之絕學者矣。”清代王棻《答王子裳書》：“國朝學派，遠勝前代，故其詩文博大精深，無體不備。”張岱年《研究傳統，理解傳統，超越傳統》：“人們常説中國傳統文化博大精深，這並非虛誇之詞，而是歷史事實。”吳昌綬《致繆荃孫》：“楊先生所著，博大精深，三百年來無此作。”◇中國傳統醫學寶庫博大精深，源遠流長。同 精深博大。反 末學膚受。

【博古知今】bó gǔ zhī jīn 通曉古代的事情，熟知現代的事情，知識淵博。《孔子家語·觀周》：“吾聞老聃博古知今，通禮樂之原，明道德之歸，則吾師也。”唐玄宗《答裴光庭請修續春秋手詔》：“卿博古知今，通才達識。”◇他的祖父是一位知名當世、博古知今的大學問家。同 博古通今、通今博古。反 孤陋寡聞、淺見薄識。

【博古通今】bó gǔ tōng jīn 通曉古往今來的事情。形容知識豐富。《晉書·石崇傳》：“君侯博古通今，察遠照邇，願加三思。”《三國演義》三二回：“(曹丕）八歲屬文，有逸才，博古通今。”《鏡花緣》五回：“你向有才女之名，最是博古通今，可曾見過靈芝、鐵樹均在殘冬開花？”◇要求如今的年輕人博古通今不合時宜，通今能做到，博古就難。同 博古知今、博學多才。反 目不識丁、孤陋寡聞。

【博物多聞】bó wù duō wén 見“博物洽聞”。

【博物洽聞】bó wù qià wén 洽：廣博。形容知識淵博，通識眾物，見多識廣。《漢書·司馬遷傳贊》：“以遷之博物洽聞，而不能以知自全，既陷極刑，幽而發憤，書亦信矣。”明代周楫《西湖二集·薰蕕不同器》：“晉朝尚書張華，字茂先，性好讀書，徙居之時，載書三十乘，博物洽聞，世無與比。”也作“博物多聞”。《後漢書·周榮傳》：“蘊櫝古今，博物多聞，《三墳》之篇，《五典》之策，無所不覽。”明代周楫《西湖二集·壽禪師兩生符宿願》：“宋景濂博物多聞，世無與比。”同 博學多聞。反 目不識丁。

【博洽多聞】bó qià duō wén 學識廣博，所見所聞極其豐富。《後漢書·杜林傳》：“林從竦受學，博洽多聞，時稱通儒。”《明史·李鉞鄭曉等傳贊》：“鄭曉諳識掌故，博洽多聞，兼資文武，所在著效，亦不愧名臣云。”◇他從開普敦回國教書，博洽多聞，地理知識尤為豐富，學生都喜歡聽他的地理和歷史課。同 博物洽聞、博聞強記。反 孤陋寡聞、寡聞少見。

【博採(采)眾長】bó cǎi zhòng cháng 廣泛地吸收和採納各家的長處。秦牧《從名家改筆中學習修辭本領》：“這可以幫助人把零碎的經驗條理化，在正確理論的指引下，人們也更能博採眾長以發展一己之長。”◇藝術大師有哪一個不是博採眾長，千錘百煉，從畢生的刻苦勤奮中，摸索出獨闢蹊徑的藝術道路呢？同 集思廣益。反 自以為是。

【博聞強(彊)志】bó wén qiáng zhì 志：記住。見聞廣博，知識豐富，記憶力強。《荀子•解蔽》：“博聞彊志，不合王制，君子賤之。”《史記•屈原賈生列傳》：“屈原者，名平……博聞彊志，明於治亂，嫻於辭令。”◇這姑娘博聞強志，可不是等閒之人，讀經典過目不忘，聽別人談話能一字不差地復述出來。同 博聞強記、博聞強識。

【博聞強(彊)記】bó wén qiáng jì 見聞廣博，知識豐富，記憶力強。《燕丹子》卷中：“光所知荊軻，神勇之人，怒而色不變。為人博聞強記，體烈骨壯，不拘小節，欲立大功。”《史記•孟子荀卿列傳》：“淳于髡，齊人也，博聞彊記，學無所主。”同 博聞強識、過目不忘。

【博聞強識】bó wén qiáng zhì 識：記住。見聞廣博，記憶力強。《禮記•曲禮上》：“博聞彊（強）識而讓，敦善行而不怠，謂之君子。”漢代王充《論衡•超奇》：“好學勤力，博聞強識，世間多有。”宋代蘇軾《林希中書舍人》：“具官林希，博聞強識，篤學力行，綽有建安之風。”◇你們年輕人博聞強識，風頭正勁，像我這老頭子，江河日下了。同 博聞強志、博聞強記。反 稀裏糊塗、井中之蛙。

【博學多才】bó xué duō cái 學識淵博，有多方面的才能。《晉書•郤詵傳》：“詵博學多才，瓌偉倜儻，不拘細行，州郡禮命並不應。”《三國演義》二九回：“肅又薦一人見孫權，此人博學多才，事母至孝，覆姓諸葛，名瑾，字子瑜，琅玡南陽人也。”也作“博學多能”。宋代陳亮《祭石天民知軍文》：“博學多能，孰與蘊藉風流！”《警世通言•李謫仙醉草嚇蠻書》：“臣啟陛下，臣家有一秀才，姓李名白，博學多能。”同 博學宏才。反 不學無術。

【博學多能】bó xué duō néng 見“博學多才”。

【博學多聞】bó xué duō wén 學識淵博，見聞豐富。《文子•精誠》：“末世之學者，不知道之所體一，德之所總要，取成事之跡，跪坐而言之，雖博學多聞，不免於亂。”元代同恕《贈嘉議大夫禮部尚書郭公神道碑銘》：“天資高朗，博學多聞，嫻於國言，大臣許其詳辯。”郁達夫《浙江的今古》：“博學多聞如蘇東坡，解說三江，尚多歧異，餘人可以不必說了。”也作“博學洽聞”。洽：廣博。《東觀漢記•周舉傳》：“博學洽聞，為儒者所宗。”《晉書•荀顗傳》：“性至孝，總角知名，博學洽聞，理思周密。”同 博物洽聞。

【博學洽聞】bó xué qià wén 見“博學多聞”。

【博覽群書】bó lǎn qún shū 廣泛地閱讀各種書籍。形容讀書極多，學識淵博。《北史•庾信傳》：“信幼而俊邁，聰敏絕倫，博覽群書，尤善《春秋左氏傳》。”元代無名氏《延安府》二折：“博覽群書貫九經，鳳凰池上敢崢嶸。”清代李清《三垣筆記》下：“錢宗伯謙益博覽群書，尤苦心史學。”葉聖陶《書的夜話》：“在報上刊登預告，把他的名字寫得飯碗一樣大，還加上‘讀書大家’‘博覽群書’一類的字眼。”同 博極群書。反 目不識丁。

卜部

【卜晝卜夜】bǔ zhòu bǔ yè 卜：占卜。《左傳•莊公二十二年》載：齊桓公到敬仲家喝酒，很快樂，一直到晚上，桓公命點燈繼續喝下去。敬仲說：“臣卜其晝，未卜其夜，不敢。”說白天飲酒已占卜過了，夜裏卻沒有，恐怕不吉利，故不敢答應。後用“卜晝卜夜”形容不分晝夜地盡情作樂或工作、學習。清代羅安《傷侈俗》詩：“卜晝卜夜恣號呶，飲食糜費若流水。”清代捧花生《畫舫餘談》：“（吸鴉片者）熒熒一燈，卜晝卜夜，吞吸無厭。”◇民眾擰成一股繩，築堤防汛，卜晝卜夜艱苦奮鬥，終於渡過了汛期。同 卜夜卜晝、日以繼夜。

卩 部

【卬首信眉】áng shǒu shēn méi 見“昂首伸眉”。

【危在旦夕】wēi zài dàn xī 形容危險就在早晚之間、就在眼前。《三國志·太史慈傳》：“今管亥暴亂，北海被圍，孤窮無援，危在旦夕。”《聊齋誌異·蓮花公主》：“真千古未見之凶，萬代不遭之禍！社稷宗廟，危在旦夕。” ◇金融風暴，罷工風潮，貨品積壓，我已經危在旦夕了，你再逼債，這是要我的命啊！同 危如累卵、危如朝露。反 安如磐石、穩如泰山。

【危如纍卵】wēi rú lěi luǎn 像疊起的蛋隨時會跌下來一樣危險。形容形勢危急。《戰國策·趙策一》：“君之立於天下，危於纍卵。”《水滸傳》六三回：“大名危如纍卵，破在旦夕，倘或失陷，河北縣郡，如之奈何？”同 危於纍卵、危若朝露。反 磐石之固、安如泰山。

【危言聳聽】wēi yán sǒng tīng 故作驚人之語，令人吃驚。魯迅《僞自由書·文學上的折扣》：“戰國時談士蜂起，不是以危言聳聽，就是以美詞動聽，於是誇大，裝腔，撒謊，層出不窮。” ◇你別危言聳聽來嚇唬我，我才不怕呢！同 危言悚聽、聳人聽聞。

【危機四伏】wēi jī sì fú 到處隱藏着危險的禍根。蔡東藩《民國通俗演義》一一三回：“而以目前國勢而論，外交艱難，計政匱虛，民困既甚，危機四伏。”茅盾《子夜》九：“他忍不住上前一步，很嚴重地對杜新籜說：‘不要太樂觀。上海此時也是危機四伏。’” ◇專制獨裁統治，已使得國家民怨沸騰，危機四伏。同 險象環生。

【即鹿無虞】jí lù wú yú 虞：古代掌管山林湖澤的官。打獵追捕鹿時如無熟悉地形的虞官相助就只能是空入山林。比喻做事要準備好必要條件，不然就很難成功。《易經·屯》：“即鹿無虞，惟入於林中。”唐代李咸用《田獲之狐賦》：“我章斯銀，我綬斯朱，安比夫求魚靡餌、即鹿無虞哉？”宋代蘇軾《上神宗皇帝書》：“今欲鑿空尋訪水利，所謂即鹿無虞，豈惟徒勞，必大煩擾。”也作“無虞即鹿”。唐代邵說《筌蹄賦》：“好之者徒發歎於終日，觀之者空起羨於臨川，斯無虞於即鹿，寧有望於烹鮮？”

【即景生情】jí jǐng shēng qíng 即：就。面對眼前的情景，觸發了某種情緒或感慨。明代郎瑛《七修類稿·碧沚詩》：“（此詩）第七句關鎖處，即景生情，警拔深契。”清代李漁《閒情偶寄·辭采第二》：“善詠物者，妙在即景生情。”茅盾《讀書雜記》：“作者描寫自然環境，常常有即景生情，籠蓋全局之妙。同 觸景生情、見景生情。反 視而不見、無動於衷。

【卷旗息鼓】juǎn qí xī gǔ ❶把旗幟捲攏，停止擂鼓。指停止進攻或行軍時隱蔽行蹤。《西遊記》七六回：“那城上大小妖精，一個個跑下，將城門大開，吩咐各營卷旗息鼓，不許吶喊篩鑼。”清代李百川《綠野仙蹤》二六回：“卷旗息鼓，晝夜潛行，到了永城地界。”清代無名氏《乾隆下江南》一二回：“只見周日清送信去後，果然兩路官兵，安紮莊外，卷旗息鼓，住了數日。”❷比喻終止某種行動。清代孫郁《繡幃燈·公討》：“須等那不賢之婦親口道允，我等才卷旗息鼓，暫寬一時。”同 捲旗息鼓、偃旗息鼓。反 大張旗鼓。

【卸磨殺驢】xiè mò shā lǘ 磨完東西後，把拉磨的驢卸下來殺掉。比喻事成之後就迫害或拋棄曾經為自己效力的人。單田芳《百年風雲》八八回：“桂良手拈鬍鬚，轉着眼睛說：‘還須提防她卸磨殺驢呀！’” ◇有甚麼好奇怪的，事情做完了就要卸磨殺驢，從古到今，都是這樣的。同 過河拆橋、過橋抽板。

【卻之不恭】què zhī bù gōng《孟子·萬章下》：“‘卻之卻之為不恭’，何哉？”指一再拒絕人家的禮是不恭敬，這是為何呢？後省作“卻之不恭”，指拒絕別人的饋贈或邀請就顯得不恭敬。常用為接受邀請或饋贈的客套話。明代沈德符《野獲編·戊戌謗書》附《閨鑒圖說跋》："此賢妃敬賢之禮，卻之不恭，是當諒其心矣。"《金瓶梅詞話》七回："婆子道：'官人倘然要說俺姪兒媳婦，自恁來閒講便了，何必費煩，又買禮來，使老身卻之不恭，受之有愧。"鄒韜奮《經歷·慘淡經營之後》："那公司……特派一位'裝設工程師'到我們報館裏來設計，我們覺得卻之不恭，只好讓他勞駕。"同 情不可卻、盛情難卻。

【卻病延年】què bìng yán nián 消除疾病，延長壽命。《警世通言·宋小官團圓破氈笠》："貧僧今教授檀越，若日誦一遍，可以息諸妄念，卻病延年，有無窮利益。"清代富察敦崇《燕京歲時記·白雲觀》："相傳十八日夜內必有仙真下降，或幻遊人，或化乞丐，有緣遇之者，得以卻病延年。"魯迅《且介亭雜文·病後雜談》："第一種的名稱不大好聽，第二種卻也是卻病延年的要訣，連古之儒者也並不諱言的。"

【卿卿我我】qīng qīng wǒ wǒ《世說新語·惑溺》："王安豐婦常卿安豐。安豐曰：'婦人卿婿，於禮為不敬，後勿復爾。'婦曰：'親卿愛卿，是以卿卿。我不卿卿，誰當卿卿？'遂恆聽之。"後用"卿卿我我"形容夫妻或相愛男女非常親密。◇兩人新婚不久，卿卿我我，形影不離／她寫的小說盡是些卿卿我我、悲悲切切的東西。

厂部

【厚今薄古】hòu jīn bó gǔ 重視現代的，輕視或忽視古代的。多指學術研究或文藝創作方面的一種現象。吳晗《厚今薄古和古為今用》："厚今薄古和古為今用是一句話、一件事的兩面。"反 厚古薄今。

【厚古薄今】hòu gǔ bó jīn 重視古代的，輕視現代的。多指學術研究或文藝創作方面的一種現象。宋代米芾《蠶賦》："由斯而言，則予之功，非卻厚古而薄今，時之異也。"吳晗《厚今薄古和古為今用》："幾十年來的舊中國的學術界，籠罩着一片厚古薄今的氣氛。"反 厚今薄古。

【厚此薄彼】hòu cǐ bó bǐ 重視或優待一方，輕視或冷遇另一方，有偏向。宋代朱熹《朱子語類》卷四："或厚於此而薄於彼，或通於彼而塞於此。"明代袁宏道《廣莊·養生主》："皆吾生即皆吾養，不宜厚此薄彼。"◇對待下屬務求一視同仁，不可厚此薄彼。反 一視同仁、不偏不倚。

【厚重少文】hòu zhòng shǎo wén 見"重厚少文"。

【厚貌深情】hòu mào shēn qíng ❶ 指人外貌樸實忠厚而內心蘊藏深厚的思想感情，其情感並不流露於外表及言語。《莊子·列御寇》："凡人心險於山川，難於知天；天猶有春秋冬夏旦暮之期，人者厚貌深情。"三國魏劉邵《人物志·八觀》："何謂觀其感變以審常度？夫人厚貌深情，將欲求之必觀其辭旨，察其應贊，夫觀其辭旨猶聽音之善醜，察其應贊猶視知之能否也。"❷ 指人外貌淳樸而內心深藏奸詐險惡。宋代黃龜年《論秦檜》："檜厚貌深情，矯言偽行，進迫君臣之勢，陽為面從；退恃朋比之奸，陰謀沮格。"《元史·許有壬傳》："積分雖未盡善，然可得博學能文之士。若曰惟德行之擇，其名固佳，恐皆厚貌深情、專意外飾或懵不能識丁矣。"

【厚顏無恥】hòu yán wú chǐ 顏：臉面。《詩經·巧言》："巧言如簧，顏之厚矣。"說臉皮厚，不知羞恥。◇欺上瞞下，投機漁利，厚顏無恥／沒見過像他這樣厚顏無恥的人！同 恬不知恥、寡廉鮮恥。反 知書達理、澡身浴德。

【厝火積薪】cuò huǒ jī xīn 厝：安放。薪：柴草。把火安放在堆積的柴草之下。比喻隱患極大，危險不安全。漢代賈誼《新書·數寧》："夫抱火厝之積薪之下，而寢其上，火未及燃，因謂之安，偷安者也。"蔡東藩《民國通俗演義》八五回："既同處厝火積薪之會，當愈勵揮戈反日之忠。"◇亂砍亂伐山林，就是"厝火積薪”，早晚會受到大自然的懲罰。同 積薪厝火、厝薪於火。

【原形畢露】yuán xíng bì lù 畢：全、都。本來面目完全暴露了出來。清代錢泳《履園叢話》卷一六：“狐女曰：‘將衣求印，原冀升天，詎意被其一火，原形畢露，骨肉僅存，死期將至。’”聞一多《一個白日夢》：“怕只怕一得意，吹得太使勁兒，泡炸了，到那時原形畢露。”同 暴露無遺、真相大白。反 剖腹藏珠、秘而不宣。

【原始要終】yuán shǐ yāo zhōng 探求事物的起源和結果。原：探究。要：總結，歸納。《易經•繫辭下》：“《易》之為書也，原始要終以為質也。”《三國志•明帝紀》：“夫謚以表行，廟以存容，皆於既沒然後着焉，所以原始要終，以示百世也。”唐代劉知幾《史通•忤時》：“凡此諸家，其流蓋廣。莫不賾彼泉藪，尋其枝葉，原始要終，備知之矣。”◇所謂哲學，就是探究世界，原始要終，找出其間的因果關係及其變化。同 原始察終。

【原封不動】yuán fēng bù dòng 封：封口。原來的封口沒有動過。比喻保持原樣，沒有變動。元代王仲文《救孝子》四折：“是你的老婆，這等呵，我可也原封不動，送還你罷。”《警世通言•呂大郎還金完骨肉》：“搭膊裏面銀兩，原封不動。”◇一個月過去了，事情還是原封不動地拖着。同 原封未動。反 面目全非。

【原原本本】yuán yuán běn běn 元：本、始。也作“元元本本”。指探清事物的始源，追根究底。漢代班固《西都賦》：“元元本本，殫見洽聞。”《漢書•敘傳下》：“元元本本，數始於一。”唐代張說《四門助教尹先生墓誌》：“故每外和內厲，元元本本，學者如斯，不舍晝夜。”後來多寫成“原原本本”，指事物從始到終的全過程或全部情況。《二十年目睹之怪現狀》五三回：“縣裏接了一個呈子，是告一個鹽商的，說那鹽商從前當過長毛……都敘得原原本本。”茅盾《清明前後》第三幕：“剛才在下邊，她原原本本都告訴了我了。”反 丟三落四、殘缺不全。

【厲行節約】lì xíng jié yuē 厲：嚴格。嚴格地實行節約。◇政府厲行節約，以求減少赤字。同 精打細算。反 鋪張浪費。

【厲兵秣馬】lì bīng mò mǎ ❶厲：同“礪”，磨。秣：餵。磨快兵器，餵飽戰馬。形容做好戰鬥準備。《左傳•僖公三十三年》：“鄭穆公使視客館，則束載、厲兵、秣馬矣。”《晉書•姚萇傳》：“願布德行仁，招賢納士，厲兵秣馬，以候天機。”宋代李綱《奉詔條具邊防利害奏狀》：“選將練卒，厲兵秣馬，聚財積穀，應機而作。”❷泛指做好準備工作，隨時投入某項工作或競爭與對抗性的活動。◇運動員正厲兵秣馬，力爭奪取好成績／汛期即將臨近，沿江各省厲兵秣馬防洪災。同 秣馬厲兵、枕戈待旦。

厶部

【去末歸本】qù mò guī běn 去：棄。末：非根本的。中國古代以農為本，以工商為末。指捨棄工商業，回到農業生產上去。《漢書•地理志下》：“信臣勸民農桑，去末歸本，郡以殷富。”《後漢書•章帝本紀》：“比年陰陽不調，饑饉屢臻。深惟先帝憂人之本，……誠欲元元去末歸本。”同 強本抑末。

【去本逐末】qù běn zhú mò 拋棄根本的不顧，卻去追求次要的、可有可無的。也作“捐本逐末”。《漢書•食貨志下》：“自喪亂以來，農桑不修，遊食者多，皆由去本逐末故也。”《北史•李諤傳》：“捐本逐末，流遍華壤，遞相師祖，久而愈扇。”同 捨本求末、本末倒置。

【去泰去甚】qù tài qù shèn《老子》二九章：“是以聖人去甚、去奢、去泰。”泰、甚：過分。後以“去泰去甚”表示凡事要適可而止，不可過分。晉代左思《魏都賦》：“匪樸匪斲，去泰去甚。”《四庫全書總目提要》卷一四二：“今惟去泰去甚，擇尤雅者錄之。”◇公司擴張速度不宜太快，去泰去甚，穩健最好。同 適可而止、留有餘地。反 不留餘地。

【去偽存真】qù wěi cún zhēn 除掉虛假的，留下真實的。《續傳燈錄•和州褒禪溥禪師》："權衡在手，明鏡當台，可以摧邪輔正，可以去偽存真。"清代閻爾梅《汪仲履〈地理書〉序》："今汪氏取先天後晉唐諸書，……嚴刪明注，去偽存真，既無師心之病，又無泥古之失。"◇具有健康生理機能的人，都應努力於吸收營養而排除毒素，具有健全理智的人，都應作去粗取精、去偽存真的努力。同 棄偽存真。反 魚龍混雜、泥沙俱下。

【去粗取精】qù cū qǔ jīng 除去粗糙的、次要的，留取精粹的、核心的。◇人類歷史發展的連續性，就是在不斷去粗取精、繼往開來和改革創新過程中實現的 / 本書編寫中力求去粗取精，去偽存真，以便化繁為簡地把資訊精華介紹給讀者。同 去蕪存精、披沙揀金。反 買櫝還珠。

【去就之分】qù jiù zhī fēn 去就：進退或取捨。分：分寸。指進退、取捨之際應持的態度。漢代司馬遷《報任少卿書》："僕雖怯懦，欲苟活，亦頗識去就之分矣。"漢代楊惲《報孫會宗書》："夫西河魏土，文侯所興。有段干木、田子方之遺風，凜然皆有節概，知去就之分。"《三國演義》七八回："夫際會之間，請命乞身，何哉？欲潔去就之分也。"◇對待名利、地位、金錢，要保持正確的去就之分。

【參差不齊】cēn cī bù qí《詩經•關雎》："參差荇菜，左右采之。"後用"參差不齊"形容不一致、不整齊。《漢書•揚雄傳下》："仲尼以來，國君將相，卿士名臣，參差不齊，壹概諸聖。"唐代柳宗元《覆吳子松說》："又何獨疑茲膚之奇詭，與人之賢不肖、壽夭、貴賤參差不齊者哉。"《官場現形記》一回："禮生見他們參差不齊，也只好由着他們敷衍了事。"艾蕪《森林中》："細葉和闊葉的常綠樹叢，從坡腳一直到坡頂，參差不齊地滿佈着，都在焦辣的太陽烘照之下，反射起無數的光點。"同 參差不一。

【參差錯落】cēn cī cuò luò 形容前後遠近、上下高低、長短粗細或分佈等交錯不齊。《老殘遊記》十回："那七個鈴便不一齊都響，亦復參差錯落，應機赴節。"朱自清《論雅俗共賞》："我們看韓愈的'氣盛言宜'的理論和他的參差錯落的文句，也正是多多少少在口語化。"◇月光隔了樹林照過來，高處叢生的灌木，落下了參差錯落的黑影。同 參差不齊。

【參透機關】cān tòu jī guān 徹底認清、看破了其中的奧妙、秘密或陰謀。《醒世恆言•喬太守亂點鴛鴦譜》："那知孫寡婦已先參透機關，將個假貨送來。"◇他已參透機關，所以也不再就這次的交易多說甚麼了。反 不知就裏。

【參橫斗轉】shēn héng dǒu zhuǎn 參星和北斗轉向移位。指夜色轉深，或天色將明。宋代蘇軾《六月二十日夜渡海》詩："參橫斗轉欲三更，苦雨終風也解晴。"元代滕斌《梅花百詠•夢梅》："何處遊仙睡覺遲，羅浮山下赴深期。一聲吹徹霜天角，正是參橫斗轉時。"同 斗轉參橫。

又部

【反戈一擊】fǎn gē yī jī 戈：古代兵器。掉轉槍頭攻擊自己原來的陣營。《尚書•武成》："前徒倒戈，攻於後以北。"魯迅《墳•寫在〈墳〉後面》："又因為從舊壘中來，情形看得較為分明，反戈一擊，易致強敵的死命。"

【反水不收】fǎn shuǐ bù shōu 指水既已潑出，就不可能再收回。比喻事已成定局，無可改變。《後漢書•光武帝紀上》："於是諸將議上尊號。馬武先進曰：'天下無主，如有聖人承敝而起，雖仲尼為相，孫子為將，猶恐無能為益。反水不收，後悔無及。"同 覆水難收、後悔無及。

【反目成仇】fǎn mù chéng chóu 本來關係很好，卻因事撕破了臉，變成了仇人。《紅樓夢》五七回："娶一個天仙來，也不過三夜五夜，也就撂在脖子後頭了，甚至於憐新棄舊，反目成仇的多着呢。"◇四個人本是結拜兄弟，為了一筆生意上的事，竟然反目成仇。同 反面無情、翻臉無情。反 不計前嫌、捐棄前嫌。

【反老還童】fǎn lǎo huán tóng 見"返老還童"。

【反求諸己】fǎn qiú zhū jǐ 反過來從自己身上尋找原因。表示嚴格要求自己，求人寬，責己嚴。《孟子·公孫丑上》："仁者如射，射者正己而後發。發而不中，不怨勝己者，反求諸己而已矣。"宋代朱熹《滄州精舍諭學者》："何況望其更能反求諸己，真實見得，真實行得邪！"◇一遇到問題，人們大都喜歡推諉責任，反求諸己的並不多見。同 反躬自問、"寬以待人，嚴以律己"。

【反面無情】fǎn miàn wú qíng 指翻臉不講情義。形容世態炎涼，人情澆薄。《初刻拍案驚奇》卷八："世上如此之人，就是至親好友，尚且反面無情，何況一飯之恩，一面之識。"《歧路燈》三一回："誰知他反面無情，倒說童生盜他戲衣。"同 翻臉無情、恩將仇報。反 深情厚誼、情義深重。

【反客為主】fǎn kè wéi zhǔ ❶ 客人反而成了主人。多指主人與客人的位置顛倒了過來，客人代替主人說話或做事。《兒女英雄傳》四回："心裏正在為難，只聽得那女子反客為主，讓着說道：'尊客，請屋裏坐。'"◇他還沒考慮停當，她已然替他一口答應下來，轉過身對他說了一句："你不怪我反客為主吧？"❷ 表示變被動為主動。《三國演義》七一回："（夏侯淵）為人輕躁，恃勇少謀。可激勸士卒，拔寨前進，步步為營，誘淵來戰而擒之，此乃反客為主之法。"

【反唇相稽】fǎn chún xiāng jī 稽：計較、爭辯。《漢書·賈誼傳》："婦姑不相悅，則反唇而相稽。"後用"反唇相稽"說受到挖苦諷刺或責備質問，心裏不服氣，回嘴相向，譏諷或反責、反問對方。《聊齋誌異·段氏》："段中風不起，諸侄益肆，牛馬什物，競自取之，連詬斥之，輒反唇相稽。"茅盾《子夜》六："可是范博文竟不反唇相稽，只把身子一閃開，漲紅了臉的四小姐就被大家都看見了。"同 反唇相向。反 低聲下氣、忍氣吞聲。

【反唇相譏】fǎn chún xiāng jī 反唇：回嘴。受到指責不服氣，反過來譏諷對方。清代許叔平《裏乘·姑蘇某翁》："當其人盛怒之下，必致反唇相譏，不惟不能阻止，且可增其忿焰矣。"巴金《秋》一："'你怕甚麼？我又不會把你嫁給枚表弟，'覺民反唇相譏地說。"◇他待人尖刻，不能容人，稍有冒犯，便反唇相譏。同 反唇相稽。

【反躬自省】fǎn gōng zì xǐng 躬：自身。省：檢查，檢討。回過頭來檢討自己。宋代朱熹《答王晉輔》："自今以往，更願反躬自省，以擇乎二者之間，察其孰緩孰急以為先後。"茅盾《溫故以知新》："一部作品問世了，如果社會上沒有反響，那麼，這位作家真該反躬自省。"同 反躬自責、反躬自問、捫心自問、清夜捫心。反 嫁禍於人。

【反躬自問】fǎn gōng zì wèn 躬：自身。反過來問問自己，反省自己。◇你這麼粗暴地對待老人，不該反躬自問嗎？同 反躬自省、反躬自責。反 怙惡不悛。

【反敗為勝】fǎn bài wéi shèng 本來是敗局或處於下風，經過一番挽救周折，轉變為勝局或進據上風。《三國演義》一六回："將軍在急忙之中，能整兵堅壘，任謗任勞，使反敗為勝，雖古之名將，何以加茲！"◇經過幾個回合的比賽，她終於反敗為勝。

【反復（覆）無常】fǎn fù wú cháng 形容變過來變過去，沒有定準。宋代陳亮《與范東叔龍圖》："時事反覆無常，天運所至，亦看人事對副如何。"《喻世明言》卷三一："蕭何，你如何反復無常，又薦他，又害他？"《孽海花》一七回："叫我怎麼能赦你這反覆無常的罪呢。"郭沫若《世界和平的柱石》："在他們看來，他好像是反復無常，而在他自己卻始終一貫。"同 朝令夕改、朝三暮四。反 一以貫之、說一不二。

【反裘負芻】fǎn qiú fù chú 據《晏子春秋》等書記載：晏子到晉國去的路上，見越石父"反裘負芻"，便解下馬匹替他贖身，使之免受凍餓。後用“反裘負芻”形容人貧窮勞苦。反裘：反穿毛皮衣（古人穿裘毛朝外，毛朝裏反穿是怕磨掉毛）。負芻：背柴草。因“反裘負芻”並不能保護衣服，故也喻指愚笨，不知輕重本末。漢代劉向《新序•雜事二》：“魏文侯出遊，見路人反裘而負芻。文侯曰：‘胡為反裘而負芻？’對曰：‘臣愛其毛。’文侯曰：‘若不知其裏盡而無毛所持耶？’”也作“反裘負薪”。《宋書•范泰傳》：“故囊漏貯中，識者不吝；反裘負薪，存毛實難。”謝覺哉《反裘負薪》：“你不知道皮弄壞了，毛就無處附着嗎？”同 衣衫襤褸、衣不蔽體。反 錦衣玉食、豐衣足食。

【反裘負薪】fǎn qiú fù xīn 見“反裘負芻”。

【反經行權】fǎn jīng xíng quán《公羊傳•桓公十一年》：“權者何？權者反於經，然後有善者也……行權有道，自貶損以行權，不害人以行權。”後用“反經行道”指為順應形勢，不循常規而採取權宜變通的做法。反經：不循常規，違背常道。權：權宜變通的辦法。元代施惠《幽閨記•招商諧偶》：“倘遇不良之人、無賴之輩、強逼為婚，非惟玷污了自己，抑且所配非人。不若反經行權，成就了好事罷。”《二刻拍案驚奇》卷三二：“景先道：‘男子未娶妻，先娶妾，有此禮否？’公子道：‘固無此禮，而今客居數千里之外，只得反經行權，目下圖個伴寂寥之計。’”同 隨機應變、因勢利導、趁風使帆。反 率由舊章、食古不化、膠柱鼓瑟。

【及瓜而代】jí guā ér dài《左傳•莊公八年》：“齊侯使連稱、管至父戍葵丘。瓜時而往，曰：‘及瓜而代。’”說齊侯派連稱、管至父戍守葵丘，種瓜時到葵丘，約好待瓜熟時節派人替代他們。後用“及瓜而代”表示做官職期滿之時，由別人接替。宋代陳師道《代罷郡謝執政書》：“顧無施設之勞，不覺歲時之逝。及瓜而代，曾不滯留，奉身以還，又逃罪戾。”《東周列國誌》一四回：“及瓜而代，主公所親許也。”

【及時行樂】jí shí xíng lè《古詩十九首》：“為樂當及時，何能待來茲。”《樂府詩集•相和歌辭•董逃行五解》：“但言節物芳華，可及時行樂，無使徂齡坐徙而已。”明代汪廷訥《種玉記•互醋》：“夫人，我和你正好向花前月底，及時行樂，相賞依違。”《儒林外史》三十回：“才子佳人，正宜及時行樂，先生怎反如此說？”老舍《老張的哲學》二：“老張既無詩人的觸物興感，又無富人的及時行樂。”同 行樂及時。

【及鋒一試】jí fēng yī shì 見“及鋒而試”。

【及鋒而試】jí fēng ér shì《史記•高祖本紀》：“軍吏士卒皆山東之人也。日夜企而望歸，及其鋒而用之，可以有大功。”原指趁着士氣正旺，及時作戰。後用“及鋒而試”比喻抓住有利時機及時行動或施展才能。清代阮葵生《茶餘客話》卷七：“今之論人才者多稱及鋒而試。教職為師儒之官，有育才之職，何必待其龍鍾而始任之耶？”也作“及鋒一試”。《孽海花》三回：“然科名是讀書人的第二生命，一聽見了開考的消息，不管多壘四郊，總想及鋒一試，要青也是其中的一個。”

【取之不盡】qǔ zhī bù jìn 取用不盡。形容來源豐富。宋代朱熹《朱子語類》卷五七：“他那源頭只管來得不絕，取之不盡，用之不竭，來供自家用。”《兒女英雄傳》三七回：“這一路筆墨，只眼前幾句經書，便取之不盡，還用這等搜索枯腸去想？”巴金《談我的短篇小說》：“我們擁有取之不盡的寶山，只等我們虛心地去開發。”同 源源不斷。

【取巧圖便】qǔ qiǎo tú biàn 使用手段謀取好處，圖得便宜。◇花夠功夫，做足準備，這是取巧圖便的唯一法門／生活是最公平的法官，你在別處取巧圖便，總會在另一處得不償失。反 弄巧成拙。

【取而代之】qǔ ér dài zhī《史記•項羽本紀》：“秦始皇遊會稽，渡浙江，梁與籍俱觀，籍曰：‘彼可取而代也。’”後用“取而代之”：❶ 指奪取別人的地位、權利而代替之。宋代俞德鄰《佩韋齋輯聞》卷一：“始皇南巡會稽，高帝時年二十有七，項籍才二十三耳，已有取而代之之意。”《續孽海花》三九回：“不過自己出面攻擊，未免有取而代之的嫌疑……隨即招了一個心腹門生鍾都老爺，託其具奏。”❷泛指以一事物取代另一事物。◇昔日南岸低矮的民房早已不見，取而代之的是一片片高樓大廈。

【取長補短】qǔ cháng bǔ duǎn 吸取別人的長處，彌補自己的短處。《孟子•滕文公上》：“今滕絕長補短，將五十里也，猶可以為善國。”曹禺《王昭君》第三幕：“我看最體面的事莫過於把漢家好的東西送過去，把匈奴好的東西傳回來；取長補短，使兩家百姓歡樂富足，這就是我們的體面。”同 取長棄短、“取人之長，補己之短”。

【取信於(于)民】qǔ xìn yú mín 取得人民的信任。明代羅貫中《隋唐兩朝志傳》三四章：“周武、陳文告曰：‘大王欲取信于民，不可失約，許人一物，千金不改。’”馮雪峰《被選為王的驢子》：“為了取信於民，所以在他們宣誓了歸正的第一次大會上，仍是飄揚着那面繡着八個貼金大字……的大旗。”蕭乾《校門內外》：“也承認既然憲法上給人民以信仰及思想自由，作為執行憲法的政府，就應認真實現，方能取信於民。”同 取信於人。

【取精用宏(弘)】qǔ jīng yòng hóng《左傳•昭公七年》：“鄭雖無腆，抑諺曰蕞爾國，而三世執其政柄，其用物也弘矣，其取精也多矣。”精：精華。弘：大。後以“取精用宏”、“取精用弘”指：❶所享用的不單數量多，而且都是最好的。清代全祖望《經史問答》卷五：“若但以取精用宏為說，崔慶、欒郤、孫寧諸亂臣，孰非取精用宏者，何以不能為厲也？”沈從文《尋覓》：“公主想起爸爸久無消息，不知去向，故雖身住宮中，處理國事，取精用宏，豪華蓋世，但仍然毫無快樂可言。”❷從大量材料中選取精華，充分加以運用。況周頤《惠風詞話》卷一“尤必印證於良師益友，庶收取精用宏之益。”章炳麟《致吳君遂書》：“所苦史藏未具，取精用弘，不得其道。”孫犁《關於〈聊齋誌異〉》：“蒲松齡在文學修養方面，取精用宏。中國的志異小說，有《太平廣記》等專集，供他欣賞參考。”同 披沙揀金。

【受凍受餓】shòu dòng shòu è 因缺衣少食而遭受寒冷和飢餓。《醒世姻緣傳》五三回：“我活了四十多年紀，一生也沒有受凍受餓的事。”◇在逃難的路上，老人因受凍受餓，病情越來越重了。反 豐衣足食。

【受寵若驚】shòu chǒng ruò jīng《老子》十三章：“寵為下，得之若驚，失之若驚，是謂寵辱若驚。”意思是受寵和受辱都同樣像受到驚嚇一樣。後用“受寵若驚”表示因受寵愛而感到意外驚喜。唐代權德輿《唐故右神策護軍中尉……孫公神道碑銘序》：“積勞不伐，受寵若驚，恩波深而守以慎懼，爵祿厚而不萌侈汰。”宋代歐陽修《辭特轉吏部侍郎表》：“受寵若驚，況被非常之命；事君無隱，敢傾至懇之誠。”《官場現形記》十八回：“且說過道台承中丞這一番優待，不禁受寵若驚。”反 寵辱不驚。

【叢山峻嶺】cóng shān jùn lǐng 重重的山脈，險峻的峰嶺。◇人們傳說這叢山峻嶺裏有白額猛虎，可我在這兒生活了幾十年，從沒見過。同 重山峻嶺。反 一馬平川、沃野千里。

口 部

【口口相傳】kǒu kǒu xiāng chuán 不用文字，而以口頭講授的方式代代傳授。清代張君房《雲笈七籤》卷七十：“經云：‘知白守黑，神明自來。’是知玄為萬物母，聖人秘之，不形文字，口口相傳，知其訣者為仙耳。”明代錢德洪《〈大學問〉後記》：“門人有請錄成書者。曰：‘此須諸君口口相傳，若筆之於書，使人作一文字看過，無益矣。’”魯迅《且介亭雜文•門外文談》：“但在社會裏，倉頡也不止一個，有的在刀柄上刻一點圖，有的在門戶上畫一些畫，心心相印，口口相傳，文字就多起來。”同 口耳相傳、口傳心授。

【口口聲聲】kǒu kǒu shēng shēng 形容一次又次地說，或把某一說法經常掛在口頭上。《京本通俗說小說·西山一窟鬼》："只是吃他執拗的苦，口口聲聲只要嫁個讀書官人。"元代張可久《折桂令》曲："月下金觥，膝上瑤箏，口口聲聲，風風韻韻。"《紅樓夢》一一七回："我們的家運怎麼好？一個四丫頭口口聲聲要出家，如今又添出一個來了。"鄭振鐸《黃昏的觀前街》："有人口口聲聲的稱呼蘇州為東方的威尼斯。"

【口不擇言】kǒu bù zé yán 情急時說話不能選用恰當的言詞。也指說話隨便，言詞不加考慮選擇。《北史·魏艾陵伯子華傳》："性甚褊急，當其急也，口不擇言，手自捶擊。"《朱子語類》卷九五："修省言辭便是要立得這忠信，若口不擇言，只管逢事便說，則忠信亦被汨沒動盪立不住了。"郭沫若《蔡文姬》一幕："周近他居然這樣口不擇言，他怎麼能這樣說！"同 急不擇言。反 謹言慎行。

【口不應心】kǒu bù yìng xīn 說的和想的不一致，說的和做的兩樣。應：相符合。元代王實甫《西廂記》二本三折："俺娘好口不應心也呵！"《醒世恆言》卷八："官人，你昨夜恁般說了，卻又口不應心，做下那事！"沙汀《一個秋天晚上》："班長又口不應心地繼續說了下去。"同 心口不一。反 心口如一、心口相應。

【口中雌黃】kǒu zhōng cí huáng 雌黃：作顏料用的黃赤色雞冠石。古人寫字用黃紙，寫錯了就用雌黃塗抹後重寫。形容說話草率隨便，反覆更改。《文選·劉孝標〈廣絕交論〉》李善注引《晉陽秋》："王衍，字夷甫，能言，於意有不安者，輒更易之，時號口中雌黃。"同 口無遮攔、信口雌黃。反 說一不二。

【口出不遜】kǒu chū bù xùn 說出傲慢無禮的話。不遜：驕傲蠻橫，沒有禮貌。《三國演義》七四回："卻說關公正坐帳中，忽探馬飛報：'曹操差于禁為將，領七枝精壯兵到來。前部先鋒龐德，軍前抬一木櫬，口出不遜之言，誓欲與將軍決一死戰。'"◇好意勸她，反而口出不遜，真個是沒教養的人。同 出言不遜。

【口耳之學】kǒu ěr zhī xué ❶《荀子·勸學》："小人之學也，入乎耳，出乎口。口耳之間則四寸耳，曷足以美七尺之軀哉！"說只是把耳朵聽來的掛到嘴邊說說而已。後以"口耳之學"指從道聽途說中得來的片面膚淺的知識。宋代陸游《跋柳書蘇夫人墓誌》："蓋欲注杜詩，須去少陵地位不大遠乃可下語。不然，則勿注可也。今諸家徒以口耳之學揣摩得之，可乎？"清代顧炎武《與任鈞衡》："近世號為通經者，大都皆口耳之學，無得於心，既無心得，尚安望其致用哉？"❷只見諸口頭傳授而不見於文字的學識。清代章學誠《文史通義·永清縣誌輿地圖序》："古人口耳之學，有非文字所能著者，貴其心領而神會也。"

【口耳相傳】kǒu ěr xiāng chuán 口說耳聽，輾轉傳授。魯迅《漢文學史綱要》一篇："口耳相傳，或逮後世。"周作人《雨中的人生·抱犢固的傳說》："便見這些並不是那樣沒有意思的東西，我們將看見《世說新語》和《齊諧記》的根芽差不多都在這裏邊，所不同者，只是《世說新語》等千年以來寫在紙上，這些還是在口耳相傳罷了。"同 口口相傳、口傳心授。

【口似懸河】kǒu sì xuán hé 見"口如懸河"。

【口多食寡】kǒu duō shí guǎ 吃飯的人多，食物卻很少。唐代韓愈《答胡生書》："愈不善自謀，口多而食寡。"

【口如懸河】kǒu rú xuán hé《世說新語·賞譽》："王太尉云：'郭子玄語議如懸河瀉水，注而不竭。'"形容說起話來像瀑布傾瀉而下，滔滔不絕。後用"口如懸河"形容能言善辯。唐代韓愈《石鼓歌》："安能以此上論列，願借辯口如懸河。"《警世通言》卷一七："德稱口如懸河，賓主頗也得合。"也作"口似懸河"。唐代白居易《神照上人》詩："心如定水隨形應，口似懸河逐病治。"《三國演義》四五回："假使蘇秦、張儀、陸賈、酈生復出，口似懸河，舌如利刃，安能動我心哉！"

【口吻生花】kǒu wěn shēng huā 形容吟詩作文興趣盎然，漸入佳境，想出了警詞佳句。口吻：嘴唇。唐代馮贄《雲仙雜記》卷五："張祜苦吟，妻孥喚之不應，以責祜。祜曰：'吾方口吻生花，豈恤汝輩。'"《鏡花緣》一〇〇回："自家做來做去，原覺得口吻生花；他人看了又看，也必定拈花微笑：是亦緣也。"

【口角生風】kǒu jiǎo shēng fēng 形容說話乾脆利落。郭沫若《洪波曲》一一章："這樣罵人的時候卻是口角生風，不再是'這個是'的打攪了。"

【口角春風】kǒu jiǎo chūn fēng ❶ 說的話如春風吹拂。比喻能打動人、讓人喜悅的甘言厚辭。元代曹伯啟《清平樂》詞："人生傀儡棚中，此行那計西東。指日雲泥超異，重佔口角春風。"《歧路燈》九六回："你近日與道台好相與，萬望口角春風，我就一步升天，點了買辦差，就過的日子了。"❷ 形容甜言蜜語，能說會道。清代歐阳鉅源《廿載繁華夢》二回："就中單表一個慣做媒的喚做劉婆，為人口角春風，便是《水滸傳》中那個王婆還恐比他不上。"同 甜言蜜語、能說會道。反 出言不遜、出口傷人。

【口快心直】kǒu kuài xīn zhí 性情直爽，有甚麼說甚麼。元代無名氏《替殺妻》三折："普天下拜義親戚，則你口快心直。"同 心直口快、快人快語。反 心口不一、兩面三刀。

【口直心快】kǒu zhí xīn kuài 等於說心直口快。巴金《家》一九："倒是覺慧口直心快，他終於說了出來。"◇說她口直心快？怕是你看錯人了。反 口是心非、心口不應。

【口尚乳臭】kǒu shàng rǔ xiù 嘴裏還有奶腥味。形容年輕無知，缺乏經驗。多含輕蔑意味。尚：還。臭：氣味。《漢書•高帝紀上》："（酈）食其還，漢王問：'魏大將誰也？'對曰：'柏直。'王曰：'是口尚乳臭，不能當韓信。'"《晉書•桓玄傳》："公英略威名振於天下，元顯口尚乳臭，劉牢之大失物情，若兵臨近畿，示以威賞，則土崩之勢可翹足而待，何有延敵入境自取蹙弱者乎！"梁啟超《論中國人種之將來》："吾嘗在湖南，見其少年子弟，口尚乳臭，目不識蟹文，未嘗一讀西歐之書，而其言論思想，新異卓拔，洞深透闢，與西人學理暗合者，往往而有。"同 乳臭未乾、黃口小兒。反 老奸巨猾、老成持重。

【口服心服】kǒu fú xīn fú 不但嘴上表示信服，而且心裏也信服。◇他口服心服，毫無怨言 / 家長如果說的和做的兩樣，就難讓孩子口服心服，聽從你的教導。同 心服口服、心悅誠服。

【口沸目赤】kǒu fèi mù chì 形容口沫橫飛，眼睛發紅。沸：水湧起的樣子；飛濺。《韓詩外傳》卷九："言人之非，瞋目搤腕，疾言噴噴，口沸目赤。"

【口若懸河】kǒu ruò xuán hé 說話滔滔不絕，像河水順流下瀉一樣。形容很會說話或能言善辯。《世說新語•賞譽》："王太尉云：'郭子玄語議如懸河瀉水，注而不竭。'"《金瓶梅詞話》三三回："但遇着人，或坐或立，口若懸河，滔滔不絕。"《儒林外史》四回："知縣見他說的口若懸河，又是本朝確切典故，不由得不信。"同 口似懸河、伶牙俐齒。反 笨嘴拙舌。

【口是心非】kǒu shì xīn fēi 嘴裏說得很好，心裏想的是另一套，虛偽、心口不一。晉代葛洪《抱朴子•微旨》："口是心非，背向異辭。"明代王玉峰《焚香記•陳情》："誰想他暗藏着拖刀之計，一謎價口是心非。"《文明小史》二二回："聽了這話，覺得他口是心非。"同 言不由衷。反 心口如一、表裏如一。

【口乾舌燥】kǒu gān shé zào 嘴裏乾渴焦灼。形容說話過多而感覺難受。《殺狗記•看書苦諫》："他說了這半日，口乾舌燥。"《何典》七回："路雖不遠，早已跑得口乾舌燥。"葉聖陶《小病》："差不多一切的焦躁和亂想都會集中到這上頭去。於是口乾舌燥，頭裏岑岑地作響。"同 口乾舌焦、唇焦口燥。

【口無擇言】kǒu wú zé yán《孝經•卿大夫》："是故非法不言，非道不行。口無擇言，身無擇行，言滿天下無口過，行滿天下無怨惡。”說出口的話無需斟酌考慮。形容所說的話正確無誤。晉代夏侯湛《昆弟誥》：“厥乃口無擇言，柔惠且直，廉而不劌，肅而不厲。”宋代黃庭堅《與徐甥師川》：“甥人物之英也，然須治經以深其本，行止語默一規模古人，至於口無擇言，身無擇行，乃可師心自行耳！”同 言之有理、言之成理。反 口出惡言、信口雌黃。

【口碑載道】kǒu bēi zài dào 民眾稱頌的輿論，充滿道路。形容到處都是讚頌的聲音。口碑：指聲譽。明代張煌言《甲辰九月獄中感懷》詩：“口碑載道是還非，誰識磋砣心事違。”《紅樓夢》九九回：“自從老爺到任，並沒見為國家出力，倒先有了口碑載道。”郁達夫《半日的遊程》：“我們的出品，非但在本省口碑載道，就是外省，也常有信來郵購的，兩位先生沖一碗嘗嘗看如何？”同 名聞遐邇、譽滿天下。反 臭名遠揚、惡名昭彰。

【口傳心授】kǒu chuán xīn shòu 舊時在家族或師徒之間，傳授知識和技能的一種方式：教者以口頭教授，學者除接受耳提面命之外，還要自己用心領會。元代胡祗遹《語錄》：“孟子去孔子已近百年，固不獲耳提而面命，口傳而心授也。”明代解縉《春雨雜述•評書》：“學書之法，非口傳心授，不得其門。”◇雖說如今是電腦網絡時代，但就學習而言，口傳心授仍然是少不了的。同 口耳相傳、耳提面命。

【口誅筆伐】kǒu zhū bǐ fá 用口頭和書面的形式揭露和聲討。明代汪廷訥《三祝記•同謫》：“他捐廉棄恥，向權門富貴貪求，全不知口誅筆伐是詩人句，壟上墦間識者羞。”巴金《軍長的心》：“你們作家用筆寫，我們用子彈、用手雷、用大炮寫。你口誅筆伐，我們奪取山頭。”反 大張撻伐、鳴鼓而攻。

【口輕舌薄】kǒu qīng shé bó 形容說話不莊重，尖酸刻薄。《天雨花》二五回：“小小年紀無厚道，口輕舌薄誚誰人？”錢鍾書《圍城》一：“你得福不知，只管口輕舌薄取笑人家，我不喜歡你這樣。”同 尖酸刻薄。

【口說無憑】kǒu shuō wú píng 只是口頭所說，不能作為證據。元代喬吉《揚州夢》四折：“咱兩個口說無憑。”《紅樓夢》一二回：“況且口說無憑，寫一張文契才算。”反 真憑實據。

【口蜜腹劍】kǒu mì fù jiàn 嘴甜心毒，形容人陰險狡詐。《資治通鑒•唐玄宗天寶元年》：“李林甫為相……尤忌文學之士，或陽與之善，啖以甘言而陰陷之。世謂李林甫‘口有蜜，腹有劍’。”明代王世貞《鳴鳳記•南北分別》：“這廝口蜜腹劍，正所謂匿怨而友者也。”◇遇到口蜜腹劍的小人，只能敬而遠之。同 嘴甜心苦、笑裏藏刀。反 心口如一、表裏如一。

【古井無波】gǔ jǐng wú bō 唐代孟郊《烈女操》詩：“波瀾誓不起，妾心古井水。”古井：枯竭的老井。後以“古井無波”比喻心境沉寂，不會因外界的影響而動感情。宋代范成大《次韻樂先生吳中見寄八首》詩：“知從了義透音聞，古井無波豈更渾？”◇屢遭情變之後，她已然心如止水，古井無波。同 心如古井、心如死灰。反 心潮澎湃、意馬心猿。

【古今中外】gǔ jīn zhōng wài 指從古代到現代，從國內到國外。泛指時間久遠，空間廣闊。梁啟超《義大利建國三傑傳》五：“歷觀古今中外正史小說所記載英雄患難之事，驚心動魄者，不一而足。”茅盾《子夜》九：“翻遍了古今中外的歷史，沒有一個國家曾經用這種所謂示威運動而變成了既富且強。”

【古色古香】gǔ sè gǔ xiāng 形容器物、藝術品、建築等富有古樸典雅的色彩和情調。清代黃丕烈《士禮居藏書題跋記續•麈史》：“是書雖非毛氏所云何元朗本及伊舅氏仲木本，然古色古香溢於紙墨，想不在二本下也。”徐遲《真跡》：“你可以從明亮的窗玻璃後面看到古色古香的字畫、瓷器、銅鼎和小銅佛等等。”◇小小的書房裏陳設得古色古香。同 古香古色。

【古來今往】gǔ lái jīn wǎng 見“今來古往”。

【古往今來】gǔ wǎng jīn lái 從古代到現在。晉代潘岳《西征賦》：“古往今來，邈矣悠哉。”元代金仁傑《追韓信》三折：“想古往今來，多少功臣名將，誰不出於貧寒碌碌之中。”《紅樓夢》一一六回：“自然這塊玉到底有些來歷，況且你女婿養下來就嘴裏含着的。古往今來，你們聽見過這麼第二個麼？”◇古往今來，多少興亡事，都付笑談中。同 今來古往、從古到今。

【古為今用】gǔ wéi jīn yòng 吸收古代文化遺產的精華為今天所用。茅盾《向魯迅學習》：“他也竭力主張中國五千年的封建文化的精華應當繼承而發展，而使古為今用。”老舍《雜文集·古為今用》：“我們必須學點古典文學，但學習的目的是古為今用。”

【古稀之年】gǔ xī zhī nián 唐代杜甫《曲江二首》詩：“酒債尋常行處有，人生七十古來稀。”後用“古稀之年”代指七十歲。《醒世恆言·李道人獨步雲門》：“七十古稀之年，是人生最難得的，須不比平常誕日。”周瘦鵑《初識人間浩蕩春》：“可是以古稀之年而仍不用眼鏡，這還是得天獨厚的。”

【古道熱腸】gǔ dào rè cháng 古道：上古時代樸實淳厚的風俗、德行。熱腸：熱心腸。形容待人真誠熱情。清代鄒弢《三借廬筆談·余成之》：“同邑余成之，楊蓉裳先生宅相也，古道熱腸，頗有任俠氣。”《官場現形記》四四回：“幾個人當中，畢竟是老頭子秦梅士古道熱腸。”梁羽生《俠骨丹心》一七回：“師兄曾說此老古道熱腸，不愧為前輩楷模。”同 滿腔熱忱。反 冷若冰霜。

【古貌古心】gǔ mào gǔ xīn 唐代韓愈《孟生》詩：“孟生江海士，古貌又古心。”後以“古貌古心”形容外表和氣質具有古人的風度。宋代袁說友《題王順伯秘書所藏蘭亭修褉帖》詩：“臨川先生天下士，古貌古心成古癖。”清代張岱《陶庵夢憶·濮仲謙雕刻》：“南京濮仲謙，古貌古心，粥粥若無能者，然其技藝之巧奪天工焉。”季羡林《〈回憶吳宓先生〉序》：“他古貌古心，同其他教授不一樣，所以奇特。”

【古調不彈】gǔ diào bù tán 唐代劉長卿《聽彈琴》詩：“泠泠七弦上，靜聽松風寒。古調雖自愛，今人多不彈。”後以“古調不彈”比喻過時的東西不受歡迎。◇舊式婚姻的繁文縟節在如今社會已是古調不彈了。反 老調重彈。

【可心如意】kě xīn rú yì 可：符合。稱心如意。《紅樓夢》六五回：“不是我女孩兒家沒羞恥，必得我揀一個素日可心如意的人，方跟他。”◇現在就業機會少，要找一個可心如意的工作還真不容易。同 稱心如意、盡如人意。反 差強人意。

【可有可無】kě yǒu kě wú 可以有，也可以沒有。指有沒有都無關緊要。《紅樓夢》二十回：“（寶玉）因此把一切男子都看成濁物，可有可無。”《兒女英雄傳》二六回：“我只問姐姐：一般兒大的人，怎麼姐姐給我說人家兒，這庚帖就可有可無？”周作人《看雲集·志摩紀念》：“我只能寫可有可無的文章，而紀念亡友又不是可以用這種文章來敷衍的。”同 無關緊要、無足輕重。反 不可多得，不可或缺。

【可見一斑】kě jiàn yī bān 南朝宋劉義慶《世說新語·方正》：“此郎亦管中窺豹，時見一斑。”一斑：指豹身上的一塊斑紋。後用“可見一斑”比喻見到事物的一小部分也能推知事物的全貌。《清朝野史大觀·馬復賁越南使記》：“嗟呼，以酗酒狎妓之微嫌，遂沒其困苦艱難之功業，清朝之賞罰不均，於此可見一斑矣。”徐志摩《濃得化不開》：“風流倜儻的文學青年對熱烈、絢爛之美的熱衷由此可見一斑。”同 管窺一斑、管中窺豹。

【可乘之隙】kě chéng zhī xì 可以利用的弱點、過失。宋代晁補之《上皇帝論北事書》：“當是時，皆有可乘之隙，而中國不取。”《三國演義》十四回：“小沛原非久居之地。今徐州既有可乘之隙，失此不取，悔之晚矣。”蔡東藩《兩晉演義》五二回：“惟石氏內亂如此，正予晉以可乘之隙。”同 可乘之機、有機可乘。

【可乘之機】kě chéng zhī jī 可以利用的機會。《晉書·呂纂傳》：“宜繕甲養鋭，勸課農殖，待可乘之機，然後一舉蕩滅。”

《三國演義》一二〇回："卻說羊祜聞陸抗罷兵，孫皓失德，見吳有可乘之機，乃作表遣人往洛陽請伐吳。"金庸《射雕英雄傳》三回："只要箏聲多幾個轉折，歐陽鋒勢必抵擋不住，而歐陽鋒卻也錯過了許多可乘之機。"◇管理制度不健全給犯罪分子造成可乘之機。同 可乘之隙、有機可乘。反 無隙可乘。

【可想而知】kě xiǎng ér zhī 可以根據推想而知道。宋代王楙《野客叢書·漢唐俸祿》："而郊以吟詩廢務，上官差官以攝其職，分其半祿，酸寒之狀，可想而知。"《兒女英雄傳》三九回："可想而知，夫子問話時節，一片心神眼光都照在他身上，是想聽他講講他究竟又是怎的個志向。"葉聖陶《微波》："這也算不出，你的本領就可想而知了。"

【可歌可泣】kě gē kě qì 值得讚美歌頌，使人感動得流淚。多形容事跡悲壯動人。明代海瑞《方孝儒臨麻姑仙壇記跋》："國初方正學先生忠事建文，殉身靖難，其激烈之概，無異平原復生。追念及之，可歌可泣。"清代趙翼《甌北詩話·白香山詩》："蓋其得名在《長恨歌》一篇……有聲有情，可歌可泣。"◇在抗日戰爭中，為國犧牲的可歌可泣的史跡，尤為書不勝書，令人感奮。

【可操左券】kě cāo zuǒ quàn《史記·田敬仲完世家》："公常執左券以責於秦、韓。"左券：古代契約分為左右兩聯，立約的人各拿一片，左券常用作索償的憑證。後用"可操左券"比喻有成功的把握。鄭觀應《盛世危言·兵政》："然仍須國家仿照日本章程獎勵工商，庶幾蒸蒸日上，獲利可操左券矣。"蔡東藩《民國通俗演義》十五回："天命人心，於此可見。滿清政府不久推翻，可操左券。"同 勝券在握、穩操勝券。

【可操勝券】kě cāo shèng quàn 券：憑證。指有勝利的把握。梁羽生《廣陵劍》四一回："兵刃上又是他佔了便宜，這一戰他自認是十拿九穩，可操勝券的。"◇若論棋藝，小弟更有把握，可操勝券 / 在甲午戰爭爆發之前，日本認為中國海軍實力較強，預料陸戰可操勝券，但對海戰的勝敗如何尚抱疑慮。同 勝券在握、穩操勝算。

【吊兒郎當】diào ér láng dāng 形容生活散慢、態度不嚴肅或做事敷衍不負責任。◇他吃喝玩樂、吊兒郎當過了一輩子 / 做事一定要嚴謹負責，吊兒郎當絕對做不好。反 嚴於律己。

【只爭朝夕】zhǐ zhēng zhāo xī 明代徐復祚《投梭記·卻說》："今朝寵命來首錫，掌樞衡只爭旦夕。"旦夕：朝夕，比喻短時間。後用"只爭朝夕"形容抓緊時間，力爭在最短的時間內達到目的。◇立志學習，就應該從當下開始，只爭朝夕，這樣才能成就未來的事業。同 分秒必爭、爭分奪秒。反 虛度年華、蹉跎歲月。

【史不絕書】shǐ bù jué shū 書：指記載。❶ 史書上不斷有記載。《左傳·襄公二十九年》："魯之於晉也，職貢不乏，玩好時至，公卿大夫相繼於朝，史不絕書。"劉大年《台灣一千七百年的歷史》："第一次正式記錄台灣歷史的，是三國吳人沈瑩的《臨海水土志》。往後史不絕書，至今已有一千七百年。"❷ 說歷史上經常發生這樣的事情。梁實秋《談友誼》："彌衡年未二十，孔融年已五十，便相交友，這樣的例子史不絕書。"◇子殺父、父殺子，兄弟互相殘殺，古今中外，史不絕書。

【史無前例】shǐ wú qián lì 歷史上從來沒有出現過的事例。朱自清《論且顧眼前》："現在的貧富懸殊是史無前例的；現在的享用娛樂也是史無前例的。"老舍《我的經驗》："他們有生活，而且是史無前例的新生活。我多麼羨慕他們呀！"同 前無古人。反 後來居上。

【叱咤(吒)風雲】chì zhà fēng yún 一聲怒喝，能使風雲變化。形容聲勢威力非常大。《晉書·乞伏熾磐載記論》："熾磐叱咤風雲，見機而動。"明代王錂《春蕪記·說劍》："猛可的叱吒風雲，驀地裏神情抖擻。"吳玉章《紀念鄒容烈士》詩："少年壯志掃胡塵，叱咤風雲《革命軍》。"同 風雲叱咤。

【叩心泣血】kòu xīn qì xuè 叩：敲擊。泣血：淚盡血出。用拳捶擊心胸，並哭出血來。形容悲痛之極。《南齊書·何昌宇傳》："吾等叩心泣血，實有望於聖時。"明代張居正《再乞歸葬疏》："此臣之所以叩心泣血，呼天乞憐，而不能自已者也。"清代趙一清《曹烈婦傳》："于歸後，奔母喪叩心泣血，幾至毀容。"◇叩心泣血申訴冤情，要求伸張正義。

【叫苦不迭】jiào kǔ bù dié 不迭：不停止。形容連聲叫苦。《大宋宣和遺事》前集："徽宗叫苦不迭，向外榻上忽然驚覺來，諕得渾身冷汗。"《醒世恆言·李汧公窮邸遇俠客》："眾人都驚得面如土色，叫苦不迭道：'恁樣緊緊上的刑具，不知這死囚怎地掙脫逃走了？卻害我們吃屈官司。'"◇流感期間，醫生和護士不堪重負，叫苦不迭。反 眉花眼笑、樂不可支。

【叫苦連天】jiào kǔ lián tiān 連天：表示接連不斷或程度強烈。連聲叫苦，大聲叫苦。《西遊記》一〇〇回："至樓下，不見了唐僧……叫苦連天的道：'清清把個活佛放去了。'"《警世通言·皂角林大王假形》："趙再理聽說，叫苦連天：'罷，罷！死去陰司告狀理會！'"◇客車被阻在前不着村後不着店的半道上，乘客們叫苦連天。反 喜不自勝、喜氣洋洋。

【另起爐灶】lìng qǐ lú zào 見"重起爐灶"。

【另眼相看】lìng yǎn xiāng kàn 用另一種眼光看待。多指特別重視或歧視。《初刻拍案驚奇》卷八："不想一見大王，查問來歷，我等一一實對，便把我們另眼相看。"《官場現形記》一一回："大家曉得他與中丞有舊，莫不另眼相看。"◇他家裏窮得吃不上飯，有些人就對他另眼相看。同 另眼相待、刮目相看。反 不屑一顧。

【另眼相待】lìng yǎn xiāng dài 特別重視，給予非同一般的待遇。《紅樓夢》七回："不過仗着這些功勞情分，有祖宗時，都另眼相待，如今誰肯難為他？"《海上花列傳》三五回："二寶為施瑞生一力擔承，另眼相待。"◇聰明精敏的他，怎會看不出岳母在打甚麼主意，以及因何另眼相待？同 另眼相看。反 一視同仁。

【另眼看待】lìng yǎn kàn dài 特別重視，非同一般。明代無名氏《霞箋記·訴情得喜》："奴婢蒙娘娘另眼看待，實有冤苦在心，今日蒙娘娘垂問，……就奏與娘娘知道。"《官場現形記》六回："不過你不去送他，他卻決不朝你開口。但凡有過孝敬的，他一定還要另眼看待。"老舍《火葬》四："但是一山是蓮姑娘的未婚夫，他就不能不另眼看待了。"同 另眼相看、另眼相待。

【另闢蹊徑】lìng pì xī jìng 另外開闢一條路。比喻另創一種風格、方法或道路。清代秦祖永《桐蔭論畫·評書帖》："瑞圖書法奇逸，鍾王之外，另闢蹊徑。"葉聖陶《倪煥之》一四："對於這樣另闢蹊徑的教育宗旨與方法，自己確有堅強的信念。"同 獨闢蹊徑、別開生面。反 墨守成規、蕭規曹隨。

【叨陪末座】tāo péi mò zuò 叨陪：謙稱陪侍。末座：席中最後的座位。受人宴請的客氣話。張愛玲《沉香屑·第一爐香》："鄉下八十里圓周內略具身份的人們都到齊了，牧師和牧師太太也叨陪末座。"◇坐席主次以敬老為原則，如果年輕或輩分晚，也得叨陪末座。也作"敬陪末座"。丁中江《北洋軍閥史話》一七七："在這次會議中，王佔元雖然只是敬陪末座，無足輕重，可是他已躋身北洋巨頭之林，所以也顧盼自雄了。"

【句斟字酌】jù zhēn zì zhuó 指寫文章或說話時慎重細緻，一字一句地推敲琢磨。清代劉坤一《致胡筱蓮侍郎》："考獻徵文，浩如淵海，初稿尚難句斟字酌。"朱自清《如面談》："熟悉了這些程式，無需句斟字酌，在口氣上就有了一半的把握。"瓊瑤《我的父親陳致平》："他寫書的時候非常認真，句斟字酌，一絲不苟。"同 字斟句酌。反 浮皮潦草。

【司空見慣】sī kōng jiàn guàn 唐代孟棨《本事詩·情感》記載：李紳（官居司空）設宴招待詩人劉禹錫（曾任和州刺史），席間命歌妓勸酒，劉賦詩："司空見慣渾閒事，斷盡江南刺史腸。"後以"司空見慣”比喻事情經常見到，不覺得奇怪。宋代蘇軾《滿庭芳》詞：“人間，何處有？司空見慣，應謂尋常。”《官場現形記》五五回：“幸虧洋提督早已司空見慣，看他磕頭，昂不為禮。” 同 屢見不鮮。反 少見多怪。

【司馬青衫】sī mǎ qīng shān 唐代白居易《琵琶行》詩：“座中泣下誰最多，江州司馬青衫濕。”司馬：古代官名。青衫：唐代八九品的文官穿的服裝。後用“司馬青衫”形容悲傷淒切。元代王實甫《西廂記》四本三折：“淋漓襟袖啼紅淚，比司馬青衫更濕。”清代林覺民《與妻書》：“常願天下有情人都成眷屬，然遍地腥雲，滿街狼犬，稱心快意，幾家能夠？司馬青衫，吾不能學太上之忘情也。”◇豪傑心胸化作兒女情長，司馬青衫已斑斑點點。

【吉人天相】jí rén tiān xiàng 相：保佑。好人會得到上天的佑助。元代王曄《桃花女》一折：“你只管依着他去做。吉人天相，到後日我同女孩兒來賀你也。”明代屠龍《綵毫記·展叟單騎》：“夫人且自寬解，吉人天相，老爺必有個脱禍的日子。”峻青《海嘯》二章：“太好了！這真是吉人天相，神靈襄助。” 同 吉星高照、福星高照。反 天怒人怨、禍不單行。

【吉日良辰】jí rì liáng chén 泛指吉利的好日子。戰國楚屈原《九歌·東皇太一》：“吉日兮辰良，穆將愉兮上皇。”辰：時辰。元代張國賓《薛仁貴》楔子：“則今日是個吉日良辰，辭別了父親母親，你孩兒便索長行也。”《水滸傳》一回：“高俅得做太尉，揀選吉日良辰去殿帥府裏到任。”《喻世明言·張古老種瓜娶文女》：“無計奈何，只得成親。揀吉日良辰，做起親來。”◇店鋪選定了吉日良辰開業。同 良辰吉日、黃道吉日。

【吉光片羽】jí guāng piàn yǔ 相傳吉光是神獸，用它的毛皮做成裘，入水不沉，入火不焦。吉光片羽，神獸的一片羽毛，比喻殘存的珍貴物品。明代王世貞《題三吳楷法十冊》：“此本乃故人子售余，為直十千，因留置此，比於吉光之片羽耳。”梁啟超《飲冰室詩話》九八：“有自南昌以譚壯飛遺詩一章見寄者，蓋戊戌入都留別友人之作云。吉光片羽，願與來者共寶之。”◇宋版古籍，即使殘破不全，也是吉光片羽，彌足珍貴。

【吉星高照】jí xīng gāo zhào 吉星：指福、祿、壽三星。吉祥之星高高照臨，萬事如意之兆。也比喻交好運。《白雪遺音·八角鼓·今日大喜》：“今日大喜，喜的是千祥雲集，吉星高照，萬事如意。”蕭紅《呼蘭河傳》五章：“既然沒吃就不要緊，真是你老胡家有天福，吉星高照，你家差點沒有攤了人命。” 同 福星高照、吉祥如意。反 大難臨頭、禍從天降。

【吉祥如意】jí xiáng rú yì 吉利祥和，萬事如意。多用作祝頌語。北齊張成《造像題字》：“為亡父母敬造觀音像一區，合家大小八口人等供養，吉祥如意。”元代無名氏《賺蒯通》二折：“再休想吉祥如意，多管是你惡限臨逼。”◇金桔果實金黃，被人們賦予了吉祥如意、興旺發達之意。同 天從人願、萬事如意。反 時乖運蹇、命運多舛。

【吐故納新】tǔ gù nà xīn 道家的養生術。吐出體內廢氣，吸進新鮮空氣。《莊子·刻意》：“吹呴呼吸，吐故納新，熊經鳥申，為壽而已矣。”南朝宋朱昭之《難夷夏論》：“道法則……呼吸太一，吐故納新，大則靈飛羽化，小則輕強無疾。”後比喻拋棄陳舊的，吸收新鮮的。◇政府公務員須要吐故納新，接納有活力的年輕人，淘汰腐敗無能分子。同 除舊更新、滌故更新。反 因循守舊、抱殘守缺。

【吐哺握髮】tǔ bǔ wò fà《史記·魯周公世家》：“我一沐三捉髮，一飯三吐哺，起以待士，猶恐失天下之賢人。”哺：口中所含食物。説周公勤於接待來客，洗髮時多次綰束頭髮停下來不洗，進食時多次吐出食物停下來不吃。後用“吐哺握髮”形容為延攬人才而忙碌操心。晉代葛洪《抱朴子外篇·逸民》：“夫周公大聖，以貴下賤，吐哺握髮，懼於失人。”《東周列國誌》一八回：“周公在周盛時，天下太平，四夷賓服，猶且吐哺握髮，以納天下賢士。” 同 握髮吐哺。

【吐剛茹柔】tǔ gāng rú róu 見“柔茹剛吐”。

【吐絲自縛】tǔ sī zì fù 比喻自己的所作所為阻礙了自己的行動自由。《景德傳燈錄·志公和尚十四科頌》：“聲聞執法坐禪，如蠶吐絲自縛。”◇他的心卻如同吐絲自縛的春蠶，被裹在一層厚厚的絲網中。同 作繭自縛、自作自受。

【同工異曲】tóng gōng yì qǔ 曲調雖不同，但演奏得同樣精妙。❶ 比喻不同的作品具有同樣高的造詣。唐代韓愈《進學解》：“子雲相如，同工異曲。”宋代黃庭堅《跋劉夢得〈竹枝歌〉》：“劉夢得《竹枝》九章，詞意高妙，……比之杜子美《夔州歌》，所謂同工而異曲也。”◇這兩部著作幾乎是同時出版的，同工異曲，各有千秋。❷ 比喻不同的做法收到同樣好的效果。◇皮影戲和木偶戲作為姊妹藝術，表演方式有同工異曲之妙。同 異曲同工。

【同日而語】tóng rì ér yǔ《戰國策·趙策二》：“夫破人之與破於人也，臣人之與臣於人也，豈可同日而言之哉？”後以“同日而語”比喻同等看待，相提並論。清代昭槤《嘯亭續錄·楊武陵》：“（盧忠肅）雖與吳阿衡同難，一放火之人，一救火之人，未可同日而語也。”茅盾《子夜》四：“便想到現在掙錢的法門比起他做‘土皇帝’的當年來，真是不可同日而語了。”同 相提並論、等量齊觀。

【同仇敵愾】tóng chóu dí kài 對共同敵人抱有相同的仇視和憤恨。清代魏源《寰海》詩：“同仇敵愾士心齊，呼市俄聞十萬師。”◇萬眾一心，同仇敵愾。反 同室操戈。

【同心同德】tóng xīn tóng dé 想法和做法一致，同舟共濟，齊心協力。《尚書·泰誓中》：“受有億兆夷人，離心離德；予有亂臣十人，同心同德。”《舊唐書·劉仁軌傳》：“既須鎮壓，又置屯田，事藉兵士，同心同德。”宋代劉安世《彈奏範純仁、王存事》：“惟是同心同德之人，乃可委以政事。”郭沫若《歸國雜吟》詩：“四萬萬人齊蹈厲，同心同德一戎衣。”同 一心一德、齊心協力。反 離心離德、四分五裂。

【同心合力】tóng xīn hé lì 見“同心協力”。

【同心協力】tóng xīn xié lì 團結一致，共同努力。《梁書·王僧辯傳》：“討逆賊於咸陽，誅叛子於雲夢，同心協力，克定邦家。”《三國演義》一回：“三人焚香再拜而說誓曰：‘念劉備、關羽、張飛，雖然異姓，既結為兄弟，則同心協力，救困扶危，上報國家，下安黎庶。’”清代玉瑟齋主人《回天綺談》一三回“前幾年別離鄉井，周遊天下，想多找幾個同志，同心協力，將來擔任國家的大事。”也作“同心合力”。清代無名氏《狄公案》三十回：“惟有大人，可以立朝廷，故因此竭力保舉，想望同心合力，補弊救偏，保得江山一統。”同 齊心協力、和衷共濟。反 同牀異夢、各行其是。

【同心戮力】tóng xīn lù lì 戮力：併力，合力。齊心合力。《後漢書·張衡傳》：“當此之會，乃黿鳴而鼈應也，故能同心戮力，勤恤人隱，奄受區夏，遂定帝位。”唐代玄奘《大唐西域記·羯若鞠闍國》：“兄讎未報，鄰國不賓，終無右手進食之期。凡爾庶僚，同心戮力！”同 戮力同心、齊心合力。反 離心離德、各行其是。

【同甘共苦】tóng gān gòng kǔ 分享幸福，共擔困苦。《戰國策·燕策一》：“燕王弔死問生，與百姓同其甘苦。”宋代施德操《北窗炙輠》：“元帝與王導，豈他君臣比，同甘共苦，相與奮起於艱難顛沛之中。”《英烈傳》：“朕念皇后偕起布衣，同甘共苦。”同 分甘共苦、同甘同苦。

【同出一轍】tóng chū yī zhé 轍：車輪滾壓出的痕跡。就像出自同一個車轍。形容彼此言論或行為非常相似。《北海談話記》：“此與顧亭林《日知錄》批評東漢的名節數百年養成不足，被曹操一人破壞之而有餘，正是同出一轍呀。”◇幾部作品的構思同出一轍，好像彼此商量過似的。同 如出一轍。

【同舟共濟】tóng zhōu gòng jì 同坐一條船過河。比喻齊心合力，為達同一目的而努力。《孫子·九地》：“夫吳人與越人相惡也，當其同舟而濟，遇風，其相救也，如左右手。”三國魏文欽《與郭淮書》：“然同舟共濟，安危勢同，禍痛已連，非言飾所解，自公侯所明也。”明代徐渭《壽中軍某侯帳詞》：“同舟共濟，誰為吳越之分；倍道兼程，竟授孫盧之首。”◇患難之交，同舟共濟。同 和衷共濟。反 分道揚鑣。

【同牀異夢】tóng chuáng yì mèng 比喻相處或共事，表面合作，實際各懷打算。宋代陳亮《與朱元晦秘書書》：“同牀各做夢，周公且不能學得，何必一一說到孔明哉。”清代錢謙益《玉川子歌》：“同牀異夢各不知，坐起問景終誰是。”《北洋軍閥統治時期史話》六八章：“其實，所謂三省出兵不過是同牀異夢、各有打算的苟合勾當。”同 同牀各夢。反 同心同德、齊心協力。

【同室操戈】tóng shì cāo gē 自家人動起刀槍。比喻內部互相爭鬥。清代許秋垞《聞見異辭•王孝廉幻術》：“汝等嗜財如此，致同室操戈，何不念仁親為寶歟？”郁達夫《沉淪》：“同室操戈，事更甚於他姓之相爭。”同 兄弟鬩牆。

【同氣相求】tóng qì xiāng qiú 同樣的氣質相互求合。《易經•乾》：“同聲相應，同氣相求。”比喻志趣相同的人自然結合在一起。《醒世恒言•大樹坡義虎送親》：“常言‘同聲相應，同氣相求’，自有一班無賴子弟，三朋四友，和他檠鷹放鷂，駕犬馳馬，射獵打生為樂。”孫犁《金梅〈文海求珠集〉序》：“要視作家如友朋，同氣相求，體會其甘苦，同情其遭際，知人論世。”同 同聲相應。

【同病相憐】tóng bìng xiāng lián 比喻有同樣不幸遭遇的人互相同情。《吳越春秋•闔閭內傳》：“同病相憐，同憂相救。”《京本通俗小說•馮玉梅團圓》：“我也在亂軍中不見了妻子，正是同病相憐了。”洪深《貧民慘劇》第一幕：“我們大家是同病相憐啊。”

【同流合污】tóng liú hé wū《孟子•盡心下》：“同乎流俗，合乎污世。”後以“同流合污”表示：❶ 沒有獨立的思想和操守，混同於一般世俗之人。宋代朱熹《答胡季隨書》：“細看來書，似已無可得說……如此則更說甚講學，不如同流合污，着衣喫飯，無所用心之省事也。”清代何紹基《使黔草自序》：“同流合污，胸無是非，或逐時好，或傍古人，是之謂俗。”❷ 跟壞人勾結串通，一起做壞事。《水滸後傳》二二回：“此數賊者，同流合污，敗壞國政。”巴金《雪》第十章：“至少我不能助桀為虐，不能同流合污！”同 同惡相濟。反 出污泥而不染。

【同袍同澤】tóng páo tóng zé 袍：長衣；澤：內衣。《詩經•無衣》：“豈曰無衣？與子同袍。王于興師，脩我戈矛，與子同仇。豈曰無衣？與子同澤。王于興師，脩我矛戟，與子偕作。”後以“同袍同澤”形容：❶ 軍人之間的友誼。蔡東藩《民國通俗演義》一一七回：“試思同袍同澤，本有偕作偕行之義務，就使意見不合，偶與絕交，亦當為國家起見，各就本職，守我範圍，豈可自相詆誹，自相攻擊乎？”◇全體將士同袍同澤，同仇敵愾，贏得了抗戰的偉大勝利。❷ 朋友之間的情誼。◇我們二人結為姐妹，發誓不論走到哪裏，都要同袍同澤，互惠互助。

【同條共貫】tóng tiáo gòng guàn 條：枝條。貫：錢串。屬於同一個條理和系統。說事理相通，脈絡連貫。《漢書•董仲舒傳》：“夫帝王之道，豈不同條共貫與？”唐代盧照鄰《南陽公集序》：“聖人方士之行，亦各異時而並宜；謳歌玉帛之書，何必同條而共貫。”清代章炳麟《文學說例》：“同條共貫，無取於甘辛相忌也。”◇這幾件事，本來同條共貫，可以一起處理。

【同惡相濟】tóng è xiāng jì 惡人互相勾結做壞事。三國魏潘勖《冊魏公九錫文》：“馬超、成宜，同惡相濟。”《三國演義》六九回：“操賊奸惡日甚，將來必為篡逆之事。吾等為漢臣，豈可同惡相濟？”◇如今吏治越來越腐敗，官官相護，同惡相濟。同 同惡相助、同惡共濟。反 嫉惡如仇、善惡分明。

【同聲相應】tóng shēng xiāng yìng 同類的聲音相互感應。《易經•乾》：“同聲相應，同氣相求。"比喻意見相同的人互相響應，互相支持。《三國志•王衛二劉傅傳論》："昔文帝、陳王以公子之尊，博好文采，同聲相應，才士並出，惟粲等六人最見名目。"唐代楊炯《晦日藥園詩序》："凡我良友，同聲相應。"◇朋友只有同聲相應，志趣相投，才能有真誠的情誼。同 情投意合、意氣相投。反 冰炭不入、水火不容。

【同歸於盡】tóng guī yú jìn 一起死亡或共同消亡、毀滅。唐代獨孤及《祭吏部元郎中文》："夫彭祖、殤子，同歸於盡，豈不知前後相哀，達生者不為歎。"宋代劉摯《乞令蘇軾依舊樣詳定役法奏》："此議之所以同歸於盡，一人曰可皆曰可，一人曰是皆曰是，信如此又何以議為哉？"清代姬文《市聲》一四回："只圖自己安逸，那管世事艱難，弄到後來，不是同歸於盡嗎？"魯迅《且介亭雜文•憶韋素園君》："一九三二年八月一日晨五時半，素園終於病歿在北平同仁醫院裏了，一切計畫，一切希望，也同歸於盡。"同 玉石俱焚。

【吃苦耐勞】chī kǔ nài láo 形容不怕辛苦勞累。張愛玲《封鎖》："一個吃苦耐勞，守身如玉的青年，最合理想的乘龍快婿。"王魯彥《菊英的出嫁》："看的人多說菊英的娘辦得好，稱讚她平日能吃苦耐勞。"反 好逸惡勞。

【吃穿用度】chī chuān yòng dù 指日常衣食費用。《紅樓夢》一五回："他近日所見的這幾個三等僕婦，吃穿用度，已是不凡了，何況今至其家。"《兒女英雄傳》三三回："如今我家果然要把這舊業恢復回來，大約足夠一年的吃穿用度。"◇微薄的收入供養全家人的吃穿用度，實在是捉襟見肘。

【吃啞巴虧】chī yǎ ba kuī 比喻吃了虧卻沒法說出來。《三俠五義》一四回："且說苗家父子丟了銀子，因是暗昧之事，也不敢聲張，竟吃了啞巴虧了。"老舍《四世同堂•惶惑六》："小崔一點也不怕她，不過心中可有點不大好受，因為他知道假若大赤包真動手，他就免不了吃啞巴虧。"◇任何承諾一定要將其書面化，否則，空口無憑，往往吃啞巴虧。反 斤斤計較、寸步不讓。

【吃著(着)不盡】chī zhuó bù jìn 吃的穿的，享用不盡。形容生活富裕。宋代魏泰《東軒筆錄》卷十四："王沂公曾青州發解，及南省、程試，皆為首冠。中山劉子儀為翰林學士，戲語之曰：'狀元試三場，一生吃著不盡。'沂公正色答曰：'曾平生之志不在溫飽。'"《聊齋誌異•羅剎海市》："女以魚革為囊，實以珠寶，授生曰：'珍藏之，數世吃著不盡也。'"金庸《書劍恩仇記》十六回："做玉匠的只要找到小小的一塊白玉，已然終身吃着不盡，哪知這裏竟有這樣一座白玉山峰。"◇師傅教你一技，包你一生吃着不盡。反 飢寒交迫。

【吃喝玩樂】chī hē wán lè 說沉溺於生活享受，不幹實事。老舍《上任》："吃喝玩樂的慣了，再天天啃窩窩頭？受不了。"◇整天吃喝玩樂，他不務正業的老毛病又犯了。同 花天酒地。反 廢寢忘食。

【吃裏扒外】chī lǐ pá wài 見"吃裏爬外"。

【吃裏爬外】chī lǐ pá wài 享受着一方的好處，暗中卻為另一方盡力。也作"吃裏扒外"。程道一《消閒演義》："朝臣都不一心，總是吃裏爬外，恐怕將來鬧糟了算呀！"周立波《暴風驟雨》第一部六："人心隔肚皮，備不住有那吃裏扒外的傢伙走風漏水，叫韓老六跑了。"老舍《四世同堂》五七："誰都知道姓冠的是吃裏爬外的混球兒。"

【向火乞兒】xiàng huǒ qǐ ér 近火取暖的乞丐。比喻趨炎附勢之徒。五代王仁裕《開元天寶遺事•向火乞兒》："朝之文武僚屬趨附楊國忠，爭求富貴，……九齡常與識者議曰：'今時之朝彥，皆是向火乞兒，一旦火盡灰冷，暖氣何在？'"宋代蕭舜凱《赴燈蛾》詩："前身向火乞兒輩，炙手權門癢競爬。"明代徐復祚《投梭記•渡江》："似向火乞兒，承顏順旨，奴顏婢膝任人嗤，好官自我為之。"

【向平之願】xiàng píng zhī yuàn 向平：東漢人向長，字子平。《後漢書•向長傳》：

"建武中，男女娶嫁既畢，敕斷家事勿相關，當如我死也。於是遂肆意，與同好北海禽慶俱遊五嶽名山，竟不知所終。"後用"向平之願"代稱子女的婚事。《官場現形記》五六回："如今兒子已經長大，擬於秋間為之完姻，以了'向平之願'。"

【向隅而泣】 xiàng yú ér qì 隅：牆角。一個人面對牆腳哭泣。漢代劉向《說苑•貴德》："今有滿堂飲酒者，有一人獨索然向隅而泣，則一堂之人皆不樂矣。"後多用以形容孤獨、絕望的哀泣。宋代洪邁《夷堅丁志•王從事妻》："一人向隅而泣，滿堂為之不樂。教授既爾，吾曹何心樂飲哉？"清代劉大櫆《乞公建義倉引》："夫一人向隅而泣，則舉坐為之不樂。"◇我除了向隅而泣，沒有別的路可走了。

【向壁虛造】 xiàng bì xū zào 面對牆壁，憑空編造。漢代許慎《〈說文解字〉序》："魯恭王壞孔子宅，而得《禮記》、《尚書》、《春秋》、《論語》、《孝經》……而世人大共非訾，以為好奇者也，故詭更正文，鄉（向）壁虛造不可知之書，變亂常行，以耀於世。"後用"向壁虛造"、"向壁虛構"形容毫無事實根據地捏造。清代譚嗣同《致劉松芙》："彼國作者必考證今古，然後下筆，非若今之向壁虛造，苟然而已矣。"盧嵐《解讀福樓拜》："這部所謂現代小說的始祖，並非向壁虛構，而是來自一樁社會事件。"◇她說的那些事兒啊，十之八九都是向壁虛造。反 實事求是。

【向壁虛構】 xiàng bì xū gòu 見"向壁虛造"。

【合二為一】 hé èr wéi yī 將兩者合為一個整體。清代袁枚《新齊諧•佟觭角》："一人劈面來，急走如飛，勢甚猛，傅不及避，兩胸相撞，竟與己身合二為一。"◇兩棵大樹的根部經過上百年的生長，已合二為一了。反 一分為二。

【合浦珠還】 hé pǔ zhū huán《後漢書•孟嘗傳》載：合浦郡（在今廣西）盛產珍珠，由於採求無度，珠蚌漸漸徙移到鄰郡。孟嘗做了合浦太守後立刻改革前弊，不過一年，去珠復還。後用"合浦珠還"比喻人去復返或失物重歸舊主。《聊齋誌異•霍女》："錯囊充牣，而合浦珠還，君幸足矣，窮問何為？"清代王浚卿《冷眼觀》一五回："我當時雖是失的一件無足輕重的東西，究竟能夠合浦珠還，我心裏總覺喜歡得很。"同 合浦還珠、珠還合浦。反 不翼而飛。

【合浦還珠】 hé pǔ huán zhū 見"珠還合浦"。

【合情合理】 hé qíng hé lǐ 符合人情事理◇學校認為這個方案合情合理 / 她這麼做合情合理，無所挑剔。同 入情入理。反 不近情理。

【合盤托出】 hé pán tuō chū 見"和盤托出"。

【合縱連橫(衡)】 hé zòng lián héng 南北為縱，戰國時蘇秦遊說南北接連的六國齊、楚、燕、趙、韓、魏聯合抗秦，史稱"合縱"。東西為橫，張儀遊說秦以東的六國，西向事秦，史稱"連橫"。"合縱連橫"原是戰國七雄爭霸的策略，後也泛指縱橫捭闔的手段或策略。◇用盡合縱連橫的策略，終於把他們分化瓦解了。

【各不相謀】 gè bù xiāng móu 各自按照自己的意思辦事，不互相商量。施蟄存《文學史不需'重寫'》："每一個文學史家、文學批評家，都可以自己寫一部文學史。你寫你的，我寫我的，各不相謀，也各不相犯。"◇對學生來說，教、學、做只是一種生活之三方面，不是三個各不相謀的過程。同 各行其是。反 齊心協力、同心同德。

【各有千秋】 gè yǒu qiān qiū 各有長久存在的價值；各有特點或長處。老舍《四世同堂》四十："你們祁家弟兄是各有千秋！"◇如今的年輕畫家各有千秋，真可說是人才輩出。

【各自為政】 gè zì wéi zhèng 按照各自的主張辦事，行動不統一、不配合，各幹各的。《三國志•胡綜傳》："諸將專威於外，各自為政，莫或同心。"孫中山《革命軍是打破不平等的》："黨中的黨員，均不守黨中的命令，各自為政。"同 各行其是、政出多門。

【各自為戰】 gè zì wéi zhàn ❶ 各自獨立進行戰鬥。《史記•項羽本紀》："君王能自陳以東傅海，盡與韓信；睢陽以北至穀城，以與彭越：使各自為戰，則楚易敗也。”清代魏源《聖武記》卷九：“不拘何路禽賊，即此路將帥之功，何路養賊，即此路將帥之罪，其各自為戰。”◇餘下的也被打散，東一股，西一股，各自為戰。❷比喻各幹各的，互不通氣。◇企業之間不再各自為戰，它們之間的合作正在加強。同 各自為政、各行其是。反 同心協力、通力合作。

【各行其是】gè xíng qí shì 各自按照自己想的那一套去做。形容思想、行動不一致。《痛史》二一回：“我之求死，你之求生，是各行其是。”《北洋軍閥統治時期史話》十八章：“吾人政見不同，今後各行其是，不敢以私廢公，但亦不必以公害私。”同 政出多門。反 齊心協力。

【各抒己見】gè shū jǐ jiàn 各人充分發表自己的意見。《鏡花緣》七四回：“據我主意，何不各抒己見，出個式子，豈不新鮮些？”清代梁章鉅《歸田瑣記•年羹堯》：“時劾羹堯者紛起……得旨：令將軍、督撫、提鎮，各抒己見入奏。”◇學生可以各抒己見，只要言之成理即可，不要求統一答案。同 眾說紛紜、七嘴八舌。反 噤若寒蟬、眾口一詞。

【各取所需】gè qǔ suǒ xū 各自選取自己所需要的。巴金《在尼斯》：“讀者們不是一塊鐵板，他們有各人的看法，他們是‘各取所需’。”◇玩具品種繁多，消費者可以根據孩子的喜好各取所需。

【各奔前程】gè bèn qián chéng ❶各人走各人的路。元代李文蔚《燕青博魚》四折：“將軍不下馬，各自奔前程。”《二刻拍案驚奇》卷三十：“後來工部建言，觸忤了聖旨，欽降為四川瀘州州判。萬戶升了邊上參將，各奔前程去了。”❷比喻各人按自己的志向，尋找自己的前途。老舍《四世同堂》三四：“三爺，年月不對了，我們應當各奔前程。”同 分道揚鑣。反 志同道合。

【各持己見】gè chí jǐ jiàn 各人堅持自己的看法。清代黃鈞宰《金壺七墨•堪輿》：“然此輩執術疏，謀生急，信口欺詐，言人人殊，甚至徒毀其師，子譏其父，各持己見，彼此相非。”◇支持者與反對者各持己見，協調不起來。也作“各執己見”。《喻世明言•明悟禪師趕五戒》：“兩人終日談論，各執己見，不相上下。”◇雙方各執己見，互不相讓，談判陷入了僵局。同 各執一詞。反 人云亦云、亦步亦趨。

【各為其主】gè wèi qí zhǔ 各人為自己的主人效力。元代尚仲賢《單鞭奪槊》三折“徐茂公，你放手，往日咱兩個是朋友，今日各為其主也。”《三國演義》三八回：“某具言主公求賢若渴，不記舊恨；況各為其主，又何恨焉？”◇天下紛爭的年代，英雄們各為其主，南征北戰，四海厮殺。同 桀犬吠堯。

【各個擊破】gè gè jī pò 把對方一個一個地攻破。李埏《從錢帛兼行到錢楮並用》：“對割據諸國，可以調集重兵各個擊破，速戰速決。”也比喻分別對待，逐個解決。◇她是解決困難的能手，面對繁複的難題，不慌不忙，有條不紊，各個擊破，是她的強項。

【各執一詞】gè zhí yī cí 執：堅持。各人堅持一種說法。形容意見不一致。《醒世恆言•盧太學詩酒傲王侯》：“兩下各執一詞，難以定招。”清代無名氏《乾隆下江南》四三回：“汝琛回答實係山東恃勢爭奪，與敝省眾人無干，因此各執一詞，兩相爭論。”巴金《春》二一：“她看見王氏和覺民各執一詞，不能斷定誰是誰非。”同 各執己見。反 異口同聲。

【各執己見】gè zhí jǐ jiàn 見“各持己見”。

【各得其所】gè dé qí suǒ 各方面都得到滿意的安排或合適的位置。《論語•子罕》：“吾自衛反魯，然後樂正，《雅》《頌》各得其所。”宋代孔平仲《孔氏談苑•王沂公賦有宰相之意》：“擇任群材，使大小各得其所。”《紅樓夢》五八回：“當下各得其所，就如那倦鳥出籠，每日園中遊戲。”朱自清《〈背影〉序》：“我不知道怎樣處置我的材料，使他們各得其所。”同 各得其宜。

【各從其志】gè cóng qí zhì 各人依照自己

的意志行事，各幹各的。《史記•伯夷列傳》："子曰'道不同不相為謀'，亦各從其志也。"《隋唐演義》五三回："眾人道：'此時各從其志，他不去，我們是隨明公去便了。'"◇父母教育孩子，倘若各從其志，那是教育不好的。

【各就各位】 gè jiù gè wèi 各自到自己的位置上。徐遲《漢水橋頭》："所有的人已各就各位，擺好了陣勢。"◇管弦樂隊的樂手都已各就各位，等待着指揮。

【各盡所能】 gè jìn suǒ néng 各人盡自己的能力去做。《後漢書•曹褒傳》："漢遭秦餘，禮壞樂崩，且因循故事，未可觀省，有知其說者，各盡所能。"宋代黃休復《益州名畫錄•趙忠義》："廣政初，忠義與黃筌、蒲師訓合手畫《天王變相》一堵以來，各盡所能，愈於前輩。"◇要根據各人的專長調配人手，使他們各盡所能。

【名士風流】 míng shì fēng liú《後漢書•方術傳論》：漢世之所謂名士者，其風流可知矣。"後用"名士風流"指：❶有名氣有才華的讀書人的風度、習氣。"《儒林外史》十回："范學台幕中查一個童生卷子，尊公說出何景明的一段話，真乃'談言微中，名士風流'。"清代沈初《西清筆記•記名跡》："文敏圖其景絕妙，樹木森秀，氣象開遠……人僅寸許，而盡態極研，具見名士風流之致。"❷文人有才學而不拘禮法的瀟灑風貌。南朝宋劉義慶《世說新語•品藻》："理義所得，優劣乃復未辨；然門庭蕭寂，居然有名士風流，殷不及韓。"清代紀昀《閱微草堂筆記•姑妄聽之一》："李習之作《五木經》，楊大年喜葉子戲，偶然寄興，借此消閒，名士風流，往往不免。"《文明小史》三一回："好，好！咱們名士風流，正該灑脫些才是。"同 風流瀟灑。

【名下無虛】 míng xià wú xū《陳書•姚察傳》："沛國劉臻，竊於公館訪《漢書》疑事十餘條，並為剖析，皆有經據。臻謂所親曰：'名下定無虛士。'"後用"名下無虛"形容名實相符，名不虛傳。《鏡花緣》五二回："但愧知識短淺，誠恐貽笑大方，所以不敢冒昧進謁。今得幸遇，真是名下無虛。"《官場現形記》一回："未曾出榜之前，早決他們是一定要發達的，果然不出所料：足見文章有價，名下無虛。"金庸《天龍八部》一八章："話是不差，適才慕容公子大顯身手，果然名下無虛。"同 名實相符、名不虛傳。反 名不副實、徒有虛名。

【名山大川】 míng shān dà chuān 有名望的高山和大河。《尚書•武成》："厎商之罪，告於皇天后土，所過名山大川。"宋代蘇轍《上樞密韓太尉書》："太史公行天下，周覽四海名山大川。"清代徐枋《題〈孤棹江圖〉》："遠公足跡遍天下，名山大川遊攬憑弔，十四年不復歸。"鄧拓《錢松喦的山水畫》："在這短短的幾年間，他走遍了祖國的許多名山大川。"同 名山勝水。反 窮山惡水。

【名山事業】 míng shān shì yè《史記•太史公自序》："以拾遺補藝，成一家之言……藏之名山，副在京師，俟後世聖人君子。"後以"名山事業"指著書立說。郭沫若《行路難》："我在這個生活圈內，我豈能泰然晏居，從事於名山事業嗎？"王西彥《鄉下朋友》："莊道耕就一直躲在文化中心大城市，專心於名山事業。"同 著書立說。

【名不副實】 míng bù fù shí 名聲與實際不相稱，空有其名。《漢書•王莽傳上》："宰衡官以正百僚平海內為職，而無印信，名實不副。"三國魏劉劭《人物志•效難》："中情之人，名不副實，用之有效，故名由眾退，而實從事章。"唐代殷璠《〈河岳英靈集〉序》："如名不副實，才不合道，縱權壓梁竇，終無取焉。"明代張岱《快園記》："弟極苦，而住快園，世間事，名不副實，大率類此。"同 名實不副、名過其實。反 名副其實、名實相副。

【名不虛傳】 míng bù xū chuán 傳聞的名聲與實際相符合。宋代華嶽《白麵渡》詩："繫船白麵問溪翁，名不虛傳說未通。"《水滸傳》十八回："四海之內，名不虛傳，結交得這個兄弟，也不枉了。"《紅樓夢》一五回："北靜王笑道：名不虛傳，果然如'寶'似'玉'。"郁達夫

《南遊日記》："立在瀑布下流的溪旁，向上一看，果然是名不虛傳的一個奇景。"◇人人都説杭州西湖美，今日得遊西湖，果然名不虛傳。同 名不虛立、話不虛傳。反 名不副實、徒有其名。

【名正言順】míng zhèng yán shùn《論語•子路》："名不正則言不順，言不順則事不成。"後以"名正言順"指：❶名義、名分正當，就有充分的理據可説，事情就好辦。宋代蘇軾《太常少卿趙瞻可戶部侍郎制》："先王之論理財也，必繼之以正辭，名正而言順，則財可得而理，民可得而正。"《西湖佳話•錢塘霸跡》："朝廷命下，則將軍名正言順矣。"❷説話做事理據正當，堂堂正正。元代鄭德輝《倩女離魂》二折："待小生得官回來，諧兩姓之好，卻不名正言順？"《紅樓夢》四八回："他既説得名正言順，媽媽就打量着丟了一千、八百銀子，竟交與他試一試。"反 冠冕堂皇。

【名目繁多】míng mù fán duō 名稱非常多，多種多樣。清代曾國藩《葛寅軒先生家傳》："唐代設科取士名目繁多，宋司馬光請開十科以求賢。"蔡東藩《民國通俗演義》四回："還有學生衞兵，女子精武軍，及男女赤十字會，名目繁多，數不勝數。"秦牧《北京美事談》："我們這些外地人找北京那些名目繁多、五光十色的'胡同'，免不了常常要問路。"同 各式各樣、五花八門。

【名存實亡】míng cún shí wáng 名義上存在，實際已經不存在了。唐代韓愈《處州孔子廟碑》："郡邑皆有孔子廟，或不能修事，雖設博士弟子，或役於有司，名存實亡，失其所業。"清代周亮工《書影》卷六："今閩中戰艘尚有名水車者，然名存實亡矣。"◇蜿蜒萬里的古長城大都已名存實亡，成了不顯眼的土堆，甚或是田野了。同 徒有其名。

【名列前茅】míng liè qián máo 春秋時的楚國軍隊行軍時，前哨如果發現敵情，就舉起白茅報警。後用"名列前茅"表示名字排在最前面。多指考試或競賽獲得的成績最佳。清代吳熾昌《客窗閒話續集•唐詞林》："汝初冒北籍，名列前茅，恐招人忌耳。"◇一百個考生，她考了第五名，還算名列前茅吧。反 名落孫山。

【名利雙收】míng lì shuāng shōu 既得名聲，又獲利益。清代彭養鷗《黑籍冤魂》六回："其實名利雙收，三百六十行生意，再沒有強如做官的了。"《官場現形記》三四回："但願吾兄從此一帆風順，升官發財，各式事情都在此中生發，真是名利雙收，再好沒有。"◇李老師的論文在好幾家刊物上獲了獎，受邀四處演講，讓他名利雙收。同 名利兼收。

【名垂千古】míng chuí qiān gǔ 比喻名聲永遠流傳。《鏡花緣》九十回："如果造了大孽，又安能名垂千古？"◇林則徐因在廣東厲行禁煙並堅決抗英而名垂千古。同 名垂青史、名垂後世。反 遺臭萬年。

【名垂青史】míng chuí qīng shǐ 青：指古人寫書用的竹簡。青史：史書。好的名聲和事跡載入史籍，永遠流傳。《説岳全傳》二二回："但願你此去為國家出力，休戀家鄉；得你盡忠報國，名垂青史，吾願足矣。"◇人的一生只要做得清清白白，且不論名垂青史，那也足以自慰。同 名垂萬古、名垂史冊。反 遺臭萬年。

【名垂後世】míng chuí hòu shì 好名聲流傳後世。《史記•越王句踐世家》："范蠡三遷皆有榮名，名垂後世。"《三國志•臧洪傳》："故身著圖像，名垂後世。"◇犧牲在抗日戰場上的英烈，名垂後世，永為楷模。同 名垂千古、青史留名。反 遺臭萬年。

【名高天下】míng gāo tiān xià 見"名滿天下"。

【名高難副】míng gāo nán fù《後漢書•黃瓊傳》："常聞語曰：'嶢嶢者易缺，皦皦者易污。'《陽春》之曲，和者必寡，盛名之下，其實難副。"後以"名高難副"説名聲雖高，但與實情不符合。《北史•邢邵傳》："當時文人，皆邵之下，但以不持威儀，名高難副，朝廷不令出境。"同 盛名難副、徒有其名。

【名副其實】míng fù qí shí 名稱或聲譽跟實際相符。《三國志•王修傳》注引《魏略》："君澡身浴德，流聲本州，忠能成績，為世美談，名實相副，過人甚遠。"宋代范祖禹《唐鑒•天寶八年》："故夫孝子慈孫之欲顯其親，莫若使名副其實而不浮。"孫中山《與段祺瑞書》："使一切公僕各盡所能，以為人民服役，然後民國乃得名副其實矣。"同 名實相副。反 名不副實、名實不副。

【名從主人】míng cóng zhǔ rén 事物的名稱，按照原主所叫的名為名。《穀梁傳•桓公二年》："孔子曰：'名從主人，物從中國。'"《清史稿•王杲傳》："春秋之義，名從主人，非得當時紀載如元秘史者，固未可以臆斷也。"梁啟超《新中國未來記》五回到："李去病聽見他開口說'支那'兩字，心中好生不悅，忖道：怎麼連名從主人的道理都不懂得？"◇本書修訂，根據名從主人的原則，年號按史籍和文物中的原文著錄。

【名勝古跡】míng shèng gǔ jì 風景優美和有古代遺跡的著名地方。◇散佈在滾滾的黃河，滔滔的長江流域的，星羅棋佈，是多少城池，多少市鎮，多少名勝古跡啊／小城風景優美，幾處名勝古跡，如今已闢為旅遊景點了。

【名落孫山】míng luò sūn shān 宋代范公偁《過庭錄》："吳人孫山，滑稽才子也。赴舉他郡，鄉人託以子偕往；鄉人子失意，山綴榜末，先歸。鄉人問其子得失，山曰：'解名盡處是孫山，賢郎更在孫山外。'"後以"名落孫山"作為考試不中、榜上無名的委婉說法。清代袁枚《新齊諧•韓宗琦》："揭榜後，名落孫山。"《官場現形記》五四回："等到出榜，名落孫山，心上好不懊惱。"◇坐進考場難免心慌，考個名落孫山也是常有的事。同 金榜題名、榮登榜首。

【名過其實】míng guò qí shí 名位或名聲超過實際。漢代韓嬰《韓詩外傳》卷一："故祿過其功者削，名過其實者損。"《晉書•陳壽傳》："壽為亮立傳，謂亮將略非長，無應敵之才；言瞻惟工書，名過其實。議者以此少之。"◇歷史上的人物，名過其實、徒有虛名者大有人在。同 名不副實、徒有虛名。反 名實相副。

【名滿天下】míng mǎn tiān xià 天下聞名。形容名聲極大。《管子•白心》："名滿於天下，不若其已也。"宋代蘇軾《上梅直講書》："執事名滿天下，而位不過五品，其容色溫然而不怒，其文章寬厚敦樸而無怨言。"明代周楫《西湖二集•巧妓佐夫成名》："因此名滿天下，都墮其術中而不悟。"◇教授雖已名滿天下，卻毫無架子。也作"名高天下"。《史記•魯仲連鄒陽列傳》："名高天下，而光燭鄰國。"《英烈傳》二九回："不可，不可！主公德被八方，名高天下，豈可稱臣逆賊！"◇晉人王羲之，人稱書聖，書法藝術名高天下。同 天下聞名、譽滿天下。反 無名小卒、無名之輩。

【名實相副】míng shí xiāng fù 名稱或名聲和實際一致。《魏書•于忠傳》："朕嘉卿忠款，今改卿名忠，既表貞固之誠，亦所以名實相副也。"《明史•黃澤傳》："科學所以求賢，必名實相副，非徒誇多而已。"◇這個企業的名牌產品名實相副，無可挑剔。同 名實相符、名實相稱。反 名不副實、徒有虛名。

【名聞遐邇】míng wén xiá ěr 遐：遠。邇：近。名聲傳揚到各地。形容名聲很大。《魏書•崔浩傳》："奚斤辯捷智謀，名聞遐邇。"豐子愷《吃酒》："這裏有一家素菜館，叫做春風松月樓，百年老店，名聞遐邇。"同 舉世聞名、揚名四海。反 湮沒無聞、不見經傳。

【名標青史】míng biāo qīng shǐ 同"名垂青史"。元代紀君祥《趙氏孤兒》二折："老宰輔，你若存的趙氏孤兒，當名標青史，萬古流芳。"《喻世明言•史弘肇龍虎君臣會》："只因燒這蘄材，卻教鄭州奉寧軍一個上廳行首，有分做兩國夫人，嫁一個好漢，後來為當朝四鎮令公，名標青史。"◇她的祖父曾任中將，立下赫赫戰功，名標青史，為世人所崇敬。同 名垂青史、名垂史冊。

【名震一時】míng zhèn yī shí 在一個時期內名聲引起轟動。形容一時名聲很大。《新唐書•劉晏傳》："晏始八歲……號神童，名震一時。”《孽海花》二回：“即如寫字的莫友芝，畫畫的湯熏伯，非不‘洛陽紙貴’，名震一時，總嫌帶着江湖氣。”也作“名噪一時”。明代沈德符《萬曆野獲編·國師閱名偶誤》：“婁上王辰玉、松江董元宰入都，名噪一時。”清代宣鼎《夜雨秋燈錄·科場》：“朱半仙，時文中之能手也，名噪一時。”◇他的指揮才能，曾使這個交響樂團名震一時。同 名重一時、煊赫一時。反 默默無聞。

【名噪一時】míng zào yī shí 見“名震一時”。

【名韁(繮)利鎖】míng jiāng lì suǒ 像韁繩和鎖鏈一樣束縛住人的名利思想。宋代秦觀《水龍吟》詞：“名韁利鎖，天還知道，和天也瘦。”明代陳汝元《金蓮記·賦鶴》：“端只為愛河慾海起波濤，名韁利鎖不能逃，這塵緣怎消？”朱光潛《山水詩與自然美》：“‘山林隱逸’本是擺脱‘名繮利鎖’的一種途徑，後來卻變成沽名養望、獵取高官厚祿的一種法門。”同 利鎖名韁。

【吞吞吐吐】tūn tūn tǔ tǔ 形容想説又不敢説，或有話不直説。《兒女英雄傳》五回：“你一味的吞吞吐吐，支支吾吾，你把我作何等人看待？”◇他見她説話吞吞吐吐，似有難言之隱，也就打住不提。同 支支吾吾、閃爍其詞。反 暢所欲言、和盤托出。

【吞雲吐霧】tūn yún tǔ wù 原指道家修煉養氣，不吃五穀，餐霞吐霧。後形容吸食鴉片或抽煙。《黑籍冤魂》一回：“那富貴的人家，依舊的吞雲吐霧，一些也不要着急。”◇一支煙槍，一盞煙燈，吞雲吐霧，害了多少人家 / 儘管別人在一邊吸二手煙，他依然悠然自得地吞雲吐霧。

【否極泰來】pǐ jí tài lái “否”和“泰”是《易經》的卦名。否表示天地閉塞不通，泰表示天地萬物通達順利。後以“否極泰來”表示厄運到頭、好運將臨，事物發展到了極點、就要變化到反面。《古今小説·楊八老越國奇逢》：“否極泰來，天教他主僕相逢。”《水滸傳》二六回：“常言道：樂極生悲，否極泰來。”《紅樓夢》十三回：“否極泰來，榮辱自古周而復始，豈人力能可保常的。”同 時來運轉。反 樂極生悲。

【呆似木雞】dāi sì mù jī 見“呆若木雞”。

【呆若木雞】dāi ruò mù jī 呆得像一隻木頭做的雞。也作“呆似木雞”。《莊子·達生》記載：紀渻子替齊王馴養鬥雞，訓練了四十天，不料這隻鬥雞聽見別的雞叫時，卻沒有任何反應，“望之似木雞矣”。後用“呆若木雞”形容呆笨或因恐懼、驚訝而發愣的樣子。《二十年目睹之怪現狀》四五回：“我提到案下問時，那羅榮統呆似木雞，一句話也説不出來。”◇朋友被他幾句話嚇住了，呆若木雞一般愣着不動。同 呆如木雞。

【呆裏撒奸】dāi lǐ sā jiān 呆：癡呆。撒奸：施展奸詐。説外表裝作癡呆，內懷奸詐。《金瓶梅詞話》八六回：“金蓮，你休呆裏撒奸，兩頭白面，説長並道短。”元代王實甫《西廂記》三本二折：“你休要呆裏撒奸。”同 呆裏藏乖。反 呆若木雞。

【呆頭呆腦】dāi tóu dāi nǎo 形容動作和表情遲鈍的樣子。《紅樓夢》八九回：“寶二爺怎麼好！只會玩兒，全不像大人的樣子，已經説親了，還是這麼呆頭呆腦。”《孽海花》三一回：“還有在主人下首的那一位……神氣有些呆頭呆腦的，是廣東古冥鴻。”◇別看他呆頭呆腦的，人家是內秀，人可聰明呢。同 木頭木腦。反 聰明伶俐。

【吠形吠聲】fèi xíng fèi shēng 一隻狗看見生人叫起來，別的狗聽見聲音也跟着叫。漢代王符《潛夫論·賢難》：“諺云：‘一犬吠形，百犬吠聲’，世之疾此，固久矣哉。”後以“吠形吠聲”比喻不察真偽而盲目地隨聲附和。◇主子只消一抬手杖，奴才便吠形吠聲，群起而攻之。同 吠影吠聲。

【吠非其主】fèi fēi qí zhǔ《戰國策·齊策六》：“跖之狗吠堯，非貴跖而賤堯也，狗固吠非其主也。”説跖（傳説中的大盜）的犬向聖君堯吠叫，並非堯不好，是因為堯非自己的主人。比喻各為其主。《史記·淮陰侯列傳》：“跖之狗吠堯，非堯不仁，狗因吠非其主。”宋代羅大經《鶴林玉露丙編》："余謂犬之猖猖，不過吠非其主耳，是有功於主也。"《舊唐書·李嶠傳》："或請誅之，中書令張説曰：'嶠雖不辯逆順，然亦為當時之謀。吠非其主，不可追討其罪。'"

【吠影吠聲】fèi yǐng fèi shēng 漢代王符《潛夫論·賢難》："諺云：'一犬吠形，百犬吠聲'，世之疾此，固久矣哉！"説一隻狗看到生人叫起來，許多狗都會跟着叫。後用"吠形吠聲"、"吠影吠聲"比喻不察真偽，盲目隨聲附和。清代周之琦《河傳·祝九宗伯枉過戲贈》詞："十弓地小，遣吟情，種得尋常花草，吠影吠聲，那禁群兒相告。説平泉無此好。"梁啟超《管子傳》第一章："孟子當時或亦有為而發，為此過激之言。而後之陋儒，並孟子之所以自信者而無之，乃反吠影吠聲。"于之《斷想》："不作思考的盲從最可悲；恰如吠形吠聲，只等有一日真相大白，就會後悔不已。"同 人云亦云、隨聲附和。

【呂安題鳳】lǚ ān tí fèng 南朝宋劉義慶《世説新語·簡傲》載：嵇康與呂安為好友，一日，呂訪嵇不遇，嵇康兄子嵇喜出門迎接，呂安不肯進屋，只在門上題了個"鳳"字而去。"鳳"拆開為"凡鳥"二字，譏諷嵇喜平庸無奇。後用"呂安題鳳"表示登門拜訪不遇。明代許自昌《水滸傳·漁色》："須知子猷訪戴步翩躚，誰知呂安題鳳惜留連。"

【吟風弄月】yín fēng nòng yuè ❶ 古代詩人多以風花雪月為寫作題材，因此用"吟風弄月"指代吟詩或作詩。唐代范傳正《李翰林白墓誌銘》："吟風弄月，席地幕天，但貴其適所以適，不知夫所以然而然。"元代劉壎《隱居通議·詩歌二》："蓋其平生深於經術，得其理趣，而流連光景，吟風弄月，非其好也。"❷ 指詩文創作以風花雪月為題材，思想內容空虛無物。◇巴金的作品一向嚴謹而富於內涵，絕少吟風弄月之作。同 風花雪月。

【吹大法螺】chuī dà fǎ luó 大法螺：用大海螺殼做成的樂器，聲響傳得很遠，佛家施法時用以壯聲威。後藉以譏諷人空口説大話。《妙法蓮花經·序品》："今佛世尊欲説大法，雨大法雨，吹大法螺，擊大法鼓，演大法義。"◇她那種浮誇不實，吹大法螺的性格，至今沒變。同 大吹法螺。

【吹牛拍馬】chuī niú pāi mǎ 吹牛：古代黃河上游的人往牛皮袋裏吹氣，鼓足後作為筏子渡河；拍馬：北方牧區的人相見，不論對方的馬是優是劣，為討好主人，總是拍拍馬屁股稱讚馬好。後用"吹牛拍馬"比喻吹噓説大話，巴結奉承。魯迅《〈偽自由書〉後記》："我想假如曾某能把那種吹牛拍馬的精力和那種陰毒機巧的心思用到求實學一點上，所得不是要更多些嗎？"◇靠吹牛拍馬抬轎子，他一步步爬上去做了市長。同 阿諛奉承、諂媚逢迎。反 剛正不阿、正氣凜然。

【吹毛求疵】chuī máo qiú cī 吹開皮上的毛，尋找裏面的毛病。《韓非子·大體》："不吹毛而求小疵，不洗垢而察難知。"後以"吹毛求疵"比喻故意找差錯。《漢書·中山靖王劉勝傳》："有司吹毛求疵，笞服其臣，使證其君。"《水滸傳》四七回："那廝倒來吹毛求疵，因而正好乘勢去拿那廝。"◇人之相處，以寬懷為本，切忌吹毛求疵，故意留難人。同 雞蛋裏挑骨頭。

【吹灰之力】chuī huī zhī lì 比喻只需用很小的力量。多用於否定式。《老殘遊記》十七回："他因聽見老殘一封書去，撫台便這樣的信從，若替他辦那事，自不費吹灰之力。"◇沒有花吹灰之力，就把她爭取過來了／這一票賺得漂亮！沒費吹灰之力。同 舉手之勞。反 九牛二虎之力。

【吹吹打打】chuī chuī dǎ dǎ 吹笙簫，打鑼鼓。形容場面十分熱鬧。清代孔尚任《桃花扇·聽稗》："亂臣堂上掇着碗，俺倒去吹吹打打伏侍着他聽。"◇迎親隊伍一路吹吹打打招搖過市，這是以前鄉村常見的婚慶場面。同 敲鑼打鼓。

【吹氣如蘭】chuī qì rú lán ❶ 形容美女口中的氣息芳香如蘭花。戰國楚宋玉《神女賦》："陳嘉辭而云對兮，吐芬芳其若蘭。"三國魏曹植《美女篇》："顧盼遺光采，長嘯氣若蘭。”漢代郭憲《洞冥記》卷四：“（漢武）帝所幸宮人名麗娟，年十四，玉膚柔軟，吹氣如蘭。”清代陳裴之《湘煙小錄·閏湘居士序》：“箇儂吹氣如蘭，奉身如玉。”❷形容辭章華美婉約。清代王晫《今世說·企羨》：“彭羨門驚才絕豔，詞家推為獨步。王阮亭稱其吹氣如蘭，每當十郎，輒自愧傖父。”同 吹氣勝蘭、其臭如蘭。

【吹影鏤塵】chuī yǐng lòu chén 比喻雕琢粉飾虛空之物，而收不到實際的功效。《關尹子·一宇》：“言之如吹影，思之如鏤塵，聖智造迷，鬼神不識。”明代施紹莘《瑤台片玉甲種》上：“從來文人借花事作文章，每每吹影鏤塵而要非本色好。”于之《斷想》：“實幹者一步一個腳印，充實而有意義；虛榮者好大喜功，製造假像，結果是吹影鏤塵一場空。”同 空中樓閣、海市蜃樓。

【吹彈得破】chuī tán dé pò 吹一口氣，或用指輕彈一下，皮膚就破了。形容皮膚柔嫩細膩。元代王實甫《西廂記》二本三折：“你道我宜梳妝的臉兒吹彈得破……做一個夫人也做得過。”《孽海花》五回：“果然好個玉媚珠溫的人物，吹彈得破的嫩臉。”《唐祝文周全傳》六回：“（唐伯虎）從那冷靜的目光的觀察之下，似乎又從她那吹彈得破的嫩皮膚裏，隱隱看出她蘊藏着一種含情脈脈的笑容。”同 冰肌玉膚。反 五大三粗。

【吳下阿蒙】wú xià ā méng《三國志·呂蒙傳》注引《江表傳》載：三國時，吳國名將呂蒙年輕時不喜讀書，孫權告誡他要努力學習，呂蒙一改舊習，發奮用功，魯肅同他議政，竟辯不過他，因撫其背說：“吾謂大弟但有武略耳，至於今者，學識英博，非復吳下阿蒙。”後用“吳下阿蒙”指人學問尚淺的時候或學識淺陋的人。《晉書·慕容德載記》：“汝器識長進，非復吳下阿蒙也。”宋代陸九淵《與包敏道書》：“至望二賢兄，比來皆非復吳下阿蒙矣。”明代徐宏祖《遊記續篇》：“先生天遊，而人曰佳墉。嗟乎！非吳下阿蒙。”清代李漁《閒情偶寄·賓白》：“自今觀之，皆吳下阿蒙手筆也！”同 吳中阿蒙。反 學識淵博、有識之士。

【吳牛喘月】wú niú chuǎn yuè 據說江浙一帶的水牛怕熱，見到月亮以為是太陽，就怕得喘氣。《太平御覽》卷四引漢代應劭《風俗通》：“吳牛望見月則喘；使之苦於日，見月怖，喘矣！”後用於：❶比喻見到相似的事物就疑心害怕。《世說新語·言語》：“滿奮畏風，在晉武帝坐，北窗作琉璃屏，實密似疏，奮有難色。帝笑之，奮答曰：‘臣猶吳牛，見月而喘。’”❷借指炎熱難當。唐代李白《丁都護歌》：“吳牛喘月時，拖船一何苦！”

【吳越同舟】wú yuè tóng zhōu 說吳人與越人同乘一舟，遇到大風浪，仍能放下宿仇，彼此援救。比喻危難之際，利害一致，互救共生。《孫子·九地》：“夫吳人與越人相惡也，當其同舟而濟，遇風，其相救也，如左右手。”《孔叢子·論勢》：“吳越之人，同舟濟江，中流遇風波，其相救如左右手者，所患同也。”◇吳越同舟，還能同舟共濟，何況你們是親兄妹，有甚麼理由為爭家產成了不共戴天的仇人？同 風雨同舟、同舟共濟。

【吳頭楚尾】wú tóu chǔ wěi 指今江西（古稱豫章）長江中游一帶，春秋時位當吳楚兩國交界處，在吳之西境、楚之東境，如首尾相接，因此稱為“吳頭楚尾”。一般多泛指長江中游地區。宋代黃庭堅《謁金門》詞：“山又水，行盡吳頭楚尾。兄弟燈前家萬里，相看如夢寐。”元代魏初《人月圓·為細君壽》曲：“吳頭楚尾，風雨江船。”也作“楚尾吳頭”。宋代張孝祥《念奴嬌》詞：“家在楚尾吳頭，歸期猶未，對此驚時節。”《水滸全傳》一一〇回：“地分吳楚，江心有兩座山……正佔着楚尾吳頭。”

【吮癰舐痔】shǔn yōng shì zhì 癰：一種毒瘡。用嘴吸膿瘡裏的膿血，用舌頭舔痔瘡。《莊子·列禦寇》：“秦王有病召醫，破癰潰痤者得車一乘，舐痔者得車五乘，所治癒下，得車愈多。”後比喻無恥地諂媚巴結。南朝宋鮑照《瓜步山楬文》：“販交買名之薄，吮癰舐痔之卑，安足議其是非！”明代王世貞《鳴鳳記•嚴嵩慶壽》：“附勢趨權，不辭吮癰舐痔。”章炳麟《革命之道德》：“其人率督撫之外嬖也，同卧共起，吮癰舐痔者，是其天職然也。”同 奴顏媚骨、諂諛取容。反 方正不阿。

【告往知來】gào wǎng zhī lái 從瞭解過去的事，就可以推知未來的事。形容思想敏銳深刻。《論語•學而》：“告諸往，而知來者。”清代魏源《詩比興箋序》：“昔夫子……與賜、商言詩，切磋繪事，告往知來。”◇王先生善於觀察世事的脈絡變化，條分縷析，告往知來。同 數往知來、觀往知來。

【告哀乞憐】gào āi qǐ lián 乞求人憐憫和幫助。告：求。《北洋軍閥統治時期史話》七一章：“杜又派人分頭疏通，告哀乞憐地請求他們勿再辭動，以保全內閣的體面。”◇荒旱歲月，向親友告哀乞憐，借得幾斗幾升，敷衍三日五日。

【告貸無門】gào dài wú mén 沒有地方可以借錢，形容陷入錢財拮据的困境。也作“借貸無門”清代林則徐《江蘇陰雨連綿田稻歉收情形片》：“今冬情形，不但無墊米之銀，更恐無可買之米。”劉斯奮《白門柳•夕陽芳草》：“如此，富者或無大礙，而貧者從此告貸無門，生計俱絕矣！”◇本小利微，告貸無門，生意是難以為繼了。

【含血噴人】hán xuè pēn rén 用口含的污血噴射別人。比喻捏造事實誣陷好人。清代李玉《清忠譜•叱勘》：“你不怕刀臨頭頸，還思含血噴人。”《孽海花》十八回：“況且沒有把柄的事兒，給一個低三下四的奴才含血噴人，自己倒站着聽風涼話兒！”◇你這是含血噴人，無賴清白好人！同 血口噴人。

【含辛茹苦】hán xīn rú kǔ 茹：吃。比喻忍受種種辛苦。《二刻拍案驚奇》卷二十：“只好含辛茹苦，自己懊悔怨恨，沒個處法。”古華《芙蓉鎮•人和鬼》：“含辛茹苦，艱難萬分地去獲取生命的養分。”◇她年紀輕輕就守了寡，含辛茹苦把孩子養大成人。同 茹苦含辛。反 驕奢淫逸。

【含沙射影】hán shā shè yǐng 晉代干寶《搜神記》說，有一種叫蜮的怪物，在水中用含着的沙子噴射人的影子，被射中的人會生病或死亡。唐代白居易《讀史》詩：“含沙射人影，雖病人不知；巧言構人罪，至死人不疑。”後比喻以惡毒語言影射誹謗或陷害別人。宋代羅大經《鶴林玉露》卷四：“詩意言君子或死或貶，唯小人得志，深畏其含沙射影也。”◇在背地裏含沙射影地罵人，卻又不敢站出來公開罵，畢竟是因為膽怯。

【含英咀華】hán yīng jǔ huá 英、華：花。咀：嚼。咀嚼花朵花瓣，比喻細細地琢磨和體味詩文中的精華。唐代韓愈《進學解》：“沉浸醲郁，含英咀華。”明代張居正《贈吳霽翁督學山東序》：“今世學者，含英咀華，選詞吐豔，蓋人人能矣。”梁啟超《中國古代思潮》：“莊生本南派巨子，而復北學於中國，含英咀華，所得獨深。”

【含苞待放】hán bāo dài fàng ❶ 形容花蕾即將開放時的狀態。巴金《秋》二：“花圃裏那些含苞待放的芍藥花點綴在繁茂的綠葉中間。”❷ 比喻青春少女嬌羞內蘊的柔媚氣質。◇說她美豔十分，不如說她含苞待放，更能傳達出她那少女的羞澀情懷。同 含苞欲放、含苞吐萼。反 柳折花殘、人老珠黃。

【含苞欲放】hán bāo yù fàng 裹着的花蕾即將開放。◇早春季節，郊外的桃花含苞欲放。同 含苞待放。

【含垢忍恥】hán gòu rěn chǐ 含：包容、忍耐。忍受着恥辱。宋代胡銓《上高宗封事》：“陛下尚不覺悟，竭民膏血而不恤，忘國大讎而不報，含垢忍恥，舉天下而臣之，甘心焉。”巴金《夢與醉•生》：“而那般含垢忍恥積來世福或者夢想死後天堂的‘芸芸眾生’卻早已被人忘記，連埋骨之所也無人知道了。”也作“含垢忍辱”。清代昭槤《嘯亭雜錄•理藩院》：“漢唐主不能與抗，乃至和親納幣，含垢忍辱，以求旦夕之安。”◇她由於家貧，不得不含垢忍恥，到那家虎狼公司打工。

【含垢忍辱】hán gòu rěn rǔ 見“含垢忍恥”。

【含哺鼓腹】hán bǔ gǔ fù 嘴裏嚼着食物，肚子吃得鼓鼓的。《莊子•馬蹄》："夫赫胥氏之時，民居不知所為，行不知所之，含哺而熙，鼓腹而遊。"後用"含哺鼓腹"、"鼓腹含哺"形容豐衣足食，或酒足飯飽。《後漢書•岑彭傳》："狗吠不驚，足下生氂，含哺鼓腹，焉知凶災？"《陳書•世祖紀》："守宰明加勸課，務急農桑，庶鼓腹含哺，復在茲日。"元代楊得祿《大有年》詩："重書大有光千古，鼓腹含哺樂太平。"《歧路燈》三一回："早晨便在衙門前酒飯館內，被譚紹聞請了一個含哺鼓腹。"

【含笑九泉】hán xiào jiǔ quán 九泉：指地下。形容死而無憾。《鏡花緣》三回："我兒前去得能替我出得半臂之勞，我亦含笑九泉。"同 含笑入地、死而無憾。反 死不瞑目、抱恨終天。

【含冤負屈】hán yuān fù qū 背負着冤情，承受着委屈。元代武漢臣《生金閣》四折："説無休、訴不盡的含冤負屈情。"《初刻拍案驚奇》卷一一："實是不忍他含冤負屈，故此來到台前控訴。"◇鋌而走險，是含冤負屈而又無能為力的人最常做的選擇。同 負屈含冤、銜冤負屈。反 報仇雪恨、平反昭雪。

【含冤莫白】hán yuān mò bái 蒙受冤屈卻無法辯白昭雪。◇一身正氣，卻被貪官污吏陷害，含冤莫白二十年／不要説含冤莫白，就是鋃鐺入獄冤沉海底的，都大有人在，社會就是這麼不公正！同 沉冤莫白、冤沉海底。

【含情脈脈】hán qíng mò mò 眼神和表情中透露着盈盈的情意。也作"脈脈含情"。唐代李德裕《二芳叢賦》："一則含情脈脈，如有思而不得，類西施之容冶。"宋代趙長卿《蝶戀花》詞："雨浥紅妝嬌娜娜，脈脈含情，欲向風前破。"《花月痕》一一回："二人說話，脈脈含情。"◇一雙水汪汪的眼睛，含情脈脈地看着他。同 溫情脈脈。反 冷若冰霜。

【含飴弄孫】hán yí nòng sūn 飴：麥芽糖。含着糖逗孫子玩。形容閒適自樂的老年生活。《後漢書•明德馬皇后紀》："吾但當含飴弄孫，不能復知政事。"宋代王禹偁《送牛冕傳》："含飴弄孫，盡高堂之樂，腰金拖紫，居百城之長。"蘇曼殊《送鄧邵二君序》："復見二君含飴弄孫於桃花塢雞犬之間，不為亡國之人，未可知也。"同 抱子弄孫、承歡膝下。反 鰥寡孤獨、斷子絕孫。

【含蓼問疾】hán liǎo wèn jí 蓼：一種有辛辣味的水草。《吳越春秋•勾踐歸國外傳》載：越王勾踐誓報吳仇，含辛茹苦，撫慰有疾病的百姓，終於滅吳復國。後用"含蓼問疾"表示君主忍辱負重，與百姓同甘共苦。《三國志•先主傳》裴松之注引晉代習鑿齒曰："（先主）追景升之顧，則情感三軍；戀赴義之士，則甘與同敗。觀其所以結物情者，豈徒投醪撫寒，含蓼問疾而已哉？其終濟大業，不亦宜乎！"

【含糊其辭】hán hú qí cí 話説得不明不白，意思表達得模棱兩可。宋代袁燮《待御史贈通議大夫汪公墓誌銘》："是非予奪，多含糊其辭，公則不然，可則曰可，否則曰否。"《東周列國誌》五回："二人先受岸賈之囑，含糊其詞，不肯替趙氏分辨。"朱自清《執政府大屠殺記》："其實這只要看政府巧電的含糊其辭，也就夠證明了。"同 閃爍其詞、模棱兩可。反 直言不諱、直截了當。

【君子之交】jūn zǐ zhī jiāo 有道德有修養的人的友誼不重榮華富貴。《莊子•山木》："且君子之交淡若水，小人之交甘若醴（lǐ，甜酒）。君子淡以親，小人甘以絕。"郭象注："無利故淡，道合故親。"宋代辛棄疾《洞仙歌》詞："味甘終易壞，歲晚還知，君子之交淡如水。"元代費唐臣《貶黃州》三折："我止望周人之急緊如金，君子之交淡如水。"◇君子之交，雖不必密切如火，卻也不可故作清高，冷落別人。反 酒肉朋友、狐朋狗友。

【君子協定】jūn zǐ xié dìng 本指國際間只以口頭承諾或交換函件而不用書面契約形式訂立的協定（它和書面條約具有相同的效力），後指互相信任的口頭承諾。◇不必寫借條了，咱們訂個君子協定，兩個月內你還我這筆錢就是了。同 一言為定。反 口說無憑。

【味同嚼蠟】wèi tóng jiáo là 像嚼蠟一樣沒有味道。比喻沒情趣、沒意思。多指文章或說話枯燥無味。《儒林外史》一回：“但世人一見了功名，便捨着性命去求他，及至到手之後，味同嚼蠟。”◇叫她讀那二十四史的“本紀”、“列傳”，簡直味同嚼蠟，提不起半點興趣。同 味如嚼蠟、興味索然。反 興趣盎然、興致勃勃。

【味如雞肋】wèi rú jī lèi《三國志·武帝紀》裴松之注引《九州春秋》載：三國時曹操率兵攻打漢中，戰事不順之時打算退軍，出了個口令叫“雞肋”。主簿楊修知道口令後便收拾行裝，並對別人說：“夫雞肋，棄之如可惜，食之無所得，以比漢中，知王欲還也。”後以“味如雞肋”比喻繼續做下去，難有獲益，但放棄又未免可惜。清代錢大昕《世味》詩：“世味如雞肋，浮生笑鼠肝。”◇面對這份味如雞肋的感情，她不知道該繼續下去，還是該及早放棄。

【味如嚼蠟】wèi rú jiáo là 像嚼蠟一樣沒有味道。比喻沒情趣、沒意思。多指文章或說話枯燥無味。元代喬吉《玉交枝》曲：“飄飄好夢隨落花，紛紛世味如嚼蠟。”宋代洪邁《書僧房》詩：“味如嚼蠟那禁咀，茶甘未回君莫去。”清代葉燮《原詩》卷八：“本無奇意，而飾從奇字……味如嚼蠟，展誦未竟，但覺不堪。”魯迅《兩地書》三二：“週刊上常有極鋒利肅殺的詩，其實是沒有意思的，情隨事遷，即味如嚼蠟。”同 味同嚼蠟、索然無味。

【呵佛罵祖】hē fó mà zǔ《景德傳燈錄·宣鑒禪師》：“是子將來有把茅蓋頭，呵佛罵祖去在。”說如果不受前人拘束，就可以突破前人。後比喻沒有顧慮，敢作敢為。明代梅鼎祚《玉合記·緣合》：“使不得呵佛罵祖。”清代黃宗羲《與友人論學書》：“訾毀先儒，呵佛罵祖，是天上天下惟我獨尊之故智也。”金庸《天龍八部》四十章：“少林寺屬於禪宗，向來講究‘頓悟’，呵佛罵祖尚自不忌。”

【咂嘴弄舌】zā zuǐ nòng shé 嘴唇開合摩擦出聲，擺動舌頭。❶ 形容見到食物時，饞涎欲滴的樣子。《儒林外史》十回：“他一時慌了，彎下腰去抓那粉湯吃，又被兩個狗爭着，咂嘴弄舌的來搶那地下的粉湯吃。”◇大夥兒一起頭上冒汗，一起咂嘴弄舌，熱騰騰的豆花上了一碗又一碗，直到一鍋豆花完全進了肚裏。❷ 表示驚訝或讚賞的神情。《官場現形記》一回：“他看了又看，唸了又唸。正在那裏咂嘴弄舌，不提防肩膀上有人拍了他一下。”《負曝閒談》一一回：“丹陽廩生默然無語，溧陽監生還咂嘴弄舌的道妙。”◇山頭不住的簌簌噴水，人們都停下來，咂嘴弄舌，點頭歎賞。同 咂嘴弄唇。

【呱呱墜地】gū gū zhuì dì ❶ 指嬰兒出生。呱呱：形容嬰兒的哭聲。蘇曼殊《斷鴻零雁記》三章：“爾呱呱墜地，無幾月，即生父見背。”◇那時她已有兩個月的身孕，過了七個月，一個五斤四兩的小丫頭呱呱墜地。❷ 比喻新生事物問世。李大釗《〈晨鐘〉之使命》：“(《晨鐘》)歡迎呱呱墜地之新中華。”同 呱呱墮地。

【呼幺喝六】hū yāo hè liù 喝：叫喊。幺、六：骰子上面分別標的一點和六點。❶ 賭徒擲骰子時為求獲彩而高聲喊叫。《水滸全傳》一〇四回：“那些擲色的在那裏呼幺喝六，攧錢的在那裏喚字叫背。”清代東山雲中道人《唐鍾馗平鬼傳》十回：“再往後進，見左邊一屋，房門緊閉，呼幺喝六，甚是鬧熱。將門打開，是幾個少年子弟，在內擲骰賭博。”葉聖陶《我們的驕傲》：“他說在海棠溪小茶館裏躲避空襲，一班工人不知道厲害，還在呼幺喝六地賭錢。”❷ 形容盛氣凌人地大聲呵斥。《喻世明言·滕大尹鬼斷家私》：“見老子病勢沉重，料是不起，便呼幺喝六，打童罵僕，預先裝出家主公的架子來。”《官場現形記》八回：“如今看見出局的轎子，一般是呼幺喝六，橫衝直撞。”同 呼盧喝雉、盛氣凌人。

【呼天叫屈】hū tiān jiào qū 見“喊冤叫屈”。

【呼天喚地】hū tiān huàn dì 哭叫天，呼喊地。形容極為怨恨或痛苦。《洪秀全演義》二三回："無奈軍心慌亂，那裏還敢接戰，都呼天喚地逃竄。"◇他前後各排房子一查看，空空如也，搶得精光，痛惜得呼天喚地、頓足捶胸地嚎叫起來。同 呼天搶地、捶胸頓足。

【呼天搶地】hū tiān qiāng dì 大聲叫天，用頭撞地。形容極端悲痛、冤屈或焦急的樣子。《儒林外史》四十回："蕭雲仙呼天搶地，盡哀盡禮。"清代湘靈子《軒亭冤·喋血》："心如麻，冤難叫，真教我呼天搶地，淚如珠掉。"◇火越燒越大，往外逃的人群被堵在門口，呼天搶地。也作"搶地呼天"。《官場現形記》一四回："老板奶奶見媳婦已死，搶地呼天，哭個不了。"◇沒想到離家半日，就被賊人偷了個精光，進得房來，只見家徒四壁，頓時急得搶地呼天。同 捶胸頓足。反 歡天喜地。

【呼牛呼馬】hū niú hū mǎ《莊子·天道》："昔者子呼我牛也而謂之牛，呼我馬也而謂之馬。"後用"呼牛呼馬"說叫牛也好，叫馬也好，不管別人怎樣叫、怎樣看，悉聽尊便，概不計較。清代李漁《閒情偶寄·草木》："前人署牡丹為花王，署芍藥以花相……花神有靈，付之勿較，呼牛呼馬，聽之而已。"清代俞樾《〈七俠五義〉序》："呼牛呼馬，無關輕重也。"同 呼牛作馬。

【呼之欲出】hū zhī yù chū ❶ 形容藝術作品中的人物形象生動逼真，像活的一樣，叫他一聲就會出來。宋代蘇軾《郭忠恕畫贊》："空蒙寂歷，煙雨滅沒，恕先在焉，呼之或出。"後世多作"呼之欲出"。明代張岱《木猶龍銘》："海立山奔，煙雲滅沒，謂有龍焉，呼之欲出。"徐遲《祁連山下》六："（畫中）這麼多的人物，個個生動活潑，呼之欲出。"❷ 表示某人將要出面任職或擔當某種角色。聶紺弩《諸夏有君論》："當世人主為誰……在兩公尊腦，必然此中有人，呼之欲出也。"同 栩栩如生。反 木雕泥塑。

【呼朋引類】hū péng yǐn lèi 呼喊朋友，招引同類，共同做某件事。多用於貶義。明代張居正《乞鑒別忠邪以定國是疏》："然後呼朋引類，借勢乘權，恣其所欲為。"清代張岱《陶庵夢憶·揚州清明》："（博徒）呼朋引類，以錢擲地，謂之跌成。"也作"呼朋喚友"。《白雪遺音·馬頭調·逛窰子》："呼朋喚友把窰子進。身入迷魂，裝煙倒茶，好不殷勤。"同 引類呼朋。

【呼朋喚友】hū péng huàn yǒu 見"呼朋引類"。

【呼庚呼癸】hū gēng hū guǐ《左傳·哀公十三年》："吳申叔儀乞糧於公孫有山氏……對曰：'粱則無矣，麤糧有之，若登首山以呼曰'庚癸乎！'則諾。"庚：主穀；癸：主水。庚癸：古人作為軍糧的隱語。後以"呼庚呼癸"：❶ 比喻向人借貸。清代賀長齡《敬陳時務疏·順治十七年》："各處新舊大兵月餉，壓欠動至半年，呼庚呼癸，苦無以應。"周雲鵬《浪淘沙·鹽南災況贈高老居士》詞："十室九無人，散盡雞豚，呼庚呼癸那堪聞。"❷ 祈求農業獲得豐收。明代張岱《雜著·失題》："況時逢豐穰，呼庚呼癸，一歲自兆重登。"

【呼風喚雨】hū fēng huàn yǔ ❶ 叫風就起風，叫雨就下雨。形容神仙或道士等法力大。元代尚仲賢《柳毅傳書》一折："輕咳嗽早呼風喚雨，誰不知他氣捲江湖。"葉聖陶《招魂》："祖師的大徒弟能夠呼風喚雨，能夠招狐狸精來同他握手。"❷ 比喻能力超凡或大顯身手。有時含貶義。梁啟超《羅蘭夫人傳》："友人布列梭，創一愛國報於巴黎，友人占尼亞，創一自由報於里昂，夫人皆為其主筆，呼風喚雨，驚天動地。"◇誰都知道她是商界呼風喚雨的人物。同 大顯身手、大顯神通。反 無能為力、碌碌無能。

【呼盧喝雉】hū lú hè zhì 指賭博。喝：喊叫。盧、雉：古代賭博時骰子擲出的兩種彩色。宋代陸游《風順舟行甚疾戲書》詩："呼盧喝雉連暮夜，擊兔伐狐窮歲年。"清代王浚卿《冷眼觀》一二回："還是個堂堂的前任江南鹽巡道呢！而且做過製造局督辦，只為那種好賭的臭脾氣改不掉，終日在衙署裏公然的呼盧喝雉，夥了些不肖的同寅賭正賬。"同 呼幺喝六。

【咆哮如雷】páo xiào rú léi 咆哮：猛獸怒

吼。形容人或動物暴怒喊叫的聲音極大。清代李百川《綠野仙蹤》二七回：“只氣的咆哮如雷，向眾家丁道：‘妖人已去，你等可分頭追趕！’”茅盾《子夜》四：“曾滄海舞着那半段鴉片煙槍，咆哮如雷，一手掄起一枝錫燭台，就又劈面擲過去。”同 暴躁如雷。反 心平氣和。

【咄咄怪事】duō duō guài shì《世説新語•黜免》：“殷中軍（殷浩）被廢在信安，終日恆書空作字，揚州吏民尋義逐之，竊視，唯作‘咄咄怪事’四字而已。”咄咄：表示驚歎的聲音。後以“咄咄怪事”形容不合常理，難以理解的事情。明代陶宗儀《南村輟耕錄•發宋陵寢》：“凡夢中神所許，稽其數，無一不合，咄咄怪事乃如此。”清代沈起鳳《壯夫縛貓》：“未知彼父兄所司何事，而竟放任至此，是真咄咄怪事。”季羨林《牛棚雜憶•抄家》：“他們中有的人對自己過去的所作所為沒有感到一點悔恨，豈非咄咄怪事！”同 不可思議、匪夷所思。反 天經地義、不足為奇。

【咄咄逼人】duō duō bī rén ❶ 形容後來居上，給人以淩駕、超越之感。晉代衞鑠《與釋某書》：“衞有一弟子王逸少（王羲之），甚能學衞真書，咄咄逼人。”明代宋濂《元故奉訓大夫楊君墓誌銘》：“初君為童子時，屬文輒有精魄，諸老生咸謂咄咄逼人。”❷ 形容氣勢或言語、神態盛氣凌人。宋代朱熹《答方賓生書》：“時論咄咄逼人，一身利害不足言，政恐坑焚之禍，遂及吾黨耳。”◇冷酷的目光咄咄逼人／言辭犀利，咄咄逼人。同 來勢洶洶、盛氣凌人。反 低聲下氣、委曲求全。

【呶呶不休】náo náo bù xiū 呶呶：形容説話嘮叨。嘮嘮叨叨，説個不停。《花月痕》四四回：“歸班呶呶不休，秋痕就不大理他。歸班沒趣，自去探訪狗頭信息。”《海天情侶》三六回：“玉山樵者見猛攻無效，只得召集各派各教的負責人聚集在距魔宮大門兩節之地，商議對策。正在呶呶不休的時候，又聽到宮牆上一陣巨響。”◇這位喝了太多洋酒的詩人，坐在麵包車裏，呶呶不休地演説。同 喋喋不休、嘵嘵不休。

【和而不同】hé ér bù tóng 和：和諧。同：苟同。和諧地相處，但不隨便附和。《論語•子路》：“君子和而不同，小人同而不和。”《前漢紀•孝武皇帝紀》：“以文會友，和而不同，進德及時，樂行其道。”宋代范仲淹《水火不相入而相資賦》：“和而不同，亦猶天地分而其德合，山澤乖而其氣通。”

【和光同塵】hé guāng tóng chén《老子》：“和其光，同其塵。”和光：涵蓄着光彩。同塵：混同於塵俗。後以“和光同塵”比喻不露鋒芒，多指與世無爭，或隨波逐流的處世態度。《後漢書•張奐傳》：“吾前後仕進，十要銀艾，不能和光同塵，為讒邪所忌。”《警世通言•宋小官團圓破氈笠》：“今日做范公門館，豈肯卑污苟賤，與童僕輩和光同塵，受其戲侮！”朱秀海《喬家大院》三十章：“我這個朝廷的三品命官，為了復職，竟然也要和光同塵，去票號向那些山西老摳借貸銀兩。”同 與世無爭。反 鋒芒畢露。

【和如琴瑟】hé rú qín sè《詩經•常棣》：“妻子好合，如鼓琴瑟。”好合：情投意合。後以“和如琴瑟”比喻夫妻相親相愛。清代董誥《處士胡君墓誌銘》：“宜其室家，和如琴瑟。”◇唐朝家訓中的夫妻之禮講究相敬如賓，和如琴瑟，唐人認為：敬則不辱，和則不疏。同 舉案齊眉。反 琴瑟不調。

【和風細雨】hé fēng xì yǔ 溫和的風，細微的雨。宋代張先《八寶裝》詞：“花蔭轉，重門閉，正不寒不暖，和風細雨，困人天氣。”後也比喻溫和不粗暴。◇同事之間產生爭論在所難免，但要和風細雨，互相尊重，不能動氣。反 暴風驟雨、疾風暴雨。

【和氣生財】hé qì shēng cái 説待人和善就能招財進寶。魯迅《彷徨•離婚》：“一個人總要和氣些，‘和氣生財’，對不對？”張恨水《春明外史》六八回：“做生意人，和氣生財，説話客氣一點，這樣大呼小叫的作甚麼？”老舍《四世同堂》二八："老人一輩子最重要的格言是'和氣生財'。"

【和氣致祥】hé qì zhì xiáng 致：招致。和睦融洽可以招致吉祥。《漢書•劉向傳》："和氣致祥，乖氣致異。祥多者其國安，異眾者其國危，天地之常經，古今之通義也。"明代王陽明《悟真錄•卧馬塚記》："心安則氣和，和氣致祥，其多受祉福以流衍於無盡，固理也哉！"《鏡花緣》七一回："後來田家因不分家，那棵紫荊又活轉過來，豈不是和氣致祥的明驗麼？"反 乖氣致戾。

【和衷共濟】hé zhōng gòng jì《尚書•皋陶謨》："同寅協恭和衷哉。"《國語•魯語下》："夫苦匏不材于人，共濟而已。"後用"和衷共濟"比喻團結一致，共同克服困難，達致最終目的。明代陳子龍《論召對內降疏》："在陛下淵衷，以方諭大臣和衷共濟，恐憲臣憨直，奏對之際，復生異同。"清代吳趼人《近十年之怪現狀》三回："若要辦理得善，頭一着先要諸大股東和衷共濟，以外的事自然就都好商量了。"◇在這艱難的時候，大家只有和衷共濟，才能找到出路。同 風雨同舟、患難與共。反 自相殘殺、同室操戈。

【和睦相處】hé mù xiāng chǔ 彼此友好地相處。季羡林《風風雨雨一百年•寸草心》："我們家和睦相處，你尊我讓，從沒吵過嘴。"◇小花貓和小黑狗和睦相處，彼此在一起玩得很開心，小莉莉在一邊看得哈哈笑。反 自相殘殺。

【和盤托出】hé pán tuō chū 把所有東西連同盤子一起端出來。比喻毫無保留地全部拿出來或說出來。《警世通言•莊子休鼓盆成大道》："田氏將莊子所著《南華真經》及老子《道德》五千言，和盤托出獻與王孫。"清代李漁《閒情偶記•結構》："持此為心，遂不覺以生平底裏和盤托出。"◇他將傾畢生之力收藏的清代青花瓷和盤托出，捐給了國家 / 見她真心誠意幫自己，便把實情和盤托出。也作"合盤托出"。清代李光庭《鄉言解頤•婚姻》："鄙夫欣羡之眼，敗家婦不足之心，合盤托出。"◇丈夫若不將事情合盤托出，消除不了她心中的疑團。同 直言不諱、開門見山。反 守口如瓶、秘而不宣。

【和璧隋珠】hé bì suí zhū ❶ 和璧：和氏璧。據《韓非子•和氏》記載：楚人卞和在荊山得一璞玉，先後獻給厲王、武王，都以為是石頭，卞和以欺君罪被砍斷兩足。文王登位，使人剖璞，果得寶玉，因命之曰和氏璧。隋珠：據《淮南子•覽冥訓》高誘注：古代隋國姬姓諸侯見一大蛇受傷，就用藥救活了它，後蛇於江中銜明月珠報救命之恩，因稱隋侯珠。後以"和璧隋珠"指世上罕有的珍寶。唐代張庭珪《請勤政崇儉約疏》："去奇伎淫巧，損和璧隋珠，不見可欲，使心不亂，自然波清四海，塵消九域。"❷ 比喻極其珍貴的東西或絕色美人。明代《劉生覓蓮記》下："生即復書：重佩卿愛，仰奇無涯，筆舌難謝。追思唱酬，得只言片句，如寶和璧隋珠。"清代張春帆《九尾龜》七回："見他同着那絕色倌人同坐在斜對一張桌上，真是和璧隋珠，珊瑚玉樹，交枝合璞，掩映生輝。"同 連城之璧、奇珍異寶。反 一文不值。

【和顏悅色】hé yán yuè sè 溫和的面容，喜悅的表情。形容臉色和藹可親。漢代荀爽《女誡》："昏定晨省，夜卧早起，和顏悅色，事如依恃，正身潔行，稱為順婦。"晉代陶淵明《庶人孝傳贊•江革》："和顏悅色，以盡歡心。"《金瓶梅》五一回："終日在外面，與幾個朋友，在那裏吃酒耍玩，有時家來，沒有和顏悅色，終是與人鬧氣。"◇對同事他總是和顏悅色的，叫人願意接近。同 和藹可親、笑容滿面。反 大發雷霆、橫眉怒目。

【和藹可親】hé ǎi kě qīn 和藹：和善。態度溫和，使人感到親近。《官場現形記》二九回："原來這唐六軒唐觀察為人極其和藹可親，見了人總是笑嘻嘻的。"丁玲《杜晚香》："覺得她誠懇嚴肅、和藹可親、工作細緻。"◇兩個老頭都已經霜染兩鬢，也都異常和藹可親。同 和顏悅色、平易近人。反 盛氣凌人、疾言厲色。

【命中注定】mìng zhōng zhù dìng 宿命論認為人的一切遭遇都是命運預先安排確

定的，人力無法挽回。《醒世恒言•錢秀才錯佔鳳凰儔》："這是我命中注定，該做他家的女婿。"張愛玲《金鎖記》六章："當初她為甚麼嫁到姜家來？為了錢麼？不是的，為了要遇見季澤，為了命中注定她要和季澤相愛。"同 命該如此、命裏注定。

【命若游絲】mìng ruò yóu sī 见"命若懸絲"。

【命若懸絲】mìng ruò xuán sī 形容生命垂危。《敦煌變文集•大目乾連冥間救母變文》："娘娘見今飢困，命若懸絲，汝若不起慈悲，豈名孝順之子？"《宋高僧傳》卷八："嗚呼！後世受吾衣者命若懸絲，小子識之。"《三國演義》三六回："吾今命若懸絲，專望救援。"也作"命若游絲"。《女皇神慧》一六章："大江南北的善男信女，從四面八方擁到寺廟為相王祈福，但他仍然命若游絲。"同 氣息奄奄、奄奄一息。反 生龍活虎、生氣勃勃。

【命蹇時乖】mìng jiǎn shí guāi 蹇：不順利。乖：違背。説命運不濟，遭遇坎坷。明代董説《西遊補》十回："行者把頭一縮，趲將出去；誰知命蹇時乖，闌干也會縛人，明明是個冰紋闌干，忽然變作幾百條紅線，把行者團團繞住，半些兒也動不得。"清代吳璿《〈飛龍全傳〉序》："余自恨命蹇時乖，青雲之想，空誤白頭。"同 時乖命蹇、數奇命蹇。反 時來運轉。

【周而復始】zhōu ér fù shǐ 周：環繞一周。轉了一圈，又重新開始。指不斷地循環。也作"週而復始"。《史記•封禪書》："天增授皇帝太元神策，周而復始。"《紅樓夢》一三回："否極泰來，榮辱自古週而復始，豈人力所能常保的？"郁達夫《蜃樓》："這就是逸群每日在病院裏過着的周而復始的生活。"同 循環往復。

【咎由自取】jiù yóu zì qǔ 罪過或災禍是自己招來的。《官場現形記》四七回："因此破家蕩產，鬻兒賣女，時有所聞，雖然是咎由自取，然而大家談起來，總説這卜知府辦的太煞認真了。"清代百一居士《壺天錄》卷中："引盜入室，咎由自取。"◇出了這麼大的麻煩，我看咎由自取，怨不得天，怪不得地。同 咎有應得。反 飛來橫禍。

【咎有應得】jiù yǒu yīng dé 咎：追究過失。説追究其罪責而給予應有的懲罰，罪有應得。清代佚名《西巡回鑾始末》上："豐台站長等，因聞警先逃，致車站被焚，實屬咎有應得，即著天津縣先行收禁，候再嚴辦。"丁中江《北洋軍閥史話》一五八："北京政府責成張查辦高，張以輕描淡寫的口吻了此公案：'查高士儐咎有應得，尚能悔悟，應予免議。'"茅盾《蝕》三："他想：難道從前自己是瞎了眼睛，竟看不出這些破綻？但轉念後，卻也承認了自己是咎有應得。"同 咎由自取、罪有應得。反 飛來橫禍、無妄之災。

【咸與維新】xián yǔ wéi xīn《尚書•胤征》："天吏逸德，烈於猛火，殲厥渠魁，脅從罔治。舊染汙俗，咸與惟新。"孔傳："言其餘人，久染汙俗，本無惡心，皆與更新。"因以指一切受惡劣習俗影響或犯罪的人都可以改過自新。後亦泛指革故圖新。南朝梁代沈約《赦詔》："隆平之化，庶從茲始，宜播嘉惠，咸與維新，可大赦天下。"清代林則徐《會奏銷化煙土已將及半情形摺》："俾中外咸知震讋，從此洗心革面，庶幾咸與維新矣。"魯迅《吶喊•阿Q正傳》："這是咸與維新的時候了，所以他們便談得很投機。"

【哄堂大笑】hōng táng dà xiào 據唐代趙璘《因話錄•御史三院》記載，唐代御史台分為台、殿、察三院，由台院裏資歷深的御史管理雜事，稱為"雜端"。在公堂一起進食時，都不言笑，如果雜端先笑，三院的人才跟着笑起來，這叫作"哄（烘）堂"。後用"哄堂大笑"形容滿屋的人同時大笑。《紅樓夢》四一回："劉姥姥兩隻手比着説道：'花兒落了，結了個大倭瓜。'眾人聽了，哄堂大笑起來。"◇他説話怪腔怪調，常常引起哄堂大笑。同 烘堂大笑。反 哭天喊地。

【品竹彈絲】pǐn zhú tán sī 指吹奏管弦樂器。竹、絲：竹製管樂器和弦樂器。明代高明《琵琶記•牛氏規奴》："繡屏前品竹彈絲，擺列的是朱唇粉面。”清代王韜《〈淞濱瑣話〉自序》：“生平於品竹彈絲、棋枰曲譜，一無所好。”◇向門裏望去，卻見幾個精緻女子，穿紅着綠，都在客堂裏品竹彈絲。同 品竹調弦、品竹調絲、彈絲品竹。

【品頭論足】pǐn tóu lùn zú 形容隨便說長道短，議論別人的長短好壞。◇與同事相處，切忌在背後品頭論足／他就像一位庸俗的老太婆，喜歡東家長、西家短地品頭論足。同 評頭論足、評頭品足。

【品學兼優】pǐn xué jiān yōu 品行學業都是優秀的。清代程趾祥《此中人語•倚屏美人圖》：“有某生者，風流高雅，品學兼優。”◇老師因為這學生品學兼優，也很樂意接受這個玩笑。

【咬牙切齒】yǎo yá qiè chǐ 咬緊牙關。比喻痛恨或氣憤到了極點。元代孫仲章《勘頭巾》二折：“為甚事咬牙切齒，唬的犯罪人面色如金紙。”《水滸傳》七十回：“只見水軍頭領早把張清解來，眾多兄弟都被他打傷，咬牙切齒，盡要來殺張清。”◇見她如此頂撞，父親氣得咬牙切齒，恨不得一巴掌摑上去。同 咬牙恨齒、切齒痛恨。反 千恩萬謝、感激涕零。

【咬文嚼字】yǎo wén jiáo zì ❶ 形容仔細斟酌或推敲字句的意義。元代秦簡夫《剪髮待賓》二折：“你道是一點墨半張紙，不中吃，不中使……又則道俺咬文嚼字。”◇要學好古文，少不了咬文嚼字。❷ 形容死摳字眼，不知變通。《儒林外史》九回：“還在東家面前咬文嚼字，指手畫腳的不服。”胡適《〈水滸傳〉考證》：“我又最恨人家咬文嚼字的評文，但我卻又有點‘考據癖’。”❸ 形容拿腔捏調，賣弄學識。明代無名氏《司馬相如題橋記》：“如今那街市上常人，粗讀幾句書，咬文嚼字，人叫他做半瓶醋。”《紅樓夢》二七回：“他們必定把一句話拉長了，作兩三截兒，咬文嚼字，拿着腔兒，哼哼唧唧的，急的我冒火。”同 反覆推敲、字斟句酌。反 不求甚解。

【咬緊牙關】yǎo jǐn yá guān 形容面對困難或痛苦能夠挺住或堅持下來。巴金《多印幾本西方名著》：“那麼究竟是老老實實、承認落後，咬緊牙關、往前趕上好呢，還是把門關緊、閉上眼睛當‘天下第一’好？”◇斷炊斷糧的日子，咬緊牙關總算走過來了。同 堅韌不拔。

【咳唾成珠】ké tuò chéng zhū《莊子•秋水》：“子不見夫唾者乎？噴則大者如珠，小者如霧。”後以“咳唾成珠”喻指言語優雅精當，出口成章或詩文優美。《後漢書•趙壹傳》：“執家多所宜，咳唾自成珠。”宋代陸佃《適南亭記》：“公，蘇人也。自其少時，已有詩名，咳唾成珠，人以傳玩。”◇他的風采來自他咳唾成珠的語言功底，來自他曲折波瀾的談話方式。

【哀天叫地】āi tiān jiào dì 悲慘地呼號天地。形容極度悲痛、嚎啕痛哭的情狀。《紅樓夢》二五回：“平兒豐兒等哭得哀天叫地，賈政心中也着了忙。”◇那孩子在靈前哭得哀天叫地，眾人無不動容。同 哀痛欲絕。

【哀兵必勝】āi bīng bì shèng 心懷憤激或悲憤之情的軍隊必定勝利。哀：沉痛、悲憤。《老子》六九章：“抗兵相若，哀者勝矣。”後以“哀兵必勝”指受壓抑而奮起抗爭的一方必定會勝利。《啼笑因緣續集》十回：“不，哀兵必勝！……何小姐能彈《易水吟》的譜子嗎？”反 驕兵必敗。

【哀思如潮】āi sī rú cháo 哀傷的思緒如同潮湧一般。形容極度悲痛。京劇《平原作戰》第五場：“趙勇剛（唱）：哀思如潮熱淚灑，平川有邊仇無涯。”◇面對着空空的牀位，人亡物在，室友們不禁哀思如潮。

【哀感天地】āi gǎn tiān dì 形容哀痛至極，天地都為之感動。《五燈會元•二祖阿難尊者》：“王聞失聲號慟，哀感天地。”◇她那哀感天地的哭號，讓人震驚。

【哀感頑豔】āi gǎn wán yàn 本指歌聲音調悽惻，悲婉動人，使頑鈍和聰慧的人都受感動。三國魏繁欽《與魏文帝箋》：“詠北狄之遐征，奏胡馬之長思，悽入肝脾，哀感頑豔。”後以“哀感頑豔”指作品意旨哀怨、感傷而綺麗感人。清代徐釚《詞苑叢談•品藻二•兩宋詞評》：“苟舉當家之詞，如柳屯田哀感頑豔，而少寄託。”《二十年目睹之怪現狀》七一回：“這封信卻是駢四驪六的，足有三千多字，寫得異常的哀感頑豔。”端木蕻良《科爾沁旗草原》八：“想起家裏傳說的三仙姑的哀感頑豔的故事，空氣裏都有一種飄逸的情感。”

【哀鴻遍野】āi hóng biàn yě 哀鳴的鴻雁遍佈原野。《詩經•鴻雁》：“鴻雁于飛，哀鳴嗷嗷。”後用“哀鴻遍野”比喻到處都是呻吟呼號、流離失所的災民。梁啟超《新羅馬•弔古》：“我記得歷史上的羅馬何等殷闐繁盛，怎麼今日卻是哀鴻遍野，春燕無歸？”孫中山《興中會宣言》：“朝廷則鬻爵賣官，公行賄賂，官府則剝民刮地，暴過虎狼……哀鴻遍野，民不聊生。”同 赤地千里、啼飢號寒。反 人壽年豐、五穀豐登。

【咫尺天涯】zhǐ chǐ tiān yá 比喻雖然相距很近，但因受到限制很難相見，就像遠在天邊一樣。咫：古代長度單位。也作“天涯咫尺”。元代關漢卿《新水令》曲：“阻鸞鳳，分鶯燕，馬頭咫尺天涯遠，易去難相見。”《花月痕》一回：“受讒謗，遭挫折，生離死別，咫尺天涯。”老舍《趙子曰》六：“可憐，咫尺天涯，只是看不見王女士的倩影。”同 咫尺千里。反 天涯比鄰。

【咫尺萬里】zhǐ chǐ wàn lǐ《南史•竟陵文宣王子良傳》：“幼好學，有文才，能書善畫，於扇上圖山水，咫尺之內便覺萬里為遙。”後以“咫尺萬里”。❶ 形容在短小的篇幅內展現出寥廓深遠的意境。唐代郎士元《題劉相公三湘圖》：“微明三巴峽，咫尺萬里流。”王闓運《湘綺樓論唐詩》：“杜甫歌行，自稱鮑庾，加以時事，大作波濤，咫尺萬里，非虛誇矣。”❷ 比喻距離雖近卻猶相隔萬里。唐代林蘊《上安邑李相公安邊書》：“當昔漢室，彼為內府，囊睬走馬，曾不虛日，咫尺萬里，煙塵不動。”《雲笈七籤》卷一一七：“良久，復聆天樂笳籥之音，尋訪之意彌切，但四隅陡絕，咫尺萬里。”

【哲人其萎】zhé rén qí wěi 哲人：智慧卓越，品德賢明的人。萎：枯萎，指死亡。《禮記•檀弓上》：“泰山其頹乎？樑木其壞乎？哲人其萎乎？”後作為悼念逝者語。多用於悼詞或碑帖。漢代崔瑗《河間相張平子碑》：“哲人其萎，罔不時恫。”葉聖陶《鄉里善人》：“泰山其頹，哲人其萎的成語，在祭文、輓聯哀詩中隨處露臉。”◇季羨林先生逝世，哲人其萎，是學術界的一大損失。同 山頹木壞。

【唇亡齒寒】chún wáng chǐ hán 嘴唇沒有了，牙齒就會感到寒冷。比喻雙方利害緊密相關，失去一方，另一方就會受到威脅或損害。《左傳•僖公五年》：“晉侯復假道於虞以伐虢。宮之奇諫曰：虢，虞之表也；虢亡，虞必從之……諺所謂‘輔車相依，唇亡齒寒’者，其虞虢之謂也。”宋代文瑩《玉壺清話》卷六：“時雖已下荊楚，孟昶有唇亡齒寒之懼。”◇你想分化他們恐怕很難，他們懂得唇亡齒寒的道理。同 唇齒相依。

【唇紅齒白】chún hóng chǐ bái 見“齒白唇紅”。

【唇焦舌敝】chún jiāo shé bì 見“舌敝唇焦”。

【唇槍舌劍】chún qiāng shé jiàn 見“舌劍唇槍”。

【唇齒之邦】chún chǐ zhī bāng 就像嘴唇和牙齒互相依存一樣，雙方是利害攸關的國家。《古今小說》卷二五：“王上可親詣齊國和親，結為唇齒之邦，歃血為盟。”◇中朝一江相隔，中日一衣帶水，都是唇齒之邦。同 一衣帶水、唇齒相依。

【唇齒相依】chún chǐ xiāng yī 比喻彼此互相依存，關係十分密切。漢代劉歆《新議》：“交之於人也，猶唇齒之相濟。”《三國志•鮑勳傳》：“王師屢征而未有所克者，蓋以吳蜀唇齒相依，憑阻山水，有難拔之勢故也。”《晉書•楊駿傳》：“今宗室疏，因外戚之親以得安，外戚危，倚宗室之重以為援，所謂唇齒相依，計之善者。”◇兩個行業唇齒相依，興衰緊密相連。同 唇亡齒寒、唇輔相連。反 冰炭不容、水火不容。

【哭天抹淚】kū tiān mǒ lèi 抹：揩去。形容痛哭落淚之狀。《紅樓夢》三二回：

"前日不知為甚麼攆出去，在家裏哭天抹淚的，也都不理會他。"◇姐姐這兩天正為女兒的病哭天抹淚。同 哭眼抹淚。反 歡天喜地。

【哭天喊地】kū tiān hǎn dì 哭叫天地。形容因蒙受冤屈或內心不平而喊冤叫屈的樣子。◇人們議論她水性楊花，議論她騙男人錢財，她無從申辯，縱使哭天喊地也說不清道不白。同 呼天籲地。

【哭笑不得】kū xiào bù dé 哭也不是，笑也不是。形容非常尷尬，不知怎麼做才好。馮玉祥《我的生活》二二章："看他說話的神氣，請安的姿勢，完完全全都是滿清的派頭，使我哭笑不得。"徐遲《狂歡之夜》："到處發生了啼笑皆非，哭笑不得的事情。"同 啼笑皆非。

【唉聲歎(嘆)氣】āi shēng tàn qì 因傷感、煩悶、困頓或痛苦而發出歎息。《紅樓夢》三三回："我看你臉上一團私慾愁悶氣色，這會子又唉聲嘆氣，你那些還不足？"《九命奇冤》十七回："三個人唉聲歎氣，連環一般的不斷。"◇別總是唉聲歎氣，想想辦法吧。反 氣吞山河。

【唐突西子】táng tū xī zǐ 見"唐突西施"。

【唐突西施】táng tū xī shī 唐突：冒犯。西施：春秋時越國美女，後人也稱西子。《世說新語•輕詆》："何乃刻畫無鹽以唐突西子也。"《晉書•周顗傳》："庾亮嘗謂顗曰：'諸人咸以君方樂廣。'顗曰："何乃刻畫無鹽唐突西施也！"無鹽：戰國時的醜女。說細緻地描摹了無鹽，卻冒犯了美女西施。後用"唐突西施"、"唐突西子"比喻抬高了醜的，貶低冒犯了美的。明代袁宏道《西施山》："爾昔為館娃主人，鞭棰叱喝，唐突西子，何顏復行浣溪道上？"清代張南莊《何典》七回："令愛天姿國色，只宜配王孫公子。若與我這……鄉下人相配豈不是唐突西施？"同 刻畫無鹽。

【喏喏連聲】nuò nuò lián shēng 喏喏：答應聲。形容非常順從的樣子。元代鄭德輝《周公攝政》一折："耳邊聽口不住稱神聖，臣惟能喏喏連聲，臨大節怎敢違尊命。"《水滸傳》三十回："蔣門神此時方才知是武松，只得喏喏連聲告饒。"蔡東藩《民國通俗演義》七四回："各代表又喏喏連聲。"同 唯唯諾諾、惟命是從。反 桀驁不馴、犯上作亂。

【啞口無言】yǎ kǒu wú yán 形容一時沉默下來，無言以對。《醒世恒言•徐老僕義憤成家》："二人一吹一唱，說得顏氏心中啞口無言。"《官場現形記》四四回："他倆扭進來的時候，各人都覺得自己理長，恨不得見了堂翁，各人把各人苦處訴說一頓，及至被執帖大爺訓斥一番，登時啞口無言，不知不覺，氣焰矮了大半截。"郭沫若《屈原》第五幕："張儀被罵得啞口無言。"◇一番話把他駁得啞口無言。同 有口難言。反 言無不盡。

【啞然失笑】yǎ rán shī xiào 情不自禁地笑出聲來。漢代趙曄《吳越春秋•越王無餘外傳》："禹濟江南省水理，黃龍負舟，舟中人怖駭，禹乃啞然而笑。"《聊齋誌異•王子安》："王子安方寸之中，頃刻萬緒，想鬼狐竊笑已久，故乘其醉而玩弄之，牀頭人醒，寧不啞然失笑哉？"清代章學誠《文史通義•文理》："反覆審之，不解所謂，詢之良宇，啞然失笑。"同 啞然而笑。

【唱空城計】chàng kōng chéng jì 空城計，用《三國演義》的故事。蜀漢將領馬謖失守街亭，魏將司馬懿率兵進逼西城，諸葛亮手中無兵，就設空城計，自己坐在城門上彈琴，敞開城門，叫老兵在那裏掃地，司馬懿見狀懷疑有伏兵，就撤兵歸去，諸葛亮騙過了司馬懿。後用"唱空城計"比喻：❶用某種手段掩蓋自己的弱點，藉以騙過對方。◇別聽他唱空城計，那是假的！❷比喻內中空虛。◇其實公司是靠舉債度日，早唱空城計了。

【唱對台戲】chàng duì tái xì 原指兩個戲班對台表演或同時同地演出，稱作"唱對台戲"，現多比喻雙方對着幹或展開競爭。柳青《創業史》第二部第十章："郭振山是故意和咱們唱對台戲。"◇不能一直唱對台戲，再這樣下去兩敗俱傷。反 握手言歡。

【唱獨腳戲】chàng dú jiǎo xì 比喻一個人

獨自做某事，沒人幫助。◇別人都出差去了，留下我一個人唱獨腳戲／由你這孤家寡人唱獨角戲，這事兒能辦得成嗎？同 孤立無援、孤軍作戰。反 群策群力。

【唾手可得】tuò shǒu kě dé 像往手上吐唾沫那樣容易得到。比喻不費力氣就能獲得或達到目的。《三國演義》七回："韓馥無謀之輩，必請將軍領州事，就中取事，唾手可得。"康有為《上清帝第五書》："唾手可得，俯拾即是，如蟻慕膻，聞風並至。"同 唾手而得、唾手可取。

【唾面自乾】tuò miàn zì gān 別人往臉上吐唾沫也不擦，讓它自己乾。《新唐書•婁師德傳》："其弟守代州，辭之官，教之耐事。弟曰：'人有唾面，絜之乃已。'師德曰：'未也。絜之，是違其怒，正使自乾耳。'"後形容逆來順受，受到侮辱，也能忍受下來。《兒女英雄傳》三五回："他從年輕時候得了選拔，便想到他祖上唾面自乾的那番見識，究竟欠些褒氣。"梁啟超《新民説》第八節："夫人而至於唾面自乾，天下之頑鈍無恥，孰過是焉。"◇別説唾面自乾，就算點她一兩句，她都受不了。同 含垢忍辱。

【唯我獨尊】wéi wǒ dú zūn 見"惟我獨尊"。

【唯利是圖】wéi lì shì tú 見"惟利是圖"。

【唯妙唯肖】wéi miào wéi xiào 見"惟妙惟肖"。

【唯命是從】wéi mìng shì cóng 只要吩咐便聽從，絕對服從。《左傳•昭公十二年》："今周與四國服事君王，將唯命是從，豈其愛鼎？"《後漢書•渤海鮑宣妻傳》："大人以先生修德守約，故使賤妾侍執巾櫛，既奉承君子，唯命是從。"清代荑荻散人《玉嬌梨》三回："學生在此做的是朝廷的官，朝廷有命，東西南北，唯命是從。"同 惟命是從、唯命是聽。

【唯唯諾諾】wěi wěi nuò nuò 連聲答應。《韓非子•八奸》："此人主未命而唯唯，未使而諾諾，先意承旨，觀貌察色以先主心者也。"後用"唯唯諾諾"形容恭順地依從別人的樣子。《醒世恆言•三孝廉讓產立高名》："他思念父母面上，一體同氣，聽其教誨，唯唯諾諾，並不違拗。"鄭振鐸《桂公塘》："告二貴酋，要求其轉達，也只是唯唯諾諾的，不置可否。"同 百依百順、依阿取容。反 自行其是、我行我素。

【唯鄰是卜】wéi lín shì bǔ 所住的地方，首要選擇的是鄰居。《左傳•昭公三年》："非宅是卜，唯鄰是卜。"◇唯鄰是卜，有了好鄰居，生活就會安寧和諧。

【唸唸有詞】niàn niàn yǒu cí 見"念念有詞"。

【啜菽飲水】chuò shū yǐn shuǐ 吃豆子，飲清水。《禮記•檀弓下》："子路曰：'傷哉貧也！生無以為養，死無以為禮也。'子曰：'啜菽飲水，盡其歡，斯之謂孝。'"後用以形容生活清苦。宋代司馬光《辭知制誥第七狀》："如此則臣生負大罪，死負餘愧，雖進極榮顯，不若啜菽飲水長為布衣也。"◇即便啜菽飲水，也不能做違背法紀的事。同 簞食瓢飲。反 錦衣玉食。

【問心無愧】wèn xīn wú kuì 回顧、反省自己的所做所為，沒有讓自己慚愧的地方。清代紀昀《閱微草堂筆記•槐西雜志一》："君無須問此，只問己心。問心無愧，即陰律所謂善。"《官場現形記》五一回："我為了朋友，就是被人家説我甚麼，我究竟自己問心無愧。"巴金《秋》一五："只要你自己做事問心無愧，別的也不用去管了。"反 無地自容、羞愧難當。

【問長問短】wèn cháng wèn duǎn ❶ 形容問這問那，非常關切。《紅樓夢》三五回："（寶玉）將人都支出去，然後又陪笑問長問短。"《官場現形記》三七回："湍制台問長問短，異常關切。"冰心《姑姑》："她問長問短，又問我為何總不上她家裏去。"❷ 形容提出不同的問題。魯迅《南腔北調集•誰的矛盾》："他本不是百科全書，偏要當他百科全書，問長問短，問天問地。"◇下了課，她攔住老師問長問短，老師都不厭其詳地一一解釋給她聽。同 噓寒問暖、問寒問暖。

【問寒問暖】wèn hán wèn nuǎn 形容關懷體貼別人。康濯《我在鄉下》："他短不了上我屋裏來拉扯個時事，還常常問寒問暖問吃問住，親熱的不行。”同 噓寒問暖、無微不至。反 冷言冷語、不聞不問。

【問罪之師】wèn zuì zhī shī ❶ 討伐犯罪者的軍隊。《舊唐書·侯君集傳》：“天子以高昌驕慢無禮，使吾恭行天罰，今襲人於墟墓之間，非問罪之師也。”❷ 比喻進行嚴厲責問的人。宋代胡銓《戊午上高宗封事》：“羈留虜使，責以無禮，徐興問罪之師。”《聊齋誌異·葛巾》：“日已向辰，喜無問罪之師。”❸ 比喻進行指摘、責難。◇大姐大興問罪之師，不問青紅皂白，奚落了我一通。

【問道於盲】wèn dào yú máng 向盲人問路。唐代韓愈《答陳生書》：“足下求速化之術，不於其人，乃以訪愈，是所謂借聽於聾，求道於盲。”後用“問道於盲”比喻向一無所知的人求教，得不到幫助。有時用作自謙之辭。宋代陳亮《戊申再上孝宗皇帝書》：“書生便以為長淮不易守者，是亦問道於盲之類耳。”《儒林外史》八回：“但只問着晚生，便是問道於盲了。”何滿子《第三類名人和名言》：“倘若震於‘大師’之名，一律拜倒，豈不與問道於盲同等荒唐？”同 借聽於聾。

【喜上眉梢】xǐ shàng méi shāo 眉梢：眉尖。眉宇間透出喜悅的神情。《風流十傳·五金魚傳》：“桂娘偷睛覷之，轉首語菊娘曰：‘此即陌上人也，姐何前日怪妹言乎？’菊不答，自覺喜上眉梢。”明代沈璟《紅蕖記》三六齣：“石勢參差烏鵲橋，羅綺晴驕，絳蠟催燒。記詩成珠玉在揮毫，情印心苗，喜上眉梢。”《兒女英雄傳》二三回：“思索良久，得了主意，不覺喜上眉梢。”同 喜形於色、喜眉笑眼。反 愁眉不展、愁容滿面。

【喜不自勝】xǐ bù zì shèng 控制不住內心的喜悅。形容高興到了極點。唐代裴鉶《傳奇·孫恪》：“恪慕其容美，喜不自勝。”《紅樓夢》一一一回：“寶玉聽了，喜不自勝，走來恭恭敬敬磕了幾個頭。”◇得知考進了香港大學，她心中喜不自勝，臉上笑逐顏開。同 樂不可支。反 悲痛欲絕。

【喜出望外】xǐ chū wàng wài 比希望得到的更好，感到分外高興。宋代蘇軾《與李之儀書》：“契闊八年，豈謂復有見日，漸進中原，辱書尤數，喜出望外。”《紅樓夢》六四回：“賈璉自是喜出望外，感謝賈珍、賈蓉父子不盡。”何香凝《孫中山與廖仲愷》：“在會場上初次看見了知名的革命家——孫中山先生，真是喜出望外。”同 大喜過望。反 冷水澆頭、兜頭一瓢冷水。

【喜形於色】xǐ xíng yú sè 臉上表現出高興的神情。形容內心的喜悅無法抑制。唐代吳兢《貞觀政要·納諫》：“太宗聞其言，喜形於色。”《紅樓夢》一〇四回：“見寶釵沉厚更勝先時，蘭兒文雅俊秀，便喜形於色。”曹禺《日出》第四幕：“潘月亭喜形於色，由中門進來。”同 喜上眉梢、喜眉笑眼。反 憂形於色、憂心如焚。

【喜眉笑眼】xǐ méi xiào yǎn 眉眼之間露出喜色和笑容。形容喜悅歡欣的表情◇半月以後，李老頭兒喜眉笑眼地搬進了新房子 / 媳婦生了個八斤重的胖兒子，全家人一個個喜眉笑眼。同 眉花眼笑、眉開眼笑。反 愁眉苦臉、眉頭不展。

【喜怒哀樂】xǐ nù āi lè 喜悅、憤怒、哀傷、歡樂。泛指人的各種感情。《禮記·中庸》：“喜怒哀樂之未發，謂之中；發而皆中節，謂之和。”宋代陳亮《與呂伯恭正字》：“今而後知克己之功，喜怒哀樂之中節，要非聖人不能為也。”《紅樓夢》一一一回：“喜怒哀樂未發之時，便是個性，喜怒哀樂已發，便是情了。”王水照《雍正帝的朱批諭旨》：“作為萬民之主的雍正帝，當然也有常人的喜怒哀樂，但他的性格、感情大都已被政治化。”同 酸甜苦辣。

【喜怒無常】xǐ nù wú cháng 一會兒高興，一會兒發怒，性情多變，難以捉摸。《呂氏春秋·誣徒》：“喜怒無處，言談日易。”處：常。《魏書·楊大眼傳》：“然征淮堰之役，喜怒無常，捶撻過度，軍士頗憾焉。”《歧路燈》三七回：“又豈知這傻公子性情，喜怒無常，一時上心起來，連那極疏極下之人，奉之上座，親如水乳，一時厭煩起來，即至親好友，也不願見面的。”老舍《趙子曰》三：“可是一時不便改變態度，被人家看出自己喜怒無常的弱點。”反 不假辭色。

【喜氣洋洋(揚揚)】xǐ qì yáng yáng 洋洋：欣喜得意的樣子。形容非常歡樂或極其得意的神態。唐代司空圖《障車文》：“滿盤羅餡，大榼酒漿，兒郎偉總，擔將歸去，教你喜氣揚揚。”宋代袁甫《番陽喜晴贈幕僚》詩：“耄倪載詠，喜氣洋洋。”《二刻拍案驚奇》卷二十：“巢大郎已知陳定官司問結，放膽大了，喜氣洋洋轉到家裏。”《廿載繁華夢》三二回：“各人不知周棟臣百感交集，還自喜氣洋洋，直到後堂裏。”◇聽説兒子考進香港大學，她自是喜氣揚揚。同 歡天喜地。反 憂心忡忡。

【喜笑顏開】xǐ xiào yán kāi 形容十分高興，笑容滿面。《醒世恆言》卷三十：“故人相見，喜笑顏開，遂留於衙署中安歇。”《鏡花緣》六五回：“眾人聽了，無不喜笑顏開。”◇沒想到問題一下子就解決了，全家人都喜笑顏開。同 笑逐顏開。反 愁眉不展。

【喜從天降】xǐ cóng tiān jiàng 形容意想不到的喜事突然降臨，格外高興。元代馬致遠《青衫淚》三折：“微之，甚風吹得你來，貴腳踏賤地，使下官喜從天降。”《水滸傳》四十回：“張順見了宋江，喜從天降，便拜道：‘自從哥哥吃官司，兄弟坐立不安，又無路可救……不想仁兄已有好漢們救出，來到這裏。’”《儒林外史》三回：“老太太迎着出來，見兒子不瘋，喜從天降。”同 喜出望外。反 禍從天降。

【喜新厭故】xǐ xīn yàn gù 見“喜新厭舊”。

【喜新厭舊】xǐ xīn yàn jiù 也作“喜新厭故”。❶ 喜歡新的，厭棄舊的。宋代葉適《淮西論鐵錢五事狀》：“常人之情，喜新厭舊，所以有只要新錢之説，豈可舊錢遂成無用！”蔡東藩《民國通俗演義》八十回：“有幾個喜新厭故的人物擬加入主權、教育……已審議了好幾次，終因黨見不同未曾議決。”❷ 指用情不專一。《黑籍冤魂》二二回：“再説張子誠自從討了如夫人以後，喜新厭故，也是常情，妻妾之間，也常常要爭風吃醋。”巴金《秋》一六：“他喜新厭舊，跟哪一個人都好不長久。”同 見異思遷、朝秦暮楚。反 忠貞不二、從一而終。

【喜聞樂見】xǐ wén lè jiàn 喜歡聽，樂意看。指很受歡迎。吳晗《卧薪嘗膽的故事》：“他的卧薪嘗膽的故事，兩千多年來為人民所喜聞樂見。”◇粵劇一直是粵語區內普羅大眾所喜聞樂見的劇種。

【喜躍抃舞】xǐ yuè biàn wǔ 歡欣跳躍，拍手舞蹈。形容極其歡樂的情態。《列子•湯問》：“娥（韓娥）還，復為曼聲長歌，一里老幼喜躍抃舞，弗能自禁，忘向之悲也。”同 手舞足蹈。

【喪心病狂】sàng xīn bìng kuáng 喪失理智，言行極其荒謬、昏亂或瘋狂之極。《宋史•范如圭傳》：“公（指秦檜）不喪心病狂，奈何為此？必遺臭萬世矣！”《好逑傳》十一回：“那水小姐是個閨中賢淑，怎説此喪心病狂之言，定是誰人詐騙！”反 仁至義盡、合情合理。

【喪家之犬】sàng jiā zhī quǎn 無家可歸的狗。《史記•孔子世家》：“孔子適鄭，與弟子相失，孔子獨立郭東門。鄭人或謂子貢曰：‘東門有人，其顙似堯，其項類皋陶，其肩類子產，然自要（腰）以下不及禹三寸，纍纍若喪家之狗。’”後以“喪家之犬”、“喪家之狗”比喻失去依靠、無處投奔、流浪在外的人。也形容驚慌失措的人。晉代夏侯湛《抵疑》：“當此之時，若失水之魚，喪家之狗，行不勝衣，言不出口，安能干當世之務，觸人主之威，適足以露狂簡而增塵垢。”《金瓶梅詞話》四七回：“忙忙如喪家之犬，急急似漏網之魚。”冰心《老舍和孩子們》：“舒伯伯給我的信裏説，他在紐約，就像一條喪家之犬。”

【喪家之狗】sàng jiā zhī gǒu 見“喪家之犬”。

【喪魂失魄】sàng hún shī pò 見“喪魂落魄”。

【喪魂落魄】sàng hún luò pò 嚇得丟了魂魄。形容害怕、惶恐到了極點，或形容心神不定、六神無主。也作“喪魂失魄”。歐陽予倩《潘金蓮》第五幕：“自你一氣出門以後，我是和喪魂失魄一般，就活着也沒有意思。” 管樺《懲罰》五：“鬼子山本踉蹌了一下，岔開兩腿，喪魂落魄地瞥了一眼從死屍堆裏露出半個臉的川島。” 同 失魂落魄、亡魂喪膽。反 氣定神閒、一身是膽。

【喪盡天良】sàng jìn tiān liáng 天良：良心，天賦的善心。完全喪失了人的良心，毫無人性，殘忍歹毒至極。《檮杌閒評》三九回：“許知府又想出個毒計來，真是喪盡天良！”《兒女英雄傳》二回：“小的可敢説‘怎麼樣’呢，不過是老爺待小的恩重，見不到就罷了，既見到了，要不拿出血心來提補老爺，那小的就喪盡天良了。” 巴金《談〈秋〉》：“但即使是這樣，我仍然不能説陳姨太就是一個‘喪盡天良’的壞女人。” 同 喪心病狂、滅絕人性。反 菩薩心腸、慈悲為懷。

【喪權辱國】sàng quán rǔ guó 喪失主權，使國家蒙受屈辱。歐陽山《柳暗花明》八九：“懲辦喪權辱國的官僚！” ◇在沙俄武力脅迫下，清政府簽訂了喪權辱國的瑷琿條約，把大片膏腴之地割讓給俄國。反 捐軀報國。

【喋喋不休】dié dié bù xiū 喋喋：形容話多。嘮嘮叨叨，説個沒完沒了。清代紀昀《閱微草堂筆記·灤陽消夏錄一》：“一俗士言辭猥鄙，喋喋不休，殊敗人意。”《聊齋誌異·雊鵒》：“浴已，飛簷間，梳翎抖羽，尚與王喋喋不休。” ◇樹老根多，人老話多，老人總是喋喋不休，説了一遍又一遍。同 刺刺不休、呶呶不休。反 默不作聲、默默無言。

【喃喃自語】nán nán zì yǔ 喃喃：低聲細語。小聲地自言自語。清代紀昀《閱微草堂筆記·槐西雜志一》：“獻縣禮房吏魏某，臨終喃喃自語曰：‘吾處閒曹，自謂未嘗作惡業；不虞貧婦請旌，索其常例，冥謫如是其重也。’” 沙汀《呼嚎》：“她聽見了好多人都在喃喃自語，或者向熟朋友歎氣，‘好了！也應該太平了！’” 也作“喃喃細語”。《北史·隋房陵王勇傳》：“乃向西北奮頭，喃喃細語。”《歧路燈》三五回：“竹影斜侵月照欞，喃喃細語人傾聽。” 同 呢喃細語。

【喃喃細語】nán nán xì yǔ 見“喃喃自語”。

【喊屈鳴冤】hǎn qū míng yuān 見“喊冤叫屈”。

【喊冤叫屈】hǎn yuān jiào qū 呼喊受到了冤枉委屈。多表示申訴。《紅樓夢》八三回：“金桂將桌椅杯盞盡行打翻，那寶蟾只管喊冤叫屈，那裏理會他半點兒？” ◇他到處喊冤叫屈，説是有人陷害他。也作“喊屈鳴冤”、“呼天叫屈”。明代天然癡叟《石點頭·侯官縣烈女殲仇》：“方六一隨入看視，假意呼天叫屈。”《禪真後史》五八回：“胡講！家主既用毒藥與你丈夫吃時，為何不行救應，死後又不赴州縣喊屈鳴冤？必是通姦謀死無疑！” 同 鳴冤叫屈。

【喝西北風】hē xī běi fēng 形容窮困得沒有飯吃。《儒林外史》四一回：“都像你這一毛不拔，我們喝西北風。” ◇一分錢都沒得進，快喝西北風了。同 飢腸轆轆、飢寒交迫。反 飽食終日、豐衣足食。

【單刀直入】dān dāo zhí rù ❶ 比喻向着既定目標，勇敢進取。《景德傳燈錄·旻德和尚》：“若是作家戰將，便須單刀直入，莫更如何若何。”《兒女英雄傳》六回：“那女子見她來勢凶惡，先就單刀直入取那和尚，那和尚也舉棍相迎。” ❷ 比喻説話直截了當，不拐彎抹角。◇見她繞來繞去説不到痛處，他便單刀直入地一語點出要害。同 直截了當。反 轉彎抹角。

【單刀赴會】dān dāo fù huì 指三國名將關羽持單刀隻身往見東吳將領魯肅的故事。《三國志·魯肅傳》：“肅邀羽相見，各駐兵馬百步上，但請將軍單刀俱會。”《三國演義》六六回：“吾來日獨駕小舟，只用親隨十餘人，單刀赴會，看魯肅如何近我！” 後泛指孤身一人或僅帶少數人去參加有危險的約會，形容有膽略，無所畏懼。《北洋軍閥統治時期史話》第七章：“孫（孫中山）敢於‘單刀赴會’，不能不引起袁（袁世凱）的暗中驚佩。”

【單身貴族】dān shēn guì zú 指獨身的成年人。多指比較年輕富有、注重享受生活的人。◇聽説只是香港和上海，單身貴族就有幾十萬。反 雙宿雙飛、比翼雙飛。

【單絲不線(綫)】dān sī bù xiàn 一根絲搓不成線。❶ 比喻獨自一人結不成姻緣。元代無名氏《連環計》二折："説甚麼單絲不綫，我着你缺月再圓。" ❷ 比喻一個人身單力孤，辦不成事。《水滸傳》四八回："為見解珍、解寶是個好漢，有心要救他，只是單絲不線，孤掌難鳴，只報得他一個信。"《西遊記》四四回："行者暗自喜道：'我欲下去與他混一混，奈何單絲不線，孤掌難鳴，且回去照顧八戒、沙僧，一同來耍耍。'"《禪真後史》一一回："眾公人鷹拿雁抓，將林澹然縛綁定了。正是單絲不線，孤掌難鳴。" 同 孤掌難鳴、獨木難支。反 眾擎易舉、眾志成城。

【單槍匹馬】dān qiāng pǐ mǎ 打仗時一個人單打獨鬥。五代汪遵《烏江》詩："兵散弓殘挫虎威，單槍匹馬突重圍。" 後多比喻無人幫助，一人單獨行動。明代梁辰漁《浣紗記·飛報》："一身轉戰作先鋒，單槍匹馬飛鞚，親遭暗箭身重傷。" ◇如今到了地球村時代，凡事要講協作，一味單槍匹馬蠻幹，怕是不行了。同 匹馬單槍。

【單鵠寡鳧】dān hú guǎ fú 鵠：天鵝。鳧：野鴨。孤單的天鵝，獨居的鴨子。本是古代琴曲名。《西京雜記》卷五："齊人劉道強，善彈琴，能作《單鵠寡鳧》之弄。聽者皆悲，不能自攝。" 後多以比喻喪偶或配偶離散的人。◇妻子去世後，他成了這山村裏的單鵠寡鳧，只有那條叫阿黑的狗一直跟着他。同 離鸞別鳳、別鳳離鸞。反 花好月圓、破鏡重圓。

【喘息未定】chuǎn xī wèi dìng 急促的呼吸還沒有平復。形容得不到短暫的休息或調整。多因情況緊急所致。《東周列國誌》七回："立寨甫畢，喘息未定，忽聞寨後一聲炮響，火光接天，車聲震耳，諜者報鄭兵到了。"《洪秀全演義》一一回："待其到時，喘息未定，急攻之可獲全勝。" ◇上午剛從香港飛回上海，喘息未定，下午又得去北京出差。同 立腳未穩。反 悠然自得。

【喑噁叱咤】yīn wù chì zhà 形容怒氣沖天，厲聲吼叫，聲勢懾人。《史記·淮陰侯列傳》："項王喑噁叱咤，千人皆廢。" 明代宋濂《方君招魂碑》："喑噁叱咤而江水為之湧起。" 反 悄無聲息、低聲細語。

【啼笑皆非】tí xiào jiē fēi 哭也不是，笑也不是。形容不知怎樣對待才好。朱自清《歷史在戰鬥中》："隨感錄諷刺着種種舊傳統，那尖鋭的筆鋒足以教人啼笑皆非。" 老舍《犧牲》："尊嚴與愛，犧牲與恥辱，使他進退兩難，啼笑皆非。" ◇碰到這種事，真叫人啼笑皆非。同 哭笑不得。

【啼飢號寒】tí jī háo hán 因飢餓、寒冷而啼哭號叫。唐代韓愈《進學解》："冬暖而兒號寒，年豐而妻啼飢。" 後以"啼飢號寒"形容飢寒交迫，生活極端困苦。清代和邦額《夜譚隨錄·某太醫》："少子亦不肖，遂落魄，啼飢號寒，迄今不止云。" ◇自從父親去世，全家就過上了啼飢號寒的日子。同 飢寒交迫。反 日食萬錢。

【喧賓奪主】xuān bīn duó zhǔ 客人的喧嚷反而壓過了主人的聲音。比喻外來的、次要的人或事物，壓倒了本來的、主要的人或事物。鄭觀應《盛世危言·商務》："今各國輪船無處不到，獲利甚厚，喧賓奪主，害不勝言。" ◇我今天喧賓奪主，先敬各位一杯。同 反客為主。

【喙長三尺】huì cháng sān chǐ 喙：嘴巴。三尺：形容長。《莊子·徐無鬼》："丘願有喙三尺。" 後用"喙長三尺"：❶ 形容嘴長。宋代楊萬里《初出貢院買山寒球花數枝》詩："便有蜜蜂三兩輩，喙長三尺繞枝忙。" ❷ 形容人能言善辯。多含譏諷義。唐代馬異《答盧仝結交詩》："與君俛首太艱阻，喙長三尺不得語。"《雲仙雜記》卷九引唐代張鷟《朝野僉載》："陸餘慶為洛州長史，善論事而繆於決判。時嘲之曰："説事即喙長三尺，判字則手重五斤。" 明代陳繼儒《珍珠船》卷三："京師語曰：'太牢筆，少牢口，東西南北何處走。' 太牢牛僧孺，少牢楊虞卿，喙長三尺。"

【喬松之壽】qiáo sōng zhī shòu 喬松：傳説中的仙人王子喬和赤松子。像仙人王子喬和赤松子的壽數。稱人長壽。《戰國策•秦策三》："君何不以此時歸相印，讓賢者授之，必有伯夷之廉，長為應侯，世世稱孤，而有喬松之壽，孰與以禍終哉。"《漢書•王吉傳》："大王誠留意如此，則心有堯舜之志，體有喬松之壽，美聲廣譽登而上聞，則福祿其輳而社稷安矣。"同 松喬之壽。

【喬裝(妝)打扮】qiáo zhuāng dǎ bàn 喬裝：改變服裝和面貌。也作"喬裝（妝）改扮"。❶ 經過化裝，改變原來的模樣，使人認不出自己。多指以偽裝的手法隱瞞身份。《三俠五義》七七回："只得自己喬裝改扮了一位斯文秀才模樣。"《兒女英雄傳》一三回："他便且不行文知照，把自己的官船留在後面，同隨帶司員人等一起行走，自己卻喬妝打扮的僱了一隻小船，帶了兩個家丁，沿路私訪而來。"《鬧花燈》七回："我只好喬妝改扮，做了一個錦囊，把這十顆珠子放入裏面，圍在腰裏走下來。"❷ 比喻用假象掩蓋、歪曲真相。馮英子《哀莫大於心不死》："歷史這個東西，雖然如胡適先生所說，它像個鄉下姑娘，愛怎麼打扮就可怎麼打扮，但實際上它倒是按自己規律發展的，你無論如何喬裝打扮，別人還會還它本來面目。"同 喬裝假扮、喬妝假扮。反 本來面目、原形畢露。

【喬裝(妝)改扮】qiáo zhuāng gǎi bàn 見"喬裝打扮"。

【喬遷之喜】qiáo qiān zhī xǐ《詩•伐木》："伐木丁丁，鳥鳴嚶嚶。出自幽谷，遷於喬木。"説鳥從深谷遷到高高的樹上。後用"喬遷之喜"比喻搬入新居或榮升官職。多為祝賀之辭。茅盾《我走過的道路》："四月十一日，魯迅從北四川路底公寓遷往施高塔路大陸新村，十四日我去拜訪他兼賀喬遷之喜。"

【善刀而藏】shàn dāo ér cáng 善：揩拭。《莊子•養生主》："提刀而立，為之四顧，為之躊躇滿志，善刀而藏之。"説做完事之後，就把刀擦乾淨收藏起來。後用"善刀而藏"比喻適可而止，要適時收斂，不宜再繼續下去。清代梁章鉅《歸田瑣記•南萬柳堂》："我謂此詩選辭沉着，託興遙深，已知崔顥詩在上頭，繼聲者必難見好，不如善刀而藏也。"《十二樓•奉先樓》一回："及至國恥既雪，大事已成，只合善刀而藏，付之一死，為何把遭瑕被玷的身子依舊隨了前夫？"茅盾《蝕•追求》："擱筆也好，這本是特地為嘉興之遊壯壯行色的，並且應該說的話差不多已經説完，大可善刀而藏。"

【善自為謀】shàn zì wéi móu 善於替自己謀劃打算。《左傳•桓公六年》："齊侯欲以文姜妻鄭大子忽，大子忽辭。人問其故。大子曰：'人各有耦，齊大，非吾耦也……'君子曰：'善自為謀。'"《南齊書•王僧虔傳》："太祖善書……與僧虔賭書畢，謂僧虔曰：'誰為第一？'僧虔曰：'臣書第一，陛下亦第一。'上笑曰：'卿可謂善自為謀矣。'"《舊唐書•孔緯傳》："丈夫豈以妻子之故，怠君父之急乎？公輩善自為謀，吾行決矣。"

【善男信女】shàn nán xìn nǚ 佛教稱誠心向佛的人們。《〈金剛經〉六譯疏記》："善男信女有二義：一以人稱……一以法喻。"《紅樓夢》二五回："若有善男信女虔心供奉者，可以永保兒孫康寧。"魯迅《我的第一個師傅》："這時善男信女，多數參加，實在不大雅觀，也失去了我做師弟的體面。"◇到靈隱寺頂禮膜拜的善男信女絡繹不絕。同 善男善女。

【善始善終】shàn shǐ shàn zhōng 始終都好。《莊子•大宗師》："善妖善老，善始善終。"《史記•陳丞相世家》："以榮名終，稱賢相，豈不善始善終哉？"後謂事情從頭到尾都做得很圓滿。《警世通言•桂員外途窮懺悔》："不如早達時務，善始善終，全了恩人生前一段美意。"◇做事起碼要善始善終，做不到的話，豈不是白費功夫？同 善始令終、全始全終。反 有始無終、虎頭蛇尾。

【善為説辭】shàn wéi shuō cí ❶ 善於辯解，能説會道。《孟子•公孫丑上》："宰我、子貢，善為説辭。"清代劉瀛《珠江奇遇記》卷二："叔等每往招琴，鴇必善為説辭，不敢面叔。"❷ 替人説好話、打圓場。《官場現形記》一一回："見了五科哥，好歹替我善為説辭，説這裏頭我也沒有甚麼大好處，總算他照應我兄弟罷了。" 同 能言善辯。

【善氣迎人】shàn qì yíng rén 善氣：和悦的神色。形容為人和藹可親，以和顏悦色待人。《管子•心術下》："善氣迎人，親於兄弟；惡氣迎人，害於戎兵。"《歧路燈》八三回："今日見了主母，這善氣迎人的光景，登時把一個詬誶場兒，換成了大歡喜世界。可見家居間少不了'太和元氣'四個字。" 鄒韜奮《萍蹤寄語》三："為人溫和熱誠，善氣迎人。"

【善善從長】shàn shàn cóng cháng《公羊傳•昭公二十年》："君子之善善也長，惡惡也短；惡惡止其身，善善及子孫。"説頌揚美德，要從過往説起直至如今，美德説足，不遺不漏。後用"善善從長"表示多看別人的長處，不看別人的短處。清代毛先舒《詩辯坻》卷三："《春秋》，聖人之刑書也，猶且善善從長，惡惡從短。"《文明小史》三一回："從來説三代以下惟恐不好名，能夠好名，這人總算還有出息，我們只好善善從長，不要説出那般誅心的話來，叫人聽着寒心。"

【善與人交】shàn yǔ rén jiāo 擅長交際，善於交友。《論語•公冶長》："晏仲平善與人交，久而敬之。"《晉書•鄧攸傳》："性謙和，善與人交，賓無貴賤，待之若一。" 元代無名氏《飛刀對箭》一折："我可甚恭儉溫良，你可甚善與人交。"

【善頌善禱】shàn sòng shàn dǎo 頌：頌揚。禱：祈求。《禮記•檀弓下》："晉獻文子成室，晉大夫發焉。張老曰：'美哉輪焉！美哉奐焉！歌於斯，哭於斯，聚國族於斯。'文子曰：'武也，得歌於斯，哭於斯，聚國族於斯，是全要領以從先大夫於九京也。'北面再拜稽首。君子謂之善頌善禱。"説讚美和祈禱恰如其分，在讚美祈福之中暗寓勸誡之意。宋代張擴《宰執賀正啟》："雖莫陪旅進旅退之儔，竊懷善頌善禱之請。" 余光中《為人作序》："我把序言寫成了書評，賀客的身份就成了諍友。文章仍然為受序人而寫，卻不再是應酬的祝福了，更非免費的廣告，而是真心誠意在善頌善禱之餘要説些實話，提些忠告。"

【善解人意】shàn jiě rén yì ❶ 指動物有靈性，善於領會人的心意。《石點頭•瞿鳳奴情愆死蓋》："這猢猻雖是畜類，善解人意。"《隋唐演義》八七回："他總不離楊妃左右，最能言語，善解人意，聰慧異常，楊妃愛之如寶，呼為雪衣女。" ◇男友常向她誇口家裏的寵物如何有靈性，如何善解人意，引發了她養寵物的興趣。❷ 善於理解他人的意願和想法，很會關心體貼別人。《品花寶鑒》一回："（桂保）善解人意，雖寂寥寡歡者，見之亦為暢滿。" 陳忠實《白鹿原》三三章："小長工三娃子乖覺伶俐而又善解人意，使鹿子霖屋院裏孤清冷寂的景象有很大改變。"

【善罷甘休】shàn bà gān xiū 心甘情願地妥善了結糾紛。多用於反問或否定。《兒女英雄傳》二五回："聽書的又如何肯善罷甘休？" 茅盾《動搖》十："縣長果然未必肯見機而作，農民也何嘗肯善罷甘休呢。" ◇他們哪裏會就此善罷甘休，這件事遠未了結呢。反 大動干戈、興師問罪。

【善價而沽】shàn jià ér gū 沽：賣。《論語•子罕》："有美玉於斯，韞匵而藏諸？求善賈而沽諸？" 賈：同"價"。後用"善價而沽"：❶ 説等一個好價錢才肯出賣。清代王韜《淞濱瑣話•沈蘭芬》："鄰舟一叟，網得錦鯉一尾，重數十斤，赤翅紅鱗，目灼灼視生，若乞其拯救者。叟以草繩貫其腮，曳而登岸，血流膚綻，謂將待善價而沽。" ❷ 比喻懷才者等待出來做官或施展抱負的最佳時機。清代黃百家《解惑》："而獨於學宮之肄業，鄭重靳惜，必待善價而沽諸。"

【嗜殺成性】shì shā chéng xìng 愛好殺人成了習慣。形容壞人兇狠殘暴。古龍《楚留香傳奇》三七章："這人不但自己嗜殺成性，看別人殺人，他竟也興奮得很。" 同 殺人如麻。

【嗜痂之癖】shì jiā zhī pǐ 見"嗜痂成癖"。

【嗜痂成癖】shì jiā chéng pǐ《宋書·劉邕傳》："邕所至嗜食瘡痂，以為味似鰒魚。嘗詣孟靈休，靈休先患灸瘡，瘡痂落牀上，因取食之。靈休大驚。答曰：'性之所嗜。'"後以"嗜痂成癖"、"嗜痂之癖"指怪僻的嗜好。清代李漁《閒情偶記·箋簡》："凡余生平著作，皆萃於此，有嗜痂之癖者，貿此以去，如偕笠翁而歸。"茅盾《夜讀偶記》二："從前人把這種呆板稱為'雍容典雅'，表示了非常的欽佩，這真是嗜痂成癖"。同 怪誕不經。

【嗚呼哀哉】wū hū āi zāi 表示哀痛的感歎語。常用在哀悼死者的祭文中，意思是"唉，悲哀啊！"《左傳·哀公十六年》："嗚呼哀哉！尼父，無自律。"宋代葉適《祭李參政文》："奈何一朝，長隔死生。嗚呼哀哉！"後用作死亡的代稱或表示完結。《警世通言·呂大郎還金完骨肉》："須臾七竅流血，嗚呼哀哉。"魯迅《集外集·選本》："不過這類的辯論，照例是不會有結果的，往復幾回之後……而問題於是嗚呼哀哉了。"同 於乎哀哉。

【嗟來之食】jiē lái zhī shí《禮記·檀弓下》記載，春秋時齊國發生饑荒，有個叫黔敖的人在路上施捨食物。他對一個飢民說："嗟，來食！"飢民回答說不吃"嗟來之食"，後竟至餓死。後用以指帶有侮辱性的施捨。《後漢書·列女傳》："羊子嘗行路，得遺金一餅，還以與妻。妻曰：'妾聞志士不飲盜泉之水，廉者不受嗟來之食，況拾遺求利，以污其行乎！'"《兒女英雄傳》二七回："寧飲盜泉之水，不受嗟來之食。"

【嗤之以鼻】chī zhī yǐ bí 用鼻子發出吭、嗤一類聲音，表示蔑視、看不起。清代頤瑣《黃繡球》七回："其初在鄉自立一學校，說於鄉，鄉人笑之；說於市，市人非之；請於巨紳貴族，更嗤之以鼻。"老舍《四世同堂》五一："他不但可以對戰爭與國家大事都嗤之以鼻，他還可以把祖父、媽媽的屋中有火沒有也假裝看不見。"同 不屑一顧、不值一哂。反 畢恭畢敬、肅然起敬。

【嘉餚旨酒】jiā yáo zhǐ jiǔ 見"旨酒嘉餚"。

【嘗鼎一臠】cháng dǐng yī luán 臠：切成小塊的肉。《呂氏春秋·察今》："嘗一脟肉而知一鑊之味、一鼎之調。"後用"嘗鼎一臠"說品嚐一點就可以知道全部滋味了，或比喻依據已知的部分就可推知未知的全部。宋代孫奕《履齋示兒編》卷八："公平昔所著可觀，不可殫，姑舉此，則嘗鼎一臠可知矣。"◇唐詩宋詞雖說是上等佳品，然而浩如煙海，也只能夠嘗鼎一臠。同 舉一反三。

【嘖有煩言】zé yǒu fán yán 相互責難，爭吵不休。嘖：憤激地爭論。《左傳·定公四年》："會同難，嘖有煩言，莫之治也。"後謂議論紛紛，說一些不滿或抱怨的話。宋代范仲淹《奏上時務書》："而乃邀求浸多，翻覆不定，托因細事，嘖有煩言。"《聊齋誌異·細柳》："里人見而憐之，納繼室者，皆引細娘為戒，嘖有煩言，女亦稍稍聞之，而漠不為意。"◇有的老年人看不慣年輕人的所作所為，嘖有煩言，觀念上的差距實在很大。同 埋天怨地、怨天尤人。

【嘔心瀝血】ǒu xīn lì xuè 形容耗盡心血，費盡心思。葉聖陶《未厭集·抗爭》："啊，我的舞台，幾年來在這裏演嘔心瀝血的戲，現在被攆下來了。"◇數年的嘔心瀝血，他終於完成了這部長篇小說。同 嘔心滴血。反 吹灰之力。

【嘵嘵不休】xiāo xiāo bù xiū ❶形容話多，絮絮叨叨，沒完沒了。清代于成龍《申撫院變通夷法》："仰怵威嚴，鉗舌不敢申訴，止向卑職嘵嘵不休。"茅盾《秋收》二："他朝朝暮暮在阿四和四大娘跟前嘵嘵不休地講着田裏的事。"❷嘵嘵：爭辯、吵嚷。形容爭辯、吵嚷不停。《鏡花緣》八八回："若再參商，嘵嘵不休，豈非前因未了，又啟後世萌芽？"◇對於《金瓶梅》的作者，說法頗多，聚訟紛紛，嘵嘵不休，至今尚無定論。同 喋喋不休、呶呶不休。反 沉默寡言、一言不發。

【噴薄欲出】pēn bó yù chū 噴薄：洶湧激盪。形容事物出現時氣勢壯盛的情景。◇國家經濟迅猛發展，像噴薄欲出的朝日，推動着社會快速進步。

【嘻皮笑臉】xī pí xiào liǎn ❶ 嘻嘻哈哈，不嚴肅、不莊重的樣子。《兒女英雄傳》二六回："你們這班人真真不好說話，不管人心裏怎樣的為難，還只管這等嘻皮笑臉！"◇父親一進屋，他立時一本正經，再也不嘻皮笑臉開玩笑了。❷ 形容輕薄嘻笑或諂笑討好的樣子。曹禺《日出》第三幕："王福生：（向胡四丟個眼色，嘻皮笑臉地）幹甚麼呀？"◇儘管把她罵得狗血噴頭，她還是嘻皮笑臉地一個勁兒央求你。同 嬉皮笑臉、涎皮賴臉。反 正正經經、一本正經。

【嘲風弄月】cháo fēng nòng yuè 嘲：吟詠。弄：賞玩。指寫作吟誦風花雪月、花前月下之類的詩文。也作"嘲風詠月"。晉代王嘉《拾遺記》："免學他嘲風詠月，污人行止。"元代喬吉《揚州夢》三折："知音呂借意兒嘲風詠月。"《警世通言》卷三二："生性風流，慣向青樓買笑，紅粉追歡，若嘲風弄月，倒是個輕薄的頭兒。"清代曹爾堪《滿江紅》詞："剪韭烹葵諧夙約，嘲風弄月誰稱首？"同 吟風弄月。

【嘲風詠月】cháo fēng yǒng yuè 見"嘲風弄月"。

【嘘枯吹生】xū kū chuī shēng ❶ 嘘口氣，能叫"枯"的活過來；吹口氣，能讓"生"的枯死。形容能言善辯，口才極好，能產生很大影響。《後漢書·鄭太傳》："孔公緒清談高論，嘘枯吹生。"《性理大全·東漢總論》："黨錮諸君子在下，則嘘枯吹生，自為題榜，圭角眩露，睞夫處困之道矣。"宋代蘇軾《南安軍學記》："學莫勝於東漢，士數萬人嘘枯吹生，自三公九卿皆折節下之。"清代徐乾學《資治通鑒後編》卷一三〇："其始有張栻者談性理之學，言一出口，嘘枯吹生，人爭趨之，可以獲利。"❷ 比喻獎掖提攜，救危濟困。吹、嘘：都是幫助的意思。宋代王邁《賀曾提刑》："有三品筆，誰無收名定價之思，持一瓣香，敢作嘘枯吹生之想。"《四庫全書·〈西村詩集〉提要》："樸獨閉戶苦吟，不假借嘘枯吹生之力，其人品已高。"

【嘘寒問暖】xū hán wèn nuǎn 形容熱情關懷。嘘寒：呵出熱氣溫暖別人。冰心《關於女人·我最尊敬體貼她們》："（我們）總希望家裏美觀清潔，飯菜甘香可口，孩子們安靜聽話，太太笑臉相迎，嘘寒問暖。"越劇《梁山伯與祝英台》第三場："說古論今喜有伴，嘘寒問暖常關懷。"同 問寒問暖、關懷備至。反 漠不關心、冷若冰霜。

【嘮嘮叨叨】láo lao dāo dāo 形容說話沒完沒了。魯迅《孔乙己》："外面的短衣主顧雖然容易說話，但嘮嘮叨叨纏夾不清的也不少。"曹禺《蛻變》第一幕："趕快把晾好的衣服收拾起來，省得她又提起來，嘮嘮叨叨一大堆。"同 喋喋不休。反 沉靜寡言。

【噩噩渾渾】è è hún hún 漢代揚雄《法言·問神》："虞夏之書渾渾爾，《商書》灝灝爾，《周書》噩噩爾。"後用"噩噩渾渾"形容質樸敦厚。元代王都中《儒志像贊》："陽春其盎，良玉其溫。抉輿所錘，噩噩渾渾。"今也形容愚昧糊塗、無知無識的樣子。◇與周圍的人和諧相處，並不意味着混跡俗流，是非不分，噩噩渾渾。同 渾渾沌沌、渾渾噩噩。

【噤若寒蟬】jìn ruò hán chán 像晚秋的蟬一樣默不作聲。比喻不敢說話。《後漢書·杜密傳》："劉勝位為大夫，見禮上賓，而知善不薦，聞惡無言，隱情惜己，自同寒蟬，此罪人也。"清代嬴宗季女《六月霜》："而吾鄉士夫，顧噤若寒蟬，僕竊深以為恥。"◇對方企圖通過逮捕和暴力鎮壓，教反對派噤若寒蟬。同 緘口結舌、鉗口結舌。反 言無不盡、信口開河。

【嘴甜心苦】zuǐ tián xīn kǔ 嘴上甜言蜜語，說得動聽，心裏卻十分狠毒。《紅樓夢》六五回："奶奶千萬不要去，我告訴奶奶，一輩子別見他才好。嘴甜心苦，兩面三刀；上頭一臉笑，腳下使絆子；明是一盆火，暗是一把刀：都佔全了。"◇確有一些地方對外來客商嘴甜心苦，逢人便宰。同 口蜜腹劍、笑裏藏刀。

【器小易盈】qì xiǎo yì yíng 器皿小，就容易滿。三國魏吳質《在元城與魏太子牋》："臣質前蒙延納，侍宴終日……小器易盈，先取沈頓，醒寤之後，不識所言。"後用"器小易盈"、"小器易盈"：❶ 比喻人氣度小，不能包容人，容易自滿，成不了大事。宋代真德秀《問驕吝》："惟其無浩然之氣，所以鄙陋局促，容受不得。內而德善未有少進，便自以為有餘；外而勢位稍或高人，便有陵忽之意。俗諺所謂'器小易盈'，正此謂也。"《鏡花緣》一二回："那知卻是兩位宰輔，如此謙恭和藹，可謂脫盡仕途習氣。若令器小易盈，妄自尊大那些驕傲俗吏看見，真要愧死。"❷ 比喻材小力弱，不能勝任大事。常用為謙詞。宋代歐陽修《乞致仕表》："識不達於古今，學僅知於章句。名浮於實，用之始見於無能；器小易盈，過則不勝於幾覆。"宋代李曾伯《謝兼廣西漕》："伏念臣材疏弗穎，器小易盈，起廢拜州，賴主知之。"同 小肚雞腸、鼠肚雞腸。反 寬宏大量、氣度恢弘。

【器宇軒昂】qì yǔ xuān áng 見"氣宇軒昂"。

【噬臍何及】shì qí hé jí 噬：咬。臍：肚臍。何及：怎麼夠得着？《左傳•莊公六年》："亡鄧國者，必此人也，若不早圖，後君噬齊，其及圖之乎？"齊：同"臍"。說若不早作打算，如同自己無法咬到肚臍一樣，將來事情發生了就毫無辦法了。後用"噬臍何及"比喻後悔已經來不及了。北齊高澄《與侯景書》："致延後悔，駟馬不追，噬臍何及！"明代羅洪先《毅齋王公小傳》："救亂之道，貴防於未然，及其已成，噬臍何及！"《封神演義》四二回："今奉詔下征，你等若惜一城之生靈，速至軒門授首，候歸期以正國典；如若抗拒，真火焰昆岡，俱為齏粉，噬臍何及？"也作"噬臍莫及"。宋代洪咨夔《洪氏春秋說•襄公上》："悼公謀國，最為詳望，一涉輕舉，噬臍莫及。"明代梁潛《辯邪》："故小人一進，鮮有能退之者，自非人君能辨之於早，後將噬臍莫及矣！"

【噬臍莫及】shì qí mò jí 見"噬臍何及"。

【嚎天動地】háo tiān dòng dì 形容放聲大哭，呼天搶地。《紅樓夢》六八回："鳳姐兒滾到尤氏懷裏，嚎天動地，大放悲聲。"◇她見女兒被撞得人事不省，血流滿面，一時間竟嚎天動地大哭起來。同 號天叩地、嚎啕大哭。

【嚎啕大哭】háo táo dà kū 形容失聲痛哭。《紅樓夢》三四回："此時黛玉雖不是嚎啕大哭，然越是這等無聲之泣，氣噎喉堵，更覺利害。"《慈禧太后演義》四十回："溥儀依着他娘腋下，不肯上前，促他跪叩，反嚎啕大哭。"也作"號咷大哭"。《冊府元龜•禰衡》："及衡至，眾人皆坐不起，衡乃號咷大哭。"葉聖陶《春光不是她的了》："不能思想，只是號咷大哭。"同 號啕大哭、嚎咷大哭。

【嚴刑峻法】yán xíng jùn fǎ 使用酷刑懲罰，實行嚴厲的法律。《商君書•開塞》："去奸之本，莫深於嚴刑。"漢代王充《論衡•非韓》："使法峻，民無奸者，使法不峻，民多為奸。而不言明王之嚴刑峻法，而云求奸而誅之。"元代劉時中《端正好》套曲："急宜將法變更，但因循弊若初，嚴刑峻法休輕恕。"◇現代社會中的法治文明，完全排除了古代社會的所謂嚴刑峻法。同 嚴刑峻制。反 仁心仁術、法外施仁。

【嚴於律己】yán yú lǜ jǐ 律：約束。嚴格要求自己。宋代陳亮《謝曾察院啟》："嚴於律己，出而見之事功，心乎愛民，動必關夫治道。"◇嚴於律己，寬以待人，倘能做到這一點，那你就可以同別人融洽相處。同 嚴以律己。反 責人嚴，求己寬。

【嚴陣以待】yán zhèn yǐ dài 擺好嚴整的陣勢，等待打擊來犯之敵。《明史•成祖紀二》："六月甲辰，阿魯台偽降，命諸將嚴陣以待，果悉眾來犯。"《文明小史》五六回："立起三軍司命的大旗子，底下甚麼營，甚麼營，分為兩排，都有嚴陣以待的光景。"同 枕戈待旦。反 高枕無憂、無憂無慮。

【嚴絲合縫】yán sī hé fèng 把縫隙嚴密地合起來，不留一點兒空隙漏洞。《兒女英雄傳》七回："外省的地平，又多是用木板鋪的，上面嚴絲合縫蓋上，輕易看不出來。”◇他心靈手巧，做的門窗活兒嚴絲合縫，關起來不透一絲兒風。

【嚴懲不貸】yán chéng bù dài 貸：寬恕。嚴加懲處，絕不寬容。《慈禧太后演義》十四回：“當下宣召內務府總管，訓斥一頓，限他年內告成，否則嚴懲不貸。”◇對那些知法犯法、貪贓納賄的官員，一定嚴懲不貸。反 從寬發落、寬大為懷。

【囊空如洗】náng kōng rú xǐ 口袋裏空得像水沖洗過一樣。形容窮得一文不名。《警世通言•杜十娘怒沉百寶箱》：“我非無此心。但教坊落籍，其費甚多，非千金不可，我囊空如洗，如之奈何？”《武松演義》四回：“武松答道：‘說來慚愧，囊空如洗。’”同 一貧如洗、家徒四壁。反 富甲一方、腰纏萬貫。

【囊括四海】náng kuò sì hǎi 四海：古人認為中國在中央，四周由四海環繞，後指代中國。“囊括四海”指天下盡入囊中，一統天下的意思。漢代賈誼《過秦論》：“有席卷天下，包舉宇內，囊括四海之意，併吞八荒之心。”唐代吳兢《貞觀政要•納諫》：“陛下智周萬物，囊括四海，令之所行，何往不應？”趙振《說敗》：“滿人之入關以領有中夏也，自以為臣奴億兆，囊括四海矣。”同 一統天下。反 國破家亡、四分五裂。

【囊螢積雪】náng yíng jī xuě 據《晉書•車胤傳》載：車胤家貧，夜讀無燈油，就用絹囊裝入數十隻螢火蟲，借助螢光夜以繼日地苦讀，終於成了博學之士。另據《孫氏世錄》說，晉人孫康好學不倦，因為家境貧寒點不起燈，冬天落雪後，在窗前憑藉積雪反光讀書。後用“囊螢積雪”的故事形容刻苦攻讀，孜孜不倦。也作“螢窗雪案”。元代喬吉《金錢記》三折：“便好道君子不重則不威，枉了你窮九經三史諸子百家，不學上古賢人囊螢積雪，則學亂作胡為。”元代王實甫《西廂記》一本一折：“暗想小生螢窗雪案，刮垢磨光，學成滿腹文章。”元代無名氏《劉弘嫁婢》三折：“螢窗雪案，暮史朝經。”同 雪窗螢火、鑿壁偷光、懸梁刺股。

【囅然而笑】chǎn rán ér xiào《莊子•達生》：“桓公囅然而笑曰：‘此寡人之所見者也。’”明代張岱《祭秦一生文》：“吾以此言解一生之憂憤，一生必囅然而笑，暢飲此觴矣。”◇聽她說得正中下懷，不禁囅然而笑，說：“就照你說的辦。”

囗部

【囚首垢面】qiú shǒu gòu miàn 形容蓬頭垢面，好像囚犯一樣。明代周楫《西湖二集•商文毅決勝擒滿四》：“韃靼着他牧馬於沙場……囚首垢面，蓬頭跣足。”清代和邦額《夜譚隨錄•新安富人》：“女又引兩青衣械一人至，囚首垢面。”同 蓬頭垢面。

【四大皆空】sì dà jiē kōng 佛教用語，指世界上一切都是空虛的。四大：古代印度認為地、水、火、風是構成一切物質的元素，佛教指堅、濕、暖、動四種性能。後用“四大皆空”表示看破紅塵。明代徐復祚《一文錢》三齣：“貧僧四大皆空，五蘊非有。只這身子，還不是貧僧的。”《官場現形記》五二回：“大軍機相信他，總說他是出家人，四大皆空，慈悲為主。”曹禺《北京人》第一幕：“我一個人到城外尼姑庵一進，帶髮修行，四大皆空。”同 看破紅塵、超然物外。

【四分五裂】sì fēn wǔ liè 分裂成很多部分。形容不完整，不團結，不統一。《戰國策•魏策一》：“魏南與楚而不與齊，則齊攻其東；東與齊而不與趙，則趙攻其北；不合於韓，則韓攻其西；不親於楚，則楚攻其南：此所謂四分五裂之道也。”唐代蕭穎士《為陳正卿進續尚書表》：“曹、馬以還，曾何足擬，四分五裂，朝成暮敗。”孫中山《中國前途問題》：“今日中國正是萬國眈眈虎視的時候，如果革命家自己相爭，四分五裂，豈不是自亡其國！”同 兄弟鬩牆、同室操戈。反 精誠團結、堅如磐石。

【四方八面】sì fāng bā miàn 見“四面八方”。

【四方之志】sì fāng zhī zhì 見“志在四方”。

【四平八穩】sì píng bā wěn ❶形容十分平穩。《蕩寇志》九二回：“吳用便代宋江傳令班師，將一乘暖轎，四平八穩的抬了宋江。”❷形容言行穩健、平實。《水滸傳》四四回：“戴宗、楊林看裴宣時，果然好表人物，生得面白肥胖，四平八穩，心中暗喜。”同穩如泰山。反七歪八倒。

【四面八方】sì miàn bā fāng 指各個地方或各個方面。《水滸傳》八十回：“原來梁山泊自古四面八方茫茫蕩蕩，都是蘆葦野水。”《子夜》九：“吶喊的聲音跟着來了，最初似乎人數不多，但立即四面八方都接應起來。”◇來自四面八方、各個部門的意見，都匯集到了他的手上。也作“四方八面”。《五燈會元•興化存獎禪師》：“四方八面，來時如何？”元代白樸《東牆記》四折：“保天恩聖賢，端的是威震了四方八面。”茅盾《清明前後》：“夕陽的最後一抹紅光還留在最高的山峰上，可是烏黑的雲陣也從四方八面圍攏來了。”

【四面楚歌】sì miàn chǔ gē 四面八方都唱起楚地的歌。《史記•項羽本紀》：“項王軍壁垓下，兵少食盡，漢軍及諸侯兵圍之數重。夜聞漢軍四面皆楚歌，項王乃大驚曰：‘漢皆已得楚乎？是何楚人之多也！’”後比喻勢單力孤，四面受敵。《三國志•胡綜傳》：“高祖誅項，四面楚歌。”梁啟超《新民說附錄•十種德性相反相成議》：“非有絕大之氣魄，絕大之膽量，豈能於此四面楚歌中，打開一條血路。”◇如今他已是四面楚歌，危在旦夕，我們不能乘人之危，落井下石啊！反人強馬壯、兵強馬壯。

【四亭八當】sì tíng bā dàng 亭、當：即停當，妥貼。形容十分妥貼穩當。宋代朱熹《答呂伯恭書》：“不知如何整頓得此身心四亭八當，無許多凹凸也。”◇他是個仔細的人，連這些小事都打點得四亭八當。同四平八穩。反七上八下。

【四時八節】sì shí bā jié 四時：春、夏、秋、冬。八節：立春、春分、立夏、夏至、立秋、秋分、立冬、冬至。泛指一年中的各個節氣，一年中不同的時日。《晉書•律曆志中》：“積此以相通，四時八節無違，乃得成歲。”《西遊記》九十回：“四時八節好風光，不亞瀛洲仙景象。”◇四時八節，風晨月夕，使西湖幻化出無窮的天然之趣。

【四海昇平】sì hǎi shēng píng 昇平：太平。天下太平。元代馬致遠《粉蝶兒》曲：“九五龍飛，四海昇平日。”明代無名氏《牧羊記》二齣：“四海昇平，邊疆寧靜，皆賴一人有慶。”《三俠五義》一回：“話說宋朝自陳橋兵變，眾將立太祖為君，江山一統，相傳至太宗，又至真宗，四海昇平，萬民樂業。”◇曾國藩一心想做個像周公、孔子那樣的人，將國家治理成風俗淳厚、人心端正、四海昇平，文明昌盛的社會。同歌舞昇平。反四海鼎沸。

【四海承風】sì hǎi chéng fēng 說全國都接受教化。《孔子家語•好生》：“舜之為君也，其政好生而惡殺，其任授賢而替不肖，德若天地而靜虛，化若四時而變物，是以四海承風，暢於異類。”《晉書•楷子憲傳》：“陛下受命，四海承風，所以未比德於堯舜者，但以賈充之徒尚在朝耳。”◇該校培養的優秀人才，建功於各行各業，真可謂是四海承風，五湖被澤。

【四海為家】sì hǎi wéi jiā ❶四海之內，盡屬一家所有。一統天下的意思。《史記•高祖本紀》：“天子以四海為家，非壯麗無以重威，且無令後世有以加也。”唐代劉禹錫《西塞山懷古》詩：“今逢四海為家日，故壘蕭蕭蘆荻秋。”❷志在四方，所到之處都是自己的家。《隋唐演義》十六回：“弟一身四海為家，跡同萍梗，況所志未遂，何暇議及室家之事？”◇我自幼投筆從戎，南征北戰，畢生以四海為家。❸形容居無定所，漂泊四方。◇逢到水旱年景，人們外出逃荒，萍蹤浪跡，四海為家。同四海一家、萍蹤浪跡。反足不出戶。

【四通八達】sì tōng bā dá ❶形容道路連通四面八方，交通非常便利順暢。《子華子•晏子問黨》：“且齊之為國也，表海而負嵎，輪廣隈澳，其塗之所出，四通而八達，游士之所湊也。”鄭振鐸《桂公塘》：“鎮江是一個四通八達的所在。”❷比喻能舉一反三，融會貫通。《朱子語類》卷六四：“然聖賢之言活，當合隨其所指而言，則四通八達矣。”郭沫若《王陽明禮贊》：“四通八達，圓之又圓，這是儒家倫理的極致。”❸比喻通過建立起來的管道，溝通方方面面，連接各種關係。《民國通俗演義》一一九回：“所以命令雖下，一體嚴緝，他卻四通八達，無地不可容身。”同 康莊大道、陽關大道。反 羊腸小道、羊腸鳥道。

【四腳朝天】sì jiǎo cháo tiān 四腳：指四肢。❶形容仰面跌倒的樣子。《孽海花》一三回：“冷不防走到台級兒上，一滑腳，恰正好四腳朝天，做了狀元及第。”◇路面結了冰，行人一不小心就摔個四腳朝天。❷形容仰面睡下的樣子。《官場現形記》三〇回：“說完這句，便四腳朝天，不言語了。”◇他嘴裏含着糖，四腳朝天地睡在牀上。❸形容人獸等死去的樣子。《說岳全傳》一回：“叫聲未絕，早被大鵬一嘴啄得四腳朝天，嗚呼哀哉。”《鏡花緣》十回：“大蟲着箭，……將身縱起，離地數丈，隨即落下，四腳朝天。”❹形容非常忙累。◇每天一上班就忙得昏天暗地四腳朝天。

【四戰之地】sì zhàn zhī dì 四面平坦，無險可守，容易受攻擊的地方。《史記·樂毅列傳》：“趙，四戰之地也，其民習兵，伐之不可。”《宋史·范仲淹傳》：“洛陽險固，而汴為四戰之地。”◇古代的河南乃是四戰之地，不知打過多少次大仗。

【四體不勤】sì tǐ bù qín 四肢不勞動。形容脫離體力勞動。《論語·微子》：“子路問曰：‘子見夫子乎？’丈人曰：‘四體不勤，五穀不分，孰為夫子？’”清代錢大昕《題曹檀漘先生〈栟汀觀稼圖〉》詩：“四體不勤計何左，陶潛歸田吾欲云。”梁實秋《雅舍菁華·桑福德與墨頓》：“陶美六歲時返回英倫，四體不勤，讀寫算一概不通，而驕傲使氣，無一是處。”同 遊手好閒、無所事事。反 不辭辛勞。

【因人而異】yīn rén ér yì 因人的不同而有所差異。魯迅《准風月談·難得糊塗》：“然而風格和情緒、傾向之類，不但因人而異，而且因事而異，因時而異。”◇其實，幸福只是一種感覺，它會因人而異。反 人同此心。

【因人成事】yīn rén chéng shì 依靠別人的力量辦成事情。《史記·平原君虞卿列傳》：“公等碌碌，所謂因人成事者也。”唐代劉知幾《史通·補注》：“大抵撰史加注者，或因人成事，或自我作故。”◇成功者大都懂得依靠朋友因人成事，單打獨鬥，力量畢竟太薄弱。反 自力更生。

【因小失大】yīn xiǎo shī dà ❶為了小的利益，造成大的損失。《兒女英雄傳》二三回：“再說看那姑娘的見識心胸，大概也未必肯吃這個注，倘然因小失大，轉為不妙。”❷因小事疏忽出錯而誤了大事。鄭觀應《盛世危言·防海下》：“未嘗於每座炮位專派定一精於測量準頭之人，動至顧此失彼，因小失大也。”歐陽山《三家巷》十：“自古說：‘小不忍則亂大謀。’不過是些小事也犯不着因小失大。”同 捨本逐末、貪小失大。反 亡羊得牛、乞漿得酒。

【因地制宜】yīn dì zhì yí 依據當地的具體情況，酌定實行的措施。《吳越春秋·闔閭內傳》：“夫築城郭，立倉庫，因地制宜，豈有天氣之數以威鄰國者乎？”《清史稿·朱嶟傳》：“惟各省情形不一，因地制宜，隨時變通。”◇中國地域廣大，千差萬別，只有因地制宜，才能辦得成事。反 一成不變、食古不化。

【因材施教】yīn cái shī jiào 針對學習者的具體情況，採用不同的方法，施行不同的教育。鄭觀應《盛世危言·女教》：“將中國諸經列傳訓誡女子之書，別類分門，因材施教。”郭沫若《莊子的批判》：“孔子是因材施教的人，對甚麼樣的人說甚麼樣的話。”

【因利乘便】yīn lì chéng biàn 憑藉有利的形勢，利用方便的條件。漢代賈誼《過秦論》：“秦有餘力而制其敝……因利乘便，宰割天下，分裂山河，強國請服，弱國入朝。”《蕩寇志》九四回：“倘從此因利乘便，渡過黃河，直取寧陵，則歸德一府震動，而河南全省可圖矣。”◇店家只是因利乘便，將空置的居屋轉為旅館。

【因果報應】yīn guǒ bào yìng 因果：前因和後果。佛教認為今生種甚麼因，來生就結甚麼果，行善必有善報，作惡必有惡報。唐代慧立、彥悰《大慈恩寺三藏法師傳》卷七：“（太宗）既至，處分之外，唯談玄論道，問因果報應。”宋代葉夢得《避暑錄話》卷一：“積善之家，必有餘慶；積不善之家，必有餘殃，則因果報應之說亦未嘗廢也。”巴金《神·鬼·人》：“這世界裏的一切因果報應都要在鬼的世界裏找到說明。”同 善有善報，惡有惡報。

【因陋就簡】yīn lòu jiù jiǎn ❶ 利用原有的簡略不完備的條件，不予改進。宋代葉適《賀龔參政》：“豈徒因陋就簡，襲制度於漢唐之餘。”《文明小史》四九回：“再說安徽省雖是個中等省分，然而風氣未開，諸事因陋就簡，還照着從前那個老樣子。”❷ 利用現有的簡陋條件，簡約辦事，不再增加新的。宋代李綱《議巡幸》：“深戒守臣，因陋就簡，勿事壯麗。”◇因陋就簡是成功之道，鋪張奢華是敗事之門。反 窮奢極侈、鋪張浪費。

【因循守舊】yīn xún shǒu jiù 因循：沿襲。死守老規則，不肯革新。康有為《上清帝第五書》：“如再徘徊遲疑，苟且度日，因循守舊，坐失事機，則外患內訌，間不容髮。”馬識途《西遊散記·斯德哥爾摩》：“誰要因循守舊，便要落後，落後不僅要挨打，簡直非滅亡不可。”同 墨守成規、固步自封。反 推陳出新、破舊立新。

【因勢利導】yīn shì lì dǎo 就着事物的發展趨勢，向正確的方向引導推動。《史記·孫子吳起列傳》：“彼三晉之兵素悍勇而輕齊，齊號為怯，善戰者因其勢而利導之。”明代沈鯉《鄉射約引語》：“夫移風易俗，因勢利導，弗可強也。”《文明小時》四六回：“況且勞公抱經世之學，有用之材，到了那邊，因勢利導，將來或有一線之望，也未可知。”◇凡事都不會一帆風順，因勢利導，化解阻滯，才見本事。

【因禍得福】yīn huò dé fú 因遭遇災禍而交了好運。《醒世恆言·陳多壽生死夫妻》：“此乃是個義夫節婦一片心腸，感動天地，所以毒而不毒，死而不死，因禍得福，破泣為笑。”清代姬文《市聲》六回：“伯翁，你說我誤事不誤事，如今不是因禍得福嗎？”同 塞翁失馬、因禍為福。反 樂極生悲。

【因噎廢食】yīn yē fèi shí 因為吃飯噎了一下，就不吃飯了《呂氏春秋·蕩兵》：“夫有以饐（噎）死者，欲禁天下之食，悖。”後以“因噎廢食”比喻做事出點問題就退縮不前，中止不幹了。唐代陸贄《奉天請數對群臣兼許令論事狀》：“昔人有因噎而廢食者，又有懼溺而自沉者，其為矯枉防患之慮，豈不過哉！”《明史·李賢傳》：“慮中飽而不貸，坐視民死，是因噎廢食也。”《二十年目睹之怪現狀》二一回：“這句話是指一人一事而言，若是後人不問來由，一律的奉以為法，豈不是因噎廢食了麼？”

【回（迴）山倒海】huí shān dǎo hǎi 回：轉動。倒：翻倒。形容來勢迅猛，力量強大。《太平御覽》卷九二：“然因其利器，假而不反，迴山倒海，遂移天日。”《魏書·高閭傳》：“昔世祖以回山倒海之威，步騎數十萬南臨瓜步，諸郡盡降。”◇這種回山倒海的巨潮，是任何勢力都抵擋不住的。同 排山倒海、雷霆萬鈞。

【回天之力】huí tiān zhī lì 天：古代指君主。❶ 指改變君主所做出的決定的能力。《魏書·帝紀篇末史臣總論》：“佞閹處當軸之權，婢媼擅回天之力，賣官鬻獄，亂政淫刑。”唐代吳兢《貞觀政要·納諫》：“張公遂有回天之力，可謂仁人之言，其利博哉！”高陽《玉座珠簾》上：“回天之力，全寄託在這個奏摺上，所以曹毓英筆下雖快，卻是握管躊躇。”❷ 指能戰勝困難或扭轉局勢的巨大力量。◇她也就不再存非分之想了，既然沒有回天之力，只好任其自然了／如今公司資不抵債，元氣大傷，看來難有回天之力了。同 扭轉乾坤。反 回天乏術。

【回天乏術】huí tiān fá shù 回天：轉動天。比喻局面或傷病嚴重，已無法挽救。清代馮起鳳《昔柳摭談·秋風自悼》："後探得噩耗，萬箭攢心，臟腑欲裂。但木已成舟，回天乏術。"金庸《神雕俠侶》三四回："他為人掌力所傷，老衲雖已竭盡全力，卻也回天乏術。"同 回天無力。反 力挽狂瀾。

【回心轉意】huí xīn zhuǎn yì 改變原來的心意、態度或意見。《京本通俗小說·錯斬崔寧》："那大王早晚被他勸轉，果然回心轉意。"元代關漢卿《竇娥冤》一折："待他有個回心轉意，再作區處。"郭沫若《騎士》："我總是盡我的心去體貼他，希望他有一天會回心轉意。"反 固執己見。

【回光返(反)照】huí guāng fǎn zhào 日落時，因光線反射，天空出現短暫發亮的自然現象。❶ 比喻人臨死前短暫的清醒興奮。元代楊暹《劉行首》三折："棄死歸生，回光返照。"《紅樓夢》一一〇回："賈政知是回光返照，即忙進上參湯。賈母的牙關已經緊了。"❷ 比喻事物衰亡前表面短暫的好轉。老舍《茶館》第三幕："我看這群渾蛋都有點回光反照，長不了！"❸ 比喻反躬自問，自我反省。《朱子語類》卷一二一："夜來諸公閒話至二更，如何如此？相聚不回光反照作自己工夫，卻要閒說！"

【回味無窮】huí wèi wú qióng 宋代王禹偁《橄欖》詩："良久有回味，始覺甘如飴。"後用"回味無窮"：❶ 指吃過好食物以後，餘味留在嘴裏很久。朱文科《醉在桃花江》："桃花江擂茶久負盛名，鮮嫩黛綠，入口清香，回味無窮。"❷ 比喻事後越想越覺得有意趣、有韻味。譚純武《同在屋簷下》："梅靜不是屬於那種讓人一見傾心的姑娘，她就像一顆檳榔，須慢慢咀嚼方才回味無窮。"◇小說很精彩，妙筆生花，讀後令人回味無窮。反 味同嚼蠟、索然無味。

【回(迴)黃轉綠】huí huáng zhuǎn lǜ ❶ 草葉由綠變黃，由黃變綠。指時序變遷。清代孫星衍《館試春華秋實賦》："回黃轉綠，九秋則不讓三春。擷秀搴芳，百穫則終資一樹。"◇春風拂面，肥沃的黑土地再一次回黃轉綠。❷ 比喻變化多端，反覆無定。古樂府《休洗紅》："新紅裁作衣，舊紅番作裏；迴黃轉綠無定期，世事返復君所知。"茅盾《聯繫實際，學習魯迅》："但魯迅雜文的藝術手法，仍然是回黃轉綠，掩映多姿。"

【回嗔作喜】huí chēn zuò xǐ 由生氣轉變為高興。元代李致遠《還牢末》一折："這兩個孩兒，要在他手裏過日子，只得回嗔作喜。"《警世通言·白娘子永鎮雷峰塔》："許宣被白娘子一騙，回嗔作喜，沉吟了半晌。"金庸《笑傲江湖》二四章："她哭個不停，自己哄了她很久，她才回嗔作喜。"反 怒不可遏、喜怒無常。

【回腸蕩氣】huí cháng dàng qì 見"蕩氣回腸"。

【回頭是岸】huí tóu shì àn 佛教說"苦海無邊，回頭是岸"，意謂苦難像大海一樣無邊無際，但只要皈依佛法，就能獲得佛的超度，脫離苦海。後用以勸人改惡向善、悔過自新。元代無名氏《來生債》一折："兀那世間的人，那貪財好賄，'苦海無邊，回頭是岸'，何不早結善緣也。"《閱微草堂筆記·灤陽消夏錄四》："業海風波，回頭是岸。"同 苦海無邊，回頭是岸。

【困心衡慮】kùn xīn héng lǜ 衡：同"橫"，阻滯。《孟子·告子下》："困於心，衡於慮，而後作。"後用"困心衡慮"說再三考慮，費盡心思。宋代呂祖謙《與朱侍講》："自罹禍變以來，困心衡慮，始知前此雖名為嗜學，而工夫泛漫，殊未精切。"清代曾國藩《致澄弟沅弟季弟》："四弟之信，具見真性情，有困心衡慮、鬱積思想之象。"郭沫若《羽書集·先亂後治的精神》："他要困心衡慮，必使改革趨於至善，天下歸於至安。"

【困知勉行】kùn zhī miǎn xíng《禮記·中庸》："或生而知之，或學而知之，或困而知之，及其知之一也；或安而行之，或利而行之，或勉強而行之，及其成功一也。”後用“困知勉行”說解決難題方能求得真知，努力踐行才能獲得成功。明代王守仁《傳習錄》卷中：“困知勉行，學者之事也。”梁啟超《新民說·論自由》：“觀其困知勉行，厲志克己之功何如？”鄒韜奮《經歷·社會的信用》：“十幾年來在輿論界困知勉行的我，時刻感念的是許多指導我的師友，許多贊助我的同人，無量數的同情我的讀者好友。”

【困獸猶鬥】kùn shòu yóu dòu 被困住的野獸仍拼命搏鬥。《左傳·定公四年》：“困獸猶鬥，況人乎？”也比喻陷入絕境，仍在盡力掙扎。《舊唐書·張孝忠傳》：“然恆州宿將尚多，迫之則困獸猶鬥，緩之必翻然改圖。”《東周列國誌》七九回：“況困獸猶鬥，背城一戰，尚有不可測之事乎？”

【囤積居奇】tún jī jū qí 大量囤積貨物，待機高價出售，牟取暴利。巴金《談〈憩園〉》：“頭腦靈敏點的或者更貪心的老爺們還要幹點囤積居奇的生意。”◇商場就是戰場，囤積居奇，打擊對手，都是司空見慣的手法。同 奇貨可居。

【囫圇吞棗】hú lún tūn zǎo 吃棗時不吐棗核，整個吞下去。比喻不加分析、辨別，籠統地接受。元代楊暹《西遊記》一三齣：“我見你須臾上禮有蹺蹊，我這裏囫圇吞個棗不知酸淡。”茅盾《夜讀偶記·理想和現實》：“缺乏辨別力的青年，囫圇吞棗地讀了《紅樓夢》，的確會產生一些不健康的思想情緒。”◇學習必定要扎扎實實、刻苦鑽研，囫圇吞棗、不求甚解必定無成。

【固步自封】gù bù zì fēng 見“故步自封”。

【固若金湯】gù ruò jīn tāng《漢書·蒯通傳》：“必將嬰城固守，皆為金城湯池，不可攻也。”後以“固若金湯”形容城池或陣地非常堅固嚴密。◇號稱固若金湯的馬奇諾防線，被納粹德軍包抄，一朝崩潰。同 金城湯池、金湯之固。

【固執己見】gù zhí jǐ jiàn 頑固地堅持自己的意見。《宋史·陳宓傳》：“固執己見，動失人心。”老舍《四世同堂》三十章：“他往往不固執己見，而無可無不可的，睜一眼閉一眼的。”同 自以為是、剛愎自用。反 從善如流、耳軟心活。

【囿於成見】yòu yú chéng jiàn 局限於某個固執不變的看法、偏見。◇儘管作者有較深的造詣，但行文中還會有局限性，囿於成見，判斷片面，這都需編輯提出修改意見。

【國士無雙】guó shì wú shuāng 國內獨一無二的人才。《史記·淮陰侯列傳》：“諸將易得耳。至如信者，國士無雙。”宋代黃庭堅《送少章從翰林蘇公餘杭》詩：“東南淮海惟揚州，國士無雙秦少游。”高旭《哭張伯純先生》詩：“夷吾江左再來身，國士無雙入幕頻。”同 天下無雙、獨一無二。

【國色天香】guó sè tiān xiāng 見“天香國色”。

【國色天姿】guó sè tiān zī 形容女子容貌極其美麗。明代屠隆《曇花記·郊行卜佛》：“誰家女子，國色天姿，如西施耶溪出浣，日照新妝，羅敷南陌采桑，風飄素袖，不由人不目送也。”《封神演義》一回：“現出女媧聖像，容貌端麗，瑞彩翩躚，國色天姿，婉然如生。”同 國色天香、天姿國色。

【國步艱難】guó bù jiān nán 國步：國家的命運。《詩經·桑柔》：“於乎有哀，國步斯頻。”《詩經·白華》：“天步艱難，之子不猶。”後用“國步艱難”說國家處於困難危急之中。《舊五代史·蕭頃傳》：“時國步艱難，連帥倔強，率多奏請，欲立家廟於本鎮，頃上章論奏，乃止。”元代關漢卿《單刀會》三折：“國步艱難，一至於此！”明代陶宗儀《輟耕錄·越民考》：“而當國步艱難之日，既不思涓埃補報之道，又不責自己貪饕之非，反以謀害忠良為先務，謂之無罪，得乎？”梁啟超《羅蘭夫人傳》：“當此國步艱難之時，袞袞英俊，圍爐抵掌，以議大計。”同 天步艱難、國步多艱。

【國泰民安】guó tài mín ān 國家太平，人民安居樂業。宋代吳自牧《夢粱錄·山川神》：“每歲海潮大溢，沖激州城，春秋醮祭，詔命學士院譔青詞以祈國泰民安。”《古今小說•沈小霞相會出師表》：“風調雨順，國泰民安。” 同 國富民豐。反 國破家亡。

【國破家亡】guó pò jiā wáng 國家破殘，家人離散。晉代劉琨《答盧諶書》：“國破家亡，親友凋殘。”唐代裴鉶《傳奇•崔煒》：“夫人曰：‘某國破家亡，遭越王所虜，以為嬪御。’”明代張岱《〈越絕詩〉小序》：“忠臣義士多見於國破家亡之際。”《說岳全傳》五五回：“只因奸臣獻了地理圖，被岳飛殺敗，以至國破家亡，小臣無奈，只得隨順宋營。” 同 亡國破家。

【國將不國】guó jiāng bù guó 國家將不成其為國家了。指局勢很糟，面臨亡國的危險。《孽海花》三二回：“國將不國，這才是糊塗到底呢！”魯迅《二心集•“友邦驚詫”論》：“可是‘友邦人士’一驚詫，我們的國府就怕了，‘長此以往，國將不國’了。”周瘦鵑《我愛菊花》：“眼見得國事日非，國將不國，自知回天無力，萬念俱灰。”

【國無寧日】guó wú níng rì 國家沒有太平的日子。宋代黃震《黃氏日抄》卷六八：“秦漢盡併天下，制於一人，甚至反為夷狄於夷狄殺無辜之民，以貪非其有之地，鞭長不及馬腹而國無寧日矣！”《東周列國誌》一一回：“宋，大國也，起傾國兵，盛氣而來……吾國無寧日矣。” 反 國泰民安。

【國富民安】guó fù mín ān 國家富裕，百姓安居樂業。《漢書•刑法志》：“周道衰，法度墮，至齊桓公任用管仲而國富民安。”清代谷應泰《明史紀事本末•開國規模》：“上指宮中隙地謂之曰：‘此非不可起亭台館榭為遊觀之所，誠不忍重傷民力耳……漢文帝欲作露台，惜百金之費，當時國富民安，爾等常存儆戒。’”◇張居正在明朝萬曆王朝當了十年首輔，推行新政，把衰敗混亂的明王朝治理得國富民安。同 國富民豐、國富民強。

【國富民豐】guó fù mín fēng 國家富足，民眾富裕。明代羅貫中《三國演義》六十回：“田肥地茂，歲無水旱之憂；國富民豐，時有管弦之樂。”◇據歷史記載，當年的百濟國富民豐，文化繁榮，風光秀麗。同 國富民安、國富民強。

【國富兵強】guó fù bīng qiáng 國家富足，軍力強盛。《韓非子•定法》：“賞厚而信，刑重而必，是以其民用力勞而不休，逐敵危而不卻，故其國富而兵強。”晉代孫楚《為石仲容與孫皓書》：“國富兵強，六軍精練。”明代歸有光《滄浪亭記》：“（錢鏐）保有吳越，國富兵強，垂及四世。” 反 國步艱難。

【圍魏救趙】wéi wèi jiù zhào《史記•孫子吳起列傳》記載，魏國圍攻趙國都城邯鄲，趙國向齊國求救。齊王派田忌、孫臏率軍救援。孫臏不馳援邯鄲，反而揮師圍攻魏都大梁，迫使圍攻邯鄲的魏軍不得不撤兵回救本國，趙國因而解圍。後用“圍魏救趙”指使用攻擊敵軍後方、迫使進攻之敵自動撤兵的戰術。《水滸全傳》六四回：“倘用‘圍魏救趙’之計，且不來解此處之危，反去取我梁山大寨，如之奈何！”

【圓顱方趾】yuán lú fāng zhǐ 顱：頭。趾：足。古人認為天圓地方，天地生萬物，所以人圓頭方足象天地。《淮南子•精神訓》：“故頭之圓也象天，足之方也象地。”後以“圓顱方趾”借指人類。元代黃溍《答客問》：“圓顱方趾之民濯沭神化者，無不抱信讓，揭貞素，藉禮義之衽席，服中正之冠屨。”清代彭孫貽《雙義府篇》詩：“哀哉二小畜，含氣矢偕亡。圓顱方趾中，同類每見戕。”魯迅《文學的階級性》：“人是同樣的是圓顱方趾，要吃飯，要睡覺。”

【圓鑿方枘】yuán záo fāng ruì 鑿：卯眼。枘：榫頭。鑿、枘本應相配合。比喻兩者不合，格格不入。《鬼谷子•反應》“事用不巧，是謂忘情失道”，南朝梁陶宏景注：“用事不巧，則操末續顛，圓鑿方枘，情道兩失，故曰：忘情失道也。”宋代歐陽修《亳州乞致仕第三表》：“但知報國，不敢謀身，惟枉尋直尺之不為，故圓鑿方枘而難合，以至被侵凌於群小，遭詆毀之百端。”◇我不善交際，如今叫我搞公關，豈不是圓鑿方枘。同 方枘圓鑿。

【圖窮匕見(現)】tú qióng bǐ xiàn《戰國策•燕策三》記載，燕太子丹派荊軻刺殺秦王，荊軻假作獻燕國督亢地圖，在秦王面前展開地圖，露出捲在裏面的匕首，荊軻以匕首刺秦王，不中，被殺。後用“圖窮匕見”比喻事情發展到最後，真面目或本意徹底暴露。葉聖陶《一個青年》：“不意先生乃蓄別抱，圖窮匕見，爰有所言。”同 圖窮匕首現。

土部

【土木形骸】tǔ mù xíng hái 形體像土木的本色。比喻人不加修飾的本來面目，或遲鈍木訥、愚昧無知的人。《世說新語•容止》：“劉伶身長六尺，貌甚醜悴，而悠悠忽忽，土木形骸。”明代湯顯祖《牡丹亭•婚走》：“看伊家龍鳳姿容，怎配俺這土木形骸！”《歧路燈》六三回：“世兄視我為何人？我豈土木形骸，不辨個是非麼？”同 蠢若木雞。反 聰明伶俐。

【土生土長】tǔ shēng tǔ zhǎng 本地出生、本地長大的。艾蕪《石青嫂子》：“你是那裏土生土長的，總好想辦法一點呵！”◇我是土生土長的新界人。同 土生土養。

【土崩瓦解】tǔ bēng wǎ jiě 像土崩塌、瓦碎裂一樣。比喻徹底崩潰或垮台。《鬼谷子•抵巇》：“君臣相惑，土崩瓦解，而相伐射。”《宋史•孫沔傳》：“若恬然不顧，遂以為安，臣恐土崩瓦解，不可復救。”◇內鬨越來越激烈，經營六十年的茂盛集團終於土崩瓦解。同 瓦解土崩。反 堅如磐石。

【土階茅屋】tǔ jiē máo wū 用土塊壘的台階，用茅草蓋的屋頂。形容居室簡陋，生活儉樸。《周書•武帝紀下》：“上棟下宇，土階茅屋，猶恐居之者逸，作之者勞。”同 蓬門篳戶。反 金碧輝煌。

【土豪劣紳】tǔ háo liè shēn 泛指橫行鄉里、魚肉百姓的惡勢力。葉聖陶《某城紀事》：“土豪劣紳是民眾的蟊賊，地方的災殃。”茅盾《封建的小市民文藝》：“小市民痛恨貪官污吏、土豪劣紳。”反 平民百姓。

【土龍芻狗】tǔ lóng chú gǒu 泥捏的龍，草紮的狗。比喻名不副實。芻：草。《三國志•杜微傳》：“曹丕篡弒，自立為帝，是猶土龍芻狗之有名也。”

【地大物博】dì dà wù bó 博：多，豐富。土地遼闊，物產豐饒。《官場現形記》二九回：“又因江南地大物博，差使很多，大非別省可比。”◇中國自古以來就是地大物博、人口眾多的偉大國家。

【地上天宮】dì shàng tiān gōng 比喻美好的地方。宋代陶穀《清異錄•地上天宮》：“輕清秀麗，東南為甲；富兼華夷，餘杭又為甲。百事繁庶，地上天宮也。”宋代袁褧《楓窗小牘》卷上：“汴中呼餘杭百事繁庶，地上天宮。”◇從北宋起，杭州就有“地上天宮”的美譽。同 人間天堂。反 人間地獄。

【地久天長】dì jiǔ tiān cháng 原指天地能永久存在。《老子》七章：“天長地久。天地所以能長且久者，以其不自生，故能長生。”後以“地久天長”形容歷時悠久，常指感情永久不變。南朝梁陸倕《石闕銘》：“暑來寒往，地久天長。”唐代盧照鄰《釋疾文三歌》詩：“歲去憂來兮東流水，地久天長兮人共死。”◇以真誠相待的朋友，友誼才能地久天長。同 天長地久。

【地平天成】dì píng tiān chéng 平：平治。成：安定。水土得到治理，上天平靜無事。《尚書•大禹謨》：“地平天成，六府三事允治，萬世永賴，時乃功。”《左傳•文公十八年》：“舜臣堯，舉八愷，使主后土，以揆百事，莫不時序，地平天成。”後用以比喻萬事安排妥帖，天下太平。《晉書•陶侃傳》：“獻替疇諮，敷融政道，地平天成，四海幸賴。”唐代虞世南《孔子廟堂碑》：“孝治要道，於斯為大，故能使地平天成，風淳俗厚。”

【地主之誼】dì zhǔ zhī yì 地主：當地的主人。誼：義務。住在本地的人對外地客人應盡的招待義務。《儒林外史》二二回："晚生得蒙青目，一日地主之誼也不曾盡得，如何便要去？"清代無名氏《狄公案》一七回："如尊駕不棄，何妨俟尊事平復，同來一遊，稍盡地主之誼。"◇您是遠來貴客，若我未盡地主之誼便讓您走了，實在於禮不合。反 端茶送客、下逐客令。

【地老天荒】dì lǎo tiān huāng 形容經歷的時間非常久。宋代楊萬里《謁永祐陵歸途遊龍瑞宮觀禹穴》詩："禹穴下窺正深黑，地老天荒知是非。"元代孔文卿《東窗事犯》一折："我不合保護的山河壯，我不合整頓的地老天荒。"《兒女英雄傳》二四回："只談那些無盡無休的夢中夢，何思何想的天外天，一直談到地老天荒，一十二萬九千六百年。"同 天荒地老、天長地久。反 光陰似箭、白駒過隙。

【地利人和】dì lì rén hé《孟子·公孫丑下》："天時不如地利，地利不如人和。"地利：地形有利。人和：得人心。後以"地利人和"表示地理條件優越，又能得到民心支援。《三國志·董襲傳》："討虜承基，大小用命，張昭秉眾事，襲等為爪牙，此地利人和之時也，萬無所憂。"《晉書·孫楚傳》："然臣之所懷，竊有未安，以為帝王之興，莫不借地利人和以建功業，貴能以義平暴，因而撫之。"後也指有利的環境和良好的人際關係。◇商人都在這裏，佔盡了地利人和。

【地角天涯】dì jiǎo tiān yá 角：突入海中之地。比喻偏遠的地方或相隔很遠。也作"天涯地角"。南朝陳徐陵《答族人梁東海太守長孺書》："燕南趙北，地角天涯，言接未由，但以潸欷。"元代趙鸞鸞《悲笳四拍》詩："行處坐處兮思念我鄉曲，地角天涯兮不見我骨肉。"◇每到春節，不論是身在他鄉異國，還是地角天涯，思鄉的人都會風塵僕僕地回到家鄉。同 天南地北、天各一方。反 望衡對宇、一衣帶水。

【地坼天崩】dì chè tiān bēng 坼：開裂。地裂開，天崩塌。❶形容地震時的駭人景象。《後漢書·翟酺傳》："自去年以來，災遣頻數，地坼天崩，高岸為谷。"◇地震來臨時的瞬間，地坼天崩，猶如世界末日一般。❷比喻令人震驚的重大變故。蔡東藩《清史演義》十四回："師次淮上，凶聞隨來，地坼天崩，山枯海泣。"◇噩耗傳來，他頓時感覺地坼天崩，無力的癱在了地上。同 天崩地裂、天翻地覆。

【地崩山摧】dì bēng shān cuī 大地崩裂，山嶽摧毀。唐代李白《蜀道難》："地崩山摧壯士死，然後天梯石棧相鈎連。"同 地動山搖、山崩地裂。

【地動山搖】dì dòng shān yáo ❶大地震動，山巒搖撼。宋代歐陽修《論修河第一狀》："臣恐地動山搖，從此災禍自此而始。"◇大地震發生了，川西平原霎時地動山搖。❷形容聲音極大或聲勢激烈。宋代吳曾《能政齋漫錄·始事二》："至酉時，鼓角大鳴，地動山搖。"《西遊記》四回："這場鬥，真個是地動山搖，好殺也。"◇贏了！贏了！觀眾頓時為之歡呼雀躍，地動山搖的歡呼聲響徹全場。同 震天動地、山崩地裂。

【地網天羅】dì wǎng tiān luó 羅：捕鳥的網。以天為羅，以地為網。比喻難以逃脱的包圍。也比喻非常嚴密的防範。元代無名氏《謝金吾》二折："你敢跳不出這地網天羅，他則待賺離了邊關，羅織你些罪過。"《水滸傳》九四回："你便火首金剛，怎逃地網天羅？八臂哪吒，難脱龍潭虎窟！"同 天羅地網。反 網開一面、網開三面。

【地廣人稀】dì guǎng rén xī 地方大，人煙少。《史記·貨殖列傳》："楚、越之地，地廣人希（稀）。"《北齊書·魏蘭根傳》："緣邊諸鎮，控攝長遠，昔時初置，地廣人稀。"金庸《鹿鼎記》四七回："當地是極北邊陲，地廣人稀，最近的城鎮也在數百里外。"也作"地曠人稀"。《警世通言·趙太祖千里送京娘》："離此十五里之地，叫做介山，地曠人稀，都是綠林中好漢出沒之處。"魯迅《故事新編·鑄劍》："那地方是地曠人稀，實在很便於施展。"反 人煙稠密。

【地覆天翻】dì fù tiān fān 覆：翻過來。❶形容變化巨大。多指社會面貌。前蜀貫休《山居詩二十四首》之十二：“從他人説從他笑，地覆天翻也只寧。”宋代劉克莊《水龍吟·林中書生日六月十九日》詞：“地覆天翻，河清海淺，朱顏常駐。”清代葉廷琯《吹網錄·明潞王畫蘭石刻》：“地覆天翻痛甲申，南都議立事紛紜。”❷形容鬧得很兇，秩序大亂。清代石玉昆《續小五義》一一回：“路凱説：‘待我去。’隨帶賈善、趙保匆匆趕去。這一去要把天齊廟鬧個地覆天翻。”余秋雨《行者無疆·黃銅的幽默》：“至於迷路，也只有在森林裏才迷得生殺予奪、地覆天翻。”❸比喻聲勢浩大或聲響極大。《隋唐演義》一三回：“那轅門內監旗官，地覆天翻喊叫：‘老爺坐後堂審事，叫潞州解子帶軍犯秦瓊聽審！’”蔣光慈《鴨綠江上》：“窗外的風此時更嗚嗚地狂叫得厲害，……俄而如千軍哭喊，俄而如地覆天翻。”同 翻天覆地、震天動地。反 一成不變。

【地曠人稀】dì kuàng rén xī 見“地廣人稀”。

【地靈人傑】dì líng rén jié 説山川靈秀之地會出現傑出的人物。也指傑出人物降生或居住的地方。宋代華岳《翠微南征錄·山水吟》：“地靈人傑推江東，人物風流兼磊落。”《兒女英雄傳》一四回：“可見地靈人傑，何地無才！更不必定向錦衣玉食中去講那德言工貌了。”◇山東自古地靈人傑，湧現出許多彪炳史冊的名人。同 人傑地靈。

【在天之靈】zài tiān zhī líng 指人死後升入上天的靈魂。現多用以尊稱死者。宋代朱弁《曲洧舊聞》卷八：“獾得罪宗廟，陛下雖欲用之，如其在天之靈何？”清代孔尚任《桃花扇·哭主》：“既然如此，大家換了白衣，對着大行皇帝在天之靈，慟哭拜盟一番。”廖仲愷《對黃埔軍校第三期入伍生訓話》：“我希望各位同志繼承總理未竟之志，奮鬥下去，以慰總理在天之靈。”

【在劫難逃】zài jié nán táo 劫：佛教指注定的災難。命中注定要遭受禍害，逃脱不了。巴金《〈序跋集〉跋》：“我從小熟悉一句俗話：‘在劫難逃’，卻始終不相信。”◇命中注定，在劫難逃，隨它去吧／縱使他東逃西躲，到頭來在劫難逃。同 在劫者難逃。反 一走了之。

【在所不惜】zài suǒ bù xī 惜：珍惜。表示處於某種境況，不在乎付出任何代價。明代謝鐸《重刻石屏詩序》：“天之於富貴往往在所不惜，而於斯文之權恆若有所靳而不易以予人，何也？”馮玉祥《我的生活》三十：“送一次禮，典賣借貸，都在所不惜。”◇只要能治好她的病，花錢在所不惜。反 一毛不拔、斤斤計較。

【在所不辭】zài suǒ bù cí 在所：表示強調。決不推辭。宋代王十朋《答台守凌侍郎》：“某竊聞，將有遠行，行必以贐，雖百鎰在所不辭。”清代坑餘生《續濟公傳》一〇八回：“至於恢復之計，如有用着臣女，一奉詔諭，臣女雖赴湯蹈火，在所不辭便了。”◇要説幫朋友，我張某兩脅插刀，在所不辭。同 萬死不辭、義不容辭。反 推三阻四。

【在所難免】zài suǒ nán miǎn 在所：表示強調。難以避免。清代李寶嘉《活地獄》九回：“或者陽示和好，暗施奸刁的，亦在所難免。”黃秋耘《黃山秋行》：“我這篇短短的遊記所提到的，只不過是一小部分，掛一漏萬，在所難免。”同 在所不免。

【在官言官】zài guān yán guān 原指在官署就談官署中的事。後也泛指處在甚麼樣的地位就説甚麼樣的話。《禮記·曲禮下》：“君命，大夫與士肄。在官言官，在府言府，在庫言庫，在朝言朝。”清代無名氏《狄公案》三回：“在官言官，在朝言朝，大人是皇上欽差，審問此事，法堂上面，理宜下跪。”◇無論是誰一旦到了那個崗位上，就應該在官言官，在商言商。

【坎井之蛙】kǎn jǐng zhī wā 淺井裏的青蛙。比喻所見不廣，視野狹小，孤陋寡聞的人。《莊子·秋水》：“子獨不聞夫坎井之蛙乎？”《荀子·正論》：“語曰：‘淺不足與測深，愚不足與謀智，坎井之蛙不可與語東海之樂。’”漢代桓寬《鹽鐵論·復古》：“坎井之蛙，不知江海之大。”元代吳澂《送何太虛北遊序》：“醯甕之雞，坎井之蛙，蓋不知甕外之天，井外之海為何如。”◇天高地厚，個人實在無法比擬，人要虛心，萬不能做坎井之蛙，坐井觀天。同 井底之蛙、坐井觀天。

【坎坷不平】 kǎn kě bù píng 漢代揚雄《河東賦》：“濊南巢之坎坷兮，易豳岐之夷平。”道路高高低低不平坦。比喻人生多難或事情不順利。嚴文井《中國人自己的美》：“我看見了前人和同行者的許多足跡常常印在坎坷不平的路上和泥濘中。”◇人生的道路是坎坷不平的，一波三折是常有的事。同 崎嶇不平。反 康莊大道。

【坑蒙拐騙】 kēng mēng guǎi piàn 拐：騙。用坑害蒙騙的手段誘人上當，把別人的錢財物等弄到手。◇銷售偽劣商品，用盡各種坑蒙拐騙的辦法，發了不義之財。反 童叟無欺。

【坐井觀天】 zuò jǐng guān tiān 坐在井裏看天。比喻眼界狹小，見識不廣。唐代韓愈《原道》：“坐井而觀天，曰天小者，非天小也。”宋代劉克莊《用居後弟強甫韻》：“退之未離乎儒者，坐井觀天錯議聃。”《文明小史》十五回：“我們天天住在鄉間，猶如坐井觀天一樣，外邊的事情，一些兒不能知道。”同 井蛙之見、管窺蠡測。反 目光遠大、見多識廣。

【坐不垂堂】 zuò bù chuí táng 不坐在屋簷之下，避免瓦片掉下來被砸傷。比喻處世小心謹慎，避免禍難。《史記·司馬相如列傳》：“禍固多藏於隱微，而發於人之所忽者也。故鄙諺曰：‘家累千金，坐不垂堂’。”宋代陳傅良《祭鄭龍圖母夫人》：“龍圖怡聲下氣，坐不垂堂，夫人取焉。”章炳麟《與關君遂書》：“向在張園，嘗以千金之子坐不垂堂昭示大眾……至今一夕，猶堅持未變。”

【坐以待旦】 zuò yǐ dài dàn 坐着等待天亮。形容勤勉不懈。《尚書·太甲上》：“先王昧爽，丕顯，坐以待旦。”《孟子·離婁下》：“幸而得之，坐以待旦。”《紅樓夢》九七回：“停了片時，寶玉便昏沉睡去，賈母等才得略略放心，只好坐以待旦。”靳以《春草》：“我很興奮，詩情在我的胸中發酵了，我實在忍不住了，好吧！讓我們今天痛痛快快地過一個晚上，我們坐以待旦吧！”同 坐而待旦。

【坐以待斃】 zuò yǐ dài bì 斃：死。坐着等死。三國蜀諸葛亮《後出師表》：“然不伐賊，王業亦亡，惟坐而待亡，孰與伐之。”後用“坐以待斃”表示遇到危險或困難不積極應對，坐等災禍臨頭。明代何良俊《四友齋叢說·史九》：“善良之民，坐以待斃。”《隋唐演義》五八回：“只因缺了糧餉，所以固守孤城，坐以待斃。”孫中山《倫敦被難記》：“此時，吾自思希望已絕，惟有坐以待斃耳！”同 坐而待斃。

【坐失良機】 zuò shī liáng jī 因不積極主動而失去難得的好機會。宋代黃震《申乞添人戶賣鹽袋蒲草價錢狀》：“此事若知而不以告，則為坐失良機，後將誰問？”◇在股市大跌的時候，膽大的入市撈底，膽小的坐失良機。同 坐失機宜、坐失時機。

【坐立不安】 zuò lì bù ān 坐不安立不穩。形容心事重重，安定不下來。《儒林外史》二一回：“卻是有勞的緊了，使我老漢坐立不安。”巴金《春》三十：“他一個人在房裏左思右想，坐立不安。”錢鍾書《圍城》七：“鴻漸急得坐立不安，滿屋子的轉。”同 坐卧不安、坐卧不寧。反 氣定神閒、平心靜氣。

【坐地分贓】 zuò dì fēn zāng 坐地：就地；贓：贓物。原指盜賊就地瓜分贓物，後多指無需親自動手，坐等瓜分贓物。明代無名氏《八義記·探獄悲傷》：“昨日新發下一個坐地分贓的強盜下來，至今家信未通。”《品花寶鑒》二三回：“那狗友樹起黨來……擠他不相好的，薦他相好的，薦得一兩個出去，他便坐地分贓。”◇做了一群小潑皮的頭兒，指使他們幹些小偷小摸的勾當，他坐地分贓。同 坐地分賬。

【坐而論道】 zuò ér lùn dào 大臣陪侍帝王謀劃政事。《周禮冬官·考工記》：“坐而論道，謂之王公。”《晉書·李胤傳》：“古者三公，坐而論道。”後指坐下來議論事理，或空談道理、只說不做。《晉書·夏侯湛傳》："若乃群公百辟，卿士常伯，被朱佩紫，耀金帶白，坐而論道者，又充路盈寢，黄幄玉階之內，飽其尺牘矣。"馮玉祥《我的生活》二二："至若坐而論道，那我比姜太公還年輕的多呢！"◇不必坐而論道了，還是幹點實事吧！同 紙上談兵。反 身體力行。

【坐吃山空】zuò chī shān kōng 光消費不生財，即使有堆積如山的錢財，終會吃光用盡。《京本通俗小說•錯斬崔寧》："姐夫，你須不是這等算計。'坐吃山空，立吃地陷'；'咽喉深似海，日月快如梭'。你須計較一個常便。"《官場現形記》五十回："譬如有什麼生意，也不妨做一兩樁。家當雖大，斷無坐吃山空的道理。"巴金《寒夜》二二："我身體不好，偏偏又失了業。坐吃山空，怎麼得了！"同 坐吃山崩、坐食山空。反 日進斗金、多財善賈。

【坐收漁利】zuò shōu yú lì《戰國策•燕策二》："今者臣來，過易水，蚌方出曝，而鷸啄其肉，蚌合而鉗其喙。鷸曰：'今日不雨，明日不雨，即有死蚌。'蚌亦謂鷸曰：'今日不出，明日不出，即有死鷸。'兩者不肯相舍，漁者得而並禽之。"後用"坐收漁利"比喻利用別人之間的矛盾輕而易舉獲得利益。◇只等他們鬥得兩敗俱傷的時候，坐收漁利。同 坐收其利、"鷸蚌相爭，漁人得利"。

【坐言起行】zuò yán qǐ xíng《荀子•性惡》："凡論者貴其有辨合，有符驗，故坐而言之，起而可設，張而可施行。"後用"坐言起行"說坐下來可講得切實在理，實行起來可做得穩妥得當。清代歐陽兆熊《水窗春藝•羅忠節軼事》："凡天文、輿地、律曆、兵法、及鹽、河、漕諸務，無不探其原委，真可以坐言起行，為有用之學者。"

【坐冷板凳】zuò lěng bǎn dèng 比喻不受重視或受冷遇。清代李漁《憐香伴•氈集》："下官自從選了窮教官，坐了這條冷板凳，終日熬薑呷醋，尚不能夠問舍求田，那裏再經得進口添人！"◇雖說他這兩年坐冷板凳，卻照舊認真工作。同 冷眼相待。反 炙手可熱。

【坐臥不安】zuò wò bù ān 形容無論坐臥躺臥都難安寧下來，或因心事重而心情煩亂。也作"坐臥不寧"。《周書•姚僧垣傳》："大將軍襄樂公賀蘭隆先有氣疾，加以水腫，喘息奔急，坐臥不安。"《封神演義》七回："心下躊躇，坐臥不安，如芒刺背。"《紅樓夢》一四回："忙的鳳姐茶飯無心，坐臥不寧。"同 坐立不安、如坐針氈。反 平心靜氣、心平氣和。

【坐臥不寧】zuò wò bù níng 見"坐臥不安"。

【坐享其成】zuò xiǎng qí chéng 指自己不出力而享受別人的勞動成果。明代徐渭《謝督府胡公啟》："疇知白璧之雙遺，竟踐黃金之一諾；傳聞始覺，坐享其成。"◇一家六口人，只有老二做生意賺錢，其他人都坐享其成。同 不勞而獲。反 火中取栗。

【坐視不救】zuò shì bù jiù 對別人遭受的災難，只是坐着旁觀而不加救援。宋代洪邁《夷堅志補•褚大震死》："母嘗墮水中，坐視不救，有他人援之，反加詬罵而毆之。"《三國演義》一一七回："即蜀中危急，孤豈可坐視不救？"巴金《春》一四："現在她們真的跟着他的腳跡走了，他能夠坐視不救麼？"同 坐視不顧、坐視不理。

【坐懷不亂】zuò huái bù luàn 亂：淫亂。女子坐在懷裏也不與其淫亂。據《荀子•大略》和《詩經•巷伯》毛亨傳載，春秋魯國的柳下惠夜宿城門，有個女子趕不上進城而來求宿。柳下惠怕她受凍，就解開外衣把她裹在懷裏，坐了一夜，卻沒有非禮的行為。後用"坐懷不亂"形容男子不動邪念，作風正派。《金瓶梅詞話》五六回："其實，水秀才原是坐懷不亂的，若哥哥請他來家，憑你許多丫頭小廝同眠同宿。"《鏡花緣》三八回："據這光景，舅兄竟是柳下惠坐懷不亂了。"反 荒淫無度、尋花問柳。

【坐觀成敗】zuò guān chéng bài 原指坐在一旁看人爭鬥，等勝敗見分曉時，再相機行事。後多指對別人的成功或失敗持袖手旁觀的態度。《史記•田叔列傳》："是老吏也，見兵事起，欲坐觀成敗，見勝者欲合從之，有兩心。”唐代盧照鄰《三國論》：“袁本初據四州之地，南向爭衡；劉景升擁十萬之師，坐觀成敗。”清代薛福成《書合肥伯相李公用滬平吳》：“洋將恃功驕踞，緩則索重賞，急則坐觀成敗。”同 坐視成敗、作壁上觀。

【坌鳥先飛】bèn niǎo xiān fēi 坌：同“笨”。比喻因為能力差，為免落後，就要搶先動手。元代關漢卿《陳母教子》一折：“我似那靈禽在後，你這等坌鳥先飛。”◇能力不如人，坌鳥先飛，這就叫自知之明。同 笨鳥先飛、先下手為強。

【坦腹東牀】tǎn fù dōng chuáng 見“東牀坦腹”。

【垂手可得】chuí shǒu kě dé 垂手：下垂着雙手。形容不費力氣，非常容易得到。《水滸全傳》五八回：“只除教呼延灼將軍賺開城門垂手可得。”艾蕪《對目前文藝的一點感想》：“要發現別人沒有看見的東西，要發現別人沒有聽到的東西，這都要大力探索，反覆琢磨，不是一下子垂手可得的。”同 垂手而得、唾手可得。反 大海撈針、來之不易。

【垂死掙扎】chuí sǐ zhēng zhá 臨近死亡時候的最後掙扎。形容最後的掙扎、反抗。徐遲《西陲紀遊》：“一頭倒斃在血泊之中；一頭已經奄奄一息，只有出氣，沒有入氣；另一頭野豬在垂死掙扎，還露出牠的一對獠牙。”

【垂名青史】chuí míng qīng shǐ 名字被載入史冊，流傳後世。宋代劉辰翁《前調》：“古人已矣，垂名青史，謂當如此，又誰料浮沉自得魚計，賞心樂事，良辰景美。”◇齊桓公對於管仲，不僅不予治罪以報那“一箭之仇”，反而重用他，使他得以大展其才，垂名青史。同 青史垂名、青史留名、青史流芳。

【垂涎三尺】chuí xián sān chǐ 嘴邊掛着三尺長的口涎。形容嘴饞，非常想吃。也形容見別人的東西眼紅，極想佔為己有。葉君健《自由》十三：“這個孩子看見人家吃這些東西，總是饞得垂涎三尺。”。同 垂涎欲滴。

【垂涎欲滴】chuí xián yù dī 唐代柳宗元《招海賈文》：“垂涎閃舌兮，揮霍旁午。”後以“垂涎欲滴”形容貪饞到了極點，口水都要滴下來了。鄒韜奮《經歷•貧民窟裏的報館》：“但是在我這樣的一個窮小子看來，卻覺得這是一個不小的數目，而且老實說，確也有些垂涎欲滴。”◇那鮮嫩的水果，看得人垂涎欲滴。同 垂涎三尺。

【垂裕後昆】chuí yù hòu kūn《尚書•仲虺之誥》：“以義制事，以禮制心，垂裕後昆。”後昆：後嗣，子孫。後因以“垂裕後昆”指為子孫後代留下業績或名聲。《梁書•侯景傳》：“垂裕後昆，流名竹帛，此實生平之志也。”《明史•詹同傳》：“帝嘗與侍臣言聲色之害甚於鴆毒，創業之君為子孫所承式，尤不可不謹。同因舉成湯不邇聲色、垂裕後昆以對，其因事納忠如此。”

【垂暮之年】chuí mù zhī nián 指老年。垂暮：傍晚，借指已近晚年，老年。宋代宋祁《代石太尉謝令安州照管表》：“不寒之慄，潛釋於冰淵，垂暮之年，免擠於溝壑，事踰初願，恩極更生。”明代謝遷《謝存問疏》：“寵命下及，慚懼交併，顧茲垂暮之年，諒無圖報之日，惟有一言獻納，庶幾少效涓埃。”◇她怎麼也沒有想到，自己一輩子歷經坎坷，在垂暮之年還要踏上一條艱難的訴訟之路。

【垂範百世】chuí fàn bǎi shì 指光輝榜樣或偉大精神等的永遠流傳。垂範：垂示範例。宋代陸游《跋李莊簡公家書》：“雖徙海表，氣不少衰，丁寧訓誡之語，皆足垂範百世。”明代葉伯巨《應求直言詔上書》：“臣聞開基之主垂範百世，一動一靜必合準繩，使子孫有所持守。”◇法有限而情無窮，沒有任何一部刑法典可以包羅萬象、垂範百世。同 流芳千載。反 遺臭萬年。

【垂頭喪氣】chuí tóu sàng qì 耷拉着腦袋，神情沮喪。❶ 形容失意懊喪的樣子。唐代韓愈《送窮文》：“主人於是垂頭喪氣，上手稱謝。”《紅樓夢》一〇四回：“要進園內找寶玉，不料園門鎖着，只得垂頭喪氣的回來。”❷ 形容半死半活，沒有生氣。沙汀《困獸記》十二：“但當走出郊外，因為目所能見的只有赤熱耀眼的太陽，以及垂頭喪氣的禾苗的時候，他的容忍可崩潰了。”◇旱得水溝乾乾的，田野裏的莊稼和野草都垂頭喪氣、蔫答答的。反 趾高氣揚、生龍活虎。

【垂簾聽政】 chuí lián tīng zhèng 指女后臨朝聽政，處理國事。垂簾：太后或皇后臨朝聽政，座前垂珠簾遮隔。《宣和遺事》後集：“群臣復請元祐皇后垂簾聽政。”《新編五代史平話•周史上》：“翌日，郭威帥百官請太后臨朝，垂簾聽政。”◇自從一八六○年的北京政變以後，兩宮垂簾聽政，就一直在養心殿東暖閣進行。

【城下之盟】 chéng xià zhī méng 在敵方兵臨城下時，被迫簽訂的屈辱性盟約。《左傳•桓公十二年》：“楚伐絞……大敗之，為城下之盟而還。”宋代辛棄疾《美芹十論》：“是以燕山之和未幾而京城之圍急，城下之盟成而兩宮之狩遠。”嚴復《論南昌教案》：“道咸之際，海禁未開，疆吏不達外情，交涉動至決裂，城下之盟，有金陵、天津諸條約。”

【城北徐公】 chéng běi xú gōng 戰國時齊國的美男子。後為美男子的代稱。《戰國策•齊策一》：“城北徐公，齊國之美麗者也。”明代王立道《行沖諸備藥物之末》：“成侯之美其不如城北徐公固也，而一時客其門下者莫不以為過之，何哉？”◇鄒忌的妻子私他，姬妾畏他，而客人有求於他，都說他美於城北徐公。

【城狐社鼠】 chéng hú shè shǔ 城牆洞穴中的狐狸，社壇裏的老鼠。漢代劉向《說苑•善說》：“且夫狐者，人之所攻也；鼠者，人之所熏也；臣未見稷狐見攻，社鼠見熏，何則？所托者然也。”後以“城狐社鼠”喻有所憑依而為非作歹的人。《晉書•謝鯤傳》：“及敦將為逆，謂鯤曰：‘劉隗奸邪，將危社稷。吾欲除君側之惡，匡主濟時，何如？’對曰：‘隗誠始禍，然城狐社鼠也。’”宋代洪邁《容齋四筆•城狐社鼠》：“城狐不灌，社鼠不燻。謂其所棲穴者得所憑依，此古語也。故議論者率指人君左右近習為城狐社鼠。”魯迅《華蓋集•“公理”的把戲》：“以事論，則現在的教育界中實無豺狼，但有些城狐社鼠之流，那是當然不能免的。”同 社鼠城狐。

【埋天怨地】 mán tiān yuàn dì 埋怨起天和地來。形容因蒙冤抱屈，或內心不平、不滿而發出怨言。元代鄭廷玉《看錢奴》一折：“每日在吾廟裏，埋天怨地。”《初刻拍案驚奇》卷三五：“今日據着他埋天怨地，正當凍餓。”◇學習成績不好，是自己不努力，反而埋天怨地，怪罪別人不幫他來。同 怨天怨地、怨天尤人。

【埋頭苦幹】 mái tóu kǔ gàn 埋頭：頭不抬起來。形容做事專心致志，不怕勞苦。魯迅《中國人失掉自信力了嗎》：“我們自古以來，就有埋頭苦幹的人，有拚命硬幹的人。”反 吊兒郎當、遊手好閒。

【堆金積玉】 duī jīn jī yù 形容家財萬貫。宋代李之彥《東谷所見•貪慾》：“堆金積玉，來處要明。”元代錢霖《哨遍》套曲：“怕不是堆金積玉連城富，眨眼早野草閒花滿地愁。”《金瓶梅》一回：“若有那看得破的，便見得堆金積玉，是棺材內帶不去的瓦礫泥沙。”同 堆金疊玉、積金累玉。反 一無所有、繩牀瓦灶。

【堆集如山】 duī jí rú shān 見“堆積如山”。

【堆積如山】 duī jī rú shān 聚積成堆，如同小山。形容東西極多。也作“堆集如山”。宋代孟元老《東京夢華錄•外諸司》：“每遇冬月，諸鄉納粟稈草，牛車闐塞道路，車尾相啣，數千萬輛不絕，場內堆集如山。”《喻世明言•晏平仲二桃殺三士》：“臣國中人呵氣如雲，沸汗如雨，行者摩肩，立者並跡，金銀珠玉，堆積如山，安得人物稀少耶？”《慈禧太后演義》三二回：“此時行李包裹，堆積如山。”茅盾《多角關係》：“出貨固然少了，存貨可堆積如山呢！”

【執法如山】 zhí fǎ rú shān 如山：像山一樣無法動搖。形容執行法令嚴格、嚴厲、堅決，毫不動搖。《明史•楊漣傳》：“及紀為司寇，執法如山；羽正為司空，清修如鶴。”《歧路燈》八八回：“本道言出如箭，執法如山，三尺法不能為不肖者宥也。”馮玉祥《我的生活》二十章：“謝謝上天，旅長明鏡高懸，執法如山，這一次替我們地方上剷除了這一個大禍患。”同 鐵面無私。反 徇私枉法。

【執迷不悟】zhí mí bù wù 執：堅持；迷：迷惑、糊塗。堅持錯誤而不醒覺。《梁書•武帝紀上》：“若執迷不悟，距逆王師，大眾一臨，刑茲罔赦。”《水滸全傳》六三回：“若是執迷不悟，便教昆侖，玉石俱焚。”巴金《秋》四：“他暗暗地在責備這個年青人執迷不悟。”同 執迷不返。反 翻然悔悟。

【堅不可摧】jiān bù kě cuī 非常堅固，摧毀不了。清代葉燮《原詩•內篇下》：“惟力大而才能堅，故至堅而不可摧也。”《歧路燈》八二回：“二十年閨閣，養成拘墟篤時之見，牢不可破，堅不可摧。”◇一排排雪山，成了這個國家堅不可摧的屏障。同 堅如磐石。反 不堪一擊。

【堅甲利兵】jiān jiǎ lì bīng 堅固的鎧甲，鋭利的兵器。比喻精鋭的兵力。《孟子•梁惠王上》：“王如施仁政於民……可使制梃以撻秦楚之堅甲利兵矣。”《明史•王直傳》：“國家備邊最為謹嚴，謀臣猛將，堅甲利兵，隨處充滿，且耕且守，是以久安。”《東周列國誌》七四回：“令尹最好者，堅甲利兵也。”

【堅守不渝】jiān shǒu bù yú 堅定地遵守奉行，決不改變。◇他對她的承諾堅守不渝，並為此付出了沉重的代價。同 矢志不渝。反 一日三變。

【堅如磐石】jiān rú pán shí 古樂府《孔雀東南飛》：“磐石方且厚，可以卒千年。”《文選•古詩十九首》：“良無磐石固，虛名復何有？”後用“堅如磐石”形容像大石一樣堅固，不可動搖或不可摧毀。◇新構築的防線堅如磐石／她只要打定了主意，堅如磐石，你再勸也沒用。同 固若金湯。

【堅忍不拔】jiān rěn bù bá 形容意志堅強，不可動搖。宋代蘇軾《鼂錯論》：“古之立大事者，不惟有超世之才，亦必有堅忍不拔之志。”清代羽衣女士《東歐女豪傑》四回：“靠着各位熱血至誠，堅忍不拔，百年一日，萬人一心，將來定必有一個成功的日子。”◇我真佩服你那堅忍不拔的雄心。同 堅韌不拔。

【堅定不移】jiān dìng bù yí 意志堅決，絕不動搖。《資治通鑒•唐文宗開成五年》：“陛下誠能慎擇賢才以為宰相……推心委任，堅定不移，則天下何憂不理哉！”茹志鵑《澄河邊上》：“他們走得很慢，然而是堅定不移地在向前走。”反 猶豫不定。

【堅持不渝】jiān chí bù yú 始終如一地遵守着諾言、約章或某種做法，決不改變。◇不論他甚麼年月回來，她都堅持不渝地等他，她相信他的心始終如一。反 朝三暮四。

【堅持不懈】jiān chí bù xiè 堅持到底，始終不鬆懈。《清史稿•劉體重傳》：“遇大雨，賊決河自衛，煦激勵兵團，堅持不懈，賊窮蹙乞降，遂復濮州。”李劼人《大波》一部五章：“總而言之，眾志業已成城，只要大家堅持不懈，哪有感動不了聖明，廢除不了條約，爭回不了路權的道理。”同 鍥而不捨。反 半途而廢。

【堅苦卓絕】jiān kǔ zhuó jué 形容堅毅刻苦的精神超越尋常。清代朱琦《書歐陽永叔答尹師魯書後》：“雖使古人堅苦卓絕之行，推彼其心，其視鼎鑊，甘之如飴，固不計其人之相賞與否。”葉聖陶《登雁塔》：“玄奘法師那樣堅苦卓絕地西行求法，那樣絕對認真地搞翻譯工作，永遠是中國的驕傲。”同 艱苦卓絕。

【堅貞不屈】jiān zhēn bù qū 堅守節操，絕不屈服。吳玉章《辛亥革命•辛亥三月二十九日的廣州起義》：“從容就義的林覺民，在事前即給他妻子寫了一封感情深摯的絕命書，受審時又揮筆寫了一篇堅貞不屈的自供狀。”

【堅強不屈】jiān qiáng bù qū 堅毅、剛強、不屈服。洪深《最近的個人的見解》：“甚至最難表現人生實態的建築，也漸漸有這種堅強不屈的表現端緒呢。”同 不屈不撓。

【堅韌不拔】jiān rèn bù bá 形容意志堅強，不可動搖。◇入門既不難，深造也是辦得到的，只要你刻苦學習，刻苦鑽研，始終不懈，堅韌不拔。同 堅忍不拔。

【堅壁清野】jiān bì qīng yě 堅壁：加固營壘；清野：將四野的財物、糧食收藏起來。加固防禦工事，轉移、收藏物資。是戰時對付優勢入侵者的一種策略。《後漢書·荀彧傳》："堅壁清野，以待將軍。"《宋史·高懷德傳》："會杜重威降契丹，京東諸州群盜大起，懷德堅壁清野，敵不能入。"

【堂而皇之】táng ér huáng zhī 堂：古代宮室的前廳；皇：古代沒有四壁的宮室；堂皇：堂隍，官署的大堂。❶形容端正莊嚴或雄偉有氣派。魯迅《花邊文學·"莎士比亞"》："末一句是客氣話，贊成施先生的其實並不少，要不然，能堂而皇之的在雜誌上發表嗎？"◇迎面是堂而皇之的大雄寶殿。❷形容公開、無顧忌◇找一個堂而皇之的藉口，炒他的魷魚！同 冠冕堂皇。反 鼠竊苟偷。

【堂堂正正】táng táng zhèng zhèng 堂堂：盛大的樣子；正正：形容整齊。原指軍容盛大嚴整。《孫子·軍爭》："無邀（截擊）正正之旗，勿擊堂堂之陳（陣）。"後形容光明正大。《說岳全傳》五八回："自古大丈夫堂堂正正，既來助陣，不管他什麼陣，我們只從正中間殺入去，怕他什麼！"陳殘雲《山谷風煙》十七章："林少芬堂堂正正地告訴她，人家說，他跟徐二姐有些不乾不淨的事情。"◇堂堂正正做人，兢兢業業做事。同 光明正大、光明磊落。反 偷偷摸摸、鬼鬼祟祟。

【堤潰蟻穴】dī kuì yǐ xué 堤壩崩潰是由小小的螞蟻洞所造成的。《韓非子·喻老》："千丈之堤，以螻蟻之穴潰。"後用"堤潰蟻穴"比喻因小處不慎而釀成大禍。漢代揚雄《幽州牧箴》："盛不可不圖，衰不可或忘。堤潰蟻穴，器漏箴芒。"◇俗話說堤潰蟻穴，可不能輕視小紕漏小失誤，有可能導致全局失敗。同 蟻穴潰堤、堤潰蟻孔。

【報仇雪忿(憤)】bào chóu xuě fèn 見"報仇雪恨"。

【報仇(讎)雪恨】bào chóu xuě hèn 雪：洗刷。報復仇敵，洗雪冤仇和憤恨。元代無名氏《馬陵道》四折："領將驅兵莫避難，報讎雪恨在今番。馬陵山下先埋伏，不斬龐涓誓不還。"《三國演義》三八回："至來年春，孫權商議欲伐黃祖。張昭曰：'居喪未及期年，不可動兵。'周瑜曰：'報仇雪恨，何待期年？'"巴金《談〈第四病室〉》："我慚愧我這管無力的筆沒有能替過去時代許多屈死的冤魂報仇雪恨。"也作"報仇雪忿"、"報仇雪憤"。明代沈璟《義俠記·悼亡》："我那哥哥，你是軟弱人，只恐銜冤死未伸。若還果有終天恨，便在夢裏鳴冤，我去報仇雪忿。"《禪真逸史》二七回："賴薛大哥諸兄弟勇力，神機妙算，報仇雪憤，解我之困。感佩大德，何以報之？"同 抱恨雪冤。

【報仇(讐)雪恥】bào chóu xuě chǐ 雪：洗清。報復仇敵，洗掉恥辱。《戰國策·燕策二》："若先王之報怨雪恥，夷萬乘之強國，收八百歲之蓄積。"《三國志·孫策傳》裴松之注引《吳歷》："收合流散，東據吳會，報讐雪恥，為朝廷外藩。"明代梁辰魚《浣紗記·治定》："今賴祖宗之神靈，主公之威力，治定功成，報仇雪恥，是臣可死之日矣。請從此辭。"◇春秋時越王勾踐卧薪嚐膽，終於打敗楚國，報仇雪恥。同 報仇雪恨。

【塗脂抹粉】tú zhī mǒ fěn 往臉上塗胭脂、抹香粉。❶指婦女面部化妝。《二刻拍案驚奇》卷十四："記得有個京師人靠着老婆吃飯的，其妻塗脂抹粉，慣賣風情，挑逗那富家郎君。"◇她見人前總要塗脂抹粉，梳妝打扮，做上半點鐘工夫。❷比喻美化掩飾醜惡的事物。魯迅《野草·一覺》："我照作品的年月看下去，這些不肯塗脂抹粉的青年們的魂靈便依然屹立在我眼前。"同 抹脂塗粉、擦脂塗粉。

【塞翁失馬】sài wēng shī mǎ《淮南子·人間訓》：古代邊塞上一個老翁丟了一匹馬，別人來安慰他，他卻說："怎麼知道這不是福呢？"後來這匹馬居然帶回來一匹駿馬。後用"塞翁失馬"或"塞翁失馬，安知非福"比喻一時的損失卻可能帶來意外的好處。宋代陸游《長安道》詩："士師分鹿真是夢，塞翁失馬猶為福。"明代吳承恩《贈郡伯養吾范公如京改秩章詞》："楚國亡猿，在事機而叵測；

塞翁失馬，占福澤之未來。”《慈禧太后演義》二回：“今已送給溥儀，何妨將錯便錯，塞翁失馬，安知非福？”

【塵埃落定】chén āi luò dìng 比喻事情有了確定的結局或結果。◇經過兩個月反反覆覆的談判，總算塵埃落定，簽下了協定。反 懸而未決。

【壓倒元白】yā dǎo yuán bái 元、白：指唐代著名詩人元稹、白居易。五代王定保《唐摭言·慈恩寺題名遊賞賦詠雜紀》：“時元白俱在，皆賦詩於席上，惟刑部楊汝士待郎詩後成。元白覽之失色……汝士其日大醉，歸謂子弟曰：‘我今日壓倒元白！’”後用“壓倒元白”比喻詩文寫得好，超過了同時代的著名作家。宋代周必大《題癸丑謝何同叔送羊羔酒》詩：“今錄舊作……若自有壓倒元白之句，則九萬里風斯在下矣！”元代鍾嗣成《凌波仙》散曲：“先生志在乾坤外，敢嫌他天地窄，辭章壓倒元白，憑心地，據手策，是無比英才。”清代薛雪《一瓢詩話》卷一九四：“劉賓客‘西塞山懷古’，似議非議，有論無論，筆著紙上，神來天際，洵是此老一生傑作，自然壓倒元白。”

【墨守成規】mò shǒu chéng guī 墨守：戰國時墨翟善於守城。後稱“善守”、“固守”為“墨守”，用“墨守成規”指堅持固守過時的舊規章制度舊辦法，不肯改進變更。清代乾隆《欽定南巡盛典》卷三五：“至於下游之清口，則又墨守成規，憚於拆卸草壩，以致出水不暢。”曹禺《讀劇一得》：“學習別人的東西，要善於‘化’，不能墨守成規。”鄧拓《錢松嵒的山水畫》：“如《竹海人家》、《姑蘇花農》等幾幅畫也完全不是墨守成規者所可比擬。”同 率由舊章、因循守舊。反 革故鼎新、隨機應變。

【墨跡(迹)未乾】mò jì wèi gān 墨的痕跡還沒有乾掉。形容字剛寫完或繪畫剛完成。今多用於條約、協議等簽訂不久，就違反起來，形容很快就背信棄義。也作“墨瀋未乾”。《喻世明言》卷二四：“思溫抬頭一看，壁上留題墨跡未乾。”清代藍鼎元《粵中風聞台灣事論》：“辛丑，朱一貴作亂，南路客子團結鄉社，奉大清皇帝萬歲牌，與賊拒戰，蒙賜義民銀兩，功加職銜。墨瀋未乾，豈肯自為叛亂？”◇停戰協議簽訂後，人們都以為戰爭已經遠離而去，可是墨跡未乾，硝煙又起。同 墨汁未乾。

【墨瀋未乾】mò shěn wèi gān 見“墨跡(迹)未乾”。

【墮甑不顧】duò zèng bù gù 甑：古代陶質炊具。《後漢書·孟敏傳》：“客居太原，荷甑墮地，不顧而去。林宗見而問其意。對曰：‘甑已破矣，視之何益。’”形容人通達事理，心胸豁達。元代謝應芳《代簡答陳子章先生》：“閉門縮首如凍龜，墮甑不顧從人嗤。”明代黃淳耀《吾師錄·一心》：“每維孟敏墮甑不顧，雖是細事，亦足以觀人胸中擺脱得下，故不知不覺之間自能如此。”同 豁達大度。反 錙銖必較。

【壁立千仞】bì lì qiān rèn 仞：古代長度單位，一仞約八尺或七尺。像千仞牆壁一樣高高聳起。❶形容山崖高峻陡峭。晉代張載《劍閣銘》：“惟蜀之門，作固作鎮。是日劍閣，壁立千仞。窮地之險，極路之峻。”唐代閻隨侯《西嶽望幸賦》：“壯哉太華兮，為金方之鎮，削成四面，壁立千仞。”◇四川大渡河峽谷，兩岸壁立千仞，危巖嶙峋。❷形容人道德品行高尚，受人景仰。《晉書·王衍傳》：“顧愷之作畫贊，亦稱衍‘巖巖清峙，壁立千仞’。其為人所尚如此。”唐代李觀《道士劉宏山院壁記》：“其人廊廟之柱石，帝王之股肱，波澄萬頃，壁立千仞。”清代淮陰百一居士《壺天錄》卷上：“何公鐵生素性廉潔，壁立千仞，不受苞苴。”同 壁立萬仞。

【壁壘森嚴】bì lěi sēn yán 壁壘：古代軍營的防禦工事。森嚴：嚴整。形容防守嚴密，或比喻分明、嚴謹。清代陳鴻墀《全唐文紀事·興州江運記》：“敍述議論，皆以典奧出之，可謂壁壘森嚴，神采煥發。”劉復《代某君壽某將軍夫婦》：“聲威震懾長榆塞，壁壘森嚴細柳營。”同 無懈可擊。反 漏洞百出。

士部

【壯士解腕】zhuàng shì jiě wàn 見“壯士斷腕”。

【壯士斷腕】zhuàng shì duàn wàn《三國志•陳泰傳》：“古人有言：蝮蛇螫手，壯士解其腕。”說被蝮蛇咬了手時，勇士會立即斬斷手腕，不讓蛇毒擴散漫延。比喻在緊要關頭採取斷然措施。唐代竇臯《述書賦》下：“君子棄瑕以拔材，壯士斷腕以全質。”◇做大事必須果斷，必要時就得壯士斷腕，猶豫之間就可能失敗。同 當機立斷。反 當斷不斷。

【壯志凌雲】zhuàng zhì líng yún 凌雲：直上雲霄。《漢書•揚雄傳下》：“往時武帝好神仙，相如上《大人賦》，欲以風(諷)，帝反縹縹有陵雲志。”後用“壯志淩雲”比喻志向十分遠大。宋代京鏜《定風波》詞：“莫道玉關人老矣，壯志淩雲，依舊不驚秋。”◇小時候壯志淩雲，誰知長大後竟成了紈絝子弟。同 青雲之志、老驥伏櫪。反 胸無大志、得過且過。

【壺中日月】hú zhōng rì yuè《後漢書•費長房傳》載：費長房為市掾時，市中有賣藥老翁，在鋪頭懸有一壺，收市後便跳入壺中。長房見之，知道不是常人，次日前去拜訪，老翁與長房一塊進入壺中，但見房舍華麗，有旨酒佳餚，就一起飲酒而出。後用“壺中日月”指仙道生活或超塵脫俗的山水勝境。唐代呂巖《七言》詩：“物外煙霞為伴侶，壺中日月任嬋娟。”宋代李商英《聲聲慢》詞：“青霽路岐遊遍，排冠歸、水晶城郭。蕭散處，有壺中日月，故園猿鶴。”元代楊暹《劉行道》四折：“散袒逍遙躲是非，壺中日月有誰知。仙家不識春和夏，石爛松枯一局棋。”同 壺中天地、壺裏乾坤。

【壽終正寢】shòu zhōng zhèng qǐn 正寢：中式住宅的正屋。❶享盡天年，獲得善終，老年時在家安然死亡。《封神演義》十一回：“你道朕不能善終，你自誇壽終正寢，非侮君而何？”❷比喻事物消亡。◇由於落後於時代太遠，百年老店壽終正寢。

夊部

【夏日可畏】xià rì kě wèi 夏天怕火熱的陽光。比喻待人嚴苛，令人生畏而不敢親近。《左傳•文公七年》“趙衰，冬日之日也；趙盾，夏日之日也。”晉代杜預注：“冬日可愛，夏日可畏。”北周庾信《小園賦》：“心則歷陵枯木，髮則睢陽亂絲。非夏日而可畏，異秋天而可悲。”宋代楊億《謝賜詔書欽恤刑獄表》：“天網雖疏，尚多嬰拂；夏日可畏，用示於哀矜。”◇上司一向態度嚴厲，不苟言笑，夏日可畏。反 冬日可愛。

【夏雨雨人】xià yǔ yù rén 炎夏時節雨落到人身上，感覺涼爽快意。比喻及時給人以益處，給人以幫助。漢代劉向《說苑•貴德》：“(管仲) 曰：‘嗟茲乎！我窮必矣！吾不能以春風風人，吾不能以夏雨雨人，吾窮必矣！’”孫中山《心理建設•孫文學說》三章：“彼之興人論文，有春風風人，夏雨雨人，解衣衣我，推食食我。”◇幾年來的教師生涯，他克盡職守，總不忘作為一名教師春風化雨、夏雨雨人的責任。同 春風化雨、春風風人。

【夏爐冬扇】xià lú dōng shàn 夏天用火爐，冬天搖扇子。漢代王充《論衡•逢遇》：“今則不然，作無益之能，納無補之說，以夏進爐，以冬奏扇，為所不欲得之事，獻所不欲聞之語，其不遇禍幸矣，何福祐之有乎？”後用“夏爐冬扇”比喻做事不合時宜，徒勞無益。◇不可能的事不必強求，硬要做貓鼠同眠，魚兒上樹的事，豈非夏爐冬扇，徒勞無功？同 冬扇夏爐。

夕部

【外柔內剛】wài róu nèi gāng 外表柔弱而內心剛強。《晉書•甘卓傳》：“卓外柔內剛，為政簡惠，善於綏撫。”《金史•賈少沖傳》："少沖外柔內剛，每從容進諫，世宗稱美之。"◇好在他的妻子很賢慧，外柔內剛，精明強幹。同 綿裏藏針。反 外強中乾。

【外強(殭)中乾】 wài qiáng zhōng gān《左傳•僖公十五年》："亂氣狡憤，陰血周作，張脈僨興，外彊中乾。"指晉侯用以駕車的馬外觀雖然還強壯，但內裏已很虛弱了。後用"外強中乾"說外表顯得很強大，實際上內部很虛弱。清代黃宗羲《李果堂先生墓誌銘》："無情之辭，外強中乾，其神不傳。"魯迅《致章廷謙》："其問我何以不罵他者，亦非真希望我罵，不過示人以不怕耳，外強中乾者也。"

【外圓內方】 wài yuán nèi fāng 比喻外表隨和，內心卻嚴正不苟。茅盾《幻滅》十一："靜女士時常想學慧的老練精幹，學王女士的外圓內方，又能隨和，又有定見。"◇為人外圓內方，循規蹈矩。反 外方內圓。

【外寬內忌】 wài kuān nèi jì 外表上看似寬宏，內心卻嫉妒刻薄。《三國志•楊戲傳》："維外寬內忌，意不能堪。軍還，有司承旨奏戲，免為庶人。"《南史•劉敬宣傳》："此人外寬內忌，自伐而尚人，若一旦遭逢，當以陵上取禍。"◇此人雖有做一番事業的雄心，但外寬內忌，有才而不能用，是很難成事的。同 笑裏藏刀。

【夙世冤家】 sù shì yuān jia 夙世：前世。冤家：仇人。❶ 指懷有深仇大恨的人。宋代高晦叟《珍席放談》卷下記載：樞密使夏竦被罷官後，石介在其《德頌》的序言中有"追竦白麻""無不喜悅"的話，夏竦很惱火，懷恨在心，就"歲設水陸齋，常旁設一位，立牌書曰：'夙世冤家石介'。"❷ 反其意而用之，稱所愛的人為"夙世冤家"◇別說我那個夙世冤家了，這幾天丢下我不管不顧，回了娘家。同 宿世冤家、冤家對頭。

【夙夜匪懈】 sù yè fěi xiè 夙：早。匪：不。日夜辛勞，毫不懈怠。《詩經•烝民》："既明且哲，以保其身。夙夜匪解（懈），以事一人。"漢代荀悅《漢紀•昭帝紀一》："忠順不失，夙夜匪懈，順理處和，以輔上德，是謂良臣。"唐代吳兢《貞觀政要•教戒太子諸王》："是以在上不驕，夙夜匪懈，或設醴以求賢，或吐飧而接士。"錢鍾書《圍城》六："高松年發奮辦公，夙夜匪懈，精明得真是睡覺還睜着眼睛，戴着眼鏡，做夢都不含糊的。"同 夙興夜寐、宵衣旰食。反 飽食終日。

【夙興夜寐】 sù xīng yè mèi 起得早睡得晚。形容辛勤勞苦。《詩經•氓》："夙興夜寐，靡有朝矣。"秦代李斯《泰山刻石》："皇帝躬聖，既平天下，不懈於治，夙興夜寐。"《聊齋誌異•紅玉》："今家道新創，非夙興夜寐不可。"同 晨興夜寐、夜以繼日。反 飽食終日、優遊歲月。

【多才(材)多藝】 duō cái duō yì 具有多種才能和技藝。《尚書•金縢》："予仁若考，能多材多藝，能事鬼神。"《二十年目睹之怪現狀》三七回："我暗想此公也可算得多才多藝了。"◇大凡詩人，多半都是多才多藝身。反 一無所長、一無是處。

【多文為富】 duō wén wéi fù《禮記•儒行》："不祈多積，多文以為富。"後以"多文為富"說以學識的淵博為富足。元代王惲《蘭亭石刻記》："諺云：'室無滯貨，不為潤屋。'矧吾儕以多文為富乎？"清代王永彬《圍爐夜話》一七五："儒者多文為富，君子疾名不稱。"聶紺弩《讀李銳〈懷念十篇〉》詩："多文為富更多情，心上英雄紙上兵！"◇詩人雖家貧如洗，卻安之若素，信奉多文為富，以讀書為樂。

【多此一舉】 duō cǐ yī jǔ 做不必要的、多餘的事情。《二十年目睹之怪現狀》八九回："你給我這一張整票子，明天還是要到你那邊打散，何必多此一舉呢。"《民國通俗演義》一四八回："本來是多此一舉，譚氏破壞省憲，罪有應得……偏有甚麼和議出來，要推譚氏來做省長。"茅盾《子夜》九："如果蓀甫沒有放棄成見的意思，那也不必多此一舉了！"同 畫蛇添足。反 在此一舉。

【多多益善】 duō duō yì shàn 越多越好。《史記•淮陰侯列傳》："上問曰：'如我能將幾何？'信曰：'陛下不過能將十萬。'上曰：'於君何如？'曰：'臣多多而益善耳。'上笑曰：'多多益善，何為為我禽？'"明代鍾惺《題〈魯文恪詩文選〉後》："詩文多多益善者，古今能有幾人？"清代李漁《閒情偶寄·文藝》："識得一字，有一字之用。多多益善，少也未嘗不善。"

【多如牛毛】duō rú niú máo《北史·文苑傳序》："學者如牛毛，成者如麟角。"後用"多如牛毛"形容非常多。明代袁宏道《與沈博士》："作吳令，無復人理……錢穀多如牛毛，人情茫如風影。"梁啟超《論資政院之天職》："比年以來，新頒法規，多如牛毛。"石楠《滄海人生·劉海粟傳》九章："可那些多如牛毛的事務不讓他安靜，他忽又想到今天要派人把畫送到訂購者的家中。"同 數不勝數、不計其數。反 屈指可數、寥寥無幾。

【多災多難】duō zāi duō nàn 經歷的災難或挫折很多。郭沫若《偉大的愛國詩人——屈原》："他很知道民間的疾苦，看到人民生活的多災多難，他經常歎息而至於流眼淚。"◇這位作家一生多災多難，創作也一路艱辛，令人唏噓。同 命途多舛。反 洪福齊天。

【多事之秋】duō shì zhī qiū 變故多、困難多的時期。常指時局動盪不安之時。《金史·宣宗紀上》："多事之秋，陳言者悉送省。"《水滸傳》八六回："汝等文武群臣，當國家多事之秋，如何處置？"◇意大利足壇，時下正值多事之秋。

【多歧亡羊】duō qí wáng yáng《列子·說符》："大道以多歧亡羊，學者以多方喪生。"歧：岔道。亡：丟失。因岔路太多無法追尋而丟失了羊。❶ 比喻事物複雜多變，把握不好就會誤入歧途。明代胡應麟《詩藪·近體下》："中唐絕，如劉長卿、韓翃、李益、劉禹錫，尚多可諷詠。晚唐則李義山、溫庭筠、杜牧、許渾、鄭谷，然途軌紛出。漸入宋元，多歧亡羊，信哉！"南懷瑾《應囑為孫中山先生九十八誕辰作》詩："失鹿中原悲得失，多歧亡羊歎興亡。"❷ 比喻泛而不專，終無成就。宋代朱熹《答呂子約二十八首》之六："日日依此積累工夫，不要就生疑慮，既要如此，又要如彼，枉費思慮，言語下梢無到頭處，昔人所謂多歧亡羊者，不可不戒也。"同 歧路亡羊。

【多財善賈】duō cái shàn gǔ《韓非子·五蠹》："鄙諺曰：'長袖善舞，多錢善賈。'此言多資之易為工也。"後用"多財善賈"說本錢多資本雄厚，生意就好做。宋代朱熹《朱子語類》卷三五："多財善賈，須多蓄得在這裏，看我要買也得，要賣也得；若只有十文錢在這裏，如何處置得去？"清代吳趼人《糊塗世界》卷一一："他這次下來是越有越有，以後水大舟高，多財善賈，更是無往不利了。"孫中山《三民主義·民族主義》："外國人既掌握經濟之權，自然是多財善賈，把租界內的地皮，平買貴賣。"

【多情多義】duō qíng duō yì 重感情，講義氣。清代陳森《品花寶鑒》三回："聘才已知富三是個熱心腸、多情多義的人。"許嘯天《清代宮廷演義》六九回："我家在這落魄的時候，有這樣一個多情多義的公子，今生今世須是忘他不得。"反 無情無義、冷酷無情。

【多愁多病】duō chóu duō bìng 心情容易愁悶，又體弱多病。形容人的嬌弱情態。前蜀韋莊《遣興》詩："如幻如泡世，多愁多病身；亂來知酒聖，貧去覺錢神。"元代王實甫《西廂記》一本四折："小子多愁多病身，怎當得他傾國傾城貌。"魯迅《二心集·上海文藝之一瞥》："才子原是多愁多病，要聞雞生氣，見月傷心的。"同 多愁善感、弱不禁風。反 身強力壯。

【多愁善感】duō chóu shàn gǎn 經常發愁，容易傷感。形容人感情脆弱。巴金《春》二十四："如果我處在姐姐那樣的境地，我也很難強為歡笑。何況姐姐又是生就多愁善感的。"茅盾《幻滅》二："是同情於這個不相識的少婦呢，還是照例的女性的多愁善感，連她自己也不明白。"◇說做人難，其實不難：悲觀者多愁善感，樂觀者事事可為。反 自得其樂。

【多端寡要】duō duān guǎ yào 端：頭緒。

要：要領。頭緒繁多，不知擇要行事。《三國志•郭嘉傳》："袁公徒欲效周公之下士，而未知用人之機。多端寡要，好謀無決，欲與共濟天下大難，定霸王之業，難矣！"張宏傑《朱棣本紀》："小皇帝及其謀臣，雖然都是滿腹經綸，其實多端寡要，多謀寡斷。"反 提綱挈領、綱舉目張。

【多歷年所】duō lì nián suǒ 所：數。經歷的年數很多。《尚書•君奭》："率惟茲有陳，保乂有殷，故殷禮陟配天，多歷年所。"《太平廣記•水族•龜》："此寺有靈龜一頭，長三尺五寸，冬潛春現，多歷年所。"金庸《笑傲江湖》三一："兄弟忝為五派盟主，亦已多歷年所。"◇這口井的井圈和井壁一樣，上面鋪滿了綠色苔蘚，看得出來已是多歷年所。同 年深日久。

【多嘴多舌】duō zuǐ duō shé 指不該説而説或逞能多説話。元代楊顯之《瀟湘雨》三折："你休要多嘴多舌，如今秋雨淋漓，一日難走一日，快與我行動些。"《水滸傳》四一回："你今日既到這裏，……須要聽兩位頭領哥哥的言語號令，亦不許你胡言亂語，多嘴多舌。"老舍《正紅旗下》七："母親是受過娘家與婆家的排練的，儘管不喜多嘴多舌，可是來了親友，她總有適當的一套話語，酬應得自然而得體。"也作"多嘴饒舌"。《醒世恆言•金海陵縱慾亡身》二三回："定哥便把女待詔推了一推道：'小妮子多嘴饒舌，你莫聽他！'"◇老闆知道這孩子一向乖巧老實，從不多嘴饒舌。反 沉默寡言、少言寡語。

【多嘴饒舌】duō zuǐ ráo shé 見"多嘴多舌"。

【多謀善斷】duō móu shàn duàn 長於思考籌劃，及時作出決斷。◇你是主意包，多謀善斷，請你拿主意，走下一步棋吧。同 好謀善斷。

【多藏厚亡】duō cáng hòu wáng《老子》四四章："是故甚愛必大費，多藏必厚亡。"後用"多藏厚亡"説積聚財物過多，反而會招致極大的損失。北齊顏之推《顏氏家訓•勉學》："山巨源以蓄積取譏，背多藏厚亡之文也。"明代洪應明《菜根譚•閒適》"多藏厚亡，故知富不如貧之無慮。"◇俗語説：富者多憂，貴者多險，多藏厚亡，金錢是招禍之根。反 安貧樂道。

【多難興邦】duō nàn xīng bāng《左傳•昭公四年》："鄰國之難，不可虞也。或多難以固其國，啟其疆土；或無難以喪其國，失其守宇。"後用"多難興邦"説國家多災多難，反而會激發民眾奮發圖強，促使國家強盛起來。唐代陸贄《論敘遷幸之由狀》："多難興邦者，涉庶事之艱而知敕慎也。"明代盧象昇《請討賊疏》："我皇上御極以來，蔽天法祖，勤政恤民……多難興邦，殷憂啟聖，以其時考之則可矣。"◇多難興邦的古訓蘊含着團結奮鬥、自強不息的民族精神。

【夜不閉户】yè bù bì hù 夜間睡覺不必關閉門戶。《禮記•禮運》："謀閉而不興，盜竊亂賊而不作，故外戶而不閉，是謂大同。"後以"夜不閉戶"形容社會安寧，風氣良好。《三國演義》八七回："兩川之民，忻樂太平，夜不閉戶，路不拾遺。"◇出門在外要多加小心，現在還不是路不拾遺、夜不閉戶的世道。同 路不拾遺。反 盜賊蜂起。

【夜以繼日】yè yǐ jì rì 晝夜不停。多形容人勞苦勤奮。《孟子•離婁下》："周公思兼三王，以施四事，其有不合者，仰而思之，夜以繼日。"元代揭傒斯《常州通真觀修造記》："趨事赴功，夜以繼日，涉時曆月，道濆於成。"《東周列國誌》八十回："勾踐迫欲復仇，乃苦身勞心，夜以繼日。"◇員工們夜以繼日地工作了整整一個月。同 夜以繼晝、夙興夜寐。反 遊手好閒、不務正業。

【夜長夢多】yè cháng mèng duō 比喻時間拖得越長，事情越可能發生不利的變化。清代李漁《鳳求凰•墮計》："你就趁此時去做個了當，不要夜長夢多，又使他中變了。"《兒女英雄傳》二三回："這事須得如此如此辦法，才免得他夜長夢多，又生枝葉。"◇局勢一日三變，夜長夢多，拖下去恐怕不利。

【夜雨對牀】yè yǔ duì chuáng 牀：古人的卧具或坐具。風雨之夜，兩人對牀而眠。指親友相聚，傾心交談。元代劉祁《東明張特立文舉》詩："夜雨對牀閒練句，春風滿座共開樽。"同 對牀夜雨、風雨對牀。

【夜郎自大】yè láng zì dà《史記•西南夷列傳》載：漢代西南諸小國中，夜郎面積最大，便自以為土地廣大。一次夜郎國君問漢朝使臣："漢朝和我夜郎國比，哪個大呢？"後用"夜郎自大"比喻孤陋寡聞卻妄自尊大。清代袁枚《隨園詩話》一："'學然後知不足。'可見知足者，皆不學之人，無怪其夜郎自大也。"◇活到老學到老，學無止境，夜郎自大就變得無知無識了。同 妄自尊大。反 妄自菲薄。

【夜深人靜】yè shēn rén jìng 深夜沒有人的聲響，非常寂靜。明代崔時佩《南西廂記•乘夜逾垣》："你看，月朗風清，夜深人靜，好景致也。"清代玉瑟齋《回天綺談》八回："直等到夜深人靜的時候，在宮中走脱出來投法軍去。"郁達夫《祈願》："尤其是在夜深人靜，歡筵散後，我的肢體倦到了不能動彈的時候，這一種孤寂的感覺，愈加來得深。"同 夜闌人靜。

【夜靜更深】yè jìng gēng shēn 寂靜無聲的深夜。更：古人把一夜分作五更，每更約兩小時。《醒世恆言•李汧公窮邸遇俠客》："少停出衙，止留幾個心腹人答應，其餘都打發去了，將他主僕灌醉，到夜靜更深，差人刺死。"《三俠五義》一七回："到了夜靜更深，自己持燈來到西間。"同 更深夜靜、夜靜更闌。

【夜闌人靜】yè lán rén jìng 見"更闌人靜"。

【夢筆生花】mèng bǐ shēng huā 五代王仁裕《開元天寶遺事•夢筆頭生花》："李太白少時，夢所用之筆頭上生花。後天才贍逸，名聞天下。"後世以"夢筆生花"形容才華橫溢，詩文冠絕。清代得碩亭《草珠一串》詩："帝京景物大無邊，夢筆生花寫不全。"同 生花之筆。反 江郎才盡。

【夢寐以求】mèng mèi yǐ qiú 睡夢中都在尋找、追求。《詩經•關雎》："窈窕淑女，寤寐求之，求之不得，寤寐思服。"形容迫切地希望得到。李六如《六十年的變遷》第十章："現在眼前的，不是夢寐以求的真理嗎？"◇在她那裏發現了我夢寐以求的珍貴郵票。同 孜孜以求。反 可有可無。

大部

【大刀闊斧】dà dāo kuò fǔ 作戰時使用大刀和寬刃的戰斧。❶形容軍隊威猛無比。《水滸傳》三四回："(秦明) 擺開隊伍，催趲軍兵，大刀闊斧，徑奔清風寨來。"《東周列國誌》五五回："都跟着杜回，大刀闊斧，下砍馬足，上劈甲將。"❷比喻辦事果斷，魄力大。《兒女英雄傳》二一回："姑娘向來大刀闊斧，於這些小事，不大留心。"茅盾《子夜》五："向來是氣魄不凡，動輒大刀闊斧的吳蓀甫此時卻沉着臉兒沉吟了。"◇大刀闊斧地推行改革。反 小手小腳、縮手縮腳。

【大才(材)小用】dà cái xiǎo yòng 把大的材料用在小的地方。比喻把有大才能的人用在小事務上，不能充分發揮其才幹。宋代陸游《送辛幼安殿選造朝》詩："大材小用古所歎，管仲蕭何實流亞。"◇以她的能力論，只當個部門經理，實在是大材小用了。

【大大咧咧】dà da liē liē 形容做事隨便，漫不經心。◇我的兒子總是大大咧咧的，也不知誤了多少事。

【大大落落】dà da luò luò 形容儀態大方，自然不拘謹。◇他一邊飲茶品茗，一邊大大落落地說說笑笑。同 大大方方。

【大千世界】dà qiān shì jiè 佛教認為世界的一千倍是小千世界，小千世界的一千倍是中千世界，中千世界的一千倍是大千世界，總稱"三千大千世界"。後用來指廣闊無邊的世界。《景德傳燈錄•希運禪師》："長老身材無量大，笠子太小生。師云：'雖然如此大千世界總在裏許。'"唐代陳子昂《夏日暉上人房別李參軍序》："開不二之法門，觀大千之世界。"《鏡花緣》一〇〇回："小說家言，何關輕重！消磨了三十多年層層心血，算不得大千世界小小文章。”◇大千世界，無奇不有。同 三千世界。

【大天白日】dà tiān bái rì 大白天。《紅樓夢》一二回：“大天白日人來人往，你就在這裏也不方便。”◇近日山裏土匪出沒，大天白日也沒人敢走這條道。同 光天化日。反 深更半夜。

【大手大腳】dà shǒu dà jiǎo ❶形容花錢不節制、用東西不愛惜。《紅樓夢》五一回：“成年家大手大腳的，替太太不知背地裏賠墊了多少東西。”趙樹理《地板》：“咱們這些家，是大手大腳過慣了的。”❷指手腳粗大，身體健壯，但行動魯莽。◇誰想他大手大腳地跑到我跟前，又笑又嚷，硬把我推進了房裏。

【大公無私】dà gōng wú sī 一心為公，沒有半點兒私心；秉公辦事，不徇私情。清代龔自珍《論私》：“且今之大公無私者，有楊、墨之賢耶？”◇處事大公無私是公務員必須具備的基本品質。反 假公濟私、損公肥己。

【大方之家】dà fāng zhī jiā 懂得大道理的人。泛指見多識廣、學有專長的人。《莊子•秋水》：“吾長見笑於大方之家。”宋代歐陽修《送方希則序》：“是以君子輕去就，隨卷舒，富貴不可誘，故其氣浩然，不見於喜慍。能及是者，達人之節而大方之家乎？”梁啟超《譯印政治小說序》：“故大方之家，每不屑道焉。”◇像你這麼做學問，豈不見笑於大方之家？

【大打出手】dà dǎ chū shǒu 形容野蠻地逞兇打人或互相毆鬥。打出手：戲曲中的一種武打套術。劇中主要人物與幾個對手打鬥，形成種種武打場面。郭沫若《南京印象》一七：“這兒在三天前正是大打出手的地方，而今天卻是太平無事了。”反 通情達理、以理服人。

【大巧若拙】dà qiǎo ruò zhuō 真正聰明靈巧的人，不自炫耀，外表看似笨拙。《老子》：“大直若屈，大巧若拙，大辯若訥。”唐代樂朋龜《西川青羊宮碑銘》：“大巧若拙，拙中而萬事皆成。”◇真正聰明的人大巧若拙，從不鋒芒外露。同 大智若愚。

【大功告成】dà gōng gào chéng《漢書•王莽傳上》：“諸生、庶民大和會，十萬眾並集，平作二旬，大功畢成。”後用“大功告成”指事業、工程、或任務宣告完成。元代揭傒斯《大元敕賜修堰碑》：“甫越五月，大功告成。”《兒女英雄傳》三三回：“這件事可就算大功告成了。”◇金小姐聽了眉開眼笑，恨不得馬上大功告成。反 功虧一簣、功敗垂成。

【大失所望】dà shī suǒ wàng《史記•高祖本紀》：“項羽遂西，屠燒咸陽秦宮室，所過無不殘破。秦人大失望。”後用“大失所望”表示原來的希望完全落空，極為失望。《舊五代史•李守貞傳》：“守貞以諸軍多曾隸於麾下，自謂素得軍情，坐俟叩城迎己，及軍士詬噪，大失所望。”《喻世明言》卷三九：“二人見銀兩不多，大失所望。”葉聖陶《城中•晨》：“群眾大失所望，圈子便鬆開了些。”反 大喜過望、如願以償。

【大吉大利】dà jí dà lì 非常吉祥如意。多用於占卜和祝福。《三國演義》五四回：“來意亮（諸葛亮）已知道了。適間卜《易》，得一大吉大利之兆。”巴金《家》一七：“老太爺因為覺群在堂屋裏說了不吉利的話，便在一張紅紙條上寫了‘童言無忌，大吉大利’，拿出來貼在堂屋的門柱上。”錢鍾書《圍城》二：“據周太太說，張家把他八字要去了，請算命人排過，跟他們小姐的命‘天作之合，大吉大利’。”同 吉星高照。反 流年不利。

【大地回春】dà dì huí chūn 天氣回暖，春天又回到人間。比喻形勢向好，新氣象到來。《民國通俗演義》六二回夾注：“陰曆正月初三日立春，當時有大地回春，萬象更新之義，故諏吉於初四日。”老舍《老張的哲學》：“大地回春，人壽年豐，福自天來。”

【大有人在】dà yǒu rén zài 說某一種人為數很多。《資治通鑒•隋煬帝大業十一年》：“帝至東都，顧眄街衢，謂侍臣曰：‘猶大有人在。’意謂向日平楊玄感，殺人尚少故也。”清代宣鼎《夜雨秋燈錄•

雪裏紅》："不言其師，而師自大有人在。"魯迅《致李秉中》："出面的雖是章士釗，其實黑幕中大有人在。"

【大有文章】dà yǒu wén zhāng 指在表面之外另有所指。文章：指隱晦曲折的含義。《三俠五義》一一八回："艾虎聽了，暗暗思忖道：'這話語之中大有文章。'"姚雪垠《李自成》一卷一六章："張獻忠明白這裏邊大有文章。"

【大有可為】dà yǒu kě wéi 指事情值得去做，很有發展前途。可為：可以做；值得做。《文明小史》五回："地方雖一千餘里，仙民成俗，大有可為。"葉文玲《綠色長廊的構圖人》："黃河故道發展果樹生產，大有可為！"

【大有作為】dà yǒu zuò wéi《孟子·公孫丑下》："故將大有為之君，必有所不召之臣。"後用"大有作為"表示充分發揮作用，做出重大成就。《續資治通鑒·宋理宗景定四年》："仁宗治效浹洽，神宗大有作為。"◇他在晚年大有作為，正應了大器晚成這句話。反 無所作為。

【大而化之】dà ér huà zhī《孟子·盡心下》："充實之謂美，充實而有光輝之謂大，大而化之之謂聖。"說將美好的品德發揚光大，使普天下人因而得到感化，這樣便是聖人。後借用"大而化之"形容做事情馬虎大意，不認真細緻。朱自清《文心序》："假如那些舊的是飣餖瑣屑，束縛性靈，這些新的又未免太無邊際，大而化之了。"同 粗心大意、粗枝大葉。反 小心翼翼、小心謹慎。

【大而無當】dà ér wú dàng《莊子·逍遙遊》："吾聞言於接輿，大而無當，往而不返，吾驚怖其言，猶河漢而無極也。"意謂接輿所說的話過分誇大，不着邊際。後用"大而無當"指大而不切實用。明代朱國禎《湧幢小品·府州郡縣異同》："何首烏有一顆至十餘斤者，然枵落無味，不堪用。余曾試之，笑其大而無當也。"魯迅《致章廷謙》："要而言之，《全上古文》實在是大而無當的書，可供陳列而不適於實用的。"

【大同小異】dà tóng xiǎo yì《莊子·天下》："大同而與小同異，此之謂小同異；萬物畢同畢異，此之謂大同異。"後用"大同小異"說事物大體相同，稍有差異。北魏楊衒之《洛陽伽藍記·城北》："西胡風俗，大同小異。"宋代朱熹《〈中庸〉章句》一九章："此與《論語》文意大同小異，記有詳略耳。"◇他那些文章，似乎都大同小異，沒有甚麼新意。反 天差地別、天壤之別。

【大吃一驚】dà chī yī jīng 對突然發生的事情感到非常意外或震驚。《警世通言》卷二八："不張萬事皆休，則一張，那員外大吃一驚，回身便走，來到後邊，望後倒了。"魯迅《朝花夕拾·阿長與〈山海經〉》："我大吃一驚之後，也就忽而記得，這就是所謂福橘。"巴金《等着盼着》："那個朋友和他再次見面，不禁大吃一驚。"同 大驚失色。反 若無其事。

【大名鼎鼎】dà míng dǐng dǐng 形容家喻戶曉，名氣非常大。《官場現形記》二四回："你一到京打聽人家，像他這樣大名鼎鼎，還怕有不曉得的。"◇小時候他是我的鄰居，如今人家是大名鼎鼎的富豪了。同 鼎鼎大名、赫赫有名。反 默默無聞、無名小卒。

【大奸似忠】dà jiān sì zhōng 內心奸詐邪惡，外表卻貌似忠厚。說奸惡者善於偽裝。宋代邵博《聞見後錄》卷二三："大奸似忠，大佞似信，外視樸野，中藏巧詐。"《明史·黃澤傳》："刑餘之人，其情幽陰，其慮險譎，大奸似忠，大詐似信，大巧似愚。"◇大奸似忠，聖人明主都難免上當，何況一介書生，更兼老眼昏花？

【大好河山】dà hǎo hé shān 指無限美好的國土疆域。河山：國土。清代秋瑾《普告同胞檄》："彼乃舉其防家賊、媚異族之手段，送我大好河山！"◇登上泰山，放眼望去，大好河山盡收眼底。反 半壁河山、殘山剩水。

【大步流星】dà bù liú xīng 形容步子邁得大，走得快，像流星飛過一樣。◇他買了一瓶礦泉水，大步流星地趕了上去。

【大旱望雲】dà hàn wàng yún《孟子·梁惠

王下》：“民望之，若大旱之望雲霓也。”雲：指雨雲。霓：虹的一種，霓虹是下雨的先兆。後用“大旱望雲”形容渴望解困之情非常急迫。宋代蘇軾《上執政乞度牒賑濟及修廨宇書》：“日與吏民延頸企踵，雖大旱望雲，執熱思濯，未喻其急也。” 反 旱魃為虐、赤地千里。

【大吹大擂】dà chuī dà léi ❶ 用力吹喇叭和敲打鑼鼓。元代王實甫《麗春堂》四折：“賜你黃金千兩，香酒百瓶，就在麗春堂大吹大擂，做一個慶喜的筵席。”明代湯顯祖《牡丹亭•淮泊》：“那城樓之上，還掛有丈六闊的軍門旗號。大吹大擂，想是日晚掩門了。” ❷ 比喻大肆宣揚、吹噓。◇她本是二流演員，靠媒體大吹大擂才紅了起來。

【大吹法螺】dà chuī fǎ luó 法螺：做號角用的海螺殼，佛道做法事用作樂器，故稱法螺。佛教把講經說法叫作“吹法螺”或“吹大法螺”。《妙法蓮花經•序品》：“今佛世主，欲說大法，雨大法雨，吹大法螺，擊大法鼓。”後用“大吹法螺”比喻空口說大話。《北洋軍閥統治時期史話》十三章：“（孫傳芳）臨行還向江浙紳士大吹法螺說：‘南軍沒什麼了不起。’”

【大含細入】dà hán xì rù 漢代揚雄《解嘲》：“顧默而作《太玄》五千文，枝葉扶疏，獨說數十餘萬言，深者入黃泉，高者出蒼天，大者含元氣，細者入無間。”後用“大含細入”指詩文博大精深。大：博大。細：精細。清代金德瑛《朱子六經圖碑》：“一朝紫陽真儒出，大含細入該無餘。渺然心通作述始，置身三代窺唐虞。”清代俞兆晟《漁洋詩話序》：“夫先生之詩，大含細入，無所不包。” 同 博大精深。反 淺見寡識。

【大言不慚】dà yán bù cán 說大話不感到慚愧。《論語•憲問》：“子曰：‘其言之不怍，則為之也難。’”朱熹注：“大言不慚，則無必為之志，而不自度其能否也。欲踐其言，其不難哉！”《紅樓夢》七八回：“你念，我寫。若不好了，我捶你的肉，誰許你先大言不慚的。”◇聽他得意的學生大言不慚的談古論今，一臉愁雲頓時就消散了。反 言之鑿鑿、言必有據。

【大快人心】dà kuài rén xīn 壞人壞事受到懲罰或打擊，使大家非常痛快。明代許三階《節俠記•誅佞》：“李秦授這廝，今日聖旨殺他，大快人心；兄請正坐了，就決了他，使小弟得以快睹。”清代全望祖《移詰寧守魏某帖子》：“若果有激濁揚清之當道，則乘是獄之起，並其監生而黜之，是為大快人心者矣。”也作“人心大快”。明代沈德符《野獲編•刑部立枷》：“東山受恩反噬，其罪蓋浮於諸龍光。當時人心大快，佐以此得搢紳聞聲，然亦不云立枷。”

【大快朵頤】dà kuài duǒ yí 吃到美味的東西感覺非常愜意。朵頤：鼓腮嚼食。◇吃慣山珍海味的人，請他吃一塊北京街頭的烤白薯，一定讓他大快朵頤。反 食不甘味。

【大雨如注】dà yǔ rú zhù《東觀漢記•光武紀》：“暴雨下如注，水潦成川。”後用“大雨如注”形容雨下得很大，像是傾倒下來一樣。明代朱國禎《湧幢小品•山子道氣》：“又三日，率眾詛龍潭，以激神怒，大雨如注。”◇窗外大雨如注，遠山近峰全淹沒在白茫茫的雨幕之中。同 傾盆大雨、大雨滂沱。反 雨過天晴、晴空萬里。

【大呼小叫】dà hū xiǎo jiào ❶ 高一聲低一聲喊叫，亂吵亂嚷。元代馬致遠《青衫淚》三折：“這船上是甚麼人，半夜三更，大呼小叫的。”《紅樓夢》五四回：“寶玉在這裏呢，大呼小叫，留神嚇着罷！” ❷ 形容虛張聲勢嚇唬人。◇擎火把的都是年輕人，有手提着槍的，有拿刀的，大呼小叫的吆喝着。同 虛張聲勢。反 鴉雀無聲。

【大放厥詞（辭）】dà fàng jué cí 原指作詩文極力鋪陳詞藻，盡展文才。唐代韓愈《祭柳子厚文》：“玉佩瓊琚，大放厥辭。”清代趙翼《甌北詩話•蘇東坡詩》：“以文為詩，自昌黎始；至東坡益大放厥詞，別開生面，成一代之大觀。”現指誇誇其談，大發謬論。一般用於貶義。巴金

《隨想錄》三："她唯讀了少得可憐的幾本書，就大放厥詞，好像整個中國只有她一個人讀過四方的作品。"◇他越說越不像話，到後來簡直大放厥詞。反 言之有理、言之成理。

【大放悲聲】dà fàng bēi shēng 放開喉嚨，大聲痛哭。形容非常傷心。《二十年目睹之怪現狀》八九回："少奶奶掩面大哭道：'只是我的天唷！'說着大放悲聲。"◇她跑進自己屋裏，趴到牀上，大放悲聲。反 歡天喜地、喜笑顏開。

【大相徑(逕)庭】dà xiāng jìng tíng 原指從門外的小路到門內的庭院還有一大段距離。《莊子·逍遙遊》："吾驚怖其言，猶河漢而無極也；大有徑庭，不近人情焉。"後以"大相徑庭"比喻相差很遠，大不相同。明代何良俊《四友齋叢說·詩》："諸人之詩，雖則尖新太露圭角，乏渾厚之氣，然能鋪寫情景，不專事綺繢，其與但為風雲月露之形者大相徑庭。"朱自清《歷史在戰鬥中》："經過自己的切實的思索，鑄造自己的嚴密的語言，便跟機械的公式化的說教大相徑庭。"同 迥然不同。反 一模一樣、毫無二致。

【大是大非】dà shì dà fēi 指涉及原則性的重大是非問題。◇大是大非不聞不問，雞毛蒜皮的事倒管得死嚴。反 雞零狗碎。

【大信不約】dà xìn bù yuē 真正講信義的話，不在於訂約盟誓《禮記·學記》："大道不器，大信不約。"◇大信不約，只要你講句話，咱們這樁買賣就敲定了。同 一言為定。反 言而無信、口說無憑。

【大風大浪】dà fēng dà làng 狂風巨浪。也比喻大動盪或遭際的艱難險阻。《歧路燈》六九回："叫他看看我每日大風大浪，卻還要好過。"◇活到你這歲數，甚麼大風大浪沒見過，怎麼會這麼沉不住氣呀？同 驚濤駭浪。反 風平浪靜。

【大度包容】dà dù bāo róng 心胸寬廣，有容人的大氣量。《官場現形記》十回："倘若嫂夫人大度包容的呢，自然沒得話說，然而婦人家見識，保不住總有三言兩語。"吳組緗《〈老舍幽默文集〉序》："老舍為人隨和，交遊廣闊。與人相處，毫無成見偏見，最能大度包容。"同 恢宏大度。反 小家子氣、妒賢嫉能。

【大紅大紫】dà hóng dà zǐ 顏色濃豔，非常顯眼。形容顯赫一時，春風得意。老舍《四世同堂》五三："我看出來，現在幹甚麼也不能大紅大紫，除了作官和唱戲！"◇她伶牙俐齒，善長交際，拉關係走門路，被三教九流捧得大紅大紫。同 聲名顯赫。反 默默無聞。

【大起大落】dà qǐ dà luò 高高地升起，深深地跌落，形容情緒、境遇、水準、行情、形勢等極不穩定，變化幅度非常大。老舍《四世同堂》六："她的喜怒哀樂都是大起大落，整出整入的。"◇一天當中大起大落三千多點，這樣的股市行情，我還從來沒見過。

【大恩大德】dà ēn dà dé 受到極大的恩惠。《醒世恆言》卷一七："若非妹丈救我性命，必作異鄉之鬼矣。大恩大德，將何補報！"同 恩重如山。反 忘恩負義。

【大氣磅礴】dà qì páng bó 形容氣勢宏大。老舍《我的經驗》："假若我有高深的思想，大氣磅礴，我就不會見木不見森林地只顧改改這個細節，換換那個瑣事。"◇張大千先生的山水畫大氣磅礴，不愧為一代宗師。反 小家子氣。

【大庭廣眾】dà tíng guǎng zhòng 指人數眾多的公開場合。《新唐書·張行成傳》："左右文武誠無將相材，奚用大庭廣眾與之量校，損萬乘之尊，與臣下爭功哉？"《二十年目睹之怪現狀》二六回："男子們只要在大庭廣眾之中不要越了規矩就是了。"同 稠人廣眾。

【大逆不道】dà nì bù dào 犯下謀反等重罪或行為嚴重違反道德倫理。也作"大逆無道"。《史記·高祖本紀》："今項羽放殺義帝於江南，大逆無道。"《三國演義》一一〇回："宣言司馬師大逆不道，今奉太后密詔，令盡起淮南軍馬，仗義討賊。"《文明小史》四二回："他們膽敢出賣這些大逆不道的書，這些書店就該重辦。"

【大逆無道】dà nì wú dào 見"大逆不道"。

【大海撈針】dà hǎi lāo zhēn 在大海裏撈一根繡花針。比喻無法辦到或無從尋找。明代王錂《春蕪記•定計》："覓利如大海撈針，攬禍似乾柴引火。"《慈禧太后演義》二六回："懸賞十萬金，捉拿康、梁。畢竟大海撈針，無從搜捕。" 同 海底撈針、水底撈月。

【大家風範】dà jiā fēng fàn 名門貴族人家的氣派。現多指風度端莊、典雅、大方。大家：地位顯赫的人家。風範：風度、氣派。明代姚夔《淑人申屠氏》："時年始十五，即能敦執婦道，動合禮度，人皆歎其有大家風範。"《三俠五義》一八回："獻茶已畢，敍起話來，問答如流，氣度從容，真是大家風範。" ◇別看他小小年紀，説話做事卻頗有大家風範。反 小家碧玉。

【大家閨秀】dà jiā guī xiù 出身於名門世家，有教養有風度的少女。清代袁枚《隨園詩話補遺》卷五："太守明希哲先生保從清波門打槳見訪，與諸女士茶話良久，知是大家閨秀，與公皆有世誼。"《兒女英雄傳》八回："姑娘既是位大家閨秀，怎生來得到此？"

【大書特書】dà shū tè shū 説對於重大事項或功績，特別值得着力去寫，記上一筆。唐代韓愈《答元侍御書》："而足下年尚強，嗣德有繼，將大書特書，屢書不一書而已也。"《二十年目睹之怪現狀》一〇五回："承輝看見了大喜，把他大書特書記在禮簿上面。" 反 何足掛齒、何足道哉。

【大展宏(鴻)圖】dà zhǎn hóng tú 大力施展推行宏偉的計劃和設想。◇畢業即失業，別説大展宏圖，就連混口飯吃都難／他這個誇誇其談的人，還想大展鴻圖？同 鴻鵠之志。反 胸無大志。

【大處着眼】dà chù zhuó yǎn 從長遠的、全局的、主要的方面觀察考慮問題。《兒女英雄傳》二五回："只是他二老是一片仁厚心腸，感念姑娘救了自己的兒子，延了安家的宗祀，大處着眼，便不忍吹毛求疵。" ◇凡事都要從大處着眼，從小事情上做起。同 大處落墨。反 坐井觀天。

【大處落墨】dà chù luò mò 繪畫、寫文章時要在主要的地方着意下筆。常用來比喻做事抓住要害，着眼點放在大處，不在枝節上糾纏。魯迅《書信•致徐懋庸》："批評者的眼界是小的，所以他不能在大處落墨。" 茅盾《子夜》九："伯翁是從大處落墨，我是在小處想。" 同 大處着墨、大處着眼。

【大動干戈】dà dòng gān gē 干、戈：都是古代兵器。大規模戰爭。比喻大張聲勢地去做某事。《醒世姻緣傳》四七回："晁梁被那光棍魏三的攪亂，谷大尹的胡斷，致得那晁思才、晁無晏俱算計要大動干戈。"《金甌缺》第九章："他們大動干戈，起了文書到宣撫史面前來告狀，事情鬧得不可開交。"

【大做文章】dà zuò wén zhāng 比喻在某件事情上借題發揮或橫生枝節，以擴大事態達到某種目的。《北洋軍閥統治時期史話》七一章："可是吳佩孚卻在政治問題上大做文章，對於軍事並不積極進行。" 魯迅《書信集•致李秉中》："前回的一封信，我見過幾次轉載，有些人還因此大做文章，或毀或譽。" 同 小題大做。

【大張旗鼓】dà zhāng qí gǔ 擺開陣勢，搖軍旗、擂戰鼓。比喻聲勢、規模很大。《孽海花》三十回："再嫁呢，還是住家？還是索性大張旗鼓的重理舊業？" 梁啟超《過渡時代論》："青年者流，大張旗鼓，為過渡之先鋒。" ◇這事不能小手小腳，必須大張旗鼓地進行。同 大張聲勢、轟轟烈烈。

【大張撻伐】dà zhāng tà fá 大規模地進行武力征伐。也指猛烈抨擊或聲討。撻伐：征討、抨擊。清代林則徐《會奏穿鼻尖沙嘴疊次轟擊夷船情形摺》："是該夷自外生成，有心尋釁，既已大張撻伐，何難再示兵威？" 馮玉祥《我的生活》二三章："張勛叛國，罪大惡極，同人大張撻伐，志在鏟除帝制禍根。" 同 放馬南山、鑄劍為犁。

【大張聲勢】dà zhāng shēng shì 大造聲威和氣勢。《宋史•李師中傳》："今修築必廣發兵，大張聲勢。" 明代余繼登《典故紀聞》卷一五："(汪) 直又寄耳目於群小如韋瑛、王英輩，大張聲勢，蠹眾害人。"

【大喜過望】dà xǐ guò wàng 結果超過了原來所期望的，因而特別高興。《漢書•英布傳》："漢王方踞牀洗，而召布入見。布大怒，悔來，欲自殺。出就舍，張御食飲從官如漢王居，布又大喜過望。"《二刻拍案驚奇》卷十四："官人大喜過望，立時把樓上囊橐搬下來，放在婦人間壁一間房裏。"清代紀昀《閱微草堂筆記•淮西雜志三》："生視車後一幼女，妙麗如神仙，大喜過望。" 同 喜出望外。反 大失所望。

【大惑不解】dà huò bù jiě《莊子•天地》："大惑者，終身不解；大愚者，終身不靈。" 後以"大惑不解"謂對事物疑疑惑惑，無法理解。《聊齋誌異•土偶》："女初不言，既而腹漸大，不能隱，陰以告母。母疑涉妄，然窺女無他，大惑不解。" 同 迷惑不解、茫然不解。反 茅塞頓開、恍然大悟。

【大雅之堂】dà yǎ zhī táng 指高貴典雅的地方和所在。清代沈德潛《説詩晬語》卷一一九："晚唐人詩……求新在此，不登大雅之堂正在此。"《兒女英雄傳》緣起首回："這部評話，原是不登大雅之堂的一種小説，初名《金玉緣》。" 聶紺弩《論〈封神榜〉》："《封神榜》這部書，一向沒有登過大雅之堂。"

【大開眼界】dà kāi yǎn jiè 指開闊視野，增長見識。眼界：指視野。明代王世貞《豔異編》卷二六："光業馬上取筆答之，曰：'大開眼界莫言冤。'" 孫犁《讀〈棠陰比事〉》："朱緒曾的刻本……對於我這個沒有見過宋版書的人來説，真是大開眼界了。"

【大跌眼鏡】dà diē yǎn jìng 比喻大大出乎預料之外。◇一致公認，她考不上大學，不想竟然進了港大，人們大跌眼鏡。同 出人意料、出人意外。反 意料之中。

【大智大勇】dà zhì dà yǒng 指非凡的智慧和膽略。宋代羅大經《鶴林玉露》卷六："乃知尤物移人，雖大智大勇不能免。" ◇像他這樣的大智大勇，古之名將也不過如此。

【大智若愚】dà zhì ruò yú《老子》四五章："大直若屈，大巧若拙。" 後以"大智若愚"謂高智商有才華的人不會自我炫耀，看上去好像很愚拙似的。明代李贄《焚書•李中溪先生告文》："蓋眾川合流，務欲以成其大；土石並砌，務欲以實其堅，是故大智若愚焉耳。" ◇他家的幾個孩子，看上去傻乎乎的，其實大智若愚，讀書可聰明了！同 大巧若拙、大智如愚。

【大筆如椽】dà bǐ rú chuán 筆大得像椽子一樣。喻指大手筆，稱譽文筆或書法氣勢宏大、雄健有力。椽：放在牆上架着屋面和瓦片的木條。《晉書•王珣傳》："珣夢人以大筆如椽與之，既覺，語人曰：'此當有大手筆事。' 俄而帝崩，哀冊謚議，皆珣所草。" 金代趙元《行香子》詞："詞苑群仙，場屋諸賢，看文章，大筆如椽。" 清代陳恭尹《觀唐僧貫休畫羅漢歌》："大筆如椽指端攬，貝葉行間才數點。" 同 如椽大筆、筆大如椽。

【大街小巷】dà jiē xiǎo xiàng 泛指城市中大大小小的馬路和里巷。《水滸傳》六六回："正月十五日上元佳節，好生晴朗。黄昏月上，六街三市，各處坊隅巷陌，點放花燈。大街小巷，都有社火。"《老殘遊記》一九回："吃了早飯，搖個串鈴上街去了，大街小巷亂走一氣。"

【大發雷霆】dà fā léi tíng 比喻大發脾氣，高聲訓斥。《官場現形記》十二回："胡統領此時大發雷霆，真按捺不住了，順手取過一張椅子，從船窗洞裏丟了出去。" ◇他脾氣暴躁得嚇人，動不動就大發雷霆。反 平心靜氣、心平氣和。

【大發慈悲】dà fā cí bēi 對人表現出慈善和憐憫之心。《喻世明言》卷三七："伏望母親大人大發慈悲，優容苦志。"《二十年目睹之怪現狀》八九回："救人一命，勝造七級浮屠，望媳婦大發慈悲罷！" 錢鍾書《圍城》六："只覺得自己是高松年大發慈悲收留的一個棄物，滿肚子又羞又恨，卻沒有個發泄的對象。" 反 無惡不作、惡貫滿盈。

【大肆揮霍】dà sì huī huò 無所顧忌地鋪

張浪費，揮金如土。《胡雪巖全傳•煙消雲散》："自己依舊大肆揮霍，三千兩銀子還一個人情債，簡直毫無心肝。"◇你父親辛苦掙下的這點錢，怎經得起你這般大肆揮霍？同 揮金如土、花天酒地。反 勤儉持家、勤儉節約。

【大塊文章】 dà kuài wén zhāng 大塊：大地，大自然。文章：文采，指美景。唐代李白《春夜宴從弟桃李園序》："況陽春召我煙景，大塊假我以文章。"說大自然為寫作提供了豐富材料。清代王鵬運《水龍吟》詞："大塊文章誰假，佔春先，翠蛾兒鬧。"後多指長篇大論的文章。臧克家《京華練筆三十年》："我寫了……兩篇短論，尖銳地表示了個人意見，鋒利地譏諷了那些毫無獨立見解而龐然皇然的大塊文章。"

【大勢已去】 dà shì yǐ qù 有利的局勢已經失去，形容大局已無可挽回。宋代李新《武侯論》："先主失荊州，天下之大勢已去矣。"《封神演義》九七回："紂王看見，不覺大驚，見大勢已去，非人力可挽。"馮玉祥《我的生活》一三章："正因為這次的失敗，遂使清廷知其大勢已去，恐懼愈深，因此南方民軍的聲勢大振。"同 回天乏術。反 力挽狂瀾。

【大勢所趨】 dà shì suǒ qū 整個局勢發展的趨向。宋代陳亮《上孝宗皇帝第三書》："天下大勢之所趨，非人力之所能移也。"康有為《大同書》乙部二章："大勢所趨已見，合同之運已至，其始似甚難，其終必漸至於大同焉。"梁實秋《聽戲》："我們中國的戲劇就像毛筆字一樣，提倡者自提倡，大勢所趨，怕很難挽回昔日的光榮。"

【大搖大擺】 dà yáo dà bǎi 走路時身子左右搖擺、擺動很大。多形容洋洋自得、滿不在乎或無所顧忌、傲慢自信的情態。《兒女英雄傳》十回："他們都是一氣，不怕有一萬個強盜，你們只管大搖大擺的走罷。"《儒林外史》五回："知縣看了來文，掛出牌去。次日早晨，大搖大擺出堂，將回子發落了。"同 大模大樣。

【大腹便便】 dà fù pián pián《後漢書•邊韶傳》："韶口辯，曾晝日假臥，弟子私謿之曰：'邊孝先，腹便便。嬾讀書，但欲眠。'"後以"大腹便便"形容肚子肥大。金代王若虛《貧士歎》詩："爭如只使冗且愚，大腹便便飽粱肉。"◇客廳裏供着一尊大腹便便的彌勒佛 / 來高爾夫球場會所裏尋歡作樂的，都是些大腹便便的商人、腦滿腸肥的官僚。反 瘦骨嶙峋。

【大煞(殺)風景】 dà shā fēng jǐng 唐代李商隱《雜纂》卷上："殺風景：花間喝道，看花淚下，苔上鋪席……背山起樓，花架下養雞鴨。"指損害了美好的景致，敗壞了人的興致。後用"大煞風景"、"大殺風景"指敗壞人的興致。《石點頭》十回："一人向隅，滿座不樂。王老先生每次悲哭敗興，大殺風景，收了筵席罷！"《兒女英雄傳》三十回："安公子高高興興的一個酒場，再不想作了這等一個大煞風景。"魯迅《書信集•致山本初枝》："龍華的桃花雖已開，但警備司令部佔據了那裏，大殺風景，遊人似乎也少了。"

【大廈將傾】 dà shà jiāng qīng 隋代王通《中說•事君》："大廈將顛，非一木所支也。"後用"大廈將傾"喻指即將崩潰的態勢。明代梁辰魚《浣紗記•論俠》："我一身去國常回顧，若使齊事了便歸鄉土，只怕大廈將傾，一木怎扶？"丁玲《太陽照在桑乾河上》三七："從去年她娘家被清算起，她就感到風暴要來，就感到有大廈將傾的危機。"

【大義滅親】 dà yì miè qīn 春秋時衛國的大夫石碏的兒子石厚與公子州吁合謀殺了國君桓公，立州吁為君。石碏為維護君臣大義，設計殺了兒子石碏和州吁。《左傳•隱公四年》記載此事，並稱讚石碏"大義滅親"。後以"大義滅親"指對犯罪的親屬不徇私情，使受到法律制裁。《晉書•慕容盛載記》："(周公) 遭二叔流言之變，而能大義滅親，終安宗國……亦不可謂非至德也。"◇他雖然執掌大權，不以私廢法，大義滅親，贏得百姓的尊重。反 徇私枉法。

【大義凜然】 dà yì lǐn rán 說正義、堅強的氣概，令人敬畏。明代鄭仲夔《耳新•正氣》："不惟侍御精忠貫日，夫人亦且大義凜然，一門正氣乃爾。"清代吳趼人《痛史》二二回："因想起文丞相和謝先生，一般的大義凜然，使宋室雖亡，猶有餘榮。"魯迅《故事新編·采薇》："於是他大義凜然的斬釘截鐵的説道："'普天之下，莫非王土。'難道他們在吃的薇，不是我們聖上的嗎！"同 正氣凜然。

【大慈大悲】dà cí dà bēi 佛教指菩薩對世人極大的仁慈心與憐憫心。使"眾生樂"為大慈，拯救"眾生苦"為大悲。《大智度論》卷二七："大慈大悲者，四無量心中已分別，今當更略説：大慈與一切眾生樂，大悲拔一切眾生苦。"後泛指人心腸好，富有同情心。也藉以譏刺假慈悲者。明代袁宏道《錦帆集·潘去華》："若爾，則真大慈大悲之用心，非不肖所能窺測也。"葉聖陶《夜》："現在，人是完了，求他的恩典，大慈大悲，指點我去認一認他們的棺材。"同 菩薩心腸、兒女心腸。反 佛口蛇心、鐵石心腸。

【大夢初醒】dà mèng chū xǐng《莊子·齊物論》："覺而後知其夢也，且有大覺，而後知此其大夢也。"後用"大夢初醒"比喻從長期迷茫無知和錯誤中翻然醒悟。魯迅《且介亭雜文末編·〈凱綏·珂勒惠支版畫選集〉序目》："從一九年以來，她才彷彿從大夢初醒似的，又從事於版畫了。"錢鍾書《圍城》六："鴻漸冒險成功，手不顫了，做出大夢初醒的樣子道：'韓學愈，他——'就把韓學愈買文憑的事麻口袋倒米似的全説出來。"同 翻然悔悟、大徹大悟。

【大模大樣】dà mú dà yàng 形容態度傲慢或不在意、不在乎的樣子。明代徐霖《繡襦記·結伴毗陵》："這廝大模大樣，公然慢我。"清代李漁《比目魚·狐威》："既然如此，你們平日為何大模大樣，全不放我在眼裏？"《儒林外史》十八回："四位走進書房，見上面席間先坐着兩個人，方巾白鬚，大模大樣。"歐陽山《苦鬥》二："何守義渾不知羞，倒大模大樣地説：'你過來，讓我親個嘴。'"同 傲睨自若、傲慢少禮。反 小心翼翼、卑躬屈膝。

【大醇小疵】dà chún xiǎo cī 大體上完美，只是稍有缺點，即優點多，缺點少。唐代韓愈《讀荀子》："孟氏，醇乎醇者也；荀與楊，大醇而小疵。"宋代姜夔《白石道人詩説》："名家者各有一病，大醇小疵，差可耳。"◇不要總挑別人的毛病，大醇小疵，已經難能可貴了。同 白璧微瑕、瑕不掩瑜。反 白玉無瑕、完美無缺。

【大徹(澈)大悟】dà chè dà wù 形容徹底醒悟。徹：明白，貫通。悟：領悟。元代鄭光祖《伊尹耕莘》楔子："蓋凡升天之時，先參貧道，授與仙訣，大徹大悟後，方得升九天朝真而觀元始。"《老殘遊記續集遺稿》四回："到這時候，我彷彿大澈大悟了不是？"◇這一回就得看你是不是大徹大悟，決心脱離三教九流，邁步走進上流社會了！

【大敵當前】dà dí dāng qián 強大的敵人正在面前，形容情勢正處於危急關頭。《老殘遊記續集》一回："大敵當前，全無準備，取敗之道，不待智者而決矣。"

【大璞不完】dà pú bù wán 玉石經過雕琢，就失去了天然的形態。比喻讀書人做了官，原來的志向就喪失了。璞：未經加工的玉石。完：完整。《戰國策·齊策四》："夫玉生於山，制則破焉。非弗富貴矣，然大璞不完。"◇王先生大學畢業不到五年就升為總裁，如今變得大璞不完，看不起我們這些人了。

【大器晚成】dà qì wǎn chéng 大的材料需要長時間才能做成器具。《老子》四一章："大器晚成，大音希聲。"比喻有大才幹、能擔負重任的人能獲得大成就，但往往比較晚。《三國志·崔琰傳》："琰從弟琳，少無名望，雖姻族猶多輕之，而琰常曰：'此所謂大器晚成者也，終必遠至。'"《儒林外史》四九回："二位先生高才久屈，將來定是大器晚成的。"

【大興土木】dà xīng tǔ mù 大規模開建土木工程。多指建造宮殿園林房舍等。《舊五代史·李守貞傳》："守貞因取連宅軍營，以廣其第，大興土木，治之歲餘，為京師之甲。"《喻世明言》卷九："憲宗皇帝看見外寇漸平，天下無事，乃修龍德殿，浚龍首池，起承暉殿，大興土木。”◇洪秀全、楊秀清一到南京，就大興土木，建造王宮，奢華起來。

【大錯特錯】dà cuò tè cuò 指錯得非常嚴重。《孽海花》二五回：“第二款兩國派兵交互知會這一條，如今想來，真是大錯特錯！”巴金《春》二二：“我從前對舊的制度、舊的人多少還抱着一點希望，還有着一點留戀。如今我才明白那是大錯特錯。”

【大聲疾呼】dà shēng jí hū 唐代韓愈《後十九日復上宰相書》：“愈聞之，蹈水火者之求免於人也，不惟其父兄子弟之慈愛，然後呼而望之也……則將大其聲疾呼，而望其仁之也。”說提高聲音急切地呼喊，以引人注意。後用“大聲疾呼”表示大力提倡或號召。梁啟超《變法通議•自序》：“今專標斯義，大聲疾呼。”歐陽予倩《不要忘了》一二景：“我們應當大聲疾呼：勞苦群眾不打勞苦群眾。”反 一聲不響、無聲無息。

【大獲全勝】dà huò quán shèng 大敗敵人或對手，取得完全勝利。《三國演義》三六回：“玄德大獲全勝，引軍入樊城，縣令劉泌出迎。”《東周列國誌》四八回：“請伏兵於河口，乘其將濟而擊之，必大獲全勝。”反 一敗塗地。

【大題小做(作)】dà tí xiǎo zuò 明清科舉考試，以“五經”裏的文句命題叫“大題”，以“四書”中的文句命題叫“小題”。“大題小作”說應試者用作“四書”文的章法來寫作“五經”文。後借指把大事當作小事草率地處理。◇辦事低調，從不張揚，有人說他大題小做，可他總是辦得妥妥當當 / 在別人，婚禮是小題大作，而他倆卻是大題小作，登個記就算了事。反 小題大做。

【大謬不然】dà miù bù rán 非常錯誤，實際上完全不是這樣。漢代司馬遷《報任少卿書》：“日夜思竭其不肖之才力，務一心營職，以求親媚於主上。而事乃有大謬不然者夫！”宋代陸九淵《與張元善書》：“稽之事實，乃有大謬不然者。”嚴復《原強》：“夫自今日中國而視西洋，則西洋誠為強且富，顧謂其至治極盛，則又大謬不然之說也。”◇說她會讀書，我同意，說她會做生意，那就大謬不然了。反 丁一卯二、丁一確二。

【大難不死】dà nàn bù sǐ《呂氏春秋•執一》：“(吳起) 傾造大難，身不得死焉。”說遭遇滅頂之災卻沒有死掉。舊時觀念認為遇大難而不死，一定會有好的前程。元代關漢卿《裴度還帶》第三折：“皆是先生陰德太重，救我一家之命。因此遇大難不死，必有後程，准定發跡也。”《說岳全傳》二回：“他懷中抱着個孩子，漂流不死。古人云：‘大難不死，必有厚祿。’”袁靜《淮上人家》：“‘大難不死，必有後福’，命裏不該死啦！”

【大難臨頭】dà nàn lín tóu《莊子•秋水》：“臨大難而不懼者，聖人之勇也。”後用“大難臨頭”指巨大的災難已落到頭上。魯迅《彷徨•弟兄》：“他彷彿已經有甚麼大難臨頭似的，說話有些口吃了，聲音也發着抖。”朱自清《你我》：“大難臨頭，不分你我。”

【大權旁落】dà quán páng luò 自己的權柄落到旁人手中。宋代高斯得《輪對奏札》：“遂使眾臣爭衡，大權旁落，養成積輕之勢。”《官場現形記》五八回：“現在京裏很有人說親家的閒話，說親家請了一位洋人做老夫子，大權旁落，自己一點事不問。”◇他本不願多勞神思，樂得大權旁落，就由太太掌起財權，當家做主了。同 授人以柄。反 大權在握。

【大權獨攬】dà quán dú lǎn 個人完全掌握、把持着全部權力。攬：握持。《孽海花》六回：“他卻忘其所以，大權獨攬，只弄些小聰明，鬧些空意氣。”◇他辦事獨斷專行，大權獨攬，從不和人商量。反 大權旁落。

【大驚小怪】dà jīng xiǎo guài 形容對本來不足為奇的事情過分慌張或詫異。宋代朱熹《答林擇之書》：“要須把此事做一平常事看，樸實頭做將去，久之自然見效，不必如此大驚小怪，起模畫樣也。”《水滸全傳》七四回：“你挨在稠人中看爭跤時，不要大驚小怪。”夏衍《秋瑾傳》第二幕："內地風氣沒有開，一點兒小事情也會大驚小怪。" 同 失驚打怪。反 不足介意、不足為奇。

【大驚失色】dà jīng shī sè《漢書·霍光傳》："群皆驚愕失色，莫敢發言，但唯唯而已。"後用"大驚失色"形容非常驚恐，嚇得變了顏色。《三國演義》二四回："忽見曹操帶劍入宮，面有怒容，帝大驚失色。"梁實秋《槐園夢憶》一四："有一次在店鋪購物，從櫃枱後面走出一條小狗，她大驚失色。" 反 鎮靜自若。

【大顯身手】dà xiǎn shēn shǒu 充分顯示自己的本領、才幹。身手：武藝，本領。巴金《關於龍·虎·狗》："但這裏還是十分熱鬧、擁擠，也正是旅館裏的人大顯身手的時候。"茹志鵑《高高的白楊樹》："愛種棉花的，就在連成片的土地上大顯身手吧！" 反 小試鋒芒。

【大顯神通】dà xiǎn shén tōng 充分顯示高超的本領。神通：原是佛教用語，指無所不能的力量，後比喻超人的本事。《西遊記》八九回："他三人辭了師父，在城外大顯神通。"魯迅《集外集拾遺補編·關於〈小說世界〉》："許多人渴望着'舊文化小說'（這是上海報上說出來的名詞）的出現，正不足為奇；'舊文化小說'家之大顯神通，也不足為怪。" 同 大顯身手。

【天下大亂】tiān xià dà luàn 說政局變動頻繁，社會劇烈動盪，人民擾攘不安。《三國志·武帝紀》："漢末，天下大亂，雄豪並起。"元代無名氏《符金錠》二折："自從殘唐五代以來，朝屬梁而暮屬晉，天下大亂。"◇縱觀歷史，爭鬥不斷，烽火連天，天下大亂的時候多，穩定太平的時候少。同 兵荒馬亂、烽煙四起。反 天下太平、太平盛世。

【天下太平】tiān xià tài píng 政局穩定，社會安寧，百姓安居樂業。《呂氏春秋·大樂》："天下太平，萬物安寧。"元代無名氏《獨角牛》三折："方今聖人在位，天下太平，八方寧靜，黎庶安康。"◇人民要的是天下太平，社會文明進步，生活富足快樂。同 太平盛世、歌舞昇平。反 天下大亂、荒旱連年。

【天下為公】tiān xià wéi gōng ❶君位是天下公眾的，不是君主私人的，不能世襲。《禮記·禮運》："大道之行也，天下為公，選賢與能，講信修睦。"唐代張蘊古《大寶箴》："使人以心，應言以行，包括治體，抑揚辭令，天下為公，一人有慶。"宋代陳亮《問答上》："取舜禹於無所聞知之人而歷試以事，以與天下共之，然後舉而加諸天下之上，彼其心故以天下為公，而其道終不可常也。"馮玉祥《我的生活》三一章："其中沒一個我的私人，亦無胡、孫一個私人，完全本着'天下為公，選賢與能'的意思決定的。" ❷指國家是公眾的，權利人人平等，沒有統治和被統治的理想的政治體制。康有為《大同書》乙部："於是時，無邦國，無帝王，人人相親，人人平等，天下為公，是為大同，此聯合之太平世之制也。"

【天下洶洶（凶凶）】tiān xià xiōng xiōng 指社會騷亂不安，局勢動盪不定。《史記·項羽本紀》："項王謂漢王曰：'天下凶凶數歲者，徒以吾兩人耳。'"《三國志·魏書·曹爽傳》："天下洶洶，人懷危懼。"章炳麟《與上海國民黨函》："天下洶洶，徒以黃克強、孫堯卿二公之反目耳，釁隙已成，彌縫無術。"

【天下第一】tiān xià dì yī 指天底下沒有誰比得上，是最好的。《史記·屈原賈生列傳》："孝文皇帝初立，聞河南守吳公治平為天下第一。"明代歸有光《柳州計先生壽序》："吾鄉范文穆稱湖南江山奇勝，為天下第一。" 同 天下無敵、蓋世無雙。反 不足為奇、平淡無奇。

【天下無敵】tiān xià wú dí 普天之下沒有對手。形容本領大，力量強，戰無不勝。《孟子·離婁上》："夫國君好仁，天下無敵。"唐代李肇《唐國史補》卷上："王積薪棋術功成，自謂天下無敵。"郭沫若《甲申三百年祭》："在這樣的人物和作風之下，勢力自然會日見增加，而實現到天下無敵的地步。"

【天下無雙】tiān xià wú shuāng 形容人或

物出類拔萃，世間再沒有第二個。《史記•李將軍列傳》："李廣才氣，天下無雙。"《東周列國誌》九三回："孟嘗君有白狐裘，毛深二寸，其白如雪，價值千金，天下無雙。"郭沫若《虎符》一幕："太翁的那一手琴，真正是天下無雙的絕技。"

【天上人間】tiān shàng rén jiān 也作"人間天上"。❶天上神界仙界和人世間。唐代崔顥《七夕》："仙裙玉佩空自知，天上人間不相見。"元代湯式《端正好•詠荊南佳麗》曲："真乃是人間天上全殊。"《喻世明言》卷三六："又置偏房姨奶侍婢，朝歡暮樂，極其富貴。結識朝臣國戚，宅中有十里錦帳，天上人間，無比奢華。"❷比喻天地相隔。明代湯顯祖《牡丹亭•婚走》："想獨自誰挨，獨自誰挨？翠黯香囊，泥漬金釵。怕天上人間，心事難諧。"清代吳趼人《糊塗世界》卷六："所以這些人除掉到省見過一面，以後竟是人間天上了。"❸比喻前後相差懸殊，情況或境遇大不相同。五代南唐李煜《浪淘沙》詞："獨自莫憑欄，無限關山。別時容易見時難，流水落花春去也，天上人間。"

【天女散花】tiān nǚ sàn huā《維摩詰經•觀眾生品》："時維摩詰室有一天女，見諸大人聞所說法，便現其身，即以天華（花）散諸菩薩大弟子上，華至諸菩薩即皆墜落，至大弟子便著不墜。"說天女用散花的方式測試諸菩薩和弟子的道行，道行純花墜落不著身，道行不純花即著身。後借"天女散花"形容雪花或向下灑落的東西紛紛揚揚、飄飄而下的景象。唐代宋之問《設齋歎佛文》："龍王獻水，噴車馬之塵埃，天女散花，綴山林之草樹。"宋代陸游《夜大雪歌》："初疑天女下散花，復恐麻姑行擲米。"◇傘兵進行空降演習，漫天的降落傘飄飄而下，真如天女散花一般，又漂亮又壯觀。

【天不做（作）美】tiān bù zuò měi 上天不成全人的好事。《慈禧太后演義》五回："誰知天不做美，偏偏到了十月間，變雄為雌，又產下一位公主。"◇籌劃得不能說不精細，哪知人算不如天算，到了迎親那一天，天不作美，疾風暴雨折騰了一整天，直把花轎和一干人眾，澆成落湯雞一般。同天公不作美。反玉成其事。

【天不假年】tiān bù jiǎ nián 老天爺不多給他年壽。多用作惋惜人早死之辭。《明史•徐達常遇春傳贊》："開平天不假年，子孫亦復哀替。"清代百一居士《壺天錄》卷下："（周明府）疾終任所，凶耗一傳，上下同聲惋惜，以為才長命短，天不假年耳。"反延年益壽、長命百歲、壽比南山。

【天不絕人】tiān bù jué rén 指絕處逢生。《兒女英雄傳》二五回："不想母親病故後正待去報父仇，也是天不絕人，便遇見你這義重恩深的伯父伯母合我師傅父女兩人。"同起死回生、逢凶化吉、死去活來。反坐以待斃。

【天公地道】tiān gōng dì dào 形容十分公平合理。《東歐女豪傑》三回："如今人人的腦袋裏頭既都有了一個社會平等、政治自由，是個天公地道的思想。"沙汀《呼嚎》："這是天公地道的事：打日本每個人都該去，打平了就回來！"◇按質論價，天公地道。同公平合理、理所當然。反天理難容、傷天害理。

【天之驕子】tiān zhī jiāo zǐ《漢書•匈奴傳上》："南有大漢，北有強胡。胡者，天之驕子也。"說匈奴是上天的寵兒。後用"天之驕子"指能力超群或地位優越，或在某一方面出類拔萃的人。梁啟超《世界末日記》："當時之宗教家、政治家、經濟家侈然以為永久宏大之榮華幸福，集於彼等，囂然以天之驕子自命。"《北洋軍閥統治時期史話》二八章："以前無論袁世凱或者段祺瑞當權的時期，都把各省軍閥當作天之驕子，遇事要和他們商量。"

【天方夜譚】tiān fāng yè tán 天方：古稱阿拉伯人在中東地區建立的國家。"天方夜譚"是書名，又名《一千零一夜》，是古代阿拉伯人的民間故事集，內容奇詭，神話色彩濃鬱。故借用"天方夜譚"表示海外奇談，不足徵信的意思。◇聽他說完此行的一番經歷之後，人們嘴上雖然不說甚麼，心裏卻認為那是自吹自擂的天方夜譚，鬼也不會相信。同 海外奇談。反 丁一確二。

【天打雷劈】tiān dǎ léi pī 被雷電擊中而死。古人認為這是作孽遭天譴天報。常用於賭咒、發誓，或咒罵別人。《紅樓夢》六八回："以後蓉兒要不真心孝順你老人家，天打雷劈！"◇那個天打雷劈，千刀萬剮該殺的，坑了我的吃飯活命錢，到今天都不還！同 天打雷擊、天打雷轟。

【天生尤物】tiān shēng yóu wù 尤物：卓越、特出的人物。《左傳·昭公二十八年》："夫有尤物，足以移人。"後用"天生尤物"指生就一副妍麗容貌的美女。明代梅鼎祚《玉合記·砥節》："自然冶態，正是那天生尤物，世不虛名。"◇只見對面走來一女子，他看得兩眼發呆，驚為天生尤物。同 天生麗質、天姿國色。

【天各一方】tiān gè yī fāng 漢代蘇武《古詩四首》之四："良友遠離別，各在天一方。"後用"天各一方"指各自處在天底下的一方，相隔遙遠。唐代李朝威《柳毅傳》："洎錢塘季父論親不認，遂至睽違，天各一方，不能相問。"清代沈復《浮生六記·閒情記趣》："今則天各一方，風流雲散。"

【天衣無縫】tiān yī wú fèng 天仙的衣服沒有針線縫織的痕跡。五代牛嶠《靈怪錄》記載，郭翰月夜乘涼，見一仙女自天而下，自稱織女，"徐視其衣並無縫，翰問之，謂曰：'天衣本非針線為也。'"現多用來比喻事物渾然天成，沒有一點破綻或紕漏。宋代周密《浩然齋雅談》卷中："對偶之佳者……數聯皆天衣無縫，妙合自然。"《孽海花》五回："唐卿兄挖補手段，真是天衣無縫。"◇他辦事極其嚴謹，天衣無縫，找不出半點差子。同 嚴絲合縫、渾然天成。反 丟三落四、漏洞百出。

【天作之合】tiān zuò zhī hé《詩經·大明》："文王初載，天作之合。"說周文王娶大姒是天意安排的婚姻。後多用來稱頌美滿婚姻，或表示自然深厚的友情。明代朱鼎《玉鏡台記·下鏡》："以表妹之貌，配溫嶠之才，真為天作之合。"《儒林外史》七回："年長兄，我同你是天作之合，不比尋常同年弟兄。"老舍《四世同堂》五五："他覺得這個婚姻實在是天作之合，不可錯過。"同 天公作合。反 強死強活、強人所難。

【天災人禍】tiān zāi rén huò ❶ 自然災害和人為釀成的禍難。魯迅《書信集·致台靜農》："但僕生長危邦，年逾大衍，天災人禍，所見多矣。"◇這幾年，天災人禍不斷，加上失業人口飈升，如今想找一份工作越來越難。❷ 等於說"禍害精"、"害人精"，用於責罵人。元代無名氏《馮玉蘭》四折："屠世雄並無此事，敢是另有個天災人禍，假稱屠世雄的麼？"《儒林外史》二十回："總是你這天災人禍的，把我一個嬌滴滴的女兒生生的送死了！"

【天長日久】tiān cháng rì jiǔ 時間長，日子久。多指未來的時間长久。《紅樓夢》二十回："但只是天長日久，儘着這麼鬧，可叫人怎麼過呢！"《兒女英雄傳》三十回："待要隱忍下去，只答應着，天長日久，這等幾間小屋子，弄一對大猱頭獅子不時的對吼起來，更不成事。"《官場現形記》四九回："這是天長日久之事，倘若今天說和之後，明天又翻騰起來，或是鬧得比今天更凶，叫我旁邊人也來不及。"

【天長地久】tiān cháng dì jiǔ《老子》七章："天長地久，天地所以能長且久者，以其不自生，故能長生。"後形容像天地一樣長久存在，或比喻情誼深長、永無改變。漢代張衡《思玄賦》："天長地久歲不留，俟河之清衹懷憂。"唐代白居易《長恨歌》："天長地久有時盡，此恨綿綿無絕期。"《二十年目睹之怪現狀》一〇四回："龍充時時躲在六姨屋裏，承輝卻和五姨最知己，四個人商量天長地久之計。"◇她圖他老實厚道人，嫁給他天長地久，有個依靠。同 地久天長、天長日久。

【天花亂墜】tiān huā luàn zhuì 據《高僧傳》

記載：梁武帝時，雲光法師講佛經，感動了上天，天上的花紛紛降落下來。後多比喻說話浮誇動聽或美妙動聽。宋代朱熹《朱子語類》卷三五：“凡他人之言，便做說得天花亂墜，我亦不信，依舊只執己是。”《二刻拍案驚奇》卷十一：“憑那哥哥說得天花亂墜，只是不肯回去。”◇別看廣告吹得天花亂墜，實情未必如此。同 亂墜天花、有聲有色。

【天坼地裂】 tiān chè dì liè 天和地都裂開了。形容巨大的聲響，或比喻重大突變或巨大災害。◇“剎那間，彷彿天坼地裂一般”，他這樣描述親身經歷的四川大地震。同 天崩地裂、天崩地坼。

【天知地知】 tiān zhī dì zhī《後漢書•楊震傳》：“當之郡，道經昌邑，故所舉荊州茂才王密為昌邑令，謁見，至夜懷金十斤以遺震。震曰：‘故人知君，君不知故人，何也？’密曰：‘暮夜無知者。’震曰：‘天知，神知，我知，子知，何謂無知？’密愧而出。”後用“天知地知”表示：❶ 只有天知道、地知道，沒有別人知道。元代高栻《集賢賓•怨別》曲：“到如今怨他誰，這煩腦則除是天知地知。”明代湯顯祖《還魂記•硬拷》：“生員為小姐費心，除了天知地知，陳最良那得知？”❷ 天知道、地知道，大家都知道。元代楊梓《敬德不服老》三折：“你須知咱名諱，盡忠心天知地知。”

【天昏地暗】 tiān hūn dì àn ❶ 形容大風、塵沙或烏雲蔽日，天地間一片昏黑的景象。也表示天色已晚。《水滸傳》六十回：“兩個在陣中，只見天昏地暗，日色無光。”《西遊記》五二回：“早又見天色將晚。妖魔支着長槍道：‘悟空，你住了。天昏地暗，不是個賭鬥之時。’”丁玲《杜晚香》：“一時天昏地暗，不辨東西南北。”❷ 形容緊張、激烈或達到極限的程度。《說唐》六四回：“可憐明州二十五萬兵馬，一時殺得天昏地暗，屍積如山，血流成河。”《儒林外史》五回：“披頭散髮，滿地打滾，哭的天昏地暗。”❸ 比喻社會黑暗腐敗。◇社會腐敗不堪，天昏地暗，如今的冤獄誰能數得清！同 天昏地黑、昏天黑地。反 光天化日、光芒萬丈。

【天府之國】 tiān fǔ zhī guó《戰國策•秦策一》：“大王之國，西有巴蜀、漢中之利，北有胡貉、代馬之用，南有巫山、黔中之限，東有崤函之固，田肥美，民殷富，戰車萬乘，奮擊百萬，沃野千里，蓄積饒多，地勢形便，此所謂天府，天下之雄國也。”後用“天府之國”指地理位置優越，土地肥沃，物產豐饒的地區。多指四川。《史記•留侯世家》：“夫關中左殽函，右隴蜀，沃野千里，南有巴蜀之饒，北有胡苑之利，阻三面而守，獨以一面東制諸侯。諸侯安定，河渭漕挽天下，西給京師；諸侯有變，順流而下，足以委輸。此所謂金城千里，天府之國也。”唐代陳子昂《臨邛縣令封君遺愛碑》：“夫蜀都天府之國，金城鐵冶，而俗以財雄。”清代吳趼人《發財秘訣》一回：“自入本朝以來，外國人來得更多了，因為他們航海之術日有進步，進行愈速，又視我中華為天府之國。”同 膏腴之地。反 不毛之地。

【天南地北】 tiān nán dì běi 天之南，地之北。❶ 形容距離遙遠。唐代《鴻慶寺碑》：“天南地北，鳥散荊分。”《說岳全傳》六七回：“天南地北，在此相遇，合是姻緣。”❷ 形容說話漫無邊際。周立波《山那面人家》：“他天南地北，拉了一陣。”◇兩個人天南地北地聊了起來。❸ 指相距遙遠的不同地區。老舍《女店員》第二幕：“一想起到天南地北去的姑娘們啊，我心裏就開了電門，亮了！”同 天南海北、地北天南。反 近在咫尺、近在眉睫。

【天南海北】 tiān nán hǎi běi 天的南頭，地的北端。形容相距非常遙遠。也作“海北天南”。唐代劉禹錫《送別》詩四六：“昔年意氣結群英，幾度朝回一字行。海北天南零落盡，兩人相見洛陽城。”宋代蘇軾《次韻郭功甫》詩：“早知臭腐即神奇，海北天南總是歸。”◇兩個人自杭州分手後，各自天南海北轉了一大圈，不想竟又在杭州不期而遇。

【天香國色】tiān xiāng guó sè 也作“國色天香”。❶ 讚美牡丹花色香俱佳。唐代李正封《詠牡丹花》詩：“天香夜染衣，國色朝酣酒。”宋代范成大《與至先兄遊諸園看牡丹》：“欲知國色天香句，須是倚欄燒燭看。”金代元好問《蘭文仲郎中見過》詩：“水碧金膏步兵酒，天香國色洛陽花。”❷ 形容女子容貌美麗。元代貫雲石《鬥鵪鶉·佳偶》曲：“國色天香，冰肌玉骨。”《再生緣》二一回：“款款纖腰垂玉帶，溶溶粉額映烏紗……分明是，一朵天香國色花。”同 天姿國色、國色天姿。

【天保九如】tiān bǎo jiǔ rú《詩經·天保》：“天保定爾，以莫不興。如山如阜，如岡如陵，如川之方至，以莫不增……如日之恆，如月之升。如南山之壽，不騫不崩。如松柏之茂，無不爾或承。”詩中連用九個“如”字，祝願福壽綿長。後即用“天保九如”為祝壽的頌辭。

【天怒人怨】tiān nù rén yuàn 上天震怒，百姓怨恨。形容作惡多端，為害嚴重，激起普遍的憤恨。宋代蘇軾《代張方平諫用兵書》：“師徒喪敗，財用耗屈……天怒人怨，邊兵皆叛，京師騷然。”明代余繼登《典故繼聞》卷二：“徵斂日促，水旱災荒頻年不絕，天怒人怨，盜賊蜂起。”◇地方惡吏橫徵暴斂，社會沸騰，天怒人怨。同 天怒民怨、民怨沸騰。反 民康物阜、國泰民安。

【天馬行空】tiān mǎ xíng kōng 天馬：神馬。奔馳的神馬像騰空飛行一樣。❶ 比喻才思奔放，氣勢豪邁。元代劉廷振《薩天錫詩集序》：“其所以神化而超出於眾表者，殆猶天馬行空而步驟不凡。”清代黃宗羲《謝莘野詩序》：“余於近日交遊之詩，其心契者，曾弗人如天馬行空，不可羈勒。”◇她的想像力天馬行空，常常出人意料之外。❷ 借喻不合實際的空話。葉聖陶《倪煥之》九：“真是個‘天馬行空’的傢夥，口口聲聲現狀不對，口口聲聲理想教育。”◇談起來滔滔不絕，天馬行空，誰也比不了他。

【天荒地老】tiān huāng dì lǎo 形容經歷的時間非常久遠。唐代李賀《致酒行》：“吾聞馬周昔作新豐客，天荒地老無人識。”元代白仁甫《梧桐雨》四折：“本待閒散心，追歡取樂，倒惹的感舊恨，天荒地老。”郭沫若《瓶》詩：“你教我等到將來，是不是要等到天荒地老？”同 地老天荒。

【天真爛漫（熳）】tiān zhēn làn màn 爛漫：形容自然、不矯揉造作。也作“天真爛縵”。❶ 形容兒童純真，自然，率真，可愛的情態。宋代龔開《高馬小兒圖》：“天真爛漫好容儀，楚楚衣裳無不宜。”《紅樓夢》二三回：“園中那些女孩子，正是混沌世界天真爛熳之時，坐卧不避，嬉笑無心。”茅盾《虹》四：“她那種搶先說話的脾氣、頑皮的舉動，處處都流露出天真爛縵。”李六如《六十年的變遷》第九章：“我小時候，還不同這些兒童一樣天真爛漫，什麼事都不上心。”❷ 形容做詩文、寫字、繪畫等自然而成，不加雕琢，不造作。明代陶宗儀《南村輟耕錄·狷潔》：“嘗自寫一卷，長丈餘，高可五寸許，天真爛熳，超出物表。”清代袁枚《小倉山房尺牘》六六：“公當日之書，如曼殊仙子，秀骨天然，全不知人世之梳妝，與晉唐之衣褶也。然而天真爛漫，有迥非專門名家所可企及者，其故何也？”

【天真爛縵】tiān zhēn làn màn 見“天真爛漫”。

【天倫之樂】tiān lún zhī lè 天倫：兄出生在先，弟出生在後，人倫次序兄先弟後，稱為“天倫”，天然倫次的意思。後泛指父子、夫妻、兄弟等親屬為“天倫”。唐代李白《春夜宴從弟桃花園序》：“會桃花之芳園，序天倫之樂事。”後用“天倫之樂”、“天倫樂事”指家庭成員團圓、歡聚所帶來的歡樂與慰藉。清代錢泳《履園叢話·以詩存人》：“安得有顧夫人之賢者為厚贈之，團聚其天倫樂事也。”《紅樓夢》七一回：“或日間在裏邊，母子夫妻，共序天倫之樂。”《歧路燈》三六回：“人生當年幼時節，父子兄弟直是一團天倫之樂。”《兒女英雄傳》一二回：

"他父子方才得説一番無限離情，敍一番天倫樂事。"

【天倫樂事】 tiān lún lè shì 見"天倫之樂"。

【天高地厚】 tiān gāo dì hòu《詩經•正月》："謂天蓋高，不敢不局。謂地蓋厚，不敢不蹐。"局：同"跼"，彎腰曲背。蹐：輕腳走路。後用"天高地厚"：❶ 形容天地廣闊。《荀子•勸學》："故不登高山，不知天之高也；不臨深溪，不知地之厚也。"漢代蔡邕《釋誨》："天高地厚，局而蹐之，怨豈在明，患生不思。"❷ 形容感情或恩情非常深厚。《魏書•陳建傳》："天高地厚，何日忘之。"元代王實甫《西廂記》五本二折："這天高地厚情，直到海枯石爛時。"《警世通言•老門生三世報恩》："門生受恩師三番知遇，今日小小效勞，止可少答科舉而已，天高地厚，未酬萬一。"❸ 表示"天外有天，人外有人"，本事高強的人大有人在。《二十年目睹之怪現狀》二二回："看了這種書，得點實用，那就不至於要學那一種不知天高地厚的名士了。"◇當了個科長，芝麻大小的官兒，尾巴就翹到天上去了，真是不知道天高地厚！同 高天厚地。

【天高地迥】 tiān gāo dì jiǒng 指天地遼闊遠大。《樂府詩集•白紵歌》："下沉秋水激太清，天高地迥凝日晶。"唐代王勃《滕王閣序》："天高地迥，覺宇宙之無窮。"宋代文天祥《指南錄後序》："窮餓無聊，追購又急，天高地迥，號呼靡及。"也作"天高地遠"。元代谷子敬《城南柳》三折："遮莫你上碧霄下黃泉，赤緊的天高地遠。"

【天高地遠】 tiān gāo dì yuǎn 見"天高地迥"。

【天差地遠】 tiān chā dì yuǎn 比喻二者相差極遠，就像天地間的距離。《文明小史》五七回："我的老人家雖説也是個監司職分，然而比起來，已天差地遠了。"洪深《香稻米》第二幕："今年的價錢，跌得實在太不成話了！比起前幾年來，真是天差地遠！"同 天涯海角、天涯地角。

【天朗氣清】 tiān lǎng qì qīng 天空晴朗明淨，空氣清新。晉代王羲之《蘭亭集序》："是日也，天朗氣清，惠風和暢。"《歧路燈》十回："及到老虎沒了時，天朗氣清……可憐這君子一邊人，早已損之又損，以至於無矣。"同 天清氣朗。反 彤雲密佈。

【天理人情】 tiān lǐ rén qíng《韓詩外傳》卷五："孔子抱聖人之心，彷徨乎道德之域，逍遙乎無形之鄉，倚天理，觀人情，明終始，知得失。"後用"天理人情"指人的天性和常情，泛指情理。天理：天性。明代沈德符《萬曆野獲編•憲孝二廟盛德》："然萬妃當日若果進酖於紀妃，揆之天理人情，即追雪怨毒，亦未為過。"《兒女英雄傳》二三回："你道我説的可是天理人情的實話？"

【天理不容】 tiān lǐ bù róng 為上天主持的公理所不能容忍，説違逆天理人情，罪孽深重。元代無名氏《朱砂擔》四折："才見得冤冤相報，方信道天理難容。"《東周列國誌》四二回："如此冤情，若不誅衛鄭，天理不容，人心不服。"也作"天理難容"。《説唐》四二回："我只道你唐家永遠有這個小畜生，不料天理難容，短命死了。"

【天理良心】 tiān lǐ liáng xīn ❶ 上天的公理和人的善心。表示實實在在，沒有虛假成分。馮玉祥《我的生活》一七章："我覺得我們的國家所以如此落伍，説句天理良心的話，所謂文章也者，實不能辭其應得之咎。"❷ 憑藉公理和赤心説話、辦事。《紅樓夢》六七回："一到院裏，只聽鳳姐説道：'天理良心！我在這屋裏熬的越發成了賊了。'"《平妖傳》一八回："都監休要執意，天理良心，有則有，無則無，請自慢慢思量。"

【天理難容】 tiān lǐ nán róng 見"天理不容"。

【天崩地坼】 tiān bēng dì chè 見"天崩地裂"。

【天崩地裂】 tiān bēng dì liè 天崩塌下來，地裂開來。也作"天崩地坼"。坼：裂開。❶ 形容山和地面的巨大自然災變，如地震、山體滑坡、山崖崩塌等等。《三國演義》一〇五回："一聲響亮，就如天崩地裂，台傾柱倒，壓死千餘人。"孫犁《吳召兒》："我們擔心，一步登錯，一個石頭滾下來，整個山就會天崩地裂，房屋倒塌。”❷比喻重大事變。《戰國側•趙策三》：“周烈王崩，諸侯皆弔，齊後往。周怒，赴于齊曰：‘天崩地坼，天子下席。東藩之臣田嬰齊後至，則斫之。’”宋代洪邁《容齋三筆•佛胸卍字》：“豈非天崩地坼，造化定數，故產此異物，以為宗社之禍邪？”❸形容巨大的聲響。《官場現形記》六十回：“正在這個檔口，不提防大吼一聲，頓時天崩地裂一般。”《水滸後傳》三三回：“只聽得海外一個大炮如天崩地坼的一連響了百餘響。”茅盾《子夜》八：“他隱隱聽得天崩地裂的一聲轟炸。”同 天崩地陷、天塌地陷。

【天造地設】 tiān zào dì shè 天地的安排。讚美事物天然形成而又恰到好處。宋代趙佶《艮嶽記》：“真天造地設，神謀化力，非人所能為者。”清代李漁《閒情偶記•授曲》：“要知此等‘字頭’、‘字尾’及‘餘音’，乃天造地設，自然而然。”◇把她安在這個職位上，真是天造地設，再合適不過了。同 渾然天成。反 巧奪天工。

【天從人願】 tiān cóng rén yuàn 說上天順從人的願望、成人之美，事情順遂，稱心如意。元代張國賓《合汗衫》二折：“誰知天從人願，到的我家，不上三日，添了一個滿抱兒小廝。”《鏡花緣》一三回：“當日小弟聞大人國只能乘雲而不能走，每每想起，恨不能立刻見見，今果至其地，真是天從人願。”《慈禧太后演義》六回：“鴻毛遇順，連級上升，要算是有志竟成，天從人願了。”也作“天隨人願”。《清平山堂話本•風月相思》：“今也，天隨人願，獲侍中櫛。但願君子始終如一，則萬幸矣！”《歧路燈》一〇八回：“今日天隨人願……咱兩個就是親姊熱妹。”同 天如人願、天遂人願。反 事與願違。

【天旋地轉】 tiān xuán dì zhuàn ❶天地在轉動運行。形容景象壯觀或局面巨變。唐代白居易《長恨歌》：“天旋地轉迴龍馭，到此躊躇不能去。”《英烈傳》一二回：“我們十來個扛不動，被他一人一手便來牽，真個是天旋地轉氣軒軒。”❷形容頭暈眼花。《水滸傳》三九回：“只見天旋地轉，頭暈眼花，就凳邊便倒。”《二刻拍案驚奇》卷五：“真珠姬早已天旋地轉，不知人事，倒在地上。”同 地動山搖、滄海桑田、頭暈目眩。

【天涯比鄰】 tiān yá bǐ lín 唐代王勃《送杜少府之任蜀州》詩：“海內存知己，天涯若比鄰。”後用“天涯比鄰”指相隔雖遠，卻像近鄰。天涯：指遙遠的天邊。比：緊靠着。明代王世貞《與吳明卿書》之一：“天涯比鄰，固古人神曠之說。”同 天涯咫尺。

【天涯地角】 tiān yá dì jiǎo 見“地角天涯”。

【天涯咫尺】 tiān yá zhǐ chǐ 見“咫尺天涯”。

【天涯海角】 tiān yá hǎi jiǎo 形容非常偏遠的地方或兩地相隔很遠。唐代呂巖《絕句》：“天涯海角人求我，行到天涯不見人。”宋代葛長庚《沁園春》詞：“向天涯海角，兩行別淚，風前月下，一片離騷。”《平妖傳》一一回：“只不知住居何處，天涯海角怎得相逢，不免四處去尋訪他。”◇無論天涯海角，如今有網路相通，我們就不會分離。同 海角天涯、天涯地角。反 近在咫尺。

【天無二日】 tiān wú èr rì 天上沒有兩個太陽。指一國不能同時有兩個君主；一個地方不能有兩個主事人。《大戴禮記•本命》：“天無二日，國無二君，家無二尊，以治之也。”《元史•太祖紀》：“吾聞東方有稱帝者。天無二日，民豈有二王耶？”魯迅《集外集拾遺補編•新的世故》：“知其故而言其理，極簡單的：爭奪一個《莽原》；或者，《狂飆》代了《莽原》。仍舊是天無二日，惟我獨尊的酋長思想。”

【天淵之別】 tiān yuān zhī bié 見“天壤之別”。

【天寒地凍】 tiān hán dì dòng 天氣酷寒，大地都凍結起來。元代無名氏《衣襖車》一折：“披堅執鋭為軍健，天寒地凍奉公差。”《三國演義》三七回：“天寒地凍，尚不用兵，豈宜遠見無益之人乎！”◇在天寒地凍的夜晚，她只穿着一件單薄的裌衣，寒風吹來，瑟瑟發抖，全身都僵硬了。同 地凍天寒、冰天雪地。反 大地回春、赤日炎炎。

【天搖地動】tiān yáo dì dòng 見"地動山搖"。

【天誅地滅】tiān zhū dì miè 誅：殺。形容罪惡深重，為天地所不容。常用作表白心跡的誓詞。宋代朱暉《絕倒錄》："不使丁香、木香合，則天誅地滅。"《水滸傳》十五回："我等六人中，但有私意者，天誅地滅。"洪深《趙閻王》第三幕："別忙，總有報應的時候，雷打火燒，天誅地滅。"反 天從人願、天隨人願。

【天道好還】tiān dào hǎo huán 天道：大道、天意。好還：容易返還，給予回報。《老子》："以道佐人主者，不以兵強天下，其事好還，師之所處，荊棘生焉。"後用"天道好還"說做甚麼樣的事，就有甚麼樣的回報。宋代辛棄疾《九議》："方懷王入秦時，楚人之言曰：'楚雖三户，亡秦必楚。'夫彼豈能逆知其事之必至此耶？蓋天道好還，亦以其理而推之耳。"明代無名氏《鳴鳳記•獻首祭告》："天道好還如寄，人心公論難違。"清代紀昀《閱微草堂筆記•灤陽消夏錄四》："天道好還，無往不復。"《洪秀全演義》五回："天道好還，理當復歸故主。"同 報應不爽。

【天經地義】tiān jīng dì yì《左傳•昭公二五年》："夫禮，天之經也，地之義也。"後以"天經地義"表示：❶天地間固有的，不能違背、不能更改的道理。晉代潘岳《世祖武皇帝誄》："永言孝思，天經地義。"清代譚嗣同《仁學》十："俗間婦女，昧於理道，奉腐儒古老之謬說為天經地義。"❷指理所當然、無可非議的事情。《孽海花》三十回："所以不守節，去自由，在她是天經地義的辦法，不必遲疑的。"◇殺人償命，欠債還錢，天經地義。同 理所當然、不易之論。

【天網恢恢】tiān wǎng huī huī "天網恢恢，疏而不漏"的省略說法。《老子》七三章："天網恢恢，疏而不失。"說天道之網廣大無邊，雖然稀疏卻不會有疏失。後比喻作惡的人逃脫不了應得的懲罰。宋代錢易《南部新書》戊："天地不長兇惡，蛇鼠不為龍虎，天網恢恢，去將何適？"元代李致遠《還牢末》二折："豈不聞天網恢恢，也是我自受自做。"清代孔尚任《桃花扇•入道》："明明業鏡忽來照，天網恢恢飛不了。"同 天羅地網。反 網漏吞舟。

【天隨人願】tiān suí rén yuàn 見"天從人願"。

【天翻地覆】tiān fān dì fù ❶形容從根本上發生了巨變。唐代劉商《胡笳十八拍》詩："天翻地覆誰得知，如今正南看北斗。"《二刻拍案驚奇》卷十三："世間人事改常，變怪不一，真個是天翻地覆的事。"❷形容鬧得很厲害，一切都亂了套。《紅樓夢》二五回："寶玉一發拿刀弄杖，尋死覓活的，鬧的天翻地覆。"◇齊天大聖把天宮攪得天翻地覆。同 地覆天翻、翻天覆地。

【天羅地網】tiān luó dì wǎng 上下四方都佈下羅網。❶比喻法網嚴密，無從逃匿。《宣和遺事》前集："纔離陰府恓惶難，又值天羅地網災。"元代費唐臣《貶黃州》一折："上一封諫章，入天羅地網。"《水滸傳》二回："天可憐見，慚愧了！我子母兩個脫了這天羅地網之厄！"❷比喻包圍圈或搜捕網。元代無名氏《鎖魔鏡》三折："天兵下了天羅地網者，休要走了兩洞妖魔。"◇警方設下了截擊走私的天羅地網。同 地網天羅。

【天壤之別】tiān rǎng zhī bié 晉代葛洪《抱朴子•論仙》："趨舍所尚，耳目所欲，其為不同，已有天壤之覺、冰炭之乖矣。"後用"天壤之別"形容說一個天上、一個地下，差距極大。《兒女英雄傳》三六回："不走翰林這途，同一科甲，就有天壤之別了。"《八十一夢•第八夢》："在南京住家時，總覺得南京人的口音，比起北平的國語，實在有天壤之別。"也作"天淵之別"。淵：深水潭。《玉佛緣》六回："二人住了這個軒敞潔淨的房子，覺得比客棧有天淵之別，如何不樂？"魯迅《書信集•致曹靖華》："印在書內之插圖，與作者自印的一比，真有天淵之別。"同 天壤之隔、霄壤之別。

【天懸地隔】tiān xuán dì gé《南齊書•陸厥傳》:"一人之思，遲速天懸；一家之文，工拙壤隔。"後用"天懸地隔"形容二者相距極遠，有如天地之間懸隔，差別很大。《紅樓夢》五五回："真真一個娘肚子裏跑出這樣天懸地隔的兩個人來，我想到那裏就不服！"冰心《最後的安息》:"雖然外面是貧、富、智、愚，差得天懸地隔，卻從她們的天真裏發出來的同情和感恩的心，將她們的精神，連合在一起。"

【夫子自道】fū zǐ zì dào《論語•憲問》:"子曰：'君子道者三，我無能焉：仁者不憂，知者不惑，勇者不懼。'子貢曰：'夫子自道也。'"意思是孔子所說君子應做的三件事，其實是說他自己。後用"夫子自道"指本想說別人，而實際上卻說着了自己。夫子：古代對師長或年長者的尊稱。宋代周必大《跋韓子蒼詩草》:"最後《贈張景芳》一篇，由今觀之，殆夫子自道也。"郭沫若《創造十年》四："我雖然不曾自比過歌德，但我委實自比過屈原。就在那一年所做的《湘累》，實際上就是'夫子自道'"。

【夫倡婦隨】fū chàng fù suí 見"夫唱婦隨"。

【夫唱婦隨】fū chàng fù suí《關尹子•三極》:"天下之理，夫者倡，婦者隨。"後用"夫倡婦隨"、"夫唱婦隨"：❶ 說丈夫提倡甚麼，妻子就應附和着做甚麼，妻子要服從丈夫。元代無名氏《舉案齊眉》三折："秀才，你怎生這般說，豈不聞夫唱婦隨也呵。"《歧路燈》八二回："卻說巫氏每日看戲，也曾見戲上夫唱婦隨。"◇中國古代夫唱婦隨的道德倫理觀念，把多少婦女推入火坑，實在是地地道道吃人的教條。❷ 表示夫妻和睦融洽。《醒世恆言》卷九："我與你九歲上定親，指望長大來夫唱婦隨，生男育女，把家當户。誰知得此惡症，醫治不痊。"同 舉案齊眉。

【夫貴妻榮】fū guì qī róng 見"夫榮妻貴"。

【夫榮妻貴】fū róng qī guì 丈夫做了官或社會地位高，妻子的身份也就跟着提高了。也作"夫貴妻榮"。元代宮天挺《范張雞黍》一折："正行着兄先弟後財帛運，又交着夫榮妻貴催官運。"元代無名氏《舉案齊眉》三折："雖不曾夫貴妻榮，我只知是男尊女卑。"《古今小說•金玉奴棒打薄情郎》:"奴家亦望夫榮妻貴，何期你忘恩負本，就不念結髮之情。"《野叟曝言》六十回："三女明婚鸞諧鳳合，一人暗卜夫貴妻榮。"

【太平盛世】tài píng shèng shì 社會安定，政治清明，國強民富，百姓安居樂業的太平世道。明代沈德符《野獲編•章楓山封事》:"余謂太平盛世，元夕張燈，不為過侈。"《清朝野史大觀•清世宗殺隆科多之詔》:"時當太平盛世，臣民戴德，守分安居。"同 天下太平、歌舞昇平。反 天下大亂、兵荒馬亂。

【太阿倒持】tài ē dào chí 太阿：古代寶劍名，相傳為春秋時歐冶子、干將所鑄。倒着拿太阿。比喻把權柄交給別人，自己反而受到威脅或禍害。宋代秦觀《李訓論》:"自德宗懲北軍之變，以左右神策、天威等軍，分委宦官主之，由是太阿倒持，不復可取。"同 倒持太阿、倒持泰阿。

【太倉一粟】tài cāng yī sù《莊子•秋水》:"計中國之在海內，不似稊米之在大(太)倉乎？"稊米：小米。太倉：古代設在京城中的大穀倉。後以"太倉一粟"泛指大糧倉裏的一粒穀子。比喻所佔的分量微不足道。《兒女英雄傳》三回："我們已寫了知單去知會各同窗的朋友，多少大家集個成數出來；但恐太倉一粟，無濟於事。"《二十年目睹之怪現狀》六三回："在古雨山當日有財神之目，去了他七千兩，也不過是九牛一毛，太倉一粟。"◇這些資金恐怕對整個工程建設只是太倉一粟，無濟於事。同 九牛一毛、滄海一粟。

【失之交臂】shī zhī jiāo bì 交臂：兩人胳膊相碰，擦肩而過。《莊子•田子方》:"吾終身與汝交一臂而失之。"後以"失之交臂"形容當面錯過好機會。梁啟超《民國初年之幣制改革》:"這個千載一時的機會，便失之交臂。"◇我在匆匆的人群中沒有認出她來，失之交臂，竟一隔十年之久。同 失諸交臂、交臂失之。

【失之東隅】shī zhī dōng yú 東隅：東方日出處，指早晨。說早上丟失了，晚上又收回來。後比喻在某一方面失敗了，卻在另一方面得到補償。《後漢書•馮異傳》："始雖垂翅回溪，終能奮翼黽池，可謂失之東隅，收之桑榆。"清代王浚卿《冷眼觀》二十回："誰知那個旗婆，猶自賊心未死，竟想失之東隅，收之桑榆。"◇雖說這宗生意沒談成，卻交到一批好朋友，可謂失之東隅，收之桑榆。同 有得有失、塞翁失馬。反 得不償失。

【失張失智】shī zhāng shī zhì 形容心神慌亂，舉止失常的樣子。《醒世恆言•陸五漢硬留合色鞋》："陸五漢已曉得殺錯了，心中懊悔不及，失張失智，顛倒在家中尋鬧。"《孽海花》二一回："陽伯疾忙接了，塞入袖中，頓時臉色大變，現出失張失智的樣兒，連尚書端茶都沒看見。"朱自清《笑的歷史》："那時我這個人六神無主，失張失智的。"同 六神無主、驚慌失措。反 泰然處之、從容不迫。

【失道寡助】shī dào guǎ zhù 道：道義。寡：少。違背正義，不得人心，必然會陷於孤立的境地。《孟子•公孫丑下》："得道者多助，失道者寡助。寡助之至，親戚畔之；多助之至，天下順之。"蔡東藩《民國通俗演義》一三一回："彼以武力為後盾，我以公理為前驅，得道多助，失道寡助。"同 眾叛親離。反 得道多助、眾望所歸。

【失魂落魄】shī hún luò pò 丟掉了魂魄。形容驚魂不定、惶惶不安或心神恍惚、沒精打采的樣子。《二刻拍案驚奇》卷八："所以一耽了這件滋味，定是無明無夜，拋家失業，失魂落魄，忘餐廢寢的。"《官場現形記》五三回："尹子崇雖然也同他周旋，畢竟是賊人膽虛，終不免失魂落魄，張惶無措。"◇輸掉了關鍵的一場比賽，有的隊員失魂落魄，打不起精神來。同 失神落魄、丟魂落魄。

【夸父追日】kuā fù zhuī rì《山海經•海外北經》："夸父與日逐走，入日。渴欲得飲，飲於河、渭；河、渭不足，北飲大澤。未至，道渴而死。"夸父：古代神話中的人物。逐：追。後用"夸父追日"：❶ 比喻不自量力。明代程登吉《幼學求源》卷一："心多過慮，何異杞人憂天；事不量力，不殊夸父追日。"❷ 比喻堅強的意志力。◇從登月宇航員"邁出的一小步"，我們能感受到人類征服宇宙的偉大力量，這裏面有夸父追日的韌勁和愚公移山的毅力。同 精衛填海、愚公移山。

【奉天承運】fèng tiān chéng yùn 帝王詔書開頭的套語，一般與"皇帝詔曰"連用。說皇帝遵照上天之命、秉承上天之氣運，謹此下詔，如何如何。明代無名氏《鳴鳳記•封贈忠臣》："奉天承運皇帝詔曰：繩愆糾繆，臣道為先。"《唐朝開國演義》二回："奉天承運皇帝詔曰：開天劈地，皇王位冠三才。"金庸《笑傲江湖》六回："劉正風洗手，宣聖旨：'奉天承運皇帝詔曰：據湖南省巡撫奏知，衡山縣庶民劉正風，急公好義，功在桑梓，弓馬嫻熟，才堪大用。'"

【奉公守法】fèng gōng shǒu fǎ 奉：奉行。公：公務。奉行公事，遵守法令。宋代朱熹《辭免江東提刑奏狀》："若復奉公守法，則恐如前所為，或至重傷朝廷事體；若但觀勢徇私，又恐下負夙心，上孤陛下眷知任使之意。進退維谷，無地自處。"元代無名氏《陳州糶米》楔子："差您二人去陳州開倉糶米，欽定五兩白銀一石細米，則要你奉公守法，束杖理民。"清代佚名《乾隆下江南》八回："石知縣雖不甚清正，卻也奉公守法，所以無法弄錢。"同 廉潔奉公。反 貪贓枉法。

【奉令承教】fèng lìng chéng jiào 遵從命令，接受指教。說完全按照別人的命令或意圖去辦事。《戰國策•燕策二》："臣自以為奉令承教，可以免無罪矣，故受命而不辭。"清代彌堅堂主人《終須夢》一三回："晚生幸以為良緣佳會，就奉令承教。無何橫罹羅網，風雨飄搖，流落至今，幸而獲生，實僥倖於萬一。"章炳麟《致袁世凱電》："至如趙秉鈞之妄用僉壬，變生不意，猶不過奉令承教者耳。"

【奉行故事】fèng xíng gù shì 說按照老規矩辦事。奉行：遵照辦理。故事：以前的章程。《漢書·魏相傳》："相明《易經》，有師法，好觀漢故事及便宜章奏，以為古今異制，方今務在奉行故事而已。"《老殘遊記續集》九回："如不當一回事，隨便奉行故事，毫無感情，祖、父在陰間不能知覺，往往被野鬼搶去。"郭沫若《洪波曲》六章："然而就和禁煙是奉行故事一樣，禁煙紀念，一向也只是奉行故事而已。"同 墨守成規、蕭規曹隨。反 破舊立新、打破常規。

【奉命唯(惟)謹】fèng mìng wéi jǐn 遵守上面的意旨，不敢稍有違背。奉命：接受命令。唯：只有。謹：小心謹慎。明代劉昌《懸笥瑣探·況太守》："嚴禁狡猾而惠愛窮弱，執勢家侈恣不法者立杖殺之。吏民大驚，奉命唯謹。"《文明小史》二五回："他向來未遇名師指教，今得了許多聞所未聞的新理，那有不服的道理？自然奉命惟謹了。"同 唯命是從。

【奉若神明】fèng ruò shén míng 奉：信奉。神明：神。崇奉得像敬神那樣。形容對某些人或事物過分尊重。清代王韜《淞隱漫錄·徐雙芙》："邑中民人奉若神明，求其書符籙，辟鬼祟，焚香詣門者，相屬於道。"蔡東藩《五代史通俗演義》三五回："堡中有佛舍，由女尼孫深意住持，深意妖言惑眾，遠近奉若神明。"金庸《飛狐外傳》一六章："他自幼便聽從周鐵鷦的吩咐，對這位大師兄奉若神明。"同 敬若神明、頂禮膜拜。反 視如草芥、視如敝屣。

【奉為圭臬】fèng wéi guī niè 信奉為必須遵照的準則。圭臬：比喻事物的準則。圭是測日影的器具，臬是射箭的靶子。清代昭槤《嘯亭雜錄續錄·明末風俗》："鄉塾興高頭講章，議論紕繆，北省村儒奉為圭臬，不復知先儒注疏為何物也。"魯迅《墳·文化偏至論》："久食其賜，信乃彌堅，漸而奉為圭臬，視若一切存在之本根。"吳小如《京劇老生流派綜論》："就拿余氏生平所錄製的十八張半唱片而論，不論內行外行，無不奉為圭臬。"同 奉為楷模。反 不足為訓。

【奉為楷模】fèng wéi kǎi mó 楷：法式。模：模範。尊奉為準則或榜樣。魯迅《墳·論"費厄潑賴"應該緩行》："聽說剛勇的拳師，決不再打那倒地的敵手，這實足使我們奉為楷模。"◇這些在歷史上作出貢獻的教育家，大都被後人奉為楷模，傳頌至今。同 奉為圭臬。反 不足為訓。

【奔走呼號】bēn zǒu hū háo 一面奔跑，一面叫喊。形容處於困境而到處求援，或為實現主張、達到某種目的而四出宣傳鼓動以爭取支持。明代王守仁《南鎮禱雨文》："守土之官帥其吏民奔走呼號，維是祈禱告請，亦無不至矣，而猶雨澤未應，旱烈益張。"蔡東藩《民國通俗演義》二五回："豫省諸志士，又奔走呼號，舉他為大將軍，他即整旅出山，往洛陽進發。"

【奔走相告】bēn zǒu xiāng gào 人們奔跑着相互轉告。形容把重大的消息迅速傳播開去。宋代張孝祥《壽芝頌代揔得居士上鄭漕》："詔下之日，淮民歡呼，奔走相告，自州達之縣，自縣達之田里，自田里達之窮巖幽谷。"清代頤瑣《黃繡球》三回："街談巷議，這麼三長兩短的，起先當作奇聞，後來都當作一件大事，奔走相告。"梁實秋《洋罪》："結婚只是男女兩人的事，對別人無關，而別人偏偏最感興趣。啟事一出，好事者奔走相告，更好事者議論紛紛。"

【奇文共賞】qí wén gòng shǎng 晉代陶淵明《移居》詩："奇文共欣賞，疑義相與析。"說奇異美妙的文章由大家共同欣賞。明代唐順之《祭萬古齋文》："或時閉門對坐一室，奇文共賞，疑義與析。"姜泣群《朝野新譚》戊編："又時有男女麕立窗之左右作壁上觀，老翁遇佳牌且掀髯大笑，或聳聲鼓掌，四顧觀戰者若有奇文共賞之趣。"今也反用其義，指共同分析評斷內容荒誕錯誤的文章。◇一邊抖動着報紙，一邊叫：都來看喲，奇文共賞。同 奇文共欣賞，疑義相與析。

【奇光異彩】qí guāng yì cǎi ❶奇妙的光亮和色彩。《孽海花》一一回："向裏一望，只見是個窈窕洞房，滿室奇光異彩，也不辨是金是玉，是花是繡，但覺眼光繚亂而已。”徐遲《黃山記》四：“雲谷寺豪光四射。忽見琉璃寶燈一盞，高懸始信峰頂。奇光異彩，散花塢如大放焰火。”❷比喻成就的偉大榮光。沈從文《新景與舊誼》：“還住下有千百萬手足貼近土地的勞動人民，共同在文化創造上的成就，也充滿奇光異彩，值得我們珍重愛護。”反 暗淡無光。

【奇形怪狀】qí xíng guài zhuàng 奇特詭異、少見的種種形狀。唐代吳融《太湖石歌》：“鐵索千尋取得來，奇形怪狀誰能識？”《鏡花緣》二十回：“兩旁圍着許多怪鳥：也有三首六足的，也有四翼雙尾的，奇形怪狀，不一而足。”◇桂林蘆笛岩奇形怪狀的鐘乳石巧奪天工。同 奇形異狀。反 不足為奇。

【奇技淫巧】qí jì yín qiǎo 淫：過分。奇異的技藝與十分精巧的製品。《尚書·泰誓下》：“郊社不修，宗廟不享，作奇技淫巧以悅婦人。”《明史·李芳傳》：“而是時，司禮諸閹滕祥、孟沖、陳洪方有寵，爭飾奇技淫巧以悅帝意，作鼇山燈，導帝為長夜飲。”◇大家屏聲靜氣地聽介紹，這才知道兩個和尚的奇技淫巧確實不少。

【奇花異草】qí huā yì cǎo 珍奇罕見的花草。北魏楊衒之《洛陽伽藍記·白馬寺》：“庭列修竹，檐拂高松，奇花異草，駢闐階砌。”明代袁宏道《與蘭澤雲澤叔書》：“奇花異草，危石孤岑，此自幽人之觀。”《初刻拍案驚奇》卷三一：“一路奇花異草，修竹喬松。”老舍《養花》：“花雖多，但無奇花異草。”同 異草奇花、奇花異卉。

【奇珍異寶】qí zhēn yì bǎo 奇異珍貴的寶物。元代秦簡夫《東堂老》一折：“可甚的買賣歸來汗未消，出脱了些奇珍異寶，花費了些精銀響鈔。”《西遊記》九八回：“二尊者即奉佛旨，將他四眾，領至樓下。看不盡那奇珍異寶，擺列無窮。”◇不少人湧到這個大西洋的荒島上來，據説島上有幾個世紀以來海盜掩藏的大批奇珍異寶。反 無價之寶、稀世之寶。

【奇恥大辱】qí chǐ dà rǔ 極大的恥辱。清代程道一《鴉片之戰演義》七：“回憶當年的議和，不僅喪權失利，實為獨立國的奇恥大辱。”巴金《家》二二：“她看見那個奇恥大辱就站在她的面前，帶着獰笑看她，譏笑她。”◇他立誓要徹底洗雪那強加給他的奇恥大辱。反 報仇雪恥。

【奇貨可居】qí huò kě jū 囤積稀缺的貨物，等待高價賣出，從中牟取暴利。也比喻把專長、成就或某一事物當作資本，博取功名錢財。《史記·呂不韋列傳》：“子楚，秦諸庶孽孫，質於諸侯，車乘進用不饒，居處困，不得意。呂不韋賈邯鄲，見而憐之，曰‘此奇貨可居’。”《聊齋誌異·酒友》：“市上蕎價廉，此奇貨可居。”◇網絡人才越來越多，如今不再奇貨可居了。同 囤積居奇。反 一文不值。

【奇葩異卉】qí pā yì huì 奇異珍貴的花草。葩：花。卉：草的總稱。元代施惠《幽閨記》八齣：“春名苑，奇葩異卉。夏水閣，浮瓜沉李。”《西遊記》八二回：“長老攜着那怪，步賞花園，看不盡的奇葩異卉。”同 奇花異草、奇花異卉。

【奇裝異服】qí zhuāng yì fú 式樣稀奇古怪的服裝。◇她未老先衰，一副老人心態，把新穎一點的服裝一概斥為奇裝異服。

【奇談怪論】qí tán guài lùn 奇怪的不合情理的言論。清代錢泳《履園叢話·仲子教授》：“乾隆戊申歲，余往汴梁，遇於畢秋帆中丞幕中，兩眼若漆，奇談怪論，咸視為異物，無一人與言者。”鄧友梅《那五》一：“這《紫羅蘭畫報》專登坤伶動態，後台新聞，武俠言情，奇談怪論。”反 至理名言、要言妙道。

【奄奄一息】yǎn yǎn yī xī 奄奄：呼吸微弱的樣子。只剩下微弱的一口氣。❶形容臨近死亡。《儒林外史》一五回：“憨仙病倒了，症候甚重，醫生説脈息不好，已是不肯下藥。馬二先生大驚，急上樓進房內去看，已是奄奄一息，頭也擡不起來。”蔡東藩《元史通俗演義》四一回：“任他力大如牛，也被眾人牽倒。待捆縛停當，已是身受數創，奄奄一息。”❷形容事物即將消亡、湮沒。余秋雨《霜冷長河·關於友情》：“但是，事情到了這個地步，友情和相識還有甚麼區別？這與其說是維護，不如說是窒息，而奄奄一息的友情還不如沒有友情。”同 氣息奄奄、命若懸絲。反 生氣勃勃、朝氣蓬勃。

【奧妙無窮】ào miào wú qióng 形容事物深奧微妙的地方很多。◇圍棋雖只有黑白兩色，但其變化莫測，奧妙無窮。

【奮不顧身】fèn bù gù shēn 勇敢地向前，不考慮自己的生命安危。漢代司馬遷《報任少卿書》：“常思奮不顧身以徇國家之急。”《新五代史·龍敏傳》：“使其當大敵，奮不顧身，非其能也，況有異志乎？”清代紀昀《閱微草堂筆記·如是我聞四》：“赤心為國、奮不顧身者，登黃冊；恪遵軍令、寧死不撓者，登紅冊。”◇見義勇為，奮不顧身，堪稱青年的表率。同 奮身不顧、奮勇當先。反 貪生怕死、畏葸不前。

【奮勇當先】fèn yǒng dāng xiān 鼓足勇氣，衝在最前面。元代無名氏《閥閱舞射柳蕤丸記》二折楔子：“着參謀李信，領兵截殺。則要您奮勇當先，得勝而回，另有加官賜賞，望闕謝了恩者。”明代王守仁《調用三省夾攻官兵》：“程鄉縣知縣張戩，近征大傘等處，獨統率新民，奮勇當先，功勞尤著。”◇每當到了國家危機的時刻，學生總是奮勇當先，擔負起救國的責任。同 一馬當先。反 畏葸不前。

【奮起直追】fèn qǐ zhí zhuī 振奮精神，努力緊追上去。蔡東藩《民國通俗演義》一二九回：“祛害除奸，義無反顧，惟有群策群力，奮起直追，迅電華會代表，堅持原案。”◇處在第四泳道的運動員在最後二十米時奮起直追，終於後來居上，奪得了冠軍。同 急起直追。反 甘居人後。

【奮發有為】fèn fā yǒu wéi 振奮精神，有所作為。元代趙汸《周易文詮·震》“當震時而能奮發有為，乃為有光。”明代胡居仁《居業錄·學問》：“人須要志氣剛大，不甘作下等人，方能奮發有為。”《官場現形記》三五回：“能夠如此奮發有為，將來甚麼事不好做呢？”鄭振鐸《桂公塘》：“吳堅伴食中書，家鉉翁衰老無用，賈餘慶卑鄙無恥……只有丞相，你，是奮發有為的。”同 奮發圖強。反 一蹶不振。

【奮發圖強】fèn fā tú qiáng 積極進取，謀求強盛或實現遠大目標。孫中山《民權主義》第四講：“無如丕士麥才智過人，發憤圖強……一戰便打敗奧國。”◇前半生奮發圖強，後半生功成名就。同 發憤圖強、奮發有為。反 萎靡不振、自甘墮落。

女部

【女大難留】nǚ dà nán liú 女子長大後終須出嫁，難以留在娘家。元代關漢卿《崔張十六事·花惜風情》曲：“夫人你得休便休，也不索出乖弄醜，自古來女大難留。”同 女大不中留。

【奴顏婢膝】nú yán bì xī 形容像奴才、婢女那樣諂媚奉承，卑躬曲膝。唐代陸龜蒙《江湖散人歌》：“奴顏卑膝真乞丐，反以正直為狂癡。”《二十年目睹之怪現狀》四七回：“我不像一班奴顏卑膝的，只知道巴結上司。”◇見到有錢人，他就是一副奴顏婢膝的樣子，真叫人噁心！同 卑躬屈膝。

【奴顏媚骨】nú yán mèi gǔ 形容卑躬屈膝、奉承討好的嘴臉和性格。◇因為做事方正剛直，沒有半點奴顏媚骨，他得罪了不少權貴。

【妄自菲薄】wàng zì fěi bó 懷有自卑心理，沒有自信心。三國蜀諸葛亮《前出師表》：“誠宜開張聖聽，以光先帝遺德，恢弘志士之氣，不宜妄自菲薄，引喻失義，以塞忠諫之路也。”◇人固然不能妄自尊大，但也決不應妄自菲薄。反 妄自尊大。

【妄自尊大】wàng zì zūn dà 狂妄地自高自大；過高地估計自己。《後漢書·馬援傳》：“子陽井底蛙耳，而妄自尊大。”元代關漢卿《裴度還帶》二折：“近者有一等閭閻市井之徒暴發，為人妄自尊大，追富傲貧。”梁啟超《新民說》第六節：“故中國視其國如天下，非妄自尊大也，地理使然也。”同 夜郎自大。

【如不勝衣】rú bù shèng yī 好像不能承受衣服的重量。形容身體瘦弱。《禮記·檀弓下》：“文子其中退然如不勝衣，其言吶吶然如不出其口。”《南史·周敷傳》：“敷形貌眇小，如不勝衣，膽力勁果，超出時輩。”◇看似纖弱如不勝衣的姑娘，卻能在歹徒面前鎮定自若。同 弱不勝衣、弱不禁風。反 虎背熊腰、力能扛鼎。

【如日中天】rú rì zhōng tiān 像太陽正處於天空中央時分。比喻事物正在鼎盛興旺時期。◇在中國歷史上鼎盛一時的唐朝，在當時的世界上，也是如日中天的大帝國。

【如日方中】rú rì fāng zhōng《詩經·簡兮》：“日之方中，在前上處。”日之方中：太陽正在天中央。後以“如日方中”比喻事物正發展到最興盛的階段。古龍《遊俠錄》六：“他此刻正值及冠之年，正是如日方中的錦繡年華，怎會願意陪着這怪老人關在這地穴裏？”◇正當事業如日方中之際，他卻決定急流勇退。同 如日中天。反 日薄西山。

【如日方升】rú rì fāng shēng《詩經·天保》：“如月之恒，如日之升。”後用“如日方升”比喻光明的前程剛剛開始。蔡東藩《清史演義》二回：“那時這雄心勃勃的努爾哈赤，乘着這如日方升的氣象，想統一滿洲，奠定國基。”柯靈《站在人類命運的轉折點上》：“我們是正好站在了人類命運的轉折點上，我們所處的，正是一個如日方升、光芒萬丈的時代。”同 旭日東升、欣欣向榮。反 每況愈下、江河日下。

【如牛負重】rú niú fù zhòng 好像牛背着沉重的東西一樣。形容負擔沉重。《佛說四十二章經》：“勿起妄念，如牛負重，於深泥中。”◇農民如牛負重，被各種苛捐雜税壓得喘不過氣來。反 如釋重負。

【如火如荼】rú huǒ rú tú 像火那樣紅，像荼的花那樣白。《國語·吳語》：“萬人以為方陣，皆白裳、白旂、素甲、白羽之矰，望之如荼……左軍亦如之，皆赤裳、赤旟、丹甲、朱羽之矰，望之如火。”原比喻軍容壯盛，後以“如火如荼”形容氣氛、景象旺盛、熱烈或激烈。清代宣鼎《夜雨秋燈錄·一度風流千貫錢》：“觀劇者，如火如荼，幾幾乎萬人空巷鬥新妝也。”◇互聯網的快速多樣化，促使網民們如火如荼地蜂擁而入。

【如出一轍】rú chū yī zhé 像從同一條車轍裏走過來一樣。比喻非常相似。宋代洪邁《容齋三筆·奸鬼為人禍》：“二奸鬼之害人，如出一轍。”◇兩人的目的雖然不同，但做法如出一轍。

【如有所失】rú yǒu suǒ shī 見“若有所失”。

【如坐針氈】rú zuò zhēn zhān 好像坐在有針的氈子上。《晉書·杜錫傳》：“性亮直忠烈，屢諫愍懷太子，言辭懇切，太子患之。後置針着錫常所坐處氈中，刺之流血。”後以“如坐針氈”比喻心神不寧，坐立不安。《三國演義》二三回：“王子服等四人面面相覷，如坐針氈。”◇此時的她心慌意亂，如生芒刺，如坐針氈。

【如沐春風】rú mù chūn fēng 宋代朱熹《伊洛淵源錄》卷四：“朱公掞見明道於汝州，踰月而歸。語人曰：‘光庭在春風中坐了一月。’”後用“如沐春風”比喻同人品學問都優秀的人相處，受到燻陶，好像置身於暖和的春風中一樣。◇他坦率爽朗，誠懇厚重，和他交往如沐春風。同 如坐春風。

【如花似玉】rú huā sì yù《詩經·汾沮洳》：“彼其之子，美如英。……彼其之子，美如玉。”後用“如花似玉”形容女子十分美貌。元代張壽卿《紅梨花》三折：“一個如花似玉的小娘子，和我那孩兒四目相窺，各有春心之意。”《鏡花緣》五四回：“林氏聽了，無意中忽然得了一個如花似玉、文武全才的媳婦，歡喜非常。”歐陽予倩《越打越肥》：“你又是如花似玉，他對你又是千依百順，像我們哪，可談不上啦。”同 花容月貌、絕代佳人。

【如花似錦】rú huā sì jǐn ❶ 像花朵、錦緞那樣絢麗多彩。明代成化說唱詞話《花關索下西川傳》：“五色旗，殊黃旗，如花似錦。”《廿載繁華夢》三回：“那香屏自從嫁了周庸佑，早卸了孝服，換得渾身如花似錦。”❷形容前程美好或風景優美。◇早就覺得她該有一個如花似錦的前程／那早春二月如花似錦的江南風光，深深地吸引了她。

【如虎添翼】rú hǔ tiān yì 就好像老虎長上翅膀。比喻增添了力量，使強者更強或使惡者更惡。《醒世姻緣傳》六三回：“教得個女兒如虎添翼一般，那裏聽薛夫人的解勸。”◇自從拿到這筆如虎添翼的貸款，他那賭徒的心理更加暴漲起來。同 如虎生翼。反 鎩羽而歸。

【如虎傅翼】rú hǔ fù yì 比喻強者獲得有力的輔助或增添了新力量而變得更加強大。也比喻惡者得到幫助變得更加兇惡。宋代孔平仲《續世說·文學》：“如吾之智算，得襲吉之筆才，如虎傅翼矣。”明代朱國禎《湧幢小品·妖人物》：“自此以後，水旱饑饉相仍逾年。稅使至，破壞全楚，如虎傅翼，擇人而食，為捶死逼死者不可計。”梁啟超《中國積弱溯源》二節：“及出而武斷鄉曲，則如虎傅翼，擇肉而食。”同 如虎添翼、如虎生翼。

【如法炮製】rú fǎ páo zhì 仿照成法，炮製藥劑。比喻按照現成的方法去做。《兒女英雄傳》五回：“等明日早走，依舊如法炮製，也不怕他飛上天去。”朱自清《古文學的欣賞》：“我們不妨如法炮製，用白話來嘗試。”同 如法泡製。

【如泣如訴】rú qì rú sù 形容聲音哀怨淒切，像哭泣又像訴說。宋代蘇軾《赤壁賦》：“其聲嗚嗚然，如怨如慕，如泣如訴。”清代百一居士《壺天錄》卷上：“每於風清月白時，攜綠綺於梅花亭畔，彈《湘妃怨》一曲，沉郁頓挫，如泣如訴。”◇不遠處傳來如泣如訴的簫聲，忽然間又被悠揚的笛聲蓋住了。

【如拾地芥】rú shí dì jiè《漢書·夏侯勝傳》：“士病不明經術；經術苟明，其取青紫如俛拾地芥耳。”地芥：地上的小草。後以“如拾地芥”比喻非常容易得到。南朝梁任昉《天監三年策秀才文》：“輜軿青紫，如拾地芥，而惰遊廢業，十室而九。”《資治通鑒·唐高祖武德元年》：“憑藉國威，取王世充如拾地芥耳！”宋代曾鞏《本朝政要策·軍賞罰》：“故世宗取淮南關南之地，太祖平五強國，如拾地芥。”◇做夢也沒想到這次升職不費吹灰之力，如拾地芥。同 唾手可得、探囊取物。

【如是我聞】rú shì wǒ wén 佛經開卷語。據說佛祖釋迦牟尼死後，各弟子彙集他的言論，由於阿難是佛祖的侍者，聽到的最多，所以推他宣唱，他用“如是我聞”開場，意思是我聽到佛這樣說。清代龔自珍《〈妙法蓮花經〉四十二問》之三一：“《見寶塔品》以‘爾時’二字發端耶？答：必有‘如是我聞’，……譯主欲衍尾，因刪之矣。”後泛指情況來自傳聞。魯迅《集外集·斯巴達之魂》：“噫，如是我聞，而王遂語，且熟視其乳毛未褪之顏。”◇這些事情，我也是如是我聞，未曾親歷過。同 道聽途說。

【如風過耳】rú fēng guò ěr 漢代趙曄《吳越春秋·吳王壽夢傳》：“富貴之於我，如秋風之過耳。”後用“如風過耳”比喻不把別人的話放在心上。《南齊書·廬陵王子卿傳》：“吾日冀汝美，勿得敕如風過耳，使吾失氣。”清代余象斗《北遊記·天尊點化玉帝》：“王聞奏，如風過耳，半言不聽。”◇這樣的報告說的人如同嚼蠟，聽的人如風過耳。同 當耳邊風。

【如飢似渴】rú jī sì kě 像又餓又渴的人急切需要吃飯喝水一樣。形容非常迫切。《古今小說·范巨卿雞黍死生交》：“吾兒一去，音信不聞，令我懸望，如飢似渴。”◇她如飢似渴地學英文，不到半年光景，就說得一口流利的英語。

【如狼似虎】rú láng sì hǔ《尉繚子·武議》：“一人之兵，如狼如虎，如風如雨，如雷如霆，震震冥冥，天下皆驚。”後多作“如狼似虎”。❶形容非常勇猛。《水滸傳》七八回：“如今放着這一班好弟兄，如狼似虎的人，那十節度已是過時的人，兄長何足懼哉！”❷形容兇暴殘忍。元代關漢卿《蝴蝶夢》二折：“如今監收媳婦，公人如狼似虎，相公又生嗔發怒。”《醒世恆言•灌園叟晚逢仙女》：“手下用一班如狼似虎的奴僕，又有幾個助惡的無賴子弟，日夜合做一塊，到處闖禍生災。”◇她面對幾個如狼似虎的歹徒，居然沒有一點害怕的意思。❸形容動作又猛又急。《說岳全傳》一三回：“見了這些酒餚，也不聽他們談天說地，好似渴龍見水，如狼似虎的吃個精光，方才住手。”◇兄弟倆二話不說，就如狼似虎地幹起來。同 如狼如虎、兇神惡煞。反 溫柔敦厚、溫文爾雅。

【如鳥獸散】rú niǎo shòu sàn《漢書•李陵傳》：“今無兵復戰，天明坐受縛矣！各鳥獸散，猶有得脫歸報天子者。”後以“如鳥獸散”形容像受驚的鳥獸一樣四處逃散，各奔東西。《花月痕》二三回：“而人心叵測，其鈍者驚疑狂顧，望風如鳥獸散。”清代采蘅子《蟲鳴漫錄》卷一：“粵兵素弱，見之即潰，如鳥獸散。”劉鳳舞《民國春秋》九章：“倒蔣運動就此結束，各派政客如鳥獸散。”反 眾志成城、萬眾一心。

【如魚得水】rú yú dé shuǐ 好像魚兒在水裏一樣。《三國志•諸葛亮傳》：“先主解之曰：‘孤之有孔明，猶魚之有水也。’”後用“如魚得水”比喻得到可幫助自己的人或適宜自己生存行事的環境。宋代王禹偁《杜伏威傳贊》：“初據江東，為英為雄，如虎嘯風。終歸帝里，為臣為子，如魚得水。”清代羽衣女士《東歐女豪傑》三回：“若使他回來了，我們就應該如魚得水，歡喜得了不得，哪裏還有工夫在這裏納悶呢！”◇配上雙 CPU 的最新高速電腦，他玩起遊戲來，真是如魚得水，樂不可支。

【如烹小鮮】rú pēng xiǎo xiān《老子》六十章：“治大國，若烹小鮮。”烹：燒煮。鮮：活魚。❶形容小心謹慎。唐代白居易《崔咸可洛陽縣令制》：“然宰大邑，如烹小鮮。人擾則疲，魚擾則餒；寬猛吐茹，其鑒於茲。”宋代蘇轍《王荀龍知澶州李孝純知棣州告詞》：“治國如烹小鮮，涖官如製美錦。以煩手烹魚則魚必潰，使學者製錦則錦必傷。”❷形容輕而易舉。南朝陳徐陵《冊命陳公九錫文》：“戮此大憝，如烹小鮮，此又公之功也。”同 若烹小鮮。

【如喪考妣】rú sàng kǎo bǐ 考：亡父；妣：亡母。像死了父母一樣。形容極度悲傷或沮喪。今多用於貶義。《尚書•舜典》：“二十有八載，帝乃殂落，百姓如喪考妣。”唐代岑羲《為敬暉等論武氏宜削去王爵表》：“自弘道遏密，生靈降禍，百姓哀號，如喪考妣。”◇在眾人義正詞嚴的責問面前，他耷拉下腦袋，如喪考妣。

【如棄敝屣】rú qì bì xǐ 像丟掉破爛鞋子一樣毫不可惜。《孟子•盡心上》：“舜視棄天下，猶棄敝蹝也。”後多作“如棄敝屣”。《宋史•汪應辰傳》：“尊號始自開元，罷於元豐，今不當復，況太上視天下如棄敝屣，豈復顧此？”《東周列國誌》四七回：“倘此時有龍鳳迎寡人，寡人視棄山河，如棄敝屣耳！”葉聖陶《倪煥之》一一：“不料他丟棄教育事業，這樣毫不留戀，竟是如棄敝屣。”同 棄如敝屣、視如敝屣。反 愛如珍寶、視如拱璧。

【如湯沃雪】rú tāng wò xuě 像滾水澆在雪上一樣很快融化。比喻易如反掌，不花氣力。漢代枚乘《七發》：“小飰大歠，如湯沃雪。”◇那幾個潑皮無賴交給我對付，如湯沃雪，包你滿意。同 如湯灌雪。

【如椽大筆】rú chuán dà bǐ《晉書•王珣傳》：“珣夢人以大筆如椽與之，既覺，語人曰：‘此當有大手筆事。’俄而帝崩，哀冊謚議，皆珣所草。”椽：房屋放在檁上承載屋面板和瓦片的木條。後以“如椽大筆”：❶形容大毛筆。宋代邵雍《大字吟》詩：“詩成半醉正陶然，更用如椽大筆抄。”❷比喻筆力雄健的大手筆。清代錢謙益《致龔芝麓》：“每有撰述，為之心悸手戰，敢借重如椽大筆，略為掃除。”◇他以一個作家的獨特視角，用如椽大筆真實記錄這個時代的劇變。同 大筆如椽、生花之筆。

【如雷貫(灌)耳】rú léi guàn ěr 像雷聲響徹耳朵。❶形容聲音震撼，非常之大。《三國志平話》卷中：“‘吾乃燕人張翼德，誰敢共吾決死？' 叫聲如雷貫耳，橋樑皆斷。" ◇上萬人一齊鼓起掌來，如雷貫耳。❷形容人的名聲很大。元代無名氏《凍蘇秦》一折："久聞先生大名，如雷貫耳。"《水滸傳》六二回："小可久聞員外大名，如雷灌耳。" 也作 "如雷轟耳"，《好逑傳》五回："在長安時，聞長兄高名，如春雷灌耳，但恨無緣一面。" 同 鼎鼎大名。反 默默無聞。

【如意算盤】rú yì suàn pán 比喻考慮問題時，一廂情願，只從好的方面去設想打算。《官場現形記》四四回："你倒會打如意算盤，十三個半月工錢，只付三個月。" ◇如意算盤打得劈啪響，事情未必那麼容易吧！

【如夢方醒】rú mèng fāng xǐng 比喻剛剛從錯誤或迷惑糊塗中醒悟過來。《兒女英雄傳》一三回："河台一看，這才如夢方醒，只嚇得他面如金紙，目瞪口呆。" ◇困惑了許多日子，我才如夢方醒，知道自己上了大當。同 如夢初醒。反 執迷不悟。

【如夢初醒】rú mèng chū xǐng 好像從睡夢中蘇醒一樣，剛剛才明白，醒悟了過來。《警世通言·莊子休鼓盆成大道》："今日被老子點破了前生，如夢初醒。" 劉半農《〈劉半農詩選〉自序》："直到通體推敲妥貼，寫成全詩，才得如夢初醒，好好的透了一口氣。" 同 如夢方醒、恍然大悟。反 執迷不悟、頑固不化。

【如醉方醒】rú zuì fāng xǐng 如同喝醉酒才醒來一般。比喻剛從沉迷或陶醉中醒悟過來。《西遊記》五四回："三藏聞言，如醉方醒，似夢初覺，樂以忘憂，稱謝不盡。"《金瓶梅》二五回："一席話兒，說得西門慶如醉方醒。" ◇演奏結束的剎那間，場子裏仍然靜靜的，突然，人們如醉方醒，爆發出雷鳴般的掌聲。也作 "如醉初醒"。《東周列國誌》一〇三回："黃歇如夢初覺，如醉初醒，喜曰：'天下有智婦人，勝於男子，卿之謂矣。'"《野叟曝言》四九回："孩兒如醉初醒，如夢方覺，自後當以母親之言，刻諸肺腑，斷不敢妄為矣！"。同 如夢初醒。

【如醉如癡】rú zuì rú chī 也作"如癡如醉"。❶形容神態失常，失去自制。宋代無名氏《張協狀元·勝花氣死》："勝花娘子病得利害，服藥一似水潑石中，湯澆雪上。似病非病，如醉如癡。"《喻世明言·李公子救蛇獲稱心》："但聞異香馥郁，瑞氣氤氳，李元不知手足所措，如醉如癡。" ❷形容沉迷或陶醉。前蜀韋莊《倚柴關》詩："杖策無言獨倚關，如癡如醉又如閒。孤吟盡日無人會，依約前山似故山。" 明代東魯古狂生《醉醒石》一三回："真也弄得個如醉如癡，眠思夢想。" 明代高濂《玉簪記·叱謝》："猛可的如癡如醉，獨自個誰溫誰熱？" ❸形容昏聵、愚蠢。明代于慎行《谷山筆麈·籌邊》："此等見解，如醉如癡，謀國若斯，不敗何為？"《醒世恆言·張廷秀逃生救父》："倘一時沒眼色，配着個不僧不俗如醉如癡的蠢材，豈不反誤了終身？" 同 如夢如癡。

【如醉初醒】rú zuì chū xǐng 見"如醉方醒"。

【如數家珍】rú shǔ jiā zhēn 像數家藏珍寶那樣清楚。比喻對所講的事物及其情況十分熟悉。清代梁章鉅《歸田瑣記·鄭蘇年師》："肆力於學，尤喜讀經世有用之書，自《通鑒》、《通考》……靡不貫串，如數家珍。"《清朝野史大觀·郭生始創戲院》："吳縣王鶴琴先生耆年碩德，與談吳中掌故，則掀髯抵掌，如數家珍。" ◇說起左鄰右舍發生的事，一五一十，如數家珍。

【如影隨形】rú yǐng suí xíng 好像影子緊跟着身體一樣。《管子·任法》："然故下之事上也，如響之應聲也；臣之事主也，如影之從形也。" 後以 "如影隨形" 比喻彼此的關係或兩件事物的關聯十分緊密，分割不開。漢代劉向《說苑·君道》："故天之應人，如影之隨形，響之效聲者也。" 清代曾國藩《新寧劉君墓碑銘》："孰云不顯，在幽彌馨；孰云無報，如影隨形。" ◇她那恐懼的心理如影隨形，無時不在 / 兩人正當熱戀之時，恨不得如影隨形，寸步不離。

【如箭在弦】rú jiàn zài xián《文選·陳琳

〈為袁紹檄豫州〉》李善注：“琳謝罪曰：‘矢在弦上，不可不發。’”矢：箭。後以“如箭在弦”比喻勢在必行。梁啟超《匈加利愛國者噶蘇士傳》六：“革命之機，如箭在弦矣。”◇雙方劍拔弩張，衝突如箭在弦。同 箭在弦上。

【如膠似漆】rú jiāo sì qī 像膠和漆那樣黏在一起。《古詩十九首•孟冬寒氣至》：“以膠投漆中，誰能別離此。”《史記•魯仲連鄒陽列傳》：“感於心，合於行，親於膠漆，昆弟不能離，豈惑於眾口哉。”後以“如膠似漆”形容感情深厚，難捨難分。多用於夫妻或戀人。《二刻拍案驚奇》卷十一：“滿生與朱氏門當戶對，年貌相當，你敬我愛，如膠似漆。”《紅樓夢》六五回：“便如膠似漆，一心一計，誓同生死，哪裏還有鳳平二人在意了。”

【如履薄冰】rú lǚ bó bīng 履：踩，踏。好像走在薄冰上。形容做事極為小心謹慎。《詩經•小旻》：“戰戰兢兢，如臨深淵，如履薄冰。”三國魏曹操《請爵荀彧表》：“陛下幸許，彧左右機近，忠恪祗順，如履薄冰。”◇作者寫作的時候顧慮重重，如履薄冰，不敢表現真實的生活，這樣又怎麼能產生思想深刻，感情真摯的好作品呢？同 如臨深淵、戰戰兢兢。反 滿不在乎、滿不在意。

【如墮煙海】rú duò yān hǎi 南朝宋劉義慶《世說新語•賞譽》：“王仲祖、劉真長造殷中軍談，談竟俱載去。劉謂王曰：‘淵源真可！’王曰：‘卿故墮其雲霧中。’”殷中軍：指殷浩，字淵源。“墮其雲霧中”指被殷浩談論玄理的漂亮言辭所迷惑。後用“如墮煙海”比喻迷失方向或茫然不得要領。吳小如《〈詩三百篇〉臆斷》：“然博涉旁搜，如墮煙海，終難反約。今日追思，所得幾何！”◇我把歷代的評述都整理齊備，方便後人不致如墮煙海，免除披沙揀金之勞。同 雲遮霧罩、撲朔迷離。反 洞若觀火、了若指掌。

【如臨大敵】rú lín dà dí 好像面對着強大的敵人似的，戒備森嚴或十分緊張。《舊唐書•鄭畋傳》：“畋還鎮，蒐乘補卒，繕修戎仗，濬飾城壘，盡出家財以散士卒。晝夜如臨大敵。”《二十年目睹之怪現狀》五八回：“到了撫院，又碰了止轅，衙門裏紮了許多兵，如臨大敵。”◇街上氣氛很緊張，好似人人都如臨大敵。反 鎮定自若、若無其事。

【如臨深淵】rú lín shēn yuān 好像站在深水潭的邊緣上。比喻深懷戒心，行事非常謹慎小心。《詩•小旻》：“戰戰兢兢，如臨深淵，如履薄冰。”明代李贄《初潭集•君臣一》：“黃帝居人上，惴惴如臨深淵。”王安憶《長恨歌》一五：“他這一生，是如履薄冰，如臨深淵的一生，怕是自身難保，能不牽連她們這些人就算是最好。”同 如履薄冰、戰戰兢兢。反 無憂無慮。

【如獲至寶】rú huò zhì bǎo 好像得到最珍貴的寶物。形容對所得到的東西非常珍視。宋代李光《與胡邦衡書》：“忽蜀僧行密至，袖出‘寂照庵’三字，如獲至寶。”《官場現形記》三四回：“王慕善錢既到手，如獲至寶，便也不肯久坐，隨意敷衍了幾句，一溜煙辭了出來。”◇儘管這書是用粗糙的土紙印的，裝幀也很簡陋，但我仍然如獲至寶。同 視如珍寶。反 棄如敝屣。

【如臂使指】rú bì shǐ zhǐ《管子•輕重乙》：“若此則如胸之使臂，臂之使指也。”《漢書•賈誼傳》：“令海內之勢如身之使臂，臂之使指，莫不制從。”後用“如臂使指”形容好像手臂指使手指一樣，指揮、調動沒有牽制，得心應手。唐代獨孤及《故江陵尹兼御史大夫呂湮諡議》：“且訓其三軍，如臂使指。”唐德剛《〈晚清七十年〉序》：“而勝的一方則短小精悍，紀律嚴明，上下一心，如臂使指。”金庸《射雕英雄傳》三回：“鐵木真號令一出，數萬人如心使臂，如臂使指，直似一人。”同 使臂使指、得心應手。

【如鯁在喉】rú gěng zài hóu 鯁：魚刺，魚骨。好像魚骨頭卡在喉嚨裏。比喻心裏有話沒有說出來，非常難受。劉丕林《國共對話秘錄》一章：“新興的清王朝念念不忘威脅自己王朝的南明勢力，一日不除，如鯁在喉，既殺不死你，也要困死你。”◇他是一條硬漢子，看到世有不平便如鯁在喉，不吐不快。同 骨鯁在喉、如芒在背。

【如願以償】rú yuàn yǐ cháng 如所希望的那樣得到滿足。《官場現形記》四六回：“在撫台面前替他說了許多好話，後來巴祥甫竟其如願以償，補授臨清州缺。”◇蒼天不負苦心人，她終於如願以償，考上了理想的大學。同 稱心如意、天從人願。反 事與願違、大失所望。

【如蠅逐臭】rú yíng zhú chòu 像蒼蠅追逐有臭味的東西。常形容追求錢財、女色或趨炎附勢的行為。《紅樓夢》七七回：“那媳婦卻倒伶俐，又兼有幾分姿色，……兩隻眼兒水汪汪的，招惹的賴大家人如蠅逐臭。”同 如蟻慕羶。反 嫉惡如仇。

【如蟻附羶(羴)】rú yǐ fù shān 像螞蟻附在有羶腥氣的食物上。《莊子·徐無鬼》：“蟻慕羊肉，羊肉羴也。”後以“如蟻附羶”形容趨炎附勢或追逐某種利益。用於貶義場合。◇在高位的官員，最易受群小追捧，如蟻附羶，所以也容易飄飄然墮落下來。

【如癡如醉】rú chī rú zuì 見“如醉如癡”。

【如釋重負】rú shì zhòng fù 像放下重擔那樣輕鬆。形容解除負擔、擺脫困擾或消除緊張心情後感到輕鬆愉快。《穀梁傳·昭公二十九年》：“昭公出奔，民如釋重負。”清代張春帆《九尾龜》一八一回：“好容易巴得薛亞仙走了，方才如釋重負，暢快非常。”◇工程順利通過驗收，他才如釋重負的鬆了一口氣。反 如牛負重。

【好大喜功】hào dà xǐ gōng ❶一心想做大事立大功。《新唐書·太宗紀贊》：“至其牽於多愛，復立浮屠，好大喜功，勤兵於遠，此中材庸主之所常為。”明代朱國禎《湧幢小品·日本》：“元世祖征日本，固是好大喜功，卻有深意。”柳青《創業史》一部十八章：“唉唉！他原不是好大喜功、喜歡為公眾事務活動的人呀！”❷形容鋪張、浮誇的作風。《官場現形記》一七回：“偏偏又碰着這位胡統領好大喜功，定要打草驚蛇，下鄉搜捕。”

【好心好意】hǎo xīn hǎo yì 心裏的善良意願或想法。老舍《茶館》第三幕：“我好心好意來告訴你，你可不能賣了我呀！”江兆玲《紅杏》：“我好心好意地勸你們婆媳和好，你不領情也就算了，怎麼還倒打一耙？”同 善心善意。反 不懷好意、心懷叵測。

【好生之德】hào shēng zhī dé 好生：愛惜人和動物的生命。具有愛惜生靈，不殺戮的美德。《尚書·大禹謨》：“與其殺不辜，寧失不經，好生之德，洽於民心。”《明史·張廷玉傳》“故必有罪疑惟輕之意，而後好生之德洽於民心，此非可以淺淺期也。”清代無名氏《施公案》二六○回：“那時等大人到此，代你求個情，死罪改成活罪，留你在世上多活兩年，也顯得咱老爺好生之德。”同 大慈大悲、慈悲為懷。反 草菅人命、嗜殺成性。

【好吃懶做】hào chī lǎn zuò 貪於吃喝，懶於做事。《初刻拍案驚奇》卷二：“這樣好吃懶做的淫婦！睡到這等日高才起來。”《紅樓夢》一回：“且人前人後，又怨他不會過，只一味好吃懶做。”同 好逸惡勞。反 夙夜匪懈、吃苦耐勞。

【好自為之】hǎo zì wéi zhī 把自己的事妥善處置好。◇件件事情都難辦，你善自珍攝，好自為之吧！

【好行小惠】hào xíng xiǎo huì 喜歡給人一些小恩小惠。《晉書·殷仲堪傳》：“及在州，綱目不舉，而好行小惠，夷夏頗安附之。”《北齊書·元孝友傳》：“為政溫和，好行小惠。”◇那些好行小惠，善於逢迎的人往往容易討人喜歡。也作“好施小惠”。《舊五代史·周書·王峻傳》：“峻貪權利，多機數，好施小惠，喜人附己。”◇店主通曉人情世故，平日好施小惠，也懂得講些別人喜歡聽的話。同 小恩小惠。反 大恩大德。

【好色之徒】hào sè zhī tú 喜歡女色，玩弄女性的人。《警世通言·莊子休鼓盆成大道》：“莊生不是好色之徒，卻也十分相敬，真個如魚似水。”◇故事的男主角是個玩弄感情的好色之徒。同 酒色之徒。反 坐懷不亂。

【好好先生】hǎo hǎo xiān sheng 稱那種一團和氣，與世無爭，只求相安無事的好人。元代無名氏《水仙子•冬》："隨時達變變崢嶸，混俗和光有甚爭……得便宜是好好先生。"《紅樓夢》七四回："我也會做好好先生，得樂且樂，得笑且笑，一概是非都憑他們去罷。"馮玉祥《我的生活》第七章："為人忠厚怕事，完全是一位好好先生，不是一個有為的人。"

【好事之徒】hào shì zhī tú 喜歡多事或好管閒事的人。《孔叢子•答問》："此先後甚遠，而韓非公稱之，曾無怍意，是則世多好事之徒，皆非之罪也。"明代張岱《陶庵夢憶•揚州清明》："是日，四方流離及徽商西賈、曲中名妓，一切好事之徒，無不咸集。"魯迅《三閒集•匪筆三篇》："現在如有好事之徒，也還可以辦這一類的刊物。"反 事不關己。

【好事多磨】hǎo shì duō mó 好事很難順利、圓滿實現，中間總要遇到阻力、經歷多種波折。《京本通俗小說•菩薩蠻》："去年共飲菖蒲酒，今年卻向僧房守。好事更多磨，教人沒奈何。"《紅樓夢》九十回："人家說的：'好事多磨。'又說道：'是姻緣棒打不回。'這麼看起來，人心天意，他們兩個竟是天配的了。"◇偏偏不湊巧，好事多磨，中間殺出個程咬金來，眼睜睜把椿婚事給攪黃了。

【好施小惠】hào shī xiǎo huì 見"好行小惠"。

【好施樂善】hào shī lè shàn 喜歡施捨，樂於行善。明代袁宏道《兵部車駕司員外郎龔公安人陳氏合葬墓石銘》："安人慈善恭謹，好施樂善。"《警世通言•桂員外途窮懺悔》："再說施家，自從施濟存日，好施樂善，囊中已空虛了。"◇外公好施樂善，經常接濟窮人。同 樂善好施、助人為樂。反 一毛不拔、巧取豪奪。

【好為人師】hào wéi rén shī 喜歡以教導者自居。形容為人不謙虛。《孟子•離婁下》："人之患在好為人師。"明代李贄《續焚書•答馬歷山》："雖各各著書立言，欲以垂訓後世，此不知正墮在好為人師之病上。"周國平《擁有"自我"》："世上有自知之明者寥寥無幾，好為人師者比比皆是。"同 自以為是、妄自尊大。反 虛懷若谷、不恥下問。

【好為事端】hào wéi shì duān 喜歡惹是生非。《晉書•文明王皇后傳》："時鍾會以才能見任，后每言於帝曰：'會見利忘義，好為事端，寵過必亂，不可大任。'"◇這人除了貪圖功利、好為事端外，沒有半點可取之處。同 橫生事端、無事生非。

【好高騖遠】hào gāo wù yuǎn 騖：馬快跑，在此是追逐的意思。超越自己的能力，去追求遠大的目標。《宋史•程顥傳》："病學者厭卑近而騖高遠，卒無成焉。"《孽海花》二五回："玨齋尤其生就一副絕頂聰明的頭腦，帶些好高騖遠的性情，恨不得把古往今來的學問事業，被他一個人做盡了才稱心。"反 循序漸進。

【好酒貪杯】hào jiǔ tān bēi 指特別喜歡喝酒。元代無名氏《翫江亭》二折："恰離紫府下瑤池，再向人間登一直，度脫了你個好酒貪杯的牛員外，則你手裏要那不信神佛的趙江梅。"沙汀《酒後》："保長王大廷只有一宗缺點：有點好酒貪杯。一喝醉了又會變得十足膿包，失掉了他那分堅韌的好性格。"同 嗜酒如命。

【好問決疑】hào wèn jué yí 勤於請教別人，充實自己，用於解決疑難問題。◇好問決疑，虛心請教，你就會成為有本事的人。反 自以為是。

【好問則裕】hào wèn zé yù 經常向別人請教，自己的學識就會豐富起來。《尚書•仲虺之誥》："好問則裕，自用則小。"宋代王應麟《困學紀聞》卷二"好問則裕，謂聞見廣而德有餘也。"◇好問則裕，自恃則貧，不恥下問是進步的階梯。同 不恥下問、勤學好問。反 自視甚高。

【好景不長】hǎo jǐng bù cháng 景：光景。美好的光景不會長久存在下去。表示情況變得不好。路遙《平凡的世界》四一章："可是好景不長！中午時分，老人的病情突然加重了。"也作"好景不常"。陳香梅《春秋歲月》："可惜好景不常……如今午飯團的團員，也難得一聚：有的老了，有的去了，有的出國了。"◇好花難再，好景不長，仔細想想，人生在世實際上是很悲哀的。

【好景不常】hǎo jǐng bù cháng 見“好景不長”。

【好逸惡勞】hào yì wù láo 追求安逸享受，厭惡辛勤勞作。《後漢書•郭玉傳》：“(貴者）其為療也，有四難焉……好逸惡勞，四難也。”宋代陳敷《農書•稽功之宜篇第十》：“好逸惡勞者，常人之情，偷惰苟簡者，小人之病，殊不知勤勞乃逸樂之基也。”◇他家的兩個兒子，都是好逸惡勞的紈絝子弟。

【好善樂施】hào shàn lè shī 喜歡做善事，樂於施捨。《初刻拍案驚奇》卷三三：“夫妻兩口，為人疏財仗義，好善樂施。”◇好善樂施，慷慨解囊，資助公益慈善事業，這是做人的美德。同 樂善好施。反 巧取豪奪。

【好夢難圓】hǎo mèng nán yuán 圓：圓滿。比喻好事難以實現。明代湯顯祖《紫釵記•劍合釵圓》：“彩雲輕散，好夢難圓。”蔡東藩《兩晉演義》九三回：“偏偏曇花易散，好夢難圓，苿苜無靈，芣蕖竟萎。”◇他倆一直想結伴出外旅行，可一直好夢難圓。同 好事多磨。

【好語似珠】hǎo yǔ sì zhū 指詩文中警句妙語很多。宋代蘇軾《次韻答子由》詩：“好語似珠穿一一，妄心如膜退重重。”◇他的文章神采飛揚，好語似珠 / 好語似珠、精闢深刻的諺語，得一句終生受用。同 妙語連珠、字字珠璣。

【好說歹說】hǎo shuō dǎi shuō 形容用各種理由或方式反復請求或勸說對方。《文明小史》三回：“掌櫃的便同他們好說歹說，說我們都是鄉鄰，你們也犯不着來害我。”◇父母好說歹說，總算把孩子勸得回心轉意。

【好整以暇】hào zhěng yǐ xiá《左傳•成公十六年》：“日臣之使於楚也，子重問晉國之勇，臣對曰：‘好以眾整。’曰：‘又何如？’臣對曰：‘好以暇。’”好：善於。整：嚴整。以：而。暇：從容。意思是晉國軍隊的勇武既表現在步伐整齊，又表現在從容不迫。後以“好整以暇”形容既嚴整又從容。《孽海花》二五回：“在這種人心惶惶的時候，珏齋卻好整以暇，大有輕裘緩帶的氣象，只把軍隊移駐山海關。”◇他從不急於求成，而喜歡好整以暇，等待機會。同 從容不迫。反 驚慌失措、手忙腳亂。

【好學不倦】hào xué bù juàn 愛好學習，不懈怠、不厭倦。《禮記•射義》：“好學不倦，好禮不變。”《隋書•李文博傳》：“博陵李文博，性貞介鯁直，好學不倦。”◇陶行知一生好學不倦，勇於探索，躬身實踐，為後人留下了寶貴的精神財富。同 手不釋卷、篤學不倦。反 不學無術。

【好謀善斷】hào móu shàn duàn 勤於思考籌劃，善於作出決斷。晉代陸機《辨亡論》上：“疇咨俊茂，好謀善斷。”蔡東藩《五代史演義》一一回：“蓋惟妖媚妒悍之婦人，不誤人家國不止，若果智勇深沉，好謀善斷，則佐興一國且有餘，遑論一家乎！”◇諸葛亮是個文武兼備、好謀善斷的人中之傑。同 多謀善斷。反 優柔寡斷。

【好聲好氣】hǎo shēng hǎo qì 形容語調輕柔，態度溫和。◇他們兄弟倆從來沒有這樣好聲好氣地溝通過。反 粗聲大氣、惡聲惡氣。

【妙不可言】miào bù kě yán 美妙之極，無法用語言表達。晉代郭璞《江賦》：“經紀天地，錯綜人術，妙不可盡之於言，事不可窮之於筆。”明代周楫《西湖二集•灑雪堂巧結良緣》：“況錢塘山水秀麗，妙不可言，可以開豁心胸。”◇入夜時分，同幾個朋友到蘭桂坊飲上兩杯，那種韻味真是妙不可言！

【妙手丹青】miào shǒu dān qīng 指繪畫藝術高超或畫技絕妙的畫家。丹青：國畫常用的顏料，借指繪畫。《三俠五義》六回：“丞相遵旨，回府又叫妙手丹青照樣畫了幾張，吩咐虞侯、伴當、執事人員各處留神，細細訪查。”《儒林外史》四六回：“莊濯江尋妙手丹青，畫了一幅《登高送別圖》，在會諸人都做了詩。”

【妙手回春】miào shǒu huí chūn 形容醫術高超，能把垂死的病人治好。常用此語讚美醫生。《蕩寇志》一一四回：“劉小姐之病，據雲公子粗述大概情形，凶多吉少。恐小生前去，亦屬無益……天彪、希真齊聲道：‘全仗先生妙手回春。’”◇進到診所，只見牆上掛滿了“妙手回春”、“仁心仁術”、“回天醫術”之類的牌匾。

【妙手偶得】miào shǒu ǒu dé 妙手：高超的技能。說佳作是在不經意中做成的，或文章一氣呵成，自然而然就作出來了。宋代陸游《文章》詩：“文章本天成，妙手偶得之。”梁啟超《世界外之世界》：“時而擲筆遊想，不見有詩，惟見有我，妙手偶得，佳句斯構。”同 妙手天成。

【妙言要道】miào yán yào dào 指精微中肯的道理。漢代枚乘《七發》：“客曰：‘今太子之病，可無藥石針刺灸療而已，可以要言妙道說而去也。’”魯迅《漢文學史綱要》八：“宜聽妙言要道，以疏神導體，於是說以聲色逸遊之樂等等。”同 要言妙道。

【妙處不傳】miào chù bù chuán 奧妙的地方無法用語言表達。《世說新語•文學》：“司馬太傅問謝車騎：‘惠子其書五車，何以無一言入玄？’謝曰：‘故當是其妙處不傳’。”宋代黃庭堅《戲題小雀捕飛蟲畫扇》：“丹青妙處不可傳。”◇王羲之的字超塵脫俗，妙處不傳。

【妙絕一時】miào jué yī shí 見“妙絕時人”。

【妙絕時人】miào jué shí rén 指詩文書畫佳妙絕倫，非同時代之人能與比擬。也作“妙絕一時”。《後漢書•張超傳》：“超又善於草書，妙絕時人，世共傳之。”三國魏曹丕《與吳質書》：“(公幹) 其五言詩之善者，妙絕時人。”宋代周煇《清波雜志》卷一二：“筆墨簡遠，妙絕一時。”◇《清明上河圖》是宋代風俗畫大作，妙絕時人，千秋傳世。

【妙語連珠】miào yǔ lián zhū 美妙的話語像珍珠串似的一句接着一句。形容語言生動風趣。◇口才極好，講起話來，妙語連珠。同 妙語解頤、妙語天成。反 廢話連篇、言之無物。

【妙語解頤】miào yǔ jiě yí 解頤：開顏大笑。生動風趣的話讓人開懷大笑。《漢書•匡衡傳》：“匡說《詩》，解人頤。”《花月痕》二二回：“‘有鶯其羽’四字，妙語解頤。”柯靈《散文——文學的輕騎隊》：“它可以歡呼、歌頌、吶喊、抨擊，可以漫談、絮語、淺唱、低吟，也可以嘻笑怒罵，妙語解頤。”同 妙趣橫生、令人捧腹。反 味同嚼蠟、索然無味。

【妙趣橫生】miào qù héng shēng 美妙的意趣層出不窮。形容詩文、談吐妙不可言，很有趣味。清代杜文瀾《憩園詞話•何青耜都轉詞》：“所著《心盦詞存》四卷，不拘格律，妙趣橫生。”馮玉祥《我的生活》二七章：“這番講話，既有好教訓又說的妙趣橫生，給我們官兵以極深刻的印象。”◇他知道許多愚蠢文士和草包軍官的故事，說起來嬉笑怒罵，妙趣橫生。同 妙不可言。反 枯燥無味。

【妖形怪狀】yāo xíng guài zhuàng 裝束妖豔奇特，與眾不同。巴金《寒夜》九：“說是在銀行辦公，卻一天到晚打扮得妖形怪狀，又不是去做女招待。”夏衍《上海屋簷下》第一幕：“那副怪樣子我就看不慣，野雞不像野雞，妖形怪狀，男人不在家，不三不四的男人一個個的帶到家裏來。”同 奇形怪狀、奇裝異服。反 落落大方、樸素大方。

【妖言惑眾】yāo yán huò zhòng 用荒誕不經的話迷惑大眾。《漢書•眭弘傳》：“妄設妖言惑眾，大逆不道。”《東周列國誌》二回：“石父恐叔帶進諫，說破他奸佞，直入深宮，都將伯陽父與趙叔帶私相議論之語，述與幽王，說他毀謗朝廷，妖言惑眾。”《紅樓夢》六七回：“世上這些妖言惑眾的人，怎麼沒人治他一下子！”郭沫若《南冠草》一幕：“近來有些奸細隱藏在和尚、道士裏面，到處妖言惑眾，妄想滅清復明。”同 造謠惑眾、蠱惑人心。

【妖魔鬼怪】yāo mó guǐ guài 借指一切害人的作惡者。元代李好古《張生煮海》一折：“我家東人好傻也，安知他不是個妖魔鬼怪。”《醒世恆言》卷二九：“眼前見的無非死犯重囚，言語嘈雜，面目兇頑，分明一班妖魔鬼怪。”◇要說自然界的妖魔鬼怪，我真沒見過，反倒是社會上的妖魔鬼怪見過不少。同 牛鬼蛇神、魑魅魍魎。

【妨功害能】fáng gōng hài néng 傷害功臣，妒忌賢能的人。也作“妒功嫉能。”漢代李陵《答蘇武書》：“聞子之歸，賜不過二百萬，位不過典屬國，無尺土之封，加子之勤，而妨功害能之臣，盡為萬戶侯。”清代天花才子《快心編》二卷四回：“宜同心協力，不可坐視觀望，妒功嫉能，有失軍機，取戾非小。”同 妒賢嫉能、嫉賢妒能。

【妒功嫉能】dù gōng jí néng 見“妨功害能”。

【妒賢嫉能】dù xián jí néng 妒忌德才勝過自己的人。《史記·高祖本紀》：“項羽妒賢嫉能，有功者害之，賢者疑之……此其所以失天下也。”《水滸全傳》十九回：“此人只懷妒賢嫉能之心。”◇越沒有本事的人，越是妒賢嫉能。同 妬賢嫉能。反 薦賢舉能、招賢納士。

【妻兒老小】qī ér lǎo xiǎo 一般指父、母、妻、子等直系親屬。明代梁辰魚《浣紗記·見王》：“你一向遠出，可速與妻兒老小相聚。”金庸《倚天屠龍記》二一章：“你的妻兒老小，我也一直給你照顧……他們衣食無缺啊。”◇不要做得太絕情，把人逼到絕路上去，誰沒個妻兒老小，常言道“與人方便，自己方便”。同 三親六故。

【妻離子散】qī lí zǐ sàn 妻子離去，兒女失散。《孟子·梁惠王上》：“父母凍餓，兄弟妻子離散。”後以“妻離子散”形容家人分離各處，家庭破碎。宋代辛棄疾《美芹十論·致勇》：“不幸而死，妻離子散，香火蕭然，萬事瓦解。”◇猛於虎的暴政，逼得多少人家妻離子散。反 闔家團聚。

【委曲求全】wěi qū qiú quán 為求得好的結局，而退讓遷就他人他事。李六如《六十年的變遷》第八章：“媽的鬼世界！我這種委曲求全慢慢來的想法不行。”◇她生來一副委曲求全的性格，不願與人爭奪，寧願自己吃虧。

【委肉虎蹊】wěi ròu hǔ xī 把肉丟在餓虎經過的路上。蹊：小路。《戰國策·燕策三》：“是以委肉當餓虎之蹊，禍必不振矣。”後用“委肉虎蹊”比喻處境危險，災禍即將到來。宋代曾公亮《武經總要·前集》卷二：“兵不識將，將不知兵，聞鼓不進，聞金不止，雖百萬之眾，以之對敵，如委肉虎蹊，安能求勝哉？”反 安如磐石、安如泰山。

【委靡不振】wěi mǐ bù zhèn 見“萎靡不振”。

【姑妄言之】gū wàng yán zhī《莊子·齊物論》：“予嘗為女妄言之，女亦以妄聽之奚。”後以“姑妄言之”表示姑且說一說，但不一定正確之意。清代趙翼《自戲》詩：“姑妄言之供一笑，幾時謁選到長安。”《歧路燈》九九回：“此不過姑妄言之，卦姑、媒婆所傳，豈可深信。”◇我是在網上看見的，姑妄言之，姑妄聽之吧。

【姑妄聽之】gū wàng tīng zhī《莊子·齊物論》：“予嘗為女妄言之，女以妄聽之。”妄：隨便，姑且。後用“姑妄聽之”表示姑且隨便聽聽，不一定就相信。清代梁章鉅《歸田鎖記·丙午丁未》：“有術士言丙午、丁未兩年，兵象尤著。眾以為時尚遠，姑妄聽之而已。”陳寅恪《論〈再生緣〉》：“然寅恪於此尚不滿足，姑作一大膽荒謬之假設，讀者姑妄聽之可乎？”李君維《張愛玲點西菜》：“茶餘酒後之談，姑妄聽之，似乎不必費神考證。”反 洗耳恭聽、姑妄言之。

【姑息養奸】gū xī yǎng jiān 寬容或縱容人的錯誤言行，只能助長其變得更壞。清代昭槤《嘯亭雜錄·徐中丞》：“深文傷和，姑息養奸，戒之哉。”◇對內部的蠹蟲，決不能姑息養奸。

【姍姍來遲】shān shān lái chí ❶ 形容女子走路緩慢從容的姿態。《漢書·孝武李夫人傳》：“是邪，非邪？立而望之，偏何姍姍其來遲！”清代楊懋建《長安看花記》：“韻秋，芙蓉女兒，明秀無匹。姍姍來遲，媚不可言。坐對名花，遂至沉醉。”柏楊《不會笑的動物》：“其實步步生蓮花不見得就是纏腳，如花似玉穿着高跟鞋姍姍來遲，固也是步步生蓮花也。”❷形容晚到，遲到。《孽海花》五回：“那時唐卿、珏齋也都來，只有菶如姍姍來遲。”董橋《藏書心事•滋味》：“偶然看到自己想要的書，心頭也不是滋味。寫信訂購當然可以，只是空郵運書太貴，平郵寄書又姍姍來遲。”同 蝸行牛步。反 捷足先登。

【始作俑者】shǐ zuò yǒng zhě《孟子•梁惠王上》：孔子反對用俑人殉葬，說：“始作俑者，其無後乎！”意思是最早用俑殉葬的人，大概不會有後代吧！後以“始作俑者”比喻開惡劣先例的人。《鏡花緣》七九回：“你要提起‘左手如托泰山’這句，真是害人不淺！當日不知哪個始作俑者，忽然用了‘托’字，初學不知，往往弄成大病，實實可恨！”

【始料所及】shǐ liào suǒ jí 已是當初就料想到的。梁實秋《約翰孫的字典》：“此種遭遇非余始料所及，因余以前從無保護人也。”金庸《天龍八部》一二章：“只道阿朱和阿碧定要埋怨，不料她二人反有感激之意，倒非始料所及。”◇數年慘澹經營，一朝付之東流，實非始料所及！同 意料之中。反 始料不及。

【始終不渝】shǐ zhōng bù yú 渝：改變。自始至終一直不變。《晉書•陸曄傳》：“恪勤貞固，始終不渝。”《明史•蹇義傳》：“陛下初嗣大寶，望敬守祖宗成憲，始終不渝耳。”蔡東藩《民國通俗演義》二九回：“區區之心，唯以地方秩序為主，以人民生命財產為重，始終不渝，天人共鑒。”同 始終如一。反 朝秦暮楚。

【始終如一】shǐ zhōng rú yī《荀子•議兵》：“慮必先事而申之以敬，慎終如始，終始如一，夫是之謂大吉。”後用“始終如一”說自始至終一個樣子，堅持到底，不改變、不間斷。宋代司馬光《戶部侍郎周公神道碑》：“（公）居家孝友甚至，而當官謹嚴，始終如一。”丁玲《杜晚香》：“但杜晚香好像不懂得她們的輕視，只是無微不至地，信心百倍，始終如一，興致勃勃地照顧她們，引導她們。”同 始終不渝。反 有始無終。

【始亂終棄】shǐ luàn zhōng qì 唐代元稹《鶯鶯傳》：“始亂之，終棄之，固其宜矣。”亂：淫亂。後以“始亂終棄”：❶指男子對女子先玩弄後遺棄的不道德行為。清代紀昀《閱微草堂筆記•姑妄聽之二》：“汝女猶完璧，無疑我始亂終棄也。”◇今天我算認識你了！你是始亂終棄，我是紅顏薄命，自認倒霉。❷比喻利用過別人之後，一腳踢開。丁中江《北洋軍閥史話》一二〇回：“（康有為）揭發復辟經過，力指段祺瑞、馮國璋、徐世昌都曾與謀，始亂終棄，憤憤不平。”

【威武不屈】wēi wǔ bù qū《孟子•滕文公下》：“富貴不能淫，貧賤不能移，威武不能屈，此之謂大丈夫。”指在權勢脅迫下不屈服。形容人有骨氣，剛強不屈。《三朝北盟會編•靖康二年二月二十一日辛巳》：“故朝奉郎、試吏部侍郎、賜紫金魚袋、贈觀文學士李若水，出入敵營，始終漢節，威武不屈，意氣自如。”明代李開先《李崆峒傳》：“夫二張八黨，勢焰熏天，立能禍福人，朝士無不趨附奉承者，崆峒獨能明擊之，助攻之，可謂威武不屈，卓立不群者矣。”陳白塵《五十年集》：“在為人上，他有時似乎放浪形骸，超凡脫俗，但在重要關頭卻又能堅持真理，威武不屈。”

【威信掃地】wēi xìn sǎo dì 威望和信譽完全喪失。郭沫若《南京印象》：“而且就是他，使得法紀蕩然，使得政府威信掃地，他到底有甚麼收穫？”◇少數領導者權力失去監督，把權力當作謀私利的籌碼，嚴重損害了政府的形象。

【威風凜凜】wēi fēng lǐn lǐn 形容威嚴有氣勢。元代費唐臣《貶黃州》四折：“見如今御史台威風凜凜，怎敢向翰林院文質彬彬。”《三國演義》七回：“看那少年，生得身長八尺，濃眉大眼，闊面重頤，威風凜凜。”沙汀《困獸記》二三：“他威風凜凜的退出去了。”同 八面威風。反 威風掃地。

【威震天下】wēi zhèn tiān xià 威力、聲勢震動天下。常形容用兵威力大，無往而不勝。漢代桓寬《鹽鐵論•非鞅》：“蒙恬郤胡千里，非無功也，威震天下，非不強也。”《宋書•薛安都傳》：“薛公舉兵淮北，威震天下。” ◇彈丸孤島的黃埔，與其說是軍事學校，倒不如說是中國武裝的發祥之地，因為從這裏走出不少赫赫有名、威震天下的戰將。

【姚黃魏紫】yáo huáng wèi zǐ 指牡丹的兩個名貴品種。姚黃為千葉黃花，出於姚氏民家；魏紫為千葉肉紅花，出於魏仁溥家。後泛指名貴的花卉。宋代范成大《再賦簡養正》：“南北梅枝噤雪寒，玉梨皴雨淚闌干；一年春色摧殘盡，更覓姚黃魏紫看。”《鏡花緣》七二回：“不多時，過了海棠社，穿過桂花廳，由蓮花塘過去，到了蓮亭，只見姚黃魏紫，爛熳爭妍。” ◇洛陽牡丹，姚黃魏紫，在宋朝就馳名天下。

【姦淫擄掠】jiān yín lǔ lüè 姦污婦女，大肆搶劫財物。瞿秋白《亂彈•狗樣的英雄》：“老百姓對於屠殺焚燒姦淫擄掠的故事，都已經看得不要看。”

【娟好靜秀】juān hǎo jìng xiù 娟：秀美。靜：貞靜。形容女子容貌秀美，性情溫柔親和。唐代韓愈《殿中少監馬君墓誌》：“幼子娟好靜秀，瑤環瑜珥，蘭茁其芽，稱其家兒也。” ◇女兒出落得體態輕盈，娟好靜秀，左鄰右舍，人人誇獎。

【娓娓動聽】wěi wěi dòng tīng 形容說話生動，讓人喜歡聽。《孽海花》三四回：“(夢蘭) 知道楊陸兩人都不大會講上海白，就把英語來對答，倒也說得清脆悠揚，娓娓動聽。” 鄒韜奮《經歷•我的母親》：“她講得娓娓動聽，妹仔聽着忽而笑容滿面，忽而愁眉雙鎖。” 同 娓娓可聽。

【婆婆媽媽】pó po mā mā ❶ 形容人做事不爽快，或說閒話瑣事、囉囉唆唆。《紅樓夢》七七回：“你也太婆婆媽媽的了。這樣的話，豈是你讀書的男人說的。” ◇做事利索些，別一天到晚婆婆媽媽的。❷ 形容人的感情脆弱、不堅強。《紅樓夢》十一回：“(寶玉) 那眼淚不覺流下來了…… (鳳姐) 因說：‘寶玉，你忒婆婆媽媽的了。’” ◇這人真婆婆媽媽的，一遇上事就悲觀起來。

【婦姑勃谿】fù gū bó xī 婆媳爭吵不和。勃谿：爭鬥、吵架。《莊子•外物》：“室無空虛，則婦姑勃谿。” 魯迅《且介亭雜文末編•答徐懋庸並關於抗日統一戰線問題》：“他也有不平，有反抗，有戰鬥，而往往不過是將敗落家族的婦姑勃谿、叔嫂鬥法的手段移到文壇上。”

【婦孺皆知】fù rú jiē zhī 婦女和小孩都知道。形容事情已廣為人知。◇李白杜甫是我國婦孺皆知的兩位大詩人。同 家喻户曉、盡人皆知。

【婀娜多姿】ē nuó duō zī 形容輕盈柔美、靈活多變的姿態。古樂府《孔雀東南飛》：“四角龍幡，婀娜多姿隨風傳。” ◇女兒今年十七歲，婷婷玉立，婀娜多姿，夫妻倆視為掌上明珠 / 一串串盛開的藤花，吊滿枝頭，迎風搖曳，婀娜多姿 / 路旁的槐林掛着殘葉的枝椏，把淡月的清輝篩下來，或疏或密，上下錯落，有如月光掩映下秀美的少女，婀娜多姿，嬌嬈嫵媚。同 綽約多姿。

【嫉惡如仇(讎)】jí è rú chóu 對壞人壞事恨得像仇人一樣。《舊唐書•孔緯傳》：“緯器志方雅，嫉惡如讎。”《宋史•呂文仲傳》：“卿執憲，當嫉惡如仇，豈公行黨庇邪？”《東周列國誌》二九回：“他為人愛善憎惡太過分明，愛善當然是好事，但過分嫉惡如仇，就很難與人相處。” 同 嫉惡若仇、嫉惡好善。

【嫉賢妒能】jí xián dù néng 妒嫉品德、才能勝過自己的人。漢代劉向《列女傳•齊威虞姬》：“佞臣周破胡專權擅勢，嫉賢妒能。”《水滸全傳》二十回：“今日眾豪傑至此相聚，爭奈王倫心胸狹隘，嫉賢妒能。” ◇當上了總裁，卻嫉賢妒能，任用無能之輩，哪能把公司搞好！

【嫌貧愛富】xián pín ài fù 嫌棄貧窮的人，喜歡富有的人。形容做人很勢利，以人的貧富判別高下。元代柯丹邱《荊釵記》一三齣：“當初本欲招贅王十朋為婿，誰知我那婆子嫌貧愛富，定要嫁在孫家。” 清代李汝珍《鏡花緣》五八回：“有負義忘恩的強盜，有嫌貧愛富的強盜。”《狄公案》二十回：“狄公初時疑惑是伴姑作弊，因她是貼身的用人，又恐是華國祥嫌貧愛富，另有別項情事，命伴姑從中暗害。”也作“愛富嫌貧”。元代施惠《幽閨記》二八齣：“你道如何？愛富嫌貧，岳丈倚強淩弱。”明無名氏《貧富興衰》二折：“方信道貧居鬧市無人問，富在深山有遠親。如今人愛富嫌貧。”

【嫁禍於人】jià huò yú rén 把禍害轉嫁給別人。《戰國策•趙策一》：“且夫韓之所以內趙者，欲嫁其禍也。”宋代曹彥約《答郴州潘守劄之》：“若虛張聲勢，嫁禍於人，儘說得去；若必先強兵足食，然後議事，則謹固封守，自是藩臣之事。”明代羅玘《安千戶墓銘》：“一時奸人飛奇反間、嫁禍於人者皆見沮塞，斂手避去。”梁曉聲《我的大學》：“我企圖用一張作廢的匯單，再從郵局騙取二十元錢，且讓別人代取，嫁禍於人之心，昭然若揭也。”

【嫁雞隨雞】jià jī suí jī 常與“嫁狗隨狗”連用。舊時比喻女子出嫁後，無論丈夫情況如何，都要始終追隨。宋代陸佃《埤雅•蓋》：“君子語曰：‘嫁雞與之飛，嫁狗與之走。’”《紅樓夢》八一回：“你難道沒聽見人說‘嫁雞隨雞，嫁狗隨狗’，那裏個個都像你大姐姐做娘娘呢？”《孽海花》一四回：“爹爹已經把女兒許給了姓莊的，哪兒能再改悔呢！……嫁雞隨雞，嫁狗隨狗，決不怨爹媽的。”同 嫁狗隨狗、從一而終。

【嫠不恤緯】lí bù xù wěi 嫠：寡婦。恤：憂慮。緯：織物上橫向的紗線。《左傳•昭公二十四年》：“嫠不恤其緯，而憂宗周之隕，為將及焉。”後以“嫠不恤緯”為憂國忘家的典故。《北史•魏長賢傳》：“抑又聞之，嫠不恤緯，而憂宗周之亡；女不懷歸，而悲太子之少。”宋代楊時《與廖用中書》：“閒居杜門，嫠不恤緯，縷縷及此，惟照亮，幸甚！”明代烏斯道《與呂承子約》：“跋履畏途，不過遊山玩水，當超然無累，而嫠不卹緯之憂，吾儕將何處耶！”同 憂國憂民。反 賣國求榮。

【嬉皮笑臉】xī pí xiào liǎn ❶ 嬉笑頑皮的樣子。梁啟超《新中國未來記》五回：“和那少年寒暄幾句，又和那小寶嬉皮笑臉的混了一陣。”❷ 油腔滑調，不嚴肅。◇看他那嬉皮笑臉的樣子，一點也不在乎別人的批評。同 嘻皮笑臉。

【嬉笑怒罵】xī xiào nù mà ❶ 挖苦嘲弄，指摘責罵。明代陳繼儒《讀書鏡》卷二：“然或過於痛哭流涕，而其事未必至此，過於嬉笑怒罵，而其人未必至此。”◇她哪裏肯善罷甘休，嬉笑怒罵，把對方奚落痛斥了一頓。❷形容按照自己的想法、看法任意發揮。宋代黃庭堅《東坡先生真贊》：“東坡之酒，赤壁之笛，嬉笑怒罵，皆成文章。”

【嬌小玲瓏】jiāo xiǎo líng lóng ❶ 形容女子身材小巧，伶俐可愛。《九尾龜》一五回：“春樹見小寶笑得紅潮暈頰，俊眼流波，嬌小玲瓏，動人憐愛，比張玉書大是不同，便細細的看她。”◇他那服裝樸素、嬌小玲瓏的妻子緊靠他坐着。❷ 形容事物小巧精緻，惹人喜愛。◇泰和雞體態輕盈，嬌小玲瓏，很有觀賞價值 / 臥室不大，但嬌小玲瓏，讓人感到很溫馨。同 小巧玲瓏。反 五大三粗。

【嬌生慣養】jiāo shēng guàn yǎng 小孩子在備受寵愛、姑息和縱容的環境裏長大。《醒世姻緣傳》六五回：“似這幾日，我看菩薩的面上，不合你一般見識；誰想嬌生慣養了，你通常不像樣了。”《紅樓夢》二九回：“小門小戶的孩子，都是嬌生慣養慣了的，那裏見過這個勢派？”曹禺《雷雨》第一幕：“最好的是，她不是小姐堆裏嬌生慣養出來的人。”反 吃苦耐勞。

【嬌聲嬌氣】jiāo shēng jiāo qì 形容女子說話的語調和態度柔媚溫存。《品花寶鑒》二回：“嬌聲嬌氣的道：‘敬楊老爺一杯酒，務必賞個臉兒。’”◇女人都說她不要臉，見了男人就骨軟筋酥，嬌聲嬌氣往上湊。反 粗聲粗氣、惡聲惡氣。

【孀妻幼子】shuāng qī yòu zǐ 死去丈夫的妻子和幼弱的兒子。形容母子孤獨、無依無靠的處境。《列子•湯問》：“鄰人京城氏之孀妻，有遺男。”唐代沈佺期《傷王學士》詩：“孀妻知己嘆，幼子路人悲。”同 孀妻弱子。

子部

【子子孫孫】zǐ zǐ sūn sūn 子孫後代，相當於說世世代代。《尚書•梓材》：“惟王子子孫孫永保民。”《列子•湯問》：“子子孫孫，無窮匱也。”《兒女英雄傳》二十回：“（安太太）合安老爺配起來，真算得個子子孫孫的天親，夫夫婦婦的榜樣。”反 斷子絕孫。

【子丑寅卯】zǐ chǒu yín mǎo 十二地支的前四位，比喻事物的次序或條理。◇先讓員工討論，訂出個子丑寅卯／聽了半天，卻不明白報告所講的子丑寅卯。

【子虛烏有】zǐ xū wū yǒu 漢代司馬相如《子虛賦》，假託“子虛先生”、“烏有先生”和“亡是公”三人互相問答。後世稱虛構或不真實的事情為“子虛烏有”。清代紀昀《閱微草堂筆記•灤陽消夏錄五》：“然其事為理所宜有，固不必以子虛烏有視之。”清代洪昇《〈長生殿〉自序》：“從來傳奇家非言情之文，不能擅場，而近乃子虛烏有，動寫情詞贈答。”反 千真萬確、實實在在。

【孑然一身】jié rán yī shēn 孤零零一個人。孑然：孤單。《京本通俗小說•志誠張主管》：“一個開綫鋪的員外張士廉，年過六旬，媽媽死後，孑然一身，並無兒女。”《鏡花緣》四八回：“我現在離鄉背井，孑然一身。”蔣光慈《少年飄泊者》：“自從那一夜，從客店跑出之後，孑然一身，無以為生。”同 形影相弔。反 子孫滿堂。

【孔武有力】kǒng wǔ yǒu lì 孔：甚，很。非常勇猛有力。《詩經•羔裘》：“羔裘豹飾，孔武有力。彼其之子，邦之司直。”《聊齋誌異•鴉頭》：“孜漸長，孔武有力，喜田獵，不務生產。”丁中江《北洋軍閥史話》一四三：“王揖唐派安福系‘大將’議員克希克圖偕同八名孔武有力的議員，乘坐專車到天津來綁議員的‘票’。”◇這個外表五大三粗、孔武有力的男人，對他的女人竟是如此細心體貼。同 力大如牛。反 弱不禁風。

【孔孟之道】kǒng mèng zhī dào 孔子和孟子的思想學說。也泛指儒家學說。明代胡廣《性理大全書•道統》：“孔孟之道，周、程、朱子繼之。”《元史•文忠傳》：“文忠對曰：‘陛下每言：士不治經講孔孟之道而為詩賦，何關修身，何益治國！’”《三國演義》六十回：“松聞曹丞相文不明孔孟之道，武不達孫吳之機，專務強霸而居大位，安能有所教誨，以開發明公耶？”◇仁愛是孔孟之道的核心，是其終極追求的理想。

【孔席墨突】kǒng xí mò tū 漢代班固《答賓戲》：“是以聖哲之治，棲棲遑遑，孔席不暖，墨突不黔。”說孔子、墨子四處奔走遊說，每到一處，坐席沒有坐暖，灶突沒有燻黑就又匆匆地離去。後以“孔席墨突”形容忙於世務，各處奔走，無暇休息。唐代皮日休《憂賦》：“鶉居鷇食者何汲汲，孔席墨突者何遑遑，故臣之憂也是盡此而已矣。”林慈信《回憶章力生》：“（章力生）早歲熟讀經書，深悉國故，關心國是；目擊中西瀕於危亡，因著書立說，後奔走呼號，孔席墨突，倡自力救國。”同 席不暇暖。

【存亡未卜】cún wáng wèi bǔ 可能活着，可能死亡，無法推斷。《初刻拍案驚奇》卷二七：“糟糠之妻，同居貧賤多時，今遭此大難，流落他方，存亡未卜。”《鏡花緣》十回：“吾兒賓王不聽賢侄之言，輕舉妄動，以致闔家離散，孫兒跟在軍前，存亡未卜。”◇困在沙漠中的探險者，至今沒有找到，存亡未卜，凶多吉少。同 生死未卜。反 死裏逃生、逃出生天。

【存亡絕續】cún wáng jué xù 處在生存或滅亡、斷絕或延續的時刻。形容情勢萬分危急。清代劉大櫆《金節母傳》：“嗚呼，太恭人以一女子，當金氏存亡絕續之交，一心惟以鞠子為事。……卒使金氏之門烝嘗無缺，墜而復興。”梁啟超《新中國未來記》一章：“這六十年中，算是中國存亡絕續的大關頭，……其中可驚、可惱、可悲、可喜之事，不知多少。”◇亂捕濫獵導致東北虎面臨存亡絕續的境地。同 生死存亡。

【存亡繼絕】cún wáng jì jué ❶ 使已亡的國家復存，使斷絕的後嗣再續。《穀梁傳•僖公十七年》：“桓公嘗有存亡繼絕之功，故君子為之諱也。”《史記•張耳陳餘列傳》：“將軍身被堅執鋭，率士卒以誅暴秦，復立楚社稷，存亡繼絕，功德宜為王。” ❷ 泛指使瀕臨滅亡或已亡者得以保存延續。章炳麟《致國粹學報社書》：“國粹學報社者，本以存亡繼絕為宗。”◇研究所整理古籍，為文化的存亡繼絕作出了貢獻。同 存亡續絕。

【存心不良】cún xīn bù liáng 說人懷有惡意。《二十年目睹之怪現狀》一〇六回：“他不服查賬，非但是有弊病，一定是存心不良的了。”◇嚴格按照規章制度辦事，不給存心不良的人以可乘之機。同 居心不良、居心叵測。

【存而不論】cún ér bù lùn 擱置起來，不加論述或討論。《莊子•齊物論》：“六合之外，聖人存而不論；六合之內，聖人論而不議。”清代陳澧《東塾讀書記•尚書》：“其源雖出於《洪範》，然既為術數之學，則治經者存而不論可矣。”朱自清《看花》：“這個我自己其實也已不大弄得清楚，只好存而不論了。”同 姑置勿論、束之高閣。反 無所不談。

【字正腔圓】zì zhèng qiāng yuán 吐字清晰準確，唱腔圓潤宛轉。本為戲曲用語。後也用於形容說話時語音合乎標準。李健吾《看戲十年》：“聽久了，一定會有很大的啟發，一方面學會了字正腔圓，一方面學會了感情上的音樂性能。”◇這位日本留學生的普通話說得字正腔圓，比他這個廣州人還要標準。反 南腔北調。

【字字珠璣】zì zì zhū jī 珠璣：珍珠。形容詩文或談話語言精煉優美，價值很高。《兒女英雄傳》一回：“怎奈他‘文齋福不至’，會試了幾次，任憑是篇篇錦繡，字字珠璣，會不上一名進士。”◇這段充滿哲理的議論，可以說字字珠璣，擲地有聲。同 一字千金、擲地有聲。反 陳詞濫調、浮語虛辭。

【字斟句酌】zì zhēn jù zhuó 反復推敲每個字、每句話。形容寫作、說話十分慎重認真。清代紀昀《閱微草堂筆記•灤陽消夏錄一》：“《論語》、《孟子》，宋儒積一生精力，字斟句酌，亦斷非漢儒所及。”◇像個老學究似的，說起話來慢條斯理，字斟句酌。

【字裏行間】zì lǐ háng jiān 南朝梁簡文帝《答新渝侯和詩書》：“垂示三首，風雲吐於行間，珠玉生於字裏。”後以“字裏行間”指字句中間。李大釗《文豪》：“一時文豪哲士，痛人生之困苦顛連，字裏行間，每含厭世之色彩。”張健《〈格列佛遊記〉譯本序》：“字裏行間極盡嘻笑怒罵之能事。”

【孝子慈孫】xiào zǐ cí sūn 見“孝子賢孫”。

【孝子賢孫】xiào zǐ xián sūn 指有孝心的子孫後代。賢：有德有能。也作“孝子慈孫”。《孟子•離婁上》：“暴其民甚，則身弒國亡；不甚則身危國削。名之曰幽、厲，雖孝子慈孫，百世不能改也。”元代劉唐卿《降桑椹》五折：“聖人喜的是義夫節婦，愛的是孝子賢孫。”《封神演義》七回：“國有寶，忠臣良將，家有寶，孝子賢孫。”梁實秋《北平年景》：“都是七老八十的……在香煙繚繞之中，享用蒸，這時節，孝子賢孫叩頭如搗蒜，其實亦不知所為何來。”同 孝子順孫。反 不肖子孫。

【孜孜不倦】zī zī bù juàn 勤奮努力，不懈怠，不知疲倦。《尚書•君陳》：“惟日孜孜，無敢逸豫。”《三國志•向朗傳》：“乃更潛心典籍，孜孜不倦。年踰八十，猶手自校書。”清代朱彝尊《劉高士壽序》：“劉君為念台先生子，先生就義之後，閉戶輯其遺書，孜孜不倦。”◇酷愛史書，每每挑燈夜讀，孜孜不倦。同 孜孜不怠、孜孜不懈。反 無所用心。

【孜孜以求】zī zī yǐ qiú 孜孜：勤勉的樣子。形容不知疲倦地探求、追求。◇人世間真是五花八門，人人都在孜孜以求，有的求學，有的求財富，有的追女人，有的只見天天在忙，卻不知道他追求甚麼。

【季布一諾】jì bù yī nuò 季布：秦末楚人，言而有信，從不食言。《史記•季布欒布列傳》："曹丘至，即揖季布曰：'楚人諺曰：得黃金百金，不如得季布一諾。足下何以得此聲於梁楚之間哉？'"後以"季布一諾"比喻說話極守信用。也指極有信用的諾言。明代程登吉《幼學瓊林•人事》："毛遂片言九鼎，人重其言；季布一諾千金，人服其信。"二月河《乾隆皇帝》五一四："你既有報漂母之情，我有何不能為季布一諾？"同 千金一諾、一諾千金。

【季孟之間】jì mèng zhī jiān 季孟：春秋時魯國三家大貴族中勢力最大的季氏和勢力最弱的孟氏。《論語•微子》："齊景公待孔子，曰：'若季氏，則吾不能；以季孟之間待之。'"後用"季孟之間"指處在比上不足，比下有餘的中間狀態。《晉書•王湛傳》："時人謂湛上方山濤不足，下比魏舒有餘。湛聞曰：'欲處我於季孟之間乎？'"明代夏之臣《評亳州牡丹》："吾亳州牡丹，年來浸盛，嬌容三變，尤在季孟之間。"同 伯仲之間。

【季常之癖】jì cháng zhī pǐ 見"季常之懼"。

【季常之懼】jì cháng zhī jù 宋代洪邁《容齋三筆•陳季常》載：宋朝人陳糙字季常，他的妻子柳氏脾氣暴躁，醋性很大，陳很怕她。後因以"季常之懼"稱人怕老婆。《聊齋誌異•馬介甫》："楊萬石，大名諸生也，生平有'季常之懼'。妻尹氏，奇悍，少迕之，輒以鞭撻從事。"也作"季常之癖"。◇正在賭興上的那老頭兒顯然有季常之懼，一聽說老婆來了，嘴唇一哆嗦，立時白了臉兒，忙說："各位千萬替我兜着點兒。"同 河東獅吼。

【孟母三遷】mèng mǔ sān qiān 漢代劉向《列女傳•母儀》："孟子生有淑質，幼被慈母三遷之教。"後以"孟母三遷"說孟軻的母親為選擇教育孩子的良好環境，不惜三次遷居。元代辛文房《唐才子傳•王翰》"華母崔氏云：'吾聞孟母三遷，吾今欲卜居，使汝與王翰為鄰，足矣。'"明代湯顯祖《牡丹亭•鬧殤》："他背熟的班姬《四誡》從頭學，不要得孟母三遷把氣淘。"也形容賢母教子有方。元代秦簡夫《剪髮待賓》二折："甘守分半生貧，則為我有孟母三遷志。"同 孟母擇鄰。

【孤立無援】gū lì wú yuán 單獨行事，得不到外力援助。《後漢書•班超傳》："焉耆以中國大喪，遂攻沒都護陳睦。超孤立無援，而龜茲、姑墨數發兵攻疏勒。"《三國演義》四七回："某憑三寸舌，為丞相說之，使皆來降。周瑜孤立無援，必為丞相所擒。"◇忽然間，他感到優勢盡失，變成四面受敵，孤立無援的人。同 孤掌難鳴。反 前呼後應。

【孤臣孽子】gū chén niè zǐ 指孤立無助的臣子和小妾所生的庶子。《孟子•盡心上》："獨孤臣孽子，其操心也危，其慮患也深，故達。"後泛指被冷落一邊而仍懷耿耿忠心的人。宋代陸游《秋雨歎》詩："志士仁人萬行淚，孤臣孽子無窮憂。"清代無名氏《木蘭奇女傳》一四回："紫荊關總兵伍登，乃少年英雄，又係帥門之後，所謂孤臣孽子，必然可為先鋒。"◇那些孤臣孽子、忠臣義士的古裝戲，已經無法表現今天的新時代。同 忠臣義士。反 亂臣賊子。

【孤行己見】gū xíng jǐ jiàn 見"孤行己意"。

【孤行己意】gū xíng jǐ yì 不接受別人的意見，固執地照自己的意願行事。也作"孤行己見"。明代李清《三垣筆記•崇禎》："袁給諫愷，每具疏，皆孤行己意。"魯迅《集外集•記"楊樹達"君的襲來》："我想，原來是一個孤行己意，隨隨便便的青年，怪不得他模樣如此傲慢。"◇即使你的能力再大，也不能自吹自擂、孤行己意。同 一意孤行。

【孤形隻影】gū xíng zhī yǐng 見"孤身隻影"。

【孤身隻影】gū shēn zhī yǐng 形單影隻，孤零零的。形容孤立無援或孤獨無親。也作"孤形隻影"。元代關漢卿《竇娥冤》三折："可憐我孤身隻影無親眷，則落的吞聲忍氣空嗟怨。"明代楊爾曾《韓湘子全傳》二三回："我這山中只有淡飯黃齏，孤形隻影，好不冷落，只怕你吃不得這般冷落，受不得這等淒涼。"清代魏文忠《繡雲閣》一八回："相公既出牢籠，宜歸中國，然孤身隻影，途程不熟，將如之何？"梁羽生《萍蹤俠影錄》二七回："他絕望到了極點。如癡如狂，天地茫茫，孤身隻影，竟不知該走到何處？"同 形影相弔。反 前呼後擁。

【孤芳自賞】gū fāng zì shǎng 自認為是一枝獨秀的香花而自我欣賞。比喻自命清高不凡。宋代張孝祥《念奴嬌》詞："應念嶺表經年，孤芳自賞，肝膽皆冰雪。"清代蔣士銓《空谷香•香生》："蘭仙，你孤芳自賞，小劫乍經，此去塵寰，須索珍重。"◇不肯向惡勢力低頭，一生孤芳自賞，家無隔夜之糧。

【孤兒寡母】gū ér guǎ mǔ 見"孤兒寡婦"。

【孤兒寡婦】gū ér guǎ fù 死了父親的孩子和死了丈夫的妻子。也作"孤兒寡母。《後漢書•陳龜傳》："戰夫身膏沙漠，居人首係馬鞍。或舉國掩屍，盡種灰滅，孤兒寡婦，號哭城空，野無青草，室如懸磬。"清代和邦額《夜譚隨錄•嵩棻篙》："汝誠能侮人，曷不去擾亂我家？庶幾強項，而欺人孤兒寡婦。"◇父親早逝，弟弟年僅十一歲，孤兒寡婦三人相依為命。同 孀妻弱子。

【孤注一擲】gū zhù yī zhì 把所有的錢全部押進賭注，寄望一次就贏得大錢。比喻竭盡全力，冒險作最後的拼搏。宋代辛棄疾《九議》："於是乎'愛國生事'之說起焉，'孤注一擲'之喻出焉。"郭沫若《孔雀膽》第四幕第一場："硬幹是我們最不幸的一着，這是所謂'孤注一擲'。"

【孤苦伶仃】gū kǔ líng dīng 伶仃：孤獨，沒有依靠。孤單困苦，無依無靠。也作"孤苦零丁"。元代紀君祥《趙氏孤兒》二折："禍難當初起下宮，可憐三百口親丁飲劍鋒；剛留得孤苦伶仃一小童，巴到今朝襲父封。"明代楊爾曾《韓湘子全傳》二九回："我在孤苦伶仃之際，得遇着這個人熊，自分必死，誰知他馱着我，過了這許多世界，不知他着落我在那個去處？"魯迅《彷徨•肥皂》："他很有些悲傷，似乎也象孝女一樣，成了'無告之民'，孤苦零丁了。"同 伶仃孤苦。

【孤苦零丁】gū kǔ líng dīng 見"孤苦伶仃"。

【孤軍深入】gū jūn shēn rù 孤立無援的軍隊深入敵方縱深地帶。《周書•賀若敦傳》："瑱等以敦孤軍深入，規欲取之。"◇孤軍深入，犯了兵家大忌，陷入重圍，全軍覆沒。

【孤陋寡聞】gū lòu guǎ wén 學識淺薄，見聞狹窄。《禮記•學記》："獨學而無友，則孤陋而寡聞。"《三國演義》十回："某孤陋寡聞，不足當公之薦。"◇從山窪裏出來的人，孤陋寡聞，見甚麼都覺得新奇。同 淺見寡識、閉目塞聽。反 見多識廣。

【孤家寡人】gū jiā guǎ rén 比喻處於孤立無援境地的人。◇一場官司打下來，妻離子散，落到孤家寡人、形單影隻的田地。

【孤雲野鶴】gū yún yě hè 唐代劉長卿《送方外散人》詩："孤雲將野鶴，豈向人間住。"孤雲：單一飄蕩的浮雲。野鶴：四處飛翔的仙鶴。後以"孤雲野鶴"比喻閒散自在，不求名利的人。宋代徐鉉《送汪處士還黟歙》："孤雲野鶴任天真，乘興游梁又適秦。"清代青心才人《金雲翹傳》一九回："得苟全性命，為孤雲野鶴足矣，安敢復望情緣。"《七劍十三俠》一回："如今貧道欲想去尋個道友，孤雲野鶴，後會難期遠近。"同 閒雲野鶴。

【孤掌難鳴】gū zhǎng nán míng 一隻手掌拍不響。《韓非子•功名》："人主之患在莫之應，故曰：一手獨拍，雖疾無聲。"後以"孤掌難鳴"比喻力量單薄，做不成事。元代宮天挺《七里灘》三折："雖然你心明聖，若不是雲台上英雄併力，你獨自個孤掌難鳴。"《東周列國誌》十四回："魯侯孤掌難鳴，行至滑地，懼齊兵威，留宿三日而返。"同 獨木難支。反 群策群力。

【孤魂野鬼】gū hún yě guǐ ❶指無人顧念，無人祭奠的死者。明代無名氏《續西遊記》三六回："義士忠臣羞佞賊，孤魂野鬼辱權奸。"❷比喻沒有依靠，處境艱難的人。錢鍾書《圍城》五："人家哪裏有工夫夢見我們這種孤魂野鬼。"

【孤雛腐鼠】gū chú fǔ shǔ 孤獨的鳥雛，腐爛的老鼠。比喻微賤而不值得一說的人或事物。《後漢書•竇憲傳》："帝大怒，召憲切責曰：'……今貴主尚見枉奪，何況小人哉！國家棄憲如孤雛腐鼠耳。'"明代程登吉《幼學瓊林•鳥獸》："人棄甚易，曰孤雛腐鼠；文名共仰，曰起鳳騰蛟。"清代紀昀《閱微草堂筆記•槐西雜志二》："女子當以四十以前死，人猶悼惜。青裙白髮，作孤雛腐鼠，吾不願也。"

【孤鸞寡鵠】 gū luán guǎ hú 鸞：傳説是類似鳳凰的鳥。無偶的鸞鳥和天鵝。比喻失偶的男女。清代李涵秋《廣陵潮》九九回："從此孤鸞寡鵠，隻影單形，青春少婦，如何對此孤淒之境。那一縷芳魂，早已柔腸欲斷。"也作"孤鸞寡鶴"。《説岳全傳》六七回："孤鸞寡鶴許成雙，一段姻緣自主張。"同 孤男寡女、曠夫怨女。

【孤鸞寡鶴】 gū luán guǎ hè 见"孤鸞寡鵠"。

【學以致用】 xué yǐ zhì yòng 要把學到的東西用到實際中來。◇學習重在學以致用，學成個學究式的書呆子，成不了氣候。

【學而不厭】 xué ér bù yàn 致力於學習，永不滿足。形容勤奮好學。《論語•述而》："默而識之，學而不厭，誨人不倦。"老舍《趙子曰》第二："他抱定學而不厭，溫故知新的態度。"同 好學不倦。反 淺嘗輒止。

【學步邯鄲】 xué bù hán dān 邯鄲：戰國時趙國的都城。學步：學習走路。《莊子•秋水》："且子獨不聞夫壽陵餘子之學行於邯鄲與？未得國能，又失其故行矣，直匍匐而歸耳！"後以"學步邯鄲"指盲目模仿別人，不但沒學會，反而迷失自我，把原有的長處都丟失了。晉代戴逵《與遠法師書》："今世道士，雖外毀儀容，而心過俗人，所謂道俗之際，可謂學步邯鄲，匍匐而歸。"《周書•趙文深傳》："及平江陵之後，王褒入關，貴遊等翕然並學褒書……然竟無所成，轉被譏議，謂之學步邯鄲焉。"明代張岱《又與毅儒八弟》："蘇人常笑吾浙人為趕不着，誠哉其趕不着也。何必攀附蘇人始稱名士哉……學步邯鄲，幸勿為蘇人所笑。"同 邯鄲學步。

【學非所用】 xué fēi suǒ yòng 也作"用非所學"。所學的東西，並非所需要的；所需要的，不是所學的。説所學與實際需求相脱離。《後漢書•張衡傳》："必也學非所用，術有所仰，故臨川將濟，而舟楫不存焉。"馮玉祥《我的生活》三三章："更有一種專門技術家，歸國後無所用其長，亦卒至學非所用，不能施展。"◇學生畢業後，往往用非所學，對不上口徑。反 學以致用。

【學海無涯】 xué hǎi wú yá 涯：邊際。學問就像海洋，廣闊無邊。《莊子•養生主》："吾生也有涯，而知也無涯。"後用"學海無涯"比喻學問永無窮盡，學無止境。宋代司馬光《送導江李主簿君俞》詩："學海無涯富，辭鋒一戰勳。"明代鄒元標《答于景素儀部》："若云：學有着岸處，學海無涯，回頭即岸。議有異同處，理會自家，異者自異。"◇書山有路勤為徑，學海無涯苦作舟。同 學海無邊。反 不學無術。

【學貫中西】 xué guàn zhōng xī 融會貫通中國和外國的知識。形容學問淵博。《二十年目睹之怪現狀》一〇六回："等到老弟到省時，多帶幾部自己出名的書去，送上司，送同寅，那時候誰不佩服你呢？博了個熟識時務，學貫中西的名氣，怕不久還要得明保密保呢！"《文明小史》四三回："我的意思，很想叫他再進來學學西文……學貫中西，豈不更好？"馮玉祥《我的生活》二八章："曹汝霖、章宗祥都是學貫中西的人物，但結果卻都做賣國害民的事。"

【學無常師】 xué wú cháng shī 學習沒有固定的老師，凡是有學識、有專長的人，都是值得學習的老師。《論語•子張》："夫子焉不學，而亦何常師之有？"晉代袁宏《後漢紀•孝和皇帝紀上》："固（班固）九歲能屬文，五經百家之言無不究覽，其學無常師，又不為常句訓古，通而已。"元代戴良《送丁山長序》："古者學無常師，名一人為師，而其餘皆如弟子焉者，今之學官是也。"◇孔子沒有把教或學絕對化，認為學無常師，應當互教互學。同 三人行，必有我師焉。

【學富五車】xué fù wǔ chē 形容讀書多，學問淵博。五車：指裝滿五輛車的書。古人在竹木簡上寫書，把寫好的簡編在一起，捲成一卷叫一卷，一部書往往由多卷組成，體積大，要用車拉。《莊子•天下》："惠施多方，其書五車。"《古今小說•閒雲庵阮三償冤債》："請個先生教他讀書，到一十六歲，果然學富五車，書通二酉。"《鏡花緣》十六回："大賢世居大邦，見多識廣……自然才貫二酉，學富五車了。" 同 書通二酉、才貫二酉、才高八斗。反 不學無術。

【學疏(踈)才淺】xué shū cái qiǎn 學問淺薄，才氣不大。常用為謙詞。元代高明《琵琶記•南浦囑別》："你讀書思量做狀元，我只怕你學疏才淺。"明代倪岳《新刊地理四書序》："昌學疏才淺，而竊聞於父師之訓，敢以一得之愚取三書者，字為之釋，而句為之解。"《歧路燈》八六回："雖自顧學疏才淺，而黽勉自矢，唯期無負我先人之遺規。"

【學業有成】xué yè yǒu chéng 學習取得良好成績或有所成就。宋代司馬光《家範•父》："然妾所願者諸子學業有成，他日受俸，此錢非所欲也。"明代韓邦奇《劉太儒人墓誌銘》："雞鳴，燃燈促贈公起誦，以是贈公學業有成，提學歲試輒高選。"◇一位教育家曾經說過，愛是一種無與倫比的教育手段，使人學業有成，精神百倍。

【孺子可教】rú zǐ kě jiào 年輕有出息，可以培養造就。《史記•留侯世家》："良嘗閒從容步遊下邳圯上，有一老父，衣褐，至良所，直墮其履圯下，顧謂良曰：'孺子，下取履！'良愕然，欲毆之，為其老，強忍，下取履。父曰：'履我！'良業為取履，因長跪履之。父以足受，笑而去。良殊大驚，隨目之。父去里所，復還，曰：'孺子可教矣。'"唐代劉禹錫《澈上人文集紀》："初，上人在吳興居何山，與晝公為侶，時予方以兩髦執筆硯，陪其吟詠，皆曰：'孺子可教。'"明代張岱《隻履研銘》："遇黃石，授素書，孺子可教，圯橋進履。" 反 朽木不可雕。

【孽根禍胎】niè gēn huò tāi 孽：造孽、作孽。指子女或胎兒，也作昵稱使用。《紅樓夢》三回："我有一個孽根禍胎，是家裏的'混世魔王'。"◇年過半百，才生得一個孽根禍胎，寶貝得明珠也似。

宀 部

【守土有責】shǒu tǔ yǒu zé 說軍人負有守衛國土、保衛國家的責任。◇軍人當國難之時，守土有責，雖萬死不容辭。

【守口如瓶】shǒu kǒu rú píng 形容說話慎重或嚴守秘密，決不輕言亂語。《諸經要集•懲過》引《維摩經》："防意如城，守口如瓶。"《隋唐演義》三五回："但願陛下守口如瓶，不可提起。"◇你放心，她守口如瓶，信得過。同 三緘其口。反 和盤托出。

【守正不阿】shǒu zhèng bù ē 阿：偏向，彎曲。指堅守正道而不迎合不偏袒，公正無私。《後漢書•陳寵傳》："公卿以下及郡國無不遣吏子弟奉獻遺者，而寵與中山相汝南張郴、東平相應順守正不阿。"蔡東藩《慈禧太后演義》一一回："兩大小臣工，此後宜爭自濯磨，守正不阿，毋得再陷惡習，自取罪戾。"◇明朝的海瑞兩袖清風，剛直為民，守正不阿而得青史留名。同 守正不撓、守正不移。反 阿諛奉承、徇私枉法。

【守正不撓】shǒu zhèng bù náo 堅守正道，不屈不撓。也形容公正、公平。《漢書•劉向傳》："君子獨處守正，橈眾枉。"橈：通"撓"，喻屈服。《周書•寇俊傳》："孝莊帝后知之，嘉俊守正不撓，即拜司馬，賜帛百疋。"◇總裁助理為人守正不撓，不偏不黨，處事公正，深受屬下人員尊重。同 守正不移、剛正不阿。

【守身如玉】shǒu shēn rú yù 保持自身節操，就像愛護潔白無瑕的美玉一般。《孟子•離婁上》："孰為不守？守身，守之本也。"《野叟曝言》一四回："孩兒守身如玉，豈肯墮入污泥！"沈從文《古今談》："明代的李香君……為操守、為清白、為愛情、為復社而不畏權勢，寧死不屈而守身如玉，因此，贏得青史留名。”同 潔身自好、守身若玉。反 卑躬屈節、晚節不終。

【守株待兔】shǒu zhū dài tù 據《韓非子•五蠹》：戰國時宋國有一個農民，看見一隻兔子撞在樹樁上死了。他便放下農具在那裏等候，希望再得到撞死的兔子。後以“守株待兔”比喻希求得到意外的收穫，或是墨守成規、不知變通。漢代王充《論衡•宣漢》：“以已至之瑞，效方來之應，猶守株待兔之蹊，藏身破罝之路也。”宋代陳師道《清月長老再住薦福疏》：“守株待兔，雖達者之不為；面壁磨磚，亦古今之常事。”《喻世明言》卷十八：“妾聞治家以勤儉為本，守株待兔，豈是良圖？”同 一成不變、刻舟求劍。反 隨機應變。

【守望相助】shǒu wàng xiāng zhù 相鄰村落各盡守護瞭望之責，一旦有事，彼此要相應協助。《孟子•滕文公上》：“死徙無出鄉，鄉田同井，出入相友，守望相助，疾病相扶持，則百姓親睦。”宋代魏了翁《朝清大夫虞公墓誌銘》：“有警則守望相助，戎虜知保障，守望相助得力耕。”李大釗《互助》：“中國鄉村裏多懸着‘守望相助’的旗子，路上推的那一輪車上，也常貼着那‘借光二哥’的紙條。這都是‘互助’的精神。”同 首尾相濟。反 見死不救。

【守經達權】shǒu jīng dá quán 遵守原則又通達變通，善於靈活處理應對問題，不固執成見。經：原則、常規。達：通曉。權：權宜，靈活。《漢書•貢禹傳》：“朕以生有伯夷之廉，史魚之直，守經據古，不阿當世。”《宋史•洪邁傳》：“上謂輔臣曰：不謂書生能臨事達權。”蔡東藩《唐史演義》五二回：“若殿下只知守經，不知達權，將來人心失望，不可復言。”《山河風煙》五：“姚大天雖出身農村，但古書讀了不少，深知古人‘守經達權’之道，因此遇事不乏靈活又不出格。”反 囿於成見。

【安土重遷】ān tǔ zhòng qiān 留戀故鄉，不肯輕易遷往他處。《漢書•元帝紀》：“安土重遷，黎民之性；骨肉相附，人情所願也。”《東周列國誌》七八回：“自古道：‘安土重遷。’説了離鄉背井，哪一個不怕的？”李劼人《天魔舞》十二章：“唐淑貞畢竟算是跑過灘的，見識比她安土重遷的母親強多了。”反 離鄉背井、四海為家。

【安土樂業】ān tǔ lè yè 見“安居樂業”。

【安不忘危】ān bù wàng wēi 在太平的情況下，不要忘記可能會出現危難。《易經•繫辭下》：“君子安而不忘危，存而不忘亡。”漢代揚雄《長楊賦》：“故平不肆險，安不忘危。”《兒女英雄傳》三十回：“何小姐是從苦境裏過來的，如今得地安身，安不忘危，立志要成全起這分人家，立番事業。”◇常懷“安不忘危”的警惕心，才能冷靜面對一切禍難。同 安不忘虞、居安思危。

【安內攘外】ān nèi rǎng wài 中醫學用語，説治病之本，在於使體內平和安定。後指安定內部，才能抵禦外患。攘：抗禦。漢代張仲景《傷寒論•太陽病上》：“甘草甘平，有安內攘外之能。”孫中山《上李鴻章書》：“安內攘外之大經，富國強兵之遠略。”陸心源《罪言》：“士大夫無論在朝在野，皆當講求當世利害、民生疾苦。出可安內攘外，處可守先待後。”

【安分守己】ān fèn shǒu jǐ 説話做事符合身份，為人規規矩矩。宋代袁文《甕牖閒評》卷八：“大抵姦人作事皆然，自以為一己之能，萬一人主見喜，則超躐奮迅何事不可為，彼安分守己恬於進取者，方且以道義自居，其肯如此僥倖乎？”《紅樓夢》七二回：“從此養好了，可要安分守己的，再別胡行亂鬧了。”魯迅《准風月談•後記》：“然而‘江山好改，秉性難移’，我知道自己終於不能安分守己。”同 安守本分。反 胡作非為。

【安分知足】ān fèn zhī zú 安於本分，知道滿足，不貪婪。宋代洪邁《容齋三筆•人當知足》：“其安分知足之意終身不渝。”《醒世姻緣傳》九一回：“這吳推官若是安分知足的人，這也盡叫是快活的了。”

◇人要安分守己，方能安分知足，為人之道當以恪守本分為第一。同 安分守己、安分守拙。反 飛揚跋扈、恣意妄為。

【安之若命】ān zhī ruò mìng 把遭受的不幸，看作是命運的安排，無所怨尤。《莊子•人間世》："知其不可奈何而安之若命，德之至也。"南朝宋謝莊《與大司馬江夏王義恭箋》："家素貧弊，宅舍未立，兒息不免粗糲，而安之若命。"◇社會上有不少人，相信世間一切乃命中注定而逆來順受，處世之道就是安之若命 / 知道孫子英年早逝，老人安之若命，沒有顯露出特別的悲哀。同 安之若素、安貧若素。

【安之若泰】ān zhī ruò tài 在逆境中遭遇困難時，心境平靜安逸，泰然自若。泰：安寧，平靜。◇張先生退休後，每天讀書、看報、散步、上網，不理煩心事，一概安之若泰。同 安之若素、處之泰然。

【安之若素】ān zhī ruò sù 素：平時。遇到困難或變故像無事時一樣對待。清代范寅《越諺•論墮貧》："貪逸欲而逃勤苦，喪廉恥而習諂諛，甘居人下，安之若素。"《官場現形記》三八回："後來彼此熟了，見瞿太太常常如此，也就安之若素了。"◇說着說着，她突然變了臉，他卻依舊笑嘻嘻的，安之若素。反 惶惶不安、驚恐萬狀。

【安如泰山】ān rú tài shān 安穩得就像泰山一樣。形容根基非常穩固，不能動搖。也作"安若泰山"、"穩如泰山"。《易林•坤之中孚》："安如泰山，福喜屢臻。"《南史•梁本紀論》："自謂安若泰山，算無遺策。"《三國演義》四五回："孔明曰：'亮雖居虎口，安如泰山。'"《鏡花緣》三回："（武后）又仗武氏弟兄驍勇，自謂穩如泰山，十分得意。"同 穩若泰山、安如磐石。反 分崩離析、禍起蕭牆。

【安如磐石】ān rú pán shí 像巨大的石塊一般安穩。形容非常穩固。《荀子•富國》："國安於磐石，壽於旗翼。"《資治通鑒•始皇帝二五年》："夫如是，則國家安如磐石，熾如焱火……雖有強暴之國，尚何足畏哉！"《醒世姻緣傳》七回："何況歲星正在通州分野，通州安如磐石的一般。"◇國力雄厚，經濟發達，人們安居樂業，國家自會安如磐石。同 安於磐石、穩如泰山。反 絕其本根、枯本竭源。

【安邦治國】ān bāng zhì guó 使國家安定，得到良好的管理。邦：國家。明代無名氏《伐晉興齊》一折："薦賢舉善是吾心，安邦治國訪知音。"趙清閣《流水飛花》第一幕："斯人不必獨彷徨，安邦治國即可四海為家。"◇德才兼備的人，才是安邦治國的棟樑。同 治國安邦。

【安邦定國】ān bāng dìng guó 讓國家安定，不使發生動亂。邦：古時諸侯封國，後泛指國家。宋代無名氏《新編五代史平話•周史》卷上："我這劍要賣與烈士，大則安邦定國，小則禦侮捍身。"《三國演義》三七回："方今天下大亂，四方雲擾，欲見孔明，求安邦定國之策耳。"董橋《從前•硯香樓》："他們把安邦定國的錦繡篇章，在這裏換成耳鬢廝磨的淺酌低唱。"也作"安國定邦"。《長生殿•疑讖》："自家姓郭，名子儀……要思量做一個頂天立地的男兒，幹一樁安國定邦的事業。"同 安邦治國、濟國安邦。反 禍國殃民。

【安步當車】ān bù dàng chē 舒緩地走路，就當是坐車。《戰國策•齊策四》："晚食以當肉，安步以當車。"清代李伯元《中國現在記》七回："一到下午，便一個人安步當車，出門逍遙自在去了。"粵劇《搜書院》第三幕："安步當車回書院。"

【安身之地】ān shēn zhī dì 可以容身，安居創業的地方。《三國演義》四十回："近聞劉景升病在危篤，可乘此機會，取彼荊州為安身之地。"◇此地民風諄厚，繁華熱鬧，百業興旺，是個安身之地。同 安身之所。

【安身立命】ān shēn lì mìng 生活有着落，實現心願或抱負。《景德傳燈錄•景岑禪師》："僧問：'學人不據地時如何？'師云：'汝向甚麼處安身立命？'"《水滸傳》二回："那裏是鎮守邊庭，用人之際，足可安身立命。"◇從窮困的山溝裏跑到大上海來，想找個安身立命之所。同 安居樂業。反 顛沛流離。

【安良除暴】ān liáng chú bào 安撫善良者，鏟除強暴勢力。也作“除暴安良”。《鏡花緣》六十回：“劍客行為莫不至公無私，至除暴安良，尤為切要。”魯迅《中國小說史略》：“(《三俠五義》) 意在敘勇俠之士遊行村市，安良除暴，為國立功。”同 劫富濟貧。

【安於一隅】ān yú yī yú 安安心心地呆在牆角裏。形容苟且偷安，不想有所作為。宋代陳亮《上孝宗皇帝第二書》：“臣恭維皇帝陛下厲志復仇，不肯即安於一隅，是有功於社稷也。”◇安於一隅，得過且過，這就是無能之輩的寫照。同 安於現狀。反 老驥伏櫪。

【安於現狀】ān yú xiàn zhuàng 只滿足於目前的狀況，不求進取。王朝聞《論鳳姐》一一章：“這樣的夢境，與我那不安於現狀又不能改變現狀的生活實際有關。”同 安之若命、胸無大志。反 大展宏圖、奮發有為。

【安居樂業】ān jū lè yè 安定地生活，愉快地從事自己的事業。《漢書·貨殖傳序》：“各安其居而樂其業，甘其食而美其服。”《後漢書·仲長統傳》：“安居樂業，長養子孫，天下晏然，皆歸心於我矣。”《儒林外史》一回：“建國大明，年號洪武，鄉民人各各安居樂業。”◇只有發展經濟，人民才能安居樂業。反 流離失所。

【安若泰山】ān ruò tài shān 見“安如泰山”。

【安故重遷】ān gù zhòng qiān 見“安土重遷”。

【安家立業】ān jiā lì yè 見“安居樂業”。

【安堵如故】ān dǔ rú gù 沒有事故發生，一切安定如常。安堵：安定。也作“安堵如常”。漢代荀悅《漢紀·高祖紀》：“吏人安堵如故，民爭獻牛酒。”明代張岱《王謔庵先生傳》：“當塗、徽州，得以安堵如故，皆先生一謔之力也。”蔡東藩《民國演義》一四三回：“到了省城時，市面竟安堵如常。”同 案堵如故。反 飛來橫禍。

【安堵如常】ān dǔ rú cháng 見“安堵如故”。

【安堵樂業】ān dǔ lè yè 見“安居樂業”。

【安常守故】ān cháng shǒu gù 習慣於按照常規行事，守舊而不思變革。明代海瑞《申軍門吳堯便宜五事文》：“本院非安常守故人也。至任以來，千萬人鼓舞作興，翻然改革望之矣。”也作“安常習故”◇如果大家都守着老一套，安常守故，那社會就很難進步。同 蹈常襲故、蹈常習故。反 因循守舊、不思進取。

【安常處順】ān cháng chǔ shùn 常：常態、常規。《莊子·養生主》：“安時而處順，哀樂不能入也。”後用“安常處順”、“安常履順”指慣於素來的生活，隨其自然而不求進取。《醒世姻緣傳》七回：“照得安常處順，君子之所深憂。”清代梁啟超《中國前途之希望與國民責任》：“安常處順，以為社會一健全分子，以徐徐發達，盡人能之，豈待我輩！”◇舊時代的文人大抵與世無爭，希望過一種安常處順的生活。同 安時履順。

【安常習故】ān cháng xí gù 見“安常守故”。

【安常履順】ān cháng lǚ shùn 見“安常處順”。

【安國定邦】ān guó dìng bāng 見“安邦定國”。

【安貧守道】ān pín shǒu dào 見“安貧樂道”。

【安貧樂道】ān pín lè dào 不在意生活清貧，而從追求自己的理想中享受到最大的快樂。《文子·上仁》：“聖人安貧樂道。”明代樊鵬《何大復先生行狀》：“讀書必至夜分以為常，與人講論終日不倦，安貧樂道不念家產。”◇如今是奮發圖強、激烈競爭的時代，只有腐儒才講究安貧樂道。同 甘貧樂道。

【安閒自在】ān xián zì zài 安定、悠閒、自由而不受拘束。明代李贄《焚書·早晚禮儀》：“有問乃答，不問即默，安閒自在，從容應對。”郁達夫《遲桂花》：“婆婆的繁言吝嗇，小姑的刻薄尖酸和男人的放蕩兇暴，使她一天到晚過不到一刻安閒自在的生活。”老舍《駱駝祥子》一八：“大家都得早早的起來操作，唯有她可以安閒自在的愛躺到什麼時候就躺到什麼時候。”也作“安然自在”◇幾個子女個個事業有成，自己也投資有道，生活過得安閒自在。同 清閒自在、逍遙自在。

【安然自在】ān rán zì zài 見“安閒自在”。

【安然無恙】ān rán wú yàng 平安無事。《醒世恒言•灌園叟晚逢仙女》："只求處士每歲元旦作一朱幡……立於苑東，吾輩則安然無恙矣。"◇病得雖然兇險，但總算安然無恙。同 平安無事、安然無事。反 病魔纏身、禍從天降。

【安富恤貧】ān fù xù pín 讓富人感到安定，救助貧苦的人，指為官之道，重在安民。《周禮•大司徒》："以保息六養萬民：一曰慈幼，二曰養老，三曰振窮，四曰恤貧，五曰寬疾，六曰安富。"唐代陸贄《均節賦稅恤百姓六條》："損不失富，優可賑窮，此乃古者安富恤貧之善經，不可舍也。"反 劫富濟貧。

【安富尊榮】ān fù zūn róng ❶平安、富有、尊貴、榮耀四者兼而有之。《孟子•盡心上》："君子居是國也，其君用之，則安富尊榮。"《孽海花》二九回："哥老會既撲滅了三合會，頓時安富尊榮，不知出了多少公侯將相。"❷指過着榮華富貴的生活。《紅樓夢》二回："如今人口日多，事務日盛，主僕上下，都是安富尊榮，運籌謀畫的竟無一個。"同 養尊處優。

【安營紮寨】ān yíng zhā zhài ❶軍隊臨時駐紮下來。元代無名氏《隔江鬥智》二折："(周瑜)如今在柴桑口安營紮寨，其意非小。"《官場現形記》十四回："甚麼地方可以安營紮寨，甚麼地方可以埋伏，指手畫腳的講了一遍。"❷比喻工作團隊建立臨時住所。徐遲《生命之樹常綠》："他們開出了安營紮寨的空地，架起三間茅屋，又開出了苗圃和菜園。"◇工程隊在山腳下安營紮寨。同 安營下寨。

【完好無缺】wán hǎo wú quē 完善美好，沒有缺陷。也作"完美無缺"。清代錢泳《履園叢話》卷三："小楷，微帶行筆，共一百廿八行，前有十數行破裂者，而後幅完好無闕（缺）。"賈平凹《月跡•靜虛村記》："走進去，綠裹才見村子，又盡被一道土牆圍了，土有立身，並不苫瓦，卻完好無缺。"◇戀愛時看她完好無缺，婚後又覺得她一無是處，不到半年功夫，她從天上掉到了地下。同 完美無損、十全十美。反 殘缺不全、一無是處。

【完璧歸趙】wán bì guī zhào《史記•廉頗藺相如列傳》記載：趙國得到了楚國的和氏璧，秦昭王提出用十五座城池來換璧，趙王派藺相如帶着璧去換城。相如到秦國獻了璧，見秦王沒有誠意換城，就用計收回璧，完整地帶回趙國。後以"完璧歸趙"比喻將原物完好無損地歸還主人。明代汪廷訥《種玉記•促晤》："再休思重回蘭房，那虜騎如雲不可當。便得個完璧歸趙也。怕花貌老風霜。"清代采蘅子《蟲鳴漫錄》卷一："我家如此巨富，嫁女無一典肆，恐為宗族鄉黨羞。女故無利心，祇求僞飾外觀，終當完璧歸趙耳。"《民國通俗演義》四一回："況中日不相聯屬，怎肯把處心積慮的青島謀到手，還要完璧歸趙呢？"同 珠還合浦、還珠合浦。反 有借無還。

【宏才（材）大略】hóng cái dà lüè 傑出的才幹和遠大的謀略。宋代蘇洵《上皇帝書》："若其宏才大略，不樂於小官而無聞焉者，使兩制得以非常舉之。"《老殘遊記》六回："閣下如此宏材大略，不出來做點事情，實在可惜。"同 宏圖大略、雄才大略。反 碌碌無為、鼠目寸光。

【定於一尊】dìng yú yī zūn 尊：指具有最高權威的人。《史記•秦始皇本紀》："今皇帝并有天下，別黑白而定一尊。"後以"定於一尊"指以一個最有權威的人作唯一的標準或最終的決定者。明代徐光啟《刻紫陽朱子全集序》："今世名為崇孔氏，黜絕異學，而定於一尊。"孫郁《不同的文學史》："現代文學史是個豐富的寶藏，如何看它，自然不會定於一尊。"反 百家爭鳴。

【官官相衛】guān guān xiāng wèi 官員之間互相袒護。清代張南莊《何典》九回："且到城隍老爺手裏報了着水人命。也不要指名鑿字，恐他官官相衞，陰狀告弗准起來。"◇老秦覺着這一下不只惹了禍，又連累了鄰居，因為自古就是官官相衞。同 官官相護。

【官官相護】guān guān xiāng hù 官吏勾結起來，相互包庇、袒護。《醒世恒言》卷二十："就准下來，他們官官相護，必不自翻招，反受一場苦楚。"《紅樓夢》

九九回："如今就是鬧破了，也是官官相護的，不過認個承審不實，革職處分罷咧。"越劇《梁山伯與祝英台》第八場："你可知堂堂衙門八字開，官官相護你總明白。"同 朋比為奸。反 鐵面無私。

【官情紙薄】guān qíng zhǐ báo 官場上的人情像紙一樣薄。說官場非常勢利，趨炎附勢，人情淡薄。明代陸人龍《型世言》一四回："誰料官情紙薄，去見時，門上見他衣衫襤褸，侍從無人，不與報見。"◇一旦落台，官情紙薄，早先趨炎附勢那些人，這時躲都來不及。同 人情冷暖、世態炎涼。

【官場如戲】guān chǎng rú xì 說官場如演戲台，真真假假，變動無常。《兒女英雄傳》三八回："你道安公子才幾日的新進士，讓他怎的個品學兼優，也不應快到如此，這不真個是'官場如戲'了麼？"施蟄存《無相庵急就章》："語曰逢場作戲，又曰官場如戲場，可知中國人以為在戲場上做戲這件事情，是絲毫不必認真的。"同 逢場作戲。

【官逼民反】guān bī mín fǎn 官吏壓迫人民，迫使人民奮起反抗。《官場現形記》二八回："廣西事情，一半是官逼民反。正經說起來，三天亦說不完。"《道光皇帝》九節："為何每次逆匪起事，總以官逼民反為號，而趨之之民若鶩。"反 國泰民安。

【官運亨通】guān yùn hēng tōng 亨通：順利。指仕途順利，步步高升。《官場現形記》四三回："正碰着官運亨通，那年修理堤工案內，得了個異常勞績，保舉免補本班，以府經補用。"張愛玲《談看書》："邦梯事件後二十年，顯然已成定論……但是官運亨通，出事後回國立即不次擢遷。"同 步步高升。

【官樣文章】guān yàng wén zhāng ❶ 官場中有固定格式和套語，而內容空洞、充斥官腔的公文。清代郝懿行《晉宋書故・宋書本紀》："本紀中雲策封宋公加九錫，今按其文全襲潘元茂冊魏公文，官樣文章，古來皆有本頭，不獨王莽學《大誥》矣。"❷ 指徒具形式、空洞浮泛的文章。◇所謂計劃經濟那種計劃，其實都是官樣文章，很難落得實實在在。

【室如懸磬】shì rú xuán qìng《左傳・僖公二十六年》："齊侯曰：'室如縣罄，野無青草。何恃而不恐？'"楊伯峻注："磬之懸掛，中高而兩旁下，其間空洞無物。百姓貧乏，室無所有，雖房舍高起，兩簷下垂，如古磬之懸掛者然也。"磬(罄)：古代玉、石製打擊樂器。縣：古"懸"字。"室如懸磬"指屋子裏一無所有，就像懸掛着的石磬，四周空蕩無物。喻一貧如洗。漢代司馬徽《誡子書》："聞汝充役，室如懸磬，何以自辨？論德則吾薄，說居則吾貧，勿以薄而志不壯，貧而行不高也。"明代沈采《千金記・遇仙》："室如懸磬，難堪原憲之貧；地無立錐，敢慨史魚之苦。"

【室怒市色】shì nù shì sè《左傳・昭公十九年》："令尹子瑕言蹶由于楚子曰：'彼何罪！諺所謂室于怒，市于色者，楚之謂矣。舍前之忿可也。'"說因為家事生氣，卻對市集上的人發火。後用"室怒市色"表示遷怒於人的意思。元代郝經《居庸行》："百年一債老虎走，室怒市色還猖狂。"◇明明是自己把事情搞糟了卻不認帳，反而室怒市色，罵起下屬來，天下哪有這種道理！同 遷怒於人、諉過於人。

【室邇人遐】shì ěr rén xiá《詩經・東門之墠》："東門之墠，茹藘在阪，其室則邇，其人甚遠。"朱熹集傳："室邇人遠者，思之而未得見之辭也。""室邇人遐"指房屋很近，屋裏那人卻很遠。遐：遠。後常用為懷念親故或悼念亡者之詞。漢代徐淑《答夫秦嘉書》："誰謂宋遠，企予望之，室邇人遐，我勞如何！"《晉書・隱逸傳・宋纖》："其人如玉，維國之琛。室邇人遐，實勞我心。"古代亦喻指男女思慕而無緣相見。漢代司馬相如《琴歌》之一："有豔淑女在閨房，室邇人遐毒我腸；何緣交頸為鴛鴦，胡頡頏兮共翱翔？"也作"室邇人遠"。清代朱之瑜《答木下貞幹書》："前者雖不能時接芝眉，飫承珠玉，猶自謂室邇人遠，今也相去千里，徒使人日惘惘耳！"

【室邇人遠】shì ěr rén yuǎn 見“室邇人遐”。

【客死他鄉】kè sǐ tā xiāng 死在遠離家鄉的地方。客死：死於他鄉異國。元代無名氏《合同文字》第一折：“不爭我病勢正昏沉，更那堪苦事難支遣，忙趕上頭裏的喪車不遠，眼見客死他鄉有誰祭奠。”◇大多數人是希望到海外賺一些錢，然後衣錦還鄉，具有強烈的葉落歸根觀念，但由於各種原因，必然會有一些華僑客死他鄉。

【客囊羞澀】kè náng xiū sè 宋代呂祖謙《詩律武庫後集·儉約·一錢看囊》：“晉阮孚，山野自放，嗜酒，日挑一皂囊遊會稽，客問：‘囊中何物？’孚曰：‘俱無物，但一錢看囊，庶免羞澀爾。’”後以“客囊羞澀”指客中身邊無錢。客囊：指客中的錢袋；喻指所帶的錢財。清代孔尚任《桃花扇·訪翠》：“這三月十五日，花月良辰，便好成親。(生) 只是一件，客囊羞澀，恐難備禮。”◇實在是客囊羞澀，不要說送不成禮，連回鄉的盤纏也沒有了。

【家長里短】jiā cháng lǐ duǎn 里：鄉里。指家庭和鄰居間的日常生活瑣碎事。《兒女英雄傳》二一回：“便是褚大娘子，也和她兩年有餘不曾長篇大論的談過個家長里短。”◇幾個阿婆閒得無事做，就喜歡湊在一塊說點家長里短。同 閒言碎語、說長道短。

【家破人亡】jiā pò rén wáng 家庭破碎，親人死亡。形容家庭慘遭嚴重不幸的事。也作“家敗人亡”。《景德傳燈錄·澧州樂普山元安禪師》：“問：‘學人未擬歸鄉時如何？’師曰：‘家破人亡，子歸何處？’”元代鄭廷玉《看錢奴》二折：“恁時節合着鍋無錢買米柴，忍飢餓街頭做乞丐，這才是你家破人亡見天敗。”《金瓶梅》八十回：“把人家弄的家敗人亡，父南子北，夫離妻散。”同 家敗身亡。反 安居樂業。

【家徒四壁】jiā tú sì bì 家中除了四面牆壁之外，甚麼也沒有。形容非常貧窮。《史記·司馬相如列傳》：“文君夜亡奔相如，相如乃與馳歸成都。家居徒四壁立。”《魏書·任城王順傳》：“家徒四壁，無物斂屍，止有書數千卷而已。”《孽海花》三回：“那時正是家徒四壁，囊無一文。”同 家徒壁立、四壁蕭然。反 家財萬貫、富甲一方。

【家徒壁立】jiā tú bì lì 家裏只有四面牆壁豎立着。形容十分貧窮，甚麼東西都沒有。《史記·司馬相如列傳》：“文君夜亡奔相如，相如乃與馳歸。家居徒四壁立。”唐代李世民《與薛元敬書》：“且聞其兒子幼小，家徒壁立，未知何處安置，宜加安撫，以慰吾懷。”明代歸有光《陳處士妻王孺人墓誌銘》：“太學君落魄不事生業，家徒壁立，獨喜飲酒。”清代沈復《浮生六記·閨房記樂》：“四齡失怙，母金氏，弟克昌，家徒壁立。”同 家徒四壁、家無斗儲。反 家累千金、家給人足。

【家常便飯】jiā cháng biàn fàn ❶家庭日常的飯食。◇我就喜歡吃家常便飯。❷比喻經常發生而習以為常的事情。葉聖陶《微波》：“笑在眉頭，歌在喉頭，盛會好景，差不多是家常便飯。”◇工作到凌晨一兩點鐘再睡覺，那是家常便飯。

【家敗人亡】jiā bài rén wáng 見“家破人亡”。

【家貧如洗】jiā pín rú xǐ 家裏貧困得像水沖洗過一樣，貧窮到了極點。元代秦簡夫《剪髮待賓》一折：“(小生) 頗談詩書，爭奈家貧如洗。”《醒世恆言》卷二五：“只是家貧如洗，衣食無聊。”◇社會兩極分化嚴重，富人一擲千金，窮人家貧如洗。同 一貧如洗、家徒壁立。反 家累千金、腰纏萬貫。

【家喻(諭)户曉】jiā yù hù xiǎo 每家每戶都明白，人人皆知。宋代樓鑰《繳鄭熙等免罪》：“而遽有免罪之旨，不可家諭戶曉。”《鏡花緣》八一回：“今日之下，其所以家喻戶曉，知他為忠臣烈士，名垂千古者，皆由無心而傳。”清代吳趼人《情變》四回：“一人傳十，十人傳百，區區一個八里舖，能有多大地方，不到幾天，便傳得家喻戶曉。”同 婦孺皆知、盡人皆知。反 秘而不宣、滴水不漏。

【家無二主】jiā wú èr zhǔ 一個家裏不可有兩個人當家作主。《西遊記》三九回：

"行者笑道：'師父，說那裏話？常言道：家無二主。你受他一拜兒不虧。'"◇家無二主，家務事總得由一個人拿主意，倘若都想說了算，七八個主張互不相讓，那就難辦了。

【家無斗儲】jiā wú dǒu chǔ 斗：古時容量單位，一斗為十升。家裏沒有一斗糧的儲備。形容家境貧寒。《晉書•王歡傳》："安貧樂道，專精耽學，不營產業，常丐食誦詩，雖家無斗儲，竟怡然也。"清代朱彝尊《亡妻馮孺人行述》："先生病革，家無斗儲，孺人邀予姊妹同視湯藥。"◇她是那種唯精神境界論者，只要有小提琴在手，沉醉於弦聲美曲中，即使家無斗儲也不心慌。同 家無擔石。

【家無儋(擔)石】jiā wú dàn shí《漢書•揚雄傳》："家產不過十金，乏無儋石之儲，晏如也。"儋：二十斗。石：十斗。說家裏糧食不多。後用"家無儋石"、"家無擔石"形容家境清貧。《三國志•董和傳》："二十餘年，死之日家無儋石之財。"唐代王勃《上郎都督啟》："性惡儲斂，家無擔石。"明代胡直《胡氏世敍》："家無儋石，食芋半菽，或竟日絕炊。"◇在外做官十年，兩袖清風，告老之後，家無擔石。同 儋石之儲。反 家財萬貫。

【家給人足】jiā jǐ rén zú 家家豐裕，人人富足。《史記•商君列傳》："(初令) 行之十年，秦民大悅，道不拾遺，山無盜賊，家給人足。"《晉書•陶侃傳》："是以百姓勤於農殖，家給人足。"孫中山《同盟會宣言》："肇造社會的國家，俾家給人足，四海之內，無一夫不獲其所。"同 人壽年豐、豐衣足食。反 餓殍滿道、旱魃為虐。

【家賊難防】jiā zéi nán fáng 比喻內部的壞人最難防範。《五燈會元•同安志祥師法嗣》："問：'家賊難防時如何？'師曰：'識得不為冤。'"清代李漁《凰求鳳•悟奸》："這等看起來，真個是家賊難防，連星相醫卜的話，都是他教導出來的。"◇可不能把他收到咱家裏來，人心隔肚皮，要是跟你兩條心，家賊難防啊！

【家道中落】jiā dào zhōng luò 家道：家境。說家庭境況中途衰落。《儒林外史》一四回："雖然他家太爺做了幾任官，而今也家道中落，那裏一時拿的許多銀子出來？"◇人生變數太多，有時也難由人作主左右，誰能想到富可敵國的他也會家道中落呢！同 家勢中落。

【家道從容】jiā dào cóng róng 家境富裕，日子過得寬鬆。家道：家境。從容：不緊迫。明代李昌祺《剪燈餘話•秋千會記》："所攜豐厚，兼拜住，又教蒙古生數人，復有月俸，家道從容。"◇在投資公司年薪百萬，更加理財有方，因此家道從容。反 家道中落。

【家學淵源】jiā xué yuān yuán 家學：家內相傳的學問。淵源：本源，根源。說家中世代繼承的學識源遠流長，功底深厚。宋代劉克莊《送林寬夫父子》："家學有淵源，傳之於艾軒。"《紅樓夢》七八回："小哥兒十三歲的人就如此，可知家學淵源，真不誣矣！"巴金《秋》二二："跟你談起鄭家的事，你就滿口世代書香，家學淵源。"同 書香門第、書香世家。

【家雞野雉】jiā jī yě zhì《太平御覽》卷九一八引《晉書》："(庾翼) 書，少時與右軍齊名，右軍後進，庾猶不分，在荊州與都下人書云：'小兒輩賤家雞，愛野雉，皆學逸少書，須吾下，當比之。'"說庾翼喜愛書法，但對王羲之的書法卻不以為然，以家雞喻己之字，以野雉喻王羲之所書。後比喻書法等風格不同，或比喻喜歡獵奇而厭倦司空見慣的事物。也作"家雞野鶩"。鶩：鴨。宋代蘇軾《書王子敬帖》詩："家雞野鶩同登俎，春蚓秋蛇總入奩。"春蚓秋蛇：比喻草書筆法神妙多變化。◇中國的山水畫名家輩出，自是家雞野雉，各有千秋。

【家雞野鶩】jiā jī yě wù 見"家雞野雉"。

【宵衣旰食】xiāo yī gàn shí 天不亮就穿衣起身，到夜晚才吃飯。形容非常勤勞。多用來稱頌帝王勤於政務。唐代陸贄《論兩河及淮西利害狀》："今師興三年，可謂久矣，稅及百物，可謂繁矣，陛下為之宵衣旰食，可謂憂勤矣。"清代侯方域《南省試策四》："皇帝宵衣旰食，欲拯生靈於塗炭。”◇勵精圖治，宵衣旰食，努力為社會做一番事業。同 夙興夜寐。反 荒淫無度。

【宴安鴆毒】yàn ān zhèn dú 宴安：安逸、安樂。鴆：一種毒鳥，其羽泡酒有劇毒。說貪圖享樂等於是喝毒酒自殺。《左傳•閔公元年》：“諸夏親昵，不可棄也；宴安鴆毒，不可懷也。”明代張鳳翼《灌園記•齊王拒諫》：“他那裏卧薪嘗膽勤修政，我這裏宴安鴆毒不思省，兵馬臨城待怎生？”章炳麟《與上海國民黨函》：“如復宴安鴆毒，自相侮嘲……我同志亡，中國亦喪。”也作“燕安鴆毒”。宋代朱熹《魏國公張公行狀下》：“今不幸建康則宿弊不可革，人心不可回，王業不可成，且秦檜二十年在臨安為燕安鴆毒之計，豈可不舍去之而新是圖。”《元史•張楨傳》：“凡土木之勞，聲色之好，燕安鴆毒之戒，皆宜痛撤勇改。”

【宴爾新婚】yàn ěr xīn hūn 見“燕爾新婚”。

【宮車晏駕】gōng chē yàn jià 晏：遲。宮車：帝王所乘之車。宮車遲遲不出來。用作帝王死去的婉辭。《史記•范睢蔡澤列傳》：“宮車一日晏駕，是事之不可知者一也。”《漢書•天文志》：“綏和二年三月丙戌，宮車晏駕。”《續資治通鑒•宋英宗治平二年》：“況前代之入繼者，多於宮車晏駕之後，援立之策，或出母后或出臣下。”也作“宮車晚出。”《晉書•武帝紀》：“及乎宮車晚出，諒闇未周，藩翰變親以成疏，連兵竟滅其本。”南朝梁江淹《恨賦》：“一旦魂斷，宮車晚出。”

【宮車晚出】gōng chē wǎn chū 見“宮車晏駕”。

【害人不淺】hài rén bù qiǎn 對人危害很深。《西遊記》六四回：“師父不可惜他，恐日後成了大怪，害人不淺也。”◇企業排放污水，害人不淺。反 澤被百姓。

【害群之馬】hài qún zhī mǎ 危害馬群的劣馬。比喻危害社會或群體利益的人。茅盾《子夜》五：“但我在廠裏好比是一家之主，我不能容忍那種害群之馬。”反 為民除害。

【容光煥發】róng guāng huàn fā 臉上泛着光彩。形容人精神飽滿、振奮。清代宣鼎《夜雨秋燈錄•痲瘋女邱麗玉》：“衣一品命婦服，容光煥發，翁幾驚伏。”◇你看他和藹可親的臉上容光煥發，洋溢着欣喜的表情。同 神采煥發。反 面黃肌瘦。

【寅吃卯糧】yín chī mǎo liáng 寅年是卯年的前一年，寅年就吃卯年的糧食。比喻入不敷出，透支以後的收入。《官場現形記》十五回：“就是我們總爺，也是寅吃卯糧，先缺後空。”◇受金融海嘯的打擊，許多家庭寅吃卯糧，捉襟見肘。同 入不敷出。反 綽有餘裕、綽綽有餘。

【寄人籬下】jì rén lí xià ❶比喻沿襲別人的舊路向，沒有創新。《南史•張融傳》：“丈夫當刪《詩》《書》，制禮樂，何至因循寄人籬下？”清代袁枚《隨園詩話》卷七：“文章當自出機杼，成一家風骨，不可寄人籬下。”❷比喻依靠別人過日子，不獨立。《紅樓夢》九十回：“想起邢岫煙住在賈府園中，終是寄人籬下。”同 低眉折腰。反 自食其力、獨立自主。

【寂寂無聞】jì jì wú wén ❶形容毫無聲息。清代錢學倫《語新》卷上：“(朱姓女) 雖與予居不遠，幾年來寂寂無聞。”黃興《黃花崗之役》：“近十年來，堂堂正正可稱為革命軍者，首推庚子惠州之役，次大通之役，此後一二年間，寂寂無聞。”❷形容默默無聞，不出名，不為人所知。徐特立《讀書日記•日本戰敗的原因》：“許多人過去有大學問，在社會上有地位，今日卻寂寂無聞，人在而無用，雖生猶死。”同 默默無聞、寂若無人。

【寂然無聲】jì rán wú shēng 寂靜得一點聲音也沒有。《淮南子•泰族訓》：“高宗諒闇，三年不言，四海之內，寂然無聲。”《醒世恆言•張淑兒巧智脫楊生》：“這些和尚是山野的人，收了這殘盤剩飯，必然聚吃一番，不然，也要收拾傢伙，為何寂然無聲。”◇月夜的郊野，空曠無邊，沒有風，沒有人，彷彿沒有生命的世界，寂然無聲。同 寂靜無聲。反 沸反盈天。

【密不通風】mì bù tōng fēng ❶形容封閉、遮蔽得很嚴密，連風也透不過去。元代紀君祥《趙氏孤兒》二折：“但要訪的孤兒有影蹤，必然把太平莊上兵圍擁，鐵桶般密不通風。"《野叟曝言》八五回："豈知中軍聞知按院奉旨捉拿欽犯，想又奉過密諭，在轅門領兵防守，密不通風。"瞿秋白《餓鄉紀程》六："黯黯的一盞電燈，密不通風的大窗子，一張桌子，兩張凳，四張板鋪。"❷比喻做事慎密，一點也不露風聲。《初刻拍案驚奇》卷二："朝奉在家，推個別事出外，時時到此來往，密不通風，有何不好？"◇他把這事隱瞞得密不通風，直到事後，大家才恍然大悟。同 密不透風、嚴絲合縫。

【密雲不雨】mì yún bù yǔ《易•小畜》："密雲不雨，自我西郊。"説聚集的密雲，沒有降甘霖到我所在的西郊。後用"密雲不雨"：❶比喻恩惠未能施於眾人。唐代陳子昂《諫用刑書》："頃來亢陽愆候，密雲而不雨，農夫釋耒，瞻望嗷嗷，豈不由陛下之有聖德而不降澤於下人也。"❷比喻事情正在醞釀，或雖已醞釀成熟，但尚未即刻發生。《舊唐書•許孟容傳》："密雲不雨，首種未入。"明代楊柔勝《玉環記•約友赴選》："值此密雲不雨，夙興兼夜寐，待養就侵雲翰羽，廟器豈凡庸，肯為蹉跎自棄。"馮玉祥《我的生活》二一章："(唐繼堯等）聯名的討袁通電，內江的報紙上已經發表。密雲不雨的局面，至此算完全揭開了。"

【密網秋荼】mì wǎng qiū tú 見"秋荼密網"。

【密鑼緊鼓】mì luó jǐn gǔ 戲曲開演前的鑼鼓敲得又緊又密，因以"密鑼緊鼓"比喻事前緊張的謀劃或準備工作。陳殘雲《山谷風煙》一八："如今村子上在密鑼緊鼓地查甚麼陰謀，你走路也得當心呵，要帶眼識人。"同 緊鑼密鼓。

【寒木春華】hán mù chūn huá 寒木：耐寒不凋的樹木，如松柏等。華：同"花"。北齊顏之推《顏氏家訓•文章》："齊世有席毗者，清幹之士，官至行台尚書，嗤鄙文學，嘲劉逖云：'君輩辭藻，譬若榮華，須臾之翫，非宏才也。豈比吾徒千丈松樹，常有風霜，不可凋悴矣。'劉應之曰：'既有寒木，又發春華，何如也？'席笑曰：'可哉！'"後以"寒木春華"比喻各有所長，或內心純潔、外貌秀美。◇她聰明美麗，更有一顆善良的心，寒木春華，人人愛憐。

【寒心酸鼻】hán xīn suān bí 寒心：失望而痛心。酸鼻：鼻子發酸，多因悲痛所致。形容心情十分難過、悲痛。戰國楚宋玉《高唐賦》："孤子寡婦，寒心酸鼻。"漢代桓譚《新論•琴道》："夫以秦、楚之強而報弱薛，譬猶磨蕭斧而伐朝菌也。有識之士，莫不為足下寒心酸鼻。"◇看到她家這悽慘的景象，同事們無不寒心酸鼻，潸然淚下。

【寒花晚節】hán huā wǎn jié 寒花：指菊花。晚節：晚年的節操。説菊花能傲霜開放，借喻人到晚年仍保持堅貞不渝的高尚節操。宋代韓琦《九日水閣》詩："雖慚老圃秋容淡，且看寒花晚節香。"同 黃花晚節、晚節黃花。

【寒來暑往】hán lái shǔ wǎng 也作"寒往暑來"。❶暑夏過去，寒冬到來，指季節更替、時光流逝。《易•繫辭下》："寒往則暑來，暑往則寒來，寒暑相推，而歲成焉。"南朝宋鮑照《傷逝賦》："寒往暑來而不窮，哀極樂反而有終。"宋代張掄《阮郎歸•詠夏》詞："寒來暑往幾時休，光陰逐水流。浮雲身世兩悠悠，何勞身外求。"《禪真逸史》一四回："荏苒之間，不覺寒來暑往，又早一載有餘。"❷借指一陣冷一陣熱，冷熱交替。清代褚人穫《堅瓠首集•陳全詞》："全嘗病瘧，惱恨不勝，乃製《叨叨令》以自寫云：'冷來時冷的在冰凌上卧，熱來時熱的在蒸籠裏……只被你悶殺人也麼哥，真的是寒來暑往人難過。'"同 暑往寒來、冬去春來。

【寒往暑來】hán wǎng shǔ lái 見"寒來暑往"。

【寒泉之思】hán quán zhī sī《詩•凱風》："爰有寒泉，在浚之下。有子七人，母氏勞苦。"説母親有子七人，卻不能事奉慈母，讓母親很辛勞深感自責。後用"寒泉之思"表示子女對母親的孝心或思念母親的心情。《東觀漢記•東平憲王蒼傳》："今以光烈皇后假髻帛巾各一、衣一篋遺王，可時瞻視，以慰《凱風》寒泉之思。"《三國志•先主甘皇后傳》："今皇思夫人宜有尊號，以尉寒泉之思。"晉代陶潛《晉故征西大將軍長史孟府君傳》："淵明先親，君之第四女也。《凱風》寒泉之思，實鍾厥心。"

【富比王侯】fù bǐ wáng hóu 比：等同，並列。王侯：天子和諸侯，泛指顯貴者。說擁有的財富抵得上王侯之家，極其富有。明代沈蓮池《駐雲飛•出家》曲："富比王侯，你道歡時我道憂。"《金瓶梅詞話》五七回："山東有個西門大官，官居錦衣之職，他家私巨萬，富比王侯，家中那一件沒有！"同 富可敵國。

【富可敵國】fù kě dí guó 形容極其富有，擁有的錢財可與國家的財富相匹敵。宋代樓鑰《陳順之靈壁石硯山》詩："陳侯之富可敵國，會有寶光驚四塞。"《鏡花緣》六四回："蓋下濱自他祖父遺下家業，到他手裏，單以各處田地而論，已有一萬餘頃，其餘可想而知，真是富可敵國。"馮英子《論高薪養廉》："'和珅跌倒，嘉慶吃飽。'這個民諺，很可以反映和珅的富可敵國的地位。"也作"富堪敵國"。《禪真後史》三八回："此賊富堪敵國，朝廷洪福齊天，以致敗露；不然待其舉發，何以解之？"《廿載繁華夢》三四回："無怪近來關稅總無起色，若庫書吏役，反得富堪敵國，坐擁膏腴。"同 富埒王侯、富比王侯。反 家貧如洗、家徒四壁。

【富甲天下】fù jiǎ tiān xià 甲：居第一位。富足的程度居全國之首。形容極其富有。明代周楫《西湖二集•劉伯溫薦賢平浙中》："方氏出沒海島，擅魚鹽之利，富甲天下。"◇杭嘉湖平原，水網密佈，土地肥沃，物產豐饒，富甲天下，號稱魚米之鄉。同 富可敵國。

【富有天下】fù yǒu tiān xià 謂完全享有整個國家的財富。多指帝王統治全國，盡享財富。《墨子•七患》："桀、紂貴為天子，富有天下。"《孟子•萬章上》："富，人之所欲，富有天下，而不足以解憂。"唐代李德裕《次柳氏舊聞》："上孜孜儆戒如是，富有天下僅五十載，豈不由斯道乎！"也作"富有四海"。《孔子家語•三恕》："聰明睿智，守之以愚；功被天下，守之以讓；勇力振世，守之以怯；富有四海，守之以謙。此所謂損之又損之之道也。"元代馬致遠《漢宮秋》楔子："陛下，田舍翁多收十斛麥，尚欲易婦，況陛下貴為天子，富有四海，合無遣官遍行天下，選擇室女……以充後宮，有何不可？"

【富有四海】fù yǒu sì hǎi 見"富有天下"。

【富而不驕】fù ér bù jiāo 十分富有，但不驕矜不傲慢。也作"富而無驕"。無：不。《論語•學而》："貧而無諂，富而無驕，何如？"《左傳•定公十三年》："富而不驕者鮮，吾唯子之見。"《史記•五帝本紀》："帝堯者，放勳。其仁如天，其知如神。就之如日，望之如雲。富而不驕，貴而不舒。"元代馬致遠《薦福碑》二折："雖然我住破窰，使破瓢，我猶自不改其樂，後來便為官居也富而無驕。"◇富而不驕，敗而不餒，説起來容易做起來難，有了錢就容易驕奢淫逸，向來如此。同 富而好禮。反 富貴驕人。

【富而好禮】fù ér hào lǐ 富有錢財，崇尚禮法，雖富貴卻謙遜有禮。《論語•學而》："子貢曰：'貧而無諂，富而無驕，何如？'子曰：'可也。未若貧而樂，富而好禮者也。'"明代李昌祺《剪燈餘話•江廟泥神記》："廟近大姓鐘聲遠者，富而好禮，喜延名師。"《紅樓夢》二回："誰知他家那等榮耀，卻是個富而好禮之家。"《醒世姻緣傳》二三回："貴而不驕，入里門必武；富而好禮，以法度自遵。"反 為富不仁。

【富埒王侯】fù liè wáng hóu 埒：相等。極為富足，擁有的財富同王侯一樣多。《廿載繁華夢》二十回："那暗差便省得是周家的住宅，只因周庸祐是富埒王侯，貴任參贊的時候，如何反要典當東西？迫得直登樓上，好問個明白。"王開林《藏書者説》："負笈京華四個寒暑，從各處老店和新店搜購書籍三百餘冊，不免有點躊躇滿志，自以為獨擁書城，亦可謂富埒王侯，現在大夢方醒，才明白自己只不過是書蟲一條，終歸逃窮無術。”同 富比王侯、富埒天子。反 赤貧如洗、一貧如洗。

【富國強(彊)兵】fù guó qiáng bīng 使國家富裕，軍力強盛。《商君書·壹言》：“故治國者，其摶力也，以富國強兵也。”唐代陳子昂《上益國事書》：“臣聞古者富國彊兵，未嘗不用山澤之利。”宋代陳亮《上孝宗皇帝書》：“又悟今世之才臣，自以為得富國強兵之術者，皆狂惑以肆叫呼之人也。”◇富國強兵是幾代中國人的夢想。同 強兵富國。

【富堪敵國】fù kān dí guó 見“富可敵國”。

【富貴不淫】fù guì bù yín 淫：迷惑、惑亂。《孟子·滕文公下》：“富貴不能淫，貧賤不能移，威武不能屈，此之謂大丈夫。”後用“富貴不淫”說不為金錢和地位所迷惑。《野叟曝言》五九回：“聖狂之分，只在敬肆二字。富貴不淫，是何等本領，故孟子以為大丈夫，你竟公然以大丈夫自居，侈肆極矣！”清代方亨咸《邵村雜記·武風子傳》：“或曰：其有道者歟？不然，何富貴不淫，威武不屈耶？”反 見利忘義。

【富貴浮雲】fù guì fú yún 財富和地位就像天上飄浮的雲，變幻無常，轉瞬即逝。《論語·述而》：“不義而富且貴，于我如浮雲。”後多以“富貴浮云”形容不看重金錢地位，不以功名利祿為念。宋代張元幹《沁園春·漫興》詞：“任紆朱拖紫，圍金佩玉，青錢流地，白璧如坻。富貴浮雲，身名零露，事事無心歸便歸。”宋代辛棄疾《水龍吟·次年南澗用前韻為僕壽。僕與公生日相去一日，再和以壽南澗》詞：“富貴浮雲，我評軒冕，不如杯酒。”《老殘遊記》三回：“先生本是科第世家，為甚不在功名上講求，卻操此冷業？雖說富貴浮雲，未免太高尚了罷。”也指世事變化不定，榮華富貴不能長久。金代元好問《趙元德御史之兄七秩之壽》詩：“富貴浮雲世態新，典刑依舊老成人。”《封神演義》五回：“比儒者兮官高職顯，富貴浮雲；比截教兮五刑道術，正果難成。但談三教，惟道獨尊。”《二十年目睹之怪現狀》五四回：“一直到了法場上，就在三年前頭殺姓趙的地方，一樣的伸着脖子，吃了一刀。正是：富貴浮雲成一夢，葫蘆依樣只三年。”同 富貴無常。

【富貴無常】fù guì wú cháng 財富、地位變化不定，難以持久下去。漢代荀悅《漢紀·宣帝紀》：“寬饒不悅，仰視屋而歎曰：‘富貴無常，忽輒易人，如此傳舍，所閱多矣。’”明代湯顯祖《紫釵記·春日言懷》：“富貴無常，才情有種。”◇縱然祖上門庭顯赫，富甲一方，但到得父親手上已經敗落得家無隔夜之糧，正應了富貴無常那句話。同 富貴浮雲。

【富貴榮華】fù guì róng huá 財產富足，地位尊貴，榮耀顯達。漢代王符《潛夫論·論榮》：“所謂賢人君子者，非必高位厚祿、富貴榮華之謂也。”唐代李嶠《汾陰行》：“山川滿目淚沾衣，富貴榮華能幾時？”《初刻拍案驚奇》卷二二：“而今事已到此，痛傷無益。虧得兒子已得了官，還有富貴榮華日子在後面，母親且請寬心。”◇今天的人追求起高官厚祿、富貴榮華來，恐怕更甚於古人。同 榮華富貴。

【富貴驕人】fù guì jiāo rén 說依仗自己的金錢地位，傲慢自恃，盛氣凌人。《史記·魏世家》：“子擊逢文侯之師田子方於朝歌，引車避，下謁。田子方不為禮。子擊因問曰：‘富貴者驕人乎？且貧賤者驕人乎？’子方曰：‘亦貧賤者驕人耳。’”《陳書·魯悉達傳》：“悉達雖仗氣任俠，不以富貴驕人。”《東周列國誌》八五回：“自古以來，只有貧賤驕人，那有富貴驕人之理？”清代李伯元《南亭筆記》卷一二：“吳對人昂首向天，有富貴驕人之色。”反 富而不驕、貧賤驕人。

【富麗堂皇】fù lì táng huáng 富麗：宏偉美麗。堂皇：氣勢盛大。❶形容建築物雄偉華麗或場面盛大豪華。蔡東藩《民國通俗演義》一二六回：“先敍曹錕此次壽域宏開，壽筵盛設，其繁華熱鬧，富麗堂皇，不但為千古以來所罕見，就論民國大軍閥的壽禮，也可首屈一指。”❷形容辭藻華美，氣派大。《兒女英雄傳》三四回：“連忙燈下一看，只見當朝聖人出的是三個富麗堂皇的題目。”《官場現形記》五九回：“大世兄的詩好雖好，然而還總帶着牢騷，這便是屢試不第的樣子，幸虧還豪放，將來外任還可望得意。至二世兄富麗堂皇，不用説，將來一定是玉堂人物了。” 同 堂皇富麗、美侖美奐。反 蓬牖茅椽、甕牖繩樞。

【寓意深長】yù yì shēn cháng 寄託或隱含的意思深刻微妙，耐人尋味。宋代沈作喆《寓簡》卷一：“詩之作也，其寓意深遠，後之人莫能知其意之所在也。”◇“七夕”是中國傳統節日，不僅歷史悠久，而且寓意深長，不比西方的情人節遜色。

【寡不敵眾】guǎ bù dí zhòng 人少的抵擋不住人多的。《逸周書•芮良夫》：“民至億兆，后一而已，寡不敵眾，后其危哉！”《京本通俗小説•馮玉梅團圓》：“徐信雖然有三分本事，那潰兵如山而至，寡不敵眾，捨命奔走。”◇見對手的人越聚越多，寡不敵眾，只好走為上計了。反 一以當十、一以當百。

【寡廉鮮恥(耻)】guǎ lián xiǎn chǐ 鮮：少。既無操守，又無廉恥。漢代司馬相如《喻巴蜀檄》：“寡廉鮮恥，而俗不長厚也。”明代歸有光《〈卓行錄〉序》：“若狐不偕、務光、伯夷、叔齊……寧與世之寡廉鮮恥者一概而論也？”沙汀《還鄉記》七：“有的站在馮有三老婆一面，似乎那個寡廉鮮耻的女人罪得萬死。”◇趨炎附勢、寡廉鮮耻的人必遭他人唾棄。反 禮義廉恥、知書達禮。

【察言觀色】chá yán guān sè 體會對方的話語，觀察對方的臉色，瞭解其心意。《論語•顏淵》：“夫達也者，質直而好義，察言而觀色，慮以下人。”《三國志•滕胤傳》注引三國吳韋昭《吳書》：“胤每聽辭訟，斷罪法，察言觀色，務盡情理。”《紅樓夢》三二回：“寶釵見此景況，察言觀色，早已覺了七八分。”同 察顏觀色。

【察察而明】chá chá ér míng 見“察察為明”。

【察察為明】chá chá wéi míng 察察：繁瑣細碎。《老子》：“其政察察，其民缺缺。”後以“察察為明”、“察察而明”指在細枝末節、小事上用心，看不到大事，卻自以為明察，以為精明。《舊唐書•張蘊古傳》：“勿渾渾而濁，勿皎皎而清，勿汶汶而闇，勿察察而明。”《二十年目睹之怪現狀》七八回：“恰恰遇到了一位兩江總督，最是察察為明的。”◇身為總裁最忌察察為明，眼前的斤斤計較，長遠的不聞不問。反 明察秋毫、洞若觀火。

【寧死不屈】nìng sǐ bù qū 寧可死去，也不屈服。明代趙弼《效顰集•宋進士袁鏞忠義傳》：“以大義拒敵，寧死不屈。”◇慷慨赴義，寧死不屈。同 寧死不辱。反 怕死貪生。

【寧缺毋濫】nìng quē wú làn 不合要求或不合格的，寧可不要，決不濫竽充數。◇本店進貨，寧缺毋濫，保證品質，取信於顧客。同 寧缺勿濫。

【寥若晨星】liáo ruò chén xīng 像早晨的星星一樣稀少。形容數量極少。孫中山《建國方略》二：“資本家之在中國，寥若晨星，亦僅見於通商口岸耳。”◇在“非典”肆虐的日子裏，街上的行人寥若晨星。同 寥寥無幾。反 恆河沙數、數不勝數。

【寥寥無幾】liáo liáo wú jǐ 形容數量非常少。清代厲鶚《〈東城雜記〉序》：“每欲考里中舊聞遺事，而志乘所述，寥寥無幾。”《民國通俗演義》九十回：“湖南督軍傅良佐，麾下親兵，寥寥無幾。”◇身後所剩家產寥寥無幾。同 寥寥可數。反 恆河沙數。

【實至名歸】shí zhì míng guī 有了實際的學識、技能或成績，相應的名聲自然而至。《儒林外史》十五回：“敦倫修行，終受當事之知；實至名歸，反作終身之玷。”◇一生勤苦，為社區造福，老來實至名歸，為眾人所尊仰。反 徒有虛名。

【實事求是】shí shì qiú shì 本指弄清事實，求得正確的結論。《漢書•河間獻王劉德傳》：“德以孝景前二年立，修學好古，實事求是。”《清史稿•周學海傳》：“博覽群籍，實事求是，不取依托附會。”後指依據實際情況看待問題、處理問題。

《官場現形記》二回："所以反不及他做典史的，倒可以事事躬親，實事求是。"周而復《上海的早晨》第四部四十九："我們對待問題應該實事求是，不要客氣才好。"反 以假亂真、弄虛作假。

【寬大為懷】kuān dà wéi huái 說不要苛求別人。也指給人以改過自新的機會。◇己所不欲，勿施於人，待人接物一定要寬大為懷／對人寬大為懷，要給人一反思糾錯的機會，不能一味指責。同 寬洪大度、寬洪大量。反 吹毛求疵、睚眥必報。

【寬打窄用】kuān dǎ zhǎi yòng 做計劃或申報時寬裕一些，使用時收緊或節省一點，以求有迴旋餘地，有所保障。◇施工進度要寬打窄用，保證工程按期完成／部門申請預算時往往多報，寬打窄用，這幾成慣例。

【寬洪(宏)大度】kuān hóng dà dù 見"寬洪大量"。

【寬洪(宏)大量】kuān hóng dà liàng 形容人氣量大，胸懷廣闊，能寬厚待人，不斤斤計較。元代無名氏《漁樵記》三折："我則道相公不知打我多少，元來那相公寬洪大量。"《平山冷燕》五回："忽報宋信青衣小帽來請罪。山顯仁因女兒寬洪大量，便也寬洪大量起來，因分付叫'請宋相公更了衣巾相見。'"老舍《趙子曰》一七："你們怎麼這樣愛她們而不跟我講些寬宏大量呢？"也作"寬洪（宏）大度"。元代戴善夫《風光好》三折："學士寬洪大度，何所不容。"◇林肯成功的原因是多方面的，特別是他寬宏大量，能把有用之才集合在麾下各盡所能。同 寬洪海量、寬大為懷。

【寬猛相濟】kuān měng xiāng jì 猛：嚴厲。寬大和嚴厲兩種手段配合着使用。《左傳•昭公二十年》："仲尼曰：'善哉，政寬則民慢，慢則糾之以猛；猛則民殘，殘則施之以寬。寬以濟猛，猛以濟寬，政是以和。'"漢代王粲《儒吏論》："吏服雅訓，儒通文法，故能寬猛相濟，剛柔自克也。"《文明小史》九回："為政之道，須在寬猛相濟。"同 寬嚴相濟。

【審時度勢】shěn shí duó shì 仔細分析時勢的特點，估計判斷情況的變化。明代張居正《與李太仆漸庵論治體》："然審時度勢，政固宜耳。"◇審時度勢，謀定而後動，方能立於不敗之地。

【寵辱不驚】chǒng rǔ bù jīng《老子》："寵辱若驚，貴大患若身。何謂寵辱若驚？寵為上、辱為下，得之若驚，失之若驚，是謂寵辱若驚。"後反用其辭義，以"寵辱不驚"說無論得寵還是受辱，都以無所謂的平常心對待之。比喻把得失置之度外。《新唐書•盧承慶傳》："初，承慶典選，校百官考。有坐漕舟溺者，承慶以'失所載，考中下'，以示其人，無慍也。更曰'非力所及，考中中'，亦不喜。承慶嘉之曰：'寵辱不驚，考中上。'"◇歷盡滄桑，飽經世故，他把一切都看淡了，寵辱不驚。同 寵辱無驚。反 受寵若驚。

【寵辱皆忘】chǒng rǔ jiē wàng 把得失榮辱置之度外，受寵或受屈辱都不放在心上。宋代范仲淹《岳陽樓記》："登斯樓也，則有心曠神怡，寵辱皆忘，把酒臨風，其喜洋洋者矣。"◇其實沾沾自喜算不得大毛病，人非聖賢，很難寵辱皆忘。同 寵辱不驚。反 受寵若驚。

【寶刀不老】bǎo dāo bù lǎo 比喻人雖老，但技藝、功夫依舊嫻熟精湛，不減當年。◇闊別二十年，他唱起歌來卻一如當年，不禁讓人讚歎"寶刀不老啊！"

【寶刀未老】bǎo dāo wèi lǎo《穀梁傳•僖公元年》："孟勞者，魯之寶刀也。"《三國演義》七十回："豎子欺吾年老！吾手中寶刀卻不老。"說人雖然老了，但精力技藝依舊當年。◇當年的體壇名將寶刀未老，竟打入了前三名，實出觀眾所料。同 寶刀不老。反 未老先衰。

寸部

【寸土不讓】cùn tǔ bù ràng 見"寸土必爭"。

【寸土必爭】cùn tǔ bì zhēng《新唐書•李光弼傳》："兩軍相敵，尺寸地必爭。"後用"寸土必爭"、"寸土不讓"說每一寸土地都要全力爭奪，絲毫不讓。◇堅守陣地，寸土不讓 / 雙方寸土必爭，互不相讓，邊界糾紛始終解決不了。

【寸有所長】cùn yǒu suǒ cháng《楚辭•卜居》："尺有所短，寸有所長。"後用"寸有所長"比喻人和事物各有長處和短處。唐代劉知幾《史通•書志》："凡所記錄，多合事宜。寸有所長，賢於班、馬遠矣。"清代紀昀《〈帝京景物略〉序》：蓋竟陵、公安之文，雖無當古作者，而小品點綴，則其所宜，寸有所長，不容沒也。"同 尺短寸長。

【寸步不離】cùn bù bù lí 連一小步也不離開，形容關係親密。南朝梁任昉《述異記》："夫妻相重，寸步不離。"《水滸傳》二回："高俅自此遭際端王，每日跟隨，寸步不離。"錢鍾書《圍城》三："可是你在回國的船上，就看中一位鮑小姐，要好得寸步不離，對不對？"同 形影不離。

【寸步不讓】cùn bù bù ràng 形容一點都不肯退讓。王朝聞《論鳳姐》一六章："在……內部鬥爭中，襲人往往委曲求全，鳳姐卻寸步不讓。"反 讓棗推梨。

【寸步難行】cùn bù nán xíng 行走十分困難。比喻遇到重重阻力、進展很慢或工作難以開展。明代呂天成《齊東絕倒》三齣："也還是小心天下去得，大膽寸步難行。"清代方成培《雷峰塔•斷橋》："只是我腹中十分疼痛，寸步難行。"周而復《上海的早晨》第一部五四："市場困難，頭寸短少，真是寸步難行。"同 寸步難移。

【寸利必得】cùn lì bì dé 一點點利益都不放棄，必定去爭奪。◇此人唯利是圖，寸利必得，我可不想同他打交道。

【寸長尺短】cùn cháng chǐ duǎn《楚辭•卜居》："尺有所短，寸有所長。"場合不同，一尺有時覺得短，一寸有時顯得長。後比喻人各有長處和短處。宋代秦觀《與蘇公先生簡》："比迫於衣食，強勉萬一之遇，而寸長尺短，各有所施，鑿圓枘方，卒以不合。"清代李漁《閒情偶寄•詞曲上》："能精善用，雖寸長尺短，亦可成名。"同 尺短寸長。

【寸草不生】cùn cǎo bù shēng 連一根小草也不生長。多形容土地貧瘠或受災嚴重。元代關漢卿《竇娥冤》四折："(竇娥)曾發願道：'若是果有冤枉，着你楚州三年不雨，寸草不生。'"《曾國藩》第五章："捱到第二年春天，正是百花盛開的時候，小姑卻長眠在寸草不生的斗笠嶺。"反 茂林修竹。

【寸草不留】cùn cǎo bù liú 寸草：一寸長的小草，比喻微小的東西。❶ 連一寸草都不留下。《醒世恒言•張廷秀逃生救父》："誰想這年一秋無雨，作了個旱荒，寸草不留。"❷ 比喻斬盡殺絕或把東西毀壞一空。《東周列國誌》六十回："今晉統二十萬之眾，蹂破孤城，寸草不留。"《鏡花緣》五七回："殺上長安，管教武氏寸草不留。"同 斬草除根。

【寸草春暉】cùn cǎo chūn huī 溫暖的春天哺育小草成長，小草卻報答不了春日的恩惠。比喻兒女對父母養育之恩無限感戴、難以報答的心情。唐代孟郊《遊子吟》："慈母手中線，遊子身上衣。臨行密密縫，意恐遲遲歸。誰言寸草心，報得三春暉。"宋代徐元傑《遊侶母朱氏可特贈雍國夫人制》："寸草春暉，悵母慈之莫報。"明代何景明《過先人墓示彭天章》詩："此身如寸草，何以答春暉。"清代方成培《雷峰塔•祭塔》："寸草春暉無根處，枉教丹桂吐奇芬。"同 春暉寸草。反 忘恩負義、背恩反噬。

【寸陰若歲】cùn yīn ruò suì 日影移動一寸，好像過了一年。形容時間過得太慢。多用於別後思念殷切，日子難熬。《北史•韓禽傳》："班師凱入，誠知非遠，相思之甚，寸陰若歲。"清代袁枚《小倉山房尺牘》五十："不奉教誨，四月有餘，仰止之懷，寸陰若歲。"◇媽媽病逝後，阿美覺得寸陰若歲，每時每刻都感到痛苦極了。同 度日如年。

【寸陰是惜】cùn yīn shì xī《晉書•陶侃傳》："大禹聖者，乃惜寸陰。至於眾人，當惜分陰。"後用"寸陰是惜"指愛惜短暫的每一寸光陰。宋代陳亮《上光宗皇帝鑒成箴》："當效禹王，寸陰是惜；當效文王，日昃不食。”◇他懂得寸陰是惜，從小就努力上進。同寸陰尺璧。反蹉跎歲月。

【寸進尺退】cùn jìn chǐ tuì《老子》六九章：“吾不敢為主而為客，不敢進寸而退尺。”後用“寸進尺退”比喻得少失多。唐代韓愈《上兵部李侍郎書》：“寸進尺退，卒無所成。”◇這樁買賣做得寸進尺退，吃了大虧。

【寸絲不掛】cùn sī bù guà 宋代釋道元《景德傳燈錄·池州南泉禪師》：“師便問：‘大夫十二時中作麼生？’陸云：‘寸絲不掛。’”佛教禪宗喻指心無一點掛礙，不受塵俗牽累。後用“寸絲不掛”形容赤身裸體或無所掛懷。明代李贄《焚書·答陸思山》：“熱甚，寸絲不掛，故不敢出門。”◇他對這個家呀，寸絲不掛，甚麼事都不聞不問。同一絲不掛。

【封豕長蛇】fēng shǐ cháng shé 大豬與長蛇。喻貪婪暴虐者。《左傳·定公四年》：“吳為封豕長蛇，以薦食上國，虐始於楚。”杜預注：“言吳貪害如蛇豕。”清代王夫之《讀通鑒論·唐昭宗》：“號令不出於國門，以與封豕長蛇爭生死，一敗而殲焉。”◇《辛丑條約》為中國外交史上最大恥辱之事，其利害之大，有如封豕長蛇。

【封妻蔭子】fēng qī yìn zǐ 妻得封誥，子孫蔭襲官爵。均為古代帝王寵賜臣下的優渥待遇，古代獲此類待遇即謂建立功業，顯耀門庭。元代關漢卿《哭存孝》第二折：“你孩兒多虧了阿媽抬舉成人，封妻蔭子。”《醒世恆言·李玉英獄中訟冤》：“但願你陣面上神靈護佑，馬到成功，博個封妻蔭子。”◇宋江最大的願望就是為自己和眾位兄弟尋求一個報效國家、封妻蔭子、青史留名的出路。

【封官許願】fēng guān xǔ yuàn 事先許諾給人官職或好處，誘使別人替自己效力。《北洋軍閥統治時期史話》七一章：“用封官許願的辦法來鼓勵將士。”周而復《上海的早晨》第三部四九：“他的話沒說完，馮永祥就封官許願，一句話說到他的心裏。”

【射石飲羽】shè shí yǐn yǔ《呂氏春秋·精通》：“養由基射兕中石，矢乃飲羽，誠乎兕也。”兕：古代獸名，形似犀牛。誠乎：注意力集中於。飲：吞沒。羽：箭尾的羽毛。說箭射入石頭裏，吞沒了箭尾的羽毛。後用“射石飲羽”形容武藝超群。◇漢朝的飛將軍李廣有射石飲羽之勇，美名由此不朽，流傳後世。

【專心一志】zhuān xīn yī zhì 見“專心致志”。

【專心致志】zhuān xīn zhì zhì 一心一意，聚精會神。《孟子·告子上》：“不專心致志，則不得也。”宋代陸游《答王樵秀才書》：“官以考試名，當日夜專心致志以去取士，不可兼蒞他事。”也作“專心一志”。《荀子·性惡》：“今使塗之人伏術為學，專心一志，思索孰察，加日縣久，積善而不息，則通於神明，參於天地矣。”宋代陳淳《與李公晦書》：“其間亦接得三四後進，專心一志，有可造道成德之望。”老舍《四世同堂》三一：“他專心一志的要給若霞創造個新腔兒。”同專心一意、聚精會神。反心不在焉、一心二用。

【專欲(慾)難成】zhuān yù nán chéng 只圖滿足個人的慾望，不顧及其他，難以成事。《左傳·襄公十年》：“眾怒難犯，專欲難成，合二難以安國，危之道也。”宋代劉克莊《秘書少監饒公墓誌銘》：“時大全當國，公責之曰：‘專欲難成，位高疾顛。丞相今為怨府，天下之責將四面至矣！’”◇做事切忌自以為是、獨斷專行，要明白眾怒難犯，專慾難成的道理。

【專橫跋扈】zhuān hèng bá hù《後漢書·梁冀傳》：“帝少而聰慧，知冀驕橫，嘗朝群臣，目冀曰：‘此跋扈將軍也。’”後以“專橫跋扈”指專斷強暴，隨心所欲，蠻不講理。◇此人專橫跋扈，很像十里洋場上的惡少。同飛揚跋扈。反和藹可親。

【將心比心】jiāng xīn bǐ xīn 用自己的心地比照別人的心地。多指設身處地為別人着想，體貼別人。宋代朱熹《朱子語類》卷一六：“俗語所謂將心比心，如此則各得其平也。”元代獨峰和尚《禪要》：“反眼觀眼非斯眼，將心比心無所心。”明代湯顯祖《紫釵記•計哨訛傳》："太尉不將心比心，小子待將計就計。"張天翼《談人物描寫》："既這麼着，我想，所謂將心比心地去體會者，那就先要看看'將心比心'的我的這個'心'——是個甚麼'心'了。"同 設身處地。

【將功折罪】jiāng gōng zhé zuì 拿功勞抵償罪過。元代康進之《李逵負荊》四折："若拿得兩箇棍徒，將功折罪，若拿不得，二罪俱罰。"《西遊記》九二回："如今沒奈何，保唐僧取經，將功折罪。"同 將功贖罪、將功補過。

【將功補過】jiāng gōng bǔ guò 拿功勞彌補過失。《舊五代史•錢鏐傳》："既容能改之非，許降自新之恕，將功補過，捨短從長。"◇對於部屬無意中釀成的過失，不妨給一個將功補過的機會，這或許是最好的辦法。同 將功折罪、將功贖罪。

【將功贖罪】jiāng gōng shú zuì 用立新功抵消其犯下的罪過。《三國演義》五一回："今雲長雖犯法，不忍違卻前盟，望權記過，容將功贖罪。"《鏡花緣》十回："以善抵惡，就如將功贖罪，其中輕重，大有區別，豈能一概而論。"郭沫若《南冠草》第一幕："不過你還須得做些事體來將功贖罪。"同 將功折罪、將功補過。

【將伯之助】qiāng bó zhī zhù 將：請也。伯：長者。《詩經•正月》："載輸爾載，將伯助予。"說請長者幫助我。後以"將伯之助"指長者或他人對自己的幫助。也用作請人幫忙或感謝別人幫助的客氣話。明代張居正《寄趙大洲相公書》："僕以孱弱，謬膺重任，每懷將伯之助，莫挽東山之轍。"《聊齋誌異•連瑣》："夜間，女來稱謝，楊歸功王生，遂達誠懇，女曰：'將伯之助，義不敢忘。'"

【將門有將】jiàng mén yǒu jiàng 將帥之家出將帥。《史記•孟嘗君列傳》："文聞將門必有將，相門必有相。"《三國志•陳思王植傳》："諺曰：相門有相，將門有將。"《南史•王鎮惡傳》："鎮惡，王猛孫，所謂將門有將。"◇南宋時期，岳飛、岳雲父子，也是將門有將的生動例證。同 將門出將、相門有相。

【將信將疑】jiāng xìn jiāng yí 又相信又不相信，持懷疑態度。唐代李華《弔古戰場文》："其存其沒，家莫聞知；人或有言，將信將疑。"《醒世恆言》卷十："劉奇被人言所惑，將信將疑，作別而回。"茅盾《子夜》九："聽得了范博文這等海話，就將信將疑地開不得口了。"同 半信半疑。反 深信不疑、確信不疑。

【將計就計】jiāng jì jiù jì 利用對方計策的空隙，策劃計謀，反過來對付對方。元代李文蔚《圯橋進履》三折："若是與他交鋒，我那裏近的他。將計就計，不好則說是好。"《三國演義》四六回："此二人不帶家小，非真投降，乃曹操使來為奸細者。吾今欲將計就計，教他通報消息。"歐陽予倩《不要忘了》："這回的出兵是對外，其實是制止國內革命的一種方法，我們不妨將計就計。"反 將錯就錯。

【將勤補拙】jiāng qín bǔ zhuō 以勤奮刻苦來彌補笨拙。唐代白居易《自到郡齋題二十四韻》："救煩無若靜，補拙莫如勤。"宋代邵雍《弄筆吟》："弄假像真終是假，將勤補拙總輸勤。"明代袁宗道《與李宏甫書》："蓋不肖根鈍力弱，百不如人。持此一念，堅實長遠之心，庶幾將勤補拙。"同 勤能補拙。

【將遇良材(才)】jiàng yù liáng cái 大將遇到本領出眾的人物。比喻兩雄相鬥，本領相當。《水滸傳》三四回："兩個就清風山下厮殺，真乃是棋逢敵手難藏興，將遇良材好用功。"《封神演義》七三回："好殺！怎見得，正是：棋逢敵手難藏興，將遇良才好奏功。"同 棋逢對手。

【將錯就錯】jiāng cuò jiù cuò 將、就：順着。事情既然已經做錯了，不如就順着錯誤做下去。《聯燈會要•道楷禪師》："祖師已是錯傳，山僧已是錯說，今日不免將錯就錯，曲為今時。"《二刻拍案驚奇》卷二二："公子便有些曉得，只是將錯就錯，自以為得意。"清代李漁《玉搔頭•謬獻》："既到這邊，說不得了，將錯就錯，進去罷！"《孽海花》一四回："別的名次都沒動，就掉轉了我一本。有人説是上頭看時疊錯的，那些閱卷的，只好將錯就錯。”反 將計就計。

【尊師重道】zūn shī zhòng dào 指尊重老師，重視老師的教誨，傳授的道理、知識和技能。道：聖賢之道，後指儒家崇尚的孔孟之道，現泛指道理、知識等。漢代班固《白虎通·王者不臣》：“不臣授受之師者，尊師重道，欲使極陳天人之意也。”《檮杌閒評》二一回：“此等寒天，殿上無火，怎麼開講？無論太子為宗廟社稷之主，即我輩一介書生，荷蒙皇上知遇，得列師保，亦非等閒，今面色都改，儻受寒威，有傷身體，豈尊師重道之意？”何滿子《五雜侃·明朝皇帝的無賴氣》：“講官名分上是皇帝的老師，皇帝照理是該表率天下的，現在卻非但不尊師重道，還要拿幾個臭錢來侮弄老師，叫他們爬到地上去拾嗟來之物。”同 師道尊嚴。反 目無師長。

【尋死覓活】xún sǐ mì huó 鬧着要死要活。❶形容因絕望而想自殺。《京本通俗小説·碾玉觀音》：“老夫妻見女兒捉去，就當下尋死覓活，至今不知下落。”元代無名氏《延安府》一折：“你這般尋死覓活的，有甚麼冤屈的事，你和我説者。”❷形容用自殺來威脅嚇唬別人。《紅樓夢》二五回：“寶玉一發拿刀弄杖、尋死覓活的，鬧的天翻地覆。”◇她尋死覓活，賴着不肯還錢。同 要死要活。

【尋行數墨】xún háng shǔ mò 行：成行的字。墨：單個的字。順着行間數字。形容讀書或寫文章只在辭句上下功夫，不顧全篇主旨。宋代陳亮《壬寅答朱元晦秘書書》：“某頑鈍只如此，日逐且與後生尋行數墨，正如三四十歲醜女更欲紮腰縛腳，不獨可笑，亦良苦也。”元代劉壎《隱居通議·文章一》：“彼以繙閱故紙、尋行數墨者謂之英雄，寧不足笑邪！”《孽海花》一三回：“文章望氣而知，何必尋行數墨呢！”同 尋章摘句、咬文嚼字。

【尋花問柳】xún huā wèn liǔ 唐代杜甫《嚴中丞枉駕見過》詩：“元戎小隊出郊坰，問柳尋花到野亭。”後以“尋花問柳”表示：❶玩賞花草樹木，遊賞風景。也特指遊賞春景。宋代王子容《滿庭芳》詞：“閱武分弓角射，催農事，親勸農耕。何須付，尋花問柳，小隊出郊坰。”元代湯式《沉醉東風·錢塘懷古》曲：“一自蘇林葬土丘，再不見尋花問柳。”《儒林外史》十七回：“這樣好天氣，他先生正好到六橋探春光，尋花問柳，做西湖上的詩。”❷用“花”“柳”比喻妓女，表示嫖妓。《金瓶梅》八二回：“韓道國與來寶兩個，且不置貨，成日尋花問柳，飲酒宿娼。”同 問柳尋花、尋花覓柳。

【尋事生非】xún shì shēng fēi 故意找麻煩，挑起爭端。巴金《秋》三八：“都是我不好，把大少爺拉去料理倩兒的事情，給大少爺招麻煩。不然四太太怎麼會找大少爺尋事生非？”艾蕪《烏鴉之歌》：“現在他也只有忍了，人家往往要來尋事生非，正愁着找不着漏洞哩。”同 無事生非。反 安分守己。

【尋根究底】xún gēn jiū dǐ 尋求事物的根源，追究事物的底細。《紅樓夢》一二〇回：“似你這樣尋根究底，便是刻舟求劍，膠柱鼓瑟了。”◇一點小事也要尋根究底，討厭死了！同 窮根究底、追根究底。反 不聞不問。

【尋根問底】xún gēn wèn dǐ 尋求根由，查問底細。形容深入瞭解，細問來龍去脈，弄個水落石出。也作“尋根問蒂”。《平妖傳》八回：“常言道：‘樹高千丈，葉落歸根。’這小厮怕養不大，若還長大了，少不得尋根問蒂，怕不認我做外公麼！”《二十年目睹之怪現狀》四回：“至於內中曖昧情節，誰曾親眼見來，何必去尋根問底！”茅盾《第一階段的故事》：“不過，消息是怎樣來的？正式呢，非正式？他老人家一家要尋根問底的呵！”同 尋根究底、刨根問底。反 不求甚解、淺嘗輒止。

【尋根問蒂】xún gēn wèn dì 見“尋根問底”。

【尋章摘句】xún zhāng zhāi jù 讀書只搜尋、摘錄一些漂亮的詞句，不去深入理解文義主旨。也指死摳現成的詞句，沒有創見。《三國志·吳主傳》注引《吳書》：“（孫權）志存經略，雖有餘閒，博覽書傳歷史，藉採奇異，不效書生尋章摘句而已。”唐代李賀《南園》詩：“尋章摘句老雕蟲，曉月當簾掛玉弓。”◇讀死書會變成尋章摘句的腐儒，做不成大事。

【尋蹤(踪)覓跡】 xún zōng mì jì 尋找人的行蹤或事物的下落。元代李好古《張生煮海》二折：“小生張伯騰，恰才遇着的那箇女子，人物非凡，因此尋踪覓跡，前來尋他，卻不知何處去了。”元代柯丹邱《荊釵記•祭記》：“尋蹤覓跡到江邊，李成舅，可曾帶得香來。”明代沈璟《埋劍記•邂遇》：“走了仲翔沒佈擺，尋蹤覓跡徧挨排。料應不出百里外，嗏，順便打圍把山徑邏。”《鏡花緣》四九回：“如此仙境，想我父親必在其內。此時既到了尋蹤覓跡處，只應朝前追尋，豈可半途而廢？”

【尋歡作樂】 xún huān zuò lè 尋找歡樂。多指追求感官刺激和肉體暢快的放縱享樂生活。《孽海花》三十回：“況一掛上人家的假招牌，便有許多面子來拘束你，使你不得不藏頭露尾，尋歡作樂如何能稱心適意！”郁達夫《她是一個弱女子》二三：“失業到了現在，病又老是不肯斷根，將來的出路希望，一點兒也沒有。處身在這一種狀態之下，我又哪能夠和你日日尋歡作樂，像初戀當時呢？”◇有了幾個錢，便四處尋歡作樂，撇下女兒不管。

【對牛彈琴】 duì niú tán qín 漢代牟融《理惑論》：“公明儀為牛彈清角之操，伏食如故，非牛不聞，不合其耳矣。”後以“對牛彈琴”比喻對不懂道理的人講道理，或比喻對方不理解或愚蠢無知。《鏡花緣》九十回：“對牛彈琴，牛不入耳。”老舍《四世同堂》四：“這並不是因為他驕傲，不屑於對牛彈琴，而是他心中老有點自愧。”◇跟她談論油畫的畫技，無異對牛彈琴。反 茅塞頓開。

【對牀風雨】 duì chuáng fēng yǔ 見“風雨對牀”。

【對症下藥】 duì zhèng xià yào ❶醫生針對病情用藥。清代無名氏《病玉緣•閨怨》：“世間無不可醫之病，倘能對症下藥，豈有不瘳之理。”❷比喻針對具體情況制定解決問題的具體方法。《朱子語類》卷四一：“克己復禮，便是捉得病根，對症下藥。”朱自清《聞一多先生怎樣走着中國文學的道路》：“他也許要借這原始的集體的力給後代的散漫和萎靡來個對症下藥吧。”反 無的放矢。

【對答如流】 duì dá rú liú 回答問話像流水一樣流暢，形容反應快或口才好。唐代黃韜《龜洋靈感禪院東塔和尚碑》：“和尚葢行高而言寡，是日對答如流。”《警世通言•俞伯牙摔琴謝知音》：“伯牙見他對答如流，猶恐是記問之學。”陳殘雲《山谷風雲》二六章：“這個四十多歲、有一雙老鼠眼睛的流氓地痞，很會說話，對答如流。”同 應答如流。反 張口結舌。

小部

【小人得志】 xiǎo rén dé zhì 品格卑下的人得到重用或受到寵倖，便忘乎所以，飛揚跋扈起來。南朝宋何承天《為謝晦檄京邑》：“若使小人得志，君子道消。”《官場現形記》三八回：“至於內裏這位寶小姐，真正是小人得志，弄得個氣焰熏天，見了戴世昌，喝去呼來，簡直像他的奴才一樣。”

【小大由之】 xiǎo dà yóu zhī《論語•學而》：“禮之用，和為貴。先王之道，斯為美；小大由之，有所不行。”説無論做小事大事，都應合乎禮節。後用“小大由之”指可大可小，不予計較。◇救災是一種責任，更是一份情意，只要盡力就行，不論是捐一元二元，還是十萬八萬，都小大由之。

【小小不言】 xiǎo xiǎo bù yán 微不足道，不值一提。《官場現形記》四四回：“我同你老實説：彼此顧交情，留個臉，小小不言的事情，我也不追究了。”◇小小不言的事，何必在意？同 微不足道。反 大是大非。

【小手小腳】 xiǎo shǒu xiǎo jiǎo 形容小器，行事拘謹不放手。◇你喝起酒來小手小腳的，未免和你的身份不相稱吧／他是個小手小腳的人，這麼大的事怎麼能交給他辦呢？反 大手大腳。

【小心翼翼】xiǎo xīn yì yì 形容恭敬謹慎。《詩經·大明》："維此文王，小心翼翼。"後多形容舉動十分謹慎，唯恐出錯。巴金《春》八："他默默地點了點頭，小心翼翼地輕輕抱起孩子，讓何嫂接過去。"◇他小心翼翼地回答老師的問題。同 小心在意、小心謹慎。反 馬馬虎虎、粗枝大葉。

【小心謹慎】xiǎo xīn jǐn shèn 言談舉止極為慎重，時時留意，處處小心。《漢書·霍光傳》："出入禁闥二十餘年，小心謹慎，未嘗有過，甚見親信。"《初刻拍案驚奇》卷七："那徐嶠小心謹慎，張果便隨嶠到東都，於集賢院安置行李。"魯迅《且介亭雜文·論俗人應避雅人》："小心謹慎的人，偶然遇見仁人君子或雅人學者時，倘不會幫閒湊趣，就須遠遠避開，愈遠愈妙。"同 謹慎小心。反 飛揚跋扈。

【小丑跳樑】xiǎo chǒu tiào liáng 指卑賤不足道的人上竄下跳，興風作浪。小丑：小人之類。跳樑：即"跳踉"，跳跳蹦蹦。《宋史·張景憲傳》："景憲入辭，因言：'小丑跳樑，殆邊吏擾之耳。'"清代林則徐《次韻答陳子茂德培》："小丑跳樑誰殄滅？中原攬轡望澄清。"同 跳樑小丑。

【小巧玲瓏】xiǎo qiǎo líng lóng 形容形體纖小，精巧可愛。玲瓏：精緻巧妙的樣子。宋代辛棄疾《臨江仙·戲為山園壁解嘲》："有心雄泰華，無意巧玲瓏。"清代吳趼人《近十年之怪現狀》一九回："（船上）陳設了小巧玲瓏的紫檀小桌椅。"郭沫若《南京印象》四："小巧玲瓏的一座公館。庭園有些日本風味。"反 大而無當。

【小本經營】xiǎo běn jīng yíng 做小本錢的生意。◇這條街上都是些小本經營的店鋪和攤販／做小本經營的生意，利潤薄，所以都不用信用卡交易。反 財大氣粗。

【小肚雞腸】xiǎo dù jī cháng 比喻人氣量小，喜歡計較小事，看不到大的方面。◇小肚雞腸！我說你一句就受不了啦！

【小姑獨處】xiǎo gū dú chǔ 南朝樂府《青溪小姑曲》："小姑所居，獨處無郎。"後用"小姑獨處"指女子尚未出嫁。小姑：原指年輕女子、少女。◇如今在京滬港這樣的大城市裏，小姑獨處的大齡女子越來越多。同 待字閨中。

【小時了了】xiǎo shí liǎo liǎo 小時候很聰明。了了：明白懂事。《世說新語·言語》："小時了了，大未必佳。"《二刻拍案驚奇》卷五："小時了了大時佳，五歲孩童已足誇。"◇小妹又奪得鋼琴比賽第一名，媽媽說"小時了了，大未必佳"，告誡她別驕傲。

【小恩小惠】xiǎo ēn xiǎo huì 為籠絡人而給予的一點好處。清代羽衣女士《東歐女豪傑》三回："偶有一個狡猾的民賊出來，略用些小恩小惠來撫弄他，他便歡天喜地感恩戴德。"洪深《雞鳴早看天》第一幕："小恩小惠，和大罪大惡，是不能相抵的。"◇別想用小恩小惠拉攏人！反 大恩大德。

【小家子氣】xiǎo jiā zi qì 小戶人家的氣派。形容做事侷促不大方。小家子：寒微的小戶人家。《紅樓夢》三七回："若題目過於新鮮，韻過於險，再不得好詩，倒小家子氣。"◇他雖說出生在大戶人家，可做事總帶些小家子氣。同 小家子樣、小家子相。反 大家風範、寬宏大度。

【小家碧玉】xiǎo jiā bì yù《樂府詩集·碧玉歌》："碧玉小家女，不敢貴德攀。"碧玉：人名。後以"小家碧玉"指稱年輕貌美的小戶人家女子。明代范文若《鴛鴦棒·慕鳳》："小家碧玉鏡慵施，趙娣停燈臂支粟。"徐遲《牡丹》三："他一心一意經理的買賣是武漢市的漂亮女子、交際花、藝人、舞女和小家碧玉。"同 大家閨秀。

【小國寡民】xiǎo guó guǎ mín 國家小，百姓少。也泛指地方小，居民少。《老子》八十章："小國寡民，使有什伯之器而不用，使民重死而不遠徙。"宋代陸游《靜鎮堂記》："雖弊精神，勞思慮，而不足以理小國寡民，況任天下之重乎？"清代汪琬《〈具區志〉序》:“名為湖山一隅，而實則與都會比，非小國寡民之所能幾也。”反 廣土眾民。

【小鳥依人】xiǎo niǎo yī rén《舊唐書•長孫無忌傳》:“諸遂良學問稍長……甚親附於朕，譬如飛鳥依人，自加憐愛。”後用“小鳥依人”指像小鳥一樣依偎着人，比喻像少女或兒童般嬌稚可愛。◇她一見到他，就分外乖巧，嬌柔得有如小鳥依人。

【小康之家】xiǎo kāng zhī jiā《禮記•禮運》:“孔子曰：大道之行也，天下為公……如有不由此者，在埶者去，眾以為殃，是謂小康。”後指經濟狀況處於中等水平的人家。老舍《四世同堂》三五：“這些人起碼都是小康之家，家裏有房子有地。”同 小康人家。

【小試牛刀】xiǎo shì niú dāo《論語•陽貨》:“子過武城，聞弦歌之聲。夫子莞爾而笑，曰：‘割雞焉用牛刀？’”後用“小試牛刀”比喻動用有才幹的人解決小問題，在小事上試一下身手。明代馮惟敏《雙調新水令•賀鳳渚公鎮易州》:“當日箇小試牛刀，至如今大展龍韜。”同 牛刀小試。

【小試鋒芒】xiǎo shì fēng máng 稍微顯示一下才華、本領。鋒芒：刀劍的尖端，比喻才幹本領。◇今天的演唱，不過小試鋒芒，就已然轟動了全場 / 本想在城市論壇上小試鋒芒，不料竟語驚四座，群情沸騰。反 大顯身手。

【小道消息】xiǎo dào xiāo xi 道聽途説的或經非正式途徑傳播的消息。巴金《小騙子》:“不用説，這些都是小道消息，不可靠。”◇手機上的小道消息傳來傳去，多得數不勝數。

【小器易盈】xiǎo qì yì yíng 見“器小易盈”。

【小題大做(作)】xiǎo tí dà zuò 把小題目鋪展成大文章。明清時代科舉考試，用“五經”文命的題稱作大題，用“四書”文命的題稱作小題，用做大題的章法作小題，當時叫做“小題大做”。後比喻渲染誇大小事，或把小事當大事做，有不應當、不值得的意思。《紅樓夢》七三回：“沒有什麼，左不過是他們小題大作罷了，何必問他？”梁啟超《新軍滋事感言》:“捕此風吹草動之機會，小題大做，涸千百人之血以易其一階之進。”朱自清《選詩雜記》:“這裏頗用了些工夫作小小的考證，也許小題大作，我卻只是行其心之所安罷了。”◇俗話説，大事化小，小事化了，你卻小題大作！

【小懲大誡(戒)】xiǎo chéng dà jiè 懲：責罰。誡：警告。《易•繫辭下》:“小人不耻不仁……小懲而大誡，此小人之福也。”後用“小懲大誡（戒）”指對人的小過錯也應稍加懲罰，使其接受教訓，不至於犯大錯誤。《魏書•桓玄傳》:“猶冀玄當洗濯胸腑，小懲大誡，而狼心弗革，悖慢愈甚。”《糊塗世界》卷一一：“至於那六百兩銀子，我是並不稀罕，不過藉此小懲大戒，也叫你東家曉得點輕重，你們要告儘管去上告。”同 懲前毖後。反 嚴懲不貸。

【少不更事】shào bù gēng shì 年紀輕，沒有經歷過很多事，缺少處世經驗。《晉書•周顗傳》:“君少年未更事。”明代張鳳翼《竊符記》四折：“趙奢之子趙括志大才庸，少不更事。”《兒女英雄傳》十二回：“然而這事卻是由你少不更事而起。”也作“少不經事”。《何典》三回：“(老鬼）攔住説道：‘你們真是少不經事，只想抄近路！’”郭沫若《賈長沙痛哭》:“究竟是少不經事，喪心病狂。”同 乳臭未乾。反 少年老成。

【少不經事】shào bù jīng shì 見“少不更事”。

【少年老成】shào nián lǎo chéng 老成：閱歷多、老練成熟。人雖年輕，為人處世卻穩重老練。元代柯丹丘《荊釵記•團圓》:“我這公祖少年老成，居民無不瞻仰，老夫感激深恩。”《古今小説•蔣興哥重會珍珠衫》:“興哥少年老成，這般大事，虧他獨立支援。”洪深《少奶奶的扇子》第一幕：“子明一向規矩，堂子裏都不去應酬，誰不讚他少年老成。”反 少不更事。

【少安勿躁】shǎo ān wù zào 同“少安毋躁”。《孽海花》二九回：“願少安勿躁！

且待千秋軍火到此，一探彼會之內情，如有實際，再謀舉事。”梁實秋《退休》：“年輕的一輩，勸你們少安勿躁，棒子早晚會交出來，不要抱怨‘我在，久壓公等’也。”老舍《火葬》七：“他們還沒十分決定是馬上發作，還是少安勿躁的時候，夢蓮小姐出來，把他們讓進去。”◇請大家少安勿躁，表演即將開始。同 稍安勿躁。

【少安無(毋)躁】 shǎo ān wú zào 稍稍等待一下，不要急躁。唐代韓愈《答呂毉山人書》：“方將坐足下三浴而三熏之，聽僕所為，少安無躁。”宋代陸游《東軒》詩：“湖海片帆先已見，少安無躁待秋來。”《官場現形記》五七回：“總望大人傳諭眾紳民，叫他們少安毋躁，將來這事官場上一定替他們作主，決不叫死者含冤。”◇少安無躁，我們另想辦法。同 少安勿躁。反 心浮氣躁、心煩意亂。

【少見多怪】 shǎo jiàn duō guài 閱歷淺，見識少，遇到平常的事也感到奇怪。漢代牟融《理惑論》：“諺云：‘少所見，多所怪，睹馲駝，言馬腫背。’”清代鄭燮《與金農書》：“世俗少見多怪，聞言不信，通病也。”魯迅《且介亭雜文•門外文談》：“在少見多怪的原始社會裏，有了這麼一個奇跡，那轟動一時，就可想而知了。”同 少所見，多所怪。反 見多不怪。

【少條失教】 shǎo tiáo shī jiào 見“少調失教”。

【少調失教】 shǎo tiáo shī jiào 指年輕的晚輩、下人沒有規矩，缺乏教養。也作“少條失教”。《金瓶梅詞話》四十回：“好大膽的丫頭！新來乍到，就恁少條失教的，大剌剌對着主子坐着。”《歧路燈》三六回“管老九那個毬孩子，少調失教，橫跳黃河豎跳井，是任意的。”張宇《鄉村情感》九章：“爹，媽，秀春太年輕，不懂禮節，少調失教，平時有啥不孝順你們處，還望多擔待，別和她一般見識。”

【少縱即逝】 shǎo zòng jí shì 原作“少縱則逝”。稍微一放鬆就消失了。宋代蘇軾《文與可畫篔簹谷偃竹記》：“振筆直遂，以追其所見，如兔起鶻落，少縱則逝矣。”後多作“少縱即逝”。説情況變化極其迅速，稍一遲疑就會失去時機。清代紀昀《閱微草堂筆記•槐西雜志二》：“夫急流洶湧，少縱即逝，此豈能深思長計時哉！”◇機會少縱即逝，要注意把握。同 稍縱即逝、兔起鶻落。

【尖酸刻薄】 jiān suān kè bó 尖酸：説話刁鑽帶刺。刻薄：尖刻寡情。形容為人冷酷無情，説話挖苦諷刺，令人難堪。宋代陳摶《心相編》：“愚魯人説話尖酸刻薄。”《鏡花緣》六六回：“舜英姐姐安心要尖酸刻薄，我也不來分辯，隨他説去。”◇她在外人面前總裝作修福行善的樣子，但對家中二老卻尖酸刻薄，不像個做女兒的樣子。同 刻薄尖酸、尖嘴薄舌。反 寬容大度、溫柔敦厚。

【尖嘴猴腮】 jiān zuǐ hóu sāi 形容人的面孔像猴子一樣尖瘦難看。《儒林外史》三回：“(胡屠戶) 道：‘你不看見城裏張府上那些老爺都有萬貫家私，一個個方面大耳，像你這尖嘴猴腮，也該撒抛尿自己照照！’”◇看他那副尖嘴猴腮的長相，就不像甚麼好人。同 尖嘴縮腮、獐頭鼠目。反 方面大耳、相貌堂堂。

【尖嘴薄舌】 jiān zuǐ bó shé 見“貧嘴薄舌”。

【尚方寶劍】 shàng fāng bǎo jiàn 皇帝用的寶劍。授予此劍的大臣，擁有特別許可權，如先斬後奏等權力。《野叟曝言》卷四二：“赴良友之急，不恤性命；請尚方寶劍，不避鼎鑊。”現多比喻上級的指示或所授予的特別權力。◇他終於拿到一把尚方寶劍了，腰桿於是就硬了起來。同 上方寶劍。

尢部

【尤雲殢雨】 yóu yún tì yǔ 見“殢雨尤雲”。

【尨眉皓髮】 máng méi hào fà 尨：雜色。皓：白。花白的眉毛，銀白的頭髮。形容年老的樣子。《文選•張衡〈思玄賦〉》李善注：“顏駟，不知何許人，漢文帝時為郎。至武帝，嘗輦過郎署，見駟尨眉皓髮。”◇山路上走來幾位老人，尨眉皓髮，卻神采奕奕。同 老態龍鍾。

【就地正法】jiù dì zhèng fǎ ❶ 在緊急或特別的情況下，就在案發或捕獲罪犯的所在地，立即執行死刑。《二十年目睹之怪現狀》六五回："因為案情重大，並且是積案纍纍的，就辦了一個就地正法。"夏衍《秋瑾傳》三幕："你以為我不會砍你的頭嗎？我現在就砍你，這是張中丞來的密電，要將你就地正法！"❷ 比喻就在原處做了處理。何滿子《如果我是我•不如意的如意果》："一個朋友的故居的庭院裏，原來就有兩株這種只能嘖嘖稱美的好東西，被刀斧手就地正法了。"

【就地取材】jiù dì qǔ cái 就在當地選用人或選取所需要的材料。清代李漁《笠翁偶集•手足》："噫，豈其娶妻必齊之姜，就地取材，但不失立言之大意而已矣。"李劼人《暴風雨前》三部六："就地取材，當然強於千里轉運，何況四川的路途真是困難。"◇他每天早晨到街上走走，茶館裏坐坐，就地取材，把社會新聞、茶樓趣談、酒店新事、店鋪開張等等所見所聞記錄下來。反 捨近求遠、楚材晉用。

【就事論事】jiù shì lùn shì 只就事情本身的情況來談論或評判是非得失，不涉及其他方面。明代沈德符《野獲編•詞臣論劾首揆》："則以為奪情大事，有關綱常，且就事論事，未嘗旁及云。"《老殘遊記》十八回："兄弟資質甚魯，只好就事論事，細意推求。"許地山《狐仙》："我們就事論事，不說別的吧！"反 橫生枝節。

尸 部

【尸位素餐】shī wèi sù cān 佔着職位不做實事，拿俸祿、報酬，卻白吃飯。也作"尸祿素餐"。漢代劉向《說苑•至公》："久踐高位，妨群賢路，尸祿素餐，貪欲無厭。"《漢書•朱雲傳》："今朝廷大臣，上不能匡主，下亡以益民，皆尸位素餐。"明代梁辰魚《浣紗記•擒嚭》："你這尸位素餐的老賊！"◇上班就是品茶、看報、聊天，尸位素餐，毫不愧疚。反 克盡厥職、盡心竭力。

【尸祿素餐】shī lù sù cān 見"尸位素餐"。

【尺寸之功】chǐ cùn zhī gōng 指微小的功績、功勞。《戰國策•燕策一》："夫民勞而實費，又無尺寸之功，破宋肥仇，而世負其禍矣。"《三國演義》九六回："雲辭曰：'三軍無尺寸之功，某等俱各有罪；若反受賞，乃丞相賞罰不明也。'"《水滸傳》八三回："俺如今方始奉詔去破大遼，未曾見尺寸之功，倒做了這等的勾當，如之奈何？"◇他於公司發展無尺寸之功，就因為善於逢迎，便連連升職。反 豐功偉績。

【尺寸之地】chǐ cùn zhī dì 指面積狹小的土地。《史記•范雎蔡澤列傳》："而齊尺寸之地無得，豈不欲得地哉？形勢不能有也。"宋代蘇洵《六國論》："思厥先祖父暴霜露、斬荊棘，以有尺寸之地，子孫視之不甚惜，舉以予人，如棄草芥。"孫犁《夜晚的故事》："就在自己窗下的尺寸之地，栽了一架瓜蔞。這是苦東西，沒有病的人，是不吃的。"同 彈丸之地、寸土尺地。反 廣闊無垠、浩瀚無邊。

【尺寸可取】chǐ cùn kě qǔ 指很少的可取之處。常用作自謙。《三國演義》八三回："僕雖一介書生，今蒙主上托以重任者，以吾有尺寸可取，能忍辱負重故也。"《蕩寇志》八六回："陳希真那廝，尚有尺寸可取，吾欲用緩功收伏他。"◇兒子雖然不成器，卻也有尺寸可取之處。同 尺短寸長。反 一無是處。

【尺布斗粟】chǐ bù dǒu sù ❶《史記•淮南衡山列傳》記載：漢文帝的弟弟淮南厲王劉長謀反失敗，被流放蜀郡嚴道縣，途中絕食而死。民間作歌道："一尺布，尚可縫；一斗粟，尚可舂；兄弟二人不能相容。"後用"尺布斗粟"指兄弟不和。《隋書•文四子傳論》："房陵（楊勇）分定久矣，高祖一朝易之，開逆亂之源，長覬覦之望，……尺布斗粟，莫肯相容。"◇你們兄弟倆人別為了家產尺布斗粟，讓大家看笑話。❷ 一尺布，一斗穀子。形容財物數量少。宋代王禹偁

《濟州龍泉寺修三門記》："吾粗衣糲食，往來竹山、上庸間，得尺布斗粟，負荷而歸，積毫累銖以至百萬。"清代章有康《行路難》詩："尺布斗粟有徵稅，甚者紛擾及雞豚。" 同 煮豆燃萁、兄弟鬩牆。反 親如手足、手足之情。

【尺幅千里】chǐ fú qiān lǐ 一尺長的圖畫，把千里的景象都畫進去了。比喻寓大於小，指詩文、繪畫等事物雖小而內容豐富。清代何紹基《與汪菊士論詩》："然未嘗無短篇也，尺幅千里矣；未嘗無淡旨也，清潭百丈矣。"◇別小看他那篇文章，尺幅千里，經濟形勢分析得很深很透。

【尺短寸長】chǐ duǎn cùn cháng《楚辭•卜居》："尺有所短，寸有所長。"場合不同，一尺有時覺得短，一寸有時顯得長。後比喻人各有長處和短處。宋代蘇軾《定州到任謝執政啟》："燕南趙北，昔稱謀帥之難；尺短寸長，今以乏人而授。"◇尺短寸長，人盡其用，這是主管者的責任。同 寸長尺短。反 一無所長。

【尺椽片瓦】chǐ chuán piàn wǎ 指建築物遭受破壞後所剩無幾的磚瓦木料。唐代呂周任《泗州大水記》："郊境之內，無平不陂，邪郭之間，無岸不谷，尺椽片瓦，蕩然無所有。"宋代陳亮《重建紫霄觀記》："盜平，無尺椽片瓦可為庇依，道士結茅以居。"《續資治通鑒•宋真宗咸平五年》："況此州城邑焚毀，無尺椽片瓦，所過山林，材木匱乏，乞罷其役。"◇火災過後，整幢房子燒成灰燼，尺椽片瓦，蕩然無存。

【尺蠖求伸】chǐ huò qiú shēn《易經•繫辭下》："尺蠖之屈，以求信（伸）也。"尺蠖：尺蠖蛾的幼蟲，體長約二三寸，一屈一伸地行走。說尺蠖回縮身體是為了求得伸展。後以"尺蠖求伸"比喻以退為進的策略。唐代羅隱《兩同書•敬慢》："夫尺蠖求伸，亦因其屈；鷙鳥將擊，必先以卑。"明代王世貞《鳴鳳記•忠佞異議》："尺蠖欲求伸，卑污須自屈。"◇句踐面對強敵壓境，採用了尺蠖求伸的策略，忍辱求和，訂立城下之盟。同 尺蠖之屈、以屈求伸。

【尻輪神馬】kāo lún shén mǎ《莊子•大宗師》："浸假而化予之尻以為輪，以神為馬，予因以乘之，豈更駕哉！"尻：臀部。神：精神。後用"尻輪神馬"指以臀部為車輿，以心神為駕車的馬，意為隨心所欲地神遊物外。宋代楊時《假山》詩："尻輪神馬自足駕，已覺兩腋風泠然。"清代曾紀澤《演司空表聖〈詩品〉》詩："尻輪神馬與天遊；心印法燈盡向眼前了徹，胎息淵閎氣自遒。"◇面對堆積如山的創作素材，他竟尻輪神馬，想入非非起來。

【屁滾尿流】pì gǔn niào liú ❶形容極度慌亂或狼狽不堪的樣子。《水滸傳》七五回："這一干人嚇得屁滾尿流，飛奔濟州去了。"沙汀《航線》："跑去試一試吧，不搞得你屁滾尿流那才怪哩！"❷形容高興得失去常態。《金瓶梅詞話》三九回："喜歡的道士屁滾尿流。"◇打開箱子，滿是嶄新的鈔票，高興得屁滾尿流。同 魂飛魄散、忘乎所以。反 鎮定自若、意興闌珊。

【尾大不掉】wěi dà bù diào 尾巴太大，難以擺動。❶比喻下強上弱，駕馭、指揮不了。《左傳•昭公十一年》："末（樹梢）大必折，尾大不掉。"宋代李綱《再與吳元中書》："國初，以唐為鑒，削方鎮之權，以絕尾大不掉之患，是矣。"❷比喻事物前輕後重或前短後長，難以掌握。朱自清《〈你我〉自序》："《你我》原想寫一篇短小精悍的東西；變成那樣尾大不掉，卻非始料所及。"同 末大必折。

【局天蹐地】jú tiān jí dì 見"跼天蹐地"。

【局促不安】jú cù bù ān 形容拘謹惶恐或神情不自然的樣子。《文明小史》三三回："只說得那縣官喜又不是，怒又不是，一張方方的臉皮，一陣陣的紅上來，登時覺得局促不安。"茅盾《子夜》五："屠維岳很自然很大方地站在那裏，竟沒有絲毫局促不安的神氣。"巴金《家》七："（覺新）忽然注意到劍雲有一點局促不安的樣子。"同 跼蹐不安、忸怩不安。

【局蹐不安】jú jí bù ān 見"跼蹐不安"。

【局騙拐帶】jú piàn guǎi dài 設圈套騙局，誘騙拐賣婦女兒童。《清朝六部常用詞語解釋》："局騙拐帶，設謀騙人子女攜之逃走也。"◇他最後竟成了無業流民，做起局騙拐帶的勾當，生計來源污穢不堪。同 坑蒙拐騙。

【居大不易】jū dà bù yì 五代王定保《唐摭言•知已》載：白居易十六歲時到長安，帶了詩文作品謁見名人顧況。顧況看了"白居易"這三個字，逗他說："長安米貴，居大不易。"後以"居大不易"說在京城或大都市居住很不容易。清代宣鼎《夜雨秋燈錄•記李三三逸事》："惟是長安居大不易，乃知囊內錢空，始覺舊遊如夢。"魯迅《書信集•致許壽裳》："我雖不憚荒涼，但若購買食物，須奔波數里，則亦居大不易耳。"◇若不回鄉，這大上海米珠薪桂，居大不易，你叫我怎麼過下去？同 長安米貴。

【居不重席】jū bù chóng xí 居：坐。坐處不鋪兩層席墊。形容生活儉樸節約。《左傳•哀公元年》："昔闔廬食不二味，居不重席，室不崇壇。"《晉書•王羲之傳》："食不二味，居不重席，此復何有，而古人以為美談。"清代余邵魚《周朝秘史》八十回："闔廬為人，寬厚恭儉，雖為千乘之君，食不二味，居不重席，室不崇壇，器不雕鏤，宮室不觀，舟車不飾。"同 居不重茵、衣不重采。反 重裀列鼎、日食萬錢。

【居之不疑】jū zhī bù yí《論語•顏淵》："夫聞也者，色取仁而行違，居之不疑。"居：指放在心裏。說有名望的人只是外表上作出仁德的樣子，行動上卻違背了仁德，而自己心裏還不覺得有甚麼問題。後以"居之不疑"形容自以為理當如此。清代吳熾昌《客窗閒話•秦良玉遺事》："眾皆以為得計，居之不疑。"《官場現行記》三三回："回回吃酒都推趙大架子為首座，趙大架子便亦居之不疑。"同 理所當然、當之無愧。

【居心叵測】jū xīn pǒ cè 叵：不可。存心不良，難以揣測。清代薛福成《代李伯相三答朝鮮國相李裕元書》："近察日本，行事乖謬，居心叵測。"《慈禧太后演義》七回："洋人居心叵測，恰是難料。"◇我看此人與你接近，居心叵測，你要多加小心！同 居心莫測、心懷叵測。反 一片丹心、用心良苦。

【居功自傲】jū gōng zì ào 覺得自己立下了功勞，就傲慢自恃起來。◇人一旦居功自傲，自以為了不起，就再也難進步了。同 居功自滿。

【居安思危】jū ān sī wēi 處在安定的時候，要考慮應付未來可能潛伏的危機。《左傳•襄公十一年》："《書》曰：'居安思危。'思則有備，有備無患。"唐代魏徵《諫太宗十思疏》："不念居安思危，戒奢以儉，斯亦伐根以求木茂，塞源而欲流長也。"《明史•鄭本公傳》："陛下居安思危，當遠群小，節燕遊，以防一朝之患。"茅盾《子夜》九："你的危言評論，並不能叫小杜居安思危，反使得他決心去及時行樂，今夕有酒今夕醉。"同 居安慮危、安不忘危。

【居官守法】jū guān shǒu fǎ 說做官要遵守法律法規。《史記•商君列傳》："常人安於故俗，學者溺於所聞，以此兩者居官守法可也，非所與論於法之外也。"◇空談甚麼居官守法，實際上當官的人人愛錢，人人貪錢。同 奉公守法。反 執法犯法。

【居高臨下】jū gāo lín xià 佔據高處，俯視下方。❶ 比喻處於有利的地勢或地位。《續資治通鑒•宋高宗紹興十一年》："敵居高臨下，我戰地不利，宜少就平曠以致其師，宜可勝。"歐陽予倩《忠王李秀成》第一幕："要知道安慶是必爭之地，敵人得了安慶，就可以居高臨下，從各路進攻江浙。"❷ 比喻高高在上的姿態。張天翼《清明時節》："他居高臨下地問：'唔，那你們對他講了甚麼沒有呢——對羅二爺？'"同 高高在上。

【居無求安】jū wú qiú ān 在居住方面不求舒適，不奢華。《論語•學而》："君子食無求飽，居無求安，敏於事而慎於言。"宋代楊萬里《庸言》一二："君子食無求飽不足欲也，居無求安必遷善也。"明代徐枋《貧病説》："君子謀道不謀食，又曰食無求飽，居無求安。今吾子言貧則必病。" 同 食無求飽。

【屈打成招】qū dǎ chéng zhāo 嚴刑拷打無辜的人，迫使承認強加的過錯或罪行。元代無名氏《神奴兒》四折："拖到官中，三推六問，吊拷綳扒，屈打成招。" ◇社會昏天黑地，官官相護，屈打成招，冤獄遍國中。反 不打自招。

【屈指可數】qū zhǐ kě shǔ 彎一下手指頭，能夠數得清楚。形容數量不多。宋代歐陽修《唐安公美政頌》："今文儒之盛，其書屈指可數者，無三四人。" ◇參加的人屈指可數 / 他在中國固然數一數二，在世界也是屈指可數的人材。同 數一數二。反 大有人在。

【屈高就下】qū gāo jiù xià 降低身份去遷就地位比自己低的人。元代石子章《竹塢聽琴》二折："多謝他降尊臨卑，屈高就下。" 清代貪夢道人《康熙俠義傳》一六二回："我意欲將小女許配尊駕，還望將軍屈高就下，慨然應允！" 同 隨高就低。

【屈蠖求伸】qū huò qiú shēn 屈：彎曲，捲縮。《易經·繫辭下》："尺蠖之屈，以求信（伸）也。" 尺蠖：尺蠖蛾的幼蟲，體長約二三寸，一屈一伸地行走。説尺蠖縮回身體是為了求得伸展。後以"屈蠖求伸"比喻以退為進的策略。溥儀《我的前半生》六章："我先是把自己的一切舉動看做是恢復祖業、對祖宗盡責的孝行，以後又把種種屈服舉動解釋成'屈蠖求伸之計'，相信祖宗在天之靈必能諒解，且能暗中予以保佑。" 同 尺蠖求伸、以退為進。

【屈豔班香】qū yàn bān xiāng 像屈原、班固的詩文那樣詞藻豔麗，情味濃郁。形容詩文優美。◇此書不拘一格，雖非屈豔班香，也算得上是真才實學。同 班香宋豔。

【屍居餘氣】shī jū yú qì 人像死屍一般地躺着，尚存一點氣息。形容人即將死亡。《晉書·宣帝紀》："勝退告爽曰：'司馬公尸居餘氣，形神已離，不足慮矣！'" 後亦用以指人暮氣沉沉，無所作為。前蜀杜光庭《虬髯客傳》："靖曰：'楊司空權重京師，如何？' 曰：'彼屍居餘氣，不足畏也。'" 《紅樓夢》六四回："屍居餘氣楊公幕，豈得羈縻女丈夫。" ◇此人雖得遐壽，與老友重逢後九十而終，然而終究是屍居餘氣，有玷家族。

【屍橫遍野】shī héng biàn yě 形容被殺死的人極多。《三國演義》三九回："直殺到天明，卻才收軍，殺得屍橫遍野，血流成河。" 《説岳全傳》三二回："牛皋下馬，取了首級，復上馬招呼眾軍，衝入番營，殺得屍橫遍野，血流成河，追趕二十里，方才回兵。" ◇同治三年六月，湘軍統帥曾國藩部攻入天京，天王府內，硝煙瀰漫，火光沖天，屍橫遍野。

【屋下架屋】wū xià jià wū 比喻沿襲他人，沒有自己的獨創。《世説新語·文學》："庾仲初作《揚都賦》……人人競寫，都下紙為之貴。謝太傅云：'不得爾，此是屋下架屋耳。事事擬學而不免儉狹。'" 宋代張戒《歲寒堂詩話》："人才高下，固有分限，然亦在所習，不可不謹。其始也學之，其終也豈能過之？屋下架屋，愈見其小。" ◇科學研究支點在"突破、創新"四個字上，屋下架屋是不會有出息的。同 襲人故智、蹈常襲故。反 匠心獨運、獨樹一幟。

【屏氣凝神】bǐng qì níng shén 抑止呼吸，精神專注。形容注意力非常集中。《老殘遊記》二回："那王小玉唱到極高的三四疊後，陡然一落……滿園子的人都屏氣凝神，不敢少動。" ◇説到緊張處，人人屏氣凝神，支起耳朵靜靜地聽。同 專心致志、全神貫注。反 心神恍惚、精神恍惚。

【屠門大嚼】tú mén dà jiáo 面對着肉鋪做出大咀嚼的動作。比喻極想要又得不到的時候，就想像成已經得到似的，聊以自慰。漢代桓譚《新論》："人聞長安樂，則出門西向而笑，知肉味美，則對屠門而大嚼。" 三國魏曹丕《與吳質書》："過屠門而大嚼，雖不得肉，貴且快意。" 清代錢謙益《戲題徐元歎所藏鍾伯敬茶訊詩卷》詩："還君此卷成一笑，何異屠門大嚼眼飽腹中飢。"

【屠龍之技(伎)】tú lóng zhī jì《莊子•列御寇》："朱泙漫學屠龍於支離益，單千金之家，三年技成，而無所用其巧。"指罄盡富足的家產，去學殺龍的技術，技雖巧妙，卻沒有用處。後用"屠龍之技"喻指看上去好像高深華美，但實際上沒有任何價值的才能、技藝或別的東西。唐代劉禹錫《何卜賦》："屠龍之伎，非曰不偉，時無所用，莫若履豨。"宋代樓鑰《石屏詩集前序》："唐人以詩名家者眾，近時文士多而詩人少，文猶可以發身，詩雖甚工反成屠龍之技，苟非深得其趣，誰能好之。"◇他搞的這套計劃，我看不過是華而不實的屠龍之技，完全行不通。

【屢次三番】lǚ cì sān fān 反覆多次。形容反反覆覆，次數很多。《官場現形記》二九回："徐大軍機本來是最恨舒軍門的，屢次三番請上頭拿他正法。"◇屢次三番在媽咪面前說哪個同學去日本，誰去南韓……想讓媽咪也帶他去。同 幾次三番、三番五次。

【屢見不鮮】lǚ jiàn bù xiān 見得多了，就不覺得新奇。實際上是說類似情況很多。徐懋庸《秋風偶感》："開銷到十萬元以上的婚禮，自去年以來，屢見不鮮。"◇如今的生存競爭過於激烈，得憂鬱症的人屢見不鮮。同 數見不鮮。反 少見多怪。

【屢教不改】lǚ jiào bù gǎi 多次教育，仍不改悔。◇有的人知過就改，有的人屢教不改 / 雖經一再勸誡，仍然是一犯再犯，屢教不改。同 明知故犯。反 知過必改。

【屢試不爽】lǚ shì bù shuǎng 爽：差誤。多次照樣做下來，都沒有出錯。《聊齋誌異•冷生》："每途中逢徒步客，拱手謝曰：'適忙，不遑下騎，勿罪。'言未已，驢已蹶然伏道上，屢試不爽。"◇每到深秋她都要到那片沼澤地去看大雁，每次都必定有大雁飛來，屢試不爽。同 屢試屢驗。

【履險如夷】lǚ xiǎn rú yí 走在險峻的地方，就像在平地上走路一樣。也比喻能掌控危局，平穩地化解危難。明代羅洪先《雙江公七十序》："怡然就道，履險如夷。"鄭觀應《盛世危言•獄囚》："從此周道坦坦，履險如夷矣。"◇公司認為他履險如夷，足智多謀，堪當大任。同 履險若夷、如履平地。

【履薄臨深】lǚ bó lín shēn 履：踏。臨：面對。《詩經•小旻》："戰戰兢兢，如臨深淵，如履薄冰。"形容時刻小心謹慎，心存戒備，如同踩在薄冰之上、面對萬丈深淵一樣。唐代張蘊古《大寶箴》："撫茲庶事，如履薄臨深，戰戰慄慄。"宋代田錫《進瑞雪歌》："才微任重副憂勤，履薄臨深守廉慎。"同 臨深履薄、如履薄冰。

【履霜堅冰】lǚ shuāng jiān bīng《易經•坤》："初六，履霜，堅冰至。"踩着霜，就知道堅冰即將出現。比喻事物的發展變化是累積漸進的，要注重防微杜漸。《晉書•伏滔傳》："《易》稱'履霜堅冰'，馴致之道，蓋言漸也。"《舊唐書•魏玄同傳》："臣聞蟻穴壞堤，針芒瀉氣，涓涓不絕，必成江河，履霜堅冰，須防其漸。"明代馮從吾《丁未冬稿序》："然學術始於人心，關於世道，履霜堅冰，毫釐千里，此學之不可不講也。"梁啟超《中國立國大方針》："民選都督之問題，喧豗日甚，履霜堅冰，為兆已見。"同 履霜知冰。反 熟視無睹。

【層出不窮】céng chū bù qióng 接連不斷地出現，多之又多。清代紀昀《閱微草堂筆記•淮西雜志二》："天下之巧，層出不窮，千變萬化，豈一端所可盡乎？"《民國通俗演義》一一四回："於是川滇相爭，滇與滇又自相爭，五花八門，層出不窮。"◇電腦技術一日千里，新軟件新功能層出不窮。同 層見疊出。

【層出疊見】céng chū dié jiàn 接連不斷，多次出現。明代沈德符《野獲編補遺•場題犯諱》："蓋上是時方修祈年永命故事，臣下爭進諛辭以求媚，故至誠無息一章層出疊見，初不計及御名上一字也。"◇治安不斷惡化，搶劫、殺人、盜竊、詐騙、拐賣人口，層出疊見。同 層見疊出。反 絕無僅有。

【層見疊(迭)出】céng jiàn dié chū 接連不斷地出現，次數很多。《初刻拍案驚奇》卷十八："滿桌擺設酒器，多是些金銀異巧式樣，層見疊出。"《文獻通考•經籍五十二》："於是緣業之説，因果之説，六根、六塵、四大、十二緣生之説，層見疊出，宏遠微妙。"◇一轉進山裏，楓林與清流層見迭出，美不勝收。同 層出疊見。

【層巒疊嶂】céng luán dié zhàng 重疊險峻的山峰。形容山峰高高低低，連綿起伏不斷。宋代陸九淵《與王謙仲書》："方丈檐間，層巒疊嶂，奔騰飛動，近者數十里，遠者數百里，爭奇競秀。"明代袁宏道《西洞庭》："層巒疊嶂，出沒翠濤。"清代魏源《聖武記》卷十："出川陝即入楚，出楚即入川陝，層巒疊嶂，四路可通。"◇一帶江水，蜿蜒於層巒疊嶂之中。同 重巖疊嶂。

【屨及劍及】jù jí jiàn jí 屨：古代麻鞋。《左傳•宣公十四年》載：楚使派申舟出使齊國，過宋而不經由外交渠道"借道"，被宋人所殺。楚王"聞之，投袂而起，屨及於窒皇，劍及於寢門之外，車及於蒲骨之市。秋九月，楚子圍宋。"指楚莊王報仇心切，鞋未穿，劍未佩，車未駕，立即行動，以致侍奉他的人趕了好多路才追上他。後用"屨及劍及"表示迫不及待地採取堅決行動。康有為《上清帝第二書》："昔戰國之世，魏有武卒，齊有輕騎，秦有武士。楚莊投袂，屨及劍及，即日伐宋。"◇大氣污染影響全球氣候，尋找新能源已是火燒眉毛、屨及劍及的事了。同 劍及屨及。

【屨賤踊貴】jù jiàn yǒng guì 踊：古代受刖刑（砍腳）者所穿的鞋。常人穿的鞋價錢便宜，受刖刑者穿的鞋反而貴。形容受刑的人極多，法律嚴苛，刑獄泛濫。《左傳•昭公三年》："國之諸市，屨賤踊貴。"宋代呂祖謙《論宦官養子》："竊惟前世肉刑之設，斷肢體，刻肌膚，使終身不息，以至屨賤踊貴，有鼻者醜，刑罰之濫迺如此。"

屮部

【屯糧積草】tún liáng jī cǎo 儲存糧食和草料。元代無名氏《博望燒屯》一折："奉軍師將令忙差，統軍校弓弩齊排。博望城屯糧積草，都與其暗暗藏埋。"《三國演義》二八回："此去有山，名天蕩山，山中乃是曹操屯糧積草之地。"後也泛指軍隊補充給養。◇隊伍駐紮在村莊養精蓄鋭，屯糧積草，實力日漸雄厚。

山部

【山木自寇】shān mù zì kòu 寇：砍伐。山上的樹木長大成材後就被砍伐，比喻人因有才能或某方面出眾而招致禍害。《莊子•人間世》："山木自寇也，膏火自煎也。"《民國通俗演義》一二一回："山木自寇，象齒焚身……死不分明。"◇人們説這都是她過於漂亮，山木自寇，才惹來殺身之禍。同 膏火自煎。反 無人問津、乏人問津。

【山水相連】shān shuǐ xiāng lián 有山必有水，山和水相互依傍乃是自然天成。比喻兩者密不可分。◇香港和深圳山水相連，漸漸融合起來了/骨肉之親猶如山水相連，是沒有人能拉得開，拆得散的。同 密不可分。

【山長水遠】shān cháng shuǐ yuǎn ❶形容路途遙遠，山水阻隔。唐代許渾《寄宋邧》詩："山長水遠無消息，瑤瑟一彈秋月高。"元代關漢卿《謝天香》楔子："最苦偏高離恨天，雙淚落尊前，山長水遠，愁見理行軒。"❷形容山川壯闊。《嘉慶重修一統志•常州府一》："三吳襟帶之邦，百越舟車之會。山長水遠，氣秀地靈。"同 山高水長、地闊天遙。

【山雨欲來】shān yǔ yù lái 唐代許渾《咸陽城東樓》詩："溪雲初起日沉閣，山雨欲來風滿樓。"本是描寫山雨即將來臨的情景。後用"山雨欲來"比喻重大事件發生前夕的緊張氣氛。◇這幾天公司高層進進出出，個個緊繃着臉，讓大家感到山雨欲來之勢。同 山雨欲來風滿樓。反 風平浪靜、天朗氣晴。

【山明水秀】shān míng shuǐ xiù 形容山水秀麗，風景優美。宋代黃庭堅《驀山溪》詞："眉黛斂秋波，盡湖南，山明水秀。"《水滸傳》五回："一日正行之間，貪看山明水秀，不覺天色已晚。"丁玲《一九三〇年春上海（之一）》："在山明水秀鳥語花香的環境之中，度過一個美麗的春天。"同 山青水秀、山清水秀。反 窮山惡水。

【山肴(餚)野蔌】shān yáo yě sù 指野味、野菜。肴：魚肉等葷菜。蔌：蔬菜。宋代歐陽修《醉翁亭記》："山肴野蔌，雜然而前陳者，太守宴也。"清代孔尚任《桃花扇•餘韻》："你的東西，一定是山餚野蔌了。"◇平時吃一些山餚野蔌，對身體有益。

【山河百二】shān hé bǎi èr 見"百二山河"。

【山珍海味】shān zhēn hǎi wèi 產自山、海裏的珍貴食品。泛指美味佳餚。《紅樓夢》三九回："姑娘們天天山珍海味的，也吃膩了。"《孽海花》三十回："山珍海味，來得容易吃得多，儘你愛吃，也會厭煩。"同 山珍海錯。

【山珍海錯】shān zhēn hǎi cuò 漢代張協《七命》："窮海之錯，極陸之珍。"後用"山珍海錯"指山間和海中所產的珍異食品，也泛指美味佳餚。唐代韋應物《長安道》詩："山珍海錯棄藩籬，烹犢炮羔如折葵。"《歧路燈》三回："飯鋪前擺設着山珍海錯，跑堂的抹巾不離肩上。"茅盾《脫險雜記》一二："這餐晚飯，真吃得痛快。雖然只有一葷一素，但我覺得比甚麼八大八小的山珍海錯更好，永遠忘記不了。"同 山珍海味。

【山南海北】shān nán hǎi běi ❶ 指遼遠的地方。一般不確指。《紅樓夢》五七回："比如你姐妹兩個的婚姻，此刻也不知在眼前，也不知在山南海北呢。"❷ 泛指四面八方。《紅樓夢》六三回："那四十個碟子，皆是一色白彩定窰的，不過小茶碟大，裏面自是山南海北乾鮮水陸的酒饌果菜。"老舍《女店員》："你，余志芳，誰知道，不押着長長的一列火車的，或是一大輪船的貨物，山南海北地各處去呢？"❸ 比喻說話沒有主題，漫無邊際。◇坐下來山南海北，東拉西扯地聊了一陣子就走了。同 天南海北、天南地北。

【山峙淵渟】shān zhì yuān tíng 峙：聳立。淵：深潭。渟：水積聚不流。像山峰一樣聳立，如淵潭一般深湛。比喻人的品德莊重或行事沉穩。晉代葛洪《抱朴子•審舉》："逸倫之士，非禮不動，山峙淵渟，知之者希。"◇面對來勢洶洶的金融危機，李總裁山峙淵渟，明確表示不辭退任何員工，與大家共度時艱。同 淵渟嶽峙。

【山重水複】shān chóng shuǐ fù 山巒重疊，流水盤繞。形容山水風光十分優美。宋代陸游《遊山西村》詩："山重水複疑無路，柳暗花明又一村。"郁達夫《過富春江》："沒有到過富陽的人，也決不會想到登山幾步，就可以看見這一幅山重水複的黃子久的畫圖的。"

【山高水低】shān gāo shuǐ dī 比喻意外發生的事。多指死亡或災禍。《金瓶梅》三回："王婆道：'便是因老身十病九痛，怕一時有些山高水低，我兒子又不在家。'"《恨海》八回："不料母親病到這般，這都是女兒不會伏侍之罪。倘然有甚山高水低，女兒情願跟着母親去了！"◇眼見孫家這靠山不行了，將來有個山高水低，咱們可怎麼辦？同 三長兩短、三災八難。反 吉祥如意、遂心如意。

【山高水長】shān gāo shuǐ cháng 山峰高聳，流水綿長。❶ 指山川阻隔。唐代劉禹錫《望賦》："龍門不見兮，雲霧蒼蒼；喬木何許兮，山高水長。"❷ 像山一樣高聳，像水一樣長流。比喻人的品德高尚、聲譽流傳久遠，也比喻恩德或情義深厚。宋代范仲淹《桐廬郡嚴先生祠堂記》："雲山蒼蒼，江水泱泱。先生之風，山高水長。"《蕩寇志》七六回："雲威道：'……如今賢侄且將令愛送到令親處安置了，自已再到這裏來住幾日何如？’希真道：‘山高水長，有此一日。’”同 山遙水遠、山長水遠。反 近在咫尺。

【山崩地裂】 shān bēng dì liè 山倒塌，地裂開。形容聲響或聲勢巨大。《漢書•元帝紀》：“山崩地裂，水泉湧出。”《鏡花緣》十回：“那大蟲攛下，如山崩地裂般，吼了一聲。”歐陽山《好鄰居》：“只聽得台下一齊鼓掌，響聲猶如山崩地裂一般。”

【山清(青)水秀】 shān qīng shuǐ xiù 山色清明，水色秀麗。形容山水風景綺麗。《鏡花緣》四七回：“祥雲繚繞，紫霧繽紛，從那山清水秀之中，透出一座紅亭。”◇這搭兒山青水秀，難怪出了王昭君這樣的美人兒。同 山明水秀。反 不毛之地。

【山棲谷飲】 shān qī gǔ yǐn 在山中棲身，飲用山谷的水。形容隱居生活。《魏書•肅宗紀》：“其有懷道丘園、昧跡板築、山棲谷飲、舒卷從時者，宜廣戔帛，緝和鼎飪。”唐代王維《與魏居士書》：“僕見足下裂冠毀冕，二十餘年山棲谷飲，高居深視。”反 與世浮沉。

【山搖地動】 shān yáo dì dòng 山和地都在搖動。形容震動猛烈或聲勢浩大。《宋書•五行志五》：“大明六年七月甲申，地震，有聲自河北來，魯郡山搖地動。”《封神演義》三七回：“遍地周兵，燈球火把，照耀得天地通紅。喊殺連聲，山搖地動。”◇他雖非主帥，卻很有權威，一呼百應，說句話山搖地動。同 地動山搖。

【山盟海誓】 shān méng hǎi shì 以山海為證，立下誓言和盟約。表示像山海一樣忠貞不渝，永不改變。多用於表達愛情之堅貞。宋代趙長卿《賀新郎》詞：“終待說山盟海誓，這恩情到此非容易。”《古今小說•單符郎全州佳偶》：“山盟海誓忽更遷，誰向青樓認舊緣？”◇山盟海誓說變就變，真正的愛情不需要賭咒發誓。同 海誓山盟、指天誓日。

【山窮水盡】 shān qióng shuǐ jìn ❶ 山和水到了盡頭。清代沈復《浮生六記•浪遊記快》：“將及山，河面漸束，堆土植竹樹，作四五曲；似已山窮水盡，而忽豁然開朗。”❷ 比喻走投無路，陷入絕境。《聊齋誌異•李八缸》：“苟不至山窮水盡時，勿望給與也。”◇炒股票輸光了家當，真是到了山窮水盡，一文不名的地步了。同 日暮途窮。反 漸入佳境、如日方中。

【山雞舞鏡】 shān jī wǔ jìng 南朝宋劉敬叔《異苑》卷三：“山雞愛其毛羽，映水則舞。魏武時，南方獻之，帝欲其鳴舞而無由。公子蒼舒令置大鏡其前，雞鑒形而舞不知止，遂之死。”後便用“山雞舞鏡”比喻顧影自憐，自我欣賞。清代陳森《品花寶鑒》五回：“這琴官六歲上，即認字讀書，聰慧異常……心既好高，性復愛潔，有山雞舞鏡、丹鳳棲梧之志。”

【岌岌可危】 jí jí kě wēi 岌岌：形容山勢高聳、陡峭、險峻。《孟子•萬章上》：“於斯時也，天下殆哉！岌岌乎！”後用“岌岌可危”比喻極其危險。《文明小史》三回：“有好幾百人都哄進府衙門來……人聲越發嘈雜，甚至拿磚頭撞的二門咚咚的響，其勢岌岌可危。”清代金安清《洋務宜遵祖訓安內攘外自有成效說》：“一時國勢固岌岌可危。”同 危如累卵。反 穩如泰山。

【岸然道貌】 àn rán dào mào 岸然：高傲威嚴的樣子。道貌：正經端莊的外貌。形容莊重嚴謹的神態。《聊齋誌異•成仙》：“又八九年，成忽自至，黃巾氅服，岸然道貌。”《二十年目睹之怪現狀》九十回：“那位大舅爺的老子，便是伯芬的丈人，是一生講究理學的；大舅爺雖沒有老子講的利害，卻也是岸然道貌的。”鄒韜奮《患難餘生記》一章：“他那一副美髯，和他的藹然仁者的岸然道貌，配合在一起，尤使人肅然起敬。”也用以譏刺外表一本正經而心術不正的人。◇別看他岸然道貌，像個人兒似的，骨子裏可壞得出奇。同 道貌岸然、不苟言笑。反 嬉皮笑臉、涎皮涎臉。

【峨冠博帶】 é guān bó dài 莊重的冠冕和寬闊的衣帶。《墨子•公孟》：“齊桓公高冠博帶，金劍木質。”後以“峨冠博帶”指古代儒生或士大夫的裝束，常比喻穿着莊重嚴整。元代關漢卿《謝天香》一折：“恰才耆卿說道：‘好覷謝氏！’必定是峨冠博帶一個名士大夫。”《三國演義》三七回：“門外有一先生，峨冠博帶，道貌非常，特來相探。”◇峨冠博帶，緩步街頭，頗為自鳴得意。同 衣冠楚楚。反 布衣韋帶。

【峰迴（回）路轉】fēng huí lù zhuǎn ❶山勢折過來，山路也隨着轉過去。宋代歐陽修《醉翁亭記》：“峰迴路轉，有亭翼然臨於泉上者，醉翁亭也。”◇走在叢山當中，每值峰迴路轉，景象刻刻變換，讓你目不暇接。❷比喻事情經歷曲折後，出現新的轉機。◇瀕臨破產的她，突然峰回路轉，獲得一筆風險投資。同 時來運轉。反 一敗塗地。

【峻阪鹽車】jùn bǎn yán chē 見“駿骨牽鹽”。

【島瘦郊寒】dǎo shòu jiāo hán 郊、島：唐代詩人孟郊和賈島。評論家稱兩位詩人作品風格孤寒瘦峭，因有此稱。也形容與賈、孟相類似的詩文的風格與意境。宋代朱熹《次韻謝劉仲行惠筍》：“君詩高處古無師，島瘦郊寒詎足差。”同 郊寒島瘦。

【崑山片玉】kūn shān piàn yù 崑山：崑崙山，盛產玉石。《晉書·郤詵傳》：“累遷雍州刺史，武帝於東堂會送，問詵曰：‘卿自以為何如？’詵對曰：‘臣舉賢良對策，為天下第一，猶桂林之一枝，崑山之片玉。’”說自己不過是崑崙山中許多玉石中的一塊而已，是自謙之辭。後以“崑山片玉”比喻難得的傑出人才或珍貴稀有之物。宋代無名氏《沁園春》詞：“真英雄，似崑山片玉，滄海明珠。”元代劉敏中《跋歐陽文忠公簡韓持國學士帖》：“六一翁文章事業重於千古，今睹字帖，猶崑山片玉，光價叵測。”同 桂林一枝。反 糞土不如。

【崢嶸歲月】zhēng róng suì yuè 不平常的年月。宋代廖行之《沁園春》詞：“算如今蹉過，崢嶸歲月，分陰可惜，一日三秋。”清代錢俊選《沁園春》詞：“還堪惜、甚崢嶸歲月，硯北閒過。”王蒙《湖光》：“愈是年老和身體不好，愈是沉浸在過往的崢嶸歲月的回顧之中，他就愈願意接近青年，瞭解青年。”

【崇山峻嶺】chóng shān jùn lǐng 高大險峻的山嶺。晉代王羲之《蘭亭集序》：“此地有崇山峻嶺，茂林修竹。”金代蔡松年《水龍吟詞序》：“舉目皆崇山峻嶺，煙霏空翠，吞吐飛射。”◇在崇山峻嶺中開闢出的層層疊疊的梯田，美如畫圖。同 重山峻嶺、峻嶺崇山。反 一馬平川。

【崇本抑末】chóng běn yì mò 本：指農業。末：指工商業。指重視和獎勵農業生產，抑制工商業的發展。這是中國歷代王朝遵行的國策。《三國志·司馬芝傳》：“王者之治，崇本抑末，務農重穀。”《元史·食貨志一》：“國以民為本，民以衣食為本，衣食以農桑為本。於是頒《農桑輯要》之書於民，俾民崇本抑末。”◇崇本抑末、重義輕利的思想，是中國古代社會文化的核心觀念。同 重農抑商、重本抑末。

【崇洋媚外】chóng yáng mèi wài 崇拜洋人，巴結討好外國。秦牧《外來詞的吸收和消化》：“既反對閉關鎖國和唯我獨尊；也反對崇洋媚外，認為‘月亮也是外國的圓’。”◇在全球化的今天，國際間政治、經濟、文化的多重融合，進展相當快，很難再說甚麼才算作崇洋媚外。

【崇論閎（宏）議】chóng lùn hóng yì 本指高論博議，後多用以指體大精深、與眾不同的議論。《史記·司馬相如列傳》：“且夫賢君之踐位也……必將崇論閎議，創業垂統，為萬世規。”宋代陸游《周益公文集序》：“公在位久，崇論閎議，豐功偉績，見於朝廷、傳之夷狄者，何可勝數！”《孽海花》六回：“崇論宏議雖多，總擋不住堅船大炮的猛。”魯迅《彷徨·高老夫子》：“但高老夫子卻不很能發表甚麼崇論宏議。”

【嶄露頭角】zhǎn lù tóu jiǎo 比喻顯示出超群的才能和本領。唐代韓愈《柳子厚墓誌銘》：“雖少年，已自成人，能取進士第，嶄然見頭角焉。”《民國通俗演義》一一五回："此番吳氏北返，獨倡保定會議，無非欲嶄露頭角，力與段派抗衡。"反 屈高就下、寄人籬下。

巛部

【川流不息】chuān liú bù xī 河水流淌永不停息。比喻流動不停、連續不斷或往來不絕。多指時光、行人、車馬、船隻等。南朝梁周興嗣《千字文》："似蘭斯馨，如松之盛。川流不息，淵澄取映。"《官場現形記》五八回："他是掌院，又是尚書，自然有些門生屬吏，川流不息的前來瞧他。"◇窄窄的江面上熱鬧非凡，遊船熙來攘往，川流不息。同 絡繹不絕。

【巢居穴處】cháo jū xué chǔ 棲居在樹上或住在岩洞裏，是早期人類未有房屋時的生活狀況。宋代王禹偁《譯封》："古者巢居穴處，茹毛飲血，無君臣父子、夫婦長幼之制，無道德仁義、禮樂刑政之法。"《雲笈七籤》卷一〇〇："帝又令築城邑以居之，始改巢居穴處之弊。"

【巢傾卵破】cháo qīng luǎn pò《後漢書•孔融傳》載，孔融被曹操捕殺時，七歲的女兒和九歲的兒子正在下棋，兩人安坐不動，左右僕人問父親被捕你們為何不起身逃走，回答說："安有巢毀而卵不破乎！"後以"巢傾卵破"、"巢傾卵毀"、"巢傾卵覆"比喻滅門之禍，無一幸存，或比喻整體被毀，其中的部分也無從逃脫厄運。《北齊書•高乾傳》："乾曰：'吾兄弟分張，各在異處，今日之事，想無全者，兒子既小，未有所識，亦恐巢傾卵破，夫欲何言！'"清代黃百家《上顧寧先人書》："（先母）茹荼吞蓼，左撐右拄，恐恐焉惟懼堤決瀾頹，巢傾卵毀，以支持此衰危之門戶。"清代黃遵憲《五禽言》詩："一身網羅不敢惜，巢傾卵覆將奈何。"

【巢傾卵毀】cháo qīng luǎn huǐ 見"巢傾卵破"。

【巢傾卵覆】cháo qīng luǎn fù 見"巢傾卵破"。

工部

【工力悉敵】gōng lì xī dí 彼此工夫、才力完全相當，不分上下。多形容不同的文學、藝術作品同樣好，難分高下。宋代計有功《唐詩紀事•上官昭容》："中宗正月晦日，幸昆明池賦詩，群臣應制百餘篇……唯沈、宋二詩不下。又移時，一紙飛墜，競取而觀，乃沈詩也。及聞其評曰：'二詩工力悉敵。'"清代梁紹壬《兩般秋雨庵隨筆》卷一："關帝廟對聯……厚重矜莊，工力悉敵。"同 不分上下、不分軒輊。

【巧立名目】qiǎo lì míng mù 挖空心思定出許多名目，以達到某種不正當的目的。《明史•張原傳》："比年軍需雜輸十倍前制……而貢獻者復巧立名目，爭新競異，號曰'孝順'。"◇貪官污吏橫行鄉間，巧立名目，盤剝村民。同 巧立名色。

【巧同造化】qiǎo tóng zào huà 巧：技巧，技藝。造化：指宇宙的造物能力。形容人的創造能力很偉大，可與宇宙的造物能力相比。《列子•湯問》："穆王始悅而歎曰：'人之巧乃可與造化者同功乎！'"◇花了四年工夫，把那幅油畫畫得巧同造化。同 巧奪天工。

【巧舌如簧】qiǎo shé rú huáng 見"巧言如簧"。

【巧言令色】qiǎo yán lìng sè 令：美好。用花言巧語和諂媚的態度討好別人。《尚書•皋陶謨》："能哲而惠……何畏乎巧言令色孔壬？"《論語•學而》："巧言令色，鮮矣仁。"元代馬致遠《薦福碑》三折："抵死待要屈脊低腰，又不會巧言令色。"郭沫若《屈原》第四幕："他真是一個巧言令色的小人。"

【巧言如簧】qiǎo yán rú huáng 簧：樂器裏振動發聲的薄片。形容花言巧語，說的非常動聽。《詩經•巧言》："巧言如簧，顏之厚矣。"《後漢書•陳蕃傳》："夫讒人似實，巧言如簧，使聽之者惑，視之者昏。"也作"巧舌如簧"。唐代劉兼《誡是非》詩：

"巧舌如簧總莫聽，是非多自愛憎生。"劉斯奮《白門柳•夕陽芳草》："劉漁仲説此人巧舌如簧，不易對付，如今果然！"同花言巧語、巧言利口。反笨嘴拙舌。

【巧取豪奪】qiǎo qǔ háo duó 用欺詐的方法或強橫的手段奪取財物。宋代劉克莊《鐵庵方閣學墓誌銘》："公儒者未嘗行巧取豪奪之政。"◇忠厚的普通百姓，憑勤勞積累致富；倚仗權勢的貪官，靠巧取豪奪發財。同巧偷豪奪。反勤勞致富。

【巧發奇中】qiǎo fā qí zhòng 巧於射箭，每發必中。比喻出言多能應驗，料事如神。《史記•封禪書》："少君資好方，善為巧發奇中。"宋代司馬光《涑水記聞》卷十六："李士寧者，蓬州人，自言學多詭數，善為巧發奇中，目不識書，而能口占作詩，頗有才思。"也比喻用巧妙的手法進行人身攻擊而每能得逞。清代方苞《湯文正公年譜序》："當秉鈞者疾公如寇仇，要結九卿台垣，乘間抵隙，巧發奇中，必欲擠之死地，而聖祖終不惑於讒言，以全公之終始。"

【巧奪天工】qiǎo duó tiān gōng 人工製作的精巧勝過天然形成的。形容技藝極其巧妙高超。元代趙孟頫《贈放煙火者》詩："人間巧藝奪天工，鍊藥燃燈清晝同。"《隋唐演義》二八回："惟有女子的智慧，可以憑空造作，巧奪天工。"◇她是湘繡名手，繡出的百鳥朝鳳圖，人人誇奬巧奪天工。

【巧語花言】qiǎo yǔ huā yán 原指一味鋪張修飾而無實際內容的言辭。後多指虛偽而動聽的話。元代王實甫《西廂記》三本二折："對人前巧語花言，沒人處便想張生，背地裏愁眉淚眼。"《西遊記》五七回："不知他會使筋斗雲，預先到此處，又不知他將甚巧語花言，影瞞菩薩也。"朱自清《論廢話》："不能兑現的支票總是廢物，不能實踐的空言總是廢話。這種巧語花言到頭來只教人感到欺騙。"同花言巧語。

【左支右絀】zuǒ zhī yòu chù 支：支撑；絀：不足。《戰國策•西周策》："我不能教子支左屈右。"本指射箭時用左臂撑住弓，用右臂扣箭拉弦。後用以表示顧了左面，顧不了右面，多形容財力或能力不足，難以應付困難局面。明代陳子龍《議財用》："及先帝時格外措遼餉，歲四五百萬……餉不為少矣，而左支右絀，以至今日。"《閱微草堂筆記•灤陽續錄五》："左支右絀，困不可忍。"同左支右捂、捉襟見肘。反綽有餘裕、綽綽有餘。

【左右為難】zuǒ yòu wéi nán 左也不好，右也不是。形容無論怎樣做都有難處。《紅樓夢》一二〇回："千思萬想，左右為難，真是一縷柔腸，幾乎牽斷，只得忍住。"李六如《六十年的變遷》第八章："這就替八面玲瓏的縣知事趙惠文解決了一個左右為難的問題。"同進退維谷。反左右逢源。

【左右逢源(原)】zuǒ yòu féng yuán 源：源泉，也寫作"原"。處處都可以遇到水源。原指學問工夫做到家，便可以取之不盡，處處得益。《孟子•離婁下》："君子深造之以道，欲其自得之也。自得之……則取之左右逢其原。"後多以"左右逢源"形容辦事得心應手、順利無阻，或比喻兩面討好、辦事圓滑。嚴復《救亡決論》："其究極也，必道通為一，左右逢原，故高明。"老舍《四世同堂》三四："漸漸的，他已能夠一想起其中的任何一件事，就馬上左右逢源的找到與它有關的情節來。"◇此人為人機巧，左右逢源，總能撈到許多好處。

【左右開弓】zuǒ yòu kāi gōng 左右手都能射箭。元代白樸《梧桐雨》楔子："臣左右開弓，一十八般武藝，無有不會。"後比喻兩隻手輪流或同時做某一動作。《紅樓夢》六八回："(興兒）説着，就自己舉手左右開弓，自己打了一頓嘴巴子。"◇老者用水筆在地上左右開弓，表演書法絕技。同雙管齊下。反左支右絀。

【左思右想】zuǒ sī yòu xiǎng 想了又想，反覆考慮。《東周列國誌》五五回："是夜，魏顆在營中悶坐，左思右想，沒有良策。"《紅樓夢》一二〇回："襲人睜眼一瞧，知是個夢，也不告訴人，……左思右想，實在難處。"梁實秋《下棋》："相傳有慢性人，見對方走當頭炮，便左思右想，不知是跳左邊的馬好，還是跳右邊的馬好。”同 思前想後。反 不假思索。

【左提右挈】zuǒ tí yòu qiè 挈：帶、扶。指得到他人的輔佐、協助。《史記•張耳陳餘列傳》：“夫以一趙尚易燕，況以兩賢王左提右挈，而責殺王之罪，滅燕易矣。”明代李贄《荀卿李斯吳公》：“有骨可籍以行立；苟無骨，雖百師友左提右挈，其奈之何。”◇一個人的成功離不開朋友左提右挈，從旁襄助。反 孤家寡人、煢煢孑立。

【左道旁門】zuǒ dào páng mén ❶ 非正統的宗教派別。《封神演義》七三回：“他罵吾教是左道旁門。”《掃迷帚》十三回：“這又不過是左道旁門，借書符念咒惑眾騙錢罷了。” ❷ 形容非正統的或歪斜不正的。歐陽山《三家巷》八：“我還斗膽，有個左道旁門的意見說一說。”◇他經常要弄一些左道旁門的手法糊弄人。同 旁門左道、邪門歪道、邪魔外道。

【左膀右臂】zuǒ bǎng yòu bì 比喻得力的幫手。◇狗是獵人的左膀右臂／那位小姐是總裁的左膀右臂，你得罪得起嗎？

【左鄰右舍】zuǒ lín yòu shè 指周圍鄰居。《西遊記》六七回：“那老者滿心歡喜，即命家僮請幾個左鄰右舍，表弟姨兄，親家朋友，共有八九位老者，都來相見。”《醒世恆言•十五貫戲言成巧禍》：“左鄰右舍都指畫了‘十’字，將兩人大枷枷了，送入死囚牢裏。”◇婆婆人緣好，左鄰右舍有事都喜歡找她解決。同 街坊鄰里。反 天南海北、天涯海角。

【左顧右盼】zuǒ gù yòu pàn 顧、盼：看。左面看看，右面瞧瞧。用來形容得意、猶豫、仔細察看等神態。唐代李白《走筆贈獨孤駙馬》詩：“都尉朝天躍馬歸，香風吹人花亂飛。銀鞍紫鞚照雲日，左顧右盼生光輝。”茅盾《子夜》一：“門口馬路上也有一個彪形大漢站着，背向着門，不住地左顧右盼。”同 東張西望。反 目不轉睛。

【巨細無遺】jù xì wú yí 大小都沒有遺漏。唐代玄奘《大唐西域記•摩訶剌佗國》：“精舍四周雕鏤石壁，作如來在昔修菩薩行諸因地事。證聖果之禎祥，入寂滅之靈應，巨細無遺，備盡鐫鏤。”蔡東藩《清史演義》八八回：“仰承皇太后垂簾訓政，殷勤教誨，巨細無遺。”同 無所不包、應有盡有。反 殘缺不全、東鱗西爪。

【巫山雲雨】wū shān yún yǔ 戰國楚宋玉《高唐賦》：“昔者先王嘗遊高唐，怠而晝寢，夢見一婦人，曰：‘妾為高唐客，聞君遊高唐，願薦枕蓆。’王因幸之。去而辭曰：‘妾在巫山之陽，高丘之阻，旦為朝雲，暮為行雨，朝朝暮暮，陽台之下。’”後用“巫山雲雨”、“握雨攜雲”代指男女歡合。元代王實甫《西廂記》四本二折：“則着你夜去明來，倒有個天長地久，不爭你握雨攜雲，常使我提心在口。”《白雪遺音•七香車》：“斜倚着門兒做了一個夢，夢裏夢見郎回家，巫山雲雨多有興。”同 雲雨巫山、巫雲楚雨。

【差三錯四】chā sān cuò sì 形容顛倒錯亂，頭緒不清。元代無名氏《合同文字》四折：“這小廝本說的丁一確二，這婆子生扭做差三錯四。”◇舞廳老闆這幾天行為和說話都有點差三錯四，大家懷疑他在外面是否受了刺激。反 丁一確二。

【差強人意】chā qiáng rén yì 差：略微。強：振奮。《後漢書•吳漢傳》：“諸將見戰陣不利，或多惶懼，失其常度，漢意氣自若，方整厲器械，激揚士吏。帝時遣人觀大司馬何為，還言方修戰功之具，乃歎曰：‘吳公差強人意，隱若一敵國矣。’”後用“差強人意”表示大體還能使人滿意。《周書•李賢傳》：“太祖喜曰：‘李萬歲所言，差強人意。’”《老殘遊記》十二回：“算來還是張翰風的《古詩錄》差強人意。”冰心《二老財》：“小時候看《紅樓夢》，覺得一切人物都使我膩煩，其中差強人意的，只有一個尤三姐。”

己部

【己飢己溺】jǐ jī jǐ nì《孟子•離婁下》：“禹思天下有溺者，由己溺之也；稷思天下有飢者，由己飢之也。”本意是有人被淹，就像是自己使他受淹；有人捱餓，就像是自己使他捱餓。後用“己飢己溺”

指同情別人的苦難，並把解除其苦難當作自己的責任。明代胡直《承天府學田記》："大道之行，天下為公，若禹、稷之己飢己溺，伊尹之撻市瘝躬。"《二十年目睹之怪現狀》六十回："前回一個大善士，專誠到揚州去勸捐，……愁眉苦目的樣子，真正有'己飢己溺'的精神。"

【巴山夜雨】bā shān yè yǔ 唐代李商隱《夜雨寄北》詩："君問歸期未有期，巴山夜雨漲秋池。何當共剪西窗燭，卻話巴山夜雨時。"巴山：指四川東部山區。後用"巴山夜雨"指客居異地又逢夜雨連綿的孤寂情景。宋代張炎《塞翁吟•友雲》詞："尚記得巴山夜雨，耿無語，共説生平，都付陶詩。"◇洛陽秋風，巴山夜雨，在外的遊子，思鄉之情難以自禁。

【巴山蜀水】bā shān shǔ shuǐ 指四川一帶的山水。唐代劉禹錫《酬樂天揚州初逢席上見贈》詩："巴山蜀水淒涼地，二十三年棄置身。"冰心《記八閩篆刻名家周哲文》："而周哲文也正是要通過這兩顆印章，能使大千老人回到大陸看看他闊別多年的巴山蜀水。"◇汽車穿行在巴山蜀水之間，一路蜿蜒起伏。

【巴前算後】bā qián suàn hòu 思前想後，反覆考慮。《二刻拍案驚奇》卷一九："勞生擾擾，巴前算後，每懷不足之心，空白了頭沒用處，不如隨緣過日的好。"張旭軍《蘇東坡斷案傳奇》四卷四章："趙虎心中疑惑，思忖：那烏篤卓乃是蘇州口音，此劉四郎非所尋之人。巴前算後，又恐錯過，只得耐心等候，探個究竟。"◇老人極精明，這單生意能不巴前算後、反覆掂量嗎？

【巴頭探腦】bā tóu tàn nǎo 形容伸着頭張望、偷看。啟功《鷓鴣天•乘公共交通車》詞："乘客紛紛一字排，巴頭探腦費疑猜。東南西北車多少，不靠咱們這月台。"張旭軍《大宋蘇公探案全集》七卷一章："他觀我等衣着舉止不凡，以為是那富豪商賈，故尾隨其後，巴頭探腦，暗中窺視，伺機下手劫財。"◇花貓埋伏在暗處，巴頭探腦的窺視"獵物"的行蹤。㊀ 伸頭探腦。

巾部

【巾幗英雄】jīn guó yīng xióng 指婦女中的傑出人物。巾幗：古代婦女的頭巾髮飾，借指婦女。清代湘靈子《軒亭冤•賞花》："新世界，舊乾坤，巾幗英雄叫九閽。"柯靈《水流千里歸大海》："因參加暗殺沙皇亞歷山大二世而成仁的美麗蘇菲亞，成了革命青年心目中崇高的巾幗英雄。"

【巾幗鬚眉】jīn guó xū méi 指有男子氣概的女子。巾幗：古代女子的頭巾和髮飾，借指婦女。鬚眉：指男子。《孽海花》一四回："如今且説筱亭的夫人，是揚州傅容傅狀元的女兒，容貌雖説不得美麗，卻氣概豐富，倜儻不群，有巾幗鬚眉之號。"

【布衣之交】bù yī zhī jiāo 布衣：古代平民的衣着，借指平民。❶ 平民之間的交往、友誼。《史記•廉頗藺相如列傳》："臣以為布衣之交尚不相欺，況大國乎！"❷ 指不拘身份地位高低的朋友。《晉書•溫嶠傳》："及在東宮，深見寵遇，太子與為布衣之交。"《東周列國誌》九八回："寡人聞君之高義，願與君為布衣之交。"❸ 指貧賤之交。◇他們兩人是布衣之交，患難與共，親如兄弟。㊀ 貧賤之交。

【布衣韋帶】bù yī wéi dài 韋：熟牛皮。布做的衣服，牛皮做的帶子。原指古代平民的服裝，後借指沒有做官的讀書人。《漢書•賈山傳》："布衣韋帶之士，修身於內，成名於外。"《晉書•阮籍傳》："夫布衣韋帶之士，孤居特立，王公大人所以禮下之者，為道存也。"《儒林外史》八回："公子好客，結多少碩彥名儒；相府開筵，常聚些布衣韋帶。"◇無論是織婦耕夫，還是布衣韋帶，他都能和他們坐而談笑。㊀ 白衣秀士。

【布衣蔬(疏)食】bù yī shū shí 穿布衣，吃粗糧。形容生活儉樸。《漢書•王吉傳》："去位家居，亦布衣疏食。"《晉書•孟陋傳》："陋少而貞立，清操絕倫，布衣蔬食，以文籍自娛。"《明史•李頤傳》："頤仕宦三十餘年，敝車羸馬，布衣蔬食。”《儒林外史》八回：“家君在此數年，布衣蔬食，不過仍舊是儒生行徑。”◇老人退休後一直在鄉下過着布衣蔬食的生活。同 粗衣糲食。反 錦衣玉食。

【布衣黔首】bù yī qián shǒu《史記·李斯列傳》：“夫斯乃上蔡布衣，閭巷之黔首。”布衣：古代平民的別稱。黔首：戰國及秦代對人民的稱謂。後即以“布衣黔首”指一般百姓。《隋書·皇甫誕傳》：“如更遷延，陷身叛逆，一掛刑書，為布衣黔首不可得也。”同 平民百姓。反 達官貴人、皇親國戚。

【布鼓雷門】bù gǔ léi mén《漢書·王尊傳》：“毋持布鼓過雷門。”布鼓：用布蒙的鼓。雷門：古代會稽（今浙江紹興）的城門名。傳説雷門有大鼓，擊之可聲聞洛陽。後用“布鼓雷門”説在雷門前擊布鼓，比喻本領低下卻不自量力地在高手面前賣弄。宋代朱熹《次張彥輔賞梅韻》詩：“酒酣耳熱莫狂歌，布鼓雷門須縮手。”明代王陽明《佛果圜悟真覺禪師心要序》：“他日書成，寄我一編，再當布鼓雷門，令大千界了事高流勘其得失。”董橋《章可畫海棠》：“這幅荷花畫得真好，謙稱‘布鼓雷門，愧無是處，乞笑而正之。’與毓岳的朱竹相比，朱竹顯得薄了些。”同 班門弄斧、不自量力。反 自知之明、量力而行。

【市井小人】shì jǐng xiǎo rén 市井：古時指做買賣的地方，引申為城鎮。指城鎮中無文化教養的小人物。宋代蘇轍《劾許將第四箚子》：“人之無良，一至如此，正是市井小人販賣之道。”《警世通言·金明池吳清逢愛愛》：“盧公是市井小人，得員外認親，無有不從。”◇阿丙是一個無所事事，愛佔小便宜的市井小人，經常混跡市場，商販之間。

【市不二價】shì bù èr jià 見“市無二價”。

【市無二價】shì wú èr jià 市場上做生意沒有兩種價錢，買賣公道，不欺騙人。常用以形容社會風氣良好。《漢書·王莽傳上》：“又奏為市無二價，官無獄訟。”《晉書·陸雲傳》：“雲到官肅然，下不能欺，市無二價。”也作“市不二價”。宋代蘇軾《御試制科策》：“古者天子取諸侯之土以為國均，則市不二價，四民常均。”同 言無二價、童叟無欺。反 欺行霸市。

【希世之珍】xī shì zhī zhēn 世上希有的珍寶。也作“希世之寶”。三國魏曹丕《與鍾大理書》：“寶玦初至……爛然滿目。猥以蒙鄙之姿，得觀希世之寶。”宋代陸游《素心硯銘》：“希世之珍那可得，故人贈我情何極。”《老殘遊記》三回：“此書世上久不見了……要算希世之寶呢！”同 稀世之寶、稀世之珍。

【希世之寶】xī shì zhī bǎo 見“希世之珍”。

【希旨承顏】xī zhǐ chéng yán 察言觀色，迎合他人的意圖。《餘香記》二九章：“朝臣大多希旨承顏，看了皇上臉色，一個個……對齊王更是百般排擠冷落。”蔡東藩《後漢演義》四六回：“卻説常侍張逵，素行狡黠，善行希旨承顏，得邀主眷。”《民國野史》下：“安靜生自從入宮受職之後，那希旨承顏本是她的慣技……不上一個月，已和宮中上下內外混得爛熟。”同 察言觀色、察顏觀色。

【師心自用】shī xīn zì yòng 師心：以自己的所思所想作為指導。自用：照自己的想法行事。北齊顏之推《顏氏家訓·文章》：“學為文章，先謀親友，得其評論者，然後出手。慎勿師心自任，取笑旁人也。”後用“師心自用”形容固執己見，自以為是。唐代陸贄《奉天請數對群臣兼許令論事狀》：“況不及中才，師心自用，肆於人上，以遂非拒諫，孰有不危者乎？”宋代陸九淵《與張輔之書》：“學者大病，在於師心自用。師心自用，則不能克己，不能聽言。”清代劉開《問説》：“人不足服矣，事無可疑矣，此惟師心自用耳。”同 師心自是。反 虛懷若谷。

【師出有名】shī chū yǒu míng《禮記·檀弓下》：“師必有名。”師：軍隊。名：名義、理由。説出兵征討或所做所為有正當的理由。《陳書·後主紀論》：“智勇爭奮，師出有名，揚旆分麾，風行電掃。”清代王濬卿《冷眼觀》一回：“我自思此番可巧師出有名，遂拿了來信去稟知我母親，商議第二日就動身前往。”❷反 師出無名。

【師出無名】shī chū wú míng《禮記•檀弓下》：“師必有名。”後以“師出無名”謂出兵攻打人家卻沒有正當理由。南朝陳徐陵《武皇帝作相時與北齊廣陵城主書》：“辱告，承上黨殿下及匹婁領軍應來江右，師出無名，此是何義？”清代李漁《玉搔頭•逆氣》：“所慮者師出無名，難以號令天下。”也比喻做事沒有正當理由。◇要找個理由才行，否則師出無名，這事兒不好辦！反 師出有名。

【師直為壯】shī zhí wéi zhuàng 師：軍隊。直：正義。形容正義之師力量大，士氣高。《左傳•僖公二十八年》：“師直為壯，曲為老，豈在久乎？”宋代陳亮《酌古論•先主》：“（孫）權一舉而襲破三郡，再舉而遂梟關羽，何者？師直為壯也。”蔡東藩《民國通俗演義》一三五回：“征伐之權，出自政府，亦覺師直為壯。”同 哀兵必勝。

【席上之珍】xí shàng zhī zhēn 比喻傑出的人才。《禮記•儒行》：“儒有席上之珍以待聘。”《紅樓夢》一一五回：“世兄是錦衣玉食，無不遂心的，必是文章經濟高出人上，所以老伯鍾愛，將為席上之珍。”◇像他這樣熱心國學，傳統文化造詣很深的席上之珍，一定會有教授賞識他。

【席不暇暖(煖)】xí bù xiá nuǎn 連座席都來不及坐暖就走了。《淮南子•修務訓》：“孔子無黔突，墨子無暖席。”後以“席不暇暖（煖）”形容事務繁多，忙於四處奔走。《抱朴子•辨問》：“突無凝煙，席不暇煖，其事則鞅掌罔極，窮年無已。”《世說新語•德行》：“陳曰：‘武王式商容之閭，席不暇暖，吾之禮賢，有何不可。’”《水滸全傳》一〇五回：“卻得宋江等平定河北班師，復奉詔征討淮西。真是席不暇暖，馬不停蹄。”反 無所事事、“飽食終日，無所事事”。

【席地而坐】xí dì ér zuò 古人以席鋪地就坐。後指隨意就地坐下。《五燈會元•金州操禪師》：“師下禪牀，米乃坐師位，師卻席地而坐。”《紅樓夢》一一五回：“本來賈政席地而坐，要讓甄寶玉在椅子上坐，甄寶玉因是晚輩，不敢上坐，就在地下鋪了褥子坐下。”蕭乾《未帶地圖的旅人》：“從法國突圍出來的士兵，有的倚牆半躺，有的席地而坐，一個個滿身濘泥。”反 正襟危坐。

【席珍待聘】xí zhēn dài pìn《禮記•儒行》：“儒有席上之珍以待聘，夙夜強學以待問。”席：鋪陳、鋪設。說鋪開珍稀的物品等待人選用。後用“席珍待聘”比喻懷抱才幹的人才，等待被賞識重用。清代藍鼎元《韓持國服義論》：“三代以上，席珍待聘，多囂囂不肯輕就。”◇傲視當世的人，往往席珍待聘而不得，因為他不懂得“傲視”正好為人所不容。

【席捲天下】xí juǎn tiān xià 像捲席子一樣把天下捲起來。形容吞併天下的氣勢和力量不可阻擋。漢代賈誼《過秦論》上：“有席捲天下、包舉宇內、囊括四海之意，併吞八荒之心。”同 囊括四海。

【帶罪立功】dài zuì lì gōng 背負着罪責去建立功勞，將功贖罪。《明史•史可法傳》：“以平賊踰期，戴罪立功。”◇雖然他誤殺了自己人，但隨後又殺了幾個敵人，也算帶罪立功了。同 戴罪立功。

【常年累月】cháng nián lěi yuè 形容年年月月，時間很長。高雲覽《小城春秋》第一章：“福建內地常年累月鬧着兵禍、官災、綁票、械鬥。”◇常年累月遊手好閒，坐吃山空，就是不肯長進。同 終年累月。

【常備不懈】cháng bèi bù xiè 時刻做好應變的準備，絲毫不鬆懈。◇只有做好切實可行的行動預案，常備不懈，在突然事件驟然發生的時候，才有足夠的應變能力。同 枕戈待旦。

【常勝將軍】cháng shèng jiāng jūn《後漢書•藏宮傳》：“常勝之家，難於慮敵。”後用“常勝將軍”指打過多次仗，每戰必勝的軍事指揮官。◇常勝將軍，實際上只是個形容性的詞語，真正的常勝將軍到哪裏去找？

【幕天席地】mù tiān xí dì 以天為帳幕，以地為坐卧之席。席：蓆。❶形容行為曠達，胸襟寬廣。晉代劉伶《酒德頌》：“行無轍跡，居無室廬，幕天席地，縱意所如。"清代劉熙載《藝概•詩概》："幕天席地，友月交風，原是平常生活，非廣己造大也。"❷指露天。形容生活範圍或活動場所廣闊。元代馬致遠《陳摶高臥》三折："睡時節幕天席地，黑嘍嘍鼻息如雷。"《西遊記》六三回："眾兄弟在星月光前，幕天席地，舉杯敍舊。"同席地幕天。

干部

【干名採譽】gān míng cǎi yù 干：求取。採：採取。指用不正當的方法、途徑求取名譽。《漢書•終軍傳》："不惟所為不許，而直矯作威福，以從民望，干名採譽，此明聖所必加誅也。"宋代呂祖謙《邢邦用墓誌銘》："蓋其惻怛發中，故雖數而不見為瀆迫，而不見為訐度越規矩，而亦不見為干名採譽也。"◇為官一方，須切實為民辦實事，造福於民，不可做干名採譽、勞民傷財的事。同沽名釣譽、欺世盜名。反不求聞達，超然物外。

【干卿何事】gān qīng hé shì 干：相關。卿：古代君稱臣、長輩稱晚輩和平輩間的互稱。等於説"與您不相關。"有時有責怪對方多管閒事的意思。南朝宋劉義慶《世説新語•汰侈》："已斬三人，顏色如故，尚不肯飲。丞相讓之，大將軍曰：'自殺伊家人，何預卿事？'"宋代馬令《南唐書•馮延巳傳》："元宗嘗戲延巳曰：'吹皺一池春水，干卿何事？'"清代厲鶚《永遇樂•閏中秋》詞："蚪箭聲添，鸞簫約爽，不少傷心事。干卿何事？清輝依舊，更按桂花新譜。"也作"干卿底事"。底事：何事。清代袁枚《隨園詩話》卷八："詩人愛管閒事，越沒要緊則越佳，所謂'吹皺一池春水，干卿底事也。'"

【干卿底事】gān qīng dǐ shì 見"干卿何事"。

【平分秋色】píng fēn qiū sè 平均分配秋天的景色。原指中秋月明時的秋光。宋代李樸《中秋》詩："皓魄當天曉鏡升，雲閑仙籟寂無聲。平分秋色一輪滿，長伴雲衢千里明。"宋代朱敦儒《念奴嬌》詞："放船縱櫂，趁吳江風露，平分秋色。"後比喻雙方各得一半或力量相當。《文明小史》五三回："現在有樁事是可以發大財的，借重你出個面，將來有了好處，咱們平分秋色，何如？"《北洋軍閥統治時期史話》五三章："按照這個意見進行，鹽務署就可以'平分秋色'，得到佣金八十萬元。"◇兩家的實力平分秋色，不相上下。同秋色平分、不相上下。

【平心而論】píng xīn ér lùn 不帶成見，公允地給予評價或分析。元代劉壎《隱居通議•文章六》："昨見浙東有唐詩選數十篇，率多平常，而佳者反棄去，殆不可曉。平心而論，則惟《天地長留集》所取為當。"《聊齋誌異•司文郎》："當前蹶落，固是數之不偶；平心而論，文亦未便登峰。"朱自清《論無話可説》："我是個懶人，平心而論，又不曾遭過怎樣了不起的逆境。"

【平心靜氣】píng xīn jìng qì 心平氣和，態度冷靜。《紅樓夢》七四回："且平心靜氣，暗暗察訪，才能得這個實在。"清代青城子《志異續編•李啟文》："誠能平心靜氣，一念不起，則火無所依，又何從而上炎乎？"茅盾《子夜》九："希望他平心靜氣地考慮一番，再給我答覆。"

【平白無故】píng bái wú gù 平白：憑空。故：緣故。無緣無故。《三俠五義》五十回："你老人家想想，這是甚麼事？平白無故的生出這等毒計。"巴金《死去的太陽》十九："張萬興溫和地説：'你們不能平白無故地開除工人。'"同無緣無故。反事出有因。

【平地風波】píng dì fēng bō 平地上起風浪。比喻突然發生意料不到的變化或事故。唐代劉禹錫《竹枝詞》："常恨人心不如水，等閒平地起波瀾。"元代施惠《幽閨記•兄弟彈冠》："艱共險，愁和悶，要躲怎躲，到如今尚有平地風波。"《封神演義》三十回："話説紂王見賈氏墜樓而死，好懊惱，平地風波，悔之不及。"◇誰想到平地風波，好端端的一門親事，竟被打散了。同 一波三折、平地生波。反 風平浪靜、一帆風順。

【平地樓台】píng dì lóu tái 在平地上造起樓台。比喻在原先沒有基礎的條件下創建起一番事業。唐代盧照鄰《益州至真觀主黎君碑》："紫宸高映，丹宮洞開；岩舒金碧，地起樓台。"◇上海浦東平地樓台，建設得真快，兩年不見，又是一番景象。

【平步青雲】píng bù qīng yún 平步：平常舉步。青雲：高空。比喻不費力氣就升到很高的地位。宋代王十朋《林明仲和詩復用前韻》："四場筆力媒身策，平步青雲豈待摧？"《鏡花緣》九回："林之洋拍手笑道：'妹夫如今竟是平步青雲了。'"◇短短的幾年間，他在香港商界聲名鵲起，平步青雲，當上了商會會長。同 平地青雲。反 一落千丈。

【平易近人】píng yì jìn rén 形容態度謙遜和藹，使人容易接近。唐代白居易《策林》十二："故周公歎曰：'夫平易近人，人必歸之。'"魯迅《且介亭雜文•買〈小學大全〉記》："倘以為他秉性平易近人，所以憎恨了道學先生的谿刻，那是一種誤解。"同 平易近民。反 盛氣凌人。

【平起平坐】píng qǐ píng zuò 比喻彼此地位或權力相當。《儒林外史》三回："你若同他們平頭百姓拱手作揖，平起平坐，這就壞了學校規矩。"《官場現形記》四七回："其中很有幾個體面人，平時也到過府裏，同萬太尊平起平坐的，如今卻被差役們拉住了辮子。"同 不分軒輊。反 軒輊之分、天壤之別。

【平淡無奇】píng dàn wú qí 平平常常，沒有奇特之處。《兒女英雄傳》一九回："聽起安老爺的這幾句話，說得來也平淡無奇，瑣碎得緊，不見得有甚麼驚動人的去處。"茅盾《蝕•幻滅》七："但'希望'轉成'事實'而且過去以後，也就覺得平淡無奇。"反 千奇百怪。

【平鋪直敍】píng pū zhí xù 平：沒有起伏；直：沒有曲折。說話、寫文章不講究修飾，只把意思直接地表達出來。清代李漁《風箏誤•糊鷂》："詩書庸腐文章板，平鋪直敍沒波瀾。"巴金《春》五："周氏雖然只是在平鋪直敍地說話，但聲音裏卻含了一點不滿。"◇平鋪直敍，不加修飾地把事情的首尾原原本本說了出來。反 雕章鏤句。

【平頭正臉】píng tóu zhèng liǎn 形容相貌端正。《歧路燈》六八回："昨晚見過相公，真正平頭正臉，全是張大嫂的的造化。"《紅樓夢》四六回："這個大老爺，真真太下作了！略平頭正臉的，他就不能放手了。"◇他中等身材，平頭正臉，言談中透着幾分憨厚。

【平頭百姓】píng tóu bǎi xìng 普通老百姓。《儒林外史》三回："你若同他們平頭百姓拱手作揖，平起平坐，這就壞了學校規矩。"又："若是家門口這些做田的，扒糞的，不過是平頭百姓。"◇當官的一朝權在手，便把令來行，把我們這些平頭百姓不當人看！同 黎民百姓、布衣韋帶。反 公子王孫、官高極品。

【年高望重】nián gāo wàng zhòng 年歲老邁，名望很高。洪深《五奎橋》："周鄉紳頦下的長鬚，教人看了覺得他是'年高望重'，不止他實際所過的五十三歲了。"◇他在鄉裏修建了許多橋路，又經常周濟貧困，是一位年高望重的老鄉長。同 年高名重、年高德劭。反 年幼無知、少不更事。

【年高德劭(卲)】nián gāo dé shào 劭：美好，也寫作"卲"。年紀大，品德高尚。漢代揚雄《法言•孝至》："年彌高而德彌劭者，是孔子之徒與！"宋代秦觀《代賀呂司空啟》："年高德卲而臣節益峻，功成名遂而帝眷愈隆。"明代張四維《雙烈記•訪道》："終南山有一隱士，年高德劭，時望所尊，人皆稱為陳公。"◇鄉里如今過年飲酒，仍然論資排輩，年高德劭者坐上列，後生晚輩居下肩。同 年高望重、德高望重。反 德淺行薄、德薄才疏。

【年深日久】nián shēn rì jiǔ 年代久遠，時間很長。《西遊記》五六回："自別了長安，年深日久，就有些盤纏也使盡了。"《紅樓夢》三九回："如今年深日久了，人也沒了，廟也爛了，那泥胎兒可就成了精哩。”陳忠實《白鹿原》第一章：“那種記憶非但不因年深日久而暗淡而磨滅，反倒像一塊銅鏡因不斷地擦拭而愈加明光可鑒。”同 年深月久、歲久年深。

【年富力強】nián fù lì qiáng 年富：未來的年歲多。年紀輕，精力充沛。《論語·子罕》“後生可畏”宋代朱熹注：“孔子言後生年富力強，足以積學而有待，其勢可畏。”《醒世恆言·三孝廉讓產立高名》：“二弟年富力強，方司民社，宜資莊產，以終廉節。”◇上次見他還顯得單薄些，如今是真正的年富力強了。同 年輕力壯、年青力壯。反 未老先衰、老態龍鍾。

【年逾古稀】nián yú gǔ xī 古稀：指七十歲。唐代杜甫《曲江》詩：“酒債尋常行處有，人生七十古來稀。”後用“年逾古稀”說活過了七十歲。清代顧炎武《與施愚山書》：“令叔老先生年逾古稀，康寧好德，萃於一門。”◇別看爺爺年逾古稀，拳腳功夫仍然了得。同 古稀之年。反 英年早逝。

【年穀豐登】nián gǔ fēng dēng 糧食豐收。穀：五穀。登：莊稼成熟。《淮南子·兵略訓》：“五穀豐昌。”◇今年風調雨順，年穀豐登。同 五穀豐稔、百穀豐登。反 年穀不登、顆粒無收。

【幷(併)為一談】bìng wéi yī tán ❶指大家的說法一致。唐代韓愈《平淮西碑》：“大官臆決唱聲，萬口和附，幷為一談，牢不可破。”清代趙翼《廿二史劄記·袁崇煥之死》：“使修史時不加詳考，則賣國之說久已併為一談，誰復能辨其誣者。”清代周濟《介存齋論詞雜著》卷一：“後人不能細研詞中曲折深淺之故，群聚而和之，幷為一談，亦固其所也。”❷把不同的事物不加區別地放在一起談論。陳獨秀《憲法與孔教》：“忠孝幷為一談，非始於南宋，乃孔門立教之大則也。”◇這是兩碼事，不能併為一談。同 混為一談。

【幸災樂禍】xìng zāi lè huò《左傳·僖公十四年》：“秦飢，使乞糴于晉，晉人弗予。慶鄭曰：‘背施無親，幸災不仁。’”《左傳·莊公二十年》：“今王子頹歌舞不倦，樂禍也。”後用“幸災樂禍”說看到別人遭受災禍，自己覺得高興。《顏氏家訓·誡兵》：“幸災樂禍，首為逆亂，詿誤善良。”《醒世恆言·喬太守亂點鴛鴦譜》：“為此兩下面和意不和，巴不得劉家有些事故，幸災樂禍。”◇別人有難，不應該抱幸災樂禍的心態。反 急人之難、救焚拯溺。

幺部

【幺麼小丑】yāo mó xiǎo chǒu 指微不足道的小人。幺麼：微小。小丑：小人。《明史·楊漣傳》：“陛下春秋鼎盛，生殺予奪，豈不可以自主？何為受制於幺麼小丑，令中外大小惴惴莫必其命？”《兒女英雄傳》二一回：“再說當年如鄭芝龍、郭婆帶這班大盜鬧得那樣翻江倒海，尚且網開三面，招撫他來，饒他一死，何況這些幺麼小丑？”反 正人君子。

【幾次三番】jǐ cì sān fān 一次又一次，反覆多次。明代孟稱舜《嬌紅記·愧別》：“他聲聲抵死、抵死的催人去，幾次三番，卻留難住。”《說岳全傳》五一回：“這個狗頭，幾次三番來哄騙我們，今日又來做甚麼？且待我去拿他來，砍他七八段，方泄我胸中之恨！”◇他這個人沒記性，就拿這件事說，我幾次三番、幾次三番叮囑他，最後還是忘了。同 三番五次。反 偶一為之。

广部

【庖丁解牛】páo dīng jiě niú 庖丁：廚工。據《莊子·養生主》記載，庖丁為文惠君解牛，技藝之妙獲文惠君讚歎。庖丁說，平生宰牛數千頭，如今全以神運，目“未嘗見全牛，刀入牛身若無厚入有間”，遊刃有餘。因此牛刀雖已用了十九年，鋒利得仍舊像新磨過似的。後用“庖丁解牛”比喻做事得心應手，運用自如。宋代文天祥《金匱歌序》：“如其為學然，久之無不貫通，辯證察脈，造神入妙，如庖丁解牛。”同 得心應手、隨心所欲。

【度日如年】dù rì rú nián 過一天像過一年那樣長。形容處於愁苦、困頓、焦慮的日子裏受煎熬。宋代柳永《戚氏》詞：“孤館度日如年，風露漸變，悄悄至更闌。”《水滸全傳》六二回：“感承眾頭領好意相留在下，只是小可度日如年。今日告辭。”◇幾單生意都是一波三折，急得她度日如年。反 人生苦短、光陰似箭。

【度德量力】duó dé liàng lì《左傳•隱公十一年》：“度德而處之，量力而行之。相時而動，無累後人。”估量自己的德行和能力，等於說“要有自知之明”。唐代陳子昂《申宗人冤獄書》：“不能度德量力，貪榮昧進，以訟受服，誰能免尤？”《官場現形記》三一回：“又想：‘倘或被他二人一個不留神，誤碰一下子，恐怕吃不住。’便自己度德量力，退了下來。”同 自知之明。反 不自量力。

【座無虛席】zuò wú xū xí 座位沒有空着的。形容賓客或觀眾、聽眾極多。◇從上演起，便場場爆滿，座無虛席 / 只要是張教授講課，總是座無虛席。反 空空如也。

【庸人自擾】yōng rén zì rǎo 本來沒有事，卻自找麻煩，自尋煩惱。《新唐書•陸象先傳》：“天下本無事，庸人擾之為煩耳。”《兒女英雄傳》二二回：“據我說書的看起來，那庸人自擾倒也自擾的有限；獨這一班兼人好勝的聰明朋友，他要自擾起來，更是可憐！”茅盾《虹》七：“事情早已過去了，謠言早已傳遍全城了，何必庸人自擾，看做了不得。”同 天下本無事，庸人自擾之。

【庸中佼佼】yōng zhōng jiǎo jiǎo 一群平庸人中的佼佼者，在平常人中比較突出的。《後漢書•劉盆子傳》：“卿所謂鐵中錚錚，傭中佼佼者也。”宋代黃庭堅《書雙林十偈》：“成都僧法燈，年少骨鯁，隨緣能立事，他日必不為庸中佼佼者也。”宋代無名氏《李師師外傳》：“然觀其晚節，烈烈有俠士風，不可謂非庸中佼佼者也。”胡代聰《中國近代第一個駐外使節郭嵩燾》：“他的一些理解也不免失之浮淺，但這種孜孜不倦的學習精神十分可貴，同那些抱殘守缺甚至飽食終日無所用心的腐敗官僚相比，確屬庸中佼佼。”同 庸中皦皦、庸中皎皎。

【庸醫殺人】yōng yī shā rén 醫術低劣，治療失當而致人死亡。《西遊記》六八回：“我有幾個草頭方兒，能治大病，管情醫得他好便了，就是醫殺了，也只問得個庸醫殺人罪名，也不該死。”《二十年目睹之怪現狀》一○一回：“我在上海差不多二十年了，雖然沒甚大名氣，卻也沒有庸醫殺人的名聲，我何苦叫他栽我一下！”老舍《離婚》：“託人情考中了醫生，還要託人情免了庸醫殺人的罪名。”反 仁心仁術、妙手回春。

【康莊大道】kāng zhuāng dà dào 康：通往五個方向的路。莊：可通六個方向的路。❶ 四通八達、寬闊平坦的大路。明代王守仁《傳習錄》卷中：“譬之驅車，既已由於康莊大道之中，或時橫斜迂曲者，乃馬性未調、銜勒不齊之故，然已在康莊大道中，決不賺入旁蹊曲徑矣！”《恨海》五回：“原來是一條康莊大道，那逃難的人馬絡繹不絕。”❷ 比喻正確的途徑或光明的坦途。清代趙翼《甌北詩話•高青邱詩》：“元末明初，楊鐵崖最為巨擘，然險怪仿昌谷，妖麗仿溫李，以之自成一家則可，究非康莊大道。”鄒韜奮《抗戰以來•晴天霹靂的憲政運動》：“大家交換意見及商討研究的結果，認為如果真正實行憲法，實現民主政治，便可制止危機，使國家走上康莊大道。”

【廁足其間】cè zú qí jiān 廁：置、插。涉足其中，參與了那件事。魯迅《熱風•不懂的音譯》：“所以中國的國學不發達則已，萬一發達起來，則敢恕我直言，可是斷不是洋場自命為國學家‘所能廁足其間者也’的了。”同 廁身其間。

【廁身其間】cè shēn qí jiān 置身在其中，參與其事。多作自謙之詞。清代王士禛《池北偶談•慈恩塔詩》：“每思高、岑、杜輩同登慈恩塔，高、李、杜輩同登吹台，一時大敵，旗鼓相當，恨不廁身其間，為執鞭弭之役。”◇編纂《漢英大詞典》我能廁身其間，貢獻綿薄之力，深感幸運。同 廁足其間、涉足其間。反 置身事外、袖手旁觀。

【廉泉讓水】lián quán ràng shuǐ 廉泉：泉名。讓水：水名。《南史·胡諧之傳》："帝言次及廣州貪泉，因問柏年：'卿州復有此水不？'答曰：'梁州唯有文川、武鄉、廉泉、讓水。'又問：'卿宅在何處？'曰：'臣所居廉、讓之間。'"後用"廉泉讓水"表示地方風俗醇美，官員清正廉潔，百姓崇禮謙讓。宋代宋庠《題巢父井亭》："廉泉讓水猶堪貴，何況曾輕無下來。"明代謝遷《雪湖有詩來賀次韻奉答》："廉泉讓水依然在，願與知心共一杯。"

【廉遠堂高】lián yuǎn táng gāo 廉：堂的側邊。《漢書·賈誼傳》："故陛九級上，廉遠地，則堂高；陛亡級，廉近地，則堂卑。"本指台階越多，堂就越高，堂的邊側離開地面也越遠。後比喻君主至高無上，威嚴不可挑戰。清代陳康祺《郎潛紀聞》卷七："自古君臣定分，廉遠堂高。"◇在古代，廉遠堂高，君主的尊嚴是不容侵犯的。

【廉潔奉公】lián jié fèng gōng 指官員和公職人員不貪贓枉法，公正無私。唐代裴庭裕《東觀奏記》卷下："朕左右、前後皆建人也，郡極不惡。卿若為我廉潔奉公，綏緝凋瘵，長在我面前無異。"清代姚之駰《〈後漢書〉補逸》卷一五："祭遵……為人廉潔奉公，及卒，光武歎曰：'安得憂國奉公如祭征虜者乎？'"◇廉潔奉公，是對公職人員的基本要求。同 克己奉公、兩袖清風。反 貪贓枉法、以權謀私。

【廣土眾民】guǎng tǔ zhòng mín 土地廣闊，百姓眾多。《孟子·盡心上》："廣土眾民，君子欲之，所樂不存焉。"明代鄭文康《工部尚書王公神道碑陰記》："廣土眾民，利國之資也。"也指拓展疆域，增加人口。清代愛新覺羅·允禮《子產論》："管仲用齊，廣土眾民。"反 小國寡民。

【廣開言路】guǎng kāi yán lù 言路：發表意見的途徑。開闢多種途徑，讓人自由說話、發表意見。《後漢書·來歷傳》："朝廷廣開言事之路，故且一切假貸。"宋代文彥博《赴河陽陛辭日面奏》："更願陛下廣開言路，兼採博納，使下情上達。"明代彭韶《陳政治終始疏》："茲於歲首廣開言路，禁止奢侈，斥逐異端，杜絕傳奉，次第施行。"《官場現形記》三六回："現在朝廷廣開言路，昨兒新下上諭，內務府人員可以保送御史。"同 集思廣益、群策群力。反 直言賈禍、箝口不言。

【廣結良緣】guǎng jié liáng yuán 良緣：善緣。佛教因果說：人生的"果"（六道輪迴）由三世（過去、現在、未來）之十二"因緣"決定。"廣結良緣"即指廣做積德的好事，以求善果。現指與眾多的人、企業、機構等建立良好的關係。《金瓶梅》五七回："哥，你天大的造化，生下孩兒。你又發起善念，廣結良緣，豈不是俺一家兒的福分！"也作"廣結善緣"◇若能彼此互信互愛，就能結一分善緣，若能廣結良緣，就能匯集力量，幫助更多的人。反 作惡多端、罪孽深重。

【廣結善緣】guǎng jié shàn yuán 見"廣結良緣"。

【廢然而返(反)】fèi rán ér fǎn ❶ 廢然：釋然。內心的怒氣、疑慮等已經消除，心情又恢復如常。《莊子·德充符》："我怫然而怒而適先生之所，則廢然而反。"郭象注："廢然而反者，見至人之知命遺形，故廢向者之怒而復常也。"《宋史·呂公著傳》："安不嘗曰：'疵吝每不自勝，一詣長者，即廢然而反，所謂使人之意消者，於晦叔見之。'"明代馮夢龍《智囊補·紅拂》："因友人劉文靖得見世民，真天子矣，廢然而返。"❷ 廢然：失望或失意的樣子。形容失望而回或失意而歸。明代魏校《嘉定金處士墓誌銘》："丐修浮屠、老子之宮者，立門外終日，廢然而反；聞修橋梁除道路而力不贍者，無遠近助之財。"魯迅《書信集·致梁以俅》："今日下午往蔡宅，和管門人說不清楚，只得廢然而返。"同 敗興而歸。反 乘興而來。

【廢話連篇】fèi huà lián piān 形容所言所

寫，大都是沒用的、不着邊際的話。◇外交辭令不同於一般語言，它講究委婉、含蓄、模糊、折衷，有時甚至廢話連篇。同 空話連篇、三紙無驢。反 言必有中、言之有物。

【廢寢忘食】fèi qǐn wàng shí 顧不得睡覺，忘記了吃飯。形容專注於某件事，分不開心。北齊顏之推《顏氏家訓•勉學》："元帝在江荊間，復所愛習，召置學生，親為教授，廢寢忘食，以夜繼朝。"元代孫仲章《勘頭巾》三折："為別人受怕耽驚，沒來由廢寢忘食。"◇為了進哈佛大學讀書，她廢寢忘食地補習英語。同 心無旁騖、廢寢忘餐。反 心不在焉。

【廢寢忘餐(湌)】fèi qǐn wàng cān 忘了睡覺吃飯。形容高度專注於某件事情上。唐代李絳《論太平事》："此方是陛下焦心涸慮、廢寢忘湌之時，豈可高枕而卧也。"宋代陳思《書苑菁華•王羲之筆勢論》："吾務斯道廢寢忘湌，懸歷歲華，乃今稍稱矣。"元代王實甫《西廂記》三本二折："不思量茶飯，怕待動彈，曉夜將佳期盼，廢寢忘餐。"《三俠五義》六三回："自從我見了他之後，神魂不定，廢寢忘餐。"同 廢寢忘食、忘餐廢寢。反 飽食終日、昏昏欲睡。

【盧山面目】lú shān miàn mù 見"盧山真面"。

【盧山真面】lú shān zhēn miàn 宋代蘇軾《題西林壁》詩："橫看成嶺側成峰，遠近高低各不同。不識盧山真面目，只緣身在此山中。"後用"盧山真面"、"盧山面目"指真相或本來面目。清代楊倫《〈杜詩鏡銓〉序》："(杜詩）多有詩義本明，因解而晦，所謂萬丈光焰化作百重雲霧者，自非摧陷廓清，不見盧山真面。"清代奚又溥《〈徐霞客遊記〉序》："痛遺文缺殘，訪得于義興之故家，塗抹刪改，非復盧山面目。"清代段雪亭《〈聊齋誌異〉遺稿例言》："茍非自作聰明，即欲省其鉛槧，致令盧山面目，漸失其真。"同 盧山真面目。

【盧山真面目】lú shān zhēn miàn mù 宋代蘇軾《題西林壁》詩："橫看成嶺側成峰，遠近高低各不同；不識盧山真面目，只緣身在此山中。"後用"盧山真面目"比喻事物的真相或本來面目。◇知人知面難知心啊，我今天總算認清這小子的盧山真面目了。同 盧山真面、盧山面目。

【龐眉皓首】páng méi hào shǒu 見"龐眉皓髮"。

【龐眉皓髮】páng méi hào fà 龐眉：眉毛黑白雜色。指眉毛和頭髮斑白。唐代王維《賀樂器表》："然猶精意不倦，聖祀逾崇，遍禮群仙，思祐九服，故得龐眉皓髮，遙同入昴之人。"明代唐寅《世壽堂詩》："從此堂將'世壽'名，龐眉皓髮宜圖繪。"《兒女英雄傳》三六回："站在兩旁看這熱鬧，內中也有幾個讀過書的龐眉皓髮老者。"也作"龐眉皓首"。唐代杜甫《戲為韋偃雙松圖歌》："松根胡僧憩寂寞，龐眉皓首無住着。"清代紀昀《閱微草堂筆記•灤陽續錄六》："狐曰：'君等意中，覺吾形何似？'一人曰：'當龐眉皓首。'應聲即現一老人形。"同 庬眉皓髮、庬眉皓首。

【龐然大物】páng rán dà wù 形容體大而重的人、動物、東西或其他事物。唐代柳宗元《三戒•黔之驢》："黔無驢。有好事者船載以入……虎見之，龐然大物也，以為神。"清代沈復《浮生六記•閒情記趣》："一日見二蟲鬥草間，觀之正濃，忽有龐然大物拔山倒樹而來，蓋一癩蝦蟆也，舌一吐而二蟲盡為所吞。"梁啟超《滅國新法論》："中國龐然大物，精華未竭。"曹禺《日出》第一幕："潘經理——一塊龐然大物。"反 小巧玲瓏、嬌小玲瓏。

廴 部

【廷爭(諍)面折】tíng zhēng miàn zhé《史記•呂太后本紀》："陳平、絳侯曰：'於今面折廷爭，臣不如君；夫全社稷，定劉氏之後，君亦不如臣。'王陵無以應之。"。後用"面折廷爭（諍)"、"廷爭面折"指在朝廷上相互爭辯，或勸諫皇帝，據理力爭。《晉書•潘岳傳》："雖廷爭面折，猶將祈請而求焉。”宋代秦觀《代賀胡右丞啟》：“面折廷爭，已聞國士之風；內平外成，行見大儒之效。”《元史·竇默傳》：“至論國家大計，面折廷諍，人謂汲黯無以過之。”章炳麟《變法箴言》：“爭變法者，吾未見其有面折廷諍、千人皆靡者也。”同 犯言直諫。反 希旨承顏。

【延年益壽】yán nián yì shòu 延長歲數，增加壽命。戰國楚宋玉《高唐賦》：“九竅通鬱，精神察滯，延年益壽千萬歲。”《史記·商君列傳》：“君之危若朝露，尚將欲延年益壽乎？”《鏡花緣》九回：“行山中如見小人乘着車馬，長五七寸的，名叫‘肉芝’，有人吃了，延年益壽、並可得道成仙。”同 龜鶴延年、益壽延年。反 天不假年、英年早逝。

【延頸企踵】yán jǐng qǐ zhǒng 伸長頭頸，踮起腳跟。形容殷切盼望的樣子。《漢書·蕭望之傳》：“天下之士延頸企踵，爭願自效，以輔高明。”明代歸有光《河南策問對》：“仲舉與聞喜合謀誅廢，以清朝廷，天下雄俊，莫不延頸企踵，以思奮其智力。”梁啟超《代黎元洪等致吳子玉書》：“遙聞旌節已蒞江漢，中外延頸企踵屬耳目。”同 翹首企足、引領而望。

【建功立業】jiàn gōng lì yè 建立功勳業績。宋代蘇軾《應制舉上兩制書》：“古之聖賢，建功立業，興利捍患，至於百工小民之事，皆有可觀。”《水滸傳》六八回：“建功立業，官爵升遷。”朱自清《經典常談·四書第七》：“科舉分幾級，考中的得着種種出身或資格，憑着這資格可以建功立業，也可以升官發財。”

廾 部

【弄巧反拙】nòng qiǎo fǎn zhuō 見“弄巧成拙”。

【弄巧成拙】nòng qiǎo chéng zhuō 本想運用巧妙的手段，結果反而把事情搞糟了。宋代黃庭堅《拙軒頌》：“弄巧成拙，為蛇畫足。”《封神演義》五六回：“此事俱是父親失言，弄巧成拙。”沙汀《老煙的故事》：“不要弄巧成拙，惹出些枝節問題來。”也作“弄巧反拙”。《痛史》二回：“只怕他本人不願，叫喊起來，那倒弄巧反拙了。”

【弄瓦之喜】nòng wǎ zhī xǐ《詩經·斯干》：“乃生女子，載寢之地。載衣之裼，載弄之瓦。”瓦：古時婦女紡織用的紡錘。弄瓦：古俗將瓦給女嬰作玩具，盼其長大後善做女紅。後用“弄瓦之喜”指誕生了女兒。《風掃殘雲》二一回：“等把中堂掛在牆上，姚五一看，上寫着‘弄瓦之喜’，可就撅嘴了。”◇他做夢都想有個孫子，這回又是“弄瓦之喜”，他嘴上不說，內心卻悶悶不樂。反 弄璋之喜。

【弄兵潢池】nòng bīng huáng chí 見“潢池弄兵”。

【弄假成真】nòng jiǎ chéng zhēn 宋代邵雍《弄筆吟》：“弄假像真終是假，將勤補拙總輸勤。”後以“弄假成真”表示本來是假的，結果卻變成真的。元代無名氏《隔江鬥智》二折：“那一個掌親的怎知道弄假成真，那一個說親的早做了藏頭露尾。”《三國演義》五五回：“既已弄假成真，又當就用此計。”

【弄虛作假】nòng xū zuò jiǎ 用一套虛假的東西騙人。◇新聞要求真實，不能弄虛作假／老師聽他說得如此容易，怕他弄虛作假，就悄悄地找人去瞭解實情。同 向壁虛造、向壁虛構。

【弄璋之喜】nòng zhāng zhī xǐ《詩經·斯干》：“乃生男子，載寢之牀，載衣之裳，載弄之璋。”璋：古代貴族佩帶的半圭形玉器。弄璋：古俗將璋給男嬰玩耍，盼長大後出人頭地（一說盼品德如玉一般高潔）。後稱生男孩為“弄璋之喜”。明代陳汝元《金蓮記·偕計》：“室人王氏……新有弄璋之喜，允符種玉之祥。”魯迅《書信集·致增田涉》：“對弄璋之喜，大為慶賀。”也作“弄璋之慶”。明代趙弼《木棉庵記》：“喜公有弄璋之慶，萬事足矣。”反 弄瓦之喜。

【弄璋之慶】nòng zhāng zhī qìng 見“弄璋之喜”。

【弊絕風清】bì jué fēng qīng 弊端、弊病沒有了，不正之風肅清了。形容清廉公正。明代湯顯祖《牡丹亭•勸農》："恭喜本府杜太爺管治三年，慈祥端正，弊絕風清。"清代林則徐《關防告示》："隨時隨事，杜漸防微，庶幾弊絕風清，令行政肅。" 同 風清弊絕。

弓部

【弔古尋幽】diào gǔ xún yōu 憑弔古跡，尋找幽境，感懷舊事。《喻世明言•明悟禪師趕五戒》："每與源遊山玩水，弔古尋幽，賞月吟風，怡情遣興，詩賦文詞，山川殆遍。"明代陳繼儒《小窗幽記•集豪》："登高遠眺，弔古尋幽，廣胸中之邱壑，遊物外之文章。"◇這裏的勝跡遺址，吸引中外遊客來此弔古尋幽。

【弔民伐罪】diào mín fá zuì《孟子•滕文公下》："誅其君，弔其民。"後以"弔民伐罪"指撫恤受害的百姓，討伐有罪的當政者。《宋書•索虜傳》："興雲散雨，慰大旱之思；弔民伐罪，積後己之情。"◇上台前，總打出為天下百姓弔民伐罪的旗號，上台後便專權擅政愚弄百姓。同 伐罪弔民。

【引人入勝】yǐn rén rù shèng 引人進入美好的境界。《世說新語•任誕》："王衞軍云：酒正自引人着勝地。"後多表示文章或風景等非常吸引人。清代孔尚任《桃花扇•凡例》："設科之嬉笑怒罵，如白描人物，鬚眉畢現，引人入勝者，全借乎此。"秦牧《藝海拾貝•北京花房》："從北京花房的引人入勝，我想起了某些事物概括集中之後產生的魅力。"◇故事寫得生動曲折，引人入勝。

【引人注目】yǐn rén zhù mù 把人們的注意力吸引過來。形容人或事物具有特別的吸引力。◇在今晚的舞會上，她身着石榴紅色的中式旗袍，特別引人注目。

【引火燒身】yǐn huǒ shāo shēn 比喻自找苦吃或自取滅亡。◇萬萬不能向大耳窿借錢，那是引火燒身，找死啊！同 惹火燒身。

【引以為戒】yǐn yǐ wéi jiè 用以往的過錯、失敗作為鑒戒，避免重犯。清代錢大昕《答王西莊書》："此則無損於古人，而是成吾之妄，王介甫、鄭漁仲輩皆坐此病，而後來宜引以為戒者。"《官場現形記》一八回："無奈他太無能耐，不是辦的不好，就是鬧了亂子回來。所以近來七八年，歷任巡撫都引以為戒，不敢委他事情。"張天翼《略談曹雪芹的〈紅樓夢〉》："我們同行中各人總會有他自己的學習法，知道甚麼可學並怎麼學，甚麼則不必學或不可學，而有的甚至要引以為戒，等等，茲不贅。"同 前車之鑒。反 重蹈覆轍。

【引玉之磚】yǐn yù zhī zhuān 謙辭。比喻為引出別人的高明見解而自己首先發表的粗淺意見。◇我的拙見充其量不過是引玉之磚。同 拋磚引玉。

【引而不發】yǐn ér bù fā《孟子•盡心上》："君子引而不發，躍如也。"意思是拉開弓，搭上箭，做出要射的樣子卻不射出去。後用"引而不發"比喻做好準備，等待適宜行事的機會。◇越是在危難的當口，越是要沉靜待變，引而不發。

【引車賣漿】yǐn chē mài jiāng《史記•魏公子列傳》："公子引車入市，侯生下見其客朱亥。"又："公子聞趙有處士毛公藏於博徒，薛公藏於賣漿家。"引車：拉車。賣漿：賣飲料。後用"引車賣漿"泛指卑賤的行業。林紓《致蔡元培書》："若盡廢古書，行用土語為文字，則都下引車賣漿之徒所操之語，按之皆有文法。"汪曾祺《歲寒三友》："他們是從小一塊長大的。這是三個說上不上，說下不下的人，既不是縉紳先生，也不是引車賣漿者流。"同 三教九流。

【引足救經】yǐn zú jiù jīng 引：拉。經：上吊。《荀子•仲尼》："志不免乎奸心，行不免乎奸道，而求有君子、聖人之名，辟之是猶伏而咶天，救經而引其足也。"後以"引足救經"指要救上吊的人卻去拉他的腳，比喻做事不得法，效果與願望適得其反。周群《法律之我見》："問題似乎都得從根本上去着手解決才更恰當穩妥，否則，貿然地截鶴續鳧，實有引足救經適得其反之慮！”同 飲鴆止渴、抱薪救火。

【引吭高歌】yǐn háng gāo gē 吭：喉嚨。放開嗓子高聲歌唱。◇登上高峰之巔，引吭高歌，迎日臨風，在博大的天地裏，情趣油然而生。

【引咎自責】yǐn jiù zì zé 咎：罪責。主動承擔過失並作自我批評。《晉書·庾亮傳》：“亮甚懼，及見侃，引咎自責，風止可觀。”《舊唐書·李承乾傳》：“宮臣或欲進諫者，承乾必先揣其情，便危坐斂容，引咎自責。”瓊瑤《蒼天有淚》二九：“阿超立刻引咎自責起來：‘就是嘛，我已經把自己罵了幾千幾萬遍了！’”反 聊以塞責、敷衍塞責。

【引鬼上門】yǐn guǐ shàng mén 比喻招來壞人。《初刻拍案驚奇》卷二二：“吾本等好意，卻叫得‘引鬼上門’，我而今不便追究，只不理他罷了。”臥龍生《一代天驕》十四章：“等到他們找上門，這就證明果然是一條引狼入室、引鬼上門之計。”同 引狼入室。反 築巢引鳳。

【引狼入室】yǐn láng rù shì 比喻把壞人引進到自己內部或家中來。《聊齋誌異·黎氏》：“再娶者，皆引狼入室耳，況將於野合逃竄中求賢婦哉！”◇讓一個有劣跡的人入股公司，你這不是引狼入室嗎？同 開門揖盜。

【引經據典】yǐn jīng jù diǎn 引用經典著作或權威性語句、典故，作為自己論點的依據。《後漢書·荀爽傳》：“爽皆引據大義，正之經典。”明代張岱《家傳》：“走筆數千言，皆引經據典，斷案如老吏。”老舍《駱駝祥子》四：“劉家父女的辦法常常在車夫與車主的口上，如讀書人的引經據典。”同 旁徵博引。

【引線穿針】yǐn xiàn chuān zhēn 見“穿針引線”。

【引頸受戮】yǐn jǐng shòu lù 戮：殺。伸長脖子等待被殺。指不作抵抗而等死。《封神演義》三六回：“天兵到日，尚不引頸受戮，乃敢拒敵大兵！”蔡東藩《後漢演義》八一回：“配叱刑士道：‘我主在北，不應南面受誅！乃聽令北向引頸受戮。’”◇譚嗣同在“戊戌變法”失敗後不躲不逃，引頸受戮，決意用自己的熱血喚醒國人的覺悟。反 困獸猶鬥、負隅頑抗。

【弦外之音】xián wài zhī yīn 琴弦停止彈撥以後的餘音或琴音寄託的含義。《宋書·范曄傳》：“吾於音樂，聽功不及自揮……其中體趣，言之不盡。弦外之意，虛響之音，不知所從而來。”後多謂“言外之意”。老舍《四世同堂》三：“老太爺馬上聽出來那弦外之音。”◇聽出他那話的弦外之音，是對老岳丈非常不滿。

【弱不禁風】ruò bù jīn fēng 唐代杜甫《江雨有懷鄭典設》詩：“亂波紛披已打岸，弱雲狼藉不禁風。”後以“弱不禁風”形容柔弱得禁不住風吹。多形容體態嬌柔。宋代陸游《六月二十四日夜分夢范至能李知幾尤延之同集江亭》詩：“白菡萏香初過雨，紅蜻蜓弱不禁風。”魯迅《而已集·文學和出汗》：“弱不禁風的小姐出的是香汗。”反 巍然屹立。

【弱肉強食】ruò ròu qiáng shí 動物中弱者被強者吃掉。借指弱者被強者、弱國被強國欺凌或吞併。唐代韓愈《送浮屠文暢師序》：“弱之肉，彊之食。”明代劉基《秦女休行》：“有生不幸遭亂世，弱肉強食官無誅。”清代魏源《觀物吟》：“弱肉強食翻手勢，不惟除害反爭利。”清代陳天華《猛回頭》：“今日的世界，甚麼世界？是弱肉強食的世界。”

【張三李四】zhāng sān lǐ sì 泛指某人或某些人。張三、李四均為假設的虛指。《五燈會元·福州長慶慧棱禪師》：“有人從佛殿後過，見是張三李四；從佛殿前過，為甚麼不見？”魯迅《書信集·致台靜農》：“上海的情形也不見佳，張三李四都在教導學生。”◇隱約聽得有人喧嘩，開窗望去，卻不見有張三李四。

【張大其事】zhāng dà qí shì 把事情說得很大。唐代韓愈《送楊少尹序》：“道邊觀者亦有歎息知其為賢以否，而太史氏又能張大其事，為傳繼二疏蹤跡否？”後以“張大其事”指故意誇張事實、誇大其情。宋代李彌《龍圖閣直學士右通奉大夫致仕葉公墓誌銘》："主議者張大其事，欲致之死，以為己功。"宋代呂祖謙《官箴》："説尋常犯權貴取禍者，多是張大其事。"◇本來是村民之間的一件小糾紛，卻因村長偏袒一方，張大其事，誣為聚眾滋事，揚言要嚴加懲處。同 誇大其辭。反 大事化小。

【張大其詞（辭）】 zhāng dà qí cí 誇張或虛構，所言超過實際情況或實際達到的程度。《官場現形記》五二回："傳二棒棰索性張大其詞，説得天花亂墜，不但身到其處，且一一都考較過。"魯迅《中國小説史略》二九："這部書也很盛行，但他描寫社會的黑暗面，常常張大其詞，又不能穿入隱微，但照例的慷慨激昂，正和南亭亭長有同樣的缺點。"馮玉祥《我的生活》二十章："萬不可好大喜功，妄加揣測，或是加鹽添醋地張大其詞。"◇你們説在西洋這是上等器物，未免張大其辭吧，我只覺得視同平常，沒甚麼奇異之處。同 誇大其詞。

【張口結舌】 zhāng kǒu jié shé 張着嘴説不出話。形容理屈的窘態或害怕驚愕的樣子。結舌：舌頭扭結。《七俠五義》一回："包公尚可自主，包興張口結舌説：'三爺，咱們快想出路才好！'"《兒女英雄傳》二三回："公子被他問的張口結舌，面紅過耳，坐在那裏只管發愣。"郭小川《春歌》三："颳謠風的——張口結舌；玩火的——焦頭爛額。"同 瞠目結舌。反 口若懸河、滔滔不絕、伶牙俐齒。

【張牙舞爪】 zhāng yá wǔ zhǎo ❶形容猛獸的兇相。《敦煌變文集·新編小兒難孔子》："魚生三月游於江湖，龍生三日張牙舞爪。"元代李好古《張生煮海》三折："我獨自一個，正要走回，不提防遇見個大蟲，張牙舞爪而來。"❷形容惡人猖狂兇惡的樣子。《初刻拍案驚奇》卷八："有一等做公子的，依靠着父兄勢力，張牙舞爪，詐害鄉民。"❸形容手舞足蹈、揮手動腿的樣子。《兒女英雄傳》七回："他才站起來，滿地張牙舞爪的説道：'……咱們姐兒們今兒碰在一塊兒算有緣。'"◇喜得他張牙舞爪地大笑。同 兇相畢露。反 心慈面軟、慈眉善目。

【張皇失措】 zhāng huáng shī cuò 慌張驚惶，舉止失去常態。形容驚慌失常的樣子。清代薛福成《書昆明何帥失陷蘇常事》："無事則籌略紛紜，臨變已張皇失措，一聞賊至，心隕膽破。"巴金《〈愛情三部曲〉作者的自白》："要是你抬起頭突然看見巴金就站在你的面前，你一定會張皇失措。"郭沫若《棠棣之花》："聶政刺殺俠累時，堂上衞士均張皇失措。"同 張皇無措、驚慌失措。

【張冠李戴】 zhāng guān lǐ dài 把姓張的帽子戴到姓李的頭上。宋代錢希言《戲瑕》卷三："張公帽兒李公戴。"後以"張冠李戴"比喻弄錯了對象或把事情顛倒過來。清代孫承澤《天府廣記·錦衣衞》："彼卑官小卒，以衙門為活計，惟知嗜利，鮮有良心……甚至張冠李戴，增少為多，或久禁暗處，或苦打屈服。"清代劉熙載《藝概·詞曲概》："未有可以張冠李戴、斷鶴續鳧者也。"反 一絲不差、不爽分毫。

【張敞畫眉】 zhāng chǎng huà méi《漢書·張敞傳》："又為婦畫眉，長安中傳張京兆眉憮，有司以奏敞。上問之，對曰：'臣聞閨房之內，夫婦之私，有過於畫眉者。'"後以"張敞畫眉"指夫妻情義深厚。《醒世恆言》卷一五："假如張敞畫眉，相如病渴，雖為儒者所譏，然夫婦之情，人倫之本，此謂之正色。"胡鴻雁《中國古代女訓的精華及其當代價值》："要求夫婦雙方都要善待對方，相互尊重，賦予了夫婦之間平等相待的實質內容，其他如張敞畫眉，勵夫守志、舉案齊眉的孟光。"同 畫眉張敞。

【張燈結彩（綵）】 zhāng dēng jié cǎi 掛起燈籠，紮起綵帶。形容喜慶或節日的景象。《三國演義》六九回："告諭城內居民，盡張燈結彩，慶賞佳節。"《官場現形記》三四回："打尖住宿，一齊都預備公館。有些還張燈結綵，地方官自己出來迎接。"◇早在聖誕節前許多天，尖東已然是張燈結彩，燈飾圖案，璀璨輝煌了。同 火樹銀花。

【強人所難】qiǎng rén suǒ nán 勉強別人去做為難的事。◇人各有志，不要強人所難 / 你這是強人所難，你沒察覺她不願意嗎？

【強本節用】qiáng běn jié yòng 本：指農業。加強農業生產，節約財政開支。《荀子•天論》："強本而節用，則天不能貧。"宋代蘇軾《賀時宰啟》："強本節用，則貨可使若流泉之長。"◇戰國時代的墨家學派特別重視物質生產，主張強本節用。

【強死強活】qiǎng sǐ qiǎng huó 形容極其勉強的樣子。《金瓶梅詞話》三八回："西門慶還把他強死強活拉到李瓶兒房內，下了一盤棋，吃了一回酒。"《紅樓夢》六三回："說着大家來敬探春，探春哪裏肯飲！卻被湘雲、香菱、李紈等三四個人，強死強活，灌了一鍾才罷。"◇眾人把她強死強活拉到新房門口，推進門，又倒鎖了門。

【強作解人】qiǎng zuò jiě rén《世說新語•文學》："謝安年少時，請阮光祿道《白馬論》，為論以示謝，於時，謝不即解阮語，重相諮盡，阮乃歎曰：'非但能言人不可得，正索解人亦不得。'"解人：指理解其所說的意思的人。後以"強作解人"指不明真意卻妄加議論的人。清代賀裳《載酒園詩話•野客叢談》："此言深得詩人之致，前說小兒強作解人耳。"陳平原《不該消失的校園風景》："早已成為歷史名詞的嶺南大學和燕京大學，我輩明明無緣得識，為何還要強作解人？"高翰《"直北"考——〈版邊隨考〉(四)》："李白用詞原本是有出處的，也是有講究的，很準確的。後人不知其妙，強作解人，妄自改竄，誠可悲也。"同 不懂裝懂。

【強弩之末】qiáng nǔ zhī mò《漢書•韓安國傳》："強弩之末，力不能入魯縞。"意思是即使強勁的弩弓射出的箭，到了最後，也穿不透魯國產的極薄的絲織品。後比喻由強有力而變成衰退、微弱了。《三國志•諸葛亮傳》："曹操之眾，遠來疲弊……此所謂'強弩之末，勢不能穿魯縞'者也。"清代李沂《秋星閣詩話•審趨向》："初唐乍興，正始之音，然尚帶六朝餘習，盛唐始盡善，'中''晚'如強弩之末，氣骨日卑矣。"◇1943年的日本，已經到了強弩之末，困獸猶鬥的地步了。

【強姦民意】qiáng jiān mín yì 把自己的意願強加給民眾，並硬說這是民眾的意願。蔡東藩《民國通俗演義》七二回："後來老袁強姦民意，凡政、紳、軍、商各界，無不有請願書。"馮友蘭《三松堂自序》："玩弄一些製造輿論、強姦民意的辦法，看起來好像王莽篡漢的時候所行的那一套。"

【強聒不捨】qiáng guō bù shě 儘管別人都不願聽，還是絮絮叨叨地反覆敍說不休。《莊子•天下》："見侮不辱，救民之鬥，禁攻寢兵，救世之戰，以此周行天下，上說下教，雖天下不取，強聒而不捨者也。"梁啟超《變法通義•學校總論》："況於彼教之徒，強聒不捨，挾以國力，奇悍無論。"魯迅《二心集•關於翻譯的通信》："'強聒不捨'雖然是勇壯的行為，但我所奉行的，卻是'不可與言而與之言，失言'這一句古老話。"

【強詞奪理】qiǎng cí duó lǐ 把沒理說成有理。《三國演義》四三回："孔明所言，皆強詞奪理，均非正論，不必再言。"《鏡花緣》六十回："尊駕此話固非強詞奪理，但你可知宋素是何等樣人？"◇明明是自己把事情辦糟了，還強詞奪理拼命辯護。同 蠻不講理。

【強幹(榦)弱枝】qiáng gàn ruò zhī 加強主幹，削弱枝葉。比喻加強中央力量，削弱地方勢力。《史記•漢興以來諸侯王年表序》："而漢郡八九十，形錯諸侯間，犬牙相臨，秉其厄塞地利，強本幹、弱枝葉之勢，尊卑明而萬事各得其所矣。"宋代司馬光《涑水紀聞》卷一："諸鎮皆自知，兵力精銳非京師之敵，莫敢有異心者，由我太祖能強幹弱枝、制治於未亂故也。"盧俊勇《宋代廂軍兵源述論》："就軍事方面而言，太祖變革較世宗變革更直接、更有力，這是因為太祖不像世宗那樣僅僅只是寄招禁軍，收歸京師，而是直接揀汰鎮兵，互解藩鎮軍隊，為強幹弱枝之道。"

【強顏歡笑】qiǎng yán huān xiào 勉強做出欣喜的笑容。◇雖然心裏非常痛苦，面上還得強顏歡笑，做出若無其事的樣子。反 強顏為笑。

【彈丸之地】dàn wán zhī dì 形容地方很小。《戰國策•趙策三》："彈丸之地猶不予也，令秦來年復攻，王得無割其內而媾乎？"明代王世貞《永樂以後功臣公侯伯年表》："靖難諸將臣從藩邸起，以一旅之師、彈丸之地，出萬死者三載，而遂定宗社於泰山之固。"◇地處湘西南的芷江，雖彈丸之地，卻因其獨具的人文歷史和優美的自然景觀，成為西南地區重要的歷史文化名城。同 一隅之地。

【彈指之間】tán zhǐ zhī jiān 彈指：佛經以二十念為瞬，二十瞬為"彈指"。喻指極短的時間。明代宋濂《郭刻法華經敍贊》："大光普照了無礙，彈指之間證無上慧。"清代喬采《易俟•中孚》："彈指之間十五年矣，歲月遷流，友朋凋謝。"同 轉瞬之間、轉眼之間。反 地久天長、日久天長。

【彈冠相慶】tán guān xiāng qìng《漢書•王吉傳》："吉與貢禹為友，世稱'王陽（王吉）在位，貢公（貢禹）彈冠'。"説王吉做了官，貢禹把帽子撣乾淨，也準備去做官。後以"彈冠相慶"表示互相慶賀之意。多用於貶義。宋代蘇洵《管仲論》："一日無仲，則三子者可以彈冠相慶矣。"◇見對手上市公司的股票大跌，他們興高采烈，彈冠相慶。

【彈無虛發】dàn wú xū fā 每一發彈丸或彈藥都擊中目標。形容百發百中。《鏡花緣》二六回："真是'彈無虛發'：每發一彈，岸上即倒一人。"同 百發百中、百步穿楊。

【彈絲品竹】tán sī pǐn zhú 絲：指弦樂器。竹：指竹製管樂器。品：演奏。泛指演奏各種樂器。宋代無名氏《張協狀元》一齣："但咱們，雖宦裔，總皆通，彈絲品竹，那堪詠月與嘲風。"《宋代宮闈史》一二回："唐主大喜，便衣以輕綃霧縠之衣，裝以珠翠金寶之飾，置之後苑，教導歌舞及彈絲品竹之技。"

【彈盡援絕】dàn jìn yuán jué 彈藥用完，後援斷絕，處境十分危急。◇激戰十數小時，彈盡援絕，陣地終於失守。同 彈盡糧絕。

【彈盡糧絕】dàn jìn liáng jué ❶ 彈藥和糧食都已用完。形容戰地必需的物資消耗殆盡，處境極其危急。◇在彈盡糧絕之後，還是老張率領大家突圍出來。❷ 比喻物資和人力等消耗殆盡。◇按照目前的營運開支，咱們公司不久就彈盡糧絕，無以為繼了。同 彈盡援絕。反 兵精糧足。

【彌天大謊】mí tiān dà huǎng 極大的謊話。彌天，漫天。◇一個彌天大謊，居然騙了這麼多人！同 漫天大謊。反 由衷之言、實事求是、和盤托出。

彡 部

【形色可疑】xíng sè kě yí 見"形跡可疑"。

【形色倉皇】xíng sè cāng huáng 動作匆忙，神色慌張。◇只見那人形色倉皇，鬼鬼祟祟，一溜煙鑽進一條小巷子裏。同 神色倉皇、慌裏慌張。反 不慌不忙、鎮定自若。

【形形色色】xíng xíng sè sè《列子•天瑞》："有形者，有形形者；有聲者，有聲聲者；有色者，有色色者。"後用"形形色色"形容各種各樣，品類多種多樣。清代葉燮《原詩•內篇下》："前後、中邊、左右、向背，形形色色、殊類萬態，無不可得。"曹禺《日出》第一幕："我這裏很有幾個場面上的人，你可以瞧瞧，形形色色：銀行家、實業家、做小官的都有。"◇車水馬龍的大街上走着形形色色的人。同 各式各樣。反 千篇一律。

【形於顏色】xíng yú yán sè 內心的活動在臉上表露出來。宋代范祖禹《論德政》："憂瘁泣涕，形於顏色。"◇他是個沉穩內斂，從不形於顏色的人，你很難知道他心裏想些甚麼。同 形於辭色。反 深藏不露。

【形於辭色】xíng yú cí sè 內心活動都表露在臉上和言辭之間。也作"形於言色"。

《晉書•庾亮傳》：“欲以滅胡平蜀為己任，言論慷慨，形於辭色。”《魏書•任城王雲傳》“每懷鬱怏，形於言色，遂縱酒歡娛，不親政事。”◇喜怒哀樂都形於辭色，是個胸無城府的爽氣人。同 形於顏色。反 不露聲色。

【形格勢禁】xíng gé shì jìn 格：阻礙。受到形勢的阻礙或限制。《史記•孫子吳起列傳》：“批亢擣虛，形格勢禁，則自為解耳。”宋代辛棄疾《議練民兵守淮疏》：“臣謂兩淮裂為三鎮，形格勢禁，足以待敵矣。”◇心裏很想拯救她，可形格勢禁，毫無辦法。同 形劫勢禁。

【形單影隻】xíng dān yǐng zhī 形容孤孤零零，獨自無伴。唐代韓愈《祭十二郎文》：“吾上有三兄，皆不幸早世，承先人後者，在孫惟汝，在子惟吾，兩世一身，形單影隻。”明代范受益、王錂《尋親記•遣役》：“形單影隻，凄涼已極。”◇兒女早亡，老來形單影隻，無依無靠。同 煢煢孑立、形影相弔。反 子孫滿堂、前呼後擁。

【形勢逼人】xíng shì bī rén 事情的發展態勢緊迫，步步逼人。《逼上花轎的賊》二十章：“形勢逼人啊！豁出去了，去他的甚麼飛鷹堡……沒甚麼了不起的。”◇如今就業艱難，形勢逼人，不少年輕人覺得前途暗淡。

【形跡可疑】xíng jì kě yí 不尋常的舉止和神色，令人懷疑存有問題。也作“形色可疑”。清代孔尚任《桃花扇•卻奩》：“圓老故交雖多，因其形跡可疑，亦無人代為分辯。”《三俠五義》四九回：“無論是何地方，但有形跡可疑的即便拿來見我。”《文明小史》一五回：“看見有形跡可疑的，以及箱籠斤兩重大的，都要叫本人打開給他查驗。”也作“形色可疑”。◇這兩天形勢緊張，街上多了便衣警察，見到形跡可疑的人，就截停盤查。同 形色倉皇。

【形影不離】xíng yǐng bù lí 如影隨形，片刻不離。形容彼此關係非常密切或相依相伴。清代紀昀《閱微草堂筆記•灤陽消夏錄二》：“青縣農家少婦。性輕佻，隨其夫操作，形影不離。”葉聖陶《辛苦》：“喪事過後，表嬸開始同孫兒過形影不離的生活。”◇兩人形影不離，不是親兄弟，勝似親兄弟。同 影形不離、如影隨形。反 你死我活、視如寇仇。

【形影相弔(吊)】xíng yǐng xiāng diào 弔：撫恤、存問。只有身體和影子互相安慰。形容孤孤單單，沒有依靠。三國魏曹植《上責躬應詔詩表》：“形影相弔，五情愧赧。”晉代李密《陳情表》：“外無期功強近之親，內無應門五尺之童，煢煢孑立，形影相弔。”清代袁枚《小倉山房尺牘》：“(陶西圃)卒於濟寧舟中，孤危托落，形影相吊。”同 影形不離、如影隨形。

【形影相隨】xíng yǐng xiāng suí 形體與其影子總是相伴隨着。形容關係密不可分，或形單影隻，孤孤零零。《管子•任法》：“然故下之事上也，如響之應聲也；臣之事主也，如影之從形也。”唐代崔峒《江山書懷》詩：“登高回首罷，形影自相隨。”明代朗瑛《七修類稿•事物》：“七年艱難走閩越，日夜思親鬢成雪。回頭往事付空花，形影相隨衣百結。”《紅樓夢》一〇三回：“廟名久隱，斷碣猶存，形影相隨，何須修募？”豐子愷《緣緣堂隨筆•附錄》：“我遣居嘉興，又遣居上海，你都跟着我走，猶似形影相隨，至於八年之久。”同 形影不離。

【形銷骨立】xíng xiāo gǔ lì 銷：減少。形容身體消瘦，肌骨嶙峋。《聊齋誌異•連瑣》：“由是月餘，更不復至。楊思之，形銷骨立，莫可追挽。”◇突然遭此橫禍，茶飯不思，日見形銷骨立。同 瘦骨嶙峋。反 腦滿腸肥。

【彤雲密佈】tóng yún mì bù《詩經•信南山》：“上天同雲，雨雪雰雰。”同：同“彤”。形容天空陰雲密集。多指雨雪前的天氣景象。《水滸傳》十回：“正是嚴冬天氣，彤雲密佈，朔風漸起，卻早紛紛揚揚捲下一天大雪來。”《金瓶梅》二回：“連日朔風緊颳，只見四下彤雲密佈。”◇天色越來越暗，彤雲密佈，看來要下一場暴雨。反 萬里無雲、天朗氣清。

【彬彬有禮】bīn bīn yǒu lǐ 文雅有禮貌。彬彬：形容文采與氣質二者兼備。《鏡花緣》八三回："（老者）喚出他兩個兒子，兄前弟後，彬彬有禮，見了子路。"◇為人謙遜，彬彬有禮。同 知書達禮。反 傲慢無禮。

【彪形大漢】biāo xíng dà hàn 彪：小老虎。像小老虎似的，身材高大壯實的男子漢。《水滸傳》六七回："只見外面走入個彪形大漢來，喝道：'你這黑廝好大膽！'"《痛史》一一回："金奎也選了二十名彪形大漢，教他們十八般武藝。"楊佩瑾《霹靂》："茶英進門一看，只見廳堂上坐着許登龍和王立銘，兩旁站着幾個彪形大漢，手裏握着竹鞭皮條，個個一臉殺氣。"反 蒲柳之姿、瘦骨伶仃。

【彪炳千秋】biāo bǐng qiān qiū 偉大的業績永放光輝，照耀千秋萬代。宋雲彬《談氣節》："他們在生前，雖享受不到甚麼勢位富貴，然而名垂竹帛，彪炳千秋，而中華民族賴以維繫不墜，這是中華民族的脊樑。"◇發明電腦和網絡的人，就是改變人類發展史的人，真可以說功在後世，彪炳千秋。同 彪炳千古。

【彩雲易散】cǎi yún yì sàn 五彩的雲霞容易消散。比喻好景不長，或美滿姻緣易於拆散。唐代白居易《簡簡吟》："恐是天仙謫人世，只合人間十三歲。大都好物不堅牢，彩雲易散琉璃脆。"宋代許顗《彥周詩話》："玉爵弗揮，典禮雖聞於往記；彩雲易散，過差宜恕於斯人。"《紅樓夢》五回："霽月難逢，彩雲易散；心比天高，身為下賤。"同 好景不長。

【彩筆生花】cǎi bǐ shēng huā 五代王仁裕《開元天寶遺事•夢筆頭上生花》載，李白少時，夢見所用之筆頭上生花，從此天才贍逸，文思豐富，天下聞名。後以"彩筆生花"比喻才思敏捷，下筆如有神助。元代湯式《賞花時•戲賀友人新娶》套曲："翠袖分香行處有，彩筆生花夢境熟。"◇書中的各篇文章，洋洋灑灑，蔚為大觀，都算得上是彩筆生花之作。同 夢筆生花、生花之筆。反 江郎才盡。

【彩鳳隨鴉】cǎi fèng suí yā 五彩的鳳鳥相伴烏鴉生活。宋代胡仔《苕溪漁隱叢話前集•麗人雜記》引《金是堂手錄》："杜大中自行伍為將，與物無情……有愛妾才色俱美，大中箋表，皆此妾所為。一日，大中方寢，妾至，見几間有紙筆頗佳，因書一闋寄《臨江仙》，有彩鳳隨鴉之語。大中覺而視之，云：'鴉且打鳳！'於是掌其面，至項折而斃。"後用"彩鳳隨鴉"比喻才貌雙全的女子嫁給了遠不如自己的男人。宋代劉將孫《沁園春》詞："記宰相開元，弄權瘡痏，全家駱谷，追騎倉皇，彩鳳隨鴉，瓊奴失意，可似人間白面郎？"《孽海花》一六回："自從加克娶了姑娘，人人都道彩鳳隨鴉，不免紛紛議論。"清代秋瑾《精衛石》四回："彩鳳隨鴉鴉打鳳，前車之轍斷人肝。"

【彰善癉惡】zhāng shàn dàn è 癉：憎恨。表彰好的，憎惡壞的。《尚書•畢命》："彰善癉惡，樹之風聲。"唐代元稹《戒勵風俗德音》："自非責實循名，不能彰善癉惡。"清代戴名世《論說•史論》："夫史者……用以彰善癉惡，而為法戒於萬世。"同 遏惡揚善、懲惡勸善。

【影影綽綽】yǐng yǐng chuò chuò 形容模模糊糊，若隱若現。《金瓶梅》六二回："我不知怎的，但沒人在房裏，心中只害怕，恰似影影綽綽，有人在我跟前一般。"《紅樓夢》一一六回："寶玉一見，喜得趕出來，但見鴛鴦在前，影影綽綽的走，只是趕不上。"◇影影綽綽看到前面有個人影。反 千真萬確。

彳 部

【彼此彼此】bǐ cǐ bǐ cǐ 常用作客套話。表示大家都一樣。清代郭小亭《濟公全傳》一二二回："正說着話，濟公進來。周員外連忙舉手抱拳說：'聖僧久違。'和尚說：'彼此彼此。'"◇我們是難兄難弟，彼此彼此，有話都好說。

【彼竭我盈】bǐ jié wǒ yíng 竭：盡。盈：滿。對方勇氣已喪盡，我方士氣正旺盛。

《左傳·莊公十年》："夫戰，勇氣也。一鼓作氣，再而衰，三而竭。彼竭我盈，故克之。"蔡東藩《明史通俗演義》一九回："俟至敵氣已懈，才開營出戰，自高臨下，勢如瀑布噴湧，無人敢當。是即彼竭我盈之計。"

【待人接物】 dài rén jiē wù 物：眾人。指與人交往相處。宋代朱熹《朱子語類》卷二七："且看《論語》，如《鄉黨》等處，待人接物，千頭萬狀，是多少般，聖人只是這一個道理做出去。"《水滸傳》八一回："此人極是仁慈寬厚，待人接物，一團和氣。"◇小姑娘待人接物的態度，安詳的性格，遠遠超過實際年齡。"

【待月西廂】 dài yuè xī xiāng 唐代元稹《鶯鶯傳》載：張生寓普救寺，見崔鶯鶯顏色豔異，光輝動人，不能自已，綴《春詞》二首挑之，鶯鶯約張生月夜會於花園，題《月明三五夜》詩一首，命婢女紅娘送去，其詩曰："待月西廂下，迎風戶半開；拂牆花影動，疑是玉人來。"後因以"待月西廂"謂情人私相約會。元代鄭光祖《㑳梅香》三折："你吵鬧起花燭洞房，自支吾待月西廂。"《玉嬌梨》九回："分明訪賢東閣，已成待月西廂。"

【待字閨中】 dài zì guī zhōng《禮記·曲禮上》："女子許嫁，笄而字。"古代女子成年許嫁才命字。後因稱女子待嫁為"待字閨中"。清代梁紹壬《兩般秋雨盦隨筆·方子雲詩》："宛如待字閨中女，知有團圞在後頭。"黎汝清《皖南事變》："自稱姑蘇人氏，年方十八妙齡，才思敏捷，國色無雙，待字閨中，擬擇一佳婿，貌可略平，但才必出眾。"同 閨中待字。

【待時而動】 dài shí ér dòng 等待時機有利才採取行動。《易經·繫辭下》："君子藏器於身，待時而動，何不利之有？"宋代張守《經筵上殿時務劄子》："自為不可攻之計，然後待時而動，一舉而圖萬全，此立國之謀也。"◇每當遇到挫折，不要垂頭喪氣，應該修身養性，待時而動。

【待理不理】 dài lǐ bù lǐ 好像理睬而又不似理睬的樣子。形容對人態度冷淡或故意給人臉色看。《紅樓夢》九五回："二太爺，你們這會子瞧我窮，回來我得了銀子，就是財主了，別這麼待理不理的！"◇她性情高傲，有點孤芳自賞，見人總是待理不理的。同 不瞅不睬、冷眼相待。反 滿腔熱忱、虛左以待。

【待價而沽】 dài jià ér gū 等待好價錢才肯出售。《論語·子罕》："子曰：'沽之哉，沽之哉！我待賈（價）者也。'"後以"待價而沽"比喻懷才的人等待被賞識重用之日才肯出來。宋代胡繼宗《書言故事·金寶》："待時而動曰待價而沽。"明代馮惟敏《正宮端正好》曲："不圖名，非干祿，無心也待價而沽。"◇名牌大學出來的學生，多少有點待價而沽的心態。同 善價而沽。反 乏人問津。

【徇私作弊】 xùn sī zuò bì 見"徇私舞弊"。

【徇私舞弊】 xùn sī wǔ bì 為了私情而耍弄欺騙手段，弄虛作假。郁達夫《出奔》："徇私舞弊，不是我們革命的人所應作的事情。"亦作"徇私作弊"。《水滸傳》八三回："誰想這夥官員，貪濫無厭，徇私作弊，剋減酒肉。"◇民眾得知這次選舉議員有徇私舞弊的行為，群情震怒。同 營私舞弊。

【徇情枉法】 xùn qíng wǎng fǎ 曲從私情，歪曲、違背法律。元代王磐《中書右丞相史公神道碑》："使官吏一心奉公，而不敢為徇情枉法之私。"《紅樓夢》四回："雨村便徇情枉法，胡亂判斷了此案。"

【後不為例】 hòu bù wéi lì 只此一次，以後不能以此為成例。明代沈德符《野獲編·中宮外家恩澤》："至丁未年而棟卒，其母趙氏為孫乞恩承襲，上命棟子明輔襲祖伯爵。時署部少宰楊時喬力諫不從，上但云後不為例而已。"同 下不為例。

【後生小子】 hòu shēng xiǎo zǐ 年輕晚輩。舊時長輩稱晚輩或老師稱學生。有時帶有輕蔑意。宋代俞文豹《吹劍四錄》："恐數十年後老成凋喪，後生小子，不知根柢，耳濡目染，目變而復還。"明代徐霖《繡襦記·偽儒樂聘》："今年正當大比，這些後生小子要來求我講貫，且騙幾文錢鈔。只是這膏粱子弟，都被我哄盡，鬼也不信，不免別作區處。"洪深《少奶奶的扇子》第二幕："這位老先生，吃飽了晚飯，喜歡説幾句仁義道德的話，勸勸我們後生小子。"

【後生可畏】hòu shēng kě wèi 年輕人超過老年人，後一代超越前一代，令人敬畏。《論語•子罕》："後生可畏，焉知來者之不如今也。"三國魏曹丕《答吳質書》："後生可畏，來者難誣。"明代歸有光《吏部司務朱君壽序》："後生可畏，來者未可量。"◇只有力求上進、孜孜不倦的青少年，才讓人感到"後生可畏"。同 後來居上、後起之秀。反 老當益壯、老驥伏櫪。

【後來居上】hòu lái jū shàng 後輩勝過前輩；後面的超過先前的。《史記•汲鄭列傳》："陛下用群臣如積薪耳，後來者居上。"宋代張淏《雲谷雜記》卷三："有官人退居第二，乞只依臚傳次序，勿令後來居上。"章炳麟《東京留學生歡迎會演説詞》："到了今日，諸君所説民族主義的學理，圓滿精緻，真是後來居上。"同 後起之秀。反 甘居人後。

【後起之秀】hòu qǐ zhī xiù 後輩中的優秀人物，或新湧現出的優秀人物。清代余懷《板橋雜記•麗品》："崔科，後起之秀，目未見前輩典型，然有一種天然韶令之致。"◇雖説從業時間不長，他可是金融界的後起之秀。同 後來居上、後生可畏。

【後悔不及】hòu huǐ bù jí 見"後悔無及"。

【後悔莫及】hòu huǐ mò jí 見"後悔無及"。

【後悔無及】hòu huǐ wú jí《左傳•哀公六年》："既成謀矣，盍及其未作也，先諸作而後悔，亦無及也。"後以"後悔無及"指事後懊悔，已來不及了。《後漢書•光武帝紀》："天下無主，如有聖人承敝而起，雖仲尼為相，孫子為將，猶恐無能有益。反水不收，後悔無及。"也作"後悔不及"、"後悔莫及"。《兒女英雄傳》二二回："及至説出口來，一覺着自己這句不好意思，一時後悔不及。"◇當王昭君外嫁辭行時，元帝才目睹其真容，後悔無及。

【後患無窮】hòu huàn wú qióng 日後的禍患沒完沒了。黎汝清《冬蕾》："這的確是個關鍵，此二人不除，不管政治上、科研上，都後患無窮。"

【後發制人】hòu fā zhì rén《荀子•議兵》："後之發，先之至，此用兵之要術也。"後以"後發制人"謂避開對方鋒芒，待其弱點暴露之後，伺機反擊，從而獲得成功。◇伺機而動，後發制人，是成功者的訣竅。反 先發制人。

【後會可期】hòu huì kě qī 見"後會有期"。

【後會有期】hòu huì yǒu qī 日後還有相會的日子；以後有見面的時候。元代無名氏《舉案齊眉》一折："二位舍人，蔬食薄味，管待不周，且請回宅去，後會有期。"明代梅鼎祚《玉合記•悟真》："遇華則止，遇侯則行，後會有期，珍重珍重。"洪深《趙閻王》第一幕："咱們有冤報冤，有仇報仇，老子活着不能見你，做鬼也是後會有期，你記着點兒吧！"亦作"後會可期"。《楊家將演義》："懷玉道：'殿下勿憂，微臣不死，後會可期。'"

【後會難期】hòu huì nán qī 以後很難再有見面的機會了。北魏楊衒之《洛陽伽藍記•大統寺》："飲訖辭還，老翁送元寶出，云：'後會難期。'以為淒恨，別甚殷勤。"明代李昌祺《剪燈餘話•田洙遇薛濤聯句記》："與洙痛飲，且敍歡情。戒曉，美人語洙曰：'從此永別，後會難期，無以將意。'出灑墨玉筆管一支為貺。"◇在給朋友的信裏，他表達了後會難期的悵恨，以及對朋友的深情厚意。

【後福無量】hòu fú wú liàng 指日後的福氣、機遇不可限量，將來幸福無窮。◇山泉石壁上有"五色泉"三個古篆大字，老人説，傳説泉中有五色雲升騰上天，目見者後福無量。同 後福無窮。

【後繼有人】hòu jì yǒu rén 有後人繼承前人的事業。劉心武《母校留念》："你們所開創的事業，一定後繼有人。"反 後繼無人。

【後顧之虞】hòu gù zhī yú 同"後顧之憂"。《清史稿•常青傳》："大營距府城未遠，勢相犄角，無後顧之虞。"

【後顧之憂】hòu gù zhī yōu 後顧：向回看。來自後方、家裏存在的憂患或日後可能出現的隱憂。《魏書•李沖傳》："朕以仁明忠雅，委以台司之寄，使我出境無後顧之憂，一朝忽有此患，朕甚懷愴慨。”《宋史·柳開傳》：“令彼有後顧之憂，乃可制其輕動。”◇兒子不長進，揮金如土，令他常懷後顧之憂。同 後顧之患、後顧之慮。

【徒子徒孫】tú zǐ tú sūn ❶ 徒弟和徒弟的弟子，或同一祖師傳承下來的弟子。明代李贄《焚書·安期告眾文》：“尚賴一二徒子徒孫之賢者自相協力，故龍湖僧院得以維持至今。”《花月痕》四三回：“心印領着徒子徒孫，就在秋華堂唸起度人經。”❷ 徒眾，黨羽。《平妖傳》八回：“只怕這野種子，做不成你徒子徒孫哩。”◇他相信，追隨他多年的一批徒子徒孫一定能為他辦好後事。

【徒托(託)空言】tú tuō kōng yán 講講而已，實際上並不實行。《史記·太史公自序》：“子曰：‘我欲載之空言，不如見之於行事之深切著明也。’”明代黃淮《梅溪集序》：“迫於氣運之衰微，而不得卒就其志，徒托空言於編簡之中，其亦可悲也。”《文明小史》四六回：“我在西報上，看見這種議論，也不止一次了，耳朵裏鬧鬧吵吵，也有兩三年了，光景是徒託空言罷？”《北洋軍閥統治時期史話》七十章：“但不能徒託空言，須將國民軍移駐一定地點，聽候改編。”同 坐而論道。反 躬行實踐。

【徒有其名】tú yǒu qí míng 有名無實。唐代張九齡《上封事書》：“(刺史、縣令)多非其任，徒有其名。”清代頤瑣《黃繡球》一七回：“現在各省的女學堂，不是說甚麼內容敗壞，就是徒有其名。”《北洋軍閥統治時期史話》五三章：“責任內閣徒有其名，事實上用人行政都受總統干涉。”同 徒有虛名、徒擁虛名。反 名實相副。

【徒有虛名】tú yǒu xū míng 表面上享有好名聲，實際上有名無實。《北齊書·李元忠傳》：“元忠以為萬石給人，計一家不過升斗而已，徒有虛名，不救其弊，遂出十五萬石以賑之。”◇常言道“盛名之下其實難副”，一些赫赫有名的人物，內囊裏空空如也，徒有虛名而已。同 徒負虛名、徒有其名。反 名副其實、名實相副。

【徒勞往返】tú láo wǎng fǎn 來來回回地白跑。明代何良俊《四友齋叢說·史二》：“若遣京軍遠涉邊境，道路疲勞，未必可用，倘至彼而虜已退，則徒勞往返耳。”《封神演義》五六回：“大夫今日見諭，公則公言之，私則私言之，不必效舌劍唇槍，徒勞往返耳。”◇先同人家聯繫好再去，否則徒勞往返，何況時間又這麼緊。

【徒勞無功】tú láo wú gōng《管子·形勢》：“與不可，強不能，告不知，謂之勞而無功。”說白花力氣而無功效。《詩經·甫田》“無思遠人，勞心忉忉”宋代朱熹注：“厭小而務大，忽近而圖遠，將徒勞而無功也。”《楊家將演義》一五回：“孟良、岳勝英勇難敵……若與死戰，徒勞無功，不如設計勝之。”同 徒勞無益、勞而無功。反 馬到成功、一蹴而就。

【徒勞無益】tú láo wú yì 花費了力氣卻毫無成果或收益。《京本通俗小說·拗相公》：“君聰明過人，宜多讀佛書，莫作沒要緊文字，徒勞無益。”明代沈德符《野獲編·有司分考》：“況平時考官，各省俱已聘定足數，欲減其數，則不免徒勞無益，將若之何而可哉！”李六如《六十年的變遷》第七章：“咳！我們這幾年，是徒勞無益。”同 徒勞無功、挑雪填井。反 勞苦功高、大功告成。

【徒費口舌】tú fèi kǒu shé 見“徒費唇舌”。

【徒費唇舌】tú fèi chún shé 說的話一點沒有用，白白地浪費了口舌。也作“徒費口舌”。《鏡花緣》二八回：“九公何苦徒費唇舌！你這鄉談暫且留着，等小弟日後學會再說罷！”葉聖陶《倪煥之》一二：“與其徒費口舌，不如經過法律手續來得乾脆。”◇同蠻不講理的人說理，那是對牛彈琴，對石頭傾訴，全是徒費唇舌。反 洗耳聆聽、言聽計從。

【徒亂人意】tú luàn rén yì 徒然擾亂人的心情或思緒，使人心煩意亂。《晉書·苻堅載記》：“自古大事，定策者一兩人而已，群議紛紜，徒亂人意。”宋代蘇軾

《富鄭公神道碑》："始受命，聞一女卒，再受命，聞一男生，皆不顧而行，得家書不發而焚之，曰：'徒亂人意！'"錢鍾書《圍城》九："鴻漸因他們說話像參禪似的，都隱藏着機鋒，聽着徒亂人意，便溜上樓去見父親。"

【徑行直遂】jìng xíng zhí suì《禮記•檀弓下》："有直情而徑行者，戎狄之道也。"《鶡冠子•著希》："故君子弗徑情而行也。"後用"徑行直遂"、"徑情直遂"說隨着自己的心願去做，並順利達到目的。清代程麟《此中人語•守節》："觀以可見守節之難，所以朝廷不設再醮之禁，與其慕虛名而貽中冓羞，不若徑行直遂之為愈也。"再醮：再嫁。梁啟超《中國之美文及其歷史》："長篇之賦，專事鋪敍無論矣，即間有詩歌，也多半是徑情直遂的傾寫實感。"◇做事總是有迴環曲折的，哪有徑行直遂，馬到成功的好事？同 直情徑行、直遂經行。

【徑情直遂】jìng qíng zhí suì 見"徑行直遂"。

【徐娘半老】xú niáng bàn lǎo《南史•梁元帝徐妃傳》："徐娘雖老，猶尚多情。"後用"徐娘半老"指婦女到中年還存有風韻。鄒韜奮《萍蹤寄語》二四："那個女主人徐娘半老，風韻猶存，拿着一瓶酒和幾個玻璃杯出來。"《民國通俗演義》一二三回："小二嫂自己也是中年時代，徐娘半老。"同 半老徐娘、"徐娘半老，風韻猶存"。反 人老珠黃、老態龍鍾。

【得一望十】dé yī wàng shí 得了一份，還巴望得十份。形容貪婪，或積攢財物時的迫切心情。《喻世明言•吳保安棄家贖友》："（吳保安）朝馳暮走，東趁西奔，身穿破衣，口吃粗糲，雖一錢一粟，不敢妄費，都積來為買絹之用，得一望十，得十望百，滿了百匹，就寄放姚州府庫。"《醒世恆言•張孝基陳留認舅》："身子恰像生鐵鑄就，熟銅打成，長生不死一般，日夜思算，得一望十，得十望百，堆積上去，分文不捨得妄費。"◇做人就是要知足常樂，得一望十，那就永遠沒有快樂可言。同 得十望百、得隴望蜀。

【得人死力】dé rén sǐ lì 形容深得人心，能讓別人不顧生死地為自己效力。《晉書•賈充傳》："誕再在揚州威名夙著，能得人死力。"《清史稿•蘇元春傳》："元春軀幹雄碩，不治生產，然輕財好士，能得人死力。"◇ 生性苛刻，平時對待下人薄情寡恩，不能得人死力，孤獨無助，這是他失敗的真正原因。

【得寸進尺】dé cùn jìn chǐ 得到了一寸，又想得到一尺。比喻貪得無厭。《戰國策•秦策三》："（范雎曰：）王不如遠交而近攻，得寸則王之寸，得尺亦王之尺也。"李六如《六十年的變遷》第六章四："因為我們年輕無經驗，焦達峰又事事讓步，他們這些老傢伙，就得寸進尺，詭計多端。"◇做人不能得寸進尺，貪得無厭，凡事適可而止。同 得隴望蜀、得步進步。反 心滿意足。

【得天獨厚】dé tiān dú hòu 獨具某種先天賦予的優越之處。清代趙翼《甌北詩話•陸放翁詩》："先生具壽者相，得天獨厚，為一代傳人，豈偶然哉？"清代洪亮吉《辛酉年三月十五日在舍間看牡丹》詩："得天獨厚開盈尺，與月同圓到十分。"《兒女英雄傳》三七回："至於心，卻是動輒守着至誠，須臾不離聖道，所以世上惟這等人為得天獨厚也。"◇中東諸國雖處沙漠地帶，卻因盛產石油而富甲一方，可謂得天獨厚。反 先天不足、天不作美。

【得不償失】dé bù cháng shī 得到的不足以補償失去的。形容不合算。宋代陸游《〈方德亨詩集〉序》："得不償失，榮不蓋媿。"明代劉基《前江淮都轉運鹽使宋公政績記》："調兵四萬，糧運之費不下數十百萬，騷動三省，幸而有功，得不償失。"清代魏源《軍儲篇》："何必官為開採，致防得不償失，財用不足乎？"◇貪慾往往促使人弄巧成拙，得不償失。反 一舉兩得、一舉多得。

【得心應手】dé xīn yìng shǒu《莊子•天道》："斲輪，徐則甘而不固，疾則苦而不入，不徐不疾，得之於手而應於心，口不能言，有數存焉於其間。"後以"得心應手"表示依照自己的想法，運用自如。

多形容技術純熟或做事順手。宋代沈括《夢溪筆談·書畫》："余家所藏摩詰畫《袁安卧雪圖》，有雪中芭蕉，此乃得心應手，意到便成。"清代趙翼《甌北詩話》卷十："氣足則調自振，意深則味有餘，得心應手，無一字不穩愜。"茅盾《霜葉紅似二月花》："伯申能辦輪船公司，但在這習藝所上頭，未必能得心應手。"同 得手應心。反 事與願違。

【得未曾有】dé wèi céng yǒu 得到了世上從來沒有過的、從未見過的或獨一無二的。唐代萬齊融《阿育王寺常住田碑》："阿寶塔之莊嚴，得未曾有。"清代吳偉業《張南垣傳》："而君獨規模大勢，使人於數日之內，尋丈之間，落落難合，及其既就，則天墮地出，得未曾有。"鄒韜奮《抗戰以來·自動奮發的千萬青年》："我曾經親自聽到他在軍隊中的引吭高歌，悲壯激昂，得未曾有。"同 得未嘗有。

【得失成敗】dé shī chéng bài 收穫與損失、成功與失敗。晉代陸機《五等諸侯論》："五等之制，始於黃唐，郡縣之治，創自秦漢，得失成敗，備在典謨。"宋代歐陽修《仲氏文集序》："君子知命，所謂命，其果可知乎？貴賤窮亨、用捨進退、得失成敗，其有幸有不幸，或當然而不然，而皆不知其所以然者則推之於天，曰：有命。"◇從小就要教導孩子學會正確對待得失成敗。

【得失相半】dé shī xiāng bàn 利與弊、所得與所失，各佔一半，不相上下。《三國志·全琮傳》："夫乘危徼幸，舉不百全者，非國家大體也。今分兵捕民，得失相半，豈得謂全哉？"宋代岳珂《桯史·石城堡寨》："又旁築一城曰堡寨，地皆砥平，相去餘數里，雖牽制之勢亦不相及，竟不曉何謂，猶不若石城之得失相半也。"◇他望着棋盤，沉吟半晌，無論下哪個子，都是得失相半，這樣的棋局簡直絕無僅有。

【得其三昧】dé qí sān mèi 獲得其中的奧妙、訣竅。三昧：佛家語，指進入到參悟"佛"的精義的境界。《鏡花緣》二九回："字雖無多，精華俱在其內，慢慢揣摩，自能得其三昧。"熊秉真《心史如何相繫？》："人們心理上的準則機制，如真能得其三昧，就像那電視上的廣告一樣，如寶鑽之傳於永久，光耀萬古。"

【得其所哉】dé qí suǒ zāi《孟子·萬章上》："昔者有饋生魚於鄭子產，子產使校人畜之池，校人烹之，反命曰：'始舍之，圉圉焉；少則洋洋焉，攸然而逝。'子產曰：'得其所哉！得其所哉！'"說去了它該去的地方。後用"得其所哉"表示正好、恰當，形容稱心如意。唐代韓愈《與崔群書》：瞿秋白《〈魯迅雜感集〉序言》："只要看當時段祺瑞、章士釗的走狗'現代評論'派，在一九二七年之後是怎樣的得其所哉，就可以知道這中間的奧妙。"老舍《老張的哲學》一四："他——，他的庶務！掌櫃的當庶務叫作'得其所哉'！"

【得魚忘筌】dé yú wàng quán 筌：捕魚用的竹器。得到了魚，就忘掉了捕魚用的筌。比喻一旦達到目的，就忘了所依靠的東西或幫助自己的人。《莊子·外物》："筌者所以在魚，得魚而忘筌。"晉代嵇康《兄秀才公穆入軍贈詩》："嘉彼釣叟，得魚忘筌。"明代柯丹丘《荊釵記·分別》："願他獨佔魁選，榮顯；母妻封贈受皇宣，門楣顯，姓名傳；得魚後，怎忘筌？"◇要想立足社會，一定要考慮長遠，只看眼前，得魚忘筌，那是挖自己的牆角。同 忘恩負義。反 銘記不忘。

【得過且過】dé guò qiě guò 只要能過得去，就暫且敷衍着過下去，不問明日如何。明代陶宗儀《輟耕錄·寒號蟲》："五台山有鳥，名寒號蟲……當盛暑時，文采絢爛，乃自鳴曰：'鳳凰不如我。'比至深冬嚴寒之際，毛羽脫落，索然如觳雛，遂自鳴曰：'得過且過。'"清代蔣士銓《第二碑·尋詩》："靜裏尋思，欠缺儘多，那得完全結局，為此得過且過，竟成槁木形骸。"聞一多《什麼是儒家》："苦口婆心的勸兩面息事寧人，馬馬虎虎，得過且過。"◇做一天和尚撞一天鐘，得過且過。同 苟且偷安、因循苟且。反 急流勇進、突飛猛進。

【得新忘舊】dé xīn wàng jiù 得到新的，忘掉舊的。多形容感情不專一。明代胡文煥《群英類選•清腔•桂枝香》：“得新忘舊，到前丟後，妄想處一味驕矜，滿意時十分馳驟。”◇他本性就是那種得新忘舊的人，昨天喜歡的東西今天就厭倦了。同 得新棄舊。反 始終如一。

【得意忘形】dé yì wàng xíng 心意志趣得到滿足而忘乎所以。《晉書•阮籍傳》：“嗜酒能嘯，善彈琴，當其得意，忽忘形骸，時人多謂之癡。”後用“得意忘形”形容興奮得失去常態。元代鮮于必仁《折桂令•畫》曲：“韋偃去丹青自少，郭熙亡紫翠誰描，手掛掌坳，得意忘形，眼興迢遙。”清代無名氏《官場維新記》六回：“袁伯珍弄得得意忘形了。”馮英子《模仿和借鑑》：“‘不恨我不見石崇，恨石崇不見我。’這是這個元魏貴族搜刮了大批民脂民膏之後，躊躇滿志、得意忘形的豪語。”同 得意洋洋。

【得意門生】dé yì mén shēng 門生：親自授業的學生。最稱心、最滿意的學生。《兒女英雄傳》二回：“他雖合咱們滿洲漢軍隔旗，卻是我第一個得意門生，他待我也實在親熱。”《孽海花》一一回：“潘尚書接口道：‘兩位都是石農的得意門生喲！’”王世茹《愛巢》：“他這次是在外面的大醫院檢查了一圈之後，來我們醫院的，這兒離他的家不算很近，但是，壯位醫生是他的得意門生。”同 得意門徒。

【得意洋洋】dé yì yáng yáng《晏子春秋•雜上》：“晏子為齊相，出，其御之妻從門縫而窺其夫為相御，擁大蓋，策駟馬，意氣揚揚，甚自得也。”後用“得意洋洋”、“得意揚揚”形容稱心如意、自鳴得意的樣子。《紅樓夢》一○三回：“只見香菱已哭得死去活來，寶蟾反得意洋洋，以後見人要捆他，便亂嚷起來。”《三俠五義》一〇〇回：“見這明公說的得意揚揚，全不管行得行不得，不由的心中暗笑。”《黃繡球》一一回：“那知府連連稱讚說：‘畢竟老兄能辦洋務。’這知縣也得意洋洋，甚為高興。”茅盾《上海》三：“這位小朋友於是得意洋洋地對我誇說劍仙如何如何，俠客如何如何。”

【得意揚揚】dé yì yáng yáng 見“得意洋洋”。

【得道多助】dé dào duō zhù《孟子•公孫丑下》：“得道者多助，失道者寡助。寡助之至，親戚畔之；多助之至，天下順之。”後以“得道多助”說符合道義者能得到多數人的幫助。今多指站在正義方面者能獲得多方支持和幫助。宋代李心傳《建炎以來繫年要錄•紹興三十一年》：“惟天無親，作不善者神弗赦；得道多助，仗大義者眾心歸。”元代陳草庵《山坡羊》曲：“勸漁家，共樵家，從今莫講賢愚話，得道多助失道寡，賢，也在他，愚，也在他。”高陽《玉座珠簾》：“我想法國人也是講道理的，難道真的開炮打死我？果真如此，各國一定不值法國所為，得道多助，我們的交涉也就好辦了。”反 失道寡助。

【得隴望蜀】dé lǒng wàng shǔ 據《後漢書•岑彭傳》，東漢初年，光武帝劉秀派岑彭領兵攻打隴西隗囂佔據的西城、上邽，得勝後轉而攻打佔據蜀地的公孫述，他在給岑彭的信中說：“兩城若下，便可將兵南擊蜀虜。人苦不知足，既平隴，復望蜀。”後用“得隴望蜀”比喻貪得無厭，得寸進尺。唐代李白《古風》詩：“物苦不知足，得隴又望蜀。”明代何良俊《四友齋叢說•雜記》：“官資雖厚，然不入府縣，別無調度，與東南士夫求田問舍、得隴望蜀者，未知孰賢？”《歧路燈》五四回：“輸了想撈個夠本，贏了又得隴望蜀，割捨不斷。”同 得寸進尺。反 適可而止。

【從一而終】cóng yī ér zhōng《易經•恆》：“婦人貞吉，從一而終也。”本說感情專一，不三心兩意。後指一女不事二夫，夫死不得再嫁的古代倫理道德。《古今小說•陳御史巧勘金釵鈿》：“婦人之義，從一而終；婚姻論財，夷虜之道。”《兒女英雄傳》二七回：“說書的最講恕道話，同一個人，怎的女子就該從一而終，男子便許大妻小妾？”◇現代社會，以感情論婚姻，分合是常事，有誰再提倡“從一而終”，那簡直是發昏的胡話。

【從天而下】cóng tiān ér xià 見“從天而降”。

【從天而降】cóng tiān ér jiàng 形容突如其來，意想不到。也作“從天而下”。《漢書•周亞夫傳》：“將軍何不從此右去，走藍田，出武關，抵雒陽，間不過差一二日，直入武庫，擊鳴鼓，諸侯聞之，以為將軍從天而下矣。”明代周楫《西湖二集•忠孝萃一門》：“達里麻見了大驚，以為神兵從天而下。”明代史可法《覆多爾袞書》：“今倥偬之際，忽捧琬琰之章，真不啻從天而降也。”瞿秋白《餓鄉紀程》八：“抽象的‘真’‘美’‘善’的社會理想，決不能像飛將軍似的從天而降。”同 自天而降。

【從中作梗】cóng zhōng zuò gěng 在中間設置障礙或進行干擾破壞。清代張集馨《道咸宦海見聞錄》：“是以糧道必應酬將軍者，畏其從中作梗也。”蔡東藩《民國通俗演義》十回：“英美兩國公使不免恐慌，暗想日俄兩國從中作梗，定是不懷好意。”◇一次本不複雜的國人追討文物活動，因為幾個人從中作梗而弄得撲朔迷離，一波三折。

【從中漁利】cóng zhōng yú lì 從中間撈取好處。《欽定大清會典則例•兵部•郵政上》：“各州縣咸藉口價值不足，累民採辦，甚或從中漁利，弊竇叢生。”李建彤《劉志丹》：“原先把志丹跟張廷芝編在一處，暗地裏打算，也是叫兩方面互相牽制，好從中漁利。”◇他時刻都在尋由頭找藉口，居間挑唆，讓兩間公司鷸蚌相爭，他好從中漁利。

【從心所欲】cóng xīn suǒ yù ❶ 指隨自己的心意，想怎麼樣就怎麼樣。《論語•為政》：“七十而從心所欲，不踰矩。”明代胡應麟《詩藪•內編•近體中》：“變則標奇越險，不主故常；化則神動天隨，從心所欲。”清代朱庭珍《筱園詩話》卷三：“非好學深思之士，心細如髮者，斷不能樹極清之詩骨，提極靈之詩筆，驅役典籍，從心所欲，無不入妙也。”鄒韜奮《患難餘生記•進步文化的遭難》：“以為只須全力消滅進步文化，便可達到他們‘唯我獨尊’的目的，從此可以高枕而臥，從心所欲了。”❷ 代指七十歲。明代吳承恩《壽王可齋七帙障詞》：“年由此晉，值吾師從心所欲之年；月極其良，當我佛應世而生之月。”同 隨心所欲。

【從長計議】cóng cháng jì yì 待考慮成熟或條件成熟時再商議，不急於做出決定。元代李行道《灰闌記》楔子：“且待女孩兒到來，慢慢的與他從長計議，有何不可？”《文明小史》九回：“說罷便拉了劉伯驥要走。傅知府道：‘慢着！我們總得從長計議’”陳白塵《大風歌》第四幕：“至於調動何處兵馬，還需從長計議。”同 從長計較。

【從俗就簡】cóng sú jiù jiǎn 順從通俗的做法，力求簡約。宋代周煇《清波別志》卷下：“今士人有作一二十字簡帖，必旋檢本，模仿筆畫，從俗就簡。”◇婚禮只要喜慶就好，一切從俗就簡／他住在公司員工宿舍，吃在公司員工飯堂，餐風沐雨，從俗就簡，為公司做了很多排憂解難的事情。

【從容不迫】cóng róng bù pò 形容不慌不忙，沉着鎮定。宋代朱熹《朱子全書•論語一》：“只是說行得自然如此，無那牽強底意思，便是從容不迫。”《二十年目睹之怪現狀》二五回：“這個人在公堂上又能掉文，又能取笑，真是從容不迫。”茅盾《冥屋》：“他用他那熟練的手指頭折一根篾，撈一朵漿糊，或是裁一張紙，都是那樣從容不迫，很有藝術家的風度。”同 泰然自若、從容自若。反 驚慌失措、手忙腳亂。

【從容自如】cóng róng zì rú 不慌不忙，得心應手。吳伯簫《記一輛紡車》：“熟練的紡手趁着一線燈光或者朦朧的月色也能搖車，抽線，上線，一切做得從容自如。”章詒和《馬連良：臉譜背後的人生》：“他做戲瀟灑飄逸，表演入微，一切唯美是尚，他一向從容自如，此刻卻感到從未有過的尷尬和慌張。”同 從容自若。

【從容自若】cóng róng zì ruò 沉着鎮靜，

神態如常。《舊唐書•劉世龍傳》："而思禮以為得計，從容自若，嘗與相忤者，必引令枉誅。"巴金《春》三一："'請你數一數高家究竟有幾個像樣的人！'覺民從容自若地嘲諷道，彷彿他自己並不是高家的子弟。"◇別看她年齡小，走上舞台時卻是從容自若，絲毫沒有怯生的感覺。同 從容自如。

【從容就義】cóng róng jiù yì 毫無畏懼、非常鎮靜地為正義而赴死。宋代程顥《河南程氏遺書》一一："感慨殺身者易，從容就義者難。"清代王夫之《讀通鑑論•宋文帝》："袁淑死於元兇之難，從容就義，以蹈白刃。"茅盾《蝕•幻滅》："她驚奇，她又害怕，但簡直不曾想到'逃避'，她好像從容就義的志士，閉了眼，等待那最後的一秒鐘。"同 慷慨就義。

【從容應對】cóng róng yìng duì 不慌不忙、鎮定自若地應付對答。明代李贄《焚書•豫約》："有問乃答，不問即默，安閒自在，從容應對，不敢慢之，不可敬之。"清代潘天成《劉母楊孺人六十壽序》："孺人自度，終不能脱，恐激怒將軍，反被將軍拘禁，不得自由，因漸強為歡，從容應對，稍進飲食。"◇幽默可使人從容應對各種尷尬的局面，將一切化為笑聲。

【從惡如崩】cóng è rú bēng《國語•周語下》："諺曰：'從善如登，從惡如崩。'"登：攀登高山。後以"從惡如崩"、"從惡若崩"比喻作壞事像山崖的石頭崩塌下來那樣很容易，而且無可挽回。《北齊書•幼主紀》："語曰'從惡如崩'，蓋言其易。"金代元好問《東平府新學記》："學政之壞久矣，人情苦於羈檢而樂於縱恣，中道而廢，從惡若崩。"清代顧炎武《留書與山史》："家計漸窘，世情日薄，而烏衣子弟，若復染尋常百姓之習，則從惡如崩，不可復振矣。"反 從善如登。

【從惡若崩】cóng è ruò bēng 見"從惡如崩"。

【從善如流】cóng shàn rú liú 誠心誠意地接受別人的好意見、好做法，就像河川的流水一樣自然順暢。《左傳•成公八年》："君子曰：從善如流，宜哉！"宋代范仲淹《淡交若水賦》："惟君子莫不就義若渴，從善如流。"明代方孝儒《答林子山》："今天下俗異於古……無古人從善如流之風。"◇人人都喜歡聽順耳的話，所謂從善如流，説時容易做時難。同 虛懷若谷、從諫如流。反 一意孤行、諱疾忌醫。

【從寬發落】cóng kuān fā luò 加以寬容，從輕處理或懲罰。明代李贄《與周友山書》："想仲尼不為已甚，諸公遵守孔門家法，決知從寬發落，許其改過自新無疑。"《警世通言•金令史美婢酬秀童》："盜銀雖是胡美，造謀實出姐夫，況原銀所失不多，求老爺從寬發落！"錢鍾書《林紓的翻譯》："在'訛'字這個問題上，大家一向對林紓從寬發落，而嚴厲責備他的助手。"同 從輕發落、寬大處理。反 嚴懲不貸、從嚴懲處。

【從頭至尾】cóng tóu zhì wěi ❶ 從開頭到末尾，全部。宋代朱熹《答林正卿書》："讀書之法，須是從頭至尾逐句玩味。"《清平山堂話本•陳巡檢梅嶺失妻記》："陳巡檢將昨夜遇申公之事，從頭至尾，説了一遍。"巴金《火》八："像一個人受了一輩子的冤屈，如今遇到一個親人，他得從頭至尾傾吐出來。"❷ 從頭到腳，全身。《初刻拍案驚奇》卷六："卜良從頭至尾，看見仔仔細細，直待進去了，方才走下樓來。"◇那保姆打開門，非常警惕地把他從頭至尾打量了一番，才讓他進了門。同 從頭到尾。

【循名責實】xún míng zé shí 依其名求其實，考核名稱或名義與其實際是否相符合。《文子•上仁》："循名責實……如此則百官之事，各有所考。"北齊樊遜《求才審官對》："循名責實，選眾舉能。"◇問責制，就是古人所謂的"循名責實"，你任甚麼職，就得做出相稱的事來。同 循名課實、循名督實。

【循序漸進】xún xù jiàn jìn 學習或做事按一定規程、條理，一步步朝前進展。《論語•憲問》宋代朱熹注："但知下學而自然上達，此但自言其反己自修，循序漸進耳。"明代張岱《募修岳鄂王祠墓疏》："循序漸進，以至落成。"朱自清《經典常談•四書》:"所謂'格物、致知、誠意、正心、修身、齊家、治國、平天下',是循序漸進的。" 同 按部就班。反 操之過急。

【循規蹈矩】xún guī dǎo jǔ 言行舉止都合乎規矩、規則,不出格。宋代朱熹《答方賓王書》:"循塗守轍,猶言循規蹈矩云爾。"《紅樓夢》五六回:"這麼一所大花園子,都是你們照管着,皆因看的你們是三四代的老媽媽,最是循規蹈矩。" ◇與時俱進,就不能被"循規蹈矩"套住,套住了,就失去了創新的能力。反 破舊立新。

【循循善誘】xún xún shàn yòu 善於一步步啟發、引導別人。形容教育或指導有方。《論語•子罕》:"夫子循循然善誘人。"清代沈復《浮生六記•閨房記樂》:"先生循循善誘,余今日之尚能握管,先生力也。" ◇李老師因材施教,循循善誘,我和同學們從心裏愛戴她。同 恂恂善誘。

【循環往復】xún huán wǎng fù 往復:來回,反覆。週而復始,來來回回,反覆出現或反覆進行。唐代玄奘《大唐西域記•摩臘婆》:"苾芻清辯若流,循環往復,婆羅門久而謝屈。"五代王定保《唐摭言•師友》:"古稱管、鮑,今則蕭、李,有過必規,無文不講。知名當世,實類無人,循環往復,何日忘此。"郁達夫《迷羊》一二:"這一種狀態,循環往復地日日繼續了下去,我的神經系統完全呈現出一種怪現象來了。" 同 週而復始。

【微不足道】wēi bù zú dào 很少或很小,根本不值得去說它。◇一點心意,微不足道 / 一件微不足道的小事,竟鬧得這麼大! 同 不值一提、微乎其微。反 大是大非、茲事體大。

【微乎其微】wēi hū qí wēi 小之又小。《爾雅•釋訓》:"式微式微者,微乎微者也。"後以"微乎其微"形容非常小或非常少。魯迅《法會和歌劇》:"那恐怕即使有些差異,也微乎其微的。" ◇給你的這點錢微乎其微,但也是傾我所有了。

【微言大義】wēi yán dà yì 精微的言辭中包含着深刻的道理。清代錢謙益《汲古閣毛氏新刻十七史序》:"古者六經之學,專門名家,各守師說,聖賢之微言大義,綱舉目張。" ◇她說起話來字斟句酌,彷彿句句都得"微言大義"似的。反 平淡無奇。

【徹頭徹尾】chè tóu chè wěi 自始至終,完完全全。多用於貶義。宋代朱熹《答程正思書》:"蓋聖賢之學,徹頭徹尾,只是一個敬字。"茅盾《夜讀偶記》四:"因此,我們說'現代派'諸家是徹頭徹尾的形式主義。" ◇他主張徹頭徹尾的自由主義經濟。同 徹首徹尾。

心部

【心力交瘁】xīn lì jiāo cuì 交:一齊。精神和體力都極度勞累。清代朱彝尊《傳經堂記》:"火傳心力交瘁,克守其先人之緒誦讀勿輟,誠有人所未易及者。"冰心《南歸——貢獻給母親在天之靈》:"我們心力交瘁,能報母親的恩慈於萬一麼?"張抗抗《隱形伴侶》三八章:"她怔怔坐在炕沿上,忽而感到心力交瘁,恍如隔世。" 同 身心交病。反 心寬體胖。

【心口不一】xīn kǒu bù yī 心裏想的和嘴上說的不一樣。形容為人虛偽圓滑。《醒世姻緣傳》八二回:"我是這們個直性子,希罕就說希罕,不是這們心口不一的。" ◇過分追求功利的教育,只會讓孩子養成心口不一的習性。同 口是心非、言不由衷。反 心口如一、表裏如一。

【心口如一】xīn kǒu rú yī 心裏想的和嘴裏說的一樣。形容為人誠實坦率。宋代汪應辰《題續池陽集》:"由是觀世之議論,謬於是非邪正之實者,未必心以為是,使士大夫心口如一,豈復有紛紛之患難夫妻哉!"明代呂坤《呻吟語•修身》:"(君子)自不輕言,言則心口如一耳。"《鏡花緣》六五回:"紫芝妹妹嘴雖厲害,好在心口如一,直截了當,倒是一個極爽快的。" 同 表裏如一。反 心口不一、口不應心。

【心不在焉】xīn bù zài yān 心思不集中,精神不專注。在焉:在此。《禮記•大學》:

"心不在焉，視而不見，聽而不聞，食而不知其味。"宋代曾鞏《福州上執政書》："其憂思之深，至於山脊石砠僕馬之間；而志意之一，至於雖采卷耳而心不在焉。"《二刻拍案驚奇》卷三八："徐德歸來幾日，看見莫大姐神思撩亂，心不在焉的光景，又訪知楊二郎仍來走動。"《歧路燈》五九回："上的樓來，王氏問道：'在誰家坐了這大半日？'譚紹聞心不在焉，竟是未曾聽着。"同 精神恍惚、心神不定。反 一心一意、專心致志。

【心中有數】xīn zhōng yǒu shù 對情況有相當的瞭解，心裏有底，處理起來有一定的把握。馮德英《迎春花》七章："春玲要先同儒春談好，心中有數，再去和老東山交鋒。"二月河《康熙大帝》二四章："魏東亭的密折，康熙已經看過了，他心中有數，但並沒有表示出來。"池莉《來吧，孩子》："高中三年何等重要和何等關鍵，你們一定要心中有數！"同 胸有成竹。反 心中無數。

【心中無數】xīn zhōng wú shù 指對情況不瞭解不清楚，心裏沒有底。姚雪垠《李自成》二卷三一章："周后心中無數，說：'像這樣小事，你自己斟酌去辦，用不着向我請旨。'"蔣和森《風蕭蕭•沖天記一》："他雖然素稱'博學'，熟讀經史，可是對此卻心中無數。"同 不甚了了。反 心中有數、胸有成竹。

【心手相應】xīn shǒu xiāng yìng 心裏怎麼想，手就怎麼做。形容技藝純熟，能夠隨心所欲運用自如。《南史•蕭子雲傳》："筆力勁駿，心手相應，巧逾杜度，美過崔寔，當與元常並驅爭先。"《兒女英雄傳》一八回："指使他接譜徵歌，都學得心手相應。"◇學習書法要達到心手相應，必須經過長時間的苦練。同 得心應手。

【心心念念】xīn xīn niàn niàn 形容某個念頭、打算總存在心裏，不能放下。宋代程顥、程頤《河南二程遺書》卷二上："有人遇一事，則心心念念不肯捨，畢竟何益？"《二刻拍案驚奇》卷八："只是心心念念記掛此事，一似擔雪填井，再沒個滿的日子了。"李穎超《新疆津幫》一章："自古以來，出門漂泊的人，心心念念的都是衣錦還鄉。"同 念念不忘。

【心心相印】xīn xīn xiāng yìn 心：思想感情；印：合。唐代裴休《唐故圭峰定慧禪師傳法碑》："但心心相印，印印相契，使自證之光明受用而已。"本是說以心印證佛法，後形容情趣相合，心意相通。清代尹會一《答劉古衡書》："數年相交，久已心心相印。"《官場現形記》五九回："撫台看了，彼此心心相印，斷無駁回之理。"同 息息相通。反 格格不入。

【心甘情願】xīn gān qíng yuàn 出於自己的願望，心裏非常樂意。巴金《春天裏的秋天》："我只要和她說一句話，或者跪在她面前受她一吻，那麼我縱然墮入萬劫不復的地獄，也是心甘情願。"◇既然他兩個心甘情願，我還管他們做甚麼！同 甘心情願。反 無可奈何、迫不得已。

【心平氣和】xīn píng qì hé ❶心態平和，內心安寧。金代王若虛《復之純交說》："心平氣和，百邪不攻，乃愈而康。"❷不急躁，不生氣，態度溫和。宋代程頤《明道先生行狀》："荊公與先生道不同，而嘗謂先生忠信，先生每與論事，心平氣和。"《兒女英雄傳》二五回："姑娘這段話，說了個知甘苦，近情理，並且說得心平氣和，委屈婉轉。"同 平心靜氣。反 暴躁如雷。

【心有餘悸】xīn yǒu yú jì 悸：因害怕而心跳加速。事情雖已過去，心裏依然感到恐懼。◇想起那次旅遊遇險，至今仍心有餘悸。

【心灰意冷】xīn huī yì lěng 情緒消沉，萬念俱灰。清代吳樾《與妻書》："吾知其將死之際，未有不心灰意冷。"清代玉瑟齋主人《回天綺談》十回："看官，大凡碰着一兩件不如意的事，就心灰意冷，這就是志行薄弱不幹得大事的。"老舍《老張的哲學》六："他心灰意冷，無意再入政界。"同 心灰意懶、萬念俱灰。反 鬥志昂揚、雄心壯志。

【心灰意懶】xīn huī yì lǎn 灰：失望；懶：懶怠，消沉。不抱任何希望，情緒低落，意志消沉。元代喬吉《玉交枝•閒適》

曲："不是我心灰意懶，怎陪伴愚眉肉眼？"《隋唐演義》五回："唐公說便如此說，卻十分過意不去，心灰意懶。"巴金《滅亡》第八章："這一次的打擊算把我底青春斷送了。從此心灰意懶，無復生人的樂趣。"同 心灰意冷。

【心回意轉】xīn huí yì zhuǎn 重新考慮，改變想法，不再堅持過去的意見或主張。元代楊梓《敬德不伏老》二折："那房老爺時間惱着爹爹，倘心回意轉，來取回去，未可知也。"《兒女英雄傳》二五回："(安老爺) 一片慈祥，雖望着姑娘心回意轉，卻絕不肯逼得姑娘理屈詞窮。"魯迅《華蓋集續編•〈雜論管閒事•做學問•灰色等〉》："幸而陰曆的過年又快到了，除夕的亥時一過，也許又可望心回意轉的罷。"同 改弦更張、回心轉意。反 固執己見、執迷不悟。

【心血來潮】xīn xuè lái cháo 心裏的血像潮水似的湧上來。❶ 突然發生感應而預知將要發生某種事情。《封神演義》三四回："且言乾元山金光洞有太乙真人閒坐碧遊牀，正運元神，忽心血來潮——看官：但凡神仙，煩惱、嗔怒、愛慾三事永忘，其心如石，再不動搖；心血來潮者，心中忽動耳。"《鏡花緣》六回："此後倘在下界有難，如須某人即可解脫，不妨直呼其名，令其速降。我們一時心血來潮，自然即去相救。"❷ 形容一時衝動而突然產生出某種念頭。魯迅《〈兩地書〉序言》："我在棄家出走之前，忽然心血來潮，將朋友給我的信都毀掉了。"老舍《趙子曰》一九："比如你去見政客偉人，一陣心血來潮，想起貴府上那位小粽子式腳兒的尊夫人，人家問東，你要不答西才怪！"同 不祥之兆。反 深思熟慮。

【心安理得】xīn ān lǐ dé 自信事情做得合情合理，心裏很坦然。清代羽衣女士《東歐女豪傑》三回："原來我們只求自己心安理得，那外界的苦樂原是不足計較。"李六如《六十年的變遷》第三章："於是心安理得地爬上牀，一直鼾睡到第二天喊吃早飯的時候。"同 問心無愧。反 忐忑不安。

【心如刀割】xīn rú dāo gē 心像被刀割一般。形容內心極為痛苦。元代秦簡夫《趙禮讓肥》一折："眼睜睜俺子母各天涯，想起來我心如刀割。"《醒世恆言•喬太守亂點鴛鴦譜》："玉郎聽說打着慧娘，心如刀割，眼中落下淚來，沒了主意。"清代嗤嗤道人《警寤鐘》一六回："我自恨命薄，不能與你白頭相守，半路相舍，心如刀割。"◇得知親人病逝，他心如刀割。同 肝腸寸斷、痛不欲生。反 心花怒放、欣喜若狂。

【心如刀絞】xīn rú dāo jiǎo 心像被刀割裂一般。形容內心悲傷痛苦之極。《三俠五義》一一九回："先聽見鐘麟要伯南哥哥，武伯南一時心如刀絞，不覺得落下淚來。"端木蕻良《曹雪芹》二一章："善真見娘娘這般痛苦，心如刀絞。"◇回首這段往事，頓時覺得心如刀絞，淚如雨下。同 心如刀割。

【心如古井】xīn rú gǔ jǐng 唐代孟郊《烈女操》詩："波瀾誓不起，妾心古井水。"說烈女的內心就像枯井，不起波瀾。後用"心如古井"形容內心十分平靜，不為任何慾念所動。明代張景《飛丸記•堅持雅操》："況彼厭露不良，我只心如古井。倘必曲我於從，何惜一死。"魯迅《且介亭雜文二集•弄堂生意古今談》："但對於靠筆墨為生的人們，卻有一點害處，假使你還沒有練到'心如古井'，就可以被鬧得整天整夜寫不出甚麼東西來。"同 心如止水。反 心猿意馬、心旌搖曳。

【心如死灰】xīn rú sǐ huī《莊子•齊物論》："形固可使如槁木，而心固可使如死灰乎？"死灰：已冷卻的灰燼。後用"心如死灰"形容心境冷漠，無欲無求。《水滸傳》八五回："出家人違俗已久，心如死灰，無可效忠，幸勿督過。"《鏡花緣》三八回："倘主意拿定，心如死灰，何處不可去，又何必持其龍鬚以為依附？"◇打了三年的官司，他身心俱疲，心如死灰。同 槁木死灰、萬念俱灰。反 躊躇滿志、意氣昂揚。

【心如懸旌】xīn rú xuán jīng《戰國策•楚策一》："寡人臥不安席，食不甘味，心搖搖如懸旌而無所終薄。”懸旌：懸掛在空中的旌旗。後用“心如懸旌”形容心神不定，提心吊膽。《蕩寇志》一一八回：“眾人因吳用神氣未曾復元，終是耽憂。又日日盼望安道全，真是心如懸旌。”《玉梨魂》八章：“梨娘則心如懸旌，繫念夢霞不置，忍寒久坐，對影不雙。”同 心旌搖搖、心搖神曳。反 無動於中、泰然自若。

【心如鐵石】xīn rú tiě shí 心像鐵石一樣堅硬。形容心腸硬或意志十分堅定。明代余象斗《北遊記•天尊點化玉帝》：“國王心如鐵石，無半點淚下，一心只要出家。”《三國演義》四一回：“子龍從我於患難，心如鐵石，非富貴所能動搖也。”《警世通言•況太守斷死孩兒》：“也叫阿媽來委曲譬喻他幾番。那邵氏心如鐵石，全不轉移。”◇一直勸他遲一點回國，哪知他心如鐵石，一拿到博士學位就回國了。同 鐵石心腸。反 面軟心慈。

【心長力短】xīn cháng lì duǎn 心裏很想做好某事，但能力不足。明代盧象升《寄外舅王帶溪先生》詩：“凡可以報朝廷者，敢惜頂踵！但心長力短，不免終夜以思。”黃小配《洪秀全演義》七回：“足下之言甚是，某亦素具安民之志，獨惜心長力短耳！”◇他一直想寫個長篇小說，無奈心長力短，到現在還沒下筆。同 心餘力絀、力不從心。

【心花怒放】xīn huā nù fàng 怒放：盛開。心裏樂開了花，高興極了。《孽海花》九回：“雯青這一喜，直喜得心花怒放，意蕊橫飛，感激夫人到十二分。”巴金《秋》一八：“克安心花怒放地望着張碧秀的像要滴出水來的眼睛、那張秀麗的鵝蛋臉。”同 心花怒開、心花怒發。反 愁眉不展。

【心直口快】xīn zhí kǒu kuài 性情直爽，有話直說。宋代文天祥《紀事》詩序：“伯顏吐舌云：‘文丞相心直口快男子心。’”《紅樓夢》三四回：“薛蟠本是個心直口快的人，見不得這樣藏頭露尾的事。”巴金《談〈秋〉》：“她的性格……就是心直口快，對甚麼都沒有顧忌，也不怕別人說長論短。”同 心直嘴快、快人快語。反 欲言又止。

【心明眼亮】xīn míng yǎn liàng 頭腦清醒，眼睛雪亮。形容能洞察事理，明辨是非。老舍《四世同堂》四九：“孫七不願意去，可是老人以為兩個人一同去，才能心明眼亮。”◇父親以為小兒子心明眼亮，辦事幹練，所以凡是難事都交給他。反 懵懵懂懂。

【心和氣平】xīn hé qì píng 心態平和，不發怒，不強求，無怨恨。宋代蘇轍《既醉備五福論》：“醉而愈恭，和而有禮，心和氣平，無悖逆暴戾之氣干於其間。”明代洪應明《菜根譚》上集：“性躁心粗者一事無成，心和氣平者百福自集。”◇遇到不講道理的顧客，做店員的也要心和氣平，耐心給人解釋。同 心平氣和。

【心服口服】xīn fú kǒu fú 不但嘴上服氣，心裏也服氣。指完全信服。《紅樓夢》五九回“如今請出一個管得着的人來管一管，嫂子就心服口服，也知道規矩了。”《三俠五義》八五回：“清平這才心服口服，再也不敢瞧不起蔣爺了。”◇畢竟技不如人，我們球隊輸得心服口服。同 心悅誠服。反 憤憤不平。

【心狠手辣】xīn hěn shǒu là 心腸兇狠，手段毒辣。清代藤谷古香《轟天雷》一一回：“刑餘之人，心狠手辣，自古然也。”李劼人《死水微瀾》五部分：“三貢爺，留心點，他們這些人是心狠手辣的，說得出做得出。”徐鑄成《報海舊聞》二六：“蔣的為人，心狠手辣，把我收拾了，恐怕也不會放過您的。”◇小心點，這些人做事不擇手段，心狠手辣。同 慘無人道、陰險毒辣。反 心慈手軟、菩薩心腸。

【心急火燎】xīn jí huǒ liǎo 心裏急得像火燒似的。形容十分焦慮。◇這件事好辦，用不着心急火燎的，放冷靜點。同 心急如焚。反 平心靜氣、鎮定自若。

【心急如火】xīn jí rú huǒ 見“心急如焚”。

【心急如焚】xīn jí rú fén 心裏急得像着了火一樣。形容非常着急。也作“心急如火”。《二十年目睹之怪現狀》八八回：

"我越發覺得心急如焚，然而也是沒法的事，成日裏猶如坐在針氈上一般。" 姚雪垠《李自成》二卷二六章"李自成心急如焚，只覺得樹木伐得太慢。"◇幾個小時過去了，等不到消息的人們心急如火／孩子高燒不退，一家人心急如焚。同 迫不及待、急不可耐。反 好整以暇、慢條斯理。

【心活面軟】xīn huó miàn ruǎn 指沒有主見，容易照顧情面，遷就他人。《紅樓夢》七三回："還只怕他巧語花言的和你借貸些簪環衣履作本錢，你這心活面軟，未必不周濟他些。" 喬葉《借錢的煩惱》："總之，花樣繁多，由頭充分，使得面軟心活的我一聽就打開了荷包。"◇這姑娘天性懦弱，心活面軟，家裏事做不了主。同 心慈面軟。反 心狠手辣。

【心神不定】xīn shén bù dìng 心情不平靜，心思不安定。明代羅貫中《平妖傳》五回："這般繁華去處，怕你們心神不定，惹出甚麼是非來。" ◇今天要公佈高考成績了，這是令他坐卧不安、心神不定的日子。也作"心神不寧"。同 坐立不安、坐卧不寧。反 心如止水、若無其事。

【心神不寧】xīn shén bù níng 同"心神不定"。《西遊記》三三回："(三藏) 心神不寧道：'徒弟啊，我怎麼打寒噤呢？'" 茅盾《幻滅》二："她自己也驚訝為甚麼如此心神不寧，最後她自慰地想到：'是因為等待慧來。'" ◇這件事搞得他整日心神不寧，焦慮不安。同 坐立不安、焦慮不安。反 氣定神閒、安之若素。

【心神恍惚】xīn shén huǎng hū 因精神不安寧而意識模糊。唐代無名氏《東陽夜怪錄》："自虛心神恍惚，未敢遽前捫攖。"《孽海花》一二回"彩雲胡思亂想了一回，覺得心神恍惚，四肢軟胎胎提不起來。" ◇她因失眠，加上憂慮過度，整天心神恍惚。同 心緒恍惚、魂不守舍。反 全神貫注、聚精會神。

【心高氣傲】xīn gāo qì ào 自視不凡，傲氣溢於言表。元代無名氏《凍蘇秦》一折："我可也心高氣傲惹人憎。"《三俠五義》四六回："蔣平道：'五弟此時一味的心高氣傲，難以治服。'" 艾蕪《紡車復活的時候》："但玉荷卻是個心高氣傲的女孩，只想在年輕同伴中充能幹。" ◇剛從學校畢業的同學，還沒有經歷生活磨練，難免心高氣傲，自命不凡。同 不可一世、目中無人。

【心浮氣盛】xīn fú qì shèng 性情浮躁，火氣大。孫犁《秀露集•文學和生活的路》："好在還沒惹出甚麼大禍，我後來就不敢再這樣心浮氣盛了。" 李步秋《品棋悟禪》："少年時，心浮氣盛，不知棋藝之深邃，不知世事之艱澀，每每碰得頭破血流。" ◇年青人剛開始出來做事，容易心浮氣盛，受點挫折就沉穩了。同 心粗氣浮。反 心平氣和、謹小慎微。

【心浮氣躁】xīn fú qì zào 性情浮躁，不踏實。柳亞軍《簡單最好》："原本可以平心靜氣的事情，也讓人搞的心浮氣躁了。" 譚貴芝《美妙的樂章》："他們始終堅持平凡，不盲目攀比、不心浮氣躁，在平凡中感受歡樂，在平凡中感受幸福。" ◇做學術研究更要求真務實，力戒心浮氣躁。反 心平氣和。

【心悅誠服】xīn yuè chéng fú 真心誠意地服從或佩服。《孟子•公孫丑上》："以力服人者，非心服也，力不贍也；以德服人者，中心悅而誠服也。" 宋代陳亮《與王季海丞相書》："獨亮之於門下，心悅誠服而未嘗自言，丞相亦不得而知之。"《文明小史》二三回："學生是仰慕大帥的賢聲，如同泰斗，出於心悅誠服的。" 郭沫若《洪波曲》一五章："我對於周公向來是心悅誠服的。" 同 心服口服。反 陽奉陰違、心猶未甘。

【心術不正】xīn shù bù zhèng 心地不正派。《三國演義》一九回："宮曰：'汝心術不正，吾故棄汝！'"《紅樓夢》八五回："那小芸二爺也有些鬼鬼頭頭的。甚麼時候又要看人，甚麼時候又躲躲藏藏的，可知也是個心術不正的貨。" 余秋雨《霜冷長河•亂世流浪女》："'一定程度'的武藝絕對不能與'心術不正'連在一起，因此寄言警方，提醒世間。" ◇他平日待人非常和氣，看不出他是個心術不正的人。同 居心叵測、心術不端。反 宅心仁厚。

【心粗氣浮】xīn cū qì fú 心思粗疏，作風浮躁。《官場現形記》三十回："畢竟當武官的心粗氣浮，也不管跟前有人沒有，開口便說：'大人，怎麼連標下都不認得了？'"葉聖陶《拿起筆之前》："如果平時心粗氣浮，對於外界的事物，見如不見，聞如不聞，也就說不清所見所聞是甚麼。"◇要提倡嚴謹治學，反對急功近利、心粗氣浮的學風。反 平心靜氣。

【心細如髮】xīn xì rú fà 形容心思細緻，考慮問題周密。《歧路燈》九回"這孝移本是個膽小如芥、心細如髮之人，不敢多聽，卻又不能令其少說。"《北洋軍閥統治時期史話》十八章："但是蔡鍔是個頭腦冷靜和心細如髮的人，從十月下旬起，他就經常請病假。"◇老師心細如髮，學生不經意的一個眼神，他都注意到了。反 粗枝大葉。

【心無二用】xīn wú èr yòng 原作"心不兩用"。指心思不能同時用在兩件事上。南朝梁劉勰《劉子·專學》："使左手畫方，右手畫圓，令一時俱成，雖執規矩之心，迴剟劂之手，而不能者，由心不兩用，則手不並運也。"後多作"心無二用"。《喻世明言·葛令公生遣弄珠兒》："自古道心無二用，原來申徒泰一心着那女子身上出神去了，這邊呼喚，都不聽得，也不知分付的是甚話。"清代梁紹壬《兩般秋雨盦隨筆·文人詩》："從來工制藝者未必工詩，以心無二用也。"瓊瑤《在水一方》九："寫作和一般工作不同，寫作要專心一志，要全神貫注，要心無二用。"同 一心一意、心無旁騖。反 一心二用。

【心無旁騖】xīn wú páng wù 騖：追求。心中沒有另外的追求。形容心思集中，專心致志。冰心《談信紙信封》："有不少人像我一樣，在寫信的時候，喜歡在一張白紙，或者只帶着道道的紙上，不受拘束地，心無旁騖地抒寫下去的。"高陽《丁香花·碧玉環的打簧錶》："於是畢秋帆心無旁騖，一心只望成進士，來報答這個'紅粉'知己。"◇多年來，作者潛心寫作心無旁騖，到今天才在文壇上小有名聲。同 一心一意、全神貫注。反 三心二意、心不在焉。

【心勞日拙】xīn láo rì zhuō《尚書·周官》："作德，心逸日休；作偽，心勞力拙。"勞：勞累。拙：困窘。費盡心力，反而越弄越糟。《舊五代史·職官志》："守程式者心逸日休，率胸臆者心勞日拙。"魯迅《兩地書·致許廣平》："私拆函件，本是中國的慣技，我也早料到的。但是這類伎倆，也不過心勞日拙而已。"老舍《四世同堂》一一："他們的細心，精明，勤苦，勇敢，都……變成心勞日拙。"

【心照不宣】xīn zhào bù xuān 照：明白、知道；宣：公開說出。彼此心裏清楚明白即可，不須明說。《玉嬌梨》十九回："千里片言，統祈心照不宣。"茅盾《子夜》一一："哦，哦，那算是我多說了，你是老門檻，我們心照不宣，是不是！"同 心領神會。

【心亂如麻】xīn luàn rú má 心裏亂得像一團亂麻。形容心裏非常煩亂。《喻世明言·月明和尚度柳翠》："這紅蓮聽得更鼓已是二更，心中想道：'如何事了？'心亂如麻。"《封神演義》四八回："聞太師這一會神魂飄盪，心亂如麻，一時間走頭無路。"◇一想到母親的病，她就心亂如麻。反 悠然自得、自得其樂。

【心腹大患】xīn fù dà huàn 同"心腹之患"。《封神演義》七八回："(姜尚）今率兵六十萬來寇五關，此心腹大患，不得草草而已。"《孽海花》一八回："我國若不先自下手，自辦銀行，自築鐵路，必被外人先我着鞭，倒是心腹大患哩！"姚雪垠《李自成》一卷一章："停一停，崇禎又說，'張獻忠已經就撫，李自成是國家心腹大患。'"反 疥癬之疾、不足為慮。

【心腹之患】xīn fù zhī huàn 體內要害部位的疾病。比喻嚴重的隱患或禍患。《後漢書·陳蕃傳》："今寇賊在外，四支之疾；內政不理，心腹之患。"《三國演義》一一五回："姜維屢犯中原，不能剿除，是吾心腹之患也。"同 心腹之疾、心腹大患。反 疥癬之疾、癬疥之疾。

【心猿意馬】xīn yuán yì mǎ 佛教語。用猿騰跳馬奔馳比喻心思散漫，難以控制。後多形容思想情緒變化不定或駕馭不住。《敦煌變文集•維摩詰經講經文》：“卓定深沉莫測量，心猿意馬罷顛狂。”元代蘭楚芳《粉蝶兒•思情》曲：“透春情説幾句知心話，則被你㡌逗殺我心猿意馬。”同 意馬心猿。反 氣定神閒。

【心慈面軟】xīn cí miàn ruǎn 心地善良，顧惜情面。《歧路燈》一〇〇回：“譚紹聞是個心慈面軟的人，當下又沒法子開脱，只得承許。”《鏡花緣》二三回：“俺本心慈面軟，又想起君子國交易光景，俺要學他樣子，只好吃些虧賣了。”《官場現形記》一回：“究竟趙老頭兒是個心慈面軟的人，聽了這話，連忙替他求情。”◇他是個心慈面軟的人，別人求他幫忙，他很難回絕人家。反 心狠手辣。

【心煩技癢(懩)】xīn fán jì yǎng 形容擅長或愛好某種技藝，遇到機會就極想表現一下。晉代潘岳《射雉賦》：“屏發布而累息，徒心煩而技懩。”清代程允升《幼學故事瓊林•人事》：“欲試所長，謂之心煩技癢。”◇小伙子早已心煩技癢，急着要和他較量一番。

【心煩意亂】xīn fán yì luàn 心情煩躁，思緒紛亂。《楚辭 卜居》：“心煩意亂，不知所從。”《三國演義》三一回：“袁紹回冀州，心煩意亂，不理政事。”《狄公案》一一回：“狄公道：‘説也奇怪，我先前也是心煩意亂，直至二更時分，依然未曾合眼。’”◇回到家裏，妻子還為這件事絮叨，讓他更加心煩意亂。同 心亂如麻、心緒如麻。反 氣定神閒、悠然自得。

【心慌意亂】xīn huāng yì luàn 心裏驚慌煩亂，不知如何是好。《初刻拍案驚奇》卷六：“蔔良被咬斷舌頭，情知中計，心慌意亂，一時狂走。”《兒女英雄傳》二六回：“姑娘此時心慌意亂，如生芒刺，如坐針氈。”同 意亂心慌、六神無主。反 氣定神閒、鎮靜自若。

【心領神會】xīn lǐng shén huì 不須明言，心裏已經領悟到了。唐代田穎《遊雁蕩山記》：“將午，始到古寺，老僧清高延坐禪房，與之辯論心性切實之學，彼已心領神會。”元代吳海《送傅德謙還臨川序》：“讀書有得，冥然感於中，心領神會，端坐若失。”《紅樓夢》六四回：“賈璉不敢輕動，只好二人心領神會而已。”同 心領神悟、心領意會。反 一頭霧水、懵然不知。

【心滿意足】xīn mǎn yì zú 稱心如意，完全滿足了自己的願望。宋代呂祖謙《晉論》中：“君臣上下，自以為江東之業為萬世之安，心滿意足。”《喻世明言》卷十：“卻説倪喜繼，獨罟家私，心滿意足，日日在家中快樂。”◇你能有他一半好，我就心滿意足了。同 如願以償、稱心如意。反 大失所望。

【心緒如麻】xīn xù rú má 心情煩亂得像一團亂麻，沒個頭緒。《三國演義》三六回：“某因心緒如麻，忘卻一語。此間有一奇士，只在襄陽城外二十里隆中，使君何不求之？”《鏡花緣》八三：“此刻記了這個，忘了那個，及至想起那個，又忘了這個，真是心緒如麻，何能再説笑話？”◇到了年底，很多事都來不及做，讓她心緒如麻。同 心亂如麻、心煩意亂。

【心緒恍惚】xīn xù huǎng hū 心事沉重，情緒不寧，精神渙散。《楊家將演義》五三回：“我今日心緒恍惚，想此水亦可治療，你可指示我去看看。”◇春意闌珊的景象，烘托出少女心緒恍惚的傷春情懷。同 心神恍惚、魂不守舍。反 全神貫注、聚精會神。

【心慕手追】xīn mù shǒu zhuī 心中愛慕而竭力模仿。多用於技藝方面。《晉書•王羲之傳贊》：“玩之不覺為倦，覽之莫識其端，心慕手追，此人而已。其餘區區之類，何足論哉！”清代袁枚《隨園詩話》卷一三：“京口程君夢湘同遊焦山，一路論詩，渠最心折於吾鄉樊榭先生，心慕手追，幾可抗手。”◇這位書法家景仰魏晉風範，心慕手追，作品也頗有風骨。

【心廣體胖】xīn guǎng tǐ pán 也作“心寬體

胖”。❶(胖 pán) 心地坦然，胸懷寬廣，身體安舒。廣：開闊；胖：舒泰。《禮記·大學》：“富潤屋，德潤身，心廣體胖，故君子必誠其意。”宋代陳亮《與應仲實書》：“古之賢者，其自危蓋如此，此所以不愧屋漏而心寬體胖也。”元代汪元亨《朝天子·歸隱》曲：“喜情歡量寬，樂心寬體胖，生與死由天斷。”《鏡花緣》九一回：“忽遇一個少年道：‘在下生平也只體貼孔子兩句，極親切，自覺心寬體胖。’”❷(胖 pàng) 心情暢快，無所牽掛，身體壯實。明代李贄《焚書·答劉晉川書》：“(令郎) 自到此，笑語異常，心寬體胖矣。”清代李漁《奈何天·形變》：“都是他自己積德，感動神明，故此有這心寬體胖的效驗。”錢鍾書《貓》：“結婚十來年，李先生心寬體胖，太太叫他好丈夫，太太的朋友說他夠朋友。”反 心力交瘁。

【心潮澎湃】xīn cháo péng pài 澎湃：波濤互相撞擊的樣子。心情像浪潮一樣起伏翻騰。形容心情十分激動，不能平靜。巴金《隨想錄》一九：“看了好的影片，我想得很多，常常心潮澎湃，無法安靜下來。”臧克家《得識郭老五十年》：“字裏行間，……有一種呼風喚雨的革命精神和雄壯氣魄使得你心潮澎湃，激動不已。”◇看太陽冉冉升起，我禁不住心潮澎湃，思緒萬千。同 思潮起伏、熱血沸騰。反 心如止水、無動於衷。

【心寬體胖】xīn kuān tǐ pán 見“心廣體胖”。

【心馳神往】xīn chí shén wǎng 心神飛向所嚮往的地方。形容內心十分嚮往。◇九寨溝——天下獨一無二的風景，誰不心馳神往！同 心往神馳。

【心膽俱裂】xīn dǎn jù liè 心和膽都嚇破。形容在強大的打擊下極其悲憤或恐懼。《三國演義》三七回：“竊念備漢朝苗裔，濫叨名爵，伏睹朝廷陵替，綱紀崩摧，群雄亂國，惡黨欺君，備心膽俱裂。”《古今小說·木綿庵鄭虎臣報冤》：“此時蒙古攻城甚急，鄂州將破，似道心膽俱裂，那敢上前？”同 驚恐萬狀、魂飛魄散。反 鎮定自若、若無其事。

【心嚮往之】xīn xiàng wǎng zhī 嚮往：想望。《史記·孔子世家》：“雖不能至，然心鄉往之。”後用“心嚮往之”形容對某人或某事物非常仰慕。《聊齋誌異·葛巾》：“聞曹州牡丹甲齊魯，心嚮往之。”謝覺哉《學會想、問和做》：“也有的人已在做工作，卻對所做的工作不發生興趣，反而對未做過的並沒學過的其他工作則‘心嚮往之’。”◇這樣的名校雖說心嚮往之，但我不敢報考。同 心往神馳、夢寐以求。

【心曠神怡】xīn kuàng shén yí 心境開朗，精神愉快。曠：開闊、開朗。宋代范仲淹《岳陽樓記》：“登斯樓也，則有心曠神怡，寵辱皆忘，把酒臨風，其喜洋洋者矣。”清代錢泳《履園叢話·投壺》：“能十投九中，自心曠神怡，則賢於博弈飲酒遠矣。”《兒女英雄傳》三九回：“老爺這件事作的來好不心曠神怡，一覺安穩好睡。”同 心爽神怡、心曠神愉。反 愁眉苦臉、愁腸百結。

【心懷叵測】xīn huái pǒ cè 居心險惡，難以測度。叵：不可。《三國演義》五七回：“曹操心懷叵測，叔叔若往，恐遭其害。”《醒世恆言·隋煬帝逸遊召譴》：“卻只是心懷叵測，陰賊刻深，好鉤索人情深淺，又能為矯情忍詢之事。”◇在總裁面前進讒言，說我排擠同事，心懷叵測。同 居心叵測、居心莫測。反 襟懷坦白、光明正大。

【心懷鬼胎】xīn huái guǐ tāi 鬼胎：比喻不可告人的念頭。內心藏着見不得人的念頭或事情。《二刻拍案驚奇》卷九：“誰知素梅心懷鬼胎，只是長吁短歎，好生愁悶，默默歸房去了。”《官場現形記》一七回：“(周老爺) 畢竟心懷鬼胎，見了胡統領比前反覺殷勤。”《北洋軍閥統治時期史話》六三回：“張敬堯接到電報後，心懷鬼胎不敢前往。”◇這倆人相互利用，都心懷鬼胎，各自打着如意算盤。同 居心叵測。反 光明磊落、襟懷坦白。

【心癢難撓】xīn yǎng nán náo 指心裏有某種強烈的慾念，一時不能滿足而難以忍耐。《西廂記》一本四折：“着小生迷留沒亂，心癢難撓。”《西遊記》二三回：“那八戒聞得這般富貴，這般美色，他卻心癢難撓；坐在那椅子上，一似針戳屁股左扭右扭的，忍耐不住。”《紅樓夢》四七回：“薛蟠聽見這話，喜的心癢難撓。”

【心驚肉跳】xīn jīng ròu tiào 形容因擔心禍患臨頭而驚恐不安。《初刻拍案驚奇》卷三十：“昨蒙君侯台旨，召侍王公之宴。初召時，就有些心驚肉跳，不知其由。”《紅樓夢》一〇五回：“賈政在外，心驚肉跳，拈鬚搓手的等候旨意。”◇一整夜她都心驚肉跳，總覺得女兒在美國要出大事。同 心驚肉戰、心驚肉顫。反 心無掛礙、處之泰然。

【心驚膽戰】xīn jīng dǎn zhàn 戰：發抖。形容極度驚恐。金代馬鈺《望蓬萊》詞：“火院熬煎無限苦，心驚膽戰哭聲悲，悔恨出離遲。”《水滸傳》七九回：“只嚇得高太尉心驚膽戰，鼠竄狼奔，連夜收軍回濟州。”◇一聽說祖父就心驚膽戰，被他那素來的威嚴與訓斥嚇怕了。同 膽戰心驚、心驚膽顫。

【心靈手巧】xīn líng shǒu qiǎo 心思靈敏，雙手靈巧。清代孔尚任《桃花扇·棲真》：“香姐心靈手巧，一撚針線，就是不同的。”趙樹理《三里灣》：“王申也是個心靈手巧的人，和萬寶全差不多。”蔣光宇《盤點心靈》：“我在農村教書時的房東心靈手巧，不善言語，是個加工豆製品的能手。”

【必不得已】bì bù dé yǐ 必：倘若，如果。如果迫於不得已。《論語·顏淵》：“子貢問政。子曰：‘足食，足兵，民信之矣。’子貢曰：‘必不得已而去，於斯三者何先？’曰：‘去兵。’”《史記·白起王翦列傳》：“大王必不得已用臣，非六十萬人不可。”魯迅《花邊文學·大雪紛飛》：“我也贊成必不得已的時候，大眾語文可以採用文言。”同 迫不得已、萬不得已。

【必由之路】bì yóu zhī lù ❶ 必定要經過的道路或地方。《西遊記》五九回：“那山離此有六十里遠，正是西方必由之路，卻有八百里火焰，四周圍寸草不生。”《東周列國誌》一二回：“此去莘野必由之路，多凶少吉。不如出奔他國，別作良圖。” ❷ 指事物發展必定要遵循的途徑。◇勤奮是通往成功的必由之路。同 必經之路。

【必爭之地】bì zhēng zhī dì 指兩軍對壘時，雙方非爭奪不可的戰略要地。《晉書·宣帝紀》：“百姓積聚皆在渭南，此必爭之地也。”《周書·王悅傳》：“白馬要衝，是必爭之地。今城守寡弱，易可圖也。”宋代楊億《論靈州事宜》：“若靈武於賊有大利，即是必爭之地。”◇這裏地勢險要，易守難攻，為歷代兵家必爭之地。

【必恭必敬】bì gōng bì jìng《詩經·小弁》：“維桑與梓，必恭敬止，靡瞻匪父，靡依匪母。”本是說：桑樹與梓樹是父母種植下來，傳給子孫謀生計的，要以真誠的心愛護它，以恭敬的心重視它。後用“必恭必敬”形容十分恭謹有禮貌，恭敬到一絲不苟。清代錢泳《履園叢話·朱文正公逸事》：“朱文正公相業巍巍，莫不稱為正人君子，待人接物必恭必敬。”

【必操勝券】bì cāo shèng quàn 勝券：取勝的憑據。獲勝的把握。一定有勝利的把握。臥龍生《天鶴譜》四回：“在自己接戰期間，能夠一舉擊敗鄭大剛，今日之局，必操勝券了。”二月河《康熙大帝》二：“一時之間，籌兵籌餉都是難題。不能必操勝券，朕豈能輕易用兵？”同 穩操勝券、勝券在握。

【志士仁人】zhì shì rén rén 有崇高志向、有操守又有仁愛之心的人。《論語·衛靈公》：“志士仁人，無求生以害仁，有殺身以成仁。”唐代杜甫《古柏行》：“志士仁人莫怨嗟，古來材大難為用。”宋代陸游《跋傅給事帖》：“會秦丞相檜用事，掠以為功，變恢復為和戎，非復諸公初意矣。志士仁人，抱憤入地者，可勝數哉！”◇百多年來，中華大地上有多少志士仁人，為振興中華而前仆後繼。也作“仁人志士”。明代歸有光《送夾江張先生序》：“至於仁人志士，不幸偃蹇於卑服，竭力以行其所志，而蒙其恩者交口讚頌，上之人猶掩耳弗聞。”郭沫若《屈原》第一幕：“植根深固，不怕冰雪雰霏，賦性堅貞，類似仁人志士。”同 有志之士、有識之士。

【志大才疏】zhì dà cái shū 疏：粗疏、淺薄。《後漢書•孔融傳》：“融負其高氣，志在靖難，而才疏意廣，迄無成功。”後以“志大才疏”說志向雖然大，但才能卻很小，力不從心。宋代蘇軾《揚州謝到任表》：“志大才疏，信天命而自遂；人微地重，恃聖眷以少安。”清代袁枚《隨園詩話》卷三：“孔北海志大才疏，終於被難。”◇人貴有自知之明，凡事量力而為，志大才疏是做不成事的。同 才疏意廣、志廣才疏。

【志在千里】zhì zài qiān lǐ 形容志向十分遠大。三國魏曹操《步出夏門行》：“老驥伏櫪，志在千里；烈士暮年，壯心不已。”宋代陸游《老學庵筆記》卷一：“張樞密子功，紹興末還朝已近八十，其辭免及謝表皆以屬予。有一表用‘飛龍在天’對‘老驥伏櫪’，公皇恐……周叩其故，則曰：‘其方丐去，恐人以為志在千里也。’”◇志在千里的有識之士固然不少，但真正能一展抱負的卻寥若晨星。同 志在四方、四方之志。反 胸無大志、酒囊飯袋。

【志在四方】zhì zài sì fāng 形容胸懷天下，志向遠大。也作“四方之志”。《左傳•僖公二十三年》：“（姜氏）謂公子曰：‘子有四方之志，其聞之者。吾殺之矣。’公子曰：‘無之。’姜曰：‘行矣，懷與安，實敗名。’”金代元好問《送秦中諸人引》：“關中風土完厚，人質直而尚義，至於山川之勝，遊觀之富，天下莫與為比，故有四方之志者多樂居焉。”《東周列國誌》二五回：“妾聞‘男子志在四方’，君壯年不出圖仕，乃區區守妻子坐困乎！”顧炎武《與三姪書》：“若志在四方，則一出關門，亦有建瓴之便。”同 志在千里、鴻鵠之志。

【志同道合】zhì tóng dào hé 志向相同，信仰一致。道：信仰。宋代陳亮《與呂伯恭正字書》：“天下事常出人意料之外，志同道合，便能引其類。”明代梁辰漁《浣紗記•遊春》：“蒙越王拔於眾人之中，廁之大夫之上，志同道合，言聽計從。”錢鍾書《貓》：“到北京後，志同道合的朋友多了，他漸漸恢復了自尊心。”

【志得意滿】zhì dé yì mǎn 見“意得志滿”。

【忐忑不安】tǎn tè bù ān 忐忑：心神不定。形容心裏緊張、驚慌或擔憂。◇母親謹慎地窺視着周圍的動靜，心裏忐忑不安，生怕被人發現。同 惴惴不安、坐立不安。反 泰然自若、悠然自得。

【忘乎所以】wàng hū suǒ yǐ 由於激動或得意而失去常態，忘了保持應有的言行舉止、風度禮儀。所以：指得體合宜、應該做的。也作“忘其所以”。《二刻拍案驚奇》卷一一：“誰想滿生是個輕薄後生，一來看見大郎殷勤，道是敬他人才，安然託大，忘其所以。”《官場現形記》二回：“過了兩天，不免忘其所以，漸漸擺出舅老爺款來，背地裏不知被賀根咒罵了幾頓。”古華《芙蓉鎮》第三章：“他頭腦膨脹，忘乎所以，加上文化水準，政治閱歷有限，估錯了形勢。”◇有了幾個錢就花天酒地，忘乎所以，輕飄飄起來。同 得意忘形、自鳴得意。反 恰如其分、謹言慎行。

【忘年之交】wàng nián zhī jiāo 年歲、輩分差別很大的朋友。《後漢書•禰衡傳》：“少與孔融交，時衡未滿二十而融已五十，為忘年交。”《三國演義》一一一回：“陳泰歎服曰：‘公料敵如神，蜀兵何足懼哉！’於是陳泰與鄧艾結為忘年之交。”郭沫若《蔡文姬》第四幕：“蔡伯喈和我是忘年之交，我是把蔡文姬當成自己的女兒一樣看待的。”同 忘年之契。反 反目成仇。

【忘其所以】wàng qí suǒ yǐ 見“忘乎所以”。

【忘恩背義】wàng ēn bèi yì 見“忘恩負義”。

【忘恩負義】wàng ēn fù yì 忘記別人對自己的恩惠，辜負別人對自己的情義。元代楊顯之《酷寒亭》楔子：“我看此人不是忘恩負義的，日後必得其力。”《三俠五義》一一一回：“惜乎你這一片血心，竟被那忘恩負義之人欺哄了。”巴金《秋》三七：“太太待我的好處我都曉得，我如果還不知足，那麼我就是忘恩負義了。”同 忘恩背義、背恩反噬。反 感恩戴德。

【忙裏偷閒】máng lǐ tōu xián 在繁忙之中抽出空閒的時間。宋代黃庭堅《和答趙令同前韻》：“人生政自無閒暇，忙裏偷閒得幾回？”元代王實甫《西廂記》三本二折：“您會雲雨的鬧中取靜，我寄音書的忙裏偷閒。”《鏡花緣》四九回：“原來阿妹去看瀑布，可謂忙裏偷閒了。”朱自清《論嚴肅》：“民間文學是被壓迫的人民苦中作樂，忙裏偷閒的表現。”同 忙中偷閒。

【忍俊不禁】rěn jùn bù jīn 忍俊：克制自己不外露。❶ 熱衷於某事而不能克制自己。唐代崔致遠《答徐州時溥書》：“足下去年，忍俊不禁，求榮頗切。”❷ 忍不住笑出來。《續傳燈錄•道寬禪師》：“僧問：‘飲光正見，為甚麼見拈花卻微笑？’師曰：‘忍俊不禁。’”《孽海花》六回：“一會豎蜻蜓，一會翻筋斗，雖然神出鬼沒的搬演，把個達小姐看得忍俊不禁，竟濃裝豔服的現了莊嚴寶相。”同 忍俊不住。

【忍辱負重】rěn rǔ fù zhòng 忍受一時的屈辱，承擔起重任。《三國志•陸遜傳》：“國家所以屈諸君使相承望者，以僕有尺寸可稱，能忍辱負重故也。”《痛史》一九回：“胡仇歎道：‘忍辱負重，鄭兄，真不可及！’”《孽海花》二七回：“以後還望中堂忍辱負重，化險為夷，兩公左輔右弼，折衝禦侮。”

【忍辱偷生】rěn rǔ tōu shēng 忍受着恥辱，苟且活着。《三國演義》八回：“妾恨不即死，止因未與將軍一訣，故且忍辱偷生。”◇忍辱偷生是古人的觀念，如今人們可不甘忍辱偷生，有不滿就發洩，就遊行，就抗議。同 忍垢偷生、忍恥偷生。

【忍氣吞聲】rěn qì tūn shēng 把委屈和怨氣壓在心中，有話不敢說或不願說出來。《京本通俗小說•菩薩蠻》：“罵了一頓，走開去了。張老只得忍氣吞聲回來，與女兒說知。”《金瓶梅》四一回：“李瓶兒這邊分明聽見指罵的是他，把兩隻手氣的冰冷，忍氣吞聲，敢怒而不敢言。”《紅樓夢》二五回：“那趙姨娘只得忍氣吞聲，也上去幫着他們，替寶玉收拾。”同 飲泣吞聲、吞聲忍氣。

【忍無可忍】rěn wú kě rěn 表示忍受到了極點，難以再忍耐下去。《三國志•孫禮傳》：“(孫禮) 涕泣橫流。宣王曰：‘且止，忍無可忍。’”《官場維新記》一四回：“果然那些學生忍無可忍，鬧出全班散學的事來了。”巴金《將軍•一個女人》：“我實在忍無可忍，我今天就辭職了。”反 忍氣吞聲。

【忍痛割愛】rěn tòng gē ài 忍受住內心的痛苦，放棄自己所深愛的人或東西。◇無奈父母極力反對，兩人最終還是忍痛割愛分手了 / 頂不過對方的權勢，不得不忍痛割愛，把家傳的文徵明山水畫送了過去。

【忠心耿耿】zhōng xīn gěng gěng 形容待人接物或做事都是忠誠不二，始終如一。《鏡花緣》五七回：“當日令尊伯伯為國捐軀，雖大事未成，然忠心耿耿，自能名垂不朽。”郭沫若《屈原》第四幕：“我忠心耿耿而遭殃，始終是不曾預料。”◇對待家庭忠心耿耿，對待朋友坦然無私，他就是這樣一個好人。同 忠貫白日、赤膽忠心。

【忠言逆耳】zhōng yán nì ěr 誠懇勸告的話往往刺耳，聽起來不順心。《史記•留侯世家》：“且忠言逆耳利於行，毒藥苦口利於病，願沛公聽樊噲言。”元代孫仲章《勘頭巾》二折：“常言道飽食傷心，忠言逆耳。”《蕩寇志》八五回：“忠言逆耳，替這等愚夫決策，原是我錯。”同 逆耳忠言、“忠言逆耳，良藥苦口”。反 甜言蜜語。

【忠貞不渝】zhōng zhēn bù yú 貞：意志或操守堅定不移。忠誠堅定，永不改變。◇我期望有朝一日，把自己忠貞不渝的愛，全部獻給她。同 忠貞不貳、忠誠不渝。反 朝秦暮楚、朝三暮四。

【念念不忘】niàn niàn bù wàng 牢記在心，時刻不忘。宋代朱熹《樂記動靜說》：“此一節正天理人欲之機，間不容息處，惟其反躬自省，念念不忘，則天理益明，存養自固，而外誘不能奪矣。”清代無名氏《狄公案》五八回：“李飛雄哈哈大笑道：‘自從別後，念念不忘，今日相逢，實為萬幸！且請入營暢敍。’”◇有的人貪婪成性，心裏沒有人，念念不忘的就是錢。同 朝思暮想。反 置諸腦後。

【念念(唸唸)有詞】niàn niàn yǒu cí ❶ 指僧、道、方士等作法時默念經咒。《水滸傳》九五回：“便也仗劍作法，口中念念有詞，只見風盡隨着宋軍亂滾。”《説岳全傳》四回：“當夜，余尚敬將一方小帕鋪在地上，噴上一口法水，將身坐在帕上，念念有詞，忽然騰空飛起，竟往潭州城中。”《警世通言•白娘子永鎮雷峰塔》：“禪師勃然大怒，口中唸唸有詞，大喝道：‘揭諦何在？’”❷ 形容自言自語地説個不停。《兒女英雄傳》三六回：“十個人一班兒排在那裏，只口中念念有詞，低着頭，悄默聲兒的演習着背履歷。”柔石《為奴隸的母親》：“他在廊沿下走來走去，口裏念念有詞的，不知説甚麼。”同 自言自語。反 默不作聲。

【念茲在茲】niàn zī zài zī 念：思念。茲：此，這個。泛指念念不忘某一件事情。《尚書•大禹謨》：“帝念哉！念茲在茲，釋茲在茲。”清代王士禛《居易續談》卷上：“朕四十餘年，惟日兢兢，未嘗少稱萬幾，自警有始無終之誚，念茲在茲也。”韓少功《山南水北•月下狂歡》：“我對鄉下的過度貧困心有餘悸，但對那裏的勞動方式念茲在茲。”同 念念不忘、沒齒難忘。反 置之腦後、置之度外。

【忿然作色】fèn rán zuò sè 忿：憤怒。作：改變。由於憤怒而頓時變了臉色。《孫臏兵法•威王問》：“田忌忿然作色：‘此六者，皆善者所用，而子大夫曰非其急者也。然則其急者何也？’”明代安遇時《包公案》九二回：“千郎忿然作色云：‘此事雖有，但如我何？’”◇她忿然作色，反問道：女人不是人嗎？同 怫然作色。反 喜形於色。

【忽冷忽熱】hū lěng hū rè 形容情緒不穩定。❶ 待人時而冷淡，時而熱情。形容沒有定見，變來變去，或為人勢利。《官場現形記》四一回：“賀推仁同前任帳房忽冷忽熱，忽熱忽冷，人家同他會過幾次，早把他的底細看得穿而又穿。”❷ 形容時而冷靜，時而感情衝動，情緒不穩定。老舍《月芽兒》：“我的心就這麼忽冷忽熱，像冬天的風，休息一會兒，颳得更要猛。”

【快人快語】kuài rén kuài yǔ 宋代釋道原《景德傳燈錄•南源道明禪師》：“快馬一鞭，快人一語。”後用“快人快語”形容人性格耿直，説話率直爽氣。陳白塵《大風歌》第五幕：“太尉快人快語！如此，追封先考呂公為呂宣王，先兄呂澤為悼武王。”◇她這個人缺心少肺、快人快語，講不了三句話，就把心裏那點事都抖出來了。同 快人快性、心直口快。反 支吾其辭、言辭閃爍。

【快刀斬麻】kuài dāo zhǎn má 比喻以果斷快捷的手段解決棘手的問題。《北齊書•文宣帝紀》：“高祖嘗試觀諸子意識，各使治亂絲，帝獨抽刀斬之，曰：‘亂者須斬！’”茅盾《腐蝕•十一月六日》：“此時局勢，須要快刀斬麻，不能拖泥帶水。”◇只恨自己心腸太軟，沒有快刀斬麻的勇氣，拖來拖去，把事情弄糟了。同 快刀斬亂麻。反 當斷不斷、“當斷不斷，反受其亂”。

【快步流星】kuài bù liú xīng 形容走路像流星一樣又急又快。◇七十歲的老人，繞場三圈，快步流星，耍了一趟少林拳，年輕人都説“不服不行”。同 大步流星。反 步履蹣跚。

【快馬加鞭】kuài mǎ jiā biān 對奔跑的馬再抽幾鞭，以求跑得更快。多比喻加緊努力，以求加快工作進度。◇如今市場競爭這麼激烈，咱們得快馬加鞭啊！

【忸怩不安】niǔ ní bù ān 因羞愧而心中不安寧。忸怩：羞慚的樣子。馮玉祥《我的生活》一五章：“問的時候，我盡力避免神色上的顯露。但他懷着鬼胎子，臉上一陣紅，立刻忸怩不安起來。”茅盾《子夜》七：“在屠維岳的鋒芒逼人的眼光下，這張長方臉兒上漸漸顯現了忸怩不安的氣色。”同 忐忑不安。

【忸怩作態】niǔ ní zuò tài 形容拿腔作勢，故意做作的樣子。忸怩：不自然。巴金《談〈春〉》："倘使小説不能作為我作戰的武器，我何必花那麼多的功夫轉彎抹角、忸怩作態，供人們欣賞來換取作家的頭銜？"◇人生在世，坦露胸襟，大大方方做人，活得輕鬆快活，實不必藏頭露尾，瞻前顧後，忸怩作態而自找苦吃。同 裝腔作勢。反 落落大方。

【思如湧泉】sī rú yǒng quán 才思猶如噴湧的泉水。極言文思充沛。《舊唐書·蘇頲傳》："機事填委，文誥皆出頲手。中書令李嶠歎曰：'舍人思如湧泉，嶠所不及也。'"宋代程頤《鄒德久本》："人思如湧泉，浚之愈新。"◇許多古代詩人一定要舉杯開懷、酣暢痛飲之後才能思如湧泉，出口成章。"

【思前想後】sī qián xiǎng hòu 想想前頭，又想想後頭。形容反覆思量、考慮。也指回憶從前、考慮今後。《封神演義》五二回："且言聞太師見後無襲兵，領人馬徐徐而行，又見折了余慶，辛環帶傷，太師十分不樂，一路上思前想後。"《紅樓夢》八六回："眾人都説：'誰不想到？這是有年紀的人思前想後的心事。'所以也不當件事。"同 思前算後、前思後想、思前慮後。

【思賢如渴】sī xián rú kě 希望得到賢才猶如口渴思飲那樣迫切。《三國志·諸葛亮傳》："將軍既帝室之胄，信義著於四海，總攬英雄，思賢如渴。"《梁書·顧協傳》："伏惟陛下未明求衣，思賢如渴，爰發明詔，各舉所知。"姚雪垠《李自成》："啟翁，你看他是如何思賢如渴！"同 求賢如渴、思賢若渴。

【思潮起伏】sī cháo qǐ fú 形容思想活動頻繁，心情不平靜。王宗仁《夜明星》："我睡不着，走出帳篷，站在一個土坡上，望着滿山遍野的夜明星，思潮起伏。"◇老師望着眼前這份錄取通知書，不由思潮起伏，歷歷往事又浮現眼前。

【怨女曠夫】yuàn nǚ kuàng fū《莊子·梁惠王下》："內無怨女，外無曠夫。"後以"怨女曠夫"指已到婚齡而遲遲沒有嫁娶的男女。《西廂記》四本二折："卻不當留請張生於書院，使怨女曠夫各相早晚窺視，所以夫人有此一端。"清代阮葵生《茶餘客話》卷十四："選僧尼少壯者一千人，即成婚配，一時怨女曠夫咸得其和。"◇現時盛行晚婚，一時間多了不少怨女曠夫。

【怨天尤人】yuàn tiān yóu rén 天：指命運；尤：責怪。抱怨命運，責怪別人。《論語·憲問》："不怨天，不尤人，下學而上達。"後以"怨天尤人"形容遇到不如意的事情一味歸咎於他人或別的因素，不從自己找原因。唐代韓愈《答侯繼書》："今幸不為時所用，無朝夕役役之勞，將試學焉，力不足而後止，猶將愈於汲汲於時俗之所爭，既不得而怨天尤人者，此吾今之志也。"《紅樓夢》一二〇回："寶玉原是一種奇異的人，夙世前因，自有一定，原無可怨天尤人。"◇婚前的熱戀，變成婚後謀生的苦累與子女的拖累，怨天尤人，在所難免。同 怨天怨地。反 自怨自艾。

【怨氣沖天】yuàn qì chōng tiān 形容怨憤之極。元代關漢卿《竇娥冤》三折："婆婆也，再也不要啼啼哭哭，煩煩惱惱，怨氣沖天。"《文明小史》九回："其時百姓為貪官所逼，怨氣沖天，早已大眾齊心，一呼百應。"

【怨聲載道】yuàn shēng zài dào 載：充滿。怨恨的聲音充滿道路。形容民眾普遍有強烈的不滿情緒。《後漢書·李固傳》："天下紛然，怨聲滿道。"《京本通俗小説·拗相公》："民間怨聲載道，天變迭興。"《紅樓夢》五六回："凡有些餘利的，一概入了官中，那時裏外怨聲載道，豈不失了你們這樣人家的大體。"《文明小史》九回："不料是日正值本府設局開捐，弄得民不聊生，怨聲載道。"同 怨氣沖天、民怨沸騰。反 交口稱譽、有口皆碑。

【急人之困】jí rén zhī kùn 見"急人之難"。

【急人之難】jí rén zhī nàn 指熱心幫助別人擺脱困難。宋代呂祖謙《金華汪君將仕墓誌銘》："君資廉直，急人之難，不避風雨。"明代歸有光《吳純甫行狀》："篤於孝友，急人之難，大義落落，人莫敢以利動。”也作“急人之困”。《史記•魏公子信陵君列傳》：“平原君使者冠蓋相屬於魏，讓魏公子曰：‘勝所以自附為婚姻者，以公子高義，為能急人之困。’”◇公司草創時期，多虧她急人之難，提供資金，業務才得以順利展開。

【急不可待】jí bù kě dài 急得不能再等待。形容心情急迫。《聊齋誌異•青娥》：“但思魚羹，而近地則無，百里外始可購致。時廝騎皆被差遣，生性純孝，急不可待，懷貲獨往。”同 迫不及待。反 慢條斯理。

【急不擇言】jí bù zé yán 緊急或慌得來不及選擇詞語。魯迅《華蓋集•忽然想到一一》：“‘急不擇言’的病源，並不在沒有想的工夫，而在有工夫的時候沒有想。”◇父母因為恨鐵不成鋼而急不擇言時，很容易在無意中傷害孩子的自尊心。

【急不擇路】jí bù zé lù 心急慌忙，顧不上選擇道路。馮驥才《神燈前傳》：“盧大寶突圍出來了，但他急不擇路，竟直往北城門跑去。”同 慌不擇路。

【急中生智】jí zhōng shēng zhì 遇到緊急情況時，突然想出應付的好辦法。唐代白居易《〈和微之〉詩序》：“今足下果用所長，過蒙見窘，然敵則氣生，急則智生四十二章麾掃並畢，不知大敵以為如何？”《三俠五義》二三回：“不防那邊樹上有一樵夫正在伐柯，忽見猛虎銜一小孩，也是急中生智，將手中板斧照定虎頭拋擊下去，正打在虎背之上。”◇從山坡一路滾下來，突然急中生智，張開外衣掛住一棵小樹，算是停了下來。同 情急智生。反 束手無策。

【急公好義】jí gōng hào yì 熱心公益事務，樂於助人。明代畢自嚴《賀從弟淥池舉鄉飲賓介序》：“急公好義，自占修石城垂百尺，歲時財賦率先輸納，用補族中之寒儉者。”清代梁紹壬《兩般秋雨盦隨筆》卷四：“彼輸財助賑者，急公好義，固不可不量加鼓勵。”吳組緗《一千八百擔》一：“是月齋老叔熱心教育，急公好義，借了一千二百圓。”同 濟困扶危、慷慨解囊。反 自私自利、敲骨吸髓。

【急功近利】jí gōng jìn lì 功：功效、成績；近：眼前的。急於獲得眼前的成效或利益。◇急功近利，是做學問的大忌 / 出版界急功近利，好書一出，隨後便有多種模仿之作，形成惡性競爭。同 急於求成。反 高瞻遠矚。

【急如星火】jí rú xīng huǒ 像流星的光那樣急速。形容非常急迫。宋代黃幹《與林宗魯司業書》：“一切常行之事，今皆急如星火。”《二刻拍案驚奇》卷三七：“朝廷急調遼兵南討，飛檄到來，急如星火。”端木蕻良《曹雪芹》九章：“這個上差，急如星火，一切都準備停當，只等小爺回去，就可啟程了。”同 急於星火、火燒眉毛、急不可待。反 慢條斯理、蝸行牛步。

【急赤白臉】jí chì bái liǎn 心裏焦急，臉色難看。形容非常着急的神情。◇他不知為了甚麼事，一副急赤白臉的樣子。

【急於求成】jí yú qiú chéng 急欲達到目的，希望馬上獲得成功。范文瀾等《中國通史》：“王叔文等在這種情況下執掌政權，思想上還以為大有可為，未免急於求成、見利忘害。”

【急風暴雨】jí fēng bào yǔ 急劇而猛烈的風雨。形容聲勢浩大、來得很急，或形容來勢兇猛。也作“急風驟雨”。章炳麟《五無論》：“至於神話，希臘、印度皆立男女二神，而急風驟雨則群指為天神戰鬥之事。”《民國通俗演義》三一回：“（炮彈）紛紛向城內射擊，似急風暴雨一般，猛不可當。”◇抗議運動有如急風暴雨，席捲各地。同 疾風暴雨、暴風驟雨。反 和風細雨。

【急風驟雨】jí fēng zhòu yǔ 見“急風暴雨”。

【急起直追】jí qǐ zhí zhuī 即刻奮起，竭力追趕上去。梁啟超《論中國成文法編制之沿革得失》五四：“然能應於時勢，急起直追，則又愈可以助社會之進步。”郭守微《論國粹無阻於歐化》：“吾國至斯，言復古已晚，而猶不急起直追，力自振拔，將任其淪墳典於草莽，坐冠帶於塗炭。”◇在輸掉兩局之後急起直追，最終反敗為勝。同 奮起直追。反 安於現狀、停滯不前。

【急流勇退】jí liú yǒng tuì 船在急流中順水行進時果斷地退出。多比喻官場得意時及時引退，避禍保身，或不留戀眼前的名利而及時抽身退出。宋代蘇軾《贈善相程傑》："火色上騰雖有數，急流勇退豈無人。"元代關漢卿《喬牌兒》套曲："繁華重念簫韶歇，激流勇退尋歸計。"《官場現形記》三七回："做了二三十年的官，銀子亦有了。古人說得好，激流勇退。我如今很可以回家享福了，何必再在外頭吃辛吃苦替兒孫作馬牛呢！"反 急流勇進、急起直追。

【急管繁弦】jí guǎn fán xián 指節拍急促、音色繁複的樂曲演奏。管、弦：指管樂和弦樂。唐代錢起《送孫十尉溫縣》詩："急管繁弦催一醉，頹陽不駐引征鑣。"明代汪廷訥《獅吼記·賞春》："憐國色，笑嫣然，仙郎自合挾嬋娟，也何勞急管繁弦。"◇假日遊西湖，畫船載酒，急管繁弦，玉盞催傳，其樂無窮。

【急轉直下】jí zhuǎn zhí xià ❶ 情況突然發生轉變，並且順勢很快地發展下去。梁啟超《論各國干涉中國財政之動機》："事變之來，急轉直下，其相煎迫者未知所紀極。"◇沒想到股市急轉直下，一路跌個不停。❷ 順勢馬上轉變。多指轉變話題。巴金《春天裏的秋天》三："'那麼我們一塊兒去看瑢吧。'我急轉直下地說到本題。"

【怯聲怯氣】qiè shēng qiè qì 形容說話的聲音小而不自然。老鬼《血與鐵》："我這麼熱愛打仗，想當英雄，在父親面前都嚇得怯聲怯氣。"◇他看着她的臉色，怯聲怯氣地問：你到底去不去呀？反 疾言厲色。

【怙惡不悛】hù è bù quān《左傳·隱公六年》："長惡不悛，從自及也。雖欲救之，其將能乎？"後以"怙惡不悛"說堅持作惡到底，絲毫不肯改悔。《金史·許古傳》："其或怙惡不悛，舉眾討之，顧亦未晚也。"《明史·曲先衞傳》："散即思素狡悍，天子宥其罪，仍怙惡不悛。"◇這是一夥怙惡不悛的野蠻暴徒，不知害了多少人，算來令人髮指。同 怙惡不改。反 改過自新、悔過自新。

【怵目驚心】chù mù jīng xīn 怵：驚駭。凡是看到的，都令人非常震驚。表示所見情況極其嚴重或極其恐懼。◇大海嘯過後的慘狀，令人怵目驚心／從已掌握的事實看，這無疑是一樁牽連廣泛、怵目驚心的大案。同 觸目驚心。

【怛然失色】dá rán shī sè 怛：恐懼。因害怕而變了臉色。前蜀杜光庭《仙傳拾遺》卷四："彌明倚牆睡，鼻息如雷。二子怛然失色，不敢少喘。"宋代蘇洵《送石昌言舍人北使行》："聞介馬萬騎馳過，劍槊相摩，終夜有聲，從者怛然失色。"清代祝純嘏《孤忠後錄·黃烈婦傳》："太守怛然失色，左右皆大驚。"同 大驚失色。反 鎮定自若。

【怏怏不悅】yàng yàng bù yuè 見"怏怏不樂"。

【怏怏不樂】yàng yàng bù lè 怏怏：形容不滿意的神情。因不滿意而很不高興。也作"怏怏不悅"。《東周列國誌》一回："宣王聞奏，怏怏不悅。"清代尹湛納希《泣紅亭》一七回："顧、娜二位夫人一看金公很不高興，也不敢多說，怏怏不樂地散了。"周而復《上海的早晨》二部二七："余靜細心的安排受到楊健的拒絕，而且拒絕的很有道理，但她心中還是有點怏怏不樂。"反 心滿意足、心花怒放。

【性命交關】xìng mìng jiāo guān 關係到生死存亡。形容事情十分重大或非常緊急。交關：連在一起。《老殘遊記》一回："此時人家正在性命交關，不過一時救急，自然是我們三個人去，那裏有幾營人來給你帶去！"同 性命攸關、生死攸關。反 無關宏旨、無關緊要。

【性情中人】xìng qíng zhōng rén 感情豐富，易動感情，說話做事由着自己性情好惡、不受理性拘束的人。《兒女英雄傳》二五回："認定了姑娘是個性情中人，所以也把性情來感動他。"

【怕死貪生】pà sǐ tān shēng 貪戀生存，懼怕死亡。《兒女英雄傳》七回："我不像你這等怕死貪生，甘心卑污苟賤，給那惡僧支使，虧你還有臉説來勸我！”清代郭小亭《濟公全傳》一九二回：“眾位都畏刀避險，怕死貪生麼？既是眾位都不敢去，我只好一個人去罷。”同 貪生怕死。

【怕硬欺軟】pà yìng qī ruǎn 害怕強硬的，欺負軟弱的。元代關漢卿《竇娥冤》三折：“天地也，做得個怕硬欺軟，卻元來也這般順水推船。”◇世上有一些人總是怕硬欺軟，他們不是同情弱者，而是害怕強者，害怕報復。同 欺軟怕硬、恃強凌弱。

【怫然作色】fú rán zuò sè 怫然：憤怒的樣子。形容勃然大怒，臉色頓變。《莊子•天地》：“謂己道人，則勃然作色；謂己諛人，則怫然作色。”漢代劉向《説苑•復恩》：“淳于髡大笑而不應。王復問之，又復大笑而不應。三問而不應，王怫然作色。”◇她怫然作色，怒斥道：我可不是讓人耍着玩兒的！同 忿然作色。

【怪力亂神】guài lì luàn shén 關於怪異、勇力、叛亂、鬼神之事。《論語•述而》：“子不語怪、力、亂、神。”阿城《魂與魄與鬼及孔子》：“子貢的這一問，顯然是社會中怪力亂神多得不得了，而孔子又不語怪力亂神，於是子貢換了個角度來敲打老師。”

【怪模怪樣】guài mú guài yàng 模樣古怪，非同一般。《儒林外史》二九回：“僧官道：‘龍老三你還不把那些衣服脱了，人看着怪模怪樣！’”魯迅《故事新編•補天》：“女媧圓睜了眼睛，好容易才省悟到這便是自己先前所做的小東西，只是怪模怪樣的已經都用甚麼包了身子。”同 怪裏怪氣、奇形怪狀。

【怪誕不經】guài dàn bù jīng 怪誕：離奇古怪。經：正常。奇怪荒唐，不合常理。明代李昌祺《剪燈餘話•月夜彈琴記》：“烏公以為詩雖奇妙，而怪誕不經，不許。”清代昭槤《嘯亭雜錄•費直義公》：“其事雖近怪誕不經，然先恭王親聞其五世孫哈達哈語者，諒非虛謬，故筆記之。”同 荒誕不經。反 合情合理。

【怪聲怪氣】guài shēng guài qì 形容聲音、語調等很古怪。清代陳森《品花寶鑒》三回：“聘才聽得怪聲怪氣的，也不曉得他是那一處人。”魯迅《二心集•宣傳與做戲》：“以關老爺、林妹妹自命，怪聲怪氣，唱來唱去，那就實在只好算是發熱昏了。”

【怡情悦性】yí qíng yuè xìng 怡：和悦，愉快。讓心情舒暢愉快。《紅樓夢》一七回：“如今上了年紀，且案牘勞煩，於這怡情悦性的文章更生疏了，便擬出來也不免迂腐。”林語堂《中國人的性格剖析•知足》：“倘使無福享受怡情悦性的花園，則他需要一間門雖設而常開的茅屋，位於群山之中。”

【怡然自得】yí rán zì dé 形容愉悦而滿足的神情。《列子•黃帝》：“黃帝既寤，怡然自得。”唐代駱賓王《與博昌父老書》：“野老清談，怡然自得；田家濁酒，樂以忘憂。”《官場現形記》二五回：“劉厚守聽了，怡然自得，坐在椅子上，盡興的把身子亂擺。”丁玲《太陽照在桑乾河上》四一：“他聽着風動樹梢，聽着小鳥歡噪，他怡然自得，覺得很不願離開這種景致。”同 怡然自樂。反 焦頭爛額。

【怡然自樂】yí rán zì lè《列子•黃帝》：“黃帝既寤，怡然自得。”後用“怡然自樂”形容自得其樂的神情。晉代陶潛《桃花源記》：“黃髮垂髫，並怡然自樂。”吳歡章《書房裏的墨寶》：“真草隸行，龍蛇飛舞，耕讀之餘，摩挲賞玩，倒也怡然自樂。”同 怡然自得。

【怒不可遏】nù bù kě è 遏：阻止。憤怒得難以抑制自己的感情。《資治通鑒•後唐明宗天成二年》：“嚴惶怖求哀，知祥曰：‘眾怒不可遏也。’遂揖下，斬之。”《二十年目睹之怪現狀》二七回：“藩台怒不可遏，便親自去拜臬台。”《清朝野史大觀•穆宗垂歿之狀》：“慈禧后閱畢，怒不可遏，立碎其紙。”同 怒火中燒、怒髮衝冠。反 笑容可掬、笑顏逐開。

【怒火中燒】nù huǒ zhōng shāo 憤怒像火焰一樣在心中燃燒。形容心中懷着極大的憤怒。古龍《長干行》九：“這時見四個師弟非欲置自己和師父於死地，不由怒火中燒。”◇他被眾人推來攘去，既感到無地自容，又感到怒火中燒。

【怒目切齒】nù mù qiè chǐ 睜目怒視，咬牙切齒。形容憤怒之極的樣子。晉代劉伶《酒德頌》："有貴介公子，搢紳處士，聞吾風聲，議其所以，乃奮袂攘襟，怒目切齒，陳說禮法，是非鋒起。"宋代朱熹《答折子明書》："每讀邸報，觀其怒目切齒之態，未知將以此身終作何處置，然後快於其心。"秦牧《壯族與我》："談到這些，壯族老人和兩三個壯族年輕人都怒目切齒。"同 怒不可遏、切齒怒目。反 喜形於色、喜笑顏開。

【怒目而視】nù mù ér shì 圓睜兩眼，憤怒地看着對方。《水滸全傳》八十回："林沖、楊志怒目而視，有欲要發作之色。"《隋唐演義》七三回："太后怒目而視，別了三思回宮，便傳旨宣歸義王陳碩貞入朝，將前事與他說了。"反 相視而笑。

【怒目橫眉】nù mù héng méi 眼睛圓睜，眉毛橫豎。形容兇惡、兇狠之貌。《兒女英雄傳》二一回："不一時，只聽得院子裏許多腳步響，早進來了怒目橫眉、挺胸凸肚的一群人。"《鏡花緣》九九回："也有怒目橫眉在那裏恐嚇的，也有花言巧語在那裏欺哄的。"同 橫眉怒目。

【怒形於色】nù xíng yú sè 形：顯露；色：臉色。內心的憤怒在臉上表露出來。宋代洪邁《夷堅丙志·子夏蹴酒》："子夏怒形於色，舉足蹴其二。"《二刻拍案驚奇》卷二三："防禦見無影響，不覺怒形於色。"《北洋軍閥統治時期史話》五七章："(王寵惠) 也怒形於色地說：'難道你就是國會？'"反 喜形於色。

【怒氣沖天】nù qì chōng tiān 怒氣直沖天際。形容憤怒無比。元代楊顯之《瀟湘雨》四折："我和他有甚恩情相顧戀，待不沙又怕背了這恩人面，只落得嗔嗔忿忿，傷心切齒，怒氣沖天。"《二十年目睹之怪現狀》二五回："只見方才那鄉下人怒氣沖天，滿頭大汗的跑了來。"巴金《春》六："淑英看得毛骨竦然，淑華看得怒氣沖天。"同 怒氣沖霄、怒火沖天、怒氣沖雲。

【怒髮衝冠】nù fà chōng guān《史記·廉頗藺相如列傳》："相如因持璧卻立，倚柱，怒髮上衝冠。"憤怒得頭髮直豎，把帽子都頂起來了。形容憤怒到極點。宋代岳飛《滿江紅》詞："怒髮衝冠，憑欄處，瀟瀟雨歇。抬望眼，仰天長嘯，壯懷激烈。"明代周朝俊《紅梅記·姿宴》："惱惱惱，休惱得怒髮衝冠。"沙汀《闖關》一六："他怒髮衝冠，他咬牙切齒，而他顯然還沒有盡情發作。"同 怒火沖天、怒氣沖天。反 笑容可掬、笑容滿面。

【恥言人過】chǐ yán rén guò 恥：羞恥、慚愧。過：過錯。以議論別人的過錯為羞恥。唐代李華《御史中丞廳壁記》："漢文雅好黃老，而公卿恥言人過。"宋代蘇軾《司馬溫公神道碑》："人人自重，恥言人過。"◇不說長論短，不誹謗人是美德，但恥言人過，隱惡揚善，就不是美德了。反 聞過則喜。

【恥居人下】chǐ jū rén xià 落後於人感到慚愧，不甘心居於別人之下。宋代陳亮《謝曾察院啟》："伏念某本無他長，恥居人下。常想英豪之行事，墮乃塵凡，頗知聖賢之用心，雜之泥滓。"◇有進取心的人，同時總有恥居人下之感，因而會奮發圖強，勤奮上進。同 胸懷大志。反 不求上進。

【恭行天罰】gōng xíng tiān fá《尚書·甘誓》："天用剿絕其命，今予惟恭行天之罰。"恭敬地遵奉上天的意旨進行懲罰。古時帝王出師征討時的用語。南朝梁劉勰《文心雕龍·檄移》："天子親戎，則稱恭行天罰；諸侯御師，則云肅將王誅。"《明史·三佛齊傳》："倘天子震怒，遣一偏將將十萬之師，恭行天罰，易如覆手。"蔡東藩《民國通俗演義》五九回："謹托我黃祖威靈，恭行天罰。"◇古代帝王自命天子，御駕親征，必然打起恭行天罰的旗號，實際是假借天命而已。同 龔行天罰。

【恭逢其盛】gōng féng qí shèng 見"躬逢其盛"。

【恭敬桑梓】gōng jìng sāng zǐ《詩經·小弁》："維桑與梓，必恭敬止。"桑梓：桑樹與梓樹，都是古人宅邊常種的樹木，借桑樹養蠶，用梓木製作器物。後用“恭敬桑梓”、“敬恭桑梓”指熱愛故里，敬重家鄉父老。明代無名氏《鳴鳳記•鶴樓赴義》:“豈孩兒未曾恭敬桑梓？”《孽海花》七回：“富貴還鄉，格外要敬恭桑梓。”◇我雖在香港四十年，但恭敬桑梓之心猶在，幫家鄉做點事是應該的。反 魚肉鄉里。

【恩山義海】ēn shān yì hǎi 恩惠像山一般高，情義像海一樣深。比喻恩義深厚，非比尋常。《群音類選•玉環記•趕逐韋皋》:“月初圓，我與你恩山義海效鶼鶼，心匪石，應難轉。”《初刻拍案驚奇》卷三二：“兩人恩山義海，要做到頭夫妻。”也作“義海恩山”。元代王實甫《西廂記》三本四折：“將人的義海恩山，都做了遠水遙岑。”同 義山恩海。反 恩斷義絕。

【恩同父母】ēn tóng fù mǔ 恩情之深厚如同親生父母一樣。古時也用作頌揚帝王之詞。唐代陳子昂《為張著作謝父官表》:“伏惟神皇陛下，恩同父母，矜照懇誠，信其赤心，實有罄竭。”《水滸全傳》八三回：“今得太尉恩相力賜保奏，恩同父母。”同 恩同再造、再生之德。

【恩同再造】ēn tóng zài zào 再造：再生。形容恩惠極大，就像是給予第二次生命一樣。《宋書•王僧達傳》:“內慮於己，外訪於親，以為天地之仁，施不期報，再造之恩，不可妄屬。”《鏡花緣》三十回：“倘能救其一命，真是恩同再造。”《天后宮紀事》:“鮑氏之於老嶺頭本有恩同再造之遇，但他並不珍惜反而恩將仇報，而時時反水，令老嶺頭光火。”同 恩重如山。反 恩將仇報。

【恩威並用】ēn wēi bìng yòng 恩德與刑威交替使用。威：指懲辦或武力。《宋史•張詠傳》:“其為政，恩威並用，蜀民畏而愛之。”宋代周密《齊東野語•文莊論安丙矯詔》:“為朝廷計，宜先赦其矯詔之罪，然後賞其斬曦之功，則恩威並用，折衝萬里之外矣。”沈從文《王謝子弟》:“能恩威並用，僕人就懷德畏刑，不敢欺主。”也作“恩威並重”。陳白塵《宋景詩》一九：“我一向倒是恩威並重，以德服人的。”《山河風煙》三九：“姚大天知道當政者必需恩威並重，懲罰不嚴不能服眾，不施恩惠也不能使臣下心懷感激。”同 恩威並行、恩威並施。反 嚴懲不貸、動輒得咎。

【恩威並重】ēn wēi bìng zhòng 見“恩威並用”。

【恩重丘山】ēn zhòng qiū shān 見“恩重如山”。

【恩重如山】ēn zhòng rú shān 恩德深厚得像高山一樣。也作“恩重丘山”、“恩德如山”。三國魏曹植《表遺句》:“身輕蟬翼，恩重丘山。”宋代陳亮《謝曾察院啟》:“上下交攻，命如絲髮。是非隨定，恩重丘山。”宋代陸游《刪定官供職謝啟》:“恩重如山，感深至骨。”明代周楫《西湖二集•壽禪師兩生符宿願》:“老夫垂死之命，蒙恩人救援，恩德如山，無可圖報。”《紅樓夢》一一八回：“林姑娘待我，也是太太們知道的，實在恩重如山，無以可報。”同 恩同父母、恩同再造。

【恩怨分明】ēn yuàn fēn míng 恩惠與仇恨界限清楚，一絲都不含混。《三國演義》五十回：“某素知雲長傲上而不忍下，欺強而不凌弱，恩怨分明，信義素著。”老舍《四世同堂》四五：“大丈夫應當恩怨分明。”反 恩將仇報、以怨報德。

【恩深義重】ēn shēn yì zhòng 恩德情義極為深厚。唐代呂頌《代郭令公謝男尚公主表》:“事出非常，榮加望外，恩深義厚，何以克堪，糜軀粉骨，不知所報。”《醒世恆言》卷八：“不想母親叫孩兒陪伴，遂成了夫婦，恩深義重，誓必圖百年偕老。”《兒女英雄傳》十回：“我們到底該叩謝叩謝這位恩深義重的姐姐才是。”同 情深義重。

【恩將仇報】ēn jiāng chóu bào 用仇怨報答別人的恩德。《西遊記》三十回：“我若一口說出，他就把公主殺了，此卻不是恩將仇報？”《古今小說•金玉奴棒打薄情郎》:“何期你忘恩負本，就不念結髮之情，恩將仇報，將奴推墮江心。”張天翼《夏夜夢》:“她也不想想是誰把她領大了的，她如今可恩將仇報，這畜生！”

同 以怨報德、背恩反噬。反 以德報怨、恩重如山。

【恩德如山】ēn dé rú shān 見"恩重如山"。

【恩斷義絕】ēn duàn yì jué 恩情斷絕，情義不存。多指夫妻關係破裂。元代馬致遠《任風子》三折："咱兩個恩斷義絕，花殘月缺，再誰戀錦帳羅幃！"《古今小說·蔣興哥重會珍珠衫》："你道三巧兒被蔣興哥休了，恩斷義絕，如何恁地用情。"清代徐瑤《太恨生傳》："今與郎君恩斷義絕矣，天荒地老，永無見期。" 同 義斷恩絕、恩絕義斷。反 恩深義重。

【息事寧人】xī shì níng rén ❶ 不要產生事端，使人民平和安寧。《後漢書·章帝紀》："其令有司，罪非殊死且勿案驗，及吏人條書相告不得聽受，冀以息事寧人，敬奉天氣。"清代趙翼《甌北詩話》卷六："其時，朝廷之上，無不以劃疆守盟，息事寧人為上策。" ❷ 平息糾紛，使彼此相安無事。清代紀昀《閱微草堂筆記·灤陽續錄五》："畏鬼者常情，非辱也。謬答以畏，可息事寧人。彼此相激，伊於胡底乎？"夏衍《于伶小論》："先天的具備了舊時代儒生的謙讓與息事寧人的心情。" 反 無事生非。

【息息相通】xī xī xiāng tōng 息：呼吸時的氣息。氣息連接暢通。形容關係密切，彼此契合。《兒女英雄傳》二六回："如今聽了張金鳳這話，正如水月鏡花，心心相印，玉匙金鎖，息息相通。"《官場現形記》二六回："劉厚守是何等樣人，而且他這店就是華中堂的本錢，他們裏頭息息相通，豈有不曉之理。" ◇要說他們倆，那可是息息相通，像一個人兒似的。反 風馬牛不相及。

【息息相關】xī xī xiāng guān 息：呼吸的氣息。呼吸相連，比喻關係或聯繫非常緊密。清代蔣士銓《第二碑·書表》："昭明太子為我撰成墓表，仍求吳姐書丹，恰好上仙亦至，可見三人息息相關。"馮玉祥《我的生活》三十章："官長士兵應該覺得彼此的關係如同家人父子，息息相關，渾然一體。" ◇如今的互聯網，把世界的每一個角落聯繫到一起，息息相關，真個是"天下一家"了。同 息息相通。反 反目成仇、同室操戈。

【恣意妄行】zì yì wàng xíng 見"恣意妄為"。

【恣意妄為】zì yì wàng wéi 隨心所欲，胡作非為。恣：放縱。也作"恣意妄行"。《漢書·杜周傳》："曲陽侯根前為三公輔政，知趙昭儀殺皇子，不輒白奏，反與趙氏比周恣意妄行。"比周：勾結。《三國演義》一二〇回："(吳主）至鳳凰元年，恣意妄為，窮兵屯戍，上下無不嗟怨。" ◇人不能隨心所欲，恣意妄為，總要自覺接受法律道義的規管，不然的話，社會不是亂套了嗎？同 恣睢無忌、恣肆無忌。反 安分守己、循規蹈矩。

【恃才揚己】shì cái yáng jǐ 自恃才能而驕矜自負。郭沫若《從詩人節說到屈原是否是弄臣》："有的人說，屈原那樣的人根本值不得紀念的，恃才揚己，誹謗當道，而終於獨善其身，消極自殺，這樣狂誕偏激的人，在我們目前的中國根本不需要。"

【恃才傲物】shì cái ào wù 物：指人。自負有才氣，看不起他人。《梁書·蕭子顯傳》："及葬，請謚。手詔：'恃才傲物，宜謚曰驕'。"宋代孔平仲《續世說·簡傲》："鄭仁表文章俊拔，然恃才傲物，人士薄之。"郁達夫《採石磯》："能瞭解他的，只說他恃才傲物，不可訂交。" 同 目空一切、孤高傲世。反 謙虛謹慎、虛懷若谷。

【恃強凌弱】shì qiáng líng ruò 依仗自己的強大而欺凌弱小的。宋代魏了翁《畫一榜諭將士》："若耕桑失時，軍須不繼，便致狼狽，所宜互相愛惜，毋得恃強淩弱，恃眾欺寡，互相爭鬧，激出事端。"明代梁辰魚《浣紗記·同盟》："河西地久昇平，文公霸後稱強盛。豈料吳人來犯境，恃強淩弱要先盟。" ◇"黑惡勢力"恃強淩弱，是社會的毒瘤。

【恆河沙數】héng hé shā shù 形容數量極多，多得像恆河裏的沙子那樣無法計算。恆河是橫貫印度北部的大河，沙粒細微，據傳佛曾"近彼河說法"，故佛教徒常以之為喻。《金剛經·無為福勝分》："但諸恆河尚多無數，何況其沙……以七寶滿爾所恆河沙數三千大千世界，以用佈施。”清代紀昀《閱微草堂筆記•槐西雜志三》：“然則一家一灶神耳，又不識天下人家如恆河沙數，天下灶神亦當如恆河沙數。”《兒女英雄傳》一七回：“大凡人生在世，挺着一條身子，合世界上恆河沙數的人打交道。”同 多如牛毛、數不勝數。反 寥寥無幾、寥若晨星。

【恢宏大度】huī hóng dà dù 心胸開闊，氣量宏大。《兒女英雄傳》三十回：“放着這等一位恢宏大度的何蕭史，一位細膩風光的張桐卿，還怕幫助不了一個安龍媒。”徐鑄成《風雨故人》：“孫中山雖然只做了一個月的臨時大總統，但是‘天下為公’的恢宏大度，深入人心，流芳百世。”。同 寬宏大量、豁達大度。反 錙銖必較。

【恍如隔世】huǎng rú gé shì 好像隔了一世。常用以表示由於人事、景物發生了巨大變化而感慨。宋代陸游《劍南詩稿》卷十六：“天王廣教院在蕺山東麓，予年二十餘時與老僧惠迪遊，略無十日不到也。淳熙甲辰秋，觀海潮上，偶繫舟其門，曳杖再遊，恍如隔世焉。”清代王倬《看花述異記》：“露坐石上，憶所見聞，恍如隔世，因慨天下事大率類是，故記之。”◇一經戰亂，恍如隔世。故友久別重逢，喜出望外。同 恍然隔歲、恍若隔生。

【恍如夢寐】huǎng rú mèng mèi 好像做夢一樣。宋代李綱《建炎行》序：“追思前事，恍如夢寐，而連年奔走，繚絡萬里。”《聊齋誌異•張鴻漸》：“兩相驚喜，握手入帷。見兒卧牀上，慨然曰：‘我去時兒才及膝，今身長如許矣！’夫婦依倚，恍如夢寐。”◇老人現在回憶半個世紀以前的事，恍如夢寐，多少喜怒哀樂，盡在其中。

【恍然大悟】huǎng rán dà wù 忽然醒悟過來；猛一下子明白了。《三國演義》七七回：“於是關公恍然大悟，稽首皈依而去。”《儒林外史》十五回：“馬二先生恍然大悟：‘他原來結交我是要藉我騙胡三公子，幸得胡家時運高，不得上算。’”魯迅《故事新編•鑄劍》：“上至王后，下至弄臣，也都恍然大悟，倉皇散開，急得手足無措，各自轉了四五個圈子。”同 豁然大悟、豁然開朗、如夢初醒。

【恫疑虛喝】dòng yí xū hè 恫：恐嚇。恫嚇對方使之疑慮恐懼，假作厲聲呼喝以威脅對方。《史記•蘇秦列傳》：“恐韓、魏之議其後也，是故恫疑虛喝，驕矜而不敢進。”《宋史•安丙傳》：“時方議和，丙獨飭將士，恫疑虛喝，以攻為守，威聲甚著。”◇古人善用恫疑虛喝的辦法，以攻為守保護自己。

【恬不知恥】tián bù zhī chǐ 做了缺德事卻滿不在乎，不知羞恥。恬：安然自在。宋代呂祖謙《東萊博議•衞禮至殺邢國子》：“衞禮至行險僥倖而取其國，恬不知恥，反勒其功於銘，以章示後。”明代呂維祺《四譯館增定館則》：“託病請假，紛紛不已，甚至一季不到館者有之，虛糜素餐，恬不知恥，殊為可厭。”◇恬不知恥的東西，你給我滾！同 恬不知羞、寡廉鮮恥。反 無地自容。

【恬不為怪】tián bù wéi guài 恬：不動心。對於某事或某種現象平淡對待，不覺得奇怪。《漢書•賈誼傳》：“至於俗流失，世壞敗，因恬而不知怪。”宋代唐庚《上監司書》：“比來州縣削弱，紀綱棄壞，上下習熟，恬不為怪。”《西湖佳話•葛洪仙跡》：“頃刻潮至，葛洪舉杯向之，稱奇道妙，恬不為怪。”同 恬不知怪。反 千奇百怪。

【恬淡無為】tián dàn wú wéi《莊子•刻意》：“夫恬淡寂漠，虛無無為，此天地之平而道德之質也。”說清靜淡泊無欲無求，不作刻意強求的事，不求名利，一切順其自然。漢代王符《潛夫論•勸將》：“太古之民，淳厚敦樸，上聖撫之，恬淡無為。”唐代王邕《修養雜訣氣銘》：“恬淡無為，以道自怡，妙中之妙，微中之微。”◇確實有人篤信佛教，無欲無求，恬淡無為，一心與人為善。同 恬淡寡慾。反 追名逐利。

【恬淡無慾】tián dàn wú yù 見“恬淡寡慾”。

【恬淡寡慾】tián dàn guǎ yù 內心平靜淡泊，不貪財利，不圖榮華，一切順乎自然。三國魏曹丕《與吳質書》：“偉長獨懷文抱質，恬淡寡慾，有箕山之志，可謂彬彬君子者矣。"《歧路燈》七五回："貧道原是恬淡寡慾的，可惜這個頑徒，道行未深，經過京城繁華地面，信手揮霍。"也作"恬淡無慾"。漢代王充《論衡•道虛》："世或以老子之道為可以度世，恬淡無慾，養精愛氣。"《雲笈七籤》卷四十："恬淡無慾是一藥，仁順謙讓是一藥。"反 追名逐利。

【恤老憐貧】xù lǎo lián pín 恤：體恤。體貼、關懷、幫助老人與窮苦的人。元代劉時中《端正好•上高監司》曲："恤老憐貧，視民如子，起死回生，扶弱摧強。"明代陳汝元《金蓮記•焚券》："止為恤老憐貧，敢曰疏財仗義。"同 敬老憐貧、惜老憐貧。

【恤孤念苦】xù gū niàn kǔ 見"恤孤念寡"。

【恤孤念寡】xù gū niàn guǎ 關注與撫恤孤兒寡婦。也作"恤孤念苦"。宋代吳自牧《夢粱錄•恤貧濟老》："數中有好善積德者，多是恤孤念苦，敬老憐貧。"元代無名氏《劉弘嫁婢》二折："他知我恤孤念寡，救困扶危。"《西遊記》四四回："(齊天大聖) 專秉忠良之心，與人間報不平之事，濟困扶危，恤孤念寡。"同 濟困扶危。

【恰如其分】qià rú qí fèn 分：分寸，合適的界限。形容說話、做事等十分得體、得當或妥帖。《歧路燈》一〇八回："賞分輕重，俱是閻仲端酌度，多寡恰如其分，無不欣喜。"◇一對情人，坐在一片絨絨的青草地上，映着半天的晚霞，說是一幅圖畫，恰如其分。同 恰到好處。反 言過其實。

【恰到好處】qià dào hǎo chù 形容說話、做事等恰如其分，正好，最合適。況周頤《蕙風詞話》卷一："'恰到好處，恰夠消息，毋不及，毋太過。'半塘老人論詞之言也。"朱自清《經典常談•春秋三傳》："《左傳》所記當時君臣的話，從容委曲，意味深長。只是平心靜氣的說，緊要關頭卻不放鬆一步，真所謂恰到好處。"◇他處理問題總是那麼公允、妥當，恰到好處，深得大家的信賴。同 恰如其分。

【恪守不渝】kè shǒu bù yú 恪：謹慎。渝：變。小心遵守，決不改變。◇說出口的承諾一定要恪守不渝，只有小人才不講信用 / 信用之可貴在於恪守不渝，信守承諾而決不無故變卦。同 一諾千金。反 反覆無常。

【恪守成式】kè shǒu chéng shì 恪：恭謹。遵守既定的法令規約。《清史稿•端慧太子永璉傳》："朕御極後，恪守成式，親書密旨，召諸大臣藏於乾清宮'正大光明'榜後，是雖未冊立，已命為皇太子矣。"◇要發展要進步，就不能恪守成式，墨守成規。也作"恪守成憲"。《元史•完澤傳》："元貞以來，朝廷恪守成憲，詔書屢下，散財發粟，不惜巨萬，以頒賜百姓，當時以賢相稱之。"同 一成不變。反 革新鼎故、破舊立新。

【恪守成憲】kè shǒu chéng xiàn 見"恪守成式"。

【恨入骨髓】hèn rù gǔ suǐ 形容怨恨到了極點。明代陶宗儀《輟耕錄•張道人》："嘗夜盜城西田父菜，被執，濡其首溺池而釋之。以故恨入骨髓，每思有以為報而未能。"《官場現形記》十二回："卻說戴大理向巡捕問過底細，曉得他的這個缺是斷送在周老爺手裏，因此將周老爺恨入骨髓。"巴金《寒夜》二六："你越是對我好，你母親越是恨我。她似乎把我恨入骨髓。"也作"恨之入骨"。明代沈德符《野獲編•台省•房心宇侍御》："房之試士，用法大嚴，江南士子恨之入骨。"

【恨之入骨】hèn zhī rù gǔ 見"恨入骨髓"。

【恨海難填】hèn hǎi nán tián《山海經•北山經》："炎帝之少女名曰女娃，女娃游於東海，溺而不返，故為精衛，常銜西山之木石以堙於東海。"後以"恨海難填"形容積怨難平。恨海：怨恨如海。清代吳綺《家逸園姪留香集序》："情天莫補，石五色以奚為；恨海難填，木千枝而安用。"張愛玲《半生緣》五："火車的行馳的確像是轟轟烈烈通過一個時代，世鈞的家裏那種舊時代的空氣，那些悲劇性的人物，那些恨海難填的事情，都被丟在後面了。"

【患得患失】huàn dé huàn shī《論語•陽貨》："其未得之也，患得之；既得之，患失之。"沒有時擔心得不到，得到了又擔心失去，過分計較個人的利害得失。宋代胡宏《鬍子知言》："小人之遊世也以勢利，故患得患失，無所不為。"明代王廷相《雅述》："人臣患得患失之心根於中，則於人主之前論事不阿諛則逢迎，恐逆鱗而獲罪矣。"◇胸襟豁達有魄力的人，不會患得患失，說話做事有定譜。

【患難之交】huàn nàn zhī jiāo 指曾經一起共過憂患的朋友。明代焦竑《玉堂叢語•薦舉》："仲舉與文貞在武昌，因患難之交，訥黑窰匠以一文，嗣初教書儒生以一詩，皆入啟事，悉登台閣。"清代東魯古狂生《醉醒石》十回："林黃二位道：'浦肫夫患難之交，今日年兄為我們看他，異日我們也代年兄看他。恐他來時，以布衣相嫌，年兄要破格相待。'"高陽《胡雪巖》："我蒙王太守不棄，視為患難之交，不能不替他分憂。"同 生死之交。反 酒肉朋友。

【患難與共】huàn nàn yǔ gòng 在不利的處境中共同承擔憂患、共同克服困難。形容經歷過災禍和困難的考驗，關係密切。清代湯斌《雪亭夢語序》："蓮陸受業先生之門，三十年中頻遭喪亂，患難與共，及先生遷夏峰，蓮陸自山右辭官而歸，率間歲一至。"◇他同患難與共的結髮妻子情愛深厚，數十年中，兩人從沒拌過嘴吵過架。同 休戚與共、同甘共苦。

【悠然自得】yōu rán zì dé 形容神態從容、心情舒暢、無牽掛無憂慮。《晉書•楊軻傳》："楊軻，天水人也。少好《易》，長而不娶，學業精微，養徒數百，常食粗飲水，衣褐縕袍，人不堪其憂，而軻悠然自得。"明代吳承恩《雙松丁公墓誌銘》："故其所賦有悠然自得之趣，人多傳誦之。"沙汀《過渡》："任大發不響了，悠然自得地望着在夕照下閃閃發光的河水出神。"同 悠閒自得。反 惶惶不安。

【悉索敝賦】xī suǒ bì fù 賦：指兵，古代按田賦出兵車甲士，故稱兵為"賦"。❶ 說搜羅盡全部的軍事力量。《左傳•襄公八年》："敝邑之人，不敢寧處，悉索敝賦，以討於蔡。"《東周列國誌》一四回："今幸少閒，悉索敝賦，願從諸君之後，左右衛君，以誅衛之不當立者。"《"五四"愛國運動資料•學界風潮下》："與其強制簽字，貽羞萬國，毋寧悉索敝賦，背城借一。"❷ 傾盡所有的東西。明代王世貞《答程子虛書》："蕞爾滕國，介於齊楚之間，悉索敝賦，猶懼不共，而日押主齊盟，誰則信之？"共：同"供"，供給。同 悉帥敝賦、悉索薄賦。

【悖入悖出】bèi rù bèi chū 悖：指違背道義。《禮記•大學》"貨悖而入者，亦悖而出。"說靠歪門邪道得來的財物，也會被人用不正當手段弄走。後凡因非理對人而橫遭報復的，也叫"悖入悖出"。清代紀昀《閱微草堂筆記•槐西雜志四》："生憤恚曰：'何不訴於神？'曰：'訴者多矣。神以為悖入悖出，自作之愆；殺人人殺，相酬之道，置不為理也。'"◇一生坑人騙人掙來的錢，悖入悖出，被兩個兒子蕩得精光。

【悃愊無華】kǔn bì wú huá 形容忠直、誠懇、樸實，不虛浮。《後漢書•章帝紀》："安靜之吏，悃愊無華，日計不足，月計有餘。"宋代蘇軾《蘇潛聖輓詞》："妙齡馳譽百夫雄，晚節忘懷大隱中；悃愊無華真漢吏，文章爾雅稱吾宗。"《黃繡球》二八回："真是悃愊無華的一位循良官吏！"

【悒悒不樂】yì yì bù lè 憂鬱愁悶，不快活。漢代班固《漢武帝內傳》："庸主對坐，悒悒不樂，夫人可暫來否？"唐代薛調《劉無雙傳》："郎君年漸長，合求官職，悒悒不樂，何以遣時？"《聊齋誌異•香玉》："生悒悒不樂，香玉亦俯仰自恨。"也作"悒悒不歡"。《聊齋誌異•嬰寧》："生恚怒，悒悒不歡。"◇籌劃了半個月的野外郊遊被這突如其來的大雨給攪和了，好生掃興，朋友們都悒悒不樂。同 悶悶不樂。反 歡天喜地。

【悒悒不歡】yì yì bù huān 見"悒悒不樂"。

【悔不當初】huǐ bù dāng chū 後悔開頭就不該那樣去做。唐代薛昭緯《謝銀工》

詩：“早知文字多辛苦，悔不當初學冶銀。”元代無名氏《舉案齊眉》二折：“早知如此掛人心，悔不當初莫相識。”李六如《六十年的變遷》第八章：“真是早知今日，悔不當初。”◇如今鋃鐺入獄，方才悔不當初，醒悟過來。同 追悔莫及、悔之晚矣。反 無怨無悔、始終如一。

【悔之不及】huǐ zhī bù jí《尚書·盤庚上》：“汝悔身何及。”後用“悔之不及”說做錯了事，覺察後已無法挽回，後悔也來不及了。元代無名氏《三出小沛》一折：“某想當日都是三兄弟失了徐州，悔之不及。”《官場現形記》三五回：“設或耽擱下來，被人家弄了去，豈不是悔之不及。”也作“悔之無及”。《史記·伍子胥傳》：“願王釋齊而先越，若不然，後將悔之無及。”《警世通言·杜十娘怒沉百寶箱》：“恐那時人財兩失，悔之無及也。”魯迅《且介亭雜文末編·三月的租借》：“當初以為可以不觸犯某一個人，後來才知道觸犯了一個以上，真是‘悔之無及’。”同 悔之晚矣、悔不當初。反 無怨無悔。

【悔之晚矣】huǐ zhī wǎn yǐ 錯已鑄成，後悔也來不及了。元代無名氏《誶范叔》一折：“有一日兵臨城下，將你魏國踏踏的粉碎，那其間則怕你悔之晚矣。”明代沈受先《三元記·錯認》：“你這樣人，言清行濁，人面獸心！好好還我，養你廉恥，若不肯，執送官司，那時悔之晚矣。”◇年輕時吊兒郎當混日子，到如今溫飽難求，悔之晚矣。同 後悔莫及。

【悔之無及】huǐ zhī wú jí 見“悔之不及”。

【悔恨交加】huǐ hèn jiāo jiā 交加：疊加在一起。既後悔又怨恨，非常懊惱痛悔。◇她悔恨交加，埋怨自己沒有花心思找個好伴侶，終日面對目不識丁的老公，心中很不是滋味。同 悔之晚矣、痛悔不及。

【悔過自新】huǐ guò zì xīn 痛下決心悔改，使自己成為全新的人。《史記·吳王濞列傳》：“今吳王前有太子之隙，詐稱病不朝，於古法當誅，文帝弗忍，因賜几杖，德至厚也，當改過自新。”《說岳全傳》五二回：“你們不必窮究，待他悔過自新便了。”◇出獄後熱心公益，樂於助人，人們都說他確實悔過自新了。同 改過自新。反 死不改悔。

【悅近來遠】yuè jìn lái yuǎn《論語·子路》：“葉公問政，子曰：‘近者說（悅），遠者來。’”說讓近者悅服，使遠者來歸附。後用“悅近來遠”、“近悅遠來”形容政治清明，社會安定。唐代李徵古《廬江宴集記》：“近悅遠來，雲附影從。”《梁書·敬帝紀》：“佈德施眷，悅近來遠，開蕩蕩之王道，革靡靡之商俗。”《魏書·楊椿傳》：“是以先朝居之於荒服之間者，正欲悅近來遠，招附殊俗，亦以別華戎、異內外也。”

【惹火燒身】rě huǒ shāo shēn 引火來燒自己。比喻自己招來災禍。明代無名氏《白兔記·逼書》：“今日與你盤纏，遲延，少待乞大拳，披麻惹火燒身怨，莫待等江心補漏船。”沙汀《淘金記》一四：“那個名叫鍾老善人的老頭，摸着鬍子狠狠盯她一眼，警告她不要惹火燒身。”同 引火燒身。

【惹事生非】rě shì shēng fēi 引起爭執糾紛或闖出亂子。《喻世明言》卷三六：“如今再說一個富家，安分守己，並不惹事生非；只為一點慳吝未除，便弄出非常大事。”◇有人說他愛惹事生非，不好好當作家寫小說，反而領頭跟政府過不去。也作“惹是生非”。巴金《春》二一：“你這樣大了，一天還惹是生非！”同 惹事招非。

【惹事招非】rě shì zhāo fēi 引起糾紛，鬧出事來。也作“惹是招非”。《星命溯源·論五星守命》：“天馬地驛會木孛，一生惹事招非。”《京本通俗小說·志誠張主管》：“你許多時不行這條路，如今去端門看燈，從張員外門前過，又去惹是招非。”明代萬民英《三命通會·論正財》：“官星若見，平生惹是招非。”同 惹是生非、惹事生非。反 安分守己。

【惹是生非】rě shì shēng fēi 見“惹事生非”。

【惹是招非】rě shì zhāo fēi 見“惹事招非”。

【惹草拈花】rě cǎo niān huā 比喻男女調情或勾引挑逗對方。元代王實甫《西廂記》一本第二折：“我從來斬釘截鐵常居一，不似恁惹草拈花沒掂三。”◇無端指責我惹草拈花，我百思不得其解，我哪裏做過這等事？同 拈花惹草、惹草粘花。反 潔身自好。

【惹草粘花】rě cǎo nián huā 比喻男女調情或勾引挑逗對方。元代楊立齋《哨遍》套曲：“《三國志》無過說些戰伐，也不希咤，終少些團香弄玉，惹草粘花。”《官場現形記》三八回：“卻說湍制台九姨太身邊的那個大丫頭，自見湍制台屬意於他，他便有心惹草粘花，時向湍制台跟前勾搭。”

【惡有惡報】è yǒu è bào 惡報：原為佛教語，指做惡事而自食其果的報應。後借用“惡有惡報”說作惡者最終會遭受惡的報應。常與“善有善報”連用。《瓔珞經·有行無行品》：“又問目連：‘何者是行報耶？’目連白佛言：‘隨其緣對，善有善報，惡有惡報。’”《金瓶梅》一回：“正是善有善報，惡有惡報，天網恢恢，疏而不漏。”◇俗話說“惡有惡報，善有善報”，在現實生活中確實有這樣的結局，至少可以說大部分人終歸會得到這樣的結局。反 善有善報。

【惡衣粗食】è yī cū shí 見“惡衣糲食”。

【惡衣菲食】è yī fěi shí 見“惡衣惡食”。

【惡衣惡食】è yī è shí 惡：粗劣。穿破舊或質地差的衣服，吃粗糙的食物。形容生活清苦或儉樸。《論語·里仁》：“士志於道，而恥惡衣惡食，未足與議也。”《漢書·王莽傳上》：“惡衣惡食，陋車駑馬。”宋代王安石《永安縣太君蔣氏墓誌銘》：“惡衣惡食，御之不慍。”也作“惡衣菲食”。菲：薄，品質差。《梁書·太祖張皇后等傳序》：“高祖撥亂反正，深鑒奢逸，惡衣菲食，務先節儉。”《飛龍全傳》四七回：“朕自即位以來，惡衣菲食，與士卒同甘苦，爾等豈不知之！”《官場現形記》三四回：“每至一處放賑，往往惡衣菲食，與廝養同甘苦，奔馳於炎天烈日之中，實屬堅忍耐勞，難能可貴。”同 惡衣糲食、粗茶淡飯。反 錦衣玉食、美酒佳餚。

【惡衣糲食】è yī lì shí 糲：粗糙。粗劣的衣食。形容生活貧困或儉樸。宋代蘇軾《禮義信足以成德論》：“以為有國者皆當惡衣糲食，與農並耕而治，一人之身而為百工。”金代劉祁《歸潛志》卷五：“俄丁母艱，出館，居南京，從學者甚眾。束脩惟以市書，惡衣糲食，雖士宦如貧士也。”也作“惡衣粗食”。北魏楊衒之《洛陽伽藍記·城南高陽王寺》：“崇為尚書令，儀同三司，亦富傾天下，僮僕千人，而性多儉吝，惡衣粗食，食常無肉。”同 惡衣惡食、粗衣惡食。

【惡言惡語】è yán è yǔ 惡毒咒罵人的話或語氣兇狠的話。也作“惡言潑語”。《西遊記》五回：“那九個兇神，惡言潑語，在門前罵戰哩！”《醒世姻緣傳》一〇〇回：“再說素姐病得一日重如一日，飲食日減，皮肉日消，半個月不能起牀，不惟沒了那些兇性，且是連那惡言惡語都盡數變得沒了。”《醒世姻緣傳》七三回：“這伊秀才又是個極柔懦的好人，在那佃房居住的人家，不肯惡言潑語，傷犯那些眾人，寧可自己受那細君的鳥氣。”同 惡言詈辭。反 甜言蜜語。

【惡言詈辭(詞)】è yán lì cí 詈：責罵。惡意中傷、肆意辱罵的言辭。唐代韓愈《上鄭尚書相公啟》：“分司郎官職事惟祠部為煩且重。愈獨判二年，日與宦者為敵，相伺候罪過，惡言詈辭，狼藉公牒，不敢為恥，實慮陷禍。”◇聽到這些惡言詈詞，她很氣忿，但更多的是替丈夫擔心。同 惡言惡語。反 甜言蜜語。

【惡性循環】è xìng xún huán 惡性：指能產生不良後果的。循環：事物週而復始地運動或變化。說若干有害的事物或因素互為因果，相互影響，週而復始，使情況越來越壞，後果越來越嚴重。◇面對歹徒行兇時，許多人因為怕報復而袖手旁觀，久而久之，冷漠麻木佔據上風，形成惡性循環。反 良性循環。

【惡貫滿盈】è guàn mǎn yíng 貫：一直下來；盈：滿。《尚書·泰誓上》：“商罪貫盈，天命誅之。”孔傳：“紂之為惡，一以貫之，惡貫已滿，天畢其命。”一貫作惡，罪惡累累，已到了該受懲罰的末日。元代無名氏《硃砂擔》四折：“淹死了他父親，強奪了他妻室。你今日惡貫滿盈，有何理說！”《醒世恆言•盧太學詩酒傲王侯》：“及至惡貫滿盈，被拿到官，情真罪當，料無生理。”◇怙惡不悛，惡貫滿盈，如今遭此報應，這可真叫天理昭昭。反 積善餘慶。

【惡紫奪朱】wù zǐ duó zhū 惡：討厭，憎恨。紫：藍和紅合成的顏色，古人認為是雜色，比喻異端。奪：亂。朱：大紅色，古人認為是正色，比喻正統。說厭惡用紫色混淆朱色。《論語•陽貨》：“惡紫之奪朱也，惡鄭聲之亂雅樂也，惡利口之覆邦家者。”後用“惡紫奪朱”比喻邪佞勝過正氣，異端壓倒真理。元代劉致《端正好》套曲：“不是我論黃數黑，怎禁他惡紫奪朱。”元代賈仲名《對玉梳》三折：“據此賊情理難容，傷時務，壞人倫，罪不容誅。一心待偎紅倚翠，論黃數黑，惡紫奪朱。”元代張國賓《薛仁貴》一折：“着甚來論黃數黑，也則是惡紫奪朱。”

【惡跡(迹)昭著】è jì zhāo zhù 昭著：明顯。惡劣的行跡非常明顯。多指惡行嚴重，人所共知。宋代鄭剛中《答潼川路于提刑》：“但先列罪人之詞，而繼之以今來勘狀，則惡跡昭著。”◇欺行霸市，惡迹昭著，方圓數里之內，畏之如虎。同 劣跡昭著、劣跡斑斑。

【惡意中傷】è yì zhòng shāng 懷着惡毒的用心造謠誣衊，誹謗、陷害別人。◇因為這件事，他一直對我心懷不滿，在背後散佈流言蜚語，惡意中傷，極大傷害了我。同 惡語中傷、惡語傷人。

【惡語中傷】è yǔ zhòng shāng 用惡毒的語言攻擊誣衊，傷害別人。◇面對接連不斷的惡語中傷，她一忍再忍，終於忍耐不下去了，她奮起反擊了。同 惡意中傷。

【惡語傷人】è yǔ shāng rén 用惡毒的語言傷害人，或說話尖酸刻毒，使人感到屈辱難堪。《五燈會元•洪州法昌倚遇禪師》：“利刀割肉瘡猶合，惡語傷人恨不銷。”元代王實甫《西廂記》三本二折：“別人行甜言美語三冬暖，我根前惡語傷人六月寒。”《飛龍全傳》一一回：“好兇徒！俺本慈心勸你，你反惡語傷人，不識好歹，怎肯輕饒！”◇不僅不感謝人家，反而出言不遜，惡語傷人，你怎麼這麼不懂事呢！同 惡語中傷、惡語相加。反 好言好語。

【惡積禍盈】è jī huò yíng 罪惡越積越多，禍害越來越大。形容罪大惡極，到了末日。《晉書•慕容暐載記》：“逆氐僭據關隴，號同王者，惡積禍盈，自相疑戮，釁起蕭牆，勢分四國。”唐代吳兢《貞觀政要•求諫》：“煬帝豈不以下無忠臣，身不聞過，惡積禍盈，滅亡斯及。”同 惡貫滿盈。

【惡聲惡氣】è shēng è qì 形容說話態度粗暴，語氣兇狠。◇我真不知道哪裏得罪了他，這幾天對我說話總是惡聲惡氣的。同 疾言厲色、聲色俱厲。反 細聲細氣、和顏悅色。

【惠而不費】huì ér bù fèi ❶ 施恩惠於人而自己又無所損耗。《論語•堯曰》：“因民之所利而利之，斯不亦惠而不費乎？”《晉書•食貨志》：“理財鈞施，惠而不費，政之善者也。”❷ 指順水人情。明代徐霖《繡襦記•鳴珂嘲宴》：“這叫做癡客勸主人，惠而不費。”《官場現形記》一七回：“這是惠而不費，我又何樂而不為呢。”錢鍾書《圍城》一：“蘇小姐早看見這糖惠而不費，就是船上早餐喝咖啡時用的方糖。”❸ 可得到實際好處而花費卻不多。惠：實惠。宋代劉克莊《德與義田序》：“合眾力為之，惠而不費，三利也。”《禪真後史》一一回：“太太、安人的佳城，託在某身上，管取地好價輕，惠而不費。”同 施而不費。

【惠風和暢】huì fēng hé chàng 惠風：和風。天氣宜人，柔和的春風使人感到溫暖舒暢。晉代王羲之《蘭亭集序》：“是日也，天朗氣清，惠風和暢。”◇在歐洲旅遊這些天，不冷不熱，惠風和暢，我們正巧趕上好天氣。反 狂風暴雨。

【惠然肯來】huì rán kěn lái《詩•終風》：“終風且霾，惠然肯來。”說客人願意來，這可算是施恩於我。後多用作迎客的敬辭，等於說“賞光蒞臨”。唐代韓愈《與少室李拾遺書》：“想拾遺公冠帶就車，惠然肯來。”清代李漁《閒情偶寄•療病》：“凡人有生平嚮往、未經謀面者，如其惠然肯來，以之當藥，其為效也更捷。”魯迅《書信集•致許壽裳》：“希君惠然肯來，則殘臘未盡，猶能良覿，當為一述吾越學界中魚龍曼衍之戲。”

【悲天憫人】bēi tiān mǐn rén 天：指時世；憫：憐憫。哀歎世事艱難，憐憫人民的疾苦。形容憂國憂民的感傷心情。清代黃宗羲《朱人遠墓誌銘》：“嗟乎！人遠悲天憫人之懷，豈為一己之不遇乎！”清代羽衣女士《東歐女豪傑》三回：“心中感觸了好些時事，只覺得惡俗世界無一是處，忍不住那一腔悲天憫人的熱情沸將上來。”◇目睹了這一幕悲劇，她那純正無邪的腦子裏，不覺增添了一種悲天憫人的想法。同 憂國憂民。

【悲不自勝】bēi bù zì shèng 勝：禁得起，承受得住。說悲傷到自己無法承受。形容極度悲痛。《燕丹子》卷下：“太子聞之，自駕往，伏於期屍而哭，悲不自勝。”《禪真逸史》一一回：“言畢，淚如湧泉，悲不自勝。”《二刻拍案驚奇》卷三七：“美人聽罷，不覺驚歎道：‘數年之好，止於此乎？郎宜自愛，勉圖後福，我不得伏侍左右了。’欷歔泣下，悲不自勝。”同 悲痛欲絕。反 喜不自勝。

【悲從中來】bēi cóng zhōng lái 悲痛哀傷之情從心底裏湧出來。三國魏曹操《短歌行》：“憂從中來，不可斷絕。”王小鷹《呂后•宮廷玩偶》七：“劉盈被母后說得啞口無言，愣怔片刻，只想到如意小小年紀便作了替死鬼，悲從中來，眼淚撲簌簌滾下。”反 喜出望外。

【悲喜交加】bēi xǐ jiāo jiā 見“悲喜交集”。

【悲喜交集】bēi xǐ jiāo jí 悲痛和喜悅的心情交織在一起。形容又喜又悲的複雜心情。晉代王廙《奏中興賦上疏》：“聞問之日，悲喜交集。”《古今小說•沈小霞相會出師表》：“一家骨肉重逢，悲喜交集。”《三國演義》一九回：“兩個敘話畢，一同引兵來見玄德，哭拜於地。玄德悲喜交集，引二人見曹操，便隨操入徐州。”也作“悲喜交加”。《興唐傳•鬧花燈》：“秦母一看兒子回來了，也是悲喜交加。”孫犁《囑咐》：“不是甚麼悲喜交加的情緒，這是一種沉重的壓迫，對戰士的心的極大的消耗。”同 百感交集。反 無動於衷。

【悲痛(慟)欲絕】bēi tòng yù jué 悲傷痛心得快要氣絕昏死過去。形容極度悲痛。《飛龍全傳》四七回：“(周主) 言訖而崩。在位三年，壽五十三歲。柴后、晉王悲痛欲絕，哭泣不止。”《檮杌萃編》一九回：“這位名士得了信，可憐悲痛欲絕，卻是無處申冤。”◇媽媽聽到兒子殉職的噩耗，頓時悲慟欲絕，泣不成聲。同 痛不欲生。反 欣喜若狂。

【悲歌慷(忼)慨】bēi gē kāng kǎi 悲歌：悲壯地歌唱。慷慨：情緒激昂。情緒悲壯，激昂地高歌。形容英雄末路或壯士途窮時的壯烈氣概。《史記•項羽本紀》：“於是項王乃悲歌忼慨，自為詩曰：‘力拔山兮氣蓋世，時不利兮騅不逝。騅不逝兮可奈何，虞兮虞兮奈若何！’”宋代謝翱《登西台慟哭記》：“後明年，公以事過張睢陽及顏杲卿所嘗往來處，悲歌慷慨，卒不負其言而從之遊。今其詩具在，可考也。”郁達夫《寂寞的春朝》：“在這樣好的春日，又當這樣有為的壯年，我難道也只能同陳龍川一樣，做點悲歌慷慨的空文，就算了結了麼？”同 慷慨悲歌。

【悲憤填膺】bēi fèn tián yīng 膺：胸。形容心中充滿了悲痛和憤怒。南朝梁江淹《恨賦》：“置酒欲飲，悲來填膺。”清代傷時子《蒼鷹擊》六折：“草頭朝露，貴賤都虛度。悲憤填膺莫訴，壯懷孤負。”唐弢《友誼的選擇》：“對於這種‘血的買賣’，魯迅悲憤填膺，鄙夷地斥之為‘無恥’。”同 義憤填膺。反 麻木不仁。

【悲歡聚散】bēi huān jù sàn 悲傷與歡樂，團聚與離散。指人世間幸福與不幸的種種遭遇及其不同的心情。《群音類選•四德記•友餞馮商》：“且痛飲瓊漿百盞，何苦惜分離，這悲歡聚散，元無定期。”◇童年的記憶最單純最真切，影響最深最久，種種悲歡聚散、酸甜苦辣，回想起來，彷彿都在眼前。同 悲歡離合、離合悲歡。

【悲歡離合】bēi huān lí hé 悲哀、歡樂、離別和團聚。指人們所經歷的悲歡離合以及其他種種境遇，或者是處在這種境遇中的複雜心情。宋代蘇軾《水調歌頭》詞："人有悲歡離合，月有陰晴圓缺，此事古難全。但願人長久，千里共嬋娟。"《警世通言·蘇知縣羅衫再合》："今日說一樁異聞，單為財色二字弄出天大的禍來。後來悲歡離合，做了錦片一場佳話。"清代袁於令《西樓記·標目》："試看悲歡離合處，從教打動人腸。"同 離合悲歡、喜怒哀樂。

【悲觀厭世】bēi guān yàn shì 消極頹喪，厭倦人生。說對生活失去信心，喪失了生存的意志。施蟄存《論老年》："另外還有一種悲觀厭世的老人，他們是犬儒主義者。你去訪問他，他招待你，客氣得很，顯得很殷勤。但是，他只聽你講，絕不搭話，而且對你講的話，他一點反應也沒有。"◇在他晚年的作品中，不經意間，常常流露出悲觀厭世的情緒。反 奮發向上。

【情不自禁】qíng bù zì jīn 形容感情激動，一時控制不住自己。南朝梁劉遵《七夕穿針》詩："步月如有意，情來不自禁。"《紅樓夢》一五回："寶玉情不自禁，然身在車上，只得眼角留情而已。"巴金《談〈憩園〉》："我是個喜歡嘮叨的作者，有時情不自禁會向讀者談起自己的創作。"◇一聽到樂曲聲，就情不自禁地打起了拍子。同 不由自主。

【情文並茂】qíng wén bìng mào 文章的內容與文采都十分美好。清代珠泉居士《續板橋雜記·二湯》："桐邑楊米人曾為二姬作《雙珠記傳奇》，情文並茂，惜尚秘之枕函，余未得而讀之。"◇西漢的散文注重描繪人物形象，力求情文並茂，注意反映社會現實。

【情有可原】qíng yǒu kě yuán《後漢書·霍諝傳》："光之所坐，情既可原，守闕連年，而終不見理。"說在情理上有可以原諒的地方。唐代陸贄《加王武俊李抱真官封並招諭朱滔詔》："朕以罪不相及，情有可原，待以如初之誠，廣其自新之路。"《水滸全傳》九七回："田虎叛逆，法在必誅，其餘脅從，情有可原。"葉聖陶《一個練習生》："他既不是存心去參加，似乎情有可原。"反 情理難容。

【情同一家】qíng tóng yī jiā 情誼深厚，如同一家人。《梁書·蕭子恪傳》："齊業之初，亦是甘苦共嘗，腹心在我。卿兄弟年少，理當不悉。我與卿兄弟，便是情同一家。"元代吳澄《祭袁主一文》："與兄同里，情同一家，後締姻親，交誼逾密。"◇多年來，她與鄰里和睦相處，互幫互助，情同一家。

【情同手足】qíng tóng shǒu zú 手足：喻指兄弟。形容情誼深厚，如同同胞兄弟。也作"情若手足"。明代邵景詹《覓燈因話·貞烈墓記》："乃顧視其卒，周其飲食，寬其桎梏，情若手足，卒感激入骨。"《封神演義》四一回："辛環曰：'名姓雖殊，情同手足。'"古華《南灣鎮逸事》："他跟肖連河幾十年來患難與共，情同手足，在鎮上是盡人皆知的。"同 情同骨肉、親如手足。

【情同骨肉】qíng tóng gǔ ròu 骨肉：比喻父母、兄弟、姐妹、子女等血親。形容情誼深厚如同至親。南朝梁王筠《與雲僧正書》："弟子宿值善因，早蒙親眷，情同骨肉，義等金蘭。"《三國演義》四七回："我與公覆，情同骨肉，徑來為獻密書，未知丞相肯容納否？"◇唐代大文學家韓愈，三歲喪父，靠兄嫂撫養，與姪兒十二郎自幼相守，情同骨肉，親如手足。同 情同手足。

【情投意合】qíng tóu yì hé 雙方感情融洽，心意一致。投：相合。《西遊記》二七回："那鎮元子與行者結為兄弟，兩人情投意合。"《紅樓夢》六六回："依你說，你兩個已是情投意合了。竟把你許了他，豈不好？"朱自清《〈燕知草〉序》："好風景固然可以打動人心，但若得幾個情投意合的人，相與徜徉其間，那才真有味。"同 情投意恰。

【情見乎辭】qíng xiàn hū cí《易經·繫辭

下》："爻象動乎內，吉凶見乎外，功業見乎變，聖人之情見乎辭。"見：同"現"。後以"情見乎辭"説真情從言辭中流露出來。晉代杜預《〈春秋經傳集解〉序》："若夫製作之文，所以彰往考來，情見乎辭。言高則旨遠，辭約則義微，此理之常，非隱之也。"宋代陸九淵《孝文大功數十論》："蓋聖愚邪正雖異，而情見乎辭則同。"◇年紀不大，著作卻不少，有評論，有雜感，有抒情散文，雖文體不一，而各篇無一不是酣暢淋漓，情見乎辭，可以説是天賦才華。

【情若手足】qíng ruò shǒu zú 見"情同手足"。

【情急智生】qíng jí zhì shēng 智：計謀。情況緊急時，突然想出了對付的辦法。《官場現形記》二二回："湯升情急智生，忽然想出一條主意。"◇無奈她逼迫得緊，情急智生，説母親急事叫他，這才脱身走了。同 急中生智。反 束手無策。

【情理難容】qíng lǐ nán róng 於情於理都難以容忍。元代高文秀《黑旋風》四折："我想那潑無徒賊子，更和那浪包婁，出盡了醜，醜。情理難容，殺人可恕，怎生能彀。"《初刻拍案驚奇》卷一一："明知這事有些尷尬，也將來草草問成。竟不想殺人可恕，情理難容。"◇蠢人説話做事，往往無視情理，結果是情理難容，人際關係越來越緊張，路子越走越窄，自討苦吃。同 天理難容。

【情深似海】qíng shēn sì hǎi 形容情誼像海一樣深重。明代崔時佩《南西廂記·許婚借援》："自那日忽睹多才，不覺每上心來，春悶好難捱，畢竟情深似海。"◇人家説，我和把兄弟情深似海，我姓馬他姓侯，正應了"馬上封侯"的吉利彩頭。同 情深如海。反 情斷義絕。

【情景交融】qíng jǐng jiāo róng 感情活動同環境景物交織結合在一起。宋代張炎《詞源·離情》："離情當如此作，全在情景交融，得言外意。"王力《語言與文學》："後來'興'發展為觸景生情，情景交融，託情於景。"◇影片中情景交融的場面着實讓人感動。

【情隨事遷】qíng suí shì qiān 感情隨着世事的變遷而發生變化。遷：變遷、變化。晉代王羲之《蘭亭集序》："及其所之既倦，情隨事遷，感慨係之矣！"魯迅《墳·看鏡有感》："因為翻衣箱，翻出幾面古銅鏡子來，大概是民國初年初到北京時候買在那裏的，'情隨事遷'，全然忘卻，宛如見了隔世的東西了。"

【情竇初開】qíng dòu chū kāi 指青少年內心的情愛開始萌動，剛剛懂得一點愛情。清代李漁《蜃中樓·耳卜》："我和你情竇初開之際，就等到如今了。"清代余治《得一錄·翼化堂條約》："試思少年子弟，情竇初開，一經寓目，魂銷魄奪，因之墮入狹邪。"柯興《使命與情網》："使這個情竇初開的姑娘，第一次嘗到了愛的甘露——原來是那樣醇美，那樣芬芳，那樣醉心柔腸！"反 情場老手。

【悵然若失】chàng rán ruò shī 見"惘然若失"。

【惜玉憐香】xī yù lián xiāng 玉、香：比喻美好的女子。形容對女子的溫情愛憐。元代張可久《普天樂·收心》曲："闗心三月春，開口千金笑，惜玉憐香何時了。"《兒女英雄傳》二三回："何小姐又把安公子看得似門外蕭郎，略無惜玉憐香的私意。"同 憐香惜玉。

【惜老憐貧】xī lǎo lián pín 愛護老年人，同情貧苦人。《紅樓夢》三九回："我們老太太最是惜老憐貧的，比不得那個狂三詐四的那些人。"◇老來更加惜老憐貧，隔三差五散些錢財給鄰居幾個鰥寡獨身老人。同 敬老憐貧、惜孤念寡。

【惜墨如金】xī mò rú jīn 惜：吝惜。吝惜筆墨如同吝惜金子。説繪畫時不輕易落筆，用墨必恰到好處。後也形容寫字、寫文章態度嚴謹，不隨便下筆。宋代費樞《釣磯立談》："李營丘惜墨如金。"清代趙翼《批閱唐宋詩感賦》："贏得老夫長斂手，剩誇惜墨貴如金。"巴金《談自己的創作·小序》："我真羨慕那些能夠做到'惜墨如金'的人。"

【悼心失圖】dào xīn shī tú《左傳·昭公七年》："孤與其二三臣悼心失圖，社稷之不皇，況能懷思君德？”説因痛心而顧不及思考謀劃，以致失去主張，不知所措。《後漢書•陸康傳》：“陛下聖德承天，當隆盛化，而卒被詔書。畝斂田錢，鑄作銅人，伏讀惆悵，悼心失圖。”南朝梁任昉《為齊明帝讓宣城郡公表》：“悼心失圖，泣血待旦。”《新唐書•獨孤及傳》：“忍令宗廟有累卵之危，萬姓悼心失圖，臣實懼焉。”

【惝恍(怳)迷離】chǎng huǎng mí lí 惝恍：恍惚。迷離：模糊不明。形容模模糊糊，恍恍惚惚，不清不楚。也作”迷離惝恍”。清代紀昀《閱微草堂筆記•槐西雜志三》：“惟留二百餘金，恰足兩月餘酒食費，一家迷離惝恍，如夢乍回。”《孽海花》四回：“庭中一半似銀海一般的白，一半卻迷離惝恍，搖曳着桐葉的黑影。”嚴復《救亡決論》：“若夫詞章一道，本與經濟殊科，不妨放達，故雖極蜃樓海市，惝怳迷離，皆足移情遣意。”◇似乎醒着，又似乎睡着，處在一種惝恍迷離的境地。同 迷離恍惚。

【惘然若失】wǎng rán ruò shī 好像丢失心愛的東西一樣，內心惆悵失意，空洞迷惘。《後漢書•黃憲傳》：“是時同郡戴良，才高倨傲，而見憲未嘗不正容，及歸，惘然若有失也。”清代頤瑣《黃繡球》五回：“黃通理惘然若失，無法可施，急忙趕至衙前。”也作“悵然若失”。《聊齋誌異•牛成章》：“主人視其里居、姓氏，似有所動，問所從來。忠泣訴父名，主人悵然若失，久之，問曰：‘而母無恙乎？’。”

【悱惻纏綿】fěi cè chán mián 形容心緒悲苦抑鬱，難以排遣，或形容詩文、音樂的情調哀怨動人。《檮杌萃編》八回：“獨有這種含意不伸、幽懷難寫的，説他是無情，卻有無限的悱惻纏綿在那語言眉目之外，説他是有情，又有一種端莊大雅在那起居言動之間，叫人親不能親，放又放不下。”清代嬴宗秀女《六月霜》二折：“寧不願風肆好，月長圓。樂融融，悱惻纏綿，堪媲美孟和桓。”瞿秋白《餓鄉紀程》三：“我記得，我心靈裏清純潔白一點愛性，已經經過悱惻纏綿的一番鍛鍊，如今好像殘秋垂柳，着了嚴霜，奄奄地沒有甚麼生意了。”也作“纏綿悱惻”。清代王夫之《薑齋詩話》卷下：“長言永歎，以寫纏綿悱惻之情，詩本教也。”梁啟超《屈原研究》：“有許多話講了又講，正見得纏綿悱惻，一往情深。”

【惟我獨尊】wéi wǒ dú zūn 尊：尊貴。《續傳燈錄•宗元庵主》：“世尊生下，一手指天，一手指地云：‘天上天下，惟我獨尊。’”説佛陀至上至尊，天地惟一。後藉以表示一切由我説了算，或形容狂妄自大、目空一切。也作“唯我獨尊”。元代劉長卿《降桑椹》二折：“我做太醫溫存，醫道中惟我獨尊。”元代無名氏《連環記》一折：“孤家看來，朝內朝外，唯我獨尊。”《官場現形記》四九回：“張太太一向是惟我獨尊的，如今聽説要拿家當分派，意思之間以為：‘這個家除了我更有何人？’便有點不高興。”《民國通俗演義》三六回：“卻説袁總統既削平異黨，摧殘議院……當然有籠壓全國，惟我獨尊的氣勢。”同 定於一尊、夜郎自大。

【惟利是圖】wéi lì shì tú 等於説“惟圖利”。《左傳•成公十三年》：“余雖與晉出入，余唯利是視。”後用“惟利是圖”、“唯利是圖”説只為貪錢圖利，別的甚麼都不管。晉代葛洪《抱朴子•勤求》：“名過其實，由於誇誑，內抱貪濁，惟利是圖。”《初刻拍案驚奇》卷二十：“每見貪酷小人，惟利是圖，不過使幾家治下百姓，賣兒貼婦，充其囊橐。”梁啟超《霍布士學案》：“人人唯利是圖，絕無道德。”

【惟妙惟肖】wéi miào wéi xiào 妙：巧妙；肖：相似、逼真。形容模仿或描寫得極其傳神，非常相似。也作“唯妙唯肖”。老舍《趙子曰》一四：“這樣從鑼鼓中把古人的一舉一動形容得唯妙唯肖。”朱自清《“老張的哲學”與“趙子曰”》：“這裏寫趙姑母的嘮叨和龍鍾，惟妙惟肖。”同 維妙維肖。

【惟命是聽】wéi mìng shì tīng 等於説“惟聽命”。絕對聽從命令，完全服從。《左傳•宣公十二年》：“使君懷怒以及敝邑，孤之罪也，敢不惟命是聽。”《史記•越王勾踐世家》：“今君王舉玉趾而誅孤臣，孤臣惟命是聽。”《聊齋誌異•黃九郎》：“能矢山河，勿令秋扇見捐，則惟命是聽。”老舍《女店員》第三幕：“女同志的意見，我惟命是聽。” 同 惟命是從。

【惓惓之意】quán quán zhī yì 見“拳拳之忱”。

【悶悶不悦】mèn mèn bù yuè 見“悶悶不樂”。

【悶悶不樂】mèn mèn bù lè 悶悶：心情不舒暢。形容心事重重，抑鬱煩悶，情緒低落。《三國演義》一八回：“(陳宮)意欲棄布他往，卻又不忍，又怕被人嗤笑，乃終日悶悶不樂。”《蕩寇志》八六回：“當夜永清悶悶不樂，燈下披甲觀書。”《鏡花緣》四四回：“小山聽了，悶悶不樂，只得同眾人仍歸舊路，慢慢來到岸邊。” 也作“悶悶不悦”。《警世通言•趙太祖千里送京娘》：“京娘悶悶不悦，心生一計，於路只推腹痛難忍，幾遍要解。要公子扶他上馬，又扶他下馬。一上一下，將身偎貼公子，挽頸勾肩，萬般旖旎。” 同 鬱鬱寡歡。反 興高采烈。

【想入非非】xiǎng rù fēi fēi《楞嚴經》卷九：“於無盡中發宣盡性，如存不存，若盡非盡，如是一類，名為非想非非想處。” 非非：佛教語，指凡人達不到的玄妙境界。後以“想入非非”比喻不着邊際或不切實際地胡思亂想。《官場現形記》四七：“施大哥好才情，真要算得想入非非的了。”《啼笑因緣續集》三十回：“沈國英坐在她對面……未免有些想入非非。” 同 非分之想。

【想方設法】xiǎng fāng shè fǎ 想盡各種方法。◇窮人的日子真是難啊，小小年紀就得想方設法，屈膝乞求，弄幾個養家糊口的錢。同 千方百計。

【想望風采】xiǎng wàng fēng cǎi 風采：人的儀表、神采。《漢書•霍光傳》：“初輔幼主，政自己出，天下想聞其風采。” 後以“想望風采”表示希望能親眼看到自己所敬重、仰慕的人。《新唐書•二李傳》：“屢言元衡材，宜還為相。及再輔政，天下想望風采。” 宋代徐夢莘《三朝北盟會編》卷六十：“晚年既登要路，天下之人想望風采。” ◇先生的品德學問如雷貫耳，想望風采已久，今日得會，實三生有幸。

【感人肺腑】gǎn rén fèi fǔ 形容非常感人，深入內心。唐代劉禹錫《唐故相國李公集紀》：“今考其文至論事疏，感人肺肝，毛髮皆聳。” 宋代魏了翁《丐祠上史丞相》：“曲荷鈞慈軫教以治療之法，感入肺腑。” ◇他拉起我的手坐在沙發上，和我做了一次感人肺腑、永生難忘的談話。同 感激涕零、感人心脾。反 恨之入骨。

【感天動地】gǎn tiān dòng dì 連天地也受到感應，有所反應。形容事情影響極大或感人至深。《五燈會元•杭州靈隱清聳禪師》：“僧問：‘諸佛出世，說法度人，感天動地。和尚出世，有何祥瑞？’”《雲笈七籤•老子中經下》：“三合之歲，水旱兵飢，災害並起；三合之歲，陰陽隔並，感天動地，害氣流行。” ◇她說如果把她的愛情故事講出來，足以感天動地。反 微不足道、不值一哂。

【感同身受】gǎn tóng shēn shòu 身：親身、親自。❶內心的感激之情，如同親身領受恩惠一樣。多用於向對方致謝。清代孫希孟《轟天雷》二回：“再者北山在京，萬事求二兄代為照顧，感同身受。” ❷泛指如同自己親自經歷體驗過或承受到的感受一樣。◇我雖然不在災區，但對你經受的苦難感同身受。

【感恩圖報】gǎn ēn tú bào 感懷別人給予的恩惠，想着要報答。明代胡世寧《乞恩辭免陞俸疏》：“臣時感恩圖報，不忍緘默，乃欲極言治道於後，而敢僭言大禮於先。”《平定準噶爾方略》卷三二：“苟有人心，必無不知感恩圖報之理。”《兒女英雄傳》二三回：“又解囊贈金，借弓退寇，受他許多恩情，正在一心感恩圖報。” 同 結草銜環、知恩圖報。反 恩將仇報、以怨報德。

【感恩戴德】gǎn ēn dài dé 戴：尊奉、推崇。對別人給予自己的恩惠，銘記在內心，感激不忘。清代羽衣女士《東歐女豪傑》三回："偶有一個狡猾的民賊出來，略用些小恩小惠來撫弄他，他便歡天喜地，感恩戴德。"◇別人給她一點好處，她便感恩戴德，總是掛在嘴邊。同 感恩懷德、感激不盡。反 以怨報德、恩將仇報。

【感情用事】gǎn qíng yòng shì 遇事不冷靜，僅憑個人好惡或一時情緒好壞處理。◇這事可不能感情用事，要是處理不好，她母女有個好歹，那可怎麼辦？同 意氣用事。反 三思而行、深思熟慮。

【感慨係之】gǎn kǎi xì zhī 因內心受到深刻觸動而引起無限的感慨。也作"感慨繫之"。晉代王羲之《蘭亭集序》："當其欣於所遇，暫得於己，快然自足，曾不知老之將至。及其所之既倦，情隨事遷，感慨係之矣。"宋代文敬所《與餘學胡先生書》："出一生於萬死，而又得與梅巖結迂叟康節鄉人之好，欣幸之餘，感慨係之矣。"《唐宋詩醇·杜甫〈樂遊園歌〉》："極歡宴時不勝身世之感，臨川《蘭亭記序》所云'情隨事遷，感慨繫之'也。"周而復《上海的早晨》四十八："他感慨係之地搖搖頭説，'這次改選棉紡公會，我總覺得不夠慎重。'"同 感慨萬千、感慨萬端。反 心如死灰、心如古井。

【感慨萬千】gǎn kǎi wàn qiān 見"感慨萬端"。

【感慨萬分】gǎn kǎi wàn fēn 見"感慨萬端"。

【感慨萬端】gǎn kǎi wàn duān 形容感觸極多，感慨很深。也作"感慨萬分"、"感慨萬千"。古龍《劍毒梅香》四："這時他重行入關，想起自己身上的重擔，不禁又是感慨萬千。"◇他的眉頭皺得更緊，彷彿憂慮重重，感慨萬端／一邊自斟自飲，一邊回想此次離家後的種種遭遇，不禁感慨萬分。

【感慨繫之】gǎn kǎi xì zhī 見"感慨係之"。

【感激不盡】gǎn jī bù jìn 形容內心極其感激，無法全部表達出來。《水滸傳》一二回："人非草木，豈不知泰山之恩？提攜之力，感激不盡！"《平定準噶爾方略》卷四十九："荷蒙大皇帝天恩，准在肅州就近貿易，甚為便益。我等眾人仰戴大皇帝恩德，實屬感激不盡。"◇等我離職的時候，你肯替我説句好話，我就感激不盡了。同 不盡感激、感激涕零。反 恩將仇報、背恩反筮。

【感激涕零】gǎn jī tì líng 因感激而流淚。形容非常感激。宋代楊時《辭免諫議侍講》三："特恩曲被，感激涕零。"《紅樓夢》一〇五回："賈政感激涕零，望北又謝了恩，仍上來聽候。"◇這一下更使老爸感激涕零，顫抖不已，幾乎跪了下去。同 感激不盡。

【愚不可及】yú bù kě jí ❶假裝愚笨的樣子別人比不上。《論語·公冶長》："寧武子，邦有道，則知；邦無道，則愚。其知可及也，其愚不可及也。"《晉書·文六王傳贊》："平原性理不恒，世莫之測，及其處亂離之際，屬交爭之秋，而能遠害全身，享茲介福，其愚不可及已。"《兒女英雄傳》三五回："安太太合舅太太説道：'我這位老姐姐怎麼這麼個實心眼兒？'安老爺道：'此所謂愚不可及也。'"❷形容非常愚蠢。魯迅《朝花夕拾·范愛農》："我們醉後常談些愚不可及的瘋話，連母親偶然聽到了也發笑。"梁曉聲《我的大學》："我當機立斷地站了起來，小莫卻仍愚不可及地怔怔坐着。"

【愚公移山】yú gōng yí shān 據《列子·湯問》載，古代有位被稱為愚公的老人，年近九十，率領子孫立志要鏟除家門前擋路的太行、王屋兩座大山，一個叫智叟的老人認為他們的想法很愚蠢。愚公卻説：只要子子孫孫挖山不止，終能將兩座大山除掉。後用"愚公移山"比喻做事有堅韌不拔的毅力和堅持不懈的精神。清代黃宗羲《張蒼水墓誌銘》："愚公移山，精衛填海，常人藐為説鈴，賢聖指為血路也。"王敬軒《文學革命之反響》："某雖具愚公移山之志，奈無魯揚揮戈之能。"同 精衛填海。反 知難而退。

【愚昧無知】yú mèi wú zhī 愚蠢糊塗，缺少知識，不明白事理。唐代玄奘《大唐西域記•羯若鞠闍國》："自顧寡德，國人推崇，令襲大位，光父之業，愚昧無知，敢希聖旨！"《明史•吳伯宗傳》："倘愚昧無知，亦聽其所為，不在旌表之例。"巴金《秋》一二："這是由於愚昧無知，她也許以為這樣對四妹並沒有害處。"同 愚不可及、愚眉肉眼。反 聰明伶俐、足智多謀。

【愁山悶海】chóu shān mèn hǎi 形容心情愁苦鬱悶。元代無名氏《爭報恩》二折："俺又不曾弄月嘲風，怎攬下這場愁山悶海？"同 愁腸百結、愁眉不展。

【愁多夜長】chóu duō yè cháng 愁多不眠，便覺夜間時光漫長。《古詩十九首》："孟冬寒氣至，北風何慘慄。愁多知夜長，仰觀眾星列。"宋代華岳《翠微南征錄•秋意次項子禮韻》詩："詩盡時尤闊，愁多夜更長。"◇嚴重的腰疾令她真正體會到了甚麼是痛苦不堪，甚麼是愁多夜長。

【愁眉不展】chóu méi bù zhǎn 內心憂愁，雙眉緊皺的樣子。唐代姚鵠《隨州獻李侍御》詩："舊隱每懷空竟夕，愁眉不展幾經春。"宋代胡銓《臨江仙•和陳景衞憶梅》詞："浪蘂浮花空滿眼，愁眉不展長顰。"《文明小史》三回："到得府衙門，齊巧柳知府送過縣首老師出去，獨自一個在那裏愁眉不展。"◇接不到訂單，總經理這些日子愁眉不展。同 愁眉苦臉。反 笑容滿面。

【愁眉苦眼】chóu méi kǔ yǎn 雙眉緊皺，眼神憂鬱。形容憂愁苦悶的神情。《兒女英雄傳》四十回："老爺全顧不來了，只擎着杯酒，愁眉苦眼，一言不發的在坐上發愣。"郁達夫《出奔》一："玉林夫婦外面雖也裝作愁眉苦眼，不能終日的樣子，但心裏卻在私私地打算。"同 愁眉苦臉。反 眉花眼笑。

【愁眉苦臉】chóu méi kǔ liǎn 皺着眉頭，哭喪着臉。形容心情憂鬱，愁容滿面。《儒林外史》四七回："成老爹氣的愁眉苦臉，只得自己走出去回那幾個鄉裏人去了。"《鏡花緣》九八回："又有許多肚腹膨脹之人，也是骨瘦如柴，飲食費力，個個愁眉苦臉，十分可憐。"張天翼《兒女們》："廉大爺剛才那副愁眉苦臉一下子給掃得乾乾淨淨，全身都來了勁兒。"同 愁眉苦眼、愁眉不展。反 滿面春風、喜氣洋洋。

【愁眉淚眼】chóu méi lèi yǎn 見"淚眼愁眉"。

【愁紅慘綠】chóu hóng cǎn lǜ 形容風吹雨打過後，花謝葉落的衰敗景象。宋代楊無咎《陽春》詞："厭滿、爭春凡木。盡憔悴、過了清明候，愁紅慘綠。"元代蘭楚芳《願成雙•春思》套曲："春初透，花正愁紅慘綠時節，待鴛鴦塚上長連枝，做一段風流話説。"同 慘綠愁紅。

【愁雲慘霧】chóu yún cǎn wù 形容景象淒涼慘澹或氣氛愁悶悲切。元代武漢臣《生金閣》四折："我則見黯黯的愁雲慘霧迷，晦，可早變的來天昏也那地黑。"◇股市一路下跌，市場一片愁雲慘霧。同 慘霧愁雲。反 雲開霧散、煙消雲散。

【愁腸百結】chóu cháng bǎi jié 腸子因憂愁而打成了很多結頭。形容憂愁很多，鬱結難舒。宋代沈遼《觀金沙花有感》詩："夭豔迎人意欲迷，不言正是怨深時。愁腸百結不堪續，惆悵年年開向誰？"明代李東陽《再得兆先書用前韻》："愁腸百結無端緒，多在晨炊與暮餐。"◇貨物賣不出去，欠款收不回來，銀行貸款到了期，令他這個當老總的愁腸百結。同 愁山悶海。反 眉開眼笑。

【愁緒如麻】chóu xù rú má 形容擔憂的事很多、很亂，難以理清。《平妖傳》三回："心兒裏愁緒如麻，把個活動動的人兒，都困做了籠中之鳥。"◇她想着生病的母親，一時間愁緒如麻。同 心緒如麻、心亂如麻。

【愁顏不展】chóu yán bù zhǎn 心裏充滿愁苦，沒有一點笑顏。明代沈采《千金記•省女》："奈我丈夫每日只是攻文習武，衣食艱苦，頗覺失望，從此愁顏不展。"◇勸了半天，她依然坐在原地，愁顏不展。同 愁眉不展、愁眉苦臉。反 歡天喜地、喜笑顏開。

【愛才如命】ài cái rú mìng 愛惜有才能的人如同愛自己的生命。形容非常愛才。

《宦海鐘》五回："這江西撫台姓梁……是一位秉性爽直、愛才如命的人。"◇劉備本是愛才如命的人，一旦聽説了諸葛亮，哪有不千方百計謀求之理。同 愛才若渴。

【愛才如渴】ài cái rú kě 見"愛才若渴"。

【愛才若渴】ài cái ruò kě 愛慕有才能的人，想得到他們如同乾渴時想喝水一樣。比喻極愛有才幹的人。清代沈季友《檇李詩繫·〈倦圃先生曹溶〉題解》："(晚年）置酒唱和無虛日，愛才若渴，四方之士倚為雅宗者四十年。"《老殘遊記》六回："老殘道：'宮保愛才若渴，兄弟實在欽佩的。'"也作"愛才如渴"◇只有愛才若渴的老闆，才能找到真正優秀的人才。同 愛才如命。

【愛不忍釋】ài bù rěn shì 形容對某東西極其喜歡，拿在手裏不捨得放下。清代康熙《御定佩文齋書畫譜·跋趙孟頫墨跡後》："朕於古人諸法書無不展玩臨摹，而於米、趙墨跡尤珍愛不忍釋手。"清代毛奇齡《仲氏易》卷二一："況王學既行，鄭學全廢，《易·木》書此，愛不忍釋。"《孽海花》一五回："彩雲一面賞玩，愛不忍釋，一面就道：'這是哪裏説起！倒費……'"◇書本裝幀精美，插圖出自名家手筆，翻閱之下，真讓人愛不忍釋。同 愛不釋手。

【愛不釋手】ài bù shì shǒu 釋：放下。拿起來就捨不得放手。形容喜愛之極。《兒女英雄傳》三五回："雖是不合他的路數，可奈文有定評，他看了也知道愛不釋手。"《文明小史》二二回："取出那兩件禮物，送給鄧門上看。鄧門上一見雕鏤精工，愛不釋手。"秦牧《藝海拾貝·菊花與金魚》："一套菊花郵票和一套金魚郵票，這兩套小彩畫都是令人看了愛不釋手的。"同 愛不忍釋。反 不屑一顧、棄若敝屣。

【愛民如子】ài mín rú zǐ 頌揚帝王或一方官員愛民的套語。説他們愛護百姓，仁慈得像父母之於子女。漢代荀悦《申鑒·雜言上》："或曰：'愛民如子，仁之至乎？'"《説岳全傳》七回："這位縣主老爺在這裏歷任九載，為官清正，真個'兩袖清風，愛民如子'。"

【愛如己出】ài rú jǐ chū 像對自己親生子女那樣關愛。明代解縉《古今列女傳·國朝》："后初未有子，撫育帝兄子文正、姊子李文忠及沐英等數人，愛如己出。"《喻世明言》卷一七："春娘無子，李英生一子，春娘抱之，愛如己出。"同 情同骨肉。反 視同陌路。

【愛如珍寶】ài rú zhēn bǎo 形容非常喜愛。《石點頭》卷一二："少年夫婦，頭胎便生個兒子，愛如珍寶。"《紅樓夢》五一回："生一個小姐必是愛如珍寶。"同 掌上明珠。

【愛屋及烏】ài wū jí wū 烏：烏鴉；及：達到。喜愛一個人，進而喜愛他屋頂上的烏鴉。比喻因愛一個人而連帶喜愛同那人有關的人或物。《尚書大傳》卷三："愛人者，兼其屋上之烏。"《孔叢子·連叢子下》："若夫顧其遺嗣，得與群臣同受釐福，此乃陛下愛屋及烏，惠下之道。"明代許自昌《水滸記·投膠》："他們都是你舅舅的相識，你何無愛屋及烏情？"《隋唐演義》八七回："楊妃平日愛這雪衣女，雖是那鸚鵡可愛可喜，然亦因是安祿山所獻，有愛屋及烏之意。"

【愛財如命】ài cái rú mìng 將錢財看得如同自己的生命。形容非常貪婪、吝嗇。《東歐女豪傑》四回："我想近來世界，不管甚麼英雄、甚麼豪傑，都是愛財如命，何況吃官司的。"同 見錢眼開、財迷心竅。反 樂善好施、一塵不染。

【愛莫之助】ài mò zhī zhù 見"愛莫能助"。

【愛莫能助】ài mò néng zhù《詩經·烝民》："維仲山甫舉之，愛莫助之。"後用"愛莫能助"表示雖然願意幫助，但力量不夠。宋代徐元傑《贈張君序》："余災患之餘，愛莫能助，姑書此告之。"明代許相卿《與崔同仁少參書》："聞遠仕老歸，清約如昨，某愛莫能助。"◇有幾個朋友説了許多愛莫能助、可憐她的話，更讓她心碎。也作"愛莫之助"。宋代陳亮《喻夏卿墓誌銘》："晚雖家事不如初，而親戚故舊之急難、族人子弟之美事，愛莫之助，每致其惓惓之意。”明代孫承恩《龔母蔣孺人壽文》：“子之為人英敏而潔修，吾於子愛莫之助。”

【愛國如家】ài guó rú jiā 國：本指諸侯國，後泛指國家。古代多指帝王、諸侯在自己的統治範圍內勤政愛民，施行仁政。漢代荀悦《列侯論》：“封建諸侯各世其位，欲使親民如子、愛國如家。”後多指像愛自己的家一樣愛國。明代胡世寧《乞定孝思早發宸斷以安世饗疏》：“然人臣為家則拘而為國不言，則亦非臣子愛君如父、愛國如家之心也。”

【愛惜羽毛】ài xī yǔ máo 漢代劉向《説苑•雜言》：“夫君子愛口，孔雀愛羽，虎豹愛爪，此皆所以治身法也。”後比喻處世謹慎，愛惜自己的名聲。周素園《貴州民黨痛史》四篇第三章：“葆真愛惜羽毛，既見抨擊，奉身引退。”◇學者要愛惜羽毛，就是要把學術研究和道德修養結合起來。

【愛富嫌貧】ài fù xián pín 見“嫌貧愛富”。

【愛憎分明】ài zēng fēn míng 喜愛甚麼，憎惡甚麼，分得非常清楚。曹禺《切忌淺嘗輒止》：“對於自己憎恨的人物，就寫那讓你恨得要死的地方；對於喜愛的人物，就寫你愛得要命的地方；這就要愛憎分明。”同 恩怨分明。反 是非不分。

【愛錢如命】ài qián rú mìng 愛錢如同愛自己的生命一樣。多形容貪財、吝嗇。明代謝讜《四喜記•大宋畢姻》：“既稱月老，又號冰人，愛錢如命，説謊通神。”老舍《駱駝祥子》五：“祥子不曉得這個……沒説甚麼，而自己掏腰包買了幾個燒餅。他愛錢如命，可是為維持事情，不得不狠了心。”同 愛財如命、財迷心竅。

【意在言外】yì zài yán wài 要表達的意思很委婉、含蓄，在文辭、語言之外。宋代衞湜《禮記集説》卷七七：“至敬無文，大禮必簡，固也。不曰充盛，而曰不盛不充，此意在言外，當反而求之。”明代楊慎《升庵詩話》：“蓋花卿在蜀頗僭用天子禮樂，子美作此諷之，而意在言外，最得詩人之旨。”老舍《四世同堂》二一：“這句話説得很不好聽，彷彿是意在言外的説：‘你不講交情，我也犯不上再客氣！’”同 弦外之音、話裏有話。反 直接了當、直截了當。

【意在筆先】yì zài bǐ xiān 繪畫、書法等藝術作品落筆創作之前，胸中已有創意。宋代韓拙《山水純全集•論用筆墨格法氣韻病》：“凡未操筆，當凝神著思，豫在目前，所以意在筆先，然後以格法推之，可謂得之於心，應之於手。”明代汪砢玉《珊瑚網•殫學》：“羲之曰：意在筆先，字居心後，存筋藏鋒，滅跡隱端而分起伏偃仰。”◇鄭板橋畫竹，總是意在筆先。也作“意在筆前”。晉代王羲之《題衞夫人〈筆陣圖〉後》：“夫欲書者，先乾研墨，凝神靜思，預想字形大小、偃仰、平直、振動，令筋脈相連，意在筆前，然後作字。”同 成竹在胸、胸有成竹。

【意在筆前】yì zài bǐ qián 見“意在筆先”。

【意味深長】yì wèi shēn cháng 形容説話、文章等內容深刻，富有哲理；或表達含蓄，耐人尋味。宋代衞湜《禮記集説》卷一五二：“然嘗試讀之，則反復吟詠之間，意味深長，義理通暢，使人心融神會，有不知手舞而足蹈者。”清代陸隴其《松陽講義•司馬牛問君子》：“但‘內省不疚’一語，意味深長，朱子以‘平日所為無愧於心’補夫子言外之意，可謂親切矣。”◇老師意味深長地説：“要想打好基礎，一定要學會思考。”同 語重心長、言近旨遠。

【意氣用事】yì qì yòng shì 遇事不冷靜對待，憑主觀情緒或一時衝動處理。明代唐順之《寄黃士尚遼東書》：“弟近來深覺往時意氣用事、腳根不實之病，方欲洗滌心源，從獨知處着功夫。”清代陸隴其《四書講義困勉錄•邦有道》：“姚承庵曰：危言危行非是意氣用事，只是當言當行的無所顧忌。”◇你容易意氣用事，妨礙你成就大業。同 魯莽滅裂、感情用事。反 三思而行、深思熟慮。

【意氣相投】yì qì xiāng tóu 彼此的志趣性格合得來。宋代張元幹《載酒分付老拙》詩：“平生公輩真豪友，意氣相投共杯酒。”明代高濂《玉簪記•促試》：“我想陳妙常與我侄兒，兩下青春佳麗，意氣相投。”◇順治十六年，蒲松齡二十歲，他與幾個意氣相投的好友組成“郢中詩社”。同 情投意合、氣味相投。反 話不投機、齟齬不合。

【意氣風發】yì qì fēng fā 意氣：意志、氣概；風發：像颳風一樣迸發出來。形容精神振奮，氣概昂揚。◇他霍地站起身來，那種意氣風發的氣勢，讓人感到他一定能承擔起發展公司的重任。同 鬥志昂揚。反 垂頭喪氣。

【意氣洋洋】yì qì yáng yáng 見“意氣揚揚”。

【意氣揚揚】yì qì yáng yáng 形容因志得意滿而精神振奮昂揚的樣子。《史記·管晏列傳》：“其夫為相御，擁大蓋，策駟馬，意氣揚揚，甚自得也。”明代張原《論王邦奇等七次奏辯疏》：“臣固知邦奇等平日榮冒官資，紆拖朱紫，出入炫耀，意氣揚揚。”也作“意氣洋洋”。宋代俞文豹《吹劍錄外集》：“今時後生晚輩，頭角撐獰，稍能自振，則意氣洋洋。”◇拿到金牌後，她多少有點意氣揚揚起來。同 神氣十足、神采飛揚。反 沒精打采、垂頭喪氣。

【意得志滿】yì dé zhì mǎn 願望實現，得到滿足，而自鳴得意。也作“志得意滿”。宋代蘇軾《論高麗買書利害劄子》：“今後無人敢逆其請，使意得志滿，其來愈數，其患愈深。”元代無名氏《氣英布》一折：“今漢王大敗虧輸，項王意得志滿。”明代來知德《周易集注》卷一四：“惟安其位，保其存，有其治，則志得意滿，所以危立而亂矣。”《二刻拍案驚奇》卷八：“沈將仕自喜身入仙宮，志得意滿，采色隨手得勝。”同 揚揚得意。

【意惹情牽】yì rě qíng qiān 感情上受牽扯，牽掛在心，不能忘卻。元代王實甫《西廂記》一折：“休道是小生，便是鐵石人也意惹情牽。”《雍熙樂府·寵愛》：“俺便似重合比目，交頸蒼鴛，堂中飛燕，對對相連不離了，上下盤旋，端的是意惹情牽。”同 牽腸掛肚。反 恩斷義絕。

【意想不到】yì xiǎng bù dào 事情出乎意料之外，事先沒有想到。清代阿桂《平定兩金川方略》卷六六：“大皇帝必有爾等意想不到之恩，豈止賞戴花翎而已。”《世宗憲皇帝聖訓·雍正二年》：“蓋刑部非他曹可比，尤不可以愚昧意想不到以致錯誤為辭。”◇這意想不到的打擊，讓他目瞪口呆，一時蒙住了。同 出乎意料、意料之外。反 意料之中、不出所料。

【意興闌珊】yì xìng lán shān 興致、興趣等消褪將盡。汪曾祺《七里茶坊》：“聊天雖然有趣，終有意興闌珊的時候。”曹禺《家》第一幕第二景：“午夜後，依然在那間洞房裏，許多賀喜的親友已經意興闌珊，大半歸去。”同 興味索然。反 興致勃勃。

【慈眉善目】cí méi shàn mù 形容面容慈祥和善。《濟公全傳》二回：“面如古月，慈眉善目，三綹長髯飄灑胸前，這就是蘇北山。”◇見他慈眉善目，說話溫和，不像是心懷詭詐的人。同 和藹可親。反 面目猙獰、面善心惡。

【慈烏反哺】cí wū fǎn bǔ 慈烏：一種長大後能反過來餵養母鳥的鴉類，舊稱孝鳥。比喻子女孝順，能贍養父母，報答養育之恩。宋代真德秀《再守泉州勸諭文》：“慈烏反哺，猶知報恩；人而不孝，烏雀不若。”明代鄭真《隋秘書監晉陵劉子翼辭徵表》：“臣某半世顓愚，餘生假息，類作棲鳥低飛之態，長懷慈烏反哺之情，敢乞聖恩，少從臣欲。”

【慈悲為本】cí bēi wéi běn 慈悲：佛教語，指給眾生以快樂，救眾生於苦難，為佛的根本之心。後指惻隱憐憫之心為根本的人性。《南齊書·高逸傳論》：“今則慈悲為本，常樂為宗，施舍惟機，低舉成敬。”《太平廣記·王旻》：“旻隨事教之，然大約在於修身儉約，慈悲為本。”《西遊記》三八回：“徒弟啊，出家人慈悲為本，方便為門，你怎的這等心硬？”同 大發慈悲、大慈大悲。反 心黑手辣、蛇蠍心腸。

【慌不擇路】huāng bù zé lù ❶形容慌亂中見路就走，來不及辨別方向、選擇道路。《水滸傳》六十回：“嚇得盧俊義走頭沒路，看看天又晚，腳又痛，肚又飢，正是慌不擇路，望山僻小徑只顧走。”《東周列國誌》五三回："陳靈公還指望跑進內室，向夏姬求救，見中門上鎖，慌不擇路，急急忙忙向後園跑去。" ❷ 比喻處境困窘或危難，來不及仔細權衡利弊就匆促決定去就。元代施惠《幽閨記》一二折："陀滿興福來到此間，所謂'慌不擇路，飢不擇食'只得結集亡命，哨聚山林，靠高岡為寨柵，依野澗作城濠。"

【慌手慌腳】huāng shǒu huāng jiǎo 形容慌張失措的樣子。《紅樓夢》八五回："這時候我看着也是嚇的慌手慌腳的了。" ◇一個人影兒慌手慌腳從樹後探出來又閃過去了。同 手忙腳亂、慌手忙腳。反 慢條斯理、慢條斯禮。

【慌慌張張】huāng huāng zhāng zhāng 形容內心慌亂，行動忙亂。《水滸傳》三十回："只見那個唱的玉蘭慌慌張張走出來指道：'一個賊奔入後花園裏去了！'"《紅樓夢》四十回："李紈道：'好生着，別慌慌張張鬼趕着似的，仔細碰了牙子！'"孔厥、袁靜《新兒女英雄傳》五章："黑老蔡他們都把短槍掖在褲腰裏，像一群莊稼人似地紛紛亂亂跑出村來，臉上故意帶着慌慌張張的表情。" 同 慌裏慌張。

【惻怛之心】cè dá zhī xīn 惻怛：哀傷。指悲傷痛苦的心情。《禮記•問喪》："惻怛之心，痛疾之意，悲哀志懣氣盛，故袒而踴之，所以動體安心下氣也。"後多指為他人受苦受難感到悲痛憂傷的情感。漢代枚乘《上書諫吳王》："臣乘願披腹心而效愚忠，惟大王少加意念惻怛之心於臣乘言。"《太平御覽》卷八二引《符子》："觀刑曰樂，何無惻怛之心焉！"

【惻隱之心】cè yǐn zhī xīn 惻隱：同情，憐憫。同情憐憫他人遭遇不幸的心理。《孟子•公孫丑上》："今人乍見孺子將入於井，皆有怵惕惻隱之心。"《警世通言》卷二一："俺與你萍水相逢，出身相救，實出惻隱之心，非貪美麗之貌。"郁達夫《釣台的春晝》："到了桐君山下，在山影和樹影交掩着的崎嶇道上，我上岸走不上幾步，就被一塊亂石絆倒，滑跌了一次。船家似乎也動了惻隱之心，一句話也不發，跑將上來，他卻突然交給了我一盒火柴。" 反 鐵石心腸。

【惴惴不安】zhuì zhuì bù ān 形容擔憂害怕，心裏動盪不寧的樣子。《詩經•小宛》："惴惴小心，如臨于谷。"《隋唐演義》七二回："中宗在均州聞之，心中惴惴不安，仰天而祝。"茅盾《子夜》十："舊曆端陽節終於在惴惴不安中過去了。" ◇大地震造成的破壞景象，至今仍令她惴惴不安。同 心神不定、心神不寧。反 心如止水、鎮定自若。

【愣頭愣腦】lèng tóu lèng nǎo ❶ 魯莽冒失的樣子。◇沒等他上前阻止，他已愣頭愣腦地闖了進來。❷ 形容反應遲鈍的樣子。◇他愣頭愣腦的，兩眼眨巴着，竟然一句話也答不上來。

【惶恐不安】huáng kǒng bù ān 心中驚慌恐懼，惴惴不安。也作"惶惶不安"。《漢書•王莽傳下》"人民正營，無所錯手足"唐代顏師古注："正營，惶恐不安之意也。"《三國演義》三回："董卓屯兵城外，每日帶鐵甲馬軍入城，橫行街市，百姓惶惶不安。"錢鍾書《圍城》一："方鴻漸為這事整天惶恐不安，向蘇小姐謝了又謝。" 同 惴惴不安。反 安之若素。

【惶惶不安】huáng huáng bù ān 見"惶恐不安"。

【愧不敢當】kuì bù gǎn dāng 對別人給予自己的饋贈、讚賞等表示承受不起，感到慚愧。常用作客套語。明代方孝孺《啟•洪武三十四年四月二十七日》："夫子之云顏平原、王文憲、李鄴侯之喻，過情之極，流汗至踵，愧不敢當。" ◇您的稱讚實在是愧不敢當，我只是一心想把事情做好而已。同 受之有愧。反 當之無愧。

【愧悔無地】kuì huǐ wú dì 自己感到慚愧並懊悔，無地自容。《歧路燈》七一回："門生少年狂悖，原為匪人所誘，這也不敢欺瞞老師，但近日愧悔無地，亟欲自新，所以來投老師。"《兒女英雄傳》八回："姑娘，你問到這裏，我安驥誠惶誠恐，愧悔無地！" 同 汗顏無地、無地自容。

【慨然允諾】kǎi rán yǔn nuò 慨然：慷慨大方，無所吝惜的樣子。形容答應別人的要求爽快大方，毫無難色。也作“慨然許諾”、“慨然應允”。元代關漢卿《單刀會》二折：“先生初聞魯肅相邀，慨然許諾，今知有關公，力辭不往，是何故也？”《楊家將演義》三五回：“孟良慨然允諾，自令人縛己於柱上。”郭沫若《論文學的研究與介紹》：“張君是認定《浮士德》有可譯的價值的之一人，我也是認為有可譯的價值的，所以我當時也就慨然應允了。”

【慨然許諾】kǎi rán xǔ nuò 見“慨然允諾”。

【慨然應允】kǎi rán yīng yǔn 見“慨然允諾”。

【惱羞成怒】nǎo xiū chéng nù 惱：忿恨；羞：羞辱。因惱恨、羞愧、丢失面子，因而勃然發怒。也作“羞惱成怒”、“老羞成怒”。老：很、非常。《紅樓夢》七一回：“這婆子，一則吃了酒，二則被這丫頭揭着弊病，便羞惱成怒了。”《兒女英雄傳》十回：“惹動她一衝的性兒，老羞成怒，還不曾紅絲暗繫，先弄得白刃相加。”《官場現形記》六回：“（王協台）射完之後，照例上來屈膝報名。那撫台見是如此，知道晚協台有心瞧他不起，一時惱羞成怒。”同 惱羞變怒、老羞變怒。

【慕名而來】mù míng ér lái 仰慕盛名而來。常用為客套話。清代吳趼人《近十年之怪現狀》三回：“兄弟向在漢口，這回是慕名而來，打算多少做點股分。”《兒棗記》一回：“那些往來遊人曾到虎丘山的，也曾聞過梅再福的名姓，今見開店西湖，慕名而來的，日日不絕。”◇長江三峽是世界上最壯觀的峽谷，吸引了眾多慕名而來的國內外遊客。反 絕裾而去、拂袖而去。

【慎始敬終】shèn shǐ jìng zhōng 慎、敬：都是謹慎、慎重的意思。說對事情的開始和終結都要採取謹慎、慎重的態度。《左傳•襄公二十五年》：“君子之行思其終也，思其復也。《書》曰：‘慎始而敬終，終以不困。’”同 敬終慎始。

【慎終如始】shèn zhōng rú shǐ 事情將快做完的時候，要像剛開始進行時那樣慎重對待。說做事始終要小心謹慎，始終要認真對待。《老子》六四章：“慎終如始，則無敗事。”元代無名氏《宋史全文》卷四：“願陛下持盈守成，慎終如始，以固萬世基業，則天下幸甚！”蔡東藩《明史演義》二十回：“不過妾死以後，只願陛下親賢納諫，慎終如始罷了。”同 善始善終、始終如一。反 有始無終、虎頭蛇尾。

【慎終追遠】shèn zhōng zhuī yuǎn《論語•學而》：“慎終，追遠，民德歸厚矣。”慎終：謹慎地對待父母的亡故；追遠：追念遠代的祖先。說要慎重地辦理父母喪事，恭敬地祭祀祖先。元好問《大丞相劉氏先塋神道碑》：“夫忠以報國，孝以起家。立身行道之義彰，慎終追遠之德厚。”清代程允升《幼學故事瓊林•疾病死喪》：“故為人子者，當思木本水源，須重慎終追遠。”《白圭志》一回：“父母遠葬千里，弟當立業於彼，庶不失祭掃；然祖宗丘墓均在吉水，慎終追遠，弟又不能兩全。”

【愷悌(弟)君子】kǎi tì jūn zǐ《詩經•青蠅》：“豈弟君子，無信讒言。”弟：同“悌”，和易近人。指和藹可親、有高尚德行的人。元代陳櫟《友山處士程公行狀》：“愷悌君子，神明抉持，宗黨助順，鼠輩隨以礫然。”元代吳澄《元懷遠大將軍……謚桓靖崔公墓表》：“予不及識公而識宗仁君，其潔己，其愛人，所謂愷弟君子，民之父母，又有增光往昔。”明代何喬新《敬慎齋銘》：“錫山之署，有齋伊闢。愷悌君子，於焉燕息。”《歧路燈》五一回：“董公榮升大尹，真是愷悌君子，合邑稱慶，特製錦屏。”

【憂心如焚】yōu xīn rú fén《詩經•節南山》：“憂心如惔，不敢戲談。”惔：焚燒。後用“憂心如焚”說內心憂慮不安，就像火燒一樣。三國魏曹植《釋愁文》：“予以愁慘，行吟路邊，形容枯悴，憂心如焚。”唐代陸贄《蝗蟲避正殿降免囚徒德音》：“憂心如焚，深自刻責。”也作“憂心如搗（擣）”。《詩經•小弁》：“我心憂傷，惄焉如擣。”惄（nì），憂感。《三國志•周魴傳》：“臣曾不能吐奇舉善，上以光贊洪化，下以輸展萬一，憂心如擣，假寐忘寢。"《孽海花》二六回："從他受事到今，兩三個月裏，水陸處處失敗，關隘節節陷落，反覺得憂心如搗，寢饋不安。"同 五內如焚。反 欣喜若狂。

【憂心如搗】yōu xīn rú dǎo 見"憂心如焚"。

【憂心忡忡】yōu xīn chōng chōng 忡忡：憂愁的樣子。形容心事重重，十分憂慮。《詩經•草蟲》："未見君子，憂心忡忡。"宋代周必大《南嶽祈晴文》："窘此陰雨，憂心忡忡。"夏衍《哭楊潮》："他那種憂心忡忡的情狀，我此刻清楚地可以記得出來。"也作"憂心悄悄"。《詩經•柏舟》："憂心悄悄，慍于群小。"悄悄：形容憂愁的樣子。元代宮天挺《范張雞黍》四折："豈不聞晏平仲為齊相，乘車人憂心悄悄，倒是御車吏壯志揚揚。"同 憂心如焚。

【憂心悄悄】yōu xīn qiǎo qiǎo 見"憂心忡忡"。

【憂民憂國】yōu mín yōu guó 見"憂國憂民"。

【憂形於色】yōu xíng yú sè 形：表現。色：面部表情。內心的憂慮表現在臉上。唐代劉肅《大唐新語•諛佞》："郭霸獨後見元忠，憂形於色，請視元忠便液以驗疾之輕重。"明代唐桂芳《呂君景武哀辭》："公憂形於色，輿醫購藥，金帛不吝，冀其少蘇。"◇經濟不景氣，失業潮湧現，年輕人更是擔心前途，憂形於色。同 愁眉不展、愁眉苦臉。反 喜上眉梢、笑顏逐開。

【憂能傷人】yōu néng shāng rén 長期憂愁哀傷，鬱積於心，會損害人的健康。漢代孔融《與曹操論盛孝章書》："其人困於孫氏，妻孥湮沒，單子獨立，孤危愁苦，若使憂能傷人，此子不得復永年矣！"明代盧柟《與陳一泉外翰書》："使憂能傷人，則吾豈可以延歲月不死哉！"◇經濟危機使一些人憂心忡忡，情緒低落，寢食不安，憂能傷人，長此以往，百病纏身。

【憂國憂民】yōu guó yōu mín 為國家的命運前途和人民的生活疾苦而憂慮操心。宋代羅大經《鶴林玉露》卷六："李太白當王室多難……豪俠使氣，狂醉於花月之間耳，社稷蒼生，曾不繫其心旅。其視杜少陵之憂國憂民，豈可同年語哉！"元代倪瓚《鶴溪先生像贊》："家庭教子，佩學詩學禮之言，巖穴置身，有憂國憂民之色。"《官場現形記》三三回："申義甫立刻擺出一副憂國憂民的面孔，道：'利津口子還沒合龍，齊河的大堤又沖開了。'"也作"憂民憂國。"明代無名氏《鳴鳳記》二七齣："鏡中華髮為誰斑？憂民憂國減容光。"

【德才兼備】dé cái jiān bèi 品德高尚，才能卓越，二者兼具。《元史•豐臧夢解傳》："乃舉夢解才德兼備，宜擢清要，以展所蘊。"◇作為一名有為的管理者，德才兼備是必需的。同 才德兼備、品學兼優。反 德淺行薄、德薄能鮮。

【德音莫違】dé yīn mò wéi 別人的良言不能不聽。《詩經•谷風》："德音莫違，及爾同死。"◇德音莫違，要虛心聽別人的批評；良藥苦口，要耐心地聽逆耳之言。同 虛懷若谷。反 自以為是。

【德高望重】dé gāo wàng zhòng 道德高尚，名望很大。宋代司馬光《辭入對小殿劄子》："臣竊惟富弼三世輔臣，德高望重。"明代歸有光《上總制書》："伏惟君侯，德高望重，謀深慮淵。"巴金《春》九："樂山先生是一個德高望重的長者。"同 德隆望重。反 伏低做小、服低做小。

【德淺行薄】dé qiǎn xíng bó 缺少道德，品行不端。明代朱權《沖漠子》二折："道窈然難言哉，恐子德淺行薄，何以克當？"◇他的三個兒子當中，只有小兒子幹得出色，長子和二兒子德淺行薄，勉強混得一碗飯吃。反 德才兼備、德深望重。

【德薄才疏(踈)】dé bó cái shū 疏：空虛、貧乏。品德鄙陋，才能低下。多用為自謙之辭。明代朱元璋《御史左右大夫誥》："朕之德薄才踈，與古哲王甚相遠矣。"《水滸全傳》六八回："盧俊義道：'小弟德薄才疏，怎敢承當此位！若得居末，尚自過分。'"◇當了局長也還是那個德薄才疏的小人，我就看不起他！同 德薄能鮮。反 品學兼優。

【德薄能鮮】dé bó néng xiǎn 鮮：少。德行鄙薄，能力不濟。多用作自謙之辭。宋代歐陽修《瀧岡阡表》："俾知夫小子修之德薄能鮮，遭時竊位，而幸全大節，不辱其先者，其來有自。"清代宋犖《宋氏先賢祠祭田記》："自惟犖不肖，德薄能鮮，以文康公蔭祿四十年。"《民國通俗演義》二九回："德薄能鮮，奉職無狀。"同 德薄才疏。反 德才兼備。

【慾壑難填】yù hè nán tián 慾望像溝壑一樣填不滿。《國語·晉語八》："叔魚生，其母視之，曰：'是虎目而豕喙，鳶肩而牛腹，谿壑可盈，是不可饜也，必以賄死。'"後用"慾壑難填"形容慾望太強，貪得無厭。《文明小史》一二回："我們的銀錢有限，他們的慾壑難填，必至天荊地棘，一步難行。"◇如今的貪官，把贓款都弄到國外，給多少都餵不飽，真是應了"慾壑難填"這句古訓。同 欲壑難填、貪得無厭。反 兩袖清風、家無餘財。

【慢條斯理】màn tiáo sī lǐ 形容説話做事不慌不忙、從容不迫或慢慢吞吞的樣子。也作"慢條斯禮"。《金瓶梅詞話》三十回："一個風火事，還像尋常慢條斯禮兒的。"《兒女英雄傳》四回："無奈自己説話，向來是低聲靜氣、慢條斯理的慣了。"丁玲《太陽照在桑乾河上》一四："她看見從西屋裏走出來的楊亮，絲毫沒有改變她慢條斯理的神情。"老舍《小坡的生日》一五："這時候諸大臣全慢條斯禮的來到，向張禿子深深的鞠躬。"同 慢條廝理、慢條絲理。反 急如星火。

【慢條斯禮】màn tiáo sī lǐ 見"慢條斯理"。

【慘不忍睹】cǎn bù rěn dǔ 悽慘的情狀讓人不忍心看。形容悽慘到了極點。魯迅《書信集·致周茨石》："災區的真實情形，南邊的坐在家裏的人知道得很少。報上的記載，也無非是'慘不忍睹'一類的含渾文字。"◇父母相繼去世，只剩兩個孩子，家徒四壁，慘不忍睹。同 慘不忍聞。

【慘無人道】cǎn wú rén dào 殘暴到滅絕人性的地步。慘：慘毒，兇狠。蔡東藩《唐史通俗演義》五二回："將妃、主等人，一一剖心致祭，慘無人道。"馮玉祥《我的生活》第五章："最殘暴的要算是日本兵，許多慘無人道的事情，都由他們做出來。"同 殘暴不仁。

【慘絕人寰】cǎn jué rén huán 人世間沒有比這更悲慘的。寰：寰宇，世間。形容極端慘痛。◇慘絕人寰的南京大屠殺 / 憑空製造的一樁樁慘絕人寰的大冤獄，被陸續揭露出來。

【憨狀可掬】hān zhuàng kě jū 可掬：可用雙手捧起來。形容純樸天真而略帶傻氣的神態，非常惹人喜愛。也作"憨態可掬"。《聊齋誌異·小翠》："又召元豐至，見其憨狀可掬，笑曰：'此可以作天子耶？'"◇憨狀可掬的熊貓是中國特有的珍稀動物，世界各國小朋友都喜愛熊貓。

【憨態可掬】hān tài kě jū 見"憨狀可掬"。

【憑空捏造】píng kōng niē zào 沒有根據地虛構編造作假。明代沈德符《野獲編·土官承襲》："近世作偽者多憑空捏造，苟得金錢。"《八旗通志·觀保》："設伊等果無其事，高樸何能憑空捏造？"◇流言有時卻是事實，並非都是憑空捏造。同 向壁虛造。反 有根有據。

【憤世疾俗】fèn shì jí sú 見"憤世嫉俗"。

【憤世嫉俗】fèn shì jí sú 憤：恨；嫉：憎惡。痛恨社會的不平與黑暗，憎惡庸俗苟且的世俗人情。也作"憤世疾俗"。清代戴名世《與劉大山書》："僕古文多憤世嫉俗之作，不敢示世人，恐以言語獲罪。"魯迅《熱風·隨感錄三八》："他們必定自己覺得思想見識高出庸眾之上，又為庸眾所不懂，所以憤世嫉俗，漸漸變成厭世家。"◇對現實一肚子不滿，不説便罷，一説起來就憤世嫉俗地破口大罵。同 憤世嫉邪、疾世憤俗。

【憤憤不平】fèn fèn bù píng 憤憤：形容生氣的樣子。對不公平、不公正、不合理的事，感到非常氣憤。《太平御覽》卷七〇三引《晉書》："敦怒，疏陳之，自爾憤憤不平。"《喻世明言》卷三："樞密使韓世忠憤憤不平，親詣檜府爭論。”朱自清《三家書店》：“劍橋師生老早不樂意他們抬價錢，這一來更憤憤不平。”同 忿忿不平。反 知足常樂。

【憐香惜玉】lián xiāng xī yù 香、玉：比喻女子。形容男人對女子溫存、體貼、愛憐。《醒世恆言·賣油郎獨佔花魁》：“以後相處的雖多，都是豪華之輩，酒色之徒，但知買笑追歡的樂意，那有憐香惜玉的真心。”清代洪昇《長生殿·復召》：“追悔，悔殺咱一劃兒粗疏，不解他十分的嬌殢，枉負了憐香惜玉，那些情致。”《花月痕》六回：“兩旁空椅，你們隨意坐着，韓師爺是個憐香惜玉的人，再不拘你們的。”同 惜玉憐香。反 香消玉殞。

【憐貧恤老】lián pín xù lǎo 恤：體恤撫慰。對生活貧困的人和老人關心體恤，給予幫助。宋代陳傅良《辭免知泉州申省狀》：“憐貧恤老，君相之恩；量力效官，人臣之誼。”《紅樓夢》六回：“如今現是榮國府賈二老爺的夫人，聽得說，如今上了年紀，越發憐貧恤老，最愛齋僧敬道，捨米捨錢的。”也作“憐貧惜老”。惜：憐愛。《紅樓夢》四二回：“連各房裏的姑娘們，都這樣憐貧惜老，照看我。”同 恤老憐貧、憐貧恤苦。

【憐貧惜老】lián pín xī lǎo 見“憐貧恤老”。

【應有盡有】yīng yǒu jìn yǒu 應該有的全都有了。形容非常齊全。《宋書·江智淵傳》：“人所應有盡有，人所應無盡無者，其江智淵乎？”《官場現形記》一二回：“上船之後，橫豎用的是皇上家的錢，樂得任意開銷，一應規矩，應有盡有。”◇別墅，轎車，股票，女人，一群暴發戶應有盡有。同 一應俱全、無所不有。反 一貧如洗、缺吃少穿。

【應接不暇】yìng jiē bù xiá 不暇：沒有空閒。❶ 美景或美好的事物處處皆是，看不過來。《世說新語·言語》：“從山陰道上行，山川自相映發，使人應接不暇。”唐代白居易《草堂記》：“仰觀山，俯聽泉，傍睨竹樹雲石，自辰及酉，應接不暇。”巴金《鳥的天堂》：“我的眼睛真是應接不暇，看清楚這隻，又看漏了那隻，看見了那隻，第三隻又飛走了。”❷ 形容人太多，接待不過來，或事情接踵而至，無力應付。宋代周煇《清波雜志》卷八：“陶尚書谷奉使江南，恃才凌忽，議論間殆，應接不暇。”章炳麟《與熊克武書》：“南方主力，仍在川湘，其餘皆取犄角之勢，然後使彼應接不暇。”

【應運而生】yìng yùn ér shēng ❶ 順應天命而降生。唐代王勃《益州夫子廟碑》：“大哉神聖，與時回薄，應運而生，繼天而作。”❷ 適應形勢、時勢或潮流而出現。魯迅《偽自由書·止哭文學》：“在這景況中，應運而生的是給人們一點爽利和慰安。”同 應時而生、應運而起。

【應答如流】yìng dá rú liú 如流：像流水一樣順暢。形容反應敏捷，應對得很流利很得當。宋代文瑩《湘山野錄》卷下：“公居常寡談，頗無記論，酒至酣則應答如流。”《醒世恆言·吳衙內鄰舟赴約》：“及至問些古今書史，卻又應答如流。”《隋唐演義》八三回：“子儀應答如流，李白愈加敬愛。”同 應對如流、對答如流。反 張口結舌、無言以對。

【懊悔無及】ào huǐ wú jí 後悔也來不及了。《三國演義》七回：“馥懊悔無及，遂棄下家小，匹馬往投陳留太守張邈去了。”《楊家將》一七回：“卻說番兵東衝西擊，殺至黃昏，始知宋君從東門而去，已離二百里程途矣。韓延壽等懊悔無及，乃收軍還幽州，奉知蕭后。”◇媽媽過世之後，她常常想起對媽媽亂發脾氣的事，心中懊悔無及。同 追悔莫及。

【懍若冰霜】lǐn ruò bīng shuāng 嚴肅得像寒冰和凝霜一樣。形容人冷漠嚴肅或方正剛直。◇為人不苟言笑，懍若冰霜／辦起公務來，懍若冰霜，他可是一點面子都不給的。同 懍如霜雪。反 滿面春風、嘻皮笑臉。

【懲一戒百】chéng yī jiè bǎi 懲罰一個犯錯、犯罪的人，借以警告眾人不可再做同樣的事。《漢書·尹翁歸傳》：“以一警百，吏民皆服，恐懼改行自新。”明代沈采《千金記·仰役》：“故依法律明惟問，懲一戒百難容忍。”也作“懲一儆百”。清代林則徐《會奏九龍洋面轟擊夷船情況摺》："即空甍屢驅不去，故智復萌，一炬成灰，亦可懲一儆百。"清代薛福成《庸盦筆記•咸豐季年三奸伏誅》："許彭壽糾劾各節，朕早有所聞，用特懲一儆百，期於力振頹靡。"《官場現形記》一八回："前者已去，後者又來，真正能夠懲一儆百嗎？"同 殺一警百、殺一儆百。

【懲一儆百】chéng yī jǐng bǎi 見"懲一戒百"。

【懲一警百】chéng yī jǐng bǎi 懲罰一個人，起到警戒眾人的作用。也作"懲一儆百"。《漢書•尹翁歸傳》："(翁歸治東海）其有所取也，以一警百，吏民皆服，恐懼改行自新。"《明史•黃道周傳》："陛下欲剔弊防奸，懲一警百，諸臣用之以借題修隙，斂怨市權。"《官場現形記》一八回："前者已去，後者又來，真正能夠懲一儆百嗎？"同 懲一戒百、殺一警百。

【懲前毖後】chéng qián bì hòu 毖：謹慎。吸取過去錯誤或失敗的教訓，以後謹慎小心，不再重蹈覆轍。《詩經•小毖》："予其懲而毖後患。"明代張居正《答河道吳自湖計河漕》："頃丹陽險阻，當事諸公畢智竭力，僅克有濟，懲前毖後，預為先事之圖可也。"《民國通俗演義》十回："唐總理懲前毖後，實不欲再當此任。"同 前車之鑒、"前車之覆，後車之鑒"。

【懲惡勸善】chéng è quàn shàn 懲罰惡行惡人，勉勵善行善人。《左傳•成公十四年》："(《春秋》）懲惡而勸善，非聖人誰能修之。"漢代荀悅《漢紀•元帝紀》："賞罰者，國家之利器也，所以懲惡勸善，不以喜加賞，不以怒增刑。"《梁書•武帝紀中》："雖懲惡勸善，宜窮其制，而老幼流離，良亦可愍。"◇懲惡勸善是一貫的做法，也是行之有效的辦法。同 勸善懲惡、懲一儆百。反 殺人如麻、殺人盈野。

【懲羹吹齏(虀)】chéng gēng chuī jī 被羹湯燙過嘴，心懷戒心，吃冷菜也要吹一下。齏：切細的冷肉菜。比喻謹慎過了頭。戰國楚屈原《九章•惜誦》："懲於羹者而吹齏兮，何不變此志也？"《晉書•汝南王亮等傳序》："(漢祖）分王子弟，列建功臣……然而矯枉過直，懲羹吹齏，土地封疆，踰越往古。"宋代陸游《秋興》詩："懲羹吹齏豈其非，亡羊補牢理所宜。"清代夏燮《中西紀事•互市檔案》："然則閉關之議可行乎？曰：懲羹吹齏，因噎廢食之見也。"也作"懲羹吹虀"。宋代陸九淵《删定官輪對劄子》："後人懲之，乃謂無可變更之理，真所謂懲羹吹虀、因噎廢食者也。"

【懸而未決】xuán ér wèi jué 問題或案件一直擱置着，得不到解決處理。《北洋軍閥統治時期史話》第七章："這個時候，正是陸徵祥一再表示辭職，內閣總理問題懸而未決的時候。"◇大量案件積壓在檔案櫃裏，懸而未決，無人過問。同 束之高閣、無人問津。

【懸河注水】xuán hé zhù shuǐ 見"懸河瀉水"。

【懸河瀉水】xuán hé xiè shuǐ 懸河：指瀑布。有如瀑布自上而下傾瀉一般，形容説起話來滔滔不絕或文辭奔放不羈。《晉書•郭象傳》："聽象語，如懸河瀉水，注而不竭。"也作"懸河注水"。唐代劉肅《大唐新語•文章》："楊盈川之文如懸河注水，酌之不竭。"同 滔滔不絕、口若懸河。反 笨嘴拙舌。

【懸崖峭壁】xuán yá qiào bì 高峻的山崖，陡峭的石壁。形容山勢險峻。《雲笈七籤》卷一一三："到處皆於懸崖峭壁人不及處題云：'許碏自峨嵋尋偃月子到此。'"《徐霞客遊記•粵西遊日記二》："出就閣前憑眺，則上下懸崖峭壁。"《醒世姻緣傳》七五回："若走到懸崖峭壁底下，你卻慢慢行走，等他崩墜下來，壓你在內。"也作"懸崖絕壁"。唐代劉長卿《望龍山懷道士許法稜》詩："懸崖絕壁幾千丈，綠蘿嬝嬝不可攀。"清代朱彝尊《王學士西征草序》："雖懸崖絕壁，亦必有磴道可尋。"◇遊船駛進夔門，大家都抬頭仰望，只見江水兩岸懸崖峭壁又陡又直。同 懸崖陡壁、壁立千尺。反 一馬平川、沃野千里。

【懸崖勒馬】xuán yá lè mǎ 在陡峭的山崖

邊上勒住馬，不再前行。”比喻到了危險邊緣，及時醒悟回頭。清代紀昀《閱微草堂筆記·如是我聞二》：“書生懸崖勒馬，可謂大智慧矣。”◇你要不懸崖勒馬，繼續賭下去，那就只有傾家蕩產一條路了。同 臨崖勒馬。

【懸崖絕壁】xuán yá jué bì 見“懸崖峭壁”。

【懸梁刺骨】xuán liáng cì gǔ《戰國策·秦策一》：“（蘇秦）讀書欲睡，引錐自刺其股，血流至足。”《太平御覽》卷三六三：“孫敬字文寶，好學，晨夕不休。及至眠睡疲寢，以繩繫頭，懸屋梁，後為當世大儒。”後用“懸梁刺股”形容好學不倦，發憤讀書。明代徐霖《繡襦記·剔目勸學》：“豈不聞古之人懸梁刺股，以志於學。”清代李漁《比目魚·贈行》：“我懸梁刺股年復年，把銅雀磨穿。”也作“刺骨懸梁”。元代王實甫《西廂記》二本三折：“可憐刺骨懸梁志，險作離鄉背井魂。”同 螢囊映雪、鑿壁偷光、好學不倦。反 不學無術。

【懸燈結彩】xuán dēng jié cǎi 懸掛燈籠，結紮彩球。形容過節日或逢喜慶日的歡樂景象。《紅樓夢》七一回：“兩府中俱懸燈結彩，屏開鸞鳳，褥設芙蓉；笙簫鼓樂之聲，通衢越巷。”《官場現形記》三三回：“吉期既到，書局門前懸燈結彩，堂屋正中桌圍椅披鋪設一新。”同 張燈結彩。

【懸鶉百結】xuán chún bǎi jié 形容衣服破爛，滿是補丁。《荀子·大略》：“子夏家貧，衣若縣（懸）鶉。”鶉：鵪鶉，羽毛有暗色斑點和條紋，顯得斑斑點點。懸鶉：形容像下垂的鵪鶉羽毛似的，打着很多補丁的衣服。北周庾信《擬連珠》：“蓋聞懸鶉百結，知命不憂。”明代邵璨《香囊記·聞訃》：“你便是腰金衣紫，莫忘了貧賤之時，懸鶉百結君須記。”馮玉祥《我的生活》十七章：“我們大多數的勞苦同胞……穿的是懸鶉百結。”同 鶉衣百結、衣衫襤褸、破衣爛衫。反 衣冠楚楚、冠冕堂皇。

【懷才不遇】huái cái bù yù 懷：懷藏；遇：機遇。有才學而不被賞識，沒有施展的機會。《喻世明言》卷五：“眼見別人才學萬倍不如他的，一個個出身通顯，享用爵祿，偏則自家懷才不遇。”清代俞吟香《青樓夢·題綱》：“竟使一介寒儒懷才不遇。”王西彥《夜宴》五：“他時常嗟歎自己的懷才不遇，引屈原和賈誼為知己。”反 金榜題名、宏圖大展。

【懷鉛提槧】huái qiān tí qiàn 鉛：鉛粉做的筆。槧：木簡。古人用鉛、槧寫字。説隨時帶着書寫工具，隨時隨地都可記述事情。漢代劉歆《西京雜記》卷三：“揚子雲好事，常懷鉛提槧，從諸計吏，訪殊方絕域四方之語。”也作“懷鉛握槧”。唐代劉知幾《史通·采撰》：“自古探穴藏山之士，懷鉛握槧之客，何嘗不徵求異説，採摭群言。”清代錢謙益《黃子羽六十壽序》：“風晨月夕，懷鉛握槧，周旋於漁灣蟹舍之間為最久。”嚴復《譯〈天演論〉例言》：“如曰高標揚己，則失不佞懷鉛握槧，辛苦迻譯之本心矣。”

【懷鉛握槧】huái qiān wò qiàn 見“懷鉛提槧”。

【懷瑾握瑜】huái jǐn wò yú 戰國楚屈原《楚辭·懷沙》：“懷瑾握瑜兮，窮不知所示。”瑾、瑜：美玉。懷裏藏着、手裏握着的盡是美玉。比喻具有高貴的品德和出眾的才能。《梁書·豫章王綜傳》：“懷瑾握瑜空擲去，攀松折桂誰相許。”梁啟超《國家運命論》：“夫士君子懷瑾握瑜以生濁世，所至輒見厄。”同 懷珠抱玉。

【懷璧其罪】huái bì qí zuì 璧：古代中間有孔的圓形平面玉器。説懷藏玉璧，會招災引禍。比喻財多肇禍，才大招人妒害。《左傳·桓公十年》：“周諺有之：‘匹夫無罪，懷璧其罪。’”宋代張擴《謝人惠團茶》詩：“修貢之餘遠爭寄，懷璧其罪渠敢當。”

【懷寶自珍】huái bǎo zì zhēn 見“懷寶迷邦”。

【懷寶迷邦】huái bǎo mí bāng《論語·陽貨》：“懷其寶而迷其邦，可謂仁乎？”後用“懷寶迷邦”説德才兼備卻不替國家效力。《梁書·賀琛傳》：“卿既言之，應有深見，宜陳秘術，不可懷寶迷邦。”明代朱鼎《玉鏡台記·慶賞》：“襄贊，看時事多艱，怎忍懷寶迷邦袖手看。”也作“懷寶自珍”。章炳麟《訄書•學變》：“《中鑒》懷寶自珍。”

【戀酒迷花】liàn jiǔ mí huā 在酒樓妓院廝混，沉湎於酒色之中。也作“戀酒貪花”。元代無名氏《小孫屠》戲文第九齣：“知它是爭名奪利？知它是戀酒迷花？使奴無情無緒，困倚繡牀，如何消遣！”元代無名氏《梧桐葉》楔子：“自古修文演武，取功名於亂世。終不然戀酒貪花，墮卻壯志。”明代汪廷訥《獅吼記•諫柳》：“尊嫂，季常此後決不敢戀酒貪花，但下官有一言奉告。”

【戀酒貪花】liàn jiǔ tān huā 見“戀酒迷花”。

【戀新忘舊】liàn xīn wàng jiù 愛情不專一，喜歡新人，拋棄舊人。《群音類選•八聲甘州•閨情》：“從他別後，杳無半紙音書，多應他戀新忘舊，撇得我一日三餐如醉癡。”同 喜新厭舊。反 始終如一、白頭到老。

【戀戀不捨】liàn liàn bù shě 形容十分眷戀，捨不得離開。宋代王明清《揮麈後錄》卷六：“元度送之郊外，促膝劇談，戀戀不能捨。”《醒世恆言》卷一五：“靜真見大卿舉止風流，談吐開爽，凝眸流盼，戀戀不捨。”《紅樓夢》三十回：“寶玉見了他，就有些戀戀不捨的。”曹禺《北京人》第一幕：“小柱兒放下那‘刮打嘴’，還戀戀不捨。”同 戀戀難捨、依依不捨。反 不屑一顧、掉頭不顧。

【戀戀難捨】liàn liàn nán shě 戀戀：依依不捨的樣子。形容心裏眷戀，捨不得離開。《封神演義》十五回：“子牙戀戀難捨。”同 戀戀不捨。

戈部

【戎馬倥傯】róng mǎ kǒng zǒng 戎馬：戰馬。倥傯：匆忙急迫。形容馳騁沙場，不停地作戰。明代盧象昇《與豫撫某書》：“戎馬倥傯之場，屢荷足下訓誨指提。”清代梁章鉅《歸田瑣記•滬瀆唱和詩序》：“此番不期而遇於戎馬倥傯之中，真喜出望外矣。”《花月痕》六回：“人生蹤跡，不能預料。兩月以前，戎馬倥傯，豈知今日群花圍繞，玉軟香溫。”《騷動之秋》一三章：“但後來戎馬倥傯，軍務政務繁忙，加之他又在南方扎根，一幹許多年，與蕭雲嫂的聯繫中斷了。”同 南征北戰。反 解甲歸田。

【成一家言】chéng yī jiā yán 指學問自成一個派別、體系，有獨到的思想、立論。漢代司馬遷《太史公自序》：“凡百三十篇，五十二萬六千五百字，為《太史公書》。序略，以拾遺補藝，成一家之言。”《新唐書•韓愈傳》：“每言文章自漢司馬相如、太史公、劉向、揚雄後，作者不出世，故愈深探本元，卓然樹立，成一家言。”明代焦竑《玉堂叢語•忠節》：“（高遜志）為文深純典雅，成一家言。”◇做學問貴在掌握資料，探賾索隱，深入獨創，成一家言。同 自成一家。反 泛泛之論。

【成人之美】chéng rén zhī měi《論語•顏淵》：“君子成人之美，不成人之惡。”本意為成全他人為善的美名。後指成全別人的好事。《後漢書•李固傳》：“所交皆舍短取長，好成人之美。”明代高明《琵琶記•李旺回話》：“一來蔡伯喈不忘其親，二來趙五娘子孝於舅姑，三來我小姐又能成人之美。”◇如今的人們，成人之美者少，妒人之美者眾。反 從中作梗。

【成千上萬】chéng qiān shàng wàn 形容數量十分巨大。也作“成千成萬”、“成千論萬”。《鏡花緣》七一回：“你到女兒國酒樓戲館去看，只怕異性姐妹聚在一處的，還成千論萬哩！”巴金《控訴•一點感想》：“建築物毀了，村莊毀了，城市毀了，人們成千上萬地死亡。”夏衍《舊家的火葬》：“夏天的黃昏會從蛀爛了的樓板裏飛出成千成萬的白蟻，沒人住的空房間裏也會白晝走出狐狸和鼴鼠。”同 成千累萬、恆河沙數。反 寥若晨星、鳳毛麟角。

【成千成萬】chéng qiān chéng wàn 見“成千上萬”。

【成千論萬】chéng qiān lùn wàn 見“成千

上萬"。

【成王敗寇】chéng wáng bài kòu 在改朝換代的鬥爭中，成功者稱王稱帝，失敗者則被稱為寇賊。或"王"或"寇"以成敗論定，成功者權勢在手，失敗者有口難辯。元代紀君祥《趙氏孤兒》五折："我成則為王，敗則為虜，事已至此，惟求早死而已。"柳亞子《題〈太平天國〉戰史》詩："成王敗寇漫相呼，直筆何人縱董狐。"同 成者王侯敗者賊。

【成日成夜】chéng rì chéng yè 白天和夜晚相繼地做。形容勤奮、辛勞。◇實驗終於成功了，人們忘不了這些天成日成夜苦幹的日子。同 沒日沒夜、日日夜夜。

【成仁取義】chéng rén qǔ yì 仁：仁愛、仁德。義：正義。説以生命成就仁德，為正義勇於犧牲。《孟子•告子上》："生，亦我所欲也，義，亦我所欲也。二者不可得兼，捨生而取義者也。"《群音類選•玉玦記•自經反魂》："念修短榮枯皆已定，要成仁取義，鴻毛視死何輕。"明代張同敞《自決》詩："彌月悲歌待死時，成仁取義有天知。"同 殺身成仁、捨生取義。反 貪生負義、不仁不義。

【成年累月】chéng nián lěi yuè 累：積累。一年又一年，一月又一月。形容時間很長。《兒女英雄傳》二二回："平白的無事還在這裏成年累月的閒住着，何況來招呼姑娘呢！"◇爸爸成年累月住在鄉間，只是因為鄉間的空氣好。同 長年累月、積年累月。

【成事不説】chéng shì bù shuō 既成事實就不必再解釋。《論語•八佾》："子聞之，曰：'成事不説，遂事不諫，既往不咎。'"後指事情既然過去了，就不必再計較。《鏡花緣》六回："'成事不説，既往不咎。'我們原是各治水酒餞行的，還是説我們餞行正文罷。"同 既往不咎。

【成家立業】chéng jiā lì yè 結婚成家，並謀職從業，取得成就。《五燈會元•棲賢湜禪師法嗣》："問：'牛頭未見四祖時如何？'師曰：'立業成家。'"《二刻拍案驚奇》卷三十："今汝託義父恩庇，成家立業，俱在於此。"《紅樓夢》四二回："日後大了，各人成家立業。"同 家成業就。反 家破人亡。

【成敗利鈍】chéng bài lì dùn 指事情的成功與失敗，順利與挫折。三國諸葛亮《後出師表》："臣鞠躬盡瘁，死而後已，至於成敗利鈍，非臣之所能逆睹也。"明代焦竑《玉堂叢語•行誼》："人之毀譽欣戚，事之成敗利鈍，己之死生禍福，皆所不顧也。"梁啟超《意大利建國三傑傳》二："瑪志尼以為欲成大事者，不可不先置成敗利鈍於度外。"同 成敗得失。

【成敗得失】chéng bài dé shī 指成功與失敗，得到與失去。《三國志•步騭傳》："成敗得失，皆如所慮，可謂守道見機，好古之士也。"清代劉吉常《大道》："吾人但求做一番事業，向不以一時之成敗得失論英雄。"《慈禧太后演義》三四回："古今來成敗得失，及人世間悲歡離合，均可借戲中傳出，很容易感動人情。"同 成敗利鈍。

【成敗論人】chéng bài lùn rén 論：評定。以成功或失敗作為評價人物的標準。宋代蘇軾《孔北海贊序》："世以成敗論人物，故操得在英雄之列。"清代吳敬梓《儒林外史》八回："固是庸人之見，但本朝大事，你我做臣子的，説話須要謹慎。"◇古今中外都是以成敗論人，所以歷史書就成了"勝者為王，敗者為寇"，成了勝利者的歷史，而真正的歷史並非如此。

【成群結隊】chéng qún jié duì 結成一群，合為一隊。形容三三兩兩的人組合在一起。《新編五代史平話•周史上》："無奈那雀兒成群結隊來偷吃穀粟，才趕得東邊的雲，又向西邊來吃。"《三國演義》九五回："忽然山中居民，成群結隊，飛奔而來，報説魏兵已到。"歐陽山《三家巷》一六五："這時候，三三兩兩的黃牛和成群結隊的山羊打大車路上面經過。"同 成群結夥、成群打夥。反 形單影隻、孑然一身。

【成龍配套】chéng lóng pèi tào 把設備、設施、部件、半成品等搭配或安裝起來，成為可使用或進行生產的系統。◇石化廠的設備已經成龍配套，可生產上百種化工產品 / 本廠的產品成龍配套，完全可以自我組裝成多套成品出售。同 配套成龍。反 雜零狗碎。

【成雙作對】chéng shuāng zuò duì 配對為雙，多指夫婦、情人。元代曾瑞《留鞋記》一折："早早的成雙作對，趁着那梅梢月轉畫樓西。"茅盾《子夜》六："像失落了什麼似的，他在公園走着。太陽西斜，遊客漸多，全是成雙作對的。"◇這是一片幽靜的竹林，竹叢深處隱現着一些成雙作對的情侶。同 成雙成對。反 形單影隻。

【戒備森嚴】jiè bèi sēn yán 警戒防範極為嚴密。◇記得那日是烈日當空，兩萬多人席地坐在大操場上，場外戒備森嚴 / 這一帶近來戒備森嚴，便衣很多，不知道出了甚麼事！反 漏洞百出。

【戒驕戒躁】jiè jiāo jiè zào 防止驕傲與浮躁的情緒。◇個人的知識總是有限的，戒驕戒躁，虛心學習，才能進步 / 驕傲自滿者多，戒驕戒躁者少，前者多失敗，後者易成功。同 不驕不躁、虛懷若谷。反 不可一世、妄自尊大。

【我行我素】wǒ xíng wǒ sù《禮記•中庸》："君子素其位而行，不願乎其外。素富貴行乎富貴，素貧賤行乎貧賤，素夷狄行乎夷狄，素患難行乎患難，君子無入而不自得焉。"後以"我行我素"謂自行其是，不管別人怎麼看怎麼說，還是照自己的習慣、意願去做。《官場現形記》五六回："他夫婦二人還是毫無聞見，依舊是我行我素。"茅盾《鍛煉》二二："即使有人說我受人利用，我還是我行我素。"反 俯仰由人。

【我見猶憐】wǒ jiàn yóu lián 我見了都覺得可愛。憐：愛。《世說新語•賢媛》劉孝標注引《妒記》："溫（桓溫）平蜀，以李勢女為妾。郡主兇妒，不即知之，後知，乃拔刃往李所，因欲斫之。見李在窗梳頭，姿貌端麗，徐徐結髮，斂手向主，神色閒正，辭甚淒婉。主於是擲刀，前抱之曰：'阿子！我見汝亦憐，何況老奴！'遂善之。"後用"我見猶憐"形容女子姿容秀美，儀態動人。《聊齋誌異•巧娘》："見三娘，驚曰：'此即吾家小主婦耶？我見猶憐，何怪公子魂思而夢繞之。'"《野叟曝言》三二回："怪是相公百計謀他……原來有如此美貌，真個我見猶憐。"

【戕害不辜】qiāng hài bù gū 戕：殺害。辜：罪過。殺害或殘害沒有罪過的人。宋代蘇舜欽《上集賢文相書》："故大上欽慎，不敢自專，豈容有司自為輕重，苟快己志，以隳舊典，污辱善士，戕害不辜。"◇暴風肆虐，戕害不辜，不能不讓人感歎生命的脆弱。同 殘害不辜。

【戛玉敲金】jiá yù qiāo jīn 敲擊玉片和金塊。形容聲音清脆、音節鏗鏘。宋代羅燁《醉翁談錄•小說引子》："試開戛玉敲金口，說與東西南北人。"《聊齋誌異•八大王》："雅謔則飛花粲齒，高吟則戛玉敲金。"汪勁武《竹韻》："林蔭漫漫，陽光不透，清風拂葉，群鳥在竹林上空滑過，音如戛玉敲金。"

【戛然而止】jiá rán ér zhǐ 形容突然停止。《歧路燈》九五回："滿場上生旦淨末，同聲一個曲牌，也聽不來南腔北調，只覺得如出一口，唱了幾套，戛然而止。"茅盾《鍛煉》："忽然一連串的汽車喇叭聲直叫到大門外戛然而止。"沙汀《闖關》一六："一隻青蛙呱呱呱叫了兩聲，隨又戛然而止。"

【戟指怒目】jǐ zhǐ nù mù 戟指：伸出或豎起食指和中指。用手指指着人，圓瞪着雙眼。形容憤怒斥責的神態。◇哎呀！你可不知道她那脾氣，發起火來，戟指怒目，把孩子嚇得渾身打顫。同 橫眉怒目。反 和藹可親。

【截然不同】jié rán bù tóng 完全不同，沒有半點相同之處。《瀛奎律髓》卷二九載清代紀昀評杜甫《江漢》詩："末二句語氣截然不同。"梁啟超《評新官制之副大臣》："然我國之設副大臣與人國之設次官，其精神截然不同。"◇雖然都貼着"民主"標籤，但"民主"的實際內容截然不同。同 大相徑庭、迥然不同。反 一模一樣。

【戮力一心】 lù lì yī xīn 同心同德，齊心協力。戮力：合力。《左傳•昭公二十五年》："臧昭伯率從者將盟，載書曰：'戮力壹心，好惡同之'。"《三國志•孫權傳》："自今日漢吳既盟之後，戮力一心，同討魏賊。"明代王直《忠孝堂銘》序："吾受上恩，思輔成大業以報殊遇。爾當戮力一心，庶幾如吾志。"也作"戮力同心"。《左傳•成公十三年》："昔逮我獻公，及穆公相好，戮力同心，申之以盟誓，重之以昏（婚）姻。"宋代袁甫《無倦序示江東幕屬》："相與共惜寸陰，戮力同心，期底成績。"《隋唐演義》四五回："這樣的世界，空論甚麼山寨裏、廊廟中，只要戮力同心，自然有些意思，只是如今眾弟兄還該在一處。"同 同心戮力。

【戮力同心】 lù lì tóng xīn 見"戮力一心"。

【戰無不勝】 zhàn wú bù shèng ❶ 只要作戰，每仗必贏。也形容強大，沒有敵手。《戰國策•齊策二》："戰無不勝而不知止者，身且死，爵且後歸。"《隋書•楊素傳》："將士股慄，有必死之心，由是戰無不勝，稱為名將。"❷ 比喻事事順遂，無往而不利。◇自以為在資本市場玩財技戰無不勝，不料想金融風暴一來，跌得傾家蕩產。同 戰無不克、"戰無不勝，攻無不克"。

【戰戰兢兢】 zhàn zhàn jīng jīng ❶ 形容戒懼、謹慎的樣子。《詩經•小旻》："戰戰兢兢，如臨深淵，如履薄冰。"《漢書•李尋傳》："朕甚懼焉，戰戰兢兢，唯恐陵夷。"《白雪遺音•盜令》："楊令愛姬張紫燕，夜至三更，戰戰兢兢盜得令箭暗來到。"❷ 形容極端害怕或寒冷顫抖的樣子。元代無名氏《鯁直張千替殺妻》三折："唬的撲撲心跳，好教我戰戰兢兢……魄散魂消。"元代劉唐卿《降桑椹》一折："有那等貧寒之家，身無遮體之衣，口無應飢之食，戰戰兢兢，無顏落色，凍剝剝的袖手低頭。"《文明小史》三八回："錢縣尊聽了他話，直嚇得戰戰兢兢的。"同 戰戰慄慄、戰戰栗栗。

【戴罪立功】 dài zuì lì gōng 背負着罪責去建立功勞，將功贖罪。《明史•史可法傳》："以平賊踰期，戴罪立功。"◇雖然他誤殺了自己人，但隨後又殺了幾個敵人，也算戴罪立功了。同 帶罪立功。

戶部

【戶告人曉】 hù gào rén xiǎo 挨家挨戶地告知，使大家都知道。漢代劉向《列女傳•梁節姑姊》：梁國豈可戶告人曉也？被不義之名，何面目以見兄弟國人哉！"◇兒子考取了大學，恨不得戶告人曉，讓鄰里都知道。"同 家喻戶曉。

【戶限為穿】 hù xiàn wéi chuān 唐代張彥遠《法書要錄》："智永禪師住吳興永欣寺，人來覓書者如市，所居戶限為穿穴。"戶限：門檻。後用"戶限為穿"表示門檻都被踏破了。形容來往的人極多。孫中山《倫敦被難記》七："自《地球報》揭露此可驚可愕之異聞，而波德蘭區覃文省街四十六號康氏之屋，幾乎戶限為穿。"高庸《天龍卷》二六："因而文華巷的生意跟秦淮河樂戶勾欄有一個相同的地方，那就是：白晝門可羅雀，入夜則戶限為穿。"同 門庭若市。反 門可羅雀、門庭冷落。

【戶給人足】 hù jǐ rén zú 給：豐足。家家戶戶豐衣足食。《晉書•顏含傳》："且當徵之勢門，使反田桑，數年之間，欲令戶給人足。"也作"家給人足"。《史記•商君列傳》："（初令）行之十年，秦民大說，道不拾遺，山無盜賊，家給人足。"《南齊書•柳世隆傳》："年登歲阜，家給人足。"孫中山《同盟會宣言》："肇造社會的國家，俾家給人足，四海之內，無一夫不獲其所。"◇雖處偏遠地方，這鄉鎮倒似世外桃源，戶給人足，民風純樸。同 家給人足。

【戶對門當】 hù duì mén dāng 指男女雙方家庭的社會地位和經濟狀況相當，結親很合適。明代柯丹邱《荊釵記•執柯》："他八兩，你半斤，彼此為官居上品，論閥閱戶對門當，真個好段姻緣。"《續小五義》一四回："據我瞧這就算是戶對門當。馮爺以後跟着辦成了大事，官職再不能小，這不算戶對門當？"同門當户對。

【户樞不蠹】hù shū bù dù 樞：舊式木門上的轉軸。蠹：蛀。經常轉動的門軸不會被蟲蛀。比喻經常活動的東西不容易受侵蝕。《雲笈七籤》卷五七："夫肢體關節，本資於動用，經脈榮衞實理於宣通，今既閒居，乃無運役事，須導引以致和暢，戶樞不蠹，其義信然。"宋代蘇象先《丞相魏公譚訓》卷七："人生在勤，勤則不匱。戶樞不蠹，流水不腐，此其理也。"◇"流水不腐，戶樞不蠹"，一成不變肯定會被社會淘汰，唯有變革創新才是生存之道。同流水不腐。

【所向披靡】suǒ xiàng pī mǐ 披靡：形容草木倒伏的樣子。風吹到的地方，草木就隨風倒伏。比喻力量所到之處，障礙全被清除或敵人被擊潰。《晉書·景帝紀》："乃與驍騎十餘摧鋒陷陣，所向皆披靡。"《周書·王雅傳》："擐甲步戰，所向披靡，太祖壯之。"《東周列國誌》四六回："遂與其友鮮伯等百餘人，直犯秦陣，所向披靡，殺死秦兵無算。"同所向風靡、所向無敵。反望風披靡、望風潰逃。

【所向風靡】suǒ xiàng fēng mǐ 靡：草木倒伏的樣子。風吹到的地方，草木就隨風倒伏。比喻力量所到之處，障礙全被清除或敵人被擊潰。《晉書·四夷傳》："其後張駿遣沙州刺史楊宣率眾疆理西域，宣以部將張植為前鋒，所向風靡。"同所向披靡。反望風披靡。

【所向無敵】suǒ xiàng wú dí 敵：抵擋。力量所指向的地方，誰也抵擋不住。形容無往而不勝。三國蜀諸葛亮《心書》："善將者因天之時，就地之勢，依人之力，則所向無敵，所擊者萬全矣。"《舊唐書·李嗣業傳》："嗣業每持大棒衝擊，賊眾披靡，所向無敵。"《水滸後傳》一五回："我自起兵以來，所向無敵。"◇只見他一馬當先，一雙大刀在黃昏的煙靄與飛塵中閃着白光，所向無敵。同所向披靡。反不堪一擊。

【所剩無幾】suǒ shèng wú jǐ 剩下的沒有多少了。《官場現形記》三五回："但是帶來的銀子，看看所剩無幾，辦不了這樁正經。"清代彌堅堂主人《終須夢》四回："夢鶴即將這些物件賣數十兩銀，費用殆盡，所剩無幾。"余華《活着》三章："他們向我微笑時，我看到空洞的嘴裏牙齒所剩無幾。"反綽有餘裕。

【所費不貲】suǒ fèi bù zī 貲：計數。花費的錢財不計其數。宋代朱熹《答張敬夫》："閩中之兵，春間忽有赴帥司團教指揮，七郡勞遣，所費不貲。"明代沈德符《野獲篇·御膳》："聞茹蔬之中，皆以葷血清汁和劑以進，上始甘之，所費不貲。"◇這個項目鬧了二十餘年，所費不貲，收穫不大，大家漸漸有些後悔。

【房謀杜斷】fáng móu dù duàn《舊唐書·房玄齡杜如晦傳論》："世傳太宗嘗與文昭圖事，則曰：'非如晦莫能籌之。'及如晦至焉，竟從玄齡之策也。蓋房知杜之能斷大事，杜知房之善建嘉謀。"說唐太宗時，宰相房玄齡、杜如晦各有所長：房氏多謀略，杜氏善決斷。後以"房謀杜斷"：❶指多謀和善斷。宋代劉克莊《謝丞相啟》："伏遇某官有伊訓説命之學，兼有房謀杜斷之長。"❷形容能人之間互相配合，取長補短。清代蔡乃煌《蛟斷》詩："射虎斬蛟三害去，房謀杜斷兩心同。"同杜斷房謀。

手部

【才大難用】cái dà nán yòng 見"材大難用"。

【才子佳人】cái zǐ jiā rén 有才學的男子和美貌的女子。一般稱年貌相當、有婚姻或戀情關係的青年男女。宋代晁補之《鷓鴣天》詞："夕陽芳草本無根，才子佳人空自悲。"清代孔尚任《桃花扇·訪翠》："才子佳人，難得聚會。"曹禺《北京人》第一幕："一個畫畫，一個題字，真是才子佳人，天生的一對。"同佳人才子。

【才氣無雙】cái qì wú shuāng《史記·李將軍列傳》："李廣才氣，天下無雙。"後用“才氣無雙”說才能和氣概沒有誰能比得上。宋代蘇泂《雨中花》詞：“世事幾如人意，儒冠還負身謀。歎天生李廣，才氣無雙，不得封侯。”◇有人說他才氣無雙，我看他是志大才疏，不過有點辯才而已。同 天下無雙。

【才氣過人】cái qì guò rén 才能和氣概超越常人，非同一般。《史記•項羽本紀》：“(項) 籍長八尺餘，力能扛鼎，才氣過人，雖吳中子弟皆已憚籍矣。”《蕭瑟洋場》四：“其實郭嵩燾是南書房翰林，他跟左宗棠的胞兄左宗植是兒女親家，與左宗棠當然很熟，深知他才氣過人。”同 才氣無雙。反 才疏學淺。

【才高八斗】cái gāo bā dǒu 唐代李翰《蒙求》：“仲宣獨步，子建八斗。”宋代無名氏《釋常談•八斗之才》：“謝靈運嘗曰：‘天下才有一石，曹子建獨佔八斗，我得一斗，天下共分一斗。’”後用“才高八斗”形容文才極高。明代陳汝元《金蓮記•偕計》：“不佞姓蘇名軾……學富五車，才高八斗。”清代厲鶚《曉行蘇堤作》詩：“價重十千春易買，才高八斗景難摹。”也作“八斗之才”。《宣和書譜》：“曹植甫十歲，善屬文，若素構。自詩道云亡，風流掃地，而植以八斗之才擅天下，遂以詞章為諸儒倡。”梁啟超《飲冰室詩話》二四：“乃歸來及一月，竟溘然長逝，年僅逾弱冠耳。懷八斗之才，飲萬斛之恨。”同 才貫二酉、學貫二酉。

【才高行厚】cái gāo xíng hòu 學識淵博，品行端正穩重。厚：不輕薄。漢代王充《論衡•命祿》：“或時才高行厚，命惡，廢而不進；知寡德薄，命善，興而超邁。”◇季羨林老人是一位才高行厚的學者。同 才高行潔。反 卑鄙齷齪。

【才高行潔】cái gāo xíng jié 才學高，品行好。潔：清白。漢代王充《論衡•逢遇》：“才高行潔，不可保以必尊貴；能薄操濁，不可保以必卑賤。”◇王小姐才高行潔，端莊漂亮，談吐清雅，這次被選為“形象大使”。同 才高行厚。

【才兼文武】cái jiān wén wǔ 兼具文武兩方面的才能。《後漢書•盧植傳》：“熹平四年，九江蠻反，四府選植才兼文武，拜九江太守。”唐代劉禹錫《酬令狐相公見寄》詩：“才兼文武播雄名，遺愛芳塵滿洛城。”《九命奇冤》二回：“他非但富貴雙全，而且才兼文武。”同 文武兼備、文武雙全。反 不學無術。

【才貫二酉】cái guàn èr yǒu《太平御覽》卷四九載：湖南沅陵的大酉山和小酉山的石洞中有千卷藏書，傳說是秦時有人藏匿於此讀書學習。後以“才貫二酉”、“書通二酉”表示博覽群書，學識淵博。《古今小說•閒雲庵阮三償冤債》：“到一十六歲，果然學富五車，書通二酉。”《鏡花緣》一六回：“大賢世居大邦，見多識廣，而且榮列膠庠，自然才貫二酉，學富五車了。”同 學富五車、學貫二酉。反 不識一丁、一丁不識。

【才華出眾】cái huá chū zhòng 見“才華超眾”。

【才華超眾】cái huá chāo zhòng 才華高出眾人之上。也作“才華出眾”◇他出身軍人，後來成為才華超眾的外交家 / 她的小兒子勤奮好學，才華出眾，肯定是前途無量的好青年。

【才華蓋世】cái huá gài shì 才華超出當世，無人可比。《孽海花》三回：“他做宗人府主事時候，管宗人府的便是明善主人，是個才華蓋世的名王。”◇曹植才華蓋世，寫得一手好詩文，可惜被其兄曹丕打壓，潦倒一生。同 才華過人、才氣過人。

【才華橫溢】cái huá héng yì 形容人的才能在各方面都充分表現出來。橫溢：洋溢，充分流露。◇才華橫溢的人很多，能有機會嶄露頭角的卻很少 / 此人才華橫溢，是哥倫比亞大學的教育學博士。同 才華出眾。

【才短氣粗】cái duǎn qì cū 沒有才幹，氣質粗俗。《隋唐演義》八三回：“祿山才短氣粗，當此大鎮，深懼不能勝任。”◇如果不是朝中有人，像他這種才短氣粗的人，怎會當上董事。

【才疏志大】cái shū zhì dà 空有遠大的志向，但沒有實現志向的才幹。《魏書•景穆十二王列傳》：“熙、略兄弟，早播名譽，或志疏才大，或器狹任廣。”宋代陸游《大風登城》詩：“才疏志大不自量，西家東家笑我狂。”同 志大才疏、才疏意廣。

【才疏意廣】cái shū yì guǎng 沒有才華，然而志向很大。《後漢書·孔融傳》：“融負其高氣，志在靖難，而才疏意廣，迄無成功。”宋代蘇軾《孔北海贊》：“世以成敗論人物，故操得在英雄之列，而公且謂‘才疏意廣’，豈不悲哉！”同 志大才疏。

【才疏學淺】cái shū xué qiǎn 疏：空虛。才能低下，學問淺薄。多用於自謙。明代朱權《荊釵記·合巹》：“欲步蟾宮，奈才疏學淺，未得蜚沖。”《痛史》一一回：“在下雖有此志，只是才疏學淺，年紀又輕，經練更少。”◇他深知自己才疏學淺，也就老老實實安於下位。同 才疏識淺、才薄智淺。反 才高八斗、學富五車。

【才貌兩全】cái mào liǎng quán 見“才貌雙全”。

【才貌雙全】cái mào shuāng quán 才學高，容貌美，兩樣都齊備。也作“才貌兩全”。元代白樸《牆頭馬上》一折：“七歲草字如雲，十歲吟詩應口，才貌兩全，京師人每呼少俊。”《清平山堂話本·風月瑞仙亭》：“孩兒見他文章絕代，才貌雙全，必有榮華之日，因此上嫁了他。”《老殘遊記》一五回：“只因為她才貌雙全，鄉莊戶下，哪有那麼俊俏男子來配她呢？”錢鍾書《圍城》三：“蘇小姐，有空到舍間來玩兒啊，鴻漸常講起你是才貌雙全。”

【才德兼備】cái dé jiān bèi 才幹、品德都具備。宋代許月卿《人邑道中》詩：“天涵地育王公旦，德備才全范仲淹。”元代無名氏《娶小喬》一折：“江東有一故友，乃魯子敬，此人才德兼備。”《英烈傳》二八回：“陳元帥英武蓋世，才德兼備。”同 德才兼備。

【才識過人】cái shí guò rén 才能、見識超過常人，出類拔萃。元代馬致遠《薦福碑》四折：“果然不干我事，是兄弟才識過人。”◇她年紀不大，但博覽群書，才識過人，勤於筆耕，不時有新作面世。同 才氣過人、才華橫溢。

【手下留情】shǒu xià liú qíng 指做事的時候留有情面，不把事做絕。《三俠五義》九三回：“只聽剋哧一聲，沙龍一刀砍在藍驍的馬蹬之上。沙龍道：‘俺手下留情，山賊你要明白。’”劉紹棠《草莽》：“不看僧面看佛面，看在我這一張老臉上，你們手下留情，裝聾作啞只當沒看見，撥馬回頭交差去吧！”同 高抬貴手。反 鐵面無私。

【手不停揮】shǒu bù tíng huī 手不停地揮筆書寫。形容書寫敏捷，或寫字寫得很辛苦。《警世通言·李謫仙醉草嚇蠻書》：“李白左手將鬚一拂，右手舉起中山兔穎，向五花牋上，手不停揮，須臾，草就嚇蠻書。”朱自清《我所見的葉聖陶》：“他寫文字時，往往拈筆伸紙，便手不停揮地寫下去，開始及中間，停筆躊躇時絕少。”張愛玲《半生緣》三：“她的絨線衫口袋裏老是揣着一團絨線，到小飯館子裏吃飯的時候也手不停揮地打着。”同 一揮而就。

【手不釋卷】shǒu bù shì juàn 手裏捨不得放下書本，形容讀書勤奮。三國魏曹丕《典論·自敍》：“上（曹操）雅好詩書文籍，雖在軍旅，手不釋卷。”宋代孫光憲《北夢瑣言》卷一四：“習吉好學，有筆述，雖馬上軍前，手不釋卷。”《清朝野史大觀·雁門馮先生紀略》：“篤行好學，手不釋卷。”同 手不釋書、書不釋手。反 一丁不識、目不識丁。

【手忙腳亂】shǒu máng jiǎo luàn 形容做事慌亂，沒有條理。宋代朱熹《朱子全書·學》：“今亦何所迫切，而手忙腳亂一至於此耶？”《醒世恒言·蔡瑞虹忍辱報仇》：“合船人手忙腳亂，要撐開去，不道又閣在淺處。”◇一個人伺候兩個病人，弄得手忙腳亂。同 慌手慌腳、驚慌失措。反 從容不迫、有條不紊。

【手足之情】shǒu zú zhī qíng 手足：比喻兄弟。指兄弟之間的情分。也指親如兄弟的情誼。宋代蘇轍《為兄軾下獄上書》：“臣竊哀其志，不勝手足之情，故為冒死一言。"《醒世恆言•三孝廉讓產立高名》："若娶妻，便當與二弟別居。篤夫婦之愛，而忘手足之情，吾不忍也。" 巴金《秋》尾聲："請你念及手足之情，不要因我沒有出息，就把我拋棄。" 同 情同手足、親如手足。反 煮豆燃萁、兄弟鬩牆。

【手足無措】shǒu zú wú cuò《論語•子路》："刑罰不中，則民無所措手足。" 措：安放。後用"手足無措"指手腳不知放到哪裏。形容無所適從。《陳書•後主紀》："法令滋章，手足無措。" 也用以形容舉止慌張或無法應付。《水滸後傳》一二回："正憂疑不定，忽報宋兵到了，驚得手足無措。" 老舍《四世同堂》一五："'不敢當噢！' 祁老人喜歡得手足無措。" 同 驚慌失措、張皇失措。反 從容不迫、慢條斯理。

【手到拿來】shǒu dào ná lái 一出手就能捉到或取來。形容捉人或拿東西很有把握，毫不費力。元代康進之《李逵負荊》四折："這是揉着我山兒的癢處，管教他甕中捉鼈，手到拿來。"《儒林外史》三一回："而今你在這裏幫我些時，等秋涼些，我送你些盤纏投奔他去，包你這千把銀子手到拿來。" 同 手到擒來、易如反掌。反 大海撈針。

【手到病除】shǒu dào bìng chú ❶ 一動手治療，病就好了。形容醫術高明。元代無名氏《碧桃花》二折："嬤嬤，你放心，小人三代行醫，醫書脈訣，無不通曉，包的你手到病除。"《水滸傳》六五回："小弟在潯陽江時，因母得患背疾，百藥不能得治，後請得建康府安道全，手到病除。" 蘇童《園藝》二："祖傳秘方，專除狐臭，手到病除，不知治好了多少人的暗病。" ❷ 比喻解決問題迅速。明代華陽散人《鴛鴦針》二回；"我目下正要買屋與相公們看書，就叫牙人合了價錢與我，我去說這情面，包管你手到病除。" 同 藥到病除。反 不可救藥、病入膏肓。

【手到擒來】shǒu dào qín lái 一出手就能捉到或取來。形容捉人或拿東西毫不費力。《西遊記》二四回："八戒道：'……我想你有些溜撒，去他那園子裏偷幾個來嚐嚐。如何？' 行者道：'這個容易，老孫去，手到擒來。'" 蔡東藩《民國通俗演義》二十回："總巡乃親自出門，領着西探總目等，往迎春坊，果然手到擒來，毫不費力。" 同 輕而易舉、易如反掌。反 大海撈針。

【手急眼快】shǒu jí yǎn kuài 出手迅速，眼光敏捷。形容动作快而準。《三俠五義》八回："張爺手急眼快，斜刺裏就是一腿，道人將將躲過。" ◇因為手急眼快、動作麻利，她操作的幾台織機產量總是在前幾名。也作"手疾眼快"。《西遊記》四回："原來悟空手疾眼快，……一縱趕至哪吒腦後，着左膊上一棒打來。" ◇媽媽不小心絆了一下，兒子手急眼快扶住了她。同 眼急手快、眼明手快。

【手起刀落】shǒu qǐ dāo luò 手一提起，刀就落下。指用刀的動作很迅速。《三國演義》五三回："不三合，雲長手起刀落，砍楊齡於馬下。"《水滸傳》二九回："武松道：'原來恁地，卻饒你不得。' 手起刀落，也把這人殺了。" 畢淑敏《預約財富》："手起刀落，動作翩若驚鴻，誰見了都會誇這是一筆好刀法。"

【手胼足胝】shǒu pián zú zhī 見"胼手胝足"。

【手疾眼快】shǒu jí yǎn kuài 見"手急眼快"。

【手眼通天】shǒu yǎn tōng tiān 手眼：比喻伎倆。形容很有手腕，善於鑽營。老舍《四世同堂》九："大赤包對丈夫財祿是絕對樂觀的，這並不是她信任丈夫的能力，而是相信她自己的手眼通天。" 海岩《永不瞑目》三九："你們真是手眼通天，怎麼這麼快就拿出來了？" ◇他在當地手眼通天，這件事可以請他幫忙。同 神通廣大。

【手揮目送】shǒu huī mù sòng 三國魏嵇康《四言贈兄秀才公穆入軍》詩："目送歸鴻，手揮五弦；俯仰自得，游心太玄。" 後用"手揮目送"：❶ 形容彈琴時手眼並用，自得其樂。鄭逸梅《南社叢談•南社社友事略•顧焯秋》："有粵人鐘賡虞，能琴，藏唐代雷氏物，泠泠七弦，極手揮目送之妙。”❷比喻行文得心應手。朱光潛《作文與運思》：“經過一番苦思的訓練之後，……縱遇極難駕御的情境，也可以手揮目送，行所無事。”同 目送手揮。

【手無寸鐵】shǒu wú cùn tiě 寸鐵：指極小的兵器。形容手裏沒有任何武器。《說唐》一七回：“如今我手無寸鐵，如何是好！”梁斌《紅旗譜》五一：“拿着素有訓練的軍隊，去包圍手無寸鐵的學生，算了甚麼！”梁羽生《萍蹤俠影錄》七回：“雲蕾劍鋒一顫，叫道：‘拾起劍來，我不殺手無寸鐵之人！’”同 赤手空拳。反 荷槍實彈。

【手舞足蹈】shǒu wǔ zú dǎo《文選•卜商〈毛詩序〉》：“永（詠）歌之不足，不知手之舞之，足之蹈之也。”舞：揮舞。蹈：踏地。後用“手舞足蹈”形容：❶異常高興的樣子。《宋書•樂志四》：“手舞足蹈欣泰時，移風易俗王化基。”《水滸傳》三九回：“宋江寫罷……不覺歡喜，自狂蕩起來，手舞足蹈，又拿起筆來，去那《西江月》後再寫下四句詩。”◇聽到節奏歡快的音樂，嬰兒也會高興得手舞足蹈起來。❷朝見時臣下按照禮儀拜舞的樣子。唐代李迥秀《奉和幸安樂公主山莊應制》：“手舞足蹈方無已，萬年千歲奉薰琴。”

【手頭不便】shǒu tóu bù biàn 手邊缺錢用的委婉說法。《醒世恆言•桂員外途窮懺悔》：“前日令郎遠來，因一時手頭不便，不能從厚，非負心也。”《孽海花》五回：“那東西混賬極了！兄弟不過一時手頭不便，欠了他幾個臭錢。”梁羽生《鳴鏑風雲錄》一回：“無奈手頭不便，還望程舵主寬限一些時日。”同 阮囊羞澀。

【打牙犯嘴】dǎ yá fàn zuǐ 互相打鬧逗趣。《金瓶梅詞話》一八回：“自此，這小伙兒和這婦人日近日親，或吃茶吃飯，穿房入屋，打牙犯嘴，挨肩擦背，通不忌憚。”《紅樓夢》七四回：“或藉着因由同二門上小幺兒們打牙犯嘴，外頭得了來的，也未可知。”◇休息時，兩人並肩坐着，一個勁兒地打牙犯嘴說笑兒。

【打死老虎】dǎ sǐ lǎo hǔ 明代沈德符《野獲編補遺•劾大璫子弟》：“迨馮璫將敗，最初言者，亦不過借司房徐爵牽及之耳。未幾追論者連篇累牘，諺所云‘打死虎’也。”後多用“打死老虎”比喻打擊失勢倒台的人。《官場現形記》二八回：“這班窮都同一群瘋狗似的，沒有事情說了，大家一窩風打死老虎。”

【打成一片】dǎ chéng yī piàn 原意是將各種感情和遭遇看作一回事。後多表示把不同的部分合為一體。宋代釋普濟《五燈會元•益州青城香林院澄遠禪師》：“老僧四十年方打成一片。”明代呂坤《答孫立亭論格物第三書》：“明道《識仁》一書，知行打成一片。”朱自清《悼聞一多先生》：“注意原始人的歌舞，這是集團的藝術，也是與生活打成一片的藝術。”現也形容緊密結合，不分彼此。◇學習語言就要在生活中多聽、多說，多跟大家打成一片。同 渾然一體、水乳交融。反 冰炭不容、薰蕕異器。

【打抱不平】dǎ bào bù píng 遇見不公平的事，站出來幫助受欺壓的一方。《紅樓夢》四五回：“那黃湯難道灌喪了狗肚子裏去了？氣的我只要替平兒打抱不平兒。”◇昨天我在街上替一個老婦打抱不平，跟那個蠻不講理的年輕人吵得天翻地覆。同 抱打不平、見義勇為。反 袖手旁觀、事不關己。

【打馬虎眼】dǎ mǎ hu yǎn 故意裝糊塗遮掩蒙騙人。老舍《華實春秋》：“他這是打馬虎眼，麻痹我們大夥兒，假充好人，想混過這一關去！”◇她辦事嚴謹細緻，工作從不打馬虎眼。

【打草驚蛇】dǎ cǎo jīng shé 宋代鄭文寶《南唐近事》：“王魯為當塗宰，頗以資產為務，會部民連狀訴主簿貪賄於縣尹，魯乃判曰：‘汝雖打草，吾已蛇驚。’”意思說你控告主簿貪賄有如“打草”，我似草中受驚的蛇已知警惕戒懼。後比喻做事不慎，洩露了風聲，驚動了對方。元代白樸《牆頭馬上》三折：“誰更敢倒鳳顛鸞，撩蜂剔蠍，打草驚蛇，壞了咱牆頭上傳情簡帖。”《水滸全傳》二九回：“空自去‘打草驚蛇’，倒吃他做了手腳，卻是不好。"《文明小史》一回："斷不可操切從事，以致打草驚蛇，反為不美。"同 打草蛇驚。

【打恭作揖】dǎ gōng zuò yī 見"打躬作揖"。

【打個(箇)照面】dǎ gè zhào miàn 指恰好正面相遇或相互看到。金代董解元《西廂記諸宮調》卷一："當時張生卻是見甚的來？見甚的來？與那五百年前疾憎的冤家，正打箇照面兒。"張愛玲《茉莉香片》："趁早去罷，打個照面就完事了。不去，又是一場氣！"◇新來經理只是例行公事般，到各個部門打個照面就走了。

【打躬作揖】dǎ gōng zuò yī 打躬：彎身。作揖：兩手抱拳，上下擺動。彎腰作揖。原為舊時一種見面禮節。現多指謙卑恭順地行禮、懇求。《儒林外史》四回："見了客來，又要打躬作揖，累個不了。"孔厥、袁靜《新兒女英雄傳》一四回："大老鴰嚇得直不起腰，打躬作揖的說。"二月河《胡雪巖》楔子："一名管家模樣的小伙子搶先跑到御林軍頭目面前，連連打躬作揖。"也作"打恭作揖"。明代李贄《焚書•因記往事》："嗟乎！平居無事，只解打恭作揖，終日匡坐，同於泥塑。"《官場現形記》一回："王鄉紳下車，爺兒三個連忙打恭作揖。"◇從那些保安員開始，一見了我就打躬作揖，笑容滿面。

【打家劫舍】dǎ jiā jié shè 打：搶劫。舍：居住的房子。指成群結夥地到別人家裏搶劫財物。元代武漢臣《玉壺春》四折："見俫子撅天撲地，不弱如打家劫舍殺人賊。"《水滸傳》十回："那三個好漢聚集着七八百小嘍羅打家劫舍。"◇在那個世道裏，他不怕財東欺侮，不怕土匪打家劫舍，不怕拉兵賣壯丁。同 殺人越貨、明火執仗。反 扶危濟困、劫富濟貧。

【打退堂鼓】dǎ tuì táng gǔ ❶ 古代官吏退堂前先擊鼓，表示中止或結束審理案件。《蕩寇志》九四回："賀太平看了，打鼓退堂，遂教天賜內衙相見。"❷ 借喻碰到困難或中途變卦而向後退縮。◇你不能聽到幾句閒言碎語就頂不住了，就想打退堂鼓！反 一鼓作氣、勇往直前。

【打得火熱】dǎ de huǒ rè 形容關係極其熱絡。《兒女英雄傳》二九回："他本是個活動熱鬧的人，在這裏住了幾日，處得上上下下沒有一個不合式的，內中金、石姐妹，尤其打得火熱。"丁中江《北洋軍閥史話》七七回："蔡鍔這時自己扮演兩個角色，其一是假意和老師梁啟超各行其是；其二是大隱花叢，與小鳳仙打得火熱。"同 如膠似漆。反 反目成仇。

【打情罵俏】dǎ qíng mà qiào 情：風情。俏：俏皮，風趣。指互相輕佻地用打罵玩笑的形式調侃、挑逗。多指男女間調情。《官場現形記》三九回："忽然一天到得堂子裏面，打情罵俏，骨軟筋酥。"魯迅《偽自由書•大觀園的人才》："這是一種特殊的人物，他（她）要會媚笑，又要會撒潑，要會打情罵俏，又要會油腔滑調。"周而復《上海的早晨》一七："其實是一幫青年男女愛在一塊打情罵俏，不好好做莊稼，湊在一起瞎胡鬧。"同 眉來眼去。反 正顏厲色、一本正經。

【打街罵巷】dǎ jiē mà xiàng 街、巷：指鄰里街坊。形容在街頭巷尾無事生非，尋釁鬧事。《野叟曝言》六回："這劉大平日吃酒賭錢，打街罵巷，原是不安本分的人。"◇那個無賴恃強淩弱，打街罵巷，周圍竟沒有人敢招惹他。

【打富濟貧】dǎ fù jì pín 奪取富人的財物，救濟窮人。◇老漢平生最喜歡打富濟貧，抑強扶弱，打抱不平 / 他幻想將來長大成人以後做一個打富濟貧的劍俠。同 殺富濟貧、劫富濟貧。

【打落水狗】dǎ luò shuǐ gǒu 比喻繼續打擊已經失敗的壞人或敵人。魯迅《墳•論"費厄潑賴"應該緩行》："他日復來，仍舊先咬老實人開手，'投井下石'，無所不為，尋起原因來，一部分就正因為老實人不'打落水狗'之故。"◇世人打落水狗，多不肯直認，老要充自己是行俠仗義。反 縱虎歸山、養癰貽患。

【打滾撒潑】dǎ gǔn sā pō 躺在地上打滾，哭鬧叫罵。《紅樓夢》六〇回："芳官捱了兩下打，哪裏肯依？便打滾撒潑的哭鬧起來。”◇孩子大鬧起來，號啕大哭，躺在地上打滾撒潑，怎麼勸說也沒用。同 撒潑打滾。

【打諢插科】dǎ hùn chā kē 科：指古典戲曲中的表情和動作。諢：詼諧逗趣的話。戲曲、曲藝演員在表演中穿插進去的引人發笑的動作或道白。也泛指逗樂取笑。清代李斗《揚州畫舫錄•新城北錄下》：“小丑丁秀容打諢插科，令人絕倒。”同 插科打諢。

【打擊報復】dǎ jī bào fù 對給自己提過意見或反對過自己的人進行刁難、壓制或迫害。◇甚麼調動工作？明明是撤你的職，在搞打擊報復嘛！

【打雞罵狗】dǎ jī mà gǒu 比喻旁敲側擊地漫罵，以發洩不滿。清代無名氏《聽月樓》一回：“（秀林）只與夫人小姐吵鬧，打雞罵狗，鬧得闔宅不安。”魯迅《彷徨•肥皂》：“你今天怎麼盡鬧脾氣，連吃飯時候也是打雞罵狗的？”◇兒媳家有田有地有鋪子，嫁到姑母家總不如意，成天打雞罵狗的。同 指桑罵槐。

【扞格不通】hàn gé bù tōng 成見很深，固執而不變通。《文明小史》一回：“我們中國，都是守着那幾千年的風俗，除了幾處通商口岸稍能因時制宜，其餘十八行省，那一處不是執迷不化，扞格不通呢？”◇別勸說他了，他老了，扞格不通。同 扞格不入、頑固不化。反 因時制宜、便宜行事。

【扛鼎拔山】gāng dǐng bá shān《史記•項羽本紀》：“籍（項羽）長八尺餘，力能扛鼎。”又：“（項王）自為詩曰：‘力拔山兮氣蓋世，時不利兮騅不逝。’”說能把鼎舉起來，將大山拔去。形容勇武力大。《東周列國誌》七二回：“有扛鼎拔山之勇，經文緯武之才。”同 拔山扛鼎、拔山超海。

【扣人心弦】kòu rén xīn xián 心弦：指受到感動而引起共鳴的心。多指詩文、表演等感染力強，牽動人心。秦牧《花城•古董》：“那種景象多麼扣人心弦！”◇平時她很少講話，但那天的幾句話，卻是扣人心弦，感動得大家都流下了眼淚。同 動人心弦。反 無動於衷。

【扣槃捫燭】kòu pán mén zhú 扣：敲擊。捫：撫摸。盲人敲擊銅盤以體會太陽的形狀，觸摸蠟燭想像太陽之光。比喻認知片面，主觀判斷，不明真相，不得真知。宋代蘇軾《日喻說》：“生而眇者不識日，問之有目者。或告之曰：‘日之狀如銅槃（盤）。’扣槃而得其聲。他日聞鐘，以為日也。或告之曰：‘日之光如燭。’捫燭而得其形。他日揣籥以為日也。”籥yuè，古代管樂器，似笛。明代汪循《儒志編原序》：“言皆治國修身之要，見匪扣槃捫燭之為，如斯人者，豈易得哉！”清代李光地《覆樂律數表劄子》：“臣未嘗一審樂音，一親樂器，扣槃捫燭以為聲光，安能得其真像？”也作“扣槃捫籥”。俞平伯《詩的神秘》：“都是扣槃捫籥之談，招搖撞騙之技。”

【扣槃捫籥】kòu pán mén yuè 見“扣槃捫燭”。

【扶正祛邪】fú zhèng qū xié 見“扶正黜邪”。

【扶正黜邪】fú zhèng chù xié 中醫認為疾病是體內邪氣盛、正氣弱造成的，治病就要扶持正氣、祛除邪氣。後用“扶正黜邪”、“扶正祛邪”表示扶持正氣、正義或正確的東西，清除邪氣、不義或錯誤的東西。漢代蔡邕《對詔問災異八事》：“聖意勤勤，欲流清蕩濁，扶正黜邪。”◇扶正黜邪、激濁揚清，是古人留給我們為人處世的優良傳統。同 激濁揚清。反 助紂為虐。

【扶老攜幼】fú lǎo xié yòu 攙着老人，拉着小孩。形容民眾成群結隊地走。多用於歡迎、逃亡或投奔某方的場合。《戰國策•齊策四》：“孟嘗君就國於薛，未至百里，民扶老攜幼，迎君道中。”明代余繼登《典故紀聞》卷一一：“所見逃民，動以萬計，扶老攜幼，風棲露宿。”《儒林外史》一回：“鄉里人聽見鑼響，一個個扶老攜幼，挨擠了看。”蕭乾《未帶地圖的旅人》：“警報一響……時常看到扶老攜幼、互相照顧的動人情景。”同 攜幼扶老。

【扶危持顛】fú wēi chí diān 見“持危扶顛”。

【扶危濟困】fú wēi jì kùn 幫助處境危急的人，接濟生活困苦的人。《水滸傳》三八回："多聽得江湖上來往的人説兄長清德，扶危濟困，仗義疏財。"郭沫若《星空·孤竹君之二子》："我們各有理性天良足以扶危濟困。"㊐ 扶危救困、濟困扶危。㊌ 恃強凌弱、橫行鄉里。

【扶搖直上】fú yáo zhí shàng《莊子·逍遙遊》："鵬之徙於南冥也，水擊三千里，摶扶搖而上者九萬里。"扶搖：旋轉而上的暴風。後用"扶搖直上"比喻迅速上升或官運亨通。唐代李白《上李邕》詩："大鵬一日同風起，扶搖直上九萬里。"宋代黃機《八聲甘州》詞："正恐功名相慁，便扶搖直上，龍尾螭頭。"《官場現形記》一二回："指日紅旗報捷，甚麼司馬、都堂，都是指顧間事，即時扶搖直上，便與弟輩分隔雲泥，直令人又羨又妒。"◇分別時不過一個窮書生，十年後重逢，卻已扶搖直上，著述等身。㊐ 平步青雲、飛黃騰達。㊌ 一落千丈、一蹶不振。

【扼吭拊背】è háng fǔ bèi 吭：喉嚨。拊：拍擊。扼住咽喉，擊其背後。比喻控制要害部位或抓住關鍵問題。《漢書·婁敬傳》："夫與人鬥，不搤其亢，拊其背，未能全勝。"清代魏源《聖武記》卷一四："(扼江十郡) 外接島夷，內防盜艇，如何而形格勢禁，如何而扼吭拊背，願聞其宜忌，可乎？"蔡東藩《前漢通俗演義》三三回："為陛下計，莫如移都關中，萬一山東有亂，秦地總可無虞，這所謂扼吭拊背，才可操縱自如哩。"㊐ 扼喉撫背。

【扼腕長歎】è wàn cháng tàn 握住手腕，長聲歎息。形容情緒激動、憤恨、惋惜或感慨極深的表情。《晉書·劉琨傳》："臣所以泣血宵吟，扼腕長歎者也。"◇本是一名人人稱道的優秀學生，最後卻走上網絡犯罪的道路，不免令人扼腕長歎。㊐ 扼腕歎息。

【批亢搗虛】pī háng dǎo xū ❶ 攻擊對方要害，就其薄弱處進擊。批：用手襲擊。亢：同"吭"，咽喉。《史記·孫子吳起列傳》："救鬥者不搏撠，批亢搗虛，形格勢禁，則自為解耳。"宋代陳亮《中興論》："撫定齊秦，則京洛將安往哉！此所謂批亢搗虛，形格勢禁之道也。"❷ 指善於鑽營，從中謀取利益。明代無名氏《石榴園》一折："自家姓炒名皮……乃油嘴出身，平昔幫閒鑽懶，批亢搗虛。"

【扯篷拉縴】chě péng lā qiàn 篷：船篷。縴：縴繩。比喻不正當的拉攏撮合。《紅樓夢》一五回："鳳姐又道：'我比不得他們扯篷拉縴的圖銀子。'"◇頭一歪就想出一條主意，平時愛幹些扯篷拉縴的事兒，完全不像個男子漢。

【折足覆餗】zhé zú fù sù 折足：折斷鼎足。覆餗：打翻了鼎內的食物。《易經·繫辭》下："'鼎足折，覆公餗，其形渥，凶。'言不勝其任也。"後用"折足覆餗"、"折鼎覆餗"比喻力不勝任，必然敗壞事情。《後漢書·謝弼傳》："今之四公，惟司空劉寵斷斷守善，餘皆素餐致寇之人，必有折足覆餗之凶。"《梁書·武帝紀上》："祏怯而無斷，暄弱而不才，折鼎覆餗，翹足可待。"元代耶律楚材《答楊行省書》："今也抑意陳書，引年求退，懼折鼎覆餗之患，避牝雞司晨之譏。"

【折戟沉沙】zhé jǐ chén shā 戟：古時長桿兵器，頭上有利刃。折斷了的戟沉埋在泥沙之中變為廢鐵。形容慘重失敗後的遺跡。唐代杜牧《赤壁》詩："折戟沉沙鐵未消，自將磨洗認前朝。東風不與周郎便，銅雀春深鎖二喬。"清代查慎行《公安道中》詩："折戟沉沙極望中，勿論猿鶴與沙蟲。"唐弢《斷片》："這是斷片，但我想'折戟沉沙'，由此可以想見當年鬥爭的激烈，卻是戰鬥的斷片呵！"

【折鼎覆餗】zhé dǐng fù sù 見"折足覆餗"。

【折衝尊(樽)俎】zhé chōng zūn zǔ 衝：攻城的戰車。折衝：挫敗敵人。尊（樽）俎，古時盛酒肉的器皿。《晏子春秋·雜上十八》："不出尊俎之間，而折衝於千里之外，晏子之謂也。"後用"折衝尊俎"、"折衝樽俎"表示不用武力而在宴飲談判中戰勝對手。也泛指外交、談判活動。晉代張協《雜詩》："何必操干戈，堂上有奇兵。折衝樽俎間，制勝在兩楹。”楹：廳堂的前柱。元代錢應庚《春草碧》詞：“折衝尊俎談兵略，還記五湖船，煙波約。”《孽海花》六回：“總算沒有另外賠款割地，已經是他折衝尊俎的大功，國人應該紀念不忘的了。”徐遲《火中的鳳凰》：“國家圖書館決定要買這部書……經理先生和那古董商人折衝尊俎了幾天，後來終於開了口，索價一萬圓！”反 兵戎相見。

【抓耳撓腮】zhuā ěr náo sāi ❶ 形容想不出辦法，無計可施，無可奈何。《二刻拍案驚奇·滿少卿飢附飽颺》：“大郎聽罷，氣得抓耳撓腮，沒有是處。”《兒女英雄傳》二三回：“公子只急得抓耳撓腮，悶了半日。”❷ 形容高興得不知如何好。《西遊記》二回：“孫悟空在旁聞講，喜得他抓耳撓腮，眉花眼笑。”《文明小史》五一回：“饒鴻生那裏經見過這種境界？直喜得他抓耳撓腮。”。同 抓耳搔腮、爬耳搔腮。

【抵掌而談】zhǐ zhǎng ér tán 抵：同“指”，用手揮動示意。打着手勢說話。形容無拘無束地暢談。也作“指掌而談”、“指掌而譚”。《戰國策·秦策一》：“（蘇秦）見說趙王於華屋之下，抵掌而談。”《三國志·彭羕傳》：“會公來西，僕因法孝直自衒鬻，龐統斟酌其間，遂得詣公於葭萌，指掌而譚，論治世之務。”《隋唐演義》三七回：“兩人意氣相合，抵掌而談者三日。”◇兩人在酒店邂逅相逢，欣喜之餘，正好抵足而卧，抵掌而談。

【抑強扶弱】yì qiáng fú ruò 壓制強暴勢力，扶助弱小。漢代袁康《越絕書·越絕外傳本事》：“勾踐之時，天子微弱，諸侯皆叛，於是勾踐抑強扶弱。”《漢書·王尊傳》：“令長丞尉奉法守城，為民父母，抑強扶弱，宣恩廣澤，甚勞苦矣。”《二十年目睹之怪現狀》四二回：“路見不平，拔刀相助，本來是抑強扶弱，互相維持之意。”同 鋤強扶弱。反 恃強凌弱。

【抑揚頓挫】yì yáng dùn cuò 形容聲音、氣勢高低起伏，停頓轉折，有清晰的節奏感。挫：轉折。唐代鄭處誨《明皇雜錄補遺》：“馬謂其舞不中節，抑揚頓挫，猶存故態。”宋代張戒《歲寒堂詩話》卷上：“子建詩，微婉之情，灑落之韻，抑揚頓挫之氣，固不可以優劣論也。”《老殘遊記》二回：“只是到後來，全用輪指，那抑揚頓挫，入耳動心，恍若有幾十根弦，幾百個指頭，在那裏彈似的。”

【抑鬱寡歡】yì yù guǎ huān 憂愁苦悶，沒有歡樂。清代王韜《日記·咸豐八年十月二十九日辛未》：“滌庵業師……頻年喪子，抑鬱寡歡。”老舍《吐了一口氣》：“我是個抑鬱寡歡的孩子，因為我剛一懂得點事便知道了愁吃愁喝。”同 鬱鬱寡歡、悒悒不樂。反 歡天喜地、樂不可支。

【投石問路】tóu shí wèn lù 原指夜間潛入某處時，先扔一塊石子，藉以探測反應。比喻在行動前，先進行試探以摸清情況。清代無名氏《施公案》二九二回：“施公道：‘已着施安去看守了。’褚標不勝驚訝道：‘大人中了那人投石問路的計了。’”◇如果你真想弄清楚經理的意思，我看投石問路，先找張秘書談談就是了。

【投其所好】tóu qí suǒ hào《孟子·公孫丑上》：“宰我、子貢、有若，智足以知聖人，污不至阿其所好。”後用“投其所好”說迎合對方所喜好的，討其歡心或博其信任。《初刻拍案驚奇》卷一八：“富翁見說是丹術，一發投其所好。”《歧路燈》九九回：“取出書目一冊，割裁就的紅箋寸厚一疊，放在桌面。這簣初投其所好，按冊寫籤。”李劼人《大波》三部二章：“因為對方是出了名的古董客，不能不投其所好。”同 曲意逢迎。反 不卑不亢。

【投畀豺虎】tóu bì chái hǔ 畀：給。豺：形體似狼的野獸。《詩經·巷伯》：“取彼譖人，投畀豺虎。”說把進讒言陷害別人的人，扔出去餵豺狼老虎。形容極度憎恨壞人。南朝梁劉勰《文心雕龍·奏啟》：“《詩》刺讒人，‘投畀豺虎’。”《舊唐書·崔張蕭張李嚴傳論》：“彼林甫者，誠可投畀豺虎也。”魯迅《華蓋集續編·有趣的消息》：“況且，未能將壞人‘投界豺虎’於生前，當然也只好口誅筆伐之於身後。”同投之豺虎。反解衣推食。

【投桃報李】tóu táo bào lǐ《詩經•抑》：“投我以桃，報之以李。”後用“投桃報李”比喻相互贈答，禮尚往來。《野叟曝言》三九回：“投桃報李，雖怪不得大姐姐，然作此隱語，未免過於深刻。”康有為《大同書》：“夫投桃報李，欠債償錢，此為公理之至，無可逃於天地之間也。”同投桃之報、報李投桃。

【投閒置散】tóu xián zhì sǎn 投、置：安放。把人安排在無事可做的位置上，不予重用。唐代韓愈《進學解》：“投閒置散，乃分之宜。”《痛史》一回：“不比那失位的昏君，銜璧輿櫬之後，不過封他一個歸命侯，將他投閒置散罷了。”◇一個有思想、有抱負的人，最怕投閒置散，終日無所事事，比死都難過。反日不暇給、日理萬機。

【投筆從戎】tóu bǐ cóng róng《後漢書•班超傳》：“嘗輟業投筆歎曰：‘大丈夫無他志略，猶當效傅介子、張騫立功異域，以取封侯，安能久事筆研間乎？’”後把棄文投軍叫做“投筆從戎”。唐代陳子昂《為金吾將軍陳令英請免官表》：“臣幸以常才，文武兼闕，始年十八，投筆從戎。”清代和邦額《夜譚隨錄•崔秀才》：“盍投筆從戎，聊博升斗？”◇講究時尚的現代青年，幾乎沒有人選擇投筆從戎！

【投鼠忌器】tóu shǔ jì qì 漢代賈誼《治安策》：“里諺曰：‘欲投鼠而忌器。’此善喻也。鼠近於器，尚憚不投，恐傷其器，況於貴臣之近主乎？”後以“投鼠忌器”比喻本想除害，但因顧慮傷及主人或相關者而不便採取行動。《北齊書•樊遜傳》：“至如投鼠忌器之說，蓋是常談；文德懷遠之言，豈識權道。”明代楊珽《龍膏記•羅織》：“為他是丞相上賓，投鼠忌器，只得且忍耐了。”《隋唐演義》四五回：“李密先時也見樊、唐二人在須陀身邊，有個投鼠忌器之意，故不傳令放箭。”同投鼠之忌、擲鼠忌器。反不管不顧。

【投機取巧】tóu jī qǔ qiǎo 鑽營尋找機遇，從中精心盤算，謀取不正當、不光彩的利益。丁玲《風雨中憶蕭紅》：“他對名譽和地位是那樣地無睹、那樣不會趨炎附勢、培植黨羽、裝腔作勢、投機取巧。”◇他雖然談不上方方正正，有棱有角，可也不是一個投機取巧的人 / 處世油滑，四處鑽營，愛財如命的人，大都從投機取巧中討生活，但最後不免為朋友所不齒。

【投親靠友】tóu qīn kào yǒu 見“求親靠友”。

【投鞭斷流】tóu biān duàn liú《晉書•苻堅載記》載：苻堅進攻東晉，有人勸說：晉有長江天險難以攻打。苻堅說：“以吾之眾旅，投鞭於江，足斷其流。”後用“投鞭斷流”比喻人馬眾多，兵力強大。元代鄭廷玉《楚昭公》二折：“只待要投鞭兒截斷長江，探囊兒平吞了俺這夏口。”清代黃宗羲《都察院右副都御使玄若高公墓誌銘》：“高公莅止，千里風霾，投鞭斷流，聚骨成台，窮城就死，日影不回。”清代多爾袞《致史可法書》：“將謂天塹不能飛渡，投鞭不能斷流耶？”同千軍萬馬。反散兵游勇。

【抗塵走俗】kàng chén zǒu sú 抗：高舉。走：跑。形容熱衷於名利，奔走鑽營於世俗之中。南朝齊孔稚圭《北山移文》：“焚芰製而裂荷衣，抗塵容而走俗狀。”《宣和書譜•張徐州》：“故其胸中流出而見於筆畫者，無復有抗塵走俗之狀。”元代顧瑛《餞謝子蘭分韻得東字》：“談空說有丘壑志，抗塵走俗山澤容。”郭沫若《行路難》：“山神有靈，能夠使他不再‘焚芰裂荷，抗塵走俗’嗎？”同名韁利鎖。反超塵拔俗。

【抖擻精神】dǒu sǒu jīng shén 振奮精神，激起情緒。《水滸傳》七十回：“兩馬方交，喊聲大舉。韓滔要在宋江面前顯能，抖擻精神，大戰張清。”《三國演義》九二回：“趙雲施逞舊日虎威，抖擻精神迎戰。”茅盾《沁園春》詞：“歷盡艱辛，未銷壯志，抖擻精神再站崗。”同重振旗鼓。反壯志消磨。

【扭曲作直】niǔ qū zuò zhí 把曲彎的東西弄直。比喻顛倒是非，把壞事當好事來做。元代岳伯川《鐵拐李》一折："兄弟，您哥哥平日不曾扭曲作直，所以不走不逃。"元代無名氏《貧富興衰》三折："則因你扭曲作直如蛇蠍，意狠心毒似虎狼。"◇向來以非為是，扭曲作直，他的話豈能輕信？同 拗曲作直、扭是為非。反 黑白分明、是非分明。

【扭扭捏捏】niǔ niǔ niē niē 身體左右扭動。❶ 形容故作姿態，拿腔作勢不自然。《紅樓夢》二七回："難為你說的齊全，不像他們扭扭捏捏，蚊子似的。"《儒林外史》十回："看到戲場上小旦裝出一個妓者，扭扭捏捏的唱，他就看昏了。"❷ 形容做事不大方、不爽利，小家子氣。◇我做事一向快刀斬亂麻，最不喜歡那種扭扭捏捏，顛來倒去，做不成事的人。同 忸怩作態。反 大大方方。

【扭轉乾坤】niǔ zhuǎn qián kūn 乾坤：天地。比喻從根本上改變局面。多指由壞向好的方面轉變。◇經營虧損的公司，扭轉乾坤在於策略，成敗在於決策。

【把玩無厭】bǎ wán wú yàn 拿在手上欣賞，愛不忍釋。漢代陳琳《為曹洪與世子書》："得九月二十日書讀之，喜笑把玩無厭。"沅君《古玩行》："承惠乃高雅脫俗之人，雖未入老境，但總是青燈黃卷下，苦茶一杯將線裝古本書細細讀之，時而當作古董把玩無厭。"同 愛不釋手。反 棄如敝屣。

【承上啟下】chéng shàng qǐ xià 承：承接；啟：開創、引出。接續上面的，開啟下邊的。多用於事業、寫文章等。《禮記•曲禮上》"故君子戒慎"唐代孔穎達疏："故，承上啟下之辭。"王朝聞《論鳳姐》第十章："就心理描寫自身來說，它對情節的發展往往具有承上啟下的雙重作用。"同 承先啟後、承前啟後。

【承先啟後】chéng xiān qǐ hòu 啟：開、開創。繼承前人的，開創今後的。多用於傳統、學識、事業等。《兒女英雄傳》三六回："且喜你我二十年教養辛勤，今日功成圓滿，此後這副承先啟後的千斤擔兒，好不輕鬆爽快呀！"《民國通俗演義》七五回："袁家事以此收場，再表那承先啟後的黎政府。"同 承上啟下、承前啟後。

【承前啟後】chéng qián qǐ hòu ❶ 繼承前人的，開創今後的。多用於傳統、學識、事業等。魯迅《兩地書》一一："至於青年之急待攻擊，實較老年為尤甚，因為他們是承前啟後的橋樑，國家的絕續，全在他們肩上的。"陳雄《閒侃中國文人》前言："中國文化如果缺失了文人們的承前啟後，薪火傳承，勢必走向衰微。"❷ 接續上面的，開啟下邊的。多用於事業、寫文章等。清代薛雪《一瓢詩話》七十："大凡詩中好句，左瞻右顧，承前啟後，不突不纖。"同 承先啟後、承上啟下。

【承顏候色】chéng yán hòu sè 承：迎合。顏：臉。色：神態。看人臉色，迎合其心意，以博取歡心。《魏書•寇治傳》："畏避勢家，承顏候色，不能有所執據。"《陳書•後主紀論》："佞諂之倫，承顏候色，因其所好，以悅導之。"◇剛當上總統的袁世凱，已經沉浸在他的皇帝夢裏了，他有這個念頭，自然會有一班承顏候色的人替他操心。同 承風希旨、承顏順旨。

【承歡膝下】chéng huān xī xià 承歡：指侍奉父母，使長輩歡喜。膝下：兒女幼時常在父母膝下玩耍，因借指父母跟前。說在父母跟前殷勤侍奉。也作"膝下承歡"。唐代元結《與呂相公書》："某一身奉親，奔走萬里，所望飲啄承歡膝下。"清代魏文忠《繡雲閣》一二回："自是膝下承歡，不離左右，飲食供奉，竭盡心力。"張伍《我的父親張恨水》："這成了父親的每日'工作'，他也樂此不疲，這可能是他承歡膝下的一種方式吧。"同 慈烏返哺。

【抹月批風】mǒ yuè pī fēng ❶ 抹：細切。批：薄切。說切風切月，做成菜餚。表示家貧，沒有東西可以待客。宋代蘇軾《和何長官六言次韻》："貧家何以娛客，但知抹月批風。"宋代楊萬里《寄題喻叔奇國博郎中園亭》詩："客來莫道無供給，抹月批風當八珍。"❷ 抹：修改。

批：評論。指吟詠風月，留連美景。元代李俊明《謁金門》詞：“人未曉，古錦囊中詩草，抹月批風滋味好。”明代陳汝元《金蓮記•控代》“敢把朝廷來譏諷？抹月批風聊自徜，手足義偏長。”清代洪昇《長生殿•重圓》：“遊衍，抹月批風隨過遣，癡雲膩雨無留戀。”

【拔刀相助】bá dāo xiāng zhù 形容遇到不平的事，出手相助。元代王實甫《西廂記》五本四折：“若不是大恩人拔刀相助，怎能夠好夫妻似水如魚。”《西遊記》六回：“天使請回，吾當就去拔刀相助也。”《說唐》六三回：“難得劉王爺與主報仇，興兵到此，故爾拔刀相助。” 同 見義勇為、打抱不平。反 袖手旁觀、冷眼旁觀。

【拔刀相濟】bá dāo xiāng jì 形容遇到不平的事，見義勇為，出手相助。明代湯顯祖《紫釵記•劍合釵圓》：“想起黃衫豪客也，女伴們袖手旁觀，英雄拔刀相濟。” 同 拔刀相助、見義勇為。

【拔山扛鼎】bá shān gāng dǐng 扛：用兩手舉。《史記•項羽本紀》：“籍長八尺餘，力能扛鼎。”又：“力拔山兮氣蓋世，時不利兮騅不逝。”後用“拔山扛鼎”形容力大無比，勇武過人。宋代劉克莊《摸魚兒》詞：“君試看，拔山扛鼎俱烏有，英雄骨朽。”《儒林外史》五一回：“拔山扛鼎之人士，再顯神通；深謀詭計之奸徒，急償夙債。”董橋《情畫》一：“客廳裏一色中世紀木頭傢具，彩色掛毯描畫桑姆孫拔山扛鼎的身體。” 同 拔山舉鼎。

【拔山超海】bá shān chāo hǎi《孟子•梁惠王上》：“挾太山以超北海，語人曰：‘我不能。’是誠不能也。”後來以“拔山超海”形容力量極大。北周庾信《謝明皇帝賜絲布等啟》：“雖復拔山超海，負德未勝；垂露懸針，書恩不盡。”北齊魏收《為侯景叛移梁朝文》：“持秋霜夏震之威，以拔山超海之力，顧指則風雲總至，回眸而山嶽削平。” 同 挾山超海。

【拔本塞源（原）】bá běn sè(sāi) yuán 本：樹根。源；水流的源頭。拔掉樹根，塞住水的源頭。❶ 比喻丟棄根本。引申為忘本叛逆。《左傳•昭公九年》：“伯父若裂冠毀冕，拔本塞原，專棄謀主，雖戎狄其何有余一人？”《晉書•郗鑒傳》：“賊臣祖約、蘇峻不恭天命，不畏王誅……拔本塞源，殘害忠良，禍虐黎庶。”《魏書•孝莊帝紀》：“乃有裂冠毀冕之心，將為拔本塞源之事。” ❷ 比喻從根本上解決問題。宋代程頤《河南程氏遺書》卷二一下：“夫闢邪說以明先王之道，非拔本塞源不能也。”清代薛允升《讀例存疑》：“嚴詒師而禁此等秘本，亦拔本塞源之意。”郭沫若《為“五卅”慘案怒吼》：“我們現在的要求，難道不應該從拔本塞源做起嗎？” 同 釜底抽薪。反 揚湯止沸。

【拔苗助長】bá miáo zhù zhǎng 見“揠苗助長”。

【拋頭露面】pāo tóu lù miàn ❶ 特指婦女在公眾場合露面。舊道德觀認為不合理法，有失體面。《金瓶梅》六九回：“幾次欲待要往公門訴狀，爭奈妾身未曾出閨門，誠恐拋頭露面，有失先夫名節。”川劇《柳蔭記》：“自古以來，女子應該謹守三從四德，豈能拋頭露面，有玷門庭？” ❷ 泛指在公開場合出頭露面。◇按照他的盤算，躲在後頭幫她出主意，總比親自拋頭露面好。同 出頭露面。反 隱姓埋名、銷聲匿跡。

【拋磚引玉】pāo zhuān yǐn yù 比喻以粗淺、不成熟的意見或作品引出別人高明、成熟的意見或佳作。多用作謙辭。元代貫雲石《鬥鵪鶉•佳偶》套曲：“他道是拋磚引玉，俺卻道因禍得福。”《鏡花緣》一八回：“剛才婢子費了唇舌，說了許多書名，原是拋磚引玉。”傅抱石《〈鄭板橋集〉前言》：“倉卒寫了這些，既不完整，也極粗糙，姑為拋磚引玉。” 同 引玉之磚。

【拒人千里】jù rén qiān lǐ《孟子•告子下》：“訑訑之聲音顏色，距人於千里之外。”訑訑 yí yí：自滿的樣子。距：同“拒”，拒絕。後用“拒人千里”說把人擋在千里之外，形容態度極其冷淡傲慢，不願跟人接近。嚴復《救亡決論》：“褒衣大袖，堯行舜趨，訑訑聲顏，距人千里。”桂苓《人約黃昏》：“但慘白的燈光照耀下的，卻又是一個個急於遁行的蒼白新娘，那種眼光總是拒人千里。”反 來者不拒。

【拒虎進狼】jù hǔ jìn láng 拒：擋。元代趙雪航《評史》：“竇氏雖除，而寺人之權從茲盛矣！諺曰：‘前門拒虎，後門進狼’，此之謂也。”後用“拒虎進狼”比喻一個禍害剛除去，另一禍害又來了。明代張煌言《覆郎廷佐書》：“拒虎進狼，既收漁人之利於河北；而長蛇封豕，復肆蜂蠆之毒於江南。則清人果恩乎？仇乎？執事亦可憬然自悟矣。”陳光遠《請力爭青島電》：“若名為同心禦侮，實乃利吾土地，我則拒虎進狼，彼則翻雲覆雨。”同 拒虎引狼。

【拒諫飾非】jù jiàn shì fēi 拒絕別人的勸告，掩飾自己的錯誤。《荀子•成相》：“拒諫飾非，愚而上同，國必禍。”◇他一向剛愎自用，拒諫飾非，以致走到犯罪道路，毀了一生。同 文過飾非、飾非拒諫。反 聞過則喜、翻然悔悟。

【拈花惹草】niān huā rě cǎo 比喻撩撥、挑逗、勾引異性。多指男人勾搭女人。《紅樓夢》二一回：“他父親給他娶了個媳婦，今年才二十歲，也有幾分人材，又兼生性輕薄，最喜拈花惹草。”張愛玲《半生緣》一六章：“她自己的丈夫喜歡在外面拈花惹草，那是個盡人皆知的事實。”同 惹草拈花、粘花惹草。反 不近女色。

【拈輕怕重】niān qīng pà zhòng 專挑輕便的做，怕做繁重的。◇兒子不爭氣，生性懦弱，遇事退縮，拈輕怕重。同 避重就輕。反 拈輕掇重、勇挑重擔。

【抽刀斷水】chōu dāo duàn shuǐ 拔出刀來要斬斷流水。唐代李白《宣州謝朓樓餞別校書叔雲》詩：“抽刀斷水水更流，舉杯消愁愁更愁。”後用“抽刀斷水”比喻白花力氣，無濟於事。周作人《雨天的書•上下身》：“有些人把生活也分作片段，僅想選取其中的幾節，將不中意的梢頭棄去。這種辦法可以稱之曰抽刀斷水，揮劍斬雲。”

【抽抽搭搭】chōu chōu dā dā 見“抽抽噎噎”。

【抽抽噎噎】chōu chōu yē yē 一吸一頓地哭泣。也作“抽抽搭搭”。《紅樓夢》二十回：“沒兩盞茶時，寶玉仍來了，黛玉見了越發抽抽噎噎的哭個不住。”瓊瑤《浪花》六章：“一進家門，就聽到婉琳在那兒抽抽噎噎的哭泣。”林斤瀾《開鍋餅》：“迷糊糊的打着盹兒，忽聽見有哭聲，是抽抽搭搭的哭泣。”

【抽梁(樑)換柱】chōu liáng huàn zhù 比喻玩弄手法，暗中改變事物的形式或內容，以假代真。《鏡花緣》九一回：“我不會說笑話，只好行個抽樑換柱小令。”◇填一張登記表，貼好本人像片，用抽梁換柱的方法，不出三天，就辦妥當啦 / 你好大的膽子，竟敢抽梁換柱冒充王家的千金嫁到崔家來！同 偷梁換柱、移花接木。

【抽絲剝繭】chōu sī bāo jiǎn 比喻一層層、一步步揭開真相，或按順序依次理出事物的發展脈絡。◇講座以一個個歷史疑案為線索，抽絲剝繭地為大家揭開歷史上的重重謎團 / 她的博士論文，旁徵博引，抽絲剝繭，深入考證分析，把亂麻似的洋務運動梳理得清清楚楚。同 剝繭抽絲。

【抽薪止沸】chōu xīn zhǐ fèi 抽去鍋底下燃燒着的柴草，讓沸騰的滾水涼了下來。比喻從根本上解決問題。北齊魏收《為侯景叛移梁朝文》：“抽薪止沸，剪草除根。”清代劉璈《巡台退思錄》：“為抽薪止沸之謀，弭患已萌，具有深意。”同 釜底抽薪。反 揚湯止沸。

【拐彎抹角】guǎi wān mò jiǎo ❶ 形容道路曲曲折折，或是沿着彎曲轉折的路走。《歧路燈》八八回：“拐彎抹角，記得土地廟兒，照走過的小巷口，徑上碧草軒來。”老舍《全家福》第二幕：“這院裏的拐彎抹角我都摸熟了。”❷ 比喻說話、寫文章或做事繞彎子，不直截了當。◇想說又不敢直說，就拐彎抹角、隱隱約約地總算說了出來。同 轉彎抹角。反 開門見山。

【拖人下水】tuō rén xià shuǐ 比喻迫使或誘使別人跟着自己一起做某些事。明代李素甫《元宵鬧》二五齣：“這是娘子拖人下水，與我甚麼相干？”清代煙水散人《合浦珠》二回：“繡琴斜覷了秋煙一眼，嘻嘻的笑道：‘我逗你耍，你便要拖人下水，只怕你也難捨。’”古龍《新月傳奇》三章：“楚留香苦笑：‘現在我才知道你真是個好朋友，拖人下水的本事更是天下第一。’”

【拖兒帶女】tuō ér dài nǚ 拖帶着子女。指有家庭負擔或帶着家裏人上路。◇港口岸上，闖關東的人群拖兒帶女，擁擠不堪。同 拖男帶女、拖家帶口。

【拖泥帶水】tuō ní dài shuǐ 沾着泥巴帶着水。❶ 佛教語。比喻擺脱不掉人間世的牽連糾纏，抓不住佛法的根本要義。《五燈會元·廬山開先善暹禪師》：“一棒一喝，猶是葛藤，瞬目揚眉，拖泥帶水，如何是直截根源？”❷ 形容在泥水路上行走的情狀。多指雨天。宋代楊萬里《竹枝歌》：“知儂笠漏芒鞋破，須遣拖泥帶水行。”《古今小説·蔣興哥重會珍珠衫》：“卻説陳大郎在下處呆等了幾日，並無音信。見這日天雨，料是婆子在家，拖泥帶水的進城來問個消息，又不相值。”❸ 比喻説話囉唆，或做事拖拖拉拉不俐落。宋代嚴羽《滄浪詩話·詩法》：“意貴透徹，不可隔靴搔癢；語貴脱灑，不可拖泥帶水。”老舍《四世同堂》二七：“他從來是個丁是丁，卯是卯的人，從來沒幹過這種拖泥帶水的事”同 帶水拖泥。

【拊背扼喉】fǔ bèi è hóu 見“撫背扼喉”。

【拊掌稱快】fǔ zhǎng chēng kuài 拍手叫好，因合自己的心意而感到快慰。◇見女兒拔得頭籌，拿了重彩，他不由得拊掌稱快。反 意興闌珊。

【拍手稱快】pāi shǒu chēng kuài 快：痛快。拍着手喊痛快。形容因正義得到伸張或壞人遭到報應而感到高興痛快。《二刻拍案驚奇》卷三五：“説起他死得可憐，無不垂涕；又見惡姑姦夫俱死，又無不拍手稱快。”《二十年目睹之怪現狀》五五回：“像這樣剝削來的錢，叫他這樣失去，還不知多少人拍手稱快呢！”◇審判結果一公佈，旁聽的民眾，無不拍手稱快。同 大快人心、額手稱慶。反 痛心疾首、痛徹肝腸。

【拍板成交】pāi bǎn chéng jiāo 拍板：商行拍賣貨物時，拍擊木板表示成交。比喻交易成立或達成協議。◇現在只要拍板成交，一定虧不了你的 / 姚痞子放聲大笑：吃過午飯，我就去找她，跟她拍板成交。

【拍案叫絕】pāi àn jiào jué 案：几案、桌子。絕：獨一無二。形容因十分讚賞而情不自禁地叫好。《紅樓夢》七八回：“（寶玉）忙問：‘這一句可還使得？’眾人拍案叫絕。”《兒女英雄傳》二三回：“當下鄧九公聽了，先就拍案叫絕。”梁啟超《飲冰室詩話》七七：“其第七號已譜出軍歌、學校歌數闋，讀之拍案叫絕，此中國文學復興之先河也。”同 歎為觀止、讚不絕口。

【拍案而起】pāi àn ér qǐ 案：几案、桌子。一拍桌子，猛然站起身來。❶ 形容極其憤怒。有時含起而抗爭的意思。《東周列國誌》四六回：“芈氏大怒，拍案而起。”◇話音未落，他已氣得拍案而起，指着她厲聲反駁。❷ 形容得意、高興，或無奈、後悔不迭、大失所望的樣子。況周頤《蕙風詞話》卷一：“此時曼聲微吟，拍案而起，其樂何如！”蔡東藩《民國通俗演義》一五六回：“臧致平得此消息，拍案而起道：‘劉長勝如此無用，大事去矣。’”葉聖陶《城中·演講》：“‘啊，有了！’他拍案而起，清清楚楚的一篇演講稿……完全展陳在面前了。”同 怒氣沖沖。反 心平氣和。

【拍案稱奇】pāi àn chēng qí 案：几案、桌子。拍着桌子稱讚奇妙。多指欣賞作品時，讀至精彩處，情不自禁的一種表現。《野叟曝言》二七回評：“妙在機關線索，俱於前文佈置已定，若讀至此處，始為拍案稱奇，便非明眼。”◇父親不看則已，一看之下，不禁連連讚許，拍案稱奇。同 拍案叫絕。

【拆白道字】chāi bái dào zì 一種文字遊戲。把一個字拆成兩個或多個字，嵌入一句話中，然後叫人猜測被拆開的那個字。

如宋代吳文英《唐多令》詞：“何處合成愁？離人心上秋。”拆成“心”和“秋”，得一“愁”字。元代王實甫《西廂記》五本三折：“這小妮子省得什麼拆白道字，你拆與我聽。”《水滸傳》六十回：“不止一身好花繡，更兼吹得，彈得，唱得，舞得，拆白道字，頂真續麻，無有不能，無有不會。”《金瓶梅詞話》五六回：“哥不知道，這正是拆白道字，尤人所難。‘舍’字在邊，旁立着‘官’字，不是個‘舘’字？”

【拆東補西】 chāi dōng bǔ xī 拆倒東邊的牆，用來修補西邊的牆。比喻為了應急而勉強應付，不從根本上解決問題。宋代陳師道《次韻蘇公西湖徙魚》：“小家厚斂四壁立，拆東補西裳作帶。”明代張居正《答劉總督》：“若但拆東補西，費日增而無已，兵復弱而莫支，將來必有以為口實者，恐僕與諸公皆不能逭其咎也。”◇潘經理忙於處理客人的投訴，弄得焦頭爛額，支使着服務員拆東補西地疲於應付。同 移東補西。反 一勞永逸。

【抵足而卧】 dǐ zú ér wò 見“抵足而眠”。

【抵足而眠】 dǐ zú ér mián 抵足：腳碰腳。同牀共眠，形容雙方關係親密。也作“抵足而卧”。《喻世明言·楊思溫燕山逢故人》；“取出匣子，教周義看了，周義展拜啼哭。思厚是夜與周義抵足而卧。”《三國演義》四五回：“瑜曰：‘久不與子翼同榻，今宵抵足而眠。’”冰心《我的良友》：“現在回想起來，追悔當初未曾留下，因為在我們三十餘年的友誼中，還沒有‘抵足而眠’的經歷！”同 抵足談心。

【抵足談心】 dǐ zú tán xīn 抵足：腳碰腳。同牀共眠，親切談心。形容雙方感情融洽，情誼深厚。《野叟曝言》四八回：“此荒港又不知離城多遠……不如竟在弟船過夜，抵足談心。”清代梁溪司香舊尉《斷腸碑》一五回：“秋鶴就同冶秋抵足談心，冶秋一處一處的説路上所看見的景致。”同 抵足而眠。

【拘俗守常】 jū sú shǒu cháng 拘泥於世俗的見解、做法，固守常規的想法。❶ 説思想意識保守。晉代葛洪《抱朴子·論仙》：“而淺識之徒，拘俗守常，咸曰世間不見仙人，便云天下必無此事。”舒宗仁《心錄延長線》二四章：“與其拘俗守常，時冒火花，不如因勢利導，變互相衝撞為彼此相融互補，也是一番風光！”❷ 指一般的慣例或慣常的做法。《紅樓夢》四十回：“寶玉因説：‘我有個主意：既是至親骨肉，沒有外客，吃的東西也別拘俗守常，誰素日愛吃的，揀樣兒做幾樣。’”同 墨守成規。

【抱子弄孫】 bào zǐ nòng sūn 弄：逗弄。逗着子孫玩，安享天倫之樂。《晉書·石季龍載記下》：“自非天崩地陷，當復何愁，但抱子弄孫，日為樂耳。”宋代孫邦《唐氏林亭》詩：“移花植果心無事，抱子弄孫歡有餘。”◇她總覺得上了年紀的人，修身養性、種花讀報、抱子弄孫才是正道。同 含飴弄孫。

【抱布貿絲】 bào bù mào sī《詩經·氓》：“氓之蚩蚩，抱布貿絲。匪來貿絲，來即我謀。”布：布匹。（一説為古代使用的一種布幣）。貿：交換。即：就。謀：指商量婚事。説一男子假借買絲的名義向女子求婚。後用“抱布貿絲”表示：❶ 男人為婚姻目的而與女子約會。明代洪楩《清平山堂話本·風月瑞仙亭》：“含羞無語自沉吟，咫尺相思萬里心。抱布貿絲君亦誤，知音盡付七弦琴。”❷ 進行以物易物的商品交換或買賣。漢代王充《論衡·量知》：“抱布貿絲，交易有亡，各得所願。”清代王韜《瀛壖雜誌》卷一：“鄉人之抱布貿絲者，絡繹而來，貨畢則市酒肉而返。”

【抱成一團】 bào chéng yī tuán ❶ 擁抱在一起。畢淑敏《補天石》：“幸存的女孩子們，抱成一團哭起來。”◇兩人一見面就開心得抱成一團。❷ 形容若干人結成一夥，互相幫襯。◇只要大家抱成一團，就沒有克服不了的困難。反 一盤散沙。

【抱恨終天】 bào hèn zhōng tiān 終天：終其天年，終生。恨：遺憾的事。説終其一生憾恨都沒能消解掉。《三國演義》四一回：“今老母已喪，抱恨終天，身雖在彼，誓不為設一謀。”《官場現形記》二九回：“佘道台也只是有懷莫遂，抱恨終天而已！”胡風《悲痛的告別》：“歷史的車輪走慢了一步，先生自己走快了一步，這是無論如何也沒有辦法的抱恨終天的事情。”同 終天之恨、抱恨終身。

【抱恨黃泉】 bào hèn huáng quán 黃泉：指人死後埋葬的地下。❶ 令逝者感到非常憾恨。清代烏有先生《繡鞋記》五回：“可憐各姓山墳慘遭毒手侵伐，陰魂縹緲，抱恨黃泉。”❷ 內心留着遺憾離開了人世。《後漢書•蔡邕傳》李賢注引《邕別傳》：“會臣被罪，逐放邊野，恐所懷隨軀朽腐，抱恨黃泉，遂不設施，謹先顛踣，科條諸志。”清代儒林醫隱《醫界鏡》二一回：“孩兒不幸，疾病彌留，死在旦夕，母恩未報，抱恨黃泉。”同 抱恨泉壤、銜恨黃泉。

【抱殘守缺(闕)】 bào cán shǒu quē ❶ 恪守古道，雖然陳舊或殘缺不全，仍然不放棄。清代夏敬渠《〈野叟曝言〉序》：“徒以兵燹剝蝕，使海內才人皆有抱殘守缺之憾。”《文明小史》六十回：“現在抱殘守缺的寥寥無人，老兄具這樣的法眼，欽佩得很。”朱自清《經典常談•周易第二》：“這些似乎都是抱殘守闕，匯集眾説而成。”❷ 形容固守陳舊過時的思想，不肯接受新事物。清代江藩《漢學師承記•顧炎武》：“二君以瓌異之質，負經世之才……豈若抱殘守闕之俗儒，尋章摘句之世士也哉！”劉復《覆王敬軒書》：“弄得好些：也不過造就出幾個‘抱殘守缺’的學究來。”同 因循守舊、墨守成規。反 革故鼎新、推陳出新。

【抱頭大哭】 bào tóu dà kū 見“抱頭痛哭”。

【抱頭痛哭】 bào tóu tòng kū 彼此抱在一起大哭。形容極為傷心或激動。也作“抱頭大哭”。《西遊記》八回附錄：“母子抱頭痛哭一場，把上項事説了一遍。算還了小二店錢，起程回到京城。”明代諸聖鄰《唐朝開國演義》八回：“高祖一見，忙離寶座，扯住秦王，父子抱頭痛哭。”清代煙霞主人《幻中遊》一三回：“石生見了翠容抱頭大哭，秋英、春芳在傍亦為落淚。”同 失聲痛哭。反 開懷大笑。

【抱頭鼠竄】 bào tóu shǔ cuàn 鼠竄：像老鼠那樣逃竄。《漢書•蒯通傳》：“常山王奉頭鼠竄，以歸漢王。”後用“抱頭鼠竄”形容倉皇逃跑的狼狽相。宋代蘇軾《擬侯公説項羽辭》：“夫陸賈天下之辯士，吾前日遣之，智窮辭屈，抱頭鼠竄，狼狽而歸。”《初刻拍案驚奇》卷三一：“萊陽知縣、典史不負前言，連他家眷放了還鄉，俱各抱頭鼠竄而去，不在話下。”瞿秋白《赤都心史》三一：“當時激憤了工人，揮起拳來就要上去打；他那鬼頭，也只得抱頭鼠竄了。”同 狼奔鼠竄、狼狽逃竄。

【抱薪救火】 bào xīn jiù huǒ 抱着柴草去救火。比喻用錯誤的方法去消除禍難，反而使禍難擴大。《戰國策•魏策三》：“以地事秦，譬猶抱薪而救火也，薪不盡，火不滅。”《漢書•董仲舒傳》：“法出而姦生，令下而詐起，如以湯止沸，抱薪救火，愈甚亡益也。”宋代王安石《上運使孫司諫書》：“常恐天下之勢積而不已，以至於此，雖力排之，已若無奈何，又從而為之辭，其與抱薪救火何異？”同 負薪救火、揚湯止沸。反 釜底抽薪。

【拉拉扯扯】 lā lā chě chě ❶ 用手拉拽。◇他倆只管在那裏拉拉扯扯地你爭我奪，沒看到父親走了過來。❷ 手牽手，手拉手。表示親熱。《紅樓夢》三一回：“晴雯道：‘怪熱的，拉拉扯扯做甚麼！叫人來看見像甚麼！’”《孽海花》一六回：“人家孩子面重，你別拉拉扯扯，臊了她，我可不依。”❸ 比喻拉攏不正當的私人關係。張潔《沉重的翅膀》八：“這兩個人，一天到晚和甚麼教授、文人、新聞記者拉拉扯扯，到處座談、講話、寫文章。”❹ 形容説話、行文囉囉嗦嗦。◇我在這方面沒有甚麼研究，只能拉拉扯扯地寫了這些。

【拉拉雜雜】 lā lā zá zá ❶ 形容雜亂無條理。《野叟曝言》六一回：“秋香，你説話也要想一想兒，怎這樣拉拉雜雜的？”季羨林《學習吐火羅文》：“我拉拉雜雜地回憶了一些我學習吐火羅文的情況。

我把這歸之於偶然性。”❷形容雜亂地紛紛落下。《儒林外史》五二回：“只見他兩手扳着看牆門，把身子往後一掙，那垛看牆就拉拉雜雜卸下半堵。”❸形容聲音連續不斷。《海上花列傳》一一回：“那火看去還離着好遠，但耳朵邊已拉拉雜雜爆得怪響，倒像放幾千萬炮仗一般。”

【拉家帶口】 lā jiā dài kǒu 口：人口。拖帶着全家老小。❶形容家庭負擔沉重。◇迎頭碰上當年歲數最小的張姑娘，如今也已四十幾歲，早就生兒育女，拉家帶口了。❷指帶着全家人上路。◇那裏已是戰火紛飛，到處可以看到拉家帶口，哭爹喊娘的逃難人群。同 拖家帶口。

【拉幫結派】 lā bāng jié pài 拉攏利益相合、氣味相投的人結成幫派勢力。◇他把封官許願當成拉幫結派的主要手段。同 結黨營私、拉幫結夥。

【拂袖而去】 fú xiù ér qù 一甩袖子就走了。形容因生氣、不滿或意見不合而離去。宋代孫光憲《北夢瑣言》卷七：“怒而歸，草一啟事，僅數千字，授於謁者，拂袖而去。”《三國演義》一〇六回：“輅曰：‘老生者見不生，常談者見不談。’遂拂袖而去。二人大笑曰：‘真狂士也！’”魯迅《兩地書》一三五：“我是願意人對我反抗，不合則拂袖而去的。”同 拂衣而去。

【拙口鈍腮】 zhuō kǒu dùn sāi 拙、鈍：笨拙。形容不善於說話。《西遊記》八八回：“師父，我等愚鹵，拙口鈍腮，不會說話。”清代邗上蒙人《風月夢》一一回：“像我這樣拙口鈍腮、礙口識羞的，不會同人要這樣那樣。”也作“拙嘴笨舌”。石楠《劉海粟傳》一一章：“她莞爾一笑，‘您一定見笑了，我真恨自己拙嘴笨舌，不能把我心裏想說的說清楚。’”同 鈍口拙腮、笨嘴拙舌。反 伶牙俐齒、能說會道。

【拙嘴笨舌】 zhuō zuǐ bèn shé 見“拙口鈍腮”。

【招兵買馬】 zhāo bīng mǎi mǎ ❶招募兵丁，購買戰馬。指組織武裝，擴充兵力。宋代朱熹《丞相李公奏議後序》：“寬民力，變士風，通下情，改弊法，招兵買馬，經理財賦。”《說唐》二十回：“二位兄弟，可守本寨，招兵買馬，積草屯糧。”高雲覽《小城春秋》三章：“雙方招兵買馬，準備大打。”也作“招軍買馬”。《三國演義》三五回：“今劉備屯兵新野，招軍買馬，積草儲糧，其志不小，不可不早圖之。”❷比喻組織或擴充人力。◇項目一旦批下來，再招兵買馬恐怕遲了，我看現在就得做準備。同 買馬招兵。

【招是惹非】 zhāo shì rě fēi 招惹是非，無故引起爭端或糾紛。《京本通俗小說·志誠張主管》：“你許多時不行這條路，如今去端門看燈，從張員外門前經過，又是招是惹非。”《金瓶梅》八一回：“一個太師老爺府中，誰人敢到？沒的招是惹非。”歐陽山《高乾大》一章：“他雖然沒有甚麼出色的本領，有時還愛貪點小利，可是人頂和氣，也不招是惹非。”同 招事惹非、惹是生非。反 安分守己、循規蹈矩。

【招軍買馬】 zhāo jūn mǎi mǎ 見“招兵買馬”。

【招架不住】 zhāo jià bù zhù ❶無力抵擋，敗了下來。《封神演義》四八回：“姚天君招架不住，掩一鐧，望陣內便走。”❷對付不了；支持不下去了。梁實秋《罵人的藝術》：“如果一個人能罵到對方有口難言，招架不住的地步，他可說是達到罵人的最高境界。”陳忠實《橋》：“看來老丈人是專程奔來勸他們的，大約真是被旁人的閒言碎語損得招架不住了。”

【招降納叛】 zhāo xiáng nà pàn ❶招攬接納敵方投降、叛變過來的人，擴大自己的力量。《隋唐演義》六十回：“殿下招降納叛，如小將輩俱自異國得侍左右，今日殺雄信，誰復有來降者？”謝家樹《辛棄疾傳》一章：“哪有這麼簡單，他們的野心很大，各處招降納叛，分明是想賴在中原不走了。”❷比喻為擴充勢力而網羅壞人。清代曾異撰《與卓珂月》：“所記載交籍，不啻招降納叛，而世之附名其中者，雖不盡弭耳乞盟，然意已近之。”◇近來更加明目張膽地招降納叛，越發猖狂起來，我們不能以婦人之仁對待像他這樣懷有野心的人。同 招亡納叛。反 招賢納士。

【招搖過市】zhāo yáo guò shì《史記•孔子世家》：“(孔子) 居衞月餘，靈公與夫人同車，宦者雍渠參乘，出，使孔子為次乘，招搖市過之。”招搖：張揚炫耀。市：指人多的鬧市。後以“招搖過市”形容故意在眾人面前炫耀自己，以引起別人注意。明代許自昌《水滸記•邂逅》：“你若肯行奸賣俏，何必獻笑倚門？你不惜目挑心招，無俟招搖過市。”清代宣鼎《夜雨秋燈錄•騙子》：“父子皆服五品衣冠，招搖過市。”◇打扮得花枝招展，又拿捏出慣常的媚態，招搖過市，惹得市人一路評頭論足。反 韜光養晦、匿影藏形。

【招搖撞騙】zhāo yáo zhuàng piàn 假借某種名義，張揚炫耀，到處行騙。《紅樓夢》一〇二回：“那些家人在外招搖撞騙，欺凌屬員，已經把好名聲都弄壞了。”《老殘遊記》一八回：“你若借此招搖撞騙，可要置你於死地。”◇一個痞子，打着某公司總裁的名分招搖撞騙，居然騙倒了不少社會名流！同 坑蒙拐騙。

【招蜂引蝶】zhāo fēng yǐn dié ❶花兒招引蜜蜂和蝴蝶。◇大片盛開的野花隨風搖曳，縷縷清香，招蜂引蝶。❷比喻女人勾引挑逗男人。昆劇《十五貫》三場：“你們既非親生父女，他見你招蜂引蝶，傷風敗俗，自然要來管教。”◇把她個年輕寡婦孤身一人放在這裏開店，我看難免招蜂引蝶，恐怕不是長久之計。反 拈花惹草。

【招賢納士】zhāo xián nà shì 招引接納有道德、有才能的人。元代關漢卿《哭存孝》二折：“那其間便招賢納士，今日個俺可便偃武修文。”《三國演義》五七回：“聞皇叔招賢納士，特來相投。”《三俠五義》一一二回：“僕歐陽春聞得寨主招賢納士，特來竭誠奉謁。”同 納士招賢。反 招降納叛。

【招權納賄】zhāo quán nà huì 招權：攬權。把持權柄，接受賄賂。宋代無名氏《宋季三朝政要》卷一：“巨璫董宋臣，逢迎上意，起梅堂芙蓉閣，奪豪民田，引倡優入宮，招權納賄，無所不至。”明代宋端儀《立齋閒錄》四：“而亨等遂招權納賄，擅作威福，冒濫官爵，恣情妄為，勢焰赫然，天下寒心。”◇一旦手中有了權力，便招權納賄，這是貪官的通病。

【披肝瀝膽】pī gān lì dǎn 比喻坦誠相見或竭盡忠誠。瀝膽：滴出膽汁。《隋書•李德林傳》：“百辟庶尹，四方岳牧，稽圖讖之文，順億兆之請，披肝瀝膽，晝夜歌吟。”元代尚仲賢《單鞭奪槊》一折：“我背暗投明離舊主，披肝瀝膽佐新君。”◇兩人廿年之交，披肝瀝膽，無話不談。同 披瀝肝膽、肝膽相照。反 三心二意、視如寇仇。

【披沙揀金】pī shā jiǎn jīn 撥開沙礫，揀到金子。比喻從大量事物中選取精華。也作“披沙簡金”。南朝梁鍾嶸《詩品》卷上：“陸文如披沙簡金，往往見寶。”唐代劉知幾《史通•直書》：“雖古人糟粕，真偽相亂，而披沙揀金，有時獲寶。”魯迅《准風月談•由聾而啞》：“但那裏面滿架是薄薄的小本子，倘要尋一部巨冊，真如披沙揀金之難。”同 披沙剖璞、沙裏淘金。

【披沙簡金】pī shā jiǎn jīn 見“披沙揀金”。

【披星帶月】pī xīng dài yuè 見“披星戴月”。

【披星戴月】pī xīng dài yuè 披着星光月色。形容早出晚歸或連夜趕路。唐代呂巖《七言絕句》：“擊劍夜深歸甚處，披星帶月折麒麟。”元代無名氏《合同文字》二折：“披星戴月心腸緊，過水登山腳步勤。”明代陸采《懷香記•飛報捷音》：“俺這一路上披星戴月經勞碌，過高山，歷險谷。”◇每日早出晚歸，兩頭披星戴月，白天都看不見他們的影子。同 戴月披星、帶月披星。

【披荊斬棘】pī jīng zhǎn jí《後漢書•馮異傳》：“為吾披荊棘，定關中。”後以“披荊斬棘”比喻掃除障礙、克服困難。明代無名氏《鳴鳳記•二相爭朝》：“況此河套一方，沃野千里，我祖宗披荊斬棘，開創何難！”《清朝野史大觀•禮烈親王》：“昔泰伯讓國，尚少披荊斬棘之奇勳。”◇我一路披荊斬棘，才創下這份家業，不想敗在兩個不肖子孫手裏！反 不勞而獲、吹灰之力。

【披堅執鋭】pī jiān zhí ruì 堅：指鎧甲。鋭：指兵器。穿上堅固的鎧甲，拿起鋭利的兵器。形容全副武裝，上陣打仗。《戰國策•楚策一》：“吾被堅執鋭，赴強敵而死，此猶一卒也，不若奔諸侯。”被：同“披”。《北史•裴寬傳》：“被堅執鋭，或有其人，疾風勁草，歲寒方驗。”明代無名氏《楊家將》一一回：“楊光美進曰：‘河東初定，軍士披堅執鋭者日久，且糧餉不繼，陛下宜回車駕，徐定進取。’”曹亞伯《武昌革命真史•電告漢族同胞之為滿洲將士者》：“一旦有事，則披堅執鋭，冒矢石，當前敵。”反 手無寸鐵、赤手空拳。

【披麻(蔴)救火】pī má jiù huǒ 披着易燃的麻衣救火。比喻方法錯誤，不但達不到目的，反而危害到自己。元代無名氏《折桂令》曲：“歎富貴如披麻救火，功名如暴虎馮河。白甚張羅，日月如梭，十載生涯，一枕南柯。”《三國演義》一二〇回：“陛下宜修德以安吳民，乃為上計。若強動兵甲，正猶披蔴救火，必致自焚也。”同 引火燒身。反 全身而退。

【披麻戴(帶)孝】pī má dài xiào 子孫為死去的直系尊親服重孝。一般要穿白袍、白鞋，並在肩背披上白麻。元代無名氏《冤家債主》二折：“你也想着一家兒披麻帶孝為何由，故來這靈堂裏尋鬥毆！”《儒林外史》五回：“第三日成服，趙氏定要披麻戴孝，兩位舅爺斷然不肯。”李劼人《死水微瀾》三部分：“還希望早點生個兒子，她死了，也才有披麻戴孝的，也才有在棺材前頭拉縴的，不然就是孤魂野鬼。”

【披雲見日】pī yún jiàn rì 撥開烏雲，見到太陽。比喻受到啟發，思想豁然開朗，或比喻見到光明，大有希望。漢代徐幹《中論•審大臣》：“文王之識（姜太公）也，灼然如披雲而見日，霍然若開霧而覩天。”《蕩寇志》八七回：“小將無知，屢次觸犯威嚴，幸蒙收錄，正如披雲見日。”蔡東藩《民國通俗演義》七七回：“滇、黔首義，薄海從風，合議機關，應時成立，披雲見日，再締共和。”同 撥雲見日、撥雲睹日。反 暗無天日、天昏地暗。

【披髮左衽】pī fà zuǒ rèn 披散着頭髮，衣襟向左邊開。指古代少數民族的裝束。也借指被外族所統治。《論語•憲問》：“管仲相桓公，霸諸侯，一匡天下，民到于今受其賜。微管仲，吾其被髮左衽矣。”被：同“披”。宋代文惟簡《虜廷事實•披秉》：“胡兒自古以來，披髮左衽，習以為俗。”果遲《晚清風雲》三部分：“可你遊喀墩炮台時，卻披英國水師提督的大氅，這不是改從胡俗，披髮左衽嗎？”同 披髮文身。

【披髮纓冠】pī fà yīng guān 纓：帽上的帶子，這裏指繫帽帶。《孟子•離婁下》：“今有同室之人鬥者，救之，雖被髮纓冠而救之可也。”被：同“披”。後用“披髮纓冠”説來不及挽好頭髮就戴上帽子，繫上帽帶。形容急於救人。《好逑傳》九回：“侄女見鐵公子，自相見至別去，披髮纓冠而往救者，皆冷眼，絕不論乎親疏。”丁中江《北洋軍閥史話•第二次革命》：“凡有血氣之倫，自應以同舟共濟之心，為披髮纓冠之計，決不肯再言破壞。”

【披頭散髮】pī tóu sàn fà 頭髮蓬亂地披散開來。多用於形容婦女儀容不整。《水滸傳》二二回：“那張三又挑唆閻婆去廳上披頭散髮來告道：‘宋江實是宋清隱藏在家，不令出官。相公如何不與老身做主去拿宋江？’”《紅樓夢》一〇〇回：“（金桂）説着，便將頭往隔斷板上亂撞，撞的披頭散髮。”曹禺《家》第三幕：“沈氏突然由右面披頭散髮，哭哭啼啼地跑進來。”同 蓬頭垢面。

【拜相封侯】bài xiàng fēng hóu 委任為宰相，敕封為侯爵。説人功成名就。也作“拜將封侯。”元代無名氏《東籬賞菊》一折：“他道是御酒金甌，淺酌低謳，錦袋吳鉤，拜相封侯。”元代無名氏《暗度陳倉》一折：“我也曾陋巷淹留，貧寒常受，紅塵久，今日個拜將封侯，才得個名成就。”明代吾丘瑞《運甓記•牛眠指穴》：“我也弗圖個為官作相，我也弗圖個拜將封侯。”同 封侯拜相、封侯拜將。

【拜鬼求神】bài guǐ qiú shén 見“求神拜佛”。

【拜將封侯】bài jiàng fēng hóu 見“拜相封侯”。

【挈瓶之智(知)】qiè píng zhī zhì 挈瓶：汲水用的小瓶。知：同“智”。《左傳•昭公七年》：“人有言曰：‘雖有挈瓶之知，守不假器，禮也。’”後用“挈瓶之智”比喻淺薄的知識或智謀。南朝梁賀琛《條奏時務封事》：“斗筲之人，運挈瓶之知，徼分外之求，以深刻為能，以繩逐為務。”《魏書•律曆志上》：“高閭表曰：近在鄴見（公孫）縈，臣先以其聰敏精勤，有挈瓶之智。”◇自以為是，喜歡賣弄挈瓶之智，看不起人，所以同朋友的關係都不好。同 挈瓶小智。

【拭目以待】shì mù yǐ dài 擦亮眼等着瞧。表示期待着某種情況出現。宋代王十朋《送表叔賈元範赴省試序》：“某既著為天理說，且拭目以待，欲驗斯言之不妄云。”清代紀昀《閱微草堂筆記•槐西雜志四》：“然益以美人之貽，拭目以待佳遇。”朱春雨《沙海的綠蔭•三枝花兒》：“怎麼，你們不信嗎？那請拭目以待。”同 拭目而待。

【持刀動杖】chí dāo dòng zhàng 見“拿刀動杖”。

【持之以恆】chí zhī yǐ héng 不間斷，不鬆懈，長久地堅持下去。清代曾國藩《家訓喻紀澤》：“若能從此三事上下一番苦工，進之以猛，持之以恆，不過一二年，自爾精進而不覺。”◇做學問須要持之以恆，日就月將，才能有大成就出來。同 堅持不懈。

【持之有故】chí zhī yǒu gù 故：據。所持有的見解或主張有根有據。常與“言之成理”連用。《荀子•非十二子》：“縱情性，安恣睢，禽獸行，不足以合文通治。然而其持之有故，其言之成理，足以欺惑愚眾。”章學誠《詩教》上：“諸子之為書，其持之有故而言之成理者，必有得於道體之一端，而後乃能恣肆其說。”朱自清《經典常談•諸子十》：“這些人也都根據他們自己的見解各說各的，都‘持之有故，言之成理’。”同 言之成理。反 無稽之談。

【持正不阿】chí zhèng bù ē 保持正直的態度，不屈服、不逢迎。明代范濂《雲間劇目抄》卷一：“平居議論臧貶，務持正不阿；與人交，不以盛衰為軒輊。”清代馮桂芬《誥封•行述》：“即事君亦當持正不阿，勿蹈唯諾之習。”同 剛正不阿、公正不阿。反 奴顏卑膝、仰人鼻息。

【持平之論】chí píng zhī lùn 持平：不偏不倚。指公正或調和折中的言論。宋代陳亮《謝鄭侍郎啟》：“此蓋伏遇刑部侍郎以獨見之明，持甚平之論。”清代紀昀《閱微草堂筆記•如是我聞二》：“神仙必有，然必非今之賣藥道士；佛菩薩必有，然必非今之說法禪僧。斯真持平之論矣。”《官場現形記》三四回：“此乃做書人持平之論，若是一概抹煞，便不成為恕道了。”同 不偏不倚。

【持危扶顛】chí wēi fú diān 顛：跌倒。《論語•季氏》：“危而不持，顛而不扶，則將焉用彼相矣？”後用“持危扶顛”、“扶危持顛”比喻挽救、匡扶國家危殆的局面。漢代劉炟《賜東平王蒼書》：“公卿議駁，今皆併送，及有可以持危扶顛，宜勿隱。”唐代杜光庭《虬髯客傳》：“素驕貴，末年愈甚，無復知所負荷，扶危持顛。”同 扶顛持危。

【持盈保泰】chí yíng bǎo tài 盈：滿。泰：平安。說保持已有的基業或成果，使之安穩無事。也作“保泰持盈”。《明史•孝宗紀贊》：“孝宗獨能恭儉有制，勤政愛民，兢於保泰持盈之道，用使朝序清寧，民物康阜。”《野叟曝言》一一八回：“登斯民於三五，臻治術於唐虞，此即持盈保泰之道。”同 持盈守成。

【持齋把素】chí zhāi bǎ sù 齋：齋戒。把：遵守。說信佛的人吃素戒葷，嚴守清規戒律。明代無名氏《鎖白猿》三折：“俺也曾看經唸佛，俺也曾持齋把素。”◇出家人一入佛門，就當持齋把素，過清苦日子。同 把素持齋。

【持蠡測海】chí lí cè hǎi 蠡：用瓠製成的瓢，用以舀水。用瓢來測量大海的深淺。比喻用淺薄的眼光看待高深的事物。《漢書·東方朔傳》：“以管窺天，以蠡測海。”唐代杜甫《贈特進汝陽王二十韻》：“謬持蠡測海，況挹酒如澠。”◇哲人的智慧與博愛的情懷，非持蠡測海者所能及。同 坐井觀天、管窺蠡測。

【拱手而降】gǒng shǒu ér xiáng 拱手：古禮，兩手胸前合抱致意。指恭順地屈膝投降。元代無名氏《聚獸牌》二折：“斬漢將湯澆瑞雪，放心殺敵兵拱手而降。”元代無名氏《紫泥宣》四折：“正遇他兩個，略施了些武藝，他兩個拱手而降。”反 負隅頑抗。

【拱手聽命】gǒng shǒu tīng mìng 拱手：古禮，兩手胸前合抱致意。形容恭順地聽從對方的吩咐指示。《明史·陳九疇傳》：“邊臣怵利害，拱手聽命，致內屬番人勾連接引，以至於今。”《警世通言》卷三：“眾人拱手聽命。”《楊家將演義》二四回：“臣有一計，可使蕭太后拱手聽命。”同 俯首聽命。反 犯上作亂。

【拱肩縮背】gǒng jiān suō bèi 形容人衰老、畏寒、病態或猥瑣的樣子。《紅樓夢》五一回：“只有他穿着那幾件舊衣裳，越發顯的拱肩縮背，好不可憐見的！”《兒女英雄傳》三二回：“他拱肩縮背的說：‘那個姓史，叫作史蓮峰，是位狀元公子，是史蝦米的親侄兒。’”《社會萬象》一：“有一等乞丐，缺衣少穿，拱肩縮背，或亦有在天寒地凍時僵死街頭，成為民國社會吃人的一景。”同 弓腰駝背。

【拾人牙慧】shí rén yá huì《世說新語·文學》：“殷中軍云：‘康伯未得我牙後慧。’”說康伯絕頂聰明，人家一張口，不待說完，他便理解。後用“拾人牙慧”表示襲用別人的言論或文字。《野叟曝言》一一八回：“明用故事，卻暗翻前局，方不是拾人牙慧。”清代許印芳《詩法萃編》：“人有佳語，即當擱筆，或另構思，切忌拾人牙慧。”同 拾人涕唾、襲人故智。

【拾人涕唾】shí rén tì tuò 見“拾人唾涕”。

【拾人唾涕】shí rén tuò tì 揀拾別人的鼻涕和唾沫。比喻襲用他人的隻言片語，拿不出自己的主張和見解。也作“拾人涕唾”。宋代嚴羽《滄浪詩話·答臨安吳景先書》：“僕之《詩辨》……非傍人籬壁，拾人涕唾得來者。”明代胡震亨《唐音癸籤·集錄三》：“胡元瑞評諸家云：‘歐、陳率是記事，司馬君實大儒，是事別論，劉貢父滑稽渠率，王直方拾人唾涕。’”同 拾人唾餘。反 遠見卓識。

【拾人唾餘】shí rén tuò yú 比喻套用別人零星的言論或主張，沒有自己的見解。也作“拾人餘唾”。梁啟超《論內地雜居與商務關係》：“事事落人之後，拾人唾餘。”《浮生煙雲》七：“依我看，他的作品缺少創意新意，陳陳相因，許多僅是拾人餘唾而已。”同 拾人涕唾、拾人牙慧。

【拾人餘唾】shí rén yú tuò 見“拾人唾餘”。

【拾金不昧】shí jīn bù mèi 昧：隱藏。《後漢書·烈女傳》載：樂羊子拾得一金餅，回家來交給妻子，妻曰：“拾遺求利，以污其行”，樂羊子愧慚不已，設法將金餅歸還失主，並遠行求學。後用“拾金不昧”說不把撿到的財物藏起來據為己有。《歧路燈》一〇八回：“至於王中赤心保主，自始不二，作者豈可以世僕待之耶？把家人名分扯倒，又表其拾金不昧。”清代吳熾昌《客窗閒話·義丐》：“乃呼里長，為之謀宅於市廛，置貨立業，且表之以額曰‘拾金不昧’。”馮玉祥《我的生活》第三章：“除了當時給他送了一塊‘拾金不昧’的匾額之外，並把當鋪的門前讓給他開了一爿餃子鋪。”反 貪得無厭。

【拾遺補闕】shí yí bǔ quē 撿拾遺漏，彌補缺失。❶ 對君王指陳漏失和弊端，加以彌補糾正。漢代司馬遷《報任少卿書》：“所以自惟上之不能納忠效信，有奇策材力之譽，自結明主，次之又不能拾遺補闕，招賢進能，顯巖穴之士。”《晉書•江統傳》：“臣聞古之為臣者，進思盡忠，退思補過，獻可替否，拾遺補闕。”《清史稿•李涵傳》：“拾遺補闕，諫官之職也。”❷ 填補增收文獻中遺漏缺失的資料或文辭。明代張岱《史闕》序：“每於正史世紀之外，拾遺補闕，得一語焉則全傳為之生動，得一事焉則全史為之活現。”◇他整天泡在舊書堆裏拾遺補闕，許多埋沒的文史資料就是這麼被發掘出來的。同 補闕拾遺。

【挑三揀四】 tiāo sān jiǎn sì 挑過來揀過去。形容非常挑剔。周立波《蓋滿爹》：“學堂里買菜，愛挑三揀四，價錢又壓得太低。”◇她買東西總喜歡挑三揀四，一個下午試了二十幾件衣服還沒買到稱心的。同 挑肥揀瘦。

【挑毛揀刺】 tiāo máo jiǎn cì 比喻十分挑剔，專找人的細小瑕疵。◇她的母親待人苛刻小氣，喜歡挑毛揀刺，常讓人感到難堪不快。同 挑毛剔刺、雞蛋裏挑骨頭。

【挑肥揀瘦】 tiāo féi jiǎn shòu 形容反反覆覆，一味挑選好的或對自己有利的。◇買件衣服挑肥揀瘦，掂來倒去，煩死人／大家都在與公司共度時艱，惟獨你挑肥揀瘦，說得過去嗎？同 挑三揀四。

【挑撥離間】 tiǎo bō lí jiàn 離間：拆散，使分開。挑起是非爭端，使相互猜忌，產生隔閡。《官場現形記》三九回：“這個姓胡名福，最愛挑撥離間。”朱自清《論不滿現狀》：“這種人往往少有才，挑撥離間，詭計多端。”同 調三窩四、挑撥是非。

【指山賣磨】 zhǐ shān mài mò 磨：石頭鑿製的碾糧食的工具。指着石頭山說要出賣石磨。比喻說空話或空口允諾。元代岳伯川《呂洞賓度鐵拐李》一折：“出來的都關來節去，私多公少，可曾有一件兒合天道？他每都指山賣磨，將百姓劃地為牢！”徐復祚《紅梨記傳奇》：“他指山賣磨，見雀張羅。”◇做甚麼事都要把握好，要守信用，切不可指山賣磨，隨便答應人家。

【指天為誓】 zhǐ tiān wéi shì 見“指天誓日”。

【指天畫地】 zhǐ tiān huà dì 說話時不停地用手比畫。❶ 形容說話時神情激動或無所顧忌。漢代陸賈《新語•懷慮》：“惑學者之心，移眾人之志，指天畫地，是非世事。”《聊齋誌異•劉姓》：“劉又指天畫地，叱罵不休。”章炳麟《鄒容傳》：“與人言，指天畫地，非堯舜，薄周孔，無所避。”❷ 形容賭咒發誓。郭沫若《殘春》二：“指天畫地地說，說他自己是龍王……我們聽了好笑。”◇他在她面前指天畫地說，她是自己畢生唯一所愛。同 指手劃腳、指天誓日。

【指天誓日】 zhǐ tiān shì rì 指着天空，對着太陽發誓，表示忠誠或堅定不二。也作“指天為誓”。唐代韓愈《柳子厚墓誌銘》：“指天日涕泣，誓生死不相背負，其若可信。”宋代洪邁《夷堅甲志•張夫人》：“人言那可憑，盍指天為誓。”宋代袁采《世範•治家》：“其所以改悔自新者，指天誓日可表。”茅盾《鍛煉》二三：“那時政府中人不是指天誓日說他們何嘗甘心屈服，只因為還沒有準備好，暫時不得不忍辱退讓。”

【指不勝屈】 zhǐ bù shèng qū 勝：承受。屈：彎曲。說扳指計數都數不過來，數不勝數。明代沈德符《野獲編•國初蔭敘》：“今任宦子孫，富豪者多縱蕩喪身，而貧弱者或衣食不給，其小有才者至竄入匪類以辱先人。以余所見，指不勝屈。”清代陳康祺《郎潛紀聞》：“本朝大臣奪情任事者，指不勝屈。”《野叟曝言》五五回：“古來豪傑，剔鬚剃眉，以全身遠害者，更指不勝屈。”同 指不勝數、數不勝數。反 屈指可數、寥寥無幾。

【指日可待】 zhǐ rì kě dài 不久就可達到目的或出現期望的情況。宋代司馬光《乞開言路狀》：“以為言路將開，下情得以上通，太平之期，指日可待也。”《蕩寇志》一二三回：“小丑就擒，指日可待。”《北洋軍閥統治時期史話》六二章：“商團認為孫中山早晚將要放棄廣州，陳炯明政權復辟指日可待。”同 指日而待、計日程功。反 遙不可及、遙遙無期。

【指手劃(畫)腳】zhǐ shǒu huà jiǎo ❶ 説話時用手腳比劃示意。《東周列國誌》七回："二將方在壁壘之上，指手劃腳。" ❷ 形容放肆或得意的樣子。《水滸傳》七五回："見這李虞侯、張幹辦在宋江前面指手劃腳，你來我去，都有心要殺這廝。"《儒林外史》一二回："他又不服氣，向着官指手畫腳的亂吵。"《文明小史》一二回："這差官正在那裏指手劃腳的説得高興。" ❸ 形容亂加批評、指點或發號施令。◇這件事還輪不到你指手劃腳！ 同 説三道四。

【指名道姓】zhǐ míng dào xìng 直截了當地説出對方的名字來。多用於對人毫不客氣地指責或攻擊。清代李漁《譚楚玉戲裏傳情》："指名道姓，咒罵着孫汝權。" ◇人家又沒有指名道姓，你拉扯到自己身上幹甚麼？ 同 提名道姓。反 指桑罵槐。

【指桑罵槐】zhǐ sāng mà huái 比喻明罵此，暗罵彼。《紅樓夢》五九回："你老別指桑罵槐。"《官場現形記》一三回："聽了隔壁閒話，知道統領是指桑罵槐。" 茅盾《小圈圈裏的人物》："上課以前，她就飽聽了一頓貝師母的冷言冷語的奚落，和指桑罵槐的咆哮。" 同 指桑説槐、指雞罵狗。

【指鹿為馬】zhǐ lù wéi mǎ《史記·秦始皇本紀》載，秦相趙高想篡位，怕群臣不服，便牽了頭鹿獻給秦二世，説是馬。二世問群臣，有人説馬，有人説鹿。事後趙高把説鹿的人都殺了。後用"指鹿為馬"喻指故意歪曲事實，顛倒是非。《後漢書·竇憲傳》："深思前過，奪主田園時，何用愈趙高指鹿為馬？久念使人驚怖。"《醒世恆言·錢秀才錯佔鳳凰儔》："東牀已招佳選，何知改羊易牛；西鄰縱有責言，終難指鹿為馬。" ◇倒黑為白，指鹿為馬，是包藏禍心的人慣用的伎倆。同 是非顛倒、黑白顛倒。

【指揮若定】zhǐ huī ruò dìng 指揮作戰有謀略，穩操勝券，已成定局。唐代杜甫《詠懷古跡》詩："伯仲之間見伊呂，指揮若定失蕭曹。" ◇仗還沒打完，一群人已經用阿諛奉承的言詞讚頌他神機妙算，指揮若定。同 穩操勝券。

【指掌而談(譚)】zhǐ zhǎng ér tán 見"抵掌而談"。

【指腹成親】zhǐ fù chéng qīn 見"指腹為婚"。

【指腹為婚】zhǐ fù wéi hūn 指着肚子裏的胎兒訂立婚約。古代子女的婚姻由父母包辦，有父母為尚未出生的子女約定為婚的民俗。也作"指腹為親"、"指腹成親"。《魏書·王寶興傳》："尚書盧遐妻，崔浩女也。初，寶興母及遐妻俱孕，浩謂曰：'汝等將來所生，皆我之自出，可指腹為親。" 元代鄭德輝《王粲登樓》四折："當初老丞相曾與令尊老先生金蘭契友，二人指腹成親。"《紅樓夢》六四回："聽見説，我老娘在那一家時，就把我二姨兒許給皇糧莊頭張家，指腹為婚。"《鏡花緣》五六回："彼時九王爺因娘娘又懷身孕，曾與駱老爺指腹為婚，倘生郡主，情願與駱公子再續前姻。"

【指腹為親】zhǐ fù wéi qīn 見"指腹為婚"。

【指豬罵狗】zhǐ zhū mà gǒu 見"指雞罵狗"。

【指雞罵狗】zhǐ jī mà gǒu 指着雞罵，實際上罵的是狗。比喻借罵此人來罵彼人。也作"捉雞罵狗"、"指豬罵狗"。《醒世恆言》卷三二："每日間限定石小姐要做若干女工針黹還他。倘手遲腳慢，便去捉雞罵狗，口裏好不乾淨。"《金瓶梅詞話》二五回："在前邊大吆小喝，指豬罵狗，罵了一日。" 周立波《暴風驟雨》第一部十："李大嫂子，別指雞罵狗，倒是誰白吃白喝？你罵誰，嘴裏得清楚一點。" 同 指桑罵槐、指東罵西。

【挖耳當招】wā ěr dāng zhāo 別人舉起手來掏耳朵，誤以為是跟自己打招呼。形容誤會了別人的意思。《醒世恆言》卷二八："那吳衙內記掛着賀小姐，一夜卧不安穩。早上賀司戶相邀，正是挖耳當招，巴不能到他船中，希圖再得一覷。" ◇挖耳當招，她錯會了經理的本意。

【挖肉補瘡】wā ròu bǔ chuāng 唐代聶夷中《詠田家》："二月賣新絲，五月糶新穀，醫得眼前瘡，剜卻心頭肉。" 後用"挖肉補瘡"比喻只管眼前，不顧後果，用有害的方法來救急。也作“剜肉補瘡”。宋代朱熹《乞蠲減星子縣稅錢狀》：“必從其說，則勢無從出，不過剜肉補瘡，以欺天罔人。”《二刻拍案驚奇》卷一五：“江老兒是老實人，若我不允女兒之事，他又剜肉補瘡，別尋道路謝我，反為不美。”《民國通俗演義》一二四回：“政府給他逼得無法可施，只得勉勉強強，挖肉補瘡的籌給三百萬元。”同 拆東牆補西牆。

【挖空心思】wā kōng xīn sī 形容千方百計，想盡各種辦法。《蕩寇志》一二六回：“今此賊挖空心思，用到如許密計，圖我安如泰山之鄆城。”巴金《談〈憩園〉》：“據說他荒唐地花去了自己分到的遺產（可能只是遺產的大部分）之後，挖空心思，發揮剝削的才能，抓回來一些東西，修建了這個新居。”同 絞盡腦汁。反 無所用心。

【按甲休兵】àn jiǎ xiū bīng 甲：護身用的鎧甲，借指軍隊。指停止作戰，不再用兵。《漢書•韓信傳》：“當今之計，不如按甲休兵。”《南西廂記•許婚借援》：“將軍可按甲休兵，退一箭之地。”也作“按甲寢兵”。寢：止息。《三國演義》六六回：“且宜增修文德，按甲寢兵，息軍養士，待時而動。”同 按兵束甲。反 大動干戈。

【按甲寢兵】àn jiǎ qǐn bīng 見“按甲休兵”。

【按名責實】àn míng zé shí 依照其擔當的職責來考核其實績，驗證是否相合。唐代李贄《請許台省長官舉薦屬吏狀》：“夫求才貴廣，考課貴精……在於按名責實，宰臣之序進是也。”明代李東陽《漳州府進士提名記》：“及按名責實，台有評，省有核。”同 循名責實。反 名實不符。

【按步就班】àn bù jiù bān 見“按部就班”。

【按兵不動】àn bīng bù dòng ❶ 掌控住軍隊，暫不採取作戰行動。《呂氏春秋•召類》：“趙簡子按兵而不動。”《三國演義》三回：“進使人迎董卓於澠池，卓按兵不動。”《隋唐演義》三九回：“楊義臣出師已久，未有捷音，按兵不動，意欲何為？”❷ 指面對問題，不採取措施解決。《文明小史》五九回：“幕府裏面子上雖含糊答應，暗地裏卻給他個按兵不動。”同 從容應對。

【按捺(納)不住】àn nà bù zhù 控制不住自己的情緒或行為。《警世通言》卷一三：“施還此時怒氣填胸，一點無明火按納不住。”《老殘遊記》一七回：“翠環此時按捺不住，料到一定凶多吉少，不覺含淚跪倒人瑞面前。”◇衝動和暴怒，常讓人按捺不住，這時只要轉念一想會造成嚴重後果，就能克制下來。反 忍氣吞聲。

【按部就班】àn bù jiù bān 晉代陸機《文賦》：“觀古今於須臾，撫四海於一瞬。然後選義按部，考辭就班。”原意說作文要按照門類，順序選詞定句，安排結構。後用“按部就班”、“按步就班”泛指按照一定的條理和程式去做。《三俠五義》九四回：“只好是按部就班，慢慢敍下去，自然有個歸結。”魯迅《書信集•致陶亢德》：“學校卻按步就班，沒有這弊病。”老舍《四世同堂》四九：“假如他能按部就班的讀寫書，他也會變成一個體面的，甚至或者是很有學問的人。”同 井然有序。反 亂七八糟。

【按圖索驥】àn tú suǒ jì《漢書•梅福傳》：“今不循伯者之道，乃欲以三代選舉之法，取當時之士，猶察伯樂之圖，求騏驥於市，而不可得，亦已明矣。”騏驥：好馬。意為照伯樂寫的良馬圖像到市上尋覓好馬，終究還是找不到。後以“按圖索驥”比喻：❶ 拘泥於成法而不知變通。元代趙汸《葬書問對》：“每見一班按圖索驥者，多失於驪黃牝牡，苟非其人神定識超，未必能造其微也。”章炳麟《致張繼于佑任書》：“諸君但見拿破崙之成事，恐民國復有效之者，此無異昔人所謂按圖索驥。”❷ 按照線索去尋找所要的東西。鄭觀應《盛世危言•訓俗》：“如第一害之漢奸，則上海亦不乏其人，其曾發洋財者可以按圖索驥，無可漏遺。”◇照着他提供的人名，按圖索驥，一一都查清楚了。同 順藤摸瓜。反 千頭萬緒、茫無頭緒。

【拿刀動杖】ná dāo dòng zhàng 杖：棍棒。拿着刀，揮動棍棒。形容動武、使用暴力。也作“持刀動杖”。《紅樓夢》三四回：“誰鬧來着？你先持刀動杖的鬧起來，倒說別人鬧。”《兒女英雄傳》二六回：“今昔的情形不同，不怕她遠走高飛，拿刀動杖。” 同 拿刀弄杖。

【拿手好戲】ná shǒu hǎo xì 拿手：擅長。❶ 個人最擅長、演得最出色的戲劇。清代張春帆《九尾龜》一四七回：“這個高福安本來也是個著名的武生，臺容既好，武工也很不差，這齣‘金錢豹’更是他的拿手好戲。”峻青《壯志錄》：“當老場長的拿手好戲‘借東風’收場的時候，三星高高地昇起，天已經是在半夜了。” ❷ 比喻最擅長的本領。清代李涵秋《廣陵潮》八一回：“況拍馬又是他頂刮刮叫的拿手好戲……因此，就拔他做了個副官。”艾蕪《人生哲學的一課》：“從前我做過好多大館子，說到做魚翅燕窩，簡直是我的拿手好戲。”

【拿粗挾細】ná cū xié xì 挾：要挾。粗細：指大小之事。比喻蓄意尋釁，刁難要挾。元代鄭廷玉《後庭花》一折：“若有那拿粗挾細踏狗尾的但風聞，這東西一半兒停將一半兒分。”元代無名氏《隔江鬥智》二折：“那一個說親的早做了藏頭露尾，那一個成親的也自會拿粗挾細。”◇地面上這幾個流氓潑皮，專找老實人家拿粗挾細，訛詐勒索。同 挾細拿粗。

【拿腔作勢】ná qiāng zuò shì 見“裝腔作勢”。

【拿腔作調】ná qiāng zuò diào 故意裝出某種腔調，裝模作樣。老舍《二馬》三六七：“今天可不然了，腿根一緊，跟着就得哼哼，沒有拿腔作調的工夫！”◇無論做官還是當老百姓，他從不拿腔作調，總是笑容滿面，能替你辦的事，絕不推託。同 拿腔拿調、拿腔做勢。

【拿賊拿贓】ná zéi ná zāng 捉賊要查獲贓物作為證據。《西遊記》三八回：“常言道‘拿賊拿贓。’那怪物做了三年皇帝，又不曾走了馬腳，漏了風聲……我老孫就有本事拿住他，也不好定個罪名。”《醒世姻緣傳》六二回：“拿賊拿贓，拿姦拿雙。你又不曾捉住他的孤老，你活活的打殺了媳婦，這是要償命的。” 同 拿賊見贓、拿賊要贓。

【拿糖作醋】ná táng zuò cù 比喻故作姿態，裝腔作勢。《紅樓夢》一〇一回：“這會子替奶奶辦了一點子事，況且關會着好幾層兒呢，就這麼拿糖作醋的起來，也不怕人家寒心？”《兒女英雄傳》三七回：“他拿起來，一口氣就喝了個酒乾無滴，還向着太太照了照杯……太太合公子道：‘我們也乾了，也值得你那麼拿糖作醋的！’”◇她那人呀，又虛榮又虛偽，遇事拿糖作醋，忸怩作態，讓人看着噁心！同 拿糖捏醋。

【拳打腳踢】quán dǎ jiǎo tī 用拳頭擊，用腳踢打。❶ 指武術運用拳和腿的打法。《兒女英雄傳》六回：“那架勢，拳打腳踢，拿法破法，自各有不同。” ❷ 形容手腳並用，胡亂毆打一通。《儒林外史》九回：“為你這兩個人，帶累我一頓拳打腳踢。”朱自清《回來雜記》：“一個警察走來，不問三七二十一，抓住三輪車夫一頓拳打腳踢。” 同 腳踢拳打。

【拳拳之忱】quán quán zhī chén 拳拳：形容懇切的樣子。比喻發自內心的誠摯情意。也作“惓惓之意”。《隋唐演義》八二回：“知章奉旨，到家宣諭李白，且備述天子惓惓之意。”◇道遠法師一生宣傳佛法，勸人積德為善，拳拳之忱，令許多人深受感動。反 虛情假意。

【拳拳服膺】quán quán fú yīng 拳拳：形容懇切。膺：胸。形容心悅誠服，牢記在心中。《禮記·中庸》：“(顏) 回之為人也，擇乎中庸，得一善，則拳拳服膺而弗失之矣。”清代王先謙《〈續古文辭類纂〉例略》：“生平於師好友小善，拳拳服膺，附書簡端，以志永矢。”梁啟超《新民說》一八：“其拳拳服膺者，始終仍此一義，更無他也。”◇待人當以誠信為本，忠誠信義能使人拳拳服膺，反之，則必為人所棄。

【捕風捉影】bǔ fēng zhuō yǐng 好像捕捉風和影子那樣。比喻憑藉似是而非的跡象做判斷，缺乏確鑿的事實根據。宋代朱熹《朱子語類》卷六九："若有一毫之不實，如捕風捉影，更無下功處，德何由進？"明代張居正《乞鑒別忠邪以定國是疏》："捕風捉影，揑造流言。"魯迅《南腔北調集•經驗》："自然，捕風捉影的記載，也是在所不免的。"同 捕風繫影。反 有根有據、有憑有據。

【振振有詞(辭)】zhèn zhèn yǒu cí 形容說話理直氣壯，言詞有力。鄭振鐸《書之幸運》："'寒士無書可讀，要成一個博覽者真是難於登天呢！'他振振有詞的如此的說着，他的妻倒弄得沒有甚麼話可說了。"巴金《探索與回憶•究竟屬於誰》："這些人振振有辭、洋洋得意，經常發號施令，在大小會上點名訓人，彷彿真理就在他們的手裏。"反 無言以對、理虧心虛。

【振臂一呼】zhèn bì yī hū 揮動手臂，一聲高呼。形容向大家發出號召。漢代李陵《答蘇武書》："死傷積野，餘不滿百，而皆扶病，不任干戈。然陵振臂一呼，創病皆起。"宋代何去非《秦論》："振臂一呼，而帶甲者百萬。"魯迅《〈吶喊〉自序》："因為這經驗使我反省，看見自己了：就是我決不是一個振臂一呼應者雲集的英雄。"同 攘臂一呼。

【振聾發聵】zhèn lóng fā kuì 見"發聾振聵"。

【挾山超海】xié shān chāo hǎi《孟子•梁惠王上》："挾太（泰）山以超北海，語人曰：'我不能。'是誠不能也。"說用胳膊夾着泰山跨過北海。後用"挾山超海"比喻不可能做到的事情。明代盧象昇《與某書》："某以一身肩荷七省，何異挾山超海之難！"◇要想把駝背醫直，讓太陽西出，這如同挾山超海，絕不可能實現。也用來比喻威力極大。◇南水北調、三峽工程這樣的大工程，做起來真是有挾山超海之勢。同 挾泰山以超北海。反 回天乏術。

【揑一把汗】niē yī bǎ hàn 人因緊張或擔心恐懼而手心出汗。形容心情十分緊張或慌恐。《兒女英雄傳》三三回："安太太方才見老爺說公子荒的有些外務，正揑一把汗，怕丈夫動氣，兒子吃虧。"《官場現形記》四二回："如今要叫他去見制臺……一路早揑一把汗。"◇看攀爬斷崖表演，大家都不禁為那攀登者揑一把汗。

【揑手揑腳】niē shǒu niē jiǎo ❶形容放輕手腳，不敢弄出響聲。《京本通俗小說•錯斬崔寧》："那賊略推一推，豁地開了。揑手揑腳，直到房中，並無一人知覺。"《儒林外史》三一回："王鬍子出去，領着鮑廷璽，揑手揑腳，一路走進來。"❷形容動手動腳，行為輕佻。《蜃樓志》六回："這日巫雲與他搥腿，他趁着母親轉眼，便揑手揑腳。"《儒林外史》四二回："二爺趁空把細姑娘拉在一條板凳上坐着，同他揑手揑腳，親熱了一回。"同 揑腳揑手、躡手躡腳。

【捉衿肘見】zhuō jīn zhǒu jiàn 見"捉襟見肘"。

【捉摸不定】zhuō mō bù dìng 形容估摸不透，難以逆料或把握。丁玲《太陽照在桑乾河上》二六："只是到底會不會受處分，他就捉摸不定了。"◇天底下的事，實在是捉摸不定，有誰敢說他能捉摸得定？

【捉雞罵狗】zhuō jī mà gǒu 見"指雞罵狗"。

【捉襟見肘】zhuō jīn jiàn zhǒu《莊子•讓王》："曾子居衞，十年不製衣，正冠而纓絕，捉衿而肘見。"衿：襟，上衣的前幅。說整一整衣襟就露出了胳膊肘。也作"捉衿肘見"。❶形容衣衫襤褸，生活困頓。宋代陸游《衰疾》詩："捉襟見肘貧無敵，聳膊成山瘦可知。"《二十年目睹之怪現狀》三四回："攤上坐了一人，生得眉清目秀，年紀約有四十上下，穿了一件捉襟見肘的夏布長衫。"❷比喻顧此失彼，處於困難境地。明代楊慎《丹鉛總錄•境逆樂真》："以致捉衿肘見而歌商聲，簞食瓢飲而不改其樂，乃為境之逆而樂之真耳。"《北洋軍閥統治時期史話》七七章："奉系軍閥在財政上也已捉襟見肘，無力繼續作戰了。"同 顧此失彼。反 應付自如、應付裕如。

【捐本逐末】juān běn zhú mò 見“去本逐末”。

【捐棄前嫌】juān qì qián xián 捐棄：放棄。嫌：嫌隙、仇怨。拋棄過去的疑忌或仇怨，握手言歡。◇兩人過去是冤家，水火不容，如今捐棄前嫌成為朋友，對雙方都好。同 盡釋前嫌。

【捐軀報國】juān qū bào guó 捐：捨棄。不計生死，一心報效國家。《西遊記》一一回：“小人情願舍家棄子，捐軀報國。”《説岳全傳》一六回：“我想做了武將，固當捐軀報國。”◇古往今來，有多少志士仁人捐軀報國，大都埋名荒野，留名後世者，寥寥可數。同 捐軀殉國、殺身報國。反 賣國求榮、叛國投敵。

【挺而走險】tǐng ér zǒu xiǎn 見“鋌而走險”。

【挺身而出】tǐng shēn ér chū 挺直起身體站出來，形容勇敢無畏的樣子。《舊五代史·唐景思傳》：“城陷，景思挺身而出，使人告於鄰郡，得援軍數百，逐其草寇，復有其城。”元代王實甫《西廂記》二本三折：“前者賊寇相迫……小生挺身而出，作書與杜將軍，庶幾得免夫人之禍。”曹禺《北京人》第一幕：“思懿先真要挺身而出，聽見這麼可怕的恐嚇，又悄悄退回去。”反 畏葸不前。

【挺胸凸肚】tǐng xiōng tū dù 見“挺胸疊肚”。

【挺胸疊肚】tǐng xiōng dié dù 挺着胸脯，鼓起肚皮。形容神氣十足的樣子。也作“挺胸凸肚”。《紅樓夢》六回：“只見幾個挺胸疊肚、指手畫腳的人坐在大門上説東談西的。”《兒女英雄傳》二一回：“只聽得院子裏許多腳步響，早進來怒目橫眉、挺胸凸肚的一群人。”《文明小史》一一回：“其時兩旁觀看的人卻也不少，有的指指點點，有的説説笑笑，還有幾個挺胸凸肚、咬牙切齒罵的。”同 神氣十足。

【挫骨揚灰】cuò gǔ yáng huī 將死人骨頭挫成灰揚棄掉。形容罪孽深重或恨之入骨。《兒女英雄傳》三回：“倘然要把老爺的這項銀子耽擱了，慢説我就挫骨揚灰也抵不了這罪過。”◇婆婆一直視她為眼中釘，要不是為兒子想，早就把她挫骨揚灰了。同 恨之入骨。

【捋袖揎拳】luō xiù xuān quán 捲起袖子，伸出拳頭。形容擺出準備動武的架勢。元代無名氏《碧桃花》三折：“一個個氣昂昂性兒不善，他每都叫吼吼捋袖揎拳。”也作“揎拳捋袖”。元代楊暹《劉行首》二折：“欺良壓善沒分曉，揎拳捋袖行兇暴。”反 以理服人。

【挨門逐户】āi mén zhú hù 挨：依次。指各家各戶都逐一輪到，沒有遺漏。也作“挨家挨戶”《説岳全傳》六一回：“一個不怕死的布衣，名喚劉允升，寫出岳元帥父子受屈情由，挨門逐戶的分派，約齊日子，共上民表，要替岳爺申冤。”蔡東藩《民國通俗演義》三一回：“竟借了搜剿的名目，挨門逐戶，任情突入，見有箱籠等物，用刀劈開。”茅盾《子夜》一四：“大家分頭到草棚裏挨家挨戶告訴他們，不要上人家的當！”同 挨門挨户、挨家按户。

【挨肩搭背】āi jiān dā bèi 肩膀挨着肩膀，彼此手搭在背上。形容十分親昵熱絡。清代無名氏《官場維新記》九回：“小玉鳳見是警察局的大人到了，連忙拋了各客，溜進房間裏來，與袁伯珍挨肩搭背的坐在一塊兒。”◇她經常跟不三不四的男人挨肩搭背地逛街，雖然母親再三勸告她，卻聽而不聞，依然故我。同 挨肩擦背、耳鬢廝磨。反 避之若浼、避李嫌瓜。

【挨肩擦背】āi jiān cā bèi 擦：碰擦。也作“挨肩疊背”。❶ 形容人多擁擠。《金瓶梅》五五回：“只見亂哄哄的挨肩擦背，都是大小官員來上壽的。”《初刻拍案驚奇》卷三二：“每每花朝月夕，士女喧闐，稠人廣眾，挨肩擦背。”明代周楫《西湖二集·宋高宗偏安耽逸豫》：“那時自龕山以下，貴邸豪民，彩幕綿亘三十餘里，挨肩疊背，竟無行路。”❷ 形容人與人貼着，摩肩蹭背。形容親昵的動作。《醒世恆言》卷三四：“(趙一郎) 常常走到廚房下，挨肩擦背，調嘴弄舌。”《警世通言》卷三：“(嬌鸞) 有時亦到廷章書房中吃茶，漸漸不避嫌疑，挨肩擦背。”同 挨肩搭背。

【挨肩疊背】āi jiān dié bèi 見“挨肩擦背”。

【挨家挨户】āi jiā āi hù 見"挨門逐戶"。

【捧腹大笑】pěng fù dà xiào 捧着肚子大笑。形容笑得不能控制自己。《史記•日者列傳》："司馬季主捧腹大笑曰：'觀大夫類有道術者，今何言之陋也，何辭之野也！'"宋代費袞《梁谿漫志•侍兒對東坡語》："至朝雲乃曰：'學士一肚皮不入時宜。'坡捧腹大笑。"張賢亮《龍種》："想到五十歲的人要談戀愛，他又捧腹大笑了。"反 號咷大哭。

【掛一漏萬】guà yī lòu wàn 唐代韓愈《南山》詩："團辭試提挈，掛一念萬漏。"後以"掛一漏萬"表示所舉不全，遺漏很多。宋代沈括《進守令圖表二》："掛一漏萬，無裨海嶽之藏。"《醒世姻緣傳》六二回："待要指出幾個證來，掛一漏萬，說不盡這許多。"反 涓滴不漏、面面俱到。

【掛燈結綵(彩)】guà dēng jié cǎi 懸掛燈籠，結紮彩綢。表示大辦喜事、慶典的熱火場面。《蕩寇志》一一六回："到了那日，鼓樂喧天，掛燈結綵，說不盡那錦繡榮華，一段富貴。"《孽海花》三回："家中早已掛燈結綵，鼓吹喧闐。"◇走進大廳，只見掛燈結彩，輝煌耀目，家人都喜氣洋洋，只等次日迎新婦進門。同 張燈結綵、懸燈結彩。

【措手不及】cuò shǒu bù jí 措手：着手處理。事出突然，來不及應付、處理。元代無名氏《杏林莊》二折："務要殺他個措手不及，片甲不歸也呵！"《紅樓夢》八四回："賈環伸手拿那銱子瞧時，豈知措手不及，'沸'的一聲，銱子倒了，火已潑滅了一半。"◇對方一個迅猛的扣殺，打得她措手不及，竟把球彈出了界。同 猝不及防、防不勝防。反 常備不懈、戒備森嚴。

【措置有方】cuò zhì yǒu fāng 處理事務得法，井井有條。《初刻拍案驚奇》卷一二："女子見他措置有方，只道投着好人，亦且此身無主，放心隨他去。"◇班機延誤，機場迅速安置旅客住宿，措置有方，旅客很滿意。同 舉措得當。反 措置裕如。

【措置裕如】cuò zhì yù rú 措置：安排、料理。裕如：從容不費力。《後漢書•劉蒼傳》："臣惶怖戰慄，誠不自安，每會見，踧踖無所措置。"漢代揚雄《法言•五百》："小以成小，大以成大，雖山川丘陵，草木鳥獸，裕如也。"後用"措置裕如"表示處理事務從容不迫，不費力氣，卻做得妥妥當當。清代劉坤一《提督因疾出缺請旨簡放摺》："前署蘇松、福山等鎮篆務措置裕如，堪以委令署理。"◇不要說這種簡單問題，就是再難再複雜的事情，他也能措置裕如。同 應付裕如、遊刃有餘。反 手足無措、不知所措。

【描鸞刺鳳】miáo luán cì fèng 形容女子擅長刺繡。鸞、鳳：指鸞鳥鳳凰一類圖案。明代周楫《西湖二集•寄梅花鬼鬧西閣》："娶得妻子柳氏，生得玉琢成、粉捏就的身軀，更兼描鸞刺鳳，繡將出來就如活的一般。"《鼓掌絕塵》二二回："說他文技中，則琴棋書畫，詩賦詞章，般般細諳；女工內，則剪水裁雲，描鸞刺鳳，件件精通。"同 描龍刺鳳、描龍繡鳳。

【掎角之勢】jǐ jiǎo zhī shì《左傳•襄公十四年》："譬如捕鹿，晉人角之，諸戎掎之，與晉掊之。"說晉人抓住鹿角，諸戎拉住鹿腿，分工合作捕獲鹿。後用"掎角之勢"表示互相分兵配合，形成牽制或夾擊敵人的態勢。也指互相策應和支援的形勢。北齊魏收《為侯景叛移梁朝文》："覆師喪旅，禍本可尋，方之噬臍，悔之靡及。皆侯景叛戾，虛相陷誘，指成提挈之舉，終無掎角之勢。"《三國演義》一一回："融大喜，會合田楷，為掎角之勢，雲長、子龍領兵兩邊接應。"也作"犄角之勢"。明代高岱《鴻猷錄•輯撫兩廣》："十一月，廖永忠、朱亮祖既平福州，上即命移師，自福州帥舟師由海道取廣東。仍命陸仲亨、胡通治兵贛州，由韶州為犄角之勢，與楊璟、廖永忠兵三道水陸並進。"明代周楫《西湖二集•胡少保平倭戰功》："胡公遂分遣兵屯於澉浦、海鹽之間，為犄角之勢，自引兵到塘棲。"

【掎裳連袂（襼）】jǐ cháng lián mèi 掎：拖住。袂：衣袖。衣裙相牽，衣袖相連。形容人多擁擠。《文選•潘岳〈藕田賦〉》："躡踵側肩，掎裳連襼。"襼：同"袂"。《大周廣慈禪院記》："歸依者掎裳連袂而來，檀施者接足駕肩而至。"清代袁枚《金賢村太守詩序》："掎裳連襼之遊，音塵不再；信後傳今之作，揚榷何辭。"同 比肩繼踵、駕肩接武。

【掩人耳目】yǎn rén ěr mù 遮蓋住別人的耳朵和眼睛。形容以假象蒙蔽欺騙別人，掩蓋真相。《宣和遺事》前集："下遊民間之坊市，宿於娼館，事跡顯然，雖欲掩人之耳目，不可得也。"《東周列國誌》一二回："必須假手他人，死於道路，方可掩人耳目。"《二十年目睹之怪現狀》一〇五回："'我天天開的藥方，你們只管撮了來煎，卻不可給他吃。'龍光道：'這又是何意？'博如道：'這不過是掩人耳目，就是別人看了方子，也是藥對脈案的。'"同 遮人眼目、遮人耳目。反 真相大白、公之於世。

【掩耳盜鈴】yǎn ěr dào líng 捂住自己的耳朵偷鈴。《呂氏春秋•自知》："范氏之亡也，百姓有得鐘者，欲負而走，則鐘大不可負。以椎毀之，鐘況然有音，恐人聞之而奪己也，遽揜其耳。"後以"掩耳盜鈴"比喻自欺欺人。宋代朱熹《答江德功書》："成書不出姓名，以避近民之譏，此與掩耳盜鈴之見何異？"《紅樓夢》九回："那怕再念三十本《詩經》，也是'掩耳盜鈴'，哄人而已！"洪深《少奶奶的扇子》第四幕："閉上了眼睛，不要知道世界上的齷齪，覺得可以保住自己的清高，豈非掩耳盜鈴？"同 掩耳盜鐘、自欺欺人。

【掩惡揚善】yǎn è yáng shàn 見"隱惡揚善"。

【掩鼻而過】yǎn bí ér guò 捂住鼻子走過去，表示厭惡散發臭氣的骯髒東西。《孟子•離婁下》："西子蒙不潔，則人皆掩鼻而過之。"後用"掩鼻而過"比喻看不慣不潔、不雅、不好的事物而躲開遠離。宋代楊萬里《答施少才書》："某昔讀書至此，必掩鼻而過之，今則不然，豈惟不掩鼻，又將褰裳而踐之。"◇被嚴重污染的河流，散發出陣陣臭味，行人都掩鼻而過。同 人皆掩鼻。反 蜂湧而至。

【捷足先登】jié zú xiān dēng 比喻行動迅速，搶先一步，率先達到目的或獲得所追求的東西。清代葉稚斐《吉慶圖•會赴》："目下撒敦擅政，天下紛爭，張士誠、方國珍等，並起刀兵，各懷竊據，所謂'秦人失鹿，捷足先登'。"巴金《短簡•我的故事》："'小事情不敢請大學生屈就'，而大事情又被有勢力的人'捷足先登'了。"同 捷足先得。反 老牛破車。

【捷報頻傳】jié bào pín chuán 勝利的喜報不斷地傳來。徐遲《地質之光》："華北大平原上捷報頻傳，以後大港油田、勝利油田，其他油田相繼建成。"

【掉以輕心】diào yǐ qīng xīn 唐代柳宗元《答韋中立論師道書》："故吾每為文章，未嘗敢以輕心掉之。"說每次寫文章立論，從不敢忽視，隨便弄一下了之。後以"掉以輕心"形容漫不經心，不當回事。《清史稿•德宗紀一》："臨事而懼，古有明訓。切勿掉以輕心，致他日言行不相顧。"◇這次事故，完全是他掉以輕心造成的。同 滿不在乎、疏忽大意。反 一絲不苟、巨細無遺。

【掉頭鼠竄】diào tóu shǔ cuàn 轉過頭來像老鼠一樣逃跑了。形容狼狽逃竄。明代許自昌《水滸記•縱騎》："他怎肯網開三面漫相遮，教我掉頭鼠竄無寧帖。"◇幾個壯年人手持棍棒如虎下山，那群小流氓一個個掉頭鼠竄。同 抱頭鼠竄、狼狽而逃。

【掉嘴弄舌】diào zuǐ nòng shé 能說會道，耍弄口舌，或與人吵嘴。《石點頭•乞丐婦重配鸞儔》："況且他是賣蒲子，你是做豆腐，各人做自家生理，何苦掉嘴弄舌，以至相爭。"◇那媒婆真能掉嘴弄舌，把醜的說成俊的，把劣的說成好的。同 掉弄口舌。反 笨嘴拙舌。

【掉臂不顧】diào bì bù gù《史記•孟嘗君列傳》："君獨不見夫趣市朝者乎？明旦，側肩爭門而入；日暮之後，過市朝者掉臂而不顧。”説日暮黃昏市場的東西都賣完了，人們甩手而去，頭也不回。後用“掉臂不顧”形容不理不睬，揚長而去。明代袁宏道《與王以明書》：“有稍知自逸者，便掉臂不顧，去之惟恐不遠。”清代徐士鑾《宋豔•叢雜》：“以財交者，財盡則散，掉臂不顧。”同 掉頭不顧。

【排山倒海】pái shān dǎo hǎi 形容來勢迅猛，力量強大，不可阻擋。宋代楊萬里《病起喜雨聞鶯》詩：“病勢初來敵頗強，排山倒海也難當。”《東周列國誌》五六回：“(晉軍）勢如排山倒海，齊軍不能當，大敗而奔。”◇他心裏那股排山倒海的慾望，逼使他不得不放手去幹。同 勢不可當、勢不可擋。反 量小力微。

【排斥異己】pái chì yì jǐ《後漢書•范滂傳》：“有不合者，見則排斥，其意如何？”《晉書•殷顗傳》：“顗見江績亦以正直為仲堪所斥，知仲堪當逐異己，樹置所親，因出行散，托疾不還。”後用“排斥異己”説排擠斥逐與自己意見不合或不同派系的人。《資治通鑒•後晉齊王天福八年》：“吳越王弘佐初立，上統軍使闞璠強戾，排斥異己，弘佐不能制。”魯迅《華蓋集•補白二》：“中國老例，凡要排斥異己的時候，常給對手起一個諢名——或謂之‘綽號’。”同 排除異己、黨同伐異。反 求同存異、大度包容。

【排沙簡金】pái shā jiǎn jīn 排：除去。簡：選取。沙裏淘金，比喻選取精華。《世説新語•文學》：“孫興公云：‘潘文爛若披錦，無處不善；陸文若排沙簡金，往往見寶。’”清代吳騫《〈拜經樓詩話〉自序》：“其間商榷源流，揚扢風雅，如排沙簡金，正須明眼者抉擇之。”◇居里夫人從數百噸瀝青礦中提煉到一克鐳，真如排沙簡金之難。同 披沙揀金、沙裏淘金。反 泥沙俱下、魚龍混雜。

【排除萬難】pái chú wàn nán 消除各種障礙，克服一切困難。◇全村百姓面對洪水威脅，日夜奮戰，排除萬難，終於戰勝了百年一遇的洪災。反 瞻前顧後、畏葸不前。

【排難解紛】pái nàn jiě fēn《戰國策•趙策三》載，秦圍趙國邯鄲，形勢危急，魏國使辛垣衍勸趙國尊秦為帝。魯仲連以大義責衍。秦將聞之，為之退兵五十里。適逢魏兵救趙，邯鄲之圍解除，趙國平原君乃置酒，以千金為魯仲連祝壽。魯仲連笑道：“所貴於天下士者，為人排患釋難解紛亂而無所取也。即有所取者，是商賈之人也，仲連不忍為也。”於是辭別平原君而去。後以“排難解紛”説為人排除危難或解決糾紛。《舊唐書•張濬傳》：“若能此際排難解紛，陳師鞠旅，共誅盜賊，迎奉鑾輿，則富貴功名，指掌可取。”宋代汪藻《奏論諸將無功狀》：“所謂為民主者，平日取民財力以養兵，緩急之時，排難解紛，而使民安業也。”葉聖陶《倪煥之》二二：“蔣如冰出任鄉董已有四年，忙的是給人家排難解紛，到城裏開會，訪問某人某人那些事。”同 排憂解難。反 火上澆油。

【捶牀拍枕】chuí chuáng pāi zhěn 見“捶牀搗枕”。

【捶牀搗枕】chuí chuáng dǎo zhěn 用拳頭敲擊牀鋪和枕頭。形容心情煩躁不安，難以入睡。也作“捶牀拍枕”。《紅樓夢》五七回：“李嬤嬤捶牀搗枕説：‘這可不中用了！我白操了一世的心了！’”《孽海花》三回：“那時正是家徒四壁，囊無一文，他脾氣越發壞了，不是捶牀拍枕，就是咒天罵地。”《鍾馗捉鬼傳》七回：“(風流鬼）這一晚捶牀搗枕，翻來覆去，如何睡得着。”同 搗枕捶牀、倒枕捶牀。

【捶胸頓足】chuí xiōng dùn zú 拍打胸脯，用力跺腳。形容極度悲痛、悔恨或焦急的樣子。《三國演義》五六回：“孔明説罷，觸動玄德衷腸，真個捶胸頓足，放聲大哭。”◇見到家裏被賊人洗劫一空，他急得捶胸頓足，乾嚎起來。同 捶胸跌腳。反 捧腹大笑、其樂無窮。

【推三阻四】tuī sān zǔ sì 以各種藉口對事情推託或阻撓。元代無名氏《鴛鴦被》一折：“非是我推三、推三阻四，這事情應難、應難造次。”《金瓶梅》六四回：“俺們在這裏，你如何只顧推三阻四，不肯出來？”《儒林外史》一回：“如何走到這裏，茶也不見你一杯，卻是推三阻四，不肯去見，是何道理？”◇你若是乖乖兒還錢便罷，若還推三阻四，那咱們可要找個地方理論理論！同 推三宕四。

【推己及人】tuī jǐ jí rén 用自己的心思去推測別人的想法。意思是將心比心，設身處地為別人着想。《論語•衞靈公》：“己所不欲，勿施於人。”宋代朱熹《與范直閣書》：“學者之於忠恕，未免參校彼己，推己及人則宜。”朱自清《經典常談•諸子第十》：“他說為人要有真性情，要有同情心，能夠推己及人。”同 以己度人、“己所不欲，勿施於人”。反 一己之私。

【推心置腹】tuī xīn zhì fù 把自己的一顆赤心，放置在別人的腹中。《後漢書•光武帝紀》：“降者更相語曰：‘蕭王（指劉秀）推赤心置人腹中，安得不投死乎！’”後用“推心置腹”比喻真心誠意地待人。明代焦竑《玉堂叢語•規諷》：“李侍郎紹，江西安福人，與人交，必推心置腹，務盡忠告。”章炳麟《民報一週年紀念會祝辭》：“學生見他可用，就推心置腹，奉承個不了。”同 以誠相待、“人之相知，貴相知心”。反 兩面三刀、勾心鬥角。

【推本溯源】tuī běn sù yuán 探索根本，追究來源，徹底搞清楚。◇中國的家譜，推本溯源，把一代代的血緣關係，記載得一清二楚。同 追本溯源、追根溯源。

【推而廣之】tuī ér guǎng zhī 從某件事情推及其他事情，并加以擴展。南朝梁蕭統《〈文選〉序》：“風雲草木之興，魚蟲禽獸之流，推而廣之，不可勝載矣。”唐代杜牧《送盧秀才赴舉序》：“三者治矣，推而廣之，可以治天下，惡其求成進士名者而不得也。”郭沫若《〈浮士德〉簡論》：“推而廣之，時代的發展是這樣，甚至宇宙的發展也是這樣。”老舍《語言與生活》：“我是在說文學語言問題，推而廣之，有一些話也可以用在藝術各部門的問題上。”

【推波助瀾】tuī bō zhù lán 推動水波，推高波浪。比喻從旁推動，助長聲勢大起來。今多含貶義。隋王通《中說•問易》：“真君、建德之事，適足推波助瀾、縱風止燎耳。”明代葉盛《水東日記•〈詩林廣記〉參評》：“義山固是用事深僻之開先，楊大年諸公亦推波助瀾矣。”梁啟超《王荊公傳》第三章：“當時所謂士大夫者，以沽名洩憤之故，推波助瀾，無風作浪，不惜撓天下之耳目，以集矢於一二任事之人。”同 推濤作浪、火上澆油。反 息事寧人。

【推崇備至】tuī chóng bèi zhì 形容非常推重敬佩。備至：達到極點。《孽海花》一八回：“所談西國政治、藝術，石破天驚，推崇備至，私心竊以為過當！”◇我父親對你的傳奇經歷推崇備至，認為你是個堅韌不拔的人，要我們兄弟好好學習你。反 嗤之以鼻。

【推陳出新】tuī chén chū xīn 除去舊的，創造出新的。多指繼承文化遺產。清代納蘭性德《賦論》：“杜牧之輩始推陳出新，更為奇肆，實以開宋人漶漫無紀極之風。”清代方薰《山靜居詩話》：“詩固病在窠臼，然須知推陳出新，不至流入下劣。”章炳麟《論教育的根本要從自國自心發出來》：“近來推陳出新的學者，也盡有幾個。”反 固步自封、墨守成規。

【推誠相見】tuī chéng xiāng jiàn 誠：真心實意。《淮南子•主術訓》：“故聖人事省而易治……抱德推誠，天下從之，如響之應聲，景之象形。”《北齊書•慕容紹宗傳》：“我與晉州推誠相待，何忽輒相猜阻，橫生此言。”後用“推誠相見”說不欺不詐，用真心實意對待人。《北洋軍閥統治時期史話》六一章：“於是曹錕，又打了一個皓電，力言‘雙方有推誠相見之必要。’”◇如果對方能夠推誠相見，那我即使擔些風險，也心甘情願。同 開誠佈公。反 虛情假意。

【推濤作浪】tuī tāo zuò làng 推動波濤，興起浪頭。比喻煽動情緒，製造事端，擴大事態。◇他利用某些人的不滿情緒，煽風點火，推濤作浪，惟恐天下不亂。同 推波助瀾、煽風點火。反 息事寧人、排難解紛。

【推襟送抱】tuī jīn sòng bào 襟、抱：胸

襟、懷抱，指心意。比喻推心置腹，誠心誠意相待。南朝梁張充《與王儉書》：“所可通夢交魂，推襟送抱者，惟丈人而已。”清代梁紹壬《兩般秋雨盦隨筆•吳公雅謔》：“凡知名之士，無不投見，推襟送抱，文酒流連，殆無虛日。”清代陸以湉《冷廬雜識•嚴比王》：“嚴比王太守與余同受業於沈鹿坪師，推襟送抱，情誼獨敦。”◇小姐妹之間推襟送抱，情深誼厚。同 推誠相見、推心置腹。反 爾虞我詐、鈎心鬥角。

【掀天揭地】xiān tiān jiē dì 翻天覆地。比喻聲勢浩大或本領高強。多指創立事業、改變局面的壯舉。宋代辛斆《〈寇忠愍詩集〉後序》：“萊公兩朝大臣，勳業之盛，掀天揭地。”明代黃祖儒《恬水令•壽陳蓋卿》套曲：“吐得個白鳳青霞，做得個掀天揭地，博得個金章紫綬，終不如釣魚磯上一羊裘。”◇他的祖父去世那年，掀天揭地的大革命業已閉幕。同 翻天覆地、掀天斡地。反 依然如故、一成不變。

【掀風鼓浪】xiān fēng gǔ làng 掀起風浪。比喻煽動情緒，挑起事端。◇事情本來接近解決了，有人卻從中掀風鼓浪，民眾的情緒又激動起來。同 興風作浪、煽風點火。反 息事寧人、相安無事。

【捨己為人】shě jǐ wèi rén 放棄自己的利益去幫助他人。◇喜歡交朋友，天性和善，推己及人，捨己為人，他就是這麼樣的一個人。同 舍己為人。反 一己之私、一毛不拔。

【捨己救人】shě jǐ jiù rén 不惜犧牲自己的生命去拯救他人。老舍《老張的哲學》二九：“捨己救人也要湊好了機會，不然，你把肉割下來給別人吃，人們還許說你的肉中含有傳染病的細菌。”◇像他那種一毛不拔的人，讓他捨己救人，我看你是做白日夢吧！同 捨己為人、捨生取義。反 見死不救、損人利己。

【捨(舍)本逐末】shě běn zhú mò《呂氏春秋•上農》：“民舍本而事末則不令，不令則不可以守，不可以戰。”後以“捨本逐末”表示放棄根本的、重要的，反而去追求枝節的、次要的。晉代葛洪《抱朴子外篇•勗學》：“舍本逐末者，謂之勤修庶幾；擁經求己者，謂之陸沉迂闊。”北魏賈思勰《〈齊民要術〉序》：“舍本逐末，賢哲所非，日富歲貧，飢寒之漸。”清代錢泳《履園叢話•砸紙》：“花樣雖妙，紙質粗鬆，捨本逐末，可發一笑。”同 棄本逐末。

【捨生忘死】shě shēng wàng sǐ 形容不顧個人安危，不怕犧牲。元代關漢卿《哭存孝》二折：“說與俺能爭好鬥的番官，捨生忘死的家將，一個個頂盔擐甲，一個個押箭彎弓。”《蕩寇志》一三五回：“眾將奉元帥之命，捨生忘死，攻擊三關。”也作“捨死忘生”。元代李直夫《虎頭牌》三折：“想俺祖父捨死忘生，赤心報國，今日子孫承襲，也非是容易得來的。”《西遊記》二一回：“兩家捨死忘生戰，不知哪個平安哪個傷。”同 捨生取義。反 貪生怕死。

【捨生取義】shě shēng qǔ yì《孟子•告子上》：“生，亦我所欲也；義，亦我所欲也。二者不可得兼，舍生而取義也。”後用“捨生取義”指為正義而不惜犧牲生命。《晉書•梁王肜傳》：“肜位為宰相……而臨大節，無不可奪之志，當危事，不能捨生取義。”《新唐書•高祖十九女傳》：“我聞楊氏篡周，尉遲迥乃周出，猶能連突厥，使天下響震，況諸王國懿親，宗祏所託，不捨生取義，尚何須邪？”宋代蘇軾《乞將章疏付有司劄子》：“夫君子所重者，名節也。故有捨生取義、殺身成仁、可殺不可辱之語。”明代余繼登《典故紀聞》卷一：“君子捨生取義，小人則捨生為利。”同 殺身成仁。反 苟且偷生。

【捨死忘生】shě sǐ wàng shēng 見“捨生忘死”。

【捨(舍)我其誰】shě wǒ qí shuí 捨：除開。其：助詞，起強調作用。除了我還能有誰呢？表示只有我才能擔當或符合資格，別人都不行。《孟子•公孫丑下》：“如欲平治天下，當今之世，舍我其誰也？”《金史•海陵紀》：“他日，海陵與辯語及廢立事……辯曰：‘公豈有意邪？’海陵曰：‘果不得已，舍我其誰？’”《東周列國誌》七九回：“我嫡孫也，欲立太子，舍我其誰？”◇軍事上的連續勝利，使他變得十分自負和驕傲，常有“奪取全局，捨我其誰”的想法。同 非我莫屬。反 自愧弗如。

【捨近求遠】shě jìn qiú yuǎn《管子•白心》：“棄近而就遠，何以費力也。”《孔叢子•論勢》：“齊楚遠而難恃，秦魏呼吸而至，捨近而求遠，是以虛名自累而不免近敵之困者也。”後用“捨近求遠”形容做事走彎路或追求不切實際的東西。《封神演義》一八回：“這不是折得你苦思亂想，走投無路，捨近求遠，尚望官居一品？”《紅樓夢》七六回：“可見咱們天天是捨近求遠，現有這樣詩人在此，卻天天去紙上談兵。”◇她何必捨近求遠呢？人總是看不見就在身邊的珍寶，卻固執地苦苦追尋幻想。同 捨本逐末。

【捨(舍)短取長】shě duǎn qǔ cháng 捨：放棄。避其短處，用其長處。指在人或事物的使用上不求全責備。《漢書•藝文志》：“若能修六藝之術，而觀此九家之言，舍短取長，則可以通萬方之略矣。”宋代李綱《再與吳元中書》：“人才固難得，然古之建功者，未嘗借材於異世，舍短取長，亦有可用。”《官場現形記》五六回：“我們做大員的正應該捨短取長，預備國家將來任使，還好責備苛求嗎？”同 捨短用長。反 求全責備。

【授人以柄】shòu rén yǐ bǐng 把劍柄交給別人。《漢書•梅福傳》：“倒持泰阿，授楚其柄。”後用“授人以柄”比喻把權力交給別人或讓他人抓住缺點錯誤，自己陷入被動，受制於人。《三國志•王粲傳》：“所謂倒持干戈，授人以柄，功必不成。”《北史•裴俠傳》：“宇文泰為三軍所推，居百二之地，所謂己操干戈，寧肯授人以柄，雖欲撫之，恐是‘據於蒺藜’也。”清代紀昀《閱微草堂筆記•如是我聞一》：“如喜其便捷，委以耳目腹心，未有不倒持干戈，授人以柄者。”同 倒持泰阿、倒持太阿。

【授受不親】shòu shòu bù qīn 授：給予。受：接受。古代男女之間不能親手給予或接受物品。《孟子•離婁上》：“淳于髡曰：‘男女授受不親，禮與？’孟子曰：‘禮也。’”元代鄭光祖《㑳梅香》楔子：“敢問‘男女授受不親，禮也’，此章正意，為何而說？”◇在偏遠的山村裏，男女授受不親的觀念，至今仍然根深蒂固。

【掐尖落鈔】qiā jiān luò chāo 掐尖：比喻從經手的錢財中剋扣一部分。落鈔：把剋扣下來的錢裝入自己腰包。形容剋扣侵吞經手的錢財。元代武漢臣《老生兒》楔子：“我那伯伯與我二百兩鈔，我那伯娘當住，則與我一百兩鈔，着我那姐夫張郎與我。他從來有些掐尖落鈔。”

【掐頭去尾】qiā tóu qù wěi 掐去頭除去尾。多比喻略去事情的來龍去脈或前因後果。老舍《駱駝祥子》二二：“他的記憶是血汗與苦痛砌成的，不能隨便說着玩，一說起來也不願掐頭去尾。”◇你說的這件事，如果不是胡編，就是掐頭去尾，羼上你的水分。同 斬頭去尾。反 添枝加葉。

【掠人之美】lüè rén zhī měi 把別人的美好東西奪取過來佔為己有。多指佔有別人的功勞、成果、聲譽等。宋代王楙《野客叢書•龔張對上無隱》：“兒寬為廷尉湯作奏，即時得可。異時湯見，上曰：‘前奏非俗吏所及，誰為之者？’湯以寬對，不掠人之美以自耀。”明代吳國倫《送周兵憲赴海道序》：“容直遠奸，主上之德；直言敢諫，御史之事。吾誠無狀，何至掠人之美以邀主恩。”鄒韜奮《二十年來的經歷•現實的教訓》：“我不能掠人之美，《生活》週刊並不是由我創辦的。”反 成人之美。

【掠地攻城】lüè dì gōng chéng 見“略地攻城”。

【掠影浮光】lüè yǐng fú guāng 一閃而過的影子和水面上的反光。比喻漂浮不實在，或比喻印象浮淺。清代延君壽《老生常談》：“此是何等鄭重事，可輕心掉弄？如只是掠影浮光，天下何者不可為，必要作詩？”◇雖說逗留了三天，也只是掠影浮光地看看，沒有作細緻的深度考察。同 浮光掠影。

【掂斤播兩】diān jīn bō liǎng 估摸算計輕和重。播：掂過來掂過去。比喻品評優劣或斤斤計較。元代王實甫《西廂記》一本二折："盡着你說短論長，一任待掂斤播兩。"《醒世姻緣傳》二六回："自己掂斤播兩的不捨得用，你卻這樣撒潑，也叫罪過。"◇何必為這點小事與他掂斤播兩？㊐ 斤斤計較、錙銖必較。㊈ 大度包容、豁達大度。

【接二連三】jiē èr lián sān 一個接着一個，連續不斷。《紅樓夢》九九回："家中事情接二連三，也無暇及此。"吳組緗《天下太平》："村上接二連三地出喪事，生瘟疫。"◇店鋪接二連三地着火，像要把那一條街燒成火焰山似的。㊐ 連三接四、接連不斷。㊈ 時斷時續。

【接連不斷】jiē lián bù duàn 連續不間斷。《東周列國誌》七三回："陳設兵衞，自王宮起，直至光家之門，街衢皆滿，接連不斷。"《鏡花緣》一一回："只見人煙輳集，作買作賣，接連不斷。"碧野《雪路雲程》："在深遠處，是接連不斷的青蒼和灰藍，那是天山起伏的山巒，可是從這冰峰上望去，卻像大海裏的群礁。"㊐ 連續不斷。㊈ 時斷時續。

【接踵而至】jiē zhǒng ér zhì 接踵：接着前面人的足踵。形容人一個接一個連續到來，或事情接連不斷地發生。《新編五代史平話•唐史下》："是日，唐主大軍接踵而至。"章炳麟《箴新黨論》："台灣之割、旅順之割、青島之割、威海之割，接踵而至。"◇倒霉的事接踵而至，弄得她焦頭爛額，一籌莫展。也作"接踵而來"。《孽海花》二五回："當此內憂外患接踵而來，老夫子繫天下人望，我倒可惜他多此一段閒情逸致。"鄒韜奮《經歷•新飯碗問題》："整個的'新飯碗'一時雖未找到，零碎的小事卻接踵而來。"

【接踵而來】jiē zhǒng ér lái 見"接踵而至"。

【接續香煙】jiē xù xiāng yān 比喻生養子孫，家族繁衍，後代子嗣不斷絕。香煙：焚香所產生的煙，借指子孫對祖先的祭祀、借指子嗣。《三俠五義》二七回："官人既然作了官，總以接續香煙為重，從此要早畢婚姻，成家立業要緊。"《濟公全傳》一回："夫妻先至大雄寶殿拈香，叩求神佛保佑：'千萬教我得子，接續香煙。如佛祖顯靈，我等重修古廟，再塑金身。'"老舍《趕集》："她的眼前來了許多鬼影，全似乎是向她說：'我們要個接續香煙的，掏出來的也行！'她投降了，祖宗當然是願要孫子，掏吧！"㊈ 斷子絕孫。

【捲土重來】juǎn tǔ chóng lái 捲土：捲起塵土，形容大隊人馬奔跑起來塵土飛揚。比喻失敗後積蓄力量，東山再起。唐代杜牧《題烏江亭》："勝敗兵家事不期，包羞忍恥是男兒。江東子弟多才俊，捲土重來未可知。"明代無名氏《鳴鳳記•夏公命將》："國家重地淪亡久，捲土重來在此行。"茅盾《子夜》四："雖說現在已經有了捲土重來的希望，他仍然不免有點悵悵。"㊐ 東山再起。㊈ 一蹶不振。

【探幽索隱】tàn yōu suǒ yǐn 見"探賾索隱"。

【探頭探腦】tàn tóu tàn nǎo 形容不時伸出頭東張西望，或形容暗自膽怯地窺探的樣子。《水滸傳》二回："只見一個人探頭探腦，在那裏張望。"魯迅《狂人日記》："大門外立着一夥人，趙貴翁和他的狗，也在裏面，探頭探腦的挨進來。"㊐ 伸頭探腦、探頭縮腦。

【探賾索隱】tàn zé suǒ yǐn 賾：幽深難見。索：求。隱：藏。《易經•繫辭上》："探賾索隱，鈎深致遠，以定天下之吉凶，成天下之亹亹者，莫大乎蓍龜。"後以"探賾索隱"說向深層次探索，尋求真情實義。《法書要錄》卷一引漢代趙壹《非草書》："探賾索隱，幽讚神明，鑒天地之心，推聖人之情。"唐代王勃《四分律宗記序》："原始要終，探賾索隱。"◇讀書可以怡情悅性，解悶消愁，也可以探賾索隱，增長才智。也作"探幽索隱"。唐代劉知幾《史通•雜述》："如寡聞末學之流，則深所嘉尚；至於探幽索隱之士，則無所取材。"

【探囊取物】tàn náng qǔ wù 伸手到袋中取東西。比喻非常容易。《新五代史•李煜傳》："中國用吾為相，取江南如探囊中物耳。"元代無名氏《連環計》一折："要奪漢家天下，如探囊取物，亦有何難。"李六如《六十年的變遷》第三章："個把秀才，易如探囊取物。"同 唾手可得、易如反掌。反 來之不易。

【探驪得珠】tàn lì dé zhū《莊子•列御寇》："河上有家貧恃緯蕭而食者，其子沒於淵，得千金之珠。其父謂其子曰：'取石來鍛之！夫千金之珠，必在九重之淵而驪龍頷下，子能得珠者，必遭其睡也。使驪龍而寤，子尚奚微之有哉！'"恃緯蕭而食：靠用葦蒿編織蓆子謀生。後以"探驪得珠"指獲得神奇之物，或寫作能抓住關鍵，深得命題的精髓。清代陳其元《庸閒齋筆記•蔣振生書法論》："其書法論一篇，聚古人大旨於數百言之中，如探驪得珠，覺前賢紛紛議論均為饒舌矣。"同 探驪獲珠。

【捫心自問】mén xīn zì wèn 撫摸着胸口問自己。表示反省。清代林則徐《批荷蘭總管申請不遵禁煙新例稟》："從前稟稱急須回國之語，亦是受人指使，何曾有一真情，捫心自問，能不令人看破否？"梁啟超《與上海某某等報館主筆書》："此則請公等捫心自問：上流社會人而應作此語耶？"同 撫心自問、反躬自省。反 知錯不改、明知故犯。

【捫心無愧】mén xīn wú kuì 摸摸胸口，自信沒有做過令自己慚愧的事。表示行為光明正大、心地坦然。唐代白居易《和夢遊春詩一百韻》："不忍曲作鈎，乍能折為玉。捫心無愧畏，騰口有謗讟。"讟：dú，怨言。宋代曾肇《王學士存墓誌銘》："捫心無愧，富貴而壽。"◇我一個人住在遠郊別墅裏，從沒感到過"怕"，半夜不怕鬼敲門，我捫心無愧嘛。同 問心無愧。反 無地自容。

【捫虱而談】mén shī ér tán 捫：按、摸。一邊捉虱子，一邊談話。《晉書•王猛傳》："桓溫入關，猛被褐而詣之，一面談當世之事，捫虱而言，旁若無人。"後用"捫虱而談"形容放達從容，侃侃而談，不拘小節。元代陳孚《出門別親友》詩："豈無叩角歌，亦有捫虱談。"張愛玲《洋人看京戲及其他》："脫略的高人嗜竹嗜酒，愛發酒瘋，或是有潔癖，或是不洗澡，講究捫虱而談，然而這都是循規蹈矩的怪僻，不乏前例的。"同 不拘小節。反 噤若寒蟬。

【捫參歷井】mén shēn lì jǐng 參、井：皆為星宿名，為蜀秦分野。唐代李白《蜀道難》詩："捫參歷井仰脅息，以手撫膺坐長歎。"說自秦入蜀，山勢高峻，彷彿舉手便能摸到參井兩星宿。後用"捫參歷井"：❶形容山勢高峻，道路險阻。宋代王銍《王公四六話》："鄧溫伯知成都謝上表云：'捫參歷井，敢辭蜀道之難；就日望雲，愈覺長安之遠。'自後凡官兩川者，謝表相承用此一聯。"元代撖夆《遊香山》詩："石棧天梯落日紅，誰開青壁削芙蓉。捫參歷井來何暮，佩玉鳴鑾更不逢。"❷形容世事艱難。清代錢謙益《剡城》詩："挹斗揚箕誤有名，捫參歷井信浮生。"

【掃地以盡】sǎo dì yǐ jìn《漢書•魏豹田儋韓信傳贊》："秦滅六國，而上古遺烈掃地俱盡矣。"後用"掃地以盡"比喻毀壞、消除得乾淨徹底，蕩然無存。清代梁紹壬《兩般秋雨盦隨筆》卷四："李笠翁十二種曲，舉世盛傳。余謂其科諢詼浪，純乎市井，風雅之氣，掃地以盡。"◇在一些抱殘守缺的人看來，如今的女孩子一味追求時尚，中國傳統中的"禮儀廉恥"掃地以盡。同 掃地無遺、蕩然無存。反 原封不動、完好無損。

【掃眉才子】sǎo méi cái zǐ 掃眉：女人畫眉。借稱有文才的女子。後蜀王建《寄蜀中薛濤校書》詩："萬里橋邊女校書，枇杷花裏閉門居。掃眉才子知多少，管領春風總不如。"明代陳嘉燧《閶門訪舊作》詩："掃眉才子何由見，一訊橋邊女校書。"清代許叔平《里乘》卷八："我家有掃眉才子，若開閨閣科，何患不狀元及第也！"蘇曼殊《斷鴻零雁記》一九章："前接香港郵簡，中附褪紅小箋，作英吉利書，下署'羅弼氏'者，究屬誰家掃眉才子，可得聞乎？"同 女中魁首、大家閨秀。

【掃除天下】sǎo chú tiān xià 掃除：肅清。清除天下污泥濁水、邪惡勢力，使社會清明安定。《後漢書•陳蕃傳》："蕃年十五，嘗閒處一室，而庭宇荒穢。父友同郡薛勤來候之，謂蕃曰：'孺子何不灑掃，以待賓客？'蕃曰：'大丈夫處世，當掃除天下，安事一室乎！'"◇儒家提倡修身齊家治國平天下，就是要求注重自身的品德修養，才能整治家庭，治理國家，掃除天下。同 安邦定國。

【掃榻以待】sǎo tà yǐ dài 榻：狹長而低矮的坐臥用具。掃除榻上的灰塵，等待客人到來。《後漢書•徐稺傳》："時陳蕃為太守……蕃在郡不接賓客，唯稺來特設一榻，去則縣（懸）之。"後用"掃榻以待"表示熱情地歡迎客人。宋代陸游《寄題徐載叔秀才東莊》詩："南台中丞掃榻見，北門學士倒屣迎。"清代張集馨《道咸宧海見聞錄•向榮來函》："如閣下允為留營，弟當於營中掃榻以待。"章炳麟《致伯中書》："君以暇時能來目就，則掃榻以待也。"同 倒屣相迎。反 杜門謝客。

【掘室求鼠】jué shì qiú shǔ 挖壞房子捉老鼠。《淮南子•說山訓》："壞塘以取龜，發屋而求狸，掘室而求鼠，割唇而治齲，桀跖之徒，君子不興。"後用"掘室求鼠"比喻因小失大。◇股市裏虧損慘重的投資者，極易心浮氣躁，一味殺跌割肉，無異於掘室求鼠。同 壞塘取龜、發屋求狸。反 未雨綢繆、防患未然。

【掇臀捧屁】duō tún pěng pì 掇：雙手捧或端。形容諂媚巴結的醜態。明代周楫《西湖二集•認回祿東嶽帝種鬚》："這王家倚託御史之勢，凡事張而大之，況且新陞御史，正是諸親百眷掇臀捧屁之時，何況嫡嫡親親舅爺，王家怎敢怠慢了他？"《二刻拍案驚奇》卷二六："大小官吏，多來掇臀捧屁，希求看覷，把一個老教官抬在半天裏。"《文明小史》五九回："有些同寅見了他，一個個掇臀捧屁的道喜。"同 脅肩諂笑。反 剛正不阿。

【掌上明珠】zhǎng shàng míng zhū 手掌上的夜明珠。晉代傅玄《短歌行》："昔君視我，如掌中珠。何意一朝，棄我溝渠！"後用"掌上明珠"比喻極受鍾愛的人。多指深受父母疼愛的兒女。金代元好問《楊煥然生子》詩："掌上明珠慰老懷，愁顏我亦為君開。"明代范受益《尋親記•得胤》："賀你掌上明珠，喜今朝彌月之時，聊藉此略表芹意。"《紅樓夢》二回："只嫡妻賈氏生得一女，乳名黛玉，年方五歲，夫妻愛之如掌上明珠。"也作"掌上珍珠"。明代張景《飛丸記•全家配遠》："孩兒當初是掌上珍珠，今日做道傍苦李了。"李六如《六十年的變遷》第一章："於是兩兄弟猶如一鼻孔出氣，更加你我不分，視交恕就如掌上珍珠。"反 視如草芥。

【掌上珍珠】zhǎng shàng zhēn zhū 見"掌上明珠"。

【掣襟(衿)露肘】chè jīn lù(lòu) zhǒu 掣：拽。拉一下衣襟就露出了胳膊肘。❶ 形容衣服破爛或質量差。多形容生活窮困。《醒世姻緣傳》三五回："宗昭原是寒素之家，中了舉，百務齊作的時候，去了這四十兩銀，弄得手裏製襟露肘，沒錢使，急得眼裏插柴一般。"◇到得晚年，更是一貧如洗，家裏四口人，只有三五件掣襟露肘的舊衣服將就着換着穿。❷ 比喻顧此失彼，窮於應付。《醒世姻緣傳》二六回："裁縫做件衣服，如今的尺頭已是窄短的了，他又落你二尺，替你做了'神仙襬'，真是掣衿露肘，頭一水穿將出去，已是綁在身上的一般；若說還復出洗，這是不消指望的了！"◇原本就是個書呆子，如今幾件事一齊罩到他的頭上，真是掣襟露肘，弄得他手足無措，怎麼也轉不出個主意來。同 捉襟見肘、掣襟肘現。

【揠苗助長】yà miáo zhù zhǎng《孟子•公孫丑上》：宋國有人擔心禾苗不長，就一棵棵往上拔高一點，結果禾苗反而枯死。後以"揠苗助長"、"拔苗助長"比喻急於求成，事與願違，反而弄糟了。宋代呂本中《紫微雜說》："學問功夫，全在浹洽涵養蘊蓄之久……非如世人強襲取之，揠苗助長，苦心極力，卒無所得也。”◇教育子女是細水長流的功夫，期望太切，揠苗助長，反而促其夭折。同 急於求成。

【揀佛燒香】jiǎn fó shāo xiāng 挑選自己要祈求的菩薩進香禮拜。唐代寒山《詩》一五九：“擇佛燒好香，揀僧歸供養。”後比喻根據自己需要因人而異，區別對待。多說人很勢利。明代吳炳《療妬羹·遊湖》：“青娘可謂揀佛燒香矣。”《品花寶鑒》一八回：“府中那些朋友、門客及家人們算起來，就有幾百人，那一天沒有些事。應酬慣了，是不能揀佛燒香的，遇些喜慶事，就要派分子。”

【揀精揀肥】jiǎn jīng jiǎn féi 挑選精肉或肥肉。比喻挑挑揀揀，一心只想選擇合意的。形容為人十分挑剔。也作“揀精擇肥”。清代李漁《風箏誤·糊鷂》：“又不要他花錢費鈔，他偏會揀精擇肥。”《儒林外史》二七回：“像娘這樣費心，還不討他說個是，只要揀精揀肥，我也犯不着要效他這個勞。”同 挑三揀四、挑肥揀瘦。

【揀精擇肥】jiǎn jīng zé féi 見“揀精揀肥”。

【提心吊（弔）膽】tí xīn diào dǎn 形容格外擔心或十分害怕。《西遊記》一七回：“眾僧聞得此言，一個個提心吊膽，告天許願。”《紅樓夢》六五回：“起先娶奶奶時，若得了這樣的人，小的們也少捱些打罵，也少提心弔膽的。”張天翼《清明時節》：“謝老師提心吊膽地聽着，嘴角在抽着痙。”同 驚心吊膽、心驚膽戰。反 鎮定自若、鎮靜自若。

【提綱挈領】tí gāng qiè lǐng 綱：魚網上的總繩。提起魚網的主繩，拎起皮衣的領子。比喻抓住事物的關鍵之處或主要問題。《野叟曝言》二一回：“若夫提綱挈領，斷推仲景一書。”梁啟超《治國學的兩條大路》：“現在改講本題，或者較為提綱挈領，於諸君有益罷！”同 綱舉目張。反 捨本求末、緣木求魚。

【揚名後世】yáng míng hòu shì 身後名聲仍然盡人皆知，美名永遠流傳下去。《孝經·開宗明義》：“立身行道，揚名於後世，以顯父母，孝之終也。”漢代班固《典引》：“司馬遷著書成一家之言，揚名後世。”《三國志·虞汜傳》“第四子汜最知名”裴松之注引《會稽典錄》：“今迎王未至，而欲入宮，如是，群下搖蕩，眾聽疑惑，非所以永終忠孝，揚名後世也。”《說岳全傳》二九回：“你回營去多拜上岳大哥，說我牛臯誤被這草寇所擒，死了也名垂竹帛、揚名後世的。”同 名垂千古、名垂後世。反 罵名千載、遺臭萬年。

【揚長而去】yáng cháng ér qù 揚長：大模大樣的樣子。不管不顧，徑自離去。《二十年目睹之怪現狀》一回：“說罷，深深一揖，揚長而去。”李六如《六十年的變遷》第十章：“何叔衡喊一聲：‘我還有事，暫別。’揚長而去。”反 抱頭鼠竄、逃之夭夭。

【揚長避短】yáng cháng bì duǎn 發揮長處，迴避短處。◇她放棄演員生涯而去做歌唱家，這正是揚長避短，所以才有了後來的成就。同 捨短取長。

【揚眉吐氣】yáng méi tǔ qì 抬起眉頭，吐出胸中的怨氣。形容擺脫了壓抑之後舒暢得意的樣子。唐代李白《與韓荊州書》：“君侯何惜階前盈尺之地，不使白揚眉吐氣，激昂青雲耶？”清代孔尚任《桃花扇·修劄》：“這些含冤的孝子忠臣，少不得還他個揚眉吐氣。”同 吐氣揚眉。反 含垢忍辱、忍氣吞聲。

【揚清激濁】yáng qīng jī zhuó 讓清水奔流，沖刷掉污泥濁水。《尸子·君治》：“水有四德：沐浴群生，流通萬物，仁也；揚清激濁，蕩去滓穢，義也。”後用“揚清激濁”比喻表彰良善，斥逐邪惡。《晉書·武帝紀》：“揚清激濁，舉善彈違，此朕所以垂拱總綱，責成於良二千石也。”《魏書·崔鴻傳》：“竊惟王者為官求才，使人以器，黜陟幽明，揚清激濁。”明代無名氏《四賢記·請假》：“念臣素心忠孝昭天地，年方弱冠，何堪當此榮貴？論臣職守，揚清激濁，維綱肅紀，請授青鋒，先誅奸宄。”同 激濁揚清。

【揚揚自得】yáng yáng zì dé 揚揚：得意的樣子。《晏子春秋·雜上二五》：“晏子為齊相，出，其御之妻從門間而窺，其夫為相御，擁大蓋，策駟馬，意氣揚揚，甚自得也。”後用“揚揚自得”形容自己感到非常滿足，自鳴得意。《資治通鑒•後唐潞王清泰元年》：“反使我輩鞭胸杖背，出財為賞，汝曹猶揚揚自得，獨不愧天地乎！”《二刻拍案驚奇》卷二：“小道人揚揚自得，來對店主人與老嬤道：‘一個老婆被小子棋盤上贏了來，今番須沒處躲了。’”《官場現形記》五四回：“楊颺仁因此揚揚自得，便上了一個稟帖，以顯他的能耐。”同 揚揚得意、洋洋得意。

【揚揚得意】 yáng yáng dé yì《史記•管晏列傳》：“其夫為相御，擁大蓋，策駟馬，意氣揚揚，甚自得也。”後以“揚揚得意”形容神采飛揚，自鳴得意。《醒世恆言•隋煬帝逸遊召譴》：“獨楊素殘忍深刻，揚揚得意，以為‘太子由我得立’。”《官場現形記》三四回：“他到此更覺揚揚得意，目中無人。”同 得意揚揚、得意洋洋。反 垂頭喪氣、委靡不振。

【揚湯止沸】 yáng tāng zhǐ fèi 湯：滾水。反覆把滾水從鍋中舀出來再倒回去，想以此止住水的沸騰。後以“揚湯止沸”比喻方法不當，不能從根本上解決問題。漢代枚乘《上書諫吳王》：“欲湯之滄，一人炊之，百人揚之，無益也，不如絕薪止火而已。”《三國志•董卓傳》注引《典略》：“臣聞揚湯止沸，不如滅火去薪，潰癰雖痛，勝於養肉，及溺呼船，悔之無及。”清代吳樾《意見書》：“欲救亡而思扶滿，真是揚湯止沸，抱薪救火。”同 抱薪救火、負薪救火。反 釜底抽薪。

【揭竿而起】 jiē gān ér qǐ 高舉旗竿，奮起反抗。❶形容秦末陳涉、吳廣發動起義時的情景。漢代賈誼《過秦論上》：“斬木為兵，揭竿為旗，天下雲集而響應，贏糧而景從。”❷泛指武裝暴動。《野叟曝言》四二回：“託名侑神，採選童女，騷擾天下，廣收進奉，搜羅珍異，以致賄賂公行，富民重足而立，貧民揭竿而起，將來不知何所底止！”施蟄存《閒話孔子》：“上有暴君、昏君，下有頑民、愚民，統治者一意孤行，不恤民困；被壓迫、被剝削者，忍無可忍，鋌而走險，揭竿而起，公然暴亂。”同 逼上梁山。反 逆來順受。

【揣合逢迎】 chuǎi hé féng yíng 揣度權貴的意旨，投其所好，以博取歡心。也作“揣摩迎合”。《儒林外史》五五回：“所以那些大戶人家，冠昏喪祭，鄉紳堂裏，坐着幾個席頭，無非講的是些陞遷調降的官場，就是那貧賤儒生，又不過做的是些揣合逢迎的考校。”蔡東藩《民國通俗演義》三七回：“他是揣摩迎合的聖手，敏達圓滑的智囊。”◇遇到這位揣合逢迎的老手，幾句甘言蜜語，就把他抬得不知天高地厚，飄渺入雲了。反 剛直不阿。

【揣時度力】 chuǎi shí duó lì 觀察情況的變化，估量自己的能力。明代張居正《答上師相徐存齋書》：“不肖揣時度力，屢欲乞歸。”◇公司內的人事關係越來越複雜微妙，他揣時度力，絞盡腦汁，也想不出保持自己地位的妙計來。同 審時度勢。反 不自量力。

【揣摩迎合】 chuǎi mó yíng hé 見“揣合逢迎”。

【插科打諢】 chā kē dǎ hùn ❶戲曲演員（多為丑角）在表演中用一些滑稽的表情動作和詼諧語言逗人發笑。科：演員的表情動作；諢：詼諧發笑的話。明代高明《琵琶記•副末開場》：“休論插科打諢，也不尋宮數調，只看子孝與妻賢。”清代賀貽孫《詩筏》：“一本雜劇，插科打諢，皆在淨丑。”❷泛指打趣戲謔。清代錢謙益《大學士孫公行狀》：“某不識忌諱，信口開闔，如說法道場，卻插科打諢。”◇人們都喜歡聽他說話，正襟危坐，插科打諢，樣樣都有。同 打諢插科。反 一本正經、正言厲色。

【插翅難飛】 chā chì nán fēi 插上翅膀也逃不掉。比喻陷入無法解脫的困境之中。明代周楫《西湖二集•胡少保平倭戰功》：“王直細細叫人探視，見四面官兵圍得鐵桶一般，插翅難飛。”《野叟曝言》七一回：“又全尋思：這樣圍牆，插翅難飛。”同 插翅難逃。反 逃之夭夭。

【插翅難逃】 chā chì nán táo 即使插上翅膀也難以逃掉。形容已落入嚴密控制之中，無法逃脱。《東周列國誌》三六回：“宮中火起，必然出外。呂大夫守住前門，郤大夫守住後門，我領家眾據朝門，以遏救火之人，重耳雖插翅難逃也。”《説岳全傳》三七回：“卻説康王見兀朮將次趕上，真箇插翅難逃，只得束手就擒。”同 插翅難飛、四面楚歌。

【搜索枯腸】sōu suǒ kū cháng 形容絞盡腦汁，冥思苦想。唐代盧仝《走筆謝孟諫議寄新茶》：“三碗搜枯腸，唯有文字五千卷。”《紅樓夢》八四回：“寶玉只得答應着，低頭搜索枯腸。”《官場現形記》五九回：“當時各自搜索枯腸。約摸一個鐘頭，還是沈中堂頭一個做好。眾人搶着看時，果然是一首五律。”同 絞盡腦汁、冥思苦想。反 不加思索、不假思索。

【搜章摘句】sōu zhāng zhāi jù 搜索文章段落，摘取其中的辭句。後多指光在書本語句上下功夫，缺少真才實學。《新唐書·段秀實傳》：“(段秀實) 沉厚能斷，慨然有濟世意，舉明經，其友易之，秀實曰：‘搜章摘句，不足以立功。’乃棄去。”唐代沈亞之《省試策》：“搜章摘句，非謂文也。”同 尋章摘句。

【搜腸刮肚】sōu cháng guā dù 把腸子、肚子都搜刮遍了。形容竭力思索或想辦法。明代吳炳《綠牡丹》一齣：“似你搜腸刮肚，便做出千張錦，可換得閉眼安心我這一覺眠？”清代蒲松齡《逃學傳》：“似這作文，搜腸括肚，可待寫上甚麼？”周立波《山鄉巨變》八：“他搜腸刮肚，尋找多餘的秧的用途。”同 搜索枯腸、殫思竭慮。

【援筆而就】yuán bǐ ér jiù 提起筆來一揮而就。形容文思敏捷，寫文章很快。《新唐書·韋承慶傳》：“時議草赦令，咸推承慶，召使為之，無撓色誤辭，援筆而就。”清代李漁《意中緣·名逋》：“我想求詩求字的，還容易打發，唯有索畫一事，最難應酬，須要逐筆圖寫出來，不是可以倚馬而成，援筆而就的。”同 援筆立成、倚馬可待。

【換日偷天】huàn rì tōu tiān 比喻暗中改變內容或事實真相，玩弄以假代真的手法欺騙別人。明代屠隆《綵毫記·宮禁生讒》：“但憑換日偷天手，難免嘲風弄月殃。”明代阮大鋮《燕子箋·購倖》：“科場中鑽營頗精，只為着關防嚴緊，換日偷天計可行，將字號與你牢牢封進，叫他互更，機通鬼神。”同 偷天換日、偷樑換柱。

【換骨脱胎】huàn gǔ tuō tāi ❶ 道家的説法：通過修煉道行，把凡骨修成仙骨，把凡胎換成仙胎。金代侯善淵《楊柳枝》詞：“換骨脱胎歸舊路，返童顏。步虛昇入古仙壇，泛雲鸞。”❷ 比喻師法前人，加以創新，形成自己的風格。◇有人説他的花鳥畫，是從清代大家惲南田的花鳥換骨脱胎而來。❸ 比喻改正錯誤，重新做人，或從一種人變成另一種人。◇坐監能叫人換骨脱胎，你信不信？他就是現成的例子 / 他説自己是從農民換骨脱胎成了大富商，我看他是在自賣自誇，衣冠是闊綽了，骨子裏可還是農民，要不，怎麼那麼吝嗇小氣呢？同 脱胎換骨。

【揎拳捋袖】xuān quán luō xiù 見“捋袖揎拳”。

【揮戈回日】huī gē huí rì 見“揮戈返日”。

【揮戈返(反)日】huī gē fǎn rì 揮動金戈，使落日返回天空。《淮南子·覽冥訓》：“魯陽公與韓搆難，戰酣日暮，援戈而撝之，日為之反三舍。”撝：同“揮”。後用“揮戈反日”、“揮戈返日”比喻力挽危局。蔡東藩《民國通俗演義》八五回：“既同處厝火積薪之會，當愈勵揮戈返日之忠。”也作“揮戈回日”。明代劉基《次韻和石抹公悲紅樹》詩：“卻羨魯陽功德盛，揮戈回日至今傳。”《孽海花》二九回：“誰知四下裏物色遍了，遇着的倒大多數是醉生夢死、花天酒地的浪子，不然便是膽小怕事、買進賣出的商人……沒一個揮戈回日的奇才。”同 力挽狂瀾、扭轉乾坤。反 回天乏術。

【揮汗成雨】huī hàn chéng yǔ 成：似。大家流下來的汗水就像下雨。形容人極多。《晏子春秋·雜下九》：“齊之臨淄三百閭，張袂成陰，揮汗成雨，比肩繼踵而在，何為無人？”宋代洪邁《容齋隨筆·蔡君謨帖》：“方為此官時，其門揮汗成雨，一徙他局，可張爵羅，風俗媮薄甚矣。”《孽海花》十回：“許多碧眼紫髯的偉男、蜷髮蜂腰的仕女，正是摩肩如雲、揮汗成雨的時候，煩渴的了不得。” 同 揮汗如雨、摩肩接踵。

【揮汗如雨】huī hàn rú yǔ 流的汗水多得像下雨一樣。形容人多。清代紀昀《閱微草堂筆記•灤陽消夏錄五》：“其人伏地惕息，揮汗如雨，自是怏怏如有失。”◇火燒般的太陽，曬得大家面紅耳赤，揮汗如雨。同 揮汗成雨。

【揮金似土】huī jīn sì tǔ 見“揮金如土”。

【揮金如土】huī jīn rú tǔ 揮：拋撒，揮霍。揮霍金錢像拋撒泥土一樣。形容花錢慷慨大方或任意揮霍浪費。宋代毛滂《祭鄭庭誨文》：“揮金如土，結客如市。”《警世通言•杜十娘怒沉百寶箱》：“然尊大人所以怒兄者，不過為迷花戀柳，揮金如土。”《孽海花》三回：“人家看着他舉動闊綽，揮金如土，只當他是豪華公子，其實是個漂泊無家的浪子！”也作“揮金似土”。清代紀昀《閱微草堂筆記•如是我聞一》：“已經負債如山，尚復揮金似土。” 同 揮霍無度、一擲千金。反 一毛不拔、錙銖必較。

【揮毫落紙】huī háo luò zhǐ 運筆寫字或作畫。唐代杜甫《飲中八仙歌》：“張旭三杯草聖傳，脫帽露頂王公前，揮毫落紙如雲煙。”◇他提起飽蘸墨汁的筆，略作沉思，揮毫落紙，寫了“業精於勤”四個蒼勁的大字。同 揮翰臨池。

【揮霍無度】huī huò wú dù 任意浪費錢物，沒有節制。馮玉祥《我的生活》二五章：“尤其許多驕奢淫逸的官僚軍閥，富戶買辦，成天為自己揮霍無度，欲其拿一文錢獻給國家，就比抽他的筋還難過。”◇青年時代家境富足，揮霍無度，老來一貧如洗，竟至淪落街頭，沿街乞討。同 揮金如土。反 克勤克儉。

【揮灑自如】huī sǎ zì rú ❶ 揮灑：揮筆灑墨。形容寫作詩文或書法、繪畫運筆隨心，自然流暢，無拘無束。清代錢泳《履園叢話•書學》：“總之，長箋短幅，揮灑自如，非行書草書不足以盡其妙。”《孽海花》三一回：“可是驥東官職雖是武夫，性情卻完全文士，恃才傲物，落拓不羈。中國的詩詞固然揮灑自如，法文的作品更是出色。” ❷ 揮灑：瀟灑。形容舉止瀟灑超逸，態度自然大方。《三國演義》五七回：“弔君鄱陽，蔣幹來說；揮灑自如，雅量高志。”蔣子龍《赤橙黃綠青藍紫》：“尤其是葉芳那在眾人面前敢於喜笑怒罵，揮灑自如的性格，更叫她羨慕。” 同 得心應手。

【握手言歡】wò shǒu yán huān 互相握着手，言談歡笑。《後漢書•李通傳》：“及相見，共語移日，握手極歡。”後用“握手言歡”：❶ 形容見面時彼此十分親熱友好。蔡東藩《民國通俗演義》二八回：“文（孫中山）於去年北上，與公握手言歡，聞公諄諄以國家與人民為念，以一日在職為苦。” ❷ 比喻消除仇怨或化解敵對狀態，歸於和好。巴金《生之懺悔•兩個孩子》：“一連打了三天，然後那兩位軍閥因為別人的調解又握手言歡了。”邵燕祥《說永遠》：“國際風雲，變幻無常，昨天對壘交戰的，今天握手言歡了，曾經結盟的戰友，忽然怒目相向了……應了那句：沒有永遠的朋友，也沒有永遠的敵人。” 同 握手言和、言歸於好。反 誓不兩立、怒目相向。

【握雨攜雲】wò yǔ xié yún 見“巫山雲雨”。

【揆理度情】kuí lǐ duó qíng 見“揆情度理”。

【揆情度理】kuí qíng duó lǐ 從人情與道理上來推測估量。也作“揆理度情。”明代劉若愚《酌中志•遼左棄地》：“揆理度情，大有未便。”《兒女英雄傳》三九回：“即如這章書，揆情度理，我以為你家四位先賢，在夫子面前侍坐言志時節，夫子正是賞識三子，並未嘗駁斥子路。”清代張集馨《道咸宦海見聞錄》：“我不是叫汝天天同巡撫打架拌嘴，汝只要揆情度理，巡撫言是則遵之，言不是則不遵。” 反 蠻不講理。

【搏手無策】bó shǒu wú cè 搏手：兩手相拍。兩手相拍，想不出辦法。宋代呂祖謙《薛常州墓誌銘》：“諸郡被符，搏手無策，相顧莫敢先。"《續通志•列傳》："貢賦不輸，行在無以備賞勞，衛兵往往乏食，君臣搏手無策。" 同 束手無策。

【搏牛之虻】bó niú zhī méng ❶《史記•項羽本紀》："夫搏牛之虻，不可以破蟣虱。" 虻：牛虻，雌者附於牛身，吸血為生。後比喻志在得大，而不在於得小。❷搏，通"傅"。寄附在牛身上的牛虻。比喻依附別人生存的人。《劉子•託附》："搏牛之虻，飛極百步；若附鷩尾，則一翥萬里。"

【損人利己】sǔn rén lì jǐ 為了自己得到好處而損害別人。也作"損人肥己"。元代無名氏《陳州糶米》一折："坐的個上梁不正，只待要損人利己惹人憎。"《初刻拍案驚奇》卷一八："如今這些貪人，擁着嬌妻美妾，求田問舍，損人肥己，掂斤播兩，何等肚腸？" 清代李漁《蜃中樓•辭婚》："念生平守義方，怎肯損人利己將心抗。" 反 捨己為人、損人不利己。

【損人肥己】sǔn rén féi jǐ 見"損人利己"。

【損之又損】sǔn zhī yòu sǔn 損，《易經》卦名。儒、道兩家都從治國、修身、利民的角度有所闡述，大致主張崇實返樸，清靜無為，謙退約己，戒驕防滿，節儉省欲等。"損之又損" 就是主張在這些方面不斷作出努力。《道德經注》四八章："為學日益，為道日損，損之以損，以至於無為而無不為矣。" 宋代周煇《清波雜志》卷一："損之又損，終始如一，宜乎去華崇實，還淳返樸，開中興而濟斯民也。" 明代蔣德璟《觀欹器記》："《家語》夫子論持滿曰：聰明睿智，守之以愚；功被天下，守之以讓；勇力振世，守之以怯；富有四海，守之以謙。此損之又損之之道。"

【損兵折將】sǔn bīng zhé jiàng 指作戰失利，軍隊傷亡受損。元代無名氏《活拿蕭天佑》一折："但行兵便是損兵折將，不如講和為上。"《說唐》五四回："怎奈唐童這廝兵強將勇，幾次出戰，損兵折將。"

【搗枕搥牀】dǎo zhěn chuí chuáng 搗：搥。敲打枕頭和牀。形容懊悔、悲痛或無可奈何時所作出的舉動。元代王實甫《西廂記》一本第二折："睡不着如翻掌，少可有一萬聲長吁短歎，五千遍搗枕搥牀。" 同 長吁短歎、搥胸頓足。

【搗虛批吭】dǎo xū pī háng 搗：攻打。批：攻擊。吭：喉嚨，比喻軍事上要害的地方。攻打敵方空虛或要害的地方。《明史•倪岳傳》："搗虛批吭者，兵家之長策也。"

【搬口弄舌】bān kǒu nòng shé 見"搬唇弄舌"。

【搬弄事非】bān nòng shì fēi 見"搬弄是非"。

【搬弄是非】bān nòng shì fēi 把別人的話搬來搬去，製造矛盾或引起爭端。元代李壽卿《伍員吹簫》一折："誰想太傅伍奢無禮，他在平公面前搬弄我許多的是非。" 明代王世貞《罷輔臣特敕》："小人狡詐之資，奸邪譎詭之行，往來構禍，搬弄事非。"《紅樓夢》十回："惱的是那狐朋狗友，搬弄是非，調三窩四。" 梁曉聲《冉之父》："一方是前任工會主席……儘管品質不佳，但畢竟沒做太出格的事兒，無非挑撥離間、搬弄是非之類的小勾當。" 同 挑撥離間、播弄是非。

【搬唇弄舌】bān chún nòng shé 搬弄是非或賣弄口舌。許地山《海底孤星》："你們唸書人底能幹只會在女人面前搬唇弄舌罷。" 也作"搬口弄舌"。《水滸傳》四三回："必是嫂嫂見我做了這衣裳，一定背我有話說；又見我兩日不回，必然有人搬口弄舌，想是疑心，不做買賣。"《黜妖傳》二章："你這妖孽搬口弄舌大費周章，無非是謀奪我家傳神劍。" 同 搬弄是非。

【搶地呼天】qiāng dì hū tiān 見"呼天搶地"。

【搖身一變】yáo shēn yī biàn ❶神魔小說中的神、怪等瞬間變化成其他形體的本領。《西遊記》二回："悟空捻着訣，唸動咒語，搖身一變，就變做一棵松樹。"《封神演義》九一回："楊戩搖身一變，化作一條蜈蚣，身生兩翅飛來，鉗如利刃。" ❷形容人或事物一下子就變成另一種模樣。多含譏諷、輕視意。《四世同堂》五五："他想不通一個革命的領袖為甚麼可以搖身一變就變作賣國賊。"

【搖尾乞憐】yáo wěi qǐ lián （狗）搖着尾巴，以求取主人的愛憐。比喻用諂媚的行為求取有權勢者的歡心。唐代韓愈《應科目時與人書》：“爛死於沙泥，吾寧樂之？若俯首帖耳、搖尾而乞憐者，非我之志也。”元代陶宗儀《輟耕錄•寒號蟲》：“稍遇貶抑，遽若喪家之狗，垂首貼耳，搖尾乞憐，惟恐人不我恤，視寒號蟲何異哉！”明代唐文鳳《陳敬所白雲山房記》：“主組簪紱人皆泰之，然必疲汗馬之勞，甚而有搖尾乞憐之詬而後幸得之。”老舍《四世同堂》六九：“凡想呼吸一點空氣的，得到一點血液的，都必須到日本人那裏搖尾乞憐。”同 奴顏婢膝、奴顏媚骨。反 方正不阿、錚錚鐵骨。

【搖唇(脣)鼓舌】 yáo chún gǔ shé ❶ 形容遊說、煽動或挑撥是非。《莊子•盜蹠》：“不耕而食，不織而衣，搖唇鼓舌，擅生是非，以迷天下之主。”《官場現形記》一四回：“我正在這裏指授進兵的方略，膽敢搖唇鼓舌，煽惑軍心！”❷ 形容賣弄口才。《魏書•蕭衍傳》：“曲體脅肩，搖脣鼓舌，候當朝之顧指，邀在位之餘論。”◇除了搖唇鼓舌之外，實在看不出他有甚麼學問。同 搖吻鼓舌、鼓舌搖唇。反 言之成理、謹言慎行。

【搖搖欲墜】 yáo yáo yù zhuì ❶ 將要掉落下來。《三國演義》一〇四回：“眾視之，見其色昏暗，搖搖欲墜。”清代納蘭性德《如夢令》詞：“萬帳穹廬人醉，星影搖搖欲墜。”◇清晨草葉上的露珠閃閃發光，搖搖欲墜。❷ 形容接近倒塌或崩潰。曹禺《王昭君》第二幕：“他深深知道，匈奴上層的統治，還處在搖搖欲墜之勢。”◇公路傍山修建，山崖上的巨石搖搖欲墜，十分危險。反 穩如泰山、安如磐石。

【搖旗吶喊】 yáo qí nà hǎn 古代打仗時，兵士搖動旗子喊殺助威。元代喬吉《兩世姻緣》三折：“你這般搖旗吶喊，簸土揚沙……你這般耀武揚威待怎麼。”《英烈傳》三七回：“勇氣百倍，督戰益力，搖旗吶喊，震動天地。”後比喻為他人助長聲勢。鄒韜奮《患難餘生記》第二章：“出去之後，他還不是同流合污了，加入反民主者的行列中一同搖旗吶喊。”同 吶喊助威。

【搖頭晃腦】 yáo tóu huàng nǎo 搖晃着腦袋。多形容吟誦、說話時悠然、得意的樣子。◇小青並不以為恥，還搖頭晃腦地說：不管三七二十一，我如今是富豪圈子裏的人了。

【搖頭擺尾】 yáo tǒu bǎi wěi 也作“擺尾搖頭”。❶ 形容魚、禽、獸游動或行走的樣子。宋代饒節《再送不愚兄》詩：“搖頭擺尾赤梢鯉，當年一躍過龍門。”宋代張侃《群牛浴小港》詩：“搖頭擺尾緩緩游，群牛相呼卒未休。”《西遊記》六一回：“哪吒取出火輪兒掛在那老牛的角上，便吹真火，焰焰烘烘，把牛王燒得張狂哮吼，搖頭擺尾。”《九命奇冤》六回：“果然在那土山腳下，豎了五六尺寬的木板，畫了一隻白虎，畫得張牙舞爪，擺尾搖頭，好不怕人。”❷ 形容人得意、狂妄或裝腔作勢的樣子。含貶義。老舍《四世同堂》七：“壞人儘管搖頭擺尾的得意，好人還得作好人！”

【搔到癢處】 sāo dào yǎng chù 見“搔着(著)癢處”。

【搔首弄姿】 sāo shǒu nòng zī 抓抓頭，擺弄姿勢。指修飾容貌。後多形容忸怩作態，賣弄風情。清代陳其元《庸閒齋筆記•遊泰西花園記》：“搔首弄姿，目挑心招。”曹禺《日出》第三幕：“(胡四)又開始搔首弄姿，撣撣衣服。”同 搔頭弄姿、賣弄風情。

【搔首踟躕】 sāo shǒu chí chú《詩經•靜女》：“靜其姝，俟我於城隅。愛而不見，搔首踟躕。”撓着頭，來回走動。形容焦急、疑惑或猶豫不決的樣子。明代王鏊《洞庭山賦》：“予不能援長揖判袂，搔首踟躕悵怏而已。”清代毛奇齡《西河詞話》卷二：“恨殺潮生南浦也，催人畫檝。度前汀，向亭皐，搔首踟躕，愁逐水雲橫。”

【搔着(著)癢處】 sāo zhe yǎng chù ❶ 比喻正合心意或正投所好。明代周宗建《論語商•知爾章》：“凡人搔著癢處，不覺手舞足跳，不能自己。”《喻世明言》卷五：“正欲訪求飽學之士，請他代筆，恰好王媼說起馬秀才，分明是飢時飯，渴時漿，正搔着癢處。”魯迅《狗·貓·鼠》：“我是常不免於弄弄筆墨的，寫下來，印了出去，對於有些人似乎總是搔着癢處的時候少，碰着痛處的時候多。”❷比喻觸及本質、要害。也作“搔到癢處”。《續孽海花》四六回：“這種議論，就我們看去，一點兒沒有搔到癢處。”㊐正中下懷、一語中的。

【摽梅之年】biào méi zhī nián 摽梅：梅熟落地。《詩經·摽有梅》：“摽有梅，其實七兮。求我庶士，迨其吉兮。”後以“摽梅之年”比喻女子已到出嫁的年齡。清代紀昀《閱微草堂筆記·姑妄聽之三》：“過摽梅之年，而不為之擇配偶，鬱而橫決，罪豈獨在此婢乎？”◇已過摽梅之年而依然獨居的香港女性，如今大有人在。㊎黃髮垂髫。

【摧枯拉朽】cuī kū lā xiǔ 比喻摧毀腐朽的勢力像摧毀枯枝朽木一樣容易。《晉書·甘卓傳》：“遡流之眾，勢不可救，將軍之舉武昌，若摧枯拉朽，何所顧慮乎？”明代梁辰魚《浣紗記·伐越》：“況假主公之雄威，更仗諸將之戮力，則摧枯拉朽，如夏日之潰春冰。”茅盾《夜讀偶記》二：“曹氏父子憑藉他們的文學才能和政治地位，摧枯拉朽地把漢朝的形式主義的宮廷文學一掃而空。”㊐拉朽摧枯。㊎固若金湯、巋然不動。

【摧眉折腰】cuī méi zhé yāo 低眉彎腰。形容卑躬屈膝的樣子。唐代李白《夢遊天姥吟留別》：“安能摧眉折腰事權貴，使我不得開心顏。”◇古人唾棄摧眉折腰，今人卻多巴結逢迎，攀龍附鳳之徒。㊐卑躬屈膝、低聲下氣。㊎大義凜然、一身正氣。

【摩肩接踵】mó jiān jiē zhǒng 肩挨肩，腳碰腳。形容人多擁擠。◇狹窄的女人街裏遊人密集，摩肩接踵，簡直邁不開步子。㊐肩摩踵接、比肩繼踵。㊎寥若晨星、寥寥無幾。

【摩肩擊轂】mó jiān jī gǔ 摩肩：肩挨着肩。擊轂：車碰撞着車。轂：車輪中心插軸的部分。《戰國策·齊策一》：“臨淄之途，車轂擊，人肩摩。”後用“摩肩擊轂”形容車馬行人，往來擁擠。宋代李昭玘《濟州真武殿記》：“凡神降之日，公侯貴人、宮闈戚里、朝士大夫、閭巷庶人，屏居齋戒，奔走衢路，摩肩擊轂，爭門而入，歲以為常。”明代張鳳翼《晉國賦》：“若夫冀北之煤，連綿大麓，斫鑿呀巖，摩肩擊轂。”也作“轂擊肩摩”。明代王士性《廣志繹》卷二：“都人好遊，婦女尤甚……元宵燈市，高樓珠翠，轂擊肩摩。”《官場現形記》八回：“只見這弄堂裏面，熙來攘往，轂擊肩摩，那出進的轎子，更覺絡繹不絕。”㊐擊轂摩肩、肩摩轂擊。

【摩拳擦掌】mó quán cā zhǎng 比喻行動前精神振奮、積極準備、躍躍欲試的樣子。元代關漢卿《單刀會》二折：“不是我十分強，硬主張，但題起廝殺呵，摩拳擦掌。”魯迅《“民族主義文學”的任務和命運》：“必須痛哭怒號，摩拳擦掌。”㊐擦掌磨拳、擦拳磨掌。

【摩頂放踵】mó dǐng fàng zhǒng ❶摩：磨損。放：至。踵：腳後跟。《孟子·盡心上》：“楊子取為我，拔一毛而利天下，不為也；墨子兼愛，摩頂放踵利天下，為之。”説墨子由頭磨損到腳，也願為天下。後形容為天下、為他人，艱辛受難在所不惜。宋代王安石《乞出表》：“摩頂放踵，雖願效於微勞；以蚊負山，顧難勝於重任。”宋代趙善括《上龔參政小簡》：“敬當摩頂放踵，鏤骨刻肌，以圖報稱，庶不負於知遇。”章炳麟《變法箴言》：“摩頂放踵以拯生民之陸沈，前者踣，後者繼，百挫而無反顧。”❷從頭到腳。指全部、完全。明代胡應麟《報李仲子允達》：“不佞之於足下，摩頂放踵無一弗同者。”㊐摩頂至踵。

【撓曲直枉】náo qū zhí wǎng 把彎曲的扳成直的。比喻判別是非曲直，扶正祛邪。漢代桓寬《鹽鐵論·大論》：“俗非唐、虞之時，而世非許由之民，而欲廢法以治，是猶不用檃栝斧斤欲撓曲直枉也。”用檃栝 yǐnkuò，古人矯正曲木的工具。◇為着一己之私，撓直為曲的人固然不少，然而見不平而奮起，撓曲直枉的人也不少，這就叫社會。反 撓直為曲。

【撓直為曲】náo zhí wéi qū 把直的弄成彎的。比喻把正面的變成反面的，把正直的變為歪邪的。漢代荀悦《漢紀•成帝紀》："撓直為曲，斫方為圓，穢素絲之潔，推亮直之心。"晉代熊遠《因災異上書》："遂使世人削方為圓，撓直為曲。"◇他本來是個很正直的人，如今閱歷豐富了，反而變成了撓直為曲的人。反 撓曲直枉。

【撓腮撧耳】náo sāi juē ěr 撓、撧：用手輕抓的意思。用手抓撓臉腮和耳朵。形容面對難題，無計可施，心中焦急的情態。元代關漢卿《蝴蝶夢》一折："我這裏急忙忙過六街，穿三市，行行裏撓腮撧耳，抹淚揉眵。"◇在旺角鬧市區把孩子丢了，急得她撓腮撧耳，四處叫喊着孩子。同 抓耳撓腮、撧耳撓腮。

【撒豆成兵】sǎ dòu chéng bīng 舊時一種所謂的法術。撒出一把豆子，就變成一隊士兵。元代無名氏《十樣錦》二折："變晝為夜，撒豆成兵，揮劍成河，呼風喚雨。"《封神演義》三六回："善能移山倒海，慣能撒豆成兵，仙風道骨果神清，極樂神仙臨陣。"清代徐乾學《資治通鑒後編》卷一○四："郭京自都城走，沿路稱撒豆成兵，假幻惑眾。"同 呼風喚雨。

【撩雲撥雨】liáo yún bō yǔ 撩撥：引逗。雲雨：指男歡女愛的情事。撩撥挑動、試探對方對自己的情意，或形容親昵地調情。元代喬吉《兩世因緣》一折："是學的繫玉敲金三百段，常則是撩雲撥雨二十年，這家風願天下有眼的休教見。"《九尾龜》七五回回目："撩雲撥雨夜渡銀河，辣手狠心朝施毒計。"《孽海花》一四回："雯青自去下層書室裏，做他的《元史補正》，憑着彩雲在樓上翻江倒海，撩雲撥雨，都不見不聞了。"也作"撥雨撩雲"。元代無名氏《女貞觀》四折："他將那簡帖兒傳消寄信，詞章兒撥雨撩雲。"明代崔時佩《南西廂記•猜詩雪案》："你用心撥雨撩雲，我好意與你傳書遞緘。"同 撥雲撩雨。

【撩蜂剔蠍】liáo fēng tī xiē 撩：挑逗。剔：挑出來。比喻招惹是非，引來麻煩。元代白樸《牆頭馬上》三折："誰更敢倒鳳顛鸞，撩蜂剔蠍，打草驚蛇？壞了咱牆頭上傳情簡帖，拆開咱柳陰中鶯燕蜂蝶。"《水滸全傳》二六回："見武大面皮紫黑……定是中毒身死。我本待聲張起來，卻怕他沒人做主，惡了西門慶，卻不是去撩蜂剔蠍？"同 撩蜂撥刺。

【撲朔迷離】pū shuò mí lí《樂府詩集•木蘭詩》："雄兔腳撲朔，雌兔眼迷離。雙兔傍地走，安能辨我是雄雌？"撲朔：腳毛蓬鬆；迷離：眼睛瞇成一條縫。意思是雌雄兔子靜止時尚有細微差別，但一跑起來，就難以辨認了。後用"撲朔迷離"形容事物錯綜複雜，朦朦朧朧，看不清真相。清代梁紹壬《兩般秋雨盦隨筆•無題詩》："鈎輈格磔渾難語，撲朔迷離兩不真。"◇本是商界的大亨，聽説他走私，又風聞他販毒，撲朔迷離，如今誰也説不清。同 不辨真偽。反 一清二楚。

【撮土焚香】cuō tǔ fén xiāng 古代在野外聚土祝禱、祭祀、盟誓等的儀式。《西遊記》五六回："行者努着嘴道：'好不知趣！這半山之中，前不巴村，後不着店，那討香燭？就有錢也無處去買。'三藏恨恨的道：'猴頭過去！等我撮土焚香。'"《封神演義》六六回："武王含淚，撮土焚香，跪拜在地。"同 撮土為香。

【撮鹽入火】cuō yán rù huǒ 抓把鹽放入火中，鹽爆火更旺。形容火上澆油，憤怒勃然爆發出來。元代王實甫《西廂記》三本二折："待去呵，小姐性兒撮鹽入火。"《殺狗記》七齣："奈我官人心性急，似撮鹽入火內，猜着就裏，又敢是聽人胡語。"《西遊記》五九回："那羅剎聽見'孫悟空'三字，便似撮鹽入火，火上澆油，骨都都紅生臉上，惡狠狠怒發心頭。"同 火上澆油。

【撫今追昔】fǔ jīn zhuī xī 觸到眼前的情景而追思起往事，引起萬千思緒，不勝感慨。清代周亮工《題菊帖後》："撫今追昔，淚且涔涔透紙背矣。"鄒韜奮《抗戰以來•開場白》："這期間的悲歡離合，波譎雲詭，令人在冷靜沉默中回想起來，撫今追昔，實不勝其感慨繫之。"◇一生歷盡滄桑，飽嘗世態炎涼，夜雨青燈，撫今追昔，老淚縱橫。同 撫今思昔。

【撫心自問】fǔ xīn zì wèn 手按着心口問自己。表示自我反省。宋代張九成《堯典論》："乃以謂常道，意欲後世人主讀此書者、味此名者，撫心自問：'吾之德果如堯乎？吾之用賢果如堯乎？'"清代于成龍《優陞謝恩疏》："又荷殊恩，令臣兼理江西督務，撫心自問，臣有何能而當此兩江之重寄耶？"朱光潛《談讀書》："中學課程很多，你自然沒有許多時間去讀課外書，但是你試撫心自問：你每天真抽不出一點鐘或半點鐘的功夫麼？"同 捫心自問、反躬自問。

【撫背扼喉】fǔ bèi è hóu 見"撫背扼喉"。

【撫掌大笑】fǔ zhǎng dà xiào 拍着手大笑。《世說新語·排調》："張乃撫掌大笑。"明代何良俊《語林·文學上》："陸士衡入洛，擬作《三都賦》。聞左太沖作之，士衡撫掌大笑，與弟士龍書曰：'此間有一傖文欲作《三都賦》，須其成以覆酒甕耳！'"《三國演義》四回："座中一人猶撫掌大笑……允視之，乃驍騎校尉曹操也。"反 抱頭大哭。

【撫綏萬方】fǔ suí wàn fāng 撫綏：安撫而使安定。萬方：指天下。安撫各地，使之安定有秩序。《尚書·太甲上》："天監厥德，用集大命，撫綏萬方。"宋代劉宰《回金陵趙帥善湘》："若姬公之輔周，任撫綏萬方四征不庭之勞；如孔明之佐蜀，奮獎率三軍北定中原之志。"明代王洪《會試錄後序》："皇上繼承鴻業，撫綏萬方，益弘仁義道德之化。"

【撚神撚鬼】niǎn shén niǎn guǐ 形容神秘、驚慌的樣子。《警世通言》卷二一："公子慌忙跨進門內，與婆婆作揖道：'婆婆休訝，俺是過路客人，帶有女眷，要借婆婆家中火，吃飯就走的。'婆婆撚神撚鬼的叫噤聲。"同 捻神捻鬼。

【撥雨撩雲】bō yǔ liáo yún 見"撩雲撥雨"。

【撥草尋蛇】bō cǎo xún shé ❶ 比喻仔仔細細地多方尋找。明代湯顯祖《牡丹亭·回生》："咳，柳郎真信人也，虧殺你撥草尋蛇，虧殺你守株待兔。"◇時間過了這麼久，這件事即使你撥草尋蛇，怕也弄不清楚了。❷ 比喻自找麻煩，自尋煩惱。清代黃小配《大馬扁》一二回："現今懼太后梗阻新政，你反撥草尋蛇，撩起太后那邊，好不誤事！"◇身體好端端的，她卻總懷疑有這病染那病，隔三差五東查西查，朋友都說她撥草尋蛇，庸人自擾。同 庸人自擾、"天下本無事，庸人自擾之"。

【撥雲見日】bō yún jiàn rì 撥開雲霧，見到太陽。❶ 比喻衝破黑暗，重見光明。元代無名氏《陳州糶米》二折："俺父親臨死之時，曾說道：'孩兒，等我命終，你直至京師尋着包待制爺爺那裏告去。'我投至的見了爺爺，就是撥雲見日，昏鏡重磨。"清代李漁《意中緣·返棹》："那裏話，妙香遇了夫人，才得撥雲見日。"❷ 比喻消除疑慮，豁然明亮。◇她的一番勸導，撥雲見日，打開了他的心扉，照進了一束春光。同 披雲見日、撥開雲霧見青天。反 彤雲密佈。

【撥亂反（返）正】bō luàn fǎn zhèng《公羊傳·哀公十四年》："撥亂世，反諸正，莫近諸《春秋》。"撥：治理。反：恢復。後用"撥亂反正"表示治理混亂的社會或出現的亂局，使回到正道上來。《漢書·武帝紀贊》："漢承百王之弊，高祖撥亂反正，文、景務在養民。"《魏書·李彪傳》："聖魏之初，撥亂返正，未遑建終喪之制。"明代無名氏《鳴鳳記·鄒慰夏孤》："近聞得朝中奸相弄權，朋黨誤國，此正臣子撥亂反正之時。"清代顧炎武《答友人論學書》："其所著之書，皆以為撥亂反正，移風易俗，以馴致乎治平之用。"◇絕望之餘，恰遇政治上的撥亂反正，這些文集才能編排出版。

【擎天一柱】qíng tiān yī zhù 見"一柱擎天"。

【撼天震地】hàn tiān zhèn dì 見"撼地搖天"。

【撼地搖天】hàn dì yáo tiān 使天地搖晃震動。形容能力、力量、氣勢極大。也作"撼天震地"《水滸傳》四一回："有分教，李逵施為撼地搖天手，來鬥巴山跳澗蟲。"《孽海花》二三回："一語未了，不提防兩邊樹林裏，陡起了一陣撼天震地的狂風，飛沙走石，直向東邊路上颳剌剌的捲去。”◇大海在冷漠的外表下，湧動着奔騰不息的暗流，不久前還是波瀾不驚，轉眼間波濤洶湧，撼地搖天。同 撼天動地、震天動地。

【擂天倒地】léi tiān dǎo dì 倒：同“搗”，捶打。好像捶天搗地一般，聲音非常響。《二刻拍案驚奇》卷三八：“急往前一看，見是一個小兒眠在草裏，擂天倒地價哭。”

【據為己有】jù wéi jǐ yǒu 拿別人的東西作為自己的。明代張吉《上李閣老小啟》：“掩前人之善，據為己有，後學所不忍。”清代于成龍《飭勵學政事宜》：“童生試卷，必經發府拆號填名，所以學道之權往往知府得以操之……去取竊擅，甚至拿捏詭頭，累千盈萬，據為己有。”施蟄存《為書嘆息》：“科學技術，有發明獎，有專利權，惟獨文史哲都是紙上空文，新觀點，新理論，沒有保障，任何人都可以據為己有”同 佔為己有。反 物歸原主。

【據理力爭】jù lǐ lì zhēng 依據事理，努力爭取或爭辯。明代尹直《大學士彭文憲公言行錄》：“其有不可者，每據理力爭，不肯詭隨，初或意相忤，久之心服其公且明。”《文明小史》三八回：“外國人呢，固然得罪不得，實在下不去的地方，也該據理力爭。”巴金《家》八：“我們再去據理力爭，非達到目的不走！”

【擄袖揎拳】lǔ xiù xuān quán 擄：捋。揎：打。捋起袖子，伸出拳頭來。形容人粗魯野蠻，動輒要打人的樣子。元代無名氏《漁樵閒話》三折：“一個個酒囊飯袋成何用？擄袖揎拳號俊傑。”◇他本是好事之輩，一聽老三這話，擄袖揎拳，直奔酒店，要找那人算賬。同 捋袖揎拳、裸袖揎拳。反 心平氣和、以理服人。

【操刀必割】cāo dāo bì gē 手裏拿着刀，必定是要割東西的。《左傳•襄公三十一年》：“人之愛人，求利之也。今吾子愛人則以政，猶未能操刀而使割也，其傷實多。”後用“操刀必割”比喻隨時準備着，遇事及時處理。《漢書•賈誼傳》：“黃帝曰：‘日中必熭，操刀必割。’”宋代晁説之《朔問下》：“上下同欲，天性能辛苦，喜兵戰，雖兒童婦女，亦武而善騎，不勞部伍，不擇器械，可謂有操刀必割之勢也。”反 操刀不割。

【操之過急】cāo zhī guò jí 辦事或處理問題過於急躁。鄭觀應《盛世危言•禁煙上》：“始也操之過急，繼又失之過寬。”◇如果操之過急，激起事變，反倒難辦了。同 急於求成。反 從容應對。

【操翰成章】cāo hàn chéng zhāng 翰：鳥羽。古人曾用鳥羽做筆，故藉以指筆。拿起筆就能寫出文章來。形容文思敏捷。《三國志•徐幹傳》裴松之注引李氏《先賢行狀》：“幹清玄體道，六行修備，聰識洽聞，操翰成章。”同 倚馬可待、七步成章。反 江郎才盡。

【操縱自如】cāo zòng zì rú 比喻控制支配人和事的手段和做法得心應手，或駕馭控制舟車器械等相當純熟。宋代林希逸《方君節詩序》：“骨氣見於豐，意態寓於約，不肯寄人籬下，操縱自如，譬之老禪不縛律，譬之粹學不踰矩。”元代張養浩《為政忠告》：“聞各道公宴，司官、書吏、奏差同堂而坐，喧嘩笑謔，上下不分，所以致彼操縱自如，百無忌憚。”《老殘遊記》一回：“若遇風平浪靜的時候，他駕駛的情狀亦有操縱自如之妙，不意今日遇見這大的風浪，所以都毛了手腳。”清代張燮《東西洋考•稅餉考》：“防海大夫在事久，操縱自如，所申報不盡實錄。”◇儘管導航儀出了故障，他仍能操縱自如，不失航向。反 左支右絀、顧此失彼。

【擇肥而噬】zé féi ér shì 噬：咬。挑肥厚的肉咬。比喻找錢財多的對象敲詐勒索。清代丁日昌《飭沛縣嚴禁差役相驗需索》：“若地方一報命案，本官相驗下鄉，即為該差役等大作威福之時，非但擇肥而噬，而且遠近居民挨戶搜索。”清代吳趼人《糊塗世界》九回：“上頭限了首縣三天限，首縣限了差役一天半限，這些差役個個摩拳擦掌，擇肥而噬。到得次日一早，果然捉了七個人來。”◇設了無數稅務局，猛如虎貪如狼的稅務官成千累萬，個個磨牙而咀，擇肥而噬。

【擇善而從】zé shàn ér cóng《論語•述而》："三人行，必有我師焉。擇其善者而從之，其不善者而改之。"後以"擇善而從"表示選擇並遵從良好的，仿效着去做。《左傳•昭公二十八年》："擇善而從之曰比。"唐代張九齡《敕議放私鑄錢》："且欲不禁私鑄，其理如何？公卿百僚，詳議可否，朕將親覽，擇善而從。"◇對於理智者，可使擇善而從，對於私慾重的人，則須要為他指路。同 從善如流。反 明知故犯、知法犯法。

【擐甲執兵】huàn jiǎ zhí bīng 見"擐甲執銳"。

【擐甲執銳】huàn jiǎ zhí ruì 擐：穿。銳：指兵器。身穿鎧甲，手執銳利的兵器。形容全副武裝，隨時準備打仗。也作"擐甲執兵"。《左傳•成公二年》："擐甲執兵，固即死也；病未及死，吾子勉之！"《北齊書•斛律光傳》："光擐甲執銳，身先士卒，鋒刃纔交，桀眾大潰，斬首二千餘級。"《元史•穆呼黎傳》："我為國家助成大業，擐甲執銳，垂四十年，東征西討，無復遺恨。"《聊齋誌異•夜叉國》："豹三十四歲掛印，母嘗從之南征，每臨巨敵，輒擐甲執銳，為子接應。"同 披堅執銳。

【擒賊擒王】qín zéi qín wáng 捉賊先要捉頭兒。杜甫《前出塞》詩："射人先射馬，擒賊先擒王。"後比喻處理問題要找對關鍵所在。宋代李曾伯《回奏宣諭》："諺謂'打草驚蛇'，恐犯此戒……事果當為，則擒賊擒王。"明代高攀龍《答涇陽論儒佛善字不同》："今日邪說橫流，根株只此四字，先生捉着病源，真是擒賊擒王也。"《野叟曝言》一一〇回："素臣令虎臣護衛男人，飛霞護衛女人，手舞寶刀……徑奔中軍，來圍捉王彩，為擒賊擒王之計。"《文明小史》四四回："所謂擒賊擒王，這就是辦事的訣竅。"同 擒賊先擒王。反 擔雪塞井、抱薪救火。

【擔雪填井】dān xuě tián jǐng 見"擔雪塞井"。

【擔雪塞井】dān xuě sè(sāi) jǐng 擔：肩挑。挑雪去填水井，入井就融化，比喻白費氣力，勞而無功。也作"擔雪填井"。唐代顧況《行路難》詩："君不見擔雪塞井徒用力，炊砂作飯豈堪吃。"《元代陶宗儀《輟耕錄•井珠》："人欲娶妻而未得，謂之'尋河覓井'；已娶而料理家事，謂之'擔雪填井'；男婚女嫁，財禮奩具種種不可闕，謂之'投河奔井'。"《水滸全傳》八三回："只是行移鄰近州府，催趲各處徑調軍馬前去策應，正如擔雪填井一般。"同 擔雪填河。

【擔驚受怕】dān jīng shòu pà 擔：承受。形容提心吊膽，害怕遭受災禍或不幸。元代無名氏《盆兒鬼》三折："俺出門紅日乍平西，歸時猶未夕陽低，怎教俺擔驚受怕着昏迷。"《水滸傳》六一回："休聽那算命的胡說，撇下海闊一個家業，擔驚受怕，去虎穴龍潭裏做買賣。"梁啟超《新中國未來記》三回："你這些激烈的議論，我聽來總是替一國人擔驚受怕，不能一味贊成的哩。"也作"耽驚受怕"。元代無名氏《村樂堂》二折："六斤也，我為你耽驚受怕，你休負了我心也。"同 擔驚受恐。

【擅作威福】shàn zuò wēi fú《尚書•洪範》："惟辟作福，惟辟作威，惟辟玉食。臣無有作福、作威、玉食。"說權力美食只有在上者才可享受，臣下不可享用。後以"擅作威福"指專權獨斷，頤指氣使。《三國志•陸遜傳》："時中書典校呂壹，竊弄權柄，擅作威福，遜與太常潘濬同心憂之，言至流涕。"宋代劉敞《再上仁宗論大臣不當排言者》："臣其時曾奏言若如此，則大臣蔽君之明，專君之權，而擅作威福也。"明代劉基《雷說上》："擅作威福，殘害正直。"同 作威作福。

【擘肌分理】bò jī fēn lǐ 理：肌膚的紋理。細到區分辨別肌膚及其紋理。比喻分析事理十分細密。漢代張衡《西京賦》："街談巷議，彈射臧否，剖析毫釐，擘肌分理。"南朝梁劉勰《文心雕龍•序志》："同之與異，不屑古今；擘肌分理，唯務折衷。"同 肌擘理分、條分縷析。反 一概而論。

【擠眉弄眼】jǐ méi nòng yǎn 用眉眼傳情，或以眉眼暗示別人。元代王實甫《破窰記》一折："擠眉弄眼，利齒伶牙，攀高接貴，順水推船。”《官場現形記》一二回：“蘭仙朝着他擠眉弄眼，弄得他魂不附體，那裏還辨得出是燕菜是糖水。”曹禺《日出》第三幕：“門前兩三個女人指指點點，擠眉弄眼。”同 暗送秋波、眉目傳情。反 正顏厲色。

【擢髮難數】zhuó fà nán shǔ 據《史記·范雎蔡澤列傳》載，戰國時，魏國的須賈曾陷害范雎，後范雎為秦相，須賈使秦向范雎謝罪。范雎質問須賈犯過多少罪，須賈回答說：“擢賈之髮以續之罪，尚未足。”擢：抽。後用“擢髮難數”形容罪行極多。《聊齋誌異·續黃粱》：“反恣胸臆，擅作威福，可死之罪，擢髮難數。”《野叟曝言》七二回：“秦檜之罪，擢髮難數。”鄒韜奮《法西斯作風的罪惡》：“法西斯作風的罪惡是擢髮難數的。”同 數不勝數、罄竹難書。

【擺尾搖頭】bǎi wěi yáo tóu 見“搖頭擺尾”。

【擿姦(奸)發伏】tī jiān fā fú 揭露奸邪之徒，檢舉隱藏的壞事。《三國志·倉慈傳》：“魏郡太守陳國吳瓘、清河太守樂安任燠……或哀矜折獄，或推誠惠愛，或治身清白，或擿姦發伏，咸為良二千石。”◇如今的互聯網，已經成為網民擿奸發伏的有力工具。同 發姦擿伏、擿伏發姦。反 狼狽為奸、包庇縱容。

【擲地有聲】zhì dì yǒu shēng 見“擲地金聲”。

【擲地金聲】zhì dì jīn shēng 據《世說新語·文學》，孫興公寫成《天台賦》，以示范榮期說：“卿試擲地，當作金石聲。”意謂《天台賦》的文辭讀起來有如鐘磬的樂音一般優美。後用“擲地金聲”形容人說話堅定有力，或文辭優美，聲韻鏗鏘。也作“擲地有聲”。明代王錂《春蕪記·訪友》：“文章日就，何慚擲地金聲。”《鏡花緣》八一回：“斬釘截鐵，字字雪亮，此等燈謎，可謂擲地有聲了。”◇李白的《將進酒》，通篇擲地金聲，真是名副其實的千古佳作。

【攀花折柳】pān huā zhé liǔ 比喻男人惹草拈花或嫖妓。花、柳：喻指女人或妓女。《敦煌曲子詞·南歌子》：“攀花折柳得人憎，夜夜歸來沉醉，千聲喚不應。”元代無名氏《百花亭》二折：“則為我攀花折柳，致令的有國難投。”◇一個好俊俏的姑娘，卻嫁給一個終日攀花折柳的男人，苦了一輩子。同 攀花問柳、尋花問柳。反 潔身自好、潔身自愛。

【攀龍附鳳】pān lóng fù fèng 漢代揚雄《法言·淵騫》：“攀龍鱗，附鳳翼，巽以揚之，勃勃乎其不可及也。”意思說依附帝王、權貴以求飛黃騰達。唐代杜甫《洗兵馬》詩：“攀龍附鳳勢莫當，天下盡化為侯王。”後以“攀龍附鳳”比喻巴結、投靠有權勢的人。《三國演義》七三回：“四海才德之士，捨死忘生而事其上者，皆欲攀龍附鳳，建立功名也。”◇他為人清正剛直，生活簡樸，一生不做攀龍附鳳的事。同 趨炎附勢。

【攘臂一呼】rǎng bì yī hū 振臂大聲呼喊，發出號召。攘臂：挽起衣袖，伸出胳膊。宋代辛棄疾《淳熙己亥論盜賊劄子》：“皆能攘臂一呼，聚眾千百，殺掠吏民。”◇陳涉、項羽攘臂一呼，貌似強大的秦帝國旋即滅亡。同 振臂一呼。

【攛拳攏袖】cuān quán lǒng xiù 把袖口捲上去，伸出拳頭，做出要大打出手的樣子。《醒世姻緣傳》三五回：“出到大門外邊，汪為露還攛拳攏袖要打那侯小槐。”同 裸袖揎拳。反 笑容可掬、低聲下氣、卑躬屈膝。

【攪海翻江】jiǎo hǎi fān jiāng 原本形容江海水勢浩大。後多比喻聲勢浩大、本事高強、爭戰激烈，或形容攪弄得沸沸揚揚、天翻地覆。元代馬致遠《薦福碑》三折：“振乾坤雷鼓鳴，走金蛇電影開，他那裏撼嶺巴山，攪海翻江，倒樹摧崖。”元代無名氏《三山小沛》三折：“手中槍攪海翻江，殺得他三軍棄命。”《水滸傳》七四回：“(燕青)把布衫脫將下來，吐個架子，則見廟裏的看官如攪海翻江相似，迭頭價喝彩，眾人都呆了。”《說岳全傳》四二回：“你看那兩員勇將，揚塵播土風雲變；這時節一對英雄，攪海翻江華嶽搖。”也作“翻江攪海”。《西遊記》一四回：“我老孫，頗有降龍伏虎的手段，翻江攪海的神通。”同倒海翻江、翻江倒海。

【攬權納賄】lǎn quán nà huì 把持大權，營私舞弊，收受賄賂。《官場維新記》六回：“到了湖北，方才曉得李統領因為京裏有人參他攬權納賄等事。”

【攬轡澄清】lǎn pèi chéng qīng 握緊駕馭拉車牲口的韁繩，把渾水變得清澈明淨。《後漢書•范滂傳》：“時冀州饑荒，盜賊群起，乃以滂為清詔使，案察之。滂登車攬轡，慨然有澄清天下之志。”後比喻官員上任，便把革除弊端、澄清吏治、革新時政作為己任。也比喻懷有這種志向抱負。唐代韋建《黔州刺史薛舒神道碑》：“駐車決遺，攬轡澄清。”宋代柳永《一寸金》詞：“仗漢節，攬轡澄清，高掩武侯勳業，文翁風化。”清代龔自珍《己亥雜詩》一〇七：“少年攬轡澄清意，倦矣應憐縮手時。”同攬轡登車。

支部

【支吾其詞】zhī wú qí cí 支吾：說話含糊。用含混的話搪塞應付。《官場現形記》三二回：“余藎臣見王小五子揭出他的短處，只得支吾其詞道：‘他的差使本來要委的了，……並不是花了錢買差使的。’”歐陽山《苦鬥》五十：“周炳找不着甚麼得體的話說，就含含糊糊地支吾其詞。”同閃爍其辭。反直言不諱。

【支離破碎】zhī lí pò suì 形容事物零散破碎，不完整。清代劉獻廷《廣陽雜記》卷五：“《度曲須知》亦有見於諧聲之道，為韻所束，遂致支離破碎。”◇好好的花瓶讓你摔得支離破碎。反完好無損。

攴部

【收回成命】shōu huí chéng mìng《詩經•昊天有成命》：“昊天有成命，二后受之。”後用“收回成命”說撤銷已公佈的命令、文告、決定、指示等。宋代鄭興裔《辭知廬州表》：“恭望皇帝陛下察臣之誠，鑒臣之拙，收回成命。”清代黃鈞宰《金壺七墨•吳門秀士書》：“御史陳慶鏞抗疏力爭，請上收回成命。”《慈禧太后演義》一八回：“奕譞本是個拘執不化的人，聞了此旨，即入宮見西太后，磕了無數的頭，堅請收回成命。”

【攻心為上】gōng xīn wéi shàng 戰爭中以瓦解敵方鬥志，造成心理散漫為上策。《三國志•馬謖傳》裴松之注引《襄陽記》：“夫用兵之道，攻心為上，攻城為下，心戰為上，兵戰為下。”《兒女英雄傳》三十回：“把個張姑娘樂的連連點頭，笑道：‘姐姐這叫作兵法攻心為上。’”◇攻心為上的心理戰，往往比炮彈更有效。

【攻守同盟】gōng shǒu tóng méng ❶兩個或多個國家或集團締結軍事盟約，協調進攻或防禦的行動。梁啟超《中國外交方針私議》：“日本既與英結英日同盟，及日俄戰役方酣，又與韓結日韓攻守同盟。”《北洋軍閥統治時期史話》二十二章：“以‘固結團體，鞏衛中央’作為煙幕，骨子裏卻是想組織北洋軍閥的各省軍事攻守同盟。”❷指事先約定的串謀合作行為。茅盾《子夜》一八：“我們約他做攻守同盟，本想彼此提攜。”反分化瓦解、土崩瓦解。

【攻其不備】gōng qí bù bèi 見“攻其無備”。

【攻其無備】gōng qí wú bèi ❶在敵方不防備時展開軍事進攻。常和“出其不意”連用。也作“攻其不備”。《孫子•計篇》：“攻其無備，出其不意。”《三國演義》五六回：“虛名收川，實取荊州。等主公出城勞軍，乘勢拿下，殺入城來，攻其無備，出其不意也。”清代魏源《聖武記》卷八：“攻其不備，決可克復。”❷趁對方未準備好或想不到的時候，採取行動，乘機下手，獲取成功。宋代辛棄疾《九議》：“舉天下之大事而蔽之以一言，曰‘攻其無備，出其不意’，是謂至計。”《鏡花緣》一三回：“素知此處庶民都是正人君子，所以不肯攻其不備，暗下毒手取魚。”同乘虛而入、出其不意。反有備無患。

【攻城略地】gōng chéng lüè dì 攻佔城市，奪取地盤。《淮南子•兵略訓》："攻城略地，莫不降下。"《晉書•張軌傳》："我用兵於五都之間，攻城略地，往無不捷。"元代楊顯之《酷寒亭》四折："今天下事勢之多，四下裏競起干戈，其大者攻城略地，小可的各有巢窠。"《隋唐演義》五四回："李密諸將士，當時攻城掠地，倚着金帛來得易，也用得易，自入關來，也都資用不足，各不相安。"

【攻無不克】gōng wú bù kè 只要是發動攻擊，一定獲勝。形容力量強大。清代百一居士《壺天錄》卷上："古來戰無不勝，攻無不克，端賴吾能用兵之將，求之於今，邈不可得。" 同 戰無不勝。反 不堪一擊。

【改天換地】gǎi tiān huàn dì 比喻徹底改變社會與自然界。丁玲《杜晚香》："外邊的驚天動地，改天換地，並沒有震動過這偏僻的山溝。"郭小川《登九山》："理直氣壯，猛然回擊，堅持了改天換地的戰鬥。" 反 原封不動。

【改玉改行】gǎi yù gǎi xíng 見"改步改玉"。

【改玉改步】gǎi yù gǎi bù 見"改步改玉"。

【改名易姓】gǎi míng yì xìng 見"改名換姓"。

【改名換姓】gǎi míng huàn xìng 為隱蔽真實身份而改變姓名。也作"變名易姓"、"改名易姓"。《史記•貨殖列傳》："（范蠡）乃乘扁舟浮於江湖，變名易姓，適齊為鴟夷子皮，之陶為朱公。"漢代應劭《風俗通•聲音》："漸離變名易姓，為人庸保，匿作於宋子。"《雲笈七籤》卷八四："乃乘馬躡虛，任意所適，或可改名易姓，還反故鄉，無所忌難矣。"余光中《阿拉伯的勞倫斯》："（丘吉爾）改名易姓，隱入行伍之間。" 同 更名改姓、改姓更名。

【改邪歸正】gǎi xié guī zhèng 改正錯誤或惡行，走上正路。《西遊記》一九回："因是老孫改邪歸正，棄道從僧，保護三藏法師，往西天拜佛求經。"老舍《駱駝祥子》四："他自己年輕的時候，甚麼不法的事兒也幹過；現在，他自居是改邪歸正，不能不小心。" 同 棄邪歸正、改惡向善。

【改步改玉】gǎi bù gǎi yù 《左傳•定公五年》："六月，季平子行東野。還，未至，丙申，卒於房。陽虎將以璵璠斂，仲梁懷弗與，曰：'改步改玉。'"說應當依照死者身份確定葬禮儀式的等級，既然改變了葬禮上的"步履數"的級別，與之相應，所佩帶的玉飾的規格也須改變。後用"改步改玉"比喻情況不同，做法也應不同。也指改換朝代或變更制度。也作"改玉改行"、"改玉改步"。《國語•周語中》："先民有言曰：'改玉改行。'"清代章炳麟《革命道德說》："蒙古不道，宰割諸夏，改玉改步，人無異心。"郭沫若《中國左拉之待望》："但是，革了命了。應着'改玉改步'的古話，校長被剪子威脅着趕出房外來時，是放着小跑的。" 同 時移世易。反 一成不變。

【改弦更張】gǎi xián gēng zhāng 換裝新的琴弦，再行彈奏。張：調整琴弦。《樂府詩集•上邪》："琴瑟時未調，改弦當更張。"後用"改弦更張"比喻改變原來的思想、行為、策略等，另走一條新路。金代元好問《楊奐碑》："正大初，朝廷一新敝政，求所以改弦更張者。"孫中山《歷年政治宣言》："今者革命政府不恤改弦更張，以求與人民合作。" 同 改弦易轍。反 老調重彈、舊調重彈。

【改弦易調】gǎi xián yì diào 調換樂器的弦，變更曲調。比喻改變方向、做法、規劃、態度等。《隋書•梁彥光傳》："請復為相州，改弦易調，庶有以變其風俗，上答隆恩。"◇你總是用冷冰冰的態度對人，甚麼時候能改弦易調哇？ 同 改弦易轍、改弦更張。

【改弦易轍】gǎi xián yì zhé 調換新琴弦，不走翻車的路。比喻捨棄舊思想、做法、策略等，改用新的一套。宋代袁甫《應詔封事》："暨乎土木畢興，輪奐復舊，陛下晏然處之，不思改弦易轍。"清代張南莊《何典》六回："幸虧仙人搭救，教以改弦易轍，尋師學藝……豈非時來福湊耶？"魯迅《中國小說史略》一五："雖始行不端，而能翻然悔悟，改弦易轍，以善其修，斯其意固可嘉，而其功誠不可泯。”同 改弦更張。

【改換門庭】gǎi huàn mén tíng 改變門第出身，以提高自己的身份地位。也指投靠新主子。也作“改換家門”、“改換門楣”。元代王仲文《救孝子》一折：“若到陣上一戰成功，但得個一官半職，改換家門，可也母親訓子有功也。”明代宋應星《野議》：“畎畝庶人，日督其稚頑子弟儒冠儒服，夢想科第，改換門楣。”《三俠五義》二回：“我與二弟已然耽擱，自幼不曾讀書，如今何不延師教訓三弟，倘上天憐念，得個一官半職，一來改換門庭，二來省受那贓官污吏的悶氣，你道好也不好！”

【改換門楣】gǎi huàn mén méi 見“改換門庭”。

【改換家門】gǎi huàn jiā mén 見“改換門庭”。

【改惡向善】gǎi è xiàng shàn 見“改惡從善”。

【改惡從善】gǎi è cóng shàn 善：善舉，指對人有益之事。改掉自身邪惡的、壞的東西，做個善良、做好事的人。明代王守仁《告諭安義等縣漁戶》：“務益興行禮讓、講信修睦，以為改惡從善者之倡。”清代鄭觀應《盛世危言·訓俗》：“萬姓既改惡從善，永無犯上作亂之萌；萬邦亦一道同風，咸知學聖尊王之義。”清代張南莊《何典》八回：“既肯改惡從善也不同你一般見識。”也作“改惡向善”。明代無名氏《齊天大聖》四折：“從今後改惡向善，朝上帝禮拜三清。”◇不管你這紈袴子弟過去作了多少孽，只要改惡從善，回頭是岸，大家也會寬恕你的。同 改邪歸正、改過遷善。反 怙惡不悛、變本加厲。

【改朝換代】gǎi cháo huàn dài 本指舊王朝被推翻，新王朝建立，後泛指權力更迭或世事前後變化很大。《二十年目睹之怪現狀》三一回：“其中或者有兩回改朝換代的時候，參差了三兩年。”茅盾《虹》二：“他大概在柳家的‘蘇貨鋪’裏很聽得了些雜亂的消息，所以並不照例睡覺，卻喚住了梅女士嘮嘮叨叨地說：‘真是改朝換代了。學生也來管閒事！’”馬識途《夜譚十記》一：“據他説，要不是改朝換代，他準可以上京趕考，中個進士啦甚麼的。”

【改過自新】gǎi guò zì xīn 改正過失或錯誤，重新做人。《史記·吳王濞列傳》：“詐稱病不朝，於古法當誅，文帝弗忍，因賜几杖，德至厚，當改過自新。”《鏡花緣》二四回：“這是其人雖在名教中，偶然失於檢點，作了違法之事，並無大罪，事後國主命豎此扁，以為改過自新之意。”◇這些天都在家認真讀書，不再出去胡混，好像真的要改過自新了。同 悔過自新。

【改過從善】gǎi guò cóng shàn 見“改過遷善”。

【改過遷善】gǎi guò qiān shàn《易經·益》：“君子以見善則遷，有過則改。”後用“改過遷善”說改正過錯，誠心向善。唐代趙居貞《新修春申君廟記》：“損以懲忿窒欲，益以改過遷善。”《警世通言》卷二四：“三舅受了艱難苦楚，這下來改過遷善，料想要用心讀書。”《平妖傳》二回：“你自今改過遷善，專心修道，還有上升之日。”也作“改過從善。”《醒世恆言》卷二七：“不知大舅怎生樣勸喻，便能改過從善。”◇只要肯改過遷善，做好人並不難，善惡只在一轉念之間。同 改過自新、改惡向善。

【改頭換面】gǎi tóu huàn miàn ❶ 人的面容外貌改變了。《敦煌變文集·左街僧錄大師壓座文》：“三界眾生多愛癡，致令煩惱鎮相隨。改頭換面無休日，死去生來沒了期。”唐代寒山《詩》之二一三：“改頭換面孔，不離舊時人。”《平妖傳》六回：“若得道之後，可往東京度取卿女，雖然改頭換面，卿亦自能認也。”❷ 比喻只在外表或形式上有所改變，實質內容依然照舊。清代黃宗羲《庶吉士子一魏先生墓誌銘》：“而導之興獄者阮大鋮、傅槐，方改頭換面，捲土重來。”《文明小史》三四回：“拿出做八股時套襲成文的法子，改頭換面，做成若干種，也想去賣錢。”錢鍾書《圍城》

三："把哲學雜志書評欄裏讚美他們著作的話，改頭換面算自己的意見。"反 依然故我、原封不動。

【放刁撒潑】fàng diāo sā pō 刁：狡詐。潑：蠻不講理。使出狡詐刁蠻的無賴手段。元代無名氏《陳州糶米》楔子："俺兩個全仗俺父親的虎威，拿粗挾細，揣歪捏怪，幫閒鑽懶，放刁撒潑，那一個不知我的名兒。"《醒世姻緣傳》九二回："那師嫂甚麼肯罷，放刁撒潑，別着晁梁足足的賠了他一千'老黃邊'才走散了。"◇這姑娘天生性子溫馴，決不像那些放刁撒潑的富家小姐。同 蠻橫無理。反 入情入理。

【放任自流】fàng rèn zì liú 聽任其自由發展而不過問、不干預。《北洋軍閥統治時期史話》第二章："(張之洞) 對全國人民的籌款贖路運動不是採取領導與鼓勵的辦法，而是採取放任自流的態度。"◇對犯錯的學生，既不能放任自流，也不能苛責過嚴。同 聽之任之、聽其自然。反 因勢利導、循循善誘。

【放言高論】fàng yán gāo lùn 放言：暢所欲言。高論：高談闊論。毫無顧忌地大發議論。宋代蘇軾《荀卿論》："嘗讀《孔子世家》，觀其言語文章，循循莫不有規矩，不敢放言高論。"清代王韜《淞濱瑣話•李延庚》："放言高論，自負不可一世。"南懷瑾《論語別裁•窮達行藏》："他們一輩子隱居，沒有出來做過事，放言高論，批判是非得失。"同 高談闊論。

【放虎歸山】fàng hǔ guī shān 比喻讓在掌握之中的仇敵、對手回歸自由，為日後留下了隱患。《説岳全傳》三一回："倘他逃走了去，豈不是放虎歸山？"◇若是把這筆巨款還給他，那不等於放虎歸山，給自己找來一個強大的對手？同 縱虎歸山。反 斬草除根。

【放馬後炮】fàng mǎ hòu pào 馬後炮：象棋術語。借指過時的言行。比喻事後才提意見，發議論，為時已晚，無濟於事。《野叟曝言》二九回："人已死了，在這裏放那馬後炮，可是遲了。"張恨水《金粉世家》九一回："既然知道他勢在必走的，為甚麼早不報告一聲？現在人走出八百里外去了，卻來放這'馬後炮'。"張愛玲《小團圓》二："中午突然汽笛長鳴，放馬後炮解除空襲警報。"

【放浪不羈】fàng làng bù jī 見"放蕩不羈"。

【放浪形骸】fàng làng xíng hái 放浪：不受拘束。形骸：人的形體。説行動自由自在，不受世俗禮教的約束。現指行為放縱，不拘形跡。晉代王羲之《蘭亭集序》："夫人之相與，俯仰一世，或取諸懷抱，晤言一室之內，或因寄所託，放浪形骸之外。"宋代葉茵《次弔原韻》："為憐舉世不曾醒，放浪形骸澤畔行。"卧龍生《天香飆》三回："要知這般人平日雄據一方，殺人越貨，為所欲為，甚麼官府王法，根本不放在他們眼中，無拘無束，放浪形骸。"同 放蕩不羈、放縱不拘。反 循規蹈矩、規行矩步。

【放情丘壑】fàng qíng qiū hè 放情：縱情。丘壑：山丘溝壑，泛指山水。指熱衷於遊山玩水，不關心世事。《晉書•謝安傳》："安雖放情丘壑，然每遊賞，必以妓女從。"元代丁鶴年《暮春感懷》詩："四十無聞懶慢身，放情丘壑任天真。"郭志剛《孫犁傳•生病和旅行》："孫犁最喜歡這樣的遊覽，極目騁懷，放情丘壑，可以暫時擺脱一下市囂塵聲的干擾。"同 縱情丘壑。

【放蕩不羈】fàng dàng bù jī 言行任性放縱，不受任何約束拘管。放蕩：放縱自己或行為不檢點。羈：約束。《晉書•王長文傳》："少以才學知名，而放蕩不羈，州府辟命皆不就。"《鏡花緣》九六回："這七個人都是放蕩不羈，目空一切。"沈從文《文學運動雜談》："平常人以生活節制產生生活的藝術，他們則以放蕩不羈為瀟脱；平常人以遊手好閒為罪過，他們則以終日閒談為高雅。"也作"放浪不羈"。宋代洪邁《夷堅丙志•李鐵笛》："李好吹鐵笛，蓋放浪不羈之士也。"同 放浪形骸、放縱不羈。反 循規蹈矩、規行矩步。

【政令不一】zhèng lìng bù yī 政策和法令不統一。形容領導不當，管理混亂。《左傳•昭公二十三年》：“帥賤多寵，政令不壹。”《三國志•武帝紀一》：“吾知紹之為人，志大而智小……兵多而分畫不明，將驕而政令不一。”◇政令不一，朝令夕改，下屬必然無所適從，做不好工作。同 政出多門。反 定於一尊。

【政出多門】zhèng chū duō mén 政策法令來自許多部門。《左傳•襄公三十年》：“其君弱植，公子侈，太子卑，大夫敖(傲)，政多門，以介於大國，能無亡乎？”後用“政出多門”說指揮不統一，號令混亂，叫人無所適從。《晉書•姚興傳》：“晉主雖有南面之尊，無總御之實，宰輔執政，政出多門，權去公家，遂成習俗。”《元史•何瑋傳》：“今宰執員多，政出多門，轉相疑忌，請損之。”蔡東藩《唐史演義》三回：“齊後主懦弱，政出多門。”同 政令不一、各自為政。反 一錘定音、令行禁止。

【政通人和】zhèng tōng rén hé 政令貫通暢達，人心和睦，國泰民安。宋代范仲淹《岳陽樓記》：“越明年，政通人和，百廢俱興。”清代黃宗羲《念椿許公霍丘宦錄序》：“許西山先生治海昌之五年，政通人和，舉循吏第一。”◇縱觀中國和世界史，政通人和，太平盛世的年代少，社會矛盾重重、戰亂頻仍的時間多。同 政平訟息。反 百弊叢生。

【故入人罪】gù rù rén zuì 故意羅織罪名陷害人。《唐律•依告狀鞫獄》：“若於本狀之外，別求他罪者，以故入人罪論。”◇現實生活中故入人罪的事，大抵都是為了官爵、金錢和女人，也有一些泄私憤者。

【故伎重施】gù jì chóng shī 見“故伎重演”。

【故伎重演】gù jì chóng yǎn 伎：伎倆、花招。形容總用老一套的花招糊弄人。也作“故伎重施”◇聰明人的花招只要一次，蠢人要花招總是故伎重演 / 他過去發財靠吹牛，靠精心扮成富豪，靠花言巧語引誘人，如今又故伎重施，雖說不新鮮，但還是有人會上當。

【故弄玄虛】gù nòng xuán xū 為達到某種目的，刻意玩弄一些花招，使人莫測高深或不明究裏。郁達夫《超山的梅花》：“從此看來，《塘棲志略》裏所說的《大明寺井碑》，應是抄來的文章，而編者所謂不識何意者，還是他在故弄玄虛。”◇今天說去美國，明天說去上海，真不明白他是故弄玄虛，還是葫蘆裏裝着別的藥。同 賣弄玄虛。

【故步自封】gù bù zì fēng 故步：走原來的步子。自封：自我限制。比喻安於現狀、因循守舊，不圖進取。也作“固步自封”。梁啟超《愛國論》：“故步自封，少見多怪，曾不知天地間有所謂‘民權’二字。”郭沫若《屈原》第一幕：“你心胸開闊，氣度那麼從容！你不隨波逐流，也不故步自封。”馮玉祥《我的生活》二二章：“始知老段當政，只是陳陳相因，故步自封，絲毫沒有求改革、求進步的意思。”同 固步自封。

【故作高深】gù zuò gāo shēn 故意裝作腹中的學問高深不可測的樣子。形容裝腔作勢，故作姿態。◇講座的內容很一般，但夾雜了不少誰也不懂的新名詞嚇人，實在是故作高深而已。同 故弄玄虛。

【故作鎮靜】gù zuò zhèn jìng 在人前或突發事件前，有意識地做出鎮定自若、不驚不慌的樣子。◇眾人都急得團團轉，只有他踱着方步故作鎮靜。反 惶惶不安。

【故宮禾黍】gù gōng hé shǔ 昔日的宮室長滿了禾黍。禾：粟，穀子。黍：黍子，一種比粟稍大的糧食作物。《詩經•黍離序》：“周大夫行役至于宗周，過故宗廟宮室，盡為禾黍，閔周室之顛覆，彷徨不忍去，而作是詩也。”後用“故宮禾黍”比喻慨歎故國破敗，勝景不再的情懷。宋代陸游《年光》詩：“小市鶯花時痛飲，故宮禾黍亦閒愁。”清代張祖同《鶯啼序•金陵》詞：“歎繁華、從來似夢，金粉墜、銷沈歌舞。翠華空，恁弔興亡，故宮禾黍。”蔡東藩《民國通俗演義》五五回：“愛新覺羅之政權早失，自無故宮禾黍之悲。”同 黍離之悲。

【故態復萌】gù tài fù méng 又恢復了舊日的模樣。形容重犯老毛病。明代梅鼎祚《玉合記•嗣音》：“不欺師傅，韓郎遣信到此，不覺故態復萌，情緣難斷。”孫中山《致國民黨員書》："不圖陳炯明於破敵之後，故態復萌。"同 舊態復萌。

【故劍情深】gù jiàn qíng shēn 故劍：舊日的劍，比喻昔日的髮妻或情人。《漢書•孝宣許皇后傳》："公卿議更立皇后，皆心儀霍將軍女，亦未有言。上乃詔求微時故劍，大臣知指，白立許倢伃為皇后。"後用"故劍情深"比喻同以前的妻子或過去的情人感情深厚，不能忘懷。蔡東藩《民國通俗演義》一二八回："如今卻說李彥青探明曹三意旨，知他故劍情深，不忘喜奎。"◇初戀情人早已鳳去樓空，渺如黃鶴，然而故劍情深，每每念及，老淚縱橫。反 薄情寡義。

【故舊不棄】gù jiù bù qì《論語•微子》："故舊無大故，則不棄也，無求備於一人。"後用"故舊不棄"說不遺棄往昔的下屬或親友。唐代張說《謝問表》："臣聞漢主眷驂乘之臣，魏君憶同遊之客，誠以故舊不棄而光陰易往，今之聖情，實過於昔。"《山河風煙》十："何曾偉如今雖落魄為丐，但姚大天有大量，故舊不棄，聘他為大勝起義王朝副宰相，終使這個秀才有了施展才華抱負的機會。"反 棄若敝屣。

【教一識百】jiāo yī shí bǎi 漢代劉向《列女傳•母儀》："文王生而明聖，太任教之，以一而識百。"後用"教一識百"說教一個字，就能辨認一百個字，才智非凡。◇孩子一旦能夠做到舉一反三、教一識百，就說明他開始學會融會貫通了。同 舉一反三、聞一知十。

【教無常師】jiāo wú cháng shī 學知識不必有固定的老師，只要有本事的人，皆可為師。晉代潘岳《歸田賦》："教無常師，道在則是。"◇"三人行，必有我師"，就是說教無常師，能者即為師，處處都可以學習。

【教學相長】jiào xué xiāng zhǎng 教：傳授知識和技能。長：提高。教和學互相促進，共同提高。《禮記•學記》："雖有至道，弗學，不知其善也。是故學然後知不足，教然後知困。知不足，然後能自反也；知困，然後能自強也。故曰教學相長也。"蕭空了《香港淪陷日記》："梁先生初以對印度哲學並無研究堅持不就，蔡先生以教學相長，教亦是學相勉，才勉強答應。"

【救亡圖存】jiù wáng tú cún《鬼谷子•中經》："聖人所貴道微妙者，誠以其可以轉危為安，救亡使存也。"後用"救亡圖存"說拯救國家危亡，謀求民族生存。清代王無生《論小說與改良社會之關係》："夫欲救亡圖存，非僅恃一二才士所能為也，必使愛國思想，普及於最大多數之國民而後可。"李劼人《大波》三部五章："他們為了愛國主義，為了救亡圖存，不能不提倡革命，以應潮流。"◇救亡圖存，是抗戰那個時代，每個中國人的責任和義務。反 賣國求榮。

【救火投薪】jiù huǒ tóu xīn 薪：作燃料用的木柴。為了救火卻扔進木柴。比喻採取錯誤的辦法，非但解決不了問題，反而使問題更加嚴重。也作"救焚益薪"。焚：燒。益：增加。《鄧析子•無厚》："令煩則民詐，政擾則民不定，不治其本而務其末，譬如拯溺錘之以石，救火投之以薪。"清代劉坤一《覆李少荃制軍》："所派之營務處何道台，則人更陰狡，以之自輔，是猶救焚而益薪，將來非導春霆為不義，即背春霆而自為不義，而終為春霆之累。"◇派他們去解決糾紛，無異於救火投薪，只會引起更大的騷亂。同 火上澆油。反 釜底抽薪。

【救火揚沸】jiù huǒ yáng fèi 揚沸：揚灑滾開的水。比喻治標不治本，禍患難除。《史記•酷吏列傳序》："當是之時，吏治若救火揚沸，非武健嚴酷，惡能勝其任而愉快乎！"◇球隊應認真扎實地培養自己的人才，不能臨渴掘井，寄望於聘請外籍球員，聘請外籍教練，這好比救火揚沸，自己還是沒有實力。同 揚湯止沸。反 釜底抽薪。

【救民水火】jiù mín shuǐ huǒ《孟子•滕文公下》："救民於水火之中，取其殘而已矣。"後用"救民水火"指把人民從深重的災難中拯救出來。《警世通言》卷一二："蛇無頭而不行，就有個草頭天子出來，此人姓范名汝為，仗義執言，救民水火。”《花月痕》四七回：“稷如此來，是要救民水火，不想無民可救，只有賊可殺呢。” 同 解民倒懸。反 禍國殃民。

【救死扶傷】jiù sǐ fú shāng 挽救垂危者，照料受傷的。漢代司馬遷《報任安書》：“與單于連戰十餘日，所殺過半當，虜救死扶傷不給。”宋代蘇軾《宋襄公論》：“一戰之餘，救死扶傷不暇，此獨妄庸耳。”◇救死扶傷，是我們每個人都應該有的善心。

【救困扶危】jiù kùn fú wēi 漢代劉向《新序·善謀上》：“齊桓公方存亡繼絕，救危扶傾，尊周室，攘夷狄。”後用“救困扶危”表示救濟扶助處於困頓危難中的人。元代劉君錫《來生債》四折：“則為我救困扶危，疏財仗義，都做了注福消愆。”《三國演義》一回：“念劉備、關羽、張飛，雖然異姓，既結為兄弟，則同心協力，救困扶危，上報國家，下安黎庶。”◇你不能救困扶危也就算了，難道還要隨奸附惡，誣陷忠良不成？同 濟困扶危。反 乘人之危。

【救苦救難】jiù kǔ jiù nàn 解救民眾的痛苦和災難。元代王實甫《西廂記》三本四折：“雖不會法灸神針，更勝似救苦救難觀世音。”《初刻拍案驚奇》卷八：“焚香頂禮已過，就將分離之事通誠了一番，重複叩頭道：‘弟子虔誠拜禱，伏望菩薩大慈大悲救苦救難。’” 同 救人救徹。反 落井下石。

【救急扶傷】jiù jí fú shāng 救助處於危急中的人，扶助傷病人。魯迅《南腔北調集·經驗》：“救急扶傷，一不小心，向來就很容易被人所誣陷。”◇有的人道德真是淪喪殆盡，且不説救急扶傷，連見死都不救！同 救死扶傷、救困扶危。反 見死不救、袖手旁觀。

【救焚拯溺】jiù fén zhěng nì 焚：指火災。溺：淹在水中。救人於水火之中。形容緊急救助處於困境中的人，使其脱離危險。《周書·熊安生傳》：“齊氏賦役繁興，竭民財力。朕救焚拯溺，思革其弊。”《舊唐書·李靖傳》：“今新定荊郢，宜弘寬大，以慰遠近之心，降而籍之，恐非救焚拯溺之義。”宋代宗澤《遺表》：“命將出師，大震雷霆之怒；救焚拯溺，出民水火之中。”郭孝成《雲南光復記》：“將佐諸人，皆極一時之選，抵川之後，必能救焚拯溺，捍患衞民。” 同 救民水火。反 雪上加霜。

【救焚益薪】jiù fén yì xīn 見“救火投薪”。

【敗柳殘花】bài liǔ cán huā 凋落的楊柳，殘謝的花朵。多比喻妓女、被蹂躪摧殘過的女子，或比喻生活放蕩。元代王實甫《西廂記》三本三折：“他是個女孩兒家，你索將性兒溫存，話兒摩弄，意兒謙洽，休猜做敗柳殘花。”《群音類選·清腔類·李子花》：“可惜了月貌花容，顛倒做敗柳殘花。” 同 殘花敗柳。反 金枝玉葉。

【敗軍之將】bài jūn zhī jiàng ❶ 打了敗仗的將領。《史記·淮陰侯列傳》：“臣聞敗軍之將，不可以言勇；亡國之大夫，不可以圖存。”漢代趙曄《吳越春秋·勾踐入臣外傳》：“臣聞亡國之臣不敢語政，敗軍之將，不敢語勇。”《三國演義》六三回：“敗軍之將，荷蒙厚恩，無可以報，願施犬馬之勞。” ❷ 泛指失敗者。◇他是行業裏的敗軍之將，他那間公司，我看沒法子東山再起嘍。反 常勝將軍。

【敗國亡家】bài guó wáng jiā 見“敗國喪家”。

【敗國喪家】bài guó sàng jiā 使得國家淪亡，家庭破散。也作“敗國亡家”。《晉書·劉聰妻劉氏傳》：“自古敗國喪家，未始不由婦人者也。”明代羅貫中《風雲會》一折：“這個待把雲拿，那個早被天罰，氣昂昂創業開基，眼睜睜敗國亡家。”陳衍《元詩紀事·黃萊葉謠》：“蓋三人皆元戚機臣，其殘膏積侈，敗國喪家，帝特惡焉。”◇清廉是安身立命之本，貪腐乃敗國喪家之兆。同 國破家亡。反 國泰民安。

【敗興而返】bài xìng ér fǎn《晉書·王徽之傳》：“嘗居山陰，夜雪初霽……忽憶戴逵，逵時在剡，便夜乘小船詣之，經宿方至，造門不前而反。人問其故，徽之曰：'本乘興而來，興盡而反，何必見安道邪？'"後用"敗興而返"、"敗興而歸"表示掃興歸來。《警世通言•金明池吳清逢愛愛》："方才舉得一杯，忽聽得驢兒蹄響，車兒輪響，卻是女兒的父母上墳回來。三人敗興而返。"《東周列國誌》一回："各軍士未及領賞，草草而散。正是：乘興而來，敗興而返。"蔡東藩《民國通俗演義》九一回："張懷芝偕馮同至濟南，中途告別，馮總統乘興而來，敗興而歸，自回北京去了。"◇樓盤與開發商宣傳的大相徑庭，購房者們乘興而來，敗興而返。反 乘興而來。

【敗興而歸】bài xìng ér guī 見"敗興而返"。

【敢作敢為】gǎn zuò gǎn wéi 做事有膽識，有魄力，毫不畏縮。《隋唐演義》六二回："眾人見了，各各稱奇道：'不意他小小年紀，這般膽智，敢作敢為。'"《好逑傳》一回："因鐵公子為人落落寡合，見事又敢作敢為，恐怕招愆，所以留在家下。"朱自清《論氣節》："氣是敢作敢為，節是有所不為。"同 敢作敢當。反 膽小怕事。

【散兵游勇】sǎn bīng yóu yǒng 勇：清代地方臨時招募的兵卒，上衣有一"勇"字。❶ 指潰散的或失去統率的士兵。臧克家《恐怖之夜》："前邊全是散兵游勇，你們的東西多惹眼呵，你們就住在這裏好了，有的是空房子。"❷ 比喻沒有組織領導、獨自行動的人。◇從報紙開辦的那一天起，所有的工作人員都是雜牌軍，或者叫散兵游勇。

【敬上愛下】jìng shàng ài xià 尊敬比自己年長輩高的人或上司，愛護比自己年少輩低的人或下屬。《漢書•王莽傳下》："孝弟忠恕，敬上愛下，博通舊聞，德行醇備，至於黃髮，靡有愆失。"《明史•貴州土司•思南》："九年，仁智入覲，加賜織金文綺，並諭以敬上愛下、保守爵祿之道。"清代周召《雙橋隨筆》卷八："敬上愛下謂之諸候。"同 敬老愛幼、敬老慈幼。

【敬老尊賢】jìng lǎo zūn xián 尊敬老年人和具有才德的人。漢代劉向《說苑•修文》："入其境，土地辟除，敬老尊賢，則有慶，益其地。"宋代楊萬里《宋故少師大觀左丞相魯國王公神道碑》："敬老尊賢，薄刑責己，於是恩達於幽人山農、海隅蒼生矣。"《東周列國誌》四九回："同時公子鮑還敬老尊賢，凡國內七十歲以上的老人，每月都給送去糧食布匹再加上美食佳餚，派人去慰問是不是安康等等。"

【敬老慈幼】jìng lǎo cí yòu 尊敬老人，愛護幼小。《孟子•告子下》："敬老慈幼，無忘賓旅。"明代楊士奇《示梁壻叔濟書》："賢夫婦居家和輯兄弟娣姒，教子讀書，敬老慈幼，好待臧獲。"《隋唐演義》五五回："臣聞先王之政，敬老慈幼，罪人不孥，鰥寡孤獨，時時矜恤。"同 敬老愛幼、敬上愛下。

【敬老憐貧】jìng lǎo lián pín 尊敬老人，憐憫和幫助貧困的人。宋代吳自牧《夢粱錄•恤貧濟老》："數中有好善積德者，多是恤孤念苦，敬老憐貧。"元代劉君錫《來生債》二折："據居士恤孤念寡，敬老憐貧，世之少有也。"《拍案驚奇》卷三五："小人但有些小富貴，也會齋僧佈施，蓋寺建塔，修橋補路，惜孤念寡，敬老憐貧。"同 敬老恤貧。

【敬而遠之】jìng ér yuǎn zhī《論語•雍也》："敬鬼神而遠之。"後多表示雖然尊敬對方，但因不能或不願與之貼近而與之保持距離。唐代魏徵《十漸不克終疏》："重君子也，敬而遠之；輕小人也，狎而近之。"《老殘遊記》一一回："若遇此等人，敬而遠之，以免殺身之禍。"老舍《四世同堂》三四："比他窮的人，知道他既是錢狠子，手腳又厲害，都只向他點頭哈腰的敬而遠之。"

【敬事不暇】jìng shì bù xiá 敬：恭敬；謹慎。事：侍奉。暇：空閒。形容小心謹慎地為人辦事，忙得沒有半點空閒。《資治通鑒》卷二七七："至是，重誨用事，自皇子從榮、從厚皆敬事不暇。"

【敬若神明】jìng ruò shén míng ❶ 像對神靈一樣加以敬奉。形容對某人某物非常崇拜。語出《左傳•襄公十四年》："民奉其君，愛之如父母，仰之如日月，敬之如神明，畏之如雷霆。"《唐大詔令集·冊王景崇常山郡王文》："貔貅之眾，敬若神明。" 清代李漁《聞過樓》："所以殷太史敬若神明，愛同骨肉，一飲一食也不肯拋撇他。" ❷ 今多形容盲目信奉、崇拜。多含貶義。◇對那些過時的、不合時宜的東西都要敬若神明，那就不可能有革新和進步了。同 奉若神明。

【敬恭桑梓】jìng gōng sāng zǐ 見"恭敬桑梓"。

【敬授民時】jìng shòu mín shí 古代社會以農業為經濟支柱，掌握時令節氣很重要，所以每年皇帝要鄭重地將曆書向人民頒佈，讓人民知道時令節候，不違農事。敬：鄭重。民：百姓。時：時令節候。《尚書·堯典》："乃命羲和，欽若昊天，曆象日月星辰，敬授民時。" 南朝梁元帝《蠲免力田詔》："食乃民天，農為治本。垂之千載，貽諸百王，莫不敬授民時，躬耕帝籍。"《唐會要·行幸》："文王敬授民時，所重惟穀。"

【敬陪末座】jìng péi mò zuò 見"叨陪末座"。

【敬終慎始】jìng zhōng shèn shǐ 說對事情的開始和終結都要採取謹慎、慎重的態度。明代梅鼎祚《釋文紀·康法朗讚》："朗公冏冏，能韜其光。敬終慎始，研核微章。" 同 慎始敬終。

【敬業樂群】jìng yè lè qún 專心致志從事自己的學業，樂於與同學互相切磋，提高學業和道德。《禮記·學記》："比年入學，中年考校，一年視離經辨志，三年視敬業樂群。"《晉書·虞溥傳》："日聞所不聞，日見所不見，然後心開意朗，敬業樂群，忽然不覺大化之陶已至道之入神也。" 清代《欽定國子監志》卷二九："各期以敦倫善行，敬業樂群，以修舉古樂正、成均之師道。"

【敬賢禮士】jìng xián lǐ shì 敬重、禮待品德高尚、有學問的人。《資治通鑒》卷六五："孫討虜聰明仁惠，敬賢禮士，江表英豪咸歸附之。" 元代郝經《續後漢書·魏臣傳·梁習》："思雖煩苛，而曉練文書，敬賢禮士。"《三國演義》三回："董卓為人敬賢禮士，賞罰分明，終成大業。" 同 禮賢下士。

【敬謝不敏】jìng xiè bù mǐn ❶ 謝：道歉。敏：聰明，聰慧。因自己的愚蠢而得罪對方，恭恭敬敬地表示道歉。《左傳·襄公二十六年》："寡君來煩勢事，懼不免於戾。使夏謝不敏。" 宋代李新《命馮氏二子名說》："馮子頓首，敬謝不敏。君子贈言，飫於八珍。" 明代孫繼臯《賀邑侯趙公考績蒙恩敍》："余敬謝不敏，遂次第書之為序。" ❷ 謝：推辭，拒絕。敏：聰明能幹。因為自己愚蠢無能，所以恭敬地推辭、拒絕。用於拒絕別人的請託、要求時的委婉說法。元代李謹思《餘干州學記》："余於是學也，童子習之，今去二紀而遠，舊殖荒落，無以應來者，敬謝不敏。" 清代張玉書《北海集序》："其子中舍賽君出公所著《北海詩集》若干卷示予，且屬予為序。予縮恧愧汗，敬謝不敏。" 魯迅《做古文和做好人的秘訣》："於滿肚子氣悶的滑稽之餘，仍只好誠惶誠恐，特別脫帽鞠躬，敬謝不敏之至了。"

【敝帚千金】bì zhǒu qiān jīn 把自家的破掃帚看作千金那樣貴重。比喻自己的東西即使不好，也覺得非常珍貴。《東觀漢記·光武帝紀》："帝聞之，下詔讓吳漢副將劉禹曰：'城降，嬰兒老母，口以萬數，一旦放兵縱火，聞之可謂酸鼻。家有敝帚，享之千金。禹宗室子孫，故嘗更職，何忍行此！'" 老舍《論才子》："又加上我們的文化落後，會寫點東西的人實在不多，更容易敝帚千金，發表了一兩篇作品便目空一切。" 同 敝帚自珍。反 棄若敝屣。

【敝帚自珍】bì zhǒu zì zhēn 自己的破掃帚，當寶貝一樣愛惜。比喻自己的東西雖差，卻是自己所珍愛的。宋代陸游《初夏幽居》："寒龜不食猶能壽，敝帚何施亦自珍。" 朱自清《房東太太》："太太常勸先生刪詩行，譬如說，四行中可以刪去三行罷；但是他不肯割愛，於是乎只好敝帚自珍了。" 同 敝帚千金。

【敲骨吸髓】qiāo gǔ xī suǐ 敲打骨頭，吮吸骨髓。《景德傳燈錄·菩提達磨》："昔人求道，敲骨吸髓，刺血濟飢。”《八十一夢》七十二夢：“那妖精沒有把我小神拿去敲骨吸髓，已是天大人情。”後比喻殘酷盤剝。清代馮桂芬《請減蘇松太浮糧疏》：“向來暴斂橫徵之吏，所謂敲骨吸髓者，至此而亦無骨可敲無髓可吸矣。”同 刮骨吸髓、剝骨吸髓。

【敷衍了事】fū yǎn liǎo shì 應付搪塞，草草了結，做事不負責任。《官場現形記》一四回：“不但上憲跟前兄弟無以交代，就連着老哥們也不好看，好像我們敷衍了事，不肯出力似的。”◇從來都是敷衍了事，交給她的事沒一件能做好的。同 草草了事、敷衍塞責。反 一絲不苟。

【敷衍搪塞】fū yǎn táng sè 敷衍：馬虎應付。搪塞：找理由或藉口應付。形容做事不認真。《文明小史》一一回：“再不然，舊尺牘上現成句子，抄上數十聯，也可以敷衍搪塞。”蔡東藩《民國通俗演義》七一回：“都是一般負恩忘義的人物，還要把這等電文敷衍搪塞，真是令人氣極了。”同 敷衍塞責、敷衍了事。

【敷衍塞責】fū yǎn sè zé 應付着做一做，交差了事。清代譚嗣同《報貝元徵》：“而肄業不過百數十人，又不過每月應課，支領獎餼，以圖敷衍塞責。”茅盾《霜葉紅似二月花》一二：“廚子忙不過來，向蘇世榮要人，蘇世榮滿頭大汗，硬拉了幾家佃戶的老婆來敷衍塞責。”同 敷衍搪塞。

【數一數二】shǔ yī shǔ èr ❶不是第一，也是第二。形容出眾，名列前茅。元代戴善夫《風光好》三折：“此乃金陵數一數二的歌者，與學士遞一杯。”《儒林外史》二九回：“這人是有子建之才，潘安之貌，江南數一數二的才子。”❷一個接着一個，一一例舉。《警世通言》卷三四：“路人爭問其故，孫老二數一數二的逢人告訴。”◇把事情原原本本、數一數二說得清清楚楚。同 名列前茅。

【數不勝數】shǔ bù shèng(shēng) shǔ 數：點數目。數都數不過來。形容數量極多。清代宮夢仁《讀書紀數略•凡例》：“然凡例稱數之可紀，既數不勝數。而汗牛充棟之書，更讀難盡。”蔡東藩《前漢演義》五回：“若夫阿房之築，勞役萬民，圖獨樂而忘共樂，徒令怨女曠夫，充塞內外，千夫所指，無疾而死，況怨曠者之數不勝數乎！”◇上海老城隍廟出售的小商品，應有盡有，數不勝數。同 擢髮難數、恆河沙數。反 寥寥無幾、寥若晨星。

【數以萬計】shù yǐ wàn jì 須以萬為單位計量。形容數量很多。宋代徐夢莘《三朝北盟會編•炎興下》：“聞卿獨抗大敵，殺其眾數以萬計，攘逐過淮，全師而還，甚慰朕望。”明代王叔英《資治策疏》：“今內外大小之官數以萬計，以此推之，今之官有冗員而多素餐者亦可知矣！”◇一間中學的圖書文獻竟數以萬計，實在了不起！同 成千上萬、成千累萬。

【數白論黃】shǔ bái lùn huáng 見“數黃道白”。

【數見不鮮】shuò jiàn bù xiān 數：屢次。鮮：新殺的鳥獸的肉。《史記•酈生陸賈列傳》：“一歲中往來過他客，率不過再三過，數見不鮮，無久慁公為也。”慁hùn，打擾。說經常相見，不必用美食來招待。後用“數見不鮮”表示多次見到，並不覺得新鮮。明代朱明鎬《史糾•諸裔傳》：“剿語隱侯之冊，雷同驕子之文，是謂數見不鮮，抑與耳食何異？”清代施閏章《寄王丹麓》：“閨情綺語，數見不鮮，且傷盛德，尤宜割愛。”鄭振鐸《插圖本中國文學史•文字的起源》：“不少的南部的人，到北方來，有的時候，竟也聽不懂話，辦不了事。這是數見不鮮的事。”同 屢見不鮮、司空見慣。反 百年不遇、獨一無二。

【數奇命蹇】shù jī mìng jiǎn 數：天數，天的安排。奇：不吉利。蹇：不順。說命運差，諸事都悖逆不順。唐代楊炯《原州百泉縣令李君神道碑》：“數奇命蹇，遂無望於高門；日往月來，竟消聲於下邑。”◇她很體貼貧窮潦倒的父母雙親，不像有的窮人家孩子，責怪父母沒本事，怨望自己數奇命蹇。同 命蹇數奇、時運不濟。反 時運亨通、吉星高照。

【數典忘祖】shǔ diǎn wàng zǔ《左傳•昭公十五年》載，在晉國執掌典籍的籍談對周天子說，晉國未受周天子的恩賜，所以不向周王室進貢。周王列舉了晉國從唐叔受封起，就屢次受王室賞賜的歷史事實後，譏諷他"數典而忘其祖"，說他空講禮制掌故卻不知祖宗的歷史。後以"數典忘祖"比喻忘掉自己的本源或根本。清代陳廷焯《白雨齋詞話》卷三："況周秦兩家，實為南宋導其先路，數典忘祖，其謂之何？"◇不是張家出錢搭救她，早沒命了，今天居然反起張家來了，簡直是數典忘祖！

【數往知來】shǔ wǎng zhī lái《易經•說卦》："數往者順，知來者逆。"數：算。數往知來，本是"算往事，卜未來"的意思。後多指根據過去的事，就可以推知未來。晉代夏侯湛《張平子碑》："致巧渾儀，有極深探賾之思，數往知來之驗。"明代陸容《菽園雜記》卷一："洪武中，朝廷訪求通曉曆數、數往知來、試無不驗者，必封侯，食祿千五百石。"清代黃宗羲《明儒學案•宗伯吳霞舟先生鍾巒》："故夫子許以言《詩》，告往知來，正與《大易》數往知來，不隔一線。"同 鑒往知來。

【數黃道白】shǔ huáng dào bái 花言巧語，能說會道，信口雌黃。《拍案驚奇》卷三四："元來那王尼有一身奢嘛的本事：第一件，一張花嘴，數黃道白，指東話西，專一在官宦人家打踅，那女眷們沒一個不被他哄得投機的。"也作"數白論黃"。明代湯顯祖《邯鄲記》六齣："有家兄打圓就方，非奴家數白論黃。少他呵，紫閣金門路渺茫，上天梯有了他氣長。"

【數黃道黑】shǔ huáng dào hēi 見"數黑論黃"。

【數黃論黑】shǔ huáng lùn hēi 見"論黃數黑"。

【數黑論黃】shǔ hēi lùn huáng 黑、黃：古代博戲，有黑黃色棋子各十五枚，在棋局上博弈勝負。後用"數黑論黃"、"數黃道黑"表示：❶爭執、爭奪、較量或爭論辯駁。元代王實甫《西廂記》五本四折："那吃敲才怕不只口裏嚼蛆，那廝待數黑論黃，惡紫奪朱。"元代楊梓《霍光鬼諫》一折："倒把我迎頭阻，劈面搶，到咱行數黑論黃，賣弄他血氣方剛，武藝高強。"❷能言善辯，或說三道四、評頭品足。《醒世恆言•賣油郎獨佔花魁》："數黑論黃雌陸賈，說長話短女隨何。"明代楊珽《龍膏記•羅織》："哎，翻雲覆雨，數黑論黃都是這張嘴。"《醒世姻緣傳》六十回："各人忙亂正經的事，憑那龍氏數黃道黑的嚎喪。"同 數黃論黑、論黃數黑。

【數短論長】shǔ duǎn lùn cháng 說三道四，議論別人的是非好壞。明代無名氏《九宮八卦陣》三折："我當時梁山要強，受不得閒言剩語、數短論長。"明代無名氏《桃符記》二折："你着我數短論長，不定教怎肯耽饒。"同 說長道短、說黃道黑。

【敵愾同仇】dí kài tóng chóu 齊心協力，對抗共同的仇敵。明代倪元璐《答吳鹿友牲書》："俾閭閻有敵愾同仇之心。"清代魏裔介《武闈策士第二問》："士卒之奮於伍者，有敵愾同仇之氣。"郭沫若《南京印象》一四："十年抗戰，共賦《無衣》，敵愾同仇，卒致勝利。"同 同仇敵愾、同心敵愾。反 同室操戈、自相殘殺。

【整軍經武】zhěng jūn jīng wǔ 整頓軍隊，經營武備。多指備戰。《左傳•宣公十二年》："子姑整軍而經武乎？猶有弱而昧者，何必楚？"《晉書•文帝紀》："以庸蜀未賓，蠻荊作猾，潛謀獨斷，整軍經武，簡練將帥，授以成策，始踐賊境，應時摧陷。"明代吳寬《跋宋孝宗賜虞雍公手詔》："時方以金兵為事，諭以決策親征，使治兵竢報詔，所謂整軍經武，彌難消萌，此意猶在也。"◇在那個時期，陸軍整理處是整軍經武的最高執行機構。

【整裝待發】zhěng zhuāng dài fā 整理行裝，等待出發。泛指已做好準備，只待行動。清代《平定準噶爾方略》卷五九："據將軍綽爾多已將前派索倫兵一千名整裝待發。"《北洋軍閥統治時期史話》二三章："浙江公民代表請願團還未啟程北上，上海方面北軍第四師整裝待發的消息就已傳到浙江來。"

文部

【文人相輕】wén rén xiāng qīng 指文人之間互相看不起。三國魏曹丕《典論·論文》："文人相輕，自古而然。"宋代楊萬里《答陸務觀郎中書》："古者文人相輕，今不相輕而妒焉。"《花月痕》三回："自古文人相輕，實亦相愛。"◇文人相輕、黨同伐異，在學術界是普遍存在的。

【文山會海】wén shān huì hǎi 文件堆積成山，會議泛濫似海。形容文件和會議泛濫成災，簡直脱不出身來。◇文山會海把他拖住了，誤了許多大事。

【文不加點】wén bù jiā diǎn 形容才思敏捷，揮筆立就。加點：表示刪改。漢代禰衡《鸚鵡賦》："衡因為賦，筆不停綴，文不加點。"宋代陳善《捫虱新話·文貴精工》："楊大年每遇作文……以小方紙細書，揮翰如飛，文不加點。"◇雜志社要一篇文章，他略加思索，文不加點，不到一頓飯工夫便交了出來。同 一揮而就、才思敏捷。

【文不對題】wén bù duì tí 文章的內容與題目不合；所說的內容與話題不合。冰心《我的學生》："她睡夢中常說英語——有時文不對題的使人發笑。"吳組緗《一千八百擔》："紹軒區長覺得他的話文不對題，瞥了老頭子一眼，接着說。"◇作了一篇文不對題的文章，得了零分。

【文不盡意】wén bù jìn yì 文章未能完全表達出心意。《雲笈七籤》卷四三："圓光如日，有炎如煙，周繞我體，如同金鋼，文不盡意，猶待訣言。"宋代姚寬《西溪叢語》卷下："長興二年，改令書試。貞（竇貞）固以短景難成，文不盡意，失取士之道。"◇看了您的來信，倍感欣慰，草草覆上，文不盡意。同 言不盡意。

【文以載道】wén yǐ zài dào 文章是為了闡明道理表達思想的。宋代周敦頤《通書二·文辭》："文所以載道也，輪轅飾而人弗庸，徒飾也，況虛車乎？"清代黃宗羲《李杲堂墓誌銘》："文之美惡，視道合離。文以載道，猶為二之。"◇有道是：文以載道，寓教於樂。一部電影如果沒有豐富的內涵，就好比一個人沒了靈魂。

【文如其人】wén rú qí rén 指文章的風格與作者的性格一致。宋代林景熙《顧近仁詩集序》："蓋詩如其文，文如其人也。"冰心《悼郭老》："郭老是字如其人，文如其人。"李廣田《朱自清先生傳略》："他文如其人，風華從樸素出來，幽默從忠厚出來，腴厚從平淡出來。"

【文君新寡】wén jūn xīn guǎ 寡：死去丈夫。《史記·司馬相如列傳》："卓王孫有女文君，新寡，好音，故相如繆與令相重，而以琴心挑之。"後用"文君新寡"借指青年婦女新近死去丈夫。清代淮陰百一居士《壺天錄》卷下："此余妹也，文君新寡，無依，如不棄，使奉箕帚。"

【文武兼備】wén wǔ jiān bèi 文才和武藝都具備。《新唐書·裴行儉傳》："兵不血刃而叛黨擒夷，可謂文武兼備矣。"《英烈傳》九回："有個朱明公，才德英明，文武兼備。"梁羽生《彈指驚雷》三回："石清泉文武兼備，而且相貌英俊，算得是天山派第三代弟子中出類拔萃的人物。"

【文武雙全】wén wǔ shuāng quán ❶文才和武藝都具備。元代馬致遠《黃粱夢》一折："自幼學得文武雙全。"《三國演義》九三回："（姜維）事母至孝，文武雙全，智勇足備，真當世之英傑也。"❷指除文才外還兼具其他方面的才能。《老殘遊記續集遺稿》二回："世間那裏有這樣好的一個文武雙全的女人？若把他弄來做個幫手，白日料理家務，晚上燈下談禪。"同 文武全才、能文能武。反 一無所能。

【文采風流】wén cǎi fēng liú 原指才華的流風餘韻。唐代杜甫《丹青引贈曹將軍霸》詩："英雄割據雖已矣，文采風流今尚存。"後用以形容才華橫溢。清代法坤宏《書事》："鄭令文采風流，施於有政，有所不足。"鄧溥《寒瓊囑題郭頻伽手寫徐江庵遺詩》詩："文采風流鬼呵護，死生契闊古交情。"◇這幅山水畫，讓人看到古代騷人墨客的文采風流。

【文治武功】wén zhì wǔ gōng 文：指禮樂教化。《禮記·祭法》："湯以寬治民而除甚虐，文王以文治，武王以武功，去民之裁，此皆有功烈於民者也。”後用“文治武功”指文化教育和軍事方面的業績。明代鄭真《留守指揮使司正旦表箋三道上位表》：“欽惟皇帝陛下恭承天命，肇建宏基，文治武功，太平樂育。”◇影片講述了漢武帝一生的文治武功。

【文房四寶】wén fáng sì bǎo 古人在書房裏必備的筆墨紙硯四種文具。宋代梅堯臣《九月六日登舟再和潘歙州紙硯》：“文房四寶出二郡，邇來賞愛君與予。”《三國演義》一〇四回：“孔明令取文房四寶，於臥榻上手書遺表，以達後主。”周立波《掃盲志異》：“文房四寶給捧出來了。”同 文房四士、文房四物。

【文風不動】wén fēng bù dòng 一點兒也不動。形容保持原樣。《紅樓夢》二九回：“偏生那玉堅硬非常，摔了一下，竟文風不動。”◇獨自靜躺在水面上，身子自由舒展，卻又文風不動／她用腳拚命踢他，他卻文風不動。同 巋然不動、穩如泰山。

【文恬武嬉】wén tián wǔ xī 恬：安閒。嬉：玩樂。文官安閒自得，武官嬉戲玩樂。形容文武官員只知貪圖安逸享受，不關心國事。唐代韓愈《平淮西碑》：“相臣將臣，文恬武嬉，習熟見聞，以為當然。”清代洪楝園《後南柯•招駙》：“奴家觀槐安國吏治不修，武備不講，文恬武嬉，自謂太平可久，難道通國之人，沒一個有見識的？”二月河《雍正皇帝》四三回：“不過據臣弟想，吏治昏亂，眼下還只是文恬武嬉罷了。”

【文修武備】wén xiū wǔ bèi 文：指教化。修：實行。備：完備。指文治和軍備都已達到了要求。明代無名氏《十樣錦》頭折：“見如今大開學校，文修武備顯英豪。”明代丘汝成《端正好•上太師》曲：“文修武備，日轉遷階，穩拍拍的撫邊庭把煙塵盡掃。”清代竹溪山人《粉妝樓》八十回：“君明臣良，文修武備；國家有道，百姓安康。”

【文責自負】wén zé zì fù 作者對自己發表的文章所引起的一切問題，承擔全部責任。老舍《理想的文學月刊》：“無論何項稿件都是文責自負，每篇之後注有作者簡單的履歷，及詳細的住址。”◇作者以文責自負為由拒絕編輯部修改他的文章。

【文從字順】wén cóng zì shùn 行文順暢，用詞妥帖。唐代韓愈《南陽樊紹述墓誌銘》：“文從字順各識職，有欲求之此其躅。”《老殘遊記》一五回：“第二個兒子今年二十四歲，在家讀書，人也長得清清秀秀的，筆下也還文從字順。”◇唐詩宋詞其實大都文從字順，讀來並不艱深。反 佶屈聱牙。

【文章魁首】wén zhāng kuí shǒu 魁首：為首的、位居第一的。形容文章寫得最好，文才極高。元代王實甫《西廂記》四本二折：“秀才是文章魁首，姐姐是仕女班頭。”明代胡文煥《群音類選•清腔類•大勝樂》：“只為你文章魁首青雲客，休看做桃李春風牆外枝。”《孽海花》五回：“誰料到不修邊幅的曹公坊，倒遇到這段奇緣；我枉道是文章魁首，這世裏可有這般可意人來做我的伴侶！”

【文深網密】wén shēn wǎng mì 文：指獄詞。網：指法網。形容用法嚴苛。唐代陳子昂《諫用刑書》：“刀筆之吏，寡識大方，斷獄能者，名在急刻，文深網密，則共稱至公。”清代戴名世《李太常案牘序》：“文深網密，使人無所措手足。”◇文字獄文深網密，很多無辜者牽連其中。同 網密文深。

【文過飾非】wén guò shì fēi 掩飾過錯缺失。文：掩飾。唐代劉知幾《史通•惑經》：“豈與夫庸儒末學，文過飾非，使夫問者緘辭杜口，懷疑不展，若是而已哉！”鄒韜奮《硬吞香蕉皮》：“其實錯了就老實自己承認，倒是精神安泰的事情，文過飾非是最苦的勾當。”◇文過飾非的人很難進步，其實是害了自己。同 塗脂抹粉、拒諫飾非。反 改惡向善、改惡遷善。

【文質彬彬】wén zhì bīn bīn ❶既有文采，又很質樸，二者兼具，諧和一致。《論語•雍也》：“質勝文則野，文勝質則史，文質彬彬，然後君子。”唐代王勃《三國論》：“臨朝恭儉，博覽墳籍，文質彬彬，庶幾君子者矣。”清代黃子雲《野鴻詩稿》：

"高、岑、王三家，均能刻意煉句，又不傷大雅，可謂文質彬彬。"高：高適；岑：岑參；王：王維，都是唐代大詩人。❷形容人舉止斯文有禮貌。元代費唐臣《貶黃州》三折："見如今御史台威風凜凜，怎敢向翰林院文質彬彬。"《鏡花緣》一五回："唐敖看那尹玉生得文質彬彬，極其清秀。"◇他是一位文質彬彬，人見人愛的青年。同 文質斌斌。反 方頭不劣、窮兇極惡。

【文韜武略】wén tāo wǔ lüè 韜、略：《六韜》、《三略》，都是古代兵書。後用"文韜武略"指用兵的謀略。元代李文蔚《蔣神靈應》楔子："威鎮家邦四海清，文韜武略顯英雄。"《水滸傳》四七回："你便有文韜武略，怎逃出地網天羅？"◇別看他其貌不揚，卻是個胸懷文韜武略的將軍。反 有勇無謀、紙上談兵。

【斐然成章】fěi rán chéng zhāng 斐然：有文采的樣子。章：花紋。❶形容文采煥然，所論說的義理、內容大可稱道。《論語•公冶長》："子在陳，曰：'歸與！歸與！吾黨之小子狂簡，斐然成章，不知所以裁之。'"唐代白居易《議文章碑碣詞賦策》："大成不能無小弊，大美不能無小疵。是以凡今秉筆之徒，率爾而言者有矣，斐然成章者有矣。"❷形容才能卓著或成績顯著，贏得美名。漢代蔡邕《京兆樊惠渠頌》："勤恤民隱，悉心政事……曩之鹵田，化為甘壤，粳黍稼穡之所入，不可勝算。農民熙怡，悅豫且康，相與謳談疆畔，斐然成章。"梁啟超《日俄戰役關於國際法上中國之地位及各種問題》："近數年來，留學歐美、日本者漸多，斐然成章，指日可待。"

斗部

【斗升之水】dǒu shēng zhī shuǐ《莊子•外物》："周昨來，有中道而呼者。周顧視車轍中，有鮒魚焉，周問之曰：'鮒魚來，子何為者耶？'對曰：'我東海之波臣也，君豈有斗升之水而活我哉？'"斗、升：量器。後以"斗升之水"比喻微薄的資助。宋代劉弇《謝改京官啟》："涸鱗丐斗升之水，飛鳥慳腹背之毛。"明代張寧《鯤魚文送闕秀才還豫章》："必不至於逆流而上為魦䱗所食也，必不至於仰首長鳴而求他人轉之清波也，必不至如鮒轍求活而乞命於斗升之水也。"

【斗升之祿】dǒu shēng zhī lù 指微薄的俸祿。宋代蘇軾《上樞密韓太尉書》："嚮之來，非有取於斗升之祿，偶然得之，非其所樂。"宋代范浚《賞功》："猶常間一召見，時加諮詢，捐斗升之祿，輕束帛之賜，以來庶言，以通治道。"◇蘇軾當時不過是普通的一介應考書生，為求斗升之祿，到處奔走，投書於王公大臣之門。同 斗斛之祿。

【斗方名士】dǒu fāng míng shì 斗方：書畫所用的一尺見方的紙。本指愛在斗方上寫詩作畫小有名氣的人。常用來諷刺以風雅自居的無聊文人。《二十年目睹之怪現狀》一九回："那一班斗方名士，結識了兩個報館主筆，天天弄些詩去登報，要借此博個詩翁的名色。"《孽海花》二九回："再進一步，是王紫詮派向太平天國獻計的斗方名士，或是蔡爾康派替廣學會宣傳的救國學說。"錢玄同《寄陳獨秀》："弟以蘇軾此種詞句，在不知文學之'斗方名士'讀之，必贊為'詞令妙品'，其實索然無味。"同 酸文假醋。

【斗米尺布】dǒu mǐ chǐ bù 一斗米，一尺布。指少量的糧食和布帛。明代袁宏道《碧暉上人修淨室引》："淨寺有聖僧二，其一余不知名，亦不識面貌，每日以沉湎為工課，凡所得斗米尺布盡以沽酒。"◇當地經濟還很原始，沒有錢幣，貨易貨盛行，百姓以魚蚌換取商人的斗米尺布。

【斗酒百篇】dǒu jiǔ bǎi piān 唐代杜甫《飲中八仙歌》："李白一斗詩百篇，長安市上酒家眠。"後以"斗酒百篇"形容人能詩善飲，才思敏捷。清代紀昀《閱微草堂筆記•槐西雜志一》："房師孫瑞人先生，文章淹雅而性嗜酒，醉後所作與醒時無異，館閣諸公以為斗酒百篇之亞也。"

清代俞樾《茶香室叢鈔·張百杯張百篇》："按李太白斗酒百篇，人人知之，不知又有張伯玉也。"《鏡花緣》八四回："我今日要學李太白斗酒百篇了。"

【斗酒隻雞】dǒu jiǔ zhī jī ❶ 一斗酒一隻雞，泛指簡便的酒飯。《北齊書·陽州公永樂傳》："後罷豫州，家產不立，神武問其故，對曰：'裴監為長史，辛公正為別駕，受王委寄，斗酒隻雞不入。'"宋代姜特立《出閩中》詩："山行十日到吾家，臘盡歸人惜歲華。斗酒隻雞誰勞我，更須踏雪看梅花。"❷ 以酒和雞祭奠，表示對亡友的悼念之情。三國魏曹操《祀故太尉橋玄文》："殂逝之後，路有經由，不以斗酒隻雞過相沃酹，車過三步，腹痛勿怪。"金代元好問《哭曹徵君子玉》詩："繞墳三匝去無因，千里冰霜半病身。斗酒隻雞孤舊約，素車白馬屬何人。"清代秋瑾《挽故人陳闋生》："素車白馬難為繼，斗酒隻雞徒自嗟。"同 隻雞斗酒。

【斗量車載】dǒu liáng chē zài 用斗量，用車載。形容數量多。宋代辛棄疾《玉樓春》詞："向來珠履玉簪人，頗覺斗量車載滿。"《續資治通鑒長編·哲宗元祐元年三月乙酉》："今乃立法，無有定員，將一年之後，待制滿朝，必有斗量車載之謠。"◇像他這樣的"學者"，在我們那裏斗量車載，大有人在。同 車載斗量。

【斗筲小人】dǒu shāo xiǎo rén 見"斗筲之人"。

【斗筲之人】dǒu shāo zhī rén 斗：量器，容積十升。筲：竹器，容積一斗二升。斗筲皆為容量小的容器，故以"斗筲之人"喻指胸襟狹窄、目光短淺、才疏學陋的人。也用為自謙之辭。《論語·子路》："子曰：'噫！斗筲之人，何足算也。'"《後漢書·何敞傳》："臣雖斗筲之人，誠竊懷怪，以為篤、景親近貴臣，當為百僚表儀。"《梁書·朱異傳》："但斗筲之人、藻梲之子，既得伏奏帷扆，便欲詭競求進。"也作"斗筲之器"、"斗筲之徒"、"斗筲小人"。《漢書·公孫賀劉屈氂等傳贊》："斗筲之徒，何足選也。"宋代孔平仲《孔氏談苑·南朝峭漢》："弼曰：'臣斗筲之器，不足道。'"元代鄭廷玉《金鳳釵》二折："似我這糞土之牆，斗筲之器，枉讀了聖賢之道。"明代李昌祺《剪燈餘話·秋夕訪琵琶亭記》："委任臣僚，非才者眾，如陳平章、姚平章，皆斗筲小人，而使秉鈞軸，握兵符。"

【斗筲之徒】dǒu shāo zhī tú 見"斗筲之人"。

【斗筲之器】dǒu shāo zhī qì 見"斗筲之人"。

【斗轉星移】dǒu zhuǎn xīng yí ❶ 北斗轉向，星星移位。表示時序變遷，歲月流逝。也表示一夜間時間的推移。元代馬致遠《陳搏高臥》三折："直睡的陵遷谷變，石爛松枯，斗轉星移。"明代無名氏《鎖白猿》一折："直吃得昏慘慘更闌人靜，直熬得明皎皎斗轉星移。"❷ 推動北斗轉向、星星移位，形容聲勢大、氣勢猛，狀況激烈。《英烈傳》七三回："真個殺得斗轉星移，屍山血海。"同 星移斗轉。

【斗轉參橫】dǒu zhuǎn shēn héng 參：參宿，二十八宿之一。北斗轉向，參星打橫。指天快亮的時候。《宋史·樂志十六》："斗轉參橫將旦，天開地辟如春。"《二刻拍案驚奇》卷三九："看看斗轉參橫，……便叫解開纜繩，慢慢的放了船。"清代洪昇《長生殿·偷曲》："你看河斜月落，斗轉參橫，不免回去罷。"◇斗轉參橫，殘月欲墜，漸漸的東方泛白了。同 參橫斗轉、斗轉星移。

【料事如神】liào shì rú shén 料：推斷。預料未來的事情非常準確，靈驗如神仙。宋代楊萬里《提刑徽猷檢正王公墓誌銘》："料事如神，物無遁情。"《官場現形記》三五回："何師爺廣有韜略，料事如神。"老舍《四世同堂》三："可是心中十分滿意自己的未雨綢繆，料事如神。"同 斷事如神。反 漫無頭緒。

【料敵制勝】liào dí zhì shèng 事先準確地判斷敵情，贏得勝利。《孫子·地形》："料敵制勝，計險阨遠近，上將之道也。"《晉書·王瑢傳》："料敵制勝，明勇獨斷。"《喻世明言》卷三七："亦且長於談兵，料敵制勝，謀無遺策。"

【斜風細雨】xié fēng xì yǔ 霏霏細雨隨斜

颸的風而飄落。形容微風小雨的天氣。唐代張志和《漁歌子》詞："青箬笠，綠蓑衣，斜風細雨不須歸。"宋代黃庭堅《浣溪紗》詞："青箬笠前無限事，綠簑衣底一時休，斜風細雨轉船頭。"元代范子安《竹葉舟》三折："江上撐開一葉舟，竿頭收起釣魚鈎，箬笠蓑衣隨意有，斜風細雨不須憂。"◇二月的江南水鄉，斜風細雨，遠近迷迷濛濛，自是別有一番情趣。反 狂風暴雨、暴風驟雨。

斤 部

【斤斤計較】 jīn jīn jì jiào 一點點小事或小錢都要計較。形容過分算計。魯迅《彷徨·弟兄》："我真不解自家的弟兄何必這樣斤斤計較，豈不是橫豎都一樣？"◇看人要看大處，不要斤斤計較那些小毛病。同 掂斤播兩、錙銖必較。

【斯文掃地】 sī wén sǎo dì ❶ 文人不顧名節，自甘墮落。清代昭槤《嘯亭續錄·王樹勛》："諸名士以翰墨名流，而甘為緇衣弟子，以致遭其笞撻，亦可謂斯文掃地矣。" ❷ 文化或文化人不被尊重，失盡體面。清代徐珂《清稗類鈔》三四："巡檢作巡撫，一步登天；監生作監臨，斯文掃地。"巴金《關於〈寒夜〉》："那一段時期，的確是斯文掃地。我寫《寒夜》，只有一個念頭：這種情況不能再繼續下去。"

【新仇舊恨】 xīn chóu jiù hèn 新近產生的和昔日積累的仇恨。形容所結仇怨極深。◇祖輩幾代的新仇舊恨，都壓在他的身上。同 血海深仇、深仇大恨。

【新來乍到】 xīn lái zhà dào 乍：初，剛。剛來到一個新的環境、新的地方。《紅樓夢》一〇七回："奈他是個新來乍到的人，一句話也插不上，他便生氣，每日吃了就睡。"《三俠五義》九四回："他惟恐新來乍到，若再貪杯喝醉了，豈不被人恥笑麼？"◇背後議論人本來就不道德，何況她新來乍到呢？

【新亭對泣】 xīn tíng duì qì 新亭：古地名，故址在今南京南面。《晉書·王導傳》："過江人士，每至暇日，相要出新亭飲宴。周顗中坐而歎曰：'風景不殊，舉目有江河之異。'皆相視流涕。惟導愀然變色曰：'當共戮力王室，克復神州，何至作楚囚相對泣邪？'眾收淚而謝之。"後用來表達眼見國家衰落淪亡，卻無力恢復的悲憤情懷或力圖匡扶的志願。宋代陸游《初寒病中有感》詩："治道本來存簡冊，神州誰與靜煙塵。新亭對泣猶稀見，況覓夷吾一輩人。"元代王逢《故南台侍御史周公輓辭》："新亭對泣暮，錦衣獨歸晝。"柳亞子《夜宴雙清閣》詩："新亭對泣嘶名士，稍喜嬌雛臉暈酡。"

【新硎初試】 xīn xíng chū shì 硎：磨刀石。新硎：新磨出來的利刃。《莊子·養生主》："今臣之刀十九年矣，所解數千牛矣，而刀刃若新發於硎。"比喻初次顯露才幹。清代雍正《世宗憲皇帝硃批諭旨》："提臣萬際瑞新硎初誠，急欲自見一番設施，凡前任石雲倬等所行多有意更改。"◇兩位留學生創建的機器人公司，新硎初試，當年就盈利一千多萬元。同 初露頭角、初露鋒芒。

【新婚燕爾】 xīn hūn yàn ěr 形容男女剛剛結婚，十分快樂幸福。《說郛》卷七八：《青樓集·金鶯兒》："樂心兒，比目連枝；肯意兒，新婚燕爾。"◇想當初，他二人新婚燕爾，道不盡的恩愛纏綣，可如今卻形同陌路。同 燕爾新婚、宴爾新婚。

【新愁舊恨】 xīn chóu jiù hèn 新生的和原有的憂愁怨恨加在一起。形容憂愁怨恨很多。唐代雍陶《憶山寄僧》詩："新愁舊恨多難說，半在眉間半在胸。"元代李景奎《八月》詩："蘋風夕起涼思多，新愁舊恨生濃蛾。"◇她看着這個牡丹荷包，新愁舊恨頓時湧上心頭。同 舊恨新仇。

【斲輪老手】 zhuó lún lǎo shǒu《莊子·天道》："斲輪，徐則甘而不固，疾則苦而不入。不徐不疾，得之於手而應於心……是以行年七十而老斫輪。"輪：車輪。本指斲木製造車輪的老工匠，後用"斲（斫）輪老手"指技藝高超的行家高手或經驗豐富、高水準的人。◇兄弟倆都是建造拱橋的斲輪老手／事情儘管難辦，但有斫輪老手在，大家也都放心。同 行家裏手。

【斷子絕孫】duàn zǐ jué sūn 沒有後代，血脈無從延續。也用於咒罵別人。明代柯丹丘《荊釵記·執柯》："你再不娶親，我只愁你斷子絕孫誰拜墳。"魯迅《阿Q正傳》："'斷子絕孫的阿Q！'遠遠地聽得小尼姑的帶哭的聲音。"同 斷根絕種。

【斷井頹垣】duàn jǐng tuí yuán 井欄折斷，牆壁倒塌。形容殘破不堪的景象。明代湯顯祖《牡丹亭·驚夢》："原來姹紫嫣紅開遍，似這般都付與斷井頹垣。"梁啟超《新羅馬·弔古》："但係斷井頹垣，磚苔砌草，卻怎便零落到這般田地呀！"許地山《綴網勞蛛》："我再結網時，要結在玳瑁梁棟珠璣簾攏，或結在斷井頹垣荒煙蔓草中呢！"同 斷壁頹垣、殘垣斷壁。反 金碧輝煌、雕樑畫棟。

【斷袖分桃】duàn xiù fēn táo《漢書·董賢傳》："(董賢) 為人美麗自喜，哀帝望見，說其儀貌……為駙馬都尉侍中，出則參乘，入御左右，旬月間賞賜累鉅萬，貴震朝廷。常與上臥起。嘗晝寢，偏藉上袖，上欲起，賢未覺，不欲動賢，乃斷袖而起。其恩愛至此。"《韓非子·說難》："昔者彌子瑕有寵於衛君……與君遊於果園，食桃而甘，不盡，以其半啖君，君曰：'愛我哉！忘其口味以啖寡人。'"後用"斷袖分桃"指男性間的同性戀關係。《聊齋誌異·黃九郎》："迎風待月，尚有蕩檢之譏，斷袖分桃，難免掩鼻之醜。"同 斷袖之寵。

【斷袖之寵】duàn xiù zhī chǒng《漢書·董賢傳》："(董賢) 為人美麗自喜，哀帝望見，說其儀貌……為駙馬都尉侍中，出則參乘，入御左右，旬月間賞賜累鉅萬，貴震朝廷。常與上臥起。嘗晝寢，偏藉上袖，上欲起，賢未覺，不欲動賢，乃斷袖而起。其恩愛至此。"後以"斷袖之寵"指寵愛男同性戀。《歧路燈》二四回："紹聞每日在碧草軒戲謔調笑，九娃兒居然斷袖之寵。"同 斷袖之好、斷袖之癖。

【斷梗飄蓬】duàn gěng piāo péng 梗：植物的細枝。折斷的枝梗，飄搖的飛蓬。比喻漂泊不定。也作"飄蓬斷梗"。宋代石季友《清平樂》詞："自憐俗狀塵容，幾年斷梗飄蓬。"明代王錂《春蕪記·閨語》："春燕可曾有了麼？問卿卿，多應是飄蓬斷梗渾無定。"清代孔尚任《桃花扇·哭主》："高皇帝在九京，不管亡家破鼎，那知他聖子神孫，反不如飄蓬斷梗。"同 斷梗飛蓬、斷梗飄萍。

【斷章取義】duàn zhāng qǔ yì《左傳·襄公二十八年》："賦《詩》斷章，餘取所求焉。"說引用《詩經》的詩句是為了表達自己的意思，而不管其原意如何。後用"斷章取義"指孤立地截取別人言語、文章中的一句或一段，而不顧全文或原意。宋代朱熹《朱子語類》卷九四："舉《易》一句者，特斷章取義以解上文。"《官場現形記》五九回："碰巧他這位老賢甥，聽話也只聽一半，竟是斷章取義。"

【斷髮文身】duàn fà wén shēn 文：同"紋"。截短頭髮，在身上刺花紋，中國古代吳越地區的習俗。借指不開化的蠻荒生活習慣。《左傳·哀公七年》："太伯端委以治周禮，仲雍嗣之，斷髮文身，贏（裸）以為飾，豈禮也哉！"宋代胡仔《苕溪漁隱叢話後集·劉夢得》："蓋斷髮文身之俗，習水而好戰，古有其風。"聞一多《端午節的歷史教育》："古代吳越人'斷髮文身'，是我們熟知的事實。"同 文身斷髮。反 衣冠楚楚。

【斷線風箏】duàn xiàn fēng zheng 像放上天斷了線的風箏一樣。比喻一去不返，無影無蹤。《醒世恆言》卷二一："去了多時，約摸四更天氣，卻似石沉滄海，斷線風箏，不見回來。"清代高昌寒食生《乘龍佳話·還宮》："奴待要上秦台吹簫跨鳳，卻做了斷線風箏落了空。"◇誰料到女兒這一去竟成了斷線風箏，至今沒有半點音信。同 杳如黃鶴。

【斷編殘簡】duàn biān cán jiǎn 指零散殘缺的書籍。古人用皮條把細長的寫有文字的竹木片穿起來，這就是書冊。皮條叫"編"，供寫字用的竹片、木片叫作"簡"。宋代黃庭堅《讀書呈幾復》詩：

"身入群經作蠹魚，斷編殘簡伴閑居。"《宋史•歐陽修傳》："好古嗜學，凡周漢以降，金石遺文，斷編殘簡，一切掇拾，研稽異同。"宋代呂祖謙《東萊博議》卷三："斷編殘簡，呻吟諷誦，越宿已有遺落。"同 斷簡殘編、殘編斷簡。

【斷頭將軍】duàn tóu jiāng jūn 抵抗至死，寧死不屈的將軍。《三國志•張飛傳》："飛呵顏曰：'大軍至，何以不降而敢拒戰？'顏答曰：'卿等無狀，侵奪我州，我州但有斷頭將軍，無有降將軍也。'"《南史•蕭修傳》："修答守之以死，誓為斷頭將軍。"清代孔尚任《桃花扇•劫寶》："除卻一死，無可報國，大小三軍，都來看斷頭將軍呀！"同 寧死不屈、為國捐軀。反 不戰自潰、望風而降。

【斷壁頹垣】duàn bì tuí yuán 垣：矮牆。形容建築物倒塌殘破的景象。《二十年目睹之怪現狀》一〇八回："抬頭一看，只見斷壁頹垣，荒涼滿目，看那光景是被火燒的。"◇二十年後重過故居，已是斷壁頹垣，蒿草叢生。同 斷井頹垣、斷壁殘垣。反 富麗堂皇、瓊樓玉宇。

【斷簡殘編】duàn jiǎn cán biān 殘缺不全的書本、文稿。簡：用來書寫的竹片、木片；編：用繩子或皮條把竹木簡串聯成冊。元代關漢卿《拜月亭》四折："你貪個斷簡殘編，恭儉溫良好繾綣。"《鏡花緣》九五回："太宗有劍士千人，都有萬夫不擋之勇，惜其法不傳。斷簡殘編中雖有一二歌訣，亦不詳其說。"◇從考古發掘出來的斷簡殘編中，尋找古代軼史的蛛絲馬跡。同 殘編斷簡、斷編殘簡。

【斷爛朝報】duàn làn cháo bào 斷爛：殘缺不全。朝報，朝廷政府的公告。借用"斷爛朝報"指淩亂蕪雜，殘缺不全，沒有價值的書、報、文章、檔案和各種記載等。《宋史•王安石傳》："先儒傳注，一切廢不用。黜《春秋》之書，不使列於學官，至戲目為斷爛朝報。"清代王鳴盛《蛾術編•遼宋金三史》："(《宋紀》)類皆數見，讀盡一通，漫無緊要，所謂斷爛朝報，良可浩嘆。"《孽海花》三四回："無怪朱子疑心他不可解，王安石蔑視他為斷爛朝報，要束諸高閣了。"魯迅《小說舊聞鈔•雜說》："作者見聞較近，當有所根據，惟敍次散漫，多近乎斷爛朝報，不甚合章回小說體裁焉。"

【斷鶴續鳧】duàn hè xù fú《莊子•駢拇》："長者不為有餘，短者不為不足。是故鳧脛雖短，續之則憂，鶴脛雖長，斷之則悲。"鳧：野鴨。原意為截斷鶴的長腿補鳧的短腿。後比喻憑臆想做事，荒唐不切實際。元代于石《浪吟》詩："紛紛蟻穴爭侯王，邯鄲一夢炊黃粱。斷鶴續鳧誰短長，世間萬事俱亡羊。"《聊齋誌異•陸判》："斷鶴續鳧，矯作者妄，移花接木，創始者奇，而況加鑿削於心肝，施刀錐於頸項者哉？"梁啟超《中國道德之大原》："凡一事物之成立也，必有其體段，斷鶴續鳧，則兩生俱戕。"

方部

【方寸已亂】fāng cùn yǐ luàn 方寸：很小的地方，用來指人的心。形容心緒不安，思維混亂。《三國志•諸葛亮傳》："今已失老母，方寸亂矣。"《石點頭》卷四："胸前像十來個椎頭撞擊，方寸已亂。"《玉梨魂》六："而此時別緒離思，縈繞心舍，方寸已亂，一字難成。"◇驟然遭受這樣的打擊，她方寸已亂，一時沒了主意。同 心神不定、六神無主。反 無動於衷、心安理得。

【方寸之地】fāng cùn zhī dì 像心一樣大小的地方。❶ 比喻人的心。《列子•仲尼》："吾見子之心矣，方寸之地虛矣。"唐代劉禹錫《上杜司徒啟》："收紙長想，欣然感生。尋省遭罹，萬重不幸。方寸之地，自不能言。"謝覺哉《交心》："心——這個方寸之地……不容許有也不會有'真空'的。"我感謝大家，幫助我走出困境，千言萬語，方寸之地無以表白。❷ 形容極小的地方。楊海薇《孝莊秘史》卷九："成吉思汗擁有過空前遼闊的版圖，但他死了之後，也只不過是埋骨在大草原上的一塊小小方寸之地。"◇篆刻藝術家在這小小的方寸之地施展了才華。反 一望無際、尺幅千里。

【方正不阿】fāng zhèng bù ē 阿：阿諛。指為人品行正直，不逢迎諂媚。《明史•王徽傳》："有方正不阿者，即以為不肖，而朝夕讒謗之，日加浸潤，未免致疑。"◇包拯在戲劇裏是方正不阿的典型角色。也作"方正不苟"。清代錢泳《履園叢話•耆者居》："嘉定有老儒，名朱綱，為人方正不苟，頗信佛老之說。"◇爺爺一生方正不苟，大家都很尊重他。同 剛正不阿。反 阿諛逢迎。

【方正不苟】fāng zhèng bù gǒu 見"方正不阿"。

【方外之人】fāng wài zhī rén《莊子•大宗師》："孔子曰：'彼，遊方之外者也；而丘，遊方之內者也。'"方之外：方域之外，世外。後用"方外之人"指：❶ 言行超脱於世俗禮教之外的人。《晉書•阮籍傳》："阮籍既方外之士，故不崇禮典。"◇他是個方外之人，哪理會這些俗人禮節。❷ 僧道等脱離塵俗之人。《鏡花緣》五六回："侄女出家多年，乃方外之人，豈可擅離此庵。尚求伯母原諒。"◇法師是方外之人，自不會跟我們一般見識。反 凡夫俗子。

【方枘圓鑿】fāng ruì yuán záo《楚辭•九辯》："圓鑿而方枘兮，吾固知其鉏鋙而難入。"枘：榫子。鑿：卯眼。意思是圓形的榫眼和方形的榫頭，二者不能相合。"方枘圓鑿"比喻格格不入。《史記•孟子荀卿列傳》："持方枘欲內（納）圜（圓）鑿，其能入乎？"清代金農《秋雨坐槐樹下書懷》詩："方枘圓鑿匪所用，顧者卻避多猜嫌。"同 方鑿圓枘、圓鑿方枘。反 不謀而合、天衣無縫。

【方面大耳】fāng miàn dà ěr 方臉盤，大耳朵。舊時指富貴相。《宋史•太祖紀三》："周世宗見諸將方面大耳者皆殺之。"《儒林外史》三回："你不看見城裏張府上那些老爺，都有萬貫家私，一個個方面大耳。"《隋唐演義》四八回："楊義臣見趙王換了男妝，看他方面大耳，眉目秀爽，儼然是個金枝玉葉的太子。"◇崖壁上的大佛方面大耳，面容慈祥威嚴。同 天庭飽滿。反 尖嘴猴腮、獐頭鼠目。

【方便之門】fāng biàn zhī mén 方便：佛教用語，指用靈活的方式勸人信佛。後引申為給人提供便利。唐代王勃《廣州寶莊嚴寺舍利塔碑》："維摩見柄，蓋申方便之門；道安謝歸，思遠朝廷之事。"明代馮惟敏《僧尼共犯》四折："誰想巡捕老爺大開方便之門，放俺還俗，便成配偶。"茅盾《知識饑荒》："給失學的青年開一方便之門，誰説不是功德。"◇銀行臨時延長工作時間，為辦理開戶大開方便之門。

【方趾圓顱】fāng zhǐ yuán lú《淮南子•精神訓》："故頭之圓也象天，足之方也象地。"後以"方趾圓顱"指人類。趾：腳。顱：頭。《南史•陳本紀上》："茫茫宇宙，惵惵黎元，方趾圓顱，萬不遺一。"《南洋女子師範校歌》詞："同是圓顱方趾，知識完全，道德完全，蛾眉豈讓人先。"同 圓顱方趾。

【方領矩步】fāng lǐng jǔ bù《後漢書•儒林傳序》："建武五年，乃修起太學，……服方領習矩步者，委它乎其中。"矩步：合乎禮儀規矩的步伐。後用"方領矩步"指古代儒者的服飾和儀態。《隋書•儒林傳序》："方領矩步之徒，亦多轉死溝壑。"梁啟超《新中國未來記》五回："且説這位鄭伯才君，單名一個雄字，乃是湖南湘潭縣人，向來是個講宋學的，方領矩步，不苟言笑。"◇孔夫子在我腦海中的形象是一位方領矩步的老者。反 蟒袍玉帶、布衣韋帶。

【方頭不劣】fāng tóu bù liè 不劣：語尾助詞，無義。形容人不平和，倔強粗魯。元代關漢卿《緋衣夢》四折："俺這裏有箇裴炎，好生方頭不劣。"同 方頭不律。

【方頭不律】fāng tóu bù lǜ 不律：語尾助詞，無義。形容脾氣不圓通，倔強粗魯。元代鄭廷玉《金鳳釵》二折："見一箇方頭不律的人，欺侮一箇年老的，打扯他跳河。"元代無名氏《冤家債主》三折："俺孩兒也不曾訛言謊語，又不曾方頭不律。"◇女婿中他最不討岳父的喜歡，第一次見面時就稱他將來一定是方頭不律的人。同 方頭不劣。

【方興未艾】fāng xīng wèi ài 形容正處在興起上升階段，還沒有停下來。艾：止。宋代周輝《清波雜志》卷一："鴻恩錫類，方興未艾，在位者其思有以革之。"明代張岱《孫忠烈公世乘序》："五世後且玉樹盈階，方興未艾。"◇服務業在珠三角蓬勃發展，方興未艾。同 方興未已、蒸蒸日上。反 強弩之末、日暮途窮。

【方鑿圓枘】fāng záo yuán ruì 戰國楚宋玉《九辨》："圜（圓）鑿而方枘兮，吾固知其鉏鋙而難入。"鑿：卯眼。枘：榫頭。後以"方鑿圓枘"比喻兩者不能相合，格格不入。唐代孔穎達《春秋正義序》："然雜取《公羊》《穀梁》以釋《左氏》，此乃以冠雙屨，將絲綜麻，方鑿圓枘，其可入呼？"◇把培訓成人的方法搬到中小學來，方鑿圓枘，效果自然不好。同 方枘圓鑿。

【於今為烈】yú jīn wéi liè 於：至，到。說過去出現的某種情況，到如今變得更加厲害了。《孟子•萬章下》："殷受夏，周受殷，所不辭也，於今為烈，如之何其受之？"梁實秋《雅舍菁華•孩子》："孩子的健康及其舒適，成為家庭一切設施的一個主要先決問題。這種風氣，自古已然，於今為烈。"同 日甚一日、愈演愈烈。

【旅進旅退】lǚ jìn lǚ tuì《禮記•樂記》："今夫古樂，進旅退旅。"旅：俱，一起。後以"旅進旅退"：❶ 指大家同進同退，行動統一。《國語•越語上》："吾不欲匹夫之勇也，欲其旅進旅退也。"❷ 形容自己沒有主見，隨着他人而動。宋代王禹偁《待漏院記》："復有無毀無譽，旅進旅退，竊位而苟祿，備員而全身者，亦無所取焉。"清代紀昀《閱微草堂筆記•灤陽消夏錄三》："旅進旅退。坐食俸錢，而每責僮婢不事事，毋乃亦腹誹矣夫！"章炳麟《論教育的根本要從自國自心發出來》："難道中國的教育家也跟着他旅進旅退麼？"同 俯仰由人。反 獨立自主。

【旁求俊彥】páng qiú jùn yàn 旁求：廣求。俊：才智過人。彥：品德優秀。說多方面搜求有才智有品德的人。《尚書•太甲上》："旁求俊彥，啟迪後人。"《山河風煙》三十："何大天知道旁求俊彥之重要，廣貼皇榜後才召來了知識分子何曾偉來擔任王朝副宰相之職。"同 招賢納士。反 招降納叛。

【旁見側出】páng xiàn cè chū 見：出現。❶ 從別的或側面的角度加以表現。宋代蘇軾《書吳道子畫後》："道子畫人物，如以燈取影，逆來順往，旁見側出，橫斜平直，各相乘除，得自然之數。"清代袁枚《隨園詩話》卷七："其妙處總在旁見側出，吸取題神，不是此詩，恰是此詩。"❷ 指枝節很多，頭緒很亂。清代李漁《閒情偶寄•結構》："頭緒繁多，傳奇之大病也。《荊》、《劉》、《拜》、《殺》之得傳於後，止為一綫到底，並無旁見側出之情。"

【旁門左道】páng mén zuǒ dào ❶ 非正統的宗教派別或學術流派。◇我決不相信他那一套旁門左道的顯靈術 / 人家說她信奉的教是旁門左道，究竟是不是呢？❷ 借指不正派的思想、作風或門徑。◇別聽他那旁門左道的胡謅八扯 / 這個人一輩子都在搞旁門左道！同 旁門外道、旁門邪道。

【旁若無人】páng ruò wú rén 旁邊雖有人在，卻好像沒有人一樣。❶ 形容坦然自若，不以他人為意，不計較他人的反應、看法。《史記•刺客列傳》："高漸離擊筑，荊軻和而歌於市中，相樂也，已而相泣，旁若無人者。"唐代李肇《唐國史補》卷中："李載者，燕代豪傑。常臂鷹攜妓以獵，旁若無人。"明代袁宏道《徐文長傳》："文長乃葛衣烏巾，長揖就坐，縱談天下事，旁若無人。"❷ 形容高傲自恃，目中無人。唐代白行簡《李娃傳》："恃其夙勝，顧盼左右，旁若無人。"明代吳瑄《劍俠傳•宣慈寺門子》："俄睹一少年跨驢而至，驕傲，旁若無人。"◇看到她那種旁若無人、傲慢無禮的樣子，就憋了一肚子氣。同 趾高氣揚、目中無人。反 敬如上賓、奉若神明。

【旁敲側擊】páng qiāo cè jī 比喻不直接說明本意，而是繞彎子從側面曲折地表達。

《二十年目睹之怪現狀》二十回："只不過不應該這樣旁敲側擊，應該要明亮亮的叫破了他。"章炳麟《復蔣智由書》："若自各種方面，旁敲側擊，終屬比擬推度之辭，不同現量。"孫犁《秀露集‧文學和生活的路》："安徒生很多作品用旁敲側擊的寫法，有很多弦外之音，這是很高的藝術。"同 拐彎抹角、轉彎抹角。反 直截了當、直言不諱。

【旁徵博引】páng zhēng bó yǐn 廣泛、大量地引用材料。沙汀《祖父的故事‧巡官》："老頭子又會説那是官腔，不可靠的，而且旁徵博引些事實來證明一切官腔之不可靠。"老舍《老張的哲學》三五："王太太旁徵博引，為趙太太的理論下註解與佐證。"◇在他的博士論文裏旁徵博引海內外學者的論點。同 廣徵博引。

【旁觀者清】páng guān zhě qīng 在一旁觀察的人，比當事人看得清楚明白。説局外人客觀的察看往往更清醒。《紅樓夢》五五回："俗話説：旁觀者清。這幾年姑娘冷眼看着，或有該添該減的去處。"《兒女英雄傳》二六回："從來當局者迷，旁觀者清。"◇她自己不覺得，可是旁觀者清，同事們都説他"一闊臉就變"，前後彷彿兩個人。反 當局者迷。

【旌旗蔽天】jīng qí bì tiān 見"旌旗蔽日"。

【旌旗蔽日】jīng qí bì rì 旗幟遮住了太陽。戰國楚屈原《九歌‧國殤》"旌蔽日兮敵若雲，矢交墜兮士爭先。"《戰國策‧楚策一》："於是楚王遊於雲夢，結駟千乘，旌旗蔽日。"後用"旌旗蔽日"、"旌旗蔽天"形容隊伍眾多，浩浩蕩蕩，陣容盛大壯觀。元代李文蔚《破苻堅蔣神靈應》二折："今有西秦苻堅，領兵入寇，統兵百萬，旌旗蔽日。"宋代周密《武林舊事‧御教》："戈甲耀日，旌旗蔽天，連亘二十餘里，粲如錦繡。"《英烈傳》四四回："因率城中將士，鼓噪而出，聲震山谷，旌旗蔽天，無不以一當百，斬首萬級。"《説岳全傳》一五回："真個是人如惡虎，馬似游龍，旌旗蔽日，金鼓喧天。"同 旌旗蔽空。

【旋乾轉坤】xuán qián zhuǎn kūn 把天地的位置掉轉過來。乾、坤：都是古代八卦名，代表天、地。比喻從根本上改觀。也形容人魄力極大。唐代韓愈《潮州刺史謝上表》："陛下即位以來，躬親聽斷，旋乾轉坤，關機闔開，雷厲風飛，日月清照，天戈所麾，莫不寧順。"《宋史‧司馬光傳贊》："一變而為嘉祐、治平之治，君子稱其有旋乾轉坤之功。"章炳麟《與副總統論政黨》："公以蓋世之略，旋乾轉坤，功德在人，本無待政黨為之援助。"同 旋轉乾坤。反 回天乏術。

【旗開得勝】qí kāi dé shèng ❶軍隊的令旗一揚便取得了勝利。形容輕易取勝。元代李文蔚《蔣神靈應》楔子："顯威靈神兵扶助，施謀略旗開得勝。"《慈禧太后演義》一回："葉赫也出兵二萬名，會合前進，只望旗開得勝，馬到成功。"❷比喻事情一開始就獲得成功。◇照他的辦法去做，保證旗開得勝，順順當當。同 馬到成功、"旗開得勝，馬到成功"。反 出師不利、全軍覆沒。

【旗鼓相當】qí gǔ xiāng dāng《後漢書‧隗囂傳》："如令子陽到漢中、三輔，願因將軍兵馬，鼓旗相當。"指雙方對陣，相爭相抗。鼓、旗是古代軍隊中用以指揮戰鬥的工具。後多用"旗鼓相當"比喻雙方在各方面都不相上下。唐代楊炯《從弟去溢墓誌銘》："天下之寶，邦家之光，神鋒、太阿，旗鼓相當。"《明史‧靳學顏傳》："夫陷鋒摧堅，旗鼓相當，兵之實也。"梁啟超《新中國未來記》三回："這兩位生同裏，少同學，長同遊，壯同事，後來旗鼓相當，做了許多事業。"同 不相上下、勢均力敵。反 天差地遠、天壤之別。

无 部

【既成事實】jì chéng shì shí 事情已經做完，無法更改了。劉白羽《第二個太陽》第一章："這一刻，秦震突然擔心黃參謀不照他的吩咐辦，造成既成事實。"◇經理出差回來，面對已簽訂合同的既成事實，氣得叫罵了一通。

【既往不咎】jì wǎng bù jiù 咎：責怪。不再追究以往的錯誤或罪責。《論語•八佾》："成事不說，遂事不諫，既往不咎。"唐代樊鑄《檄曲江水伯文》："儻能易轍，僕則既往不咎。"《東周列國誌》三五回："如期回者，仍復原職，既往不咎。"《痛史》一三回："既往不咎，以後再辦起事來，審慎點就是了。"同 不咎既往。反 嚴懲不貸。

日部

【日下無雙】rì xià wú shuāng 日下：指京都。京都沒有第二人可比。形容才能出眾。《東觀漢記•黃香傳》："帝賜香《淮南》《孟子》各一通，……謂諸王曰：'此日下無雙江夏黃童也。'"《梁書•伏挺傳》："及長，有才思，好屬文，……父友人樂安、任昉深相歎異，常曰：'此子日下無雙。'"◇凡是走江湖的，都喜歡說自己本領高強，日下無雙。同 天下無雙。反 俯拾皆是、比比皆是。

【日上三竿】rì shàng sān gān 太陽升起有三根竹竿那麼高。形容紅日升高，天色大亮。唐代韓鄂《歲華紀麗•春》："日上三竿。"舊注："古詩云：'日上三竿風露消。'"《西遊記》十回："及日上三竿，方有旨意出來道：'朕心不快，眾官免朝。'"◇日上三竿，太陽從窗戶透進來，她才醒過來。也作"日出三竿"。《南齊書•天文志上》："日出高三竿，朱色赤黃，日暈。"宋代蘇轍《春日耕者》詩："雨深一尺春耕利，日出三竿曉餉遲。"◇明日不用上班，可以睡到日出三竿再起牀。同 紅日三竿。

【日久天長】rì jiǔ tiān cháng 歲月漫長，經歷的時間長久。《白雪遺音•世界上》："你日久天長把心改變，壞了心田。"老舍《四世同堂》一："不過，日久天長，他已養成了這個習慣。"同 日久歲長、天長日久。反 白駒過隙、光陰似箭。

【日久年深】rì jiǔ nián shēn 指日子長，時間久。《西遊記》一二回："太宗道：'日久年深，山遙路遠，御弟可進此酒。'"《西遊記補》一六回："殿圍都是珊瑚錯落闌干；日久年深，早有碧藍水草結成蟲篆。"◇日久年深的事，大家早就淡忘了。同 年深日久、日久天長。反 一朝一夕。

【日不移晷】rì bù yí guǐ 晷：日影。太陽連影子都沒有移動。形容時間極短。《漢書•王莽傳上》："人不還踵，日不移晷，霍然四除，更為寧朝。"《隸釋•漢巴郡太守張納碑》："日不移晷，收功獻捷。"◇當眾揮毫，日不移晷，亭台樓閣，就有了輪廓。同 日不移影。

【日不移影】rì bù yí yǐng 太陽連影子都沒有移動。形容時間非常短暫。《水滸傳》七十回："我聞五代時，大梁王彥章，日不移影，連打唐將三十六員。"同 日不移晷。

【日不暇給】rì bù xiá jǐ 每天的時間都不夠用。形容事務繁忙，沒半點空閒。《史記•封禪書》："雖受命而功不至，至梁父矣而德不洽，洽矣而日有不暇給，是以即事用希。"《漢書•禮樂志》："漢興，撥亂反正，日不暇給。"《警世通言•呂大郎還金完骨肉》："積財聚穀，日不暇給。"◇上司把一疊又一疊的文件塞給她叫她處理，日不暇給，連吃頓輕閒飯的時間都沒有。反 優游歲月、飽食終日。

【日日夜夜】rì rì yè yè 每天每夜。形容延續的時間長。葉聖陶《外國旗》："心裏頭日日夜夜像有條麻繩緊緊束着呢。"洪深《青龍潭》第二幕："這裏，劉秀日日夜夜的車水，車得暈倒在水車上。"◇工程要趕工期，日日夜夜，都要加班加點。

【日中必彗】rì zhōng bì huì 彗：通"熭"，曬。中午時陽光強烈，正好曬東西。比喻做事應該及時。《六韜•守土》："日中必彗，操刀必割。……日中不彗，是謂失時；操刀不割，失利之期。"

【日中則昃】rì zhōng zé zè 昃：太陽西斜。太陽到了正午開始西斜。比喻事物發展到一定程度，就會向相反的方面轉化。《易經•豐》："日中則昃，月盈則食；天地盈虛，與時消息。”元代無名氏《來生債》二折：“你但看日中則昃，月滿則虧，這都是無往不復。”◇日中則昃，月滿則虧。經濟發展也是一樣，都有周期性的變化。同 物極必反、月盈則食。

【日升月恆】rì shēng yuè gèng《詩經·天保》：“如月之恆，如日之升。”恆：上弦月逐漸趨於盈滿。後用“日升月恆”比喻正處於興旺時期。常用作祝頌語。明代張岱《天保九如》：“百川方至，日升月恆。”清代錢大昕《〈萬壽頌〉序》：“日升月恆，道有常而可久；春溫秋肅，歲以衍而彌增。”清代逍遙子《後紅樓夢》三十回：“而今仲妃的行為舉止，一定是日升月恆，耆頤上壽，一家都歡喜稱頌。”同 如日方升、如日方中。反 日暮黃昏、日薄西山。

【日月入懷】rì yuè rù huái ❶據《三國志·孫破虜吳夫人傳》記載，東漢末吳郡孫堅的夫人在懷孫策、孫權時分別夢見月亮、太陽進入懷中。後以“日月入懷”為生帝王貴子的吉兆。《晉書·后妃傳下》：“后數夢兩龍枕膝、日月入懷，意以為吉祥，向儕類説之，帝聞而異焉，遂生孝武帝。”◇歷代帝王都有不少奇異的故事，諸如神龍轉世、日月入懷等等，不一而足。❷形容心胸開闊，氣度恢宏。南朝宋劉義慶《世説新語·容止》：“時人目夏侯太初朗朗如日月之入懷。”◇要幹成大事業，就必須具有寬厚大度、日月入懷的胸襟。

【日月合璧】rì yuè hé bì 指日月同升。此種現象出現在陰曆朔日（初一）。因為比較罕見，古人附會為國家吉祥的徵兆。《漢書·律曆志上》：“宦者淳于陵渠復覆《太初曆》晦朔弦望，皆最密，日月如合璧，五星如連珠。”清代錢泳《履園叢話·日月合璧五星連珠》：“乾隆二十五年八月，欽天監奏稱：明年元日午時，日月合璧，五星連珠。”劉楓《尋夢青海》：“‘日月合璧’是罕見的天象奇觀。傳説，能見之者，可大福大貴。”同 日月合璧，五星連珠。

【日月如流】rì yuè rú liú 時光像流水一樣迅速消逝。明代無名氏《三化邯鄲》二折：“日月如流不可招，富貴榮華不能保。”《東周列國誌》三四回：“（公子）今留齊七載，偷安惰志，日月如流，吾等十日不能一見，安能成其大事哉？”《隋唐演義》二八回：“起初猶愛惜容顏，強忍去調脂抹粉，以望一時遇合。怎禁得日月如流，日復一日，只管虛度。”◇光陰似箭，日月如流，轉眼間，新的一年又到來。同 日月如梭。

【日月如梭】rì yuè rú suō 梭：織布時牽引緯線的工具。日月像織梭一樣來來去去。形容時間過得很快。《京本通俗小説·碾玉觀音》：“時光如箭，日月如梭，也有一年之上。”元代鄭廷玉《忍字記》四折：“我想這光陰似水，日月如梭，每日家不曾道是口合，我可便剩唸了些彌陀。”◇日月如梭，一晃便是秋去冬來。同 似水流年、光陰荏苒。反 度日如年。

【日月重光】rì yuè chóng guāng《尚書·顧命》：“昔君文王、武王宣重光。”意思是以前的君主周文王、周武王教化人民的恩德像日月重放光輝一樣。後用“日月重光”比喻黑暗時期已經過去，社會又出現清明的局面。三國魏繆襲《魏鼓吹曲·應帝期》：“聰明昭四表，恩德動遐方。星晨為垂耀，日月為重光。”《宋書·孝武帝紀》：“皇家造宋，日月重光。”同 重見天日、撥亂反正。

【日月經天】rì yuè jīng tiān 太陽和月亮每天經過天空。比喻正大光明，永恆不變。《後漢書·馮衍傳上》：其事昭昭，日月經天，河海帶地，不足以比。“《魏書·蕭衍傳》”言之旦旦，日月經天，舉世所知，義非徒語。“◇年齡大了，都會考慮結婚，就像日月經天，江河行地一般自然。”同 江河行地。

【日月蹉跎】rì yuè cuō tuó 蹉跎：時光白白過去。歲月白白地過去，無所成就。指虛度光陰。宋代陳亮《上孝宗皇帝第一書》：“徒使度外之士，擯棄而不得騁，日月蹉跎而老將至矣。”《三國演義》三四回：“日月蹉跎，老將至矣，而功業不建，是以悲耳！。”黃小配《洪秀全演義》八回："難得諸君如此慷慨，毀家相從，獨惜秀全虛生天地間，年逾三十，一事無成，日月蹉跎，老將至矣！"同 歲月蹉跎、蹉跎日月。反 寸陰是惜、寸陰若歲。

【日月麗天】rì yuè lì tiān 麗：附着。日月懸在天空。比喻光明普照四方。《周易•離》："日月麗乎天，百穀草木麗乎土。"清代錢大昕《浙江鄉試錄後序》："四方人士伏而讀之，如日月麗天、星漢燭地。"◇你講的修煉方法，確實如日月麗天，讓大家覺得春風撲面。

【日以繼夜】rì yǐ jì yè 日夜不間斷。指日夜不停地做某件事情。清代坐花散人《風流悟》五回："日以繼夜戀不休，忘餐廢寢心不歇。"曹禺《寫給女兒的信》："天才是'牛勁'，是日以繼夜的苦幹精神。"同 焚膏繼晷、夜以繼日。

【日出三竿】rì chū sān gān 見"日上三竿"。

【日行千里】rì xíng qiān lǐ 一天能走一千里。形容速度極快。《魏書•吐谷渾傳》："吐谷渾嘗得波斯草馬，放入海，因生驄駒，能日行千里，世傳青海驄者是也。"《三國演義》二七回："卻說雲長所騎赤兔馬，日行千里，……因欲護送車仗，不敢縱馬，按轡徐行。"◇古代人夢想的日行千里，在今天成了尋常的事情。同 一日千里。反 蝸行牛步。

【日坐愁城】rì zuò chóu chéng 愁城：比喻愁苦難消的心境。整天沉浸在憂愁之中。蔡東藩《清史演義》七十回："咸豐帝日坐愁城，免不得尋些樂趣，藉以排悶。"魯迅《花邊文學•零食》："人而有心，真要'日坐愁城'了。"沙葉新《我曾是個結巴》："'文化大革命'期間，雖日坐愁城，但大伙碰在一起，也會苦中作樂，偷偷說笑。"

【日角珠庭】rì jiǎo zhū tíng 日角：額骨中央部分隆起，形狀像太陽。指人額角寬闊，天庭飽滿。舊時相術家認為是大貴之相。北周庾信《周大將軍趙公墓誌銘》："是以維嶽降神，自天生德，凝脂點漆，日角珠庭，為子則名高五都，為臣則光照千里。"《新唐書•李珏傳》："甫冠，舉明經，李絳為華州刺史，見之曰：'日角珠庭，非庸人相，明經碌碌，非子所宜。'乃更舉進士高第。"同 天庭飽滿。

【日長一線】rì cháng yī xiàn 南朝梁宗懍《荊楚歲時記》："魏晉間，宮中以紅線量日影，冬至後日添長一線。"後用"日長一線"指冬至(陽曆12月21、22或23日)以後白天漸長。《樂府雅詞•無名氏〈九張機〉》："蘭芳別有留春計，爐添小篆，日長一線，相對繡工遲。"◇大地回春，日長一線，江南已是一派綠油油的生機。

【日往月來】rì wǎng yuè lái《易經•繫辭下》："日往則月來，月往則日來，日月相推而明生焉。"形容歲月不斷流逝。晉代潘岳《夏侯常侍誄》："日往月來，暑退寒襲。"《警世通言•白娘子永鎮雷峰塔》："日往月來，又早半年光景。時臨春氣融和，花開如錦。"◇日往月來，兩人的感情慢慢地變淡了。同 寒來暑往。

【日居月諸】rì jū yuè zhū 即日月。居、諸：語助詞。《詩經•柏舟》："日居月諸，胡迭而微？"後用以指光陰的流逝。漢代蔡琰《胡笳十八拍》："日居月諸兮在戎壘，胡人寵我兮有二子。"《說岳全傳》七三回："日居月諸，見一心之妙用。"◇有形之碑石豎得再大，字鑿得再深，日居月諸，風斫雨侵，也會漶漫模糊，銷蝕殆盡。

【日甚一日】rì shèn yī rì 甚：加深，勝似。一天比一天厲害。形容程度越來越深或日漸嚴重。宋代王安石《乞解機務劄子》："徒以今年以來，病疾浸加，不任勞劇，比嘗粗陳懇款，未蒙陛下矜從，故復黽勉至今，而所苦日甚一日。"明代李東陽《〈孟子〉直解》："橫徵暴斂日甚一日，使小民愈加困苦，無以安生。"◇離家鄉越來越近，老人對故鄉的思念反而日甚一日。

【日省月試】rì xǐng yuè shì 省：檢查；試：考核。每天進行檢查，每月進行考核。形容經常查考。《禮記•中庸》："日省月試，既廩稱事，所以勸百工也。"連橫《台灣通史》卷十三："苟能留心拔取，使為眾兵教師，朝夕訓練，將裨親自董率，日省月試，考其優劣。”同 日省月課、日省月修。

【日削月朘】rì xuē yuè juān 朘：縮，減。天天削刮，月月減少。形容不斷地遭到搜刮或侵蝕。《漢書·董仲舒傳》：“民日削月朘，寖以大窮。”宋代包拯《言陝西鹽法二》：“若不鋭意而速圖之，臣恐日削月朘，為害不淺。”◇富豪積財巨萬，百姓日削月朘，貧富差距越來越大。同 日削月割、日朘月削。

【日食萬錢】rì shí wàn qián 原作“食日萬錢”。每天的吃喝要花費上萬的錢。《晉書·何曾傳》：“(何曾）性奢豪，……食日萬錢，猶曰無下箸處。”後用“日食萬錢”形容生活極端奢侈浪費。《警世通言·鈍秀才一朝交泰》：“唐朝甘露年間，有個王涯丞相，官居一品，權壓百僚，僮僕千數，日食萬錢。”◇日食萬錢、窮奢極欲的生活，是實實在在的暴殄天物。同 揮金如土。反 節衣縮食。

【日高三丈】rì gāo sān zhàng 指太陽已升起很高的上午。明代湯顯祖《南柯記·錄攝》：“日高三丈，還不見六房站班，可惡可惡！”茅盾《子夜》一六：“金和尚他們一夥五六十個火柴廠工人到了老闆周仲偉住宅附近的時候，已經日高三丈。”◇一覺醒來，已是晨光透窗，日高三丈。同 日高三竿、日出三竿。

【日理萬機】rì lǐ wàn jī《尚書·皋陶謨》：“(有邦）一日二日萬幾。”一日二日：日日。幾：通“機”，事務。治理國家的人天天要處理數不清的事務。後以“日理萬機”形容當政者處理政務非常繁忙。明代余繼登《典故紀聞》卷一：“朕日理萬機，不敢斯須自逸。”蔡東藩《後漢通俗演義》二五回：“明帝日理萬機，有甚麼空閒功夫研究那佛經奧義？”周子健《梁啟超與章太炎》：“在孫中山的同盟會裏，如果説剛毅沉勇的黃興有大將之風，日理萬機的宋教仁有宰相之望，那麼學識淵博的章太炎則最適合充當意識形態領域中的理論權威了。”同 一日萬機。

【日朘月削】rì juān yuè xuē 朘：縮減。天天削刮，月月減少。形容不斷地遭到搜刮或侵蝕。《新唐書·蕭至忠傳》：“若公器而私用之，則公義不行而勞人解體，私謁開而正言塞。日朘月削，卒見凋弊。”梁啟超《俄土戰紀敍》：“日朘月削，而不復能國其國也。”同 日削月割。

【日進斗金】rì jìn dǒu jīn 一天能收進一斗黃金。形容收益非常可觀。老舍《四世同堂》六一：“生意好，咱們日進斗金，可就甚麼也不怕了！”高陽《慈禧全傳》九五：“這個職位，一望而知是日進斗金的好差使。”同 日進萬金、財源廣進。反 入不敷出。

【日復一日】rì fù yī rì ❶ 時光不斷流逝，一天又一天地過去。《後漢書·光武帝紀》：“天下重器，常恐不任，日復一日，安敢遠期十歲乎？”宋代楊萬里《轉對劄子》：“不然日復一日，歲復一歲，臣未知其所終也。”清代無名氏《杜詩言志》卷一：“年復一年，日復一日，生涯幾何，寧堪此棄擲哉？”江錫銓《學會生活》：“其實就在我們日復一日的平常生活細節之中，只是需要我們去精心安排與體察。”❷ 形容時間長久。宋代司馬光《進五規狀·保業》：“善惡雜揉，是非顛倒，日復一日，至於不振，漢唐之季是也。”《何典》五回：“日復一日，把家中弄得空空如也。”同 年復一年。

【日就月將】rì jiù yuè jiāng 就：成就。將：進步。每天有所得，每月有長進。形容不斷進步。《詩經·敬之》：“日就月將，學有緝熙於光明。”明代程登吉《幼學瓊林·歲時》：“為學求益，曰日就月將。”鄭觀應《盛世危言·藏書》：“若合天下之才智聰明，以窮中外古今之變故，標新領異，日就月將，我中國四萬萬之華民，必有敻出於九州萬國之上者。”

【日落西山】rì luò xī shān ❶ 太陽從西山落下。指黃昏時。《雲笈七籤》卷九六：“日落西山兮夕鳥歸飛，百年一餉兮志與願違。”《官場現形記》七回：“直至日薄西山，約摸有五點多鐘時分，……才見他坐姊夫公館裏的四人中轎，吃的醉醺醺而來。”《孽海花》三回：“這裏雯青直到日落西山，才把那些蜂屯蟻聚的親朋支使出了門。”◇一家人興致很高，一直玩到日落西山，才盡興而返。❷比喻衰老的人臨近死亡或腐朽的勢力行將瓦解。丁玲《太陽照在桑乾河上》四三：“財主們已經是日落西山，紅不過一會兒了。”《北洋軍閥統治時期史話》：“由於北洋軍閥的勢力已經日落西山，……所以帝國主義日益傾向於棄舊迎新，駐京各國公使以視察南方為名紛紛南下。”同 日薄西山。反 如日方升、日升月恆。

【日暖風和】rì nuǎn fēng hé 陽光溫暖，微風和煦。形容天氣好。元代余同麓《詠蘭》詩：“手培蘭蕊兩三栽，日暖風和次第天。坐久不知香在室，推窗時有蝶飛來。”《水滸傳》六八回：“此是三月初一日的話，日暖風和，草青沙軟，正好廝殺。”《孽海花》七回：“這日正是清明佳節，日暖風和。”同 風和日麗、風和日暖。反 淒風苦雨。

【日新月異】rì xīn yuè yì《禮記•大學》：“苟日新，日日新，又日新。”後以“日新月異”形容發展、進步很快，每天每月都在變化，新事物、新現象不斷出現。明代沈德符《野獲編補遺•元夕放燈》：“輦下繁富百倍，外方燈市之盛，日新月異，諸司堂屬，俱放假遨遊。”◇隨着電子、網路技術的進步，手機花樣翻新，功能日新月異。同 日異月新。

【日漸月染】rì jiān yuè rǎn 漸：浸潤。染：薰染。天長日久地浸潤薰染。指受外界事物的影響而逐漸發生變化。明代吳遵《初仕錄•正己篇》：“凡居官處事最不可信讒諂諛佞之人，……倘或聽信一話，則讒諂之計浸潤之譖日漸月染得以肆行其志。”◇父母都是教師，日漸月染，我也愛上了這個職業。同 潛移默化、耳濡目染。

【日暮途遠】rì mù tú yuǎn ❶天色已晚，路途尚遠。清代惜紅居士《李公案》二九回：“因日暮途遠，急步前行，約有二里來地，已到王家集。”❷比喻力竭計窮，處於困境。《史記•伍子胥列傳》：“吾日莫（暮）途遠，吾故倒行而逆施之。”北周庾信《〈哀江南賦〉序》：“日暮途遠，人間何世？將軍一去，大樹飄零。”明代夏完淳《大哀賦》：“日暮途遠，何意人間，魯酒楚歌，烏能為樂，吳歈越唱，只令人悲。”同 窮途末路、山窮水盡。反 柳暗花明。

【日暮途窮】rì mù tú qióng 日落黃昏，路也走到了盡頭。形容到了走投無路的地步。唐代杜甫《投贈哥舒開府翰二十韻》：“幾年春草歇，今日暮途窮。”明代陸采《明珠記•會內》：“孤身日暮途窮，鎮長愁一命終。幸刑官念我含冤痛，朝夕裏好看供。”夏衍《法西斯細菌》第三幕：“我看日本人快完了，要不是日暮途窮，決不會用這種手段。”同 日暮途遠、途窮日暮。反 如日中天、鵬程萬里。

【日積月累】rì jī yuè lěi 長期積累；一直累積下來。宋代朱熹《答周南仲書》：“隨時體究，隨事討論，但使一日之間整理得三五次，理會得三五事，則日積月累，自然純熟，自然光明矣。”《醒世恆言•賣油郎獨佔花魁》：“日積月累，有了一大包銀子，零星湊集，連自己也不識多少。”巴金《文學的作用》：“只有日積月累，不斷接觸，才能在不知不覺間受到影響，發生變化。”同 日累月積。

【日薄西山】rì bó xī shān 漢代揚雄《反離騷》：“臨汨羅而自隕兮，恐日薄於西山。”薄：逼近。形容太陽接近西山，即將落下。後用“日薄西山”比喻已到垂死的地步。晉代李密《陳情表》：“但以劉日薄西山，氣息奄奄，人命危淺，朝不慮夕。”明代瞿佑《剪燈新話•愛卿傳》：“君須聽取：怕日薄西山，易生愁阻。”同 日落西山、日薄桑榆。反 旭日東升、如日方中。

【日濡月染】rì rú yuè rǎn 長久地收到浸潤薰染，逐漸發生了變化。清代魏祝亭《兩粵猺俗記》：“其他趙、馮、鄧、唐諸氏皆漢人，因避徭賦誅求，舉家竄入，日濡月染，凡飲食衣服器用，皆與真猺無異。”同 日漸月染、耳濡目染。

【日轉千階】rì zhuǎn qiān jiē 轉：升遷。階：官階。一天裏多次升遷。形容官職連續晉升。元代關漢卿《蝴蝶夢》四折：“願待制位列三公，日轉千堦。”明代無名氏《單戰呂布》四折：“您都是良將沉埋，盡忠心顯耀胸懷，因董卓專權變亂，論官爵日轉千階。”《水滸傳》九〇回：“願今齋主身心安樂，壽算延長，日轉千階，名垂萬載。”◇踏入官場，才發現日轉千階的事永遠輪不到自己。同 平步青雲。反 一落千丈。

【日麗風和】rì lì fēng hé 陽光燦爛，和風習習。形容天氣晴朗暖和。宋代盧炳《滿江紅•賀趙縣丞》詞：“日麗風和熏協氣，鶯吟燕舞皆歡意。”《儒林外史》五六回：“金陵池館，日麗風和，講求禮樂，釃酒升歌。”《孽海花》七回：“這日正是清明佳節，日麗風和。”同 風柔日暖、和風習習。反 狂風暴雨、天昏地暗。

【早出晚歸】zǎo chū wǎn guī《戰國策•齊策六》：“女朝出而晚來，則吾倚門而望。”說早晨外出到夜晚才回來。形容整天在外面。《古今小說•任孝子烈性為神》：“這任珪一向早出晚歸，因此不滿婦人之意。”清代袁于令《西樓記•庭譖》：“大相公在外閑遊，早出晚歸，豈不知首尾。”老舍《駱駝祥子》：“劉四爺也有點看不上祥子：祥子的拼命，早出晚歸，當然是不利於他的車的。”同 早出暮歸。

【旨酒嘉餚】zhǐ jiǔ jiā yáo 指美酒好菜。旨：甘美。餚：葷菜。《詩經•正月》：“彼有旨酒，又有嘉餚。”《禮記•投壺》：“賓曰：‘子有旨酒嘉餚，某既賜矣，又重以樂，敢辭！’”漢代枚乘《七發》：“旨酒嘉餚，羞炰膾炙，以御賓客。”宋代劉敞《鼓角樓宴集》詩：“輕裘緩帶居多暇，旨酒嘉餚容易醺。”也作“嘉餚旨酒。”唐代王勃《梓潼南江泛舟序》：“亦有嘉餚旨酒，鳴弦朗笛，以補尋幽之致焉。”同 美酒佳餚。反 粗茶淡飯。

【旭日東升】xù rì dōng shēng 旭日：朝日。早晨的太陽開始從東方升起。比喻生氣勃勃，有活力。清代薛福成《庸庵筆記•咸豐季年三奸伏誅》：“登極之日……權奸既去，新政如旭日初升，群賢併進，內外協力，宏濟艱難，遂啟中興之治。”季羨林《晨趣》：“我開始工作的時候，……暗夜已逝，旭日東升。”◇公司剛剛上市，就如旭日東升，蒸蒸日上。同 旭日初升、旭日方升。反 日落西山、日暮途窮。

【旰食宵衣】gàn shí xiāo yī 旰：晚。宵：夜。天黑了才吃飯，天不亮就穿衣起牀。多形容勤於政事。唐代陳鴻《長恨歌傳》：“玄宗在位歲久，倦於旰食宵衣，政無大小，始委於右丞相。”清代無名氏《狄公案》五二章：“且陛下春秋高大，日憂萬幾，旰食宵衣，焦勞不逮。”熊召政《張居正》一二章：“首輔大人執政九年來，嘔心瀝血，旰食宵衣，如今全國田畝清丈完畢，‘一條鞭’法也已實施，新政上了軌道。”同 宵衣旰食、日昃忘食。反 文恬武嬉。

【旱苗得雨】hàn miáo dé yǔ 久旱的禾苗喜得雨水的滋潤。比喻在艱難困苦時，得到及時的幫助。《水滸傳》一九回：“今日山寨，天幸得眾多豪傑到此，相扶相助，似錦上添花，如旱苗得雨。”◇政府及時撥出救濟款項，災後的難民如旱苗得雨，莫不高興萬分。同 雪中送炭。反 錦上添花。

【旱魃為虐】hàn bá wéi nüè 旱魃：造成旱災的鬼。形容旱災非常嚴重。《詩經•雲漢》：“旱魃為虐，如惔如焚。”《後漢書•皇甫規傳》：“地震之後，霧氣白濁，日月不光，旱魃為虐，大賊從橫，流血丹野。”宋代張孝祥《謝雨文》：“旱魃為虐，實深民憂，靈雨既零，頗寬吏責。”《花月痕》一回：“其年夏五月，旱魃為虐，赤地千里。”反 旱苗得雨。

【旱澇保收】hàn lào bǎo shōu 無論正常年景還是遭受旱災、澇災都能保證農作物的較好收成。常比喻收入有保障、不受條件變化的影響。◇銀行向你推銷理財產品，大都說得天花亂墜，似乎旱澇保收，其實都是有風險的。反 有去無回。

【昊天罔極】hào tiān wǎng jí 昊天：蒼天。罔極：無邊。蒼天廣大，無邊無際。《詩經•蓼莪》：“父兮生我，母兮鞠我……欲報之德，昊天罔極。”後用“昊天罔極”：

❶ 比喻父母對子女的恩情廣大深厚，欲報而不能。三國魏曹植《責躬》詩："昊天罔極，生命不圖，常懼顛沛，抱罪黃壚。"《二十年目睹之怪現狀》七四回："虧得祖父撫養成人，以有今日，這昊天罔極之恩，無從補報萬一。" ❷ 形容極大。宋代張孝祥《代焚黃祭文》："念我先君，其艱其勤。生我劬勞，至於成人。菽水之奉，曾不一日。不孝之責，昊天罔極。" 同 恩重如山。反 刻薄寡恩。

【昌言無忌】chāng yán wú jì 公開說出來，無所忌諱。昌：顯明。清代汪琬《答李舉人論以史證經書》："昌言無忌，希賜裁答。" 張慧劍《辰子說林•大學禁授哲學》："謂近來士氣浮囂，專取其便於己私者，昌言無忌，詞鋒所及，倫理國政，無不譏彈。" 蔡東藩《民國通俗演義》四五回："組織籌安會……主張變更國體，昌言無忌，似此謬種流傳，亂黨必將乘機煽動，勢必危及國家。" 同 出言無忌、直言不諱。反 隱晦其辭、支吾其辭。

【明日黃花】míng rì huáng huā 宋代蘇軾《九日次韻王鞏》："相逢不用忙歸去，明日黃花蝶也愁。" 明日：指重陽節後；黃花：指菊花。古人重陽賞菊，重陽過後的菊花已經過時。後用"明日黃花"比喻過時的事物或消息。冰心《寄小讀者》二七："再經過四次月圓，我又可在母親懷裏，便是小朋友也不必耐心的讀我一月前，明日黃花的手書了！"《北洋軍閥統治時期史話》四三章："上海各報登出來的電報有的是支離破碎，語氣不全，有的則成為明日黃花。"

【明升暗降】míng shēng àn jiàng 表面上提升了官銜，而實際上權力卻縮小了。《官場現形記》三六回："就是再添一千個都老爺，也抵不上兩個監督、一個織造的好：這叫做'明升暗降'。"《北洋軍閥統治時期史話》二三章："警務處長雖然位在廳長之上，但是實權反而不及，夏超對這個明升暗降的調動很不滿。" 二月河《雍正皇帝》七三回："在這個時間裏，臣設法明升暗降，先剝掉他的兵權，再徐徐而圖。"

【明月入懷】míng yuè rù huái ❶ 南朝宋鮑照《代淮南王》詩："朱城九門門九開，願逐明月入君懷。" 後以"明月入懷"比喻光明照人，令人心胸開朗豁達。唐代溫庭筠《醉歌》："朔風繞指我先笑，明月入懷君自知。" 元代吳海《淡軒記》："清風時來，振膝獨吟。明月入懷，引杯孤酌。" 清代袁枚《與胡書巢書》："香亭佐劉太守於徐州，見之者都有明月入懷，清風投座之意。" ❷ 後漢末孫堅的夫人懷孕時夢見明月入其懷抱，後來生了封侯拜將的孫策。見《三國志•孫破虜吳夫人傳》裴松之注引《搜神傳》。後用"明月入懷"作為懷孕生子的徵兆。元代任士林《壽光先生傳》："其母范氏夢明月入懷……果生鑒。" 清代錢謙益《三疊韻答孟陽慰余哭子作》："老覺繁霜侵鬢早，愁看明月入懷遲。" 同 日月入懷。

【明月清風】míng yuè qīng fēng 皎潔的月亮，清爽的微風。也代指清幽寧靜的環境。唐代牟融《寫意》詩："高山流水琴三弄，明月清風酒一樽。" 宋代歐陽修《玉樓春》詞："美人才子傳芳信，明月清風傷別恨。" 明代沈采《千金記•遇仙》："戀功名水上鷗，俏芒鞋塵內走，怎如明月清風隨地有，到頭來消受。" 沈從文《漁》："這孩子平時就愛吹笛唱歌，這時來到這山頂上，明月清風使自己情緒縹緲。" 同 清風明月。

【明火執仗】míng huǒ zhí zhàng 燃着火把，拿着武器。形容公開搶劫或做壞事。也作"明火執杖"。元代無名氏《盆兒鬼》二折："我在這瓦窯居住，做些本分生涯，何曾明火執仗，無非赤手求財。"《西遊記》四十回："那借金銀人……明火執杖，白日殺上我門，將我財帛盡情劫擄。"《野叟曝言》四二回："德州河下兇徒，明火執仗，劫奪宮女。"

【明火執杖】míng huǒ zhí zhàng 見"明火執仗"。

【明正典刑】míng zhèng diǎn xíng 正：治罪。典刑：刑法。依照刑法公開懲處。多指處極刑。宋代王楙《野客叢書•宣帝待霍氏》："奈何悖逆之節愈益彰露，而不容掩匿，苟不明正典刑，天下其謂帝何，其勢不得不誅耳。”元代無名氏《爭報恩》二折：“已問實別無冤枉，赴法場明正典刑。”《說岳全傳》三三回：“求元帥發兵往山東捉拿劉猊，明正典刑。”郭沫若《北伐途次》八：“但可佩服的畢竟是大帥，連他自己都要忙着逃命的時候，他卻有那樣的閒情來明正典刑。”同 繩之以法。反 法外施仁。

【明目張膽】 míng mù zhāng dǎn ❶形容有膽有識，敢作敢為。《晉書·王敦傳》：“今日之事，明目張膽為六軍之首。寧忠臣而死，不無賴而生矣。”宋代文天祥《御試策一道》：“方將明目張膽，謇謇諤諤言天下事。”《花月痕》四六回：“臣私自憤懣，急欲明目張膽，為我皇上陳之。”❷形容無所顧忌，公然作惡。《宋史·胡宏傳》：“臣下僭逆，有明目張膽顯為負叛者。”《醒世姻緣傳》三一回：“後來以強淩弱，以眾暴寡，明目張膽的把那活人殺吃。”◇他自以為有後台，越來越明目張膽地欺侮人。同 膽大包天。

【明目達聰】 míng mù dá cōng《尚書·舜典》：“明四目，達四聰。”四：指四方。達：致使。說舜使天下四方的人耳聰目明，能告訴自己各方面的情況。後用“明目達聰”指掌權者多方觀察民情，廣泛聽取意見。唐代陸贄《冬至大禮大赦制》：“夫明目達聰，務廣聞見。”《明史·章懋傳》：“伏乞將煙火停止，移此視聽以明目達聰，省此資財以振饑恤困。”《慈禧與光緒》：“至開辦《時務官報》，及准令士民上書，原以寓明目達聰之用。”

【明白了當】 míng bái liǎo dàng 了當：爽快。形容明白爽快，乾脆利落。《鏡花緣》七九回：“我見算書中差分法，有遞減、倍減、三七、四六等名，紛紛不一，何能及得這個明白了當。籌算之精，即此可見。”章炳麟《諸子略說》一：“前此，理學家謂天地萬物與我同體，語涉含混，不知天地萬物與我，孰為賓主？孟子‘萬物皆備於我’亦然，皆不及正甫之明白了當。”同 直截了當。反 模棱兩可。

【明刑弼教】 míng xíng bì jiào《尚書·大禹謨》：“明于五刑，以弼五教，期于予治。”說明確地執行法律，并輔以教育，用此辦法把國家治理好。後用“明刑弼教”指以法治和教育并行的辦法治國。唐代僧一行《起義堂頌》：“天輔皋繇，明刑弼教；道尊老氏，同玄體妙。”清代陳康祺《郎潛紀聞·本朝開國方略》：“天命二年，令詳慎訟獄，天聰九年，禁徇私枉斷，崇德五年肆赦，此我朝明刑弼教之始。”蔡東藩《南北史通俗演義》二八回：“刑獄為人命所繫，不容輕忽。古稱至德如皋陶，明刑弼教，應無枉濫。”

【明來暗往】 míng lái àn wǎng 公開或背地裏來往。形容關係密切，往來頻繁。多含貶義。劉紹棠《草長鶯飛時節》八：“明來暗往已經幾個月，白連俊雖然閉口不提‘結婚’二字，唐三彩可耐得住性子，沉得住氣。”二月河《雍正皇帝》五三回：“當然，此人老奸巨滑，又和八叔明來暗往的，很讓人不放心。”同 明來暗去。

【明明白白】 míng míng bái bái ❶形容清清楚楚或明確無誤。《水滸傳》四五回：“賬目已自明明白白，並無分文來去。”《醒世姻緣傳》四二回：“卻說那侯小槐明明白白的牆基被他賴了去，經官斷回。我如此有理的事，怕他則甚？”茅盾《少年印刷工》：“舍妹病重的時候，還對我說得明明白白，是沈家灣。”❷形容光明正大。《楊家將演義》一三回：“但須不設暗計，明明白白，有手段平空拿我，吾即拜降。”◇人就是要明明白白做人，實實在在做事。同 一清二楚、堂堂正正。反 模模糊糊、偷雞摸狗。

【明知故犯】 míng zhī gù fàn 明明知道這樣做不對，還故意去做。明代李贄《與周友山書》：“然弟之改過實出本心，蓋一向以貪佛之故，不自知其陷於左道，非明知故犯者比也。”清代李漁《閒情偶寄·恪守詞韻》：“常見文人製曲，一折之中，定有一二出韻之字，非曰明知故犯，以偶得好句不在韻中，而又不肯割愛，故勉強入之以快一時之目者也。”

《二十年目睹之怪現狀》七九回：“正惟這一班明知故犯的忘八蛋做了出來，才使得那一班無知之徒跟着亂鬧啊。”

【明知故問】míng zhī gù wèn 明明自己知道了，還故意去問別人。《兒女英雄傳》三九回：“然則此時夫子又何以明知故問呢？”張愛玲《沉香屑•第一爐香》：“你這不是明知故問麼？——我沒有婚姻自主權。我沒有錢，又享慣了福，天生的是個招駙馬的材料。”歐陽山《柳暗花明》八六：“陳文雄拿眼睛厲了他一眼，覺得他是在那裏明知故問，也就不再開腔。”

【明爭暗鬥】míng zhēng àn dòu 當面和背後都在互相爭鬥。多形容爭權奪利的較量。魯迅《南腔北調集•〈守常全集〉題記》：“《新青年》的同人中，雖然也很有喜歡明爭暗鬥，扶植自己勢力的人，但他一直到後來，絕對的不是。”林語堂《中國人•吾國吾民》：“他不得不與這樣一群魚龍混雜的政治家們打交道，進行最激烈的內部的明爭暗鬥。”李六如《六十年的變遷》第五章：“從這一回起，州衙門裏各種各樣的明爭暗鬥起了變化。”同 勾心鬥角。反 肝膽相照。

【明若觀火】míng ruò guān huǒ 好像看火焰一樣，明明白白，一清二楚。隋代楊廣《遺陳尚書江總檄》：“邃古成敗之機，近代安危之跡，照同懸鏡，明若觀火。”唐代陸贄《奉天論前所答奏未施行狀》：“善惡從類，端如貫珠，成敗象行，明若觀火，此歷代之元龜也。”《尚書•盤庚上》“予若觀火。”宋代蔡沈集傳：“我視汝情，明若觀火。”柯靈《遙寄張愛玲》：“只要有點歷史觀點，新舊中華之間，榮枯得失，一加對照，明若觀火。”同 洞若觀火。

【明查暗訪】míng chá àn fǎng 見“明察暗訪”。

【明珠暗投】míng zhū àn tóu《史記•魯仲連鄒陽列傳》：“臣聞明月之珠，夜光之璧，以暗投人於道路，人無不按劍相眄者，何則？無因而至前也。”後以“明珠暗投”比喻：❶有才幹的人投靠不能賞識重用他的人或誤入歧途。明代高明《二郎神•秋懷》曲：“怕朱顏去也難留，把明珠暗投，不如意十常八九。”《三國演義》五七回：“統曰：‘吾欲投曹操去也。’肅曰：‘此明珠暗投矣。’”❷珍奇貴重的東西落入不識貨的人手裏。清代沈復《浮生六記•閒情記趣》：“又在揚州商家見有虞山客，攜送黃楊翠柏各一盆，惜乎明珠暗投。”反 棄暗投明。

【明珠彈雀】míng zhū tán què《莊子•讓王》：“今且有人於此，以隋侯之珠彈千仞之雀，世必笑之。是何也？則其所用者重而所要者輕也。”隋侯之珠：指寶珠。後以“明珠彈雀”比喻做事輕重倒置，得不償失。宋代邵伯溫《聞見前錄》卷六：“將明珠而彈雀，所得者少，所失者多。”《東周列國誌》九三回：“明珠彈雀，不如泥丸；白璧療飢，不如壺餐。”《封神演義》一三回：“道兄，好好把哪吒叫他出來見我，還是好面相看，萬事俱息；若道兄隱護，只恐明珠彈雀，反為不美。”同 隋珠彈雀。反 一本萬利。

【明哲保身】míng zhé bǎo shēn《詩•烝民》：“既明且哲，以保其身。”後用“明哲保身”指：❶善惡分明，是非清楚，深明哲理大義的人，懂得擇安去危，遠離禍難。唐代白居易《杜佑致仕制》：“盡瘁事君，明哲保身，進退始終，不失其道。”《資治通鑒•高祖五年論》：“等功名於外物，置榮利而不顧，所謂明哲保身者，子房有焉。”❷貶斥那種首在保全自己、謹小慎微的處世態度。老舍《四世同堂》三九：“明哲保身在這危亂的時代並不見得就是智慧。”反 見義勇為。

【明恥教戰】míng chǐ jiào zhàn 向士兵申明軍紀，使其以怯懦為恥而勇於殺敵。《左傳•僖公二十二年》：“明恥教戰，求殺敵也。”《魏書•張普惠傳》：“文武之道，自昔成規；明恥教戰，振古常軌。”

【明效大驗】míng xiào dà yàn 非常顯著的效果和驗證。效、驗：收到的成效。《漢書•賈誼傳》：“秦王置天下於法令刑罰，德澤亡一有而怨毒盈於世，下憎惡之如仇讎，禍幾及身，子孫誅絕，此天下之所共見也。是非其明效大驗邪？”《清史稿•郭沛霖傳》："六年三月，逆賊復陷揚州，終不敢越灣頭、萬福橋一步，是未堵各壩足以扼賊之明效大驗。"陳獨秀《答佩劍青年》："此數千年或數百年之惡德，一旦革除，豈非歐化之明效大驗乎？"

【明推暗就】míng tuī àn jiù 表面上推卻，實際上卻想接受。形容假意拒絕的客套行為。清代李漁《慎鸞交·債餌》："今日早間，那老婆子走來央我，被我故意作難，說了幾句明推暗就的話，少不得我前腳走到，他後腳自會趕來。"同 半推半就。

【明眸皓齒】míng móu hào chǐ 眸：瞳人，指眼睛。皓：潔白。三國魏曹植《洛神賦》："丹唇外朗，皓齒內鮮。明眸善睞，靨輔承權。"後用"明眸皓齒"形容女子容貌美麗，或代指美女。唐代杜甫《哀江頭》詩："明眸皓齒今何在？血污遊魂歸不得。"宋代蘇軾《虢國夫人夜遊圖》詩："明眸皓齒誰復見，只有丹青餘淚痕。"清代吳偉業《圓圓曲》："熏天意氣連宮掖，明眸皓齒無人惜。"柏楊《濁世人間·明眸皓齒》："漂亮的太太小姐鐵定地都是'明眸皓齒'，眼明乃第一要義，詩人稱之為'秋波'。"同 蛾眉皓齒、皓齒明眸。反 蓬頭歷齒、蓬頭垢面。

【明眸善睞】míng móu shàn lài 眸：瞳人，指眼睛。睞：斜眼看。形容美女的眼睛善於顧盼傳情。三國魏曹植《洛神賦》："丹唇外朗，皓齒內鮮。明眸善睞，靨輔承權。"清代珠泉居士《續板橋雜記·麗品》："馬四，蘇州人，身軀弱小，明眸善睞。"同 美目傳情、顧盼神飛。

【明揚側(仄)陋】míng yáng zè lòu《尚書·堯典》："明明揚側陋。"明明：明察賢明之士。揚：推舉。側：同"仄"，狹窄。仄陋：指處在下層沒有地位的人。後以"明揚側陋"、"明揚仄陋"指發掘薦舉出身微賤的賢才。漢代曹操《求賢令》："二三子其佐我明揚仄陋，唯才是舉，吾得而用之。"《北齊書·神武帝紀下》："神武朝鄴，請令百官每月面敷政事，明揚側陋，納諫屏邪，親理獄訟。"唐代李世民《令天下諸州舉人手詔》："可令天下諸州，明揚側陋，所部之內，不限吏人。"同 舉賢任能。

【明窗淨几】míng chuāng jìng jī 几：几案。形容室內明亮，陳設整潔。宋代歐陽修《試筆·學書為樂》："蘇子美嘗言，明窗淨几，筆硯紙墨皆極精良，亦自是人生一樂。"《喻世明言·楊思溫燕山逢故人》："眾人去看靈芝，惟思厚獨入金壇房內閒看。但見明窗淨几，鋪陳玩物。"◇有一座明窗淨几的別墅，有一個愛自己的丈夫，有一部汽車，這就是她的最高理想。同 窗明几淨。反 污穢不堪。

【明媒正娶】míng méi zhèng qǔ 明：光明正大。正：指合乎當時的禮儀。指經媒人說合，父母同意，並以正統儀式迎娶的正式婚姻。明代柯丹邱《荊釵記·搶親》："我當初嫁你，也是明媒正娶。"《說岳全傳》六七回："必待妾身回家稟知父親，明媒正娶，方得從命。"◇我是你明媒正娶的妻子，可不是私奔來的。同 明婚正配、明婚正娶。反 露水夫妻、私訂終身。

【明槍暗箭】míng qiāng àn jiàn 明處搠來的槍和暗處射來的箭。比喻公開的和隱蔽的攻擊。巴金《憶·做大哥的人》："祖父死後，大哥因為做了承重孫，便成了明槍暗箭的目標。"王朝聞《論鳳姐》一六章："襲人有時是明槍暗箭一齊來的。"同 暗箭明槍。

【明察秋毫】míng chá qiū háo《孟子·梁惠王上》："明足以察秋毫之末。"說眼力非常好，能看清鳥獸秋天新長出的細毛。後以"明察秋毫"形容目光敏銳，能洞察一切。《三俠五義》四二回："不想相爺神目如電，早已明察秋毫，小人再不敢隱瞞。"清代沈復《浮生六記·閒情記趣》："余憶童稚時，能張目對日，明察秋毫，見藐小微物，必細察其紋理，故時有物外之趣。"◇都說總裁明察秋毫，怎麼這樁生意搞成一筆糊塗賬？同 洞若觀火。反 有眼無珠。

【明察暗訪】míng chá àn fǎng 公開調查，暗中探詢，用不同方式多方面進行瞭解。也作"明查暗訪"。《兒女英雄傳》

二七回："丈夫的品行也丢了，他的聲名也丢了，他還在那裏賊去關門，明察暗訪。"清代林則徐《復奉訪察碎石工程情形摺》："臣仰奉諭旨，明查暗訪，不必亟亟。"◇他明察暗訪，終於弄明白了，公司的財務主管原來是個癮君子。同 明查暗訪。

【明德惟馨】míng dé wéi xīn 明德：美德。惟：是。馨：芳香。完美的德性才是真正芳香的。也用以稱讚人品德高尚。《尚書•君陳》："至治馨香，感于神明。黍稷非馨，明德惟馨。"《世說新語•規箴》："知幾其神乎！古人以為難，交疎吐誠，今人以為難。今君一面盡二難之道，可謂'明德惟馨'。"《樂府詩集•郊廟歌辭三•昭夏樂》："五方來格，一人多祉。明德惟馨，於穆不已。"

【明辨是非】míng biàn shì fēi 分得清是非，分得清正確和錯誤。◇明辨是非，分清善惡，是做人的本分／五十年的人世滄桑，把他歷練得明辨是非，處事果斷，有很強的抗壓能力。同 是非分明。反 混淆黑白、混淆是非。

【明鏡高懸】míng jìng gāo xuán 據《西京雜記》卷三：漢高祖劉邦入咸陽宮，得一方鏡，"人直來照之，影則倒見，以手捫心而來，則見腸胃五臟，歷然無礙；人有疾病在內，則掩心而照之，則知病之所在；又有女子邪心，則膽張心動；秦始皇常以照宮人，膽張心動者則殺之"。後以"明鏡高懸"稱頌官吏執法嚴明、斷案公正，或辦事明辨是非，秉公無私。元代《望江亭》四折："今日個幸對清官，明鏡高懸。"《三俠五義》八四回："望乞眾位大人明鏡高懸，細細詳查是幸。"反 暗無天日、徇情枉法。

【易如反掌】yì rú fǎn zhǎng《孟子•公孫丑上》："以齊王，由反手也。"說以齊國之大，如行王道，像翻一下手掌那樣容易。後形容非常易為，一點不難。《北史•裴矩傳》："以國家威德，將士驍雄，汎濛汜而揚旌，越崐崘而躍馬，易如反掌。"明代朱鼎《玉鏡台記•石勒稱王》："你二人果然勇足以當鋒，智足以取勝，滅晉除劉，易如反掌。"郭沫若《虎符》第三幕："不過現在的列國，誰也不肯把這易如反掌的事做一做。"同 易如翻掌。

【昏天黑地】hūn tiān hēi dì ❶ 形容入夜天黑或天色昏暗。元代關漢卿《調風月》二折："沒人將我拘管收拾，打千秋，閒鬥草，直到箇昏天黑地。"清代羽衣女士《東歐女豪傑》五回："忽然街上的電燈不知為着甚麼原故，霎時間全行熄滅，變了一個昏天黑地的世界。"❷ 形容頭腦昏昏沉沉，迷迷糊糊。《二刻拍案驚奇》卷二五："鄭蕊珠昏天黑地，不認得這條路是那裏？離家是近是遠？"◇中了三千萬的彩票，做夢也想不到，登時高興得昏天黑地。❸ 形容荒唐放蕩，鬼混日子。《二十年目睹之怪現狀》九五回："他卻還是昏天黑地的，一天到晚，躲在賭場妓館裏胡鬧。"❹ 形容漫無秩序、亂糟糟的，鬧得翻天。清代吳趼人《糊塗世界》卷二："出來張羅那一班道喜的人，接着擺桌子開席，猜拳行令，鬧了個昏天黑地。"❺ 形容社會黑暗。清代胡式鈺《語竇》："奉使來時驚天動地，奉使去時昏天黑地，官吏都歡天喜地，百姓卻哭天哭地。"魯迅《兩地書》九："加以像現在的昏天黑地，你若打開窗子說亮話，還是免不了做犧牲。"同 天昏地暗、暗無天日。

【昏昏沉沉】hūn hūn chén chén ❶ 形容頭腦迷迷糊糊，神志不清。元代關漢卿《竇娥冤》一折："我吃了這湯去，怎覺昏昏沉沉的起來？"張恨水《春明外史》八六回："梨雲在被裏伸出瘦手來，接過去，湊在鼻子上聞了一聞，放在枕頭邊，閉着眼睛，昏昏沉沉的又睡了。"❷ 處事不明不白，稀裏糊塗。清代張春帆《九尾龜》七三回："(沈仲思) 頓時手頭有了四五十萬銀子，越發的不想回去，只在上海地方昏昏沉沉的度日。"同 昏頭昏腦。反 神清氣爽。

【昏昏欲睡】hūn hūn yù shuì 頭腦昏昏沉沉，只想睡覺。形容疲乏困倦或精神不振。《聊齋誌異•賈奉雉》："是秋入闈復落，邑邑不得志，頗思郎言，遂取前所指示者強讀之，未至終篇，昏昏欲睡，心惶惑無以自主。”清代歸莊《許更生詩序》：“以為詩能散人襟懷，顧覽他人詩，昏昏欲睡又何也？”林語堂《論讀書》：“據説古人讀書有追月法，刺股法，及丫頭監讀法，其實都是很笨。讀書無興味，昏昏欲睡，始拿錐子在股上刺一下，這是愚不可當。”同萎靡不振。反精神百倍。

【昏定晨省】hūn dìng chén xǐng 定：鋪好枕蓆。省：看望問候。傍晚侍候就寢，清晨探望問安。指兒女盡孝心，侍奉父母長輩。《禮記•曲禮上》：“凡為人子之禮，冬溫而夏清，昏定而晨省。”《水滸傳》四二回：“因老父生育之恩難報……去家中搬取老父上山，昏定晨省，以盡孝敬。”明代周楫《西湖二集》卷六：“話説這位孝子姚伯華，生在浙江嚴州府桐廬縣，二十未娶，事父母極孝，昏定晨省，再不肯離父母左右。”同冬溫夏清、晨昏定省。

【昏迷不醒】hūn mí bù xǐng 昏沉迷糊，失去知覺。《喻世明言•鬧陰司司馬貌斷獄》：“次日，昏迷不醒，叫喚也不答應，正不知甚麼病症。”《鏡花緣》四四回：“即如桑椹，人能久服，則延年益壽；斑鳩食之，則昏迷不醒。”◇車禍以後他就成了一個常年昏迷不醒的植物人。同不省人事。

【昏頭昏腦】hūn tóu hūn nǎo 形容頭腦不清醒，糊裏糊塗。也作“昏頭搭腦”。《西遊記》八六回：“那呆子哭得昏頭昏腦的，揩揩鼻涕眼淚道：‘沙和尚，師父回家來顯魂哩！’”《孽海花》三十回：“這兩天，我已經被他弄得昏頭昏腦了，可是我傅彩雲也不是窩子貨。”《説岳全傳》一一回：“因被宗澤發作了一場，氣得昏頭搭腦。”《負曝閒談》六回：“再回頭一看，他那個車夫披着衣裳，揉着眼睛，昏頭搭腦的撞將出來。”同昏頭暈腦。反神清氣爽。

【昏頭搭腦】hūn tóu dā nǎo 見“昏頭昏腦”。

【昏鏡重明】hūn jìng chóng míng 見“昏鏡重磨”。

【昏鏡重磨】hūn jìng chóng mó 昏：暗。鏡：古人用的銅鏡。把已經發暗的銅鏡重新磨亮。比喻重見光明。元代孫仲章《勘頭巾》三折：“投至今日，得見孔目哥哥呵！似那撥雲見日，昏鏡重磨。”也作“昏鏡重明”。元代無名氏《神奴兒》四折：“今日投至見大人，似那撥雲見日，昏鏡重明。”同重見天日、撥雲見日。

【春山如笑】chūn shān rú xiào 形容春天的山景猶如嫵媚的笑容，令人心曠神怡。宋代郭熙《山水訓》：“真山水之煙嵐，四時不同，春山澹冶而如笑，夏山蒼翠而如滴，秋山明淨而如妝，冬山慘淡而如睡。”清代厲鶚《喜春來•春日郊行》曲：“春山如笑，春流堪照，桃花紅出疏籬靠。”◇這一帶春山如笑，綠水漣漪，草樹葱蘢，景色醉人。

【春去秋來】chūn qù qiū lái 春天過去了，秋天又到來。形容歲月流逝。明代劉基《大堤曲》：“春去秋來年復年，生歌死哭長相守。”明代錢鶴灘《明日歌》：“世人若被明日累，春去秋來老將至。”◇光陰荏苒，凡是上進的人，都會珍惜并善於利用春去秋來的歲月。同春來秋去、秋去春來。

【春光明媚】chūn guāng míng mèi 形容春天的景色鮮明豔麗。元代楊文奎《兒女團圓》一折：“莫不是春光明媚！既不沙可怎生有梨花亂落，在這滿空飛？”《説岳全傳》四回：“一路上春光明媚，桃李爭妍，不覺欣欣喜喜。”張恨水《春明外史》二：“在這種春光明媚的時候，輕衫側帽，揚鞭花間柳下……那是多麼快活呢！同春和景明。

【春光漏泄】chūn guāng lòu xiè 説柳枝泛綠出芽，透露出春天來臨的消息。春光：春天的風物景象。唐代杜甫《臘日》詩：“侵陵雪色還萱草，漏泄春光有柳條。”後用“春光漏泄”、“漏泄春光”比喻泄露秘密或男女私情透露出來。元代王實甫《西廂記》一本二折：“本待要安排心事傳幽客，我則怕漏泄春光與乃堂。”清代洪昇《長生殿•絮閣》：“呀！這春光漏泄，怎地開交？”

【春回大地】chūn huí dà dì 春天回歸大地。

形容嚴寒已過，人間春意盎然。宋代周紫芝《太倉稊米集•歲杪雨雪連日悶題》詩：“樹頭雪過梅猶在，地上春回柳未知。”清代梁章鉅《楹聯叢話•應制》：“廣樂奏鈞天、萬國衣冠、同瞻旭日、陽春回大地。”◇春回大地，萬物競發，處處生機，催人奮進。同 大地回春。反 冰天雪地。

【春色滿園】chūn sè mǎn yuán 園裏盡是春天美麗的景色。形容欣欣向榮的春天景象。唐代呂從慶《豐溪存稿•小園》詩：“小園春色麗，花發兩三株。”宋代葉紹翁《遊園不值》詩：“春色滿園關不住，一枝紅杏出牆來。”同 滿園春色。

【春色撩人】chūn sè liáo rén 撩：招惹、撩撥。説春天的景色勾起人的種種情趣。宋代陸游《山園雜詠》：“桃花爛漫杏花稀，春色撩人不忍違。”宋代楊萬里《長句寄周人子充》：“老窮只是詩困我，春色撩人又成句。”

【春花秋月】chūn huā qiū yuè 見“秋月春風”。

【春雨如油】chūn yǔ rú yóu 形容春天的雨水就像油一樣寶貴。《景德傳燈錄》卷一：“春雨一滴滑如油。”明代解縉《春雨》詩：“春雨貴如油，下得滿街流。滑倒解學士，笑壞一群牛。”◇春雨如油，一棵棵鮮嫩的草芽兒爭先恐後地汲取着它而蓬勃生長。同 春雨貴如油。

【春和景明】chūn hé jǐng míng 春光和煦，景色明媚豔麗。宋代范仲淹《岳陽樓記》：“至若春和景明，波瀾不驚，上下天光，一碧萬頃。”明代王錂《春蕪記•訪友》：“小生許久不與他會面。喜今日春和景明，晝閒無事，不免去看他一遭。”◇江南的二月，萬物復蘇，春和景明，一派明麗的祥和景象。同 春深似海。反 地凍天寒。

【春秋佳日】chūn qiū jiā rì 説春秋兩個季節是一年中最美好的時光。日：泛指一段時間。晉代陶潛《移居》詩：“春秋多佳日，登高賦新詩。”《唐祝文周全傳》一七回：“明朝年間的蘇州，比現在着實要繁華富庶。每逢春秋佳日，總是士女如雲，遊人如織。”◇當此春秋佳日，我們何不到遠郊去散散心？那一望無際黃澄澄的菜花着實迷人呢。

【春秋筆法】chūn qiū bǐ fǎ《春秋》是魯國的編年體史書。傳説經孔子修訂整理而成，記載魯隱公元年（前 722 年）至魯哀公十四年（前 481 年）共 242 年間的歷史。孔子修史書《春秋》時，行文暗含褒貶，後人把委婉曲折、意含批評或肯定的寫法稱為“春秋筆法”。《史記•孔子世家》：“至於為《春秋》，筆則筆，削則削，子夏之徒不能讚一辭。”宋代俞文豹《吹劍錄》：“朱文公《通鑒綱目》以正名為先……蓋純用《春秋》筆法也。”魯迅《熱風•反對“含淚”的批評家》：“我在這文章裏正用‘君’，但初意卻不過貪圖少寫一個字，並非有甚麼《春秋》筆法。”反 直言不諱。

【春秋鼎盛】chūn qiū dǐng shèng 春秋：春秋交替為一年，代指年齡。説人的年齡正處於年富力強的階段。多用以指君王。漢代賈誼《新書•宗首》：“天子春秋鼎盛，行義未過，德澤有加焉。”宋代蘇軾《朝辭赴定州狀》：“今陛下聖智絕人，春秋鼎盛。”《東周列國誌》七一回：“及入宮庭，見王春秋鼎盛。”清代程允升《幼學瓊林•老幼壽誕》：“稱少年，曰春秋鼎盛，羨高年，曰齒德俱尊。”同 年富力強。反 行將就木。

【春風一度】chūn fēng yī dù 一度：一番。❶ 比喻領略到某種情趣，稱心得意了一番。元代王實甫《麗春堂》三折：“老夫為官……到今日身無所如，想天公也有安排我處，可不道呂望嚴陵自千古，這便算的我春風一度。”◇他被任命為總裁那當兒，着實春風一度，大有飄飄然凌雲之概。❷ 指男女歡好。春風：比喻春情。《聊齋誌異•荷花三娘子》：“詰其姓氏，曰：春風一度，即別東西，何勞審究，豈將留名字作貞坊耶？”同 如沐春風。

【春風化雨】chūn fēng huà yǔ 君子的教育像及時的春雨化育萬物。《孟子•盡心上》：“君子之所以教者五：有如時雨化之者。”漢代劉向《説苑•貴德》：“吾不能以春風風人，吾不能以夏雨雨人，吾窮必矣。”後以“春風化雨”頌揚老師的諄諄教誨或比喻良好的教育。《兒女英雄傳》三七回：“驥兒承老夫子的春風化雨，遂令小子成名。”

【春風風人】 chūn fēng fèng rén 風人：吹拂人。比喻用溫潤的善意待人，給予教益或幫助。多與“夏雨雨人”連用。雨人：滋潤人。漢代劉向《説苑•貴德》：“吾不能以春風風人，吾不能以夏雨雨人，吾窮必矣。”◇人之相知，貴相相心，不是互相利用，互相猜忌，而是春風風人，隨時給人以溫暖與幫助。同 夏雨雨人。

【春風得意】 chūn fēng dé yì 得意：稱心如意。原形容讀書人科舉成名後的得意之態，後多形容遂心如願後的喜悦心情。唐代孟郊《登科後》詩：“春風得意馬蹄疾，一日看盡長安花。”元代喬孟符《金錢記》四折：“他見我春風得意長安道，因此上迎頭兒將女婿招。”梁實秋《升官圖》：“有時候學優則仕，青雲直上，春風得意，加官晉爵。”同 志得意滿。反 悵然若失。

【春風滿面】 chūn fēng mǎn miàn 形容一臉喜悦的樣子。宋代陳著《次韻趙景文絕糧》：“赤嶠歸來似夢中，春風滿面掃儒窮。”元代無名氏《九世同居》四折：“不覺的淋漓酒濕錦宮袍，春風滿面樂陶陶，一聲長笑海山高。”《三俠五義》九回：“（包公）將單一一看明，不由春風滿面。”沅君《古玩行》：“老闆相信和氣生財的俗話，對顧客總是春風滿面。”同 滿面春風、笑容滿面。反 怒容滿面、暴躁如雷。

【春蚓秋蛇】 chūn yǐn qiū shé《晉書•王羲之傳論》：“（蕭）子雲近出，擅名江表，然僅得成書，無丈夫之氣，行行若縈春蚓，字字如綰秋蛇。”後用“春蚓秋蛇”：❶ 形容書法拙劣，曲曲彎彎，沒有力度，就像春天的蚯蚓和秋天的蛇爬過的痕跡一樣。宋代蘇軾《龍尾硯歌》：“粗言細語都不擇，春蚓秋蛇隨意畫。”❷ 形容書法出色，曲盡變化之妙。清代顧復《平生壯觀•懷素》：“《千文自敍》若《筍貼》，有春蚓秋蛇之意，變化不可端倪，險絕也。”同 春蛇秋蚓、秋蛇春蚓。

【春宵一刻】 chūn xiāo yī kè 唐代白居易《長恨歌》：“春宵苦短日高起，從此君王不早朝。”宋代蘇軾《春夜》詩：“春宵一刻值千金，花有清香月有陰。”説美好的春夜時光，短暫易逝，非常寶貴。《群音類選•完扇記•攜美遊春》：“春宵一刻價難求，莫將春誤，徒為春愁。”《浮生煙雲》六：“我聽説葉春平是在上前線幾日聽命家長匆匆的結的婚，因此，這幾天自然成了一生中最是魂夢相生的春宵一刻的時光了。”

【春深似海】 chūn shēn sì hǎi 春天的景色像海洋一樣深廣。形容春意非常濃厚，籠罩着四面八方，彷彿置身於春色的海洋中。《兒女英雄傳》三十回：“這屋裏那塊‘四樂堂’的匾可算掛定了！不然，這春深似海的屋子，也就難免愁深似海。”楊朔《茶花賦》：“不見茶花，你是不容易懂得‘春深似海’的妙處的。”◇花的香氣，草的幽綠，樹枝伸張着腰，加上藍天白雲，飛鳥蟲鳴，這正是春深似海的景象。同 春光如海。反 春意闌珊。

【春華秋實】 chūn huá qiū shí 春天開花，秋天結果。❶ 比喻努力沒有白費，終於取得豐碩成果。清代錢泳《履園叢話•永和銀杏》：“揚州鈔關官署東隅，有銀杏樹一株，其大數圍，其幹淩霄，春華秋實。”❷ 比喻人品、學識或文采。清代汪熷《〈長生殿〉序》：“春華秋實，未可相兼；樂旨潘詞，尤難互濟。”清代龔自珍《〈鴻雪因緣圖記〉序》：“宦轍所至，宏奬士類，進其春華秋實之士而揚扢之。”❸ 比喻因果關係，有前因，才有後果。北齊顏之推《顏氏家訓•勉學》：“講論文章，春華也；修身利行，秋實也。”

【春寒料峭】 chūn hán liào qiào 料峭：微寒。形容早春的氣候處在乍暖還寒之中。《五燈會元•潭州大溈佛性法泰禪師》：“春寒料峭，凍殺年少。”宋代王之道《石州慢》詞：“休説，春寒料峭，夜來花柳，弄風搖雪。”◇春寒料峭，霧氣籠罩大地，升起的塵土彷彿炊煙一般。同 料峭春寒。反 春和景明。

【春暖花香】chūn nuǎn huā xiāng 見“春暖花開”。

【春暖花開】chūn nuǎn huā kāi 春天的氣候溫暖，百花盛開，香氣襲人。形容春景美好。明代朱國楨《湧幢小品•南內》：“春暖花開，命中貴陪內閣儒臣宴賞。”《歧路燈》四十回：“春暖花開，我好引着孩子們園裏做活。”也作“春暖花香”。元代奧敦周卿《蟾宮曲》：“春暖花香，歲稔時康。”明代無名氏《打韓通》頭折：“春暖花香，和風淡蕩。我則見東郊上，男女成行，處處閒遊賞。”◇在這春暖花開之時，正好籌劃一年要做的事，正像俗語說的一日之計在於晨，一年之計在於春。同 桃紅柳綠、百花盛開。反 數九寒冬、隆冬臘月。

【春暉寸草】chūn huī cùn cǎo 春天的陽光普照，小草節節成長。唐代孟郊《遊子吟》：“誰言寸草心，報得三春暉。”後用“春暉寸草”表示父母的養育之恩難以報答。清代黃景仁《題洪稚存機身燈影圖》：“未能一笑酬苦節，空此春暉寸草心。”◇父母的養育之恩天高海深，春暉寸草，子女是報答不盡的。同 寸草春暉。反 六親不認。

【春意盎然】chūn yì àng rán 形容早春的氣息濃郁，充滿生機活力。盎然：興盛的樣子。《胡雪巖全傳•平步青雲》：“阿七笑了，笑得極甜，加上她那水銀流轉似的秋波，春意盎然。”◇公園裏，山野裏，處處百花盛開，草木鬱鬱葱葱，一派春意盎然的景象。同 春深似海。反 枯枝敗葉。

【春意闌珊】chūn yì lán shān 春天即將過去。闌珊：將盡、將完。南唐李煜《浪淘沙》詞：“簾外雨潺潺，春意闌珊。”元代方伯成《端正好•憶別》曲：“柳飛綿花飄瓣，又一番春意闌珊。”◇南風漸起，春意闌珊，天氣開始熱起來了。反 春意盎然。

【春夢無痕】chūn mèng wú hén 宋代蘇軾《正月二十日與潘郭二先生出郊尋春》詩：“人似秋鴻來有信，事如春夢了無痕。”說春天的夢短暫易忘。後多比喻人間事時過境遷，恍如做夢一般短暫易逝。◇光陰如箭，逝水年華，往事春夢無痕，每念及此，感觸萬千。同 一場春夢、往事如煙。

【春滿人間】chūn mǎn rén jiān 春色充滿人世間。形容春光融融、溫煦明麗的景象。宋代曾鞏《班春亭》詩：“山亭嘗自絕浮埃，山路輝光五馬來。春滿人間不知主，誰言爐冶此中開？”宋代彭汝礪《二月己亥曉出城祀高禖》詩：“流鶯恰似無機械，春滿人間亦未知。”◇在這小小的香港島上，春滿人間，人們過得緊張愉快，洋溢着蓬勃向上的濃郁氣氛。同 大地回春。

【春樹暮雲】chūn shù mù yún 唐代杜甫《春日憶李白》詩：“渭北春天樹，江東日暮雲。何時一樽酒，相與細論文。”當時杜甫在渭北，李白在江南。後用“春樹暮雲”表示思念遠方的朋友。宋代方岳《答戴書記》：“山林深密，瞻望正遙。春樹暮雲，臨紙淒斷。”◇與摯友碼頭揮別，數年匆匆而過，不勝春樹暮雲之思。同 暮雲春樹。

【春蘭秋菊】chūn lán qiū jú 春天的蘭花，秋天的菊花。比喻各具特色，各有長處。戰國楚屈原《九歌•禮魂》：“春蘭兮秋菊，長無絕兮終古。”洪興祖補注：“古語云：春蘭秋菊，各一時之秀也。”唐代李商隱《代魏宮私贈》詩：“來時西館阻佳期，去後漳河隔夢思。知有宓妃無限意，春蘭秋菊可同時。”元代無名氏《百花亭》三折：“春蘭秋菊益生津，金橘木瓜偏爽口。”魯迅《偶成》詩：“所恨芳林寥落甚，春蘭秋菊不同時。”◇她和丈夫都是文學家，兩人的短篇小說各具特色，春蘭秋菊，相得益彰。同 秋菊春蘭、各有千秋。反 一丘之貉。

【昧己瞞心】mèi jǐ mán xīn 喪失良心，行為詭詐。瞞：騙。昧：藏。元代戴善夫《風光好》四折：“你最是昧己瞞心潑小兒，許下俺調琴瑟，今日似難鳴孤掌，不綫的單絲。”《初刻拍案驚奇•張員外義撫螟蛉子》："況且骨肉之間，如此昧己瞞心，最傷元氣。"◇她這個人看上去很老實，其實昧己瞞心的事兒幹了不少。同 瞞心昧己。

【昧旦晨興】mèi dàn chén xīng《詩經·女曰雞鳴》："女曰雞鳴，士曰昧旦。"昧旦：拂曉。興：起。說天還沒亮就起身。形容勞苦勤奮或因心事而難以安眠。《晉書·簡文帝紀》："何嘗不昧旦晨興，夜分忘寢。"南朝梁江淹《恨賦》："若乃趙王既虜，遷於房陵，薄心動念，昧旦晨興，別豔姬與美女，喪金輿及玉乘，置酒欲飲，悲來填膺，千秋萬歲，為怨難勝。"◇母親久病在牀，作女兒的她，昧旦晨興，照料得無微不至。同 夙興夜寐。

【昧地謾(瞞)天】mèi dì mán tiān 欺天騙地。指昧着良心，隱瞞實情騙人。昧：隱。謾：騙。金代侯善淵《酹江月》詞："昧地謾天，多能已會，以巧翻為拙。"明代無名氏《活拿蕭天佑》一折："你這般昧地瞞天，諂佞奸僻。"◇昧地瞞天，以假貨冒真貨，以次充好的商人畢竟不多。同 瞞天昧地、謾天昧地。反 童叟無欺、實話實說。

【是古非今】shì gǔ fēi jīn 肯定古代的，否定今天的。意謂古代的好過今天的，要依照古人的，不要今天的。《漢書·元帝紀》："且俗儒不達時宜，好是古非今，使人眩於名實，不知所守，何足委任！"《魏書·李謐傳》："但是古非今，俗間之常情；愛遠惡近，世中之恆事。"清代李漁《閒情偶寄·變調》："且時人是古非今，改之徒來訕笑，仍其大體，既慰作者之心，且杜時人之口。"同 厚古薄今。反 厚今薄古。

【是非不分】shì fēi bù fēn 分辨不清對和錯，混淆了正確的與錯誤的。漢代王褒《四子講德論》："好惡不形，則是非不分。"◇分清是非，這是做人的起碼要求，如果連這一點都做不到，是非不分，那一輩子都是個糊塗人。同 不分皂白、不分青紅皂白。反 是非分明、黑白分明。

【是非分明】shì fēi fēn míng 正確與錯誤分得很清楚。《漢書·劉向傳》："故賢聖之君，博觀始終，窮極事情，而是非分明。"◇別看他大大咧咧，做起事來可是是非分明，有板有眼的。反 混淆是非。

【是非之地】shì fēi zhī dì 極易產生無謂的糾紛的地方。是非：指猜忌、糾紛、爭拗等。《胡雪巖全傳·平步青雲》："我想第一步只有讓你師父跳出是非之地，哪一方面都不幫。"◇凡是八卦婆群集的地方，都是傳播流言蜚語的是非之地。

【是非曲直】shì fēi qū zhí 指事情的正確與錯誤，有理與無理。漢代王充《論衡·說日》："二論各有所見，故是非曲直未有所定。"元代無名氏《朱砂擔》三折："我奉着玉帝天符非輕慢，將是非曲直分明看。"巴金《春》一四："這件事情的是非曲直，她弄不清楚，而且她也無法弄清楚。"同 青紅皂白。

【是非得失】shì fēi dé shī 正確的和錯誤的，得到的和失去的。意謂權衡對與錯、得與失。宋代朱熹《辭免兼實錄院同修撰奏狀》："聞命悚惕，不知所言，重念臣愚，素無史學，然於是非得失之故，實有善善惡惡之心。"錢仲聯《人境廬詩草·黃公度年譜》："逮窮年累月，深稽博考，然後乃曉然於是非得失之宜，長短取舍之要。"◇所謂敏於事而慎于言，就是說凡事必先考慮是非得失，謀定而後動。

【是非混淆】shì fēi hùn xiáo 見"混淆是非"。

【是非顛倒】shì fēi diān dǎo 把對的說成錯的，把錯的說成對的，混淆是非。宋代曾鞏《〈南齊書〉目錄序》："然而蔽害天下之聖法，是非顛倒而採摭謬亂者，亦豈少哉？"《二刻拍案驚奇》卷一六："陽世全憑一張紙，是非顛倒多因此。"《老殘遊記》九回："然則桀紂之為君是，而桀紂之民全非了，豈不是是非顛倒嗎？"同 顛倒是非。反 是非分明。

【是是非非】shì shì fēi fēi ❶肯定正確的，否定錯誤的，是非曲直判斷得很清楚。《荀子·修身》："是是非非謂之知，非是是非謂之愚。"宋代陸游《曾文清公墓誌銘》："篤於為義，勇於疾惡，是是非非，終身不假人以色詞。"❷指對與錯、有理和無理，等於說"是非曲直"。宋代朱熹《朱子語類》卷八七："心苟是矣，試一察之，則是是非非，自然別得。"清代黃宗羲《與李杲堂陳介眉書》："是是非非，一以古人為法。"❸ 指閒言碎語，無謂的糾紛和矛盾。《群音類選•北新水令•自歎》："樂事成愁，好事成羞，更落得是是非非，斷送人唧唧啾啾。"◇清者自白，墨者自黑，不必理會別人怎麼看，更不必聽那些是是非非。同 是非曲直。

【映月讀書】yìng yuè dú shū 借着月光看書。《南史•江泌傳》："泌少貧，晝日斫屧，夜讀書，隨月光握卷升屋。"後用"映月讀書"形容勤學苦讀。《宋史•陸佃傳》："居貧苦學，夜無燈，映月光讀書。"◇在窮困山區裏，沒有電燈，也買不起燈油，晚上孩子們只能映月讀書，學習十分艱苦。同 映雪囊螢、鑿壁偷光。反 不學無術、吊兒郎當。

【映雪囊螢】yìng xuě náng yíng《初學記》卷二和《晉書•車胤傳》載，晉代孫康家貧，常借助雪光讀書；晉代車胤無錢點燈，把螢火蟲裝進袋子裏，借螢光讀書。後用"映雪囊螢"表示勤奮好學、孜孜不倦。元代施惠《幽閨記•書幃自歎》："十年映雪囊螢，苦學干祿，幸首獲州庠鄉舉。"同 囊螢映雪、鑿壁偷光。

【星移斗轉】xīng yí dǒu zhuǎn 星座移位，北斗轉向。❶ 表示入夜之後的時間變化。元代喬吉《兩世姻緣》二折："他便眼巴巴簾下等，直等到星移斗轉二三更。"《醒世恆言•呂洞賓飛劍斬黃龍》："抬頭觀看，星移斗轉，正是三更時分。"❷ 形容時光流逝，歲月改變。明代徐復祚《紅梨記•錯認》："怕星移斗轉，淚濕胭脂損舊顏。"◇星移斗轉，不覺已屆花甲之年。同 斗轉星移。

【星羅棋佈】xīng luó qí bù 似繁星羅列，像棋子分佈。形容數量多，分佈廣而密集。《金石萃編•中岳嵩陽寺碑》："塔殿宮堂，星羅棋佈。"明代周楫《西湖二集•胡少保平倭戰功》："四面遠遠埋伏，凡水陸要害之處，星羅棋佈……圍得水泄不通。"◇大大小小的湖泊星羅棋佈。

【昭然若揭】zhāo rán ruò jiē 昭然：清楚顯明。揭：舉起來。《莊子•達生》："今汝飾知以驚愚，修身以明污，昭昭乎若揭日月而行也。"後用"昭然若揭"說真相、實質或含義，明明白白、顯而易見。《野叟曝言》七八回："疏中復言前後上書者八百餘人，其誅丕之篡漢，而許先主以人心天命之歸，昭然若揭、日月兩行矣。"◇在佛陀法眼之光的照耀下，牛鬼蛇神的一切陰謀俱昭然若揭。同 昭昭若揭。

【時不再來】shí bù zài lái 錯過了時機，就再也得不到了。《國語•越語下》："臣聞之，得時無怠，時不再來，天予不取，反為之災。"唐代皇甫枚《三水小牘•宋柔》："機不旋踵，時不再來。必發今宵，無貽後悔。"◇做事一定要果斷，機不可失，時不再來，優柔寡斷是要誤事的。同 時不我與。

【時不我待】shí bù wǒ dài 見"時不我與"。

【時不我與】shí bù wǒ yǔ 與：給與。《論語•陽貨》："日月逝矣，歲不我與。"後用"時不我與"、"時不我待"說時光無情，不會為自己而留住。有光陰荏苒的感歎，也含歲月流逝，無法追回，一定要抓緊時機，不要耽擱光陰的意思。漢代張衡《大司農鮑德誄》："命有不永，時不我與，天實為之，孰其能御？"三國魏嵇康《幽憤詩》："實恥訟冤，時不我與。"清代陳廷焯《白雨齋詞話》卷六："柳耆卿戚氏云：'紅樓十里笙歌起，漸平沙落街殘照。'意境甚深，有樂極悲來，時不我待之感。"同 歲不我與、時不再來。反 蹉跎歲月、蹉跎日月。

【時來運來】shí lái yùn lái 見"時來運轉"。

【時來運轉】shí lái yùn zhuǎn 時：機會。時運機緣變得好起來，命運也轉好了。《隋唐演義》八三回："然後漸漸時來運轉，建功立業，加官進爵，天下後世，無不讚他的功高一代，羨他的位極人臣，那知全虧了昔日救他的這位君子。"也作"時來運來"。清代姬文《市聲》一七回："阿大利時來運來，首先挑着糞擔到租界出糞。"◇一般來說不靠持續的努力打下好基礎，成功的機會很少，時來運來憑空好起來的事，幾乎是沒有的。同 時來運旋。反 時乖運蹇。

【時乖命蹇】shí guāi mìng jiǎn 時：時機。乖：背時，不順利。蹇：跛。說時運不濟，命運不佳。也作"時乖運蹇"。元代無名氏《雲窗夢》一折："贏得腹中愁，不趁心頭願，大剛來時乖命蹇。"《京本通俗小說•錯斬崔寧》："祖上原是有根基的人家，到得君薦手中，卻是時乖運蹇，先前讀書，後來看看不濟，卻去改業做生意。"同 運乖時蹇。

【時乖運蹇】shí guāi yùn jiǎn 見"時乖命蹇"。

【時和年豐】shí hé nián fēng 時：季節。年：年成、收成。四時風調雨順，五穀豐登。形容太平盛世，人民生活安定。《詩經•大雅序》孔穎達疏："萬物盛多，人民忠孝，則致時和年豐。"宋代邵博《聞見後錄》卷四："願明公正身以治天下，使時和年豐，通也受賜多矣，不願仕也。"◇時和年豐的盛世，社會較為公平正義，人民安康，社會安定。同 時和歲豐、時和歲稔。

【時移世易】shí yí shì yì 見"時移俗易"。

【時移俗易】shí yí sú yì 移、易：改變。時代改變了，世俗風氣也隨之而變。《淮南子•齊俗訓》："是故世異則事變，時移則俗易，故聖人論世而立法，隨時而舉事。"三國魏嵇康《卜疑》："此誰得誰失，何凶何吉？時移俗易，好貴慕名。"晉代葛洪《抱朴子•擢才》："且夫愛憎好惡，古今不均，時移俗易，物同價異。"魯迅《高老夫子》："但時移俗易，世風也終究覺得好了起來。"也作"時移世易"。◇人們的好惡離不開流行時尚的影響，時移俗易，生活總是在變。同 時移事遷、時移事殊。

【時過境遷】shí guò jìng qiān 時間推移流逝，境況發生變化。梁啟超《新中國未來記》二回："到現在時過境遷，這部書自然沒甚用處，亦沒多人去研究它。"◇星移斗轉，時過境遷，再重要的歷史事件，也要被人們遺忘的。

【時運不濟】shí yùn bù jì 時機和運氣都不好。指事與願違，遭到挫折。唐代王勃《滕王閣序》："懷帝閽而不見，奉宣室以何年。嗟乎！時運不齊（濟），命途多舛。"《二刻拍案驚奇》一九回："近來時運不濟，前日失了兩牛，今蹇驢又生病，寄兒看管不來。"◇他是從不向命運低頭的人，不相信時運不濟的話，只相信"奮進"兩個字。同 時乖運蹇、時乖命蹇。反 吉星高照、時運亨通。

【時運亨通】shí yùn hēng tōng 時機和運氣都很好。元代無名氏《凍蘇秦》一折："終有日時運亨通，封侯拜相，揚名六國，垂譽千秋。"◇倘使你懷有坐享時運亨通的僥倖心理，到頭來會使你失去希望，變得意志消沉。同 鴻運高照。反 時運不濟。

【時隱時現】shí yǐn shí xiàn 一會兒隱沒不見，過一會又出現了。形容事物飄忽不明。宋代邵博《聞見後錄》卷二五："其間林木薈蔚，雲煙掩映，高樓曲榭，時隱時見（現），使畫工極思不可圖。"◇遠山時隱時現，在霧裏的山村更加空靈愈發美麗。同 若隱若現。反 顯而易見。

【晨光熹微】chén guāng xī wēi 曙光不甚明亮，指天剛破曉，光線矇矓。晉代陶潛《歸去來辭》："問征夫以前路，恨晨光之熹微。"蔡東藩《民國通俗演義》二十回："未幾雞聲報曉，晨光熹微，當即飭人到照相館，邀兩夥到來。"◇晨光熹微，山色矇矓，新的一天又開始了。同 旭日東升。反 暮色蒼茫。

【晨昏定省】chén hūn dìng xǐng《禮記•曲禮上》："凡為人子之禮，冬溫而夏凊，昏定而晨省。"凊：搧扇子。定：準備好睡覺的牀褥。省：問安。後用"晨昏定省"指早晚服侍慰問父母，古代作為子女侍奉雙親或親長的日常禮節。《漢書•杜周傳》："親二宮之饔膳，致晨昏之定省。"宋代陸游《上殿箚子》："所謂悅親之道，非薦旨甘，奉輕暖也，非晨昏定省，冬夏溫凊也。"《紅樓夢》三六回："不但將親戚朋友一概杜絕了，而且連家中晨昏定省亦一發都隨他的便了。"同 昏定晨省。

【晨興夜寐】chén xīng yè mèi《詩經•氓》："夙興夜寐，靡有朝矣。"形容早起晚睡，辛苦勤勞。《三國志•韋曜傳》："故勉精厲操，晨興夜寐，不遑寧息，經之以歲月，累之以日力。"《聊齋誌異•細柳》："生不忍以家政累之，仍欲自任，女又不肯。晨興夜寐，經紀彌勤。"◇為了貼補生活，減輕媽媽的負擔，她晨興夜寐，一天打兩份工。同 夙興夜寐、夙夜匪懈。反 遊手好閒、好逸惡勞。

【晨鐘暮鼓】chén zhōng mù gǔ 也作"暮鼓晨鐘"。佛寺清晨撞鐘、傍晚擊鼓，用以報時，並借鐘鼓之聲警戒、勸導人精進修身。後借"晨鐘暮鼓"表示：❶ 佛寺內僧徒或敬佛者的生活。宋代歐陽修《廬山高》："但見丹霞翠壁遠近映樓閣，晨鐘暮鼓杳靄羅幡幢。"元代汪元亨《朝天子•歸隱》曲："暮鼓晨鐘，秋鴻春燕，隨光陰閒過遣。"❷ 時光推移、流馳。宋代陸游《短歌行》："百年鼎鼎共世悲，晨鐘暮鼓無休時。"清代平步清《霞外捃屑•宋荔裳廉使女》："《敬業堂詩集》'中山尼'七古一篇，為荔裳女而作云：'……晨鐘暮鼓流光易，荏苒今年三十二。'"❸ 警鐘，警言。清代宣鼎《夜雨秋燈錄•玉紅冊》："三復此編，可當晨鐘暮鼓，喚醒眾生。"同 暮鼓晨鐘。

【晚節不終】wǎn jié bù zhōng 指人在晚年失足，未能全始全終地保持節操。宋代劉克莊《江西詩派序•三洪》："駒父後居上坡，晚節不終，不特有愧於舅氏，亦有愧於長君也。"清代袁枚《隨園詩話補遺》卷七："雲貴總督楊應琚，字秋水，有賢名。入相後以緬甸僨事，致晚節不終。"魯迅《且介亭雜文末編•關於太炎先生二三事》："但這也不過白圭之玷，並非晚節不終。"同 晚節不保。反 黃花晚節。

【晴天霹靂】qíng tiān pī lì 晴天突然打響雷。比喻發生令人震驚的突然事件或災禍。《續傳燈錄•洪州法昌倚遇禪師》："忽地晴天霹靂聲，禹門三汲浪崢嶸。"《孽海花》一七回："猝聞這信，真是晴天霹靂，人人裂目，個個椎心。"馮玉祥《我的生活》三一章："孫聞這話，如當頭一個晴天霹靂。"同 晴天霹靂、大驚失色。反 若無其事。

【暑往寒來】shǔ wǎng hán lái 盛暑過去，寒冬到來。指季節更替或時光流逝。《易經•繫辭下》："寒往則暑來，暑往則寒來，寒暑相推，而歲成焉。"《藝文類聚》卷四八引南朝梁簡文帝《中書令臨汝靈侯墓誌銘》："草茂故轍，松插新枚。月明泉暗，暑往寒來。"宋代汪元量《燕山九日》詩："天翻地覆英雄盡，暑往寒來歲月催。"《初刻拍案驚奇》卷十："光陰似箭，日月如梭，暑往寒來，又是大半年光景。"同 寒來暑往、暑來寒往。

【景星慶雲】jǐng xīng qìng yún 景星：瑞星。慶雲：五色雲。瑞星和祥雲，古人以為祥瑞的徵兆。明代方孝孺《御書贊》："惟天不言，以象示人，錫羨垂光，景星慶雲。"明代沈受生《三元記•團圓》："滿門藹和氣，庭產紫芝，景星慶雲龍呈瑞，想天人契合當此時。"《四遊記•二仙華山傳道》："但見老君在上，毫光照耀，景星慶雲。肌膚綽約，似閨中之處子，精神充溢，猶襁褓之嬰兒。"

【智勇雙全】zhì yǒng shuāng quán 智慧與勇猛，二者兼備。元代張國賓《薛仁貴》楔子："憑着您孩兒學成武藝，智勇雙全，若在兩陣之間，怕不馬到成功。"《說唐》三回："小弟在本官面前，贊哥哥做人慷慨，智勇雙全。"◇一個出色的軍人，必定是有勇有謀，智勇雙全。同 智勇兼全。反 有勇無謀。

【智圓行方】zhì yuán xíng fāng《文子•微明》："老子曰：凡人之道，心欲小，志欲大；智欲圓，行欲方……智圓者，終始無端，方流四遠，淵泉而不竭也；行方者，立直而不撓，素白而不污，窮不易操，達不肆志也。"後用"智圓行方"指有智慧，做事圓通靈活，行為端正不邪。明代張居正《襄毅楊公墓誌銘》："維公之德，智圓行方，忠不近名，言不泥常。"◇智圓行方的人，一般說容易受人尊敬，人際關係良好，做事成功的幾率高。反 狹邪小人。

【普天之下】pǔ tiān zhī xià 整個天下，全國或全世界。《左傳·昭公七年》："故《詩》曰：'普天之下，莫非王土；率土之濱，莫非王臣。'"秦代李斯《瑯琊臺刻石》："上農除末，黔首是富。普天之下，摶心揖志。"宋代趙湘《〈宋頌〉序》："渴飲飢食，暑涼寒燠，普天之下，莫不受福。"◇普天之下，莫不盼望和平，和平，是人民的意志，歷史的潮流。

【普天同慶】pǔ tiān tóng qìng 遍天下的人共同慶祝。多用於與國家、人民相關的重大喜慶之事。《藝文類聚》卷一引晉代傅玄《賀老人星表》："弘無量之佑，隆克昌之祚，普天同慶，率土含歡。"《孽海花》二回："斯時正是大清朝同治五年，大亂敉平，普天同慶，共道大清國萬年有道長。"也作"溥天同慶"。《三國志·郭淮傳》："今溥天同慶，而卿最留遲，何也？"宋代蘇軾《徐州賀河平表》："蓋天助有德而非人功，振古所無，溥天同慶。"

【普天率土】pǔ tiān shuài tǔ 普天之下，四海之內。《詩經·北山》："溥天之下，莫非王土；率土之濱，莫非王臣。"溥：同"普"。漢代班固《東都賦》："普天率土，各以其職。"宋代《王者無外賦》："普天率土，盡關宵旰之憂，九夷八蠻，無非臣妾之者。"《野叟曝言》一三八回："各國君臣返國之日，將今日之事宣示民間，普天率土之人，有一個不想念大皇帝，感激公相的嗎？"清代俞蛟《夢庵雜著·臨清寇略》："我朝自承平百數十年以來，普天率土，仁聲遍洽，凡在海外，靡不重譯來格。"同 普天之下。

【普度群生】pǔ dù qún shēng 見"普渡(度)眾生"。

【普渡(度)眾生】pǔ dù zhòng shēng 佛教語。普渡：佛教指廣施法力使眾生普遍得到解脱。眾生：泛指世人及一切生靈。説廣泛地度化一切人和生物，使脱離苦海，登上彼岸。後泛指救助一切受苦受難者。也作"普濟眾生"、"普度群生"。《太平廣記》卷一六一引唐代法琳《辯正論·張應》："妻曰：'我本佛家女，為我作佛事。'應即往精舍中，見竺曇鏡。鏡曰：'普濟眾生，但君當一心受持耳。'"《醒世恆言·呂洞賓飛劍斬黃龍》："講經説法，廣開方便之門；普度群生，接引菩提之路。"《水滸傳》四五回："當是十一月中旬之日，五更時分，石秀正睡不着，只聽得木魚敲響，頭陀直敲入巷裏來，到後門口高聲叫道：'普度眾生，救苦救難，諸佛菩薩！'"郁達夫《致陳碧岑》："近則以普渡眾生為心，即貧者病者，欲使之不貧不病。"反 苦海無邊。

【普濟眾生】pǔ jì zhòng shēng 見"普渡(度)眾生"。

【暗中摸索】àn zhōng mō suǒ 在黑暗中試探着前行或尋找東西。比喻在沒有幫助指導或缺乏經驗的情況下，探求、尋找解決問題的方向、方法等。唐代韋絢《劉賓客嘉話錄》："許敬宗性輕傲，見人多忘，或謂之不聰。敬宗曰：'卿自難記，若遇何、劉、沈、謝，暗中摸索著亦可識之。'"明代毛晉《孔子家語》後記："即何氏所注，亦是暗中摸索，疵病甚多，未必賢於王陸二家也。"◇把自己的經驗教訓傳授給孩子，可以避免孩子吃暗中摸索的苦。反 心明眼亮。

【暗香疏影】àn xiāng shū yǐng 宋代林逋《山園小梅》詩之一："疏影橫斜水清淺，暗香浮動月黃昏。"本用以描寫梅花的幽香和枝幹的姿態，後常借指梅花。宋代謝逸《梅》詩："暗香疏影渾無賴，雨打風吹更可憐。"明代張寧《為盛用章郎中題紅梅墨竹》詩："醉後不須銀燭照，暗香疏影故依然。"

【暗度陳倉】àn dù chén cāng ❶《史記·高祖本紀》載：劉邦明修棧道，暗度陳倉(今陝西寶雞市東)，打敗了降楚的秦將章邯，重新佔領咸陽。也説"明修棧道，暗度陳倉"。元代無名氏《賺蒯通》四折："一不合'明修棧道，暗度陳倉'。二不合擊殺章邯等三秦王，取了關中之地。"《喻世明言》卷三一："某受漢王築壇拜將之恩，使盡心機，明修棧道，暗度陳倉，與漢王定了三秦。"❷借指在正面迷惑對手，乘其不備，進行突然襲擊，或陰一套陽一套，暗中行事。《三國演義》九六回："臣已算定今番諸葛亮必效韓信暗度陳倉之計。"《兒女英雄傳》三七回："舅太太先湊了這等一席慶成宴，料着他一定興會淋漓的快飲幾杯，這場官司可就算明修棧道、暗度陳倉的打過去了。"同 聲東擊西。

【暗室不欺】àn shì bù qī 暗室：比喻別人看不到的地方。不欺：不欺騙自己的良心。形容心地光明純潔，人前人後都一樣，不做壞事。漢代劉向《古列女傳•衞靈夫人》："蘧伯玉，衞之賢大夫也，仁而有智，敬於事上，此其人必不以暗昧廢禮，是以知之。"暗昧：光線昏暗。唐代姚崇《辭金誡》："爾以夜昏可納，吾將暗室不欺。"清代朱鶴齡《杜靜台先生傳》："先生清操粹德，一代儒宗，生平惇篤踐履，暗室不欺。"同 表裏如一、光明磊落。反 表裏不一、暗室欺心。

【暗室欺心】àn shì qī xīn 暗室：比喻別人看不到的地方。在別人看不到的地方，就昧着良心做壞事。宋代陳元靚《事林廣記•警世格言》："暗室欺心，神目如電。"◇地獄裏沒有暗室欺心，不管你做甚麼，一筆筆都有人記着呢，到時候老賬新賬一起算。同 表裏不一。反 暗室不欺、表裏如一。

【暗室虧心】àn shì kuī xīn 在別人看不到的地方，就昧着良心做壞事。元代無名氏《硃砂擔》四折："人間私語，天聞若雷。暗室虧心，神目如電。"明代范受益《尋親記•託夢》："我想來今生不報，來世償還，正所謂暗室虧心，神目如電。"◇人只要做了暗室虧心的事，就會一輩子不安的。同 暗室欺心。反 暗室不欺。

【暗氣暗惱】àn qì àn nǎo 心裏暗暗生氣、煩惱，或指令人生氣但又不便言說的事。《金瓶梅》六二回："成日哭泣，又着了暗氣暗惱在心裏，就是鐵石人也禁不的，怎的不把病又發了！"

【暗送秋波】àn sòng qiū bō 女子暗送媚眼傳情。秋波：比喻女人的媚眼。明代馮夢龍《掛枝兒•私窺》："眉兒來，眼兒去，暗送秋波。"引申指向對方做出表示，暗中勾連。《民國通俗演義》一二四回："對張則暗送秋波，對曹尤密切勾結。"同 眉目傳情、眉來眼去。反 目不斜視、坐懷不亂。

【暗淡無光】àn dàn wú guāng 光線不夠，顯得不明亮；色彩淡，沒有光彩。宋代洪邁《夷堅甲志•梁小二》："梁乃卧土窟……目睛暗淡無光而不死，能識別人物。"◇在昏暗的燈光裏，她的皮膚顯得暗淡無光，人也沒精打采。同 黯然失色。反 光芒萬丈、光輝燦爛。

【暗無天日】àn wú tiān rì ❶ 形容天空漆黑一片。多比喻社會黑暗，沒有法律可依，沒有道理可講。《聊齋誌異•老龍船戶》："剖腹沉石，慘冤已甚，而木雕之有司，絕不少關痛癢，豈特粵東之暗無天日哉！"茅盾《腐蝕•十一月十九日》："這裏邊，暗無天日的事情多得很呢！小蓉他們存心想害我，證據什麼的，還不是可以假造麼？"❷ 形容黑漆漆的，照不到日光，看不見天空。◇那間房子暗無天日，你叫我怎麼住？同 天昏地暗、漆黑一片。反 光明燦爛、燈火輝煌。

【暗渡陳倉】àn dù chén cāng 陳倉：陳倉邑，在故道北端，為漢中進入關中的咽喉。楚漢相爭時，項羽佔據咸陽，自封為"西楚霸王"，讓劉邦到漢中，封為漢王。劉邦用張良計，入漢中時，燒毀了通往關中的棧道，表示不復入關中，以迷惑項羽，後用韓信計，擺出要修复古棧道的樣子，卻突然由陳倉故道出兵，打敗雍王章邯，佔據了關中，形成與項羽爭奪天下之勢。後也與"明修棧道"連用：❶ 用於軍事或其他對抗性行為。比喻公開顯示要在某一方面採取行動，暗中卻從另一方面攻擊或玩弄計謀，攻對方之不備或借以達到自己的目的。《雍熙樂府•〈粉蝶兒•十面埋伏〉套曲》："築壇拜將用賢良……暗渡陳倉，明修棧道。"《三國演義》九六回："臣已算定諸葛亮必效韓信暗渡陳倉之計。"《兒女英雄傳》二七回："舅太太先湊了這等一席慶成宴，料着他一定興會淋漓的快飲幾杯，這場官司可就算明修棧道、暗渡陳倉的打過去了。"❷ 用於表示男女私通。《金瓶梅詞話》七十回："此是哥明修棧道、暗渡陳倉的計策。"

【暗箭傷人】àn jiàn shāng rén 從暗處射箭傷人。也比喻用陰謀詭計暗中傷害別人。《水滸傳》一一三回："不許暗箭傷人，亦不許搶擄屍首。"楊沫《青春之歌》三八章："無恥怯懦的傢伙！有本事出來講理，幹麼暗箭傷人啊？"反 明刀明槍、明火執仗。

【暗箭難防】àn jiàn nán fáng 比喻暗中給予的傷害難以防範。元代無名氏《獨角牛》二折："孩兒也，一了說：明槍好躲，暗箭難防。"◇臨行前，他囑咐說："明槍易擋，暗箭難防，你千萬要當心啊。"反 明槍易躲。

【暈頭轉向】yūn tóu zhuàn xiàng 形容頭腦昏昏沉沉，辨認不清方向，或不知如何是好。◇整天瞎忙，弄得我暈頭轉向／剛遇上這事的時候，真有點暈頭轉向，如今都解決了。同 昏頭搭腦、蒙頭轉向。

【暉光日新】huī guāng rì xīn 暉光：光輝。日新：指道德學業日日更新。《易經·繫辭上》："富有之謂大業，日新之謂盛德。"後用"暉光日新"稱頌人道德學業日日更新。《隸釋·漢度尚碑》："令聞彌崇，暉光日新。"南朝宋裴松之《上〈三國志注〉表》："伏惟陛下，道該淵極，神超妙物，暉光日新，郁哉弥盛。"

【暮去朝來】mù qù zhāo lái 傍晚過去，早晨又到來了。形容時光易逝，一天天很快就過去。也作"朝來暮去"。唐代白居易《琵琶行》："弟走從軍阿姨死，暮去朝來顏色故。"元代馬致遠《青衫淚》楔子："妾身裴興奴，自從與白侍郎相伴，朝來暮去，又早半年光景。"明代鄭若庸《玉玦記·祝壽》："思省，花月一生，歌台舞榭，猶憶少年馳騁，暮去朝來，真如覆塵難憑。"同 時光荏苒、歲月如流。反 度日如年。

【暮氣沉沉】mù qì chén chén 形容精神消沉、缺乏朝氣、不求進取。沉沉：低沉、凝滯，不活躍的樣子。《北洋軍閥統治時期史話》二三章："袁的意圖是要把兵驕將悍、暮氣沉沉的北洋軍，改造成為更能盲目服從個人、更好地為個人效忠的私有武器。"◇一個人如果長期暮氣沉沉，萎靡不振，就會未老先衰。同 死氣沉沉、一潭死水。反 朝氣蓬勃、生氣勃勃。

【暮雲春樹】mù yún chūn shù 傍晚的雲，春天的樹。唐代杜甫《春日憶李白》詩："渭北春天樹，江東日暮雲。何時一樽酒，重與細論文。"當時杜甫在渭北，李白在江東。後用"暮雲春樹"說思念遠隔異地的朋友。宋代王洋《送章明章善解官奉親還吳中》詩："君寵母恩如已報，暮雲春樹約他年。"元代丁復《酒間贈賈西白》詩："思入東風白兩邊，暮雲春樹兩茫茫。"清代程允升《幼學瓊林·朋友賓主》："落月屋樑，相思顏色；暮雲春樹，想望丰儀。"同 春樹暮雲、雲樹之思。

【暮景桑榆】mù jǐng sāng yú 景：日光。黃昏的夕陽斜照在桑樹和榆樹的枝梢上。三國魏曹植《贈白馬王彪》詩："年在桑榆間，影響不能追。"後用"暮景桑榆"比喻人已到晚年。宋代劉放《酬王濟州》："不羞暮景桑榆上，聊寄高情宇宙間。"明代鄭真《代祭陳太丞文》："暮景桑榆，希有之年。左圖右書，燕樂林泉。"◇人到暮景桑榆，情緒消沉，體質漸衰，免疫力下降，疾病往往會趁虛而入。同 桑榆暮景、桑榆晚景。反 豆蔻年華、如日中天。

【暮鼓晨鐘】mù gǔ chén zhōng 見"晨鐘暮鼓"。

【暢所欲言】chàng suǒ yù yán 痛快地說出想要說的話。暢：沒顧慮，沒阻礙。清代李漁《閒情偶記·賓白》："填詞一家，則惟恐其蓄而不言，言之不盡。是則是矣，須知暢所欲言，亦非易事。"魯迅《而已集·讀書雜談》："教授有教授的架子，不能暢所欲言。"同 直抒己見。反 萬馬齊喑、吞吞吐吐。

【暴取豪奪】bào qǔ háo duó 豪：有財有勢或有權有勢。憑藉暴力或權勢橫加掠奪。宋代蘇軾《策斷上》："國用不足則加賦於民，加賦而不已，則凡暴取豪奪之法，不得不施於今之世矣！"清代紀昀《日講易經解義》卷九："一小人得志，而眾小人生心，紛紛競進，各挾負販之智而逞暴取豪奪之私。”同 巧取豪奪、強取豪奪。

【暴虎馮河】bào hǔ píng hé《詩經•小旻》：“不敢暴虎，不敢馮河。”暴虎：徒手與虎搏鬥。馮河：徒步渡河。比喻冒險行事，有勇無謀。《論語•述而》：“暴虎馮河，死而無悔者，吾不與也。”元代關漢卿《魯齋郎》四折：“魯齋郎他可敢暴虎馮河？”清代俞樾《春在堂隨筆》卷三：“故攘外必先自強……非貿貿然暴虎馮河、撫劍疾視者所可與議也。”同 有勇無謀。反 百無一失、智勇雙全。

【暴戾恣睢】bào lì zì suī 恣睢：放縱暴戾。形容殘暴兇狠，肆意妄為。《史記•伯夷列傳》：“盜跖日殺不辜，肝人之肉，暴戾恣睢，聚黨數千人，橫行天下。”宋代樓鑰《朝請大夫史君墓誌銘》：“其有暴戾恣睢，狠於鬥、昌於貨者，亦誨之諄諄，俾歸於善。”明代胡應麟《戰城南》詩：“世有大豪元惡、巨奸，殺公吏，探赤丸，暴戾恣睢膾人肝。”蔡東藩《民國通俗演義》九七回：“小徐靠了老段勢力，橫行不法，暴戾恣睢。”同 橫行不法、暴虐無道。

【暴殄天物】bào tiǎn tiān wù ❶殘害、滅絕天生的各種生物。《尚書•武成》：“今商王受無道，暴殄天物，害虐烝民。”宋代程顥《上神宗十事》：“林木所資，天下皆已童赭，斧斤焚盪，尚且侵尋不禁，而川澤漁獵之繁，暴殄天物，亦已耗竭，則將若之何？”❷不把東西、資源當回事，隨意浪費糟蹋。殄：糟蹋。天物：指一切物資、物品。宋代呂祖謙《麗澤論説集錄》卷八：“且如布帛粟米，人人所須，泉貨全具，人人欲用。今富都乃封之於已，至於腐壞貫朽，豈非暴殄天物？”《紅樓夢》五六回：“既有許多值錢之物，一味任人作踐，也似乎暴殄天物。”清代李漁《閒情偶寄•選劇第一》：“詞曲佳而搬演不得其人，歌童好而教率不得其法，皆是暴殄天物。”同 煮鶴焚琴。

【暴虐無道】bào nüè wú dào 兇惡殘暴，喪盡道義。多指暴虐的君主。《晉書•桓振傳》：“遂肆意酒色，暴虐無道，多所殘害。”宋代王溥《唐會要•鐵勒》：“乃稱延陁可汗不事大國，暴虐無道，不能為吾輩主，以自死敗。”《東周列國誌》一回：“待九傳至厲王，暴虐無道，為國人所殺。”同 暴戾恣睢。

【暴風疾雨】bào fēng jí yǔ ❶猛烈而迅疾的風和雨。漢代趙煜《吳越春秋•勾踐伐吳外傳》：“即日夜半，暴風疾雨，雷奔電激，飛石揚沙，疾如弓弩。”◇一夜的暴風疾雨，把園中的鮮花打得只剩下殘枝敗葉。❷比喻聲勢浩大的行動或運動。◇西南聯大在戰火硝煙裏歷經了八年暴風疾雨的洗禮。同 暴風驟雨、疾風暴雨。反 和風細雨。

【暴風驟雨】bào fēng zhòu yǔ ❶來得又猛又快的風雨。《西遊記》六九回：“有雌雄二鳥，原在一處同飛，忽被暴風驟雨驚散。”❷比喻聲勢浩大、發展迅猛。《北洋軍閥統治時期史話》八十章：“東北各地的反日運動以暴風驟雨之勢繼續發展。”同 疾風暴雨、疾風驟雨。反 風和日麗。

【暴跳如雷】bào tiào rú léi 形容盛怒之下大發脾氣或因情急而十分焦躁不平靜的樣子。《儒林外史》五四回：“賣人參的聽了，‘啞叭夢見媽——説不出的苦’，急的暴跳如雷。”《蕩寇志》八二回：“劉母氣的暴跳如雷，拍着桌子大罵。”同 暴躁如雷。反 平心靜氣、氣定神閒。

【暴躁如雷】bào zào rú léi 形容性格非常急躁，稍有不合意就大發脾氣。古詩《為焦仲卿妻作》：“我有親父兄，性行暴如雷，恐不任我意，逆以煎我懷。”《西遊記》三四回：“老魔聽説，暴躁如雷道：‘罷了！罷了！這就是孫行者假妝神仙騙哄去了！’”《世無匹》一四回：“干白虹怒還未息，暴躁如雷，把眾人的水桶扁擔，逐一踹得稀爛。”同 暴跳如雷。

【暴露無遺】bào lù wú yí 事物的外形或某種情況完全顯現出來，沒有一點遺漏。古龍《劍玄錄》六八章：“這番話先前蒙面人逼低嗓子，但説到後來，氣憤難當，原來的聲音暴露無遺。”◇他完全沒料到自己的走私活動竟然暴露無遺，早就在海關緝私隊的監視之下。同 真相大白、水落石出。

【曉行夜宿】 xiǎo xíng yè sù 天剛亮就起身趕路，大半夜才能歇宿。形容旅途辛勞。也作"曉行晚宿"。宋代李曾伯《宿千坵市曉行》詩："夜宿三家市，晨征十里程。竹輿衝霧去，草屐帶霜行。"元代鄭廷玉《楚昭公》一折："但願你曉行晚宿無辭憚，休着我懸望的惡心煩。"《説岳全傳》六二回："那牛通曉行夜宿，一路問信，來到湯陰。"同 餐風宿露。

【曉行晚宿】 xiǎo xíng wǎn sù 見"曉行夜宿"。

【曉風殘月】 xiǎo fēng cán yuè 晨風透涼，殘月在天。❶形容清晨冷清寂寞的景象。多用以描寫襯托離情別意。唐代韓琮《露》詩："幾處花枝抱離恨，曉風殘月正潸然。"宋代柳永《雨霖鈴》詞："多情自古傷離別，更那堪冷落清秋節。今宵酒醒何處？楊柳岸，曉風殘月。"明代謝晉《題晚行圖》詩："憶得匡廬山下路，曉風殘月過溪橋。"❷因柳永《雨霖鈴》詞非常著名，故借用其名句"曉風殘月"指詞曲歌唱。《花月痕》五二回："對此冷豔孤芳，正好領教梧卿一聲'曉風殘月'哩！"清代無名氏《桃花扇》九回："老師相，今日花間雅集，梨園可以不用，但對此各花，也少不了一聲曉風殘月哩！"

【曇花一現】 tán huā yī xiàn《長阿含經•遊行經》："告諸比丘，汝等當觀，如來時時出世，如優曇鉢花時一現耳。"曇花：優曇鉢花的簡稱，開花幾小時就凋謝。比喻事物暫現即逝。清代陸詒經《〈小螺庵病榻憶語〉題詞》："曇花一現只忽忽，玉瘁蘭凋感謝公。"巴金《懷念集•懷張聖泉》："呼喚他回來，呼喚那個曇花一現的崇高的心靈重回人間。"反 終古不息。

【曠夫怨女】 kuàng fū yuàn nǚ 年齡較大的未婚男人和未婚女子。《孟子•梁惠王下》："當是時也，內無怨女，外無曠夫。"《古今小説•張舜美燈宵得麗女》："他兩個正是曠夫怨女。"元代湯式《一枝花•夏閨怨》套曲："咱兩個曠夫怨女，料應來錯配了姻緣簿。"茅盾《夜讀偶記》二："或聲訴了久戍士兵思想之情，或抒寫了曠夫怨女的愛戀。"同 怨女曠夫。反 鸞鳳和鳴。

【曠日持久】 kuàng rì chí jiǔ 指耗費時日，拖延很久。《戰國策•趙策四》："今得強趙之兵，以杜燕將，曠日持久數歲，令士大夫餘子之力，盡於溝壘。"《隋唐演義》五八回："自來救兵如救火，若照依這樣説，迂其途以取之，曠日持久，鄭國急切間，何由得解？"同 曠日經久、曠日彌久。反 指日可待。

【曠日經久】 kuàng rì jīng jiǔ 見"曠日彌久"。

【曠日彌久】 kuàng rì mí jiǔ 事情延續下去，耗費時日。《戰國策•燕策三》："太傅之計，曠日彌久，心惛然，恐不能須臾。"漢代桓寬《鹽鐵論•相刺》："今儒者釋耒耜而學不驗之語，曠日彌久而無益於治。"也作"曠日經久"。唐代韓愈《省試學生代齋郎議》："自非天姿茂異，曠日經久，以所進業發聞於鄉閭，稱道於朋友，薦於州府，而升之司業，則不可得而齒於國學矣。"◇單説徵地就曠日彌久，一拖多年，鐵路始終建不起來。同 曠日持久、曠日長久。

【曠世奇才】 kuàng shì qí cái 曠世：空前、絕代。古今少見、出類拔萃的人才。《後漢書•蔡邕傳》："伯喈曠世逸才，多識漢事，當續成後史，為一代大典。"明代屠龍《彩毫記•祖餞都門》："李公曠世奇才，正宜匡扶社稷。"◇《史記》千古稱頌，司馬遷堪稱曠世奇才。同 天下無雙。反 不學無術。

【曠古未有】 kuàng gǔ wèi yǒu 從古到今未曾聽過未曾見過。形容極其罕見。唐代張鷟《朝野僉載》卷三："張易之為母阿臧造七寶帳，金銀、珠玉、寶貝之類，罔不畢萃，曠古以來，未曾聞見。"《舊唐書•顏真卿傳》："如今日之事，曠古未有，雖李林甫、楊國忠猶不敢公然如此。"《野叟曝言》八八回："臣受殿下隆禮深恩，曠古未有，雖肝腦塗地，不能補報！"也作"曠古未聞"。《警世通言•王嬌鸞百年長恨》："再説吳江闕大尹接得南陽衛文書，拆開看時，深以為奇，此事曠古未聞。”周而復《上海的早晨》第三部三八：“許許多多的事體，我從來沒有聽說過，真是曠古未聞。”同 亙古未有。反 司空見慣。

【曠古未聞】kuàng gǔ wèi wén 見“曠古未有”。

【曠古奇聞】kuàng gǔ qí wén 由古到今從未聽說過的奇異事。唐代陳子昂《為程處弼慶拜洛表》：“斯實曠古莫聞，於今始見。”◇這真是曠古奇聞，要不是親眼所見，我還不相信呢。

【曠古絕倫】kuàng gǔ jué lún 絕倫：超過同輩或同類。指古來所無，舉世無雙。《北齊書•趙彥深傳》：“彥深小心恭慎，曠古絕倫。”◇香港本是一個荒涼的小島，發展成舉世矚目的現代金融中心，可謂曠古絕倫的成就。

日部

【曳尾泥塗】yè wěi ní tú 見“曳尾塗中”。

【曳尾塗中】yè wěi tú zhōng 曳尾：拖尾。塗，污泥。《莊子•秋水》：“吾聞楚有神龜，死已三千歲矣，王巾笥而藏之廟堂之上。此龜者，寧其死為留骨而貴乎？寧其生而曳尾於塗中乎？”後以“曳尾塗中”、“曳尾泥塗”：❶ 比喻保全自身，遠離災禍的隱居生活。《三國志•郤正傳》：“是以賢人君子深圖遠慮，畏彼咎戾，超然高舉，寧曳尾於塗中，穢濁世之休譽。”宋代蘇轍《和子瞻濠州七絕》：“猖狂戰國古神仙，曳尾泥塗老更安。”❷ 形容在渾濁的環境中苟且偷生，或品格齷齪。《二十年目睹之怪現狀》九一回：“葉伯芬的曳尾泥塗，大都如此，這回事情，不過略表一二。”郁達夫《毀家詩記•〈賀新郎〉詞》：“欲返江東無面目，曳尾塗中當死。”

【曲突徙薪】qū tū xǐ xīn 突：煙囪；徙：移動；薪：柴。據漢代劉向《說苑•權謀》載，有一人家竈上的煙囪是直的，旁邊放了一堆木柴；客人勸他把煙囪改成彎的（曲突），把木柴搬走（徙薪），避免失火。這家人不聽，後來果然失了火。後用“曲突徙薪”表示防患於未然、避開危險的意思。唐代杜牧《李給事中敏》詩：“曲突徙薪人不會，海邊今作釣魚翁。”梁啟超《上粵都李傳相書》：“今不為曲突徙薪之計，後必有噬臍無及之憂。”

【曲徑通幽】qū jìng tōng yōu 彎曲的小路通向幽深的僻靜處。形容景色幽雅。唐代常建《題破山寺後禪院》詩：“清晨入古寺，初日照高林。曲徑通幽處，禪房花木深。”《野叟曝言》四六回：“曲徑通幽，忽塑出西方教主；肉身現相，乍行來南海觀音。”◇蘇州園林，大多有曲徑通幽之妙，令人倍感恬靜清雅。反 車水馬龍。

【曲高和寡】qǔ gāo hè guǎ 戰國楚宋玉《對楚王問》：“客有歌於郢中者，其始曰《下里巴人》，國中屬而和者數千人。其為《陽阿》《薤露》，國中屬而和者數百人。其為《陽春白雪》，國中屬而和者不過數人……是其曲彌高，其和彌寡。”意謂曲調高雅，能跟着唱的人就少，比喻知音難覓。後以“曲高和寡”比喻言論、作品等越高深，能理解的人越少。元代耶律楚材《評唱天童拈古請益後錄序》：“獨洞下宗風，未聞舉唱，豈曲高和寡耶？”◇上台演講，務求大眾化，須知曲高和寡，理應照顧大多數。

【曲終人散】qǔ zhōng rén sàn 唐代錢起《省試湘靈鼓瑟》詩：“曲終人不見，江上數峰青”。說歌曲結束了，人們也散去了。比喻事情一完結，就收場終了了。唐代劉禹錫《競渡曲》詩：“曲終人散空愁暮，招屈亭前水東注。”◇鳳去樓空，曲終人散，這是人世間的常情。同 人去樓空。反 月圓花好。

【曲意逢迎】qū yì féng yíng 曲意：曲從自己的意願。逢迎，迎合。設法討好對方，迎合人家的心意。宋代葉紹翁《四朝聞見錄》：“如用兵之謀……從而附合，曲意逢迎，貽害生民，恬不知恤。”《三國演義》八回：“卓偶染小疾，貂蟬衣不解帶，曲意逢迎。”周而復《上海的早晨》四部四十：“他也不要看經理的臉色辨事，更不需要曲意逢迎經理的歡心。”同 阿諛奉承、曲意奉承。反 剛正不阿、直言不諱。

【曲盡其妙】qū jìn qí miào 曲：曲折，委婉。曲折而又委婉細緻地把事物奧妙之處表現出來。形容手法技藝高超。晉代陸機《文賦》序：“因論作文之利害所由，他日殆可謂曲盡其妙。”《初刻拍案驚奇》卷三十：“至於擊鞠、彈棋、博弈諸戲，無不曲盡其妙。”◇蘇繡繡人物、飛禽走獸，栩栩如生，曲盡其妙。同 出神入化、巧奪天工。

【更長漏永】gēng cháng lòu yǒng 形容夜晚漫長。更：古時一夜分五更，每更約兩小時。漏：盛水的漏壺，古人的計時器，有細口向下均勻滴水，以漏壺水平面的刻度計時。元代石子章《竹塢聽琴》三折：“我為你呵捱了些更長漏永，受了些衾寒枕冷，我巴到你黃昏盼到你明，思舊約，想歸程，可着我久等。”明代馮惟敏《玉抱肚題情》：“俺這裏受盡淒涼，你那裏自在逍遙。更長漏永眼難交，枕冷衾寒睡不着。”同 漏永更長。反 春宵苦短。

【更弦易轍】gēng xián yì zhé 轍：車輪碾過的痕跡。換掉樂器上的弦，改變車道。比喻改變原有的行為或做法。《明史•潘塤傳》：“今春秋已盛，更弦易轍，此其時也。”清代黃宗羲《子劉子行狀》：“更弦易轍，欲以一切苟且之政，補目前罅漏，非長治之道也。”同 改弦易轍。反 循規蹈矩。

【更待何時】gèng dài hé shí 意思是不能再等待了，該說就說，該做就做。更：再。《五燈會元•臨濟玄禪師法嗣》：“似這般瞎漢，不打更待何時。”明代葉憲祖《鸞鎞記•催試》：“似你這般才學，不去應舉，更待何時？”◇我看股市已經跌到底了，該買進了，此時不買，更待何時？

【更深人靜】gēng shēn rén jìng 形容夜已深沉，悄無人聲。更：古人把一夜分為五更，每更約兩小時；更深：指三更以後，約當今之午夜時分。《西清詩話》引楊鸞詩：“白日蒼蠅滿飯盤，夜間蚊子又成團。每到更深人靜後，定來頭上咬楊鸞。”《宦海》一四回：“這個時候已經更深人靜……料想他生了翅膀也飛不出去。”也作“更深夜靜”。《古今小說•任孝子烈性為神》：“不想那女婿更深夜靜，趕不出城，逕來丈人家投宿。”《三俠五義》一一二回：“是日三人飲酒談心，至更深夜靜方散。”◇更深人靜，正是他在燈下苦讀之時，多年來，勤奮如此。同 夜靜更深、夜深人靜。反 摩肩接踵、鑼鼓喧天。

【更深夜靜】gēng shēn yè jìng 見“更深人靜”。

【更進一竿】gèng jìn yī gān 比喻學問或成績等達到一定高度後，再提高一步，即俗話“百尺竿頭，更進一步”的意思。《紅樓夢》一二〇回：“後人見了這本傳奇，亦曾題過四句偈語，為作者緣起之言更進一竿云。”◇出了這等成績，自然很高興，但他也知道，要更進一竿還得下一番苦功。

【更僕難數】gēng pú nán shǔ 僕：僕人；數：說。《禮記•儒行》：“遽數之不能終其物，悉數之乃留，更僕未可終也。”換了幾班侍僕，賓主的話還沒談完。原形容要訴說的話很多，後泛指事物繁多，數不勝數。《宋史•鎮王竑傳》：“其人之賢，更僕不能數。然一言以斷之曰：不凡。”《徐霞客遊記•粵西遊日記》：“亂峰尖疊，什伯為伍，橫變側移，殆更僕難數。”清代孫郁《雙魚珮•巧佑》：“(婚姻）或無意中立成佳偶，或極穩處卒致落空，聚散變遷，更僕難數。”◇自孔子編定《詩經》以來，詩歌佳作連綿不絕，更僕難數。同 更難僕數。反 寥若晨星。

【更闌人靜】gēng lán rén jìng 夜色已深，四周悄無聲息。更：古時計時單位，一夜分為五更，一更約兩小時。闌：將盡。宋代王詵《人月圓•元夜》詞：“更闌人靜，千門笑語，聲在簾幃。”元代關漢卿《侍香金童》套曲：“銅壺玉漏催淒切，正更闌人靜也。”許地山《信仰底哀傷》：“在更闌人靜的時候，倫文就要到池邊對他心裏所立的樂神請求。”也作“夜闌人靜”。元代王實甫《西廂記》一本三折：“有一日柳遮花映，霧障雲屏，夜闌人靜，海誓山盟。”《三俠五義》六一回：“到了晚間，夜闌人靜，悄悄離了店房，來到卞家疃（tuǎn，村屯）。”同 夜深人靜、更深人靜。

【昂首天外】áng shǒu tiān wài 抬起頭望着天邊。形容氣勢雄偉或態度狂放。◇巍巍古樓，昂首天外，歷風雨仍屹立 / 他們昂首天外，發了一通高論之後，人卻不知哪裏去了。

【昂首伸眉】áng shǒu shēn méi 抬起頭，揚起眉毛。也作“卬首信眉”。信：同“伸”。❶ 形容發表議論時慷慨激昂的樣子。漢代司馬遷《報任少卿書》：“今已虧形為埽除之隸，在闒茸之中，迺欲卬首信眉，論列是非，不亦輕朝廷羞當世之士邪！”宋代朱熹《答汪尚書書》：“隨行逐隊，則有持祿之譏；卬首信眉，則有出位之戒。”❷ 形容意氣昂揚的樣子。朱大路《定位》：“偉大，是指胸含莽莽塵球，襟懷芸芸萬類，昂首伸眉，氣象闊大。”同 昂昂自若。反 低眉順眼。

【昂首挺胸】áng shǒu tǐng xiōng 仰起頭，挺起胸脯。形容精神抖擻，意氣風發的樣子。葉聖陶《倪煥之》一九：“心裏只在想許許多多的人經了先覺者的開導，一個個昂首挺胸覺悟起來的可喜情形。”秦牧《在仙人掌叢生的地方》：“烈日下，四周的野草耷拉着腦袋，唯獨仙人掌昂首挺胸，敢與太陽爭高下。”同 昂首闊步。反 垂頭喪氣。

【昂首闊步】áng shǒu kuò bù 仰起頭，邁着大步。形容精神抖擻，意氣風發，勇往直前的樣子。◇走起路來昂首闊步，他大概是軍人出身吧？同 一往無前、勇往直前。

【書不盡言】shū bù jìn yán 書：書信。沒有能把想説的話都寫盡。多用作信件的結語，表示言辭難以充分表達自己的意思。《易經•繫辭上》：“書不盡言，言不盡意。”《三國演義》二六回：“書不盡言，死待來命。”《説唐》四八回：“請先生通權達變，速取劉武周首級，以作歸唐計，不失公侯之位。書不盡言。”同 書不盡意、言不盡意。反 無話可説。

【書生之見】shū shēng zhī jiàn 書生：這裏指不懂世情的迂腐的書呆子。喻不切實際的不合時宜的見解或認知。宋代邵博《聞見後錄》卷一：“予謂議者以本朝養兵為大費，欲復寓兵於農之法，書生之見，可言而不可用者哉！”《官場現形記》三一回：“其中有些話都是窒礙難行，畢竟書生之見，全是紙上談兵。”◇認為讀書必能增長才幹，這是書生之見。反 不易之論、通權達變。

【書香門第】shū xiāng mén dì 指世代都是讀書人的家庭。書香：讀書的好氛圍好習尚。《兒女英雄傳》四十回：“如今眼看着書香門弟是接下去了，衣飯生涯是靠得住了。”曹禺《北京人》第三幕：“我們累代是書香門第，父慈子孝，沒有叫人説過一句閒話。”◇出身於書香門第，博覽群書，這正是她與眾不同的地方。同 書香人家、書香世家。

【書通二酉】shū tōng èr yǒu 見“才貫二酉”。

【書劍飄零】shū jiàn piāo líng 書劍：書本和寶劍。借指讀書做官，仗劍投軍。形容因求功名或從軍等緣故而背井離鄉，飄泊而居無定所，沒有歸家的機會。元代王實甫《西廂記》一本一折：“小生書劍飄零，功名未遂，遊於四方。”清代孔尚任《桃花扇•訪翠》：“小生侯方域，書劍飄零，歸家無日。”《鳳凰池》四回：“書劍飄零異地春，無心邂逅意中人。”同 背井離鄉。

【書聲朗朗】shū shēng lǎng lǎng 見“書聲琅琅”。

【書聲琅琅】shū shēng láng láng 形容讀書聲音清朗而響亮。也作“書聲朗朗”。宋代陸游《枕上感懷》詩：“五更攬轡山路長，老夫誦書聲琅琅。”清代紀昀《閱微草堂筆記•灤陽消夏錄三》：“明季，有書生獨行叢莽間，聞書聲琅琅，怪曠野那得有是。”《鏡花緣》二三回：“走過鬧市，只聽那些居民人家，接二連三，莫不書聲朗朗。”同 書聲朗朗。

【替天行道】tì tiān xíng dào 代替上天實行正道，按照天意做正義之事。今也借指代行人民群眾的意願。元代康進之《李逵負荊》一折："澗水潺潺繞寨門，野花斜插滲青巾。杏黃旗上七個字，替天行道救生民。"《三國演義》四七回："吾替天行道，安忍殺戮人民！"茅盾《石碣》："另一伙卻是立定主意要在此地替天行道。"張欣《伴你到黎明》："安妮一直覺得自己是替天行道、伸張正義，聽朝野這麼一說，根本不是那麼回事，心裏開始不是滋味。"

【曾參殺人】zēng shēn shā rén 曾參：孔子的弟子，以賢孝著稱。《戰國策•秦策二》："昔者，曾子處費，費人有與曾子同名族者而殺人。人告曾子母曰：'曾參殺人。'曾子之母曰：'吾子不殺人。'織自若。有頃焉，人又曰：'曾參殺人。'其母尚織自若也。頃之，一人又告之曰：'曾參殺人。'其母懼，投杼踰牆而走。夫以曾參之賢與母之信也，而三人疑之，則慈母不能信也。"後以"曾參殺人"比喻流言可畏或遭受誣陷冤枉。南朝宋鮑照《謝隨恩被原疏》："繇臣悴賤，可侮可誣，曾參殺人，臣豈無過。"唐代韓愈《釋言》："市有虎，而曾參殺人，讒者之效也。"唐代李端《雜歌》："伯奇掇蜂賢父逐，曾參殺人慈母疑。"明代張岱《投杼操》："言三至兮惑其母，曾參殺人市有虎。"清代孔尚任《桃花扇•辭院》："這冤怎伸，硬疊成曾參殺人，這恨怎吞，強書為陳恆弒君。"同 曾母投杼、三人成虎。

【曾幾何時】céng jǐ hé shí 曾：曾經。幾何：多少，若干。唐代韓愈《東都遇春》詩："爾來曾幾時，白髮忽滿鏡。"後用"曾幾何時"說時間過去沒有多久。宋代王安石《祭盛侍郎文》："補官揚州，公得謝歸，曾幾何時，訃者來門。"明代史可法《請討賊禦敵以圖恢復疏》："皇天后土，實式鑑臨，曾幾何時，可忘前事？"孫中山《中國民主革命之重要》："乃曾幾何時，思想進步，民族主義大有一日千里之勢。"

【曾經滄海】céng jīng cāng hǎi《孟子•盡心上》："故觀於海者難為水。"唐代元稹《離思》詩："曾經滄海難為水，除卻巫山不是雲。"意指見過海洋後，對其他的水，再也不入眼了。比喻見過大世面，眼界開闊，平常的事就算不得甚麼了。《兒女英雄傳》三一回："請教，一個曾經滄海的十三妹，這些個玩意兒可有個不在行的？"◇他是曾經滄海的人，你要的這點把戲，他哪會放在心上。同 飽經世故、薑是老的辣。反 乳臭未乾。

【會少離多】huì shǎo lí duō 相聚的日子少，離散的日子多。感歎人生聚散無常。宋代曾覿《訴衷情》詞："情脈脈，恨悠悠，幾時休。大都人世，會少離多，總是閒愁。"元代虞集《賀新郎》詞："準擬雕梁棲飛燕，早晚新巢定妥。歎會少離多似我。"冰心《我的故鄉》："結婚後小夫妻感情極好，因為我父親長期在海上生活，'會少離多'，因此他們通信很勤，唱和的詩也不少。"同 星離雨散、勞燕分飛。

【會家不忙】huì jiā bù máng 熟手遇到熟悉的事情，處理起來有條不紊、不慌不忙。《二刻拍案驚奇》卷二八："李方哥半推半就的接了。程朝奉正是會家不忙，見接了銀子，曉得有了機關。"《水滸傳》四回："那猴王正是會家不忙，將金箍棒應手相迎。"◇他可算是會家不忙，換上別人遇到這種事，早就慌了手腳。同 應付裕如、措置裕如。反 手忙腳亂、手足無措。

月部

【月下老人】yuè xià lǎo rén 唐代李復言《續玄怪錄•定婚店》載：韋固夜經宋城，見一老者月下倚囊而坐，向月翻檢書本。原來老人是掌管人間姻緣的神仙，他據姻緣簿所載將天下男女配對，在雙方的腳上繫以紅繩，把他們聯結起來，成為夫妻。後用以代稱媒人，簡稱"月下老"、"月老"。《紅樓夢》五七回："若是月下老人不用紅線拴的，再不能到一處。"《兒女英雄傳》九回："先說定了我的事，然後好借重爹媽給他作個月下老人。"

【月下花前】yuè xià huā qián 形容清爽幽美的環境。借指男女幽會，談情說愛的地方。宋代梅堯臣《花娘歌》："月下花前不暫離，暫離已抵銀河遠。"明代高濂《玉簪記•促試》："你是瑚璉虹霓，怎做狐首鴻磐，休戀燕友鶯儔，月下花前。"◇夫妻倆沒有月下花前的浪漫，只有同甘共苦的經歷。同 花前月下。反 花殘月缺、殘枝敗葉。

【月白風清】yuè bái fēng qīng 見"風清月白"。

【月地雲階】yuè dì yún jiē ❶ 以月為地，以雲為台階。指天上仙境。唐代牛僧儒《周秦行紀》："香風引到大羅天，月地雲階拜洞仙。"宋代張孝祥《鷓鴣天》詞："月地雲階歡意闌，仙姿不合住人間。"◇湖光與山色交輝，屏山鏡湖，勝似月地雲階。❷ 比喻美好的景物。宋代劉一止《洞仙歌》詞："歎客裏經春又三年，向月地雲階，負伊多少。"◇高原的夜空格外澄清，月地雲階，如仙境一般。反 月黑風高、風狂雨驟。

【月明千里】yuè míng qiān lǐ 南朝宋謝莊《月賦》："美人邁兮音塵闕，隔千里兮共明月。"後用"月明千里"形容月光普照大地。多指友人或戀人相隔遙遠，月夜倍增思念。唐代牛嶠《定西番》詞："紫塞月明千里，金甲冷，戍樓寒，夢長安。"元代王實甫《破窯記》四折："聽的道朝中宰相降香來，百姓海等待。卻正是月明千里故人來。"◇中秋之夜，月明千里，萬家團圓。同 月明如晝。反 月黑風高。

【月明星稀】yuè míng xīng xī 月亮明亮，星星稀少。形容皓月當空的景象。三國魏曹操《短歌行》詩："月明星稀，烏鵲南飛。繞樹三匝，何枝可依？"李準《李雙雙》七："河灣子修堰壩的工地，月明星稀，小河水靜靜流入水渠。"反 月落星沉。

【月明風清】yuè míng fēng qīng 見"月朗風清"。

【月缺花殘】yuè quē huā cán ❶ 形容衰敗零落的景象。元代商挺《潘妃曲》曲："月缺花殘人憔悴，冷落了鴛鴦被。"◇月缺花殘，草木零落，秋天往往會使人觸景傷情。❷ 比喻美女死去。唐代溫庭筠《和王秀才傷歌姬》詩："月缺花殘莫愴然，花須終發月須圓。"◇生命是如此脆弱，陽光般的女孩竟在這意外事故中月缺花殘了。❸ 比喻感情破裂，兩相離異。元代關漢卿《沉醉東風》曲："憂則憂鸞孤鳳單，愁則愁月缺花殘。"◇結婚多年，到最後卻是月缺花殘收場。同 花殘月缺、月缺難圓。反 月圓花好。

【月朗風清】yuè lǎng fēng qīng 月光明朗，微風清爽。形容寧靜美好的月夜。唐代無名氏《洛神傳》："時月朗風清，曠善琴，遂取琴彈之。"元代無名氏《醉寫〈赤壁賦〉》三折："子瞻，你看月朗風清，雲收雨霽，青山聳聳，碧水茫茫，是好景致也呵。"《隋唐演義》九五回："一夕月朗風清，從人先自去睡了。"也作"月明風清"。孫犁《蘆花蕩》："可是假如是月明風清的夜晚，人們的眼再尖利一些，就可以看見有一隻小船從葦塘裏撐出來。"陳丹燕《木已成舟》："生活就像一條夜晚湍急的河流那樣不安，但到了月明風清的時刻，每一顆水珠都變成了鑽石和珍珠。"同 月白風清。反 風高月黑。

【月黑風高】yuè hēi fēng gāo 元代元懷《拊掌錄》："歐陽公與人行令，各作詩兩句……一云：'月黑殺人夜，風高放火天。'"後以"月黑風高"形容天黑風大、氣候惡劣的夜晚。元代秦簡夫《東堂老》一折："那裏面藏圈套，都是些綿中刺、笑裏刀……半席地恰便似八百里梁山泊，抵多少月黑風高。"反 風清月朗、青天白日。

【月落星沉】yuè luò xīng chén 月亮落下去，星星也沉下去。指天快亮的時候。前蜀韋莊《酒泉子》詞："月落星沉，樓上美人春睡。"古龍《七星龍王》十五："風靜水平，月落星沉，燈光卻更亮了。"楊朔《生命在號召》："直談到月落星沉，我才依依不捨地起身告別。”反 月明星稀。

【月暈而風】yuè yùn ér fēng 暈：指太陽或月亮周圍出現的光環。月亮周圍一出現光環，就知道快要颳風。宋代蘇洵《辨奸論》：“月暈而風，礎潤而雨，人人知之。”◇月暈而風，日前這許多徵兆，我們不能不警覺了。同 礎潤而雨。

【月圓花好】yuè yuán huā hǎo 見“花好月圓”。

【月滿則虧】yuè mǎn zé kuī 月亮到了最圓的時候，就開始出現缺損。比喻事物發展到極點就會走向反面。《史記·范雎蔡澤列傳》：“語曰：‘日中則移，月滿則虧。’物盛則衰，天地之常數也。”元代無名氏《來生債》二折：“你但看日中則昃，月滿則虧，這都是無往不復。”《紅樓夢》一三回：“你如何連兩句俗語也不曉得？常言‘月滿則虧，水滿則溢。’又道是‘登高必跌重’。”同 日中則昃。

【有口皆碑】yǒu kǒu jiē bēi《五燈會元·太平安禪師》：“勸君不用鐫頑石，路上行人口似碑。”路上行人的嘴，就如同是稱頌功德的石碑。碑：功德碑。後以“有口皆碑”表示人人都稱讚。《老殘遊記》三回：“宮保的政聲，有口皆碑，那是沒有得說的了。”◇自他擔任總裁以來，可說是有口皆碑。同 交口稱譽、交口讚譽。反 千夫所指、罵名千載。

【有口無心】yǒu kǒu wú xīn ❶ 嘴上隨便說說而已，其實並不在心。《金瓶梅詞話》三九回：“原來你這個大謅答子貨，誰家願心是忘記的？你便有口無心許下，神明都記着。”清代張南莊《〈何典〉序》：“總屬有口無心，安用設身處地。”◇他是有口無心，一高興就信口亂說，你別見怪。❷ 心直口快。《兒女英雄傳》一五回：“老爺此時早看透了鄧九公，是個重交尚義，有口無心，年高好勝的人。”◇有口無心，憋不住事兒，朋友都知道她這個性子。反 心懷叵測、口不應心。

【有口難分】yǒu kǒu nán fēn 雖然有嘴可說話，但還是難以辯解清楚。常指受冤屈而難以說清。元代李行道《灰闌記》一折：“誰想到員外跟前，又說我與了姦夫，着我有口難分。”《儒林外史》二回：“把個荀老爹氣得有口難分。”也作“有口難辯（辨）”、“百喙莫辯”。《古今小說·陳御史巧勘金釵鈿》：“孟夫人有口難辨，倒被他纏住身子，不好動身。”《野叟曝言》七四回：“素臣一段議論，如老吏斷獄，使劉邦百喙莫辯。”巴金《春》六：“別人看起來，馮家待我多好，我真是有口難辯。”

【有口難言】yǒu kǒu nán yán 雖有嘴可以講話，但還是不便說或不敢說出來。宋代蘇軾《醉醒者》詩：“有道難行不如醉，有口難言不如睡。”《竇娥冤》三折：“這都是官吏每無心正法，使百姓有口難言。”◇這件事情涉及到幾個人的隱私，陳秘書有口難言。同 難言之隱。反 直言無諱。

【有口難辯（辨）】yǒu kǒu nán biàn 見“有口難分”。

【有天無日】yǒu tiān wú rì ❶ 比喻社會黑暗，沒有正義。元代康進之《李逵負荊》二折：“元來個梁山泊有天無日，就恨不斫倒這一面黃旗。”◇那些鄉長只會晥民脂膏，敲剝農民，弄得有天無日。❷ 比喻不管不顧，肆無忌憚。《紅樓夢》三回：“他嘴裏一時甜言蜜語，一時有天無日，瘋瘋傻傻。”◇在家裏有天無日，任着性子隨口亂罵。同 有天沒日。反 弊絕風清、循規蹈矩。

【有心無力】yǒu xīn wú lì 雖然有幫助人的心意，卻苦於無能為力。南朝梁惠皎《高僧傳·竺法曠》：“貧道必當盡誠上答，正恐有心無力耳。”茅盾《多角關係》：“李惠翁，你既然有這門路，就趕快去找保人罷，兄弟是有心無力，對不起。”同 力不從心。

【有目共睹】yǒu mù gòng dǔ 人人都能看到，明明白白，顯而易見。清代王澍《竹雲題跋·王右軍書聖教序》：“《聖教》一出，劇跡咸聚，仰配《蘭亭》，有目共睹。”◇她的品德和能力是有目共睹的／

如今的官員們巧取豪奪，貪得無厭，這是有目共睹的事實。同 有目共見。反 有眼如盲、視而不見。

【有目共賞】yǒu mù gòng shǎng 形容東西十分完美，大家都很賞識。《老殘遊記》一二回："這人負一時盛名，而《湘軍志》一書做的委實是好，有目共賞。"魯迅《華蓋集續編·馬上日記》："要塞進字紙簍裏時，覺得有幾條總還是愛不忍釋，現在……印出來，以便'有目共賞'罷。"◇百年一遇的日全食見證了宇宙神奇的力量，大家有目共賞，驚歎不已。同 交口稱讚、交口讚譽。

【有目如盲】yǒu mù rú máng 雖然有眼，卻如同盲人一樣。形容看不清人或事物之真相。《隋唐演義》八二回："(李林甫、楊國忠) 一齊上前取看，只落得有目如盲也一字看不出來，跼蹐無地。"◇她的廬山真面目至今你都看不清，我看你確是有目如盲。同 有眼無珠。反 心明眼亮。

【有生之年】yǒu shēng zhī nián 餘年，人生中最後的年月。《鏡花緣》六八回："俾使臣得保蟻命，此後有生之年，莫非主上所賜，惟求格外垂憐。"秦牧《〈長河浪花集〉序》："只好用今後有生之年的辛勤努力，來補償過去的不足。"同 風燭殘年、桑榆晚景。反 豆蔻年華、錦秀年華。

【有加無已】yǒu jiā wú yǐ 不停地添加而沒有停止。《左傳·昭公七年》："寡君寢疾，於今三月矣，併走群望，有加而無瘳。"宋代陳亮《覆杜伯高書》："然而左右獨以為不然，時以書相勞問，意有加而無已。"◇上個月是嚴重的旱災，這個月是洪澇，天災人禍，有加無已。同 有增無減。反 每況愈下。

【有血有肉】yǒu xuè yǒu ròu 比喻文藝作品中的人物形象生動真實。朱自清《你我·"子夜"》："他筆下是些有血有肉能說能做的人，不是些扁平的人形，模糊的影子。"◇故事中的人物有血有肉，性格鮮明。

【有名無實】yǒu míng wú shí 擁有某種名聲或名義，實際上卻沒有與名聲或名義相合的內容。《管子·明法解》："如此者，有人主之名而無其實。"晉代陸機《五等諸侯論》："逮及中葉，忌其失節，割削宗子，有名無實，天下曠然，復襲亡秦之軌矣。"清代宣鼎《夜雨秋燈錄·騙子》："如果真正佳人，何妨重價，第恐有名無實耳。"同 名不副實、名不符實。反 名實相副、名實相符。

【有色眼鏡】yǒu sè yǎn jìng 比喻看待人或事所抱的成見。◇你總是戴着有色眼鏡看人，這就很難跟人家搞好關係。

【有志之士】yǒu zhì zhī shì 有志向有膽識的人。宋代陸九淵《與曾宅之書》："惟其生於後世，學絕道喪，異端邪說充塞彌滿，遂使有志之士罹此患害。"《洪秀全演義》五回："(楊) 秀清指秀全向李、林二人說道：'此洪君是廣東有志之士，與弟莫逆之交。'"◇庸庸碌碌的人多，有志之士少，所以社會進步很慢。同 有識之士。

【有志竟成】yǒu zhì jìng chéng 人只要有志向，不懈努力，總能成功。"有志者事竟成"的略語。《後漢書·耿弇傳》："帝謂弇曰：'將軍前在南陽建此大策常以為落落難合，有志者事竟成也。'"《鏡花緣》十回："不意去歲大蟲壓倒房屋，媳婦受傷而亡。孫女慟恨……要替母親報仇，自製白布箭衣一件，誓要殺盡此山猛虎，方肯除去孝衣。果然有志竟成，上月被他打死一個。"◇他知道自己天資差，但他將勤補拙，有志竟成，居然考進了哈佛大學。反 胸無大志、半途而廢。

【有求必應】yǒu qiú bì yìng 只要有人請求，肯定答應。清代和邦額《夜譚隨錄·崔秀才》："往日良朋密友，有求必應，啜汁者豈止一人。"《官場現形記》五回："只要不惜重貲，便爾有求必應。"◇他疏財仗義，對朋友有求必應。反 拒之門外、拒之於千里之外。

【有利可圖】yǒu lì kě tú 有利益或好處可從中謀取。清代吳趼人《發財秘訣》一回："忽見一家店鋪在那裏燒料泡，心中暗忖，把這個販到香港，或者有利可圖，我何妨試他一試！"沈從文《新廢郵存底》："見有利可圖就上前，這種我們常常瞧不上眼的所謂俗人，我是……永遠學不會的。”◇以次充好，以假亂真，只要有利可圖，商人甚麼手段都用。

【有言在先】yǒu yán zài xiān 已有話說在先前，不能作罷，說話要算數。《二刻拍案驚奇》卷二：“今要酬謝小道人相讓之德，原有言在先的，特請嬤嬤過來，交付利物並謝禮與他。”《痛史》七回：“況且你們已經有言在先，又何得反悔？”◇我有言在先，答應了帶惠民小弟去購物，現在哪能和你去看電影呢？同 一言為定。反 出爾反爾。

【有板有眼】yǒu bǎn yǒu yǎn ❶ 唱腔或樂音合乎節拍。板、眼：中國戲曲的節拍名。◇她的一曲“十面埋伏”，彈得鏗鏗鏘鏘，有板有眼。❷ 比喻說話辦事有條不紊，合宜得體。歐陽山《三家巷》三一：“陳文雄已經恢復了他的紳士風度，有板有眼地說。”周立波《山那面人家》：“在津市，有種專門替人哭嫁的男女……哭起來，一數一落，有板有眼，好像唱歌，好聽極了。”同 一板三眼。

【有的放矢】yǒu dì fàng shǐ 對準目標放箭。的：靶心。比喻說話有針對性或做事的目標明確。◇他說話必定是有的放矢，從不空談 / 每走一步，都踩在點上，有的放矢，所以他做事絕少出錯。反 無的放矢、文不對題。

【有所作為】yǒu suǒ zuò wéi 指做出了成就。◇眼界狹小的人做一點小事，便以為有所作為，沾沾自喜，如何能有大的成就？同 大有作為、奮發有為。反 無所作為、碌碌無為。

【有始有終】yǒu shǐ yǒu zhōng《論語·子張》：“有始有卒者，其惟聖人乎！”做事既有開頭，也有終結，堅持到底，不半途而廢。唐代魏徵《十漸不克終疏》：“昔陶唐、成湯之時非無災患，而稱其聖德者，以其有始有終，無為無欲，遇災則極其憂勤，時安則不驕不逸故也。”張愛玲《紅玫瑰與白玫瑰》：“普通人向來是這樣把節烈兩個字分開來講的……振保可不是這樣的，他是有始有終、有條有理的。”同 有頭有尾、善始善終。反 有始無終、有頭無尾。

【有始無終】yǒu shǐ wú zhōng 有了開頭，卻沒有收尾。多指做事半途而廢。《詩經·權輿序》：“忘先君之舊臣與賢者，有始而無終也。”《漢書·五行志》：“京房易傳曰：‘有始無終。’”元代紀君祥《趙氏孤兒》二折：“我從來一諾似千金重，便將我送上刀山與劍鋒，斷不做有始無終。”魯迅《紀念劉和珍君》：“凡我所編輯的期刊，大概是因為往往有始無終之故罷，銷行一向就甚為寥落。”同 有頭無尾、虎頭蛇尾。反 全始全終、始終不渝。

【有恃毋恐】yǒu shì wú kǒng 見“有恃無恐”。

【有恃無恐】yǒu shì wú kǒng《左傳·僖公二十六年》：“齊侯曰：‘室如縣罄，野無青草，何恃而不恐？’對曰：‘恃先王之命。’”恃：倚仗。後用“有恃無恐”、“有恃毋恐”指因有所倚仗而無所畏忌。明代高攀龍《〈保安寺建養老堂疏〉引》：“昔者，聖王老老長長幼幼之化行，舉天下之民，自生迄死，皆有恃而無恐。”鄭觀應《盛世危言·練兵》：“地勢敵情，了如指掌，繪圖遍示，使一軍諳悉情形，有恃毋恐，故戰勝攻取，如響應聲。”魯迅《〈偽自由書〉後記》引文：“舊派有封建社會為背景，有恃無恐。”

【有勇無謀】yǒu yǒng wú móu 只有勇氣而無謀略。《三國志·董卓傳》裴松之注引《獻帝起居注》：“呂布受恩而反圖之，斯須之間，頭懸竿端，此有勇而無謀也。”《新唐書·陸贄傳》：“王武俊有勇無謀，朱滔多疑少決。”清代孔尚任《桃花扇·賺將》：“俺高傑有勇無謀，竟被許定國賺了。”同 勇而無謀。反 有勇有謀。

【有約在先】yǒu yuē zài xiān 事情的處置，大家早有約定，不能違背。元代無名氏《舉案齊眉》一折：“這事本已有約在先，況兼孩兒又執意定要嫁他，也是他的緣分了。”錢鍾書《圍城》六：“他知道高松年跟李梅亭有約在先，自己跡近乘虛篡竊。”◇雖說你有困難，但我們有約在先，不能不遵守的。同 有言在先。

【有氣沒力】yǒu qì méi lì 見“有氣無力”。

【有氣無力】yǒu qì wú lì 形容氣力衰弱、萎靡不振的樣子。《醒世恆言•吳衙內鄰舟赴約》：“司戶夫婦只道女兒年紀長大，增了飯食，正不知艙中，另有個替吃飯的，還餓得有氣無力哩。”巴金《秋》一：“覺新有氣無力地叫了兩聲：‘何嫂！’”也作“有氣沒力”。《孽海花》一二回：“到了樓上，彩雲有氣沒力的，全身都靠在阿福的身上。”同 萎靡不振、奄奄一息。反 身強力壯、精神抖擻。

【有案可查】yǒu àn kě chá 有證據可查。案：案卷、文書。◇事情辦得周到細緻，可謂滴水不漏，樁樁件件，乃至細小處都有案可查／整個考試過程都有案可查，我們不必擔心舞弊。同 有案可稽、有憑有據。反 無憑無據、查無實據。

【有案可稽】yǒu àn kě jī 有案卷文件可以查考，有根有據。◇有案可稽，證據確鑿，他翻不了案／這件事有案可稽，不是我空口說白話。同 有案可查、白紙黑字。反 無頭公案、無稽之談。

【有教無類】yǒu jiào wú lèi 教育不分賢愚貴賤，一視同仁。《論語•衛靈公》：“子曰：‘有教無類’。”唐代陸贄《策問博通墳典達於教化科》：“然則上之化下，罔或不從，而三仁四凶，較然自異，有教無類，豈虛語哉！”《新唐書•突厥傳》：“聖人之道無不通，故曰‘有教無類’。”◇當今社會所謂的“普及教育”，與有教無類的思想一脈相承。

【有眼無珠】yǒu yǎn wú zhū 形容見識淺薄，沒有辨別是非善惡的能力。元代無名氏《舉案齊眉》一折：“常言道，賢者自賢，愚者自愚，就似那薰蕕般各別難同處。怎比你有眼卻無珠。”◇只怪我有眼無珠，結識了這班無賴朋友。同 有眼如盲。反 明察秋毫、洞若觀火。

【有條不紊】yǒu tiáo bù wěn《尚書•盤庚上》：“若網在綱，有條而不紊。”説網線依次結到魚網的總繩之上，很有條理，紋絲不亂。後用“有條不紊”形容做事井然有序。唐代王勃《梓州玄武縣福會寺碑》：“有條不紊，施緩政於繁繩；斷訟有神，下高鋒於錯節。”◇他遇事不慌，處變不驚，有條不紊，是一個堅毅有理智的人。同 有條有理、井井有條。反 雜亂無章、亂成一團。

【有條有理】yǒu tiáo yǒu lǐ《尚書•盤庚上》：“若網在綱，有條而不紊。”後用“有條有理”形容文章、講話、做事層次分明，脈落及順序都清楚合理。清代朱彝尊《宋本〈輿地廣記〉跋》：“故其沿革，有條有理，勝於樂史《太平寰宇記》實多。”《近十年之怪現狀》一四回：“又操了一枝好文筆，發起議論來，無論新學舊學，都説得有條有理。”◇孩子雖小，做起事來可是有條有理。同 有條不紊、井井有條。反 雜亂無章、一團亂麻。

【有問必答】yǒu wèn bì dá 只要提出問題，一定給予解答。◇他一天到晚問這問那，我舅舅是個講師，又特別有耐心，有問必答／都説這位青年醫生盡職敬業，對病人有問必答。反 一問三不知。

【有朝一日】yǒu zhāo yī rì 如果將來有那麼一天；總有那一天。元代無名氏《博望燒屯》一折：“有朝一日，我出茅廬指點世人迷，憑着我劍揮星斗，我志逐風雷。”《明成化説唱詞話叢刊•白兔記》：“論韓信乞食漂母寧奈，有朝一日運通泰，男兒漢勇略中須在。”茅盾《秋收》一：“甚麼希罕！光景是做強盜搶來的罷！有朝一日捉去殺了頭，這才是現世報。”

【有棱有角】yǒu léng yǒu jiǎo ❶比喻為人有鋒芒、有主見，説話做事明確，決不模棱兩可。◇這件事碰上這麼個有棱有角的人，未必説得上話。❷形容表情嚴峻。◇氣得青筋暴起，一張臉板得有棱有角。❸形容端正、方正。◇被子疊得有棱有角／不一會兒揉搓出一個麵人兒來，臉盤兒方正，有棱有角，恰似活的一般。反 模棱兩可、左右逢源。

【有備無患】yǒu bèi wú huàn 事先做好準備，就可以避免禍患。《尚書•説命中》：“惟事事乃其有備，有備無患。”唐代元稹《李光顏加階制》：“不教人戰，是謂棄之；有備無患，可以應卒。”《孽海花》二七回：“經這一番佈置，使西邊有所顧忌，也可有備無患了。”郭沫若《洪波曲》第五章：“我們做穩當一點總好，有備無患啦。”同 防患未然。反 防不勝防、措手不及。

【有傷風化】yǒu shāng fēng huà 傷：敗壞。行動或言論損害了良好的風氣教化。元代關漢卿《裴度還帶》四折：“你道做了有傷風化，誰就你那燕爾新婚。”清代頤瑣《黃繡球》二九回：“那些舊有的學生，早就通班解散……女學堂也說是有傷風化，禁去幾處。”◇一些小報描寫色情津津有味，實在有傷風化。同 傷風敗俗、不登大雅。

【有意無意】yǒu yì wú yì《世說新語•文學》：“庚子嵩作《意賦》成，從子文康見問曰：‘若有意邪，非賦之所盡；若無意邪，復何所賦？’答曰：‘正在有意無意之間。’”説自然率真，不着意雕琢粉飾。後指隨意之間，像是在意又像是不在意。張愛玲《金鎖記》：“老太太上了年紀，有點聾，喉嚨特別高些，有意無意之間不免有好些話吹到陽台上的人的耳朵裏來。”同 有心無心。

【有福同享】yǒu fú tóng xiǎng 有享福的事就一同分享。《官場現形記》五回：“從前老爺有過話，是‘有福同享，有難同當’，現在老爺有得升官發財，我們做家人的出了力，賠了錢，只落得一個半途而廢。”清代黃小配《廿載繁華梦》二十回：“彼此兄弟，自應有福同享。”◇他只記得有福同享，現在你有難了，他卻一點也不打算有難同當。反 有難同當。

【有隙可乘】yǒu xì kě chéng 有空子可鑽、可利用。隙：間隙、漏洞。《五代史通俗演義》一一回：“將帥不和，自相魚肉，這正是有隙可乘。”◇兄弟鬩牆，正所謂鷸蚌相爭，漁人得利，外人難免有隙可乘。同 有機可乘。反 無隙可乘。

【有增無減】yǒu zēng wú jiǎn 數量只有增加而沒有減少，或程度只有升高而沒有降低。也作“有增無損”。《晉書•謝安傳》：“（陛下）所患沉頓，有增無損。”明代吾邱瑞《運甓記•夢日環營》：“病勢有增無減，爭奈沒個好醫。”老舍《四世同堂》二：“自從他有了這所房，他的人口便有增無減，到今天已是四世同堂！”同 有加無已、有加無減。

【有增無損】yǒu zēng wú sǔn 見“有增無減”。

【有機可乘】yǒu jī kě chéng 有可以利用的機會，有空子可以鑽。《宋史•岳飛傳》：“敵兵已去淮，卿不須進發，其或襄、鄧、陳、蔡有機可乘，從長措置。”《聊齋誌異•胭脂》：“宿久知女美，聞之竊喜其有機可乘。”同 有機可趁、有隙可乘。

【有頭有臉】yǒu tóu yǒu liǎn 有一定的身份地位，有一定的聲望名氣。《紅樓夢》七四回：“太太那邊的人我也都見過，就只沒看見你這麼個有頭有臉大管事的奶奶。”清代吳趼人《糊塗世界》十：“走到他客堂裏去看了一看，也還都是些有頭有臉的人。”◇那班所謂有頭有臉的人物，其實都是些黑社會的老大。反 灰頭土臉、聲名狼藉。

【有頭無尾】yǒu tóu wú wěi 做事情有始無終，虎頭蛇尾。唐代釋慧然《臨濟慧照禪師語錄》：“此人只是有頭無尾，有始無終。”宋代朱熹《朱子語錄》四二：“若是有頭無尾底人，便是忠也不久。”老舍《四世同堂》四三：“沒有下款，沒有日月，信就這麼有頭無尾的完了。”同 有始無終、虎頭蛇尾。反 有頭有尾、有始有終。

【有憑有據】yǒu píng yǒu jù 説話或做事有根有據。《喻世明言•陳御史巧勘金釵鈿》：“又且他家差老園公請你，有憑有據，須不是你自輕自賤。”清代張南莊《何典》八回：“那色鬼又未曾目睹其間，聽他們説得有憑有據，便也以訛纏訛，信以為實。”◇辦案需要非常慎重，任何案子都必須有憑有據，據實情公正判決。同 真憑實據、有根有據。反 向壁虛構、向壁虛造。

【有聲有色】yǒu shēng yǒu sè ❶形容説話、表演、描述等生動精彩。清代洪亮吉《北江詩話》卷一：“寫月有聲有色如此，後人復何能著筆耶？”◇她説起故事來，有聲有色，孩子們聽得十分入神。❷形容光彩、出色。《老殘遊記》七回：“若求在上官面上討好，做得轟轟烈烈，有聲有色，則只有依玉公辦法，所謂逼民為盜也。”沙汀《困獸記》七：“我倒更加覺得生命可愛，總想過得有聲有色一些。”同 繪聲繪色。反 一無可取、一無是處。

【有膽有識】yǒu dǎn yǒu shí 既有膽略，又有遠見，足智多謀。明代周順昌《與文湛持書》：“遍看長安，始信有膽有識男子原自絕少。”《野叟曝言》四十回：“金羽妹子，絕世聰明，有膽有識。”◇有膽有識，有勇有謀，這是上司最看重他的一點。同 智勇雙全。反 有勇無謀。

【朋比為奸】péng bǐ wéi jiān 互相勾結起來做壞事。《三國演義》一回：“後張讓、趙忠……夏惲、郭勝十人朋比為奸，號為‘十常侍’。”高雲覽《小城春秋》三四章：“跟他朋比為奸的上級讚賞他的才能。”同 朋比作奸、狼狽為奸。

【朋黨比周】péng dǎng bǐ zhōu 朋黨：同類的人結成利益集團。比周：勾結。相互依附勾結，成為營私的宗派集團。《荀子•臣道》：“上不忠乎君，下善取譽乎民；不卹公道通義，朋黨比周，以環主圖私為務，是篡臣者也。”唐代吳兢《貞觀政要•擇官》：“諂主以佞邪，陷主於不義，朋黨比周，以蔽主明，使白黑無別，是非無間，使主惡佈於境內，聞於四鄰，如此者，亡國之臣也。”宋代曾鞏《擬相制》：“禮儀廉恥，闕而不思，朋黨比周，靡然成俗。”同 結黨營私、朋比為奸。

【服牛乘馬】fú niú chéng mǎ 服：駕御。駕着牛，騎着馬。指役使牲畜。《易經•繫辭下》：“服牛乘馬，引重致遠，以利天下。”《新唐書•王求禮傳》：“自軒轅以來，服牛乘馬，今輦以人負，則人代畜。”

【服低做小】fú dī zuò xiǎo 形容低聲下氣，巴結奉承。明代沈孚中《綰春園•議婚》：“況養嬌生性，怕他不慣服低做小。”張愛玲《氣短情長及其他》：“可是我在家裏向來是服低做小慣了的，那樣的權威倒也不羨慕。”同 低聲下氣、卑躬屈膝。

【服服貼貼（帖帖）】fú fú tiē tiē 形容極其順從。清代誕叟《檮杌萃編》一回：“我管得他住麼？除非花家的愛寶來，那就制得他服服貼貼的。”古龍《湘妃劍》一九章：“大鬍子老程馴馬的功夫的確有兩手，無論甚麼劣馬，到了他手裏都得服服帖帖。”同 俯首貼耳。反 桀驁不馴。

【服冕乘軒】fú miǎn chéng xuān 冕：冕服，古時卿大夫的禮服。軒：古代大夫乘坐的輕便車。穿着冕服，乘坐軒車。《左傳•哀公十五年》：“太子與之言曰：‘苟使我入獲國，服冕乘軒，三死無與。’”後用“服冕乘軒”指達官顯宦。晉代陸機《謝平原內史表》：“身登三閣，宦成兩宮。服冕乘軒，仰齒貴遊。”唐代崔尚《天臺台山新桐柏觀之頌序》：“以為服冕乘軒者，寵患吾身也，擊鐘陳鼎者，味爽人口也，遂乃捐公侯之業，學神仙之事。”明代高濂《玉簪記•合慶》：“子母經年分散，喜芸窗脱跡，服冕乘軒。”同 腰金拖紫。反 白衣秀士。

【朗月清風】lǎng yuè qīng fēng 明朗的月色，清新的和風。形容夜晚景色清新宜人。唐代王勃《秋日遊蓮池序》：“琳琅觸目，朗月清風。”宋代李清照《多麗》詞：“朗月清風，濃煙暗雨，天教憔悴度芳姿。”《鏡花緣》四八回：“桃花流水杳然去，朗月清風到處遊。”◇入晚，朗月清風，景色宜人而沁人心脾。同 月白風清、清風明月。反 月黑風高。

【朗目疏眉】lǎng mù shū méi 朗：明朗。疏眉：眉毛整齊而分明。形容眼神明亮，眉清目秀。《南史•陶弘景傳》：“及長，身長七尺四寸，神儀明秀，朗目疏眉，細形長耳。”◇那女子長得朗目疏眉，清新秀美，含羞的笑容裏，帶着萬種風情。同 眉清目秀。反 濃眉大眼。

【朗朗乾坤】lǎng lǎng qián kūn 朗朗：清明。乾坤：原為《易經》中的卦名，此指天地、世界。形容政治清明，太平盛世。也指大白天。元代李文尉《燕青博魚》一折：“清平世界，朗朗乾坤，你怎麼當街裏打人？”◇沒想到這夥劫匪居然敢在大白天搶劫，朗朗乾坤，這如何能夠容忍！同 光天化日。

【望子成名】wàng zǐ chéng míng 見“望子成龍”。

【望子成龍】wàng zǐ chéng lóng 盼望兒子成為出類拔萃、出人頭地的人物。龍：借指顯赫高貴者。也作“望子成名”。《兒女英雄傳》三六回：“無如望子成名，比自己功名念切，還加幾倍。”周而復《上海的早晨》第四部：“德公望子成龍，一會想送他上英國，一會又想叫他去美國，在香港讀了一點書，又叫回上海。”

【望文生義】wàng wén shēng yì 讀書看文章不求甚解，只從字面上作出牽強附會的錯誤解釋。清代張之洞《輶軒語·語學》：“空談臆說，望文生義。”《孽海花》四回：“不論一名一物，都要切實證據，才許你下論斷，不能望文生義。”朱自清《古詩十九首釋》：“有些是根據原詩的文義和背景，卻忽略了典故，因此不免望文生義，模糊影響。”

【望而生畏】wàng ér shēng wèi《論語·堯曰》：“君子正其衣冠，尊其瞻視，儼然人望而畏之，斯不亦威而不猛乎？”意思是說一看就令人畏懼。清代昭槤《嘯亭雜錄·博爾奔察》：“上放煙火，有被煙熏嗽者，博笑曰：‘此乃素被黃煙所熏怕者，故望而生畏也。’”《〈痛史〉敍》：“卷帙浩繁，望而生畏。”孫犁《遠的懷念》：“加上他那黑而峻厲的面孔，頗使我望而生畏。”同 望而卻步。反 膽大包天。

【望而卻步】wàng ér què bù 看一眼就怕得向後退。形容在危難面前退縮不前。清代袁枚《隨園詩話》卷七：“今藏園、甌北兩才子詩，鬥險爭新，余望而卻步。”魯迅《馬上日記》：“我雖然只相信西醫，近來也頗有些望而卻步了”同 望而生畏。

【望其項背】wàng qí xiàng bèi 望得見他的頸項和脊背。形容能達到或趕得上對方。明代周藩憲王《三度小桃紅》楔子：“氣味渾厚，音調復諧，畢竟是本朝第一能手。近時作者雖多，終難望其項背耳。”清代陳廷焯《白雨齋詞話》卷三：“板橋、心餘輩，極力騰踔，終不能望其項背。”聶紺弩《母性與女奴》：“人的母性的內容豐富，花樣繁多，表現的機會又左右皆是，決不是簡單的別種動物所能望其項背。”同 望其肩項。反 望塵莫及。

【望門投止】wàng mén tóu zhǐ 門：門戶、人家。投止：投靠他人暫時棲息。看見有人家就去投宿，多形容逃難或漂泊時求得暫時存身的窘迫境況。《後漢書·張儉傳》：“儉得亡命，困迫遁走，望門投止，莫不重其名行，破家相容。”《聊齋誌異·屍變》：“有車夫數人，往來負販，輒寓其家。一日昏暮，四人偕來，望門投止，則翁家客宿邸滿。”朱自清《論氣節》：“那時逃亡的黨人，家家願意收容着，所謂‘望門投止’，也可以見出人民的態度。”

【望秋先零】wàng qiū xiān líng ❶臨近秋天，草木先敗落凋零了。唐代宋璟《梅花賦》：“然而豔於春者，望秋先零；盛於夏者，未冬已萎。”❷比喻體質弱，經不起風霜，或比喻人未老先衰。《世說新語·言語》：“臣蒲柳之質，望秋先零。”清代張集馨《道咸宦海見聞錄·張安保來函》：“孱軀衰憊，望秋先零，月來眠食起居，尚與南中無甚歧異。”同 未老先衰、弱不禁風。反 老當益壯、鶴髮童顏。

【望風而降】wàng fēng ér xiáng 風：蹤影、聲勢。看見敵人的影子便繳械投降。形容軍無鬥志，不戰即降。元代關漢卿《五侯宴》三折：“自起兵之後，所過城池望風而降。”《英烈傳》七十回：“使這些地面望風而降，庶幾三府十八州，都屬大明。”《說唐》三二回：“闊海差嘍羅往太行山，裝載糧草，並大小嘍羅到相州攻打，該管州縣，俱望風而降。”同 望風而逃、望風披靡。反 所向無敵、所向披靡。

【望風而逃】wàng fēng ér táo 遠遠望見敵人的蹤影就嚇得逃跑了。《資治通鑒·梁武帝天監四年》：“若克涪城，淵藻安肯城中坐而受困，必將望風逃去。”明代梁辰魚《浣紗記·交戰》：“殺得他隻輪不返，片甲無存，望風而逃，渡江去了。”《水滸後傳》一九回：“聚兵五十萬，搶掠子女玉帛，殺人放火，甚是猖獗，官兵望風而逃。”郭沫若《羽書集·武裝民眾之必要》：“土劣分子脫掉制裁，在平時作威作福，魚肉民眾，在戰時不是望風而逃，便是又來搖身一變，成為漢奸。”同 望風披靡、聞風喪膽。反 勇往直前、銳不可當。

【望風披靡】wàng fēng pī mǐ 草木隨風倒伏。漢代司馬相如《上林賦》：“應風披靡，吐芳揚烈。”後以“望風披靡”比喻被對方的聲勢所壓倒。《元史·張榮傳》：“榮馳之，望風披靡，奪戰船五十艘。”《痛史》六回：“宋兵哪裏還立得住陣腳，未曾交綏，先自望風披靡。”同 望風而靡、望風而逃。反 勢如破竹、追亡逐北。

【望風捕影】wàng fēng bǔ yǐng 看風勢，捉影子。比喻沒有真憑實據，只靠模糊不明、似是而非、若有若無的東西做判斷。《三俠五義》一一〇回：“怎麼能夠身臨其境，將來寨內探訪明白，方好行事，似這等望風捕影，實在難以預料。”楊朔《月黑夜》：“情況不弄清楚，他決不肯望風捕影地蠢動。”同 捕風捉影、子虛烏有。反 有憑有據、鐵證如山。

【望洋而歎】wàng yáng ér tàn 見“望洋興嘆（歎）”。

【望洋興嘆（歎）】wàng yáng xīng tàn《莊子·秋水》：“河伯欣然自喜，以天下之美為盡在己。順流而東行，至於北海，東面而視，不見水端。於是焉，河伯始旋其面目，望洋向若（海若，海神名）而歎曰：‘野語有之曰：聞道百以為莫己若者，我之謂也。’”後用“望洋興嘆（歎）”比喻面對強大事物，感慨自身的渺小無力，或因力量不足、條件不夠，無法達到目的而慨歎。也作“望洋而歎”。明代唐順之《與陳後岡參議書》：“俟他日有持《後岡先生集》示我者，我當望洋而歎，或尾後作一二句跋語是則可耳。”清代王韜《甕牖餘談·用西船捕盜說》：“中國捕盜諸艇不能緝治也，徒望洋興嘆而已。”《民國通俗演義》五六回：“一班婦女請願團，也想去攀龍附鳳，顯揚門楣，但一時無門可入，未免望洋興歎，空存這富貴的念頭。”田北湖《論文章源流》：“太古之籍，一隙難窺，知寶不明，望洋而歎。”同 無可奈何、有心無力。

【望穿秋水】wàng chuān qiū shuǐ 秋水：比喻明亮的眼睛。把眼睛都望穿了。形容望眼欲穿，期盼得極為殷切。元代王實甫《西廂記》三本二折：“你若不去啊，望穿他盈盈秋水，蹙損他淡淡春山。”明代李開先《寶劍記》二三齣：“蹙損春山，望穿秋水，處處催刀尺。”《聊齋誌異·鳳陽士人》：“望穿秋水，不見還家，潸潸淚似麻。”同 望眼欲穿。

【望梅止渴】wàng méi zhǐ kě《世說新語·假譎》：“魏武行役失汲道，軍皆渴，乃令曰：‘前有大梅林，饒子，甘酸可以解渴。’士卒聞之，口皆出水，乘此得及前源。”士兵聽說有酸甜可口的大梅子可採來吃，不覺都流出了口水。後用“望梅止渴”比喻願望無法實現，聊借空想自我寬慰。宋代沈括《夢溪筆談·譏謔》：“吳人多謂梅子為‘曹公’，以其嘗望梅止渴也。”《警世通言·王嬌鸞百年長恨》：“鸞拆書看了，雖然不曾定個來期，也當畫餅充飢，望梅止渴。”《歧路燈》八五回：“一家吃穿，等着做官，這官是望梅止渴的。”同 止渴望梅、畫餅充飢。

【望眼欲穿】wàng yǎn yù chuān 眼睛都要望穿了。唐代白居易《江樓夜吟元九律詩》：“白頭吟處變，青眼望中穿。”後以“望眼欲穿”形容盼望之殷切。明代西湖居士《明月環·詰環》：“小姐望眼欲穿，老身去回覆小姐去也。”清代錢泳《履園叢話·書周孝子事》：“半月餘，竟達裏門。急省其母，雖望眼欲穿，猶幸康健如昔。”同 望穿秋水。

【望塵不及】wàng chén bù jí 見“望塵莫及”。

【望塵莫及】wàng chén mò jí《莊子·田子方》：“夫子奔逸絕塵，而回瞠若乎其後矣。”說顏回望着孔子車馬飛奔而去揚起的塵土，追趕不上。後用“望塵不及”、“望塵莫及”比喻遠遠落在後邊。《後漢書·趙咨傳》：“復拜東海相，之官，道經滎陽，令敦煌曹皓，咨之故孝廉也，迎路謁候。咨不為留，皓送至亭次，望塵不及。”唐代張彥振《大章車賦》：“望塵不及，初非千里之遙；聽響爭先，終欣一日之至。”也用作謙辭，表示自己遠在對方之下。《南史•何點傳》：“豫章王尚望塵不及，吾當望岫息心。”宋代葉適《周君南仲墓誌銘》：“故朋昔類，望塵不及。”老舍《趙子曰》一七：“你算真聰明，我望塵莫及！”同 甘拜下風。

【期期艾艾】qī qī ài ài 相傳漢代的周昌口吃，說話時總夾有“期期”之音；晉時的鄧艾也口吃，語必稱“艾艾”。後用“期期艾艾”形容人口吃。明代王世貞《藝苑卮言》卷五：“祝希哲如吃人氣迫，期期艾艾，又如拙工製錦，絲理多恨。”清代吳趼人《俏皮話•虎》：“有捐一末秩到省者，初上衙門稟到，上司偶問話，輒期期艾艾，不能出諸口，甚至顫抖不已。”

【朝三暮四】zhāo sān mù sì《莊子•齊物論》：“狙公賦芧，曰：‘朝三而暮四。’眾狙皆怒。曰：‘然則朝四而暮三。’眾狙皆悅。”原說使用名變實不變的欺騙手段，後比喻變化多端或反覆無常。《舊唐書•皇甫鎛傳》：“直以性惟狡詐，言不誠實，朝三暮四，天下共知，惟能上惑聖聰，足見奸邪之極。”元代喬吉《山坡羊•冬日寫懷》曲：“朝三暮四，昨非今是，癡兒不解榮枯事。”◇做人誠信第一，沒有比朝三暮四更令人反感的了。同 暮四朝三、朝四暮三。反 說一不二、一諾千金。

【朝夕相處】zhāo xī xiāng chǔ 從早到晚都在一起。形容關係密切。馮玉祥《我的生活》一四章：“這時我和梁同住一間房，朝夕相處，相愛如弟兄。”◇我們朝夕相處，不知不覺就成了知心朋友。同 朝夕共處。

【朝不保夕】zhāo bù bǎo xī《左傳•襄公十六年》：“敝邑之急，朝不及夕。”後用“朝不保夕”說早晨不知道晚上會不會發生變化，形容情況危急或境遇窘迫。《南史•齊巴陵王昭冑傳》：“自建武以來，高、武王侯，居常震怖，朝不保夕。”唐代陳子昂《申宗人冤獄書》：“母年八十，老病在牀，抱疾喘息，朝不保夕。”冰心《咱們的五個孩子》：“這裏住的是拉車的、修鞋的、揀破爛的貧苦人民，生活都是朝不保夕的。”同 朝不及夕、朝不慮夕。反 有備無患、全身而退。

【朝不保暮】zhāo bù bǎo mù 早晨不敢保晚上能平安無事。形容處境窘迫，情勢危急。漢代朱穆《復奏記梁翼》：“二千石牧守長吏，多非德選。貪聚無厭，遇民如虜。或賣用田宅，或絕命於箠楚之下，或自賊於迫切之求，大小無聊，朝不保暮。”《鼓掌絕塵》一一回：“又有一等貧窮徹骨的，朝不保暮，度日如年，粗衣淡飯，只是聽天由命，不求過分之福。”《鏡花緣》六一回：“家父若像去歲一飲五碗之時，幾至朝不保暮，此時較前雖覺略健，奈受病已深，年未七旬，已覺衰老。”同 朝不保夕、朝不慮夕。

【朝不慮夕】zhāo bù lǜ xī 見“朝不謀夕”。

【朝不謀夕】zhāo bù móu xī 早晨不能考慮到晚上的事。形容形勢危急或處境窘迫，隨時可能發生變化，難作長遠打算。也作“朝不慮夕”。《左傳•昭公元年》：“老夫罪戾是懼，焉能恤遠？吾儕偷食，朝不謀夕，何其長也！”晉代李密《陳情表》：“但以劉日薄西山，氣息奄奄，人命危淺，朝不慮夕……是以區區不能廢遠。”《文明小史》二二回：“庫款支絀，朝不謀夕，如何周轉得來呢？”《二十年目睹之怪現狀》六五回：“這麼一把年紀，死期也要到快了，才鬧出個朝不謀夕的景況來，不餓死就好了，還望翻身麼！”同 朝不保夕。

【朝四暮三】zhāo sì mù sān《莊子•齊物論》：“狙公賦芧，曰：‘朝三而暮四。’眾狙皆怒。曰：‘然則朝四而暮三。’眾狙皆悅。”原說使用名變實不變的欺騙手段，後比喻變化多端或反覆無常。宋代黃庭堅《再答明略》詩：“使年七十今中半，安能朝四暮三浪憂喜。據席談經只強顏，不安時論取譏彈。”《檮杌閒評》三七回：“應星吃完，體乾又取過杯子去查滴。倪文煥道：‘原先無查滴之令，這是朝四暮三了。’”同 朝三暮四。

【朝令夕改】zhāo lìng xī gǎi 早晨發佈的政令，晚上就改了。《漢書•食貨志上》："急政暴虐，賦斂不時，朝令而暮改"。後用"朝令夕改"形容政策法令多變，叫人無所適從。《資治通鑒•唐穆宗長慶二年》："又凡用兵，舉動皆自禁中授以方略，朝令夕改，不知所從。"明代歸有光《上高閣老書》："使者所至，日求變法，遂至朝令夕改，國異家殊。"◇朝令夕改，一日三變，這樣的政策，哪些中小企業敢輕舉妄動！同 朝令暮改、朝三暮四。反 一以貫之、始終如一。

【朝令暮改】zhāo lìng mù gǎi 早晨發佈的命令，到晚上就改變了。形容政令多變，朝三暮四。《漢書•食貨志上》："勤苦如此，尚復被水旱之災，急政暴賦，賦斂不時，朝令而暮改。"宋代葉紹翁《四朝聞見錄•給舍繳駁論疏》："軍政、財計、田制、鹽法，關國體之大者，率情變易，朝令暮改，人無適從。"梁啟超《管子傳》第六章："或陽奉陰違而國家莫能糾察焉，或朝令暮改而人民莫能適從焉，或行法之二三違其七八，而吏熟視無睹焉。"同 朝令夕改。

【朝來暮去】zhāo lái mù qù 見"暮去朝來"。

【朝思夕想】zhāo sī xī xiǎng 見"朝思暮想"。

【朝思暮想】zhāo sī mù xiǎng 從早到晚都在思念。形容思念殷切，時刻不忘。宋代柳永《傾杯樂》詞："追舊事、一餉憑闌久。如何媚容豔態，抵死孤歡偶。朝思暮想，自家空恁添清瘦。"《初刻拍案驚奇》卷六："小子自池上見了夫人，朝思暮想，看看待死，只要夫人救小子一命。"也作"朝思夕想"。明代陸采《懷香記•蘭閨復命》："青瑣窺觀生悒怏，苦殺也朝思夕想。繡牀空倚減紅妝，魂逐楊花飄蕩。"《品花寶鑒》五回："子玉瞥見，是前日所遇，聘才所說，朝思夕想的那個琴官，便覺喜動顏開，笑了一笑。"同 暮想朝思。反 置諸腦後。

【朝秦暮楚】zhāo qín mù chǔ 戰國時的遊說之士都非常功利，往往今天事秦，明日又改事楚。後以"朝秦暮楚"：❶形容人反覆無常。明代俞弁《逸老堂詩話》卷下："昔人之所慕者，今大中俱得之矣。與世之朝秦暮楚，驅馳勢利之場者，大相遼絕哉！"《説岳全傳》三一回："楊虎朝秦暮楚，是個反覆小人。"李六如《六十年的變遷》第六章："他現在又倒轉來同張謇那些憲政派搞統一黨，反對同盟會，真是個朝秦暮楚的傢伙。"❷形容萍蹤漂泊，生活動盪不安。宋代晁補之《北渚亭賦》："仕如行賈，孰非逆旅？託生理於四方，固朝秦而暮楚。"清代孔尚任《桃花扇•逮社》："烽煙滿郡州，南北從軍走；歎朝秦暮楚，三載依劉。"同 朝三暮四。反 始終如一。

【朝氣蓬勃】zhāo qì péng bó 比喻人充滿青春活力，奮發向上。黃藥眠《面向着生活的海洋•愛情》："愛情，應該使青年男女更加青春煥發、朝氣蓬勃。"◇他是一個朝氣蓬勃的小夥子。同 生氣勃勃。反 暮氣沉沉、萎靡不振。

【朝乾夕惕】zhāo qián xī tì《易經•乾》："君子終日乾乾，夕惕若厲，無咎。"説君子天天勤奮自強，深自警惕，不敢懈怠。《紅樓夢》一八回："惟朝乾夕惕，忠於厥職。"

【朝野上下】cháo yě shàng xià 朝野：朝廷與民間。從中央到地方，從官吏到百姓。指全國各地區，各階層的人。清代魏源《默觚下•治篇十一》："其朝野上下莫不翫細娛而苟近安，安其危而利其菑。"章炳麟《〈正學報〉緣起》："若其棟櫟方顙，樽俎猶昔，朝野上下，猶嚶鳴娛樂，顏色無改，斯非意重辭復，難可曲喻。"同 舉國上下。

【朝朝暮暮】zhāo zhāo mù mù 每天的早晨和晚上，每天每夜，一天又一天。❶形容延續的時間很長。戰國楚宋玉《〈高唐賦〉序》："妾在巫山之陽，高丘之阻，旦為朝雲，暮為行雨，朝朝暮暮，陽台之下。"唐代白居易《長恨歌》："蜀江水碧蜀山青，聖主朝朝暮暮情。"❷指一早一晚的短暫時間。宋代秦觀《鵲橋仙》詞："兩情若是久長時，又豈在朝朝暮暮。"明代玉峰主人《鍾情麗集》："妾與兄深盟密約，惟在乎情堅意固而已，不在乎朝朝暮暮之間也。”同天長日久、一朝一夕。

【朝雲暮雨】zhāo yún mù yǔ 早晨是雲，晚上為雨。戰國楚宋玉《〈高唐賦〉序》：“昔者先王嘗遊高唐，怠而晝寢，夢見一婦人曰：‘妾巫山之女也，為高唐之客。聞君遊高唐，願薦枕席。’王因幸之。去而辭曰：‘妾在巫山之陽，高丘之阻，旦為朝雲，暮為行雨。朝朝暮暮，陽台之下。’”後以“朝雲暮雨”：❶比喻男女歡會。唐代李商隱《楚宮》詩：“朝雲暮雨長相接，猶自君王恨見稀。”元代關漢卿《望江亭》一折：“我想着香閨少女，但生的嫩色嬌顏，都只愛朝雲暮雨，那個肯鳳隻鸞單。”明代沈受先《三元記·歸槽》：“想當初同起居，朝雲暮雨，兩情正舒。今日呵，鸞孤鳳寡半載有餘。”❷形容自然風雨，早晚雲霧瀰漫、細雨迷濛的景象。唐代武元衡《同幕府夜宴惜花》詩：“芳草落花明月榭，朝雲暮雨錦城春。”宋代辛棄疾《賀新郎》詞：“畫棟珠簾當日事，不見朝雲暮雨。”元代鄧玉賓《端正好》套曲：“青天白日藤葛蘢蘢葱葱障，朝雲暮雨山水崎崎嶇嶇當。”同暮雨朝雲。

【朝發夕至】zhāo fā xī zhì 早晨出發，晚上就到達目的地了。戰國楚屈原《離騷》：“朝發軔於蒼梧兮，夕余至乎縣（懸）圃。”後以“朝發夕至”形容路程不遠或交通極為快捷。明代余繼登《典故紀聞》卷一八：“或遇邊方總督員缺，即以一人往，既可朝發夕至，又不費於挪移。”清代惲敬《西楚都彭城記》：“然而西楚之都，不能朝發夕至，則猶之乎未通也。”◇京滬快速鐵路修通之後，北京到上海朝發夕至，比搭飛機還要快。同朝發暮至。

【朝過夕改】zhāo guò xī gǎi 早上得知自己有了過失，晚上就改正過來，改正錯誤迅速及時。《大戴禮記·曾子立事》：“不說人之過，成人之美，存往者，在來者，朝有過夕改則與之，夕有過朝改則與之。”《漢書·翟方進傳》：“傳不云乎，朝過夕改，君子與之，君何疑焉？”唐代陸贄《奉天改元大赦制》：“苟在適用，則無棄人，況黜免之徒，沉鬱既久，朝過夕改，仁何遠哉。”也作“朝聞夕改”。《晉書·周處傳》：“古人貴朝聞夕改。君前塗尚可，且患志之不立，何憂名之不彰！”金代侯善淵《沁園春》詞：“背覺合塵，朝聞夕改，馬劣猿顛難捉擒。”

【朝經暮史】zhāo jīng mù shǐ 經：儒家的經典著作。史：歷史典籍。早晨誦習經典，晚上閱讀史書。形容一天到晚刻苦攻讀，勤奮學習。宋代無名氏《張協狀元》戲文一齣：“真個此人朝經暮史，晝覽夜習，口不絕吟，手不停披。”元代施君美《幽閨記·兄妹籌咨》：“鎮朝經暮史，寐夜興夙。”明代高明《琵琶記·五娘到京知夫行蹤》：“朝經暮史，教子勤詩賦，為春闈催教赴。”同暮史朝經。

【朝聞夕死】zhāo wén xī sǐ 早晨獲知並理解了道理，就算晚上死了也可以。《論語·里仁》：“朝聞道，夕死可矣。”後用“朝聞夕死”形容求知慾望強烈，對真理或信仰的追求十分迫切。漢代司馬遷《悲士不遇賦》：“沒世無聞，古人惟恥。朝聞夕死，孰云其否。”唐代袁郊《甘澤謠·魏先生》：“朝聞夕死，公孫終敗於邑中；寧我負人，曹操豈兼於天下。”清代王士禛《池北偶談·朱忠莊公遺疏》：“我以死報國，此心慊然，朝聞夕死，原無二也，勿以為念。”

【朝聞夕改】zhāo wén xī gǎi 見“朝過夕改”。

【朝歡(懽)暮樂】zhāo huān mù lè 日日夜夜尋歡作樂，盡情享受。《宣和遺事》前集：“徽宗自此之後，朝歡暮樂，無日虛度。”明代梁辰魚《浣紗記·行成》：“美人，我自齊晉回來，正要朝懽暮樂，不料國破家亡，看起來只因當初不聽好人之言，今日致有如此。”《黑籍冤魂》一回：“這一般吃煙的人，有因病而吃的，有閒着無事，藉鴉片消遣光陰的……又有那青年子弟、公子王孫，問柳尋花，朝歡暮樂，因而在花柳場中弄上的。”同朝歌暮舞、朝歌暮弦。

【朝齏(虀)暮鹽】zhāo jī mù yán 齏：切碎的醃菜。早晨吃飯就醃菜，晚飯用鹽佐餐。形容飲食粗劣，生活清苦。唐代韓愈《送窮文》："太學四年，朝齏暮鹽，惟我保汝，人皆汝嫌。"宋代葛立方《韻語陽秋》卷二十："文康公築室泛金溪上，闔門千指，朝虀暮鹽，未嘗敢以貧為病。"也作"朝鹽暮虀"。清代龔煒《巢林筆談·姊病故》："姊一生朝鹽暮齏，曾未分夫婿祿仕之榮，竟以瘵虛莫補，隕其身命，尤痛恨也。"同 粗衣糲食。

【朝鹽暮虀】zhāo yán mù jī 見"朝齏暮鹽"。

木 部

【木人石心】mù rén shí xīn ❶ 形容意志堅定，任何誘惑都不動心。《晉書·夏統傳》："(太尉賈充)又使妓女之徒服袿襹，炫金翠，繞其船三帀。統危坐如故，若無所聞。充等各散，曰：'此吳兒是木人石心也。'"❷ 形容人冷酷無情。宋代秦醇《譚意歌傳》："張生乃木人石心也！使有情者見之，罪不容誅！"古龍《劍玄錄》六七回："那知咱們小姐已經願意，你卻跟木人石心一般，偏要走。"同 鐵石心腸。反 心活面軟、心慈面軟。

【木已成舟】mù yǐ chéng zhōu 比喻已成定局，不可更改或挽回。《鏡花緣》三五回："到了明日，木已成舟，眾百姓也不能求我釋放，我也有詞可托了。"◇他們兩個木已成舟，這樁婚事不承認不行了 / 上訴庭既經定案，木已成舟，我們是輸定了。同 生米煮成熟飯。反 未定之天。

【木本水源】mù běn shuǐ yuán《左傳·昭公九年》："我在伯父，猶衣服之有冠冕，木水之有本原，民人之有謀主也。"本：樹根。原：同"源"，源頭。後用"木本水源"比喻事物的根本。多表示推本溯源。清代江藩《漢學師承記》卷八："菜瓜祭飲食之人，芹藻釋晉宗之奠，乃木本水源之意也。"《鏡花緣》一六回："以木本水源而論，究竟我們天朝要算萬邦根本了。"◇客家人重視祠堂和祭祀，是不忘木本水源的具體表現。反 拔本塞源、捨本逐末。

【木石心腸】mù shí xīn cháng 形容人心腸硬，不為情感所動。《周書·文帝紀上》："縱使木石心腸，尤當知感；況在生靈，安能無愧！"清代全祖望《若耶谿竹枝詞》詩："任教木石心腸硬，未免低回移我情。"台靜農《地之子·苦杯》："任何人遇見了伊，都不會不傾倒的，只要這人不是木石心腸。"同 鐵石心腸。反 菩薩心腸。

【木頭木腦】mù tóu mù nǎo 形容呆頭呆腦。瓊瑤《幾度夕陽紅》一四："那位新進來的同學，外號叫做'木瓜'，有點木頭木腦，呆呆的站在門口。"三毛《拾荒夢》："這真是寶物蒙塵，它完全像復活島上那些豎立着的人臉石像，只是它更木頭木腦一點。"同 呆頭呆腦、傻頭傻腦。反 鍾靈毓秀。

【木雕泥塑】mù diāo ní sù 用木頭雕刻或泥土塑造的偶像。形容神情呆板，木然不動。《紅樓夢》十七回："那黛玉倚着牀欄杆，兩手抱着膝，眼睛含着淚，好似木雕泥塑的一般。"◇噩耗傳來，她頓時驚愕得木雕泥塑一般。同 泥塑木雕。

【未卜先知】wèi bǔ xiān zhī 有先見之明，不用占卜就知道結果。元代王曄《桃花女》三折："賣弄殺《周易》陰陽誰知你，還有個未卜先知意。"《說唐》六二回："今日相公詐為瘋癲，如此形狀，連那未卜先知的軍師，也都騙信了。"茅盾《第一階段的故事》二："朱先生，您倒好像未卜先知，特地來陪耀先消磨了寂寞。"反 後知後覺。

【未了公案】wèi liǎo gōng àn 佛教禪宗指前輩祖師透露禪機的言行中尚未解決的問題。《五燈會元·清涼泰欽禪師》："時有僧問：'如何是先師未了底公案？'師便打。曰：'祖禰不了，殃及兒孫。'"後泛指尚未解決的問題。明代劉宗周《尋樂說》卷八："此爾父三十年來未了公案，難為汝做答。汝還問之幾希，從事讀書而證之。"

【未可厚非】wèi kě hòu fēi 雖有不如人意之處，但值得諒解，不必過分責難。《漢書·王莽傳中》："莽怒，免英官。後頗覺悟，曰：'英亦未可厚非。'復以英為長沙連率。"梁啟超《中國改革財政私案》："故各國之募公債，大率皆用此法，雖似朝三暮四以愚其民，然實有至理存乎其間，未可厚非也。"同 無可厚非、無可非議。

【未老先衰】wèi lǎo xiān shuāi 年紀不大就顯得體貌衰老或精神衰頹。清代汪琬《與參議施先生書》："琬殷憂轇轕，未老先衰。"郁達夫《秋柳》："我們中國不講究體育，所以國民大抵未老先衰，不能成就大事業。"魯迅《墳·我們怎樣做父親》："中國的男女，大抵未老先衰，甚至不到二十歲，早已老態可掬。"◇至少在思想上，她讓人感到已經是未老先衰了。反 返老還童、老當益壯。

【未雨綢繆】wèi yǔ chóu móu《詩經·鴟鴞》："迨天之未陰雨，徹彼桑土，綢繆牖戶。"本指鴟鴞在下雨前就及早把巢穴修補牢固了，後以"未雨綢繆"比喻提前做好準備。明代高攀龍《申嚴憲約責成州縣疏》："天下多事之時，二者實為未雨綢繆之計，不可忽也。"清代朱柏廬《治家格言》："宜未雨而綢繆，毋臨渴而掘井。"◇雖說有筆存款，也要未雨綢繆，防止有個變故，拿不出許多錢來。

【未定之天】wèi dìng zhī tiān 佛家認為天有三十三重。"未定之天"指還沒有肯定在天的那一重，後多比喻事情還沒有着落或還沒做出決定。《兒女英雄傳》十回："莫若此時趁事在成敗未定之天，自己先留個地步。"周立波《暴風驟雨》二部五："事情還在未定之天，你們忙些啥？"反 一錘定音、塵埃落定。

【未竟之志】wèi jìng zhī zhì 沒有完成的志向。清代曾國藩《處世金針·學問之道》："若爾曹能成我未竟之志，則至樂莫大乎是，即日當批改付歸。"《文明小史》三二回："飲水尚要思源，依我愚見，還指望你將來上個摺子，恢復八股，以補愚兄未竟之志。"同 壯志未酬。

【末大不掉】mò dà bù diào 末：尾。《左傳·昭公十一年》："末大必折，尾大不掉，君所知也。"說尾巴太大不易擺動。後用"末大不掉"比喻部下勢力強大，不服從調動和指揮，形成難以駕馭的局面。唐代柳宗元《封建論》："余以為周之喪久矣，徒建空名於公侯之上耳！得非諸侯之盛強，末大不掉之咎歟？"宋代蘇洵《兵制》："周與漢唐邦鎮之兵強，秦之郡縣之兵弱，兵強故末大不掉，兵弱故天下孤。"◇原想培植一些自己的勢力，沒想到變得末大不掉，實非他始料所及。同 尾大不掉。

【末大必折】mò dà bì zhé 末：樹梢。樹木枝端粗大，必折其幹。比喻部屬勢力強大，難以駕馭，就會危及上級。《左傳·昭公十一年》："末大必折，尾大不掉，君所知也。"漢代賈誼《新書·大都》："臣聞尾大不掉，末大必折，此豈不施威諸侯之心哉？然終為楚國大患者，必此四城也。"◇既得利益集團實力越來越大，末大必折，不能掉以輕心。同 尾大不掉。

【末路窮途】mò lù qióng tú 末路：路盡頭。窮途：絕路。面臨絕境，無路可走。比喻處境極端困窘。《兒女英雄傳》二六回："那時我見你兩個末路窮途，彼此無靠，是我一片好心，一團熱念，難道我有甚麼貪圖不成？"◇所有籌集資金的努力都失敗了，如今已是末路窮途。同 山窮水盡、窮途末路。反 康莊大道、陽關大道。

【末節細行】mò jié xì xíng 無關大體的小節行為。宋代陸九淵《與曾宅之書》："古之所謂小人儒者，亦不過依據末節細行以自律，未至如今人有如許浮論虛說謬悠無根之甚。"明代王畿《語錄·天泉證道記》："篤信謹守，依傍末節細行以自律，必信必果。"◇生活中的末節細行不注意也會出大事情。同 細枝末節。

【末學膚受】mò xué fū shòu 做學問沒有從根本上下功夫，只學到一點皮毛。漢代張衡《東都賦》："若客所謂末學膚受，貴耳而賤目者也。"宋代胡宿《辭免翰林侍讀學士表》："如臣者，末學膚受，一介野生。"梁啟超《飲冰室文集》序："雖泰西鴻哲之著述，皆當以此法讀之，而況乎末學膚受如鄙人者。"

【本小利微】běn xiǎo lì wēi 微：薄。本錢小，利潤薄。指買賣很小，得利不多。汪曾祺《故人往事》："他自己總是很謙虛地説他的買賣本小利微，經不起風雨。"◇開了家小酒館，本小利微，生意清淡。同 小本經營。反 財大氣粗。

【本末倒置】běn mò dào zhì 本：樹根。末：樹梢。比喻把主次、輕重的位置弄顛倒了。宋代朱熹《答呂伯恭》："昨所獻疑，本末倒置之病，明者已先悟其失。"卧龍生《飄花令》六八："老夫的看法，兩位都還年輕，本末倒置，只一心一意的要查明慕容長青的過去，就算兩位查明了又能如何？"同 輕重倒置、捨本求末。

【本來面目】běn lái miàn mù 原為佛家語，指人的本性。《六祖壇經•行由品》："不思善，不思惡，正與麼時，那箇是明上座本來面目。"後多用以指原來的模樣。宋代蘇軾《老人行》詩："一任秋霜換鬢毛，本來面目長如故。"《紅樓夢》七六回："如今收拾，到底還該歸到本來面目上去。"魯迅《且介亭雜文•門外文談七》："這一潤色，留傳固然留傳了，但可惜的是一定失去了許多本來面目。"◇編寫方志要盡可能地還歷史以本來面目。反 面目全非。

【本性難移】běn xìng nán yí 移：改變。人的本性難以改變。元代尚仲賢《柳毅傳書》楔子："想他每無恩義，本性難移，着我向野田衰草殘紅裏。"巴金《家》二："你總是這樣不愛收拾，屢次説你，你總不聽。真是江山易改，本性難移。"同 秉性難移、"江山易改，秉性難移"。

【本相畢露】běn xiàng bì lù 原形完全顯露了出來。魯迅《且介亭雜文二集•"題未定"草九》："數年前的文壇上所謂'第三種人'杜衡輩，標榜超然，實為群醜，不久即本相畢露。"二月河《乾隆皇帝》五卷十四章："他溫文爾雅説着，突然放粗，'丘八秀才'本相畢露，眾人不禁憬然相顧。"同 原形畢露。

【本鄉本土】běn xiāng běn tǔ 指家鄉本地。《文明小史》四一回："自是逢之果然到處託人，或是官場上當翻譯，或是學堂裏做教習，總想在南京本鄉本土弄個事情做做。"◇本鄉本土出生長大的農家子弟 / 親不親一家人，咱們都是本鄉本土的嘛。反 異國他鄉。

【朽木不雕】xiǔ mù bù diāo 腐朽了的爛木頭不能雕琢。《論語•公冶長》："朽木不可雕也，糞土之牆不可杇也。"比喻人或事態已壞到無藥可救了。《周書•楊乾運傳》："今乃兄弟親尋，取敗之道也，可謂朽木不雕，世衰難佐。"◇屢教屢犯，幾度入獄，朽木不雕，他這個人已經墮落到底了。同 朽木糞土、木朽不雕。

【朽木糞土】xiǔ mù fèn tǔ 腐朽了的木頭、大糞與泥土。比喻無用之物或不堪造就的人。《論語•公冶長》："朽木不可雕也，糞土之牆不可杇也。"漢代王充《論衡•問孔》："朽木糞土，敗毀不可復成之物，大惡也。"◇她一輩子生了七個兒子，三個入獄，兩個吸毒，兩個淪落街頭，都是朽木糞土。同 朽木不雕。

【朽木糞牆】xiǔ mù fèn qiáng 腐朽的木頭，髒土污泥做的牆。比喻不堪造就或糟到無法收拾。《論語•公冶長》："朽木不可雕也，糞土之牆不可杇也。"《漢書•董仲舒傳》："今漢繼秦之後，如朽木糞牆矣，雖欲善治之，亡可奈何！"梁啟超《瓜分威言》一："維新之望幾絕，魚爛之形久成，朽木糞牆，終難扶掖。"同 朽木糞土、朽木不雕。

【朽株枯木】xiǔ zhū kū mù 腐爛的樹樁，枯朽的樹幹。比喻衰敗無用的人或物。宋代陸游《謝黃參政啟》："斷港絕潢，徒有朝宗之願；朽株枯木，何施造化之功。"◇經過這次大戰，敵人已如朽株枯木，難以重振旗鼓了。同 枯木朽株、朽木糞土。

【朱唇皓齒】zhū chún hào chǐ 紅色的嘴唇，潔白的牙齒，非常漂亮。多用於女子。《楚辭•大招》："朱唇皓齒，嫭以姱只。"宋代劉過《沁園春》詞："每到相思，沉吟靜處，斜倚朱唇皓齒間。"清代洪昇《長生殿•彈詞》："舒素手，拍香檀，一字字都吐自朱唇皓齒間。”同 朱口皓齒、丹唇皓齒。反 呲牙咧嘴、齜牙裂(咧)嘴。

【杜口結舌】dù kǒu jié shé 杜口：閉口。閉上嘴不敢出聲。形容出於壓力、恐懼，不敢表達自己的意見。漢代焦贛《易林•比之咸》：“杜口結舌，心中怫鬱。”《晉書•傅玄傳》：“人主若不能虛心聽納，自古忠臣直士之所慷慨，至使杜口結舌。”◇在言路關閉的時候，人人都害怕言多必失，只能杜口結舌。同 杜口絕舌、鉗口結舌。反 滔滔不絕、直言犯上。

【杜口裹足】dù kǒu guǒ zú 杜：閉。裹足：止步。閉着嘴，止步不前。形容十分害怕。《戰國策•秦策三》：“天下見臣盡忠而身蹶也，是以杜口裹足，莫肯即秦耳。”◇所謂的現代社會，也難有百分百的公正，令平民百姓杜口裹足的事，比比皆是。同 杜口結舌、杜口吞聲。

【杜門不出】dù mén bù chū 關上門不到外面去。多指不交往、迴避某些難題，或避免禍及己身。《國語•晉語一》：“讒言益起，狐突杜門不出。”《史記•商君列傳》：“公子虔杜門不出已八年矣。”清代王鳴盛《蛾術編•說人》：“及黨事起，乃與同郡孫嵩等四十餘人俱被禁錮，遂隱修經業，杜門不出。”◇自從父親去世之後，她便一心陪侍老母，杜門不出。同 杜門晦跡、杜門謝客。

【杜門卻掃】dù mén què sǎo 卻：免除。關閉大門，也不再打掃庭院。指謝絕接待客人，斷絕與他人的往來。也作“閉門卻掃”。漢代應劭《風俗通•十反》：“蜀郡太守潁川劉勝季陵去官在家，閉門卻掃。”《晉書•葛洪傳》：“為人木訥，不好榮利，閉門卻掃，未嘗交遊。”《魏書•李謐傳》：“杜門卻掃，棄產營書。”宋代蘇軾《〈樂泉先生文集〉序》：“公今年八十一，杜門卻掃，終日危坐，將與造物者遊於無何有之鄉。”清代錢謙益《申比部詩序》：“歸而杜門卻掃，不關人事。”◇他為人孤僻，杜門卻掃，鄰居難得見到他的身影。同 杜門謝客、杜門晦跡。

【杜門謝客】dù mén xiè kè 閉門不出，謝絕賓客。《新五代史•趙光逢傳》：“以世亂，棄官居洛陽，杜門絕人事者五六年。”宋代蘇軾《東園》詩：“杜門謝客恐生謗。”清代王晫《今世說•言語》：“王瑞虹杜門謝客，不與外事。”冰心《寄小讀者》九：“在天然的禁令之中，杜門謝客，過我的清閒回憶的光陰。”同 杜門卻掃、杜門自絕。反 門庭若市、賓客盈門。

【杜絕後患】dù jué hòu huàn 徹底消除日後的禍患。杜：斷絕。《金瓶梅詞話》九二回：“‘人無遠慮，必有近憂’。不如到官處斷開了，庶可杜絕後患。”◇治理環境，嚴防污染，為子孫杜絕後患。反 後患無窮。

【杜漸防萌】dù jiàn fáng méng 見“杜漸防微”。

【杜漸防微】dù jiàn fáng wēi 漸：指事物的開端。微：指萌芽。說在不利的苗頭剛出現時，就要制止或剷除，不使發展起來。晉代葛洪《抱朴子•明本》：“昔之達人，杜漸防微，色斯而逝，夜不待旦。”唐代王勃《平台秘略論•規諷》：“杜漸防微，投跡於知幾之地。”也作“杜漸防萌”。《晉書•李玄盛傳》：“至於杜漸防萌，深識情變，此當任汝所見深淺，非吾敕誡所益也。”《舊唐書•王志寧傳》：“杜漸防萌，古人所以遠禍；以大喻小，先哲於焉取則。”同 防微杜漸。反 星火燎原。

【材大難用】cái dà nán yòng 材：木料。《莊子•逍遙遊》：“惠子謂莊子曰：‘吾有大樹，人謂之樗，其大本臃腫而不中繩墨，其小枝捲曲而不中規矩，立之塗，匠者不顧。’”後以“材大難用”比喻才華橫溢的人，反而難有受重用、展抱負的機遇。也作“才大難用”。唐代杜甫《古柏行》：“志士幽人莫怨嗟，古來材大難為用。”宋代胡繼宗《書言故事•花木類》：“有才不遇，曰材大難用。”宋代陳著《祭馬觀文裕齋文》：“才大難用，名高見忌。”同 懷才不遇。

【村夫俗子】cūn fū sú zǐ 指粗俗的鄉村男子。也作“俗子村夫”。《群音類選•賽四節記•踏雪尋梅》：“今朝樂事古應稀，數甌滿飲，休負明時。村夫俗子，枉營營豈知滋味。”清代李漁《十二樓•奪錦樓》：“我老爺心上也正替你躊躇，沒有這等兩個人都配了村夫俗子之理。”《兒女英雄傳》八回：“他平日見的只不過是些俗子村夫。今日萍水相逢，忽然見這等一個斯文一派的少年公子，自然不覺得眼光一閃。”同 村夫野老、凡夫俗子。

【村夫野老】cūn fū yě lǎo 野老：田間老人。一般指鄉村裏的農民。明代焦竑《玉堂叢語•行誼》：“周文襄公忱巡撫江南時，嘗支騶從入田野間，與村夫野老相語，問疾苦。”◇他讚賞村夫野老的簡樸生活，鄙視那高官顯宦的奢華侈靡。同 村野匹夫、村夫俗子。

【村酒野蔬】cūn jiǔ yě shū 鄉村裏釀造的粗酒與野菜。形容簡樸的農家生活。《説唐》三回：“守幾畝田園，供養老母，村酒野蔬，亦可與知己談心。”◇村酒野蔬，土雞浜魚，香菇菌絲，回歸自然，其樂無窮！同 布衣蔬食。反 錦衣玉食。

【村野匹夫】cūn yě pǐ fū 匹夫：民眾。指鄉村山野中的平民百姓。《三國演義》六五回：“張飛挺槍出馬，大呼：‘認得燕人張翼德麼？’馬超曰：‘吾家屢世公侯，豈識村野匹夫！’”◇要説乾乾淨淨的人，莫過於村野匹夫，要問污穢不堪的人，莫過於豪門望族。同 村夫野老。反 騷人墨客。

【杏臉桃腮】xìng liǎn táo sāi 杏花潔白，桃花緋紅。形容女子面容白裏透紅，十分秀美。元代王實甫《西廂記》四本一折：“杏臉桃腮乘着月色，嬌滴滴越顯得紅白。”《水滸傳》三八回：“杏臉桃腮，醞釀出十分春色；柳眉星眼，妝點就一段精神。”蔡東藩《五代史演義》：“生得杏臉桃腮，千嬌百媚。”同 豔如桃李、桃腮杏臉。

【杞人憂天】qǐ rén yōu tiān 據《列子•天瑞》載，古代杞國有個人擔心天會塌下來，無處安身，愁得寢食不安。後用此典比喻不必要的擔心和憂慮。《孽海花》六回：“一面又免不了杞人憂天，代為着急。”◇原來為這點小事吃不下睡不着，我看你是杞人憂天，過分擔心了。同 杞人之憂、庸人自擾。

【李代桃僵】lǐ dài táo jiāng《樂府詩集•雞鳴》：“桃生露井上，李樹生桃旁。蟲來嚙桃根，李樹代桃僵。樹木身相代，兄弟還相忘。”原意比喻兄弟間應該同甘苦共患難，友愛互助。後比喻一個頂替另一個，或代替別人受過。《二刻拍案驚奇》卷三八：“李代桃僵，羊易牛死。世上冤情，最不易理。”清代錢謙益《嘉興高氏家傳》：“寢殿圮，君代用抵罪，李代桃僵。”《啼笑因緣續集》四回：“何太太卻李代桃僵的把這張相片來抵數，這可有些奇怪了。”

【束手束腳】shù shǒu shù jiǎo 捆住手腳。形容膽小顧慮多，不敢放開去做。◇加上主管經理事無巨細都要管，她更加束手束腳，不敢做主。同 縮手縮腳、畏首畏尾。反 大刀闊斧、大展拳腳。

【束手待斃】shù shǒu dài bì 形容面對危難，無計可施，坐等敗亡。束手，斂手。《宋史•禮志十七》：“與其束手待斃，曷若並計合謀，同心戮力，奮勵而前，以存國家。”康有為《上清帝第五書》：“群居歎息，束手待斃，耆老仰屋而咨嗟，少壯出門而狼顧。”◇我們只能冒險突圍，否則就只有束手待斃了。同 坐以待斃、束手就擒。

【束手無策】shù shǒu wú cè 束手：斂手。形容面對難題，毫無辦法。宋代陸游《南唐書•朱元傳論》：“元降，諸將束手無策，相與為俘纍以去。”明代歸有光《送狄承式青田教諭序》：“天下承平日久，士大夫不知兵，一旦邊圉有警，束手無策。”◇眼見得病情一天重過一天，換了幾個醫生，都束手無策。同 一籌莫展、束手無措。反 錦囊妙計、良謀善策。

【束手就擒】shù shǒu jiù qín 捆起手來接受捉拿。比喻無法逃脱被抓捕的命運。《宋史•符彥卿傳》：“與其束手就擒，曷若死戰，然未必死。”《新編五代史平話•晉史》：“就使束手就擒，莫若捐軀殉國。”《儒林外史》八回：“寧王鬧了兩年，不想被新建伯王守仁一陣殺敗，束手就擒。”同 束手待斃、坐以待斃。反 負隅頑抗、垂死掙扎。

【束手縛腳】shù shǒu fù jiǎo 見“束手束腳”。

【束之高閣】shù zhī gāo gé 把東西捆起來放在高高的閣樓上。比喻放在一邊，不聞不問。《晉書·庾翼傳》：“京兆杜乂、陳郡殷浩，並才名冠世，而翼弗之重也，每語人曰：‘此輩宜束之高閣，俟天下太平，然後議其任耳。’”◇自從大哥過世，他那十幾櫃書就束之高閣，無人問津了。同 置之高閣。反 物盡其用。

【束身自好】shù shēn zì hào 約束自身，遵守社會倫理道德，保持清白無暇。《後漢書·卓茂傳》：“束身自修，執節淳固，誠能為人所不能為。”梁啟超《新民說》五：“無公德……雖有無量數束身自好，廉謹良願之人，仍無以為國也。”◇在物慾橫流，金錢決定一切的社會裏，能否束身自好，確實是個考驗。同 潔身自好、束身自修。

【束裝就道】shù zhuāng jiù dào 整理行裝上路。清代許叔平《里乘》二：“婺源余鏡湖太史鑒，時為諸生，寄居如皋，資斧無措，幾不能應試，賴各友醵助，始克束裝就道。”◇春節過後，惜別家人，束裝就道，又去珠三角打工。同 促裝就道。反 榮歸故里。

【枉尺直尋】wǎng chǐ zhí xún 枉：彎曲。直：伸直。尋：古代長度單位，八尺為一尋。《孟子·滕文公下》：“不見諸侯，宜若小然。今一見之，大則以王，小則以霸，且《志》曰：‘枉尺而直尋。’宜若可為也。”說彎曲一尺而能伸直八尺。後以“枉尺直尋”比喻以小博大，為謀求在大的方面獲利，先在小的方面退一步。《後漢書·張衡傳》：“枉尺直尋，議者譏之，盈欲虧志，孰云非羞？”宋代王安石《上運使孫司諫書》：“枉尺直尋而利，古人尚不肯為，安有此而可為者乎？”清代李漁《答周子》：“弟雖貧甚賤甚，然枉尺直尋之事，斷不敢為。”梁啟超《新民說·論自尊》：“犧牲名譽，而以枉尺直尋為手段者，其去豪傑遠矣。”同 以退為進。反 因小失大。

【枉費工(功)夫】wǎng fèi gōng fu 白白地耗費時間與精力。形容徒勞無益。宋代朱熹《朱子語類》卷一一五：“如今要下功夫，且須端莊存養，獨觀昭曠之原，不須枉費工夫，鑽紙上語。”《封神演義》六一回：“道友可惜五行修煉，枉費功夫！不如隨我上西方。”同 枉費心機。

【枉費心機】wǎng fèi xīn jī 徒勞無益地耗費心思與精力。宋代劉克莊《諸公載酒賀余休致水村農卿有詩次韻》：“高屋從來有鬼窺，鐵門關枉費心機。”《封神演義》四十回：“枉費心機空費力，雪消春水一場空。”馮英子《歷史的真實和真實的歷史》：“其實從長遠一點看，這也是一種枉費心機，因為偽造的歷史雖能騙人於一時，但卻經不起考驗。”同 枉費心計。

【枉費唇舌】wǎng fèi chún shé 白白地說了許多話，絲毫不起作用。《兒女英雄傳》二六回：“妹子在姐姐跟前斷說不進去，我也不必枉費唇舌，再求姐姐，磨姐姐，央及姐姐了。”清代無名氏《檮杌閒評》三十回：“你可是枉費唇舌，他如今尊貴了，那裏還用得着人，有心腸來記這樣事！”同 徒費唇舌。

【林下風度】lín xià fēng dù 見“林下風氣”。

【林下風致】lín xià fēng zhì 見“林下風氣”。

【林下風氣】lín xià fēng qì 魏晉時，阮籍、嵇康、山濤、劉伶、阮咸、向秀、王戎相與交好，常遊宴於竹林之下，世稱竹林七賢，又稱“林下”諸賢。後用“林下風氣”指具有類似竹林七賢那種閒雅的神態和飄逸的風度。《世說新語·賢媛》：“王夫人神情散朗，故有林下風氣；顧家婦清心玉映，自是閨房之秀。”唐代段成式《酉陽雜俎續集·支諾皋下》：“玄微又出見封氏，言詞泠泠，有林下風氣。”清代芬利宅行者《竹西花事小錄》：“齒類徐娘，而偏饒豐韻。天寒倚竹，翠裏生憐，弱柳晚風，珊珊蓮步，有林下風氣。”也作“林下風致”、“林下風度”、“林下風範”。明代王世貞《豔異編·鬼部三》：“良久，娘子者出，淡裝素裳，然有林下風致。”清代王韜《淞隱漫錄·清溪鏡娘小傳》：“偶見鏡娘，不覺傾倒，歎其具林下風度，謂無論秀質慧心，為章台中所無。”《老殘遊記》八回：“這女子何以如此大方？豈古人所謂有林下風範的，就是這樣嗎？”高陽《慈禧全傳•瀛台落日》：“畢竟出身世家，那種林下風範，在她同學中無人可及。”

【林下風範】 lín xià fēng fàn 見“林下風氣”。

【林林總總】 lín lín zǒng zǒng 唐代柳宗元《貞符》：“惟人之初，總總而生，林林而群。”後以“林林總總”形容各種各樣，紛繁眾多。明代趙汸《葬書問對》：“且江南之林林總總、生生化化者，無有窮時，而地之可葬者，有時而盡也。”清代王韜《歐洲各都民數》：“四大洲中，林林總總，當不知其凡幾，而歐洲不過二百數十兆，中國一國則得四百餘兆，然則生齒之繁，莫如中國。”秦牧《魯班的妙手》：“在林林總總的這類故事中，也有一個是說魯班學習海龍王宮殿的建築藝術。”㊐ 形形色色。㊍ 寥寥無幾。

【林寒澗肅】 lín hán jiàn sù 寒：凋謝。澗：山間水溝。肅：乾而冷。形容秋冬間林木凋零、澗水枯落的景象。北魏酈道元《水經注•江水二》：“每至晴初霜旦，林寒澗肅，常有高猿長嘯，屬引淒異。”後多用以形容景色清幽。◇湖州在太湖之濱，山清水秀，林寒澗肅，民風淳樸，別有江南水鄉情趣。

【枝葉扶疏】 zhī yè fú shū 扶疏：枝繁葉茂，疏密有致。❶形容樹木茂盛。《後漢書•延篤傳》：“遠取諸物，則草木之生，始於萌芽，終於彌蔓，枝葉扶疏，榮華紛縟，末雖繁蔚，致之者根也。”王蒙《虛掩的土屋小院》：“我來到他們家將近一年了，一天中午，我們一起在枝葉扶疏、陽光搖曳的蘋果樹下喝奶茶。”❷比喻後代繁衍昌盛。宋代趙彥衛《雲麓漫鈔》卷七：“三代之臣，皆世族大家，枝葉扶疏，根株盤固。”❸比喻言辭繁富，論述縝密。漢代揚雄《解嘲》：“顧默然而作《太玄》五千文，枝葉扶疏，獨說數十餘萬言。”宋代陸九淵《荊國王文公祠堂記》：“昭陵之日，使還獻書，指陳時事，剖析弊端，枝葉扶疏，往往切當。”◇常州學派長於微言大義，起初影響尚小，到了康有為，枝葉扶疏，結合變法，才使絕學發出光輝。㊐ 枝繁葉茂。

【枝節橫生】 zhī jié héng shēng 見“橫生枝節”。

【枝繁葉茂】 zhī fán yè mào 枝葉繁密茂盛。❶形容樹木長得茂密。◇那株木槿高了許多，枝繁葉茂，但是重陽已至，仍不見開花。❷比喻家族興旺，子孫滿堂。《金史•樂志》：“祖功艱難，經營締構。基牢根深，枝繁葉茂。”明代孫柚《琴心記•魚水重諧》：“願人間天上共效綢繆，賀郎君玉潤冰清，祝小姐枝繁葉茂。”㊐ 枝葉扶疏。㊍ 枯枝敗葉。

【杯弓蛇影】 bēi gōng shé yǐng 據《風俗通》記載，杜宣到應郴家飲酒吃飯，掛在牆上的弓映在酒杯中，杜誤認杯中有蛇，返家後疑慮重重，就病倒了。後應郴得知杜的情況，復邀杜吃酒，杯中又現出蛇影，應對杜說“這是掛在牆上的弓弩的影子”，杜疑慮頓釋，病就好了。後用“杯弓蛇影”比喻滿腹疑慮，自相驚擾。《世說新語》載此為樂廣的故事，又見《晉書•樂廣傳》。清代紀昀《閱微草堂筆記•如是我聞四》：“況杯弓蛇影，恍惚無憑，而點綴鋪張，宛如目睹。”《民國通俗演義》六一回：“（自知）為眾所棄，杯弓蛇影，處處設防。”㊐ 草木皆兵。

【杯水車薪】 bēi shuǐ chē xīn 用一杯水去澆滅着火的滿車柴草。《孟子•告子上》：“今之為仁者，猶以一杯水救一車薪之火也。”後比喻投放的太小或太少，無濟於事。《鏡花緣》十回：“其惡過重，就是平日有些小靈光，陡然大惡包身，就如‘杯水車薪’一般，那裏抵得住！”沙汀《代理縣長》：“一天平均拿十五個人計算吧！一個人五角，五得五，五五二塊五。老科長歎息道：‘杯水車薪呵！’”㊐ 杯水輿薪。

【杯酒言歡】 bēi jiǔ yán huān《舊唐書•張延賞傳》：“武人性快，若釋舊惡於杯酒之間，終歡可解；文士難犯，雖修睦於外，而蓄怒於內。”後以“杯酒言歡”說相聚飲酒，歡快地交談。常用以表示釋嫌修好。魯迅《三閒集•在鐘樓上》：“但後來兩方相見，杯酒言歡，就明白先前都是誤解，其實是本來可以合作的。”同 握手言歡。反 視如寇仇。

【杯盤狼藉(籍)】bēi pán láng jí 形容飯後餐台上的食具亂七八糟。《史記•滑稽列傳》：“日暮酒闌，合尊促坐，男女同席，履舄交錯，杯盤狼藉。”《醒世恆言•賣油郎獨佔花魁》：“醉眼矇矓，看見房中燈燭輝煌，杯盤狼籍。”冰心《往事(一)》：“火光中的喧嘩歡笑，杯盤狼藉，會驚起樹上隱棲的禽鳥。”同 亂七八糟、橫七豎八。

【杳如黃鶴】yǎo rú huáng hè 南朝梁任昉《述異記》卷上：“荀瓌憩江夏黃鶴樓上，望西南有物飄然降自雲漢，乃駕鶴之賓也。賓主歡對辭去，跨鶴騰空，眇然煙滅。”唐代崔顥《黃鶴樓》詩：“黃鶴一去不復返，白雲千載空悠悠。”後用“杳如黃鶴”比喻一去無蹤。魯迅《彷徨•弟兄》：“‘昨天局長到局了沒有？’‘還是杳如黃鶴。’”◇離家三十年了，一直杳如黃鶴，音信皆無。同 杳無音信、杳無蹤影。反 鴻雁傳書。

【杳無人跡(迹)】yǎo wú rén jì 杳：無聲無影。空蕩蕩的，見不到人的蹤影。唐代常沂《靈鬼志•鄭紹》：“至明年春，紹復至此，但見紅花翠竹，流水青山，杳無人迹。紹乃號慟，經日而返”明代湯顯祖《牡丹亭•尋夢》：“牡丹亭，芍藥闌，怎生這般悽涼冷落，杳無人跡？好不傷心也！”林清玄《暖暖的歌》：“愛情不是遠天的星子，是天天照耀我們的路燈；不是杳無人跡的高原細徑，是每日必要來回的街路。”反 摩肩接踵、人山人海。

【杳無人煙】yǎo wú rén yān 杳：深遠。人煙：指住戶。形容荒涼偏僻。《西遊記》六四回：“師兄差疑了，似這杳無人煙之處，又無個怪獸妖禽，怕他怎的？”《清史稿•洪承疇傳》：“民間遭兵火，重以饑饉，近永昌諸處被禍更烈，周數百里杳無人煙。”周國平《親近自然》：“在杳無人煙的荒野上，發現一星燈火，一縷炊煙，一點人跡，人也會由衷地快樂。”同 荒無人煙。反 人煙稠密。

【杳無音信】yǎo wú yīn xìn 無聲無影，沒有半點消息。也作“杳無消息”。宋代黃孝邁《水龍吟》詞：“驚鴻去後，輕拋素襪，杳無音信。”《三俠五義》四五回：“上年初冬之時，罪民已遣韓彰、徐慶、蔣平三個盟弟一同來京。不料自去冬至今，杳無音信。”《官場現形記》五七回：“家中妻子連日在外查訪，杳無消息。”豐子愷《夢痕》：“那孩子很可愛，我設法尋找，但至今杳無音信。”同 石沉大海、杳如黃鶴。

【杳無消息】yǎo wú xiāo xī 見“杳無音信”。

【杳無蹤跡】yǎo wú zōng jì 杳：消失。沒有一點蹤跡。形容不知去向，下落不明。也作“杳無蹤影”。宋代黃休復《茅亭客話•好畫虎》：“或一日夜分，開莊門出去，杳無蹤跡。”明代沈德符《野獲編補遺•內閣失印》：“至萬曆十四年四月廿六夜，忽為何人連篋盜去。大學士申時行等上疏請罪。上命窮追嚴治，竟杳無蹤跡。”《警世通言•杜十娘怒沉百寶箱》：“(十娘）向江心一跳，眾人急呼撈救。但見雲暗江心，波濤滾滾，杳無蹤影。”◇周口店的北京猿人頭蓋骨，雖經多方追查，至今仍杳無蹤跡。

【杳無蹤影】yǎo wú zōng yǐng 見“杳無蹤跡”。

【板上釘釘】bǎn shàng dìng dīng 比喻已成定局或說話算數。◇她倆的婚事，板上釘釘，變不了／我甚麼時候說過虛話！只要說出來，那就是板上釘釘／這筆生意是板上釘釘，至於簽約，不過是履行個手續罷了。反 可此可彼、未定之天。

【松柏之壽】sōng bǎi zhī shòu 松柏：松樹和柏樹，兩樹皆常青不凋。比喻人長壽。《皇清秘史》一〇〇回：“這柄如意，是兩江總督張之洞敬獻，祝太后萬年長青如松柏之壽。”同 松喬之壽、壽比南山。

【松柏後凋】sōng bǎi hòu diāo《論語•子罕》：“歲寒，然後知松柏之後彫也。”彫：凋零。說經過嚴寒，才知道松柏常青。後用“松柏後凋”比喻只有在艱危的境況中才能考驗出人堅貞不屈的本色。南朝梁蕭綱《遺周弘直書》："京師搢紳，無不附逆……唯有周生，確乎不拔。言及西軍，潺湲掩淚，恆思吾至，如望歲焉，松柏後凋，一人而已。"宋代黃庭堅《代李野夫謝表》："雖懷松柏後凋之心，顧有蒲柳先衰之質。"清代顧炎武《日知錄•廉恥》："然而松柏後凋於歲寒，雞鳴不已於風雨。"同 烈火真金。

【松喬之壽】sōng qiáo zhī shòu 像赤松子、王子喬一樣長壽。松喬：赤松子、王子喬，古代傳說中的兩位仙人。《漢書•王吉傳》："大王誠留意如此，則心有堯舜之志，體有松喬之壽。"《舊唐書•魏徵傳》："文武爭馳，君臣無事，可以盡豫遊之樂，可以養松喬之壽。"同 喬松之壽、壽同松喬。

【枕戈待旦】zhěn gē dài dàn 枕着兵器，等待天明。形容保持警惕，隨時準備戰鬥。《晉書•劉琨傳》："吾枕戈待旦，志梟逆虜。"宋代葉紹翁《四朝聞見錄•張史和戰異議》："境土未還，園陵未肅，此誠枕戈待旦思報大恥之時也。"《說岳全傳》四七回："正國家多事之秋，宜臣子枕戈待旦之日也。"反 高枕無憂、優哉遊哉。

【枕石漱流】zhěn shí shù liú 漱：漱口。用石頭當枕頭，用流水來漱口。形容隱居山林的生活。三國魏曹操《秋胡行》："名山歷觀，遨遊八極，枕石漱流飲泉。"唐代王勃《廣州寶莊嚴寺舍利塔碑》："青松磵戶，坐詣幽致，枕石漱流者入之。"明代陸采《明珠記•訪俠》："當時離亂之際，多少富貴的，死於兵革之中。爭如老夫枕石漱流，快活在山中度日。"同 枕流漱石、採菊東籬。反 爭名奪利。

【枕流漱石】zhěn liú shù shí《世說新語•排調》："孫子荊年少時欲隱，語王武子當枕石漱流，誤曰漱石枕流。王曰：'流可枕石可漱乎？'孫曰：'所以枕流，欲洗其耳；所以漱石，欲礪其齒。'"後以"枕流漱石"形容隱居山林的生活。宋代趙鼎《花心動》詞："老來身世疏篷底，忍憔悴、看人顏色。更何似、歸歟枕流漱石。"明代王錂《春蕪記•訪友》："湖海伴漁樵，任塵埃暗寶刀，枕流漱石吾堪老。"嚴復《次韻答孫生》："枕流漱石君家事，思與參軍仔細論。"同 枕石漱流、漱石枕流。

【東山再起】dōng shān zài qǐ 據《晉書•謝安傳》，東晉謝安辭官後隱居會稽東山，四十歲後又出任中書令、司徒等要職，匡扶晉室轉危為安。後以"東山再起"比喻再度任職或失敗後重新崛起。《兒女英雄傳》三九回："或者聖恩高厚，想起來，還有東山再起之日，也未可知。"◇雖說在股市輸得一塌糊塗，他總想有一天時來運轉，東山再起。反 一敗塗地、一蹶不振。

【東央西告】dōng yāng xī gào 四處央求別人給予幫助。《警世通言•杜十娘怒沉百寶箱》："(李甲）口裏雖如此說，心中割捨不下，依舊又往外邊東央西告，只是夜裏不進院門了。"◇他焦急得一夜未睡，東央西告讓大夫給她抓緊治療。

【東扶西倒】dōng fú xī dǎo 從這邊扶起，卻又倒向那邊。❶形容不能自立，難以扶持。宋代楊萬里《過南蕩》詩："笑殺槿籬能耐事，東扶西倒野酴醾。"宋代朱熹《朱子語類》卷一二五："如某，此身已衰耗，如破屋相似，東扶西倒，雖欲修養，亦何能有益邪？"❷形容缺乏主見，搖擺不定。宋代陳亮《又乙巳春書》："使世人爭騖高遠以求之，東扶西倒而卒不著實而適用，則諸儒之所以引之者亦過矣。"

【東奔西走】dōng bēn xī zǒu 走：跑。形容到處奔忙。元代魏初《沁園春•留別張周卿韻》詞："甚年來行役，交情契闊，東奔西走，水送山迎。"朱自清《背影》："近幾年來，父親和我都是東奔西走，家中光景是一日不如一日。"也作"東奔西跑"、"東跑西顛"。《歧路燈》七九回："惟其為退頭貨，所以在山東河南東奔西跑。"瓊瑤《船》一七："我從小就失去母親，父親是個飄泊江湖的藝人——他自己有個技術團，我跟着他東奔西跑。"◇ 自從他當上了記者，東奔西走的，也算長了些見識。同 東奔西撞。反 足不出户。

【東奔西跑】dōng bēn xī pǎo 見"東奔西走"。

【東征西討】dōng zhēng xī tǎo 四處出戰征伐。唐代楊炯《左武衛將軍成安子崔獻行狀》:"至如出車授鉞，東征西討，孤虛向背，則雖女子之眾，可以當於丈夫。"《元史·木華黎傳》:"我為國家助成大業，擐甲執鋭垂四十年，東征西討，無復遺恨，第恨汴京未下耳。"明代諸聖鄰《大唐秦王詞話》二八回："東征西討滅強梁，偉績奇功四海揚。"同 南征北戰、轉戰南北。

【東牀快婿】dōng chuáng kuài xù 用大書法家王羲之被郗太傅選做女婿的典故。《世説新語·雅量》:"郗太傅在京口，遣門生與王丞相書，求女婿。丞相語郗信：'君往東廂，任意選之。'門生歸白郗曰：'王家諸郎亦皆可嘉，聞來覓婿，咸自矜持，唯有一郎在東牀上坦腹卧，如不聞。'郗公云：'正此好。'訪之，乃是逸少，因嫁女與焉。"後用"東牀快婿"、"東牀姣婿"指稱女婿。含讚美意。《紅樓夢》七九回："此人名喚孫紹祖，生得相貌魁梧……賈赦見是世交子侄，且人品家當都相稱合，遂擇為東牀姣婿。"◇父母代女兒找東牀快婿往往吃力不討好，還是及早放手，讓女兒自行其是最好。同 坦腹東牀、東牀坦腹。

【東牀坦腹】dōng chuáng tǎn fù《世説新語·雅量》載：晉太傅郤鑒派門生往王丞相（王導）家擇婿，丞相叫他自己到東廂房任意挑選。門生回去稟告道："王家諸郎，亦皆可嘉，聞來覓壻，咸自矜持，唯有一郎在牀上坦腹卧，如不聞。"郤太傅打聽到這個率真的王家子弟是王羲之，便把女兒嫁給了他。後以"東牀坦腹"代指女婿或做女婿。清代邱心如《筆生花》二回："外甥才貌吾原愛，正是東牀坦腹賢。"也作"坦腹東牀"。明代高明《琵琶記·牛小姐愁配》:"書生愚見，忒不通變；不肯坦腹東牀，謾自去哀求金殿。"同 東牀快婿、坦腹東牀。

【東拼西湊】dōng pīn xī còu 從各個方面拼湊到一起或零零碎碎地湊合在一起。《紅樓夢》八回："因是兒子的終身大事所關，説不得東拼西湊，恭恭敬敬封了二十四兩贄見禮，帶了秦鍾到代儒家來拜見。"《官場現形記》三回："信上並寫明是王鄉紳的主意，'所以東拼西湊，好容易弄成這個數目，望你好好在京做官。'"◇如今寫書的人，大都心情浮躁，急功近利，東拼西湊，抄來抄去，有幾個人肯坐冷板凳，踏踏實實做學問？同 七拼八湊、東挪西借。

【東歪西倒】dōng wāi xī dǎo 見"東倒西歪"。

【東風化雨】dōng fēng huà yǔ 東風：春風。《孟子·盡心上》:"君子之所以教者五：有如時雨化之者……有私淑艾者。"漢代劉向《説苑·貴德》:"吾不能以春風風人，吾不能以夏雨雨人，吾窮必矣。"後用"東風化雨"比喻潛移默化的良好教育。◇好的教師如同東風化雨，點點滴滴滲入幼苗中，培育孩子們茁壯成長。同 春風化雨、春風風人。

【東施效顰】dōng shī xiào pín 據《莊子·天運》載，越國美女西施病了，按着胸口，皺着眉頭，顯得更美。同村的醜女東施見了，就學西施的樣子，但卻更醜。後用"東施效顰"比喻不顧自己的條件而盲目模仿，效果適得其反。《紅樓夢》三十回："(寶玉）因又自笑道：'若真也葬花，可謂東施效顰了；不但不為新奇，而且更是可厭。'"◇一味模仿別人的產品，東施效顰，企業哪能發展得起來！反 別開生面、另闢蹊徑。

【東挪西借】dōng nuó xī jiè 見"東挪西湊"。

【東挪西湊】dōng nuó xī còu 四處挪用借貸，湊集款項。明代沈受先《三元記·歸妹》:"我命運乖，糧運折，家私都准折，東挪西湊猶還缺，一女多嬌，將他來拋撇。"《初刻拍案驚奇》卷一三："過了兩月，又近吉日，卻又欠迎親之費，六老只得東挪西湊，尋了幾件衣飾之類，往典鋪中解了幾十兩銀子，卻也不夠使用。"高陽《紅頂商人胡雪巖》二章："這樣陸陸續續，東挪西湊牽扯不清，根本是一盤糊塗帳。”也作“東挪西借”。《官場現形記》二六回：“來京引見的人，有幾個腰裏帶着幾十萬銀子？不過也是東挪西借，得了缺再去還人家。”肖仁福《心腹》一七章：“只好將不多的私房錢都拿出來，再東挪西借，才湊夠了數。”同 東拼西湊。

【東倒西歪】dōng dǎo xī wāi 也作“東歪西倒”。❶形容身不由己，站立不穩的的樣子。元代蕭德祥《殺狗勸夫》一折：“他兩個把盞兒吞，直吃得醉醺醺的，吃得來東倒西歪。”《醒世恆言·張淑兒巧智脱楊生》：“這些吃醉的舉人，大家你稱我頌，亂叫着某狀元、某會元，東歪西倒，跌到房中，面也不洗，衣也不脱，爬上牀磕頭便睡。”◇他那把大錘，掄得像風車一樣，雖説六七個彪形大漢圍着他，卻被他的錘頭碰得東倒西歪，不敢近前。❷有的向下倒，有的斜歪不正。形容門、牆等物殘破不堪或零亂無序。《西遊記》八十回：“長老拽步邁前，衹見那門東倒西歪，零零落落。”王蒙《雜色》：“從馬廄向外望去，乾打壘的土牆東倒西歪，接頭處裂出了愈來愈寬的縫子。”◇地上鋪着一層厚厚的積灰，邊角處掛着蜘蛛網，幾個書架東歪西倒，看上去像是多年沒人住過的房子了。同 西歪東倒、七歪八倒。

【東海揚塵】dōng hǎi yáng chén 晉代葛洪《神仙傳·麻姑》：“麻姑自説云：‘接侍以來，已見東海三為桑田。向到蓬萊，水又淺於往日會時略半耳，豈將復還為陵陸乎？’方平笑曰：‘聖人皆言，海中行復揚塵也。’”後用“東海揚塵”説東海變成陸地，揚起了塵土，比喻世事發生巨大的變化。《初刻拍案驚奇》卷二二：“東海揚塵猶有日，白衣蒼狗剎那間。”清代錢謙益《再次茂之他字韻》：“東海揚塵今幾度，錯將精衛笑填河。”同 滄海桑田。

【東郭先生】dōng guō xiān shēng 明代馬中錫《中山狼傳》載：戰國時晉國的趙簡子在中山打獵，有一條狼被他追得很急，遇到東郭先生後，狼裝出可憐相要求搭救。東郭先生把狼藏在大書袋中，並騙走了趙簡子。狼從袋中出來後露出本相，要吃掉東郭先生，幸虧有位老人設計，救了東郭先生。後用“東郭先生”比喻不分善惡，濫施仁慈的人。◇人生在世，當有慧眼，看透人的本質，應該做好人，但不能當東郭先生。同 好好先生。

【東張西望】dōng zhāng xī wàng 向四面張望、環視。《水滸傳》六回：“且説智深初到菜園地上，東張西望，看那園圃。”《西遊補》二回：“卻説行者跳在空中，東張西望，尋個化飯去處。”巴金《海行雜記·三等車中》：“打開車窗伸出頭去東張西望，一看見站牌知道路程還有多遠，心裏也就稍稍寬慰了。”同 左顧右盼、東望西張。反 目不斜視、目不轉睛。

【東跑西顛】dōng pǎo xī diān 見“東奔西走”。

【東窗事犯】dōng chuāng shì fàn 元代劉一清《錢塘遺事》載，宋朝的秦檜在自己家東窗下與妻子密謀設計殺害岳飛，死後被下到地獄裏受盡苦楚。其妻為他做道場，方士到酆都見秦檜，檜對方士説：“可煩傳語夫人，東窗事發矣。”此典故又見於明代田汝成《西湖遊覽志餘》。後以“東窗事發”比喻陰謀或罪行敗露。元代孔文卿《東窗事犯》二折：“吾乃地藏神，化為呆行者，在靈隱寺中，洩漏秦太師東窗事犯。”同 東窗事發。反 密不透風。

【東窗事發】dōng chuāng shì fā 元代劉一清《錢塘遺事》載，宋朝的秦檜在自己家東窗下與妻子密謀設計殺害岳飛，死後被下到地獄裏受盡苦楚。其妻為他做道場，方士到酆都見秦檜，檜對方士説：“可煩傳語夫人，東窗事發矣。”此典故又見於明代田汝成《西湖遊覽志餘》。後以“東窗事發”比喻陰謀或罪行敗露。《警世通言》卷二十：“莫是‘東窗事發’？若是這事走漏，須教我吃官司，如何計結。”《再生緣》五七回：“聞聖諭，怦一驚，依稀霹靂打頭頂，東窗事發難收拾。”同 東窗事犯、走漏風聲。反 天知地知、人不知鬼不覺。

【東躲西藏】dōng duǒ xī cáng 形容往各處躲藏。《西遊記》九五回：“宮娥彩女，無一個不東躲西藏，各顧性命。”《三俠五義》九八回：“鳳仙拽開彈弓，連珠打出，打得嘍囉東躲西藏。”也作“東藏西躲”。清代孔尚任《桃花扇·沉江》：“我們出獄，不覺數日，東藏西躲，終無棲身之地。”趙樹理《靈泉洞》一：“老百姓在這兵荒馬亂的時候，也只得東藏西躲，各自顧命。”反 出頭露面、拋頭露面。

【東遊西蕩】dōng yóu xī dàng 形容到處遊蕩。《西遊記》六回：“他因沒事幹管理，東遊西蕩。朕又恐別生事端，着他代管蟠桃園。”◇兩口子東遊西蕩，連家都沒一個，現在林場栽樹做臨時工。同 東遊西逛。

【東遮西掩】dōng zhē xī yǎn 想方設法遮蓋掩飾，隱瞞真相。明代高濂《玉簪記·促試》：“我想陳妙常與我侄兒，兩下青春佳麗，意氣相投，每每月下星前，事事東遮西掩。”清代無名氏《鬧花叢》三回：“原來你兩人同謀做事，東遮西掩。日後弄出事來，夫人豈不責在我身上。”◇她拉緊了衣襟，東遮西掩身上各處的破綻，卻無法掩蓋臉上貧窮和落泊的悽情。同 東掩西遮。

【東藏西躲】dōng cáng xī duǒ 見“東躲西藏”。

【東鱗西爪】dōng lín xī zhǎo 傳説龍在雲中只露出身體的一小部分，很難見到全貌。因此，在畫龍時就東畫一片鱗，西畫一隻爪。後用以比喻零星瑣碎，不全面、不完整。朱自清《那裏走》：“我又是沒有定見的人，只是東鱗西爪地漁獵一點兒。”◇儘管是一些東鱗西爪的瑣聞絮語，也奉獻給讀者，權且做茶餘飯後的談資吧。同 東零西碎、雞零狗碎。

【果不其然】guǒ bù qí rán 果然不出所料；本來就在預料之中。《醒世姻緣傳》二二回：“昨日人去請我，我就説嫂子有這個好意，果不其然。”老舍《駱駝祥子》七：“我就早知道嗎，他一跑起來就不顧命，早晚是得出點岔兒。果不其然！”同 不出所料。反 大謬不然、出乎意料。

【枯木生花】kū mù shēng huā 比喻重獲生機，或實現了看似不可能的事。《三國志·劉廙傳》：“起煙於寒灰之上，生華於已枯之木。”《續博物志》卷七載：昔有一人為乞長生之術，日夜朝拜一株枯樹，二十八年之後，枯木生花，食之後成仙。三國魏曹植《轉封車阿王謝表》：“若陛下念臣入從五年之勤，少見佐助，此枯木生花，白骨更肉，非臣之敢望也。”明代沈受三《三元記·完璧》：“我一命如同草頭露滴，今日得了這銀子呵，一似枯木生花。”同 枯木逢春。

【枯木朽株】kū mù xiǔ zhū 株：樹樁。枯死的樹幹，朽爛了的樹樁。比喻老而無用者，或陳舊無用的東西、衰敗的勢力。也作“枯株朽木”。《史記·魯仲連鄒陽列傳》：“故無因至前，雖出隋侯之珠、夜光之璧，猶結怨而不見德。故有人先談，則以枯木朽株樹功而不忘。”唐代李嶠《上雍州高長史書》：“誠不幾乎幽蘭芳蕙，實有愧乎枯木朽株。”宋代陳亮《與呂伯恭正字書》：“亮已如枯木朽株，不應與論此事。”《紅樓夢》七回：“我雖比他尊貴，但綾錦紗羅，也不過裹了我這枯株朽木；羊羔美酒，也不過填了我這糞窟泥溝。”同 朽木枯株、朽株枯木。反 枝繁葉茂、樹大根深。

【枯木逢春】kū mù féng chūn 比喻在臨近死亡或絕境中，又重新獲得生機。元代劉致《端正好·上高監司》套曲：“眾飢民共仰，似枯木逢春，萌芽再長。”《古今小説·裴晉公義還原配》：“兩口兒回到家鄉，見了岳丈黃太學，好似枯木逢春，斷弦再續，歡喜無限。”◇獲得這筆長期貸款，枯木逢春，公司又活了過來。同 枯樹逢春、枯木生花。

【枯本竭源】kū běn jié yuán 使樹木枯乾，讓水源乾涸。比喻使用、榨取到窮盡一切。◇掠奪性的開採有限的礦產資源，枯本竭源，猶如殺雞取卵，得不償失。同 竭澤而漁、殺雞取卵。

【枯株朽木】kū zhū xiǔ mù 見“枯木朽株”。

【枯魚之肆】kū yú zhī sì 賣乾魚的店鋪。《莊子·外物》載：莊子找監河侯借糧，監河侯説年底他會得到一筆錢財，到時再借給莊子。莊子用車轍中呼救的魚打比喻説："吾失我常與，我無所處，吾得斗升之水然活耳，君乃言此，曾不如早索我於枯魚之肆！"後用"枯魚之肆"表示陷入絕境。唐代元稹《代諭淮西書》："男不得耕，女不得織，鹽茗之路絕，倉廩之積空，不三數月，求諸公於枯魚之肆矣。"《警世通言》卷二九："君言未當，若不遇其人，寧可終身不娶。今既遇之，即頃刻亦難捱也。媒妁通問，必須歲月，將無已在枯魚之肆乎！"《歧路燈》七五回："燃眉正急，全賴及時扶拔，若待他年，未免枯魚之肆矣。"

【枯樹逢春】 kū shù féng chūn 已枯之樹又重獲生機。比喻絕境逢生。《景德傳燈錄·唐州大乘山和尚》："問：'枯樹逢春時如何？'師曰：'世間稀有。'"元代無名氏《凍蘇秦》四折："我爭些兒有家難奔，恰便似旱苗才得雨，枯樹恰逢春。"◇粟醫生治好了父親被幾家大醫院判為絕症的病，全家人都好似枯樹逢春一般，欣喜萬分。同 枯木生花、絕處逢生。

【枯燥無味】 kū zào wú wèi 單調：乾巴巴，毫無趣味可言。老舍《四世同堂》九十："批改作文原是件枯燥無味的事，現在倒成了他的歡樂。"錢鍾書《圍城》六："更可恨倫理學開頭最枯燥無味，要講到三段論法，才可以穿插點綴些笑話。"同 枯燥乏味。反 豐富多彩。

【查無實據】 chá wú shí jù 查辦的結果，沒有發現確鑿的證據。常與"事出有因"聯用。《官場現形記》一二回："副欽差便同正欽差商量，意欲開除他的名字，隨便以'查無實據'四字含混入奏。"《歧路燈》一〇一回："那兩個差頭，白白的又發了一注子大財，只以'查無實據'稟報縣公完事。"◇"事出有因，查無實據"，常常作為官場搪塞是非，陷人入罪的由頭。

【枵腹從公】 xiāo fù cóng gōng 餓着肚子辦公家的事。枵腹：空腹。清代李寶嘉《活地獄》楔子："到了這個分上，要想他們毀家紓難，枵腹從公，恐怕走遍天涯，如此好人，也找不出一個。"葉聖陶《前途》："就説開了學，學款早已移充軍餉，還是一個枵腹從公。"同 公而忘私。

【柳下借陰】 liǔ xià jiè yīn《淮南子·人間訓》："武王廕暍人於樾下，左擁而右扇之，而天下懷其德。"廕：放在……之下。暍（yē）人：中暑的人。樾：樹蔭。後用"柳下借陰"比喻請求別人的庇護、佑助。宋代胡繼宗《書言故事·夏》："求庇於人，曰暍人於柳下借陰耳。"◇我這幾年柳下借陰，仰仗兄長的幫助支持，創下了這份家業，我和家人都感激不盡。

【柳折花殘】 liǔ zhé huā cán 比喻女子遭受摧殘或死亡。《紅樓夢》七八回："賊勢猖獗不可敵，柳折花殘血凝碧。"

【柳巷花街】 liǔ xiàng huā jiē 稱妓院或妓院集中的街巷。宋代黃庭堅《滿庭芳·妓女》詞："初綰雲鬟，纔勝羅綺，便嫌柳巷花街。"《初刻拍案驚奇》卷二："偶然在浙江衢州做買賣，閒遊柳巷花街，只見一個娼婦，站在門首獻笑，好生面善。"《鏡花緣》九八回："兩旁俱是柳巷花街，其中美女無數，莫不俊俏風流。"同 花街柳巷、柳陌花街。

【柳眉星眼】 liǔ méi xīng yǎn 形容女子細長的眉毛和明亮的眼睛。《全元散曲·鬥鵪鶉·元宵》："正當年，柳眉星眼芙蓉面，絳衣縹緲，麝蘭瓊樹，花裏遇神仙。"《水滸傳》三八回："杏臉桃腮，醞釀出十分春色，柳眉星眼，妝點就一段精神。"《山河風煙》四："何大天的夫人美貌如仙，柳眉星眼，顧盼間風情萬種。"

【柳眉倒豎】 liǔ méi dào shù 形容女子發怒時眉毛豎起來的樣子。柳眉：形容眉毛細長。《兒女英雄傳》五回："那女子不聽猶可，聽了之話，只見她柳眉倒豎，杏眼圓睜，腮邊烘兩朵紅雲，面上現一團煞氣。"《孽海花》十回："女洋人夏雅麗姑娘柳眉倒豎，鳳眼圓睜。"同 柳眉剔豎、柳眉踢豎。

【柳暗花明】 liǔ àn huā míng ❶ 形容綠柳成蔭，繁花明麗的美景。唐代武元衡《摩訶池送李侍御之鳳翔》詩："柳暗花明池上山，高樓歌酒換離顏。"元代王舉之《折桂令》曲："五花馬金鞭弄影，七步才錦字傳情，寫入丹青，雨醉雲醒，柳暗花明。"❷宋代陸游《遊山西村》詩："山重水複疑無路，柳暗花明又一村。"本形容前面村落的美麗春色，後用"柳暗花明"比喻在困境中出現了希望或轉機。梁啟超《外交歟內政歟》："我們讀西洋史，真是越讀越有趣，處處峰迴路轉，時時柳暗花明。"◇她的運氣真好，一個又一個看來是無法躲避的災難，卻總是煙消雲散，柳暗花明。同 峰迴路轉、花明柳暗。反 朽株枯木、殘花敗柳。

【柳煙花霧】 liǔ yān huā wù 形容迷迷濛濛的春色景觀。宋代吳潛《賀新郎》詞："尚趁得、柳煙花霧。我亦故山猿鶴怨，問何時，歸棹雙溪渚。"宋代毛滂《更漏子》詞："傍薔薇，搖露點。衣潤得香長遠。雙枕鳳，一衾鸞。柳煙花霧間。"元代張可久《落梅風·春晚》曲："東風景，西子湖，濕冥冥，柳煙花霧。"◇早春郊外，柳煙花霧，景色迷濛醉人。

【柳綠花紅】 liǔ lǜ huā hóng 形容春日裏新枝披綠，豔花盛開的美麗景色。《五燈會元》卷八："聊與東風論個事，十分春色屬誰家？秋至山寒水冷，春來柳綠花紅。"明代劉基《春思》詩："憶昔東風入芳草，柳綠花紅看總好。"也作"柳綠桃紅。"明代無名氏《大劫牢》四折："試看這柳綠桃紅，佳人羅綺，更和這紫陌紅塵，青山綠水，寶馬香車，遊人共喜。"《飛龍全傳》一回："柳綠桃紅，共映春光明媚。"同 花紅柳綠、桃紅柳綠。

【柳綠桃紅】 liǔ lǜ táo hóng 見"柳綠花紅"。

【柳影花陰】 liǔ yǐng huā yīn 垂柳下，花叢間。多指男女幽會的情事。元代王實甫《西廂記》三本四折："心不存學海文林，夢不離柳影花陰，則去那竊玉偷香上用心。"元代王元鼎《柳葉兒》曲："休忒恁，莫沉吟，休辜負了柳影花陰。"同 花前月下。

【染蒼染黃】 rǎn cāng rǎn huáng 蒼：青色。《墨子·所染》："子墨子言，見染絲者而歎曰：'染於蒼則蒼，染於黃則黃。'所入者變，其色亦變。"說浸進青的染料就成青色，浸入黃的染料就變黃色。後用"染蒼染黃"比喻人或事物受環境的左右與影響，变化不定，反覆無常。◇做事優柔寡斷，染蒼染黃，自己沒有一點主見。同 蒼黃翻覆。

【架海金樑】 jià hǎi jīn liáng 樑：橋樑。架設在海上的金橋。比喻擔得起重任的棟樑之才，或起重大作用的東西。元代無名氏《黃鶴樓》一折："想周瑜破了百萬曹兵，他正是擎天玉柱，架海金樑，他有甚歹意？"《西遊記》三十回："那一個是碗子山生成的怪物，這個是西洋海罰下的真龍……一個是擎天玉柱，一個是架海金樑。"同 中流砥柱、擎天玉柱。

【柔心弱骨】 róu xīn ruò gǔ 形容人心腸軟，性格平和柔弱。《列子·湯問》："人性婉而從物，不競不爭，柔心而弱骨，不驕不忌。"◇為人平和，柔心弱骨，從不與人爭鋒。反 銅筋鐵骨。

【柔枝嫩葉】 róu zhī nèn yè 柔軟嬌嫩的枝條。比喻溫柔美麗的少女。明代鄭若庸《玉玦記·憶夫》："綠茵，盡摘不留，且莫惜明年難茂，柔枝嫩葉，多應人採揪。"《群音類選·四喜記·花亭佳遇》："溫香軟玉世應稀，柔枝嫩葉誰能比。"◇見女兒出落得亭亭玉立，柔枝嫩葉，夫婦二人十分歡喜。同 柔枝嫩條。

【柔茹剛吐】 róu rú gāng tǔ 茹：吃。《詩經·烝民》："人亦有言：'柔則茹之，剛則吐之。'維仲山甫柔亦不茹，剛亦不吐，不侮矜寡，不畏彊禦。"後用"柔茹剛吐"、"茹柔吐剛"、"吐剛茹柔"比喻淩弱畏強，欺軟怕硬。《三國志·公孫度傳》裴松之注引《魏書》："茹柔吐剛，非王者之道也。"唐代白居易《策林·對問使百職修皇綱振》："有若慎默畏忌，吐剛茹柔者，推而遠之。"宋代陸游《上殿箚子》："若夫虐煢獨，畏高明，茹柔吐剛，而能使天下治者，自古未之有也。"◇我才不怕他老子有權有勢，狠狠教訓了這傢伙一頓，原來是個柔茹剛吐的軟貨，一聲不吭就溜了。同 欺軟怕硬。

【柔能克剛】róu néng kè gāng 用柔和克服強硬。指用溫和的手段對付強者。《後漢書•臧宮傳》："柔能制剛，弱能制強。"《三國演義》六十回："某素知劉備寬以待人，柔能克剛，英雄莫敵。"端木蕻良《科爾沁旗草原》一三："你的性質，柔能克剛，你好好地耐，將來總有出頭露日的一天。"同 以柔克剛。

【柔情蜜(密)意】róu qíng mì yì 溫柔多情，愛意濃厚。多形容男女間的濃情。《紅樓夢》一一一回："如今空懸在寶玉屋內，雖說寶玉仍是柔情密意，究竟算不得甚麼，於是更哭得哀切。"◇她對姚偉很崇拜，心裏也很愛他，可是彼此沒有甚麼柔情蜜意，他也從沒想過要娶她。同 溫情蜜意。

【柔腸寸斷】róu cháng cùn duàn 柔腸：比喻溫存的情意。寸斷：斷成一寸寸的。形容人感情受到強烈刺激，極度難過、傷心、悲痛。《鏡花緣》三三回："無論日夜，俱有宮娥轮流坐守……林之洋到了這個地位，只覺得湖海豪情，變作柔腸寸斷了。"清代沈復《浮生六記•坎坷記愁》："撫其所遺舊服，香澤猶存，不覺柔腸寸斷，冥然昏去。"《山河風煙》一四："夫人的陣亡，姚大天頓感五雷轟頂，夜夜柔腸寸斷。"同 肝腸寸斷。反 心花怒放。

【柔腸百結】róu cháng bǎi jié 柔軟的心腸打成許多結。形容種種悲傷與苦惱糾結於心，無從排解。也作"柔腸百轉"。元代谷子敬《城南柳》三折："你若不依着我正道，我若不指與你迷途……你便柔腸百結，巧計千般，渾身是眼，尋不見花枝兒般美少年。"《花月痕》二七回："秋痕給跛腳提醒這一句，柔腸百轉，方覺一股刺骨的悲酸，非常沉痛！"◇這幾天來，他柔腸百結，為生計而擔心，為找不到出路而苦悶。

【柔腸百轉】róu cháng bǎi zhuǎn 見"柔腸百結"。

【柔聲下氣】róu shēng xià qì 形容恭順卑下的樣子。清代沈起鳳《諧鐸•雞談》："願天下處閨房者，持予雄辯，壓彼雌風，毋柔聲下氣，養同木雞也。"《清史稿•鄭文清妻黎傳》："婦人舍言、容、工，無所謂德。言只柔聲下氣，容只衣飾整潔，工則針黹、紡織、酒漿、菹醢，終身不能盡。"◇他認為做一個女眷，首要是溫和順貼，柔聲下氣，決不可高聲喧嘩，敗了體面。同 低聲下氣。反 橫三橫四。

【桂子飄香】guì zǐ piāo xiāng 桂花散發出宜人的清香。形容中秋佳景。唐代宋之問《靈隱寺》詩："桂子月中落，天香雲外飄。"宋代虞儔《有懷漢老弟》詩："芙蓉泣露坡頭見，桂子飄香月下聞。"元代戴善夫《風光好》二折："蛩聲聒耳，桂子飄香。"◇天高雲淡，桂子飄香，一派秋日的勝景。同 秋高氣爽、桂馥蘭香。

【桂林一枝】guì lín yī zhī《晉書•郤詵傳》："累遷雍州刺史。武帝於東堂會送，問詵曰：'卿自以為何如？'詵對曰：'臣舉賢良對策，為天下第一，猶桂林之一枝，崑山之片玉'。"郤詵自謙，說自己不過是桂樹林中的一枝花而已。後用"桂林一枝"：❶ 比喻出類拔萃的優秀人才。唐代劉禹錫《故監察御史王公神道碑》："桂林一枝，拾芥相似，名動海內，夫豈不偉？"清代趙翼《黃雨歌》："桂林一枝定誰折，黃色上眉先報喜。"自注："時諸生方鄉試。"❷ 指科舉及第，即"蟾宮折桂"的意思。唐代白居易《喜敏中及第偶示所懷》："自知群從為儒少，豈料辭場中第頻。桂林一枝先許我，楊穿三葉盡警人。"◇在古代社會中，讀書人十年寒窗的理想不外於讀書做官，經世從政，成為桂林一枝的翰林中人。同 崑山片玉。

【桃李不言，下自成行】táo lǐ bù yán, xià zì chéng háng 見"桃李不言，下自成蹊"。

【桃李不言，下自成蹊】táo lǐ bù yán, xià zì chéng xī 蹊：小路。桃樹和李樹雖無聲無語，但因花色美豔，招來許多人觀賞，在樹下自然踏出一條路來。比喻誠實，正直，品德高尚的人，即便不事宣揚，也會受到人們喜愛尊重和歡迎。《史記•李將軍列傳》：“諺曰：‘桃李不言，下自成蹊。’此言雖小，可以喻大。”宋代辛棄疾《一剪梅》詞：“多情山鳥不須啼，桃李不言，下自成蹊。”明代張岱《孫忠烈公世乘序》：“桃李不言，下自成蹊者，以實也。”也作“桃李不言，下自成行”。行：道路。晉代潘岳《太宰魯武公誄》：“桃李不言，下自成行，德之休明，沒能彌彰。”同 實至名歸。

【桃李門牆】táo lǐ mén qiáng 桃李：桃樹和李樹，比喻培養的學生。門牆：指師門。比喻同一師門培養出來的優秀弟子。《牡丹亭•閨塾》：“你待打，打這哇哇，桃李門牆，嶮（險）把負荊人唬煞。”◇當中學老師這麼多年，桃李門牆，學生在各行各業都有佼佼者，他感到很滿足。同 門牆桃李。

【桃李爭妍】táo lǐ zhēng yán 妍：美麗。指桃花和李花競相開放。形容春色明媚，百花豔麗。明代無名氏《萬國來朝》二折：“春花豔豔，看紅白桃李爭妍。”清代沈復《浮生六記•閨房記樂》：“及登舟解纜，正當桃李爭妍之候，而余則恍同林鳥失群，天地異色。”◇春光明媚，山坡上桃李爭妍，李白桃紅，彷彿籠罩着一層紅白兩色的輕雲。同 桃李爭輝、桃柳爭妍。

【桃紅柳綠】táo hóng liǔ lǜ 桃花紅豔，柳枝碧綠。形容繁花似錦的春景。唐代王維《洛陽女兒行》：“畫閣朱樓盡相望，紅桃綠柳垂檐向。”元代鄭德輝《㑳梅香》一折：“看了這桃紅柳綠，是好春光也呵！”《警世通言》卷三十：“頃刻到門前，依舊桃紅柳綠，犬吠鶯啼。”清代無名氏《畫圖緣》三回：“此時正是春明天氣，桃紅柳綠。”同 柳綠桃紅、紅桃綠柳。

【格物致知】gé wù zhì zhī 深刻研究事物內在的道理，從中獲取知識。《禮記•大學》：“欲誠其意者，先致其知，致知在格物。”宋代朱熹《朱子語類》卷十四：“格物致知，便是要知得分明；誠意、正心、修身，便是要行得分明。”孫中山《民族主義第六講》：“中國從前講修身，推行正心誠意，格物致知，這是很精密的知識。”

【格格不入】gé gé bù rù 互相抵觸，不能相合。清代袁枚《寄房師鄧遜齋先生》：“以前輩之典型，合後來之花樣，自然格格不入。”◇兩人談得格格不入，各唱各的調。同 扞格不入、圓鑿方枘。反 心有靈犀、不約而同。

【格殺勿論】gé shā wù lùn 把犯罪拒捕或違抗禁令的人當場打死而不以殺人論罪，意謂擁有合法的殺人權。清代林則徐《體察洋面堵截情形摺》：“無論內地何項船隻，駛近夷路，概行追擊，倘敢逞兇拒捕，格殺勿論。”◇凡不遵守戒嚴禁令，擅闖禁區者，格殺勿論。反 刀下留人、濫殺無辜。

【根深柢固】gēn shēn dǐ gù 見“根深蒂固”。

【根深葉茂】gēn shēn yè mào 樹根深深扎進大地，樹上的葉子茂密繁多。比喻根基牢固厚實，事業興旺。漢代徐幹《中論•貴驗》：“根深而枝葉茂，行久而名譽遠。”《五燈會元•洪州大寧道寬禪師》：“問：‘既是一真法界，為甚麼卻有千差萬別？’師曰：‘根深葉茂。’”◇只有踏實為人，踏實做事，力避浮泛，才能根深葉茂。同 根深枝茂、根壯葉茂。反 根朽枝枯。

【根深蒂固】gēn shēn dì gù《老子》：“有國之母，可以長久，是謂深根固柢，長生久視之道。”後以“根深蒂固”、“根深柢固”比喻基礎深厚牢固，不易動搖。唐代李鼎祚《周易集解•否》：“根深蒂固，若山之堅，若地之厚者也。”明代張景《飛丸記•諫拒脱簪》：“君恩寵優渥，位柱朝綱權勢獨，想根深蒂固，鞏如磐谷。”魯迅《兩地書》一一：“但我總還想對於根深蒂固的所謂舊文明，施行襲擊，令其動搖，冀將來有萬一之希望。”◇根深蒂固、阻礙社會進步的舊傳統不是一朝一夕能夠剷除的，恐怕要幾十年才能做到。同 深根固蒂、深根固柢。

【栩栩如生】xǔ xǔ rú shēng 栩栩：形容活動的樣子。《莊子•齊物論》：“昔者莊周夢為蝴蝶，栩栩然蝴蝶也。”後用“栩栩如生”形容相似、逼真，生動活潑，就像活的一樣。《負曝閒談》二一回：“雕刻就的山水、人物、翎毛、花卉，無不栩栩如生。”◇她筆下的人物栩栩如生，儼然就在你眼前／畫面上的一群仙鶴昂首展翅，栩栩如生。反 呆若木雞。

【柴米夫妻】chái mǐ fū qī 指共同過艱苦生活的患難夫妻。明代顧起元《客座贅語•諺語》：“南都閭巷中常諺，往往有麄俚而可味者，漫記數則，如曰……柴米夫妻、酒肉朋友、盒兒親戚。”麄：同“粗”。清代李光庭《鄉言解頤•開門七事》：“柴米夫妻梁伯鸞，勝似朱買臣矣。”◇一輩子走過來的柴米夫妻，一個去世，另一個之悲傷，非常人所能理解。同 患難夫妻。反 露水夫妻。

【柴米油鹽】chái mǐ yóu yán 泛指日常生活必需的物品。宋代吳自牧《夢粱錄•鯗鋪》：“蓋人家每日不可闕者，柴米油鹽醬醋茶。”元代蘭楚芳《粉碟兒•思情》曲：“若要咱稱了心，則除是娶到家，學知些柴米油鹽價，恁時節悶減愁消受用殺。”馮玉祥《我的生活》一七章：“我們大多數的勞苦同胞，整天愁的是柴米油鹽。”◇柴米油鹽是最普通的東西，然而也是最不可或缺的。同 柴米油鹽醬醋茶。

【柴毀骨立】chái huǐ gǔ lì 柴：乾樹枝。毀：哀毀。形容因喪事哀傷過度而憔悴，瘦得好像一副骨架。《晉書•許孜傳》：“俄而二親沒，柴毀骨立，杖而能起。”唐代無名氏《唐吳郡張常洧紀孝行銘碑》：“及父母既歿，居憂泣血，柴毀骨立，躬自建冢，高數尋。”◇孝順父母完全應該，也是中國的優良傳統，但為了全孝道而竟至柴毀骨立，則大可不必。同 哀毀骨立。

【桀犬吠堯】jié quǎn fèi yáo 夏桀的狗朝着堯狂叫。桀：夏朝的末代暴君。堯：傳説中的上古明君。漢代鄒陽《獄中上書自明》：“桀之狗可使吠堯，而蹠之客可使刺由。”後以“桀犬吠堯”比喻走卒為主子效勞。《晉書•康帝紀》：“桀犬吠堯，封狐嗣亂，方諸后羿，曷若斯之甚也。”《東周列國誌》三六回：“這是桀犬吠堯，各為其主。”郭沫若《滿江紅》詞：“桀犬吠堯堪笑止，泥牛入海無消息。”同 助紂為虐、助桀為虐。

【桀驁不馴】jié ào bù xùn 也作“桀驁不遜”。兇悍倔強，不受約束。馴：服從。遜：謙讓。宋代陳亮《酌古論•先主》：“臣恐既解之後，勝者張勢，敗者阻險，桀驁不遜，以拒陛下。”《兒女英雄傳》十八回：“只是生成一個桀驁不馴的性子，頑劣異常。”郭沫若《蔡文姬》第四幕：“我看到左賢王實在桀驁不馴，只好警告他一下。”

【桀驁不遜】jié ào bù xùn 見“桀驁不馴”。

【案牘之勞】àn dú zhī láo 案牘：公文。指處理公務的勞累。也作“案牘勞形”。唐代劉禹錫《陋室銘》：“無絲竹之亂耳，無案牘之勞形。”元代馬致遠《陳摶高臥》三折：“寡人與先生選一個閒散衙門。除一個清要的官職無案牘勞形，必不妨於政事。”明代李楨《長安夜行錄》：“吾徒幸無案牘之勞，且有休退之日，登高能賦，此其時乎？”◇為官之道要避免文山會海案牘之勞，就只有深入民眾，多瞭解民意民情。反 案無留牘。

【案牘勞形】àn dú láo xíng 見“案牘之勞”。

【桑中之約】sāng zhōng zhī yuē 桑樹林中的約會。比喻情人相約幽會。《詩經•桑中》：“期我乎桑中，要我乎上宮，送我乎淇之上矣。”《聊齋誌異•陳雲栖》：“果相見愛，當以二十金贖妾身，妾候君三年。如望為桑中之約，所不能也。”

【桑弧蓬矢】sāng hú péng shǐ 桑：桑木。弧：弓。蓬：蓬草的梗。古人認為桑樹是眾木之本，蓬是抵禦亂局之草。用桑木做弓，用蓬梗製成箭。古時諸侯生子後往往舉行儀式，以桑木之弓，蓬梗之箭，讓人射向天地四方，象徵兒子日後家給人足，前程遠大，有駕馭四方的才幹。《禮記•內則》：“國君世子生……射人以桑弧蓬矢六，射向天地四方。”後以“桑弧蓬矢”作為賀人得子之詞，或表示志向不凡。晉代陸雲《答車茂安書》：“桑弧蓬矢，丈夫之志。經營四方，古人所歎，何足憂乎！”明代瞿佑《剪燈新話·愛卿傳》：“妾聞男子生而桑弧蓬矢以射四方，丈夫壯而立身揚名以顯父母，豈可以恩情之篤而誤功名之期乎？”清代李漁《閒情偶寄·賓白》：“欲作傳奇，不可不存桑弧蓬矢之志。”同桑弧之志。

【桑間濮上】 sāng jiān pú shàng 桑間：古時衞國的地名。濮：濮水，流經古衞地，桑間即在濮水之上。《禮記·樂記》：“桑間濮上之音，亡國之音也。”《漢書·地理志下》：“（衞地）有桑間濮上之阻，男女亦亟聚會，聲色生焉。”後用“桑間濮上”借指淫樂淫風或男女幽會。章炳麟《覆浙江新教育會書》：“入學之年齡未定，長稚多不整齊，而遽使男女同校，其不為桑間濮上者幾希。”郭沫若《蔡文姬》四幕：“我彈的不是靡靡之音，我唱的也不是桑間濮上之辭，我所彈的唱的就是我自己做的《胡笳十八拍》。”宮正《春歸》：“古人的所謂‘桑間濮上’當與今日紅燈區差不多了，但那樣的春色不免是荒淫和泯滅了罪惡與道德的，也是心地高雅的人不屑光顧的。”同濮上桑間、靡靡之音。

【桑榆晚景】 sāng yú wǎn jǐng 見“桑榆暮景”。

【桑榆暮景】 sāng yú mù jǐng 桑榆：桑樹和榆樹。景：日光。夕陽散射桑榆樹梢的黃昏景象。比喻晚年、垂暮之年。也作“桑榆晚景”。宋代蘇軾《罷登州謝杜宿州啟》：“桑榆晚景，忽蒙收錄之恩；山海名邦，得竊須臾之樂。”元代尚仲賢《柳毅傳書》一折：“教子讀書志未酬，桑榆暮景且淹留。”明代沈鯨《雙珠記·避兵失侶》：“桑榆暮景兩尫羸，怎禁這顛沛。”同桑榆之景。反旭日東昇、如日中天。

【桑樞甕牖】 sāng shū wèng yòu《莊子·讓王》：“蓬戶不完，桑以為樞而甕牖。”樞：門上的轉軸。牖：窗戶。用桑木做門軸，用破甕做窗。形容貧寒人家。元代關漢卿《裴度還帶》一折：“久淹在桑樞甕牖，幾時能勾畫閣樓台。”◇從小在鄉村長大，桑樞甕牖，備受艱辛，所以很早就懂得勤奮上進。反深宅大院、綠瓦紅牆。

【梵冊貝葉】 fàn cè bèi yè 梵：梵文，古印度文。以梵文寫在貝多羅樹葉上的佛經。泛指佛教經典。清代龔自珍《正〈大品彌陀經〉魏譯》：“梵冊貝葉，以意增損，以意排比，以意合之分之，譯者從而受之。”◇遙想佛教初興之時，高僧們捧着梵冊貝葉吟誦研讀，把經典一直傳承下來。

【梧鼠之技】 wú shǔ zhī jì《荀子·勸學》：“螣蛇無足而飛，梧鼠五技而窮。”梧鼠：鼫鼠，據説有五種技能，但都不精。後用“梧鼠之技”比喻技能雖多，但無濟於事。章炳麟《駁康有為論革命書》：“嗚呼哀哉！‘南海聖人’，多方善療，而梧鼠之技，不過於五，亦有時而窮矣。”◇她自以為多才多藝，誰都看不起，其實她那點能耐，充其量不過是梧鼠之技。

【桴鼓相應】 fú gǔ xiāng yìng 桴：鼓槌。用鼓槌打鼓，鼓立即發出聲音。比喻互相應和，緊密配合。《漢書·李尋傳》：“順之以善政，則和氣可立致，猶枹鼓之相應也。”清代康範生《與周減齋論王於一古文》：“當海內承平，文事方盛時，即吾鄉會城先正尚存，典型猶在，而同郡以及臨汝、吉陽諸郡，皆家奉敦盤，人立旗幟，與海內能文之士，聲氣四馳，桴鼓相應。”郭沫若《洪波曲》九章三：“這些團體和三廳的工作是能夠桴鼓相應的。”反各行其是。

【梯山航海】 tī shān háng hǎi 設繩梯攀登高山，駕船在海上航行。❶形容翻山越嶺，涉洋渡海，非常艱難。唐代平曾《留別薛射》詩：“梯山航海幾崎嶇，來謁金陵薛大夫。”清代譚嗣同《仁學》二三：“況輪船、鐵路、電線、德律風之屬，幾縮千程於咫尺，玩地球若股掌，梯山航海，如履戶閾。”◇島上的山石是典型的火山噴出巖，可運出去作砌路用的石板，正因為有此資源，才有了“梯山航海，視若戶庭”的海居人家。❷形容地域廣大，需要長途跋涉、渡海越江才能由此地達彼地。《宋書•明帝紀》：“日月所照，梯山航海；風雨所均，削衽襲帶。所以業固盛漢，聲溢隆周。”同 航海梯山。

【梨花帶雨】lí huā dài yǔ 像帶着雨點的梨花一樣。形容美女泣下如雨時的姿容。唐代白居易《長恨歌》：“玉容寂寞淚闌干，梨花一枝春帶雨”。後用“梨花帶雨”形容女子容貌嬌豔。《封神演義》四回：“紂王定睛觀看，見妲己烏雲疊鬢，杏臉桃腮，淺淡春山，嬌柔柳腰，真似海棠醉日，梨花帶雨。”

【梨園子弟】lí yuán zǐ dì 見“梨園弟子”。

【梨園弟子】lí yuán dì zǐ 也稱“梨園子弟”。❶ 唐玄宗時宮廷歌舞藝人的統稱。梨園：玄宗教練宮廷歌舞藝人的地方。《新唐書•禮樂志》記載，玄宗既懂得音律，又酷愛法曲（一種古代樂曲，因其用於佛教法會而得名），挑選了三百名坐部伎子弟（在堂上坐着奏樂的歌舞伎），親自在梨園教授，聲音有錯誤的地方，玄宗一定能察覺並更正之。這些歌舞伎號稱“皇帝梨園弟子”。還有數百名宮女，也是梨園弟子，住在宜春北院。唐代白居易《長恨歌》：“梨園弟子白髮新，椒房阿監青娥老。”《警世通言•李謫仙醉草嚇蠻書》：“玄宗天子移植於沉香亭前，與楊貴妃娘娘賞玩，詔梨園子弟奏樂。”❷ 唐以後泛稱歌舞藝人及戲曲演員。元代商道《月照庭•問花》套曲：“鉛華滿樹添粧次，遠勝梨園弟子。”清代和邦額《夜譚隨錄•倩霞》：“藩府多梨園子弟，皆極一時之選，有貼旦名珍兒者，尤姣媚。”《儒林外史》三十回：“擇於五月初三日，莫愁湖湖亭大會。通省梨園子弟各班願與者，書名畫知，屆時齊集湖亭，各演雜劇。”

【條分縷析】tiáo fēn lǚ xī 一條條地詳加分析。也形容分析得縝密而有條理。明代顧爾行《刻〈文體明辨〉序》：“先生多著述行於世……文各標其體，體各歸其類，條分縷析，凡若干卷云。”清代侯方域《代司徒公屯田奏議》：“條分縷析，期於明便可行，算計見效。”朱自清《懷魏握清君》：“他源源本本，條分縷析地將形勢剖解給我聽。”◇律師就涉及的法律問題條分縷析，一一講給她聽。同 縷析條分。反 茫無頭緒、亂七八糟。

【條條框框】tiáo tiáo kuàng kuàng 指束縛人的各種規章制度。◇要想發揮人的創造能力，必須從繁瑣的條條框框裏解脫出來。

【棒打鴛鴦】bàng dǎ yuān yāng 用棍棒打散成雙成對的鴛鴦。此喻用強硬手段拆散恩愛的夫妻或情侶。明代孟稱舜《鸚鵡墓貞文記•死要》：“他一雙兒女兩情堅，休得棒打鴛鴦作話傳。”◇家裏是婆婆專政，看媳婦兒左右不順眼，橫挑豎剔，日子一久，積怨仇深，終於棒打鴛鴦，把媳婦兒趕了出去。

【棋逢對手】qí féng duì shǒu 比喻雙方本領或實力不相上下。元代無名氏《百花亭》二折：“高君也，喒兩箇棋逢對手。”《西遊記》三四回：“他兩個在半空中，這場好殺。棋逢對手，將遇良才。”同 棋逢敵手。

【森羅萬象】sēn luó wàn xiàng 世界上各種各樣紛繁羅列的事物和現象。《五燈會元•舒州白雲守端禪師》：“乾坤大地，日月星辰，森羅萬象。”宋代廖行之《和周少晢詠梅》：“銀色諸天渺不窮，森羅萬象匪磨鎔。”魯迅《華蓋集續編•馬上日記》：“在宇宙的森羅萬象中，我的胃痛當然不過是小事，或者簡直不算事。”同 萬象森羅。

【焚林而田（畋）】fén lín ér tián 田：狩獵。焚燒森林來獵取野獸。比喻一味只顧眼前利益，殺雞取卵，攫取不留餘地。《韓非子•難一》：“焚林而田，偷取多獸，後必無獸；以詐遇民，偷取一時，後必無復。”宋代秦觀《李訓論》：“焚林而畋，明年無獸；竭澤而漁，明年無魚。”同 竭澤而漁、殺雞取卵。

【焚香頂禮】fén xiāng dǐng lǐ 燃香跪拜，表示極其崇拜。頂禮：跪伏於地，以頭碰及尊者之足，是佛教徒最虔誠最尊敬的禮節。元代無名氏《謌江亭》一折：“人生在世長安樂了那，焚香頂禮則箇謝皇天呵！”明代周楫《西湖佳話•六橋才跡》：“今又聽得他來，不勝歡喜，大家都打點焚香頂禮遠接。”同 焚香禮拜、頂禮膜拜。

【焚屍揚灰】fén shī yáng huī 見“焚骨揚灰”。

【焚骨揚灰】fén gǔ yáng huī 焚燒屍骨，拋撒骨灰。古人以為是對死者最嚴酷的懲處。多形容痛恨至極。《梁書•侯景傳》：“曝屍於建康市，百姓爭取屠膾噉食，焚骨揚灰。”《資治通鑒•唐肅宗至德元載》：“上嘗從容與泌語及李林甫，欲敕諸將克長安，發其冢，焚骨揚灰。泌曰：‘陛下方定天下，奈何讎死者？彼枯骨何知，徒示聖德之不弘耳。’”也作“焚屍揚灰”、“挫骨揚灰”。清代錢泳《履園叢話•燒坯》：“其母恨禮甚，又詣刑部，請照陶和氣例，凌遲後焚屍揚灰。”《兒女英雄傳》三回：“倘然要把老爺的這項銀子耽擱了，慢説我就挫骨揚灰，也抵不了這罪過。”

【焚書坑儒】fén shū kēng rú 公元前213年，秦始皇採納李斯建議，除秦紀、醫藥、卜筮、農書之外，焚燒民間所藏《詩》、《書》、百家等典籍；次年又在咸陽坑殺儒生四百六十餘人，史稱“焚書坑儒”。後用以指破壞文化和殘害知識分子。《〈尚書〉序》：“秦始皇滅先代典籍，焚書坑儒，天下學士逃難解散。”鄒韜奮《思想犯罪》：“在我國歷史上，壓迫思想的模範人物殆莫善於焚書坑儒的秦始皇。”

【焚琴煮鶴】fén qín zhǔ hè 宋代胡仔《苕溪漁隱叢話前集•西崑體》引《西清詩話》：“《義山雜纂》品目數十，蓋以文滑稽者。其一曰殺風景，謂清泉濯足，花上曬褌，背山起樓，燒琴煮鶴，對花啜茶，松下喝道。”説把仙鶴煮着吃，把琴當柴燒，乃大殺風景之事。後用“焚琴煮鶴”、“燒琴煮鶴”比喻魯莽庸俗，糟蹋美好事物。宋代洪適《滿江紅》詞：“吹竹彈絲誰不愛，焚琴煮鶴人何肯？”《醒世恆言•賣油郎獨佔花魁》：“焚琴煮鶴從來有，惜玉憐香幾個知！”清代袁枚《隨園詩話》卷一六：“國初説書人柳敬亭、歌者王紫稼，皆見名人歌詠。王以黯昧事，為李御史杖死，有燒琴煮鶴之慘。”

【焚膏繼晷】fén gāo jì guǐ 膏：借指油燈。晷：日光。唐代韓愈《進學解》：“焚膏油以繼晷，恆兀兀以窮年。”説點燃燈燭繼日光照明。後用“焚膏繼晷”形容夜以繼日地勤奮工作或學習。宋代周密《齊東野語•譏不肖子》：“所謂焚膏繼晷者，非為身計，正為門戶計。”清代紀昀《閱微草堂筆記•灤陽消夏錄一》：“世儒於此十三部，或焚膏繼晷，鑽仰終身，或鍛煉苛求，百端掊擊，亦各因其性識之所根耳。”◇自當局長以來，即使焚膏繼晷，也應付不了那些繁瑣的政務。同 夜以繼日、夙興夜寐。

【棟折榱崩】dòng shé cuī bēng 棟：房屋的正樑。榱：椽子。棟樑折斷，椽子腐爛，房倒屋塌。多比喻國家傾覆或大人物去世。《左傳•襄公三十一年》：“子於鄭國，棟也。棟折榱崩，僑將厭焉，敢不盡言。”厭：同“壓”。宋代徐鉉《故唐衛尉卿保定郡公徐公墓誌銘》：“嗚呼！星回日薄，棟折榱崩，命有所懸，義無苟免。”孫中山《護法宣言》：“諸君雖處境不同，置籍於中華民國則一，棟折榱崩，豈無懼焉。”

【棟樑(梁)之材】dòng liáng zhī cái 棟樑：正樑和檁子。可以做房屋正樑的大木料。《三國演義》七八回：“蘇越畫成九間大殿，前後廊廡樓閣，呈與操。操視之曰：‘汝畫甚合孤意，但恐無棟梁之材。’”多比喻能擔負國家重任的人材。唐代韓愈《為人求薦書》：“及至匠石過之而不睨，伯樂遇之而不顧，然後知其非棟梁之材、超逸之足也。”宋代胡繼忠《書言故事•花木類》：“稱人才幹，云有棟樑之材。”同 棟樑之器。反 斗筲之材。

【椎心泣血】chuí xīn qì xuè 捶打胸膛，哭得眼中出血。形容極度悲痛。漢代李陵《答蘇武書》：“何圖志未立而怨已成，計未從而骨肉受刑，此陵所以仰天椎心而泣血也。”唐代李商隱《祭裴氏姊文》：“椎心泣血，孰知所訴。”《武昌革命真史•武昌起義》：“本都督每讀史至此，未嘗不掩卷太息椎心泣血也。”同 悲痛欲絕、痛不欲生。反 歡天喜地、尋歡作樂。

【棘地荊天】jí dì jīng tiān 天上和地下佈滿荊棘。形容遭遇變亂後的殘破荒涼景象，或比喻道路艱險、處境艱難。清代丘逢甲《八疊韻有感於今之言理財者賦以示王非專為蜀言也》："花開果落三千歲，棘地荊天四百州。"《文明小史》一五回："從此棘地荊天，無路可走；想那古人李太白做的詩，有甚麼《行路難》一首，現在卻適逢其會了。" 同 荊天棘地、荊棘載地。

【集思廣益】jí sī guǎng yì 廣：增加、擴展。三國蜀諸葛亮《教與軍師長史參軍掾屬》："夫參署者，集眾思，廣忠益也。"後以"集思廣益"指集中眾人的智慧，徵得更多的好意見，獲取最大的成效。宋代魏了翁《跋晏元獻公帖》："先朝一政一令必集思廣益，孰復而後行之，其審重蓋若此。"《老殘遊記》三回："但凡聞有奇才異能之士，都想請來，也是集思廣益的意思。" 反 獨斷專行。

【集腋成裘】jí yè chéng qiú 聚集許多狐狸腋下的毛皮就能縫成一件皮袍。《慎子•知忠》："狐白之裘，蓋非一狐之皮也。"後以"集腋成裘"比喻積少成多。《兒女英雄傳》三回："如今弄多少是多少，也只好是集腋成裘了。"《官場現形記》一一回："他這會就去同人家商量，想趁此機會捐過知縣班。果然一齊應允，也有二百的，也有一百的，也有五十的，居然集腋成裘，立刻到捐局裏填了部照出來。"孫中山《香港興中會宣言》："各會友好義急功，自能惟力是視，集腋成裘，以助一臂。" 同 聚沙成塔。

【棄之可惜】qì zhī kě xī 留着用處不大，扔掉又有些可惜。《三國志•武帝紀》"備因險拒守"裴松之注引晉代司馬彪《九州春秋》："時王欲還，出令曰'雞肋'，官屬不知所謂。主簿楊脩便自嚴裝，人驚問脩：'何以知之？'脩曰：'夫雞肋，棄之如可惜，食之無所得，以比漢中，知王欲還也。'"魯迅《准風月談•後記》："因為這是一篇我們的'改悔的革命家'的標本作品，棄之可惜，謹錄全文。" 反 棄若敝屣、視如草芥。

【棄本逐末】qì běn zhú mò ❶ 指放棄農桑從事工商等事業。本：本業，古指農業。末：末業，古指商貿。《呂氏春秋•上農》："民舍本而事末則不令，不令則不可以守，不可以戰；民舍本而事末則其產約，其產約則輕遷徙，輕遷徙則國家有患，皆有遠志，無有居心。"《漢書•食貨志下》："民心動搖，棄本逐末，耕者不能半，姦邪不可禁。"《舊唐書•韋湊傳》："三輔農人，趨目前之利，捨農受傭，棄本逐末。"清代顧炎武《錢糧論》上："吳徐知誥從宋齊丘之言，以為錢非耕桑所得，使民輸錢，是教之棄本逐末也。" ❷ 捨棄根本的、主要的，追求枝節的、次要的，本末倒置。《魏書•敬宗紀》："又元天穆宗室末屬……不能竭其忠誠以奉家國，乃復棄本逐末，背同即異，為之謀主，成彼禍心。"五代王定保《唐摭言•兩監》："爾後物態澆漓，稔於世祿，以京兆為榮美，同華為利市，莫不去實務華，棄本逐末。"清代惲敬《答鄧鹿耕書》："惟小人棄本求末，不務脩德，止求吉葬。"◇不提升產品質量，只在包裝上下功夫，豈不是棄本逐末？ 同 捨本求末、本末倒置。

【棄甲曳兵】qì jiǎ yè bīng 丟掉鎧甲，拖着兵器。❶ 形容打敗仗、潰不成軍的狼狽相。《孟子•梁惠王上》："填然鼓之，兵刃既接，棄甲曳兵而走。"《唐史演義》五四回："李歸仁等，到此不能再戰，棄甲曳兵，逃回城中。" ❷ 泛指失敗或放棄。梁啟超《申論種族革命與政治革命之得失》："於是乎所謂國民總意說，不得不棄甲曳兵，設遁詞焉，而變為國民多數說。" 同 丟盔卸甲、丟盔棄甲。反 擐甲執銳、所向披靡。

【棄如敝屣】qì rú bì xǐ 見"棄若敝屣"。

【棄邪歸正】qì xié guī zhèng 拋棄邪惡的行為，回到正道上來。《水滸傳》九一回："將軍棄邪歸正，與宋某等同替國家出力，朝廷自當重用。"《說岳全傳》五二回："兄弟何不棄邪歸正，投降宋朝？"陳天華《猛回頭》："棄邪歸正，共結同盟，驅除外族，復我漢京。” 同 棄邪從正、改邪歸正。反 執迷不悟、頑固不化。

【棄若敝屣】qì ruò bì xǐ 像扔破鞋子似的拋棄掉。《孟子·盡心上》：“舜視棄天下，猶棄敝蹝。” 蹝：同“屣”。後用“棄若敝屣”、“棄如敝屣”比喻毫不可惜或毫不在意。宋代陳亮《祭錢伯同母碩人文》：“被兵日少，有此山川……棄如敝屣，聖明當天。” 李大釗《警告全國父老書》：“國際宣言，棄若敝屣，是不信也。” 同 如棄敝屣、棄如弁髦。反 人棄我取、故舊不棄。

【棄瑕錄用】qì xiá lù yòng 瑕：玉上的斑點。不計較其人的缺點過失，從大處着眼加以任用。三國吳陸瑁《與暨絕書》：“夫聖人喜善矜愚，忘過記功，以成美化。加今王業始建，將一大統，此乃漢高棄瑕錄用之時也。” 南朝梁丘遲《與陳伯之書》：“聖朝赦罪責功，棄瑕錄用，推赤心於天下，安反側於萬物。” 唐代陸贄《貞元九年冬至大禮大赦制》：“舍己從人，故能通天下之志；棄瑕錄用，故能盡天下之才。” 蔡東藩《民國通俗演義》九十回：“王汝賢等當深體中央棄瑕錄用之意，嚴申約束，激勵將士，將在湘逆軍，迅予驅除，以贖前愆。” 同 用人所長。反 求全責備。

【棄暗投明】qì àn tóu míng 脫離沒有前途的一方，投奔有光明前途的一方。明代梁辰魚《浣紗記·交戰》：“老夫不知就是范大夫……何不反邪歸正，棄暗投明？”《三俠五義》六回：“眾位弟兄何不設法棄暗投明，與國出力，豈不是好？” 同 改邪歸正、棄邪歸正。反 明珠暗投。

【棄舊圖新】qì jiù tú xīn 拋棄舊的，謀求新的，或改正錯的，轉為正確的。唐代韓愈《上宰相書》：“忽將棄其舊而新是圖，求老農老圃而為師。悼本志之變化，中夜涕泗交頤。” 宋代陸九淵《與鄧文範書》：“昨晚得倉台書，謂別後稍棄舊而圖新，了然未有所得。” 秦牧《鐵鑄的足印》：“一個人可以棄舊圖新，寫上自己歷史嶄新的一頁，但是，卻不能夠‘從零開始’，重新寫自己的歷史。” 同 迷途知返。反 一意孤行。

【楚弓楚得】chǔ gōng chǔ dé《公孫龍子·跡府》：“楚王張繁弱之弓，載忘歸之矢，以射蛟、兕於雲夢之圃，而喪其弓。左右請求之。王曰：‘止。楚王遺弓，楚人得之，又何求乎？’” 說楚國人遺失的弓，撿到的仍是楚國人。後比喻利益沒有流失到外面，還是留在自己內部。《兒女英雄傳》一七回：“這張弓原是他刻不可離的一件東西……這個東西送上門來，楚弓楚得，豈有再容他已來復去的理？” 同 楚得楚弓。

【楚水吳山】chǔ shuǐ wú shān 中國長江中下游地區，歷史上曾是楚國和吳國屬地。故用“楚水吳山”借指長江中下游地區，或泛稱中國南方地區。唐代賈至《送李侍郎赴常州》詩：“雪晴雲散北風寒，楚水吳山道路難。” 元代馬臻《漫成四十二首》之十二：“野花芳草三春夢，楚水吳山兩地愁。” ◇方丈一生芒鞋竹杖，度嶺穿雲，遍歷楚水吳山。同 吳山楚水、楚尾吳頭。

【楚囚對泣】chǔ qiú duì qì 像囚犯那樣相對流淚。楚囚：身為囚犯的楚國人。南朝宋劉義慶《世說新語·言語》：“過江諸人，每至美日，輒相邀新亭，藉卉飲宴。周侯中坐而歎曰：‘風景不殊，正自有山河之異！’ 皆相視流淚。唯王丞相愀然變色，曰：‘當共戮力王室，克復神州，何至作楚囚相對！’” 後表示對國家喪敗淪亡無限傷痛，卻又無可奈何。宋代楊萬里《新亭送客》詩：“柏壁置人先一笑，楚囚對泣後千年。” 元代郝經《秋風賦》：“何乃作楚囚對泣，竟不為魯連、毛遂，而漫為宋玉之悲邪。” 明代張溥《五人墓碑記》：“吾固知詔使必至，毋效楚囚對泣！”

【楚材晉用】chǔ cái jìn yòng 楚國的人材被晉國所用。說人才外流，為他人所用。《左傳·襄公二十六年》載：楚聲子出使晉國回來，令尹子木問他，晉大夫和楚大夫誰賢能？聲子回答說：晉卿比不上楚卿，但是它的大夫賢於楚，都是可以任卿的人材，這些人材大多出自楚國，如今晉國卻在用他們。《晉書•職官志》："秦奚、鄭產，楚材晉用，斯亦曩時之良具，其又昭彰者焉。"清代吳任臣《十國春秋•孟堅陳誨等傳論》："孟堅、陳誨、林仁肇，皆閩故將也，先後歸唐行間效力，豈非所云'楚材晉用'邪？"◇如果感情不留人，環境不留人，人才只好走人，到那時任你感慨"楚材晉用"又有何用？

【楚尾吳頭】 chǔ wěi wú tóu 見"吳頭楚尾"。

【楚河漢界】 chǔ hé hàn jiè ❶指鴻溝。秦末楚漢相爭，劉邦、項羽曾在今河南鴻溝對壘，後又作為楚、漢的邊界。後比喻事物的分界線。◇減肥一定要掌握節食和健康的楚河漢界，過度節食會影響健康。❷中國象棋棋盤中間常寫"楚河漢界"四字，後用以代稱中國象棋。◇楚河漢界有儒帥，談笑說盡興亡事。

【楚楚可人】 chǔ chǔ kě rén ❶形容女子姿容清秀嬌美，悅人心意。清代袁枚《隨園詩話》卷一二："中多女郎，簪山花，浣衣溪口，坐溪石上。與語，了無驚猜，亦不作態，楚楚可人。"◇遠遠望到她的倩影，清秀脫俗，楚楚可人。❷形容花草及其他小物件小巧玲瓏，惹人喜愛。蘇曼殊《碎簪記》："此數片小花，作金魚紅色者，亦楚楚可人。"◇寶寶的胸口繫着的蝴蝶結顯得楚楚可人。同 楚楚可憐、楚楚動人。

【楚楚可憐】 chǔ chǔ kě lián 可憐：可愛，招人喜歡。❶形容幼樹生機勃勃、茂盛挺立，令人喜愛。也形容小動物、小物品等討人喜歡。《晉書•孫綽傳》："松樹子非不楚楚可憐，但永無棟梁用耳。"◇楚楚可憐的小花貓偎依在女主人身邊，像在聆聽她們的談話。❷形容兒童、少年外貌清秀出眾，引人喜愛。明代屠隆《為瞿睿夫訟冤書》："子甲髮纔覆額，短衣，楚楚可憐。"◇在街頭雜耍的小女孩，技藝高超，楚楚可憐。❸形容女子容貌嬌柔嫵媚，惹人喜招人愛。清代許豫《白門新柳記•喜齡》："（喜齡）偶抱恙……雖雲鬢蓬鬆，而意態幽閒，大有楚楚可憐之致。"❹形容女子神情淒慘，令人憐憫。◇她裝出一副楚楚可憐的樣子，他不便再難為她，只好作罷。同 楚楚可人、楚楚動人。

【楚楚動人】 chǔ chǔ dòng rén ❶形容突出、鮮明，引人注目。明代石珤《送彭師舜得告歸省序》："悠揚醞藉，精神楚楚動人，固知其少年士也。"❷形容女子、花卉、器物等嬌柔美豔或別致精美，惹人喜愛，動人心弦。《宦海鐘》二回："到了十六七歲，生得面如滿月，又會修飾，雖是家常妝束，亦自楚楚動人。"◇江浙一帶的女孩，不僅容貌嬌好，而且說話珠圓玉潤，別有一種楚楚動人的風致。同 楚楚可人、楚楚可憐。

【楚夢雨雲】 chǔ mèng yǔ yún 戰國楚宋玉《高唐賦》："昔者先王嘗遊高唐，怠而晝寢，夢見一婦人曰：'妾，巫山之女也，為高堂之客。聞君遊高唐，願薦枕席。'王因幸之。去而辭曰：'妾在巫山之陽，高丘之阻，旦為朝雲，暮為行雨。朝朝暮暮，陽台之下。'"後用"楚夢雨雲"指男女歡會、親昵。清代孔尚任《桃花扇•餘韻》："院院宮妝金翠鏡，朝朝楚夢雨雲牀。"也作"楚夢雲雨"◇她站在合歡樹下癡癡地想：明年和他在這裏楚夢雲雨的究竟會是誰呢？同 雲雨巫山、巫山雲雨。

【楚夢雲雨】 chǔ mèng yún yǔ 見"楚夢雨雲"。

【楚館秦樓】 chǔ guǎn qín lóu 楚靈王築章華宮，挑選細腰美人住在裏面，供他享樂；秦穆公女弄玉善於吹簫，秦穆公專為她築高樓名"鳳樓"。後以"楚館秦樓"稱歌榭妓院等尋歡作樂的場所。元代張國寶《薛仁貴》三折："也不知他在楚館秦樓貪戀着誰，全不想養育的深恩義。"《青樓夢》一五回："楚館秦樓勢利場，金多金少見炎涼。"同 秦樓楚館。

【極而言之】 jí ér yán zhī 極：窮盡。把話說到窮盡的地步；把話說到底。宋代朱熹《答李孝述繼善問目》："極而言之，則人道周乎四海，無非五常之為。"元代王申子《大易緝說•革》"天地革而四時成"："極而言之，天地陰陽相為代謝，以成四時者，亦革而當也。”◇極而言之，他是想趁年輕，闖蕩一番。

【極深研幾】jí shēn yán jī《易經•繫辭上》：“夫《易》，聖人之所以極深而研幾也。”極：探索。研：研究。深：深奧的道理。幾：隱微不顯的道理。指探索研究深奧隱微的道理。唐代楊炯《中書令汾陰公薛振行狀》：“能備九德，兼資百行，探賾索隱，極深研幾。”宋代范希文《上晏侍郎書》：“凡今之人生於太平，非極深研幾，豈斯言之信哉？”

【極樂世界】jí lè shì jiè 佛教名詞。説佛居住的地方，一切都圓滿完備，沒有苦難，只有快樂。後泛指快樂無愁的理想世界。《佛説阿彌陀經》：“其國眾生，無有眾苦，但受諸樂，故名極樂。”唐代白居易《畫西方幀記》：“極樂世界清淨土，無諸惡道及諸苦。願如老身病苦者，同生無量壽佛所。”清代周召《雙橋隨筆》卷五：“黃九煙先生託人覓居。問所欲，曰：‘但欲無兵，無盜賊，又須有酒，有魚蝦，所願如此。’……以今觀之，非極樂世界耶？”

【楊花水性】yáng huā shuǐ xìng 楊花：即柳絮。柳絮飄揚，水性流動，比喻輕薄女子用情不專。明代無名氏《小孫屠》：“你休得假惺惺，楊花水性無憑準。”《官場現形記》四三回：“那女人名喚愛珠，本是漢口窯子裏的人……楊花水性。”同 水性楊花、朝秦暮楚。反 一心一意。

【楞手楞腳】lèng shǒu lèng jiǎo 形容人非常冒失、魯莽。◇那傢伙楞手楞腳，甚麼事都會幹得出來。反 謹小慎微、臨深履薄。

【概莫能外】gài mò néng wài 所有的、任何情形下的，都不能例外。◇法律面前人人平等，概莫能外 / 要想過好日子，就得辛苦，就得努力，別無他法，概莫能外。

【業精於勤】yè jīng yú qín 學業上要有精深的造詣就必須勤奮。唐代韓愈《進學解》：“業精於勤，荒於嬉。”元代劉仁本《鈍庵記》：“曷若魯鈍自持力學以進，惟日孜孜，業精於勤，勉焉弗怠，庶幾成德。”◇俗話説業精於勤，只要積極進取，持之以恒，誰都會取得成績的。

【模稜兩可】mó léng liǎng kě《舊唐書•蘇味道傳》：“處事不欲決斷明白，若有錯誤，必貽咎譴，但摸稜以持兩端可也。”摸稜，摸着一物的兩條稜。後變為“模稜兩可”，形容遇事既不肯定也不否定，態度含糊，不明確。《明史•余珊傳》：“堅白異同，模稜兩可，是蓋大奸似忠，大詐似信。”◇她怕得罪人，對別人的意見，總是模稜兩可，含混其詞。同 依違兩可。

【槍林彈雨】qiāng lín dàn yǔ 槍桿像樹林一樣多，子彈密如雨下。形容火力密集或戰況激烈。清代百一居士《壺天錄》卷下：“營兵往捕……槍林彈雨中，虎乃斃。”◇我是軍人出身，槍林彈雨都過來了，難道還怕你麼！同 親當矢石。

【槁木死灰】gǎo mù sǐ huī 乾枯的樹木和熄滅後的冷灰。《莊子•齊物論》：“形固可使如槁木，而心固可使如死灰乎？”後以“槁木死灰”比喻死氣沉沉，沒有半點生氣，或心灰意冷，對一切事情都無動於衷。宋代陳淳《答西蜀史杜諸友書》：“在初學者，理未明，識未精，終日兀坐，是乃槁木死灰，其將何用？”《紅樓夢》四回：“這李紈雖青春喪偶，且居處於膏粱錦繡之中，竟如槁木死灰一般，一概不問不聞。”同 死灰槁木、心如死灰。反 生機勃勃、生機盎然。

【標新立異】biāo xīn lì yì《世説新語•文學》：“支道林在白馬寺中，將馮太常共語，因及《逍遙》，支卓然標新理於二家之表，立異義於眾賢之外。”後以“標新立異”指提出新見解、新説法，另立與眾不同的新論，或者別出心裁，搞新花樣。《隋唐演義》三一回：“但今作者，止取體豔句嬌，標新立異而已，原沒甚骨力規則。”巴金《春》五：“人家都這樣講，這樣做，要是你一個人偏偏標新立異，人家就要派你不是了。”李六如《六十年的變遷》第八章：“大家都説興業工廠好標新立異，喜歡趕時髦。”同 另闢蹊徑、別出心裁。反 人云亦云、抱殘守缺。

【樗櫟庸材】chū lì yōng cái《莊子•逍遙遊》："吾有大樹，人謂之樗。其大本臃腫而不中繩墨，其小枝卷曲而不中規矩，立之塗，匠者不顧。"《莊子•人間世》："匠石之齊，至于曲轅，見櫟社樹。其大蔽數千牛……是不材之木也，無所可用。"樗：臭椿。櫟：柞樹。樗櫟都是不成材的樹木。後用"樗櫟庸材"比喻平庸無能的人。常用為謙詞。唐代楊炯《隰川縣令李公墓誌銘》："炯樗櫟庸材，瓶筲小器。"《三國演義》三六回："玄德曰：'天下高賢，無有出先生右者。'庶曰：'某樗櫟庸材，何敢當此重譽。'"清代陳維崧《宮紫玄先生春雨草堂詩序》："崧樗櫟庸材，菰蘆下士，當年龍厩差有姓名，舊日射棚頗多儔侶。"同 樗櫟之材、樗櫟凡材。反 棟樑之材。

【樑(梁)上君子】liáng shàng jūn zǐ《後漢書•陳寔傳》載，有個竊賊夜入陳寔家裏，躲在屋樑上，被陳發現，陳稱竊賊為"梁上君子"。後世用以借指竊賊。宋代蘇軾《東坡志林•梁上君子》："近日頗多賊，兩夜皆來入吾室。吾近護魏王葬，得數千緡，略已散去，此梁上君子當是不知耳。"《聊齋誌異•某乙》："邑西某乙，故梁上君子也。"反 謙謙君子。

【樂山樂水】yào shān yào shuǐ 樂：喜好。《論語•雍也》："知（智）者樂水，仁者樂山。知者動，仁者靜。"説智者喜愛水，是"動"的品格；仁者喜歡山，是"靜"的品格。後以"樂山樂水"指：❶ 智者與仁者的不同品德。宋代朱熹《朱子語類》卷三二："惟聖人兼仁知（智），故樂山樂水皆兼之。自聖人而下，成就各有偏處。"❷ 鍾情於山水之間，喜愛遊山玩水。宋代饒節《贈呂無求縣丞約遊嵩少》詩："樂山樂水自仁智，爭利爭名渠市朝。"元代方時發《九華詩集》序："昔詩人陳清隱巖，負其樂山樂水之趣，遍遊歷覽，隨寓吟詠。"明代顧允成《簡薛玄台國博》："善卷之行，可稱絕勝……樂山樂水猶為俗染耶？"❸ 愛好不同或看法不同。宋代程顥、程頤《二程外書》卷七："樂山樂水，氣類相合。"◇樂山樂水，各人的看法不同，不要強迫人家接受你的觀點，順從你的理念。同 智者樂水，仁者樂山。

【樂天知命】lè tiān zhī mìng 天：指天道，命運的主宰者。説樂意於天道的安排，知道命運之所在，順乎自然，不強求。《易經•繫辭上》："樂天知命，故不憂。"漢代揚雄《法言•修身》："聖人樂天知命，樂天則不勤，知命則不憂。"唐代韓愈《與崔群書》："樂天知命者，固前修之所以禦外物者也。"《儒林外史》八回："近來我在林下，倒常教他做幾首詩，吟詠性情，要他知道樂天知命的道理，在我膝下承歡便了。"同 知命樂天。

【樂不思蜀】lè bù sī shǔ 蜀漢亡國後，後主劉禪住在魏國首都洛陽，仍過着奢侈的生活。一天，司馬昭問他想不想念西蜀，他説："此間樂，不思蜀。"後用"樂不思蜀"比喻樂而忘返或樂而忘本。事見《三國志•後主傳》注引《漢晉春秋》。《掃帚迷》六回："赴金陵鄉試，往釣魚巷獵豔，與妓女玉蘭有嚙臂盟，從此數月不歸，大有此間樂不思蜀之意。"◇在巴黎揮金如土，竟至樂不思蜀，流連忘返。同 樂而忘返。反 歸心似箭。

【樂以忘憂】lè yǐ wàng yōu《論語•述而》："女奚不曰：'其為人也，發憤忘食，樂以忘憂，不知老之將至云爾。'"説一心都在追求理想、實現自己的志向，樂道安貧，沒有憂愁可言。《漢書•楊惲傳》："君子遊道，樂以忘憂；小人全軀，説（悦）以忘罪。"明代高濂《遵生八牋•法真》："處士法真，體兼四業，學窮典奧，幽居恬泊，樂以忘憂。"後多指沉浸在眼前的快樂中，憂愁都忘得乾乾淨淨。唐代駱賓王《與博昌父老書》："田家濁酒，樂以忘憂。"元代錢霖《哨遍》曲："一味的驕而且吝，甚的是樂以忘憂。"蔡東藩《慈禧太后演義》一五回："先皇帝的梓宮尚未奉安，善後事宜亦未辦妥，難道好樂以忘憂麼？"同 無憂無慮、高枕無憂。反 憂心如焚、憂心忡忡。

【樂在其中】lè zài qí zhōng《論語•述而》："子曰：'飯蔬食，飲水，曲肱而枕之，樂亦在其中矣。'"後用"樂在其中"說快樂就在自己所享受的，或所追求的、所理想的事情當中。漢代蔡邕《與袁公書》："朝夕遊談，從學宴飲，酌麥醴、燔乾魚，欣欣焉樂在其中矣！"明代文徵明《送周君天保知來安敍》："憂得其道，樂在其中矣。"◇只要是自己喜歡的工作，再苦再累也會樂在其中。同 樂此不疲。

【樂而忘返】lè ér wàng fǎn 見"樂而忘歸"。

【樂而忘歸】lè ér wàng guī 快活得竟然忘記了回去。形容被某種事物所吸引，全身心都沉浸在其中。《史記·秦本紀》："造父以善御幸於繆王，得赤驥、溫驪、驊騮、騄耳之駟，西巡狩，樂而忘歸。"宋代蘇軾《睡鄉記》："其後山人處士之慕道者，猶往往而至，至則囂然，樂而忘歸，從以為之徒云。"明代程敏政《瀛州行樂圖記》："遊者乘小艇，絕流以入，釃酒繫鮮，使人竟日樂而忘歸。"也作"樂而忘返"。《晉書·苻堅載記上》："堅嘗如鄴，狩於西山，旬餘，樂而忘返。"《三俠五義》八九回："但凡有可以消遣處，不是十天，就是半月，樂而忘返。"清代施閏章《無可大師六十序》："士大夫之行過吉州者，鮮不問道青原，至則聞其言，未嘗不樂而忘返。"同 樂不思蜀、流連忘返。

【樂此不疲】lè cǐ bù pí《後漢書·光武帝紀下》："皇太子見帝勤勞不怠，承間諫曰：'陛下有禹湯之明，而失黃、老養性之福，願頤愛精神，優遊自寧。'帝曰：'我自樂此，不為疲也。'"後以"樂此不疲"指因喜愛做某事而沉浸其中，沒有厭倦疲憊之感。《兒女英雄傳》三八回："每問必知，據知而答，無答不既詳且盡，並且樂此不疲。"蔡元培《以美育代宗教說》："又如跳舞、唱歌，雖野蠻人亦皆樂此不疲。"

【樂極生悲】lè jí shēng bēi 快樂到了極點時，反轉來會發生悲痛的事情。元代無名氏《贈妓》曲："歎光陰白駒過隙，我則怕下場頭樂極生悲。"《紅樓夢》一三回："如今我們家赫赫揚揚，已將百載，一日倘或'樂極生悲'，若應了那句'樹倒猢猻散'的俗語，豈不虛稱了一世詩書舊族了？"同 樂極悲來、樂極悲生。反 否極泰來。

【樂善好施】lè shàn hào shī 樂於做善事，喜歡把財物施捨給窮困人家。《史記·樂書論》："聞徵音，使人樂善而好施。"明代歸有光《送毛君文高之任元城序》："君之先人，樂善好施。"《文明小史》五七回："所以他在外洋雖趕不上辭尊居卑的大彼得，卻可以算樂善好施的小孟嘗。"◇自從發了財就樂善好施，經常慷慨解囊，捐助公益事業。同 好善樂施、好施樂善。

【樂道安貧】lè dào ān pín 道：指某種學說、主張、信念等。以堅守道為快樂，安於貧困而初衷不改。漢代無名氏《鄭令景君闕銘》："君存時，恬然無欲，樂道安貧，信而好古，非法不言。"《晉書·王歡傳》："文博之漱流枕石，鏟跡銷聲；宣子之樂道安貧，弘風闡教：斯並通儒之高尚者也。"元代施君美《幽閨記·兄妹籌咨》："樂道安貧巨儒，嗟怨是何如？"同 安貧樂道、安貧守道。

【樹大招風】shù dà zhāo fēng 樹越高大，受到的風力也就越大。比喻目標大，讓人嫉恨，容易招惹是非，惹來麻煩。《西遊記》三三回："這正是樹大招風風撼樹，人為名高名喪人！"◇微軟視窗樹大招風，成了黑客攻擊的主要對象。同 樹高招風。

【樹碑立傳】shù bēi lì zhuàn 把生平事跡刻在石碑上或寫成傳記，向世人頌揚，流芳後世。也比喻通過某種途徑樹立威信、抬高聲望。巴金《隨想錄》四七："無人替我樹碑立傳，我倒感到輕鬆，精神上少背包袱。"◇鼓動幾個親信宣揚他的政績，為他樹碑立傳。

【橫七豎八】héng qī shù bā 形容雜亂無序，交錯不齊。《水滸傳》三四回："一片瓦礫場上，橫七豎八，殺死的男子婦人，不計其數。"◇課堂裏的書桌橫七豎八倒了一地／四房兩廳的公寓裏，橫七豎八地堆滿了書。同 七橫八豎、亂七八糟。反 整齊劃一。

【橫生枝節】héng shēng zhī jié 植物枝幹的節子旁側生出新的枝條。比喻意外地產生糾葛、鬧出是非來，令問題複雜化，干擾、阻礙主要問題的順利解決。也作“枝節橫生”。宋代周南《乞經理邊事劄子》：“行遣群小，稽滯日月，委任二三，莫克任事，既不能急紓立至之患，方且枝節橫生，虛費光陰。”《清史稿•周德潤傳》：“五條外橫生枝節，若猶遷就，其何能國？請嚴拒之。”◇他擔心中間橫生枝節，真出點事，人家就會順藤摸瓜，算到他頭上來。同 節外生枝。反 一帆風順。

【橫行不法】héng xíng bù fǎ 依仗暴力或權勢，目無法紀，為非作歹。◇自以為老爹是省裏的高官，糾集一般富商子弟，欺行霸市，橫行不法。同 無法無天。反 遵紀守法。

【橫行無忌】héng xíng wú jì 依仗暴力或權勢，為非作歹，毫無顧忌。《明史•趙南星傳》：“鄉官之權大於守令，橫行無忌，莫敢誰何。”《三國演義》一三回：“其時李傕自為大司馬，郭汜自為大將軍，橫行無忌，朝廷無人敢言。”◇腐敗之所以在當地橫行無忌，關鍵在於官場黑暗。同 橫行不法、肆無忌憚。反 循規蹈矩、老實巴交。

【橫行霸道】héng xíng bà dào 憑藉權勢蠻橫無理，胡作非為，欺凌弱小。《紅樓夢》九回：“一任薛蟠橫行霸道，他不但不去管約，反助紂為虐討好兒。”◇別提我們那個經理了，一個橫行霸道的小頭目，卻沒人敢管他！同 霸道橫行、橫行無忌。

【橫眉怒目】héng méi nù mù 豎起眉毛，努出眼球。形容怒目相視，態度嚴厲的樣子。魯迅《故事新編•非攻》：“墨子拍着紅銅的獸環，噹噹的敲了幾下，不料開門出來的卻是一個橫眉怒目的門丁。”同 怒目橫眉、橫眉瞪眼。反 慈眉善目。

【橫眉豎眼】héng méi shù yǎn 形容發怒或兇狠時的表情。曹禺《王昭君》第二幕：“溫敦，來了長安一個半月，在我面前，總看見你橫眉豎眼，滿臉的怒氣。”同 橫眉豎目、立眉豎眼。反 眉開眼笑、慈眉善目。

【橫槊賦詩】héng shuò fù shī 槊：古代騎兵用的矛。把矛橫置在馬背上，寫詩抒情。形容人文武雙全、灑脱豪邁。《舊唐書•杜甫傳》：“曹氏父子鞍馬間為文，往往橫槊賦詩，故其遒壯抑揚、冤哀悲離之作，尤極於古。”宋代王居安《送劉政之》詩：“橫槊賦詩俱有分，輕裘緩帶特其餘。”《説岳全傳》四四回：“宋營船上，燈球密佈，甚是歡喜，不覺有曹公赤壁橫槊賦詩的光景。”同 能文能武。反 不文不武。

【橫徵暴斂】héng zhēng bào liǎn 強行徵收捐税，殘酷搜刮民財。《痛史》二四回：“名目是規劃錢糧，措置財賦，其實是橫徵暴斂，剝削脂膏。”◇那些鄉鎮貪官們巧立名目，隨意攤派，橫徵暴斂，鄉民的日子越來越難過了。同 橫賦暴斂、苛政猛於虎。反 休養生息。

【橫衝直撞】héng chōng zhí zhuàng 形容毫無顧忌地亂衝亂撞。《水滸傳》五五回：“那連環馬軍，漫山遍野，橫衝直撞將來。”◇一場橫衝直撞的超級颱風，直把屋頂掀翻，把合抱粗的大榕樹連根拔起。同 橫行直撞、橫行直闖。

【橫蠻無理】héng mán wú lǐ 強橫野蠻，不講道理。◇望着眼前這個橫蠻無理，慣於裝腔作勢的人，氣憤得揮動着拳頭，説不出話來。同 蠻不講理。

【樵蘇不爨】qiáo sū bù cuàn 樵蘇：柴草。爨：做飯。《史記•淮陰侯列傳》：“臣聞千里餽糧，士有飢色；樵蘇後爨，師不宿飽。”説先打柴割草而後才點火做飯，部隊常吃不飽。後以“樵蘇不爨”説雖有柴草，卻沒有糧食做飯，形容生活困苦。三國魏應璩《與侍郎曹長思書》：“幸有袁生，時步玉趾，樵蘇不爨，清談而已，有似周黨之過閔子。”唐代王勃《秋晚入洛於畢公宅別道王宴序》：“英王入座，牢醴還陳；高士臨筵，樵蘇不爨。”清代沈季友《白鶴山人陸之瀚》題解：“晚年食貧，樵蘇不爨，泊如也。”

【橙黃橘綠】chéng huáng jú lǜ 黃澄澄的橙子，綠油油的橘子。描寫秋天的江南秋色。宋代蘇軾《贈劉景文》詩：“荷盡已無擎雨蓋，菊殘猶有傲霜枝。一年好景君須記，最是橙黃橘綠時。”清代周召《雙橋隨筆》卷一二：“今秋，其地鞠為茂草，而蓬蒿滿目中仍有橙黃橘綠之景。”◇每當橙黃橘綠時，村民就會想起章教授來村子調查方言的趣事情景。

【橘化為枳】 jú huà wéi zhǐ 枳：酸橙。柑橘自然栽培以淮河為北限，逾淮則橘變酸橙，失去食用價值。《晏子春秋》記載：齊相晏子出使楚國，楚王為羞辱他，故意當着晏子的面説抓到了一個小偷，是齊國人，並問晏子：“齊人固善盜乎？”晏子回答：“嬰聞之，橘生淮南則為橘，生於淮北則為枳。葉徒相似，其實味不同。所以然者何？水土異也。今民生於齊不盜，入楚則盜，得無楚之水土使民善盜耶？”後用“橘化為枳”比喻社會環境對人影響很大，不良的環境會使人變質變壞。◇地方戲只在特定的土地上才能生息和發展，離開這塊土壤，即使不枯萎，也會橘化為枳，失去地方戲的藝術特色。

【機不可失】 jī bù kě shī 良機不可多得，決不能輕易錯過。常同“時不再來”連用。《舊五代史•安重榮傳》：“其如天道人心，難以違拒，須知機不可失，時不再來。”清代昭槤《嘯亭雜錄•馬僧》：“青海酋羅布藏久稽天誅，昨其母與其弟紅台吉二酋密函乞降，機不可失。”◇金融風暴把股指推進谷底，這正是投資的時候，機不可失，時不再來。反 坐失良機、錯失良機。

【機關用盡】 jī guān yòng jìn 機關：計謀，心機。用盡心思謀算。多含貶義。也作“機關算盡”。宋代黃庭堅《牧童》詩：“騎牛遠遠過前村，吹笛風斜隔岸聞。多少長安名利客，機關用盡不如君。”《拍案驚奇》卷三三：“得失枯榮總在天，機關用盡也徒然。”《紅樓夢》五回：“機關算盡太聰明，反算了卿卿性命。”

【機關算盡】 jī guān suàn jìn 見“機關用盡”。

【機變如神】 jī biàn rú shén 隨機應變，神奇莫測。宋代陸游《南唐書•宋齊丘傳論》：“世言江南精兵十萬，而長江天塹，可當十萬，國老宋齊丘，機變如神，可當十萬。”◇明朝的劉伯溫博古通今，機變如神，可與張良、諸葛亮並駕齊驅。

【櫛風沐雨】 zhì fēng mù yǔ 風梳髮，雨洗頭。《莊子•天下》：“沐甚雨，櫛疾風。”後以“櫛風沐雨”形容奔波勞苦，風吹雨打，受盡艱辛。北周庾信《謝趙王賚米啟》：“某陋巷簞瓢，櫛風沐雨，剝榆皮於秋塞，掘蟄燕於寒山。”《清史稿•諸王一》：“國初開創，櫛風沐雨，以百戰定天下。”同 沐雨櫛風、風餐露宿。反 養尊處優。

【檻花籠鶴】 jiàn huā lóng hè 見“檻猿籠鳥”。

【檻猿籠鳥】 jiàn yuán lóng niǎo 檻：關禽獸的大木籠。檻中的猿，籠中的鳥。比喻被約束管制，失去自由。也作“檻花籠鶴”。明代張鳳翼《紅拂記•相公完偶》：“聽他言詞多慨慷，想他不甚提防，只是檻猿籠鳥難親傍。”清代龔自珍《好事近》詞：“倘然生小在侯家，天意轉孤負。作了檻花籠鶴，怎笑狂如許！”

【權宜之計】 quán yí zhī jì 為解決眼前的問題而採取的臨時性措施。《後漢書•王允傳》：“卓既殲滅，自謂無復患難，及在際會，每乏溫潤之色，杖正持重，不循權宜之計，是以群下不甚附之。”《醒世恒言》卷八：“我叫你去，不過權宜之計，如何卻做出這般沒天理事體。”《清朝野史大觀•親王秉政之始》：“於是建議推訢為議政王，總理軍機大臣。此本為權宜之計，非永遠定制也。”也作“權宜之策”。清代馮桂芬《借兵俄法議》：“用夷固非常道，不失為權宜之策。”反 百年大計、長久之計、長遠之計。

【權宜之策】 quán yí zhī cè 見“權宜之計”。

【權傾天下】 quán qīng tiān xià 權勢熏天，壓倒天下人。説權力非常之大。五代王仁裕《開元天寶遺事•依冰山》：“楊國忠權傾天下，四方之士爭詣其門。”宋代魏泰《東軒筆錄》卷七：“熙寧八年，呂惠卿為參知政事，權傾天下。”《隋唐演義》七九回：“楊氏權傾天下。貴妃進見之夕，奏《霓裳羽衣曲》，授金釵鈿盒。”同 權傾中外、權尊勢重。

【權衡利弊】quán héng lì bì 權：秤錘。衡：秤桿。掂量得失，斟酌好處與壞處，進而做出對自己有利的決定。◇他權衡利弊，思來想去，折騰了一天，也拿不出個主意來。同 權衡輕重。反 魯莽滅裂。

【權衡輕重】quán héng qīng zhòng 權：秤錘。衡：秤桿。稱量一下各自分量的輕重。比喻考慮斟酌事情的輕重、緩急、主次、得失。《周書·王褒庾信傳論》："權衡輕重，斟酌古今，和而能壯，麗而能典，煥乎若五色之成章，紛乎若八音之繁會。"《清史稿·世宗孝敬憲皇后傳》："權衡輕重，如何使情文兼盡，其具議以聞。"老舍《老張的哲學》四十："所不幸的是他的立腳點不十分雄厚穩健，所以他的進退之際不能不權衡輕重，看着有時候像不英武似的。"同 權衡利弊。

欠部

【欣欣向榮】xīn xīn xiàng róng 晉代陶潛《歸去來辭》："木欣欣以向榮，泉涓涓而始流。"形容草木生長茂盛。宋代朱熹《朱子語類》卷四："嘗觀一般花樹，朝日照曜之時，欣欣向榮。"傅抱石《鄭板橋試論》："板橋的畫竹……突出地體現出一種欣欣向榮而又兀傲清勁的精神。"後比喻事業繁榮昌盛、蓬勃發展。《清史稿·明善傳》："百物雕殘，此桂獨盛，願吾民復蘇，欣欣向榮，亦如此也。"◇回想他辦公司之初，日進斗金，欣欣向榮，可而今已是明日黃花了。同 蒸蒸日上。反 奄奄一息、每況愈下。

【欣喜若狂】xīn xǐ ruò kuáng 高興得像發狂一樣。形容高興到了極點。吳玉章《論辛亥革命》十："當清朝政府假意宣佈預備立憲的時候，他們欣喜若狂，積極組織立憲政黨，準備回國去做清朝的立憲功臣。"◇幸喜我偶然找到那份作家原稿，真是欣喜若狂。同 喜不自勝、樂不可支。反 痛不欲生、如喪考妣。

【欣然命筆】xīn rán mìng bǐ 命：運用，使用。歡歡喜喜地提筆寫作。多含在某種歡欣的情況下，即時寫出東西來的意思。《明史·李東陽傳》："（李東陽）乃欣然命筆，移時而罷，其風操如此。"冰心《晚晴集·悼郭老》："郭老在國際友人的敦懇圍觀之下，欣然命筆。"

【欲言又止】yù yán yòu zhǐ 本想要把話說出來，卻又止住不說。多形容有顧慮或有難言之隱。《醒世恆言·喬太守亂點鴛鴦譜》："張六嫂欲待不說，恐怕劉璞有變，孫寡婦後來埋怨；欲要說了，又怕劉家見怪，事在兩難，欲言又止。"◇看着他欲言又止的神態，她只得嚥下了一連串的問題。同 欲說還休、瞻前顧後。反 暢所欲言、一吐為快。

【欲取姑予】yù qǔ gū yǔ 將欲取之，必姑與之的縮略語。姑：暫且。予：給予。想要從別人那裏得到甚麼，姑且先給他些甚麼。比喻想做成一件事，就要先作一些退讓。《老子》："將欲奪之，必固與之。"《戰國策·魏策一》："《周書》曰：'將欲敗之，必姑輔之；將欲取之，必姑與之。'"明代朱朝瑛《讀〈春秋〉略記·隱公元年》："書克，不書伐者，鄭伯以欲取姑予之術，積謀而克之，不俟伐而後克也。"張恨水《寫作生涯回憶》三七："自己作誅心之論吧，乃是'欲取姑予'。不過'予'的數目很可笑罷了。"

【欲益反損】yù yì fǎn sǔn 益：增加、得益。損：減少、損害。想要把事情做好，結果反而做糟了。形容事與願違。漢代司馬遷《報任少卿書》："顧自以為身殘處穢，動而見尤，欲益反損。"《漢武故事》："陛下恥為守文之士君，欲希奇功於爭表；臣恐欲益反損，取累於千載也。"金代王若虛《滹南詩話》卷三："此江西之餘派，欲益反損，正堪一笑。"◇如果單純湊字找韻，過事雕琢，失去散文詩的疏放美，那是欲益反損，不足為法的。同 拔苗助長。

【欲速不達】yù sù bù dá《論語·子路》："無欲速，無見小利。欲速則不達，見小利則大事不成。"後用"欲速不達"說一味求快，反而達不到目的。唐代崔祐甫

《汾河義橋記》："夫來者如斯，其可勝紀，欲速不達，式在茲乎。"《宋史•魏仁浦傳》："帝密謂之曰：'朕欲親征太原，如何？'仁浦曰：'欲速不達，惟陛下慎之。'"明代海瑞《又復劉大尹書》："巡道有寬限期之議，生以為二三月可完報，不須六月，欲速不達，台端乞更酌之。"◇做事急功近利並非都不可行，但要合乎實際，否則就會弄巧成拙，欲速不達。同 揠苗助長。反 水到渠成。

【欲蓋彌彰】yù gài mí zhāng《左傳•昭公七年》："或求名而不得，或欲蓋而名章(彰)，懲不義也。"有人求名而不可得，有人想隱姓埋名卻名聲更加顯赫。後用"欲蓋彌彰"說企圖掩蓋過失或壞事的真相，結果卻暴露得更加明顯。《資治通鑒•唐太宗貞觀十六年》："或畏人知，橫加威怒，欲蓋彌彰，竟有何益！"清代紀昀《閱微草堂筆記•槐西雜志三》："誰呼汝為鬼魅？而先辨非鬼非魅也，非欲蓋彌彰乎？"巴金《關於〈家〉》："在別人看來，我屢次分辨倒是'欲蓋彌彰'了。"反 和盤托出。

【欲說還休】yù shuō huán xiū 想要說，想想還是不說算了。表明有難言之隱或有所顧忌。宋代辛棄疾《醜奴兒》詞："少年不識愁滋味，愛上層樓，愛上層樓，為賦新詩強說愁。而今盡識愁滋味，欲說還休，欲說還休，卻道天涼好個秋。"宋代李清照《鳳凰台上憶吹簫》詞："生怕離懷別苦，多少事，欲說還休。"◇看見她欲說還休、吞吞吐吐的樣子，我也就不打聽了。同 欲言又止。反 滔滔不絕。

【欲罷不能】yù bà bù néng 罷：中止、停止。想要停下來都不可能。《論語•子罕》："夫子循循然善誘人，博我以文，約我以禮，欲罷不能。"後用"欲罷不能"指要求強烈或迫於形勢、處境而不能把正在做的事情中止下來。《魏書•李琰之傳》："吾所以好讀書，不求身後之名，但異見異聞，心之所願，是以孜孜搜討，欲罷不能。"清代梁章鉅《浪跡叢談•遊雁蕩日記》："同人皆從漬苔滑石中賈勇而登，余亦扶筇摳衣，強隨其後，實有既竭吾力、欲罷不能之概。"魯迅《墳•從鬍鬚說到牙齒》："我從小就是牙痛黨之一，並非故意和牙齒不痛的正人君子們立異，實在是'欲罷不能'。"同 騎虎難下、進退兩難。反 進退自如、適可而止。

【欲擒姑縱】yù qín gū zòng 見"欲擒故縱"。

【欲擒故縱】yù qín gù zòng 想要抓住他，卻故意先放走他。比喻為更牢靠地控制對方，有意識地先放鬆一步。《二十年目睹之怪現狀》七十回："大人這裏還不要就答應他，放出一個欲擒故縱的手段，然後許其成事，方不失了大人這邊的門面。"也作"欲擒姑縱"。《官場現形記》五一回："列位看官看到此處，以為刁邁彭拿筆據交還與張太太，一定又是從前騙蓋道運箚子的手段來：豈知並不如此，他用的乃是'欲擒姑縱'之意。"同 欲取姑與、"欲取之，必先予之"。

【款語溫言】kuǎn yǔ wēn yán 款語：聲音輕而柔和的話語。溫言：語氣溫和的話。形容親切體貼的話語。《紅樓夢》二十回："寶玉見了這樣，知難挽回，打疊起百樣的款語溫言來勸慰。"◇每逢我捱了爸爸的罵，媽媽總要款語溫言，勸慰幾句，生怕我受委屈。同 軟語溫言、輕言軟語。反 惡言惡語、冷言冷語。

【款學寡聞】kuǎn xué guǎ wén 款：空。學識淺薄，見聞不廣。《莊子•達生》："今休，款啟寡聞之民也。"清代黃宗羲《答萬充宗質疑書》："誠不意款學寡聞之夫，得相抵掌，聊述所聞。"同 孤陋寡聞。反 博聞多識。

【欺人太甚】qī rén tài shèn 甚：過分。欺負人太過分了。元代鄭廷玉《楚昭公》四折："某想伍員在臨潼會上拳打蒯聵，腳踢卞莊……筵前舉鼎，欺人太甚！"◇他憤憤不平地說："此人不但背信棄義，而且乘我之危，落井下石，實在欺人太甚！"同 欺人過甚、欺人忒甚。

【欺人之談】qī rén zhī tán 欺騙人的言論和說法。《兒女英雄傳》一六回："吾兄這句話是欺人之談了。他既合你有師生之誼，又把這等的機密大事告訴了你，你豈有不問他個詳細原由的理？"◇別相信他的話，那都是欺人之談。反 由衷之言。

【欺三瞞四】qī sān mán sì 多方欺騙隱瞞。耍手段一再隱瞞欺騙。《醒世恆言•錢秀才錯佔鳳凰儔》："高贊不聞猶可，一聞之時，心頭火起，大罵尤辰無理，做這等欺三瞞四的媒人，說騙人家女兒。"《警世通言•趙太祖千里送京娘》："你老人家也要放出良心，是一是二，說得明白，還有個商量。休要欺三瞞四，我趙某不是與你和光同塵的！"反 童叟無欺。

【欺下瞞上】qī xià mán shàng 欺騙下屬或百姓，對上司隱瞞實情。◇採用惡劣的手法，偽造賬目，欺下瞞上，愚弄股民。同 瞞上欺下。

【欺上罔(調)下】qī shàng wǎng xià 罔：蒙騙。欺騙上司，蒙蔽下屬。唐代元結《與李相公書》："如曰不可，合正典刑，欺上謂下，是某之罪。"宋代王闢之《澠水燕談錄•雜錄》："盧相欺上罔下，倚勢害物，天道昭昭，行當南竄。"◇在公司裏玩弄手段，欺上罔下，在同事間撥弄是非，坐收漁利，弄得上下提防，左右猜忌，這樣的部門經理早該請走了。同 欺上瞞下。

【欺上瞞下】qī shàng mán xià 對上司欺騙，對下屬隱瞞。◇市長所以選擇暗訪一途，是為了避開弄虛作假、欺上瞞下之輩，瞭解點真實情況。同 欺上罔下。

【欺天罔地】qī tiān wǎng dì 罔：欺騙。欺騙蒙蔽天地。形容背天理、昧人心，不仁不義，詭詐欺騙。後蜀何光遠《鑒戒錄•判木夾》："苻以六十萬精兵摧於東晉，謝玄以八千之卒敗於壽春，豈不為欺天罔地所致者也。"宋代王明清《揮塵三錄》卷三："乃欲以一二奸人之言，欺天罔地，成其私意，今日之敗，必至之理也。"《三國演義》五回："董卓欺天罔地，滅國弒君，穢亂宮禁，殘害生靈。"同 欺天誑地、欺天謾地。

【欺天誑地】qī tiān kuáng dì 誑：哄騙。欺騙天地。形容瞞心昧己，說謊騙人，達到登峰造極的地步。元代鄭廷玉《看錢奴》一折："尊神，這等窮兒乍富，瞞心昧己，欺天誑地，只要損別人安自己，正是一世兒不能勾發跡的。"◇從他嘴裏簡直掏不出一句真話，張嘴就撒謊，他以為靠着欺天誑地混日子，能混一輩子！同 欺天謾地。

【欺世盜名】qī shì dào míng 欺騙世人，竊取名譽。《宋史•鄭丙傳》："近世士大夫有所謂道學者，欺世盜名，不宜信用。"明代周楫《西湖二集•認回祿東岳帝種須》："假裝體面，濫刻詩文，欺世盜名。"魯迅《花邊文學•大小騙》："'欺世盜名'者有之，盜賣名以欺世者又有之，世事也真是五花八門。"同 盜名竊譽。

【欺行霸市】qī háng bà shì 欺壓同行，稱霸市場。指在市場上橫行霸道。◇欺行霸市，強買強賣 / 與警察局勾結起來，在這一帶擠壓同業，欺行霸市。

【欺君罔上】qī jūn wǎng shàng 罔：騙。欺騙蒙蔽君主。在古代，這是犯上的重大罪行。元代楊朝英《叨叨令•歎世》曲："他待學欺君罔上曹丞相，不如俺葛巾漉酒陶元亮。"《三國演義》二三回："汝乃欺君罔上之賊，天下皆欲殺汝，豈獨我乎！"清代黃宗羲《子劉子行狀》："植黨營私，欺君罔上。"

【欺軟怕硬】qī ruǎn pà yìng 欺侮軟弱的，懼怕強硬的。明代高明《琵琶記•五娘請糧被搶》："點催首放富差貧，保上戶欺軟怕硬。"《紅樓夢》七回："不公道，欺軟怕硬！有好差事派了別人，這樣黑更半夜送人，就派我，沒良心的王八羔子。"《醒世姻緣傳》三九回："那人把這話對他學了，他也不免欺軟怕硬，再也不提薛字，單單只與程樂宇、狄賓梁說話。"同 怕硬欺軟、欺善怕惡。反 除暴安良、抑強扶弱。

【欺霜傲雪】qī shuāng ào xuě 欺：輕視。傲：鄙視。不避秋霜，傲視冬雪。形容松梅蘭菊等不畏嚴寒的品格，多比喻堅貞不渝、不畏強暴的節操。元代無名氏《翫江亭》一折："俺這梅他粉包了心，檀黃嫩，插在那銀瓶裏宜得水溫。如麝如蘭香噴噴，端的有欺霜傲雪的精神。"明代無名氏《長生會》三折："俺端的欺霜傲雪志清高，看巖前鬥巧，不比蓬蒿。”《説岳全傳》四九回：“燕必顯虎頭豹眼，韓彥直齒白唇紅。虎頭槍欺霜傲雪，合扇刀掣電飛虹。”同 傲雪欺霜、欺霜凌雪。

【歌功頌德】gē gōng sòng dé《史記•周本紀》：“民皆歌樂之，頌其德。”後以“歌功頌德”頌揚功績，讚美德行。宋代王灼《再次韻晁子興》：“歌功頌德今時事，側聽諸公出正音。”《野叟曝言》三三回：“那道姑、水手感謝，自不消説，合船人也都歌功頌德，讚歎不絕。”有時也反用為譏諷之義。胡適《歸國雜感》：“明明是贓官污吏，我們偏要歌功頌德。”同 樹碑立傳。

【歌舞昇(升)平】gē wǔ shēng píng 唱歌跳舞，歡慶太平。形容一派繁榮的太平盛世景象。有時也含有粉飾太平之義。元代陸文圭《〈詞源〉跋》：“淳祐、景定間，王邸侯館，歌舞昇平，居生處樂，不知老之將至。”《孽海花》六回：“一班醉生夢死的達官貴人，卻又個個興高采烈，歌舞昇平起來。”◇聖誕節的香港，五光十色的彩燈之下，萬頭攢動，處處都是歌舞升平的繁華景象。同 太平盛世。反 兵荒馬亂。

【歎為觀止】tàn wéi guān zhǐ 據《左傳•襄公二十九年》：“吳國的季札在魯國觀看《韶箾》舞，讚歎説觀止矣！若有他樂，吾不敢請已。”後以“歎為觀止”表示因為好到極點而非常讚歎。清代王韜《淞隱漫錄•海外壯遊》：“生撫掌稱奇，歎為觀止。”◇國寶級的文物精品展，令人大飽眼福，歎為觀止。同 盡善盡美、空前絕後。反 不值一提、不屑一顧。

【歡天喜地】huān tiān xǐ dì 形容異常歡喜快樂。《京本通俗小説•錯斬崔寧》：“當下權且歡天喜地，並無他説。”元代王實甫《西廂記》五本四折：“現將着夫人誥敕，縣君名稱，怎生待歡天喜地，兩隻手兒分付與。”歐陽予倩《潘金蓮》第三幕：“本想是叔叔回來歡天喜地，想不到叫叔叔這般難過。”同 笑逐顏開、喜氣洋洋。反 鬱鬱寡歡、叫苦連天。

【歡呼雀躍】huān hū què yuè 高興得歡蹦亂跳，像蹦蹦跳跳的小鳥雀一般。◇聽老師説這次遠足登泰山，同學們高興得一時歡呼雀躍起來。同 歡天喜地、歡欣鼓舞、歡喜若狂。

【歡欣(忻)鼓舞】huān xīn gǔ wǔ 心情非常高興，精神非常振奮。宋代蘇軾《上知府王龍圖書》：“自公始至，釋其重荷……是故莫不歡欣鼓舞之至。”《老殘遊記》一一回：“子平聽得歡欣鼓舞。”《辛亥和議之秘史》：“以革命成功，置酒高會，歡忻鼓舞之聲震屋瓦。”張難先《都督府之組織設施及人選》：“商民均歡欣鼓舞，啟門照常營業。”反 垂頭喪氣、唉聲歎氣。

【歡喜若狂】huān xǐ ruò kuáng 高興得像發了瘋似的。郭沫若《怎樣使雙十節更值得紀念》：“武漢三鎮的人真是歡喜若狂，一直熱鬧了一個通夜。”同 欣喜若狂。反 愁眉不展、悒悒寡歡。

【歡喜冤家】huān xǐ yuān jiā 表面看似互相怨恨，實則十分相愛的戀人或夫妻。金代馬鈺《滿庭芳》詞：“歡喜冤家沒解，豈思量，好意卻似弱意。”元代喬吉《水仙子》曲：“五百年歡喜冤家，正好星前月下。”《群音類選•步步嬌•歡會》：“歡喜冤家重相見，一笑春生面。”反 冤家對頭。

【歡聚一堂】huān jù yī táng 歡快地聚會在一起。田漢《畢業歌》：“我們今天歡聚在一堂，明天要掀起民族自救的巨浪。”◇畢業二十年了，同窗能再歡聚一堂，大家都喜不自勝。反 風流雲散。

【歡聲雷動】huān shēng léi dòng 歡呼的聲音響得像雷鳴一樣。明代劉基《過閩關》詩：“天上絲綸啟玉封，歡聲雷動八州同。”《儒林外史》三七回：“見兩邊百姓扶老攜幼，挨擠着來看，歡聲雷動。”同 歡聲如雷。

【歡蹦(迸)亂跳】huān bèng luàn tiào 形容活躍、歡樂、充滿活力。《兒女英雄傳》三二回：“匀出你們歡迸亂跳這倆去買瓦；留下房上滾下來的，合爐坑裏掏出來的那倆，先把這院子破瓦揀開……也省得人家含怨。”◇高興得歡蹦亂跳／一家人懷着歡蹦亂跳的心情，看着自家那片金燦燦的莊稼。同 歡天喜地、興高采烈。

止部

【止戈為武】zhǐ gē wéi wǔ 戈：古代兵器。金文“止”和“戈”兩字合成一個“武”字。《左傳•宣公十二年》：“夫文，止戈為武。”後指平息戰亂，停止使用武器，才是真正的武功。唐代楊炯《唐右將軍魏哲神道碑》：“若乃五材並用，誰能去兵；七德兼施，止戈為武。”《花月痕》四七回：“止戈為武，窮寇勿追。”反 窮兵黷武。

【止於至善】zhǐ yú zhì shàn 止：達到。善：完美。達到最完美的境界。《禮記•大學》：“大學之道，在明明德，在親民，在止於至善。”余光中《藕神•自序》：“上帝造人，出世之後無法修改，但是詩成之後卻可一修再修，甚至有望止於至善。”

【正人君子】zhèng rén jūn zǐ 優秀、正派、道德高尚的人。《新唐書•張宿傳》：“宿怨執政不與己，乃日肆讒甚，與皇甫鎛相附離，多中傷正人君子。”明代張岱《募修岳鄂王祠墓疏》：“必欲得正人君子以董其役。”◇張先生，那可是個正人君子。今也反用其意，譏諷假作正經的偽善者。◇有那麼幾位正人君子，捐了幾個銅板，就被抬舉到慈善家的高位，實在令人齒冷。反 狹邪小人。

【正大光明】zhèng dà guāng míng ❶ 端正不偏邪。宋代朱熹《答呂伯恭書》：“大抵聖賢之心，正大光明，洞然四達。”❷ 心懷坦白，言行正派。明代呂坤《呻吟語•應務》：“雖以至公無私之心，行正大光明之事，亦須調劑人情，發明事理。”清代無名氏《狄公案》六十：“你我皆是頂天立地的漢子，做事俱要正大光明。”◇如果你問心無愧，就正大光明地說出來。同 光明磊落、光明正大。反 心懷叵測、心懷鬼胎。

【正中下懷】zhèng zhòng xià huái 別人說的話或做的事，正合自己的心意。《水滸傳》六三回：“蔡福聽了，心中暗喜：‘如此發放，正中下懷。’”《孽海花》三一回：“彩雲本在那裏為難這事，聽了這話正中下懷。”◇見她把錢交給了母親，正中下懷，不由得喜上眉梢。同 正中己懷。

【正本清源】zhèng běn qīng yuán《漢書•刑法志》：“豈宜惟思所以清原正本之論，刪定律令。”原：同“源”。後以“正本清源”指從根基上整頓、從源頭上清理，或從根本上進行整治改革。《晉書•武帝紀》：“思與天下式明王度，正本清源。”清代錢泳《履園叢話•水害》：“一旦治水，而欲正本清源，復其故道，怨者必多，未為民便也。”◇金融風暴過後，當務之急是正本清源，加強監管商業金融。同 撥亂反正。

【正言厲色】zhèng yán lì sè 話語嚴正，表情嚴肅。《紅樓夢》五四回：“眾人見他正言厲色的說了，別無他話。”《官場現形記》二八回：“頓時又收住了笑，做出一副正言厲色的樣子。”同 正顏厲色。反 嬉皮笑臉、嘻皮笑臉。

【正氣凜然】zhèng qì lǐn rán 形容光明磊落、嚴正可畏，令人尊敬。◇他正氣凜然地說：“各位不必推諉，作為總經理，一切責任我完全承擔。”同 大義凜然。

【正經八百】zhèng jīng bā bǎi 嚴肅認真；嚴肅莊重。◇看她那正經八百的臉色，就知道她果真當成一回事了／她板起臉，正經八百地說：“這事兒你可得辦好，不能有半點兒閃失！”同 一本正經、正正經經。反 嘻皮笑臉、油腔滑調。

【正顏厲色】zhèng yán lì sè 形容板着臉，神情非常嚴厲。《鏡花緣》九八回：“(陽衍）意欲上前同他談談，無奈這些婦女都是正顏厲色，那敢冒昧唐突？”張愛玲《傾城之戀》二：“四奶奶悄悄扯了她一把，正顏厲色的道：‘三嫂，你別那麼糊塗！’”同 一本正經、正經八百。反 嘻皮笑臉。

【正襟危坐】zhèng jīn wēi zuò《史記•日者列傳》：“宋忠、賈誼瞿然而悟，獵纓正襟危坐。”意為整理好衣服端端正正地坐着。形容嚴肅、恭敬或拘謹的樣子。宋代蘇軾《前赤壁賦》："蘇子愀然，正襟危坐。"《兒女英雄傳》三八回："只檢出那冊《聖蹟圖》來正襟危坐的看。"◇他這人很古板，不論甚麼場合，總是正襟危坐，不苟言笑。反 不拘細節、談笑風生。

【此中三昧】cǐ zhōng sān mèi 唐代李肇《國史補》中："長沙僧懷素好草書，自言得草聖三昧。"三昧：梵文譯音，一種佛教修行法，要求止息雜念，平定心神意識。後用"此中三昧"指個中的精義與訣竅。《鏡花緣》一九回："今日受了此女恥笑，將來務要學會韻學，才能歇心。好在九公已得此中三昧，何不略將大概指教？"同 箇中三昧。

【此事體大】cǐ shì tǐ dà《隋書·音樂志中》："武王克殷至周公相成王，始制禮樂。斯事體大，不可速成。"後用"此事體大"說事情關係到體制大計，必須加以重視，謹慎行事。後也泛指事關重大。宋代范仲淹《讓觀察使第二表》："此事體大，乞垂聖鑒，特降中旨。"同 斯事體大、茲事體大。

【此恨綿綿】cǐ hèn mián mián 形容終生抱恨。唐代白居易《長恨歌》："天長地久有時盡，此恨綿綿無絕期。"

【此起彼伏】cǐ qǐ bǐ fú 這兒起來，那裏落下。形容山水、聲音、思緒或勢力等一起一落，連續不斷。魯迅《論'費厄潑賴'應該緩行》："政局的不安定，真是此起彼伏如轉輪。"丁玲《太陽照在桑乾河上》四："他的步子越走越慢，這一些模糊的感覺此起彼伏的在他腦子中翻騰。"也作"此起彼落"。王安憶《小城之戀》："碼頭上，一日有七八條輪船靠岸，又離岸，汽笛此起彼落，聲長聲短。"同 此伏彼起。

【此起彼落】cǐ qǐ bǐ luò 見"此起彼伏"。

【此唱彼和】cǐ chàng bǐ hè 此地一唱，彼地就跟着應和。比喻雙方呼應配合。清代陳田《明詩紀事·已籤序》："(後七子）與前七子隔絕數十年，而此唱彼和，聲應氣求，若出一軌。"魯迅《彷徨·孤獨者》："而且大家此唱彼和，七嘴八舌，使他得不到辯駁的機會。"同 一唱一和、前唱後和。

【步人後塵】bù rén hòu chén 後塵：走路時揚起的塵土。跟在別人後面走。比喻追隨、模仿。◇他是個很好強的人，凡事總想拔頭籌，步人後塵的事是絕不做的。同 亦步亦趨。反 另闢蹊徑。

【步步為營】bù bù wéi yíng ❶軍隊每前進一步就設置一道營壘。步步：表示距離不長。《三國演義》七一回："可激勸士卒，拔寨前進，步步為營，誘淵來戰而擒之。"❷比喻做事、行動極其謹慎，時刻提防出錯。◇張總您是步步為營，見機行事，我說的沒錯吧？同 小心謹慎、小心翼翼。

【步步高升】bù bù gāo shēng 不斷晉升。多指仕途順利，官階連升。《二十年目睹之怪現狀》八八回："事成之後，大人步步高升，扶搖直上，還望大人栽培呢！"◇他能說會道，又往往能揣摩上級的意思，吹捧得當，因此官位步步高升。同 官運亨通。

【步步蓮花】bù bù lián huā《雄寶藏經·鹿女夫人錄》載：鹿女每一足跡皆有蓮花，後為梵像國王妻，生千葉蓮花，一葉上有一小兒，得千子，稱"賢劫千佛"。世因蓮花高潔不受塵世污染，故菩薩造像下多有蓮座，象徵崇高純潔。《南史·齊本紀下》："又鑿金為蓮華（花），以帖地，令潘妃步其上，曰：'此步步生蓮花也。'"後以"步步蓮花"說每走一步，腳下都生出蓮花，形容女子步態輕盈優美。元代岳伯川《鐵拐李》二折："人道公門不可入，我道公門好修行。若將曲直無顛倒，腳底步步蓮花生。"

【步調一致】bù diào yī zhì 走路時腳步的大小快慢一樣。比喻行動和諧一致。◇這次是分工合作，要求參與項目的各位同事步調一致配合好。反 各行其是。

【步履維艱】bù lǚ wéi jiān ❶走路不靈便，非常困難。◇小的時候腳骨受過傷，此後走路一直步履維艱。❷比喻事情阻力重重，進展緩慢、艱辛。◇資金時斷時續，工程進展步履維艱。同 步履艱難。

反 健步如飛、一帆風順。

【歧路亡羊】qí lù wáng yáng《列子•說符》："楊子之鄰人亡羊，既率其黨，又請楊子之豎追之。楊子曰：'嘻！亡一羊何追之者眾？'鄰人曰：'多歧路。'既反，問：'獲羊乎？'曰：'亡之矣。'曰：'奚亡之？'曰：'歧路之中又有歧焉，吾不知所之，所以反也。'"後用"歧路亡羊"比喻因情況複雜多變而誤入歧途或終無所成。明代馮惟敏《折桂令•閱報除名》："歧路亡羊，塞翁失馬，弓影成蛇。"清代王夫之《讀四書大全說》卷三："而諸儒之言，故為紛糾，徒俾歧路亡羊。總以此等區處，一字不審，則入迷津。"

【歪七豎八】wāi qī shù bā 形容雜亂不整的樣子。茅盾《上海•我的二房東》："沿馬路上的電燈柱上，里門口，都有些紅紙小方塊；爛瘡膏藥似的，歪七豎八貼着。"◇因為地盤太小，雜貨鋪裏的貨物只能歪七豎八地堆在地上。同 橫七豎八。反 整齊劃一。

【歪打正着】wāi dǎ zhèng zháo 比喻採取的做法原本不對頭，卻僥倖獲得滿意的結果。《醒世姻緣傳》二回："將藥煎中，打發晁大舍吃將下去，誰想歪打正着，又是楊太醫運好的時節，吃了藥就安穩睡了一覺。"老舍《牛天賜傳》二："他有種非智慧的智慧，最善於歪打正着。"

【歪門邪道】wāi mén xié dào 原指佛教等正經宗教以外的會道門，後多指不正當的方法、竅門、主意、計策等。◇想不到這幾年官商勾結、行賄升官，種種歪門邪道，竟然彌漫成風。同 邪門歪道、歪風邪氣。

【歪風邪氣】wāi fēng xié qì 歪門邪道的不良風氣。◇如今的官場，上下貪瀆，歪風邪氣盛行。同 不正之風、歪門邪道。

【歲不我與】suì bù wǒ yǔ ❶流逝的歲月、時光不會再回來。感歎時光容易流逝。《論語•陽貨》："日月逝矣，歲不我與。"《晉書•束皙傳》："歲不我與，時若奔驪，有來無反，難得易失。"◇要知道"歲不我與"，人一定要珍惜青年時期的寶貴時光。❷感歎人生沒遇到好的機會。元代耶律楚材《用前韻感事》詩："歲不我與其奈何，兩鬢星星尚如此。"◇每個人或多或少都有自己屬於人中龍鳳的錯覺，有時候免不了有懷才不遇、時不我與或社會為何棄我而去的感慨。同 時不我與、時乖運蹇。反 時來運轉、鴻運當頭。

【歲月如流】suì yuè rú liú 形容時光容易流失。如流：如流水那樣消逝。《陳書•徐陵傳》："歲月如流，平生有幾？"《朱子讀書法•着緊用力》："歲月如流，易得空過。"◇歲月如流，一轉眼，那麼多年就悄然消逝了。同 逝者如斯、光陰荏苒。

【歲月蹉跎】suì yuè cuō tuó 見"蹉跎歲月"。

【歲寒三友】suì hán sān yǒu 指梅、松、竹。梅雪中開放，松和竹經冬不凋，古人賦予它們淩寒傲雪，品行高潔，不畏強暴的意義，稱為歲寒三友。宋代葛立方《滿庭芳》詞："梅花，君自看，丁香已白，桃臉將紅。結歲寒三友，欠遲筠松。"元代史九散《蝴蝶夢》二折："湘江長就娥皇綠，灑淚成斑枝勝玉。歲寒三友有奴名，妾身是個梅間竹。"◇歲寒三友是中國傳統文化中高尚人格的象徵。

【歲暮天寒】suì mù tiān hán 年末天寒的時候。宋代劉克莊《沁園春》詞："歲暮天寒，一劍飄然，幅巾布裘。"明代劉基《仍用韻酬衍上人》："歲暮天寒生意微，空林鳥雀自相依。"清代施閏章《答陳滌岑兼索壽序》："歲暮天寒，何緣得一攀函丈慰此飢渴乎？"

【歷井捫天】lì jǐng mén tiān 井：星宿名，二十八宿之一。捫：觸摸。在井宿上行走，伸手就觸到天。形容處在極高的地方。宋代蘇轍《十居賦》："諸子送我，歷井捫天，汝不忘我，我不忘先。"◇古代交通閉塞原始，出入四川非常不便，人們用歷井捫天來形容翻越蜀道時的高峻驚險。

【歷歷可見】lì lì kě jiàn 歷歷：分明的樣子。形容看得清清楚楚。《太平御覽》卷一九三引南齊劉澄之《鄱陽記》："仙人城在縣東南。其城皆峭壁危石，直上千仞……每天空無雲，秋日清澈，其上宮殿倉廩歷歷可見。"元代戴良《通鑒前編舉要新書序》："開闢以來至於今，上下數千年間，其致治之本與夫為治之道歷歷可見。" 同 歷歷在目。

【歷歷可數】lì lì kě shǔ 能一一屈指數出來。形容分辨得清楚或記得清楚。《舊五代史·明宗紀十》："濮州進重修河堤圖，沿河地名，歷歷可數。" 明代貝瓊《遊冶亭記》："江右諸山起伏，向背者又若青芙蓉萬朵，歷歷可數。" ◇他年輕時忍受了很多常人無法忍受的苦難，為他人背過的黑鍋也歷歷可數。同 歷歷可見、歷歷可辨。

【歷歷在目】lì lì zài mù 形容看得很清楚，或記憶得很清晰。宋代葉夢得《避暑錄話》卷下："少從先君入峽，瞿塘、灩澦、高唐、白帝城，皆天下絕險奇異，乃一一縱觀，至今猶歷歷在目。" 明代王世貞《振始堂記》："憑欄而坐，則風帆沙鳥，歷歷在目。" ◇剛才茶樓上那場鬧劇還歷歷在目，真可稱得起是位軟硬不吃的主兒。同 歷歷可數。

【歸心似箭】guī xīn sì jiàn 形容急於返家。《鏡花緣》四九回："不多時，穿過松林，渡過小溪，過了水月村，越過鏡花嶺，真是歸心似箭。"《好逑傳》一二回："承長兄厚愛，本當領教，祇是歸心似箭，今日立刻就要行了。" 也作"歸心如箭"。《隋唐演義》一四回："叔寶歸心如箭，馬不停蹄，兩三日間，竟奔河東潞州。" 李六如《六十年的變遷》第八章："太陽還沒出來，歸心如箭的季交恕，就起牀吃飯，坐上轎子回家去。"

【歸心如箭】guī xīn rú jiàn 見"歸心似箭"。

【歸正首丘】guī zhèng shǒu qiū 《禮記·檀弓上》："禮，不忘其本。古之人有言曰：'狐死正丘首，仁也。'" 説狐狸就算死在外邊，也會把頭朝向牠的窩的方向。比喻回歸故鄉或死後歸葬於故鄉。《二十年目睹之怪現狀》八五回："我昨天説叫他回去調理的話，就是叫他早點歸正首丘了。"《苦社會》二五回："從此故鄉日離日遠，我們幾個人，看這光景，不知還有歸正首丘的日子麼？" 同 狐死首丘、歸正丘首。

【歸去來兮】guī qù lái xī 來：語助詞，無實義。兮：語氣詞。等於説"回去吧"。晉代陶淵明《歸去來兮辭》："歸去來兮，田園將蕪，胡不歸！" 唐代楊炯《庭菊賦》："山鬱律兮萬里，天蒼莽兮四下。憑南軒以長嘯，出東籬而盈把，歸去來兮，夫何為者。" 宋代辛棄疾《一剪梅》詞："獨立蒼茫醉不歸，日暮天寒，歸去來兮。" 元代馬致遠《陳摶高卧》三折："自不合剛下山來惹是非，不如歸去來兮。"

【歸真返(反)璞】guī zhēn fǎn pǔ 真：天然。璞：沒有加工過的玉。比喻回歸原始的自然狀態。《戰國策·齊策四》："歸真反璞，則終身不辱。" ◇地球的生態環境讓人破壞到今天這種地步，看來除非歸真返璞，已無他法可以救藥了。同 返樸歸真。

【歸根究柢】guī gēn jiū dǐ 見"歸根到底"。

【歸根到底】guī gēn dào dǐ 歸結到根本上；從根本上説。馮玉祥《我的生活》二九章："歸根到底，都是你們陷害的我！" 也作"歸根結蒂"、"歸根究柢"。巴金《霧》五："歸根結蒂，還是'沒有勇氣'四個字，他似乎感到絕望了。" 歐陽予倩《潘金蓮》第五幕："歸根究柢，害你哥哥的人，就是張大戶。" 同 歸根結底、歸根結柢。

【歸根結底】guī gēn jié dǐ 歸結到根本上；從根本上説。也作"歸根結柢"。洪深《五奎橋》第一幕："歸根結柢，誰能不為着自己呢？" 茅盾《第一階段的故事》一十："但是談到具體方針時他意見常常動搖，而且歸根結底是甚麼都不行，所以甚麼也不能做。" 同 歸根到底。

【歸根結柢】guī gēn jié dǐ 見"歸根結底"。

【歸根結蒂】guī gēn jié dì 見"歸根到底"。

歹部

【死乞白賴】sǐ qǐ bái lài 乞：求。死命地糾纏住不放。也作"死求白賴"。《醒世姻緣傳》三二回："這可虧了他三個死乞白賴的拉住我，不叫我打他。"《兒女英雄傳》一六回："只怕死求白賴，或者竟攔住他也不可知。"◇保險經紀一上門就死說活說，竟至死乞白賴，一定要我購買他們公司的壽險。同 死皮賴臉、死皮涎臉。

【死不足惜】sǐ bù zú xī 說死不值得惋惜，意為不懼怕死。《宋史·蘇洵傳》："善用兵者，使之無所顧，有所恃。無所顧，則知死之不足惜。"《東周列國誌》二一回："我一身死不足惜，吾主兵到，汝君臣國亡身死，只在早晚。"同 死得其所。

【死不瞑目】sǐ bù míng mù 死了也不閉眼。說心中有放不下的事，死得不甘心。《三國志·孫堅傳》："今不夷汝三族，懸示四海，則吾死不瞑目。"唐代韓愈《潮州刺史謝上表》："懷痛窮天，死不瞑目。"宋代蘇軾《司馬溫公行狀》："四患未除，吾死不瞑目。"同 抱恨終天。

【死心塌地】sǐ xīn tā dì ❶ 形容心裏踏踏實實，放得下心來。元代無名氏《鴛鴦被》四折："這洛陽城劉員外，他是個有錢賊，只要你還了時，方纔死心塌地。"◇在股市賺了幾筆大錢，老伴也就死心塌地，不再嘀咕老來沒錢捱苦日子了。❷ 形容一心做到底，不再改變。《西遊記》二十回："那獃子縱身跳起，口裏絮絮叨叨的，挑着擔子只得死心塌地，跟着前來。"冰心《寄小讀者》："你能不感激，不流淚，不死心塌地的愛她，而且死心塌地的容她愛你？"同 一心一意、一條道走到黑。反 三心二意、三心兩意。

【死去活來】sǐ qù huó lái 昏死後又蘇醒過來。❶ 形容被酷刑折磨得痛苦之極。《京本通俗小說·錯斬崔寧》："當下眾人將那崔寧與小娘子死去活來拷打一頓。"❷ 形容極度傷心、痛苦或驚慌。《文明小史》三回："讓眾官進去，才曉得柳知府已嚇得死去活來。"老舍《四世同堂》四二："她的身子骨那麼壞，我要偷偷的走了，她還不哭個死去活來的？"同 半死不活。

【死皮賴臉】sǐ pí lài liǎn 厚着臉皮死死糾纏。《紅樓夢》二四回："死皮賴臉的三日兩頭兒來纏舅舅，要三升米二升豆子。"周而復《上海的早晨》三部二五："他死皮賴臉地苦苦哀求，她給逼得沒有辦法，勉強答應他下午再說。"同 死皮涎臉、死乞白賴。

【死有餘辜】sǐ yǒu yú gū 就算是死，也抵償不了所犯的罪過。形容罪惡極大。《漢書·路文舒傳》："蓋奏當之成，雖咎繇聽之，猶以為死有餘辜。"宋代無名氏《李師師外傳》："惟是我所竊自悼者，實命不猶，流落下賤，使不潔之名，上累至尊，此則死有餘辜耳。"清代林則徐《頒發禁煙治罪新例告示》："爾等更當觸目驚心，如再觀望遷延，以身試法，則是孽由自作，死有餘辜。"同 死有餘罪。

【死而不悔】sǐ ér bù huǐ 見"死而無悔"。

【死而後已】sǐ ér hòu yǐ 至死方休。形容絕不停頓，畢生奮鬥。《論語·泰伯》："仁以為己任，不亦重乎？死而後已，不亦遠乎？"三國蜀諸葛亮《後出師表》："臣鞠躬盡力，死而後已，至於成敗利鈍，非臣之明所能逆睹也。"宋代司馬光《涑水記聞》卷十四："必竭力前進，死而後已。"清代黃宗羲《馮公神道碑銘》："臣兄荷皇上知遇，鞠躬盡瘁，死而後已，不敢言病。"同 鞠躬盡瘁、"鞠躬盡瘁，死而後已"。

【死而無怨】sǐ ér wú yuàn 見"死而無悔"。

【死而無悔】sǐ ér wú huǐ 雖然死了，但心甘情願。也作"死而不悔"、"死而無怨"。《論語·述而》："暴虎馮河，死而無悔者，吾不與也。"宋代李昌令《樂善錄·節娥》："娥生長倡家，乃能堅白自守，死而不悔。人非倡女而不能以禮自防者，視娥得無愧恥。"元代曾瑞卿《留鞋記》四折："咱兩個得成雙，死而無怨。"《說岳全傳》一五回："倘若舉不起，然後殺他，也叫他死而無怨。"鄭振鐸《桂公塘》："您還沒有見到像文丞相那麼忠貞和藹的人呢，真是令人從之死而無怨。"

【死而復生】sǐ ér fù shēng 死亡後又生還過來。形容生命力頑強。三國魏曹植《辯道論》："方士有董仲君，有罪繫獄，佯死數日，目陷蟲出，死而復生，然後竟死。”碧野《山高水長》一：“經過死而復生的掙扎，他才在風雪中摸下了祁連山。”同 死而復蘇。反 一命嗚呼。

【死灰復燃】sǐ huī fù rán《史記•韓長孺列傳》：“蒙獄吏田甲辱安國，安國曰：‘死灰獨不復然乎？’”然：同“燃”。後以“死灰復燃”比喻失勢的人重新得勢，或似已消亡的事物又重新活躍起來。宋代陳亮《謝曾察院啟》：“劫火不燼，玉固如斯；死灰復燃，物有待耳。”◇對那些死心塌地的漢奸，務必斬草除根，防止死灰復燃。同 東山再起。反 除惡務盡。

【死求白賴】sǐ qiú bái lài 見“死乞白賴”。

【死於非命】sǐ yú fēi mìng《孟子•盡心上》：“桎梏死者，非正命也。”後用“死於非命”說死在意外的災禍之中。《元史•張珪傳》：“善良死於非命，國法當為昭雪”。《水滸傳》一五回：“我三個若捨不得性命相幫他時，殘酒為誓，教我們都……死於非命。”◇酒後超速駕駛，造成祖孫三代死於非命的慘禍。反 壽終正寢。

【死眉瞪眼】sǐ méi dèng yǎn 瞪：睜大眼睛看着。眉毛不動又瞪着眼睛。形容表情冷淡，不熱情。《紅樓夢》一一〇回：“偏偏那日人來的多，裏頭的人都死眉瞪眼的。鳳姐只得在那裏照料了一會子。”◇我不去她家，不想看她兒子那種死眉瞪眼的樣子。反 滿面春風、笑語相迎。

【死氣沉沉】sǐ qì chén chén 形容沉悶，沒生氣，不活躍。瞿秋白《〈魯迅雜感選集〉序言》：“死氣沉沉的市儈，表面上往往會對所謂弱者表同情。”葉聖陶《病夫》：“又來到這可厭的地方！這是疾病的地方，牢獄似的地方，死氣沉沉的地方。”反 生氣勃勃、生動活潑。

【死得其所】sǐ dé qí suǒ 得其所，恰值得當之處。說死得很有意義、很有價值。《魏書•張普惠傳》：“人生有死，死得其所，夫復何恨！”《三國演義》三七回：“生得其名，死得其所，賢哉徐母，流芳千古。”◇人生自古誰無死，只要死得其所，就死而無憾。同 雖死猶榮。反 死有餘辜。

【死無對證】sǐ wú duì zhèng 人一死，事情真相就難以證實澄清了。元代無名氏《抱妝盒》三折：“那廝死了，可不好了，你做的個死無對證。”明代楊爾曾《韓湘子全傳》二三回：“汝說的都是死無對證的話，我也不信”。◇他以為此案死無對證，其不想留下的蛛絲馬跡，用科技手段一還原，還是成了罪證。反 證據確鑿。

【死裏逃生】sǐ lǐ táo shēng 從接近死亡的境遇裏逃脫出來。形容幸免於難。《京本通俗小說•馮玉梅團圓》：“今日死裏逃生，夫妻再合，乃陰德積善之報也。”鄭振鐸《桂公塘》：“他們過了這一關，彷彿死裏逃生，簡直比鬼門關還難闖。”同 九死一生、絕處逢生。

【殊方絕域】shū fāng jué yù 殊方：遠方。絕域：難以到達的地域。指遠方或國境之外。唐代呂溫《地志圖序》：“名山大川，隨顧奔走；殊方絕域，舉意而到。”《元史•揭傒斯傳》：“朝廷大典冊，及元勳茂德當得銘辭者，必以命焉。殊方絕域，咸慕其名，得其文者，莫不以為榮云。”同 殊方異域、絕域殊方。反 本鄉本土。

【殊途(塗)同歸】shū tú tóng guī《易•繫辭下》：“天下同歸而殊塗，一致而百慮。”原指經由不同的道路，到達同一目的地。後用“殊途（塗）同歸”比喻方法或途徑雖然不同，其結果卻相同。晉代葛洪《抱朴子•逸民》：“在朝者陳力以秉庶事，山林者修德以厲貪濁，殊塗同歸，俱人臣也。”宋代范仲淹《堯舜率天下以仁賦》：“殊途同歸，皆得其垂衣而治；上行下效，終聞乎比屋可封。”孫中山《中國問題的真解決》：“這三種人殊途同歸，終將以日益增大的威力與速度，達到預期的結果。”反 南轅北轍、背道而馳。

【殘民以逞】cán mín yǐ chěng 逞：快意，稱心。以殘害人民為快樂。《左傳•宣公二年》：“君子謂羊斟非人也，以其私憾，敗國殄民，於是刑孰大焉？《詩》所謂‘人之無良’者，其羊斟之謂乎！殘民以逞。”蔡東藩《民國通俗演義》二八回：“公必欲殘民以逞，善言不入……（文）必以前此反對君主專制之決心，反對公之一人。”

【殘兵敗將】 cán bīng bài jiàng 戰敗後殘存下來、已喪失戰鬥力的軍隊。也作“殘軍敗將”。元代無名氏《博望燒屯》二折：“張飛，不是我小覷你，我便與一千軍馬，你休道是拿那夏侯惇來，你則拿的他一箇殘軍敗將來，也輸了貧道。”明代邵璨《香囊·敗兀》：“我如今連被岳家軍殺敗，收聚些殘兵敗將，濟不得事，目下就要拔營回去如何？”《東周列國誌》一〇二回：“王齕大敗，折兵五萬有餘，又喪盡其糧船，只得引殘兵敗將，向路南而遁。”同 散兵游勇。反 精兵強將。

【殘花敗柳】 cán huā bài liǔ 凋零的花，枯萎的柳。比喻被蹂躪摧殘的女子。元代白樸《牆頭馬上》三折：“休把似殘花敗柳冤仇結，我與你生男長女填還徹，指望生則同衾，死則共穴。”明代無名氏《女貞觀》二折：“我是個嫩蕊嬌花，不比那殘花敗柳。”同 敗柳殘花。

【殘杯（盃）冷炙】 cán bēi lěng zhì ❶殘杯：喝剩的酒。冷炙：已冷的烤肉。指吃剩下的飯菜。形容飲食很差。有時含受怠慢或虐待之意。宋代晏殊《山亭柳·贈歌者》詞“數年來往咸京道，殘盃冷炙謾消魂。”清代紀昀《閱微草堂筆記·姑妄聽之四》：“久而僮僕婢媼皆妻黨，太學父子反煢煢若寄食。又久而管鑰簿籍、錢粟出入，皆不與聞。殘杯冷炙，反遭厭薄矣。”《孽海花》二十回：“雯兄不嫌殘杯冷炙，就請入座。”❷借指權貴的施捨或賞賜。多帶侮辱性。北齊顏之推《顏氏家訓·雜藝》：“唯不可令有稱譽，見役勳貴，處之下坐，以取殘杯冷炙之辱。”同 殘羹冷炙、殘茶剩飯。反 山珍海味。

【殘茶剩飯】 cán chá shèng fàn 剩下來的茶水和飯菜。元代馬致遠《黃粱夢》四折：“如今天色晚了也，有甚麼殘茶剩飯，與俺兩個孩兒些吃。”《醒世姻緣傳》四三回：“這些年，自有他進監，都吃他的殘茶剩飯，不曾受的飢餓。”同 殘杯冷炙、殘羹剩飯。

【殘缺不全】 cán quē bù quán 殘破缺損不完整；零碎不全面。《文明小史》五一回：“可惜帶到日本的那位翻譯，只懂英國話，日本話雖會幾句，卻是耳食之學，殘缺不全，到了街上，連僱部車子都僱不了。”《二十年目睹之怪現狀》六四回：“櫃檯上面也放着一個玻璃扁匣，匣裏零零落落的放着幾件殘缺不全的首飾，旁邊放着一塊寫在紅紙貼在板上的招牌，是‘包金法藍’四個字。”◇他的藏書本來極豐富，尤其是保存了不少宋以後的善本，但是幾經戰亂，散佚零落，殘缺不全，十分可惜。

【殘章斷簡】 cán zhāng duàn jiǎn 章：文章的段落。簡：古代用以寫字的竹木片。指不完整的文章或殘破不全的書籍。宋代陸游《會稽志序》：“秦漢晉唐以降金石刻，歌詩賦詠，殘章斷簡，靡有遺者。”同 殘編斷簡、斷編殘簡。

【殘渣餘孽】 cán zhā yú niè 渣：渣滓，廢物。孽：邪惡的東西。殘存的渣滓，留下的妖孽。比喻殘留下來的壞人。◇上次追剿毒販漏網的幾個殘渣餘孽，如今又結成新的集團，繼續販運毒品的勾當。

【殘湯剩飯】 cán tāng shèng fàn 湯：湯汁。指剩餘下來的飯菜。舊時富人家多以施捨乞討者或供下人食用。元代張國賓《合汗衫》一折：“時遇雪天，身上無衣，肚中無食，特來問爹爹奶奶討些殘湯剩飯咱。”元代秦簡夫《趙禮讓肥》一折：“爹爹奶奶，有殘湯剩飯，與俺這小孩兒一口兒喫也好那。”也作“殘湯剩水。”元代李文蔚《燕青博魚》一折：“我揣巴些殘湯剩水，打疊起浪酒閒茶。”同 殘茶剩飯、殘羹冷炙。反 美味佳餚、山珍海味。

【殘暴不仁】 cán bào bù rén 殘忍兇狠，毫無仁慈憐憫之心。《三國演義》三回：“韓玄殘暴不仁，輕賢慢士，當眾共殛之。”蔡東藩《五代史通俗演義》三回“乃將師範殺死，並及族屬二百餘人”批語：“殘暴不仁。”同 殘虐不仁。反 仁至義盡。

【殘編斷簡】cán biān duàn jiǎn 编：把竹木簡串起來的皮條或繩子。簡：竹、木簡，古代用以寫字。指殘缺不全的圖書或零散不完整的文字資料。宋代張耒《評書》："往時蘇子美兄弟，皆以行草見稱於時，至今殘編斷簡，人間藏以為寶。"明代于慎行《谷山筆麈•典籍》："今夫墨池之士臨搨舊帖，多於殘編斷簡得其精神，不以其難且少耶？"同 斷編殘簡、斷簡殘編。

【殘羹冷炙】cán gēng lěng zhì 羹：用肉或菜蔬等做成的濃湯。指吃剩的飯菜。舊時大戶人家多以施捨乞討者或供下人食用，因以比喻微不足道的施捨或賞賜。魯迅《且介亭雜文•拿來主義》："他們拿不出東西來，只好磕頭賀喜，討一點殘羹冷炙做獎賞。"同 殘杯冷炙、殘羹剩飯。反 山珍海味、美味佳餚。

【殢雨尤雲】tì yǔ yóu yún 殢：滯留。尤：纏綿。指男女間的纏綿歡愛。宋代柳永《浪淘沙慢》詞："殢雨尤雲，有萬般千種相憐。"明代孫蕡《驪山老妓行補唐天寶遺事戲效白樂天作》："五陵年少秦川客，爭愛兒家好顏色。殢雨尤雲最惱人，追歡買笑寧論值。"清代李漁《閒情偶寄•歌舞》："但觀歌舞不精，則其貼近主人之身，而為殢雨尤雲之事者，其無嬌音媚態可知也。"也作"尤雲殢雨"。宋代杜安世《剔銀燈》詞："尤雲殢雨，正繾綣朝朝暮暮。"元代王實甫《西廂記》三本三折："強風情措大，晴乾了尤雲殢雨心，悔過了竊玉偷香膽。"同 殢雲尤雨。

【殫心竭慮】dān xīn jié lǜ 見"殫精竭慮"。

【殫見洽聞】dān jiàn qià wén 殫：窮盡。洽：廣博。形容見聞廣博，知識豐富。漢代班固《西都賦》："大雅宏達，於茲為群，元元本本，殫見洽聞，啟發篇章，校理秘文。"明代楊慎《五雲太甲》："以一行之邃於星歷，張燕公、段柯古之殫見洽聞，而猶未知焉，姑闕疑以俟博識。"◇經史子集讀得滾瓜爛熟，引證詞句出典，可說是原原本本，殫見洽聞。同 博聞廣識、見多識廣。

【殫精竭慮】dān jīng jié lǜ 殫、竭：都是用盡的意思。形容用盡心力。宋代吳則禮《燕居堂記》："將思澤其民而殫精竭慮求所以鋤奸革弊之道，以敦厚其風俗，輯和其里閭，而措之於安樂之地耶？"明代王鏊《故河南監察史程君墓誌銘》："時巡按缺員，君兼領其事，又兼查理文卷、軍器，諸務填委，君殫精竭慮，遂以憂勞成疾。"也作"殫心竭慮"。明代陳應芳《論農政專官》："試觀今日上下治河使者，殫心竭慮，內無遺策，儲材鳩工，外無餘力。"清代傅澤洪《行水金鑒》卷三二"爾為重臣，受茲委託，須殫心竭慮，輸忠效勞。"同 殫思極慮。

殳部

【殷浩書空】yīn hào shū kōng 晉人殷浩，有盛名，被桓溫奏劾，廢為庶人後，終日在空中書寫"咄咄怪事"四字。事見《世說新語•黜免》。後以"殷浩書空"指事情令人詫異，不同一般。清代李漁《閒情偶寄•廳壁》："流水不鳴而似鳴，高山是寂而非寂。座客別去者，皆作殷浩書空，謂咄咄怪事，無有過此者矣。"同 咄咄怪事。

【殷鑒不遠】yīn jiàn bù yuǎn 殷：殷朝。鑒：鏡子，借鑒。夏朝剛剛覆亡，殷朝應以此為鑒。泛指前人的教訓就在眼前。《詩經•蕩》："殷鑒不遠，在夏后之世。"《晉書•劉聰傳》："昔齊桓公任易牙而亂，孝懷委黃皓而滅，此皆覆車於前，殷鑒不遠。"清代秋瑾《中國女報發刊詞》："殷鑒不遠，觀數十年來，我國學生界之現狀，可以知矣。"同 前車之鑒、覆車之鑒。

【殺一儆百】shā yī jǐng bǎi 儆：讓人警覺而不犯錯誤。《漢書•尹翁歸傳》："其有所取也，以一警百，吏民皆服，恐懼改行自新。"後用"殺一儆百"、"殺一警百"說殺一個人來警誡許多人。清代龔自珍《送欽差大臣侯官林公序》："送難者皆天下黠猾遊說，而貌為老成迂拙者也。粵省僚吏中有之，幕客中有之，遊客中有之，商估中有之，恐紳士中未必無之，宜殺一儆百。”《慈禧太后演義》八回：“聖上原是寬宏，然姑息適足養奸，殺一警百，他人方不敢蒙蔽聖聰。”郭沫若《孔雀膽》三幕：“斬草除根，殺一警百，這正是根本的辦法。”同 殺雞儆猴、懲一儆百。反 賞一勸百。

【殺人如麻】shā rén rú má 殺的人像亂麻一樣。形容殺人極多。唐代李白《蜀道難》詩：“朝避猛虎，夕避長蛇，磨牙吮血，殺人如麻。”明代王慎中《海上平寇記》：“殺人如麻，目睫曾不為之一瞬。”《三國演義》二九回：“兒自幼隨父出征，殺人如麻。”同 殺人如草、殺人盈野。反 好生惡殺、慈悲為懷。

【殺人越貨】shā rén yuè huò《尚書•康誥》：“殺越人於貨，暋不畏死，罔弗憝。”越：謂搶劫。意思是殘殺人命，並劫奪其財物。後指盜匪行徑。蔡東藩《五代史演義》三六回：“貧民亦乘勢闖入富家，殺人越貨，搶劫至兩晝夜。”◇在山區的荒原中，常有土匪出沒，殺人越貨，商旅視為畏途。反 好善樂施、與人為善。

【殺人滅口】shā rén miè kǒu 為隱瞞事情真相，防止秘密洩露，殺掉知情者，消滅活口。《戰國策•楚策四》：“李園既入其女弟為王后，子為太子，恐春申君語洩而益驕，陰養死士，欲殺春申君以滅口，而國人頗有知之者。”《新唐書•王義方傳》：“殺人滅口，此生殺之柄，不自主出，而下移佞臣，履霜堅冰，彌不可長。”◇如今的黑社會，殺人滅口幾乎是家常便飯。

【殺身成仁】shā shēn chéng rén《論語•衛靈公》：“志士仁人，無求生以害仁，有殺身以成仁。”說志士仁人犧牲生命來成全仁義。後多指為了正義而犧牲生命。《後漢書•班彪傳論》：“然其論議常排死節，否正直，而不敍殺身成仁之為美。”明代王世貞《鳴鳳記•寫本》：“殺身成仁，才是奇男子。”夏衍《秋瑾傳》第三幕：“殺身成仁，是革命黨的本色。”同 捨身成仁、捨身取義。反 苟且偷生、貪生怕死。

【殺妻求將】shā qī qiú jiàng《史記•孫子吳起列傳》：“齊人攻魯，魯欲將吳起。吳起取齊女為妻，而魯疑之。吳起於是欲就名，遂殺其妻，以明不與齊也。魯卒以為將。將而攻齊，大破之。魯人或惡吳起曰：‘起之為人，猜忍人也……魯君疑之，起殺妻以求將。’”後用“殺妻求將”比喻為追求功名利祿而無所不用其極。《晉書•段灼傳》：“吳起貪官，母死不歸，殺妻求將，不孝之甚。”《東周列國誌》八六回：“穆公謂曰：‘吳起殺妻以求將，此殘忍之極，其心不可測也。’”

【殺氣騰騰】shā qì téng téng 形容廝殺的氣勢極盛或殺人極兇狠。《前漢書平話》卷上：“戰塵鬱鬱，殺氣騰騰，遮籠四野，蔽塞五方。”《古今小說•木綿庵鄭虎臣報冤》：“真個是威風凜凜，殺氣騰騰。”元代無名氏《衣襖車》三折：“一個使的是槍，一個使的是刀，殺氣騰騰罩碧霄，天愁地慘冷霧飄。”《楊家將傳》一回：“腰間取出利刃，寒光凜凜，殺氣騰騰，復入書院。”反 心慈面軟。

【殺雞取卵】shā jī qǔ luǎn 比喻只顧貪圖得到眼前一點好處，而不計長遠利益受損。◇幾任省長都是竭澤而漁，殺雞取卵，弄得民不聊生。同 竭澤而漁。反 休養生息。

【殺雞儆(警)猴】shā jī jǐng hóu 儆：告誡、警告。殺雞給猴子看，向猴子發出警告。比喻用懲罰一個人的辦法來警誡其他人。◇他猜到上司有殺雞儆猴之意，心中七上八下，半天沒吱聲／俗話說的好，殺雞警猴，把雞一刀宰了，猴自然害怕，如今他就是這麼做的。同 殺雞駭猴、殺雞嚇猴。

【毀於一旦】huǐ yú yī dàn 說長期努力所取得的成果，短時間內就被毀掉了。《後漢書•竇融傳》：“百年累之，一朝毀之，豈不惜乎？”◇八千棵紅樹養護多年，如今毀於一旦，實在令人惋惜。同 功虧一簣、功敗垂成。

【毀家紓難】huǐ jiā shū nàn 毀：捐棄。紓：解除。《左傳•莊公三十年》：“鬬谷於菟為令尹，自毀其家，以紓楚國之難。”

後以“毀家紓難”泛指捐獻家產，解救國難的作為。《宋史•度宗紀》：“容臣歸省偏親，誓當趨事赴功，毀家紓難，以贖門戶之愆。”章炳麟《庚子拳變與粵督書》：“聞公已建置議院，募練材技，毀家紓難，以為民倡，四方喁喁，莫不延頸歸往。”同 毀家紓國。反 明哲保身。

【毀譽參半】huǐ yù cān bàn 詆毀或讚譽、批評或表揚、否定或肯定大致各佔一半。《四庫全書總目•別集》“白沙集九卷”：“史稱獻章之學以靜為主，其教學者但令端坐澄心，於靜中養出端倪，頗近於禪，至今毀譽參半。”◇公司和工會談判，同意降薪而不裁員，工友對此毀譽參半。反 有口皆碑、讚不絕口。

【毅然決然】yì rán jué rán 堅定果斷，毫不猶豫。《官場現形記》五八回：“竇世豪得了這封信，所以毅然決然，借點原由同洋人反對，彼此分手。”◇不顧父母的強烈反對，毅然決然地與她成婚。同 義無反顧。反 優柔寡斷。

毋 部

【母以子貴】mǔ yǐ zǐ guì 原指古代庶子繼位，其母親的地位也因之顯榮。《公羊傳•隱公元年》：“桓何以貴？母貴也。母貴則子何以貴？子以母貴，母以子貴。”後泛指母親的身份因兒子的地位上升而變得尊貴。《資治通鑒•宋文帝元嘉十四年》：“魏主使群臣議之，皆曰：‘母以子貴，妻從夫爵。牧犍母宜稱河西國太后。’”《儒林外史》五三回：“自古婦人無貴賤。任憑他是青樓婢妾，到得收他做了側室，後來生出兒子，做了官，就可算的母以子貴。”

【每下愈況】měi xià yù kuàng《莊子•知北遊》：“正獲之問於監市履豨也，每下愈況。”意思是說，監管集市的官吏“獲”向牙儈詢問，檢驗豬的肥瘦為何要用腳踩豬的小腿？牙儈答道：豬的小腿最難長肉，所以愈往豬小腿的下端踩，就愈能看出豬的肥瘦。莊子以“每下愈況”比喻越是從低微的事物上去推求，就越能看出“道”的真實情況。現用“每況愈下”表示情況越來越壞。宋代洪邁《容齋續筆•蓍龜卜筮》：“人人自以為君平，家家自以為季主，每況愈下。”清代黃宗羲《外舅葉公改葬墓誌銘》：“自公云亡，每況愈下，諸張時文，啞鐘不打。”朱自清《‘海闊天空’與‘古今中外’》：“南歸以後，新戲固然和北京是‘一丘之貉’，舊戲也就每況愈下，毫無足觀。”同 每況愈下、江河日下。反 欣欣向榮、蒸蒸日上。

【每況愈下】měi kuàng yù xià 見“每下愈況”。

【每飯不忘】měi fàn bù wàng《史記•馮唐列傳》：“漢文曰：‘吾居代時，吾尚食監高袪數為我言趙將李齊之賢，戰於鉅鹿下。今吾每飯，意未嘗不在鉅鹿也’。”說每當進食時，一定想到高袪所說的李齊大戰鉅鹿的故事。後以“每飯不忘”表示時刻不忘。明代陳文燭《重修瀼西草堂記》：“忠君憂國，每飯不忘。”清代袁枚《隨園詩話》卷一四：“人但知杜少陵每飯不忘君，而不知其於友朋、弟妹、夫妻、兒女間，何在不一往情深耶？”同 沒世不忘、沒齒不忘。

【毒蛇猛獸】dú shé měng shòu 泛指兇猛有害的動物。也比喻兇惡殘暴的人。瞿秋白《文藝雜著•涴漫的獄中日記》：“那地方本來‘人’跡稀少，毒蛇猛獸橫行。”張仲三《黑暗舞者》：“她在黑暗中被迫做那些坑害人的勾當，十分痛恨拖她下水的老闆，視其為毒蛇猛獸一般。”同 洪水猛獸。

比 部

【比比皆是】bǐ bǐ jiē shì 到處都是，形容非常多。宋代包拯《請救濟江淮飢民疏》：“連年亢旱，民食艱阻，流亡者比比皆是。”明代宋濂《答郡守聘五經師書》：“故閥閱之家多尊道德而淺功利，據案談經，比比皆是。"《紅樓夢》二回："上自朝廷，下至草野，比比皆是。" 同 俯拾即是、觸目皆是。反 寥若晨星。

【比手劃腳】bǐ shǒu huà jiǎo 形容説話時用手勢示意或加強語氣。楊朔《金字塔夜月》："老看守卻像沒聽見，緊自比手劃腳説。" 瓊瑤《啞妻》二："我不要再看到你們比手劃腳，把你的啞巴女兒抱走！" 王朔《動物兇猛》："米蘭比手劃腳説着甚麼，眼睛四處張望，向我們這邊看了一眼。" 同 指手畫腳。

【比肩而立】bǐ jiān ér lì 比肩：並肩，肩並肩地站立。❶ 形容相互之間距離很近。《戰國策•齊策三》："寡人聞之，千里而一士，是比肩而立；百世而一聖，若隨踵而至。" ◇一棵棵高大的水杉比肩而立，形成了天然屏障。❷ 形容人數眾多。《漢書•路溫舒傳》："是以死人之血流離於市，被刑之徒比肩而立。" ◇道路兩旁歡迎的人群比肩而立。❸ 比喻地位相當。唐代吳兢《貞觀政要•擇官》："自此倘有樂工雜類，假使術逾儕輩者，只可特賜錢帛以賞其能，必不可超授官爵，與夫朝賢君子比肩而立，同坐而食。" ◇論作品成就，蒲松齡足可與杜甫、白居易等偉大作家比肩而立，同垂千古。

【比肩接踵】bǐ jiān jiē zhǒng 見"比肩繼踵"。

【比肩繼踵】bǐ jiān jì zhǒng 肩膀碰着肩膀，腳尖碰着腳跟。形容人很多或接連不斷。《晏子春秋•雜下九》："齊之臨淄三百閭，張袂成陰，揮汗成雨，比肩繼踵而在，何為無人？" 漢代王粲《荊州文學記》："於是童幼猛進，武人革面，……比肩繼踵，川遊泉湧。" 梁啟超《新民説》七："若此者，不過聊舉數賢以為例耳，其他豪傑之類此者，比肩繼踵於歷史。" ◇東街口的天橋上行人比肩繼踵，川流不息。也作"比肩接踵"。清代戴名世《〈道墟圖詩〉序》："其間名臣巨儒、魁奇俊偉豪傑不群之士，比肩接踵而出。" ◇廣場彩球高懸，彩旗招展，人們比肩接踵而來，整個廣場氣氛熱烈。同 接踵而至、絡繹不絕。

【比屋可封】bǐ wū kě fēng 封：封爵。❶ 家家戶戶都可以受封爵位。形容教化遍及四海，人人有德行。《尚書大傳》卷五："周人可比屋而封。" 唐代劉知幾《史通•疑古》："堯舜之人，比屋可封。蓋因《堯典》成文，而廣造奇説也。" 後用來稱讚民風純樸。前蜀杜光庭《壽春節進元始天尊幀並功德疏表》："無向隅不獲之夫，有比屋可封之俗。" 嚴復《原強》："夫古之所謂至治極盛者，曰'家給人足'曰'比戶可封'，曰'刑措不用'。" ❷ 形容人多，到處都有。明代謝肇淛《五雜俎•人部四》："美姝世不一遇，而妒婦比屋可封。"

【比量齊觀】bǐ liàng qí guān 同等看待。廖仲愷《中國的實業的現狀及產業落後的原因》："而且他們的輸出東西，又是工藝品，是精製品；我們的輸出東西，是農產品，是原料。因此我們的輸出，必不能和輸入比量齊觀。" ◇父親很喜歡宋詞，一直把它和唐詩比量齊觀。也作"等量齊觀"。清代周中孚《鄭堂劄記》卷五："若李滄溟者，諸體少完善，惟七絕差勝，衹堪與謝四溟之五律等量齊觀。" 茅盾《創造》："因為他是把貧富，貴賤，智愚，賢不肖，是非，大小，都一律等量齊觀的，所以他對於一切都感到那樣的滿足罷！" 同 一視同仁、等量齊觀。反 厚此薄彼。

【比翼齊飛】bǐ yì qí fēi 見"比翼雙飛"。

【比翼雙飛】bǐ yì shuāng fēi 《爾雅•釋地》："南方有比翼鳥焉，不比不飛，其名謂之鶼鶼。" 比翼：翅膀挨着翅膀。後用"比翼雙飛"比喻夫妻相伴相隨，形影不離。晉代陸機《擬西北有高樓》詩："不怨佇立久，但願歌者歡；思駕歸鴻羽，比翼雙飛翰。" 明代朱權《卓文君》四折："不是妾身多薄幸，只因司馬太風騷，效神鳳，下丹霄，比翼雙飛上泬寥。" 黃梅戲《天仙配》："你我好比鴛鴦鳥，比翼雙飛在人間。" 也作"比翼齊飛"。◇戀愛時發誓海枯石爛、比翼雙飛，婚後不到一年就移情別戀了。同 夫唱婦隨。反 勞燕分飛。

毛 部

【毛手毛腳】máo shǒu máo jiǎo ❶形容做事粗心大意，不穩當。《三俠五義》七六回："就是跟隨小人們當差之人，俱是小人們訓練出來的，但凡有點毛手毛腳的，小人決不用他。"◇這夥人幹甚麼都毛手毛腳的，總是出錯。❷形容行為輕佻不端。等於説動手動腳。《花月痕》九回："中一席，卜長俊、夏旒、胡耇三個，每人身邊坐一個，毛手毛腳的，醜態百出。"同 粗手粗腳、動手動腳。

【毛羽未豐】máo yǔ wèi fēng《戰國策·秦策一》："秦王曰：'寡人聞之，毛羽不豐滿者，不可以高飛。'"後以"毛羽未豐"、"羽毛未豐"比喻尚未成熟或力量還不夠強大。楊玉如《辛亥革命先著記》："惜此時群治（學校）毛羽未豐，又迭經挫折。"明代張景《飛丸記·賞春話別》："我羽毛未豐，恐網羅之易及。"梁啟超《義大利建國三傑傳》二節："阿爾拔固素知瑪志尼者，良敬其為人。雖然，自以羽毛未豐，不可高飛。"◇想當年他羽毛未豐的時候，硬着頭皮在人家面前低聲下氣，過着十分屈辱的日子。反 羽毛豐滿。

【毛骨悚(竦)然】máo gǔ sǒng rán 毛髮豎立，脊梁骨緊縮。形容極端驚恐害怕的樣子。《三國演義》二二回："左右將此檄傳進，操見之，毛骨悚然，出了一身冷汗。"清代李漁《比目魚·狐威》："那些租戶債戶見了，嚇得毛骨竦然。"《儒林外史》二五回："幾句說的兩個書辦毛骨悚然。"茅盾《殘冬》："覺得毛骨悚然，就好像聽得那篤篤的敲門聲。"也作"毛骨聳然"。《二刻拍案驚奇·大姊魂遊完宿願》："行修聽罷，毛骨聳然，驚出一身冷汗。"茅盾《過年》："阿唐怪聲地笑了；這笑，老趙聽了，卻毛骨聳然。"同 毛髮悚然、毛髮倒豎。反 輕鬆自如、心地坦然。

【毛骨聳然】máo gǔ sǒng rán 見"毛骨悚（竦）然"。

【毛遂自薦】máo suì zì jiàn《史記·平原君虞卿列傳》載：公元前259年，秦兵圍趙，趙王命平原君到楚國求援，他的門客毛遂自我舉薦，隨同前往楚國。至楚，平原君自日出至中午都未能説服楚王，毛遂按劍登上殿階，陳述利害，終於説服楚王派兵救趙。後用"毛遂自薦"比喻薦舉自己。《兒女英雄傳》一八回："為此晚生不揣鄙陋，竟學那毛遂自薦，倘大人看我可為公子之師，情願附驥。"《文明小史》一一回："否則，這個差使，兄弟一定毛遂自薦，省得太尊另外尋人。"

【毛髮倒豎】máo fà dào shù ❶形容很害怕很緊張。《紅樓夢》七五回："只覺得風氣森森，比先更覺涼颯起來，月色慘澹，也不似先前明朗，眾人都覺毛髮倒豎。"◇這部科幻恐怖片，看完真令人毛髮倒豎、脊背發涼。❷形容怒不可遏。《三國演義》二十回："騰讀畢，毛髮倒豎，咬齒嚼唇，滿口流血。"◇只要提起被朋友陷害的事，他就會毛髮倒豎，直打哆嗦。同 毛骨悚然、怒髮衝冠。

【毛髮悚然】máo fà sǒng rán 悚然：直豎的樣子。形容極度恐懼。也作"毛髮聳然"。《三國演義》八九回："朵思見之，毛髮聳然，回顧孟獲曰：'此乃神兵也！'"《紅樓夢》一〇一回："雖然毛髮悚然，心中卻也明白。"鄧洪《山中歷險記》："煞靜的深夜，一個人在毫無掩蔽的山頂上，聽到一聲虎嘯，那是不由人不毛髮悚然的！"同 毛骨悚然。反 泰然自若。

【毛髮聳然】máo fà sǒng rán 見"毛髮悚然"。

【毛舉細故】máo jǔ xì gù 毛：瑣碎。舉：列舉。細故：小事。繁瑣地列舉一些細小的事情。《明史·葉向高傳》："忠賢乃時毛舉細故，責向高以困之。"梁啟超《答某報對於本報之駁論》："徒毛舉細故，吾誠不知其進退何據也。"同 毛舉細務。

【毛舉細務】máo jǔ xì wù 列舉瑣瑣碎碎的小事。《宋史·陳桷傳》："時言事者率毛舉細務，略大利害。"周汝昌《曹雪芹小傳·總序》："有時引事例、借話頭，……這也只是幫助讀者理解的一種手段，並不是特別喜歡‘毛舉細務’、故為枝蔓的意思。”同 毛舉細事、毛舉細故。

【毫不介意】háo bù jiè yì 介意：在意。《南史·張盾傳》：“於是生資皆盡，不以介懷。”後用“毫不介意”說絲毫不放在心上。多指不愉快的事。《紅樓夢》一六回：“眾人如何得意，獨他一個皆視有如無，毫不介意。因此眾人嘲他越發呆了。”魯迅《朝花夕拾·藤野先生》：“我當時雖然覺得圈得可笑，但是毫不介意，這回才悟出那字也在譏刺我了。”同 毫不介懷、毫不經意。反 斤斤計較、耿耿於懷。

【毫無二致】háo wú èr zhì 絲毫沒有兩樣，完全相同。《官場現形記》二九回：“佘道台見了這副神氣，更覺得同花小紅一式一樣，毫無二致。”◇儘管他插進來勸導，可她的態度同往常毫無二致。同 一模一樣。

【毫無疑義】háo wú yí yì 完全明白，沒有絲毫疑惑之處。表示十分明確肯定。《老殘遊記》一六回：“怎麼他毫無疑義，就照五百兩一條命算呢？”“馬南邨《燕山夜話·創作要不要靈感》：“這種啟發作用，無論如何不能代替創作的靈感。真正的創作靈感，只能來源於現實生活，這是毫無疑義的。”同 不容置疑、毋庸置疑。反 滿腹疑團、將信將疑。

【毫無遜色】háo wú xùn sè 遜：差。表示比得上，絲毫不差。魯迅《且介亭雜文·門外文談十》：“比起希臘的伊索、俄國的梭羅古勃的寓言來，這是毫無遜色的。”◇天津狗不理包子固然聞名全國，而上海南翔小籠包也毫無遜色。同 旗鼓相當。反 相形見絀。

【毫髮不爽】háo fà bù shuǎng 毫：細毛。爽：差。形容絲毫不差。《魏書·律曆志下》：“歲星行天，伺候以來八九餘年，恆不及二度。今新曆加二度。至於夕伏晨見，纖毫無爽。”明代李贄《觀音問·答自信》：“慳貪者報以餓狗，毒害者報以虎狼，分釐不差，毫髮不爽。”《聊齋誌異·邑人》：“呼鄰問之，則市肉方歸，言其片數斤數，毫髮不爽。”同 毫釐不爽、分毫不差。反 霄壤之別、天壤之別。

【毫釐千里】háo lí qiān lǐ 毫、釐：兩種極短的長度單位。《大戴禮記·保傅》：“《易》曰：‘正其本，萬物理，失之毫釐，差之千里，故君子慎始也。’”後用“毫釐千里”說微小的失誤能造成巨大的差錯。《水滸全傳》九七回：“若認此法便可超凡入聖，豈非毫釐千里之謬！”◇測繪決不能有偏差，毫釐千里，一定要十分精確。同 天差地別。反 毫釐不爽。

【毫釐不爽】háo lí bù shuǎng 毫、釐均是微小的量度單位。爽：差錯。形容絲毫不差。《古今小說·遊酆都胡母迪吟詩》：“須合幽明古今而觀之，方知毫釐不爽。”清代紀昀《閱微草堂筆記·姑妄聽之一》：“此見神理分明，毫釐不爽。”聶紺弩《自由主義的斤兩》：“理性是毫釐不爽的天秤，兩邊的重量都放上去，重就重，輕就輕。”同 毫髮不爽。反 天壤之別。

氏部

【民不聊生】mín bù liáo shēng 人民無以為生，活不下去，非常困苦。聊：依賴。《史記·張耳陳餘列傳》：“財匱力盡，民不聊生。”《警世通言·范鰍兒雙鏡團圓》：“話中單說建州饑荒，斗米千錢，民不聊生。”◇連年征戰，烽火連天，民不聊生。同 民生塗炭、易子析骸。反 民康物阜、民殷國富。

【民不堪命】mín bù kān mìng 命：政令。民眾不能忍受國家暴虐的政令。形容民眾的勞役賦稅過於繁重。《左傳·桓公二年》：“宋殤公立，十年十一戰，民不堪命。”《金史·斡魯古勃堇傳》：“遼人賦斂無度，民不堪命。”現多指民眾不能生存。丁中江《北洋軍閥史話》一六九：“現在各省天災迭告，民不堪命。”◇這年頭苛捐雜稅花樣日新，加之天災不斷，民不堪命。同 民不聊生。

【民生凋敝】mín shēng diāo bì 民生：人民的生計。凋敝：困苦。指社會經濟蕭條，人民生活困苦。《明史·太祖本紀》：“東南久罹兵革，民生凋敝，吾甚憫之。”《清史稿•穆宗紀一》：“江南新復，民生凋敝，有司招徠撫恤之。”◇眼前經過的是一個民生凋敝的鎮子，百姓多半面有菜色。同 民不聊生、民窮財盡。反 民富國強、民康物阜。

【民生塗炭】mín shēng tú tàn 塗：爛泥；炭：炭火。形容百姓沒有活路，生活艱難困苦。◇統治階層多年的內鬥，搞得饑荒遍野，民生塗炭。同 民不聊生、生靈塗炭。

【民安物阜】mín ān wù fù 見“民康物阜”。

【民安國泰】mín ān guó tài 人民安樂，國家太平。元代宮天挺《七里灘》三折：“百姓每家家慶，慶道是民安國泰，法正官清。”明代無名氏《後西遊記》二三回：“所到之處，時和年豐；所居之地，民安國泰。”老舍《特大的新年》：“快活吧，這是地上的天堂，雨順風調，普天同慶，民安國泰，百福並臻。”同 國泰民安。反 兵荒馬亂。

【民和年豐】mín hé nián fēng 百姓和順，年成豐登。《左傳•桓公六年》：“奉盛以告曰：‘絜粢豐盛’，謂其三時不害而民和年豐也。”《宋史•樂志九》：“日靖四方，民和年豐。有秩斯祜，申錫無窮。”◇大家希望在新的一年裏民和年豐，太平無事。

【民胞物與】mín bāo wù yǔ 宋代張載《西銘》：“民吾同胞，物吾與也。”與：同類。把人民看作同胞，把萬物看作同類。後用“民胞物與”泛指愛人和愛萬物。明代徐渭《義塚募文》：“坐觀蟻穿鳥啄之慘，竟何民胞物與之仁？”《二十年目睹之怪現狀》一五回：“大凡世上肯拿出錢來做善事的，那裏有一個是認真存了‘仁人測隱’之心，行他那‘民胞物與’的志向，不過都是在那裏邀福。”◇中國儒家文化非常強調民胞物與的仁愛之心。

【民怨沸騰】mín yuàn fèi téng 人民的怨聲就像沸水在翻滾一樣。形容人民的怨恨到了極點。清代趙翼《廿二史劄記•海陵兼齊文宣隋煬帝之惡》：“自古大兵大役，未有不民怨沸騰，喪國亡身者。”《官場現形記》五回：“上半年在那裏辦過幾個月釐局，不該應要錢的心太狠了，直弄得民怨沸騰。”◇清朝末葉，朝政腐敗，民怨沸騰，民變蜂起。同 怨聲載道。反 民和年豐。

【民為邦本】mín wéi bāng běn《尚書•五子之歌》：“民惟邦本，本固邦寧。”後用“民為邦本”說人民是國家的根本。這是古代儒家民本思想的集中體現。宋代陸九淵《與陳倅書》：“民為邦本，誠有憂國之心，肯日蹙其本而不之恤哉？”《三國演義》十一回：“民為邦本，本固邦寧。若使遷都，民不聊生，自此天下危矣。”

【民殷財阜】mín yīn cái fù 阜：豐富。指百姓殷實富足。《後漢書•劉陶傳》：“夫欲民殷財阜，要在止役禁奪，則百姓不勞而足。”◇香港社會已經步入經濟繁榮、民殷財阜、社會和諧的時代。同 殷民阜財。反 民窮財盡。

【民脂民膏】mín zhī mín gāo 比喻人民用血汗創造的財富。《水滸傳》九四回：“庫藏糧餉，都是民脂民膏，你只顧侵來肥己，買笑追歡，敗壞了國家許多大事。”《官場現形記》一九回：“民脂民膏，任情剝削。如此而欲澄清吏治，整飭官方，豈可得乎！”同 民膏民脂。

【民康物阜】mín kāng wù fù 人民安康，物資豐富。形容太平盛世的景象。也作“民安物阜”。明代朱有燉《靈芝慶壽》一折：“皆因中國雨順風調，民安物阜。”鄭觀應《盛世危言•吏治下》：“可見當時君明臣良，民康物阜，致治之隆非無故也。”馮玉祥《我的生活》一八章：“想來那樣一個民康物阜的世外桃園，遭受到這樣的厄運，也一定頓改舊觀了。”同 民熙物阜、物阜民康。

【民賊獨夫】mín zéi dú fū 民賊：殘害人民的人。獨夫：眾叛親離的統治者。指殘暴無道眾叛親離的統治者。清代鄒容《革命軍》緒論：“吾因之而有概於歷代民賊獨夫之流毒也。”范文瀾《中國通史簡編》二編一章：“這種險慘刻毒的民賊獨夫思想，與孔孟正統派的仁義學說恰恰處於對立的地位。”同 獨夫民賊。

【民膏民脂】mín gāo mín zhī 百姓用辛勤勞作換來的錢糧財富。五代後蜀孟昶《戒石文》：“爾俸爾祿，民膏民脂。”《封神演義》二五回：“可憐民膏民脂，棄之無用之地。”蔡東藩《元史演義》二六回：“追到了五台，拈香已畢，賞賜僧侶也費了巨萬，實則統是民膏民脂。”同 民脂民膏。反 不義之財。

【民窮財盡】mín qióng cái jìn 人民財力枯竭，窮困不堪。《京本通俗小說•拗相公》：“況且民窮財盡，百姓饔餐不飽，沒閒錢去養馬騾。”《水滸全傳》九一回：“又值水旱頻仍，民窮財盡，人心思亂。”《二刻拍案驚奇》卷一：“又兼民窮財盡，餓殍盈途，盜賊充斥，募化無路。”◇連年的戰火，弄得國力大減，田地荒蕪，民窮財盡。反 民殷財阜、物阜民豐。

气 部

【氣宇軒昂】qì yǔ xuān áng 氣宇：氣概；氣度。形容人精氣神充沛，風度不凡，氣概超群。《東周列國誌》三七回：“(趙)盾時年十七歲，生得氣宇軒昂，舉動有則，通《詩》、《書》，精射御。”《儒林外史》三四回：“莊紹光見蕭昊軒氣宇軒昂，不同流俗，也就着實親近。”郭沫若《武漢長江大橋》：“電梯的升降更瞬息上下紫微，使人們心胸開闊，氣宇軒昂，不僅氣吞雲夢，直欲含宏萬匯。”也作“器宇軒昂”。《三國演義》三六回：“時李儒見丁原背後一人，生得器宇軒昂，威風凜凜。”同 軒昂氣宇。

【氣吞山河】qì tūn shān hé 形容氣魄宏大。元代金仁傑《追韓信》二折：“背楚投漢，氣吞山河，知音未遇，彈琴空歌。”◇大兵所指，氣吞山河，妖魔鬼怪望風而靡。同 氣壯山河、氣吞河山。

【氣吞牛斗】qì tūn niú dǒu 牛斗：牽牛星和北斗星，泛指天空。氣勢恢宏，能吞沒天空。形容氣魄宏大。明代王淑忭《蟠桃記•誕孫相慶》：“看蘭孫，氣吞牛斗，知不是等閒人。”傅雷《傅雷家書》：“有這種詩人靈魂的傳統的民族，應該有氣吞牛斗的表現才對。”同 氣吞山河。反 狗肚雞腸。

【氣壯山河】qì zhuàng shān hé 氣概像高山大河那樣雄壯豪邁。也作“氣壯河山”。唐代張說《洛州張司馬集序》：“洛州司馬張公，名希元，中山人也，族高辰象，氣壯河山。”明代無名氏《鳴鳳記•易生避難》：“生離死別何足慮，但願得早旋旌旆，氣壯山河，金戈挽落暉。”冰心《漫談兒童散文創作》：“‘五四’運動是聲震天地、氣壯山河的一次偉大運動。”同 氣吞山河。

【氣壯如牛】qì zhuàng rú niú 氣概雄壯得如同牛一樣。一般與“膽小如鼠”連用。◇別看他表面上氣壯如牛，實際上膽小如鼠。反 膽小如鼠。

【氣壯河山】qì zhuàng hé shān 見“氣壯山河”。

【氣味相投】qì wèi xiāng tóu 氣味：氣質品味。指彼此性格、志趣、情調合拍，相處得好。宋代舒邦佐《和于湖集茶韻》：“氣味相投陳與雷，有時煎點兩三回。”明代馮惟敏《天香引•送陳震南》：“氣味相投，風情迥別，議論通玄。”《鏡花緣》六二回：“前者妹子同表妹舜英進京，曾與此女中途相遇，因他學問甚優，兼之氣味相投，所以結伴同行。”◇兩位年輕人氣味相投，都熱愛文學，喜讀名著，常在一起討論。同 氣味相得、聲氣相投。反 格格不入、圓鑿方枘。

【氣急敗壞】qì jí bài huài 形容上氣不接下氣、慌慌張張或憤恨惱怒的樣子。《水滸傳》五回：“只見幾個小嘍羅氣急敗壞，走到山寨裏叫道：‘苦也！苦也！’大頭領連忙問道：‘有甚麼事，慌做一團？’”《說岳全傳》七一回：“忽見那些逃回軍士，氣急敗壞，跑回營來。”◇一進屋就氣急敗壞地拍着桌子咒罵／只見他邊跑邊扭頭氣急敗壞地朝追他的幾個人喊叫：“有種的你就追！”。反 從容不迫、平心靜氣。

【氣息奄奄】qì xī yǎn yǎn 形容呼吸微弱或生命垂危。晉代李密《陳情表》："(祖母劉）氣息奄奄，人命危淺，朝不慮夕。"宋代司馬光《涑水記聞》卷十："洙今日必死矣……但覺氣息奄奄漸欲盡耳。"後也形容日漸沒落，走到了盡頭。◇舊的行政體制效率低下，氣息奄奄，再不改革，實在難以為繼了。同 一息奄奄、奄奄一息。反 欣欣向榮、蒸蒸日上。

【氣貫長虹】qì guàn cháng hóng《禮記•聘義》："氣如白虹，天也。"後用"氣貫長虹"形容氣勢壯盛，足以貫穿天空的長虹。◇擔任主攻的裝甲部隊，在隆隆的轟鳴聲中向縱深挺進，氣貫長虹。

【氣喘如牛】qì chuǎn rú niú 氣喘得就像牛一樣。形容呼吸粗重急促。《兒女英雄傳》三九回："一頭說着，只張着嘴氣喘如牛的拿了條大手巾擦那腦門子上的汗。"《二十年目睹之怪現狀》六六回："那總辦氣喘如牛的說道：'那賤人我不要了！'"◇好不容易爬上山頂，兩人已是氣喘如牛，精疲力盡了。同 氣喘吁吁。反 氣若遊絲。

【氣象萬千】qì xiàng wàn qiān 形容景象千變萬化，極為壯觀。宋代范仲淹《岳陽樓記》："朝暉夕陰，氣象萬千。"朱自清《羅馬》："羅馬是歷史上大帝國的都城，想像起來，總是氣象萬千似的。"◇登泰山，觀日出，才知大自然真是氣象萬千。

【氣焰燻(熏)天】qì yàn xūn tiān 氣焰：氣勢猶如火焰。燻天：烘烤天空。形容人的氣勢極盛，不可一世。宋代陸游《追感往事》詩："太平之翁十九年，父子氣焰可熏天。"《文明小史》四一回："此時康太守正是氣焰熏天，尋常的候補道都不在他眼裏。"《孽海花》五回："正是堂上一呼，堂下百諾，氣焰熏天，公卿倒屣。"同 氣焰萬丈、勢焰燻天。

【氣焰囂張】qì yàn xiāo zhāng 氣焰：指人的氣勢、態度。形容態度強橫，放肆猖狂。◇不可一世，氣焰囂張到了極點，根本不把校方的警告放在眼裏。

【氣勢洶洶】qì shì xiōng xiōng 氣勢：表現出來的力量和態勢。形容來勢兇猛或兇神惡煞的樣子。◇有理何必氣勢洶洶，氣急敗壞的樣子，正說明道理不在他那邊。同 其勢洶洶。

【氣勢磅礴】qì shì páng bó 磅礴：盛大、雄壯。形容氣概、聲勢浩大而雄偉。清代歸莊《自訂時文序》："《破浪》者，戊寅以後，一變其格，大抵議論激昂，氣勢磅礴，縱橫馳驟，不拘繩墨之作也。"◇你看那氣勢磅礴的滔天巨浪，當中那條與巨浪搏鬥的小船，那就是生活，生活就是拼搏。同 氣貫長虹。反 有氣無力。

【氣衝牛斗】qì chōng niú dǒu 牛斗：牽牛星和北斗星，泛指天空。唐代楊炯《杜袞州墓誌銘》："寶劍之沉，夜氣衝於牛斗。"說劍氣上衝霄漢。後形容氣勢極其壯盛，或形容氣憤之極。宋代陸游《客談荊渚武昌慨然有作》詩："豐城寶劍已化久，我自吐氣衝斗牛。"元代高文秀《澠池會》四折："惱的我髮乍衝冠，怒的我氣衝牛斗。"《三國演義》八三回："(關）興見馬忠是害父仇人，氣衝牛斗，舉青龍刀望忠便砍。"魯迅《兩地書》五一："從前是氣衝牛斗的害馬，現在變成童養媳一般。"同 氣衝霄漢、氣貫長虹。

【氣衝霄漢】qì chōng xiāo hàn 氣：氣概，精神。漢：銀河。❶ 氣概上沖天際。形容氣概非凡。元代陳以仁《存孝打虎》二折："便有那吐虹志氣衝霄漢，命不濟枉長歎。"❷ 形容怒氣沖天。《三俠五義》五七回："白玉堂一看，卻是蔣平傳着水靠，不由得氣衝霄漢。"同 氣凌霄漢。

水 部

【水天一色】shuǐ tiān yī sè 唐代王勃《滕王閣詩序》："落霞與孤鶩齊飛，秋水共長天一色。"後以"水天一色"表示水光與天色渾然一體。形容水域蒼茫遼闊的景象。宋代陳允平《秋霽•平湖秋月》詞："題葉人歸，採菱舟散，望中水天一色。"《說岳全傳》四九回："那洞庭湖真個波濤萬頃，水天一色。"◇天光雲影倒映在湖中，水天一色，碧波萬頃。同 水光接天。反 愁雲慘霧。

【水木清華】shuǐ mù qīng huá 晉代謝混《遊西池》詩："景昃鳴禽集，水木湛清華。"水木：指池水和花木。後以"水木清華"形容園林景色清朗秀麗。宋代徐鉉《遊衛氏林亭序》："建康西北十里所，有迎擔湖。水木清華，魚鳥翔泳。"姚雪垠《李自成》二卷二九："(武清侯家）近來又在南城外建造一座更大的花園，引三里河的水流進園中，真是水木清華，入其園如置身江南勝地。"

【水中撈月】shuǐ zhōng lāo yuè 比喻白費力氣，做不可能做到的事。元代楊暹《劉行首》三折："恰便似沙裏淘金，石中取火，水中撈月。"《西遊記》二回："悟空道：'怎麼叫水中撈月？'祖師道：'月在長空，水中有影，雖然看見，只是無撈摸處，到底只成空耳。'"同 海底撈月。反 立竿見影。

【水火不容】shuǐ huǒ bù róng 像水和火那樣對立。比喻矛盾尖鋭，不能共存。◇兩個人本來很要好，後來鬧得水火不容。同 冰炭不容、水火不相容。反 水乳交融。

【水火無情】shuǐ huǒ wú qíng 指水和火容易造成災禍，危及人們的生命財產。元代楊梓《豫讓吞炭》二折："俺城中把金鼓鳴，正是外合裏應，教智伯才知水火無情。"《西遊記》五一回："天王道：'套不去者，惟水火最利。常言道，水火無情。'"《小五義》九九回："火借風力，風助火威，霎時間，……火光大作。常言説的好：'水火無情'，一絲兒不差。"

【水光接天】shuǐ guāng jiē tiān 水的光色與天的光色相連接。形容水域遼闊。宋代蘇軾《前赤壁賦》："月出於東山之上，徘徊於斗牛之間，白露橫江，水光接天。"《英烈傳》四七回："見湖中清風徐來，水光接天，眾籟無聲，一碧萬頃。"清代烏有先生《繡鞋記》三回："鳳姐推窗觀望，只見波濤蕩漾，水光接天。"同 水天一色。

【水色山光】shuǐ sè shān guāng 水波泛出秀色，山上景物明淨。形容景色秀麗。明代李昌祺《剪燈餘話•賈雲華還魂記》："既登途，凡道中風晨月夕，水色山光，睹景懷人，只增悲惋。"清代錢謙益《留題湖舫》詩："憑闌莫漫多回首，水色山光自古悲。"《儒林外史》四八回："王玉輝老人家不能走旱路，上船從嚴州、西湖這一路走。一路看着水色山光，悲悼女兒，淒淒惶惶。"◇民風古樸，再加上秀麗的水色山光，使這地方充滿了吸引力。同 水光山色、山光水色。

【水米無交】shuǐ mǐ wú jiāo ❶喝杯茶、吃頓飯的交往都沒有。舊時指官吏為官清廉，無取於民。元代孫仲章《勘頭巾》二折："這河南府有個能吏張鼎，刀筆上雖則是個狠僂儸，卻與百姓水米無交。"《水滸全傳》一二〇回："臣蒙陛下命守楚州，到任以來，與軍民水米無交，天地共知。"◇他為百姓做好事從來是"水米無交"，不取任何好處。❷形容不相交往，互相沒有關係。元代無名氏《劉弘嫁婢》楔子："小生平日之間，與人水米無交。"《水滸傳》二二回："他與老漢水米無交，並無干涉。"《兒女英雄傳》八回："我與他也是水米無交，今日才見。"同 廉潔奉公、兩袖清風。反 刎頸之交、生死之交。

【水秀山明】shuǐ xiù shān míng 形容風景優美。宋代蔡伸《滿庭芳》詞："鸚鵡洲邊，芙蓉城下，迥然水秀山明。"《水滸傳》一一五回："話説浙江錢塘西湖這個去處，果然天生佳麗，水秀山明。"《紅樓夢》八七回："因史湘雲説起南邊的話，便想着：'父母若在，南邊的景致，春花秋月，水秀山明，二十四橋，六朝遺跡。'"◇這裏水秀山明，風光綺麗，是旅遊的好去處。同 山清水秀、山明水秀。反 不毛之地、窮山惡水。

【水長船高】shuǐ zhǎng chuán gāo 見"水漲船高"。

【水來土掩】shuǐ lái tǔ yǎn 大水來了，用土堵住。比喻敵人來犯則用軍隊抵抗，或勇於迎難而上。《水滸傳》二十回："不須兄長掛心，吳某自有措置。自古道：'水來土掩，兵到將迎。'"《楊家將演義》

一八回："兵來將對，水來土掩。既承主命征進，當盡忠所事，與番兵決戰，更何待哉！"◇兵來將擋，水來土掩，沒有過不去的坎！同 兵來將擋。反 束手無策。

【水到渠成】shuǐ dào qú chéng 水流過的地方自然形成渠道。比喻隨其自然發展，待條件成熟，便可順利獲得成功。宋代蘇軾《答秦太虛書》："度囊中尚可支一歲有餘，至時別作經畫，水到渠成，不須預慮。"《野叟曝言》四七回："這做詩一事，原不是好事，弟於此道，吃了二十年的苦，才得這水到渠成地位。"同 瓜熟蒂落。反 揠苗助長、欲速不達。

【水乳交融】shuǐ rǔ jiāo róng 水和乳汁融合在一起。比喻關係十分融洽或彼此結合得很緊密。《老殘遊記》十九回："幾日工夫，同吳二攪得水乳交融。"《野叟曝言》一二九回："從前雖是親熱究有男女之分，此時則水乳交融矣。"朱自清《鍾明〈嘔心苦唇錄〉序》："他能讓讀者和他水乳交融——至少在讀他的文字時如此。"同 情同骨肉、情同一家。反 水火不容、視如寇仇。

【水底摸月】shuǐ dǐ mō yuè 水中撈月，空無成果。明代郎瑛《七修類稿·諺語至理》："賒酒時風花雪月，飲之時流星趕月，討錢時水底摸月。喻世之無賴者也。"◇這樁事情即使竭盡全力，也只能是水底摸月而已。同 水底撈月、竹籃打水。

【水泄(洩)不通】shuǐ xiè bù tōng 連水都流不出來。形容十分擁擠或包圍嚴密。《五燈會元·龍翔士珪禪師》："直得凡聖路絕，水洩不通。"《水滸傳》九六回："宋江分撥將佐到昭德，圍的水泄不通。"葉聖陶《倪煥之》十："但門外的人並不灰心，擠得幾乎水泄不通，鬧嚷嚷地等待那門偶或一開，便可有一瞥的希望。"同 密不透風、密不通風。

【水性楊花】shuǐ xìng yáng huā 水性流動易變，楊花隨風飄浮。比喻女子作風輕浮，用情不專。《說唐》五八回："但張、尹二妃終是水性楊花，最近因高祖數月不入其宮，心懷怨望。"《紅樓夢》九二回："大凡女人，都是水性楊花，我若說有錢，他便是貪圖銀錢了；如今他只為人，就是難得的。"丁玲《太陽照在桑乾河上》二一："只怪他媳婦也是水性楊花，和侯鼎臣的大兒子殿財竟勾搭上了。"同 楊花水性。反 冰清玉潔。

【水清無魚】shuǐ qīng wú yú《大戴禮記·子張問入宮》："故水至清則無魚，人至察則無徒。"說水過於清澈，魚不能存活；人過於明察，就會失去夥伴。後以"水清無魚"比喻過分苛責別人，就無人與之交往。漢代班固《白虎通義·德論》："故水清無魚，人察無徒。"亦舒《薔薇泡沫》："做人要含蓄點，得過且過，不必斤斤計較，水清無魚，人清無徒，誰又不跟誰一輩子，一些事放在心中算了。"同 水至清則無魚，人至察則無徒。

【水淨鵝飛】shuǐ jìng é fēi 水沒了，鵝也就離去了。比喻全部失去，一無所有。元代無名氏《雲窗夢》四折："我則道地北天南，錦營花陣，偎紅倚翠，今日個水淨鵝飛。"明代王磐《朝天子·詠喇叭》曲："眼見的吹翻了這家，吹傷了那家，只吹的水淨鵝飛罷。"清代無名氏《續金瓶梅》四四回："滾滾見水淨鵝飛，早早的人離家散。"也作"水盡鵝飛"。元代關漢卿《望江亭》二折："你休等得我恩斷意絕，眉南面北，恁時節水盡鵝飛。"同 雞飛蛋打。

【水深火熱】shuǐ shēn huǒ rè《孟子·梁惠王下》："如水益深，如火益熱。"說百姓好像在水火之中，受的災難越來越深重。後以"水深火熱"比喻處境艱難，生活困苦。孫中山《革命最後一定成功》："國家還是在變亂的時代，人民還是在水深火熱之中。"反 救焚拯溺、救苦救難。

【水落石出】shuǐ luò shí chū 水位下降，石頭顯露出來。宋代蘇軾《後赤壁賦》："山高月小，水落石出。"後比喻事情的真相顯示出來。宋代陸游《謝台諫啟》："收真才於水落石出之後，坐銷浮偽之風；察定理於舟行岸移之時，盡黜讒誣之巧。"《紅樓夢》六一回："如今這事，八下裏水落石出了，連前日太太房裏丟的，也有了主兒。”同 真相大白。反 石沉大海。

【水碧山青】shuǐ bì shān qīng 形容景色很美，豔麗如畫。唐代劉禹錫《洛中逢韓七中丞之吳興口號五首》詩：“水碧山青知好處，開顏一笑向何人。”前蜀韋莊《桐廬縣作》詩：“錢塘江盡到桐廬，水碧山青畫不如。”◇這裏水碧山青，氣候宜人，逐水而居，別有一番情趣。同 山清水碧、山清水秀。反 荒無人煙。

【水遠山長】shuǐ yuǎn shān cháng 形容路途艱難遙遠。唐代許渾《將為南行陪尚書崔公宴海榴堂》詩：“謾誇書劍無知己，水遠山長步步愁。”宋代辛棄疾《臨江仙》詞：“憶得舊時攜手處，如今水遠山長。”明代劉基《長相思》詞：“山悠悠，水悠悠，水遠山長處處愁，那堪獨倚樓。”◇一別多年，水遠山長，歸期遙遙，何日更重逢？也作“水遠山遙”。宋代趙旭《踏莎行》詞：“問歸來、回首望家鄉，水遠山遙、三千餘里。”元代關漢卿《哭存孝》四折：“我避不得水遠山遙，須有一個日頭走到。”梁羽生《蝶戀花》詞：“亂世姻緣多阻滯，水遠山遙，難寄相思字。”同 山長水遠、千山萬水。反 近在咫尺、近在眉睫。

【水遠山遙】shuǐ yuǎn shān yáo 見“水遠山長”。

【水滴石穿】shuǐ dī shí chuān 比喻只要持之以恆，積微為巨，日久天長，自會成就大事。《漢書·枚乘傳》：“泰山之霤穿石，單極之綆斷幹。水非石之鑽，索非木之鋸，漸靡使之然也。”宋代羅大經《鶴林玉露》卷十：“一日一錢，千日一千，繩鋸木斷，水滴石穿。”◇鐵杵磨成針，水滴石穿，都說明一個道理：做事必須持之以恆才能成功。同 滴水穿石。反 一曝十寒。

【水漲船高】shuǐ zhǎng chuán gāo 水位上升，船身也隨之升高。比喻事物隨着它所憑藉的基礎的提高而相應的提高。也作“水長船高”。《五燈會元·郢州芭蕉山繼徹禪師》：“水長船高，泥多佛大。”《官場現形記》五九回：“他曉得人家有仰仗他的地方，頓時水漲船高，架子亦就慢慢的大了起來。”◇等到我行有餘力，可以買書，書價又水漲船高，高攀不上了。

【水盡山窮】shuǐ jìn shān qióng 窮：盡。山和水都到了盡頭。❶ 比喻陷入絕境。明代郝景春《寄二子》詩之二：“平生大節自操持，水盡山窮任所之。”清代陳天華《警世鐘》：“生為漢種人，死為漢種鬼。弄到水盡山窮，終不拜那洋人的下風。”❷ 形容窮盡無遺。《老殘遊記》一六回：“論做官的道理呢，原該追究個水盡山窮；然既已如此，先讓他把這個供畫了。”同 山窮水盡、窮途末路。反 峰迴路轉、柳暗花明。

【水盡鵝飛】shuǐ jìn é fēi 見“水淨鵝飛”。

【水磨工夫】shuǐ mó gōng fu 加水細磨。比喻工作細緻，費時很多。明代周楫《西湖二集》卷一一：“這果有機可乘，須要用一片水磨工夫在舅舅面前，方才有益。”《兒女英雄傳》二五回：“這還算安老爺、安太太一年的水磨工夫，才陶熔得姑娘這等幽嫻貞靜。”《文明小史》一回：“我們有所興造，有所革除，第一須用上些水磨工夫，叫他們潛移默化，斷不可操切從事。”同 循序漸進。反 一蹴而就、急於求成。

【永不磨滅】yǒng bù mó miè 永遠不會消失。季羨林《二月蘭》：“這一切都不可避免地要在我的心靈上打上永不磨滅的烙印。”◇一代文學大師走完了他坎坷的人生，但他為後人留下的精神財富卻是永不磨滅的。同 不可磨滅、代代相傳。

【永生永世】yǒng shēng yǒng shì 永遠，這一輩子。◇真想此刻就能插翅飛回故鄉，與家人永生永世再也不分離 / 生活的這一幕，銘刻在記憶的深處，永生永世都不會忘記。同 今生今世。反 彈指之間。

【永垂不朽】yǒng chuí bù xiǔ 榮譽、精神等永久流傳後世，不會磨滅。《魏書·高祖紀下》：“雖不足綱範萬度，永垂不朽，且可釋滯目前，釐整時務。”《封神演義》七四回：“小將軍丹心忠義，為國捐軀，青史簡篇，永垂不朽。”郭沫若《蔡文姬》第五幕：“左賢王死了，他成了英雄。他們是永垂不朽的。”同 千古流芳、名垂青史。反 遺臭萬年。

【永垂青史】yǒng chuí qīng shǐ 青史：史書，古代寫在竹簡上，故稱。光輝的事跡或偉大的精神永遠存在於歷史上。嚴文井《一個低音變奏》：“(小毛驢) 不需要甚麼傳記。牠不是神父，不是富商，不是法官或別的甚麼顯赫人物，牠不想永垂青史。”梁羽生《萍蹤俠影錄》二一回：“即算他日皇帝降罪，粉骨碎身，但大人已留清白在人間，萬世千秋，永垂青史，又何足懼？”同 永垂不朽、功標青史。反 遺臭萬年、罵名千載。

【永無止境】yǒng wú zhǐ jìng 永遠沒有盡頭。◇孤獨之不可消除，使愛成了永無止境的尋求 / 活到老學到老，學知識永無止境。同 無窮無盡。

【求仁得仁】qiú rén dé rén 追求仁德，便能得到仁德。《論語•述而》：“(子貢) 入曰：‘伯夷、叔齊何人也？’(孔子) 曰：‘古之賢人也。’曰：‘怨乎？’曰：‘求仁而得仁，又何怨？’”原指伯夷、叔齊恥食周粟，餓死首陽山的事。後用“求仁得仁”比喻如願以償。唐代白居易《答戶部崔侍郎書》：“退思此語，撫省初心，求仁得仁，又何不足之有也！”清代紀昀《閱微草堂筆記•姑妄聽之三》：“君所謂求仁得仁，亦復何怨。”郭沫若《高漸離》第四幕：“他們是‘富貴不能淫，貧賤不能移，威武不能屈’的人。我讓他們‘求仁得仁’。你把他們帶下去處死之後，加以厚葬，讓他們的忠烈加以宣揚。”同 如願以償。反 求之不得。

【求之不得】qiú zhī bù dé ❶ 雖想求得到手，然而實現不了。《詩經•關雎》：“窈窕淑女，寤寐求之。求之不得，寤寐思服。”《醒世恆言•賣油郎獨佔花魁》：“然而好事多磨，往往求之不得。”❷ 表示本來是自己想要都要不到的，而今卻能得到。宋代文天祥《正氣歌》：“鼎鑊甘如飴，求之不可得。”《二十年目睹之怪現狀》九九回：“卜士仁道：‘豈有此理！你老弟肯栽培，那是求之不得的，那裏有甚委屈的話！’”沙汀《困獸記》二八：“丈夫的冷淡，她反認為是她求之不得的自由。”同 夢寐以求。

【求田問舍】qiú tián wèn shè 說熱衷於收買田地、購置房產謀利。《三國志•陳登傳》：“備曰：‘君有國士之名，今天下大亂，帝主失所，望君憂國忘家，有救世之意，而君求田問舍，無言可採，是元龍(陳登) 所諱也。’”宋代王安石《幕次憶漢上舊居》：“如何憂國忘家日，尚有求田問舍心？”元代朱庭玉《青杏子•歸隱》曲：“歸來好向林泉下，買牛賣劍，求田問舍，學圃耘瓜。”《初刻拍案驚奇》卷一八：“如今這些貪人，擁着嬌妻美妾，求田問舍，損人肥己。”同 問舍求田。反 壯志凌雲。

【求同存異】qiú tóng cún yì 尋求共同點，各自保留不同意見或不同之處。謂不會因有不同之處而影響整體或全局。◇幾個同父異母的孩子，求同存異，在一起生活得很和諧。

【求全之毀(譭)】qiú quán zhī huǐ 本想做得完美無缺，反而招來詆毀誹謗。《孟子•離婁上》：“孟子曰：‘有不虞之譽，有求全之毀。’”《紅樓夢》五回：“既熟慣，便更覺親密，既親密，便不免有些不虞之隙，求全之譭。”

【求全責備】qiú quán zé bèi 要求人或事物完美無缺，沒有一絲毛病或錯誤。《明史•盧象昇傳》：“台諫諸臣，不問難易，不顧死生，專以求全責備。雖有長材，從何展佈。”《文明小史》一七回：“倘若求全責備起來，天底下那裏還有甚麼好人呢？”◇總有那麼一批人，自己不幹，卻在一邊指指點點，求全責備，叫人怎麼做事呢？同 十全十美、完美無缺。反 十惡不赦、惡貫滿盈。

【求名求利】qiú míng qiú lì 見“求名奪利”。

【求名奪利】qiú míng duó lì 追求名譽，爭奪利益。也作“求名求利”。宋代孫惟信《水龍吟》詞：“禱告些兒，也都不是，求名求利。”明代沈受先《三元記•空歸》：“求名奪利誇得意，勝似狀元及第。”◇民諺說：“天是棺材頂，地是棺材底，不管到哪裏，都在棺木裏。”說的正是人們求名奪利的無聊與無謂。同 爭名奪利。反 淡泊名利。

【求神拜佛】qiú shén bài fó 向神佛叩拜祈求保佑。也作"拜鬼求神"。唐代王建《江南台》詩："揚州橋邊小婦，長安城裏商人。三年不得消息，各自拜鬼求神。"《初刻拍案驚奇》卷一三："有一富民姓嚴，夫妻兩口兒過活，三十歲尚無子，求神拜佛，無時無處不將此事掛在念頭上。"◇當她媽媽生病的時候，她就去求神拜佛。同 求神問卜。

【求神問卜】qiú shēn wèn bǔ 祈求神祇保佑幫助，問占卜決定吉凶。《群音類選•南西廂記•鶯鶯探病》："我與你求神問卜，且自寬心，將息守己。"《醒世恆言•喬太守亂點鴛鴦譜》："人事不省，十分危篤，吃的藥就如潑在石上，一絲沒用。求神問卜，俱說無效。"◇別看人類已進入現代社會，不靠科學，反而去求神問卜的人還真不少。同 求神問卦、求籤問卜。

【求馬唐肆】qiú mǎ táng sì 唐肆：市集店鋪。到市集上不賣馬的店鋪裏買馬，走錯途徑，一無所獲。比喻做事的路子開始就錯了，注定辦不成。《莊子•田子方》："彼已盡矣，而女（汝）求之以為有，是求馬於唐肆也。"宋代雷思齊《易圖通變》卷五："徒自言人人殊，使學者亡羊多歧，求馬唐肆，紛如聚訟，吾誰適從。"同 緣木求魚、南轅北轍。

【求福禳災】qiú fú ráng zāi 祈求福運，消災除禍。漢代荀悅《漢紀•武帝紀四》："若夫神君之類、精神之異，非求請所能致也，又非可以求福而禳災矣。"◇我們為飽受戰火之苦的國家求福禳災，祈望世界走向和平。同 祈福消災。

【求賢如渴】qiú xián rú kě 見"求賢若渴"。

【求賢若渴】qiú xián ruò kě 像渴急想喝水那樣急於求取賢才。也作"求賢如渴"。《後漢書•周舉傳》："昔在前世，求賢如渴。"《隋書•韋世康傳》："朕夙夜庶幾，求賢若渴，冀與公共治天下，以致太平。"《三國演義》四七回："人言曹丞相求賢若渴，今觀此問，甚不相合。"徐鑄成《讀史隨筆》："特別是他的虛懷納諫，求賢若渴，實不下於唐太宗。"同 思賢如渴。

【求漿得酒】qiú jiāng dé jiǔ 比喻所得超過所求。漿：古代一種類似糯米酒、味微酸的飲品，次於酒。唐代張鷟《朝野僉載》卷三："歲在申酉，求漿得酒。"◇本想爸爸買一個手機做給我作生日禮物，不料求漿得酒，給了一台新型手提電腦。同 大喜過望。反 大失所望。

【求親靠友】qiū qīn kào yǒu 為解決生計而求助於親戚或投靠朋友。一般指借貸或暫居親友處。也作"投親靠友"。《紅樓夢》四二回："這兩包每包五十兩，共是一百兩，是太太給的，叫你拿去，或者做個小本買賣，或者置幾畝地，以後再別求親靠友的。"清代文康《俠女奇緣》三回："求親靠友去呢，就讓人家肯罷，誰家也不能存許多現的。"◇他想：求親靠友不是長久之計，自己總得學一樣本事才行。反 自食其力、自力更生。

【求籤問卜】qiú qiān wèn bǔ 經由僧道主持的儀式，事主得到一根"籤"，並據籤上的"吉、凶"、"讖語"解答事主請求解決的疑問。籤：向神佛問事或占卜吉凶的籤子，上有吉凶讖語。《隋唐演義》十回："聞得官府要拿他家屬，又不知生死存亡，求籤問卜，越望越不回來，憂出一場大病，臥在牀上，起身不動。"◇為兒子的前途到太元寺求籤問卜，求得下下籤，讓她大失所望。同 求神問卜。

【汗牛充棟】hàn niú chōng dòng 唐代柳宗元《陸文通墓表》："其為書，處則充棟宇，出則汗牛馬。"說藏書堆滿了整個屋宇，搬書把拉車的牛累得出汗。形容書籍山積。《聊齋誌異•封三娘》："世傳養生術（之書），汗牛充棟，行而效者誰也？"魯迅《且介亭雜文二集•隱士》："古今著作足以汗牛充棟，但我們可能找出樵夫漁父的著作來？"同 充棟汗牛、車載斗量。反 寥寥無幾、寥若晨星。

【汗馬之勞】hàn mǎ zhī láo 汗馬：奔跑出汗的馬。❶ 指征戰勞苦，立下戰功。《韓非子•五蠹》："棄私家之事而必汗馬之勞，家困而上弗論，則窮矣。"❷ 泛指做事努力，做出重大成績，立了大功勞。唐代劉禹錫《為淮南杜相公請赴行營表》：“自忝藩翰，屬時清平，無施汗馬之勞。” 同 汗馬之功、汗馬功勞。

【汗馬功勞】hàn mǎ gōng láo ❶《韓非子·五蠹》：“棄私家之事而必汗馬之勞，家困而上弗論，則窮矣。” 後以“汗馬功勞”指勞苦征戰立下的戰功。元代無名氏《賺蒯通》四折：“只因汗馬功勞大，封做平陽萬戶侯。”《官場現形記》一二回：“就是營、哨各官，也都是當時立過汗馬功勞。” ❷ 借指成績卓著，貢獻很大。◇在出版社幹了一輩子，編輯過一百多種知名度很高的暢銷書，立下了汗馬功勞。同 汗馬之勞、汗馬勳勞。反 勞而無功、無功受祿。

【汗馬功績】hàn mǎ gōng jì 汗馬：因奔跑而出汗的馬。指在戰爭中立下功勞。也泛指成績巨大。也作“汗馬勳勞”。明代無名氏《精忠記·聞訃》：“感皇恩寵錫無窮，端不負汗馬功績。” 清代吳梅《風洞山·慶祝》：“和衷共濟祈公等，戮力同心敵北兵，方能夠汗馬勳勞報聖明。” 同 汗馬功勞。反 一事無成。

【汗馬勳勞】hàn mǎ xūn láo 見“汗馬功績”。

【汗流浹背】hàn liú jiā bèi ❶ 背脊上滿是濕漉漉的汗水。唐代鄭谷《代秋扇詞》：“汗流浹背曾施力，氣爽中宵便負心。”《二十年目睹之怪現狀》一回：“看得他身上冷一陣熱一陣，冷時便渾身發抖，熱時便汗流浹背。” ❷ 形容十分惶恐或慚愧。《後漢書·獻帝伏皇后傳》：“操出，顧左右，汗流浹背，自後不敢復朝請。”《隋書·盧思道傳》：“周氏末葉，仍值僻王，斂笏升階，汗流浹背。” 魯迅《墳·再論雷峰塔的倒掉》：“但我們一翻歷史，怕不免有汗流浹背的時候罷。” 同 汗流洽背。反 心安理得、問心無愧。

【汗流滿面】hàn liú mǎn miàn 形容滿頭大汗。魯迅《彷徨·傷逝》：“況且她又這樣地終日汗流滿面，短髮都粘在腦額上。” 同 汗流浹背、揮汗如雨。

【汗顏無地】hàn yán wú dì 唐代韓愈《朝歸》詩有“赬顏汗漸背”句。赬：赤紅色。汗顏，因羞而臉上流汗。形容非常羞愧而無地自容。鄒韜奮《經歷·新聞檢查》：“這在我們做中國人的說來雖覺汗顏無地，但卻是事實。” 同 無地自容。

【污泥濁水】wū ní zhuó shuǐ 三國魏曹植《七哀詩》：“君若清路塵，妾若濁水泥，浮沉各異勢，會合何時諧？” 後用“污泥濁水”：❶ 形容污穢的爛泥和骯髒的水。◇從大路下來，踩着污泥濁水走上一條小道。❷ 比喻落後、腐朽的東西。◇全球化的潮流，蕩滌着社會上的污泥濁水，迅速改變着世界。

【江山如畫】jiāng shān rú huà 形容風景十分美麗，像圖畫一樣。宋代蘇軾《念奴嬌》詞：“江山如畫，一時多少豪傑。” 元代王子一《誤入桃園》一折：“空一帶江山江山如畫，止不過飯囊飯囊衣架，塞滿長安亂似麻。” 梁啟超《劫灰夢傳奇·獨嘯》：“蒼天無語，江山如畫，一片殘陽西掛。” 反 殘山剩水。

【江心補漏】jiāng xīn bǔ lòu 船行駛到江水中心才想到修補漏洞。比喻錯過時機，無補於事。元代關漢卿《救風塵》一折：“恁時節，船到江心補漏遲，煩惱怨他誰”。清代翟灝《通俗編·地理》：“王銍續義山雜纂，載不濟事四十一條，其一曰江心補漏。” ◇凡事都應早作準備，不然到了江心補漏時，事情就難辦了。同 臨渴掘井。反 有備無患。

【江東父老】jiāng dōng fù lǎo《史記·項羽本紀》：“項王笑曰：‘籍與江東子弟八千人，渡江而西，今無一人還，縱江東父兄憐而王我，我何面目見之？’” 江東：指蕪湖以東的江南地區。後用“江東父老”借指故鄉中的父兄之輩。也作“無面江東”。宋代姜夔《為作七言》：“舊國婆娑幾樹梅，將軍逐鹿未歸來。江東父老空相憶，枝上年年長綠苔。” 明代胡文煥《躍鯉記·蘆林相會》：“待回歸，有何顏見得，江東父老兄妹。” 清代吳趼人《發財秘訣》十：“因聞得人言上海地方易於謀事，所以前年到此……誰知大失所望，欲要回，又無面江東，所以特來求教。”

【江河不廢】jiāng hé bù fèi 見"不廢江河"。

【江河日下】jiāng hé rì xià 江河之水一天天向下流。比喻一天天衰落或壞下去。宋代蘇轍《欒城集·應詔進策》："其狀如長江大河，日夜渾渾趨於下而不能止。"《官場現形記》二九回："不瞞大師說，現在的時勢，實在是江河日下了！"李六如《六十年的變遷》第八章："國家時局，江河日下。"同 每況愈下。反 蒸蒸日上。

【江洋大盜】jiāng yáng dà dào 在江湖海洋上行劫的強盜。《初刻拍案驚奇》卷一九："遇着幾隻江洋大盜的船，各執器械，團團圍住。"◇他們是一夥殺人越貨的江洋大盜，不是一般的穿窬之盜。

【江郎才盡】jiāng láng cái jìn 江郎：南朝文學家江淹，少年時即以文才飛名當世，工於作詩賦，但暮年詩文再無佳構。南朝梁鍾嶸《詩品·齊光祿江淹》："初，淹罷宣城郡，遂宿冶亭，夢一美丈夫，自稱郭璞，謂淹曰：'我有筆在卿處多年矣，可以見還。'淹探懷中，得五色筆以授之。爾後為詩，不復成語，故世傳'江淹才盡'。"後以"江郎才盡"表示才華文思衰落枯竭。《鏡花緣》九一回："如今弄了這個，還不知可能敷衍交卷。我被你鬧的真是'江郎才盡'。"汪曾祺《張隆獻其人》："他最近體疲思倦，寫文章也不能像以前那樣下筆千言了，人謂已是江郎才盡。"也作"江淹才盡"。《警世通言·王安石三難蘇學士》："昔年我曾在京為官時，此老下筆數千言，不由思索。三年後，也就不同了。正是江淹才盡。"反 妙筆生花、如椽大筆。

【江淹才盡】jiāng yān cái jìn 見"江郎才盡"。

【池中之物】chí zhōng zhī wù 指養在池塘中的魚蝦等。比喻胸無大志的人。《三國志·周瑜傳》："劉備以梟雄之姿，而有關羽、張飛熊虎之將，必非久屈為人用者……恐蛟龍得雲雨，終非池中物也。"《周書·王悅傳》："今若益之以勢，援之以兵，非唯侯景不為池中之物，亦恐朝廷貽笑將來也。"胡黛《官場相》："幾年來，由縣委小幹事一躍為縣委常委、市委副書記的他，官運亨通，自感已非池中之物了。"

【池魚之殃】chí yú zhī yāng 據《太平廣記》卷四六六引漢代應劭《風俗通》："城門失火，禍及池魚。舊說：池仲魚，人姓字也，居宋城門，城門失火，延及其家，仲魚燒死。又云：宋城門失火，人汲取池中水，以沃灌之。池中空竭，魚悉露死。喻惡之滋，並傷良謹也。"後以"池魚之殃"比喻因受牽連而無端遭殃。明代瞿佑《剪燈新話·三山福地志》："汝宜擇地而居，否則恐預池魚之殃。"◇中國古代的"株連"傳統，至今猶未完全清除，不少良民百姓遭受池魚之殃。同 池魚之禍、"城門失火，殃及池魚"。

【池魚籠鳥】chí yú lóng niǎo 池塘中的魚，籠子裏的鳥。比喻喪失了自由，處於被拘束的困境之中。晉代潘岳《秋興賦》："僕，野人也。偃息不過茅屋茂林之下，談話不過農夫田父之客……譬猶池魚籠鳥，有江湖山藪之思。"◇他天生灑脱不羈，喜歡走南闖北，根本過不慣那種池魚籠鳥的日子。同 籠鳥檻猿、籠中之鳥。反 無拘無束、自由自在。

【汪洋大海】wāng yáng dà hǎi 形容海洋浩渺無邊。也比喻範圍或聲勢浩大。《說岳全傳》四三回："轟天炮響，汪洋大海起春雷；震地鑼鳴，萬仞山前飛霹靂。"《野叟曝言》三回："你看湖光山色，霎時間變成汪洋大海。"路遙《驚心動魄的一幕》："現在猛一下置身於這汪洋大海一般的深情裏，感情再也控制不住了。"

【沐雨櫛風】mù yǔ zhì fēng 沐：洗頭。櫛：梳頭。用雨水洗頭，用風梳理頭髮。《莊子·天下》："（禹）沐甚雨，櫛疾風。"後用"沐雨櫛風"形容頂風冒雨，四處奔波的艱苦生活。三國魏曹丕《黎陽作》詩："載馳載驅，沐雨櫛風。"《北史·齊紀下》："前王之御時也，沐雨櫛風，拯其溺而救其焚，信必賞，過必罰，安而利之。"也形容禁受風吹雨打。◇挺立在懸崖絕壁上的參天古松，千百年來沐雨櫛風，愈顯蒼勁古樸。同 櫛風沐雨。

【沐猴而冠】mù hóu ér guàn 沐猴：獮猴。猴子戴上了帽子裝扮成人樣。比喻徒有其表而無其實，或比喻雖然位居顯要，但無真才實學。《史記•項羽本紀》：“(項王) 曰：‘富貴不歸故鄉，如衣繡夜行，誰知之者！’説者曰：‘人言楚人沐猴而冠耳。果然！’”《晉書•張載傳》：“至於軒冕黻班之士，苟不能匡化輔政，佐時益世，而徒……豐私家之積，此沐猴而冠爾。”唐代李白《單文東樓秋夜送族弟沈之泰》詩：“沐猴而冠不足言，身騎土牛滯東魯。”梁啟超《開明專制論》：“夫學識幼稚之民，往往沐猴而冠，沾沾自喜。”同 沐猴冠冕。反 名副其實。

【沙裏淘金】shā lǐ táo jīn 比喻費力大而收效小或從大量人或材料中選擇精華。元代楊暹《劉行首》三折：“我度你呵，恰便似沙裏淘金，石中取火，水中撈月。”茅盾《〈詩論〉管窺》：“人人都承認應該這樣做，但是未必人人都認真下功夫去沙裏淘金。”◇從二百人裏挑選兩個人，你這是沙裏淘金呵！同 百裏挑一、去粗取精。反 魚龍混雜。

【汲汲皇皇】jí jí huáng huáng 汲汲：急切的樣子。皇皇：惶恐不安的樣子。形容焦急不安。宋代陸九淵《與周元忠書》：“疑而後釋，屯而後解，屯疑之極，必有汲汲皇皇不敢頃刻自安之意，乃能解釋。”清代黃宗羲《萬里尋兄記》：“窮天地之所載覆，際日月之所照臨，汲汲皇皇，唯此一事，視天下無有可以易吾兄者。”◇社會之紊亂，民生之憔悴困苦，愈使人汲汲皇皇，不可終日。同 惶惶不安。反 好整以暇、慢條斯理。

【沒大沒小】méi dà méi xiǎo 形容不分長幼尊卑，失禮沒規矩。《西遊記》二三回：“這等沒大沒小的，連丈母也都要了！”◇他是你伯父，你亂開玩笑，真是沒大沒小！同 目無尊長。反 尊老愛幼。

【沒世不忘】mò shì bù wàng 沒世：終身。一輩子也忘不了。多表示對恩情的感念。《禮記•大學》：“君子賢其賢而親其親，小人樂其樂而利其利，此以沒世不忘也。”《喻世明言•梁武帝累修歸極樂》：“黃員外慌忙下拜，説：‘新生小孩兒，晝夜啼哭，不肯吃乳，危在須臾。煩望吾師慈悲，沒世不忘。’”郭沫若《柱下史入關》：“我哀悼它，我感謝它，我要沒世不忘它的恩德。”也作“沒世難忘”。《鏡花緣》二八回：“尚求恩人始終垂救，倘脱虎口，沒世難忘！”清代無名氏《鬧花叢》二回：“文英笑道：‘深蒙小姐垂愛，沒世難忘。’”◇你待我們恩重如山，我母女沒世不忘！同 刻骨銘心。反 忘恩負義。

【沒世難忘】mò shì nán wàng 見“沒世不忘”。

【沒沒無聞】mò mò wú wén 無聲無息，沒人知道。指沒有甚麼名聲。明代沈德符《萬曆野獲編•倭患》：“朱先為將軍，有古人風，似不在諸弁下，竟沒沒無聞，惜哉。”蔡東藩《民國通俗演義》一三三回：“你我要是見的到此，雖不能和大帥一般威震四海，也不致沒沒無聞了。”◇想不到才幾年光陰，他已經由沒沒無聞的人成為風雲人物了。同 默默無聞。反 赫赫有名、聞名遐邇。

【沒完沒了】méi wán méi liǎo 沒個了結。形容動作、行為持續的時間很長。周立波《桐花沒有開》六：“他看大家嘲笑張三爹，沒完沒了，連忙勸阻。”◇現在的學生課業負擔太重，作業做起來沒完沒了。同 無休無止。反 到此為止。

【沒衷一是】mò zhōng yī shì 衷：內心確認，斷定。是：對。不能斷定哪個是對的。多指意見分歧，不能得出一致的結論。郭沫若《盲腸炎•一個偉大的教訓》：“就我見聞所及，論者的意見仍屬沒衷一是。”同 莫衷一是。反 一錘定音、定於一尊。

【沒情沒緒】méi qíng méi xù 沒精打采，提不起神來。《京本通俗小説•碾玉觀音》：“崔寧到家中，沒情沒緒。”《醒世恆言•李玉英獄中訟冤》：“(玉英) 把那前後苦楚事，想了又哭，哭了又想。直哭得個有氣無力，沒情沒緒。”王小波《黃金時代》十一：“我沒情沒緒地過了一段時間，自己回了內地。”同 沒精打采、無精打采。反 興高采烈、鬥志昂揚。

【沒輕沒重】méi qīng méi zhòng 言談舉止魯莽，沒有分寸。《紅樓夢》七八回："一則是他們都會戲，口裏沒輕沒重，只會混說，女孩兒聽了，如何使得？"◇她不是少不更事，也不是沒輕沒重，她就是一個天不怕地不怕的人。㊀同 不知輕重。㊀反 舉止不凡。

【沒精打采】méi jīng dǎ cǎi 形容精神不振、情緒低落的樣子。《紅樓夢》八七回："賈寶玉滿肚疑團，無精打采的歸至怡紅院中。"《老殘遊記》六回："洗過臉，買了幾根油條當了點心，無精打采的到街上徘徊些時。"◇她像得了憂鬱症似的，整天沒精打采快快的。㊀同 無精打采、沒情沒緒。㊀反 鬥志昂揚、龍馬精神。

【沒齒不忘】mò chǐ bù wàng 到死都忘不了。形容銘刻在心。《西遊記》七〇回："長老，你果是救得我回朝，沒齒不忘大恩。"清代無名氏《鬧花叢》二回："文英道：'既蒙雅愛，沒齒不忘，自當央媒作伐，不致有誤。'"◇他對師傅感激地說："您的大恩大德，我沒齒不忘。"㊀同 沒世不忘、刻骨銘心。

【沒齒難忘】mò chǐ nán wàng 至死都牢記在心。唐代李商隱《為汝南公華州賀赦表》："司馬談闕陪盛禮，沒齒難忘。"《鏡花緣》六八回："倘蒙聖上俯如所請，敕此三人同去，臣得保全，沒齒難忘。"◇您這麼看得起我兄弟二人，大恩大德沒齒難忘。㊀同 沒齒不忘、沒世不忘。

【沒頭沒腦】méi tóu méi nǎo ❶ 形容沒有頭緒。清代鄭燮《范縣署中寄舍弟墨第三書》："又如《春秋》，魯國之史也，使豎儒為之，必自伯禽起首，乃為全書，如何沒頭沒腦，半路上從隱公說起？"❷ 形容無緣無故。《二刻拍案驚奇》卷一六："夏主簿遭此無妄之災，沒頭沒腦的被貪贓州官收在監裏。"茅盾《宿莽•陀螺二》："對於這一段沒頭沒腦的議論，徐女士簡直想不出適當的應答。"❸ 不明來歷，沒有因由。《二刻拍案驚奇》卷一："卻在渺渺茫茫做夢不到的去處，得了一主沒頭沒腦的錢財，變成巨富。"《儒林外史》二八回："這些人雖常在這裏，卻是散在各處，這一會沒頭沒腦，往哪裏去捉？"❹ 形容不管是頭是臉，不加區別。多用於動武打人。《西遊補》一六回："他便曉得是鯖魚精變化，耳朵中取出棒來，沒頭沒腦打將下去。"◇岳母一氣之下抄起擀麵杖，沒頭沒腦往女婿身上砸。❺ 不知如何是好。《初刻拍案驚奇》卷三十："連滿堂伏侍的人，都慌得來沒頭沒腦，不敢說一句話。"清代黃世仲《洪秀全演義》七回："那差役沒頭沒腦，只得回衙稟報情形。"

【沒頭沒臉】méi tóu méi liǎn ❶ 形容不管是頭是臉，不加區別地亂打。《西遊記》四五回："那道士聞得此言，攔住門，一齊動叉鈀、掃帚、瓦塊、石頭，沒頭沒臉，往裏面亂打。"❷ 不顧臉面；丟面子。陳登科《破壁記》五章："咱們得有點身價，以後不准你沒頭沒臉地去撩騷。"❸ 滿頭滿臉。張愛玲《金鎖記》九："一陣熱風來了，把那簾子緊緊貼在她臉上，風去了，又把簾子吸了回去，氣還沒透過來，風又來了，沒頭沒臉包住她。"

【沒頭蒼蠅】méi tóu cāng ying ❶ 比喻亂闖亂碰的人。《蕩寇志》九七回："上年往東京買賣，與那個沒頭蒼蠅牛信曾相認識。"❷ 形容毫無目的，亂碰亂闖的樣子。◇剩下的人都似沒頭蒼蠅般四下亂竄，完全失去了控制。㊀同 無頭蒼蠅。

【沒顛沒倒】méi diān méi dǎo ❶ 形容沒分曉。元代李行道《灰闌記》二折："你兩個都不為年紀老，怎麼的便這般沒顛沒倒，對官司不分個真假，辨個清濁。"❷ 形容神魂顛倒或瘋瘋顛顛。元代趙明道《鬥鵪鶉•題情》曲："淒淒心癢難揉，漸漸神魂散卻。好教人沒顛沒倒，意遲遲業眼難交。"◇為了這點事情就沒顛沒倒的，成甚麼樣子。❸ 形容紛亂的樣子。元代王實甫《西廂記》一本四折："老的小的，村的俏的，沒顛沒倒，勝似鬧元宵。"

【沆瀣一氣】hàng xiè yī qì 宋代錢易《南部新書》戊集載，唐代崔瀣參加科舉考試，為考官崔沆錄取，時人嘲笑曰："座主門生，沆瀣一氣。”後用以比喻氣味相投的人結合在一起。多用於貶義。孫中山《倫敦被難記》：“舟中員司未必與使館沆瀣一氣，其中安知無矜憫予而為予援應者？”同 臭味相投、朋比為奸。

【沈腰潘鬢】shěn yāo pān bìn 南北朝梁代的文學家沈約寫信給人說：“百日數旬，革帶常應移孔。”晉代文學家潘岳《秋興賦序》說自己“三十有二，始見二毛”。二毛，黑白相間的頭髮。後用“沈腰潘鬢”形容男子腰圍減、白髮生，憔悴蒼老。南唐李煜《破陣子》詞：“一旦歸為臣虜，沈腰潘鬢消磨。”宋代向滈《虞美人》詞：“西風吹起許多愁，不道沈腰潘鬢，不禁秋。”同 潘鬢沈腰。反 翩翩少年。

【沉李浮瓜】chén lǐ fú guā 李子沉入水底，瓜浮上水面。形容夏日吃浸冷的水果，消暑之景。三國魏曹丕《與吳質書》：“浮甘瓜於清泉，沈（沉）朱李於寒水。”宋代柳永《女冠子》詞：“以文會友，沉李浮瓜忍輕諾。”元代馬致遠《新水令•題西湖》曲：“恁般樓台正宜夏，卻輸他沉李浮瓜。”同 浮瓜沉李。反 天寒地凍。

【沉吟不決】chén yín bù jué 猶猶豫豫，一時決定不下來。三國魏曹操《秋胡行》：“沉吟不決，遂上升天。”巴金《春》一二：“她正在沉吟不決的時候，眾人已經把她的名字通過了。”也作“沉吟未決”。《魏書•傅永傳》：“英沉吟未決，永曰：‘機者如神，難遇易失，今日不往，明朝必為賊有，雖悔無及。”茅盾《子夜》一一：“這時馮雲卿還在沉吟未決，圓臉的男子又擠回去仰起了臉看那川流不息地掛出來的‘牌子’”。同 沉吟不語、躊躇不決、憂柔寡斷。反 當機立斷。

【沉吟不語】chén yín bù yǔ 遇到疑難時，一時難以決定，陷入沉思，不講話。形容猶豫思考的情態。《醒世恆言•錢秀才錯佔鳳凰儔》：“錢萬選聽了，沉吟不語。”《隋唐演義》四八回：“見士及沉吟不語，便問士及道：‘請問哥哥，這是何人所送，如此躊躇？’”◇這事情太複雜了，他沉吟不語多時，還是拿不定主意。同 猶豫不決。

【沉思默慮】chén sī mò lǜ 沉：深。用心思索，默默考慮。《西遊記》五九回：“樵子見行者沉思默慮，嗟歎不已。”◇別看他沉思默慮，好像很專心的樣子，其實心裏不定在想甚麼呢。同 沉思默想。

【沉痾宿疾】chén kē sù jí 痾：病。宿：長久的。指重病和糾纏不癒的疾病。後也比喻長期存在、為害甚大而又得不到糾正的弊端。清代秋瑾《精衞石》五回：“美雨歐風，頓起沉痾宿疾；發聾振聵，造成兒女英雄。”◇不知得了甚麼沉痾宿疾，身體每況愈下，怕拗不過這個冬天了。同 疑難雜症。

【沉冤莫白】chén yuān mò bái 見“沉冤莫雪”。

【沉冤莫雪】chén yuān mò xuě 長期蒙受的冤屈得不到申張昭雪。《太平廣記》卷四九二引唐代于逖《靈應傳》：“五百人皆遭庾氏焚炙之禍，纂紹幾絕，不忍戴天，潛遁幽岩，沈（沉）冤莫雪。”清代吳趼人《九命奇冤》：“不過為的是死者沉冤莫雪，所以代抱不平罷了。”也作“沉冤莫白”。《封神演義》九七回：“昏君受辛！你君欺臣妻，吾為守貞立節，墜樓而死，沉冤莫白。”◇在人治盛行的社會裏，往往一言可以定罪，遂使許多人沉冤莫雪。同 冤沉海底。

【沉魚落雁】chén yú luò yàn《莊子•齊物論》：“毛嬙、西施，人之所美也，魚見之深入，鳥見之高飛，麋鹿見之決驟，四者孰知天下之正色哉？”形容女子容貌十分出眾，魚兒見了自慚而潛入水底，大雁見了停止扇翅而墜落。元代戴善夫《風光好》三折：“我看此女有沉魚落雁之容，閉月羞花之貌。”明代湯顯祖《還魂記•驚夢》：“不隄防沉魚落雁鳥驚喧，則怕的羞花閉月花愁顫。”馮英子《略論“略施脂粉”》：“甚麼才是美，那也各有不同的看法，舊小說中閉月羞花、沉魚落雁是一種。”同 落雁沉魚、魚沉雁落。反 獐頭鼠目、面目可憎。

【沉渣泛起】chén zhā fàn qǐ 見“沉滓泛起”。

【沉湎酒色】chén miǎn jiǔ sè 沉迷於美酒和女色之中，毫無節制。形容不務正事，荒淫無度。《尚書•泰誓上》：“沉湎酒色，敢行暴虐。”◇就説歷朝歷代那些沉湎酒色，荒淫無度的國君，哪一個不是面臨覆滅的命運？同 沉湎淫逸。反 夙夜匪懈。

【沉滓泛起】chén zǐ fàn qǐ 滓：碎渣。已經沉到水底下的渣滓又漂浮了起來。比喻已經絕跡的醜惡事物又出現了。也作“沉渣泛起”◇社會前進一大步之後，往往是沉滓泛起，後退一小步 / 當人們對醜惡現象熟視無睹的時候，沉渣泛起也就不奇怪了。同 死灰復燃。

【沉潛剛克】chén qián gāng kè《尚書•洪範》：“沉潛剛克，高明柔克。”後用“沉潛剛克”表示為人深沉蘊含，外表柔和而內裏剛強。唐代達奚珣《遊濟瀆記》：“沉潛剛克，斯君子之量歟？”宋代陸九淵《常勝之道曰柔論》：“蓋正己之學，初無心於求勝，大中之道，初不偏於剛柔，沉潛剛克，高明柔克，德之中也。”

【沉靜寡言】chén jìng guǎ yán 性格沉穩文靜，不多説話。《逸周書•官人解》：“沉靜而寡言，多稽而儉貌，曰質靜者也。”《太平廣記》卷一一二：“公子沉靜寡言，少挺異操，河東侯器其賢。”蘇曼殊《斷鴻零雁記》二三章：“道師沉靜寡言，足以壯山門風範，能起十方宗仰。”同 沉靜少言。反 飛揚跋扈。

【沉默寡言】chén mò guǎ yán 多保持沉默，説話不多。《舊唐書•郭子儀傳》：“釗，偉姿儀，身長七尺，方口豐下，沉默寡言。”清代吳趼人《情變》一回：“然而，他為人卻是沉默寡言，這些幻術之類，他雖然學得件件皆精，卻不肯拿出來炫人。”阿英《夜航小引》：“夜航船中不乏名士，但這些人大都是文質彬彬，沉默寡言。”同 寡言少語。反 誇誇其談。

【沁人心脾】qìn rén xīn pí ❶ 形容芳香、涼爽、清幽或某種流暢的心情讓人心清身爽。魯迅《社戲》：“然而夜氣很清爽，真所謂‘沁人心脾’。”茅盾《鍛煉》十：“這是沁人心脾的很甜蜜的清靜。”◇春天庭院裏夜色中的花香沁人心脾。❷ 形容優美的詩文、樂曲等給人以清新爽意的感覺。清代趙翼《甌北詩話•摘句》：“今摘取古來佳句沁人心脾者，隨所得筆之。”王國維《人間詞話》五六：“大家之作，其言情也必沁人心脾，其寫景也必豁人耳目。”同 沁人肺腑、爽心悦目。

【決一死戰】jué yī sǐ zhàn 下定決心，作一次拚死的戰鬥。《三國演義》八九回：“諸將大怒，皆來稟孔明曰：‘某等情願出寨決一死戰！’孔明不許。”《清史稿•文宗紀》：“(周天爵) 所保臧紆青練勇可當一面，獨不能與賊決一死戰耶？”《山河風煙》二：“清兵大軍壓境，兵臨城下，姚大天的農民軍只有殺出重圍，決一死戰了。”同 決一雌雄、背水一戰。反 握手言和、按甲休兵。

【決一雌雄】jué yī cí xióng 決出勝敗高下。雌雄：比喻勝負、強弱、高下。《史記•項羽本紀》：“項王謂漢王曰：‘天下匈匈數歲者，徒以吾兩人耳，願與漢王挑戰，決雌雄，毋徒苦天下之民父子為也。”《三國演義》一〇〇回：“懿羞慚滿面曰：‘吾與汝決一雌雄！汝若能勝，吾誓不為大將。汝若敗時，早歸故里，吾並不加害。’”田漢《土橋之戰》：“黃得功好小子，咱老子正要與你決一雌雄，你卻先來惹起咱老子來了。”同 一決勝負、一決雌雄。

【決勝千里】jué shèng qiān lǐ 決定勝敗於千里之外。形容指揮得當，決策正確。《史記•留侯世家》：“運籌帷帳中，決勝千里外，子房功也。”《隋書•蘇威傳》：“東夏克平，南國底定，參謀帷幄，決勝千里。”◇如今的網絡戰，真正能做到運籌帷幄，決勝千里了。同 運籌帷幄。

【決斷如流】jué duàn rú liú 比喻判斷、決策迅速得如流水一般順暢不間斷。《宋書•劉穆之傳》：“穆之內總朝政，外供軍旅，決斷如流，事無擁滯。”《周書•裴漢傳》：“漢善尺牘，尤便簿領，理識明贍，決斷如流。”◇商場如戰場，有膽有識，決斷如流，才能立於不敗之地。同 當機立斷。反 優柔寡斷。

【泰山北斗】tài shān běi dǒu《新唐書•韓愈傳贊》：“自愈沒，其言大行，學者仰之如泰山、北斗云。”後以泰山和北斗星比喻德高望重或卓有成就而深受眾人景仰的人。清代王士禛《香祖筆記》卷七："余官左都御史，一日五鼓啟事，候於中左門，故吏部侍郎趙公玉峰士麟謂曰：'公真今日之泰山北斗也。'"《官場現形記》二七回："杭州人總靠他為泰山北斗……其實他除掉要錢之外，其餘之事是一概不肯管的。" 反 斗筲小人、市井無賴。

【泰山樑(梁)木】tài shān liáng mù 泰山：五嶽之首。樑木，棟樑之材。《禮記·檀弓上》："孔子蚤作，負手曳杖，逍遙於門，歌曰：'泰山其頹乎！梁木其壞乎！哲人其萎乎！'" 後用"泰山樑木"比喻棟樑之材隕落，也比喻能肩負重任的棟樑之才。蔡東藩《民國通俗演義》二二回："當此國基未固，人才消乏之秋，逝者如斯，將誰與支撐危局？泰山梁木，同人等悲不自勝。" ◇在國家危亡之時，自應有泰山樑木般的人物出來，一呼百應，救國救民於水火之中。同 擎天一柱。反 朽木枯株。

【泰山壓頂】tài shān yā dǐng 泰山壓在頭頂上。❶ 比喻力量極大。《兒女英雄傳》六回："一個棍起處似泰山壓頂，打下來舉手無情。" ❷ 比喻以擁有絕對優勢的強大力量予以打擊。明代賈鳧西《木皮詞·正傳》："給了他個泰山壓頂沒有躲閃，把那助紂為虐的殺個淨，直殺的血流漂杵堵了城門。" 同 泰山壓卵。反 以卵擊石。

【泰阿倒持】tài ē dào chí 泰阿：即"太阿"，寶劍名。《漢書·梅福傳》："倒持泰阿，授楚其柄。" 後用"泰阿倒持"比喻把權柄交給別人而自受其禍。◇泰阿倒持，大權旁落，受制於人，歷來統治者以此為大忌。同 太阿倒持、授人以柄。

【泰然自若】tài rán zì ruò 泰然：安定的樣子。自若：像平常一樣。形容鎮定沉着，神色安然。《金史·顏盞門都傳》："有敵忽來，雖矢石至前，泰然自若。" 茅盾《腐蝕·十二月十日》："我表面上雖還泰然自若，心裏卻感得急了。" 反 手足無措。

【泰然處之】tài rán chǔ zhī 泰然：鎮定的樣子。以鎮靜的態度對待之。形容心裏坦然踏實，不為眼前的事情所動。宋代朱熹《近思錄》卷七："人之於患難只有一個處置，盡人謀之後，卻須泰然處之。"《續資治通鑑·元順帝至正十七年》："凡土木之勞、聲色之樂、宴安鴆毒之惑，皆宜痛絕勇改，而陛下乃泰然處之，若承平無事時，此事安逸所以為根本之禍者也。" ◇面對困難而泰然處之，無疑是生活的強者；面對奢華的物質引誘而泰然處之，這也是生活的強者。同 處之泰然。

【法不阿貴】fǎ bù ē guì 阿：偏袒。法律不偏袒權貴。形容秉公執法，不畏權勢。《韓非子·有度》："法不阿貴，繩不撓曲。法之所加，智者弗能辭，勇者弗敢爭，刑過不避大臣，賞善不遺匹夫。" ◇法不阿貴，當民眾真正相信了這個真理之後，他們才能變成法的主人，而不是法的奴隸。同 鐵面無私、法網無情。反 徇私枉法、徇情枉法。

【法外施仁】fǎ wài shī rén 寬大為懷，免予依法治罪。明代李清《三垣筆記·崇禎》："其馳驅通義一帶，亦不無微勞可憫，乞皇上法外施仁，俯從部議。"《鏡花緣》四五回："他既有這功勞，自應法外施仁，免其一死。"《隋唐演義》一三回："據軍法就該重處，羅公見他青年進士，法外施仁，不曾見罪。" 同 法外施恩。反 嚴懲不貸。

【泄露天機】xiè lòu tiān jī 泄露了神秘的天意。比喻外泄了不能為他人所知的秘密事。宋代陸游《醉中草書因戲作此》詩："稚子問翁新語處，欲言直恐泄天機。"《古今小說·李公子救蛇獲稱心》："君此去切不可泄露天機，恐遭大禍。" 元代王伯成《貶夜郎》三折："往常恐東風吹與外人知，怎想這裏泄露天機。" 同 漏泄天機。

【沽名釣譽】gū míng diào yù 有意識地用某種辦法或手段取得聲名榮譽。金代張建《高陵縣張公去思碑》："非若沽名釣譽之徒，內有所不足，急於人聞，而專苛察督責，以祈當世之知。" 明代張鳳翼《灌園記•齊王拒諫》："我只道你只不過是沽名釣譽，卻不道長他的志氣，滅我的威風。"《二十年目睹之怪現狀》一五回："現在那一班大善士，我雖然不敢説沒有從根中做起的，然而沽名釣譽的，只怕也不少。" 反 功成名就、不務虛名。

【河東獅吼】 hé dōng shī hǒu 宋代洪邁《容齋三筆•陳季常》："陳慥字季常……好賓客，喜畜聲妓，然其妻柳氏絕兇妒，故東坡有詩云：'龍丘居士亦可憐，談空説有夜不眠。忽聞河東師子吼，拄杖落手心茫然。' 河東師子，指柳氏也。" 河東：古郡名，在今山西省西南。師：同"獅"。獅子吼：佛教用來比喻威嚴，陳慥喜談佛，蘇東坡借佛家語跟他開玩笑。後用"河東獅吼"比喻悍妒的女人發怒。《白雪遺音•玉蜻蜓•戲芳》："為妻剛正懶綢繆，怕只怕河東獅吼。" 清代彭養鷗《黑籍冤魂》二二回："少不得太太面前還要趨奉趨奉，防是河東獅吼起來，要不太平。" 同 季常之懼。反 夫唱婦隨。

【河魚之疾】 hé yú zhī jí 見"河魚腹疾"。

【河魚腹疾】 hé yú fù jí 腹瀉的代稱。魚腐爛自腹內開始，故稱。《左傳•宣公十二年》："河魚腹疾，奈何？" 明代趙弼《疥鬼對》："若夫孟軻遭采薪之憂，相如染枯竭之患，杜審言造化小兒之嗟，申叔展河魚腹疾之歎，苦罹霜露之疾，當由生靈有限，此數子者，病鬼之為也。" 也作"河魚之疾"。五代王定保《唐摭言•海敘不遇》："中和末，豫章大亂，巖傑苦河魚之疾，寓於逆旅，竟不知其所終。" 宋代蘇軾《與馮祖仁書》："到韶累日，疲於人事，又苦河魚之疾，少留調理乃行。" ◇杜先生讀大學時染上河魚腹疾，遷延多年，苦不堪言，後來用日飲少量白酒的辦法，竟然治好了。同 河魚之疾。

【河清海晏】 hé qīng hǎi yàn 河：黃河。黃河水清，大海平靜。比喻政治開明，天下太平。唐代蕭穎士《為陳正卿進〈續尚書〉表》："萬庾三登之穰，河清海晏之瑞。" 宋代王讜《唐語林•夙慧》："開元初，上留心理道，革去弊訛。不六七年間，天下大理，河清海晏，物殷俗阜。" 蔡東藩《清史通俗演義》四九回："宮廷上下，且以為河清海晏，可以坐享承平，庸詎知大患之隱伏其間耶？" 同 海晏河清、四海昇平。反 滄海橫流、神州陸沉。

【河清難俟】 hé qīng nán sì 俟：等待。河：黃河。《左傳•襄公八年》："《周詩》有之曰：'俟河之清，人壽幾何？'" 說古代相傳黃河千年一清，而人壽有限，難以等到黃河變清的那一天。後以"河清難俟"比喻時日太久，實難等待。漢代張衡《思玄賦》："天長地久歲不留，俟河之清祇懷憂。" 明代張岱《家傳》："汝父馮唐易老，河清難俟。" 清代李伯元《中國現在記》楔子："成效無期，河清難俟，這是未來的中國，我等他不及。" 同 俟河之清、河清無日。反 指日可待。

【沾沾自喜】 zhān zhān zì xǐ《史記•魏其武安侯列傳》："魏其者，沾沾自喜耳，多易。難以為相，持重。" 形容驕矜自得的樣子。後形容自以為很優越或很有成績而洋洋得意。宋代陳亮《王珪確論如何論》："吾之所長既已暴白於天下，而猶眷眷於同列之公論，固非沾沾自喜之為也。"《聊齋誌異•辛十四娘》："會提學試，公子第一，生第二，公子沾沾自喜。" ◇她一聽別人説自己漂亮，就有點沾沾自喜起來。同 自鳴得意。

【沾親帶故】 zhān qīn dài gù 沾：有某種連帶關係。故：老友。帶有親戚朋友的關係。元代無名氏《合同文字》三折："這文書上寫作見人，也只為沾親帶故。"《歧路燈》八七回："各生意行中，沾親帶故，也就有道喜的。" 歐陽山《金牛和笑女》："金牛和笑女一定是老輩子人裏面有點甚麼沾親帶故的關係，否則不會來往那麼多，那麼密。" 同 沾親搭故。反 非親非故。

【油腔滑調】 yóu qiāng huá diào 形容説話、寫文章浮滑不實，不嚴肅。清代王士禛《師友詩傳錄》："作詩，學力與性情必兼具而後愉快。愚意以為學力深，始能見性情；若不多讀書，多貫穿，而遽言性情，則開後學油腔滑調、信口成章之惡習矣。"《二十年目睹之怪現狀》七二回："這京城裏做買賣的人，未免太油腔滑調了。"◇年紀不大，卻學得油腔滑調，很會戲弄人。同 油頭滑腦、油嘴滑舌。

【油然而生】yóu rán ér shēng《禮記•祭義》："禮樂不可斯須去身，致樂以治心，則易直子諒之心油然生矣。"後以"油然而生"形容自然而然地產生出來。宋代蘇洵《蘇氏族譜》："嗚呼，觀吾之譜者，孝弟之心可以油然而生矣。"清代八寶王郎《冷眼觀》一回："我那立憲絕望的心，又不覺油然而生。"◇聽他說完一番話，大家對他的崇敬之情油然而生。

【油頭粉面】yóu tóu fěn miàn 頭上擦油，臉上搽粉。❶ 形容女人打扮得妖豔俏麗。元代石子章《竹塢聽琴》一折："改換了油頭粉面，再不將蛾眉淡掃鬢堆蟬。"《儒林外史》一四回："馬二先生正走着，見茶鋪子裏一個油頭粉面的女人招呼他吃茶。"❷ 形容男子打扮得花哨輕浮。馬識途《夜譚十記•四記》："他打扮得油頭粉面，長得相當標致，活像上海的一個'小開'模樣。"◇不大一會兒，那油頭粉面的年輕人就甩着手走進來了。同 塗脂抹粉。反 天生麗質。

【油頭滑腦】yóu tóu huá nǎo 形容人狡滑、輕浮。魯迅《二心集•上海文藝之一瞥》："現在的中國電影，還在很受着這'才子＋流氓'式的影響，裏面的英雄，作為'好人'的英雄，也都是油頭滑腦的。"◇看見李春那油頭滑腦、流裏流氣的樣子，她心裏早就厭惡了十分。同 油頭滑臉、滑頭滑腦。

【油嘴滑舌】yóu zuǐ huá shé 形容說話油滑輕浮，耍嘴皮子。《金瓶梅》八八回："這賤小淫婦兒，學的油嘴滑舌。"《醒世姻緣傳》六回："誰想晁大舍且不敢便叫珍哥竟到任內，要慢慢的油嘴滑舌騙得爹娘允了，方好進去。"唐弢《"知識過剩"》："遂使直心人偏激，軟心人彷徨，油嘴滑舌的蛻化。"同 弄嘴掉舌。反 笨嘴拙舌。

【泛泛之交】fàn fàn zhī jiāo 一般的交往，交情不深。◇泛泛之交容易，要說心貼心的知己，這世上可真是難找／她活了幾十年，卻沒有一個好朋友，雖有幾個熟人，都不過是泛泛之交。反 莫逆之交、患難之交。

【泛泛而談】fàn fàn ér tán 一般化地、浮泛地談談。錢穆《〈國學概論〉勾提》："雖曰概論，所涉獵的問題已相當深入，絕非時下那些泛泛而談的所謂概論。"◇寫評論文章，如果只是一般的應景文字，泛泛而談，擊不中要害處，那就毫無意義。同 泛泛其詞。

【泛萍浮梗】fàn píng fú gěng 浮：漂泊。萍：浮生於水面的一種蕨類植物。梗：草木的莖。漂浮在水面的萍草和草木斷梗。比喻漂泊無定的生活。五代閩徐夤《別》詩："酒盡歌終問後期，泛萍浮梗不勝悲。"◇此時此刻，面對麗江美景，任你泛萍浮梗，萬縷愁絲，千千心結，都消散殆盡。同 斷梗漂萍、浮家泛宅。

【泛濫成災】fàn làn chéng zāi《孟子•滕文公上》："洪水橫流，泛濫於天下。"後用"泛濫成災"：❶ 說洪水橫流，造成災害。《再生緣》七四回："黃河決口，泛濫成災，一時不堪收拾。"❷ 比喻某種現象廣泛蔓延，造成禍害。◇神怪小說曾一度泛濫成災，現在卻無聲無息了。同 洪水橫流、自由泛濫。

【沿波討源】yán bō tǎo yuán 討：探求。沿着水流尋找源頭。比喻由近及遠、由表及裏，深入探求事物的本源。晉代陸機《文賦》："或因枝以振葉，或沿波而討源。"南朝梁劉勰《文心雕龍•知音》："夫綴文者情動而辭發，觀文者披文以入情，沿波討源，雖幽必顯。"蔣寅《〈談藝錄〉的啟示》："只有靠多讀、熟讀，只有這樣才能胸有成竹，沿波討源，把握住詩潮的流變。"同 沿流討源、追本溯源。

【泣下如雨】qì xià rú yǔ 泣：眼淚。淚如雨下，形容非常傷心。漢代劉向《說苑•復恩》："鮑叔死，管仲舉上衽而哭之，泣下如雨。"《聊齋誌異•封三娘》："十一娘因述病源，封泣下如雨。"蔡東藩

《前漢通俗演義》四十回："戚姬本來通文，聽着語意，越覺悲從中來，不能成舞，索性掩面痛哭，泣下如雨。"同 泣不成聲、淚如泉湧。反 喜形於色、眉開眼笑。

【泣不成聲】qì bù chéng shēng 抽泣哽噎，發不出聲音。形容內心痛苦，極為悲傷。清代黃鈞宰《金壺七墨·鴛鴦印傳奇始末》："彌留之際，日飲白湯升許，欲以洗滌肺腑，及食不下嚥，泣不成聲。"蔡東藩《民國通俗演義》五二回："說道'玉'字，已是泣不成聲，竟用几作枕，嗚嗚咽咽的哭起來了。"鄭義《老井》："兩人抱在一起，渾身哆嗦，泣不成聲。"同 飲泣吞聲、哽咽難言。反 喜笑顏開、欣喜若狂。

【泥牛入海】ní niú rù hǎi《景德傳燈錄·潭州龍山和尚》："我見兩個泥牛鬥入海，直至如今無消息。"後以"泥牛入海"比喻一去不返，杳無音信。元代尹廷高《送無外僧弟歸奉廬墓》："泥牛入海無消息，萬壑千巖空翠寒。"《九命奇冤》一四回："誰知他兩個這一去，就同泥牛入海一般。"郭沫若《滿江紅》詞："桀犬吠堯堪笑止，泥牛入海無消息。"同 杳如黃鶴。反 落葉歸根。

【泥古不化】nì gǔ bù huà 泥：刻板，不變通。固守古人的成規舊說而不能與時俱進，靈活變通。清代梁章鉅《退庵隨筆·知兵》："兵家成書具在，師心自用者非，泥古不化者亦非。"◇古為今用當然應該，但前提是"食古而化"，不能泥古不化，否則豈不變成遺老遺少了。同 食古不化、泥古拘方。反 厚今薄古。

【泥多佛大】ní duō fó dà 泥用得越多，所塑的佛像就越高大。比喻信佛的人悟道越深，他的佛性就越高。《續傳燈錄·天童曇華禪師》："十五日已前，水長船高，十五日已後，泥多佛大。"後比喻根基越深厚，成就便越大。宋代王安石《重遊草堂次韻》"僧殘尚食少，佛古但泥多"李壁注："泥多佛大。"◇佛教說泥多佛大，用到做學問上，就是"根深蒂固"四個字。同 水漲船高。反 無米之炊。

【泥足巨人】ní zú jù rén 泥足：泥巴做成的雙腳。比喻貌似強大而實際虛弱的勢力。郭沫若《憶秦娥》詞："四人幫是四隻虎，虎視眈眈多威武。多威武，泥足巨人，過街老鼠。"◇不過幾年光景，就從行業巨頭變為泥足巨人，真不知這家企業竟如此外強中乾。同 外強中乾。

【泥沙俱下】ní shā jù xià ❶ 泥土和沙子一起隨水沖下來。陳殘雲《山谷風煙》第一章："這彎彎曲曲的山間小河，甚麼時候下一場暴雨，就是泥沙俱下，河水奔騰。"◇沒想到一場暴雨，山洪驟發，泥沙俱下，把他那座別墅沖得七零八落。❷ 比喻好的和壞的都混雜在一起。清代袁枚《隨園詩話》卷一："人稱才大者，如萬里黃河，與泥沙俱下。余以為此粗才，非大才也。"◇在席捲全國的經濟大潮裏，泥沙俱下，有成企業家、名律師的，也有成了詐騙犯。同 魚龍混雜。反 純一不雜。

【泥船渡河】ní chuán dù hé 佛教語。乘坐泥塑的船過河。比喻塵世非常艱險。《三慧經》："人在世間，譬如乘泥船渡河，當浮渡船且壞，人身如泥船不可久。"後泛指處於險境之中。◇儘管自己也是泥船渡河，但眼見朋友遭難，怎能不施援手！同 釜底游魚。反 一帆風順。

【泥塑木雕】ní sù mù diāo 用泥土塑成的或用木頭雕成的（偶像）。多用以形容人的神情、動作木然呆板。元代無名氏《冤家債主》四折："城隍也是泥塑木雕的，有甚麼靈感在那裏。"《喻世明言·臨安里錢婆留發跡》："鍾起問其姓名，婆留好像泥塑木雕的，那裏敢說。"余秋雨《山居筆記·遙遠的絕響》三："阮籍傻傻地看着泥塑木雕般的孫登，突然領悟到自己的重大問題是多麼沒有意思。"同 木雕泥塑、呆若木雞。反 生龍活虎、栩栩如生。

【沸反盈天】fèi fǎn yíng tiān 反：翻轉。像沸騰的水一樣翻滾着，聲浪喧天。形容喧嘩吵鬧，亂成一團。《野叟曝言》二九回："只見外面的人雪片打進來，沸反盈天，喊聲不絕。"清代李伯元《中國現在記》一二回："剛剛到門，聽見裏面哭的沸反盈天。”魯迅《彷徨•祝福》：“你自己薦她來，又合夥劫她去，鬧得沸反盈天的，大家看了成個甚麼樣子？”同 沸天震地、蜩螗沸羹。反 鴉雀無聲、萬籟俱寂。

【沸沸揚揚】fèi fèi yáng yáng 形容像沸騰的水一樣，議論紛紛。《水滸傳》一八回：“後來聽得沸沸揚揚地説道：‘黃泥岡上一夥販棗子的客人，把蒙汗藥麻翻了人，劫了生辰綱去。’”《東周列國誌》五回：“州籲即位三日，聞外邊沸沸揚揚，盡傳説弒兄之事。”◇她以為密不透風，誰知不到三天，外界就沸沸揚揚傳得盡人皆知了。同 街談巷議、議論紛紛。反 三緘其口、鉗口不言。

【波光粼粼】bō guāng lín lín 形容波光明淨。粼粼：形容水或石明亮潔淨。◇興凱湖一望無際，看上去比洞庭湖還要大一些，不同的是波光粼粼，不像洞庭湖一片渾黃。同 波光瀲灩。反 漆黑一團。

【波濤洶湧】bō tāo xiōng yǒng 洶湧：浪濤騰湧的樣子，形容波高浪急。《三國志•孫權傳》裴松之注引《吳錄》：“是冬魏文帝至廣陵，臨江觀兵……帝見波濤洶湧，歎曰：‘嗟乎！固天所以隔南北也。’”宋代朱熹《朱子語類》卷一五：“譬之水焉，本自瑩淨寧息，蓋因波濤洶湧，水遂為其所激而動也。”茅盾《鍛煉》二五：“陳克明感覺到自己好像是在一葉孤舟，而這孤舟又是在風狂雨驟波濤洶湧的大海上。”同 洶湧澎湃、驚濤駭浪。反 風平浪靜、水波不興。

【波譎雲詭】bō jué yún guǐ 譎、詭：怪異、多變。像雲彩和波浪那樣千姿百態。漢代揚雄《甘泉賦》：“於是大廈雲譎波詭，摧嗺而成觀。”“雲譎波詭”形容房屋的結構富於變化。後以“波譎雲詭”形容文章筆法或事態發展變化莫測。清代陳田《〈明詩紀事己籤〉序》：“蓋弇洲負沈博一世之才，下筆千言，波譎雲詭。”《鏡花緣》一八回：“當日孔子既沒，儒分為八；其他縱橫捭闔，波譎雲詭。”鄒韜奮《抗戰以來•開場白》：“這期間的悲歡離合，波譎雲詭，令人在冷靜沉默中回想起來，撫今追昔，實不勝其感慨繫之。”同 雲譎波詭、千變萬化。反 一成不變、千篇一律。

【波瀾壯闊】bō lán zhuàng kuò 比喻氣勢宏偉，聲勢浩大。清代陳廷焯《白雨齋詞話》卷三：“其年諸短調，波瀾壯闊，氣象萬千，是何神勇。”◇這一幅《長江萬里圖》，綿延萬里，波瀾壯闊，把沿江的地貌風采展現無遺。同 氣吞山河、聲勢浩大。反 悄無聲息、死水微瀾。

【治絲而棼】zhì sī ér fén 治：整理。棼：紛亂。抽取蠶絲卻不去找出頭緒，結果越抽越亂。比喻做事抓不住要領，就會越做越糟。《左傳•隱公四年》：“臣聞以德和民，不聞以亂。以亂，猶治絲而棼之也。”唐代馮用之《權論下》：“刑名有不可威之時，由是濟之以權也……不可威而威，則刑名如治絲而棼矣。”《四庫總目提要》卷三：“使經傳混淆，茫然莫辨，尤為治絲而棼。”梁啟超《樂利主義泰斗邊沁之學説•邊沁之政法論》：“夫政出多門，非國家之福也。既有下院以代表民意，而復以上院掣肘之，是治絲而棼也。”也作“治絲益棼”。蔡東藩《民國通俗演義》九九回：“若捨事實而爭言法理，勢必曠日持久，治絲益棼，陸沉之狀懸於眉睫。”反 迎刃而解。

【治絲益棼】zhì sī yì fén 見“治絲而棼”。

【洪水猛獸】hóng shuǐ měng shòu 造成災難的洪水和兇猛的野獸。也比喻為害極大的人或事物。《孟子•滕文公下》宋代朱熹集注：“蓋邪説橫流，壞人心術，甚於洪水猛獸之災。”清代葉廷琯《鷗陂漁話•東坡畫像贊》：“彼為士大夫者，或反冒為害，甚洪水猛獸。”清代黃宗羲《壽張奠夫人八十序》：“夫為洪水猛獸之害者，非佛氏乎？”魯迅《二十四孝圖》：“妨害白話者的流毒卻甚於洪水猛獸，非常廣大，也非常長久。”反 國之棟樑、經國之才。

【洪水橫流】hóng shuǐ héng liú 形容江河泛濫成災。《孟子•滕文公上》：“當堯之時，天下猶未平，洪水橫流，泛濫於天下。”《三國演義》二三回：“臣聞洪水橫流，帝思俾乂，旁求四方，以招賢俊。”◇水利闕失，加上亂砍亂伐水土流失，致使洪水橫流，百姓遭殃。同 泛濫成災。

【洪福齊天】hóng fú qí tiān 洪：大。福氣大得可以同高高在上的青天齊等。多用以稱頌他人。元代關漢卿《西蜀夢》二折：“這南陽耕叟村諸葛，輔佐着洪福齊天漢帝王。”《慈禧太后演義》三五回：“照這樣珍珠，是古今中外罕見的奇寶。老祖宗洪福齊天，所以得此異品哩。”◇如今您是金枝玉葉，兒孫滿堂，洪福齊天哪！同 福星高照。反 禍不單行。

【洪爐燎髮】hóng lú liáo fà 燎：燒。大火爐燒毛髮。《史記•刺客列傳》：“夫以鴻毛燎於爐炭之上，必無事矣。”後用“洪爐燎髮”形容做事不費吹灰之力。唐代韋應物《易言》：“洪爐熾炭燎一毛，大鼎炊湯沃殘雪。”《三國演義》二回：“今將軍仗皇威，掌兵要，龍驤虎步，高下在心，若欲誅宦官，如鼓洪爐燎髮耳。”同 洪爐燎毛。

【洪爐點雪】hóng lú diǎn xuě《祖堂集•大顛和尚》：“石頭進前把住，云：‘你見何道理，但知禮拜？’師曰：‘如紅爐一點雪。’”紅爐：即洪爐：大火爐。往洪爐中放進一點點雪即刻融化掉。原為佛家語，指解脱，後比喻領悟極快或疑慮很快消除。《醒世恆言》卷一二：“他原是明悟禪師轉世，根氣不同，所以出儒入墨，如洪爐點雪。”◇經老師指點，猶如洪爐點雪，她頓時領悟到其中的精奧哲理。同 恍然大悟。反 執迷不悟。

【洞天福地】dòng tiān fú dì 道家對神仙、道士所居的十大洞天、三十六小洞天及七十二福地的合稱。後稱名山勝地或幽美納福之處。宋代葉紹翁《四朝聞見錄•閱古南園》：“(韓) 侂胄居之既久，歲累月積……疑為洞天福地之居，不類其為園亭也。”明代無名氏《白兔記•岳贅》：“一段姻緣，正是前生繫定，紅線絲纏。繡褥花裀，洞天福地，這好事今朝重見。”清代吳騫《扶風傳信錄》：“仙樂微聞，名花爭豔，恍一洞天福地。”沈從文《憶翔鶴》：“他羨慕我的新居環境像個‘洞天福地’……我卻過不多久，又不聲不響……返回了‘人間’。”同 福地洞天、桃源勝境。

【洞見癥結】dòng jiàn zhēng jié 洞見：透徹地看出。癥結：腹中的硬塊。《史記•扁鵲蒼公列傳》：“以此視病，盡見五臟癥結，特以診脈為名耳。”後用“洞見癥結”比喻眼光鋭利，能看穿問題的關鍵和要害。清代紀昀《閱微草堂筆記》卷十：“香畹首肯曰：‘斯言洞見癥結矣。’”清代劉坤一《復何子莪》：“台端留心時事……於受病之源，洞見癥結。”

【洞房花燭】dòng fáng huā zhú 指代新婚。洞房：新婚夫妻的內室。花燭：婚禮用的紅燭。北周庾信《和詠舞》詩：“洞房花燭明，燕餘雙舞輕。”宋代洪邁《容齋四筆•得意失意》：“久旱逢甘雨，他鄉遇故知，洞房花燭夜，金榜掛名時。”錢鍾書《圍城》四：“是不是得了博士回來結婚的？真是金榜掛名，洞房花燭，要算得雙喜臨門了。”

【洞若觀火】dòng ruò guān huǒ 洞：透徹。《尚書•盤庚上》：“予若觀火。”説看得分明如同看明亮的火焰。後用“洞若觀火”比喻對事物觀察得十分清楚透徹。明代張岱《公祭張噩仍文》：“噩仍謙和柔婉，未嘗以一語忤人，而胸中月旦，洞若觀火。”魯迅《南腔北調集•〈守常全集〉題記》：“以過去和現在的鐵鑄一般的事實來測將來，洞若觀火。”同 明若觀火、洞如觀火。反 霧裏看花、不明就裏。

【洞幽察微】dòng yōu chá wēi 能透徹地看清弄明事物的深邃細微之處。◇世事真真假假，翻雲覆雨，沒有一點洞幽察微的本事，想出人頭地是很難的 / 能從細微的蛛絲馬跡中洞幽察微，發掘出真相來，這就得憑閱歷、經驗和智慧了。同 洞幽燭微。

【洞察一切】dòng chá yī qiè 對事情的方方面面都能深入透徹地看清楚。◇他那深邃的目光，智慧的頭腦，豐富的閱歷，使他能夠洞察一切。同 洞悉無遺。

【洞察其奸】dòng chá qí jiān 見“洞燭其奸”。

【洞察秋毫】dòng chá qiū háo《孟子•梁惠王上》：“明足以察秋毫之末而不見輿薪，則王許之乎？”秋毫：鳥獸在秋天新長出的細毛。後用“洞察秋毫”形容目光敏銳，能看透事情隱秘的深層和要害。◇你想用瞞天過海的辦法混過去，我看很難，此人洞察秋毫，何況從中幫助他的還大有人在。同明察秋毫。反蒙在鼓裏。

【洞燭其奸】dòng zhú qí jiān 能深入透徹地看穿對方的奸詐伎倆、陰謀詭計。也作“洞察其奸”。《明史•董傳策傳》：“(嚴)嵩稔惡誤國，陛下豈不洞燭其奸？”《鏡花緣》一二回：“倘明哲君子，洞察其奸……諸事預為防範，毋許入門，他又何所施其伎倆？”

【洞鑒古今】dòng jiàn gǔ jīn 全面透徹地瞭解歷代興亡史實與當下時事，及其經驗教訓。《舊唐書•王及善等傳論》：“苟非洞鑒古今，深識王霸，何由立其高論哉！”宋代錢世昭《錢氏私志•蔡魯公》：“公高明遠識，洞鑒古今，知國家之事，必至於斯乎。”同知古鑒今。

【洗手不幹】xǐ shǒu bù gàn 洗乾淨了手，不再做此前從事的事。一般指棄惡向善，改過自新。《兒女英雄傳》一一回：“小人從前原也作些小道兒上的買賣，後來洗手不幹，就在河工上充了一個夫頭。”張恨水《啼笑姻緣》一回：“自己只帶得這個女兒秀姑逃到北京來，洗手不幹，專做好人。”◇小街上的那個小混混，一直來東偷西摸，欺老淩幼，近日聽說他洗手不幹了。同浪子回頭、翻然悔悟。反執迷不悟、怙惡不悛。

【洗心革面】xǐ xīn gé miàn《易經•繫辭上》：“聖人以此洗心。”《易經•革》：“君子豹變，小人革面。”洗心：洗滌心胸，除去惡念、雜念；革面：改變臉色或態度。後以“洗心革面”比喻徹底悔悟，痛改前非。宋代辛棄疾《淳熙己亥論盜賊劄子》：“自今以始，洗心革面，皆以惠養元元為意。”朱自清《〈聞一多全集〉序》：“他說新詩得‘真能放棄傳統意識，完全洗心革面，重新做起’。”同革面洗心、痛改前非。反屢教不改、怙惡不悛。

【洗耳恭聽】xǐ ěr gōng tīng 形容專心、恭敬地傾聽。元代鄭廷玉《楚昭公》四折：“請大王試說一遍，容小官洗耳恭聽。”《鏡花緣》七八回：“眾人道：‘如此甚妙，我們洗耳恭聽。’”◇您有甚麼話不妨直說，敝人洗耳恭聽。反置若罔聞。

【洗垢求瘢】xǐ gòu qiú bān 洗去塵垢後，從中尋找瘢痕。《韓非子•大體》：“不吹毛而求小疵，不洗垢而察難知。”後用“洗垢求瘢”、“洗垢索瘢”比喻求全責備，過分挑剔。《後漢書•趙壹傳》：“所好則鑽皮出其毛羽，所惡則洗垢求其瘢痕。”《新唐書•魏徵傳》：“喜則矜刑於法中，怒則求罪於律外；好則鑽皮出羽，惡則洗垢索瘢。”宋代朱熹《朱子全書•蘇氏》：“又謂洗垢索瘢，則孟子以下皆有可論。”同洗垢尋痕、吹毛求疵。反既往不咎、寬大為懷。

【洗垢索瘢】xǐ gòu suǒ bān 見“洗垢求瘢”。

【活剝生吞】huó bō shēng tūn 見“生吞活剝”。

【活龍活現】huó lóng huó xiàn 一條真的活龍在飛舞。形容非常逼真，使人感到好像親眼看到一般。《喻世明言》卷十：“眾人見大尹半日自言自語，說得活龍活現，分明是倪太守模樣，都信道倪太守真個出現了。”《警世通言》卷五：“再說王氏聞丈夫凶信，初時也疑惑，被呂寶說得活龍活現，也信了。”◇再看那幅湘繡上的一對戲水鴛鴦，活龍活現，簡直真的一樣，心上不由大喜。同活靈活現、活眼活現。反呆若木雞、死氣沉沉。

【活蹦亂跳】huó bèng luàn tiào 形容生氣勃勃、活潑可愛的樣子。曹禺《日出》第四幕：“我一定可以把小東西還是活蹦亂跳地找回來。”《新兒女英雄傳》九回：“大水看到活蹦亂跳的艾和尚一眨眼的工夫，就死在敵人槍彈之下，心裏一陣疼。”◇小貓咪活蹦亂跳地玩弄絨線球，那份頑皮的神態，格外可愛。同活蹦活跳、歡蹦亂跳。

【活靈活現】huó líng huó xiàn 形容說話、形象、藝術品等生動逼真，非常真實，像活的一樣。《鏡花緣》六五回：“他忽然把個樂正子又請出來，說的活靈活現，倒也有個意思。”◇她那雙水汪汪的大眼睛，兩頰那迷人的酒窩，始終在他心裏活靈活現。同 活龍活現、栩栩如生。反 木雕泥塑。

【洶湧澎湃】xiōng yǒng péng pài ❶巨浪翻滾，互相撞擊。漢代司馬相如《上林賦》：“沸乎暴怒，洶湧澎湃。”◇金沙江洶湧澎湃的湍流，順着山勢急瀉而下。❷形容聲勢浩大，不可阻擋。馮玉祥《我的生活》三二章：“同時南方的革命浪潮一天天洶湧澎湃起來了。”《〈茅盾文集〉後記》：“世界的民主潮流是這樣的洶湧澎湃。”❸形容心理活動非常激烈。◇雖說已到午夜時分，然而洶湧澎湃的思緒卻越發控制不住。同 聲勢浩大。

【洛陽才子】luò yáng cái zǐ 本稱漢代的文士賈誼為“洛陽才子”，後用以代稱有才華的人。晉代潘岳《西征賦》：“終童山東之英妙，賈生洛陽之才子。”五代前蜀韋莊《菩薩蠻》詞：“洛陽城裏春光好，洛陽才子他鄉老。”明代無心子《金雀記•定婚》：“洛陽才子，名下無虛，細玩佳章，自生健羨。”

【洛陽紙貴】luò yáng zhǐ guì 據《晉書•左思傳》，左思構思十年，寫成《三都賦》，卻不為時人所重。後經皇甫謐作序，張載、劉逵作注，名流張華讚譽左思是班固、張衡一流的人物。於是左思名聲大振，豪門富家爭相傳抄《三都賦》，洛陽紙價因之昂貴。後以“洛陽紙貴”稱讚著作大受歡迎，一時間廣為流傳。清代蕊珠舊史《京塵雜錄•丁年玉筍志》：“於是傳寫《看花記》者，幾有洛陽紙貴之歎。”《孽海花》二回：“即如寫字的莫友芝、畫畫的湯壎伯，非不洛陽紙貴，名震一時，總嫌帶着江湖氣。”反 無人問津。

【洋為中用】yáng wéi zhōng yòng 汲收借鑒外國有益的東西為中國所利用。茅盾《向魯迅學習》：“他主張吸取其精華，化為自己的血肉，主張借鑒，古為今用，洋為中用。”◇西洋的交響音樂伴奏中國的傳統戲曲，唱腔音律更加優美，這不妨也是一種洋為中用。

【洋洋大觀】yáng yáng dà guān 洋洋：盛大眾多的樣子。大觀：豐富多彩的景象。《莊子•天地》：“夫道，覆載萬物者也，洋洋乎大哉！”後用“洋洋大觀”形容事物繁多、博大、豐盛、壯觀。《水滸後傳》三九回：“登眺海山，洋洋大觀一望千里。”朱自清《經典常談•詩經》：“到了《詩經》時代，有了琴瑟鐘鼓，已是洋洋大觀了。”秦牧《江上燈語》：“(航標燈) 紅的、綠的、白的；單閃的，雙閃的，五花八門，洋洋大觀。”同 蔚為大觀、琳琅滿目。

【洋洋得意】yáng yáng dé yì 形容非常稱心如意、喜氣洋洋的樣子。宋代朱淑貞《春上亭中觀魚》詩：“春暖長江水正清，洋洋得意漾波生。”《醒世姻緣傳》四二回：“臨去時，秋波也不轉一轉，洋洋得意，上了轎子，鼓樂喧天的導引而去。”《三俠五義》四七回：“洋洋得意，樂不可言。”同 揚揚得意、洋洋自得。反 垂頭喪氣、灰頭土臉。

【洋洋灑灑】yáng yáng sǎ sǎ 形容文辭豐富流暢，連續不斷。清代陳鼎《八大山人傳》：“如愛書，則攘臂搦管，狂叫大呼，洋洋灑灑，數十幅立就。”巴金《春》二四：“國光在這個題目下面，洋洋灑灑地寫了三四千字。”

【津津有味】jīn jīn yǒu wèi 形容興味濃厚。《二刻拍案驚奇》卷一八：“甄監生聽得津津有味。”朱自清《論百讀不厭》：“這些作品讀起來津津有味，重讀，屢讀也不膩味，所以說‘不厭’。”同 其味無窮。反 索然無味、味同嚼蠟。

【津津樂道】jīn jīn lè dào 形容饒有興味地談論。清代錢泳《履園叢話•鼇精》：“世傳盲詞中有《白蛇傳》，雖婦人女子皆知之，能津津樂道者，而不知此等事世間竟有之。”◇當人們津津樂道那些八卦新聞時，他總是遠遠避開。

【浹髓淪肌】jiā suǐ lún jī 浹：浸透，濕透。淪：深入。❶滲入骨髓，浸透了肌膚。宋代范成大《謝江東漕楊廷秀》詩：“浹髓淪膚都是病，傾困倒廩更無詩。”❷比喻感受很深或影響很大。宋代李曾伯《代謝郊祀肆赦》：“鰥寡孤獨，誰非舉手加額之人；動植飛潛，不翅浹髓淪肌之賜。”明代宋濂《故陳母林夫人墓誌銘》：“書詩之澤，浹髓淪肌。”《二十年目睹之怪現狀》八二回：“改頭換面誇奇遇，浹髓淪肌感大恩。”同 浹淪肌髓、淪肌浹髓。

【涇清渭濁】jīng qīng wèi zhuó 見“涇濁渭清”。

【涇渭不分】jīng wèi bù fēn 涇渭：涇水和渭水，涇水清、渭水濁，兩水匯流處清濁分明不混。因用“涇渭不分”比喻好壞不分，是非不明。唐代陸贄《又論進瓜果人擬官狀》：“薰蕕無辨，涇渭不分，二紀於茲，莫之能整。”《清史稿·李森先傳》：“江南既定，人材畢集，若復涇渭不分，則君子氣沮，宵小競進。”◇如果涇渭不分，是非不明，那麼很多事情都會顛倒黑白。同 涇渭同流、良莠不分。反 涇渭分明。

【涇渭分明】jīng wèi fēn míng《詩經·穀風》：“涇以渭濁，湜湜其沚。”毛傳：“涇渭相入而清濁異。”據說舊時涇河水清，渭河水濁，涇水匯入渭水合而不混，清濁分明。後以“涇渭分明”比喻優劣、是非等非常清楚。《古今小說·滕大尹鬼斷家私》：“他胸中漸漸涇渭分明，瞞他不得了。”◇俗話說“不怕不識貨，只怕貨比貨”，同類的東西，只要一比，涇渭分明，高低立見。同 涇渭自分、一清二楚。反 涇渭不分。

【涇濁渭清】jīng zhuó wèi qīng 涇渭：涇水和渭水，一說涇水清、渭水濁，又說涇水濁、渭水清，兩水匯流處清濁不混。因用“涇清渭濁”、“涇濁渭清”比喻是非分明，好壞界限清楚。元代胡祇遹《長清縣作》詩：“鶴短鳧長誰與辯，涇清渭濁兩相謾。”◇人的品德究竟如何，短時間似難分清，但時間一久，經歷的事情多了，涇濁渭清，自然清清楚楚了。同 涇渭分明、渭濁涇清。反 涇渭不分。

【涉水登山】shè shuǐ dēng shān 渡過大河，登上高山。形容長途跋涉。明代楊慎《洞天玄記》一折：“假饒他升天攝地三千界，亦任他涉水登山二百州，趕將去活喇喇牽轉白牛。”◇涉水登山，日夜兼程，風餐露宿，在他的工作裏都是常有的事。同 跋山涉水。

【涉筆成趣】shè bǐ chéng qù 涉筆：動筆。說一動筆就能寫出風趣有意味的作品。《鏡花緣》一〇〇回：“心有餘閒，涉筆成趣。每於長夏餘冬，燈前月夕，以文為戲，年復一年，編出這《鏡花緣》一百回。”柯靈《錢鍾書創作淺嘗》：“散文也罷，小說也罷，共同的特點是玉想瓊思，宏觀博識，妙喻珠聯，警句泉湧，諧謔天生，涉筆成趣。”反 索然無味。

【消愁解悶】xiāo chóu jiě mèn 消除憂愁，排解苦悶。元代高文秀《遇上皇》一折：“教我斷消愁解悶甕頭香。”《喻世明言》卷三六：“宋四公且入酒店裏去，買些酒消愁解悶則箇。酒保唱了喏，排下酒來。”◇讀小說、看展覽、欣賞戲劇都不失為高雅的消愁解悶之舉。同 消愁遣悶、消愁破悶。

【消聲匿跡（迹）】xiāo shēng nì jì 見“銷聲匿跡”。

【涅而不緇（淄）】niè ér bù zī 涅：黑礬石，可作黑色染料。緇：黑色。即便用涅染，也染不黑。比喻操守高潔，品德高尚，不受邪惡環境影響。《論語·陽貨》：“不曰堅乎，磨而不磷；不曰白乎，涅而不緇。”磷：薄。《新語·道基》：“潔清明朗，潤澤而濡，涅而不緇。”南朝梁沈約《高士贊》：“亦有哲人，獨執高志，如金在沙，顯然自異。猶玉在泥，涅而不緇。”《警世通言》卷一二：“（范承信）累官至兩淮留守，夫妻偕老，後人評論范鰍兒在‘逆黨’中涅而不淄，好行方便，救了許多人性命，乃陰德積善之報也。”同 泥而不滓、磨而不磷。

【涓埃之力】juān āi zhī lì 涓埃：細小的流水和塵埃。比喻極為微弱的力量。唐代韓愈《為裴相公讓官表》：“於裨補無涓埃之微，而讒謗有丘山之積。”◇為貧困人群出力，捐獻愛心，即使涓埃之力也是可貴的。

【涓滴歸公】juān dī guī gōng 涓滴：小水珠。一點一滴的錢物，都要上繳公家。

形容絕不貪圖侵吞。《官場現形記》三四回："小侄情願報效，捐來的錢涓滴歸公，一個薪水也不敢領。"《清史稿•文宗紀》："然必涓滴歸公，撙節動用，始得實濟。"沈從文《顧問官》："一點鐘前在部裏還聽師長説今年十一月税款得涓滴歸公，誰侵吞一元錢就砍誰的頭。"同 點滴歸公。反 據為己有。

【浩如煙海】hào rú yān hǎi 形容數量多得像迷茫無際的煙雲一樣。多形容圖書文獻或資料等極其豐富，數量非常之大。宋代司馬光《進〈資治通鑒〉表》："遍閱舊史，旁采小説，簡牘盈積，浩如煙海。"清代周永年《儒藏記》："古今載記，浩如煙海。"◇來到荷蘭的小鎮，一望無際的田野上滿是鬱金香，浩如煙海。同 多如牛毛。反 寥若晨星、寥寥無幾。

【浩浩湯湯】hào hào shāng shāng《尚書•堯典》："湯湯洪水方割，蕩蕩懷山襄陵，浩浩滔天。"後用"浩浩湯湯"形容水面廣闊無垠，水勢浩大。宋代范仲淹《岳陽樓記》："銜遠山，吞長江，浩浩湯湯，橫無際涯。"

【浩浩蕩蕩】hào hào dàng dàng 浩浩：水勢盛大。蕩蕩：廣大。❶ 形容水勢浩大壯闊。《尚書•堯典》："湯湯洪水方割，蕩蕩懷山襄陵，浩浩滔天。"◇長江突破三峽天險，浩浩蕩蕩，一瀉千里。❷ 形容隊伍龐大、氣勢壯觀。《水滸傳》五五回："馬步三軍人等，浩浩蕩蕩，殺奔梁山泊來。"◇遊行隊伍浩浩蕩蕩，旗幟飄揚，前不見頭，後不見尾。反 無聲無息。

【浩然之氣】hào rán zhī qì 浩然：盛大的樣子。氣：精神、氣概、氣節。指正大剛直豪邁的精神氣質。《孟子•公孫丑上》："我善養吾浩然之氣，其為氣也，至大至剛，以直養而無害，則塞於天地之間。"漢代班固《答賓戲》："仲尼抗浮雲之志，孟軻養浩然之氣。"明代湯顯祖《牡丹亭•言懷》："貧薄把人灰，且養就這浩然之氣。"朱自清《論氣節》："至於文天祥所歌詠的'正氣'，更顯然跟'浩然之氣'一脈相承。"同 浩然正氣。反 歪風斜氣。

【海不揚波】hǎi bù yáng bō《尚書大傳》卷四："久之，天之不迅風疾雨也，海不波溢，三年於茲矣。"説大海不起波瀾。比喻安定太平。明代梅鼎祚《玉合記•杭海》："吾聞太平之世，海不揚波。"清代陳恭尹《鐃歌》："海不揚波萬國通，三吳閩浙各乘風。"同 海晏河清。反 波浪滔天。

【海內無雙】hǎi nèi wú shuāng 海內：古時指中國，現指世界。説四海之內無可比擬，獨一無二。漢代東方朔《答客難》："好學樂道之效明白甚矣，自以為智能海內無雙，則可謂博聞辯智矣。"元代胡用和《粉蝶兒•題金陵景》套曲："論富貴京都為上，數繁華海內無雙，風流人物貌堂堂。"◇她家傳的那一對雍正年間的鴛鴦戲水青花瓷瓶，我看過一回，那可真算是海內無雙。同 獨一無二、舉世無雙。反 多如牛毛。

【海外奇談】hǎi wài qí tán 四海之外邊遠地方的奇談怪論。多指毫無根據的荒唐言論或傳聞。明代沈德符《野獲編補遺•台疏譏謔》："瑞為牘，令兵馬司申之於給事鍾宇淳。宇淳批其牘尾曰：'海外奇談。'"魯迅《關於翻譯的通信•來信》："這明明白白的欺侮中國讀者，信口開河的來亂講海外奇談。"同 奇談怪論。反 言之鑿鑿、言必有據。

【海市蜃樓】hǎi shì shèn lóu 光線經過不同密度的空氣層，發生顯著折射或全反射時，把遠處景物顯示在海上或沙漠中而形成的各種奇異景象。古人誤認為是蜃吐氣而成，故稱為"海市蜃樓"。蜃：蛤蜊。《史記•天官書》："海旁蜃氣象樓台；廣野氣成宮闕然。"宋代沈括《夢溪筆談•異事》："登州海中，時有雲氣如宮室、台觀、城堞、車馬、冠蓋，歷歷可見，謂之海市。"明代李時珍《本草綱目•蛟龍附蜃》："（蜃）能吁氣成樓台城郭之狀，將雨即見，名蜃樓，亦曰海市。"《白雪遺音•九座樓》："姐兒房中繡枕頭……繡的是海市樓。"後多以"海市蜃樓"比喻虛幻的事物。巴金《春》二八："她知道他們不會拿海市蜃樓來哄騙她。”同 子虛烏有、鏡花水月。反 千真萬確、板上釘釘。

【海角天涯】hǎi jiǎo tiān yá 指天下四方或遙遠的地方，也形容相隔遙遠。唐代白居易《春生》詩：“春生何處暗周遊，海角天涯遍始休。”宋代方千里《浪淘沙》詞：“謾飄蕩，海角天涯，再見日，應憐兩鬢玲瓏雪。”清代金農《注書研銘》：“石卿助我箋蟲魚，相隨海角天涯居。”研：同“硯”。同 天涯海角、天涯地角。

【海底撈月】hǎi dǐ lāo yuè 從海底撈上月亮來。比喻白費力氣，不可能做到。郭沫若《洪波曲》第九章四：“前一種希望，雖然費了許多心機，耍了不少花頭，卻總是海底撈月。”◇她是刻意回避你的，即便你派再多的人去找，只怕還是海底撈月。同 水中撈月、大海撈針。反 十拿九穩、甕中捉鱉。

【海底撈針】hǎi dǐ lāo zhēn 在大海底尋找一根針。形容無法辦到，簡直無望。《初刻拍案驚奇》卷二十：“一面點起民壯，分頭追捕，多應是海底撈針，那尋一個？”《野叟曝言》三九回：“妹子全無巴鼻，有如海底撈針，空自望梅，終成畫餅，是所憂耳。”同 水底撈針、大海撈針。反 俯拾皆是、唾手可得。

【海枯石爛】hǎi kū shí làn 海水乾枯，石頭化成灰土，形容歷時久遠。多用作誓詞。❶ 表示彼此相愛永不變心的誓詞。金代元好問《西樓曲》：“海枯石爛兩鴛鴦，只合雙飛便雙死。”元代王實甫《西廂記》五本三折：“這天高地厚情，直到海枯石爛時。”❷ 表示堅定不變的誓詞。《水滸後傳》八回：“我雖是女流，頗知大義，海枯石爛自守其志。”明代瞿佑《剪燈新話·綠衣人傳》：“海枯石爛，此恨難消：地老天荒，此情不泯。”郭沫若《棠棣之花》第四幕：“我們從春望到秋，從秋望到夏，望到海枯石爛了。”❸ 比喻事情做得徹底，做得乾淨俐落。《兒女英雄傳》一七回：“一切了當，覺得這事作得海枯石爛，雲淨天空，何等乾淨解脱，胸中十分痛快。”同 石爛海枯、地老天荒。

【海屋添籌】hǎi wū tiān chóu 海屋：傳説中放置記錄滄桑巨變籌碼的屋子。籌：籌碼，計數用的竹木或象牙製成的器具。宋代蘇軾《東坡志林》卷七：“嘗有三老人相遇，或問之年。一人曰：‘吾年不可記，但憶少年時與盤古有舊。’一人曰：‘海水變桑田時，吾輒下一籌，爾來吾籌已滿十間屋。’”後用“海屋添籌”作為祝人長壽之辭。明代馮惟敏《點絳唇·郡廳自壽》曲：“一壁廂天官賜福，一壁廂海屋添籌。”《清宮外史》下：“照定制，凡遇萬壽，應該唱搬演神仙故事的‘九九大慶’，無非海屋添籌，麻姑獻壽之類。”同 海屋籌添、壽比南山。

【海晏河清】hǎi yàn hé qīng 晏：平靜。河：黃河。大海浪靜，黃河水清。比喻天下太平。唐代薛逢《九日曲池遊眺》詩：“正當海晏河清日，便是修文偃武時。”元代施君美《幽閨記·和寇還朝》：“如今海晏河清也，重逢太平，重樂太平。”《紅樓夢》一一九回：“皇上又看到‘海疆靖寇班師善後事宜’一本，奏的是‘海晏河清，萬民樂業’的事。”郁達夫《村居日記》：“翌日，參謁羅星塔畔之馬水忠烈王廟，求籤得第二十七籤，文曰：‘國泰民安，風調雨順，山明水秀，海晏河清。’”同 河清海晏、太平盛世。

【海誓山盟】hǎi shì shān méng 盟誓堅定，好像山和海一樣，永恆不變。多指男女忠貞相愛。宋代辛棄疾《南鄉子》詞：“別淚沒些些，海誓山盟總是賒。”元代石君寶《曲江池》三折：“非是我誇清正，只為他星前月下，親曾設海誓山盟。”《紅樓夢》七二回：“雖未成雙，卻也海誓山盟，私傳表記，已有無限風情。”同 山盟海誓、盟山誓海。

【海嘯山崩】hǎi xiào shān bēng 大海洶湧呼嘯，高山崩裂塌方。形容來勢兇猛巨大，無法阻擋。《東周列國誌》五四回：“楚兵人人耀武，個個揚威，分明似海嘯山崩，天摧地塌。”◇你沒見地震那當兒，搖天動地，海嘯山崩，那情景十分怕人。同 天崩地裂。

【海闊天空】hǎi kuò tiān kōng《詩話總龜》

前集卷三十引《古今詩話》："（禪僧元覽）題詩於竹曰'大海從魚躍，長空任鳥飛'。"後以"海闊天空"形容：❶寬廣遼闊，無邊無際。清代蔣士銓《一片石•宴閣》："空江夜氣涼如水，共記滕王閣下時，海闊天空任所之。"梁啟超《說希望》："四億萬人，泱泱大風，任我飛躍，海闊天空。"❷思想活動、說話議論無拘無束或漫無邊際。《文明小史》三五回："不三不四合上了好些朋友，發了些海闊天空的議論。"巴金《隨想錄》二九："我們海闊天空，無所不談。"❸胸懷廣闊，豪放不拘。《兒女英雄傳》二六回："這位姑娘雖是細針密縷的一箇心思，卻是海闊天空的一箇性氣。"同 不着邊際、漫無邊際。反 謹言慎行。

【涎皮賴臉】xián pí lài liǎn 嬉皮笑臉，厚着臉皮跟人糾纏磨蹭。明代李開先《寶劍記》一四齣："你這等涎皮賴臉的，俺管監的吃風！"《紅樓夢》三四回："誰同你扯扯拉拉的，一天大似一天的，還這樣涎皮賴臉的，連個道理也不知道。"同 涎皮涎臉、涎臉涎皮。反 一本正經。

【浴血奮戰】yù xuè fèn zhàn 渾身鮮血，仍堅持奮力作戰。形容勇敢戰鬥，不怕犧牲。◇中國人民經過八年的浴血奮戰，終於取得了抗日戰爭的勝利。

【浮一大白】fú yī dà bái 浮：罰酒，也指乾杯。白：罰酒用的杯子。《說苑•善說》："魏文侯與大夫飲酒，使公乘不仁為觴政，曰：'飲不釂者，浮以大白。'"釂(jiào)，飲盡一杯。後用"浮一大白"指滿飲一大杯酒，或開懷暢飲。清代黃周星《補張靈崔瑩合傳》："一日，靈獨坐讀《劉伶傳》，命童子進酒，屢讀屢叫絕，輒拍案浮一大白。"張仲三《黑暗舞者》二："蘇巖結束了卧底身份，回到警局工作，心情也開朗起來，想起今後可以不必人不人鬼不鬼的生活了，於是取出大杯，浮一大白而一頭睡去。"反 滴酒不沾。

【浮生若夢】fú shēng ruò mèng《莊子•刻意》："其生若浮，其死若休。"浮生：虛幻飄浮不定的人生。說人生好比是虛幻短暫的夢境。唐代李白《春夜宴從弟桃花園序》："夫天地者，萬物之逆旅也；光陰者，百代之過客也。而浮生若夢，為歡幾何？"《初刻拍案驚奇》卷二八："自古皆以浮生若夢，相公只要夢中得覺，回頭即是，何用傷感！"◇積極的人生，勇敢面對生活，珍惜錦繡年華，而決不作浮生若夢之歎。同 人生如夢、浮生一夢。

【浮瓜沉李】fú guā chén lǐ 三國魏曹丕《與吳質書》："浮甘瓜於清泉，沈（沉）朱李於寒水。"後用"浮瓜沉李"說夏日裏將瓜和李子浸泡在冷水中食用。泛指消夏遊樂或夏日風情。宋代孟元老《東京夢華錄•是月巷陌雜賣》："都人最重三伏，蓋六月中別無時節，往往風亭水榭，峻宇高樓，雪檻冰盤，浮瓜沉李……通夕而罷。"元代施惠《幽閨記》八齣："春名苑，奇葩異卉。夏水閣，浮瓜沉李。"《初刻拍案驚奇》卷二十："這樣時候，多少王孫公子，雪藕調冰，浮瓜沉李，也不為過。"同 沉李浮瓜。

【浮皮潦草】fú pí liáo cǎo 潦草：草率不精細。形容作風不踏實，不認真，不仔細。◇大大咧咧，粗手粗腦，做事浮皮潦草的人，很難獲得人們的信任。同 膚皮潦草。反 深入細緻。

【浮光掠影】fú guāng lüè yǐng 浮光：水面反射的光；掠影：一掠而過的影子。❶形容察看得不細緻，印象飄浮，認識膚淺。《鏡花緣》一八回："學問從實地上用功，議論自然確有根據；若浮光掠影，中無成見，自然隨波逐流，無所適從。"魯迅《病後雜談》："對於世事要'浮光掠影'，隨時忘卻。"❷比喻辦事不認真、不深入、不細緻。◇她看不慣兒子那種浮光掠影，馬馬虎虎，敷衍塞責的作風，隔三岔五的指責他。同 走馬觀花、草草了事。

【浮花浪蕊】fú huā làng ruǐ 蕊：花心。❶指花卉。也比喻輕浮的女子。唐代韓愈《杏花》詩："浮花浪蕊鎮長有，才開還落瘴霧中。"宋代蘇軾《賀新郎•夏景》詞："石榴半吐紅巾蹙，待浮花浪蕊都盡，伴君幽獨。"宋代周邦彥《玲瓏四犯》詞："浮花浪蕊都相識，誰更曾抬眼。" ❷ 比喻飄泊不定的人。明代梁辰魚《浣紗記•寄子》："誰道做浮花浪蕊？何日報雙親恩義！" 同 浪蕊浮花。

【浮家泛宅】fú jiā fàn zhái 泛：漂浮。飄浮在水上的家宅。指以船為家的漂泊生活。《新唐書•張志和傳》："顏真卿為湖州刺史。九年，志和來謁，真卿以舟敝漏，請更之，志和曰：'願為浮家泛宅，往來苕霅間。'" 宋代陸游《秋夜懷吳中》詩："更堪臨水登山處，正是浮家泛宅時。"《孽海花》七回："怪道人說'上有天堂，下有蘇杭'。一隻船也與北邊不同，所以天隨子肯浮家泛宅。" 同 泛家浮宅。反 安居樂業。

【浮雲蔽日】fú yún bì rì 飄浮的烏雲遮蔽了陽光。比喻奸佞當道，蒙蔽君王，小人得志。《文子•上德》："日月欲明，浮雲蔽之。"《新語•慎微》："故邪臣之蔽賢，猶浮雲之障日月也。" 唐代李白《登金陵鳳凰台》詩："總為浮雲能蔽日，長安不見使人愁。" ◇鮑氏權傾當朝，人人自危，不想在此浮雲蔽日之時，卻有良臣出來奏了一本，告他陰謀篡位。

【浮想聯翩】fú xiǎng lián piān 浮想：漂浮不定的想像。聯翩：鳥連續飛翔的樣子。晉代陸機《文賦》："浮藻聯翩，若翰鳥纓繳而墜曾（層）雲之峻。" 後用"浮想聯翩"形容許許多多的聯想不斷湧現出來。◇重返離別五十年的母校，已非昔年的面貌，浮想聯翩，感慨係之！同 思緒萬千。

【流水不腐】liú shuǐ bù fǔ 比喻人經常運動身體強健、運動着的東西不會腐敗。常與"戶樞不蠹"連用。戶樞：門、窗的轉軸。《呂氏春秋•盡數》："流水不腐，戶樞不蠹，動也。" 宋代趙汝愚《請發憤有為奏》："然流水不腐，戶樞不蠹者，何哉？運動故也。" 二月河《乾隆皇帝》二六："他一時想不清楚，怔了怔才道：'流水不腐，戶樞不蠹。'" 同 戶樞不蠹。

【流水無情】liú shuǐ wú qíng 流動的水一去不回，彷彿不講情義似的。❶ 比喻時光冷酷，一去不返。唐代白居易《過元家履信宅》詩："落花不語空辭樹，流水無情自入池。" 宋代辛棄疾《酒泉子》詞："流水無情，潮到空城頭盡白，離歌一曲怨殘陽，斷人腸。" ❷ 常與"落花有意"連用。比喻人無情無義。多指男女間一方鍾情，另一方無意。《醒世恆言•賣油郎獨佔花魁》："誰知朱重是個老實人，又且蘭花齷齪醜陋，朱重也看不上眼，似此落花有意，流水無情。"《說岳全傳》七八回："落花有意，翻成就無意姻緣；流水無情，倒做了有情夫婦。" ◇心儀的女孩兒一口回絕了他的愛意，這才明白原來是落花有意流水無情。

【流水落花】liú shuǐ luò huā 凋謝的花瓣在水波上漂流。❶ 形容暮春的景象。南唐李煜《浪淘沙》詞："流水落花春去也，天上人間。" 宋代周密《武林舊事•乾淳奉親》："為憐流水落花香，銜將歸畫梁。"《兒女英雄傳》一八回："那顧肯堂重新和了弦彈起來，彈得一時金戈鐵馬，破空而來，一時流水落花，悠然而去。" ❷ 形容零落、散亂的景況。◇幾條大漢如狼似虎地吃起來，把一桌飯菜吃得流水落花、風捲殘雲一般。同 落花流水。

【流年不利】liú nián bù lì 說遭遇運命不吉利的年頭。流年：占卜、算命、看相者稱人一年之中的氣運。《醒世恆言》卷三七："想是我流年不利，故此沒福消受，以至如此。" ◇算命先生說他流年不利，嚇得他如履薄冰倍加小心，結果一年過去了，啥事也沒有，反倒賺了大錢。反 流年大吉。

【流年似水】liú nián sì shuǐ 流年：光陰。光陰如東流的逝水，一去不返。◇雖然流年似水，十數年的光陰匆匆而過，然而當年玉梅的風姿，仍舊鐫刻在他的心上。同 似水流年。反 度日如年。

【流血漂杵】liú xuè piāo chǔ 杵：古代一種棒狀武器。流的血把杵都漂浮了起來。《尚書•武成》："甲子昧爽，受率其旅若林，會於牧野，罔有敵於我師，前徒倒戈，攻於後以北，血流漂杵。" 後用"流血漂杵"形容戰場上傷亡慘重，殺人流血非常多。宋代陸游《禹廟賦》："流血漂杵，方自此始。" 同 流血漂鹵、流血漂櫓（鹵、櫓，禦敵的大盾牌）。反 鑄劍為犁、馬放南山。

【流言飛語】liú yán fēi yǔ 見"流言蜚語"。

【流言蜚語】liú yán fēi yǔ 沒有根據的話。多指所散佈的誹謗言論或不實之詞。也作"流言飛語"。明代文秉《先撥志始》卷下："或巧佈流言蜚語，或寫匿名文書，害正黨邪，淆亂視聽。"清代和邦額《夜譚隨錄•修鱗》："流言飛語，何足憑信。"◇沸沸揚揚的流言蜚語，弄得她心煩意亂，不知如何去應對。反 丁一確二、確鑿不移。

【流芳千古】liú fāng qiān gǔ 美好的名聲永遠流傳於後世。芳：香，比喻美名。《三國演義》三七回："賢哉，徐母！流芳千古。"◇岳飛流芳千古，贏得萬世景仰；秦檜遺臭萬年，遭人萬世唾罵。同 流芳後世。反 遺臭萬年。

【流芳百世】liú fāng bǎi shì 好名聲流傳後世，永遠為人所稱頌。《資治通鑒•晉簡文帝咸安元年》："大司馬溫嘗撫枕歎曰：'男子不能流芳百世，亦當遺臭萬年！'"《說岳全傳》二二回："好個安人，教子成名，盡忠報國，流芳百世。"《鏡花緣》九十回："人活百歲，終有一死。當其時，與其忍恥貪生，遺臭萬年，何如含笑就死，流芳百世。"同 流芳後世、流芳千古。反 遺臭萬年。

【流金鑠石】liú jīn shuò shí 流、鑠：銷熔。金石都被融化了。形容天氣酷熱。《楚辭•招魂》："十日代出，流金鑠石些。"《南史•梁武帝諸子傳》："季月煩暑，流金鑠石，聚蚊成雪，封狐千里。"清代陳夢雷《行路難》詩："行人五月涉炎鄉，流金鑠石汗浹裳。"《文明小史》楔子："雖然赤日當空，流金鑠石，全不覺半點歊熱。"同 爍石流金、赤日炎炎。反 地凍天寒、天寒地凍。

【流星趕月】liú xīng gǎn yuè 像流星追趕月亮似的。形容速度很快。明代郎瑛《七修類稿•諺語至理》："賒酒時風花雪月，飲之時流星趕月，討錢時水底撈月，喻世之無賴者也。"《水滸後傳》一回："阮小七真個流星趕月的一般，喫了一回。"《野叟曝言》四四回："放開馬蹄，如流星趕月一般，一口氣就跑有三十餘里。"同 星飛電掣。反 老牛破車。

【流風餘韻】liú fēng yú yùn 流傳下來的風尚和情調韻致。宋代歐陽修《峴山亭記》："至於流風餘韻，藹然被於江漢之間者，至今人猶思之。"明代張頤《〈陳伯玉文集〉序》："有唐之興，文運漸起，雖四傑四友稱美於時，然其流風餘韻，漸染既久，未能悉除。"瞿秋白《亂彈•啞巴文學》："古人對這種流風餘韻，現在還保存在新文學裏面。"也作"流風遺韻"。孫中山《〈太平天國戰史〉序》："明遺老之流風遺韻，蕩然無存。"郭沫若《偉大的愛國詩人——屈原》："屈原正是在吳起、商鞅等實行變法的流風遺韻中長大的。"同 餘韻流風。

【流風遺韻】liú fēng yí yùn 見"流風餘韻"。

【流連忘返(反)】liú lián wàng fǎn 形容十分留戀，捨不得離開，連家也不回了。《孟子•梁惠王下》："從流下而忘反謂之流，從流上而忘反謂之連。"宋代呂公《進十事•無逸》："（人君）至於淫刑亂罰，以杜言者之口，然後流連忘反，不聞其過而終至於滅亡。"《封神演義》三回："人君之宴樂常有，未聞流連忘反。"《聊齋誌異•葛巾》："未幾，花漸含苞，而資斧將匱，尋典春衣，流連忘返。"朱自清《燕知草序》："綿延起伏的群山，錯落隱現的勝跡，足夠教你流連忘返。"同 樂而忘返、樂而忘歸。

【流落天涯】liú luò tiān yá 離開本土，流浪四方，到了邊遠之地。宋代德祐《祝英台近》詞："歎離阻，有恨流落天涯，誰念泣孤旅？"◇自幼與父母離散，流落天涯，後來得到這位先生的幫助，創立了自己的事業。同 流落江湖、浪跡天涯。反 安居樂業、安土重遷。

【流落他鄉】liú luò tā xiāng 離開故土，流浪到異鄉外地。《五燈會元》卷十一："舍父逃走，流落他鄉，撞東磕西，苦哉！"《警世通言•杜十娘怒沉百寶箱》："公子且驚且喜道：'若不遇恩卿，我李甲流落他鄉，死無葬身之地矣。'"◇早年流落他鄉，十年後在當地娶妻生子，安身立命，他鄉變成了故鄉。同 離鄉背井。

【流離失所】liú lí shī suǒ 顛沛流離，沒有安身之地。《金史·完顏匡傳》："今已四月，農事已晚，邊民連歲流離失所，扶攜道路。"清代李伯元《中國現在記》二回："只指望老師把這件事挽回過來，叫一般唸書的不至流離失所。"郁達夫《國與家》："在這年頭兒，因國家的淪陷，而至流離失所……卻也非常之多。同 流離顛沛、無家可歸。反 安居樂業、安身立命。

【流離瑣尾】liú lí suǒ wěi《詩經·旄丘》："瑣兮尾兮，流離之子。"流離：鶹，類似貓頭鷹的鳥。瑣尾：幼小時很靚麗。説幼小的鶹十分可愛，長大後變得很醜。後用"流離瑣尾"、"瑣尾流離"比喻由順境轉為逆境。清代黃遵憲《車駕駐開封府》："竿靡轍亂逼西遷，瑣尾流離倏一年。"蔡東藩《民國通俗演義》二九回："哀我父老，嗟我子弟，奔走呼號，流離瑣尾，泣血椎心，無以自贖。"

【流離顛沛】liú lí diān pèi 流離：因災禍而離散。顛沛：困頓。形容生活困苦，到處流浪。宋代洪邁《容齋續筆》卷三："前輩謂杜少陵當流離顛沛之際，一飯未嘗忘君。"明代歸有光《顧隱君傳》："雖流離顛沛之際，孜孜以濟人為務。"郭沫若《屈原研究》："屈原卻不肯去(齊國)，而始終是流離顛沛着，陷在楚國。"同 顛沛流離、流離轉徙。反 安居樂業、安居立業。

【涕泗交流】tì sì jiāo liú 見"涕泗滂沱"。

【涕泗滂沱】tì sì pāng tuó 涕：眼淚。泗：鼻涕。滂沱：傾盆大雨。眼淚湧、鼻涕流個不停。形容淚流滿面，情緒激動。也作"涕泗交流"。《詩經·澤陂》："有美一人，傷如之何！寤寐無為，涕泗滂沱。"《南史·梁武帝紀下》："月中再設淨饌，每至展拜，涕泗滂沱，哀動左右。"《舊五代史·梁書·寇彥卿傳》："每因對客言及先朝舊事，即涕泗交流，不敢高聲。"◇相隔四十年重聚，兄妹兩人抱頭痛哭，涕泗滂沱。同 涕淚交流、涕淚交下。

【浪子回頭】làng zǐ huí tóu 指不務正業、遊手好閒的人改邪歸正。清代李漁《十二樓》四回："俗語説得好：'浪子回頭金不換。'但凡走過邪路的人，歸到正路上，更比自幼學好的不同。"◇讓浪子回頭，説起來容易，做起來難，人染上惡習之後，是很難改的。同 敗子回頭。

【浪跡天涯】làng jì tiān yá 浪跡：流浪漂泊。流浪的足跡遍佈天涯海角。清人壯者《掃迷帚》二回："我們做這體面蹩腳生意，浪跡天涯，那社會上的奇聞怪事，與此事相彷彿的，也說不盡許多。"◇浪跡天涯十年，一直居無定所，到如今還是孤單單一個人。同 浪跡天下。反 安土樂業。

【浪跡江湖】làng jì jiāng hú 江湖：四方、天下。流浪的足跡遍佈各地。《雲笈七籤》卷一一三："某不能甘於寒苦，且浪跡江湖。"《二刻拍案驚奇》卷一一："一時未際，浪跡江湖。"◇沒想到他竟做了雲遊和尚，浪跡江湖，四海為家。同 浪跡萍蹤。

【浪跡萍蹤】làng jì píng zōng 萍：浮萍。形容到處流浪，就像漂游的浮萍一樣行蹤不定。明代吾邱瑞《運甓記·嗔鮓封還》："遠途勞頓，浪跡萍蹤，何年音信相聞。"《野叟曝言》三九回："引見就有職業，不比從前浪跡萍蹤，東西無定了。"《三俠五義》二十回："他乃行義之人，浪跡萍蹤，原無定向。"同 萍蹤浪跡。

【浪蝶狂蜂】làng dié kuáng fēng 浮浪輕狂的蝶和蜂。也比喻作風不正經的風流男子。明代高明《琵琶記·牛小姐規勸侍婢》："驚起嬌鶯語燕，打開浪蝶狂蜂。"明代梁辰魚《浣紗記·效顰》："風景晴和，翩翩浪蝶狂蜂，陣陣遊絲飛絮。"明代崔時佩《南西廂記·回春柬藥》："我豈肯惹浪蝶狂蜂，只許銜花美鹿行。"也作"狂蜂浪蝶"。《初刻拍案驚奇》卷一一："狂蜂浪蝶，夭桃隊裏覓相知。"同 浪蝶遊蜂。

【浸潤之譖】jìn rùn zhī zèn 譖：讒言。説讒言像水漸漸地滲透擴散那樣，一步步發揮作用。《論語•顏淵》："浸潤之譖，膚受之愬，不行焉，可謂明也已矣。"《貞觀政要•公平》："浸潤之譖，為患特深。"◇正直的人最怕冷箭中傷，浸潤之譖常使英雄氣短。同 暗箭傷人。

【清心寡欲】qīng xīn guǎ yù《後漢書•任隗傳》："隗字仲和，少好黃老，清靜寡欲，所得奉秩，常以賑恤宗族，收養孤寡。"《世説新語•賞譽上》："山公舉阮咸為吏部郎，目曰：'清真寡欲，萬物不能移也。'"後用"清心寡欲"指保持心境恬靜，減少欲念。宋代劉安世《論不御講筵及求乳母事再奏》："惟冀陛下愛身進德，留意問學，清心寡欲，增厚福基。"明代余繼登《典故紀聞》卷七："人但能清心寡欲，使氣和體平，疾病自少。"清代富察敦崇《燕京歲時記•白雲觀》："問及長生久世之道，則以清心寡欲為要。"同 六根清靜、一無所求。反 貪得無厭、慾壑難填。

【清平世界】qīng píng shì jiè 太平世界。指安定的社會，淳厚的世風。元代李文蔚《燕青博魚》一折："好呵！清平世界，浪蕩乾坤，你怎麼當街裏打人？"《水滸傳》三九回："清平世界，是何道理把良人調戲？"《飛龍全傳》七回："這清平世界，浪蕩乾坤，怎容得這土豪惡棍攔阻官道，私稅肥身，情實可恨！"同 太平盛世。反 多事之秋。

【清夜捫心】qīng yè mén xīn 在寂靜的深夜裏，摸着胸口進行反省。明代茅維《鬧門神》："倘清夜捫心，原無芥蒂。"清代朱庭珍《筱園詩話》卷四："諸如此類，豈非詞壇干進之媒，雅道趨炎之徑！清夜捫心，良知如動，應自忸怩，不待非議及矣。"◇她把一生都奉獻給了她的那個大家族，清夜捫心，自覺沒有愧對親友之處。同 捫心自問、閉門思過。反 執迷不悟、怙惡不悛。

【清風兩袖】qīng fēng liǎng xiù ❶ 形容衣袖迎風飄逸的瀟灑姿態。元代黃溍《梓山行贈桑生》詩："問君梓樹家何處，青山難尋夢中路。但見清風兩袖寬，詩簡戢戢多於樹。"❷ 形容做官清白廉潔，沒有錢財積蓄。明代于謙《回京議事》詩："絹帕蘑菇與線香，本資民用反為殃。清風兩袖朝天去，免得閭閻話短長。"《官場現形記》一九回："可憐他半世為官，清風兩袖，只因沒有銀兩孝敬，致被罣誤在內，大約至少也要得個革職處分。"瞿秋白《餓鄉紀程》一："四伯做官幾十年，清風兩袖，現實中國官場，更於他不適宜。"同 兩袖清風、廉潔奉公。反 中飽私囊、貪贓枉法。

【清風明月】qīng fēng míng yuè ❶ 涼爽的微風，明淨的月亮。形容優美的景色。《南史•謝譓傳》："有時獨醉，曰：'入吾室者，但有清風，對吾飲者，唯有明月。'"宋代黃庭堅《鄂州南樓書事》詩："清風明月無人管，併作南樓一味涼。"《儒林外史》二十回："若遇清風明月時節，便同他在前面天井裏談説古今的事務，甚是相得。"❷ 比喻清雅閒適。宋代許顗《許彥周詩話》："《會老堂口號》曰：'金馬玉堂三學士，清風明月兩閒人。'"同 清風朗月。反 月黑風高。

【清風朗月】qīng fēng lǎng yuè《世説新語•言語》："劉尹曰：'清風朗月，輒思元度。'"唐代李白《襄陽歌》："清風朗月不用一錢買，玉山自倒非人推。"瞿秋白《餓鄉紀程》五："天氣很好，清風朗月，映着我不可思議的情感，觸目都成異象。"◇仲秋時節，清風朗月，海外遊子，倍思親人。同 清風明月。

【清茶淡飯】qīng chá dàn fàn 只有一杯茶水和沒有酒菜的飯食。多形容飲食簡樸。《警世通言•玉堂春落難逢夫》："三叔，你今到寒家，清茶淡飯，暫住幾日。"清代陳朗《雪月梅傳》四回："後邊側門貼近這上房，清茶淡飯俱可在此同餐。"◇清茶淡飯，勤儉持家，我已習慣了這樣的生活。同 粗茶淡飯。反 珍饈美味。

【清規戒律】qīng guī jiè lǜ ❶ 佛教語。僧尼、道士必須遵守的規則和生活準則。艾蕪《遊成都文殊院有感》："我建議新入寺廟的僧徒，清規戒律儘量少些。"❷ 代指一般的規章制度。多指不合理的、過於繁瑣的。◇清規戒律多到讓人手足無措，不改革簡直寸步難行了。同 條條框框。

【清貧如洗】qīng pín rú xǐ 生活清寒貧苦，一無所有，像水洗過一樣。清代李心衡《金川瑣記•示夢託生》："清貧如洗，無以為殮，龔為經理其喪，復資助旅費，其家始得扶櫬而歸。"◇當時家裏清貧如洗，吃了上頓沒下頓。同 一貧如洗。反 金玉滿堂。

【清閒自在】qīng xián zì zài 清靜安閒，自由舒適。元代王實甫《麗堂春》四折："老夫自謫濟南歇馬，倒也清閒自在。"《紅樓夢》一二回："不如我再抄錄一番，尋個世上清閒自在的人，託他傳遍。"◇她盼着退休以後看書下棋，觀光旅遊，過清閒自在的生活。同 逍遙自在。反 席不暇暖。

【清湯寡水】qīng tāng guǎ shuǐ 清湯：沒有菜肉的湯。寡水：淡而無味的水。形容飯食清淡，生活簡樸。《近十年目睹之怪現狀》四回："道不得個巴巴的打從遠道而來，如何清湯寡水，連一頓飯都不肯擾我們的，就想跑了。"◇日子長了，她也就習慣了這清湯寡水的生活。同 清茶淡飯、粗茶淡飯。反 山珍海味、珍饈美食。

【清新俊逸】qīng xīn jùn yì 清朗明麗，俊美飄逸。多指詩文等。唐代杜甫《春日憶李白》詩："清新庾開府，俊逸鮑參軍。"宋代曾鞏《館中祭丁元珍文》："既精眾作，於詩復尤，清新俊逸，與古為儔，讀之灑然，可破百憂。"清代劉獻廷《廣陽雜記》卷二："又如杜少陵諸絕作，必非清新俊逸超脫幽奇等目所可形容者也。"郭沫若《南冠草》二幕二場："一來我沒有屈原、杜甫那樣磅礴嶽嶽的氣概，二來我又沒有曹植、庾信那樣清新俊逸的才思。"也作"清麗俊逸"。《元史•吳師道傳》："工詞章，才思湧溢，發為詩歌，清麗俊逸。"◇明代散曲大致上分為南北兩派，南派風格大多清新俊逸、細膩婉約，北派則豪爽雄邁，質樸粗率。反 平淡無奇。

【清歌妙舞】qīng gē miào wǔ 清亮的歌聲，優美的舞蹈。晉代葛洪《抱朴子•知止》："文茵兼舒於華第，豔容粲爛於左右。輕體柔聲，清歌妙舞。"唐代宋之問《有所思》詩："公子王孫芳樹下，清歌妙舞落花前。"元代薩都剌《華清曲題楊妃病齒》詩："清歌妙舞一時靜，燕語鶯啼空斷腸。"明代湯顯祖《邯鄲記•極欲》："步寒宮出落的紫霓裳，一個個清歌妙舞，世上無雙。"同 妙舞清歌、輕歌妙舞。

【清塵濁水】qīng chén zhuó shuǐ 清塵：車後揚起的塵埃。三國魏曹植《七哀詩》："君行逾十年，孤妾常獨棲。君若清路塵，妾若濁水泥。浮塵各異勢，會合何時諧？"後用"清塵濁水"比喻相互隔絕，無從會合。明代李昌祺《剪燈餘話•田洙遇薛濤聯句記》："歃漆阿膠忽紛解，清塵濁水何由逢？"

【清靜(淨)無為】qīng jìng wú wéi ❶春秋時期道家的一種哲學思想和政治主張。提出效法天道自然無為，主張心靈虛寂，不為外物所動，堅守清靜無為，順應自然。漢初統治者實行了這種治國策略。《老子》："我無為而民自化，我好靜而民自正。"漢代劉向《說苑•君道》："晉平公問於師曠曰：'人君之道如何？'對曰：'人君之道，清淨無為，務在博愛，趨在任賢。'"唐代賈至《虙子賤碑頌》："鳴琴湯湯，虙子之堂。清靜無為，邑人以康。"宋代蘇軾《上清儲禪祥宮碑》："臣謹按道家者流，本出於黃帝、老子，其道以清靜無為為宗。"❷指生活簡易，心地純淨，順應自然。《漢書•揚雄傳上》："為人簡易佚蕩，口吃不能劇談，默而好深湛之思，清靜亡為，少耆慾，不汲汲於富貴，不戚戚於貧賤。"亡：同"無"。耆：同"嗜"。元代王丹桂《滿庭芳》詞："清靜無為，子母和同出入隨。"❸佛教指心境虛空，遠離人間一切罪惡與煩惱。《古今小說•臨安里錢婆留發跡》："公子急得暴躁如雷，大聲叫道：'出家人清靜無為，紅塵不染，為何殿內鎖着個婦女在內，哭哭啼啼，必是非禮非法之事！'"《警世通言•趙太祖千里送京娘》："出家人清淨無為，紅塵不染。”同無為而治。反奮發有為。

【清麗俊逸】qīng lì jùn yì 見“清新俊逸”。

【添枝加葉】tiān zhī jiā yè 在樹上增添新枝新葉。宋代朱熹《答黃子耕書》：“今人反為名字所惑，生出重重障礙，添枝接葉無有了期。”後用“添枝加葉”比喻加進一些原來沒有的內容，故意誇大渲染。◇這件事經人們添枝加葉，成了個十分神奇的故事 / 不料她把他添枝加葉的話傳了出去，竟鬧出一場糾紛來。同添油加醋。反原原本本。

【添油加醋】tiān yóu jiā cù 比喻在敍述事情的過程中，隨意增添細節，誇大或歪曲事實。◇喜歡傳播道聽塗説來的新聞，添油加醋，眉飛色舞。同添醋加油、添鹽着醋、添枝加葉。

【添磚加瓦】tiān zhuān jiā wǎ 比喻盡一份微薄的力量。◇你不但不為這個家添磚加瓦，反而禍害這個家 / 在公司供職，不論能力大小，都應該為公司添磚加瓦。

【淋漓盡致】lín lí jìn zhì 形容十分詳盡、透徹，或盡情、暢快。《兒女英雄傳》三十回：“再就讓我説，我也沒姐姐説的這等透徹，這等淋漓盡致。”《品花寶鑒》二七回：“在京耽擱不過一年半載，選到了就要出京，不鬧個淋漓盡致，也叫人看不起。”茅盾《幻滅》三：“這軟綢緊裹着她的身體，十二分合適，把全身的圓凸部分都暴露得淋漓盡致。”

【淒風苦雨】qī fēng kǔ yǔ ❶淒厲的風，久下不停的雨，天氣惡劣。《左傳•昭公四年》：“春無淒風，秋無苦雨。”宋代范成大《惜分飛》詞：“重別西樓腸斷否？多少淒風苦雨。”清代納蘭性德《大酺•寄梁汾》詞：“鱗鴻憑誰寄，想天涯隻影，淒風苦雨。”❷比喻境遇淒涼，處境艱難。清代湘靈子《軒亭冤•敍事》：“自庚子亂後，竄身於淒風苦雨中，以規復女權為己任。”◇在淒風苦雨的日子裏，他沒有低過頭。同苦雨淒風、淒風冷雨。

【淺見寡聞】qiǎn jiàn guǎ wén 知識淺薄，見聞不廣。《史記•五帝本紀論》：“書缺有間矣，其軼乃時時見於他説，非好學深思，心知其意，固難為淺見寡聞道也。”宋代歐陽修《送方希則序》：“夫恢識宇以見乎遠，窮倚伏以至於命，此非可為淺見寡聞者道也。”清代黃元吉《〈道德經〉註釋》四十章：“噫，斯道只可為知己者道，難與淺見寡聞者言矣！”◇現在學術界最大的弊病是“淺見寡聞”加上“急功近利”。也作“淺見寡識”。宋代蘇舜欽《上范公參政書》：“今輒條數事，佈於左右，非出於淺見寡識，蓋得之群言焉。”魯迅《華蓋集續編•〈阿Q正傳〉的成因》：“在這事實發生以前，以我的淺見寡識，是萬萬想不到的。”同孤陋寡聞、淺見薄識。反見多識廣、博大精深。

【淺見寡識】qiǎn jiàn guǎ shí 見“淺見寡聞”。

【淺斟低唱】qiǎn zhēn dī chàng 一邊自在地飲酒，一邊聽人曼聲歌唱。形容安樂自適的情態。《綠窗新話》卷二引宋代無名氏《湘江近事》：“陶穀學士，嘗買得黨太尉家故妓。過定陶，取雪水烹團茶，謂妓曰：‘黨太尉家應不識此。’妓曰：‘彼粗人也，安有此景，但能銷金暖帳下，淺斟低唱，飲羊羔美酒耳。’穀愧其言。”宋代柳永《鶴沖天》詞：“青春都一餉，忍把浮名，換了淺斟低唱。”清代洪昇《長生殿•驚變》：“俺與你淺斟低唱互更番，三杯兩盞，遣興消閒。”章士釗《疏〈黃帝魂〉》：“想見作者心愛此曲，几案摩挲，淺斟低唱，不知天地間尚有何物攔頭作障，是為其一生最美滿、最歡樂之一俄頃。”同低唱淺斟。

【淺嘗輒止】qiǎn cháng zhé zhǐ 輒：就。略微嘗試一下就停止了。比喻不肯下功夫深入鑽研。清代彭養鷗《黑籍冤魂》二四回：“苟文人墨客，淺嘗輒止，用以悦性陶情，有何不可？”◇淺嘗輒止，不求甚解，她哪裏做得出學問！反好學不倦、持之以恆。

【混水摸魚】hùn shuǐ mō yú 見“渾水摸魚”。

【混世魔王】hùn shì mó wáng 古代小説中的魔怪名。後多喻指擾亂社會、驕橫不法的人物。《紅樓夢》三回：“我有一個孽根禍胎，是家裏的混世魔王。”梁啟超《新羅馬·會議》：“多謝戮力同心，摶倒十餘年混世魔王。”反 天之驕子。

【混為一談】hùn wéi yī tán 把本來不同的事物混在一起，說成是相同的。梁啟超《政聞時言·讀宣統二年十月三日上諭感言》：“西方學者有恆言，法律現象與政治現象不可混為一談也。”魯迅《致王志之》：“‘通信從緩’和‘地址不隨便告訴’是兩件事，不知兄何以混為一談。”◇您把這兩本書的觀點混為一談，其實是大錯特錯。反 一清二楚、涇渭分明。

【混混沌沌】hùn hùn dùn dùn ❶ 形容模模糊糊的一片，分不清楚。《老殘遊記》七回：“揭起門簾來，只見天地一色，那雪下的混混沌沌價白，覺得照的眼睛發脹似的。”周而復《上海的早晨》四部五九：“茫茫的東海和迷蒙的夜空連成一片，分不清哪裏是水，哪裏是天，混混沌沌。”❷ 形容糊裏糊塗不清醒。《二十年目睹之怪現狀》五三回：“(羅榮統）仍然是不知稼穡艱難，混混沌沌的過日子。”◇她經常是模模糊糊、混混沌沌的，半睡半醒，也不知道自己是醒是睡。❸ 形容波浪發出的聲音。《文選·枚乘〈七發〉》“混混庉庉，聲如雷鼓”唐代李善注：“混混沌沌，波浪之聲也。”同 渾渾噩噩。反 清清楚楚。

【混混噩噩】hún hún è è 形容愚昧無知，糊裏糊塗。孫中山《建國方略·知行總論》：“三代以前，人類混混噩噩，不識不知，行之而不知其道。”◇生活沒有目標，就只好混混噩噩地打發日子。同 混混沌沌、渾渾噩噩。反 清清楚楚、明明白白。

【混淆是非】hùn xiáo shì fēi 刻意顛倒是非，使對錯不分，造成錯亂。也作“是非混淆”。宋代富弼《論辨邪正》：“有之則邪正錯亂，是非混淆。”《二十年目睹之怪現狀》九八回：“你想他們有甚弄錢之法？無非是包攬詞訟，干預公事，魚肉鄉里，傾壓善類，佈散謠言，混淆是非。”李六如《六十年的變遷》第十章：“現在整個世界像墨一般黑暗，皂白不分，是非混淆，最大多數人，過着牛馬一樣的生活。”巴金《一封信》：“他們顛倒黑白，混淆是非，結幫營私，橫行霸道。”同 混淆黑白、顛倒是非。反 是非分明、明辨是非。

【混淆視聽】hùn xiáo shì tīng 製造假象或謊言迷惑人，使人不辨真假和是非。視聽：看到和聽到的。王元化《從〈展望〉到〈地下文萃〉》：“這一手段很毒辣，暫時起了一定的混淆視聽、顛倒黑白的作用。”◇他拿出偽造的所謂證據，只能混淆視聽於一時，但終難壓服人心，讓人們相信那就是真憑實據。同 混淆是非、混淆黑白。反 以正視聽、明辨是非。

【涸澤而漁】hé zé ér yú 涸：乾枯。澤：水匯聚處。《文子·上仁》：“先王之法，不涸澤而漁，不焚林而獵。”《淮南子·主術訓》：“不涸澤而漁，不焚林而獵。”說把湖泊或池塘裏的水排乾來捕魚。比喻為貪圖眼前利益，而喪失長遠利益。《宋書·袁淑傳》：“是由涸澤而漁，焚林而狩，若浚風之儛輕籜，杲日之拂浮霜。”◇以破壞生態環境求得經濟發展，是涸澤而漁的模式，一定不可持續。同 竭澤而漁、殺雞取卵。反 積穀防饑、有備無患。

【涸轍之魚】hé zhé zhī yú 涸：乾枯。轍：車輪碾出來的溝痕。乾涸的車轍裏的小魚。《莊子·外物》：“周昨來，有中道而呼者。周顧視車轍中，有鮒魚焉。周問之曰：‘鮒魚來！子何為者邪？’對曰：‘我，東海之波臣也。君豈有斗升之水而活我哉？’”後以“涸轍之魚”比喻處在困境當中，急待救援的人或物。明代無名氏《四賢記·告貸》：“驚心草木皆兵，舉目椿萱何在，纍纍如喪家之犬，圉圉似涸轍之魚。”《歧路燈》八一回：“爭乃一碗水兒生意，怎能活涸轍之魚？”◇救急如救涸轍之魚，救危如救密羅之雀。同 涸轍枯魚、涸轍之鮒。

【涸轍之鮒】hé zhé zhī fù 轍：車轍；鮒：鯽魚。《莊子·外物》：“周昨來，有中道而呼者。周顧視車轍中，有鮒魚焉。周問之曰：‘鮒魚來！子何為者邪？’對曰：'我，東海之波臣也。君豈有斗升之水而活我哉？'"後以"涸轍之鮒"比喻處在困境當中，急待救援的人或物。宋代蘇軾《乞開杭州西湖狀》："若一旦淤塞，使蛟龍魚鱉，同為涸轍之鮒。"曾卓《三人行》："我們可以說是相濡以沫，然而決不認為自己是涸轍之鮒。"◇鐵路兩旁都是流浪的飢民，急需升斗之水的涸轍之鮒。同 涸轍之魚。

【淮南雞犬】huái nán jī quǎn 漢代王充《論衡·道虛》："儒書言，淮南王學道，招會天下有道之人，傾一國之尊，下道術之士，是以道術之士並會淮南，奇方異術，莫不爭出。王遂得道，舉家升天，畜產皆仙，犬吠於天上，雞鳴於雲中。此言仙藥有餘，犬雞食之，皆隨王而升天也。"晉代葛洪《神仙傳·劉安》："時人傳八公、安臨去時，餘藥器置在中庭，雞犬舐啄之，盡得升天。"後用"淮南雞犬"比喻攀附權貴而升官得勢的人。唐代羅隱《東歸別所知》詩："卻羨淮南好雞犬，也能始終逐劉安。"唐代盧仝《與沈山人》詩："自古聖賢放入土，淮南雞犬驅上天。"清代魏源《遊山吟》詩："淮南雞犬雲中喧，梅福眷屬皆神仙。"柳亞子《題〈飲冰室集〉》："逐臭吞膻事可憐，淮南雞犬早成仙。"同 雞犬飛升。

【淮橘為枳】huái jú wéi zhǐ 枳：枸橘。淮南的橘子樹，移植到淮北就成了枳樹。《周禮·考工記序》："橘踰淮而北為枳……此地氣然也。"《晏子春秋·雜下》："嬰聞之，橘生淮南則為橘，生於淮北則為枳。葉徒相似，其實味不同。所以然者何？水土異也。"後用"淮橘為枳"比喻人或事物因環境變化而改變。嚴復《原強》："此中大半，皆西洋以富以強之基，而自吾人行之，則淮橘為枳，若存若亡，不能實收其效者，則又何也？"◇從國外引進的一些瓜果品種，一種下去便淮橘為枳，長的樣子變了，味道也變了。

【淪肌浹髓】lún jī jiā suǐ 淪：進入。浹：浸透。《淮南子·原道訓》："不浸於肌膚，不浹於骨髓。"說滲透到肌肉骨髓。後用"淪肌浹髓"比喻程度、影響或感受極深。宋代朱熹《與芮國器書》："蘇氏之學，以雄深敏妙之文，煽其傾危變幻之習，以故被其毒者，淪肌浹髓而不自知。"清代魏源《聖武記》卷一四："自非訓兵講武，日取國人三申五令之，使寢饋不離焉，淪肌浹髓焉。"魯迅《華蓋集續編·我還不能"帶住"》："我正因為生在東方，而且生在中國，所以'中庸''穩妥'的餘毒，還淪肌浹髓。"也作"淪浹肌髓"。宋代魏了翁《奏乞為周濂溪賜謚》："論事則功利智術之尚，誣民惑事，至於淪浹肌髓，不可救藥。"清代陳康祺《郎潛紀聞》卷一："三百餘年豢養深恩，淪浹肌髓。"茅盾《幻滅》一三："靜覺得涼意淪浹肌髓，異常地舒適。"同 刻骨銘心。

【淪浹肌髓】lún jiā jī suǐ 見"淪肌浹髓"。

【淪落風塵】lún luò fēng chén 風塵：借指妓院。多指女子因生活所迫而淪為妓女。淪落：陷於厄運或痛苦的境地。前蜀王衍《甘州曲》："柳眉桃臉不勝春，薄媚足精神，可惜淪落在風塵。"朱自清《溫州的蹤跡》四："她的淪落風塵是終生的！她的悲劇也是終生的！"◇記憶裏的那個清白少女，已經面目全非了，眼前的她，是個淪落風塵的婦人。

【淫詞豔曲】yín cí yàn qǔ 豔：香豔。淫穢下流的詞曲。《水滸傳》八一回："燕青再拜奏道：'所記無非是淫詞豔曲，如何敢伏侍聖上？'"清代李漁《比目魚》一回："只是一件，但凡忠孝節義，有關名教的戲文，孩兒便學。那些淫詞豔曲，做來要壞廉恥，喪名節的，孩兒斷不學他。"同 淫詞穢語。

【淡而不厭】dàn ér bù yàn ❶形容恬淡而不乏味。章炳麟《辨詩》："淡而不厭者陶潛，則王維可廢也。"◇她生性淡靜，寫的文章也很淡雅，淡而不厭。❷形容漫不經心，有一搭無一搭。老舍《駱駝祥子》二十："他不像先前那樣火着心拉買賣了，可也不故意的偷懶，就那麼淡而不厭的一天天的混。"◇沒想到他竟動了忌才之意，淡而不厭地問了幾句話，就起身送客了。反 淡而無味、平淡無味。

【淡而無味】dàn ér wú wèi ❶ 食物菜餚沒有味道。《鏡花緣》一二回："庶民因其淡而無味，不及米穀之香，吃者甚少。" ◇這菜淡而無味，再加點鹽就好了。❷《老子》："道之出口，淡乎其無味。" 南朝梁任昉《答陸倕〈感知己賦〉》："既蘊藉其有餘，又淡然而無味。" 後用"淡而無味"比喻事物平淡無奇，沒有情趣意味。宋代朱熹《朱子語類輯略》卷四："此工夫似淡而無味，然做時卻自有可樂。" 清代俞樾《俞樓雜纂》卷四八："有一老生，每聞人言，輒搖首曰：'淡而無味。'" ◇我裝的一點事沒有，弄得那兩個小子淡而無味地走了。同 平淡無奇、平淡無味。反 有滋有味、膾炙人口。

【淡妝濃抹】dàn zhuāng nóng mǒ 抹：塗抹。❶ 比喻湖光山色、園林等呈現的豔麗和淡素的景色。宋代蘇軾《飲湖上初晴後雨》詩："欲把西湖比西子，淡妝濃抹總相宜。" ◇眾人登煙雨樓觀景，只見飛煙翠繞，淡妝濃抹。❷ 淡雅和濃豔的妝飾打扮。《金瓶梅》七二回："原來婦人還沒睡，才摘去冠兒，挽着雲髻，淡妝濃抹。" 同 濃妝淡抹、濃抹淡妝。反 不施粉黛。

【淡泊明志】dàn bó míng zhì 淡泊：恬淡寡慾，不追求名利。《淮南子•主術訓》："是故非澹薄無以明德，非寧靜無以致遠，非寬大無以兼覆，非慈厚無以懷眾，非平正無以制斷。" 三國蜀諸葛亮《誡子書》："夫君子之行，靜以修身，儉以養德，非淡泊無以明志，非寧靜無以致遠。" 後用"淡泊明志"說過恬淡簡約的生活，以培養高遠的志趣。清代無名氏《杜詩言志》卷三："至於寬閒之野，寂寞之濱，每自寓其天懷之樂，而淡泊明志，寧靜致遠，未嘗不處處流露。" 范長江《塞上行》："我這時才明白了'淡泊明志，寧靜致遠'的精義。淡泊指生活，寧靜指環境，即生活之物慾不能過高，始能建立高尚之志趣。" 反 追名逐利、紙醉金迷。

【淡然處之】dàn rán chǔ zhī 不放在心上，不當回事。淡然：形容不在意。魯迅《書信集•致楊霽雲》："但我不大喜歡嚷病，也頗漠視生命，淡然處之，所以也幾乎沒有人知道。" ◇人生總要經歷各種各樣的艱難竭蹶，如果事事都焦慮萬分，那你就沒法活了，所以對很多事情都要學會淡然處之，反而能把事情處理好。同 漠然置之、置之度外。反 耿耿於懷、念念不忘。

【淚下如雨】lèi xià rú yǔ 淚水如同雨水似的流下來。形容極其悲傷。《敦煌變文集•搜神記》："姑憶念新婦，聲徹黃天，淚下如雨。"《西遊記》八十回："那妖精……說罷，淚下如雨。" 清代黃宗羲《謝時符先生墓誌銘》："見孤鶴集於塔頂，曼聲天末，君不覺淚下如雨。" 也作"淚如雨下"。《水滸傳》八回："林沖見說，淚如雨下，便道：'上下，我與你二位往日無仇，近日無冤，你二位如何救得小人，生死不忘。'" 清代陳確《遺祝鳳師兄弟書》："每一念至，淚如雨下也。" 同 淚如泉湧、潸然淚下。反 喜形於色、興高采烈。

【淚如雨下】lèi rú yǔ xià 見"淚下如雨"。

【淚如泉湧】lèi rú quán yǒng 眼淚像泉水一樣湧了出來。形容極度悲傷。唐代劉損《憤惋詩》："莫道詩成無淚下，淚如泉滴亦須乾。"《三國演義》八回："允曰：'汝可憐漢天下生靈！' 言訖，淚如泉湧。"《西遊記》三八回："那娘娘認得是當時國王之寶，止不住淚如泉湧。" 馮玉祥《我的生活》一："一家人離鄉背井去逃難，的確難為了我的父親，我記得父親談到這些情形的時候，往往突然地淚如泉湧。" 同 痛哭流涕、涕泗滂沱。反 眉開眼笑、歡天喜地。

【淚眼愁眉】lèi yǎn chóu méi 含淚的眼睛，憂愁緊皺的眉頭。形容心事重重，極其愁苦。也作"愁眉淚眼"。元代關漢卿《包待制智斬魯齋郎》二折："弄的我身亡家破，財散人離，對渾家又不敢說是談非，行行裏只淚眼愁眉。" 明代高濂《玉簪記•愁眉》："人去天涯幾許，凝望處，淚眼愁眉。" 茅盾《虹》四："她好像是一個失敗的革命者為要撐拄着不陷入悲觀和消沉，便不得不盛氣斥罵那些愁眉淚眼的同難者。”同 愁眉鎖眼、愁眉苦臉。反 笑容滿面、喜形於色。

【深入人心】shēn rù rén xīn 深深地進入人們的心中。指思想、理論、道理、精神等為人們所理解和接受。《東周列國誌》二十回：“且君新得諸侯，非有存亡興滅之德，深入人心，恐諸侯之兵，不為我用。”清代吳喬《圍爐詩話》卷六：“李于鱗之才遠下獻吉，踵而和之，淺夫又極推重，遂使二李並稱，挾盛唐之流毒深入人心。”◇在這信息網絡時代，究竟有哪些嶄新的理念深入人心，尤其是深入年輕人的內心，從而造就新的一代，恐怕誰也說不清楚。同 震撼人心、刻骨銘心。反 不得人心。

【深入淺出】shēn rù qiǎn chū 用淺近易懂的措辭，表達豐富的內容和深刻的道理。清代袁枚《隨園詩話》卷七：“今讀其詩，從容和雅，如天衣之無縫。深入淺出，方臻此境。”李六如《六十年的變遷》一二章：“真講得好，深入淺出，又通俗，又透徹。”反 詰屈聱牙。

【深不可測】shēn bù kě cè ❶深得無法測量，深不見底。多指水的深度。《楚辭•大招》：“代水不可涉，深不可測只。”明代袁宏道《虎丘記》：“劍泉深不可測。”郭沫若《商鞅》：“這裏的兩個古潭深不可測，石子投進去，連波紋都不起。”❷比喻道理、含義等極其深奧，無從捉摸。馬王堆漢墓帛書《經法•道原》：“是故上道高而不可察也，深而不可則（測）也。”《文子•道原》：“夫道者，高不可極，深不可測。”三國魏卞蘭《贊述太子賦》：“天下延頸，歌頌德音，聞之於古，見之於今，深不可測，高不可尋，創法萬載，垂此休風。”◇我初學哲學時，總覺得深不可測，簡直無法理解，如今入了門，一通百通。❸形容人城府極深，難以揣摩。宋代馬永卿《嬾真子》卷五：“然生於泉州，故（魏公）為人亦微任術數，深不可測。”◇李立鼻子裏唔了一聲，深不可測地笑了一笑，就走到後面去了。同 高深莫測。反 一目了然。

【深仇大恨】shēn chóu dà hèn 極深的仇恨。清代和邦額《夜譚隨錄•鐵公雞》：“沽酒市肉，日與賓客歡宴，一似與銀錢二物有深仇大恨者，必欲盡力消耗之。”《冷眼觀》十回：“他既這樣深仇大恨，怎樣還說要請他吃大菜呢？”吃大菜：黑話，指坐牢。◇多年積壓的深仇大恨，像火山的巖漿一樣從他身上爆發了！同 血海深仇、刻骨仇恨。反 大恩大德、恩重如山。

【深文周納（內）】shēn wén zhōu nà 深文：苛刻地制定或援引法律條文。周納：周密地羅織罪狀，陷人於罪。內：同“納”。《史記•張湯傳》：“與趙禹共定諸律令，務在深文，拘守職之吏。”《漢書•路溫舒傳》：“夫人情安則樂生，痛則思死。棰楚之下，何求而不得？故囚人不勝痛，則飾辭以視之……上奏畏卻，則鍛煉而周內之。”後用“深文周納”說捕風捉影，羅織罪過，強加罪名。清代薛福成《庸盦筆記•讞獄引律同而不同》：“余合二事觀之，前之所斷，不愧南山鐵案，蓋其情實可誅，則雖死而無怨也；後之所斷，不免深文周內，罪不當死而死。”黃裳《王介甫與金陵》：“他有那許多政敵，卻沒有把這些詩拿來，深文周納，上綱上線，揪去批鬥，不能不說，比起蘇軾來，他是運氣多了。”同 嫁禍於人。

【深宅大院】shēn zhái dà yuàn 院落寬廣，進深多層，房屋多，有圍牆的大院子。多為富有人家所住。元代曾瑞《留鞋記》三折：“我本是深宅大院好人家。”《紅樓夢》六一回：“你們深宅大院，‘水來伸手，飯來張口’，只知雞蛋是平常東西，那裏知道外頭買賣的行市呢！”汪曾祺《名士和狐仙》：“楊漁隱的上一代曾經是一門三進士，實屬難得。楊家人口多，共八房。楊家子弟彼此住得很近，都是深宅大院。”反 蓬門蓽户、甕牖繩樞。

【深更半夜】shēn gēng bàn yè 指深夜或夜已深。更：古代夜間計時單位。一夜分為五更，每更大約兩小時。元代李蔚《燕青博魚》三折：“兄弟，深更半夜，你喚我做甚麼？"巴金《秋》四二："深更半夜，還鬧得四鄰不安的。"同 半夜三更、三更半夜。反 日上三竿、大天白日。

【深知灼見】shēn zhī zhuó jiàn 灼：明白、透徹。深切地瞭解，透徹的見地。《野叟曝言》一五回："幼聞義方，長讀經傳，崇正辟邪之志，愈堅愈定，時以滅除老佛為念，深知灼見，確然無疑。"◇他的預言，今天看來是富有深知灼見的。同 真知灼見、遠見卓識。反 一孔之見、井蛙之見。

【深居簡出】shēn jū jiǎn chū 深居：住在隱密處。《文子•微明》："患禍之所由來，萬萬無方，故聖人深居以避患，靜默以待時。"唐代韓愈《送浮屠文暢師序》："夫獸深居而簡出，懼物之為己害也，猶且不脫焉。"後用"深居簡出"指人平日待在家中，很少出門。宋代秦觀《謝王學士書》："自擯棄以來，尤自刻勵，深居簡出，幾不與世人相通。"《文明小史》五七回："這位制台素講黃老之學，是以清淨無為為宗旨的，平時沒有緊要公事，不輕易見人，而況病了這一場，更是深居簡出。"◇可憐她自出嫁後便深居簡出，很少知道外面的事情。同 杜門不出、杜門卻掃。反 拋頭露面、東奔西跑。

【深思遠慮】shēn sī yuǎn lǜ 深入地思索，長遠地考慮，計劃周到，具有遠見。《漢書•師丹傳》："發憤懣，奏封事，不及深思遠慮，使主簿書，漏泄之過不在丹。"元代秦簡夫《東堂老》楔子："你負郭有田千頃，城中有油磨坊，解典庫，有兒有婦，是揚州點一點二的財主，有甚麼不足，索這般深思遠慮那。"《歧路燈》四回："像令兄這樣深思遠慮，就是有經濟的學問。"同 深圖遠慮、深謀遠慮。反 不假思索、鼠目寸光。

【深思熟慮】shēn sī shú lǜ 熟：表示程度深。戰國楚屈原《漁父》："何故深思高舉，自令放為？"《史記•穰侯列傳》："願君熟慮之，而無行危。"後用"深思熟慮"說深入思索，反覆考慮，務求穩妥。宋代歐陽修《辭免第二狀》："苟非深思熟慮，理須避讓，豈敢固自稽遲以干典憲。"明代焦竑《玉堂叢語•規諷》："不深思熟慮，身任其責，惟陽斂陰施，掩人耳目，雖曰自保，其實誤國。"茅盾《子夜》一二："深思熟慮的神氣在吳蓀甫臉上擺出來了。"同 深思遠慮、深謀遠慮。反 不假思索、心血來潮。

【深信不疑】shēn xìn bù yí 非常相信，一點也不懷疑。《聊齋誌異•夢狼》："慰藉翁者，咸以為道路訛傳，惟翁則深信不疑。"◇小學生對老師的話通常都深信不疑的。同 信以為真、毫不懷疑。反 將信將疑、半信半疑。

【深根固柢】shēn gēn gù dǐ 柢：樹根。使根基深而牢固，不可動搖。也作"深根固蔕"、"深根固蒂"。蔕：同"蒂"，花或瓜果與枝莖相連的部分。《老子》："重積德則無不克，無不克則莫知其極，莫知其極，可以有國，有國之母，可以長久。是謂深根固柢，長生久視之道。"晉代左思《魏都賦》："劍閣雖嶛，憑之者蹶，非所以深根固蔕也。"宋代蘇轍《次韻子瞻記十月十六日所見》："深根固蔕無計遯（遁），倏來忽返安能防。"《水滸傳》九六回："喬道清法敗奔走，若放他進城，便深根固蒂。"◇中國幾千年所形成的深根固柢的傳統觀念，不是十年二十年就能改變的。同 樹大根深。反 無本之木。

【深根固蔕（蒂）】shēn gēn gù dì 見"深根固柢"。

【深情厚意】shēn qíng hòu yì 深厚的情意。也作"深情厚誼"。《好逑傳》一二回："鐵公子本不欲留，因見過公子深情厚意，懇懇款留，只得坐下。"葉聖陶《玫瑰和金魚》："她想把金魚送給他，一定會使他十分高興；自己這樣精心養護的金魚，正可以表現自己的深情厚誼，因而增進相愛的程度。"巴金《隨想錄》一七："我感謝他的深情厚意。"同 情深義重。反 虛情假意。

【深情厚誼】shēn qíng hòu yì 見"深情厚意"。

【深惡痛疾（嫉）】shēn wù tòng jí 見"深惡痛絕"。

【深惡痛絕】shēn wù tòng jué 厭惡憎恨到了極點。《孟子•盡心下》"斯可謂之鄉願矣"宋代朱熹集注："過門不入而不恨之，以其不見親就為幸，深惡而痛絕之也。"清代王夫之《讀四書大全說•子路篇一》："蓋靈公之於其子，非真有深惡痛絕之心，受制於悍妻而不能不逐之耳。"聞一多《關於儒、道、土匪》："所以儒家之反對道家，只是口頭的，表面的，不像他對於墨家那樣的真正的深惡痛絕。"也作"深惡痛疾"、"深惡痛嫉"。疾、嫉：憎恨、痛恨。《野叟曝言》三八回："汝等平日所深惡痛嫉者，是異端惑事，宦寺擅權。"朱自清《歷史在戰鬥中》："從諷刺的深惡痛疾到玩世的無可無不可，本只相去一間。"同 切齒痛恨。反 肅然起敬。

【深淵薄冰】shēn yuān bó bīng 深潭和薄冰。《詩經•小旻》："戰戰兢兢，如臨深淵，如履薄冰。"後用"深淵薄冰"比喻危險境地。宋代王安石《乞退表》："聖恩所及，有隆天重地之施，私義未安，有深淵薄冰之懼。"◇即使前方是深淵薄冰，我們也要繼續做下去，直到成功。同 刀山火海。

【深溝高壘】shēn gōu gāo lěi 挖很深的壕溝，築很高的營壘。形容構築堅固的防禦工事。《韓非子•說林下》："將軍怒，將深溝高壘，將軍不怒，將懈怠。"《史記•淮陰侯列傳》："足下深溝高壘，堅營勿與戰。"宋代周煇《清波別志》卷上："臣欲以舊將守吾故疆，深溝高壘，示之威信。"明代沈采《千金記•延訪》："若得請兵三萬，沿路截之，深溝高壘，慎勿與戰，數日之間，必致危困。"同 深溝堅壘、深溝高壁。

【深謀遠慮】shēn móu yuǎn lǜ 周密籌劃，長遠考慮。漢代賈誼《過秦論上》："深謀遠慮，行軍用兵之道，非及曩時之士也。"宋代司馬光《訓儉示康》："大賢之深謀遠慮，豈庸人所及哉！"◇面對眼前的難題，就連深謀遠慮、老練圓滑的張總裁也急得抓耳撓腮，毫無辦法。反 目光如豆、鼠目寸光。

【深藏若虛】shēn cáng ruò xū 把寶貨深深地收藏起來，不給人看見，好像沒有一樣。後多比喻有修養、有真才實學的人謙遜做人，不賣弄才華，不炫耀自己。《史記•老子韓非列傳》："吾聞之，良賈深藏若虛，君子盛德，容貌若愚。"明代李贄《覆周南士書》："所謂容貌若愚，深藏若虛，老聃是也。"清代筆煉閣主人《五色石•選琴瑟》："少年有才的往往浮露，今宗生深藏若虛，恂恂如不能語，卻也難得。"同 大智若愚。反 自吹自擂。

【澆風薄俗】jiāo fēng bó sú 澆薄的風俗。指社會風尚、習慣、禮節、人情世故、人際關係低下庸俗，不淳樸，不厚道。唐代陳黯《辯謀》："故有孜孜汲汲力於謀者，得之則逸身豐家，不得則嫉時怨命。噫，此真澆風薄俗者之心也！"明代吳寬《義烏縣重修永慕廟記》："世道升於唐虞三代之時，逮春秋戰國而降，至於秦極矣！其澆風薄俗見於賈生之告漢文帝者可考。"◇金錢至上，私慾泛濫，爭權奪勢，爭相媚上的澆風薄俗盛行，整個社會彌漫着污濁不堪的風氣。

【湖光山色】hú guāng shān sè 湖上的風光，山中的景色。形容美麗的自然風景。宋代吳自牧《夢粱錄•歷代人物》："杭城湖光山色之秀，鍾為人物，所以清奇傑特，為天下冠。"魯迅《墳•論雷峰塔的倒掉》："但我卻見過未倒的雷峰塔，破破爛爛的映掩於湖光山色之間。"同 山光水色。

【湮沒無聞】yān mò wú wén《史記•伯夷列傳》："巖穴之士，趨舍有時若此，類名湮沒而不稱，悲夫！"後用"湮沒無聞"說名聲或事物被漸次埋沒，不為世人所知。元代鍾嗣成《〈錄鬼簿〉序》："高才博識，俱有可錄，歲月彌久，湮沒無聞。"《鏡花緣》四八回："以史幽探、哀萃芳冠首者，蓋主人自言窮探野史，嘗有所見，惜湮沒無聞，而哀群芳之不傳，因筆志之。"◇中國的古代文獻浩如煙海，如今能看懂古文的人越來越少，數十年後，很多典籍恐怕就湮沒無聞了。同 湮滅無聞。

【渺無人跡】miǎo wú rén jì 一片渺茫，沒有人家，看不到人的蹤影。形容空曠靜寂或荒涼偏僻。也作"渺無人煙"。《花月痕》四七回："不上一月，將淮北千里，掃蕩個渺無人煙。"沙汀《淘金記》一三："從大道上望去，卻就像一座渺無人跡的黃土荒山。"◇乘坐旅遊巴士，在渺無人跡的沙漠裏跑了半天，才到達紅海海濱。㊂ 杳無人跡。

【渺無人煙】miǎo wú rén yān 見"渺無人跡"。

【渺無音信】miǎo wú yīn xìn 渺：邈遠，遙遠。久久都沒有消息來，一去無蹤。張恨水《夜深沉》二四回："你交代過我幾句之後，我沒有敢向櫃上再去電話，信生渺無音信，老掌櫃還只不依我。"巴金《髮的故事·窗下》："你不能就這樣渺無音信地丟開了我，讓我孤零零地住在這個陌生的大城市裏。"㊂ 渺無音訊、杳無音信。

【渺無蹤(踪)影】miǎo wú zōng yǐng 渺：渺然，因久遠而形影模糊以至消失。消失得無影無蹤，不知去向。元代石子章《竹塢聽琴》三折："恁琴書四海遊，關山千里行，你去處渺無蹤影，則被你引得這倩女離了魂靈。"茅盾《腐蝕·十一月十三日》："睜大眼，惘然凝視屋角的鼠洞，努力追憶昨夜的顛倒迷夢，然而——已經渺無踪影。"

【渺渺茫茫】miǎo miǎo máng máng ❶ 形容空闊無邊的樣子。明代劉基《六幺令》詞："追尋疇昔，愁如流水，渺渺茫茫趁潮汐。"《紅樓夢》一二〇回："我所居兮青埂之峰，我所遊兮鴻蒙太空。誰與我逝兮吾誰與從？渺渺茫茫兮歸彼大荒！"❷ 形容非常玄虛，不可捉摸。元代馬致遠《黃粱夢》一折："我十年苦志，一舉成名，是荷包裏東西，拿得定的。神仙事渺渺茫茫，有甚麼准程，教我去做他。"魯迅《三閒集·葉永蓁作〈小小十年〉小引》："釋迦牟尼出世以後，割肉餵鷹，投身飼虎的是小乘，渺渺茫茫地說教的倒算大乘，總是發達起來。"❸ 形容模模糊糊，隱隱約約。蕭紅《生死場》二："金枝和男人接觸過三次：第一次還是在兩個月以前，可是那時母親甚麼也不知道，直到昨天筐子落到打柴人手裏，母親算是渺渺茫茫的猜度着一些。"

【渴而穿井】kě ér chuān jǐng 穿井：鑿井。口渴了才去挖井。比喻平時不作準備，事到臨頭、急需時才想辦法，為時已晚，來不及了。《素問·四氣調神大論》："夫病已成而後藥之，亂已成而後治之，譬猶渴而穿井，鬥而鑄錐，不亦晚乎！"漢代劉向《說苑·奉使》："寡人所謂饑而求黍稷，渴而穿井者，未嘗能以歡喜見子。"南朝梁元帝《金樓子·立言下》："若臨事方就則不舉矣，渴而穿井，臨難鑄兵，竝無益也。"。㊂ 渴而掘井、臨渴掘井。㊇ 未雨綢繆。

【渴塵萬斛】kě chén wàn hú 塵：佛教稱人世為"塵"，比喻俗念、人世間的情感。斛：古代量器；萬斛，形容極多。唐代盧仝《訪含曦上人》詩："三入寺，曦未來。轆轤無人井百尺，渴心歸去生塵埃。"說訪含曦上人不遇，思念殷切。後用"渴塵萬斛"形容渴望與友人見面。"渴塵"是"渴心生塵"的略語。《幼學瓊林·人事》："一日三秋，言思慕之甚切；渴塵萬斛，言想望之久殷。"

【渴驥奔泉】kě jì bēn quán 口渴的駿馬飛速奔向水泉。❶ 形容氣勢勁疾。常形容書法筆勢矯健奔放，或才思敏捷、文筆流暢。《新唐書·徐浩傳》："嘗書四十二幅屏，八體皆備，草隸尤工。世狀其法曰'怒猊抉石、渴驥奔泉'云。"宋代陸游《弔李翰林墓》詩："飲似長鯨快吸川，思如渴驥勇奔泉。"元代袁桷《次韻張希孟凝雲石》詩："我愛凝雲好，模糊老墨仙。癡蟆端食月，渴驥欲奔泉。"❷ 喻指需求或慾望迫切強烈。明代袁宏道《板橋施茶疏》："繁熱隆寒，九十者半。渴驥奔泉，行人在道，當其炎則焰在喉，與其寒則冰在腹。取之杯杓之間，而所活者，至不可計。"

【淵渟嶽(岳)峙】yuān tíng yuè zhì 渟：水聚而不流動。晉代葛洪《抱朴子·名實》：

"執經衡門，淵渟嶽立，寧潔身以守滯，恥脅肩以苟合。"後用"淵渟嶽峙"比喻人的品德高尚，氣宇寬廣，才學深厚，如淵水一般淡靜深沉，像高山那樣巍巍聳立。晉代百崇《楚妃歎》詩："矯矯莊王，淵渟嶽峙，冕旒垂精，充纊塞耳。"◇我觀先生談吐不凡，風神俊朗，臨事不亂，有淵渟岳峙之態，先生必非常人。㊐ 淵渟嶽立、山峙淵渟。㊍ 寡廉鮮恥、厚顏無恥。

【渙若冰釋】huàn ruò bīng shì 像冰塊融化似地消散。《老子》："渙兮若冰之將釋。"後用"渙若冰釋"形容隔閡、誤會、疑問或困難等一下子全部消除。唐代權德輿《張隱居莊子指要序》："又作三十三篇指要以明之，蓋弘道以周物，闡幽以致用，內外相濟，始終相發，其文約，其旨明，纍如珠貫，渙若冰釋。"《續資治通鑒•元順帝元統元年》："澄（吳澄）答問亹亹，使人渙若冰釋。"也作"渙然冰解"。南朝梁慧皎《高僧傳•道淵》："剖析玄微，洞盡幽頤，使終古積滯，渙然冰解。"㊐ 渙然冰釋。

【渙然冰解】huàn rán bīng jiě 見"渙若冰釋"。

【渙然冰釋】huàn rán bīng shì 像冰化成水一樣消融。《老子》："渙兮若冰之將釋。"後用"渙然冰釋"形容疑慮、困難、誤解、嫌隙等完全消除。《隋書•儒林傳序》："考正亡逸，研核異同，積滯群疑，渙然冰釋。"明代宋濂《〈筆記〉序》："難決之疑，久蔽之惑，皆渙然而冰釋。"《野叟曝言》八七回："今得先生數時之教，即無不渙然冰釋。"㊍ 積重難返。

【渾水摸魚】hún shuǐ mō yú 也作"混水摸魚"。比喻故意造成混亂謀取利益，或趁亂局撈取好處。老舍《四世同堂》八六："他不是渾水摸魚的人，不肯隨便去摸個教授頭銜。"茅盾《蝕•動搖》八："他又覺得南鄉農民的辦法，'也不無可取之處'，只要加以變化，自己就可混水摸魚，擇肥而噬。"

【渾身是膽】hún shēn shì dǎn 全身都是膽。《三國志•趙雲傳》裴松之注引《趙雲別傳》："先主明旦自來，至雲營圍視昨戰處，曰：'子龍一身都是膽也。'"後用"渾身是膽"形容人膽量極大，英勇無畏。宋代陳著《寶鼎現》詞："最是滿腹精神，擔負處，渾身是膽。"明代葉春及《吳廷舉傳論》："文裕謂獻臣，渾身是膽，皮囊是智。"清代沈起鳳《諧鐸•鏡戲》："吾雖不及常山公渾身是膽，然卧薪而嘗者，亦有年矣。諒不至怖郝家名，作褓中啼兒也。"㊐ 一身是膽、混身是膽。㊍ 膽小如鼠、膽小怕事。

【渾身解數】hún shēn xiè shù 指全身的本領或全部的手段。解數：武術的架勢、路數。◇他使出渾身解數，連哄帶騙，想方設法説服妻子同意離婚 / 自從接受了這項工作，便使出渾身解數去幹，很想在這件事上一顯身手，從此嶄露頭角。

【渾金璞玉】hún jīn pǔ yù 見"璞玉渾金"。

【渾然一體】hún rán yī tǐ 融合在一起結為一個整體，完整不可分割。宋代朱熹《朱子全書•性理六》："若看得破，則見仁字與心字渾然一體之中自有分明。"明代李贄《耿楚倥先生傳》："兩舍則兩忘，兩忘則渾然一體，無復事矣。"黃藥眠《文藝漫談》："有時應插上一些景物描寫，或借景抒情，或因情生景，使之景中有情，情中有景，情景交融，渾然一體。"㊐ 天衣無縫。

【渾然天成】hún rán tiān chéng 天成：不假人工，自然而成。完美無缺，像天然形成的。多形容詩文結構嚴密完整，語言貼切自然，沒有斧鑿的痕跡。唐代韓愈《上襄陽于相公書》："閣下負超卓之奇材，蓄雄剛之俊德，渾然天成，無有畔岸。"明代焦竑《玉堂叢語•文學》："為詩用事，渾然天成，不見痕跡，沉着高壯，一洗近世纖新之習。"◇台北故宮收藏的清朝皇家御用的翠玉白菜，一眼望上去渾然天成，絕無雕琢痕跡。㊐ 鬼斧神工。

【渾渾沌沌】hún hún dùn dùn ❶ 古代傳説指天地開闢前元氣未分、模糊一團的狀態。《呂氏春秋•大樂》："陰陽變化，一上一下；合則成章，渾渾沌沌。"❷ 形容模模糊糊，混雜不分明的景象或狀態。《孫子•勢》："紛紛紜紜，鬥亂而不可亂也；渾渾沌沌，形圓而不可敗也。" ❸ 形容糊裏糊塗，迷迷糊糊。《莊子•在宥》："渾渾沌沌，終身不離。" 郁達夫《故都的秋》："一個人夾在蘇州上海杭州，或廈門香港廣州的市民中間，渾渾沌沌地過去，只能感到一點點清涼，秋的味，秋的色，秋的意境與姿態，總看不飽，嘗不透，賞玩不到十足。" 柯岩《奇異的書簡•追趕太陽的人》："還有人甚麼也沒帶去，甚麼也沒留下，走着渾渾沌沌的路，度過了空虛的一生。" 同 混混沌沌、渾渾噩噩。

【渾渾噩噩】hún hún è è 漢代揚雄《法言•問神》："虞夏之書渾渾爾，商書灝灝爾，周書噩噩爾。" 後用"渾渾噩噩"形容：❶ 質樸淳厚。清代藍鼎元《餓鄉記》："其民渾渾噩噩，忘貧富貴賤。" 聞一多《復古的空氣》："其實就這群渾渾噩噩的大眾說，他們始終是在'古'中沒有動過。" ❷ 蒙昧無知；迷迷糊糊，不清醒。茅盾《一個女性》四："他只憂愁着瓊華的'太早熟'。他自己在十六七時是渾渾噩噩的。" ❸ 景象模模糊糊，不清楚。◇暮色垂了下來，淡紅的楓林和蒼碧的松林，漸漸的變成一片渾渾噩噩的黑影。反 明明白白、清清楚楚。

【温文爾雅】wēn wén ěr yǎ 也作"溫文儒雅"。言行舉止文雅大方，態度柔和。《聊齋誌異•陳錫九》："此名士之子，溫文爾雅，烏能作賊？"《兒女英雄傳》緣起首回："為首的是個半老的儒者氣象……次後便是一個溫文儒雅的白面書生。"《官場現形記》五二回："這人雖是武官，甚是溫文爾雅。" 吳組湘《泰山風光》："我看這道士溫文爾雅，果然很有身份的樣子。" 同 文質彬彬、彬彬有禮。反 橫眉怒目、暴跳如雷。

【温文儒雅】wēn wén rú yǎ 見"溫文爾雅"。

【温故知新】wēn gù zhī xīn《論語•為政》："溫故而知新，可以為師矣。" 後以"溫故知新"表示：❶ 重溫舊的知識，能從中得到新的認知或悟出更深刻的道理。元代秦簡夫《剪髮待賓》四折："我做箇窮漢婦甘貧受窘，孩兒把聖人書溫故知新。" 清代朱彝尊《錢氏〈冬官補亡〉跋》："不襲前人之言，可謂溫故知新者。" ❷ 不忘重溫歷史上的經驗教訓，就可以認識處理現實中的問題。《漢書•成帝紀》："儒林之官，四海淵原，皆宜明於古今，溫故知新，通達國體，故謂之博士。"

【温柔敦厚】wēn róu dūn hòu 說人態度溫和，言辭婉順，誠信而莊重。《禮記•經解》："溫柔敦厚而不愚，則深於《詩》者矣。" 宋代朱熹《伊洛淵源錄》卷三："'莫辭盞酒十分醉，只恐風花一片飛。'何其溫柔敦厚也！" 清代黃叔琳《太學十詠序》："蓋溫柔敦厚之旨流連諷詠，可以陶淑身心，而播諸清廟明堂。" ◇在諸多詩人中，向先生的人緣是最好的，以溫柔敦厚見稱。反 暴戾恣睢。

【温情脈脈】wēn qíng mò mò 形容富含感情、柔情表露的樣子。元代關漢卿《拜月亭》三折："枉了我情脈脈，恨綿綿。" ◇回想與他溫情脈脈的往昔，她的眼中不禁泛出淚花。同 脈脈含情、柔情蜜意。反 冷酷無情、無情無義。

【溥天同慶】pǔ tiān tóng qìng 見"普天同慶"。

【滅此朝食】miè cǐ zhāo shí 朝食：吃早飯。《左傳•成公二年》載：齊侯與晉郤克在鞍這個地方會戰，齊侯說："余姑翦滅此而朝食。" 馬不披甲就馳向晉軍，結果大敗。後多形容求戰心切，滿懷戰勝的信心。《明史•王直傳》："陛下宵衣旰食，徵天下兵，與群臣百姓同心僇力，期滅此朝食，以雪不共戴天之恥。" 清代阿桂《平定金川方略》卷九："如果以番制番，不難滅此朝食。" 魯迅《二心集•宣傳與做戲》："連體操班也不願意上的學生少爺，他偏要穿上軍裝，說是'滅此朝食'。"

【滅門之禍】miè mén zhī huò 門：指家庭、家族。整個家庭或家族被殺滅的禍事。《北史•王軌傳》："皇太子，國之儲副，豈易為言，事有差跌，便至滅門之禍。" 宋代張君房《雲笈七籤》卷一三："凡是秘密天籙，不可妄開爾，當有滅門之禍。”《封神演義》四回：“姬伯前日來書，真是救我滅門之禍。”◇這樣的機密大事，只要有一句泄漏，就是一場滅門之禍。

【滅門絕戶】miè mén jué hù 門、戶：指家庭或家族。整個家庭或家族成員全部死亡，沒留下一個。清代于成龍《鼓勵義勇喻》：“凡我士民屢被脅害，冤仇刻骨，罔不欲寢皮食肉，滅門絕戶。”《狄公案》一一：“小民再敢歹念滅門絕戶，逢天火燒。”

【滅頂之災】miè dǐng zhī zāi《易經•大過》：“上六，過涉滅頂，凶，無咎。”滅頂：涉水時，水淹沒頭頂。後比喻毀滅性的災害。◇氣候變暖，海岸線退縮，岸邊漁村幾近滅頂之災。

【滅絕人性】miè jué rén xìng 形容人殘忍之極，喪失了正常人應有的情感和理性。◇日本侵略者在南京進行了滅絕人性的大屠殺，死難同胞三十餘萬。同 豺狼成性、蛇蠍心腸。反 菩薩心腸、佛口佛心。

【源清流清】yuán qīng liú qīng ❶比喻君王修身約己、勤政愛民，則官吏廉潔自律、守法盡職，百姓樂意盡力。《荀子•君道》：“君者民之源也，源清則流清，源濁則流濁。”後比喻只有上級清正廉潔、奉公守法，勤政愛民，才能影響下屬一同效仿。◇為官一方，貴在源清流清，自身正了，才能正別人。❷比喻學術的本源純正，傳承者也純正無邪。元代謝應芳《贈醫士高彥述序》：“庶以見彥述之學源清流清，且一洗俗論秘傳之陋，垂芳簡冊，追配古人，亦何慊乎哉。”同 上行下效、源清流潔。反 上樑不正下樑歪。

【源清流潔】yuán qīng liú jié 比喻只有上級清正廉潔、奉公守法、勤政愛民，才能影響下屬一同效仿。宋代袁燮《代武岡林守進治要劄子》：“此二君者其道德未純於古也，躬行於上，而俗移於下，源清流潔，表端影直，其效固如此也。”清代俞森《荒政叢書》卷十上：“源清流潔，上下皆可以誠心為民。”同 源清流清。

【源源不絕】yuán yuán bù jué 形容連續不斷的樣子。宋代李心傳《建炎以來朝野雜記》卷二十：“中原歸正人源源不絕。”明代岳正《類博稿•古歙曹氏家譜序》：“使其詩書之脈源源不絕。”◇只要新存戶源源不絕而來，銀行就不發愁。同 源源不斷、源源而來。反 斷斷續續、時斷時續。

【源源不斷】yuán yuán bù duàn 形容連續不絕。明代周宗建《論語商•由戶章》：“這般意味常自打照，如長流水源源不斷，便是真正知道。”清代阿桂等《平定兩金川方略》卷上：“即嚴飭各運員將口內外轉運糧右，務須上緊赴章谷，源源不斷。”◇她萬萬沒想到，一次網上宣傳，給她這間小廠帶來了源源不斷的訂單。同 源源不絕。

【源源本本】yuán yuán běn běn 見“原原本本”。

【源源而來】yuán yuán ér lái 形容連續不斷地到來。《孟子•萬章上》：“雖然，欲常常而見之，故源源而來。”宋代無名氏《靖康要錄》卷七：“故其一罷，士大夫連坐而去者數十百人；及其復用，則又源源而來。”元代朱震亨《金匱鈎玄•血屬陰難成易虧論》：“榮者，水穀之精也……源源而來，生化於脾，總統於心，藏於脾肝，宣佈於肺，施泄於腎，灌溉一身。”◇外國大豆源源而來增添了中國業內人士的擔憂。同 源源不絕。

【源遠流長】yuán yuǎn liú cháng ❶河流的發源地很遠，水流很長。唐代白居易《海州刺使裴君夫人李氏墓誌銘》：“夫源遠者流長，根深者枝茂。”◇黃河發源於青海，東入渤海，源遠流長。❷比喻歷史悠久，積澱深厚。梁啟超《節本明儒學案•甘泉學案》：“王、湛兩家，各立宗旨……其後源遠流長。”秦牧《藝海拾貝•花雕瓶子》：“茅台和花雕瓶子的這種模樣兒，講起來是源遠流長了。”

【滔天之罪】tāo tiān zhī zuì 形容極大的罪惡。晉代袁宏《後漢紀•孝靈皇帝紀》：“故大將軍竇武、太傅陳蕃，虛遭無形之釁，被以滔天之罪。”清代吳偉蒙《綏寇紀略•真寧恨》：“一旦盜長陵壞土，則滔天之罪勢不能以自還矣。”◇在古代的中國，兒子直呼父親的名字，可算是滔天之罪了。同 滔天大罪、彌天大罪。

【滔滔不絕】tāo tāo bù jué 滔滔：流水滾滾的樣子。❶ 形容流水滾滾，連續不斷。宋代龔相《項王亭賦》："子獨不見夫青山白雲，長江明月，耿耿長存，滔滔不絕。"明代徐光啟《農政全書•東南水利上》："潮平則閉閘而拒之，潮退則開閘以放之，滔滔不絕，勢若建瓴，直趨於海。"◇滔滔不絕的雅魯藏布江訴說着歷史的滄桑。❷ 形容淚、血等液體流得多而不斷。明代江瓘《名醫類案•經水》："老婦血崩不止，滔滔不絕，滿牀皆血。"◇聽到這個不幸的消息，她頓時淚下如雨，滔滔不絕。❸ 形容文辭、語言多而不斷。今多形容人善於言辭。明代張吉《孝廟輓章二首》之二："文儒袞袞頻登對，紀冊滔滔不絕書。"冰心《"老者安之，少者懷之"》："這次卻興奮得滔滔不絕大談其訪華觀感。"同 口若懸河。反 沉默寡言。

【滄海一粟】cāng hǎi yī sù 大海裏的一粒粟穀。宋代蘇軾《前赤壁賦》："寄蜉蝣於天地，渺滄海之一粟。"後比喻極其渺小。清代和邦額《夜譚隨錄•宋秀才》："宋陰念一身蜩寄世間，真如恆河一沙，滄海一粟。"◇個人即使有天大的本事，終究不過是滄海一粟，微不足道。

【滄海桑田】cāng hǎi sāng tián 晉代葛洪《神仙傳•王遠》："麻姑自說云：'接侍以來，已見東海三為桑田。'"大海變成桑田，桑田變成大海。❶ 比喻自然界的地貌變化巨大。清代劉獻廷《廣陽雜記》卷四："後有延慶祖師塔，曇公不記其何代人，又不知何故陷於地中，滄海桑田，高岸深谷，信然矣。"馮玉祥《我的生活》一七章："據說萬千年前，這兒是黃河底，後來卻變成了山嶺。所謂'滄海桑田'一語，想來總不是虛構的了。"❷ 比喻人世間的興亡代謝、世事變遷。唐代儲光羲《獻八舅東歸》詩："獨往不可群，滄海成桑田。"明代張景《飛丸記•梨園鼓吹》："正是白衣蒼狗多翻覆，滄海桑田幾變更？"清代程允升《幼學故事瓊林•地輿》："滄海桑田，謂世事之多變。"同 桑田滄海。反 一成不變。

【滄海橫流】cāng hǎi héng liú 滄海：大海。橫流：水向四處流淌。比喻政局動盪、天下大亂。《晉書•袁宏傳》："滄海橫流，玉石俱碎。"明代李濂《汴梁雜詩三首》之二："誰知滄海橫流意，獨倚牛車哭孝孫。"◇要知道滄海橫流方顯出英雄本色，現在正是我們全力發展的時候。同 兵荒馬亂、風雨飄搖。反 河清海晏、國泰民安。

【滄海遺珠】cāng hǎi yí zhū 大海中沒被採集到的珍珠。❶ 比喻被埋沒的人材。《新唐書•狄仁傑傳》："仲尼稱觀過知仁，君可謂滄海遺珠矣。"明代陶安《答天門山長馬玉相啟》："荊山獻璞，方期識者之逢；滄海遺珠，遽起主司之歎。"❷ 比喻被忽視遺漏的值得珍視的事物。明代郎瑛《七修類稿•〈格古要論〉當再增考》："《格古要論》一書……偶爾檢閱，不無滄海遺珠之歎。"❸ 比喻歷經變遷後保存下來的少量珍貴事物。◇滄海遺珠的吳哥窟離暹麗約六公里，是柬埔寨人最大的驕傲。

【溜之大吉】liū zhī dà jí 形容悄悄地溜走。含有詼諧的意味。《官場現形記》二八回："門生故吏當中……其中一班勢利小人，早已溜之大吉。"葉聖陶《多收了三五斗》："有的溜之大吉，悄悄地爬上開往上海的四等車。"同 溜之乎也。

【溜之乎也】liū zhī hū yě 形容悄悄地脫身溜走。之、乎、也：文言常用詞，用在這裏有加強詼諧的意味。《三俠五義》七一回："有了，莫若我與他個溜之乎也，及至他二人醒來，必說我拐了婦人遠走高飛，也免得他等搜查。"《二十年目睹之怪現狀》二十回："我以為他到外面解手，一等他不回來，再等他也不回來，竟是溜之乎也的去了。"◇他一看風頭兒不順，就撒開兩腿溜之乎也。同 溜之大吉。

【溜鬚拍馬】liū xū pāi mǎ 比喻諂媚奉承。麥雲《第一次出擊》："成就成，不成就拉倒；幹甚麼跟他低三下四，溜鬚拍馬？"◇他這個公務員，除了開會吃飯，看上司眼色，溜鬚拍馬，一樣正經事也幹不成！同 諂媚逢迎。

【溢於言表】yì yú yán biǎo 形容情感或意向通過語言或文字充分表達出來了。元代解蒙《易精蘊大義》卷三：“疇離祉，歡欣慶賀，溢于言表。”明代湛若水《格物通》卷六十二：“此我太宗文皇帝崇儒重道之盛心溢於言表矣！”清代姜炳璋《詩序補義》卷一一：“一片孝思，溢于言表。”

【溢美之言】yì měi zhī yán 誇大不實的讚美話。《莊子•人間世》：“夫兩喜必多溢美之言，兩怒必多溢惡之言。”宋代李心傳《建炎以來繫年要錄》卷一四〇：“若溢美之言實不欲聞，可令還之。”明代楊榮《送金昭伯省父還江西詩序》：“故於昭伯之行，不為溢美之言，而少致箴規之意焉。”◇面對溢美之言，又有幾人能做到理性看待呢？同 溢美之辭(詞)、口角春風。

【溢美之辭(詞)】yì měi zhī cí 溢：誇大。誇大不實的讚美話。宋代晁公遡《答師將仕啟》：“陳此篤實之論，愈於溢美之辭。”元代郝經《續後漢書•禮樂》：“當時文臣制為美大之名，溢美之辭。”◇國際輿論幾乎清一色地將目光投向了中國，其中不乏溢美之詞。同 溢美之言、口角春風。

【滿城風雨】mǎn chéng fēng yǔ ❶ 全城都籠罩在秋風秋雨之中的晚秋景色。宋代姚述堯《朝中措》詞：“滿城風雨近重陽，小院更淒涼。”《孽海花》三四回：“看着已到了滿城風雨的時節，勝佛提議和常肅同行。”❷ 比喻事情傳遍全城，沸沸揚揚，議論紛紛。老舍《且說屋裏》：“理想的家庭，沒鬧過一樁滿城風雨的笑話，好容易！”茅盾《多角關係》五：“此刻消息還沒傳開去，明天可就要滿城風雨呢！”同 街談巷議。

【滿面春風】mǎn miàn chūn fēng ❶ 春風拂面，溫煦宜人。宋代陳與義《寓居劉倉廨中晚步過鄭倉台上》詩：“紗巾竹杖過荒陂，滿面春風二月時。”◇春日遊西湖，無論你轉到哪裏，都是滿面春風，清清爽爽。❷ 形容心情喜悅，一臉笑容。元代王實甫《麗春堂》一折：“得勝歸來喜笑濃，氣昂昂，志捲長虹，飲千鍾，滿面春風。”《紅樓夢》六回：“只見周瑞家的已帶了兩個人立在面前了，這才忙欲起身，猶未起身，滿面春風的問好。”老舍《茶館》第一幕：“秦仲義穿得很講究，滿面春風，走進來。”同 春風滿面、滿臉春風。反 愁眉苦臉、愁眉不展。

【滿腔熱忱】mǎn qiāng rè chén 心裏充滿了飽滿的熱情。◇她待人滿懷至誠，辦事滿腔熱忱。同 滿腔熱情。反 冷若冰霜。

【滿載而歸】mǎn zài ér guī 裝滿了東西回來。形容所獲極為豐富。宋代王邁《乙未館職策》：“仕於其邦，去天既遠，瘠民肥己，滿載而歸。”清代梁紹壬《兩般秋雨盦隨筆•毆北控詞》：“人盡稱奇，到處總逢迎恐後；賊無空過，出門必滿載而歸。”巴金《隨想錄》一八：“一九二七年我第一次到巴黎，有一個目的就是追求友誼。五十二年後重訪法國，我滿載而歸。”反 一無所獲、兩手空空。

【滿腹經綸】mǎn fù jīng lún 學識淵博，才幹出眾。經綸：整理絲縷，比喻治國處事的才能。《三俠五義》三二回：“學得滿腹經綸，屢欲赴京考試。”茅盾《子夜》二：“仲老，真佩服，滿腹經綸！這果然是奧妙！”同 經綸滿腹、滿腹文章。反 不學無術。

【漫山遍野】màn shān biàn yě 佈滿山坡山岡、田間曠野。形容數量多、範圍廣或聲勢大。《三國演義》一三回：“於是李傕在左，郭汜在右，漫山遍野擁來。”《水滸傳》三五回：“眾人看時，漫山遍野，都是雜彩旗旛，水泊中棹出兩隻快船來。”◇黃的，紅的，紫的，白的，鮮花開得漫山遍野。同 滿山遍野。

【漫不經心】màn bù jīng xīn 不當回事；滿不在乎；心不在焉。明代任三宅《覆耆民汪源論設塘長書》：“連年修西北二塘，責重塘長而空名應役，漫不經心，以致漸成大患，愈難捍禦。”《三俠五義》六九回：“往往有那不讀書的人，以為先生的飯食隨便俱可，漫不經心的很多。”◇她一邊看電視，一邊漫不經心地說。同 漫不經意、掉以輕心。反 小心翼翼、全神貫注。

【漁人之利】yú rén zhī lì《戰國策・燕策二》載，蘇代為了勸説趙王不要攻燕，免得秦國乘機得利，向趙王講了個故事：有個蚌張開殼曬太陽，有一隻鷸用長嘴啄牠，蚌合住殼夾起鷸的長嘴，鷸蚌相持不下，漁人見了，就把鷸蚌輕易抓到手了。後以"漁人之利"指利用別人之間的矛盾輕易獲取利益。《二刻拍案驚奇》卷十六："他日可以在裏頭看景生情，得些漁人之利。"《隋唐演義》五二回："王世充殘忍褊隘之人，刻刻在那裏覬覦非望，以收漁人之利。" 同 漁人得利、"鷸蚌相爭，漁人得利"。

【滾瓜溜圓】gǔn guā liū yuán 形容熟瓜飽滿滾圓的樣子。後常以形容牲畜體型肥壯飽滿。◇把那幾匹蒙古馬養得滾瓜溜圓 / 每隻羊的尾巴都像月亮盤兒似的滾瓜溜圓。

【滾瓜爛熟】gǔn guā làn shú 形容讀書、背書記得流利純熟。《儒林外史》一一回："十一二歲就講書讀文章，先把一部王守溪的稿子讀的滾瓜爛熟。" ◇一百首唐詩，他上小學時就已背得滾瓜爛熟。同 滾瓜溜油。

【滴水不漏】dī shuǐ bù lòu 比喻説話做事非常周全嚴密。明代李贄《四書評・告子下》："聖賢言語，可謂滴水不漏。"《東周列國誌》八九回："公子少官率領軍士，拘獲車杖人等，真個是滴水不漏。"《歧路燈》二七回："這也是王春宇幾年江湖上精細，把這宗事，竟安插得滴水不漏。" 同 無懈可擊、萬無一失。反 掛一漏萬、錯漏百出。

【滴水穿石】dī shuǐ chuān shí《漢書・枚乘傳》："泰山之霤穿石，單極之綆斷幹。水非石之鑽，索非木之鋸，漸靡使之然也。" 後以"滴水穿石"比喻力量雖小，只要持之以恆，則事必有成。◇他是下了滴水穿石的功夫，十年如一日，才有今日的成就。同 水滴石穿、鐵杵成針。反 一曝十寒。

【漏泄春光】lòu xiè chūn guāng 見"春光漏泄"。

【漏洞百出】lòu dòng bǎi chū 漏洞：孔穴或縫隙。比喻破綻或疏忽之處很多。魯迅《病後雜談之餘》："留心研究起來，那就漏洞百出。" ◇他攻擊我的那篇文章，漏洞百出，不值一駁。同 錯漏百出、破綻百出。反 天衣無縫。

【漏網吞舟】lòu wǎng tūn zhōu 見"網漏吞舟"。

【漿酒霍(藿)肉】jiāng jiǔ huò ròu 漿：水。霍：同"藿"，豆葉，古代窮人的食物。把酒當作水，把肉看作豆葉。❶ 形容生活極度奢華侈靡。《漢書・鮑宣傳》："奈何獨私養外親與幸臣董賢，多賞賜以大萬數，使奴從賓客漿酒霍肉，蒼頭廬兒皆用致富！"《宋書・周朗傳》："一婢之身，重婢以使；一豎之家，列豎以役。瓦金皮繡、漿酒藿肉者，故不可稱紀。" 明代文徵明《陳以可墓誌銘》："既被官使，益治大第，蓄童奴，建麾策駟，日從賓客少年出入讌遊，漿酒霍肉，歌呼淋漓。" ❷ 形容人性情豪爽，吃喝起來豪氣沖天。明代唐桂芳《代祭胡道美文》："哀哀外舅，氣豪而壯……漿酒霍肉，長鯨吸浪。"

【潔身自好】jié shēn zì hào 保持自己的純潔清白，不與世俗同流合污。也作"潔身自愛"。郭沫若《南京印象・秦淮河畔》："像伯夷、叔齊那樣，既不贊成殷紂王，又不贊成周武王，那種潔身自好的態度似乎是無法維持的。" 巴金《寒夜》二八："縱為生活所迫，不得不按時上班，也當潔身自愛，不與人同桌進食，同杯用茶，以免傳佈病菌，貽害他人。" 同 出污泥而不染。反 同流合污。

【潔身自愛】jié shēn zì ài 見"潔身自好"。

【潢池弄兵】huáng chí nòng bīng 潢池：積水塘。弄兵：玩弄兵器。《漢書・龔遂傳》："海瀕遐遠，不沾聖化，其民困於飢寒而吏不恤，故使陛下赤子盜弄陛下之兵於潢池中耳。" 後以"潢池弄兵"表示不自量力，起而造反。帶有蔑視叛亂者的意思。宋代李綱《不允宮觀詔書》："以卿輔弼，寬吾顧憂，撫潢池弄兵之民。”明代李維楨《戶都疏草序》：“軍興無錙銖仰給也，潢池弄兵，旋即撲滅。”清代百一居士《壺天錄》卷中：“小丑跳樑，潢池弄兵，原屬常有之事，然要皆疆臣有以逼迫之。”也作“弄兵潢池”。清代侯方域《上三省督撫剿撫議》：“今茲飢寒之徒，弄兵潢池。”章炳麟《致袁世凱商榷官制電》：“發難首功者，非無穩健智略之人，何取弄兵潢池之陳其美？”

【潸然淚下】shān rán lèi xià 形容眼淚成串地向下流。唐代李賀《〈金銅仙人辭漢歌〉序》：“宮官既拆盤，仙人臨載，乃潸然淚下。”《紅樓夢》二九回：“都低着頭細嚼這句話的滋味兒，不覺的潸然淚下。”清代藍鼎元《林烈女傳》：“女伴多方勸解不可回，因相對欷歔，潸然淚下。”《妙空法師和江北刻經處》：“法師刻《大般若經》至425卷，自知圓寂時至，想到所刻《大般若經》尚未完成，手撫已刊之本，不禁潸然淚下。”同 淒然淚下。

【潛移暗化】qián yí àn huà 潛：暗中。說人的思想、情感、習慣等受到外界的熏染、感化、影響，在不知不覺中漸漸轉變。北齊顏之推《顏氏家訓·慕賢》：“人在少年，神情未定，所與款狎，熏漬陶染，言笑舉動，無心於學，潛移暗化，自然似之。”◇近朱者赤，近墨者黑，青年人交友不可不慎，潛移暗化的無形力量是很大的。同 潛移默化。

【潛移默化】qián yí mò huà 因受到感染和影響，在不知不覺中發生了變化。清代龔自珍《與秦敦夫書》：“士大夫多瞻仰前輩一日，則胸長一分邱壑；長一分邱壑，則去一分鄙陋；潛移默化，將來或出或處，所以益人家邦移風易俗不少矣。”《文明小史》一回：“第一須用些水磨工夫，叫他們潛移默化，斷不可操切從事，以致打草驚蛇，反為不美。”同 潛移暗化。

【潰不成軍】kuì bù chéng jūn 軍隊被擊潰，七零八落，四散逃竄，已不成隊伍了。◇這場仗打下來，日軍雖未到潰不成軍的地步，但是已經喪失戰鬥力了。同 落花流水。反 大獲全勝。

【潘江陸海】pān jiāng lù hǎi 潘、陸：指晉代的潘岳和陸機，兩人以文才著名於世。南朝梁鍾嶸《詩品·晉黃門郎潘岳》：“陸才如海，潘才如江。”後以“潘江陸海”表示廣聞博識，才華橫溢的人才。唐代顧雲《投刑部趙郎中啟》：“或自朋遊，竊聆風旨，潘江陸海，曲借品流。”宋代洪適《賀張洪州啟》：“和璞隋珠，早席珍而待聘；潘江陸海，能授簡以騁妍。”清代嵩壽《奉和御制駕幸翰林院賜宴分韻聯句》：“圓史滿牀供討索，潘江陸海匯波瀾。”同 陸海潘江。

【潘鬢沈腰】pān bìn shěn yāo 潘：晉代文學家潘岳，美男子，三十二歲，即頭髮斑白。沈：南朝梁代的文人沈約，晚年不得志，在給友人徐勉的信中，自言體弱多病，“百日數旬，革帶常應移孔”。後以“潘鬢沈腰”形容男子頭髮斑白，肢體消瘦。《群音類選·步步嬌·紀情》：“拚得個潘鬢沈腰，搖落悠悠千里。”《九宮大成南北詞宮譜》卷四：“(忒忒令) 空教我坐時思，行時想，忘餐寢，漸潘鬢沈腰。”同 沈腰潘鬢。

【澄江如練】chéng jiāng rú liàn 江水清澈，平靜得像一匹展開的白絹一樣。南朝齊謝朓《晚登三山還京邑》詩：“餘霞散成綺，澄江靜如練。”江：指長江。唐代李商隱《和韋潘前輩七月十二日夜泊池州城下》：“正是澄江如練處，玄暉應喜見詩人。”清代張英《為石林題書幅》詩：“澄江如練放扁舟，千里江光盡入樓。”

【澄沙汰礫】dèng shā tài lì 澄：使液體中的雜質沉澱下來。汰：淘汰。沉澱、去除沙礫。比喻經過甄選，使事物純潔。清代惲敬《祭張皋文文》：“志合心齊，如金在鎔；澄沙汰礫，以精為同。”◇報考公務員的人多如過江之鯽，澄沙汰礫，百裏挑一，擇優錄取，也不是件容易的事。同 沙裏淘金。反 泥沙俱下、魚龍混雜。

【潑水難收】pō shuǐ nán shōu 潑出去的水，難以收回。比喻事成定局，無可挽回。宋代王楙《野客叢書·心堅石穿覆水難收》：“姜太公妻馬氏，不堪其貧而去，及太公既富再來。太公取一壺水傾於地，令妻收之，乃語之曰：'若言離更合，覆水定難收。'" 金代董解元《西廂記諸宮調》卷六："事到而今，已裝不卸，潑水難收怎奈何？"《西遊記》一一回："魏丞相言之甚謬，自古云：'潑水難收，人逝不返。' 你怎麼還說這等虛言，惑亂人心，是何道理？" 同 覆水難收。反 破鏡重圓。

【潑油救火】pō yóu jiù huǒ 用油去澆滅火。比喻解決問題的辦法錯誤，助長對方的勢力或激化矛盾，效果適得其反。《三國演義》七四回："龐德原係馬超手下副將，不得已而降魏。今其故主在蜀，職居五虎上將，況其親兄龐柔亦在西川為官，今使他為先鋒，是潑油救火也。" ◇夏月暑熱本易傷陰，猛投溫補或溫燥之劑，無異於潑油救火，火焰愈增。同 火上澆油。

【潑婦罵街】pō fù mà jiē ❶ 兇悍不講理的婦女站在街上破口大罵。◇在上海的弄堂裏，經常見到指手畫腳的女人，滿口唾沫，潑婦罵街。❷ 形容言論或文章不是平心靜氣地論理，而是指責謾罵，橫蠻不講道理。梁實秋《罵人的藝術》："一語不合，面紅筋跳，暴躁如雷，此灌夫罵座，潑婦罵街之術，不足以罵人。" 反 知書達理。

【濃妝豔抹】nóng zhuāng yàn mǒ 形容女子妝飾豔麗。《水滸傳》二五回："原來這婆娘自從藥死了武大，那裏肯帶孝，每日只是濃妝豔抹，和西門慶做一處取樂。"《醒世姻緣傳》六四回："眾尼僧都穿了法衣，拿了法器，從獄中將素姐迎將出來，從新打扮得濃妝豔抹，錦襖繡裙。" 巴金《家》九："祖父還有一個姨太太，這個女人雖然常常濃妝豔抹，一身香氣，可是並沒有一點愛嬌。" 反 淡妝輕抹、淡掃蛾眉。

【濃墨重彩】nóng mò zhòng cǎi ❶ 作畫時，墨色和彩色用得很濃重。◇齊白石的畫，一般不用濃墨重彩。❷ 比喻寫文章，捨得花心思、費筆墨，着力描述。◇曹雪芹在"林黛玉進賈府"中，共用了 853 字來寫鳳姐的出場，可謂濃墨重彩，匠心獨運。❸ 比喻採取的重大舉措。◇諸葛亮六出祁山伐魏，可以說是他一生中的濃墨重彩。反 輕描淡寫。

【澡身浴德】zǎo shēn yù dé《禮記·儒行》："儒有澡身而浴德。" 以沐浴比喻人必須修身養德，提高自己的道德品行。三國魏曹操《與王脩書》："君澡身浴德，流聲本州。"《三國志·管寧傳》："日逝月除，時方已過，澡身浴德，將以曷為？" 明代鄭善夫《讀松江漁翁傳》詩："垂釣松江三十年，澡身浴德意仙仙。" ◇做正人君子，只做到澡身浴德，潔身自好是不夠的，還要對社會有所貢獻。同 束身自好、潔身自好。

【激昂慷慨】jī áng kāng kǎi 形容激動高昂，正氣凜然。宋代蘇洵《上余青州書》："當其盛時，激昂慷慨，論得失，定可否，左摩西羌，右揣契丹，奉使千里，強壓強悍不屈之人。" 清代李光地《榕村語錄》卷三十："唐人亦有直處，卻用淡淡寫來，蓋激昂慷慨，全要委曲徊翔出之，方有一段幽光。" ◇秦腔的激昂慷慨，源於黃河上游人民的精神氣質。同 慷慨激昂。

【激濁揚清】jī zhuó yáng qīng 沖去污水，揚起清水。《尸子·君治》："水有四德……揚清激濁，蕩去滓穢，義也。" 比喻指斥壞的，褒獎好的。三國魏劉劭《人物志·利害》："其功足以激濁揚清，師範僚友。" 元代無名氏《延安府》二折："褒貶必當，激濁揚清。"《花月痕》四六回："今日之事，必先激濁揚清，如醫治疾，扶正氣，始可禦外邪。" 同 揚清激濁、激揚清濁。

【濫竽充數】làn yú chōng shù《韓非子·內儲說上》載，齊宣王愛聽三百人的樂隊吹竽，不會吹竽的南郭先生混在樂隊裏裝模作樣地湊數。後來宣王死，湣王即位，喜歡獨奏，要一個一個吹給他聽，南郭先生只好逃了。比喻沒有本事的人佔據位子充數，或比喻以次充好。《兒女英雄傳》三五回："方今朝廷正在整飭文風，自然要清真雅正，一路拔取真才，若止靠着才氣，摭些陳言，便不好濫竽充數了。”鄒韜奮《經歷•三談抗日各黨派對憲政的要求》：“言調整人事，則濫竽充數，依然如故。”

【瀟灑風流】xiāo sǎ fēng liú 風度大方灑脱，舉止飄逸超絕。唐代李白《王右軍》詩：“右軍本清真，瀟灑出風塵。”明代謝讜《四喜記•詩禮趨庭》：“幾年踪跡歎江湖，瀟灑風流人怎如，花錦爛春衢，惹動心猿不住。”◇女兒嫁給瀟灑風流、才華出眾的丈夫，全家人都引以為榮。同 風流瀟灑、風流倜儻。

【瀝膽披肝】lì dǎn pī gān 瀝：滴下來。露出肝膽，滴瀝膽汁。形容開誠相見，或竭忠盡誠。唐代黃滔《啟裴侍郎》：“霑巾墮睫，瀝膽披肝，不在他門，誓於死節。”明代無名氏《鳴鳳記•嚴嵩慶壽》：“附勢趨權，不辭吮癰舐痔；市恩固寵，那知瀝膽披肝。”◇他對她的家人可謂瀝膽披肝，忠誠不二。同 披肝瀝膽。

【灌夫罵座】guàn fū mà zuò 據《史記•魏其武安侯列傳》載，西漢名將灌夫，為人剛直不阿，任俠尚氣，常酒後失言，與丞相田蚡有嫌隙。在一次田蚡喜慶宴會上借酒罵另一官員，實則借機侮辱田蚡，田大怒，以不敬罪彈劾灌夫，灌夫被滅族。後用“灌夫罵座”指人借機發泄不滿，或形容人剛正敢言。座：也作“坐”。明代張岱《公祭張亦寓文》：“不能如禰衡之撾鼓，灌夫之罵座，徒阨塞終身，胸懷莫吐。”明代陳汝元《金蓮記•郊遇》：“推門看竹，何妨王子乘輿；索酒指瓶，便做灌夫罵坐。”康有為《廣藝舟雙楫•行草》：“若師《爭座位》三表，則為灌夫罵坐，可永絕之。”

火 部

【火上加油】huǒ shàng jiā yóu 比喻激化矛盾，使情緒更激憤或使事態更嚴重。《歧路燈》二四回：“所幸者，王中在病，不曾知曉，若知曉時，火上加油，性命還恐保不住。”◇她這一説，火上加油，姨媽頓時起身就要找她算賬。也作“火上添油”。茅盾《子夜》一七：“而且少奶奶她們不在家，又使得吳蓀甫火上添油地震怒起來。”同 火上澆油。

【火上添油】huǒ shàng tiān yóu 見“火上加油”。

【火上澆油】huǒ shàng jiāo yóu ❶ 比喻使人更加憤怒，或使事態更加嚴重。元代關漢卿《金線池》二折：“我見了他撲鄧鄧火上澆油，恰便似鉤搭住魚腮，箭穿了雁口。”茅盾《清明前後》：“林的啞笑使她怒火再燃，林的答復更屬火上澆油。”南懷瑾《讀書筆記•潮湧潮落》：“剛日讀史，猶如火上澆油，火高傷己；柔日讀經，猶如靜水結冰，寸步難移。”❷ 比喻性格暴躁。《紅樓夢》四五回：“東府裏你珍大哥哥的爺爺，那才是火上澆油的性子，説聲惱了，甚麼兒子，竟是審賊！”同 烈火烹油、煽風點火。

【火中取栗】huǒ zhōng qǔ lì 法國拉•封丹的寓言《猴子與貓》説，猴子想吃火上烤的栗子，騙貓去取，貓從火中取出了栗子，被燒掉了腳毛，栗子卻被猴子吃了。後用“火中取栗”比喻為他人去擔驚受險，吃盡苦頭卻沒得到好處。◇她只是花言巧語地騙他先給自己好處，哪肯真的為他火中取栗，把自己燒成“貓腳爪”呢。同 坐享其成、坐收漁利。

【火光燭天】huǒ guāng zhú tiān 火光把天都照亮了。形容火勢極大。多指火災。《水滸傳》九二回：“忽報東門火光燭天，火把不計其數，飛樓雲梯，逼近城來。”清代方苞《通議大夫江南布政使陳介墓誌銘》：“群夷縱火，牛街鎮去城三十餘里，火光燭天。”老舍《吐了一口氣》：“城裏到處火光燭天，槍炮齊響，有錢的人紛紛逃難，窮苦的人民水斷糧絕。”

【火冒三丈】huǒ mào sān zhàng 形容十分惱火、生氣。陶菊隱《籌安會“六君子”傳》：“章太炎以自己慘澹經營《民報》多年，一旦復刊，竟被擯斥，不由得火冒三丈。”◇聽到這個消息，脾氣一向很好的她突然火冒三丈。同 七竅生煙、怒火中燒。反 心平氣和、若無其事。

【火海刀山】huǒ hǎi dāo shān 比喻極其艱難、危險的境地。◇別說這點事，就算是火海刀山，我也不怕！同 刀山火海、刀山劍樹。反 自由自在、安閒自在。

【火眼金睛】huǒ yǎn jīn jīng 原指《西遊記》中孫行者的眼睛，能識別妖魔鬼怪。後用以形容人的眼光十分銳利，能洞察一切。《西遊記》三四回："我老孫五百年前大鬧天宮，被太上老君放在八卦爐中煉了四十九日，煉成個金子心肝，銀子肺腑，銅頭鐵背，火眼金睛，那裏一時三刻就化得我？"◇她從事鑒定幾十年，練就了辨別字畫真偽的火眼金睛。同 明察秋毫。反 有眼無珠。

【火傘高張】huǒ sǎn gāo zhāng 唐代韓愈《遊青龍寺贈崔太補闕》詩："光華閃壁見神鬼，赫赫炎官張火傘。"火傘：比喻夏天酷熱的太陽。後以"火傘高張"形容夏天烈日當空，十分炎熱。宋代劉克莊《祈雨》："天瓢下注僅施破塊之功，火傘高張未改雲霓之意。"◇那是一個火傘高張，叫人揮汗如雨的酷熱天。同 赤日炎炎、烈日當空。反 天寒地凍、冰天雪地。

【火樹銀花】huǒ shù yín huā 形容燦爛的燈火或焰火。唐代蘇味道《正月十五夜》詩："火樹銀花合，星橋鐵鎖開。"柳亞子《浣溪沙》詞："火樹銀花不夜天，弟兄姊妹舞翩躚。"同 火樹琪花。

【火燒火燎】huǒ shāo huǒ liǎo ❶形容肉體疼痛難熬。從維熙《風眼淚》二："他只感到左眼火燒火燎地疼痛，直到他又能重新睜開一條眼縫。"劉紹棠《蒲柳人家》八："火燒火燎一大巴掌，打在他的屁股上，疼得他唉喲一聲叫出來。"❷形容心情十分焦灼急迫。老舍《鼓書藝人》一九："她遭到了不幸，比個寡婦還不如。往後怎麼辦？想到這裏，她心裏火燒火燎。"陳伯吹《駱駝尋寶記》："禽獸國的動物們聽說在那遙遠的地方有一件無價之寶，個個火燒火燎地要去尋寶。"同 心急如焚。反 優哉遊哉。

【火燒眉毛】huǒ shāo méi mao ❶比喻情勢異常緊迫。宋代釋惟白《續傳燈錄》："問：'如何是急切一句？'師曰：'火燒眉毛。'"◇已經火燒眉毛了，沒得商量，趕快去辦！❷比喻已到眼下、逼近眼前。《鏡花緣》三五回："小弟此番揭榜雖覺孟浪，但因要救舅兄，不得已做了一個'火燒眉毛，且顧眼前'之計，實是無可奈何。"清代無名氏《孽海記·思凡》："火燒眉毛，且顧眼下。"同 火燒眉睫、燃眉之急。反 無關緊要、無關宏旨。

【灰心喪氣】huī xīn sàng qì 形容人喪失了信心，意志消沉，萎靡不振。明代呂坤《呻吟語·建功立業》："是以志趨不堅，人言是恤者，輒灰心喪氣，竟不卒功。"◇越是在逆境中就越要奮發向上，切不可意志消磨灰心喪氣。也作"灰心喪意"。意：意念，情緒。《紅樓夢》一〇一回："鳳姐因方才一段話已經灰心喪意，恨娘家不給爭氣。"同 垂頭喪氣、心灰意冷。反 意氣風發、信心百倍。

【灰心喪意】huī xīn sàng yì 見"灰心喪氣"。

【灰飛煙滅】huī fēi yān miè 比喻人或事物徹底消亡。宋代蘇軾《念奴嬌》詞："羽扇綸巾，談笑間，強虜灰飛煙滅。"《初刻拍案驚奇·錢多處白丁橫帶》："豈知轉眼之間，灰飛煙滅，金山化作冰山。"同 煙消雲散。

【灰頭土面】huī tóu tǔ miàn ❶佛家語，說修行者不修邊幅，不透露真相。《五燈會元·黃龍新祥師法嗣》："眾門人嘗繪其像，請贊，為書曰：'箇漢灰頭土面，尋常不欲露現。'"❷形容顏面污穢不潔，或氣色不佳、狼狽不堪、境遇不好。也作"灰頭土臉"。《醒世姻緣傳》一四回："晁大舍送了珍哥到監，自己討了保，灰頭土臉，瘸狼渴疾，走到家中。"《胡雪巖全傳·平步青雲》："我怕萬一搞得灰頭土臉，對你不好交代。"◇離了婚的他沒人照顧，生活很不規律，灰頭土面，度日如年。同 灰頭草面。反 紅光滿面。

【灰頭土臉】huī tóu tǔ liǎn 見"灰頭土面"。

【災梨禍棗】zāi lí huò zǎo 舊時印書用梨木或棗木刻版。多刻書梨樹棗樹就會遭殃。形容濫刻無用或不好的書。也用作印自己書的謙詞。清代趙翼《題袁子才〈小倉山房集〉》詩之二："災梨禍棗知何限，此集人間獨不祧。”董橋《書窗即事》：“文風政風都不合自己品味，文集自不忍在此災梨禍棗，乃寄台北付梓。”同 禍棗災梨。

【炙手可熱】zhì shǒu kě rè 一接近就烤得手熱烘烘的。比喻權重勢大，氣焰極盛。唐代杜甫《麗人行》：“炙手可熱勢絕倫，慎莫近前丞相嗔。”宋代晁公武《郡齋讀書志》卷四：“其舅正夫相徽宗朝，李氏嘗獻詩云：‘炙手可熱心可寒。’”沙汀《淘金記》一七：“親眼看見他成了這鎮上炙手可熱的紅人。”同 勢焰熏天、氣勢熏天。

【炒買炒賣】chǎo mǎi chǎo mài 就地轉手買賣，從中牟利。◇靠炒買炒賣樓花發了大財／幹了一年炒買炒賣黃金的生意，虧得傾家蕩產。

【炊沙成飯】chuī shā chéng fàn《楞嚴經》：“若不斷淫，修禪定者，如蒸沙石，欲成其飯，經百千劫，只名熱沙。”後用“炊沙成飯”比喻白費力氣，徒勞無功。◇在這大沙漠裏修鐵路，那可真叫炊沙成飯了／勸他改惡從善，那不就是炊沙成飯，白搭工夫嘛！同 炊沙作飯、炊沙鏤冰。反 腳踏實地、實事求是。

【炊沙作飯】chuī shā zuò fàn 宋代呂祖謙《詩律武庫》卷八引《楞嚴經》：“佛言若不斷淫，修禪定者，如蒸砂石欲其成飯，經百千劫，只名熱砂。”後用“炊沙作飯”說妄想把沙子做成飯。比喻勞而無功，白費氣力。唐代顧況《行路難》詩：“君不見擔雪塞井徒用力，炊沙作飯豈堪吃？”◇用你這種連逼帶罵的方法教育孩子，炊沙作飯還算好，怕要適得其反哩！同 摶沙作飯、緣木求魚。

【炊金饌玉】chuī jīn zhuàn yù 饌：做飯。烹調極其珍貴的食物。形容宴飲非常豪華奢侈。唐代駱賓王《帝京篇》：“平台戚里帶崇墉，炊金饌玉待鳴鐘。”清代施潤章《悲老牛》詩：“此邦百萬多豪家，炊金饌玉紛如麻。”◇炊金饌玉的生活，因為橫禍家變，一貧如洗而驟然結束。同 鐘鳴鼎食、日食萬錢。反 惡衣糲食、粗茶淡飯。

【炯炯有神】jiǒng jiǒng yǒu shén 炯炯：明亮。從明亮的眼睛中透射出神采。明代李開先《閒居集•涇野呂亞卿傳》：“先生頭顱圓闊，體貌豐隆，海口童顏，輪耳方面，兩目炯炯有神。”《三俠五義》六二回：“那道人骨瘦如柴，彷彿才病起來的模樣，卻又目光如電，炯炯有神，聲音洪亮，另有一番別樣的精神。”鄭振鐸《黃公俊之最後》：“炯炯有神的眼光，足夠表現出他是一個有志的少年。”同 目光炯炯。

【炫玉賈石】xuàn yù gǔ shí 賈：賣。揚雄《法言•問道》：“炫玉而賈石者，其狙詐乎？”說向人誇耀是玉石，其實賣出的是石頭。比喻言行不一，行為詭詐。唐代柳宗元《故銀青光祿大夫開國伯柳公行狀》：“公獨慷慨言於朝曰：‘是夫喋喋，炫玉而賈石者也。”◇人雖然聰明，可心地不善，慣於做些炫玉賈石的勾當。

【為人作嫁】wèi rén zuò jià 唐代秦韜玉《貧女》詩：“苦恨年年壓金線，為他人作嫁衣裳。”貧女一年到頭用金線辛苦刺繡，卻總是在為他人作嫁妝。後比喻辛辛苦苦忙忙碌碌，到頭來都是替人家做的。《紅樓夢》九五回：“妙玉歎道：‘何必為人作嫁？’”瞿秋白《赤都心史》四十：“我辛苦艱難，‘為人作嫁’幹甚麼？”《民國通俗演義》一二五回：“王占元一番心機，徒然為人作嫁。”同 為他人做嫁衣裳。

【為人師表】wéi rén shī biǎo 在品格、學識、工作等方面成為人們學習的楷模。《史記•太史公自序》：“國有賢相良將，民之師表也。”唐代張說《洛州張司馬集序》：“言為代之軌物，行為人之師表。”明代焦竑《玉堂叢語•方正》：“公曰：‘敬宗忝為人師表，而求謁中貴，他日無以見諸生。’”蘇步青《理想•學習•生活》：“(教師) 一舉一動要為人師表。”今多指做教師。◇在大學為人師表，卻剽竊別人的論文，這樣的人哪有資格任教！

【為民除害】wèi mín chú hài 為百姓鏟除禍害。漢代陳琳《檄吳將校部曲文》：“丞相銜奉國威，為民除害，元惡大憝，必當梟夷。”《三國志•秦宓傳》：“禹疏江決河，東注於海，為民除害，生民已來功莫先者。”《老殘遊記》七回：“自然以為民除害為主。”◇自古以來，清官為民請命而青史留名，俠客以為民除害、劫富濟貧為己任，也贏得百姓交口稱讚。同 與民除害。

【為民請命】wèi mín qǐng mìng《史記·淮陰侯列傳》：“因民之欲，西鄉為百姓請命，則天下風走而響應矣。”後用“為民請命”指替老百姓申訴苦難，給民眾以生路。《明史·青文勝傳》：“逋賦數十萬，敲撲死者相踵。文勝慨然詣闕上疏，為民請命。”章炳麟《致黎元洪書》：“進不能為民請民，負此國家，退不能闡揚文化，慚於後進。”魯迅《且介亭雜文·中國人失掉自信力了嗎？》：“我們從古以來，就有埋頭苦幹的人，有拼命硬幹的人，有為民請命的人。”反 橫徵暴斂、苛政猛虎。

【為虎作倀】wèi hǔ zuò chāng 據《太平御覽》四三〇卷引唐代裴鉶《傳奇》載，古人傳説被老虎咬死的人變成倀鬼，又幫老虎帶路去吃人。後比喻替壞人做幫兇。孫中山《革命原起》：“適於其時，有保皇黨發生，為虎作倀，其反對革命，反對共和，比之清廷為尤甚。”章炳麟《民報一週年紀念會演説辭》：“全是楊芳、楊遇春等為虎作倀，方得制教匪的死命。”同 為虎傅翼、為虎添翼。反 為民除害、除暴安良。

【為虎添翼】wèi hǔ tiān yì 替老虎加上翅膀。比喻助長惡人的勢力。鄒韜奮《歐戰爆發與遠東的關係》：“即令犧牲波蘭，亦徒然為虎添翼，增加希特勒西進爭奪的力量。”李六如《六十年的變遷》一一章：“把槍枝發還給商團，簡直是為虎添翼，不危險麼！”同 為虎傅翼、為虎作倀。反 為民除害。

【為虎傅翼】wèi hǔ fù yì 替老虎加上翅膀。比喻幫助加強惡人的勢力，助紂為虐。傅：同“附”。《逸周書·寤儆》：“無為虎傅翼，將飛入邑，擇人而食。”《淮南子·兵略訓》：“今乘萬民之力而反為殘賊，是為虎傅翼，曷為弗除。”同 為虎添翼、為虎作倀。

【為非作歹】wéi fēi zuò dǎi 做各種壞事。歹：壞。元代尚仲賢《柳毅傳書》二折：“我且拏起來，只一口將他吞於腹中，看道可還有本事為非作歹哩。”《紅樓夢》五七回：“我説的是好話，不過叫你心裏留神，並沒叫你去為非作歹。”◇現在你就敢任性胡來，將來你還不為非作歹！同 胡作非為。

【為所欲為】wéi suǒ yù wéi ❶ 指按照自己的願望幹自己想要幹的事。《資治通鑒·周威烈王二十三年》：“以子之才，臣事趙孟，必得近幸。子乃為所欲為，顧不易邪？”清代唐甄《潛書·任相》：“是以居正得以盡忠竭才，為所欲為，無不如意。”❷ 指想幹甚麼就幹甚麼。多含貶義。《明史·黃尊素傳》：“(奸人) 為所欲為，莫有顧忌。”◇糾集一群小流氓，橫行街市，為所欲為。同 膽大妄為、肆無忌憚。反 奉公守法、遵紀守法。

【為國捐軀】wèi guó juān qū 為國家而犧牲生命。《封神演義》五二回：“可憐成湯首相，為國捐軀。”《説岳全傳》三九回：“為國捐軀赴戰場，丹心可併日月光。”《清史稿·承順傳》：“在承順為國捐軀，光明俊偉，於願遂矣。”同 捐軀報國。反 賣國求榮。

【為期不遠】wéi qī bù yuǎn 距離實現目標的日子不遠了。◇我希望為期不遠，我們就可以一起快活地過日子了 / 留學的日子快結束了，與父母團聚的那一天為期不遠了。反 遙遙無期。

【為富不仁】wéi fù bù rén《孟子·滕文公上》：“為富不仁矣，為仁不富矣。”後謂趨利為富的人，唯利是圖，沒有仁慈之心。明代王錂《尋親記·告借》：“你為富不仁，心腸忒狠。”《聊齋誌異·劉姓》：“古云‘為富不仁’，吾不知翠石先仁而後富者耶？抑先富而後仁者耶？”◇當今有那麼一批富豪，確實為富不仁，榨取財富無所不用其極。反 劫富濟貧。

【烈火真金】liè huǒ zhēn jīn 只有猛火才能燒煉出真正的黃金。比喻經過嚴峻考驗，方能顯出優秀品質，或經過嚴苛磨練，才能成長起來。◇烈火真金，只有嚴苛訓練，才能培養出優秀的運動員。

【烈火乾柴】liè huǒ gān chái 猛火與乾燥的柴禾相遇，燃燒得更旺。形容情緒高漲，或形容男歡女愛，濃情如火。也作“乾柴烈火”。明代周楫《西湖二集•俠女散財殉節》：“這烈火乾柴怎得瞞。”《紅樓夢》六九回：“真是一對烈火乾柴，如膠如漆，燕爾新婚……那裏拆得開？”《醒世姻緣傳》七二回：“誰知魏三封是乾柴烈火，如何肯依？”

【烈火烹油】liè huǒ pēng yóu 熾烈的猛火烹燒油脂。比喻熱烈紅火的場面或情緒。《紅樓夢》一三回：“眼見不日又有一件非常的喜事，真是烈火烹油，鮮花着錦之盛。”◇現場氣氛熾熱得一片烈火烹油，遠遠超出他的想像。同 熱火朝天、火上澆油。

【烏七八糟】wū qī bā zāo ❶形容雜亂，無條理或無秩序。歐陽予倩《車夫之家》：“一間破舊的平房……台右很窄，很髒，台左一榻，一桌，堆得烏七八糟。”◇你花錢買來些甚麼東西，烏七八糟的。❷形容骯髒齷齪或淫穢下流。◇你敢再看烏七八糟的三級片，我打折你的腿／替他收拾房間，把那些烏七八糟沒用的東西，統統丟進了垃圾堆。同 亂七八糟。反 井井有條、潔身自愛。

【烏白馬角】wū bái mǎ jiǎo 烏鴉之首變成白色，馬頭上長出角來。漢代佚名《燕丹子》上：“燕太子丹質於秦，秦王遇之無禮，不得意，欲求歸。秦王不聽，謬言曰：‘令烏頭白，馬生角，乃可許耳。’丹仰天歎，烏即白頭馬生角。”後用“烏白馬角”比喻絕不可能的事情，或比喻出現了奇跡，不可能的事情卻實現了。南朝宋鮑照《代白紵舞詞》：“潔誠洗志期暮年，烏白馬角寧足言？”也作“烏頭馬角”。清代顧貞觀《金縷曲•寄吳漢槎寧古塔》：“廿載包胥承一諾，盼烏頭馬角終相救。”同 馬角烏頭。

【烏合之眾】wū hé zhī zhòng 像烏鴉陣一般聚集在一起的一群人。比喻臨時湊合起來，散漫的一幫人。《管子》：“烏合之眾，初雖有歡，後必相吐，雖善不親也。”《後漢書•耿弇傳》：“歸發突騎，以轔烏合之眾，如摧枯折腐耳。”宋代李綱《乞差發軍馬劄子》：“惟是軍馬單弱……則新招烏合之眾，何足倚仗？”◇糾集一群烏合之眾，就想註冊成立政黨？莫不是在演滑稽戲吧！同 訓練有素。

【烏飛兔走】wū fēi tù zǒu 烏：指太陽。兔：指月亮。唐代韓琮《春愁》詩：“金烏長飛玉兔走，青鬢長青古無有。”比喻光陰流逝。元代不忽木《點絳唇•辭朝》套曲：“你看這迅指間烏飛兔走，假若名利成，至如田園就，都是些去馬來牛。”《警世通言•白娘子永鎮雷峰塔》：“不覺烏飛兔走，才過端午，又是六月初間。”同 兔走烏飛、“金烏飛，玉兔走”。

【烏鳥私情】wū niǎo sī qíng 烏鳥：烏鴉。傳說小烏鴉長大後會銜食反哺老鴉。比喻侍奉長輩的孝心。晉代李密《陳情表》：“是臣盡節於陛下之日長，報劉之日短也，烏鳥私情，願乞終養。”明代張居正《謝召見疏》：“臣一念烏鳥私情，若非聖茲曲體，何由得遂？”《說岳全傳》四五回：“臣已離家日久，老母現在抱病垂危，望陛下賜臣還鄉，少遂烏鳥私情。”同 烏鳥之情、烏哺之私。

【烏煙瘴氣】wū yān zhàng qì 比喻環境嘈雜、秩序混亂、風氣敗壞或社會腐敗黑暗。瘴氣：積聚在山谷林木間的濕熱的濁氣。《兒女英雄傳》三二回：“如今鬧是鬧了個烏煙瘴氣，罵是罵了個破米糟糠，也不官罷，也不私休……這分明是打主意揉搓活人。”錢鍾書《圍城》七：“學校裏已經甚麼‘粵派’、‘少壯派’、‘留日派’鬧得烏煙瘴氣了。”◇社會上官商勾結，貪污受賄，賣官鬻爵，烏煙瘴氣，應有盡有。同 歪風邪氣、昏天黑地。反 青天白日、政通人和。

【烏頭馬角】wū tóu mǎ jiǎo 見“烏白馬角”。

【烘雲托(託)月】hōng yún tuō yuè 本是畫月的一種技法，渲染雲彩以襯托月亮。後比喻從側面加以點染來突出所描繪的事物。清代俞樾《春在堂隨筆》卷十：“烘雲託月畫家訣，吟風弄月詩家情。”《花月痕》三回書評：“此回傳紅卿，實傳娟娘也。善讀者可悟烘雲托月，對鏡取影之法也。”黃藥眠《文藝漫談》：“有些詩，詩人故意不從正面去描寫對象……旁敲側擊，以造成氣氛，烘雲托月，間接地去表現他所要描寫的對象。”同 烘托渲染。

【烜赫一時】xuǎn hè yī shí 形容聲名和人氣兩旺，盛極一時。宋代王十朋《謁杜工部祠文》：“風雅頌息，嗣之者誰？後代風騷，先生主之，讀萬卷書，蓋欲有為，明光三賦，烜赫一時。”清代崇彝《道咸以來朝野雜記》：“（其弟裕誠）文淵閣大學士，裕瑞，字遠齋，官四川總督，調綏遠城將軍，皆烜赫一時。”秦牧《訪蒙古古都遺蹟》：“七百年前，它卻的的確確曾經是歐亞大陸烜赫一時的中心。”反 默默無聞。

【烽火連天】fēng huǒ lián tiān 烽火：古代邊防為報警而燃點的煙火。形容戰火彌漫，到處都在打仗。明代湯顯祖《牡丹亭•移鎮》：“待何如，你星霜滿鬢當戎虜，似這烽火連天各路衢？”蔡東藩《後漢演義》四六回：“偏是北寇漸稀，西羌復熾，甚至蹂躪三輔，烽火連天。”柯靈《市儈主義》：“抗戰以來，烽火連天，流亡夾道。”同 烽煙四起。反 河清海晏。

【煮豆燃萁】zhǔ dòu rán qí《世説新語•文學》：魏文帝曹丕命其弟曹植在七步之內作詩，作不成就行大法。曹植應聲吟道：“煮豆持作羹，漉菽以為汁。萁在釜下燃，豆在釜中泣。本自同根生，相煎何太急！”後用“煮豆燃萁”比喻骨肉相殘或內部自相殘害。《海國英雄記•投誠》：“上蔑王章，殘百姓，煮豆燃萁，惹朝廷勞兵轉餉。”◇數十年來七鬥八鬥，煮豆燃萁，搞得民不聊生。

【煮鶴焚琴】zhǔ hè fén qín 宋代胡仔《苕溪漁隱叢話前集•西崑體》引《西清詩話》：“《義山雜纂》品目數十，蓋以文滑稽者。其一曰殺風景，謂清泉濯足，花上曬褌，背山起樓，燒琴煮鶴，對花啜茶，松下喝道。”説把仙鶴煮着吃，把琴當柴燒，乃大殺風景之事。後用“煮鶴焚琴”比喻魯莽庸俗，糟蹋美好事物。《水滸傳》三八回：“正是憐香惜玉無情緒，煮鶴焚琴惹是非。”《醒世姻緣傳》一二回：“真是我見猶憐，未免心猿意馬。不識司空慣否？恐為煮鶴焚琴。”同 焚琴煮鶴、燒琴煮鶴。

【無人問津】wú rén wèn jīn 津：渡口。沒有人來打聽渡口。晉代陶淵明《桃花源記》：“南陽劉子驥，高尚士也，聞之，欣然規往，未果，尋病終。後遂無問津者。”後用“無人問津”比喻被冷落在一邊，無人過問。◇郊區有一座博物館，有名無實，僅有的幾件文物也都銹蝕斑斑，長期無人問津。反 趨之若鶩。

【無中生有】wú zhōng shēng yǒu《老子》：“天下萬物生於有，有生於無。”後用“無中生有”指本無其事，憑空捏造。《水滸傳》四一回：“你這廝在蔡九知府後堂且會説黃道黑，撥置害人，無中生有攛掇他。”《官場現形記》一四回：“他聽了周老爺的計策，便一心一意想無中生有，以小化大。”曹禺《北京人》第一幕：“你別無中生有，拿愫小姐開心。”同 憑空捏造。反 有根有據、實事求是。

【無孔不入】wú kǒng bù rù ❶只要有縫隙，就會進去。清代李鑒堂《俗語考原》：“水銀瀉地，無孔不入。”◇冬夜的寒風無孔不入，窗戶上的一個小眼兒，也會衝進來一股冷氣。❷比喻善於鑽營，善於利用一切機會。多含貶義。《官場現形記》三五回：“況且上海辦捐的人，鑽頭覓縫，無孔不入。”◇賺錢的人是無孔不入的，哪裏有錢可賺，哪裏就人頭湧湧。同 無孔不鑽。

【無以復加】wú yǐ fù jiā《左傳•文公十七年》：“敝邑有亡，無以加焉。”意思是敝邑（鄭國自稱）自身難保，不能為貴國（指晉國）再增加貢物了。後用“無以復加”表示已達到極點，無法再增加或提升了。《漢書•王莽傳下》：“宜崇其制度，宣視海內，且令萬世之後無以復加也。”《資治通鑒•唐武后神功元年》：“今知微擅與之袍帶，使朝廷無以復加；宜令反初服以俟朝恩。”明代李東陽《講孟子直解》：“夫孝如曾子已無以復加矣。”魯迅《墳·論“費厄潑賴”應該緩行》：“反改革者對於改革者的毒害，向來就並未放鬆過，手段的厲害也已經無以復加了。”

【無功受祿】wú gōng shòu lù ❶沒有功勞，卻享有公家的俸祿。《詩經·伐檀序》：“在位貪鄙，無功而受祿，君子不得進仕爾。”《舊唐書·李元愷傳》：“致仕於家，在鄉請半祿。元愷誚之曰：‘無功受祿，災也。’”◇如今的官員們，尸位素餐、無功受祿者大有人在。❷泛指沒有出力卻獲得報酬或好處。《醒世恒言·劉小官雌雄兄弟》：“多謝厚情，只是無功受祿，不當人子。老漢轉來，定當奉酬。”《紅樓夢》二八回：“琪官接了，笑道：‘無功受祿，何以克當？’”《禪真逸史》六回：“佛門中的東西，難以消受。況且無功受祿，決不敢領。”

【無可比擬】wú kě bǐ nǐ 沒有可與之相比的，沒有與之相當的。《續傳燈錄·江陵護國齊月禪師》：“窮外無方，窮內非裏，應用萬般，無可比擬。”郭沫若《屈原》第一幕：“多麼可愛呵，圓滿的果子！由青而黃，色彩多麼美麗！內容潔白，芬芳無可比擬。”徐遲《牡丹》四：“在行婚禮時，李印光滿意地看到魏紫之美無可比擬。”同 無與倫比、無出其右。

【無可奈何】wú kě nài hé 想不出任何辦法來。奈何：如何、怎麼辦。《戰國策·燕策三》：“太子聞之，馳往，伏屍大哭，極哀。既已，無可奈何，乃遂收盛樊於期之首，函封之。”唐代白居易《無可奈何歌》：“無可奈何兮，白日走而朱顏頹，少日往而老日催。”丁玲《我在霞村的時候》：“夏大寶坐在他旁邊，用無可奈何的眼光望着兩個老人。”同 無可如何、莫可奈何。反 錦囊妙計、急中生智。

【無可非議】wú kě fēi yì 非議：責備，指責。沒有值得批評指責的，事情合情合理，沒有不對的地方。巴金《愛情三部曲總序》：“這也許是一種取巧的寫法。但這似乎是無可非議的。”◇為尊者諱是兩千年來的國法、家規，似乎無可非議，但正是這“為尊者諱”隱瞞了多少壞事不得揭發，也因而無從改正。同 無可厚非、無可指摘。

【無可爭議】wú kě zhēng yì 見“無可爭辯”。

【無可爭辯】wú kě zhēng biàn 沒有可以爭論辯駁的。說事實確鑿、道理充分，確定無疑。也作“無可置辯”、“無可爭議”。清代錢泳《履園叢話·面貌冊》：“無可置辯，廢然而出。”清代陳澧《東塾讀書記》卷一六：“太社不立於京都，當安所立？尤無可置辯矣。”曾維浩《為正義與良知的批評》：“呼喚即匱缺，這是一個無可爭辯的事實。”姜德明《夢書懷人錄·〈日京竹枝詞〉》：“這是一個無可爭議的事實，也是在同一題材的創作上，後來者未必能居上的又一實例。”同 無可置疑。

【無可厚非】wú kě hòu fēi 厚非：過分非難。雖有不足，但不值得過分責難。也作“未可厚非”。《漢書·王莽傳中》：“莽怒，免英官。後頗覺寤，曰：‘英亦未可厚非。’復以英為長沙連率。”梁啟超《中國財政改革私案》：“故各國之募公債，大率皆用此法，雖似朝三暮四以愚其民，然實有至理存乎其間，未可厚非也。”馮雪峰《鳥·污水和鳥的歌》：“基督教的飯前禱告的儀式也未可厚非。”◇如果說一個人做出的事，動機無可厚非，但效果則與動機大相徑庭，那能說動機是好的嗎？同 無可非議。

【無可救藥】wú kě jiù yào《詩經·板》：“多將熇熇，不可救藥。”後用“無可救藥”：❶說病情危重，沒有哪種藥可以救治。◇很多傳染病，例如肺結核，過去是無可救藥的，現在都很容易治療了。❷比喻事態已經嚴重到無法挽救的地步。明代于慎行《谷山筆麈·紀述二》：“數年以來，誅戮宦者如刈草菅，傷和損德，無可救藥。”《兒女英雄傳》三回：“有那等傷天害理的，一納頭的作了去，便叫作‘自作孽，不可活’，那是一定無可救藥的了。”魯迅《書信集·致許壽裳》：“但彼局內潰已久，無可救藥，只能聽之而已。”同 不可救藥、病入膏肓。反 藥到病除、起死回生。

【無可置疑】wú kě zhì yí 置疑：懷疑。確鑿無疑，不值得懷疑。也作“無庸置疑”。冀汸《論法捷耶夫之死》：“他的指控當然具有無庸置疑的權威性。”賈曉虹《説黃宗羲的“名士風流”》：“驅阮的政治意義如此鮮明，無庸置疑。”◇這些證據足以表明，書中所記述的，都是無可置疑的事實。同 毋庸置疑。

【無可置辯】wú kě zhì biàn 見“無可爭辯”。

【無可諱言】wú kě huì yán 可以照直説，不必忌諱或掩飾。諱言：因有所顧忌而不敢説或不願明説。蔡東藩《民國通俗演義》三五回：“事實俱在，無可諱言。”也作“無庸諱言”。蔡東藩《民國通俗演義》一二二回：“他們決裂原因，雖不專為此事，要以此事為原因之最大者，這也是無庸諱言的事情呢。”同 直言不諱。反 諱莫如深、閃爍其辭。

【無冬無夏】wú dōng wú xià 不論是冬天還是夏天。指一年中的任何時候。《詩經•宛丘》：“無冬無夏，值其鷺羽。”漢代揚雄《太玄•玄掜》：“無冬無夏，祭之無度。”明代陳藎《修慝餘編》：“一旦家貧身老，捫虱杜門，日不舉火，無冬無夏，所少者不習一藝耳。”柔石《二月》五：“蕭澗秋在房內走了兩圈，他不想寫那封回信了，不知為甚麼，他總不想立刻就寫了，並不是他怕冷，想睡，愛情本來是無日無夜，無冬無夏的，但蕭澗秋好像沒有愛情。”同 無時無刻、無日無夜。

【無出其右】wú chū qí yòu 古人以右為尊，“無出其右”指才能、成就、地位等居首，沒人能超得過。《漢書•高帝紀下》：“賢趙臣田叔、孟舒等十人，召見與語，漢廷臣無能出其右。”唐代白居易《授韓弘許國公實封制》：“是則有大勳於國，有大惠於人，會課議功，無出其右。”明代袁宏道《錦帆集•朱司理》：“若錢希言，則吳中後來才俊，名不及諸公，而才無出其右者。”◇別看他外貌不揚，要説作詩作詞，那可是神來之筆，眾多朋友當中，無出其右。

【無地自容】wú dì zì róng 沒有地方能讓自己藏身匿形。形容惶恐、羞愧至極或處境窘迫。宋代朱熹《與呂伯恭書》：“足見平生言行不相副，無以取信於人如此，使人惶恐，無地自容。”《明史•阿端衞傳》：“殘寇窮迫，無地自容，宜遣人宥其罪，命復故業。”《紅樓夢》一〇七回：“老太太這麼大年紀，兒孫們沒點孝順，承受老祖宗這樣恩典，叫兒孫們更無地自容了。”◇回想大半生沉溺賭場的荒唐行為，反躬自問，簡直無地自容。同 無地自處、無以自容。反 理直氣壯、厚顏無恥。

【無名小卒】wú míng xiǎo zú 姓名不為人所知的普通士兵。多含輕蔑義。《三國演義》四一回：“魏延無名小卒，安敢造亂！認得我大將文聘麼！”清代張南莊《何典》十回：“那些無名小卒，盡都解甲投降。”今多借指沒有名氣地位、不為人們所重視的小人物。◇真沒想到，他這位乒壇宿將，竟然被突然冒出來的無名小卒掀翻落馬。同 無名鼠輩、無名之輩。反 風雲人物、名震環宇。

【無名英雄】wú míng yīng xióng 不知其姓名的英雄好漢。泛指在事業上作出重大貢獻而不為世人所知的人物。梁啟超《〈新中國未來記〉緒言》：“誠以他日救此一方民者，必當賴將來無名之英雄也。”◇很多時候，他都充當幕後無名英雄的角色。

【無(无)妄之災】wú wàng zhī zāi《易經•无妄》：“六三：无妄之災。或繫之牛，行人之得，邑人之災。”後稱意外飛來的災禍為“無妄之災”。漢代王充《論衡•明雩》：“無妄之災，百民不知，必歸於主。”唐代李商隱《為賀拔員外上李相公啟》：“竟非無妄之災，莫見有瘳之候。”《二刻拍案驚奇》卷十六：“夏主簿遭此無妄之災，沒頭沒腦的被貪贓州官收在監裏。”◇年紀輕輕的就受個無妄之災，冤屈了一輩子。同 無妄之禍。

【無米之炊】wú mǐ zhī chuī 巧婦難為無米之炊的省語。比喻不具備辦成事的條件。清代頤瑣《黃繡球》十七回：“兩個三個人合辦的，更就彼此觀望，日夜作無米之炊，彌補了前頭，虧空了後面。”魯迅《兩地書》八三：“無米之炊，是人力所做不到的。能別有較好之地，自以從速走開為宜。”◇從獄中出來，形單影隻，一無所有，打哪處謀生都是無米之炊，難上加難。反 坐享其成。

【無足輕重】wú zú qīng zhòng 不足以影響事物的輕重。表示無關緊要，不值得重視。清代陳廷焯《白雨齋詞話》卷五：“今人不知作詞之難，至於豔詞，更以為無足輕重，率爾操觚，揚揚得意，不自知其可恥。”梁啟超《變法通議•學校餘論》：“故其中學所設，雖有華文功課一門，不過循例奉行，苟以塞責，實則視為無足輕重之事。”◇損失十萬八萬，對她來說，不過是牛身失一毛，無足輕重。同 未足輕重、不在話下。反 舉足輕重、事關大局。

【無拘無束】wú jū wú shù 沒有限制，毫無約束。形容自由自在。《西遊記》四四回：“出家人無拘無束，自由自在，有甚公幹？”《官場現形記》五十回：“此時無拘無束，樂得任意逍遙，整日裏出去玩耍。”◇還是在自己家裏好，無拘無束，一點顧忌也沒有。同 無束無拘、自由自在。反 局促不安、如坐針氈。

【無事生非】wú shì shēng fēi 本來沒有問題，卻無端製造是非糾紛。《説唐》六五回：“我們氣他不過，不如把此事奏聞父王。説他兩個無事生非，欺君滅王的罪罷。”◇你平白無故説這番話，這不是沒事找事，無事生非嗎？反 息事寧人。

【無奈我何】wú nài wǒ hé 能把我怎麼樣？拿我毫無辦法。唐代劉餗《隋唐嘉話》卷上：“太宗之禦竇建德，謂尉遲公曰：‘寡人持弓箭，公把長槍相副，雖百萬眾亦無奈我何。’”唐代白居易《達理》詩：“我無奈命何，委順以待終。命無奈我何，方寸如虛空。”《鏡花緣》八四回：“我主意拿的老老的，你縱有通天本領，也無奈我何。”

【無奇不有】wú qí bù yǒu 各種各樣意想不到的人物、怪事、怪現象，無所不有。《孽海花》三回：“我老子和我犯了一樣的病，喜歡和女人往來，他一生戀史裏的人物，差不多上自王妃，下至乞丐，無奇不有。”《二十年目睹之怪現狀》四六回：“那有這等瑣碎的人，真是無奇不有了！”巴金《談我的短篇小説》：“我吃過晚飯後到北四川路上走了一陣。那條馬路當時被稱為‘神秘之街’，人行道上無奇不有。”同 千奇百怪。

【無依無靠】wú yī wú kào 形容孤苦伶仃，沒有人關心照顧。元代李壽卿《伍員吹簫》四折：“只我那女孫兒死了，我兒子伴哥年紀又小，如今閃的我老身無依無靠，着誰人養贍我來，兀的不好苦也。”《醒世恒言》卷三五：“遺下許多兒女，無依無靠。”《官場現形記》五九回：“這位舅太爺姓于，前年死了老伴，無依無靠，便到京找他老妹丈，吃碗閒飯。”同 無倚無靠、舉目無親。

【無的放矢】wú dì fàng shǐ 射箭沒目標。比喻説話做事沒有明確的目的。梁啟超《中日交涉匯評》：“吾深望兩國當局者聲明一言以解眾惑，如是，則吾本篇所論純為無的放矢，直拉雜摧燒之可耳。”魯迅《且介亭雜文二集•“題未定”草(八)》：“當時的抗戰之作，就都好像無的放矢。”◇她話中有話，並非無的放矢，你揣摩一下就明白了。

【無往不利】wú wǎng bù lì 無論到哪裏，沒有不順利的。形容事事、處處順心遂意，沒有阻滯。唐代李虛中《命書》上：“官高祿重，無往不利。”《鏡花緣》九十回：“貧道今日幸而把些塵垢全都拭淨，此後是皓月當空，一無渣滓，諸位才女定是無往不利。”◇事無巨細，他都認真地在事前做好充分準備，所以無往不利。同 一帆風順、事事如意。反 一波三折、舉步維艱。

【無所不包】wú suǒ bù bāo 沒有甚麼不被包括在內的，一切都包括在內。形容所包容的事物多而齊備，所包含的內容豐富全面。漢代王充《論衡•別通》：“故夫大人之胸懷非一，才高知大，故其於道術，無所不包。”宋代朱熹《朱子語類》卷二三：“‘思無邪’，卻凡事無所不包也。”清代紀昀《閱微草堂筆記•灤陽消夏錄六》：“《易》道廣大，無所不包，見智見仁，理原一貫。” 同 包羅萬象。反 掛一漏萬。

【無所不至】wú suǒ bù zhì ❶ 沒有達不到的地方。《史記•貨殖列傳》：“周人既纖，而師史尤甚，轉轂以百數，賈郡國，無所不至。” ◇短短四五年間，他的勢力已經擴展得無所不至。❷ 無所不為，甚麼事都幹得出來。一般用作貶義。《論語•陽貨》：“其未得之也，患得之；既得之，患失之。苟患失之，無所不至矣。” 宋代王安石《上仁宗皇帝言事書》：“人之情，不足於財，則貪鄙苟得，無所不至。”《紅樓夢》四回：“今日會酒，明日觀花，甚至聚賭嫖娼，無所不至。” ❸ 表示關懷周到，無微不至。《陳書•殷不害傳》：“不害事老母，養小弟，勤劇無所不至。” 清代百一居士《壺天錄》卷下：“慈母愛子之心，無所不至。” 同 無所不為、無所不做。

【無所不為】wú suǒ bù wéi 甚麼事都幹得出。多用於貶義。《三國志•張溫傳》：“揆其奸心，無所不為。” 宋代蘇軾《策別十二》：“及至秦漢之世，其民見利而忘義，見危而不能授命，法禁之所不及，則巧偽變詐，無所不為。”《儒林外史》四六回：“他又是鄉紳，又是鹽典，又同府縣官相與的極好，所以無所不為，百姓敢怒而不敢言。” ◇無恥之人無所不為，勢利小人比比皆是。同 無所不做、無所不至。反 中規中矩、循規蹈矩。

【無所不能】wú suǒ bù néng 形容能力非凡，甚麼都會，沒有做不到的事。宋代方勺《泊宅編》卷四：“尚書右丞胡宗愈夫人丁氏，司封員外郎宗臣之女，自幼穎惠，無所不能。” 明代周楫《西湖二集•馬神仙騎龍昇天》：“葉法善自受此法之後，神通廣大，變化不測，出有入無，坐見萬里，擒妖捉怪，降龍伏虎，無所不能。”《兒女英雄傳》三八回：“除了他那把大錘之外，躥山入水，無所不能。”

【無所不談】wú suǒ bù tán 形容話題廣泛，甚麼都談。葉聖陶《微波》：“他們無所不談，談主意，談問題。” ◇在旅途上他倆萍水相逢，一見如故，彼此無所不談。

【無所用心】wú suǒ yòng xīn 不思考問題，甚麼事都不聞不問。《論語•陽貨》：“飽食終日，無所用心，難矣哉！” 唐代劉知幾《史通•惑經》：“加以史策有闕文，時月有失次，皆存而不正，無所用心。” 宋代范仲淹《上相府書》：“今將家子弟，蔑聞韜鈐，無所用心，驕奢而已。” ◇青年時代重在勤學與奮進，最忌無所用心。同 無所事事、碌碌無為。反 日理萬機、大有作為。

【無所作為】wú suǒ zuò wéi ❶ 依其自然而然，不去刻意做些甚麼。《朱子語類》卷九四：“誠是實理，無所作為，便是‘天命之謂性’。” ❷ 平平淡淡，做不出成績來。《朱子語類》卷二五：“然黃帝亦曾用兵戰鬥，亦不是全然無所作為也。” ◇大部分人只能是“無所作為”的凡夫俗子，出類拔萃、成就斐然的，畢竟是少數。反 大有作為、大展宏圖。

【無(亡)所忌憚】wú suǒ jì dàn 沒有顧忌、沒有畏懼，甚麼也不擔心，甚麼也不怕。《漢書•諸侯王表》：“而本朝短世，國統三絕，是故王莽知漢中外殫微，本末俱弱，亡所忌憚，生其奸心。” 明代于慎行《谷山筆麈•明刑》：“唐代宗時，優崇宦官，公求賂遺，無所忌憚。”《鏡花緣》七一回：“我講的是正理，王充扯的是邪理……況那《論衡》書上，甚至鬧到問孔刺孟，無所忌憚，其餘亦何必談他？” 同 無所顧忌。反 畏首畏尾。

【無所事事】wú suǒ shì shì 事事：做事。❶ 沒有可做的事情；閒着不做事。明代歸有光《送同年丁聘之之任平湖序》：“然每晨入部，升堂祗揖而退，卒無所事事。”《文明小史》四五回：“平日豐衣足食，無所事事，一個月難得上兩趟洋務局。” ◇寵物貓狗終日無所事事，吃飽了到花蔭下一躺，又過一天。❷ 甚麼事也幹不了；做不成任何事。宋代李綱《論節制之兵》：“兵之有節制，猶之一身其筋骸之束歟……苟筋骸之散，而臂不能相運掉，則亦無所事事矣。”《民國通俗演義》一五回：“鎮日間無所事事，反像似贅瘤一般。時人謂政黨內閣，不過爾爾。”同 無所用心、碌碌無為。反 大有作為、日理萬機。

【無所畏懼】wú suǒ wèi jù 甚麼都不怕，敢於承當任何風險。《魏書•董紹傳》：“此是紹之壯辭，云巴人勁勇，見敵無所畏懼，非實睹也。”陳虞孫《包公與海瑞》：“一個人沒有私心，才能堅持正義和真理，勇往直前，無所畏懼。”反 畏首畏尾。

【無所適從】wú suǒ shì cóng《左傳•僖公五年》：“狐裘尨茸，一國三公，吾誰適從？”不知跟從誰才好。後表示左也不是，右也不是，不知該怎麼辦好。《北齊書•魏蘭根傳》：“此縣界於強虜，皇威未接，無所適從，故成背叛。”《宋史•賈黯傳》：“二人臨事，指蹤不一，則下將無所適從。”孫中山《民族主義》第六講：“此刻中國正是新舊潮流相衝突的時候，一般國民都無所適從。”反 亦步亦趨、俯仰由人。

【無所顧忌】wú suǒ gù jì 説放心大膽，不擔心，無顧慮。顧忌：怕有不利後果而擔心。《後漢書•楊震傳》：“豐、惲等見震連切諫不從，無所顧忌，遂詐作詔書，調發司農錢穀、大匠見徒材木，各起家舍、園池、廬觀，役費無數。”宋代蘇軾《策略》三：“使其心無所顧忌，故能盡其才而責其成功。”清代梁章鉅《歸田瑣記•鼇拜》：“(鼇拜) 且以朝廷弱而好弄，心益恬然，無所顧忌。”也作“無所顧憚”。《晉書•王愷傳》：“由是眾人僉畏愷，故敢肆其意，所欲之事無所顧憚焉。”《北齊書•司馬子如傳》：“子如性既豪爽，兼恃舊恩，簿領之務，與奪任情，公然受納，無所顧憚。”同 無所忌憚。反 瞻前顧後。

【無所顧憚】wú suǒ gù dàn 見“無所顧忌”。

【無法無天】wú fǎ wú tiān 目無法紀天理。形容毫無顧忌，為非作歹。明代月榭主人《釵釧記•會審》：“背卻前盟，立意退婚……誣告枉罪，無法無天。”《紅樓夢》五六回：“殊不知他在家裏無法無天，大人想不到的話偏會説，想不到的事偏要行。”老舍《四世同堂》一五：“我不曉得由哪兒來的這麼一股兒無法無天的人。”同 目無法紀、膽大妄為。反 安分守己、奉公守法。

【無面江東】wú miàn jiāng dōng 見“江東父老”。

【無思無慮】wú sī wú lǜ 不思索問題，不動腦筋，對甚麼都不關心。多形容性情超脱，無憂無慮。《莊子•天地》：“德人者，居無思，行無慮，不藏是非美惡。”《韓非子•八説》：“盡思慮，揣得失，智者之所難也；無思無慮，挈前言而責後功，愚者之所易也。”晉代劉伶《酒德頌》：“先生於是方捧甖承槽，銜杯漱醪，奮髯踑踞，枕麴藉糟，無思無慮，其樂陶陶。”魯迅《吶喊•風波》：“文豪見了，大發詩興，説：‘無思無慮，這真是田家樂呵！’”同 無所用心、無憂無慮。反 窮思極慮、冥思苦索。

【無為而治】wú wéi ér zhì ❶ 順應自然，不故意作為，從而使國家秩序井然。這是老莊學派的政治主張。《老子》：“為無為，則無不治。”《淮南子•説山訓》：“人無為則治，有為則傷；無為而治者載無也，為者不能有也；不能無為者，不能有為也。”❷ 任用賢人，施德政，以德化民，慎用刑罰，君王不必親理政務，便能使國家長治久安。這是儒家的政治主張。《論語•衞靈公》：“無為而治者其舜也與？夫何為哉？恭己正南面而已矣。”説用人得當，故君王可無為而治。《北齊書•文宣帝紀》：“然則皇王統曆，深視高居，拱默垂衣，寄成師相，此則夏伯、殷尹竭其股肱，周成、漢昭無為而治。”唐代張謂《虞帝廟碑銘序》：“於斯之時，君明於上，人化於下，山川鬼神，亦莫不寧，鳥獸魚鼈，眾乎咸若，無為而治，其聖也歟。”孫中山《建國方略》一：“若政府官吏能無為而治，不倒行逆施，不積極作惡以害國害民，則中國之強盛已自然可致。”同 垂拱而治。

【無恥(耻)之尤】wú chǐ zhī yóu 尤：突出的。不知羞恥到了極點。漢代賈誼《新書•諭誡》：“人謂豫讓曰：‘子不死中行而反事其讎，何無耻之甚也？’”清代王士禎《分甘餘話》卷上：“二子可謂失其本心，無耻之尤者也。”《二十年目睹之怪現狀》九三回：“不料新督憲到任三個月之後，照例甄別屬員，便把苟才插入當中，用了‘行止齷齪，無恥之尤’八個字考語，把他參掉了。”同 厚顏無恥、寡廉鮮恥。

【無時無刻】wú shí wú kè 每時每刻，任何時候。《二刻拍案驚奇》卷三六：“(王甲夫妻）但把漁家之事閣起不去弄了，只是安守過日，尚且無時無刻沒有橫財到手，又不消去做得生意，兩年之間，富得當不得。”黃裳《關於柳如是》：“可見他們在紅豆山莊裏過着飲酒下棋的悠閒歲月時，還無時無刻不關心着政局變化與戰局發展。”同 每時每刻。

【無病呻吟】wú bìng shēn yín 沒有病卻像生病似的在那裏呻吟。宋代辛棄疾《臨江仙》詞：“百年光景百年心，更歡須嘆息，無病也呻吟。”後以“無病呻吟”：❶ 諷喻文辭矯揉作態，缺乏真情實感。元代劉壎《隱居通議•詩歌一》：“然必有為而作……若無病而呻吟，雖奔濤走石，冶葉倡條，動可人心，於道何補！”明代李贄《續焚書•復焦漪園》：“文非感時發己，或出自家經畫康濟，千古難易者，皆是無病呻吟，不能工。”❷ 比喻本來無事，卻憂慮歎息。魯迅《而已集•略談香港》：“我現在還有時記起那一位船上的廣東朋友，雖然神經過敏，但怕未必是無病呻吟。”同 矯揉造作。

【無家可歸】wú jiā kě guī 沒有自己的家，又無處投奔或找不到安身之所。唐代陸贄《平朱泚後車駕還京大赦制》：“如無家可歸者，量給田宅，使得存濟。”《三國演義》一一回：“操聞報，大驚曰：‘兗州有失，使吾無家可歸矣！不可不亟圖之。’”巴金《談〈家〉》：“沒有臉再見他的妻兒，就做了一個無家可歸的流浪人。”同 遊離失所。反 安居樂業。

【無能為力】wú néng wéi lì 能力不濟或力量達不到，無法解決問題或完成某件事。清代昭槤《嘯亭雜錄•誅伍納拉》：“伍、浦皆伏罪，立置於法，和亦無能為力。”巴金《春》三十：“藥量已經多得不能再多，也只有片刻的效力，可見藥已經無能為力了。”老舍《四世同堂》六：“即使他們有一份愛國的誠心，可是身衰氣敗，無能為力。”同 無能為役、力不從心。反 無所不能、馬到成功。

【無理取鬧】wú lǐ qǔ nào 毫無道理地吵鬧或搗亂。取鬧：喧鬧，吵鬧。唐代韓愈《答柳柳州食蝦蟆》詩：“鳴聲相呼和，無理祗取鬧。”《二十年目睹之怪現狀》一〇六回：“具伏辯人某某，不合妄到某公館無理取鬧，被公館主人飭僕送捕。幸經某人代為求情，從寬釋出。自知理屈，謹具伏辯。”郁達夫《回憶魯迅》：“對於這一點，我也曾再三的勸他過，勸他不要上當。因為有許多無理取鬧，來攻擊他的人，都想利用了他來成名。”同 胡攪蠻纏。反 通情達理。

【無堅不摧】wú jiān bù cuī 再堅固的東西也能摧毀。形容力量大，所向披靡。《舊唐書•孔巢父傳》：“若蒙見用，無堅不摧。”也形容無論多難的事，都能辦成◇他有無堅不摧的意志力 / 這件事只有交給她才行，她無堅不摧。同 無堅不陷、所向披靡。反 縮手縮腳、畏葸不前。

【無動於衷】wú dòng yú zhōng 內心毫無觸動，毫不在意、漠不關心。曹禺《日出》第四幕：“陳白露：(無動於衷）可憐！”老舍《不成問題的問題》：“神聖的抗戰，死了那麼多的人，流了那麼多的血，他都無動於衷。”巴金《控訴•給日本友人》：“然而你們至今還是無動於衷，甚至發出來對於‘王道的新天地’的歌頌。”同 無動於中、鐵石心腸。反 感同身受、感慨係之。

【無偏無黨】wú piān wú dǎng 黨：偏私。不偏私，不袒護，公公正正。《尚書•洪範》：“無偏無黨，王道蕩蕩。”《舊五代史•唐莊宗紀》：“朕聞古先哲王，臨御天下，上則以無偏無黨為至治，次則以足食足兵為遠謀，緬惟前修，誠可師範。”宋代陳亮《廷對》：“無偏無黨，無反無側，以會天下於有極而已。”也作“無黨無偏”。《尚書•洪範》：“無黨無偏，王道平平。”宋代范仲淹《王者無外賦》：“令出惟行，寧分乎遠者近者；德廣所及，但見乎無黨無偏。”明代無名氏《臨潼鬥寶》三折：“則我這號令明，不貳不遷，賞罰權無黨無偏。”

【無庸置疑】 wú yōng zhì yí 見“無可置疑”。

【無庸諱言】 wú yōng huì yán 見“無可諱言”。

【無惡不作】 wú è bù zuò 凡是壞事都幹，作惡多端。《翻譯名義集•釋氏眾名》：“二無羞僧，破戒，身口不淨，無惡不作。”《醒世姻緣傳》七三回：“程大姐自到周龍皋家，倚嬌作勢，折毒孩子，打罵丫頭，無惡不作。”巴金《〈往事與隨想〉譯後記》：“他們放在上海那條無惡不作的看家狗一直瞪着兩眼向我狂吠。”同 無惡不為、作惡多端。反 樂善好施、助人為樂。

【無虞即鹿】 wú yú jí lù 見“即鹿無虞”。

【無與倫比】 wú yǔ lún bǐ 倫比：類比、匹敵。沒有甚麼能與之相比的。多用於褒義。唐代盧氏《逸史•華陽李尉》：“置於州，張寵敬無以倫比。”《舊唐書•郭子儀傳》：“自秦漢以還，勳力之盛，無與倫比。”◇論人品，論能力，論才學，在一班朋友裏，她都是無與倫比的。同 無可比擬、獨步當時。反 一無是處、一無所長。

【無傷大雅】 wú shāng dà yǎ 雅：純正、合乎規範。只有細小的毛病，妨害不到大的方面，不影響整體。《二十年目睹之怪現狀》二五回：“像這種當個玩意兒，不必問他真的假的，倒也無傷大雅。”◇雖説老三出了點事兒，我看無傷大雅，您不必掛在心上。同 無傷大體。

【無微不至】 wú wēi bù zhì 每一個細小的地方都考慮到或照顧到。形容分外細心或體貼入微。清代孫道乾《小螺庵病榻憶語》：“張姬愛兒如己出，姬病，兒侍奉湯藥，無微不至。”《兒女英雄傳》三八回：“看了長姐兒這節事，才知聖人教誨無微不至。”章炳麟《民國光復》：“其防制可謂無微不至。”郁達夫《海上通信》：“書中描寫主人公失戀的地方，真是無微不至。”同 體貼入微。反 漠不關心。

【無隙可乘】 wú xì kě chéng 隙：空隙、裂縫。❶ 嚴謹細密，沒有漏洞。《宋書•律曆志》：“臣其曆七曜，咸始上元，無隙可乘。”❷ 沒有空子可鑽，或沒有機會可以利用。明代李贄《續焚書•與周友山書》：“正兵法度森嚴，無隙可乘，誰敢邀堂堂而擊正正，以取滅亡之禍歟！”《紅樓夢》七九回：“金桂知其不可犯，便欲乘隙，若得無隙可乘，倒只好曲意俯就。”《孽海花》二八回：“督署禁衛森嚴，無隙可乘，只好決定向丁公館下手。”同 無機可乘、無機可趁。反 有機可乘、有機可趁。

【無精打采(彩)】 wú jīng dǎ cǎi 采：精神、神色。毫無精神和興致。形容情緒低落，精神萎靡不振。《紅樓夢》二七回：“自覺無味，轉身回來，無精打彩的卸了殘妝。”魯迅《吶喊•藥》：“那老女人歎一口氣，無精打采的收起飯菜。”◇壞消息接踵而至，滿屋子的人都垂頭喪氣、無精打采，一個個走散了。同 沒精打采(彩)、無情無緒。反 神采飛揚、精神抖擻。

【無憂無慮】 wú yōu wú lǜ 沒有憂愁，沒有擔心，心情輕鬆愉快。元代鄭廷玉《忍字記》二折：“我做了個草庵中無憂無慮的僧家。”《封神演義》一三回：“似你等無憂無慮，無辱無榮，正好修持，何故輕動無名，自傷雅道？”《二刻拍案驚奇》卷一九：“只因財利迷心，身家念重，時時防賊發火起，自然夢魂顛倒，怎如得做牧童時無憂無慮，飽食安眠，夜夜夢裏消遙，享那王公之樂？”朱自清《笑的歷史》：“所以雖沒有在家裏自在，我也算是無憂無慮的過着了。”也作“無慮無憂”。《西遊記》九十回：“無慮無憂來佛界，誠心誠意上雷音。”同 無掛無礙、怡然自得。反 憂心忡忡。

【無慮無憂】 wú lǜ wú yōu 見“無憂無慮”。

【無影無踪(蹤)】 wú yǐng wú zōng 看不見一點兒影子和蹤跡。形容完全消失，不知去向。《西遊記》五六回：“説聲去，一路觔斗雲，無影無蹤，遂不見了。”《儒林外史》四三回：“那兩百隻小船，都裝滿了，一個人一把槳，如飛的棹起來，都穿入那小港中，無影無蹤的去了。”朱自清《歷史在戰鬥中》：“這末尾一語簡直將節操否定得無影無蹤。”同 無踪（蹤）無影、無形無影。

【無稽之談】wú jī zhī tán 沒有根據、無從查考的話語。宋代鄭樵《通志總序》：“（班固）謂漢紹堯運，自當繼堯，非遷作《史記》，廁於秦項，此則無稽之談也。”清代紀昀《閱微草堂筆記·灤陽消夏錄三》：“（魏忠賢）陰蓄一貌似己者，以備代死，後在阜城尤家店竟用是私遁去。余謂此無稽之談也。”◇道聽途説，頗多無稽之談，聽聽而已，不可盲目相信。同 無稽之言。反 言之鑿鑿。

【無價之寶】wú jià zhī bǎo 東西極其珍貴，無從估量其價值、價格。《尹文子·大道上》：“魏田父有耕於野者，得寶玉徑尺……王問價，玉工曰：‘此玉無價以當之，五城之都，僅可一觀。’”元代鄭廷玉《楚昭公》一折：“多聞這湛盧之劍，乃越國歐冶子所製，斬鐵截石，斷水吹毛，真為無價之寶。”《東周列國誌》九六回：“此乃無價之寶，須甚襲珍藏，不可輕示於人也。”同 價值連城。反 一文不值。

【無窮無盡】wú qióng wú jìn 沒有盡頭；沒有止境；沒完沒了。宋代晏殊《踏莎行》詞：“無窮無盡是離愁，天涯地角尋思遍。”《西遊記》四十回：“那西天路無窮無盡，幾時能到得！”魯迅《吶喊·故鄉》：“閏土的心裏有無窮無盡的希奇的事。”同 無盡無窮。反 有始有終。

【無緣無故】wú yuán wú gù 沒有任何理由或原因。《三俠五義》六七回：“蔣平道：‘無緣無故，將我抽打一頓，這是哪裏晦氣？’”《品花寶鑒》二六回：“爺今日像醉了，只管打量我們，一個人無緣無故笑起來。”郁達夫《感傷的行旅》四：“若再回頭至茅篷前，重沿了來時的那條石級，再下至惠山，則無緣無故便白白的不得不多走許多的回頭曲路。”同 平白無故。反 事出有因。

【無獨有偶】wú dú yǒu ǒu 十分少見的情況，卻雙雙出現。表示非常巧合。清代黃鈞宰《金壺浪墨·諂媚》：“吠犬侍郎，可與洗馬御史為對，此等諂媚之法，乃無獨有偶如此。”清代壯者《掃迷帚》一三回：“聞簡某系蜀人，而此女亦是蜀人，可謂無獨有偶。”◇同年同月同日，姐妹倆都生了一對雙胞胎，真是無獨有偶。反 獨一無二。

【無懈可擊】wú xiè kě jī《孫子·計》：“攻其無備，出其不意。”曹操注：“擊其懈怠，出其空虛。”後以“無懈可擊”表示沒有可以讓人攻擊或挑剔的地方。形容十分嚴謹或周密。懈：漏洞、破綻。清代吳喬《圍爐詩話》：“一篇詩只立一意，起手、中間、收結互相照應，方得無懈可擊。”梁啟超《續論市民與銀行》：“銀行自身若是無懈可擊，何至一牽動便牽動到這樣。”《唐史演義》五七回：“安太清系百戰餘生，頗有能耐，據守至三月有餘，尚是無懈可擊。”同 天衣無縫、無隙可乘。反 破綻百出。

【無聲無臭】wú shēng wú xiù 沒有聲音，沒有氣味。❶ 指天道、神意幽微玄妙，人無法感知和認識。《詩經·文王》：“上天之載，無聲無臭。”説上天的所作所為，無聲音無臭味，無從捉摸，無從效法。唐代魏徵《五郊樂章·雍和》：“既高既遠，無聲無臭。靜言格思，惟神保佑。”❷ 比喻默默無聞或沒有影響。清代吳趼人《近十年之怪現狀》三回：“起初的時候，莫不是堂哉皇哉的設局招股，弄到後來，總是無聲無臭的就這麼完結了。”《宦海》一回：“那做督撫卻又與州縣不同，到了那督撫大員的地位，他的權力可以轉移一省的風化，改良社會的模型，不是那無聲無臭、不飛不鳴，就可以算完事的。”秦牧《花城·青春的火焰》：“一粒種子，可以躺在泥土裏無聲無臭地腐爛掉，也可以長成為參天的大樹。”❸ 無聲無息。指死亡。《檮杌萃編》二一回：“又不是仙丹，怎麼會靈呢？到了黎明，這位少爺竟已無聲無臭。”同 無聲無息、默默無聞。反 名滿天下、名聲大噪。

【無聲無息】wú shēng wú xī 沒有聲息音

響。❶形容寂靜。周立波《金戒指》："漫山遍野的、潮濕的雪花還在無聲無息地飄落。"◇到了午夜，只有昏黃的路燈閃爍着，白天那車水馬龍的街道變得無聲無息。❷默默無聞，不為人所知或沒有任何影響。魯迅《致胡風》："一到裏面去，即醬在無聊的糾紛中，無聲無息。"◇退休之後便無聲無息，再也沒人知道她的下落。同 無聲無臭、萬籟俱寂。反 聲歌鼎沸、聲名鵲起。

【無濟於事】wú jì yú shì 濟：補益、幫助。對事情沒有甚麼幫助。《説岳全傳》一三回："我豈不知賊兵眾盛？就帶你們同去，亦無濟於事。"《官場現形記》五二回："如今遠水不救近火，就是我們再幫點忙，至多再湊了幾百銀子，也無濟於事。"《民國通俗演義》一二三回："大家一陣埋怨，可已無濟於事。"同 於事無補。反 雪中送炭、成人之美。

【無關大局】wú guān dà jú 見"無關大體"。

【無關大體】wú guān dà tǐ 不涉及整體，不影響全局，不重要。《兒女英雄傳》三九回："這正叫作事屬偶然，無關大體。"魯迅《吶喊•狂人日記》："惟人名雖皆村人，不為世間所知，無關大體，然亦悉易去。"也作"無關大局"◇他有不可告人的事，只要無關大體，何必多管／就一些無關大體的事與人爭吵，甚至翻臉，實在得不償失。同 無關緊要、無關宏旨。反 舉足輕重、非同小可。

【無關宏旨】wú guān hóng zhǐ 宏：大。不涉及根本問題，無關大局，不妨礙大事。清代紀昀《閱微草堂筆記•灤陽消夏錄一》："宋儒所爭，只今文古文字句，亦無關宏旨，均姑置弗議。"葉聖陶《倪煥之》一九："在類乎此的無關宏旨的事情上，他領略這意味已有好幾回了。"◇把演講稿中一些無關宏旨的詞句刪掉後，演講效果就好多了。同 無關大局、無足輕重。反 事關重大、舉足輕重。

【無關痛癢】wú guān tòng yǎng 與自身的疼痛和瘙癢無關。比喻同自身沒有利害關係，或與核心重要的事不沾邊。清代福格《聽雨叢談•詩人有豪氣》："此皆老輩風義，至今猶有生氣，不似腐儒畏縮，自命風流，視君子當為之事，皆如秦越，得失無關痛癢。"《二十年目睹之怪現狀》五六回："你偷了我老婆，我一點不計較，還是酒飯相待，此刻和你借一條無關痛癢的辮子也不肯！"蔡東藩《慈禧太后演義》一一回："批語似甚詳切，其實統是紙上畫刀，無關痛癢。"巴金《談〈憩園〉》："他平日喜歡發幾句無關痛癢的牢騷，批評別人，寬待自己。"同 不關痛癢。反 休戚相關。

【無關緊要】wú guān jǐn yào 見"不關緊要"。

【無邊風月】wú biān fēng yuè 清風徐來，明月普照，目光所及，盡是景致。形容風景無限美好。元代方回《送周府尹》詩："幾許煙雲藜杖外，無邊風月錦囊間。"◇西湖果然名不虛傳，所到之處，無邊風月。同 風月無邊。

【無黨無偏】wú dǎng wú piān 見"無偏無黨"。

【焦金流石】jiāo jīn liú shí 燒焦金屬，熔化石頭。形容天氣乾旱酷熱。《文選•劉峻〈辯命論〉》："是以放勛之世，浩浩襄陵；天乙之時，焦金流石。"李善注："《呂氏春秋》曰：成湯之旱，煎沙爛石。《楚辭》曰：十日並出，流金爍石。"同 流金鑠石、焦沙爛石。

【焦頭爛額】jiāo tóu làn é 燒焦了頭，燒爛了額。也作"燋頭爛額"。燋：同"焦"。❶形容被火燒的傷勢很嚴重。《藝文類聚》卷八十引漢代桓譚《新論》："曲突徙薪無恩澤，燋頭爛額為上客。"《鏡花緣》二六回："火光亂冒，烈焰飛騰，眾水手被火燒的焦頭爛額。"❷比喻遭受重創或陷入窘境，狼狽不堪。◇情人大開虎口，逼迫要錢，家裏妻子又鬧得地覆天翻，把他弄得焦頭爛額／自天啟末年以來，各地百姓造反，勢如狂瀾，朱家王朝焦頭爛額，舉步維艱。同 狼狽不堪。

【照本宣科】zhào běn xuān kē 死板地照着書本或稿子唸，一字不改。科：條文。郭沫若《少年時代•反正前後》："為我們講經學的一位鼎鼎大名的成都名士只拿着一本《左傳事緯》照本宣科。”◇寫文章抄人家的，上台演講照本宣科，這就叫誤人誤己。反 隨機應變。

【照貓畫虎】zhào māo huà hǔ 照着貓的樣子畫老虎。比喻照已有的樣子模仿，沒有創新。◇當了一輩子的工程師，都是照貓畫虎，沒有半點自己的創造。同 照葫蘆畫瓢、依葫蘆畫瓢。

【煞有介事】shà yǒu jiè shì 故作姿態、裝腔作勢，彷彿像真的似的。曹禺《北京人》第三幕：“（袁圓）並不走，卻抱着東西走向曾霆，‘煞有介事’的樣子。”◇煞有介事地罵了一陣子，沒人睬她，也就灰溜溜地走了。同 裝模作樣、裝腔作勢。

【煞費苦心】shà fèi kǔ xīn 費盡心思。柔石《為奴隸的母親》：“關於孩子底名字，秀才是煞費苦心地想着，但總想不出一個相當的字來。”郭沫若《摩登唐吉珂德的一種手法》：“文章雖然冗長，做得也煞費苦心。”同 煞費心機、費盡心機。反 無所用心。

【煙波浩渺】yān bō hào miǎo 形容水面煙霧茫茫，廣闊遼遠。唐代劉禹錫《師告予遊江西復為賦七言》：“煙波浩渺魚鳥情，東去三千三百里。”清代陳廷敬《鶴湖垸記》：“自長湖至於鶴湖，堤樹渚花繁藂長薄，交疏蔽虧於煙波浩渺之間。”◇在岸邊看青海湖，無邊無際，水天一色，煙波浩渺。

【煙消雲散】yān xiāo yún sàn 煙雲消散得無影無蹤。比喻消失得乾乾淨淨。元代張養浩《天淨沙》曲：“更着十年試看，煙消雲散，一杯誰共歌歡？”李六如《六十年的變遷》第八章：“回家的愉快心情，一下被她這瓢冷水潑得煙消雲散。”孫中山《對黃埔陸軍軍官學校告別詞》：“當時結成的團體雖然是風起雲湧，有百十之多。但是不久，所有的團體，便煙消雲散。”同 煙消霧散、雲消霧散。

【煙視媚行】yān shì mèi xíng 煙視：閉目或瞇起小縫，矇矇矓矓地看。媚行：徐行、慢走。形容女子柔婉嫻靜的樣子。《呂氏春秋•不屈》：“人有新取婦者，婦至，宜安矜，煙視媚行。”明代楊慎《升庵集•瑣語》：“煙視媚行，影附響承，小人婦態乎？”

【煙雲過眼】yān yún guò yǎn 如煙和雲一樣在眼前飄過。形容事物存在的時間都很短暫，不必太執着。宋代林光朝《送別湖北漕李秘監仁甫》詩：“文字眇煙雲，過眼徒浩浩。”明代李流芳《題畫冊》：“昔人喻書畫之好如煙雲過眼，不復足留意。”清代朱彝尊《南安客舍逢陸郡伯兄》詩：“留題真蹟不可見，煙雲過眼須臾變。”◇一切都如煙雲過眼，但文物帶給我們的歷史感卻久久難以消失。同 過眼煙雲。反 揮之不去。

【煙霞痼疾】yān xiá gù jí 煙霞：雲霞，泛指山水、樹林等自然景觀。痼疾：久治不癒的病，借指癖好。指對山水等自然界的癖好。《舊唐書•田遊巖》：“臣泉石膏肓，煙霞痼疾，既逢聖代，幸得逍遙。”宋代釋覺範《讀古德傳八首》之五：“巖壑形骸雖可盡，煙霞痼疾不須醫。”明代宋濂《王秉彝傳》：“精聚神會，吾殆與之無間，豈古人所謂煙霞痼疾也邪？”◇“陸羽烹茶圖”圖文並茂，鑄造了士大夫煙霞痼疾的精神世界。

【煩言碎語】fán yán suì yǔ 囉嗦瑣碎的言辭、文字。《漢書•劉歆傳》：“往者綴學之士不思廢絕之闕，苟因陋就寡，分文析字，煩言碎辭，學者罷勞且不能究其一藝。”《醒世姻緣傳》六五回：“這些煩言碎語，不必細叨。”◇如果一個人每天對着你說些煩言碎語，你還能夠忍受嗎？同 閒言碎語。反 要言不煩。

【煥然一新】huàn rán yī xīn 光彩耀眼，呈現出新的面貌、新的景象。宋代洪邁《夷堅乙志•普靜景山三異》：“適張恭壯公請寺為功德院，邀心主席，一坐三十臘，百廢興舉，煥然一新。”明代陳耀文《天中記》：“及旦，橋樑之將墜者煥然一新，皆商舶上桅檣木也。”◇多年來一直破敗不堪的居民小院，完全煥然一新了，在灰暗衰老的村鎮上，立即顯出一種奇異的氣質。同 萬象更新、面目一新。

【熙來攘往】xī lái rǎng wǎng《史記•貨殖

列傳》：“天下熙熙，皆為利來；天下攘攘，皆為利往。”後用“熙來攘往”形容人來人往，熱鬧非凡。《官場現形記》八回：“只見這弄堂裏面，熙來攘往，轂擊肩摩；那出進的轎子，更覺絡繹不絕。”馮玉祥《我的生活》二十章：“(順慶) 人煙之稠密，真是熙來攘往，肩摩踵接。”沙汀《困獸記》四：“說完，她就匆匆忙忙收回了手，很快在熙來攘往的人叢中消失了。”同 熙熙攘攘、車水馬龍。反 空空如也。

【熙熙攘攘】xī xī rǎng rǎng《史記•貨殖列傳》：“天下熙熙，皆為利來；天下攘攘，皆為利往。”熙熙：和樂的樣子；攘攘：紛雜的樣子。後用“熙熙攘攘”形容人來人往，喧鬧紛雜。《京本通俗小說•錯斬崔寧》：“熙熙攘攘，都為利來；蚩蚩蠢蠢，皆納禍去。”《歧路燈》四四回：“街道周通，熙熙攘攘，好不熱鬧。”魯迅《且介亭雜文二集•蕭紅作〈生死場〉序》：“然而這幾天，卻又謠言蜂起，閘北的熙熙攘攘的居民，又在抱頭鼠竄了。”同 熙來攘往、人來人往。

【煽風點火】shān fēng diǎn huǒ 煽動慫恿別人，挑起是非或製造事端。沙汀《青棡坡》一一：“倒不是怕有人煽風點火。”◇此人心術不正，慣於煽風點火，挑撥離間，無事生非。同 造謠生事。

【熱火朝天】rè huǒ cháo tiān ❶ 比喻氣氛熱烈，情緒高漲。◇開銷幾百萬的婚禮，高朋貴戚滿堂，喜氣洋洋，熱火朝天。❷ 形容關係深厚親熱，往來密切。李六如《六十年的變遷》第六章：“他總喜歡在黎元洪面前鬼鬼祟祟，同孫武搞得熱火朝天。”同 人聲鼎沸、親密無間。

【熱淚盈眶】rè lèi yíng kuàng 熱淚：激動的淚水。眼眶裏充滿了激動的淚水，形容非常感動、悲傷、驚喜時的情緒。沈從文《友情》：“志摩穿了這麼一身與平時性情愛好全然不相稱的衣服，獨自靜悄悄躺在小廟一角，讓簷前點點滴滴愁人的雨聲相伴，看到這種淒清寂寞景象，在場親友忍不住人人熱淚盈眶。”◇母親一邊說着，一邊忍不住熱淚盈眶。同 潸然淚下。

【熱情洋溢】rè qíng yáng yì 形容內心飽滿的熱情，充分流露展現出來。◇他忽然想起了初戀情人，想起她那深摯的情愛和熱情洋溢的臉龐 / 他寫給她的信雖然算不上熱情洋溢，但起碼可以說是友好而誠摯。反 冷若冰霜。

【熟門熟路】shú mén shú lù 比喻十分熟悉瞭解。《官場現形記》二回：“王孝廉是熟門熟路，管門的一向認得，立時請進，並不阻擋。”◇幹這一行，他可是熟門熟路。同 駕輕就熟。

【熟能生巧】shú néng shēng qiǎo 同一件事做多了、熟練了，就能領悟到竅門，做得更好、更快、更省力。《鏡花緣》三一回：“俗語說的‘熟能生巧’。舅兄昨日讀了一夜，不但他已嚼出此中意味，並且連寄女也都聽會，所以隨問隨答，毫不費事。”《慈禧太后演義》二一回：“再令樂工演習燈舞，以熟能生巧為佳。”◇學習外語，就要多聽多讀多寫，熟能生巧，自然就學好了。同 駕輕就熟。

【熟視無睹】shú shì wú dǔ 經常看到，卻像不曾看見一樣。形容對眼前的事不關心或漫不經心。唐代韓愈《應科目時與人書》：“是以有力者遇之，熟視之若無睹也。”宋代林正大《括沁園春》詞：“靜聽無聞，熟視無睹，以醉為鄉樂性真。”郭沫若《天地玄黃•悼聞一多》：“然而有權責的人卻充耳不聞，熟視無睹，不僅不依從人民的意願，反而倒行逆施，變本加厲。”同 視若無睹、視而不見。

【燕安鴆毒】yàn ān zhèn dú 見“宴安鴆毒”。

【燕侶鶯儔】yàn lǚ yīng chóu 侶、儔：伴侶。喻指男女相親相愛，和諧相處。元代劉庭信《折桂令》：“想人生最苦離別，恰才燕侶鶯儔，早水遠山疊。”元代關漢卿《竇娥冤》一折：“則被你坑殺人燕侶鶯儔。婆婆也，你豈不知羞！”同 鶯儔燕侶、鸞儔鳳侶。

【燕巢於幕】yàn cháo yú mù 見“燕巢幕上”。

【燕巢幕上】yàn cháo mù shàng 燕子在帳幕上築巢。比喻處境極危險。《左傳•襄公二十九年》：“夫子之在此也，猶燕之巢于幕上。”宋代劉宰《回福帥李大卿駿書》：“淮土積年所行皆非實政，今其遺民祇如燕巢幕上。”元代劉著《至日》詩：“燕巢幕上終非計，雉畜樊中正可憐。”也作“燕巢於幕”。三國蜀諸葛亮《將苑•戒備》：“若乃居安而不思危，寇至而不知懼，此謂燕巢於幕，魚游於鼎，亡不俟夕矣。”《聊齋誌異•邵女》：“君之計，所謂燕巢於幕，不謀朝夕者也。”同 燕巢飛幕、釜底游魚。

【燕爾新婚】yàn ěr xīn hūn《詩經•谷風》：“宴樂新昏，如兄如弟。”昏：同“婚”。燕：同“宴”。燕爾：快樂的樣子。後用“燕爾新婚”指代新婚，也常用作祝賀別人新婚之喜的吉語。宋代陳著《羞舒公凱歸妻》：“燕爾新婚，時乎為養。”元代關漢卿《裴度還帶》四折：“狀元下馬就親，洞房花燭，燕爾新婚。”明代柯丹丘《荊釵記》二一齣：“儒冠誤身，一言難盡，為玉蓮可人，常懷方寸。若得他配合秦晉，那其間燕爾新婚。”清代孔尚任《桃花扇•辭院》：“只是燕爾新婚，如何捨得？”同 新婚燕爾。反 勞燕分飛。

【燕語鶯(鸎)聲】yàn yǔ yīng shēng 形容百鳥鳴春、生氣勃勃景象。也比喻女子說話悅耳動聽。元代關漢卿《金線池》楔子：“語若流鶯聲似燕，丹青，燕語鶯聲怎畫成？”明代徐有貞《賦得齋居春曉寄同學》：“梨花柳絮亂晴雪，燕語鸎聲喧暖風。”《品花寶鑒》八回：“那陪酒的光景，你自沒有見過，覺得口脂面粉，酒氣花香，燕語鶯聲，偽嗔佯笑，那些妙處，無不令人醉心蕩魂。”同 鶯聲燕語。

【燕瘦環肥】yàn shòu huán féi 燕瘦：指漢成帝的皇后趙飛燕體態苗條，動作輕盈（傳說能作“掌上舞”）。環肥：指唐玄宗的貴妃楊玉環體型豐腴美麗。宋代蘇軾《孫莘老求墨妙亭詩》：“杜陵評書貴瘦硬，此論未公吾不憑。短長肥瘠各有態，玉環飛燕誰敢憎！”後用“燕瘦環肥”：❶ 指女子的姿容體態不同，各有所長，各有各的美感。清代陳維崧《毛大可新納姬人序》：“然而燕瘦環肥，要緣風土；越禽代馬，互有便安。”《文明小史》四十回：“有的妝臺依鏡，有的翠袖憑欄，說不盡燕瘦環肥。”◇模特在大賽場上爭妍鬥豔，燕瘦環肥，讓人目不暇接。❷ 比喻各人的審美觀和愛好情趣不同，各有各的要求和看法。清代高宗《〈御選唐宋詩醇〉凡例》：“（評語）多者擇而取之，少者不容傅會，折衷一定，聲價自齊，燕瘦環肥，初不以妝飾之濃澹為妍媸也。”清代百一居士《壺天錄》卷下：“某生眼界過峻，燕瘦環肥，品評少所許可。”同 環肥燕瘦。

【燕頷虎頸】yàn hàn hǔ jǐng 像燕的下巴，如虎的頭頸，被認為是貴人之相。《後漢書•班超傳》：“其後行詣相者，曰：‘祭酒布衣諸生耳，而當封侯萬里之外。’超問其狀。相者指曰：‘生燕頷虎頸，飛而食肉，此萬里侯相也。’”金代張行簡《人倫大統賦》卷上：“燕頷虎頸萬里侯。”注：“漢將班超頷平環滿，地閣闊，頂方隆光瑩，虎頭燕頷之形，飛而食肉，祿發。”蔡東藩《後漢演義》二七回：“君燕頷虎頸，飛行食肉，這就是萬里侯相呢！”也作“燕頷虎鬚”。《三國演義》一回：“玄德回視其人：身長八尺，豹頭環眼，燕頷虎鬚，聲若巨雷，勢如奔馬。”《好逑傳》一四回：“只見那人年紀只好三十上下，生得豹頭環眼，燕頷虎鬚，十分精悍。”同 燕頷虎頭、虎頭燕頷。

【燕頷虎鬚】yàn hàn hǔ xū 見“燕頷虎頸”。

【燒琴煮鶴】shāo qín zhǔ hè 見“焚琴煮鶴”。

【燎原之勢】liáo yuán zhī shì 見“燎原烈火”。

【燎原烈火】liáo yuán liè huǒ 燎原：燃遍廣大的原野。《尚書•盤庚上》：“若火之燎于原，不可向邇。”後用“燎原烈火”、“燎原之勢”比喻迅速蔓延壯大、不可抗拒的事物或力量。孫中山《中國問題的真解決》：“只要星星之火就能在政治上造成燎原之勢。”◇辛亥革命的燎原烈火，越燒越旺，越燒越廣，清政府迅速土崩瓦解。同 星火燎原、“星星之火，可以燎原”。

【燋頭爛額】jiāo tóu làn é 見“焦頭爛額”。

【燔書坑(阬)儒】fán shū kēng rú 即“焚書

坑儒”。指秦始皇三十四年（公元前213年）焚毀儒家典籍，繼而坑殺460餘名儒生、方士的事件。後泛指摧殘文化事業、迫害知識人士的野蠻愚蠢行為。《漢書·地理志》：“昭王曾孫政併六國稱皇帝，負力怙威，燔書阬儒，自任私智，至子胡亥，天下畔之。”元代王惲《黃石公說》：“秦惑李斯之說，燔書坑儒，以愚黔首，故一時豪傑之士醜厥德而恥食其粟者多矣。”同 焚書坑儒。

【燃眉之急】rán méi zhī jí 比喻急迫得像眉毛被燒着了一樣。形容極為緊迫。也指十分緊迫的事情。《水滸傳》三五回：“我如今不知便罷，既是天教我知了，正是度日如年，燃眉之急。”《英烈傳》五三回：“此時正是燃眉之急，豈不用他。”孫中山《三民主義與中國前途》：“社會問題，隱患在將來，不像民族、民權兩問題，是燃眉之急。”同 火燒眉毛、火燒眉睫。

【燃膏繼晷】rán gāo jì guǐ 膏：借指油燈。晷：日光。唐代韓愈《進學解》：“先生口不絕吟於六藝之文，手不停披於百家之編……焚膏油以繼晷，恆兀兀以窮年。先生之業可謂勤矣！”說點燃燈燭代替日光照明。後用“燃膏繼晷”形容夜以繼日地勤奮工作或學習。宋代無名氏《宣和書譜·沈約》：“沈約……少家貧，一意書史，燃膏繼晷，晝夜不倦。”◇汪先生在中國人物畫創新方面燃膏繼晷，成績顯赫。同 焚膏繼晷、繼晷焚膏。

【燃糠自照】rán kāng zì zhào 燃燒穀物的糠皮，照明讀書，形容刻苦學習。《南齊書·顧歡傳》：“鄉中有學舍，歡貧，無以受業，於舍壁後倚聽，無遺忘者。八歲誦《孝經》、《詩》、《論》，及長，篤志好學，母年老，躬耕誦書，夜則燃糠自照。”《南史·顧歡傳》作“夕則然松節讀書，或然糠自照。”然：同“燃”。清代趙翼《借月和尚以其名乞詩戲贈》詩：“燃糠勤何用，囊螢功久謝。”◇古時候刺股懸樑、積雪囊螢、燃糠自照這些勤奮好學的人，那種追求上進的精神，永遠值得後人學習。同 然糠自照、然糠照薪。反 好吃懶做、不學無術。

【燈火輝煌】dēng huǒ huī huáng 燈光耀眼，光輝燦爛。明代曹學佺《蜀中廣記》卷八十：“屆期觀中老幼叢遝，焚香拜祝，音樂闐咽，燈火輝煌。”清代王士禛《池北偶談·洞庭丐者》：“燈火輝煌慶此宵，夜深兒女不相招。破蒲團上三更夢，那管明朝是歲朝！”《子夜》一：“他很輕鬆的上了五級的石階，走進那間燈火輝煌的大客廳了。”同 燈燭輝煌。反 黑燈瞎火。

【燈紅酒綠】dēng hóng jiǔ lǜ 形容繁華景象或夜間宴飲歡樂的情景。《官場現形記》一四回：“‘江山船’的窗戶是可以掛起來的，十二隻船統通可以望見，燈紅酒綠，甚是好看。”《恨海》十回：“一時燈紅酒綠，管弦嘈雜，大眾猜拳行令起來。”◇華麗的大廳裏，樂聲悠揚，舞影婆娑，燈紅酒綠。同 酒綠燈紅、紙醉金迷。反 樸素無華、勤儉節約。

【燈蛾撲火】dēng é pū huǒ 燈蛾：撲燈蛾，一種有趨光性的蛾，見光亮即飛撲過去。比喻自尋死路，自取滅亡。《水滸傳》二六回：“這賊配軍卻不是作死！倒來戲弄老娘，正是‘燈蛾撲火，惹焰燒身’，不是我來尋你。”蔡東藩《民國通俗演義》二六回：“燈蛾撲火，自取災殃。”◇明知毒品沾不得，有些人依然趨之若鶩，道家說這叫燈蛾撲火，佛家說這叫執迷不悟。同 飛蛾投火。

【燙手山芋】tàng shǒu shān yù 比喻難於處理的事情或難題。◇燙手山芋誰都不願接 / 用了一個金蟬脫殼之計，把燙手山芋丟給了別人。

【燮(爕)理陰陽】xiè lǐ yīn yáng 陰陽：古代哲學認為事物的兩個對立面，認為天地萬物皆由陰陽化生。燮理陰陽，就是協和、治理好世事和萬物，多借指高官履行職責。《尚書·周官》：“立太師、太傅、太保，茲惟三公，論道經邦，燮理陰陽。”宋代王安石《委任》：“至於治有不進，水旱不時，災異或起，則曰‘三公不能燮理陰陽’而策免之，甚者至於誅死，豈不痛哉！”歐陽予倩《桃花扇》

三幕一場："都是相爺燮理陰陽之功。"

【燦若繁星】càn ruò fán xīng 鮮明耀眼，就像夜空中眾多的星星。形容出色的人或出奇的事物非常多。◇在燦若繁星的中國古代作家中，李清照猶如一顆放射着奇光異彩的明星。同 粲然可觀。

【燦爛輝煌】càn làn huī huáng 形容明亮耀眼，光彩四射。《鏡花緣》四八回："只覺金光萬道，瑞氣千條，燦爛輝煌，華彩奪目。"◇古人在治療疾病的漫長實踐中，創造了燦爛輝煌的中醫藥文化。同 光輝燦爛。反 黯淡無光。

【營私舞弊】yíng sī wǔ bì 營：謀求。説玩弄手段，破壞法紀，謀取私利。清代《八旗通志》卷三一："大臣等暗受伊等干求，故意巧為辦理，即屬營私舞弊。"《二十年目睹之怪現狀》一四回："南洋兵船雖然不少，叵奈管帶的一味知道營私舞弊，哪裏還有公事在他心上。"高陽《慈禧全傳》一〇七；"至於工程，則自徵收民地到購料僱工，營私舞弊，無所不用其極，而最不能令人忍受的是，蓄意媚外，幾不知有'國家'二字。"同 徇私舞弊、貪贓枉法。反 秉公辦理、執法如山。

【營營苟苟】yíng yíng gǒu gǒu 形容人不顧廉恥，不擇手段，一味鑽營。營營：忙碌不休的樣子。◇做光明正大的君子人，不做營營苟苟的小人 / 政客們講得天花亂墜，背地裏卻營營苟苟，想方設法謀求私利。同 蠅營狗苟、狗苟蠅營。反 光明正大、光明磊落。

【爍石流金】shuò shí liú jīn 見"鑠石流金"。

【爐火純青】lú huǒ chún qīng 道家煉丹，爐中火焰至純青色便宣告成功。後比喻學問、技藝、修養等達到純熟完美的境界。《孽海花》二五回："到了現在，可已到了爐火純青的氣候，正是弟兄們各顯身手的時期。"洪深《五奎橋》第一幕："他的手腕，他的機智，已到了'爐火純青'的程度。"◇他鑒定青銅器的功夫，真是爐火純青，再精緻的贋品也逃不過他的眼睛。同 登峰造極。

【爛醉如泥】làn zuì rú ní 爛：鬆軟。形容酩酊大醉，身子軟得像一攤泥。《漢官儀》："一日不齋醉如泥。"元代薛昂夫《端正好》套曲："真喫的爛醉如泥盡意呵，舉頭山隱隱，擱手笑呵呵。"《水滸傳》一〇一回："王慶一日喫得爛醉如泥，在本府正排軍張斌面前露出了馬腳。"巴金《利娜•第五封信》："她們喝得爛醉如泥，倒在醉漢們的大腿中間。"同 酩酊大醉。

爪部

【爭分奪秒】zhēng fēn duó miǎo 泛指抓緊時間。◇爭分奪秒地搶修線路故障 / 青少年時代的光陰十分寶貴，即使不爭分奪秒，至少也須抓住每一天。反 虛度光陰。

【爭先恐後】zhēng xiān kǒng hòu 爭着向前或搶先，唯恐落在後面。明代唐順之《春坊中允方泉李君墓表》："於此之時，彬彬雅雅，爭先恐後，何其盛耶？"李六如《六十年的變遷》第六章："正在下火車的清兵，被民軍打得落花流水，爭先恐後，從車廂窗子裏往外奔逃。"

【爭名奪利】zhēng míng duó lì《戰國策•秦策一》："臣聞爭名者於朝，爭利者於市。"後用"爭名奪利"指爭奪個人的名譽和利益。元代馬致遠《黃粱夢》一折："想世人爭名奪利，何苦如此！"《説唐》九回："可憐五魁不為爭名奪利，只因嫉忌秦瓊，反害了自己性命。"清代安陽酒民《情夢柝》一回："今人爭名奪利，戀酒貪花，那一件不是情？"同 爭名競利、追名逐利。反 淡泊名利、清心寡欲。

【爭長論短】zhēng cháng lùn duǎn 爭論誰高誰低、誰是誰非，或爭奪得失利害、斤斤計較。《文明小史》五回："那礦師本來還想同柳知府爭長論短，聽見金委員如此一説，也就罷手。"◇站在高山之巔，人世間的爭長論短，生活上的痛苦煩惱，一下子便都煙消雲散了。同 爭短論長、爭長競短。反 甘拜下風、退避三舍。

【爭奇鬥豔】zhēng qí dòu yàn ❶ 形容奇花異卉，競相開放，十分豔麗。◇山野的草花，在春風中搖來擺去，爭奇鬥豔。❷比喻服飾、陳設等十分華麗、講究。◇每到換裝的時節，女性的各色新裝就會在街上爭奇鬥豔。同 爭妍鬥豔。

【爭風吃醋】zhēng fēng chī cù 比喻因爭寵或相互忌妒而明爭暗鬥。也作"爭鋒吃醋"。《醒世恆言•兩縣令競義婚孤女》："那月香好副嘴臉，年已長成。倘或有意留他，也不見得。那時我爭風吃醋便遲了。"《紅樓夢》六九回："鳳丫頭倒好意待他，他倒這樣爭鋒吃醋，可知是個賤骨頭。"◇官司打了半年才鬧明白，原來是為一個女人爭風吃醋才打到這般田地。同 拈酸吃醋、妒火中燒。

【爭強好勝】zhēng qiáng hào shèng 爭做強者，凡事都要勝過別人。《兒女英雄傳》三五回："只看世上那班分明造極登峰的，也會變生不測；任是爭強好勝的，偏逢用違所長。"高陽《紅頂商人胡雪巖》四章："阿巧姐也是爭強好勝的性格，一物不知，引以為恥，所以不肯開口相問。"同 爭強鬥勝、爭強顯勝。反 甘居人後、與世無爭。

【爭鋒吃醋】zhēng fēng chī cù 見"爭風吃醋"。

【爭權奪利】zhēng quán duó lì 爭奪權力和利益。郭沫若《蔡文姬》三幕："甚麼外戚，甚麼宦官，還有既非外戚又非宦官的豪強大戶，他們就只曉得爭權奪利，草菅人命。"◇官場盛行排擠傾軋，爭權奪利，像他那樣的老實人，坐不上三天，就得叫人家趕下台。同 爭權攘利。

父 部

【父債子還】fù zhài zǐ huán ❶父親生前的債務，由子女負責償還。二月河《康熙大帝》："他們老魏家上門逼債，逼得我父親投河，母親上吊，一家子妻離子散，魏太公說是父債子還，又把我賣給走江湖的。"❷指父輩的過錯累及子女。梁羽生《龍鳳寶釵緣》四十回："這個我管不着，我只知父債子還，我就要向你討還血債！"

【父慈子孝】fù cí zǐ xiào《禮記•禮運》："何謂人義？父慈，子孝，兄良，弟弟，夫義，婦聽，長惠，幼順，君仁，臣忠十者，謂人之義。"後連成"父慈子孝"，指父母對子女慈愛，子女對父母孝順。南朝宋劉義慶《世說新語•箴規》："君賢臣忠，國之盛也；父慈子孝，家之盛也。"元代紀君祥《趙氏孤兒》四折："可不道馬壯人強，父慈子孝，怕甚麼主憂臣辱。"《東周列國誌》一〇一回："主聖臣賢，國之福也；父慈子孝，家之福也。"

爻 部

【爽心悅目】shuǎng xīn yuè mù 景色美麗，令人心情愉快。陳夔龍《夢蕉亭雜記》卷二："省中又乏佳山水，足以爽心悅目，意竊苦之。"◇想不到在戈壁荒灘上，竟有幾處爽心悅目的綠洲。同 賞心悅目。反 滿目瘡痍。

【爽然自失】shuǎng rán zì shī 茫然無主見，好像失去了甚麼。《史記•屈原賈生列傳論》："又怪屈原以彼其材，游諸侯，何國不容，而自令若是。讀《服鳥賦》，同死生，輕去就，又爽然自失矣。"明代李東陽《壽祭酒羅先生七十詩序》："諸同年聞之，蓋爽然自失也。"也作"爽然若失"。清代和邦額《夜譚隨錄•陳寶祠》："陽爽然若失，徘徊回顧。"魯迅《朝花夕拾•瑣記》："畢業，自然大家都盼望的，但一到畢業，卻又有些爽然若失。"同 茫然若失。反 措置裕如。

【爽然若失】shuǎng rán ruò shī 見"爽然自失"。

【爾詐我虞】ěr zhà wǒ yú 見"爾虞我詐"。

【爾虞我詐】ěr yú wǒ zhà 虞、詐：欺騙。《左傳•宣公十五年》："宋及楚平，華元為質，盟曰：'我無爾詐，爾無我虞。'"後用"爾虞我詐"、"爾詐我虞"形容互不信任，相互欺騙。《北洋軍閥統治時期史話》三二章："從馮、段合作……的第一天起，他們就展開了爾詐我虞、斤斤計較的權力鬥爭。”◇公司高層勾心鬥角，爾虞我詐，搞得公司快破產了。同 勾心鬥角。反 推心置腹。

爿 部

【牀笫之私】chuáng zǐ zhī sī 笫：竹子編的牀蓆。指私房話、隱私事或性事。《左傳·襄公二七年》：“牀笫之言不逾閾。”《孔叢子·答問》：“凡若晉侯驪姬牀笫之私，房中之事，不得掩焉！”《古代的男寵》：“到了漢代，色臣……一旦恩寵，便授以重位，不但內承牀笫之私，而且外與天下之事。”同 兒女私情。

【牆花路柳】qiáng huā lù liǔ 探出牆頭的花，路旁任人攀折的柳樹。借指妓女。元代楊暹《劉行道》三折：“你和那牆花路柳廝和協，到和親媳婦無疼熱。”元代曾瑞《梧葉兒·贈喜溫柔》曲：“蟾宮閉，花貌羞，鶯嚦嚦囀歌謳。樽前立，席上有，喜溫柔，都壓盡牆花路柳。”明代高明《二郎神·秋懷》套曲：“風流，恩情怎比，牆花路柳？記待月西廂，和你攜素手。”同 路柳牆花。

【牆風壁耳】qiáng fēng bì ěr 牆壁有透風的縫隙，隔牆有偷聽的人。形容秘密的事情總會泄漏出去，防不勝防。《粉妝樓》一四回：“公子不可亂步，牆風壁耳，速速請回，奴家得罪了。”清代華偉生《開國奇冤·逮捕》：“你想牆風壁耳，萬一傳了出去，說我窩藏徐錫麟的黨羽，叫我如何吃罪得起？”◇人不能做壞事，牆風壁耳，沒有透不出去的。同 隔牆有耳。

片 部

【片瓦不存】piàn wǎ bù cún 一塊瓦片也沒剩下。形容房屋全部毀壞。《宋史·錢若水傳》：“城邑焚毀，片瓦不存，所過山林，材木匱乏。”◇地震過後，整個村寨片瓦不存。同 片瓦不留、片瓦無存。

【片甲不回】piàn jiǎ bù huí 甲：鎧甲，借指士兵。一個士兵也沒回來。形容全軍覆沒。《三國演義》五二回：“曹操引百萬之眾，被吾聊施小計，殺得片甲不回。汝等豈堪與我對敵？”清代吳趼人《發財秘訣》十回：“倘使此輩都是識時務熟兵機之員，外人擾我海疆時，迎頭痛擊，殺他個片甲不回。”同 全軍覆沒。反 大獲全勝。

【片甲不留】piàn jiǎ bù liú 一片鎧甲也沒留下。形容全軍覆沒。《說岳全傳》二三回：“為兄的在此紮營，意欲等候番兵到來，殺他一個片甲不留。”同 片甲不回、片甲不存。

【片言折獄】piàn yán zhé yù《論語·顏淵》：“片言可以折獄者，其由也與？”片言：單方面的話。折獄：判決訴訟案件。後省作“片言折獄”，說憑一方面的訟詞就可以判決訟事，或只須幾句話就能清晰斷案。常用來頌揚官吏賢明。唐代楊炯《〈射洪縣尉康元辯〉贊》：“元辯精銳，風生筆端；片言折獄，一尉當官。”明代馮夢龍《智囊補·察智·得情》前言：“口變淄素，權移馬鹿。山鬼晝舞，愁魂夜哭。如得其情，片言折獄。”後也指只用簡短的幾句話就能判斷是非曲直。明代卓人月《答詹曰至書》：“所論西江、金沙之異同，真是片言折獄。”同 明鏡高懸。反 貪贓枉法。

【片言隻語】piàn yán zhī yǔ 簡短的文字或話語。明代袁宗道《李卓吾》：“讀翁片言隻語，輒精神百倍。”◇一連給她發了三封電子郵件，卻沒有片言隻語的回音／他傳過來的片言隻語不足為信，等把事情弄清楚了再說。同 隻言片語、片言隻字。反 長篇大論、洋洋灑灑。

牙 部

【牙牙學語】yá yá xué yǔ 牙牙：象聲詞，嬰兒學說話的聲音。形容嬰兒咿咿呀呀地學說話。唐代司空圖《障車文》：“二女則牙牙學語，五男則雁雁成行。”清代梁紹壬《兩般秋雨盦隨筆•致趙秋舲書》附來書："丁亥臘月二十七夜，內子舉一男，現才牙牙學語。"徐鑄成《舊聞雜憶補篇》："記得一九六○年左右，我們所撫養的長孫，正牙牙學語。"

牛 部

【牛刀小試】niú dāo xiǎo shì 見"小試牛刀"。

【牛刀割雞】niú dāo gē jī《論語•陽貨》："夫子莞爾而笑，曰：'割雞焉用牛刀？'"用宰牛的刀來殺雞。比喻大材小用。漢代王允《論衡•自紀》："牛刀割雞，舒戟採葵，鈇鉞裁箸，盆盎酌巵，大小失宜，善之者希。"宋代朱熹《答蔡季通》："旋運只是勞心之所致，小試參同之萬一，當如牛刀割雞也。"◇大學教師去教幼稚園，這不是牛刀割雞嗎？同 大材小用。

【牛毛細雨】niú máo xì yǔ 指極細的小雨。清代梁紹壬《兩般秋雨盦隨筆•無題詩》："又有人以《真娘墓》一首示余，其詞云：'馬足殘花憐薄命，牛毛細雨送斜陽。'"周立波《暴風驟雨》一部二："風是雨的頭，風來了，雨也要來的。但到底是瓢潑大雨呢，還是牛毛細雨？還不能知道。"同 濛濛細雨、細雨如絲。反 傾盆大雨、瓢潑大雨。

【牛衣對泣】niú yī duì qì《漢書•王章傳》："章疾病，無被，卧牛衣中，與妻決，涕泣。"牛衣：草或麻的編織物，用來給牛禦寒遮雨。後用"牛衣對泣"指夫妻睡在牛衣中，相對哭泣。多指夫妻共度艱苦生活。明代葉憲祖《鸞鎞記•京晤》："我曾把譏評句，聊申勸勉情，也只為牛衣對泣憐同病。"清代宣鼎《夜雨秋燈錄•義貓》："翁家乏食，借貸無門，典質已盡，搔首踟躕，牛衣對泣而已。"同 患難夫妻。

【牛角掛書】niú jiǎo guà shū《新唐書•李密傳》："(李密) 以蒲韉乘牛，掛《漢書》一帙角上，行且讀。"後用"牛角掛書"形容勤苦好學。宋代陸游《對酒》詩："牛角掛書何足問，虎頭食肉亦非豪。"魏明倫《金牛賦》："牛角掛書，以耕求學。"◇囊螢映雪，牛角掛書，不少名人都是在艱苦環境下發奮讀書而取得成就的。同 囊螢映雪、懸樑刺股。

【牛郎織女】niú láng zhī nǚ 牛郎星和織女星，兩星隔銀河（天河）相對。傳說織女是天帝孫女，長年織造雲錦，自嫁河西牛郎後就不再紡織。天帝大怒，用天河將兩人分開，只准每年農曆七月七日由喜鵲搭橋，在橋上相會一次。事載南朝梁宗懔《荊楚歲時記》。明代汪廷訥《種玉記•赴約》："牛郎織女圖歡會，蜂喧蝶嚷須迴避。"後也用"牛郎織女"比喻分居兩地的夫妻。◇總不能讓這一對兒牛郎織女團聚不了吧，人家已經分居十年了。

【牛鬼蛇神】niú guǐ shé shén ❶ 佛經中有長着"牛頭"的鬼和身軀是"鐵蛇"的神，本是邪惡形象，後人用來象徵虛幻怪誕。唐代杜牧《〈李賀集〉序》："鯨呿鼇擲，牛鬼蛇神，不足為其虛荒誕幻也。"清代劉獻廷《廣陽雜記》卷四："牛鬼蛇神，紛然滿紙，不復可以寓目矣。"❷ 比喻神奇、有能耐。《孽海花》三二回："沒有一個不說得他生龍活虎，牛鬼蛇神。"《野叟曝言》四六回："個個稱揚，人人傳說，把素臣說得牛鬼蛇神，竟是天上下來一般。"❸ 比喻種種歪門邪道或形形色色的壞人。《兒女英雄傳》四十回："至於外省那班作幕的，真真叫牛鬼蛇神，無般不有，這都是我領教過的。"《老殘遊記續集遺稿》二回："若官、幕兩途，牛鬼蛇神，無所不有。"同 妖魔鬼怪、魑魅魍魎。

【牛溲馬勃】niú sōu mǎ bó 唐代韓愈《進學解》："玉劄丹砂，赤箭青芝，牛溲馬勃，敗鼓之皮，俱收並蓄，待用無遺者，醫師之良也。"牛溲：牛尿（一說車前子）。馬勃：俗稱馬屁菌，一種菌類。後用"牛溲馬勃"：❶ 泛指便宜易得的中草藥。比喻微賤而有用的東西。《宋史•吳潛傳》："使臣輩得以效牛溲馬勃之助，以不辱陛下知人之明。"明代王世貞《與樊侍御書》："某不佞，聞古有助於人者，牛溲馬勃亦不卻也。”❷ 比喻流品低下的人或極為平常的東西。《歧路燈》六三回：“雖說轟轟烈烈，原不寂寞，但只是把一個累代家有藏書、門無雜賓之家，弄成魑魅魍魎，塞門填戶，牛溲馬勃，兼收並蓄了。”魯迅《致王志之》：“《募修孔廟疏》不必見寄，此種文字……真多於‘牛溲馬勃’。”同 馬勃牛溲。

【牛頭馬面】niú tóu mǎ miàn ❶ 佛教指陰間頭面像牛似馬的鬼卒。《敦煌變文·大目乾連冥間救母變文》：“目連前行至一地獄……獄卒數萬餘人，總是牛頭馬面。”清代吳熾昌《客窗閒話續集·權閻羅王》：“階下吏役不知其數。內有夜叉一部，牛頭馬面一部。”清代嘿生《玉佛緣》五回：“忽見第五殿閻王那裏，一對牛頭馬面走來，一根鐵索拉了他就走。”❷ 比喻各種各樣的壞人。秦牧《晴窗晨筆》：“一個陰險卑劣的動機，一番隨心所欲的想像，加上一套封建法西斯手段，再加上以家臣和奴才般的媚骨、氣焰萬丈的毒手來執行亂命的牛頭馬面般的人物互相配合，甚麼假案都可以製造出來。”同 牛鬼蛇神、妖魔鬼怪。

【牛驥同皂（阜）】niú jì tóng zào 漢代鄒陽《獄中上書自明》：“使不羈之士與牛驥同阜，此鮑焦所以忿於世而不留富貴之樂也。”驥：良馬。阜：同“皂”，牲口槽。後以“牛驥同皂”比喻賢者和庸人同處一起。宋代秦觀《官制下》：“牛驥同皂賢不肖混殽，而天下皆將汎汎然偷取，一切不復淬勵激昂以功名為己任。”◇同一所學校裏畢業的學生水準差距如此之大，簡直是牛驥同皂。同 龍蛇混雜、魚龍混雜。

【牝牡驪黃】pìn mǔ lí huáng 牝牡：雌雄。驪：黑色。《列子·說符》載：伯樂推薦同伴樵夫方九皋為秦穆公訪求良馬。過了三個月，回來說馬已找到了。穆公問是一匹怎樣的馬，方氏回答是黃色的雌馬，穆公派人去牽回來，一見卻是黑色的雄馬。穆公為此責備伯樂。說他推薦的人連毛色，公母都分不清，怎能鑒別良馬。伯樂歎息說，方氏所觀乃馬之靈性，並不在意其他方面，觀察的是內質而非外形，他看的是必須要看的東西，不看不必要之處，方九皋這樣相馬才是相對了。那匹馬果然是少見的駿馬。後用“牝牡驪黃”比喻事物的表面現象。宋代陳亮《祭潘叔度文》：“亮不肖無狀，為天大之所共棄，叔度獨略其牝牡驪黃而友其人，關其休戚。”也作“驪黃牝牡”。明代宋懋澄《祭唐宗伯文》：“懋澄之生也晚，且雲泥異途，濩落無狀，先生獨識之驪黃牝牡之外，賞其文而與其人。”

【牝雞司晨】pìn jī sī chén 母雞代替公雞報曉。《尚書·牧誓》：“古人有言曰：牝雞無晨。牝雞之晨，惟家之索。”孔安國傳注：“喻婦人知外事。雌代雄鳴則家盡，婦奪夫政則國亡。”後以“牝雞司晨”比喻本該男人做的事，如今違背常理，由女人代之。古人把女人專權稱作“牝雞司晨”。《舊五代史·唐莊宗紀論》：“外則伶人亂政，內則牝雞司晨。”元代耶律楚材《請智公尼禪開堂疏》：“勿謂牝雞司晨不敢下觜。”《轟天雷》五回：“家園寥落，誰教牝雞司晨。”同 牝雞司晨，惟家之索。反 牝雞無晨。

【牢不可破】láo bù kě pò 十分結實、堅固，不能摧毀。《新唐書·李德裕傳》：“於是二人權震天下，黨人牢不可破矣。”宋代陳亮《酌古論·馬燧》：“魏據河北，蔽捍諸鎮，脣齒相顧，牢不可破。”◇他倆青梅竹馬，兒時結下的情愛牢不可破。同 堅如磐石。反 四分五裂、分崩離析。

【牢什古子】láo shí gǔ zi 方言。令人討厭的東西。《紅樓夢》三六回：“你們家把好好的人弄了來，關在這牢坑裏學這牢什古子還不算，你這會子又弄個雀兒來，也偏生幹這個。”◇一團白色的牢什古子從天而降，把花園砸得亂七八糟的。

【牢騷滿腹】láo sāo mǎn fù 一肚子委曲不滿的情緒。◇我怎麼沒發現他是這麼個牢騷滿腹小心眼兒的人呢？同 滿腹牢騷。反 志得意滿。

【物以類聚】wù yǐ lèi jù《易經·繫辭上》：“方以類聚，物以群分，吉凶生矣。”後用“物以類聚”指彼此投合的人、或同類的事物，因為同性同屬，慣常聚集在一起。《五燈會元‧溫州護國欽禪師》：“如藤倚樹，物以類聚。”《醒世恒言‧張孝基陳留認舅》：“自古道：物以類聚。過遷性喜遊蕩，就有一班浮浪子弟引誘打合。”◇物以類聚，不消幾天，三個人已經打得火熱了。同 人以群分、“物以類聚，人以群分。”

【物各有主】wù gè yǒu zhǔ 世間萬物各有其主。宋代蘇軾《前赤壁賦》：“且夫天地之間，物各有主，苟非吾之所有，雖一毫而莫取。”《西遊記》三回：“（悟空）對眾笑道：‘物各有主。這寶貝鎮於海藏中，也不知幾千百年，可可的今歲放光。’”《説岳全傳》六回：“自古道：‘物各有主。’這馬該是岳大爺騎坐的，自然伏他的教訓。”同 一物一主。

【物是人非】wù shì rén fēi 景物依舊而人事已完全改變。多表示世事變遷以後對故人的懷念。三國魏曹丕《與吳質書》：“節同時異，物是人非，我勞如何！”宋代李清照《武陵春》詞：“物是人非事事休，欲語淚先流。”《平山冷燕》一八回：“只怕再來時物是人非，雲英已赴裴航之夢矣。”同 物在人亡、睹物思人。

【物華天寶】wù huá tiān bǎo 物中的精華，天上的寶物。比喻極其珍貴的東西。唐代王勃《滕王閣序》：“物華天寶，龍光射牛斗之墟；人傑地靈，徐孺下陳蕃之榻。”《水滸後傳》四十回：“物華天寶動和風，一派簫韶仙苑同。”清代魏源《軍儲篇》：“物華天寶，民珍國瑞，無傾熔冶鑄之煩，無朽腐贋造之苦。”同 無價之寶、稀世之珍。

【物換星移】wù huàn xīng yí 表示光陰流逝，景物改變，時序轉換。唐代王勃《滕王閣序》：“閒雲潭影日悠悠，物換星移幾度秋。”元代石德玉《秋胡戲妻》四折：“早十年物換星移，幸時來得成功業。”馮驥才《書桌》：“它似乎老了，早完成了使命，在人世間物換星移的常規裏等待着接受取代。”同 星移斗轉。反 亙古不變。

【物極必反】wù jí bì fǎn《鶡冠子‧環流》：“物極則反，命曰環流。”後以“物極必反”説事物發展到極端，必然會向相反的方向轉化。宋代李攸《宋朝事實‧削平僭偽》：“蜀土之民，近歲日益繁盛，但習俗囂浮，多事遨賞。物極必反，今小寇驚動，豈天意抑其浮華耶？”清代紀昀《閱微草堂筆記‧姑妄聽之四》：“蓋愚者恆為智者敗，而物極必反，亦往往於所備之外，有智出其上者，突起而勝之。”孫中山《社會主義的分析》：“社會主義者嘗謂物極必反，專制若達於極點，推翻即易如反掌。”同 物極則反、物盛則衰。

【物傷其類】wù shāng qí lèi 因同類遭受不幸而悲傷。《警世通言‧旌陽宮鐵樹鎮妖》：“老龍曰：‘兔死狐悲，物傷其類。許遜既這等可惡，待我拿來與你復讎。’”清代無名氏《金石緣》四回：“解氏聽説，物傷其類，心中傷感道：‘原來是位兩榜，請坐了，有話商量。’”蔡東藩《民國通俗演義》一三九回：“交通總長高恩洪等，得了這個消息，真是物傷其類，彼此備位閣員，卻無端被總統捕去了一個，如何不憤怒着急？”同 兔死狐悲。反 幸災樂禍。

【物腐蟲生】wù fǔ chóng shēng 物必先腐爛而後才生出蟲來。《荀子‧勸學》：“肉腐出蟲，魚枯生蠹，怠慢忘身，禍災乃作。”後用“物腐蟲生”比喻禍患的產生必然有其內部原因。宋代蘇軾《范增論》：“物必先腐也，而後蟲生之；人必先疑也，而後讒入之。”《歧路燈》四七回：“本縣若執‘物腐蟲生’之理究治起來，不説你這嫩皮肉受不得這桁楊摧殘，追比賭贓不怕你少了分文。”茅盾《“大轉變時期”何時來呢？》：“所以近來論壇上對於那些吟風弄月的……所謂唯美文學的攻擊，是物腐蟲生的自然趨勢。”同 魚枯生蠹。

【物盡其用】wù jìn qí yòng 各種東西的功用都能充分發揮出來。◇捐給圖書館的書，如何做到物盡其用，是捐贈人最關心的／暴殄天物者不受責罰，物盡其用者不被褒獎，上司處事如此不公，員工心裏都憤憤不平。同 人盡其才。反 暴殄天物。

【物議沸騰】wù yì fèi téng 物議：眾人的議論。形容輿論反應強烈。宋代蘇軾《再論時政書》："然猶不免一言其非者，豈非物議沸騰、事勢迫切而不可止歟？"《明史·陳鼎傳》："物議沸騰，畏堂莫敢與難。"《隋唐演義》七七回："婉兒既自有私第在外，宮女們日夕來往，宮門上出入無節，物議沸騰，卻沒人敢明言直諫。"同 輿論譁然。

【物競天擇】wù jìng tiān zé 物競：生物的生存競爭。天擇：自然選擇。指自然界萬物為生存而相互競爭，能適應自然環境的被留存下來，不適應者被淘汰。是十九世紀英國生物學家達爾文進化論的基本觀點。清代黃遵憲《梅水詩傳序》："自物競天擇，優勝劣敗之説行，種族之存亡，關係益大。"梁啟超《新中國未來記》三回："因為物競天擇的公理，必要順應著那時勢的，才能彀生存。"張愛玲《談女人》："但是男子的體力也比不上豺狼虎豹，何以在物競天擇的過程中不曾為禽獸所屈服呢？"同 優勝劣汰。

【犁庭掃穴】lí tíng sǎo xué 穴：敵人或奸人盤踞藏匿的地方。犁平宮庭，掃蕩巢穴。指消滅敵人、徹底摧毀其勢力。《漢書·匈奴傳下》："近不過旬月之役，遠不離二時之勞，固已犁其庭，掃其閭，郡縣而置之。"離：歷。二時：六個月。宋代陸游《上殿箚子》："朝廷若未有深入遠討犁庭掃穴之意，能於用度之間，事事裁員，陛下又躬節儉以勵風俗，則賦於民者，必有可輕之理。"清代錢謙益《謝象三五十壽序》："好談兵事，往往集余邸中，相與清夜置酒，明燈促坐，扼腕奮臂，談犁庭掃穴之舉。"同 掃穴犁庭。

【牽強附會】qiān qiǎng fù huì 把本來沒有關聯的事勉強拉扯到一起。《孽海花》一一回："後儒牽強附會，費盡心思，不知都是古今學不分明的緣故。"葉聖陶《與佩弦》："雖明知牽強附會，也總要勉強把它排成章節。"同 穿鑿附會。反 涇渭分明。

【牽腸掛肚】qiān cháng guà dù 形容非常掛念，放不下心。《醒世恆言》卷一六："為了你，日夜牽腸掛肚，廢寢忘餐。"《紅樓夢》二六回："人家牽腸掛肚的等着，你且高樂去！"◇真沒想到會讓她這麼牽腸掛肚！同 牽腸割肚。反 滿不在乎、漫不經心。

【牽腸割肚】qiān cháng gē dù ❶形容非常掛念。元代白樸《小石調·惱煞人》曲："為憶小卿，牽腸割肚，悽惶悄然無底末。"《金元散曲·四換頭·相思》："牽腸割肚，一自別來信也無。"明代李日華《南西廂記·草橋驚夢》："你衾寒枕冷，鳳分與鸞拆，月圓被雲遮。這牽腸割肚，到如今義斷與恩絕，尋思來痛傷嗟。"❷形容內心悲痛如刀割。元代關漢卿《蝴蝶夢》二折："二哥活受地獄……三哥打得更毒，老身牽腸割肚。"元代無名氏《冤家債主》三折："土地也不胡突，可怎生將俺孩兒一時勾去，害得俺張善友牽腸割肚。"同 牽腸掛肚、撕肝裂肺。反 無動於衷、鐵石心腸。

【牽蘿補屋】qiān luó bǔ wū 唐代杜甫《佳人》詩："侍婢賣珠回，牽蘿補茅屋。"説把女蘿的藤蔓拉到房子上補漏洞。後用"牽蘿補屋"形容生活困難，東挪西補，勉強度日。宋代陳德武《醉春風》詞："白頭吟斷怨琵琶，罷罷罷。採柏賣珠，牽蘿補屋，順天生化。"《聊齋誌異·紅玉》："雇傭耕作，荷鑱誅茅，牽蘿補屋，日以為常。"

【犄角之勢】jī jiǎo zhī shì 見"掎角之勢"。

犬 部

【犬牙交錯】quǎn yá jiāo cuò ❶《史記·孝文本紀》："高帝封王子弟，地犬牙相制。"説封地如犬牙參差相接，藉以互相牽制。後以"犬牙交錯"形容交界處互相交錯，參差不齊。《宋史·俞充傳》："環州田與夏境犬牙交錯，每獲必遭掠，多棄弗理。"❷形容形狀像犬牙的樣子，參差不齊。◇山上大大小小的怪石犬牙交錯。❸形容各種因素互相牽制，關係、局面錯綜複雜。◇如今七八家公司的利益犬牙交錯，談判不容易，合作更難。同 犬牙相錯。反 整齊劃一。

【犬牙相制】quǎn yá xiāng zhì 像狗牙那樣上下制約。形容彼此交接互相箝制。《史記•孝文帝紀》："高帝封王子弟，地犬牙相制。"《舊唐書•王彥威傳》："犄角之師，犬牙相制，大都通邑，無不有兵。"《警世通言•趙太祖千里送京娘》："唐初府兵最盛，後變為藩鎮，雖跋扈不臣，然犬牙相制，終借其力。"◇明代皇權利用宦官、巡撫、總兵三者犬牙相制。

【犬牙相錯】quǎn yá xiāng cuò 形容像狗參差不齊的牙齒一樣，界限交錯不齊，或形容事物錯綜複雜。《漢書•中山靖王傳》："諸侯王自以骨肉至親，先帝所以廣封連城，犬牙相錯者，為磐石宗也。"蔡東藩《清史演義》三六回："乾隆帝的意思，無非是犬牙相錯、互生箝制的道理。"同 犬牙交錯、犬牙差互。

【犬馬之力】quǎn mǎ zhī lì 見"犬馬之勞"。

【犬馬之勞】quǎn mǎ zhī láo 犬馬：舊時臣子在君主面前卑稱自己。表示願像犬馬那樣為主子奔走效力。也多用於表示願為別人效勞。《晉書•段灼傳》："願陛下思子方之仁，念犬馬之勞，思帷蓋之報，發仁惠之詔，廣開養老之制。"《三國演義》六三回："敗軍之將荷蒙厚恩，無可以報，願施犬馬之勞，不須張弓隻箭，逕取成都。"◇為報師傅的知遇之恩，弟子自然願效犬馬之勞。也作"犬馬之力"。《晉書•段灼傳》："臣受恩三世，剖符守境，試用無績，沈伏數年，犬馬之力，無所復堪。"《水滸傳》六七回："不才願施犬馬之力，同共替天行道。"

【犯上作亂】fàn shàng zuò luàn《論語•學而》："不好犯上，而好作亂者，未之有也。"後連成"犯上作亂"，指違抗尊長或朝廷，搞反叛活動。清代孔尚任《桃花扇•截磯》："那黃得功一介武夫，還知報效；俺們倒肯犯上作亂不成？"清代玉瑟齋主人《回天綺談》四回："今日國中所謂改革黨一流人，好像時疫流行一樣，不論都鄙村邑到處都有，總是妨害國安，犯上作亂的。"反 安分守己、唯命是從。

【犯而不校】fàn ér bù jiào 校：計較。別人觸犯了自己也不計較。《論語•泰伯》："以能問於不能，以多問於寡；有若無，實若虛，犯而不校。"《後漢書•卓茂傳論》："夫厚性寬中近於仁，犯而不校鄰於恕，率斯道也，怨悔曷其至乎！"《歧路燈》五五回："惠養民道：'犯而不校，何以罰為？'大家微笑，各自散歸。"也作"犯而勿校"。魯迅《且介亭雜文末集•女弔》："只有明明暗暗，吸血吃肉的兇手或其幫閒們，這才贈人以'犯而勿校'或'勿念舊惡'的格言。"同 唾面自乾、逆來順受。反 睚眥必報、以牙還牙。

【犯而勿校】fàn ér wù jiào 見"犯而不校"。

【犯顏直諫】fàn yán zhí jiàn 見"犯顏極諫"。

【犯顏極諫】fàn yán jí jiàn 犯顏：冒犯君主或尊長的顏面、威嚴。諫：以直言規勸，常用於下對上。敢於冒犯君主或尊長的威嚴而極力規勸其改正錯誤。《韓非子•外儲説左下》："犯顏極諫，臣不如東郭牙，請立以為諫臣。"《封神演義》八回："百官為何鉗口結舌，不犯顏極諫，致令朝政顛倒！"◇歷史上曾有不少直言不諱、犯顏極諫的忠臣義士。也作"犯顏直諫"。劉毅《讀〈論語〉》："巧言令色鮮矣仁，犯言直諫辨忠奸。"反 阿諛取容、唯唯諾諾。

【狂犬吠日】kuáng quǎn fèi rì 瘋狗對着太陽亂叫。比喻壞人自不量力地叫囂或攻擊。吳祖光《吳祖光回憶錄•一輩子》："然而那種攻擊性的'唱和'如狂犬吠日，終究絲毫無損於日月之明。"

【狂奴故態】kuáng nú gù tài《後漢書•嚴光傳》記載：後漢光武帝劉秀與司徒侯霸、隱士嚴光都是老同學。當侯霸派人送信請嚴光來相見，嚴光叫來人記下他拒絕召見的回信："君房足下，位至鼎足，甚善。懷仁輔義天下悦，阿諛順旨要領絕。"侯霸把嚴光的回信交給光武帝，光武帝笑着説："狂奴故態也。"後用"狂奴故態"指狂放不羈的人的老脾氣。清代名教中人《好逑傳》七回："今蒙小姐嘉誨，誓當折節受教，決不敢再逞狂奴故態矣，何幸如之。”清代張春帆《九尾龜》二六回：“秋穀不覺也笑起來，道：‘我是借他人之酒杯，澆自己之塊壘，狂奴故態，何足為奇！’”清代秋瑾《漫興》詩之一：“擁鼻微吟還獨笑，狂奴故態未消磨。”

【狂妄自大】 kuáng wàng zì dà 自高自大，目中無人。林語堂《人生不過如此》三篇：“大自然本身始終是一間療養院。它如果不能治癒別的疾病，至少能夠治癒人類的狂妄自大的病。”◇一別數年，他還是那麼狂妄自大，絲毫未改。同 傲慢不遜、傲睨一切。反 謙虛謹慎、臨深履薄。

【狂風怒號】 kuáng fēng nù háo 大風颳得像發怒一樣號叫。形容風勢異常猛烈。《二刻拍案驚奇》卷三七：“一路無話，已到了淮安府高郵湖中，忽然黑霧密佈，狂風怒號。”◇天寒地凍，狂風怒號，他還是堅持要去看望老朋友。

【狂風暴雨】 kuáng fēng bào yǔ ❶狂暴的大風大雨。宋代梅堯臣《惜春》詩：“前日看花心未足，狂風暴雨忽無憑。”◇狂風暴雨過後，一切又風平浪靜起來。❷比喻劇烈動盪或險惡的處境。陳殘雲《熱帶驚濤錄》：“文娟嘗透了離別的痛苦，似乎若無其事，但想到此別不知何時重聚，又不知會遇到多少狂風暴雨，禁不住淚水盈眶。”同 暴風驟雨、疾風暴雨。反 和風細雨。

【狂風驟雨】 kuáng fēng zhòu yǔ ❶猛烈的強風，瓢潑的大雨。宋代劉弇《寶鼎現》詞：“笑杏塢、共桃蹊誇麗，一霎狂風驟雨。”唐代陸廣微《吳地記·朱明寺》：“知弟意，乃以金帛餘穀盡給與弟，唯留空宅。忽一夕狂風驟雨，悉吹財帛還歸明宅。”❷動盪艱險的局面、境遇。清代阿閣主人《梅蘭佳話》一二：“狂風驟雨迫蕭條，始信紅顏真薄命”◇我這樣一個渺小平凡的人，能親歷世紀的種種狂風驟雨，應該說是一種機緣。同 狂風暴雨。反 日麗風和。

【狂蜂浪蝶】 kuáng fēng làng dié 見“浪蝶狂蜂”。

【狂嫖濫賭】 kuáng piáo làn dǔ 形容沉溺於嫖妓賭博。《恨海》一回：“跑到上海，狂嫖濫賭抽大煙，生病死去。”張愛玲《傾城之戀》：“偏生你四哥不爭氣，狂嫖濫賭的，玩出一身病來不算，不該挪了公帳上的錢。”

【狂濤駭浪】 kuáng tāo hài làng 駭：使人驚懼。❶迅猛險惡、使人驚懼的大風浪。梁羽生《廣陵劍》二十回：“不料他有如一葉輕舟，隨波上下，雖然是載浮載沉，卻並沒有給狂濤駭浪吞沒。”❷比喻驚險的局面，或巨大的衝擊、震動。◇她心中有個預感，這個男人必定會在張家母子身上引起狂濤駭浪／他一路回想幾天來的狂濤駭浪，不覺到了家門口。同 驚濤駭浪。反 風平浪靜。

【狐死首丘】 hú sǐ shǒu qiū《禮記·檀弓上》：“古之人有言曰：‘狐死正丘首，仁也。’”說狐狸死的時候，頭必正對着巢穴所在的山丘。後以“狐死首丘”比喻不忘根本。也比喻對國家、故鄉的懷戀。戰國楚屈原《九章·哀郢》：“鳥飛反故鄉兮，狐死必首丘。”《晉書·張軌傳》：“狐死首丘，心不忘本。”《醒世恆言》卷一九：“但聞越鳥南棲，狐死首丘，萬里親戚墳墓，俱在南朝，早暮思想，食不甘味。”郭沫若《蔡文姬》第一幕：“我告訴過你‘狐死首丘’的故事，一個人到死都是懷念自己的鄉土的。”同 代馬依風、越鳥南棲。

【狐朋狗友】 hú péng gǒu yǒu 不務正業、歪門邪道的朋友。《紅樓夢》十回：“今兒聽見有人欺負了他的兄弟，又是惱，又是氣：惱的是那狐朋狗友，搬弄是非，調三窩四；氣的是為他兄弟不學好，不上心念書。”曲波《橋隆飆》：“幸虧我沒教會你那幫狐朋狗友，要教會了，我牛天勝也得餓死。”同 酒肉朋友。

【狐朋狗黨】 hú péng gǒu dǎng 比喻勾結起來，成幫成夥、歪門邪道的人。元代關漢卿《單刀會》三折：“他那裏暗暗的藏，我須索緊緊的防，都是些狐朋狗黨！”明代天然癡叟《石點頭·侯官縣烈女殲仇》：“堂中自有一般狐朋狗黨，叫喜稱賀。”◇從今天起，你要再跟那群狐朋狗黨來往，我就砸斷你的腿！同 狗黨狐群。

【狐埋狐搰】 hú mái hú hú 搰：挖掘。《國語·吳語》：“夫諺曰：‘狐埋之而狐搰之，是以無成功。’”說狐狸多疑，剛埋藏一物，不放心，又挖開看看。後用“狐埋狐搰”比喻疑慮過多，反覆無定，不能成事。周素園《貴州民黨痛史》四篇一一章：“狐埋狐搰，狡譎萬端，能得一和平結果，君等尚足圖晚概。”蔡東藩《〈民國通俗演義〉自序》：“回憶辛亥革命，全國人心，方以為推翻清室，永除專制，此後得享共和之幸福，而不意狐埋狐搰，迄未有成。”同 朝三暮四。反 堅定不移。

【狐狸尾巴】 hú li wěi ba 北魏楊衒之《洛陽伽藍記·法雲寺》：“孫巖娶妻三年，不脫衣而卧。巖私怪之，伺其睡，陰解其衣，有毛長三尺，似野狐尾，巖懼而出之。妻臨去，將刀截巖髮而走。鄰人逐之，變成一狐。”此故事說狐狸精雖變成人形，但牠的尾巴卻掩藏不住。後以“狐狸尾巴”比喻暴露本來面目的破綻或掩藏起來怕人發現的罪證。馮玉祥《我的生活》一一章：“但是他的話未免說的太露骨，已經明明白白把他的狐狸尾巴顯露出來了。”《北洋軍閥統治時期史話》七六章：“後來他的狐狸尾巴逐漸露出來了。”

【狐假虎威】 hú jiǎ hǔ wēi《戰國策·楚策一》：“虎求百獸而食之，得狐。狐曰‘子無敢食我也。天帝使我長百獸，今子食我，是逆天帝命也。子以我為不信，吾為子先行，子隨我後，觀百獸之見我而敢不走乎！’虎以為然，故遂與之行。獸見之皆走，虎不知獸畏己而走也，以為畏狐也。”後以“狐假虎威”比喻倚仗別人的威勢欺壓人。北齊魏收《為後魏孝靜帝伐元神和等詔》：“謂己功名，難居物下；曾不知狐假虎威，地憑霧積。”《警世通言·趙春兒重旺曹家莊》：“居中的人還要扣些謝禮，他把中人就自看做一半債主，狐假虎威，需索不休。”◇靠着省長的勢力，一家大小都狐假虎威，吐氣揚眉。

【狐裘羔袖】 hú qiú gāo xiù 狐皮大衣，袖子卻是羊皮的。《左傳·襄公十四年》：“右宰穀從而逃歸，衛人將殺之。辭曰：‘余不說初矣，余狐裘而羔袖。’乃赦之。”說自己大抵是好的，只是少有不足。後用“狐裘羔袖”比喻總體完好，略有瑕疵，美中有不足。宋代蘇軾《賀趙大資少保致仕啟》：“究觀自古之忠賢……錦衣而夜行者多矣，狐裘而羔袖者有之。”清代顧復《平生壯觀·燕文貴》：“惟其不肯蹈襲前人步趨……必令自成家法，能免狐裘羔袖哉！”同 大醇小疵。

【狐群狗黨】 hú qún gǒu dǎng 比喻勾結起來的一夥歪門邪道的人。元代尚仲賢《氣英布》四折：“喒若不是扶劉除項，逐着那狐群狗黨，兀良怎顯得喒這點面當王。”《紅樓夢》九十回：“大哥哥這幾年在外頭相與的都是些甚麼人，連一個正經的也沒有，來一起子，都是些狐群狗黨。”◇他那一幫子狐群狗黨幹不出好事來！同 狐朋狗黨、狐朋狗友。反 良師益友。

【狐疑不決】 hú yí bù jué 疑慮太多，拿不定主意。狐疑：俗傳狐性多疑。《東觀漢記·來歙傳》：“時山東略定，帝謀西收囂兵，與俱伐蜀。囂將王元說囂，故狐疑不決。”《東周列國誌》七二回：“伍員狐疑不決。”明代東魯古狂生《醉醒石》三回：“縣官聽說，也自狐疑不決起來，暗想道：‘這事倒是我認錯了？’”同 狐疑未決、狐疑不定。反 當機立斷、多謀善斷。

【狗仗人勢】 gǒu zhàng rén shì 比喻奴才、走狗倚仗主子的勢力欺壓人。《紅樓夢》七四回：“我不過看在太太的面上，你又有幾歲年紀，叫你一聲‘媽媽’，你就狗仗人勢，天天作耗，在我們跟前逞臉。”◇她自從做了管家，便狗仗人勢欺侮起下人來了，也不想想自己摘了“下人”的帽子才幾天！同 狐假虎威、仗勢欺人。

【狗皮膏藥】 gǒu pí gāo yào 一種將藥膏塗在狗皮上的外敷藥，療效較一般膏藥高。

舊時走方郎中常假造狗皮膏藥騙錢，故常用來比喻騙人的貨色。劉半農《〈半農雜文〉自序》：“再往下説，那就是信口開河，不如到廟會上賣狗皮膏藥去！”◇上唬下，下哄上，商家矇顧客，青年騙老人，如今是狗皮膏藥滿天飛，十成裏有一成是真實的，那就不錯了。反 童叟無欺、貨真價實。

【狗血噴頭】gǒu xuè pēn tóu 相傳古人用狗血祛除凶氣，後用“狗血噴頭”形容罵得很兇，對方一時語塞而無言以答。《金瓶梅詞話》十七回：“我還把他罵的狗血噴了頭。”《儒林外史》三回：“范進因沒有盤費走去同丈人商議，被胡屠戶一口啐在臉上，罵了個狗血噴頭。”同 狗血淋頭。

【狗吠之驚】gǒu fèi zhī jīng 指盜賊所引起的驚擾。《史記·平津侯主父列傳》：“今中國無狗吠之驚，而外累於遠方之備，靡敝國家，非所以子民也。”唐代高郢《諫造章敬寺書》：“儻窮匱不堪，鼠竊之盜起，戎狄乘間，狗吠之驚急，得不為陛下深憂乎！”同 狗吠之警。

【狗吠非主】gǒu fèi fēi zhǔ 狗見到不是自己主人的人便叫起來。《戰國策·齊策六》：“跖之狗吠堯，非貴跖而賤堯也，狗固吠非其主也。”後用“狗吠非主”比喻臣子、奴僕忠於各自的主人。漢代焦贛《易林·咸之泰》：“狗吠非主，狼虎夜擾，驚我東西，不為家咎。”◇見主子就俯首帖耳，一副媚笑，見主子不喜歡的人，便獰眉橫目，呼幺喝六，狗吠非主情有可原，此人確是狗仗人勢，作威作福。同 各為其主。

【狗尾續貂】gǒu wěi xù diāo《晉書·趙王倫傳》：“奴卒斯役亦加以爵位。每朝會，貂蟬盈坐，時人為之諺曰：‘貂不足，狗尾續。’”古代近侍官員以貂尾做冠飾，趙王司馬倫僭位，封官太濫，以致貂尾不足，只好用狗尾代替。後以“狗尾續貂”比喻：❶官員太多太濫。宋代孫光憲《北夢瑣言》卷十八：“亂離以來，官爵過濫，封王作輔，狗尾續貂。”❷把壞的接續在好的後面，前後不相稱。明代無名氏《霞箋記·得箋窺認》：“年兄所作甚佳，小弟勉吟在上，只是狗尾續貂，未免蠅污白璧。”同 狗續貂尾、狗尾貂續。

【狗苟蠅營】gǒu gǒu yíng yíng 苟：卑下。營：謀求。像狗那樣卑賤求憐，像蒼蠅那樣追逐污穢。比喻卑賤無恥地到處奔走鑽營。宋代米芾《天雞》詩：“智驅欲使心機大，狗苟蠅營冀人墮。”清代王韜《禁游民》：“以官場作利場，狗苟蠅營，靡所不至。”《孽海花》二一回：“到底狗苟蠅營，依然逃不了聖明燭照，這不是一件極可喜的事嗎？”同 蠅營狗苟。反 懷瑾握瑜。

【狗急跳牆】gǒu jí tiào qiáng《敦煌變文集·燕子賦》：“人急燒香，狗急驀牆。”驀：上、越。後世用“狗急跳牆”比喻走投無路時，不顧一切地冒險行事。《紅樓夢》二七回：“他素昔眼空心大，是個頭等刁鑽古怪的丫頭，今兒我聽了他的短兒，‘人急造反，狗急跳牆’，不但生事，而且我還沒趣。”郭沫若《燎原的星火》：“我們不能不提高警惕，提防着狗急跳牆所可能引起的意外的災難。”

【狗馬聲色】gǒu mǎ shēng sè 狗馬：養狗和騎馬。聲色：歌舞和女色。形容縱情享樂的生活。宋代張孝祥《宣州新建御書閣記》：“謂雖極天下之貴，而退朝燕息，從容娛樂者，獨在於是，狗馬聲色技巧之奉，不皇及也。”清代黃宗羲《天一閣藏書記》：“苟非盡捐狗馬聲色、字畫奇器之好，則其好書也必不專。”同 聲色犬馬、聲色狗馬。

【狗拿耗子】gǒu ná hào zi 狗捉老鼠。比喻多管閒事。田漢《械鬥》二幕：“甚麼孫家劉家，這是我們自己的事，你們少在這裏狗拿耗子——多管閒事。”同 越俎代庖。

【狗眼看人】gǒu yǎn kàn rén 罵人勢利，瞧不起人。◇海鮮酒家的女老闆狗眼看人，見他衣衫不整，就露出不屑一顧的神情，其不知他家資鉅萬，出手闊綽。同 狗眼看人低。反 另眼相看。

【狗盜雞鳴】gǒu dào jī míng《史記·孟嘗君列傳》載：齊國孟嘗君出使秦被昭王扣留，其座下一食客裝狗鑽入秦營偷出狐白裘獻給昭王寵妾，用以說情使孟嘗君得以釋放。孟嘗君逃至函谷關時昭王又令人追捕。另一食客裝雞叫引眾雞齊鳴騙開城門，孟嘗君最終得以逃回齊國。後用"狗盜雞鳴"：❶ 代稱不登大雅的技能或身懷不入流的技能的人。金代元好問《示懷祖》詩："狗盜雞鳴皆有用，鶴長鳧短果如何？"《東周列國誌》九三回："吾之得脫虎口，乃狗盜雞鳴之力也。"❷ 比喻偷偷摸摸、見不得人。《兒女英雄傳》一七回："報仇的這樁事，是樁光明磊落、見得天地鬼神的事，何須這等狗盜雞鳴、遮遮掩掩。"同 雞鳴狗盜。反 屠龍之技。

【狗彘不若】gǒu zhì bù ruò 彘：豬。連豬狗都不如。比喻品行極端卑劣。《荀子·榮辱》："人也，憂忘其身，內忘其親，上忘其君，則是人也，而曾狗彘之不若也。"《封神演義》六二回："朝廷拜你為大將，寵任非輕；不思報本，一旦投降叛逆，真狗彘不若。"梁啟超《王荊公傳》一四章："若如《日錄》及《涑水紀聞》所記，則介甫之為人，殆狗彘不若，而尚何節義之可言？"同 豬狗不如、禽獸不如。反 超凡入聖、高風亮節。

【狗彘不食】gǒu zhì bù shí 彘：豬。連豬狗都不願吃他的殘羹剩飯。《漢書·元后傳》："受人孤寄，乘便利時，奪取其國，不復顧恩義。人如此者，狗豬不食其餘。"後用"狗彘不食"形容人的品格極其卑劣。《明史·李任傳》："汝為大將，不能殺賊，反為賊用，狗彘不食汝餘。"清代呂熊《女仙外史》五一回："迎降孽藩，逼亡故主，真狗彘不食之徒。"吳玉章《辛亥革命》一三："汪精衛、陳璧君則作了狗彘不食、遺臭萬年的無恥漢奸。"同 狗彘不若、豬狗不如。

【狗頭軍師】gǒu tóu jūn shī 蔑稱在背後出謀劃策的人。《北洋軍閥統治時期史話》十五章："此時又有狗頭軍師提醒他……廢省問題還是以不談為妙。"洪深《香稻米》第三幕："外國人會自己下鄉來和我們作對麼！還不是他用狗頭軍師自作主張自討好，敲鑼放炮的硬出頭！"

【狗顛屁股】gǒu diān pì gu 狗跟在主人後面顛動着屁股跑。形容人極力逢迎、殷勤獻媚的醜態。《紅樓夢》六一回："春燕說葷的不好，另叫你炒個麵筋兒，少擱油才好，你忙着就說自己發昏，趕着洗手炒了，狗顛屁股兒似的，親自捧了去。"清代吳趼人《瞎騙奇聞》卷四："好容易俺家門裏出了一個好孩子，你們不狗顛屁股的獻些殷勤，反倒作踐起來。"◇看她見了經理那副狗顛屁股的樣，我就噁心。同 諂媚逢迎。

【狗黨狐群】gǒu dǎng hú qún 比喻勾結起來，成幫成夥歪門邪道的人。明代無心子《金雀記·投崖》："羞殺你狗黨狐群，我怎肯喪志污紅粉。"《二刻拍案驚奇》卷五："可憐金枝玉葉之人，零落在狗黨狐群之手。"◇沒想到兒子在外面結交了些狗黨狐群，欠下了一屁股賭債。同 狐群狗黨。

【狡兔三穴】jiǎo tù sān xué 狡猾的兔子有三個藏身的窩。《戰國策·齊策四》："狡兔有三窟，僅得免其死耳。"後用"狡兔三穴"比喻早就做好了避禍與逃難的準備。《舊唐書·李晟傳》："國家倘有變故，瓊願備左右，狡兔三穴，盍早圖之。"《宋史·河渠志三》："乃是狡兔三穴，自為潛身之計。"◇在京津滬各有一處房產，你如今是狡兔三穴，高枕無憂矣！同 狡兔三窟、未雨綢繆。反 臨時抱佛腳。

【狡兔三窟】jiǎo tù sān kū《戰國策·齊策四》："狡兔有三窟，僅得免其死耳；今君有一窟，未得高枕而卧也，請為君復鑿二窟。"比喻設有多處藏身之地或預備多種避禍的辦法。《聊齋誌異·邵九娘》："汝狡兔三窟，何歸為？"同 狡兔三穴。

【狹路相逢】xiá lù xiāng féng 古樂府《相逢行》："相逢狹路間，道隘不容車。"後用"狹路相逢"：❶ 指在窄路上相遇，迴避不開。《警世通言·鈍秀才一朝交泰》："凡鈍秀才街上過去……把他做妖物相看。倘然狹路相逢，一個個吐口涎沫，叫句吉利方走。"聞一多《畫展》："一個深夜，在大西門外的道上，和一位盟國軍官狹路相逢，於是就攀談起來了。"❷ 比喻仇人相遇，互不相容，都不肯放過對方。《說岳全傳》六六回："岳飛與孤家有殺父之仇，今日狹路相逢，要報昔日武場之恨。"清代李漁《比目魚·徵利》："仇敵遇怨家，狹路相逢果不差，一朝權在怎饒他。"同 冤家路窄、勢不兩立。反 不記前仇、捐棄前嫌。

【狷介之士】juàn jiè zhī shì 指耿直清高，不肯同流合污的讀書人。狷介：性情孤高不合群。《世說新語·言語》："巢、許狷介之士，不足多慕。"《晉書·向秀傳》："以為巢、許狷介之士，未達堯心，豈足多慕。"◇柳傑書讀得多，自詡為狷介之士，看不慣當官的享樂腐化，他只要一身清白。同 潔身自好。

【狼子野心】láng zǐ yě xīn《左傳·宣公四年》："諺曰：'狼子野心。'是乃狼也，其可畜乎！"狼崽子雖幼小，卻生性兇殘。比喻本性惡毒，且懷有野心。《三國志·呂布傳》："太祖曰：'布，狼子野心，誠難久養。'"元代白樸《梧桐雨》楔子："況胡人狼子野心，不可留居左右，望陛下聖鑒。"同 狼子獸心。反 心慈面軟。

【狼子獸心】láng zǐ shòu xīn《左傳·宣公四年》："諺曰：'狼子野心。'是乃狼也，其可畜乎！"説狼崽雖小，卻生性兇殘。後比喻本性惡毒，習性難改。《晉書·虞預傳》："然狼子獸心，輕薄易動。"同 狼子野心、狼心狗肺。

【狼心狗肺】láng xīn gǒu fèi 形容心腸狠毒或忘恩負義。《醒世恆言·李汧公窮邸遇俠客》："那知這賊子恁般狼心狗肺，負義忘恩！"《兒女英雄傳》八回："倒誤把這個狼心狗肺的東西，當作好人。"◇連你母親你都罵，養你這個狼心狗肺的東西，算我上輩子造了孽！同 蛇蠍心腸、髒心爛肺。反 菩薩心腸。

【狼吞虎嚥】láng tūn hǔ yàn 形容又急又快地大口吞食。《官場現形記》三四回："不上一刻工夫，狼吞虎嚥，居然吃個精光。"◇幾個大漢狼吞虎嚥吃了一頓，精神又振作起來。反 細嚼慢嚥。

【狼奔豕突】láng bēn shǐ tū 狼和豬四處奔跑衝闖。多形容成群的壞人亂衝亂闖或四散逃竄的情景。明代歸莊《萬古愁》："有幾個狼奔豕突的燕和趙，有幾個狗屠驢販的奴和盜。"清代林則徐《致姚椿王柏心書》："逆夷以舟為窟宅，本不能離水，所以狼奔豕突，頻陷郡邑城垣者，以水中無剿禦之人、戰勝之具，故無所用其卻顧耳。"◇由於全無準備，心裏很恐慌，狼奔豕突似的東竄西逃。同 豕突狼奔。

【狼奔鼠竄】láng bēn shǔ cuàn 像狼或老鼠那樣逃竄。形容四散倉皇奔逃。明代許自昌《水滸記·火併》："端不為那逐鳥飛兔走忙，趁狼奔鼠竄慌，只為這些時梁山泊能收人望。"《金瓶梅詞話》一〇〇回："十室九空，不顯鄉村城廓，狼奔鼠竄，那有禮樂衣冠？"同 狼奔鼠走、狼奔豕突。

【狼狽不堪】láng bèi bù kān 形容困頓窘迫，處境非常艱難。狼狽：傳説狼和狽為同類，狽前腿很短，要趴在狼身上才能行動。不堪：難以忍受。宋代朱熹《與政府劄子》："精神愈見昏慢，委是狼狽不堪。"《二十年目睹之怪現狀》四七回："那提調狼狽不堪，到了岸上，見了欽差，回完了公事話，正要訴苦，被欽差拍着桌子狗血噴頭的一頓大罵。"馮玉祥《我的生活》第八章："每個人都拖泥帶水，狼狽不堪。"同 狼狽萬狀。

【狼狽為奸】láng bèi wéi jiān 狽：一種似狼的野獸，常同狼合夥作惡。比喻互相勾結起來做壞事。《隋唐演義》八五回："安祿山向同李林甫狼狽為奸。"《民國通俗演義》一〇四回："曹汝霖、陸宗輿、章宗祥、徐樹錚、靳雲鵬等，狼狽為奸。"◇同公司的貪瀆之徒串通起來狼狽為奸，竊取了兩千萬的資產。同 朋比為奸。

【狼號鬼哭】láng háo guǐ kū 形容哭喊之聲淒厲悲慘。《紅樓夢》五八回："況且寶玉你才好了些，連我們也不敢説話，你反打的人狼號鬼哭的！"同 鬼哭狼號、狼嚎鬼哭。

【狼煙四起】láng yān sì qǐ 狼煙：燃燒狼糞升起的煙，古時邊防用以報警。形容邊境不寧，戰亂四起。明代沈采《千金記·宵征》："如今狼煙四起，虎鬥龍爭，我到街坊上打聽楚國招兵文榜消息。"

清代孔尚任《桃花扇•截磯》："你看狼煙四起，勢頭不善。" 同 烽煙四起。

【猜枚行令】cāi méi xíng lìng 猜枚：一種罰酒的遊戲。玩法是把東西握在手心裏，讓人猜測單雙、數目或顏色等，猜中者勝，不中者罰酒。今也指劃拳。行令：行酒令。指酒宴上為助酒興而行酒令。元代無名氏《射柳捶丸》三折："某已來了也，有酒拿來我先打三鍾，然後猜枚行令耍子。"《金瓶梅》一回："眾人猜枚行令，耍笑哄堂。" 同 猜拳行令、猜枚劃拳。

【猖獗一時】chāng jué yī shí 在一個短時期裏猖狂放肆，為所欲為。◇馬六甲海盜曾經猖獗一時，許多商船被洗劫，如今索馬里海盜又猖獗起來。

【猝不及防】cù bù jí fáng 事情發生得很突然，使人來不及準備、防範。清代紀昀《閱微草堂筆記•姑妄聽之一》："今時已深更，地為空隙，以鬼出之時，入鬼居之地，既不炳燭，又不揚聲，猝不及防，突然相遇，是先生犯鬼，非鬼犯先生。"清代曾紀澤《倫敦至總署總辦•庚辰五月十八日》："惟蘊蓄久者，其發必烈，異日事端之起，慮有突如其來之勢，使人猝不及防，琉球即前車之鑒也。"蔡東藩《民國通俗演義》二七回："(一人) 踉蹌趨入，竟至程都督前，跪將下去，程都督猝不及防。" 同 驟不及防。反 應付裕如。

【猛志常在】měng zhì cháng zài 雄心壯志永存不衰。晉代陶潛《讀〈山海經〉》詩："刑天舞干戚，猛志固常在！"◇參加殘奧會的運動員，儘管身殘，但猛志常在，有着一種永不妥協的精神。

【猛虎添翼】měng hǔ tiān yì 比喻強有力者得到幫助更加強大。◇以她的雄厚財力，又加上丈夫新獲得的那份豐厚遺產，真是猛虎添翼，她那幾家對手的財力遠不能比。同 如虎添翼、如虎傅翼。

【猴年馬月】hóu nián mǎ yuè 不可知的年月。指無從指望的日期。也作"驢年馬月"。◇公司的困難我能理解，但這筆債總不能拖到猴年馬月再還吧 / 説是要研究研究，我看，這一研究，怕就到了驢年馬月了。反 指日可待。

【猴頭猴腦】hóu tóu hóu nǎo 形容發急時不知所措的神態。《繪芳錄》四七回："他們一家人也角起勝負來，偏是沈姐姐又勝了，弄得大太太又要罰酒，又要行令，又怕人笑他，可不是急得猴頭猴腦的麼？"◇像他這種猴頭猴腦的人，也配上電視當主播麼？同 猴頭縮腦。反 儀表堂堂。

【猶豫不決】yóu yù bù jué《戰國策•趙策三》："平原君猶豫未有所決。"後用"猶豫不決"説遲疑不定，下不了決心。《晉書•劉牢之傳》："時玄（桓玄）屯相府，敬宣勸牢之襲玄，猶豫不決。"《三國演義》四三回："且説孫權退入內室，寢食不安，猶豫不決。"◇機遇往往一閃即逝，當斷則斷，不能猶豫不決，優柔寡斷非誤事不可。同 猶豫未決、遲疑不決。反 當機立斷。

【猿鶴蟲沙】yuán hè chóng shā《藝文類聚》卷九十："周穆王南征，一軍盡化，君子為猿為鶴，小人為蟲為沙。"後以"猿鶴蟲沙"指為國捐軀的將士。元代趙景良《重到錢塘》詩之三："萬家歌舞送浮生，曾有涓埃答太平。猿鶴蟲沙天始定，不須辛苦怨南征。"明代劉基《寄陶中立郭秉心敍舊言懷》詩："往事轉頭同過翼，猿鶴蟲沙豈終極。"

【獐頭鼠目】zhāng tóu shǔ mù 獐子頭小而尖，老鼠眼小而圓，古時相術家以為寒賤之相，故用以形容儀態寒酸或相貌猥縮狡詐。《舊唐書•李揆傳》："龍章鳳姿之士不見用，獐頭鼠目之子乃求官。"清代袁枚《隨園詩話》卷十四："要看世上公侯相，先取獐頭鼠目人。"◇長得獐頭鼠目，尖嘴猴腮，讓人一看就噁心。同 賊眉鼠眼。反 儀表堂堂、氣宇軒昂。

【獨一無二】dú yī wú èr 唯一的，沒有相同的；沒有可與之相比的。《二十年目睹之怪現狀》七七回："平生絕無嗜好，惟有敬信鬼神，是他獨一無二的事。"鄒韜奮《患難餘生記》："他的寡母就只有這一個獨一無二的愛子。" 反 無獨有偶。

【獨夫民賊】dú fū mín zéi 獨夫：被上天拋棄，人心離散，只剩下自己孤獨的一個人。民賊：虐待百姓的人。《尚書·泰誓下》："獨夫受，洪惟作威，乃汝世讎。"受：商紂王。後用"獨夫民賊"指殘害人民，暴虐無道，眾叛親離的統治者。《孟子·告子下》："今之所謂良臣，古之所謂民賊也。"清代譚嗣同《仁學》二："君為獨夫民賊，而猶以忠事之，是輔桀也，是助紂也。"◇置百姓於水火之中而不顧的獨夫民賊，是不會長久的。同 民賊獨夫。

【獨木不林】dú mù bù lín 一棵樹成不了森林。❶ 比喻一個人身單力薄辦不成大事。《藝文類聚》卷二五引漢代崔駰《達旨》："蓋高樹靡陰，獨木不林，隨時之宜，道貴從凡。"❷ 比喻為人孤僻不合群。宋代宋祁《代晏尚書亳州謝上表》："但以孤特少助，依違取容，獨木不林，眾怨如府，積為拱默之罪。"

【獨木難支】dú mù nán zhī 一根木頭難以支撐高大的建築。比喻力量單薄，無力維持局面。《封神演義》九三回："屢欲思報此恨，為獨木難支，不能向前。"◇如今這四分五裂的局面，獨木難支，就你一個人能撐到幾時？同 一木難支。反 一柱擎天、擎天之柱。

【獨立王國】dú lì wáng guó 比喻不服從上司領導和管控、自行其是的部門、公司或地區等。多含貶義。《北洋軍閥統治時期史話》七八章："所謂政治分會與北洋軍閥的巡閱絲毫沒有區別，目的在於割據一方，形成獨立王國。"◇有些主管行事專斷，把自己掌管的部門當作獨立王國，隨心所欲。

【獨立不群】dú lì bù qún 形容人品行儀表超凡脫俗，與眾不同。《南史·何昌寓傳》："昌寓少而清靖，獨立不群。所交者必當世清名，是以風流籍甚。"《舊唐書·韋陟傳》："陟自幼風標整峻，獨立不群。"明代安磐《頤山詩話》："晉風浮蕩不檢，茂先以聖賢自勵，可謂獨立不群矣。"

【獨立自主】dú lì zì zhǔ 在物質上不依賴別人，在政治或言行上不被別人控制，能按照自己的意志和利益行事。一般用於個人、機構、政黨、民族或國家。陳獨秀《一九一六年》："尊重個人獨立自主之人格，勿為他人之附屬品以一物附屬一物，或以一物附屬一人而為其所有，其物為無意識者也。"茅盾《子夜》一六："最初是買辦，然後是獨立自主的老闆，然後又是買辦。"反 身不由己、受制於人。

【獨出心裁】dú chū xīn cái 心裁：指內心的籌劃、構想等等。形容觀點、辦法、設想、構思、設計等具有獨創性，與眾不同。《鏡花緣》七六回："這是妹子因姐姐學課心切，所以獨出心裁，特將門戶指出，姐姐從此追尋，可以得其梗概了。"臧克家《聞一多的詩》："他在構思的時候，總自苦心地避免人家用熟了的一些形象，盡可能地獨出心裁，自鑄新詞。"◇齊白石先生作畫嚴肅認真，作畫前一定要看見真東西，而後獨出心裁，設計畫稿。同 別出心裁、匠心獨運。反 千篇一律、千人一面。

【獨行其是】dú xíng qí shì 做自己認為應該做的事，不管別人的看法。元代趙汸《周易文詮》卷二："係於綱常名節，為志所必欲成者，則凡身家性命、利害難易俱所弗計，而惟猛拼一死，獨行其是，以遂其志而已。"《孽海花》二七回："言和是全國臣民所恥，中堂冒不韙而獨行其是，足見首輔孤忠。"同 自行其是、獨行其道。

【獨守空房】dú shǒu kōng fáng 獨自居家，沒有人陪伴。多指女子守寡或與伴侶分離而孤獨困守家中。《古詩十九首》之二："蕩子行不歸，空牀難獨守。"《鏡花緣》八一回："六位姐姐面上，都帶着不得善終之像，那玉英姐姐即使逃得過，也不免一生獨守空房。"◇丈夫外出務工，終年不歸，她獨守空房，形影相弔。同 空房獨守。

【獨步一時】dú bù yī shí 獨一無二，當世無人可比。多指聲望、才華、權勢等。《北齊書·魏收傳》："邵既被疏出，子升以罪幽死，收遂大被任用，獨步一時。"《宣和畫譜》卷一一："論者謂郭熙獨步一時，雖年老落筆益壯，如隨其年貌焉。"《隋唐演義》九五回："就是那一長一技之微，若果能專心致志，亦足以軼類超群，獨步一時。"◇春秋戰國時期，南方地區的葛麻紡織業獨步一時。同 獨步天下、獨步當時。

【獨步天下】dú bù tiān xià 在當今世上獨一無二。形容軼類超群。《後漢書·戴良傳》："同郡謝季孝問曰：'子自視天下孰可為比？'良曰：'我若仲尼長東魯，大禹出西羌，獨步天下，誰與為偶！'"宋代趙希鵠《洞天清錄·崔白》："順之乃白之孫，綽有祖風，所作翎毛，獨步天下。"古龍《楚留香傳奇》五八："楚留香忽然長嘯一聲，躍下馬來。他竟要以獨步天下的輕功，來和奔馬一較長短。"同 獨步一時、獨步當時。

【獨佔鰲(鼇)頭】dú zhàn áo tóu 古代皇宮大殿正中專供皇帝行走的坡道，上有龍、鰲等浮雕。據說科考唱名後，狀元在階下正中鰲頭前迎取殿試榜，故稱考中狀元為"獨佔鰲頭"。後多泛稱名列榜首或獨佔第一名。宋代劉宰《送恭叔兄赴省》詩："須歜中後羞餘子，獨佔鰲頭下九天。"元代無名氏《陳州糶米》楔子："殿前曾獻昇平策，獨佔鰲頭第一名。"明代謝讜《四喜記·鄉薦榮歡》："一戰勝群雄，獨佔鰲頭高選。"◇歐洲推出A380大型客機，打破了美國波音公司在大型客機市場獨佔鼇頭的壟斷局面。同 鰲(鼇)頭獨佔。反 名落孫山、敬陪末座。

【獨來獨往】dú lái dú wǎng 見"獨往獨來"。

【獨具匠心】dú jù jiàng xīn 匠心：巧妙的心思。指與眾不同的精美巧妙的構思、設計、佈置等。多指文學或藝術作品。唐弢《晦庵書話·談封面畫》："魯迅一生愛好美術，因此對封面構圖，能做到獨具匠心。"◇經她的手雕出的象牙球，確實獨具匠心，尤其是裏面微雕的唐代詩人，更是栩栩如生，難得一見這麼好的象牙作品。同 匠心獨運。反 俗不可耐。

【獨具隻眼】dú jù zhī yǎn 隻眼原是大自在天神的頂門眼，豎在雙眉之上，功能卓異。佛教用"隻眼"典故，指別具能夠"見性"之"眼"或慧眼。後以"獨具隻眼"表示具有獨到的敏銳眼光，見解新穎深刻。清代陳廷焯《白雨齋詞話》卷五："《詞選》一編，宗風賴以不滅，可謂獨具隻眼矣。"◇他的意見，我看獨具隻眼，節省成本，見效快，其他的方案不能比。同 別具隻眼。

【獨具慧眼】dú jù huì yǎn 見"別具慧眼"。

【獨往獨來】dú wǎng dú lái 獨自一人來來往往，毫無掛礙。《莊子·在宥》："出入六合，遊乎九州，獨往獨來，是謂獨有。獨有之人，是謂至貴。"後用"獨往獨來"、"獨來獨往"：❶形容孤獨或孤身一人。元代方回《三天竺還》詩："七十二翁頭雪白，弱冠初遊鬢如漆。除卻一二老山僧，獨來獨往無人識。"明代胡悌《同楊心卿過孤山》詩："梅花路冷難尋塚，葑草田荒半作洲。獨往獨來沙鳥怪，山空木短使人愁。"清代黃宗羲《明儒學案·文恭羅念庵先生洪先》："獨往獨來，累飢寒，經跋涉，重湖驚濤之險，遞旅倅詈之加，漠然無所芥蒂。"❷形容見識品行或道德文章超凡脫俗，隨心所欲而又不越出規矩。明代董其昌《畫禪室隨筆》卷四："捐名者，橫心之所念而無是非，橫口之所言而無利害，獨往獨來，如龍之行雨也。"清代方宗誠《〈桐城文錄〉序》："又有朱魯岑先生，志識高邁，學行文章，獨往獨來。"同 形單影隻、煢煢孑立。

【獨善其身】dú shàn qí shēn ❶善：使之完善或向善。其身：指自身、自我。《孟子·盡心上》："古之人，得志，澤加於民；不得志，修身見於世。窮則獨善其身，達則兼善天下。"有道義的人在不得志的時候，也要保持道義和節操。唐代韓愈《圬者王承福傳》："愈始聞而惑之，又從而思之，蓋賢者也，蓋所謂'獨善其身'者也。"❷指置身於世外，只是修養自己，不管國事、不顧他人。《後漢書·丁鴻傳論》："君子立言非苟顯其理，將以啟天下之方悟者；立行非獨善其身，將以訓天下之方動者：言行之所開塞可無慎乎！"明代馮從吾《與叔呂先生書》："若夫移精變氣，務求長年，此山谷避世之士，獨善其身者所好，豈世之所望於公者哉！”林覺民《與妻書》：“吾幸而得汝，又何不幸而生今日之中國，卒不忍獨善其身。”反 兼善天下。

【獨當一面】dú dāng yī miàn《史記·留侯世家》：“漢王之將獨韓信可屬大事，當一面。”謂可以單獨指揮一支軍隊，承擔一個方面的作戰任務。《舊唐書·李光顏傳》：“會朝廷徵天下兵，環申蔡討吳元濟，顏以本軍獨當一面。”後用“獨當一面”指獨力擔當一個方面或一個部門的重任。宋代樓鑰《何澹辭免兼江淮制置大使不允詔》：“獨當一面，正資經理之良；坐使諸軍，咸屬指呼之下。”《孽海花》五回：“莊壽香大刀闊斧，氣象萬千，將來可以獨當一面。”

【獨豎一幟】dú shù yī zhì 見“獨樹一幟”。

【獨樹一幟】dú shù yī zhì 單獨樹立起一面旗幟。比喻與眾不同，自成一家。也作“獨豎一幟”。清代袁枚《隨園詩話》卷三：“所以能獨豎一幟者，正為其不襲盛唐窠臼也。”《孽海花》三回：“打破有明以來江西派和雲間派的門戶，獨樹一幟。”魯迅《中國新文學大系·小說二集序》：“這時候，凡是要獨樹一幟的，總打着憎惡‘庸俗’的幌子。”同 自成一家。

【獨斷專行】dú duàn zhuān xíng 見“獨斷獨行”。

【獨斷獨行】dú duàn dú xíng 在處理公共事務和使用公共權力時，不聽別人的意見、不理別人的建議，一個人說了算，武斷專橫。也作“獨斷專行”。明代劉宗周《學言》一：“卿大夫不謀於士庶而獨斷獨行；士庶不謀於卿大夫而人趍人諾：則寮采之情離矣！”《官場現形記》四二回：“有些事情，凡是藩司分所應為的，在別人還是一定要請示督撫，在他卻不免有點獨斷獨行，不把督撫放在眼裏。”◇他坐在千里之外指揮，前線的司令連一個營也調不動，這樣獨斷專行，怎麼能打勝仗呢？同 獨行其是。反 群策群力。

【獨霸一方】dú bà yī fāng ❶ 利用權勢或暴力在一個地區雄踞霸主或欺壓良善。《喻世明言》卷二一：“像錢王生於亂世，獨霸一方，做了一十四州之王，稱孤道寡，非同小可。”《東周列國誌》一八回；“當今各國諸侯，比齊國強大的很多……它們各自稱雄，獨霸一方，由於不知道尊重國王，所以都不能稱霸中國。”❷ 泛指事物在某個方面或領域絕對佔優，無可匹敵。◇不斷地投資研發新產品，是企業獨霸一方的唯一武器。同 稱孤道寡。

【獨闢蹊徑】dú pì xī jìng 蹊徑：小路，泛指路。比喻獨創一種方法、風格、理論等，走出一條新路。《四庫全書·〈北山集〉題解》：“詩則取途韋柳以闚陶謝，蕭散古澹，有忘言自得之趣，在南渡初亦可稱獨闢蹊徑者焉。”◇龍教授創立脊椎病因學理論，獨闢蹊徑，治療因脊椎病變引起的各種疾病很有成效。同 另闢蹊徑、獨開蹊徑。

【獸聚鳥散】shòu jù niǎo sàn 像鳥獸一般時聚時散，形容聚散無常。《史記·平津侯主父列傳》：“夫匈奴之性，獸聚而鳥散，從之如搏影。今以陛下盛德攻匈奴，臣竊危之。”宋代蘇舜欽《論西事狀》：“孰不知羌氐之俗，居不常處，獸聚鳥散，本無聚積。”

【獻可替否】xiàn kě tì fǒu《左傳·昭公二十年》：“君所謂可而有否焉，臣獻其否以成其可；君所謂否而有可焉，臣獻其可以去其否。”指臣下對君上出謀劃策，規諫過失。後也泛指提出可行的意見，指出不可行的方面。《後漢書·胡廣傳》：“臣聞君以兼覽博照為德，臣以獻可替否為忠。”宋代王讜《唐語林·政事下》：“獻可替否，罄盡臣節，頸過其父也。”《清史稿·李菡傳》：“夫獻可替否，宰相之責也；拾遺補闕，諫官之職也。”

玄部

【玄之又玄】xuán zhī yòu xuán《老子》第一章：“玄之又玄，眾妙之門。”原指“道”深幽不可測，後形容事理深奧，難以理解。唐代白居易《求玄珠賦》：“求之者刳其心，俾損之又損；得之者反其性，乃玄之又玄。”◇別賣弄學問了，玄之又玄，我聽不懂！反 明白了當。

【率由舊章】shuài yóu jiù zhāng 率由：遵循，沿用。舊章：舊的法規制度。❶完全按照老規矩辦事。《詩經•假樂》：“不愆不忘，率由舊章。”《後漢書•朱穆傳》：“建武以來，乃悉用宦者……愚臣以為可悉罷省，遵復往初，率由舊章，更選海內清淳之士，明達國體者，以補其處。”《晉書•劉頌傳》：“今之建置，宜使率由舊章，一如古典。”《文明小史》一回：“到任之後，他果然聽了姚老先生之言，諸事率由舊章，不敢驟行更動。”❷原封不動，保持老樣子。李劼人《死水微瀾》五部一一：“生活方式雖然率由舊章，而到底在物質上，卻摻進了不少的新奇東西。”同 一仍舊貫、蕭規曹隨。反 破舊立新、革故鼎新。

【率馬以驥】shuài mǎ yǐ jì 驥：良馬。以駿馬帶領群馬。比喻以能人作帶頭人，以賢者為眾人的表率。漢代揚雄《法言•修身》：“或問治己，曰：‘治己以仲尼。’或曰：‘治己以仲尼，仲尼奚寡也。’曰：‘率馬以驥，不亦可乎？’”三國魏曹操《下州郡》：“昔仲尼之於顏子，每言不能不歎，既情愛發中，又宜率馬以驥，今吾亦冀眾人仰高山，慕景行也。”◇既然為師，就有授業解惑的職責和義務，所以要兢兢業業，率馬以驥，否則便是誤人子弟。

【率爾成章】shuài ěr chéng zhāng 率爾：輕率的樣子。形容寫文章不加思索，下筆成文，隨便粗率。宋代王讜《唐語林•文學》：“詩云：‘書後欲題三百顆，洞庭須待滿林霜。’後人多説率爾成章，不知江左嘗有人於紙尾‘寄洞庭霜三百顆’。”宋代胡仔《苕溪漁隱叢話後集•醉吟先生》：“(白居易) 又有句云：‘回首語秋光，東來應不錯。’人謂先生率爾成章，予謂先生的然有理。”◇我不能辨其真假，也知自愛，故不敢率爾成章。同 率爾操觚。反 嘔心瀝血。

【率爾操觚】shuài ěr cāo gū 率爾：輕率的樣子。觚：古代寫字用的木簡。晉代陸機《文賦》：“或操觚以率爾，或含毫而邈然。”後用“率爾操觚”表示不加思索，拿起木簡就寫，形容未經慎重思考，草率寫作。清代陳廷焯《白雨齋詞話》卷九：“今人不知作詞之難，至於豔詞，更以為無足輕重，率爾操觚，揚揚得意，不自知其可恥。”梁啟超《中國學術思想變遷之大勢》三章三節：“綜合而論斷之，自愧未能，尚須假以時日，悉心研究，非可以率爾操觚也。”同 率爾成章。反 字斟句酌。

【率獸食人】shuài shòu shí rén《孟子•梁惠王上》：“庖有肥肉，廄有肥馬，民有飢色，野有餓莩，此率獸而食人也。”説統治者為政失職，只圖自己享樂，不顧百姓的疾苦。後用“率獸食人”比喻施行暴政，虐害人民。章炳麟《革命道德説》：“仁義充塞，而至於率獸食人，人將相食，謂之亡天下。”葉聖陶《城中》：“誰願意把世界攪成個率獸食人的世界呢！”反 愛民如子。

玉部

【王公貴戚】wáng gōng guì qī 泛指皇親國戚。《資治通鑒•晉孝宗升平四年》：“燕王公貴戚，多佔民為蔭戶，國之戶口少於私家，倉庫空竭，用度不足。”宋代無名氏《宣和畫譜•李成》：“開寶中，都下王公貴戚屢馳書延請，成多不答。”◇退隱之後，他閉門謝客，就是王公貴戚朝廷顯要也不接待。也作“王孫貴戚”。《今古奇觀•逞多財白丁橫帶》：“那夥閒漢，又領了好些王孫貴戚好賭博的，牽來局賭。”同 皇親國戚。反 平民百姓。

【王侯將相】wáng hóu jiàng xiàng 泛指君主制社會中位尊祿厚、權重勢大的貴族官僚。《史記•陳涉世家》：“且壯士不死即已，死即舉大名耳，王侯將相寧有種乎！”南朝梁裴子野《宋略•樂志》：“王侯將相，歌伎填室，鴻商富賈，舞女成群，競相誇大，互有爭奪。”◇這一齣戲基本延續了才子佳人、王侯將相的俗套。同 達官貴人、高官顯宦。

【王孫貴戚】wáng sūn guì qī 見“王公貴戚”。

【玉石不分】yù shí bù fēn 美玉和石頭混在一起不分開。比喻好壞不分。唐代吳兢《貞觀政要•公平》：“此則蒿蘭同臭，玉石不分，屈原所以沉江，卞和所以泣血者也。”五代王定保《唐摭言•進士歸禮部》：“洎乎近代，厥道寖微，玉石不分，薰蕕錯雜。”也比喻好壞同歸於盡。《三國演義》四八回：“只是我亦隨軍在此，兵敗之後，玉石不分，豈能免難？”《施公案》三九六回：“小人如在寨裏，也不免玉石不分。因此左思右想，還是投到老爺麾下。”同 良莠不分、玉石俱焚。

【玉石俱焚】yù shí jù fén 美玉和石頭一起燒毀。比喻好壞雙方同歸於盡。《尚書•胤征》：“火炎崐岡，玉石俱焚。”唐代李德裕《論赤頭赤心健兒等狀》：“所慮玉石俱焚，善惡同棄。”《西廂記》二本一折：“非是書生多議論，也提防着玉石俱焚。”◇你要勸説他及早同那些賭徒甩脱關係，避免一旦招禍玉石俱焚。同 同歸於盡。

【玉成其事】yù chéng qí shì 玉成：成全，多用作敬辭。成全某件好事，多指成全婚事。《東周列國誌》八回：“大夫能玉成其事，請以白璧二雙，黃金百鎰為獻。”《喻世明言•金玉奴棒打薄情郎》：“秀才若不棄嫌，老漢即當玉成其事。”清代歸鋤子《紅樓夢補》四八回：“原來媒人就是冷子興，知焙茗有了銀子，不難玉成其事。”同 成人之美。反 成人之惡。

【玉粒桂薪】yù lì guì xīn 米貴如玉石，柴價似桂木。形容生活費用高昂。宋代王禹偁《陳情表》：“望雲就日，非無戀闕之心；玉粒桂薪，未有住京之計。”◇如今物價騰貴，玉粒桂薪，生活實在艱難。

【玉液瓊漿】yù yè qióng jiāng 瓊：美玉。古代傳説中用美玉製成的漿液，飲後可以成仙。元代喬吉《金錢記》一折：“休道是酒，便是玉液瓊漿，我嚥不下。”常用以比喻美酒或甘美的漿汁。明代清溪道人《禪真逸史》二三回：“杜郎不知，此酒乃玉液瓊漿，其味醇美迥異，非有緣者，豈能嘗此？”《白雪遺音•八角鼓•玉液瓊漿》：“玉液瓊漿，壺中日月長。”◇精美的水晶杯盛滿橙黃的杏汁，如玉液瓊漿一般。同 瓊漿玉液。

【玉葉金枝】yù yè jīn zhī 玉、金：形容美好。舊時比喻皇家後裔。元代關漢卿《蝴蝶夢》一折：“使不着國戚皇親，玉葉金枝，便是他龍孫帝子，打殺人要吃官司。”明代汪廷訥《種玉記•尚主》：“駙馬是鳳毛麟角，公主是玉葉金枝。”《水滸傳》八九回：“可憐玉葉金枝女，卻作歸降被縛人。”也比喻嬌貴的人。清代烏有先生《繡鞋記》十七回：“太太，令愛姑娘綠窗閨秀，玉葉金枝，第恐山門淡泊，菜根滋味，適口無腸。”◇她從小就是父母的玉葉金枝，掌上明珠。同 金枝玉葉。

【玉潔冰清】yù jié bīng qīng 像美玉和冰那樣純潔清白。唐代楊炯《李懷州墓誌銘》：“金多木少，孔文舉之天骨；玉潔冰清，華子魚之神彩。”《兒女英雄傳》九回：“你只看張家姑娘這等的玉潔冰清，可是沒根基的人做得來的？”◇如今官場上的人，有幾個可以套用“玉潔冰清”這四個字！同 冰清玉潔。

【玩火自焚】wán huǒ zì fén 玩弄火的人反而讓火燒着了。《左傳•隱公四年》：“夫兵，猶火也，弗戢，將自焚也。”後以“玩火自焚”比喻鋌而走險，自食惡果。◇我這叫玩火自焚，今天真的是在劫難逃了。同 自作自受。

【玩世不恭】wán shì bù gōng 把人生當作遊戲一般廝混。不恭，不嚴謹。《聊齋誌異•癲道人》：“予鄉殷生文屏，畢司農之妹夫也，為人玩世不恭。”葉聖陶《與佩弦》：“玩世不恭，光棍而已，藝術家云乎哉！”◇人這一輩子，要正正經經對待人生，切莫有玩世不恭的心態。

【玩物喪志】wán wù sàng zhì 玩弄器物會使人喪失志氣。《尚書•旅獒》：“玩人喪德，玩物喪志。”後泛指迷戀於所喜好的事物而消磨進取的志氣。宋代朱熹《答王欽之》："玩物喪志之戒，乃為求多聞而不切己者發。"《清史稿•李慎修傳》："上元夜，賜諸王公大臣觀煙火，慎修上疏諫，以為玩物喪志。"林斤瀾《紫藤小院》："他現在甚麼也不玩，把全副玩勁兒投入了編書。從小就讓人看做玩物喪志，全家都是玩家，因此現在也不言志，只是悄悄的熬上心血。"

【珍禽異獸】zhēn qín yì shòu《尚書•旅獒》："犬馬非其土性不畜，珍禽奇獸不育於國。"後用"珍禽異獸"指珍稀奇異的飛禽走獸。清代王韜《瀛壖雜誌》："燈作傘形，六角間有圓者，鏤人物花卉，珍禽異獸。"◇常年在大山中生活，他知道保護珍禽異獸的道理，並經常教育兒孫輩不可傷害這些生靈。同 珍禽奇獸。反 毒蛇猛獸。

【玲瓏剔透】líng lóng tī tòu ❶形容精緻、奇巧、可透視或內部鏤空。明代周楫《西湖二集•會稽道中義士》："楊禿又將飛來峰玲瓏剔透奇異的石峰盡都鑿成佛像，醜頭怪腦，甚是可惡。"《西遊記》六十回："忽見一座玲瓏剔透的牌樓，樓下拴着那箇避水金睛獸。"◇玲瓏剔透的玉雕。❷形容人伶俐俏麗或聰明內秀。元代無名氏《百花亭》二折："惜玉憐香天生就，另一種可喜風流。淹潤慣熟，玲瓏剔透，軟欵溫柔。"《兒女英雄傳》二三回："及至見了褚大娘子，又是一對玲瓏剔透的新媳婦。"周立波《山鄉巨變》上十九："只有玲瓏剔透的盛清明略略猜着了她的用心。"

【珠玉在側】zhū yù zài cè 珠玉：珍珠美玉，比喻才貌佼佼者。說豐姿俊秀，德才超群者就在眼前。《世說新語•容止》："驃騎王武子是衛玠之舅，俊爽有風姿，見玠，輒歎曰：'珠玉在側，覺我形穢。'"《佛影》："賈公是個自卑之人，於事業上並無建樹而遁入空門，於今見眾多俊彥之士熠熠生光，不免有珠玉在側自歎不如之感。"同 珠玉在前。

【珠光寶氣】zhū guāng bǎo qì 珍珠寶石閃耀出的光彩。形容服飾或陳設奢華富麗。《九尾龜》五回："簪飾雖是不多幾件，而珠光寶氣，曄曄照人。"曹禺《日出》第二幕："她的眉毛像一條線，耳朵上懸着珠光寶氣的鑽石耳環。"

【珠圍翠繞】zhū wéi cuì rào 珠：珍珠。翠：翡翠。珍珠和翡翠環繞着。❶形容服飾華麗，裝飾十分高檔。元代馬致遠《一枝花•惜春曲》："齊臻臻珠圍翠繞，冷清清綠暗紅疏。"《孽海花》一八回："一個是中年的貴婦，一個是嬌小的雛姬，都是珠圍翠繞，粉滴脂酥，款步進門而來。"◇劉小姐美麗如花，珠圍翠繞，氣質高雅，她一出現馬上吸引了諸多男士的目光。❷比喻美女或侍從眾多。明代顧大典《青衫記•裴興私歎》："怎禁得煙花圈套，便玉軟香溫，珠圍翠繞。"《紅樓夢》三九回："(劉姥姥) 只見滿屋裏珠圍翠繞，花枝招展的，並不知都係何人。"同 翠繞珠圍、珠圍翠擁。

【珠圓玉潤】zhū yuán yù rùn 像珍珠那樣圓，像美玉一樣光潤。唐代張文琮《詠水》："方流涵玉潤，圓折動珠光。"本形容水流和柔明淨，漾生光彩，後用"珠圓玉潤"：❶比喻文辭優美，或歌聲、樂音宛轉、圓潤。明代祁彪佳《遠山堂劇品•煙花夢》："一劇中境界凡十餘轉，境本平常，詞則珠圓玉潤，咀之而味愈長。"清代周濟《詞辨》："北宋詞多就景敘情，故珠圓玉潤，四照玲瓏。"徐遲《牡丹》二："有名的花旦賽黃陂，唱得珠圓玉潤，獨步一時。"❷形容書法娟美。清代魏子安《花月痕》二六回："見書法珠圓玉潤之中，另有一種飄飄欲仙豐致。"❸形容皮膚柔膩光潤。《啼笑姻緣》二回："那肉色的絲襪子，緊裹着珠圓玉潤的肌膚。"同 玉潤珠圓。

【珠聯璧合】zhū lián bì hé《漢書•律曆志上》："日月如合璧，五星如連珠。"說日月像合起來的美玉，金、木、水、火、土五星像串聯起來的珍珠。後用"珠聯璧合"比喻優秀人物或美好事物聚集在一起。北周庾信《周兗州刺史廣饒公宇文公神道碑》："發源纂冑，葉派枝分，開國承家，珠聯璧合。"清代龔自珍《常州高材篇送丁若士》詩："珠聯璧合有時有，一散人海如鳧鷗。"◇太太是大家閨秀，先生是一代畫師，二人真是珠聯璧合。

【珠還合浦】 zhū huán hé pǔ 合浦：漢代郡名，在今廣西，臨北部灣，今仍是珍珠產地。《後漢書·孟嘗傳》："(合浦)郡不產穀實，而海出珠寶……先時，宰守並多貪穢……珠遂漸徙於交阯郡界，嘗到官，革易前敝，求民病利，曾未逾歲，去珠復還。"說合浦沿海產珍珠，但地方官濫採無度，產珠的蚌就遷到別處了。孟嘗做合浦郡太守，革除弊端，蚌又回來了。後用"珠還合浦"、"合浦還珠"、"還珠合浦"比喻人去而復還或物失而復得。也用以頌揚官員清廉。唐代駱賓王《上兗州啟》："還珠合浦，波含遠近之星。"《古今小說》卷一："珠還合浦重生采，劍合豐城倍有神。"同 合浦珠還。

【班功行賞】 bān gōng xíng shǎng 班：排等級。按各人功勞的大小，依次封賞。《後漢書·李雲列傳》："不可令此人居太尉、太傅曲兵之官，舉厝至重，不可不慎。班功行賞，宜應其實。"舉厝：提拔。同 論功行賞、計功行賞。

【班門弄斧】 bān mén nòng fǔ 在魯班(公輸班，古代能工巧匠)門前舞弄斧頭。比喻不自量力，在高手面前賣弄。宋代歐陽修《與梅聖俞書》："昨在真定，有詩七八首，今錄去，班門弄斧，可笑可笑。"《二刻拍案驚奇·小道士一着饒天下 女棋童兩局注終身》："奴家本不敢相敵，爭奈眾心欲較勝負，不得不在班門弄斧。"魯迅《書信集·致姚克》："插畫技術，與歐美人校，真如班門弄斧。"

【班荊道故】 bān jīng dào gù 班：鋪開。荊：荊條。故：舊事。《左傳·襄公二十六年》："伍舉奔鄭，將遂奔晉。聲子將如晉，遇之於鄭郊，班荊相與食，而言復故。"說把荊條鋪在地上，坐在上面邊吃邊談論往事。後用"班荊道故"、"班荊道舊"形容老友重逢，共敍舊情。晉代陶潛《與子儼等書》："鮑叔管仲，分財無猜；歸生伍舉，班荊道舊，遂能以敗為成，因喪立功。"明代孫仁孺《東郭記·為人也》："知交偶然北與南，既蒙恩先達，舊友應擔，班荊道故，共把青雲路攬。"清代袁枚《小倉山房尺牘》四六："丁丑春，高軒來白下，小具壺觴，班荊道舊。"

【班荊道舊】 bān jīng dào jiù 見"班荊道故"。

【現世現報】 xiàn shì xiàn bào 佛教語。現世：今生，是對前世、來世而言。《法苑珠林·妄語》："所言雖實，人不信受，眾皆憎惡，不喜見之，是名現世惡業之報。"後用"現世現報"說人若做壞事，在今生就會得到報應懲罰。《初刻拍案驚奇》卷二二："再沒有一個身子上，先前做了貴人，以後流為下賤，現世現報，做人笑柄的。"《紅樓夢》三五回："那世裏造了來的孽，這會子現世現報。"楊朔《望南山》："老奶奶氣得點着指頭說：'現世現報，看你們厲害，還是俺們厲害！'"

【現身說法】 xiàn shēn shuō fǎ 佛教語。說佛可以針對不同的對象，化成種種人形來宣講佛法。今比喻以親身經歷為例子，向人進行講解或勸誡。《楞嚴經》卷六："我於彼前，皆現其身，而為說法，令其成就。"《兒女英雄傳》五回："如今現身說法，就拿我講，兩個指頭就輕輕兒的給你提進來了。"◇她是過來人了，請她現身說法吧。

【理直氣壯】 lǐ zhí qì zhuàng 做事、論事有足夠理據，膽氣十足。《醒世恆言·錢秀才錯佔鳳凰儔》："只為自反無愧，理直氣壯，昂昂的步到顏家門首。"陳登科《赤龍與丹鳳》第二部四："二魁和小鳳也理直氣壯，上堂作證。"反 理屈詞窮。

【理所必然】 lǐ suǒ bì rán 按照道理必定如此。《弘明集·神不滅論》："若有始也，則不能為終，唯無始也然後終始無窮，此自是理所必然。"◇新的代替舊的，這是理所必然的歷史過程。同 理所當然。反 豈有此理。

【理所當然】 lǐ suǒ dāng rán 按照道理應當這樣。《文中子·魏相篇》："非辯也，理當然耳。"宋代陳文蔚《朱先生敍述》：

"是以於進退辭受之間，一處以義理之正，苟理所當然，雖聖人所行，不為苟異，理所不然，雖舉世趨之，不為苟同。"《説岳全傳》五二回："此乃各為其主，理所當然，何罪之有！"王蒙《青春萬歲》："校長的意思卻是由他自己來辦。這其實是理所當然，那麼多的事，要是校長全一個人包了，哪管得過來？" 同 理固當然。反 不以為然。

【理屈詞窮】lǐ qū cí qióng 輸了理，無話可辯駁。《論語•先進》宋代朱熹集注："子路之言，非其本意，但理屈詞窮，而取辨於口以禦人耳。"《紅樓夢》一一八回："你既理屈詞窮，我勸你從此把心收一收，好好的用用功。"◇看她那副理屈詞窮的窘態，心裏暗暗好笑。反 理直氣壯、慷慨陳詞。

【琅琅上口】láng láng shàng kǒu 琅琅：玉石相撞的聲音，比喻響亮清朗的讀書聲。❶ 形容誦讀詩文純熟、順口。清代王韜《淞隱漫錄•凌波女史》："自幼即喜識字，授以唐詩，琅琅上口。"郭沫若《沸羹集•如何研究詩歌與文藝》："但在我自己有記憶的二三歲時，她已經把唐人絕句教我暗誦，能誦得琅琅上口。"❷ 形容文辭流暢而有韻律，便於口誦。老舍《戲劇語言》："我們寫的白話散文，往往不能琅琅上口，這是個缺點。" 同 字正腔圓。反 詰屈聱牙。

【琅嬛福地】láng huán fú dì 傳説中的神仙洞府，是天府藏書之處。元代伊世珍《琅嬛記》卷上："大石中忽然有門，引華（張華）入數步，則別是天地，宮室嵯峨。引入一室中，陳書滿架……華問地名，對曰：'琅嬛福地也。'"明代張岱《快園記》："如入琅嬛福地，癡龍護門，人跡罕到。"癡龍：神犬名。清代無名氏《胭脂血彈詞》："我今欲作蒲牢吼，喚醒人間窈窕娘，同入琅嬛登福地，補牢原是為亡羊。"◇她一到杭州西湖，便吟出一首詩來，其中兩句是："山外青山樓外樓，琅嬛福地夢中遊。" 同 洞天福地。

【琵琶別抱】pí pá bié bào 見"別抱琵琶"。

【琴心劍膽】qín xīn jiàn dǎn 比喻剛柔相濟，既有柔情雅致，又有膽識豪氣。元代吳萊《寄董與幾》詩："小榻琴心展，長纓劍膽舒。"清代古越嬴宗季女《六月霜》三齣："你如莫邪剛，並剪快，哀梨脆，琴心劍膽羞姿媚。" 同 劍膽琴心、俠骨柔情。

【琴棋書畫】qín qí shū huà 彈琴、弈棋、寫字、繪畫，指各種文藝特長。常用以表示人的文化素養。《法書要錄》卷三引唐代何延之《蘭亭記》："辯才博學工文，琴棋書畫皆得其妙。"《初刻拍案驚奇》卷十："那小姐年方十六，生得肌如白雪，臉似櫻桃，鬢若堆鴉，眉橫丹鳳，吟得詩，作得賦，琴棋書畫，如工針指，無不精通。"老舍《文藝學徒》："咱們歷史上的文人都講究在詩文之外還學習琴棋書畫，並爭取上知天文，下曉地理。"

【琴瑟不調】qín sè bù tiáo 琴、瑟：兩種古代的弦樂器。琴和瑟合奏時，兩者的聲音不協調、不和諧。❶ 比喻政令失當，矛盾多、變化多，統籌不起來。《漢書•禮樂志》："辟之琴瑟不調，甚者必解而更張之，乃可鼓也；為政而不行，甚者必變而更化之，乃可理也。"漢代荀悦《漢紀•武帝紀一》："夫秦滅先聖之道，為苟且之治，故立十四年而亡，其遺毒餘戾至今未滅，琴瑟不調。"《魏書•崔鴻傳》："琴瑟不調，改而更張，雖明旨已行，猶宜消息。"❷《詩經•棠棣》："妻子好合，如鼓琴瑟。"後反其意而用之，以"琴瑟不調"、"琴瑟失調"比喻夫妻不和。唐代趙璘《因話錄》卷一："郭汾陽子曖，嘗與昇平公主琴瑟不調。"《太平廣記》卷四九二引《靈應傳》："涇陽君與洞庭外祖，世為姻戚。後以琴瑟不調，棄擲少婦，遭錢塘之一怒，傷生害稼，懷山襄陵。"《歧路燈》九九回："所可惜者，塤篪和鳴，卻又琴瑟失調。" 同 琴瑟不和。反 琴瑟和諧、琴瑟相調。

【琴瑟失調】qín sè shī tiáo 見"琴瑟不調"。

【琴瑟和諧】qín sè hé xié 見"琴瑟調和"。

【琴瑟調和】qín sè tiáo hé 琴、瑟：兩種古代的弦樂器。《詩經•棠棣》："妻子好合，如鼓琴瑟。”《詩經•關雎》：“窈窕淑女，琴瑟友之。” 後用“琴瑟調和” 比喻夫妻關係非常和諧。明代沈受先《三元記•祝壽》：“恭承令德雍容，情懷繾綣，閨門伉儷恩濃，琴瑟調和，春滿玉台金鏡。未須期東海南山，願早賜祥麟瑞鳳。”《醒世姻緣傳》五二回：“若是少年夫婦，琴瑟調和，女貌郎才，如魚得水。” 也作“琴瑟和諧”。元代徐琰《蟾宮曲•青樓》：“結同心盡了今生，琴瑟和諧，鸞鳳和鳴。” 明代沈受先《三元記•團圓》：“夫妻和順從今定，這段姻緣夙世成，琴瑟和諧樂萬春。” 同 琴瑟和好、琴瑟之好。反 琴瑟不調、琴瑟失調。

【琴劍飄零】qín jiàn piāo líng 琴、劍：兩者為古時文人隨身之物，寓剛柔相濟之意。飄零：飄泊流落。形容文人落拓江湖，飄泊四方。《群音類選•南西廂記•紅娘請生》：“可憐我琴劍飄零無厚聘，感不盡姻親事有成。” 明代錢曄《贈周岐鳳》詩：“琴劍飄零西復東，舊游清興幾時同。” 陳巢南《歸家雜感》詩：“琴劍飄零千里別，江湖涕淚一身多。” 同 書劍飄零。

【琳琅滿目】lín láng mǎn mù 琳琅：美玉。《世説新語•容止》：“今日之行，觸目見琳琅珠玉。” 説見到的都是名流雅士。後用“琳琅滿目” 比喻眼前所見都是美好、珍貴的事物。清代陸隴其《與陳藹公書》。“頃復承賜尊集，展卷一讀，琳琅滿目。” 朱自清《三家書店》：“所展覽的，幽默，秀美，粗豪，典重，各擅勝場，琳琅滿目。” ◇那古香古色的書房裏，擺滿了各色玲瓏奇石，琳琅滿目。反 瘡痍滿目。

【斑駁(駮)陸離】bān bó lù lí 斑駁：顏色錯雜。陸離：參差繁雜的樣子。戰國楚屈原《離騷》：“紛總總其離合兮，斑陸離其上下。” 後用“斑駁陸離”、“斑駮陸離” 形容色彩繽紛錯雜。《聊齋誌異•古瓶》：“器大可合抱，重數十斤，側有雙環，不知何用，斑駮陸離，瓶亦古。” 吳冠中《調色板》：“我拿着斑駁陸離，連暴露的木質也多處燒黑的調色板回到畫室。” 同 陸離斑駁、五色斑斕。

【瑚璉之器】hú liǎn zhī qì 瑚、璉：即“簠” 和“簋”，是古代盛黍稷稻粱進行祭祀、宴享用的食器。後用“瑚璉之器” 比喻有大才幹可擔大任的人。《論語•公冶長》：“子貢問曰：‘賜也何如？’ 子曰：‘女器也。’ 曰：‘何器也？’ 曰：‘瑚璉也。’”《三國志•虞翻陸續等傳評》：“(陸續) 以瑚璉之器而作守南越，不亦賊夫人歟？” 宋代晁公遡《答敘州杜通判》：“顧乃屈佐一邑，瑚璉之器不應爾耳，佇觀登於清廟，始為稱也。” ◇他父親認為自己的兒子是瑚璉之器，過幾年就會懂事的。

【瑕不掩瑜】xiá bù yǎn yú 玉上的斑點遮不住玉的光澤。比喻缺點掩蓋不住優點。《禮記•聘儀》：“瑕不揜瑜，瑜不揜瑕，忠也。” 揜：同“掩”。宋代邵博《聞見後錄》卷四：“惜哉仲淹，壽不永乎！非不廢是，瑕不掩瑜。雖不至於聖，其聖人之徒歟！” ◇他確有被人詬病之處，但瑕不掩瑜，畢竟是公認的一代名流。

【瑕瑜互見】xiá yú hù jiàn 玉的斑點和光澤同時顯現。比喻缺點和優點並存。清代李漁《閒情偶記•賓白》：“凡作傳奇，當於開筆之初，以至脱稿之後，隔日一刪，逾月一改，始能淘沙得金，無瑕瑜互見之失矣。” ◇尺有所短，寸有所長，人總是瑕瑜互見，所以要有包容之心，不能苛求。

【瑣尾流離】suǒ wěi liú lí 見“流離瑣尾”。

【璀璨奪目】cuǐ càn duó mù 形容物體光彩鮮明，耀人眼目，或形容事物影響力大，引人關注。宋代朱熹《百丈山記》：“於林薄間東南望，見瀑布自前巖穴瀵湧而出，投空下數十尺，其沫乃如散珠噴霧，日光燭之，璀璨奪目，不可正視。” 明代田汝成《西湖遊覽志•北山勝蹟》：“月桂峰，唐天聖中秋，月甚朗，降靈實於茲山，狀若珠璣，璀璨奪目，有異人識之，曰：‘此月中桂子也！’ 遂以名峰。” ◇中醫藥學輝煌的成就，在今天依然熠熠生輝，璀璨奪目。同 光輝燦爛、光彩奪目。反 黑燈瞎火、暗淡無光。

【璞玉渾金】pú yù hún jīn 比喻品質美好，質樸純正。璞玉，被石包裹着，尚未剖開雕琢的玉。渾金，尚未冶煉的金。《世說新語•賞譽》："王戎目山巨源如璞玉渾金，人皆欽其寶，莫知名其器。"唐代貫休《杜侯行》："杜侯兄弟繼之後，璞玉渾金美騰口。"◇別看他傻頭傻腦的，璞玉渾金，外憨內秀。

【環肥燕瘦】huán féi yàn shòu 環：唐玄宗的寵妃楊玉環，體貌豐滿。燕：漢成帝的皇后趙飛燕，體態輕盈，傳說能作掌上舞。兩人皆以美貌著稱。後用"環肥燕瘦"形容美女體態不一，各有風韻。清代梁紹壬《兩般秋雨盦隨筆•京師梨園》："評量粉黛，環肥燕瘦之間；品藻冠裳，賈佞江忠之列。"《海上塵天影》二十回："用是評量甲乙，分別驪黃。合環肥燕瘦之紛羅，定盧後王前之妙品。"同 燕瘦環肥。

【環堵蕭然】huán dǔ xiāo rán 堵：土牆。蕭然：形容冷清沒生氣。屋子裏空蕩蕩、冷清清的，甚麼也沒有。形容家境貧寒，生活清苦。晉代陶潛《五柳先生傳》："環堵蕭然，不蔽風日，短褐穿結，簞瓢屢空，晏如也。"宋代蘇轍《劉凝之屯田哀辭敍》："環堵蕭然，饘粥以為食，而遊心塵垢之外，超然無慼慼之意。"同 家徒四壁。

【瓊枝玉葉】qióng zhī yù yè 比喻有皇族血統的貴族或門第高貴的人。唐代蕭穎士《為揚州李長史賀立皇太子表》："況瓊枝挺秀，玉葉資神，允釐監撫，儀形雅頌。"◇他歷數家譜，一直上推到六世祖宗，無非是想表明自己是瓊枝。同 金枝玉葉。

【瓊樓玉宇】qióng lóu yù yǔ 傳說中神仙居住的地方，或指月中宮殿。宋代蘇軾《水調歌頭•中秋》詞："我欲乘風歸去，又恐瓊樓玉宇，高處不勝寒。"後多借指華麗莊重的建築物。明代周楫《西湖二集•韓晉公人奩兩贈》："在山頂上有一座宮闕，瓊樓玉宇，宛如神仙洞府。"《啼笑因緣》二二回："對着皇城裏那一片瓊樓玉宇，玉樹瓊花，痛飲了幾杯。"

【瓊漿玉液】qióng jiāng yù yè 比喻美酒或仙界的汁液。《金瓶梅》一回："思飲酒真個瓊漿玉液，不數那琥珀杯流。"明代朱有燉《賽嬌容》三折："我這裏高捧着瓊漿玉液，他那裏低唱着梁州第七。"《孽海花》十回："忽然一滴楊枝水，劈頭灑將來，正如鮮露明珠，瓊漿玉液，哪一個不歡喜贊歎！"同 玉液瓊漿。反 污泥濁水。

瓜部

【瓜分豆剖】guā fēn dòu pōu 見"瓜剖豆分"。

【瓜田之嫌】guā tián zhī xián 見"瓜李之嫌"。

【瓜田李下】guā tián lǐ xià 古樂府《君子行》："君子防未然，不處嫌疑間。瓜田不納履，李下不整冠。"說為避偷瓜摘李的嫌疑，在瓜田裏不彎腰提鞋子，在李樹下不舉手端正帽子。後比喻容易引起猜疑的場合或情況。晉代干寶《搜神記》卷一五："懼獲瓜田李下之譏。"宋代洪邁《容齋三筆•白公夜聞歌者》："然鄂州所見，亦一女子獨處，夫不在焉。瓜田李下之疑，唐人不譏也。"《好逑傳》六十回："瓜田李下，明俠女之志；暗室屋漏，窺君子之心。"同 瓜李之嫌、"瓜田不納履，李下不整冠"。

【瓜李之嫌】guā lǐ zhī xián 瓜李：瓜田李下。《樂府詩集•相和歌辭七•君子行》："君子防未然，不處嫌疑間，瓜田不納履，李下不整冠。"後以"瓜李之嫌"、"瓜田之嫌"表示惹來嫌疑。《舊唐書•柳公權傳》："瓜李之嫌，何以戶曉？"《警世通言•趙太祖千里送京娘》："誰知事既不諧，反涉瓜李之嫌，今日父母哥嫂亦不能相諒，何況他人？"明代李贄《續焚書•與耿克念》："我欲來已決，然反而思之，未免有瓜李之嫌。"◇你跟她來往，就不怕瓜田之嫌？同 瓜田李下。

【瓜瓞綿綿】guā dié mián mián 瓞：小瓜。如同一根連綿不斷的藤上結了許多大大小小的瓜。《詩•緜》："緜緜瓜瓞，民之初生。"緜緜：同"綿綿"。後以"瓜瓞綿綿"、"綿綿瓜瓞"比喻族中的子孫連綿不絕。唐代劉知幾《史通•世家》："夫古者諸侯，皆即位建元，專制一國，綿綿瓜瓞，卜世長久。"宋代洪適《臨江仙》詞："瓜瓞綿綿儲慶遠，間平代有名人。"清代俞達《青樓夢》四一回："上面雕兩個瓜兒，枝葉上雕着一對蝶兒，暗寓瓜瓞綿綿之意。"

【瓜剖豆分】guā pōu dòu fēn 像瓜被剖開，豆從莢裏裂出一樣。比喻國土被人分割。南朝宋鮑照《蕪城賦》："出入三代，五百餘載，竟瓜剖而豆分。"《南史•陳武帝紀》："自八紘九野，瓜剖豆分，竊帝偷王，連州比縣。"蔡東藩《民國通俗演義》一三五回："各為雄長，瓜剖豆分。"也作"瓜分豆剖"。宋代李清照《詞論》："五代干戈，四海瓜分豆剖，斯文道息。"孫中山《興中會宣言》："方今強鄰環列，虎視鷹瞵……蠶食鯨吞，已見效於踵接；瓜分豆剖，實堪慮於目前。"

【瓜熟蒂落】guā shú dì luò 瓜熟了，瓜蒂自然脱落。比喻時機或條件成熟時，事情就會順利辦成。《雲笈七籤》卷五六："如二儀分三才，體地法天，負陰抱陽；喻瓜熟蒂落，啐啄同時。"《隋唐演義》一一回："弟聞自古虎子麟兒，必不容易出胎。況吉人天相，自然瓜熟蒂落，何須過慮？"同 水到渠成、順理成章。

瓦 部

【瓦釜雷鳴】wǎ fǔ léi míng《楚辭•卜居》："黃鐘毀棄，瓦釜雷鳴。讒人高張，賢士無名。"瓦釜：用黏土燒製的炊具。瓦釜發出雷鳴般的響聲。比喻小人居高位，囂張得意。宋代黃庭堅《再次韻兼簡履中南玉》詩："經術貂蟬續狗尾，文章瓦釜作雷鳴。"清代顧炎武《與友人論門人書》："吾行天下，見詩與語錄之刻，堆几積案，殆於瓦釜雷鳴，而叩以二南雅頌之義，不能説也。"同 瓦缶雷鳴、小人得志。

【瓦解冰消】wǎ jiě bīng xiāo 瓦器破碎，冰塊融化。比喻徹底崩潰或完全消失。《魏書•出帝平陽王紀》："世祖太武皇帝，握金鏡以照耀，擊玉鼓以鏗鏘，神武之所牢籠，威風之所轥轢，莫不雲徹霧捲，瓦解冰消。"明代羅貫中《粉妝樓》一六回："他一門已是瓦解冰消，寸草全無，豈不是你爹爹誤了你的終身！"清代烏有先生《繡鞋記》一八回："卻説張木公見鳳姐業已身亡，滿腔忿怒自是瓦解冰消。"◇兩人握手言歡，半生的恩怨情仇，瞬間瓦解冰消。同 冰消瓦解。

【甕中之鼈】wèng zhōng zhī biē 甕：口小腹大的陶製盛物器。掉進甕裏面的鼈。比喻無法逃脱，被完全掌握控制在別人手裏。《警世通言•杜十娘怒沉百寶箱》："孫富視十娘已為甕中之鼈，即命家童送那描金文具，安放船頭之上。"清代袁于令《西樓記•情死》："如今他母親受我財禮，嫁我為妾，已是甕中之鼈，走往哪裏去。"《説岳全傳》七六回："這幾個小南蠻，只算得個甕中之鼈，不消費僧家大力，管教他一個個束手就縛。"同 手到拿來、甕中捉鼈。

【甕中捉鼈】wèng zhōng zhuō biē 捉拿甕裏的鼈。形容不費氣力，手到拿來。元代康進之《李逵負荊》四折："管教他甕中捉鼈，手到拿來。"明代王錂《春蕪記•定計》："哄人説話，真如錦上添花，拐人錢財，好似甕中捉鼈。"《歧路燈》三六回："我見了他，掉我這三寸不爛之舌，管保順手牽羊，叫你們甕中捉鼈。"同 甕中之鼈、十拿九穩。

甘 部

【甘井先竭】gān jǐng xiān jié 水甜的井先乾涸。比喻有才能的人往往早衰。《莊子•山木》："直木先伐，甘井先竭。"◇人的個性就是命運，直言賈禍，甘井先竭。同 甘泉必竭。

【甘之如飴】gān zhī rú yí 飴：麥芽糖。《詩

經•綿》：“周原膴膴，堇荼如飴。”鄭玄箋：“其所生菜，雖有性苦者，甘如飴也。”後人用“甘之如飴”比喻樂意承受艱辛困苦，或陷於逆境仍能甘心對待之。《吳越春秋•勾踐歸國外傳》：“嘗膽不苦甘如飴，令我采葛以作絲。”宋代文天祥《正氣歌》：“鼎鑊甘如飴，求之不可得。”清代汪琬《睢州節烈祠碑》：“顧視屠毒，甘之如飴。”鄒韜奮《遺囑》：“雖顛沛流離，艱苦危難，甘之如飴。”同 甘之若飴、甘之如薺。

【甘之若素】 gān zhī ruò sù 若素：就像往常一樣。雖然遭受不平、困苦，但甘願承受，還像往常一樣生活。《二十年目睹之怪現狀》八九回：“到後來大少爺死了，更是冷一頓、熱一頓，甚至有不能下箸的時候，少奶奶卻從來沒過半句怨言，甘之若素。”◇她總是微笑着面對苦難，對清貧生活甘之若素。同 甘之如飴。

【甘心情願】 gān xīn qíng yuàn 心裏完全願意，沒有一點勉強。元代關漢卿《蝴蝶夢》三折：“但留的你兩個呵，他便死也我甘心情願。”《兒女英雄傳》九回：“若論他同我的氣義，莫講三萬金，便是三十萬金他也甘心情願。”張愛玲《我看蘇青》：“我實在不能引以為榮，只有和蘇青相提並論我是甘心情願的。”同 心甘情願。

【甘瓜苦蒂】 gān guā kǔ dì 漢代無名氏《古詩》：“甘瓜抱苦蒂，美棗生荊棘。”後略作“甘瓜苦蒂”，指甜瓜的蒂是苦的，比喻沒有十全十美的事物。清代翟灝《通俗編•草木》：“甘瓜苦蒂，天下物無全美也。”梁實秋《雅舍菁華•講價》：“甘瓜苦蒂，天下物無全美。你把貨物捧在手裏，不忙鑒賞，先求其疵繆之所在。”同 美中不足。

【甘旨肥濃】 gān zhǐ féi nóng 甘旨：甘芳味美的食物。肥濃：肥美的肉食和濃醇的酒漿。泛指美酒佳餚。南朝梁沈約《述僧中食論》：“擾之大者，其事有三：一則勢利榮名，二則妖妍靡曼，三則甘旨肥濃。”《新唐書•韋縚傳》：“今欲以甘旨肥濃皆充於祭，苟逾舊制，其何極焉！”◇宴會上的菜餚，都是奇珍異品，甘旨肥濃，非常豐盛。同 美味佳餚。反 粗茶淡飯。

【甘言厚幣】 gān yán hòu bì 指用甜蜜的言辭、厚重的禮品作誘惑。《梁書•侯景傳》：“不顧社稷之安危，惟恐私門之不植。甘言厚幣，規滅忠梗。”《太平廣記•雜傳記九•靈應傳》：“以季弟未婚，潛行禮聘，甘言厚幣，峻阻復來。”蔡東藩《五代史演義》六回：“當下四出求援，先遣說客至定州，用了甘言厚幣，買通義武節度使王處直，與約拒梁。”

【甘居人後】 gān jū rén hòu 指甘心落在他人之後。明代張岱《自為墓誌銘》：“奪利爭名，甘居人後；觀場遊戲，肯讓人先。”《花月痕》一四回：“采秋事事要佔人先，他卻事事甘居人後。”老舍《駱駝祥子》一：“那四十以上的人，有的是已拉了十年八年的車，筋肉的衰損使他們甘居人後。”同 不思進取。反 力爭上游、奮發圖強。

【甘拜下風】 gān bài xià fēng《左傳•僖公十五年》：“晉大夫三拜稽首，曰：‘君履后土而戴皇天，皇天后土實聞君之言，群臣敢在下風。’”下風：風向的下方，比喻劣勢地位。後用“甘拜下風”說甘願居於低位，或表示心悅誠服，自愧弗如。清代和邦額《夜譚隨錄•三官保》：“君神人也，吾等甘拜下風矣。”《鏡花緣》五二回：“如此議論，才見讀書人自有卓見，真是家學淵源，妹子甘拜下風。”反 高高在上。

【甘泉必竭】 gān quán bì jié 甘甜的泉誘人大量取用，注定要乾涸的。比喻有才幹的人必定早衰。《逸周書•周祝解》：“肥豕必烹，甘泉必竭，直木必伐。”◇過多的工作壓得他喘不過氣來，使他筋疲力盡，真是甘泉必竭。同 甘井先竭。

【甘貧樂道】 gān pín lè dào 甘於受貧，樂於守道。是儒家所倡導的處世態度。宋代邵伯溫《邵氏聞見錄》卷一八：“名利不可兼也。吾本不求名，既為世所知矣，何用利哉？故甘貧樂道，平生無不足之意。”《金瓶梅》四回：“他怎肯守定顏回甘貧樂道，專一趁東風，水上漂。”◇身處窘迫的生活中，詩人常以甘貧樂道、君子固窮自慰。同甘貧守志、安貧樂道。

【甘棠之惠】gān táng zhī huì 見“甘棠之愛”。

【甘棠之愛】gān táng zhī ài 甘棠：樹名，即棠梨。《史記·燕召公世家》記載：周武王時，召公姬奭為西伯，廣行仁政，施惠於民。相傳他曾在一棵甘棠樹下審案，死後，人民作《甘棠》（載《詩經》中）一詩懷念他。後因以“甘棠之愛”表示對官吏的愛戴和頌揚。宋代劉克莊《魏峻轉兩官守兵書致任制》：“故家遺俗，非謂有喬木之存；左翊右扶，所至多甘棠之愛。”清代范能濬《重建支硎山文正公祠記》：“亦欲使見之者念先賢香火所留，或生甘棠之愛，不至盡剪伐之而後已。”也作“甘棠之惠”。漢代揚雄《甘泉賦》：“函甘棠之惠，挾東征之意。”同甘棠遺愛。

【甘棠遺愛】gān táng yí ài 甘棠：即棠梨。遺愛：遺留給後世的仁愛。《史記·燕召公世家》載：周武王時，召公姬奭為西伯，廣行仁政，施惠於民。相傳他曾在一棵甘棠樹下審案，為民眾所傳頌，作《甘棠》詩懷念他。後用“甘裳遺愛”頌揚離任或卸職的官吏。清代王濬卿《冷眼觀》七回：“做父母官的能愛民如子，替百姓伸冤理屈，不避權貴，及至去任的一日，地方上紳民無以為報，就公眾捐建軍這座去思碑，以為甘棠遺愛的紀念。”◇老上司一生廉潔清正，他的音容笑貌、甘棠遺愛長留人間。同甘棠之愛、甘棠之惠。

【甚囂塵上】shèn xiāo chén shàng 囂：喧鬧。喧囂一時，塵土飛揚。《左傳·成公十六年》：“楚子登巢車（作戰用的樓車）以望晉軍……曰：‘甚囂，且塵上矣。’”後用“甚囂塵上”形容：❶喧嘩紛鬧，塵土飛揚。◇初到這座煤都，嘈雜的人群和飛揚的粉塵甚囂塵上，讓人窒息。❷議論紛紛或十分囂張。章炳麟《論學會有大益於黃人亟宜保護》：“躁競之士，率群下以造謗者，吾見其紛呶噂沓，甚囂塵上矣。”梁啟超《申論種族革命與政治革命之得失》：“純粹的共和政治，誠不易行，而當國家根本破壞動搖，人心騷擾甚囂塵上之時，愈益無道以得之。”◇流言蜚語一時甚囂塵上 / 來自既得利益集團的反對聲浪甚囂塵上。反無聲無息、偃旗息鼓。

【甜言軟語】tián yán ruǎn yǔ ❶指溫柔體貼的話，或說溫柔體貼的話。宋代郭應祥《西江月》詞：“試問甜言軟語，何如大醉高吟？杯行若怕十分深，人道對花不飲。”《黑籍冤魂》二二回：“子誠過來甜言軟語，撫慰一番。”❷甜蜜誘人的話，或說甜蜜誘人的話。《古今小說·蔣興哥重會珍珠衫》：“薛婆本是箇不善之人，一般甜言軟語，三巧兒遂與他成了至交。”《二刻拍案驚奇》卷二八：“程朝奉動了火，終日將買酒為由，甜言軟語，哄動他夫妻二人。”◇他一旦想利用別人，就開始對人甜言軟語起來。同甜言蜜語、甘言蜜語。反肺腑之言、金玉良言。

【甜言蜜語】tián yán mì yǔ 為騙人或討好別人而說的動聽的話。《初刻拍案驚奇》卷一三：“那些人貪他是出錢施主，當面只是甜言蜜語，諂笑脅肩，賺他上手。”《何典》六回：“遇有燒香娘娘到來，便留進私房，用些甜言蜜語誘引他上牀。”《二十年目睹之怪現狀》三九回：“誰知他老婆已經另外跟了一個人，便甜言蜜語的引他回去，卻叫後跟的男人，把他毒打了一頓。”同甜言美語、花言巧語。

【甜酸苦辣】tián suān kǔ là 指各種味道。《鶡冠子·環流》：“陰陽不同氣，然其為和同也；酸鹹甘苦之味相反，然其為善均也。”常用來比喻人生的種種遭遇，或快樂、憂愁、痛苦、刺激等交織在一起的感受。冰心《南歸》：“我的心中更是甜酸苦辣，不知怎麼好……只有無言的對泣。”茅盾《蝕·幻滅一》：“像我，在外這兩年，真真是甜酸苦辣都嚐遍了。”同酸甜苦辣、鹹酸苦辣。

【甜嘴蜜舌】tián zuǐ mì shé 說話甘美動聽，或說甜蜜動聽的話。《紅樓夢》三五回：

"玉釧兒道：'吃罷，吃罷！你不用和我甜嘴蜜舌的了，我都知道啊！'"◇靠着她那甜嘴蜜舌，很得上司的歡心。同 甜言蜜語、甜言美語。反 惡言詈辭。

生部

【生不逢辰】shēng bù féng chén《詩•大雅•桑柔》："我生不辰，逢天僤怒。"僤(dàn)：大。說我生的不是時候，正趕上上天大發脾氣。後用"生不逢辰"表示降生的時機不好。常用以感歎命運不濟。明代張岱《公祭張亦寓文》："蓋亦寓具用世人才，生不逢辰，貧病相尋，齎志以老。"清代無名氏《狄公案》三二回："我等生不逢辰，遇了無道之世，雖欲除奸去佞，啟沃後心，無奈職卑言輕，也只好靦顏人世了。"馮英子《人才學和人事學》："生不逢辰，用違其時，實際上卻是對人才的糟蹋。"同 生不逢時、命蹇時乖。反 鴻運當頭、紅運當頭。

【生不逢時】shēng bù féng shí 生下來就沒趕上好時機。《詩經•桑柔》："我生不辰，逢天僤怒。"僤：dàn，非常。後用"生不逢時"慨歎命運不濟，際遇坎坷。漢代焦贛《易林•中孚之渙》："生不逢時，困且多憂，年衰老極，中心悲愁。"宋代孔平仲《續世說•直諫》："溫璋為京兆尹，懿宗以同昌公主薨，怒殺醫官，其家屬下獄者三百人。璋上書切諫，帝怒，貶振州司馬。制出，璋嘆曰：'生不逢時，死何足惜！'"同 生不逢辰。反 躬逢其盛。

【生生不已】shēng shēng bù yǐ 生生：指變化和產生新生事物。不已：沒有終止。說不斷地產生，不斷地變化。清代魏文忠《繡雲閣》八七回："一怪生心，則萬怪生心，生生不已，故無地非怪。"南懷瑾《老子他說》五章："而天地與萬物，畢竟都在動態中生生不已地活着。"也作"生生不息"。清代戴震《〈孟子〉字義疏證•道》："在天地，則氣化流行，生生不息。"◇野草的生命力真強啊，經受風吹雨打仍然生生不已！同 生息繁衍。反 灰飛煙滅。

【生生不息】shēng shēng bù xī 見"生生不已"。

【生民塗炭】shēng mín tú tàn 見"生靈塗炭"。

【生老病死】shēng lǎo bìng sǐ 佛教指人的四苦，即出生、衰老、生病、死亡。現也指生活中生育、養老、醫療、殯葬之事。宋代孔平仲《續世說•雅量》："裴度不信術數，不好服食，每語人曰：雞豬魚蒜，逢着則吃；生老病死，時至則行。"清代紀昀《閱微草堂筆記•如是我聞四》："其飲食男女，生老病死，亦與人同。"瓊瑤《我的故事•緣起》："歷經了這麼多的狂風暴雨，目睹過生老病死，體驗過愛恨別離。"

【生而知之】shēng ér zhī zhī 生下來就懂道理，有知識。形容天資特別聰穎。《論語•述而》："子曰：'吾非生而知之者，好古敏以求之者也。'"唐代韓愈《師說》："人非生而知之者，孰能無惑？惑而不從師，其為惑也，終不解矣。"《宣和畫譜•山水一•王維》："由是知維之畫出於天性，不必以畫拘，蓋生而知之者。"二月河《康熙大帝》五："玄燁不是生而知之，乃是學而知之。"同 先知先覺。反 後知後覺。

【生死之交】shēng sǐ zhī jiāo 同生共死的朋友或情誼。元代宮大用《范張雞黍》二折："相公不知，小生平昔與汝陽張元伯結為生死之交。"《水滸傳》四六回："你爺與我結生死之交，誓願同心共意，保護村坊！"◇兩人誤會消除，結成了生死之交。同 刎頸之交、莫逆之交。反 泛泛之交、一面之交。

【生死肉骨】shēng sǐ ròu gǔ 讓死者復生，使白骨長肉。形容大恩大德，所受的恩惠極其深厚。《左傳•昭公二十五年》："平子曰：'苟使意如得改事君，所謂生死而肉骨也。'"《周書•晉蕩公護傳》："一得奉見慈顏，永畢生願。生死肉骨，豈過今恩，負山戴嶽，未足勝荷。"宋代陳亮《謝鄭侍郎啟》："生死肉骨之恩，今焉創見。"同 再造之恩、再生之德。

【生死攸關】shēng sǐ yōu guān 攸：所。決定着是生還是死。形容極其重要的關鍵所在。◇公司目前負債累累，這筆生意的成敗生死攸關。同 生死關頭、生死存亡。反 不足為慮、無關痛癢。

【生死相依】shēng sǐ xiāng yī 無論生或死都不分離，永遠互相依存。形容感情或友誼極為深厚。◇《長生殿》表現的是感人的故事和纏綿悱惻生死相依的愛情，讓人為之震撼。同 相依為命。

【生死與共】shēng sǐ yǔ gòng 同生共死。形容關係非常密切，情誼極其深厚。◇這一對患難相扶、生死與共的夫妻，從此天各一方，再也沒見過面。同 患難與共、風雨同舟。反 兄弟鬩牆、分道揚鑣。

【生死關頭】shēng sǐ guān tóu ❶ 面臨活着或死去的關鍵時刻。明代瞿式耜《浩氣吟•庚寅年十一月初五日聞警》詩："已拼薄命付危疆，生死關頭豈待商！"《兒女英雄傳》八回："那時，我的生死關頭不過只爭一線，若不虧姑娘前來搭救，再有十個安驥，只怕此時也到無何有之鄉了。" ❷ 指極其緊要的契機或時刻。明代高攀龍《講義•仁遠乎哉章》："此一轉念，是生死關頭，千聖都從此做成。"茅盾《子夜》一九："他咬緊了牙關，沒有力氣似的叫了兩聲'喂'，就屏息靜聽那生死關頭的報告。" 同 生死攸關、生死存亡。反 安如磐石、安如泰山。

【生吞活剝】shēng tūn huó bō 原指生硬套用別人詩文的詞句。唐代劉肅《大唐新語•諧謔》："有棗強尉張懷慶，好偷名士文章……人謂之諺曰：'活剝王昌齡，生吞郭正一。'" 後比喻不加改變地搬用或模仿別人的言論、經驗、方法等。也作"活剝生吞"。明代張岱《與祁文載》："弟閱《金剛經》諸解，深恨灶外作灶，硬人人語，未免活剝生吞。"清代黃宗羲《壽李杲堂五十序》："始知今天下另有一番為古文詞者，聚斂拆洗，生吞活剝，大言以為利祿之媒。"清代王士禛《五代詩話•江為》："'竹影橫斜水清淺，桂香浮動月黃昏'，非江為詩乎？林君復易'疏暗'二字，竟成千古名句，所云一字之師，與活剝生吞者有別也。" 同 囫圇吞棗、襲人故智。反 研精覃思、條分縷析。

【生花之筆】shēng huā zhī bǐ 五代王仁裕《開元天寶遺事•夢筆頭生花》："李白少時，夢所用之筆頭上生花。後天才贍逸，名聞天下。"後以"生花之筆"比喻傑出的寫作才能。清代李漁《閒情偶記•結構第一》："予以生花之筆，撰為倒峽之詞。"◇莎士比亞那支生花之筆，寫出了那麼多的傳世之作，偉大的劇作家畢竟非同凡響！同 大筆如椽、生花妙筆。反 江郎才盡。

【生花妙筆】shēng huā miào bǐ 五代王仁裕《開元天寶遺事•夢筆頭生花》："李白少時，夢所用之筆頭上生花。後天才贍逸，名聞天下。"後以"生花妙筆"比喻超人的寫作、繪畫才能。◇他的生花妙筆，寫盡了世情的炎涼冷暖 / 他那支生花妙筆，不知繪製了多少幅令人賞心悅目的水彩畫。同 妙筆生花、生花之筆。

【生拉硬扯】shēng lā yìng chě ❶ 形容用力拉扯或硬要別人聽從自己。馮驥才《三寸金蓮》："每次換腳布，總得帶着膿血腐肉生拉硬扯下來。"◇一對般配、幸福的情侶被生拉硬扯地拆散了。❷ 比喻說話或寫文章牽強附會。老舍《出口成章•比喻》："典故用多了便招人討厭，而且用多了就難免生拉硬扯，晦澀難懂。"馮驥才《一百個人的十年•失蹤的少女》："可這是我親身經歷的。咱別生拉硬扯，非說這就算我的經歷。" 反 任其自然、自然而然。

【生事擾民】shēng shì rǎo mín 製造事端，侵擾人民。宋代蘇軾《教戰守策•策別》："而士大夫亦未嘗言兵，以為生事擾民，漸不可長。"明代褚聖鄰《唐朝開國演義》五六回："一路小心，不許生事擾民。"《隋唐演義》三三回："城壕塞副使秦瓊，生事擾民，阻撓公務，著革職回籍。"◇夜間施工，生事擾民的問題總算解決了。

【生財有道】shēng cái yǒu dào《禮記•大學》："生財有大道，生之者眾，食之者寡，為之者疾，用之者舒，則財恆足矣。"

生財：增加財富。道：原則。後以“生財有道”說發財很有辦法。元代錢霖《哨遍•看錢奴》曲：“眨眼早，野草閒花滿地愁；乾生受，生財有道，受用無由。”亦舒《小紫荊》五章：“原來，參觀祠堂可以收取入場費用，這倒是生財有道。”

【生氣勃勃】shēng qì bó bó 勃勃：旺盛的樣子。形容富有朝氣，充滿活力。清代袁枚《隨園詩話》卷一五：“余選錢文敏公詩甚少，家人誤抄十餘章，余讀之，生氣勃勃，悔知公未盡。”梁啟超《中國國會制度私議》：“全國各方面皆生氣勃勃，精力彌滿。”巴金《楊林同志》：“他兩隻眼睛炯炯有神，一張瘦臉生氣勃勃。”同 生氣蓬勃、朝氣蓬勃。反 暮氣沉沉、老氣橫秋。

【生殺予奪】shēng shā yǔ duó《周禮•內史》：“內史掌王之八枋之法，以詔王治。一曰爵……五曰殺，六曰生，七曰予，八曰奪。”生：讓人活；殺：叫人死；予：給予；奪：剝奪。後用“生殺予奪”、“生殺與奪”形容握有生死賞罰，任意處置人的生命財產的大權。唐代杜牧《上宣州崔大夫書》：“今藩鎮之貴，土地兵甲，生殺予奪，在一出口。”《元史•張珪傳》：“蓋生殺與奪，天子之權，非臣下所得盜用也。”明代王世貞《鳳州雜編》卷二：“大抵今日之事 ，為權奸之勢所脅……自天子一下，惟其言之聽，生殺予奪，惟其所欲。”梁啟超《俄皇宮中之人鬼》：“俄國以專制聞天下，君權無限，生殺予奪，一在其手。”同 生殺之權、殺生之柄。

【生殺與奪】shēng shā yǔ duó 見“生殺予奪”。

【生眾食寡】shēng zhòng shí guǎ《禮記•大學》：“生財有大道，生之者眾，食之者寡，為之者疾，用之者舒，則財恆足矣。”後用“生眾食寡”說生產者多，消費者少。古代以此為達到富裕所依據的原則。《清史稿•食貨志一》：“ 道咸以降，新政繁興，孳孳謀利，而於古先聖王生眾食寡、為疾用舒之道，昧焉不講。”梁啟超《西學書目表後序》：“生眾食寡，為疾用舒，理財之術盡矣；百姓足，君孰與不足，富國之策備矣。”反 生寡食眾。

【生寄死歸】shēng jì sǐ guī《淮南子•精神訓》：“生，寄也；死，歸也。”說活着好似寄居，死了猶如歸去。後用“生寄死歸”表示面對生死的豁達態度。《梁書•徐勉傳》：“人居其間，譬諸逆旅，生寄死歸。”《兒女英雄傳》一九回：“我這病多分不起，生寄死歸，不足介意。”◇人生世間，生寄死歸，但為國而死，骨碎而名完，身往而名在。

【生搬硬套】shēng bān yìng tào 形容不顧實際情況，機械地搬用別人的辦法、經驗等。◇為着增加文章的辭彩，生搬硬套幾首唐詩，不倫不類，反倒給人留下了笑柄。反 因時制宜、因事制宜。

【生聚教訓】shēng jù jiào xùn《左傳•哀公元年》：“越十年生聚，而十年教訓，二十年之外，吳其為沼乎！”生聚：繁殖人口，聚積物力。教訓：教育、訓練。後以“生聚教訓”指失敗後積聚力量，發憤圖強，以洗刷國恥。《梁書•賀琛傳》：“今北邊稽服，戈甲解息，政是生聚教訓之時。”唐代權德輿《岐國公杜公淮南遺愛碑銘序》：“惟公鎮定一方，心平德和，言仁必及人，言智必及事，生聚教訓，勤身急病。”◇越王勾踐卧薪嚐膽，生聚教訓，終於戰勝了吳國。

【生榮死哀】shēng róng sǐ āi《論語•子張》：“其生也榮，其死也哀。”活着受人尊敬，死後令人哀痛。後常用“生榮死哀”弔唁、稱譽令人敬重的死者。三國魏曹植《王仲宣誄》：“人誰不歿，達士徇名。生榮死哀，亦孔之榮。”清代李雨堂《萬花樓》六一回：“今日得天子知恩報恩，令許多大臣祭殮，亦可謂生榮死哀了。”◇先生逝世後，小城居民紛紛前來弔唁，真可謂生榮死哀，美名長在。同 流芳百世。反 遺臭萬年。

【生擒活捉】shēng qín huó zhuō 活捉：抓獲。唐代呂巖《敲爻歌》詩：“生擒活捉蛟龍首，始知匠手不虛傳。”宋代葛長庚《沁園春•贈胡葆元》詞：“把龜蛇烏兔，生擒活捉，霎時雲雨，一點成丹。”《水滸傳》二十回：“一行人生擒活捉得一二百人，奪的船隻，盡數都收在山南水寨裏安頓了。”

【生龍活虎】shēng lóng huó hǔ 好像矯捷的遊龍和生氣勃勃的猛虎一樣。比喻活潑矯健，朝氣蓬勃。宋代朱熹《朱子語類》卷九五：“只見得他如生龍活虎相似，更把捉不得。”《兒女英雄傳》一六回：“你是不曾見過她那等的光景，就如生龍活虎一般。”魯迅《明天》：“他也醒過來，叫一聲‘媽’，生龍活虎似的跳去玩了。”同 朝氣蓬勃、生氣勃勃。反 半死不活、死氣沉沉。

【生離死別】shēng lí sǐ bié 難以再見面的分離和死前的永別。南朝陳徐陵《與楊仆射書》：“況吾生離死別，多歷暄寒，孀室嬰兒，何可言念。”《古今小說•楊謙之客舫遇俠僧》：“李氏與楊公兩個抱住，那裏肯捨，真個是生離死別。”《紅樓夢》一一九回：“獨有王夫人和寶釵娘兒兩個倒像生離死別的一般，那眼淚也不知從那裏來的，直流下來，幾乎失聲哭出。”同 死別生離。

【生靈塗炭】shēng líng tú tàn 生靈：百姓。塗炭：泥沼和炭火。形容民眾如陷於泥沼，墜於火坑，處於極端困苦的境地。《晉書•苻丕載記》：“先帝晏駕賊庭，京師鞠為戎穴，神州蕭條，生靈塗炭。”《三國演義》一〇〇回：“如省心改過，宜即早回，各守疆界，以成鼎足之勢，免致生靈塗炭，汝等皆得全生！”也作“生民塗炭”。《梁書•武帝紀》：“今昏主惡稔，窮虐極暴，誅戮朝賢，罕有遺育，生民塗炭，天命殛之。”《明史•海瑞傳》：“貪墨成風，生民塗炭，而所劾罷者大都單寒軟弱之流。”同 水深火熱、民不聊生。反 國泰民安、安居樂業。

用部

【用行舍藏】yòng xíng shě cáng 用：任用。舍：同“捨”，不被任用。《論語•述而》：“用之則行，舍之則藏。”後以“用行舍藏”說獲任用就出去做官，不被任用就隱退。漢代蔡邕《陳太丘碑》：“其為道也，用行舍藏，進退可度。”《晉書•劉喬傳》：“至人之道，用行舍藏。”也作“用舍行藏”。元代王惲《屈原卜居圖》：“用舍行藏聖有餘，卻從詹尹卜攸居。”清代錢泳《履園叢話•譚詩》：“用舍行藏要及時，製成團扇寄相思。”◇古人做官想的是用舍行藏，今人做官想的是如何才能做一輩子。同 用之則行，捨之則藏。

【用兵如神】yòng bīng rú shén 調兵遣將如同神人。形容極善於指揮作戰。宋代蘇軾《上皇帝書》：“諸葛亮用兵如神，而以糧道不繼，屢出無功。”明代馮夢龍《精忠旗•金牌偽召》：“元帥用兵如神，兀朮那廝伎倆已窮，想不日便可成擒也。”金庸《鹿鼎記》二回：“沐王爺用兵如神，軍機豈可洩漏？”反 紙上談兵。

【用武之地】yòng wǔ zhī dì ❶指適宜於用兵打仗的地方。《晉書•姚襄載記》：“洛陽雖小，山河四塞之固，亦是用武之地。”宋代歐陽修《豐樂亭記》：“滁於五代干戈之際，用武之地也。”❷比喻可以施展自己才能的地方或機會。《喻世明言•吳保安棄家贖友》：“李都督雖然驍勇，奈英雄無用武之地。”冰心《兩個家庭》：“你自己先把根基弄壞了，將來就有用武之地，也不能做個大英雄，豈不是自暴自棄？”

【用非其人】yòng fēi qí rén 指用人不當。《三國志•賈詡傳》裴松之注：“三公具瞻所歸，不可用非其人。”《明史•魏允貞傳》：“往者會推之前，所司率受指執政或司禮中官，以故用非其人。”◇用人得當，就能以一當十；用非其人，則將一事無成。

【用非所學】yòng fēi suǒ xué 見“學非所用”。

【用舍行藏】yòng shě xíng cáng 見“用行舍藏”。

【用盡心機】yòng jìn xīn jī 費盡了心思。元代無名氏《隔江鬥智》二折：“周公瑾用盡心機，諸葛亮未動先知。”《鏡花緣》三二回：“並且彼此爭強賭勝，用盡心機，苦思惡想，愈出愈奇，必要出人頭地。”◇用盡心機想發財，結果反而在股票市場賠個精光。同 機關算盡、處心積慮。

田部

【由此及彼】yóu cǐ jí bǐ 從淺入深，從這裏到那裏，從這一方面到另一方面。《野叟曝言》六六回：“遇着通曉之人，就虛心請問，由此及彼，銖積寸累，自然日有進益。”張中行《作文雜談•藕斷絲連》：“同是由此及彼，此同彼不同，這裏沒有對錯、高下之分，因為都是順應自己的條件。”◇作者很善於聯想，由此及彼，由彼及此，拓展了作品的內容。同 由表及裏。

【由表及裏】yóu biǎo jí lǐ 從外到內，從表面到本質。池莉《來來往往》五：“由表及裏的分析方法對家庭不適用，邏輯推理也不適用，以己之心度人之腹也不管用。”◇觀察人或事，要注意由淺入深、由表及裏。同 鞭闢入裏。反 膚皮潦草、浮皮潦草。

【由衷之言】yóu zhōng zhī yán 衷：內心。出自內心的話。宋代樓鑰《乞致仕劄子》：“三上封章，皆出由衷之言，不敢遽稱疾篤，以欺君父。”清代薛福成《書俄皇告洪大臣之言》：“俄皇所論，未必非由衷之言。”周作人《玄同紀念》：“弟自己是一個浮躁不安的人，乃以此語奉勸，豈不不自量而可笑？然實由衷之言，非勸慰泛語也。”同 肺腑之言。反 言不由衷、違心之論。

【由淺入深】yóu qiǎn rù shēn 由表及裏，逐步深入。清代無名氏《杜詩言志》四卷：“夫詩之章法起句，必切本題，且由綱及目，由淺入深。”清代魏文忠《繡雲閣》四一回：“吾等承師收入門牆，祈師實指進修之方，俾弟子由淺入深。”◇讀書要扎扎實實，由淺入深，循序漸進。同 由表及裏。

【男大當婚】nán dà dāng hūn 男子成年後應當娶妻。明代朱鼎《玉鏡台記•議婚》：“自古道：男大當婚，女長須嫁。潤玉年已及笄，要覓一婿。”沈從文《長河•橘子園主人和一個老水手》：“爹爹意思在逗夭夭，因為人長大了應合老話説的‘男大當婚，女大當嫁’，夭夭就得嫁出去。”反 女大當嫁。

【男女老小】nán nǚ lǎo xiǎo 見“男女老少”。

【男女老少】nán nǚ lǎo shào 泛指各種人或所有的人。清代無名氏《狄公案》六四回：“無論男女老少，見一名捆一個，見兩名捆一雙，上下裏外，不下有四五百人，一名未能逃脱。”◇動員全村男女老少都來加固堤壩。也作“男女老幼”、“男女老小”。巴金《火》二部八：“我們大家，鎮上的全體民眾，不論男女老幼，……有力的出力，有錢的出錢。”郁達夫《我的夢，我的青春！》：“他們的一族，男女老小的人數很多，而我住的那一間屋，卻只比牛欄馬槽大了一點。”

【男女老幼】nán nǚ lǎo yòu 見“男女老少”。

【男女有別】nán nǚ yǒu bié 封建禮教的一種意識：男女之間應有分別，不能越過規矩隨意往來。《禮記•昏義》：“男女有別，而後夫婦有義。”《東周列國誌》一三回：“魯侯曰：‘自古男女有別。你留宿宮中，兄妹同宿，寡人已盡知之，休得瞞隱！’”《紅樓夢》九五回：“況兄妹們男女有別，只好過來一兩次，寶玉又終是懶懶的，所以也不大常來。”

【男耕女織】nán gēng nǚ zhī 男人耕田，女人紡織。舊指農家男女的勞動分工。唐代李頎《送劉四赴夏縣》詩：“男耕女織蒙惠化，麥熟雉鳴長秋稼。”元代薩都剌《過居庸關》詩：“男耕女織天下平，千古萬古無戰爭。”◇男耕女織，豐衣足食，這是古代許多人嚮往的田園生活。

【男婚女嫁】nán hūn nǚ jià ❶指兒女成家。唐代劉禹錫《哭劉衡州時予方謫居》詩：“空懷濟世安人略，不見男婚女嫁時。”❷泛指男女婚嫁成家。《兒女英雄傳》九回：“這男婚女嫁是人生大禮，世上這些女孩兒可臊的是甚麼，我本就不懂！”老舍《柳樹井》一場：“男婚女嫁終身大事，怎能許別人干涉，包辦婚姻。”

【男尊女卑】 nán zūn nǚ bēi 男人尊貴，女人卑賤。以男性為中心的封建倫理觀。《列子•天瑞》："男女之別，男尊女卑，故以男為貴。"元代無名氏《舉案齊眉》三折："雖不曾夫貴妻榮，我只知是男尊女卑。"◇男尊女卑、三從四德的吃人大道理，被今日的社會徹底拋棄了。

【男盜女娼】 nán dào nǚ chāng ❶ 男做盜賊，女為娼妓，説一家人都是下九流的不良之人。明代謝讜《四喜記•天佑陰功》："此輩合赴湯池，令毒蛇吞噬以罰其身，眼前之報；男盜女娼，滅門絕戶，日後之報。"魯迅《偽自由書•賭咒》："'天誅地滅，男盜女娼'——是中國人賭咒的經典。"❷ 形容人的行為、思想卑鄙齷齪。《二十年目睹之怪現狀》一〇一回："還有一種人，自己做下了多少男盜女娼的事，卻責成兒子做仁義道德，那才難過呢！"◇在這種世道下面，造就出一種詐偽不自然的偽君子，面子上都是仁義道德，骨子裏都是男盜女娼。

【男歡女愛】 nán huān nǚ ài 晉代陸機《塘上行》詩："男歡智傾愚，女愛衰避妍。"後用"男歡女愛"形容男女間親昵歡愛。《喻世明言•蔣興哥重會珍珠衫》："蔣興哥人才本自齊整，又娶得這房美色的渾家，分明是一對玉人，良工琢就，男歡女愛，比別個夫妻更勝十分。"張恨水《春明外史》八回："只見柳陰底下露椅上，一對一對的男女，坐在這裏談話，唧唧喁喁，真是男歡女愛，大會無遮。"

【畏之如虎】 wèi zhī rú hǔ 極為畏懼，像害怕老虎一樣。宋代龔明之《中吳紀聞•朱氏盛衰》："有在仕途者，稍稍拂其意，則以違上命，文致其罪，浙人畏之如虎。"◇俗話說嚴父慈母，他家卻是嚴母慈父，見到父親心態輕鬆，見到母親畏之如虎。反 面無懼色。

【畏首畏尾】 wèi shǒu wèi wěi 前也怕，後也怕。形容做事顧慮重重，猶豫懦弱。《左傳•文公十七年》："古人有言曰：'畏首畏尾，身其餘幾？'"清代戴名世《〈金正希稿〉序》："迨以身試焉，而畏首畏尾，彷徨瞻顧。"《鏡花緣》八四回："妹子平日但凡遇見吃酒行令，最是高興，從不畏首畏尾。"同 縮手縮腳、瞻前顧後。

【畏葸不前】 wèi xǐ bù qián 葸：懼怕。膽怯害怕，不敢向前拼搏或做有風險的事情。也作"畏縮不前"。宋代魏泰《東軒筆錄》："唐介始彈張堯佐，諫官皆上疏，及彈文彥博，則吳奎畏縮不前，當時謂拽動陣腳。"《清史稿•高宗紀二》："丁卯，以扈從行圍畏葸不前，褫豐安公爵、田國恩侯爵、阿里袞罷領侍衛內大臣。"葉聖陶《平常的故事》："尤其是她自己，起先雖然頗有畏縮不前的心情，此時卻已鼓起勇士臨陣似的氣概了。"同 望而卻步。反 衝鋒陷陣。

【畏縮不前】 wèi suō bù qián 見"畏葸不前"。

【畢恭畢敬】 bì gōng bì jìng 恭：謙遜有禮。敬：發自內心的尊重。《詩經．小弁》："維桑與梓，必恭敬止。"桑和梓是古代種在住宅旁的樹，借指故鄉。說看到桑梓便思念父母，所以對桑梓也肅然起敬。後用"畢恭畢敬"形容端莊有禮，十分恭敬。郭沫若《洪波曲》第十章五："軍長為李玉堂，一山東大漢，抵軍部時，在門外相迎，畢恭畢敬。"老舍《不成問題的問題》："他微笑着，幾乎是畢恭畢敬地送過籌碼去。"同 必恭必敬、恭恭敬敬。反 傲慢無禮、盛氣凌人。

【留有餘地】 liú yǒu yú dì 說話或做事不極端，留下變通回旋之地。宋代王令《寄介甫》詩："終見乘桴去滄海，好留餘地許相依。"清代朱柏廬《治家格言》："凡事當留餘地，得意不宜再往。"古華《芙蓉鎮》："三百元中，我們替你留有餘地，除掉一百元的成本花銷，不算少了吧！"。反 進退失據、進退維谷。

【異口同聲】 yì kǒu tóng shēng 很多人說同樣的話。形容意見相同或看法完全一致。晉代葛洪《抱朴子•道意》："左右小人，並云不可，阻之者眾，本無至心，而諫怖者，異口同聲。"《醒世恆言》卷二十："侯爺見異口同聲，認以為實，連忙起簽，差原捕楊洪等，押着兩名強盜作眼，同去擒拿張權，起贓連解。"馮玉祥《我的生活》一一章："講完了話解散，大家異口同聲痛詆潘協統的荒謬。”同 眾口一詞。反 眾説紛紜。

【異乎尋常】yì hū xún cháng 乎：於。與平常大不相同，非比尋常。《二十年目睹之怪現狀》七十回：“耽誤了點年紀，還沒有甚麼要緊，還把他的脾氣慣得異乎尋常的出奇。”巴金《家》三十：“他對於婉兒抱了異乎尋常的同情。”朱自清《歐遊雜記•萊茵河》：“天然風景並不異乎尋常地好，古跡可異乎尋常地多。”同 不同凡響。反 不足為奇。

【異地相逢】yì dì xiāng féng 在他鄉彼此相遇。唐代李咸用《春日喜逢鄉人劉松》詩：“故人不見五春風，異地相逢嶽影中。”《兒女英雄傳》一二回：“父子異地相逢，也不免落淚。”◇沒想到二十年未見面的同學，竟然能異地相逢。同 不期而遇、邂逅相逢。

【異曲同工】yì qǔ tóng gōng 工：精緻、美妙。曲調雖然不同，演奏起來卻同樣精彩。比喻做法、説法、作品等雖然不同，卻同樣精彩或效果同樣好。明代胡應麟《詩藪•古體下》：“漢唐短歌，各為絕唱，所謂異曲同工。”朱自清《歐遊雜記•萊茵河》：“那些樓與塔鎮壓着塵土，不讓飛揚起來，與萊茵河的洗刷是異曲同工的。”同 同工異曲。

【異軍突起】yì jūn tū qǐ 異軍：另外一支軍隊。《史記•項羽本紀》：“少年欲立嬰便為王，異軍蒼頭特起。”後以“異軍突起”比喻新的勢力或派別突然興起，獨樹一幟。◇沒想到他的小説異軍突起，名噪文壇，自成一個派別。同 異軍特起、獨樹一幟。

【異想天開】yì xiǎng tiān kāi 異：奇特；天開：天門打開。突發奇想要將天門打開。比喻想法非常離奇，脱離實際，無法實現。《鏡花緣》八一回：“陶秀春道：‘這可謂異想天開了。’”《二十年目睹之怪現狀》四八回：“刑部書吏得了他的賄賂，便異想天開的設出一法來。”徐遲《牡丹》四：“李印光異想天開，有心換換口味，舉行了一個宗教儀式的婚禮。”同 非分之想、想入非非。

【略地攻城】lüè dì gōng chéng《淮南子•兵略訓》：“戍卒陳勝，興於大澤，攘臂袒右，稱為大楚，而天下響應……攻城略地，莫不降下。”後用“略地攻城”指奪佔土地，攻打城池。明代陳汝元《金蓮記•焚券》：“十萬伍雄兵飛將，皆能略地攻城。”◇那時各派軍閥，都在忙於略地攻城，擴張自己的勢力範圍。也作“掠地攻城”。明代無名氏《精忠記•應詔》：“勤王報國應無憚，掠地攻城豈畏難。”同 攻城略地、攻城掠地。

【略見一斑】lüè jiàn yī bān 斑：豹身上的斑紋。《世説新語•方正》：“王子敬數歲時，嘗看諸門生摴蒲，見有勝負，因曰：‘南風不競。’門生輩輕其小兒，迺曰：‘此郎亦管中窺豹，時見一斑。’”後用“略見一斑”説從看到的一小部分，可以推知其大概。《鏡花緣》五八回：“諸如此類，雖未得其皮毛，也就略見一斑了。”梁啟超《飲冰室詩話》：“今得此八章，烈士之志節文章，亦略見一斑矣。”聶紺弩《談〈野叟曝言〉》：“以後還要引用原文，即使不讀原書，也可以略見一斑的。”同 略知一二、可見一斑。反 一覽無餘、了如指掌。

【略知一二】lüè zhī yī èr 稍微知道一些。《鏡花緣》五五回：“我同駱府雖非本家，向有親誼，他家之事，也還略知一二。”老舍《黑白李》：“黑李是哥，白李是弟……黑李是我的好朋友；因為常到他家去，所以對白李的事兒我也略知一二。”同 略知皮毛。

【略知皮毛】lüè zhī pí máo 皮毛：喻指表面的。稍微知道一些膚淺的知識或表面的情形。《鏡花緣》一七回：“才女纔説學士大夫論及反切尚且瞪目無語，何況我們不過略知皮毛，豈敢亂談，貽笑大方！”◇這門學説，我不過略知皮毛，豈敢班門弄斧，亂發議論。同 略知一二。反 一清二楚。

【略高一籌】lüè gāo yī chóu 相比較起來稍微強一些。籌：用竹木等製成的計數籌碼。《聊齋誌異•辛十四娘》：“公子忽謂生曰：‘諺云：場中莫論文。此言今知其謬。小生所以忝出君上者，以起處數語略高一籌耳。'"◇即便章清比別人的手藝略高一籌，已是人亡藝絕，也無法較量高下了。也作"略勝一籌"。張恨水《巴山夜雨》："李南泉搖搖頭說：'比黃臉婆略勝一籌罷了，站在奚太太一處，那就差之遠矣。'" 同 稍勝一籌。反 相形失色。

【略勝一籌】 lüè shèng yī chóu 見"略高一籌"。

【略跡(迹)原心】 lüè jì yuán xīn 見"略跡原情"。

【略跡(迹)原情】 lüè jì yuán qíng 北齊魏收《北齊文宣帝大赦詔》："原心略跡，在可哀矜。"略：省去。跡：形跡，跡象。後以"略跡原情"、"略迹原情"說撇開表面事實不談，而從情理上加以原諒。蘭陵憂患生《京華百二竹枝詞》："討錢童子亂攔人，略跡原情總為貧。"魯迅《墳•我之節烈觀》："萬一幸而遇着寬厚的道德家，有時也可以略跡原情，許他一個烈字。"◇在他的文章中，除了措辭尖銳的批評文字外，還有一些略跡原情的話。也作"略跡原心"、"略迹原心"。明代張惶言《答趙安撫書》："英君察相，尚能略其跡而原其心，感其誠而哀其遇。"《文明小史》一七回："自古至今，有幾個完人？我們如今，也只好略迹原心，倘若求全責備起來，天底下那裏還有甚麼好人呢？"

【略識之無】 lüè shí zhī wú 唐代白居易《與元九書》："僕始生六七月時，乳母抱弄於書屏下，有指'無'字、'之'字示僕者，僕雖口未能言，心已默識。""之"和"無"是古代最常用最早認識的字，後以"略識之無"表示認得幾個字、讀過幾天書。《二十年目睹之怪現狀》九回："最可笑的，還有一班市儈，不過略識之無，因為豔羨那些斗方名士，要跟着他學，出了錢叫人代作了來，也送去登報。"◇據我所知，此人不過略識之無，卻能發表這一篇頗有遠見的宏論，實在值得稱道。同 粗通文墨。反 滿腹經綸。

【當仁不讓】 dāng rén bù ràng 當仁：面對仁義的事；讓：謙讓。《論語•衞靈公》："當仁，不讓於師。"後以"當仁不讓"說見到應當做的事，主動去做，不推辭。《後漢書•曹褒傳》："夫人臣依義顯君，竭忠彰主，行之美也。當仁不讓，吾何辭哉！"唐代王勃《上李常伯啟》："當仁不讓，下走無慚於自媒。"清代錢謙益《與惟心和尚書》："當仁不讓，舍我其誰！"同 義不容辭。反 推三阻四、畏首畏尾。

【當之有愧】 dāng zhī yǒu kuì 清代方苞《蜀漢後主論》："嗚呼，使置後主之他行，而獨舉其任孔明者以衡君德，則太甲、成王當之有愧色也。"說由自己承當某種功勞、稱號、讚譽或獎勵，感到不相配，很慚愧。常用作自謙之辭。◇古玩家這個名號，我實在是當之有愧，受之不起啊。反 當之無愧。

【當之無愧】 dāng zhī wú kuì 當：承受。享有某種稱號或榮譽，名實相符，一點也不必慚愧。《官場現形記》三二回："若照堯翁的大才，這幾句考語着實當之無愧。"巴金《懷念集•懷陸聖泉》："古聖賢所說'富貴不能淫，貧賤不能移，威武不能屈'，他可以當之無愧。"秦似《榕樹的風度》："所謂'大樹好乘涼'，真正說起來，只有榕樹才當之無愧。"反 問心有愧。

【當世無雙】 dāng shì wú shuāng 在當今的世界上再沒有第二個了。形容獨一無二。《鹽鐵論•褒賢》："東方朔自稱辯略，消堅釋石，當世無雙，然省其私行，狂夫不忍為。"宋代歐陽修《歸田錄》卷上："陳康肅公善射，當世無雙，公亦以此自矜。"◇失敗者都希望他的對手是當世無雙，因為如此一來，自己不至顏面盡失。同 蓋世無雙、無與倫比。

【當耳邊風】 dàng ěr biān fēng 耳邊風：耳朵邊吹過的風，比喻不值得關注的事物。唐代杜荀鶴《贈題兜率寺閒上人院》詩："百歲有涯頭上雪，萬般無染耳邊風。"後以"當耳邊風"比喻不重視別人的話，或不以為然，不放在心上。《醒世恆言》卷一七："正是：因無背後眼，只當耳邊風。"◇丈夫有時也很固執，把她的話當耳邊風。

【當行出色】dāng háng chū sè 當行：本行。在同行裏特別突出。《兒女英雄傳》三七回："(師老爺) 越發談得高興了，道是今年的會墨，那篇逼真大家，那篇當行出色。"◇要説開發遊戲軟件，她可真稱得上是當行出色。同 出色當行、當行本色。反 等而下之、忝陪末座。

【當局者迷】dāng jú zhě mí 當局者：指下棋的人，比喻當事者。比喻當事人容易被情緒、情感等諸多因素所左右，以至看不清事情的真相，被假相所迷惑。常和"旁觀者清"連用。《新唐書•元澹傳》："當局稱迷，旁觀必審。"宋代薛季宣《與汪樞使明遠》："世以居官當事比之棋弈，動民於靜，故謂當局者迷。"明代岳正《類博稿•跋親賢遺墨卷後》："世俗好云，當局者迷，傍觀者清；又云，目睹不如身歷：皆非空談。"◇這個問題，你應該聽聽別人的意見，當局者迷，旁觀者清嘛。反 旁觀者清。

【當務之急】dāng wù zhī jí《孟子•盡心上》："知者無不知也，當務之為急。"本意是説眼前應做的事才是最重要最緊迫的。後來則指當前最急需辦的事情。務：事情。宋代朱熹《四書集注•大學第六章》："在初學尤為當務之急，讀者不可以其近而忽之也。"清代林則徐《畿輔水利議總序》："國計民生，當務之急也。"《文明小史》三一回："你要辦商務學堂，這是當務之急。"同 燃眉之急、刻不容緩。反 何足掛齒、微不足道。

【當場出彩】dāng chǎng chū cǎi 出彩：本為戲劇表演用語，表現受傷時，當場流出替代血的紅色液體。後比喻秘密當眾敗露，或當眾出醜。《官場現形記》二一回回目："反本透贏當場出彩，弄巧成拙驀地撤差。"◇這個跳水姿勢可不是誰都可以模仿的，稍有不慎，肯定當場出彩。同 當場出醜。

【當場出醜】dāng chǎng chū chǒu 在大庭廣眾之下丟失面子。《二刻拍案驚奇》卷三三："吾夫婦目下當受此杖，不如私下請牌頭來，完了這業債，省得當場出醜。"《二十年目睹之怪現狀》九六回："迂奶奶聽了，更是心如刀刺，又是羞，又是惱……羞的是自己不合到這裏來當場出醜。"同 當場出彩、出乖露醜。

【當機立斷】dāng jī lì duàn 當機：面臨關鍵時刻。在緊要關頭，迅速作出決斷。鄒韜奮《我們對於國事的態度和主張》："深望領導抗戰之領袖與政府，以大勇大公之心，毅然決然，當機立斷。"郭沫若《蔡文姬》第二幕："(曹丞相的可怕之處) 是他當機立斷，執法如山。"同 應機立斷、多謀善斷。反 優柔寡斷、當斷不斷。

【當頭一棒】dāng tóu yī bàng 佛教禪宗用當頭棒擊的方式來啟發悟性。後以形容重大打擊或警告。《紅樓夢》一一七回："一聞那僧問起玉來，好像當頭一棒，便説道：'你也不用銀子的，我把那玉還你吧。'"◇這一飛來的意外，給了陸青當頭一棒。

【當頭棒喝】dāng tóu bàng hè 棒喝：猛叫一聲。佛教禪師教導初學佛道者時，常用棒當頭一擊或大喝一聲，使他頓悟。《五燈會元•臨濟義玄禪師》："師問：'洛浦從上來，一人行棒，一人行喝，阿那個親？'曰：'總不親。'師曰：'親處作麼生？'浦便喝，師乃打。"後用以比喻促人猛醒的警告。清代百一居士《壺天錄》卷下："片時失足，後悔何及，願以為當頭棒喝也可。"《歧路燈》一四回："那日程希明當頭棒喝，未免觸動了天良。"同 當頭一棒。反 無動於衷、對牛彈琴。

【當斷不斷】dāng duàn bù duàn 應該作出決斷時卻猶豫不決，沒能當機立斷，錯過時機。常和"反受其亂"連用。《史記•齊悼惠王世家》："召平曰：'嗟乎，道家之言，當斷不斷，反受其亂，乃是也！'遂自殺。"《晉書•羊祜傳》："祜歎曰：'天下不如意恆十居七八，故有當斷不斷，天與不取，豈非更事者恨於後事者！"蔡東藩《後漢演義》八三回："今將軍外似服從，內實猶豫，當斷不斷，禍至無日了！"同 坐失良機、優柔寡斷。反 當機立斷。

【畸輕畸重】jī qīng jī zhòng 畸：偏。偏向於輕，或偏向於重。❶ 形容對事情處理不公正，偏向於一端。《歧路燈》五二回："董公也覺惻然，但王法已定，勢難畸輕畸重。"清代《欽定平定台灣紀略》卷六一："朕辦理庶務一秉至公，罪之輕重固視其人之自取，而功過相抵之處亦必斟酌其平，不肯稍有畸輕畸重。"❷指事物發展不平衡，偏向於某一方面。◇畸輕畸重的國民收入分配結構，加劇了社會各階層之間的矛盾。

【疊牀架屋】dié chuáng jià wū 牀上疊牀，屋上架屋。北齊顏之推《顏氏家訓·序致》："魏晉以來所著諸子，理重事複，遞相模斅，猶屋下架屋，牀上施牀耳。"後人用"疊牀架屋"比喻重複、累贅。清代惲敬《答顧研麓書》："尊大人集已有三序……如敬再作，是疊牀架屋，深可不必。"朱自清《論老實話》："常聽人說'我們要明白事實的真相'，既說'事實'，又說'真相'，疊牀架屋，正是強調的表現。"

疋部

【疏而不漏】shū ér bù lòu ❶《老子》："天網恢恢，疏而不失。"說天道之網雖然寬廣稀疏，作惡者卻逃不出上天的懲罰。後用"疏而不漏"表示法網雖寬，卻不會放過一個壞人。《北史·高麗等傳論》："暨箕子避地朝鮮，始有八條之禁，疏而不漏，簡而可久。"明代王錂《尋親記·懲惡》："天網疏而不漏。張敏這廝呵，你為人太不悛，從前作過，赦後結冤，萬剮凌遲誰見憐！"吳組緗《泰山風光》："所以天網恢恢，疏而不漏，古今中外，貧富貴賤，都逃不出這個理數。"❷簡要而無遺漏。《隋書·律曆志下》："日之與月，體同勢等，校其食分，月盡為多，容或形差，微增虧數，疏而不漏，綱要克舉。"唐代劉知幾《史通·補注》："竊惟范曄之刪《後漢》也，簡而且周，疏而不漏，蓋云備矣。"◇制訂法規條例，疏而不漏是大原則。同 天網恢恢、天羅地網。反 網開一面、網開三面。

【疏財仗義】shū cái zhàng yì 疏：散。仗：憑借。輕錢財，講義氣。多指拿出錢來助人，扶危濟困。元代劉君錫《來生債》四折："則為我救困扶危，疏財仗義，都做了注福消愆。"《水滸傳》六一回："慷慨疏財仗義，論英名播滿乾坤。"郭沫若《我的童年》第一章一："這樣講江湖的人是不顧家的，他不能不疏財仗義。"同 仗義疏財、慷慨解囊。反 愛財如命、見錢眼開。

【疑神疑鬼】yí shén yí guǐ 形容疑慮重重，神經過敏，胡思亂想。明代徐光啟《欽奉明旨條畫屯田疏》："蓋妄信流傳謂戾氣所化，是以疑神疑鬼，甘受戕害。"《玉佛緣》一回："周氏夫人疑神疑鬼，招了好些女巫和尚，燒紙錢，拜延壽懺，鬧了個煙霧騰天，仍舊是一無用處。"周而復《上海的早晨》第一部九："你看人總是多心多眼，疑神疑鬼，要是別人對你這個態度，你心裏高興嗎？"同 疑鬼疑神、疑人疑鬼。

疒部

【疚心疾首】jiù xīn jí shǒu 疚心：憂心。內心不安，頭痛不已。形容憂心愁苦到極點。《魏書·顯祖紀》："朕思百姓病苦，民多非命，明發不寐，疚心疾首，是以廣集良醫，遠採名藥，欲以救護兆民。"宋代喻良能《題滑孝廟次王龜齡韻》："乃翁詿誤落囹圄，疚心疾首泣以悲。"林徽因《致函傅斯年》："尤其是關於我的地方，一言之譽可使我疚心疾首，夙夜愁痛。"同 痛心疾首。

【疥癬之疾】jiè xuǎn zhī jí 疥、癬：一種皮膚上的小毛病。《呂氏春秋·知化》："夫齊之于吳也，疥癬之病也。"後用"疥癬之疾"、"癬疥之疾"比喻無關大礙、無所危害的小事。宋代蘇軾《賜試戶部尚書李常乞除沿邊一州不允詔》："與其自請捍邊，已癬疥之疾，曷若盡瘁事國，干心膂之憂。"元代關漢卿《裴度還帶》二折："我雖在人閭閻之下，眉睫之間，又不比斗筲之器，疥癬之疾。"明代無名氏《捉彭寵》二折："我覷那馮異，有似兒曹貓鼠之群，疥癬之疾，量他到的那裏也。"《封神演義》六六回："東伯侯姜文煥、南伯侯鄂順、北伯侯崇黑虎，此三路不過癬疥之疾。"同 疥癩之患、疥癩之疾。反 腹心之疾、膏肓之患。

【病入膏肓】bìng rù gāo huāng 膏：心尖的脂肪；肓：心臟和隔膜之間。古人認為膏肓是藥力達不到的地方。《左傳•成公十年》："疾不可為也，在肓之上，膏之下，攻之不可，達之不及，藥不至焉。"後用"病入膏肓"：❶ 形容病情已無可救藥。宋代王讜《唐語林》卷五："請足下多服續命之散，數加益智之丸，無令病入膏肓。"《三國演義》五二回："吾觀劉琦過於酒色，病入膏肓，現今面色羸瘦，氣喘嘔血，不過半年，其人必死。"❷ 比喻事情已到不可挽救的地步。《聊齋誌異•蓮香》："生哽咽良久，自言知罪，但求拯救。蓮曰：'病入膏肓，實無救法。'"《歧路燈》二十回："熱腸動處真難默，冷眼覷時便欲暗。病入膏肓嗟已矣，願奉宣聖失言箴。"同 病在膏肓、不可救藥。反 安然無恙、松齡鶴壽。

【病病歪歪】bìng bìng wāi wāi 形容身體多病，體質虛弱，精神不振的樣子。老舍《鼓書藝人》一："病病歪歪的。那麼髒，又那麼瘦，他真怕她活不長。"◇你看他那副病病歪歪的樣子，叫他做氣功，鍛煉身體，就跟你吵。反 身強力壯。

【病從口入】bìng cóng kǒu rù 疾病常因飲食不慎而發生。晉代傅玄《口銘》："病從口入，禍從口出。"◇病從口入，飯前一定要洗手 / 要記住病從口入，不能亂吃東西。反 禍從口出。

【疾不可為】jí bù kě wéi 病已不可醫治。形容病入膏肓，無可救藥。《左傳•成公十年》："疾不可為也。在肓之上，膏之下，攻之不可，達之不及，藥不至焉，不可為也。"《聊齋誌異•巧娘》："巧娘曰：'疾不可為，魂已離舍。'"◇抽煙喝酒，暴飲暴食，坐下今天的病，醫生說疾不可為，沒辦法了。同 病入膏肓、疾入膏肓。

【疾言厲色】jí yán lì sè 語氣急促，態度嚴厲。形容氣惱或激動之時說話的神情。宋代蘇轍《歐陽文忠公夫人薛氏墓誌銘》："辭氣容止，雖溫而莊，未嘗疾言厲色。"《官場現形記》五四回："那梅大老爺的臉色已經平和了許多，就是問話的聲音也不像先前之疾言厲色了。"◇雖然他非常氣憤，可說話卻很平和，並無疾言厲色。同 疾聲厲色、嚴詞正色。反 心平氣和、溫文爾雅。

【疾言遽色】jí yán jù sè 語氣急促，態度嚴厲。形容氣惱或激動之時說話的神情。《後漢書•劉寬傳》："典歷三郡，溫仁多恕，雖在倉卒，未嘗疾言遽色。"《東周列國誌》三三回："包着一肚子氣，不免疾言遽色。"同 疾言厲色、疾聲厲色。反 和顏悅色。

【疾風勁草】jí fēng jìng cǎo 疾：急速猛烈。勁：強勁有力。在狂風中堅挺的小草。比喻在激烈鬥爭或危難的時刻，表現出意志的堅強或忠貞不二。《東觀漢記•王霸傳》："潁川從我者皆逝，而子獨留，始驗疾風知勁草。"《周書•裴寬傳》："被堅執鋭，或有其人，疾風勁草，歲寒方驗。"唐代吳兢《貞觀政要•忠義》："雖桀犬吠堯，有乖倒戈之志；疾風勁草，實表歲寒之心。"◇在危急關頭，他不退縮，反而疾風勁草，冒死前進。同 疾風知勁草。

【疾風暴雨】jí fēng bào yǔ 疾：急促。暴：猛烈。也作"疾風驟雨"。驟：急速。❶ 形容風雨激烈兇猛。《呂氏春秋•孟春紀》："行秋令則民大疫，疾風暴雨數至。"《淮南子•兵略》："大寒甚暑，疾風暴雨，大霧冥晦，因此而為變者也。"◇一夜的疾風暴雨，把深秋梧桐的黃葉打了個精光。❷ 形容聲勢浩大或來勢迅猛。《隋唐演義》二二回："斧照伯當上三路，如瓢潑盆傾，疾風暴雨，砍剁下來。"王統照《烈風雷雨》："這疾風暴雨的日子，正是狂歌起舞的時間！"《醒世恆言》卷三四："十來個婦人，一個個粗腳大手，裸臂揎拳，如疾風驟雨而來。"同 暴風驟雨、急風暴雨。

【疾風驟雨】jí fēng zhòu yǔ 見"疾風暴雨"。

【疾首痛心】jí shǒu tòng xīn 疾首：頭痛。形容沉痛或憤恨之極。《南史•虞寄傳》："不意將軍惑於邪説，翻然異計，寄所以疾首痛心，泣盡繼之以血，萬全之策，竊為將軍惜之。"宋代岳飛《奏乞本軍進討劉豫劄子》："天下愚夫愚婦莫不疾首痛心，願得伸鋤奮梃以致死於敵。"《英烈傳》二五回："恆思前事，疾首痛心。臣今一洗前愆，願承新命。"◇道德淪喪，社會不公愈演愈烈，有志之士莫不為之疾首痛心。同 痛心疾首。

【疾首蹙額】jí shǒu cù é 疾首：頭痛。蹙額：皺眉頭。形容厭惡憎恨的樣子。《孟子•梁惠王下》："今王鼓樂於此，百姓聞王鐘鼓之聲，管籥之音，舉疾首蹙頞而相告曰：'吾王之好鼓樂，夫何使我至於此極也？'"頞：鼻梁。宋代陸九淵《與徐子宜》："良民善士，疾首蹙額飲恨吞聲而無所控訴。"明代張居正《答荊州道府辭兩院建坊書》："往者，察院建坊，僕屢書止之，今聞汪淩二公又有此舉，使僕疾首蹙額，跼蹐無措。"清代顧炎武《錢糧論下》："山東之民，無不疾首蹙額。"魯迅《華蓋集•這個與那個》："我獨不解中國人何以於舊狀況那麼心平氣和，於較新的機運就這麼疾首蹙額。"同 深惡痛絕。反 興高采烈。

【疾病相扶】jí bìng xiāng fú 生了病互相扶助。指患難時互相關心幫助。《孟子•滕文公上》："死徙無出鄉，鄉田同井，出入相友，守望相助，疾病相扶持，則百姓親睦。"◇從結為夫妻的那天起，他們就疾病相扶，生死相守。同 患難與共。

【疾惡如仇】jí è rú chóu 漢代孔融《薦禰衡表》："見善若驚，疾惡若讎（仇）。"憎恨壞人壞事如同憎恨仇人一樣。《後漢書•陳蕃傳》："前山陽太守翟超，東海相黃浮，奉公不撓，疾惡如仇。"《新唐書•李邕傳》："邕少習文章，疾惡如仇，不容於眾，邪佞切齒，諸儒側目。"宋代文天祥《雷州十賢堂記》："敬賢如師，疾惡如仇。"◇以他疾惡如仇的性格，怎容得下這等邪惡的陰謀！同 嫉惡如仇、疾惡若仇。反 助紂為虐、同流合污。

【疾聲厲色】jí shēng lì sè 語氣急促，態度嚴厲。形容氣惱或激動之時説話的神情。梁啟超《收回幹綫鐵路問題》："惟疾聲厲色，以違制相脅嚇。"沈從文《紳士的太太》："人是讀過書，很幹練的，在議會時還極其雄強，常常疾聲厲色的和政敵論辯。"◇他一改原來疾聲厲色的語氣，這回變得和風細雨，慢條斯理的。同 疾言厲色、聲色俱厲。

【疲於奔命】pí yú bēn mìng ❶ 因為四處奔走、窮於應付而勞累不堪。奔命：奉命奔走。《左傳•成公七年》："余必使爾罷（疲）於奔命以死。"《三國志•袁紹傳》："乘虛迭出，以擾河南，救右則擊其左，救左則擊其右，使敵疲於奔命。"明代袁宏道《錦帆集•尺牘》："七尺之軀，疲於奔命。"《慈禧太后演義》八回："那時官軍疲於奔命，顧了這邊，失掉那邊。"❷ 形容事情太多應付不過來。◇她剛回來，又要走了，弄得疲於奔命，不知道公司怎麼這麼多事！反 悠然自得、安閒自在。

【疲憊不堪】pí bèi bù kān 形容過度疲乏。《武松演義》十回："（犯人）只是局局促促地擠做一團，弄得疲憊不堪。"◇課餘要孩子學書法、素描、鋼琴、瑜珈、舞蹈，把孩子弄得疲憊不堪。反 精力充沛。

【痛不欲生】tòng bù yù shēng 悲痛得不想活了，形容悲傷痛苦到了極點。宋代呂大鈞《吊説》："其惻怛之心、痛疾之意不欲生。"清代錢謙益《劉氏兩節婦墓表》："可斅雖自傷為子無狀，痛不欲生，然生者之不愧可知也。兩節婦地下有知，亦必曰：'非吾子之罪。'"《孽海花》一六回："那時夏雅麗已經十六歲了，見阿姊慘死，又見鮮黎亞博、蘇菲亞都遭慘殺，痛不欲生，常切齒道：'我必報此仇！'"曹禺《北京人》第一幕："在孤寂的空房中，她念起日後這漫漫的歲月，有時痛不欲生，幾要自殺。"同 悲痛欲絕。反 欣喜若狂。

【痛心疾首】tòng xīn jí shǒu 令人心痛，叫人頭痛。❶形容惱怒痛恨或悲痛到極點。《左傳•成公十三年》："諸侯備聞此言，斯是用痛心疾首，暱就寡人。”金代王若虛《王氏先塋之碑》：“墳壠蕭然……每一念及，未嘗不痛心疾首。”明代焦竑《玉堂叢語》卷二：“有血氣者，宜痛心疾首而食不下咽也，更有何說！”❷等於說“痛下決心”。宋代陳亮《上孝宗皇帝書》：“方南渡之初，君臣上下痛心疾首，誓不與敵俱生。”嚴復《救亡決論》：“彼日本非不深惡西洋也，而於西學，則痛心疾首，卧薪嘗膽求之，知非此不獨無以制人，且將無以存國也。”同 痛入骨髓、切齒拊心。反 興高采烈、歡天喜地。

【痛快淋漓】tòng kuài lín lí ❶形容心情非常痛快，內心的興致、情感、心緒都抒發了出來。《兒女英雄傳》二二回：“不作則已，一作定要作個痛快淋漓，才消得我這副酸心熱淚！”魯迅《集外集拾遺•“言詞爭執”歌》：“現在我們再去痛快淋漓喝幾巡，要出出我自己心中那口不平之氣。”❷形容說話或寫文章詳盡、透徹、全面，情興勃發。清代平步青《霞外攟屑•姚端恪公》：“而《與查孟如兄弟》、《覆程賓梧》二書，閱歷人情，深明天道，痛快淋漓，尤為布帛菽粟之論，不當以文字言也。”冰心《兩個家庭》：“又引證許多中西古今的故事，說得痛快淋漓。”老舍《貧血集•不成問題的問題》：“他發誓，要好好地，痛快淋漓地寫幾篇文字，把那些有名的畫家、音樂家、文學家，都罵得一個小錢也不值！”同 淋漓盡致。

【痛改前非】tòng gǎi qián fēi 下決心徹底改正過去的錯誤。《宣和遺事》前集：“陛下倘信微臣之言，痛改前非，則如宣王因庭燎之箴而勤政，漢武悔輪台之失而罷兵，宗社之幸也。”《二刻拍案驚奇》卷二二：“你痛改前非，我把這所房子與你夫妻兩個住下。”《歧路燈》四七回：“嗣後若痛改前非，立志奮讀，圖個上進，方可遮蓋這場羞辱。”同 痛悔前非、悔過自新。反 怙惡不悛、不可救藥。

【痛定思痛】tòng dìng sī tòng 唐代韓愈《與李翺書》：“僕在京城八九年，無所取資，日求於人，以度時月，當時行之不覺也。今而思之，如痛定之人，思當痛之時，不知何能自處也。”後以“痛定思痛”表示悲痛的心情平靜之後，再追想當時所遭受的痛苦。常含告誡或警惕未來之意。宋代文天祥《〈指南錄〉後序》：“嗚呼！死生，晝夜事也，死而死矣，而境界危惡，層見錯出，非人世所堪。痛定思痛，痛何如哉！”《紅樓夢》八二回：“（黛玉）一時痛定思痛，神魂俱亂。”《兒女英雄傳》一二回：“想到這裏，轉不禁痛定思痛，感深而泣。”反 忘其所以、事過境遷。

【痛哭流涕】tòng kū liú tì 涕：眼淚。放聲大哭，淚流不止。《漢書•賈誼傳》：“臣竊惟事勢，可為痛哭者一，可為流涕者二，可為長太息者六。”後用“痛哭流涕”形容極其傷心、痛苦或悲憤。宋代胡銓《戊午上高宗封事》：“而此膝一屈，不可復伸，國勢陵夷不可復振，可為痛哭流涕長太息矣！”明代周楫《西湖二集•會稽道中義士》：“杭州士民百姓見楊禿將塔壓鎮，家家無不痛哭流涕，悲憤之極。”胡適《文學改良芻議》：“然病國危時，豈痛哭流涕所能收效乎？”同 慟哭流涕、涕淚痛哭。反 笑逐顏開、眉開眼笑。

【痛飲黃龍】tòng yǐn huáng lóng 黃龍：黃龍府，金國的心臟地帶，在今吉林境內。《宋史•岳飛傳》：“金將軍韓常欲以五萬眾內附。飛大喜，語其下曰：‘直抵黃龍府，與諸君痛飲爾！’”說攻克敵京，置酒高會祝捷。後用“痛飲黃龍”表示為徹底打垮敵人而暢飲歡慶。明代孫承宗《塞翁吟》詞：“有渝海堪憑洗恨，看今日喋血玄菟，痛飲黃龍。”清代秋瑾《秋風曲》：“將軍大笑呼漢兒，痛飲黃龍自由酒。”同 直搗黃龍。

【痛癢相關】tòng yǎng xiāng guān 痛癢：比喻利害關係。比喻切身利害關聯在一起，關係緊密。宋代真德秀《再守泉州勸諭文》：“人無兄弟，如無四肢，痛癢相關，實同一體。”《兒女英雄傳》二十回：“我這裏除了鄧、褚兩家之外，再沒有個痛癢相關的人。”《花月痕》二八回：“一夜翻來覆去，想起謖如遠別半載，荷生出師關外，客邊痛癢相關的人，目前竟無一個。”同 休戚相關。反 無關痛癢。

【痰迷心竅】tán mí xīn qiào 中醫名詞，又叫“痰蒙心包”。由痰濁阻遏心神引起的一種意識障礙。泛指神志不清，癡呆。宋代楊士瀛《仁齋直指》卷二六：“獨聖散：治中風、痰迷心竅、癲狂煩亂、人事昏沉、痰涎壅盛及治五癇心風等證。”清代黃宗羲《明儒學案•桃溪劄記》：“試觀人痰迷心竅，則神不守舍，亦一驗也。”《官場現形記》五六回：“自此以後，白摺子寫得格外勤，試帖詩做的格外多……大家都説痰迷心竅，也就不再勸他。”反 恍然大悟、大夢初醒。

【瘦骨伶仃】shòu gǔ líng dīng 形容瘦弱得皮包骨。葉聖陶《夜》：“尤其是那些和善得很的，又加上瘦骨伶仃，吹口氣就會跌倒似的，那簡直幹不了。”◇家裏只有一位年逾七十的老人在，一頭白髮，瘦骨伶仃。同 瘦骨嶙峋、骨瘦如柴。反 腦滿腸肥、大腹便便。

【瘦骨嶙峋】shòu gǔ lín xún 形容瘦削得骨頭都一條條顯露出來。王蒙《雜色》：“這隻瘦骨嶙峋的黑狗的乾嚎竟然使形神枯槁的老馬也豎了一下耳朵。”◇老人看上去瘦骨嶙峋，可是沒有病，精神矍鑠，目光炯炯。同 瘦骨伶仃。反 腦滿腸肥。

【瘡痍滿目】chuāng yí mǎn mù 瘡痍：創傷。眼前看到的都是殘破淒涼的景象。形容破壞或災害非常嚴重。前蜀貫休《士馬後見赤松舒道士》詩：“滿眼盡瘡痍，相逢相對悲。亂階猶未已，一柱若為支。”明代林文俊《送大司徒輿浦王公考績入京》詩：“宣室倘承席前問，東南赤子多瘡痍。瘡痍滿目何時癒，便合留公輔明主。”◇三年的朝鮮戰爭打下來，三千里錦繡河山瘡痍滿目。同 滿目瘡痍、百孔千瘡。反 繁榮昌盛、百廢俱興。

【療瘡剜肉】liáo chuāng wān ròu 挖自己的肉來醫治創口。唐代聶夷中《詠田家》詩：“二月賣新絲，五月糶新穀。醫得眼前瘡，剜卻心頭肉。”後用“療瘡剜肉”比喻只顧眼前利益，用有害的方法救急，終究還是自己受害。《掃帚迷》二四回：“若慮迷信一破，道德墮落，必以保存為得計，此又何異欲‘止渴而飲鴆’，欲療瘡而剜肉？”◇這些批評，擲地有聲，旨在點醒當權者，不要再做療瘡剜肉的蠢事。同 剜肉補瘡、飲鴆止渴。

【癡人説夢】chī rén shuō mèng 不可對傻子説夢話，他會信以為真。《五燈會元•衢州烏巨雪堂道行禪師》：“癡人面前，不得説夢。”宋代耐得翁《就日錄》：“陶淵明有云：癡人前不可説夢，而達人前不可言命。”後用“癡人説夢”譏諷人説話荒唐，想入非非。元代葉李《紀夢》詩：“癡人説夢聊一快，我獨知命不少驚。”《鏡花緣》一八回：“今大賢説他注的為最，甚至此書一出，群書皆廢，何至如此！可謂癡人説夢。”◇他這一番話，我看是癡人説夢，恐怕連他自己也不相信。同 癡心妄想、異想天開。反 千真萬確、實事求是。

【癡心妄想】chī xīn wàng xiǎng 癡心：入迷的心思；妄想：荒唐的、不可實現的想法。形容幻想出現不可能的事情。《醒世恆言》卷二十：“初時還癡心妄想有歸家日子，過了年餘，不見回來，料想已是死了。”《平妖傳》五回：“誰知那道也自癡心妄想，魂顛夢倒，分明是癩蛤蟆想着天鵝肉吃。”同 異想天開、白日做夢。反 腳踏實地、實事求是。

【癡男怨女】chī nán yuàn nǚ 渴望深情厚愛而又不能如願以償，滿懷憾恨的男女。《紅樓夢》五回：“厚地高天，堪歎古今情不盡；癡男怨女，可憐風月債難償。”《花月痕》四三回：“因數十年前誤辦一宗公案，害許多癡男怨女都湮埋在這恨水愁山，淚泉源海。”蔡東藩《民國通俗演義》一二一回：“這一來不打緊，把裏面一對癡男怨女，驚得直跳起來。”

【癬疥之疾】xuǎn jiè zhī jí 見“疥癬之疾”。

【癲頭癲腦】diān tóu diān nǎo 癲：瘋癲。形容神情失常，言行錯亂的樣子。丁玲《太陽照在桑乾河上》三一：“你在這裏癲頭癲腦的，看你這樣子，就猜得到你幹了甚麼事回來。”◇他家大兒子這幾天慌裏慌張，癲頭癲腦的，好像家裏出了大事兒！

癶部

【登山臨水】dēng shān lín shuǐ 攀登高山，面臨流水。指在山水間盤桓遊覽。《楚辭·九辯》："憭慄兮若在遠行，登山臨水兮送將歸。"《晉書·阮籍傳》："或閉戶視書，累月不出，或登山臨水，經日忘歸。"宋代楊萬里《西和州陳史君墓誌銘》："往往登山臨水，吟風弄月，窮日之力，至夕忘返。"清代王韜《淞隱漫錄·金鏡秋》："時作近遊，登山臨水，偶有感觸，輒寄之於吟詠。"同 臨水登山。

【登台拜將】dēng tái bài jiàng 見"登壇拜將"。

【登峰造極】dēng fēng zào jí 造：到達；極：最高點。攀登上山峰的頂端。比喻達到頂點或造詣極高。《世說新語·文學》："佛經以為祛練神明，則聖人可至。簡文云：'不知便可登峰造極不？然陶練之功，尚不可誣。'"宋代楊萬里《石湖先生大資參政范公文集序》："公風神英邁，意氣傾倒，拔新領異之談，登峰造極之理，蕭然如晉宋間人物。"清代顧炎武《與人書》一七："君文之病，在於有韓歐。有此蹊徑於胸中，便終身不脫依傍二字，斷不能登峰造極。"郭沫若《洪波曲》第十章四："就在這珞珈山訓練的時候，我相信恐怕就是師道的尊嚴登峰造極的時候。"同 爐火純青。

【登高一呼】dēng gāo yī hū 登上高處，發出一聲呼喊。《荀子·勸學》："登高而招，臂非加長也，而見者遠；順風而呼，聲非加疾也，而聞者彰。"後用"登高一呼"比喻頭面人物發出倡議或號召。《官場現形記》六回："幸喜此時這位恩師已經開府山東，一省之內，惟彼獨尊，自然是登高一呼，眾山響應。"朱自清《經典常談·文第十三》："他的幕僚和弟子極眾，真是登高一呼，群山四應。"同 一唱百和、首倡義舉。

【登高自卑】dēng gāo zì bēi 卑：下。登高山從山腳下開始。比喻做事必須扎扎實實，循序漸進。《禮記·中庸》："君子之道，辟如行遠必自邇，辟如登高必自卑。"《北齊書·魏收傳》："跬步無已，至於千里；覆一簣進，及於萬仞。故云行遠自邇，登高自卑，可大可久，與世推移。"清代章學誠《文史通義·永清縣志士族表序例》："正史既存大體，而部府州縣之志，以漸加詳焉，所謂行遠自邇，登高自卑，州縣博收，乃所以備正史之約取也。"同 行遠自邇、循序漸進。反 一蹴而就、一步登天。

【登高望遠】dēng gāo wàng yuǎn ❶ 登上高處眺望景物，看得寬廣、看得清楚、看得遠。《荀子·勸學》："吾嘗跂而望矣，不如登高之博見也。"元代鄭光祖《王粲登樓》三折："登高望遠，人人懷故國之悲；撫景傷情，處處灑窮途之泣。"郁達夫《采石磯》："這樣地唸了一句，他忽然動了登高望遠的心思。"❷ 比喻胸襟寬廣，目光遠大。王蒙《蝴蝶·冬冬》："他原諒了海雲，因為他是個登高望遠的領導者，更因為他愛海雲。"同 高瞻遠矚。

【登堂入室】dēng táng rù shì《論語·先進》："由也升堂矣，未入於室也。"堂：處理事務、接待客人的正廳。室：堂後的內宅。仲由雖已入門進入廳堂，但尚未跨進內室。說所學雖已有成就，但還未精通。後用"登堂入室"：❶ 表示進入府第之內。《官場現形記》一回："他定睛一看，見是太親翁，也不及登堂入室，便在大門外頭，當街爬下，綳冬綳冬的磕了三個頭。"吳組緗《山洪》二七："訪問這種人家的時候，他們決定不登堂入室，只在門外談一談。"❷ 比喻學識和技藝精深，獲得老師的真傳。宋代吳坰《五總志》："如徐師川、余荀龍、洪玉父昆弟、歐陽元老，皆黃（黃庭堅）門登堂入室者，實自足以名家。"❸ 比喻學識和技藝漸趨精深，達到更高水準或境界。清代李漁《閒情偶記·習技》："乘其愛看之時，急覓傳奇之有情節、小說之無破綻者，聽其翻閱，則書非書也，不怒不威而引人登堂入室之名師也。"同 升堂入室。

【登壇拜將】dēng tán bài jiàng 壇：用土石築成的高台，用於舉行祭祀、誓師等大典。《史記•淮陰侯列傳》："何（蕭何）曰：'王素慢無禮，今拜大將如呼小兒耳，此乃信（韓信）所以去也。王必欲拜之，擇良日，齋戒，設壇場，具禮，乃可耳。'王許之。"後用"登壇拜將"指被任命為將軍或委以軍事重任。唐代楊炯《唐昭武校尉曹君神道碑》："貞觀八年詔特進代國公李靖為行軍大總管，登壇拜將，授鉞行師。"元代無名氏《賺蒯通》一折："他登壇拜將，五年之間，蹙項興劉，扶成大業，小官看來，此人不是等閒之輩。"也作"登台拜將"。《說岳全傳》四回："這瀝泉原是神物，令郎定有登台拜將之榮。"諸義平《第二十九標首義紀實》："黃興登台拜將……依照古禮，舉行拜將儀式，授旗授印。"

【發人深省】fā rén shēn xǐng 唐代杜甫《遊龍門奉先寺》詩："欲覺聞晨鐘，令人發深省。"省：反省、檢討。啟發人深刻思考而有所警覺。清代紀昀《閱微草堂筆記•灤陽消夏錄五》："君子寧信其有，或可發人深省也。"◇他講的這個故事，大可發人深省。同 當頭棒喝。

【發人深思】fā rén shēn sī 啟發人們深刻地思考或反省。一般是思考"這究竟是為甚麼"或"這當中到底有甚麼奧妙"之類的問題。◇這件事發人深思，不能像聽故事似的，一笑置之。同 發人深省。反 若無其事。

【發凡起例】fā fán qǐ lì 晉代杜預《〈春秋經傳集解〉序》："其發凡以言例，皆經國之常制。"後用"發凡起例"指概述全書的要旨和說明編書的體例。清代王士禛《池北偶談•史筆》："孫可之作《西齋錄》，發凡起例，大義凜然。惜其書不傳於後世，是古今一大缺陷事。"清代汪琬《吳逸民傳序》："均寧作此傳，捃摭最博，而去取最嚴，發凡起例，井然不苟。"錢仲聯《黃公度先生年譜》："先生既居東二年，與其士大夫交遊，稍稍習其文，讀其書，發凡起例，創為《日本國志》一書。"同 舉例發凡、發凡舉例。

【發凡舉例】fā fán jǔ lì 見"舉例發凡"。

【發奸（姦）擿（摘）伏】fā jiān tī fú 擿、摘：揭。伏：隱。挖掘、揭露、懲處隱蔽的壞人壞事。《漢書•趙廣漢傳》："其發姦擿伏如神。"《魏書•宋世景傳》："民間之事，巨細必知，發姦摘伏，有若神明。"明代周楫《西湖二集•周城隍辨冤斷案》："其發奸摘伏之妙，種種如此，不能盡述。"《清史稿•張存仁傳》："臣雖愚，豈不知隨眾然諾，其事甚易；發奸擿伏，其事甚難。"同 擿奸發伏。

【發財致富】fā cái zhì fù 獲得了大量錢財，家庭富足起來。◇在一個公平競爭的自由社會裏，只要努力，每個人都有發財致富的機會。同 發家致富。反 一貧如洗。

【發家致富】fā jiā zhì fù 發展家業，使家庭富裕興旺。沙汀《祖父的故事•某鎮紀事》："二十年來，我們有許多身份不同的人都在做過這種好夢，幾乎成了大家發家致富的唯一出路了。"◇年輕人都有自己的理想，有的想建功立業，成名成家，有的想經商辦廠，發家致富，有的也許只想習得一技之長，將來有一個謀生之道。同 發財致富。反 家道中落。

【發揚光大】fā yáng guāng dà 光大：使輝煌盛大。充實發展，使更加輝煌盛大起來。孫中山《民族主義第六講》："把仁愛恢復起來，再去發揚光大，便是中國固有的精神。"鄒韜奮《自覺與自賤》："所謂自覺心，簡言之，即自覺有何長處，便當極力保存而更發揚光大；自覺有何短處，便當極力避免而更奮發有為。"朱自清《經典常談•詩第十二》："杜甫的影響直貫到兩宋時代，沒有一個詩人不直接、間接學他的，沒有一個詩人不發揚光大他的。"

【發揚蹈厲】fā yáng dǎo lì 發揚：高昂激揚。蹈：踏。厲：猛。《禮記•樂記》："發揚蹈厲之已蚤，何也？"《隋書•音樂志下》："發揚蹈厲，威而不殘也。"原形容舞蹈昂揚威武，頓足強而有力。後多形容精神振奮，意氣昂揚。宋代陳亮《皇帝正謝表》："安靜和平之福，用以宅心；發揚蹈厲之功，期於得士。"明代唐順之《寄趙浚谷書》："伊尹將則將，相則相，渾然無跡可言；至若老呂，以鷹揚稱，以發揚蹈厲稱，未免露出將才氣象，此老呂不及老伊處也。”李大釗《史學與哲學》：“史學教我們踏實審慎，文學教我們發揚蹈厲。”同 發揚踔厲、蹈厲發揚。

【發號施令】fā hào shī lìng 發出命令，下達指示。《尚書•冏命》：“發號施令，罔有不臧。”唐代李白《明堂賦》：“發號施令，采時順方。”《東周列國誌》七十回：“但子干在位，若發號施令，收拾民心，不可圖矣。”老舍《四世同堂》五：“可是，有人來亡我的國，我就不能忍受！我可以任着本國的人去發號施令，而不能看着別國的人來作我的管理人！”同 發號出令、頤指氣使。反 唯命是從、言聽計從。

【發憤忘食】fā fèn wàng shí 一心致力於學習，連吃飯都忘記了。《論語•述而》：“其為人也，發憤忘食，樂以忘憂，不知老之將至云爾。”後多形容學習或工作非常勤奮用心。《漢書•王吉傳》：“訢訢焉發憤忘食，日新厥德。”明代無名氏《孟母三移》二折：“你如今發憤忘食記在茲，精跡功勤皆在爾。”《兒女英雄傳》三四回：“就這樣發憤忘食起來也好，就由你去。”同 廢寢忘食。反 飽食終日。

【發憤圖強】fā fèn tú qiáng 發憤：下決心。圖：謀求。下定決心，努力求得進取。也作“發奮圖強”。何香凝《孫中山與廖仲愷》：“孫先生在那次聚會上談得並不多，只泛泛地談到了中國積弱太甚了，應該發憤圖強，徹底革命。”◇發憤圖強，追求功成名就，是每個有志之青年的生活動力。同 奮發圖強、奮發有為。反 自暴自棄、自甘落後。

【發奮圖強】fā fèn tú qiáng 見“發憤圖強”。

【發縱指示】fā zòng zhǐ shì 見“發蹤指示”。

【發縱(蹤)指使】fā zòng zhǐ shǐ《史記•蕭相國世家》：“夫獵，追殺獸兔者，狗也，而發蹤指示獸處者人也。”説獵人發現野獸蹤跡，指示獵狗追捕。後以“發縱(蹤)指使”比喻在後面操縱指揮。郭沫若《我怎樣寫〈武則天〉》：“《駱賓王文集》凡十卷，是郗雲卿奉唐中宗之命搜集的，我想這一定是上官婉兒的主張。因為中宗時代的措施，大抵出於上官昭容的發縱指使。”◇這件事，枱面上是他，其實是受人發蹤指使的，明眼人都看得透的。同 發縱指示。

【發蹤(踪)指示】fā zōng zhǐ shì 放出獵狗，以手指示方向，令其追捕野獸，或釋為發現野獸的蹤跡，指示獵狗追捕。《史記•蕭相國世家》：“夫獵，追殺獸兔者狗也，而發蹤指示獸處者人也。”後用“發蹤指示”、“發踪指示”比喻操控指揮。《舊唐書•褚遂良傳》：“昔侯君集、李靖，所謂庸夫，猶能掃萬里之高昌，平千載之突厥，皆是陛下發蹤指示，聲歸聖明。”明代張居正《奉諭擬遼東賞功疏》：“諸臣協贊廟略，發蹤指示，功自有歸。”清代李清《三垣筆記》上：“拱乾新入都，徽與胤培皆門生，人謂發踪指示者，同鄉龔給諫鼎孳也。”也作“發縱指示”。發縱：解開拴狗的繩索。《漢書•蕭何傳》：“至如蕭何，發縱指示，功人也。”鄒韜奮《外交的途徑》：“日本要華北五省‘東北化’，早已明目張膽地對世界宣佈過，所謂‘自治運動’，始終在發縱指示，未曾忘懷，早是公開的秘密。”同 發蹤指使、發縱指使。

【發聾振聵】fā lóng zhèn kuì 聵：耳聾。發出很大的聲響，使聾子也能聽見。比喻用警人的話語或文章喚醒糊塗麻木的人。也作“振聾發聵”。清代袁枚《隨園詩話補遺》卷一：“此數言振聾發聵，想當時必有迂儒曲士以經學談詩者。”《花月痕》一回評：“此回為全書總序，煌煌大文，發聾振聵。”《清史稿•黃爵滋傳》：“況我皇上雷霆之威，赫然震怒，雖愚頑沉溺之久，自足以發聾振聵。”朱自清《論標語口號》：“這裏的‘呼’和‘喚’，正是一種口號，為的是‘發聾振聵’……是人民的覺醒與起來。”

白部

【白山黑水】bái shān hēi shuǐ 指長白山和黑龍江。《金史•世紀》：“生女直地，有混同江、長白山，混同江亦號黑龍江，所謂白山黑水是也。”後泛指我國東北地區。清代履冰《東京夢》六回：“綠酒紅燈醉花狂蝶，白山黑水孽海罪航。”◇阻敵於白山黑水間的抗日力量，有真正的軍人，也有自發奮起的百姓。

【白日見鬼】bái rì jiàn guǐ 大白天看見鬼。❶ 指人在生病時的一種幻覺。迷信的人以為是鬼作祟。晉代干寶《搜神記》卷一五：“至來春，武陵果大病，白日皆見鬼，唯伯文之家，鬼不敢向。”宋代岳珂《桯史·劉改之詩詞》：“余率然應之曰：‘詞句固佳，然恨無刀圭藥，療君白日見鬼證耳！’”❷ 比喻官府非常清閒、冷落。宋代陸游《老學庵筆記》卷六：“工、屯、虞、水，白日見鬼。”❸ 比喻離奇古怪或無中生有。《二刻拍案驚奇》卷九：“龍香嘻的一笑道：‘白日見鬼！枉着人急了這許多時。’”茅盾《鍛煉》九：“我在鎮裏，他在鄉下，河水犯不到井水，怎麼一口咬定了是我指使，那不是白日見鬼麼？”

【白日做夢】bái rì zuò mèng 比喻癡心妄想，完全實現不了。明代豫章醉月子《送匾》：“以為必中而遍問星相者，亦是白日做夢。”田漢《麗人行》第一四場：“你們知道中國人是實際的，對於白日做夢沒有興趣。”同 白晝做夢、癡心妄想。反 腳踏實地、實事求是。

【白手成家】bái shǒu chéng jiā 空手創出家業，靠艱苦奮鬥創立了事業。《喻世明言·滕大尹鬼斷家私》：“多少白手成家的，如今有屋住，有田種，不算沒根基了，只要自去掙持。”清代郭小亭《濟公全傳》一〇五回：“當初我是指身為業，耍人出身。瞞心昧己，白手成家，我掙了個家業。”白先勇《寂寞的十七歲》一：“爸爸黑了臉，他是白手成家的，小時候沒錢讀書，冬天看書腳生凍瘡，奶奶用炭灰來替他焐腳。”同 白手起家、艱苦創業。反 坐享其成。

【白手起家】bái shǒu qǐ jiā 白手：空手。形容原來一無所有或條件很差，靠自己的雙手艱苦創業成功。許地山《枯楊生花》：“白手起家的人，像他這樣知足，會享清福的很少。”丁玲《太陽照在桑乾河上》二九：“他發了多少財，白手起家，靠的是誰？如今也忘了水源頭了。”同 白手成家。

【白玉無瑕】bái yù wú xiá 見“白璧無瑕”。

【白玉微瑕】bái yù wēi xiá 美玉之上有一點瑕疵。形容不足計較的小問題。唐代吳兢《貞觀政要·公平》：“君子小過，蓋白玉之微瑕；小人小善，乃鉛刀之一割。”同 白璧微瑕。

【白圭之玷】bái guī zhī diàn 圭：扁長條形的玉器，古代作為禮器使用。玷：玉上的斑點。白玉器上面的斑點。《詩經·抑》：“白圭之玷，尚可磨也；斯言之玷，不可為也。”後比喻美好的人或事物存在的小缺點。清代南嶽道人《蝴蝶媒》六回：“這癡子，於今婚姻已訂，佳期有日，怎生只管到此攪擾，倘被人看破，豈非白圭之玷？”魯迅《且介亭雜文末編·關於太炎先生二三事》：“後來的參與投壺，接收饋贈，遂每為論者所不滿，但這也不過白圭之玷，並非晚節不終。”同 白璧微瑕、大醇小疵。反 十全十美、盡善盡美。

【白衣公卿】bái yī gōng qīng ❶ 唐代推崇進士的稱號。其時宰相多由進士出身，故有此稱。五代王定保《唐摭言·散序進士》：“縉紳雖位極人臣，不由進士者，終不為美，以至歲貢常不減八九百人，其推重謂之‘白衣公卿’，又曰‘一品白衫’。”◇古代讀書人博取個“白衣公卿”，是夢寐以求的目標。❷ 指平民出身的大官。元代無名氏《凍蘇秦》一折：“這都自古豪英，個個白衣公卿。蘇秦也是書生，偏我半生飄零，一世不得崢嶸。”反 白衣秀士、布衣韋帶。

【白衣秀士】bái yī xiù shì 指有學問但未獲得功名的書生。元代鄭光祖《倩女離魂》一折：“俺家三輩兒不招白衣秀士，……你如今上京師，但得一官半職，回來成此親事，有何不可？”◇老夫人嫌張生是一個白衣秀士，門不當戶不對，不允張生與鶯鶯成親。

【白衣卿相】bái yī qīng xiàng 指尚未發跡、

但具有卿相才具的讀書人。宋代柳永《鶴沖天》詞：“才子詞人，自是白衣卿相。”元代關漢卿《金綫池》楔子：“這一位白衣卿相，是我的同窗故交，你把體面相見咱。”反 白衣秀士。

【白衣蒼狗】bái yī cāng gǒu 見“蒼狗白衣”。

【白面書生】bái miàn shū shēng ❶ 形容年輕識淺，閱歷不多的文弱讀書人。《宋書·沈慶之傳》：“陛下今欲伐國，而與白面書生輩謀之，事何由濟！”明代史可法《請行征辟保舉疏》：“安民禦寇，萬苦萬難，豈白面書生所能勝任。”❷ 指相貌白淨的年輕讀書人。《群音類選·訪友記·山伯訪祝》：“昔日是白面書生，今緣何改作朱顏綠鬢？”清代佚名《乾隆下江南》三二回：“一日探聽得有個白面書生，只自一人在此讀書，何不今夜越牆而進，偷他一個乾淨。”反 彪形大漢、赳赳武夫。

【白首如新】bái shǒu rú xīn 見“白頭如新”。

【白首相知】bái shǒu xiāng zhī 白首：白頭。指老年知己。唐代王維《酌酒與裴迪》詩：“白首相知猶按劍，朱門早達笑彈冠。”清代陳維崧《沁園春》詞：“五十之年，細數生平，人間可哀。看白首相知，晨星寥落。”◇攜手人生，白首相知，風風雨雨一路相伴。

【白首窮經】bái shǒu qióng jīng 直到年紀老了還在鑽研經籍。形容好學不倦。唐代韓偓《贈易卜崔江處士》詩：“白首窮經通秘義，青山養老度危時。”《元史·張特立傳》：“白首窮經，誨人不倦，無過不及，學者宗之。”董橋《另外一種心情》：“古人白首窮經，對於那些目的不是為了考狀元的人，我自惟還能瞭解他們的心情。”同 好學不倦、皓首窮經。

【白馬王子】bái mǎ wáng zǐ 德國童話故事《灰姑娘》中的人物。主人公灰姑娘受盡後母家人的虐待，卻獲得了王子的愛，兩人結了婚。故事中的王子騎着白馬，英俊瀟灑。後用“白馬王子”比喻年輕女子心目中理想的青年男子。◇你自己未必知道，年輕的時候，你可是我們姑娘家心裏的白馬王子。

【白紙黑字】bái zhǐ hēi zì 白紙上寫的黑字。❶ 指見於書面的確鑿證據。闔連科《丁莊夢》卷五：“空口無憑，以上白紙黑字，就算我的遺書。”◇買賣合約是白紙黑字簽好的，反悔不得。❷ 指徒具形式而無實際作用的法律條文。吳晗《論紀念“五四”》：“文字法令已經使我們失盡了信心，今後不論再有若干的白紙黑字，不過是徒供作嘔的穢物而已。”同 鑿鑿有據。反 空口無憑。

【白眼相看】bái yǎn xiāng kàn《晉書·阮籍傳》：“籍又能為青白眼。見禮俗之士，以白眼對之。”白眼：眼睛朝上或斜視時，現出的白眼珠。後用“白眼相看”表示輕蔑，不屑一顧。宋代楊萬里《都下和同舍李元老承信贈詩之韻》詩：“盡今俗客不妨來，白眼相看勿分剖。”《説唐》九回：“賢人請起，昔日是我囊中空乏，以致你丈夫白眼相看。”◇別人幫助他倒落得白眼相看，豈不是自尋沒趣？反 另眼相看、青睞有加。

【白雲蒼狗】bái yún cāng gǒu 蒼狗：黑狗。天上的白雲頃刻間變成像黑狗一樣的烏雲。比喻世事變化無常。清代姚鼐《慧居寺》詩：“白雲蒼狗塵寰感，也到空林釋子家。”茅盾《蝕·動搖三》：“自從先嚴棄養，接着便是戊戌政變。到現在，不知換了多少花樣，真所謂世事白雲蒼狗了。”同 白衣蒼狗、滄海桑田。反 一成不變、始終如一。

【白黑不分】bái hēi bù fēn 比喻不分是非曲直。漢代王充《論衡·定賢》：“白黑不分，善惡同倫；政治錯亂，法度失平。”《漢書·楚元王傳》：“今賢不肖渾殽，白黑不分，邪正雜糅，忠讒並進。”◇文章大膽揭露了社會白黑不分、是非顛倒的醜惡現象。同 黑白不分、是非顛倒。反 黑白分明、是非分明。

【白黑分明】bái hēi fēn míng ❶ 形容眼珠清亮。南朝宋劉義慶《世説新語·言語》：“嵇中散語趙景真：‘卿瞳子白黑分明，有白起之風，恨量小狹。’”◇她那白黑分明的雙眸，如嬰兒般純真。❷ 比喻是非分得清楚。《漢書·薛宣傳》：“宣數言政事便宜，舉奏部刺史郡國二千石，所貶退稱進，白黑分明。”◇做事一定要白黑分明，不能稀裏糊塗。同 黑白分明。反 黑白不分。

【白黑顛倒】bái hēi diān dǎo ❶白黑不分，是非顛倒。漢代劉向《列女傳•楚成鄭瞀》：“王不明察，遂辜無罪，是白黑顛倒，上下錯謬也。”❷指白天夜晚的作息時間顛倒。◇戰區的時間表是白黑顛倒的，行動都在夜間。同 黑白顛倒。

【白髮朱顏】bái fà zhū yán 頭髮斑白，臉色紅潤。形容老人容光煥發。宋代趙抃《陪趙少師遊西湖兼簡坐客》詩：“杭民夾道焚香看，白髮朱顏長壽仙。”蔡東藩《清史演義》一回：“頓時高朋滿座，佳客盈門，就中有一個白髮朱顏的老丈，對主人道：‘好一個小郎君，被你家奪作女婿。’”也作“白髮紅顏”。宋代鄭清之《清明在感》詩：“井泉槐火幾清明，白髮紅顏管送迎。”清代無名氏《乾隆下江南》二一回：“卻說聖天子同日清來到揚州，見一個老人，白髮紅顏，背着一個招牌，上寫‘相法如神’。”同 鶴髮童顏、童顏鶴髮。反 老態龍鍾、未老先衰。

【白髮紅顏】bái fà hóng yán 見“白髮朱顏”。

【白髮蒼蒼】bái fà cāng cāng 唐代韓愈《祭十二郎文》：“吾年未四十，而視茫茫，而髮蒼蒼，而齒牙動搖。”蒼蒼：灰白色。後用“白髮蒼蒼”形容人蒼老。◇時光飛逝，昔日的孩童已成了白髮蒼蒼的老翁。

【白駒過隙】bái jū guò xì 白駒：白色駿馬。時間就像白馬在縫隙前一閃而過，流逝得極快。《莊子•知北遊》：“人生天地之間，若白駒之過隙，忽然而已。”《史記•留侯世家》：“人生一世間，如白駒過隙，何至自苦如此乎！”《金瓶梅》二回：“白駒過隙，日月如梭，才見梅開臘底，又早天氣回陽。”清代秋瑾《感懷》詩：“煉石無方乞女媧，白駒過隙感韶華。”同 日往月來、日月其除。

【白頭如新】bái tóu rú xīn 白頭：指直到老年。新：新近。相識已久，還同剛認識的一樣。形容相交雖久而相知卻不深。《史記•魯仲連鄒陽列傳》：“諺曰：‘有白頭如新，傾蓋如故。’何則？知與不知也。”宋代陳亮《與應仲書》：“而八年之間，語言不接，吉凶不相問弔，反有白頭如新之嫌。”金庸《神鵰俠侶》一五八：“古人言有白頭如新，傾蓋如故，悠悠我心，思君良深。明日回拜，祈勿拒人於千里之外也。”也作“白首如新”。宋代蘇軾《擬孫權答曹操書》：“古人有言曰：‘白首如新，傾蓋如故。’言以身託人，必擇所安。”◇為甚麼廝守數十年的夫婦仍然白頭如新，而相隔千里的戀人卻能心有靈犀？反 傾蓋如故。

【白頭到老】bái tóu dào lǎo 見“白頭偕老”。

【白頭相守】bái tóu xiāng shǒu 夫妻情深義重，共同生活到老。元代關漢卿《望江亭》二折：“我若無這些公事呵，與夫人白頭相守。小官之心，惟天可表！”清代醉月山人《狐狸緣全傳》四回：“此時豈可負了初心，有背盟誓？果然若能白頭相守，亦不枉人生一世。”同 百年好合、白頭到老。

【白頭偕老】bái tóu xié lǎo 夫妻恩愛共同生活到老。明代陸采《懷香記•奉詔班師》：“孩兒，我與你母親白頭偕老，富貴雙全。”清代張春帆《九尾龜》一五七回：“從此以後，但願你們兩個人夫婦齊眉，白頭偕老，我就沒有甚麼記掛了。”賈平凹《秦腔》：“都把酒杯端起來，先賀咱老校長福喜臨門，再祝一對新人白頭偕老！”也作“白頭到老”。元代鄭庭玉《金鳳釵》楔子：“動不動拍着手當街裏叫，你想著幾場兒廝守的白頭到老。”《醒世恆言•蔡瑞虹忍辱報仇》：“今夜與我成親，圖個白頭到老。”◇老兩口雖說無兒無女，但是恩愛相守，白頭偕老，也算的是美滿婚姻。同 百年好合。反 移情別戀。

【白璧無瑕】bái bì wú xiá 璧：中間有圓孔的扁圓形玉器，泛指美玉。潔白的璧玉上沒有一點小斑。唐代孟浩然《陪張丞相登荊城樓因寄薊州張使君及浪泊戍主劉家》：“白璧無瑕玷，青松有歲寒。”比喻人或事物十分完美，全無缺點。清代王韜《淞隱漫錄·乩仙逸事》："黃金有價，難移皦日之貞；白璧無瑕，自矢嚴霜之操。"劉海粟《漫論郁達夫》："當然，愛國者不等於白璧無瑕。金無足赤，達夫亦非完人。"也作"白玉無瑕"◇錢鍾書先生，無論智慧修養，道德婚姻，還是學術文章，都幾近白璧無瑕，是中國歷史上少見的"完人"。同 盡善盡美、十全十美。反 白璧微瑕、瑕瑜互見。

【白璧微瑕】bái bì wēi xiá 瑕：玉上的疵斑。潔白的玉上面有微小的斑點。比喻美中不足，尚有小缺陷。南朝梁蕭統《〈陶淵明集〉序》："白璧微瑕者，惟在《閒情》一賦。"◇金無足赤，人無完人，白璧微瑕，那就算是上等貨。同 白玉微瑕、"金無足赤，人無完人"。反 白玉無瑕、白璧無瑕。

【百二山河】bǎi èr shān hé《史記·高祖本紀》："秦，形勝之國帶河山之險，懸隔千里，持戟百萬，秦得百二焉。"後用"百二山河"形容邊防形勢險要，國土遼闊強大。唐代盧宗回《登長安慈恩寺塔》詩："九重宮闕參差見，百二山河表裏觀。"元代馬致遠《蟾宮曲·歎世》曲："咸陽百二山河，兩字功名，幾陣干戈。"也作"百二關山"、"山河百二"。唐代溫庭筠《老君廟》詩："廟前晚色連寒水，天外斜陽帶遠帆。百二關山扶玉座，五千文字閟瑤緘。"清代蔣士銓《冬青樹》二二齣："龍虎散，風雲滅，今古恨，憑誰說？顧山河百二，淚流襟血。"同 百二河山。

【百二河山】bǎi èr hé shān 見"百二山河"。

【百二關山】bǎi èr guān shān 見"百二山河"。

【百口莫辯】bǎi kǒu mò biàn 縱有一百張嘴也辯解不清。宋代劉過《建康獄中上吳居父》："困一身於囹圄之中，不勝塗炭；被五木於拘攣之下，正值冰霜……雖有百口而莫辯其辜。"郭沫若《虎符》第三幕："你總要猜疑，我也百口莫辯。"也作"百口難分"。分：辯解。《花月痕》三回："這薄幸兩字，我也百口難分了！"同 有口難辯。

【百口難分】bǎi kǒu nán fēn 見"百口莫辯"。

【百川歸海】bǎi chuān guī hǎi《淮南子·氾論訓》："百川異源，而皆歸於海。"後用"百川歸海"表示：❶ 千條江萬條河，源頭不同，但都流向大海，歸於一處。晉代左思《吳都賦》："百川派別，歸海而會。"清代毛奇齡《禹廟》詩："一自百川歸海後，長留風雨在江東。"◇中國地形西高東低，所以百川歸海。❷ 比喻分散的東西統統匯總到一起。徐開壘《閒談可貴——讀〈燕居閒話〉》："在這裏的六十多篇作品，確可'鳥瞰'，看它百川歸海，源出一流。"❸ 比喻人心所向、眾望所歸或大勢所趨。◇近年來全球化進展快速，目前雖遇挫折，但百川歸海，始終如一。同 百川朝海。

【百不一爽】bǎi bù yī shuǎng 見"百不失一"。

【百不一遇】bǎi bù yī yù 上百次都遇不上一次。形容極為稀少。漢代荀悅《漢紀·哀帝紀下》："若此之事，百不一遇。"◇在北京觀看奧運開幕式畢竟是百不一遇的事，你怎麼也要幫我買到門票。

【百不失一】bǎi bù shī yī 形容決不會失誤，十分可靠。漢代王充《論衡·須頌》："從門應庭，聽堂室之言，什而失九；如升堂窺室，百不失一。"《東周列國誌》二十回："仲父之謀，百不失一！"也作"百不一爽"。《清史稿·戴敦元傳》："至老，或向僻事。指某書某卷，百不一爽。"同 百不一失、萬無一失。反 百密一疏。

【百不當一】bǎi bù dāng yī 上百個也抵不上一個。形容物體或人物優異，超出一般。漢代荀悅《漢紀·文帝紀下》："短兵百不當一，兩陣相近，平地淺草，可前可後，此長戟之地也。"說一百件短兵器抵不上一支長戟。◇他是同行中的佼佼者，雕琢玉器的技巧百不當一。同 以一當百。反 酒囊飯袋。

【百尺竿頭】bǎi chǐ gān tóu 指高竿的頂端部分。唐代吳融《商人》詩："百尺竿頭五兩斜，此生何處不為家。"❶ 佛家用以比喻道行極高。《五燈會元·長沙景岑禪師》："百尺竿頭須進步，十方世界是全身。" ❷ 比喻功業、學問極高。元代張養浩《折桂令》曲："功名百尺竿頭，自古及今，有幾個干休。" 常與"更進一步" 連用，指不滿足已有成績。◇雖然學習上已取得優異成績，但他不驕不滿，決心百尺竿頭，更進一步。同 再接再厲。反 裹足不前。

【百孔千創】bǎi kǒng qiān chuāng 見"百孔千瘡"。

【百孔千瘡】bǎi kǒng qiān chuāng 孔：洞。瘡：創傷。比喻破壞嚴重、殘破缺失很多或弊端叢生。也作"百孔千創"。唐代韓愈《與孟尚書書》："漢氏已來，群儒區區修補，百孔千瘡，隨亂隨失。" 宋代周必大《跋宋運判眪奏稿》："黎庶凋瘵，百孔千創。"《金史・宗敍傳》："朕念百姓差調，官吏為奸，率斂星火，所費倍蓰，委積經年，腐朽不可復用，若此等類，百孔千瘡，百姓何以堪之？"《二十年目睹之怪現狀》八八回："我有差使的時候，已是寅支卯糧的了；此刻沒了差使才得幾個月，已經弄得百孔千瘡，背了一身虧累。" 同 千瘡百孔、滿目瘡痍。

【百代文宗】bǎi dài wén zōng 稱譽在道德文章中取得極高成就的人，說他可為後代文脈之宗師。《晉書・陸機傳》："其辭深而雅，其義博而顯，故足遠超枚、馬，高躡王、劉。百代文宗，一人而已。" 同 一代文宗。

【百年大計】bǎi nián dà jì 獲取長遠利益的規劃或措施。梁啟超《論民族競爭之大勢》："數月之間，而其權利已深入鞏固，而百年大計，於以定矣。" 古直《冷圃曲》："飄零桃李春無主，百年大計將人樹。" 同 長久之計。

【百年不遇】bǎi nián bù yù 上百年都遇不上一次。形容不容易見到。也作"百年難遇"。《兒女英雄傳》九回："若說一樣的動心，把這等終身要緊的大事，百年難遇的良緣，倒扔開自已，雙手送給我這樣一個初次見面旁不相干的張金鳳，尤其不是情理。" 老舍《龍鬚溝》三幕二場："百年不遇的事，我歇半天工，好開會去。" 同 千載難逢、百不一遇。反 屢見不鮮、司空見慣。

【百年之後】bǎi nián zhī hòu "死" 的婉詞。也作"百歲之後"。《詩經・葛生》："百歲之後，歸於其居。"《史記・呂不韋列傳》："夫在則重尊，夫百歲之後，所子者為主，終不失勢，此所謂一言而萬世之利也。"《晉書・曹志傳》："兄議甚切，百年之後必書晉史，目下將見責邪！" 元代武漢臣《老生兒》三折："俺女兒百年之後可往俺劉家墳裏埋也。"《大山公》："霍老先生家財萬貫，也不知百年之後誰為繼業之人？" 同 千秋之後。

【百年偕老】bǎi nián xié lǎo 百年：指歲月長久。偕：共同。說夫妻共同生活到老，永不分開。元代武漢臣《生金閣》二折："俺衙內大財大禮，娶將你來，指望百年偕老。"《儒林外史》二一回："只願你們夫妻百年偕老，多子多孫。" 同 白頭偕老。

【百年樹人】bǎi nián shù rén 比喻培育人才長期而不易。《管子・權修》："一年之計，莫如樹穀；十年之計，莫如樹木；終身之計，莫如樹人。"《續孽海花》楔子："培植花草，一年就有效驗，培植國民，至少須有數十年。所以古人說：十年樹木，百年樹人。" ◇俗話說百年樹人，教育學生絕不簡單，是要花費大量心血的，為人師表極不容易。

【百年難遇】bǎi nián nán yù 見"百年不遇"。

【百折不回】bǎi zhé bù huí 不論受到多少挫折、艱難困苦，都決不退縮。形容意志剛強，堅韌不拔。明代沈德符《野獲編・王思再諫》："若思之百折不回，以身殉國，真無愧王文端曾孫。" 章炳麟《駁革命駁議》："夫各國新政，無不從革命而成。意大利、匈牙利之轟轟烈烈，百折不回，放萬丈光芒於歷史者，無論矣。" 同 百折不撓、百折不摧。

【百折不撓】bǎi zhé bù náo 百折：多次挫折；撓：彎曲、屈服。形容意志堅強，無論受多少挫折都不動搖不屈服。漢代蔡邕《太尉喬玄碑》："其性莊，疾華尚樸，有百折不撓，臨大節而不可奪之風。”清代頤瑣《黃繡球》一三回：“若把這迷信移到做正經事，講正經學問，便成了個百折不撓，自強獨立的大丈夫、奇女子。”同 百折不回、不屈不撓。反 一蹶不振、心灰意冷。

【百步穿楊】bǎi bù chuān yáng 在百步以外射穿選中的楊柳樹的一片葉子。《戰國策•西周策》：“楚有養由基者，善射，去柳葉者百步而射之，百發百中。”後以“百步穿楊”形容射箭或射擊的技術很高明。唐代李涉《看射柳枝》詩：“萬人齊看翻金勒，百步穿楊逐箭空。”宋代陳善《捫詩新話•文貴精工》：“大抵文以精故工，以工故傳遠。三折肱始為良醫，百步穿楊始名善射。”《三國演義》五三回：“雲長吃了一驚，帶箭回寨，方知黃忠有百步穿楊之能。”周立波《金戒指》：“有的說他身輕如燕，能飛簷走壁；有的說他槍法如神，能百步穿楊。”同 百發百中。

【百身何贖】bǎi shēn hé shú 何：怎麼。贖：換取。《詩經•黃鳥》：“彼蒼者天，殲我良人。如可贖兮，人百其身。”說即便自己死一百次也贖不回來。表示對逝者的悼念與尊重，或對過錯、罪責的懺悔。也作“百身莫贖”。南朝梁劉令嫻《祭夫徐敬業文》：“一見無期，百身何贖！”唐代白居易《祭崔相公文》：“百身莫贖，一夢不還。”明代袁宏道《去吳七牘》：“曠官之罪，職百身莫贖矣。”《民國通俗演義》三十回：“負桑梓父老兄弟，罪大惡極，百身莫贖。”同 人百其身。

【百身莫贖】bǎi shēn mò shú 見“百身何贖”。

【百花爭豔(妍)】bǎi huā zhēng yàn 形容眾多的各色花卉爭奇鬥豔，美不勝收。也比喻各種美好事物爭相比美。◇公園里百花爭豔，讓人目不暇給／書市中各類圖書五顏六色，裝幀精美，恰如百花爭妍。同 百花齊放、百花競放。反 殘花敗柳。

【百花齊放】bǎi huā qí fàng ❶ 各種各樣的花卉一齊開放，色彩紛呈，爭奇鬥豔。《鏡花緣》三回：“百花仙子只顧在此着棋，哪知下界帝王忽有御旨命他百花齊放。”《隋唐演義》二八回：“陛下要不寂寞，有何難哉！妾等今夜虔禱天宮，管取明朝百花齊放。”❷ 比喻不同形式和風格的文學藝術作品自由發展。◇中國的文學藝術在三十年代可算是百花齊放，才俊輩出。

【百依百從】bǎi yī bǎi cóng 見“百依百隨”。

【百依百順】bǎi yī bǎi shùn 凡事都順從、遷就，不問是非，不表異議，不對抗。《初刻拍案驚奇》卷一三：“做爺娘的百依百順，沒一事違拗了他。”《紅樓夢》七九回：“寡母獨守此女，嬌養溺愛，不啻珍寶，凡女兒一舉一動，他母親皆百依百順。”曹禺《北京人》第一幕：“總是百依百順地聽她丈夫的吩咐。”同 百依百隨、千依百順。反 倔頭倔腦、桀驁不馴。

【百依百隨】bǎi yī bǎi suí 一切都順從別人。也作“百依百從”、“千依百順”。《金瓶梅》六回：“蒙官人抬舉，奴今日與你百衣百隨，是必過後休忘了奴家。”《水滸傳》二四回：“娘子自從嫁得這個大郎，但是有事，百依百隨。”《孽海花》一六回：“加克新婚燕爾，自然千依百順。”◇討厭他過於粗疏魯莽，常辦錯事，喜歡他忠實聽話，百依百隨。同 百依百順、千隨百順。反 我行我素。

【百思不解】bǎi sī bù jiě 形容事情總是想不明白。也作“百思莫解”。清代紀昀《閱微草堂筆記•槐西雜志三》：“(上古)雞不代伏，又何以傳種至今也，此真百思不得其故矣。”賈平凹《臘月•正月》：“他百思不解其中緣故。”◇對這樣明顯妨礙交通、有礙觀瞻的攤販，有關部門竟聽之任之，真教人百思不解了。反 恍然大悟。

【百思莫解】bǎi sī mò jiě 見“百思不解”。

【百計千方】bǎi jì qiān fāng 形容想盡一切辦法。宋代趙長卿《探春令》詞：“百計千方做就，醞釀如何學？”《金瓶梅》一回：“便百計千方，偷寒送暖。”清代錢泳《履園叢話•精怪》：“百計千方，總無有效。”同 千方百計。

【百家爭鳴】bǎi jiā zhēng míng ❶ 指先秦時代儒、道、法、名、墨等各種思想流派互相爭辯的風氣。清代俞樾《春在堂隨筆》

卷三："百家爭鳴，或傳或不傳，而言之有故，持之成理者，屈指可盡。" ❷ 比喻各種學術流派競相發表意見，自由爭論。巴金《〈隨想錄〉總序》："那就讓它們留下來，作為一聲無力的叫喊，參加偉大的'百家爭鳴'吧。" 同 百花齊放。

【百鳥朝鳳】bǎi niǎo cháo fèng 眾鳥朝拜鳳凰。古人認為鳳是百鳥之王，當其出現時，眾鳥會聚其周圍鳴唱雀躍。比喻君王聖明，天下歸附，或喻德高望重者受人景仰。《太平御覽》卷九一五引《唐書》："海州言鳳見於城上，群鳥數百隨之。" ◇他被學界視為德高望重的大師，每有講座，聽者雲集，如百鳥朝鳳。

【百密一疏】bǎi mì yī shū 縱然深思熟慮，也難免有所疏失。茅盾《子夜》十："深知杜竹齋為人的吳蓀甫此時卻百密一疏，竟沒有看透了竹齋的心曲。" ◇凡事人做的事，一定會有差強人意，甚至嚴重錯誤的地方，這就叫百密一疏，這是常理。同 千慮一失。反 千慮一得。

【百喙莫辯】bǎi huì mò biàn 見"有口難分"。

【百無一失】bǎi wú yī shī 失：差錯。形容有完全的把握，絕不會失誤。唐代裴鉶《聶隱娘》："一年後，刺猿狖。百無一失。" 清代昭槤《嘯亭雜錄·欽訓堂博古》："好收藏古字畫書籍，善為甄別真偽，凡經公品題者，百無一失，故收藏家皆首推之。" ◇交給她保管百無一失。同 百不一失、萬無一失。反 百密一疏、千慮一失。

【百無一用】bǎi wú yī yòng 上百樣之中無一樣可用。形容毫無用處。清代黃景仁《雜感》詩："十有九人堪白眼，百無一用是書生。" ◇像這樣百無一用的糊塗人，怎麼就做了這麼高的官 / 在她看來，丈夫手不能提，肩不能挑，簡直是百無一用。同 百無一能。反 大有作為。

【百無一是】bǎi wú yī shì 做上百件事，沒做對過一件。形容一無是處。宋代袁采《袁氏世範》："至於百無一是，且朝夕以此相鄰，極為難處。" 秦瘦鷗《孽海濤》九回："這韓世俊為人促狹、心眼又小，刻簿寡情，對下人辦事總覺得百無一是"。同 一無是處、百無一能。

【百無一漏】bǎi wú yī lòu 做上百件事，不出一點紕漏。形容做事沉穩有把握，不出錯。《太平廣記》卷一九一引《朝野僉載》："獐鹿狐兔，走馬遮截，放索搨之，百無一漏。" ◇說起他來，人人稱讚，處事嚴謹，百無一漏。同 百無一失、百不一爽。

【百無聊賴】bǎi wú liáo lài 聊賴：依靠、寄託。形容精神空虛，沒有寄託，日子過得很無聊。清代丁叔雅《將歸嶺南留別》詩："百無聊賴過零丁，遙睇中原一髮青。" 梁啟超《讀陸放翁集》："辜負胸中十萬兵，百無聊賴以詩鳴。" 巴金《滅亡》第八章；"我百無聊賴地又混過了五天。" 反 精神煥發，精神抖擻。

【百無禁忌】bǎi wú jìn jì 百：泛指一切；禁忌：忌諱。甚麼忌諱都沒有；不避任何忌諱。《歧路燈》六一回："若是遇見個正經朋友，山向利與不利，穴口開與不開，選擇日子，便周章的百無禁忌。" 聞一多《紅燭·紅豆篇》："我也不妨就便寫張'百無禁忌'。從此我若失錯觸了忌諱，我們都不必介意罷！" 聶紺弩《怎樣做母親》："過年，只有一樣事情不好就是有許多禁忌……已經在神櫃上貼着'百無禁忌'、'童言無忌'了，豈不好像可以隨便了麼？可是還是不能說。" 同 無拘無束、隨心所欲。反 噤若寒蟬、緘口結舌。

【百發百中】bǎi fā bǎi zhòng ❶ 形容射箭或射擊技術高明，百無一失，彈無虛發。《戰國策·西周策》："楚有養由基者，善射，去柳葉者百步而射之，百發百中。" 《官場現形記》三一回："等到炮子到那裏，卻好船亦走到那裏，剛剛碰上，自然是百發百中，萬無一失。" ❷ 比喻料事如神或做事有絕對把握。《二刻拍案驚奇》卷三三："年紀漸大，長成得容貌醜怪，雙目如鬼，出口靈驗，遠近之人多來請問吉凶休咎，百發百中。" 《紅樓夢》九七回："所以鳳姐的妙計百發百中。" 同 百步穿楊、穿楊射柳。

【百萬雄師】bǎi wàn xióng shī 形容陣容強大，威武雄壯的軍隊。《史記·平原君列傳》："毛先生以三寸之舌，強於百萬之師。”宋代張載《慶州大順城記》：“百萬雄師，莫可以前。”明代張煌言《上延平王書》：“（殿下誠能）回旗北指，百萬雄師可得，百十名城可收矣。”同 百萬雄兵。

【百感交集】bǎi gǎn jiāo jí 各種感受、感想都交織在一起，感慨極深。宋代陳亮《祭喻夏卿文》：“淚涕橫臆，非以邂逅。百感交集，微我有咎。”聞一多《文藝與愛國》：“見了一片紅葉掉下地來，便要百感交集。”◇回首往事，不禁百感交集。同 百端交集、感慨繫之。反 心如止水、心如古井。

【百歲之後】bǎi suì zhī hòu 見“百年之後”。

【百裏挑一】bǎi lǐ tiāo yī 上百個裏邊才能挑出一個。形容十分優秀。《紅樓夢》一二〇回：“姑爺年紀略大幾歲，並沒有娶過的，況且人物兒長的是百裏挑一的。”◇她家的媳婦是個百裏挑一的好當家，柴米油鹽安排得井井有條。同 數一數二。反 俯拾即是。

【百煉成鋼】bǎi liàn chéng gāng 鐵經過千錘百煉，鍛煉成鋼。唐代喬琳《太原進鐵鏡賦》：“晉人用鐵兮從革無方，其或五金同鑄，百煉為鋼。”後多比喻久經鍛煉，變得非常堅強。徐遲《火中的鳳凰•鳳翔》：“有人身經百戰，百煉成鋼，爐火純青，喜於心而不形於色。”同 身經百戰。

【百廢待舉】bǎi fèi dài jǔ 舉：興辦。形容許多被廢置的事務等待要做。吳晗《海瑞罷官》：“百廢待舉，他不出頭做主，實在令人着急。”王西彥《春寒》：“如今百廢待舉，國家需要人才，你老人家總是少不掉的。”同 百廢待興、百廢俱興。

【百廢待興】bǎi fèi dài xīng 許多已荒廢的事業都有待重新興辦建設。李一《荊宜施鶴光復記》：“荊州據武漢上游，當川襄衝道，誠為湖北重鎮。甫經光復，百廢待興。”反 百廢俱興。

【百廢俱興】bǎi fèi jù xīng 許多被廢置的事業又都興辦起來。百廢：指各種荒廢的事業。宋代范仲淹《岳陽樓記》：“慶曆四年春，藤子京謫守巴陵郡。越明年，政通人和，百廢俱興，乃重修岳陽樓。”清代和邦額《夜譚隨錄•段公子》：“妹即為新廬舍，給饔飧，製衣履，二年之內，百廢俱興。”《民國通俗演義》四八回：“百廢俱興，家給人足。”反 百廢待興、百廢待舉。

【百戰不殆】bǎi zhàn bù dài 身經上百次戰鬥，從不失敗。形容戰無不勝。《孫子•謀攻》：“知彼知己者百戰不殆。”《金史•劉炳傳》：“自古名將料敵制勝，訓練士兵，故可使赴湯蹈火，百戰不殆。”同 百戰百勝、所向無敵。反 屢戰屢敗。

【百戰百勝】bǎi zhàn bǎi shèng 每戰必勝。形容善於作戰，所向無敵。《管子•七法》：“故十戰十勝，百戰百勝。”《孫子•謀攻》：“是故百戰百勝，非善之善者也；不戰而屈人之兵，善之善者也。”宋代蘇軾《留侯論》：“項籍唯不能忍，是以百戰百勝而輕用其鋒。”◇知己知彼，才能百戰百勝。同 百戰不殆、戰無不勝。反 棄甲曳兵、潰不成軍。

【百讀不厭】bǎi dú bù yàn 宋代蘇軾《送安惇秀才失解西歸》詩：“舊書不厭百回讀，熟讀深思子自知。”後以“百讀不厭”形容文章極佳，讀來耐人尋味。朱自清《論百讀不厭》：“為甚麼一些作品有人‘百讀不厭’，另一些卻有人不想讀第二遍呢？”◇唐詩可說是中國的國粹，尤其是那些名篇佳制，叫人百讀不厭。同 手不釋卷。反 味同嚼蠟。

【皂白不分】zào bái bù fēn 皂：黑。比喻不加區別、不分善惡、不問是非。《詩經•桑柔》漢代鄭玄箋：“胡之言何也，賢者見此事之是是非非，不能分別皂白言之於王也。”《老殘遊記續集》八回：“毀人名譽的人多，這世界就成了皂白不分的世界了。”◇一群潰敗的士兵闖進村莊裏，皂白不分，四處搶掠。同 黑白不分、不分皂白。反 黑白分明、是非分明。

【皆大歡喜】jiē dà huān xǐ 皆：全、都。佛家謂脱離煩惱為“皆大歡喜”。後表示大家都非常快樂，滿心歡喜。《法華經•普賢菩薩勸發品》：“佛說是經時……一切大會，皆大歡喜。”《兒女英雄傳》緣起：“一切人天，皆大歡喜。”《孽海花》二六回：“正在皆大歡喜間，忽然太后密詔了清帝的本生父賢王來宮。”茅盾《雨天雜寫》四：“目前此間文化市場……似乎都相安無事，皆大歡喜。”反 暗氣暗惱、憂心如焚。

【皇天后土】huáng tiān hòu tǔ ❶皇天：古時稱天或天帝。后土：古時稱大地或土地神。古人認為天地主宰萬物，主持公道。《尚書·武成》：“予小子其承厥志，厎商之罪，告于皇天后土。”《左傳·僖公十五年》：“君履后土而戴皇天，皇天后土，實聞君之言。”《國語·越語下》：“後世子孫，有敢侵蠡（范蠡）之地者，使無終沒于越國，皇天后土、四鄉（向）地主正之。”清代侯方域《太子丹論》：“丹之心事可以告之皇天后土而無憾矣。”❷面向皇天后土發誓或禱祝，表示真誠、真實、堅定不渝，或祈求庇佑。晉代李密《陳情表》：“臣之辛苦，非獨蜀之人士及二州牧伯所見明知，皇天后土實所共鑒。”《封神演義》七回：“我姜氏素秉忠良，皇天后土，可鑒我心。”《兒女英雄傳》十回：“這話皇天后土，實所共鑒，有渝此盟，神明殛之。”同 后土皇天。

【皇親國戚】huáng qīn guó qī 泛指皇帝的家族親戚。元代無名氏《謝金吾》三折：“刀斧手且住者！不知是那個皇親國戚來了也，等他過去了，才好殺人那！”《警世通言》卷三十：“告爹媽，兒為兩個朋友是皇親國戚，要我陪宿，不免依他。”魯迅《無常》：“那怕你，銅牆鐵壁！那怕你，皇親國戚！”

【皓首窮經】hào shǒu qióng jīng 一輩子都在勤勤懇懇鉆研經典著作。《三國演義》四三回：“若夫小人之儒，惟務雕蟲，專工翰墨，青春作賦，皓首窮經；筆下雖有千言，胸中實無一策。”清代薛福成《庸盦筆記·嫁女爭花轎釀人命》：“汝父命中本無科第，然念其皓首窮經，子孫當有得科名者。”同 白首窮經。反 目不識丁、不學無術。

【皓齒明眸】hào chǐ míng móu 眸：瞳仁。潔白的牙齒，明亮的眼睛。三國魏曹植《洛神賦》：“丹唇外朗，皓齒內鮮，明眸善睞，靨輔承權。”後用“皓齒明眸”形容女子容貌十分美麗。元代關漢卿《玉鏡台》二折：“都為他皓齒明眸，不由我使心作倖。”清代王韜《淞隱漫錄·心儂詞史》：“啟視之，內有一女郎，皓齒明眸，似曾相識。”同 明眸皓齒。

皮部

【皮相之談】pí xiàng zhī tán 只看表面，未能深入理解的膚淺看法。錢鍾書《談藝錄·文體遞變》：“這是皮相之談，只看表面，其實詩沒有亡。”黃仁宇《萬曆十五年》七章：“然而如果把問題僅僅停留在此，也還是皮相之談。”同 泛泛而談。反 深入淺出。

【皮開肉綻】pí kāi ròu zhàn 綻：裂開。形容被打得傷勢慘重。《京本通俗小說·菩薩蠻》：“左右將可常拖倒，打得皮開肉綻，鮮血迸流。”元代關漢卿《蝴蝶夢》二折：“渾身是口怎支吾，恰似個沒嘴的葫蘆，打的來皮開肉綻損肌膚，鮮血模糊。”同 體無完膚、遍體鱗傷。反 毫髮無損。

【皮裏春秋】pí lǐ chūn qiū 皮裏：指內心。春秋：相傳為孔子所編的魯史，文筆意含褒貶。說內心藏有《春秋》。比喻內心有所褒貶，而表面上不作評論。《晉書·褚裒傳》：“譙國桓彝見而目之曰：‘季野有皮裏春秋。’言其外無臧否，而內有所褒貶也。”清代李漁《覆胡彥遠》：“但須有以教我，且直示之，勿僅作皮裏春秋，令弟於褒中索貶可也。”流沙河《孩子們想當啥》：“買官當或許是皮裏春秋，他在說諷刺話。須知現今孩子早熟，知悉官場腐敗，理應有之。”同 皮裏陽秋。

【皮裏陽秋】pí lǐ yáng qiū 表面上不作評論，心中卻有所褒貶。本作“皮裏春秋”。皮裏：指內心。陽秋：即《春秋》，相傳為孔子編定的史書，用語隱含褒貶。後用“春秋”代指評判好壞。晉代簡文帝為避其母“阿春”之諱，改“春秋”為“陽秋”。《世說新語•賞譽》：“桓茂倫云：褚季野皮裏陽秋，謂其裁中也。”明代張岱《與周戩伯》：“皮裏陽秋，不謀自合。”清代龔自珍《調笑令》詞：“烹茗，烹茗，閒數東南流品。美人俊辯風生，皮裏陽秋太明。”同 皮裏春秋。

【皸手繭足】jūn shǒu jiǎn zú 皸：皮膚受凍開裂。手足因受凍或辛勞等原因而開裂或生繭。形容竭盡全力，不辭辛苦。清代嚴復《與〈外交報〉主人論教育書》：“凡可以愈愚者，將竭力盡氣、皸手繭足以求之。”同 胼手胝足。

皿 部

【盈千累萬】yíng qiān lěi wàn 盈：充滿。形容成千上萬，數量巨大。《清史稿•西藏傳》：“即放一扎薩克喇嘛，勒取財物，盈千累萬，尤屬駭人聽聞。”◇以全國計，有多少貪贓枉法的貪官？又有多少百姓的血汗錢盈千累萬地落入蛀蟲的口袋？同 盈千累百。反 一無所有。

【盈科後進】yíng kē hòu jìn《孟子•離婁下》：“原泉混混，不舍晝夜，盈科而後進，放乎四海。”盈：滿。科：坎坷之處。泉水遇到坑窪的地方，須先填滿窪陷處，才能向前流去。比喻學習必須腳踏實地，循序漸進，而後才能節節攀高，不可能一蹴而就。◇做學問切忌浮誇，不圖虛名，盈科後進，才可能取得成就。反 一蹴而就。

【盈盈一水】yíng yíng yī shuǐ 潔淨清澈的一條河流。形容一水之隔。《古詩十九首》之十：“盈盈一水間，脈脈不得語。”唐代白居易《除官赴闕留贈微之》：“兩鄉默默心相別，一水盈盈路不通。”清代紀昀《閱微草堂筆記•灤陽續錄》：“其愛妾與吾目成，雖一語未通，而兩心相照。但門庭深邃，盈盈一水，徒悵望耳。”同 一水盈盈。反 天涯地角。

【盎盂相敲】àng yú xiāng qiāo 盎、盂：都是古人用的盛物器皿。比喻家庭成員互相爭執、爭吵。《聊齋誌異•青蛙神》：“且盎盂相敲，皆臣所為，無所涉於父母。”◇四世同堂，總有些盎盂相敲的事。同 盎盂相擊。

【益壽延年】yì shòu yán nián 增加歲數，延長壽命。明代無名氏《東籬賞菊》三折：“南陽有菊潭，又有甘穀泉，人飲其水，皆得益壽延年。”◇如今醫術高明，藥品又多，營養也好，所以老人益壽延年，活一百歲的大有人在。同 延年益壽。

【盛名難副】shèng míng nán fù 副：符合、相稱。《後漢書•黃瓊傳》：“陽春之曲，和者必寡；盛名之下，其實難副。”後用“盛名難副”說舉世聞名的聲譽難以和其實際情況相稱，即名不副實。張恨水《寫作生涯回憶》二七：“社會上名字老被人提着的，多是盛名難副，而我尤甚！”同 名不副實、名過其實。反 名副其實、名實相副。

【盛氣凌人】shèng qì líng rén 凌：侵犯、欺侮。以驕橫傲慢的氣勢欺壓人。元代楊載《趙孟頫行狀》：“李論事厲聲色，盛氣凌人，若好己勝者，剛直太過，故多怨焉。”《清朝野史大觀》卷十：“達官貴人，往往睥睨一切以盛氣凌人，受者亦俯首不敢一較。”同 盛氣臨人、頤指氣使。反 奴顏卑膝、卑躬屈膝。

【盛衰榮辱】shèng shuāi róng rǔ《易經•雜卦》：“損益，盛衰之始也。”《易經•繫辭上》：“樞機之發，榮辱之主也。”後用“盛衰榮辱”指人在世事變化中遇到的鼎盛、衰敗、榮耀、屈辱等種種境況。明代方孝孺《文會疏》：“雖盛衰榮辱，所遇難齊，而道德文章，俱垂不朽。”◇《紅樓夢》這部小說說的是一個家族的盛衰榮辱、離合悲歡。同 盛衰興廢。

【盛衰興廢】shèng shuāi xīng fèi 指人與事的興盛衰敗的境況與更替。宋代王安石《祭歐陽文忠文》：“嗚呼！盛衰興廢之理，自古如此。”西湖老人《〈繁勝錄〉跋》：“桑海之餘，獲睹秘籍，益不能無盛衰興廢之感矣。”◇公司的盛衰興廢，也摻雜了許多人為的因素。同 盛衰榮辱。

【盛極一時】shèng jí yī shí 在一個時期內極其興盛。魯迅《中國小說的歷史變遷》：

"到開元、天寶以後，漸漸對於詩有些厭氣了，於是就有人把小說也放在行卷裏去，而且竟也可以得名……因之傳奇小說，就盛極一時了。"郭沫若《洪波曲》第一章一："以販賣抗戰書報盛極一時的各處街頭巷口的小書攤也完全改變模樣。"反 一落千丈、每況愈下。

【盛筵難再】shèng yán nán zài 盛大的宴會很難再遇到。多用來感歎歡聚重逢的情景不可多得。唐代王勃《滕王閣序》："嗚呼，勝地不常，盛筵難再。"清代曹直《多麗•桂花下作》詞："知道明年，重逢此日，萍踪飄轉在誰邊？多應向、山程水驛，茸帽控絲鞭。花如識，盛筵難再，也合潸然。"◇我們盡興玩個痛快吧，畢竟盛筵難再啊。同 盛筵必散、盛筵易散。反 萬古長存、一成不變。

【盜亦有道】dào yì yǒu dào 道：道理、道義。盜者也有其為盜的道義或準則。《莊子•胠篋》："故跖之徒問於跖曰：'盜亦有道乎？'跖曰：'何適而無有道邪？夫妄意室中之藏，聖也；入先，勇也；出後，義也；知可否，知也；分均，仁也。五者不備而成大盜者，天下未之有。'"《新唐書•王世充傳贊》："其間亦假仁義，禮賢才，因之擅王僭帝，所謂盜亦有道者。"清代梁章鉅《歸田瑣記•李文貞公逸事》："嗚呼！盜能相人，而其妻更能保族，所謂盜亦有道也。"鄭振鐸《集外•風濤三》："盜亦有道！天下無道，賞罰征伐便自群盜出，嗚呼！"

【盜憎主人】dào zēng zhǔ rén 盜賊憎恨失主。《左傳•成公十五年》："伯宗每朝，其妻必戒之曰：'盜憎主人，民惡其上，子好直言，必及于難。'"後用"盜憎主人"比喻奸邪之人忌恨正直的人。《後漢書•馬援傳》："及臣還反，報以赤心，實欲導之於善，非敢譎以非義，而囂（隗囂）自挾奸心，盜憎主人，怨毒之情遂歸於臣。"元代辛文房《唐才子傳•盧仝》："嘗為惡少所恐，訴於愈（韓愈），方為申理，仝復慮盜憎主人，願罷之，愈益服其度量。"章炳麟《獄中答新聞報》："逆胡挑釁，興此大獄，盜憎主人，固亦其所。"同 盜怨主人。

【盟山誓海】méng shān shì hǎi 對着山、海發誓，表示堅守誓約。常用於表示對愛情的忠貞不渝。元代呂止庵《風入松》曲："追想盟山誓海，幾度淚濕青衫。"明代湯顯祖《紫釵記•綬婚收翠》："説他有恩山義海朝花在，盟山誓海曾把夜香排。"蔡東藩《明史演義》二九回："曲龍入宮，即夕召幸，華夷一榻，雨露宏施，説不盡的倒鳳顛鸞，描不完的盟山誓海。"同 海誓山盟、山盟海誓。

【監守自盜】jiān shǒu zì dào 監守：看管。負責經管者盜竊自己所經管的財物。《明史•刑法之一》："如監守自盜，贓至四十貫，絞。"◇據説儲備糧庫虧空嚴重，查證下來，大抵是監守自盜。同 監臨自盜。

【盡善盡美】jìn shàn jìn měi《論語•八佾》："子謂《韶》，盡美矣，又盡善也；謂《武》，盡美矣，未盡善也。"《韶》、《武》，分別是舜和周武王時代的樂名。後人以"盡善盡美"表示非常完美，沒有不足之處。《大戴禮記•哀公問五義》："雖不能盡善盡美，必有所處焉。"《隋書•文學傳序》："若能掇彼清音，簡茲累句，各去所短，合其兩長，則文質斌斌，盡善盡美矣。"同 無以倫比、十全十美。反 一無是處、一塌糊塗。

【盤馬彎弓】pán mǎ wān gōng 騎着馬盤旋，拉滿弓欲射。唐代韓愈《雉帶箭》詩："將軍欲以巧伏人，盤馬彎弓惜不發。"後多比喻先擺出姿態、架勢，但不立刻行動。梁啟超《論各國干涉中國財政之動機》："各相猜而莫敢執其咎，此所以盤馬彎弓而久不發也。"李大釗《國民之薪膽》："各方意見，既皆疏通融會，日本之決心，已泰半持定，乃作盤馬彎弓乘機欲發之勢。"李六如《六十年的變遷》第六章："不知道袁世凱這種盤馬彎弓，適可而止，就是對民軍一打一拉。"同 引而不發。

【盤根究底】pán gēn jiū dǐ 見"盤根問底"。

【盤根問底】pán gēn wèn dǐ 盤問事情的由來和底細。也作"盤根究底"。《鏡花緣》

四四回："無如林之洋雖在海外走過幾次，諸事並不留心，究竟見聞不廣，被小山盤根問底，今日也談，明日也談，腹中所有若干典故，久已告峻。"郭沫若《牧羊哀話》三："我失悔我不應該盤根究底，這樣苦了她。"◇記者發問若不講策略，盤根究底，窮追不捨，就可能惹惱被問者，鬧成尷尬場面。同 刨根問底、尋根究底。反 不聞不問、不問不聞。

【盤根錯節】pán gēn cuò jié 樹根盤曲，枝節交錯。比喻情況錯綜複雜，不易處理解決或勢力根深蒂固，極難鏟除。晉代袁宏《後漢紀·安帝紀一》："難者不避，易者必從，臣之節也。不遇盤根錯節，無以別堅利，此乃吾立功之秋，怪吾子以此相勞也。"宋代陸九淵《與劉深父書》："向以為盤根錯節未可遽解者，將渙然冰釋，怡然理順，有不加思而得之者矣。"鄒韜奮《學生救亡運動的缺點》："要在許多有為救國犧牲的精神的同學裏選出比較有能力和勇氣的同學裏，讓他嘗試嘗試，盤根錯節，乃見真材。"◇當地的黑社會盤根錯節，多少年來一直解決不了。同 錯綜複雜。

【盤遊無度】pán yóu wú dù 盤遊：遊樂。沉迷於遊樂，毫無節制。《尚書·五子之歌》："(太康) 乃盤遊無度，畋於有洛之表，十旬弗反。"《明史·石天柱傳》："天柱念帝盤遊無度，廷臣雖諫，帝意不回，思所以感動之者，乃刺血草疏。"《清會典則例·八旗都統·訓練》："至熙宗合喇及完顏亮之世，盡廢之，躭於酒色，盤遊無度，效漢人之陋習。"

【盪氣迴腸】dàng qì huí cháng 激盪起人的感情，引起內心的強烈迴響。戰國楚宋玉《高唐賦》："感心動耳，回腸傷氣，孤子寡婦，寒心酸鼻。"後以"盪氣迴腸"、"迴腸盪氣"形容激發人的情感，感染力相當強。多用於文藝作品或音樂藝術表演等。三國魏曹丕《大牆上蒿行》："女娥長歌，聲協宮商，感心動耳，盪氣迴腸。"清代龔自珍《己亥雜詩》："迴腸盪氣感精靈，座客蒼涼酒半醒。"秦牧《藝海拾貝·鸚鵡與蝴蝶鳥》："這裏面有一個關鍵性的問題，就是作品應該有盪氣迴腸的感人力量。"同 蕩氣迴腸、迴腸蕩氣。

目 部

【目不交睫】mù bù jiāo jié 上下眼毛沒有交合。形容沒睡覺或難以睡着。漢代荀悅《漢紀·文帝紀上》："太后嘗病三年，陛下目不交睫，睡不解衣冠。"唐代白行簡《李娃傳》："生恚怒方甚，自昏達旦，目不交睫。"宋代洪邁《夷堅乙志·家嶺江邊寺》："登牀展轉，目不交睫，不暇俟其呼，徑起出戶。"《聊齋誌異·促織》："自昏達曙，目不交睫。"反 昏昏欲睡、鼾聲如雷。

【目不邪視】mù bù xié shì 見"目不斜視"。

【目不忍視】mù bù rěn shì 形容景象極其悲慘。《二刻拍案驚奇》卷七："欽宗聽罷，不好回言，只是暗暗淚落，目不忍視，好好打發了他出去。"明代王秀楚《揚州十日記·七日》："日向午，殺掠愈甚，積屍愈多，耳所難聞，目不忍視。"魯迅《華蓋集續編·紀念劉和珍君》："慘象，已使我目不忍視了；流言，尤使我耳不忍聞。"同 慘不忍睹。反 賞心悅目。

【目不忍睹】mù bù rěn dǔ 形容情景極其悽慘，不忍心看下去。清代薛福成《觀巴黎油畫記》："而軍士之折壁斷足，血流殷地，偃仰僵仆者，令人目不忍睹。"同 目不忍視、慘不忍睹。反 熟視無睹、視而不見。

【目不斜視】mù bù xié shì 眼睛不往旁邊看，形容神情莊重態度嚴肅。也作"目不邪視"。北齊顏之推《顏氏家訓·教子》："古者聖王有胎教之法：懷子三月，出居別宮，目不邪視，耳不妄聽，音聲滋味，以禮節之。"《三國演義》十一回："婦人請竺同載。竺上車端坐，目不邪視。"◇走路目不斜視，神態安詳而傲慢。同 正襟危坐。反 東張西望、左顧右盼。

【目不暇接】mù bù xiá jiē 暇：空閒。形容好看的東西太多，或事物變化過快，一時看不過來。清代青城子《志異續編‧陸炳吉》："光怪突兀，目不暇接。"葉聖陶《從西安到蘭州》："我們坐在火車裏就像坐在江船裏一樣，峰回路轉，景象刻刻變換，讓你目不暇接。"◇景象萬千，令人目不暇接。同 目不暇給。

【目不暇給】mù bù xiá jǐ 暇：空閒。給：連及。指美好的東西太多，或景物變化太快，眼睛來不及看。《四遊記‧八仙蟠桃大會》："上窺無極，下徹四方，仍有插青點黛，拖白曳練者，令人目不暇給。"清代鄭燮《濰縣署中與舍弟墨第二書‧書後又一紙》："見其揚翬振彩，倏往倏來，目不暇給，固非一籠一羽之樂而已。"◇城市裏鱗次櫛比聳入雲霄的摩天大樓，令人目不暇給。同 應接不暇。反 一覽無餘、盡收眼底。

【目不窺園】mù bù kuī yuán 形容埋頭讀書，專心致志的刻苦學習精神。《漢書‧董仲舒傳》："董仲舒，廣州人也。少治《春秋》，孝景時為博士。下帷講誦，弟子傳以久次相授業，或莫見其面。蓋三年不窺園，其精如此。"《歧路燈》一〇八回："簣初白日在碧草軒目不窺園，黃昏到自己樓上刻畫談帖。"《兒女英雄傳》三三回："那公子卻也真個足不出戶，目不窺園，日就月將，功夫大進。"同 心無二用、專心致志。反 心不在焉。

【目不轉睛】mù bù zhuǎn jīng 眼珠一動不動地看着。形容看得出神，注意力集中。《太平御覽》卷四九八引晉代楊泉《物理論》："子義燃燭危坐通曉，目不轉睛，膝不移處。"《古今小說‧蔣興哥重會珍珠衫》："陳大郎抬頭，望見樓上一個年少的美婦人，目不轉睛的，只道心上歡喜了他。"葉聖陶《友誼》："大家都目不轉睛地望着她細心聽，惟恐遺漏了一個詞兒。"反 東張西望。

【目不識丁】mù bù shí dīng《舊唐書‧張弘靖傳》："今天下無事，汝輩挽得兩石力弓，不如識一丁字。"最簡單的"丁"字也不識。形容人不識字或沒文化。《警世通言‧鈍秀才一朝交泰》："他兩個祖上也曾出仕，都是富厚之家，目不識丁，也頂個讀書的虛名。"清代昭槤《嘯亭雜錄‧蘇昌》："其子富綱為滇督幾二十年……目不識丁。凡有文稿，皆倩吏胥講釋，合省傳為笑柄。"◇小時候家無隔日之糧，目不識丁，竟然做到了總裁，個中奧妙都在"努力"二字上。注：宋代洪邁《容齋俗考》："今人多用不識一丁字，謂祖《唐書》。以出處考之，乃'个'字，非'丁'字。蓋'个'與'丁'相類，傳寫誤焉。"同 不識一丁。反 滿腹經綸、學富五車。

【目中無人】mù zhōng wú rén 不把別人放在眼裏。形容高傲自大，看不起人。《初刻拍案驚奇》卷一三："嚴家夫妻養嬌了這孩兒，到得大來，就便目中無人，天王也似的大了。"《紅樓夢》六五回："他那一種輕狂豪爽，目中無人的光景，早又把人的一團高興逼住，不敢動手動腳。"巴金《秋》二九："我對你說，你不要目中無人，就把長輩都不放在眼睛裏。"同 旁若無人、目空四海。反 禮賢下士、虛懷若谷。

【目牛無全】mù niú wú quán 見"目無全牛"。

【目光如豆】mù guāng rú dòu 眼光像豆子那樣小。比喻見識短淺，沒有遠見。孫中山《行易知難》第六章："不圖彼國政府目光如豆，深忌中國之強，尤畏民黨得志而礙其蠶食之謀。"陳孝全《朱自清傳》一："他最討厭揚州人的小氣和虛氣。所謂'小氣'，就是目光如豆，只圖眼前小利。"同 目光如鼠、目光短淺。反 目光如炬、目光遠大。

【目光如炬】mù guāng rú jù 眼光像火炬那樣光亮。❶ 形容目光炯炯有神，或銳利逼人。《周書‧齊煬王憲傳》："憲辭色不撓，固自陳說。帝使于智對憲，憲目光如炬，與智相質。"宋代洪邁《夷堅志甲志‧建德妖鬼》："有物從外入，目光如炬，照映廊廡，視之，大蟒也。"《二刻拍案驚奇》卷五："中間坐着一位神道，面闊尺餘，鬚髯滿頦，目光如炬。"老舍《趙子曰》二三："說至此，宋參謀怒形於色，目光如炬。”❷ 比喻眼光遠大，見識高明。惲代英《致沈澤民、高語罕》：“澤民所説……‘教育問題，正和一切問題一樣，非把全部社會問題改造好了，是不會得解決的。’真可見你目光如炬。”同 目光炯炯、炯炯有神。反 目光如豆、目光如鼠。

【目光如鼠】mù guāng rú shǔ ❶ 形容目光短淺。袁鷹《篝火之歌•彩色的幻想》：“誰願意做目光如鼠的人，只是嗅着鼻子前面的一點油香！”◇企業如果只顧眼前蠅頭小利，目光如鼠，是不可能有大的發展的。❷ 形容人目光鬼祟，行為不正。古龍《湘妃劍》一九章：“只見此人身軀也頗為高大，但神態卻狼狽不堪，目光如鼠，四下轉動。”同 鼠目寸光、目光如豆。反 目光如炬、高瞻遠矚。

【目光炯炯】mù guāng jiǒng jiǒng 炯炯：明亮的樣子。形容眼睛明亮有神，目光犀利。宋代陸游《醉題》詩：“目光炯炯射車牛，何至隨人作浪愁。”《兒女英雄傳》三九回：“翁身中周尺九尺，廣顙豐下，目光炯炯射人。”蔡東藩《唐史演義》八六回：“不意是夕又復入夢，那前任太尉後貶司戶的李文饒，目光炯炯，竟來責他負約。”同 目光如炬、炯炯有神。

【目定口呆】mù dìng kǒu dāi 兩眼發直，木雞也似，講不出話來。多形容受驚或遇到突發事件時的表情。《説唐》二一回：“驚得王小二目定口呆，眼巴巴看他把三十枝毛竹拖去了。”◇雜技團的飛刀表演驚險萬分，讓觀眾看得目定口呆。同 目瞪口呆、呆若木雞。

【目空一切】mù kōng yī qiè 甚麼都不放在眼裏。形容狂妄自大。《鏡花緣》一八回：“誰知腹中雖離淵博尚遠，那目空一切、旁若無人光景，卻處處擺在臉上。”◇看她那盛氣凌人、目空一切的樣子，不覺氣往上撞。同 目空一世、目中無人。反 虛懷若谷。

【目空四海】mù kōng sì hǎi 四海：指全國各地。把國人都不放在眼裏。形容極其自負。宋代陳亮《題喻季直文編》：“何茂恭目空四海，獨能降意於一世豪傑，而士亦樂親之。”清代陸隴其《陳氏三世崇祀錄跋》：“以倜儻非常之才，發為文章，目空四海。”卧龍生《天涯俠侶》一七章：“玉霜仍然是西門霜，冷傲依舊，目空四海，睥睨江湖，但對你林寒青，卻是唯一的例外。”同 睥睨一切、目無餘子。反 虛懷若谷、謙虛謹慎。

【目挑心招】mù tiǎo xīn zhāo 挑：挑逗。招：指勾引。眉目傳情，心神招引。多形容女子誘惑人的媚態。《史記》貨殖列傳》：“今夫趙女鄭姬，設形容，揳鳴琴，揄長袂，躡利屣，目挑心招，出不遠千里，不擇老少者，奔富厚也。”《初刻拍案驚奇》卷三二：“每每花朝月夕，士女喧闐，稠人廣眾，挨肩擦背，目挑心招，恬然不以為意。”明代張岱《陶庵夢憶•二十四橋風月》：“弟過鈔關，美人數百人，目挑心招，視我如潘安。”反 心猿意馬、神魂顛倒。

【目指氣使】mù zhǐ qì shǐ 用目光和神色支使人。形容居高臨下的傲慢態度。漢代劉向《説苑•君道》：“今王將東面目指氣使以求臣，則廝役之材至矣；南面聽朝不失揖讓之禮以求臣，則人臣之材至矣。”《漢書•貢禹傳》：“行雖犬彘家富勢足，目指氣使，是為賢耳。”◇老闆也要善待部屬，不可目指氣使的把人家當作奴才。同 頤指氣使。反 唯唯諾諾、點頭哈腰。

【目眩神迷】mù xuàn shén mí 眼花繚亂，心神迷醉。多形容所見情景令人驚異。《孽海花》十回：“場上陳列着有錦鏽的，有金銀的，五光十色，目眩神迷，頓時嚇得出神。”蔡東藩《明史演義》四九回：“見一年輕女郎，淡妝淺抹，豔麗無雙，不禁目眩神迷。”◇湖面上的水霧在陽光照耀下生出一圈圈的彩虹，令人目眩神迷。同 目迷五色、眼花繚亂。

【目送手揮】mù sòng shǒu huī 三國魏嵇康《四言贈兄秀才入軍》詩：“目送歸鴻，手揮五弦，俯仰自得，游心太玄。”後用“目送手揮”形容手眼並用，得心應手，或形容自得其樂。清代無名氏《青樓夢》七回；“愛芳一面命小婢添香，一面攜琴斂容，屏氣撫之，極目送手揮之妙。”蔡東藩《前漢演義》六一回：“且在井旁亦造一琴台，嘗挈文君登台彈飲，目送手揮，領略春山眉嫵。”同 手揮目送。

【目迷五色】mù mí wǔ sè《老子》：“五色令人目盲。”説顏色紛雜，使人眼花繚亂。後比喻事物錯綜複雜，難以分辨清楚。《儒林外史》四六回：“慎卿先生此一番評騭，可云至公至明；只怕立朝之後，做主考房官，又要目迷五色，奈何？”吳晗《論打手政治》：“叫人民目迷五色，搞不清真假，辨不明是非。”◇沒想到事情這麼複雜，弄得目迷五色，誰也説不出個所以然來。同 迷離恍惚。

【目無下塵】mù wú xià chén 下塵：凡庸，塵俗。形容為人高傲，看不起卑俗的人。《紅樓夢》五回：“那寶釵卻又行為豁達，隨分從時，不比黛玉孤高自許，目無下塵，故深得下人之心。”亦舒《燈火闌珊處》五：“那樣目無下塵，驕矜刁鑽的一個人，為了孩子，忽然低聲下氣。”同 孤芳自賞。

【目無王法】mù wú wáng fǎ 不把國家的法律放在眼裏。指人不受約束地胡作非為。《儒林外史》四三回：“馮君瑞是我內地生員，關係朝廷體統，他如何敢拿了去，要起贖身的價銀來？目無王法已極！”蔡東藩《前漢演義》六十回：“武帝忙問道：‘汝敢造言惑眾，難道目無王法麼？’”臥龍生《燕子傳奇》一回：“一下子殺害了數條人命，當真是目無王法了。”同 無法無天、胡作非為。反 奉公守法。

【目無全牛】mù wú quán niú《莊子·養生主》：庖丁初學宰牛時，看到的是整隻牛；三年後技術純熟了，動刀時就只看到骨肉的間隙，而“未嘗見全牛也”。後用“目無全牛”形容技藝純熟精湛、得心應手，或處事精明幹練。唐代楊承和《梁守謙功德銘》：“操利柄而目無全牛，執其吭如蒭豢悦口。”宋代黃庭堅《代韓子華回定州薛密學啟》：“某官強毅中立，沉深內明，目無全牛，刃有餘地。”清代宣鼎《夜雨秋燈錄續集·小癩子》：“所謂精者如承丈人之蜩，如運郢人之斧，如箭甘蠅之箭，胸有成竹，目無全牛。”也作“目牛無全”。晉代孫綽《遊天台山賦》：“害馬已去，世事都捐；投刃皆虛，目牛無全。”明代宋濂《演連珠》：“蓋聞民既大安則樂世如砥，策能戡亂則目牛無全。”同 爐火純青、得心應手。

【目無法紀】mù wú fǎ jì 法紀：法律和綱紀（今指法律和紀律）。不把法紀放在眼裏。形容胡作非為，無法無天。清代孫雨林《皖江血·逼供》：“且爾搗毀學堂，亦屬目無法紀。”◇即使在法治健全的社會裏，仍然有目無法紀、恣意橫行的人。同 無法無天、目無王法。反 奉公守法、遵紀守法。

【目無尊長】mù wú zūn zhǎng 不把尊長放在眼裏。形容狂妄無禮。巴金《家》三一：“她不滿意覺慧的目無尊長的態度，更不滿意覺民的反抗家長、實行逃婚的手段。”錢鍾書《圍城》二部十三：“瞞了我外面去胡鬧，一早出門，也不來請安，目無尊長，成甚麼規矩！”反 尊長愛幼。

【目無餘子】mù wú yú zǐ 餘子：其餘的人。眼睛裏沒有其他的人。形容自視甚高，不把一般人放在眼裏。蔡東藩《民國通俗演義》八回：“聽他口氣，已是目無餘子。”沙葉新《秋笳悲咽》：“吳兆騫簡傲自負，自比班揚，只看見自己鼻尖，目無餘子。”同 目中無人、目空一切。反 虛懷若谷、禮賢下士。

【目睹耳聞】mù dǔ ěr wén 親眼看見，親耳聽到。宋代耐得翁《〈都城紀勝〉序》：“僕遭遇明時，寓遊京國，目睹耳聞，殆非一日，不得不為之集錄。”《四庫全書總目提要·武林舊事》：“蓋密雖居弁山，實流寓杭州之癸辛街，故目睹耳聞，最為真確。”臥龍生《金劍雕翎》五四回：“老叫化年登古稀，目睹耳聞，見過了不少英雄人才，但卻無一人能有你這一身成就。”也作“目擊耳聞”。魯迅《而已集·黃花節的雜感》：“我又願意知道一點十七年前的三月二十九日的情形，但一時找不到目擊耳聞的耆老。”同 耳聞目睹。反 閉目塞聽。

【目擊耳聞】mù jī ěr wén 見"目睹耳聞"。

【目瞪口呆】mù dèng kǒu dāi 瞪：睜大眼睛；呆：發愣。形容因吃驚或感到奇怪而愣然愣住的樣子。元代無名氏《賺蒯通》一折："嚇得項王目瞪口呆，動彈不得。"《封神演義》九回："殷、雷二將見眾官激變，不復朝儀，嚇得目瞪口呆，不知所出。"《老殘遊記》一七回："剛弼氣得目瞪口呆。"魯迅《〈三閒集〉序言》："我是在二七年被血嚇得目瞪口呆，離開廣東的。"同 目定口呆、目瞪神呆。

【目瞪神呆】mù dèng shén dāi 瞪大眼睛，神情呆滯。形容吃驚發愣的樣子。《鏡花緣》一八回："登時驚的目瞪神呆，惟恐他們盤問，就要出醜。"◇沒等他説完，已經嚇得目瞪神呆。同 瞠目結舌、目瞪口呆。反 神氣活現、神氣十足。

【目濡耳染】mù rǔ ěr rǎn 濡：沾染。眼睛經常看到，耳朵經常聽到，不知不覺地受感染影響。唐代韓愈《清河郡公房公墓碣銘》："目擩（濡）耳染，不學以能。"宋代葛立方《韻語陽秋》卷一："王岐公被遇四朝，目濡耳染，莫非富貴，則其詩章雖欲不富貴得乎？"◇憑着當鄉長目濡耳染得到的經驗，他認為這件事很嚴重。同 耳濡目染。

【直木先伐】zhí mù xiān fá 挺直成材的樹先被砍伐。比喻剛正不阿的人容易遭受打擊。《莊子•山木》："直木先伐，甘井先竭。"宋代王禹偁《滁州謝上表》："伏望陛下思直木先伐之義，考眾惡必察之言。"◇正派人受的委屈最多，所謂直木先伐、小人得志，世道就是這麼不公平。同 直木必伐、甘井先竭。

【直抒己見】zhí shū jǐ jiàn 坦率地發表自己的意見。清代方苞《與李剛主書》："倘鑒愚誠，取平生所述訾警朱子之語，一切薙芟，而直抒己見，以共明孔子之道。"孫犁《散文的虛與實》："袁中道為他寫的這篇傳記，實事求是，材料精確，直抒己見，表示異同。"同 直言不諱。反 諱莫如深。

【直言不諱】zhí yán bù huì 諱：避忌。直截了當地説出心裏話，不加掩飾。也作"直言無諱"。《晉書•劉波傳》："臣鑒先徵，竊維今事，是以敢肆狂瞽，直言無諱。"宋代俞德鄰《贄見沿海陳制置啟》："直言不諱，君子有所恃，小人有所畏。"《兒女英雄傳》三二回："你既專誠問我，我便直言不諱。"《北洋軍閥統治時期史話》四四章："靳直言不諱地表示提名周為總長，目的在於向美國進行借款。"同 直抒己見。反 閃爍其詞。

【直言取禍】zhí yán qǔ huò 見"直言賈禍"。

【直言無諱】zhí yán wú huì 見"直言不諱"。

【直言賈禍】zhí yán gǔ huò 賈：招致。直率地説話會招惹禍難。明代朱長祚《玉鏡新譚•羅織》："吾直言賈禍，自分一死以報朝廷，不復與汝相見，故書數言以告汝。"《野叟曝言》四一回："文太夫人早知文郎必以直言賈禍，潛避至此。"也作"直言取禍"。明代王世貞《鳴鳳記•幼海議本》："下官目睹其奸，不容不奏，豈不知直言取禍？只是忠佞不兩立，甘為楊椒山的下稍耳。"同 禍從口出。

【直眉瞪眼】zhí méi dèng yǎn 豎起眉毛，瞪着眼睛。形容發怒或發呆的樣子。《紅樓夢》六二回："連司棋也都氣了個直眉瞪眼，無計挽回，只得罷了。"《兒女英雄傳》三九回："（華忠）待要得罪他兩句，又礙着主人，只氣了他個磨掌搓拳，直眉瞪眼。"管樺《一幅畫》："（年輕人）聽了導演的話，忙住口低頭瞧一眼腳底下，然後直眉瞪眼愣怔着。"同 橫眉怒目。反 和顏悦色。

【直捷了當】zhí jié liǎo dàng 見"直截了當"。

【直情徑行】zhí qíng jìng xíng 隨心所欲，憑着自己的想法照直去做。《禮記•檀弓下》："有直情而徑行者，戎狄之道也。"宋代陳亮《謝羅尚書啟》："伏念某暗於涉世，拙於謀身，直情徑行，視毀譽如風而不恤；跋前疐後，方進退維谷以堪驚。"宋代朱熹《朱子語類》卷二四："故秦興一向簡易無情，直情徑行。"清代龔自珍《春秋決事比答問》："直情徑行，比禽獸也。"柳亞子《致姜長林》："若完全脱離，則我絕對反對，因為我若直情徑行，也早就登報退出黨籍了。”同 徑情而行、徑情直遂。反 見機行事、看風使舵。

【直搗(擣)黃龍】zhí dǎo huáng lóng《宋史•岳飛傳》：“金將軍韓常欲以五萬眾內附。飛大喜，語其下曰：‘直抵黃龍府，與諸君痛飲爾！’”黃龍府：在今吉林農安，金朝的中心。後用“直搗黃龍”比喻攻陷敵人的巢穴。《清朝野史大觀•劉玄初》：“愚計此時當直擣黃龍而痛飲矣，乃阻兵不進，河上消搖，坐失機宜。”◇大家立功心切，恨不能直搗黃龍，徹底殲滅湘西土匪。同 痛飲黃龍、長驅直入。反 步步為營、窮寇勿追。

【直截了當】zhí jié liǎo dàng 形容言語或行動乾脆爽快，不繞彎子。也作“直捷了當”。清代馮桂芬《再啟李宮保》：“奏疏體裁以直截了當為貴。”《鏡花緣》六五回：“紫芝姊妹嘴雖利害，好在心口如一，直截了當，倒是一個極爽快的。”《孽海花》三四回：“一樣的犧牲，與其做委屈的犧牲，寧可直捷了當的做一次徹底的犧牲。”◇說穿了就是賣官鬻爵，他直截了當點中要害。同 簡截了當。反 拐彎抹角。

【盲人摸象】máng rén mō xiàng《大般涅槃經》卷三二：“爾時大王即喚眾盲各各問言：‘汝見象耶？’眾盲各言：‘我已得見。’王言：‘象為何類？’其觸牙者即言象形如蘆菔根，其觸耳者言象如箕，其觸頭者言象如石，其觸鼻者言象如杵，其觸腳者言象如木臼，其觸脊者言象如牀，其觸腹者言象如甕，其觸尾者言象如繩。”幾個瞎子摸一頭象，說到象形，各執己見。後用“盲人摸象”比喻看問題以點代面，以偏概全。魯迅《且介亭雜文末編•“這也是生活”》：“於是所見的人和事，就如盲人摸象，摸着了腳，即以為象的樣子像柱子。”同 盲人說象、瞎子摸象。反 一目了然、了如指掌。

【盲人說象】máng rén shuō xiàng 比喻看問題以點代面，以偏概全。參見“盲人摸象”。元代黃溍《書袁通甫詩後》：“吾儕碌碌，從俗浮沉，與先生相去遠甚，而欲強加評品，正如盲人說象。”同 盲人摸象。

【盲人瞎馬】máng rén xiā mǎ《世說新語•排調》：“盲人騎瞎馬，夜半臨深池。”比喻不明情況，胡闖亂撞，處境危險。梁啟超《論教育當定宗旨》：“今乃以亂彈之曲，魚目之珠，盲人瞎馬，夜半臨池，天下可悲可懼之事，安有過此者耶！”魯迅《華蓋集•北京通信》：“然而向青年說話可就難了，如果盲人瞎馬，引入危途，我就該得謀殺許多人命的罪孽。”同“盲人騎瞎馬，夜半臨深池”、“盲人瞎馬，夜半臨池”。反 一清二楚、了如指掌。

【相反相成】xiāng fǎn xiāng chéng《漢書•藝文志》：“仁之與義，敬之與和，相反而皆相成也。”說相互對立的事物，相互依賴又相互促成。清代魏源《默觚•治篇六》：“相反相成狷與狂，相嘲相得惠與莊。”朱自清《論嚴肅》：“一方面攻擊‘文以載道’，一方面自己也在載另一種道。這正是相反相成。”反 相輔相成。

【相去無幾】xiāng qù wú jǐ 去：距。《老子》二十章：“惟之與阿，相去幾何？美之與惡，相去何若？”後用“相去無幾”、“相差無幾”形容區別很小，相差不大。宋代蘇軾《乞不給散青苗錢斛狀》：“二者皆非良法，相去無幾也。”老舍《四世同堂》一五：“他覺得父母的墳頭前後左右都有些青青的麥苗或白薯秧子，也就和樹木的綠色相差無幾，而死鬼們大概也可以滿意了。”同 相去咫尺。反 相去天淵。

【相生相剋】xiāng shēng xiāng kè 剋：限制、制約。古人認為宇宙由金、木、水、火、土五種物質構成，它們相互間既相合相濟，又互相制約。如木生火，火生土，水剋火，火剋金等。《五燈會元》卷四六：“便有五行金木，相生相剋。”《說岳全傳》七九回：“五色旗，按金木水火土，相生相剋。”郭沫若《〈侈靡篇〉的研究》：“五行的相生相剋，本來都是從自然現象引導出來的，它的原始觀點並非唯心的胡謅。”反 相輔相成。

【相安無事】xiāng ān wú shì 相處和睦，

沒有矛盾衝突。宋代鄧牧《伯牙琴•吏道》：“古者君民間相安無事者，固不得無吏，而為員不多。”《文明小史》二回：“倘遇地方官撫循得法，倒也相安無事。”聞一多《關於儒、道、土匪》：“他不曉得當年的秩序本就是一個暫時的假秩序，當時的相安無事是沾了那特殊情形的光。”反 龍爭虎鬥。

【相形失色】 xiāng xíng shī sè 和同類的事物比較起來，就差得多了。相形：對照。失色：失去光彩。◇他卓越的管理能力，令一班同事相形失色。同 相形見絀、相形見拙。

【相形見絀】 xiāng xíng jiàn chù 絀：不足。和同類的事物相比，就顯出遜色不足了。《歧路燈》一四回：“原來譚紹文……見婁樸，同窗共硯，今日相形見絀，難說心中不鼓動麼？”《二十年目睹之怪現狀》九十回：“他一個部曹，戴了個水晶頂子去當會辦，比着那紅藍色的頂子，未免相形見絀。”同 相形失色、相形見拙。反 技高一籌、等而上之。

【相見恨晚】 xiāng jiàn hèn wǎn 為相識晚了而深感遺憾。《史記•平津侯主父列傳》：“天子召見三人，謂曰：‘公等皆安在？何相見之晚也！’”後用“相見恨晚”形容彼此十分投緣，一見如故。宋代方千里《六幺令》詞：“當時相見恨晚，彼此縈心目。”清代湘靈子《軒亭寃》五齣：“女界偉人，久震耳鼓，真相見恨晚了。”馮玉祥《我的生活》三七章：“見其風采言談態度，無不使我敬慕，大有相見恨晚之情。”同 相逢恨晚、相知恨晚。反 反目成仇、視如寇仇。

【相見無日】 xiāng jiàn wú rì 再難有見面的一天了。暗含面臨阻滯、災禍或不祥之兆的意思。宋代洪邁《夷堅甲志•倪輝方技》：“紹興二年冬，虞之子並甫過輝，輝曰：‘與君相見無日矣。’”◇此地一別，天涯海角，相見無日，二人不禁潸然淚下。反 邂逅相逢、他鄉遇故知。

【相忍為國】 xiāng rěn wèi guó 以忍讓的精神治國，或為了國家利益而銜屈忍讓。《左傳•昭公元年》：“魯以相忍為國也，忍其外，不忍其內，焉用之。”◇為了團結對外，他相忍為國，不計個人所受的屈辱，一忍再忍。

【相依為命】 xiāng yī wéi mìng 晉代李密《陳情表》：“臣無祖母，無以至今日；祖母無臣，無以終餘年。母孫二人，更相為命。”說互相依靠着生活，誰也離不開誰。宋代文天祥《齊魏兩國夫人行實》：“先公不幸即世，璧兄弟扶柩歸先廬，先夫人號痛欲絕。爾後與繼祖母相依為命。”明代歸有光《默齋先生六十壽序》：“寡母幼弟，相依為命。”《聊齋誌異•王成》：“小人無恆產，與相依為命，不願售也。”同 相與為命、相倚為命。反 形單影隻、形影相弔。

【相沿成俗】 xiāng yán chéng sú 沿襲過去的作法或習氣，一直傳承下來，成為遵循的慣例和習俗。也作“相沿成習”。明代沈德符《野獲編•內臣妾抗疏》：“成化十二年，太監常英藏匿妖人侯得權妻以為養女，後謀逆事發被誅。蓋其實內臣有妻女相沿成俗矣。”《東周列國誌》九三回：“龍舟競渡之戲，亦因拯救屈原而起，至今自楚至吳，相沿成俗。”清代顧祿《桐橋倚棹錄》卷一二：“凡治具招攜，必先期折柬，上書‘水窗候光，舟泊某處，舟子某人’。”《慈禧前傳》：“這雖有假公濟私之嫌，相沿成習，變做軍機章京的一種特權。”同 相沿成例、相習成風。

【相沿成習】 xiāng yán chéng xí 見“相沿成俗”。

【相持不下】 xiāng chí bù xià 雙方對峙，勢均力敵，分不出勝負。《史記•淮陰侯列傳》：“燕、齊相持而不下，則劉、項之權未有所分也。”《魏書•裴延儁傳》：“時南絳蜀陳雙熾等聚眾反，自號建始王，與大都督長孫稚、宗正珍孫等相持不下。”《民國通俗演義》八十回：“直隸議員籍忠寅，主張守舊，湖北議員劉成禺，主張維新，彼此相持不下。”反 一決雌雄。

【相映成趣】 xiāng yìng chéng qù 互相映襯、對照，更添情趣。◇池塘裏的綠萍紅蓮相映成趣／他的國畫掛左邊，她的書法掛右邊，夫妻二人的作品相映成趣。

【相時而動】xiāng shí ér dòng 看準有利時機而後再採取行動。《左傳•隱公十一年》："禮，經國家、定社稷、序民人、利後嗣者也……度德而處之，量力而行之，相時而動，無累後人，可謂知禮矣。"《紅樓夢》四回："豈不聞古人有：'大丈夫相時而動'，又曰'趨吉避凶者為君子'。"也作"相機而動"、"相機行事"。《二刻拍案驚奇》卷一七："前日魏杜兩兄臨別時，也教孩兒進京去，可以相機行事。"《東周列國誌》六九回："宜剛宜柔，相機而動。"《老殘遊記》五回："那有一準的法子呢！只好相機行事，做到那裏說那裏話罷。"李六如《六十年的變遷》一一章："我看這次北伐，只有相機行事。"同 相機而行。

【相差無幾】xiāng chā wú jǐ 見"相去無幾"。

【相得甚歡】xiāng dé shèn huān 相處得很融洽，非常歡欣愉快。《史記•魏其武安侯列傳》："兩人相為引重，其遊如父子然，相得甚歡。"《舊五代史•張全義傳》："二人初相得甚歡，而至是求取無厭，動加淩轢，全義苦之。"《聊齋誌異•江城》："逾歲，擇吉迎女歸，夫妻相得甚歡。"同 情同手足。反 反目成仇。

【相得益彰】xiāng dé yì zhāng 漢代王褒《聖主得賢臣頌》："若堯舜禹湯文武之君，獲稷契皋陶伊尹呂望之臣，明明在朝，穆穆列佈，聚精會神，相得益章(彰)。"說互相配合、補充，更能發揮雙方的長處和優點。彰：明顯。清代周亮工《〈袁周合刻稿〉序》："先生有得賢之譽，弟子獲稽古之榮，發聲揚烈，相得益彰。"清代孫士毅《〈事物異名名錄〉序》："慈溪厲明府靜薌先生原輯，晉軒學使關前輩增纂而釐定之者……真兩賢相得益彰也。"吳晗《社會賢達考》："從這一歷史故實看，作官和作隱士並不衝突，而且相得益彰。"

【相提並論】xiāng tí bìng lùn《史記•魏其武安侯列傳》："相提而論，是自明揚主上之過。"說把不同的人或事放在一起來看待或評論。清代王蘊章《碧血花•弔烈》："微波先歸蔡香君，後降張獻忠，節慚冰霜，死輕螻蟻，比着這蕊芳夫妻殉節，含笑同歸，怎能夠相提並論呢？"章炳麟《箴新黨論》："若與漢唐宋明之黨人相提並論，不亦輕中國而羞泉下之朽骸耶？"◇怎能把孔夫子與釋迦牟尼的思想觀念扯到一塊兒相提並論呢，？同 相提而論、等量齊觀。反 不可同日而語。

【相敬如賓】xiāng jìng rú bīn《左傳•僖公三十三年》記載：晉國的臼季出使他國，途經冀，見冀缺在鋤草，妻子送飯給他，"敬，相待如賓"。彼此尊敬，有如對待賓客一樣。後用"相敬如賓"形容夫妻互相尊敬、平等相待。《後漢書•龐公傳》："居峴山之南，未嘗入城府。夫妻相敬如賓。"元代柯丹丘《荊釵記•合巹》："夫妻交拜，相敬如賓。"《警世通言•范鰍兒雙鏡重圓》："自此夫婦和順，相敬如賓。"同 相待如賓、舉案齊眉。反 惡言惡語、惡語相加。

【相煎何急】xiāng jiān hé jí 煎：逼迫。《世說新語•文學》："文帝（曹丕）嘗令東阿王（曹植）七步中作詩，不成者行大法，應聲便為詩曰：'煮豆持作羹，漉菽以為汁。萁在釜下燃，豆在釜中泣。本自同根生，相煎何太急。'帝深有慚色。"後用"相煎何急"說對自己人加緊迫害。多用於兄弟間。清代傷時子《蒼鷹擊•株連》："是同根相煎何急。"◇見到朋友的子弟為爭遺產，打得不可開交，直鬧出買兇殺人的事來，大歎本是同根，相煎何急！

【相輔相成】xiāng fǔ xiāng chéng 二者協力配合，取長補短，相互促進，從而達到目的。梁啟超《初歸國演說辭》："二派所用手段雖有不同，然何嘗不相輔相成。"◇他的詩歌與他的散文，相輔相成，兼讀二者更能發掘他的語言藝術的內涵。同 相輔而成。反 相反相成。

【相貌堂堂】xiàng mào táng táng 堂堂：高大的樣子。形容身材魁偉，儀表端正。《三國演義》五二回："第二要相貌堂堂，威儀出眾。"《西遊記》五四回：

"御弟相貌堂堂，丰姿英俊，誠是天朝上國之男兒，南贍中華之人物。"《説岳全傳》五一回："但見伍尚志威風凜凜，相貌堂堂。"反 猴頭縮腦。

【相機而動】xiāng jī ér dòng 見"相時而動"。

【相機行事】xiāng jī xíng shì 見"相時而動"。

【相親相愛】xiāng qīn xiāng ài 關係親密，感情深厚。明代王世貞《鳴鳳記·拜謁忠靈》："自幼往往來來，嘻嘻哈哈，同眠同坐，相親相愛。"清代吳趼人《情變》五回："想起昨天晚上還是有説有笑，相親相愛，何等有趣，今天晚上變了這個情形。"《好逑傳》七回："這一席酒，飲了有一個更次，説了有千言萬語，彼此相親相愛，不啻至交密友。"反 視若寇仇、刻骨仇恨。

【相濡以沫】xiāng rú yǐ mò《莊子·大宗師》："泉涸，魚相與處於陸，相呴以濕，相濡以沫。"呴：吹氣；濡：沾濕；沫：口沫。説泉水乾涸，魚用口沫互相濕潤求生。比喻在困境中互相救助，共渡難關。梁啟超《外債平議》："或低首下心，求其民之相濡以沫。"張賢亮《靈與肉》四："那裏有他相濡以沫的妻子和女兒。"同 同舟共濟、患難相扶。反 乘人之危、趁火打劫。

【相顧失色】xiāng gù shī sè 由於驚恐或詫異，互相對看着，臉都變色了。唐代司空圖《唐宣州王公行狀》："及聞涓敗，相顧失色。"《舊五代史·段希堯傳》："使於吳越，及乘舟泛海，風濤暴起，楫師僕從，皆相顧失色。"《雲笈七籤》卷一一三："五人相顧失色，悔飲其酒。"《黑暗舞者》："面對突如其來的檢查，那黑夜裏的舞者相顧失色。"反 相視而笑。

【省吃儉用】shěng chī jiǎn yòng 生活上節儉不浪費。宋代龔明之《中吳紀聞》卷六："（明之）曾附益黃山谷語，以省吃儉用，號'五休居士'。"《二刻拍案驚奇》卷二二："雖不及得盛三時，卻是省吃儉用……衣食盡不缺了。"《儒林外史》四七回："虞華軒在家省吃儉用，積起幾兩銀子。"同 節衣縮食、克勤克儉。反 大手大腳、鋪張奢靡。

【看人行事】kàn rén xíng shì 針對不同的人、不同的情況，區別對待，不一概而論。《小五義》八三回："他這個黑店與別人不同，不是進來就死，看人行事。"老舍《離婚》："大概他也看人行事，咱平日不招惹他，他怎好意思趕盡殺絕。"同 見機行事、看人下菜碟。反 一概而論、等量齊觀。

【看人眉眼】kàn rén méi yǎn 見"看人眉睫"。

【看人眉睫】kàn rén méi jié 看別人的意旨和臉色行事。比喻做事不能自主，屈從於人。也作"看人眉眼"。《宋史·李垂傳》："今已老大，見大臣不公，常欲面折之，焉能趨炎附勢，看人眉睫，以冀推挽乎？"◇辭職後他感到如飛出樊籠，從此再也不看人眉睫了。

【看朱成碧】kàn zhū chéng bì 把紅色看成了青綠色。形容因內心昏亂、眼花而不辨五色，或受蒙蔽而不分是非。南朝梁王僧孺《夜愁示諸賓》："誰知心眼亂，看朱忽成碧。"唐代劉禹錫《贈眼醫婆羅門僧》："兩目今先暗，中年似老翁。看朱漸成碧，羞日不禁風。"宋代張耒《少年遊》詞："看朱成碧心迷亂，翻脈脈，斂雙蛾。"◇人只要心有定譜，就不會人云亦云，更不會黑白顛倒看朱成碧。同 看碧成朱。反 心明眼亮。

【看風使帆】kàn fēng shǐ fān 按照風向轉動船帆。形容見機行事，處世圓滑。宋代釋維白《續使燈錄·東京法雲寺法秀圓通禪師》："看風使帆，正是隨波逐浪。"◇看風使帆，隨風轉舵，如今這種人太多了。同 見風使帆、見風使舵。反 我行我素、固執己見。

【看風使船】kàn fēng shǐ chuán 隨着風向掌控船的航向。形容隨機應變，處世圓滑。《西湖佳話·斷橋情跡》："老娘是個走千家，踏萬戶，極聰明的人，須看風使船，且待他口聲如何。"同 看風轉舵。

【看風使舵】kàn fēng shǐ duò 隨着風向的變化來轉動船舵。比喻見機行事，隨機應變。多含貶義。《野叟曝言》五九回："休説奴隸之輩得勢則聚若蠅蚊，失勢則散若鳥獸，甚至賣主求榮者頗多，即衣冠名教中，講説道學、誇談經濟者，少甚麼看風使舵，臨危下井之人？"◇她那人可會看風使舵了，跟她打交道要倍加小心。同 看風使船、見風駛船。

【看風駛篷】kàn fēng shǐ péng 隨着風向轉動船帆，把握航向。形容處世圓滑。茅盾《子夜》："傻孩子，這也要問呀，要你自己看風駛篷"。同 看風使船。

【看風轉舵】kàn fēng zhuǎn duò 依照風向轉動船舵，改變航向。形容隨機應變，處世圓滑。老舍《老張的哲學》："看風轉舵，主意多着呢！"◇見人説人話，見鬼説鬼話，看風轉舵，心機狡詐，此人可不容易對付！同 見風轉舵。

【看破紅塵】kàn pò hóng chén 原指出家人或隱士看穿人世，厭棄現實。現多指喪失生活熱情，態度消極。紅塵：繁華的人間，泛指人世。元代王子一《誤入桃源》一折："我本為厭透紅塵跳樊籠，只待要撥開雲霧登丘隴，身世外無擒縱。"《鏡花緣》四三回："他明明看破紅塵，貪圖仙景，任俺尋找總不出來。"◇他最頭疼處理複雜的人際關係，加上早已看破紅塵，最近竟提早退休住到鄉下去了。同 超然物外、四大皆空。反 和光同塵、隨波逐流。

【看家本事】kān jiā běn shì 見"看家本領"。

【看家本領】kān jiā běn lǐng 擅長、獨到的本事。舊時多指武術。也作"看家本事"。《兒女英雄傳》六回："這一着叫做'連環進步鴛鴦招'，是這姑娘的一樁看家本領，真實的藝術。"◇唱山歌是她的看家本領，在這寨子裏沒人能比。同 獨擅勝場、獨步一時。

【看菜吃飯】kàn cài chī fàn 菜有多少就吃多少飯。比喻根據實際情況處理問題。◇"看菜吃飯，量體裁衣"，這是常理，做甚麼事都要看情況辦理。同 量體裁衣、因事制宜。

【看景生情】kàn jǐng shēng qíng ❶ 指從觀察揣摸到的情況，窺伺、尋找某種機會。《二刻拍案驚奇》卷一六："毛烈也曉得陳祈有三個幼弟，獨掌着家事，必有欺心之病，他日在裏頭看景生情，得些漁人之利。"❷ 因眼前的情景而引發出的某種感情。多指思念、懷舊、感慨之類。◇人是有想法、有感情的，因此才會看景生情。同 觸景生情、即景生情。反 心如槁木、無動於衷。

【眉目如畫】méi mù rú huà 眉目：指容顏。眉毛和眼睛像畫中人一般，長得十分漂亮。《後漢書·馬援傳》："為人明鬚髮，眉目如畫。"《南史·順帝紀》："帝姿貌端華，眉目如畫，見者以為神人。"《歧路燈》一回："王氏又生一子……面似滿月，眉目如畫，夫婦甚是珍愛。"同 眉眼如畫、眉清目秀。

【眉目傳情】méi mù chuán qíng 以眼神向對方傳遞情意。多指用眼色示愛。也作"眉眼傳情"。元代王實甫《西廂記》三本一折："減了相思樣子，咱眉眼傳情未了時。"《紅樓夢》六四回："因而乘機百般撩撥，眉目傳情。"

【眉花眼笑】méi huā yǎn xiào 眉間像開了朵花，眼含笑意。形容高興歡快的表情。也作"眉開眼笑"、"眉歡眼笑"。元代王實甫《西廂記》二本二折："彼見昨日驚魂動魄，今日眉花眼笑。"《金瓶梅詞話》三四回："把個婆子喜的眉歡眼笑。"《紅樓夢》一一九回："劉姥姥聽説，喜的眉開眼笑，去給巧姐兒道喜。"《儒林外史》二一回："將兩本書拿到燈下一看，不覺眉開眼笑，手舞足蹈的起來。"同 喜眉笑眼。反 愁眉苦臉。

【眉來眼去】méi lái yǎn qù ❶ 以眉眼示意，傳遞情義或愛慕之心。宋代羅燁《醉翁談錄·張氏夜奔呂星哥》："眉來眼去，魄散魂飛。"元代貫雲石《鬥鵪鶉·佳偶》曲："見他眉來眼去，俺早心滿願足。"明代周楫《西湖二集·吹鳳簫女誘東牆》："如此幾日，漸漸相熟，彼此凝望，眉來眼去。"老舍《四世同堂》二三："不能學那些'自由'的娘們那種和男人眉來眼去的醜相。"❷ 形容暗中串通勾結。魯彥周《廖仲愷》二八："也有的和軍閥、帝國主義眉來眼去，暗中勾勾搭搭。”◇我發覺他和那間跨國公司的經理眉來眼去，你可要防他一手，我怕他會出賣公司的利益！同 暗送秋波。

【眉飛色舞】méi fēi sè wǔ 形容高興或得意的神情。《兒女英雄傳》二八回：“老夫妻只樂得眉飛色舞，笑逐顏開的。”《官場現形記》三二回：“余藎臣一聽‘明保’二字，正是他心上最為關切之事，不禁眉飛色舞。”許地山《黃昏後》：“這老人家在燈光之下說得眉飛色舞。”同 眉開眼笑、眉花眼笑。反 愁眉苦臉、愁眉不展。

【眉高眼低】méi gāo yǎn dī 也作“眉眼高低”。❶ 形容臉色上顯現出來的疏遠冷落或傲慢、鄙視、不歡迎的態度。明代張四維《雙烈記·計遣》：“大丈夫……怎肯受你家眉高眼低，乾言濕語。”《初刻拍案驚奇》二九回：“趙琮夫妻兩個，不要說看了別人許多眉高眼低，只是父母身邊，也受多少兩般三樣的怠慢。”❷ 形容能隨機應變，機巧行事。《紅樓夢》二七回：“只是跟着奶奶，我們學些眉眼高低，出入上下，大小的事兒，也得見識見識。”《三俠五義》三二回：“慢說走路，甚麼處兒的風俗，遇事眉高眼低，那算瞞不過小人的了。”《官場相》：“在為官的幾十年生涯中，世態炎涼看夠了，爾虞我詐看多了，自己也免不了在眉高眼低中討生活。”

【眉眼高低】méi yǎn gāo dī 見“眉高眼低”。

【眉眼傳情】méi yǎn chuán qíng 見“眉目傳情”。

【眉清目秀】méi qīng mù xiù 形容相貌清秀俊美。元代無名氏《合同文字》一折：“有個孩兒喚做安住，今年三歲，生得眉清目秀，是好一個孩兒也。”《初刻拍案驚奇》卷三三：“張員外見他生得眉清目秀，乖覺聰明，滿心歡喜。”靳以《生存》：“令郎真是眉清目秀，一派福相。”同 明眉大眼、疏眉朗目。反 鷹鼻鷂眼、賊眉鼠目。

【眉開眼笑】méi kāi yǎn xiào 見“眉花眼笑”。

【眉歡眼笑】méi huān yǎn xiào 見“眉花眼笑”。

【真才實學】zhēn cái shí xué 真正的才能和扎實的學問。宋代曹彥約《辭免兵部侍郎兼修史恩命申省狀》：“兩史院同修之官，亦必自編修、檢討而後序進，更須真才實學，乃入茲選。”《水滸傳》二九回：“這一撲有名，喚做‘玉環步，鴛鴦腳’——這是武松平生的真才實學，非同小可。”◇有真才實學的人，不怕找不到稱心如意的工作。

【真心誠意】zhēn xīn chéng yì 見“真心實意”。

【真心實意】zhēn xīn shí yì 形容對人真誠，沒有絲毫虛假。宋代曾覿《柳梢青·山林堂席上以主人之意解嘲》詞：“倡條冶葉無情，猶為他，千思萬憶。擄恁當初，真心實意，如何虧得？”也作“真心誠意”、“真情實意”。明代李贄《焚書·豫約》：“勸爾等勿哭勿哀，而我復言之哀哀？真情實意，固自不可強也！”《歧路燈》二八回：“又連各色小事件，扣算只費二千金，這也是他們大商真心誠意置買。”◇只有真心實意，不虛偽不做作，才能換取真誠的友誼和信任。同 真心真意、誠心誠意。反 虛情假意、真假莫辨。

【真知灼見】zhēn zhī zhuó jiàn 正確深刻的認識和透徹高明的見解。明代王直《題郤封禪頌藁後》：“皇上聖性高明，真知灼見，足以破千古之謬。”清代江藩《漢學師承記·顧炎武》：“多騎牆之見，依違之言，豈真知灼見者哉！”◇了無真知灼見的所謂論文，“文”可以稱，“論”談不上。同 真知卓見。反 井蛙之見。

【真相大白】zhēn xiàng dà bái 事情的真實情況一清二楚了。華而實《漢衣冠》三回：“把話說清楚，真相大白之後，是生是死，聽你吩咐，我絕不眨眼。”◇直到最近文件解密之後，這件事才真相大白。同 水落石出。反 雲遮霧障、雲遮霧罩。

【真偽莫辨】zhēn wěi mò biàn 是真是假分辨不清。《隋書·經籍志一》：“戰國縱橫，真偽莫辨，諸子之言，紛然淆亂。”魯迅《華蓋集續編·馬上支日記》：“上午，空六來談；全談些報紙上所載的事，真偽莫辨。”同 真假難辨。反 真相大白。

【真情實意】zhēn qíng shí yì 見“真心實意”。

【真憑實據】zhēn píng shí jù 真實可靠的憑據、證據。《官場現形記》一五回：“後頭一幫人，也是沒有真憑實據的，看見前頭的樣子，早已膽寒。”《二十年目睹之怪現狀》一五回：“這方子上都蓋有他的姓名圖章，是個真憑實據。”田漢《江漢漁歌》：“因為他給敵人傳遞軍情，他是一個有真憑實據的漢奸。”反 查無實據。

【眠花宿柳】mián huā sù liǔ 嫖妓女，宿妓院，尋花問柳。花、柳：代指娼妓。也作“眠花卧柳”。元代無名氏《翫江亭》三折：“你則待要玩水遊山，怎如俺眠花卧柳。”《金瓶梅詞話》一回：“自父母雙亡後，專一在外眠花宿柳，惹草招風。”《紅樓夢》四七回：“那柳湘蓮，賭博吃酒，以至眠花卧柳，吹笛彈箏，無所不為。”《三俠五義》四四回：“只因他愛眠花宿柳，自己起了個外號，叫花花太歲。”同 尋花問柳、沾花惹草。

【眼花撩亂】yǎn huā liáo luàn 見“眼花繚亂”。

【眼花繚亂】yǎn huā liáo luàn 也作“眼花撩亂”。❶ 紛亂斑斕的色彩、美麗耀眼的人或雜陳的物品等，叫人看得恍惚迷離。元代王實甫《西廂記》一本一折：“顛不剌的見了萬千，似這般可喜娘的龐兒罕曾見，則着人眼花撩亂口難言，魂靈兒飛在半天。”魯迅《故事新編·理水》：“艙裏鋪着熊皮、豹皮，還掛着幾副弩箭，擺着許多瓶罐，弄得他眼花繚亂。”冰心《笑》：“轉過身來，忽然眼花繚亂，屋子裏別的東西都隱在光雲裏；一片幽輝，只浸着牆上畫中的安琪兒。”❷ 遇到紛繁、驚異的事物，讓人辨識不清或感到暈頭暈腦。《兒女英雄傳》六回：“安公子此時嚇得眼花繚亂，不敢出聲。”《儒林外史》二十回：“匡大被他這一番話說得眼花繚亂，渾身都酥了，一總都依他說。”周而復《上海的早晨》第一部九：“秦媽媽想起往日那些錯綜複雜的鬥爭，使人眼花繚亂，不容易立刻看出內在的真像。”同 眼花心亂。

【眼明手快】yǎn míng shǒu kuài 眼力好，動作快，反應敏捷。《水滸傳》一七回：“何濤自從領了這件公事，晝夜無眠，差下本管眼明手快的公人，去黃泥岡上往來緝捕。”《二十年目睹之怪現狀》二回：“到了此時，我方才佩服那廣東人的眼明手快，機警非常。”李劼人《天魔舞》一七章：“這也得眼明手快比較內行的人，才行啊！”同 眼疾手快。

【眼明心亮】yǎn míng xīn liàng 漢代王充《論衡·佚文篇》：“孟子相人以眸子焉，心清而眸子瞭。”眸（móu）子：瞳仁。瞭：眼珠明亮。後用“眼明心亮”形容看問題敏銳，能明辨是非。◇他覺得幾個人一同去，才眼明心亮，不會上當受騙。同 明察秋毫、洞若觀火。反 稀裏糊塗、蒙昧無知。

【眼高手低】yǎn gāo shǒu dī 眼界高，想達到的高，而實際做事的能力低。巴金《談〈憩園〉》：“這個人自命不凡，眼高手低，自以為比甚麼人都清高，卻靠着父親留下的將近一千畝田的遺產過安閒日子。”◇志大才疏，想入非非，眼高手低，這就是她的特點。同 志大才疏。

【眼觀六路】yǎn guān liù lù 眼睛看到四面八方。形容機智靈敏，觀察仔細，瞭解掌握情況。《歧路燈》四三回：“我不是笨人，眼觀六路，耳聽八方，不如咱走吧。”老舍《趙子曰》四：“要是沒有一種眼觀六路，耳聽八方，到處顯出精明強幹的能力，任憑你有天好的本事，滿肚子的學問，至好落個‘老好’，或毫不客氣叫你‘傻蛋’！”同 洞若觀火。反 閉目塞聽。

【眾口一詞（辭）】zhòng kǒu yī cí 眾多的人都講一樣的話。表示看法或見解相同。宋代歐陽修《論議濮安懿王典禮箚子》：“眾口一辭，紛然不正。”元代鄭光祖《周公攝政》一折：“天降災三年不雨，民失業四海逃生；聽眾口一詞可伐，會諸侯八百來盟。”《好逑傳》一三回：“邊帥惱他，暗暗將前後左右的兵將俱撤回，使他獨立無援，苦戰了一日，不曾取勝，因眾口一詞報他失機，竟拿了下獄。”梁啟超《變法通議•論變法不知本原之害》：“眾口一詞，不可勝辨。”同 眾口同聲。反 眾說紛紜。

【眾口紛紜】zhòng kǒu fēn yún 見“眾說紛紜”。

【眾口難調】zhòng kǒu nán tiáo 調：調和。❶ 眾人的口味不同，很難調配得人人都滿意。《五燈會元•廬山開先善暹禪師》：“問：‘一雨所潤，為甚麼萬木不同？’師曰：‘羊羹雖美，眾口難調。’”◇今天請同學來聚餐，俗話說眾口難調，大家說說，我們都做甚麼菜？❷ 比喻很難將大家的意見協調一致，或比喻做事難以讓大家都滿意。《封神演義》一六回：“比干見眾口難調，又見子牙拿住婦人手不放，比干問曰：‘那姜尚，婦人已死，為何不放他手，這是何說？’”《兒女英雄傳》二五回：“（安老夫妻）心裏未嘗不慮到日後有個人說長道短，眾口難調，只是他二位是一片仁厚心腸，只感念姑娘救了自己的兒子，延了安家的宗祀。”同 眾口不一、莫衷一是。反 眾口一辭、如出一轍。

【眾口鑠金】zhòng kǒu shuò jīn 眾人說起來都是一個論調，足以熔化金屬。形容輿論的影響很大，或輿論可顛倒是非，弄假成真。《國語•周語下》：“眾心成城，眾口鑠金。”《史記•張儀列傳》：“臣聞之：積羽沉舟，群輕折軸，眾口鑠金，積毀銷骨。”明代姜南《投甕隨筆•逐日表語》：“昔日位居黃閣，眾口鑠金；此時身謝朱崖，蔓草縈骨。”魯迅《三閒集•述香港恭祝聖誕》：“群言淆亂，異說爭鳴；眾口鑠金，積非成是。”同 積言銷骨、積毀銷骨。反 無可非議、無可爭辯。

【眾目睽睽】zhòng mù kuí kuí 睽睽：睜大眼睛看着。形容大家都在注視着、都在注意着。清代方履籛《鄧完白先生墓表》：“片羽僅存，眾目睽睽。”朱自清《槳聲燈影裏的秦淮河》：“在眾目睽睽之下，這兩種思想在我心裏最為旺盛。”沙汀《困獸記》一一：“這是一個特殊地帶，客人多半是年輕知識分子，女眷們也常進來坐坐，因而成了一個眾目睽睽的所在。”同 萬目睽睽。反 踽踽獨行、獨來獨往。

【眾矢之的】zhòng shǐ zhī dì 成為眾人攻擊、仇視、嘲弄的目標。的：箭靶。魯迅《朝花夕拾•瑣記》：“那時為全城所笑罵的是一個開得不久的學校，叫作中西學堂，漢文之外，又教些洋文和算學。然而已經成為眾矢之了。”◇她的倔強和直率，使她成了眾矢之的 / 再鬧下去，非成眾矢之的不可，要見好就收，適可而止。反 眾望所歸、眾星捧月。

【眾志成城】zhòng zhì chéng chéng《國語•周語下》：“眾心成城，眾口鑠金。”大家一條心，就像城池一樣堅固，力量無比強大。宋代周麟之《趙善繼除直秘閣制》：“傳曰：眾志成城。又曰：保民以德，不以城爾。其思所以敷德惠，固民心。”清代趙翼《擬老杜〈諸將〉》詩：“眾志成城百戰場，直同疏勒守危疆。”章炳麟《統一黨獨立宣言》：“本黨宣告獨立，眾志成城。”同 眾心成城。反 身單力孤、單槍匹馬。

【眾所周知】zhòng suǒ zhōu zhī 大家全都知道。周：普遍。宋代包拯《請選用提轉長吏官》：“如江西路劉緯、利州路李熙輔，皆智識庸昧，眾所共知，其提點刑獄，亦未甚得人。”章炳麟《致臨時大總統書》：“彼黨以康梁為魁帥，棄明趨暗，眾所周知。”袁靜《伏虎記》五四回：“小秀才的表演是眾所周知，人所公認的，只是報了個題目，就贏得了一陣掌聲。”同 家喻戶曉、有目共睹。反 鮮為人知、一無所知。

【眾星拱月】zhòng xīng gǒng yuè 好像眾多星辰環繞着月亮一樣。《論語•為政》：“為政以德，譬如北辰，居其所而眾星共之。”共：同“拱”。後以“眾星拱月”、“眾星捧月”比喻多物圍繞一物或眾人擁戴一個威望高的人。老舍《四世同堂》七：“乘着他還能蹦蹦跳跳的，乘着這個改朝換代的時機，咱們得眾星捧月，把他抬出去！”◇送給她的那枚鑽戒，中間是一粒精光四射的大鑽石，周圍眾星拱月一般鑲着十粒藍寶石。反 眾矢之的。

【眾星捧月】zhòng xīng pěng yuè 見“眾星拱月”。

【眾叛親離】zhòng pàn qīn lí 眾人反對，親信背離。形容不得人心，陷入孤立無援的境地。《左傳•隱公四年》：“夫州吁阻兵而安忍，阻兵無眾，安忍無親，眾叛親離，難以濟矣。”阻兵：依仗武力。安忍：安於做殘忍的事。濟：成功。《晉書•苻堅載記下》：“夫差淫虐，孫皓昏暴，眾叛親離，所以敗也。”明代沈采《千金記•代謝》：“立見英雄起漢邦，眾叛親離誰敢當，不笑秦亡笑楚亡。”徐鑄成《報海舊聞•武人“末路”》：“袁世凱做了八十三天的皇帝夢，舉國聲討，眾叛親離，慚恨而死。”同 孤家寡人、分崩離析。反 精誠團結、眾望所歸。

【眾怒難犯】zhòng nù nán fàn 不可觸犯眾人，激起眾人憤怒的事不能做。《左傳•襄公十年》：“眾怒難犯，專欲難成，合二難以安國，危之道也。”《宋史•上官正傳》：“正婞直而失於謙和，每謗書至，朕雖力與明辯，然眾怒難犯，恐其不能自全。”《老殘遊記》一回：“你們來意甚善，只是眾怒難犯，趕快回去罷。”同 眾怒難犯，專欲難成。

【眾望攸歸】zhòng wàng yōu guī 見“眾望所歸”。

【眾望所歸】zhòng wàng suǒ guī 眾人的期望匯合到一處。形容人聲望很高，為眾人所敬仰所期待。也作“眾望攸歸”。攸：所。《晉書•賈疋傳》：“于時武皇之胤，惟有建興，眾望攸歸，曾無與二。”宋代陳亮《復陸伯壽》：“舍試揭榜，伏承遂釋褐於崇化堂前，眾望所歸，此選增重，凡在友朋之列者，意氣為之光鮮。”吳組緗《山洪》二八：“凡是有劣迹的保甲長都屏去不用，大力輔助地方上眾望所歸的正派人擔任工作。”反 眾矢之的。

【眾說紛紜】zhòng shuō fēn yún 各種各樣的說法紛亂不一。元代戴表元《剡源集•跋濂溪二程謚議》：“然當純公既沒，眾說紛紜，卒能堅忍植立。”孫犁《秀露集•耕堂讀書記一》：“幾十年之間的歷史，便常出現矛盾，眾說紛紜。”也作“眾口紛紜”。《聊齋誌異•阿纖》：“君無二心，妾豈不知？但眾口紛紜，恐不免秋扇之捐。”巴金《秋》四二：“眾口紛紜地議論着，哭叫和抱怨混在一起。”同 議論紛紜、言人人殊。反 眾口一辭、異口同聲。

【眾寡懸殊】zhòng guǎ xuán shū 眾：多。寡：少。雙方在數量上相差極大。《隋書•楊善全傳》：“每恨眾寡懸殊，未能滅賊。”孫中山《致國民黨員書》：“李烈鈞所部贛軍，與敵眾寡懸殊，至於撓敗。”同 眾寡不敵。反 以少勝多。

【眾擎易舉】zhòng qíng yì jǔ 擎：托起、舉起。眾人一齊用力托舉，就容易把東西舉起來。比喻大家齊心協力，事情就容易辦成。宋代居簡《哀金新之上梁文》：“經之營之，不日成之，眾擎易舉，至矣盡矣。”明代張岱《募修岳鄂王祠墓疏》：“蓋眾擎易舉，獨力難支。”《兒女英雄傳》一三回：“現在我們大家替他打算，眾擎易舉，已有個成數了。”同 眾志成城。反 孤掌難鳴。

【眷眷之心】juàn juàn zhī xīn 依戀不捨的心情、心思。漢代荀悅《漢紀•文帝紀下》：“既定漢室，建立明主，眷眷之心，豈有異哉。”◇這是王老師最後一堂課了，在他抑揚頓挫的聲音和關愛的眼神中，同學們感受到了他那眷眷之心。同 拳拳之心。

【睹物思人】dǔ wù sī rén 見到遺存的東西，就想起與這東西有關的人。表示感情很好，思念深切。《太平廣記•曾季衡》：“女遂於襦帶解蹙金結花合子，又抽翠玉雙鳳翹一隻贈季衡，曰：“望異日睹物思人，無以幽冥為隔。”明代倪謙《恩榮官張廷端墓表》：“遺素殘墨，流落人間……睹物思人，將使吾何時而忘邪！”《紅樓夢》四四回：“這王十朋也不通的很，不管在哪裏祭一祭罷了，必定跑到江邊上來做甚麼！俗語說：‘睹物思人’，天下的水總歸一源，不拘那裏的水，舀一碗，看着哭去，也就盡情了。”同 觸景生情、睹物傷情。反 置之不理、置諸腦後。

【睹物傷情】dǔ wù shāng qíng 看到遺存的東西，就想起與這東西有關的人和事，引發傷感的情緒。《藝文類聚》卷三一：“言念將別，睹物傷情。”唐代劉損《憤惋詩》：“舊嘗遊處遍尋看，睹物傷情死一般。”《水滸傳》一一〇回：“宋江吟詩罷，不覺自己心中淒慘，睹物傷情，當晚屯兵於秋林渡口。”同 睹物思人。反 棄若敝屣。

【睚眥必報】yá zì bì bào 睚眥：怒目相視或瞪着眼看人。像被人瞪了一眼這樣微不足道的嫌怨，都一定要報復。形容心胸非常狹窄。《史記•范雎蔡澤列傳》：“一飯之德必償，睚眥之怨必報。”宋代楊侃《皇畿賦》：“鄉出勇夫，里多壯士，椎埋為奸，任俠尚氣，睚眥必報，杯間刃起。”清代紀昀《閱微草堂筆記•灤陽續錄一》：“此狐快一朝之憤，反以隕身，亦足為睚眥必報者戒也。”反 以德報怨、寬宏大量。

【睥睨一切】pì nì yī qiè 睥睨：側目而視。斜着眼睛看所有的人或事物。形容非常傲慢。清代毛奇齡《越州西山重開古真濟寺塔誌銘》：“士子能通一經，把筆為文辭，毋論仕與不仕，即睥睨一切。”清代朱軾《史傳三編•王柏論》：“史稱其抱膝長嘯，則允然內足之符，而淺者乃目為睥睨一切之意。”洪深《申屠氏》五本：“方六一素來稱英雄數好漢，睥睨一切，連經幾種出醜，怒氣無可發泄，將桌上花瓶，摜得粉碎。”同 不可一世、目空一切。反 虛懷若谷、自慚形穢。

【睜眼瞎子】zhēng yǎn xiā zi 比喻不識字的人，文盲。◇在如今這個社會裏，睜眼瞎子，那是寸步難行 / 我大字不識一個，睜眼瞎子，也過了大半輩子。同 不識一丁。

【瞋目切齒】chēn mù qiè chǐ 睜大眼睛，緊咬牙齒。《戰國策•魏策一》：“是故天下之遊士，莫不日夜搤腕，瞋目切齒，以言從之便，以說人主。”本形容戰國時代的說客竭力遊說君主的樣子。後多形容非常憤怒或痛恨。宋代王十朋《答王舍人佐書》：“上寬大能受盡言，不惟不怒，且略施行之，但左右前後瞋目切齒者終不相置。”明代許相卿《明少保兵部尚書胡端敏公神道碑銘》：“初寧庶人宸濠志不軌，誘受天下亡命，日夜扼腕，瞋目切齒為奇邪計，威脅方面守宰，賄結中外諸用事人。”梁啟超《新民說》八：“而舉國無論為官為士為農為工為商為僧為俗，莫不瞋目切齒，攘臂扼腕，風起水湧，遂以奏尊攘之功。”同 切齒痛恨、咬牙切齒。

【瞞上欺下】mán shàng qī xià 向上隱瞞真相，對下欺凌壓制。丁玲《太陽照在桑乾河上》：“如今還不能替老百姓想，瞞上欺下，咱簡直不是個人啦！”◇瞞上欺下的事做不得，總有一天會暴露出來。反 欺下瞞上。

【瞞天昧地】mán tiān mèi dì 昧：蒙蔽，欺瞞。竟敢欺瞞天地，形容膽大妄為，無法無天。明代無名氏《梁山七虎鬧銅台》一折：“我那日離山營，到銅城，見貪官壞法胡行徑，專瞞天昧地不公平。”◇幹一件瞞天昧地的事，一輩子心裏都不得安寧，記住：人不能幹壞事！同 昧地瞞天、謾天昧地。

【瞞天過海】mán tiān guò hǎi 比喻用偽裝的手段作掩護，暗中偷偷地行事。明代阮大鋮《燕子箋•購幸》：“我做提控最有名，瞞天過海無人問，今年大比期又臨，嗏，只要賺幾貫銅錢養阿正。”柯靈《在滬西》：“我女人還莫知莫覺呢，‘瞞天過海’，摺子在我身邊。要是有一天她知道了，不知要怎麼個鬧法！”反 正大光明。

【瞞心昧己】mán xīn mèi jǐ 昧：隱沒。昧着良心做錯事或壞事。元代關漢卿《五侯宴》一折：“我堪那無端的豪戶，瞞心昧己使心毒，他可便心狡狠，倒換過文書。”《初刻拍案驚奇》卷一五：“叵耐這禿廝！恁般可惡！僧家四大俱空，反要瞞心昧己，圖人財利。”老舍《神拳》第三幕：“鄉親們，有糧的讓沒糧的，咱們各憑良心，不准瞞心昧己。”反 昧己瞞心。

【瞠目而視】chēng mù ér shì 瞪大眼睛呆看着。多形容驚奇、恐懼時的面部表情。

宋代洪邁《夷堅丁志•金陵邸》："西邊房門又開，一婦人衫裙俱青，抱嬰兒以出，亦瞠目而視。"明代張岳《題汪汝梁蛟潭卷》："昔余在市師見僧廬有畫打坐法身者跏趺瞑目，一童子盤於膝前，瞠目而視之。"《歧路燈》一四回："這王春宇聽眾人說話，也不甚解，只是瞠目而視，不敢攙言。"同 瞠目伸舌。

【瞠目結舌】chēng mù jié shé 瞪着眼睛說不出話來。形容受窘或驚愕的樣子。清代和邦額《夜譚隨錄•秀姑》："良久，覺腰間頓輕，用手捫搽，則腰纏盡失……瞠目結舌，手足無所措。"唐天際《難忘的行程》："當着會館人的面前，老底子一揭，他瞠目結舌，脖子上的青筋都鼓起來。"同 瞠目咋舌、無言以對。反 應答如流、對答如流。

【瞠乎其後】chēng hū qí hòu 落在人後趕不上，只能瞪着眼乾着急。瞠：瞪大眼睛。《莊子•田子方》："顏淵問於仲尼曰：'夫子步亦步，夫子趨亦趨，夫子馳亦馳，夫子奔逸絕塵，而回瞠若乎後矣。'"後用"瞠乎其後"形容遠遠落後於人，卻無可奈何。宋代周必大《初寮先生前後集序》："且復躬閱事物之變，益以江山之助，心與境會，意隨辭達，韻遇險而反夷，事積古而逾新，他人瞠乎其後，我乃綽有餘裕。"清代毛奇齡《張邇可蕉園詩序》："一旦信情揮斥，哀然成集，鄉之老師夙儒皆瞠乎其後，拱手甘讓邇可。"◇環視科技發達的國家，我們仍然瞠乎其後，還必須虛懷若谷，一步步地追趕。同 望塵莫及。反 遙遙領先。

【瞭如指掌】liǎo rú zhǐ zhǎng 清楚得就像指着自己的手掌給人看一樣。《論語•八佾》："或問禘之說。子曰：'不知也。知其說者之於天下也，其如示諸斯乎！'指其掌。"後以"瞭如指掌"、"了如指掌"形容完全明白，一清二楚。清代陳澧《東塾讀書記•尚書》："說《禹貢》者，至國朝康熙、乾隆地圖出，而後瞭如指掌。"茅盾《脫險雜記》一八："我們雖然是盲子聾子，而他們卻佈置周密，敵人的一舉一動了如指掌。"同 瞭若指掌、了若指掌。反 一無所知、茫然無知。

【瞭如觀火】liǎo rú guān huǒ 清楚得像看火焰一樣，一明二白。也作"了如觀火"。宋代楊萬里《賀陳右相》："舉夷夏而置胸中，了如觀火。"《廿載繁華夢》三二回："在如此數目，本沒人知得，惟小弟經手多年，實了如觀火。"鄒魯《戊申雲南河口之役》："今河內來函，讀之必瞭如觀火，從此兄等之出而說人，必更有把握矣。"同 洞若觀火、瞭如指掌。

【瞭若指掌】liǎo ruò zhǐ zhǎng 瞭：清楚，明白。《論語•八佾》："或問禘之說。子曰：'不知也。知其說者之於天下也，其如示諸斯乎？'指其掌。"後用"瞭若指掌"說清楚得就像指着自己的手掌給人看一樣，明明白白。也作"了若指掌"。《宋史•道學一》："(周敦頤)作《太極圖說》、《通書》，推陰陽五行之理，命於天而性於人者，瞭若指掌。"清代毛奇齡《嘉定李氏功行錄序》："至每條則又列言論於前而紀事實於後，善合理與事而一之，使讀之者見聞雜出，理事並着，按而行之，瞭若指掌。"◇《牛津英語大辭典》編纂之初，就已搜羅材料至兩百多萬條，其後更不斷採集，日積月累，材料極為豐富，所以英語詞彙在歷史上的用法、形體、演變，都瞭若指掌。同 瞭如指掌、一目了然。反 不甚了了、一無所知。

【瞬息萬變】shùn xī wàn biàn 形容在極短的時間內變化極多極快。宋代胡宏《題上封寺》詩："風雲萬變一瞬息，紅塵奔走真徒勞。"茅盾《委屈》："李秘書點着頭，十分鄭重其事的說道：'不簡單，不簡單，商業上的情形，真真是瞬息萬變。'"◇暴雨挾帶着冰雹，橫掃過來，一會兒又大雪紛飛，山裏的天氣瞬息萬變。同 瞬息千變。反 一成不變、一以貫之。

【瞪目結舌】dèng mù jié shé 睜大眼睛，直愣愣地，說不出話來。形容驚訝或緊張時的神情。清代黃軒祖《遊梁瑣記•顧嘉蘅》："未幾，一秀才長跪生門，俯首啜泣。群知為廣文子，異而詢之，瞪目結舌不能對。"◇經濟停滯不前，然而房價卻漲得令人瞪目結舌，誰也弄不清楚，這到底是怎麼回事！同 瞠目結舌、目瞪口呆。

【矇頭轉向】mēng tóu zhuàn xiàng 見“蒙頭轉向”。

【瞻前顧後】zhān qián gù hòu 看看前面，再看看後面。❶ 形容思考縝密，做事周到謹慎。《楚辭•離騷》：“瞻前而顧後兮，相觀民之計極。”《漢書•張衡傳》：“向使能瞻前顧後，援鏡自戒，則何陷於凶患乎！”《紅樓夢》三七回：“雖然是個玩意兒，也要瞻前顧後；又要自己便宜，又要不得罪了人，然後方大家有趣。”❷ 形容顧慮很多，拿不定主意。宋代朱熹《朱子語類》卷二：“既是已前不曾做得，今便用下工夫去補填，莫要瞻前顧後，思量東西，少間耽擱一生，不知年歲之老。”梁啟超《自信力》：“任天下者當有自信力，但其事當行者，即斷然行之，囁囁嚅嚅，瞻前顧後，是小丈夫所為也。”魯迅《兩地書》八三：“這些瞻前顧後，其實也是很可笑的，這樣下去，更將不能動彈。”同 瞻前慮後、畏首畏尾。反 粗枝大葉、當機立斷。

矢部

【矢口否認】shǐ kǒu fǒu rèn 堅決否定，概不承認。矢口：口頭發誓。《北洋軍閥統治時期史話》六十章：“吳佩孚矢口否認發過這個電報。”◇問來問去也沒問出個所以然來，對方由頭至尾矢口否認。同 矢口抵賴。反 不打自招、一力承當。

【矢口抵賴】shǐ kǒu dǐ lài 矢口：發誓。一口咬定，死不承認。清代吳趼人《狄公案》一八章：“邵禮懷聽了這話，雖是自己所幹，無奈癡心妄想，欲求活命，不得不矢口抵賴。”張笑天《朱元璋》九四章：“藍玉矢口抵賴，不承認有同黨。”同 矢口否認。

【矢志不移】shǐ zhì bù yí 矢：同“誓”。發誓不改變。清代陳朗《雪月梅》一回：“假若何生矢志不移，與這仙姊始終偕好，生子續嗣，豈不完美。”梁羽生《冰河洗劍錄》二九回：“幽萍道：‘他們兩人曾經山盟海誓，矢志不移的。’”同 矢志不渝、海誓山盟。反 九變三化、瞬息萬變。

【矢志不渝】shǐ zhì bù yú 指天誓日，決不改變所立下的志向、願望或承諾。《晉書•謝安傳》：“安雖受朝寄，然東山之志始末不渝，每形於言色。”◇兩個人矢志不渝地相愛着，但最終竟沒能成婚。同 矢志不移、矢死不二。反 變化無常、變幻無常。

【知人善任】zhī rén shàn rèn 瞭解部屬，並善於任用他們。漢代班彪《王命論》：“蓋在高祖，其興也有五……五曰知人善任使。”《晉書•鄭沖傳》：“昔漢祖以知人善任，克平宇宙，推述勳勞，歸美三俊。”明代沈采《千金記•謁相》：“軍師，你知人善任，何必太謙。”◇劉總知人善任，指揮試驗組的二十多人，就像一部運轉靈活的機器很有節奏地展開工作。同 量材錄用。反 任人唯親。

【知人論世】zhī rén lùn shì《孟子•萬章下》：“頌其詩，讀其書，不知其人可乎？是以論其世也。”後用“知人論世”指：❶ 瞭解作者的為人，研究他所處的那個時代。元代劉壎《隱居通議•半山詠揚雄》：“學者必知人論世而後可也。”明代李贄《焚書•覆焦弱侯》：“今誦詩讀書者有矣，果知人論世否也？”魯迅《〈且介亭雜文〉序言》：“分類有益於揣摩文章，編年有利於明白形勢，倘要知人論世，是非看編年的文集不可的。”❷ 鑒別人物之優劣短長，議論世事之得失利害。清代袁枚《再答稚存》：“足下引仗馬不鳴相誚，於知人論世之道尤為疏謬。”秦牧《長河浪花集•巡堤者的眼睛》：“掌握這點道理，不但巡視堤防，檢驗產品，欣賞藝術等場合時常用得上，就是對於知人論世，恐怕也不無好處。”

【知己知彼】zhī jǐ zhī bǐ《孫子•謀攻》：“知彼知己，百戰不殆。”知道自己的強弱，也瞭解對方的短長，對雙方的實際情況都很清楚。元代高文秀《澠池會》三折：“但上陣要知己知彼，若相持千戰千贏。”清代魏源《都中吟》：“知己知彼兵家策，何人職司典屬國？”◇兩人真誠相待，互相知己知彼，才能融洽相處，這就是交友之道。同 知彼知己。

【知名當世】zhī míng dāng shì 聞名於當代。漢代荀悅《漢紀·宣帝紀四》：“圖畫相次於未央宮，第一曰大司馬大將軍博陸侯霍光，次曰衞將軍富平侯張安世……皆有功德，知名當世。”宋代歐陽修《歸田錄》卷二：“石曼卿，磊落奇才，知名當世。”清代黃宗羲《宋元學案·止齋學案》：“陳說，字習之，永嘉人。從學於止齋。其兄謙，以文字知名當世，所交多聞人，先生因得從之問學。”◇她父親以四十年的考古成就，知名當世。同 舉世聞名。反 默默無聞。

【知足不辱】zhī zú bù rǔ 知道滿足就不會遭受屈辱。《老子》：“故知足不辱，知止不殆，可以長久。”《晉書·苻融載記》：“知足不辱，知止不殆，窮兵極武，未有不亡。”《警世通言·趙春兒重旺曹家莊》：“常言道：‘知足不辱。’官人宜急流勇退，為山林娛老之計。”◇人生在世，凡事適可而止，更不可貪婪無厭，要記住“知足不辱”和“知足常樂”這兩句話。同 知足而止、知足知止。反 貪得無厭、得隴望蜀。

【知足常樂】zhī zú cháng lè《老子》：“禍莫大於不知足，咎莫大於欲得。故知足之足，常足矣。”後用“知足常樂”表示：人不要慾壑難填，懂得適可滿足，就會與快樂相伴。況周頤《蕙風詞話》卷二：“委心任運，不失其為我。知足常樂，不願乎其外。”◇學習要“知不足”，生活要知足常樂，做到這兩條，你就會日日精進，過得快活。同 自得其樂、怡然自得。反 誅求無已、慾壑難填。

【知易行難】zhī yì xíng nán 懂得事情的道理比較容易，做起來卻很困難。《尚書·說命中》：“非知之艱，行之惟艱。”孔安國傳：“言知之易，行之難。”魯迅《准風月談·我們怎樣教育兒童的》：“現在提出這問題，蓋亦知易行難，遂只得空口說白話，而望墾闢於健者也。”◇挑剔別人工作中的錯兒容易，但知易行難，請你去做，未必不犯錯兒。

【知彼知己】zhī bǐ zhī jǐ 彼：指對方。對對方和自己的情況都很瞭解。《孫子·謀攻》：“知彼知己，百戰不殆。”《隋唐演義》一八回：“若憑着一勇，到底制服他不來，反惹出禍患，也不是英雄知彼知己的伎倆。”丁玲《談寫作·文學的語言》：“‘知彼知己，百戰百勝’嘛。我沒有看人家的作品，不瞭解人家到底有多少本領，他的本領表現在甚麼地方，你怎麼能向人家學習？”同 知己知彼。反 盲人瞎馬。

【知法犯法】zhī fǎ fàn fǎ 懂得法律，卻明知故犯，做違法的事情。《儒林外史》四回：“七八個人一齊擁了進來，看見女人、和尚一桌子坐着，齊說道：‘好快活！和尚、婦人大青天白日調情。好僧官老爺，知法犯法！’”《官場現形記》一五回：“你二位是有功名的人，誣告一個罪，硬出頭一個罪，聚眾一個罪，吵鬧衙門一個罪。知法犯法，這還了得！”反 奉公守法、遵紀守法。

【知根知底】zhī gēn zhī dǐ 對於底細或內情，瞭解得清清楚楚。◇兩家知根知底，親上攀親，這門婚事可真是天造地設呀！同 瞭如指掌。

【知書達禮】zhī shū dá lǐ 熟讀詩書，懂得禮儀。形容人有學問，修養好。元代無名氏《馮玉蘭》一折：“只我這知書達理當恭謹，怎肯着出乖露醜遭談論。”《紅樓夢》五七回：“幸他是個知書達理的，雖是女兒，還不是那種佯羞詐鬼、一味輕薄造作之輩。”◇好像誰都是渾人，只有她才知書達禮。同 知書明理、知書識禮。反 不通情理、蠻不講理。

【知書識禮】zhī shū shí lǐ 讀書多，有才學，文質彬彬懂禮節。《紅樓夢》五四回：“既說是世宦書香大家子的小姐，又知禮讀書，連夫人都知書識禮的，就是告老還家，自然這樣大家人口多，奶媽丫鬟，伏侍小姐的人也不少。”《二十年目睹之怪現狀》九一回：“媳婦雖不敢說知書識禮，然而‘嫁雞隨雞，嫁狗隨狗’這句話，是從小兒聽到大的。”◇她家大兒子，那可是知書識禮的好人。同 知書達理、知書知禮。反 蠻横無理、暴戾恣睢。

【知情達理】zhī qíng dá lǐ 懂得人情世故，明白事理，處事得宜。《野叟曝言》四十回：“二小姐知情達理，自有同心，當商量出一個主意來，不可徒作楚囚之泣。”◇一個知情達理的人，誰都願意跟他合作。同 通情達理、知書達理。反 不通情理、蠻不講理。

【知無不言】zhī wú bù yán 只要是自己知道的，就沒有不肯説的。《晉書·劉聰載記》：“而今而後，吾知卿等忠於朕也。當念為知無不言，勿恨往日言不用也。”《明史·李賢傳》：“賢退曰：‘大臣當知無不言，可捲舌偷位耶？’”◇請大家來，就是期望大家知無不言，挑剔問題，多提建議。同 暢所欲言。反 三緘其口。

【知遇之恩】zhī yù zhī ēn 受到賞識和重用的恩惠。《元史·劉因傳》：“因尚敢偃蹇不出，貪高尚之名以自媚，以負我國家知遇之恩。”《三國志通俗演義》二二九回：“周叱之曰：‘吾受先帝託孤之命，知遇之恩，不能補報萬一。縱然國亡家破，當以盡命報本，安忍行不忠不義之事耶！’”老舍《四世同堂》三七：“大赤包約他幫忙，他不能不感激知遇之恩。”反 忘恩負義。

【知過必改】zhī guò bì gǎi 知道自己有過失，就一定要改正。南朝梁周興嗣《千字文》：“知過必改，得能莫忘。”元代楊文奎《兒女團圓》二折：“婆婆也，則要你知過必改。”清代煙霞散人《斬鬼傳》五回：“三鬼見鍾老爺賞罰分明，心中感服，叩頭拜謝，知過必改去了。”同 聞過必改。反 屢教不改。

【知難而退】zhī nán ér tuì ❶ 用兵打仗要見機而行，力不能敵，就要退卻，不能蠻幹。《左傳·宣公十二年》：“見可而進，知難而退，軍之善政也。”《吳子·料敵》：“凡此不如敵人，避之勿疑，所謂見可而進，知難而退也。”❷ 遇到自身無力克服的困難，就主動後退。唐代皇甫湜《答李生書》：“夫無難而退，謙也；知難而退，宜也，非謙也。”《兒女英雄傳》三一回：“你看這群賊，要果然得着這位姑娘些底細，就此時認些晦氣走了，倒也未嘗不是知難而退。”反 知難而進。

【知難而進】zhī nán ér jìn 明知有困難，仍然堅持去做。◇明知山有虎，偏向虎山行，這就是知難而進的精神。反 知難而退。

【知難行易】zhī nán xíng yì 見“行易知難”。

【短小精悍】duǎn xiǎo jīng hàn ❶ 形容人身材短小，精明能幹。《史記·游俠列傳·郭解》：“解為人短小精悍。”《明史·張士誠傳》：“五太子者，士誠養子，短小精悍，能平地躍丈餘。”歐陽山《三家巷》八：“何守仁是何家的大少爺，生得短小精悍，如今正在狂熱地追逐陳家的二小姐陳文娣，但是還沒有甚麼眉目。”❷ 形容獸類體形短小，行動敏捷。明代曹學佺《蜀中廣記·獸》：“大都蜀馬，短小精悍，俯仰便捷，亦地勢使之然耳。”《續通志·獸類》：“犺獸出暹羅之崛隴，短小精悍，目圓睛黃，木食，似猿猱。”❸ 形容文章短小，而內容充實、生動有力。◇對聯藝術是中國的國粹，對仗工整，聲韻協調，短小精悍，上口易記。❹ 形容組織、機構人數少而效率高、能力強。◇組織一支短小精悍的團隊，深入農村去推廣銷售，效果一定不錯。反 大而無當、長篇大論。

【短吃少穿】duǎn chī shǎo chuān 缺少吃的和穿的。形容衣食困乏，生計艱難。周立波《暴風驟雨》二部一四：“窮人起早貪黑，手不離活，成年溜輩，短吃少穿，你説這不是命是啥？”《〈老舍選集〉自序》：“拿我自己來説，自幼過慣了缺吃少穿的生活，一向是守着‘命該如此’的想法。”同 缺衣少食。

【短見淺識】duǎn jiàn qiǎn shí 見“短見薄識”。

【短見薄識】duǎn jiàn bó shí 見識短淺，知識貧乏。也作“短見淺識”。元代無名氏《馬陵道》楔子：“此人是個短見薄識，絕恩絕義的人。”《初刻拍案驚奇》卷三五：“渾家李氏卻有些短見薄識，要做些小便宜勾當。”錢鍾書《圍城》六：“一千年後，這些書準像敦煌石室的卷子那樣名貴，現在呢，它們古而不稀，短見淺識的藏書家還不知道收買。” 同 淺見薄識。反 遠見卓識。

【短兵相接】duǎn bīng xiāng jiē ❶ 短兵，刀、劍等短兵器；接：交戰。指用短兵器搏鬥。戰國楚屈原《九歌•國殤》：“操吳戈兮被犀甲，車錯轂兮短兵接。”《宋書•南平穆王鑠傳》：“(將士）遂登屍陵城，短兵相接……殺傷萬計。”明代沈明臣《凱歌》：“狹巷短兵相接處，殺人如草不聞聲。” ❷ 比喻面對面進行針鋒相對的激烈爭論辯駁。魯迅《兩地書•致許廣平》：“但恐怕也有時會逼到非短兵相接不可的，這時候，沒有法子，就短兵相接。”朱自清《那裏走》：“到了短兵相接的時候，說不得要露出猙獰的面目，毒辣的手段來的。” 反 決勝千里。

【短兵接戰】duǎn bīng jiē zhàn 短兵：刀、劍一類尺寸短的武器，相對戈、矛、槍長兵器而言。戰國楚屈原《九歌•國殤》：“操吳戈兮被犀甲，車錯轂兮短兵接。”後用“短兵接戰”指用刀劍短兵器進行肉搏戰。《三國志•典韋傳》：“韋被數十創，短兵接戰，賊前搏之。”《三國演義》七四回：“關公催四面急攻，矢石如雨。德令軍士用短兵接戰。” 同 短兵相接。

【短壽促命】duǎn shòu cù míng 促：縮短。縮短壽命。多用為詛咒之辭，等於說“短命早死”。《天雨花》十回：“我周帝臣若負了左秀貞，將來不得死在家中，必當短壽促命。”葉聖陶《線下•外國旗》：“壽泉這傢伙只會對我發脾氣，只會說幾句短壽促命的話，真個臨到緊要關頭，他連心竅都塞住了。” 反 長命百歲。

【短歎(嘆)長吁】duǎn tàn cháng xū 吁：歎氣。一聲短一聲長不停地歎氣。形容人憂傷煩悶、無可奈何的樣子。金代董解元《西廂記諸宮調》卷五：“有些兒閒氣，都做了短歎長吁。便吃了靈丹怎痊癒！”《封神演義》七回：“妲己進宮，坐在繡墩之上，長吁一聲。鯀捐曰：‘娘娘今日朝正宮而回，為何短歎長吁？’”郁達夫《光慈的晚年》：“此外則黨和他的分裂，也是一件使他遺恨無窮的大事，到了病篤的時候，偶一談及，他還在短嘆長吁，訴說大家的不瞭解他。” 同 長吁短歎、唉聲歎氣。

【矯枉過中】jiǎo wǎng guò zhōng 中：指正確的位置。矯正彎曲過了頭，彎到另一邊去了。比喻糾正偏差超過了適當的限度，弄出了新問題。唐代張說《弔陳司馬書》：“閩鄉越嶂舊風，人俗輕剽，振之以淳俗，革之以華章，矯枉過中，斯害也已。”宋代黃榦《覆黃清卿》：“所貴於朋友者正所以箴規切磋，矯其偏而歸之正，不可使生厭惡。若以二者為非，而別求方法，則恐有矯枉過中之病。” ◇聽同事說她穿戴像個鄉下人，就悄悄改換時髦的裝束，五十歲的女人穿着二十歲小姑娘的衣服，弄得不倫不類，同事又暗笑她矯枉過中。同 矯枉過正、矯枉過直。

【矯枉過正】jiǎo wǎng guò zhèng 矯正彎曲過了頭，彎到另一邊去了。比喻糾正偏差超過了適當的限度，弄出了新問題。《漢書•諸侯王表》：“漢興之初，海內新定，同姓寡少，懲戒亡秦孤立之敗，於是剖裂疆土……而藩國大者跨州兼郡，連城數十，宮室百官同制京師，可謂矯枉過其正矣。”《後漢書•仲長統傳》：“逮至清世，則復入於矯枉過正之檢。”宋代李覯《寄上范參政書》：“孔子曰：禮，與其奢也，寧儉。矯枉過正，此其時矣。”《官場現形記》五四回：“自己的從前所為，只因矯枉過正，就不免鬧出笑話來了。” 同 矯枉過中、矯枉過當。

【矯若游龍】jiǎo ruò yóu lóng 矯捷靈活得好像在雲中遊走的龍一樣。三國魏曹植《洛神賦》：“翩若驚鴻，宛若游龍。”《晉書•王羲之傳》：“尤善隸書，為古今之冠，論者稱其筆勢，以為飄若浮雲，矯若驚龍。”後用“矯若游龍”：❶ 形容書法遒勁有力，龍飛鳳舞。明代楊慎《墨池瑣錄》卷三：“矯若游龍，疾若驚蛇，似邪而復直，欲斷而還連，千態萬狀，不可端倪。”明代倪謙《跋泉坡先生書》：

"然論者謂逸少書飄若浮雲，矯若游龍，子敬書如丹穴鳳舞，清泉龍躍，世遂稱為字聖。"❷形容舞蹈、武術、雜技等表演者身姿靈活矯健。宋代楊萬里《梅花賦》："彼翩若驚鴻，矯若游龍者為誰？曰女仙之飛瓊也。"明代史鑒《踏莎行•觀觀音舞》詞："矯若遊龍，翩如飛燕。彩雲揮霍華燈炫，海波搖月晚潮生，大家齊道觀音現。"《孽海花》六回："那時早已開演，只見一個十七八歲的女子……正在繩上忽低忽昂的走來走去，大有矯若游龍、翩若驚鴻之勢。"❸形容山體或建築物等高低起伏，蜿蜒逶迤的壯麗景象。明代尹台《巽屏歌》："君不見，黃雲之山蜿蜒來百里，矯若游龍天中峙。"清代藍鼎元《潮陽縣圖說》："龍首飛舞蜿蜒，有矯若游龍之勢，稱地靈者指屈焉。"同 翩若驚鴻。

【矯揉造作】jiǎo róu zào zuò 形容過分做作，不自然。矯：把彎的變成直的；揉：把直的變成彎的。宋代朱熹《〈孟子•離婁下〉集注》："然其所謂故者，又必本其自然之勢，如人之善，水之下，非有所矯揉造作而然者也。"《鏡花緣》三二回："你看他們原是好好婦人，卻要裝作男人，可謂矯揉造作了。"郭沫若《洪波曲》一六章："為了附庸風雅，不得不矯揉造作一番，騙騙自己而已。"同 裝模作樣。

石 部

【石火電光】shí huǒ diàn guāng 燧石的火，閃電的光。比喻瞬間就消逝的事物。《唐代敦煌變文•無常經講經文》："人生一世，如石火電光，豈能久住？"明代董說《〈西遊補〉序》："夫心外心，鏡中鏡，奚啻石火電光，轉眼已盡。"清代王韜《淞隱漫錄•胡姬嫣雲小傳》："二十一年小謫紅塵，正如石火電光，一剎那間耳。"◇一個念頭，如石火電光般一閃而過。同 電光石火。

【石沉(沈)大海】shí chén dà hǎi 石頭沉入海底。比喻無影無蹤，沒有一點消息或事情沒有下文。元代王實甫《西廂記》四本一折："他若是到來，便春生敝齋；他若是不來，似石沈大海。"《金瓶梅詞話》六一回："胡太醫說是氣衝血管，熱入血室，亦取將藥來吃下去，如石沉大海一般。"《鏡花緣》九八回："只等號炮一響，就衝殺過去。那知等了許久，竟似石沉大海。"魯迅《而已集•反"漫談"》："於是聽話的屬員，便紛紛大上其條陳。久而久之，全如石沉大海。"同 泥牛入海、邈如黃鶴。

【石破天驚】shí pò tiān jīng 唐代李賀《李憑箜篌引》："女媧煉石補天處，石破天驚逗秋雨。"原形容樂聲高亢激越，驚動天界，後比喻文章、議論或事件等令人震驚。同 語驚四座、震撼人心。反 不足為怪、不足為奇。

【研精覃思】yán jīng tán sī 精細研究，深入思考。覃思：深入思索。漢代孔安國《〈尚書〉序》："承詔為五十九篇作傳，於是遂研精覃思，博考經籍，採摭群言，以立訓傳。"宋代汪應辰《及第謝丞相啟》："如某者賦才短缺……研精覃思，莫見聖人之涯涘。"魯迅《集外集拾遺補編•補救世道文件四種》："我國之交……通才碩學，研精覃思，窮老盡氣，僅乃十得其七八。"同 研精苦思、研精覃奧。反 不求甚解。

【斫輪老手】zhuó lún lǎo shǒu 見"斲輪老手"。

【砍瓜切菜】kǎn guā qiē cài 古小說中比喻劈砍得迅速利索。《說唐》四二回："五虎大將一齊衝殺過來，如砍瓜切菜一般。"現多比喻做事乾脆利落。◇他一上任，就砍瓜切菜般精簡了機構，解決了積累多年的大問題。同 快刀斬亂麻。反 久懸不決、遲疑不決。

【砥行立名】dǐ xíng lì míng 磨礪品行，修養道德，以建樹功名。《史記•伯夷列傳》："閭巷之人，欲砥行立名者，非附青雲之士，惡能施於後世哉？"◇儒家講究砥行立名，修身養性，重名節，重道德。同 砥節礪行、砥礪名節。

【砥行磨名】dǐ xíng mó míng 磨礪德行，維護名譽，注重氣節。南朝宋周朗《報羊希書》："夫天下之士砥行磨名，欲不辱其志氣，選奇蓄異，將進善於所天。"◇古代有志之士砥行磨名，為的是報效國家，建功立業，光宗耀祖。同 砥行立名、砥礪名節。反 聲名狼藉。

【砥柱中流】dǐ zhù zhōng liú 砥柱：山名，在河南省三門峽東，屹立在黃河激流之中。《晏子春秋·諫下》："古冶子曰：'吾嘗從君濟於河，黿銜左驂以入砥柱之中流'。"後以"砥柱中流"比喻起支柱作用的有才幹的人或堅強的力量。明代無名氏《鳴鳳記·忠良會邊》："砥柱中流，不避延陵劍。"蔡東藩《民國通俗演義》五五回："以一省之治安，砥柱中流，故雖首都淪陷……卒得轉危為安，金甌無缺。"李大釗《青春》："青年乎！其以中立不倚之精神，肩茲砥柱中流之責任。"同 中流砥柱、擎天一柱。

【砥節奉公】dǐ jié fèng gōng 磨礪名節，秉公行事。《明史·周延傳》："延顏面寒峭，砥節奉公，權臣用事，政以賄成，延未嘗有染。"清代趙翼《廿二史劄記》卷一四："朝政肅，則刑餘為吏亦能砥節奉公；朝政弛，則士大夫亦多貪縱。"◇古代凡稱得上良吏者，莫不砥節奉公，兩袖清風，為百姓所稱美。同 砥節守公。反 貪贓枉法。

【砥礪名節】dǐ lì míng jié 加強修養，潔身自好，保持節操，愛惜名譽。《晉書·夏侯湛傳》："湛族為盛門，性頗豪侈，及將歿，遺命小棺薄斂，不修封樹。論者謂湛雖生不砥礪名節，死則儉約令終，是深達存亡之理。"明代劉元卿《廉談》："吾輩讀聖賢書，論居官治民之法，孰不欲砥礪名節哉！"同 砥礪名行、砥名礪節。

【破口大罵】pò kǒu dà mà 大聲叫罵。《三俠五義》九三回："及至見面，藍驍責備為何不上山納獸，沙龍破口大罵，所有十一家獵戶俱是他一人承當。"《官場現形記》十回："查房未及開口，那女人已經破口大罵起來。"瞿秋白《慈善家的媽媽》："他憤恨極了，就跑上慈善家的大門，破口大罵了一通。"同 破口謾罵。

【破瓜之年】pò guā zhī nián 破瓜："瓜"字拆開為兩個"八"字。"破瓜之年"指：❶ 二八之年，稱女子滿十六歲。形容少女正當豆蔻年華。唐代范攄《雲溪友議·韋皋》："獨東川盧八座送一歌姬，未當破瓜之年。"明代王錂《春蕪記·賜婚》："主上聞知宅上小姐，雖自破瓜之年，未遂摽梅之願。"◇那女孩兒正當破瓜之年，青春靚麗，羞羞答答。❷ 八八六十四歲。宋代楊億《談苑》："張洎家居，忽有隱士通謁……索紙筆八分書七言一絕留題，頗言將佐鼎席意。末云：'功成當在破瓜年。'俗以破瓜為二八，洎果六十四，乃其兆也。"同 豆蔻年華。

【破竹之勢】pò zhú zhī shì 比喻不可阻擋的勢頭。《北史·武帝紀》："嚴軍以待，擊之必克。然後乘破竹之勢，鼓行而東，足以窮其窟穴。"《三國演義》一二〇回："今兵威大振，如破竹之勢，數節之後，皆迎刃而解。"清代李漁《閒情偶寄·格局》："把握在手，破竹之勢已成，不憂此後不成完璧。"同 勢如破竹、破竹建瓴。

【破門而入】pò mén ér rù 砸開門進去。指盜賊的行為。明代田藝蘅《留青日札·家神卻盜》："燭溪湖胡家，有群盜破門而入。"章炳麟《駁革命駁議》："迨至群盜破門而入，即更不復能抵禦。"◇幾個彪形大漢破門而入，不管三七二十一，進門就動手亂摔亂砸。反 破門而出。

【破門而出】pò mén ér chū ❶ 砸開門就衝了出來。◇情急之下，他猛的一撞，破門而出。❷ 比喻衝破原有的範圍或限制。于伶《吳晗和〈海瑞罷官〉》："這位歷史學家終於'破門而出'，一腳踏進戲劇界的門檻。"廖沫沙《"史"和"戲"》："門戶的界限是多麼不易打破。而你卻開始'破門而出'了，歷史家，卻來寫戲。"反 破門而入。

【破矩為圜】pò jǔ wéi yuán 見"破觚為圓"。

【破釜沉(沈)舟】pò fǔ chén zhōu《史記·項羽本紀》：項羽跟秦軍作戰，渡過黃河後命令士兵"皆沈船，破釜甑，燒廬舍，持三日糧"，表示不打贏決不生還。後用

"破釜沉舟"比喻自斷退路，下決心幹到底。明代史可法《請出師討賊疏》："聚才智之精神，枕戈待旦；合方舟之物力，破釜沉舟。"《兒女英雄傳》三十回："你我看事作事，索性'破釜沉舟'痛下一番針砭，你道如何？"李六如《六十年的變遷》第六章："不管它，只有'破釜沉舟'幹一下"同 破釜焚舟、背水一戰。反 丢盔卸甲、望風而逃。

【破涕為笑】pò tì wéi xiào 涕：眼淚。正在哭泣時，忽然露出笑容。表示轉悲為喜。晉代劉琨《答盧諶書》："時復相與舉觴對膝，破涕為笑，排終身之積慘，求數刻之暫歡。"唐代李白《秋於敬亭送從侄耑遊廬山序》："吾衰久矣，見爾慰心，申悲道舊，破涕為笑。"《儒林外史》十回："知尊大人已謝賓客，使我不勝傷感。今幸見世兄如此英英玉立，可稱嗣續有人，又要破涕為笑。"同 破涕為歡。反 悲從中來、樂極生悲。

【破觚為圓】pò gū wéi yuán 磨削棱角使之光圓。觚：棱角。《史記•酷吏列傳》："漢興，破觚而為圜，斫雕而為樸，網漏於吞舟之魚。"圜：同"圓"。後用"破觚為圓"、"破矩為圜"比喻撤除嚴酷的律令，實行變通、簡約、寬厚仁慈的政策。《梁書•良吏傳論》："梁興，破觚為圓，斫雕為樸，教民以孝悌，勸之以農桑。"《後漢書•杜林傳》："大漢初興，詳覽失得，故破矩為圜，斲雕為樸，蠲除苛政，更立疏網。"也比喻化僵直為圓通，變生硬為靈活。宋代魏慶之《詩人玉屑•變態》："用事皆破觚為圓，挫剛成柔。"

【破綻百出】pò zhàn bǎi chū 說話、做事的漏洞和矛盾之處非常之多。破綻：衣被等物破開的縫兒和洞。錢鍾書《圍城》八："高松年的功夫還沒到家，他的笑容和客氣彷彿劣手仿造的古董，破綻百出，一望而知是假的。"◇這份計劃破綻百出，禁不住推敲。同 漏洞百出。反 天衣無縫、無懈可擊。

【破壁飛去】pò bì fēi qù 撞破牆壁，騰空飛去。唐代張彥遠《歷代名畫記》卷七："金陵安樂寺四白龍不點眼睛，每云：'點睛即飛去。'人以為妄誕，因請點之。須臾，雷電破壁，兩龍乘雲騰去上天。"後以"破壁飛去"比喻：❶ 人由平凡卑微的地位突然飛黃騰達。清代煙霞散人《斬鬼傳》四回："房官見了他的卷子，喜得説道：'羽翼已成，自當破壁飛去。'"《雪月梅》一回："如陳子此傳，真所謂破壁飛去時也，夜半潮音時也，可使天女散花，淵淵有金石聲也。"❷ 人掙脱羈絆、控制。《北洋軍閥統治時期史話》三一章："即使把黎軟禁在北京，段還怕他有一天破壁飛去。"黎：黎元洪。段：段祺瑞。張仲三《黑暗舞者》七："美麗的涓子和卧底的警員蘇岩日久情深，自有一種莫名的心的溝通，他們都希望有一天從魔窟中破壁飛去。"

【破舊立新】pò jiù lì xīn 破除舊的不合時宜的事物，代之以新的富有生命力的事物。◇那些唯恐天下不亂的人，打着"破舊立新"的旗號，肆意破壞文物。同 革故鼎新。反 因循守舊、抱殘守缺。

【破鏡重圓】pò jìng chóng yuán 唐代孟棨《本事詩•情感》記載：南朝陳將亡時，駙馬徐德言預料妻子樂昌公主將被隋軍擄去，就破開一面銅鏡，各執一半，作為將來重逢時的憑證，並約定正月十五賣鏡於市。陳亡，樂昌公主沒入楊素家。徐德言到了京城，正月十五日遇一人叫賣破鏡，與自己所藏半鏡正好吻合，楊素得知此事後，把公主交給徐德言，令夫妻重新團聚，偕老江南。後以"破鏡重圓"比喻夫妻失散或離異後又團聚或重歸於好。宋代蘇軾《蝶戀花•佳人》詞："破鏡重圓人在否？章台折盡青青柳。"元代施君美《幽閨記•推就紅絲》："破鏡重圓從古有，何須疑慮反生愁？"蕭紅《馬伯樂》第二章："他與太太的相見，好像是破鏡重圓似的，他是快樂的，他是悲哀的，他是感激的，他是痛苦的。"同 破鏡重合、缺月重圓。反 白頭到老、百年好合。

【破罐破摔】pò guàn pò shuāi 比喻有錯誤不但不肯改正，反而自暴自棄，任其發展下去。◇他是破罐破摔了，誰勸都不聽，沒辦法！

【硜硜之愚】kēng kēng zhī yú 硜硜：固執而淺薄。謙稱自己的見解、意見。《論語•憲問》："子擊磬於衞，有荷蕢而過孔氏之門者，曰：'有心哉，擊磬乎！'既而曰：'鄙者，硜硜乎！莫己知也，斯已而已矣。'"明代顧憲成《與吳懷野光祿書》："不肖方切感佩，夫復何言？惟是硜硜之愚，尚有欲就正者。"同 管窺之見、一孔之見。

【碌碌無為】lù lù wú wéi 形容平庸無能，無所作為。◇我早就這樣想：與其碌碌無為地混一生，不如壯烈地去死。同 無所作為、碌碌無能。反 奮發有為、大有作為。

【碌碌無能】lù lù wú néng 形容人平庸無能。也用作自謙之辭。宋代吳箕《常談》："范雎……上書昭王，切而不迫，君臣縱談，觀者色變，此豈碌碌無能之人？"清代陸隴其《答李金華》："某碌碌無能，承乏西台，展佈實難，惟隕越是懼。"◇火車過山海關時，我在車中望見蜿蜒的城壘，歎服古人才力之偉大，今人之碌碌無能。同 碌碌無為、一無所長。反 精明強幹、多才多藝。

【碌碌寡合】lù lù guǎ hé 碌碌：同"落落"。形容性情孤高，不合群。清代林則徐《札各學教官嚴查生員有無吸煙造冊互保》："其係善良，只因碌碌寡合，以致結保無人。"同 落落寡合。

【碧血丹心】bì xuè dān xīn 碧：碧玉。丹心：紅心、忠心。《莊子•外物》："萇弘死於蜀，藏其血，三年而化而為碧。"說萇弘的血化為碧玉。後用"萇弘化碧"表示為國家或正義而獻出的忠心熱血。元代鄭元祐《張御史死節歌》："孤忠既足明丹心，三年猶須化碧血。"清代丘逢甲《和平里行》："南來未盡支天策，碧血丹心留片石。"同 丹心碧血、碧血紅心。

【碩大無朋】shuò dà wú péng《詩經•椒聊》："椒聊之實，蕃衍盈生。彼其之子，碩大無朋。"後以"碩大無朋"形容非常之大，大到找不到第二個。《聊齋誌異•蓮香》："晨起，睡舄遺墮，索着之，則碩大無朋矣。"清代淮陰百一居士《壺天錄》卷下："一母豬十年不生產，其腹皤然下墜，碩大無朋。"◇匣中裝着兩粒精光四射、碩大無朋的鑽石，價值連城，眾人無不驚歎。同 碩大無比。反 微乎其微。

【碩果僅存】shuò guǒ jǐn cún 樹上唯一留下的大果子。比喻經過長時間變遷淘汰，幸存下來的稀少的人或事物。清代葉廷琯《吹網錄•胡心耘輯〈宇文紹奕事實〉》："惟宇文氏考異，實為碩果僅存。"老舍《茶館》第二幕："北京城內的大茶館已先後相繼關了門。'裕泰'是碩果僅存的一家了。"◇幾經變亂之後，一張牀和幾件木製傢具，就是碩果僅存的東西了。

【磕牙料嘴】kē yá liào zuǐ 磕牙：說長道短，閒聊戲謔。料嘴：鬥嘴、亂扯、瞎說。形容無所事事，以說長道短、東拉西扯來消遣度日。元代無名氏《舉案齊眉》三折："咱與你甚班輩？自來不相會，走將來磕牙料嘴。"元代關漢卿《陳母教子》三折："我可也不和你暢叫揚疾，誰共你磕牙料嘴！"◇你閒得沒事幹，跑到這兒來磕牙料嘴！反 義正辭嚴。

【確切不移】què qiè bù yí 準確、恰當，無可改變。《官場現形記》四二回："《詩經》上這兩句我還記得，是'我送舅氏，曰至渭陽。'如今用這個典故，可稱確切不移。"蔣介石《就任民國總統演說》："我戮力國事四十年，確信國文所說：'凡事之應乎天理，順乎人心，合乎世界潮流與人群需要，而為先覺之士所決志行之者，則無不成。'這一句話實在是確切不移的真理。"也作"確鑿不移"。《負曝閒談》七回："天下四大碼頭，英國倫敦、法國巴黎、美國紐約、中國上海，這是確鑿不移的。"同 千真萬確。反 半真半假。

【確鑿不移】què záo(zuò) bù yí 見"確切不移"。

【磐石之安】pán shí zhī ān 見"磐石之固"。

【磐石之固】pán shí zhī gù 磐石：厚而大的石頭。《荀子•富國》："為名者否，為利者否，為忿者否，則國安於盤石，壽於旗翼。"盤：同"磐"。後用"磐石之固"、"磐石之安"、"盤石之安"形容非常穩固。三國魏曹植《求審舉之義疏》：

"臣伏惟陛下遠覽姬文二虢之援，中慮周成召畢之輔，下存宋昌磐石之固。"唐代李德裕《張辟疆論》："況外有齊楚淮南磐石之固，內有朱虛東牟肺腑之親。"《三國演義》七七回："主公勿憂，某有一計，令西蜀之兵不犯東吳，荊州如磐石之安。"清代陸隴其《謙守齋記》："有方盛而忽衰者，必其自尊大，視其家若泰山之固、盤石之安，人無如我何者也。"◇少林五拳樁練武的人，只要兩腿分立，五趾掀地，往往就如松生根，若磐石之固。同 盤石之固、穩如泰山。反 危若累卵、搖搖欲墜。

【磨刀霍霍】mó dāo huò huò ❶用勁磨刀，霍霍有聲。古樂府《木蘭詩》："小弟聞姊來，磨刀霍霍向豬羊。"宋代舒岳祥《守歲行》："磨刀霍霍割紅鮮，銀鬣翻光趁湖上。"❷形容備好武器，準備行兇或動武。明代朱國禎《湧幢小品•篤行》："招礦夫三人，令殺公……鄰人密告曰：'公知夜來危乎！所共飯礦夫，磨刀霍霍者，意在公也。'"清代田雯《清溪行》："麾下甲士目眦裂，磨刀霍霍爭喧豗。"❸形容已做足準備，摩拳擦掌，躍躍欲試。多指擬採用陰謀手段或某種謀略、辦法，威逼、侵害、遏制或打擊對方。梁啟超《新民說》一七："我以病夫聞於世界，手足癱瘓，已盡失防護之機能。東西諸國，莫不磨刀霍霍，內向而魚肉我矣。"◇我看S公司的這一招兒，簡直就是磨刀霍霍，我們不能不防。同 殺氣騰騰。

【磨杵成針】mó chǔ chéng zhēn 將鐵杵磨成針。杵：棒槌狀的工具。用於築土、搗衣、舂穀物。宋代無名氏《錦繡萬花谷續集•眉州》："昔李白讀書於象宜山中，未成，棄去。過小溪，逢老嫗方磨鐵杵。問之。曰：'欲作針。'太白感其意，還，卒業。"後用"磨杵成針"形容堅持不懈，功到自然成。明代楊慎《七星橋記》："人心若堅，神功可冀。矢磨杵成針之志，徼折梅寄橘之靈。"◇凡事都貴在堅持，水滴石穿，磨杵成針，堅韌不拔，事情終能成功。同 鐵杵成針、磨穿鐵硯。

【磨穿鐵硯】mó chuān tiě yàn《新五代史•桑維翰傳》："主司惡其姓，以為'桑'、'喪'同音。人有勸其不必舉進士，可以從他求仕者。維翰慨然……鑄鐵硯以示人曰：'硯弊，則改而他仕。'卒以進士及第。"後用"磨穿鐵硯"形容學習刻苦用功，堅持不懈。元代范康《竹葉舟》一折："坐破寒氈，磨穿鐵硯，自誇經史如流。"明代葉憲祖《鸞鎞記•勵志》："我待磨穿鐵硯，喜從今喚醒莊生蝶，看他年晝錦還家，免教人獨歸昏夜。"也作"鐵硯磨穿"。明代王玉峰《焚香記•看榜》："烏紗白髮人爭羨，須知鐵硯磨穿。"同 鐵杵成針。反 無所事事、無所用心。

【磨拳擦掌】mó quán cā zhǎng 見"摩拳擦掌"。

【磨礪(厲)以須】mó lì yǐ xū 磨礪：在磨刀石上磨擦。須：等待。比喻做好準備，伺機行動。《左傳•昭公十二年》："子革曰：'摩厲以須，王出，吾刃將斬矣。'"《新唐書•蘇源明傳》："姦夫盜兒，連牆接棟，磨礪以須陛下之出，御史大夫必不能澄清禁止。"宋代蘇軾《杭州召還乞郡狀》："此二事皆非大臣本意，竊計黨人必大猜忌，磨礪以須，勢必如此。"《東周列國誌》一〇三回："檄文到日，磨厲以須，車馬臨時，市肆勿變。"

【礎潤而雨】chǔ rùn ér yǔ 柱下的基石潮潤，是將要下雨的徵兆。比喻從事先的徵兆可以預測事態的發展。宋代蘇洵《辨奸論》："事有必至，理有固然。惟天下之靜者，乃能見微而知著。月暈而風，礎潤而雨，人人知之。"◇礎潤而雨，這件事敲響了警鐘，不能再掉以輕心了。同 月暈而風、"月暈而風，礎潤而雨"。

【礪山帶河】lì shān dài hé《史記•高祖功臣侯者年表序》："封爵之誓曰：'使河如帶，泰山若礪，國以永寧，爰及苗裔。'"說黃河變得像衣帶一樣細，泰山如同磨刀石一般小，國運與封爵才會滅絕；實際是說後代子孫的封爵與國運永遠昌盛，如黃河滔滔不絕，似泰山巍然屹立。後用"礪山帶河"、"礪帶河山"表示國運和子孫爵位傳之無窮。《宋史•趙鼎傳》："今浚有補天浴日之功，陛下有礪山帶河之勢，君臣相信，古今無二。"明代唐順之《皇陵行》："戈矛貔虎三千士，礪帶河山十八臣。"蔡東藩《民國通俗演義》八六回："因得優待條件，勒諸憲章，礪山帶河，永永無極。" 反 存亡未卜、國破家亡。

【礪帶河山】lì dài hé shān 見"礪山帶河"。

【礙手礙腳】ài shǒu ài jiǎo 比喻妨礙別人做事，讓人感到不方便。《初刻拍案驚奇》卷三二："萬一做下了事，被他知道了，後邊有些嫌忌起來，礙手礙腳，到底不妙。"《紅樓夢》一八回："寶釵因說道：'咱們別在這裏礙手礙腳。'說着，和寶玉等便往迎春房中來。"郭沫若《洪波曲》第七章："往常總是礙手礙腳的四大秘書，這一次可不礙了。"

示 部

【社鼠城狐】shè shǔ chéng hú 社：古代的土地神和供奉土地神的廟。《晏子春秋•問上》："夫社，束木而塗之，鼠因而托焉，熏之則恐燒其木，灌之則恐敗其塗。此鼠所以不可得殺者，以社故也。"後用"社鼠城狐"比喻依仗他人的勢力欺壓人的惡人。唐代魏徵《〈群書治要〉序》："社鼠城狐，反白仰黑。"宋代李綱《八月十一日次茶陵縣入界湖南有感》詩："巨蠹推窮付囹圄，社鼠城狐掃巢穴。"梁啟超《改鹽法議》："作弊之技，愈久愈精，社鼠城狐，去之無術。" 同 城狐社鼠。

【祛病延年】qū bìng yán nián 除去疾病，延長壽命。《西遊記》七九回："陛下，從此色慾少貪，陰功多積，凡百事將長補短，自足以祛病延年。" ◇足底按摩可調理臟腑，平衡陰陽，疏通經脈，強身健體，祛病延年。同 卻病延年。

【神工鬼斧】shén gōng guǐ fǔ 見"鬼斧神工"。

【神不守舍】shén bù shǒu shè 魂魄不在軀體裏。形容心神不定，恍恍惚惚的樣子。清代紀昀《閱微草堂筆記•姑妄聽之一》："蓋疲睏之極，神不守舍，真陽飛越，遂至離魂。"《三俠五義》二五回："眾位鄉親別笑，這是他剛然蘇醒，神不守舍之故。"《廿載繁華夢》三六回："各人嗚嗚咽咽啼哭，神不守舍，只香桃對各家人說道：'罪及妻孥，有甚麼可說！'" 同 魂不守舍、心不在焉。反 專心致志、聚精會神。

【神乎其神】shén hū qí shén 乎：語助詞；其：那樣。《莊子•天地》："深之又深而能物焉，神之又神而能精焉。"後以"神乎其神"形容神奇奧妙到了極點。《鏡花緣》九二回："師母這雙慧眼，真是神乎其神，此珠果是大蚌腹中之物。"蕭乾《善心》："由於他們把扒手講得那麼神乎其神，我心裏也不免琢磨起該怎樣提防一下。" 同 神之又神。

【神出鬼沒】shén chū guǐ mò 出：出現；沒：消失。《淮南子•兵略訓》："善者之動也，神出而鬼行。"後用"神出鬼沒"：❶比喻用兵靈活，時隱時現，機詐多變。唐代崔致遠《安再榮管臨懷都牒》："前件官夙精韜略，歷試機謀，嘗犯重圍，決成獨戰，實可謂神出鬼沒。"明代無名氏《伐晉興齊》二折："論此人兵法鮮有，才藝無雙，運籌帷幄，神出鬼沒，人莫能窺。"❷形容變化多端，不可捉摸，難知底細。宋代朱熹《論差役利害狀》："當此役者，其間狡猾奸巧百端，避先趨後，舍重取輕，顛倒錯亂，神出鬼沒。"《初刻拍案驚奇》卷一八："世上有這一夥燒丹煉汞之人，專一設立圈套，神出鬼沒，哄那貪夫癡客。"魯迅《兩地書》六八："今天又另派探子，到我這裏來探聽伏園消息。我不禁好笑，答得極其神出鬼沒，似乎不來，似乎並非不來，而且立刻要來，於是乎終於莫名其妙而去。"

【神色不動】shén sè bù dòng 見"神色自若"。

【神色自若】shén sè zì ruò 神色：神情態度。自若：自然不變化。形容面臨突發的情況時，態度鎮定，不慌不亂。《世說新語•任誕》："籍飲啖不輟，神色自若。"《魏書•景穆十二王傳》："顥和曰：'乃可死作惡鬼，不能生為叛臣。'及將殺之，神色自若。”沈從文《一個大王》：“還說這婦人被殺時一句話不說，神色自若的坐在自己那條大紅毯上，頭掉下地時，屍身並不倒下。”巴金《長夜》：“現在她神色自若地走上斷頭台去，就像去赴宴會。”也作“神色不動”。《太平廣記》卷一六：“俄而猛虎毒龍，狻猊獅子，蝮蠍萬計，哮吼拿攫而爭前欲搏噬，或跳過其上，子春神色不動。”同 神態自若、神色不撓。反 驚慌失措、心慌意亂。

【神州陸沉】shén zhōu lù chén 神州：中國。陸沉：意為沉沒。說國土之沉沒並非洪水而出於禍亂。比喻國土淪喪，為敵方侵佔。《世說新語•輕詆》：“桓公入洛，過淮泗，踐北境，與諸僚屬登平乘樓，眺矚中原，慨然曰：‘遂使神州陸沉，百年丘墟，王夷甫諸人不得不任其責！’”《清朝野史大觀》卷四：“以區區康有為、大阿哥之故，幾使神州陸沉……是可為太息者也。”◇日寇入侵，致使我神州陸沉，人民遭受極大苦難。

【神來之筆】shén lái zhī bǐ 指創作時靈感陡然而至，佳妙文句、畫作頓出筆下，似有神助一般。《二十年目睹之怪現狀》三七回：“雪漁又道：‘這三張東西，我自己畫的也覺得意，真是神來之筆。’”梁漱溟《人心與人生》：“詩人巧得妙句，畫家有神來之筆，不唯旁人所不測，他自己亦不能說其所以然。”周作人《知堂回想錄》一七三：“這可以算是打油詩中之最高境界，自己也覺得彷彿是神來之筆。”同 神到之筆、生花之筆。

【神采(彩)奕奕】shén cǎi yì yì 形容精神飽滿，容光煥發。明代朱國禎《資德大夫正治上卿高先生墓誌銘》：“自幼神采奕奕，善讀書，言動如成人。”《二十年目睹之怪現狀》四五回：“旁邊一個人，舉起了手，五指齊舒，又張開了口，雙眼看着盤內，真是神彩奕奕。”馮玉祥《我的生活》二七章：“薩那時剛從海軍部回家，穿着西服，神采奕奕，態度可親。”同 神采（彩）煥發、神采（彩）飛揚。反 沒精打采（彩）、無精打采（彩）。

【神采飛揚】shén cǎi fēi yáng 神采：神情風采，風貌。形容精神飽滿，容光煥發，志氣高昂。曹禺《膽劍篇》二幕：“夫差年已五旬以上，面染風霜，多了皺紋，但還是神采飛揚。”茅盾《霜葉紅似二月花》：“和光燃起一支香煙，抽了幾口，就在婉卿對面坐下，神采飛揚地笑了笑。”同 神采奕奕。反 無精打采。

【神采煥發】shén cǎi huàn fā 形容精神振奮，風采動人。《元史•趙孟頫傳》：“孟頫才氣英邁，神采煥發，如神仙中人。世祖顧之喜，使坐右丞葉李上。”魯迅《新藥》：“宮女們果然個個神采煥發了，卻另有許多瘦得不像人樣的男人，拜伏在地上。”同 神采奕奕、神采煥然。反 萎靡不振。

【神思恍惚】shén sī huǎng hū 神思：精神、思緒。形容心神不定的樣子。漢代揚雄《法言•問神》：“神心恍惚，經緯萬方。”《太平廣記》卷一五二引唐代無名氏《鄭德璘》：“將暮，有漁人語德曰：‘向者賈客巨舟，已全家歿於洞庭矣！’德璘大駭，神思恍惚，悲惋久之，不能排抑。”蔡東藩《慈禧太后演義》二回：“那蘭兒幾疑身入廣寒，弄得神思恍惚，心不由主。”也作“神情恍惚”。《魏書•侯莫陳悦傳》：“悅自殺岳後，神情恍惚，不復如常。”《紅樓夢》一一三回：“劉姥姥看着鳳姐骨瘦如柴，神情恍惚，心裏也就悲慘起來。”同 神氣恍惚、神魂恍惚。

【神怒人怨】shén nù rén yuàn 天公震怒，人民怨恨。形容作惡多端，罪大惡極，引起普遍的憤怒。《南史•傅縡傳》：“兆庶流離，轉屍蔽野，貨賂公行，帑藏損耗，神怒人怨，眾叛親離。”同 天怒人怨、天人共憤。

【神氣十足】shén qì shí zú 神氣：神情。形容表情十分得意和傲慢。《八十一夢•第五夢》：“我看他面團團的帶着紅光，嘴唇上有鬍無鬚的，透着一點黑影，神氣十足。”《北洋軍閥統治時期史話》一四章：“院秘書長在總統面前神氣十足。”鄧拓《新的“三上文章”》：“與其神氣十足地說‘寫文章’，不如普普通通地說‘寫話’更好。”同 神氣活現。反 垂頭喪氣。

【神氣活現】shén qì huó xiàn 形容自以為了不起，趾高氣揚，得意的樣子。鄒韜奮《經歷》一五："你不要那樣神氣活現！我不是你個人的英文秘書，我不寫！"◇誰肯買她的賬，單是她那副神氣活現的樣子，我就看不順眼！同 得意忘形、趾高氣揚。反 點頭哈腰、低三下四。

【神秘莫測】shén mì mò cè 見"神鬼莫測"。

【神鬼不測】shén guǐ bù cè 見"鬼神莫測"。

【神鬼莫測】shén guǐ mò cè 即使是神仙鬼怪也無法揣測。形容詭秘難知。《初刻拍案驚奇》卷二四："自道神鬼莫測，豈知天理難容。"《三國演義》八七回："諸將皆拜伏曰：'丞相機算，神鬼莫測！'"茅盾《子夜》："投機事業就和出兵打仗一樣，何況又有個神鬼莫測的老趙是對手方。"也作"神秘莫測"。莫言《豐乳肥臀》："一團團的霧氣，從那條小路裏湧出來，神秘莫測的路的深處，有動物的鳴叫，還有很遠的打鬥聲和沙棗花尖銳的叫聲。"同 鬼神莫測、神鬼不測。

【神差鬼使】shén chāi guǐ shǐ 見"鬼使神差"。

【神情恍惚】shén qíng huǎng hū 見"神思恍惚"。

【神通廣大】shén tōng guǎng dà 神通：佛教指修行有成者所具有的神奇能量。後泛指高明奇妙的本領。也形容活動能力強，門道多。《敦煌變文集·維摩詰經講經文》："伏以維摩居士，具四般之才辯，告以難偕，現廣大之神通。"《西遊記》二十回："（孫行者）神通廣大，智力高強，你怎麼能夠捉得他來？"《三俠五義》四回："方才遇見相公的親隨，説相公神通廣大，法力無邊，望祈搭救我家小姐才好！"同 三頭六臂。反 黔驢技窮。

【神閒氣定】shén xián qì dìng 神情安閒不躁，氣色平和。形容人心緒平靜，不為外物所動。明代馮夢龍《智囊補·張佳胤》："當命懸呼吸間，而神閒氣定，款語揖讓，從眉指目語外，另構空中碩畫。"◇即使有天大的事，他總能鎮定自若，如置身事外般，神閒氣定。同 神閒氣靜、氣定神閒。反 心慌意亂、方寸大亂。

【神搖意奪】shén yáo yì duó 形容精神被某事物所吸引所感化，心思淆亂，不能自持。《聊齋誌異·畫壁》："朱注目久，不覺神搖意奪，恍然凝思，身忽飄飄，如駕雲霧。"◇她站在寧靜的水邊，凝思與彥西的那段戀情，漸漸神搖意奪，流下兩行淚來。

【神搖魂蕩】shén yáo hún dàng 見"神魂飄蕩"。

【神魂顛倒】shén hún diān dǎo 神魂：神志。形容對人或事物過分癡迷、思念而心神不定，精神恍惚。明代無名氏《女真觀》三折："怎禁它鳳求凰良夜把琴調，詠月嘲風詩句挑，引的人神魂顛倒。"《老殘遊記》二回："不過二三年工夫，創出這個調兒，竟至無論南北高下的人，聽了他唱書，無不神魂顛倒。"◇自從遇到那個女孩兒，一見鍾情，便神魂顛倒，不能自拔。同 夢魂顛倒。

【神魂飄蕩】shén hún piāo dàng 形容心神恍恍惚惚，無從控制。也作"神搖魂蕩"。《醒世恆言》卷一五："年紀不上二十，面龐白皙如玉，天然豔冶，韻格非凡。大卿看見恁般標致，喜得神魂飄蕩。"《東周列國誌》九九回："喜得公孫乾和異人目亂心迷，神搖魂蕩，口中讚歎不已。"《老殘遊記》九回："子平覺得翠眉含嬌，丹唇啟秀，又似有一陣幽香，沁入肌骨，不覺神魂飄蕩。"同 神魂搖蕩、神魂顛倒。

【神機妙算】shén jī miào suàn 機：心思；算：謀劃。超人的智慧和高明的計策。形容善於洞察情勢，定出對策，把握勝算。《三國演義》四六回："瑜大驚，慨然歎曰：'孔明神機妙算，吾不如也。'"◇靠你的神機妙算，這筆投資一定能贏大錢。同 神機妙策、神謀妙算。

【神頭鬼面】shén tóu guǐ miàn 也作"神頭鬼臉"。❶ 形容表情怪異，滿臉不高興的樣子。元代喬夢符《兩世姻緣》一折："每日價神頭鬼面，怎生的將我來直恁熬煎！"元代武漢臣《玉壺春》三折："動不動神頭鬼臉，投河奔井。"❷ 比喻標新立異，怪模怪樣，故作奇特。宋代朱熹《答鞏仲至書》：“夫古人之詩，本豈有意於平淡哉！但對今之狂怪雕鎪，神頭鬼面，則見其平。”明代葉盛《水東日記》：“近之作者，神頭鬼面，以為新奇。”同 神頭鬼腦。

【神頭鬼臉】shén tóu guǐ liǎn 見“神頭鬼面”。

【禁情割慾】jìn qíng gē yù 抑制情感、摒除慾望。《論衡·本性》：“一歲嬰兒，無推讓之心，見食，號欲食之；睹好，啼欲玩之，長大之後，禁情割慾，勉勵為善矣。”◇古代社會的家教甚嚴，禁情割慾幾乎成了束縛男女感情的桎梏。

【禁網疏闊】jìn wǎng shū kuò 禁網：比喻法律。形容法律寬鬆或寬弛。《漢書·游俠傳序》：“及漢興，禁網疏闊，未之匡改也。”《隋書·裴蘊傳》：“於時猶承高祖和平之後，禁網疏闊，戶口多漏，或年及成丁，猶詐為小；未至於老，已免租賦。”◇在那個特殊的年代，由於禁網疏闊，各種思潮不斷湧現。同 網開三面。

【禁暴誅亂】jìn bào zhū luàn 誅：懲罰，討伐。抑止強暴勢力，懲罰作亂者。《史記·秦始皇本紀》：“太史公曰：‘其強也，禁暴誅亂，而天下服。”金代元好問《秦王擒竇建德降王世充露布》：“其有怙奸自終，同惡相濟，雖合縱連橫而自為得計，而禁暴誅亂者理有固然。”◇警察的工作是禁暴誅亂，保國安民。

【禍不單行】huò bù dān xíng 漢代劉向《說苑·權謀》：“此所謂福不重至，禍必重來者也。”後用“禍不單行”表示不幸的事接踵而來。元代施惠《幽閨記·皇華悲遇》：“軍馬臨城，無計將身免，這苦怎言？禍不單行，中路兒不見。”明代高明《琵琶記·糟糠自厭》：“福無雙降猶難信，禍不單行卻是真。”魯迅《故事新編·采薇》：“然而禍不單行，掉在井裏面的時候，上面偏又來了一塊大石頭。”同 多災多難、“福無雙至，禍不單行”。反 洪福齊天。

【禍起蕭牆】huò qǐ xiāo qiáng 蕭牆：古代宮室內當門的小牆，用以分隔內外。《論語·季氏》：“吾恐季孫之憂，不在顓臾，而在蕭牆之內也。”比喻禍亂發生自內部。晉代慕容垂《上苻堅表》：“臣才非古人，致禍起蕭牆，身嬰時難，歸命聖朝。”宋代范仲淹《奏上時務書》：“國侵則害加黎庶，德敗則禍起蕭牆。”《秦併六國平話》卷下：“祖舜宗堯致太平，秦皇何事苦蒼生？不知禍起蕭牆內，虛築防胡萬里城。”《鏡花緣》六八回：“無如族人甚眾，良莠不齊，每每心懷異志，禍起蕭牆。”同 蕭牆禍起、釁起蕭牆。

【禍國殃民】huò guó yāng mín 殃：使受災禍。使國家受害，讓人民遭殃。明代馮從吾《丁未冬稿序》：“王安石假六藝以售申韓桑孔之計，卒至禍國殃民而不可救藥。”清代方東樹《大意尊行·立行》：“古今墮名喪節，亡身赤族，禍國殃民，無不出於有過人之才智者。”李六如《六十年的變遷》第十章：“你說各派軍閥都是禍國殃民，搶地盤，這話可能也對。”反 強國富民。

【禍從天降】huò cóng tiān jiàng 形容災禍突然無端降臨，不曾料想得到。《舊唐書·劉瞻傳》：“因兩人之藥誤，老幼械繫三百餘人，咸云：宗召荷恩之日，寸祿不沾，進藥之時，又不同議。此乃禍從天降，罪非己為。”元代孔文卿《東窗事犯》一折：“則那逆天的天不教命亡，順天的禍從天降。”《水滸全傳》四五回：“禍從天降，災向地生。恰似破屋更遭連夜雨，漏船又遇打頭風。”同 禍出不測、大禍臨頭。反 吉星高照、禍福由人。

【禮尚往來】lǐ shàng wǎng lái ❶在禮儀上注重相互尊重，有來有往。禮：禮節；尚：重視。《禮記·曲禮上》：“禮尚往來。往而不來，非禮也；來而不往，亦非禮也。”五代王定保《唐摭言·進士歸禮部》：“夫禮尚往來，來而不往，非禮也。”❷對方給予自己，自己對等地回予對方。《東周列國誌》九六回：“相如亦請於秦王曰：‘禮尚往來，趙既進十五城於秦，秦不可不報。亦願以秦之咸陽為趙王壽。’”同 禮無不答。

【禮崩樂壞】lǐ bēng yuè huài 見“禮壞樂崩”。

【禮義之邦】lǐ yì zhī bāng 也作“禮儀之邦”。指講究禮儀，崇尚道義，道德風尚良好的國家或地區。◇中國自古以來就是禮義之邦／我們關中地區向來就是禮儀之邦，熱心結交四海之內的朋友。

【禮義廉恥】lǐ yì lián chǐ 禮：遵守當時的政治制度，不犯上，不作亂。義：人與人交往遵循的準則。廉：廉潔方正。恥：知榮辱。中國古代社會提倡的四大道德規範，也是治國的政綱。後泛指一般的禮義道德。《管子·牧民》：“國有四維……何謂四維？一曰禮，二曰義，三曰廉，四曰恥。”《淮南子·本經訓》：“當此之時，無慶賀之利，刑罰之威，禮義廉恥不設，毀譽仁鄙不立，而萬民莫相侵欺暴虐。”宋代陳亮《上孝宗皇帝書》：“天子蚤夜憂勤於上，以禮義廉恥嬰士大夫之心。”清代黃宗羲《子劉子行狀》：“禮義廉恥，士君子居身之本繫焉。”◇滿嘴的禮義廉恥，一肚子男盜女娼。反 鼠竊狗盜、男盜女娼。

【禮賢下士】lǐ xián xià shì 禮賢：尊重賢者；下士：降低身份結交有才德的人。指地位較高的人敬重或延請有才德的人。《宋書·江夏文獻王義恭傳》：“禮賢下士，聖人垂訓；驕侈矜尚，先哲所去。”清代袁枚《隨園詩話》卷二：“畢秋帆先生……酷嗜文墨，禮賢下士。”《二十年目睹之怪現狀》四回：“我今天看見了一位禮賢下士的大人先生，在今世只怕是要算絕少的了。”同 敬賢禮士。

【禮儀之邦】lǐ yí zhī bāng 見“禮義之邦”。

【禮壞樂崩】lǐ huài yuè bēng 形容社會秩序混亂，原有的規章、制度、法紀、道德倫理都遭到嚴重破壞。《漢書·武帝紀》：“蓋聞導民以禮，風之以樂。今禮壞樂崩，朕甚閔焉。”唐代白居易《叔孫通定朝儀賦》：“秦吞六雄之後，漢承百代之弊，禮壞樂崩，上陵下替。”也作“禮崩樂壞”。《隋書·音樂志中》：“禮崩樂壞，其來自久，今太常雅樂，併用胡聲。”章炳麟《與簡竹居書》：“中唐以來，禮崩樂壞，狂狡有作，自己制則，而事不稽古。”

禾部

【秀外慧（惠）中】xiù wài huì zhōng 形容女子外貌秀麗，資質聰明。惠：同“慧”。唐代韓愈《送李願歸盤谷序》：“曲眉豐頰，清聲而便體，秀外而惠中。”《聊齋誌異·香玉》：“卿秀外惠中，令人愛而忘死。”清代和邦額《夜談隨錄·董如彪》：“如彪稟賦與父殊，秀外慧中，尤喜篇什。”《民國通俗演義》四六回：“是時洪女年方十九，秀外慧中，能以目聽，以眉視。”

【秀出班行】xiù chū bān háng 班行：指同列，同輩。才能優秀，超出同列或同輩。唐代韓愈《唐故江南西道觀察使洪州刺史太原王公神道碑銘》：“敷文帝階，擢列侍從；……秀出班行，乃動帝目。”清代袁枚《答梁瑤峰司農》：“常州新拔貢生殷傑，少年好學，秀出班行。”◇他少年有為，秀出班行，是青年中的俊彥。同 出人頭地、脫穎而出。

【秀而不實】xiù ér bù shí 秀：植物抽穗開花。實：結果實。❶《論語·子罕》：“子曰：‘苗而不秀者有矣夫！秀而不實者有矣夫！’”後用“秀而不實”比喻資質聰穎而不幸早死或才能出眾而功業不成。唐代楊炯《從弟去盈墓誌銘》：“豈期數有迍否，天無皂白，苗而不秀，秀而不實，蓋有是夫！”元代無名氏《舉案齊眉》一折：“便道是秀才每秀而不實有矣夫，想皇天既與他十分才，也注還他一分祿，包的個上青雲平步取。”南懷瑾《論語別裁·學而有成難》：“我們常看到年輕人文章寫得好，有許多人寄以厚望，我說不見得，這就是‘苗而不秀，秀而不實。’”❷ 比喻虛有其表。宋代吳可《藏海詩話》：“要當以意為主，輔之以華麗，則中邊皆甜也。裝點者外腴而中枯故也，或曰秀而不實。”同 華而不實。

【秀色可餐】xiù sè kě cān 晉代陸機《日出東南隅行》：“鮮膚一何潤，秀色若可餐。”❶ 形容女子姿容非常秀麗。明代孫柚《琴心記•賚金買賦》："小姐，你不惟秀色可餐，這文詞益妙，真箇女相如也。"《鏡花緣》六六回："只見個個……於那娉婷嫵媚之中，無不帶着一團書卷秀氣，雖非國色天香，卻是斌斌儒雅。古人云'秀色可餐'，觀之真可忘飢。"《唐史演義》一四回："看他淡妝淺抹，秀色可餐，一種哀豔態度，真是有筆難描。"❷形容景色非常優美。宋代王明清《揮麈後錄》卷二引李質《艮嶽賦》："森峨峨之太華，若秀色之可餐。"清代鈕琇《觚賸•石言》："此中石，時有蔚藍者，秀色可餐。"同 山明水秀、娟好靜秀。反 窮山惡水。

【私心雜念】sī xīn zá niàn 指為個人或小集團利益的種種考慮和打算。巴金《隨想錄•願化泥土》："我發覺自己在私心雜念的包圍中，無法淨化自己的心靈。"◇人只要摒棄私心雜念，沒有貪婪之心，就會覺得快樂。反 出以公心、大公無私。

【私相授受】sī xiāng shòu shòu 私下裏給予和接受。清代魏文忠《繡雲閣》一回："道本無私，而世之傳道者，何多私相授受也。"《官場現形記》五二回："雖然是一個願賣，一個願買，然而內地非租界可比，華商同洋商，斷不能私相授受。"郁達夫《敵我之間》："若私相授受，為敵國的新聞雜誌撰文，萬一被歪曲翻譯，拿去作為宣傳的材料呢？"

【秉公無私】bǐng gōng wú sī 秉公：主持公道。做事公道，不摻雜私心私利。《説岳全傳》七三回："故特請諸公到此三曹對案，以明天地鬼神，秉公無私，但有報應輕重遠近之別耳。"蔡東藩《前漢通俗演義》八二回："我生平決獄，秉公無私，平反案不下十百，這也是一件陰德。"同 公正無私。反 循私舞弊。

【秉公辦理】bǐng gōng bàn lǐ 秉公：主持公道。根據公道的原則辦事。《官場現形記》五七回："本部院凡事秉公辦理，從不假手旁人。"《三俠五義》七七回："白玉堂道：'小弟奉旨拿人，見了北俠，自然是秉公辦理，焉敢徇情。'"梁羽生《風雲雷電》五八回："他是王爺所要緝拿的人，日後即使郡主見怪，料想王爺也會秉公辦理的。"反 營私舞弊、循私舞弊。

【秉筆直書】bǐng bǐ zhí shū 秉：握。拿起筆來，如實寫出。《兒女英雄傳》三一回："那著書的既不曾秉筆直書，我說書的便無從懸空武斷，只好作為千古疑案。"《孽海花》三五回："我是秉筆直書，懸之國門，不能增損一字。"李彥喬《官場》一部二十："不過，從今天起，我在寧康的功過是非，希望你一定要秉筆直書。"反 諱莫如深、隱惡揚善。

【秉燭夜遊】bǐng zhú yè yóu 秉：拿着。《古詩十九首•生年不滿百》："晝短苦夜長，何不秉燭遊？"後用"秉燭夜遊"表示及時行樂或珍惜光陰。晉代陸機《董桃行》："昔為少年無憂，常怯秉燭夜遊。"唐代李白《春夜宴桃李園序》："浮生若夢，為歡幾何？古人秉燭夜遊，良有以也！"◇同樣是"愛惜光陰"，有人講究秉燭夜遊，及時行樂，有人主張挑燈夜戰，奮發圖強。同 炳燭夜遊。反 聞雞起舞。

【秋水伊人】qiū shuǐ yī rén 秋水：秋天清洌的水。常比喻清亮的眼睛。伊人：那個人，多指意中人。《詩經•蒹葭》："蒹葭蒼蒼，白露為霜。所謂伊人，在水一方。"後以"秋水伊人"表示因眼前景物觸動起想念朋友或情人的思緒。清代龔萼《雪鴻軒尺牘•答許葭村》："登高望遠，極目蒼涼，正切秋水伊人之想。適接瑤章，如同晤對，即滿浮三大白，不負茱萸令節也。"◇初嘗離別的滋味，很難擺脱那種秋水伊人、哀怨傷感之呻吟。同 睹物思人、見景生情。

【秋月春風】qiū yuè chūn fēng 秋天的月色，春日的和風。形容良辰美景或美好的季節、歲月。唐代白居易《琵琶行》："今年歡笑復明年，秋月春風等閒度。"也作"春花秋月"。南唐李煜《虞美人》詞："春花秋月何時了，往事知多少！"《醒世恒言》卷一三："若是氏兒前程遠大，將來嫁得一個良人，一似尊神模樣，偕老百年，也不辜負了春花秋月，説甚麼富貴榮華。"清代梁紹壬《兩般秋雨庵隨筆》卷一：“小照舊例，景則春花秋月，事則彈琴詠詩。”同 秋月春花、春風秋月。反 淒風苦雨、殘枝敗葉。

【秋色平分】qiū sè píng fēn 宋代李樸《中秋》詩：“皓魄當天曉鏡升，雲閑仙籟寂無聲。平分秋色一輪滿，長伴雲衢千里明。”後用“秋色平分”比喻各佔一半，不分高低上下。◇兩人都是圍棋老手，從上午對弈到深夜，依舊秋色平分。同 平分秋色、不相上下。

【秋後算賬】qiū hòu suàn zhàng ❶ 指農民在秋收後結算收支賬目。◇正值霜打楓葉紅的時候，幾家合作農戶聚在一起秋後算賬。❷ 比喻事後進行清算報復。◇此人是個笑面虎，現在說得好聽，保不定甚麼時候就會秋後算賬。

【秋風過耳】qiū fēng guò ěr 像一陣秋風從耳旁吹過。形容漠不關心，不聞不問。漢代趙曄《吳越春秋•吳王壽夢傳》：“富貴之於我，如秋風之過耳。”《西遊記》七七回：“莫說是麻繩捆的，就是碗粗的棕纜，只也當秋風過耳，何足罕哉！”◇他只相信權力和拳頭，甚麼誠信、忠厚之類的話，只當秋風過耳，想都不去想。同 如風過耳。

【秋高氣爽】qiū gāo qì shuǎng 秋日的天空明淨高朗，氣候清爽，舒適宜人。唐代杜甫《崔氏東山草堂》詩：“愛汝玉山草堂靜，高秋爽氣相鮮新。”宋代葛長庚《酹江月》詞：“羅浮山下，正秋高氣爽，淒涼風物。”清代袁于令《西樓記•錯夢》：“秋高氣爽雁行斜，暗風吹亂蛩悲咽。”魯迅《兩地書》七四：“廣州天氣甚佳，秋高氣爽，現時不過穿二單衣，畏寒的早晚加袷衣就足夠了。”同 秋高氣和、秋高氣肅。

【秋荼密網】qiū tú mì wǎng 荼：茅草上的白花，秋天就繁盛起來，茫茫一片。比喻刑法繁瑣苛細，像秋荼一樣繁多，羅網一般嚴密。漢代桓寬《鹽鐵論•刑德》：“昔秦法繁於秋荼，而網密於凝脂。”南朝齊代王融《永明九年策秀才文》：“傷秋荼之密網，惻夏日之嚴威。”也作“密網秋荼”。清代林昌彝《海天琴思續錄》五：“每嗟密網繁秋荼炎，夏日嚴威多。”同 文深網密、嚴刑峻法。反 網開三面、寬大為懷。

【秋毫不犯】qiū háo bù fàn 見“秋毫無犯”。

【秋毫之末】qiū háo zhī mò 形容非常細微或細小的東西。秋毫：鳥獸在秋天新長出的細毛。末：末梢。《孟子•梁惠王上》：“明足以察秋毫之末，而不見輿薪。”宋代司馬光《體要疏》：“夫以田舍一婦人有罪，在於四海之廣，萬機之眾，其事之細，何啻秋毫之末。”清代東軒主人《述異記•祝玉成牙畫》：“畫事入微，渺如秋毫之末。”◇在他的心裏，金錢是秋毫之末，而朋友家人比金錢貴重得多。同 微枝末節、滄海一粟。反 舉足輕重、龐然大物。

【秋毫無犯】qiū háo wú fàn 軍隊紀律嚴明，所到之處，絲毫不侵犯民眾利益。秋毫：鳥獸秋後新生的纖細的毛。《後漢書•岑彭傳》：“彭首破荊門，長驅舞陽，持軍整齊，秋毫無犯。”元代鄭光祖《王粲登樓》一折：“我與人秋毫無犯，則為氣昂昂誤得我這鬢斑斑，久居在簞瓢陋巷、風雪柴關。”《平妖傳》四十回：“一路行軍都有紀律，與民秋毫無犯。”同 秋毫不犯。反 洗劫一空。

【科班出身】kē bān chū shēn 科班：舊指從小就在戲曲班子裏學藝成長起來的演員。現比喻受過正規教育或受過專業訓練的人。秦牧《藝海拾貝•畫蛋》：“有些不是科班出身的演員，成為著名的演員之後，仍然必須大練基本功。”◇人家可是科班出身，有文憑的人哪。

【科頭跣足】kē tóu xiǎn zú 科頭：不戴帽子，將長髮盤結在頭頂上。跣足：赤腳。形容十分貧窮或性情散漫。宋代田晝《築長堤》：“科頭跣足不得稽，要與長官修長堤。”《醒世恆言》卷二九：“盧柟科頭跣足，斜踞石榻。”也作“跣足科頭”。《醒世恆言》卷三：“（盧太學）吃得性起，把巾服都脫去了，跣足科頭，踞坐於椅上。”同 蓬頭跣足。反 衣冠楚楚。

【秦晉之好】qín jìn zhī hǎo 春秋時秦晉兩國國君世代互為婚姻。後以“秦晉之好”稱兩姓聯姻婚配。元代喬夢符《兩世姻緣》三折：“末將不才，便求小娘子以成秦晉之好，亦不玷辱了他，他如何便不相容？”《三國演義》一六回：“主公仰慕將軍，欲求令愛為兒婦，永結秦晉之好。”《鏡花緣》二八回：“行了多時，到了麟鳳山，訪到魏家，投了書信，兩家結為‘秦晉之好’。” 同 秦晉之約。

【秦庭之哭】 qín tíng zhī kū 秦庭：秦國朝廷。《左傳•定公四年》載：春秋時，吳國攻陷楚國郢都。楚大夫申包胥趕往秦國求救，在秦國朝堂上倚牆大哭，連續七天不進食，秦哀公終為所動，出兵打退吳軍，楚國得救。後用“秦庭之哭”比喻哀求別人救助。北周庾信《哀江南賦》：“鬼同曹社之謀，人有秦庭之哭。”明代張岱《淩駟傳》：“臣已上書東國大臣，反覆懇切，不啻秦庭之哭矣。”

【秦樓楚館】 qín lóu chǔ guǎn 春秋時，秦穆公之女弄玉善吹簫，穆公為她築樓而居，名鳳樓，後世稱秦樓。楚靈王築章華宮，選美女細腰者入居，人稱楚館。後以“秦樓楚館”稱歌榭妓院。元代關漢卿《謝天香》楔子：“這裏是官府黃堂，又不是秦樓楚館。”清代王韜《淞隱漫錄•小雲軼事》：“有陳嫗者，為女中表戚，素作蜂媒蝶使，往來於秦樓楚館間。”清代潘榮陛《帝景歲時紀勝•琉璃廠店》：“更有秦樓楚館偏笙歌，寶馬香車遊士女。” 同 楚館秦樓、青樓楚館。

【秦鏡高懸】 qín jìng gāo xuán 秦鏡：傳說是秦始皇宮中掛着的一面鏡子，能照人心膽，知人心善惡。後用“秦鏡高懸”比喻官吏明於審察案獄，斷案公正。晉代葛洪《西京雜記》卷三：“有方鏡，廣四尺，高五尺九寸，表裏有明。人直來照之，影則倒見。以手捫心而來，則見腸胃五臟，歷然無礙……秦始皇常以照宮人，膽張心動者則殺之。”清代李漁《比目魚•駭聚》：“若非秦鏡高懸，替老夫伸冤雪枉，足稱平生之願，學生雖銜環結草，不敢有忘。” 同 明鏡高懸、秦庭朗鏡。

【秣馬利兵】 mò mǎ lì bīng 見“秣馬厲兵”。

【秣馬厲兵】 mò mǎ lì bīng 餵飽戰馬，磨快兵器，積極做打仗的準備。厲：同“礪”，在磨刀石上磨。也作“秣馬利兵”。《左傳•成公十六年》：“蒐乘補卒，秣馬利兵，修陳固列，蓐食申禱，明日復戰。”《續資治通鑒•宋真宗咸平三年》：“然後深溝高壘，秣馬厲兵，為戰守之備。”元代耶律楚材《答楊行省書》：“秣馬厲兵可報西門之役。” 同 厲兵秣馬。反 偃武修文、偃旗息鼓、放牛歸馬、馬放南山。

【秤不離砣】 chèng bù lí tuó 砣：秤砣。秤不能離開砣。形容關係密不可分。◇人家的婆媳大都鬧得不可開交，她和婆婆卻秤不離砣，關係十分融洽。

【秤錘落井】 chèng chuí luò jǐng 秤砣落到井裏，不見蹤影。比喻杳無音訊。宋代釋曉瑩《羅湖野錄》卷一：“自此一別，秤錘落井。”◇那粒鑽石，就像秤錘落井般，再也找不到了。同 杳無蹤跡、杳無蹤影。

【秘而不宣】 mì ér bù xuān 保守秘密，不予公開。也作“秘而不露”。《三國志•董昭傳》：“秘而不露，使權得志，非計之上。”《三國志•呂蒙傳》裴松之注引《江表傳》：“密為肅陳三策，肅敬受之，秘而不宣。”《官場現形記》五七回：“但是，朋友有忠告之義，愚見所及，安敢秘而不宣。”◇他用祖傳驗方為人治病，但藥方則絕對秘而不宣。同 秘而不泄。反 公諸於世。

【秘而不露】 mì ér bù lù(lòu) 見“秘而不宣”。

【移山倒海】 yí shān dǎo hǎi 移動高山，翻倒大海。❶ 指神仙、道家超人的法術。《西遊記》三三回：“就使一個移山倒海的法術……把一座須彌山遣在空中，劈頭來壓行者。”《説岳全傳》七八回：“他有移山倒海之術。” ❷ 比喻巨大的力量和雄偉的氣魄。老舍《四世同堂》八六：“理想使他承認了肉體的能力多麼有限，也承認了精神上的能力能移山倒海。”◇動員起數百萬青壯勞工，移山倒海，修築了五萬公里的快速公路。同 移山填海。

【移山填海】 yí shān tián hǎi 漢代吾丘壽王《驃騎論功論》：“君臣若茲，何慮而不成，何征而不剋，雖拔泰山填滄海可也。”唐代韋應物《難言》詩：“掬土移山望山盡，投石填海望海滿。”後用“移山填海”：❶ 形容神仙法術神奇。明代無名氏《八仙過海》二折：“俺眾仙各施神通，移山填海，水盡枯乾，教你無處潛藏。”❷ 形容人類改造自然的巨大能量或改造社會的雄偉氣魄。梁啟超《保教非所以尊孔論·論孔教無可亡之理》：“故不復權利害，不復揣力量，而欲出移山填海之精神以保之。”◇在天山裏修公路，要破冰山穿石崖，可真是移山填海啊。

【移天易日】yí tiān yì rì 易：更換。比喻竊取政權或改朝換代。也作“移天換日”。《晉書·齊王冏傳》：“趙庶人聽任孫秀，移天易日。”《孽海花》二一回：“裏頭呢，親近弄臣，移天換日，外頭呢，少年王公，顛波作浪，不曉得要鬧成甚麼世界哩！”◇一部古代史，充滿多少移天易日的陰謀和人頭落地的殘酷政變！

【移天換日】yí tiān huàn rì 見“移天易日”。

【移花接木】yí huā jiē mù ❶ 嫁接花草樹木的園藝技術。清代慵訥居士《咫聞錄·兩世緣》：“移花接木亦天然，今日團圞先後全。”《聊齋誌異·陸判》：“異史氏曰：斷鶴續鳧，矯作者妄；移花接木，創始者奇。”❷ 比喻耍手段暗中偷換人或事物。《初刻拍案驚奇》卷三五：“豈知暗地移花接木，已自雙手把人家交還他。”《好逑傳》四回：“本府前日原為過宅講的是你令侄女，你怎麼逞弄奸狡，移花接木，將你女兒騙充過去，這不獨是欺騙過公子，竟是欺騙本府了。”同 偷天換日、偷樑換柱。

【移風易俗】yí fēng yì sú 改變風尚、習俗、慣例。《禮記·樂記》：“移風易俗，天下皆寧。”《史記·李斯列傳》：“孝公用商鞅之法，移風易俗，民以殷盛。”唐代馮翊《桂苑叢談·李尉》：“移風易俗，甚洽群情。”朱自清《經典常談·三禮第五》：“樂有改善人心、移風易俗的功用，所以與政治是相通的。”同 易俗移風、風移俗易。

【移船就岸】yí chuán jiù àn 比喻主動靠近、遷就或依從他人。《紅樓夢》九一回：“那薛蝌若有悔心，自然移船就岸，不愁不先到手。”《官場現形記》五七回：“只要說得領事害怕，自然可望移船就岸。”《近十年目睹之怪現狀》二五回：“目下雖然將大鴨子接到身邊，又自視同陌路，在勢又不能去移船就岸。”同 引船就岸。

【移樽就教】yí zūn jiù jiào 端着酒杯坐到別人席前，主動就近請教。形容虛心向人求教。《鏡花緣》二四回：“多九公道：‘也罷，我們就移樽就教罷。’隨命酒保把酒菜取了過來。”◇實不敢勞動您的大駕，我今日特來府上移樽就教。同 不恥下問。反 好為人師、恃才傲物。

【稍勝一籌】shāo shèng yī chóu 籌：籌碼，記數的器具。相比之下稍微強一點。清代秋瑾《致秋譽章書》：“吾哥雖稍勝一籌，而無告語則同，無戚友之助亦同，所幸者，生為男子耳，結局似勝妹十倍也。”魯迅《兩地書》二五：“廢物利用又何嘗不是‘消磨生命’之術，但也許比‘縱酒’稍勝一籌罷。”同 略勝一籌、高出一籌。反 稍遜一籌、略遜一籌。

【稍遜一籌】shāo xùn yī chóu 遜：不如。籌：籌碼，記數工具。相比之下稍微差一點。清代李漁《閒情偶寄·科諢》：“《粲花五種》之長，不僅在此，才鋒筆藻，可繼《還魂》，其稍遜一籌者，則在氣與力之間耳。”《好逑傳》一二回：“若以兩人之義俠相較，只覺姪女稍遜一籌矣。”◇文章批評李叔同因為所涉太博，即便是苦練一生的書法，也比同時代書法家要稍遜一籌。同 略遜一籌、相形見絀。反 稍勝一籌、略勝一籌。

【稍縱即逝】shāo zòng jí shì 說情況變化多端，機遇、時間或靈感等稍一放鬆就會失去。清代李伯元《中國現在記》一回：“要是不要緊的事，也不敢驚動。現在是稍縱即逝，所以不得不請總辦出來商議着辦。”葉聖陶《李太太的頭髮》：“‘你給我剪’，李太太像攫住一個稍縱即逝的機會，立刻接上說。”同 少縱即逝、坐失良機。反 不失時機、百不失一。

【程門立雪】chéng mén lì xuě《宋史·楊時傳》載：楊時四十歲時，在一個下雪天，去拜訪著名學者程頤，當時程頤正在打盹，楊不敢驚動，侍立等候，待程頤醒來，門外落的雪已經一尺厚了。後用“程門立雪”作為尊師重道、虔誠求教的典故。明代詹同《送朱允升還徽州》詩：“匡廬看雲我舒嘯，程門立雪君從遊。”同 立雪程門、程門飛雪。反 好為人師。

【稀世之寶】xī shì zhī bǎo 世上罕有的珍奇寶物。◇此書乃家藏北宋珍本，海內外只此一本，可以說是稀世之寶／難道你不希望我們中國人的藝術品在外國人眼裏被看做稀世之寶嗎？同 希世之寶、稀世之珍。

【稀奇古怪】xī qí gǔ guài 極為少見而又怪誕離奇。清代邵梅臣《畫耕偶錄》：“稀奇古怪，我法我派。一錢不值，萬錢不賣。”《野叟曝言》四三回：“爺們休如此說，靳公門下，九流三教，稀奇古怪的人，少也要拿米數幾數。”老舍《四世同堂》三八：“即使他的意見已經被人駁倒，他還要捲土重來找出稀奇古怪的話再辯論幾回。”同 希奇古怪、離奇古怪。反 不足為奇、不足為怪。

【稀裏(里)糊塗】xī li hú tú ❶糊裏糊塗；不清楚，不明白。◇越解釋越弄得稀裏糊塗／喝酒喝得他稀裏糊塗，竟然一口答應下來了。❷馬馬虎虎，隨隨便便。◇沒有弄清產權情況，就稀里糊塗買下了那套房子，上了大當。同 糊裏糊塗。

【稠人廣眾】chóu rén guǎng zhòng 指人又多又密集的公眾場合。《史記·魏其武安侯列傳》：“稠人廣眾，薦寵下輩。”五代王定保《唐摭言·四凶》：“(劉子振)尤好陵轢同道……以至就試明庭，稠人廣眾，罕有與之談者。”◇在稠人廣眾之中平白無故地受這一番侮辱，他實在氣不過。同 大庭廣眾、稠人廣坐。

【稟性難移】bǐng xìng nán yí 稟性：本性。說本性難以改變。常和“江山易改”連用。明代馮惟敏《紀笑》曲：“今是昨非，誰能早見機，稟性難移，休嗔我笑伊。”《殺狗記》二齣：“他縱無怨恨之心，奈絕無順從之美，正所謂‘江山易改，稟性難移’。”◇糾正孩子的壞習氣要從小做起，越早越好，等長大了，那可就“江山易改，稟性難移”了。同 本性難移、秉性難移。反 江山易改。

【稱王稱霸】chēng wáng chēng bà ❶王：指君主或首領。霸：古代諸侯之首。指依仗武力稱雄一方，自封為最高統治者。三國魏曹操《讓縣自明本志令》：“設使國家無有孤，不知當幾人稱帝，幾人稱王。”宋代汪元量《讀史》詩：“劉項稱王稱霸，關張無命無功。”❷泛指依仗暴力、實力或權勢在一定範圍內自命第一，頤指氣使，欺壓他人。◇偌大的世界中，誰也無法稱王稱霸，誰也無法獨領風騷。同 稱孤道寡、橫行霸道。

【稱心如意】chèn xīn rú yì 稱：符合。如：按照，隨順。事情的發展與結果合乎自己所希望的。宋代朱敦儒《感皇恩》詞：“稱心如意，剩活人間幾歲。”《曲譜》卷十引《綵樓記·梅花酒》：“逢時過節，稱心如意。”◇渴望有一份稱心如意的工作，是每一個學生走出校門前的願望。也作“稱心滿意”◇要想贏得品牌效應，關鍵是要讓消費者稱心滿意。同 盡如人意。反 焦頭爛額。

【稱心滿意】chèn xīn mǎn yì 見“稱心如意”。

【稱兄道弟】chēng xiōng dào dì 不是兄弟的人互相以兄弟稱呼。形容關係親密。常含貶義。《二十年目睹之怪現狀》六二回：“見了長夫、聽差、呵腰打拱的，和他稱兄道弟。”◇他特別嗜好與文人打交道，稱兄道弟，你來我往。

【稱孤道寡】chēng gū dào guǎ 孤、寡：古代帝王的自稱。❶指據有一方土地臣民，成為最高統治者。元代關漢卿《單刀會》三折：“俺哥哥稱孤道寡世無雙，我關某匹馬單刀鎮襄陽。”《喻世明言》卷二一：“像錢王生於亂世，獨霸一方，做了一十四州之王，稱孤道寡，非同小可。”❷比喻在一定範圍內自命為領袖，妄自尊大。◇大國想在當今國際事務中稱孤道寡，如今是難上加難。同 稱王稱霸、道寡稱孤。

【穀賤傷農】gǔ jiàn shāng nóng 穀：糧食。糧價過低，使農民受到損害。《漢書·昭帝紀》："詔曰：'夫穀賤傷農，今三輔、太常穀減賤，其令以叔粟當今年賦。'"《新五代史·馮道傳》："明宗問曰：'天下雖豐，百姓濟否？'道曰：'穀貴餓農，穀賤傷農。'"郁達夫《大風圈外》："耕地報酬漸減的鐵則，豐年穀賤傷農的事實，農民們自然那裏會有這樣的知識。"

【稷蜂社鼠】jì fēng shè shǔ 棲生於稷廟的蜂和寄身於社廟的老鼠。稷：穀物名，古人以為百穀之長，立廟祭祀。社：祭土地神的廟。《晏子春秋·問上》："夫社，束木而涂之，鼠因而托焉，熏之則恐燒其木，灌之則恐敗其涂，此鼠所以不可得殺者，以社故也。"漢代韓嬰《韓詩外傳》卷八："稷蜂不攻，而社鼠不薰。非以稷蜂社鼠之神，其所託者善也。"後用"稷蜂社鼠"喻指依仗權勢作惡的人。清代侯方域《代司徒公屯田奏議》："權貴也，豪右也，武弁也，稷蜂社鼠，莫敢誰何。"◇官商勾結，稷蜂社鼠魚肉百姓，民間怨聲四起。同 城狐社鼠、社鼠城狐。

【稼穡艱難】jià sè jiān nán 稼穡：指種植和收割穀物等農作物。說在農田上的四時耕作勞苦不易，生計艱辛。《尚書·無逸》："周公曰：'嗚呼，君子所其無逸，先知稼穡之艱難。'"南朝梁陶弘景《授陸敬游十賚文》之三："爾奉上惟勤，接下以惠，稼穡艱難，備嘗勞苦。"唐代陸贄《奉天論延訪朝臣表》："言及稼穡艱難，則上下相匡，務遵勤俗。"《警世通言》卷三一："春兒暗想，他受苦不透，還不知稼穡艱難，且由他磨煉去。"反 不稼不穡、不勞而獲。

【積土成山】jī tǔ chéng shān 少量的土一點一點堆積起來，就變成了山。比喻積少成多。《荀子·勸學》："積土成山，風雨興焉；積水成淵，蛟龍生焉；積善成德，而神明自得，聖心循焉。"漢代王充《論衡·狀留》："故夫河冰結合，非一日之寒，積土成山，非斯須之作。"宋代劉宰《代廣仁庵僧注飯米疏》："莫道擔冰就水，無可支撐；但願積土成山，從今響合。"◇積土成山，積水成淵，積微成著，說的是一個道理：凡事總是從一點一滴做起，積小成為大成。同 積少成多、集腋成裘。

【積不相能】jī bù xiāng néng 長久以來互相不和睦。積：長久。能：親善、和睦。"不相能"為古代常用語。《左傳·襄公二十一年》："欒桓子娶於范宣子，生懷子。范鞅以其亡也，怨欒氏，故與欒盈為公族大夫而不相能。"《後漢書·吳漢傳》："君與劉公積不相能而信其虛談，不為之備，終受制矣。"宋代胡宿《論邊事》："朝廷奏報，視為閒事，未審鬥爭不止，其末如何？皆積不相能，馴致此釁。履霜之漸，堅冰且至，誠懼。"清代王士禛《池北偶談·義王》："二人以爭權，積不相能。"同 素不相能。

【積少成多】jī shǎo chéng duō 別看東西少，一點一滴積累起來，就會變得很多。《戰國策·秦策四》："於是積薄而為厚，聚少而為多。"宋代蘇軾《論役法差雇利害起請畫一狀》："議者亦欲蠲免此等，而戶數至廣，積少成多，役錢待此而足，若皆蠲免，則所喪大半，雇法無由施行。"明代倪岳《寬則得眾說》："如天行至健，無一時止息，這等呵，工夫日進，積少成多，功業所就，自然極其高大矣。"蔡東藩《民國通俗演義》一回："續寫下去，一夕復一夕，一帙復一帙，居然積少成多，把一肚皮的陳油敗醬，盡行發出。"同 聚沙成塔。反 坐吃山空。

【積年累月】jī nián lěi yuè 年復一年，月復一月，時間長久。北齊顏之推《顏氏家訓·後娶》："自古奸臣佞妾以一言陷人者眾矣，況夫婦之義曉夕移之，婢僕求容，助相說引，積年累月，安有孝子乎？"清代李光地《進讀書筆錄及論說序記雜文序》："潛思實體，朝講夕誦，積年累月而不懈，寒暑風雨而不休，則非堯舜之道不使陳於前也。"◇四川飲食文化經積年累月緩慢的浸潤，如今已經蔓延到了全國各地，大大小小的城鎮都有川菜。同 長年累月、經年累月。反 轉瞬之間、剎那之間。

【積羽沉(沈)舟】jī yǔ chén zhōu 羽毛堆積得多了，也可以把船壓得沉沒。常和"群輕折軸”連用。比喻看似不起眼的禍害，一點一點積累起來，就會釀成大患。《戰國策•魏策一》：“臣聞積羽沈舟，群輕折軸，眾口鑠金，故願大王之熟計之也。”宋代蔡襄《四賢——不肖詩•高若訥》：“積羽沈舟毀銷骨，正人無徒奸者朋。”元代劉君錫《來生債》三折：“難道是積羽沉舟，這金銀呵反為輕載？”同 蟻穴潰堤、群輕折軸。

【積非成是】jī fēi chéng shì 漢代揚雄《法言•學行》：“一鬨之市，必立之平，一卷之書，必立之師。習乎習，以習非之勝是，況習是之勝非乎？”後用“積非成是”説錯誤的東西一旦存在久了，人們習以為常，反而被認為是正確的了。清代戴震《原善序》：“以今之去古聖哲既遠，治經之士，莫能綜貫，習所見聞，積非成是，余言恐未足以振茲墜緒也。”清代錢大昕《戴先生震傳》：“其私智穿鑿者，即不自表襮，而學不師古，積非成是，惑以終身，無鄙吝之心而先與之等，其於道亦遠矣。”◇長久接受謬誤的宣傳，久而久之積非成是，反而會抵制起真理來了。同 習非成是。

【積重難返(反)】jī zhòng nán fǎn 長期形成的惡習、弊病很難改變或革除。積重：積累得很深。明代張居正《陳六事疏》：“近來風俗人情，積習生弊，有頹靡不振之漸，有積重難反之幾，若不稍加改易，恐無以新天下之耳目，一天下之心志。”《兒女英雄傳》四十回：“無如積重難返，不惟地方上不見些起色，久而久之，連那些地方官，也就視為具文。”梁啟超《變法通議•論幼學》：“積重難返，習焉莫怪。”同 積重不返(反)。反 革故鼎新。

【積習難改】jī xí nán gǎi 長期形成的習慣難以改變。多指壞毛病。清代布蘭泰《雍正六年正月二十六日奏》：“臣屢加勸導，冀其勉力自奮，無奈該司積習難改，罷軟如故。”◇雖曾多次戒煙戒酒，無奈積習難改，一直沒能戒除。同 積重難返、積惡成習。

【積惡餘殃】jī è yú yāng《易經•坤》：“積善之家，必有餘慶；積不善之家，必有餘殃。”説多做壞事的人家，一定會給子孫遺留禍殃。《左傳•僖公十六年》“吉凶由人”晉代杜預注：“積善餘慶，積惡餘殃，故曰吉凶由人。”宋代司馬光《張湯有後》：“或稱張湯矯偽刻薄，而後嗣顯榮，七葉不絕，意者‘積善餘慶，積惡餘殃’近虛語耶？”《隋書•楊素傳論》：“究其禍敗之源，實乃素之由也……則知積惡餘殃，信非徒語。”◇佛教的因果報應説，與中國殷商時代就有的“積善餘慶”、“積惡餘殃”的觀念是一致的，不過佛教更世俗化一點就是了。反 積善餘慶。

【積善餘慶】jī shàn yú qìng“積善之家、必有餘慶”的省略語。《易經•坤》：“積善之家，必有餘慶；積不善之家，必有餘殃。”説多做善事的人家，一定會給子孫留下福澤。漢代蔡邕《陳留索昏庫上里社銘》：“僉以為宰相繼踵咸出斯里，秦一漢三而虞氏世焉，雖有積善餘慶、修身之致，亦斯社之所相也。”明代劉基《祖永嘉郡公誥》：“劉基祖父劉庭槐志樂詩書，義孚鄉里，積善餘慶，發於孫枝。”《兒女英雄傳》二七回：“想到這裏，就令人不能不信‘不善餘殃，積善餘慶，乖氣致戾，和氣致祥’的這句話了。”◇京劇《鎖麟囊》倡導人與人之間互相幫助，諷刺趨炎附勢的小人，突出了“善有善報”、“積善餘慶”的人生哲理。反 不善餘殃、積惡餘殃。

【積勞成疾】jī láo chéng jí 因長期過度勞累而得病。《資治通鑒•梁高祖武皇帝》：“(蘇綽)每與公卿論議，自晝達夜，事無巨細，若指諸掌，積勞成疾而卒。”明代高攀龍《南京光祿寺少卿涇陽顧先生行狀》：“先生歸，且以積勞成疾，頭岑岑暈眩作楚。”《鏡花緣》九六回：“文伯伯竟在劍南一病不起，及至他們弟兄趕到，延醫診治，奈積勞成疾，諸藥不效，竟至去世。”《二十年目睹之怪現狀》二三回：“這一位侯總鎮的太太身子本不甚好，加以日夕隨了總鎮伺候制軍，不覺積勞成疾，嗚呼哀哉了。”同 積勞成病、積勞成瘁。

【積毀銷骨】jī huǐ xiāo gǔ 毀謗接連而至越積越多，叫人無從辯白，無法掙脱而備受責難甚至遭禍。毀：毀謗。銷：熔化。《史記•張儀列傳》："臣聞之，積羽沉舟，群輕折軸，眾口鑠金，積毀銷骨。"宋代蘇軾《代滕甫辨謗乞郡書》："積毀銷骨，巧言鑠金，市虎成於三人，投杼起於屢至。倘因疑似，復致人言，至時雖欲自明，陛下亦難屢赦。"同 眾口鑠金。

【積銖累寸】jī zhū lěi cùn 比喻一點一滴的積累。銖：古代計量單位，二十四銖為一兩。清代李曾珂《〈墨餘錄〉跋》："因念為文之家，積銖累寸，終其身或不成帙。"清代百一居士《壺天錄》卷下："某甲以經商富，積銖累寸，儼然素封。"何剛德《客座偶談》卷四："我寒士就館，館穀所入，書院膏火所入，今之學堂薪水收入，如有盈餘，積銖累寸，今年買半畝，明年買半畝。"同 銖積寸累、聚沙成塔。反 一擲千金、窮奢極欲。

【積穀防饑(飢)】jī gǔ fáng jī 積儲穀子，防止災荒戰亂時斷糧。《敦煌變文•父母恩重講經文》："書云：積穀防饑，養兒備老。"元代關漢卿《裴度還帶》三折："'哀哀父母，生我劬勞。'養小防老，積穀防饑。妾雖女子，亦盡孝也。"◇積穀防飢，是一種古老的儲蓄方式，古人的"積穀"今天換成"存錢"了。

【積憂成疾】jī yōu chéng jí 長期憂慮，以致生病。《舊唐書•李渤傳》："發母是故相韋貫之姊，年僅十八，自發下獄，積憂成疾。"明代宋濂《故王母何夫人墓銘》："由是家寖裕然，以待制君，久未還，積憂成疾，群醫不可藥。"◇處於同樣壓力下，有的人安然無恙，有的人積憂成疾，原因就在於他們的個性不同，抗壓能力有強有弱。

【積薪厝火】jī xīn cuò huǒ 薪：柴草。厝：放置。將火放在堆積的柴草之下。比喻情勢危險，隱伏危機。《漢書•賈誼傳》："夫抱火厝之積薪之下而寢其上，火未之燃，因謂之安。方今之勢，何以異此？"宋代徐夢莘《三朝北盟會編•炎興下帙》："將不加勵，士不加勇，財不加富，然未知所以善後者，萬一循習且前，如積薪厝火，寢處其上，可謂安乎？"清代沈佳《明儒言行錄•劉理順》："感憤隱憂，義形於色，每於眾中論天下大勢，以為積薪厝火，禍將不救。"◇有的餐館液化石油氣瓶就放在餐廳裏，積薪厝火，危險得很。同 厝火積薪。

【穎脱而出】yǐng tuō ér chū 見"脱穎而出"。

【穩如泰山】wěn rú tài shān 泰山：在山東省中部。穩固得像泰山一樣，不可動搖。《鏡花緣》三回："武后恃有高關，又仗武氏弟兄驍勇，自謂穩如泰山，十分得意。"趙劍秋《孫安動本》第一場："老王宴駕，幼主登基，倒也言聽計從，我這太師之位更穩如泰山。"柳洲《風雨桃花洲》："在一個閃電光中，看到那座小茅屋竟穩如泰山似的。"同 安如泰山、安如磐石。反 危如累卵、搖搖欲墜。

【穩紮穩打】wěn zhā wěn dǎ 紮：紮營。❶步步紮營，穩住陣腳，再穩當而有把握地一步步進擊敵方。蘇雷《八戒》："而老頭子也吸取了上一盤的教訓，穩紮穩打，步步為營。"◇採用穩紮穩打的戰術，逐步縮小包圍圈。❷比喻有步驟、有把握地做事情，不貪多求快。沙汀《呼嚎》："雖則由於性情梗直，廖二嫂有時不免冒失，但她也是一個穩紮穩打的人。"同 步步為營。

【穩操勝券】wěn cāo shèng quàn 比喻對勝利有充分的把握。操：拿着。券：古代契約分為左右兩聯，當事的雙方各執一聯作為憑證。梁羽生《遊劍江湖》五七："雲紫蘿知道繆長風穩操勝券，用不着自己幫忙。"同 穩操勝算、勝券在握。反 心中無數。

【穩操勝算】wěn cāo shèng suàn《管子•明法解》："故明操必勝之數，以治必用之民。"算：計劃、計策。比喻有獲勝的充分把握。姚雪垠《李自成》二卷二六章："以逸待勞，以眾禦寡，可以穩操勝算。"◇他認為已經贏得了她的心，婚事看來是穩操勝算的了。同 穩操勝券、心中有數。反 心中無數、胸中無數。

穴部

【穴居野處】xué jū yě chǔ 居住在洞裏，生活在荒野。形容原始人的生活狀況。《易經•繫辭下》："上古穴居而野處，後世聖人易之以宮室。"漢代班固《白虎通•崩薨》："太古之時，穴居野處。"鄭觀應《盛世危言•通論》："民生其間，穴居野處，飲血茹毛，饑起倦息，安熙無為，不異禽獸。"同 茹毛飲血。

【空口無憑】kōng kǒu wú píng 僅僅是說說而已，沒有真憑實據。《官場現形記》二七回："空口無憑的話，門生也不敢朝着老師來說。"◇你說她同此事有關，空口無憑不行，要拿出證據來。同 口說無憑。反 真憑實據、鑿鑿有據。

【空中樓閣】kōng zhōng lóu gé 海市蜃樓，出現在半空中的樓閣。❶比喻高遠通達。宋代朱熹《朱子語類》卷一〇〇："問：'程子謂康節（邵雍）空中樓閣。'曰：'是看得四通八達，莊子比康節亦髣髴相似。'"元代侯克中《邵子無名公傳》詩："醉裏乾坤元廣大，空中樓閣更高明。"❷比喻脫離實際的空想或虛幻不實的事物。《孽海花》二一回："在下這部《孽海花》卻不同別的小說，空中樓閣，可以隨意起滅，逞筆翻騰，一句假不來，一語謊不得。"茅盾《子夜》三："稟受了父親的名士氣質，曾經架起了多少的空中樓閣，曾經有過多少淡月清風之夜半睜了美妙的雙目，玩味着她自己想象中的好夢。"同 海市蜃樓、虛無縹緲。

【空心湯圓】kōng xīn tāng yuán 沒有餡兒，只有皮、中空的湯圓。比喻徒有其名，而無其實。茅盾《"九一八"周年》："華盛頓也許要來'周年'：重申《九國條約》，再給高等華人空心湯圓。"葉聖陶《外國旗》："他等了半天，末了吃個空心湯圓。"同 空心湯糰。

【空穴來風】kōng xué lái fēng 空穴：門窗的洞；來：招致。門窗的孔洞引風從中吹進來。戰國楚宋玉《風賦》："臣聞於師：'枳句來巢，空穴來風。'"比喻流傳的消息並非完全沒有來由或流言蜚語乘隙而入。清代紀昀《閱微草堂筆記• 如是我聞二》："然室無人跡，至使野獸為巢穴，則有魅也亦宜。斯皆空穴來風之義也。"清代龔自珍《大誓答問第二十六》："物必自腐也，而後蟲生之。空穴來風，自此書盛行，為名士大儒所疑。"茅盾《蝕•追求》四："自然外邊人是言之過甚。但是，空穴來風，仲翁，你也是太登多了。以後總得注意。"同 事出有因。

【空谷足音】kōng gǔ zú yīn 空谷：空曠的山谷；足音：腳步聲。《莊子•徐無鬼》："夫逃虛空者……聞人足音跫然而喜矣。"跫然：形容腳步聲。在寂寞的山谷裏聽到人的腳步聲非常高興。後以"空谷足音"比喻聽到或見到極難得的音信、人物、言論、行為等。宋代黃幹《覆李隨甫書》："幹一去鄉井，十有五年，投老來歸，百事非舊，朋友淩凋，每興索居之嘆，反覆來求，真所謂空谷足音也。"明代宋濂《送戴原禮還浦陽序》："後世官寢失職，故於其術每擇之不精，有人於此能合於古者之道，豈不猶空谷足音之可喜者乎！"瞿秋白《〈俄羅斯名家短篇小說集〉序》："在中國這樣黑暗悲慘的社會裏，人都想在生活的現狀裏開闢一條新道路，聽着俄國舊社會崩裂的聲浪，真是空谷足音，不由得不動心。"

【空谷傳聲】kōng gǔ chuán shēng 在山谷裏發出聲音的反響。也比喻反應非常快。南朝梁周興嗣《千字文》："空谷傳聲，虛堂習聽。"《警世通言•一窟鬼癩道人除怪》："行到山頂上，側着耳朵聽時，空谷傳聲，聽得林子裏面斷棒響。"反 寂靜無聲。

【空空如也】kōng kōng rú yě 空蕩蕩的，甚麼都沒有。如：表示"……的樣子"。《論語•子罕》："吾有知乎哉？吾知也。有鄙夫問於我，空空如也。"本是孔子的謙辭，說自己沒有知識。後世用以形容一無所有。清代褚人穫《堅瓠秘集•狡僧》："已乃僧忽他出，數日不返，探其篋笥空空如也。"《何典》五回："日復一日，把家中弄得空空如也，漸至賣家掘產。”老舍《趙子曰》一二：“腦子裏空空如也，而一個勁説革命，那和小腳娘想到運動會賽跑一樣，無望，夢想！” 同 空洞無物。

【空前絕後】kōng qián jué hòu 以前不曾有過，以後也不會再有，只此一次或僅此一個。形容非常難得或卓越非凡。宋代朱象賢《聞見偶錄·男服從軍》：“古之木蘭，以女為男，代父從軍……歌詩美之，典籍傳之，以其事空前絕後也。”《兒女英雄傳》三七回：“這日欣逢學生點了探花，正是空前絕後的第一樁得意事，所以才紗其帽而圓其領的過來，定要登堂道賀。”郭沫若《雙簧》：“他這位革命偉人像美國華盛頓、法國拿破侖，是中國空前絕後的人物。” 同 光前絕後、絕無僅有。反 比比皆是、層出不窮。

【空洞無物】kōng dòng wú wù ❶空空的，一無所有。《世説新語·排調》：“王丞相枕周伯仁膝，指其腹曰：‘卿此中何所有？’答曰：‘此中空洞無物，然容卿輩數百人。’”宋代蘇軾《四達齊銘》：“孰如此間，空洞無物。戶牖闔開，廓焉四達。”❷形容空泛，沒有像樣的內容。《兒女英雄傳》三四回：“燕北閒人作這部書，心裏是空洞無物，卻教他從那裏講出那些忍心害理的話來？”朱自清《經典常談·文第十三》：“除了口吻、技巧和聲調之外，八股文裏是空洞無物的。” 同 空空如也。反 言之有物。

【空話連篇】kōng huà lián piān 形容整篇文章或講話沒有實際內容。徐鑄成《報海舊聞》：“後來發表的《李頓報告書》，也像我國古老的《太上感應篇》一樣，空話連篇，對日本武裝侵略的實質問題，一點也不敢觸及。” 同 廢話連篇、滿紙空言。反 言之有物、有血有肉。

【空頭支票】kōng tóu zhī piào 空頭：有名無實的。票面支付金額超過存款餘額或透支限額而不能兑現的支票。比喻無法履行的諾言。鄒韜奮《三十年前的民主運動》：“他們以為放出一個‘九年預備’的空頭支票，可以和緩空氣，又得拖延下去。”《北洋軍閥統治時期史話》六五章：“而所謂由善後會議產生國民會議，也是一張永遠不兑現的空頭支票。” 同 言而無信、空口白話。反 言而有信、“言必信，行必果”。

【突如其來】tū rú qí lái《周易·離》：“突如其來如。”如：表示“……的樣子”。忽然來臨；突然發生。元代王實甫《西廂記》二本三折：“其在前日，真為素昧平生，突如其來，難怪妾之得罪。”清代和邦額《夜譚隨錄·邱生》：“今又與卿有契，方自慶多福，罹禍之説，突如其來，誠所不解。”朱自清《經典常談·辭賦第十一》：“這中間變遷的軌跡，我們還能找到一些。總之，決不是突如其來的。” 同 自天而降、從天而下。

【突飛猛進】tū fēi měng jìn 形容發展、進步十分迅速。老舍《四世同堂》九六：“科學突飛猛進，發明了原子彈。”◇突飛猛進的電腦技術，促使全球化迅速發展。反 停滯不前。

【穿紅着綠】chuān hóng zhuó lǜ 形容女子穿着鮮豔。《紅樓夢》三回：“台階上坐着幾個穿紅着綠的丫頭，一見他們來了，都笑迎上來。”也作“穿紅戴綠”。巴金《小人小事·夫與妻》：“你看特察里那些女人，一天穿紅着綠，貪吃好耍，又有哪點好？”◇她喜歡打扮，穿紅着綠，就想惹人注目。同 穿金戴銀。反 衣衫襤褸。

【穿紅戴綠】chuān hóng dài lǜ 見“穿紅着綠”。

【穿針引線】chuān zhēn yǐn xiàn 把線穿入針孔。漢代劉向《説苑·善説》：“縷因針而入，不用針而急；女因媒而成，不因媒而親。”後以“穿針引線”比喻從中拉攏撮合。清代鄭志鴻《常語尋源》：“世謂媒介為引線人；為人牽説事情者曰穿針引線。”明代周楫《西湖二集·吹鳳簫女誘東牆》：“萬乞吳二娘怎生做個方便，到黃府親見小姐詢其下落，做個穿針引線之人。”◇他反對兒女自由戀愛，相信媒婆一張巧嘴，穿針引線才放心。也作“引線穿針”。《兒女英雄傳》二四回：“安老爺、安太太便在這邊暗暗的排兵佈陣，舅太太便在那邊密密的引線穿針。”

【穿雲裂石】chuān yún liè shí 穿破雲層，震裂山石。形容聲音高亢嘹亮。宋代蘇軾《〈水龍吟〉序》：“善吹鐵笛，嘹然有穿雲裂石之聲。”《儒林外史》二九回：“唱李太白《清平調》，真乃穿雲裂石之聲，引商刻羽之奏。”◇我一向不喜歡京劇，沒想到它竟然也有穿雲裂石的唱腔。同 裂石穿雲、聲振林木。

【穿窬之盜】chuān yú zhī dào 窬：爬牆。指專事掘壁開洞、翻牆入室的盜賊。《論語•陽貨》：“色厲而內荏，譬諸小人，其猶穿窬之盜也與！”《説岳全傳》七三回：“傷殘猶剽掠之徒，貪鄙勝穿窬之盜。”◇不思悔改的他，剛剛出獄不久，又幹起了穿窬之盜的勾當，終於又關進了大牢。

【穿壁引光】chuān bì yǐn guāng 在牆壁上鑿開一個小洞，借着鄰居的燈光讀書。形容刻苦好學。晉代葛洪《西京雜記》二卷：“匡衡字稚圭，勤學而無燭。鄰舍有燭而不逮。衡乃穿壁引其光，以書映光而讀之。”◇老師給他講了穿壁引光的故事，他很感動，從此發奮讀書，成就斐然。同 鑿壁偷光、映雪囊螢。反 不學無術、蹉跎歲月。

【穿鑿附會】chuān záo fù huì 很牽強地解説，把無關的事物生硬地拉扯在一起。《宋史•王安石傳》：“晚居金陵，又作《字説》，多穿鑿附會。”明代胡應麟《詩藪•內編》：“‘餐秋菊之落英’，談者穿鑿附會，聚訟紛紛。”魯迅《書信集•致陶亢德》：“其中雖然有幾點還中肯，然而穿鑿附會者多，閱之令人失笑。”同 牽強附會。

【窈窕淑女】yǎo tiǎo shū nǚ 窈窕：嫻靜、美好。淑：善良溫柔。形容美麗善良有品德的女子。《詩經•關雎》：“窈窕淑女，君子好逑。”《隋書•后妃傳》：“窈窕淑女，靡有求於寤寐，鏗鏘環珮，鮮克嗣於徽音。”《群音類選•藍田記•約玉請期》：“裊娜仙娃，窈窕淑女。”◇可能是進入青春期了，他總是幻想“甚麼時候遇到一位窈窕淑女就好了”。反 河東獅吼。

【窗明几淨】chuāng míng jī jìng 形容室內明亮整潔。几：古代一種矮小的條案。清代顧彩《〈桃花扇〉序》：“徒以署冷官閒，窗明几淨，胸有勃勃欲發之文章，而偶然借奇立傳云爾。”《孽海花》三五回：“他那邊固然窗明几淨，比我這裏精雅。”◇辦公室不大，卻也窗明几淨，整潔有序。同 明窗淨几。

【窮山惡水】qióng shān è shuǐ 荒涼的山，洶湧的河流。形容自然條件惡劣、物產貧乏的地方。◇來到黔西，才知道甚麼叫窮山惡水 / 由窮山惡水的黃土高原來到萬家燈火的香港，彷佛進了人間天堂一樣。同 窮山僻壤、窮鄉僻壤。反 山明水秀、沃野千里。

【窮山僻壤】qióng shān pì rǎng 泛指偏僻荒涼的地方。宋代朱熹《觀文殿學士劉公行狀》：“分遣群屬，循行境中，窮山僻壤，無所不到。”明代王守仁《處置平復地方以圖久安疏》：“臣猶以為土夷之心未必盡得，而窮山僻壤或有隱情也。”◇一個窮山僻壤裏長大的孩子，竟然成為大名鼎鼎的終身教授，其成長所經歷的艱難困苦，非一般人所能想像。同 窮鄉僻壤、窮山惡水。反 魚米之鄉、萬商雲集。

【窮凶（兇）極惡】qióng xiōng jí è 形容極其殘暴兇狠。《漢書•王莽傳下》：“乃始恣睢，奮其威詐，滔天虐民，窮凶極惡。”《喻世明言》卷四十：“表上備説嚴嵩父子招權納賄，窮凶極惡，欺君誤國十大罪，乞誅之以謝天下。”《明史•徐階傳》：“惟廣聽納，則窮兇極惡，人為我攖之；深情隱慝，人為我發之。”聞一多《關於儒•道•土匪》：“講起窮凶極惡的程度來，土匪不如偷兒，偷兒不如騙子。”同 暴戾恣睢。反 慈眉善目、菩薩心腸。

【窮且益堅】qióng qiě yì jiān 見“窮當益堅”。

【窮而後工】qióng ér hòu gōng 窮：不得志或處境困窘。工：指極高的水準。宋代歐陽修《〈梅聖俞詩集〉序》：“然則非詩之能窮人，殆窮者而後工也。”後用“窮而後工”説人在失意困窘的環境裏，反而能寫出好的詩文。宋代劉摯《文瑩師集序》："以其平生之所學與其高明之才，既皆無所用於世，而一措於詩，宜其所得如此，豈所謂詩待窮而後工者歟！"明代黃淮《省愆集序》："先儒論詩，以為窮而後工，近古以來，若李白、杜甫、柳子厚、劉禹錫諸名公，其述作皆盛於困頓鬱抑之餘，至今膾炙人口。"清代張尚瑗《三傳折諸•齊人使昭伯烝於宣姜不可強之》："《定之方中》、《載馳》、《河廣》諸什，殆勞者之自為歌，窮而後工也歟。"茅盾《子夜》六："別的詩人是'窮而後工'，我們這范詩人卻是'窮而後光'！他哪裏還能做詩。"

【窮年累月】qióng nián lěi yuè 年復一年，月復一月。形容接連不斷、很長的歲月。明代徐渭《送通府王公序》："其圖籍書記，輻輳錯出，坊市以千計，富家大賈所不能聚，而敏記捷視之人，窮年累月，所不能週也。"清代袁枚《小倉山房尺牘》一七八："自覺窮年累月，無一日敢廢書不觀。"◇父親窮年累月在外省打工，難得見上一面。同 經年累月、長年累月。反 一朝一夕、一年半載。

【窮形盡相】qióng xíng jìn xiàng 晉代陸機《文賦》："雖離方而遯（遁）員（圓），期窮形而盡相。"說文章描寫得生動逼真，非常形象。唐代盧照鄰《益州長史胡樹禮為亡女造畫贊》："窮形盡相，陋燕壁之含丹；寫妙分容，嗤吳屏之墜筆。"陶曾佑《論小說之勢力及其影響》："其所以愛人之故無他道焉，不外窮形盡相，引人入勝而已。"後形容醜態畢露或怪相百出。鄒韜奮《萍蹤寄語》七："有一處是用水門汀建成的大坑，內有四五尺高的猴子數十隻，投以甘蔗，即爭奪狂叫，扭打得窮形盡相，引人哄笑。"同 窮形極相、醜態畢露。反 泥塑木雕、木雕泥塑。

【窮困潦倒】qióng kùn liáo dǎo 潦倒：失意，頹傷。形容生活貧困，失意消沉。◇此地起初很荒涼，後來漸漸有了人家，但大都是那些落魄的市井好漢，窮困潦倒的破落子弟/隨着人口老化加劇，越來越多窮困潦倒、無法獨自生存的老人需要社會救助。同 貧困潦倒、窮愁潦倒。反 飛黃騰達、平步青雲。

【窮兵黷武】qióng bīng dú wǔ 黷：濫用。用盡所有兵力，肆意發動戰爭。形容非常好戰。《三國志•陸抗傳》："窮兵黷武，動費萬計，士卒雕瘁，寇不為衰，見我已大病矣！"唐代李白《登高丘而望遠海》詩："窮兵黷武今如此，鼎湖飛龍安可乘。"宋代朱熹《近思錄》卷五："窮兵黷武，本於征討。"同 黷武窮兵。反 偃武修文、休養生息。

【窮巷陋室】qióng xiàng lòu shì 窮巷：巷子的盡頭。偏僻的巷子，簡陋狹小的房屋。形容生活貧困，或地處偏僻。《韓詩外傳》卷五："彼大儒者，雖隱居窮巷陋室，無置錐之地，而王公不能與之爭名矣。"同 繩牀瓦灶、蓬户甕牖。反 雕欄玉砌、瓊樓玉宇。

【窮則思變】qióng zé sī biàn 窮：窮盡，盡頭。《易經•繫辭下》："易，窮則變，變則通，通則久。"後用"窮則思變"說事物發展到頂點，就會發生變化。《資治通鑒》卷二三四："凡人之情窮則思變，含悽貪亂或起於茲。"宋代張方平《上北海范天章》："凡物窮則思變，困則謀亨。"也作"窮極思變"。清代王又僕《易翼述信》卷十："窮極思變亦不過就爻論爻，至於全卦正以上下四剛爻包裹二柔在內，無些子滲漏，是虛得而剛能固之。"同 窮極則變。

【窮根究底】qióng gēn jiū dǐ 形究徹底推求或查究事情的來龍去脈、原委內情。巴金《秋》一三："淑華窮根究底地問道：'三爸跟你談過甚麼事嗎？'"◇中國傳統哲學的開端，是窮根究底的精神。同 尋根究底、追根究底。

【窮家富路】qióng jiā fù lù 在家過日子應該節儉，出門在外手頭則應寬裕一點，以備意外之需。《三俠五義》二三回："再者銀子雖多，賢弟只管拿去，俗話說的好：'窮家富路。'我又說句不吉祥的話兒，倘若賢弟落了孫山，就在京中居住，不必往返跋涉。到了明年就是正科，豈不省事？總是寬餘些好。”◇平時我是不浪費的，這次去歐洲，窮家富路，我還是多帶點錢好。

【窮奢極侈】qióng shē jí chǐ 任意揮霍，盡情享樂，奢侈到了極點。《後漢書·陸康傳》：“末世衰主，窮奢極侈，造作無端。”宋代王讜《唐語林·言語》：“郭尚父立勳業，出入將相，窮奢極侈。”郭沫若《漂流三部曲》：“每月有三百二十塊錢的薪水，即使把一百二十塊錢作為生活費，也可窮奢極侈。”同 驕奢淫逸、花天酒地。反 克勤克儉、艱苦樸素。

【窮奢極慾(欲)】qióng shē jí yù 窮、極：表示程度深、極端。形容極度奢侈，盡情享樂。《漢書·谷永傳》：“失道妄行，逆天暴物，窮奢極欲，湛湎荒淫。”宋代司馬光《漢武説》：“孝武窮奢極慾，繁刑重斂，內侈宮室，外事四夷。”◇富人窮奢極慾，窮人靠救濟過活，社會兩極分化非常嚴重。同 驕奢淫逸、花天酒地。反 節衣縮食、艱苦樸素。

【窮鳥入懷】qióng niǎo rù huái 陷入困境的鳥投入人的懷抱。比喻人走投無路，往投他人。《三國志·邴原傳》裴松之注引晉代孫盛《魏氏春秋》：“政投原曰：‘窮鳥入懷。’原曰：‘安知斯懷之可入邪？’”北齊顏之推《顏氏家訓·省事》：“然而窮鳥入懷，仁人所憫，況死士歸我，當棄之乎？”◇鳥有兩種，有的一飛沖天，有的窮鳥入懷，人也分兩種，一種奮發向上，功成名就，一種好吃懶做，伸手乞援，你做哪一種呢？反 一飛沖天、展翅高飛。

【窮途之哭】qióng tú zhī kū《晉書·阮籍傳》：“(阮籍）時率意獨駕，不由徑路，車跡所窮，輒慟哭而返。”説因車行無路而慟哭。後指因處境困窘而傷悲。唐代王勃《滕王閣序》：“阮籍猖狂，豈效窮途之哭？”宋代呂祖謙《唐定襄道行軍大總管破突厥露布》：“沉痛窮途之哭，措身無所，束手就擒。”明代倪元璐《三乞歸省疏》：“緣臣虛羸，不能車馬，舟行蹇鈍，轉眼河冰，所為急呼，亦慮窮途之哭。”清代劉獻廷《廣陽雜記》卷四：“堯峰僧坦然自京師歸，訪友於此，不值，有窮途之哭，囊中惟錢十八文耳，日坐江邊賣藥以度朝夕。”

【窮途末路】qióng tú mò lù 窮途：絕路；末路：路的盡頭。形容走投無路，面臨絕境。《兒女英雄傳》五回：“你如今是窮途末路，舉目無依。”◇看似到了窮途末路，他卻堅信任何困難都能夠克服。同 窮途潦倒、日暮途窮。反 康莊大道、前程似錦。

【窮途潦倒】qióng tú liáo dǎo 形容前途無望，處境困窘，失意頹喪。元代袁易《送孔退之》詩：“江淹別恨蒼茫外，阮籍窮途潦倒餘。”明代高攀龍《祭茹澄泉先生》：“今使其窮途潦倒，枕經藉史以槁，不得與朝榮之槿同一日之鮮好。嗚呼！吾將問諸蒼昊！”◇杜甫一生仕途坎坷，窮途潦倒，也許正因為如此，他才寫出了千古不朽的名作。也作“窮愁潦倒”。《孽海花》三五回：“我從此認得笑庵，不是飯顆山頭，窮愁潦倒的詩人，倒是瑤台桃樹下，玩世不恭的奇士了。”同 窮困潦倒、窮途落魄。反 高車駟馬、高官厚祿。

【窮寇勿追】qióng kòu wù zhuī 對於陷入絕境的敵人，不要逼迫得太緊，防其垂死掙扎，拼命反撲。《孫子兵法·軍爭》：“歸師勿遏，圍師必闕，窮寇勿追，此用兵之法也。”《後漢書·皇甫嵩傳》：“卓曰：‘不可！兵法，窮寇勿追，歸眾勿迫。今吾追國，是迫歸眾，追窮寇也。困獸猶鬥，蜂蠆有毒。’”蔡東藩《後漢演義》一四回：“軍吏又請發兵往追，霸又笑道：‘窮寇勿追，況在昏夜？料他亦無能為也。’”同 窮寇莫追。

【窮極思變】qióng jí sī biàn 見“窮則思變”。

【窮極無聊】qióng jí wú liáo 聊：聊賴，依靠、寄託。南朝梁費昶《思公子》詩：“虞卿亦何命，窮極苦無聊。”説處境困窘，無所依託。今多指精神空虛，無所寄託。《歧路燈》四四回：“先二日還往街頭走走，走的多了，亦覺沒趣。窮極無聊，在店中結識了弄把戲的滄州孫海仙。”◇近日在家養病，窮極無聊，弄些花花草草，打發時光。同 飽食終日，無所事事。

【窮鄉僻壤】qióng xiāng pì rǎng 荒遠偏僻貧瘠的地方。宋代曾鞏《敍盜》："窮鄉僻壤、大川長谷之間，自中家以上，日暮持錢，無告糴之所。"《文明小史》八回："無奈這窮鄉僻壤，既無讀書之人，那裏來的書店？"㊀ 窮山僻壤、不毛之地。㊁ 膏腴之地、魚米之鄉。

【窮當益堅】qióng dāng yì jiān 窮：指不得志或處境困窘。說當處於不得志、困窘之時，應更加堅定信念，堅持不懈努力下去。《後漢書•馬援傳》："丈夫為志，窮當益堅，老當益壯。"宋代鄒浩《戲史述古多問相》詩："窮當益堅愧枉道，心不勝述思齊賢。"也作"窮且益堅"。唐代王勃《滕王閣序》："老當益壯，寧移白首之心？窮且益堅，不墜青雲之志。"清代王廷燦《祭湯夫子祠文》："尤欣公之節操有似松筠，窮且益堅，顯則愈伸。"㊁ 一蹶不振。

【窮愁潦倒】qióng chóu liáo dǎo 見"窮途潦倒"。

【窮猿投林】qióng yuán tóu lín 窮猿：無棲身之所的猿。《世說新語•言語》："李弘度常歎不被遇，殷揚州知其家貧，問：'君能屈志百里不？'李答曰：'《北門》之歎，久已上聞，窮猿奔林，豈暇擇木？'遂授剡縣。"後用"窮猿投林"稱陷於困境的人急於尋找棲身糊口之所，而不論其好壞。宋代蘇軾《答王定國書》："近在常置得一小莊子，歲可得百石，似可足食。非不知揚州之美，窮猿投林，不暇擇木也。"清代鄭方坤《全閩詩話》卷一二引《武夷山志》："入道之易如窮猿投林，叛道之易如游魚躍岸。"㊀ 窮猿奔林、"窮猿投林，不暇擇木"。㊁ 高官極品、高枕無憂。

【窮源竟委】qióng yuán jìng wěi 窮、竟：探求、追尋。源：水流的源頭。委：水流的終端。《禮記•學記》："三王之祭川也，皆先河而後海，或源也，或委也，此之為務本。"後以"窮源竟委"：❶ 指從追蹤發源地開始勘察整條河流。《明史•徐貞明傳》："又遍歷諸河，窮源竟委，將大行疏浚。"◇地質和水文勘探隊，經過多年的艱苦努力，窮源竟委，終於把黃河、長江勘察得一清二楚。❷ 比喻追究事物的來龍去脈，徹底搞清楚。清代林昌彝《海天琴思錄》卷五："留心政治，具經世之才，凡古今因革損益，無不窮源竟委。"◇這個案子務必窮源竟委，查個水落石出。㊀ 窮源推本。㊁ 草草了事、半途而廢。

【窺見一斑】kuī jiàn yī bān《世說新語•方正》："王子敬數歲時，嘗看諸門生摴蒱，見有勝負，因曰：'南風不競。'門生輩輕其小兒，迺曰：'此郎亦管中窺豹，時見一斑。'"後用"窺見一斑"比喻觀察瞭解局部，就可以大致推知全部整體。宋代王之道《曾欽道家山圖》詩序："予雖未果識欽道而披其圖，然獲於式古詩中窺見一斑，恨不即命駕以償願見之素。"明代侯一元《東晁春陵》："乃獨心醉於大賢，時時窺見一斑，歎其蔚跂以為妙絕。"清代喻昌《尚論》卷四："不異後人窺見一斑者，遇陰邪便亟溫，遇陽邪便亟下，其鹵莽滅裂尚不可勝言。"也作"窺豹一斑"。宋代黃裳《黃氏日抄》卷五一："又於《孟子》之言仁義，獨取'不嗜殺人'一語，殆所謂窺豹一斑者耶？"宋代李光《與胡邦衡書》："《三經新解》未能徧閱，然嘗鼎一臠，窺豹一斑，亦足見其大略矣！"明代陸深《詩•大序》按語："古文皆漆書而韋編之，韋易絕而竹易紊，是故古人傳世錯繆實多，如此序者窺豹一斑爾，安敢自信？"◇大學生的擇業趨向，可從調查數據中窺見一斑。㊀ 窺豹一斑。

【窺豹一斑】kuī bào yī bān 見"窺見一斑"。

【竊玉偷香】qiè yù tōu xiāng 喻指男女私下裏的感情往來。偷香：晉代賈充的女兒與韓壽有私情，她把皇帝賜予其父的西域異香偷出來送給韓壽。後人用此故事指代男女私情。元代王實甫《西廂記》一本二折："雖不能夠竊玉偷香，且將這盼行雲眼睛兒打當。"《金瓶梅詞話》一三回："兩個隔牆酬和，竊玉偷香，又不由大門裏行走，街坊鄰舍，怎得曉的暗裏的事。"《醒世姻緣傳》一九回：

"竊玉偷香還未久，旗杆贏得雙標首。" 同 偷香竊玉。

【竊鈎盜國】qiè gōu dào guó 見"竊鈎竊國"。

【竊鈎竊國】qiè gōu qiè guó 鈎：腰帶鈎。《莊子•胠篋》："彼竊鈎者誅，竊國者為諸侯。" 後稱小賊受重罰，大奸大惡者反竊居高位為"竊鈎竊國"，指國法與社會現實黑白顛倒，極端不公正。也作"竊鈎盜國"。清代許秋垞《聞見異辭•吉穴》："迫到飢寒亦可哀，竊鈎竊國漫相猜。" 廖仲愷《有感》詩："竊鈎盜國將誰咎？扃鐍緘縢只自欺。" 同 竊鈎者誅，竊國者侯。反 公平合理、公平正義。

【竊據要津】qiè jù yào jīn 要津：重要的關鍵位置。利用不正當手段佔據了重要職位。◇他本是一個市井無賴，只因攀上了省長的兒子，便步步高昇，竊據要津。

【竊竊私語】qiè qiè sī yǔ 為避他人聽到，私下裏悄悄說話。宋代蘇舜欽《上范公參政書》："時尚竊竊私語，未敢公然言也。" 明代歸有光《宣節婦墓碣》："其後三年，父母謀嫁之。節婦見其家竊竊私語，覺其意，登樓自縊。" 鄭振鐸《桂公塘》四："大營裏天天有竊竊私語聲，不知講論些甚麼。" 也作"竊竊私議"。《痛史》一三回："宗、胡兩人，正在竊竊私議。" 葉聖陶《倪煥之》一二："他們竊竊私議的無非外間的流言，待教師走近身旁時便咽住了。" 同 竊竊細語、竊竊偶語。反 大聲喧嘩、高談闊論。

【竊竊私議】qiè qiè sī yì 見"竊竊私語"。

立部

【立人達人】lì rén dá rén《論語•雍也》："夫仁者，己欲立而立人，己欲達而達人。能近取譬，可謂仁之方也已！" 立：建樹，成就。達：發達，顯貴。後以"立人達人"指助人建立功業，提高地位。清代阮元《揅經室集〈論語〉論仁論》："為之不厭，己立己達也；誨人不倦，立人達人也。" ◇博學博愛，立人達人，學校的老師一直這樣教育我。同 達人立人。

【立功贖罪】lì gōng shú zuì 以立功來抵償罪過。《舊唐書•王孝傑傳》："使未至幽州，而宏暉已立功贖罪，竟免誅。" 明代諸聖鄰《唐朝開國演義》四七回："姑從寬宥，令其立功贖罪，則恩威兼著，人思報國。" 范文瀾《中國近代史》上冊三章："情願收取蕪湖、太平關、建德等處，立功贖罪。" 同 將功贖罪、將功折罪。反 罪上加罪、罪加一等。

【立地成佛】lì dì chéng fó 立地：立刻，即時。比喻作惡的人棄惡從善，即刻就變成了好人。是佛家勸人改惡向善的套話。《五燈會元•紹興府東山覺禪師》："廣額正是個殺人不眨眼底漢，颺下屠刀，立地成佛。"《聊齋誌異•羅祖》："予笑曰：'今世諸檀越，不求為聖賢，但望成佛祖。請遍告之：若要立地成佛，須放下刀子去。'" ◇佛認為眾生都有佛性，能夠通過感化，立地成佛。同 放下屠刀，立地成佛。反 萬劫不復。

【立地書廚】lì dì shū chú 兩腳站着的書櫥，即活書櫥。❶ 比喻讀書多學問淵博的人。《宋史•吳時傳》："時敏於為文，未嘗屬稿，落筆已就，兩學目之曰'立地書廚'。" ❷ 譏諷讀書成癖而不能靈活運用的人。◇我們需要的是真才實幹的人，而不是立地書廚。同 兩腳書廚。

【立此存照】lì cǐ cún zhào 寫下文字保存起來，以作憑證。舊時文書字據中的習慣用語。《綠野仙蹤》八四回："將來若有反悔，舉約到官，恐口無憑，立此存照。" 現也泛指留下紙質憑證。◇立此存照，只是想讓後人知道事情的原委。反 空口無憑。

【立足之地】lì zú zhī dì 能夠站腳的地方。多比喻安身之處。《紅樓夢》三三回："賈政聽說，忙叩頭說道：'母親如此說，兒子無立足之地了！'"《老殘遊記》七回："不消十天半個月，各處大盜頭目就全曉得了，立刻便要傳出號令：某人立足之地，不許打攪的。" 二月河《康熙大帝》一五："三藩如果叛變，必將奪取岳州、衡陽，以為立足之地，然後奪取荊襄，東下南京。”同 安身立命。反 無地自容。

【立身處世】lì shēn chǔ shì 立身：做人。指人在社會上待人接物的種種活動。晉代無名氏《沙彌十戒法並威儀序》：“夫乾坤覆載，以人為貴；立身處世，以禮儀為本。”金代金埴《巾箱説卷》：“夫人立身處事，亦何事不貴於厚耶！”南懷瑾《老子他説》：“在個人修養方面，運用黃老之道立身處世，有一個大原則，就是：‘功成，名遂，身退。’”◇誠信是人的立身處世之本。同 為人處世、待人接物。

【立身揚名】lì shēn yáng míng《孝經•開宗明義》：“立身行道，揚名於後世，以顯父母，孝之終也。”後以“立身揚名”説使自己在社會上立足，並求聲名遠揚。《後漢書•仲長統傳》：“常以為凡遊帝王者，欲以立身揚名耳，而名不常存，人生易滅，優遊偃仰，可以自娛。”《紅樓夢》三六回：“獨有林黛玉自幼不曾勸他去立身揚名等語，所以深敬黛玉。”同 光宗耀祖。反 身敗名裂。

【立竿見影】lì gān jiàn yǐng 在陽光下豎起竹竿，立刻就見到影子。比喻收效極快。宋代朱熹《參同契考異》中：“立竿見影，呼谷傳響，豈不靈哉！”《封神演義》七八回：“你説你蓮花化身，清淨無為，其如五行變化，立竿見影。”◇做學問要腳踏實地，持之以恒，沒有立竿見影那麼容易。反 無濟於事、於事無補。

【立時三刻】lì shí sān kè 立刻，馬上。《官場現形記》五回：“王夢梅見大家説得有理，就叫了管帳房的侄少爺來，叫他去開銷蔣福，立時三刻要他捲鋪蓋滾出去。”《二十年目睹之怪現狀》九五回：“知縣一見，有了把握，立刻飭差人去提和尚，立時三刻就要人。”亦舒《一把青雲》二：“她並沒有蒙騙顧曉敏，但是她也不打算立時三刻與初識者推心置腹。”同 一時半刻。

【立錐之地】lì zhuī zhī dì 插個錐尖的地方。形容所佔有的地方極小。《史記•留侯世家》：“今秦失德棄義，侵伐諸侯社稷，滅六國之後，使無立錐之地。”《隋書•地理志上》：“子弟無立錐之地，功臣無尺寸之賞。”◇上無片瓦，下無立錐之地。

【童牛角馬】tóng niú jiǎo mǎ 童：牛羊等未生角或無角。沒有角的牛和長角的馬。比喻違背常理或不倫不類的事物。漢代揚雄《太玄•更》：“童牛角馬，不今不古。測曰：童牛角馬，變天常也。”不今不古，意為古今都沒有的。同 曠古未有。反 習以為常。

【童心未泯】tóng xīn wèi mǐn 童心：兒童天真爛漫的情懷。泯：消失。形容雖已成年，卻還像孩子般天真無邪。《左傳•襄公三十一年》：“於是昭公十九年矣，猶有童心。”◇直到白髮蒼蒼，她仍童心未泯，充滿活力，這確實是很難得的。反 老氣橫秋。

【童男童女】tóng nán tóng nǚ 未曾破身的男孩和女孩。《史記•封禪書》：“使人乃齎童男童女，入海求之。”《飛龍全傳》二六回：“數年前出了一個妖怪，在這莊上作耗，每年一期，要童男童女祭賽，方保得合莊公然無事；若不祭賽，他便攪得逐家兒人丁離散。”◇唱詩班由一百多名童男童女組成，童聲唱起來別有一番幽遠莊重的韻味。反 遺老遺少。

【童言無忌】tóng yán wú jì 忌：忌諱。小孩子説話沒有忌諱。❶ 古人習俗，逢年過節或辦喜慶之事時，不能説不吉利的話，但小孩不懂事，難免會説錯犯忌，此時便用“童言無忌”來禳解，意謂孩子家即使説了犯忌的話也無礙吉利。巴金《家》一七：“老太爺因為覺群在堂屋裏説了不吉利的話，便在一張紅紙條上寫着‘童言無忌，大吉大利’，拿出來貼在門柱上。”❷ 指小孩子説話直來直去，沒有顧忌。◇童言無忌，這也是孩子的可貴可愛之處，當大人們都在恭維皇帝的新裝的時候，正是孩子説出皇帝一絲不掛的大實話。反 杜口不言、欲言又止。

【童叟無欺】tóng sǒu wú qī 叟：老人。説做生意買賣公平，誠信可靠，絕不欺老騙幼。清代金安清《水窗春囈•四遠馳名》：“著名老店，如揚州之戴春林……杭州之張小泉，皆天下所知，貨真價實，來售者童叟無欺。”《二十年目睹之怪現狀》五回：“他這是招徠生意之一道呢，但不知可有‘貨真價實，童叟無欺’的字樣沒有？”老舍《老張的哲學》二：“一件天藍洋緞的長袍，罩着一件銅鈕寬邊的米色坎肩，童叟無欺，一看就知道是鄉下的土紳士。”同 不欺暗室。反 欺行霸市、欺三瞞四。

【童顏鶴髮】tóng yán hè fà 鶴髮：白髮。臉色像兒童那樣紅潤，頭髮像鶴的羽毛那樣雪白。形容老年人氣色好，精神清健。也作“鶴髮童顏”。唐代田穎《夢遊羅浮》詩：“自言非神亦非仙，鶴髮童顏古無比。”《三國演義》一五回：“策見其人童顏鶴髮，飄然有出世之姿。”《兒女英雄傳》二七回：“房裏只有幾個童顏鶴髮的婆兒，鬼臉神頭的小婢。”

【竭盡心力】jié jìn xīn lì 用盡全部心思和力量。《三國志·賈逵傳》裴松之注引《魏略》：“竭盡心力，奉宣科法。”◇他為社會變革竭盡心力，貢獻了自己的全部智慧、心血和青春。同 盡心盡力、盡心竭力。

【竭盡全力】jié jìn quán lì 竭盡：用盡。用盡全部力量。◇別的公司竭盡全力謀求上市，他們卻選擇積極創新，穩步發展的道路。同 竭盡心力、殫精竭慮。

【竭澤而漁】jié zé ér yú 澤：水塘；漁：捕魚。排乾池塘裏的水捕魚。比喻不管長遠利益，只圖眼前收效。《呂氏春秋·義賞》：“竭澤而漁，豈不獲得？而明年無魚。”《明史·文震孟傳》：“徐議濬財之源，毋徒竭澤而漁。”同 涸澤而漁、殺雞取卵。反 休養生息。

【端本清源】duān běn qīng yuán 端：理正，整治。從根本和源頭上加以整治清理。比喻徹底解決問題。宋代胡宏《與彪德美書》：“聖人之法常在於端本清源，豈可舍本源而就末流乎？”清代陳廷敬《與楊都諫書》：“以謂至德云者，誠意正心，端本清源之事。”◇宋代醫學家林億在校刊《素問》時，端本清源，改錯六千餘處，增補兩千餘條，對保存古代醫學文獻作出了很大貢獻。同 正本清源。反 本末倒置。

竹部

【竹苞松茂】zhú bāo sōng mào 苞：茂盛。《詩經·斯干》：“如竹苞矣，如松茂矣。”說松樹竹林非常茂盛。傳為周宣王建造宮殿時所唱，讚頌王室興旺發達。多用於祝壽或賀新居落成。唐代李商隱《為河東公上方鎮武臣賀冬啟》：“伏惟克隆多福，永對休辰，以竹苞松茂之姿，奉周扆漢帷之化。”明代范世彥《磨忠記·楊漣家慶》：“親壽享，願竹苞松茂，日月悠長。”清代梁章鉅、梁恭辰《楹聯四話·雜綴》：“(會館落成時撰一聯云）睹竹苞松茂之才蔚起岩阿，尤冀廈廣千間，顏歡寒士。”

【竹馬之交】zhú mǎ zhī jiāo 見“竹馬之好”。

【竹馬之好】zhú mǎ zhī hǎo 唐代李白《長干行》詩：“郎騎竹馬來，繞牀弄青梅，同居長干里，兩小無嫌猜。”後以“竹馬之好”比喻兒時就結下的友情。也作“竹馬之交”。南朝宋劉義慶《世說新語·方正》：“卿故復憶竹馬之好不？”◇他倆從小就是竹馬之好，如今合夥做生意不足為奇。同 青梅竹馬。

【竹報平安】zhú bào píng ān 唐代段成式《酉陽雜俎·支植下》：“衛公（李德裕）言北都惟童子寺有竹一窠，才長數尺，相傳其寺綱維（寺院管家）每日報竹平安。”後以“竹報平安”代稱平安家信。宋代韓元吉《水調歌頭》詞：“月白風清長夏，醉裏相逢林下，欲辯已忘言，無客問生死，有竹報平安。”

【竹籃打水】zhú lán dǎ shuǐ 用竹條編成的籃子盛水。唐代寒山《詩》之二〇八：“我見瞞人漢，如籃盛水走，一氣將歸家，籃裏何曾有？”比喻所做所為，空無效果。《金瓶梅詞話》五九回：“撇的我四摸着地樹倒無蔭來呵，竹籃打水落而無效。”◇他完全未料到她並不在意自己身價之不菲，幾年來的苦苦追求算是竹籃打水一場空了。同 水底撈月。

【竿頭一步】gān tóu yī bù《景德傳燈錄·長沙景岑招賢大師》：“百丈竿頭須進步，

十方世界是全身。”後以“竿頭一步”比喻更進一步。清代梁啟超《南海康先生傳》：“勇猛精進，竿頭一步。”同 百尺竿頭、“百尺竿頭，更進一步”。反 止步不前。

【竿頭日進】gān tóu rì jìn《景德傳燈錄•長沙景岑招賢大師》：“百丈竿頭須進步，十方世界是全身。”宋代朱熹《答鞏仲至書》：“故聊復言之，恐或可以少助百尺竿頭更進一步之勢也。”後用“竿頭日進”比喻學業、事業等不斷取得進步。清代無名氏《後會仙記》：“學問無窮水接天，竿頭日進古人言。”蘇曼殊《馮春航説》：“春航數年前所唱西曲，無如今日之美滿，實覺竿頭日進。劇界前途，大有望於斯人云。”◇前輩總是期盼後代竿頭日進的，少年學子切不可辜負老人的厚望。同 百尺竿頭，更進一步。反 止步不前、裹足不前。

【笑容可掬】xiào róng kě jū 掬：用手捧起。形容滿面笑容。《三國演義》九五回：“(司馬懿）果見孔明坐於城樓之上，笑容可掬，焚香操琴。”《警世通言》卷二：“莊生行起道法，舉手照塚頂連搧數扇，水氣都盡，其土頓乾，婦人笑容可掬，謝道：‘有勞官人用力。’”《聊齋誌異•嬰寧》：“有女郎攜婢，拈梅花一枝，容華絕代，笑容可掬。”同 笑容滿面。反 面目可憎。

【笑逐顏開】xiào zhú yán kāi 逐：隨。顏：面容。笑得臉都舒展開了。形容滿心歡喜的樣子。《京本通俗小説•西山一窟鬼》：“教授聽得説罷，喜從天降，笑逐顏開道：‘若還真個有這人時，可知好哩！’”《初刻拍案驚奇•錢多處白丁横帶》：“母親方才轉憂為喜，笑逐顏開道：‘虧得兒子崢嶸有日，奮發有時。’”陳殘雲《山谷風煙》三八章：“大多數人都很滿意，笑逐顏開。”同 喜逐顏開、喜笑顏開。反 横眉怒目、怒氣沖沖。

【笑裏藏刀】xiào lǐ cáng dāo 形容外表和善而內心卻陰險毒辣。《舊唐書•李義府傳》：“義府貌狀溫恭，與人言必嬉怡微笑，而褊忌陰賊。既處權要，欲人附己，微忤意者，輒加傾陷。故時人言義府笑中有刀。”元代關漢卿《單刀會》一折：“那時間相看的是好，他可便喜孜孜笑裏藏刀。”《紅樓夢》五五回：“他們笑裏藏刀，咱們兩個才四個眼睛兩個心，一時不防，倒弄壞了。”《孽海花》一六回：“只見一個短短的身材，黑黑的皮色，亂蓬蓬一團茅草，光閃閃兩盞燈籠，真是眼中出火，笑裏藏刀。”同 笑處藏刀、兩面三刀。反 表裏如一、心慈面軟。

【笨鳥先飛】bèn niǎo xiān fēi 比喻能力差的人做事，怕落在別人後面，就先行一步。常用作自謙之詞。元代關漢卿《陳母教子》一折：“二哥，你得了官也。我和你有個比喻：我似那靈禽在後，你這等笨鳥先飛。”《濟公全傳》一三九回：“我走的慢，笨鳥先飛，我頭裏走。”馬季《畫像》：“第二天雞一打鳴我就起來了。這叫‘笨鳥先飛’。”同 夯(笨）鳥先飛、笨雀兒先飛。

【笨嘴拙舌】bèn zuǐ zhuō shé 不善言辭，沒有口才。◇他沒上過學，是一個笨嘴拙舌的大老粗 / 她向來以能説會道著稱，這次怎麼笨嘴拙舌的！同 笨嘴笨舌。反 巧舌如簧、能説會道。

【笙歌鼎沸】shēng gē dǐng fèi 鼎沸：形容喧鬧、雜亂，像水在鍋裏沸騰一樣。形容器樂聲、歌聲一片喧鬧。宋代吳自牧《夢粱錄•清明節》：“此日又有龍舟可觀，都人不論貧富，傾城而出笙歌鼎沸，鼓吹喧天。”明代高明《琵琶記•新進士宴杏園》：“黃旗影裏，笙歌鼎沸。”◇元宵佳節，秦淮河畔，彩燈高掛，笙歌鼎沸。同 鑼鼓喧天。

【筐篋中物】kuāng qiè zhōng wù 篋：用竹篾柳條等物編製的小箱子。放在筐篋中的物件，極其平常的東西。《三國志•韋曜傳》：“時所在承指，數言瑞應。皓以問曜，曜答曰：‘此人家筐篋中物耳。’”《魏書•崔浩傳》：“此矯誣之説，不近人情，必非老子所作。老聃習禮，仲尼所師，豈設敗法文書，以亂先王之教。袁生所謂家人筐篋中物，不可揚於王庭也。”反 稀世之珍、希世之寶。

【等而下之】děng ér xià zhī 從一個等級再向下數，從這個等級向下推算。宋代朱熹《朱子語類》卷六五：“等而下之，如醫技養生家之説，皆不離陰陽二者。”茅盾《給他們看甚麼好呢？》：“《七俠五義》、《水滸》、《西遊記》，還算是好的，等而下之，就連《施公案》、《濟公傳》，一切武俠的、迷信的，全部吞下去了。”反 等而上之。

【等米下鍋】děng mǐ xià guō ❶ 形容生活窘迫，急需錢糧。《紅樓夢》九九回：“我在這衙門內已經三代了，外頭也有些體面，家裏還過得……不像那些等米下鍋的。”《儒林外史》一六回：“那知他有錢的人只想便宜，豈但不肯多出錢，照時值估價，還要少幾兩，分明知道我等米下鍋，要殺我的巧。”❷ 比喻急需某些東西。◇鋼鐵廠的生產規模擴大了，可鐵礦石不夠，天天等米下鍋。反 綽綽有餘、綽有餘裕。

【等量齊觀】děng liàng qí guān 等：同等。量：估量、衡量。齊：同樣。用同一眼光標準，來看待衡量有差別的不盡相同的事物。清代周中孚《鄭堂劄記》卷五：“若李滄溟者，諸體少完善，惟七絕差勝，祇堪與謝四溟之五律等量齊觀。”朱自清《經典常談•戰國策》：“後來列國紛紛稱王，周室更不算回事，他們至多能和宋、魯等小國君主等量齊觀罷了。”同 相提並論。

【等閒(閑)之輩】děng xián zhī bèi 等閒：尋常。輩：某一類人。指無足輕重的平常人。多用於否定句。元代無名氏《賺蒯通》一折：“他登壇拜將，五年之間，躄項興劉，扶成大業，小官看來，此人不是等閒之輩。”明代周楫《西湖二集•吹鳳簫女誘東牆》：“餘外女郎服飾略同，形制微小，那美貌也不是等閒之輩。”◇能拿下這場比賽的冠軍，絕非等閒之輩。同 等閒(閑)人物、等閒(閑)之人。反 蓋世無雙、風雲人物。

【等閒(閑)視之】děng xián shì zhī 等閒：平常。當作平常事看待它，毫不在意。《三國演義》九五回：“此乃大任也，何為安閒乎？汝勿以等閒視之，失吾大事。切宜小心在意！”◇這篇文章代表了大部分人的觀點，豈可等閒視之？同 漠然置之、熟視無睹。反 刮目相看、另眼相待。

【策無遺算】cè wú yí suàn 策：謀略，謀劃。算：算計，考慮。形容謀劃周密準確，沒有失算之處。《北齊書•幼主紀》：“遂自以策無遺算，乃益驕縱。”◇李道士策無遺算，料事如神，人稱“小諸葛”。同 萬全之策。反 掛一漏萬。

【答非所問】dá fēi suǒ wèn 回答的話不是提問者所要求解答的。多因刻意迴避或沒有聽懂、聽清所問而致。《兒女英雄傳》三八回：“老爺正覺他答非所問，程相公那裏就打聽説：‘甚麼叫作希希罕兒？’”葉聖陶《隔膜》：“大家運用着腦子，按照着次序一問一答，沒有答非所問的弊病，就算情意格外濃厚。”同 文不對題、所答非所問。

【筋疲力竭】jīn pí lì jié 疲乏到極點，沒有一點氣力。唐代元稹《有酒》詩：“精衛銜蘆塞海溢，枯魚噴沫救池燔。筋疲力竭波更大，鰭燋甲裂身已乾。”◇看看山就在前面，可是整整走了六個小時，沿着怪石林立的崎嶇山路爬到山頂，已是黃昏時分，大家都累得筋疲力竭。同 筋疲力盡、力盡筋疲。

【筋疲力盡】jīn pí lì jìn 形容十分疲勞，沒有半點兒力氣。《醒世恆言》卷二二：“我已筋疲力盡，不能行動。”老舍《不成問題的問題》：“説到這裏，他彷佛已筋疲力盡，快要暈倒的樣子。”同 力盡筋疲、筋疲力竭、精疲力竭、精疲力盡。反 力大無窮。

【筆下生花】bǐ xià shēng huā 五代王仁裕《開元天寶遺事•夢筆頭生花》：“李太白少時，夢所用之筆頭上生花，後天才贍逸，名聞天下。”後用“筆下生花”形容才思敏捷，文筆優美或畫筆傳神。《鼓掌絕塵》五回：“筆下生花還出類，胸中吐秀迥尋常。”◇感謝畫家筆下生花，把我又帶回童年的鄉村。同 夢筆生花、生花之筆。

【筆大如椽】bǐ dà rú chuán 椽：椽子，安在屋樑上以支架屋面和瓦片的木條。筆大得像椽子。《晉書•王珣傳》："珣夢人以大筆如椽與之，既覺，語人曰：'此當有大手筆事。'俄而帝崩，哀冊謚議，皆珣所草。"後用"筆大如椽"比喻大手筆或文才非凡，筆力雄健。蔡東藩《民國通俗演義》三回："任臨時大總統"注："筆大如椽"◇早就想出回憶錄，已經醞釀多時，只是才拙筆陋，難以成事，素來敬仰您筆大如椽，如允借重，則恩義戴天，未審尊意如何？同 大筆如椽、如椽大筆。

【筆走龍蛇】bǐ zǒu lóng shé 龍蛇：像龍蛇那樣飛動盤轉、遒勁游走。唐代李白《草書歌行》："恍恍如聞神鬼驚，時時只見龍蛇走。"後用"筆走龍蛇"形容擅長書法，寫起字來運筆生動流暢、筆勢矯健靈活。也喻指文筆縱放，揮灑自如。宋代錢處仁《醉蓬萊》詞："筆走龍蛇，句雕風月，好客敦高誼。"《初刻拍案驚奇》卷二十："秀才蕭王賓胸藏錦繡，筆走龍蛇。"《賽紅絲》二回："你這吝狗，不要錯看了宋古玉，我宋古玉胸藏賢聖，筆走龍蛇，自是科甲中人物。"同 龍飛鳳舞。

【筆墨官司】bǐ mò guān si 筆墨：指文字或文章。官司：訴訟。用文章等書面形式進行的爭辯。◇打筆墨官司／兩個人的筆墨官司一直打到了報紙上／兩個政府部門互不相讓，公文一來一往，筆墨官司打得很激烈。反 對簿公堂。

【節外生枝】jié wài shēng zhī 樹的枝節上又長出了枝杈。比喻在原有的問題之外又產生出新問題。宋代朱熹《答胡伯逢書》："如明暗黑白之相形，一舉目而兩得之。今乃以為節外生枝，則夫告往知來、舉一反三、聞一知十者，皆適所以重得罪於聖人矣。"元代康進之《李逵負荊》二折："不是我節外生枝，囊裏盛錐，誰着你奪人愛女，逞己風流，被咱都知。"茅盾《子夜》十："他萬萬料不到勸誘杜竹齋做公債不成，卻反節外生枝。"同 節上生枝、橫生枝節。反 一帆風順。

【節衣縮食】jié yī suō shí 吃的穿的，盡量節省。形容生活節儉樸素。宋代魏了翁《杜隱君希仲墓誌銘》："節衣縮食，以經理其生，家日以饒。"魯迅《書信集•致趙家璧》："有關本業的東西，是無論怎樣節衣縮食也應該購買的。"同 節食縮衣、縮衣節食。反 花天酒地、揮金如土。

【節哀順變】jié āi shùn biàn 節制悲哀，順應變故。多用於安慰死者家屬。《禮記•檀弓下》："喪禮，哀戚之至也；節哀，順變也。君子念始之者也。"宋代沈遘《慰太師相公疏》："伏惟節哀順變，以全禮制，下情所望。"《西湖二集》卷二七："吾兄節哀順變，保全金玉之軀。"蔡東藩《前漢演義》二十回："漢王聽着，悲喜交並，當下復書勸慰，叫他節哀順變，協力復仇。"

【箕山之志】jī shān zhī zhì 箕山：古代高士許由、巢父隱居的地方。《呂氏春秋•求人》：堯欲將天下讓給許由。許由推辭說："啁噍巢於林，不過一枝；偃鼠飲於河，不過滿腹。歸已君乎！惡用天下？"於是就到箕山之下、潁水之陽，躬耕而食。後以"箕山之志"指不貪戀權位、潔身自好的品行。三國魏文帝《與吳質書》："偉長獨懷文抱質，恬淡寡慾，有箕山之志，可謂彬彬君子者矣！"明代楊士奇《歐陽子白像贊》："雖見諸貌者已老，而存諸中者未衰，其終求箕山之志，抑有俟蟠溪之時也耶？"也作"箕山之節"。《漢書•鮑宣傳》："莽以安車迎方。方因使者辭曰：'堯舜在上，下有巢由，今明主方隆唐虞之德，小臣欲守箕山之節也。'"宋代楊時《二程粹言•天地》："薛山守箕山之節，免於新室之污，其知幾矣！"

【箕山之節】jī shān zhī jié 見"箕山之志"。

【箕風畢雨】jī fēng bì yǔ 箕、畢：皆星宿名。古天文觀察發現，月在箕宿主起風，在畢宿主下雨。《尚書•洪範》孔安國傳："箕星好風，畢星好雨。"後以"箕風畢雨"指代風雨，含有風調雨順的意思。南朝梁吳均《八公山賦》："箕風畢雨，育嶺生峩。"明代范景文《祭姚宮端文》："懸絲於箕風畢雨之間，忘機於狎鷗馴鶴之側。"清代竇祖禹《萬壽詩》：

"到處春光彌宇宙，呈來瑞氣出山川。箕風畢雨休徵應，舜歷堯蓂寶籙傳。" 同 畢雨箕風。

【管中窺豹】guǎn zhōng kuī bào 窺：從孔隙中看。《世説新語•方正》："王子敬數歲時，嘗看諸門生摴蒲，見有勝負，因曰：'南風不競。'門生輩輕其小兒，迺曰：'此郎亦管中窺豹，時見一斑。'" 斑：豹身上的斑紋。説從竹管中看豹子，只見到豹子身上的一小塊斑紋。後比喻觀察事物只看到狹窄而不全面的一小部分。唐代歸仁《悼羅隱》詩："管中窺豹我猶在，海上釣鰲君也沈。"元代周德清《一枝花•遺張伯元》套曲："向管中窺豹那知外，坐井底觀天又出來，運斧班門志何大，出削個好歹。"清代薛雪《一瓢詩話》五七："有人議論唐人選唐詩不甚佳，余曰：'前人畢竟不同，切勿管中窺豹。'" 同 管中窺天、管窺之見。反 高瞻遠矚。

【管見所及】guǎn jiàn suǒ jí 管見：通過管子所能見到的東西。比喻所能看到的、想到的非常有限。用作自謙之詞。清陳啟源《〈釋文〉疑誤》："茲據管見所及，稱辨其一二，其可疑者仍兩存之，以俟博識者擇焉。" 同 管窺之見。

【管寧割席】guǎn níng gē xí《世説新語•德行》："管寧、華歆……又嘗同席讀書，有乘軒冕過門者，寧讀如故，歆廢書往看，寧割席分坐曰：'子非吾友也。'" 後常以"管寧割席"指朋友因志趣不同而絕交。明代崔銑《士翼》卷二："不輕富貴不能安貧賤，不修志意不能小王公，故華歆揮金，管寧割席。"

【管鮑分金】guǎn bào fēn jīn《列子•力命》："管仲嘗歎曰：'吾少窮困時嘗與鮑叔賈，分財多自與。鮑叔不以我為貪，知我貧也。'" 後以"管鮑分金"為朋友間互相理解、體諒的典範。元代宮天挺《范張雞黍》第二折："俺弟兄比陳雷膠漆情尤切，比管鮑分金義更別。"《西遊記》八一回："寧學管鮑分金，休仿孫龐鬥智。自古道：'打虎還得親兄弟，上陣須教父子兵。'" 徐越《清末和民國徽州民間的經濟互助》："蓋聞朋友有同財之義，親戚有扶助之情，管鮑分金，千古芳名不朽。"

【管鮑之交】guǎn bào zhī jiāo 管鮑：指春秋時齊國的管仲和鮑叔牙。管仲未相齊時，家貧有母，仕途多挫折和屈辱，而好朋友鮑叔牙對管仲給予充分的理解。管仲為相後感歎他與鮑叔牙的交情時説："生我者父母，知我者鮑叔也！"事見《列子•力命》。後以"管鮑之交"指知心朋友。《晉書•王敦傳》："昔臣親受嘉命，云：'吾與卿及茂弘當管鮑之交。'" 明代孫繼臯《答顧州守書》："敢同管鮑之交，積幾時而彌篤。" 同 刎頸之交、金石之交。反 酒肉朋友、泛泛之交。

【管窺之見】guǎn kuī zhī jiàn 管窺：從竹管裏看天。比喻狹窄片面的認識、不高明的見解。《魏書•王叡傳》："仰恃皇造宿眷之隆，敢陳愚昧管窺之見。"清代劉綸《經解》："恭讀聖訓，孜孜下詢，無任戰慄隕越之至，謹攄管窺之見以對。"◇解讀《論語》的著作，汗牛充棟，古人學一輩子，所得也不過管窺之見。同 管見所及。

【管窺蠡測】guǎn kuī lí cè 漢代東方朔《答客難》："以筦窺天，以蠡測海，以筳撞鐘，豈能通其條貫，考其文理，發其音聲哉。" 後以"管窺蠡測"形容眼界狹窄，見識淺薄。明代張綸《林泉隨筆》："一耳目之管窺蠡測，又焉得遍觀而盡識也。"《紅樓夢》三六回："我昨兒晚上的話，竟説錯了，怪不得老爺説我是'管窺蠡測'。"《四遊記•鐵拐修真求道》："管窺蠡測，終乏大觀。" 同 管窺之見、"以管窺天，以蠡測海"。

【箭不虛發】jiàn bù xū fā 每發一箭，都中目標。形容射技高超。《三國志•龐德傳》："德被甲持弓，箭不虛發。"《冊府元龜》卷八四六："賀若敦少有氣幹，善騎射。初從獨孤信於雒陽，被圍。敦彎弓三石，箭不虛發。"《三國演義》五八回："馬超箭不虛發，船上駕舟之人，應弦落水，船中數十人皆被射倒。" 同 箭無虛發、弓不虛發。

【箭在弦上】jiàn zài xián shàng 説箭已搭在弦上，勢在必發。《太平御覽》卷五九七引《魏書》："太祖平鄴，謂陳琳曰：'君昔為本初（袁紹）作檄書，但罪孤而已，何乃上及父祖乎？'琳謝曰：'矢在弦上，不得不發。'"後用"箭在弦上"比喻為情勢所迫，事情不得不做、話不可不説。柔石《二月》二四："（陶慕侃）老兄，求你不要去。蕭澗秋冷冷地説一句：'箭在弦上。'"同 箭在弦上，不得不發。

【篝火狐鳴】gōu huǒ hú míng 篝火：在竹籠裏放火。狐鳴：假作狐狸叫。《史記·陳涉世家》："陳勝、吳廣喜，念鬼，曰：'此教我先威眾耳。'乃丹書帛曰'陳勝王'置人所罾魚腹中。卒買魚亨（烹）食得魚腹中書，固以怪之矣。又間令吳廣之次所旁叢祠中，夜篝火，狐鳴呼曰：'大楚興，陳勝王！'卒皆夜驚恐，旦日，卒中往往語，皆指目陳勝。"後以"篝火狐鳴"：❶ 指秦末陳勝、吳廣藉鬼神鼓動戍卒起義反秦之事。茅盾《為徐平羽之新出土秦漢瓦當拓本作》："篝火狐鳴大澤鄉，江東子弟赫斯怒。"❷ 指假託神鬼或裝神弄鬼。宋代歐陽修《論刪去九經正義中讖緯劄子》："漢承七國之後，聖遠道微，言厖事雜，故如所傳斬蛇交流等事，猶與篝火狐鳴一轍。"清代靳輔《賈魯治河論》："夫石人一眼之謠，是亦大澤中篝火狐鳴之類，殆韓山童李芝蔴等所為耳，何足據哉。"同 裝神弄鬼。

【篤志好學】dǔ zhì hào xué 專心一意，勤勉學習。漢代蔡邕《劉鎮南碑》："武功既亢，廣開廱泮，設俎豆，陳罍彝，親行鄉射，躋彼公堂，篤志好學，吏子弟受祿之徒，蓋以千計。"宋代張方平《舉葉紓館閣檢討經筵講讀》："臣等伏見尚書屯田郎中宮宅教授葉紓資質淳厚，篤志好學，安分自守，不交人事。"清代盛世佐《儀禮集編·論古今文》："顧氏炎武曰：濟陽張稷若篤志好學，不應科名。"同 篤學好古。

【篤學好古】dǔ xué hào gǔ 專心致志地學習古代典籍和文化。《三國志·孫瑜傳》："濟陰人馬普篤學好古，瑜厚禮之。"《晉書·陳邵傳》："燕王師陳邵清貞絜靜，行着邦族，篤志好古，博通六籍，耽悦典誥，老而不倦。"明代方孝儒《草心堂記》："景衡篤志好古，以有祿位為時名大夫，亦可為顯揚父母矣！"同 篤志愛古、篤志好學。

【築室道謀】zhù shì dào móu 見"作舍道邊"。

【篡位奪權】cuàn wèi duó quán 篡：奪取。古代專指臣下或非法定繼承人奪取君王的權力和位置。後也泛指用非法手段奪取權力和職位。元代尚仲賢《三奪槊》四折："那兇頑狠劣，奸滑僥幸，則待篡位奪權。"◇魏晉南北朝時，丞相或相國多由權臣自己任命，變成了一種篡位奪權的手段。同 奪權篡位。反 大權旁落。

【篳門圭竇】bì mén guī dòu 篳門：用柴草荊條等結紮成的門。圭：同"閨"，形似上尖下方的玉圭的門。竇：小洞。閨竇：打通牆壁開出的小門。指貧寒人家住的簡陋房屋。形容住處極其簡陋。也作"蓽門圭竇"。《左傳·襄公十年》："篳門圭竇之人而皆陵其上，其難為上矣。"《魏書·李謐傳》："繩樞甕牖之室，蓽門圭竇之堂。"清代錢謙益《陳府君墓誌銘》："長身偉衣冠，過篳門圭竇，傴僂而入。"《二十年目睹之怪現狀》三四回："我不禁暗暗稱奇，不料這蓽門圭竇中，有這等明理女子。"同 篳門閨竇。

【篳路藍縷】bì lù lán lǚ 篳路：柴車，路：同"輅"；也寫作"蓽路"。藍縷：破衣服。《左傳·宣公十二年》："篳路藍縷，以啟山林。"説穿着破衣服，架着柴車，去開闢土地。後用"篳路藍縷"、"蓽路藍縷"形容創業艱辛。宋代司馬光《和王介甫巫山高》："嗟嗟若敖蚡冒將，蓽路藍縷皆辛勤。"明代鄒元標《刑部尚書鑑塘朱公傳》："李夫人布衣蓬首，諸臧獲弊衣垢面如入蓽路藍縷之鄉，未嘗從宦遊也。"蔡東藩《民國通俗演義》九回："共和肇端，群治待理……篳路藍縷，孫公既開其先。"孫公：孫中山。同 篳路藍蔞。

【簪纓門第】zān yīng mén dì 簪纓：古代

官員的冠飾。指地位顯貴的官宦人家。《兒女英雄傳》一回："這安老爺家，通共算起來，內外上下，也有二三十口人，雖然算不得簪纓門第、鐘鼎人家，卻倒過得親親熱熱，安安靜靜。"歐陽予倩《饅頭庵》第二幕："即便他恩情金石樣，他家是簪纓門第也不相當。"同 簪纓世胄。

【簞食壺漿】dān sì(shí) hú jiāng 漿：用米熬成的酸汁，古人用來代酒。用簞盛飯，用壺裝酒。❶ 形容軍隊受歡迎的情景。《孟子•梁惠王下》："簞食壺漿，以迎王師。"《三國志•諸葛亮傳》："天下有變，則命一上將將荊州之軍以向宛洛，將軍率益州之眾出於秦川，百姓孰敢不簞食壺漿以迎將軍者乎？"《三國演義》三一回："時曹引德勝之兵，陳列於河上，有土人簞食壺漿以迎之。"❷ 表示用飲食賑濟、施捨或款待。《孔子家語•致思》："民多匱餓者，是以簞食壺漿而與之。"元代秦簡夫《剪髮待賓》三折："簞食壺漿，不堪管待，聊表芹意。"同 壺漿簞食。反 堅壁清野。

【簞食瓢飲】dān sì piáo yǐn《論語•雍也》："一簞食，一瓢飲，在陋巷，人不堪其憂，回也不改其樂。賢哉回也。"後用"簞食瓢飲"表示貧寒然而清高的生活。《南史•張邵傳》："布衣韋帶，弱年所安，簞食瓢飲，不覺不樂。"唐代韓愈《與李翱書》："彼人者，有聖者為之依歸，而又有簞食瓢飲，足以不死，其不憂而樂也，豈不易哉！"◇如今是金錢享樂至上，誰也不願過那種簞食瓢飲的日子了。也作"簞瓢陋巷"、"簞瓢屢空"。《世說新語•文學》注引《王述別傳》："述蚤孤，事親孝謹，簞瓢陋巷，宴安永日。"晉代陶淵明《五柳先生傳》："環堵蕭然，不蔽風日，短褐穿結，簞瓢屢空。"同 簞瓢陋室。

【簞瓢陋巷】dān piáo lòu xiàng 見"簞食瓢飲"。

【簞瓢屢空】dān piáo lǚ kōng 見"簞食瓢飲"。

【簡明扼要】jiǎn míng è yào 說話、做文章簡單明瞭，突出要點，沒有多餘的話。◇在會議上發言，一定要簡明扼要，千萬不要長篇大論。同 要言不煩、開門見山。

【簡捷了當】jiǎn jié liǎo dàng 說話做事寫文章直截了當，不兜圈子，沒有多餘的話，沒有多餘的舉動。吳組緗《山洪》一一："那麼奶奶今朝見了表兄，就不必請求甚麼別的，簡捷了當要表兄帶自己和妻到外邊去就行了。"也作"簡截了當"。朱自清《標準與尺度•論通俗化》："描寫差不多沒有，偶然有，也只就那農村生活裏取喻，簡截了當，可是新鮮有味。"瞿秋白《赤都心史》二："路氏是一演說的藝術家，談吐非常風雅，又簡截了當，總談不過十分鐘，而所答已很完滿不漏。"同 直截了當、直接了當。

【簡截了當】jiǎn jié liǎo dàng 見"簡捷了當"。

【簾視壁聽】lián shì bì tīng 也作"簾窺壁聽"。在窗簾外面所看到的，隔着牆壁所聽到的。指根據不足，情況模糊不清，似是而非。明代郎瑛《七修類稿•馬踐犬》："《芥隱》之言，恐亦簾視壁聽者耶？亦未為古。"◇俗話說"聽風就是雨"，簾視壁聽就下斷語，絕對要不得。

【簾窺壁聽】lián kuī bì tīng 見"簾視壁聽"。

【籠中之鳥】lóng zhōng zhī niǎo《鶡冠子•世兵》："一目之羅，不可以得雀；籠中之鳥，空窺不出。"後用以比喻：❶ 被拘管、失去自由的人。也作"籠鳥檻猿"。檻：關動物的圍欄或大木籠。唐代韓愈《東都遇春》詩："譬如籠中鳥，仰給活性命。"唐代白居易《山中與元九書因題書後》詩："籠鳥檻猿俱未死，人間相見是何年。"❷ 已成甕中之鼈，極易擒獲的敵人。《資治通鑒•齊順帝昇明元年》："攸之收眾聚騎，造舟治械，苞藏禍心，於今十年。性既險躁，才非持重……今六帥齊奮，諸侯同舉，此籠中之鳥耳。"同 籠中窮鳥、樊籠之鳥。

【籠而統之】lǒng ér tǒng zhī 含混地總括在一起，不加分析，不據情分別清楚。◇以訛傳訛，籠而統之地說她為人不好，究竟不好在哪裏，誰也說不上來。

【籠鳥檻猿】lóng niǎo jiàn yuán 見“籠中之鳥”。

【籠絡人心】lǒng luò rén xīn 施展手腕，拉攏收買人心。《痛史》二十回：“因為當時那元主要籠絡人心，訪求宋朝遺逸，中外韃官和一班反顏事敵的宋朝舊臣，都交章保薦謝枋得。”《北洋軍閥統治時期史話》二一章：“但是，他又知道這些都是奸雄用以籠絡人心的虛偽手腕。”◇此人能說會道，深藏不露，慣於花言巧語籠絡人心，同他打交道可要倍加小心。

米部

【米珠薪桂】mǐ zhū xīn guì《戰國策•楚策三》：“楚國之食貴於玉，薪貴於桂。”米貴得像珍珠，柴貴得如桂木。形容物價昂貴，生計艱難。《喻世明言》卷五：“但長安乃米珠薪桂之地，先生資釜既空，將何存立？”《醒世姻緣傳》五四回：“及至到了京師，這米珠薪桂之地，數米稱柴，還怕支持不起。”同 薪桂米珠。反 物美價廉、物阜民康。

【米粒之珠】mǐ lì zhī zhū 一粒米大小的珍珠。比喻細小不起眼，力量極有限。《封神演義》五三回：“料爾等米粒之珠，吐光不大；蠅翅飛騰，去而不遠。”◇別看他們人多，都是米粒之珠，成不了氣候。反 龐然大物。

【粉白黛黑】fěn bái dài hēi 粉：脂粉。黛：女子畫眉毛用的青黑色顏料。臉上擦上白粉，眉毛畫成黛黑。形容女子的妝飾，也借指妝扮後的女子。也作“粉白黛綠”。《楚辭•大招》：“粉白黛黑，施芳澤只。”《淮南子•修務訓》：“雖粉白黛黑，弗能為美者，嫫母、仳倠也。”嫫母、仳倠：傳說中的醜女。唐代韓愈《送李愿歸盤谷序》：“飄輕裾，翳長袖，粉白黛綠者，列屋而閒居，妒寵而負恃，爭妍而取憐。”冰心《六一姊》：“牆邊一排一排的板凳上，坐着粉白黛綠、花枝招展的婦女們，笑語盈盈的不休。”同 粉白墨黑。

【粉白黛綠】fěn bái dài lǜ 見“粉白黛黑”。

【粉身碎骨】fěn shēn suì gǔ ❶ 人體被處置得粉碎或物體成為粉末狀。《英烈傳》十二回：“慣耍一個流星錘，索長三丈，轉轉折折，當著他粉身碎骨。”巴金《憶•我離開北平》：“我真願意使自己做一根木柴，燃燒得粉身碎骨，來給你們添一點溫暖。”❷ 比喻甘心情願為某事去死，或受到死亡的嚴厲懲罰。宋代蘇軾《葉嘉傳》：“臣山藪猥士，幸惟陛下採擇至此。可以利生，雖粉身碎骨，臣不辭也。”《金瓶梅》四八回：“小人蒙老爹超拔之恩，粉身碎骨難報。”《紅樓夢》九四回：“要是上頭知道了，我們這些人要粉身碎骨了。”同 碎骨粉身、粉骨碎身。

【粉妝玉琢】fěn zhuāng yù zhuó 像是白粉裝飾，白玉雕琢的一般。❶ 形容肌膚白淨、潤澤、細膩。《金瓶梅》一一回：“西門慶恰進門檻，看見……一個個粉妝玉琢，不覺滿面堆笑。”《紅樓夢》一回：“士隱見女兒越發生得粉妝玉琢，乖覺可愛，便伸手接來。”《葉聖陶《倪煥之》一六：“頭抬起來時，粉妝玉琢似的雙頰上泛上一陣紅暈。”❷ 形容白茫茫、潔淨的雪景。張光達《門風》：“錢光富推開門來，見整整下了一夜的大雪封住了大路，眼前呈現的是一個粉妝玉琢的世界。”

【粉飾太平】fěn shì tài píng 粉飾：塗飾表面。太平：平安。說把黑暗混亂的局面掩飾描繪成太平盛世。宋代周密《齊東野語•嘉定寶璽》：“蓋當國者方粉飾太平，故一時恩賞，實為冒濫。”《醒世恆言》卷三八：“那天帝是不好欺的，頌上略有些不實，便起怪風暴雨，不能終事，無非要粉飾太平，侈人視聽。”也指掩蓋事實。傅雷《傅雷家書》：“你務須實事求是，切勿粉飾太平，歪曲真相。”同 粉飾門面、裝潢門面。

【粉墨登場】fěn mò dēng chǎng 粉墨：演員化妝用的白粉與黑墨。❶ 用粉墨化妝後上台演戲。清代宣鼎《夜雨秋風錄•丐癖》：“久即村人賽會，生亦粉墨登場，歌喉一聲，諸伶拜下風，觀者呼絕調矣。”老舍《正紅旗下》一：“戲曲和曲藝成為滿人生活中不可缺少的東西，他們不但愛去聽，而且喜歡自己粉墨登場。”❷比喻登上政治舞台。一般含諷刺或貶義。老舍《四世同堂》七：“及至北平攻陷，這些地痞流氓自然沒有粉墨登場的資格與本領。”

【粘花惹草】zhān huā rě cǎo 比喻挑逗調弄異性。多指勾引玩弄女性。元代商衟《一枝花•遠寄》套曲：“粘花惹草心，招攬風流事，都不似今日箇這嬌姿。”《檮杌萃編》一七回：“這楊姨娘、水柔娟、龍玉燕三人到了揚州，終日倚門看街，粘花惹草，就有許多遊蕩子弟來同這三位不要花粉錢的佳人親近親近。”同 惹草粘花、拈花惹草。

【粗中有細】cū zhōng yǒu xì 表面看上去粗率，實際上卻很細緻；粗疏之中也有細心的地方。《西遊記》五五回：“行者急止住道：‘兄弟莫忙……待老孫進去打聽打聽，察個有無虛實，卻好行事。’沙僧聽說，大喜道：‘好！好！好！正是粗中有細，果然急處從寬。’”《飛龍全傳》十回：“鄭恩倒也粗中有細，四下一看，看見路旁有座石碣，將身閃在背後，等他追，算計退敵。”◇沒想到這個愣小伙子，還真是粗中有細哩！反 粗心大意、粗枝大葉。

【粗心大意】cū xīn dà yì 做事不細心，馬虎草率。《兒女英雄傳》四回：“(安公子) 忽然靈機一動，心中悟將過來：‘這是我粗心大意。我若不進去，他怎得出來？’”老舍《駱駝祥子》二一：“既是打了人家的物件，不管怎麼不重要，總是自己粗心大意，所以就一聲沒敢出。”同 粗枝大葉。反 小心翼翼。

【粗衣淡飯】cū yī dàn fàn 粗布衣服，素淨的飯食。形容生活簡樸。唐代呂巖《沁園春》詞：“但粗衣淡飯，隨緣度日，任人笑我，我又何求。”宋代洪咨夔《柳梢青•老人生日》詞：“野服綸巾，白鬚紅頰，無限陽春。二滿三平，粗衣淡飯，鐘鼎山林。”◇老人家保健的秘訣就是：粗衣淡飯，平和達觀。同 粗茶淡飯、布衣蔬食。反 錦衣玉食、珍饈美味。

【粗衣糲食】cū yī lì shí 糲：粗米、糙米。粗布的衣服，粗糙的飯食。形容生活清苦。唐代李翱《左僕射傅公碑》：“夫人粗衣糲食，與兵士妻女均好惡，用助公事。”元代柯丹邱《荊釵記•分別》：“粗衣糲食心無歉，為親老常懷淒慘。”清代葉廷琯《鷗陂漁話•侯忠節公父子為僮賓作書》：“粗衣糲食，三十年如一日。”同 糲食粗衣、粗衣淡飯。反 山珍海錯、美味珍饈。

【粗枝大葉】cū zhī dà yè ❶樹木的枝莖粗壯，葉子闊大。清代夢麟《淡道人秋色梧桐圖歌》：“粗枝大葉氣橫出，披拂盡作秋聲鳴。”❷比喻簡略概括。宋代朱熹《朱子語類》卷七八：“《書序》恐不是孔安國做，漢文粗枝大葉，今《書序》細膩，只似六朝時文字。”《鏡花緣》一六回：“老夫於學問一道，雖未十分精通，至於眼前文義，粗枝大葉，也還略知一二。”魯迅《且介亭雜文•門外文談》：“中國的言語，各處很不同，單給一個粗枝大葉的區別，就有北方話、江浙話、兩湖川貴話、福建話、廣東話這五種，而這五種中，還有小區別。”❸比喻為人、做事馬馬虎虎，漫不經心。元代石德玉《紫雲庭》一折：“娘呵！我看不的你這般粗枝大葉，聽不的你那裏野調山聲。”曹禺《北京人》第一幕：“我可是個粗枝大葉，有嘴無心的人。”同 粗心大意、漫不經心。反 細針密縷、一絲不苟。

【粗茶淡飯】cū chá dàn fàn 簡單普通的飲食。形容生活非常簡樸。宋代黃庭堅《四休居士》詩序：“粗茶淡飯飽即休。”《兒女英雄傳》三三回：“此後自你我起都是粗茶淡飯，絮襖布衣，這才是個久遠之計。”《官場現形記》三四回：“你想，我公公手裏是什麼光景？連頓粗茶淡飯也吃不飽。”同 粗衣淡飯、粗衣糲食。反 甘旨肥濃、榮華富貴。

【粗通文墨】cū tōng wén mò 稍微懂得一些寫作方面的學問或文化知識。《醒世恆言•小水灣天狐詒書》：“有一少年，姓王名臣，長安人氏，略知書史，粗通文墨。”◇此人辦事機敏，讀過私塾，粗通文墨，對於時局形勢，頗有自己的見解。同 略識之無。反 博學多才。

【粗製濫造】cū zhì làn zào ❶ 馬馬虎虎、不負責任地製造出來很多產品，但質素低劣。茅盾《孩子們要求新鮮》："營業競爭的結果，理應是出品改良，然而我們往往只看見影戲，只看見粗製濫造。" ❷ 形容工作馬虎草率，匆匆了事。魯迅《準風月談·關於翻譯(下)》："即有不願意欺騙的人，為生計所壓迫，也總不免比較的粗製濫造，增出些先前所沒有的缺點來。" 同 敷衍了事。反 精益求精。

【粒米狼戾】lì mǐ láng lì 狼戾：狼藉。穀粒撒得滿地都是。形容糧食充盈。《孟子·滕文公上》："樂歲，粒米狼戾。" 元代王禎《農書》卷四："當粒米狼戾之年，計一歲一家之用，餘多者倉箱之富，餘少者儋石之儲，莫不各節其用，以濟凶乏。"《續資治通鑒·宋孝宗乾道八年》："今歲再得一稔，想見粒米狼戾。" 金代元好問《鄧州新倉記》："百家之所斂，不足以給鼠雀之所耗，一邑之所入，不足以補風雨之所敗。四方承平，粒米狼戾時然且不可，況道殣相望之後乎？" ◇今年是難得的豐年，打穀場上粒米狼戾。同 豐衣足食、家給人足。反 顆粒無收、旱魃為虐。

【粥少僧多】zhōu shǎo sēng duō 比喻人多東西少，不夠分配。鄒韜奮《學校與商場》："小學教員比較是刻苦耐勞一點，可是各地因為粥少僧多，常常為爭奪飯碗而鬧得烏煙瘴氣。" ◇一萬多人冒雨排隊，應聘那五十個職位，粥少僧多，如今失業太嚴重了。反 僧多粥少。

【粵犬吠雪】yuè quǎn fèi xuě 廣東天暖，冬季多無雪，偶有雪，狗就狂叫。比喻少見多怪。唐代柳宗元《答韋中立論師道書》："僕來南，二年冬，幸大雪，逾嶺被南越中數州。數州之犬，皆蒼黃吠噬狂走者累日，至無雪乃已。" 宋代楊萬里《荔枝歌》："粵犬吠雪非差事，粵人語冰夏蟲似。" 清代彭孫貽《僧鑑傷於瘦狗戲拈調之》詩："粵犬吠雪蜀吠月，炎峽千村鬨黃擾。" 同 少見多怪、蜀犬吠日。反 見怪不怪、習以為常。

【精力充沛】jīng lì chōng pèi 精力充足旺盛。《慈禧全傳》一〇五回："除張之洞起居無節，熬個通宵不算回事，以及袁世凱精力充沛，尚無倦容以外，其餘諸人，都是哈欠連連。" 反 精疲力盡。

【精打細算】jīng dǎ xì suàn 仔細計算規劃人力、財力、物力的使用，減少損耗，避免浪費。《慈禧全傳》一二："各省也很為難，唯有精打細算，能省一文就省一文。" ◇消費者要想購買到便宜、適合自己的保險，還得精打細算，費一番心思才行。同 細水長流、量入為出。反 鋪張浪費、揮霍無度。

【精兵猛將】jīng bīng měng jiàng ❶ 形容精良勇猛的將士。南朝梁裴子野《宋略總論》："於時精兵猛將嬰城而不敢鬥，謀臣智士折撓而無可稱。" 明代薛甲《贈少府吳竺原述職事》："南蠻不恭，朝廷斂天下之精兵猛將屯聚東南。" ◇手下的將領都是多年征戰，久經沙場的精兵猛將，戰鬥力自然非同小可。❷ 比喻某行業中的骨幹人才。◇善獵人者，人亦獵之，獵頭隊伍中的精兵猛將，不時也成為他人的捕獵目標。

【精兵簡政】jīng bīng jiǎn zhèng 指壓縮機構，精簡人員。◇從當年的精兵簡政，到如今的機構改革，官冗之患成了越來越沉重的話題。反 疊牀架屋。

【精妙絕倫】jīng miào jué lún 絕倫：無與倫比。形容事物精巧美好，無可比擬。宋代周密《武林舊事·燈品》："燈品至多，蘇福為冠，新安晚出，精妙絕倫。" 明代楊士奇《跋滕王閣序》："此本永樂十三年七月廿五日臣士奇侍文華殿所被賜者也，筆意精妙絕倫。" ◇中國古詩詞燦若星河，特別是唐詩宋詞更是文學史上的瑰寶，許多詩句精妙絕倫。也作"精美絕倫"。清代吳綺《嶺南風物記》："廣東有米名秋分，黏者精美絕倫。" ◇舞蹈《千手觀音》精美絕倫，讓人耳目一新。

【精明強幹】jīng míng qiáng gàn 形容人機靈聰明，辦事能力強。明代畢自嚴《衰病難支疏》："即令精明強幹者處此，猶虞展布之難。"◇決定企業發展的不是精明強幹的經理人，而是隱藏在他背後的組織結構。反 碌碌無能、一無所長。

【精忠報國】jīng zhōng bào guó 報效國家，忠誠不二。宋代程公許《代壽李參預雁湖先生五十韻》："公人在人元不泯，精忠報國諒難忘。"明代錢德洪《征宸濠反間遺事》："承手教密示，足見老先生精忠報國之本心。"◇岳飛的愛國情操，精忠報國，至今傳為佳話。

【精金百煉】jīng jīn bǎi liàn ❶精金：純度極高的金子。高純度的金子，須經多次冶煉才能取得。比喻人的品行或才幹經歷長期磨煉，已達到極高的境界或水準。《世說新語•立學》："精金百煉，在割能斷，功則治人，職思靖亂。"《唐大詔令集•王鐸蕭遘平章事制》："保道德而立性，因文章而飾身，良玉重貞，精金百煉。"清代查慎行《四疊前韻酬別允文》："精金百煉行自惜，璞玉一圭猶待剖。"❷比喻經歷長期錘煉、改進、完善，已臻成熟完美的地步。◇信息技術優化到今天的水平，彙集了精金百煉的智慧。

【精金良玉】jīng jīn liáng yù 比喻美好的人或事物。也比喻人品行純潔堅貞，完美無瑕。宋代朱熹《宋名臣言行錄•鄒浩》："其遇事接物猶虛舟然，而堅挺之姿如精金良玉，不可磨磷。"明代高舉龍《答陳伯襄憲副》："楚中歐陽宣諸，精金良玉也。"也作"精金美玉"。宋代陳均《九朝編年備要》卷二三："道德醇備如精金美玉，無纖瑕小疵。"元代李祁《跋文正公與蔡欽聖手啟墨跡》："公之翰墨留天地間，如精金美玉，人咸知愛重。"◇有着同樣經歷的人，結果可能兩樣，或為精金良玉，或為貪饞老饕，品相各異。

【精金美玉】jīng jīn měi yù 見"精金良玉"。

【精美絕倫】jīng měi jué lún 見"精妙絕倫"。

【精神抖擻】jīng shén dǒu sǒu 形容精神振作，充滿活力。元代馬致遠《青杏子》曲："體面妖嬈，精神抖擻。"《西遊記》五回："太陰星精神抖擻，太陽星照耀分明。"◇遭受重挫之後，他仍然信心十足，精神抖擻，說"失敗者成功之母也"。反 萎靡不振、一蹶不振。

【精神恍惚】jīng shén huǎng hū 恍惚：神志不清或精神不集中。形容心有牽掛、憂思，迷茫無着，魂不守舍的樣子。也戰國楚宋玉《神女賦》："脯夕之後，精神恍惚，若有所喜，紛紛擾擾，未知何意。"明代文徵明《處州劉學論拜龍洲墓於崑山作詩送之》："椒漿無假今朝緣，精神恍惚如相授。"◇這幾天他情緒低落，做事跑神，精神恍惚。也形容因病患造成的迷離朦朧的樣子。《靈棋經》卷下："元氣轉散，精神恍惚，能有扁鵲，命免傾覆。"同 魂不守舍、失魂落魄。

【精神煥發】jīng shén huàn fā 煥發：光彩四射。❶形容書畫等藝術品神采氣韻充足。宋代桑世昌《蘭亭考》卷六："《蘭亭脩禊敘》世固不乏，特佳本則精神煥發，意態橫生。"❷形容人精神振作，精力充沛，活力外現的樣子。明代王世貞《大理卿宋公傳》："蓋公之才識果敏，精神煥發，足以鼓舞人之視聽。"◇睡眠充足，徹底放鬆，恢復腦力和體力，才能精神煥發，精力充沛。同 精神抖擻。反 無精打采。

【精耕細作】jīng gēng xì zuò 精心經管農田，細緻耕作。◇由於人多地少，農業只能走精耕細作的道路。反 刀耕火種。

【精疲力竭】jīng pí lì jié 沒有一點精神，力氣衰竭，疲憊不堪。清代李漁《奈何天•攢羊》："他的人馬，既然晝夜兼行，到了住馬的時節，自然精疲力竭，好酒貪眠，與死人無異了。"巴金《秋》一四："他精疲力竭地倒在沙發靠背上，一口一口地喘着氣。"同 精疲力盡、筋疲力竭。反 精神抖擻。

【精疲力盡】jīng pí lì jìn 精神疲乏，力氣耗盡。形容身心勞累疲倦之極。◇兩人半斤八兩，原本像兩個精疲力盡的摔跤手，誰也無法將誰摔倒 / 此時他精疲力盡，只覺得左右兩條腿完全不聽使喚，一步也邁不開。同 精疲力竭、筋疲力盡。反 精神抖擻、歡蹦亂跳。

【精益求精】jīng yì qiú jīng《論語•學而》"《詩》云：'如切如磋，如琢如磨。'其斯之謂歟？"宋代朱熹注："言治骨角者，既切之而復磋之；治玉石者，既琢之而復磨之。治之已精，而益求其精也。"後用"精益求精"表示本來已經很好了，還要進一步追求更好。清代趙翼《甌北詩話•七言律》："蓋事之出於人為者，大概日趨於新，精益求精，密益加密，本風會使然。"◇讀書過目成誦，學技術精益求精，他就是這樣一個人。同 好上加好。反 敷衍了事。

【精彩逼人】jīng cǎi bī rén 精彩：同"精采"，精神、神采、風采氣韻。❶形容人精神煥發，神采奕奕。宋代洪邁《夷堅丙志•徐大夫》："君精彩逼人，雖老而健。"❷形容詩文書畫等藝術品技藝高超，令人叫絕。明代鄒元標《覺軒記》："昔長安有鬻古鏡者精彩逼人，問其故，則閱千百年而始見。"清代厲鶚《南宋院畫錄•陳居中》："精工馬匹，神駿精彩逼人似唐畫，系臨史道碩、韓幹輩，為兩宋人馬圖第一神品也。"朱自清《中國學術界的大損失》二："他的《唐詩雜論》雖然只有五篇，但都是精彩逼人之作。"同 神采煥發、爐火純青。反 萎靡不振、粗製濫造。

【精誠所至】jīng chéng suǒ zhì 精誠：至誠，誠心誠意。所至：所影響到的，所感受到的。常與"金石為開"連用，表示只要做到誠心誠意，終能感動、説服對方。漢代王充《論衡•感虛篇》："精誠所加，金石為虧。"《後漢書•廣陵思王荊傳》："精誠所加，金石為開。"北周庾信《周使持節丘乃敦崇傳》："知彼州內獨蒙滂澤，諒由大將軍精誠所至，憂念郡人，豐稔可稀。"明代徐一夔《上虞顧君墓誌銘》："余獨以君見義有為，精誠所至，雖死猶生，有足以風動人者。"同 感天動地。

【精誠貫日】jīng chéng guàn rì 形容赤誠之心能感動天地。精誠：至誠，赤誠。貫日：虹氣遮掩日光，古人認為是感動天地的象徵。宋代俞良能《題旌忠廟次王龜齡韻》："精誠貫日亘雲穹，上徹九重達堯聰。"明代徐一夔《上虞顧君墓誌銘》："忠臣死事，精誠貫日。"康有為《奉詔求救文》："艱難萬死，陰相於天，奔走四方，精誠貫日。"

【精誠團結】jīng chéng tuán jié 精誠：誠心誠意。真心實意，團結一致。◇他的團隊精誠團結，合作共事數年，成績斐然。同 齊心協力。反 四分五裂。

【精衛填海】jīng wèi tián hǎi《山海經•北山經》載：上古時代，炎帝的女兒女娃遊於東海，淹死在海裏，她的靈魂化為精衛鳥，每天到西山銜木石去填東海，立志把東海填平。後用"精衛填海"比喻意志堅決，不畏艱難地做下去，不達到目的決不停止。宋代劉過《呈陳總領》詩："商岠馳河河可憑，精衛填海海可平。物情大忌不量力，立志亦復嘉專精。"清代黃培《短歌行》："精衛填海，愚公移山，為之在人，成之在天。"同 矢志不渝、愚公移山。反 半途而廢、有始無終。

【精雕細刻】jīng diāo xì kè 製作藝術品用功細密，精益求精地雕琢刻畫。後也形容做工作嚴謹踏實，力求完美。◇凡傳世藝術品都是用匠人精雕細刻付出的心血凝結成的 / 你放心好了，她做事精雕細刻，錯不了。同 精雕細琢。反 粗製濫造。

【糊裏糊塗】hú lǐ hú tú 模模糊糊，半明不白。《兒女英雄傳》二二回："原來隨緣兒媳婦説那花兒收在鏡匣裏的時候，卻是睡得糊裏糊塗接下語兒説夢話。"陸文夫《有人敲門》第三章："唉，造園林的人真會想心思，一點路就轉幾個彎，開幾道門，弄得人糊裏糊塗的。"茅盾《大鼻子的故事》："這以後，不多幾天，他就糊裏糊塗被擲在街頭了。"同 懵裏懵懂、稀裏糊塗。反 一明二白、一清二楚。

【糖衣炮彈】táng yī pào dàn 糖衣：裹在藥片外層的有甜味的薄膜。比喻拉攏、腐蝕人的各種使人感到舒服、容易接受的手段，如請客吃飯、阿諛奉承、送禮行賄、美人計等等。◇與其説官員受賄墮落是中了糖衣炮彈，不如説這樣的官員皮囊裏面本來就有一包污泥濁水，更恰如其分。

糸部

【糾合之眾】jiū hé zhī zhòng 比喻臨時湊合起來，散漫的一幫人。《史記•酈生陸賈列傳》："足下起糾合之眾，收散亂之兵，不滿萬人，欲以徑入強秦，此所謂探虎口者也。"同 烏合之眾。

【糾纏不清】jiū chán bù qīng ❶ 形容紛亂地攪在一起，理不清楚。蕭紅《呼蘭河傳》六章："別人看我糾纏不清了，就有出主意的讓我問有二伯去。"❷ 形容被錯綜複雜的事情或關係牽扯住，難以擺脫。清代魏子安《花月痕》二五回："秋痕歎道：'你如今一請就來，往後又是糾纏不清。'"◇他們三個人的關係糾纏不清，誰也搞不清楚。同 纏夾不清。反 一清二楚。

【紆青拖紫】yū qīng tuō zǐ 借指高官顯貴。紆：繫。拖：佩。青、紫：漢朝制度，公侯之印紫綬，九卿青綬。漢代揚雄《解嘲》："紆青拖紫，朱丹其轂。"《晉書•儒林傳序》："莫不紆青拖紫，服冕乘軒。"同 紆青佩紫、佩紫懷黃。

【紆尊降貴】yū zūn jiàng guì 紆：曲，委屈。尊：地位高。指地位高的有身價的人降低自身身份、放下架子屈就他人。南朝梁簡文帝《〈昭明太子集〉序》："降貴紆尊，躬刊手掇。"清代袁枚《答雲坡大司寇》："每上燕台向南望，最關情處是隨園，則紆尊降貴，千里神交之意惓然矣。"蔡東藩《民國通俗演義》一四五回："中國政府因怕此案遷延不決，釀成國際上之重大交涉，不惜紆尊降貴，向土匪求和，所以外國人的釋放，不過遲早問題。"同 降貴紆尊、屈高就下。

【紅日三竿】hóng rì sān gān 太陽已升離地面三根竹竿那樣高。形容時辰已不早。元代呂止庵《集賢賓•歎世》："有何拘繫，則不如一枕安然，直睡到紅日三竿未起。"◇聖誕夜一直鬧到凌晨，他回到家一覺睡到紅日三竿還醒不來。同 日上三竿。反 夕陽西下。

【紅白喜事】hóng bái xǐ shì 指婚喪之事。為求吉利，喪事民俗也稱"喜事"，高壽者的喪事稱"喜喪"。清代錢泳《履園叢話•紅白盛事》："蘇杭之間，每呼婚喪喜慶為紅白事，其來久矣。"◇現在國內紅白喜事都講排場，競相攀比，一個勝一個，我真看不懂。

【紅杏出牆】hóng xìng chū qiáng ❶ 形容春色盎然。宋代葉紹翁《遊小園不值》："春色滿園關不住，一枝紅杏出牆來。"❷ 比喻婦女出軌與人私通。清代吳熾昌《客窗閒話續集•某制軍夫人》："紅杏出牆，願借鄰家豔色。"

【紅豆相思】hóng dòu xiāng sī 比喻男女相愛相思。紅豆：相思樹結的子，色澤紅豔，又名"相思子"，古人用來象徵愛情。唐代王維《相思》詩："紅豆生南國，春來發幾枝。願君多採擷，此物最相思。"宋代周密《清平樂》詞："一樹湘桃飛茜雪，紅豆相思漸結。"

【紅男綠女】hóng nán lǜ nǚ 穿着各色華美漂亮服裝的男男女女。清代壯者《掃迷帚》一九回："那三人泊舟登岸，緩步來前，但見紅男綠女，牽手偕行。"李六如《六十年的變遷》第七章："一些紅男綠女和穿破衣爛衫，提著小篾籃叫賣香煙果餅的人們，在那裏來來往往。"茅盾《劫後拾遺》："海水依舊是那樣深藍，陽光依舊是那樣明豔，紅男綠女依舊是那樣擁擠。"同 綠女紅男。

【紅衰翠減】hóng shuāi cuì jiǎn 形容秋日肅殺蕭條的景象。紅：紅花。翠：綠葉。宋代柳永《八聲甘州》詞："漸霜風淒緊，關河冷落，殘照當樓。是處紅衰翠減，苒苒物華休。"同 紅衰綠減。反 花紅葉茂。

【紅袖添香】hóng xiù tiān xiāng 舊稱美女伴讀。紅袖：女子紅色衣袖，借指女子。《花月痕》三一回："從此綠鬢視草，紅袖添香，眷屬疑仙，文章華國。"孫犁《耕堂讀書隨筆》："這不過是舊日文人幻想出來的羨美之詞，是不現實的。懸樑刺股、鑿壁、囊螢都可以讀書，惟有'紅袖添香'不能讀書。"

【紅葉之題】hóng yè zhī tí 宋代孫光憲《北夢瑣言》説：有進士李茵嘗遊御苑外，見紅葉由溝內流出，上有詩："流水何太急，深宮盡日閒。殷勤謝紅葉，好去到人間"。後僖宗幸蜀，李茵至一民家，見一宮娥自云曾為宮中侍書，名芳子，芳子從李茵處見到紅葉，説"此妾所題也"，感慨良深。後兩人結為夫婦。人稱男女奇緣。又有唐代孟棨在《本事詩•情感》中記敍：顧況在御苑溝中得一梧樹葉，上有題詩："一入春宮裏，年年不見春。聊題一片葉，寄與有情人。"顧亦題詩於上，放回溝水中。還有唐代范攄《雲溪友議》卷十載：宣宗時，盧渥應舉，於御溝拾一紅葉，上有詩："流水何太急，深宮盡日閒。殷勤謝紅葉，好去到人間。"後此宮女放歸，詔可從百官司吏，盧渥亦得一人，不料就是那位紅葉題詩的宮女。明代張景《飛丸記•旅邸揣摩》："畢竟是百年姻眷，數當明白。相會有日，君不見紅葉之題乎？"同 紅葉題詩、御溝紅葉。

【紅裝素裹】hóng zhuāng sù guǒ 形容雪過天晴，紅日白雪相映照的壯麗景色。紅裝：指女子盛裝。素裹：白色裝扮。◇紫英望着大雪後的景色，遠近一片潔白，滿個小鎮在紅裝素裹之中，不禁讚歎一聲"好靚啊"。

【紅顏薄命】hóng yán bó mìng 紅顏：美女的容顏。説容貌姣美的女子命運多不佳。宋代蘇軾《薄命佳人》："自古佳人多薄命，閉門春盡楊花落。"元代無名氏《玉清庵錯送鴛鴦被》："知他是今世是前生，總則我紅顏薄命，真心兒待嫁劉彥明，偶然間卻遇張瑞卿。"《醒世恆言》卷一三："自憐紅顏薄命，遭此強橫。"同 薄命紅顏、紅粉薄命。

【約法三章】yuē fǎ sān zhāng ❶ 約定三條法律。《史記•高祖本紀》：漢高祖劉邦攻下咸陽後，"與父老約，法三章耳：殺人者死、傷人及盜抵罪"。《漢書•刑法志》："漢興之初，雖有約法三章，網漏吞舟之魚，然其大辟，尚有夷三族之令。"❷ 泛指議定簡單易行、共同遵守的規定。《世説新語•排調》："與卿約法三章，談者死，文筆者刑，商略抵罪。"《兒女英雄傳》二二回："又因姑娘當日在青雲山莊有一路不見外人的約法三章，早吩咐過公子，沿路無事，不必到姑娘船上去。"李六如《六十年的變遷》第六章："那就要約法三章，保護外人，保護商家富戶，保護老百姓的生命財產。"周克芹《許茂和他的女兒們》："既是他自己求上門來，總得給他個約法三章。"

【約定俗成】yuē dìng sú chéng《荀子•正名》："名無固宜，約之以命，約定俗成謂之宜，異於約則謂之不宜。"説事物的名稱，最初是由人們互相約定的，沿用既久，被社會公認，遂成為定名。後泛指人們因長期使用而形成共識，即被社會所公認，從而固定下來。多指語言、習俗、社會規則等。魯迅《名人和名言》："然而自從提倡白話以來，主張者卻沒有一個以為寫白話的主旨，是在從'小學'裏尋出本字來的，我們就用約定俗成的借字。"朱自清《經典常談•四書第七》："至於順序變為《學庸論孟》，那是書賈因為《學庸》篇頁不多，合為一本的緣故，通行既久，居然約定俗成了。"同 相沿成習。

【紈袴子弟】wán kù zǐ dì 紈袴：細絹做成的褲子。指不務正業、遊手好閒的富家子弟。《宋史•魯宗道傳》："館閣育天下英才，豈紈袴子弟得以恩澤處耶？"清代嶺南羽衣女士《東歐女豪傑》五回："那紈袴子弟，平日最喜合那些無賴來往。"柔石《二月》："錢正興在他底眼中，不過是一個紈袴子弟。"同 膏粱子弟、紈袴膏粱。

【素不相能】sù bù xiāng néng 能：和睦相處。《左傳•襄公二十一年》："（范鞅）與欒盈為公族大夫而不相能。"後用"素不相能"表示相互間向來就不和睦，互不相容。《聊齋誌異•小翠》："同巷有王給諫者，相隔十餘戶，然素不相能。"魯迅《阿Q正傳》："其實舉人老爺和趙秀才素不相能，在理本不能有'共患難'的情誼。"同 積不相能。反 親密無間。

【素不相識】sù bù xiāng shí 素：平素、

向來。彼此向來就不認識。《三國志•陸瑁傳》："及同郡徐原，爰居會稽，素不相識，臨死遺書，託以孤弱，瑁為起立墳墓，收導其子。"《西遊記》四回："眾天丁又與你素不相識，他怎肯放你擅入？"茅盾《記Y君》："六號裏的另一鋪位上，是個素不相識的旅客。"冰心《寄小讀者•通訊十八》："船兒只管乘風破浪的一直的走，走向那素不相識的他鄉。"同 素昧平生。反 一見如故。

【素車白馬】sù chē bái mǎ 素車：古時用白色塗飾的車。白馬：不加裝飾的馬。古人祈禱、喪事或凶事用的車馬。《左傳•哀公二年》："若其有罪，絞縊以戮，桐棺三寸，不設屬辟，素車樸馬，無入于兆，下卿之罰也。"《尸子》卷上："湯之救旱也，乘素車白馬，著布衣，身嬰白茅，以身為牲，禱于桑林之野。"《後漢書•范式傳》："遂停柩移時，乃見有素車白馬，號哭而來。"元代關漢卿《竇娥冤》三折："要甚麼素車白馬，斷送出古陌荒阡。"《天后宮紀事》："包氏一生節儉，且不喜張揚，兩袖清風，為官廉正，現在夫人病故，他也只肯素車白馬，在出殯時決不驚動同僚百姓。"同 白馬素車。

【素面朝天】sù miàn cháo tiān 指女子朝見君王不施胭脂，不擦脂粉。後也形容女子樸質的外表。宋代樂史《楊太真外傳》："虢國不施妝粉，自衒美豔，常素面朝天。當時杜甫有詩云：'虢國夫人承主恩，平明上馬入宮門。卻嫌脂粉涴顏色，淡掃娥眉朝至尊。'"◇素面朝天，自有天姿國色，樸素無華的美，勝過濃妝豔抹的美。反 濃妝豔抹。

【素昧平生】sù mèi píng shēng 從來不認識。南朝宋顏延之《秋胡》詩："年往誠思勞，事遠闊音形。雖為五載別，相與昧平生。"唐代段成式《劍俠傳•郭倫觀燈》："素昧平生，忽蒙救護，脫妻子於危難，先生異人乎？"元代辛文房《唐才子傳•雍陶》："呵責曰：'與足下素昧平生，何故之有？'"《儒林外史》一五回："學生不知先生到此，有失迎接。但與先生素昧平生，何以便知學生姓馬？"同 素昧生平、素不相識。反 至親好友。

【索然無味】suǒ rán wú wèi 索然：漠然、淡然。形容枯燥乏味，呆板無趣。清代吳趼人《近十年之怪現狀》一二回："天才發亮，便爬了起來，叫人開了大門跑了出來，一口氣走到書局門前看時，誰知大門還不曾開，不覺索然無味。"魯迅《燈下漫筆》："到中國看辮子，到日本看木屐，到高麗看笠子，倘若服飾一樣，便索然無味。"同 索然寡味、興味索然。反 意味深長。

【納垢藏污】nà gòu cáng wū《左傳•宣公十五年》："川澤納污，山藪藏疾，瑾瑜匿瑕，國君含垢，天之道也。"後用"納垢藏污"比喻包容一切或包容、庇護壞人壞事。明代陳汝元《金蓮記•構釁》："受人錢甘心納垢藏污。"◇自從做了地方官，以為天高皇帝遠，便放開手貪贓受賄，納垢藏污。同 藏污納垢、藏垢納污。

【納貢稱臣】nà gòng chēng chén 向比自己強大的國家繳納貢品，做其藩屬，自稱為臣下。《清史稿•太宗本紀二》："守遼將帥喪失八九，今不得已乞和，計必南遷，宜要其納貢稱臣，以黃河為界。"

【納諫如流】nà jiàn rú liú 形容非常虛心地聽取別人的意見，接納規勸、批評和建議。如流：像流水那麼順暢無阻。元代金仁傑《追韓信》三折："為我王納諫如流，因此上丞相奏准。"《群音類選•氣張飛•張飛走范陽》："你為人寬洪大度，納諫如流。"◇唐太宗以虛懷若谷、納諫如流而為後人所稱道。同 從諫如流。反 拒諫飾非。

【紛至沓(遝)來】fēn zhì tà lái 沓：多而重複。形容接連不斷地到來。宋代朱熹《答何叔京》："夫其心儼然肅然，常若有所事，則雖事物紛至而遝來，豈足以亂吾之知思，而宜不宜、可不可之幾，已判然於胸中矣。"明代張岱《魯雲谷傳》："相知者日集試茶，紛至遝來，應接不暇。"蔡東藩《民國通俗演義》三四回："然以目前大局情形而論，內憂外患，紛至沓來。"鄭振鐸《三姑與三姑丈》："外面的人一聽見米店經理捲逃的消息，要賬的紛至沓來，要收回存款的紛至沓來。”同 接踵而來。反 無人問津。

【紛紅駭綠】fēn hóng hài lǜ 紛：紛雜。駭：驚顫。形容花葉繁茂，隨風擺動。唐代柳宗元《袁家渴記》：“每風自四山而下，振動大木，掩苒眾草，紛紅駭綠，蓊葧香氣。”宋代陸游《新築山亭戲作》詩：“天垂繚白縈青外，人在紛紅駭綠中。”《聊齋誌異•絳妃》：“紛紅駭綠，掩苒何窮，擘柳鳴條，蕭騷無際。”◇一路山行，但見紛紅駭綠，鬱鬱葱葱，景色怡人欲醉。同 駭綠紛紅。

【紛紛揚揚】fēn fēn yáng yáng 紛紛：眾多。揚揚：飄灑的樣子。❶ 形容雪和樹葉等物飄飄下落的樣子。元代無名氏《漁樵記》一折：“今日遇着暮冬天道，紛紛揚揚，下着如此般大雪。”《水滸傳》十回：“正是嚴冬天氣，彤雲密佈，朔風漸起，卻早紛紛揚揚捲下一天大雪來。”◇秋深時分，山道樹上的葉子紛紛揚揚飄落了一地。❷ 形容議論紛紛，到處都在傳說。《二刻拍案驚奇》卷四：“去年雲南這五個被害，忒煞乖張了，外人紛紛揚揚，亦多曉得。小可每（們）還疑心，不敢輕信。”《水滸全傳》一〇二回：“那時府中上下人等，誰不知道嬌秀這件勾當，都紛紛揚揚的說開去。”《山河風煙》一二：“起義軍進城時貼出了安民告示，百姓奔走相告，議論多多，紛紛揚揚。”同 沸沸揚揚。

【紛紛擾擾】fēn fēn rǎo rǎo 形容紛雜淩亂，不安定。也作“紛紛攘攘”。戰國楚宋玉《神女賦序》：“晡夕之後，精神恍惚，若有所喜，紛紛擾擾，未知何意。”宋代司馬光《與王介甫書》：“成者毀之，棄者取之，矻矻焉窮日力，繼之以夜而不得息，使上自朝庭，下及田野，紛紛擾擾，莫安其居，此豈老氏之志乎？”《喻世明言》卷一八：“楊八老看見鄉村百姓紛紛攘攘，都來城中逃難。”清代紀昀《閱微草堂筆記•姑妄聽之一》：“邸中紛紛擾擾。”同 紛紛穰穰、擾擾攘攘。

【紛紛攘攘】fēn fēn rǎng rǎng 見“紛紛擾擾”。

【紛紛籍籍（藉藉）】fēn fēn jí jí 形容又多又淩亂。唐代韓愈《讀荀子》：“周之衰，好事者各以其說干時君，紛紛籍籍相亂，六經與百家之說錯雜。”清代汪琬《辨公孫龍子》：“且孔子之門，畔孔子者眾矣。諸弟子之後，或流而為荀卿，或流而為莊周、禽滑厘，紛紛籍籍，皆異學也。”

【紙上談兵】zhǐ shàng tán bīng《史記•廉頗藺相如列傳》：戰國時趙國名將趙奢之子趙括，熟讀兵書，談兵論戰頭頭是道，但其父卻不以為然，後率四十萬大軍與秦作戰全軍覆沒。藺相如評論說“括徒能讀其父書傳，不知合變也”。後用“紙上談兵”比喻空談理論、空發議論，卻不會解決實際問題。《孽海花》六回：“一面又免不了杞人憂天，代為着急，只怕他們紙上談兵，終無實際，使國家吃虧。”老舍《四世同堂》三四：“書生只喜歡紙上談兵，只說而不去實行。”同 言過其實、華而不實。反 躬行其實、隨機應變。

【紙醉金迷】zhǐ zuì jīn mí 見“金迷紙醉”。

【累月經年】lěi yuè jīng nián 經歷很多年月，時間漫長。《敦煌變文集•大目乾連冥間救母變文》：“無聞漿水之名，累月經年，受飢羸之苦。”清代顧復《平生壯觀•郭熙》：“所見古人大圖，此軸為最，而入細如此，非累月經年，不能成也。”清代譚嗣同《仁學》二三：“有萬里之程焉，輪船十日可達，鐵道則三四日。苟無二者，動需累月經年，猶不可必至。”◇經過累月經年的磨礪鑽研，他終於脫穎而出。同 經年累月、長年累月。反 彈指之間、轉眼之間。

【累卵之危】lěi luǎn zhī wēi 堆疊起來的蛋極易跌落打碎。比喻極其危險。《韓非子•十過》：“故曹，小國也，而迫於晉楚之間，其君之危，猶累卵也。”漢代劉向《極諫用外戚封事》：“事勢不兩大，王氏與劉氏亦且不並立，如下有泰山之安，則上有累卵之危。”《封神演義》九四回：“今用兵至此，社稷有累卵之危。”◇奸佞當道，國家有累卵之危。同 危如累卵、千鈞一髮。反 安如磐石、穩如泰山。

【累教不改】lěi jiào bù gǎi 累：多次。多次教育，仍不改正。◇賭博的惡習累教不改，把夫妻倆幾十年辛苦賺來的錢全部輸光，現在連房租都付不起了！同 屢教不改、執迷不悟。反 痛改前非、改過自新。

【累牘連篇】lěi dú lián piān 累：重疊。牘：古代寫字用的狹長竹木片。形容文辭長，篇幅多。《宋史•選舉志二》：“寸晷之下，惟務貪多，累牘連篇，何由精妙？”明代王玉峰《焚香記•看榜》：“累牘連篇，功名豈偶然；半生偃蹇，今朝始透關。”◇聽他演講，總的印象是，累牘連篇都是聖賢遺教，迂腐不堪。同 連篇累牘、長篇大論。反 簡明扼要、言簡意賅。

【細大不捐】xì dà bù juān 唐代韓愈《進學解》：“貪多務得，細大不捐。”說做學問兼收並蓄，小的大的都不捨棄。後多形容貪得無厭。《官場現形記》四回：“戴升還問人家要門包，也有兩吊的，也有一吊的，真正是細大不捐。”《清史稿•慶僖親王奕劻傳》：“將私產一百二十萬送往東交民巷英商滙豐銀行收存。奕劻自簡任軍機大臣以來，細大不捐，門庭若市。”同 細大無遺、貪婪無厭。反 兩袖清風、涓滴歸公。

【細水長流】xì shuǐ cháng liú 細小的水流得長久。《佛遺教經》一二段：“汝等比丘，若勤精進，則事無難者。是故汝等當勤精進，譬如小水長流，則能穿石。”後用“細水長流”：❶ 比喻一點一滴地積累，堅持不懈地努力。老舍《我怎樣寫〈火葬〉》：“不過，這細水長流的辦法也須在身體好，心境好的時候才能行得通。”❷ 比喻供給雖不豐厚卻源源不斷，或比喻節約使用人力物力財力、保持常有不缺。◇省着點用吧，細水長流，家裏就這麼些積蓄了，用完了可怎麼往下過呀 / 靠做這點小生意，每日都有點活錢進來，雖不能攀比大鋪頭，卻也算細水長流，一年下來總能養家糊口。反 一暴十寒、大手大腳。

【細枝末節】xì zhī mò jié 末節：植物細小的枝節。也作“細微末節”。比喻細小而無關緊要的部分。清代西泠野樵《繪芳錄》五八回：“所有臉上各處細微末節，未曾領略得到。”鄒韜奮《抗戰以來》三三：“所以動員民眾必須重視民間團體的力量，只須使其符合於總的抗戰國策，而不必作細枝末節的限制，更不可隨時解散。”馬南邨《燕山夜話•為甚麼會吵嘴》：“要知道，任何重大原則的分野，常常是隱伏在不被注意的細微末節之間，有識者不可不察！”◇虧得她心細如髮，連那些細枝末節都注意到了，要不然，我們可吃大虧了。同 雞毛蒜皮、無足輕重。反 舉足輕重、生死攸關。

【細針密縷】xì zhēn mì lǚ 縷：線。針線細密。比喻用心思考，細緻周到。《兒女英雄傳》二六回：“這位姑娘雖是細針密縷的一箇心思，卻是海闊天空的一箇性氣。”魯迅《准風月談•華德保粹優劣論》：“中華也是誕生細針密縷人物的所在，有時真能夠想得入微。”◇他雖是個七尺漢子，心卻像姑娘一樣細針密縷，做甚麼事都考慮得周周到到。反 密針細縷、粗心大意。

【細微末節】xì wēi mò jié 見“細枝末節”。

【細聲細氣】xì shēng xì qì 形容聲音又輕又細。《小五義》二四回：“就聽裏面細聲細氣地說：‘聞賢弟，你焉能知道兩個人的來意？’”吳趼人《糊塗世界》五回：“聽着有個細聲細氣的女子在那裏唱，曹來蘇便喊了店家來，問是做甚麼的？”老舍《小坡的生日》：“南星細聲細氣學着貓的腔調。”同 輕聲輕氣。反 粗聲粗氣、聲嘶力竭。

【終天之恨】zhōng tiān zhī hèn 終天：終身。到死都消除不了的悔恨或遺憾。明代歸有光《震川集•請敕命事略》：“及先人之方歿，而始獲一第，曾不得一日之祿養，所以為終天之恨也。”清代淮陰百一居士《壺天錄》卷上：“以孺慕之忱，寫終天之恨，讀之者無不流涕。”◇花了十多年時間嘔心瀝血寫成的書稿，直到過世都未能出版，不能不說是他的終天之恨。同 抱恨終天、終天抱恨。反 死而無憾。

【終身大事】zhōng shēn dà shì 終身：一輩子。關係一生的大事情。多指男婚女嫁。

《醒世恆言·賣油郎獨佔花魁》："此時便要從良……不辨好歹，恐誤了終身大事。"清代陳確《書示兩兒》："少壯幾時，忽成老大。終身大事，須自打算。他日始思吾言，何可及也！"趙樹理《三里灣》二七："和一個人的交往還不到二十天，難道就能決定終身大事嗎？"同 男婚女嫁。

【終南捷徑】zhōng nán jié jìng 捷徑：近路。唐代盧藏用想作官，就隱居到京城西南的終南山中，想藉此贏來聲譽，得到皇帝的徵召，後來果然入朝做了大官。司馬承禎將退隱天台山，盧藏用推薦他隱居終南山，承禎回答："以僕所觀，乃仕途之捷徑耳。"盧藏用深感慚愧。事見唐代劉肅《大唐新語·隱逸》、《新唐書·盧藏用傳》。後用"終南捷徑"：❶ 特指謀取官職或求名得利的最便捷的門路。元代薛昂夫《慶東原·自笑》曲："向終南捷徑爭馳驟，老來自羞。"蘇雪林《玉溪詩謎·引論》："有官迷的人，走公主門路，倒是一條終南捷徑。"❷ 泛指能達到目的的捷徑。陳伯吹《兒童文學簡論》："文學藝術的道路本來不是'終南捷徑'，容容易易就能登上高峰的。"同 方便之門。

【紫氣東來】zǐ qì dōng lái 紫氣：紫色雲氣，古時以為祥瑞之氣。《史記·老子韓非列傳》："於是老子迺著書上下篇，言道德之意五千餘言而去，莫知其所終。"司馬貞索隱引漢代劉向《列仙傳》："老子西遊，關令尹喜望見有紫氣浮關，而老子果乘青牛而過也。"後以"紫氣東來"指祥瑞降臨或聖賢來到。清代洪昇《長生殿·舞盤》："紫氣東來，瑤池西望，翩翩青鳥庭前降。"同 東來紫氣。

【絮絮叨叨】xù xù dāo dāo 形容說話繁瑣重複，嘮叨不停。元代吳昌齡《張天師》二折："你老人家沒正經，則管裏絮絮叨叨的。你也須知道，病體誰耐煩說話。"明代周楫《西湖二集·胡少保平倭戰功》："怎麼絮絮叨叨，只管求全責備！"《楊家將》三二回："延壽曰：'不必絮絮叨叨，請速加刑。'"也作"絮絮聒聒"。聒聒：形容雜亂。元無名氏《漁樵記》三折："呆弟子孩兒，漫坡裏又無人，見鬼的也似自言自語，絮絮聒聒的。你寄信不寄信，也只憑得你。"《玉嬌梨》一回："當不得楊御史在旁絮絮聒聒，只管催逼，白公又吃得一杯。"

【絮絮聒聒】xù xù guō guō 見"絮絮叨叨"。

【結草銜環】jié cǎo xián huán《左傳·宣公十五年》："魏武子有嬖妾，無子。武子疾，命顆（武子之子）曰：'必嫁是。'疾病，則曰：'必以為殉。'及卒，顆嫁之，曰：'疾病則亂，吾從其治也。'及輔氏之役，顆見老人結草以亢杜回，杜回躓而顛，故獲之。夜夢之曰：'余，而所嫁婦人之父也。爾用先人治命，余是以報。'"晉代干寶《搜神記》卷二十："漢時弘農楊寶，年九歲時，至華陰山北，見一黃雀，為鴟梟所搏，墜於樹下，為螻蟻所困。寶見愍之，取歸，置巾箱中，食以黃花。百餘日，毛羽成，朝去暮還。一夕三更，寶讀書未卧，有黃衣童子，向寶再拜曰：'我西王母使者……君仁愛見拯，實感盛德。'乃以白環四枚與寶，曰：'令君子孫潔白，位登三事，當如此環。'"後用"結草銜環"表示感恩圖報。元代張國賓《合汗衫》一折："小人斗膽，敢問老爹奶奶一個名姓也，等小人日後結草銜環，做個報答。"明代沈受先《三元記·完璧》："寬洪大德，臨財毋苟得，只怕天各一方，結草銜環甚日？"《老殘遊記》一四回："俺田家祖上一百世的祖宗，做鬼都感激二位爺的恩典，結草銜環，一定會報答你二位的。"同 銜環結草。反 恩將仇報。

【結髮夫妻】jié fà fū qī 剛剛成年時結成的夫妻，一般指元配夫妻。結髮：束髮，古人進入成年時行的一種禮儀。唐代張鷟《朝野僉載》卷三："妾與瓌結髮夫妻，俱出微賤，更相輔翼，遂致榮官。瓌今多內嬖，誠不如死。"漢代蘇武《詩》："結髮為夫妻，恩愛兩不疑。"宋代無名氏《張協狀元》戲文一六齣："吾聞張協乃前朝舉子，帝國相儒，欲要貧女做結髮夫妻。"《醒世恆言·陳多壽生死夫妻》："官人，我與你結髮夫妻，苦樂同受，今日官人患病，即是奴家命中所招，同生同死，有何理說！”◇人家結髮夫妻過得和和氣氣的日子，要你去攪得人家六畜不安，你圖個甚麼呢？ 反 露水夫妻。

【結黨營私】jié dǎng yíng sī 黨：由私人利害關係而結成的集團。營：謀求。結成幫派、小集團，謀取私利。清代紀昀《閱微草堂筆記•灤陽消夏錄四》：“此輩結黨營私，朋求進取，以同異為愛惡，以愛惡為是非，勢孤則攀附以求援，力敵則排擠以互噬。”《鏡花緣》七回：“昔日既與叛逆結盟，究非安分之輩。今日登黃榜，將來出仕，恐不免結黨營私。”◇人們常說的拉幫結派，結黨營私，正是像他這種不本分的人慣常採用的手段。同 植黨營私、拉幫結派。

【絡繹(驛)不絕】luò yì bù jué 形容過往的人馬車船等前後相接，連續不斷。《後漢書•南匈奴傳》：“逢侯部眾飢窮，又為鮮卑所擊，無所歸，竄逃入塞者絡驛不絕。”宋代司馬光《涑水記聞》卷八：“皇親兩府諸司，緣道設祭，自右掖門至奉先院，絡繹不絕。”《醒世恆言》卷十：“舟楫聚泊，如螞蟻一般。車音馬跡，日夜絡繹不絕。”《紅樓夢》五三回：“一夜人聲嘈雜，語笑喧闐，爆竹起火，絡繹不絕。”《官場現形記》：“我夢裏所到的地方，竟是一片康莊大道，馬來車往，絡繹不絕。”同 接連不斷、熙來攘往。

【絕口不提】jué kǒu bù tí 見“絕口不道”。

【絕口不道】jué kǒu bù dào 閉住嘴巴不講。指有意迴避或不肯談論某事。《漢書•丙吉傳》：“吉為人深厚，不伐善。自曾孫遭遇，吉絕口不道前恩，故朝廷莫能明其功也。”曾孫遭遇，指漢武帝曾孫宣帝劉詢遭難時曾得到丙吉照顧。清代無名氏《杜詩言志》卷十：“無如當放逐之餘，絕口不道。”也作“絕口不談”、“絕口不提”。清代淮陰百一居士《壺天錄》卷中：“杜門息交，絕口不談天下事。”曹禺《北京人》第一幕：“經過這次失敗後，他絕口不談發財。”錢鍾書《圍城》三：“蘇小姐初到家，開口閉口都是方鴻漸，第五天後忽然絕口不提。”同 閉口不談。反 娓娓而談。

【絕口不談】jué kǒu bù tán 見“絕口不道”。

【絕子絕孫】jué zǐ jué sūn 斷絕子嗣，沒有後代。也比喻徹底滅絕。多用作詈詞。《二刻拍案驚奇》卷三一：“自道是與死者伸冤，不知死者慘酷已極了。這多是絕子絕孫的勾當！”《官場現形記》二二回：“我想這人一定不得好死，將來還要絕子絕孫哩。”同 斷子絕孫、後繼無人。反 子孫滿堂。

【絕少分甘】jué shǎo fēn gān 見“絕甘分少”。

【絕甘分少】jué gān fēn shǎo 拒絕獨享甘美的食物，不論有多少，都與眾人共享。形容生活簡樸而待人優厚。《漢書•司馬遷傳》：“以為李陵素與士大夫絕甘分少，能得人之死力，雖古之名將，不能過也。”唐代王維《與工部李侍郎書》：“宿昔貴公子，常下交布衣，盡禮髦士，絕甘分少，致醴以飯，汲汲於當世之士，常如不及。”清代錢謙益《李長蘅墓誌銘》：“長蘅事母，色養甚備，敬其長兄，拊其弟妹若侄，絕甘分少，皆人所難能者。”章炳麟《軍人貴賤論》：“故漢唐之名將，率不以嚴厲為能，唯拊循士卒，絕甘分少者稱焉。”也作“絕少分甘”。《孝經援神契》：“母之於子也，鞠養殷勤，推燥居濕，絕少分甘。”說少則自己不吃，甘美則必定分給孩子。

【絕世佳人】jué shì jiā rén 冠絕當代、獨一無二的美人。《漢書•孝武李夫人傳》：“北方有佳人，絕世而獨立，一顧傾人城，再顧傾人國。”《二刻拍案驚奇》卷二五：“生有一女，小名蕊珠，這倒是個絕世佳人，真個有沉魚落雁之容，閉月羞花之貌。”清代洪昇《長生殿•倖恩》：“以妹玉環之寵，叨膺虢國之封。雖居富貴，不愛鉛華。敢誇絕世佳人，自許朝天素面。”也作“絕色佳人”、“絕代佳人”。唐代韓偓《意緒》詩：“絕代佳人何寂寞，梨花未發梅花落。”元代谷子敬《城南柳》三折：“見一箇龐眉老叟行在前面，見一箇絕色佳人次着後肩。”《二刻拍案驚奇》卷九：“你姐姐固是絕代佳人，小生也不愧今時才子。”《兒女英雄傳》十回：“再說安公子，若說不願得這等一個絕代佳人，斷無此理。”

【絕世超倫】jué shì chāo lún 冠絕當世，超群出眾。漢代蔡邕《陳寔碑》：“潁川郡陳君，絕世超倫，大位未躋，慚於臧文竊位之負，故時人高其德，重乎公相之位也。”同 絕世無倫、超群出眾。

【絕代佳人】jué dài jiā rén 見“絕世佳人”。

【絕色佳人】jué sè jiā rén 見“絕世佳人”。

【絕妙好辭(詞)】jué miào hǎo cí《世說新語•捷悟》：“魏武嘗過曹娥碑下，楊修從。碑背上見題作‘黃絹幼婦，外孫齏臼’八字。魏武謂修曰：‘解不？’答曰：‘解。’魏武曰：‘卿未可言，待我思之。’行三十里，魏武乃曰：‘吾已得。’令修別記所知。修曰：‘黃絹，色絲也，於字為絕。幼婦，少女也，於字為妙。外孫，女子也，於字為好。齏臼，受辛也，於字為辭。所謂絕妙好辭也。’”後用以指極其優美的文辭。南朝陳釋慧達《夾科肇論序》：“雖復言約而義豐，文華而理詣，語勢連環，意實孤誕，敢是絕妙好辭，莫不竭茲洪論。”唐代蘇頲《刑部尚書韋抗神道碑》：“銜悽固託，撫疾何成，愧不得絕妙好辭，披文而相質耳。”元代張雨《滿江紅》詞：“待使君絕妙好詞成，須彈壓。”《二十年目睹之怪現狀》四十回：“也罷，早上看了絕妙好詞，等我也效顰填一闋詞罷。”

【絕長補短】jué cháng bǔ duǎn 也作“絕長續短”。❶ 計算國土面積時，截取長出來的那一部分土地補在短的地方。《孟子•滕文公上》：“今滕絕長補短，將五十里也，猶可以為善國。”《戰國策•楚策四》：“今楚國雖小，絕長續短，猶以數千里，豈特百里哉？”《史記•楚世家》：“西周之地，絕長補短，不過百里。”❷ 指以多補少、以有餘補不足、取他人之所長補自己之所短。宋代朱熹《奏救荒事宜狀》：“山陰、會稽兩縣口數以約六縣之數，則山陰、會稽丁口半於諸暨、嵊縣，而比新昌、蕭山相去不遠，絕長補短，兩縣當六縣四分之一。”◇她善於交往，也善於絕長補短，所以她朋友多，進步也快。同 截長補短、取長補短。

【絕長續短】jué cháng xù duǎn 見“絕長補短”。

【絕其本根】jué qí běn gēn 本根：根本，植物的根。比喻從根本上加以解決。《左傳•隱公六年》：“為國家者，見惡如農夫之務去草焉，芟夷蘊崇之，絕其本根，勿使能殖，則善者信矣。”◇照你這麼做下去，我看解決不了問題，必須不留情面，絕其本根。

【絕倫逸群】jué lún yì qún 見“逸群絕倫”。

【絕域殊方】jué yù shū fāng 指偏遠生疏的異鄉地區。絕域：偏遠的地方。殊方：異域。《晉書•裴秀傳》：“故雖有峻山巨海之隔，絕域殊方之迥，登降詭曲之因，皆可得舉而定者。”范長江《中國的西北角•祁連山南的旅行》：“馬行又數十里，始終未見人煙，藏人氈房亦不可見，舉目荒涼，常起絕域殊方之思。”同 異域殊方、殊方異域。

【絕處逢生】jué chù féng shēng 在絕境中又意外地獲得了生路或遇到了救星。也作“絕路逢生”。元代關漢卿《緋衣夢》四折：“李慶安絕處幸逢生，嶽神廟暗中彰顯報。”《三國演義》十回：“本為納交反成怨，那知絕處又逢生。”明代周楫《西湖二集•壽禪師兩生符宿願》：“每到危險之時，持着咒語真言，便絕處逢生，死中復活，蛇虎避跡，鬼怪潛形。”清代沈復《浮生六記•坎坷記愁》：“幸遇曹老，絕處逢生，亦可謂吉人天相矣。”◇張醫生第一次給我診病，我就有一個強烈的感覺：我的病有救了，我絕處逢生了！

【絕無僅有】jué wú jǐn yǒu 只有這一個，絕對找不出第二個。形容極其少有罕見。宋代蘇軾《上皇帝書》：“改過不吝，從善如流，此堯舜禹湯之所勉強而力行，秦漢以來之所絕無而僅有。”明代張翰《松窗夢語•北遊記》：“渡黃河，即為山西之蒲州。州城甚整，民居極稠，富庶有禮，西北所絕無僅有者。”鄭振鐸《風波》："以前每每的強拽了他們上王元和去喝酒，或同到四馬路舊書攤上走走。婚後，這種事情也成了絕無僅有的了。"

【絕渡逢舟】jué dù féng zhōu 在原本不是渡口的河岸遇到了渡船。比喻在絕境中忽然有了生路或遇到了救星。《野叟曝言》十回："天幸遇着相公，如暗室逢燈，絕渡逢舟，從此讀書作文，俱可望有門徑矣。"同 絕處逢生。

【絕聖棄智(知)】jué shèng qì zhì 聖：聰明。智：智慧。摒棄聰明智慧。指棄絕機巧之心，不搞陰謀詭計，回復到純樸的本性。《老子》："絕聖棄智，民利百倍；絕仁棄義，民復孝慈；絕巧棄利，盜賊無有。"《莊子•胠篋》："故絕聖棄知，大盜乃止，擿玉毀珠，小盜不起。"《漢書•敍傳上》："若夫嚴子者，絕聖棄智，修生保真，清虛澹泊，歸之自然，獨師友造化，而不為世俗所役者也。"唐代陳子昂《續唐故中嶽體玄先生潘尊師碑頌》："絕聖棄智，不耀其光。"清代屈大均《水車》詩："絕聖棄智非神明，大巧斯為道所取。"

【絕路逢生】jué lù féng shēng 見"絕處逢生"。

【絕裾而去】jué jū ér qù 裾：衣襟。扯斷衣襟而去。形容不顧一切，毅然決然地離開。《世説新語•尤悔》："溫公（嶠）初受，劉司空使勸進，母崔氏固駐之，嶠絕裾而去。"《警世通言•宿香亭張浩遇鶯鶯》："女子顧戀恩情，不忍移步絕裾而去。"《聊齋誌異•聶政》："至於荊軻，力不足以謀無道秦，遂使絕裾而去，自取滅亡。"同 絕裾徑去。

【絕塵拔俗】jué chén bá sú 見"超塵拔俗"。

【絞盡腦汁】jiǎo jìn nǎo zhī 絞：擰，擠。形容用盡心思，費盡腦筋。老舍《四世同堂》三七："他的學問有限得很；唯其如此，他才更能顯出絞盡腦汁的樣子，替她思索。"同 費盡心思。反 無所用心。

【統籌兼顧】tǒng chóu jiān gù 通盤籌劃，考慮全局，同時顧及相關各方面。清代劉坤一《覆松峻帥》："同屬公家之事，務望統籌兼顧，暫支目前。"歐陽予倩《忠王李秀成》第一幕："不是這樣統籌兼顧，天京一定難保。"反 畸輕畸重、顧此失彼。

【絲恩髮怨】sī ēn fà yuàn 形容細小的恩恩怨怨。《資治通鑒•唐文宗太和九年》："是時李訓、鄭注連逐三相，威震天下，於是平生絲恩髮怨，無不報者。"

【絲絲入扣】sī sī rù kòu 扣：同"筘"，織布機上的機件。織布時每條經線都有序地從筘中通過。比喻做得十分細緻精確，沒有絲毫差錯。清代趙翼《甌北詩話•韓昌黎詩》："近時朱竹垞、查初白有《水碓》及《觀造竹紙》聯句，層次清澈，而體物之工，抒詞之雅，絲絲入扣，幾無一字虛設。"《野叟曝言》二七回總評："此為絲絲入扣，暗中拋索，如道家所云三神山舟不得近，近者輒被風引回也。"老舍《我怎樣寫〈火葬〉》："我只畫了個輪廓，而沒有能絲絲入扣的把裏面填滿。"

【綆短汲深】gěng duǎn jí shēn 汲：從下往上打水。提水桶的繩子短，但卻要從很深的井裏打水。《莊子•至樂》："褚小者不可以懷大，綆短者不可以汲深。"後多比喻才學淺薄，理解不了深奧的道理，或表示能力薄弱，擔負不了重任。唐代顏真卿《〈干祿字書〉序》："綆短汲深，誠未達於涯涘；歧多路惑，庶有歸於適從。"清代納蘭性德《與韓元少書》："才單力弱，綆短汲深。"同 力不從心、力不勝任。

【經久不息】jīng jiǔ bù xī 經過很長時間也沒停下來。◇演出結束，現場竟然沉默一片，繼而爆發出經久不息的掌聲。反 轉瞬之間。

【經天緯地】jīng tiān wěi dì 經、緯：紡織物的縱線稱"經"，橫線稱"緯"。比喻規劃經營宏大的事業。多指經營天下、管理國家。也作"經緯天地"。《左傳•昭公二十八年》："經緯天地曰文。"北周庾信《擬連珠》："蓋聞經天緯地之才，拔山超海之力，戰陣勇於風飆，謀謨出乎胸臆。"宋代秦觀《答傅彬老簡》："中書之道，如日月星辰，經緯天地，有生之類皆知仰其高明。”元代戴善夫《風光好》三折：“賤妾煞是展污了個經天緯地真英俊，為國於民大宰臣。”清代汪琬《〈王敬哉先生集〉序》：“人之有文，所以經緯天地之道而成之者也。”㊐ 緯地經天。

【經文緯武】jīng wén wěi wǔ 經緯：經，織物的縱線；緯，織物的横線。引申指規劃經營。多指用文治、武功兩種手段管理統治天下。《新唐書·劉蕡傳》：“有藏奸觀釁之心，無仗節死難之義，豈先王經文緯武之旨邪？”明代蘇伯衡《代秦王府官謝表》：“臣等經文緯武，才不及曹參。”《野叟曝言》八八回：“先生經文緯武，豐功偉績，如郭汾陽，而理學湛深，技術兼精過之。”㊐ 經武緯文、緯武經文。

【經世之才】jīng shì zhī cái 經：治理，籌劃。❶ 指治理國家的才幹、能力。《資治通鑒·順皇帝》：“粲簡淡平素而無經世之才。”明代方孝孺《尚友五贊序》：“有憂世之志而無經世之才，有經世之才而無成物之德：欲以有為於天下，皆古昔之所難也。”◇漢唐兩代國強民富，文化鼎盛，有經世之才的人也隨之大量湧現。❷ 指富有治國才幹的能人。元代陶宗儀《輟耕錄·御史舉薦》：“某所薦者已百有餘人，皆經世之才，其在中外，並能上裨聖治，則某之報效亦勤矣。”㊐ 經國之才、經濟之才。㊎ 樗櫟庸材、朽木糞土。

【經年累月】jīng nián lěi yuè 一年數月。説經過較長的時間。《野叟曝言》一一〇回：“困龍島之形勢，文爺所深知，如何得先救皇上出險？不要説十日半月，即經年累月，也是煩難。”◇梳妝檯上的那面鏡子經年累月蒙着厚厚的灰塵，她幾乎忘了自己的模樣。㊐ 成年累月、積年累月。㊎ 一朝一夕、俯仰之間。

【經邦論道】jīng bāng lùn dào 邦：指國家。治理國家，議論治國安民的道理。也作“論道經邦”。《尚書·周官》：“立太師、太傅、太保，茲惟三公，論道經邦，燮理陰陽。”《晉書·曹志庾峻等傳論》：“齊獻王以明德茂親，經邦論道，允釐庶績，式敘彝倫。”《隋書·李穆傳》：“臣日薄桑榆，位高軒冕，經邦論道，自顧缺然。”◇在門閥制度下，出身寒門的一介儒生即使有經邦論道之才，也很難有所作為。

【經明行修】jīng míng xíng xiū 經：指儒家經典著作。修：美好。通曉經典，品行端正。説人品學兼備。古代常為薦舉人才的一項特定名目。《漢書·王吉傳》：“左曹陳咸薦駿賢父子，經明行修，宜顯以厲俗。”《明史·劉閔傳》：“其後，巡按御史史宗彝、饒瑭欲援詔例舉閔經明行修，閔力辭。”

【經國之才】jīng guó zhī cái ❶ 治理國家的才能。《抱朴子·釋滯》：“況學仙之士，未必有經國之才，立朝之用，得之不加塵露之益。”唐代吳兢《貞觀政要·任賢》：“徵雅有經國之才，性又抗直，無所屈撓。”◇雖無經國之才，卻有獻身報國之心。❷ 指有治國才能的人。宋代楊時《龜山先生語錄》卷一：“至如韓持國自是經國之才，用為執政亦了得。不可以無出身便廢其執政之才。”◇學貫古今，博通中外，可成經國之才。㊐ 經世之才、經濟之才。

【經綸滿腹】jīng lún mǎn fù 經綸：本指整理絲縷和用絲編織的工作，借指治理國家大事或治國的抱負、才能。形容人很有才學。宋代蘇軾《李誠之待制輓詞》：“脱遺章句事經綸，滿腹龍蛇自屈伸。”元代袁桷《送劉明叟治鹽事還省》詩：“經綸滿腹須時用，早上囊封致太平。”◇有人相貌堂堂，卻腹中空空如也，有人奇醜無比，卻是經綸滿腹，古今不乏這樣的例子。㊐ 滿腹經綸。㊎ 目不識丁。

【經緯天地】jīng wěi tiān dì 見“經天緯地”。

【經濟之才】jīng jì zhī cái 經濟：“經世濟民”的意思。❶ 指治國安民的才能。唐代李白《為宋中丞自薦表》：“臣所管李白，實審無辜，懷經濟之才，抗巢由之節。”元代戴良《求我齋文集序》：“先生生於名郡，負鴻厖之質，抱經濟之才。”❷ 指有治國安民才能的人。《授袁耀卿侍中張九齡中書令李林甫禮部尚書制》："曲江縣開國男張九齡，經濟之才，式是百辟。"元代趙孟頫《左丞郝公注唐詩鼓吹序》："公以經濟之才坐廟堂，以韋布之學研文字。"同 經世之才、經國之才。

【經驗之談】jīng yàn zhī tán 以實踐經驗為依據的較為可靠的言談。◇說到這方面，我倒有些經驗之談，願與大家分享。反 無稽之談、泛泛之論。

【緊打慢敲】jǐn dǎ màn qiāo 用各種方法敲敲打打。也比喻用各種手段啟發、誘導、逼迫等。《水滸後傳》九回："那時只消幾個緝捕使臣就勾了，發在監裏，緊打慢敲，怕他不來上鈎！"◇鄉間過去沒有銅管樂隊，凡紅白喜事均是鄉鄰們自發組成鑼鼓隊，用約定俗成的譜子緊打慢敲，俗稱"打傢伙"。

【緊鑼密鼓】jǐn luó mì gǔ ❶ 戲劇開場前連續不斷的快節奏的鑼鼓聲，也指敲鑼打鼓以配合戲中人物活動或劇情。◇在緊鑼密鼓聲中，武生出場，一溜騰躍高翻的斤斗，全場喝彩。❷ 比喻事情正式進行前或事物正式推出前的工作正緊張進行。◇在"九一一"事件之後，歐美多國立即開始緊鑼密鼓地進行反恐部署。同 密鑼緊鼓。

【綽有餘裕】chuò yǒu yú yù 裕：寬鬆。《孟子·公孫丑下》："我無官守，我無言責也，則吾進退豈不綽綽然有餘裕哉？"後用"綽有餘裕"：❶ 形容處事應付自如或態度從容不迫。漢代王粲《為劉荊州與袁尚書》："仁君智數弘大，綽有餘裕，當以大包小，以優容劣。"《後漢書·蔡邕傳》："當其無事也，則舒紳緩佩，鳴玉以步，綽有餘裕。"《周書·高賓傳》："賓敏於從政，果敢決斷，案牘雖繁，綽有餘裕。"❷ 形容寬裕，有多餘的。《北史·周紀上論》："昔漢獻蒙塵，曹公成夾輔之業；晉安播蕩，宋武建匡合之勳。校德論功，綽有餘裕。"李大釗《新的！舊的！》："馬路上自然綽有餘裕，不像那樣擁擠了。"魯迅《集外集拾遺補編·中國地質略論》："土人僅耕石田，於生計可綽有餘裕焉。"同 綽然有餘、綽綽有餘。

【綽約多姿】chuò yuē duō zī 綽約：柔美的樣子。多形容女子的體態或花草植物的形態柔美多樣。唐代蔣防《霍小玉傳》："年可四十餘，綽約多姿，談笑甚媚。"◇蘭花花朵幽香高潔，葉子綽約多姿，色澤終年常青。同 婀娜多姿。

【綽綽有餘】chuò chuò yǒu yú《詩經·角弓》："此令兄弟，綽綽有裕。"後用"綽綽有餘"形容寬裕，不單夠用而且有多餘的。《二十年目睹之怪現狀》五十回："繼之家裏錢多，就是永遠沒差沒缺，他那候補費總是綽綽有餘的。"《文明小史》三回："這綠營的兵，固然沒用，然而出來彈壓這般童生……尚覺綽綽有餘。"鄭觀應《盛世危言·防邊上》："今東三省，崇山峻嶺所在俱有，誠使其險要，多築土壘，則進攻退守，綽綽有餘。"同 綽有餘裕。

【網開一面】wǎng kāi yī miàn《史記·殷本紀》：成湯外出，看見野外有人四面張着羅網捕捉鳥獸，並且禱告說，天下四方的鳥獸都到我的網裏來。湯說，這樣一來，就一網打盡了啊！於是下令撤去其中三面，只留一面。後用"網開一面"、"網開三面"比喻執法寬鬆，廣施恩澤。唐代劉禹錫《賀赦表》："澤及八荒，網開三面。"《兒女英雄傳》二一回："再說當年，如鄧芝龍、郭婆等……鬧得那樣翻江倒海，尚且網開三面，招撫他來，饒他一死。"《歧路燈》九三回："老先生意欲網開一面，以存忠厚之意，這卻使不得。"同 寬大為懷、既往不咎。反 嚴刑峻法、殘暴不仁。

【網開三面】wǎng kāi sān miàn 見"網開一面"。

【網漏吞舟】wǎng lòu tūn zhōu 吞舟：能吞舟的大魚，比喻大奸巨猾。說法律寬疏，恩澤廣施。後也指法網過於寬大，致使重大罪犯逃脫法律制裁。《史記·酷吏列傳序》："網漏於吞舟之魚，而吏治烝烝，不至於奸，黎民艾安。"《陳書·陳寶應傳》："炎行方謝，漏網吞舟，日月居諸，棄之度外。”陳寅恪《述東晉王導之功業》：“東晉初年既欲籠絡孫吳之士族，故必仍須寬縱大族之舊政策，顧和所謂網漏吞舟，即指此而言。”也作“漏網吞舟”。明代畢自嚴《復議鹽政疏》：“務令披根剔蠹，無令漏網吞舟。”

【綱舉目張】gāng jǔ mù zhāng 綱：魚網上的總繩。目：網上的眼。舉：提起。提起魚網上的總繩一撒，網眼就全部張開。比喻抓住了主要的，就可以推動其他。《呂氏春秋·用民》：“用民有紀有綱，壹引其紀，萬目皆起，壹引其綱，萬目皆張。”《尚書·盤庚上》“若網在綱”宋代蔡沈集傳：“綱舉則目張，喻下從上，小從大。”清代馮桂芬《榮氏族譜序》：“是譜規橅廬陵，綱舉目張，敍次簡繁得中，是為譜牒程式。”秦牧《藝海拾貝·文學藝術與自然科學》：“這類知識浩如煙海，但只要‘提綱挈領’，抓住了那個綱，就可以‘綱舉目張’，讓我們理解它的梗概。”同 提綱挈領。

【綿力薄材】mián lì bó cái ❶ 形容力量微薄，能力不濟。《漢書·嚴助傳》：“越人綿力薄材，不能陸戰。”宋代王安石《辭左僕射表》：“竊以高秩厚禮，以酬莫盛之勛勞；綿力薄材，宜稱非常之爵寵。”宋代李綱《進呈道君太上皇帝劄子》：“顧臣綿力薄材，沮於群議，不能蕩馘醜虜以攄憤懣。”❷ 指缺少才幹，能力不足的人。常用為自謙之詞。《藝文類聚》卷四八引南朝陳君理《讓右僕射領吏部表》：“未有綿力薄材輕膺此舉。”同 才疏學淺。

【綿延不絕】mián yán bù jué 一直延續下去，不中斷。宋代范成大《吳船錄》卷下：“北岸淮山相迎，綿延不絕。”明代歸有光《同州通判許半齋壽序》：“其家業傳數子孫、綿延不絕、又能光大之者，十無三四焉。”◇文學好像在趨近它的終點，但它綿延不絕，又似乎生機無限。也作“綿延不斷”。明代彭大翼《山堂肆考·地理》：“晉元帝初渡江，見獅子山綿延不斷，以擬北地盧龍，又易名盧龍山。”◇從洛川再往北，全是一座座黃的山峁或一道道黃的山梁，綿延不斷。同 連綿不斷、連綿不絕。反 斷斷續續、時斷時續。

【綿延不斷】mián yán bù duàn 見“綿延不絕”。

【綿延起伏】mián yán qǐ fú ❶ 形容地形、山嶺、沙丘等，高高低低、連續不斷地伸展開去。《欽定河源紀略》卷三四：“白龍堆在敦煌縣西境玉門關之西，沙形如卧龍，高者二三丈，卑者丈餘，綿延起伏，西盡流沙之地。”◇帕米爾是世界的屋脊，多少山脈從那裏綿延起伏，向下伸展開去。❷ 時隱時現、時起時伏地持續下來。◇中古後期南部德意志出現了綿延起伏百年之久的農民鬥爭浪潮／年近古稀，竟能同初戀情人結合，那種綿延起伏的幸福感經年都平靜不下來。同 此起彼伏。反 一馬平川。

【綿裏藏針】mián lǐ cáng zhēn 綿：絲綿。比喻外表溫和，內心陰柔苛刻。元代石德玉《曲江池》二折：“笑裏刀剮皮割肉，綿裏針剔髓挑筋。”《醒世姻緣傳》一五回：“當日説知心，綿裏藏針，險過遠水與遙岑。何事腹中方寸地，把刀戟，擺森森。”今也比喻處事軟中硬、柔中剛，平和而有原則。◇雖説平時笑口常開，但他辦起事來卻是綿裏藏針，一點也不手軟。同 口蜜腹劍、笑裏藏刀。

【綿綿不絕】mián mián bù jué 形容連續不中斷。《戰國策·襄王》：“《周書》曰：綿綿不絕，蔓蔓若何？”明代何景明《勢成》：“涓涓不塞，流為江河；綿綿不絕，纏為網羅。”梁啟超《飲冰室詩話》七七：“中國樂學，發達尚早。自明以前，雖進步稍緩，而其統猶綿綿不絕。”丁玲《小火輪上》：“眼望着綿綿不絕的青山和浩浩蕩蕩的流水，便不覺的感到此身的飄飄然。”也作“綿綿不斷”。唐代劉叉《修養》詩：“嘗令體如微微風，綿綿不斷道自衡。”宋代釋贊寧《高僧傳·東京開寶寺師律傳》：“心憑勝境，境引心增，念念相資，綿綿不斷。”同 綿延不絕、連續不斷。反 時斷時續、斷斷續續。

【綿綿不斷】mián mián bù duàn 見“綿綿不絕”。

【綿綿瓜瓞】mián mián guā dié 見“瓜瓞綿綿”。

【綢繆帷幄】chóu móu wéi wò 綢繆：事先謀劃、準備。帷幄：帳幕，古代多指軍帳。指謀劃軍國大事，或事先周密考慮，做好準備，拿出良謀善策。《陳書•世祖紀》：“或宜哲協規，綢繆帷幄；或披荊汗馬，終始勤劬。”《唐大詔令集•圖功臣像於淩煙閣詔》：“才惟棟梁，謀猷經遠，綢繆帷幄，經營霸圖。”◇作為總裁，一定要高瞻遠矚，綢繆帷幄，才能帶領公司決勝於未來。同 運籌帷幄、“運籌帷幄，決勝千里”。

【綠女紅男】lù nǚ hóng nán 泛指衣着漂亮的青年男女。清代富察敦崇《燕京歲時記•萬壽寺》：“每至四月，自初一日起，開寺半月。遊人甚多，綠女紅男，聯蹁道路。”◇每到節日，長洲島上綠女紅男成群打夥，遊人如織，非常熱鬧。同 紅男綠女。

【綠水青山】lù shuǐ qīng shān 形容山水秀美，生態環境良好。唐代任華《雜言寄李白》：“綠水青山知有君，白雲明月偏相識。”明代童軒《建業清明書事》詩：“綠水青山渾如畫，暖雲芳草最宜眠。”◇到處都是烏煙瘴氣的環境，如今已很難找到純淨的綠水青山了。同 青山綠水、山青水秀。

【綠林好漢】lù lín hǎo hàn 綠林：山名，西漢末，亡命者群聚於此山。《後漢書•劉玄傳》：“王莽末……新市人王匡、王鳳為平理諍訟，遂推為渠帥，眾數百人。於是諸亡命馬武、王常、成丹等往從之，共攻離鄉聚藏於綠林中。”後稱嘯聚山林，反抗統治者、打家劫舍、鋤強扶弱、劫富濟貧的人或團夥為“綠林好漢”。《兒女英雄傳》二一回：“後來遇着施世綸施按撫放了漕運總督，收了無數的綠林好漢，查拿海寇。”茅盾《石碣》：“失卻了‘公平’，也就不配做綠林好漢。”也作“綠林豪客”。唐代李涉《井欄砂宿遇夜客》詩：“暮雨蕭蕭江上村，綠林豪客夜知聞。”明代胡奎《送張臯百戶之京》詩：“去年捕賊黃道湖，綠林豪客一掃無。”也作“綠林豪傑”。◇武淨行所扮演的角色多為勇武大將、綠林好漢、惡霸山寇和神怪妖道。同 綠林豪傑。

【綠林豪客】lù lín háo kè 見“綠林好漢”。

【綠肥紅瘦】lù féi hóng shòu 綠肥：綠葉肥大茂盛。紅瘦：花朵凋謝零落。形容春暮夏初的景象。宋代李清照《如夢令》詞：“試問捲簾人，卻道海棠依舊。知否，知否？應是綠肥紅瘦。”清代陸求可《月湄詞》序：“僕解紱偷閒，讀書懷古，詠‘綠肥紅瘦’，不覺魂銷。”同 綠暗紅稀。

【綠葉成陰(蔭)】lù yè chéng yīn 陰：同“蔭”。宋代胡仔《漁隱業話後集•杜牧之》載：太和末，杜牧遊湖州，刺史崔君為設水戲，使州人群出而觀，讓杜牧選美。杜看中一十餘歲女子，與其母約，十年當為此郡刺史，若不來，任隨嫁人。十四年後，杜牧方移授湖州刺史，女子已嫁三年，生二子。杜牧因作《嘆花》詩：“自恨尋芳到已遲，往年曾見未開時。如今風擺花狼藉，綠葉成陰子滿枝。”後以“綠葉成陰”指女子已嫁，子女成行。明代許次紓《茶疏•飲啜》：“余嘗與馮開之戲論茶候，以初巡為婷婷裊裊十一餘，再巡為碧玉破瓜年，三巡以來，綠葉成陰矣。”《紅樓夢》五八回：“雖說男女大事不可不行，但未免又少了一個好女兒，不過二年，便也要‘綠葉成蔭子滿枝’了。”巴金《談〈秋〉》：“我已經過了綠葉成蔭的時節，現在是走飄落的路了。”

【綠暗紅稀】lù àn hóng xī 綠暗：綠葉的顏色由嫩綠、淺綠轉為深綠。紅稀：花朵凋落稀疏。描寫暮春的景物。唐代韓琮《暮春滻水送別》詩：“綠暗紅稀出鳳城，暮雲宮闕古今情。”明代馮銀《暮春》詩：“綠暗紅稀春已深，懶聽杜鵑喚歸音。”同 綠肥紅瘦。

【緘口不言】jiān kǒu bù yán 緘：封。閉口不說話。多形容有壓力，內心害怕而不敢說。宋代馬純《陶朱新錄》：“諫官不是穩當的差遣，若緘口不言，則辜負朝廷。”明代沈錬《籌邊賦》：“乃者學士束筆，笑涉兵鈐，縉紳緘口不言邊患。”清代鄭觀應《盛世危言·商務三》：“商民工匠，見諸官紳，皆緘口不言，恐犯當道之怒，禍生不測云。”也作“緘默不言”。《宋史·鄭俠傳》：“御史緘默不言，而君上書不已。”◇在討論問題時，她總是見風使舵，要麼就緘口不言。同 緘口結舌、鉗口不言。反 放言高論、高談闊論。

【緘口結舌】jiān kǒu jié shé 閉口不説話。多形容有所忌諱，不敢説話。宋代朱熹《上宰相書》：“則熹也謹當緘口結舌，歸卧田間，養雞種黍，以俟明公功業之成。”明代鄭履準《椒山楊公手書跋》：“而公之見形也，人皆緘口結舌，莫敢一言。”梁啟超《政變原因答客難》：“大丈夫以身許國，不能行其志，乃至一敗塗地，漂流他鄉，則惟當緘口結舌，一任世人之戮辱之，嬉笑之。”同 緘口不言。反 暢所欲言。

【緘默不言】jiān mò bù yán 見“緘口不言”。

【緩兵之計】huǎn bīng zhī jì ❶ 推遲用兵打仗的計策。明代楊士奇《論遣將征剿麓川》：“臣惓惓愚忠，非敢為緩兵之計，但願大兵之行，必出萬全，以為國家久安長治之道。”❷ 設法緩和緊張局勢，贏得時間，找出應對的辦法。《三國演義》一〇八回：“原來張特用緩兵之計，哄退吳兵，遂拆城中房屋，於破城處修補完備，乃登城大罵。”《説岳全傳》七二回：“黑蠻龍驍勇難擋，不如用緩兵之計，只説朝廷有病，俟聖體少安，便送出奸人，與他報仇。”《麟兒報》九回：“若直直的一同走去退還禮物，便定然要激出事來。為今大計，我們只要用緩兵之計去緩他，且緩到後來，再取巧兒説明了，悄悄的送還他方才有幾分把握。”

【緣木求魚】yuán mù qiú yú 爬到樹上抓魚。《孟子·梁惠王上》：“以若所為求若所欲，猶緣木而求魚也……緣木求魚，雖不得魚，無後災。”比喻做法與目的背道而馳，勞而無功。《後漢書·劉玄傳》：“今以所重加非其人，望其毗益萬分，興化致理，譬猶緣木求魚，升山採珠。”《雲笈七籤》卷七十：“後學之見，又且如耕石種稻，緣木求魚，期於有獲，難矣。”《封神演義》三三回：“若想善出此關，大王乃緣木求魚，非徒無益，而又害之也。”同 南轅北轍、背道而馳。反 對症下藥。

【縛雞之力】fù jī zhī lì 縛：捆綁。捆綁一隻雞的力氣，形容力氣很小。多用於否定式。元代無名氏《賺蒯通》一折：“那韓信手無縛雞之力，只淮陰市上兩個少年，要他在胯下鑽過去，他就鑽過去了。”《石點頭》一二回：“香閨弱質，平日只會讀書寫字，刺繡描花，手無縛雞之力，一般也與丈夫報仇。”◇一個手無縛雞之力的姑娘怎麼會是刺客呢？反 拔山蓋世、力大無窮。

【繁文縟節】fán wén rù jié 非常繁瑣的儀式和禮節。縟：繁多。也作“繁文縟禮”。唐代元稹《王永可太常博士制》：“朕明年有事於南郊，謁清宮，朝太廟，繁文縟禮，予心懵然。”清代魏源《默觚下·治篇》：“以深慮遠計為狂愚，以繁文縟節為足黼太平。”曹禺《北京人》第一幕：“他非常注意浮面上的繁文縟禮，以為這是士大夫門第的必不可少的家教。”李劼人《天魔舞》一二章：“兵荒馬亂，還顧什麼繁文縟節。”

【繁文縟禮】fán wén rù lǐ 見“繁文縟節”。

【繁刑重賦】fán xíng zhòng fù 刑罰嚴苛，賦稅繁多沉重。宋代蘇軾《志林·論古》：“齊景公不繁刑重賦，雖有田氏，齊不可取。”宋代呂中《治體論》：“贓墨之法不嚴，則是仁於貪污之吏，而人之苦於繁刑重賦者不被其仁。”同 繁刑重斂。反 輕徭薄賦。

【繁花似錦】fán huā sì jǐn 繁花：數量眾多、色彩絢麗的花。錦：紋彩絢爛的絲織品。形容景色或事物美好、多彩多姿。顧城《塔塔爾》詩：“微微起伏的大草原繁花似錦，年輕的塔塔爾走向彩色的帳篷。”◇我們坐在繁花似錦的花叢中，聽她講起童年時的故事 / 在繁花似錦的市民文化中，給人印象最深的當數繪畫。同 百花爭豔。

【繁弦(絃)急管】fán xián jí guǎn ❶弦：弦樂器。管：管樂器。形容音樂的節奏快而短促，感情熱烈激昂。唐代王維《送神曲》："作暮雨兮愁空山，悲急管，思繁絃。"唐代司空曙《發渝洲卻寄韋判官》詩："紅燭津亭夜見君，繁弦急管雨紛紛。"明代皇甫涍《雪夕醉歌別兄弟兼贈周山人》詩："夢中碧草盈前池，繁絃急管滿座悲。"❷比喻環境喧鬧，生活緊張、節奏快。◇在這燈紅酒綠、繁弦急管的社會裏，人與人之間的關係越來越冷淡了。同急管繁弦。

【總而言之】zǒng ér yán zhī 總括起來說；總之。晉代仲長敖《覈性賦》："總而言之，少堯多桀。"宋代洪邁《容齋四筆•洗兒金錢》："若總而言之，殆不可勝算。"清代吳趼人《糊塗世界》卷一："總而言之，只要事情成功，我是無不恪遵台命的。"茅盾《大鼻子的故事》四："總而言之，對於這'來歷不明'的女人和孩子，他很關心，他斷定他們一定是好人。"同統而言之。反分門別類、條分縷析。

【總角之交】zǒng jiǎo zhī jiāo 見"總角之好"。

【總角之好】zǒng jiǎo zhī hǎo 總角：古時兒童的頭髮束成兩個結，如小牛角狀。《詩經•氓》："總角之宴，言笑晏晏。"後用"總角之好"指童年時代結成的友情或兒時的好朋友。《晉書•何劭傳》："劭字敬祖，少與武帝同年，有總角之好。"明代宋訥《祭東崖處士霍元方文》："嗚呼元方，惟我與君，從遊非偶，總角之好，道家之舊。"也作"總角之交"。宋代李彌遜《祭李伯紀丞相文》："噫，公視僕總角之交，久而益親，貴而不驕，五十年間如出一朝。"清代和邦額《夜譚隨錄•崔秀才》："莫逆交不足恃矣，然總角之交應非泛泛也。"同青梅竹馬。

【縱虎歸山】zòng hǔ guī shān 放虎回山。比喻放過壞人或勁敵，留下後患。《三國演義》二一回："昔劉備為豫州牧時，某等請殺之，丞相不聽，今日又與之兵，此放龍入海，縱虎歸山也，後欲治之，其可得乎？"《清世宗憲皇帝硃批諭旨》卷九上："縱虎歸山，豈為仁政？此等作為非積陰功，乃大壞德行事也。"◇法院裁定當庭釋放，媒體嘩然，認為這是縱虎歸山。同放虎歸山、放龍入海。反剪草除根、斬草除根。

【縱橫交錯】zòng héng jiāo cuò 橫的和豎的交織在一起。形容事物之間的關係錯綜複雜。元代趙汸《周易文詮》卷三："聖人則圖而用摩盪之法，其所為儀象八卦者已備，則書而用縱橫交錯之法，其所為儀象八卦者亦符。"明代烏斯道《蘿石軒記》："蘿施生於石上，縱橫交錯，貫眾竅而出枝葉，敷榮翠，姸綠潤。"◇出得城來，只見快速公路縱橫交錯，究竟該上哪條路，她一時間竟糊塗了。同縱橫交貫、錯綜複雜。

【縱橫捭闔】zòng héng bǎi hé 南北叫縱，東西叫橫。捭闔：開合。戰國時代七國爭戰，蘇秦主張南北六國"合縱"共抗秦國，張儀則主張以"連橫"的策略分化瓦解六國西向事秦。後用"縱橫捭闔"：❶借指運用手段進行爭取或分化的政治、外交活動。明代陳子龍《唐論》："我嘗讀史，至盧龍、魏博之事，觀其人之遊諸侯間者，縱橫捭闔……大約似戰國時。"《鏡花緣》一八回："當日孔子既沒，儒分為八；其他縱橫捭闔，波譎雲詭。"章炳麟《復吳敬恒書》："吾於是知縱橫捭闔之徒，心氣粗浮，大言無實，雖日日在歐洲，猶不能得毫毛之益也。"❷藉以形容言論自由放縱。宋代朱熹《答汪尚書》："其徒如秦觀、李廌之流，皆浮誕佻輕，士類不齒，相與扇縱橫捭闔之辨，以持其說，而漠然不知禮義廉恥之為何物。"清代汪琬《鳴道集說序》："自唐宋以來，士大夫浸淫釋氏之說，藉以附會經傳粉飾儒術者，間亦有之，然未有縱橫捭闔敢於偭聖人之規矩如屏山者。"

【縱橫馳騁】zòng héng chí chěng ❶騎馬任意疾馳，沒有阻礙。清代趙翼《甌北詩話•韓昌黎詩》："譬如善御馬者，通衢廣陌，縱橫馳騁，惟意之所至。"◇在這天地相連的大草原上，放開馬繮，縱橫馳騁，這是何等的豪邁！❷形容戰鬥力或競爭力強，所向無敵。宋代李彌遜《又答和議箚子》：“金人之擾中國十有餘年，縱橫馳騁，無不被其毒，殘我人民，毀我城邑。”明代林右《〈兆郭集〉序》：“其雍容俯仰，若冠冕縉紳周旋堂陛之上；其縱橫馳騁，若風雲蛇鳥按兵行陣之間。”❸形容人才華橫溢，無與匹敵。宋代謝堯仁《〈于湖集〉序》：“以至唐末諸詩人雕肝琢肺，求工於一言一字間，在於人力固可以無恨，而概之前數公縱橫馳騁之才，則又有間矣。”宋代褚伯秀《南華真經義海纂微》卷一〇二：“以漆園之才縱橫馳騁，自出瓌奇，何不可者，而乃必蹈衝虛之轍耶？”❹形容書法、詩文、講演等，收放自如，灑脫無拘。宋代陸游《跋樂毅論》：“《樂毅論》縱橫馳騁，不似小字，《瘞鶴銘》法度森嚴，不似大字，此後世作者不可仰望也。”

【縮手縮腳】suō shǒu suō jiǎo ❶形容身體蜷縮起來，不舒展的樣子。《老殘遊記》六回：“喊了許久，店家方拿了一盞燈，縮手縮腳的進來，嘴裏還喊着：‘好冷呀！’”◇躲在牆角裏縮手縮腳的不敢講話。❷形容因顧慮、害怕等原因而小心翼翼，不敢放開來做事。《武松演義》一五回：“三要家下有錢，放得開，收得攏，不是縮手縮腳，經濟拮据的。”◇辦事有魄力，從不縮手縮腳。同 束手束腳、小心翼翼。反 大刀闊斧。

【縮衣節食】suō yī jié shí 減省衣食方面的消費。形容生活簡儉。《資治道鑒》卷二四〇：“況今天子神聖威武，苦身焦思，縮衣節食，以養戰士，此志豈須臾忘天下哉！”宋代范祖禹《虞部郎中司馬君墓誌銘》：“性儉約，自初仕縮衣節食，主銖積俸祿。”◇雖在窮鄉僻壤，卻非常重視教育子女，寧願縮衣節食，也要讓孩子上學。同 節衣縮食、省吃儉用。

【縮頭縮腦】suō tóu suō nǎo ❶形容人的相貌猥瑣小器。◇見此人長得縮頭縮腦的，心裏先就留下不好的印象。❷形容膽小不前的樣子。魯迅《華蓋集·“碰壁”之後》：“但是我也說明了幾句我所以來校的理由，並要求學校當局今天縮頭縮腦辦法的解答。”同 縮手縮腳。反 趾高氣揚。

【繆種流傳】miù zhǒng liú chuán 見“謬種流傳”。

【繞樑之音】rào liáng zhī yīn 見“三日繞樑”。

【繭絲牛毛】jiǎn sī niú máo 像蠶絲和牛毛一樣，形容功夫細密。明代鄒元標《答金存庵少司寇》：“昔人謂繭絲牛毛，良工心獨苦，今於老先生見之矣。”清代黃宗羲《答萬充宗質疑書》：“吾兄經術，繭絲牛毛，用心如此，不僅當今無與絕塵，即在先儒，亦豈易得哉！”同 蠶絲牛毛。

【繫風捕影】xì fēng bǔ yǐng 見“係風捕影”。

【繫鈴解鈴】jì(xì) líng jiě líng 據明代瞿汝稷《指月錄》卷二三記載：南唐時金陵清涼寺有一個小和尚（即後來的泰欽法燈禪師），主持法眼禪師對他頗器重。一天，法眼問寺內眾和尚：“虎項金鈴是誰解得？”大家都回答不出來。小和尚答道：“繫者解得”。後用“繫鈴解鈴”比喻誰惹出來的問題由誰去解決。清代昭槤《嘯亭雜錄·王述庵書》：“倘執事以繫鈴者解鈴，則日月之更，民皆仰之矣。”清代頤瑣《黃繡球》五回：“我不妨和他見了面，窺察他的神氣語意，如果事由他起，則繫鈴解鈴，原須一人。”同 解鈴繫鈴、解鈴還需繫鈴人。

【繩之以法】shéng zhī yǐ fǎ 繩：準繩。說用法律衡量，依照法律懲治。《淮南子·泰族訓》：“若不修其風俗……繩之以法，法雖殘賊天下，弗能禁也。”宋代朱熹《延和奏箚四》：“民間受弊，不可勝言，為監司州縣者，欲一切繩之以法，則財計頓闕，州縣不可復為，雖有良吏，亦無以免。”◇一切貪官污吏，都必須繩之以法，決不可姑息寬貸。

【繩牀瓦灶】shéng chuáng wǎ zào 繩牀：用木板穿起來、可摺疊的簡便坐具，或結繩做成的睡牀。形容生活清苦，家境貧寒。《紅樓夢》一回：“蓬牖茅椽，繩牀瓦灶，並不足妨我襟懷。”◇半輩子都過着繩牀瓦灶的日子，但他總是高高興興，並不放在心上。同 蓬牖茅椽、繩樞甕牖。反 家財萬貫、鐘鳴鼎食。

【繩愆糾繆】shéng qiān jiū miù 見"繩愆糾謬"。

【繩愆糾謬】shéng qiān jiū miù 改正過失，糾正錯誤。繩：糾正。愆：過錯。謬：謬誤。《尚書•冏命》："繩愆糾謬，格其非心，俾克紹先烈。"南朝梁劉勰《文心雕龍•奏啟》："昔周之太僕，繩愆糾謬。"也作"繩愆糾繆"。唐代柳宗元《謝李中丞安撫崔簡戚屬啟》："繩愆糾繆，列群肅澄之風。"明代王世貞《鳴鳳記•封贈忠臣》："繩愆糾繆，臣道為先；罰罪賞功，乾綱不替。"反 怙惡不悛。

【繩鋸木斷】shéng jù mù duàn 繩子鋸木頭，看似可笑，但一直鋸下去，木頭也會斷。《漢書•枚乘傳》："泰山之霤穿石，單極之綆斷幹。水非石之鑽，索非木之鋸，漸靡使之然也。"後用"繩鋸木斷"表示只要持之以恆，看似不可能的事都能做到。宋代羅大經《鶴林玉露》卷十："乖崖援筆判曰：'一日一錢，千日一千，繩鋸木斷，水滴石穿'，自杖劍，下階斬其首。"◇他日學一詞，堅信繩鋸木斷，一定能學好英文。同 水滴石穿、磨杵成針。反 一曝十寒。

【繪影繪聲】huì yǐng huì shēng 形容描寫敘述得生動逼真，活靈活現。清代憂患餘生《〈官場現形記〉序》："而一意孤行，為若輩繪影繪聲，定一不磨之鐵案，不但今日讀之，奉為千秋公論，即若輩當日讀之，亦色然神驚，而私心沮喪也。"李六如《六十年的變遷》第六章："從頭到尾，指手劃腳，繪影繪聲地説一陣。"也作"繪聲繪影"、"繪聲繪形"。清代陳廷焯《白雨齋詞話》卷五："繪聲繪影，字字陰森，綠人毛髮，真乃筆端有鬼。"蔡寅《題琉球竹枝詞》詩："整頓生花筆一枝，繪聲繪影寫新詞。"茅盾《聞笑有感》："有'教養'的嘴巴，繪聲繪影地在敘述一些慘厲的故事的時候……其使人毛骨聳然。"孫犁《澹定集•讀作品記》："有些愛情的描寫，雖是竭力繪聲繪形，實在沒有甚麼美的新意在其中。"同 繪聲繪色、繪聲寫影。

【繪聲繪色】huì shēng huì sè 形容敘述、描寫得活靈活現，非常逼真。也作"繪聲繪影"。清代陳廷焯《白雨齋詞話》卷五："繪聲繪影，字字陰森，綠人毛髮，真乃筆端有鬼。"清代朱庭珍《筱園詩話》卷一："必使山情水性，因繪聲繪色而曲得其真。"秦牧《藝海拾貝•細節》："一切卓越的作品，如果把那些繪聲繪影、栩栩傳神的細節抽掉，使它們僅僅存下一個故事梗概，它們的魅力也就消失了。"同 繪聲繪形、繪影繪聲。

【繪聲繪形】huì shēng huì xíng 見"繪影繪聲"。

【繪聲繪影】huì shēng huì yǐng 見"繪聲繪色"。

【繡花枕頭】xiù huā zhěn tou 比喻徒有其表，而內無真才實學的人。清代彭養鷗《黑籍冤魂》六回："頂冠束帶，居然官宦人家，誰敢説他是個繡花枕頭，外面繡得五色燦爛，裏面卻包着一包稻草？"魯迅《花邊文學•"大雪紛飛"》："大眾雖然智識沒有讀書人的高，但他們對於胡説的人們，卻有一個謚法：繡花枕頭。"同 金玉其外，敗絮其中。

【繼往開來】jì wǎng kāi lái 繼承前人的事業，開闢未來的道路。宋代朱熹《隆興府學濂溪先生祠記》："此先生之教，所以繼往聖，開來學，有功於斯世也。"明代王守仁《傳習錄》卷上："文公精神氣魄大，是他早年合下便要繼往開來，故一向只就考索著述上用功。"《官場現形記》一回："趙世兄他目前雖説是新中舉，總是我們斯文一脈，將來昌明聖教，繼往開來，舍我其誰？"朱自清《經典常談•詩第十二》："但是真正繼往開來的詩人是杜甫。"同 承前啟後。

【纏綿牀褥】chán mián chuáng rù 纏綿：形容連續不斷。指久病卧牀不癒。◇自從中風之後，她一直纏綿牀褥，已經三年了。

【纏綿悱惻】chán mián fěi cè 見"悱惻纏綿"。

【纖芥之疾】xiān jiè zhī jí 芥：小草，比喻小事。微小的疾病；微不足道的小事。

◇大病一場我都過來了，何況這點兒纖芥之疾，算得了甚麼 / 眼下看雖是纖芥之疾，但是俗話説養癰貽患，只怕將來變成心腹大患。同 癬疥之疾。反 養虎貽患。

【纖悉無遺】xiān xī wú yí 纖：細小。悉：全面。全部都在，沒有絲毫遺漏。《文心雕龍•總術》："昔陸氏《文賦》號為曲盡，然汎論纖悉而實體未該。" 唐代李鈺《故丞相太子少師贈太尉牛公神道碑銘》："自嬰疾至於捐館，談笑言語，宴居自若，口占理命，纖悉無遺。" 宋代李光《論王子獻等劄子》："日計月課，纖悉無遺。" 同 纖介（芥）無遺。反 丢三落四。

【纖塵不染】xiān chén bù rǎn 纖塵：微小的塵埃。❶ 形容光淨清潔。唐代張若虛《春江花月夜》詩："江天一色無纖塵，皎皎空中孤月輪。" 清代洪昇《長生殿•聞樂》："清光獨把良宵佔，經萬古纖塵不染。" ❷ 形容心地光明正大，未受渾濁世事的污染。◇儘管她生長之處是三教九流、五方雜處，可她為人正派，纖塵不染。同 一塵不染。反 污穢不堪。

缶部

【缺月再圓】quē yuè zài yuán 缺月：不圓的月亮。比喻夫妻離散後又團圓，或關係破裂後又和好。也作"缺月重圓"。元代無名氏《連環計》二折："説甚麼單絲不線，我着你缺月再圓。" 明代無名氏《南牢記》一折："他既斷弦再續，俺也缺月再圓。" 明代熊龍峰《張生彩鸞燈傳》："二人缺月重圓，斷弦再續，大喜不勝。" 同 破鏡重圓。

【缺月重圓】quē yuè chóng yuán 見"缺月再圓"。

【缺吃少穿】quē chī shǎo chuān 形容生活極為困難。◇她的生活已大有改善，過去那種缺吃少穿的情況已不復存在。同 缺衣少穿。

【罄竹難書】qìng zhú nán shū 罄：盡。《呂氏春秋•明理》："此皆亂國之所生也，不能勝數，盡荊越之竹猶不能書。" 後用"罄竹難書"形容事情或罪惡多到書寫不完。一般多指罪惡。《舊唐書•李密傳》："罄南山之竹，書罪未窮；決東海之波，流惡難盡。" 明代無名氏《四賢記•解綬》："你惡端罄竹難書寫，貪穢熏天怎掩遮。" 清代昭槤《嘯亭雜錄•郭劉二疏》："負恩之罪，罄竹難書，伏祈霆威，立加嚴譴。" 鄒韜奮《抗戰以來》二三："淪陷區的同胞在抗戰中所表現的奇跡，真是所謂罄竹難書。" 同 數不勝數、恆河沙數。

网部

【罕譬而喻】hǎn pì ér yù 説話很少打比方，卻能讓人聽明白。形容言辭簡潔明了。《禮記•學記》："其言也約而達，微而臧，罕譬而喻，可謂繼志矣。" 錢穆《〈論語〉新解》九："此章罕譬而喻，神思綿邈，引人入勝。《論語》文章之妙，讀者亦當深玩。" ◇先生講課風趣幽默，罕譬而喻，贏得學生的尊崇。

【置之不理】zhì zhī bù lǐ 放在一邊，不聞不問。明代焦竑《玉堂叢語•書〈玉堂叢語〉》："頃年垂八十，聰明不及於前時，道德日負其初心，不啻韓子所言者，業一切置之不理矣。" 清代顧炎武《華陰王氏宗祠記》："人主之於民，賦斂之而已爾，役使之而已爾，凡所以為厚生正德之事，一切置之不理，而聽民之所自為。" 《文明小史》六回："等到鬧出事來，他又置之不理。" 同 置之不顧、置之不問。反 噓寒問暖、無微不至。

【置之不顧】zhì zhī bù gù 放在一邊，不加理睬。表示不重視，不關心。《紅樓夢》八十回："那薛蟠得了寶蟾，如獲珍寶，一概都置之不顧。" ◇他為了完成論文，連人情往來都置之不顧了。同 置諸腦後、漠然置之。

【置之死地】zhì zhī sǐ dì 《孫子•九地》："投之亡地然後存，陷之死地然後生。" 後用"置之死地"指：❶ 故意使處於絕境，以激發求生鬥志。元代戴良《滄洲翁集》："張子和醫如老將對敵，或陳兵背水，或濟河焚舟，置之死地而後生。"◇在商業競爭中，企業常有置之死地而後生的情況。❷將人逼到死亡的地步或致死。宋代王明清《揮麈三錄》卷三："蔡京用事，首逐先臣，極力傾擠，置之死地。一時忠良，相繼貶竄。"明代吳寬《天全先生徐公行狀》："公去數日，而曹石恨不釋，必欲置之死地，復以事誣公，致之京獄。"

【置之度外】 zhì zhī dù wài《後漢書•隗囂傳》："帝積苦兵間，以囂子內侍。公孫述遠據邊陲，乃謂諸將曰：'且當置此兩子於度外耳。'"後用"置之度外"表示將個人的生命、利害等拋開不顧。北魏溫子昇《天平元年被命作答齊神武敕》："東南不賓為日已久，先朝以來置之度外。"明代歸有光《長興縣編審告示》："止知奉朝廷法令，以撫養小民；不敢阿意上官，以求保薦，是非毀譽，置之度外，不恤也。"巴金《夢與醉•夢》："我的眼光越過了生死的界限，將人世的一切都置之度外。"同 淡然置之、一笑置之。反 患得患失、錙銖必較。

【置身局外】 zhì shēn jú wài 見"置身事外"。

【置身事外】 zhì shēn shì wài 把自己放在事情之外，不參與進去。今多表示對事情漠不關心。也作"置身局外"。宋代陸游《東堂睡起》詩："置身事外息吾黥，獨卧空堂一榻橫。"清代查慎行《豫讓橋》詩："君不見博浪一椎雖不中，置身事外非無用。"《兒女英雄傳》二二回："天下事最妙的是雲端裏看廝殺，你我且置身局外，袖手旁觀。"《文明小史》三五回："發了一張傳單，驚動了各處學生，鬧得個落花流水，方才散局。這彭仲翔卻在背後袖手旁觀，置身事外。"同 漠不關心、視若無睹。

【置若罔聞】 zhì ruò wǎng wén 罔：不。放在一邊，好像沒聽見似的。形容漠不關心或有意不去過問。明代朱國禎《湧幢小品•閣臣相構》："當中書言時，沈宜厲聲力折，只因心中惱他，置若罔聞。"《紅樓夢》一六回："寧榮兩處上下內外人等莫不歡天喜地，獨有寶玉置若罔聞。"李六如《六十年的變遷》一二章："不料沿途崗哨，居然熟視無睹，置若罔聞。"同 置之不理、不聞不問。

【罪大惡極】 zuì dà è jí 形容罪惡極大。宋代歐陽修《縱囚論》："刑入於死者，乃罪大惡極，此又小人之尤甚者也。"明代韓邦奇《苑洛集》卷二十："宋代王安石引用蔡、章之徒充塞朝廷，當時一時所為誰敢阻滯？然罪大惡極矣！"◇把個京城攪得像煮沸了的油鍋，這還不算罪大惡極？同 罪不容誅、十惡不赦。反 功成名就、功蓋千秋。

【罪上加罪】 zuì shàng jiā zuì 指罪惡更加嚴重。清代《欽定石峰堡紀略》卷三："此事着責成李侍堯即速設法安置妥協以達郵傳，倘再有疏虞，則該督更罪上加罪矣。"《官場現形記》一六回："家裏還有八十三歲的老娘，曉得我做了賊，丟掉官是小事，他老人家一定要氣死的，豈不是罪上加罪？"同 罪加一等。

【罪不容誅】 zuì bù róng zhū 容：容納；誅：處死。即使被處死，也抵償不了所犯的罪惡。《孟子•離婁上》："殺人盈城，此所謂率土地而食人肉，罪不容於死。"後用"罪不容誅"形容罪大惡極。《漢書•王莽傳下》："惡不忍聞，罪不容誅。"《京本通俗小説•拗相公》："王某上負天子，下負百姓，罪不容誅。"◇像他這種惡行昭著的黑社會大佬，實屬罪不容誅。同 罪在不赦。反 德高望重、功德無量。

【罪加一等】 zuì jiā yī děng 本為古代法律用語。指在法律原定的量罪等級上再加重一等。後泛指加重處罰。《唐律疏義•私使丁夫雜匠》："若強使兵、防出城者，即亦於本罪加一等上累加。"《三俠五義》八二回："不報罷，又怕罪加一等；報了罷，又説被人主使。"老舍《茶館》第一幕："旗人當漢奸，罪加一等。"同 罪上加罪。

【罪在不赦】 zuì zài bù shè 罪大惡極，無法得到寬宥赦免。《藝文類聚》卷三八引南朝梁蕭綱《答張纘謝士集書》："論之科刑，罪在不赦。”清代黃宗羲《蔣氏三世傳》：“直（王直）罪在不赦。”《好逑傳》十回：“但閨中細女，不識忌諱，一時情辭激烈，未免有所干犯，自知罪在不赦，故俯伏臺前，甘心畢命。”同 罪有應得。

【罪有應得】zuì yǒu yīng dé 所受的懲處、制裁與所犯的罪過相當，合情合理。《鏡花緣》六回：“小仙身獲重譴，今被參謫，固罪有應得，第拖累多人，於心何安。”《官場現形記》二十回：“今日卑職故違大人禁令，自知罪有應得。”魯迅《且介亭雜文·隔膜》：“一亂說，便是‘越俎代謀’，當然‘罪有應得’。”同 咎有應得。反 罰不當罪。

【罪惡深重】zuì è shēn zhòng 罪惡極大。宋代李心傳《建炎以來繫年要錄》卷一二：“除參酌到罪惡深重不可復用人外，並許隨材選任。”明代王世貞《中官考二》：“詔謂，振傾危社稷，罪惡深重。”《三國演義》九三回：“何期反助逆賊，同謀篡位！罪惡深重，天地不容！”同 罪孽深重、罪業深重。

【罪惡滔天】zuì è tāo tiān 滔天：漫天。形容罪大惡極。宋代周密《齊東野語·景定彗星》：“今開慶誤國之人，罪惡滔天，有一時風聞劾逐者，則乞斟酌寬貸施行，以昭聖主寬仁之量。”《水滸傳》七五回：“況此賊輩累辱朝廷，罪惡滔天，今更赦宥罪犯，引入京城，必成後患。”清代林則徐《密陳以重賞鼓勵定海民眾誅滅敵軍片》：“實屬罪惡滔天，亟宜痛加剿辦。”同 罪惡如山、罪惡山積。反 功德無量。

【罪業深重】zuì yè shēn zhòng 見“罪孽深重”。

【罪該萬死】zuì gāi wàn sǐ 按照所犯罪行應該處死一萬次。形容罪大惡極。《漢書·趙充國傳》：“臣幸得奮精兵，討不義，久留天誅，罪當萬死！”明代王恕《議事奏狀》：“臣愚不知止，因言災傷而冒昧及此，罪該萬死。”《水滸傳》九七回：“孫某抗拒大兵，罪該萬死！”《二十年目睹之怪現狀》八十回：“臣接駕來遲，罪該萬死。”同 罪大惡極、罪孽深重。反 功蓋天下、汗馬功勞。

【罪魁禍首】zuì kuí huò shǒu 為犯罪或肇禍負首要責任的人。《掃迷帚》二三回：“新婦自傷薄命，履欲覓死。罪魁禍首，不得不痛恨於慫恿沖喜之人及勸解煞之老嫗。”《續兒女英雄傳》三回：“非大人振作一番，嚴辦幾個罪魁禍首，使民方有所畏懼。”葉聖陶《鄰居》：“弄得興師動眾，你就是十惡不赦的罪魁禍首。反 文章魁首、獨佔鰲頭。

【罪孽深重】zuì niè shēn zhòng 說罪惡極重。罪孽：佛教指今生應受報應的前世罪過。明代楊榮《故宜人張母陳氏墓表》：“珂不肖，罪孽深重，禍延吾母，奄忽棄養。”清代于成龍《嚴禁嚇詐論》：“本府雖自反無愆，其何能免爾等罪孽深重之累。”《歧路燈》九七回：“罪孽深重，萬死莫貸。”也作“罪業深重”。《二刻拍案驚奇》卷一：“每見世間人不以字紙為意，見有那殘書廢葉，便將來包長包短，以致因而揩台、抹桌、棄置在地，掃置灰塵污穢中，如此作賤，真是罪業深重。”同 罪惡深重。

【罰一勸百】fá yī quàn bǎi 懲罰了一個人可以警誡多人，獎勵了一個人可以激勵眾人。《六韜·賞罰》：“吾欲賞一以勸百，罰一以懲眾，為之奈何？”唐代韓愈《誰氏子》詩：“罰一勸百政之經，不從而誅未晚耳。”宋代張守《賜陝西宣撫處置使張浚詔》：“卿能明節制之權，正逗撓之律，罰一勸百，孰謂不然？”後指懲罰一人，可以告誡多人不犯同樣的過失。◇所謂賞罰分明，不在於罰一個人，有效的懲罰可以達到罰一勸百的目的。同 懲一儆百。

【罰不當罪】fá bù dāng zuì 當：適合。作出的懲罰和所犯的罪行不相稱。多指懲罰過重。《荀子·正論》：“夫德不稱位，能不稱官，賞不當功，罰不當罪，不祥莫大焉。”宋代張孝祥《繳駁成閔按劾部將奏》：“罰不當罪，則不如無罰。”◇貪官污吏縱容下屬巧立名目濫開罰款，罰不當罪，清白無罪而被吹毛求疵課以罰款者，數不勝數。反 罪有應得。

【罷黜百家】bà chù bǎi jiā 罷黜：廢棄不用。指廢棄諸子百家，獨尊儒家學説。《漢書•武帝紀贊》："孝武初立，卓然罷黜百家，表章'六經'。"後也泛指推崇一家之説或一種形式，排斥他説或其他形式。清代顧炎武《日知錄•科場禁約》："經書傳注又以宋儒所訂者為準，此皆古人罷黜百家，獨尊孔氏之旨。"朱自清《論朗誦詩》："朗誦詩的獨立的地位該是穩定了的。但是有些人……只認朗誦詩是詩，筆者卻不能贊成這種'罷黜百家'的作風。"反 百家爭鳴。

【羅掘一空】luó jué yī kōng 羅：張網捕鳥。掘：挖洞捉鼠。形容搜掠得乾乾淨淨，一點東西都沒剩下。蔡東藩《民國通俗演義》三十回："是時寧城已羅掘一空，急切不得巨款，沒奈何任他所為。"

【羅雀掘鼠】luó què jué shǔ ❶ 指張網捕鳥，挖洞捉鼠，聊以充飢。《新唐書•張巡傳》："(張巡守睢陽抗安祿山，食盡，)至羅雀掘鼠，煮鎧弩以食。"嚴復《有如三保》："快餓死者，羅雀掘鼠，糧食罄盡，轉為溝瘠是也。"❷ 比喻千方百計籌措或搜刮財物。清代景星杓《山齋客談•聯貴買禍》："猶以文書上下，百端誅求其子，至羅雀掘鼠以應，家空盡而叟始釋。"梁啟超《論直隸湖北安徽之地方公債》："何一非窮空極匱，羅雀掘鼠而無所為計者。"◇小山村來了一隊大兵，駐紮了十天，到處羅雀掘鼠，弄得村民們雞犬不寧。

羊部

【羊落虎口】yáng luò hǔ kǒu 比喻掉入危險的境地，凶多吉少。元代朱凱《昊天塔》一折："(俺)被番兵陷在虎口交牙峪裏。這個叫做羊落虎口，正犯了兵家所忌。"明代單本《蕉帕記•陷差》："太師爺就教龍驤領兵前去策應，定然送死，這是羊落虎口之計，伏乞太師爺尊裁。"同 羊入虎口、羊入虎群。反 虎口餘生、絕處逢生。

【羊腸小道】yáng cháng xiǎo dào 形容像羊腸那樣盤曲狹窄的小路。一般指山間小路。《尉繚子•兵談》："兵之所及，羊腸亦勝，鋸齒亦勝。"唐玄宗《早登太行山中言志》詩："火龍明鳥道，鐵騎繞羊腸。"《五燈會元•明州仗錫山修己禪師》："羊腸鳥道無人到，寂寞雲中一個人。"《老殘遊記》八回："這路雖非羊腸小道，然忽而上高，忽而下低，石頭路徑，冰雪一凍，異常的滑。"同 鳥道羊腸、羊腸小徑。反 陽關大道、通衢大道。

【羊腸鳥道】yáng cháng niǎo dào 見"羊腸小道"。

【羊質虎皮】yáng zhì hǔ pí 見"虎皮羊質"。

【羊頭狗肉】yáng tóu gǒu ròu "掛羊頭賣狗肉"的略語。比喻名實不符、言行不符。清代錢大昕《恆言錄》卷六："《晏子春秋》：'懸羊頭於門，而賣馬肉於內。'世祖賜丁邯詔曰：'懸牛頭，賣肉脯，盜跖行，孔子語。'今俗語小變，以羊狗易牛馬，意仍不異也。"郭沫若《太戈爾來華之我見》："在我們凡百事情都是羊頭狗肉的中國，一切原則都要生出例外。"◇說一套做一套，羊頭狗肉就是他的為人。同 掛羊頭賣狗肉。反 名實相符。

【羌無故實】qiāng wú gù shí 羌：語首助詞。❶ 沒有典故或沒有出處。南朝梁鍾嶸《詩品•總論》："至乎吟詠性情，亦何貴於用事……'清晨登隴首'，羌無故實；'明月照積雪'，詎出經史？"清代沈德潛《説詩晬語》三九："援引典故，詩家所尚。然亦有羌無故實而自高，臚陳卷軸而轉卑者。"❷ 比喻沒有可靠的根據。梁啟超《論立法權》："無識者歡欣鼓舞，以為維新之治可以立見，而不知皆紙上空文，羌無故實。"反 有根有據。

【美人香草】měi rén xiāng cǎo 漢代王逸《楚辭章句•離騷序》："《離騷》之文，以《詩》取興，引類譬喻，故善鳥香草，以配忠貞，惡禽臭物，以比讒佞，靈修美人，以媲於君。"説屈原寫《離騷》，用香草喻忠臣，以美人比喻君王。後用"美人香草”比喻忠君愛國的君子賢士。魯迅《再論文人相輕》：“從聖人一直敬到騙子屠夫，從美人香草一直愛到麻瘋病菌的文人，在這世界上是找不到的。”也作“香草美人”。《孽海花》三五回：“明明是《金荃集》的側豔詩，偏要說香草美人的寄託。”

【美女簪花】měi nǚ zān huā 簪：插戴。美女戴上了花。比喻書法娟秀或詩文秀美。詩文書法中有“美女簪花格”。《金石萃編·楊震碑跋》：“昔人謂褚登善書如美女簪花。”明代毛晉《汲古閣書跋·南村詩集》：“曾述虞伯生論一代詩……揭曼碩詩如美女簪花。”《林蘭香》二三回：“二娘書法風流婉麗，如美女簪花，見之可愛。”

【美不勝收】měi bù shèng shōu 美好的東西太多，一時來不及欣賞。清代袁枚《隨園詩話》卷三：“見其鴻富，美不勝收。”《孽海花》九回：“還有一班名士黎石農、李純客、袁尚秋諸人寄來的送行詩詞，清詞麗句，覺得美不勝收。”魯迅《述香港恭祝聖誕》：“餘如各種電影，亦復美不勝收。”

【美中不足】měi zhōng bù zú 說事物雖然完美，但還有不夠的地方。明代吾丘瑞《運甓記·折翼蓍夢》：“只這一州未歸掌握，杖擊折翼，這是美中不足。”《紅樓夢》五回：“歎人間，美中不足今方信，縱然是人間事十全十美幾乎沒有，美中不足才是常態，然而人們還是追求事物的圓滿與完美。舉案齊眉，到底意難平。”周瘦鵑《花木叢中》：“南方的梨以碭山為美，甜甜的沒有一些酸，可是肉質稍粗，未免美中不足。”◇人間事十全十美幾乎沒有，美中不足才是常態，然而人們還是追求事物的圓滿與完美。同 大醇小疵、白璧微瑕。反 美玉無瑕、完美無缺。

【美玉無瑕】měi yù wú xiá 瑕：玉斑。比喻完美無缺。元代王實甫《西廂記》三本三折：“他是箇嬌滴滴美玉無瑕，粉臉生春，雲鬢堆鴉。”《紅樓夢》五回：“一個是閬苑仙葩，一個是美玉無瑕。”同 十全十美。

【美如冠玉】měi rú guān yù 冠：帽子。比喻男子英俊得像帽子上的玉飾。《史記·陳丞相世家》：“平雖美丈夫，如冠玉耳，其中未必有也。”《聊齋誌異·素秋》：“時見對戶一少年，美如冠玉。”魯迅《准風月談·青年與老子》：“曾有一個道士，有長生不老之術，自說已經百餘歲了，看去卻‘美如冠玉’，像二十左右一樣。”同 面如冠玉。反 其貌不揚。

【美言不信】měi yán bù xìn 信：真實。華美的言辭或文章往往不真實。《老子》八一章：“信言不美，美言不信。”清代劉熙載《藝概·賦概》：“實事求是，因寄所託，一切文字不外此兩種，在賦則尤缺一不可。若美言不信，玩物喪志，其賦亦不可已乎！”同 忠言逆耳。反 信言不美。

【美景良辰】měi jǐng liáng chén 美麗的景色，美好的時辰。南朝宋謝靈運《擬魏太子鄴中集詩序》：“天下良辰、美景、賞心、樂事，四者難並。”宋代聶冠卿《多麗·李良定公席上賦》詞：“想人生，美景良辰堪惜。”同 良辰美景、良時美景。反 月黑風高、寒風凜冽。

【美意延年】měi yì yán nián 美意：美好的心情。說心情舒暢，樂觀豁達，可以延年益壽。多用作祝頌之辭。《荀子·致士》：“得眾動天，美意延年。”清代曾國藩《季仙九師五十壽序》：“夫葆真純固，當推其致此之由；美意延年，要識其本原之量。”反 短壽促命。

【美輪美奐】měi lún měi huàn 輪：高大。奐：眾多。《禮記·檀弓下》：“晉獻文子成室，晉大夫發焉。張老曰：‘美哉輪焉，美哉奐焉。’”後用“美輪美奐”形容房屋高大眾多、宏偉壯麗。鄒韜奮《萍蹤寄語》八：“我們經過一個美輪美奐的宏麗華廈的區域，開車的告訴我們說這是西人和本地富翁的住宅區域。”同 美奐美輪、富麗堂皇。反 斷壁頹垣、殘磚剩瓦。

【羚羊掛角】líng yáng guà jiǎo《埤雅·釋獸》上說：羚羊在夜晚睡覺時，把犄角懸掛在樹上，把自己高高吊起來，讓天敵無從發現其蹤跡。後用“羚羊掛角”比喻神來之筆，不着痕跡，然而意境幽遠，神韻內含，卻給人以遐想餘地。宋代嚴羽《滄浪詩話•詩辨》：“詩者，吟詠情性也。盛唐諸人，惟在興趣，羚羊掛角，無跡可求。故其妙處，透徹玲瓏，不可湊泊。”清代趙翼《論詩》詩：“作詩必此詩……意取象外神。羚羊眠掛角，天馬奔絕塵。”張恨水《寫作生涯回憶》一八：“老實說，這也就是寫小說的一種技巧。我不敢說有羚羊掛角，無跡可尋的手腕，而佈局之初，實在經過一番考慮的。”

【羝羊觸藩】dī yáng chù fān《易•大壯》：“羝羊觸藩，羸其角。”又：“羝羊觸藩，不能退，不能遂。”說公羊以角撞籬笆，被掛住了角。後比喻進退兩難。北周庾信《周太子太保步陸逞神道碑》：“猛虎振檻，七年不驚；羝羊觸藩，九齡能對。”章炳麟《致龔未生書》：“此為可取，要亦羝羊觸藩之勢耳。”同 進退維谷、騎虎難下。反 左右逢源、進退自如。

【羞人答答】xiū rén dā dā 答答：害羞的樣子。形容羞澀、難為情。元代王實甫《西廂記》四本楔子：“這小賤人倒會放刁，羞人答答的，怎生去！”《金瓶梅》七八回：“一時被你娘們說上幾句，羞人答答的，怎好相見？”張恨水《啼笑姻緣續集》二回：“家樹心裏想着，送上門讓人家看姑爺了，這倒有些羞人答答。”反 落落大方。

【羞花閉月】xiū huā bì yuè 讓花兒羞慚，叫月亮躲藏。形容女子容貌極為美麗。明代湯顯祖《牡丹亭•驚夢》：“不提防沉魚落雁鳥驚諠，則怕的羞花閉月花愁顫。”《再生緣》二六回：“適才已見夫人面，真是羞花閉月容。”◇明眸善睞，再加上一對小酒窩，這位姑娘果真有羞花閉月、落雁沉魚的容貌。同 閉月羞花、天姿國色。反 面目可憎、其貌不揚。

【羞惱成怒】xiū nǎo chéng nù 見“惱羞成怒”。

【羞與為伍】xiū yǔ wéi wǔ《史記•淮陰侯列傳》：“信（韓信）由此日夜怨望，居常鞅鞅，羞與絳（周勃）、灌（灌嬰）等列。信嘗過樊將軍噲，噲跪拜送迎，言稱臣，曰：‘大王乃肯臨臣。’信出門，笑曰：‘生乃與噲等為伍。’”為伍：做同伴。後用“羞與為伍”表示厭惡和鄙視某人或某些人，恥於與其同列。《後漢書•黨錮傳序》：“逮桓靈之間，主荒政謬，國命委於閹寺，士子羞與為伍。”《聊齋誌異•濰水狐》：“彼前身為驢……僕固異類，羞與為伍。”錢鍾書《林紓的翻譯》：“嚴復一向瞧不起林紓，看見那首詩，就說康有為胡鬧，天下哪有一個外國字都不認識的‘譯才’，自己真羞與為伍。”也作“羞與噲伍”。明代范景文《題顧雪坡瀟湘圖》：“其孫不盈英爽曠遠，羞與噲伍，因逆賢當柄，長謝宿衞，自甘家食，垂十三年不出。”同 引以為恥。反 引以為榮。

【羞與噲伍】xiū yǔ kuài wǔ 見“羞與為伍”。

【着（著）手成春】zhuó shǒu chéng chūn 着：接觸。一動手就春意盎然。唐代司空圖《二十四詩品•自然》：“俯拾即是，不取諸鄰。俱道適往，著手成春，如逢花開，如瞻歲新。”說詩作清新自然，有如春日花開。後用“著手成春”、“着手成春”稱讚醫術高明或藝術家技藝精湛。清代錢泳《履園叢話•畫中人》：“史鳴鶴字松喬，江都人，畫梅，宗王元章一派，千枝萬蕊，著手成春，大小幅俱臻絕妙。”陳獨秀《文學革命論》：“贈醫生匾額，不曰‘術邁岐黃’，即曰‘着手成春’。”郭沫若《十批判書•孔墨的批判》：“例如我們讀一部《新約》，便只見到耶穌是怎樣的神奇，不僅難治的病着手成春，而且還有起死回生的大力。”同 妙手回春。

【義不容辭】yì bù róng cí 義：道義。從道義上考慮應該接受，不能推辭拒絕。宋代劉才邵《賜成閔辭免恩命不允批答口宣》：“有敕：卿殿巖之職，勤於營衞，肆加祭澤，義不容辭。”清代李光地《施太夫人張氏墓誌銘》：“嘗於公有微管之歎，且深交至戚，義不容辭，乃據狀而撮其略。”◇他一向熱心公益，參加募款表演，當然義不容辭。同 理所當然、責無旁貸。反 推三阻四、推三託四。

【義正辭(詞)嚴】yì zhèng cí yán 道理充分正當，措辭嚴厲有力。元代吳澄《故宋鄉貢士金溪于君墓誌銘》："所作文章，義正辭嚴，字畫遒勁，類其為人。"明代胡應麟《少室山房筆叢·丹鉛新錄四》："子玄之論，義正詞嚴，聖人復起，弗能易矣。"《官場現形記》一七回："魏竹風拆開看時，不料上面寫的甚是義正詞嚴。"同 辭（詞）嚴義正。反 理屈辭窮、無言以對。

【義形於色】yì xíng yú sè 形：顯露，顯現。支持正義的態度在臉上清楚顯露出來。形容人正派耿直，敢於主持公道。《漢書·述張馮汲鄭傳》："長孺剛直，義形於色。"《隋書·滎毗傳》："建緒自以周之大夫，因義形於色曰：'明公此旨，非僕所聞。'"梁啟超《痛定罪言》："一聞國難，義形於色。"反 不露聲色。

【義氣相投】yì qì xiāng tóu 彼此志趣、性格、脾氣等合得來。金代王若虛《林下四友贊序》："吾四人者臭味相似而義氣相投也。"《南西廂記》二齣："同袍兄弟勝同胞，義氣相投漆和膠。"◇說他人氣旺，因為他有一幫義氣相投的朋友。同 志同道合、情投意合。反 話不投機、視如寇仇。

【義海恩山】yì hǎi ēn shān 見"恩山義海"。

【義無反顧】yì wú fǎn gù 反顧：回頭看。《史記·司馬相如列傳》："夫邊郡之士，聞烽舉燧燔，皆攝弓而馳，荷兵而走，流汗相屬，唯恐居後，觸白刃，冒流矢，義不反顧，計不旋踵，人懷怒心，如報私讎。"說為了正義而勇往直前，不猶豫，不退縮。宋代張孝祥《代揔得居士與葉參政》："王、戚、李三將忠勇自力，義無反顧。"清代浴日生《海國英雄記·坐朝》："臣誓以身許國，義無反顧。"鄒韜奮《持久戰的重要條件》："民眾方面認清這一點，便應該存着百折不回、義無反顧的沉着的心理。"同 一往無前、視死如歸。反 畏縮不前、明哲保身。

【義結金蘭】yì jié jīn lán《易經·繫辭上》："二人同心，其利斷金；同心之言，其臭如蘭。"後以"金蘭"指深交或結義兄弟，沒有血緣關係的人結拜為異姓兄弟、姐妹稱"義結金蘭"◇劉備、關羽和張飛三人義結金蘭，即所謂桃園三結義。

【義憤填胸】yì fèn tián xiōng 見"義憤填膺"。

【義憤填膺】yì fèn tián yīng 膺：胸。胸中充滿了對不義之舉的憤怒。清代余懷《板橋雜記·顧媚》："余時義憤填膺，作檄討罪。"《孽海花》一七回："猝聞這信，真是晴天霹靂，人人裂目，個個椎心。魯翠更覺得義憤填膺，長悲纏骨，連哭帶咽，演說了一番。"馮玉祥《我的生活》一五章："可是太炎先生仍然義憤填膺，罵不絕口。"也作"義憤填胸"。《孽海花》二四回："這個風聲傳到京來，人人義憤填胸。"《兒女英雄傳》五回："把白臉兒狼、傻狗二人商量的傷天害理的這段陰謀聽了個仔細，登時義憤填胸。"同 義形於色。反 無動於衷、是非不分。

【義薄雲天】yì bó yún tiān 薄：接近，靠近。形容正氣高揚。《宋書·謝靈運傳》："英辭潤金石，高義薄雲天。"宋代洪皓《次遷居見憶韻》："情如兄弟堅膠漆，義薄雲天壓華嵩。"明代胡應麟《與李惟寅書》："君侯之結社長安也，義薄雲天。"◇靠着這分義薄雲天的兄弟情，兩人捱過了最艱難的日子。

【群而不黨】qún ér bù dǎng 說合群但不結黨營私。群：與眾人和睦相處。黨：結幫派，營私利。《論語·衛靈公》："君子矜而不爭，群而不黨。"明代王禕《卮辭》："以德勝者，群而不黨之君子也。"◇矜而不爭，群而不黨，這是他一貫的處世原則。反 黨同伐異。

【群威群膽】qún wēi qún dǎn 眾人團結一致所顯示的力量和膽略。◇大家齊心想辦法，出力量，群威群膽，走出困局。同 群策群力。

【群起效尤】qún qǐ xiào yóu 很多人一起學壞事壞樣子。《平定準格爾方略》卷十七："至與哈薩克等搆兵，將來群起效尤，必無休息，斷然不可。”蔡東藩《唐史演義》八五回：“劉悟死後，遂授從諫，今從諫垂死，復欲將兵權私付豎子，若又令他承襲，諸鎮將群起效尤，那時天子尚有威令麼？”◇上樑不正下樑歪，你當頭兒的都吊兒郎當，員工怎能不群起效尤呢？

【群情鼎沸】 qún qíng dǐng fèi 鼎：古代煮食器具；鼎沸：鼎中的水沸騰起來。形容眾人情緒激動，聲音喧鬧。明代楊士琦《歷代名臣奏議•孝親》：“今會慶聖節近在兩日，人心憂疑，群情鼎沸。”◇喜訊傳來，群情鼎沸。

【群策群力】 qún cè qún lì 漢代揚雄《法言•重黎》：“漢屈群策。群策屈群力。”後以“群策群力”表示大家共同出主意想辦法，共同出力解決問題。宋代文天祥《己未上皇帝書》：“至如山巖之氓、市井之靡、刑餘之流、盜賊之屬，其膽勇力絕足以先登，其智辯機警足以間諜，使貪、使愚、使詐、使勇，則群策群力，皆吾屈也。”清代龔自珍《對策》：“皇上聖神如堯舜，亦藉群策群力，士亦許身皋、夔、稷、契而已矣。”孫中山《國民黨改組問題》：“令全國而為一，群策群力，努力而行，則將來成功，必定更大。”同 眾志成城。反 勢孤力單、單槍匹馬。

【群輕折軸】 qún qīng zhé zhóu 即便是輕的東西，大量裝上車，也能把車軸壓斷。比喻聽任小問題越積越多，也會釀成嚴重後果。《戰國策•魏策一》：“臣聞積羽沉舟，群輕折軸，眾口鑠金，故願大王之熟計之也。”唐代李白《雪讒詩贈友人》：“群輕折軸，下沉黃泉，眾毛飛骨，上凌青天。”明代倪謙《與吏部章亞卿論考察書》：“不然，誠恐眾怨紛然，群輕折軸，可不慮哉！”同 積羽沉舟。

【群雌粥粥】 qún cí zhōu zhōu 粥粥：鳥和鳴的聲音。一群雌鳥互相呼叫。比喻女子聚在一起議論紛紛。唐代韓愈《琴操•雉朝飛操》：“隨飛隨啄，群雌粥粥。”清代袁枚《與書巢書》：“今雖充位之員，群雌粥粥，而寸心許可者，卒無一人。”◇那四個女人遇到這樣詭異的事，弄得莫名其妙，群雌粥粥，茫無頭緒。

【群賢畢至】 qún xián bì zhì 說很多賢才都聚到一處。《晉書•王羲之傳》：“群賢畢至，少長咸集。”宋代米芾《重九會郡樓》詩：“千里結言寧有後，群賢畢至猥居前。”◇今天教育界的精英濟濟一堂，可謂群賢畢至。同 鸞翔鳳集、濟濟一堂。反 眾叛親離、門庭冷落。

【群龍無首】 qún lóng wú shǒu《易經•乾》：“見群龍，無首，吉。”後比喻一群人中沒有頭領。明代沈德符《野獲編•閣試》：“至丙辰而群龍無首，文壇喪氣。”章炳麟《上黎大總統書》：“三帥鼎立，有群龍無首之勢。”◇頭子一死，下面群龍無首，亂了陣腳，不久便散了夥。

【群蟻附膻】 qún yǐ fù shān 膻：羊肉的膻腥味。像蟻群追逐羊肉一樣。《莊子•徐無鬼》：“羊肉不慕蟻，蟻慕羊肉，羊肉膻也。”後比喻眾人追逐名利或不良事物。唐代盧坦《與李渤拾遺書》：“今之人奔分寸之祿，走絲毫之利，如群蟻之附腥羶，聚蛾之投爝火，取不以醜，貪不避死。”明代李維楨《萬曆疏抄序》：“嘉靖末，執政墨而善阿邑固寵，群蟻附膻，濁亂天下。”◇聽說直銷獲利豐厚，一時如群蟻附膻，大家都趨之若鶩。同 爭名逐利。

【群魔亂舞】 qún mó luàn wǔ ❶ 比喻壞人猖狂活動。◇小鎮上如今治安很好，群魔亂舞的日子一去不復返了。❷ 比喻不好的東西紛紛出現。◇每到深夜，好像我已不是我，而是被一種惡勢力控制，腦袋裏群魔亂舞，不得安寧。

【羲皇上人】 xī huáng shàng rén 羲皇：即伏羲氏，傳說是中國遠古最早的祖先，教人結網、漁獵、畜牧等。古人尊敬伏羲時代，認為人民淳樸、生活悠閒。故後世的隱士或隱居者自稱“羲皇上人”。晉代陶淵明《與子儼等疏》：“五六月中，北窗下卧，遇涼風暫至，自謂是羲皇上人。”宋代李呂《澹軒記》：“因即桂林之側敞軒以面焉，暇日杖策登臨，開卷會心，自課羲皇上人不是過也。”

清代王士禛《夢遊三山圖歌為尤悔菴太史賦》："羲皇上人北窗臥，流觀山海須臾中。"◇如今人們講究保護環境、返還自然，但還沒見有人到深山老林做隱士，當起羲皇上人來。

羽部

【羽毛未豐】yǔ máo wèi fēng 小鳥的羽毛還沒長全。《戰國策•秦策一》："秦王曰：'寡人聞之，毛羽不豐滿者，不可以高飛。'"後比喻尚未成熟或尚未成長壯大起來。明代張景《飛丸記•賞春話別》："我羽毛未豐，恐網羅之易及。"反 羽毛豐滿、羽翼已豐、羽翼已成。

【羽扇綸巾】yǔ shàn guān jīn 綸巾：絲帶做的頭巾。羽毛扇子加上絲頭巾為漢時名士常服。借指儒將用兵從容瀟定、揮灑自如。《太平御覽》卷七〇二引晉代裴啟《語林》載：諸葛亮乘素車，葛巾、執白羽扇指揮三軍。宋代蘇軾《念奴嬌•赤壁懷古》詞："遙想公瑾當年，小喬初嫁了，雄姿英發，羽扇綸巾，談笑間，強虜灰飛煙滅。"清代李漁《玉搔頭•擒王》："伐罪安民，軍機宜迅，兼程進，羽扇綸巾，令下山河震。"同 綸巾羽扇。反 紙上談兵。

【羽翼已成】yǔ yì yǐ chéng 翅膀已經長成。比喻弱勢轉盛，已成氣候。《史記•留侯世家》："我欲易之，彼四人輔之，羽翼已成，難動矣。"《漢書•王莽傳中》："莽羽翼已成，意欲稱攝。"明代張岱《中原群盜列傳》："今數省大寇，環聚二三百里，羽翼已成，將有不可言者。"同 羽毛豐滿、羽翼豐滿。反 羽毛未豐。

【習以為常】xí yǐ wéi cháng 經常如此，就覺得平淡無奇，視為理所當然的了。《左傳•昭公十六年》："君幼弱，六卿彊而奢傲，將因是以習，習實為常，能無卑乎？"《魏書•臨淮王譚傳》："將相多尚公主，王侯亦娶后族，故無妾媵，習以為常。"明代謝肇淛《五雜俎•事部一》："初若令人怒髮衝冠，不可忍耐，久亦習以為常矣。"清代張南莊《何典》七回："過了一年半載，轉轉家鄉，留些銀錢安了家，又出去了，習以為常。"同 習常見慣、司空見慣。反 石破天驚、嘖嘖稱奇。

【習非成是】xí fēi chéng shì 對錯誤的說法或做法習慣了，反而認為是正確的了。也作"習非勝是"。漢代揚雄《法言•學行》："習乎習，以習非之勝是，況習是之勝非乎？"宋代趙與時《賓退錄》卷五："名實相亂，莫矯其失，習非勝是，終古不悟，可悲矣！"梁啟超《王荊公傳》："非特為荊公雪冤，亦為蘇公、溫公諸賢雪冤也。而獨恨謬說流傳，習非勝是。"梁啟超《新民說》八："中國數千年來，誤此見解，習非成是。"錢玄同《寄陳獨秀》："於是習非成是，一若文不用典，即為儉學之徵。"同 習以為常、積非成是。反 不以為然。

【習非勝是】xí fēi shèng shì 見"習非成是"。

【翠繞珠圍】cuì rào zhū wéi 翠、珠：翡翠與珍珠，此指名貴的飾物。形容女子盛裝，或借指濃妝豔抹的女子圍繞在四周。元代梁曾《木蘭花慢》詞："千古幕天席地，一春翠繞珠圍。"元代無名氏《水仙子》曲："管弦聲裏遊人醉，盡生前有限杯，秋千下翠繞珠圍。"同 珠圍翠繞、珠光寶氣。

【翩若驚鴻】piān ruò jīng hóng ❶ 翩：輕捷。驚鴻：受驚翻飛的大雁。形容女子姿態優美，輕盈。三國魏曹植《洛神賦》："其形也，翩若驚鴻，婉若游龍。"宋代梅堯臣《惱儂》詩："期我以踏青，花間儻相遇。果然南陌頭，翩若驚鴻度。"《紅樓夢》四三回："寶玉進去，也不拜洛神之像，卻只管賞鑒。雖是泥塑的，卻真有'翩若驚鴻，婉若游龍'之態，'荷出綠波，日映朝霞'之姿。"《品花寶鑒》二十回："你們看靜芳窄袖蹁躚的，越顯得風流跌宕。竹君之讚語'翩若驚鴻，婉若游龍'，真覺得摹擬入神。"

【翩翩少年】piān piān shào nián 舉止灑脫的少年。唐代吳筠《行路難》："今日翩翩少年子，不知華盛落前去。”《玉嬌梨》二十回：“見了蘇友白，再仔細定睛一看，原是一個風流俊季的翩翩少年，滿心喜歡。”◇每當櫻花季節，在這櫻花林裏，總可看到三五成群、着裝各異的翩翩少年。反 七老八十、未老先衰。

【翩翩公子】piān piān gōng zǐ 舉止灑脱的公子或青年男子。翩翩：舉止灑脱的樣子。公子：古稱官僚子弟，後也泛指男青年。《史記•平原君虞卿列傳》唐代司馬貞索隱：“翩翩公子，天下奇器。”宋代王庭珪《送趙敏卿》詩：“翩翩公子天麒麟，目光點漆傾坐人。”清代毛奇齡《寶刀歌送姜垚遠行》：“天門關外楊花白，翩翩公子裘馬新。”同 翩翩少年。反 浪蕩公子、裙屐少年。

【翩翩起舞】piān piān qǐ wǔ 形容輕快的舞姿。翩翩：輕盈飄飛的樣子。◇音樂震天響，對對紅男綠女在節律和旋律中如醉如癡地翩翩起舞 / 一邊是燈紅酒綠、翩翩起舞，一邊是破衣爛衫、沿街乞討，這就是當今的城市。同 婆娑起舞。

【翹足引領】qiáo zú yǐn lǐng 領：脖頸。抬起腳跟，伸出脖子。形容盼望得異常殷切。也作“翹首引領”。三國魏陳琳《檄吳將校部曲文》：“是以立功之士，莫不翹足引領，望風響應。”晉代封抽《上疏陶侃府請封慕容廆為燕王》：“廆雖限以山海，隔以羯寇，翹首引領，繫心京師。”同 翹首企踵、望穿秋水。

【翹足而待】qiáo zú ér dài 一抬起腳跟，就可以等到。形容短時間內就可實現。《史記•高祖本紀》：“大臣內叛，諸侯外反，亡可翹足而待也。”《三國演義》九六回：“事可定，賊可滅，功可翹足而待矣。”梁啟超《亞洲地理大勢論》：“苟三勢一旦不均，則其滅亡可翹足而待矣。”同 翹足可待、翹足可期。反 遙遙無期。

【翹首引領】qiáo shǒu yǐn lǐng 見“翹足引領”。

【翻山越嶺】fān shān yuè lǐng 爬過高山，越過峻嶺。形容長途跋涉的艱辛。李準《馬小翠的故事》一：“人們在過春節時，想貼個春聯，往往要跑幾十里，翻山越嶺到山下請人寫。”◇每當想到爸爸為了養家糊口，終年翻山越嶺到鎮上賣草藥，她就心酸得暗自落淚。同 爬山越嶺。

【翻天覆地】fān tiān fù dì ❶ 形容完全變了樣，發生了根本的、徹底的變化。清代羽衣女士《東歐女豪傑》三回：“又道造物生人，本來沒有偏憎偏愛，若叫他多數的人永遠受那少數的人的壓制，這就是翻天覆地的事情了。”◇電腦和網絡造就出一個翻天覆地的新世界。❷ 形容鬧得一塌糊塗，攪得秩序大亂。《西遊記》五三回：“着老孫翻天覆地，請天兵水火與佛祖丹砂，盡被他使一個白森森的圈子套去。”《紅樓夢》一〇五回：“那時，一屋子人，拉這個，扯那個，正鬧得翻天覆地。”《孽海花》九回：“一班熟人，擺擂台，尋唐僧，翻天覆地的鬧起酒來。”同 天翻地覆、地覆天翻。

【翻江倒海】fān jiāng dǎo hǎi 見“倒海翻江”。

【翻江攪海】fān jiāng jiǎo hǎi 見“攪海翻江”。

【翻來覆去】fān lái fù qù ❶ 把身體或東西不停地翻過來倒過去。宋代楊萬里《不寐》詩：“翻來覆去體都痛，乍暗忽明燈為誰？”《紅樓夢》二五回：“因此翻來覆去，一夜無眠。”魯迅《朝花夕拾•〈狗•貓•鼠〉》：“桂葉瑟瑟地作響，微風也吹動了，想來草蓆定已微涼，躺着也不至於煩得翻來覆去了。”❷ 形容多次重複。宋代朱熹《朱子語類》卷二一：“若每章翻來覆去看得分明，若看十章，敢道便有長進。”明代唐順之《答茅鹿門知縣》：“然翻來覆去，不過是這幾句婆子舌頭語，索其所謂真精神與千古不可磨滅之見，絕無有也，則文雖工而不免為下格。”朱自清《經典常談•詩經第四》：“本來歌謠以表情為主，只要翻來覆去將情表到了家就成，用不着費話。”❸ 形容世事不確定，反覆多變。宋代吳潛《蝶戀花》詞：“世事翻來覆去，造物兒戲，自古無憑據。”明代張鳳翼《紅拂記•傳奇大意》:“人生南北如歧路，世事悠悠等風絮，造化小兒無定據。翻來覆去，倒橫直豎，眼見都如許。”同 覆去翻來。

【翻雲覆雨】fān yún fù yǔ 唐代杜甫《貧交行》:“翻手作雲覆手雨，紛紛輕薄何須數。”比喻變化多端、反覆無常，或施展手段、玩弄權術。宋代黃機《木蘭花慢》詞:“世事翻雲覆雨，滿懷何止離憂。”明代鄭若庸《玉玦記•投賢》:“這樣人翻雲覆雨，見利忘義，前日是朋友，今日也不認你了。”茅盾《“寬容”之道》:“對於翻雲覆雨，毫無操守，而偏偏儼然自居的丑角，也決不寬容！”也作“覆雨翻雲”。清代顧貞觀《金縷曲》:“魑魅搏人應見慣，總輸他覆雨翻雲手。”蔡東藩《民國通俗演義》八六回:“彼方自謂歷屆會議，已得多數贊成，可以任所欲為，亦安知覆雨翻雲者之固比比耶！”同 反覆無常、出爾反爾。

【翻然改圖】fān rán gǎi tú 迅速轉變過來，另有圖謀，另作打算。漢代審配《獻書袁譚》:“何圖凶險讒慝之人，造飾無端，誘導奸利，至令將軍翻然改圖，忘孝友之仁，聽豺狼之謀，誣先公廢立之言。”《陳書•陳寶應傳》:“若能翻然改圖，因機立效，非止肆眚，仍加賞擢。”孫中山《行易知難》第五章:“欲使後知後覺者，了然於向來之迷誤，而翻然改圖。”同 幡然改圖。

【翻然悔悟】fān rán huǐ wù 即刻就認識到自己錯了，力求悔改。宋代朱熹《答袁機仲書》:“切望虛心平氣，細考而徐思之。若能於此翻然悔悟，先取舊圖分明改正。”《明史•海瑞傳》:“陛下誠知齋醮無益，一旦翻然悔悟，日御正朝，與宰相、侍從、言官講求天下利害，洗數十年之積誤。”同 幡然悔悟、翻然改悔。反 執迷不悟、怙惡不悛。

【翻箱倒篋】fān xiāng dǎo qiè 見“翻箱倒櫃”。

【翻箱倒櫃】fān xiāng dǎo guì 形容裏裏外外，徹底地翻查尋找。《紅樓夢》九四回:“鬧了大半天，毫無影響，甚至翻箱倒櫃，實在沒處去找。”葉君健《畫冊》:“於是那三個偽警便機械似地開始在我們屋子裏翻箱倒櫃，東摸西掏起來。”也作“翻箱倒篋”。《二十年目睹之怪現狀》四回:“船上買辦又仗着洋人勢力，硬來翻箱倒篋的搜了一遍。”魯迅《〈兩地書〉序言》:“但還是翻箱倒篋的尋了一通，果然無蹤無影。”

【耀武揚威】yào wǔ yáng wēi ❶炫耀武力，顯示威風。元代關漢卿《單鞭奪槊》三折:“他那裏耀武揚威，爭雄奮勇。”《東周列國誌》二三回:“豎貂在城下耀武揚威，喝令攻城。”郭沫若《一隻手》二:“政府本來是有錢人的管家，一些員警和士兵便是他們平時豢養着的走狗。現在是該他們耀武揚威的時候了。”❷形容要弄威風，藉以顯示權威或力圖壓倒別人。《警世通言•蘇知縣羅衫再合》:“徐能此時已做了太爺，在家中耀武揚威，甚是得志。”◇作為孩子王，他時不時的耀武揚威一番，目的是鎮住手下的孩子們。同 揚威耀武。反 甘拜下風、低聲下氣。

【耀祖榮宗】yào zǔ róng zōng 為祖先和家族爭得榮耀。古代多指做官居高位或發財致富。《初刻拍案驚奇》卷二〇:“今日喜得賢侄功成名遂，耀祖榮宗，老夫若再不言，是埋沒令先君一段苦心也。”同 光宗耀祖。

老部

【老王賣瓜】lǎo wáng mài guā 比喻自我稱讚。老舍《紅大院》第三幕“得啦，別老王賣瓜了！頭回出鐵的時候，你是頭一個嚇得往家裏跑！”同 自賣自誇。反 自怨自艾。

【老牛破車】lǎo niú pò chē 老牛拉着破舊的車子。形容行動緩慢遲鈍或做事拖拉、效率很低。◇別提她那個人的辦事效率了，老牛破車 / 你那輛汽車誰也不願意開，老牛破車，還不如騎單車快呢。同 蝸行牛步。反 風馳電掣。

【老牛舐犢】lǎo niú shì dú 舐：舔。犢：

小牛。老牛舐牛犢。比喻父母疼愛兒女。《後漢書•楊彪傳》："子脩為曹操所殺，操見彪問曰：'公何瘦之甚？'對曰：'愧無日磾先見之明，猶懷老牛舐犢之愛。'操為之改容。"《歧路燈》七七回："老牛舐犢，情所難禁。"同 舐犢深情、舐犢之愛。反 六親不認、薄情寡義。

【老生常談】lǎo shēng cháng tán 老書生平凡的議論。《三國志•管輅傳》："颺曰：'此老生之常譚（談）。'輅答曰：'夫老生者見不生，常譚者見不譚。'"後以"老生常談"比喻舊話重提，沒有任何新意。唐代劉知幾《史通•書志》："若乃前事已往，後來追證，課彼虛說，成此遊詞，多見其老生常談，徒煩翰墨者矣。"宋代陸九淵《與趙子直書》："百姓足，君孰與不足？損下益上謂之損，損上益下謂之益，理之不易者也。而至指以老生常談，良可嘆也。"◇說來說去，都是叫人厭煩的老生常談。同 了無新意、老調重彈。反 耳目一新、聞所未聞。

【老有所終】lǎo yǒu suǒ zhōng 老年人有養老的歸宿。《禮記•禮運》："故人不獨親其親，不獨子其子，使老有所終，壯有所用，幼有所長，矜寡孤獨、廢疾者皆有所養。"唐代白居易《養老》："善養者……使生有所養，老有所終，死有所送也。"◇父母辛辛苦苦養育兒女，只圖將來能老有所終，安享晚年。同 老有所養。

【老死溝壑】lǎo sǐ gōu hè 因年老力衰而死於山溝之中。形容默默無聞地去世。宋代蘇軾《代張方平諫用兵書》："上以安二宮朝夕之養，下以濟四方億兆之命，則臣雖老死溝壑，瞑目於地下矣。"同 老死牖下。

【老成持重】lǎo chéng chí zhòng 老成：老練成熟。持重：謹慎穩重。形容人閱歷豐富，辦事老練穩妥。《宋史•种師中傳》："師中老成持重，為時名將。"明代沈德符《野獲編•蔡虛台辨疏》："蓋欲勘楚者，為耳聞目擊之真心；而欲存楚者，亦老成持重之穩計。第存之易，而勘之難耳。"清代魏善伯《留侯論》："而老成持重，坐靡歲月，終於無成者，不可勝數。"同 老成練達。反 稚氣可掬、年幼無知。

【老成練達】lǎo chéng liàn dá 老練成熟，既穩重又通達事理。《三國演義》一二〇回："杜預為人，老成練達，好學不倦。"《官場現形記》四三回："(這位）姓隨，官印叫鳳占，宦途得意得很……而且是老成練達，真要算我們佐雜班中出色人員了！"《兒女英雄傳》一三回："這位安水心先生，老成練達。"同 練達老成、老成持重。

【老奸(姦)巨猾】lǎo jiān jù huá 奸：奸詐、陰險。猾：狡猾。老於世故，奸詐狡猾。《資治通鑒•唐玄宗開元二十四年》："(李林甫）好以甘言啗人，而陰中傷之，不露辭色，凡為上所厚者，始則親結之，及位勢稍逼，輒以計去之，雖老姦巨猾，無能逃於其術者。"《宋史•食貨志上》："於是舊胥既盡罷，而弊根未革，老姦巨猾，匿身州縣，舞法擾民，蓋甚前日。"◇這幾個老奸巨猾的商人設的圈套，他心裏是洞若觀火的。同 口蜜腹劍、兩面三刀。反 乳臭未乾、年幼無知。

【老於世故】lǎo yú shì gù 世故：世態人情。唐代韓愈《石鼓歌》："中朝大官老於事。"後用"老於世故"說閱歷深，處世經驗豐富，老練持重。宋代樓鑰《楊惠懿公僎覆謚議》："然因所職而建言，類老於世故者。"馮玉祥《我的生活》一八章："這人老於世故，無是無非，任憑人家對他說甚麼，他都是好好的回答着。"同 老謀深算。反 初出茅廬。

【老馬識途】lǎo mǎ shí tú 老馬認識道路。《韓非子•說林上》："管仲、隰朋從桓公伐孤竹，春往冬反，迷惑失道。管仲曰：'老馬之智可用也。'乃放老馬而隨之，遂得道。"後比喻閱歷經驗豐富的人能起指導作用。也作"識途老馬"。清代錢謙益《高念祖〈懷寓堂詩〉序》："念祖以余老馬識途，出其行卷，以求一言。"《兒女英雄傳》一三回："既承你以我為識途老馬，我卻有無多的幾句話，只恐你不信。"

【老蚌生珠】lǎo bàng shēng zhū 漢代孔融《與韋端書》："不意雙珠近出老蚌，甚珍貴之。"說衰老的蚌又生出一對珍珠。雙珠：借指韋端二子。後比喻老年人得子，或人到老年得了好兒子。宋代蘇軾《虎兒》詩："舊聞老蚌生明珠，未省老兔生於菟。"明代趙弼《蓬萊先生傳》："已見熊羆入夢，行看老蚌生珠。"

【老氣橫秋】lǎo qì héng qiū 老氣：老年的意氣；橫秋：充滿秋季的天空。❶形容老練自負的神態或倚老賣老。魯迅《大觀園的人才》："早些年，大觀園裏的壓軸戲是劉姥姥罵山門。那是要老旦出場的，老氣橫秋地大放一通，直到褲子後穿而後止。"老舍《趙子曰》三："'是你的老大哥！哈哈！'趙子曰老氣橫秋的用食指彈了彈煙灰，真帶出一些老大哥的派頭。"❷形容年紀雖輕，卻像老人那樣暮氣沉沉。《二十年目睹之怪現狀》七十回："眾人取笑了一回，見新人老氣橫秋的那個樣子，便紛紛散去。"同 妄自尊大、自以為是。反 天真爛漫、朝氣蓬勃。

【老弱殘兵】lǎo ruò cán bīng ❶年老、體弱、傷殘的士兵。《官場現形記》五五回："他們船上的大炮何等利害，斷非我們營裏這幾個老弱殘兵可以抵擋得住的。"《民國通俗演義》一三三回："我們不妨以計誘之，可令我帶來之老弱殘兵為先鋒，敵人見了，必然輕進。"❷泛稱年老體弱喪失活力者。《三國演義》三二回："城中無糧，可發老弱殘兵並婦人出降，彼必不為備，我即以兵繼百姓之後出攻之。"張愛玲《半生緣》三："孩子們都在學校裏，年輕人都在外面工作，家裏只剩下老弱殘兵。"同 殘兵敗將。反 精兵強將。

【老羞成怒】lǎo xiū chéng nù 見"惱羞成怒"。

【老淚縱橫】lǎo lèi zòng héng 形容極度悲傷。多用於老人。端木蕻良《曹雪芹》二一："他看到梁公公老淚縱橫，抱在他身上的兩物也在顫抖。"張賢亮《土牢情話》六章："晚上，李大夫吃不下飯，躺在炕上老淚縱橫：'怎麼辦？老秦，不幸而言中呀！'"同 淚流滿面、以淚洗面。反 笑逐顏開、笑容滿面。

【老當益壯】lǎo dāng yì zhuàng 人到老年，志氣理應更堅定豪邁。當：應該。益：更加。《後漢書·馬援傳》："丈夫為志，窮當益堅，老當益壯。"唐代《滕王閣序》："老當益壯，寧移白首之心；窮且益堅，不墜青雲之志。"宋代辛棄疾《滿江紅》詞："明日伏波堂上客，老當益壯翁應說。"同 老驥伏櫪、"老驥伏櫪，志在千里"。反 未老先衰、老態龍鍾。

【老鼠見貓】lǎo shǔ jiàn māo 比喻非常恐懼害怕。《野叟曝言》二八回："這公子見了大奶奶，如老鼠見貓，賊人遇捕，由他拖扯進房。"◇大哥非常粗暴，幾個弟弟怕他怕得老鼠見貓一般。

【老鼠過街】lǎo shǔ guò jiē 比喻人人痛恨。多與"人人喊打"連用。李六如《六十年的變遷》第一章："尤其從鐵路風潮發生，就像老鼠過街，人人喊打。"◇做人做到老鼠過街的地步，也真算不容易！

【老實巴焦(交)】lǎo shí bā jiāo 形容忠厚誠實的樣子。老舍《駱駝祥子》七："像你這麼老實巴焦的，安安頓頓的在這兒混些日子，總比滿天打油飛去強。"◇老實巴交的的人，不沾官派，在官場是混不下去的。反 老奸巨猾。

【老嫗能解】lǎo yù néng jiě 老嫗：老婦人。宋代惠洪《冷齋夜話》卷一載：唐代詩人白居易每作詩都要讀給老婦人聽，並詢問懂不懂，如說不懂，就改寫，說懂，就錄為定稿。後用"老嫗能解"形容詩文通俗易懂。《歧路燈》五六回："寫完，智周萬道：'語質詞俚，卻是老嫗能解。'"茅盾《白居易及其同時代的詩人》："在詩歌的形式問題上……採用'老嫗能解'的文學語言。"同 通俗易懂。反 佶屈聱牙。

【老態龍鍾】lǎo tài lóng zhōng 龍鍾：行動不靈便的樣子。形容年老體衰。宋代陸游《聽雨》詩："老態龍鍾疾未平，更堪俗事敗幽情。"清代李伯元《南亭筆記》卷一二："雖老態龍鍾，而辦事極有擔當。"同 龍鍾老態。反 風華正茂、年富力強。

【老調重彈】lǎo diào chóng tán 重新演奏陳舊的曲調。比喻重說舊話，沒有新意。鄒韜奮《無政府與民主政治》："如今不過是略換花樣，實際是老調重彈罷了。"◇教育孩子，顛來倒去，老調重彈，就如耳旁風過過而已，毫無作用。同 舊調重彈、陳詞濫調。反 花樣翻新、別出新意。

【老謀深算】lǎo móu shēn suàn 計劃周密，算計深遠，處事老練，有眼光有謀略。清代王韜《淞隱漫錄•任香初》："令尊，天人也。老謀深算，東南群吏中恐無此人。"《孽海花》二九回："沉毅哉！老謀深算，革命軍之革命家。"◇一向老謀深算的他，想不到竟然栽在一個名不見經傳的年青經紀手裏！反 少不更事、黃口小兒。

【老邁龍鍾】lǎo mài lóng zhōng 見"老態龍鍾"。

【老驥伏櫪】lǎo jì fú lì 驥：良馬。櫪：馬槽。說老馬雖然埋頭馬槽就食，但仍想着日行千里。比喻人雖已年老，但雄心壯志不減。三國魏曹操《步出夏門行》："老驥伏櫪，志在千里。烈士暮年，壯心不已。"宋代陸游《與何蜀州啟》："老驥伏櫪，雖未歇於壯心；逆風撐船，終不離於舊處。"明代張岱《公祭張亦寓文》："其胸中真有一段不可磨滅之氣，巨魚失水、老驥伏櫪之悲。"同 老當益壯。

【考績幽明】kǎo jì yōu míng 幽明：指高低善惡。《尚書•舜典》："三載考績，三考黜陟幽明，庶績咸熙。"後用"考績幽明"指考察官吏的政績好壞。唐代柳宗元《送薛存義序》："吾賤且辱，不得與考績幽明之說。"

而部

【而今而後】ér jīn ér hòu 從今以後。《論語•泰伯》："而今而後，吾知免夫！小子！"免：同"勉"。《呂氏春秋•長利》："臣而今而後知吾先君周公之不若太公望封之知也。"唐代高適《陳留郡上源新驛記》："而今而後，吾以無事為事焉。"宋代文天祥《自贊》："讀聖賢書，所學何事，而今而後，庶幾無愧。"

【而立之年】ér lì zhī nián《論語•為政》："吾十有五而志於學，三十而立。"後以"而立之年"代稱三十歲，或指三十歲左右的年齡。◇他已過了而立之年，還沒成熟，像個小孩子似的。反 古稀之年。

【耐人尋味】nài rén xún wèi 禁得起反覆琢磨、推敲、體會。形容意味深長。清代無名氏《杜詩言志》卷三："句句字字追琢入妙，耐人尋味。"葉聖陶《遊了三個湖》："這些姿態所表現的性格，往往很耐人尋味。"◇分別之後，才想起她說的那一番話，很是耐人尋味。同 意味深長、回味無窮。反 索然無味、枯燥無味。

耳部

【耳目一新】ěr mù yī xīn 無論是聽到的還是看到的，都完全變了樣子，感到十分新鮮。《隋唐演義》七三回："立心既異，亦覺耳目一新，在宇宙中雖不能多，亦不可少。"《二十年目睹之怪現狀》一六回："雖不是甚麼心曠神怡的事情，也可以算得耳目一新的了。"梁啟超《論湖南應辦之事》："官課師課全改，耳目一新。"同 一新耳目。反 依然如故。

【耳食之言】ěr shí zhī yán 見"耳食之談"。

【耳食之論】ěr shí zhī lùn 見"耳食之談"。

【耳食之談】ěr shí zhī tán《史記•六國年表序》："學者牽於所聞，見秦在帝位日淺，不察其終始，因舉而笑之，不敢道，此與以耳食無異。"耳食：用耳朵進食，不辨滋味，比喻不明就裏。後用"耳食之談"、"耳食之言"、"耳食之論"指不合真實情況的說法或傳聞。清代阮葵生《茶餘客話》卷四："此耳食之談，引經斷獄，當不如是。"清代趙翼《甌北詩話》卷二："謂李太白全乎天才，杜子美全乎學力，此真耳食之論也。"魯迅《華蓋集續編•不是信》："雖然偶有些'耳食之言'，又大抵是無關大體的事。"同 道聽途說、流言蜚語。

【耳紅面赤】ěr hóng miàn chì 見“面紅耳赤”。

【耳根清淨】ěr gēn qīng jìng 宋代樓鑰《適齋掛冠次韻》：“耳根贏得長清淨，理亂從今不用知。”耳朵邊上清淨無聲。形容沒有雜音、雜事攪擾，安靜自在。元代李行甫《灰闌記》一折：“張海棠也，自從嫁了員外，好耳根清淨也呵。”《水滸全傳》七回：“都到外面看時，果然綠楊樹上一個老鴉巢。眾人道：‘把梯子上去拆了，也得耳根清淨。’”◇自從天天吵鬧的老婆去娘家住了以後，他耳根清淨，這才鬆下了一口氣過日子。

【耳軟心活】ěr ruǎn xīn huó 耳朵不硬，心眼活絡。形容自己沒主見，容易輕信別人的話。《紅樓夢》七七回：“那司棋也曾求了迎春，實指望能死保赦下的，只是迎春語言遲慢，耳軟心活，是不能作主的。”◇他怕她耳軟心活答應下來，便搶先一口回絕。同 心活面軟、心軟意活。反 不為所動、鐵石心腸。

【耳視目聽】ěr shì mù tīng《列子•仲尼》：“老聃之弟子有亢倉子者，得聃之道，能以耳視而目聽。”說亢倉子得到老子的道術能用耳朵看，用眼睛聽。魯國國君知道後，請他說說怎麼回事，亢倉子說：“我心身、心氣、氣神相合，哪怕極細小之物、極微弱之聲，遠在八方之外，或近在眉睫，我必能察覺，但我實不知為七竅四肢所感，或為心腹六臟所感，或為自然而然之感罷了。”魯君聽後十分高興。古時道家之修身境界，認為人之視聽由精神左右，是耳朵眼睛支配不了的。後用“耳視目聽”指超乎尋常。佚名《肚臍生在了腳下》：“說他有耳視目聽的本事不信，但倒立起來，肚臍不就生在腳下了？”

【耳提面命】ěr tí miàn mìng 附在耳旁提醒，面對面地教誨。耳提：附耳。命：教誨、指導。《詩經•抑》：“匪面命之，言提其耳。”匪：不只是。後用“耳提面命”形容諄諄教導。元代劉壎《隱居通議•駢儷二》：“耳提面命，頗有得於父師。”《鏡花緣》八四回：“果蒙不棄，收錄門牆之下，不消耳提面命，不過略為跟着歷練歷練。”◇從小就接受父親的耳提面命，懂得不少做人的道理。同 諄諄告誡、諄諄善誘。反 不聞不問、放任自流。

【耳順之年】ěr shùn zhī nián《論語•為政》：“吾十有五而志於學，三十而立，四十而不惑，五十而知天命，六十而耳順，七十而從心所欲，不逾矩。”說人至六十，可判斷出他人所言的是非真假。後用“耳順之年”代稱六十歲，或指六十左右的歲數。《漢書•蕭望之傳》：“至於耳順之年，履折沖之位，號至將軍。”◇到了耳順之年，應該不會再輕信傳言而盲目去做一些事了。反 而立之年。

【耳聞目見】ěr wén mù jiàn 見“耳聞目睹”。

【耳聞目睹】ěr wén mù dǔ 聞：聽見。睹：看見。親耳聽到，親眼看見。《資治通鑒•唐紀睿宗景雲二年》：“口說不如身逢，耳聞不如目睹。”魯迅《吶喊•一件小事》：“我從鄉下跑到京城裏，一轉眼已經六年了。其間耳聞目睹的所謂國家大事，算起來也很不少。”也作“耳聞目見”。北齊顏之推《顏氏家訓•歸心》：“夫信謗之徵，有如影響；耳聞目見，其事已多，或乃精誠不深，業緣未感，時儻差闌，終當或報耳。”《野叟曝言》一〇一回：“這些事情，俱是小的耳聞目見，確實不過。”同 目睹耳聞、目見耳聞。反 道聽途說、風言風語。

【耳熟能詳】ěr shú néng xiáng 宋代歐陽修《瀧岡阡表》：“其平居教他子弟，常用此語。吾耳熟焉，故能詳也。”聽的次數多了，熟悉得能詳盡地說出來。表示非常熟悉。袁鷹《遠行》：“吳承恩在射陽簃裏創作了不朽的《西遊記》，淮安人婦孺皆知，耳熟能詳。”◇自由、平等、博愛、人權，這八個字已經深入人心，黑白人種，男女老幼，耳熟能詳。同 倒背如流。反 一無所知、茫然不解。

【耳聰目明】ěr cōng mù míng《周易•鼎》：“巽而耳目聰明。”聰：聽力好；明：視力好。聽得清，看得明，感覺靈敏，頭腦清晰。漢代焦贛《易林•臨之需》：“重瞳四乳，耳聰目明。”《太平廣記》卷七十引《墉城集仙錄》："廣陵茶姥者，不知姓氏鄉里，常如七十歲人，而輕健有力，耳聰目明，髮鬢滋黑。"《鏡花緣》九回："此時服了朱草，只覺耳聰目明。"

【耳濡目染】ěr rú mù rǎn 形容接觸多了，不知不覺就受到了影響。濡：潤濕。染：感染。唐代韓愈《清河郡公房公墓碣銘》："生長食息，不離典訓之內，目濡耳染，不學以能。"後世多作"耳濡目染"。宋代呂祖謙《東萊博議》卷一："魯自周公伯禽以來，風化浹洽，其民耳濡目染，身安體習。"明代宋濂《題湯處士墓銘後》："此固天佑善人，理當報施者如是，抑亦家庭之間耳濡目染之所致也。"茅盾《子夜》十："現在風氣太壞，年青人耳濡目染——況且都那麼大的兒子，也管不住他的腳。"同 日漸月染、日濡月染。

【耳聽八方】ěr tīng bā fāng 八方：東、南、西、北四方和東南、東北、西南、西北四隅。說耳朵能同時聽到各方的聲音。形容機警靈敏。《說岳全傳》一六回："為將之道，須要眼觀四處，耳聽八方。"常與"眼觀六路"連用。老舍《趙子曰》四："生在這個新社會裏，要是沒有一種眼觀六路，耳聽八方，到處顯出精明強幹的能力，任憑你有天好的本事，滿肚子的學問，至好落個'老好'。"同 耳聰目明。反 糊裏糊塗。

【耳鬢廝磨】ěr bìn sī mó 鬢：鬢角。耳朵與鬢髮相互磨擦。形容相處親密。《紅樓夢》七二回："咱們從小耳鬢廝磨，你不曾拿我當外人待，我也不敢怠慢了你。"清代沈復《浮生六記·閨房記樂》："自此耳鬢廝磨，親同形影。"◇他挪近椅子，不斷與她耳鬢廝磨般低語，看來兩人關係並不一般。同 卿卿我我。

【耿耿在心】gěng gěng zài xīn 見"耿耿於心"。

【耿耿此心】gěng gěng cǐ xīn 耿耿：忠誠專一。說我這顆心是赤膽忠心，絕無二心。清代黃宗羲《感舊》詩："寒江才把一書開，耿耿此心不易灰。"◇請不要輕信謠傳，耿耿此心，天日可表，千萬不要誤會。同 忠心耿耿。

【耿耿於心】gěng gěng yú xīn《詩經·柏舟》："耿耿不寐，如有隱憂。"耿耿：心事重重的樣子。後用"耿耿於懷"形容事情留在心裏頭，一直不能忘懷。也作"耿耿在心"。《三國演義》五六回："孤常念孔子稱文王之德，此言耿耿在心。"《野叟曝言》三七回："世妹乃守理淑媛，其病非別有邪思，不過因感恩積慕，終身大事，耿耿於心。"《官場現形記》三七回："因此二事，常覺耿耿於心。"《三俠五義》四十回："當初我在苗家寨曾遇夜行之人，至今耿耿在心。"同 耿耿於懷。

【耿耿於懷】gěng gěng yú huái《詩經·柏舟》："耿耿不寐，如有隱憂。"耿耿：心事重重的樣子。後用"耿耿於懷"形容事情留在心裏頭，一直不能忘懷。元代謝應芳《思齋記》："念欲灑飯松丘，使吾親不為若敖之鬼，棲息桑梓，以終餘年。此朝夕耿耿於懷也。"蘇曼殊《碎簪記》："獨此一事，難免有逆情意之一日，故吾無日不耿耿於懷。"同 耿耿於心。

【耽驚受怕】dān jīng shòu pà 見"擔驚受怕"。

【聊以自娛】liáo yǐ zì yú 姑且用來讓自己快樂或藉以寬慰自己。《史記·南越列傳》："老臣妄竊帝號，聊以自娛，豈敢以聞天王哉！"《宋書·樂志四》："彈琴鼓瑟，聊以自娛。"唐代白居易《松齋自題》詩："況此松齋下，一琴數帙書。書不求甚解，琴聊以自娛。"魯迅《書信集·致江紹原》："所以我以為先生所研究的宗教學，恐怕暫時要變成聊以自娛的東西。"同 聊以自慰。

【聊以自慰】liáo yǐ zì wèi 姑且用來安慰自己。《隋書·盧思道傳》："余五十之年，忽焉已至，永言身事，慨然其多緒，乃為之賦，聊以自慰云。"宋代歐陽修《奉答原甫見過寵示之作》詩："援琴寫得入此曲，聊以自慰窮山間。"孫中山《倫敦被難記》："惟有一意祈禱，聊以自慰。"魯迅《華蓋集·通訊》："遇見強者，不敢反抗，便以'中庸'這些話來粉飾，聊以自慰。”同聊以解嘲、聊以自娛。反憂心忡忡、心煩意亂。

【聊以卒歲】liáo yǐ zú suì《左傳·襄公二十一年》：“《詩》曰：‘優哉遊哉，聊以卒歲。’”聊：賴、借。卒：盡。歲：年。後用以表示：❶悠閒自在地過日子。晉代潘岳《秋興賦》：“逍遙乎山川之阿，放曠乎人間之世。優哉遊哉，聊以卒歲。”唐代楊炯《飛鳥縣主簿蕭文裕贊》：“文裕就列，明經擢第。優哉遊哉，聊以卒歲。”❷生活艱難，勉強度日。◇一家六口人，住在貧民窟裏，依靠政府的救濟金聊以卒歲。

【聊以解嘲】liáo yǐ jiě cháo 姑且用來消解所受到的嘲弄，藉以自慰。宋代胡仔《苕溪漁隱叢話前集·五柳先生上》：“子美困頓於山川，蓋為不知者詬病，以為拙於生事，又往往譏議宗文、宗武失學，故聊解嘲耳。”《二十年目睹之怪現狀》六一回：“述農笑道：‘他的那篷廠是搭在空場上面，縱使燒了，也是四面干連不着的。’我道：‘這只可算是聊以解嘲的舉動！’”《北洋軍閥統治時期史話》：“如果做獨裁者的工具能夠保全自己的地位，那還可以恬不知恥地用‘好官自為’的一句話來聊以解嘲。”同自我解嘲。反心煩意亂。

【聊以塞責】liáo yǐ sè zé 塞：敷衍搪塞。姑且用來應付搪塞自己應負的責任。宋代袁樞《通鑒紀事本末》：“韓侂胄當國，言官不敢言事，但泛論君德時事，或問之，則愧謝曰：‘聊以塞責。’”《紅樓夢》七九回：“寶玉卻從未會過這孫紹祖一面的，次日只得過去聊以塞責。”茅盾《子夜》四：“那位寶貝外甥吳蓀甫也不把老舅父放在眼裏了，只來了這麼一通聊以塞責的電報，卻並沒專派一條小火輪來請他去。”同敷衍了事。反恪盡職守。

【聊備一格】liáo bèi yī gé 姑且算是具有一種樣式或風格。表示還算有一定的價值，暫且保留在此。清代陳廷焯《白雨齋詞話》卷五：“余於別調集中，求其措語無害大雅者擇錄一二，非賞其工也，聊備一格而已。”秦牧《〈藝海拾貝〉跋》：“但是以為談論文藝，思想、生活問題應該大談特談，談技巧則只宜‘聊備一格’，否則就有些不妙，持有這樣觀點的也許還是頗有人在吧！”◇這幅字畫有一點特色，可聊備一格，我們同意參展。

【聊復爾耳(爾)】liáo fù ěr ěr 爾：如此。耳：罷了。只能姑且如此了。《世說新語·任誕》：“七月七日，北阮盛曬衣，皆紗羅錦綺，仲容以竿掛大布犢鼻褌於中庭。人或怪之。答曰：‘未能免俗，聊復爾耳！’”宋代辛棄疾《永遇樂·檢校停雲新種杉松戲作》詞：“停雲高處，誰知老子，萬事不關心眼。夢覺東窗，聊復爾耳，起欲題書簡。”《兒女英雄傳》三九回：“老爺覺得只要有了他那壽酒壽文二色，其餘也不過未能免俗，聊復爾爾而已。”俞平伯《雜拌兒·〈吳歌甲集〉序》：“做序終於恭維，這是師師相傳的程式，未能免俗，聊復爾耳！”

【聊勝一籌】liáo shèng yī chóu 略微高出一着。洪深《〈戲劇導演的初步知識〉引言》：“不曾理解觀眾，因而不能將舞台工具的技巧，完全服務於劇本的社會目的，較之第四節所言‘誣衊原作的演出’，自覺聊勝一籌。”◇在美聲唱法上我不及他，但在音色方面我聊勝一籌。同略勝一籌、略高一籌。反略遜一籌、相形見絀。

【聊勝於無】liáo shèng yú wú 聊：略。晉代陶潛《和劉柴桑》詩：“弱女雖非男，慰情聊勝無。”後用“聊勝於無”說比沒有稍微好一點。《官場現形記》四五回：“王二瞎子一聽仍是衙門裏的人，就是聲光比賬房差些，尚屬慰情聊勝於無。”魯迅《書信集·致曹靖華》：“但這一部書我總要譯成它，算是聊勝於無之作。”《傅雷家書》：“茲挑出拓印較好之四紙寄你，但線條仍不夠分明，遒勁生動飄逸之美幾無從體會，只能說聊勝於無而已。”同差強人意。

【聚米為山】jù mǐ wéi shān《後漢書·馬援傳》載：光武帝率軍攻隗囂，馬援“於帝前聚米為山谷，指畫形勢，開示眾軍所從道徑往來，分析曲折，昭然可曉。

帝曰：‘虜在吾目中矣。’”後用“聚米為山”表示分析軍事形勢，運籌帷幄。也作“聚米為谷”。唐代劉知幾《史通•點煩》：“是以聚米為谷，賊虜之虛實可知；畫地成圖，山川之形勢易悉。”《女仙外史》七七回：“軍師遂問山之形勢，與賊之埋伏情形。對曰：‘馬援聚米為山，莫若筆寫。’”

【聚米為谷】jù mǐ wéi gǔ 見“聚米為山”。

【聚沙成塔】jù shā chéng tǎ 聚集細沙，堆成佛塔。《妙法蓮花經•方便品》：“乃至童子戲，聚沙為佛塔，如是諸人等，皆已成佛道。”原指兒童在玩耍時無意中做了佛事。後比喻積少成多。◇聚沙成塔，集腋成裘，只要持之以恆，一點一滴做起來，總有成功的一天。同 積少成多、集腋成裘。

【聚蚊成雷】jù wén chéng léi 很多蚊子聚在一起飛，聲音就像雷鳴一樣。比喻眾多的謬論或流言，足以淆亂視聽，造成嚴重後果。《漢書•中山靖王勝傳》：“夫眾煦漂山，聚蚊成雷，朋黨執虎，十夫橈椎。”宋代蘇軾《杭州召還乞郡狀》：“古人有言，聚蚊成雷，積羽沉舟，言寡不勝眾也。”梁啟超《論變法後安置守舊大臣之法》：“眾口鑠金，聚蚊成雷。不有以安頓之，則其為變法之阻力，未有艾也。”同 三人成虎、積羽沉舟。

【聚眾滋事】jù zhòng zī shì 聚集眾人，惹是生非，製造事端。清代《石峰堡紀略》卷一：“臣查鹽茶廳逆回敢於光天化日之下聚眾滋事，攻奪營訊，不法已極！”◇村民態度刁蠻，達不到索賠目的就聚眾滋事。同 聚眾鬧事。反 息事寧人。

【聚訟紛紜】jù sòng fēn yún 見“聚訟紛紛”。

【聚訟紛紛】jù sòng fēn fēn 聚訟：很多人針對同一問題爭辯。形容看法不一，爭論激烈，眾説紛紜。也作“聚訟紛紜”。元代黃溍《送祝蕃遠北上》詩：“奈何誇毗子，聚訟生紛紜。”明代馮從吾《太華書院會語》：“吾儒不察，而以彼之説解我之旨，此所以聚訟紛紛而不可窮詰也。”清代毛奇齡《上宋大司馬論婚姻書》：“聚訟紛紛，盡成築室：徘徊兩端，無一而可。”茅盾《夜讀偶記》四：“有一位大名鼎鼎的詩人兼批評家蒲伯，算不算古典主義這一派，到現在也還聚訟紛紜，沒有定論。”同 眾口不一、眾説紛紜。

【聚精會神】jù jīng huì shén 會：集中。❶ 把大家的心神凝聚起來、智慧集中起來。漢代王褒《聖主得賢臣頌》：“故世平主聖，俊乂將自至，若堯、舜、禹、湯、文、武之君，獲稷、契、皋陶、伊尹、呂望之臣，明明在朝，穆穆列布，聚精會神，相得益章。”章：同“彰”，顯著。明代宋濂《題朱文公手帖》：“師友相從之盛，聚精會神，德義充洽，如在泗沂之上。”❷ 形容精神集中，專心致志。唐代孤獨及《洪州大雲寺銅鐘銘》：“聚精會神，鳩工於其間；弘誓既達，昏疑皆破。”明代唐順之《答俞教諭書》：“古人求藝，以為聚精會神、極深研幾之實；而今人於藝，則以為溺心玩物、爭能好勝之具。”鄒韜奮《經歷•前途》：“但是平日的修養訓練，以及十幾年來所聚精會神的工作，都和新聞事業脱離不了關係。”同 一心一意、專心致志。反 神不守舍、精神恍惚。

【聞所未聞】wén suǒ wèi wén 聽到了從未聽到過的事。形容罕見，少有。南朝梁蕭綱《大法頌•序》：“如金復冶，似玉更雕，聞所未聞，得未曾得。”唐代元稹《授王播中書侍郎平章事兼鹽鐵使制》：“得所未得，聞所未聞，昭然發矇，幾至前席。”清代梁章鉅《歸田瑣記•兜兜巷》：“我數十年老揚州，今日始聞所未聞也。”同 聞所不聞、見所未見。

【聞風而動】wén fēng ér dòng 風：風聲、消息。一聽到消息馬上就行動起來。◇賺錢心切，有些風吹草動，就聞風而動，急急入市，幾回下來，把老本折騰光了。同 雷厲風行。

【聞風喪膽】wén fēng sàng dǎn 聽到一點風聲，就嚇破了膽。形容對某人物、某種勢力或某種力量所造成的威壓的恐懼。◇“飛虎”是令敵人聞風喪膽的特種部隊。同 草木皆兵。反 無所畏懼。

【聞過則喜】wén guò zé xǐ《孟子•公孫丑上》："子路，人告知以有過則喜。"後以"聞過則喜"説聽到別人指出自己的缺點錯誤就高興，認為幫助自己找出了問題。宋代司馬光《奏彈王安石表》："伏遇陛下即位以來，日慎一日，聞過則喜，從諫如流。"宋代陸九淵《與傅全美書》："過在所當改，吾自改之，非為人而改也。故其聞過則喜，知過不諱，改過不憚。"◇聞過則喜，必定日日上進，諱疾忌醫，必定江河日下，這就是不變的哲理。反 諱疾忌醫、怙惡不悛。

【聞雞起舞】wén jī qǐ wǔ 聽到雞叫就起牀。《晉書•祖逖傳》："與司空劉琨俱為司州主簿，情好綢繆，共被同寢。中夜聞荒雞鳴，蹴琨覺曰：'此非惡聲也。'因起舞。"後指有志者適時崛起，奮發有所作為。《舊唐書•韓滉傳》："今見播逐，恐失人心，人心一搖，則有聞雞起舞者矣。"明代唐桂芳《東白軒記》："所謂聞雞起舞，有志功名者也。"

【聱牙詰曲】áo yá jié qū 形容文章晦澀拗口，不是文通字順。元代吳師道《送王致道僉事之河東》詩："韓門巍巍誰得闖，兩馬駒出盧與樊。聱牙詰曲漫自喜，豈比盤結妙理源。"清代陳敬亭《四書字畫約序》："顧其立言，文從字順，非有聱牙詰曲、棘喉薄吻之音。"◇聱牙詰曲，誰也弄不懂的文章，不論是誰寫的，我都不敢恭維。同 佶屈聱牙、詰屈聱牙。反 文通字順。

【聲名狼藉】shēng míng láng jí《史記•蒙恬列傳》唐代司馬貞索隱："言其惡聲狼藉，佈於諸國。"狼藉：零亂不堪的樣子。後用以形容人臭名昭着，聲譽極壞。《廿載繁華夢》三三回："因汪太史平日聲名狼藉，最不見重於官場。"《清史稿•尹壯圖傳》："各督撫聲名狼藉，吏治廢弛。臣經過地方，體察官吏賢否，商民半皆蹙額興嘆。"吳玉章《從甲午戰爭前後到辛亥革命前後的回憶》五："康有為由於私吞起義軍費，受到革命派的指責，弄得聲名狼藉。"同 名譽掃地、臭名昭著。反 名垂青史、譽滿天下。

【聲名鵲起】shēng míng què qǐ 鵲起：如喜鵲驚起，比喻崛起、興起。形容好名聲很快傳揚開來。清代李斗《揚州畫舫錄•新城北錄下》："(朱文元) 先在徐班，以年未五十，故無所表見，至洪班則聲名鵲起，班中人稱為戲忠臣。"陳少白《興中會革命史要》："(孫中山) 後來就先後在澳門和廣州行醫了。很奇怪，不滿兩三月，聲名鵲起，幾乎沒有一個人不耳聞其名，極端欽佩的。"同 聲譽鵲起、聲名大振。反 聲敗名裂、身敗名裂。

【聲色犬馬】shēng sè quǎn mǎ 見"聲色狗馬"。

【聲色狗馬】shēng sè gǒu mǎ 聲色：音樂歌舞和女色。狗馬：養狗跑馬。形容縱情享樂，荒淫奢侈。也作"聲色犬馬"。《東觀漢記•北海敬王睦》："聲色是娛，犬馬是好。"唐代馮翊子《桂苑叢談•張綽有道術》："張以明府勳貴家流，年少而宰劇邑，多聲色狗馬之求，未暇志味玄奥，因贈詩以開其意。"宋代蘇轍《龍川別志》卷上："人主少年，當使知四方艱難，不然血氣方剛，若不留意聲色犬馬，則土木甲兵禱祠之事作矣。"明代章世純《半舫齋稿序》："劉士雲本世家子，生綺襦紈袴之間，能畫屏聲色狗馬之好而從事聖人之道。"《隋唐演義》九三回："可知那聲色犬馬，奇技淫物，適足以起大盜覬覦之心。"同 狗馬聲色、沉湎酒色。

【聲色俱厲】shēng sè jù lì 説話的聲音嚴厲，面色嚴肅。《晉書•明帝紀》："(王敦) 大會百官而問溫嶠曰：'皇太子以何德稱？'聲色俱厲，必欲使有言。"《古今小説•沈小霞相會出師表》："世蕃愕然，方欲舉手推辭，只見沈鏈聲色俱厲道：'此杯別人吃得，你也吃得！'"冰心《斯人獨憔悴》："廂房裏的姨娘們，聽見化卿聲色俱厲，都擱下牌，站在廊外，悄悄的聽着。"同 疾言厲色。反 和顏悦色。

【聲如洪鐘(鍾)】shēng rú hóng zhōng 形容聲音洪亮或聲響很大，如撞大鐘。唐代顏真卿《郭公廟碑銘》："府君幼而好仁，長有全德，身長八尺二寸，行中絜矩，聲如洪鍾。”宋代蘇軾《石鐘山記》：“《水經》云，彭蠡之口有石鐘山焉。酈元以為下臨深潭，微風鼓浪，水石相搏，聲如洪鐘。”◇老人在集會上，慷慨陳詞，聲如洪鐘。同 聲若洪鐘。

【聲東擊西】shēng dōng jī xī 聲稱要打東邊，實際上卻打西邊。❶ 一種迷惑對方，使其作出錯誤判斷的戰術。《淮南子•兵略訓》：“故用兵之道，示之以柔而迎之以剛，示之以弱而乘之以強……將欲西而示之以東。”唐代杜佑《通典•兵典六》：“聲言擊東，其實擊西。”宋代張綱《乞修戰船劄子》：“況虜情難測，左實右偽，聲東擊西。”《蕩寇志》九一回：“我久已想要用聲東擊西之計。到彼縱火，誘那廝去救，此關可破。”❷ 形容人的言論、行動或筆下文字等變化不定，難以捉摸。孫犁《澹定集•讀作品記》：“他的語言，採取了長段排比……聲東擊西，真假相伴，抑揚頓挫，變化無窮的手法。”◇他可是談判老手，虛虛實實，聲東擊西，你很難弄清楚他的真實意圖。同 虛張聲勢。

【聲威大震】shēng wēi dà zhèn 聲威：名聲和威望。震：驚懼。形容聲威很大，使敵方或對手震驚懼怕。《明史•何騰蛟傳》：“搖旗等大悅，招其黨袁宗第、藺養成、王進才、牛有勇皆來歸，驟增兵十餘萬，聲威大震。”《三國演義》一一〇回：“將軍功績已成，聲威大震。”◇賽季一開始，就連贏三場，在東部賽區聲威大震。同 聲震寰宇。

【聲音笑貌】shēng yīn xiào mào 本指與內心相對的外飾的言談、神情。《孟子•離婁上》：“恭者不侮人，儉者不奪人。侮奪人之君，惟恐不順焉，惡得為恭儉？恭儉豈可以聲音笑貌為哉？”說“恭儉”重在對待人的實際行動上，不在於和藹的聲音笑容上。後用“聲音笑貌”指人的談吐、神態。宋代司馬光《敍清河郡君》：“內外無一人私議其短者，茲豈聲音笑貌之所能致邪？”葉聖陶《夜》：“女兒女婿的聲音笑貌，雖只十天還不到，似已隔絕了不知幾多年。”同 音容笑貌。

【聲振林木】shēng zhèn lín mù 形容聲音高吭激越，林間的樹木都被震得搖動起來。《列子•湯問》：“薛譚學謳於秦青，未窮青之技，自謂盡之，遂辭歸。秦青弗止，餞於郊衢，撫節悲歌，聲振林木，響遏行雲。”宋代文天祥《劉定伯墓誌銘》：“飲酒可一二斗，酒後浩歌，聲振林木。”明代倪謙《題松鶴圖》：“蒼苔緩步雙足高，楚楚臨風梳羽毛。引吭清唳向寥廓，聲振林木驚寒皐。”《儒林外史》五五回：“荊元慢慢的和了弦，彈起來，鏗鏗鏘鏘，聲振林木。”同 聲震屋瓦。

【聲振(震)寰宇】shēng zhèn huán yǔ 寰宇：天下，世界。形容聲名很大威望極高，震動天下。《梁書•敬帝紀》：“介冑仁義，折衝罇俎，聲振寰宇，澤流遐裔。”◇項羽一舉殲滅章邯統帥的數十萬秦軍，聲震寰宇，奠定了各路義軍共主的身份。

【聲氣相求】shēng qì xiāng qiú《易經•乾》：“同聲相應，同氣相求。”後用“聲氣相求”：❶ 比喻人與人之間志同道合，意氣相投。宋代楊時《跋了翁與韋深道書》：“三山在弱水之外，舟輿不通，居之者形影自相弔耳，深道乃眷念之，非聲氣相求，神交於萬里之外，寧有是乎？”《警世通言》卷一：“這相知有幾樣名色：恩德相結者謂之知己，腹心相照者謂之知心，聲氣相求者謂之知音，總來叫做相知。”❷ 比喻同類事物之間互相感應、呼應，互相滲透與融合。◇書院文化聲氣相求，寄託了中國士人追求獨立思考與人格理想的精神。同 聲應氣求、聲求氣應。

【聲淚俱下】shēng lèi jù xià 一邊說，一邊流淚。形容極其悲慟或憤激。《晉書•王廙傳》：“(王彬) 因勃然數敦曰：‘兄抗旌犯順，殺戮忠良，謀圖不軌，禍及門戶！’音辭慷慨，聲泪俱下。”明代王鏊《愧齋先生傳》：“先生忽奮然大怒，作而言曰：‘堂堂翰林，相率而拜內臣之門，天下其謂何？斯文其謂何？’詞氣憤激，聲淚俱下。”◇那些聲淚俱下的祭親之文，全是從胸臆間流出，去除陳言，絕無雕飾。

【聲情並茂】shēng qíng bìng mào 形容講演、朗誦、歌唱、戲劇表演等，聲音優美動聽，感情真摯充沛。清代珠泉居士《續板橋雜記·張玉秀》：“姬有義女名雙福，年纔十一，白皙聰俊，與姊鳳兒並工戲劇。余於王氏水閣觀演《尋親記·跌包》一齣，聲情並茂，不亞梨園能手。”◇聲情並茂是對歌唱者的要求，也是歌唱者孜孜以求的目標。

【聲勢浩大】shēng shì hào dà 形容聲威和氣勢巨大。《水滸傳》六三回：“如今宋江領兵圍城，聲勢浩大，不可抵敵。”《隋唐演義》八八回；“祿山即刻遂發所部十五萬眾兵卒，反自范陽，號稱二十萬……聲勢浩大。”《二十年目睹之怪現狀》六十回：“其實他們空着沒有一點事，也不見得怎麼為患地方，不過聲勢浩大罷了。”馮苓植《虬龍爪——焉如其人》五：“聽這一片鳥兒叫吧！聲勢浩大，此起彼伏，嘰嘰喳喳，前所未有，幾乎把老城根兒小公園給炸了。”

【聲罪致討】shēng zuì zhì tǎo 公開宣佈對方的罪行，口誅筆伐，或興兵討伐。宋代胡寅《無逸傳》：“上賴陛下肅將天威，聲罪致討，明君臣之義，以扶三綱。”明代馮從吾《董揚王韓優劣》：“後世耳食之夫猥以吳楚獄通，不知於老莊輩又執何辭以聲罪致討乎？”魯迅《搗鬼心傳》：“聲罪致討的明文，那力量遠遠不如交頭接耳的密語，因為一是分明，一是莫測的。”同 口誅筆伐。

【聲嘶力竭】shēng sī lì jié 嗓子叫喊啞了，力氣也用盡了。形容拼命地叫喊。老舍《四世同堂》三：“瑞金因為氣憤，話雖然說的不多，可是有點聲嘶力竭的樣子，心中也彷彿很亂，沒法再說下去。”同 力竭聲嘶。

【聲價十倍】shēng jià shí bèi ❶ 形容聲望和社會地位提高很多。唐代李白《與韓荊州書》：“一登龍門，則聲價十倍。”清代魏裔介《祭方伯楊猶龍年兄文》：“海內文人墨士至都者風走響應，一登龍門，聲價十倍，豈虛語哉。”梁啟超《新中國未來記》三回：“現在不單不以做外人奴隸為恥辱，又以為分所當然了；不但以為分所當然，兼且以為榮，以為闊了，但得外國人一顧一盼，便好像登了龍門，聲價十倍。”❷ 形容事物的名氣和價值、價格提高很多。清代藍鼎元《重建茗南書院醵金小序》：“敢請同志共襄盛舉，勿以貧富較量，各盡心力拮据，使茗南勝蹟與紫陽、鹿洞並垂不朽，龍門之山聲價十倍矣。”◇法國作家大仲馬曾經讚譽過一種稱為“黑寡婦”的黑鬱金香，黑鬱金香從此聲價十倍，成為花迷追逐的稀世珍品。同 身價百倍、聲價百倍。

【聰明一世】cōng míng yī shì 做人一輩子都很聰明。常與“糊塗一時”連用，則表示一向聰明的人，偶而也會做糊塗事。《今古奇觀》卷三：“他說軸中含藏啞謎，必然還有個道理。若我斷不出此事，枉自聰明一世。每日退堂，便將畫圖展玩，千思萬想。”《警世通言》卷三四：“好個俊俏郎君！若嫁得此人，也不枉聰明一世。”◇劉大夫聰明一世，淡泊名利，竟落得慘淡收場，知情者無不唏噓。反 糊塗一時、懵懂一時。

【聰明才智】cōng míng cái zhì 耳聰、目明、才能、智慧。後多指才幹與智慧。北齊顏之推《顏氏家訓·治家》：“如有聰明才智，識達古今，正當輔佐君子，助其不足。”清代孫承澤《春明夢餘錄》卷三四：“聰明才智，天之所不輕畀，百人中而得一焉。”◇管理工作的核心就是激發員工的積極性、主動性和創造性，充分發揮員工的聰明才智。

【聰明伶俐】cōng míng líng lì 形容人很有智慧，說話做事機靈乖巧。《金瓶梅詞話》二回：“既是你聰明伶俐，卻不道長嫂如母？”《醒世恆言·賣油郎獨佔花魁》：“你是聰明伶俐的人，也須識些輕重。”◇生了一男兩女，兒子先天弱智，兩個女兒卻聰明伶俐，出落得花朵兒似的。反 笨頭笨腦、蠢若木雞。

【聯翩而至】lián piān ér zhì 形容連續不斷

地到來。聯翩：鳥搧翅飛翔的樣子。清代潘天成《任還生先生傳》："夜又夢望江紳士如禹九、元士諸公聯翩而至。"魯迅《華蓋集·忽然想到六》："但是不能革新的人種，也不能保古的。所以，外國的考古學者們便聯翩而至了。" 同 接踵而至。

【聳人聽聞】 sǒng rén tīng wén 聽了那些話語或事情之後，讓人感到震驚。清代惲敬《雜記》："豫章大鎮，或書有不可達者，故托辭為此；抑為州將者，以此聳人聽聞，豫絕繫援，皆未可知。"《野叟曝言》三五回："文白以區區一衿，敢於指斥其短，欲誅戮其身，真可謂不畏強御者矣。比着那史冊上的朱雲請劍，李膺破柱，更足聳人聽聞。" ◇不揭不知道，現在才清楚這個案件的醜惡內幕，真是聳人聽聞。反 平淡無奇、無足輕重。

【聳肩曲背】 sǒng jiān qū bèi 見"聳肩縮背"。

【聳肩縮背】 sǒng jiān suō bèi 兩肩聳起，脊背蜷縮。形容人衰老、猥瑣或恐懼、畏寒的樣子。也作"聳肩曲背"。《金瓶梅詞話》九三回："這陳經濟打了回梆子……不免手提鈴串了幾條街巷，又是風雪，地下又踏着那寒冰，凍得聳肩縮背，戰戰兢兢。"《二十年目睹之怪現狀》四三回："那些請來幫閱卷的，又都是些聳肩曲背的，酸的怕人。"魯迅《彷徨·肥皂》："只見四銘就在她面前聳肩縮背的狠命掏着布褂底下的袍子的大襟後面的口袋。" ◇我可憐巴巴地看着那些與我一樣，或者比我還不如的聳肩縮背、蓬頭垢面的山裏人。同 縮背聳肩。反 昂首挺胸。

【聽天由命】 tīng tiān yóu mìng 聽：任憑。由：順從。聽憑天意安排，順從命運擺佈。多指任由事情自然發展，不作任何努力去改變。明代沈自晉《望湖亭·暗祐》："這個也只要盡其在人，說不得聽天由命。"《說唐》四三回："公主尊兄之命，在彩樓上拋球擇婿，對天祝道：'姻緣聽天由命。'"老舍《駱駝祥子》一四："從他一進人和廠，他就決定不再充什麼英雄好漢，一切都聽天由命。" 同 聽天任命、任其自然。反 事在人為、有志者事竟成。

【聽之任之】 tīng zhī rèn zhī 聽：聽任。之：代人或事物。任憑其自行發展而不加過問。李六如《六十年的變遷》第九章："可是那些當校長的人們，卻聽之任之，並不見得這樣恐慌。"沙汀《青棡坡》五："因為看慣了，聽慣了，除了兒子有時乘機勸說幾句，一般聽之任之。" 同 放任自流。反 規行矩止、清規戒律。

【聽而不聞】 tīng ér bù wén 《禮記·大學》："心不在焉，視而不見，聽而不聞，食而不知其味。"聽了像沒聽見一樣，形容漫不經意或漠不關心。《鏡花緣》九十回："這個大家都知，就只再芳姐姐一心只想學課，只怕是聽而不聞。" ◇他剛說了個頭兒，她已經嚇得心裏發木，下面說了些甚麼，她簡直是聽而不聞。同 充耳不聞。

【聽其自然】 tīng qí zì rán 任憑其自然發展，不約束，不干涉，不規管，不加以改變。宋代朱熹《四書或問》卷二十："然但曰死生無擇，則似以仁人之於死生都無擇而聽其自然耳。"《官場現形記》五十回："止有三個安心不願出去，情願跟着太太過活，也只好聽其自然。"沙汀《春朝》："這是荒僻的鄉間，找不出一個具有近代醫學知識的產婆，或者醫生，一切只能聽其自然！" ◇局勢如何，我們無法控制，聽其自然吧！同 聽其自便、任其自然。反 事在人為。

聿部

【畫地為牢】 huà dì wéi láo 漢代司馬遷《報任少卿書》："故有畫地為牢，勢不可入，削木為吏，議不可對。"原說上古時代在地上畫個圈，令犯罪者立於圈內作為懲戒。《封神演義》二三回："文王曰：'武吉既打死王相，理當抵命。'隨即就在南門畫地為牢，豎木為吏，將武吉禁於此間。"後比喻嚴格限定活動範圍，不得出軌。元代岳伯川《鐵拐李》一折："他每都指山賣磨，將百姓畫地為牢。"◇她有甚麼權利頤指氣使，畫地為牢，只准這樣，不准那樣！

【畫虎不成】 huà hǔ bù chéng 畫虎不成反類狗的縮略語。比喻好高騖遠，一事無成，反落下笑柄，或比喻仿效失真，反而弄得不倫不類。北齊顏之推《顏氏家訓·雜藝》："蕭子雲改易字體，邵陵王頗行偽字，朝野翕然，以為楷式，畫虎不成，多所傷敗。"清代金安清《水窗春囈·洋務宜遵祖訓安內攘外自有成效説》："製器則畫虎不成，臨陣則羊鶴不舞，以舉棋不定累廟算，以狼狽相倚啟外疑。"郁達夫《海上通信》："書中描寫主人公失戀的地方，真是無微不至，我每想學到他的地步，但是終於畫虎不成。"同 畫虎類犬、畫虎類狗。

【畫虎類犬】 huà hǔ lèi quǎn《後漢書·馬援傳》："效季良不得，陷為天下輕薄子，所謂畫虎不成反類狗也。"説畫虎不像虎，反倒像條狗。❶ 比喻模仿不到家，弄得不倫不類。《歧路燈》一一回："'這大相公聰明的很，他是看貓畫虎，一見即會套的人。'孝移微笑道：'端福不甚聰明，恐畫虎類犬。'"❷ 比喻好高騖遠而又眼高手低，徒然留下笑柄。◇硬逼着沒有語言天分的兒子去學法語，畫虎類犬，反倒誤了他的前程。同 畫虎不成、畫虎類狗。

【畫虎類狗】 huà hǔ lèi gǒu 畫老虎沒畫成，反倒像條狗。《後漢書·馬援傳》："杜季良豪俠好義，憂人之憂，樂人之樂，清濁無所失，父喪致客，數郡畢至，吾愛之重之，不願汝曹効也……効季良不得，陷為天下輕薄子，所謂畫虎不成反類狗者也。"後用"畫虎類狗"比喻好高騖遠，做不成事，反留笑柄，或比喻模仿失真，弄得不倫不類。宋代陳騤《文則》戊："彼揚雄《法言》、王通《中説》，模擬此書，未免畫虎類狗之譏。"清代李漁《閒情偶寄·變調》："但須點鐵成金，勿令畫虎類狗。"劉半農《讀〈海上花列傳〉》："你若沒有相當的聰明去調遣它，沒有相當的氣力去搬運它，結果只是畫虎類狗而已。"同 畫虎類犬、畫虎成狗。

【畫眉張敞】 huà méi zhāng chǎng 張敞：漢代人，任京兆尹，因替妻子描眉而聞名。《漢書·張敞傳》："為婦畫眉，長安中傳張京兆眉憮。有司以奏敞。上問之，對曰：'臣聞閨房之內，夫婦之私，有過於畫眉者。'"後用"畫眉張敞"表示夫妻恩愛，或借指風流多情的夫婿、情郎。元代陳克明《粉蝶兒·怨別》套曲："也是我今生分福，多管是前生合注。那裏也畫眉張敞，擲果潘安，傅粉平叔。"明代張鳳翼《紅拂記·楊公完偶》："分明我拆散鸞凰，把他青春虛曠，埋沒了畫眉張敞。"同 張敞畫眉。

【畫蛇添足】 huà shé tiān zú《戰國策·齊策二》：戰國時期楚國有個貴族，把一壺酒賞給手下人喝。大家商定：各人都在地上畫一條蛇，誰先畫好誰喝酒。有一個人先畫好了，又給蛇畫腳。這時另一個人也把蛇畫好，奪過酒説："蛇固無足，子安能為之足？"説完就把酒喝了。後用"畫蛇添足"比喻做多餘的事，反而弄巧成拙。《三國演義》一一〇回："將軍功績已成，威聲大震，可以止矣。今若前進，倘不如意，正如畫蛇添足也。"《兒女英雄傳》三十回："這日安太太吩咐他給岳父母順齋，原不過説了句'好好兒的弄點兒吃的'，他就這等山珍海味的小題大作起來，還可以説'畫龍點睛'；至於又無端的弄桌果酒，便覺'畫蛇添足'，可以不必了。"同 多此一舉、弄巧成拙。反 恰到好處、恰如其分。

【畫棟雕樑(梁)】 huà dòng diāo liáng 彩繪的屋棟，雕飾的房樑。形容建築物富麗堂皇。《宣和遺事》前集："畫棟雕樑，高樓邃閣，不可勝計。"《西遊記》一七回："往前又進，到於三層門裏，都是些畫棟雕樑，明窗彩戶。"《鏡花緣》九八回："各處盡是畫棟雕樑，珠簾綺戶，那派豔麗光景，竟是別有洞天。"◇長而曲折的房廊，蜿蜒在園林之中，飛簷翹角，畫棟雕樑，很有中國情調。同 畫樑雕棟、雕樑畫棟。反 蓬門蓽户、甕牖繩樞。

【畫意詩情】huà yì shī qíng 如畫和詩一般的情趣、意境。清代張問陶《冬日無事手為內子寫照》詩："畫意詩情兩清絕，夜窗同夢筆生花。"朱自清《燕知草序》："杭州是歷史上的名都，西湖更為古今中外所稱道；畫意詩情，差不多俯拾即是。"同 詩情畫意。

【畫餅充飢】huà bǐng chōng jī《三國志•盧毓傳》："選舉莫取有名，名如畫地作餅，不可啖也。"後以"畫餅充饑"比喻：❶徒有虛名而實際上並無受惠。唐代馮用之《權論》："禮義有不可施之時，刑名有不可威之時，由是濟之以權也，其或不可為而為，則禮義如畫餅充飢矣。"《傳燈錄續•行瑛禪師》："談玄説妙，譬如畫餅充饑。"❷借助空想聊以自我寬解。宋代李清照《打馬賦》："説梅止渴，稍蘇奔競之心；畫餅充饑，少謝騰驤之志。"《水滸傳》五一回："官人今日見一文也無，提甚三五兩銀子，正是教俺望梅止渴，畫餅充饑。"同 望梅止渴。

【畫樑(梁)雕棟】huà liáng diāo dòng 用彩繪裝飾的屋樑、脊檁。形容建築物堂皇華麗。元代王子一《誤入桃源》二折："光閃閃貝闕珠宮，齊臻臻碧瓦朱甍，寬綽綽羅幃繡櫳，鬱巍巍畫樑雕棟。"《醒世恆言•汪大尹火焚寶蓮寺》："老檜修篁，掩映畫樑雕棟；蒼松古柏，蔭遮曲檻迴欄。"◇頤和園的長廊，一眼望去，畫樑雕棟，曲折迤邐，盡顯古代建築藝術的魅力。同 雕樑畫棟、畫棟雕樑。

【畫龍點睛】huà lóng diǎn jīng 唐代張彥遠《歷代名畫記•張僧繇》載：梁代畫家張僧繇在金陵安樂寺畫了"四白龍不點眼睛，每云：'點睛即飛去。'人以為妄誕，固請點之"，他剛點了兩條龍的眼睛，"須臾，雷電破壁，兩龍乘雲騰去上天"，沒有點眼睛的兩條龍則仍在原處。後用"畫龍點睛"比喻：❶在創作或説話中，用破的之語或精到傳神之筆，點明要旨或勾出精彩之魂。明代張岱《〈博浪椎傳奇〉序》："子房得此數語，真如畫龍點睛，從此飛騰變化，莫可測識者矣。"清代楊倫《〈杜詩鏡銓〉凡例》："詩貴不着圈點，取其淺深高下，隨人自領。然畫龍點睛，正可使精神愈出，不必以前人所無而廢之。"老舍《戲曲語言》："寫別的文章，可以從容不迫地敍述，到適當的地方拿出一二警句，振動全段，畫龍點睛。相聲不滿足於此。"❷做事抓得住重點，在關鍵處下功夫。《兒女英雄傳》三十回："這日安太太吩咐他給岳父母順齋，原不過説了句'好好兒的弄點兒吃的'，他就這等山珍海味的小題大作起來，還可以説'畫龍點睛'；至於又無端的弄桌果酒，便覺'畫蛇添足'，可以不必了。"同 點睛之筆。

【肆無忌憚】sì wú jì dàn 憚：畏懼。任意妄為，毫無顧忌。《禮記•中庸》："小人之反中庸也，小人而無忌憚也。"宋代朱熹《與王龜齡書》："遺君後親之論交作，肆行無所忌憚。"《官場現形記》二四回："這裏歸了他一人獨辦，更可以肆無忌憚，任所欲為。"老舍《不成問題的問題》："農場糟到了極度。那喊叫'我們勝利了'的，當然更肆無忌憚，幾乎走路都要摹仿螃蟹。"同 肆意妄為、恣意妄為。反 循規蹈矩、謹言慎行。

【肅然起敬】sù rán qǐ jìng 肅然：恭敬的樣子。《世説新語•規箴》："遠公在廬山中，雖老，講論不輟。弟子中或有墮者，遠公曰：'桑榆之光，理無遠照；但願朝陽之暉，與時並明耳。'執經登坐，諷誦朗暢，詞色甚苦。高足之徒，皆肅然增敬。"後用"肅然起敬"説因受對方某種魅力感召而自然產生出恭敬欽佩的心情。《二刻拍案驚奇》卷八："沈將仕見王朝議雖是衰老模樣，自然是士大夫體段，肅然起敬。"《老殘遊記》九回："子平聽説，肅然起敬。"魯迅《且介亭雜文末編•因太炎先生而想起的二三事》："我第一次所經歷的是在一個忘了名目的會場上，看見一位頭包白紗布，用無錫腔講演排滿的英勇的青年，不覺肅然起敬。"

肉部

【肉食者鄙】ròu shí zhě bǐ 肉食者，吃肉的人，代指高官。說身居高位享受豐厚俸祿者，鄙陋庸俗、目光短淺。《左傳·莊公十年》：“肉食者鄙，未能遠謀。”明代吳炳《綠牡丹》二齣：“羞言館舍，空戴儒冠。開口向人，可信……肉食者鄙，寧憐馮子無魚。”嚴復《救亡決論》：“彼唯有見於近而無見於遠，有察於寡而無察於多，肉食者鄙，端推此輩。”

【肉眼凡夫】ròu yǎn fán fū 見“肉眼凡胎”。

【肉眼凡胎】ròu yǎn fán tāi 借指低俗的人或普通的人。肉眼：佛經有五眼（天眼、肉眼、慧眼、法眼、佛眼）之說，肉眼指見近不遠，見前不後，見明不暗之眼，即指俗眼。凡胎：即凡人俗胎。《西遊記》三十回：“他都是些肉眼凡胎，卻當做好人。”《好逑傳》五回：“我學生肉眼凡胎，一時不識，多有得罪。”也作“肉眼凡夫。”唐代王維《六祖慧能禪師碑銘》：“肉眼凡夫，願開慧眼。”元代范子安《竹葉舟》一折：“這都是神仙之骨，不似你肉眼凡夫。”◇我是肉眼凡胎，不明白您講的這一通大道理。同 肉眼愚眉。

【肝腸寸斷】gān cháng cùn duàn 像肝臟、腸子一寸寸斷開一樣。《戰國策·燕策三》：“吾要且死，子腸亦且寸絕。”❶形容極度悲痛。《敦煌變文集·漢將王陵變文》：“應是楚將聞者，可不肝腸寸斷。”《鏡花緣》三四回：“想起當年光景，再看看目前形狀，真似兩世人，萬種淒涼，肝腸寸斷。”❷形容飢餓到極點。明代無名氏《度黃龍》一折：“把我餓的來肝腸寸斷。”同 肝腸斷絕、悲痛欲絕。

【肝腦塗地】gān nǎo tú dì 也作“肝膽塗地”。❶形容人慘死的情景。塗地：滿地、遍地。《史記·淮陰侯列傳》：“今楚漢分爭，使天下無罪之人肝膽塗地，父子暴骸骨於中野，不可勝數。”《金史·陳規傳》：“今北兵起自邊陲，深入吾境……中原之民肝腦塗地。”清代黃宗羲《與康明府書》：“寧肯坐視宇下之小民肝腦塗地而不為之動心乎？”❷形容盡心竭忠，不惜效死。漢代劉向《說苑·復恩》：“常願肝腦塗地，用頸血湔敵久矣。”宋代王安石《辭知江寧府狀》：“以臣丘墓所在，就付兵民之權，非臣肝膽塗地所能報稱萬一。”《水滸傳》六七回：“肝膽塗地，難以報答。”同 鞠躬盡瘁。

【肝膽相照】gān dǎn xiāng zhào 比喻相互之間以赤誠相待。宋代文天祥《與陳察院文龍書》：“所恃知己肝膽相照，臨書不憚傾倒。”《兒女英雄傳》一六回：“我兩個一見，氣味相投，肝膽相照。”《啼笑因緣續集》三回：“人家肝膽相照的，把肺腑之言來告訴我，我豈能對人家存甚麼壞心眼！”。同 肝膽相向、披肝瀝膽。反 兩面三刀、虛情假意。

【肝膽塗地】gān dǎn tú dì 見“肝腦塗地”。

【肘腋之患】zhǒu yè zhī huàn 肘腋：胳膊肘兒和夾肢窩，指貼身之處。比喻隱藏於身邊的禍患。《明史·夏良勝傳》：“‘鎮國’之號，傳聞海內，恐生覬覦之階；邊將之屬，納於禁近，詎忘肘腋之患。”《封神演義》一七回：“卿之所諫，亦似有理；但肘腋之患，發不及覺，豈得以草率之刑治之。”◇吳三桂坐鎮雄關，擁兵抗拒，已成明朝的肘腋之患。同 心腹之患。反 癬疥之疾。

【肯堂肯構】kěn táng kěn gòu《尚書·大誥》：“若考作室，既厎法，厥子乃弗肯堂，矧肯構？”肯：願意。堂：打屋子的基礎。構：架屋，蓋屋。說父親已經定好了造房的計劃，他的兒子連打地基都不肯，更何況是蓋房子。後用“肯堂肯構”、“肯構肯堂”：❶指建造房屋。明代程允升《幼學瓊林·祖孫父子》：“父子創造，曰肯構肯堂。”清代李漁《十二樓·三與樓》：“要想做肯堂肯構之事，又怕興工動作所費不貲。”❷比喻子孫能繼承父祖輩的事業。《醉醒石》七回：“家有嚴君，斯多賢子。肯構肯堂，流譽奕世。”清代查慎行《傳經堂歌卓次厚屬賦》：“祖父遺書讀未成，肯堂肯構夫何有？”同 克紹箕裘。

【肯構肯堂】kěn gòu kěn táng 見"肯堂肯構"。

【肺腑之言】fèi fǔ zhī yán 肺腑：借指內心。發自內心真誠的話。元代鄭德輝《㑳梅香》二折："小生別無所告，只索將這肺腑之言，實訴與小娘子。"《三國演義》八四回："允曰：'汝無所私，何夜深於此長歎？'蟬曰：'容妾伸肺腑之言。'"◇老人家這番肺腑之言，讓大家陷入了沉思。同 由衷之言。反 欺人之談。

【股掌之上】gǔ zhǎng zhī shàng 在大腿和手掌上面。比喻在掌握控制之中。《國語•吳語》："大夫種勇而善謀，將還玩吳國於股掌之上，以得其志。"宋代葛勝仲《賀收復燕山府表》："救民水火之中，玩敵股掌之上。"明代周楫《西湖二集》卷八："今有意濟世安民，唯有'不嗜殺人'一語足以安天下於股掌之上。"鄒韜奮《全國輿論對汪逆的憤慨》："在事實上，汪逆到了今日，已完全在日寇包圍之中，被日寇玩之於股掌之上。"同 股掌之間。

【肥馬輕裘】féi mǎ qīng qiú 乘着肥壯的馬駕的車，穿着輕暖的皮衣。《論語•雍也》："赤之適齊也，乘肥馬，衣輕裘。"後用"肥馬輕裘"形容豪富人家奢華優越的生活。元代石子章《竹塢聽琴》二折："則我這粗衣淡飯貧休笑，你那裏肥馬輕裘富莫誇。"清代朱彝尊《折桂令》曲："鬧紅塵衮衮公侯，白璧黃金，肥馬輕裘。"郁達夫《雜評曼殊的作品》："你瞧，一個鄉下的無知的乳母，何以知道三郎先生在東京是一個貴公子，更何以知道他出則肥馬輕裘。"同 乘堅策肥、鮮衣美食。反 粗衣糲食、布衣蔬食。

【肥遯鳴高】féi dùn míng gāo 肥遯：同"飛遁"，避世隱居。鳴：同"明"，表白。指遠離塵俗世事，自命清高脱俗。《老殘遊記》六回："昨兒聽先生鄙薄那肥遯鳴高的人，説道：'天地生才有限，不宜妄自菲薄。'"◇她不願跟咱們在一塊兒，人家是肥遯鳴高的人，咱們是凡夫俗子。同 飛遁鳴高、飛遁離俗。

【肥頭大耳】féi tóu dà ěr ❶ 形容人耳朵大，比較胖，肥頭肥腦。《官場現形記》二二回："小孩子看上去有七八歲光景，倒生得肥頭大耳。"❷ 形容人長得富態或長得有福相。沈寂《一代影星阮玲玉》二十："他長得滾壯結實，肥頭大耳，一臉福相。"同 肉頭肉腦。反 猴頭縮腦。

【胡天胡帝】hú tiān hú dì《詩經•君子偕老》："胡然而天也，胡然而帝也？"胡：何。帝：天神。何者為天，何者為帝。後用"胡天胡帝"、"胡帝胡天"：❶ 讚歎容貌與服飾極為美麗高雅，如同天神一樣。《隋唐演義》八十回："那貴妃的容貌真個……極是嬌憨自饒溫雅；洵矣胡天胡帝果然傾國傾城。"蔡東藩《民國通俗演義》三七回："輿門開處，但見一位華裝炫飾，胡天胡帝的女嬌娃，姍步下輿。"❷ 形容尊崇之極。嚴復《原強》："胡天胡帝，揚其上於至高，抑其已於至卑，皆勸為之。"❸ 表示言語行為荒唐凌亂。宋代況周頤《蕙風詞話》卷一："至乃零亂拉雜，胡天胡帝，其言中之意，讀者不知，作者亦不求其知。"阿英《西門買書記》："也有一兩家兼售古書了，但他們不識貨，開價往往是胡帝胡天。"

【胡作非為】hú zuò fēi wéi 無視法紀，踐踏道德，肆意做壞事。《鏡花緣》一二回："或誣好吃懶做，或誣胡作非為。"《歧路燈》六五回："委的沒有賭博，小的是經過老爺教訓過的，再不敢胡作非為。"老舍《四世同堂》五五："聽到捧，他開始覺得自己的確偉大，而可以放膽胡作非為了。"同 為非作歹、橫行無忌。反 奉公守法、安分守己。

【胡言亂語】hú yán luàn yǔ 毫無根據地隨意亂説；胡拉亂扯。元代無名氏《漁樵記》二折："你則管哩便胡言亂語，將我廝花白。"《西湖佳話•雷峰怪跡》："你一個不學無術的方士小人……怎敢在此胡言亂語，鬼畫妖符，妄言惑眾。"曹禺《雷雨》第四幕："不要胡言亂語的，你剛才究竟上哪兒去了？"同 胡言亂道、胡説亂道。反 言之有理、言之成理。

【胡思亂想】hú sī luàn xiǎng 沒有根據、不切實際地瞎想。宋代朱熹《朱子語類》

卷一四：“若心未能靜安，則總是胡思亂想，如何是能慮？”《醒世恆言•賣油郎獨佔花魁》：“一路上胡思亂想，自言自語。”《紅樓夢》三四回：“只勸他好生養着，別胡思亂想，就好了。”同 想入非非。

【胡帝胡天】hú dì hú tiān 見“胡天胡帝”。

【胡說八道】hú shuō bā dào 胡謅瞎扯，無根無據地信口亂說。《三俠五義》七回：“小婦人告訴他兄弟已死，不但不哭，反倒向小婦人胡說八道。”魯迅《故事新編•出關》：“要是早知道他不過這麼胡說八道，我就壓根兒不去坐這麼大半天受罪。”同 胡言亂語。反 有根有據。

【胡攪蠻纏】hú jiǎo mán chán 把水攪渾，蠻不講理，糾纏不清。清代邵振華《俠義佳人》一回：“我說的正經話，你不聽，胡攪蠻纏的說了這些閒篇兒，誰來聽你！”◇我怎麼能和那個胡攪蠻纏，不可理喻的女人一般見識呢！同 蠻不講理。反 知書達理。

【背井離鄉】bèi jǐng lí xiāng 離開家鄉，流落他方。井：古時實行井田制，八家合一井，因此用“井”表示鄉里。也作“離鄉背井”。元代馬致遠《漢宮秋》三折：“背井離鄉，卧雪眠霜。”元代關漢卿《金線池》三折：“我依舊安業着家，他依舊離鄉背井。”明代高濂《玉簪記•寄弄》：“小生看此溶溶夜月，悄悄閒庭，背井離鄉，孤衾獨枕，好生煩悶！”《再生緣》四五回：“背井離鄉隨主出，可憐舉目少親人。”反 落葉歸根。

【背水一戰】bèi shuǐ yī zhàn《史記•淮陰侯列傳》載：漢將韓信率兵攻趙，命將士背對着河水列陣。漢軍前臨大敵，後無退路，拼死作戰，結果大敗趙軍。後以“背水一戰”指決一死戰。宋代秦觀《將帥》：“背水一戰而擒趙王歇，斬成安君。”◇如今只有下定破釜沉舟的決心，背水一戰，才能挽回頹勢。同 破釜沉舟。反 一觸即潰、聞風喪膽。

【背生芒刺】bèi shēng máng cì 芒刺長在背上。形容內心非常不安。也作“背若芒刺”。《三國演義》二〇回：“不意（曹操）專國弄權，擅作威福。朕每見之，背若芒刺。”《三俠五義》一一二回：“適才聽智兄之言，覺得背生芒刺”。同 芒刺在背、忐忑不安。

【背城借一】bèi chéng jiè yī 背靠自己的城池打一仗。意即進行最後決戰。借一：借此一戰。《左傳•成公二年》：“請收合餘燼，背城借一。”宋代蘇軾《景純復以二篇仍次其韻》：“背城借一吾何敢，慎莫樽前替戾岡。”清代紀昀《閱微草堂筆記•槐西雜志四》：“蓋侵擾無已，勢不得不鋌而走險，背城借一。”後多指用全力進行最後的拼爭。《民國通俗演義》四回：“只有背城借一，與國存亡。”韋君宜《犧牲者的自白》：“幸虧在萬分危急之中，我的理智還不肯服輸，它背城借一的堅決戰鬥。”同 背城一戰、背水一戰。反 望風而逃、聞風而逃。

【背若芒刺】bèi ruò máng cì 見“背生芒刺”。

【背信棄義】bèi xìn qì yì 不守信用，背棄道義。曹禺《王昭君》第五幕：“背信棄義是插在我背上的一把尖刀！”◇說話不算數，背信棄義的人，是沒有真正朋友的。同 言而無信。反 言而有信。

【背恩反噬】bèi ēn fǎn shì 反噬：反過來咬。說違背恩義，反咬一口。《醒世恆言》卷三二：“你這負心賊子！李畿尉乃救命大恩人，不思報效，反聽婦人之言，背恩反噬。”同 忘恩負義。反 大恩大德。

【背恩忘義】bèi ēn wàng yì 背棄、辜負了別人對自己的恩德與義舉。《漢書•張敞傳》：“背恩忘義，傷化薄俗。”元代楊梓《豫讓吞炭》四折：“我怎肯二意三心，背恩忘義，有始無終”。也作“背義忘恩”。《三國演義》三一回：“操以鞭指罵曰：‘吾待汝為上賓，汝何背義忘恩？’”同 背義負恩。反 感激涕零。

【背暗投明】bèi àn tóu míng 分清了是與非、惡與善，從壞的一方轉而投向好的一方。元代尚忠賢《單鞭奪槊》楔子：“背暗投明，古之常理”。同 棄暗投明。

【背義忘恩】bèi yì wàng ēn 見“背恩忘義”。

【背道而馳】bèi dào ér chí 朝着相反的方向奔馳。比喻方向、目標完全相反。唐代柳宗元《〈楊評事文集〉後序》："其餘各探一隅，相與背馳於道者，其去彌遠。"況周頤《蕙風詞話》卷一："吾性情為詞所陶冶，與無情世事，日背道而馳。"秦牧《鮮荔枝和乾荔枝》："他所推想的事物……有些卻仍不免和事實完全背道而馳了。"同 南轅北轍。

【胎死腹中】tāi sǐ fù zhōng 比喻事物、計劃等在萌芽狀態即被扼殺或取消。◇醞釀已久的建橋計劃，最終還是胎死腹中。同 半途而廢。

【胯下之辱】kuà xià zhī rǔ 胯下：兩條腿之間。漢代名將韓信，少年時曾遭受淩辱，被迫在淮陰一無賴子弟的胯下爬過，事見《史記•淮陰侯列傳》。後用"胯下之辱"表示有志之士能忍一時之憤，能屈能伸。《晉書•劉喬傳》："至人之道，用行舍藏，胯下之辱，猶宜附就。"宋代秦觀《人材》："將如韓信而有胯下蒲伏之辱。"

【脈脈含情】mò mò hán qíng 見"含情脈脈"。

【胸中有數】xiōng zhōng yǒu shù 比喻完全瞭解情況，心裏明白該怎麼做。◇看她那不緊不慢的神情，就知道她胸中有數/至於公司進一步發展的策略與操作步驟，他早就胸中有數了。同 心中有數。反 胸中無數。

【胸中無數】xiōng zhōng wú shù 比喻不瞭解情況，心裏沒有底。◇做事總要心中有數，如果胸中無數，盲人瞎馬，事情怎麼能辦得好呢！同 心中無數。反 胸中有數。

【胸有成竹】xiōng yǒu chéng zhú 宋代蘇軾《文與可畫篔簹谷偃竹記》："故畫竹，必先得成竹於胸中。"後用"胸有成竹"比喻做事之前已有成熟的想法、計劃。《二十年目睹之怪現狀》一〇五回："但是看承輝的神情，又好像胸有成竹一般。"章炳麟《東京留學生歡迎會演說詞》："就是將來建設政府，那項須要改良？那項須要復古？必得胸有成竹，才可以見諸施行。"巴金《談〈滅亡〉》："其實電影導演拍故事片，也是胸有成竹。"同 成竹在胸、胸有成算。反 胸無成竹、胸中無數。

【胸有城府】xiōng yǒu chéng fǔ 城府：城市與官府，都是設防重地。比喻為人有心計，深藏不露，難於窺測。晉代干寶《晉紀•總論》："昔高祖宣皇帝（司馬懿）性深阻若有城府，而能寬綽以容納。"◇一說胸有城府便以為人很狡詐，其實不然，只要"城府"用得正當，不搞陰謀詭計，那就是策略和計謀，是聰明能幹了。反 胸無城府、胸無宿物。

【胸無城府】xiōng wú chéng fǔ 城府：城市與官府，都是設防重地。比喻為人襟懷坦白，待人誠懇，不欺瞞。《宋史•傅堯俞傳》："堯俞厚重言寡，遇人不設城府，人自不忍欺。"清代昭槤《嘯亭續錄•王勿庵》："勿庵貌豐偉，胸無城府，待下最寬。"清代吳趼人《近十年之怪現狀》四回："原來陳雨堂是一個胸無城府的人，心口率直，惟有一樣脾氣，歡喜學人家的談風。"同 胸無宿物、襟懷坦白。反 胸有城府、心懷叵測。

【胸無點墨】xiōng wú diǎn mò 肚裏沒有一點墨水。形容讀書太少，沒有知識學問。清代百一居士《壺天錄》卷上："某家本殷實，父母以獨子故，甚愛之，讀書十年，胸無點墨。"《二十年目睹之怪現狀》二二回："市上的書賈都是胸無點墨的，只知道甚麼書銷場好、利錢深，卻不知道甚麼書是有用的，甚麼書是無用的。"◇雖然家財萬貫，卻胸無點墨，說話粗魯，目光如豆，沒人看得起他。同 目不識丁。反 學富五車、才高八斗。

【胼手胝足】pián shǒu zhī zú 胼、胝：手和腳上的老繭。《莊子•讓王》："（曾子）手足胼胝。"《韓非子•外儲說左上》："手足胼胝，面目黧黑，勞有功者也。"後用"胼手胝足"形容長期來辛勤勞作，嘗盡艱苦。宋代朱熹《九江彭蠡辨》："凡禹之所為，過門不入。胼手胝足，而不以為病者，為欲大濟天下昏墊之民，以衣且食而遂其生耶！"明代區大用《贈憲府王公治水歌》："胼手胝足不言瘁，烈風淫雨有時休。"鄒韜奮《抗戰以來•熱烈愛國的千萬僑胞》："僑胞的金錢，是由於他們終年胼手胝足，千辛萬苦，省吃儉用積蓄起來的。”也作“手胼足胝”。《醒世姻緣傳》二四回：“只是太平豐盛的時候，人雖是手胼足胝，他心裏快活，外面便不覺辛苦。”同手足胼胝。

【脅肩累足】xié jiān lěi zú 聳起雙肩，並起兩腳。形容極為恐懼害怕的樣子。《史記·吳王濞傳》：“吳王身有內病，不能朝請二十餘年，嘗患見疑，無以自白，今脅肩累足，猶懼不見釋。”

【脅肩諂笑】xié jiān chǎn xiào 恭而敬之地聳着肩，做出一副獻媚的笑容。形容人阿諛逢迎的醜態。《孟子·滕文公下》：“脅肩諂笑，病于夏畦。”《舊五代史·史匡翰傳》：“趙礪，險陂之人也，脅肩諂笑，黷貨無厭。”《東周列國誌》三五回：“朝中服赤芾乘軒車者，三百餘人，皆里巷市井之徒，脅肩諂笑之輩。”鄒韜奮《硬吞香蕉皮》：“他所能接近的全是脅肩諂笑的奸佞小人，所最不容的是強諫力爭的正人君子。”同阿諛奉承、諂諛取容。反光明磊落、光明正大。

【能工巧匠】néng gōng qiǎo jiàng 技藝高超的工匠。《封神演義》三回：“能工巧匠費經營，老君爐裏煉成兵。”秦牧《長街燈語·北京春節》：“四方的能工巧匠，名手行尊都在這裏競獻技藝。”同良工巧匠。

【能言善辯】néng yán shàn biàn 善於言辭，擅長辯論。《鏡花緣》一八回：“而且伶牙利齒，能言善辯。”◇遇到這能言善辯的買賣人，她是一點辦法也沒有。同能言舌辯、能說會道。反笨嘴拙舌。

【能者多勞】néng zhě duō láo《莊子·列禦寇》：“巧者勞而知（智）者憂，無能者無所求，飽食而遨遊。”後用“能者多勞”說能力強的人會幹事、多受累。常用於讚譽人。《金瓶梅詞話》五九回：“自古能者多勞，你不會做買賣，那老爹託你麼？”《紅樓夢》一五回：“再添上些，也不夠奶奶一辦的。俗話說的：‘能者多勞。’”《官場現形記》五七回：“人人見他東奔西波，着實辛苦，官廳子上，有些同寅見了面，都恭維他‘能者多勞’。”

【能者為師】néng zhě wéi shī《禮記·學記》：“能博喻，然後能為師。”後用“能者為師”說凡是有能力、有技能、有長處的人都可以做老師。◇這裏就你一個人學過化學，能者為師，我們都聽你的。

【能近取譬】néng jìn qǔ pì 譬：比況。❶說能就近從自己的角度設想一下，將心比心，就能推己及人。《論語·雍也》：“夫仁者，己欲立而立人，己欲達而達人，能近取譬，可謂仁之方也已。”清代袁枚《小倉山房尺牘》八：“一則能近取譬，責人者人必責之。”章炳麟《菌說》：“獨夫為我，即曰‘貪賊’；能近取譬，即曰‘仁義’。”❷指用人皆熟悉的事物作譬喻。南朝梁蕭琛《難范縝〈神滅論〉》：“雖能近取譬，理實乖矣。”《宋史·李轂傳》：“轂為人厚重剛毅，深沉有城府，雅善談論，議政事能近取譬，言多詣理，辭氣明暢，人主為之聳聽。”◇王老師講課能近取譬，生動貼切，學生都聽得明明白白，很受歡迎。

【能征慣戰】néng zhēng guàn zhàn 形容善於帶兵打仗，戰鬥經驗很豐富。金代董解元《西廂記諸宮調》卷二：“果是會相持，能征慣戰。”《三國演義》四三回：“足智多謀之士，能征慣戰之將，何止一二千人。”老舍《寶船》二幕二場：“我帶來五百名蜜蜂兵，都能征慣戰！”同能爭慣戰。反紙上談兵。

【能屈能伸】néng qū néng shēn《易·繫辭下》：“尺蠖之屈，以求信（伸）也。”意指尺蠖彎屈着是為了要伸展開來。後用“能屈能伸”比喻人在不得志時能忍受屈辱，得意時能施展抱負。宋代邵雍《代書寄前洛陽簿陸剛叔秘校》詩：“知行知止唯賢者，能屈能伸是丈夫。”《文明小史》三六回：“所以說是大丈夫能屈能伸，依我主意，還是拿言語來求他，抵抗他發怒卻使不得的。”田漢《關漢卿》第六場：“關先生，大丈夫能屈能伸，改一改吧，嚇？”同能伸能屈。反寧折不彎。

【能說會道】néng shuō huì dào 非常善於辭令，很會說話。《孽海花》八回：“我看匡老，只有你這張嘴，能說會道。”陳殘雲《山谷風煙》第一章：“此人雖說是當過長工，卻能說會道。”◇學得八面玲瓏，能說會道，沒人辯得過她那張嘴。同 能說善道、能言會道。反 笨嘴拙舌、張口結舌。

【能寫會算】néng xiě huì suàn 既能寫字，又會計算。形容有能力。《兒女英雄傳》七回：“從小兒他叔叔教他唸書認字，甚麼書兒都唸過，甚麼字兒都認得，學得能寫會算。”同 能掐會算。

【脫口而出】tuō kǒu ér chū 不假思索，隨口就說出來。清代袁枚《隨園詩話補遺》卷十：“詩往往有畸士賤工，脫口而出者。”沙汀《淘金記》三：“‘挖金子是冒險呀！’白醬丹脫口而出地說。”同 衝口而出。反 張口結舌、瞠目結舌。

【脫胎換骨】tuō tāi huàn gǔ ❶道家用語。指經過修煉，脫去凡胎，換成仙骨。宋代葛長庚《沁園春》詞：“常溫養，使脫胎換骨，身在雲端。”《西遊記》二七回：“那長老自服了草還丹，真是脫胎換骨，神爽體健。”❷比喻發生根本性的徹底的變化。魯迅《致楊霽雲》：“生成是一小販，總難脫胎換骨，但多演幾齣滑稽劇而已。”孫犁《秀露集•戲的夢》：“我不知道牙齒整齊不整齊，和受衝擊大小，有何關聯，難道都要打落兩顆門牙，才稱得上脫胎換骨嗎？”❸巧妙師法前人的詩文，而又變化出有創意的新作。宋代俞玉《書齋夜話》卷四：“欲工唐律，須編唐人諸家詩句，苟能觸類而長之，當有脫胎換骨之妙。”清代錢謙益《讀杜小箋上》：“班賦序建武革命之事，幾二百言，此詩（指杜甫《行次昭陵》）以二十字隱括無遺詞。古人脫胎換骨之妙，最宜深味。”反 一成不變、頑固不化。

【脫穎而出】tuō yǐng ér chū《史記•平原君虞卿列傳》：“平原君曰：‘夫賢士之處世也，譬如錐之處囊中，其末立見……’毛遂曰：‘臣乃今日請處囊中耳。使遂蚤得處囊中，乃穎脫而出，非特其末見而已！’”意思說如果他早被放入口袋中，就會連錐子全都脫露而出。穎：錐子的尖端。後用“脫穎而出”、“穎脫而出”表示有真才實學的人，一旦遇到機會，便能立即展現並發揮其才能。唐代李白《與韓荊州書》：“君侯不以富貴而驕之，寒賤而忽之，則三千賓中有毛遂，使白得穎脫而出，即其人也。”《孽海花》一三回：“這日得了總裁之命，夾袋中許多人物，可以脫穎而出，歡喜自不待言。”老舍《四世同堂》七：“說不定哪一天他就會脫穎而出，變成個英雄。”反 湮沒無聞、默默無聞。

【脫韁之馬】tuō jiāng zhī mǎ 脫掉韁繩的馬。比喻擺脫羈絆的人或失去控制的事物。茅盾《夜讀偶記》五：“但因採取了漫談的方式，信筆所之，常如脫韁之馬，離題頗遠。”◇經過多少代人的治理，黃河這匹脫韁之馬終於被套上了韁繩。

【腰纏萬貫】yāo chán wàn guàn 貫：古人將銅錢用繩串起來，一千文稱一貫。❶形容錢財多，非常富足。南朝梁殷芸《小說》卷六：“有客相從，各言所志，或願為揚州刺史，或願多貲財，或願騎鶴上升。其一人曰：‘腰纏十萬貫，騎鶴上揚州。’欲兼三者。”明代胡應麟《醉中放歌贈祝生並寄司馬汪公》：“腰纏萬貫亦不惡，三槐九棘垂駒駼。”◇一些洋行的創始人，初來上海創業時兩手空空，但不久就腰纏萬貫了。❷形容身上帶了很多錢。《兒女英雄傳》五回：“再要講到夜間嚴謹門戶，不怕你腰纏萬貫，落了店都是店家的干系，用不着客人自己費心。”同 家財萬貫、堆金積玉。反 一貧如洗、室如懸磬。

【腸肥腦滿】cháng féi nǎo mǎn 見“腦滿腸肥”。

【腥風血雨】xīng fēng xuè yǔ 帶着腥氣的風，和着鮮血的雨。也作“血雨腥風”。❶形容屠殺殘酷、死傷慘重的情景。清代陳天華《警世鐘》：“腥風血雨難為我，好個江山忍送人。”《北洋軍閥統治時期史話》七六章：“在一陣突然而來的腥風血雨中，工人被打死和打傷達一百多人。”❷形容局勢非常險惡。梁啟超《新中國未來記》四回：“血雨腥風裏，更誰信，太平歌舞，今番如此！”◇以後局勢如何發展，只有天知道，搞得不好，腥風血雨。

【腹心之疾】fù xīn zhī jí 比喻存在於要害之處的禍患。也作“腹心之患”。《左傳•哀公六年》：“除腹心之疾，而置諸股肱，何益？”《晉書•石勒載記下》：“臣以陛下為憂腹心之患，而何暇更憂四支乎？”元代方回《續古今考•韓復立王四》：“李斯以韓為秦腹心之疾，故首伐滅韓。”《封神演義》一八回：“作一己之樂，致萬姓之愁，臣恐陛下不能享此樂，而先有腹心之患矣！”◇不良貸款背後隱含着道德風險和公司治理問題，對銀行而言，不啻是一塊腹心之疾。同 心腹之患。反 疥癬之疾。

【腹心之患】fù xīn zhī huàn 見“腹心之疾”。

【腹背受敵】fù bèi shòu dí ❶ 前後兩面都受到敵人攻擊。《梁書•陳慶之傳》：“自春至冬，數十百戰，師老氣衰，魏之援兵復欲築壘於軍後，仲宗等恐腹背受敵，謀欲退師。”清代沈佳《明儒言行錄•王守仁》：“進兵兩寇之間，腹背受敵，勢必不利。”孫犁《耕堂讀書記(二)》：“關於他的應變能力，寫到他因為激怒孫權，遂使腹背受敵，終於大敗。”❷ 泛指受到兩方面或多方面的壓力、打擊等。◇在成本高漲和市場行情慘淡的雙重打擊下，農民腹背受敵，保本無望。同 內外交困。

【腹誹心謗】fù fěi xīn bàng 口上不說，內心極力反對，私下裏說壞話，誣衊、詆毀。《史記•魏其武安侯列傳》：“魏其、灌夫日夜招聚天下豪傑壯士與論議，腹誹而心謗。”《三國志•崔琰傳》裴松之注：“時有與琰宿不平者……遂白之太祖，以為琰腹誹心謗，乃收付獄，髡刑輸徒。”

【腳踏實地】jiǎo tà shí dì ❶ 腳安穩地踏在地面上。《西遊記》二二回：“我把你這個潑怪！你上來！這高處，腳踏實地好打！”許傑《旅途小記》：“這一隻腳之所以能夠腳踏實地……卻又因為另一隻腳踏穩了地面。”❷ 比喻做事踏踏實實地非常認真。宋代朱熹《答張敬夫》：“意味平和，道理明白，腳踏實地，動有據依。”《掃迷帚》一回：“視西人之腳踏實地，憑實驗不憑虛境，舉一切神鬼妖狐之見，摧陷廓清。”◇她不是侃侃議論的空談家，而是腳踏實地的實幹家。反 好高騖遠、紙上談兵。

【腦滿腸肥】nǎo mǎn cháng féi 也做“腸肥腦滿”。肥頭肥腦，大腹便便。形容飽食終日，養尊處優的人的形象。《北齊書•琅邪王儼傳》：“琅邪王年少，腸肥腦滿，輕為舉措。”清代納蘭性德《百字令•宿漢兒村》詞：“便是腦滿腸肥，尚難消受，此荒煙落照。”葉聖陶《書的夜話》：“有的又闊又矮，使你想起那些腸肥腦滿的商人。”◇說來也怪，那些貪官污吏，個個都養得腦滿腸肥。反 瘦骨伶仃、骨瘦如柴。

【膏火自煎】gāo huǒ zì jiān 膏火：照明用的油和火。膏：燈油。燈油因能燃點照明，反而讓自己受到煎熬。比喻人因自身因素而招災惹禍。《莊子•人間世》：“山木，自寇也；膏火，自煎也。”三國魏阮籍《詠懷》詩：“膏火自煎熬，多財為患害。”清代吳偉業《少保大學士王文通公神道碑銘》：“負方圓並畫之才，逼膏火自煎之勢，靡事不為，繼之以死。”同 引火燒身、惹火燒身。反 以鄰為壑、嫁禍於人。

【膏肓之疾】gāo huāng zhī jí 膏肓：中醫指心之下、膈之上的部位。病入這個部位，藥物針砭不能到達，無可救藥。比喻致命的問題。《晉書•王戎傳》：“每自執牙籌，晝夜算計，恆若不足，而又儉嗇不自奉養，天下人謂之膏肓之疾。”宋代朱熹《答胡季隨書》：“文義之失猶是小病，卻是自欺強說乃心腹膏肓之疾，它人針藥所不能及。”◇沉溺於網路遊戲，譬如膏肓之疾，非常有害。同 膏肓之病、病入膏肓。

【膏唇拭舌】gāo chún shì shé 油脂塗唇，擦拭舌頭。形容花言巧語，中傷誹謗。《後漢書•呂強傳》：“群邪項領，膏唇拭舌，競欲咀嚼，造作飛條。”宋代劉弇《哭上藍居晉禪師》詩：“膏唇拭舌奈爾何，咄哉青蠅真弔客。”同 搖唇鼓舌。

【膏腴之地】gāo yú zhī dì 膏腴：土地肥美。指土地肥美的地方。《戰國策·秦策三》：“韓魏支分方城膏腴之地以薄鄭，兵休復起，足以傷秦。”元代胡祇遹《寶鈔法》：“中原膏腴之地不耕者十三四。”◇東北三省既是膏腴之地，也是鍾靈毓秀之邦。同 沃野千里。反 不毛之地。

【膏粱子弟】gāo liáng zǐ dì 膏：肥厚的肉。粱：高粱，古人的主要食糧。借指富家子弟。南朝梁劉勰《文心雕龍·雜文》：“蓋七竅所發，發乎嗜慾，始邪末正，所以戒膏粱之子也。”宋代張舜民《上徽宗論河北備邊五事》：“為將者多是膏粱子弟，畏河東、陝西不敢往。”清代周召《雙橋隨筆》卷三：“故膏粱子弟學宜加勤，行宜加檢，僅得此眾人也。”同 公子哥兒、紈袴子弟。

【膏粱錦繡】gāo liáng jǐn xiù 錦繡：華美的絲織品。形容富貴人家衣食華麗精美的生活。《紅樓夢》四回：“這李紈雖青春喪偶，且居處於膏粱錦繡之中，竟如槁木死灰一般，一概不問不聞。”同 膏粱文繡。反 簞食瓢飲、蓬門蓽户。

【膚皮潦草】fū pí liáo cǎo 形容敷衍馬虎，不認真。◇交給他的事膚皮潦草應付一下就算完了，這種人能重用嗎？同 浮皮潦草、敷衍了事。反 腳踏實地、精益求精。

【膝下承歡】xī xià chéng huān 見“承歡膝下”。

【膝癢搔背】xī yǎng sāo bèi 膝蓋癢，卻去搔背。比喻沒看清楚問題，沒找準問題的癥結所在。《鹽鐵論·利議》：“抱枯竹，守空言，不知趨舍之宜，時世之變，議論無所依，如膝癢而搔背。”◇當政者制訂政策如果拋開了民主民生，那就是膝癢搔背。

【膠柱鼓瑟】jiāo zhù gǔ sè 鼓瑟時用膠粘住調音的柱（如此就無法調音了）。《史記·廉頗藺相如列傳》：“王以名使括，若膠柱而鼓瑟耳。括徒能讀其父書傳，不知合變也。”後用“膠柱鼓瑟”比喻做事拘泥刻板，不知根據情況靈活變通。宋代李綱《桂州答吳元中書》：“故在靖康之初，有備則當守，靖康之末，無備則當避，豈可膠柱而鼓瑟耶？”《紅樓夢》一二〇回：“似你這樣尋根究底，便是刻舟求劍，膠柱鼓瑟了。”同 刻舟求劍。反 隨機應變、通權達變。

【臉紅耳赤】liǎn hóng ěr chì 臉部和耳部都發紅。形容激動或害羞時的神態。《紅樓夢》一九回：“一面看那丫頭，雖不標致，倒還白淨，些微亦有動人處，羞的臉紅耳赤，低首無言。”◇老師稍加追問，她便臉紅耳赤，一句話也答不出來。同 面紅耳熱、面紅耳赤。

【臉黃肌瘦】liǎn huáng jī shòu 臉色萎黃，身體消瘦。形容人營養不良或有病的樣子。碧野《沒有花的春天》五：“他又想起大兒子阿劃始終是臉黃肌瘦的，可是肚子卻有點發脹。”同 面黃肌瘦。反 紅光滿面。

【膾炙人口】kuài zhì rén kǒu 膾：切細的肉。炙：烤肉。膾和炙都是美味佳餚，人人喜愛。比喻詩文或事物為人傳誦和讚揚。五代王定保《唐摭言·載應不捷聲價日振》：“李濤，長沙人也，篇詠甚著……皆膾炙人口。”元代劉壎《隱居通議·詩歌三》：“集中詩如此者尚多，今姑採其膾炙人口者錄之。”秦牧《花城》：“一年一度的廣州年宵花市，素來膾炙人口。”

【膽大心細】dǎn dà xīn xì 形容做事思考周密，果斷有魄力。唐代劉肅《大唐新語》卷十：“膽欲大而心欲小。”小：仔細、精細。魯迅《書信集·致羅清楨》：“我是主張青年發表作品，要‘膽大心細’的，因為若心不細，便容易走入草率的路。”◇這個人不僅是個膽大心細的人，而且很有頭腦，想得很遠，考慮得很深。反 膽小怕事。

【膽大妄為】dǎn dà wàng wéi 膽大包天，目無法紀，甚麼事都敢幹。《孽海花》二七回：“最可惡的是連總管仗着老佛爺的勢，膽大妄為，甚麼都敢幹！”◇他那兒子，連老爹有點錯都敢揭發，目無尊長，膽大妄為！同 膽大包天、恣意妄為。反 膽小如鼠、謹小慎微。

【膽小如鼠】dǎn xiǎo rú shǔ 形容膽子極小。《魏書•汝陰王傳》："逞子慶和，東豫州刺史。為蕭衍將所攻，舉城降之，衍以為北道總督、魏王。至項城，朝廷出師討之，望風退走。衍責之曰：'言同百舌，膽若鼷鼠。'" 鼷（xī）：小家鼠。《孽海花》三五回："看見小玉多金，大家都想染指。又利用那班揩鼻子的嫖客們力不勝雞，膽小如鼠，只要略施小計，無不如願大來。" 鄭振鐸《桂公塘》："那李芝庭，膽小如鼠，決不能有為，我是知道他的。" 同 膽小怕事。反 膽大包天。

【膽戰心驚】dǎn zhàn xīn jīng 戰：發抖。形容非常害怕。《敦煌變文集•維摩詰經講經文》："聞說便膽戰心驚，啟得交吾曹為使。" 元代無名氏《神奴兒》二折："則我這兩條腿打折般疼，好着我膽戰心驚。"《西遊記》五八回："那獼猴聞得如來說出他的本象，膽戰心驚，急縱身，跳起來就走。" ◇走近懸崖邊往下一看，嚇得他膽戰心驚。同 心驚膽戰、心驚膽顫。反 泰然處之、處變不驚。

【膽顫心驚】dǎn zhàn xīn jīng 形容內心非常害怕，驚恐慌亂。元代施惠《幽閨記》一一齣："生長昇平，誰曾慣遭離亂。苦怎言，膽顫心驚，如何可免？" ◇半空中一聲霹靂，彷彿那道閃電直奔她而來，嚇得膽顫心驚。同 心驚膽顫、膽戰心驚。

臣部

【臥不安蓆（席）】wò bù ān xí 蓆：牀蓆。在牀上不能安穩地睡覺。形容心事重重。《戰國策•楚策一》："寡人臥不安席，食不甘味，心搖搖如懸旌，而無所終薄。" 漢代趙曄《吳越春秋•闔閭內傳》："今聞公子慶忌有計於諸侯，吾食不甘味，臥不安席。"《東周列國誌》一〇六回："此丹之所以臥不安席，臨食而廢箸者也。" 同 食不甘味、寢食不安。反 高枕無憂、心安理得。

【臥薪嘗膽】wò xīn cháng dǎn 《史記•越王勾踐世家》載：春秋時越國敗於吳國，越王勾踐被俘，獲釋後立志復仇，他在柴草上睡覺，飲食前先嘗苦膽，以此策勵自己不忘恥辱，最終滅吳復仇。後用"臥薪嘗膽"表示刻苦自勵，發憤圖強，不敢苟安。宋代蘇軾《擬孫權答曹操書》："僕受遺以來，臥薪嘗膽，悼日月之逾邁，而歎功名之不立。" 明代余繼登《典故紀聞》卷九："政宜臥薪嘗膽，委任忠良，恢復舊疆，洗雪大恥。"《胭脂血彈詞》七回："我則是，濟河焚舟求雪恥，你須將，臥薪嘗膽勵君王。" 同 嘗膽臥薪、坐薪嘗膽。反 樂不思蜀。

【臧否人物】zāng pǐ rén wù 褒貶評論人物。《晉書•劉毅傳》："幼有孝行，少厲清節，然好臧否人物。" 元代趙孟頫《故嘉議大夫陳公碑》："公資沉毅，喜怒不形於色，絕口不臧否人物，胸中所守介如也。" ◇東漢末年的清議，偏重於評論政事，臧否人物。同 評頭論（品）足。

【臨川羨魚】lín chuān xiàn yú 見"臨淵羨魚"。

【臨水登山】lín shuǐ dēng shān 戰國楚宋玉《九辯》："憭慄兮若在遠行，登山臨水兮送將歸。" 後用"臨水登山"：❶ 指遊覽山水名勝。南朝梁元帝《懷舊志序》："臨水登山，命儔嘯侶。" 唐代楊炯《送并州旻上人詩序》："良時美景，始雲蒸而電激；臨水登山，忽風流而雨散。" 宋代劉子翬《修祖居上梁文》："爰居爰處，無震風凌雨之侵；載笑載言，有臨水登山之樂。" ◇中國文人自古就有臨水登山、賦詩抒懷的傳統，享受人與自然和諧相處的快樂。❷ 表示在渡口、山口送別出發遠行的親朋好友，或形容旅途辛勞。唐代劉禹錫《酬馬大夫登洭口戍見寄》詩："新辭金印拂朝纓，臨水登山四體輕，猶念天涯未歸客，瘴雲深處守孤城。" 宋代張耒《局中聽雨》詩："臨水登山送歸語，憐君解有許多情。" 同 登山臨水、遊山玩水。

【臨文不諱】lín wén bù huì 古人按禮節要求，不能提及君王或尊長的名字，稱避諱，但遇某些情況可以不避諱。在教授、學習儒家經典和寫文章時，為避免失實而不避諱，叫作“臨文不諱”。《禮記•曲禮上》：“《詩》《書》不諱，臨文不諱。”後泛指在記述史實時不避諱，在執行公務時不避私諱。《漢書》卷七三考證：“漢以高祖諱‘邦’為國，此句及下文‘寤其外邦於異他邦’，凡三用‘邦’字，所謂臨文不諱者耶？”宋代許月卿《百官箴•百官箴諱例》：“周人以謚易名，於是有諱禮，然臨文不諱、嫌名不諱、二名不偏諱，載在禮律，其義明白。”反 為尊者諱。

【臨去秋波】lín qù qiū bō 秋波：比喻女子清澈的目光。❶形容臨別時女子依依惜別的表情。元代王實甫《西廂記》一本一折：“餓眼望將穿，饞口涎空嚥，空着我透骨髓相思病染，怎當他臨去秋波那一轉。”❷因王實甫《西廂記》“臨去秋波那一轉”隨着雜劇的風行而家喻戶曉，“臨去秋波”則成為才子佳人或此類戲劇的代稱。清代王士禎《池北偶談•尤悔庵樂府》：“吳郡尤悔庵侗工樂府，嘗以‘臨去秋波那一轉’公案戲為八股文字，世祖見而喜之。”清代曹爾堪《尤侗百末詞》序：“況臨去秋波，悔庵早從此證入，又何俟余之饒舌？”清徐釚《詞苑叢談》卷三：“會得此意，直是‘臨去秋波那一轉’應許老僧共參也。”

【臨危不懼】lín wēi bù jù 面臨危險，毫無恐懼，不顧惜自身的安危。北齊劉晝《劉子•兵術》：“臨危難而不懼，履水火而如歸。”唐代駱賓王《螢火賦》序：“避日不明，義也；臨危不懼，勇也。”《雲笈七籤•方藥上品》：“服得百日，恐怖即定，服二百日，迅雷不驚，臨危不懼，神志安定。”也作“臨危不顧”。《三國志•陳留王奐傳》：“和、琇、撫皆抗節不撓，拒會凶言，臨危不顧，詞指正烈。”唐代司空圖《馮燕歌》：“朱死勸君莫郎言，臨危不顧始知難。”同 臨危不憚。反 望風而逃。

【臨危不顧】lín wēi bù gù 見“臨危不懼”。

【臨危授命】lín wēi shòu mìng《論語•憲問》：“見利思義，見危授命。”後以“臨危授命”說在重要關頭，面臨危難的時刻，勇於獻出生命。◇他的兒子在台兒莊戰役中臨危授命，英勇殉國。同 見危授命、臨危致命。反 知難而退、逃之夭夭。

【臨池學書】lín chí xué shū《晉書•王羲之傳》：“曾與人書云，張芝臨池學書，池水盡黑。使人耽之若是，未必後之也。”說大書法家王羲之非常敬佩東漢張芝學書法的刻苦精神，并仿效他，立志磨練書法。後用“臨池學書”為刻苦學習書法的典故。宋代洪芻《臨川即事》詩：“覓句翻經靈運，臨池學書右軍。”明代王禕《自建昌州還經行廬山下記》：“寺相傳為右軍故宅，有池水色黑，曰墨池，羲之所洗之墨也。羲之嘗慕張芝臨池學書，池水盡黑，此為其故蹟。”明代張岱《家傳》：“少不肯臨池學書，字醜拙，試有司輒不利。”

【臨別贈言】lín bié zèng yán 臨別時贈送給出行人的話或字句。唐代王勃《滕王閣序》：“臨別贈言，幸承恩於偉餞；登高作賦，是所望於群公。”元代陳櫟《送林先生序》：“先生笑謂曰：‘吾橫經今三年而餘，行揖溪山賦歸矣。臨別贈言，子毋靳。’”◇隨着畢業的日子臨近，同學之間相互在帖子上寫臨別贈言，互勉互勵，留下惜別之情。

【臨事而懼】lín shì ér jù 遇事有所戒懼。形容人處事小心謹慎，三思而後行，避免輕率弄出問題。《論語•述而》：“子路曰：‘子行三軍，則誰與？’子曰：‘暴虎馮河，死而無悔者，吾不與也。必也臨事而懼，好謀而成者也。’”《三國志•諸葛亮傳》：“臣以弱才，叨竊非據，親秉旄鉞以厲三軍，不能訓章明法、臨事而懼，至有街亭違命之闕，箕谷不戒之失，咎皆在臣授任無方。”清代《平定金川方略》卷一五：“天戈所指，席捲可期，乃皇上臨事而懼，好謀而成。”同 小心謹慎、小心翼翼。反 粗心大意、漫不經心。

【臨河羨魚】lín hé xiàn yú 見“臨淵羨魚”。

【臨財不苟】lín cái bù gǒu《禮記•曲禮上》：“臨財毋苟得，臨難毋苟免，得毋求勝，分毋求多。”說人不能見錢眼開，隨便接受或非分謀求，生財要遵照道義。後用“臨財不苟”形容清廉，潔身自愛。《鹽鐵論·地廣》：“惟仁之處，惟義之行，臨財不苟。見利反義，不義而富，無名而貴，仁者不為也。”宋代劉攽《貢舉議》：“夫二漢之用鄉舉里選所以得人者，其時郡縣之吏……皆賢士為之，故其臨財不苟，則知其廉，值事能斷，則知其智。”◇甚麼時候最能看出官員是廉潔還是貪瀆來？那就是臨財不苟，還是臨財苟得。反 見利忘義、臨財苟得。

【臨陣脫逃】lín zhèn tuō táo ❶ 正要上陣作戰時，卻畏懼逃跑了。《明史·劉宗周傳》：“軍法：臨陣脫逃者斬。臣謂一撫二鎮皆可斬也。”《清平定台灣紀略》卷四：“上又諭內閣曰：‘綠營恇怯積習，最為可惡，在兵丁臨陣脫逃已屬大干軍紀，況高士捷身係把總……敢擅離郡城，首先逃避，情罪更重。’”❷ 比喻事到臨頭，退縮逃避，不敢正面交鋒或解決。《北洋軍閥統治時期史話》六八章：“但是他們經不起帝國主義的利誘威脅，終於臨陣脫逃，首先修改了十七條交涉條件，企圖與帝國主義妥協。”夏衍《心防》第三幕：“臨危受命於先，哪兒能臨陣脫逃於後。”反 勇往直前、衝鋒陷陣。

【臨陣磨刀】lín zhèn mó dāo 到要上陣打仗的時候才想起磨戰刀。❶ 比喻事到臨頭才倉促準備。◇過幾天就考試了，今天才臨陣磨刀，你怎麼能考得好？❷ 指在事前做準備。◇開賽在即，各國選手都在臨陣磨刀，都想爭個好名次。同 臨陣磨槍。反 未雨綢繆。

【臨陣磨槍】lín zhèn mó qiāng 槍：古代刺殺兵器。到要上陣打仗時，才匆忙去磨槍頭。比喻事到臨頭，才倉促準備。《紅樓夢》七十回：“王夫人便道：‘臨陣磨槍也不中用。有這會子着急，天天寫寫念念，有多少完不了的。’”梁實秋《秋室雜文·談考試》：“這都是一些好學之士麼？也不盡然。我想其中有很大一部分是臨陣磨槍。”同 臨渴掘井、臨時抱佛腳。反 未雨綢繆。

【臨崖勒馬】lín yá lè mǎ ❶ 到了懸崖邊上及時勒住了奔馬。比喻走到危險邊緣，能翻然醒悟及時回頭。元代鄭光祖《智勇定齊》三折：“這廝不識咱運機，將人來緊追襲，呀，你如今船到江心補漏遲，抵多少懸崖勒馬才收騎。尚兀自追趕着爭持，不睹事撞入咱陣裏，你正是有路無歸。”明代余繼登《放歌》：“諸公自是時稷契，懶人但放歌唐虞，歸去乎歸去乎！不然天厭人亦厭，臨崖勒馬將焉如？”《野叟曝言》五六回：“虧得老襟丈臨崖勒馬，不然，以祖父世傳之產業，而換幾根籌碼，豈不傷心。”❷ 比喻一種寫作手法：正當文勢縱橫馳騁之時，突然打住。《野叟曝言》二九回總評：“寫公子，大奶奶連哭幾天，無休無了，而公子半夜哭醒，忽以大奶奶之埋怨陡然截住，情為至情，文為至文，惟有此臨崖勒馬之法，方可為奔放馳驟之文。”清代李漁《窺詞管見》：“東奔西馳，直待臨崖勒馬，韻雖收而意不收，難乎為其調矣。”同 懸崖勒馬、勒馬懸崖。反 死不回頭、執迷不悟。

【臨深履冰】lín shēn lǚ bīng 見“臨深履薄”。

【臨深履薄】lín shēn lǚ bó 下臨深淵，走在薄冰之上。《詩經·小旻》：“戰戰兢兢，如臨深淵，如履薄冰。”後用“臨深履薄”、“臨深履冰”形容內心時時保持警惕，處處謹慎行事。《後漢書·楊終傳》：“今君位地尊重，海內所望，豈可不臨深履薄，以為至戒！”《三國志文類·少帝自敍始生禎祥》：“以眇眇之身，質性頑固，未能涉道而遵大路，臨深履冰，涕泗憂懼。”《抱朴子·君道》：“臨深履冰，居安不忘乘奔之戒，處存不廢慮亡之懼。”明代吳鼎《足責吳子文》：“臨深履薄，百世之師。”同 臨事而懼、戰戰兢兢。反 漫不經心、麻痹大意。

【臨期失誤】lín qī shī wù 沒有按期行事，以致耽誤了事情。明代于謙《忠肅集·雜行類》：“勘議虛文，延調月日，以致臨期失誤，守備自取重罪。”明代李昌祺《剪燈餘話·泰山御史傳》：“進表文而祝頌，獻禮制之故常，卻乃連日酗酒，臨期失誤，使百辟倉皇駭愕以失色，聚眾人捏合掇拾以成文。”

【臨渴掘井】lín kě jué jǐng《素問•四氣調神大論》：“夫病已成而後藥之，亂已成而後治之，譬猶渴而穿井，鬬而鑄錐，不亦晚乎！”到口渴時才去挖井。比喻平時不早作準備，遇到問題才急着想辦法。《敦煌曲子詞•禪門十二時》：“善因惡業總相隨，臨渴掘井終難悔。”鄭觀應《盛世危言•旱潦》：“夫焦頭爛額固不如曲突徙薪也，亡羊補牢終勝於臨渴掘井也。”同 閒時不燒香，急來抱佛腳。反 未雨綢繆。

【臨淵羨魚】lín yuān xiàn yú《淮南子•説林訓》：“臨河而羨魚，不若歸家織網。”《漢書•董仲舒傳》：“古人有言曰：‘臨淵羨魚，不如退而結網。’”羨：希望得到。面對深水潭，想着得到潭裏的魚。表示空想無益，不如扎扎實實地去做實事。李六如《六十年的變遷》第三章：“可惜你我手無寸鐵，還是‘臨淵羨魚麼’。”◇她是一個不肯勤奮努力，總是臨淵羨魚，怕吃苦的人。同 臨淵之羨、臨川羨魚。

【臨潼鬥寶】lín tóng dòu bǎo《孤本元明雜劇》內有明代無名氏《十八國臨潼鬥寶》劇，描寫秦穆公欲稱霸列國，邀集十八個諸侯國君到臨潼展示各自的寶物，比並高下，想借機臣服各國。會上楚國的伍子胥舉鼎示威，打破了秦穆公的意圖。後用“臨潼鬥寶”作為誇耀豪富，爭強賭勝的典故。《紅樓夢》七五回：“因此大家議定，每日輪流做晚飯之主，天天宰豬割羊，屠鵝殺鴨，好似臨潼鬥寶的一般，都要賣弄自己家裏的好廚役好烹調。”《兒女英雄傳》二回：“不日到了淮安，正遇河台壽期將近，預先擺酒唱戲……眾人的禮物都是你賭我賽，不亞如那臨潼鬥寶一般。”

【臨機應變】lín jī yìng biàn 根據面臨的情況變化，採取適當的應對措施。宋代歐陽修《上皇帝第二書》：“耿南仲特能作章句儒……至於臨機應變則智不足。”明代楊寅秋《平播覆議機宜》：“其各小津渡如狼飛等處，臨機應變置造，將合用造船搭橋工料數目備開到司。”《楊家將》四一回：“待他兵來，臨機應變，設策以破之。”◇臨機應變的能力，源於廣博的閱歷和扎實的經驗積累。同 隨機應變、見機行事。反 膠柱鼓瑟、刻舟求劍。

自 部

【自力更生】zì lì gēng shēng 更生：重新獲得生命。用自己的力量獲得新生。比喻不靠外力，靠自己重興事業。今多指完全靠自己的力量做出成績、闖出事業來。沙汀《磁力》：“公家既然不管我們，校長連學校大門都不進，我們也只有自力更生了。”◇自力更生並不是容易做到的，眼下這個難關該怎麼過去呢？反 寄人籬下、仰人鼻息。

【自不量力】zì bù liàng lì 自以為是，過高估計自身的力量。《左傳•隱公十一年》：“不度德，不量力，不親親，不徵辭，不察有罪。”《鏡花緣》二一回：“我們殿試都是僥倖名列上等，並非真才實學，何敢自不量力，妄自談文。”◇他只寫短篇，不寫長篇，深知精力不濟，硬寫就是自不量力了。同 不自量力。反 量力而行。

【自以為是】zì yǐ wéi shì 自以為自己是正確無誤的。形容不虛心，盲目自信。《孟子•盡心下》：“眾皆悦之，自以為是。”宋代朱熹《答汪尚書》：“又自以為是，而大為穿鑿附會以文之，此其所以重得罪於聖人之門也。”《鏡花緣》八四回：“世人往往自以為是，自誇其能。”丁玲《生活•創造•修養》：“凡是喜歡自以為是，亂出主意，指手畫腳，指指點點的人，都是由於他不虛心。”同 自命不凡、自作聰明。反 自以為非、自暴自棄。

【自由自在】zì yóu zì zài 形容言行舉止不受絲毫拘束，任由自己。唐代慧能《六祖大師法寶壇經•頓漸品》：“自由自在，縱橫盡得，有何可立？”《西遊記》四四回：“出家人無拘無束，自由自在，有甚公事？”巴金《尋夢》：“我羨慕它能夠那麼自由自在地在無邊的大海裏上下飛翔。”同 無拘無束、清閒自在。反 身不由己。

【自由放任】zì yóu fàng rèn 形容不加拘束限制，不加干涉，聽其自然。◇在小孩子的成長期間，要給以特別的關愛，不可自由放任。同 放任自流。

【自由泛濫】zì yóu fàn làn 指不良事物未受限制拘管，大幅度擴散開來。◇決不能讓黃色書刊在學校自由泛濫，毒害學生。同 自由放任。反 嚴懲不貸。

【自生自滅】zì shēng zì miè 任其自己生長，自己消亡。形容放任自流，不干涉，不過問。唐代白居易《山中五絕句•嶺上雲》：“自生自滅成何事，能逐東風作雨無？”陳忠實《白鹿原》三十章：“種種猜測自生自滅，哪種說法都得不到確鑿的證實。”同 聽其自然、放任自流。

【自立門戶】zì lì mén hù ❶ 自己成為獨立的一戶。門戶：人家。《孽海花》三一回：“要稱我的心，除非自立門戶。”❷ 從整體中分出自成一家或一派。清代李斗《揚州畫舫錄•新城北錄下》：“郡城自江鶴亭徵本地亂彈，名春台，為外江班，不能自立門戶。”郭沫若《歷史人物》：“明末門戶之見甚深，而崇禎自己也就是自立門戶的好手。”同 各行其是。

【自出機杼】zì chū jī zhù 機：織布機。杼：織布用的梭子。比喻詩文作品等有自己獨特的構思。《魏書•祖瑩傳》：“文章須自出機杼，成一家風格。”宋代周密《齊東野語》卷五：“大抵作文欲自出機杼者極難。”◇他對茶藝頗有心得，又不拘泥於舊説，近有自出機杼之闡述茶道的書出版。同 匠心獨運、別出心裁。反 司空見慣、千篇一律。

【自成一家】zì chéng yī jiā 漢代司馬遷《報任少卿書》：“亦欲以究天人之際，通古今之變，成一家之言。”後用“自成一家”説在學問或技藝上有所新創，風格獨特，自成一派。唐代劉知幾《史通•載言》：“詩人之什，自成一家。故風雅比興，非《三傳》所取。”宋代李清臣《歐陽文忠公謚議》：“其文卓然，自成一家。”清代佚名《杜詩言志》卷一二：“乃公之文章，則自成一家，足以千秋不朽。”同 自出機杼、另闢蹊徑。反 學步邯鄲、亦步亦趨。

【自行其是】zì xíng qí shì 行：做。是：正確。指按照自己認為對的去做。◇大女兒“刁”，小女兒“嬌”，嬌的捨不得管，刁的不敢管，她只好看着她們自行其是了。同 我行我素。

【自投網羅】zì tóu wǎng luó 見“自投羅網”。

【自投羅網】zì tóu luó wǎng 羅、網：捕鳥、捕魚的器具。三國魏曹植《野田黃雀行》：“不見籬間雀，見鷂自投羅。”常比喻自動踏進別人設好的圈套裏。也作“自投網羅”。《資治通鑒•唐懿宗咸通九年》：“丈夫與其自投網羅，為天下笑，曷若相與戮力同心，赴蹈湯火，豈徒脱禍，兼富貴可求。”《紅樓夢》一二回：“鳳姐因他自投羅網，少不的再尋別計令他知改。”李劼人《大波》二部五章：“我也是這麼想的，與其去了自投羅網，不如不去的好。”同 飛蛾投火。

【自求多福】zì qiú duō fú《詩經•文王》：“永言配命，自求多福。”靠自己去尋求更多的福祉。《後漢書•范滂傳》：“古之循善，自求多福；今之循善，身陷大戮。”《舊唐書•張孝忠傳》：“滔奉命伐罪，使君何用助逆，不自求多福耶？”魯迅《華蓋集•這個與那個》：“中國人的自討苦吃的根苗在於捧，‘自求多福’之道卻在於挖。”反 自討苦吃、自掘墳墓。

【自吹自擂】zì chuī zì léi 自己吹喇叭，自己擂鼓。比喻自我吹噓。魯迅《且介亭雜文二集•五論“文人相輕”——明術》：“除‘辟謠’之外，自吹自擂是究竟不很雅觀的。”徐遲《牡丹》五：“魏紫一聽，就知道他是自吹自擂。”王朝聞《論鳳姐》一四章：“鳳姐常常自吹自擂，賈母何嘗真比鳳姐謙虛。”同 大吹大擂。反 自輕自賤、自慚形穢。

【自告奮勇】zì gào fèn yǒng 告：表示。奮勇：鼓起勇氣。指主動提出要求去完成某件事。《孽海花》二五回：“何太真既然自告奮勇，何妨利用他的朝氣。”老舍《看寬一點》：“我就想起當今的詩人好不好自告奮勇伸伸手幫點忙呢？是自告奮勇，絕對不許勉強！” 同 毛遂自薦、挺身而出。反 畏縮不前、“前怕狼，後怕虎”。

【自我作古】zì wǒ zuò gǔ 見“自我作故”。

【自我作故】zì wǒ zuò gù 自：從。作故：作為創始者。說以自己作為首創的人或首例。也作“自我作古”。唐代劉知幾《史通·稱謂》：“自我作故，無所憲章。”《舊唐書·禮儀志》：“創此宏模，自我作古。”《孽海花》三五回：“袁尚秋的《安舫簃》自我作古，戛戛獨造，也有求生求新的跡象。” 茅盾《化悲痛為力量》：“(他的歷史題材的劇本）不拘泥於歷史事實而隨時發揮，雖云自我作古，卻非英雄欺人。” 同 自成一家、獨樹一幟。反 率由舊章、蹈常襲故。

【自我陶醉】zì wǒ táo zuì 形容像醉酒一般不清醒，沉浸在自我欣賞的情緒中。鄧拓《廢棄“庸人政治”》：“這種庸人政治除了讓那些真正沒有出息的庸人自我陶醉之外，到底有甚麼用處呢？” 反 妄自菲薄、自慚形穢。

【自我解嘲】zì wǒ jiě cháo《漢書·揚雄傳下》：“哀帝時，丁、傅、董賢用事，諸附離之者起家至二千石。時雄方草《太玄》，有以自守，泊如也。或嘲雄以玄尚白，而雄解之，號曰《解嘲》。” 後用“自我解嘲” 表示為自己陷入的窘境粉飾、開脫。◇不想被人拆穿他的那樁醜事，一時無地自容，只得自我解嘲，敷衍搪塞幾句就算過去了 / 她馬上意識到了甚麼，自我解嘲地笑着說：“你看嫂子是好利害的人嗎？” 同 敷衍搪塞、敷衍了事。

【自私自利】zì sī zì lì 形容凡事都從自身利益掂量，一心只為自己謀利。宋代朱熹《朱子語類》卷五五：“墨氏見世間人自私自利，不能及人，故欲兼天下之人人而盡愛之。” 明代李贄《焚書·王龍溪先生告文》：“所怪學到者病在愛身而不愛道，是以不知前人付託之重，而徒為自私自利之計。” 茅盾《虹》二：“真愛一個人是要從她的幸福上打算，不應該從自私自利上着想。” 同 一毛不拔。反 捨己為人。

【自作自受】zì zuò zì shòu 自己做了錯事，自己承當後果。《敦煌變文集·目連緣起》：“汝母在生之日，都無一片善心，終朝殺害生靈，每日欺凌三寶，自作自受，非天與人。”《鏡花緣》九八回：“這是自作自受，有何冤枉。”《唐祝文周全傳》七回：“(蓮芸）心虛膽怯，一時又不敢亂動，這也真所謂醜人多作怪，自作自受。” 同 自食其果、咎由自取。

【自作聰明】zì zuò cōng míng《尚書·蔡仲之命》：“康濟小民，率自中，無作聰敏，亂舊章。” 後用“自作聰明” 說以為自己比別人高明，自以為是地去做，其实是不懂裝懂或似懂非懂。明代余繼登《典故紀聞》卷四：“苟自作聰明而不取眾長，欲治道之成不可得也。” 郭沫若《前期法家的批判》：“他是一位愛弄小智小慧、自作聰明的人。” 同 自以為是。反 自知之明。

【自身難保】zì shēn nán bǎo 連自己也難以保全得住。《警世通言》卷三：“若沉了時節，正是‘泥菩薩落水，自身難保，’還保得別人？” ◇他本想救她於水火，但轉念一想，身無分文，自身難保，就打消了這個念頭。同 自顧不暇。

【自言自語】zì yán zì yǔ 自己對着自己說話。《京本通俗小說·碾玉觀音》：“一個婦女搖搖擺擺從府堂裏出來，自言自語，與崔寧打個胸廝撞。” 元代無名氏《漁樵記》四折：“漫波裏又無人，見鬼的也似自言自語，絮絮聒聒的。”《水滸傳》二一回：“正在樓上自言自語，只聽得樓下‘呀’地門響。” 張愛玲《談看書》：“白顏自言自語說話，多半是讀到心儀之書了。” 同 自說自話。

【自取其咎】zì qǔ qí jiù 咎：罪過、禍害。所遭受的罪孽是自己造成的。《老子》：“富貴而驕，自遺其咎。” 漢代焦延壽《易林》：“舉事不成，自取其咎。”《警世通言》卷三：“想當時因得罪於荊公，自取其咎。” 周瘦鵑《七巧望雙星》：“天帝拆散這一對恩愛夫妻，似乎忒煞無情，然而織女一嫁就不再紡織，也是自取其咎。”同 作繭自縛、自討苦吃。

【自取滅亡】zì qǔ miè wáng 自己的所作所為造成自己的失敗或滅亡。《陰符經》卷下：“沉水入火，自取滅亡。”《金史·阿疎傳》：“烏春本微賤，吾父撫育之使為部長，而忘大恩，乃結怨於我，遂成大亂，自取滅亡。”《水滸後傳》三五回：“倭兵犯順，自取滅亡。”同 自取覆亡、自掘墳墓。

【自知之明】zì zhī zhī míng《老子》三三章：“知人者智，自知者明。”後以“自知之明”表示明瞭自己的長處和短處，說話做事同自己的身份或能力等相稱，不做非分、不當之舉。宋代蘇軾《與葉進叔書》：“僕聞有自知之明者，乃所以知人。”《鏡花緣》九十回：“這句說的不是你是誰！真有自知之明。”瞿秋白《亂彈·水陸道場》：“然而阿斗有自知之明，自己知道昏庸無用，所以就把全權交給諸葛亮，由他去治理國家。”反 自作聰明、自吹自擂。

【自命不凡】zì mìng bù fán 自以為非常高明，了不起，別人都等而下之。《聊齋誌異·楊大洪》：“大洪楊先生漣，微時為楚名儒，自命不凡。”章炳麟《東京留學生歡迎會演說辭》：“中國人的信仰基督，最上一流，是借此學些英文、法文，可以自命不凡。”朱自清《論書生的酸氣》：“道學的興起表示書生的地位加高，責任加重，他們更其自命不凡了。”同 自負不凡。反 自知之明、自慚形穢。

【自命清高】zì mìng qīng gāo 認為自己清雅高潔，不同凡響。《二十年目睹之怪現狀》三回：“還自命清高，反說富貴的是俗人。”趙家璧《編輯憶舊》：“我這個自命清高，實際脫離生活的青年，開始認識到時代潮流已衝擊到我身邊。”同 自命不凡、孤芳自賞。

【自始至終】zì shǐ zhì zhōng 從一開始到終結，由頭至尾。有時含有“始終如此”的意思。《宋書·武三王傳》：“義恭性嗜不恆，日時移變，自始至終，屢遣宅第。”《舊五代史·唐明宗紀》：“太祖在太原，騎軍不過七千，先皇自始至終馬才及萬。”《官場現形記》一五回：“捕快問他，不敢不說實話，先把怎樣輸錢，怎麼偷錢，自始至終說了一遍。”同 自始及終、從頭至尾。反 有始無終、有頭無尾。

【自相矛盾】zì xiāng máo dùn《韓非子·難勢》載：有人賣矛和盾，先誇盾最堅實，甚麼武器都戳不破，一會兒，又誇矛最銳利，能刺穿任何東西。有人問他，用你的矛來刺你的盾，結果如何？此人無法回答。後用“自相矛盾”比喻言論、說法或行動，前後抵觸。唐代劉知幾《史通·雜說上》：“觀孟堅紀、志所言，前後自相矛盾者矣。”宋代王觀國《學林·言行》：“聖賢言行，要當顧踐，毋使自相矛盾。”清代李漁《閒情偶寄·賓白第四》：“多言多失，保無前是後非，有呼不應，自相矛盾之病乎？”反 自圓其說、天衣無縫。

【自相魚肉】zì xiāng yú ròu 內部互相殘殺。魚肉：像對待魚肉那樣割殺。《晉書·劉元海載記》：“今司馬氏父子兄弟自相魚肉，此天厭晉德，授之於我。”《東周列國誌》七八回：“況叔孫氏君臣自相魚肉，魯之不幸，實齊之幸也。”同 同室操戈、自相殘殺。反 一心一德、同心協力。

【自相殘殺】zì xiāng cán shā 殘：傷害。因內訌而互相殺害起來。也作“自相殘害”。《晉書·石季龍載記下》：“季龍十三子，五人為冉閔所殺，八人自相殘害。”《英烈傳》三回：“賊兵自相殘殺，約折去大半。”《痛史》三回：“他成日間叫我們自相殘殺……好叫他那些騷韃子來佔據我們的好土地。”同 自相魚肉、同室操戈。反 同舟共濟、戮力同心。

【自相殘害】zì xiāng cán hài 見“自相殘殺”。

【自相驚擾】zì xiāng jīng rǎo《左傳·昭公七年》：“鄭人相驚以伯有，曰：‘伯有至矣！’則皆走，不知所往。”後用“自相驚擾”說自己人之間表現得震驚害怕，引起內部擾動不安。《晉書·王舒傳》：“冰、颺等遣前鋒進據無錫，遇賊將張健等數千人，交戰，大敗，奔還御亭。復自相驚擾，冰、颺等并退於錢唐。”《前世今生》二：“義軍入城，百姓不信其‘安民告示'，竟有自相驚擾而遠避鄉間者。"同 自相驚嚇。反 處變不驚。

【自食其力】zì shí qí lì 依靠自身的能力謀生求存。《禮記•禮器》"食力無數"陳浩集説："食力，自食其力之人。"《聊齋誌異•黃英》："自食其力不為貪，販花為業不為俗。"老舍《老張的哲學》四："想經營一個買賣，自食其力的掙三頓飯吃。"同 自力更生。反 坐享其成。

【自食其言】zì shí qí yán 食：吞沒。自己説出的話不算數。宋代歐陽修《六一居士傳》："是將違其素志而自食其言。"《醒世恆言》卷二："兩弟在朝居位之時，吾曾諷以知足知止。我若今日復出應詔，是自食其言了。"《北洋軍閥統治時期史話》七十章："已將此職許給寇英傑，不便自食其言。"同 出爾反爾。反 言而有信。

【自食其果】zì shí qí guǒ 自己吞下自己種出的苦果。比喻自己造成的惡果自己承擔。郭沫若《天地玄黃•玩火者必自焚》："玩火者是會自食其果的。"◇人類多年來破壞自然環境，如今只能自食其果了。同 自食惡果、自作自受。

【自負不凡】zì fù bù fán 見"自命不凡"。

【自怨自艾】zì yuàn zì yì《孟子•萬章上》："仲壬四年，太甲顛覆湯之典刑，伊尹放之於桐。三年，太甲悔過，自怨自艾，於桐處仁遷義。"説太甲悔悟到做錯了事之後，就改正過來了。後多以"自怨自艾"表示悔恨並責怪自己。《醒世恆言•張孝基陳留認舅》："過遷漸漸自怨自艾，懊悔不迭。"清代淮陰百一居士《壺天錄》卷下："一夕，某沽酒獨酌，自怨自艾，似將悛改。"《官場現形記》一六回："終日愁眉不展，自怨自艾。"茅盾《〈呼蘭河傳〉序》："都是些甘願做傳統思想的奴隸而又自怨自艾的可憐蟲。"同 悔不當初、悔之無及。

【自討沒趣】zì tǎo méi qù 因做事或説話不當而有失體面、陷入難堪境地，或惹來麻煩。葉聖陶《孤獨》："他立刻覺得剛才對於孩子的要求沒有意思，只不過自討沒趣罷了。"◇他可是省長的大公子，如果你不給面子，恐怕自討沒趣。同 自討苦吃。

【自討苦吃】zì tǎo kǔ chī 自己招惹禍害或麻煩。明代張岱《陶庵夢憶•彭天錫串戲》："（疑心太重）殷殷防護，日夜為勞，是無知老賊自討苦吃者也。"《鏡花緣》二七回："老夫原知傳方是件好事，但一經通行，家中缺了養贍，豈非自討苦吃麼？"◇有思想的人，考慮的問題太多，面又太廣，與現實矛盾尖鋭，實在是自討苦吃。

【自高自大】zì gāo zì dà 自以為了不起，看不起別人。《顏氏家訓•勉學》："見人讀數十卷書，便自高自大，凌忽長者，輕漫同列，人疾之如仇敵，惡之如鴟梟。"元代無名氏《點絳唇》曲："有一等明師，自高自大狂言詐語，道聽途説，自把他元神昧。"◇他實際懷有一種暗自卑微的心理，説他自高自大實在是冤枉。同 自視甚高、妄自尊大。反 謙虛謹慎、虛懷若谷。

【自掘墳墓】zì jué fén mù 自己給自己挖好葬身之地，自尋死路。《三國志•先主傳》裴松之注引葛洪《神仙傳》："先主欲伐吳，遣人迎意其，意其到，先主禮敬之，問以吉凶。意其不答而求紙筆，畫作兵馬器仗數十紙，已便一一以手裂壞之，又畫作一大人，掘地埋之，便徑去。先主大不喜。而自出軍征吳，大敗還，忿恥發病死。眾人乃知其意。"◇他投資股市血本無歸，日以淚洗臉，通宵不眠，有人諷刺他自掘墳墓。同 自取滅亡。

【自得其樂】zì dé qí lè 從自己在做的事中得到樂趣。《初刻拍案驚奇》卷三五："那賈員外過繼了個兒子，又且放着刁勒買的不費大錢，自得其樂。"朱自清《蒙自雜記》："老頭兒有個老伴兒，帶一個夥計，就這麼活着，倒也自得其樂。"同 逍遙自在、樂在其中。反 自找苦吃、自作自受。

【自惜毛羽】zì xī máo yǔ 比喻珍惜名聲，言行自重，處世謹慎。漢代劉向《説苑•雜言》："夫君子愛口，孔雀愛羽，虎豹愛爪……此皆所以治身法也。"《舊唐書•李紳傳》："（李逢吉）問計於門人張又新、李續之，咸曰：'搢紳皆自惜毛羽，孰肯為相公搏擊，須得非常奇士出死力者。'" 同 自惜羽毛、愛惜羽毛。

【自視甚高】zì shì shèn gāo 認為自己很高明，了不起。明代文徵明《翰林蔡先生墓誌》："所造實深，自視甚高，常所評騭，雖唐宋名家，猶有所擇。" ◇她自視甚高，偶有一知半解，就沾沾自喜，弄得人人討厭。同 自命清高、自命不凡。

【自強不息】zì qiáng bù xī 自覺地奮發向上，永不停步。《易經·乾》："天行健，君子以自強不息。" 宋代徐鉉《巫馬大夫碑銘》："夙興夜寐，自強不息。" 老舍《福》："養尊處優便生腐化，勤儉樸素才能自強不息。" 同 勵精圖治、艱苦奮鬥。反 自暴自棄、自輕自賤。

【自欺欺人】zì qī qī rén 用自己都不相信的謊言或手法來欺騙別人。宋代朱熹《朱子語類》卷十八："因說自欺欺人，曰：欺人亦是自欺，此又是自欺之甚者。" 《老殘遊記》九回："宋儒要說好德不好色，非自欺而何？自欺欺人，不誠極矣。"《二十年目睹之怪現狀》八四回："此刻做官的那一個不是自欺欺人、掩耳盜鈴的故智？" 同 欺人自欺。

【自貽伊戚】zì yí yī qī 見"自詒伊戚"。

【自然而然】zì rán ér rán 沒有外力干預而由自身形成。自然：指不受外力影響。《雲笈七籤》卷一〇二："夫莫能使之然，莫能使之不然；亦不知其所以然，不知其所以不然，故曰：自然而然者也。"《牟子理惑論》："夫吉凶之與善惡……自然而然，不得相免也。" 朱自清《論雅俗共賞》："所謂'提出'和'要求'，都只是不自覺的看來是自然而然的趨勢。" 同 聽其自然。反 矯揉造作。

【自詒伊戚】zì yí yī qī 詒：遺留。伊：此。戚：憂愁。指自招禍患，自尋煩惱。也作"自貽伊戚"。《詩經·小明》："心之憂矣，自詒伊戚。"《北齊書·文襄記》："(君今) 受制於人，威名頓盡……家有惡逆之禍，覆宗絕嗣，自貽伊戚，戴天履地，能無愧乎！"《隋唐演義》五一回："今日弄得東飄西蕩，子不認母，節不成節，樂不成樂，自貽伊戚如此。"《楊家將演義》五回："昊天寺在幽州，與蕭后接壤境界，倘遼人知之，發兵劫駕，豈非自詒伊戚？" 同 咎由自取。反 飛來橫禍。

【自給自足】zì jǐ zì zú 依靠自己的生產活動來滿足自身的需要。《列子·黃帝》："不施不惠，而物自足"。《三國志·步騭傳》："種瓜自給。" ◇古代自給自足的生產方式，有一種阻礙社會進步的惰性，與今天全球化的經濟模式完全不同。反 仰人鼻息。

【自圓其說】zì yuán qí shuō 使自己所說的沒有矛盾之處，沒有破綻。《官場現形記》五五回："躊躇了好半天，只得仰承憲意，自圓其說道：'職道的話原是一時愚昧之談，作不得準的。'" 章炳麟《儒術真論》："然則釋家蓋能識此旨，而故為不了以自圓其說也。" 曹禺《王昭君》第五幕："哈哈，單于殿下，你自己都不能自圓其說了吧。" 反 自相矛盾、破綻百出。

【自愧弗如】zì kuì fú rú 弗：不。自感慚愧，覺得比不上別人。也作"自歎不如"。唐代元結《七不如篇序》："元子常自愧不如孩孺。"《聊齋誌異·邵九娘》："妻亦心賢之，然自愧弗如，積漸成忌。" 《唐祝文周全傳》五回："她眼看乾妹妹……手法簡直要比自己超出萬倍。不由得心馳神往，暗暗地自愧弗如，一連聲的極口讚美。" 余光中《秦瓊賣馬》："擁有汽車，等於搬兩張沙發到馬路上，可以長途坐遊，……令發明木牛流馬的孔明自歎不如。" 同 自愧不如、自慚形穢。反 自鳴得意、自視甚高。

【自輕自賤】zì qīng zì jiàn 自己看輕自己，降低身份，不知自愛自重。《喻世明言》卷二："他家差老園公請你，有憑有據，須不是你自輕自賤。"《紅樓夢》二二回："黛玉又道：'你為甚麼又和雲兒使眼色兒，這安的是甚麼心？莫不是他和我玩，他就自輕自賤了？'" ◇自從受處分以後，他就破罐子破摔，自輕自賤，情緒越來越消沉。同 自暴自棄。反 自重自愛、自強不息。

【自鳴得意】zì míng dé yì 鳴：表達。自我表白、自我欣賞，現出洋洋得意的樣子。明代沈德符《野獲編•曇花記》："一日，遇屠於武林，命其家僮演此曲，揮策四顧，如辛幼安之歌千古江山，自鳴得意。"《聊齋誌異•江城》："姊妹相逢無他語，惟各以閫威自鳴得意。"周而復《上海的早晨》三部二七："(他) 自鳴得意，語調也隨之變了，謙虛裏流露出自滿。"同 洋洋得意、沾沾自喜。反 垂頭喪氣、心灰意懶。

【自説自話】zì shuō zì huà ❶ 自己對着自己講話。◇她好像有精神病似的，整天對着窗戶自説自話。❷ 形容做事或説話完全按照自己的想法，任性而為，不管不顧。◇他用全部家當自説自話買了一套大房子，引起家人不滿 / 她從不考慮別人的感受，自説自話，往往把好事辦壞了。同 自言自語、我行我素。

【自慚形穢】zì cán xíng huì《世説新語•容止》："驃騎王武子，是衞玠之舅，俊爽有風姿，見玠輒歎曰：'珠玉在側，覺我形穢。'"説自覺容貌舉止不如衞玠而感到慚愧，後泛指自愧不如別人。《聊齋誌異•雙燈》："魏視書生，錦貂炫目，自慚形穢，不知所對。"《儒林外史》三十回："小弟因多了幾歲年紀，在他面前自覺形穢，所以不敢癡心想着相與他。"郁達夫《春風沉醉的晚上》三："在大街上闊步，與前後左右的和季節同時進行的我的同類一比，我那得不自慚形穢呢？"同 自愧弗如。

【自賣自誇】zì mài zì kuā 誇獎自己出賣的物品，自吹自擂。老舍《又是一年芳草綠》："我看……他老人家那股子自賣自誇的勁兒，打死我也學不來。"◇老王賣瓜，自賣自誇，哪個賣東西的人都是這樣。同 自吹自擂。

【自歎不如】zì tàn bù rú 見"自愧弗如"。

【自暴自棄】zì bào zì qì《孟子•離婁上》："自暴者，不可與有言也；自棄者，不可與有為也。言非禮義，謂之自暴也；吾身不能居仁由義，謂之自棄也。"後以"自暴自棄"形容自甘墮落，或不求進取。宋代朱熹《朱子語類》卷一一八："即此可見其無志，甘於自暴自棄，過孰大焉。"《鏡花緣》二二回："今得幸遇當代鴻儒，尚欲勉強涂鴉，以求指教，豈肯自暴自棄，不知抬舉，至於如此。"郭沫若《騎士》："我聽説你近來有點自暴自棄，天天都在喝酒，那倒是很危險的啦。"同 自輕自賤。反 自強不息。

【自覺自願】zì jué zì yuàn 心甘情願這樣去做。◇出於愛心和對社會的一份責任感，香港許多學生都在休息日自覺自願做義工。同 心甘情願。反 心有不甘。

【自覺形穢】zì jué xíng huì 見"自慚形穢"。

【自顧不暇】zì gù bù xiá 照顧自己都來不及，更無力管別人的事。明代吾丘瑞《運甓記•陳敏造逆》："主勢孤危，自顧不暇，縱而問鼎稱雄，誰敢興師鞠旅。"《説岳全傳》六回："我們自顧不暇，那裏還照應得你等。"魯迅《而已集•寫在〈勞動問題〉之前》："只因為本國太破爛，內憂外患，非常之多，自顧不暇了，所以只能將台灣這些事情暫且放下。"同 自救不暇。

【臭不可當】chòu bù kě dāng 當：承受。也作"臭不可聞"。❶ 氣味極臭，讓人無法忍受。唐代柳宗元《東海若解》："東海若陸遊，登孟諸之阿，得二瓠焉。刳而振其犀以嬉，取海水雜糞壤蟯蚘而實之，臭不可當也。"《三國演義》九十回："大半被鐵炮打的頭臉粉碎，皆死於谷中，臭不可聞。"❷ 形容行為或名聲醜惡之極。《孽海花》五回："原來公坊那年自以為臭不可當的文章，竟被霞郎估着，居然掇了巍科。"◇靠着丈人的權勢，倒賣地皮，雖説賺了不少錢，名聲卻臭不可當。同 臭名昭著。

【臭不可聞】chòu bù kě wén 見"臭不可當"。

【臭名昭著】chòu míng zhāo zhù 惡劣的名聲盡人皆知。也作"臭名昭彰"。《北洋軍閥統治時期史話》第一章："北洋派是中國近代史上繼往開來、臭名昭彰的一個封建軍事統治集團。"◇在家鄉弄得臭名昭著，不得不遠走他鄉另謀生計。同 臭名遠揚、臭不可聞。

【臭名昭彰】chòu míng zhāo zhāng 見“臭名昭著”。

【臭名遠揚】chòu míng yuǎn yáng 揚：傳播。壞名聲傳得遠近皆知。◇秦檜陷害岳飛父子，儘管得意於一時，卻落得臭名遠揚，遭後人唾罵。同 臭名昭著、聲名狼藉。反 譽滿天下、聞名遐邇。

【臭味相投】chòu wèi xiāng tóu 雙方具有的污臭氣味混合到一塊兒了。比喻在壞意識、壞習性或惡行等方面相互一致，一拍即合。◇兩個人家教不嚴，隔三岔五逃學逛街，抽煙喝酒，臭味相投，互相拉扯着墮落下去。同 一拍即合。

【臭味相投】xiù wèi xiāng tóu 臭：氣味。漢代蔡邕《玄文先生李休碑》：“凡其親昭朋徒、臭味相與，大會而葬之。”後以“臭味相投”比喻在觀念、興趣、性格等方面彼此相似，能合到一處。明代許三階《節俠記•訂訪》：“諸公青雲貴客，臭味相投，正該相訪，山僧是世外之人，況避跡深山，不得追隨了。”《醒世恆言•薛錄事魚服證仙》：“這二位官人，為官也都清正，因此臭味相投。”《官場現形記》二九回：“他自從到省之後，同寅當中不多幾日，居然很結識得幾個人，不是世誼，便是鄉誼……所謂‘臭味相投’，正是這個道理。”同 情投意合。反 形同陌路、視若仇讎。

至部

【至死不悟】zhì sǐ bù wù 直到死還不覺悟。形容頑固不化。晉代葛洪《抱朴子•道意》：“求乞福願，冀其必得，至死不悟，不亦哀哉？”巴金《春天裏的秋天》：“你們這些受了女人欺騙至死不悟的男子啊！自殺罷，你們還是去死好！”同 執迷不悟。反 隨機應變。

【至死不渝】zhì sǐ bù yú 到死都不肯改變。也作“至死不變”。《禮記•中庸》：“國無道，至死不變，強哉矯！”梁啟超《羅蘭夫人傳》：“嗚呼！其愛人義俠之心，至死不渝，有如此者。”傅東華《烏老鴉》：“老婆至死不渝的愛，是他生平勞苦的回報。”◇他那“拔一毛而利天下不為也”的吝嗇為人，是至死不渝的。同 之死靡他、始終不渝。反 隨風轉舵、隨機應變。

【至死不變】zhì sǐ bù biàn 見“至死不渝”。

【至交契友】zhì jiāo qì yǒu 見“至親好友”。

【至高無上】zhì gāo wú shàng 最高的，高於一切，沒有能超過它的。《淮南子•繆稱訓》：“道至高無上，至深無下。”漢代許慎《說文解字•一部》：“天，顛也，至高無上。”巴金《天鵝之歌》：“最後還引用英國詩人布朗寧的話，說愛情是至高無上的。”◇民族大義、民族尊嚴是至高無上的。同 至高至上。反 何足道哉、微不足道。

【至理名言】zhì lǐ míng yán 千真萬確的道理，精闢深刻的話語。《歧路燈》四十回：“俗語云：‘揭債要忍，還債要狠。’這兩句話雖不是聖經賢傳，卻是至理名言。”巴金《滅亡》八章：“說戀愛是盲目的，這真是至理名言。譬如我只見了瑪麗（房東女兒告訴我，姑娘底小名叫瑪麗）一面，說過兩三句話，我就愛上她了。”◇人們常說，“隔重樓板隔重山”，我從不相信“板”的作用這麼大，後來我在香港租了房子住，才明白這句古語的確是至理名言。反 胡言亂語、胡說白道。

【至親好友】zhì qīn hǎo yǒu 最為親近的親戚與最要好的朋友。也作“至交契友”。元代馬致遠《青衫淚》一折：“我想此處司馬白樂天，及某至交契友，不免上岸探望他一遭。”《歧路燈》三七回：“豈知這傻公子性情喜怒無常……一時厭煩起來，即至親好友也不願見面的。”◇他的生日派對熱鬧非凡，至親好友紛紛登門祝賀。同 親朋知己。反 冤家對頭。

臼部

【與人為善】yǔ rén wéi shàn ❶ 同別人一道做善事。《孟子•公孫丑上》：“取諸人以為善，是與人為善者也，故君子莫大乎與人為善。”清代蔣士銓《〈鳴機夜課圖〉記》："吾母生平勤勞，為之略，以進求諸大人先生之立言而與人為善者。"續範亭《學習漫談》："今天能依靠一個大政黨，與全國人站在一起打日本，這就是與人謀虎，與人為善了。"❷ 懷着一番好心幫助別人做好事。明代李贄《答耿司寇書》："某行雖不謹，而肯與人為善；某等行雖端謹，而好以佛法害人。"《文明小史》九回："想你們教士也是與人為善，斷不肯叫我為難的。"同 成人之美、樂善好施。反 成人之惡、窮兇極惡。

【與日俱增】yǔ rì jù zēng 隨着時間的推移而連續不斷地增長。茅盾《過年》："半個月過去了，風平浪靜，然而老趙心裏的愁悶卻與日俱增了。"反 日削月朘。

【與世沉(沈)浮】yǔ shì chén fú 沉浮：隨時勢潮流的起伏而變化。比喻附和世俗，隨波逐流。《史記•遊俠列傳》："今拘學或抱咫尺之義，久孤於世，豈若卑論儕俗，與世沈浮而取榮名哉！"唐代韓愈《答劉正夫書》："然則用功深者，其收名也遠，若皆與世沉浮，不自樹立，雖不為當時所怪，亦必無後世之傳也。"也作"與世浮沉"。《淮南子•要略》："故言道而不言事，則無以與世浮沉；言事而不言道，則無以與化遊息。"明代李夢陽《對徽仕郎何公合葬墓志》："何公為人大段厲氣，義不欲齷齪與世浮沈。"同 和光同塵。反 卓爾不群。

【與世長辭】yǔ shì cháng cí 永遠告別人世。❶ 表示告別紛亂的塵世，隱居不出。宋代朱熹《行宮便殿奏札》："伏惟聖明深賜省覽……則臣雖退伏田野，與世長辭，與有榮矣。"《聊齋誌異•賈奉雉》："僕適自念……真無顏出見同人。行將遁跡山丘，與世長辭矣。"❷ 稱人死亡的婉詞。老舍《趙子曰》二二："屋裏的犯人時常有不等再開門，就在鐵門後與世長辭了！"

【與世浮沉(沈)】yǔ shì fú chén 見"與世沉(沈)浮"。

【與世無爭】yǔ shì wú zhēng 超然物外，灑脱自然，不與世人爭奪名和利。《官場現形記》五三回："這番賺來的錢也盡夠我下半世過活的。既然人家同我不對，我也樂得與世無爭，回家享用。"老舍《駱駝祥子》一："他們的跑法也特別，四六步兒不快不慢，低着頭，目不旁視的，貼着馬路邊兒走，帶出與世無爭，而自有專長的神氣。"◇她抱着多一事不如少一事，與世無爭的人生哲學，過了大半輩子。反 爭名奪利、爭長論短。

【與世隔絕】yǔ shì gé jué 與外界社會斷絕往來。宋代歐陽修《山中之樂》："忽得路而不知其深之幾重，中有平田廣谷兮，與世隔絕，猶有太古之遺風。"明代許卿《與雙江聶文蔚尚書》："邇來竊比古人優遊卒歲之知，樵牧自營，與世隔絕者今二十四年。"◇巴西的亞馬遜部落，被認為是在與世隔絕的狀態下生活的土著人最多的族群。

【與民同樂】yǔ mín tóng lè 同百姓共享快樂。《孟子•梁惠王下》："吾王庶幾無疾病歟？何以能田獵也。此無他，與民同樂也。"《二刻拍案驚奇》五折："每人皆賜衣襖一領，翠葉金花一枝，上有小小金牌一個，鑿着'與民同樂'四字。"清代于成龍《江南通志序》："唐太宗有言：朕聞人和則樂清。若百姓安樂，則金石自諧矣，是誠得與民同樂之旨。"同 與民偕樂。

【與民休息】yǔ mín xiū xī 與：給。減輕賦税徭役等負擔，讓百姓得以休養生息。《漢書•縮昭帝紀》："輕徭薄賦，與民休息。"元代唐元《題前徽守高公守拙詩卷》："侯壹法公度，與民休息，故徽之人士至今歌兩侯不置口。"◇以"無為而治"為核心，道家提出與民休息的施政方略。同 休養生息。反 勞民傷財。

【與民更始】yǔ mín gēng shǐ 更始：重新開始。《莊子•盜跖》："尊將軍為諸侯，與天下更始，罷兵休卒。"後用"與民更始"表示除舊佈新，重新做起。《漢書•武帝紀》："朕嘉唐虞而樂殷周，據舊以鑒新，其赦天下，與民更始。"宋代尹洙《論命令恩寵賜與三事疏》："伏帷陛下深察秦隋惡聞忠言所以亡，遠法漢主不諱危亂所以存，日新盛德，與民更始。"梁啟超《政聞社宣言書》："希望君主幡然改圖，與民更始。" 同 革故鼎新。

【與虎謀皮】yǔ hǔ móu pí 跟老虎商量取下虎皮。《太平御覽》卷二〇八引《符子》："(周人) 欲為千金之裘，而與狐謀其皮……言未卒，狐相率逃於重丘之下。" 後用 "與虎謀皮"、"與狐謀皮" 比喻所求與對方的切身利益衝突，根本辦不到。章炳麟《為華界販賣煙土之宣言》："即北廷之執政者，平居嗜好，當亦人所共聞，人民欲借其力以申禁，此仍與狐謀皮也。" 續範亭《學習漫談》："現在想起來，實際上是做了三十年與虎謀皮的事，幾乎被虎吃了。" 吳玉章《從甲午戰爭前後到辛亥革命前後的回憶》五："袁世凱這時剛剛秉承了李鴻章的衣鉢……傾心媚俄，天真的學生們竟去向他求助，何啻與虎謀皮？"

【與狐謀皮】yǔ hú móu pí 見"與虎謀皮"。

【與眾不同】yǔ zhòng bù tóng 與大多數人不一樣。形容人或事物有特色、特點，情況特殊，不同一般。唐代白居易《為宰相謝官表》："臣今所獻與眾不同，伏唯聖慈特賜留聽。" 宋代鄒浩《辭免右正言第三狀》："重念臣今事勢與眾不同，除已兩具奏陳外，尚有不得已者。" 葉聖陶《一個青年》："只看一對對羨慕的目光注射着自己與他，便覺得自己是特別優越與眾不同的人了。" 同 異乎尋常。反 屢見不鮮。

【舉一反三】jǔ yī fǎn sān 從一件事情類推而悟出許多事情，觸類旁通。《論語•述而》："舉一隅，不以三隅反，則不復也。" 隅：角。《北堂書鈔》卷九八引《蔡邕別傳》："邕與李則遊學鄙土，時在弱冠，始共讀《左氏傳》，通敏兼人，舉一反三。" 宋代朱熹《答胡伯逢書》："今乃以為節外生枝，則夫告往知來，舉一反三，聞一知十者，皆適所以重得罪於聖人矣。" 清代曹雪芹《〈南鷂北鳶考工記〉自序》："實欲舉一反三，而啟後學之思。" 同 聞一知十、觸類旁通。

【舉十知九】jǔ shí zhī jiǔ 列舉十件事，有九件是知道的。形容見多識廣，知識豐富。唐代張説《豫州刺史魏叔瑜神道碑》："聖人之所志，聞一而反三；君子之所能，舉十而知九。" ◇你可辯不過他，那個人可是舉十知九，你趕得上他嗎？同 舉一反三。反 一無所知。

【舉不勝舉】jǔ bù shèng(shēng) jǔ 勝：盡，全部。不能一一全部列舉。形容類似的事物極多。曹禺《紅杏枝頭春意鬧》："我們有多少這樣勤奮、堅韌的科學工作者，實在舉不勝舉。" 巴金《隨想錄》三八："例子太多了，舉不勝舉！" ◇杭州的名菜，最著名的有叫化雞、東坡肉、炸響鈴、宋嫂魚羹、西湖醋魚、龍井蝦仁、油燜春筍、西湖蒓菜湯等等，舉不勝舉。同 不勝枚舉、不可枚舉。反 屈指可數、絕無僅有。

【舉止大方】jǔ zhǐ dà fāng 一舉一動都從容自然，端莊不俗。《紅樓夢》六四回："賈璉有心，便提到尤二姐，因誇説如何標致，如何做人好，舉止大方，言語溫柔，無一處不令人可敬可愛！"《二十年目睹之怪現狀》二一回："若是正經的女子，見了人一樣，不見人也一樣，舉止大方，不輕言笑的，哪怕他在街上走路，又礙甚麼呢？" 巴金《隨想錄》七六："姑娘相貌端正，舉止大方，講話不多，卻常帶笑容。" 同 舉止端方。反 矯揉造作。

【舉止不凡】jǔ zhǐ bù fán 一舉一動都不同凡響，非一般人所能比。《隋唐演義》七八回："太子見那女子舉止不凡，吩咐內侍，不許囉唣。"《掃帚迷》五回："昨見二君舉止不凡，詢及棧主，始知兄即吳江下某，此弟生平最敬佩的人。" ◇這幾個老兵雖然都已年過古稀，頭髮花白，但個個腰板筆直，目光炯炯，舉止不凡。

【舉止失措】jǔ zhǐ shī cuò 舉動失常，不知所措，心慌意亂。《宋史•陳彭年傳》："事務既叢，形神皆耗，遂舉止失措，顛倒冠服，家人有不記其名者。"《三國演義》五五回："周瑜舉止失措，急撥馬便走，雲長趕來，周瑜縱馬逃命。"《三俠五義》三回："酒至三巡，菜上五味，只見員外愁容滿面，舉止失措，連酒他也不吃。”◇他是第一次去岳母家，心情緊張，舉止失措也是在情理之中的。同 舉止失當。反 舉止得體。

【舉手之勞】jǔ shǒu zhī láo 像抬一下手那樣的“辛勞”。唐代韓愈《應科目時與人書》：“如有力者哀其窮而運轉之，蓋一舉手一投足之勞也。”後用“舉手之勞”形容很容易辦到，不費吹灰之力。宋代謝逸《應夢羅漢記》：“則知善根宿殖，豈止威德一舉手之勞哉！”明代顧璘《啟浚川》：“公遠繼周召，近邁王倪，當勵精之朝，視極敝之會，安忍惜舉手之勞而不活垂死之眾乎？”◇幫你代買票只是舉手之勞，你不必太客氣。同 輕而易舉、易如反掌。

【舉手加額】jǔ shǒu jiā é 以手輕拍額頭。表示慶幸、崇敬、感激、愧疚的動作。《宋史•高定子傳》：“鄰郡聞定子至，焚香夾道舉手加額曰：‘微公吾屬塗炭久矣！’”明代薛應旂《賀胡梅林序》：“於是閩浙江淮數千里之慘害、東海三十六島之妖氛一旦廓清盪定，而士民舉手加額，載道歡呼，咸遂更生之願矣。”《醒世恒言》卷三一：“張員外看罷，舉手加額道：‘鄭家果然發跡變泰，又不忘故舊，遠送禮物，真乃有德有行之人也。’”清代黃宗羲《明司馬澹若張公傳》：“海內方污穢朝廷，聞是疏之上，莫不舉手加額。”同 額手稱慶、以手加額。

【舉手投足】jǔ shǒu tóu zú ❶ 抬一下手，邁一下步，為一般人容易做的動作。形容事情容易做到，輕而易舉。唐代韓愈《應科目時與人書》：“如有力者哀其窮而運轉之，蓋一舉手一投足之勞也。”宋代楊冠卿《代賜對改官謝執政啟》：“三吐哺握髮而下白屋，曾不遐遺；一舉手投足而轉清波，綽有餘地。”明代王守仁《上晉溪司馬》二：“老先生亦何惜一舉手投足之勞而不以曲全之乎？”❷ 借指人的一舉一動或行為舉止。明代方孝孺《周禮辨疑》四：“王者之所為將為後世法，舉手投足，且不可不慎，況著之於書，定一代之制。”明代吳寬《醫俗亭記》：“因構小亭其中，食飲於是，坐臥於是，嘯歌於是，起而行於是，倚而息於是，傾耳注目，舉手投足無不在於是。”汪曾祺《落魂》：“他知道錢是好的，活下來是多不容易，舉手投足都要代價。”同 一舉一動、舉手之勞。

【舉手相慶】jǔ shǒu xiāng qìng 以手輕拍額頭。表示慶幸、崇敬、感激、愧疚的動作。《宋史•黃龜年傳》：“陛下以智臨而辨之早，以剛決而去之速，故端人正士舉手相慶，蓋以公天下之同惡耳。”明代程敏政《夜度兩關記》：“行六七里及山頂，忽見月出如爛銀盤，照耀無際，始舉手相慶。”◇終於有人挺身而出道出了事件的真相，員工驚詫之餘，無不舉手相慶。同 舉手加額、額手稱慶。

【舉世莫比】jǔ shì mò bǐ 見“舉世無比”。

【舉世無比】jǔ shì wú bǐ 舉：全部。比：相類似。世上沒有與之相同的。形容該人或該事物極其稀少。《太平廣記》卷二六七引唐代韓琬《御史台記》：“俊臣（來俊臣）少詭譎無賴，反覆險詖，殘忍荒慝，舉世無比。”宋代蘇軾《答王定國書》：“然公知我之深，舉世無比，安敢復有形跡，實願傾副公意萬一。”◇中國史籍之浩瀚，種類之繁多，體例之完備，記載之連續長久，舉世無比。也作“舉世莫比”。宋代邵伯溫《易學辨惑》：“如先生《易》學舉世莫比，始可謂知《易》。”宋代范祖禹《謝授守太師致仕表》：“再加兩鎮，五拜三公，為臣有終，舉世莫比。”同 舉世無雙、無與倫比。反 無獨有偶、數不勝數。

【舉世無雙】jǔ shì wú shuāng 人世上只有一個，沒有第二個。形容人或事物稀有罕見。《遼史•耶律都沁傳》：“沁對曰：‘臣幸被聖恩，得效駑力，萬死不能報國，又將何求？’帝愈重之，手書都沁衣裾曰：‘勤國忠君，舉世無雙。’”明代張全一《揚州瓊花》詩：“歷年既久何曾老，舉世無雙莫漫誇。”◇我們立刻被眼前造化神工、舉世無雙的自然奇觀驚得目瞪口呆。同 舉世無比。反 多如牛毛。

【舉世聞名】jǔ shì wén míng 普天之下都知道，聲名卓著。◇舉世聞名的布達拉宮，就聳立在我們眼前／你今天才知道哇，她爸爸是舉世聞名的天體物理學家啊。同 名聞遐邇、名揚天下。反 默默無聞、湮沒無聞。

【舉世矚目】jǔ shì zhǔ mù 矚目：注目。為世人的目光注視着。形容令所有的人都非常關注。◇曾經讓世界顫抖的颱風級核潛艇在巴倫支海沉沒，這偏僻、寂靜的水域頓時成為舉世矚目的焦點。反 等閒視之、不聞不問。

【舉目無親】jǔ mù wú qīn 抬眼望去沒有一個親人。多形容孤身在外，形影相弔。唐代薛調《無雙傳》："四海至廣，舉目無親戚，未知託身之所？"《京本通俗小說•馮玉梅團圓》："衣單食缺，舉目無親，欲尋死路，故此悲泣耳。"明代范景文《祭胞妹王母文》："予怙恃已失，子孫繼亡，孑然一身，止靠妹毛裏相屬，患難與扶，而忽舉目無親，形影獨弔，方寸幾何堪此摧裂邪？"《水滸傳》九八回："瓊英從小聰明，百伶百俐，料到在此不能脫身，又舉目無親。"也作"舉眼無親"。宋代王明清《揮麈後錄》卷七："又與其弟書云：始謫黃州，舉眼無親，君猷一見，相待如骨肉，此意豈可忘哉！"元代施惠《幽閨記•兄弟彈冠》："興福舉眼無親，進退無門。"《紅樓夢》八三回："你是個大賢大德的，你日後必定有個好人家好女婿，決不像我這樣守活寡，舉眼無親，叫人家騎上頭來欺負的。"同 舉目無依、煢煢孑立。

【舉步如飛】jǔ bù rú fēi 舉：抬起。形容走或跑的速度極快。《楊家府演義•儂王攻破長淨關》："宗保舉步如飛，向馬後趕上，踴身一躍，跳上了馬。"◇沒想到近八十的人了，走起來舉步如飛，連我這小伙子都跟不上。同 健步如飛、舉步生風。反 步履蹣跚、步履維艱。

【舉足輕重】jǔ zú qīng zhòng《後漢書•竇融傳》："方蜀漢相攻，權在將軍，舉足左右，便有輕重。"說有實力的人，在兩強之間稍微傾向一方，就能打破均勢。後以"舉足輕重"比喻處於關鍵地位，一舉一動都會影響全局。茅盾《子夜》十九："現在他和趙伯韜立在敵對的地位了，而且舉足輕重的杜竹齋態度莫測。"反 無足輕重。

【舉直錯(措)枉】jǔ zhí cuò wǎng 直：指正直的人。錯：棄置不用。枉：指奸邪小人。《論語•為政》："哀公問曰：'何為則民服。'孔子對曰：'舉直錯諸枉，則民服；舉枉錯諸直，則民不服。'"後用"舉直錯枉"說任用正人君子，摒棄奸邪小人。《後漢書•公孫瓚傳》："紹不能舉直錯枉，而專為邪媚，招來不軌，疑誤社稷。"晉代袁宏《後漢紀•孝獻皇帝紀》："今天下纓緌搢紳之士，所以仰瞻明公者，以輔相漢室，舉直措枉，致之雍熙也。"唐代李華《御史大夫壁記》："御史大夫其任也，用捨決於天心，得失震於人聽，舉直錯枉，果而不撓，則公卿屏氣，道路失風。"宋代劉攽《大理少卿杜純可侍御史制》："風憲之任總於中司，中司之貳聯於御史，是其繩愆糾謬、舉直措枉，惟石吐剛不茹柔者乃充其選焉。"反 舉枉錯直、舉枉措直。

【舉枉錯(措)直】jǔ wǎng cuò zhí 枉：指奸邪小人。錯：棄置不用。直：指正直的人。《論語•為政》："哀公問曰：'何為則民服。'孔子對曰：'舉直錯諸枉，則民服；舉枉錯諸直，則民不服。'"後用"舉枉錯直"說任用奸邪小人，摒棄正人君子。唐代元稹《翰林承旨學士記》："以君父之遇若如是，而猶舉枉措直，可乎哉？"《北史•何妥傳》："孔子曰，舉直錯枉則人服，舉枉錯直則人不服。由此言之，政之安危必慎所舉。"宋代朱熹《與黃商伯書》："此舉枉錯直之間所以難明，非有道以照之，則自謂公心者未必非私意之尤也。"宋代張方平《吏為奸贓》："才而不廉故必立威懾下，貪殘流虐，舞文倚法，舉枉措直。其身不正，其下因緣為市，困窮孤弱無告，為害大矣！"反 舉直錯枉、舉直措枉。

【舉例發凡】jǔ lì fā fán 通過舉出的事例，闡發其宗旨意義。晉代杜預《〈春秋左氏傳〉序》："其發凡以言例，皆經國之常制。"說左丘明為《春秋》做"傳"，把

《春秋》歸納分類，舉例闡發説明每類的大略內容主旨。後用“舉例發凡”指對體例的説明與對內容的概述。也作“發凡舉例”。南朝梁劉勰《文心雕龍•史傳》：“按《春秋》經傳，舉例發凡；自《史》、《漢》以下，莫有準的。”明代焦竑《玉堂叢語•纂修》：“高帝以宋濂為翰林學士，令總修《元史》。時編摩之士皆山林布衣，發凡舉例一仰於濂。”清代朱彝尊《〈讀禮通考〉序》：“彝尊夙承公命作序，至是乃書其大略。若全書綱要，公發凡舉例，已詳言之，後之覽者，可以見公用力之勤也已。”㊐ 發凡起例、起例發凡。

【舉重若輕】jǔ zhòng ruò qīng 舉沉重的東西就像拿很輕的東西一樣。形容面臨繁重艱難的事情，能從容應對，穩妥解決，顯得並不困難。清代趙翼《甌北詩話•蘇東坡詩》：“其絕人處，在乎議論英爽，筆鋒精鋭，舉重若輕，讀之似不甚用力，而力已透十分。”冰心《我的學生》：“別的女人覺得痛苦冤抑的工作，她以‘真好玩’的精神，‘舉重若輕’的應付了過去。”㊐ 輕而易舉。

【舉案齊眉】jǔ àn qí méi《後漢書•梁鴻傳》：“每歸，妻為具食，不敢於鴻前仰視，舉案齊眉。”説梁鴻的妻子孟光上飯時把食盤端到自己眉毛的高度，非常尊敬丈夫。後用這一典故表示夫妻恩愛，相敬如賓。宋代周紫芝《竹坡詩話》：“內子朱，賢而善事其夫，每舉案齊眉，則相敬如賓。”《醒世恆言•賣油郎獨佔花魁》：“若不嫌我煙花賤質，情願舉案齊眉，白頭奉侍。”《儒林外史》十回：“席終，歸到新房裏，重新擺酒，夫妻舉案齊眉。”㊐ 齊眉舉案、魚水和諧。

【舉措失當】jǔ cuò shī dàng 行為動作偏頗或採取的措施不正確。《管子•禁藏》：“舉措不當，眾民不能成。”茅盾《蝕•動搖》：“接着又有縣農協，縣工會，店員工會的聯席會議，宣佈縣長舉措失當，拍電到省裏呼籲。”◇股市一日三變，弄得他手忙腳亂，舉措失當，虧了大錢。㊍ 恰如其分。

【舉眼無親】jǔ yǎn wú qīn 見“舉目無親”。

【舉國上下】jǔ guó shàng xià 指整個國家的人、全國人民。《春秋穀梁傳•桓公十八年》“冬，十有二月己丑葬我君桓公”晉代范寧注：“言‘我君’，舉國上下之辭。”明代張岳《論徵交利害與廟堂》：“某切謂莫賊起自列校，能篡其主而有之，舉國上下莫敢喘息，必其天資凶譎，號令嚴明，有足讋服人者。”梁啟超《管子傳》六章一節：“試觀我國今日政治之現象與社會之情態……苟且偷惰，習焉成風，舉國上下，頹然以暮氣充塞之，而國事墮於冥冥。”◇那年中秋恰逢國慶，舉國上下一片歡騰。㊐ 朝野上下。

【舉國若狂】jǔ guó ruò kuáng《禮記•雜記下》：“子貢觀於蠟。孔子曰：‘賜也樂乎？’對曰：‘一國之人皆若狂，賜未知其樂也。’”後用“舉國若狂”形容全國的人都高興得像發狂一樣。明代劉若愚《酌中志•黑頭爰立紀略》：“籲！以如此之人而處揆席，又何怪乎舉國若狂也哉。”《老殘遊記》二回：“白妞是何許人？説的是何等樣書？為甚一紙招貼，便舉國若狂如此？”

【舉棋不定】jǔ qí bù dìng《左傳•襄公二十五年》：“弈者舉棋不定，不勝其耦(偶)。”説拿起棋子決定不了如何走下一步，後多形容處事猶豫不決。《新唐書•鬱林王恪傳》：“晉王仁厚，守文之良主，且舉棋不定則敗，況儲位乎？”梁啟超《生計學學説沿革小史》：“草創之初，正名最難，望大雅君子，悉心商榷，勿哂其舉棋不定也。”㊐ 優柔寡斷、猶豫不決。㊍ 當機立斷、決斷如流。

【舉賢任能】jǔ xián rèn néng 見“舉賢使能”。

【舉賢使能】jǔ xián shǐ néng《禮記•大傳》：“一曰治親，二曰報功，三曰舉賢，四曰使能，五曰存愛。”後用“舉賢使能”、“舉賢任能”指推舉賢才，任用能幹的人。《三國演義》二九回：“舉賢任能，使各盡力以保江東，我不如卿。”清代王韜《言和》：“養民練兵，訓士惠商，舉賢任能，簡吏擇官，去虛儀，尚實意。”

◇杜絕貪污，舉賢使能，清明吏治，這是治國安邦的良策。同 任人唯賢、選賢與能。反 任人唯親、招降納叛。

【興利除害】xīng lì chú hài 見"興利除弊"。

【興利除弊】xīng lì chú bì 興辦有利的事業，革除弊端和有害的事情。《管子•君臣下》："為民興利除害，正民之德。"《漢書•陸賈傳》："為天下興利除害，繼五帝三王之業，統天下，理中國。"唐代白居易《議罷漕運可否》："古之名王，所以能興利除害者，非他，蓋棄小而取大耳。"宋代王安石《答司馬諫議書》："舉先王之政，以興利除弊，不為生事。"反 徇私舞弊、徇私作弊。

【興妖作怪】xīng yāo zuò guài ❶用妖術妖物害人，或妖魔鬼怪作祟害人。明代周楫《西湖二集•救金鯉海龍王報德》："巡海夜叉道：'你那裏得這幾件物事，在此興妖作怪？'"元代無名氏《碧桃花》三折："你既還有陽壽，天曹地府不管，你卻這等興妖作怪？"◇孫行者採取鑽進鐵扇公主肚子裏興妖作怪的手段，拿到了芭蕉扇。❷比喻在暗中活動，搗亂破壞。《醒世恆言》卷一三："大怒喝道：'叵耐這廝，帝輦之下，輒敢大膽興妖作怪。'"《醒世姻緣傳》八九回："這狄希陳是個監生……也是個老實人，自來沒聽見他興妖作怪，又會謀反。"郭沫若《屈原》第四幕："是這樣看起來，完全是張儀那小子在興妖作怪。"同 興妖作祟、興妖作孽。

【興味索然】xìng wèi suǒ rán 索：空。形容一點興趣也沒有。明代張丑《真跡日錄》卷四："天啟甲子秋，蘇台張丑百計購得'大王此事'帖……旋為猶子維芑豪奪，興味索然。"清代王韜《瀛壖雜志》卷一："清晨薄暮，滿屋芳馨，馞馞襲人。卓午來遊者，絡繹不絕，溽暑蒸鬱，看花之興味索然矣。"◇山水雖好，但她已累得精疲力盡，再好的風景也已興味索然了。同 味同嚼蠟、興致索然。反 興致勃勃、趣味無窮。

【興風作浪】xīng fēng zuò làng 掀起風浪，興妖作怪。元代無名氏《鎖魔鏡》一折："嘉州有冷、源二河，河內有一健蛟，興風作浪，損害人民。"比喻挑起事端，搗亂生事。明代陳與郊《靈寶刀•府主平反》："有一虞候陸謙常常與小人來往，慣會興風作浪，簸是揚非，想必他於中交構。"梁啟超《王荊公傳》一六章："然隨遇一事，便興風作浪，有一吠影者倡之於前，即有百吠聲者和之於後。"同 無事生非、好為事端。反 息事寧人。

【興致勃勃】xìng zhì bó bó 勃勃：精神旺盛或慾望強烈的樣子。形容興趣濃厚、精神十足。《鏡花緣》三二回："無論貧富，一講到婦人穿戴，莫不興致勃勃，那怕手頭拮据，也要設法購求。"《老殘遺恨》一二："老夫婦倆初到淮安那天，興致勃勃地帶領家人把宅中各處廳屋廊廡，後園亭台水榭，一一看了個遍。"李六如《六十年的變遷》第十章："談得興致勃勃，幾乎飯都忘記吃了。"同 興致勃發、興致勃然。反 興致索然、興盡意闌。

【興致索然】xìng zhì suǒ rán 對事物不感興趣，打不起精神來。明代吳寬《公餘韻語序》："予自翰林承乏吏部，以舊習未忘，欲復事此，而興致索然，執筆則廢，或終日不能成章。"《鏡花緣》八四回："剛才聽了這些不入耳之言，不但興致索然，連頭都要疼了。"《官場現形記》三二回："只因他憑空多事，得罪了洋教習，深怕洋教習前來理論，因此心中很不自在，又加以田小辮子同烏顏拉布兩人吃醋打架，弄得合席大眾興致索然。"同 興味索然、意興索然。反 興致勃勃、興致勃發。

【興師動眾】xīng shī dòng zhòng ❶動員百姓和調動兵馬，準備打仗。《吳子•勵士》："夫發號布令，而人樂聞；興師動眾，而人樂戰；交兵接刃，而人樂死。"宋代司馬光《論西夏箚子》："先帝興師動眾，所費億萬，僅得數寨，今復無故棄之，此中國之恥也。"❷指發動起很多人一起做某事。《紅樓夢》四七回："今兒偶然吃了一次虧，媽就這樣興師動眾，倚着親戚之勢，欺壓常人。"《儒林外史》四三回："既然怕興師動眾，不如不養活這些閒人了？"同 勞師動眾。反 休養生息。

【興師問罪】xīng shī wèn zuì ❶宣佈罪狀，出兵討伐。唐代樊綽《蠻書•名類》："阿姹又訴於歸義，興師問罪。"《宋史•俞充傳》："其母宣淫兇恣，國人怨嗟，實為興師問罪之秋也。"清代乾隆《御園暮春》詩自注："緬夷之鴟張稔惡，尤不可不興師問罪。"❷指出過錯、問題，加以責難、譴責。陳獨秀《野心》："可見得一國中有了擴充個人勢力破壞法律的野心家，不但國內人民要反對他，就是外國人也要興師問罪哩！"蔣光慈《田野的風》："他們哪裏是來拜望我的呵，他們是來興師問罪的。"同 鳴鼓而攻。

【興高采(彩)烈】xìng gāo cǎi liè 南朝梁劉勰《文心雕龍•體性》："叔夜儁（俊）俠，故興高而采烈。"説嵇康的文章意趣高雅，文采濃郁。後用"興高采烈"、"興高彩烈"表示興致勃發，情緒高漲。《官場現形記》一三回："幸虧一個文七爺興高采烈，一臺吃完，忙吩咐擺他那一臺。"《孽海花》五回："備樵談今説古，興高采烈。"魯迅《准風月談•華德焚書異同論》："這裏的黃臉乾兒們，也聽得興高彩烈。"反 垂頭喪氣、愁眉苦臉。

【興趣盎然】xìng qù àng rán 盎然：洋溢的樣子。形容喜歡或關注某一事物，情緒熱烈。◇一到迪斯尼樂園，孩子們便走進了童話世界，跟小動物們同喜共憂，興趣盎然，活潑幼稚的兒童天性一展無遺。同 興致勃勃。反 興味索然。

【舊地重遊】jiù dì chóng yóu 到昔日居住或曾經來過的地方遊觀。常指因重睹舊物而引發感慨。唐代劉長卿《齊一和尚影堂》詩："舊地愁看雙樹在，空堂只是一燈懸。"◇秋日黃昏，再到西湖小孤山，舊地重遊，楓林未改，不禁感慨良深。同 故地重遊。

【舊雨今雨】jiù yǔ jīn yǔ 也作"舊雨新知"。唐代杜甫《秋述》："常時車馬之客，舊，雨來；今，雨不來。"説舊時的賓客下雨也來，而今的賓客下雨不來。戰國楚屈原《少司命》："悲莫悲兮生別離，樂莫樂兮新相知。"説歡樂莫過於新結交了至友。後用"舊雨今雨"、"舊雨新知"代稱老朋友和新朋友。宋代范成大《題請息齋》詩："冷暖舊雨今雨，是非一波萬波。"元代劉將孫《憶舊遊》詞："歎他鄉異縣，渺舊雨新知，歷落情真。"清代張集馨《道咸宦海見聞錄•甲辰四十五歲》："十年不踏軟紅塵土，舊雨新知，履舄交錯，宴會幾無虛夕。"

【舊雨重逢】jiù yǔ chóng féng 唐代杜甫《秋述》："常時車馬之客，舊，雨來；今，雨不來。"説舊時的朋友下雨仍來，而今的朋友下雨則不來。後用"舊雨重逢"表示老友重逢。◇在遊覽巴黎埃菲爾鐵塔時，與闊別三十年的秋楓舊雨重逢，興奮之餘，百感交集。同 老友重逢。

【舊雨新知】jiù yǔ xīn zhī 見"舊雨今雨"。

【舊恨新仇】jiù hèn xīn chóu 新仇加舊恨。形容仇恨深。◇兩家人生意上糾紛不斷，舊恨新仇，日積月累，竟至對簿公堂，徹底反目。同 新仇舊恨。

【舊恨新愁】jiù hèn xīn chóu 過去的憾恨與新添的憂愁。宋代向滈《如夢令》詞："舊恨新愁無際，近水遠山都是。"元代王實甫《西廂記》四本四折："斜月殘燈，半明不滅。舊恨新愁，連綿鬱結。"清代王韜《海陬冶遊附錄》卷下："寤寐懷思，只覺宵長夢短；日時腸轉，頻添舊恨新愁。"同 新愁舊恨、舊愁新恨。

【舊病復發】jiù bìng fù fā ❶過去的疾病又重新發作。《三俠五義》二十回："不想舊病復發，竟自不能醫治。"❷原有的缺點、不良習慣、有害的慾望等又重新出現。《紅樓夢》四八回："哥哥果然要經歷正事，倒也罷了；只是他在家裏説着好聽，到了外頭，舊病復發，難拘束他了。"◇想不到才兩個月，他又舊病復發，跑到澳門賭博去了。同 故態復萌。

【舊話重提】jiù huà chóng tí 把説過的話、發生過的事情或提過的建議等又重新翻出來，述説、指責、議論、評斷或研判。柯岩《尋找回來的世界》："遲威他們不再決定調吳家駒時就拋這個材料，現在都舊話重提，原因何在呢？”◇本來是要商議行銷策略的，不想她舊話重提，竟把兩年前的糾紛攤到桌面上來。同 老話重提。反 不咎既往。

【舊調重彈】jiù diào chóng tán 把彈過的曲調再彈一遍。比喻把老的一套又重新搬出來，完全沒有新意。朱自清《回來雜記》：“北平早被稱為‘大學城’和‘文化城’，這原是舊調重彈，不過似乎彈得更響了。”同 老調重彈。

【舊燕歸巢】jiù yàn guī cháo 過去曾經在此築巢的燕子，如今又回到窩裏來了。比喻離家在外客居他鄉的人，又返回故里了。明代顧大典《青衫記•裴興歸衡》：“似舊燕歸巢，雙語簷前。”◇到非洲經商，一去五年，眼看飛機就要降落到故鄉的機場，舊燕歸巢，他興奮無比。同 歸巢舊燕。

舌部

【舌敝唇焦】shé bì chún jiāo 舌頭破了，嘴唇乾枯。《史記•仲尼弟子列傳》：“勾踐頓首再拜曰：‘孤嘗不料力，乃與吳戰，困於會稽，痛入於骨髓，日夜焦唇乾舌，徒欲與吳王接踵而死，孤之願也。’”後用“舌敝唇焦”、“唇焦舌敝”形容説話太多，費盡口舌。《官場現形記》四四回：“那些人真正勢力，向他們開口，説到舌敝唇焦，止有兩家，一家拿出來兩塊大洋，一共總止有四塊大洋。”清代羽衣女士《東歐女豪傑》二回：“菲亞又往各處村落逢人説項，唇焦舌敝，語不離宗，一連跑了一個來月。”魯迅《彷徨•孤獨者》：“親戚本家都説到舌敝唇焦，也終於阻擋不住。”同 唇焦口燥、口乾舌燥。

【舌劍唇槍】shé jiàn chún qiāng 嘴唇像槍，舌頭如劍。形容爭辯激烈，言辭鋭利。也作“唇槍舌劍”。金代丘處機《神光燦》：“不在唇槍舌劍，人前鬥，惺惺廣學多知。”元代武漢臣《玉壺春》二折：“使心猿意馬，逞舌劍唇槍。”《封神演義》五六回：“大夫今日見諭，公則公言之，私則私言之，不必效舌劍唇槍，徒勞往返耳。”◇雙方各執己見，互不相讓，舌劍唇槍地爭論起來。

【舐糠及米】shì kāng jí mǐ 舔盡了糠皮，就輪到吃米了。比喻一步步蠶食或步步進逼。《史記•吳王濞列傳》：“里語有之，‘舐糠及米’。”清代趙翼《逃荒》詩：“被髮纓冠非我事，舐糠及米亦吾憂。”清代譚嗣同《報貝元徵書》：“苟得我之海口海岸，所謂舐糠及米，而內地內江又化為海口海岸之形矣。”同 得寸進尺、得隴望蜀。

【舐犢情深】shì dú qíng shēn 舐犢：老牛用舌舔牛犢。比喻對兒女疼愛、憐惜之情十分深切。《後漢書•楊彪傳》：“子修為曹操所殺。操見彪問曰：‘公何瘦之甚？’對曰：‘愧無日磾先見之明，猶懷老牛舐犢之情。’”《兒女英雄傳》三十回：“安老夫妻暮年守着個獨子，未免舐犢情深，加了幾分憐愛。”馮驥才《義和拳》四：“親侄如子，我一向舐犢情深，不忍過責。但這般浪蕩，多給了錢，不是反害了他嗎？”同 舐犢之愛、老牛舐犢。

【舐癰吮痔】shì yōng shǔn zhì 吸舔毒瘡和肛痔上的膿血。舐：用舌舔。癰：化膿的毒瘡。《莊子•列御寇》：“秦王有病召醫，破癰潰痤者得車一乘，舐痔者得車五乘，所治愈下，得車愈多。”《史記•佞幸列傳》：“文帝嘗病癰，鄧通常為帝唶吮之。”後以“舐癰吮痔”比喻諂媚之徒卑屈媚上的齷齪行為。《聊齋誌異•嶗山道士》：“今有傖父，喜痰毒而畏藥石，遂有舐癰吮痔者，進宣威逞暴之術，以迎其旨，紿之曰：‘執此術也以往，可以橫行而無礙。’”同 吮癰舐痔。反 方正不阿。

【舒眉展眼】shū méi zhǎn yǎn 展開眉頭，睜開眼睛。形容從沉睡或昏迷中醒過來，或形容稱心遂意的樣子。《水滸傳》三九回：“當時火家把水調瞭解藥，扶起來，灌將下去。須臾之間，只見戴宗舒眉展眼，便爬起來。”◇聽了她這番話，正合心意，不由得舒眉展眼，笑得合不攏嘴。反 疾首蹙額。

舛部

【舞爪張牙】wǔ zhǎo zhāng yá 猛獸舞動爪子，張口露出利齒。形容兇惡猖狂的樣子。明代田汝成《西湖遊覽志餘•方外玄蹤》："相得端明似虎形，搖頭擺腦得人憎。看取明年作宰相，舞爪張牙吃眾生。" 同 張牙舞爪。反 溫文爾雅。

【舞文弄法】wǔ wén nòng fǎ 舞、弄：玩弄。在玩弄文字技巧，曲解法律條文，以達到舞弊的目的。《史記•貨殖列傳》："吏士舞文弄法，刻章偽書，不避刀鋸之誅者，沒於賂遺也。" 明代孫緒《濟南別駕栗子德政詩序》："悍卒傲睨偃蹇，禁不敢問；黠吏舞文弄法，陽不與知。" ◇卷牘是官員判案量刑、執行公務的記錄，官員是公正廉明還是舞文弄法，一看便知。同 舞文弄墨。

【舞文弄墨】wǔ wén nòng mò 玩弄文辭技巧，寫些內容花俏的東西。《三國演義》四三回："豈亦效書生，區區於筆硯之間，數黑論黃，舞文弄墨而已乎？" 魯迅《華蓋集續編•廈門通訊》："寫碑的人偏要舞文弄墨，所以反而越舞越糊塗。" ◇不過唸了幾年書罷了，就舞文弄墨起來。反 目不識丁。

【舞榭歌台】wǔ xiè gē tái 泛指尋歡作樂的場所。榭：建在"台"上，四面有窗的房子。唐代黃滔《館娃宮賦》："舞榭歌台，朝為宮而暮為沼。" 元代楊載《題沈君湖山春曉圖詩卷》："舞榭歌台臨道路，佛仙宮館入雲霄。" ◇很多老字號風光不再，有的關門大吉，有的出租成了舞榭歌台。同 舞榭歌樓。

舟部

【航海梯山】háng hǎi tī shān 渡過大海，登越高山。形容長途跋涉，艱難遙遠的途程。南朝梁簡文帝《大法頌》序："航海梯山，奉白環之使。" 唐代于兢《王審知德政碑》："航海梯山，貢奉循環，務其輸委，毋憚險艱。" ◇他已經下了決心，哪怕航海梯山，走遍天涯，也要把她找回來。同 梯山航海、棧山航海。反 一帆風順。

【船堅炮利】chuán jiān pào lì 戰艦堅固，大炮有威力。形容軍力強大。清代林則徐《會奏穿鼻尖沙嘴迭次轟擊夷船情形摺》："此次士密等前來尋釁……無非恃其船堅炮利，以悍濟貪。" 孫中山《上李鴻章書》："歐洲富強之本，不盡在於船堅炮利……而在於人能盡其才，地能盡其利。"

艮部

【良工心苦】liáng gōng xīn kǔ 唐代杜甫《題李尊師松樹障子歌》詩："已知仙客意相親，更覺良工心獨苦。" 良工：手藝高明的工匠。後用"良工心苦"：❶ 表示優秀藝術家的作品，其創作過程費盡心思。清代李漁《閒情偶記•演習•授曲》："諦聽其聲，如出一口，無高低斷續之痕者，雖曰良工心苦，然作者深心，於茲埋沒。" 清代陳康祺《郎潛紀聞》卷一四："柳泉先生贈以二詩云：'良工心苦選青錢，朧唱蟬聯十二年。'" ◇希望讀者再閱讀他人作品，收穫無上快感之時，莫忘記作者的慘澹經營，良工心苦！❷ 泛指用心良苦。◇全靠他們良工心苦的運作，研究中心才得以有今天的成就。同 苦心經營、嘔心瀝血。

【良辰吉日】liáng chén jí rì 指吉利的好日子。戰國楚屈原《九歌•東皇太一》："吉日兮辰良，穆將愉兮上皇。"《水滸傳》四九回："今朝是個良辰吉日，賢妹與王英結為夫婦。" 清代尹湛納希《泣紅亭》三回："想定之後，叫粹芳看皇曆，真是事情有緣，明天正是'宜婚嫁'的良辰吉日。" 同 吉日良辰、黃道吉日。

【良辰美景】liáng chén měi jǐng 美好的時光和優美的景色。南朝宋謝靈運《擬魏太子鄴中集詩序》："天下良辰、美景、賞心、樂事，四者難並。”唐代楊炯《祭劉少監文》：“良辰美景，必躬於樂事；茂林修竹，每協於高情。”明代湯顯祖《牡丹亭·驚夢》：“良辰美景奈何天，賞心樂事誰家院。”魯迅《華蓋集續編·廈門通信》：“我對於自然美，自恨並無敏感，所以即使恭逢良辰美景，也不甚感動。”同 美景良辰、良宵美景。反 月黑風高、風狂雨橫。

【良知良能】liáng zhī liáng néng《孟子·盡心上》：“人之所不學而能者，其良能也；所不慮而知者，其良知也。”後用“良知良能”指：❶ 人的天賦的道德觀念和本能。清代黃宗羲《明儒學案·崇仁學案三》：“性本善，然不能自善，其發為善，皆氣質之良知良能也。”❷ 本身已經具備的認識能力和行為能力。李大釗《厭世心與自覺心》：“吾民具有良知良能，烏可過自菲薄，至不儕於他族之列。”郭沫若《兒童文學之管見》：“而兒童文學尤能於不識不知之間，導引兒童向上，啟發其良知良能。”

【良金美玉】liáng jīn měi yù ❶ 精良純美的金玉。宋代呂南公《題〈論衡〉後》：“良金美玉，天下之公寶，為其貴於可用耳。”❷ 比喻優美的詩文。《舊唐書·楊炯傳》：“李嶠、崔融、薛稷、宋之問之文，如良金美玉，無施不可。”❸ 比喻道德高尚或才能出眾的人。《宋史·黃洽傳》：“卿如良金美玉，渾厚無瑕。”元代金仁傑《追韓信》一折：“嘆良金美玉何人曉，恨高山流水知音少。”同 精金美玉、美玉良金。

【良師益友】liáng shī yì yǒu 使自己在道德、學識、處世等方面受益非淺的老師和朋友。清代李漁《比目魚·耳熱》：“要學太史公讀書之法，藉名山大川做良師益友，使筆底無局促之形，胸中有灝瀚之氣。”梁啟超《清華學校中等科四年級學生畢業紀念冊序》：“使我得到良師益友，諄誨切磋。”同 良朋益友。反 酒肉朋友、狐朋狗友。

【良莠不一】liáng yǒu bù yī 見“良莠不齊”。

【良莠不分】liáng yǒu bù fēn 莠：貌似穀的野草。比喻好壞不分。《清史稿·吳傑傳》：“馭夷長策，當先剿後撫。未剿遽撫，良莠不分。兵至，相率歸誠；兵退，復出焚掠。”◇市場上的東西往往良莠不分、魚龍混雜，購買時要小心辨認挑選。同 良莠不一、良莠不齊。反 黑白分明、涇渭分明。

【良莠不齊】liáng yǒu bù qí 莠：狗尾草，借指品質惡劣的人。禾苗和野草混雜在一起。比喻優劣好壞的人混在一起，難以區分。也作“良莠不一”。清代紀昀《閱微草堂筆記·如是我聞四》：“我輩之中，好醜不一，亦如人類之內，良莠不齊。”《鏡花緣》六八回：“此時臣國西宮之患雖除，無如族人甚眾，良莠不齊，每每心懷異志，禍起蕭牆。”《清史稿·覺羅滿保傳》：“閩浙兩省棚民，以種麻靛、造紙、燒灰為業，良莠不一。”同 良莠不分、魚龍混雜。

【良禽擇木】liáng qín zé mù《左傳·哀公十一年》：“鳥則擇木，木豈能擇鳥？”後用“良禽擇木”比喻賢者擇主而事。元代張憲《行路難》詩：“良禽擇木乃下棲，不用漂流歎遲暮。”《醒世恆言·徐老僕義憤成家》：“古語云：‘良臣擇主而事，良禽擇木而棲。’奴僕雖是下賤，也要擇個好使頭。”南懷瑾《〈孟子〉旁通》十一：“而今遇非其主，言不聽而教不從，‘良禽擇木而棲’，又何必為了生活而貪戀祿位。”

【良藥苦口】liáng yào kǔ kǒu《孔子家語·六本》：“良藥苦於口而利於病，忠言逆於耳而利於行。”後以“良藥苦口”說能治病的好藥往往味苦難吃，比喻有益而尖銳的批評，聽着不舒服，卻對人有好處。唐代孟郊《又上養生書》：“良藥苦口也。苦口獲罪於人，苟或有矣。”臧克家《說服力與說服方式》：“許多人懂得良藥苦口，忠言逆耳，但並不是人人如此。”同 忠言逆耳、善言不美。反 美言不善。

【艱苦卓絕】jiān kǔ zhuó jué 極端艱難困苦。卓絕：達到頂點。清代方苞《刁贈君墓表》：“習齋遭人倫之變，其艱苦卓絕之行，實眾人所難能。”◇那種勤奮向上，艱苦卓絕，百折不撓，終獲成功的人，是最令人尊敬的人。同 堅苦卓絕、艱苦奮鬥。反 吃喝玩樂、仰人鼻息。

【艱苦創業】jiān kǔ chuàng yè 為創立事業而歷盡艱難困苦。◇艱苦創業二十年，她終於成就了一番大事業。同 艱苦奮鬥。

【艱苦樸素】jiān kǔ pǔ sù 勤奮刻苦不怕難，生活簡約不奢華。◇成大業者，大都有艱苦樸素的優良品德 / 艱苦樸素地過日子，比過奢華無度的日子心安理得。同 勤儉節約。反 一擲千金。

【艱苦奮鬥】jiān kǔ fèn dòu 不畏艱難險阻，刻苦不懈地努力。張恨水《八十一夢•第八夢》：“(鄧進才) 笑道：‘我向表弟說這些話，正是表示我能艱苦奮鬥。’”◇鋪張浪費敗家，艱苦奮鬥立業。反 揮霍無度、好逸惡勞。

【艱難曲折】jiān nán qū zhé 所遭遇到的困難和所發生的波折變化。◇人的一生必定會經歷各種各樣的艱難曲折，因此大無畏的心理質素絕對必要。同 艱難困苦。

【艱難困苦】jiān nán kùn kǔ 處境困難，生活貧苦。清代李漁《巧團圓•書帕》：“怎奈爹爹過於詳慎，定要把艱難困苦之事試過幾樁，才與他完姻締好。”《歧路燈》六八回：“這日子窮了，受過了艱難困苦，也就漸漸的明白過來。”同 艱難竭蹶。反 榮華富貴。

【艱難竭蹶】jiān nán jié jué 處境艱難，異常困苦。竭：力氣用盡。蹶：跌倒。◇他家七口人，老弱病殘就佔五個，艱難竭蹶之窘境，可想而知。同 艱難困苦。反 豐衣足食。

【艱難險阻】jiān nán xiǎn zǔ 險：險要。阻：道路上的障礙。指前進道路上遇到的困難、挫折、危險和障礙。也作“險阻艱難”。《左傳•僖公二十八年》：“晉侯在外十九年矣，而果得晉國，險阻艱難備嘗之矣。”《周書•梁御傳論》：“梁御等負將率之材，蘊驍鋭之氣，遭逢喪亂，馳騖干戈，艱難險阻備嘗，而功名未立。”《南齊書•茹法亮傳》：“義勇齊奮，人百其氣，險阻艱難，心力俱盡。”宋代朱熹《朱子語類》卷三三：“其間須有一路可通，只此便是許多艱難險阻。”◇一家人只要團結齊心，任何艱難險阻都不在話下。同 艱難竭蹶、艱難困苦。

色部

【色衰愛弛】sè shuāi ài chí 弛：減退。説因姿容衰老而逐漸失去寵愛。《韓非子•説難》：“昔者彌子瑕有寵於衛君……及彌子色衰愛弛，得罪於君。”《東周列國誌》九九回：“不然，他日一旦色衰愛弛，悔無及矣。”《天后宮紀事》：“據云，妃子備及寵幸，及至年漸老去而色衰愛弛，因小隙之過打入冷宮，心灰意冷而歿。”同 色衰愛寢。反 相親相愛。

【色授魂與】sè shòu hún yǔ 雙方以神色傳情，勾魂攝魄。多指男女相悦，心意默契。漢代司馬相如《上林賦》：“長眉連娟，微睇綿藐，色授魂與，心愉於側。”李善注引張揖曰：“彼色來授，我魂往與接也。”南朝宋謝靈運《江妃賦》：“投明珠以申贈，覬色授而魂與！”《聊齋誌異•嬌娜》：“得此良友，時一談宴，則色授魂與，尤勝於顛倒衣裳矣。”同 色授魂飛。

【色厲內荏】sè lì nèi rěn《論語•陽貨》：“色厲而內荏，譬諸小人，其猶穿窬之盜也與？”荏：軟弱。説外表強硬，內心怯弱。《漢書•翟方進傳》：“邪諂無常，色厲內荏。”明代王錂《春蕪記宴賞》：“附炎趨勢，色厲內荏。”《好逑傳》一二回：“張公子原是個色厲內荏、花酒淘虛的人，哪裏禁得提起放倒，撞撞跌跌。”同 外強中乾。

【色膽包天】sè dǎn bāo tiān 形容因貪色而膽大妄為。也作“色膽迷天”。《初刻拍案驚奇》卷一七：“(吳氏) 只是色膽迷天，又欺他年小，全不照顧。”清代何德剛《座客偶談》卷三：“諺曰：‘色膽包天’。余處任二十餘年，乃知所有命案，多係因姦而起，謀財害命，卻居少數。”《社會萬相》：“有色膽包天者，不顧法網鋌而走險而強姦女子為樂。”同色膽如天。

【色膽迷天】sè dǎn mí tiān 見“色膽包天”。

【色藝雙絕】sè yì shuāng jué 形容姿色和才藝兩方面都很出色。宋代佚名《李師師外傳》：“為帝言隴西氏色藝雙絕，帝豔心焉。”《隋唐演義》二六回：“小女線娘，年方十三，色藝雙絕，好讀韜略，閨中時舞一劍，竟若游龍。”同色藝無雙。

艸部

【芒刺在背】máng cì zài bèi《漢書·霍光傳》：“宣帝始立，謁見高廟，大將軍光從驂乘，上內嚴憚之，若有芒刺在背。”好似芒刺扎在背上。形容內心忐忑不安。《新唐書·崔日用傳》：“吾平生所事……每一反思，若芒刺在背。”《醒世姻緣傳》九九回：“眾人見他同去，雖甚芒刺在背，卻好怎樣當面逐他！”同芒刺在身、背若芒刺。反若無其事、泰然自若。

【芒寒色正】máng hán sè zhèng ❶形容星光清冷，星色純正。宋代李綱《夜坐觀斗》詩：“七星錯落掛北戶，芒寒色正方照臨。”◇潔白的冬月掛在芒寒色正的夜空，清輝灑遍人間。❷稱頌人的品行高尚正直或事物的格調雅正高潔。宋代張孝祥《代季父上陳樞密書》：“此數公者，聲稱德望，炳然較著，真與芒寒色正者比。”宋代李昴英《賀新郎·賦菊》詞：“便無酒，也清絕。芒寒色正孤標潔。”清代黃宗羲《劉瑞當墓誌銘》：“瑞當於諸子中芒寒色正，諸子皆引為畏友。”

【芙蓉出水】fú róng chū shuǐ 荷花剛剛長出水面綻放。也作“出水芙蓉”。❶形容詩文字畫等清新不俗。南朝梁鍾嶸《詩品》卷中：“湯惠休曰：‘謝詩如芙蓉出水，顏如錯彩鏤金。’”清代王士禎《師友詩傳錄》：“古之名篇，如出水芙蓉，天然豔麗，不假雕飾，皆偶然得之。”❷形容女性清秀豔麗。唐代李端《贈郭駙馬·郭令公子曖尚昇平公主，令於席上成此詩》：“楊柳入樓吹玉笛，芙蓉出水妬花鈿。”宋代歐陽修《鷓鴣天》詞：“學畫宮眉細細長，芙蓉出水鬥新妝。”《花月痕》七回：“又另是一個麗人，濯濯如春月柳，豔豔如出水芙蓉。”同婷婷玉立。反俗不可耐。

【芸芸眾生】yún yún zhòng shēng《老子》：“夫物芸芸，各復歸其根。”後佛教以“芸芸眾生”指自然界一切有生命的東西，世俗人則指世間眾多的普通百姓。清代秋瑾《光復軍起義檄稿》：“芸芸眾生，孰不愛生？愛生之極，進而愛群。”巴金《生》：“而那般含垢忍恥積來世福或者夢想死後天堂的‘芸芸眾生’卻早已被人遺忘，連埋骨之所也無人知道了。”同普羅大眾。

【花天酒地】huā tiān jiǔ dì 形容荒淫腐化、吃喝嫖賭的生活。清代郭麐《摸魚兒》詞：“一篷兒，花天酒地，消磨風月如許。”《官場現形記》二七回：“賈某總辦河工，浮開報銷，濫得保舉。到京之後，又復花天酒地，任意逍遙。”馮玉祥《我的生活》十五章：“久而久之，遂與社會同流合污，自己也成為黑暗裏面的一個分子，成天三朋四友，花天酒地，胡鬧鬼混。”同酒地花天、燈紅酒綠。反正人君子、正直無邪。

【花甲之年】huā jiǎ zhī nián 指六十歲。花甲：用天干和地支相配合作為紀年，六十年為一個循環，叫做一個花甲。王蒙《室內樂三章·晚霞》“他以花甲之年而成為詩壇新秀。”◇再過一個月張教授就進入花甲之年了，幾個學生正在商量怎樣為他祝壽。同耳順之年。

【花好月圓】huā hǎo yuè yuán 也作“月圓花好”。❶形容風景優勝，環境氛圍溫柔和恰。宋代張先《木蘭花》詞：“人意共憐花月滿，花好月圓人又散。”宋代晁補之《御街行》詞：“月圓花好一般春，觸處總堪乘興。”郭沫若《孤山的梅花》一：“她知道我素來是讚美自然而且讚美女性的人，所以她要選着月圓花好的時候，叫我到西湖去和她相會。”❷比喻生活幸福美滿。今多用作祝頌語，尤多用於賀人新婚。清代顧家相《撲燈蛾·潘韓園中丞七十壽辰制曲恭祝》：“但願得年年歲歲月圓花好，朗朗的老人星常傍紫微曹。”黄梅戲《女駙馬》第二場：“為了救出李公子，夫妻恩愛花好月圓。”同 月圓花好。反 花殘月缺。

【花言巧語】huā yán qiǎo yǔ ❶ 妝點粉飾的好聽話或美妙動聽的謊言。元代無名氏《抱妝盒》四折：“急的俺忐忐忑忑把花言巧語謾支吾。”巴金《給山川均先生》：“現在輪到你們這些人用花言巧語欺騙青年了。”❷ 說粉飾動聽的好聽話或謊言。元代武漢臣《玉壺春》三折：“花言巧語，指皂為白。”《水滸傳》三四回：“剗地花言巧語，煽惑軍心。”《孽海花》二二回：“別花言巧語了，也別胡吹亂嗙了。”同 巧語花言、甜言蜜語。反 肺腑之言、由衷之言。

【花花公子】huā huā gōng zǐ 稱穿着華麗，吃喝玩樂，遊手好閒的富家子弟。《兒女英雄傳》三十回：“也還仗他那點書牘，才不學那吃喝嫖賭，成一個‘花花公子’。”清代張南莊《何典》六回：“活死人便知他是個仗官託勢的花花公子了，自思人微權輕，雞子不是搭石子鬥的，須說大話去罩他。”◇在戲裏，他扮演一個橫行無忌的花花公子。同 膏粱子弟、紈袴子弟。

【花花世界】huā huā shì jiè ❶ 指到處是鮮花的美麗地方。《鏡花緣》四回：“只見滿園青翠縈目，紅紫迎人，真是錦繡乾坤，花花世界。”曹靖華《洱海一枝春》：“大理繁花如錦，真是花花世界。”❷ 指繁華之地或尋歡作樂之所。《說岳全傳》一五回：“每想中原花花世界，一心要奪取宋室江山。”徐遲《地質之光》四：“這部分的歐洲是花花世界。”❸ 泛指人世間。清代張南莊《何典》一回：“自從盤古皇手裏開天闢地以來，便分定了上中下三個太平世界……中界便是今日大眾所住的花花世界。”季羨林《憶老友》：“我對這花花世界確已看透，名韁利索對我的控制已經微乎其微。”同 大千世界。

【花花綠綠】huā huā lǜ lǜ 形容色彩鮮豔紛繁。金代元好問《解嘲》詩：“憑君細數東州客，誰在花花綠綠間？”明代盧柟《想當然》二九齣：“這長官想是瞎了，花花綠綠一座大寺，只管說是園子。”葉聖陶《多收了三五斗》：“陳列在櫥窗裏的花花綠綠的洋布，聽說只要八分半一尺。”同 五顏六色、五光十色。

【花枝招展】huā zhī zhāo zhǎn ❶ 開滿鮮花的枝條迎風擺動。形容景物媚麗。《紅樓夢》二七回：“每一棵樹頭，每一枝花上，都繫了這些物事。滿園裏繡帶飄飖，花枝招展。”❷ 形容女人打扮得十分豔麗。《金瓶梅》三一回：“兩個唱的打扮出來，花枝招展。”《紅樓夢》三九回：“劉姥姥進去，只見滿屋裏珠圍翠繞，花枝招展的，並不知都係何人。”冰心《六一姊》：“牆邊一排一排的板凳上，坐着粉白黛綠，花枝招展的婦女們，笑語盈盈的不休。”同 濃妝豔抹、枯枝敗葉。反 蓬頭垢面、披頭散髮。

【花香鳥語】huā xiāng niǎo yǔ 花飄香，鳥啼鳴。形容春天明媚的景象。清代李斗《揚州畫舫錄•新城北錄中》：“麗日和風春淡蕩，花香鳥語物昭蘇。”《鏡花緣》九八回：“雲霧漸淡，日色微明，四面也有人煙來往，各處花香鳥語，頗可盤桓。”◇她住進一個花園般的小區裏，花香鳥語，與舊居相比，不可同日而語。同 鳥語花香。

【花前月下】huā qián yuè xià 比喻美好的時光、美好的景物。多比喻男女幽會談情說愛的地方。宋代灌圃耐得翁《都城紀勝•瓦舍眾伎》：“今又有‘覆賺’，又且變花前月下之情及鐵騎之類。”《群音類選•紅葉記•紅葉重逢》：“花前月下，幾度消魂，未識多情面，空遺淚痕。”同 月下花前、花朝月夕。

【花紅柳綠】huā hóng liǔ lǜ ❶ 形容花木繁茂，景色明媚。唐代薛稷《餞唐永昌》詩：“更思明年桃李月，花紅柳綠宴浮橋。”前蜀魏承班《生查子》詞：“花紅柳綠間晴空，蝶弄雙雙影。”明代高明《琵琶記•牛小姐規勸侍婢》：“前日豔陽天氣，花紅柳綠，貓兒狗兒也動心。”❷ 形容顏色鮮豔多彩。《紅樓夢》七三回：“(傻大姐) 手內拿着個花紅柳綠的東西，低頭瞧着只管走。”《儒林外史》四三回：“羅列着許多苗婆，穿的花紅柳綠，鳴鑼擊鼓，演唱苗戲。”老舍《離婚》五：“英和菱的眼睛睜圓了，看着那些花紅柳綠的橡皮，不敢伸手去摸。”同 桃紅柳綠、姹紫嫣紅。反 綠暗紅稀。

【花容月貌】huā róng yuè mào 如花似月的容貌。形容女子非常美麗。元代關漢卿《四春園》一折：“你天生的花容月貌，這幾日可怎生清減了。”《醒世恆言·鬧樊樓多情周勝仙》：“行到了茶坊裏來，看見一個女孩兒，方年二九，生得花容月貌。”老舍《四世同堂》七十：“以前，她只知道利用花般的容貌，去浪漫，去冒險；現在，她將把花容月貌加上一顆鐵石的心，變成比媽媽還偉大許多的女光棍。”也作“花顏月貌”。《紅樓夢》二八回：“試想林黛玉的花顏月貌，將來亦到無可尋覓之時，寧不心碎腸斷。”同 天姿國色、月貌花容。

【花朝月夕】huā zhāo yuè xī ❶ 鮮花盛開的早晨，明月清輝的夜晚。形容美好的時光和景色。《舊唐書·羅威傳》：“每花朝月夕，與賓佐賦詠，甚有情致。”宋代柳永《引駕行》詞：“花朝月夕，最苦冷落銀屏。想媚容、耿耿無眠，屈指已算回程。”謝冕《西郊夜話·自序》：“秋楓夏荷，花朝月夕，滿眼的湖光山色，滿耳的壁歌弦誦。”❷ 指農曆二月十五和八月十五。明代田汝成《熙朝樂事》：“二月十五日為花朝節，蓋花朝日事，世俗恆言。二八兩月為春秋之中，故以二月半為花朝，八月半為月夕也。”同 月夕花朝、月夜花朝。

【花朝月夜】huā zhāo yuè yè 花枝搖曳的清晨，月光明亮的夜晚。形容美好的時光和景色。南朝梁元帝《春別應令詩》：“花朝月夜動春心，誰忍相思今不見。”宋代晏殊《踏莎行》詞：“尊中綠醑意中人，花朝月夜長相見。”元代關漢卿《青杏子·離情》曲：“花朝月夜同宴賞，佳節須酬，到今一旦休。”清代張春帆《九尾龜》一四一回：“章秋谷同着辛修甫等一班朋友，花朝月夜，選舞徵歌，南陌看花，東門載酒，倒也並不寂寞。”同 月夜花朝、月夕花朝。

【花殘月缺】huā cán yuè quē ❶ 形容失去美景。元代關漢卿《望江亭》三折：“則這今晚開筵，正是中秋令節。只合低唱淺斟，莫待他花殘月缺。”巴金《點滴集·序》：“我並不是看見花殘月缺就會落淚的人。”❷ 比喻美女死去。宋代孫奕《示兒編》：“北朝來祭皇太后文，楊大年捧讀，空紙無一字，因自撰云：‘惟靈巫山一朵雲，閬苑一堆雪，桃園一枝花，瑤臺一輪月，豈期雲散雪消，花殘月缺。’”❸ 比喻情愛中斷，兩相離異。元代史九散人《蝴蝶夢》一折：“海誓山盟君莫喜，你明日花殘月缺悔時遲。”元代馬致遠《任風子》三折：“咱兩個恩斷義絕，花殘月缺，再誰戀錦帳羅幃。”反 花好月圓。

【花街柳巷】huā jiē liǔ xiàng ❶ 指遊樂的地方。唐代呂巖《敲爻歌》：“酒是良朋花是伴，花街柳巷覓真人。”❷ 指妓院。《警世通言·玉堂春落難逢夫》：“果然是：花街柳巷，繡閣朱樓。家家品竹彈絲，處處調脂弄粉。”張愛玲《金鎖記》：“夫妻不和，長白漸漸又往花街柳巷裏走動。”也作“花街柳陌”。元代關漢卿《調風月》二折：“我便做花街柳陌風塵妓，也無那則欺過三朝五日。”明代崔時佩《南西廂記·上國發軔》：“官人是讀書君子，料不到花街柳陌中去。”同 柳巷花街、柳陌花街。

【花街柳陌】huā jiē liǔ mò 見“花街柳巷”。

【花團錦簇】huā tuán jǐn cù 花成團，錦成簇。形容五彩繽紛、繁盛絢麗的景象。也作“花攢錦簇”。《金瓶梅詞花》七六回：“不說當日酒筵笑聲，花攢錦簇，觥籌交錯，耍頑至二更時分，方才席散。”《西遊記》九四：“只見那三宮皇后，六院嬪妃，引領着公主，都在昭陽宮談笑，真個是花團錦簇。”《紅樓夢》一七回：“其槅式樣，或圓或方，或葵花蕉葉，或連環半璧，真是花團錦簇，剔透玲瓏。”《儒林外史》三回：“自古道，‘人逢喜事精神爽’，那七篇文字，做的花團錦簇一般。”同 如花似錦。

【花説柳説】huā shuō liǔ shuō 形容用虛假動聽的話哄人。《兒女英雄傳》四十回：“我也不會花説柳説的，一句話，我就保他不撒謊，出苦力，這兩條兒。”《春阿氏謀夫案》三回：“烏公忍不住氣，遂厲聲道：‘你不用花説柳説，阿氏頭上的傷，是哪裏來的？’”◇樸實的村民不會相信“花説柳説”的宣傳，只相信自己親眼所見。同 花言巧語、巧舌如簧。

【花樣翻新】huā yàng fān xīn ❶ 從舊的式樣中變化出新的式樣。清代芙蓉外史《閨律》：“翠鈿珠鐶，只怕爐工欠巧；杏衫蓉帶，總宜花樣翻新。”沈從文《宋人演劇的諷刺性》：“唐代是個在佛道二教烘染下充滿抒情空氣的時代，事事都包含比賽精神，在娛樂方面更擅長花樣翻新。”❷ 形容玩弄新的花招手法。鄒韜奮《抗戰以來•文化封鎖》：“我們讀國際新聞，常看到有所謂經濟封鎖……在中國，花樣翻新，党老爺對無辜‘阿斗’實行文化封鎖。”同 推陳出新、花樣百出。反 故技重演、故技重施。

【花顏月貌】huā yán yuè mào 見“花容月貌”。

【花攢錦簇】huā cuán jǐn cù 見“花團錦簇”。

【芝蘭玉樹】zhī lán yù shù《世説新語•言語》：“謝太傅問諸子姪：‘子弟亦何預人事，而正欲使其佳？’諸人莫有言者，車騎答曰：‘譬如芝蘭玉樹，欲使其生於階庭耳。’”芝蘭：芝和蘭，兩種香草名。後以“芝蘭玉樹”比喻優秀的子弟。宋代希叟《瑞鶴仙》詞：“對芝蘭玉樹，寶杯交勸，何惜玉山醉倒。”明代陳繼儒《太平清話》卷四：“赤城陶君九成，故家子也……其仲季皆清爽，真芝蘭玉樹，不下晉之王謝家也。”《再生緣》一回：“人間富貴榮華盡，膝下芝蘭玉樹齊。”同 龍駒鳳雛。反 不肖子孫。

【芳蘭竟體】fāng lán jìng tǐ 芳蘭：蘭花的香氣。竟體：滿身。比喻儀態雅靜，丰采煥發。《南史•謝覽傳》：“覽意氣閒雅，視瞻聰明，武帝目送良久，謂徐勉曰：‘覺此生芳蘭竟體。’”《儒林外史》三四回：“這兩人，面如傅粉，唇若塗朱，舉止風流，芳蘭竟體。”

【芻蕘之言】chú ráo zhī yán 割草打柴的人説的話。《詩經•板》：“先民有言，詢於芻蕘。”後用“芻蕘之言”指普通百姓的淺陋言辭，常用作講話者的謙詞。宋代李清照《上樞密韓公工部尚書胡公》詩：“巧匠何曾棄樗櫟，芻蕘之言或有益。”《東周列國誌》三六回：“芻蕘之言，聖人擇焉。主公新立，正宜捐棄小忿，廣納忠告。”◇本文不過芻蕘之言，敬請方家指正。同 芻蕘之見。

【苦口良藥】kǔ kǒu liáng yào 好藥能治癒病痛，但吃起來很苦。比喻勸誡、批評的話雖然聽來不順耳，但很有益。《韓非子•外儲説左上》：“夫良藥苦於口，而智者勸而飲之，知其入而已己疾也。忠言拂於耳，而明主聽之，知其可以致功也。”《兒女英雄傳》一八回：“否則也當聽那顧肯堂先生一片苦口良藥之言，急流勇退。”同 良藥苦口。

【苦口婆心】kǔ kǒu pó xīn 苦口：反覆規勸。《宋史•趙普傳》：“忠言苦口，三復來奏。”婆心：像老婆婆關愛晚輩一樣慈愛的心腸。《景德傳燈錄•泉州道匡禪師》：“問：‘學人根思遲回，乞師曲運慈悲，開一線道。’師曰：‘這個是老婆心。’”後人用“苦口婆心”表示懇切、耐心、善意地再三勸説。《兒女英雄傳》一六回：“這種人若不得個賢父兄良師友苦口婆心的成全他喚醒他，可惜那至性奇才，終歸名墮身敗。”梁啟超《護國之役回顧談》：“我和龍濟光苦口婆心的談了十幾點鐘。”魯迅《集外集拾遺補編•我的種痘》：“那苦口婆心雖然大足以感人，而説理卻實在非常古怪的。”同 良言相勸。反 一意孤行。

【苦不堪言】kǔ bù kān yán 堪：能、可。痛苦到無法用言語來表達。◇奸商與貪官沆瀣一氣，害得百姓苦不堪言／遇到這樣不講理的上司，雖説苦不堪言，你也只能忍氣吞聲。同 苦不可言。反 樂不可支。

【苦中作樂】kǔ zhōng zuò lè 在苦痛中強尋歡樂。宋代陳造《同陳宰黃簿遊靈山》

詩自注："吾輩可謂忙裏偷閒，苦中作樂。"朱自清《論嚴肅》："民間文學是被壓迫的人民苦中作樂、忙裏偷閒的表現。"

【苦心孤詣】kǔ xīn gū yì 苦心：用心良苦。孤詣：獨到的境地。❶下苦功努力，以取得別人難以取得的成果。清代杭世駿《〈李太白全集〉序》："書來質余，方汪洋驚歎，五體投地，而敢以一言半句相益乎！然其苦心孤詣，余學雖未至，而心故識之。"清代翁方綱《格調論》下："且勿以苦心孤詣戛戛獨造者言之。"❷形容費盡心思，用盡全力。郭沫若《蔡文姬》三幕："曹丞相苦心孤詣地贖取我回來，應該是天大的喜事。"同 苦心竭力、煞費苦心。反 無所用心、輕而易舉。

【苦雨淒風】kǔ yǔ qī fēng 見"淒風苦雨"。

【苦思冥想】kǔ sī míng xiǎng 見"冥思苦想"。

【苦海無邊】kǔ hǎi wú biān 佛教說世俗之人要遭受許多苦難，就像大海一樣無邊無際。只有皈依佛門，才能得到超度解脫。宋代陸游《大聖樂》："苦海無邊，愛河無底。"一般與"回頭是岸"連用。元代無名氏《來生債》一折："兀那世間的人，那貪財好賄，苦海無邊，回頭是岸，何不早結善緣也。"同 無邊苦海。

【苦盡甘來】kǔ jìn gān lái 盡：窮盡。甘：甜。比喻苦難結束，甜美的幸福的生活來到了。《西廂記》四本一折："若不是真心耐，志誠捱，怎能勾這相思苦盡甘來。"《西遊記》九回："更不想你生下這兒子，又得岳丈為我報仇，真是苦盡甘來，莫大之喜。"也作"苦盡甜來"。《初刻拍案驚奇》卷二二："苦盡甜來，滋味深長。"◇她含辛茹苦一輩子，眼看兒子長大成人，總算苦盡甘來，晚景歡娛了。同 時來運轉、否極泰來。反 苦海無邊、苦海無涯。

【苦盡甜來】kǔ jìn tián lái 見"苦盡甘來"。

【苛捐雜稅】kē juān zá shuì 巧立名目、沉重、繁多的捐稅。郭沫若《天地玄黃·拙劣的犯罪》："在整個的經濟危機之下，在嚴重的苛捐雜稅之下……讀者受威脅，書店受劫搜，攤販受迫害。"◇我聽朋友說，如今官員之貪腐，苛捐雜稅之多，簡直難以置信。同 苛政猛於虎。反 輕徭薄賦。

【若有所失】ruò yǒu suǒ shī 好像丟了甚麼東西似的。形容心神不定，恍惚悵惘的樣子。也作"如有所失"。《世說新語·德行》南朝梁劉孝標注："悵然若有所失。"宋代洪邁《夷堅甲志·永康倡女》："至暮，家人強挽以歸，如有所失，意忽忽不樂。"《紅樓夢》六回："彼時寶玉迷迷惑惑，若有所失。"《紅樓夢》三十回："話說黛玉自與寶玉口角後，也覺後悔，但又無去就他之理，因此日夜悶悶，如有所失。"

【若即若離】ruò jí ruò lí ❶好像靠近，又像離開。形容既保持有聯繫，又保持着距離。《兒女英雄傳》二八回："這邊兩個新人在新房裏乍來乍去，如蛺蝶穿花；若即若離，似蜻蜓點水。"◇兩人的關係本來很親密，如今好像若即若離，有點疏遠了。❷形容事物又像又不像，含混朦朧。魯迅《三閒集·匪筆三篇》："這種拉扯牽連，若即若離的思想，自己也覺得近乎刻薄，但是，由它去罷，好在'開審'時總會結賬的。"沙汀《淘金記》二六："那個早晨怕於承認的若即若離的真像，現在已經明確起來。"同 不即不離、似是而非。反 難捨難分、親密無間。

【若明若暗】ruò míng ruò àn 好像明亮，又好像昏暗。若：似乎。❶形容火光、燈光等物體如有似無，若隱若顯。◇追蹤過去，只見樹林裏若明若暗，好似有燈光。❷形容看問題不甚分明，認識不清。◇年輕人經驗少，對人生的坎坷若明若暗，有的過於悲觀，有的又盲目樂觀。同 若隱若現。反 洞若觀火。

【若無其事】ruò wú qí shì 好像沒有那回事。形容面對事態非常鎮靜，或不把事情放在心上。葉聖陶《線下·潘先生在難中》："希望家長們能體諒這一層意思，若無其事地依舊把子弟送來。"朱自清《航船中的文明》："只看她毫不置辯，毫不懊惱，還是若無其事的和人攀談。"巴金《秋》二八："他看見國光，自然先說幾句普通的應酬話，裝出若無其事的樣子。”同 如無其事、視若無睹。反 不知所措、方寸已亂。

【若隱若現】ruò yǐn ruò xiàn 時而不見，時而顯現。形容事物模糊不清的狀態。《醒世恆言》卷五：“伸着頭往外張望，見兩盞紅燈若隱若現。”◇大山在晨霧籠罩下，若隱若現，景色十分誘人。同 若隱若顯。反 一覽無餘。

【茂林修竹】mào lín xiū zhú 茂密的樹林，修長的竹林。晉代王羲之《三月三日蘭亭詩序》：“此地有崇山峻嶺，茂林修竹。”清代查慎行《題王松年流觴曲水圖》：“畢竟讓君圖畫好，茂林修竹近天然。”後也形容樹木蔥蘢，景物幽雅的地方。宋代范純仁《祭鮮于子駿文》：“茂林修竹，美景良辰，杯盤草具，笑語天真。”《歧路燈》九六回：“再不走荊棘，這邊就是茂林修竹，再不踏确犖，這邊便是正道坦途。”反 窮山惡水。

【苫眼鋪眉】shān yǎn pū méi 見“鋪眉苫眼”。

【苗而不秀】miáo ér bù xiù《論語•子罕》：“苗而不秀者有矣夫！秀而不實者有矣夫！”長了苗卻不開花結實。❶ 比喻人英年早逝。《世說新語•賞譽》：“戎子萬子，有大成之風，苗而不秀。”唐代白居易《祭小弟文》：“況爾之生，生也不夭，苗而不秀，九歲夭焉。”❷ 比喻有好資質卻沒有成就，或儀表好卻沒有本事。北周庾信《〈傷心賦〉序》：“羈旅關河，倏然白首，苗而不秀，頻有所悲。”元代王實甫《西廂記》四本二折：“你原來‘苗而不秀’。呸！你是個銀樣鑞槍頭。”

【英姿勃勃】yīng zī bó bó 形容英俊而有生氣，精力旺盛。◇他那英姿勃勃的神情，透出無限的青春活力。同 英姿煥發、英姿勃發。反 形容枯槁、面目可憎。

【英雄氣短】yīng xióng qì duǎn 有才能之士因陷於困境，或沉溺於情愛而喪失奮發進取之心。明代陳汝元《金蓮記•量移》：“傷秋賦寂寥，多病成迍邅。吹笛誰家，惹得雙眉鬥，英雄氣短偏憔瘦。”《說岳全傳》二三回：“倘若有冒功等事，豈不使英雄氣短，誰肯替國家出力？”李六如《六十年的變遷》第十章：“不要兒女情長，英雄氣短，為國家嘛。”同 英雄氣短，兒女情長。

【苟且偷生】gǒu qiě tōu shēng 糊裏糊塗地過一天算一天。苟且：得過且過。《後漢書•戴憑傳》：“（臣）不能以屍代諫，偷生苟活，誠慚聖明。”明代陸采《明珠記•禁怨》：“自家只因一時忠憤，違忤權奸，陷身在天牢內……幸得大理寺官員，憐我無罪，時時周濟衣食，苟且偷生。”郭沫若《屈原》第五幕：“先生決不願苟且偷生，我也絕不願苟且偷生的。”同 苟活偷生、苟且偷安。

【苟且偷安】gǒu qiě tōu ān 偷安：只顧眼前的安逸。說只圖目前的安逸，得過且過，不管將來。宋代汪應辰《廷試策》：“昔唐之明皇承晏安太平之後，苟且偷安，昧於遠圖，政令日馳，法度日隳。”《宦海》二十回：“做大員的這樣苟且偷安，做屬吏的又是那般逢迎得意。”巴金《給一個孩子》：“我說的‘忍耐’是準備，不是勸人苟且偷安或者坐等機會，而是勸人自己去造機會。”同 苟且偷生。

【苟全性命】gǒu quán xìng mìng 姑且保住性命。三國蜀諸葛亮《出師表》：“臣本布衣，躬耕於南陽，苟全性命於亂世，不求聞達於諸侯。”宋代陳亮《謝胡參政啟》：“並建豪英，護際不兔之世；苟全性命，頗思當痛之時。”◇有骨氣的人，在事關名節的事情上決不肯含糊，是寧死也不去苟全性命的。同 苟且偷生。反 高風亮節。

【苟合取容】gǒu hé qǔ róng 苟合：無原則地附和。說無原則地附合別人，討人歡心。漢代司馬遷《報任少卿書》：“四者無一遂，苟合取容，無所短長之效，可見於此矣。”《宣和書譜•岑宗旦》：“趣尚高遠，不為苟合取容於世。”同 阿諛奉承。反 高風亮節。

【苟延殘喘】gǒu yán cán chuǎn 勉強拖長一下將斷的氣。比喻僅能勉勉強強維持生存。《京本通俗小說•拗相公》：“老漢幸年高，得以苟延殘喘，倘若少壯，也不在人世了。”明代馬中錫《中山狼傳》：“今日之事，何不使我得早處囊中，以苟延殘喘乎？”魯迅《〈花邊文學〉序言》：“在這種明誅暗殺之下，能夠苟延殘喘，和讀者相見的，那麼，非奴隸文章又是什麼呢？”同 苟且偷生、草間求（偷）活。反 安居樂業、安富尊榮。

【茅茨土階】máo cí tǔ jiē 茨：茅草屋頂。說屋頂用茅草蓋成，台階用土砌成，形容住屋簡陋、生活儉約。《後漢書·隗囂傳》：“且禮有損益，質文無常，削地開兆，茅茨土階，以致其肅敬。”《東周列國誌》三回：“昔堯舜在位，茅茨土階，禹居卑宮，不以為陋。”同 茅室土階、土階茅屋。

【茅塞頓開】máo sè dùn kāi 茅塞：被茅草堵塞。《孟子·盡心下》：“山徑之蹊間，介然用之而成路，為間不用，則茅塞之矣。今茅塞子之心矣。”後用“茅塞頓開”、“頓開茅塞”比喻受到啟示或得到靈感而突然明白過來。《西遊記》六四回：“我身無力，我腹無才，得三公之教，茅塞頓開。”《紅樓夢》八六回：“寶玉笑道：‘聽見妹妹講究的，叫人頓開茅塞，所以越聽越愛聽。’”《好逑傳》一五回：“夫人至論，茅塞頓開，使我鐵中玉自今以後，但修人事，以俟天命。”朱自清《第三人稱》：“在討論時，很有幾位英雄，舌本翻瀾，妙緒環涌，使得我茅塞頓開，搖頭佩服。”同 豁然貫通、撥雲見日。

【荊山之玉】jīng shān zhī yù 比喻極珍貴的東西。荊山：山名，產寶玉，相傳和氏璧就出自荊山。三國魏曹植《與楊德祖書》：“當此之時，人人自謂握靈蛇之珠，家家自謂抱荊山之玉。”宋代何夢桂《金玉詩序》：“麗水之金遇善冶而後貴，荊山之玉遇善琢而後珍。”◇只要百折不撓，堅定不移地推銷下去，就一定會採得驪龍之珠，掘得荊山之玉，獲得豐碩的市場成果。同 靈蛇之珠。

【荊天棘地】jīng tiān jí dì 天地間佈滿荊棘。比喻障礙重重，充滿艱險困厄的處境。清代壯者《掃迷帚》一回：“中國之民智閉塞，人心腐敗，一事不能做，寸步不能行，荊天棘地，生氣索然，幾不能存立於天演物競之新世界。”《恨海》六回：“已經到了荊天棘地之中，再受那相思之苦，不要把他身子磨壞了。”魯迅《集外集拾遺·〈引玉集〉後記》：“目前的中國，真是荊天棘地，所見的只是狐虎的跋扈和雉兔的偷生。”同 棘地荊天、荊棘滿途。

【荊釵布裙】jīng chāi bù qún 粗布做的裙，荊條做的釵。舊時形容貧家女子服飾儉樸。南朝宋虞通之《為江斆讓尚公主表》：“年近將冠，皆已有室，荊釵布裙，足得成禮。”《兒女英雄傳》五回：“遇見一個不知姓名的女子，花容月貌，荊釵布裙。”◇她雖然是荊釵裙布，卻掩不住秀麗的容顏。同 布裙荊釵、裙布釵荊。反 穿金戴銀、錦衣玉食。

【荊棘載途】jīng jí zài tú 形容遭遇變故後到處荒涼的景象。也比喻阻礙重重，處境艱難。明代周茂蘭《追和采芝歌》：“山有芝也，亦可采也，荊棘載途，何可掃也？不可掃也，吾何歸也？”◇雖然是素昧平生的第一次見面，但那張面孔帶給我最深的感覺：那是歷盡滄桑、荊棘載途的劫後餘生。同 荊棘滿途、荊棘塞路。

【荊棘銅駝】jīng jí tóng tuó《晉書·索靖傳》：“靖有先識遠量，知天下將亂，指洛陽宮門銅駝歎曰：‘會見汝在荊棘中耳！’”後以“荊棘銅駝”慨歎河山殘破，世道變亂。宋代陸游《醉題》詩：“只愁又踏關河路，荊棘銅駝使我悲。”清代李漁《風箏誤·凱宴》：“靖烽煙，今朝撐住杞人天，荊棘銅駝免。”◇戰亂給關中平原帶來巨大的破壞，昔日繁華的長安城，如今已荊棘銅駝，一片淒涼。同 銅駝荊棘。

【荊榛滿目】jīng zhēn mǎn mù 一眼望去遍地盡是荊榛。形容景象荒涼。荊榛：叢生的荊棘，叢雜的草木。《舊五代史·盧文進傳》：“文進在平州，率奚族勁騎，鳥擊獸搏，倏來忽往，燕趙諸州，荊榛滿目。”元代呂誠《粵王台懷古》：“荊榛滿目荒台下，獨倚東風聽暮笳。”劉連香《張全義與五代洛陽城》：“蔡賊孫儒、諸葛爽爭據洛陽，迭相攻伐，七八年間都城灰燼，荊榛滿目。”同 瘡痍滿目、滿目瘡痍。

【草木皆兵】cǎo mù jiē bīng《晉書•苻堅載記下》載：前秦苻堅攻打東晉，在淝水戰敗，“與苻融登城而望王師，見部陣齊整，將士精銳，又北望八公山上草木皆類人形”，疑為晉軍，“顧謂融曰：‘此亦勁敵也，何謂少乎？’憮然有懼色。”。後用“草木皆兵”形容因心懷驚恐而疑神疑鬼。明代無名氏《四賢記•告貸》：“遭家不造，被寇相侵，驚心草木皆兵，舉目椿萱何在？”《孽海花》二五回：“我聽了這話，心裏覺得夢兆不祥，也和理翁的見解一樣，大有風聲鶴唳，草木皆兵之感。”蔡東藩《民國通俗演義》二回：“接連是廣西獨立、安徽獨立、廣東獨立、福建獨立，風聲鶴唳，草木皆兵。”同 風聲鶴唳、驚弓之鳥。反 若無其事、泰然自若。

【草長鶯飛】cǎo zhǎng yīng fēi 南朝梁丘遲《與陳伯之書》：“暮春三月，江南草長，雜花生樹，群鶯亂飛。”後用“草長鶯飛”形容春天欣欣向榮的景色。清代王士禎《上巳辟疆招同邵潛夫陳其年修禊水繪園》詩：“平山堂下五清明，草長鶯飛無限情。”清代黃景仁《將之京師雜別》詩：“江南草長鶯飛日，遊子離邦去里情。”◇草長鶯飛、風和日麗的豔陽天，同孩子到郊外去放風箏，一時間又回到了兒時的光景。同 鶯飛草長。反 隆冬臘月。

【草草了事】cǎo cǎo liǎo shì 匆匆忙忙，草率地把事情處理完畢。多形容敷敷衍衍，不負責任。明代張居正《答山東巡撫何來山書》：“清丈事實百年曠舉，宜及僕在位，務為一了百當，若但草草了事，可惜此時徒為虛文耳。”《紅樓夢》一一〇回：“終是銀錢吝嗇，誰肯踴躍，不過草草了事。”馮驥才《雕花煙斗》：“他還要抽時間不斷地雕出一些新的來，刻得卻不那麼盡心了，草草了事，人家照樣搶着要。”同 草率從事、敷衍了事。

【草草收兵】cǎo cǎo shōu bīng 見“草率收兵”。

【草莽英雄】cǎo mǎng yīng xióng 出自貧賤民眾的英雄人物。也指嘯聚山林、劫富濟貧的好漢。也作“草澤英雄”。清代姚鼐《望岱》詩：“草莽英雄有廢興，海壯五州開北府。”黃小配《洪秀全演義》五回：“昔劉邦以亭長而定漢基，朱元璋以布衣而奠明祚，郡縣世界，天命所屬，多在草澤英雄。”魯迅《中國小說是史略》：“(清初）遺民未忘舊君，遂漸念草澤英雄之為明宣力者。”◇民間塑造了全新的草莽英雄形象，展示了官方以外的價值觀。同 綠林好漢。

【草率收兵】cǎo shuài shōu bīng 比喻辦事馬馬虎虎，草率地收了尾。也作“草草收兵”◇既然應承人家了，就該認真辦好，怎麼可以敷衍人家，草率收兵呢 / 因為馬上就要出發了，討論只進行了半小時就草草收兵，大家只顧着分頭準備啟程了。同 草草了事、草率從事。

【草率從事】cǎo shuài cóng shì 形容辦事不認事，不細緻，敷衍馬虎。清代趙翼《廿二史劄記•新唐書本紀書法》：“宋景文於列傳之功，實費數十年心力，歐公本紀則不免草率從事，不能為之諱也。”◇長期的職業習慣讓他變得謹慎穩重，從不草率從事。同 草草了事、粗枝大葉。反 心細如髮、巨細無遺。

【草菅人命】cǎo jiān rén mìng 菅：茅草。把人命看得像野草一樣。形容隨意殘害人命。《漢書•賈誼傳》：“故胡亥今日即位而明日射人，忠諫者謂之誹謗，深計者謂之妖言，其視殺人若艾草菅然。”《初刻拍案驚奇》卷一一：“所以說為官做吏的人，千萬不要草菅人命，視同兒戲！”《官場現形記》四七回：“因見首府如此行為，心上老大不以為然，背後常說：‘像某人這樣做官，真是草菅人命了。’”梁啟超《現政府與革命黨》：“徒授彼輩以司法不完、草菅人命之口實。”同 殘暴不仁、殘民以逞。反 救民水火、救人救徹。

【草間求活】cǎo jiān qiú huó 避匿於草野中謀求活路。形容苟且偷生。《晉書·周顗傳》："護軍長史郝嘏等勸顗避敦，顗曰：'吾備位大臣，朝廷喪敗，寧可復草間求活、外投胡越邪！'"清代陳其元《庸閒齋筆記·張玉良》："力竭勢窮，杭城必失，我軍必潰，與其草間求活，孰若先死於行陣之得所哉。"◇元軍攻佔厓山，陸秀夫不願草間求活，背着宋帝投海死節，這是南宋王朝最後的悲壯一頁。同 草間偷活。

【草創未就】cǎo chuàng wèi jiù 剛創建事業或開始做某事，尚在充實完善中，還沒有最後完成。漢代司馬遷《報任少卿書》："凡百三十篇，亦欲以究天人之際，通古今之變，成一家之言。草創未就，適會此禍，惜其不成，是以就極刑而無慍色。"◇公司草創未就，就遭對手攔腰一擊，前景多難，有的股東竟悲觀起來。反 大功告成。

【草澤英雄】cǎo zé yīng xióng 見"草莽英雄"。

【茶飯無心】chá fàn wú xīn 沒有心思吃飯喝茶。形容心情焦慮煩躁。《紅樓夢》一四回："各事冗雜，亦難盡述……忙的鳳姐茶飯無心，坐卧不寧。"《官場現形記》四四回："眼看着一分節禮要被人奪去，更是茶飯無心，坐立不安。"茅盾《霜葉紅似二月花》："恂如吁了一口氣，突然提高了聲音説道：'他為了這一樁心事，弄得茶飯無心，沒有一點做人的興趣。'"同 食不甘味。

【茶餘飯後】chá yú fàn hòu 品茶和酒飯之後。指空閒的時間。瞿秋白《普洛大眾文藝的現實問題》："中國普洛大眾文藝的問題已經不是甚麼空談的問題，而是現實的問題，難道還只當作亭子間裏'茶餘飯後'談天的資料嗎？"◇她的逸聞軼事不久便傳為茶餘飯後的美談。同 茶餘酒後。

【荒郊曠野】huāng jiāo kuàng yě 荒涼空曠的郊野。明代李日華《南西廂記·草橋驚夢》："走荒郊曠野，把不住心嬌怯，喘吁吁難將兩氣接。"《大清會典則例·戶部·雜賦上》："貴州天柱縣屬相公塘東海洞等處金礦均屬荒郊曠野，並無千民田廬舍。"果維《清風亭》："你去叫薛貴準備個匣兒，裝了這個野種，將他拋棄在荒郊曠野，不餓死也得把他凍死。"同 荒郊野外。反 六街三市。

【荒時暴月】huāng shí bào yuè 指五穀不收的凶荒歲月或青黃不接的日子。◇正值荒時暴月，飢餓襲擊着這個貧窮的山村，村民不得不拖家帶口外出乞討。同 旱魃為虐、赤地千里。反 風調雨順、五穀豐登。

【荒淫無度】huāng yín wú dù 漢代楊惲《報孫會宗書》："是日也，拂衣而喜，奮袖低昂，頓足起舞，誠淫荒無度，不知其不可也。"後用"荒淫無度"表示糜爛淫亂，沉湎酒色而毫無節制。《周書·晉蕩公護傳》："自即位以來，荒淫無度，昵近群小，疏忌骨肉，大臣重將，咸欲誅夷。"《醒世恆言·隋煬帝逸遊召譴》："帝自達廣陵，沉湎滋深，荒淫無度，往往為妖祟所惑。"沙汀《一個秋天晚上》："由於荒淫無度，鄉長的身體越來越加壞了，隨常都在鬧病。"同 驕奢淫逸。

【荒淫無恥】huāng yín wú chǐ 生活糜爛，不知羞恥。馮玉祥《我的生活》："許多官吏欺壓人民，荒淫無恥，毫不改悔，卻要人民稱他為好官。"巴金《丹東的悲哀》二："整天跟不三不四的貴族女人在一起喝酒打牌，真是荒淫無恥。"同 荒淫無道。

【荒無人煙】huāng wú rén yān 荒涼寂靜，沒有人影，沒有人家。◇我迷路了，在荒無人煙的大山裏轉來轉去，惶惶急急地尋找出山的道路。同 荒煙蔓草。反 人煙稠密。

【荒誕不經】huāng dàn bù jīng 形容言行荒唐離奇，不合情理。明代張岱《家傳》："與人言多荒誕不經，人多笑之。"清代梁章鉅《歸田瑣記·三國演義》："語多荒誕不經，殆《演義》所由出歟？"◇幾個兄弟姐妹圍着爸爸，聽他講荒誕不經的故事，覺得津津有趣。同 怪誕不經、荒唐不經。

【荒誕無稽】huāng dàn wú jī 荒唐離奇，

無從查考。清代嶺南羽衣女士《東歐女豪傑》三回："那個神字，原是野蠻世界拿出來哄着愚人的話，如今科學大明，這些荒誕無稽的謬説，那裏還能立足呢？"◇他的學説，在當年被認為荒誕無稽，到了如今則已是不足驚異的尋常事了。同 荒唐無稽。

【荒謬絕倫】huāng miù jué lún 荒唐錯誤到了極點。清代龔自珍《語錄》二二："此等依託，乃得罪孔子之尤，荒謬絕倫之作，作者可醢也。"清代壯者《掃迷帚》二回："其説荒謬絕倫，更可付諸一笑。"◇她的言論一出，立刻招來一片指責，説荒謬絕倫者有之，斥一派胡言者有之。反 合情合理。

【茫茫苦海】máng máng kǔ hǎi 深邃的無邊苦海。比喻苦難無窮無盡。《太平廣記》卷四九〇引《東陽夜怪錄》："茫茫苦海，煩惱隨生。"《聊齋誌異•馬介甫》："兒女情深，英雄氣短，茫茫苦海，同此病源。"◇吸食毒品，等於跳進了茫茫苦海，倘不及早回頭，沉淪下去，就是沒頂之災。同 苦海無邊。

【茫無端緒】máng wú duān xù 毫無頭緒。形容紛亂而無條理。清代紀昀《閱微草堂筆記•灤陽消夏錄五》："男子不知何自來，亦無識者，研問鄰里，茫無端緒。"清代趙翼《甌北詩話•〈陸放翁年譜〉小引》："使非有譜以標歲月，則讀者於先生之身與世，將茫無端緒。"◇我説了半天，她聽了卻茫無端緒，隨口敷衍了兩句就走了。同 茫無頭緒、漫無頭緒。反 有條有理、有條不紊。

【茫無頭緒】máng wú tóu xù 沒有一點頭緒，摸不着邊，不知從何處着手。《二十年目睹之怪現狀》七九回："到底是那一件事？這樣茫無頭緒的，叫我從何説起！"郭希仁《從戎紀略》："參政處秘書廳諸事，賴李子逸、茹卓亭、王錫侯諸人維持，各司事亦茫無頭緒。"洪深《〈戲劇導演的初步知識〉引言六》："觀眾對題材既非熟悉……雖用心觀聽，而始終茫無頭緒。"同 茫無端緒。反 抽絲剝繭。

【茫無邊際】máng wú biān jì 遼闊浩渺，無邊無際。◇這種答覆恐怕很難令人滿意，因為太寬泛，茫無邊際 / 從飛機上向下展望，一色青黃色的草原，茫無邊際。同 漫無邊際、渺無邊際。

【茫然不解】máng rán bù jiě 形容感到迷茫，不理解。明代李時勉《貢士劉憲偉墓碣銘》："召至問所讀書，茫然不解；命題考之，不能措一辭。"《歧路燈》一〇二回："邵肩齊説及前事，婁樸茫然不解。"茅盾《腐蝕》："剛聽了這兩個人的姓名，我茫然不解那到底是誰；然而，當小昭説明了如何可以找到這兩位時，我便恍然，——原來就是K和萍呀！"同 茫然不知。反 茅塞頓開。

【茫然若失】máng rán ruò shī 心中迷惘，如有所失。明代顧懋《寄向永修書》："寒暑互迫，顛倒裘葛，燕豆疏惡，庖丁謂誰，矻矻沮氣，茫然若失。"沈西蒙《南征北戰》第二章："他被這個消息弄得茫然若失，焦慮不安。"同 茫然自失。

【茹毛飲血】rú máo yǐn xuè《禮記•禮運》："未有火化，食草木之實，鳥獸之肉，飲其血，茹其毛。"帶毛生吃禽獸的肉，喝禽獸的血。形容非常原始。漢代班固《白虎通•號》："（古者民）飢即求食，飽即棄餘，茹毛飲血而衣皮葦。"明代袁宗道《白蘇齋類集•論文上》："今之五味煎熬，所以學古人之茹毛飲血也。"沙汀《困獸記》二四："若果我們的老祖宗也開口環境，閉口環境，恐怕我們今天還在茹毛飲血，吃不成這麼好的泡酸菜哩！"

【茹苦含辛】rú kǔ hán xīn 忍受着種種困苦，非常艱難。宋代蘇軾《中和勝相院記》："佛之道難成，言之使人悲酸愁苦。其始學之，皆入山林，踐荊棘蛇虺，袒裸雪霜……茹苦含辛，更百千萬億生而後成。"清代百一居士《壺天錄》卷上："上有孀姑，下無遺息，煢煢孑立，茹苦含辛。"巴金《生》："在活着的時候為非作歹，或者茹苦含辛以積來世之福——這樣的人也是常有的。"同 含辛茹苦。反 養尊處優。

【茹柔吐剛】rú róu tǔ gāng 見"柔茹剛吐"。

【茲事體大】zī shì tǐ dà 此事重大。漢代班固《典引》：“茲事體大，而允寤寐次於心，瞻前顧後。”《資治通鑒·隋文帝開皇十四年》：“帝令牛弘創定儀注，既成，帝視之，曰：‘茲事體大，朕何德以堪之。’”魯迅《書信集·致台靜農》：“我所藏德國版畫，有四百餘幅，頗欲選取百八十幅，印成三本以紹介於中國，然茲事體大，萬一生意清淡，則影響於生計，故尚在彷徨中也。”同 斯事體大、此事體大。反 無足輕重、無關大體。

【華而不實】huá ér bù shí 只開花不結果。比喻只是表面好看，沒有實際內容。《左傳·文公五年》：“且華而不實，怨之所聚也。”五代王定保《唐摭言·升沈後進》：“苟華而不實，以比周鼓譽者，不為君子腹誹，鮮矣！”《醒世恆言·蘇小妹三難新郎》：“好文字！此必聰明才子所作。但秀氣洩盡，華而不實，恐非久長之器。”同 苗而不秀。

【華亭鶴唳】huá tíng hè lì 華亭：地名，在今上海松江。唳：鶴鳴叫。《世說新語·尤悔》：“陸平原（陸機）河橋敗，為盧志所讒，被誅，臨刑歎曰：‘欲聞華亭鶴唳，可復得乎？’”華亭是陸機的故鄉。後以“華亭鶴唳”表示悔入仕途、慨歎人生變遷或依戀故土舊物。北周庾信《哀江南賦》：“釣台移柳，非玉關之可望；華亭鶴唳，豈河橋之可聞。”唐代李白《行路難》詩：“華亭鶴唳詎可聞，上蔡蒼鷹何足道。”明代許自昌《水滸記·敗露》：“向雲陽伏法何尤，你華亭鶴唳聽難久。”

【華冠麗服】huá guān lì fú 形容服飾華麗。《紅樓夢》三回：“忽見街北蹲着兩個大石獅子，三間獸頭大門，門前列坐着十來個華冠麗服之人。”◇她雖然很有錢，被人稱作富婆，但她向來衣着樸素，華冠麗服、濃妝豔抹，與她無緣。反 褐衣不完、鶉衣百結。

【莫予（余）毒也】mò yú dú yě 莫：沒有誰或沒有甚麼。予、余：我。再也沒有人能危害我了；再也沒有甚麼能危害我了。表示從今而後不必再有顧慮了。《左傳·僖公二十八年》記載，晉楚戰於城濮，楚敗，主帥子玉自殺，晉侯聽説後高興地說：“莫余毒也已。”明代葉盛《水東日記·鄒奕等詩文》：“西州人咸曰：‘疾而遇夫誠莊，莫予毒也已！’”反 憂心忡忡。

【莫可名狀】mò kě míng zhuàng 名：說出。狀：形容。《尚書大傳》：“舜時卿雲見……或以雲為出岫回薄，而難以名狀也。”後用“莫可名狀”說無法形容描摹，難以表述出來。明代劉基《松風閣記》：“草蟲鳴切切，乍大乍小，若遠若近，莫可名狀。”清代沈復《浮生六記·浪遊記快》：“吾婦芸娘亦大病，懨懨在牀，心境惡劣，莫可名狀。”冰心《寄小讀者》一：“我心中莫可名狀，我覺得非常的榮幸。”同 不可名狀、不可言傳。

【莫此為甚】mò cǐ wéi shèn 甚：勝過。沒有哪個能超過這個。表示程度很深或問題極其嚴重。漢代陳琳《檄吳將校部曲文》：“賊義殘仁，莫此為甚。”宋代蘇軾《揚州上呂相書》：“此元豐中一小人建議，羞污士風，莫此為甚。”宋代王林《燕翼詒謀錄》卷三：“誘不肖子弟為惡，莫此為甚，禁之，誠急務不可緩也。”章炳麟《駁康有為論革命書》：“巨繆極戾，莫此為甚。”也作“莫斯為甚”。斯：此。南朝梁沈約《奏彈王源》：“玷辱流輩，莫斯為甚。”《南齊書·宗室列傳》：“遂乃稱兵內犯，竊發京畿，自古巨釁，莫斯為甚。”《梁書·武帝紀中》：“宋氏以來，並恣淫侈，傾宮之富，遂盈數千……弊國傷和，莫斯為甚。”同 莫此之甚。

【莫名（明）其妙】mò míng qí miào 沒有人能說出其中的道理或奧妙之處。形容很奇怪，不合常理，無法理解。清代宣鼎《夜雨秋燈錄·陬邑官親》：“及進西瓜湯，飲蘭雪茶，莫名其妙。”《二十年目睹之怪現狀》五回：“想來想去，總是莫明其妙。”清代吳趼人《近十年之怪現狀》五回：“我倒莫名其妙，為甚忽然大請客起來？”朱自清《房東太太》：“這原是一舉兩得，各相情願的。不料女僕卻當面說太太揩了窮小子的油。太太聽說，簡直有點莫名其妙。”茅盾《報施》：“別說萬象紛紜的世界他莫明其妙，連山坡下邊那個灰黑斑駁的小小毛毛蟲的社會也還看不透。”同 一頭霧水、茫然不解。反 一目瞭然、洞若觀火。

【莫為已甚】mò wéi yǐ shèn 不要做得太過分。多指責備或責罰適可而止。林語堂《臉與法治》：“在好的方面講，這就是中國人之平等主義，無論何人總須替對方留一點臉面，莫為已甚。”◇誰都有做錯事的時候，將心比心，莫為已甚，總要給人留點餘地。同 適可而止。反 莫此為甚。

【莫衷一是】mò zhōng yī shì 衷：裁斷。無法裁斷究竟哪一個對，或無法得出確切的結論。《清史稿•選舉志二》：“惟風氣尚未大開，論說莫衷一是。”郭沫若《〈高漸離〉附錄“關於筑”》：“據上所述，筑之形制莫衷一是，舊說每嫌過略，新說雖詳，然與舊說每復根本違異，因之余頗為所惑。”徐遲《哥德巴赫猜想》一二：“陳景潤曾經是一個傳奇式的人物。關於他，傳說紛紜，莫衷一是。”同 無所適從、眾說紛紜。

【莫逆之交】mò nì zhī jiāo 逆：抵觸。《莊子•大宗師》：“四人相視而笑，莫逆於心，遂相與為友。”後用“莫逆之交”指志同道合、情投意合的友誼，或具有這種友誼的朋友。《魏書•眭誇傳》：“少與崔浩為莫逆之交。”宋代蘇軾《東坡志林》卷九：“蜀人任介、郭震、李畋，皆博學能詩，曉音律，相與為莫逆之交。”《生花夢》五回：“兩人時常往來，甚是親密，竟成莫逆之交。”茅盾《子夜》三：“也是在這一點上，唐雲山和吳蓀甫新近就成了莫逆之交。”同 生死之交、莫逆之友。反 一面之交、泛泛之交。

【莫敢誰何】mò gǎn shuí hé 誰：發語詞。沒有人敢來過問或干預。唐代顏真卿《元君表墓碑銘》：“裴茂與來瑱交惡，遠近危懼，莫敢誰何。”元代無名氏《連環計》一折：“爭奈董卓弄權，將危漢室，群臣畏懼，莫敢誰何。”明代陶宗儀《輟耕錄•王一山》：“杭州屬邑有一巨室，怙財挾勢，虐害良善，邑官貪墨，莫敢誰何。”鄒韜奮《患難餘生記》二：“成都某大學有一個大學生……於深夜被叫到校舍附近，嚴厲詰問幾句，乒乓一聲，一命斷送，同學側目，莫敢誰何！”

【莫斯為甚】mò sī wéi shèn 見“莫此為甚”。

【莫測高深】mò cè gāo shēn《漢書•嚴延年傳》：“眾人所謂當死者，一朝出之，所謂當生者，詭殺之。吏民莫能測其意深淺，戰慄不敢犯禁。”後用“莫測高深”指玄虛深奧不可捉摸，或內情、玄機難以透視。《文明小史》二四回：“姬公看了，莫測高深，只籠統地贊了聲‘好’。”老舍《四世同堂》一：“在短短的幾行中，他善用好幾個‘然而’與‘但是’，扯亂了他的思想而使別人莫測高深。”同 深不可測、不知就裏。

【荼毒生靈】tú dú shēng líng 荼毒：毒害。生靈：指百姓。《尚書•湯誥》：“爾萬方百姓，罹其凶害，弗忍荼毒。”後用“荼毒生靈”指殘害人民。宋代周密《癸辛雜識別集下•德祐表詔》：“庶免大軍前去，荼毒生靈。”魯迅《墳•論雷峰塔的倒掉》：“聽說，後來玉皇大帝也就怪法海多事，以至荼毒生靈，想要拿辦他了。”同 荼毒生民。反 救民水火。

【莞爾而笑】wǎn ěr ér xiào 形容微笑的樣子。《論語•陽貨》：“夫子莞爾而笑曰：‘割雞焉用牛刀！’”漢代張衡《東京賦》：“乃莞爾而笑曰：‘若客所謂末學膚受，貴耳而賤目者也。’”魯迅《花邊文學•一思而行》：“在朋友之間，說幾句幽默，彼此莞爾而笑，我看是無關大體的。”

【莊嚴寶相】zhuāng yán bǎo xiàng 佛教稱莊嚴的佛像。◇玉佛寺的大雄寶殿裏供奉着三尊莊嚴寶相。也用以比喻人的真面目或真實身份。多帶貶義。《孽海花》四回：“既然現出了莊嚴寶相，自然分外綢繆。從此月下花前，時相往來。”

【萇弘化碧】cháng hóng huà bì 萇弘：春秋周時劉文公的大夫，在晉卿內訌中蒙冤被殺。傳說萇弘死後三年，他的血化為碧玉。《莊子•外物》：“人主莫不欲其臣之忠，而忠未必信，故伍員流於江，萇弘死於蜀，藏其血三年而化為碧。"後用"萇弘化碧"比喻忠貞之人含冤屈死或為國捐軀。元代關漢卿《竇娥冤》三折："不是我竇娥罰下這等無頭願，委實的冤情不淺……這就是咱萇弘化碧，望帝啼鵑。"柳亞子《弔劉烈士炳生》詩："國恨家仇忘不得，萇弘化碧杳無期。"

【著作等身】zhù zuò děng shēn 把所著的書疊起來，與自己的身高相等。形容著作極多。也作"著述等身"。清代紀昀《閱微草堂筆記·灤陽消夏錄一》："自是以外，雖著述等身，聲華蓋代，總聽其自貯名山，不得入此門一步焉，先聖之志也。"清代錢泳《履園叢話·蘭泉司寇》："青浦王蘭泉先生名昶……從征緬甸有功，賞戴花翎，而謙恭下士，著作等身。"黃侃《文字音韻訓詁筆記》："凡輕改古籍者，非愚則妄，即令著作等身，亦不足貴也。"同 等身著作。

【著述等身】zhù shù děng shēn 見"著作等身"。

【著書立言】zhù shū lì yán 見"著書立說"。

【著書立說】zhù shū lì shuō 撰寫文章，創立學說。宋代呂陶《朝議大夫黎公墓誌》："所以古之人著書立說，或藏之山巖屋壁，或投之煨爐，而不欲傳於後世，蓋有謂也。"《儒林外史》三五回："天子歎息了一回，隨教大學士傳旨：'莊尚志允令還山，賜內帑銀五百兩，將南京元武湖賜與莊尚志著書立說，鼓吹休明。'"《二十年目睹之怪現狀》六十回："述農道：'本來著書立說，自己未曾知得清楚的，怎麼好胡說，何況這個關乎閨女名節的呢。'"◇他在結構主義方面著書立說，系統闡述創新性的見解，奠定了他的學術地位。也作"著書立言"。唐代陳黯《詰鳳》："揚雄亦慕仲尼之教者，以著書立言為事，得自易哉！"《二刻拍案驚奇》卷一二："蓋是晦庵早年登朝，茫茫仕宦之中，著書立言，流佈天下，自己還有些不慊意處。"

【著糞佛頭】zhuó fèn fó tóu 佛的塑像頭上沾了鳥雀的糞便。《景德傳燈錄·如會禪師》："崔相公入寺，見鳥雀於佛頭上放糞，乃問師曰：'鳥雀還有佛性也無？'師云：'有。'崔云：'為甚麼向佛頭上放糞？'"後以"著糞佛頭"比喻美好的事物被褻瀆糟蹋。郭沫若《創造十年續編》四："我往年是不肯替人做序的，達夫的《沉淪》，資平的《沖積期化石》，都曾叫我做序，但我都沒有著糞佛頭。"同 佛頭著糞。

【萎靡不振】wěi mǐ bù zhèn 萎靡：頹喪。唐代韓愈《送高閒上人序》："頹墮委靡，潰敗不可收拾。"後用"委靡不振"、"萎靡不振"形容精神蜷縮，意志消沉。宋代劉摯《論監司奏》："為使者皆務為和緩寬縱，苟於安靜，則事之委靡不振，法之受敝，不勝言也。"《明史·馮恩傳》："刑部尚書王時中進退昧几，委靡不振。"清代頤瑣《黃繡球》二四回："大凡做學生的，原要講合群，原要有尚武的精神，不可萎靡不振。"反 鬥志昂揚、奮發向上。

【菟(兔)絲燕麥】tù sī yàn mài 菟絲、燕麥：植物名，均為野草。菟絲不是絲，燕麥不是麥，比喻有名無實。《魏書·李崇傳》："今國子雖有學官之名，而無教授之實，何異兔絲燕麥、南箕北斗哉？"公孫千羽《劍試江湖》一章："程康沉手猛刺，一招'兔絲燕麥'由虛轉實。"同 南箕北斗。反 名副其實。

【菩薩心腸】pú sà xīn cháng 比喻心地仁慈善良。《西湖佳話·放生善跡》："吾弟以恩報仇，實是菩薩心腸。難得，難得！"◇我敬仰唐·吉訶德，不僅僅因為他懷着悲天憫人、捨己救人的菩薩心腸，還因為他是個真正熱愛和珍重自己理想的人。反 蛇蠍心腸。

【萍水相逢】píng shuǐ xiāng féng 浮萍隨水漂動，偶然聚集在一起。比喻素不相識的人偶然相遇。唐代王勃《滕王閣序》："萍水相逢，儘是他鄉之客。"《警世通言·趙太祖千里送京娘》："俺與你萍水相逢，出身相救，實出惻隱之心。"《鏡花緣》五一回："我們萍水相逢，莫非有緣？"李六如《六十年的變遷》第三章："萍水相逢，都是難得的好朋友吧。"同 萍水相遇、陌路相逢。反 失之交臂、分淺緣薄。

【萍蹤浪跡(迹)】 píng zōng làng jì 萍蹤：浮萍飄泊不定的行蹤。浪跡：居無定止。形容行蹤飄泊無定，四處流浪。明代陳汝元《金蓮記•郊遇》："老衲萍蹤浪跡，來朝一葦度西。願借酒杯，預賀看花之喜。"《紅樓夢》六六回："他是萍蹤浪迹，知道幾年才來？豈不白耽擱了大事？"◇唉，我這幾年出外打工，萍蹤浪跡，孤苦伶仃，還得受僱主的窩囊氣，不是過來人，怎能知道那種苦不堪言的滋味哪！

【葉公好龍】 shè(yè) gōng hào lóng 葉：古地名，舊地在今河南葉縣。漢代劉向《新序•雜事五》："葉公子高好龍，鈎以寫龍，鑿以寫龍，屋室雕文以寫龍。於是天龍聞而下之，窺頭於牖，尾於堂。葉公見之，棄而還走，失其魂魄，五色無主。是葉公非好龍也，好夫似龍而非龍者也。"後用"葉公好龍"比喻看上去似乎愛好，實際上並不真正喜愛。《後漢書•崔駰傳》："公愛班固而忽崔駰，此葉公之好龍也，試請見之。"唐代薛登《請選舉擇賢才疏》："燕昭好馬，則駿馬來庭；葉公好龍，則真龍入室。"梁啟超《敬告國人之誤解憲政者》："葉公好龍，好其似而非者。"

【葉落知秋】 yè luò zhī qiū 見到凋零的落葉，就知秋天將要來臨。比喻從一個事物表露的跡象，可以推知另一相關事物的趨勢。《白孔六帖•秋》："一葉落知天下秋。"《五燈會元•天童華禪師法嗣》："葉落知秋，舉一明三。清代錢謙益《明特贈翰林院待詔私謚孝介先生朱君墓表》："豈知夫葉落知秋，壺冰知寒，一士之存亡，關乎士氣之盛衰。"◇如今房價大跌，葉落知秋，可想經濟通縮的嚴重性。也作"落葉知秋"明代王偁《呈芮建安》詩："訟庭落葉知秋早，階樹啼鳥見吏閒。"明代湯顯祖《南柯記•俠概》："恨天涯搖落三杯酒，似飄零落葉知秋。"同 一葉知秋。

【葉落歸根】 yè luò guī gēn 樹葉總是掉落在樹根邊上。比喻人或事物都有一定的歸宿。現多比喻客居異國他鄉的人最終要回到故土。《五燈會元•雙泉寬禪師法嗣》："問：'葉落歸根時如何？'師曰：'一歲一枯榮。'"《初刻拍案驚奇》卷二五："至於那鴇兒們，一發隨波逐浪，那曉得葉落歸根？"《紅樓夢》一〇〇回："兩家都是做官的，也是拿不定。或者那邊還調進來，即不然，終有個葉落歸根。"同 落葉歸根、"樹高千丈，葉落歸根"。

【葬身魚腹】 zàng shēn yú fù 表示在江河湖海中淹死。楚國屈原《漁父》："寧赴湘流，葬於江魚之腹中。安能以皓皓之白而蒙世俗之塵埃乎？"明代畢自嚴《地震陳言疏》："然瀚海風濤，而長年三老每葬身魚腹之中。"清代傅澤洪《行水全鑒•河水》："或子母投河，葬身魚腹。"◇他是個不幸的落水者，獨自在狂濤裏垂死掙扎，最後葬身魚腹。

【萬人空巷】 wàn rén kōng xiàng 所有的人都從巷子裏出來了。形容轟動一時，或歡迎慶祝等出現的盛況。宋代蘇軾《八月十五復登望海樓》詩："賴有明朝看潮在，萬人空巷鬥新妝。"《二十年目睹之怪現狀》七八回："此時路旁看的，幾於萬人空巷，大馬路雖寬，卻也幾乎有人滿之患。"魯迅《偽自由書•保留》："上月杭州曾將西湖搶犯當眾斬決，據說奔往賞鑒者有'萬人空巷'之概。"同 人山人海。反 寥寥無幾。

【萬不得已】 wàn bù dé yǐ 萬：絕對，一定。不得已：不能不如此。說實在沒其他辦法，不得不這樣。元代趙汸《周易文詮•損》："必平日節用愛人之心素著，一時出於萬不得已而有孚焉。"清代陸其隴《松陽講義•君子之澤章》："看書到這等處，要想見聖賢一段萬不得已之心，切不可認作迂闊話頭。"◇除非萬不得已，最好別動手術。同 迫不得已、百般無奈。

【萬水千山】 wàn shuǐ qiān shān 形容路途又遙遠又艱險。唐代賈島《宋耿處士》詩："萬水千山路，孤舟幾月程。"宋徽宗《燕山亭•見杏花作》詞："天遙地遠，萬水千山，知他故宮何處？”《西遊記》一五回：“可憐啊！這萬水千山，怎生走得！”清代李漁《憐香伴•驚遇》：“遠隔着萬水千山，跋涉前來。”同 千山萬水、山長水遠。反 近在咫尺。

【萬古千秋】wàn gǔ qiān qiū 形容經歷的時間極其久遠。今多指歷久長存。唐代李商隱《祭裴氏姊文》：“遠想先城之旁，纍纍相望，重溝疊陌，萬古千秋，臨穴既乘，飲痛何極！”元代馬祖常《鎖院獨坐書事口號》：“蜀相功業少陵知，萬古千秋更有誰？”◇修路建橋，這是萬古千秋的事業。同 千秋萬代、千年萬代。

【萬古長存】wàn gǔ cháng cún 形容美好的事物或崇高的思想、品德、功績將永遠被保存並流傳下去。唐代王勃《梓州通泉縣惠普寺碑》：“情迷則後，道在為尊，惟名與器，萬古長存。”明代田汝成《西湖遊覽志》卷九：“既生無怍，死亦何愧，萬古長存，惟忠與義。”◇無論是在閩海之濱，還是在瑞雪紛飛的北國，抗日英烈的名字都將萬古長存！同 永垂不朽、彪炳千古。

【萬古長青】wàn gǔ cháng qīng 千年萬代永遠呈現春天草木鬱鬱葱葱的景象。形容美好的人或精神，以及美好的事物，永遠保持勃勃生機，長存不衰。多用作祝福語。元代王旭《春從天上來》詞：“任浮雲千變，青山色、萬古長青。”◇我沿着這條文學之路永遠走下去，因為我堅信：這條道路永走不盡，文學的大樹萬古長青。同 萬古長存。

【萬古流芳】wàn gǔ liú fāng 形容美好的人或事物，永遠受到人們的讚頌。宋代董嗣杲《西湖百詠•孤山》：“林家梅塚陳家柏，萬古流芳鎮此山。”明代周孟中《鬱林瑞泉亭銘》：“忠烈政事，萬古流芳。”◇英雄的精神將萬古流芳。同 流芳百世、名垂千古。反 遺臭萬年。

【萬死一生】wàn sǐ yī shēng 見“九死一生”。

【萬死不辭】wàn sǐ bù cí 即使死一萬次也絕不推辭。表示誓死效力。《三國演義》八回：“妾許大人萬死不辭，望即獻妾與彼，妾自有道理。”《對神演義》七回：“若老爺吩咐，安敢不努力前去？況小的受老爺知遇之恩，便使小的赴湯蹈火，萬死不辭！”同 誓死不二。

【萬全之計】wàn quán zhī jì 見“萬全之策”。

【萬全之策】wàn quán zhī cè 指非常周密穩妥的計謀、辦法。《後漢書•劉表傳》：“今之勝計，莫若舉荊州以附曹操，操必重德將軍，長享福祚，垂之後嗣，此萬全之策也。”明代潘季馴《兩河經略》卷二：“臣等猥以譾材，謬膺重任，晝夜思惟，欲求萬全之策以報陛下。”◇別急，我們還來得及想個萬全之策。也作“萬全之計”。《晉書•盧循傳》：“循多謀少決，欲以萬全之計，固不聽。”宋代熊克《中興小紀》卷一七：“相公之舉未知果有萬全之計或賭彩一擲也？”《三國演義》九二回：“孔明道：‘此非萬全之計也。’”

【萬劫不復】wàn jié bù fù 形容永遠也不能恢復原先的狀況。劫：佛教指一個極其長的時間段。《雲笈七籤•西王母傳》：“形神俱全，上聖所貴，形滅神逝，豈不痛哉！一失此身，萬劫不復，子其寶焉。”魯迅《華蓋集續編•學界的三魂》：“倘使連這一點反抗心都沒有，豈不就成為萬劫不復的奴才了。”

【萬事大吉】wàn shì dà jí 説氣運吉祥，做一切事都會很順利。宋代周密《癸辛雜説續集•桃符獲罪》：“鹽官縣學教諭黃謙之，永嘉人，甲午歲題桃符云：‘宜入新年怎生呵？百事大吉那般者？’為人告之官，遂罷去。”◇別以為注射了疫苗，就萬事大吉，不受傳染了。同 萬事亨通、百事大吉。反 流年不利、時乖命蹇。

【萬事亨通】wàn shì hēng tōng 亨通：通達，順暢。一切事情做起來都非常順利。清代胡煦《十法詳考•龜卜》：“撐門形，或如棒，或如筍，或如針，則萬事亨通。”《歧路燈》六五回：“巴庚本不是笨人，只把這會説話兒的孔方兄撒出，那孔方兄運出萬事亨通的本領，先治了關格之症。”同 萬事大吉、無往不利。反 多災多難、走投無路。

【萬念俱灰】wàn niàn jù huī 心灰意冷，甚

麼想法都打消了。清代任安上《與吳拜經書》："自西河痛後，益萬念俱灰。"清代李伯元《中國現代記》三回："官場上的人情，最是勢力不過的。大家見撫台不理，誰還來理我呢，想到這裏，萬念俱灰。"沙汀《淘金記》二一："人種顯然是在支吾，於是寡婦萬念俱灰地揮揮手止住他。"同 心如（若）死灰。反 精神煥發、精神抖擻、雄心勃勃、鴻鵠之志。

【萬馬奔騰】wàn mǎ bēn téng 無數匹高頭大馬一齊飛奔向前。《再生緣》二六回："千軍喊吶重圍散，萬馬奔騰四足忙。"多用以形容聲勢浩大，場面壯觀。《初刻拍案驚奇》卷二二："封姨逞勢，巽二施威。空中如萬馬奔騰，樹杪似千軍擁遝。"封姨、巽二，風神。清代百一居士《壺天錄》卷下："三更許，聞場上人語嘈雜，有萬馬奔騰之狀。"巴金《家》一三："外面萬馬奔騰似的爆竹聲送進他的耳裏。"同 千軍萬馬。反 空空如也、無聲無息。

【萬馬齊喑】wàn mǎ qí yīn 喑：啞，不出聲。宋代蘇軾《三馬圖贊序》："振鬣長鳴，萬馬皆喑。"說駿馬振起鬃毛長長的一聲嘶叫，眾馬自知弗如，都沉寂不出聲。後多比喻眾人都不說話，都不表示意見，處在沉悶狀態。清代龔自珍《己亥雜詩》："九州生氣恃風雷，萬馬齊喑究可哀。"反 百家爭鳴、暢所欲言。

【萬家燈火】wàn jiā dēng huǒ 燈火：泛指夜間照明的火光、亮光。形容城鎮等聚居區夜間燈光遍佈的景象。唐代白居易《江樓夕望招客》詩："燈火萬家城四畔，星河一道水中央。"宋代王安石《上元戲呈貢父》詩："車馬紛紛白晝同，萬家燈火暖春風。"明代解縉《元宵泊豫章》詩："萬家燈火遙看影，半夜笙歌自有聲。"◇看着窗外的萬家燈火，他陷入了沉思。

【萬眾一心】wàn zhòng yī xīn 形容大家團結一致。《後漢書•朱儁傳》："萬人一心，猶不可當，況十萬乎！"《唐大詔令集•宥李懷光示諭河中將士詔》："竭誠致命，萬眾一心。"明代戚光《練兵實紀》卷二："爾輩愚人何不肯萬眾一心，一齊殺賊？"◇只要萬眾一心，就沒有克服不了的困難。同 眾志成城、齊心合力。反 離心離德、各行其是。

【萬貫家財】wàn guàn jiā cái 貫：中國古代銅錢計量單位。一千錢連成一串，稱一貫。萬貫家財，形容家產極豐厚。《警世通言》卷六："我首飾釵釧，儘可變賣，但我父親萬貫家財，豈不能周濟一女？"《二十年目睹之怪現狀》四四回："南京地面，怕少了年輕標致的人，怕少了萬貫家財的人，我要嫁你這個老殺才！"同 家財萬貫、腰纏萬貫。反 室如懸磬、四壁蕭然。

【萬紫千紅】wàn zǐ qiān hóng ❶百花盛開，色彩豔麗。多形容春天的媚麗景色。宋代朱熹《春日》詩："等閒識得東風面，萬紫千紅總是春。"元代馬致遠《賞花時•弄花香滿衣》套曲："萬紫千紅妖弄色，嬌態難禁風力擺。"❷比喻豐富多彩或繁榮興旺。◇蓬蓬勃勃的經濟全球化，造就出一個萬紫千紅的香港來。同 千紅萬紫、繁花似錦。反 地凍天寒、隆冬臘月。

【萬無一失】wàn wú yī shī 說完全有把握，絕不會出錯。《史記•淮陰侯列傳》："成敗在於決斷，以此參之，萬不失一。"《資治通鑒•後漢高祖孝皇帝中》："近者陝、晉二鎮，相繼款附，引兵從之，萬無一失，不出兩旬，洛汴定矣。"明代海瑞《復巡按龔懷川》："渡海雖險，仔細看量天色，萬無一失。"《慈禧全傳》八："只等皇上到京，按部就班去辦，萬無一失。"同 百無一失、計出萬全。反 錯漏百出、漏洞百出。

【萬象更新】wàn xiàng gēng xīn 一切景象和事物都換了樣子，呈現出新的氣象。◇"張一元茶莊"是張文卿於光緒三十四年開辦的，寓意"一元復始，萬象更新"/如今正是初春時節，萬象更新，正是鼓舞人奮發向上的好時光。同 萬物更新、面目一新。

【萬象森羅】wàn xiàng sēn luó 指天地間各種事物、景象紛紛揚揚，一一羅列。

南朝梁陶弘景《茅山長沙館碑》："夫萬象森羅，不離兩儀所育。"《景德傳燈錄·杭州靈隱山清聳禪師》："山河大地，萬象森羅。"◇德清禪師有《萬象森羅從此滅》詩："瞥然一念狂心歇，內外根塵俱洞徹。翻身觸破太虛空，萬象森羅從起滅。"同 森羅萬象。

【萬壽無疆】 wàn shòu wú jiāng 疆：止境，窮盡。❶ 祝福人長壽，永遠生存。《詩經·七月》："稱彼兕觥，萬壽無疆。"唐代崔致遠《應天節齋詞》："一人有慶，固知萬壽無疆。"《水滸後傳》三七回："陛下已過大難，定然萬壽無疆。"❷ 頌揚事物之永存不滅。宋代劉筠《大酺賦》："祥符薦祉兮，萬壽無疆。"茅盾《神的滅亡》："這些'神話'，自然要稱頌'神'的治權'世世勿替，萬壽無疆。'"同 壽比南山、長生不老。反 英年早逝、蘭摧玉折。

【萬語千言】 wàn yǔ qiān yán 形容話很多很多。《樂府雅詞·回紋》："織成錦字縱橫說，萬語千言皆怨別。"明代楊基《湘中四詠》："當時如意擊東風，萬語千言啼未了。"◇說盡萬語千言，不如看一看這部紀錄片，就可直觀地明白：保護生態環境是多麼迫切和重要。同 千言萬語。反 片言隻語。

【萬箭攢心】 wàn jiàn cuán xīn 攢：聚集。像萬支箭一齊射在心上。形容極其悲痛。唐代李亢《獨異志》卷中："梁沈約，家藏書十二萬卷，然心僻惡，聞人一善，如萬箭攢心。"《水滸傳》九八回："瓊英知了這個消息，如萬箭攢心，日夜飲泣，珠淚偷彈，思報父母之仇。"《三俠五義》三六回："小姐此時已知繡紅已死，又見爹爹如此，真是萬箭攢心。"同 肝腸寸斷、五內如焚。反 心花怒放、欣喜若狂。

【萬籟俱寂】 wàn lài jù jì 籟：從孔穴中發出的聲音。萬籟指自然萬物發出的各種聲音。形容周圍環境非常安靜，一點聲響都沒有。唐代常建《題破山寺後禪院》詩："萬籟此俱寂，惟餘鐘磬音。"清代沈復《浮生六記·浪遊記快》："乃偕往，但見木犀香裏，一路霜林，月下長空，萬籟俱寂。"◇不一會兒又傳來幾聲輕微的咳嗽聲，過後萬籟俱寂，又甚麼聲音都沒有了。同 萬籟無聲、鴉雀無聲。反 沸反盈天、人聲鼎沸。

【萬籟無聲】 wàn lài wú shēng 形容周圍環境很安靜。唐代皎然《戛銅碗為龍吟歌》："遙聞不斷在煙杪，萬籟無聲天境空。"宋代葉夢得《臨江仙》詞："萬籟無聲逢夜永，人間未識高秋。"◇一入冬夜，整個山村萬籟無聲，連狗也懶得叫了。同 萬籟俱寂。

【落井(阱)下石】 luò jǐng xià shí 見人落入井中，非但不救，反而扔下石頭。唐代韓愈《柳子厚墓誌銘》："一旦臨小利害，僅如毛髮比，反眼若不相識；落陷阱，不一引手救，反擠之，又下石焉者，皆是也。"後以"落井下石"、"落阱下石"比喻乘人之危加以陷害。明代李贄《續焚書·答來書》："若說叔台從而落井下石害我，則不可。"沙汀《困獸記》三："毫無疑義，他是誤解了牛祚，以為對方在落阱下石。"同 落井投石、下井投石。反 助人為樂、慷慨解囊。

【落月屋樑(梁)】 luò yuè wū liáng 戰國楚宋玉《神女賦》："其始來也，耀乎若白日初出照屋梁；其少進也，皎若明月舒其光。"本形容神女容顏白皙有光彩。後用"落月屋梁"表示想念朋友的容顏神采。唐代杜甫《夢李白》詩："落月滿屋梁，猶疑照顏色。"宋代黃仲元《故中山處士林明甫墓銘》："追念疇昔，落月屋梁，如見顏色。"明代王世貞《與吳明卿書》："想像容色，至於落月屋樑，又何悲也。"

【落地生根】 luò dì shēng gēn 本指植物的種子、莖、觸鬚等一接觸土地就生根成長。後用於：❶ 比喻到新的地方安家落戶。◇一對相識於危難的異姓姐妹，在繁華的十里洋場落地生根。❷ 比喻事物傳播到新的地方，成長、發展、壯大。◇各種宗教在羊城落地生根，昭示了南粵兼容並蓄的胸懷。❸ 武術用語。比喻腿腳有力，着地穩固。◇為保持重心穩定，下盤穩固，太極拳走架時要求步法虛實分明，落地生根。反 萍蹤浪跡、浮家泛宅。

【落拓不羈】luò tuò bù jī 見“落魄不羈”。

【落花流水】luò huā liú shuǐ 凋落的花瓣隨着流水而去。❶ 形容殘春的景象。唐代李群玉《奉和張舍人送秦煉師歸岑公山》：“蘭浦蒼蒼春欲暮，落花流水怨離琴。”元代王實甫《西廂記》二本五折：“其聲幽，似落花流水溶溶。”清代李漁《巧團圓•夢訊》：“仍是劉郎前度，怪種桃道士，蹤影全無，落花流水指迷途。”❷ 比喻殘敗、散亂的景象。《水滸傳》四三回：“這夥男女哪裏顧個冷熱，好吃不好吃，酒肉到口只顧吃，正如這風捲殘雲，落花流水，一齊上來，搶着吃了。”《封神演義》四二回：“幸有楊戩在側，看見聞太師好鞭，只打得落花流水，才把銀合馬飛走出陣，使槍便刺。”《紅樓夢》四回：“這日打了個落花流水，生拖死拽，把個英蓮拖去。”同 流水落花。

【落英繽紛】luò yīng bīn fēn 英：花。形容落花紛紛飄飛的景象。晉代陶潛《桃花源記》：“忽逢桃花林，夾岸數百步，中無雜樹，芳草鮮美，落英繽紛。”明代顧清《東園聯句詩序》：“方春之闌，落英繽紛，綠蔭繁鮮。”◇島上古樹藤蔓遮天蔽日，閒花野草落英繽紛。

【落荒而走】luò huāng ér zǒu 走：奔跑。離開戰場或路面，向荒野裏奔逃。元代無名氏《馬陵道》三折：“你自慢慢的從大路上行，我便落荒而走。”《野叟曝言》一〇一回：“岑咥見不是頭勢，領着敢死親軍，拚命殺條血路，落荒而走。”《文明小史》四回：“幸喜落荒而走，無人追趕。”同 落荒而逃。

【落荒而逃】luò huāng ér táo 離開戰場或路面，向荒野裏奔逃。形容狼狽逃竄。《封神演義》六一回：“獸馬爭持，劍戟並舉，未及數合，子牙便走，不進城，落荒而逃。”《開闢演義》一二回：“康回負痛丟刀，落荒而逃。”◇蜂群嗡嗡地向我撲來，嚇得我落荒而逃。同 落荒而走。

【落雁沉魚】luò yàn chén yú《莊子•齊物論》：“毛嬙、麗姬，人之所美也；魚見之深入，鳥見之高飛，麋鹿見之決驟，四者孰知天下之正色哉？”後以“落雁沉魚”形容女子貌美。元代劉庭信《粉蝶兒》套曲：“恰便似落雁沉魚，羞花閉月，香嬌玉嫩。”《再生緣》一回：“落雁沉魚真絕世，羞花閉月果非凡。”◇姑娘家如果好吃懶做，縱然長得落雁沉魚，又有何用？同 沉魚落雁、閉月羞花。

【落葉知秋】luò yè zhī qiū 見“葉落知秋”。

【落葉歸根】luò yè guī gēn 凋落的樹葉落到根部周圍。比喻事物找到了歸宿。多比喻客居異國他鄉的人最終回到本鄉本土。《五燈會元•杭州淨慈自得慧暉禪師》：“朔風凜凜掃寒林，葉落歸根露赤心。”宋代黃裳《六祖傳付偈頌•六祖》：“法身行止本來無，落葉歸根是幻軀。”明代王世貞《鳴鳳記•林遇夏舟》：“今日遇赦回來，正是落葉歸根，豐城劍回。”同 葉落歸根。

【落落大方】luò luò dà fāng 形容爽朗瀟灑，舉止自然，態度不拘謹。《兒女英雄傳》二九回：“更兼他生得落落大方，不似那羞手羞腳的小家氣象。”《三俠五義》六九回：“少時，家童將衣衫帽靴取來，秦昌恭恭敬敬奉與杜雍。杜雍卻不推辭，將通身換了，更覺落落大方。”茅盾《趙先生想不通》：“大少奶奶說話時那態度真是落落大方。”同 舉止大方、儀態萬方。

【落落寡合】luò luò guǎ hé 形容性情孤傲或是執拗於自己的見解、主張，不和群，難以同他人合拍。也作“落落難合”。《後漢書•耿弇傳》：“將軍前在南陽建此大策，常以為落落難合，有志者事竟成也。”宋代周煇《清波別志》卷二：“昔曾吉甫秘監與人書，不作劄子，且以字呼。一時館職欲從篤厚，以變舊習，竟落落難合。”清代汪琬《灌園詩後序》：“李子武曾在京師，落落寡合，平時相親善者，惟吾輩三數人耳。”《三俠五義》六九回：“原來此人姓杜名雍，是個飽學儒流，一生性氣剛直，又是個落落寡合之人。”蔡東藩《民國通俗演義》五一回：

"起初與六君子十三太保等，統是落落難合，後來逐漸親昵，反似彼此引為同調。" 反 志同道合、臭（xiù）味相投。

【落落難合】luò luò nán hé 見"落落寡合"。

【落魄不羈】luò pò bù jī 落魄：行為放蕩。羈：馬絡頭，引申指約束，束縛。形容人性格豪放或放蕩，行為不受約束。宋代王稱《東都事略·周邦彥》："周邦彥，字美成，錢塘人也，性落魄不羈，涉獵書史。"明代皇甫涍《與周以言書》："父子積習，神明若扶，而落魄不羈。"◇我曾扮演過一位落魄不羈而又深情款款的文人。也作"落拓不羈"。宋代何谿汶《竹莊詩話》卷一八："何揩之，廣德人，早年有俊聲……其人落拓不羈，不能自重。"清代鄭方坤《全閩詩話·吳文煥》："劍虹落拓不羈，喜讀書，性尤耽酒，一月曾不得數日醒。"茅盾《子夜》七："阿素是落拓不羈，就像她的父親。" 同 放蕩不羈、放浪不羈。反 循規蹈矩、規行矩步。

【葭莩之親】jiā fú zhī qīn 葭莩：蘆葦莖中的薄膜。比喻像蘆膜那樣薄的很疏遠的親戚關係。《漢書·王貢兩龔鮑傳》："侍中駙馬都尉董賢本無葭莩之親，但以令色諛言自進。"明代張丑《清河書畫舫·王維》："吳崑麓夫人與余外族有葭莩之親，偶攜此卷見示。"《慈禧全傳》六七："張中堂是指協辦大學士刑部尚書張之萬，唐炯是張之洞的大舅子，跟他亦算有葭莩之親，所以於公於私，他都不能不派個人來送信。"

【蓋世無雙】gài shì wú shuāng 蓋世：超過當世。形容能力、功績等超過世人，獨一無二，無可比擬。《封神演義》七四回："當時吾師傳我，曾言吾之法蓋世無雙，難道此關又有此異人？" 同 天下無雙。反 平庸無奇。

【蓋棺定論】gài guān dìng lùn 見"蓋棺論定"。

【蓋棺論定】gài guān lùn dìng 一個人一生的是非功過，只有在其死後才能作出定論。《明史·劉大夏傳》："人生蓋棺論定，一日未死，即一日憂責未已。"清代紀昀《閱微草堂筆記·灤陽消夏錄一》："古稱蓋棺論定，觀於此事，知蓋棺猶難論定矣。"巴金《談〈憩園〉》："蓋棺論定，這個人一生不曾做過一件對人有益的事情，他活着只是為了自己。"也作"蓋棺定論"。明代呂坤《大明嘉議大夫刑部左侍郎新吾呂君墓誌銘》："善惡在我，毀譽由人，蓋棺定論，無藉於子孫之乞言耳。"

【蓽門圭竇】bì mén guī dòu 見"篳門圭竇"。

【蓽路藍縷】bì lù lán lǚ 見"篳路藍縷"。

【蒼生塗炭】cāng shēng tú tàn 蒼生：指老百姓。塗：泥淖。炭：炭火。《尚書·仲虺之誥》："有夏昏德，民墜塗炭。"後用"蒼生塗炭"形容百姓生活艱難痛苦，就像陷入泥淖、受炭火燒烤一樣。南朝齊魏收《為齊即位告天文》："孝昌已後，內外去之，世道橫流，蒼生塗炭。"明代田汝成《征南碑》："皇天以予一人撫鞠四海，匪威力是憑，匪玉帛山河是愛，惟蒼生塗炭是憂。"◇明末清初，社會動盪，政治混亂，蒼生塗炭。同 生靈塗炭、生民塗炭。反 救民水火、解民倒懸。

【蒼白無力】cāng bái wú lì 說人蒼白無血色，體弱乏力。比喻事物沒有生氣活力，沒有力量。◇教育是充滿情感和愛心的，沒有情感愛心的教育是蒼白無力的／一些企業之所以出現財務違法問題，主要是因為內部的監管制度蒼白無力。同 有氣無力。

【蒼松翠柏】cāng sōng cuì bǎi 四季常青的松柏。常用以比喻或襯托人的品行高尚、節操堅貞。也借指高尚堅貞的人。明代黃佐《翰林記·賜遊觀》："廣寒殿在其頂，瑤台玉砌，畫棟雕甍，蒼松翠柏，盤鬱垂蔭，恍如在蓬萊仙境也。"清代孫承澤《春明夢餘錄》卷三四："使其觀今日蒼松翠柏亂落深箐，明珠碎璧擲棄道旁，感歎不知何似！"◇他雖死猶存，他的人格宛如蒼松翠柏，散發着持久的影響力。同 歲寒松柏。反 枯枝敗葉。

【蒼狗白衣】cāng gǒu bái yī 指浮雲變化無定。唐代杜甫《可歎》詩："天上浮雲如白衣，斯須改變如蒼狗。"後用"蒼狗白衣"感歎世事無常。宋代楊萬里《送鄉人余文明勸之以歸》詩："蒼狗白衣俱昨夢，長庚孤月自青天。”明代朱誠泳《白雲窩》詩：“蒼狗白衣隨變幻，肯教飛夢落高唐？”也作“白衣蒼狗”。《初刻拍案驚奇》卷二二：“東海揚塵猶有日，白衣蒼狗剎那間。”同 白衣蒼狗、白雲蒼狗。

【蒼黃翻覆】cāng huáng fān fù 蒼：青色。翻覆：顛來倒去。《墨子•所染》：“見染絲者而歎曰：‘染於蒼則蒼，染於黃則黃，所入者變，其色亦變，五入而已，為五色矣，故染不可不慎也。’”說染絲過程中，絲的色彩隨所入染缸的顏色而反覆變化。後比喻變化無常，沒有定準。南朝齊孔稚珪《北山移文》：“豈期終始參差，蒼黃翻覆，淚翟子之悲，慟朱子之哭。”明代歸有光《與周殿山簡》：“而今法度不在，祖宗威福不在，朝廷公論不在，天下人持其說，蒼黃翻覆以與天下爭勝而敢為。”◇我們生活在一個蒼黃翻覆，陵谷變遷的大時代。同 變化莫測、變幻莫測。

【蒼翠欲滴】cāng cuì yù dī 植物蒼翠的顏色就像要滴下來的樣子。形容翠綠鮮嫩。宋代郭熙《林泉高致•山川訓》：“春山澹冶而如笑，夏山蒼翠而如滴。”◇香龍血樹，俗稱巴西木，樹幹直立，簇生於枝頂的寬大葉片，蒼翠欲滴。

【蒼蠅見血】cāng ying jiàn xuè 蒼蠅嗜血，遇血即群至吸食。形容貪婪或迫不及待。貶義。《二刻柏案驚奇》卷三九：“從來說公人見錢，如蒼蠅見血，兩個應捕看見赤豔豔的黃金，怎不動火？”《古今小說•張舜美燈宵得麗女》：“他兩個正是曠夫怨女，相見如餓虎逢羊，蒼蠅見血。”《醒世姻緣傳》十回：“我雖然見了銀子就似蒼蠅見血的一般，但我不肯把自己孫女賣錢使。”同 如蟻附膻、如蠅逐臭。

【蒿目時艱】hāo mù shí jiān 蒿目：極目遠望。《莊子•駢拇》：“今世之仁人，蒿目而憂世之患。”後用“蒿目時艱”表示非常憂慮艱難困苦的時局。宋代張九成《狀元策一道》：“以今日我士庶蒿目時艱，固亦有豪傑慷慨之士欲圖之久矣。”清代佟法海《擬南海神答查悔余先生謁廟詩》：“蒿目時艱不可說，惟神若可默贊襄。”◇他的父親蒿目時艱，悲憤填膺，竟於抗戰的次年遽爾仙逝。

【蒹葭玉樹】jiān jiā yù shù 見“蒹葭倚玉”。

【蒹葭倚玉】jiān jiā yǐ yù 蒹葭：初生的蘆葦。玉：指用玉等多種珍寶裝飾的樹狀物。比喻品貌差的人與品貌出眾的人在一起，或形容地位卑微的人倚靠位高望重的人。常用為自謙之辭。南朝宋劉義慶《世說新語》：“魏明帝使后弟毛曾與夏侯玄共坐，時人謂‘蒹葭倚玉樹’。”《二刻拍案驚奇》卷一七：“小女嬌癡慕學，得承高賢不棄，今幸結此良緣，蒹葭倚玉，惶恐惶恐。”《孽海花》一二回：“只是同太太並肩拍照，蒹葭倚玉，恐折薄福，意欲告辭，改日再遵命吧！”也作“蒹葭玉樹”。宋代釋惠洪《次韻題顛顛軒》：“杖履相從年可忘，不羞蒹葭玉樹旁。”明代練子寧《次答本素上舍》：“翡翠蘭苕差後識，蒹葭玉樹愧同遊。”

【蒲柳之姿】pú liǔ zhī zī 蒲柳：一種小樹，葉如柳，逢秋先凋落。比喻衰弱的體質。南朝宋劉義慶《世說新語•言語》：“顧悅與簡文同年，而髮蚤白。簡文曰：‘卿何以先白？’對曰：‘蒲柳之姿，望秋而落；松柏之質，經霜彌茂。’”明代韓邦奇《自陳不職乞賜罷黜以公考察事》：“伏念臣駑駘之品，驅策固已不前，而蒲柳之姿，衰病又加日迫。”也作“蒲柳之質”。唐代白居易《得己為大夫，請致仕》：“揆以紀年，桑榆之光未暮；驗其羸病，蒲柳之質先零。”宋代曹彥約《再具辭免上丞相劄子》：“況以蒲柳之質本自早衰；今晻嵫已迫，尤更疲苶。”◇林黛玉長期內心抑鬱、情緒低沉，蒲柳之姿的身體，恐怕是原因之一。反 力能扛鼎、身強力壯。

【蒙在鼓裏】méng zài gǔ lǐ 被包在鼓裏面。形容受欺瞞而不知真相。《瞎騙奇聞》二回：“總是他命好，才有這一個好先生給他算出來，要不是周先生，我們還蒙在鼓裏呢！”◇她一直被蒙在鼓裏，到死也不知道內情。

【蒙昧無知】méng mèi wú zhī 愚昧無知，不明事理。宋代李杞《周易詳解•蒙》：“人之蒙昧無知，方其迷而未復，若有物焉覆乎其上。”清代張烈《讀易日鈔•序卦傳上》：“屯者，物之始生。物始生必蒙昧無知。”◇有些古老的部落長期以來遭人誤會，以為他們還處在蒙昧無知的階段。同 愚昧無知、愚不可及。反 明察秋毫、才識過人。

【蒙混過關】méng hùn guò guān 蒙混：用虛假的表象使人信以為真。比喻用欺騙、投機取巧等不正當手法通過審查、考核等，獲得合格或合法的認可。◇最近企圖用偽造證件蒙混過關，進入香港的人比過去多了。同 瞞天過海、欺上瞞下。

【蒙頭轉向】mēng tóu zhuàn xiàng 昏昏沉沉，分辨不清方向。多形容忙碌之極，或遇到突發的事情一時不知所措。也作“矇頭轉向”。老舍《神拳》第一幕第二場：“剛一動手的時候，我有點蒙頭轉向的；打過一會兒，心裏越來越清楚，勁兒也越大。”◇這幾天忙得矇頭轉向，哪有時間照顧兒子／只聽大嫂在廳裏連吵帶嚷，弄得她蒙頭轉向，一時沒了主意。同 暈頭轉向、昏頭昏腦。

【蒸沙成飯】zhēng shā chéng fàn 將沙蒸熟做成飯。《楞嚴經》卷六：“是故阿難若不斷淫修禪定者，如蒸沙石欲其成飯，經百千劫，祇名熱沙，何以故？此非飯，本石沙成故。”後比喻不可能實現的事。◇大人物總想長生不死，猶如蒸沙成飯，磨磚成鏡，鏡花水月而已。同 磨磚成鏡、緣木求魚。反 實事求是、腳踏實地。

【蒸蒸日上】zhēng zhēng rì shàng 蒸蒸：興隆旺盛的樣子。比喻事業興旺，天天向前發展。清代陳康祺《郎潛紀聞》卷一三：“兩浙人士省愆悔過，士風丕變，諭准照舊應試，前後三年，澆漓盡革。況今涵濡聖澤幾二百年，宜風氣蒸蒸日上也。”《孽海花》一一回：“倒是現在歐洲各國，民權大張，國勢蒸蒸日上。”鄒韜奮《抗戰以來》三：“尤其是特別熱情英勇的青年，他們的組織和工作更是一日千里，蒸蒸日上。”同 日新月異、蒸蒸日進。反 一落千丈、一敗塗地。

【蒓羹鱸膾】chún gēng lú kuài 蒓：蒓菜，做羹湯味美。鱸膾：切成細絲的鱸魚肉。鱸魚古以吳地所產最著名。《晉書•張翰傳》：“翰因見秋風起，乃思吳中菰菜、蒓羹、鱸魚膾，曰：‘人生貴得適志，何能羈宦數千里以要名爵乎！’遂命駕而歸。”後以“蒓羹鱸膾”作為思鄉或思鄉辭官的典故。宋代李曾伯《八聲甘州》詞：“休效季鷹高興，為蒓羹鱸膾，遽念吳頭。”清代吳偉業《致雲間同社諸事書》：“九峰之月觀風亭賞心樂事，三泖之蒓羹鱸膾旨酒嘉賓，真昇平之勝集，江左之巨觀矣。”也作“蒓鱸之思”。宋代方岳《回程學書》：“有蓼者莪，誰無犬馬之養，維桑及梓，寧勿蒓鱸之思？”明代皇甫汸《沈太僕環谿集序》：“茵鼎之貴不能奪蒓鱸之思，熊軾之華無以挽扁舟之興。”同 鱸膾蒓羹、蒓菜鱸魚。

【蒓鱸之思】chún lú zhī sī 見“蒓羹鱸膾”。

【蔓草難除】màn cǎo nán chú 已經蔓延生長的野草難以根除。比喻邪惡勢力一旦形成，盤根錯節，再想鏟除就困難了。《左傳•隱公元年》：“不如早為之所，無使滋蔓，蔓，難圖也。蔓草猶不可除，況君之寵弟乎？”《宋書•臧質傳》：“直以蔓草難除，去惡宜速，是以無顧夷險，慮不及身。”《冊府元龜》卷七一五：“所謂虎也，更傅其翼，朝野切齒，遐邇扼腕，蔓草難除，去之宜盡。”也作“蔓草難圖”。《舊唐書•裴炎傳》：“蔓草難圖，漸不可長，殷鑒未遠，當絕其源。”清代毛奇齡《家忠襄公傳》：“順成之盜盛於南服，然皆守撫養成之。嚮非弘正儒臣為之掃除，則蔓草難圖，何翅（啻）綏寇？”同 養虎貽患、養癰遺患。反 斬草除根、不留後患。

【蔓草難圖】màn cǎo nán tú 見“蔓草難除”。

【蓬戶甕牖】péng hù wèng yǒu 蓬：蓬草。甕：一種腹大口小的陶器。牖：窗。用蓬草編織為門，以破陶甕做窗子。形容生活貧寒，家居極其簡陋。《禮記•儒行》：“儒有一畝之宮，環堵之室，篳門圭窬，蓬戶甕牖，易衣而出，并日而食。”宋代蘇轍《黃州快哉亭記》：“此其中宜有以過人者，將蓬戶甕牖無所不快。”◇孔子的三千弟子中，有以貨殖致富、家累千金的子貢，也有蓬戶甕牖、捉襟見肘的原憲。同 繩樞甕牖、蓬門蓽户。反 雕樑畫棟、瓊樓玉宇。

【蓬生麻中】 péng shēng má zhōng 蓬：蓬草。麻：指大麻，直立而生。《荀子•勸學》：“蓬生麻中，不扶而直；白沙在涅，與之俱黑。”說蓬草生在麻叢中，自然也直立向上生長。比喻良好的環境，給人以正面的良好影響。北齊顏之推《顏氏家訓•風操》：“昔在江南，目能視而見之，耳能聽而聞之，蓬生麻中，不勞翰墨。”宋代度正《通劉侍郎書》：“今夫蓬生麻中，不扶自直。入芝蘭之室，久而不聞其香。居移氣，養移體，是不可不圖之於其初也。”◇蓬生麻中，不扶自直，良好的校園環境對學生起着潛移默化的作用。同 近朱者赤。反 近墨者黑。

【蓬門篳户】 péng mén bì hù 用蓬草和荊條竹木之類編製而成的門。借指貧寒人家的居住之處。◇憑窗遠眺這座新興城市，高樓大廈與蓬門篳戶比鄰錯落。同 篳户蓬門、蓬牖茅椽。

【蓬首垢面】 péng shǒu gòu miàn 頭髮亂得像蓬草，臉上都是污垢。《北齊書•任城王湝傳》：“妃盧氏賜斛斯徵，蓬首垢面，長齋不言笑。”元代陶宗儀《輟耕錄•僱僕役》：“他日，領一蓬首垢面、愚騃之人來，遂用之。”◇門開了，進來一個蓬首垢面衣衫襤褸的人。同 蓬頭垢面。

【蓬賴麻直】 péng lài má zhí 蓬：蓬草。麻：指大麻，直立而生。《荀子•勸學》：“蓬生麻中，不扶而直；白沙在涅，與之俱黑。”說蓬草依靠麻叢的生長環境，才得以直立向上。比喻藉助於良好正面的環境的影響和推動，人就會成長進步。也謙稱自己得益於對方。《歧路燈》六三回：“可惜居住隔遠，若卜居相近，未必無蓬賴麻直之幸。”同 蓬生麻中、“蓬生麻中，不扶自直”。

【蓬頭垢面】 péng tóu gòu miàn 頭髮淩亂，面有污垢。形容人污穢邋遢，極不整潔。唐代李復言《續玄怪錄•張老》：“後數年，忽念其女，以為蓬頭垢面不可識也。”元代楊景賢《劉行首》一折：“我這般窮身潑命誰瞅問，蓬頭垢面裝癡鈍。”《紅樓夢》七七回：“(晴雯）蓬頭垢面的，兩個女人攙架起來去了。”魯迅《熱風•隨感錄二十五》：“窮人的孩子蓬頭垢面的在街上轉，闊人的孩子妖形妖勢嬌聲嬌氣的在家裏轉。”同 蓬首垢面、囚首垢面。

【蓬篳（蓽）生輝】 péng bì shēng huī 蓬篳：“蓬門篳戶”的省略，謙稱自己的住所。說客人的到來，為自己的草屋增添了光彩。表示歡迎和感謝光臨的意思。也作“蓬篳（蓽）增輝”。宋代鄭伯敦《請清老茶牓》：“虔埽敝廬，祗安聖像。輜軿俯眷，蓬蓽生輝。”明代朱權《卓文君私奔相如》四折：“今日得遇相公夫人到此，莫非蓬篳增輝。”《金瓶梅》三一回：“杯茗相邀，得蒙光降，頓使蓬蓽增輝，幸再寬坐片時，以畢餘興。”《三俠五義》七八回：“今日哪陣香風兒，將護衛老爺吹來，真是蓬篳生輝，柴門有慶。”同 蓬篳（蓽）生光、蓬屋生輝。

【蓬篳（蓽）增輝】 péng bì zēng huī 見“蓬篳（蓽）生輝”。

【蔚成風氣】 wèi chéng fēng qì 見“蔚然成風”。

【蔚為大觀】 wèi wéi dà guān 薈萃在一起，成為壯觀的景象。蔚：聚集在一起。蔡東藩《民國通俗演義》一六回：“一座黃鶴樓，高接雲表，蔚為大觀。”魯迅《兩地書•致許廣平》：“鄉村風景，甚覺宜人，野外花園，殊有清趣，樹木蔚為大觀。”◇展廳裏各式各樣的新型轎車，異彩紛呈，眼花繚亂，蔚為大觀。

【蔚然成風】 wèi rán chéng fēng 蔚然：茂盛，興盛。形容某種事物的影響一路擴展開來，一時成為人們間通行的風氣、習俗。也作“蔚成風氣”。丁明楠《〈道咸宦海見聞錄〉序》：“為了逃避現實，除競尚考據之外，編撰年譜也蔚然成風，因為他主要是編纂個人事跡，一般不至於干冒風險。”◇清初，曹溶、朱彝尊、王士禎等人抄存宋集，一時蔚然成風。

【蕙心蘭質】 huì xīn lán zhì 比喻女子純淨的心靈和清雅嫻靜的性情。蕙、蘭：香草名，楚詞和古詩文都用以比喻美好的人或事物。唐代王勃《七夕賦》："荊豔齊升，燕佳並出，金聲玉韻，蕙心蘭質。" 明代楊基《無題和唐李義山》詩："為雨為雲事兩難，蕙心蘭質易摧殘。" 也作"蕙質蘭心"。宋代柳永《離別難》詞："花謝水流倏忽，嗟年少光陰。有天然、蕙質蘭心，美韶容、何啻值千金。" 明代吳夢暘《為鍾清叔題薛五蘭卷》："蕙質蘭心有深寄，葉葉莖莖吐幽思。" 同 蘭質蕙心、蘭心蕙質。

【蕙質蘭心】huì zhì lán xīn 見"蕙心蘭質"。

【蔽日干雲】bì rì gān yún 蔽：遮擋。干：觸、碰。遮蔽太陽，上達雲霄。形容物體極高極大。多形容樹木和建築物。也作"干雲蔽日"。《後漢書•丁鴻傳》："干雲蔽日之木，起於葱青。" 唐代張文成《遊仙窟》："於時金台銀闕，蔽日干雲。" 明代王世貞《徐大光祿奉使江西淮邸見顧贈之》詩："豫章何限豫章材，蔽日干雲夾道開。" ◇南京鍾山，給我印象最深的除了宏偉的中山陵園，便是夾道生長、枝幹蒼勁、蔽日干雲的各色林木。同 遮天蔽日。

【蕩析離居】dàng xī lí jū 蕩析：動盪離散。❶ 因災難戰亂等造成民眾流離失所。《尚書•盤庚下》："今我民用蕩析離居，罔有定極。"《宋史•度宗紀》："將士頻歲暴露，邊方蕩析離居。" 清代方苞《聖主親征漠北頌》："諸部震恐，蕩析離居，奔訴闕下。" ❷ 比喻事物無所統屬，散亂無序。清代段玉裁《六書言韻表》一："韻書如陸法言雖以聲為經，而同部者蕩析離居矣。" 同 流離失所。反 安居樂業。

【蕩氣迴(回)腸】dàng qì huí cháng 見"盪氣迴腸"。

【蕩然無存】dàng rán wú cún 形容原有的東西完全失去，一點也沒保存下來。宋代蘇軾《留侯論》："秦法，挾書者棄市，意其時如東序所陳之大訓，列國紀載之嘉言，民間蕩然無存。" 明代吳寬《跋桃源雅集記》："於是，一時富室或徙或死，聲銷景滅，蕩然無存。" ◇政府若是不守法，上行下效，法紀勢必蕩然無存。同 蕩然無餘、蕩然一空。反 依然如故。

【蕩檢逾(踰)閑】dàng jiǎn yú xián 蕩：毀壞，破壞。逾：超越，違犯。檢、閑：指規矩、法律。形容人行為放蕩或違犯道德、法律規範。明代余繼登《覆楊止庵疏》："謂紀綱法度為桎梏，謂禮義廉恥為虛偽，惟一了此心，則市金可攫，處子可摟，蕩檢踰閑，皆為率性。" 清代田雯《重修安平縣學碑記》：士之蕩檢踰閑，率循罔謹者必驅之。"《兒女英雄傳》二七回："再不想丈夫也是個帶腿兒的，把他逼得房帷以內生趣毫無，荊棘滿眼，就不免在外眠花宿柳，蕩檢逾閒。" 同 逾閒蕩檢。

【薪盡火傳】xīn jìn huǒ chuán《莊子•養生主》："指窮於為薪，火傳也，不知其盡也。" 説人用手往火裏添柴，前面的柴燒完時已把後面的柴點燃，火一直燃燒，永不熄滅。後用"薪盡火傳"：❶ 比喻師生傳授，學問、技藝代代流傳下去。清代陳康祺《燕下鄉脞錄》卷一："閩中李文貞、蔡文勤二公重振龜山、考亭之緒，薪盡火傳，理學大暢。"《儒林外史》五四回："風流雲散，賢豪才色總成空；薪盡火傳，工匠市廛都有韻。" ❷ 泛喻習俗、風氣、做法等向下延續不斷絕。梁啟超《中國前途之希望與國民責任》："而其傳染性乃益以蔓延猖獗，薪盡火傳，綿綿無絕。"

【薏苡之謗】yì yǐ zhī bàng 見"薏苡明珠"。

【薏苡明珠】yì yǐ míng zhū 薏苡：食用植物名，果實卵圓形，有祛濕除邪的功效。《後漢書•馬援傳》："南方薏苡實大，援欲以為種，軍還，載之一車……有上書譖之者，以為前所載還，皆明珠文犀。" 指薏米被進讒的人説成了明珠。後用"薏苡明珠"、"薏苡之謗" 指被誣陷誹謗，蒙受冤屈。五代王定保《唐摭言•好及第惡登科》："是知瓜李之嫌，薏苡之謗，斯不可忘。" 清代朱彝尊《酬洪昇》詩："梧桐夜雨詞淒絕，薏苡明珠謗偶然。" 同 薏苡之讒。

【蕭規曹隨】xiāo guī cáo suí《史記•曹相國世家》："蕭何為法，顜若畫一；曹參代之，守而勿失。”蕭：蕭何。曹：曹參。漢初蕭何為相，制定法令，後曹參繼為相，遵蕭何法令行事。後以“蕭規曹隨”比喻按照前任的成規辦事。漢代揚雄《解嘲》：“夫蕭規曹隨，留侯畫策，陳平出奇，功若泰山，響若坻隤。”明代張居正《答宣大王巡撫言薊邊要務》：“蕭規曹隨，必獲同心之濟。”孫中山《自傳》：“丙辰之役，以為但使袁世凱取消帝制，則民國依然無恙，其他袁世凱所遺留之制度，不妨蕭規而曹隨，以袁世凱所為，除帝制外，無不宜於民國者。”反 革故鼎新、棄舊圖新。

【蕭牆禍起】xiāo qiáng huò qǐ 蕭牆：古代宮室內作為屏蔽的矮牆，喻指家內或內部。《論語•季氏》：“吾恐季孫之憂，不在顓臾，而在蕭牆之內也。”後用“蕭牆禍起”指內部產生變亂或禍害。《舊五代史•毛璋傳》：“明年，蕭牆禍起，繼岌自西川至渭內，部下散亡。”明代高濂《遵生八牋•清修妙論牋》：“心病心醫，治以心藥，奚伺盧扁以瘳厥疾；無使病積於中，傾潰莫遏，蕭牆禍起，恐非金石草木可攻。”《警世通言》卷三八：“蕭牆禍起片時間，到如今反為難上難。”同 禍起蕭牆、釁起蕭牆。反 穩如泰山、安如磐石。

【藍田生玉】lán tián shēng yù 藍田：地名，在今西安市東南，秦嶺北麓，古代以產美玉著稱。比喻名門出賢才。《三國志•諸葛恪傳》：“恪少有才名，發藻岐嶷，辯論應機，莫與為對。權見而奇之，謂瑾曰：‘藍田生玉，真不虛也。’”《南史•謝莊傳》：“七歲能屬文，及長，韶令美容儀，宋文帝見而異之……曰：‘藍田生玉，豈虛也哉？’”同 藍田出玉。

【藏之名山】cáng zhī míng shān 漢代司馬遷《報任少卿書》：“僕誠以著此書，藏之名山，傳之其人，通邑大都，則僕償前辱之責。”後借“藏之名山”、“藏諸名山”表示著作價值極高，足以代代相傳。常與“傳之後世”連用。唐代劉知幾《上蕭至忠論史書》：“古之國史，皆出一家，如魯、漢之丘明、子長，晉、齊之董狐、南史，咸能立言不朽，藏諸名山。”明代臧懋循《元曲選前集序》：“因為參伍校訂，摘其佳者若干，以甲乙釐成十集，藏之名山而傳之通邑大都，必有賞音如元朗氏者。”清代朱彝尊《重鋟〈裘司直詩集〉序》：“身後之名，顯者或晦，司直藏之名山者，晦久而明。”同 藏之名山，傳之其人。

【藏汙(污)納垢】cáng wū nà gòu《左傳•宣公十五年》：“川澤納汙（污），山藪藏疾，瑾瑜匿瑕，國君含垢，天之道也。”後用“藏汙納垢”、“藏污納垢”、“藏垢納污”指：❶ 包含着污穢、疾病等各式各樣的東西，表示無所不包的意思。明代劉若愚《酌中志•憂危竑議前紀》：“至今讀之者，無不魂驚髮豎，愈見神廟聖度，真如海嶽之藏垢納污靡不包容者。”《野叟曝言》二回：“俺們僧家，與你們儒家一樣藏垢納污，無物不有。”❷ 表示含垢忍辱的意思。清代孫雨林《皖江血•定計》：“收回那十八省剩水殘山，洗盡這二百年藏汙納垢。”❸ 今多指勾結掩護壞人、包容壞事。李大釗《青年與農村》：“若想擴清選舉，使這種新制度不作高等流氓們藏污納垢的巢穴、發財作官的捷徑，非開發農村不可。”

【藏污納垢】cáng wū nà gòu 見“藏汙(污)納垢”。

【藏形匿影】cáng xíng nì yǐng 把自己的行跡隱藏起來，或把事實真相遮掩起來。《鄧析子•無厚》：“君者，藏形匿影，群下無私；掩目塞耳，萬民恐震。”宋代劉克莊《與游丞相書》：“伏念某奧從罷郡還里，自知罪名稍重，姑以藏形匿影為幸。”同 匿影藏形、銷聲匿跡。反 大張聲勢、招搖過市。

【藏垢納污】cáng gòu nà wū 見“藏污納垢”。

【藏諸名山】cáng zhū míng shān 見“藏之名山”。

【藏頭露尾】cáng tóu lù wěi 形容躲躲閃閃，遮遮掩掩，不想露出真相。元代張可久《點絳唇》套曲：“早休官棄職，遠紅塵是非，省藏頭露尾。”《西遊記》一五回：“像他這樣藏頭露尾的，本該打他一頓。”

《紅樓夢》三四回："薛蟠本是個心直口快的人，見不得這樣藏頭露尾的事。"《兒女英雄傳》四十回："老爺是個走方步的人，從不曾見過這等鬼鬼祟祟、藏頭露尾的玩意兒。"也作"露尾藏頭"。《兒女英雄傳》八回："我雖然句句的露尾藏頭，被你二人層層的尋根覓究，話也大概説明白了。"同 藏頭亢腦。反 襟懷坦白、和盤托出。

【藏龍卧虎】cáng lóng wò hǔ 北周庾信《同會河陽公新造山池聊得寓目》詩："暗石疑藏虎，盤根似卧龍。"唐代韓愈《南山》詩："或蜿若藏龍，或翼若搏鷲。"後用"藏龍卧虎"比喻潛藏着卓異的人才。《濟公全傳》一六四回："再説臨安城乃藏龍卧虎之地，就許有人出來，路見不平。"◇別小看那個山溝溝，那可是藏龍卧虎的地方，出過幾任封疆大吏呢。同 卧虎藏龍、人傑地靈。

【薰蕕同器】xūn yóu tóng qì 薰：香草。蕕：臭草。比喻善惡、賢愚、美醜混雜在一起，分辨不清。宋代王柏《上王右司書》："願執事審時度勢，熟慮精思，薰蕕同器，決無久馨之理。"《歧路燈》九十回："今日薰蕕同器，本來萬難刻停，況且衣服襤褸，雖説綢緞，卻不免紐扣錯落，綻縫補綴，自顧有些減色。"蔡東藩《民國通俗演義》三八回："去者得避害馬敗群之謗，留者仍蒙薰蕕同器之嫌。"同 薰蕕無辨。反 薰蕕異器、薰蕕不同器。

【藕斷絲連】ǒu duàn sī lián 藕折斷後，拉出來的藕絲還連着。比喻二者關係雖然斷絕，實際上仍相牽連着。唐代孟郊《去婦》詩："君心匣中鏡，一破不復全。妾心藕中絲，雖斷猶牽連。"清代王士禛《師友詩傳續錄》四一："或論絕句之法，謂絕者截也，須一句一斷，特藕斷絲連耳。"梁啟超《屈原研究》："因為懷王三十年將入秦之時，屈原還力諫，可見他和懷王的關係，仍是藕斷絲連了。"茅盾《子夜》一七："是乾乾脆脆的'出頂'好呢，還是藕斷絲連的抵押！"後世常用於表示愛情未徹底斷絕。《花月痕》一二回："鴇兒愛鈔，姐兒愛俏，所以藕斷絲連，每瞞他媽，給他許多好處。"蔡東藩《前漢演義》一一回："(況從前）時常廝混，免不得藕斷絲連，又去閒逛。"◇秀英下不了一刀兩斷的狠心，兩個人就藕斷絲連地一直拖着。

【藥石之言】yào shí zhī yán 石：古人針灸治療用的石針。比喻規勸人改正過失的良言。《左傳•襄公二十三年》："臧孫曰：'季孫之愛我，疾疢也；孟孫之惡我，藥石也。'"五代王定保《唐摭言•怨怒》："是將投公藥石之言，療公膏肓之疾，未知雅意欲聞之乎？"宋代孔平仲《續世説•直諫》："高季輔嘗諫時政得失，太宗特賜鍾乳一劑曰：'進藥石之言，故以藥石相報。'"清代袁于令《西樓記•庭譖》："藥石之言，老夫謹領命了。"反 甜言蜜語、甜語花言。

【藥籠中物】yào lóng zhōng wù 裝進藥籠的藥，是備以治病的。比喻為自己效力的人才，或一時儲備起來待用的優秀人才。《新唐書•元行沖傳》："君正吾藥籠中物，不可一日無也。"《孽海花》一三回："門生想朝廷快要考中書了，章聞二公既有異才，終究是老師藥籠中物，何必介介呢？"

【蘭心蕙性】lán xīn huì xìng 蕙：香草。比喻女子心地純真，性情溫婉。宋代柳永《玉女搖仙佩》詞："願嬭嬭，蘭心蕙性，枕前言下，表余深意。"元代馬致遠《青杏子》套曲："標格江梅清秀，腰肢宮柳輕柔，宜止蘭心蕙性。"《兒女英雄傳》八回："她雖説是個鄉村女子，外面生得一副花容月貌，心裏藏着一副蘭心蕙性。"同 蕙質蘭心。

【蘭艾同焚】lán ài tóng fén 艾：有臭味的草。比喻不分善惡好壞、高低貴賤，一道同歸於盡。晉代庾闡《檄李勢》："檄到，勉思良圖，自求多福，無使蘭艾同焚。"《南史•武帝紀上》："若前途大事不捷，故自蘭艾同焚。"同 玉石俱焚、同歸於盡。

【蘭桂齊芳】lán guì qí fāng 蘭、桂：芝蘭玉桂，象徵子孫後人。比喻後代興旺發達，榮華富貴。《群音類選•百順記•王曾祝壽》："與階前蘭桂齊芳，應堂上椿萱同茂。"《紅樓夢》一二〇回："現今榮寧兩府，善者修緣，惡者悔禍，將來蘭桂齊芳，家道復初，也是自然的道理。"

【蘭薰桂馥】 lán xūn guì fù 薰、馥：芬芳的香氣。❶ 比喻像蘭桂散發芳香一樣，德澤存留世上。唐代駱賓王《上齊州張司馬啟》："常山王之玉潤金聲，博望侯之蘭薰桂馥。" ❷ 比喻人品德優秀，一表人才，有如蘭桂般芬芳。明代楊珽《龍膏記•旅況》："你氣昂然，似陸機入洛正青年，蘭薰桂馥人堪羨。"

虍部

【虎入羊群】 hǔ rù yáng qún 老虎跑進羊群裏。比喻倚強淩弱，橫行無忌，為所欲為。《西遊記》三一回："你看他六隻手，使着三根棒，一路打將去，好便似虎入羊群，鷹來雞柵。"《三國演義》一一回："孔融望見太史慈與關、張趕殺賊眾，如虎入羊群，縱橫莫當。"金庸《神雕俠侶》二十回："蒙古兵將無不披靡，直似虎入羊群一般。" 同 虎蕩羊群。反 羊入虎群。

【虎口拔牙】 hǔ kǒu bá yá 從老虎嘴裏拔牙。比喻深入險境除掉有害的人或物。◇你這一趟是虎口拔牙，千萬小心，大意不得。

【虎口逃生】 hǔ kǒu táo shēng 見"虎口餘生"。

【虎口餘生】 hǔ kǒu yú shēng 從老虎嘴裏逃出來。比喻經歷極其危險，僥倖活下來。《鏡花緣》四七回"況我本是虎口餘生，諸事久已看破。"梁啟超《情聖杜甫》："僅僅十個字，把十個月內虎口餘生的甜酸苦辣都寫出來，這是何等魄力。"于右任《孝陵》詩："虎口餘生亦自矜，天留鐵漢卜將興。"也作"虎口逃生"。元代無名氏《硃砂擔》一折："我如今在虎口逃生，急騰騰，再不消停。"明代許自昌《水滸記•報變》："虎口逃生，拯救求憐切人。" 同 絕處逢生、死裏逃生。

【虎穴龍潭】 hǔ xué lóng tán 見"龍潭虎穴"。

【虎皮羊質】 hǔ pí yáng zhì 漢代揚雄《法言•吾子》："羊質而虎皮，見草而悅，見豺而戰，忘其皮之虎矣。"說羊雖然披上虎皮，還是見到草就喜歡，碰到豺狼就怕得發抖。後用"虎皮羊質"比喻外表裝作強大而實際上怯懦無用。唐代劉兼《簡豎儒》詩："近日冰壺多晦昧，虎皮羊質也觀光。"明代李昌祺《剪燈餘話•泰山御史傳》："而本官虎皮羊質，狼子野心，弗思載筆摛辭，盡其職業，惟務飲酒食肉，苟度歲時。"柳亞子《感事四首》詩："虎皮羊質終難假，地下元勳悔已遲。"也作"羊質虎皮"。元代汪元亨《折桂令•歸隱》曲："鄙高位羊質虎皮，見非辜兔死狐悲。"《三國演義》三二回："羊質虎皮功不就，鳳毛雞膽事難成。"清代清溪道人《禪真逸史》二三回："身雖為盜，實有良心，一向慕求豪傑，同圖大事，往往交接江湖上好漢，大都是羊質虎皮、見利忘義之輩，無一人可與交者。" 同 外強中乾。

【虎背熊腰】 hǔ bèi xióng yāo 形容人身體健壯魁偉。元代無名氏《飛刀對劍》二折："好漢，狗背驢腰的。哦，是虎背熊腰。"《隋唐演義》一六回："西邊坐着一個虎背熊腰、儀表不凡的大漢。"老舍《離婚》九："吳太太的模樣確是難以為情：虎背熊腰。" 同 膀大腰圓。反 弱不禁風、瘦骨嶙峋。

【虎咽狼吞】 hǔ yàn láng tūn ❶ 形容吃東西又猛又急的樣子。《西遊記》六二回："你看八戒放開食嗓，真個是虎咽狼吞，將一席果菜之類，吃得罄盡。"清代李修行《夢中緣》五回："一時間珍饈羅列，眾賓客虎咽狼吞。酒飯既畢，天色已晚。" ❷ 比喻大肆掠奪。莊右銘《九五遣懷》詩："虎咽狼吞任宰割，貪婪掠奪盡兇殘。" 同 狼吞虎咽。反 細嚼慢咽。

【虎鬥龍爭】 hǔ dòu lóng zhēng 形容力量相當的各方進行激烈的戰鬥、爭鬥或競爭。元代金仁傑《追韓信》一折："再休誇桀紂起刀兵，謾說吳越相吞併，也不似這一場虎鬥龍爭。"明代諸聖鄰《唐朝開國演義》四五回：“這一場大戰，果然虎鬥龍爭！四方鬥陣，八面交兵。”梁羽生《龍虎鬥京華》一一回：“虎鬥龍爭，台下的人全看得捏一把汗。”也作“龍爭虎鬥”。元代薩都剌《梅仙山行》：“龍爭虎鬥耳不聞，長嘯袖拂松枝雲。”《東周列國誌》一回：“前人田地後人收，說甚龍爭虎鬥。”《飛龍全傳》一一回：“步馬重交，刀棍再對，兩下龍爭虎鬥，一雙敵手良材，正在惡戰。”反 偃旗息鼓、握手言歡。

【虎狼之勢】hǔ láng zhī shì 好像餓虎和狼群洶洶而至一樣。形容極為兇猛威壓的氣勢。《淮南子·要略》：“孝公欲以虎狼之勢而吞諸侯，故商鞅之法生焉。”清代蒲松齡《循良政要》：“蓋誘官以貪，而後可以取谿壑之盛；誘官以酷，而後可以濟虎狼之勢。”《風雪定陵》五：“今戚將軍所建新軍，頗有虎狼之勢，若用之於戰，當攻無不克，戰無不勝，何愁倭寇之患？”

【虎視眈眈】hǔ shì dān dān《易經·頤》：“虎視眈眈，其欲逐逐。”眈眈：注視的樣子。逐逐：急於得利的樣子。形容貪婪地注視着，伺機攫取。晉代潘岳《關中》詩：“虎視眈眈，威彼好畤。”《二刻拍案驚奇》卷四：“我一生只存此骨血。那邊大房做官的虎視眈眈，須要小心祇對他。”《二十年目睹之怪現狀》三一回：“然而幾人虎視眈眈的看着他，拿緞包時，總是捲起袖子，如果調包，豈沒有一個人看穿的道理。”同 虎視鷹瞵、鷹瞵虎視。反 青睞有加、含情脈脈。

【虎落平川】hǔ luò píng chuān 平川：地勢平坦的地方。老虎離開深山老林，走到了平地上。比喻有權有勢或有實力者失去了自己的權勢或優勢。《說岳全傳》四十回：“龍游淺水遭蝦戲，虎落平川被犬欺。”《最後一個匈奴》三章：“你黑大頭平日也算是個有頭有臉的人，想不到虎落平川，今天栽到一群毛賊手裏。”也作“虎落平陽”。清代無名氏《天豹圖》九回：“我今日到此已將性命放在度外了，正所謂虎落平陽被犬欺，待我除了這惡賊，也為地方除了一害。”金庸《鹿鼎記》三八回：“韋小寶道：‘那時候，他好比，似蛟龍，困在沙灘，這叫做虎落平陽’”反 放虎歸山。

【虎落平陽】hǔ luò píng yáng 見“虎落平川”。

【虎踞龍盤（蟠）】hǔ jù lóng pán 像虎蹲着，像龍盤着。漢代劉勝《文木賦》：“條枝摧折，既剝且刊，見其文章，或如龍盤虎踞，復似鸞集鳳翔。”《太平御覽》卷一五六引晉代張勃《吳錄》：“劉備曾使諸葛亮至京，因睹秣陵山阜，歎曰：‘鍾山龍蟠，石頭虎踞，此帝王之宅。’”石頭：指南京的古石頭城。後用“虎踞龍盤”、“虎踞龍蟠”形容地勢雄奇險要，也特指南京的地勢。北周庾信《哀江南賦》：“昔之虎踞龍盤，加以黃旗紫氣，莫不隨狐兔而窟穴，與風塵而殄瘁。”唐代雍陶《河陰新城》詩：“高城新築壓長川，虎踞龍盤氣色全。”宋代辛棄疾《念奴嬌》詞：“虎踞龍蟠何處是？只有興亡滿目。”茅盾《八百壯士》：“那時正當淞滬淪陷，蘇嘉失守，而‘虎踞龍蟠’的首都也危在旦夕。”也作“龍盤虎踞”、“龍蟠虎踞”。唐代李白《永王東巡歌》：“龍蟠虎踞帝王州，帝子金陵訪古丘。”《警世通言》卷四十：“有地名曰西山，龍盤虎踞，水繞山環，當出異人。”

【虎頭虎腦】hǔ tóu hǔ nǎo 形容人憨厚壯實。老舍《趙子曰》三：“是個年壯力足虎頭虎腦的英雄。”◇她家那三個兒子，長得虎頭虎腦的一個樣，都是老實孩子。反 猴頭猴腦、尖嘴猴腮。

【虎頭蛇尾】hǔ tóu shé wěi 虎的頭大，蛇的尾細。❶ 虎為正，蛇為邪。前為虎頭，後是蛇尾，比喻人虛偽狡詐，前後、表裏不一致。元代康進之《李逵負荊》二折：“則為你兩頭白面搬興廢，轉背言詞說是非，這廝敢狗行狼心，虎頭蛇尾。”❷ 比喻有始無終，開頭做得大，後來就草草了事。《水滸傳》一〇三回：“官府挨捕的事，已是虎頭蛇尾，前緊後慢。”《兒女英雄傳》二三回：“（安老爺）總要把這姑娘成全到安富尊榮，稱心如意，總算這樁事作得不落虎頭蛇尾。”冰心《陶奇的星期日記》：“小奇也許會寫得好，就是她有一個毛病，虎頭蛇尾。”同 有始無終、半途而廢。反 善始善終、計日程功。

【虎嘯龍吟】hǔ xiào lóng yín ❶《易經•乾》：“雲從龍，風從虎。”説雲總是伴着龍，風總是隨着虎。後以“虎嘯龍吟”比喻同類事物互相感應。《雲笈七籤》卷七二：“經云：鳴鶴在陰，其子和之；又云，虎嘯龍吟，物類相感。豈謬言哉！”❷漢代張衡《歸田賦》：“爾乃龍吟方澤，虎嘯山丘。”後用“虎嘯龍吟”形容呼嘯而過的聲音，或雄壯的聲音。明代無名氏《續西遊記》九七回：“忽然北，忽然東，虎嘯龍吟在此中。颼颼冷，烈烈轟，不與尋常四季同。”《群音類選•連環記•探子》：“虎嘯龍吟動天表，黑漫漫風雲亂攪。”清代魏文忠《繡雲閣》一九回：“一時虎嘯龍吟，鸞飛鳳舞，同集靈宅子洞內，列坐其間。”同 龍吟虎嘯、“同聲相應，同氣相求”。

【處之泰然】chǔ zhī tài rán 泰然：毫不在意的樣子。形容不以逆境為意，平淡看待；碰到緊急情況時，沉着鎮定，不慌不亂。《論語•雍也》“賢哉！回也！一簞食，一瓢飲，在陋巷，人不堪其憂，回也不改其樂”宋代朱熹注：“顏子之貧如此，而處之泰然，不以害其樂。”清代趙翼《甌北詩話》卷四：“(白居易）出身單寒，故易於知足……迄可小康，即處之泰然。”葉聖陶《老沈的兒子》：“他説上一回寫信提起那個謠言，不過是隨便告訴一聲罷了，他原來處之泰然。”同 泰然處之、安之若素。反 心急如焚、氣急敗壞。

【處心積慮】chǔ xīn jī lǜ 蓄意已久，費盡心機地算計。處心、積慮：長期考慮與謀劃。《穀梁傳•隱公元年》：“段失子弟之道矣，賤段而甚鄭伯也。何甚乎鄭伯？甚鄭伯之處心積慮，成於殺也。”明代唐順之《題大營驛》：“觀岳侯所題大營驛壁，其處心積慮，未嘗一日不在於復中原，迎二帝，眷眷然若赤字之於慈母然。”老舍《趙子曰》二三：“他日夜處心積慮的把我賣了，他好度他的快活日子。”同 殫精竭慮。反 漫不經心、滿不在乎。

【處高臨深】chǔ gāo lín shēn 處在顯貴的地位，如同面臨深淵。説官職高了危險也就大了。漢代揚雄《酒箴》：“處高臨深，動常近危。”◇身居要職，以謹慎為要，俗話説處高臨深，你看自古到今，多少高官跌得粉身碎骨。同 岌岌可危。反 安然無恙。

【虛左以待】xū zuǒ yǐ dài 虛：空出來。左：左邊的位置，古代以左為尊。《史記•魏公子列傳》：“公子於是乃置酒大會賓客。坐定，公子從車騎，虛左，自迎夷門侯生。”後用“虛左以待”、“虛位以待”説空出左位恭候到來，表示對來賓極為尊敬。《東周列國誌》九四回：“諸貴客見公子親往迎客，虛左以待，正不知甚處有名的遊士，何方大國的使臣，俱辦下一片敬心伺候。”《二十年目睹之怪現狀》四十回：“那綾邊上都題滿了，卻剩了一方。繼之指着道：‘這一方就是虛左以待的。’”蔡東藩《民國通俗演義》五回：“卻説臨時大總統孫文，致電袁世凱，有虛位以待等語。”同 掃榻以待。

【虛有其表】xū yǒu qí biǎo 表：外表。外表好看，中看不中用，有名無實。唐代鄭處誨《明皇雜錄》卷下：“上以嵩（蕭嵩）抒思移時，必當精密，不覺前席以觀。唯改曰：‘國之珍寶。’他無更易。嵩既退，上擲其草於地曰：‘虛有其表耳。’左右失笑。”草：指唐明皇命蕭嵩起草的詔書。《舊五代史•崔協傳》：“協器宇宏爽，高談虛論，多不近理，時人以為虛有其表。”《北洋軍閥統治時期史話》七十章：“在這次戰爭中，戳穿了‘十四省聯帥’是個虛有其表的紙老虎。”同 徒有其名、徒有虛名。

【虛位以待】xū wèi yǐ dài 見“虛左以待”。

【虛往實歸】wū wǎng shí guī 空手而去，滿載而歸。《莊子•德充符》：“常季問于仲尼曰：‘王駘，兀者也，從之遊者，與夫子中分魯。立不教，坐不議，虛而往，實而歸。固有不言之教，無形而心成者邪？”後用“虛往實歸”形容虛心地去求學，學成後歸來。《魏書•逸士傳論》：“或不教而勸，虛往實歸。”唐代王勃《益州夫子廟碑》：“虛往實歸，外堂內室。”說學習深入，登堂入室。《南史•任昉傳》：“昉樂人之樂，憂人之憂，虛往實歸，忘貧去吝，行可以厲風俗，義可以厚人倫。”

【虛度年華】 xū dù nián huá 年華：歲月，光陰。白白地耗費時光。形容無所追求，一事無成。鄧拓《燕山夜話•生命的三分之一》：“古來一切有成就的人，都很嚴肅地對待自己的生命，當他活着一天，總要盡量多勞動、多工作、多學習，不肯虛度年華，不讓時間白白地浪費掉。”同 年華虛度、虛度光陰。

【虛情假意】 xū qíng jiǎ yì ❶ 虛偽做作，表面上百般殷勤，其實毫無誠意。《西遊記》八十回：“那妖精巧語花言，虛情假意，忙忙的答應道：‘師父，我家住在貧婆國，離此有二百餘里。’”《孽海花》三一回：“在我是虛情假意，你聽了一樣的難過。”清代洪昇《長生殿•夜怨》：“一味虛情假意，瞞瞞昧昧，只欺奴善。”◇散文最忌矯揉造作，無病呻吟和虛情假意。❷ 指虛假的情意。茅盾《參孫的復仇》：“不過為了屢次得不到真話，覺得自己太沒臉，也覺得人家對她只有虛情假意，所以撒嬌撒癡，定要問個明白。”反 真情實意。

【虛張聲勢】 xū zhāng shēng shì 張：張揚。故意製造聲勢，藉以迷惑、嚇唬對方。唐代韓愈《論淮西事宜狀》：“淄青、恆冀兩道，與蔡州氣類略同，今聞討伐元濟，人情必有救助之意。然皆闇弱，自保無暇，虛張聲勢，則必有之。”《紅樓夢》六八回：“便忙將王信喚來，告訴他此事，命他托察院，只要虛張聲勢，驚唬而已。”朱自清《我是揚州人》：“我討厭揚州人的小氣和虛氣。小是眼光如豆，虛是虛張聲勢。”同 虛聲恫喝、虛聲恫嚇。反 銷（消）聲匿跡、無聲無息。

【虛無縹緲】 xū wú piāo miǎo 縹緲：隱隱約約、若有若無的樣子。形容虛幻渺茫，不可捉摸。唐代白居易《長恨歌》：“忽聞海上有仙山，山在虛無縹緲間。”《紅樓夢》一一三回：“想到《莊子》上的話，虛無縹緲，人生在世，難免風流雲散，不禁的大哭起來。”朱自清《槳聲燈影裏的秦淮河》：“兩次遊秦淮河，卻都不曾見？復成橋的面；明知總在前途的，卻常覺得有些虛無縹緲似的。”同 空中樓閣。

【虛與委蛇】 xū yǔ wēi yí 委蛇：隨順的樣子。《莊子•應帝王》：“吾與之虛而委蛇。”《莊子》說自己無所求無所願，一切順從自然。後表示以虛情假意敷衍應付。章炳麟《致伯中書》：“吾之一身，願為鷙鳥，其名已在人口，今即虛與委蛇，亦非所信。”黃遠庸《北京之新年》：“蓋禁衞軍之憒憒，由來已久，馮國璋虛與委蛇，屢加勸解，幸能積薪厝火，得獲暫時之安逸。”同 虛為委蛇。

【虛應故事】 xū yìng gù shì 故事：舊事，指過去已形成的慣例。依照成例做做樣子，應付一下了事。明代唐順之《條陳薊鎮練兵事宜》：“其士卒常如天威臨之而不敢不盡力於演習，無有敢肆欺於聖鑒之所不及而虛應故事者矣。”《儒林外史》三四回：“近來的地方官辦事，件件都是虛應故事。”茅盾《蝕•幻滅》十：“各方面的活動都是機械的，幾乎使你疑惑是虛應故事。”同 聊以塞責、敷衍了事。反 責無旁貸。

【虛懷若谷】 xū huái ruò gǔ 胸懷像山谷那樣深廣。《老子》一五章：“古之善為士者，敦兮其若樸，曠兮其若谷。”後以“虛懷若谷”形容胸懷曠達，能謙虛地向人學習和聽取他人意見。《清史稿•柴潮生傳》：“此誠我皇上虛懷若谷，從諫弗咈之盛心也。”◇您是虛懷若谷，謙恭下士之人啊，待人寬厚，所以您的朋友多。同 不恥下問、納諫如流。反 文過飾非、妄自尊大。

【號令如山】 hào lìng rú shān 說軍紀嚴明，軍令嚴肅，不容有半點違犯。《宋史•岳飛傳》：“岳節使號令如山，若與之敵，萬無生理，不如往降。”明代韓雍《承趙征夷惠雕弓鈎刀詩和且謝》：“王師飛度嶺南來，號令如山震若雷。”◇漢文帝親自勞軍，到了周亞夫統轄的細柳營，只見軍容威嚴，號令如山，即使是皇上駕到，也不能輕易入營。同 軍令如山。

【號咷大哭】háo táo dà kū 見“嚎啕大哭”。

【號啕大哭】háo táo dà kū 形容放聲大哭。《東周列國誌》四一回：“大心見楚王沒有憐惜赦免的意思，號啕大哭。”《警世通言》卷二五：“玉姐在轎中號啕大哭，罵聲不絕。”《二十年目睹之怪現狀》六八回：“那婦人彎下腰來一看，便搥胸頓足，號啕大哭起來。”同 嚎啕大哭、痛哭失聲。

【號寒啼飢】háo hán tí jī 因寒冷飢餓而哭叫。形容飢寒交迫的悲慘生活。唐代韓愈《進學解》：“冬暖而兒號寒，年豐而妻啼飢。”宋代張耒《黃州謝到任表》：“號寒啼飢，其窮已甚。”明代童軒《禽言》：“急急聒，號寒啼飢難過活。”◇那年災荒奇重，農無耕田，商無交易，人皆失業，號寒啼飢。同 啼飢號寒。

虫部

【蛙鳴蟬噪】wā míng chán zào 噪：蟲鳥喧叫。青蛙鳴，知了叫，描繪夏日的自然景象。宋代蘇軾《出都來陳所乘船上有題》詩：“蛙鳴青草泊，蟬噪垂楊浦。”後用“蛙鳴蟬噪”比喻低俗的文章、議論，或人多口雜、七嘴八舌。清代儲欣《唐宋八大家文評•韓愈〈平淮西碑〉》：“段文昌以駢四儷六，蛙鳴蟬噪之音，易鈞天之奏，直不知人間有羞恥事。”明代顧大典《青衫記•裴興私歎》：“蛙鳴蟬噪，魂繞神勞，怎禁得煙花圈套。”

【蛛絲馬跡】zhū sī mǎ jì 比喻隱隱約約顯現出來的線索、殘存下來依稀可辨的跡象。清代毛奇齡《答三辨文》：“此經文來歷，蛛絲馬跡，極瞭然者。”梁啟超《國文語原解》：“及夫後世蠻俗盡去，而蛛絲馬跡猶存諸禮制中。”◇雖說作案者總是費盡心機毀滅證據、掩飾行藏，但無論如何都會留下蛛絲馬跡，東窗事發，落入法網。

【蛟龍得水】jiāo lóng dé shuǐ 蛟、龍：傳說中的兩種動物，常居水中。相傳蛟能發洪水，龍能興雲雨。蛟龍得到水，就能興雲行雨，飛騰升天。《管子•形勢》：“蛟龍得水，而神可立也；虎豹得幽，而威可載也。”後用“蛟龍得水”比喻：❶ 有才能的人得到施展才華抱負的機會。《魏書•楊大眼傳》：“大眼出一技，見者驚歎，沖遂用為軍主。大眼顧謂同僚曰：‘吾之今日，所謂蛟龍得水之秋，自此一舉，不復與諸君齊列矣。’”明代吾丘瑞《運甓記•帥閫賓賢》：“五馬蒙推，他報國攄忠已有階，分明是蛟龍得水，鵰鶚乘風，桃李逢栽。”❷ 英雄脱離困厄。《封神演義》二十回：“西伯誇官先飲宴，蛟龍得水離泥沙。”同 蛟龍得雨。

【蜃樓海市】shèn lóu hǎi shì 蜃景的通稱。因光線的折射作用，在沿海或沙漠中出現的一種虛幻影像。比喻虛幻的事物。明代岳正《桂山小隱記》：“山之左有水焉曰東溟者，周遡無極，而蜃樓海市萬狀呈露。”嚴復《救亡決論》：“詞章不妨放達，故雖蜃樓海市，惝恍迷離，亦足以移情遣意。”同 海市蜃樓、空中樓閣。

【蛾眉皓齒】é méi hào chǐ 蛾眉：似蠶蛾觸鬚一樣長而彎曲的眉毛。皓：潔白。形容女子容貌美豔。漢代司馬相如《美人賦》：“臣之東鄰，有一女子，雲髮豐豔，蛾眉皓齒。”北魏楊衒之《洛陽伽藍記•高陽王寺》：“王有二美姬……並蛾眉皓齒，潔貌傾城。”清代沈季友《示人》詩：“臂鷹走狗歸不歸，蛾眉皓齒嗔無力。”同 明眸皓齒。

【蛾眉螓首】é méi qín shǒu 蛾眉：似蠶蛾觸鬚一樣長而彎曲的眉毛。螓首：額頭方廣。螓：一種額廣而方的小蟬。形容女子容貌美麗。《詩經•碩人》：“螓首蛾眉，巧笑倩兮。”唐代李咸用《長歌行》：“蛾眉螓首聊我仇，圓紅闕白令人愁。”清代曹爾堪《滿江紅》詞：“更美人托興，蛾眉螓首。”同 杏臉桃腮。

【蜂屯蟻聚】fēng tún yǐ jù 屯：聚集。形容成群成堆地聚集在一起。《宋書•索虜傳》："蜂屯蟻聚，假息旦夕。"《宋史•李全傳》："蠢茲李全，儕於異類，蜂屯蟻聚，初無横草之功。"清代《欽定平定台灣紀略》卷一八："看來南路賊匪蜂屯蟻聚，勢尚蔓延。"

【蜂目豺聲】fēng mù chái shēng 眼睛像蜂，聲音如豺。形容殘忍之人的面貌和聲音。《左傳•文公元年》："且是人也，蜂目而豺聲，忍人也，不可立也。"《北史•南安王楨》："城陽本自蜂目而豺聲，復將露也。"

【蜂湧而至】fēng yǒng ér zhì 見"蜂擁而至"。

【蜂湧而來】fēng yǒng ér lái 見"蜂擁而來"。

【蜂擁而上】fēng yōng ér shàng ❶ 形容很多人一起擁上去。《紅樓夢》九回："墨雨遂掇起一根門閂，掃紅、鋤藥手中都是馬鞭子，蜂擁而上。"《董小宛》二二："這時突然聽得高喊來人，四名護衞蜂擁而上。" ❷ 比喻很多的人同時搶着做同一件事。◇發展新能源是好事，但企業蜂擁而上，風險就不能不顧了。同 蜂擁而來。

【蜂擁而至】fēng yōng ér zhì 形容很多人像一群蜂似地擁過來，集聚到同一地方或奔向同一目標。《文明小史》三一回："及至客人想要出京，三五天前頭，他們是已經打聽着了，便蜂擁而至，探探候候。"也作"蜂湧而至"。梁實秋《雅舍小品•憶青島》："每當夏季，遊客蜂湧而至，一個個一雙雙的玉體橫陳，在陽光下乾曬。"

【蜂擁而來】fēng yōng ér lái ❶ 很多人擁擠着過來。形容來的人極多。也作"蜂湧而來"。《文明小史》七回："只見一群營兵，打着大旗，拿着刀，擎着槍，掌着號，一路蜂湧而來。" ◇正是旅遊旺季，中外遊客蜂擁而來，賓館早已客滿。❷ 比喻很多事情集中到來。◇在情感受傷，試驗遭挫，財源斷絕，壓力蜂擁而來時，他仍堅持創業。同 蜂擁而至。

【蜂擁而起】fēng yōng ér qǐ 形容很多人或機構、團體等紛紛起來，採取類似的行動。◇人們的不滿空前激化，各地的叛軍蜂擁而起。

【蜀犬吠日】shǔ quǎn fèi rì 吠：狗叫。四川多雨，少見太陽，太陽一出，狗就驚叫起來。唐代柳宗元《答韋中立論師道書》："僕往聞庸、蜀之南，恆雨少日，日出則犬吠。"後用"蜀犬吠日"比喻少見多怪。清代程允升《幼學瓊林》卷一："蜀犬吠日，比人所見甚稀。"清代薛雪《一瓢詩話》卷一九一："劉會孟訾杜甫，蜀犬吠日。"訾：指評點杜詩。◇事無大小，她都要問來問去，你說她活潑好學，我看是蜀犬吠日。同 少見多怪、大驚小怪。

【蜻蜓點水】qīng tíng diǎn shuǐ ❶ 蜻蜓飛臨水面，尾部稍微接觸一下水波，便飛掠而起。形容蜻蜓這種動作或相似的動作。唐代杜甫《曲江》詩："穿花蛺蝶深深見，點水蜻蜓款款飛。"宋代晏殊《漁家傲》詞："嫩綠堪裁紅欲綻，蜻蜓點水魚游畔。"《鏡花緣》七三回："左手按弦，不可過重，亦不可太輕，要如蜻蜓點水一般，再無不妙。" ❷ 比喻做事、說話、想法點到即止，膚淺不深入。清代吳趼人《情變》四回："低頭一看，看見東邊房裏燈火猶明，認得是繩之夫婦的卧房，將身一竄，就和蜻蜓點水般落在地上。"老舍《四世同堂》二八："他原諒了自己，那點悔意像蜻蜓點水似的，輕輕的一挨便飛走了。"

【蜩螗沸羹】tiáo táng fèi gēng《詩經•蕩》："如蜩如螗，如沸如羹。"蜩、螗：蟬名。後用"蜩螗沸羹"形容喧鬧、嘈雜、紛亂得就像蟬亂鳴、水沸騰、熱蒸蒸的羹湯一樣。明代皇甫濂《與張吳縣書》："怨謗之氣發於歌謠，所謂蜩螗沸羹，虛譁積亂，失在過差者也。"清代沈佳《明儒言行錄•劉宗周》："太宰既引咎去，舉朝蜩螗沸羹。"

【蜚短流長】fēi duǎn liú cháng 蜚、流：散佈。短、長：指好壞、是非。說長道短，閒言碎語，品頭論足。《聊齋誌異•封三娘》："妾來當須秘密，造言生事者，蜚短流長，所不堪受。"梁實秋《雅舍小品‧造謠學校》：“長舌婦是很普遍的一個類型，專好談論人家的私事，嫉人有，笑人無，對於有名望有財富有幸福生活的人們，便格外的喜歡蜚短流長。”也作“飛短流長”◇即便是大公司，也難免有蜚短流長的八卦婆，無事生非，攪得人不得安寧。同 説黑道黃、説黃道黑。

【蝶戀蜂狂】dié liàn fēng kuáng 在春和景明，百花競放的春光中，成對飛舞的蝴蝶和忙來忙去採花不停的蜜蜂。明代張鳳翼《灌園記‧太史賞花》：“知否，算蝶戀蜂狂，少不得為韶光一逗遛。”也作“亂蝶狂蜂”。宋代呂本中《春日即事》詩：“亂蝶狂蜂俱有意，兔葵燕麥自無知。”同 蝶亂蜂狂。

【蝸角虛名】wō jiǎo xū míng 蝸角：蝸牛的觸角。比喻微不足道的名聲或名譽。宋代姜特立《浣溪沙》詞：“寒蛩吟露月階幽，蝸角虛名真誤我。”元代王實甫《西廂記》四本三折：“蝸角虛名，蠅頭微利，拆鴛鴦在兩下裏。”《初刻拍案驚奇》卷一六：“我多因這蝸角虛名，賺得我連理枝分，同心結解。”

【蝦兵蟹將】xiā bīng xiè jiàng ❶ 神話小説中海龍王手下的兵將。《警世通言》卷四十：“乃率領黿帥蝦兵蟹將，統領黨類，一齊奔出潮頭，將蘭公宅上團團圍住，喊殺連天。”《西遊記》三回：“東海龍王敖廣即忙起身，與龍子龍孫、蝦兵蟹將出宮。”❷ 比喻不中用的兵將或爪牙走卒。《醒世姻緣傳》二十回：“邀了那一班蝦兵蟹將，帶了各人的婆娘，瘸的瘸，瞎的瞎，尋了幾個牲口，豺狗陣一般趕將出去。”

【融為一體】róng wéi yī tǐ 人或事物關係密切，相互滲透，成為一個整體。◇蔚藍的天和湛藍的海，在地平線上交匯，融為一體，融為一色。同 水乳交融。反 分崩離析。

【融會貫通】róng huì guàn tōng 把各種知識融合貫穿起來，求得全面透徹的理解。融：合。貫：貫穿。《朱子全書‧致知》：“舉一而三反，聞一而知十，乃學者用功之深，窮理之熟，然後能融會貫通，以至於此。”《清史稿‧陳立傳》：“草創三十年，長編甫具。南歸後，乃整齊排比，融會貫通，成《公羊義疏》七十六卷。”◇博採眾長，融會貫通，形成自己的獨特風格。同 零敲碎打、雜零狗碎。

【螓首蛾眉】qín shǒu é méi 螓：蟲名，似蟬而小，額寬而方正。蛾：蠶蛾，觸鬚細長彎曲。形容女子寬寬的前額，彎彎的長眉，十分美貌，或喻指美女。《詩經‧碩人》：“手如柔荑，膚如凝脂，領如蝤蠐，齒如瓠犀，螓首蛾眉，巧笑倩兮，美目盼兮。”唐代王維《汧陽郡太守王公夫人墓誌銘》：“蕙心紈質，豈曰師成；螓首蛾眉，抑惟天與。”元代孫仁孺《東郭記‧鑽穴隙》：“覷着你螓首蛾眉，兀不心迷意恍。”《孽海花》一回：“大踏步走進一看，哪裏有甚麼花，倒是個螓首蛾眉、桃腮櫻口的絕代美人。”同 蛾眉螓首、柳眉星眼。

【螢窗雪案】yíng chuāng xuě àn 見“囊螢積雪”。

【螳臂當車】táng bì dāng chē 螳螂舉起前腿想擋住車子前進。《莊子‧人間世》：“汝不知夫螳螂乎，怒其臂以當車轍，不知其不勝任也。”《韓詩外傳》卷八：“齊莊公出獵，有螳螂舉足將搏其輪，問其御曰：‘此何蟲也？’御曰：‘此螳螂也。其為蟲，知進而不知退，不量力而輕就敵。’”後以“螳臂當車”、“螳臂擋車”比喻不自量力，必招失敗。明代無名氏《四賢記‧解綬》：“勸恩臺裝聾作啞，休得要螳臂當車。”《孽海花》二四回：“他既要來螳臂當車，我何妨去全獅搏兔，給他一個下馬威。”李一《荊宜施鶴光復記》：“武漢義師之崛起也，以一隅而待北方數省之兵，蓋有螳臂擋車之勢，危莫甚焉。”同 不自量力、自不量力。反 自知之明、量力而行。

【螳臂擋車】táng bì dǎng chē 見“螳臂當車”。

【雖死猶生】suī sǐ yóu shēng 人雖死，精神不滅，楷模猶存。也指心無牽掛和抱恨的事，雖死猶如同活者。《魏書‧咸陽王禧傳》：“今屬危難，恨無遠計，匡濟聖躬，若與殿下同命，雖死猶生。”梁啟超《志士箴言》：“人人有必死之日，而人人偏有畏死之心，終日僥幸於有生不死，而絕不思夫雖死猶生。” 同 雖死之日，猶生之年。

【蟲沙猿鶴】chóng shā yuán hè《藝文類聚》卷九十引晉代葛洪《抱朴子》：“周穆王南征，一軍盡化，君子為猿為鶴，小人為蟲為沙。”後以“蟲沙猿鶴”代稱死亡的將士。唐代韓愈《送區弘南歸》詩：“穆昔南征軍不歸，蟲沙猿鶴伏以飛。”清代陳康祺《郎潛紀聞》卷一四：“蟲沙猿鶴，忠義如林。” 同 猿鶴蟲沙、猿鶴沙蟲。

【蠅頭小利】yíng tóu xiǎo lì 見“蠅頭微利”。

【蠅頭微利】yíng tóu wēi lì 像蒼蠅頭那樣微小的利益。也作“蠅頭小利”。宋代蘇軾《滿庭芳》詞：“蝸角虛名，蠅頭微利，算來著甚乾忙。”《古今小説•蔣興哥重會珍珠衫》：“當初夫妻何等恩愛，只為我貪着蠅頭微利，撇他少年守寡，弄出這場醜來，如今悔之何及！”◇她這個人目光如豆，就只看眼前那點蠅頭微利。同 微不足道、微乎其微。反 一本萬利。

【蠅營狗苟】yíng yíng gǒu gǒu 像蒼蠅那樣追名逐利，不擇手段，四處鑽營；像狗一樣苟且求活，寡廉鮮恥。唐代韓愈《送窮文》：“朝悔其行，暮已復然。蠅營狗苟，驅去復還。”宋代沈俶《諧史•徐觀妙》：“嗚呼！士方平時，自視霄漢，抵掌大言，以節義自許，一落賊手，則蠅營狗苟，乞一旦之命，或出力而助虐者多矣。”◇看上去道貌岸然，背地裏蠅營狗苟，一旦揭開他那些醜事，傳媒會轟動起來。同 營營苟苟、狗苟蠅營。反 正直無私、高風亮節。

【蟾宮折桂】chán gōng zhé guì《晉書•郤詵傳》：“武帝於東堂會送，問詵曰：‘卿自以為何如？’詵對曰：‘臣舉賢良對策，為天下第一，猶桂林之一枝，崑山之片玉。’”相傳月中有廣寒宮，有桂樹，有神蟾蜍，故稱月宮為蟾宮。唐代以來，用蟾宮折桂枝比喻科舉考試金榜高中。元代施惠《幽閨記•兄妹籌咨》：“擬蟾宮折桂雲梯步，待求官奈何服制拘。”《紅樓夢》九回：“這一去，可是要蟾宮折桂了，我不能送你了。”◇兒子考上了香港大學，母親覺得這是蟾宮折桂，就在村裏敲鑼打鼓慶祝。同 金榜題名、獨佔鼇頭。反 名落孫山。

【蟻穴潰堤】yǐ xué kuì dī《韓非子•喻老》：“千丈之堤，以螻蟻之穴潰；百尺之室，以突隙之煙焚。”蟻穴：螞蟻的巢穴。後用“蟻穴潰堤”比喻因為小事失誤而造成嚴重後果。清代嚴有禧《漱華隨筆•賀相國》：“天下事皆起於微，成為慎。微之不慎，星火燎原，蟻穴潰堤。”康有為《上清帝第五書》：“蟻穴潰堤，釁不在大。”反 杜漸防微、防微杜漸。

【蠢若木雞】chǔn ruò mù jī《莊子•達生》記載：紀渻子替齊王馴養鬥雞，訓練了四十天，不料這隻鬥雞聽見別的雞叫時，卻沒有任何反應，“望之似木雞矣”。後用“蠢若木雞”形容呆滯、拙笨或因受驚嚇而木然不動的樣子。《聊齋誌異•促織》：“小蟲伏不動，蠢若木雞。”◇聽到萬貫家財都毀於大火的消息，他驚得蠢若木雞，半晌説不出話來。同 呆若木雞。

【蠢蠢欲動】chǔn chǔn yù dòng ❶形容像蟲子蠕動的樣子。明代張岱《陶庵夢憶•金山競渡》：“金山上人團簇，隔江望之，蟻附蜂屯，蠢蠢欲動。”❷形容準備騷擾、作亂或敵對勢力意欲採取某種行動。黃遠庸《政界內形記》：“自借款不成之消息傳佈後，不特土匪蠢蠢欲動，而廢官任意造謠，窮兵日日思亂，若內務部不以精神整理，則北京危矣。”葉君健《自由》八：“各地不法之徒，一有機會，仍然想混水摸魚，蠢蠢欲動，有的甚至攔路搶劫。”◇表面上放出談判的煙幕，背地裏卻在調兵遣將，蠢蠢欲動。同 蠢蠢思動。

【蠱惑人心】gǔ huò rén xīn 蠱：用來害人的毒蟲。相傳古代江南地區的惡人把各種各樣邪毒的蟲子，蓄養在器皿中，讓毒蟲互相爭鬥殘殺，最後生存下來的強者就稱作蠱，養蠱者以此蠱害人。後用“蠱惑人心”表示為了達到某種目的，用狡詐的手段迷惑、煽動人心。《元史•刑法志》："諸陰陽家者流，輒為人燃燈祭星，蠱惑人心者，禁之。"清代羽衣女士《東歐女豪傑》三回："卻膽敢把這個反天逆地、阻礙進化、蠱惑人心的邪説謬論説將出來。"歐陽予倩《忠王李秀成》第三幕："撞鐘擂鼓，蠱惑人心，就是犯了天條。"同 煽惑人心、煽風點火。

【蠹居棋處】dù jū qí chǔ 像蠹蟲在內部深藏，如棋子在棋盤上密佈。形容隱藏很深，散佈很廣。唐代韓愈《潮州刺史謝上表》："孽臣姦隸，蠹居棋處，搖毒自防，外順內悖。"◇如今官商勾結，黑社會蠹居棋處，想要剪草除根，談何容易！

【蠶食鯨吞】cán shí jīng tūn 像春蠶吃桑葉似的一步步侵佔，像鯨魚吞食物一樣一下子吞併掉。清代王韜《上鄭玉軒觀察》："我朝所有藩服，自琉球高麗外，越南則據於法矣，暹羅緬甸則據於英矣，蠶食鯨吞，方且日事侵削，安知其後不為琉球故轍乎！"孫中山《興中會宣言》："方今強鄰環列，虎視鷹瞵，久垂涎於中華五金之富，物產之饒。蠶食鯨吞，已效尤於接踵，瓜分豆剖，實堪慮於目前。"《慈禧太后演義》一六回："俄人得步進步，正是蠶食鯨吞的時候，若要他虛心下氣來從中國，除非中國有幾個偉人，能壓倒俄國君臣，方能達到目的。"同 鯨吞蠶食。

【蠻不講理】mán bù jiǎng lǐ 態度蠻橫，不講道理。魯迅《彷徨•肥皂》："誰知道那勢利鬼不但不依，還蠻不講理，說了許多可惡的廢話。"艾蕪《紡車復活的時候》："你是野人哪，這樣蠻不講理！"同 蠻橫無理。反 以理服人。

【蠻煙瘴雨】mán yān zhàng yǔ 南方山林地區常年不斷的濕氣雨霧和瘴癘疾疫。宋代黃公度《眼兒媚》詞："如今憔悴，蠻煙瘴雨，誰肯尋搜。"《明史•劉可訓傳》："可訓將孤軍，出入蠻煙瘴雨者多年。"《鏡花緣》六回："走蠻煙瘴雨之鄉，受駭浪驚濤之險。"也作"蠻煙瘴霧"。宋代歐陽修《再和公儀贈白鷴》："蠻煙瘴霧雖生處，何必區區憶陋邦。"同 瘴雨蠻雲。反 天朗氣清。

【蠻煙瘴霧】mán yān zhàng wù 見"蠻煙瘴雨"。

【蠻橫無理】mán hèng wú lǐ 態度野蠻強悍，不講道理。《武松演義》六回："武松在旁邊說話不得，惱恨縣主得了賄銀，這樣蠻橫無理。"◇他不但打人家的孩子，還蠻橫無理地詛咒人家，頓時激起公憤。同 蠻不講理。

血 部

【血口噴人】xuè kǒu pēn rén 比喻栽贓嫁禍或誣衊別人。《歧路燈》六四回："一向不曾錯待你，只要你的良心，休血口噴人。"老舍《櫻海集•柳屯的》："咱這可不是血口噴人，盼着人家倒霉，大年燈節的。"同 含血噴人、嫁禍於人。

【血肉相連】xuè ròu xiāng lián 血與肉相互連接在一起分不開。宋代洪邁《夷堅丁志•雷擊王四》："趨視之，二百錢乃在其脅下皮內與血肉相連。"常用以比喻關係十分緊密。巴金《隨想錄》一八："回國的日子越近，我越是想念我的祖國和人民，我深深感覺到我和他們的血肉相連的關係。"同 血肉相關、息息相關。反 不關痛癢、漠不相關。

【血肉橫飛】xuè ròu héng fēi 血與肉四處飛濺。本形容杖刑殘酷，後多形容死傷慘重。《二十年目睹之怪現狀》九六回："一口氣打了五百板，打得他血肉橫飛，這才退堂。"清代吳趼人《發財秘訣》六回："真是賤皮賤肉，打得那般血肉橫飛的。"◇子彈炮火密集，一時間，只見煙塵彌漫，血肉橫飛。同 血流成河、血肉模糊。

【血雨腥風】xuè yǔ xīng fēng 見"腥風血雨"。

【血盆大口】xuè pén dà kǒu 血淋淋的像盆子一樣的大嘴巴。形容猛獸猙獰的狀貌。《鏡花緣》四九回："（大蟲）撲了過去，抱住山羊，張開血盆大口，羊頭吃在腹內，把口一張，兩隻羊角飛舞而出。"也形容人極度貪婪自私。《社會萬象》：

"也有一種地產商，張開血盆大口，吞食百姓血汗，養肥自己。"

【血氣方剛】xuè qì fāng gāng 血氣：精力。形容青壯年精力旺盛。《論語•季氏》："及其壯也，血氣方剛，戒之在鬥。"《三國演義》六二回："吾聞冷苞、鄧賢乃蜀中名將，血氣方剛，恐老將軍近他不得，豈不誤了主公大事！"于之《斷想》："少年氣盛，恃才傲物，血氣方剛，往往不把老人看在眼裏。須知，這正是認識之誤區。"同 血氣方盛、氣血方剛。反 老態龍鍾、朽木枯株。

【血海深仇】xuè hǎi shēn chóu 清代陳天華《獅子吼》二回："放着他血海冤仇三百載，鬼混了漢家疆宇十餘傳。"血海：流血匯成海。形容血債鑄成的深仇大恨。◇我們同他們家祖上就有血海深仇／想起父母和妹妹慘死在這漢奸手裏，他恨不得立即撲過去一刀刺進漢奸心窩，報此血海深仇。同 深仇大恨、仇深似海。

【血流成河】xuè liú chéng hé 鮮血流成了河。形容死傷的人極多。隋代祖君彥《檄洛州文》："屍骸蔽野，血流成河，積怨滿於山川，號哭動於天地。"《東周列國誌》一一回："齊侯之師亦敗，殺得屍橫遍野，血流成河。"《三國演義》八三回："那八路兵……殺的那吳軍屍橫遍野，血流成河。"同 血流漂杵。反 兵不血刃。

【血流如注】xuè liú rú zhù 注：射、灌。形容血流得又多又急。唐代段成式《酉陽雜俎續集•支諾皐中》："極力刺之，其物匣刃而走，血流如注。"《野叟曝言》五回："正靠住供桌，直向他腦袋上戳進，霎時血流如注，抱頭鼠竄而去。"《文明小史》一二回："朝奉頭上被差官打了一個大窟窿，血流如注。"

【血流漂杵】xuè liú piāo chǔ 杵：古代一種棒狀武器。血流淌得把杵都漂浮了起來。形容殺人流血非常多。《尚書•武成》："甲子昧爽，受率其旅若林，會於牧野，罔有敵於我師，前徒倒戈，攻於後以北，血流漂杵。"漢代賈誼《新書•制不定》："黃帝行道，而炎帝不聽，故戰涿鹿之野，血流漂杵。"《水滸傳》八六回："莫向陣前乾打哄，血流漂杵更堪哀。"柏楊《皇后之死》："嗟夫！'一顧傾人城，再顧傾人國'，無論傾城與傾國，都要血流漂杵。"同 血流漂櫓、血流成河。反 兵不血刃。

【血債累累】xuè zhài lěi lěi 血債：殺人流血的命債。累累：指數目極多。形容罪大惡極。馮德英《迎春花》第二章："這個狗仗官勢，血債累累的地頭蛇，被暴怒的人們活活地埋進沙坑。"同 血海深仇、殺人如麻、血案連天。

行部

【行之有效】xíng zhī yǒu xiào 辦法或措施經實施之後，證實確有成效。晉代張華《博物志•方士》："皇甫隆遇青牛道士，姓封名君達，其論養性法則可施用，……武帝行之有效。"《雲笈七籤》卷三六："導引秘經千有餘條，或以逆卻未生之眾病，或以攻治已結之篤疾，行之有效，非空言也。"◇古代醫學留下來的驗方，今天用起來，仍然行之有效。反 徒勞無功、勞而無功。

【行成於思】xíng chéng yú sī 行：做事。思：思考。做事成功在於能深思熟慮。唐代韓愈《勸學解》："業精於勤荒於嬉，行成於思毀於隨。"隨：隨意、漫不經心。◇年輕人好感情用事，不懂得行成於思，所以說年輕人幼稚。同 深思熟慮、三思而行。反 魯莽滅裂、輕舉妄動。

【行同狗彘】xíng tóng gǒu zhì 見"行若狗彘"。

【行兇撒潑】xíng xiōng sā pō 態度兇狠蠻橫，撒潑耍賴。明代無名氏《打董達》二折："我平日之間，行兇撒潑，倚強淩弱，欺負平人。"◇一夥地痞流氓在鄉里行兇撒潑，被警署一舉圍捕，鄉民們無不稱快。同 撒潑行兇。

【行色匆匆】xíng sè cōng cōng 形容出行者神色匆忙的樣子。唐代牟融《送客之杭》詩："西風吹冷透貂裘，行色匆匆不暫留。"元代曾瑞《醉花陰•懷離》套曲：“行色匆匆易傷感，徒恁般香消玉減。”《東周列國誌》八七回：“欲待不容他去……孫臏已自行色匆匆，不好阻擋。”錢鍾書《圍城》八：“前天剛自省城回來，百端待理，鴻漸又行色匆匆，未能餞別，抱歉之至。”同 行色倉皇。反 氣定神閒。

【行易知難】xíng yì zhī nán 知：知曉、認識。說事情往往做起來不難，而能知其所以然就很難了。也作“知難行易”。孫中山《民權主義第三講》：“但是天下的事情，的確是行易知難。”葉聖陶《某城紀事》：“說行易知難，真是確切不移。”◇懂得知難行易的人，大多有主見，不盲從，不跟風，不趕浪頭。

【行若狗彘】xíng ruò gǒu zhì 彘：豬。《墨子•耕柱》：“子墨子曰：‘傷矣哉！言則稱於湯文，行則譬於狗豨。’”豨（xī），豬。說行為醜惡無恥，如同豬狗一樣。也作“行同狗彘”。漢代賈誼《論治安策》：“故此一豫讓也，反君事仇，行若狗彘。”明代李贄《三教歸儒説》：“陽為道學，陰為富貴，被服儒雅，行若狗彘然也。”◇說的天花亂墜，做的行若狗彘的人，社會上比比皆是。

【行若無事】xíng ruò wú shì ❶在緊要關頭鎮靜如常，好像沒事一樣。◇家裏發生了這麼大的事，她行若無事，照常逛商店。❷對所發生的事聽之任之，毫無反應。◇在澳門賭輸了五十萬美金，抽着雪茄慢悠悠回來了，行若無事。同 行所無事、若無其事。反 驚慌失措、六神無主。

【行屍走肉】xíng shī zǒu ròu 行屍：可以走動的屍體。走肉：沒有靈魂、只可走動的軀體。比喻徒具形骸，無所作為、庸庸碌碌過日子的人。晉代王嘉《拾遺記•後漢》：“夫人好學，雖死若存，不學者，雖存，謂之行屍走肉耳。”清代昭槤《嘯亭續錄•劉文恪》：“此等行屍走肉，亦復想啗我金耶？”李六如《六十年的變遷》第二卷第七章：“‘天下興亡，匹夫有責’，難道你我就沒有責任嗎？都像你這樣，那中國四萬萬人，就等於四萬萬行屍走肉啦。”反 棟樑之材。

【行家裏手】háng jiā lǐ shǒu 指精通某一行的內行人。裏手：熟手、個中人。◇我做玉石生意幾十年，傾盡畢生心血，也算得上行家裏手了，可還是常常看走眼，幹這一行不容易啊！反 一竅不通。

【行將就木】xíng jiāng jiù mù 快要進棺木了。《左傳•僖公二十三年》：“（重耳）將適齊，謂季隗曰：‘待我二十五年，不來而後嫁。’對曰：‘我二十五年矣，又如是而嫁，則就木焉。請待子。’”後用“行將就木”說人接近死亡。宋代朱熹《與留丞相箚子》：“今年六十有一，衰病侵凌，行將就木，乃欲變心從俗，以為僥幸俸錢祿米之計，不亦可羞之甚乎！”清代和邦額《夜譚隨錄•霍筠》：“老奴豈不作是想。第恐行將就木，不克見此榮華耳。”《北洋軍閥統治時期史話》十一章：“其中包括前清遺老、民國新貴……絕大部分都是行將就木的老古董。”同 風燭殘年。反 風華正茂。

【行雲流水】xíng yún liú shuǐ 飄浮的雲，流動的水。❶比喻詩文自然飄逸，不受拘束。宋代蘇軾《與謝民師推官書》：“所示書教及詩賦雜文，觀之熟矣，大略如行雲流水，初無定質，但常行於所當行，常止於不可不止。”明代楊慎《丹鉛總錄》二二：“其泛應人事，遊戲翰墨，則行雲流水之自然。”◇人如閒雲野鶴，文如行雲流水。❷比喻無足輕重，轉眼即逝的事物。《警世通言•莊子休鼓盆成大道》：“今日被老子點破了前生，如夢初醒，自覺兩腋風生，有栩栩然蝴蝶之意，把世情榮枯得喪，看做行雲流水，一絲不掛。”◇我向來不看重高官厚祿，不外是行雲流水，過眼輕煙罷了。同 揮灑自如、過眼雲煙。反 拘俗守常、永垂不朽。

【行遠自邇】xíng yuǎn zì ěr 走遠路必須從最近的一步開始。比喻凡事都要從頭做起，扎扎實實，一步步做下去。《禮記•中庸》：“君子之道，辟如行遠必自邇，辟如登高必自卑。”《北齊書•魏收傳》：“跬步無已，至於千里；覆一簣進，及於萬仞。故云行遠自邇，登高自卑，可大可久，與世推移。”◇行遠自邇是他的座右銘，所以做事一向都能堅持到底。同 登高自卑。

【衒玉賈石】xuàn yù gǔ shí 衒：炫耀。賈：賣。向人炫耀和展示的是美玉，而實際出賣的卻是石頭。比喻言行不一，矯飾欺世。漢代揚雄《法言•問道》：“衒玉而賈石者，其狙詐乎？”唐代柳宗元《柳常侍行狀》：“是夫喋喋，衒玉而賈石者也。”元代陳樵《節婦賦》：“侵欲崇侈兮，毀信棄忠。衒玉賈石兮，智力以為雄。”同 炫玉賈石。反 貨真價實。

【街談巷議】jiē tán xiàng yì 大街小巷人們的談說議論。指民間的議論。漢代張衡《西京賦》：“街談巷議彈射臧否。”唐代陳子昂《上軍國機要事》：“今街談巷議，多有苟且之心。”◇街談巷議也是輿論 / 他向來不聽街談巷議，不信道聽途說。同 街談巷語。

【街頭巷尾】jiē tóu xiàng wěi 大街小巷。《五燈會元•太子道一禪師》：“曰：‘如何是學人轉身處？’師曰：‘街頭巷尾。’”清代羽衣女士《東歐女豪傑》四回：“怎知道到了晚上，我們放工回去，但見街頭巷尾，有許多人三五成群聚在一處，議議論論。”◇每到夜晚，叫賣聲便響徹街頭巷尾。同 巷尾街頭。反 大街小巷。

【衝口而出】chōng kǒu ér chū 不經考慮，徑直把話說了出來。宋代蘇軾《跋歐陽公書》：“此數十紙，皆文忠公衝口而出，縱手而成，初不加意者也。”《兒女英雄傳》三七回：“無如他此時是滿懷的遂心快意，滿面的吐氣揚眉，話擠話不由得衝口而出。”朱自清《論老實話》：“生了氣或翻了臉，罵起人來，衝口而出，自然也多直言、真話、老實話。”同 脫口而出。反 字斟句酌。

【衝鋒陷陣】chōng fēng xiàn zhèn 衝在隊伍的最前面，攻佔敵方的陣地，作戰非常英勇。《北齊書•崔暹傳》：“中尉盡心為國，不避豪強，遂使遠邇肅清，群公奉法。衝鋒陷陣，大有其人，當官正色，今始見之。”《明史•盛以恆傳》：“比州縣有司不設守備，賊至即陷，與衝鋒陷陣，持久力詘者殊科。”巴金《談〈新生〉及其他》：“總之，我絕不是衝鋒陷陣、斬將搴旗的戰士，也不是對症下藥、妙手回春的醫生。”同 摧鋒陷陣。反 丟盔棄甲。

衣部

【衣不重采(彩)】yī bù chóng cǎi 重彩：多種色彩。形容衣着樸素。《史記•越王勾踐世家》：“身自耕作，夫人自織，食不加肉，衣不重采。”《陳書•高帝紀下》：“其充閨房者，衣不重彩，飾無金翠。”同 衣不擇采、衣不兼采。反 華冠麗服、雍容華貴。

【衣不解帶】yī bù jiě dài ❶ 睡覺時不脫衣服，不解衣帶。《喻世明言》卷二八：“日則同食，夜則同卧，如此三年，英臺衣不解帶，山伯屢次疑惑盤問，都被英臺將言語支吾過了。”❷ 形容因侍奉等原因而日夜操勞，很少休息睡覺。《晉書•殷仲堪傳》：“父病積年，仲堪衣不解帶，躬學醫術，究其精妙，執藥揮淚，遂眇一目。”《二十年目睹之怪現狀》八七回：“任憑少奶奶衣不解帶，目不交睫，無奈大少爺壽元已盡，參朮無效，竟就嗚呼哀哉了！”同 目不交睫、沒日沒夜。反 一絲不掛、赤身裸體。

【衣不蔽體】yī bù bì tǐ 衣服破爛，遮不住身體。形容生活貧苦。宋代洪邁《夷堅丁志•奢侈報》：“妻子衣不蔽體，每日求乞得百錢，僅能菜粥度日。”《隋唐演義》四四回：“老兒見說，忙去喚這些婦女來，可憐個個衣不蔽體，餓得鳩形鵠面。”蕭乾《往事三瞥》：“衣不蔽體的人們一個個跺着腳，搓着手，嘴裏嘶嘶着。”同 破衣爛衫、衣衫襤褸。反 華冠麗服、衣冠楚楚。

【衣衫襤褸(藍縷)】yī shān lán lǚ 衣服破爛不堪。《西遊記》四四回：“雖是天色和暖，那些人卻也衣衫藍縷。”《三俠五義》一三回：“見有個老者上得樓來，衣衫襤褸，形容枯瘦。”沙汀《代理縣長》：“這是一個十四五歲的青年，衣衫襤褸，黑布頭帕上扣着一頂灰布軍帽。”同 衣不蔽體、鶉衣百結。反 衣冠楚楚、冠冕堂皇。

【衣食父母】yī shí fù mǔ 供給衣食的人。❶ 比喻生存所依靠的人。元代關漢卿《竇娥冤》二折：“你不知道，但來告狀的，就是我衣食父母。”《兒女英雄傳》一四回：“老爺既是我這大哥的主人，也同我們的衣食父母一樣，我該當伺候。”茅盾《故鄉雜記》三：“農民是他們的衣食父母。他們盼望農民有錢就像他們盼望自己一樣。”❷ 借指賴以為生的人以外的事物。◇公司就是員工的衣食父母，所以理應與公司患難與共，旅進旅退。

【衣食住行】yī shí zhù xíng 穿衣、吃飯、居住、出行。指代人們最基本的生活需求。◇人離不開衣食住行，但請勿忘記，精神生活更重要。

【衣冠梟獍】yī guān xiāo jìng 穿着人的衣裳，戴着人的帽子的禽獸。梟：傳説為食母之大鳥。獍：傳説為吃父之肉的野獸。比喻忘恩負義，行為乖張的惡徒。宋代孫光憲《北夢瑣言》卷一七：“河朔士人，目蘇楷為衣冠梟獍。”同 衣冠禽獸。

【衣冠楚楚】yī guān chǔ chǔ 楚楚：整潔、鮮明。《詩經•蜉蝣》：“蜉蝣之羽，衣裳楚楚。”後用“衣冠楚楚”、“衣冠濟楚”形容服裝整潔亮麗。唐代崔損《凌煙閣圖功臣賦》：“各位雍雍，就丹楹而成列；衣冠楚楚，煥藻井而相鮮。”元代無名氏《凍蘇秦》四折：“想當初風塵落落誰憐憫，到今日衣冠楚楚爭親近。”元代王實甫《西廂記》二本二折：“衣冠濟楚龐兒俊，可知道引動俺鶯鶯。”《二十年目睹之怪現狀》六一回：“我聽了這一席話，方才明白吃盡當光的人，還能夠衣冠楚楚的緣故。”同 衣冠齊楚、衣冠濟濟。反 衣冠不整、衣衫襤褸。

【衣冠禽獸】yī guān qín shòu 形容人的所作所為極其惡劣，就像穿衣戴帽的禽獸一般。明代陳汝元《金蓮記•構釁》：“人人着我做衣冠禽獸，箇箇識我是文物穿窬。”《鏡花緣》四三回：“既是不孝，所謂衣冠禽獸，要那才女又有何用！”◇想不到在這高等學府裏，竟然隱藏着幾個如此無恥的衣冠禽獸。反 正人君子、謙謙君子。

【衣架飯囊】yī jià fàn náng 穿衣裳的架子，裝食物的口袋。比喻只會穿衣吃飯的無能之輩。《三國演義》二三回：“其餘皆是衣架飯囊、酒桶肉袋耳！”同 酒囊飯袋。反 文武兼備。

【衣鉢相傳】yī bō xiāng chuán 衣鉢：僧尼袈裟與化緣所用的食器。佛家禪宗以衣鉢授與弟子，作為傳授道法的儀式，稱作“衣鉢相傳”。《舊唐書•神秀傳》：“昔後魏末，有僧達摩者，本天竺王子，以護國出家，入南海，得禪宗妙法，云自釋迦相傳，有衣鉢為記，世相傳授。”後泛指師傅把自己的思想、教義、學術、技能等傳授給門徒。◇他的繪畫技法，來自老師的衣鉢相傳。同 口耳相傳。

【衣錦夜行】yī jǐn yè xíng 穿上了錦繡之衣在黑夜裏行走。比喻做了高官而不為人所知。漢代荀悦《漢紀•武帝紀》：“上謂之曰：‘富貴不歸故鄉，如衣錦夜行。’”錢鍾書《圍城》五：“辛楣換了衣履下來，李先生歎惜他這是衣錦夜行，顧先生嘖嘖稱羨。”同 衣繡夜行。反 衣錦還鄉、榮歸故里。

【衣錦榮歸】yī jǐn róng guī 衣：穿。錦：繡上彩紋的絲織品。穿上華麗的衣服，榮耀地回到故里，炫耀得意。元代石君寶《秋胡戲妻》三折：“如今衣錦榮歸，見母親走一遭去。”明代徐霖《繡襦記》二折：“兩字功名，一旦分離，暫脱斑斕衣錦榮歸。”◇所謂衣錦榮歸，除滿足富貴後的虛榮心理外，就空無一切了，為故鄉人做點善事，才是積德積善。同 榮歸故里、衣錦還鄉。反 落拓江湖、浪跡天涯。

【衣錦還鄉】yī(yì) jǐn huán xiāng 穿着錦繡衣服回歸故里。多表示做官或富貴之後重返故里，含光宗耀祖的意思。《梁書•柳慶遠傳》：“高祖餞於新亭，謂曰：‘卿衣錦還鄉，朕無西顧之憂矣。’”元代無名氏《凍蘇秦》三折：“天那，我幾時能勾氣昂昂博得這衣錦還鄉。”明代高明《琵琶記•南浦囑別》：“但願得你名登高選，衣錦還鄉，叫人作話傳。”洪深《五奎橋》：“一門兩代，出了一位狀元、四個舉人，於是衣錦還鄉。”同 衣錦榮歸、衣繡晝行。反 衣錦夜行、衣繡夜行。

【表面文章】biǎo miàn wén zhāng 比喻只顧表面好看，不管實際效果的做法。孫犁《談作家素質》：“脱離這些，空談成就大小，優勝劣敗，繁榮不繁榮，是沒有多少根據的，這只能説是表面文章。”◇他是注重實際的人，不做表面文章／他們做事沒有主見，只知做表面文章。

【表裏不一】biǎo lǐ bù yī 表面與內心不一樣。形容言行與真正的想法、看法不一致。老舍《鼓書藝人》二一：“自己為人處世，表裏不一，世故圓滑，愛奉承人，抽冷子還要要點手腕。”◇表裏不一，專營一己之私的人，是不老實的人／他是內心有一定之規的人，不撒謊，也不會表裏不一。同 心口不一。反 表裏如一。

【表裏如一】biǎo lǐ rú yī 表面和內心一個樣。形容言行和想法或看法完全一致。《朱子全書〈論語〉八》：“行之以忠者，是事事要着實，故某集注云：‘以忠，則表裏如一。’”明代方孝孺《雙桂軒銘序》：“公和易誠篤，表裏如一，與人交，豁然無隱。”清代張伯行《困學錄集粹》卷二：“若是真人品，自然表裏如一；口然心不然，算是甚麼人！”蔡東藩《民國通俗演義》四七回：“計惟有去偽共和，行真君憲，開議會，設內閣，准人民之程度，以定憲政，名實相符，表裏如一。”反 表裏不一。

【衮衮諸公】gǔn gǔn zhū gōng 唐代杜甫《醉時歌》：“諸公衮衮登臺省，廣文先生官獨冷。”後用“衮衮諸公”形容眾多的達官顯宦，等於説“各位大人”。清代劉獻廷《廣陽雜記》卷四：“見二十年來，衮衮諸公去來我前，如野馬塵埃奔馳於窗隙也。”清代壯者《掃迷帚》一二回：“衮衮諸公，曾有改寺觀為學堂的條議，卻未能實見施行，化無用為有用。”《孽海花》三二回：“我們這班附和的人，在衮衮諸公心目中，只怕寸磔不足蔽辜呢！”

【袒胸露背】tǎn xiōng lù(lòu) bèi 裸露着胸部和背部。多形容女性時髦或不嚴肅的打扮。蔡東藩《南北史演義》七一回：“湛越加咆哮，迫令宮女褫李氏衣，使她袒胸露背，然後取鞭自撻。”

【袒裼裸裎】tǎn xī luǒ chéng ❶脱去衣服，露出身體的一部分或光着身子。形容粗魯無禮儀。《孟子·公孫丑上》：“爾為爾，我為我，雖袒裼裸裎於我側，爾焉能浼我哉？”浼（měi）：污染。宋代陳亮《送叔祖主筠州高安簿序》：“蓋昔者伯夷羞與鄉人處，而柳下惠至不以袒裼裸裎為浼，事固有大異不然者，名從其心之所安也。”◇平日裏獨居也很注重儀表，即使是酷暑，也從不袒裼裸裎。❷形容無拘無束，瀟灑自然。李大釗《青春》：“袒裼裸裎，去來無罣，全其優美高尚之天。”同 赤身露體。反 衣冠楚楚。

【袖手旁觀】xiù shǒu páng guān 把手揣在袖子裏在一旁觀看。唐代韓愈《祭柳子厚文》：“不善為斫，血指汗顏；巧匠旁觀，縮手袖間。”後用“袖手旁觀”比喻置身事外，不加過問或不予協助。宋代蘇軾《朝辭赴定州論事狀》：“弈棋者勝負之形，雖國工有所未盡，而袖手旁觀者常盡之。何則？弈者有意於爭，而旁觀者無心故也。”明代方孝孺《豫讓論》：“袖手旁觀，坐待成敗，國士之報，曾若是乎？”《紅樓夢》七二回：“連你還這樣開恩操心呢，我反倒袖手旁觀不成？”同 束手旁觀、坐視不救。反 見義勇為。

【袍笏登場】páo hù dēng chǎng 袍：指古代官服。笏：古代大臣朝見君主時手中所持的記事板。❶身着官服，手持笏板，登台演戲。清代王浚卿《冷眼觀》二四回：“黃白淨的面皮，只差在鼻梁上拓兩筆粉末，就可以袍笏登場，做一個《桃花扇》上的活活褲子襠裏阮了。”❷比喻新官就任。多含諷刺意。清代趙翼《數月內頻送南雷述庵淑齋諸人赴京補官戲作》詩：“袍笏登場也等閒，若他動色到柴關。”《北洋軍閥統治時期史話》二七章：“關於組織臨時政府的問題，段已通電北方各省徵求意見，只等回電一到，就要袍笏登場。”同 粉墨登場。反 告老還鄉。

【被山帶河】pī shān dài hé 被：同"披"，靠近、依傍。帶：環繞。河：特指黃河。靠近大山，環繞黃河。形容地勢險要。《戰國策•楚策一》："秦地半天下，兵敵四國，被山帶河，四塞以為固。"漢代袁康《越絕書•荊平王內傳》："子胥聞之，即從橫嶺上大山，北望齊晉，謂其舍人曰：'去，此邦堂堂，被山帶河，其民重移。'於是乃南奔吳。"唐代楊炯《左武衛將軍成安子崔獻行狀》："從乾值巽之風土，被山帶河之國邑。"《東周列國誌》八七回："秦地最勝，無如咸陽，被山帶河，金城千里。"

【被堅執銳】pī jiān zhí ruì 見"披堅執鋭"。

【被褐懷玉】pī hè huái yù 被：同"披"。褐：用獸毛或粗蔴製成的衣服。身穿粗布衣服，懷中卻藏着寶玉。比喻有才有德卻深藏不露，或比喻出身寒微，懷有真才實學。《老子》："知我者希，則我者貴，是以聖人被褐懷玉。"三國魏曹操《求賢令》："今天下得無有被褐懷玉而釣於渭濱者乎……唯才是舉，吾得而用之。"宋代司馬光《乞以史科舉士劄子》："寰宇至廣，俊彥如林，或以恬退滯淹，或以孤寒遺逸，被褐懷玉，豈能周知。"清代錢謙益《〈孫子長詩〉序》："子長被褐懷玉，不自矜重。"

【被髮文身】pī fà wén shēn 被：同"披"。文：刺畫花紋或文字。披散着頭髮，在身上刺花紋，是古代吳越一帶和某些南方民族的風俗。《禮記•王制》："東方曰夷，被髮文身，有不火食者矣。"《淮南子•原道訓》："九疑之南，陸事寡而水事眾，於是民人被髮文身，以像鱗蟲。"章炳麟《駁康有為論革命書》："禹入裸國，被髮文身；墨子入楚，錦衣吹笙。"

【裁月鏤雲】cái yuè lòu yún 裁剪明月，鏤刻彩雲。形容詩文構思精妙新巧或技藝出神入化。清代汪琬《〈綺里詩選〉序》："裁月鏤雲，未足與言新也。"清代薛雪《一瓢詩話》四二："溫柔敦厚，纏綿悱惻，詩之正也；慷慨激昂，裁月鏤雲，詩之變也。"同 鏤月裁雲。

【裁長補短】cái cháng bǔ duǎn 裁截長的一部分補在短的地方。比喻以長處彌補短處或以有餘補不足。南朝梁鍾嶸《詩品》卷下："安道詩雖嫩弱，有清上之句，裁長補短，袁彥伯之亞乎？"同 絕長補短、取長補短。

【裂土分茅】liè tǔ fēn máo 裂：劃分。《書•禹貢》："厥貢惟土五色。"說古代王者用五色土分封諸侯（東方青色、南方赤色、西方白色、北方黑色、中央黃色），行分封禮儀時，用所封地區的方位土，覆上代表中央王朝的黃色土，用白茅包裹起來，交給所封諸侯，作為中央王朝授權其建立侯國的信物。後用"裂土分茅"表示受封為諸侯或獲帝王分封土地。唐代杜牧《李叔玫除太僕卿葛汾除施州刺史等制》："我西平王功存社稷，慶流後嗣，子孫多賢，裂土分茅。"元代鄭光祖《三戰呂布》一折："軍前累立功勞大，裂土分茅受大封。"《痛史》七回："全太后道：'難得卿等一片忠誠，但願天佑宋室，將來恢復江山，必當裂土分茅，以報今日。'"同 列土分茅、分茅裂土。

【裂裳裹足】liè cháng guǒ zú 裳：古人下身穿的衣裙。撕開衣裙來包紮受傷的腳。形容急急趕路或長途奔走的艱辛。《呂氏春秋•愛類》："公輸般為高雲梯，欲以攻宋。墨子聞之，自魯往，裂裳裹足，日夜不休，十日十夜而至於郢。"南朝梁劉孝標《廣絕交論》："是以耿介之士，疾其若斯，裂裳裹足，棄之長騖。"宋代朱熹《答呂伯恭書》："老兄憂時之切，惓惓不忘，竊計裂裳裹足不俟屨而就途矣。"

【裊裊婷婷】niǎo niǎo tíng tíng 形容女子婷婷玉立，體態苗條柔美。《紅樓夢》三回："寶玉早已看見了一個裊裊婷婷的女兒，便料定是林姑媽之女，忙來見禮。"《孽海花》二七回："不到一刻鐘，太監領着寶妃裊裊婷婷的來了。"茅盾《子夜》三："交際花徐曼麗女士赤着一雙腳，裊裊婷婷站在一張彈子臺上跳舞哪！"同 裊裊亭亭、裊裊娉娉。反 老態龍鍾。

【裏應外合】lǐ yìng wài hé ❶ 外面進攻，裏面的人接應配合。元代李文蔚《圯橋進履》二折："小官須索整點英雄將士，裏應外合擒拏他，有何不可也。”《楊家將》五回：“將軍暫駐於此，小將單騎殺進城去通信，做個裏應外合。”馮玉祥《我的生活》第二章：“賈良等乘隙而入，裏應外合，一戰將花得雷拿住。”❷指在戰爭以外的事情上，內外兩方相互策應配合。《醒世恆言·賣油郎獨佔花魁》：“邢權與蘭花兩個，裏應外合，使心設計。”《古今小說·蔣興哥重會珍珠衫》：“陳旺也思量沒甚好處了，與老婆商議，叫他做腳，裏應外合，把銀兩首飾偷得罄盡，兩口兒連夜走了。”反 身單力薄、孤掌難鳴。

【補苴罅漏】bǔ jū xià lòu 苴：填補。罅：裂縫。填補縫隙和漏洞。比喻彌補缺陷和不足。唐代韓愈《進學解》：“先生之業可謂勤矣……補苴罅漏，張皇幽眇。”宋代朱熹《文公易說》卷七：“若是更革，則須徹底重新鑄造一番，非止補苴罅漏而已。”蔡東藩《民國通俗演義》七七回：“宜如何栽培元氣，收拾人心，永絕亂源，導成法治，補苴罅漏，經緯萬端。”同 拾遺補闕、補偏救弊。

【補缺（闕）拾遺】bǔ quē shí yí 彌補不足和缺陷的地方，提醒疏漏和未顧及之處。《後漢書·伏湛傳》：“柱石之臣，宜居輔弼，出入禁門，補缺拾遺。”《十六國春秋》卷七一：“聖王將舉大事，必崇三訊之法，朝置諫官以匡大理，疑承輔弼以補缺拾遺。”《宋書·桂陽王休範傳》：“先帝寢疾彌年，體瘦膳少，雖神照無虧，而慮有失德，補闕拾遺，責在左右。”明代繆希雍《先醒齋廣筆記·獸部》：“其間刪繁舉要，補闕拾遺，句字之出入，必嚴點畫之，幾微必審。”同 拾遺補闕、補偏救漏。

【補偏救弊】bǔ piān jiù bì 糾正偏差，堵塞漏洞。引申指彌補不足，糾正偏頗弊端。《漢書·董仲舒傳》：“先王之道必有偏而不起之處，故政有眊而不行，舉其偏者以補其弊而已也。”《明史·黃河下》：“復黃河未可輕議，至諸策皆第補偏救弊而已。”◇中醫認為藥食同源，食療也可採用補偏救弊，損其有餘補其不足的方法調整陰陽。同 拾遺補闕、補苴罅漏。

【裙屐少年】qún jī shào nián 裙：下裳。屐：木底有跟的便鞋。穿裙着屐，是晉和南北朝富家子弟的常服。後也代指富家子弟。《北史·邢巒傳》：“蕭深藻是裙屐少年，未洽政務。”清代王韜《瀛壖雜志》卷六：“一時裙屐美少年，隨行逐隊於脂香粉澤之間，相與品花評柳，以資笑謔。”同 紈袴子弟、膏粱子弟。

【裙帶關係】qún dài guān xì 裙帶：比喻與妻子、女兒、姊妹等有關的親屬。借指互相攀緣勾結的姻親關係。宋代趙升《朝野類要·西官》：“親王南班之壻，號曰‘西官’，即所謂‘郡馬’也，俗謂‘裙帶頭官’。”◇依靠楊貴妃的裙帶關係，楊家的兄弟姐妹都飛黃騰達，作威作福。

【裝神弄鬼】zhuāng shén nòng guǐ 本指巫師假借神鬼愚弄欺騙人。後多指故弄玄虛，令人無從捉摸，或玩弄手段蒙騙人。宋代無名氏《官門子弟錯立身》十二齣：“折莫大擂鼓吹笛，折莫大裝神弄鬼。”《紅樓夢》三七回：“你們別和我裝神弄鬼的，甚麼事我不知道！”趙樹理《小二黑結婚》七：“小芹聽了這話，知道跟這個裝神弄鬼的娘說不出道理來，乾脆躲了出去。”

【裝腔作勢】zhuāng qiāng zuò shì 故意拿腔拿調，故意做出某種姿態給人看。也作“拿腔做勢”。《西湖佳話·西泠韻跡》：“姨娘不消着急。他這兩三日請我不去，故這等裝腔作勢。”《紅樓夢》二五回：“那賈環便來到王夫人炕上坐着，命人拿了蠟燭，拿腔做勢的抄寫。”◇你裝腔做勢嚇唬人，我才不怕呢！反 裝腔作態。

【裝模作（做）樣】zhuāng mú zuò yàng 故意作出某種樣子給人看。宋代史浩《荊釵記傳奇》：“裝模作樣，惱吾氣滿胸膛。”《二十年目睹之怪現狀》二回：“他為甚還戴着黑晶眼鏡？試問他看得見甚麼東西？這不是明明在那裏裝模作樣麼？”《痛史》二十回：“朝廷卑禮厚幣來延聘他，他在宋朝有多大的前程，要裝模做樣，高蹈遠引，這便是不中抬舉了。”同 裝模裝樣、做張做智（致）。

【裝聾作啞】zhuāng lóng zuò yǎ 故意裝作沒聽到或不知道，不加理睬或不發表意見。元代無名氏《盆兒鬼》四折：“你背地裏玎玎璫璫說話，着緊處便裝聾作啞。”《醒世恆言》卷一七：“總然有些知覺，也裝聾作啞，只當不知，不去拘管他。”魯迅《三閒集·在鐘樓上》：“於是只好襲用仙傳的古法，裝聾作啞，置之不問不聞之列。”同 不聞不問。

【裹足不前】guǒ zú bù qián 裹足：腳被纏住，邁不開步。《戰國策·秦策三》：“是以杜口裹足，莫肯鄉秦耳！”比喻因顧慮、膽怯或有難處而不敢繼續做下去。《三國演義》一六回：“天下智謀之士，聞而自疑，將裹足不前，主公誰與定天下乎？”《前漢演義》六回：“天下已畏罪避禍，裹足不前。”◇有了剛強的意志力，就不會在困難面前裹足不前。同 畏葸不前、躊躇不前。反 勇往直前、義無反顧。

【褒善貶惡】bāo shàn biǎn è 讚揚好的人或事，斥責壞的人或事，是非分明，評判公允。宋代邵博《邵氏聞見後錄》卷二一：“惟有三四寸竹管子，向口角頭褒善貶惡，使善人貴、惡人賤，善人生、惡人死。”明代鄭楷《翰林學士承旨宋公行狀》：“《春秋》乃孔子褒善貶惡之書，苟能遵行，則賞罰適中，天下可定也。”◇社會的輿論監督，能起到揚正抑邪、褒善貶惡的作用。同 褒賢遏惡。

【褐衣不完】hè yī bù wán 穿的是破破爛爛的粗葛布衣。形容貧困不堪。《史記·平原君虞卿列傳》：“邯鄲之民，炊骨易子而食，可謂急矣，而君之後宮以百數，婢妾被綺縠、餘粱肉，而民褐衣不完，糟糠不厭。”同 鶉衣百結。反 峨冠博帶。

【襟懷坦白】jīn huái tǎn bái 襟懷：胸懷。光明正大，心地坦然。◇她是一位心地善良，襟懷坦白的人 / 做襟懷坦白的人，半夜敲門心不驚，永遠是快樂的。同 光明正大。反 心懷鬼胎。

【襲人故智】xí rén gù zhì 因襲、沿用前人的計策、謀略、辦法、形式等。◇時變世易，後人遇到的情況與前人總是不同的，不因事而變，不與時俱進，而是一味襲人故智，就變得愚蠢了。同 蹈襲前人、蹈常襲故。反 與時俱進、推陳出新。

襾部

【西窗剪燭】xī chuāng jiǎn zhú 唐代李商隱《夜雨寄北》詩：“何當共剪西窗燭，卻話巴山夜雨時。”後多指親朋聚談。明代陳汝元《金蓮記·便省》：“待歸來細問當年事，有誰念殘香冷膩，共話卻潦倒西窗剪燭時。”◇二三知己西窗剪燭，煮茶論文，興味何濃。同 剪燭西窗。反 與世隔絕。

【要而言之】yào ér yán zhī 概括地說來。晉代陸機《五等論》：“且要而言之，五等之君為己思治，郡縣之長為利圖物。”◇說起古代詩人風格，要而言之：李白浪漫，杜甫寫實，李煜則是憂傷的。同 一言以蔽之。反 一言難盡。

【要言不煩】yào yán bù fán 說話、寫文章簡明扼要，不煩瑣。要言：切中主題的至理。《三國志·管輅傳》裴松之注引三國魏管辰《管輅別傳》：“輅尋聲答之曰：‘夫善《易》者不論《易》也。’晏含笑而讚之：‘可謂要言不煩也。’”《兒女英雄傳》三三回：“我和你們說句要言不煩的話，閫以外將軍治之，你們還有什麼為難的不成？”◇在中國的經典著作裏，《論語》可算是要言不煩，一兩句話就把一個哲理說得清清楚楚。同 一語中的、一語破的。反 空話連篇、廢話連篇。

【要言妙道】yào yán miào dào 切中要害的言論和深刻的道理。要言：重要或中肯的話。妙道：神妙或深刻的道理。漢代枚乘《七發》：“今太子之病，可無藥石針刺灸療而已，可以要言妙道說而去也。”晉代虞摯《文章流別論》：“宜聽世之君子要言妙道，以疏神導體，蠲淹滯之累。”華祖《醉堂劍語》二：“大師的要言妙道，往往成為救世的符咒；但只有真正是實用的道理或現實的妙言箴語才能起到警世、醒世、悟世之用。”同 妙言要道。反 閒言碎語。

【要害之地】yào hài zhī dì 地當要衝，處在攻、守的關鍵之處。《隋唐演義》卷八三："凡東北一帶要害之地，皆其統轄，聲勢日盛，日益驕恣。"◇這是一夫當關萬夫莫開的要害之地，只要守住這裏，便可轉敗為勝。

【覆水難收】fù shuǐ nán shōu 潑在地上的水難以收回。《後漢書·何進傳》："國家之事，亦何容易！覆水不可收，宜深思之。"比喻事情已成定局之後，便無可挽回。唐代李白《妾薄命》詩："雨落不上天，覆水難再收。君情與妾意，各自東西流。"《初刻拍案驚奇·通閨闥堅心燈火》："如此才人足為快婿，爾女已是覆水難收，何不宛轉成就了他。"清代秦鑋《〈四弦秋〉題詞》："覆水難收感舊遊，夢醒江上楚天秋。"同 一刀兩斷。反 言歸於好、破鏡重圓。

【覆地翻天】fù dì fān tiān 地和天都翻轉過來。比喻變化巨大之極。元代無名氏《合同文字》一折："我甫抬身到靈柩邊，待親送出郊原，不覺的肉顫身搖，眼暈頭旋……哎喲，叫一聲覆地翻天。"明代楊珽《龍膏記·脫難》："你道他兩個覆地翻天，射影吹沙，舞爪張牙，那恢恢天網，終久還他帶鎖披枷。"清代孔尚任《桃花扇·哭主》："忙將覆地翻天事，報與勤王救主人。"同 天翻地覆、地覆天翻。反 一成不變、一成不易。

【覆舟之戒】fù zhōu zhī jiè《荀子·王制》："君者舟也，庶人者水也。水則載舟，水則覆舟。"指失敗滅亡的教訓。明代陳子龍《陳涉論》："後之人主，亦知邱民之可畏，而覆舟之戒始信。"同 載舟覆舟、"水能載舟，亦能覆舟"。

【覆車之戒】fù chē zhī jiè 前面的車子翻倒了，告誡後面的車不能再走舊車轍。比喻吸取前人失敗的教訓。《晉書·庾純傳》："純以凡才，備位卿尹，不惟謙敬之節，不忌覆車之戒。"同 覆車之鑒、覆車之轍。

【覆雨翻雲】fù yǔ fān yún ❶ 翻手為雲，覆手成雨。形容人反覆無常，或比喻玩弄手段、權術。明代何景明《長安大道行》："薰天灼地期長久，覆雨翻雲亦隨手。"清代顧貞觀《金縷曲》："魑魅搏人應見慣，總輸他覆雨翻雲手。"❷ 雲來雨去。比喻世事變幻不定。宋代吳文英《鳳池吟》詞："舊文書几閣，昏朝醉暮，覆雨翻雲。忽變清明，紫垣敕使下星辰。"清代吳偉業《銀泉山》詩："覆雨翻雲四十年，專房共輦承恩顧。"廖仲愷《黃金縷》詞："世事推遷渾不定，昔日烘烘，今日清清冷。覆雨翻雲憑記省，海枯石爛惟君膭。"同 翻雲覆雨、"翻手為雲，覆手為雨"。

【覆盆之冤】fù pén zhī yuān 晉代葛洪《抱朴子·辨問》："豈可以聖人所不為，便云天下無仙，是責三光不照覆盆之內也。"三光：日、月、星；覆盆：翻過來扣着的盆子，光照不到裏面去。後用"覆盆難照"、"覆盆之冤"比喻無從申辯的沉冤。《好逑傳》五回："久知覆盆難照，已拼畢命於此，幸遇高賢大俠，倘蒙憐而垂手，則死之日猶生之年矣。"◇弱勢群體蒙受的覆盆之冤數不勝數，放在光天化日之下，一一昭雪的能有幾個！同 不白之冤、覆盆難照、沉冤莫白、冤沉海底。

【覆盆難照】fù pén nán zhào 見"覆盆之冤"。

【覆巢破卵】fù cháo pò luǎn 見"覆巢毀卵"。

【覆巢毀卵】fù cháo huǐ luǎn 鳥窩翻了過來，鳥蛋粉碎。比喻完全毀滅。也作"覆巢破卵"。《戰國策·趙策四》："有覆巢毀卵而鳳皇不翔，刳胎焚夭而騏驎不至。"漢代陸賈《新語·輔政》："秦以刑罰為巢，故有覆巢破卵之患。"唐代趙元一《奉天錄》卷二："如或固守窮城，不識天命，必使覆巢破卵，易子析骸。"同 覆巢傾卵。反 完好無損。

見 部

【見仁見智】jiàn rén jiàn zhì《易經·繫辭上》："仁者見之謂之仁，知者見之謂之知。"知：同"智"。後用"見仁見智"表示同一個問題，每人各有不同的理解和看法。朱自清《〈燕知草〉序》："至於這種名士風是好是壞，合時宜不合時宜，要看你如何着眼；所謂見仁見智，各有不同。"郭沫若《南京印象•秦淮河畔》："詩是見仁見智的東西，尤其是舊詩。"同 見智見仁、"仁者見仁，智者見智"。

【見死不救】 jiàn sǐ bù jiù 看見別人面臨死亡威脅或有急難大禍而不去救援。元代鄭廷玉《疏者下船》二折："你好優遊，百萬猙貅，手段似天力扯牛，眼睜睜的見死不救。"清代陳朗《雪月梅》三八回："劉電道：'見死不救，義勇安在？'"張恨水《春明外史》三九回："胡太太道：'見死不救，還說你的心腸不硬？'"同 坐視不救。反 捨己救人。

【見危授命】 jiàn wēi shòu mìng 授命：獻出生命。在危急關頭勇於獻出自己的生命。《論語•憲問》："見利思義，見危授命，久要不忘平生之言，亦可以為成人矣。"北齊顏之推《顏氏家訓•勉學》："未知事君者，欲其觀古人之守職無侵，見危授命，不忘誠諫，以利社稷。"蔡東藩《南北史演義》八五回："今天下有難，正當見危授命，就使無成，尚見臣節。同 臨危授命。反 臨陣脫逃。

【見多識廣】 jiàn duō shí guǎng 見過的多，知道的廣。形容經驗多，知識廣博。《鏡花緣》五十回："向來九公見多識廣，秘方最多，此事必須請教九公。"老舍《鼓書藝人》二三："張文說起話來沒個夠，一個勁顯擺他見多識廣，懂得人情世故。"同 博聞強記。反 寡見少聞、孤陋寡聞。

【見利忘義】 jiàn lì wàng yì 見到有利可圖就不顧道義。《漢書•樊酈滕灌傅靳周傳贊》："夫賣友者，謂見利而忘義也。"《西遊記》八十回："似你這個重色輕生，見利忘義的饢糟，不識好歹，替人家哄了招女婿，綁在樹上哩！"鄭觀應《盛世危言•戶政》："可禁而不禁，從而徵其稅，乃見利忘義也。"◇你可別見利忘義，踏着別人的肩膀向上爬。同 見錢眼開、唯利是圖。反 見利思義、見義勇為。

【見所未見】 jiàn suǒ wèi jiàn 看到從來沒有看到過的。形容所見到的都是新鮮的事物。漢代揚雄《法言•淵騫》："七十子之於仲尼也，日聞所不聞，見所不見。"後多作"見所未見"。《紅樓夢》一一八回："那襲人此時真是聞所未聞，見所未見。"茅盾《腐蝕》二："花了千把法幣裝修，開間之狹，見所未見，可倒還深，就像個竹筒，房租每月得七八百。"同 聞所未聞。反 屢見不鮮、司空見慣。

【見兔放鷹】 jiàn tù fàng yīng 看到野兔，就放出獵鷹追捕。❶ 比喻有針對性地啟發，接引學人。《五燈會元•雪峰思慧禪師》："護聖不似老胡，拖泥帶水，祇是見兔放鷹，遇麞發箭。"❷ 比喻拘泥言辭，追尋義解。《五燈會元•智海平禪師法嗣淨因繼成禪師》："老僧恁麼舉了，只恐你諸人見兔放鷹，刻舟求劍。"❸ 比喻看到有利可圖，方採取行動。明代天然癡叟《石點頭•侯官縣烈女殲仇》："當今世情，何人不趨炎附勢，見兔放鷹，誰肯結交窮秀才。"◇資源有限，我們最好見兔放鷹，有的放矢地進行投資。

【見兔顧犬】 jiàn tù gù quǎn 看到了兔子，再回頭叫喚獵狗去追捕。比喻事情雖已急迫，但趕緊想辦法還來得及。《戰國策•楚策四》："見兔而顧犬，未為晚也。"《明史•劉綱傳》："陛下何不召九卿、台諫面議得失，見兔顧犬，未為晚也。"梁啟超《我政府之對俄政策》："夫見兔顧犬，或未為晚，今能議及，豈不猶愈於已？"同 亡羊補牢。

【見怪不怪】 jiàn guài bù guài 遇見怪異現象而不驚異。宋代洪邁《夷堅三志己•姜七家豬》："畜生之言，何足為信，我已數月來知之矣。見怪不怪，其怪自壞。"《兒女英雄傳》三七回："幸虧是安太太素來那等大方，才能見怪不怪，出來合他相見。"南懷瑾《〈孟子〉旁通》一："你便可以看出社會的人際狀況，大概都是如此，反而覺得見怪不怪了。"同 習以為常。反 大驚小怪。

【見風使帆】 jiàn fēng shǐ fān 依照風向轉動船帆。比喻見機行事、隨機應變。《官場現形記》十九回："幸喜寫了憑據的二萬頭，中丞已允，卸了我的干係。別事見風使帆，再作道理。”蔡東藩《明史演義》二九回：“有幾個見風使帆的狡捕，見賽兒恃蠻無禮，先行溜脱。”金庸《鹿鼎記》四九回：“見風使帆原是韋小寶的拿手好戲。”同 見風使舵、順風轉舵。

【見風使舵】jiàn fēng shǐ duò 依據風向改變船舵的方向。比喻隨機應變，見機行事。朱自清《論且顧眼前》：“誰都貪圖近便，貪圖速成，他們也就見風使舵，凡事一混了之。”李六如《六十年的變遷》第十章：“我早年在九江當隊官，幸虧會見風使舵，所以辛亥年反正，仍然戰得住。”同 看風使舵。反 方正不阿、守正不阿、剛直不阿。

【見風是雨】jiàn fēng shì yǔ 看到颳風就認為要下雨。比喻只看到一點跡象，就想當然地下結論。◇遇事要多想一想，不要見風是雨，人云亦云瞎起哄。

【見風轉舵】jiàn fēng zhuǎn duò 隨着風向轉動船舵。比喻見機行事，靈活應付。茅盾《腐蝕·十二月二十二日》：“萬一上面再傳我去問話的時候，我也好見風轉舵，別再那麼一股死心眼兒賣傻勁！”南懷瑾《由老子到孫子》：“看來這天下不可能屬於自己的，只有趕快見風轉舵，退步，撤兵。”同 見風使舵、順風轉舵。

【見風轉篷】jiàn fēng zhuǎn péng 篷：指帆。説依照風向轉動船帆。比喻見機行事，靈活變化應對。茅盾《子夜》七：“那也不是真心替我辦事，還是見風轉篷的自私，我有錢不給這等人！”同 見風轉舵、順風轉舵。

【見財起意】jiàn cái qǐ yì 見人錢財，就動起歹念。元代無名氏《硃砂擔》四折：“剛道個一聲兒惡人回避，早激的他惡哏哏鬧是非，那裏也見財起意。”《醒世恆言·十五貫戲言成巧禍》：“可憐崔寧和小娘子受刑不過，只得屈招了。説是一時見財起意，殺死親夫，劫了十五貫錢，同姦夫逃走是實。”◇他見財起意，侵吞公款，把自己送進了大牢。同 謀財害命。反 拾金不昧。

【見笑大方】jiàn xiào dà fāng《莊子·秋水》：“今我睹子之難窮也，吾非至於子之門則殆矣，吾長見笑於大方之家。”大方之家：懂得大道的人。後用“見笑大方”説被行家裏手笑話。宋代劉克莊《六和太守林太博贈瑞香花》詩：“拙筆蕪詞字半斜，情知見笑大方家。”清代無名氏《乾隆下江南》五二回：“將身子望上一縱，復行向地下一落，手腳歸了原處，神色一點不變，説道：‘見笑大方！’”◇這只不過是我一家之言，見笑大方了。同 貽笑大方。

【見雀張羅】jiàn què zhāng luó 羅：捕鳥的網羅。比喻設圈套誘騙。明代徐復祚《紅梨記·踏月》：“則怕他指山賣磨，見雀張羅，滿口兒如蜜缽，心如逝波。”◇現在回想起來，這一切都是他們見雀張羅，預先設下的陷阱。

【見異思遷】jiàn yì sī qiān 看見不同的事物就想改變原先的主意。形容沒有定見、動搖不定，或情感不專一。《管子·小匡》：“少而習焉，其心安焉，不見異物而遷焉。”清代袁枚《與慶晴村都統書》：“名教中自有樂地，何必見異思遷？”康有為《大同書》戊部：“又凡人之情，見異思遷，歷久生厭，惟新是圖，惟美是好。”蘇雪林《玉溪詩謎·引論》：“義山便和宮嬪發生戀愛，見異思遷，愛情不能專一，故為女道士所薄。”反 善始善終、始終不渝。

【見景生情】jiàn jǐng shēng qíng ❶看到眼前的景物，內心引起聯想，產生感觸。元代宮天挺《七里灘》四折：“俺那裏水似藍山如黛，不由我見景生情，覩物傷懷。”《群音類選·訪友記·山伯訪祝》：“一路上見景生情，托物比興。”❷遇到不同的事，做出不同的反映，隨機應變。明代徐復祚《投梭記·閨敘》：“也不過是見景生情，逢場作戲，酒杯間作態胡云。”清代李漁《閒情偶記·行樂》：“苟能見景生情，逢場作戲，既可悲可泣之事，亦變歡娛。”《三俠五義》一七回：“事到臨期，見景生情，就混過去了。”同 即景生情、觸景生情。反 無動於衷、鐵石心腸。

【見勢不妙】jiàn shì bù miào 看到形勢不好，對自己不利。清代坑餘生《續濟公傳》一六三回："韓毓英見勢不妙，忙向哈雲飛使了個眼色，二人大喊一聲，揮刀直入。"◇兩個歹徒見勢不妙，丢下贓物拔腿就跑。

【見微知著】jiàn wēi zhī zhù 微：萌芽、苗頭。見到事情的苗頭，就能知道它的實質和發展趨勢。漢代袁康《越絕書•越絕德序外傳》："故聖人見微知著，睹始知終。"元代王惲《上元仲一書記書》："至靜之士見微知著，臨事不惑，斷於中而察於外。"茅盾《對於文壇的一種風氣的看法》："有些題材雖似瑣細，卻能使人見微知著。"同 因小見大。

【見義勇為】jiàn yì yǒng wéi《論語•為政》："見義不為，無勇也。"後以"見義勇為"說見到正義的事情，不怕危難，果敢地去做。《宋史•歐陽修傳》："天資剛勁，見義勇為，雖機阱在前，觸發之不顧。放逐流離，至於再三，志氣自若也。"郭沫若《南冠草》第三幕："大丈夫見義勇為，我希望你老人家不要退縮。"老舍《四世同堂》二："她的責罵，多數是她以為李四爺對朋友們還沒有盡心盡力的幫忙，而這種責罵也便成為李四爺的見義勇為的一種督促。"反 袖手旁觀、視而不見。

【見賢思齊】jiàn xián sī qí 看到德才兼備的人，便想學得和他一樣。《論語•里仁》："子曰：'見賢思齊焉，見不賢而內自省也。'"晉代常璩《華陽國志•南中志》："知足下追踵古人，見賢思齊。"元代鄭廷玉《金鳳釵》一折："我想這小人儒，兒曹輩，那一個肯見賢思齊？"◇見賢思齊，虛心受教，我們可以進步得更快。

【見彈求鴞】jiàn dàn qiú xiāo《莊子•齊物論》："且女亦大早計，見卵而求時夜，見彈而求鴞炙。"說看到彈丸，就想得到貓頭鷹的烤肉。後以"見彈求鴞"比喻過早估計實效。宋代陳淵《再和鄧志宏韻》詩："勤苦得富貴，見彈求鴞何？"清代顧炎武《答原一公肅兩甥書》："因罥覓菟，見彈求鴞。"◇銷售人員容易陷入見彈求鴞的想像中。

【見機行事】jiàn jī xíng shì 按照情況的變化，捕捉機會，靈活辦事。《紅樓夢》三二回："因而悄悄走來，見機行事，以察二人之意。"《說岳全傳》五六回："元帥發令着曹寧出營，吩咐道：'須要見機行事，勸你父親早早歸宋，決有恩封。'"巴金《家》二三："不過話又說回來，不能旺季'明哲保身'的古訓啊。"同 見機而作、見機而行。

【見錢眼紅】jiàn qián yǎn hóng 見"見錢眼開"。

【見錢眼開】jiàn qián yǎn kāi 形容人貪財，愛財如命。《金瓶梅》八六回："那敬濟便笑嘻嘻袖中拿出一兩銀子來……那薛嫂見錢眼開，說道：'好姐夫，自恁沒錢使，將來謝我！'"《老殘遊記》一八回："老哥沒有送過人的錢，何以上台也會契重你？可見天下人不全是見錢眼開的喲。"◇人活一口氣，樹活一層皮，不能做見錢眼開的人。也作"見錢眼紅"。《鏡花緣》九九回："見錢眼紅，起了貪心，自然生出無窮事端。"同 財迷心竅、愛財如命。反 潔身自好。

【見縫插針】jiàn fèng chā zhēn ❶ 比喻盡可能利用一切可以利用的空間或時間。◇沒想到這方圓不到十英里的風景區裏，到處見縫插針地住滿了人／時間太緊，就說抽出這半小時和她見面，也是見縫插針之舉。❷ 比喻利用一切機會。◇王先生不等別人說完，見縫插針地鼓勵他繼續幹下去。

【見獵心喜】jiàn liè xīn xǐ ❶ 看到打獵的人心裏就高興。形容喜歡打獵。三國魏曹丕《典論•自序》："和風扇物，弓燥手柔，草淺獸肥，見獵心喜。"❷《二程遺書》卷七："明道（程顥）年十六七時，好田獵。十二年，暮歸，在田野間見田獵者，不覺有喜心。"後以"見獵心喜"比喻舊習難忘，觸其所好，便躍躍欲試。《花月痕》四七回："伊係舉人底子，會試在即，見獵心喜，因此不願就官。"

【規行矩止】guī xíng jǔ zhǐ 見"規行矩步"。

【規行矩步】guī xíng jǔ bù 規：圓規，畫圓形的工具。矩：曲尺，畫直角或方形的工具。規、矩：引申為禮法、法度、準則。步：行，用腳走。也作“規行矩止”。❶ 徒步行走端端正正。比喻言行舉止合乎禮儀法度。晉代潘尼《釋奠頌》：“二學儒官，搢紳先生之徒，垂纓佩玉規行矩步者，皆端委而陪於堂下，以待執事之命。”《隋書•盧思道傳》：“紈綺之年，伏膺教義，規行矩步，從善而登。”徐鑄成《報海舊聞》二一：“在這空氣下，被培養為小學師資的師範學生，當然更要規行矩步，雍雍肅穆。”宋代司馬光《稷下賦》：“爾乃雜佩華纓，淨冠素履，端居危坐，規行矩止。”❷ 比喻墨守成規，不知變通。《晉書•張載傳》：“今士循常習故，規行矩步，積階級，累閥閱，碌碌然以取世資。”清代趙翼《甌北詩話•七言律》：“就有唐而論：其始也，尚多習用古詩，不樂束縛於規行矩步中。”《傅雷家書》：“對中國知識分子拘束最大的倒是僵死的禮教，從南宋的理學程子、朱子起一直到清朝末年，養成了規行矩步，整天反省，唯恐背禮越矩的迂腐頭腦。”同 規言矩步、循規蹈矩。反 膽大妄為、為所欲為。

【規求無度】guī qiú wú dù 謀求財物沒有限度，貪得無厭。《左傳•昭公二十六年》：“侵欲無厭，規求無度。”◇百姓對規求無度、營私舞弊、腐敗墮落的貪瀆惡行，深惡痛絕。同 慾壑難填、誅求無已。反 兩袖清風、一塵不染。

【規言矩步】guī yán jǔ bù 規、矩：圓規和曲尺。比喻言行合乎法度。清代紀昀《閱微草堂筆記•如是我聞四》：“曩以汝為古君子，故任汝放誕，未敢侮汝。汝近乃作負心事，知從前規言矩步，皆貌是心非，今不復畏汝矣。”◇別人都以為他規言矩步，其實此人骨子裏頗有心計，為人處世算計得天衣無縫。同 規行矩步。反 無法無天。

【規矩準繩】guī jǔ zhǔn shéng 比喻法度、標準、規矩。規：畫圓形的工具。矩：畫直角或方形用的曲尺。準：水平儀。繩：繩墨，木工畫直線用的工具。《孟子•離婁上》：“聖人既竭目力焉，繼之以規矩準繩，以為方圓平直，不可勝用也。”宋代蘇軾《議學校貢舉狀》：“且其為文也無規矩準繩，故學之易成。”秦牧《巧匠和竹》：“他們還是嚴守一定的規矩準繩的，只是在一個巨大的範圍內，加以變化罷了。”

【視丹如綠】shì dān rú lǜ 丹：紅色。看紅色像是綠色。形容因過度憂思焦慮而導致視覺模糊。三國魏郭遐叔《贈嵇康》詩：“思念君子，溫其如玉；心之憂矣，視丹如綠。”同 看朱成碧。

【視而不見】shì ér bù jiàn 眼睛看着就像沒看見一樣。《莊子•知北遊》：“光曜不得問，而孰視其狀貌，窅然空然，終日視之而不見，聽之而不聞，搏之而不得也。”形容漠然不關心、不重視或不注意。唐代韓愈《明水賦》：“視而不見，謂合道於希夷；挹之則盈，方同功於造化。”元代徐明善《朱明叟字說》：“心不在焉，視而不見，非虛語也。”老舍《四世同堂》三二：“她的病身子禁不起生氣，近二三年來她頗學會了點視而不見，聽而不聞的本事，省得教自己的病體加重。”同 視若無睹、熟視無睹。

【視死如歸】shì sǐ rú guī 把死亡看成像回家一樣。形容勇於獻身、不怕犧牲的精神和意志。《管子•小匡》：“平原廣牧，車不結轍，士不旋踵，鼓之而三軍之士視死如歸。”《三國志•周瑜傳》：“身當矢石，盡節用命，視死如歸。”宋代歐陽修《縱囚論》：“寧以義死，不苟幸生，而視死如歸，此又君子之尤難者也。”《鏡花緣》五十回：“阿妹真是視死如歸。此時性命已在頃刻，你還鬥趣！”同 捨生忘死、捨身就義。反 貪生怕死、明哲保身。

【視同兒戲】shì tóng ér xì 把事情當成小孩子做遊戲。《史記•絳侯周勃世家》：“曩者霸上、棘門軍，若兒戲耳，其將固可襲而虜也。”後用“視同兒戲”、“視為兒戲”、“視若兒戲”形容做事粗枝大葉，不花心思，極不認真。《初刻拍案驚奇》卷一一：“所以說為官做吏的人，千萬不可草菅人命，視同兒戲。”《紅樓夢》四回：“人命官司，他卻視為兒戲，自謂花上幾個錢，沒有不了的。"《鏡花緣》二回："二位角口，王母雖然寬宏，不肯出言責備，但以瑤池清靜之地，視同兒戲，任意喧嘩，未免有失敗之道。"《清史稿•李振祜傳》："又劾都察院京察給事中色成額先經列入六法，自赴公堂辯論，干求改列三等，反覆視若兒戲，都御史被嚴議，色成額仍列有疾。"

【視同陌路】shì tóng mò lù 陌路：不相識的路人。把親人或熟人看作陌生的過路人。形容人非常勢利，無情無義。也作"視如陌路"。清代紀昀《閱微草堂筆記•灤陽消夏錄五》："有孫天球者，以財為命，徒手積累至千金，雖妻子凍餓，視如陌路，亦自忍凍餓，不輕用一錢。"《野叟曝言》二十回："況愚兄病中，承他舍命服侍，救我殘喘，他今有病，便視同陌路，此豈稍有人心者耶？"《禪真逸史》二二回："世間多少口頭交，無情漢，飲酒宴樂，契若金蘭，患難死生，視同陌路。" 同 視為陌路。

【視如土芥】shì rú tǔ jiè 見"視如草芥"。

【視如仇讎】shì rú chóu chóu 見"視如寇仇(讎)"。

【視如陌路】shì rú mò lù 見"視同陌路"。

【視如草芥】shì rú cǎo jiè 芥：小草。看作像小草一樣輕賤。《孟子•離婁下》："君之視臣如土芥，則臣視君如寇讎。"後用"視如草芥"、"視如土芥"形容極端輕視，根本不放在眼裏。宋代洪邁《容齋三筆•北狄俘虜之苦》："任其生死，視如草芥。"《三國演義》五回："父親勿慮。關外諸侯，布視之如草芥。"《儒林外史》四一回："鹽商富貴奢華，多少士大夫見了就銷魂奪魄，你一個弱女子，視如土芥，這就可敬的極了！" 同 視如糞土。反 視如拱璧。

【視如寇仇(讎)】shì rú kòu chóu 看成盜賊、仇敵一樣。《孟子•離婁下》："君之視臣如土芥，則臣視君如寇讎。"後用"視如寇仇"、"視如寇讎"形容極端仇恨、極端敵視。宋代張載《涇原路經略司論邊事狀》："臣僚莫不側目憎惡，視如寇仇。"《封神演義》二七回："國家將亡，妖孽頻出，讒佞信如膠漆，忠良視如寇讎，慘虐異常，荒淫無忌。"也作"視如仇讎"、"視為寇讎"。明代高岱《鴻猷錄•北伐中原》："前代革命之際，兵戈相加，視如仇讎，朕實不忍。"《鏡花緣》一二回："倘明哲君子，洞察其奸，於家中婦女不時正言規勸，以三姑六婆視為寇讎，諸事預為防範，毋許入門，他又何所施其伎倆？" 反 視如手足、視如一家。

【視如敝屣】shì rú bì xǐ 敝屣：破爛的鞋子。看作破鞋子一樣。《孟子•盡心上》："舜視棄天下，猶棄敝蹝也。"蹝：同"屣"。後用"視如敝屣"形容看得一文不值，認為毫無價值。明代劉宗周《丁長孺先生墓表》："及見世道，陸沈慨然，有矯勵澄清之思，於富貴利達視如敝屣不屑也。"◇把回收廢物的工作視如敝屣，這其實是眼光短淺的想法。同 視如草芥、視如糞土。反 視如拱璧、視若珍寶。

【視如糞土】shì rú fèn tǔ 糞土：穢土。看得如垃圾穢土一般。形容極端賤視。《鏡花緣》三八回："你只看那錢字身傍兩個'戈'字，若妄想親近，自然要動干戈，鬧出人命事來。今舅兄把他視如糞土，又是王衍一流人物了。"《野叟曝言》七十回："此刀此劍，雖有優劣，皆為寶物。佳人惜紅粉，烈士愛寶劍，豈可視如糞土，為焚琴煮鶴之事乎？" 同 視如草芥、視如敝屣。反 視為至寶、視若珍寶。

【視若兒戲】shì ruò ér xì 見"視同兒戲"。

【視若無睹】shì ruò wú dǔ 睹：看見。晉代劉伶《酒德頌》："靜聽不聞雷霆之聲，熟視不睹泰山之形。"唐代韓愈《應科目時與人書》："是以有力者遇之，熟視之若無睹也。"後用"視若無睹"說看見了卻像沒有看見一樣，形容漠不關心。郭沫若《新文藝的使命》："他們不僅視若無睹，反而助紂為虐，為虎作倀。" 同 熟視無睹。

【視若路人】shì ruò lù rén 路人：過路的人，彼此無關的人。把親人和熟人看成像過路的陌生人。形容為人勢利，冷酷無情。《初刻拍案驚奇》卷一三："錦衣玉食，歸之自己，擔飢受凍，委之二親，漫然視若路人，甚而等之仇敵。”清代紀昀《閱微草堂筆記·灤陽消夏錄六》：“又煢煢孩稚，視若路人，至飢飽寒溫，無可告語。”同 視同陌路。

【視為知己】shì wéi zhī jǐ 當作自己的知心朋友。知己：有共同語言、彼此瞭解、情誼深厚的人。◇我一直把他視為知己，心裏有話就找他說，尤其是遇到難題和苦悶的時候。反 視同陌路、視為寇仇。

【視為兒戲】shì wéi ér xì 見“視同兒戲”。

【視為畏途】shì wéi wèi tú 看作是危險可怕的道路。《莊子·達生》：“夫畏途者，十殺一人，則父子兄弟相戒也。”後用“視為畏途”形容看作艱難、險惡、令人畏懼的事情或地方。清代袁枚《續新齊諧·黑眚畏鹽》：“舊傳壙中有怪物……以黑氣障人，至腥穢，觸鼻暈絕。里人相戒，視為畏途，昏暮無行者。”《文明小史》四八回：“中國那年辦理昭信股票，法子並非不好，集款亦甚容易，無奈經辦的人一再失信於民，遂令全國民心渙散，以後再要籌款，人人有前車之鑒，不得不視為畏途。”反 視險如夷。

【視為寇讎】shì wéi kòu chóu 見“視如寇仇”。

【視險如夷】shì xiǎn rú yí 夷：平坦。把險阻看作像走坦途一樣。形容不把艱險放在眼裏，面對困難和危險勇敢自信。漢獻帝劉協《喻郭汜詔》：“今得東移，望遠若近，視險如夷。”晉代史援《後漢史君頌》：“處溢不驕，居勞不憚，視險如夷，忘身逐叛。”也作“視險若夷”。三國魏吳質《與文帝書》：“雖云幽深，視險若夷。”《宋書·武帝紀中》：“公乘轅南濟，義形於色，巋然內湛，視險若夷，擴略運奇，英謨不世。”《隋書·劉方傳》：“方肅承廟略，躬行天討，飲冰遄邁，視險若夷。”反 視為畏途。

【視險若夷】shì xiǎn ruò yí 見“視險如夷”。

【親上加親】qīn shàng jiā qīn 雙方本來就是親戚，更進一步締結姻親。也作“親上做親”。元代王實甫《西廂記》五本三折：“賣弄你仁者能仁，倚仗你身裏出身；至如你官上加官，也不合親上做親。”巴金《憶·做大哥的人》：“姑母卻以‘自己已經受夠了親上加親的苦，不願意讓女兒再來受一次’這理由拒絕了，這是三哥後來告訴我的。”◇近親結婚的子女體質羸弱，易得遺傳病和先天畸形，所以“親上加親”不一定是好事。同 親上成親。

【親上做親】qīn shàng zuò qīn 見“親上加親”。

【親如手足】qīn rú shǒu zú 關係親密，好比手與足一樣。元代孟漢卿《魔合羅》四折：“想兄弟情親如手足，怎下的生心將兄命虧。”《大八義》二一回：“朱傑說：‘我與他神前結拜，親如手足。’”◇茉莉花樂隊成軍十年，成員間感情親如手足。同 情同手足、親如骨肉。

【親如骨肉】qīn rú gǔ ròu 骨肉：指父母、兄弟、子女等親屬。形容關係非常密切。宋代黃倫《尚書精義·泰誓中》：“紂之為惡，豈無與之為肘臂而親如骨肉者周至也。”明代楊廷和《請遵祖訓以光聖德疏》：“凡帝王居安，常懷警備，日夜時刻不敢怠慢……雖親如骨肉，朝夕相見，猶當警備於心。”《三國演義》八一回：“朕自涿郡與卿等之父結異姓之交，親如骨肉。”同 親如手足、情同骨肉。

【親密無間】qīn mì wú jiàn 間：縫隙。形容關係親密融洽，沒有一點兒隔閡。宋代徐夢莘《三朝北盟會編·靖康中帙》：“京在占云：館也，其披寫腹心，親密無間，一至於此。”明代王樵《方麓集》卷一六：“永樂仁宣英孝五朝君臣之間可謂親密無間。”◇說來也怪，三個人本來有着那麼多的差異，但實際上配合得卻又親密無間，如同一體。同 水乳交融。反 勢不兩立。

【親痛仇(讎)快】qīn tòng chóu kuài 所作所為，令與自己關係親密者感到痛苦難過，讓敵對者感到高興快樂。《後漢書·朱浮傳》：“凡舉事無為親厚者所痛，而為見讎者所快。”馮玉祥《我的生活》三九章：“局面時弛時張，意見迄不消釋，而親痛仇快的戰幕不免終於揭開。”

【親疏貴賤】qīn shū guì jiàn 指關係疏密不

同和社會地位高下各異的人。《周禮•天官•宮正》："大喪則授廬舍，辨其親疏貴賤之居。"《史記•樂書》："使親疏貴賤長幼男女之理皆形見於樂。"宋代王楙《野客叢書•古者男女相見無嫌》："古者內外之防甚嚴，然男女間以故相見亦不問其親疏貴賤。"《東周列國誌》四九回："宋國之人，不論親疏貴賤，人人願得公子鮑為君。"

【親當矢石】 qīn dāng shǐ shí 當：遮擋。矢、石：飛箭和抛石，皆為古代武器。形容作戰勇敢，親臨前線。《宋書•始安王休仁傳》："泰初初，四方逆命，兵至近畿，休仁親當矢石，大勳克建，任總百揆，親寄甚隆。"《舊唐書•張士貴傳》："聞公親當矢石，為士卒先，雖古名將何以加也。" 同 身當矢石、身先士卒。

【親操井臼】 qīn cāo jǐng jiù 臼：舂米工具。親自操持汲水、舂米等家務，生活樸實，治家勤儉。漢代劉向《列女傳•周南之妻》："家貧親老，不擇官而仕；親操井臼，不擇妻而娶。"《明史•軒輗傳》："前使奢汰，輗力矯之，寒暑一青布袍，補綴殆遍，居常蔬食，妻子親操井臼。"《兒女英雄傳》二七回："又得知道那'婦工'講的不是會納單絲兒紗，會打七股兒帶子就完了，須知整理門庭，親操井臼，總說一句便是'勤儉'兩個字。" 同 身操井臼、躬操井臼。反 不稼不穡。

【親離眾叛】 qīn lí zhòng pàn 親信和支持者，都離開或反叛。形容徹底孤立。《晉書•呂隆載記論》："尋而耄及政昏，親離眾叛，瞑目甫爾，釁發蕭牆。"唐代白居易《與金陵立功將士等敕書》："惡稔禍盈，親離眾叛，人神共棄，天地不容！"◇任職總經理期間，做了幾樁醜事，名譽掃地，親離眾叛。同 眾叛親離、眾散親離。反 眾望所歸、眾星拱月。

【覬覦之心】 jì yú zhī xīn 指非分的意圖。《隋唐演義》九三回："那知那聲色犬馬，奇技淫物，適足以起大盜覬覦之心。"◇她近來疑神疑鬼，總覺得兄弟姐妹對她的豐厚家產懷着覬覦之心。同 覬覦之志、非分之想。

【覺人覺世】 jué rén jué shì 啟發世人明白做人處事的道理，告誡世人遠離可能深陷的泥潭。清代鄭燮《〈道情〉序》："我如今也譜得《道情》十首，無非喚醒癡聾，銷除煩惱……若遇爭名奪利之場，正好覺人覺世。"◇教了一輩子的書，雖說默默無聞，可是桃李門牆，覺人覺世，總算對得起天地良心。

【觀者如堵】 guān zhě rú dǔ 堵：牆壁。圍觀者密密層層，就像一堵堵的牆包起來似的。《禮記•射義》："孔子射於矍相之圃，蓋觀者如堵牆。"《晉書•衛玠傳》："京師人士聞其姿容，觀者如堵。"《雲笈七籤》卷一一六："語猶未終，已騰身在樓上矣。異香流溢，奇雲散漫，一郡之內，觀者如堵。"《聊齋誌異•口技》："在都市偶過市廛，聞弦歌聲，觀者如堵。" 同 觀者如山、觀者如市。反 寥寥無幾、寥若晨星。

【觀者如雲】 guān zhě rú yún 見"觀者雲集"。

【觀者雲集】 guān zhě yún jí 觀看的人像行雲一樣匯集過來。形容觀看的人極多。也作"觀者如雲"。唐代劉禹錫《監祠夕月壇書事》詩："鏗鏘揖讓秋光裏，觀者如雲出鳳城。"《雲笈七籤》卷一一三："言適為項王相召飲酒，欲醉方返。溪濱觀者如雲。"清代俞樾《右台仙館筆記》卷四："食畢，置虛命撤，於是觀者雲集，皆恐傷其子。" 同 觀者如堵。

【觀往知來】 guān wǎng zhī lái 觀察過去，就能推知未來。多指瞭解人或世事而言。《列子•說符》："聖人見出以知入，觀往而知來。"◇看他的過去就知道他的現在，看他的現在就知道他的將來，這就是觀往知來。同 鑒往知來。

【觀過知仁】 guān guò zhī rén《論語•里仁》："人之過也，各於其黨，觀過，斯知仁矣。"說觀察一個人所犯的錯誤，就可從中看出他的為人究竟如何了。《北齊書•郎基傳》："潘子義曾遺之書曰：'在官寫書，亦是風流罪過。'基答書曰：'觀過知仁，斯亦可矣。'"明代李贄《史綱評要•宋紀•太祖皇帝》："儲位、遷都二大事，俱失之，可恨也。然觀過知仁，不以損聖。”《兒女英雄傳》一二回：“這兩樁事，你自己以為大錯，我倒原諒你。何也？聖人說‘觀過知仁’，原不盡在‘黨’字上講，當那進退維谷的時候，便是個練達老成人也只得如此。”

角部

【解甲歸田】jiě jiǎ guī tián 脫掉鎧甲，回家種田。說讓將士復員，不再打仗。《慈禧全傳》五：“這一層關係重大，數十萬戰功高的將士解甲歸田，必將有妥善的佈置，否則流落民間，為盜為匪，天下依然不能太平。”同 解甲休兵。反 窮兵黷武。

【解民倒懸】jiě mín dào xuán 倒懸：倒吊着。比喻將人民從非常困苦艱難的境地中解救出來。《孟子·公孫丑上》：“當今之時，萬乘之國行仁政，民之悅之，猶解民倒懸也。”宋代李衡《周易義海撮要·困》：“惟大人能紓當世之困，解民倒懸，救民塗炭。”明代章潢《圖書編》卷十：“億兆不堪其暴虐，而解民倒懸望亟雲霓，故獨夫授首，會朝清明。”同 救焚拯溺、救民水火。

【解衣衣人】jiě yī yì rén 衣人：給別人衣服穿。脫下自己的衣服給別人穿上。形容樂於助人。《史記·淮陰侯列傳》：“漢王授我上將軍印，予我數萬眾，解衣衣我，推食食我。”明代徐一夔《故元明威將軍葉君墓碑》：“樂於周亟，解衣衣人，推食食人。”明代余繼登《大父處士公述》：“食飲錢布，隨所見輒施，甚至解衣衣人以為常。”◇張先生樂於助人，在國立中學任教時，更是解衣衣人，推食食人。同 推食食人、助人為樂。反 落井下石、嫁禍於人。

【解衣推食】jiě yī tuī shí 推：讓。《史記·淮陰侯列傳》：“漢王授我上將軍印，予我數萬眾，解衣衣我，推食食我，言聽計從，故吾得以至於此。”說漢王脫下他的衣服給我穿，讓出他的食物給我吃。後用“解衣推食”表示慷慨相助，毫無吝嗇。《太平廣記》卷七三引《奇事記》：“見人飢寒，至於解衣推食，略無難色。”明代周楫《西湖二集·寄梅花鬼病鬧西閣》：“承娘子相愛，解衣衣我，推食食我，此恩沒身難報。”明代邵璨《香囊記·酬恩》：“周老姥，孺人多蒙解衣推食之恩，未得補報。”《隋唐演義》四五回：“我唐萬仞本係一個小人，承公拔識於行伍之中，置之賓僚之上，數年以來，分燠噓寒，解衣推食。”同 推食解衣。

【解鈴繫鈴】jiě líng jì líng 宋代惠洪《林間集》卷下：“一日，法眼問大眾曰：‘虎項下金鈴，何人解得？’對者皆不契。欽適自外至，法眼理前語問之。欽曰：‘大眾何不道：“繫者解得。”’”後比喻由誰造成的問題，還得請誰來解決。方靖四《致胡適書》：“所謂‘君子之過如日月之蝕’，解鈴繫鈴，我們對先生寄以無窮的希望。李劼人《大波》二部六章：“我乘機勸他正本清源，解鈴繫鈴，不如把拘捕諸人放了，或許可以早得解紛。”同 繫鈴解鈴、解鈴還得繫鈴人。

【解囊相助】jiě náng xiāng zhù 囊：指錢袋。說慷慨掏出錢來幫助別人。◇得知她家生計艱難，他大方地解囊相助。同 慷慨解囊。反 一毛不拔。

【觸目皆是】chù mù jiē shì 眼睛所看到的都是同一類的東西。形容非常之多。唐代朱敬則《五等論》：“故魏太祖曰：‘若使無孤，天下幾人稱帝，幾人稱王！’明竊號議者觸目皆是。”《雲笈七籤》卷七一：“始知一切方法，不可率爾輕視之，不依古法，即云無驗，如此者觸目皆是。”魯迅《華蓋集續編·一點比喻》：“北京真是人海，情形可大不相同了，單是羊肉鋪，就觸目皆是。”同 比比皆是、多如牛毛。

【觸目驚心】chù mù jīng xīn 眼前見到的情況，內心感到震驚。形容所見所聞的情況極其嚴重或非常悽慘。明代無名氏《鳴鳳記·二臣哭夏》：“聞言興慨，觸目驚心。”瞿秋白《餓鄉紀程》七：“我們從奉天到哈爾濱沿路觸目驚心，都是日本人侵略政策的痕迹。”同 怵目驚心。

【觸物傷情】chù wù shāng qíng 見“觸景傷情”。

【觸景生情】chù jǐng shēng qíng 看到眼前的景象，引發內心產生種種感觸。清代趙翼《甌北詩話·白香山詩》：“坦易者多觸景生情，因事起意，眼前景，口頭語，自能沁人心脾，耐人咀嚼。”秦牧《藝海拾貝·小羊的刺激》：“在那種地方，當時的人們觸景生情，不知寫下了多少如怨如慕、如泣如訴的詩篇。”同 即景生情、見景生情。反 無動於衷、鐵石心腸。

【觸景傷情】chù jǐng shāng qíng 看到眼前的景象，勾起埋在內心的往事或傷痛，觸發了傷感的情懷。《初刻拍案驚奇》卷二五：“司戶自此赴任襄陽，一路上鳥啼花落，觸景傷情，只是想着盼奴。”《冷眼觀》二回：“相隔不過三易寒暑，而秦淮河一帶樓台，已非昔比，一時觸景傷情。”也作“觸物傷情”、“觸景傷懷”。《初刻拍案驚奇》卷十六：“夜來皓魄當空，澄波萬里，上下一碧，燦若獨自無聊，觸景傷懷，遂爾口占一曲。”《紅樓夢》六七回：“惟有黛玉看見他家鄉之物，反自觸物傷情……不覺得又傷起心來。”同 睹物傷情。反 無動於衷。

【觸景傷懷】chù jǐng shāng huái 見“觸景傷情”。

【觸類旁通】chù lèi páng tōng《易經·繫辭上》：“引而伸之，觸類而長之，天下之能事畢矣。”《易經·乾》：“六爻發揮，旁通情也。”後用“觸類旁通”說掌握了一種事物的知識，便能舉一反三，推知同類的其他事物。清代章學誠《文史通義·詩話》：“觸類旁通，啟發實多。”朱自清《“海闊天空”與“古今中外”》：“我真高興，得着兩個新鮮的意思，讓我對於生活的方法，能觸類旁通的思索一回。”同 觸類而長(zhǎng)、舉一反三。

言部

【言人人殊】yán rén rén shū “殊：不同。各人有各人的說法。《史記·曹相國世家》：“(曹) 參盡召長老諸生，問所以安集百姓，如齊故諸儒以百數，言人人殊，參未知所定。”《宋史·李公麟傳》：“朝廷得玉璽，下禮官諸儒議，言人人殊。”丁中江《北洋軍閥史話》四七：“宋教仁被刺……各有說法，言人人殊，於是謠言不脛而走。”同 眾說紛紜、莫衷一是。反 眾口一辭、異口同聲。

【言不及義】yán bù jí yì ❶ 義：義理，指事情的道理。所說的話不涉及大道理、正經事理。《論語·衛靈公》：“群居終日，言不及義，好行小慧，難矣哉！”《魏書·陽固傳》：“臣位卑識昧，言不及義，屬聖明廣訪，敢獻瞽言。”也指說些無聊的閒言俗事。清代陳康祺《郎潛紀聞初筆·顧亭林先生峻厲》：“亭林先生嘗曰：‘北方之人，飽食終日，無所用心。南方之人，群居終日，言不及義，好行小慧。’”《二十年目睹之怪現狀》一〇四回：“兩個年輕小子，天天在一起，沒有一個老成人在旁邊，他兩個便無話不談，真所謂‘言不及義’，那裏有好事情串出來。”❷ 說話不涉及正題與中心。孫犁《讀作品記》四：“我因為事先沒有拜讀過她的作品，言不及義，慚愧不安者久之。”劉心武《鐘鼓樓·不是結尾》：“該討論要抓緊討論，不要言不及義、推託扯皮！”

【言不由衷】yán bù yóu zhōng《左傳·隱公三年》：“周鄭交惡。君子曰：信不由中，質無益也。”說人以言為信，話不發自內心，最終是無用的。後指心口不一，說的不是真話。清代龔自珍《對策》：“進身之始，言不由衷。”曹禺《北京人》第一幕：“又是那一套言不由衷的鬼話。”同 心口不一。反 心口如一。

【言不盡意】yán bù jìn yì ❶ 用話語沒能把心裏的意思全部表達出來。《易經·繫辭上》：“子曰：‘書不盡言，言不盡意。’”晉代歐陽建《言盡意論》：“有雷同君子問於違眾先生曰：‘世之論者，以為言不盡意，由來尚矣。’”◇聽了隱隱約約的一番話，頗使人感到彆彆扭扭的，幹嗎要這樣言不盡意呢？❷ 用為書信末尾的套語，表示意有未盡。宋代蘇軾《與范元長書》：“臨紙哽塞。言不盡意。”元代無名氏《百花亭》二折：“右調寄《長相思》，拜奉檀郎知音几前。詞不盡言，言不盡意。”◇匆匆覆信，筆拙文澀，言不盡意。

【言之不預】yán zhī bù yù 預：預先，事先。沒在事先把話說清楚。巴金《寒夜》二八：“否則同人當以非常手段對付，勿謂言之不預也。”◇監護人必須負責安全，否則後果自負，勿謂言之不預。

【言之有理】yán zhī yǒu lǐ 見“言之成理”。

【言之成理】yán zhī chéng lǐ 話講得很有道理。《荀子·非十二子》：“然而其持之有故，其言之成理，足以欺惑愚眾。”清代方苞《何景桓遺文序》：“八股之作較論策、詩賦為尤難，就其善者，其持之有故，其言之成理。”茅盾《致臧克家》：“確如尊論，言之成理，但紅學家們未必都贊成此說也。”也作“言之有理”。明代無心子《金雀記·守貞》：“還是左兄言之有理，極是曲體人情。”清代洪昇《長生殿·罵賊》：“眾卿言之有理，再上酒來。’”㊣反 強詞奪理、橫蠻無理。

【言之無物】yán zhī wú wù 文章或言論空空洞洞，沒有實際內容。清代劉開《與阮雲台宮保論文書》：“夫文之本出於道，道不明，則言之無物；文之成視乎辭，辭不達，則行之不遠。”胡適《文學改良芻議》：“吾國近世文學之大病，在於言之無物。今人徒知‘言之無文，行之不遠’，而不知言之無物，又何用文為乎。”老舍《出口成章·談簡練》：“可是言之無物，儘管筆墨漂亮，也不過是虛有其表，繡花枕頭。”同 空洞無物。反 言之有物。

【言之鑿鑿】yán zhī záo záo 鑿鑿：非常確鑿。形容所說的話完全真實。清代紀昀《閱微草堂筆記·欒陽消夏錄四》：“宋儒據理談天，自謂窮造化陰陽之本，於日月五星，言之鑿鑿，如指諸掌。”《聊齋誌異·段氏》：“言之鑿鑿，確可信據。”《老殘遊記續集遺稿》一回：“若像起課先生，瑣屑小事，言之鑿鑿。”反 街談巷議、流言蜚語。

【言外之意】yán wài zhī yì 話裏含有這個意思，但沒有明說出來。宋代葉夢得《石林詩話》卷下：“七言難於氣象雄渾、句中有力，而紆徐不失言外之意。”清代高簡《〈白沙子〉序》：“故求先生之詩文者，當求先生之道於言外之意，以合於古訓。”朱自清《中國文評流別述略》：“一顯一隱，一個只是形似之辭，一個卻寓言外之意。”同 弦外之音、意在言外。反 一語道破、開門見山。

【言必有中】yán bì yǒu zhòng 中：正對上。一說話就能說到點子上。《論語·先進》：“子曰：‘夫人不言，言必有中。’”元代黃溍《中憲大夫淮東道宣慰副使致仕王公墓誌銘》：“平居慎重寡言，故言必有中。”梁實秋《悼念陳通伯先生》：“他就是這樣一個人，……不輕發言，言必有中。”同 一語破的。

【言必有據】yán bì yǒu jù 說話一定要有根據。魯迅《〈故事新編〉序言》：“對於歷史小說，則以為博考文獻，言必有據者，縱使有人譏為‘教授小說’，其實是很難組織之作。”◇作者查閱過大量典籍，條分縷析，力求言必有據。同 有案可稽。反 牽強附會、捕風捉影。

【言出法隨】yán chū fǎ suí 言：指法令或命令。法令或命令一經宣佈，就嚴格執行。多用於口頭命令或佈告。清代林則徐《奉旨前往廣東查辦海口事件傳牌稿》：“言出法隨，各宜懍遵毋違。”清代無名氏《青樓夢》五三回“本縣愛民如子，言出法隨，爾等毋再蹈故轍。切切特示。”臥龍生《無名簫》四五章：“連雪嬌道：‘父王言出法隨，女兒早已警惕於心，從不敢稍有逾越，以身試法’。”同 執法如山、令行禁止。反 朝令夕改。

【言而有信】yán ér yǒu xìn 說話算數，守信用。《論語·學而》：“與朋友交，言而有信。”元代李好古《張生煮海》一折：“只要小娘子言而有信，俺小生是一箇志誠老實的。”古龍《浣花洗劍錄》五九章：“她的父親果然是條好漢，果然言而有信，絕口不提出宮之事。”同 言出必行、一諾千金。反 言而無信、出爾反爾。

【言而無信】yán ér wú xìn 說話不算數，沒有信用。元代金仁傑《追韓信》一折：“更擄掠民才，弒君殺父，言而無信。”

《西遊記》六一回："老孫若不與你，恐人說我言而無信。"梁羽生《狂俠天嬌魔女》五六回："但小侄已與一位朋友有約，雖不是緊要之事，但我已答應了他，也不可言而無信。"同 自食其言、食言而肥。反 言而有信、一言為定。

【言行一致】yán xíng yī zhì 說的和做的一個樣，表裏如一。宋代趙善璙《自警篇•誠實》："力行七年而後成，自此言行一致，表裏相應，遇事坦然，常有餘裕。"魯迅《致阮善先》："印度的甘地，是反英的，他不但不用英國貨，連生起病來，也不用英國藥，這才是'言行一致'。"林語堂《京華煙雲》二八章："鶯鶯微笑說：'老梁，你真會說話。但願能言行一致。我要用的是個忠心的僕人。'"同 表裏如一、心口如一。反 表裏不一、心口不一。

【言行不一】yán xíng bù yī 說的和做的不一樣。古龍《劍氣嚴霜》四七章："果真如此，那老夫這豈不是言行不一了？"◇生活中就有這樣的人，口是心非，言行不一，讓人捉摸不透。同 言行不符。反 言行一致。

【言多必失】yán duō bì shī 話說多了一定有失誤。清代朱用純《治家格言》："處世戒多言，言多必失。"◇母親教育我，能不說話儘量不說，言多必失。"反 言必有中、沉默寡言。

【言近旨遠】yán jìn zhǐ yuǎn《孟子•盡心下》："言近而指遠者，善言也。"指：同"旨"。後用"言近旨遠"說言辭淺近而寓意深遠。《鏡花緣》一八回："其書闡發孔孟大旨，殫盡心力，折衷舊解，言近旨遠，文簡義明，一經誦習，聖賢之道莫不燦然在目。"◇老兄這一番言近旨遠的話，使我茅塞頓開，心悅誠服。反 言不及義、言之無物。

【言為心聲】yán wéi xīn shēng 漢代揚雄《法言•問神》："故言，心聲也。書，心畫也。聲畫形，君子小人見矣。"後用"言為心聲"說言語是人們內心所想所感的表露。《官場現形記》五九回："一面說，一面又拿他倆的詩，顛來倒去，看了兩三遍，拍案道：'言為心聲'，這句話是一點不差的。"梁實秋《論散文》："一切的散文都是一種翻譯。把我們的腦子裏的思想情緒譯成語言文字。古人說，言為心聲，其實文也是心聲。"同 由衷之言。反 言不由衷。

【言無不盡】yán wú bù jìn 把要說的話全說出來，毫不保留。唐代吳兢《貞觀政要•誠信》："其待君子也則敬而疏，遇小人也必輕而狎。狎則言無不盡，疏則情不上通。"宋代蘇洵《衡論•遠慮》："知無不言，言無不盡，百人譽之不加密，百人毀之不加疏。"瓊瑤《匆匆太匆匆》一九章："韓青坦白得可以，知無不言，言無不盡。"同 暢所欲言、和盤托出。反 隱約其辭、閃爍其詞。

【言猶在耳】yán yóu zài ěr 猶：還。話音好像還在耳邊回響。形容離說話的時間不久或說的話還清楚地記得。《左傳•文公七年》："今君雖終，言猶在耳，而棄之，若何？"《元史•粘合南合傳》："其年李璮反益都，帝使諭南合曰：'卿言猶在耳，璮果反矣。'"◇言猶在耳，誓墨未乾，你竟負心了嗎？同 墨瀋未乾、墨汁未乾。

【言過其實】yán guò qí shí ❶話說得很大很高，實際的能力卻達不到那一步。《三國志•馬良傳》："先主臨薨，謂亮曰：'馬稷言過其實，不可大用，君其察之。'"❷所言虛浮誇張，不符合實際情況。漢代應劭《風俗通•正失》："凡此十餘事，皆俗人所妄傳，言過其實。"《二十年目睹之怪現狀》七回："你以為我言過其實，我不能不將他們那旗人的歷史對你講明，你好知道我不是言過其實。"同 誇大其辭。反 言必有據。

【言傳身教】yán chuán shēn jiào《後漢書•第五倫傳》："以身教者從，以言教者訟。"說以身作則比口頭教訓作用大。後指既用言語傳授，又以行動做表率。◇父母的一言一行都是在言傳身教，都是在影響孩子，所以在孩子面前不可不謹言慎行。

【言談舉止】yán tán jǔ zhǐ 指說話的措辭、態度和動作、姿態。清代黃宗羲《陳母沈孺人墓誌銘》："其言談舉止，不問可知為胡先生弟子也。”◇您的侄女，言談舉止大有書卷氣，想必上過學吧？同 一言一行。

【言簡意賅】yán jiǎn yì gāi 賅：齊全。言辭簡練，意思完整無遺漏，簡明扼要。清代華偉生《開國奇冤·被擒》：“(副淨)夢華先生，你看老夫此稿何如？（淨）言簡意賅，洵不愧為老斲輪手。”蕭乾《一本褪色的相冊》一二：“要言簡意賅，因而得半文半白。”同 要言不煩。反 煩言碎語。

【言歸正傳】yán guī zhèng zhuàn 正傳：正題。把話頭轉回到正題上來。舊小說中常用的套語。《兒女英雄傳》一五回：“閒話休提，言歸正傳。卻說這裏擺下果菜，褚一官也來這裏照料了一番。”《官場現形記》一五回：“莊大老爺方才言歸正傳，問兩個秀才道：‘你二位身入黌門，是懂得皇上家法度的。’”林語堂《冬至之晨殺人記》：“我得了一種感覺，我們還得互相回敬十五分鐘，大繞大彎，才有言歸正傳的希望。”同 閒話少說。反 離題萬里。

【言歸於好】yán guī yú hǎo 言：句首助詞，無義。歸：回到。好：和好。指彼此重新和好。《左傳·僖公九年》：“凡我同盟之人，既盟之後，言歸于好。”清代無名氏《狄公案》二十章：“而且次日，華國祥復設酒相請，即有嫌隙，已言歸於好，豈肯為此不法之事，謀毒人命？”張恨水《金粉世家》一四回：“他因為和密斯白嘔了一場氣，還沒有言歸於好，所以説話有些成心損人。”同 握手言歡。反 反目成仇。

【言聽計從】yán tīng jì cóng《史記·淮陰侯列傳》：“漢王授我上將軍印，予我數萬眾，解衣衣我，推食食我，言聽計用，故吾得以至於此。”後用“言聽計從”指所提出的主意、計謀全都被採納照辦。形容十分受信任。《魏書·崔浩傳》：“崔浩才藝通博，……世祖經營之日，言聽計從。”《三國演義》一六回：“某昔從李傕，得罪天下；今從張繡，言聽計從，不忍棄之。”李六如《六十年的變遷》第一章：“不但連聲道好，而且言聽計從。”反 唯我獨尊、拒諫飾非。

【計上心來】jì shàng xīn lái 心裏突然有了計策。也作“計上心頭”。元代馬致遠《漢宮秋》一折：“不要倒好了他，眉頭一縱，計上心來”。元代張氏《青衲襖·偷期》曲：“計上心頭，暗令家童私問候。”◇他是個聰明人，一時計上心來，竟然順順利利解決了問題。反 計無所出、計將安出。

【計上心頭】jì shàng xīn tóu 見“計上心來”。

【計日可待】jì rì kě dài 見“計日而待”。

【計日而待】jì rì ér dài 形容預期的目標很快就會達到。三國蜀諸葛亮《出師表》：“侍中、尚書、長史、參軍，此悉貞良死節之臣，願陛下親之信之，則漢室之隆可計日而待也。”也作“計日可待”◇經過長期的翰墨濡目，加上勤奮寫生，他的畫作之成功計日而待了。同 計日程功。反 遙遙無期。

【計日程功】jì rì chéng gōng 程：估量、計算。數着日子計算成效。形容進展極快，成功指日可待。明代畢自嚴《與胡充寰書》：“以六郡之全力，揆屬邑之饒薄，分曹列等，計日程功，體恤既周，成造亦夥。”◇追加了六千萬投資，我想新廠落成可計日程功。同 指日可待。反 半途而廢、不了了之。

【計功行賞】jì gōng xíng shǎng 審核考定功績，給予相應的賞賜。《三國志·虞翻傳》裴松之注引《江表傳》：“策既定豫章，引軍還吳，饗賜將士，計功行賞。”《説岳全傳》七八回：“收拾人馬，放炮安營，計功行賞。”同 計功受賞、論功行賞。反 無功受祿。

【計出萬全】jì chū wàn quán 計策十分穩妥周全，萬無一失。《紅樓夢》六四回：“賈璉只顧貪圖二姐美色，聽了賈蓉一篇話，遂為計出萬全，將現今身上有服，並停妻再娶，嚴父妒妻，種種不妥之處皆置之度外了。”◇她對於面臨的競爭態勢，可謂安排周密，計出萬全，勝券在握了。反 破綻百出、掛一漏萬。

【計將安出】jì jiāng ān chū 能想出甚麼計

策，拿得出甚麼好辦法呢？《史記•酈生陸賈列傳》："沛公喜，賜酈生食，問曰：'計將安出？'"《晉書•應詹傳》："及敦作逆，明帝問詹：'計將安出。'"◇寺裏一直以來出現的怪現象，這背後是否有人搗鬼？住持想：要破解又計將安出呢，實在為難。

【計無所出】jì wú suǒ chū 想不出主意辦法，無計可施。《太平廣記•唐若山》："某理此且久，將有交代，亦常為憂而計無所出。"清代張集馨《道咸宦海見聞錄•壬寅四十三歲》："計無所出，惟有俟入見，再看光景如何，方可隨機應變。"◇眼看小貓被卡在水管裏，小朋友們想救卻計無所出。同 計無所施、無計可施。反 計上心來、計上心頭。

【計窮力竭】jì qióng lì jié 計策使完，力量用盡。形容已無辦法可想。《水滸傳》九六回："喬道清計窮力竭。"◇眼看公司計窮力竭，只有被收購合併才是出路了。同 計窮力屈、計窮力盡。

【討價還價】tǎo jià huán jià ❶ 要價和還價。買賣雙方爭議價格。《喻世明言》卷一："三巧兒問了他討價還價。便道：'真個虧你些兒。'"◇派她去談判吧，她是討價還價的能手。❷ 比喻談判的雙方反覆爭議得失，或接受任務時爭執條件。徐鑄成《舊聞雜憶續篇•王瑚的詼諧》："他們大概在兩面看風色，兩面討價還價，待善價而賈。"反 一錘定音。

【記憶猶新】jì yì yóu xīn 過去的事，至今印象仍非常清晰，就像新近發生的一樣。巴金《談〈第四病室〉》："開始寫《第四病室》的時候，因為'記憶猶新'，我的確有'重溫舊夢'的感覺。"◇半個多世紀過去了，那間舊書店的形象卻記憶猶新。

【訥口少言】nè kǒu shǎo yán 嘴笨話少，不善於言辭。《史記•李將軍列傳》："廣訥口少言，與人居則畫地為軍陣，射闊狹以飲。"◇這孩子平時不太合群，訥口少言，應該讓他多參加些社會活動。同 笨嘴拙舌。反 能說會道。

【訛言謊語】é yán huǎng yǔ 假話和謊話。元代無名氏《冤家債主》三折："俺孩兒也不曾訛言謊語，又不曾方頭不律。"◇你不但訛言謊語，陷我於不義，而且處處與我為敵，究竟是何道理？

【設身處地】shè shēn chǔ dì 設想自身處在對方的境地。說站在對方的角度、立場上，從對方的處境來考慮問題，就能理解體諒對方的想法或做法。《禮記•中庸》"體群臣也"宋代朱熹注："體，謂設以身處其地而察其心也。"明代海瑞《督撫條例》："賂人吏書，設身處地，於心何若？"《文明小史》一七回："你設身處地，只怕除掉銀錢之外，也沒有第二個退兵的妙策。"朱自清《古文學的欣賞》："自己有立場，卻並不妨礙瞭解或認識古文學，因為一面可以設身處地為古人着想，一面還是可以回到自己立場上批判的。"同 己所不欲，勿施於人。反 強人所難。

【訪親問友】fǎng qīn wèn yǒu 拜訪親友。茅盾《〈子夜〉後記》："一九三〇年夏秋之交，我因為神經衰弱……足有半年多不能讀書作文，於是每天訪親問友，在一些忙人中間鬼混，消磨時光。"

【評頭品足】píng tóu pǐn zú ❶ 品評女子的容貌體態。清代壯者《掃迷帚》一五回："輕薄少年，多於廟前廟後，評頭品足。"聶紺弩《體貌篇》："女演員，女招待，女嚮導，都與體貌直接有關，其被評頭品足，理之當然。"❷ 對人對事說長道短，隨意評論。楊朔《王祿小記》："每逢見到我這個被他稱做'喜歡評頭品足的文人'，也愛說長論短，告訴我許多事情。"同 評頭論足、品頭論足。

【評頭論足】píng tóu lùn zú 指輕浮無聊地評論婦女的容貌形體。現多指對人對事隨意評論，說長道短，挑三揀四。李六如《六十年的變遷》第六章："於是他們這幾位，評頭論足，暢談一陣風月。"◇她們的眼睛瞅着新娘，有時也看看新郎，評頭論足，嘰嘰嘈嘈地說個不停／老先生對《離騷圖》和《女媧補天》各自的長短評頭論足了一番，便起身告辭。同 評頭品足、品頭論足。

【詐敗佯輸】zhà bài yáng shū 假裝被打敗，故意敗下陣來。元代高文秀《誶范叔》楔子：“前年齊國遣孫臏統領軍馬，明稱救韓，暗來襲魏，被他詐敗佯輸，添兵減竈，在馬陵山下，削木為號，眾弩俱發，射死大將龐涓。”《三國演義》二五回：“今可即差劉備手下投降之兵，入下邳見關公，只說是逃回的，伏於城中為內應。卻引關公出戰，詐敗佯輸，誘入他處，以精兵截其歸路。”《西遊記》四九回：“二人詐敗佯輸，各拖兵器，回頭就走。”

【詞不逮意】 cí bù dài yì 說話、寫文章不能準確地表達意思。也作“辭不逮意”。唐代權德輿《送張僕射歸徐州序》：“德輿辱當授簡，詞不逮意，姑以掖垣所賦，類於左方云。”宋歐陽修《送方希則序》：“操觚率然，辭不逮意。” 同 詞不達意。

【詞不達意】 cí bù dá yì 詞：言詞，文詞。說話或寫文章不能確切地表達自己的意思。宋代惠洪《高安城隍廟記》：“蓋五百年而書功烈者，詞不達意，余嘗歎息之。”《二十年目睹之怪現狀》三十回：“大凡譯技藝的書，必要是這門技藝出身的人去譯，還要中西文字兼通的才行，不然，必有個詞不達意的毛病。”也作“辭不達意”。魯迅《兩地書》一一：“大概學作文時，總患辭不達意。”◇有些人思路不清，缺乏條理和邏輯性，說起話來總是詞不達意。

【詞窮理屈】 cí qióng lǐ qū 窮：盡。屈：虧、短。沒有道理，無話可說。宋代蘇軾《論河北京東盜賊狀》：“盜賊自知不死，既輕犯法，而人戶亦憂其復來，不敢告捕，是致盜賊公行。切詳按問，自言皆是詞窮理屈，勢必不免。”明代沈受先《三元記•錯認》：“看他詞窮理屈，任我羞慚，只自忍氣吞聲。”周而復《上海的早晨》四部五六：“馮永祥給馬慕韓這麼一追問，有點詞窮理屈，尷尬地瞪着兩隻眼睛。”也作“辭窮理屈”。《宋書•鄭鮮之傳》：“鮮之難必切至，未嘗寬假，要須高祖辭窮理屈，然後置之。”

【詞嚴義正】 cí yán yì zhèng 義：道理。措辭嚴厲有力，道理正當充分。明代焦竑《玉堂叢語•講讀》：“程正叔詞嚴義正，范堯夫色潤氣和，皆賢講官也。”《兒女英雄傳》五回：“無奈人家的詞嚴義正，自己膽怯心虛，只得陪着笑臉兒說。”也作“辭嚴義正”。宋代張孝祥《明守趙敷文》：“歐公書豈惟翰墨之妙，而辭嚴義正，千載之下，見者興起，某何足以辱公此賜也。”◇經不住她詞嚴義正地批駁，他理屈詞窮，尷尬地溜走了。同 義正辭嚴、義正詞嚴。

【詩情畫意】 shī qíng huà yì 如詩如畫，給人以美感的情致和意境。宋代周密《清平樂》詞：“詩情畫意，只在闌干外，雨露天低生爽氣，一片吳山越水。”清代黃鈞宰《金壺逸墨•晚學齋詩詞》：“詩情畫意正清絕，我來深巷無喧嘩。”◇出得城來，眼前是一片詩情畫意的田園風光。

【誇大其詞(辭)】 kuā dà qí cí 說話、論事、寫文章虛浮誇張，添枝加葉，超過事實。草明《乘風破浪》四：“他來不及責備老婆誇大其詞，先教她去燒茶水。”孫犁《談作家的立命修身之道》：“我從來不好誇大其辭。” 同 言過其實、誇誇其談。

【誇誇其談】 kuā kuā qí tán 形容說話浮誇，不合實際。郭沫若《談蔡文姬的〈胡笳十八拍〉》：“我這不是誇誇其談，總之請大家認真讀一讀就可以體會得到。”唐弢《瑣憶》：“有些青年一遇上誇誇其談的學者，立刻便被嚇倒，自慚淺薄。” 同 誇誇而談。

【誠惶誠恐】 chéng huáng chéng kǒng 漢代許沖《上〈說文解字〉書》：“臣沖誠惶誠恐，頓首頓首，死罪死罪。”說內心惶恐不安，是古代奏章中的習用語。後泛指心中惶恐不安。宋代王安石《辭同修起居注狀》：“臣誠惶誠恐，震怖不知所出。”魯迅《兩地書》三三：“就是小鬼何以屢次誠惶誠恐的賠罪不已，大約也許聽了‘某籍’小姐的甚麼謠言了罷？”古華《芙蓉鎮》第三章：“是禍，是福？她誠惶誠恐。” 同 惶惶不安。反 安之若素。

【誅心之論】 zhū xīn zhī lùn 擊中要害的或見解深刻的批評或議論。清代俞樾《春在堂隨筆》卷五：“性命之説高而經綸之業疏，誅心之論深而馭材之術失。”《鏡花緣》九十回：“青鈿道：‘這幾句所講垂釣、博弈都切題，就只麗輝姐姐“撕牌”二字未免不切。’紫芝道：‘妹妹，你哪裏曉得，那時他雖滿嘴只説未將剪子帶來，其實只想以手代剪。這個撕字乃誅心之論，如何不切！’”巴金《隨想錄》八六：“誅心之論，痛快淋漓，使高宗讀之，亦當汗下。”

【話不投機】huà bù tóu jī 彼此意見、情趣不合拍，所説的不合彼此的心意。元代王子一《誤入桃源》三折：“則見他一時半刻，使盡了千方百計，吃緊的理不服人，言不諳典，話不投機。”《喻世明言》卷四十：“李萬聽得話不投機，心下早有二分慌了。”《兒女英雄傳》十回：“不想合安公子一時話不投機，惹動他一沖的性兒，羞惱成怒。”◇酒逢知己千杯少，話不投機半句多。同 齟齬不合。

【話裏有話】huà lǐ yǒu huà 話裏套着別的意思，想説的真實意思要聽者自己去體味。《兒女英雄傳》二一回：“那知他二人這話，卻是機帶雙敲，話裏有話。”曹禺《王昭君》第三幕：“王龍（感覺溫敦話裏有話）怎麼，他還有甚麼非分之念不成？”同 話中有話、意在言外。

【誓不兩立】shì bù liǎng lì 發誓絕不同對手共存。形容仇怨極深，有你沒我。《三國演義》四四回：“瑜曰：‘吾與老賊誓不兩立！’”《封神演義》六三回：“若是姜子牙將吾弟果然如此，我與姜尚誓不兩立，必定為弟報仇。”同 勢不兩立、誓不兩全。反 和睦相處、和衷共濟。

【誓死不屈】shì sǐ bù qū 就算是死，也不肯屈服。宋代朱熹《跋王樞密答司馬忠潔公帖》：“司馬忠潔公仗節虜廷，誓死不屈。”清代昭槤《嘯亭雜錄•用洪文襄》：“洪感明帝之遇，誓死不屈，日夜蓬頭跣足，罵詈不休。”◇他被送進日本憲兵隊，上老虎凳，灌辣椒水，受盡酷刑，誓死不屈，慷慨就義。同 寧死不屈。

【誓死不貳(二)】shì sǐ bù èr 誓：發誓。發誓到死也不生二心。形容信念、意志堅定不移。《宋書•鄧琬傳》：“宜速處分，為一戰之資，當停居盆城，誓死不貳。”明代王鏊《芝秀堂記》：“昔伯常甫祖母王氏少而孀居，誓死不二，冰蘗之操映照閭里。”同 矢死不貳、誓無二志。反 朝秦暮楚、反覆無常。

【語不驚人】yǔ bù jīng rén 説話或文章中沒有引人注意的地方。唐代杜甫《江上值水如海勢聊短述》詩：“為人性僻耽佳句，語不驚人死不休。”◇中醫出身的一位教授居然公開提出提出“中醫的死亡是必然的”等論調，大有語不驚人死不休之勢。同 老生常談、老調重彈、人云亦云。反 語出驚人、一鳴驚人、震聾發聵。

【語重心長】yǔ zhòng xīn cháng 言辭懇切，情深意長。清代洛日生《海國英雄記•回唐》：“歎別離苦況，轉忘了母親的語重心長。”◇孟太太沉默了半天，才抬起頭來，語重心長地説了一句話。同 語重情深。反 冷言冷語。

【語焉不詳】yǔ yān bù xiáng 話説得不清不楚、不明不白。唐代韓愈《原道》：“荀與揚也，擇焉而不精，語焉而不詳。”清代梁章鉅《歸田瑣記•循吏》：“吾鄉省府志，所論列亦寥寥，未免語焉不詳。”梁啟超《意大利建國三傑傳》二：“以上所引，雖東鱗西爪，語焉不詳，亦可略窺。”葉聖陶《苦辛》：“難得往還的書信裏‘語焉不詳’的消息，也可以盡量互傾。”反 一五一十、言簡意賅。

【語無倫次】yǔ wú lún cì 説話顛三倒四，雜亂無章，沒有條理。宋代蘇軾《付僧惠誠遊吳中代書十二》：“信筆書紙，語無倫次，又當尚有漏落者，方醉不能詳也。”明代夏完淳《獄中上母書》：“語無倫次，將死言善，痛哉痛哉！”《官場現形記》二回：“他平時見了稍些闊點的人，已經坐立不安，語無倫次，何況學台大人……未曾見面，已經嚇昏的了。”反 有條有理、條理井然。

【誤人子弟】wù rén zǐ dì 指教師學識不濟或不敬業而貽害學生。今也泛指媒體、出版物等誤導青少年。宋代黃幹《與潘謙之書》：“齋中規矩只得十分嚴整，不然誤人子弟，罪有所歸也。”明代劉宗周《人譜類記•考旋篇》：“近日為師者多誤人子弟，我當盡心訓誨，以作陰德。”《鏡花緣》一九回：“先生犯了這樣小錯，就要打手心，那終日曠功誤人子弟的，豈不都要打殺麼？”

【誨人不倦】 huì rén bù juàn《論語•述而》：“子曰：‘默而識之，學而不厭，誨人不倦，何有於我哉！’”說教育人很有耐心，不感厭煩，不知疲倦。《北史•高允傳》：“興壽稱共允接事三年，不嘗見其忿色。恂恂善誘，誨人不倦，晝夜手常執書，吟詠尋覽。”《紅樓夢》四八回：“黛玉笑道：‘聖人說：誨人不倦。他又來問我，我豈有不說的理！’”朱自清《教育家的夏丏尊先生》：“夏先生才真是一位誨人不倦的教育家。”反 不教而誅。

【誨淫誨盜】 huì yín huì dào 見“誨盜誨淫”。

【誨盜誨淫】 huì dào huì yín《易經•繫辭上》：“慢藏誨盜，冶容誨淫。”本指毫不經意地收藏財物，好比是誘導別人來偷竊；女子打扮得很妖豔，無異於引誘男人調戲她。後指誘騙別人幹淫穢、偷盜等事。宋代魏了翁《周易要義•上繫》：“誨盜誨淫，小人居位致寇。”清代胡煦《周易函書約註》卷一三：“誨盜誨淫，言盜之伐皆自己所致，非人所為。”◇過去的東北二人轉常因其誨盜誨淫、低級媚俗的手法而為精英人士所不屑。也作“誨淫誨盜”◇福樓拜的《包法利夫人》一出版，馬上引起軒然大波，有人指責它是一部“誨淫誨盜”的書。

【誕妄不經】 dàn wàng bù jīng 荒誕虛妄，不合常情常理。《新唐書•五行志》：“方士言金丹可致神仙，蓋誕妄不經之語，或信而服之，則發熱多死。”明代夏言《除邪妄以彰聖化疏》：“仰惟聖明，燭其誕妄不經，一旦奮然舉而除之，其盛舉也。”◇《聊齋誌異》中所說的故事，雖多誕妄不經，但其中許多“善鬼惡人”的描述，卻令人感慨唏噓。同 荒誕不經。反 確切無疑。

【說一不二】 shuō yī bù èr 說話算數，絕不更改，說到做到。《兒女英雄傳》四十回：“褚一官平日在他泰山跟前，還有個東閃西挪，到了在他娘子跟前，卻是從來說一不二。”《老殘遊記》二十回：“這陶三爺是歷城縣裏的都頭，在本縣紅的了不得，本官面前說一不二的，沒人惹得起他。”葉聖陶《皇帝的新衣》：“皇帝命令就地正法，為的是叫人們知道他的話是說一不二，將來沒有人再敢犯那新法律。”同 說一是一，說二是二。反 言而無信、朝三暮四。

【說三道四】 shuō sān dào sì ❶隨意談論，信口亂說。唐代宋若昭《女論語•學禮》：“莫學他人，不知朝暮，走遍鄉村，說三道四，引惹惡聲。”◇她呀，除了會說三道四，沒別的本事。❷隨意發表看法，議論是非，評議、指責。◇沙汀《青棡坡》十：“因為接着他就明確地意識到一場可能爆發的爭吵：父親將會說三道四，責怪他老是誤工。”◇你不瞭解情況，有甚麼資格說三道四？同 說是談非、說長道短。反 一言不發、三緘其口。

【說白道黑】 shuō bái dào hēi 見“說黑道白”。

【說長道短】 shuō cháng dào duǎn 漢代崔瑗《座右銘》：“無道人之短，無說己之長。”後用“說長道短”指隨意發表意見、議論各種事情，或隨意評論是非優劣。《群音類選•花鴇訓女》：“說長道短是和非，只與他蠻纏胡攪歪廝佔。”《醒世恆言•喬太守亂點鴛鴦譜》：“起初兒子病重時，我原要另擇日子。你便說長道短，生出許多話來，執意要那一日。”《儒林外史》五三回：“自從杜先生一番品題之後，這些縉紳士大夫家筵席間，定要幾個梨園中人，雜坐衣冠隊中，說長道短，這個成何體統！”同 說短論長、說長論短。

【說長論短】 shuō cháng lùn duǎn 見“說短論長”。

【說東道西】 shuō dōng dào xī 說長道短，隨意議論人家的事品評別人。《快心編初集》七回：“這慧觀與覺性係是師徒，聲口竟有些彷佛一般，會說東道西。”葉聖陶《橋上》：“一聽她的語調，便知道她是最喜歡説東道西的。”同 説長道短。

【説來話長】shuō lái huà cháng 事情的原委很複雜，説清楚要費很多口舌。《慈禧全傳》五八：“差官也發覺自己的語言矛盾，須得有一番解釋，但説來話長，又恐貶損官威，惹張則綸不悦。”◇他倆的戀愛史説來話長，那可不是三言兩語能説清的。

【説黃道黑】shuō huáng dào hēi 見“説黑道白”。

【説黑道白】shuō hēi dào bái 黑、白：比喻善惡、是非、好壞等。指不負責任地任意評説議論。《金瓶梅詞話》六十回：“你這丫頭，也跟着他恁張眉瞪眼兒，説黑道白的，將就些兒罷了。”也作“説白道黑”、“説黃道黑”。《金瓶梅》八八回：“小肉兒，還恁説白道黑。他一個佛家之子，你也消受不的他這個問訊。”《水滸傳》四十回：“你這廝在蔡九知府後堂且會説黃道黑，撥置害人，無中生有攛掇他！”同 數黑論黃、數黃道黑。

【説短論長】shuō duǎn lùn cháng 短、長：指是與非、善與惡、好與壞。議論人或事物的是非好壞。宋代蘇軾《滿庭芳》詞：“思量，能幾許，憂愁風雨，一半相妨。又何須抵死，説短論長。”元代王實甫《西廂記》一本二折：“儘着你説短論長，一任待掂斤播兩。”也作“説長論短”。巴金《談〈秋〉》：“她的性格有一面很像我的一個妹妹，就是心直口快，對什麼都沒有顧忌，也不怕別人説長論短。”同 説長道短、説短道長。

【認賊作父】rèn zéi zuò fù 把盜賊或仇敵當作父親一樣，甘心投靠。清代華偉生《開國奇冤•追悼》：“但是偶一念及那一班貪官污吏，人面獸心，處處為虎作倀，人人認賊作父……一個個斬盡殺絕，方泄我心頭之恨！”◇他就是這樣一個人，為了一己之私，可以認賊作父，可以倒黑為白。同 認賊為父。反 大義滅親。

【請自隗始】qǐng zì wěi shǐ《戰國策•燕策一》載：燕昭王即位後，想招賢納士，以報齊國攻破燕國之仇，向郭隗求教。郭隗告訴他與賢者相處之道，並説：“今王誠欲致士，先從隗始（漢代劉向《説苑》作‘請從隗始’），隗且見事，況賢於隗者乎？”於是燕昭王就為郭隗建宅邸，並以師禮相待。此榜樣一立，果然吸引了很多人才投奔燕國。後以“請自隗始”作為向人自薦、請別人任用自己的謙遜説法。也泛指從我開始。唐代韓愈《與于襄陽書》：“愈雖不才，其自處不敢後於恆人，閣下將求之而未得歟？古人有言‘請自隗始’。愈今者惟朝夕芻米僕賃之資是急，不過費閣下一朝之享而是也。”宋代林季仲《論守令狀》：“古人有言曰：‘請自隗始’。郎官出宰百里，請自臣始取進止。”郭沫若《湖心亭》：“請自隗始！我存了這個心，想去憑弔‘湖心亭’已經好久好久了。”也作“請從隗始”。宋代曾協《臨安任滿通交代李倅彥將啟》：“愧在盧前，益覺妄庸之不稱；請從隗始，更欣賢俊之方來。”明代張岱《普同塔碑》：“恆河沙佈施，請從隗始。”清代吳綺《黃金台賦》：“在子平之新立，將招賢而雪恥；視其可者，請從隗始。”

【請君入甕】qǐng jūn rù wèng《資治通鑒•唐則天皇后天授二年》：來俊臣與周興都在朝中做官。有人告周興與人“通謀”，武則天命來俊臣審訊周興，當時“俊臣與興方推事對食”，來俊臣就問周：“犯人不認罪怎麼辦？”周答：“可取大甕一隻，四周用炭火燒烤，叫犯人蹲甕中，不怕他不招供。”來即命人備大甕及炭火，並且對周説：“有內狀推兄，請兄入此甕。”後以“請君入甕”指以其人之道還治其人之身。清代紀昀《閱微草堂筆記•槐西雜志三》：“彼致人之疾，吾致其疾；彼戕人之命，吾戕其命。皆所謂請君入甕，天道宜然。”《聊齋誌異•席方平》：“當掬西江之水，為爾湔腸；即燒東壁之牀，請君入甕。”茅盾《子夜》八：“他向來是慣叫農民來鑽他的圈套的，真不料這回是演了一套‘請君入甕’的把戲。”同 以其人之道，還治其人之身。

【請從隗始】qǐng cóng wěi shǐ 見“請自隗始”。

【諾諾連聲】nuò nuò lián shēng 諾諾：應承聲，相當於"是、是"。形容連聲應承，非常順從或馴服。《説唐》三回："叔寶是個孝順的，只得諾諾連聲道：'是。'"《九命奇冤》三五回："嚇得陳式諾諾連聲。"《官場現形記》一四回："參將、守備、千總、把總諾諾連聲，嘴裏都説'遵大人吩咐'。" 同 喏喏連聲、唯唯諾諾。

【諸子百家】zhū zǐ bǎi jiā 指先秦到漢初眾多的學説學派。諸子：指各派學説的代表人物或其作品。《史記•賈誼列傳》："廷尉乃言賈生年少，頗通諸子百家之書，文帝召以為博士。"明代鄒緝《博士王君墓誌銘》："君不自以為足，益搜閱經史，下至諸子百家，考索無遺。"《醒世恆言》卷三五："自幼聰明好學，該博三教九流，貫穿諸子百家。" ◇黃老學是先秦諸子百家充分爭鳴的產物，並最終壓倒百家，成為戰國中後期真正的顯學。同 經史子集。

【諸如此類】zhū rú cǐ lèi 諸：很多。像許許多多這一類的事。《晉書•刑法志》："斂人財物積藏於官為擅賦，加毆擊之為戮辱，諸如此類，皆為以威勢得財而罪相似者也。"宋代蘇軾《李善注文選》："諸如此類甚多，不足言，故不言。"《紅樓夢》一六回："自此鳳姐膽識愈壯，以後所作所為，諸如此類，不可勝數。"章炳麟《菿漢微言》："諸如此類，不可盡説。"

【論功行賞】lùn gōng xíng shǎng 評定功勞的大小，並據此給予大小不同的封賞獎勵。漢代傅幹《諫曹公南征》："愚以為可且按甲寢兵，息軍養士，分土定封，論功行賞。"元代劉因《澤州長官段公墓誌銘》："事定，論功行賞，分土傳世。"清代洪昇《長生殿•獻飯》："這春彩，臣等斷不敢受，請留待他時論功行賞。"朱自清《航船中的文明》："而論功行賞，船家尤當首屈一指。" 同 論功封賞、計功行賞。反 賞罰不明。

【論功封賞】lùn gōng fēng shǎng 古代根據臣下功勞的大小分別給予不同的官爵、土地、財物等賞賜。今也指根據成績、貢獻的大小，分別給予職銜、榮譽、金錢等獎酬。《晉書•石季龍傳》："季龍入遼宮，論功封賞各有差。"明代王直《贈蔣郎中序》："師還，論功封賞各有差，而蔣君遂升為郎中矣。" ◇家族企業終於發展起來了，當年親戚也成了企業的元老功臣，自然是要論功封賞。同 論功行賞、論功行封。

【論列是非】lùn liè shì fēi 擺出事實，評判是非曲直。漢代司馬遷《報任少卿書》："乃欲卬首信眉，論列是非，不亦輕朝廷，羞當世之士邪？"宋代李清臣《歐陽文忠公謚議》："蓋太師天性正直……不肯曲意順俗以自求便安，好論列是非，分別賢不肖，不避人之怨誹。" ◇古代議郎一般不擔任實際政務，專門給皇帝提供意見，論列是非。

【論長道短】lùn cháng dào duǎn 議論別人的是非好壞，評頭品足。也作"論短道長"。《紅樓夢》九回："論長道短，那時只顧得志亂説，卻不防還有別人，誰知早觸怒了一個人。" ◇她一走進咖啡廳，座上的男人都斜着眼看她，後來就對她評頭品足，論短道長起來。同 説長論短、説長道短。

【論黃數黑】lùn huáng shǔ hēi 古代博戲，以黃黑兩色子在棋局上爭勝負。後用"論黃數黑"、"數黃論黑"比喻爭執計較，或説三道四。元代高茂卿《兩團圓》一折："你入門來便鬧起，有甚的論黃數黑？"元代鄭光祖《王粲登樓》一折："有那等酸也波寒，可着我怎掛眼，只待要論黃數黑在筆硯間。"《三國演義》四三回："豈亦效書生，區區於筆硯之間，數黃論黑，舞文弄墨而已乎？" 同 説黃道黑、論黃數白。

【論短道長】lùn duǎn dào cháng 見"論長道短"。

【論資排輩】lùn zī pái bèi 按照資歷、輩分決定職位、級別、待遇等的高低。◇如今還是講究論資排輩，除非你有"三十年媳婦熬成婆"的決心，否則就別指望有出頭之日。反 唯才是舉、一視同仁。

【論道經邦】lùn dào jīng bāng 見"經邦論道"。

【調三斡四】tiáo sān wò sì 斡：搬弄、玩弄。挑唆離間，撥弄是非。元代無名氏《貨郎旦》四折："他正是節外生枝，調三斡四，只教你大渾家吐不的、嚥不的這一個心頭刺，減了神思，瘦了容姿。"《紅樓夢》六三回："晴雯笑道：'你如今也學壞了，轉會調三斡四。'"也作"調三窩四"。《紅樓夢》七一回："少不得意，不是背地裏嚼舌根，就是調三窩四的。"同 挑三豁四、挑三窩四。

【調三窩四】tiáo sān wō sì 見"調三斡四"。

【調兵遣將】diào bīng qiǎn jiàng 調動兵力，選派將領，準備打仗。後也指調動和安排人力。明代無名氏《鳴鳳記•文華祭海》："我聞得海上倭賊厲害，自去廝殺不成？只是調兵遣將，罰罪賞功而已。"《水滸傳》六七回："因是宋公明生發背瘡在寨中，又調兵遣將，多忙少閒，不曾見得。"葉聖陶《潘先生在難中》："他這樣想時，不禁深深地發恨；恨這人那人調兵遣將，預備作戰，恨教育局長主張照常上課。"同 遣兵調將。反 按兵不動。

【調虎離山】diào hǔ lí shān 比喻設計誘使對手離開原來的地方或有利的位置，己方好乘虛行事擊敗對手。《西遊記》五三回："我是個調虎離山計，哄你出來爭戰，卻着我師弟取水去了。"《説岳全傳》三四回："我前回在青龍山中，中了這番奴調虎離山之計。"《二十年目睹之怪現狀》一〇六回："彌軒見調虎離山之計已行，便向龍光動手。"

【調和鼎鼐】tiáo hé dǐng nài 調和鼎鼐中食物的味道。鼎：古代盛放食物的炊具。鼐：大鼎。鼎鼐也是古人用於祭祀的國之重器，故也指代國家。《韓詩外傳》卷七："伊尹，故有莘氏僮也，負鼎操俎調五味，而立為相，其遇湯也。"後以"調和鼎鼐"、"鼎鼐調和"比喻執掌國柄，長於處理政務，協調各方，治國有方。宋代歐陽修《又回富相公謝書》："出納樞機，雖為於要任；調和鼎鼐，當正於鴻鈞。"元代鄭光祖《老君堂》二折："鼎鼐調和理庶民，安邦定國立功勳。"明代唐桂芳《擬弘文館學士虞世南等上治道表》："善謀善斷，調和鼎鼐之才；能文能武，出入將相之器。"《封神演義》六回："老丞相燮理陰陽，調和鼎鼐，奸者即斬，佞者即誅，賢者即薦，能者即褒。"同 調劑鹽梅。

【調弦品竹】tiáo xián pǐn zhú 見"調絲弄竹"。

【調風弄月】tiáo fēng nòng yuè 調弄：挑逗、引誘。風月：喻男女情愛之事。指男女間互相撩撥挑逗，談情説愛。元代查德卿《春情》曲："春風管弦，夜月鞦韆，調風弄月醉花前，把花枝笑撚。"元代無名氏《秋懷》套曲："我也曾絮叨叨講口舌，實丕丕傾肺腑。下了些調風弄月死工夫，想章台是一條直路途。"同 打情罵俏、談情説愛。

【調唇弄舌】tiáo chún nòng shé 見"調嘴弄舌"。

【調絲弄竹】tiáo sī nòng zhú 調、弄：演奏樂器。絲：指弦樂器。竹：指管樂器。泛指演奏各種樂器。元代湯舜民《一枝花•贈人》套曲："論文時蕓窗下摘句尋章，論武時柳營內調絲弄竹，消閒時花陰外打馬藏鬮。"也作"調弦品竹"、"調絲品竹"。元代楊梓《霍光鬼諫》一折："只聽的調弦品竹，甚的是論道經邦。"明代湯顯祖《紫簫記•假駿》："自家鮑四娘，調絲品竹，蚤謝同心；挾筴追鋒，還推老手。"同 品竹調絲、調弦弄管。

【調絲品竹】tiáo sī pǐn zhú 見"調絲弄竹"。

【調嘴弄舌】tiáo zuǐ nòng shé 嗑牙料嘴，説西道東。也作"調唇弄舌"。《清平山堂話本•快嘴李翠蓮記》："這早晚，東方將亮了，還不梳妝完，尚兀子調嘴弄舌！"《金瓶梅》五七回："(薛姑子) 少年間曾嫁丈夫，在廣成寺前賣蒸餅兒生理，不料生意淺薄，與寺裏的和尚、行童調嘴弄舌，眉來眼去，刮上了四五六個。"《二刻拍案驚奇》卷四："倘然當官告理，且不顧他名聲不妙，誰耐煩與他調唇弄舌。"同 調舌弄唇、調嘴調舌。

【調劑鹽梅】tiáo jì yán méi 梅：味酸，用作調味品。《尚書•説命下》："若作和羹，爾惟鹽梅。”說用鹽和梅調理食物的味道。後比喻協調各方，把政務或事情處理好。《歧路燈》七九回：“我一向原沒學問，只因兩個房下動了曲直之味，我調劑鹽梅，燮理陰陽，平白添了許多大學問。”同 調和鼎鼐。

【諂上抑下】chǎn shàng yì xià 漢代揚雄《法言·修身》：“上交不諂，下交不驕。”後用“諂上抑下”、“諂上驕下”、“諂上傲下”說對上司奉承拍馬，對下屬欺壓打擊。《北史·叔孫俊傳》：“群官上事先由俊銓校，然後奏聞。性平正柔和，未嘗有喜怒色，忠篤愛厚，不諂上抑下。”《歧路燈》五一回：“凡是這一號鄉紳，一定是諂上驕下，剝下奉上的。”郭沫若《孔墨的批判》：“所謂‘富貴在天’便是打破地上的權威，不走諂上傲下的路去求不義的富貴。”

【諂上傲下】chǎn shàng ào xià 見“諂上抑下”。

【諂上驕下】chǎn shàng jiāo xià 見“諂上抑下”。

【諂諛取容】chǎn yú qǔ róng 奉承獻媚，以求取悅於人。《史記·平準書》：“自是之後，有腹誹之法，公卿大夫多諂諛取容矣。”《晉書·賈充傳》：“而充無公方之操，不能正身率下，專以諂諛取容。”明代高濂《遵生八牋·賓朋交接條》：“夫何世變日薄，友道掃地，惟酒饌相隨……便利諂諛取容，此妾婦耳，非友也。”同 阿諛取容、諂媚取容。反 方正不阿、方正不苟。

【諄諄告誡(戒)】zhūn zhūn gào jiè《詩經·抑》：“誨爾諄諄，聽我藐藐。”後用“諄諄告誡”、“諄諄告戒”形容誠懇耐心地勸告或教誨。多用於長輩對晚輩，上級對下屬。宋代費衮《梁谿漫志·閒樂異事》：“命諸子、子婦皆坐，置酒，諄諄告戒。”清代湯斌《禁賽會演戲告諭》：“何苦以終歲勤劬所獲輕擲於一日，曾有何益？本院已屢次諄諄告誡，城市之間稍稍斂跡，而鄉村僻處曾未之改，深為民病。”◇想着臨別時母親的諄諄告誡，他不禁心頭一熱。同 諄諄教導，耳提面命。

【諄諄教導】zhūn zhūn jiào dǎo《詩經·抑》：“誨爾諄諄，聽我藐藐。”後用“諄諄教導”形容誠懇耐心地教育和指導。明代戚繼光《練兵雜記·儲練通論》：“但將士色貨之驅，鮮能自振自立，必吾上人諄諄教導，嚴切察訪，隨過典防，以納於軌。”◇三年來，老師的諄諄教導如同清泉汩汩，滋潤着我的心田，洗滌着我的靈魂。同 誨人不倦。

【諄諄善誘】zhūn zhūn shàn yòu《詩經·抑》：“誨爾諄諄，聽我藐藐。”後用“諄諄善誘”形容善於啟發引導，誠懇耐心。宋代劉摯《乞重修太學條制疏》：“昔之設學校，教養之法，師生問對，憤悱開發，相與曲折反覆，諄諄善誘。”元代吳澄《故宋鄉貢士金溪于君墓碣銘》：“誨人家子弟，諄諄善誘，成才者甚眾。”◇蘇老師對他的學生總是親切、關愛，諄諄善誘。同 循循善誘。

【談天說地】tán tiān shuō dì 形容沒有一定的話題，漫無邊際地閒聊。元代喬吉《醉太平·漁樵閒話》曲：“坐蒲團攀風詠月窮活路，按葫蘆談天說地醉模糊。”《說岳全傳》一三回：“見了這些酒餚，也不聽他們談天說地，好似渴龍見水，如狼似虎的吃個精光。”◇那一天，親戚同鄉，舊雨今雨，重聚古柏下，芍藥邊，談天說地，講古論今，倒也痛快淋漓。同 講古論今、談古論今。

【談古論今】tán gǔ lùn jīn 談論古代和當代的事情。常形容知識淵博，通曉古今或所談所議的話題廣闊。巴金《談我的散文》：“連知識也說不上，哪裏還有資格談古論今。”◇抽煙喝茶拉閒話，談古論今，前五百年後五百年，從天上說到地下。同 談今論古、談古說今。

【談何容易】tán hé róng yì ❶ 話如何說得準確得當，很不容易。《漢書·東方朔傳》：“吳王曰：‘可以談矣，寡人將竦意而覽焉。’先生曰：‘於戲，可乎哉！可乎哉！談何容易。’”唐代劉知幾《史通·浮詞》：“得失稟於片言，是非由於一句，談何容易，可不慎歟！”清代紀昀《閱微草堂筆記·槐西雜志三》："此亦臆度之詞，談何容易乎！"❷事情說起來容易，實際做起來並不容易。明代徐三重《採芹錄》卷一："嗚呼，行之惟艱，談何容易！捉麈而論兵，得無為介胄嗤乎？"《三俠五義》七二回："我的爺！談何容易。他有錢有勢，而且聲名在外，誰人不知，那個不曉。"◇人人都想發財，殊不知，做一富人，談何容易，往往要勞苦經營數十年。反 易如反掌、唾手可得。

【談虎色變】tán hǔ sè biàn 被虎傷害過的人一談到虎就驚恐異常。後比喻一提到令人畏懼或曾經身受其害的事，就感到驚慌恐懼。元代王炎武《祭御史蕭方厓文》："談虎色變，公亦流涕。"明代歸有光《論三區賦役水利書》："田土荒蕪，居民逃竄……有光生長窮鄉，談虎色變，安能默然而已。"巴金《談〈寒夜〉》："不斷進步的科學和無比優越的新的社會制度已經征服了肺病，它今天不再使人談虎色變了。"反 了無懼色、處變不驚。

【談笑自若】tán xiào zì ruò 說說笑笑，與平常沒有兩樣。多形容面對棘手問題或異常情況時，仍能自信冷靜而不慌不亂。《後漢書·孔融傳》："流矢雨集，戈矛內接，融隱几讀書，談笑自若。"明代曹學佺《蜀中廣記·神仙記》："剖開，每橘有二叟，長尺餘，鬚眉皤然，肌體紅明，見人不怖，但相對象戲，談笑自若。"蔡東藩《慈禧太后演義》二五回："(譚嗣同)談笑自若，宣言道：'中國數千餘年來，未聞有國變法，以致流血，此番算是第一遭了。人誰不死，死後揚名，怕不是碧血千秋嗎？'"同 談笑自如。反 語無倫次。

【談笑風生】tán xiào fēng shēng 形容有說有笑，氣氛活躍，意趣橫生。宋代辛棄疾《念奴嬌·贈夏成玉》詞："遐想後日蛾眉，兩山橫黛，談笑風生頰。"元代辛文房《唐才子傳·薛濤》："機警閒捷，座間談笑風生。"《野叟曝言》十回："一路觥籌交錯，談笑風生，直到姑蘇關上，方才過船別去。"同 談論風生。反 一言不發、悶悶不樂。

【謀臣猛將】móu chén měng jiàng 足智多謀的文臣和勇猛善戰的將帥。《晉書·石苞傳》："先帝決獨斷之聰，奮神武之略，蕩滅逋寇，易於摧枯，然謀臣猛將猶有致思竭力之效。"《舊唐書·河間王孝恭傳》："大業末，群雄競起，皆為太宗所平，謀臣猛將並在麾下，罕有別立勳庸者。"明代周楫《西湖二集·吳越王再世索江山》："這一班兒謀臣猛將苦口勸他恢復，他只是不肯。"

【謀而後動】móu ér hòu dòng 先策劃好了，然後行動。形容做事要沉穩，三思而後行。漢代揚雄《揚子法言·吾子》："是以君子強學而力行，珍其貨而後市，修其身而後交，善其謀而後動，成道也。"南朝梁劉孝標《廣絕交論》："苞苴所入，實行張霍之家。謀而後動，毫芒寡忒，是曰量交。"唐代孫過庭《書譜》："故以達夷險之情，體權變之道，亦猶謀而後動，動不失宜，時然後言，言必中理矣。"同 三思而行。反 鹵莽滅裂。

【謀如湧(涌)泉】móu rú yǒng quán 形容計謀很多。漢代吾邱壽王《驃騎論功論》："徒觀朝廷下僚門戶之士謀如涌泉、動如駭機，皆能安中國，吞四夷。"清代汪由敦《平定金川賦》："天因人，聖人因天。勢如轉規，謀如湧泉。"同 精通韜略、經天緯地。反 束手無策、一愁莫展。

【謀事在人】móu shì zài rén 規劃事情的藍圖，在於人的聰明才智。常和"成事在天"連用。意思是"規劃事情的藍圖在於人為，至於是否成功則在於命運天意"。《三國演義》一〇三回："不期天降大雨，火不能着，哨馬報說司馬懿父子俱逃去了。孔明歎曰：'謀事在人，成事在天，不可強也！'"《紅樓夢》六回："劉姥姥道：'這倒不然，謀事在人，成事在天。咱們謀到了，看菩薩保祐，有些機會，也未可知。'"《好逑傳》五回："姻緣在天，謀事在人，賢契為何如此說？"◇古往今來，事業的興衰總是和人才聯繫在一起的：事在人為，謀事在人，成敗也在人。反 成事在天。

【謀財害命】móu cái hài mìng 謀人錢財，害人性命。《醒世恆言》卷三三："這樁事須不是你一個婦人家做的，一定有姦夫幫你謀財害命，你卻從實説來。”《濟公全傳》一一五回：“知縣驗屍回來，一搜馮元慶的被套內有七十兩。知縣一想，更不是別人了，必是他謀財害命。”同 圖財害命。反 好善樂施。

【謔而不虐】xuè ér bù nüè 謔：開玩笑。虐：無節制。開玩笑有分寸，有節制，不讓人難堪。《詩經·淇奧》：“善喜謔兮，不為虐兮。”梁啟超《飲冰室詩話》五八：“頃從各報中見數章，謔而不虐，婉而多諷，佳構也。”◇林語堂的散文以閒適為格調，用謔而不虐的手段，表露人生的滑稽相。

【諷一勸百】fěng yī quàn bǎi 諷：用委婉的語言勸告、暗示、指責、譏刺等。勸：勉勵，鼓勵。《史記·司馬相如列傳》：“揚雄以為靡麗之賦，勸百風一，猶馳騁鄭衛之聲，曲終而奏雅，不已虧乎？”説靡麗之賦意在勸導人，結果反而助長靡麗之風。風：同“諷”。後用“諷一勸百”説本意是想勸導和警告人，結果卻相反。《文心雕龍·雜文》：“雖始之以淫侈，而終之以居正。然，諷一勸百，勢不自反。”梁書閣《〈文心雕龍·雜文〉繹旨》：“至其所歸，大抵誇張宮館、畋獵、服饌、聲色之盛美，甘意豔詞，動搖情思。雖始以淫侈，終歸於正，而諷一勸百，勢難自反。”

【諱疾忌醫】huì jí jì yī ❶ 隱瞞疾病，不讓醫生給自己治病。宋代朱熹《與田侍郎書》：“渴後喜食生冷，須究其根原，深加保養，不可歸咎末節，諱疾忌醫也。”清代錢謙益《第五問》：“以為庸醫不足信，而諱疾忌醫者，其病必不可為也。”❷ 比喻掩飾缺點錯誤，害怕批評，不願糾正。鄭觀應《盛世危言·海防中》：“中國固守成法，科目政治決難更改。縱深知積弊，擇泰西之善者行之，然諱疾忌醫，不肯實心實力。”巴金《探索與回憶·再談探索》：“我説未治好的傷痕比所謂傷痕文學更厲害，更可怕，我們必須面對現實，不能諱疾忌醫。”同 文過飾非、拒諫飾非。

【諱莫如深】huì mò rú shēn《穀梁傳·莊公三十二年》：“諱莫如深，深則隱。”諱：隱瞞。深：指事情極重要。説事關重大，所以要保密。後泛指嚴密隱瞞事實。梁啟超《論報館有益於國事》：“中國則諱莫如深，樞府舉動，真相不知。”馮玉祥《我的生活》二二章：“有壞處，則以為家醜不可外揚，極力藏蔽，諱莫如深，結果是姑息養奸，漸成大禍而不可收拾。”同 守口如瓶。反 公諸於世。

【講古論今】jiǎng gǔ lùn jīn 從古到今，無所不談，形容話題廣泛。《醒世恆言》卷七：“錢青見那先生學問平常，故意譚天説地，講古論今，驚得先生一字俱無，連稱道：‘奇才！奇才！’”◇別看她讀書不多，與你聊起天來，講古論今，説得頭頭是道。同 談天説地、談古論今。反 腹中空空、一無所知。

【譁(嘩)眾取寵】huá zhòng qǔ chǒng 在眾人面前，言辭浮誇，故意做作，以博取大眾的讚賞和支持。《漢書·藝文志》：“然惑者既失精微，而辟者又隨時抑揚，遠離道本，苟以譁眾取寵。後進循之，是以五經乖析，儒學寖衰。”宋代魏了翁《論敷求碩儒開闡正學》：“蓋自其始學，父師之所開導，子弟之所課習，不過以譁眾取寵。”◇她在會上那一番發言，我看是在嘩眾取寵。

【謙恭下士】qiān gōng xià shì 下士：尊重禮遇士人。謙誠恭謹，尊重飽學之士，不居高臨下，不盛氣凌人。《陳書·始興王伯茂傳》：“伯茂性聰敏，好學，謙恭下士。”《紅樓夢》十回：“昨因馮大爺示知，大人家第謙恭下士，又承呼喚，敢不奉命。”李六如《六十年的變遷》第六章：“漢朝的王莽不是謙恭下士嗎？為的是篡位嘛。”同 謙躬下士、謙謙下士。反 盛氣凌人、居高臨下。

【謙虛謹慎】qiān xū jǐn shèn 虛懷若谷不傲慢，處事慎重無錯亂。《晉書·張賓載記》：“封濮陽侯，任遇優顯，寵冠當時，而謙虛敬（謹）慎，開襟下士。”◇做了總裁以後，他非但沒有飄飄然，反而更加謙虛謹慎。同 謹言慎行、謹終慎始。反 狂妄自大、驕傲自滿。

【謙謙君子】qiān qiān jūn zǐ 彬彬有禮、謙遜禮讓、修養深厚的人。《易經•謙》："謙謙君子，卑以自牧也。"三國魏曹植《箜篌引》："謙謙君子德，磬折欲何求？"元代無名氏《漁樵記》一折："俺這等謙謙君子，須不比泛泛庸徒。"馮玉祥《我的生活》三一章："此時我滿腦子裏裝着一套'謙謙君子'的道理，覺得高揖群公，急流勇退，是最好的風度。"反 狹邪小人。

【謝天謝地】xiè tiān xiè dì ❶ 感謝天地神明的佑助或庇護。元代李致遠《還牢末》一折："我可便謝天謝地謝神祇。"《警世通言•莊子休鼓盆成大道》："謝天謝地，果然重生。"清代翟灝《通俗編•天文》："每日清晨一炷香，謝天謝地謝三光。"❷ 在達到目的、實現願望，或事情順利、擺脱災禍時，表達欣喜、感激、慶幸的心情所説的慣用語。明代湯顯祖《還魂記•聞喜》："俺兒，謝天謝地，老爺平安回京了。"《兒女英雄傳》一九回："謝天謝地！原來那賊的父子也有今日！"巴金《憶•最初的回憶》："'謝天謝地！'母親馬上把筷子放下。"

【謹小慎微】jǐn xiǎo shèn wēi《淮南子•人間訓》："聖人敬小慎微，動不失時。"後用"謹小慎微"形容言行舉止很謹慎，即使微小的事情，也認真對待。《清朝野史大觀》卷一："'朕在藩邸時，與人同行，從不以足履其頭影，亦從不踐踏蟲蟻。'世宗之恭儉仁慈，謹小慎微如是。"《官場現形記》五六回："可巧撫台是個守舊人，有點糊裏糊塗的，而且一向是謹小慎微。"梁啟超《論支那宗教改革》："而自宋以後，儒者以束身寡過、謹小慎微為宗旨，遂至流為鄉愿一派。"同 敬小慎微、謹言慎行。反 膽大妄為、粗心大意。

【謹言慎行】jǐn yán shèn xíng《禮記•緇衣》："故言必慮其所終，而行必稽其所敝，則民謹於言而慎於行。"後用"謹言慎行"説言行舉止，處處謹慎小心。《宋史•李穆傳》："質厚忠恪，謹言慎行，所為純至，無有矯飾。"明代朱國禎《湧幢小品•篤行》："八十年來識更真，深知言行切修身。謹言慎行無些過，細數吾鄉有幾人？"艾蕪《活着得像一個勇敢的戰士》："他只有清醒地，謹言慎行地，走着'著書只為稻粱謀'這條小心的窄路。"同 謹小慎微。

【謬以千里】miù yǐ qiān lǐ 差距有千里之遙。形容非常荒謬，或錯誤極大。《禮記•經解》："《易》曰：'君子慎始，差若毫釐，謬以千里。'"清代曾國藩《致劉孟容書》："差若毫釐，謬以千里。詞氣之緩急，韻味之厚薄，屬文者一不慎，則規模立變。"魯迅《華蓋集•十四年的"讀經"》："反對者們以為他真相信讀經可以救國，真是'謬以千里'了。"

【謬托知己】miù tuō zhī jǐ 本非知己，卻假作知己而加以托付。《官場現形記》五二回："有班謬托知己的朋友，天天在一塊兒打牌吃酒。"魯迅《華蓋集續編•海上通信》："至於《野草》，此後做不做很難説，大約是不見得再做了，省得人來謬托知己，舐皮論骨。"

【謬種流傳】miù zhǒng liú chuán 荒謬錯誤的東西輾轉流傳下去。明代焦竑《與友人論文書》："謬種流傳，浸以成習。"清代惲敬《與饒陶南書》："吾弟就試至十三科而不與解額，此天下不可解之事。然有可解者，謬種流傳已數十年。"梁啟超《變法通議•論科舉》："後人廢其學校之閎議，而沿其經義之偏制，謬種流傳，遺毒遂日甚一日。"也作"繆種流傳"。《宋史•選舉志二》："所取之士既不精，數年之後，復俾之主文，是非顛倒逾甚，時謂之繆種流傳。"

【警憒覺聾】jǐng kuì jué lóng 憒：糊塗。讓昏憒糊塗的人清醒過來，讓耳聾的人感知清楚。比喻喚醒麻木不仁的人。陳去病《論戲劇之有益》："賢士大夫主持風教，固宜默握其權，時與釐定，以為警憒覺聾之助，初非徒娛心適志已也。"◇眼前危機重重，他依舊懵然不明，我看有必要警憒覺聾，不然就太晚了。同 發聾振聵。反 麻木不仁。

【識途老馬】shí tú lǎo mǎ 見"老馬識途"。

【譽滿天下】yù mǎn tiān xià 美好的名聲傳遍天下，盡人皆知。唐代李華《唐揚州功曹蕭穎士文集序》："君七歲，能誦數經，背碑覆局，十歲以文章知名，十五譽滿天下。"◇他從小就幻想做一個功成名就、譽滿天下的人，豈料最終卻流落街頭。同 名滿天下、名高天下。反 默默無聞、湮沒無聞。

【議論紛紛】yì lùn fēn fēn 發表各種看法和意見，眾說紛紜。《古今小說·木綿庵鄭虎臣報冤》："再說賈似道罷相，朝中議論紛紛，謂其罪不止此。"《三國演義》四三回："時武將或有要戰的，文官都是要降的，議論紛紛不一。"《兒女英雄傳》一回："你們大家且不必議論紛紛，我早有了一個牢不可破的主見在此。"同 議論紛紜。反 萬馬齊喑。

【辯才無礙】biàn cái wú ài 本來特指佛教界講授佛法、傳授佛經，義理圓通，言辭流暢，沒有障礙。《大乘起信論》："令人知宿命過去之事，亦知未來之事，得他心智，辯才無礙。"唐代玄奘《大唐西域記·鉢邏耶伽國》："城中有外道婆羅門，高論有聞，辯才無礙，循名責實，反質窮辭。"《五燈會元·金陵清涼泰欽法燈禪師》："金陵清涼泰欽法燈禪師，魏府人也，生而知道，辯才無礙。"後泛指口才好，能言善辯。《三國演義》六十回："且無論其口似懸河，辯才無礙。"《孽海花》一三回："這可見韻高的辯才無礙說得頑石點頭了。"同 口若懸河、能言善辯。反 笨嘴拙舌。

【變化不測】biàn huà bù cè 見"變幻莫測"。

【變化多端】biàn huà duō duān 發生多種多樣的變化，沒有定準。《平妖傳》三五回："此僧變化多端，相國可以預備。"◇這兩年家裏真是變化多端，別的不說，單是離婚的事兒，就出了兩樁。同 變化無常、變化萬端。反 始終如一。

【變化莫測】biàn huà mò cè 見"變幻莫測"。

【變化無常】biàn huà wú cháng 變來變去，沒有常規可循，無從揣摸。《莊子·天下》："芴漠無形，變化無常。"晉代僧肇《涅槃無名論·位體》："動而逾寂，隱而彌彰，出幽入冥，變化無常。"郭沫若《殘春及其他·未央》："在最短的時限中，表現出種種變化無常毫無連絡的興奮狀態。"也作"變幻無常"。明代蔡羽《遼陽海神傳》："氣候悉如江南二三月，琪花寶樹，仙音法曲，變幻無常，耳目應接不暇。"同 變幻莫測。

【變幻莫測】biàn huàn mò cè 變化無常，無從捉摸。明代郎瑛《七修類稿·偽仙詩》："池州青羊宮石刻一律，嘉靖間都御史劉大謨所刻。其跋云：'是刻如雷電鬼神，變幻莫測，卻又不失六書矩度。'"《封神演義》四四回："吾'紅水陣'內奪壬癸之精，藏天乙之妙，變幻莫測。"也作"變化不測"、"變化莫測"。唐代韓愈《殿中少監馬君墓誌》："當是時，見王於北亭，猶高山深林巨谷，龍虎變化不測，傑魁人也。"《雲笈七籤》卷一一六："女子則金翹翠寶，或三鬟雙角，手執玉笏，項負圓光，飛行乘空，變化莫測。"《鏡花緣》一回："且神道變化不測，亦難詳其底細。"同 變化無常。

【變幻無常】biàn huàn wú cháng 見"變化無常"。

【變本加厲】biàn běn jiā lì 在原有的基礎上更加發展。南朝梁蕭統《〈文選〉序》："蓋踵其事而增華，變其本而加厲，物既有之，文亦宜然。"後指變得越來越嚴重。多指行為、做法、缺點錯誤等。《二十年目睹之怪現狀》六八回："大約當日河工極險的時候，曾經有人提倡神明之說……久而久之，變本加厲，就鬧出這邪說誣民的舉動來了。"魯迅《且介亭雜文·〈看圖識字〉》："然而我們這些蠢才，卻還在變本加厲的愚弄孩子。"

【變生不測】biàn shēng bù cè 變故突然發生，事先沒有預料到。《明史·汪應軫傳》："苟不即收成命，恐變生不測。"《紅樓夢》四四回目："變生不測鳳姐潑醋，喜出望外平兒理妝。"《兒女英雄傳》三五回："只看世上那班分明造極登峰的，也會變生不測。"

【變生肘腋】biàn shēng zhǒu yè 腋：上臂與肩相連處的凹入部分。說變故發生在身邊、內部。《三國志·法正傳》："主公之在公安也，北畏曹公之彊，東憚孫權之逼，近則懼孫夫人生變於肘腋之下，當斯之時，進退狼跋。"宋代辛棄疾《美芹十論》："不幸變生肘腋，事乃大謬。"《東周列國誌》四回："主公嗣位，非國母之意也，萬一中外合謀，變生肘腋，鄭國非主公之有矣。"同 禍生肘腋、變起蕭牆。

【變名易姓】biàn míng yì xìng 見"改名換姓"。

【變臉變色】biàn liǎn biàn sè 見"變顏變色"。

【變顏變色】biàn yán biàn sè 因為憤怒、驚恐、惶急等心情引起臉色變化。也作"變臉變色"◇還沒等他說完，老兩口已經嚇得變顏變色。

【讓棗推梨】ràng zǎo tuī lí《梁書·王泰傳》："年數歲時，祖母集諸孫姪，散棗栗於牀，群兒皆競之，泰獨不取。問其故，對曰：'不取，自當得賜。'由是中表異之。"《後漢書·孔融傳》注引《融家傳》："年四歲時，每與諸兄共食梨，融輒引小者。大人問其故，答曰：'我小兒，法當取小者。'由是宗族奇之。"後合用"讓棗"、"推梨"的典故，表示兄弟間的友愛與謙讓。《梁書·武陵王紀傳》："兄肥弟瘦，無復相代之期；讓棗推梨，長罷歡愉之日。"同 兄友弟恭。反 兄弟鬩牆。

【讚不絕口】zàn bù jué kǒu 一迭聲地稱讚。表示極其讚賞。《警世通言》卷二七："洞賓不假思索，信筆賦詩四首……字勢飛舞，魏生贊不絕口。"《好逑傳》一七回："今見回文贊不絕口，轉弄得沒法。"◇仙霞洞裏的南朝佛像雕塑，讓大家看得嘖嘖稱奇，讚不絕口。同 讚口不絕、讚聲不絕。反 惡跡昭著、劣跡斑斑。

【讚歎不已】zàn tàn bù yǐ 連聲稱讚，讚不絕口。◇論文提出的見解，讓老師讚歎不已。同 讚口不絕。反 深惡痛絕。

【讚聲不絕】zàn shēng bù jué 讚揚之聲不絕於耳。形容受到眾人稱讚。《警世通言》卷二七："字勢飛舞，魏生讚不絕口。"《野叟曝言》七九回："素臣把《左傳》上大小戰伐之事，細細講解，指點出許多兵法，把眾人喜得歡聲如雷，讚聲不絕。"◇梁寶心地善良，做了一輩子好事，左鄰右舍讚聲不絕。同 讚不絕口、讚口不絕。反 惡名昭彰、千夫所指。

谷部

【豁然貫通】huò rán guàn tōng 驟然間明白過來。豁然：形容忽然打開了。宋代朱熹《大學章句》："至於用力之久，而一旦豁然貫通焉。"明代無名氏《孟母三移》三折："你兒在學數年，未明性理，若文章顯耀，一旦豁然貫通，你兒自此之後，朝夕勤學，母親且恕其過也。"《官場現形記》五四回："把箚文反覆細看，看了十來遍，忽然豁然貫通，竟悟出一個道理來。"同 豁然省悟、豁然開悟。

【豁然開朗】huò rán kāi lǎng 豁然：形容打開無阻礙。❶形容由狹窄而一變為寬敞開闊。晉代陶淵明《桃花源記》："初極狹，才通人，復行數十步，豁然開朗。"《雲笈七籤》卷一一二："元嘉中，有蠻人入此山射鹿，入石穴中，蠻人逐之。穴傍有梯，因上，即豁然開朗，別有天日。"巴金《家》十："他剛轉了彎，前面豁然開朗，眼前一片淺紅。"❷形容頓時通曉領悟，明白過來。《紅樓夢》九一回："寶玉豁然開朗，笑道：'很是，很是。你的性靈，比我竟強遠了。'"◇他還沒說完，強生豁然開朗，拍着腦袋，大叫明白、明白。同 豁然貫通、豁然大悟。反 至死不悟。

【豁達大度】huò dá dà dù 胸襟開闊，氣度寬宏，有容人之量。晉代潘岳《西征賦》："觀夫漢高之興也，非徒聰明神武，豁達大度而已也。"明代無名氏《騙英布》三折："俺主公豁達大度，海量寬宏，納諫如流，有堯舜禹湯之德。"郭沫若《孔雀膽》附錄："他這人大概是一位豁達大度、公而忘私的人。"同 大度豁達、氣度恢宏。反 小肚雞腸、雞腸狗肚。

豆 部

【豆剖瓜分】dòu pōu guā fēn 南朝宋鮑照《蕪城賦》："出入三代，五百餘載，竟瓜剖而豆分。" 説像瓜被剖開，豆從莢裏裂出一樣。後多比喻國土被分割。清代秋瑾《如此江山》詞："看如此江山，忍歸胡虜？豆剖瓜分，都為吾故土。" 許嘯天《清宮十三朝演義》九十回："民間很有幾個義憤不平的人，紛紛議論，説清廷懦弱，受外夷的欺淩，長此下去，中國勢不至豆剖瓜分不已。" 同 瓜剖豆分。反 金甌無缺。

【豆蔻年華】dòu kòu nián huá 豆蔻：植物名，產於嶺南地區，開淡黃色的花，初綻時狀如孕婦之身，故古人詩文以之喻少女。唐代杜牧《贈別》詩："娉娉裊裊十三餘，豆蔻梢頭二月初。" 後用"豆蔻年華"稱少女十三四歲的年紀。石三友《金陵野史•秦淮歌星王熙春》："來此演出的歌女，有半老的徐娘，有豆蔻年華的少女，也有未成年的幼童。" 同 破瓜之年。反 花甲之年、風燭殘年。

【豈有此理】qǐ yǒu cǐ lǐ 哪裏有這種道理！荒謬之極，絕對不能同意。表示完全反對的意思。《南齊書•虞悰傳》："鬱林廢，悰竊歎曰：'王、徐遂縛袴廢天子，天下豈有此理邪？'" 元代王實甫《西廂記》五本四折："今日一旦置之度外，卻於衛尚書家作婿，豈有此理！"《文明小史》五回："無論是貓是狗，一個個都爬上來要欺負我們，真正是豈有此理！" 同 蠻橫無理、強詞奪理。反 理所當然、入情入理。

【豎子成名】shù zǐ chéng míng 讓這小子成了名。豎子：小子，蔑視性的稱謂。《史記•孫子吳起列傳》："龐涓自知智窮兵敗，乃自剄曰：'遂成豎子之名！'"《晉書•阮籍傳》："(阮籍) 嘗登廣武，觀楚漢戰處，歎曰：'時無英雄，使豎子成名！'" 梁啟超《新民説》一二："事之成也，則曰豎子成名；事之敗也，則曰吾早料及。"

【豐功偉業】fēng gōng wěi yè 偉大的功勳和業績。朱自清《史記漢書第九》："司馬遷引述他的父親稱揚孔子整理《六經》的豐功偉業，而特別着重《春秋》的著作。" ◇他當了八年的縣長，不要説豐功偉業，就連修橋築路的事也沒做過一樁。同 豐功偉績、豐功偉烈。

【豐功偉績】fēng gōng wěi jì 功勞卓著，業績宏偉。宋代包拯《天章閣對策》："睿謀神斷，豐功偉績，歷選明辟，未之前聞。" 明代張居正《再辭恩命疏》："然豐功偉績，社稷利賴，朝廷自當有崇報之典。" 清代張春帆《宦海》六回："這位章制軍在兩廣做了幾年，也沒有什麼豐功偉績。" 同 豐功偉業、豐功偉烈。

【豐衣足食】fēng yī zú shí 吃、穿、用都很豐厚很充足。形容生活富裕。五代王定保《唐摭言•賢僕夫》："縱不然，堂頭官人，豐衣足食，所往無不克。" 元代王曄《桃花女》四折："你做我家媳婦兒，管着你一生豐衣足食。"《紅樓夢》一一八回："那琴姑娘，梅家娶了去，聽見説是豐衣足食的，很好。" 同 家給人足。反 衣不蔽體、家無斗儲。

【豐亨豫大】fēng hēng yù dà 亨：通達。豫：和諧暢順。《易經•豐》："豐亨，王假之。"《易經•豫》："聖人以順動，則刑罰清而民服，豫之時義大矣哉。" ❶ 表示天下富足安樂，君德博大聖明。宋代魏了翁《代南叔兄上費參政》："自豐亨豫大之名立也，而財用日耗。"《宋史•蔡京傳》："時承平既久，帑庾盈溢，京倡為豐亨豫大之説，視官爵財物如糞土，累朝所儲掃地矣。" ❷ 借指揮霍耗費。魏源《聖武記》卷一一："理餉之員，皆乾沒鉅萬，蓋承福康安、李侍堯豐亨豫大之餘習，糜費耗蠹，為從來所未有。"

【豐神綽約】fēng shén chuò yuē 形容神采煥發，體態柔美豐滿，婀娜多姿。《初刻拍案驚奇》卷一七："內中有兩個女子，雙鬟高髻，並肩而立，豐神綽約，宛然若並蒂芙蓉。" ◇兩個女兒豐神綽約，機敏多才，夫婦二人愛得掌上明珠一般。同 豐姿綽約、風姿綽約。

【豐富多彩(采)】fēng fù duō cǎi 內容充

實，形式多樣，花色繁多或生動鮮明。秦牧《菊花與金魚》：“單一必然導致枯燥。而豐富多彩、目不暇接則是絕大多數人所歡迎的。”◇香港的聖誕之夜，華燈璀璨，節日活動豐富多彩。

【豔如桃李】 yàn rú táo lǐ 容顏像鮮桃和李子那樣艷麗嬌媚。《聊齋誌異•俠女》：“(女子) 為人不言亦不笑，豔如桃李，而冷如霜雪，奇人也。”《花月痕》三四回：“就如娼家老鴇，渠當初也曾名重一時，街上老婆，在少年豈不豔如桃李？”

豕 部

【豕突狼奔】 shǐ tū láng bēn 豕：豬。突：猛衝。像豬那樣衝撞，像狼那樣奔跑。比喻壞人亂衝亂撞，到處騷擾，或比喻敵人倉皇逃竄。清代霅中人《〈中西紀事〉後序》：“始焉，豕突狼奔，堅瑕避亂；繼乃鴟張狙詐，緩急相持。”吳醒漢《武昌起義三日記》：“在蛇山各處隊伍齊放排槍，旗兵豕突狼奔，頃刻潰散。”同 狼奔豕突、抱頭鼠竄。反 巋然不動。

【象牙之塔】 xiàng yá zhī tǎ 原是法國十九世紀文藝批評家聖佩韋，批評同時代消極浪漫主義詩人維尼的話。後借指文藝家自己的小天地。魯迅《集外集•文藝與政治的歧途》：“這種文學家，他們都躲在象牙之塔裏；但是‘象牙之塔’畢竟不能住得很久的呀！”

【象箸玉杯】 xiàng zhù yù bēi 用象牙製的筷子、玉石做的酒杯，形容生活極度奢華。《韓非子•喻老》：“昔者紂為象箸而箕子怖……象箸玉杯，必不羹菽藿，則必旄象豹胎，旄象豹胎必不衣短褐而食於茅屋之下，則錦衣九重，廣室高臺。”《晉書•潘尼傳》：“糟丘酒池，象箸玉杯。厥餚伊何？龍肝豹胎。”《舊唐書•謝偃傳》：“是以夏桀以瑤台璇室為麗，而不悟鳴條南巢之禍；殷辛以象箸玉杯為華，而不知牧野白旗之敗。”

【象齒焚身】 xiàng chǐ fén shēn 焚：同“僨”，倒斃。《左傳•襄公二十四年》：“象有齒而焚其身，賄也。”說大象因有珍貴的象牙而被捕殺喪生。後用“象齒焚身”比喻因財寶而招致禍害。清代陳康祺《燕下鄉脞錄》卷一三：“以視後此失守之巡撫，擁貲百萬，貪虐昏愚，徹衢嚴之門戶，塞明越之咽喉，象齒焚身，禍延南紀，其污廉仁暴，豈復可同日語歟！”蔡東藩《民國通俗演義》一二一回：“山木自寇，象齒焚身。恫哉李督，死不分明。”

【豪言壯語】 háo yán zhuàng yǔ 氣魄大、有膽略的話語。巴金《探索集•豪言壯語》：“可是我看校樣時才發現集子的前半部大都是‘歌德’的文章，而且文章裏充滿了豪言壯語。”

【豪情壯志】 háo qíng zhuàng zhì 豪邁的情懷，遠大的志向。茅盾《溫故以知新》：“他們大多數兩鬢添霜，然而豪情壯志，更見堅強。”郭小川《廈門風姿》詩：“那長街，那小巷，正有無限的豪情壯志擁塞其間。”反 一蹶不振、萎靡不振。

【豪情逸致】 háo qíng yì zhì 豪邁奔放的情懷和閒適安樂的情趣。清代冒襄《影梅庵憶語》：“姬最溫謹，是日豪情逸致，則余僅見。”◇登泰山，望日出，是抒發豪情逸致的好去處。同 劍膽琴心。反 沒情沒緒。

【豪奪巧取】 háo duó qiǎo qǔ 靠權勢強力奪取，或用奸詐的手段騙取。宋代周必大《繳進詔草劄子》：“今平居一切聽郡守之所為，聞其小有盈餘，又為豪奪巧取之計。”明代王世貞《觚不觚錄》：“朱好之甚，豪奪巧取，所蓄之富，幾與分宜埒。”葛劍雄《國寶如何回家》：“流失海外的中國文物數量很大，但情況卻相當複雜，大致分析，不外乎豪奪巧取和正常流傳兩類。”同 巧取豪奪、詐取豪奪。

豸 部

【豺狼成性】 chái láng chéng xìng 像豺和狼一樣，兇惡成了習性。形容人兇暴殘忍。唐代駱賓王《代徐敬業傳檄天下文》：“加以虺蜴為心，豺狼成性，近狎邪僻，殘害忠良。”◇在家毆打父母，在外邊搶路人的錢，甚麼壞事都敢幹，我看他是豺狼成性。反 菩薩心腸。

【豺狼當道】 cháilángdāngdào 比喻壞人掌權。當道：在道路中央。漢代荀悅《漢紀•平帝紀》：“寶問其次，文曰：‘豺狼當道，安問狐狸！’寶默然不應。”元代孛羅御史《一枝花》套曲：“盡燕雀喧檐聒耳，任豺狼當道磨牙，無官守無言責相牽掛。”清代孔尚任《桃花扇•逮社》：“妨他豺狼當道，冠帶幾獼猴。”梁啟超《責任內閣釋義》：“而今者豺狼當道，寒蟬俱噤。”同 豺狼擋路。反 政清人和。

【豹死留皮】 bào sǐ liú pí 比喻人死後留下好名聲。《新五代史•王彥章傳》：“彥章武人，不知書，常為俚語謂人曰：‘豹死留皮，人死留名。’其於忠義，蓋天性也。”清代錢謙益《和州魯氏先塋神道碑銘》：“教授公訓戒子姓，每稱引古語‘豹死留皮，人死留名’，斯其芳風流塵，顧不遠與？”◇我國古代講究“豹死留皮，人死留名”，這已然是古人的價值觀了。同 人死留名。

【豹頭環眼】 bào tóu huán yǎn 形容人面目嚴厲威猛。元代無名氏《博望燒屯》二折：“我也不信，我豹頭環眼，倒拿不住一目的夏侯惇。”清代樵雲山人《斬鬼傳》一回：“話說唐朝終南山有一秀才，姓鍾名馗字正南，生的豹頭環眼，鐵面虬鬚，甚是醜惡怕人。”◇小說中的張飛面如潑墨，豹頭環眼，燕頷虎鬚，勢如奔馬，性似烈火，聲若巨雷，至於真人是否如此，我想恐怕不會。反 慈眉善目。

【貌似強大】 mào sì qiáng dà 表面上看，好像很強大，實際上未必強大。◇機構過於龐大，不論怎樣貌似強大，也是缺少生氣的。同 外強中乾。

【貌合心離】 mào hé xīn lí 表面看來關係很好，內心卻互相背離。《素書•遵義》：“貌合心離者孤，親讒遠忠者亡。”老舍《四世同堂》四五：“像河北、河南、山東、山西，也都跟它貌合心離。”同 貌合神離、同牀異夢。反 精誠團結、肝膽相照。

【貌合神離】 mào hé shén lí ❶ 表面上合得來，實際上兩條心，各懷打算。清代宣鼎《夜雨秋燈錄•得新忘舊》：“自有此寵復，神意即淡然，偶有酬對，亦只貌合神離耳。”《野叟曝言》一三回：“所以說兩賊參商，貌合神離。將來舉起事來，禍猶不大。”馮玉祥《我的生活》二八章：“陳樹藩本人擁有五旅之重，但大都貌合神離。”❷ 二者看上去好似一樣，但其實質並不一樣。清代陳廷焯《白雨齋詞話》卷一：“晏、歐詞，雅近正中，然貌合神離，所失甚遠。”魯迅《且介亭雜文二集•“題未定”草二》：“其實世界上也不會有完全歸化的譯文，倘有，就是貌合神離，從嚴辨別起來，它算不得翻譯。”同 貌合心離。反 同心協力、齊心合力。

【貓哭老鼠】 māo kū lǎo shǔ 貓吃鼠，是鼠的死對頭，為老鼠而哭，比喻假裝慈悲。《說唐前傳》六二回：“唐家是沒良心的，太平時不用我們，如今又不知哪裏殺來，又同牛鼻道人在此‘貓兒哭老鼠’，假慈悲，想來騙我們前去與他爭天下，奪地方。”蔡東藩《後漢演義》七六回：“操問宮何往？宮毅然曰：‘出去就死，尚有何言？’操不禁起座，流涕相送。貓哭老鼠假慈悲。”同 貓哭耗子、假仁假義。

【貓鼠同眠】 māo shǔ tóng mián《新唐書•五行志一》：“龍朔元年十一月，洛州貓鼠同處。鼠隱伏象盜竊，貓職捕嚙，而反與鼠同，象司盜者廢職容奸。”後用“貓鼠同眠”比喻縱容下屬，或尊卑上下不分彼此、沆瀣一氣。明代李開先《寶劍記傳奇》六齣：“都是讒言佞言，一箇箇貓鼠同眠。只圖他一身貴顯，民貧國難兩徒然。”《金瓶梅》七五回：“一個使的丫頭，和他貓鼠同眠，慣的有些摺兒，不管好歹就罵人。”《紅樓夢》九九回：“若是上下和睦，叫我與他們貓鼠同眠嗎？”《野叟曝言》三六回：“裝着主僕，又是貓鼠同眠；打着京腔，又帶着南方語氣；若不是盜賊引線，就是撞鐘太歲。老爺只嚴審他，便知端的！”同 上下勾結、狼狽為奸。

貝部

【貝闕珠宮】bèi què zhū gōng 用貝類和珍珠裝飾的宮闕。戰國楚屈原《九歌•河伯》："魚鱗屋兮龍堂，紫貝闕兮朱宮。" 闕：皇宮門前兩邊的樓。後用"貝闕珠宮"形容富麗堂皇、光彩奪目的神仙殿宇或帝王宮闕。宋代張元幹《念奴嬌》詞："飄蕩貝闕珠宮，群龍驚睡起，馮夷波激。"元代王子一《誤入桃源》二折："光閃閃貝闕珠宮，齊臻臻碧瓦朱甍，寬綽綽羅幃繡櫳，鬱巍巍畫梁雕棟。"康有為《大同書》癸部二："若其上室，則騰天架空，吞雲吸氣，五色晶璃，雲窗霧檻，貝闕珠宮，玉樓瑤殿，詭形殊式，不可形容。"同 瓊樓玉宇。反 蓬門篳户。

【負才使氣】fù cái shǐ qì 氣：意氣。自恃有才幹而任性意氣用事。《周書•薛憕傳》："憕既羈旅，不被擢用，然負才使氣，未嘗趨世祿之門。"◇他自恃才高，負才使氣，從不把下屬放在眼裏，最終落得眾叛親離。同 負才任氣。反 謙虛謹慎。

【負屈含冤】fù qū hán yuān 背負忍受着冤枉與委屈。也作"負屈銜冤"。宋代羅燁《醉翁談錄•小説開講》："説忠臣負屈銜冤，鐵石心腸也須下淚。"銜：含。《老殘遊記》五回："因那人顏色過於淒慘，知道必有一番負屈含冤的苦。"巴金《談〈寒夜〉》："那些負屈含冤的善良的小人物要是死而有知，他們一定會在九泉含笑的。"同 含冤莫白、含冤抱屈。

【負屈銜冤】fù qū xián yuān 見"負屈含冤"。

【負重致遠】fù zhòng zhì yuǎn《易經•繫辭下》："服牛乘馬，引重致遠。"後用"負重致遠"指背着沉重之物去到遠方，比喻肩負重任。《南齊書•虞玩之傳》："臣聞負重致遠，力窮則困。"宋代王讜《唐語林•文學》："健犢須走車破轅，良馬須逸鞭泛駕，然後能負重致遠。"同 任重致遠、負重涉遠。

【負荊請罪】fù jīng qǐng zuì 荊：荊條，古代用作鞭笞的刑具。《史記•廉頗藺相如列傳》：戰國時趙國的藺相如因功拜為上卿，位居大將廉頗之上。廉頗不服，想侮辱他。藺相如從國家利益考慮，處處忍讓。後廉頗明白過來，深感慚愧，便脱去上衣，背着荊條，到藺相如家門謝罪。後用"負荊請罪"表示主動誠懇地賠禮道歉。《舊五代史•劉言傳》："兼使人徐筠等進貢之時，禮儀有失，尚蒙赦宥，未置典型，敢不投杖責躬，負荊請罪。"宋代朱熹《答葉味道書》："子靜終不謂然，而其後子壽遂服，以書來謝，至有負荊請罪之語。"《水滸傳》四六回："我今特來尋賢弟，負荊請罪。"李六如《六十年的變遷》第八章："只怪我們用錯了人，應當負荊請罪。"反 文過飾非。

【負氣鬥狠】fù qì dòu hěn 賭氣發下狠心，非去做某件事不可。《儒林外史》四一回："卻怕是負氣鬥狠逃了出來的。"◇你不能負氣鬥狠，撇下自己的家庭，就這樣走了。

【負隅頑抗】fù yú wán kàng 隅：角落或山勢彎曲的地方。《孟子•盡心下》："有眾逐虎。虎負嵎，莫之敢攖。"嵎：同"隅"。後用"負隅頑抗"指依靠險要的地勢頑固對抗。《北洋軍閥統治時期史話》八十章："祝祥本、方永昌兩部仍在負隅頑抗之中。"◇鑽在碉堡裏的殘敵，憑藉交叉火力，繼續負隅頑抗。反 束手就擒、坐以待斃。

【負薪之病】fù xīn zhī bìng 見"負薪之憂"。

【負薪之憂】fù xīn zhī yōu 為背柴勞累、體力不支而擔憂。用作自稱有疾，力不勝任的謙辭。也作"負薪之病"、"采薪之憂"。《禮記•曲禮上》："君使士射，不能，則辭以疾，言曰：'某有負薪之憂。'"《史記•平津侯主父列傳》："臣弘行能不足以稱，素有負薪之病，恐先狗馬填溝壑。"《孟子•公孫丑下》："昔者有王命，有采薪之憂，不能造朝。"采薪：打柴。同 負薪之疾。

【負薪救火】fù xīn jiù huǒ 背着柴禾去撲救大火。比喻方法不對。《韓非子•有度》："其國弱矣，又皆釋國法而私其外，則是負薪而救火也，亂弱甚矣。"《舊唐書•魏徵傳》："譬之負薪救火，揚湯止沸，以亂易亂，與亂同道，莫可則也。"《三國演義》四三回："若聽諸葛亮之言，妄動甲兵，此所謂負薪救火也。" 同 抱薪救火。反 釜底抽薪。

【貢禹彈冠】gòng yǔ tán guān 漢代貢禹與王吉友善，見王吉在位，貢禹亦願為官，當時人稱"王陽（王吉字子陽）在位，貢禹彈冠，"言其取捨相同也。事見《漢書•王吉傳》。彈冠：撣去冠上灰塵準備做官。後遂以"貢禹彈冠"比喻樂意輔佐政治志向相同的人。唐代李德裕《授狄兼謨兼益王傅鄭柬之兼益王府長史制》："以兼謨慷慨納說，有爰絲正席之忠；以柬之取捨俟時，有貢禹彈冠之操，皆行不苟合，誠無暗欺。"清代黃宗羲《與陳介眉庶常書》："人之相和，貴相知心；王陽在位，貢禹彈冠。"

【財大氣粗】cái dà qì cū 錢財多，氣派不同尋常。劉紹棠《小荷才露尖尖角》："花嬸子的這項收入十分可觀，財大氣粗，蓋起這座青堂瓦舍的大宅院。" ◇給小費出手就是一兩千，財大氣粗，派頭十足，一看就知道是個暴發戶。

【財不露白】cái bù lù(lòu) bái 為免招惹意外的禍事，不宜在人前顯露隨身攜帶的錢財。白：指白銀。明代海瑞《驛傳議•無策》："俗謂財不露白，今露白矣，孰能保群盜不仗戈奪之？"《二刻拍案驚奇》卷二一："盛彥到船相拜，見船中白物堆積，笑道：'財不露白，金帛滿舟纍纍，晃人眼目如此！'" ◇他不願出頭露面，這裏有很多原因，一是因為他素來低調，深諳"財不露白"的道理，另一方面也是因為他的過去很有爭議。

【財迷心竅】cái mí xīn qiào 一切為了錢財，沉溺於發財、守財之中。孫犁《秀露集•耕堂讀書記（三）》："如果當時這位作者，明達冷靜一些，不財迷心竅，天下原可以平安無事的。" ◇簡直是財迷心竅，連孫女的錢袋也不放過，也要刮。反 樂善好施。

【財運亨通】cái yùn hēng tōng 舊指發財運氣好，賺錢順利。清代蔣士銓《香祖樓•撻蚓》："財運亨通可喜，把女兒賣與他老子，夫妻免得充軍。"《鏡花緣》七回："誰知財運亨通，飄到長人國，那酒罈竟大獲其利。" ◇有些人孜孜以求，總希望自己能財運亨通，財路廣開。

【責有攸歸】zé yǒu yōu guī 攸：所。責任有所歸屬，應負的責任誰也不得推卸。宋代司馬光《體要疏》："夫公卿所薦舉，牧伯所糾劾，或謂之賢者而不賢，謂之有罪而無罪，皆有跡可見，責有所歸，故不敢大為欺罔。"明代王恕《議魯府鎮國將軍陳言便民奏狀》："黜陟不公，人心不服，責有攸歸。"徐興業《金甌缺》："如若事機不順，稍有蹉跎，責有攸歸，師道亦不任其咎。"高陽《清宮外史》卷下："至於疆臣守土，責有攸歸，等馬尾開仗的情形，有了詳細奏報，必得要論是非，定功罪。" 同 責無旁貸。

【責無旁貸】zé wú páng dài 貸：推卸。自己分內的責任，不能推卸給別人。《清史稿•袁甲三傳》："疏言：'總督程矞采為守土之臣，責無旁貸。'"孫中山《同盟會宣言》："此不獨軍政府責無旁貸，凡我國民，皆當引為己責者也。" 反 推三阻四。

【責實循名】zé shí xún míng 責：求。循：依照。按照事物的名稱、名義來考核其實際內容，要名副其實。唐代元稹《唐穆宗文惠皇帝戒勵風俗德音文》："自非責實循名，不能彰善癉惡。"清代章學誠《文史通義•永清縣志政略序例》："觀者依檢先後，責實循名，語無褒貶，而意具抑揚。" ◇看一個人，不能只看學歷文憑，責實循名才是最重要的。同 循名責實、循名課實。反 名不副實、名實不符。

【販夫走卒】fàn fū zǒu zú 小商販和差役、僕人。泛指社會地位低下的人。《孽海花》一八回："通國無不識字的百姓，即販夫走卒，也都通曉天下大事，民智日進，國力自然日大了。"阿英《吃茶文學論》："若夫鄉曲小子，販夫走卒，即使在疲乏之餘，也要跑進小茶館去喝點茶。"徐興業《金甌缺》二五章："向來眼高於頂，豈可與這些販夫走卒為伍？"

高陽《胭脂井》："因此，大酒缸雖說是販夫走卒聚飲之處，卻是個藏龍卧虎之地，儘有懷才不遇的落魄文人，身負奇能的末路英雄，在此借酒澆愁。"同 販夫俗子。反 王公貴戚。

【販夫俗子】fàn fū sú zǐ 販夫：販賣貨物的小商人。俗子：見識淺陋或鄙俗的人。泛指社會地位低下的平民。明代顧大典《青衫記•茶客娶輿》："孩兒與白相公原有舊約，況且劉員外是個為客的人，販夫俗子，教我怎生伴着他。"◇天下大事，匹夫有責，當此國難臨頭之時，即使是販夫俗子，也該挺身而出。同 販夫走卒。反 風雲人物。

【販官鬻爵】fàn guān yù jué 鬻：賣。爵：爵位。掌權者利用職權出賣官職和爵位來聚斂財物。《梁書•武帝紀上》："國命朝權，盡移近習，販官鬻爵，賄貨公行。"《魏書•司馬叡傳》："兵食資儲，斂為私積；販官鬻爵，威恣百城。"◇在上者販官鬻爵，受賄索賄，在下者魚肉百姓，敲詐勒索。同 賣官鬻爵。

【貨真價實】huò zhēn jià shí ❶ 商品貨物質量可靠，價錢公道。清代宣鼎《夜雨秋燈錄•騙子》："爾家貨真價實，我太夫人已到，常吃好參，須至佳者。"《二十年目睹之怪現狀》六回："他這是招徠生意之一道呢，但不知可有'貨真價實，童叟無欺'的字樣沒有？"老舍《四世同堂》三九："這裏有的是字型大小，規矩，雅潔，與貨真價實。這是真正北平的鋪店。"❷ 比喻真實可靠，決無虛假。《兒女英雄傳》一七回："獨有自己和自己打起交道來，這'喜怒哀樂'四個字，是個貨真價實的生意，斷假不來。"葉聖陶《遊臨潼》："這眼前的景物可真是一幅貨真價實的錦繡。"

【貨賂公行】huò lù gōng xíng 貨賂：賄賂。公開地進行賄賂。《晉書•齊王冏傳》："操弄王爵，貨賂公行，群姦聚黨，擅斷殺生。"《陳書•傅縡傳》："貨賂公行，帑藏損耗，神怒民怨，眾叛親離。"◇在一些地方，官商勾結，竟然發展到了貨賂公行的地步，民眾怨聲載道。同 賄賂公行。反 弊絕風清。

【貪小失大】tān xiǎo shī dà《呂氏春秋•權勳》："(達子) 軍於秦周，無以賞，使人請金於齊王，齊王怒曰：'若殘豎子之類，惡能給若金。'與燕人戰，大敗，達子死，齊王走莒。燕人逐北入國，相與爭金於美唐甚多。此貪於小利以失大利者也。"後用"貪小失大"說貪圖小利而喪失大利。《初刻拍案驚奇•張溜兒熟佈迷魂局》："誰知道為這婆子，白白裏送了兩個後生媳婦，這叫做貪小失大。"《蕩寇志》八三回："只圖贏狄雷，卻棄了沂州府，豈不是貪小失大，正中吳用的計。"同 因小失大、得不償失。

【貪天之功】tān tiān zhī gōng ❶ 把上天的功績歸於自己。《左傳•僖公二十四年》："竊人之財，猶謂之盜，況貪天之功以為己力乎。"❷ 把他人或他方的功績據為己有。唐代劉知幾《史通•序例》："魏收作例，全取蔚宗，貪天之功，以為己力。"《水滸後傳》三四回："李俊道：'小可本是潯陽江上一個漁戶……討暹羅之難，全是眾位之力，豈敢貪天之功，遂爾僭妄！'"孫犁《澹定集•成活的樹苗》："可能是它的根，在路上未受損傷，也可能是它的生命力特別強盛。我們還是不要貪天之功吧，甚麼事也不要貪天之功。"反 功成不居。

【貪心不足】tān xīn bù zú 貪得之心總是不滿足。《三國演義》一五回："汝貪心不足，既得吳郡，而又強併吾界。"《官場現形記》三九回："現在省城裏候補的人，熬上十幾年見不着一個紅頂子的都有，叫他不要貪心不足。"同 貪得無厭、貪婪無厭。反 知足常樂。

【貪生怕死】tān shēng pà sǐ 貪戀生存，恐懼死亡。多指面臨危及生命的關頭，為求活命而不顧一切。《淮南子•氾論訓》："楚人有乘船而遇大風者，波至而恐，自投於水。非不貪生而畏死也，惑於恐死而反忘生也。"元代孟漢卿《魔合羅》三折："只見稟牆外有個受刑婦人，在那裏聲冤叫屈，知道的是他貪生怕死，不知道的則道俺衙門中錯斷了公事。"老舍

《小人物自述》："要不是她，十之八九我想我是活不成了的，不管我是怎樣的貪生怕死。" 同 貪生惡死、貪生畏死。

【貪多務得】tān duō wù dé 務：務必。❶求知慾強烈，務求儘量多地獲取知識。唐代韓愈《進學解》："先生口不絕吟於六藝之文，手不停披於百家之編……貪多務得，細大不捐。" ❷ 指貪心不足，誅求無已。宋代陳旉《農書·財力之宜篇》："凡從事於務者，皆當量力而為之，不可苟且，貪多務得，以致終無成遂也。" 朱自清《經典常談·三禮第五》："若是只顧自己，不管別人，任性兒貪多務得，偷懶圖快活，這種人就得受嚴厲的制裁，有時候保不住性命。" 同 貪得無厭、貪心不足。反 知足常樂。

【貪官污吏】tān guān wū lì 貪污納賄的官吏。元代無名氏《鴛鴦被》四折："一應貪官污吏，准許先斬後聞。"《兒女英雄傳》八回："此外有等貪官污吏，不顧官聲，不惜民命。"《興唐傳·鬧花燈》一回："隋朝的宇文化及、楊素等人當權，任用一般貪官污吏，逼得百姓無法生存。" 同 贓官污吏、濫官污吏。

【貪婪無厭(饜)】tān lán wú yàn 貪婪得像個無底洞，永遠填不滿。也作"貪得無厭"。《左傳·昭公二十八年》："貪婪無饜，忿纇無期。" 饜：滿足。宋代蘇軾《梁工說》："工日治其訣，更增益劑量，貪婪無厭。" 明代余繼登《典故紀聞》卷一四："內官因有此家產，所以貪婪無厭，奸弊多端。"《紅樓夢》一〇七回："鳳姐本是貪得無厭的人，如今被抄淨盡，自然愁苦。" 丁玲《太陽照在桑乾河上》一九："為什麼父親那末喜歡買土地，那末貪得無厭！" 同 貪心無厭、貪求無厭。反 清心寡慾、廉正自守。

【貪得無厭】tān dé wú yàn 見"貪婪無厭"。

【貪賄無藝】tān huì wú yì 藝：限度。貪圖財物賄賂沒有止境。也作"貪慾無藝"。《國語·晉語八》："及桓子驕泰奢侈，貪慾無藝。略則行志，假貸居賄，宜及於難。" 張欣《掘金時代》："穆青照樣逢人就罵，通貨膨脹，貪賄無藝，笑貧不笑娼。" 同 貪贓納賄、貪得無厭。反 克己奉公、兩袖清風。

【貪慾無藝】tān yù wú yì 見"貪賄無藝"。

【貪贓枉法】tān zāng wàng fǎ 貪污納賄，歪曲和違反法紀。《喻世明言》卷二一："做官的貪贓枉法得來的錢鈔，此乃不義之財，取之無礙。" 清代頤瑣《黃繡球》二八回："偏是換了這豬大腸，不道是政簡刑清正好修明禮教，只嫌尋不出貪贓枉法的錢，刮不出甚麼地皮，鎮日價愁眉苦臉，盤算法門。" 同 貪贓壞法、貪墨不法。反 廉潔奉公、遵紀守法。

【貧病交加】pín bìng jiāo jiā 交加：交相逼迫。貧窮和疾病一齊逼來。形容處境非常艱難窘迫。也作"貧病交迫"。宋代葉適《辭免提舉鳳翔府上清太平宮狀》："某頹齡暮景，貧病交迫，伏蒙至仁，曲加憐念，特畀祠官。" 郁達夫《重印〈袁中郎全集〉序》："後來貧病交迫，這全集以五塊錢被上海一家書賈買去。" 吳玉章《從甲午戰爭前後到辛亥革命前後的回憶》："那時我的二哥已經雙目失明，而又貧病交加。" 同 貧病交攻、飢寒交迫。反 豐衣足食、人給家足。

【貧病交迫】pín bìng jiāo pò 見"貧病交加"。

【貧無立錐】pín wú lì zhuī 窮得連插錐子的土地都沒有。《呂氏春秋·為欲》："無立錐之地，至貧也。" 形容一無所有，極其貧窮。明代歸有光《長興縣編審告示》："乃又議將所謂豪民者優假之，而使單丁隻戶貧無立錐者，執縶箠楚而代之役，是誠非迂愚之所曉也。"《聊齋誌異·薛慰娘》："一子名富，善博，貧無立錐。" 梁實秋《詩人》："他有時貧無立錐，他有時揮金似土。" 同 室如懸磬。反 腰纏萬貫。

【貧賤之交】pín jiàn zhī jiāo 貧苦微賤時交情深厚的朋友。《後漢書·宋弘傳》："(帝）因謂弘曰：'諺言貴易交，富易妻，人情乎？' 弘曰：'臣聞貧賤之知不可忘，糟糠之妻不下堂。'"《南齊書·劉悛傳》："後悛從駕登蔣山，上數歎曰：'貧賤之交不可忘，糟糠之妻不下堂。' 顧謂悛曰：'此況卿也。世言富貴好改其素情，吾雖有四海，今日與卿盡布衣之適。’愜起拜謝。”《紅樓夢》六三回：“我和他又是貧賤之交，又有半師之分。”◇貧賤之交不可忘。我要是你，説甚麼也得把他請到咱家來招待一下啊！

【貧賤驕人】pín jiàn jiāo rén《史記•魏世家》：“子擊逢文侯之師田子方於朝歌，引車避，下謁，田子方不為禮。子擊因問曰：‘富貴者驕人乎？且貧賤者驕人乎？’子方曰：‘亦貧賤者驕人耳。’”後用“貧賤驕人”説以貧窮微賤而自傲，對富貴權勢持輕蔑鄙視態度。明代吳從先《小窗自紀•雜著》：“貧賤驕人，傲骨生成難改；英雄欺世，浪語必多不經。”《聊齋誌異•狂生》：“夫至於無門可滅，則怒者更無以加之矣。噫嘻！此所謂貧賤驕人者耶！”錢鍾書《談教訓》：“以才學驕人，你並不以驕傲而喪失才學，以貧賤驕人，你並不以驕傲而變成富貴，但是，道德跟驕傲是不能並立的。”反 富貴驕人。

【貧嘴薄舌】pín zuǐ bó shé 説話尖酸刻薄，令人討厭。也作“尖嘴薄舌”。《鏡花緣》三回：“你既要騙我酒吃，又鬥我圍棋，偏有這些尖嘴薄舌的話説。”魯迅《花邊文學•奇怪》：“那麼，遠處，或是將來的人，恐怕大抵要以為這是作者貧嘴薄舌，隨意捏造，以挖苦他所不滿的人們罷。”丁玲《杜晚香》：“嫂嫂們都是尖嘴薄舌，也説不出她甚麼。”同 貧嘴賤舌。反 甜言蜜語。

【貫朽粟陳】guàn xiǔ sù chén 貫朽：穿錢的繩子朽爛。粟陳：粟穀堆積存放多年。《史記•平準書》：“京師之錢累巨萬，貫朽而不可校；太倉之粟陳陳相因，充溢露積於外，至腐敗不可食。”後用“貫朽粟陳”形容錢財富足，糧食充裕。宋代江應辰《應詔陳言兵食事宜》：“以文景輕徭薄賦，而貫朽粟陳。”《禪真逸史》二五回：“公子貫朽粟陳，金銀滿庫，何在於三五十兩銀子？”太平天国花晦庭《建天京於金陵論》：“將見長江天塹，千萬傳統緒垂成；貫朽粟陳，億萬國朝貢永集。”也作“貫朽粟腐”。腐：腐敗。宋代陸九淵《問漢文武之治》：“武帝之為君，固英明之君也，然其質不能不偏於剛。故其承文帝富庶之後，貫朽粟腐，憤然欲犁匈奴之庭，以刷前世之恥。”同 貫朽粟紅、粟陳貫朽。反 一貧如洗、囊空如洗。

【貫朽粟腐】guàn xiǔ sù fǔ 見“貫朽粟陳”。

【貽人口實】yí rén kǒu shí 貽：給予。口實：話柄。《尚書•仲虺之誥》：“予恐來世以台為口實。”台（yí）：我。後用“貽人口實”説因為自己不慎或不妥的言行而給人留下話柄。清代唐才常《上歐陽中鵠書》：“即統籌全局，非數十萬金不能蕆事，安得有此鉅款？如此事果成，必貽人口實。”清代李伯元《南亭筆記》卷二：“世續知其隱，言於光緒帝，謂慶寬為醇賢親王賞識之人，父功之，子罪之，未免貽人口實。帝悟，置諸不問，慶寬遂免於危。”同 授人以柄。

【貽笑大方】yí xiào dà fāng《莊子•秋水》：“吾長見笑於大方之家。”説被具大道者所嗤笑。後指被見多識廣的有識之士所譏笑。《説岳全傳》十回：“小生意下卻疑是此劍，但説來又恐不是，豈不貽笑大方！”《鏡花緣》五二回：“去歲路過貴邦，就要登堂求教，但愧知識短淺，誠恐貽笑大方，所以不敢冒昧進謁。”魯迅《三閒集•無聲的中國》：“他們説年青人的作品幼稚，貽笑大方。”同 見笑大方。

【貽害無窮】yí hài wú qióng 貽：留下。遺留下來的禍害沒完沒了，後果嚴重。宋代王栐《燕翼詒謀錄》卷二：“王安石一時私意，貽害無窮，罪不勝誅。”《蕩寇志•結水滸全傳》：“這喚做甚麼説話？真是邪説淫辭，壞人心術，貽害無窮。”清代紀昀《閱微草堂筆記•如是我聞三》：“《參同契》爐鼎鉛汞，皆是寓言，非言燒煉。方士轉向附會，遂貽害無窮。”《文明小史》一七回：“弄到今日國窮民困，貽害無窮，思想起來，實實令人可恨。”也作“貽患無窮”。清代紀昀《閱微草堂筆記•灤陽消夏錄一》：“公今縱之，又貽患無窮矣。”同 遺患無窮。

【貽患無窮】yí huàn wú qióng 見“貽害無窮”。

【貽厥孫謀】yí jué sūn móu 貽：遺留。厥：其。謀：籌劃。《尚書•五子之歌》："明明我祖，萬邦之君，有典有則，貽厥子孫。"《詩經•文王有聲》："詒厥孫謀，以燕翼子。"詒：傳給。後用"貽厥孫謀"說：❶把治理天下的準則傳給後代一直實行下去，一定會順應民心，長治久安。《三國志•董允傳》裴松之注引《襄陽記》："若一朝無諸葛亮，必為禍亂矣。諸君憒憒，曾不知防慮於此，豈所謂貽厥孫謀乎？"《晉書•何遵傳》："吾每宴見，未嘗聞經國遠圖，惟說平生常事，非貽厥孫謀之兆也。"唐代魏徵《十漸不克終疏》："臣觀自古帝王受圖定鼎，皆欲傳之萬代，貽厥孫謀。"❷為子孫後代做出妥善的安排。唐代李翰《鳳閣王侍郎傳論贊序》："有忠孝之道焉，有禮義之規焉，有經邦之則焉，有正家之訓焉，固可以貽厥孫謀，播乎長世者也。"同 詒厥孫謀。

【貽誤軍機】yí wù jūn jī 貽誤：耽誤。軍機：軍事機要或時機。耽誤軍事戰略的實施或作戰的時機。《清史稿•高宗紀三》："二十一年春正月庚午，以額駙科爾沁親王色布騰巴勒珠爾貽誤軍機，褫爵禁錮。"同 貽誤戰機。

【貴人多忘】guì rén duō wàng 地位高貴的人容易忘事。❶譏誚顯貴者高高在上，不念舊交。五代王定保《唐摭言•恚恨》："儻也貴人多忘，國士難期，使僕一朝出其不意，與君並肩台閣，側眼相視，公始悔而謝僕，僕安能有色於君乎？"元代宮大用《范張雞黍》四折："我怎敢恰為官貴人多忘。"❷嘲諷人健忘的套語。元代馬致遠《漢宮秋》三折："可憐俺別離重，你好是歸去的忙。寡人心先到他李陵台上，回頭兒卻纔魂夢裏想，便休題貴人多忘。"元代孟漢卿《魔合羅》三折："這些兒事務，你早不記想，早難道貴人多忘？"同 貴人多忘事。

【貴耳賤目】guì ěr jiàn mù 重視耳朵聽到的，輕視眼睛看見的。形容容易聽信傳聞，卻不相信親眼所見的。漢代張衡《東京賦》："若客所謂，末學膚受，貴耳而賤目者也。"唐代白居易《與元九書》："夫貴耳賤目，榮古陋今，人之大情也。"清代許奉恩《里乘•古雛鸞》："每慨三家村偽儒，時文不通，輒自命以詩古文詞名家。一時貴耳賤目者，不辨真偽，遽以名士目推，彼竟居之不疑，自以為是。"

【貴相知心】guì xiāng zhī xīn 說人和人之間，最重要的在於彼此瞭解，情投意合，推誠相待。漢代李陵《答蘇武書》："人之相知，貴相知心。"◇朋友相交，貴相知心，勾心鬥角，爾虞我詐，決不是朋友題中應有之義。同 貴在知心。

【貴遠賤近】guì yuǎn jiàn jìn 認為距今久遠的就好就珍貴，新近的就差就沒多大價值。意指厚古薄今，是古非今。《漢書•揚雄傳贊》："凡人賤近而貴遠，親見揚子雲祿位容貌不能動人，故輕其書。"三國魏曹丕《典論•論文》："常人貴遠賤近，向聲背實，又患暗於自見。"晉代葛洪《抱朴子•鈞世》："其於古人所作為神，今世所著為淺，貴遠賤近，有自來矣。"北魏楊衒之《洛陽伽藍記•建陽里》："人皆貴遠賤近，以為信然。"朱自清《正變》二："論'文變'的人，對於'時'多少持着平等觀，但也不免貴遠賤近或'競今疏古'的偏見。"同 賤近貴遠、貴遠鄙近。

【貴賤高下】guì jiàn gāo xià 富貴、卑賤、地位高、地位低。指人所處的不同地位。也作"貴賤高低"。戰國楚宋玉《風賦》："夫風者，天地之氣，溥暢而至，不擇貴賤高下而加焉。"明代周楫《西湖二集•薰蕕不同器》："其貪財不顧廉恥如此。有詩為證：'見了金銀珠寶，不論貴賤高低。'"◇她雖然有錢有勢，但待人一向謙和，不論貴賤高下，都一視同仁。同 高低貴賤。

【貴賤高低】guì jiàn gāo dī 見"貴賤高下"。

【貴賤無常】guì jiàn wú cháng 常：確定不變。❶富貴貧賤變化不定，人的命運總是在變動。宋代王楙《野客叢書•鶡冠子》："《前漢•藝文志》有《鶡冠子》一篇。今所行四卷十五篇，如所謂'中流失船，一壺千金'、'貴賤無常，物使之然'，皆出於是。"◇在這社會大變動的時期，貴賤無常是正常的，昨天的窮光蛋，今天成了億萬富翁，昨天的首富，今天卻做了階下囚。❷ 指物價時貴時賤，漲跌不定。《新唐書•食貨志三》："所供非所業，所業非所供，增價以市所無，減價以貿所有，耕織之力有限，而物價貴賤無常。"◇現在的物價波動太大，就拿青菜說吧，天天都不一樣，貴賤無常。同 貴無常尊。反 亙古不變。

【買牛賣劍】mǎi niú mài jiàn 見"賣劍買牛"。

【買空賣空】mǎi kōng mài kōng ❶ 指各種招搖撞騙的投機活動。《十朝聖訓•大清宣宗成皇帝聖訓》："復有奸商開設大和、天和、恆盛名字號，邀群結夥，買空賣空，懸擬價值，轉相招引。" ❷ 商業金融活動中的一種投機行為。投機的對象多為股票、債券、期貨、外幣等，投機者預計價格漲跌，買進或賣出，買賣雙方均無貨物或現款過手，只是按一進一出間的差價結算盈虧。徐遲《牡丹》三："父親慣於在金融市場上買空賣空，兒子也養成了一種翻手作雲，覆手作雨的性格。"同 賣空買空。

【買馬招軍】mǎi mǎ zhāo jūn 購買軍馬，招募士兵。指組建或擴充軍隊。元代鄭廷玉《楚昭公》三折："着誰人買馬招軍，重與俺揚威耀武。"明代湯顯祖《牡丹亭•牝賊》："有這等事？恭喜了！借此號令，買馬招軍。"同 招兵買馬、招軍買馬。

【買櫝還珠】mǎi dú huán zhū《韓非子•外儲說左上》：有楚人去鄭國賣珍珠，把珍珠匣子裝飾得非常華貴。有個鄭國人買了匣子，把珍珠退還給楚國人。後用"買櫝還珠"比喻捨本逐末，輕重倒置。宋代范浚《春秋論》："甚者置經不問，顧取三傳之說可喜者誦之，是所謂買櫝還珠者也。"清代陳廷焯《白雨齋詞話》卷三："師玉田而不師其沈鬱，是買櫝還珠也。"梁啟超《〈節本明儒學案〉例言》："往往將其最精妙之談刪去，而留其平易切實者。此平易切實之言，或非本人所重視，幾於買櫝還珠矣。"鄒韜奮《萍蹤寄語》一："當然，以我的淺漏的眼光，恐怕'買櫝還珠'，沒有甚麼好報告。"同 捨本逐末、輕重倒置。

【費盡心機】fèi jìn xīn jī 形容絞盡腦汁，用盡了心思和計謀。宋代朱熹《與楊子直書》："而近年一種議論，乃欲周旋於二者之間，回互委曲，費盡心機。"《鏡花緣》三六回："一連兩夜，國王費盡心機，終成畫餅，雖覺掃興氣惱，因河道一事究竟牽掛，不敢把他奈何。"李一氓《懷念鄭西諦》："譬如有傳世的宋人信札（包括范仲淹的《道服贊》）很多封，抗戰勝利後一直沒有下落，他是費盡心機在全國尋找，最後還是被他找到了。"同 用盡心機。

【賊眉賊眼】zéi méi zéi yǎn 見"賊眉鼠眼"。

【賊眉鼠眼】zéi méi shǔ yǎn 形容人鬼鬼祟祟或邪歪不正的樣子。也作"賊眉賊眼"。《三俠五義》三回："正說話間，只見小和尚左手拿一隻燈，右手提一壺茶走進來，賊眉賊眼，將燈放下，又將茶壺放在桌上。"老舍《趙子曰》一三："'你沒看見李景純嗎？'武端賊眉鼠眼的問：'他來，她就不能來！'"同 賊頭賊腦、鬼頭鬼腦。反 眉清目秀、濃眉大眼。

【賊喊捉賊】zéi hǎn zhuō zéi 做了賊的人反而喊叫別人去捉賊。比喻做了壞事，故意轉移目標，嫁禍於人，以求逃脱罪責。《北洋軍閥統治時期史話》一三章："這是袁的'賊喊捉賊'的鬼蜮伎倆。"同 惡人先告狀。

【賄貨公行】huì huò gōng xíng 見"賄賂公行"。

【賄賂公行】huì lù gōng xíng 公開地行賄受賄。形容肆無忌憚地違法犯罪，貪贓枉法。也作"賄貨公行"。《陳書•後主張貴妃傳》："閹宦便佞之徒，內外交結，轉相引進，賄賂公行，賞罰無常，綱紀瞀亂矣。"《隋書•煬帝紀下》："政刑弛紊，賄貨公行。"宋代劉斧《青瑣高議•王寂傳》："子賄賂公行，反覆曲直，民受其弊。"清代黃宗羲《子劉子行狀》："言路阻而宵人得志，徑竇開而賄賂公行。"同 貨賄（賂）公行。反 弊絕風清。

【賓至如歸】bīn zhì rú guī 客人到了這裏就像回到家裏一樣。形容接待客人親切殷勤。《左傳·襄公三十一年》："賓至如歸，無寧菑患，不畏寇盜，而亦不患燥濕。"宋代歐陽修《歸田錄》卷一："臣家貧無器皿，酒肆百物具備，賓至如歸，適有鄉里親客自遠來，遂與之飲。"《東周列國誌》七八回："四方之客，一入魯境，皆有常供，不至缺乏，賓至如歸。"反 杜門謝客。

【賓朋滿座】bīn péng mǎn zuò 形容到場的賓客、朋友非常多。元代趙文《熊仁山公及夫人余氏墓誌銘》："賓朋滿座，款酬靡倦。"明代釋妙聲《小隱軒記》："若夫風和氣清，樹陰在戶，賓朋滿座，攀援桂枝，倡酬詠歌，以適一時文雅之樂。"同 高朋滿座、勝友如雲。反 門可羅雀。

【賓客如雲】bīn kè rú yún 賓客像雲一樣聚集起來。形容賓客極多。宋代蘇軾《黃樓致語口號》："賓客如雲，來四方之豪傑；鼓鐘隱地，聳萬目之觀瞻。"明代程敏政《古樸行》："往來喬木認朱門，賓客如雲繫車馬。"◇我家興盛時賓客如雲，家道衰落時則避之惟恐不及，人情勢利冷暖，我自小就嘗到了。同 勝友如雲、賓客盈門。

【賓客盈門】bīn kè yíng mén 賓客擠滿了大門。形容上門的客人很多。《後漢書·仇覽傳》："覽入太學。時諸生同郡符融有高名，與覽比宇，賓客盈室。覽常自守，不與融言。"《南史·王暕傳》："時父儉作宰相，賓客盈門。"宋代張九成《與常子正中丞書》："出局常晚，歸又賓客盈門，嘗問繼踵，所以起居之問不能時到。"◇她一來，酒樓的生意就格外的好，一天到晚賓客盈門。同 高朋滿座、賓客如雲。反 門可羅雀、門庭冷落。

【賣刀買犢】mài dāo mǎi dú 見"賣劍買牛"。

【賣友求榮】mài yǒu qiú róng 為求取榮華富貴而出賣朋友。馮玉祥《我的生活》一三章："其實王懷慶是存心詐騙，賣友求榮。"柳亞子《詠史》："賣友求榮事可羞，靦顏枉自附清流。"同 賣主求榮。

【賣弄玄虛】mài nòng xuán xū 耍弄迷惑人的花招，神神秘秘，讓人不明就裏。巴金《復仇集·亞麗安娜》："吳素來愛賣弄玄虛，說話每說到重要的地方便住了口。"同 故弄玄虛。

【賣身投靠】mài shēn tóu kào 喪失人格、道義，投靠依附有權有勢有財力的人，求得依靠和庇護或充當其幫兇。魯迅《準風月談·後記》："我見這富家兒的鷹犬，更深知明季的向權門賣身投靠之輩是怎樣的陰險了。"《北洋軍閥統治時期史話》六十章："這個決議不但充分暴露了國會議員賣身投靠、卑鄙無恥的齷齪面貌，而且就事論事也是不合法的。"同 獨立自主。

【賣兒鬻女】mài ér yù nǚ 鬻：賣。出賣自己的子女。多指遭受天災人禍時，百姓淒慘的生活景象。清代顧炎武《日知錄·蘇松二府田賦之重》："以農夫蠶婦凍而織，餒而耕，供稅不足，則賣兒鬻女。"清代于成龍《勸諭急公》："是屢次派徵，爾民有賣兒鬻女之慘，而催解不前，居官有性命存亡之危。"◇在近代的幾次大災荒中，災民或轉死溝壑，或賣兒鬻女，或流亡乞討，得不到任何救濟。同 鬻兒賣女、餓殍遍野。

【賣官鬻爵】mài guān yù jué 出賣官爵或官職，牟取私利。形容官場腐敗。《宋書·鄧琬傳》："琬性鄙暗，貪吝過甚……父子並賣官鬻爵。"宋代朱弁《曲洧舊聞》卷十："王將明當國時，公然受賄賂，賣官鬻爵，至有定價，故當時為之語曰：'三千索，直秘閣；五百貫，擢通判。'"清代洪昇《長生殿·權哄》："你道賣官鬻爵，只問你的富貴是那裏來的？"同 鬻爵賣官。

【賣俏倚門】mài qiào yǐ mén 見"倚門賣俏"。

【賣國求榮】mài guó qiú róng 為求個人的榮華富貴而出賣國家利益。《新安文獻志·行實》載宋代朱熹《奉使直秘閣朱公弁行狀》："一旦狂徒誤國招禍，使君父蒙塵，越在沙漠苦寒無人之地，而一時遺臣賣國求榮之輩接跡朝，靦然相視，乃無一人肯奔問官守者。"《說岳全傳》三三回："狗男女！你們父子賣國求榮，詐害良民，正要殺你。”老舍《四世同堂》五六：“牛教授只是個教授而已，誰能想到汪精衛也肯賣國求榮呢？”同 求榮賣國、媚外求榮。反 捐軀報國、精忠報國。

【賣劍買牛】mài jiàn mǎi niú 賣掉刀劍，購買耕牛，安於務農。古代以農為本，此舉被稱為強國利民的善政。《漢書•龔遂傳》：“遂見齊俗奢侈，好末技，不田作，乃躬率以儉約，勸民務農桑……民有帶持刀劍者，使賣劍買牛，賣刀買犢。”後也泛指務農。宋代陸游《貧甚作短歌排悶》：“惟有躬耕差可為，賣劍買牛悔不早。”宋代秦觀《代謝中書舍人啟》：“請鄰祭竈，聊為寄食之資；賣劍買牛，行作歸耕之計。”也作“賣刀買犢”、“買牛賣劍”。唐代武元衡《兵行褒斜谷作》：“三州頓使氣象清，賣刀買犢消憂患。”宋代趙鼎臣《送外兄張會之》詩：“買牛賣劍計已決，家有竹隱堪負暄。”元代王沂《送鄭生之鄭州知事》詩：“賣刀買犢趁春耕，共説冰壺莫厭輕。”《清史稿•邁柱傳》：“上諭曰：‘所奏深得賣刀買犢之意。環刀、標槍，自當收繳，可順其願，不宜強迫。’”同 鑄劍為犁。

【賣履分香】mài lǚ fēn xiāng 見“分香賣履”。

【賢良方正】xián liáng fāng zhèng 品德高尚，才能出眾，操行正直無邪。漢文帝以來，規定為地方官向朝廷舉薦人才的一種科目。《史記•孝文本紀》：“令至，其悉思朕之過失，及知見思之所不及，白以告朕，及舉賢良方正能直言極諫者，以匡朕之不逮。”宋代蔡襄《送丘賢良序》：“國家設科以博取天下士，其敢言直節者曰賢良方正。”元代無名氏《醉寫赤壁賦》一折：“(秦觀) 字少游，自元祐初，舉賢良方正。”

【賢妻良母】xián qī liáng mǔ 賢慧的妻子和善良的母親。用於讚揚婦女的美德。巴金《紀念友人世彌》：“許多人説她是一個賢妻良母型的女性，卻少有人知道她是社會革命的鬥士。”◇她眉目溫存而且善良，一看就知道屬於賢妻良母型。反 河東獅吼。

【賞一勸百】shǎng yī quàn bǎi 勸：勉勵。獎賞一個人，藉以激勵很多人。《六韜•賞罰》：“吾欲賞一以勸百，罰一以懲眾，為之奈何？”唐代陳子昂《為河南王等論軍功表》：“夫賞一勸百，猶恐未孚；利一阻萬，其弊誰救？”◇公司的獎懲，必須依據規章制度有理有據地進行，這樣才能起到賞一勸百，罰一懲眾的良好作用。同 賞一勸眾。反 懲一儆百。

【賞心悅目】shǎng xīn yuè mù 欣賞美好的景物，心情舒暢愉快。清代吳趼人《近十年之怪現狀》一九回：“果然湖光山色，令人賞心悅目。”魯迅《故事新編•採薇》：“只見新葉嫩碧，土地金黃，野草裏開着些紅紅白白的小花，真是連看看也賞心悅目。”同 悅目賞心、悅目娛心。反 悲從中來、悲不自勝。

【賞心樂事】shǎng xīn lè shì 歡暢的心情和快樂的事情。南朝宋謝靈運《擬魏太子鄴中集詩序》：“天下良辰、美景、賞心、樂事，四者難併。”唐代白居易《三月三日祓禊洛濱》詩序：“盡風光之賞，極遊泛之娛，美景良辰，賞心樂事，盡得於今日矣！”元代辛文房《唐才子傳•錢起》：“緬懷盛時，往往文會，群賢畢集，觥籌亂飛，遇江山之佳麗，繼歡好於疇昔，良辰美景，賞心樂事，於斯能併矣。”明代湯顯祖《牡丹亭•遊園》：“良辰美景奈何天，賞心樂事誰家院？”

【賞罰不明】shǎng fá bù míng 獎勵和懲罰不當，該獎的沒獎，該罰的沒罰。《管子•七法》：“朝無政，則賞罰不明；賞罰不明，則民幸生。”宋代蘇軾《進歐陽修議狀劄子》：“所以致此者，蓋由朝廷賞罰不明，舉措不當之咎也。”《水滸傳》八五回：“如此奸黨弄權，讒佞僥幸，嫉賢妒能，賞罰不明，以致天下大亂。”《説岳全傳》五二回：“他道我賞罰不明，因而懷恨，至有此舉。”同 賞罰不當、賞罰不信。反 賞罰分明、賞罰嚴明。

【賞罰分明】shǎng fá fēn míng 獎勵和懲罰掌握得很得當，該獎的獎，該罰的罰。《漢書•張敞傳》：“敞為人敏疾，賞罰分明。”宋代曹彥約《與郭統制劄子》：“主將之體，所謂賞罰分明者，非特犒與科決也，須是當招當捕之人明辨是非，乃是大賞大罰。”《三國演義》三回：“董卓為人敬賢禮士，賞罰分明，終成大業。”同 賞罰嚴明。反 賞罰不明。

【賞罰嚴明】shǎng fá yán míng 獎、懲、賞、罰，嚴肅而公正。漢代王符《潛夫論•實貢》：“憂君哀民，獨覩亂原，好善嫉惡，賞罰嚴明，治之材也。”宋代胡宏《練兵》：“賞罰嚴明，此孫武子所以制勝於天下，諸葛公所以抗衡於中原者也。”《說唐》八回：“但下官從來賞罰嚴明，況令侄乃是配軍，到此無尺寸之功，若驟然加官職，恐眾將難服。”同 賞罰分明、賞功罰罪。反 賞罰不明、賞同罰異。

【賭咒發誓】dǔ zhòu fā shì 賭咒：表示如違背作出的承諾將受某種報應。發誓：嚴肅地作出做某事或絕不做某事的保證。今多表示保證決心、承諾或所說所言是絕對真實的。《紅樓夢》七四回：“眾小丫頭慌了，都跪下賭咒發誓，說：‘自來也不敢多說一句話。有人凡問甚麼，都答應不知道。這事如何敢多說？’”◇她賭咒發誓說，從沒見過這個人，更不要說拿他的錢了！同 對天發誓、發誓賭咒。

【賤目貴耳】jiàn mù guì ěr 賤：輕視。貴：重視。目：指親見。耳：指傳聞。比喻忽視眼前的現實，輕信傳聞。宋代洪求仲《代高元晦祭呂祖謙文》：“凡今之人，賤目貴耳，後百千年，公愈尊矣。”明代李時珍《本草綱目•草三•蛇牀》：“蛇牀乃右腎命門、少陽三焦氣分之藥，神農列之上品，不獨輔助男子，而又有益婦人。世人捨此而求補藥於遠域，豈非賤目貴耳乎？”清代李調元《蜀雅序》：“殘膏餘馥，不知沾丐後人幾許，而賤目貴耳者顧謂今不如古，方隅之別也，豈不悖乎！”

【質疑問難】zhì yí wèn nàn 提出疑難問題向人請教，或進行研討，解開疑難問題。唐代李翱《復性書》下：“且情之有不善，奚待質疑問難而後知之哉！”《宋史•黃灝傳》：“朱熹守南康，灝執弟子禮，質疑問難。”清代毛奇齡《家明府文山兄七十壽序》：“即偶然詘處一室，而戶外屨滿，凡夫質疑問難，造其廬而諮以事者比比也。”郭沫若《歷史人物•魯迅與王國維》：“他對於質疑問難的人是知無不言，言無不盡。”

赤部

【赤子之心】chì zǐ zhī xīn 形容純潔善良的心地。赤子：初生的嬰兒。《孟子•離婁下》：“大人者，不失其赤子之心者也。”《紅樓夢》一一八回：“所謂赤子之心，原不過是‘不忍’二字。”聞一多《志願》：“他的潛流時時在平靜表面下奔湧，噴吐着一顆憂國憂民的赤子之心。”反 蛇蠍心腸、狼心狗肺。

【赤手空拳】chì shǒu kōng quán 赤手：空手。兩手空空，一無所有。❶形容家貧，沒有財物。元代秦簡夫《剪髮待賓》一折：“喒如今少米無柴，赤手空拳。”沈從文《自傳編零•從現實學習》：“人家帶了弓箭藥弩入山中獵取虎豹，你倒赤手空拳帶了一腦子不切實際幻想入北京城作這份買賣。”❷指手中沒有兵器。《西遊記》五十回：“(老魔王）呼喇一下，把金箍棒收做一條，套將去了。弄得孫大聖赤手空拳，翻筋斗逃了性命。”林語堂《京華煙雲》四三章：“保安隊中有不少人直戰到子彈用盡，奔上前去赤手空拳和日本兵揪打。”❸比喻沒有任何憑藉。曾國藩《曾國藩家書•用人篇》：“南翁能夠赤手空拳幹大事，而不太露聲息，弟弟應當留心學習仿效。”朱自清《民眾文學的討論》：“因為創作必有所憑依，斷非赤手空拳所能辦。”同 手無寸鐵。

【赤心相待】chì xīn xiāng dài 赤心：真誠的心。真心誠意對待別人。元代喬夢符《兩世姻緣》一折：“做了一程夫妻，彼此赤心相待，白首相期。”元代武漢臣《玉壺春》二折：“自從與李玉壺作伴，可早一載有餘也，俺兩個赤心相待。”金庸《天龍八部》一八回：“(喬峰）拜丐幫汪幫主為師，行走江湖，雖然多歷艱險，但師父朋友，無不對他赤心相待。”也作“赤誠相待”。金庸《神鵰俠侶》一八回：“心性相投者他赤誠相待，言語不合便視若仇敵，他待別人如是，別人自然也便如是以報了。”同 推誠相見、推心置腹。反 虛情假意、虛與委蛇。

【赤心報國】chì xīn bào guó 赤心：忠心。報國：為國家效勞。忠心耿耿，為國效力。唐代劉長卿《疲兵篇》詩：“赤心報國無片賞，白首還家有幾人。”《水滸傳》一一四回：“今來犯吾境界，汝等諸官，各受重爵，務必赤心報國，休得怠慢。”蔡東藩《元史演義》三一回：“老臣赤心報國，偏遭台臣嫉忌，誣臣重罪，務乞太后為臣剖白，臣死且感恩！”同 捐軀報國。反 賣國求榮。

【赤地千里】chì dì qiān lǐ 赤地：寸草不生的土地。形容因遭受災荒或經過戰亂，大片土地寸草不生的荒涼景象。《新五代史•唐莊宗紀上》：“克用兵大掠晉、絳，至於河中，赤地千里。”清代劉獻廷《廣陽雜記》卷四：“旱則赤地千里，潦則漂沒民居。”◇從一九二七到一九二九年，整個北中國赤地千里，連年大旱，至今令人談而色變。反 沃野千里、風調雨順。

【赤身裸體】chì shēn luǒ tǐ 見“赤身露體”。

【赤身露體】chì shēn lù tǐ 赤：光着、露着。露出大部分身子或全身裸露。《鏡花緣》二六回：“正在驚慌，猛見海中攛出許多婦人，都是赤身露體，浮在水面。”《隋唐演義》五七回：“敬德聽說，不及披掛，忙在水中赤身露體跨上禿馬，執鞭飛趕前去。”梁實秋《聽戲》：“而我從小就沒有光脊梁的習慣，覺得大庭廣眾之中赤身露體怪難為情。”也作“赤身裸體”。《三國演義》八四回：“吳班引兵到關前搦戰，耀武揚威，辱罵不絕；多有解衣卸甲，赤身裸體，或睡或坐。”◇回到亙古洪荒的年代，做一個返璞歸真赤身露體的人吧！反 衣冠楚楚。

【赤貧如洗】chì pín rú xǐ 赤貧：窮得一無所有。如洗：像水沖過一樣。形容極其貧窮。《儒林外史》二一回：“老人家兩個兒子，四個孫子，家裏仍然赤貧如洗。”清代白雲道人《賽花鈴》四回：“況這廝近來家業蕩盡，赤貧如洗，就使妹妹嫁了他去，難道是不要吃着的麼？”◇家裏早已被十幾萬元的治療費耗得赤貧如洗了。同 家徒四壁。反 富埒王侯。

【赤誠相待】chì chéng xiāng dài 見“赤心相待”。

【赤膊上陣】chì bó shàng zhèn《三國演義》五九回：“許褚性起，飛回陣中，卸下盔甲，渾身筋突，赤體提刀，翻身上馬，來與馬超決戰。”後用“赤膊上陣”：❶ 指光着上身，不穿戴盔甲上陣打仗。魯迅《致蕭軍、蕭紅》：“你記得《三國演義》上的許褚赤膊上陣麼？中了好幾箭。金聖歎批道：‘誰叫你赤膊？’”黃易《尋秦記》八章：“王齕際此天寒地凍之時，仍赤膊上陣。盤弓拉箭，接連三箭命中紅心，惹來轟天采聲。”❷ 比喻不顧一切地猛打猛衝。秦牧《辨認文化巨人的長征足跡》：“魯迅鬥爭是這樣的勇猛，他講究策略，反對‘赤膊上陣’，但是在必要的時候，又是視死如歸的。”◇朱家兒子是拿起刺刀，赤膊上陣拼命的人。❸ 比喻沒有準備或毫不掩飾地幹。曹靖華《智慧花開爛如錦》：“只得赤膊上陣，邊學邊教。”王朝聞《論鳳姐》十四：“如果說抄檢大觀園賈母只不過居於幕後，那末她攻擊鼓書《鳳求鸞》就是所謂‘赤膊上陣’的了。”

【赤縣神州】chì xiàn shén zhōu《史記•孟子荀卿列傳》：“中國名曰赤縣神州。赤縣神州內自有九州，禹之序九州是也。”後以“赤縣神州”借指中原或中國。漢代王充《論衡•談天》：“《禹貢》九州，方今天下九州也，在東南隅，名曰赤縣神州。”宋代劉子寰《賀新郎•登玉田峰》詞：“赤縣神州何處是？但風煙、杳杳迷空闊。”梁啟超《小說與群治之關係》：“此又天下萬國凡有血氣者莫不皆然，非直吾赤縣神州之民也。”

【赤膽忠心】chì dǎn zhōng xīn 形容非常忠誠，絕無二心。《封神演義》五二回：“臣空有赤膽忠心，無能回其萬一。”《說岳全傳》三十回：“赤膽忠心扶社稷。”

《慈禧太后演義》十四回："這旨一下，內閣禦史沈淮，仗着赤膽忠心，就來奏阻。" 同 忠心赤膽、忠肝義膽。反 三心二意、人面獸心。

【赤繩繫(系)足】chì shéng jì zú 唐代李復言《續玄怪錄·定婚店》記載：韋固年少未娶，外出旅遊，至宋城南店住下。遇一老人靠着布囊坐着，向月翻書，自稱掌天下婚姻簿。韋固因問："囊中何物？"老人答曰："赤繩子耳，以繫夫妻之足。及其生，則潛用相繫，雖仇敵之家，貴賤懸隔，天涯從宦，吳楚異鄉，此繩一繫，終不可綰。"後以"赤繩繫足"表示男女雙方結為夫婦。《警世通言·莊子休鼓盆成大道》："若論到夫婦，雖說是紅線纏腰，赤繩系足，到底是剜肉粘膚，可離可合。"清代石玉昆《續小五義》十五回："若非月下老人把赤繩系足，你我焉有夫妻之分？"

【赫斯之怒】hè sī zhī nù 赫：勃然大怒的樣子。斯：語助詞，無義。《詩經·皇矣》："王赫斯怒，爰整其旅。"後以"赫斯之怒"指帝王之怒。《後漢書·曹節傳》："近者神祇啟悟，陛下發赫斯之怒，故王甫父子應時馘截。"唐代張説《為河南郡王武懿宗平冀州賊露佈》："陛下震赫斯之怒，授決勝之符，天地合謀，鬼神助伐。" 同 雷霆震怒。反 喜笑顏開。

【赫然而怒】hè rán ér nù《詩經·皇矣》："王赫斯怒，爰整其旅。"斯：語助詞，無義。後以"赫然而怒"形容勃然大怒。宋代呂祖謙《呂氏家塾讀詩記》卷二五："文王赫然而怒。"清代李光地《榕村語錄》卷二四："若彼赫然而怒，發淡水洋，亦命也。" 同 勃然大怒。

【赫赫之名】hè hè zhī míng 赫赫：形容盛大。形容聲名卓著。漢代荀悦《前漢紀·孝成四》："其臨州無赫赫之名，去後常見思。"清代王士禎《池北偶談·葛端肅公家訓》："凡自我行，務上有益於朝廷，下有利於生民，而無求赫赫之名，其庶矣。" 同 赫赫有名。

【赫赫有名】hè hè yǒu míng 赫赫：盛大顯著。形容揚名四海，無人不知。《孽海花》一三回："那位至交，也是當今赫赫有名的直臣，就為妄劾大臣，丟了官兒。"《二十年目睹之怪現狀》三七回："還有一個胡公壽，是松江人，詩書畫都好，也是赫赫有名的。" 同 鼎鼎大名、聞名遐邇。反 無名小卒。

【赭衣塞路】zhě yī sè lù 赭衣：赤褐色的衣服，古代囚服。形容法網嚴苛，囚犯遍國中。《漢書·刑法志》："奸邪並生，赭衣塞路，囹圄成市，天下愁怨，潰而叛之。"唐代白居易《策林·止獄措刑》："力殫財竭，盡為寇賊，群盜滿山，赭衣塞路。" 同 赭衣滿道。

走部

【走投無路】zǒu tóu wú lù 投：投向……地方。找不到任何出路。比喻陷入絕境。元代楊顯之《瀟湘雨》三折："淋的我走投無路……怎當這頭直上急簌簌雨打，腳底下滑擦擦泥淤。"《封神演義》四八回："聞太師這一會神魂飄蕩，心亂如麻，一時間走投無路。"李六如《六十年的變遷》第九章："這位走投無路的季交恕，省城熟人又少，就只好暫住三興街協和商號，邊找門路邊賣文。" 同 山窮水盡、日暮途窮。反 萬事如意、萬事亨通。

【走南闖北】zǒu nán chuǎng běi ❶ 形容到處闖蕩奔波。蕭乾《老北京的小胡同》："那以後，我就走南闖北了。可是不論我走到哪裏，在夢境裏，我的靈魂總在那幾條小胡同裏轉悠。" ❷ 形容到過的地方很多，閱歷豐富。楊朔《雪花飄飄》："桃樹爺爺是個説故事的能手，一輩子走南闖北的，閱歷多。" 同 漂流四方、浪跡天涯。反 深居簡出、足不出户。

【走為上計】zǒu wéi shàng jì ❶ 無力抵抗敵人時，以逃走為上策。《南齊書·王敬則傳》："檀公三十六策，走是上計。汝父子唯應急走耳。"後多作"走為上計"。❷ 説陷於困境時，無法解決，只好一走了事。《水滸傳》一八回："晁蓋道：'卻才宋押司也教我們走為上計，卻是走那裏去好？'"《彭公案》一八四回："周治説：'我看大事不好，走為上策。'"梁羽生《廣陵劍》四五回："不錯，君子報仇，十年未晚，當今之計，還是走為上策。" 同 一走了之、"三十六策，走為上策"。

【走為上策】zǒu wéi shàng cè 見"走為上計"。

【走馬上任】zǒu mǎ shàng rèn 走馬：騎着馬跑。指官吏到任。現比喻接任某項工作。元代馬致遠《薦福碑》一折："張浩，為你獻了萬言長策，聖人見喜，加你為吉陽縣令，教你走馬上任。"《喻世明言•李公子救蛇獲稱心》："待至開榜，李元果中高科，初任江州僉判，閭里作賀，走馬上任。"也作"走馬赴任"。元代高文秀《遇上皇》二折："若到上京見了趙光普，見了寡人花押信字，必然饒了此人，就除為東京府尹，走馬赴任。"清代李修行《夢中緣》一一回："今特升江西巡撫，兼理營田，提督軍務，聞報三日後即走馬赴任，不得延遲。"◇他到香港的第二天，就到金管局走馬上任。

【走馬赴任】zǒu mǎ fù rèn 見"走馬上任"。

【走馬看花】zǒu mǎ kàn huā 見"走馬觀花"。

【走馬觀花】zǒu mǎ guān huā 騎在奔跑的馬上看花。唐代孟郊《登科後》詩："春風得意馬蹄疾，一日看盡長安花。"後用"走馬觀花"、走馬看花"：❶ 形容春風得意、輕鬆愉快的心情。宋代楊萬里《和同年李子西通判》："走馬看花拂綠楊，曲江同賞牡丹香。"明代于謙《喜雨行》："但願風調雨順民安業，我亦走馬看花歸帝京。"清代袁枚《小倉山房尺牘》二五："憶戊午榜後，曲江秋宴，彼此少年，極走馬看花之樂。"❷ 比喻匆匆忙忙、粗略地觀察瞭解一下。《兒女英雄傳》二三回："列公聽這部書，也不過逢場作戲，看這部書也不過走馬觀花。"《野叟曝言》四七回："李姓道：吾兄用意甚深，走馬看花，未能領略，望勿介意。"李六如《六十年的變遷》第十章："就只在選煤各處，走馬觀花看了一下。"

【走漏風聲】zǒu lòu fēng shēng 風聲：指傳播出來的消息。把秘密的消息洩漏出去。《紅樓夢》六四回："擇了日子，人不知鬼不覺娶了過去，囑咐家人不許走漏風聲。"清代無名氏《狄公案》五四章："這事務要機密，不可走漏風聲，若為老狄訪知，那便誤事不淺。"◇楊教授有些擔心，生怕走漏風聲，辦不成這件事。反 守口如瓶、滴水不漏。

【赴湯蹈火】fù tāng dǎo huǒ 投身於沸水和烈火中。《荀子•議兵》："以桀詐堯，譬之若以卵投石，以指撓沸，若赴水火，入焉焦沒耳。"後用"赴湯蹈火"比喻不畏艱險，捨生忘死，奮不顧身。《三國志•劉表傳》裴松之注引晉代傅玄《傅子》："今策名委實，唯將軍所命，雖赴湯蹈火，死無辭也。"北齊劉晝《新論•辨樂》："楚越之俗好勇，則有赴湯蹈火之歌。"《封神演義》七回："況小的受老爺知遇之恩，便使小的赴湯蹈火，安敢不努力前去。"老舍《四世同堂》四五："他早已盤算好，他既不能正面的赴湯蹈火的去救國，至少他也不該太怕敵人的刀斧與皮鞭。"同 赴蹈湯火、出生入死。反 貪生怕死。

【赳赳武夫】jiū jiū wǔ fū 赳赳：形容勇武矯健。指勇敢健壯的軍人。《詩經•兔罝》："赳赳武夫，公侯干城。"《二十年目睹之怪現狀》八三回："看不出這麼一個赳赳武夫，倒是一個旖旎多情的男子。"

【起死回生】qǐ sǐ huí shēng 使死人或將要死亡的人復活，形容醫術高明。也比喻挽救了看來沒有希望的事情、將要滅亡的事物。《太平廣記》卷五九引《女仙傳•太玄女》："行三十六術甚效，起死回生，救人無數。"《二刻拍案驚奇》卷二九："馬少卿道：'下官止此愛女，德容俱備。不幸忽犯此疾，已成廢人，若得君子施展妙手，起死回生，榜上之言，豈可自食。'"朱自清《經典常談•文第十三》："桐城文的病在弱在窄，他卻能以深博的學問、弘通的見識、雄直的氣勢，使它起死回生。"

【起早貪黑】qǐ zǎo tān hēi 起得早，睡得晚。形容人勤勞、辛苦。周立波《暴風驟雨》第一部六："咱們命苦的人，起早貪黑，翻土拉塊，吃柳樹葉子。”同 起早摸黑。

【起承轉合】qǐ chéng zhuǎn hé 詩文寫作結構章法的術語。“起”是開端；“承”是承接上文加以申述；“轉”是轉折，從正面反面立論，加以論述；“合”是結束全文，與開端所提的問題相合。《紅樓夢》四八回：“黛玉道：‘甚麼難事，也值得去學？不過是起承轉合，當中承、轉是兩副對子，平聲的對仄聲，虛的對實的，實的對虛的。’”魯迅《而已集•通信》：“命題作文，我最不擅長，否則，我在清朝不早進了秀才了麼？然而不得已，也只好起承轉合，上台去説幾句。”

【越俎代庖】yuè zǔ dài páo 俎：古代盛牛羊祭品的器具。庖：廚房。《莊子•逍遙遊》：“庖人雖不治庖，尸祝不越樽俎而代之矣。”尸：代表死者接受祭祀的人；祝：替先祖的鬼神傳話的人。説雖然廚師沒有燒飯，尸祝也不宜代替他做，應該各司其職，不能混淆。後比喻超越職權去管別人職責內的事。宋代陳亮《又與呂伯恭正字書》：“大著何不警其越俎代庖之罪，而乃疑其心測井渫不食乎？”郭沫若《天地玄黃•兵不管秀才》：“秀才還不便越俎代庖，軍人理應少管閒事。”同 越俎代謀、包辦代替。反 各司其事、各司其職。

【趁人之危】chèn rén zhī wēi 趁着人家遭到危難之時，進行要挾、敲詐、撈取好處或傷害。◇蘭妹父母雙亡，無法糊口，來表哥家暫住，不想表哥起了歹心，趁人之危，竟把蘭妹賣給了山東一家農戶。同 乘人之危。反 成人之美。

【趁火打劫】chèn huǒ dǎ jié 在人家失火的時候去搶劫。泛指趁別人危難之際，乘機攫取好處。清代張南莊《何典》八回：“眾鬼也就趁火打劫，搶了好些物事，一哄出門。”徐珂《清稗類鈔•趁火打劫》：“有所謂趁火打劫者，臨時之盜也。遇有人家失火，即約一二伴侶，飛奔入內，見物即取，或持之，或負之，或扛之。主人加以呵斥，則曰：‘將為汝寄頓於吾家也。’蓋倉卒起意，利人之危而乘之耳。”曹禺《北京人》第三幕：“到了我們家這個時候，‘牆倒眾人推’……他們不趁火打劫，逼得你非答應不可，怎麼會死心啊！”同 趁火搶劫、乘人之危。反 濟困扶危、助人為樂。

【趁火搶劫】chèn huǒ qiǎng jié 在別人家遭受火災的當口，乘機搶劫人家的財物。多比喻乘他人危難之際，進行劫奪或從中撈取好處。郭沫若《尚儒村》：“兵隊來了，有錢的請外人的紅十字會來貼張保護的封條，沒有錢的便趁火搶劫。”同 趁火打劫。

【趁心如意】chèn xīn rú yì 完全合乎自己的心意。《紅樓夢》五七回：“倘或老太太一時有個好歹，那時雖也完事，只怕耽誤了時光，還不得趁心如意呢。”◇大都會的單身女人越來越多，生活雖然富足，可是想找一個趁心如意的郎君，卻實在是難。同 稱心如意、可心如意。

【趁虛而入】chèn xū ér rù 趁自己沒有防備或造成某種機會，讓對方鑽了空子。《三俠五義》四十回：“未免是當初操勞太過，如今百病趁虛而入。”◇家庭不合，外人難免趁虛而入，要不是你和太太吵成一團，怎能鬧出這樁事來，你怪得了誰呢！同 乘虛而入、乘機而入。

【趁勢落篷】chèn shì luò péng 篷：船帆。順着風勢降下風帆。比喻趁有利時機收場，所謂見好就收。《孽海花》三一回：“等到彩雲要求另坐一船拖在後面，心裏更清楚了。如今果然半途解纜，這明明是預定的佈置，她也落得趁勢落篷，省了許多周折。”同 見好就收。反 不知好歹。

【趁熱打鐵】chèn rè dǎ tiě 趁鐵燒紅時用錘子敲打。比喻抓住時機，乘勢把事情儘快做成做好。楊纖如《傘》第九章：“吉亮看他瑟瑟縮縮的樣子，以為被他唬住了，説過一些閒話之後，就想趁勢追擊，趁熱打鐵，提出了經費房屋問題。”◇接着趁熱打鐵，一連收購了幾家零售店，居然成功建立起銷售網路。同 趁火打鐵、乘熱打鐵。反 坐失良機、錯失良機。

【超凡入聖】chāo fán rù shèng 凡：指凡人、塵世。❶ 脱離人世，升入仙境、神界。

唐代呂巖《七言》詩："舉世若能知所寓，超凡入聖弗為難。"《西遊記》十七回："返老還童容易得，超凡入聖路非遙。"《鏡花緣》四五回："孽龍業已覓了仙草，百花服過，不獨起死回生，並可超凡入聖。"❷比喻學問、道德、技能等超越常人，出類拔萃，非比尋常。宋代朱熹《朱子語類》卷八："就此理會得透，自可超凡入聖。"《紅樓夢》一一五回："今日弟幸會芝範，想欲領教一番超凡入聖的道理，從此可以洗淨俗腸，重開眼界。"老舍《老張的哲學》二三："世上有人給你錢，可是沒人能使你超凡入聖。"同 超凡脫俗、超塵拔俗、超俗絕世。反 俗不可耐、不能免俗。

【超凡出世】chāo fán chū shì 超越凡俗，脫離人世，指得道成仙。金代馬鈺《西江月•贈清淨散人》詞："七教功行兩無虧，八得超凡出世。"明代無名氏《長生會》一折："若論着這九老星修真道德，更和他這福祿壽超凡出世，請着這八洞仙傳宣奉敕。"

【超然物外】chāo rán wù wài 物外：世外。❶形容人清高脫俗，不接觸蕪雜的塵世。宋代葉夢得《石林詩話》卷下："淵明正以脫略世故，超然物外為意，顧區區在位者何足累其心哉？"《隋唐演義》三二回："殺身求富貴，服毒望神仙。枯骨朽，血痕鮮，方知是罪愆。能幾人超然物外，獨步機先？"❷指置身事外，不介入。魯迅《而已集•談所謂"大內檔案"》："這一種儀式既經舉行，即倘有後患，各部都該負責，不能超然物外，說風涼話了。"

【超群出眾】chāo qún chū zhòng 超出眾人之上，出類拔萃。《二刻拍案驚奇》卷二二："公子不學舊樣，盡改前非，是公子超群出眾、英雄不羈之處，豈田舍翁所可曉哉！"《歧路燈》十回："看時卻見孝移細閱壁上寫的詩　有旅人詩，女郎題句，也有超群出眾的。"◇他行事周密，果斷敢為，非常有組織能力，此人確實超群出眾。同 超群越輩、超群拔類。

【超塵拔俗】chāo chén bá sú 超塵：超脫塵世。拔俗：超出流俗。說超出眾人，不同凡響。宋代楊萬里《朝請大夫將作少監趙公行狀》："故其為詩平淡簡遠，如清泉白石、蒼松翠竹，初無鈎章棘句之苦心，而有絕塵拔俗之逸韻。"茅盾《虹》七："讓全個瀘州城開開眼界，知道新人物的行徑是怎樣的超塵拔俗。"同 出類拔萃。反 芸芸眾生。

【趕盡殺絕】gǎn jìn shā jué ❶全部驅逐，全部殺掉。《東周列國誌》五回："鄭伯不講道義，殺弟囚母，公孫滑逃到我們那兒，他又派兵來趕盡殺絕。"《野叟曝言》四二回："這文老爺冤家也多，一路斷殺將去，成百整千的人馬都被他趕盡殺絕。"❷比喻把事情做絕，心狠手辣，不留一點情面或餘地。《金瓶梅》六八回："溫老先兒，你看着，怪小淫婦兒只顧趕盡殺絕。"《三俠五義》三九回："這朋友好不知進退，我讓着你，不肯傷你，又何必趕盡殺絕，難道我還怕你不成？"老舍《離婚》二："咱平日不招惹他，他怎好意思趕盡殺絕。"反 留有餘地、網開三面。

【趨之若鶩】qū zhī ruò wù 鶩：野鴨。好像一群鴨子，一個跟一個朝目標跑過去似的。比喻人們爭先恐後地朝向某人某家或某一目標奔過去。《孽海花》二七回："白雲觀就是他納賄的機關，高道士就是他作惡的心腹，京外的官員那個不趨之若鶩呢！"鄭觀應《盛世危言•技藝》："為民上者，以名利二字馳使天下，而天下之民趨之若鶩。"梁啟超《整理濫發紙幣與公債》："西人稱公債，謂之有價證券，惟其有價，故人民趨之若鶩。"反 逃之夭夭。

【趨吉避凶】qū jí bì xiōng 謀求得到平安吉祥，避免遭受災禍。也作"避凶趨吉"。宋代王觀國《學林•祠卜》："以此知曾參不入勝母，漢祖不留柏人，避凶趨吉，所不可廢。"明代沈鯨《雙珠記•母子分珠》："趨吉避凶，儒者之事。"《紅樓夢》六二回："趨吉避凶者為君子。"《醒世姻緣傳》五六回："卻說狄希陳真是個不識眉眼高低、不知避凶趨吉的呆貨！"同 趨利避害、避凶就吉。

【趨利避害】qū lì bì hài 奔向有利的方面，躲開有害的那一面。漢代霍諝《奏記大將軍梁商》："至於趨利避害，畏死樂生，亦復均也。"《明史·徐學詩傳》："精悍警敏，揣摩巧中，足以趨利避害。"◇只要懂得趨利避害，無論競爭多激烈，公司總能生存下去。同 避害趨利、趨吉避凶。

【趨舍異路】qū shě yì lù 說遵循和捨棄的道路不同。《韓非子·解老》："人無愚智，莫不有趨舍。"漢代荀悦《漢紀·武帝紀五》："僕與李陵趨舍異路，素非相善也。"宋代周輝《清波別志》卷二："而安石蕞爾衰疾，將待盡於山林，趨舍異路，則相煦以濕，不如相忘之為愈也。"

【趨炎附勢】qū yán fù shì 炎：火熱，比喻有權有勢的人。巴結奉承、依附投靠有權勢的人。也作"趨炎附熱"。宋代陳善《捫虱新話·趨炎附勢自古而然》："唐令狐綯當國日，以姓氏少，族人有投名者不吝。由是遠近皆趨，至有姓狐冒令者。溫庭筠戲曰：'自從元老登庸後，天下諸狐盡帶令。'蓋趨炎附勢自古然矣。"明代馮夢龍《山歌·湯婆子竹夫人相罵》："悔初心，只為趨炎附勢，如今落得冷清清。"《宋史·李垂傳》："今已老大，見大臣不公，常欲面折之，焉能趨炎附熱，看人眉睫，以冀推挽乎？"《金瓶梅》五一回："你我院中人家，棄舊迎新為本，趨炎附勢為強，不可錯過了時光。"郭沫若《豕蹄·司馬遷發奮》："有些趨炎附熱的糊塗蛋在藐視我們做文學的人，我要把我們做文學者的權威提示出來給他們看。"反 看破紅塵、清心（靜）寡欲。

【趨炎附熱】qū yán fù rè 見"趨炎附勢"。

足部

【足不出戶】zú bù chū hù 腳不跨出家門。形容不外出。《晉書·顏含傳》："含乃絕棄人事，躬親侍養，足不出戶者十有三年。"《二刻拍案驚奇》卷二九："何況金口吩咐，小生敢不記心？小生自此足不出戶，口不輕言。"瓊瑤《梅花烙》七："雪如端莊高雅，平日幾乎足不出戶，又怎能瞭解皓禎這種近乎荒唐的行徑呢？"同 深居簡出。反 走南闖北。

【足智多謀】zú zhì duō móu 有智慧，多謀略，善於謀劃。元代無名氏《連環計》一折："此人足智多謀，可與共事。"明代湯顯祖《邯鄲記·西諜》："如今吐番國悉那邏丞相足智多謀，為我國之害。"《紅樓夢》六八回："到底是嬸娘寬洪大量，足智多謀！等事妥了，少不得我們娘兒們過去拜謝。"反 愚昧無知、愚不可及。

【趾高氣揚】zhǐ gāo qì yáng《戰國策·齊策三》："今何舉足高，志之揚也。"走路時腳抬得很高，神氣十足。形容傲慢自恃、目空一切的樣子。清代孔尚任《桃花扇·設朝》："舊黃扉，新丞相，喜一旦趾高氣揚，廿四考中書模樣。"《二十年目睹之怪現狀》四四回："正說話時，便來了兩個人，都是趾高氣揚的，嚷着叫調桌子打牌。"老舍《四世同堂》四四："他的架子，不過，可不是趾高氣揚的那一種，而是把骨骼放鬆，彷彿隨時都可以被風吹散。"同 神氣十足、神氣活現。反 低三下四、垂頭喪氣。

【跖犬吠堯】zhí quǎn fèi yáo 跖：相傳是春秋時代有名的大盜，古書又稱之為"盜跖"。堯：遠古的聖賢之君。《戰國策·齊策六》："跖之狗吠堯，非貴跖而賤堯也，狗固吠非其主也。"後用"跖犬吠堯"比喻各為其主，各為主人效勞。《宋史·劉豫傳》："跖犬吠堯，蓋無責焉。"◇她罵你一點也不出奇，跖犬吠堯，她其實只是在討好主子罷了。同 跖狗吠堯、跖犬噬堯。

【跋山涉水】bá shān shè shuǐ 翻山越嶺，蹚水過河。《左傳·襄公二十八年》："跋涉山川，蒙犯霜露。"後用"跋山涉水"形容長途奔波的艱難和困苦。宋代王回《霍丘縣驛記》："雖跋山涉水，荒陋遐僻之城，具宗廟社稷者，一不敢缺焉。"楊朔《熔爐》："黃金寶夾在進軍的行列裏，跋山涉水，越練越強。"同 跋涉山川、長途跋涉。

【跋涉山川】bá shè shān chuān 翻山越嶺，蹚水過河，形容長途奔波的艱辛困苦。

《左傳•襄公二十八年》："必使而君棄而封守，跋涉山川，蒙犯霜露，以逞君心。"《淮南子•脩務訓》："淬霜露，敕蹻趹，跋涉山川。"清代黃宗羲《萬里尋兄記》："犯霜雪，跋涉山川，飢體凍膚而不顧，箝口槁腸而不恤，窮天地之所覆載。"同 跋山涉水、跋山涉川。

【跋涉長途】bá shè cháng tú 登山涉水，遠道奔波。形容長途旅行的艱辛。清代譚嗣同《論湘粵鐵路之益》："豈若經歲累月，跋涉長途，既貨價轉變之不時，而盈虧又在不可知之數哉？"《文明小史》一二回："教士某君，救我等於虎口之中，又不憚跋涉長途，送我們至萬國通商文明之地。"同 長途跋涉。

【跋扈自恣】bá hù zì zì 跋扈：驕橫。恣：放縱。形容專橫霸道，為所欲為。《明史•朵顏傳》："於是長昂益跋扈自恣，東勾土蠻，西結婚白洪大，以擾諸邊。"《清史稿•袁甲三傳》："(苗沛霖) 所平賊圩輒置長，收其田租。緣道設關隘，壟斷公私。渦河、澮、潁之間，跋扈自恣。"同 專橫跋扈、飛揚跋扈。

【跋扈飛揚】bá hù fēi yáng 跋扈：蠻橫霸道。飛揚：放肆。原指意氣豪放，不受世俗約束，言行舉止超常越規。後多形容驕橫放肆，目中無人。宋代王安石《辭拜相表》："百姓以安平無事之時，而未免流離餓莩，四夷以衰弱僅存之勢，而猶能跋扈飛揚。"《蕩寇志》九四回："希真與公明同為跋扈飛揚，千載定論，莫不共見為劇賊渠魁，亦何所用其深諱？"清代錢泳《履園叢話•拒客》："嘗有詩云：'平生跋扈飛揚氣，消盡官廳一坐中。'誦之令人齒冷。"◇有的人在強者面前俯首帖耳，在弱者面前則跋扈飛揚，這就叫欺軟怕硬，不齒於人的品德。同 飛揚跋扈。

【跌宕(蕩)不羈】diē dàng bù jī 跌宕：放任不拘。羈：束縛。形容性情豪放，行為收放自如，不受拘束規管。《宣和書譜•石延年》："遂入館，然跌蕩不羈，劇飲尚氣節，視天下無復難事，不為小廉曲謹以投苟合。"宋代張邦基《墨莊漫錄》卷三："許道寧，京兆人，少亦業儒，性頗跌宕不羈。"金代劉祁《歸潛志》卷一："王權士衡，真定人，又名之奇。從屏山遊，屏山稱之，為人跌宕不羈。"

【跛鱉千里】bǒ biē qiān lǐ《荀子•修身》："故蹞步而不休，跛鱉千里。"跛腳的鱉不停地爬，也能走千里路。比喻只要堅持不懈地努力，即使能力很差，也會獲得成果。唐代駱賓王《上兗州刺史啟》："鉛刀起一割之用，跛鱉致千里之行。"唐代劉禹錫《何蔔賦》："絡首縻足兮，驥不能踰跬；前無所阻兮，跛鱉千里。"同 精衞填海、鐵杵成針。反 半途而廢、一暴十寒。

【跳樑(梁)小丑】tiào liáng xiǎo chǒu 跳樑：跳躍。《莊子•逍遙遊》："子獨不見狸狌乎？卑身而伏，以候敖者，東西跳梁，不辟高下。"《國語•周語上》："王猶不堪，況爾小丑乎？"後用"跳樑小丑"、"跳梁小丑"比喻上竄下跳，搗亂滋擾之徒。清代汪琬《廣西巡撫右副都御史郝公墓誌銘》："五省山水環紆，嵐瘴紛錯，軍需不能輸，騎兵不能突，此跳樑小丑所以得稍延餘息也。"陳白塵《〈大風歌〉首演獻詞》："況且這批跳梁小丑，不正是賊喊捉賊，以批判幾部歷史劇，誣人影射而起家發跡的麼？"同 小丑跳樑(梁)。

【路人皆知】lù rén jiē zhī《三國志•高貴鄉公髦傳》裴松之注引晉代習鑿齒《漢晉春秋》載：三國時魏國的權臣司馬昭勢力日盛，存心篡位，魏帝髦召集心腹大臣，說："司馬昭之心，路人所知也。吾不能坐受廢辱，今日當與卿等自出討之。"後指醜惡隱私、險惡用心、陰謀詭計、狼子野心等暴露出來，人人都清楚。清代黃宗羲《御史余公墓誌銘》："尾大末強，路人皆知，不敢聲揚，公獨奮筆。"《野叟曝言》七五回："秦檜之惡，路人皆知。"同 盡人皆知、"司馬昭之心，路人皆知"。反 秘而不露、"人不知，鬼不覺"。

【路不拾遺】lù bù shí yí 東西掉在路上沒有人撿走。形容社會風氣良好。也作"路無拾遺"。漢代賈誼《新書•先醒》："百姓富，民恆一，路不拾遺，國無獄訟。”《孔子家語·相魯》：“長幼異食，彊弱異任，男女別塗，路無拾遺。”宋代王讜《唐語林·政事下》：“郭尚書元振，在涼州五年，令行禁止，牛羊被野，路不拾遺。”明代徐元《八義記·鉏麑觸槐》：“讒言不入，軍民路無拾遺。”《三國演義》八七回：“兩川之民，忻樂太平，夜不閉戶，路不拾遺。” 同 道不拾遺、“道不拾遺，夜不閉戶”。

【路無拾遺】 lù wú shí yí 見“路不拾遺”。

【路絕人稀】 lù jué rén xī 也作“路斷人稀”。❶ 道路阻斷，人煙稀少。元代無名氏《盆兒鬼》三折：“眼見得路絕人稀，不由俺不唬魄散魂飛。”明代楊慎《洞天玄記》四折：“奈因西林之下，有一怪虎，吃得路絕人稀。”《歧路燈》十回：“譬之猛虎當道，吃的路斷人稀，必有個食肉寢皮之日。”❷ 形容陷入困境，到了無路可走的地步。◇地方官們貪婪無厭，巧立名目掠奪民財，弄得路絕人稀，怨聲載道。同 窮途末路。

【路斷人稀】 lù duàn rén xī 見“路絕人稀”。

【踉踉蹌蹌】 liàng liàng qiàng qiàng 形容走路不穩，東倒西歪、跌跌撞撞的樣子。《水滸傳》二十回：“這婆子跳起身來，便把那唐牛兒劈脖子只一叉，踉踉蹌蹌，直從房裏叉下樓來。”《品花寶鑑》九回：“大家起身看時，只見兩人扶着央南湘，踉踉蹌蹌，一步一步的跺着石磴上來。”老舍《四世同堂》九七：“老人踉踉蹌蹌地抱着妞子走到院裏，一腦門都是汗。” 同 跌跌撞撞。反 四平八穩。

【跼天蹐地】 jú tiān jí dì《詩經·正月》：“謂天蓋高，不敢不局。謂地蓋厚，不敢不蹐。”局：同“跼”，躬身彎腰。蹐：小步走。❶ 形容惶恐不安，有所畏懼的樣子。《三國志·步騭傳》：“無罪無辜，橫受大刑，是以使民跼天蹐地，誰不戰慄？”明代畢自嚴《衰病不堪疏》：“當鐘鳴漏盡之時，懷跼天蹐地之心。”黎元洪《通電全國文》：“有此三罪，十死難辭，縱諸公撲諸事實，鑒此苦衷，曲事優容，不加譴責，猶當跼天蹐地，愧悔難容。”❷ 形容處境艱難惡劣。宋代劉攽《大風》詩：“一春三月風不息，跼天蹐地勞筋力。”清代張英《聰訓齋語》：“是以跼天蹐地，行險儌幸，如衣敝絮行荊棘中。”康有為《大同書》甲部第三章：“田廬賣盡而無歸，則有跼天蹐地，尋死自盡者矣。”魯迅《致楊霽雲》：“倘捉我去修公路，那就未免比作文更費力了，這真叫做跼天蹐地。” 同 局天蹐地、跼蹐不安。

【跼蹐不安】 jú jí bù ān 跼蹐：局促不安。《詩經·正月》：“謂天蓋高，不敢不局。謂地蓋厚，不敢不蹐。”後用“局蹐不安”、“跼蹐不安”形容內心惶恐不安寧，或行動拘謹不自然。《京本通俗小說·馮玉梅團圓》：“徐信聞言，甚局蹐不安。”宋代洪邁《夷堅甲志》：“又夢往所居二里間林田寺，四顧無人，獨子婦鄭氏同在夢中，亦以為嫌，跼蹐不安。”《三俠五義》三五回：“誰知見了顏生，不但衣冠鮮明，而且像貌俊美，談吐風雅，反覺得局蹐不安，自慚形穢。”《文明小史》二三回：“那學生跼蹐不安，斜簽着身子坐着。” 同 局天蹐地、局促不安。

【踧踖不安】 cù jí bù ān 踧踖：恭敬拘謹的樣子。《論語·鄉黨》：“君在，踧踖如也。”後用“踧踖不安”形容侷促、拘謹不自然的樣子。宋代朱熹《宋名臣言行錄》前集卷八：“父子在廷，士大夫以為榮，而公踧踖不安，自言子班父前，非所以示人以法。”明代徐溥《陸太宜人李氏墓誌銘》：“或見其姑有歎息聲，輒踧踖不安，曰：‘豈我為婦有未至而思其子耶？’”《紅樓夢》七五回：“寶玉因賈政在坐，自是踧踖不安。”朱自清《槳聲燈影裏的秦淮河》：“鑠鑠的燈光迫得我們皺起了眉頭；我們的風塵色全給它托出來了，這使我踧踖不安了。” 同 局促不安。反 坦然自若。

【踔厲風發】 chuō lì fēng fā 形容議論、觀點犀利有力，精神、氣勢昂揚振奮。踔厲：雄健奮發。唐代韓愈《柳子厚墓誌銘》：“議論證據古今，出入經史百子，踔厲風發，率常屈其座人。”明代歸有光《祭王方伯文》："惟公早歲奮跡甲科，踔厲風發，令聞孔多。"◇我為他整理結集出版的，大都是見其性情、頗具刺激性、踔厲風發的文章。同 踔厲奮發。

【踏破鐵鞋】 tà pò tiě xié 為了尋找某人或某物，把穿的鐵鞋都磨破了。比喻很難找到。常説"踏跛鐵鞋無覓處，得來全不費功夫"。《宋詩紀事》卷九十引宋代夏元鼎《絕句》："崆峒訪道至湘湖，萬卷詩書看轉愚。踏跛鐵鞋無覓處，得來全不費功夫。"《封神演義》三五回："'踏跛鐵鞋無覓處，得來全不費功夫。'正要擒反叛解往朝歌，你今來的湊巧。"《兒女英雄傳》一四回："這才叫'踏跛鐵鞋無覓處，得來全不費功夫'呢！原來只在眼前。"同 磨穿鐵鞋、鐵鞋踏破。

【踟躕不前】 chí chú bù qián 或作"躊躇不前"，形容猶豫不決，或徘徊不進的樣子。◇碰到難題就畏首畏尾、躊躇不前的人，絕對做不成大事／遭受挫折和失敗，有的人失意彷徨，踟躕不前，有的人無所畏懼，勇往直前。反 勇往直前。

【踵決肘見】 zhǒng jué zhǒu xiàn 踵：足後跟。決：裂開。見：同"現"。腳後跟與手肘都顯露在外面。《莊子•讓王》："捉襟而肘現，納履而踵決。"後用"踵決肘見"形容衣衫襤褸，生活清貧。《歧路燈》八一回："綢帛降而為布，那踵決肘見之狀，也就不遠了。"◇年幼時家境貧寒，踵決肘見，沒想到晚年卻成了億萬富翁，人生蒼雲白狗，真是難説啊！同 衣衫襤褸。

【踵事增華】 zhǒng shì zēng huá 南朝梁蕭統《文選序》："蓋踵其事而增華，變其本而加厲。物既有之，文亦宜然。"後用"踵事增華"：❶ 表示繼承前人的事業或所作所為，並加以發展光大。《明史•輿服志一》："東都乃有九斿、雲罕、旒冕、絢屨之儀物，踵事增華，日新代異。"清代得碩亭《草珠一串•時尚》詞："滿洲糕點樣原繁，踵事增華不可言。"❷ 表示在已有的基礎上不斷增加或加重。有時含貶義。章炳麟《論教育的根本要從自國自心發出來》："日本人竟把小説的鬼話，踵事增華，當做真正事實，好笑極了！"朱自清《經典常談•三禮第五》："那些禮是很繁瑣的，踵事增華的多，表示誠意的少，已經不全是通乎人情的了。"

【踽踽獨行】 jǔ jǔ dú xíng 踽踽：孤獨的樣子。一個人孤獨地行走。形容孤孤單單。《詩經•杕杜》："獨行踽踽，豈無他人，不如我同父。"宋代陳長方《銘弟墓》："如君之材而不克壽，使余踽踽獨行於世，是皆終身之悲也。"明代孫緒《先大父處士府君墓碑記》："踽踽獨行不懼，且事隨手立辦，人皆歎其不凡。"◇父母相繼亡故，她成了踽踽獨行，形單影隻，孤苦伶仃的一隻失群的孤雁。同 形單影隻。

【蹈常習故】 dǎo cháng xí gù 遵循過去的常規做法，按照舊規矩辦事。也作"蹈常襲故"。宋代蘇軾《伊尹論》："後之君子，蹈常而習故，惴惴焉懼不免於天下。"明代歸有光《〈尚書〉敍錄》："學者蹈常習故，漫不復有所尋省。"清代黃宗羲《〈張心有詩〉序》："詩不當以時代論……即唐之時，亦非無蹈常襲故充其膚廓，而神理蔑如者。"同 蹈故習常。反 破舊立新。

【蹈常襲故】 dǎo cháng xí gù 見"蹈常習故"。

【蹐地跼天】 jí dì jú tiān《詩經•正月》："謂天蓋高，不敢不局，謂地蓋厚，不敢不蹐。"局：同"跼"，彎曲。蹐：小步行走。後用"蹐地跼天"形容處境困難，憂慮謹慎。唐代白居易《代宰相請上尊號表》："愚誠懇切，聖鑒未回，蹐地跼天，不勝大願。"同 局天蹐地、跼天蹐地。

【蹉跎時日】 cuō tuó shí rì 見"蹉跎歲月"。

【蹉跎歲月】 cuō tuó suì yuè 蹉跎：時光白白地流逝，指虛度光陰。三國魏阮籍《詠懷》詩："娛樂未終極，白日忽蹉跎。"明代張鳳翼《灌園記•君後授衣》："倘我不能報復而死，埋沒了龍泉豹韜，枉蹉跎歲月一死鴻毛。"孫中山《中國民主革命之重要》："蹉跎歲月，寸功不展。"也作"歲月蹉跎"、"蹉跎時日"。明代許三階《節俠記•閨憶》："你我蓬飄嶺南，歲月蹉跎，音書斷絕。"明代周楫《西湖二集•灑雪堂巧結良緣》："郎君奉尊堂之命，遠來遊學，不可蹉跎時日。"清代鄭燮《浪淘沙》詞："歲月蹉跎，幾番風浪幾晴和。"蔡東藩《民國通俗演義》第一〇八回："事勢多歧，築室道謀，蹉跎時日。"同 虛度年華。

【躊躇不決】 chóu chú bù jué 猶猶豫豫，下不了決心，做不出決定。《楚辭·九辯》："事亹亹而覬進兮，蹇淹留而躊躇。"《古今小說·任孝子烈性為神》："隔十數家，黑地裏立在屋檐下，思量道：'好卻好了，怎地得他門開？'躊躇不決。"《東周列國誌》七一回："景公口雖唯唯，終以田陳同族為嫌，躊躇不決。"也作"躊躇未決"。《隋唐演義》八三回："但恐貴妃與虢夫人不捨他，因此躊躇未決。"同 猶豫不決、遲疑不決、優柔寡斷。反 決斷如流、當機立斷。

【躊躇不前】 chóu chú bù qián 見"踟躕不前"。

【躊躇未決】 chóu chú wèi jué 見"躊躇不決"。

【躊躇滿志】 chóu chú mǎn zhì《莊子·養生主》："提刀而立，為之四顧，為之躊躇滿志。"形容心滿意足，非常得意的樣子。清代陳廷焯《白雨齋詞話》卷二："碧山詠物諸篇……就題論題，亦覺躊躇滿志。"茅盾《子夜》五："送走了客人後，吳蓀甫躊躇滿志地在大客廳上踱了一會兒。"葉聖陶《遺腹子》："臉上泛濫着躊躇滿志的笑。"同 志得意滿。反 垂頭喪氣。

【躍然紙上】 yuè rán zhǐ shàng 從紙上跳躍起來的樣子。多形容詩文繪畫生動逼真，宛如活的一般。清代薛雪《一瓢詩話》三三："如此體會，則詩神詩旨，躍然紙上。"《清朝野史大觀·鄭板橋有至性》："讀其集中家書數篇，語語真摯，肝肺槎牙，躍然紙上。"◇小時候背誦李白的詩歌，想見其為人性格，躍然紙上。同 栩栩如生。

【躍躍欲試】 yuè yuè yù shì 躍躍：急切、激動的樣子。抱着某種期待而急切地想試着去做，以求實現所期待的。《官場現形記》三五回："一席話說得唐二亂子心癢難抓，躍躍欲試，但是帶來的銀子，看看所剩無幾，辦不了這樁正經。"《文明小史》五十回："餘外那些人看見有人動了手，眾人都躍躍欲試。"葉聖陶《倪煥之》二七："這引得大家躍躍欲試，恨不得自己手裏立刻來一枝槍。"反 心灰意冷。

【躡手躡足】 niè shǒu niè zú 見"躡手躡腳"。

【躡手躡腳】 niè shǒu niè jiǎo 形容輕手輕腳不出聲，悄悄地一步一步走。《紅樓夢》二七回："只見那一雙蝴蝶忽起忽落，來來往往，穿花度柳，將欲過河去了。倒引得寶釵躡手躡腳的，一直跟到池中滴翠亭上。"《花月痕》一三回："小丫鬟等更躡手躡足的在外間收拾那粉妝盒盝，不敢大聲說一句話。"《官場現形記》五四回："主意打定，便躡手躡腳掩入房中，把個皮包提了就走。"蕭紅《橋·煩擾的一日》："為着我到她家去替她看小孩，她走了，和貓一樣躡手躡足的下樓去了。"同 捏手捏腳、輕手輕腳。

【躡足潛蹤】 niè zú qián zōng 踮起腳根輕輕邁步，小心提防隱藏蹤跡。形容小心翼翼，行蹤隱秘。元代王實甫《西廂記》三本三折："我這裏躡足潛蹤，悄地聽咱。"《隋唐演義》一五回："叔寶躡足潛蹤，進老母臥房來，只見有兩個丫頭，三年內都已長大。"《兒女英雄傳》三一回："他心下想道：'作怪，這聲響定有些原故。'便躡足潛蹤的閃在屋門槅扇後面，靜靜兒的聽着。"同 躡手躡腳。

【躥房越脊】 cuān fáng yuè jǐ 脊：中式房屋頂端橫向高出的部分。形容武林界人士施展武功，在房屋之間行走如飛的樣子。清代貪夢道人《彭公案》二九回："翻身上房，躥房越脊，過了幾重院子，跳在就地。"◇要說他的功夫，那可了不得，躥房越脊如履平地。

身部

【身不由己】 shēn bù yóu jǐ 自己的行動不能由自己作主，事情由不得自己。《三國演義》七四回："關公曰：'汝怎敢抗吾？’禁曰：‘上命差遣，身不由己。’”《紅樓夢》一二回：“賈瑞此時身不由己，只得蹲在那臺階下。”◇我是奉命辦事，身不由己。同 身不由主、不由自主。反 獨斷專行、獨立自主。

【身不由主】shēn bù yóu zhǔ 被外力驅使或裹脅，由不得自己。清代吳趼人《狄公案》四三章：“王道婆到了此時，已是身不由主，欲待不說，眼見得性命不保。”◇她被一群朋友裹捲着，身不由主進了夜總會。同 身不由己。反 一意孤行、我行我素。

【身心交瘁】shēn xīn jiāo cuì 交：一齐，同時。瘁：勞累。身體和精神都疲憊。汪曾祺《隨遇而安》：“原來運動是一種疲勞戰術，非得把人搞得極度疲勞，身心交瘁，喪失一切意志，癱軟在地上不可。”◇和妻子鬧離婚鬧得他焦頭爛額，身心交瘁。同 心力交瘁、精疲力竭。反 心寬體胖。

【身外之物】shēn wài zhī wù 多指名譽、地位、財產等。說那都是自身以外的東西，不必看重。唐代吳兢《貞觀政要•貪鄙》：“明珠是身外之物，尚不可彈雀，何況性命之重，乃以博財物耶？”《儒林外史》一七回：“但名到底是身外之物，德行是要緊的。”魯迅《熱風•智識即罪惡》：“大約錢是身外之物，帶不到陰間的，所以一死便成為清白鬼了。”反 爭名奪利、名利雙收。

【身先士卒】shēn xiān shì zú 作戰時將帥官長英勇作戰，衝在士兵前面。《史記•淮南衡山列傳》：“言大將軍號令明，當敵勇敢，常為士卒先。”《三國志•孫輔傳》：“策西襲廬江太守劉勳，輔隨從，身先士卒，有功。”清代侯方域《寧南侯傳》：“方戰，身先士卒。”同 一馬當先。反 臨陣脫逃。

【身首異處】shēn shǒu yì chù 身子和頭分在兩處，指被殺頭。唐代陳子昂《申宗人冤獄書》：“假使獲罪於天，身首異處，蓋如一螻蟻爾，亦何足可稱？”《聊齋誌異•俠女》：“俄一物墮地作響，生急燭之，則一白狐，身首異處矣，大駭。”◇聽說他參加了那次叛亂，落得個身首異處的下場。反 全身而退、壽終正寢。

【身家性命】shēn jiā xìng mìng 自身和全家人的性命。《水滸全傳》一〇八回：“身家性命，都在權奸掌握之中。”《官場現形記》四八回：“兄弟的身家性命，一齊在老哥身上。千萬費心！一切拜託！”◇現在他只想找個辦法保住身家性命，那些投資都置之度外了。

【身敗名裂】shēn bài míng liè 權勢、地位喪失，名譽掃地，徹底失敗。清代馮桂芬《明徵士劉孝惠先生像題詞》：“卒之身敗名裂，為天下笑。”《歧路燈》二三回：“看來許多舉人進士做了官，往往因幾十兩銀子的賄，弄一個身敗名裂。”◇我父親因為打了兩年房產官司，鬧得身敗名裂。同 身敗名隳、身廢名裂。反 名垂後世、揚名後世。

【身強力壯】shēn qiáng lì zhuàng 形容身體強壯有力。《水滸傳》一四回：“最愛刺槍使棒，亦自身強力壯，不娶妻室，終日只是打熬筋骨。”《西遊記》三十回：“他兩個在雲端裏，戰彀八九回合，小龍的手軟筋麻，老魔的身強力壯。”◇康熙身強力壯，騎術高明，弓箭上的功夫更讓王公大臣折服。同 年富力強、力能扛鼎。反 骨瘦如柴、弱不禁風。

【身單力薄】shēn dān lì bó 身體瘦弱，體力不強。◇哥哥背着我，由於身單力薄，走不了幾步便跌倒了。反 身強力壯。

【身無長物】shēn wú cháng(zhàng) wù 長物：多餘的東西。南朝宋劉義慶《世說新語•德行》記載：晉人王恭把家裏僅有的竹蓆送給族叔王忱後，自己只好坐在草墊上。王忱知道後很驚訝，王恭對他說：“丈人不悉恭，恭作人無長物。”後用“身無長物”形容生活清貧。明代張岱《家傳》：“先子暮年，身無長物。”《清史稿•邵嗣堯傳》：“甫試三郡，以積勞遘疾卒。身無長物，同官斂貲致賻乃得歸葬。”古龍《蕭十一郎》五八章：“他非但一文不名，而且身無長物，連最後一件破衣服都被酒店夥計剝下來過。”同 別無長物、一無長物。反 綽有餘裕、豐衣足食。

【身經百戰】shēn jīng bǎi zhàn ❶親身經歷過很多次戰鬥。唐代郎士元《塞下曲》詩："寶刀塞下兒，身經百戰曾百勝。"明代余繼登《典故紀聞》卷一七："所舉武臣，不曰身經百戰，則曰雄當萬夫。"蔡東藩《元史演義》五九回："二人係元朝良將，身經百戰，畢命疆場。"❷形容具有豐富的鬥爭經驗。◇他的團隊都是企業界身經百戰的宿將。同 老成練達、千錘百煉。反 紙上談兵。

【身輕言微】shēn qīng yán wēi 身輕：地位低下。微：作用小。地位低下者所說的話不被人所重視。《後漢書·孟嘗傳》："尚書同郡楊喬上書薦嘗曰：'臣前後七表言故合浦太守孟嘗，而身輕言微，終不蒙察。'"◇雖說身輕言微，她仍然覺得有責任提出意見。同 人微言輕、微枝末節。反 一言九鼎、一錘定音。

【身價百倍】shēn jià bǎi bèi 身價：指社會地位。形容名譽、地位一下子躍升起來。梁實秋《雅舍小品·由一位廚師自殺談起》："被這刊物一加品題，輒能身價百倍，反之，一加貶抑，便覺臉上無光。"◇人若走起運來，一夜之間身價百倍，倒起霉來，莫名其妙就鋃鐺入獄。同 聲價十倍、聲譽鵲起。反 名聲掃地、身敗名裂。

【身臨其境】shēn lín qí jìng 親身到了那個地方或經歷了那件事。《三俠五義》一一〇回："怎麼能夠身臨其境，將水寨內探訪明白，方好行事，似這等望風捕影，實在難以預料。"魯迅《致胡今虛》："這須身臨其境，方可明白，用筆是一時說不清楚的。"◇李老師上課講的故事非常精彩，學生們都豎起耳朵聚精會神地聽，彷彿身臨其境一般。同 身歷其境、身當其境。

【身懷六甲】shēn huái liù jiǎ 指婦女懷孕。六甲：古代傳說是天帝創造萬物的日子。《東周列國誌》二回："妾一身死不足惜，但自蒙愛幸，身懷六甲，已兩月矣。"《鏡花緣》十回："偏偏媳婦身懷六甲，好容易逃至海外，生下紅蕖孫女，就在此處敷衍度日。"◇你怎麼讓身懷六甲的女工搬運重東西！

【身體力行】shēn tǐ lì xíng《淮南子·氾論訓》："故聖人以身體之。"《禮記·中庸》："力行近乎仁。"後用"身體力行"表示親身去體驗，努力去實行。明代章懋《答東陽徐子仁》："但不能身體力行，則雖有所見，亦無所用。"清代汪琬《廣西巡撫右副都御史郝公墓誌銘》："其學以主敬窮理為工夫，以身體力行為究竟。"◇那些教育子女做人的道理，父親必定身體力行，做盡表率。同 躬體力行、躬行實踐。

【躬先士卒】gōng xiān shì zú 見"身先士卒"。

【躬行實踐】gōng xíng shí jiàn 親身實行，切實體驗。躬行：親身實行。明代張居正《請申歸章飭學政以振興人才疏》："躬行實踐，以需他日之用。"清代龔煒《巢林筆談續編·山西夫子》："漢儒多以著述訓詁為經學，而言乎躬行實踐，則無如山西夫子。"

【躬逢其盛】gōng féng qí shèng 唐代王勃《滕王閣序》："童子何知，躬逢勝餞。"後用"躬逢其盛"、"恭逢其盛"說親身經歷了當時的那種盛況。《鏡花緣》一回："大約日後總有一位姐姐恭逢其盛。"《鏡花緣》九十回："妹子素日雖有好茶之癖，可惜前者未得躬逢其盛，至今猶覺耿耿。"《儒林外史》四一回："這樣的盛典，可惜來遲了，不得躬逢其盛。"◇博物館舉辦字畫大展，我恰好躬逢其盛，看到很多難得一見的東西。

【躬體力行】gōng tǐ lì xíng 見"身體力行"。

車部

【車水馬龍】chē shuǐ mǎ lóng 車輛往來有如流水，馬兒相連宛似游龍。《後漢書·明德馬皇后紀》："前過濯龍門上，見外家問起居者，車如流水，馬如游龍。"五代南唐李煜《望江南》詞："還是舊時遊上苑，車如流水馬如龍，花月正春風。"後用"車水馬龍"形容熱鬧非凡的繁華景象。《金瓶梅》一六回："花紅柳綠，車水馬龍，說不盡燈市的繁華。"《二十年目睹之怪現狀》一回："花天酒地，鬧個不休，車水馬龍，日無暇晷。" 同 川流不息、"車如流水馬如龍"。

【車馬盈門】chē mǎ yíng mén 盈：滿。形容賓客很多。明代謝讜《四喜記·鄉薦榮歡》："看連翩車馬盈門，總不比舊時庭院。"《二十年目睹之怪現狀》八三回："侯總鎮歡歡喜喜的回到公館裏，已是車馬盈門了。" 同 賓客盈門、門庭若市。反 門可羅雀。

【車載斗量】chē zài dǒu liáng 用車載，用斗量。形容數量很多，不足為奇。唐代王勃《山亭思友人序》："雖陸平原、曹子建足可以車載斗量，謝靈運，潘安仁足可以膝行肘步。"《儒林外史》四六回："舉人、進士，我和表兄兩家車載斗量，也不是甚麼出奇東西。" ◇說起他的能力，並不算特別地出類拔萃，這樣的人在學校裏可以車載斗量。反 鳳毛麟角、絕無僅有。

【軍令如山】jūn lìng rú shān 軍事命令如同山一樣不可動搖，必須執行。蔡東藩《清史演義》二五回："兵士都怕象陣厲害，未敢前進，只因軍令如山，不得不硬着頭皮，勉強上前。" ◇軍令如山，軍人以服從命令為天職。同 號令如山。

【軍法從事】jūn fǎ cóng shì 從事：處理。按照軍中法規加以處置。《漢書·王莽傳中》："敢有趨讙犯法，輒以軍法從事。"《明史·項忠傳》："士卒畏敵不畏將，是以戰無成功，宜許以軍法從事。" ◇軍中無戲言，敢違抗命令者，必以軍法從事。

【軒然大波】xuān rán dà bō ❶ 高高湧起的浪濤。唐代韓愈《岳陽樓別竇司直》詩："軒然大波起，宇宙隘而妨。" 清代厲鶚《諸公詩來兼詠山石予詩似有未盡再用前韻》："軒然大波逼簷際，諦視始覺居巖扉。" ❷ 比喻大的糾紛或風潮。鄒韜奮《經歷》二三："這個決定居然引起了一個軒然大波！" 郭沫若《〈歷史人物〉序》："《甲申三百年祭》是曾經引起過軒然大波的一篇文章。" 反 風平浪靜。

【斬草除根】zhǎn cǎo chú gēn《左傳·隱公六年》："為國家者，見惡如農夫之務去草焉，芟夷蘊崇之，絕其本根，勿使能殖，則善者信矣。" 後以"斬草除根"比喻徹底清除禍根，不留後患。元代楊暹《西遊記》二齣："必須斬草除根，春到萌芽不發。"《三國演義》二回："若不斬草除根，必為喪身之本。" ◇你若猶豫不決，喪失斬草除根的機會，後患無窮啊！同 剪草除根、除惡務盡。反 後患無窮、貽患無窮。

【斬釘截鐵】zhǎn dīng jié tiě 比喻堅定不移或說話做事果斷堅決。《景德傳燈錄·道膺禪師》："學佛法底人，如斬釘截鐵始得。"《紅樓夢》六六回："那三姐兒果是個斬釘截鐵之人。" ◇他是條硬漢子，說話句句斬釘截鐵。同 斬釘切鐵。反 猶豫不定、猶豫不決。

【斬將搴旗】zhǎn jiàng qiān qí 砍殺敵軍將領，拔除敵陣旗幟。形容作戰勇猛，奮不顧身，爭立戰功。漢代李陵《答蘇武書》："策疲乏之兵，當新羈之馬，然猶斬將搴旗，追奔逐北。" 元代丁鶴年《哭陣亡仲兄烈膽萬戶》詩："獨騎鐵馬突重圍，斬將搴旗疾似飛。" 吳伯簫《羽書·馬》："百萬軍中，出生入死，不也是憑了戰馬才能斬將搴旗的麼？" 同 衝鋒陷陣。反 損兵折將。

【斬盡殺絕】zhǎn jìn shā jué 全部殺光，徹底消滅。元代高文秀《保成公徑赴澠池會》四折："大夫，小官今日將秦國二將活挾將來了，將眾兵斬盡殺絕也。"《西遊記》五三回："我本待斬盡殺絕，爭奈你不曾犯法，二來看你令兄牛魔王的情上。"《官場現形記》十回："貴府退賊之功，兄弟亦早有所聞。但兄弟恐怕不能斬盡殺絕，將來一發而不可收拾。" 同 斬草除根。反 養虎遺患。

【軟玉溫香】ruǎn yù wēn xiāng 柔軟如玉，溫馨似香。形容女子的肌體潤滑，散發着青春氣息。元代王實甫《西廂記》一本二折："人間天上，看鶯鶯強如做道場。軟玉溫香，休道是相親傍。" 明代周履靖《錦箋記·書錦》："肯戀着厚爵高封，冷落他軟玉溫香？" 蘇曼殊《非夢記》："(鳳嫻）言已，竟以軟玉溫香之身，置生懷裏。" 同 溫香軟玉。

【軟硬兼施】ruǎn yìng jiān shī 同時使用軟硬兩種手段。◇兩個人一唱一和，軟硬兼施，終於説服她接受了條件 / 威逼利誘，軟硬兼施，張廣玉招架不住，顫顫巍巍地簽下了字。

【輔車相依】fǔ chē xiāng yī《左傳·僖公五年》："晉侯復假道於虞以伐虢。宮之奇諫曰：'虢，虞之表也。虢亡，虞必從之……諺所謂'輔車相依，脣亡齒寒'者，其虞虢之謂也。'" 輔：大車兩旁的攔板。車攔板和車身互相依靠。後用以比喻兩者相互依存，損榮與共，利害關係緊密相連。《續資治通鑒·宋高宗紹興三年》："數賊相與交結，為輔車相依之勢。" 同 唇齒相依。

【輕手輕腳】qīng shǒu qīng jiǎo 形容動作輕，小心翼翼。《喻世明言》卷三八："不想你老驢老畜生，輕手輕腳跟我上樓，一把雙手摟住，摸我胸前，定要行姦。" ◇在圖書館裏，説話要輕聲細語，做事要輕手輕腳，切忌大聲談笑。同 躡手躡腳。

【輕而易舉】qīng ér yì jǔ 非常很容易，沒有任何困難。舉：向上托起來。宋代文天祥《己未上皇帝書》："古人抽丁之法……惟於二十家取其一，則眾輕而易舉，州縣號召之無難，數月之內其事必集。"《二十年目睹之怪現狀》七十回："不如我和你想個法子罷，輕而易舉，絕不費事的，不知你可肯做？" 葉聖陶《倪煥之》九："這麼多輕而易舉啊，但效果非常之大。" 同 易如反掌、駕輕就熟。反 知易行難、談何容易。

【輕如鴻毛】qīng rú hóng máo 見"輕於鴻毛"。

【輕車熟路】qīng chē shú lù 駕着輕載的車，走自己熟悉的路。唐代韓愈《送石處士序》："若駟馬駕輕車，就熟路，而王良、造父為之先後也。" 後用以比喻富有經驗，辦事輕而易舉。宋代辛棄疾《賀新郎》詞："逸氣軒眉宇，似王良，輕車熟路，驊騮欲舞。" 明代馮惟敏《朝天子》詞："輕車熟路走塵埃，依舊民安泰。" 同 輕而易舉、駕輕就熟。反 盲人瞎馬。

【輕車簡從】qīng chē jiǎn cóng 行裝簡單，隨從人少，行動便捷。也作"輕裝簡從"。《孽海花》一九回："帶着老僕金升及兩個俊童，輕車簡從，先從旱路進京。"《老殘遊記》八回："他就向縣裏要了車，輕車簡從的向平陰進發。" 歸樸《新官上任》："昨天，新局長已從省城輕裝簡從地到了，可是大家直到今天才知道。" 京劇《紅色娘子軍》："今日常青輕裝簡從，登門拜造。" 同 輕車減從、輕騎簡(減) 從。

【輕於鴻毛】qīng yú hóng máo 鴻：鴻鵠，即天鵝。分量比天鵝毛還輕。《戰國策·楚策》："上干主心，下牟百姓，公舉而和取利，是以國權輕於鴻毛，而積禍重於丘山。"《漢書·司馬遷傳》："人固有一死，死有重於泰山，或輕於鴻毛，用之所趨異也。" 後用"輕於鴻毛"、"輕如鴻毛"形容人或事物價值極輕微。宋代蘇轍《御風辭》："子輕如鴻毛，彼將以為千石之鍾。" 元代張養浩《三事忠告·全節》："太史公謂，死有重於泰山，有輕於鴻毛。非其義則不死，所以重於泰山也；如其義，則一切無所顧，所謂輕於鴻毛也。" 明代羅倫《廷試策》："天下無事，則公卿之言輕如鴻毛；天下有事，則匹夫之言重如丘山。"《野叟曝言》一〇七回："棄父母不顧，死輕於鴻毛，竊為小娘子不取也。" 同 輕若鴻毛。反 重於泰山、重如泰山。

【輕重倒置】qīng zhòng dào zhì 置：安放。安放東西，重者在下，輕者在上，反之則為倒置。比喻把事情輕重、緩急、主次等關係弄顛倒了。宋代劉安世《論役法之弊》："損九分之貧民，以益一分之上戶，輕重倒置，孰甚於此？" 清代陳法《易箋》卷一："此等小人善於忌人之功……若聽其言，則輕重倒置。" 同 頭重腳輕、本末倒置。

【輕重緩急】qīng zhòng huǎn jí 主要的與次要的，緊急的與可緩辦的。意思是不可輕重倒置。宋代王安石《議曰置兵部審官院》："當約文字之法，相度所任輕重緩急，有付之審官者，有屬之樞密者。" 明代《贈少府吳竺原述職事》："昔也寬之而不來，今也嚴之而愈犯，此其是其非、其利其害、其輕重緩急較然明矣！”◇資金要按照輕重緩急，有效地統籌配置。同 緩急輕重。反 輕重倒置。

【輕財好施】qīng cái hào shī 施：給人財物。不看重錢財，樂於幫助人。《三國志•朱據傳》：“謙虛接士，輕財好施，祿賜雖豐，而常不足用。”宋代董煟《救荒活民書•蘇杲賣田賑濟鄉里》：“杲輕財好施，急人之病，孜孜若不及。”《金瓶梅》五六回：“多少古人輕財好施，到後來子孫高大門閭，把祖宗基業一發增的多了。”

【輕財好義】qīng cái hào yì 輕視錢財，喜歡做合乎道義的事。《漢書•楊惲傳》：“初，惲受父財五百萬，及身封侯，皆以分宗族……其輕財好義如此。”明代許相卿《與端峰邵思抑》：“事親孝，與人信，輕財好義，有國士之風。”《聊齋誌異•邵士梅》：“高東海素無賴，然性豪爽，輕財好義。”同 樂善好施、輕財重義。

【輕描淡寫】qīng miáo dàn xiě 繪畫時用淺淡的顏色輕輕描繪。比喻對關鍵問題或緊要情節輕輕帶過，刻意迴避或故意降低其重要性。《二十年目睹之怪現狀》四八回：“臬台見他說得這等輕描淡寫，更是着急。”葉聖陶《病夫》：“醫生未必說實話，看他可憐，就用輕描淡寫的話安慰他。”反 添油加醋、添枝加葉。

【輕裘肥馬】qīng qiú féi mǎ 裘：毛皮衣。禦寒穿輕暖的毛皮衣，出行騎肥壯的駿馬。形容生活優裕。《論語•雍也》：“赤之適齊也，乘肥馬，衣輕裘。”宋代文同《王氏北溪》詩：“輕裘肥馬正榮耀，春韭秋菘任凋毀。”清代施閏章《章丘學記》：“以輕裘肥馬酒食徵逐之餘力，出什一治學校，罔不治。”同 肥馬輕裘。

【輕裘緩帶】qīng qiú huǎn dài 穿着輕暖的毛皮衣，束着寬鬆的衣帶。形容輕鬆閒適，從容自若。《晉書•羊祜傳》：“在軍常輕裘緩帶，身不被甲。”清代汪琬《資政大夫駐防京口協領祖公墓誌銘》：“輕裘緩帶，以儒將名。”《野叟曝言》三五回：“輕裘緩帶，羊叔子之風流。”同 緩帶輕裘。反 楚楚衣冠。

【輕徭薄賦】qīng yáo bó fù 減輕徭役，減少賦稅，施行仁政，與民休養生息。《漢書•昭帝紀》：“光知時務之要，輕徭薄賦，與民休息。”《北齊書•孝昭帝紀》：“及正位宸居，彌所尅勵，輕徭薄賦，勤恤人隱。”《清史稿•李棠階傳》：“為今日平亂計，非輕徭薄賦不能治本。”反 橫徵暴斂。

【輕裝上陣】qīng zhuāng shàng zhèn 將士上陣作戰不穿鎧甲。今多比喻消除顧慮和壓力，全心投入工作、比賽等。◇進場比賽前，教練員鼓勵他增強信心，輕裝上陣。

【輕裝簡從】qīng zhuāng jiǎn cóng 見“輕車簡從”。

【輕歌曼(慢)舞】qīng gē màn wǔ 輕快的歌唱和柔美的舞蹈。也指歡快輕盈地歌唱跳舞。《群音類選•玉如意記•賞月登仙》：“助人間才子佳人興，輕歌慢舞，任星移斗換。”◇她喜歡在晚飯後，坐到電視機前，欣賞輕歌曼舞的節目。同 清歌妙舞。反 獨守空房。

【輕嘴薄舌】qīng zuǐ bó shé 形容說話輕佻，或尖酸刻薄。《喻世明言》卷五：“鄰里中有一班浮蕩子弟，平日見王媼是個俏麗孤孀，閒常時倚門靠壁，不三不四，輕嘴薄舌的狂言挑撥。”《紅樓夢》三五回：“襲人聽了話內有因，素知寶釵不是輕嘴薄舌奚落人的，自己方想起上日王夫人的意思來，便不再提。”◇那些輕嘴薄舌、論長道短的，請到茶館酒樓去，別在這裏搞是非！同 輕口薄舌、尖嘴薄舌。

【輕舉妄動】qīng jǔ wàng dòng 沒有經過慎重考慮，就輕率地冒然行動。《韓非子•解老》：“眾人之輕棄道理而易妄舉動者，不知其禍福之深大而道闊遠若是也。”宋代秦觀《盜賊中》：“或故吏善家子失計隨流，輕舉妄動。”《醒世恆言•汪大尹火焚寶蓮寺》：“但未見實跡，不好輕舉妄動，須到寺親驗一番，然後相機而行。”《兒女英雄傳》二三回：“我依就還課子讀書，和幾個古聖先賢時常聚聚，斷不輕舉妄動了。”反 謀無遺策、穩操勝券(算)。

【輕諾寡信】qīng nuò guǎ xìn 輕易許諾，然而往往不守信用。《老子》六三："夫輕諾必寡信，多易必多難。"《舊唐書•張仲方傳》："好惡徇情，輕諾寡信。"明代文元發《清涼居士自序》："居常見脂韋誇毘，誕妄不經，與輕諾寡信輩，及長者家，兒恆白眼視之，如將浼焉。"《聊齋誌異•鳳仙》："好事豈能猝合？適與之言，反遭詬厲，但緩時日以待之，吾家非輕諾寡信者。"同 寡信輕諾、輕言寡信。反 不輕然諾。

【輕薄無行】qīng bó wú xíng 無行：道德品行不端。說行為輕佻，品行惡劣。《晉書•華恆傳》："初恆為州大中正，鄉人任讓輕薄無行，為恆所黜。"宋代施德操《北窗炙輠錄》卷下："有士人任康敏即作薄媚及狐狸者也，粗有才，然輕薄無行。"◇人們說他家三代人輕薄無行，如今竟然出了他這樣傑出的人物，簡直是奇了。

【轂擊肩摩】gǔ jī jiān mó 見"摩肩擊轂"。

【輾轉反側】zhǎn zhuǎn fǎn cè《詩經•關雎》："悠哉悠哉，輾轉反側。"形容心事重重，翻來覆去難以入眠。《三國志•周魴傳》："每獨矯首西顧，未嘗不寤寐勞歎，展(輾)轉反側也。"《歧路燈》七三回："輾轉反側，真正是明知鶯鶯均堪愛，爭乃熊魚不可兼。"巴金《春》二四："他躺在牀上輾轉反側，思潮起落個不停。"郭沫若《行路難》："他在被上只是輾轉反側地呻吟，又不斷地嘔氣。"同 翻來覆去、覆去翻來。反 鼾聲如雷、鼻息如雷。

【輾轉相傳】zhǎn zhuǎn xiāng chuán 多次轉移傳佈。巴金《懷念•憶施居甫》："影響不論大小，輾轉相傳，永遠有人受益，而且生命永在，撒佈生命的人也可以不朽。"◇事情一開始只是在這小鎮上聽聞，然而輾轉相傳，最終鬧得沸沸揚揚。

【轉死溝壑】zhuǎn sǐ gōu hè 溝：水道和溪谷。壑：山谷。輾轉死於溝谷之中。形容百姓的悲慘處境。《墨子•兼愛下》："今歲有癘疫，萬民多有勤苦凍餒，轉死溝壑中者，既已眾矣。"宋代司馬光《乞罷條例司常平使疏》："當是之時，民之羸者不轉死溝壑，壯者不聚為盜賊，將何之矣。"同 轉死溝渠、易子析骨。反 家給人足、物阜民康。

【轉危為安】zhuǎn wēi wéi ān 從危險的局面中擺脫出來，解除了威脅，平安無事。漢代劉向《〈戰國策〉序》："為之謀策者……皆高才秀士，度時君之所能行，出奇策異智，轉危為安，運亡為存，亦可喜。"宋代楊萬里《壽皇論東宮參決書》："陛下及太子父子之親，可以無纖芥之疑矣。古人所謂轉敗為勝，轉危為安於此在矣。"◇承蒙您大力扶助，貸給鉅資，敝公司賴以轉危為安，感恩戴德，無以言表。同 化險為夷。反 在劫難逃、飛災橫禍。

【轉鬥千里】zhuǎn dòu qiān lǐ 見"轉戰千里"。

【轉敗為功】zhuǎn bài wéi gōng 見"轉敗為勝"。

【轉敗為勝】zhuǎn bài wéi shèng《戰國策•燕策一》："聖人之制事也，轉禍而為福，因敗而為功。"後以"轉敗為功"、"轉敗為勝"指扭轉敗局，化失敗為勝利。《史記•蘇秦列傳》："智者舉事，因禍為福，轉敗為功。"《明史•漢王高煦傳》："成祖屢瀕於危而轉敗為功者，高煦力為多。"◇人們常說轉敗為勝，說時容易做時難，真能做到轉敗為勝的並不多。

【轉眼之間】zhuǎn yǎn zhī jiān 形容非常短暫的時間。《敦煌變文集•無常經講經文》："轉眼艱難聲喚頻，由不悟無常拋暗號。"《群音類選•葛衣記•薦之知信》："無端平地起波濤，轉眼之間忘久要。"◇轉眼之間冬去春來，又見雜花生樹，野草青青。也作"轉瞬之間"。《明史•余珊傳》："豈期一轉瞬間，憸邪投隙而起。"清代黃宗羲《董在中墓誌銘》："若余於董氏，則有師友偲偲之力，而零落於轉瞬之間，更可傷也。"同 剎那之間。

【轉悲為喜】zhuǎn bēi wéi xǐ 把悲哀憂愁化作歡欣。《紅樓夢》三回："熙鳳聽了，忙轉悲為喜。"也作"轉愁為喜"、"轉憂為喜"。明代陸采《懷香記•池塘晤語》："解雙眉轉愁為喜，訂芳期歡聲和氣。"

《野叟曝言》一〇三回："'昔人云，未有小人讒於內，而大將立功於外者，正今日之謂也。'岑浚方始轉憂為喜。"◇一席話説得她顧慮全消，轉悲為喜。

【轉愁為喜】zhuǎn chóu wéi xǐ 見"轉悲為喜"。

【轉禍為福】zhuǎn huò wéi fú《戰國策•燕策一》:"所謂轉禍為福，因敗成功者也。"指把禍難轉化成幸運、幸福。《史記•張耳陳餘列傳》:"君急遣臣見武信君，可轉禍為福，在今矣。"《梁書•武帝紀上》:"若能因變立功，轉禍為福，並誓河嶽，永紆青紫。"《花月痕》四五回評語:"淫如碧桃，狠如肇受，僅僅明發有懷，便可化辱為榮，轉禍為福。"同 轉災為福、因禍得福。

【轉憂為喜】zhuǎn yōu wéi xǐ 見"轉悲為喜"。

【轉戰千里】zhuǎn zhàn qiān lǐ 長途進軍，一路輾轉作戰。《後漢書•吳漢傳》:"吾共諸君逾越險阻，轉戰千里，所在斬獲，遂深入敵地，至其城下。"《晉書•馬隆傳》:"轉戰千里，殺傷以千數。"也作"轉鬥千里"。漢代司馬遷《報任少卿書》:"轉鬥千里，矢盡道窮，救兵不至，士卒死傷如積。"《三國志•郭解傳》:"孫策轉鬥千里，盡有江東。"

【轉瞬之間】zhuǎn shùn zhī jiān 見"轉眼之間"。

【轉彎抹角】zhuǎn wān mò jiǎo ❶形容沿着曲曲折折的路走。元代秦簡夫《東堂老》一折:"轉彎抹角，可早來到李家門首。"《西遊記》二三回:"磕磕撞撞，轉彎抹角，又走了半會，才是內堂房屋。"◇北京的胡同有的很長，轉彎抹角才能看到盡頭。❷比喻兜來繞去，不直截了當。瞿秋白《文藝的自由和文學家的不自由》:"蘇先生説的話，是委婉的轉彎抹角的。"張天翼《華威先生》:"轉彎抹角算起來 他算是我的一個親戚。"巴金《談〈春〉》:"倘使小説不能作為我作戰的武器，我何必花那麼多的功夫轉彎抹角、忸怩作態，供人們欣賞來換取作家的頭銜？"同 拐彎抹角。

【轟動一時】hōng dòng yī shí 在一段時間裏，四處傳揚，人人議論。馮玉祥《我的生活》第五章:"於是轟動一時的氣勢蓬勃的義和團，遂急轉直下走向敗亡的結局中。"

【轟轟烈烈】hōng hōng liè liè 轟轟:形容巨響。烈烈:形容火焰飛騰。❶形容火勢燃燒得非常猛烈。《儒林外史》一六回:"那火轟轟烈烈，燁燁炦炦，一派紅光，如金龍亂舞。"◇好端端的一座新樓，燒得轟轟烈烈，捲起幾丈高的火焰。❷形容聲響巨大，氣勢磅礴。《警世通言》卷四十:"叫那雷神今晚將五雷藏着，休得要驅起那號令，放出那霹靂，轟轟烈烈，使一鳴山嶽震，再鼓禹門開。"❸形容境況激烈，或氣勢壯偉，聲勢浩大。元代尚仲賢《氣英布》二折:"從今後收拾了喧喧嚷嚷略地攻城，畢罷了轟轟烈烈奪利爭名。"明代瞿式耜《丙戌九月二十日寄書》:"邑中在庠諸友，轟轟烈烈，成一千古之名，彼豈真惡生而樂死乎？誠以名節所關，政有甚於生者。"《紅樓夢》一〇七回:"不過這幾年看着你們轟轟烈烈，我樂得都不管，説説笑笑，養身子罷了。"孫中山《革命原起》:"黃花崗七十二烈士轟轟烈烈之概，已震動全球。"

辛部

【辜恩背義】gū ēn bèi yì 見"辜恩負義"。

【辜恩負義】gū ēn fù yì 辜:對不住；負:背棄。辜負別人對自己的恩德和情誼，做下對不起別人的事。也作"辜恩背義"。宋代樂史《綠珠傳》:"今為此傳，非徒述美麗、窒禍源，且欲懲誡辜恩背義之類。"元代柯丹邱《荊釵記•覓真》:"畜生反面目，太心毒，辜恩負義難容恕，真堪惡。"《封神演義》八六回:"我歐陽淳其首可斷，其身可碎，而此心決不負成湯之恩，甘效辜恩負義之賊也！"同 忘恩負義、背信棄義。反 感恩戴德、知恩圖報。

【辭不逮意】cí bù dài yì 見"詞不逮意"。
【辭不達意】cí bù dá yì 見"詞不達意"。
【辭多受少】cí duō shòu shǎo 少數接受下來，多數推卻不接受。《周書•裴文舉傳》："憲矜其貧窶，每欲資給之，文舉恆自謙遜，辭多受少。"◇有的人好沾便宜，來者不拒，有的人好施不貪，辭多受少，前者被人輕視，後者為人尊重。反 多多益善、來者不拒。
【辭微旨遠】cí wēi zhǐ yuǎn 措辭含蓄而表達的意思卻很深遠。《梁書•劉之遴傳》："省所撰《春秋》義，比事論書，辭微旨遠。"◇表弟平日靜默寡言，但講起話來辭微旨遠，算得上是有頭腦的人。反 空洞無物、言之無物。
【辭窮理屈】cí qióng lǐ qū 見"詞窮理屈"。
【辭嚴義正】cí yán yì zhèng 見"詞嚴義正"。

辵部

【近水樓台】jìn shuǐ lóu tái 近水樓台先得月的略語。宋代俞文豹《清夜錄》："范文正公鎮錢唐，兵官皆被薦，獨巡檢蘇麟不見錄，乃獻詩云：'近水樓台先得月，向陽花木易為春。'"說在水邊的亭台樓閣上最先欣賞月光。比喻最靠近者最先獲得好處。清代李漁《與紀伯紫書》："伯紫近居輦轂下，授餐者多，又為近水樓台，鄰朱必赤。"聶紺弩《魯迅——思想革命與民族革命的倡導者》："(日本)處在東方，是中國的緊鄰，所謂近水樓台，侵略中國，比其它的帝國主義更為方便。"茅盾《搬的喜劇》："到底他們是'近水樓台'，萬一事情鬧急了，他們豈有個不先曉得的道理？"同 近水樓台先得月。反 貴遠賤近。
【近火先焦】jìn huǒ xiān jiāo 離火近的東西先被燒焦。❶ 借指自然而然的道理。《五燈會元•保寧仁勇禪師》："僧問：'如何是佛？'師曰：'近火先焦。'"❷ 比喻同禍事最接近的人首先遭殃。《水滸全傳》四九回："如今朝廷有甚分曉，走了的倒沒事，見在的便吃官司！常言道：'近火先焦。'"◇汽車股票下跌，近火先焦，連帶汽車行業也不景氣。同 臨風易冷、殃及池魚。反 近水樓台。
【近在咫尺】jìn zài zhǐ chǐ 形容距離非常近。咫：周代一咫折合今之6.22寸。宋代蘇軾《杭州謝上表》："而臣猥以末技，日奉講帷，凜然威光，近在咫尺。"《鏡花緣》一七回："這總是軍士憂郁不寧，精神恍惚，所以那馬明明近在咫尺，卻誤為喪失不見，。"《二十年目睹之怪現狀》九八回："他的公館近在咫尺，也不換衣服，就這麼走回去了。"同 近在眼前、近在眉睫。反 天高地遠、海角天涯。
【近在眉睫】jìn zài méi jié 眉睫：眉毛和睫毛。形容距離很近、時間很短，或事情發生迫在眼前。《列子•仲尼》："雖遠在八荒之外，近在眉睫之內，來干我者，我必知之。"清代張德瀛《詞徵》卷四："吳縣吳氏詞話及諸家所撰著者，近在眉睫，度無弗知。"蔡東藩《慈禧太后演義》三八回："西藏事尚遠隔天涯，遼東事卻近在眉睫。"同 迫在眉睫、近在眼前。反 遠在天邊、遙遙無期。
【近悅遠來】jìn yuè yuǎn lái 見"悅近來遠"。
【近親繁殖】jìn qīn fán zhí ❶ 近親交配。指血統或親緣關係相近的生物個體間的交配。近親繁殖的後代，一般體質較弱，生存能力和繁殖力較低。劉紹棠《劉家鍋夥》一："財主女兒跟親堂兄明來暗往無所顧忌，近親繁殖，兩男一女，三個傻子。"❷ 比喻只任用自己培養出來的人或派系內的親信，排斥此範圍以外的人才。張維迎《學術自由》："這也是我們必須破除'近親繁殖'的原因之一，因為在'近親繁殖'下，不可能有真正的學術自由。"劉維穎《現實思考：中國官員雙重人格剖析》："由於長期的'近親繁殖'，在他們那裏，權力實際變成了封建世襲。"
【返老還童】fǎn lǎo huán tóng 由老年回到少年，或由衰老恢復青春。也作"反老還童"。《雲笈七籤》卷六十："日服千嚥，不足為多，返老還童，漸從此矣。"《三國演義》一〇五回："取此水用美玉為屑，調和服之，可以反老還童。”《西遊記》一七回：“返老還童容易得，超凡入聖路非遙。”巴金《探索集•大鏡子》：“別人説我煥發了青春，我完全接受，甚至更進一步幻想自己返老還童。”同 童顏鶴髮。反 未老先衰。

【返(反)璞歸真】fǎn pú guī zhēn 見“歸真返(反)璞”。

【迎刃而解】yíng rèn ér jiě《晉書•杜預傳》：“今兵威已振，譬如破竹，數節之後，皆迎刃而解，無復著手處也。”劈開竹子的頭幾節，下面的就順着刀口裂開。比喻關鍵問題一解決，其他問題跟着就解決了。《五燈會元•隆興府祐聖法居禪師》：“知有底人於一切言句如破竹，雖百節當迎刃而解，詎容聲於擬議乎？”宋代王楙《野客叢書•韓信之幸》：“其後以之取燕，以之拔齊，勢如破竹，皆迎刃而解者，又悉資於降虜廣武君之策。”魯迅《書信集•致許壽裳》：“以此讀史，有多種問題可以迎刃而解。”反 糾纏不清、盤根錯節。

【迎來送往】yíng lái sòng wǎng 見“送往迎來”。

【迎風招展】yíng fēng zhāo zhǎn 形容旗子等物隨風飄揚。《官場現形記》一八回：“大小炮船，一律旌旆鮮明，迎風招展。”北島《島》：“又一次，風托起頭髮，像托起旗幟迎風招展。”同 隨風飄揚、迎風飄揚。

【迎頭痛擊】yíng tóu tòng jī 迎面給以沉重的打擊。清代吳趼人《發財秘訣》十回：“倘使此輩都是識時務熟兵機之員，外人擾我海疆時，迎頭痛擊，殺他個片甲不回。”梁啟超《五十年中國進化概論》：“朝鮮和安南，都是祖宗屢得屢失的基業，到我們手上完全送掉。海外殖民，也到處被人迎頭痛擊。”劉鳳舞《民國春秋》三卷一六章：“萬一日軍膽敢來犯，我軍守土有責，決定迎頭痛擊。”反 望風而逃、望風披靡。

【迎頭趕上】yíng tóu gǎn shàng 迅速追上最前面的。魯迅《偽自由書•迎頭經》：“這樣，所謂迎頭趕上和勿向後跟，都是不但見於經典而且證諸實驗的真理了。”夏衍《論正規化》：“應該善用時機，迎頭趕上。”同 力爭上游。反 望塵莫及。

【述而不作】shù ér bù zuò 述：陳述，闡述。作：創作。只闡述前人之説，不拿出自己的新見解。《論語•述而》：“述而不作，信而好古。竊比於我老彭。”晉代常璩《華陽國志•後賢志》：“善志者，述而不作；序事者，實而不華。”清代朱彝尊《劉永之傳》：“述而不作，信而好古，夫豈以其聖而傲當世哉。”

【迥乎不同】jiǒng hū bù tóng 見“迥然不同”。

【迥然不同】jiǒng rán bù tóng 完全不一樣。迥：遠。宋代朱熹《答程允夫書》：“知吾儒之所謂道者，與釋氏迥然不同，則如朝聞夕死之説矣。”清代王韜《英欲中國富強》：“昔日之情形與今日之事勢，有迥然不同者，蓋歐洲之局已一變矣。”《老殘遊記》十回：“我們所彈的曲子，一人彈雨兩人彈，迥乎不同。”◇山南山北，自然風光迥然不同。同 判然有別、天差地遠。反 一模一樣、毫無二致。

【迫不及待】pò bù jí dài 急迫得等待片刻都不行。《鏡花緣》六回：“該仙子何以迫不及待，並不奏聞請旨，任聽部下逞豔於非時之候？”《文明小史》十回：“所以他迫不及待，就把地保按名鎖拿到衙。”◇一看到她的E-mail，心急如焚，迫不及待地連夜搭飛機趕了過去。同 急如星火。反 不慌不忙、從容不迫。

【迫不得已】pò bù dé yǐ 被逼迫得沒有辦法，並非出於本意。《漢書•王莽傳上》：“將為皇帝定立妃后，有司上名，公女為首，公深辭讓，迫不得已，然後受詔。”郭沫若《蔡文姬》第一幕：“他在國內雖然年年打仗，但都是迫不得已。”同 萬不得已、無可奈何。反 心甘情願、自覺自願。

【迫在眉睫】pò zài méi jié 睫：眼睫毛。已經逼到了眼面前。《列子•仲尼》：“雖遠在八荒之外，近在眉睫之內，來干我者，我必知之。”後形容情況十分緊急或非常需要。梁啟超《論中國成文法編制之沿革得失》："律文煩廣，事比重多。誠切中其弊也，於新法典編纂之必要迫於眉睫。" 魯彥《西安印象》："於是當今國難日急，版圖變色，亡國滅種之禍迫於眉睫之時，國民政府派大員西上致祭了。" ◇如今事情已迫在眉睫，刻不容緩了。同 近在眉睫、火燒眉毛。

【迫於眉睫】pò yú méi jié 見"迫在眉睫"。

【迴腸傷氣】huí cháng shāng qì 見"迴腸盪氣"。

【迴腸盪氣】huí cháng dàng qì 見"盪氣迴腸"。

【追亡逐北】zhuī wáng zhú běi 追擊敗逃的敵人。追亡：追擊逃亡者。逐北：追擊敗兵。《史記•田單列傳》："燕軍擾亂奔走，齊人追亡逐北，所過城邑皆畔燕而歸田單。"《三國志•吳志•陸遜傳》："三道俱進，果衝休伏兵，因驅走之，追亡逐北，徑至夾石斬獲萬餘。" 馬大勇《朱元璋與洪武文壇生態》："在朱元璋的領導之下，統踞中原將近一世紀的蒙元朝廷被起義大軍追亡逐北，驅入大漠，漢民族重新把持最高政權。" 也作"追奔逐北"。《三國志•魏志•田疇傳》："單于身自臨陣，太祖與交戰，遂大斬獲，追奔逐北，至柳城。"

【追本窮源】zhuī běn qióng yuán 追溯事物發生的根源。窮：深入探索。《洪秀全演義》二回："果然追本窮源，查鴉片進口，都由華商發售。" 蔣念祖《邊緣地帶——創新的沃土》："對此無興趣者不必勉強地去鑽故紙堆；對此有興趣且樂於追本窮源者，未嘗不可視為研究者的必備品質。"

【追奔逐北】zhuī bēn zhú běi 見"追亡逐北"。

【追根究底】zhuī gēn jiū dǐ 追尋根源、探究底裏、瞭解內情。也作"追根問底"。洪深《飛將軍》："你們這些做新聞記者的，就是喜歡這樣追根究底地問。" ◇她最喜歡追根究底，打探別人的隱私。同 追根尋底、究根問底。反 不聞不問、不問不聞。

【追根問底】zhuī gēn wèn dǐ 見"追根究底"。

【追悔莫及】zhuī huǐ mò jí 後悔過去的事，卻也無法挽回了。《鏡花緣》六回："小仙自知身獲重罪，追悔莫及。" 趙家璧《編輯憶舊》："想到魯迅介紹給良友公司出版的最後一部書，由於我們排字拖延，推遲了出版期，沒有能夠在他生前把樣書送到病榻上，讓他親自看到，這已成為我一生追悔莫及的遺憾了。" 同 追悔不及、後悔莫及。

【逃之夭夭】táo zhī yāo yāo《詩經•桃夭》："桃之夭夭，灼灼其華。" 原形容桃花茂盛而豔麗，因"逃"與"桃"同音，後借"逃之夭夭"形容逃得無影無蹤。《醒世恆言•蔡瑞虹忍辱報仇》："到後覺道聲息不好，立腳不住，就悄地逃之夭夭。"《石點頭•貪婪漢六院賣風流》："妹子想起哥哥這樣賭法，貼他不富，連我也窮，不如自尋去路，為此跟着一個相識孤老，一溜煙也是逃之夭夭。" 老舍《老張的哲學》一四："老張乘着機會逃之夭夭了。" 同 席捲而逃、溜之大吉。反 插翅難逃、四面楚歌。

【送往迎來】sòng wǎng yíng lái 迎接前來的人，送走離去的人。多指應酬客人或接送官員。《禮記•中庸》："送往迎來，嘉善而矜不能，所以柔遠人也。" 宋代楊萬里《兒姪新亭相迎》詩："百年事業何為者？送往迎來過一生。" 高陽《曹雪芹別傳》："經常所見的僚屬，不過藩臬兩司，以及送往迎來，負有專職的首縣等人而已。" 也作"迎來送往"。宋代楊萬里《過鸚斗湖》詩："紅旗青蓋鳴鉦處，都是迎來送往人。"《大明提刑官》一卷六章："店小二倒是個老實人，畢竟是做客棧生意的，迎來送往的三教九流甚麼人都見過。"

【送故迎新】sòng gù yíng xīn 送去舊的，迎來新的。舊時常用以指送舊官，迎新官。亦用以指送舊歲，迎新歲。《漢書•王嘉傳》："吏或居官數月而退，送故迎新，交錯道路。" 宋代徐鉉《除夜》詩："寒燈耿耿漏遲遲，送故迎新了不欺。" ◇又是新的一年，家家戶戶送故迎新大掃除，期待新一年生活更美好。也作"送舊迎新"。宋代楊萬里《宿城外張氏莊早起入城》詩："眠雲跂石十餘年，回首拋官一瞬間；送舊迎新也辛苦，一番辛苦兩年閒。"

【送舊迎新】sòng jiù yíng xīn 見"送故迎新"。

【迷人眼目】mí rén yǎn mù 迷惑別人視線，使人分辨不清。這些也是營銷手法，不過比前一種稍具形式上的區別，藉以偽裝自己，迷人眼目而已。

【迷而不返】mí ér bù fǎn 迷路後不知回來。比喻犯了錯誤不知改正。漢代王粲《為劉表與袁尚書》："若使迷而不返，遂而不改，則戎狄蠻夷將有誚讓之言。"《三國志•魏志•程曉傳》："況姦回暴露，而復不罷，是衮闕不補，迷而不返也。"◇大家都説了不少，可他仍執迷不悟，堅持錯誤。反 迷而知返、迷途知返。

【迷而知返】mí ér zhī fǎn 迷路後知道返回。比喻有了過失能改正。《宋書•二兇傳•元兇劭》："所以淹霆緩電者，猶冀弟迷而知返耳。"南朝齊代劉繪《為豫章王嶷上武帝請改葬故巴東王子響表》："但韔矢倒戈，歸罪司戮，即理原心，亦既迷而知返。"◇他年輕氣盛，免不了會輕信謠言，只要適當規勸，他還是能迷而知返的。也作"迷途知返"。◇如果他真有迷途知返之心，那麼我們絕對會考慮給他一個適當的職位的。反 迷而不返。

【迷花沾草】mí huā zhān cǎo 拈花惹草。指男子挑逗、勾引女子。明代孟稱舜《嬌紅記•雙逝》："休只為迷花沾草，斷送了美身軀。"◇他為人正派，雖在外多年，卻從不迷花沾草。

【迷途知返】mí tú zhī fǎn 見"迷而知返"。

【迷離恍惚】mí lí huǎng hū 見"惝恍（怳）迷離"。

【迷離惝恍】mí lí chǎng huǎng 見"惝恍(怳)迷離"。

【迷離撲朔】mí lí pū shuò《樂府詩集•橫吹曲辭五•木蘭詩》："雄兔腳撲朔，雌兔眼迷離，雙兔傍地走，安能辨我是雄雌！"後即以"迷離撲朔"形容事的錯綜複雜，難以分辨。蕭乾《栗子•憂鬱者的自白》："然而我感覺的愁遠深於他們。我愁的是這迷離撲朔的生命。"

【逆水行舟】nì shuǐ xíng zhōu 朝着與水流相反的方向行船，不盡力向前推進，就會向後退。多比喻不進則退，或處在困難當中，須要努力奮鬥。魯迅《且介亭雜文•門外文談》："即使目下還有點逆水行舟，也只好拉縴；順水固然好得很，然而還是少不得把舵的。"◇學如逆水行舟，不進則退。

【逆耳之言】nì ěr zhī yán《三國志•吳志•張紘傳》："而忠臣挾難進之術，吐逆耳之言，其不合也，不亦宜乎。"刺耳、不順耳的話。多指聽起來不順耳而忠直有益的話。晉代孫楚《為石仲容與孫皓書》："夫治膏肓者，必進苦口之藥，決狐疑者，必告逆耳之言。"夏衍《懶尋舊夢錄》："聽聽逆耳之言，是可以使人清醒，使人謹慎的。"同 苦口之藥。

【逆耳忠言】nì ěr zhōng yán 不順耳但卻忠直有益的話。明代無名氏《四馬投唐》楔子："我忠心主意要興兵，逆耳忠言不肯聽。"姚雪垠《李自成》二卷二三章："罕見的是能夠像大帥這樣喜歡聽逆耳忠言，不喜歡聽奉承的話。"◇如果真個發揚民主，傾聽逆耳忠言，那麼，諷刺喜劇仍是一劑良藥！同 苦口良藥。

【逆來順受】nì lái shùn shòu 被別人欺負、逼迫，或受到不公正的對待、遇到不合正理的事情時，採取順從和忍受的態度，不反對、不反抗。宋代無名氏《張協狀元》戲文十二齣："逆來順受，須有通時。"明代湯顯祖《牡丹亭•旁疑》："夜來柳秀才房裏，唧唧噥噥，聽的似女兒聲息。敢是小道姑瞞着我去瞧那秀才，秀才逆來順受了。"陳殘雲《山谷風煙》三二："他想象不到，當日那個愁眉苦臉、逆來順受的堂弟婦，如今變得那麼威嚴和潑辣。"同 忍氣吞聲。反 頤指氣使。

【退避三舍】tuì bì sān shè 據《左傳》僖公二十三年和二十八年記載：春秋時晉公子重耳流亡到楚國，楚成王善待重耳，並問："公子若反晉國，則何以報不穀？"重耳回答説："若以君之靈，得反晉國，晉楚治兵，遇於中原，其辟君三舍。"後晉楚兩國在城濮交戰，晉文公重耳遵守諾言，主動令晉軍後撤三舍（古代行軍三十里為一舍，三舍是九十里）。後用"退避三舍"比喻主動讓步，不與對方爭鋒。明代葉憲祖《鸞鎞記·京晤》："似你這般詩才，不怕杜羔不退避三舍。"《兒女英雄傳》三九回："把個冉望華直嚇得退避三舍。"《儒林外史》十回："賢侄少年如此大才，我等俱要退避三舍矣。" 同 先禮後兵。反 寸步不讓、咄咄逼人。

【逝者如斯】shì zhě rú sī《論語·子罕》："子在川上曰：'逝者如斯夫！不舍晝夜。'"逝：往。斯：這樣。後用"逝者如斯"指光陰像流動的河水一樣一去不返。晉代陸機《順東西門行》："感朝露，悲人生，逝者如斯安得停！"宋代蘇軾《前赤壁賦》："客亦知夫水月乎？逝者如斯，而未嘗往也；盈虛者如彼，而卒莫消長也。"◇那白日閃亮的陽光一旦落山，夜晚就只剩下淙淙流去的清泉，訴說着逝者如斯，世事如斯，生命如斯，給你安靜，給你感喟，給你怡然。同 光陰似箭、日月如梭。

【連日連夜】lián rì lián yè 夜以繼日，晝夜不停。《後漢書·班固傳下》："及肅宗雅好文章，固愈得幸，數入讀書禁中，或連日繼夜。"《紅樓夢》一一七回："如今竟成了癆病了，現在危急，專差一個人連日連夜趕來的。"《兒女英雄傳》二回："偏是安老爺到任之後，正是春盡夏初長水的時候，那洪澤湖連日連夜長水。"同 夜以繼日。

【連中三元】lián zhòng sān yuán 三元：科舉制度鄉試、會試、殿試第一名解元、會元、狀元的合稱。❶ 指接連在鄉試、會試、殿試中獲第一名。《警世通言·老門生三世報恩》："論他的志氣，便像馮京、商輅連中三元，也只算他便袋裏東西，真個是足躡風雲，氣沖斗牛。"《二刻拍案驚奇》卷一："（王曾）後來連中三元，官封沂國公。"《白雪遺音·小郎兒·冬》："龍門高跳，鼇魚頭兒哟，連中三元。"❷ 接連三次都獲得第一名。◇買彩票連中三元的概率幾乎是零。

【連枝帶葉】lián zhī dài yè 同根所生的樹枝和樹葉。多比喻兄弟之間的親密關係。北魏楊衒之《洛陽伽藍記·永寧寺》："朕之於卿，兄弟非遠，連枝分葉，興滅相依。"明代無名氏《龍門隱秀》三折："誰想俺嫂狠兄毒心意歹，全不想共根同蒂，連枝帶葉，把我似乞兒般搶出門來。"◇咱弟兄倆是一母所生，連枝帶葉，就不必多說了，有我鍋裏的就有你碗裏的。

【連城之璧】lián chéng zhī bì 連城：連成一片的許多城市。璧：古代一種扁平、圓形、中間有孔的玉器，泛指美玉。《史記·廉頗藺相如列傳》："趙惠文王時，得楚國和氏璧。秦昭王聞之，使人遺趙王書，願以十五城請易璧。"後用"連城之璧"借指價值連城的寶物或極其珍貴的東西。晉代張載《擬四愁詩》："佳人遺我雲中翮，何以贈之連城璧。"金代元好問《論詩絕句》："少陵自有連城璧，爭奈微之識碔砆。"《聊齋誌異·王成》："王笑曰：'癡男子！此何珍寶，而千金直也！'成曰：'大王不以為寶，臣以為連城之璧不過也。'"同 價值連城、無價之寶。反 一錢不值、不值一錢。

【連根帶梢】lián gēn dài shāo 從樹根到樹梢。比喻從頭至尾，事情的全過程或完整情節。◇目擊者把剛才發生的車禍，向警察連根帶梢地描述了一遍。同 從頭到尾、原原本本。

【連綿不絕】lián mián bù jué 連續不斷，一直延續着。也作"連綿不斷"。明代朱國楨《湧幢小品·神惠記》："往余再喪妻，四喪子，復喪妹，最後喪母，連綿不絕，哭泣悲傷，五衷菀結。"《三俠五義》一一三回："誰知細雨濛濛，連綿不斷，颼來金風瑟瑟，遍體清涼。"吳伯簫《記一輛紡車》："紡線的時候，眼看着勻淨的毛線或者棉紗從拇指和食指之間的毛捲裏或者棉條裏抽出來，又細又長，連綿不斷，簡直有藝術創作的快感。"同 綿綿不絕。反 斷斷續續。

【連綿不斷】lián mián bù duàn 見"連綿不絕"。

【連綿起伏】lián mián qǐ fú 起伏：高低不平。連續不斷起伏不平。◇遠處是連綿起伏、白雪皚皚的祁連山。同 連綿不絕、綿亘不絕。

【連篇累牘】lián piān lěi dú 牘：古人用來寫字的木片。形容篇幅過多，文辭很長。《隨書•李諤傳》："連篇累牘，不出月露之形；積案盈箱，唯是風雲之狀。"明代湯顯祖《還魂記•悵眺》："俺連篇累牘無人見。"梁啟超《〈新中國未來記〉序言》："編中往往多載法律、章程、演説、論文等，連篇累牘，毫無趣味。"同 長篇累牘、長篇大論。反 言簡意賅、刪繁就簡。

【連編累牘】lián biān lěi dú 牘：古代寫字的竹木片。形容篇幅過多，文辭過長。《花月痕》三回："雖終日兀坐車中，不發一語，其實連編累牘也寫不了他胸中情緒。"◇文章應以簡明扼要為好，最忌拖泥帶水，連編累牘。同 連篇累牘、累牘連篇。反 言簡意賅、簡明扼要。

【連鎖反應】lián suǒ fǎn yìng 連鎖：像鎖鏈似的一環扣一環。比喻若干相關事物中，有一個發生變化，便會觸發一連串的變化。碧野《神女的祝福》："大壩混凝土墩如果有一座動搖，就會發生連鎖反應，整座大壩就會不穩。"

【逐臭之夫】zhú chòu zhī fū《呂氏春秋•遇合》："人有大臭者，其親戚兄弟妻妾知識，無能與居者，自苦而居海上。海上人有説其臭者，晝夜隨之而弗能去。"知識：相識者，友人。説：同"悦"。後用"逐臭之夫"比喻嗜好怪僻的人。三國魏曹植《與楊德祖書》："人各有好尚，蘭茝蓀蕙之芳，眾人所好，而海畔有逐臭之夫。"明代何良俊《四友齋叢説•畫》："蘇州又有謝時臣……筆墨皆濁，俗品也。杭州三司請去作畫，酬以重價，此亦逐臭之夫耳。"老舍《十年筆墨》："真的，一個唯美主義者會以為我是逐臭之夫，去描寫臭溝。"

【逐鹿中原】zhú lù zhōng yuán《史記•淮陰侯列傳》："秦失其鹿，天下共逐之，於是高材疾足者先得焉。"鹿：指獵取的對象。中原：黃河中下游地區。後用"逐鹿中原"比喻群雄競起，爭奪天下。明代駱用卿《題韓信廟》詩："逐鹿中原漢力微，登壇頻蹙楚軍威。"《野叟曝言》九五回："但孤家非比別峒之主，止於雄長一方，不日便當逐鹿中原。"同 中原逐鹿。反 和睦相處。

【逍遙自在】xiāo yáo zì zài 見"逍遙自得"。

【逍遙自得】xiāo yáo zì dé 逍遙：悠然自得的樣子。《莊子•讓王》："日出而作，日入而息，逍遙於天地之間，而心意自得。"後用"逍遙自得"形容無拘無束，自由自在。晉代潘岳《閒居賦》："於是覽止足之分，庶浮雲之志。築室種樹，逍遙自得。"宋代洪邁《容齋三筆•琵琶亭記》："兩公猶有累乎世，未能如樂天逍遙自得也。"《野叟曝言》五九回："以此收攝身心，屏絕嗜欲，可以寡過，可以養生，性命雙修，逍遙自得。"也作"逍遙自在"。唐代白居易《菩提寺上方晚眺》詩："飛鳥滅時宜極目，遠風來處好開襟。誰知不離簪纓內，長得逍遙自在心。"《儒林外史》三四回："將來鄉試也不應，科歲也不考，逍遙自在，做些自己的事吧。"葉聖陶《隔膜》："他現在卸了公務，逍遙自在，要玩耍幾時才回鄉呢。"同 悠然自得、清閒自在。反 提心吊膽、臨深履薄。

【逍遙法外】xiāo yáo fǎ wài 犯法者未受到應受的法律制裁，依然自由自在。孫伏園《長安道上》："此種案件如經法庭之手，還不是與去年某案一樣含胡了事，任兇犯逍遙法外嗎？"巴金《探索集•再説小騙子》："那些造神召鬼、制造冤案、虛報產量、逼死人命等等的大騙子是不會長期逍遙法外的。"同 逍遙事外。反 天網恢恢。

【逞兇肆虐】chěng xiōng sì nüè 逞：肆意放縱。肆：任意妄為。行為殘暴狠毒，肆意作惡。◇據説明清兩代，湘西的土匪很厲害，逞兇肆虐，官、民、兵沒有不怕他們的。同 無惡不作、無法無天。反 安分守己、循規蹈矩。

【逞強好勝】chěng qiáng hào shèng 顯出自己能力強，處處都想勝過別人。周而復《上海的早晨》三部二九："她是一個逞強好勝的女孩子，一聽這話，哪能忍受的下。"同 爭強好勝、逞強逞能。反 甘拜下風、退避三舍。

【造化小兒】zào huà xiǎo ér 造化：自然界的創造者。戲稱命運之神或比喻命運。《新唐書·杜審言傳》："審言病甚，宋之問、武平一等省候何如，答曰：'甚為造化小兒相苦，尚何言？'"《初刻拍案驚奇》卷一："造化小兒無定據，翻來覆去，倒橫直竪，眼見都如許。"◇賣花的人都被造化小兒播弄到束手無策，眼看躉來的花都紛紛枯萎了，還能説甚麼呢？

【造謠中傷】zào yáo zhòng shāng《後漢書·楊秉傳》："有忤逆於心者，必求事中傷。"後用"造謠中傷"説編造謠言，誣衊陷害別人。馮玉祥《我的生活》："於是他們就到處對你造謠中傷，散放瀰天的煙霧，弄得你簡直不能立足。"《蔡廷鍇自傳·困守家鄉》："弟則勸其早日起程，或先到嶺西住，免被人家繼續造謠中傷。"同 惡語中傷。反 口角春風。

【造謠生事】zào yáo shēng shì 編造並散佈謠言，挑起事端。《平妖傳》十回："順便就帶口棺木下來盛殮，省得過些時被做公的看見林子內屍首，又造謠生事。"魯迅《書信集·致黎烈文》："我與中國新文人相周旋者十餘年，頗覺得以古怪者為多，而漂聚於上海者，實尤為古怪，造謠生事，害人賣友，幾乎視若當然。"同 造謠惑眾。反 息事寧人。

【造謠惑眾】zào yáo huò zhòng《周禮·大司徒》："七日造言之刑。"造言：造謠惑眾。後用"造謠惑眾"指編造謠言，迷惑眾人。臧克家《濟南三日記》："如所言中實，便是洩露機密，如言屬子虛，便是造謠惑眾，都要受最嚴厲的處分。"同 造謠生事、妖言惑眾。

【逢人説項】féng rén shuō xiàng 項：項斯，唐朝詩人。唐代李綽《尚書故實》："楊祭酒敬之愛才，公心嘗知江表之士項斯。贈詩曰：'處處見詩詩總好，及觀標格過於詩。平生不解藏人善，到處逢人説項斯。'"説碰到人就稱讚項斯。後用"逢人説項"比喻到處説某人或某種事物的好處。宋代楊萬里《送姜夔堯章謁石湖先生》詩："吾友夷陵蕭太守，逢人説項不離口。"清代羽衣女士《東歐女豪傑》二回："菲亞又往各處村落，逢人説項，唇焦舌敝，語不離宗，一連跑了一個來月。"同 口角春風。反 血口噴人。

【逢山開路】féng shān kāi lù 碰到山就開山修路。形容不畏艱險，奮勇打通、清除前進道路上的重重障礙。常與"遇水疊橋"、"遇水造橋"等連用。元代紀君祥《趙氏孤兒》楔子："傍邊轉過一個壯士，一臂扶輪，一手策馬，逢山開路，救出趙盾去了。"《三國演義》五十回："操大怒，叱曰：'軍旅逢山開路，遇水疊橋，豈有泥濘不堪行之理！'"《水滸傳》一〇七回："回文再説盧俊義這支兵馬，望西京進發，逢山開路，遇水填橋。"也作"逢山開道"。元代關漢卿《哭存孝》二折："三千鴉兵為先鋒，逢山開道，遇水疊橋。"元代康進之《李逵負荊》三折："我今日同你兩個來這杏花莊上呵，倒做了逢山開道。"郭沫若《洪波曲》第七章："奉旨出朝，地動山搖，逢山開道，遇水造橋。"同 遇水搭橋、遇水疊橋。

【逢山開道】féng shān kāi dào 見"逢山開路"。

【逢凶化吉】féng xiōng huà jí 遇到兇險不幸，轉化為吉祥順利。明代王玉峰《焚香記·卜筮》："賴有天德月德相解，天喜天醫相救，逢凶化吉，起死回生。"清代褚人穫《堅瓠集·巧對》："一生以潮銀市物相爭，適郡守過，聞之，出對云：'使假銀，買真貨，弄假成真。'生應聲云：'遇兇徒，見吉星，逢凶化吉。'"《鏡花緣》九八回："即使命運坎坷，只要有了忍字，無論何事總可逢凶化吉。"同 遇難呈祥、化險為夷。反 禍從天降、在劫難逃。

【逢君之惡】féng jūn zhī è 迎合昏庸的執政者，引導他去幹壞事。逢：迎合。《孟子·告子下》："長君之惡其罪小，逢君之惡其罪大。"《古今小説·木綿庵鄭虎臣報冤》："其時有個佞臣伯嚭，逢君之惡，勸他窮奢極欲，誅戮忠臣。"清代朱彝尊《石經月令跋》："（李林甫）逢君之惡，肆行改竄，可謂無忌憚之尤者也。"◇在當權者身邊，常會有用心險惡的宵小，逢君之惡，借刀殺人。

【逢場作戲】féng chǎng zuò xì ❶賣藝的人遇到適於演出的地方便開場表演。《五燈會元•江西馬祖道一禪師》：“竿木隨身，逢場作戲。”《水滸傳》二七回：“他們是衝州撞府，逢場作戲，陪了多少小心得來的錢物；若還結果了他，那廝們你我相傳，去戲台上說得我等江湖上好漢不英雄。”❷比喻因應當時的需要，故意做出應付性的、並非真誠的舉動、情態或表示。元代馬致遠《般涉調•哨遍》：“半世逢場作戲，險些兒誤了終焉計。”《二刻拍案驚奇》卷三九：“最要薅惱那慳吝財主、無義富人，逢場作戲，做出笑話。”沈從文《主婦集•王謝子弟》：“七爺卻以為女子是水性楊花，逢場作戲不妨，一認真可不成。”㊀敷衍了事。㊁假戲真做、弄假成真。

【通力合作】tōng lì hé zuò 大家一齊出力，互相配合做事。《論語•顏淵》“盍徹乎”宋代朱熹集注：“周制，一夫受田百畝，而與同溝共井之人通力合作，計畝均收。”《明史•太祖紀三》：“婚姻死喪疾病患難，里中富者助財，貧者助力。春秋耕穫，通力合作，以教民睦。”茅盾《過年》四：“兩個孩子的通力合作，已經把父親的高舉着的手臂拉下來了。”㊀齊心協力、同心協力。㊁各行其事、離心離德。

【通今博古】tōng jīn bó gǔ《孔子家語•觀周》：“吾聞老聃博古知今，通禮樂之原，明道德之歸，則吾師也。”後用“通今博古”通曉古今的事情，形容學識淵博。宋代劉克莊《辭免兼殿講奏狀》：“朝廷多通今博古之儒。”《紅樓夢》三十回：“姐姐通今博古，色色都知道，怎麼連這一齣戲的名兒也不知道，就說了這麼一套。”冰心《我的朋友的母親》：“怪不得朋友們都誇您通今博古，您說起文哲名詞來，都是一串一串的！”㊀博古通今、博古知今。㊁孤陋寡聞、胸無點墨。

【通風報信】tōng fēng bào xìn 風：風聲、消息。暗中把機密消息或緊急情況透露給人。清代頤鎖《黃繡球》二十回：“那掌櫃的說他惡毒，跟手叫送棺材到陳府上去的通風報信，一面地保就在內看守了這掌櫃的。”歐陽山《聖地》一三二：“正是因為我們兩個人有私交，更加因為我一心圖報答，所以我才給你通風報信。”㊁守口如瓶。

【通宵達旦】tōng xiāo dá dàn 宵：夜間。旦：拂曉。整整一夜直到天亮。《北齊書•文宣紀》卷四：“或躬自鼓舞，歌謳不息，從旦通宵，以夜繼晝。”《醒世恆言•獨孤生歸途鬧夢》：“獅蠻社火，鼓樂笙簫，通宵達旦。”清代吳趼人《情變》四回：“鄉下人家不比上海，是通宵達旦，俾晝作夜的。”◇平日不努力，急時抱佛腳，每到大考之前，他就通宵達旦開夜車。㊀夜以繼日、焚膏繼晷。

【通都大邑】tōng dū dà yì 四通八達的大城市。通都：大城市。邑：城市。漢代司馬遷《報任少卿書》：“僕誠已著此書，藏之名山，傳之其人，通邑大都，則僕償前辱之責，雖萬被戮，豈有悔哉！”唐代韓愈《守戒》：“今之通都大邑，介於倔強之間，而不知為之備。”清代黃宗羲《萬里尋兄記》：“商之所在，必通都大邑。”吳組緗《山洪》二一：“他們從各個不同的地方調來，有的來自極邊遠的省份，有的來自通都大邑。”㊁窮鄉僻壤。

【通情達理】tōng qíng dá lǐ 形容懂得道理，說話行事合情合理。《後西遊記》一二回：“自利和尚聽見小行者如此說，方歡喜道：‘還是這位師兄通情達理，請坐奉茶。’”《歧路燈》八五回：“聖人有一定章程，王者有一定的制度，自然是國無異政。只因民間有萬不通情達理者，遂爾家有殊俗。”張煒《你的樹》：“理解這些，一個人才會善解人意，通情達理，才會懂得處事的艱難與快樂。”㊀知情達理。㊁不可理諭。

【通權達變】tōng quán dá biàn 適應客觀情況的變化，靈活處置，不墨守常規。通、達：懂得、明白。權、變：變通。《兒女英雄傳》二八回：“只是如今人心不古，你若帶在身上，大家必嘩以為怪，只好通權達變，放在手下備用吧。"《清史稿·宗稷辰傳》："臣聞見隘陋，非能盡識天下之才，所知湖南有左宗棠，通權達變，為疆吏所倚重。"◇做人就得通權達變，生硬僵化，在這複雜的世界上，恐怕做不成大事。同 隨機應變、見機行事。反 膠柱鼓瑟、刻舟求劍。

【通觀全局】tōng guān quán jú 目光遠大，能正確認識和統籌大局。清代錢泳《履園叢話·三江》："大凡治事必需通觀全局，不可執一而論。"◇身居要職的人，尤其需要通觀全局的眼光和駕馭全局的能力。同 統攬全局、高瞻遠矚。反 一孔之見、坐井觀天。

【進旅退旅】jìn lǚ tuì lǚ 旅：俱，共同。《禮記·樂記》："今夫古樂，進旅退旅，和正以廣。"後用"進旅退旅"說一齊前進，一齊後退，行動一致。宋代晁補之《上皇帝安南罪言》："使三軍之士，進旅退旅，如驅群羊。"同 旅進旅退。

【進退失據】jìn tuì shī jù 據：依憑。前進和後退都沒有憑藉。《後漢書·樊英傳》："而子始以不訾之身，怒萬乘之主，及其享受爵祿，又不聞匡救之術，進退無所據矣。"後用"進退失據"形容無論進退都無所倚靠、無所借助，處境非常困窘。《資治通鑒·南朝齊明帝建武四年》："豫州刺史裴叔業侵魏楚王戍，魏傅永伏兵擊其後，破之，叔業進退失據，遂走。"《金史·武仙傳》："九月，至黑谷泊，進退失據，遂謀北走。"明代高岱《鴻猷錄·略下河東》："還救太原，進退失據，又莫逃於徐達之豫籌矣，如之何其不敗耶！"蔡東藩《清史通俗演義》十回："否則我兵深入中原，那關內外的明兵，把我後路塞斷，兵餉不繼，進退失據，豈不是自討苦吃麼？"同 進退無據、進退兩難。

【進退兩難】jìn tuì liǎng nán 前進和後退都面臨困難。形容事情不好辦或難以作出決斷，處於左右為難的境地。元代鄭光祖《周公攝政》三折："微臣當辭位，宜棄職，乞放殘骸歸田里，娘娘道不放微臣出宮闈，進退兩難為。"《三國演義》六五回："今聞馬超在進退兩難之際。恢（李恢）昔在隴西，與彼有一面之交，願往說馬超歸降若何？"《蜃樓志》一七回："又聽了昨日本府分付的話，不辦，則恐怕拖累無窮，要辦，又戀着這個庫缺，真是進退兩難。"老舍《趙子曰》二十："他站在那裏，進退兩難的想主意。"同 進退雙難、左右為難。反 左右逢源、得心應手。

【進退無門】jìn tuì wú mén 形容處在困境中，找不到出路，或處在兩難中，左也不是，右也不是。宋代朱熹《答劉季章》："吾道不幸，遽失此人，餘子紛紛，才有毛髮利害，便章皇失措，進退無門，亦何足為軒輊耶！"元代關漢卿《救風塵》三折："則為他滿懷愁，心間悶，做的個進退無門。"《十二樓·生我樓》四齣："姚繼說真不是，說假不是，弄得進退無門。"《野叟曝言》三四回："奴家此時，進退無門，竟不知所往，望姐姐有以教之。"同 進退無路。反 應付裕如。

【進退無路】jìn tuì wú lù 形容處在困境中，走投無路，或處於兩難當中。《陳書·蕭摩訶傳》："今求戰不得，進退無路，若潛軍突圍，未足為恥。"宋代《夷堅丁志·張顏承節》："妻拊膺大慟曰：'孤困異土，兼乏裹糧，進退無路，不如死。'抱幼子自投江中。"《三國演義》二四回："某有一計，使此人進退無路，然後用文遠說之，彼必歸丞相矣。"◇婆媳不和，經常吵得天翻地覆，讓他進退無路，兩頭為難。同 進退無門。反 進退裕如。

【進退無據】jìn tuì wú jù 據：依憑。前進和後退都沒有可資憑藉的。《後漢書·樊英傳》："而子始以不訾之身，怒萬乘之主，及其享受爵祿，又不聞匡救之術，進退無所據矣。"後用"進退無據"：❶形容無論進退都無所倚靠、無所藉助，處境困頓窘迫。明代張瀚《松窗夢語·宦遊記》："事集矣，乃指授方略，會集三省諸軍，分佈要害，使賊進退無據。"❷形容進退兩難，無從處理。宋代王禹偁《讓西京留守表》："臣伏奉今月某日第三道批答，不許臣陳讓恩命，令斷來章者，上言則是拒命，受寵則是要君，憂惶失圖，進退無據。”清代紀昀《閱微草堂筆記·灤陽消夏錄二》：“余謂再嫁，負故夫也，嫁而有二心，負後夫也，此婦進退無據焉。”❸ 指沒有根據、沒有章法、沒有道理可依。《晉書·周顗傳》：“邪正失所，進退無據，誠國體所宜深惜。”唐代顏師古《明堂議》：“大戴所說，初有近郊之言，後稱文王之廟。進退無據，自為矛盾。”清代紀昀《閱微草堂筆記·姑妄聽之四》：“何得肆作謗書，熒惑黔首，詭託於桀犬之吠堯！是首尾兩端，進退無據，實狡黠反覆之尤。”同 進退失據。反 進退裕如。

【進退維谷】jìn tuì wéi gǔ《詩經·桑柔》：“人亦有言，進退維谷。”維：是。谷：山谷，比喻困境。無論進退都陷於困境。宋代司馬光《辭修起居注第五狀》：“臣晝夜憂悸，無以自存，俯仰三思，進退維谷。”明代袁宏道《去吳七牘·乞歸稿一》：“心同窮猿之木，官比沐猴之冠，進退維谷，實可哀憐。”《聊齋誌異·王成》：“自念無以見祖母，蹀躞內外，進退維谷。”同 進退唯（惟）谷、進退兩難。反 進退自如。

【進銳退速】jìn ruì tuì sù 銳：急速。《孟子·盡心上》：“其進銳者，其退速。”後用“進銳退速”說急於進取，往往退得也快。宋代陸游《上殿劄子·己酉四月十二日》：“若夫進銳退速，能動耳目之觀聽，而無至誠惻怛之心以終之，如明皇之焚錦繡，德宗之放馴象，實陛下之龜鑒也。”元代胡祇遹《論道》：“有無故之福，必有無故之禍；易成必易敗，進銳必退速；輕諾必寡信，面諛必背非。”◇說學習須要持之以恆，就是說不能急於求成，進銳退速，而是循序漸進，扎扎實實地學。

【週而復始】zhōu ér fù shǐ 見“周而復始”。

【逸群絕倫】yì qún jué lún 超群出眾，無與倫比。也作“絕倫逸群”。《三國志·關羽傳》：“孟起兼資文武，雄烈過人，一世之傑，黥、彭之徒，當與翼德並驅爭先，猶未及髯之絕倫逸群也。”《隋書·楊素傳》：“從叔祖寬每謂子孫曰：‘處道當逸群絕倫，非常之器，非汝曹所逮也。’”處道：楊素字。同 絕倫超群。反 芸芸眾生。

【逸聞軼事】yì wén yì shì 逸、軼：散失湮沒。已經散失不傳的故事或事跡。《四庫全書總目·地理三·武林舊事》：“此十卷本，乃從毛氏汲古閣元版傳鈔，首尾完具，其間逸聞軼事，皆可以備考稽。”也作“逸聞趣事”◇他說的這些海外奇談，實際上只是他家鄉一個鄉巴佬的逸聞軼事。同 遺聞逸事。

【逸聞趣事】yì wén qù shì 見“逸聞軼事”。

【逼上梁山】bī shàng liáng shān 原指《水滸傳》中林沖等人因遭官府迫害不得已而上梁山造反，後比喻被迫起來造反或不得已而採取某一行動。李六如《六十年的變遷》第五章：“這些盜匪，恐怕也是逼上梁山的。”◇我出來打工也是家裏沒了土地，迫不得已，逼上梁山的。同 迫不得已、逼不得已。反 自覺自願。

【遇難成祥】yù nàn chéng xiáng 碰到禍難卻能化解為吉祥。也作“遇難呈祥”。《紅樓夢》四二回：“日後大了，各人成家立業，或一時有不遂心的事，必然是遇難成祥，逢凶化吉，都從這‘巧’字兒來。”昆曲《十五貫》第七場：“若是想逢凶化吉，遇難呈祥，找人能逢，謀事能成，賭錢能贏，起個數，便知分曉。”反 禍不單行。

【遇難呈祥】yù nàn chéng xiáng 見“遇難成祥”。

【過目成誦】guò mù chéng sòng 看一遍就能背誦出來。形容記憶力極好，非常聰明。《五燈會元·歸宗正賢禪師》：“凡典籍過目成誦，義亦頓曉。”《紅樓夢》二三回：“黛玉笑道：‘你說你會過目成誦，難道我就不能一目十行了？’”《官場現形記》五八回：“讀書很聰明，雖不能過目成誦，然而十一歲的人，居然五經已讀完三經。”同 一目十行、過目不忘。反 一知半解、木頭木腦。

【過河拆橋】guò hé chāi qiáo 比喻達到目的後就把幫助過自己的人一腳踢開。也作“過橋拆橋”、“過橋抽板”。元代康進之《李逵負荊》三折："你休得順水推船，偏不許我過河拆橋。"《官場現形記》一七回："現在的人都是過橋拆橋的，到了那時候，你去朝他張口，他理都不理你呢。"《孽海花》三一回："只要你不過橋抽板，我馬上去找他們，一定有個辦法，明天來回覆你。"老舍《駱駝祥子》一四："祥子受了那麼多的累；過河拆橋，老頭子翻臉不認人；他們替祥子不平。"同 忘恩負義、背恩反噬。

【過眼雲煙】guò yǎn yún yān 從眼前飄過的浮雲和輕煙。比喻存在不久、很快就逝去的事物。宋代蘇軾《寶繪堂記》："譬之煙雲之過眼，百鳥之感耳，豈不欣然接之，然去而不復念也。"《二刻拍案驚奇》卷一九："盡道是用不盡的金銀，享不完的福祿了。誰知過眼雲煙，容易消歇。"清代洪亮吉《北江詩話》卷六："亦如名人書畫，過眼雲煙，未有百年不易主者。"柯靈《〈阿英散文選〉序》："一九三二年盛夏，我和阿英同志帶着《鹽湖》攝影隊到浙江澉浦鹽場拍外景，現在回想，甚麼都成了過眼雲煙。"同 過眼煙雲、煙雲過眼。

【過猶不及】guò yóu bù jí 事情做過頭了，同做得不夠是一樣的，都不可取，恰如其分才是最好的。《論語•先進》："子貢問：'師與商也孰賢？'子曰：'師也過，商也不及。'曰：'然則師愈與？'子曰：'過猶不及。'"唐代韓愈《改葬服議》："儉之與奢，則儉固愈於奢矣，雖然，未若合禮之為懿也，過猶不及，其此類之謂乎。"明代張岱《答袁籜庵》："蓋《紫釵》則不及，而'二夢'則太過，過猶不及，故總於《還魂》遜美也。"清代李漁《閒情偶寄•木本》："人謂過猶不及，當務適中。"朱自清《誦讀教學》："前者歪曲了白話文，後者也歪曲了白話文，所謂過猶不及。"反 恰如其分、恰到好處。

【過橋抽板】guò qiáo chōu bǎn 見"過河拆橋"。

【過橋拆橋】guò qiáo chāi qiáo 見"過河拆橋"。

【遊刃有餘】yóu rèn yǒu yú 遊刃：移動刀刃。《莊子•養生主》："今臣之刀十九年矣，所解數千牛矣，而刀刃若新發於硎。彼節者有間，而刀刃者無厚，以無厚入有間，恢恢乎其於遊刃必有餘地矣。"說宰牛時刀刃在牛骨縫之間無阻礙地自由移動。後比喻對事物看得清晰透徹，做起事來掌控主動，進退自如，輕而易舉。宋代陸九淵《與林叔虎書》："叔虎才美，試於一縣，其遊刃有餘地矣。"《老殘遊記》一七回："明知白公辦理此事遊刃有餘。"茅盾《子夜》一七："現在他們全力來做公債，自然覺得遊刃有餘。"同 進退自如、輕而易舉。反 力不從心、不知所措。

【遊手好閒】yóu shǒu hào xián 遊手：閒着不做事。形容遊蕩懶散，不務正業。元代無名氏《殺狗勸夫》楔子："我不打別的，我打你個遊手好閒、不務生理的弟子孩兒。"明代何良俊《四友齋叢說•正俗二》："此所謂遊手好閒之人，百姓之大蠹也。"《紅樓夢》六五回："便有那遊手好閒、專愛打聽小事的人，也都去奉承賈璉，乘機討些便宜。"同 不務正業。

【道不拾遺】dào bù shí yí 沒有人撿拾他人丟失在道路上的東西。形容社會風氣良好。《韓非子•外儲說左上》："子產退而為政，五年，國無盜賊，道不拾遺。"《醒世恆言•蔡瑞虹忍辱報仇》："朱源做了三年縣宰，治得那武昌縣道不拾遺，犬不夜吠。"《野叟曝言》七八回："吏不容奸，人懷自厲，道不拾遺，強不侵弱。"同 路不拾遺、夜不閉戶。

【道貌岸然】dào mào àn rán 岸然：高峻的樣子。形容容色莊重，神態嚴正。清代龔煒《巢林筆談•謁敬亭先生》："先生道貌岸然，接對謙和。"《二十年目睹之怪現狀》一〇四回："因看見端甫道貌岸然，不敢造次。"今多形容看似端莊正派，實則偽善。魯迅《准風月談•吃教》："宋儒道貌岸然，而竊取禪師的語錄。"反 男盜女娼。

【道聽途(塗)說】dào tīng tú shuō 路上聽來的話，又在路上傳播開去。《論語•陽貨》："道聽而塗説，德之棄也。"後泛指沒有根據的傳聞。《漢書•藝文志》："小説家者流，蓋出於稗官，街談巷語，道聽塗説者之所造也。"宋代司馬光《論兩浙不宜添置弓手狀》："吳人輕怯易惑，難曉道聽塗説，眾情鼎沸。"《平妖傳》九回："雖然求法的念頭甚誠，還在半信半疑，恐怕那僧伴所言，道聽途説，未知是真是假。"同 捕風捉影、風言風語。反 真憑實據、證據確鑿。

【運籌帷幄】yùn chóu wéi wò 運籌：進行策劃。帷幄：古代軍中帳幕。《史記•高祖本紀》："夫運籌帷幄之中，決勝於千里之外，吾不如子房。"後以"運籌帷幄"指：❶ 在後方謀劃作戰方略，並做出重大決定。唐代司馬太貞《紀功碑》："大總管運籌帷幄，繼以中軍，鐵騎亙原野，金鼓動天地。"明代盧象昇《請飭秋防疏》："若夫兵家要略，運籌帷幄，終是迂談，臨陣決機，乃為實用。"曹禺《膽劍篇》第一幕："他穿着鮮明的深紅色甲冑，秉節杖鉞，是運籌帷幄的上將風度。"❷ 泛指思謀劃策，制定處理事務的策略。《隋唐演義》四三回："全賴吾兄運籌帷幄，隨機應變，事之謀劃，惟兄是賴。"同 運籌帷幄之中，決勝千里之外。

【遍體鱗傷】biàn tǐ lín shāng 傷痕像魚鱗一樣密集。❶ 形容多處受傷，傷勢嚴重。《野叟曝言》一〇五回："小尼撞頭撒潑，抵死要來，被父親打得遍體鱗傷。"《痛史》六回："打的遍體鱗傷，着實走不動了。"❷ 形容遭受嚴重破壞後，殘破景象到處都是。夏衍《廣州在轟炸中》："經過這十多天的轟炸，廣州是遍體鱗傷了。"同 體無完膚。

【遠交近攻】yuǎn jiāo jìn gōng 一種外交策略，與遠離本國的國家交好，孤立和打擊自己周邊的國家。《戰國策•秦策三》："王不如遠交而近攻，得寸則王之寸，得尺亦王之尺也。"宋代黃震《黃氏日抄•穰侯》："(穰侯)越三晉以攻齊，范雎識其非，遂以遠交近攻之策説昭王，奪之位，而穰侯斥矣。"《東周列國誌》九七回："大王不如遠交近攻，與遠的國家交好可以離間別人，進攻近的國家可以增加秦國的土地。"

【遠走高飛】yuǎn zǒu gāo fēi 比喻遠離當前的環境或逃離險境。宋代王炎《釣台賦》："和其身不尤其君兮，何取夫遠走高飛而獨居。"《三寶太監西洋記》五五回："他若是一個甚麼妖邪鬼怪，見了你這個降魔杵打下來，不怕他不現出本相，不怕他不遠走高飛。"《濟公全傳》七二回："莫若我把他三人一殺，我遠走高飛，也沒人知道。"也作"高飛遠走"。《後漢書•卓茂傳》："凡人之生，群居雜處，故有經紀禮義以相交接。汝獨不欲修之，寧能高飛遠走不在人間邪？"《水滸傳》二七回："善惡到頭終有報，高飛遠走也難藏。"同 逃之夭夭、高飛遠舉。

【遠見卓識】yuǎn jiàn zhuó shí 遠大的眼光，卓越的見識。明代焦竑《玉堂叢語•調護》："解縉之才，有類東方朔，然遠見卓識，朔不及也。"◇學識高的人，一般較有遠見卓識。同 目光遠大、高瞻遠矚。反 坐井觀天、管窺之見。

【遠涉重洋】yuǎn shè chóng yáng 渡過大洋，到遠方或他國。《平定台灣紀略》卷一九："皇上以戍卒遠涉重洋，不免繫戀家室，專用本地民人充補。"宋益喬《梁實秋傳》二："爸爸已經是八十多歲的老人，遠涉重洋由台北到西雅圖，坐十幾個小時的飛機，但他精神還那麼好。"同 漂洋過海。

【遣詞(辭)立意】qiǎn cí lì yì 説話、作文時所使用的詞語和要闡明的基本理念。《隋唐演義》三十回："你這個小妮子，學得幾時唱，就曉得遣辭立意。"◇比較之後，不難發現王念孫父子的思路、文風以及遣詞立意諸方面一脈相承。同 遣辭措意。

【遙相呼應】yáo xiāng hū yìng 二者不在一處，卻遠遠地互相配合、照應。也作"遙相應和"。《清史稿•許友信傳》："且鄭成功出沒閩、浙，奉其偽號，遙相應和，聲勢頗張。"◇兩面夾擊，遙相呼應，打了一場大勝仗。反 單槍匹馬。

【遙相應和】yáo xiāng yìng hè 見"遙相呼應"。

【遙遙相望】yáo yáo xiāng wàng 互相惦記思念，或事物在位置上遙相對應。唐代皎然《兵後與古人別》詩："溫溫獨遊跡，遙遙相望情。"明代朱誠泳《壽伯汧陽王六十》詩："維王樂善慕東平，遙遙相望真齊名。"◇湄洲灣東南臨台灣海峽，與寶島台灣遙遙相望。同 遙遙相對。

【遙遙相對】yáo yáo xiāng duì 事物在位置上互相遠遠對應或在思想內容上遙相呼應。清代連斗山《周易辨畫》卷二二："損益二卦與泰否二卦遙遙相對。"◇兩座拱形石橋遙遙相對，坐落在小鎮的兩頭，一葉葉小舟不時從半月形的橋洞中悄悄鑽出來。同 遙遙相望。

【遙遙無期】yáo yáo wú qī 形容實現目標、達到目的的時間長，沒有確定的日期。《官場現形記》二七回："一玩玩了兩個月，看看前頭存在黃胖姑那裏的銀子漸漸化完，只剩得千把兩銀子，而放缺又遙遙無期。"◇債務雪球越滾越大，償還遙遙無期。同 曠日持久。反 指日可待。

【遙遙領先】yáo yáo lǐng xiān 遠遠走在同行者的前面。多比喻在某一領域或某一方面遠勝別人。◇珠三角的城市群迅速崛起，經濟發展遙遙領先 / 美國在英國的投資遙遙領先於別的國家。同 獨佔鼇頭、獨領風騷。

【遜志時敏】xùn zhì shí mǐn《尚書·說命下》："惟學遜志，務時敏，厥脩乃來。"後以"遜志時敏"指謙遜好學。宋代舒璘《答趙通判公父》："來教諄諄，益知遜志時敏，不替厥修。"清代周長發《經解》："皇上天亶聰明，遜志時敏，紹千聖之心傳，遵百王之法守。"反 不學無術。

【遮人耳目】zhē rén ěr mù 將別人的耳朵、眼睛遮掩起來。比喻玩弄花招，遮蓋住事實真相，使別人看不清。也作"遮人眼目"。《紅樓夢》七五回："這種遮人眼目兒的事，誰不會做？且再瞧就是了。"《七劍十三俠》四一回："果然襄陽縣見了是雲陽生所殺，不敢窮追，只當具文故事，名為緝訪兇身，實是遮人耳目罷了。"《官場現形記》三三回："因為幕友趙大架子被參在內，留住衙門恐怕不便，便叫自己兄弟二人通信給他，叫他暫時搬出衙門，好遮人耳目。"同 掩人耳目。

【遮人眼目】zhē rén yǎn mù 見"遮人耳目"。

【遮天蓋地】zhē tiān gài dì 見"遮天壓地"。

【遮天蔽日】zhē tiān bì rì 遮蔽住天空和太陽。形容多而密集，密密麻麻，遮擋住了視野或佈滿上空。《水滸傳》八三回："遠遠望見遼兵蓋地而來，黑洞洞遮天蔽日，都是皂雕旗。"清代柯悟遲《漏網喁魚集·咸豐七年》："八月初一，有蝗蟲，即遮天蔽日，較舊秋來勢更勝十倍。"◇他在爛泥巴中蹣跚地擠進遮天蔽日的蘆葦裏。同 遮天蓋日、遮天映日。

【遮天壓地】zhē tiān yā dì 遮住天空，佈滿地面。多形容來勢迅猛、席捲而來，或形容聲勢浩大。也作"遮天蓋地"。《三國演義》八四回："吳兵見先主奔走，皆要爭功，各引大軍，遮天蓋地，往西追趕。"《紅樓夢》二九回："只見前頭的全副執事擺開……車轎人馬，浩浩蕩蕩，一片錦繡香煙，遮天壓地而來。"馮玉祥《我的生活》第九章："軍隊中最要緊的是一副強健的身體，身體不濟，任你有遮天蓋地的本領，顯不出來，人家也不會原諒你的。"

【適可而止】shì kě ér zhǐ 達到適當的程度就停止下來，不過分，不做過頭。《論語·鄉黨》宋代朱熹注："適可而止，無貪心也。"《文明小史》二回："同外國人打交道，亦只好適可而止。"老舍《四世同堂》二七："她總以為兒媳婦的管法似乎太嚴厲，不合乎適可而止的中道。"

【適得其反】shì dé qí fǎn 結果恰好和願望相反。清代魏源《籌海篇·議守上》："今議防堵者，莫不曰：'禦諸內河不若禦諸河口，禦諸海口不若禦諸外洋。'不知此適得其反也。"陳獨秀《孔子之道與現代生活》："康先生意在尊孔以為日用人倫之道，心較宗教之迂遠，足以動國人之信心，而不知效果將適得其反。"◇用動輒打罵的辦法教育子女，只能激起對抗之心，效果往往適得其反。同 南轅北轍、事與願違。反 正中下懷、求之不得。

【適逢其會】shì féng qí huì 會：時機。恰巧遇到合適的場合，或剛好碰上機會。唐代薛用弱《集異記•李子牟》："江陵舊俗，孟春望夕，尚列影燈……子牟客遊荊門，適逢其會。"宋代朱熹《朱子全書•人物之性氣質之性》："這箇又是二氣、五行交際運行之際有清濁，人適逢其會，所以如此。"《兒女英雄傳》二九回："適逢其會，順天府開着捐班例，便給他捐了個七缺後的候選。"同 適逢其時、恰逢其會。

【遷客騷人】qiān kè sāo rén 遷客：遭貶黜流放的人。騷人：詩人。多指不得志的官吏和文人。宋代范仲淹《岳陽樓記》："然則北通巫峽，南極瀟湘，遷客騷人，多會於此，覽物之情，得無異乎？"元代王禮《大隱樓記》："古今遷客騷人，若蘇若黃，風帆浪舶，南去北來，可悲可喜者何限？"◇河南衛輝地處中原腹地，是魯西、冀南、晉東地區的商品集散地，歷來遷客騷人薈萃，商賈富家雲集。同 文人墨客。反 赳赳武夫。

【遷怒於人】qiān nù yú rén 把問題或過錯歸咎於人，把怒氣發在人家身上。《論語•雍也》："有顏回者，好學，不遷怒，不貳過。"◇這件事跟她有甚麼關係，你遷怒於人，大發雷霆，講不講道理？同 室怒市色。

【遷善改過】qiān shàn gǎi guò 改正過錯，轉而向善。《易經•益》："象曰：風雷益，君子以見善則遷，有過則改。"王弼注："遷善改過，益莫大焉。"宋代陸九淵《與傅全美書》："古之學者，本非為人，遷善改過，莫不由己，善在所當遷。"明代王樵《與仲男肯堂書》："懲忿窒慾，遷善改過，便是入聖路頭，其他談玄說妙，皆是自誑誑人，不足信也。"清代錢泳《履園叢話•不足畏》："余謂譬如父母教子，繼之以怒，將鞭撻之，亦可云不足畏乎？是必當遷善改過，方可以為人子。"同 改過遷善、改惡從善。反 怙惡不悛、死不悔改。

【遺大投艱】yí dà tóu jiān 遺、投：給予、降臨的意思。賦予重任或承擔艱難之事。《尚書•大誥》："予造天役，遺大投艱於朕身。"唐代李德裕《唐武宗會昌五年上尊號王冊文》："開成之末，星孛如雲，螟飛蔽天，先帝感之，黎民懼焉，乃授至聖，遺大投艱，迄茲成功，厥有冥數。"清代李光地《己丑會試策問》："踐履不篤，則於特立獨行、遺大投艱不足賴也。"茅盾《創造》二："他要遊歷國內外考察風土人情，他要鍛煉遺大投艱的氣魄。"

【遺世獨立】yí shì dú lì 形容脫離世俗或塵世的束縛，自由自在。宋代蘇軾《赤壁賦》："浩浩乎如馮虛御風而不知其所止；飄飄乎如遺世獨立，羽化而登仙。"明代繆希雍《神農本草經疏》"天門冬"："要之，道書所錄，皆指遺世獨立、辟穀服餌之流者，設非謂恆人亦可望此也。"清代王士禛《漁洋詩話》卷上："或揚袂隨風，如欲仙去，遺世獨立，橫絕一時。"

【遺老遺少】yí lǎo yí shào 前朝覆亡之後仍然抱住前朝不放的老少官僚，後多指思想陳腐、抱殘守缺的人。魯迅《所謂"國學"》："還有茶商鹽販，本來是不齒於'士類'的，現在也趁着新舊紛擾的時候，借刻書為名，想挨進遺老遺少的'士林'裏去。"◇租界享有治外法權，清廷一些遺老遺少紛紛湧進該地區置地建房。

【遺風餘烈】yí fēng yú liè 前人遺留下來的高潔風尚和功業。《漢書•禮樂志》："夫樂本情性，浹肌膚而臧骨髓，雖經乎千載，其遺風餘烈尚猶不絕。"宋代蘇軾《王元之畫像贊並敍》："余過蘇州虎丘寺，見公之畫像，想其遺風餘烈，願為執鞭而不可得。"◇在司馬遷看來，勾踐滅吳稱霸，不僅是他卧薪嘗膽的結果，也是祖先大禹治水的遺風餘烈所致。同 遺芳餘烈。

【遺恨千古】yí hèn qiān gǔ 千古：形容時間長久。留下永遠難以磨滅的悔恨、怨恨或遺憾的事。宋代姚勉《祭族子霆伯》："病不饋藥，殁不撫屍，遺恨千古，予罪奚辭？"明代孫承恩《古象贊•宋高宗》：

"志虧勾踐，才謝光武。恢復成虛，遺恨千古。"清代徐瑤《太恨生傳》："且生與女相愛憐若此，而卒不相遇，真堪遺恨千古。" 同 抱恨終天。

【遺臭萬年】yí chòu wàn nián 南朝宋劉義慶《世說新語•尤悔》："(桓溫) 既而屈起坐曰：'既不能流芳後世，亦不足復遺臭萬載耶！'"後用"遺臭萬年"指惡名聲代代相傳，一直被人唾罵下去。《南村輟耕錄•松江之變》："與敬負逆賊之名，遺臭萬年；戴氏逞匹夫之勇，卒喪其生。"《鏡花緣》六十回："不獨恩將仇報，遺臭萬年，且劍俠之義何在？公道之心何在？"葉聖陶《鄰居》："免得做十惡不赦的罪魁禍首，寫在歷史上遺臭萬年。" 同 遺臭萬載、遺臭萬代。反 流芳千古、名垂青史。

【遺害無窮】yí hài wú qióng 留下很大的禍害，後果會延續下去。宋代朱熹《按唐仲友第三狀》："此項若不早與奏聞，行下廢罷，卻是本州添一稅場，遺害無窮。"清代魏之琇《續名醫類案•傷寒》："予弱冠患傷風……每晨起即鼻重流涕，竟日痰不絕口，留連月餘，遂見痰中縷血，遺害無窮。" 同 遺患無窮、貽害無窮。

【遺聞軼事】yí wén yì shì 未經正式記載的有關前人的傳聞和事跡。◇《世說新語》生動地記錄了魏晉人物的遺聞軼事，為後世保存了大量珍貴的歷史資料。同 逸聞軼事。

【遺簪墮履】yí zān duò lǚ 見"遺簪墜屨"。

【遺簪墜屨】yí zān zhuì jù 簪：針狀束髮用具，用以固定髮髻。屨：鞋。漢代韓嬰《韓詩外傳》卷九記載：孔子郊遊，聞一婦女哭甚哀，派弟子去問，知道她前些日子割蓍草時丟失了一支蓍草製的簪，婦人說："非傷亡簪也，吾所以悲者，蓋不忘故也。"漢代賈誼《新書•諭誠》載：楚昭王打了敗仗，逃跑時一隻鞋子掉了，跑出三十步，又返回來拾起鞋子。左右問他為甚麼這樣愛惜一隻鞋。楚王說："楚國雖貧，豈愛一踦屨哉？惡與偕出弗與偕反也。"後以"遺簪墜屨"作為不忘故舊的典故。《周書•韋夐傳》："將還，孝寬以所乘馬及轡勒與夐，夐以其華飾，心弗欲之，笑謂孝寬曰：'昔人不棄遺簪墜屨者，惡與之同出不與同歸？吾雖不逮前烈，然捨舊錄新亦非吾志也。'於是乃乘舊馬以歸。"宋代楊億《代中書乞罷免表》："雖君父之心不棄於遺簪墜屨，而皇王之器何取乎蟠木朽株。"宋代曾鞏《陳州謝上表》："蓋伏遇皇帝陛下聰明燭於十微而隆寬盡下，威德加於九有而內恕及人；篤遺簪墜屨之仁，推藏疾納污之誼。"也作"遺簪墮履"。唐代張說《讓右丞相表》："臣幸沐遺簪墮履之恩，好生養志之德，朝遊簡牘，暮對圖書，受賜無涯。"宋代王邁《通袁京尹啟》："寬為程而督責，大出力以提撕，庶幾遺簪墮履之微或有大呂黃鐘之重。" 同 遺簪墜履。

【遲疑不決】chí yí bù jué 心存疑慮，猶豫不定。也作"遲疑未決"。《晉書•張方傳》："顒聞喬敗，大懼，將罷兵，恐方不從，遲疑未決。"《隋書•段文振傳》："強敵在前，靺鞨出後，遲疑不決，非上策也。"宋代衞涇《第四次丐祠劄子》："臣於二者可謂兼之，若復遷延顧望，遲疑不決，國有清議，朝有憲章，亦非陛下所得而私。"《三國演義》三十回："(曹操) 意欲棄官渡退回許昌，遲疑未決。" 同 猶豫不決、舉棋不定。

【遲疑未決】chí yí wèi jué 見"遲疑不決"。

【遲暮之年】chí mù zhī nián 喻指晚年。唐代劉禹錫《杜司徒讓度支鹽鐵等使表》："當至化鼎新之日，是微臣遲暮之年，將何以上副宸衷，下成庶務。"宋代王禹偁《謝聖惠方表》："更延遲暮之年，實自生成之德。"明代方良永《起用巡撫乞終養疏》："不謂遲暮之年，親際聖明之會，凡在臣工，孰不忻幸，勉圖自見。" 同 垂暮之年、桑榆之年。

【選賢任能】xuǎn xián rèn néng 選拔和任用品德高尚、才能出眾的人。《文苑英華•命相二•授李逢吉門下侍郎同平章事制》："今授之相印，委以樞衡，代天之工，爾在專任。於戲，發號施令，選賢任能，申於百辟之上，行於四海之內。”宋代陳舜俞《太平有為策》：“選賢任能，或患不充其舉；循名責實，未聞休烈有人。”◇選賢任能，讓優秀人才脫穎而出，是古代用人的典則。同 選賢與能、舉賢任能。

【還珠合浦】 huán zhū hé pǔ 見“珠還合浦”。

【邀功求賞】 yāo gōng qiú shǎng 想方設法求得立功的名分，進而得到獎賞。唐代韓愈《黃家賊事宜狀》：“本無遠慮深謀，意在邀功求賞。”王闓運《桂陽陳侍郎行狀》：“州北鄉團練不邀功求賞，如此役也。”

【邂逅相逢】 xiè hòu xiāng féng 見“邂逅相遇”。

【邂逅相遇】 xiè hòu xiāng yù 無意中相見，不期而遇。《詩經•野有蔓草》：“邂逅相遇，適我願兮。”唐代裴鉶《元柳二公傳奇》：“回顧二子曰：‘子有道骨，歸乃不難，然邂逅相遇，合有靈藥相貺。’”金代董解元《西廂記諸宮調》卷三：“今日旅食蕭寺，邂逅相遇，特敍親禮者，不自序行藏，夫人焉知終始。”也作“邂逅相逢”。宋代盧炳《玉團兒》詞：“邂逅相逢，情懷雅合，全似深熟。”《鏡花緣》十回：“邂逅相逢，真是萬里他鄉遇故知，可謂三生有幸！”同 不期而遇。反 失之交臂。

【避凶趨吉】 bì xiōng qū jí 見“趨吉避凶”。

【避而不談】 bì ér bù tán 因為忌諱而刻意迴避某些話題，不談論，不置評。◇對於選民關心的賄選一事，他避而不談／環顧左右而言它，避而不談要害問題。同 避實就虛。反 實話實說、直言無忌。

【避重就輕】 bì zhòng jiù qīng ❶ 避開困難的或責任重大的，揀容易的或責任輕的事來做。《唐六典•工部尚書》：“不得隱巧補拙，避重就輕。”《大明律附例》卷四：“避重就輕者，杖八十。”魯迅《致張慧》：“就大體而論，中國的木刻家，大抵有二個共通的缺點：一，人物總刻不好，常常錯；二，是避重就輕。”❷ 故意迴避要害問題，只提次要的、無關緊要的。《紅樓夢》一〇二回：“想是忒鬧得不好，恐將來弄出大禍，所以借了一件失察的事情參的，倒是避重就輕的意思，也未可知。”《文明小史》六回：“（說他）如何疲軟，等到鬧出事來，還替他們遮掩，無非避重就輕，為自己開脫處分地步。”同 拈輕怕重、挑肥揀瘦。

【避禍就福】 bì huò jiù fú 遠避凶險禍難，設法向平安吉祥的境遇靠近。《商君書•定分》：“萬民皆知所避就，避禍就福，而皆以自治也。”《雲笈七籤》卷五五：“吉凶善惡，了然知之，避禍就福，所向諧也。”同 避凶就吉、避禍求福。

【避實就虛】 bì shí jiù xū《孫子•虛實》：“水之行，避高而趨下；兵之形，避實而擊虛。”後用“避實就虛”、“避實擊虛”說：❶ 避開敵方的主力或堅實之處，攻擊其薄弱的地方。《淮南子•要略訓》：“擊危乘勢以為資，清靜以為常，避實就虛，若驅群羊，此所以言兵也。”明代劉基《贈弈棋相子先序》：“避實擊虛，投間抵隙，兼弱取亂之道，無所不備。”《清史稿•洪承疇傳》：“若聞我師西進，必且避實就虛，合力內犯。”❷ 迴避要害，不明言只暗示。魯迅《書信集•致台靜農》：“但執筆之際，避實就虛，顧彼忌此，實在氣悶。”同 就虛避實、避強擊弱。

【避難就易】 bì nán jiù yì 迴避困難的事，挑揀容易的去做。《元史•文宗本紀》：“大都總管劉原仁稱疾，久不視事，及遷同知儲政院事，即就職，僥幸巧宦，避難就易。”巴金《生之懺悔•我的自剖》：“有些地方你的確說出了我的弱點，比如你說我避難就易地在手法上取巧。”郭沫若《李白與杜甫•杜甫的宗教信仰》：“他認為求佛近而求仙遠，成佛易而成仙難，因而他有意於捨遠求近，避難就易。”同 避難趨易。

邑部

【邪不壓正】 xié bù yā zhèng 不正當的、不正派的壓不倒正當的、正派的。二月河《康熙大帝》三卷四六：“反正，邪不壓正，他們扳不倒咱們祖孫兩人。”同 邪不干正、邪不勝正。

【邪門歪道】xié mén wāi dào 本指不正當的會道門。轉指不正當的門徑、路數。路遙《人生》二二：“哪怕你的追求是正當的，也不能通過邪門歪道去實現啊！”同 歪門邪道、左道旁門。

【邪魔外道】xié mó wài dào 佛教用語。❶ 指妨害正道的妖魔和教派。《藥師經》下：“又信世間邪魔外道、妖孽之師，妄說禍福。”清代醉月山人《狐狸緣全傳》一五回：“你說仙姑是邪魔外道，護着你那無用的門徒，你焉知仙姑也不是好惹的呢！”❷ 指異端邪說或不正派的人。宋代朱熹《答許順之》：“如熹輩今只是見得一大綱如此，不至墮落邪魔外道耳。”《儒林外史》一回：“若是八股文章欠講究，任你做出甚麼來，都是野狐禪，邪魔外道！”《文明小史》二六回：“自此以後，只許埋頭用功，再不要出去招這些邪魔外道來便了。”同 歪門外道、旁門左道。

【邯鄲學步】hán dān xué bù《莊子•秋水》：有個燕國人到了趙國的邯鄲，見當地人走路的姿勢很好看，就跟着學起來。結果不但沒學好，反而“失其故行”，不知怎麼走路了，“直匍匐而歸”。後用“邯鄲學步”比喻模仿不成，反而喪失了自己原有的長處。宋代姜夔《送項平甫倅池陽》詩：“論文要得文中天，邯鄲學步終不然。”明代王鏊《震澤長語•文章》：“為文必師古……若拘拘規倣，如邯鄲之學步，里人之效矉，則陋矣。”《歧路燈》一〇一回：“‘甚麼古跡？’婁樸道：‘學步橋。’盛希瑗道：‘是邯鄲學步，失其故步麼？’”同 學步邯鄲、東施效顰。

【郊寒島瘦】jiāo hán dǎo shòu 郊、島：唐代詩人孟郊和賈島。評論家稱兩位詩人作品風格孤寒瘦峭，因有此稱。宋代蘇軾《祭柳子玉文》：“元輕白俗，郊寒島瘦。”清無名氏《杜詩言志》卷三：“寫《春望》離亂，偏用‘花濺’、‘鳥驚’字面，使其情更悲，更其氣仍壯，故能異於郊寒島瘦，而與酸餡疏筍者遠矣。”同 島瘦郊寒。

【郎才女貌】láng cái nǚ mào 男方有才氣，女方容貌姣美。形容男女雙方十分匹配。《西廂記》一本二折：“郎才女貌合相仿。”《醒世恆言》卷三二：“這般一對夫妻，真是郎才女貌。”◇人人都說，他倆郎才女貌，天作之合。

【郢書燕説】yǐng shū yān shuō《韓非子•外儲說左上》：“郢人有遺燕相國書者，夜書，火不明，因謂持燭者曰：‘舉燭’，云而過書‘舉燭’。舉燭，非書意也。燕相受書而說之，曰：‘舉燭者，尚明也；尚明也者，舉賢而任之。’燕相白王，王大悅，國以治。治則治矣，非書意也。今世學者，多似此類。”過書：誤寫。說之：為之解說，指曲解郢人誤寫“舉燭”之意。後以“郢書燕說”指穿鑿附會，曲解原意。清代紀昀《閱微草堂筆記•灤陽消夏錄四》：“即康節最通數學，亦僅以奇偶方圓揣摩影響，實非從推步而知。故持論彌高，彌不免郢書燕說。”◇不對材料作深入考察研究，僅主觀地部分摘錄，郢書燕說地作一番推論，這樣得出的結論是不可靠的。

【鄉曲之譽】xiāng qū zhī yù 鄉曲：家鄉故里。指在家鄉有好名聲。《燕丹子》卷下：“聞士無鄉曲之譽，則未可與論行；馬無服輿之伎，則未可與決良。”漢代司馬遷《報任少卿書》：“僕少負不羈之才，長無鄉曲之譽。”晉代潘岳《閒居賦序》：“僕少竊鄉曲之譽，忝司空太尉之命，所奉之主，即太宰魯武公其人也，舉秀才為郎。”

【鄭重其事】zhèng zhòng qí shì 嚴肅認真地對待面臨的事情。明代袁中道《應天武舉鄉試錄後序》：“吾故鄭重其事，令人知工武者，其道亦自光榮。”清代李漁《閒情偶寄•修容》：“其不及女工而仍鄭重其事，不敢竟遺者，慮開後世逐末之門，置紡績蠶繰於不講也。”《官場現形記》五九回：“沈中堂見面之後，果然鄭重其事的拿出一封親筆信來，叫他帶去給山東巡撫。”反 若無其事、隨隨便便。

酉部

【配套成龍】pèi tào chéng lóng 把若干個設備或設施配搭組合起來，成為完整的系統。◇建了十個山塘水庫，配套成龍，形成一個水利灌溉網。同 成龍配套。反 不成氣候。

【酒有別腸】jiǔ yǒu bié cháng 善酒者別有一副腸胃貯酒。指酒量大小不以身材大小為準。《資治通鑒•後晉高祖天福七年》："他日，又宴，侍臣皆以醉去，獨維岳在，曦曰：'維岳身甚小，何飲酒之多？'左右或曰：'酒有別腸，不必長大。'" 清代紀昀《閱微草堂筆記•灤陽續錄六》："酒有別腸，信然！八九十年來余所聞者，顧俠君前輩稱第一，繆文子前輩次之。"◇別看他身材魁梧，酒量卻甚差，畢竟酒有別腸，你就不要難為他了。"

【酒肉兄弟】jiǔ ròu xiōng dì 見"酒肉朋友"。

【酒肉朋友】jiǔ ròu péng yǒu 常在一起喝酒吃肉的朋友。也指只在吃喝上交往的朋友。元代關漢卿《單刀會》二折："關雲長是我酒肉朋友，我交他兩隻手送與你那荊州來。" 明代顧起元《客座贅語•諺語》："柴米夫妻，酒肉朋友，盒兒親戚。" 魯迅《吶喊•明天》："一家是咸亨酒店，幾個酒肉朋友圍着櫃枱，吃喝得正高興。" 又作"酒肉兄弟。" 清代天花才子《快心編初集》五回："沈氏道：'嗄！自古說：酒肉兄弟千個有，急難之中一個無。'"

【酒色之徒】jiǔ sè zhī tú 沉迷於吃喝和女色之中的人。《醒世恆言•賣油郎獨佔花魁》："以後相處的雖多，都是豪華之輩，酒色之徒，但知買笑追歡的樂意，那有憐香惜玉的真心。"《水滸傳》七三回："我當初敬你是箇不貪色欲的好漢，你原正是酒色之徒。"《紅樓夢》二回："那政老爺便不喜歡，說將來不過酒色之徒，因此不甚愛惜。"

【酒色財氣】jiǔ sè cái qì 嗜酒、好色、貪財、逞氣，舊時認為最易禍人之四事，故並言之，為人生四種應戒之事。元代無名氏《東南紀聞》卷一："翁立之於前，作色曰：'我有四個字，汝能不犯則留；不然，去耳。'請問之，曰：'酒色財氣也。'大倫曰：'幸受教，敢不敬承。不飲酒，不耽色，不愛財，皆當服行終身，惟'氣'之一字，卻欠商量，不可少屈。'" 明代賈仲明《昇仙夢》一折："先將他點化為人，後指引來入仙隊，斷絕了利鎖名韁，逼綽了酒色財氣，有一日得道成仙，直引到瑤池之會。" 楊沫《青春之歌》第二部十六章："他們要是高了興，要是酒色財氣順了心……那麼，立刻十塊八塊大洋賞給你。"

【酒池肉林】jiǔ chí ròu lín 據《史記•殷本紀》載：紂王大聚樂戲於沙丘，以酒為池，懸肉為林，使男女裸相逐其間，為長夜之飲。❶ 形容酒肉之多。《漢書•張騫傳》："行賞賜，酒池肉林，令外國客徧觀各倉庫府臧之積，欲以見漢廣大，傾駭之。" 又《車師後國傳》：天子"設酒池肉林以饗四夷之客。" ❷ 形容極度奢侈豪華，荒淫無度。《晉書•江統傳》："及到末世，以奢失之者，帝王則有瑤台瓊室，玉杯象箸，肴膳之珍則熊燔豹胎，酒池肉林。" 清代錢泳《履園叢話•驕奢》："其暴殄之最甚者，莫過於吳門之戲館，當開席時，嘩然雜遝，上下千百人一時齊集，真所謂酒池肉林、飲食如流者也。" 郭沫若《星空•孤竹君之二子》："伏羲之後不知歷多少年代才有神農，神農之後又不知歷多少年代才有黃帝，他們何嘗是酒池肉林、瓊台玉食的專擅魔王？"

【酒食地獄】jiǔ shí dì yù 指朝夕宴飲，疲於應酬，如入地獄，實為苦事。宋代朱彧《萍洲可談》卷三："東坡倅杭，不勝杯酌，諸公欽其才望，朝夕聚首，疲於應接，乃號杭倅為酒食地獄。"

【酒酣耳熱】jiǔ hān ěr rè 形容酒喝得盡興、暢快，酒興正濃。三國魏曹丕《與吳質書》："每至觴酌流行，絲竹並奏，酒酣耳熱，仰而賦詩，當此之時，忽然不自知樂也。" 清代王韜《珊瑚舌雕談初集序》：“酒酣耳熱，輒談昔日滄桑事，不禁唾壺擊碎，淚為之涔涔下。”◇臨行前夕，有幾個朋友在高樓上請我吃飯，酒酣耳熱，自然又慷慨激昂。

【酒綠燈紅】 jiǔ lǜ dēng hóng 形容熱鬧盡歡的飲宴場面。泛指奢侈豪華的生活場景。清代李斗《揚州畫舫錄·小秦淮錄》：“酒綠燈紅紺碧花，江鄉此會最高華。”《孽海花》三三回：“那些日軍官剛離了硝煙彈雨之中，倏進了酒綠燈紅之境，沒有一個不興高采烈，猜忌全忘。”秦牧《花城·沙面晨眺》：“總之，大罷工使香港這個酒綠燈紅的城市完全失色了。”同 燈紅酒綠。

【酒醉飯飽】 jiǔ zuì fàn bǎo 酒喝醉了，飯吃飽了。元代高文秀《襄陽會》一折：“我有一計，俺這裏安排一席好酒，多着些湯水，多着幾道嗄飯，準備幾碗甜醬，我着他酒醉飯飽，走不動，撈倒了呵。”《野叟曝言》二三回：“一連倒了一二十碗，也不動箸，也不撈那添桌，只把那酒罈捧起合在嘴上，骨都骨都的吃乾了，方才放落，笑道：‘今日要算是酒醉飯飽。’”◇買菜燒飯忙了一整天，等到客人酒醉飯飽，她已經累得甚麼也不想吃了。同 酒足飯飽。反 飢腸轆轆。

【酒囊飯包】 jiǔ náng fàn bāo 見“酒囊飯袋”。

【酒囊飯袋】 jiǔ náng fàn dài 囊：口袋。漢代王充《論衡·別通》：“飽食快飲，慮深求臥，腹為飯坑，腸為酒囊，是則物也。”後用“酒囊飯袋”、“酒囊飯包”比喻只會吃吃喝喝，不會做事的人。《類說》卷二二引宋代陶岳《荊湖近事》：“馬氏奢僭，諸院王子僕從煊赫，文武之道，未嘗留意。時謂之酒囊飯袋。”明代吳炳《西園記·冥拒》：“這酒囊飯袋，真是草包哩！”清代李漁《意中緣·卷簾》：“念區區酒囊飯包，又誰知生來命高，沒生涯，終朝醉飽，都倚着那妖嬈。”魯迅《墳·論“他媽的！”》：“晉朝已經是大重門第，重到過度了；華冑世業，子弟便易於得官，即使是一個酒囊飯袋，也還是不失為清品。”同 酒包飯袋、酒甕飯囊。反 人中之龍、人中麟鳳。

【酣暢淋漓】 hān chàng lín lí 形容盡情盡意非常痛快，或形容抒發思想感情詳盡透徹。清代歐陽鉅元《〈官場現形記〉序》：“我之於官，既無統屬，亦鮮關係，惟有以含蓄蘊釀存其忠厚，以酣暢淋漓闡其隱微，則庶幾近矣。”朱自清《〈老張的哲學〉與〈趙子曰〉》：“老舍先生寫老張的‘錢本位’的哲學，確乎是酣暢淋漓，闡揚盡致。”同 淋漓盡致、痛快淋漓。

【酸文假醋】 suān wén jiǎ cù 形容故作斯文有禮那種拿捏作態的樣子。明代無名氏《東籬賞菊》一折：“則是聽不上他那酸文假醋的，動不動便是‘詩云子曰’兒，那個奈煩那。”《紅樓夢》一〇九回：“那一年冬天，也是你晴雯姐姐和麝月姐姐玩兒，我怕凍着他，還把他攬在一個被窩兒裏呢。這有什麼？大凡一個人，總別酸文假醋的才好。”◇明明肚裏沒貨，偏偏總愛跩幾個詞兒，酸文假醋真叫人噁心！

【酸甜苦辣】 suān tián kǔ là 人最常感觸到的四種味道。比喻人生經歷的喜怒哀樂、世態炎涼、禍福安危等種種感受和遭遇。也作“酸鹹苦辣”。清代黃宗羲《萬悔菴先生墓誌銘》：“文虎之詩以才，先生之詩以情，當其渡嶺，則酸鹹苦辣之味盡矣。”清代蔣士銓《臨川夢·說夢》：“十年間，嘗遍了那些兒酸甜苦辣。”《歧路燈》四九回：“無非為衣食奔走，圖掙幾文錢，那酸甜苦辣也就講說不起。”同 鹹酸苦辣、飽經風霜。反 飽食終日。

【酸鹹苦辣】 suān xián kǔ là 見“酸甜苦辣”。

【醋海翻波】 cù hǎi fān bō 醋：比喻在男女情愛方面的嫉妒情緒。比喻因男女情感問題而引發糾紛。◇他悄悄地同初戀女友幽會，雖然行蹤詭秘，還是被妻子發現，一時醋海翻波，鬧得沸沸揚揚。

【醇酒婦人】 chún jiǔ fù rén 濃香的酒和貌美的女人。《史記·魏公子列傳》：“公子自知再以毀廢，乃謝病不朝，與賓客為長夜飲，飲醇酒，多近婦女。日夜為樂飲者四歲，竟病酒而卒。”後用“醇酒婦人”形容精神頹廢，沉迷酒色。清代陳維崧《嘉定侯掌亭先生誄》：“高台曲沼，半屬前塵；醇酒婦人，無非末路。”章炳麟《〈華國月刊〉發刊詞》：“象棋六博，醇酒婦人，以為苛畢吾生而已足，此則志氣尤脆弱者。”同 沉湎酒色。

【醉生夢死】zuì shēng mèng sǐ 漫無目的、糊裏糊塗地過日子，猶如醉酒和做夢一樣。宋代袁甫《勵志銘贈朱冠之》：“維今之人，甘心委靡，頑痹不仁，偷安無恥，至其極也，醉生夢死。”元代馬致遠《岳陽樓》二折：“你這等醉生夢死的，那神仙大道，卻怎生得來。”清代羽衣女士《東歐女豪傑》三回：“你不見現在那些巴結官場的、崇拜黃金的、在溫柔鄉裏醉生夢死的人嗎？”同 得過且過、渾渾噩噩。反 大展宏圖、宏圖大展。

【醉翁之意】zuì wēng zhī yì 宋代歐陽修《醉翁亭記》：“太守與客來飲於此，飲少輒醉，而年又最高，故自號醉翁也。醉翁之意不在酒，在乎山水之間也。”後以“醉翁之意”說真正關心的不在所做的，而是在別的方面，另有所圖或另有所指。也說“醉翁之意不在酒”。元代王義《共春園記》：“此園也，與客共，與清風明月共，不與俗子共，然而醉翁之意不在酒也。”《官場現形記》八回：“劉瞻光說：‘翩仞總是叫這個小把戲。’仇五科說：‘翩翁是醉翁之意罷哩。’”

【醍醐灌頂】tí hú guàn dǐng 醍醐：由牛奶提純而成的上等酥酪。佛教借喻佛性。佛教弟子入門時，大師用醍醐澆灌頭頂，象徵透以佛性，灌輸佛的智慧，使其拋棄世間的塵埃，徹底醒悟。後借用“醍醐灌頂”：❶ 表示得到極大的啟發，頓時醒悟過來。《紅樓夢》六三回：“寶玉聽了，如醍醐灌頂，哎喲了一聲，方笑道：‘怪道我們家廟說是鐵檻寺呢，原來有這一說。’”❷ 形容有如清涼劑澆頭似的，頓覺清醒爽快。唐代顧況《行路難》詩：“豈知灌頂有醍醐，能使清涼頭不熱。”《水滸傳》四二：“宋江覺道這酒馨香馥鬱，如醍醐灌頂，甘露灑心。”同 頓開茅塞。

【醜態百出】chǒu tài bǎi chū 各種各樣醜陋的樣子都表現出來了。《鏡花緣》六六回：“不過因明日就要放榜，得失心未免過重，以致弄的忽哭忽笑，醜態百出。”徐遲《狂歡之夜》：“但是在這座最莊嚴的城中，卻有着一群荒淫無恥的，醜態百出的，傷天害理的，窮兇極惡的衣冠禽獸。”同 醜態畢露。

【醜態畢露】chǒu tài bì lù 醜惡的樣子全都暴露出來了。《紅樓夢》二一回：“賈璉亦醜態畢露。”清代錢泳《履園叢話·裏足》：“總之，婦女之足，無論大小……若行步蹣跚，醜態畢露，雖小亦奚以為？”◇謊話被揭穿了，她結結巴巴，醜態畢露，尷尬得無地自容。同 醜態盡露、出乖露醜。

【醜聲遠播】chǒu shēng yuǎn bō 唐代韓愈《題合江亭寄刺史鄒君》詩：“勝事誰復論，醜聲日已播。”說惡名聲傳播到很遠的地方，遠近皆知。《宋書·廬陵孝獻王義真傳》：“車騎將軍義真，凶忍之性爰自稚弱，咸陽之酷，醜聲遠播。”同 臭名遠揚。反 名聞遐邇。

【醜類惡物】chǒu lèi è wù 醜類：比類，引以為同類。《左傳·文公十八年》：“昔帝鴻氏有不才子，掩義隱賊，好行凶德，醜類惡物，頑嚚不友，是與比周。”原指把惡人引為同類，後泛指惡人。◇那是一群賣國求榮的醜類惡物，我們豈能與他們交往！

【釁起蕭牆】xìn qǐ xiāo qiáng 釁：爭端、禍亂。蕭牆：古代宮室門內作遮蔽用的小牆。《論語·季氏十六》：“吾恐季孫之憂，不在顓臾，而在蕭牆之內也。”說禍害產生於內部。北周庾信《周大將軍司馬裔神道碑》：“時值亂離，釁起蕭牆。”同 禍起蕭牆、變起蕭牆。

釆 部

【采薪之憂】cǎi xīn zhī yōu 見“負薪之憂”。

里部

【重山峻嶺】chóng shān jùn lǐng 重疊起伏，連綿不斷的高山。《宣和畫譜·趙令穰》："使周覽江浙荊湘重山峻嶺，江湘溪澗之勝麗，以為筆端之助，則亦不減晉宋流輩。" 同 崇山峻嶺。反 一馬平川。

【重生父母】chóng shēng fù mǔ 重生：重新獲得新生。指對已有大恩的人，多指救命恩人。元代楊顯之《酷寒亭》楔子："你是我重生父母，再長爺娘。"《警世通言》二五卷："某一家骨肉皆足下所再造，雖重生父母不及此恩。"蔡東藩《慈禧太后演義》二回："老伯大人的厚恩，不啻重生父母，欲報之德，昊天罔極！" 同 再生父母。

【重見天日】chóng jiàn tiān rì 比喻脫離黑暗，重新見到光明。也作"重睹天日"。宋代文天祥《真州雜賦序》："一入真州，忽見中國衣冠，如流浪人乍歸故鄉，不意重睹天日至此！"《古今小說》卷一八："幸天兵得勝，倭賊敗亡，我等指望重見天日！"《聊齋誌異·龍飛相公》："如有萬分之一，此更何難？但深在九地，安望重睹天日乎？"《好逑傳》二回："何幸得遇將軍，從天而下，救援殘生，重見天日。" 反 不見天日。

【重足而立】chóng zú ér lì 兩腳並攏，站着不敢走動。形容非常害怕的樣子。《史記·秦始皇本紀》："故使天下之士，傾耳而聽，重足而立，拑口而不言。"《野叟曝言》四二回："富民重足而立，貧民揭竿而起。" 同 鉗口不言。

【重男輕女】zhòng nán qīng nǚ 重視男孩子，輕視女孩子。曹聚仁《我的母親》："農家重男輕女，生了女孩，不是丟掉，就是病死。" ◇雖說現在男女平等，然而重男輕女的觀念仍很普遍。

【重於泰山】zhòng yú tài shān 泰山：五嶽之首，為歷代王朝所祭祀。重過泰山，比喻十分重要或意義巨大。司馬遷《報任少卿書》："人固有一死，死有重於泰山，或輕於鴻毛，用之所趣異也。"《東周列國誌》六五回："子鮮之誓，重於泰山矣。" 子鮮：人名。徐遲《哥德巴赫猜想》："乃有青松翠柏，雖死猶生，重於泰山，浩氣長存！" 反 輕於鴻毛。

【重厚少文】zhòng hòu shǎo wén 重厚：穩重厚道。文：文才。指人穩重敦厚，樸實率真而欠缺文質。《史記·高祖本紀》："周勃重厚少文，然安劉氏者必勃也，可令為太尉。"明代林俊《祭廖約齋憲副》："惟公質木近道，重厚少文，山藏海納，涇渭中分。"也作"厚重少文"。《余嘉錫論學雜著·釋傖楚》："機、雲入洛，厭北人之厚重少文，嗜羊棗而啖酥酪，不如南方之蓴羹魚膾，輒目之為傖父。"機、雲：陸機、陸雲，二人為當世名士。◇出自黃土高原的陝西人，大都豪放直率，厚重少文。

【重振旗鼓】chóng zhèn qí gǔ 見"重整旗鼓"。

【重起爐灶(竈)】chóng qǐ lú zào 重新再壘起爐子和灶頭。比喻從頭重新做起。也作"另起爐灶"。《歧路燈》九一回："說是他的某一座房子該拆，某一道門口該改，他不能另起爐灶，就央鎮宅。"郭沫若《革命春秋·北伐途次》二七："每遭一次頓挫，總要使前功盡棄，又來重起爐竈。" ◇一場金融海嘯，把她的公司沖垮了，不過兩個月，她就重起爐灶幹了起來。

【重規疊矩】chóng guī dié jǔ 規：圓規，畫圓的工具。矩：曲尺，畫方的工具。❶ 規與規相重，矩與矩相疊，比喻重複因襲。清代梁啟超《治標財政策》："例如於民政司外，又設巡警道，此皆重規疊矩，毫無所取。" ❷ 比喻前後上下合乎同樣的法度規範，特指子孫繼承先輩傳統。《晉書·周訪傳贊》："曰子曰孫，重規疊矩。"清代龔自珍《大誓答問第二十》："偉哉此論，與季長重規疊矩。"季長：即馬融，東漢時訓詁學家。同 重規襲矩、疊矩重規。反 革故鼎新、破舊立新。

【重温舊夢】chóng wēn jiù mèng 比喻重

新經歷或回憶以往的事。清代丘逢甲《重過感舊園》詩："水木清華負郭園，三年客夢此重溫。眼中故物詩留壁，身後浮文酒滿樽。"巴金《關於〈家〉》："這些已經成了捕捉不回來飛去的夢景了……我不想重溫舊夢，然而別人忘不了它們。"同 舊夢重温、重拾遺夢。

【重義輕財】 zhòng yì qīng cái 看重禮義而輕視錢財。漢代桓寬《鹽鐵論·錯幣》："文學曰：'古者貴德而賤利，重義而輕財。'"後指重義氣輕財利。明代沈受先《三元記·博施》："重義輕財大丈夫。"◇我結交的朋友都是豪爽好客，重義輕財的人。同 仗義疏財。反 愛財如命。

【重操舊業】 chóng cāo jiù yè 操：做、從事。業：業務、事情、工作。重新再做從前做過的事情。◇《姑蘇野史》說，賽金花隨丈夫洪鈞的棺木返蘇州入葬後，又回到申江，改名曹夢蘭，掛牌重操舊業。同 再作馮婦。

【重整旗鼓】 chóng zhěng qí gǔ 重新整頓軍旗和戰鼓。比喻失敗後重新積聚力量，再接再厲。也作"重振旗鼓"。清代湘靈子《軒亭冤·驚夢》："嗣因兩女士西遊，這事就停辦了。儂欲重振旗鼓，煩爾擬篇男女平權文，勸戒女子。"鄒韜奮《經歷》五九："我深信我們在這樣掙扎苦鬥中所獲得的極可寶貴的經驗，對於將來重振旗鼓的《生活日報》是有很大的裨益的。"楊嘯天《參加第九鎮南京起義》："我軍既敗，復重整旗鼓，聯合江浙諸軍，協謀進攻南京。"老舍《四世同堂》三："他總以為他的朋友中必定有一兩個會重整旗鼓，再掌大權的，那麼，他自己也就還有一步好的官運。"同 東山再起。反 一敗塗地、一蹶不振。

【重蹈覆轍】 chóng dǎo fù zhé 再走翻過車的老路。《後漢書·竇武傳》："今不慮前事之失，復循覆車之軌。"後用"重蹈覆轍"比喻不吸取失敗的教訓，重犯過去的錯誤。◇千萬不要聽信他的花言巧語就以為他有誠意，不然的話，必定重蹈覆轍，後悔莫及。同 覆蹈前轍。

【野心勃勃】 yě xīn bó bó 勃勃：旺盛或強烈的樣子。形容對領土、權勢或名利的非分慾望十分強烈。清代江琼《丘倉海傳》："方兵事之初起也，倉海已竊竊憂之，太息曰：'天下自此多事矣！日人野心勃勃，久垂涎此地，彼詎能恝然置之乎！'"梁啟超《意大利建國三傑傳》："法大統領拿破崙第三，正野心勃勃，欲樹威域外以固其位。"馬南邨《燕山夜話·口吃、一隻眼及其他》："所謂晉文王便是司馬懿的兒子，那個野心勃勃為路人所皆知的司馬昭。"同 狼子野心。反 雄心勃勃。

【野草閒(閑)花】 yě cǎo xián huā ❶ 指野生的花草。宋代劉應時《春日即事》詩："野草閒花無姓名，疏籬幽徑漸敷榮。"元代無名氏《漁樵記》三折："他和那青松翠柏為交友，野草閒花作近隣。"❷ 喻指妓女或放蕩的女人。宋代胡浩然《萬年歡·上元》詞："休迷戀，野草閒花，鳳簫人在金谷。"明代湯顯祖《紫釵記·哭釵》："俺見鞍思馬，難道他是野草閒花？"◇此人聰明能幹，但有個壞毛病，總喜歡在外面招惹那些野草閒花。同 閒花野草。

【量入為出】 liàng rù wéi chū 權衡收入的多少來決定支出的多少。《禮記·王制》："冢宰制國用，必於歲之杪，五穀皆入，然後制國用，用地小大，視年之豐耗……量入以為出。"漢代桓寬《鹽鐵論·貧富》："量入為出，節儉以居之。"明代余繼登《典故紀聞》卷三："自今宜量入為出，裁省妄費，寧使有餘，勿令不足。"鄒韜奮《事業管理與職業修養·關於服務的態度五》："我們要靠自己的收入，維持自己的生存，所以仍然要嚴格遵守量入為出的原則。"同 量力而為、量力而行。反 入不敷出、寅吃卯糧。

【量力而行】 liàng lì ér xíng 依照自己實際的力量或能力，來決定如何辦。《左傳·昭公十五年》："力能則進，否則退，量力而行。"唐代吳兢《開元升平源》："朕當量力而行，然後定可否。"宋代洪邁《容齋續筆·鄭莊公》："度德而處，量力而行。"葉聖陶《英文教授》："各位同學呢，大家量力而行，能捐多少就捐多少。"同量力而為。反不自量力。

【量力而為】liàng lì ér wéi《左傳•隱公十一年》："度德而處之，量力而行之，相時而動，無累後人，可謂知禮矣。"後用"量力而為"說做事一定要考量自己的實際能力，不要超越能力所及的範圍。《雲笈七籤》卷一〇三："法物所須，各以差降，士民之類，可量力而為之。"◇開發本地資源，一定要量力而為，好高騖遠，急於求成，都會弄巧成拙。同量力而行。反好高騖遠。

【量力度德】liàng lì duó dé《左傳•隱公十一年》："度德而處之，量力而行之，相時而動，無累後人，可謂知禮矣。"後用"量力度德"說為人處事都要估量自己的德行和能力，等於說"要有自知之明"。《後漢書•崔寔傳》："量力度德，《春秋》之義。"宋代陸九淵《語錄》卷下："人皆可以為堯舜。此性此道，與堯舜原不異，若其才則有不同，學者當量力度德。"◇量力度德是國人的優秀傳統，做事一定要"量力"，言行一定要"度德"，做到這兩點，就會順利得多。同度德量力。反無法無天。

【量才授官】liàng cái shòu guān 見"量能授官"。

【量才(材)錄用】liàng cái lù yòng 量：估計。衡量其才能，按照才能的多寡，委以勝任的職務使用之。《舊五代史•周世宗紀五》："行營將士歿於王事者，各與贈官，親嫡子孫，並量才錄用，傷夷殘廢者，別賜救接。"宋代蘇軾《上神宗皇帝萬言書》："凡有擘畫，不問何人，小則隨事酬勞，大則量材錄用。"太平天国洪仁玕《誅妖檄文》："爾等果能悔悟來歸，定然量材錄用。"◇公司近年特別注意量才錄用海歸派的留學生。反大材小用。

【量少力微】liàng shǎo lì wēi 形容數量少，實力單薄。魯迅《華蓋集•通訊二》："現在的各種小週刊，雖然量少力微，卻是小集團或單身的短兵戰，在黑暗中，時見匕首的閃光。"同量小力微。

【量能授官】liàng néng shòu guān 衡量才能大小，授予相應官職。也作"量才授官"。《荀子•君道》："論德而定次，量能而授官。"《史記•平津侯主父列傳》："今陛下躬行大孝，鑒三王，建周道，兼文武，厲賢予祿，量能授官。"明代余繼登《皇明典故紀聞》卷七："人材高文雅陳言時政，首舉建文事，次及救荒卹民，言辭率直。都御史陳瑛請罪之，成祖曰：'……瑛刻薄，非助朕為善者，卿等戒之，文雅可付吏部量才授官。'"

【量體裁衣】liàng tǐ cái yī 依據身體長短肥瘦的尺寸，剪裁衣裳。《南齊書•張融傳》："（太祖）手詔賜融衣曰：'見卿衣服粗故……今送一通故衣，意謂雖故乃勝新也，是吾所著，已令裁減稱卿之體。'"後用"量體裁衣"比喻根據實際情況辦事。臧克家《怎樣評價人物》："我們評價人物……應該量體裁衣，不能不論頭的大小，亂扣帽子。"同實事求是。

金部

【金口玉言】jīn kǒu yù yán 指皇帝說的話，定於一尊，無比尊貴。後泛指說話算數，不能改變。《醒世恆言•三孝廉讓產立高名》："拜舞已畢，天子金口玉言，問道：'卿是許武之弟乎？'"清代吳璿《飛龍全傳》三六回："這錢乃是金口玉言說定的，要河就河，要字就字，監賭神祇管定。"清代張南莊《何典》七回："小姐金口玉言，教我怎敢不依頭順腦。"同金口玉音。反朝令夕改。

【金戈鐵馬】jīn gē tiě mǎ 長戈閃耀着金光，戰馬披掛着鐵甲。形容持戈躍馬作戰。《新五代史•李襲吉傳》："毒手尊拳，交相於暮夜；金戈鐵馬，蹂踐於明時。"宋代辛棄疾《永遇樂》詞："想當年金戈鐵馬，氣吞萬里如虎。"◇金戈鐵馬，刀光劍影，皮影戲演得像真的一般。同鐵馬金戈。

【金玉良言】jīn yù liáng yán 比喻非常寶貴的勸告或教誨。《官場現形記》一一回："老哥哥教導的話，句句是金玉良言。"林語堂《中國人的生活智慧(七)》："孔子有一段金玉良言：'己所不欲，勿施於人。'孔子所有的教導都與人的道德修養相關。"王蒙《雜色》："有了安全就會有一切，沒有了安全一切就變成了零，這可真是顛撲不破的金玉良言噢！"同 金玉之言、金石之言。

【金玉滿堂】jīn yù mǎn táng ❶ 金玉財寶堆滿一堂屋。形容財富極多。《老子》："金玉滿堂，莫之能守。"唐代薛漁思《河東記·蕭洞玄》："其家富比王室，金玉滿堂，婢妾歌鐘，極於奢侈。"陸文夫《人之窩》下部一九回："許家大院裏的這兩棵高大的玉蘭樹啊，這金玉滿堂的象徵。"❷ 形容學識豐富。《世說新語·賞譽上》："王長史謂林公：'真長可謂金玉滿堂。'"唐代李咸用《臨川逢陳百年》詩："教我無為禮樂拘，利路名場多忌諱。不如含德反嬰兒，金玉滿堂真可貴。"同 堆金積玉。反 家徒四壁。

【金石之交】jīn shí zhī jiāo 如同金石般堅不可摧的交誼。《漢書·韓信傳》："足下雖自以為與漢王為金石交，然終為漢王所禽矣。"宋代邵雍《把手吟》："金石之交，死且不朽；市井之交，自難長久。"明代王世貞《鳴鳳記·夏驛》："待我修書一封，將老夫人託他周濟。他也仰老太師山斗之望，又與下官金石之交。"清代李漁《閒情偶寄·行樂》："有金石之交者，及此時朝夕過從，不則交臂而失。"同 生死之交、莫逆之交。反 泛泛之交、酒肉朋友。

【金石之言】jīn shí zhī yán 比喻非常寶貴的勸告或教誨。《三國演義》八一回："願陛下納秦宓金石之言，以養士卒之力，別作良圖，則社稷幸甚！天下幸甚！"《七劍十三俠》一二九回："話說宸濠聽了劉養正這一番議論，當下說道：'先生金石之言，孤敢不唯命是聽。'"◇"失敗乃成功之母"，成功若不正視，也會變成失敗之母，這都是智者哲人擲地有聲的金石之言。同 金玉良言。

【金石良言】jīn shí liáng yán 比喻非常寶貴的勸告或教誨。清代佚名《乾隆下江南》一八回："賤妾久有此心，恨未得其人，今蒙金石良言，這詩當為妾座右銘，以志不忘。"《二十年目睹之怪現狀》九九回："叔公教你的，都是金石良言，務必一一記了，不可有負栽培。"張小嫻《禁果之味》："'人貴自知'這四個字，是金石良言。不是叫你自卑，而是要你清醒。"同 金玉良言。

【金石為開】jīn shí wèi kāi《韓詩外傳》卷六："昔者熊渠子夜行，見寢石以為伏虎，彎弓而射之，沒金飲羽，下視，知其石也。因復射之，矢躍無跡。熊渠子見其誠心，而金石為之開，況於人乎？"後以"金石為開"形容一個人只要心誠志堅，就可以打動一切，做成任何事情。宋代蘇軾《東莞資福寺再生柏贊》："是心苟真，金石為開。"《初刻拍案驚奇》卷九："精誠所至，金石為開。貞心不寐，死後重諧。"◇精誠所至，金石為開，他終於答應出資支持這個項目。

【金字招牌】jīn zì zhāo pái ❶ 店鋪用金粉塗字或用金箔貼字的招牌。清代無名氏《狄公案》一一回："東邊角上，有一座大大的茶坊，門前懸了一面金字招牌，上寫'問津樓'三字。"周而復《上海的早晨》五十章："滬江紗廠蓋成以後，這塊金字招牌一直掛在這裏，從來沒有人動過，不管日曬雨淋，也不論白天黑夜，這四個金字總是閃閃發光。"❷ 比喻在公眾中信譽卓著或受到景仰者。草明《乘風破浪》四章："你們老宋是金字招牌，說到哪做到哪，做不到的就不說。"❸ 比喻用來炫耀的名義或稱號。《孽海花》二五回："(珏齋）總算一帆風順，文武全才的金字招牌，還高高掛着。"魯迅《偽自由書·文人無文》："湊一本文學家辭典，連自己也塞在裏面，就成為世界的文人的也有。然而，現在到底也都是中國的金字招牌的'文人'。"同 金字牌匾。

【金谷酒數】jīn gǔ jiǔ shù 金谷：金谷園。酒數：罰酒的斗數。晉代石崇《金谷詩序》："遂各賦詩，以敍中懷，或不能者，罰酒三斗。”説石崇於金谷園宴請賓客，賦詩不成者罰酒三斗。後用“金谷酒數”指酒宴上罰酒三杯之慣例。唐代李白《春夜宴從弟桃李園序》：“不有佳詠，何伸雅懷。如詩不成，罰依金谷酒數。”《水滸後傳》四十回：“諸位中有能詩的，各自做來，如不能者，罰以金谷酒數。”清代王韜《淞隱漫錄•紅芸別墅》：“議以多少為賞罰，命侍兒取玉斗來，約受四兩許，曰：‘此金谷酒數也，少者罰此。’”

【金枝玉葉】 jīn zhī yù yè 形容美好的花木枝葉。晉代崔豹《古今注•輿服》：“常有五色雲氣，金枝玉葉，止於帝上，有花葩之象，故因而作華蓋也。”唐代王建《調笑令》詞：“胡蝶、胡蝶，飛上金枝玉葉。”借喻帝王子孫或高貴的人。《敦煌曲子詞•感皇恩》：“當今聖壽比南山，金枝玉葉竟相連。”元代紀君祥《趙氏孤兒》二折：“一任他金枝玉葉，難逃我劍下之災。”吳組緗《村居記事》：“(你)把女兒這樣金枝玉葉的看待起來，那女兒怎麼能安心把童養媳做下去，做到頭？”同 玉葉金枝、瓊枝玉葉。

【金城湯池】 jīn chéng tāng chí 銅鑄的城牆，灌滿沸水的護城河。比喻設防堅固，不可攻破的城池。《漢書•蒯通傳》：“邊地之城，必將嬰城固守，皆為金城湯池，不可攻也。”《金史•蒙古綱傳》：“金城湯池，非粟不守。東平孤守，四無應援，萬一失之，則官吏兵民俱盡。”《蕩寇志》九二回：“真是個金城湯池，一方雄鎮。”同 金湯之固、固若金湯。

【金相玉質】 jīn xiàng yù zhì 金、玉：比喻美好。相：外貌。質：本質。❶ 比喻文章的形式和內容十分完美。漢代王逸《〈離騷經章名〉敍》：“屈原之詞……所謂金相玉質，百世無匹，名垂罔極，永不刊滅矣。”唐代李華《唐揚州功曹穎士文集序》：“班彪識理，張衡宏曠，曹植豐贍，王粲超逸，嵇康標舉，此外皆金相玉質，所尚或殊，不能備舉。”❷ 形容人或物的內外都十分美好。《周書•蘇綽傳》：“若刀筆之中而得志行，是則金相玉質，內外俱美，實為人寶也。”元代張雨《畫水仙花》詩：“取石為友，得水能仙；金相玉質，林下蕭然。”◇博物館珍藏的玉器色澤清麗，金相玉質，工藝精美。同 玉質金相。

【金科玉律】 jīn kē yù lǜ 科、律：指法令條文。本意是必須遵循的權威的法令法規。後多比喻不可更改的信條或必須遵守的原則。前蜀杜光庭《胡常侍修黃籙齋詞》：“金科玉律，雲篆瑤章，先萬法以垂文，具九流而拯世。”清代周圻《與濟叔論印章書》：“惟以秦漢為師，非以秦漢為金科玉律也。”《歧路燈》一〇三回：“三表嫂是聰明人，他把他家裏那種種可笑規矩，看成聖賢的金科玉律。”同 金科玉條。

【金風玉露】 jīn fēng yù lù 金風：秋風。玉露：晶瑩的露珠。泛指秋天或秋天清爽肅殺的景物。唐代李商隱《辛未七夕》詩：“由來碧落銀河畔，可要金風玉露時。”宋代秦觀《鵲橋仙》：“金風玉露一相逢，便勝卻，人間無數。”張恨水《夜深沉》三：“那城郭、屋舍，不就是牛郎、織女這一對金風玉露一相逢的戀人一年一期一會的地方麼？”

【金屋貯嬌】 jīn wū zhù jiāo 據《漢武故事》載：漢武帝小的時候，一次長公主把他抱在膝上，指着自己的女兒問他：“阿嬌好不？”武帝説：“好！若得阿嬌作婦，當作金屋貯之也。”後用“金屋貯嬌”形容娶進嬌妻美妾，或另闢外室供養女人。南朝梁費昶《長門怨》詩：“金屋貯嬌時，不言君不入。”清代王韜《海陬冶遊餘錄》：“寶珠態度苗條，丰姿綽約，……與緞莊某甲善，繾綣情深，有金屋貯嬌之意。”蔡東藩《前漢演義》五九回：“由太子得為皇帝，多虧是後母長公主，一力提攜，況幼年便有金屋貯嬌的誓言，怎好為了衞子夫一人，撇去好幾年夫妻情分。”同 金屋藏嬌、藏嬌金屋。

【金屋藏嬌】 jīn wū cáng jiāo 據《漢武故事》載：漢武帝小的時候，一次長公主把他抱在膝上，指着自己的女兒問他：“阿嬌好不？”武帝説：“好！若得阿嬌作婦，當作金屋貯之也。”後用“金屋藏嬌”形容娶進嬌妻美妾，或另闢外室供養女人。元代張可久《折桂令》曲：“錦樹園香，花燈奪晝，金屋藏嬌。”明代湯顯祖《牡丹亭•寫真》：“則怕呵，把俺年深色淺，當了個金屋藏嬌。”清代黃小配《廿載繁華夢》二三回：“當時佘老五戀着雁翎，周庸祐也戀着雁翎，各有金屋藏嬌之意。”同 金屋貯嬌、別築香巢。

【金剛怒目】jīn gāng nù mù 本作“金剛努目”。金剛：手拿金剛杵的佛的侍從力士。怒目：努目，凸起眼睛。形容面目威猛可畏。《太平廣記》卷一七四引宋代龐元英《談藪•薛道衡》：“金剛努目，所以降伏四魔；菩薩低眉，所以慈悲六道。”魯迅《且介亭雜文末編•我的第一個師父》：“不料他竟一點不窘，立刻用‘金剛怒目’式，向我大喝一聲。”朱傳譽《陶淵明傳•金剛怒目》：“《詠荊軻》是一篇金剛怒目式的作品，一改詩人平淡的風格。”反 溫文爾雅、和藹可親。

【金針度人】jīn zhēn dù rén 唐代馮翊《桂苑叢談•史遺》載：鄭侃的女兒采娘，在七夕祭織女乞巧，當晚即得織女贈予的一根金針，從此她刺繡的技能更加精巧。後用“金針度人”比喻把技藝的秘法、訣竅、教誨授予別人。《五燈會元•寶峰惟照禪師》：“鴛鴦繡出從君看，不把金針度與人。”清代袁枚《隨園詩話》卷七：“陸放翁曰：‘文章切忌參死句。’黃山谷曰：‘文章切忌隨人後’，皆金針度人語。’”李劼人《死水微瀾》五部三：“羅歪嘴因為感激他，覺得他在夫婦間，也委實老實得可憐，遂不惜金針度人，給了他許多教誨。”同 誨人不倦。

【金迷紙醉】jīn mí zhǐ zuì 原意指被光芒四射的金紙所迷住。後用來形容使人迷醉的富麗繁華的景象或奢侈豪華的享樂生活。宋代陶穀《清異錄•金迷紙醉》：“有一小室，窗牖煥明，器皆金紙，光瑩四射，金采奪目。所親見之，歸語人曰：‘此室暫憩，令人金迷紙醉。’”清代護落花人《〈海陬冶遊錄〉序》：“誌雪泥之跡，酒綠燈紅；話風月之緣，金迷紙醉。”葉靈鳳《黃瓜》：“據說二十年前的拱宸橋是一個金迷紙醉的熱鬧場所，可是此刻卻冷落異常。”也作“紙醉金迷”。清代梁章鉅《浪跡叢談•人日疊韻詩》：“紙醉金迷地，風柔月大天。”朱自清《槳聲燈影裏的秦淮河》：“那漾漾的柔波是這樣的恬靜，委婉，使我們一面有水闊天空之想，一面又憧憬着紙醉金迷之境了。”同 燈紅酒綠、花天酒地。反 粗茶淡飯、布衣蔬食。

【金無足赤】jīn wú zú chì 足赤：黃金成色十足。宋代戴復古《寄興》詩：“黃金無足色，白璧有微瑕。求人不求備，妾願老君家。”後以“金無足赤”比喻人不可能十全十美。◇至於說對他的評價有爭論，我們只要用“金無足赤，人無完人”的道理看待他，那就不會再爭論了。

【金貂換酒】jīn diāo huàn jiǔ 金貂：漢以後皇帝左右侍臣的冠飾，用金璫和貂尾製成。《晉書•阮孚傳》：“遷黃門侍郎、散騎常侍。嘗以金貂換酒，復為所司彈劾，帝宥之。”後用“金貂換酒”形容不拘禮法，縱情不羈。宋代裘萬頃《大雪用前韻》詩：“金貂換酒非吾事，鐵甲屯邊正此時。”宋代劉過《沁園春》詞：“翠袖傳觴，金貂換酒，痛飲何妨三百杯。”

【金童玉女】jīn tóng yù nǚ 道教指供神仙役使的童男童女。元代賈仲明《度金童玉女》二折：“為因蟠桃會上，金童玉女，一念思凡，罰往下方。”元代李好古《張生煮海》一折：“金童玉女意投機，才子佳人世罕稀。”《水滸全傳》八八回：“龍牀兩邊，金童玉女，執簡捧。龍車前後左右兩邊，簇擁護駕天兵。”後泛指未婚的男女少年。茅盾《子夜》一：“剛一到上海這魔窟，吳老太爺的‘金童玉女’就變了！”

【金鼓齊鳴】jīn gǔ qí míng 金鼓：金鉦和戰鼓，古代軍隊用以發號令、助軍威。❶ 金鉦戰鼓一齊響起。形容軍威雄壯或戰鬥激烈。《水滸傳》六十回：“只見四下裏金鼓齊鳴，喊聲震地，一望都是火把。”《英烈傳》四一回：“前邊金鼓齊鳴，想是有賊人截戰。”❷ 泛指鑼鼓一齊響起。形容各種樂器齊奏，達到高潮。張愛玲《連環套》：“下午的音樂會還沒散場，裏面金鼓齊鳴，冗長繁重的交響樂正到了最後的高潮，只聽得風狂雨驟，一陣緊似一陣，天昏地暗壓將下來。”金庸《射雕英雄傳》一八回：“只聽得箏聲漸急，到後來猶如金鼓齊鳴、萬馬奔騰一般。”同 金鼓連天、鼓樂喧天。反 偃旗息鼓。

【金碧輝煌】jīn bì huī huáng 金碧：金黃色和碧綠色。形容建築物等富麗堂皇，色彩光耀。《醒世恆言·杜子春三入長安》：“只見殿宇廊廡，一劃地金碧輝煌，耀眼奪目，儼如天宮一般。”《西遊記》四回：“絳紗衣，星辰燦爛，芙蓉冠，金碧輝煌。”《兒女英雄傳》一九回：“一隻金碧輝煌的鳳鳥，空中飛舞。”反 黯淡無光。

【金榜題名】jīn bǎng tí míng 金榜：科舉時代殿試揭曉的黃榜。題名：寫上名字。指殿試被錄取。五代王定保《唐摭言·今年及第明年登科》：“何扶，太和九年及第，明年，捷三篇，因以一絕寄舊同年曰：‘金榜題名墨尚新，今年依舊去年春。花間每被紅妝問，何事重來只一人？’”元代楊顯之《瀟湘秋夜雨》一折：“黃卷青燈一腐儒，九經三史腹中居。他年金榜題名後，方信男兒要讀書。”明代高明《琵琶記·強就鸞鳳》：“這姻緣不俗，金榜題名，洞房花燭。”今泛指在考試中被錄取。包文棣《跳龍門的插曲》：“好容易才找到一位候補者，但若是老不能‘金榜題名’，不久這位候補者仍舊會給別人奪去的。”反 名落孫山、榜上無名。

【金精玉液】jīn jīng yù yè ❶ 道教傳説中的一種仙藥。《漢武帝外傳》：“太上之藥，有風實雲子，金精玉液。”❷ 中醫稱人的口水或體液。林書立《李真人長生一十六字訣》：“古人認為真氣通關入頂後，能化為金精玉液。”《神龍大俠傳》二章：“神氣交合，則化生金精玉液，可漱可咽，神斂息靜，則五內真元如雲氣飄流。”同 玉液金精。

【金盡裘敝】jīn jìn qiú bì 錢用完了，皮衣也穿破了。《戰國策·秦策一》：“(蘇秦)説秦王書，十上而説不納。黑貂之裘弊，黃金百鎰盡，資用乏絕，去秦而歸。”後以“金盡裘敝”表示找不到出路，貧困失意。清代紀昀《閱微草堂筆記·灤陽續錄五》：“甚或金盡裘敝，恥還鄉里，萍飄蓬轉，不通音問者，亦往往有之。”清代曾國藩《湘鄉縣賓興堂記》：“入無仰事俯畜之累，出無金盡裘敝可憐之色。”同 裘敝金盡。

【金漿玉液】jīn jiāng yù yè ❶ 道教指一種用金和玉溶於朱草而成的仙藥。唐代陳子昂《送中嶽二三真人序》：“真朋羽會，金漿玉液。”唐武則天《升仙太子碑》：“金漿玉液，霧宮霞館。瑤草扶疏，珠林璀璨。”❷ 比喻美酒。柏楊《逾淮而枳》：“尤其對一個中國北方佬而言，肉骨茶能膩死人，而綠豆爽則如金漿玉液。”同 瓊漿玉液。

【金甌無缺】jīn ōu wú quē 金甌：金質或金屬的盆、盂之類器物。《南史·朱異傳》：“我國家猶若金甌，無一傷缺。”後以“金甌無缺”比喻國土完整。明代孫高亮《于少保萃忠傳》四十回：“先臣太傅于謙，以兵部侍郎出而定大冊，使國家之金甌無缺，其功不超越千古耶？”《北洋軍閥史話》七四：“以一省之治安，砥柱中流，故雖首都淪陷，海宇騷然，率得轉危為安，金甌無缺。”郁達夫《滿江紅》詞：“楚三戶，教秦滅。願英靈，永保金甌無缺。”反 半壁江山、殘山剩水。

【金蟬脱殼】jīn chán tuō qiào 蟬變為成蟲時要脱去原有的那一層殼。比喻利用迷惑對方的假象或不為對方察覺的時機，脱身而去。元代施君美《幽閨記·文武同盟》：“曾記得兵書上有個金蟬脱殼之計，不免將身上紅錦戰袍掛在這枯椿上，翻身跳過牆去。”《西遊記》二十回：“這個叫做金蟬脱殼計，他將虎皮蓋在此，他卻走了。”茅盾《子夜》二：“老趙本來是多頭大戶，交割期近，又夾着個舊曆端陽節，他一定感到恐慌，因而甚麼多頭公司莫非是他的‘金蟬脱殼’計罷？”反 甕中之鱉、甕中捉鱉。

【金雞獨立】jīn jī dú lì 單腿站立的一種武術姿勢。後也泛指用一足站立。《鏡花緣》七四回："我是'金雞獨立'，要一足微長。"《三俠五義》四五回："南俠忙用了個金雞獨立回身勢，用劍往旁邊一削，只聽噹的一聲，朴刀卻短了一段。"老舍《取錢》："二哥，我一過去就預備好了：先用左腿金雞獨立的站着，為是站乏了好換腿。"

【金蘭之契】jīn lán zhī qì《世說新語·賢媛》："山公與嵇、阮一面，契若金蘭。"山公：山濤。金：比喻堅。蘭：比喻香。契：投合。後以"金蘭之契"指意氣相投、交情深厚的至友或結拜兄弟。《晉書·苻生載記》："晉王思與張王齊曜大明，交玉帛之好，兼與君公同金蘭之契，是以不遠而來，有何怪乎！"清代徐枕亞《玉梨魂》六章："香閨聯翰墨之緣，紅袖結金蘭之契。"《孽海花》三回："談起來，既是同鄉，又是同志，少年英俊，意氣相投，一路上辛苦艱難，互相扶助，自然益發親密，就在船上訂了金蘭之契。"同 金蘭之誼、金蘭之交。

【針鋒相對】zhēn fēng xiāng duì 針尖對針尖。❶ 比喻雙方對等，不相上下。《兒女英雄傳》九回："這十三妹本是個玲瓏剔透的人，他那聰明正合張金鳳針鋒相對。"❷ 比喻雙方尖銳對立，互不相讓，絕無妥協餘地。《兒女英雄傳》一二回："方才聽你說起那情景來，她句句話與你針鋒相對，分明是豪客劍俠一流人物。"魯迅《致徐懋庸》："我以為應該對於那些批評，完全放開，而自己看書，自己作論，不必和那些批評針鋒相對。"同 水火不容。反 一唱一和。

【釜中之魚】fǔ zhōng zhī yú 鍋裏的魚。形容處於危急存亡之中。《資治通鑒·晉海西公太和五年》："且臣奉陛下威靈，擊垂亡之虜，譬如釜中之魚，何足慮也！"明代袁宏道《去吳七牘·乞改稿四》："職此時如釜中之魚，欲活不能，欲死不可，展轉思之，惟有逃遁而走，可以保身全軀耳。"◇他知道上了圈套，自己已是釜中之魚，這次是凶多吉少了。同 釜底游魚、釜魚幕燕。

【釜底抽薪】fǔ dǐ chōu xīn 從鍋底下抽出正在燃燒的柴火。《呂氏春秋·數盡》："夫以湯止沸，沸愈不止，去其火，則止矣。"《漢書·枚乘傳》："欲湯之滄，一人炊之，百人揚之，無益也，不如絕薪止火而已。"後以"釜底抽薪"比喻從根本上解決問題。明代戚元佐《議處宗藩疏》："揚湯止沸，不如釜底抽薪。"李六如《六十年的變遷》第八章："不要性急，與其火上加油，不如釜底抽薪。"反 揚湯止沸、火上澆油。

【釜底游魚】fǔ dǐ yóu yú 在正燒着火的鍋的底部游動的魚。比喻瀕臨絕境。《後漢書·張綱傳》："若魚游釜中，喘息須臾間耳。"清代洪楝園《警黃鍾·宮嘆》："好似釜底游魚，日暮途窮。"同 鼎魚幕燕、危如累卵。反 穩如泰山、安如磐石。

【釣名欺世】diào míng qī shì 用不正當手段獵取名利，欺哄矇騙世人。清代鄭燮《濰縣寄舍弟墨書》："人亦共稱愚兄為善讀書矣，究竟自問胸中擔得出幾卷書來？不過挪移借貸，改竄添補，便爾釣名欺世。"◇只不過藉助他爸爸的知名度，替自己吹噓，釣名欺世而已，其實他沒甚麼真本事。同 沽名釣譽。反 不求聞達。

【欽差大臣】qīn chāi dà chén 受皇帝特別委派、握有大權的高級官員。多派往各地處理重大事務。清代阮葵生《茶餘客話·欽差官使》："三品以上用欽差大臣關防，四品以下用欽差官員關防。"《官場現形記》五六回："這位欽差大臣姓溫，名國，因是由京官翰林放出來的，平時文墨功夫雖好，無奈都是紙上談兵，於外事間的時務依然隔膜得很。"現多指由上級派到下級處理事務，可以發號施令的人員。◇派來一位部長處理罷工事件，結果這位欽差大臣被工人們趕了回去。

【鈞天廣樂】jūn tiān guǎng yuè 鈞天：傳說中天帝住的地方。廣樂：盛大之樂。❶ 仙樂，傳說中天上的音樂。《列子·周穆王》："王實以為清都紫微，鈞天廣樂，帝之所居。"《史記•趙世家》："我之帝所甚樂，與百神游於鈎天，廣樂九奏萬舞，不類三代之樂，其聲動人心。"漢代張衡《西京賦》："昔者大帝説秦繆公而覲之，饗以鈎天廣樂。"清代蔣士銓《臨川夢•了夢》："惟有秦穆公他最便宜，聽了鈎天廣樂。"❷ 指宮廷內美妙的音樂。◇歷代皇帝都是極盡享樂的，鈎天廣樂，輕歌曼舞，山珍海錯，表面上個個都宣稱節儉，實際上人人都奢華靡麗。

【鈎心鬥角】gōu xīn dòu jiǎo 唐代杜牧《阿房宮賦》："五步一樓，十步一閣。廊腰縵迴，簷牙高啄，各抱地勢，鈎心鬥角。"鈎、鬥：鈎連結合。心、角：宮室的中心和簷角。説宮室結構錯綜交叉，精巧奇美。後用"鈎心鬥角"、"勾心鬥角"比喻：❶ 精心創作，構思爭奇斗巧。清代梁紹壬《兩般秋雨盦隨筆•詠物詩》："近時詩家詠物，鈎心鬥角，有突過前人者。"阿英《燈市》："由於燈市的極盡奢侈，在燈的製作方面，也必然鈎心鬥角。"❷ 人與人之間各用心機，明爭暗鬥，互相傾軋。梁啟超《讀中華民國大總統選舉法》："當鈎心鬥角以爭辯於一條一句一字之間。"魯迅《兩地書•致許廣平》："但他人誰會想到他為了爭一點無聊名聲，竟肯如此鈎心鬥角，無所不至呢。"《啼笑因緣》十回："你還沒有走入仕途，你哪裏知道鈎心鬥角的巧妙。"茅盾《虹》九："他們都不是畏瑟忸怩的人兒，在這件事上，他們最是赤裸裸地毫無勾心鬥角的意思。"同 爭權奪利、爭名奪利。反 齊心戮力、齊心協力。

【鉗口結舌】qián kǒu jié shé 閉住嘴，結起舌頭。形容懾於威勢，不敢説話。漢代王符《潛夫論•賢難》："此智士所以鉗口結舌，括囊拱默而已者也。"唐代權德輿《答獨孤秀才書》："今夫滔滔者或辯之不至，而苟善待之，及揚聲延譽，則鉗口結舌，大凡舉世之病也。"同 噤若寒蟬、箝口結舌。反 直言無諱、言無不盡。

【銜冤負屈】xián yuān fù qū 蒙受着冤屈。元代高文秀《黑旋風雙獻功》二折："我須是鰥寡孤獨，對誰人分訴，銜冤負屈？"《封神演義》八回："將軍盡知我母子銜冤負屈。"同 負屈銜冤、含冤負屈。

【銜環結草】xián huán jié cǎo 銜環：晉代干寶《搜神記》卷二十載：漢代楊寶九歲時，救了一隻被貓頭鷹抓傷的黃雀，後來黃雀化為黃衣童子，贈楊寶白玉環四枚，並説："令君子孫潔白，位登三事，當如此環。"結草：《左傳•宣公十五年》載：魏武子有寵妾，無子。魏武子在生病之初對兒子魏顆説，我死後要將她嫁人，後來病重，改口説要讓妾殉葬。等到魏武子去世，魏顆將她嫁了人。後顆與秦國杜回交戰，妾之父"結草"絆倒杜回，助魏顆生擒杜回。後以"銜環結草"比喻感恩圖報。宋代史浩《乞解罷機政劄子》："臣仰戴天地父母之恩至深至厚，雖衰老無能為，他日尚當銜環結草圖報萬一。"明代范景文《請告再疏》："此後未盡之年，皆皇上再生之賜，雖骨化形銷，無非銜環結草之日也。"同 結草銜環、感恩圖報。反 恩將仇報、忘恩負義。

【銅琶鐵板】tóng pá tiě bǎn 銅製的琵琶，鐵製的拍板。宋代俞文豹《吹劍錄•外集》："學士詞，須關西大漢，銅琵琶，鐵綽板，唱'大江東去'。"説蘇東坡的詞豪放雄壯，須用銅琶鐵板作為伴奏樂器。後指豪放雄壯的文詞或風格。《二十年目睹之怪現狀》四九回："銅琶鐵板聲聲恨，剩馥殘膏字字哀。"◇婉約派一味兒女情長，豪放派一味銅琶鐵板，讀久了，也會令人厭倦的。

【銅筋鐵骨】tóng jīn tiě gǔ ❶ 形容健壯的身體或身體極健壯。元代楊暹《西遊記》九齣："我盜了太上老君煉就金丹，九轉煉得銅筋鐵骨，火眼金睛。"《醒世恒言》卷三十："那些酷吏，一來仗刑立威，二來或是權要囑託，希承其旨，每事不問情真情枉，一味嚴刑鍛煉，羅織成招，任你銅筋鐵骨的好漢，到此也膽喪魂驚，不知斷送了多少忠義之士。"◇硬氣功能讓功夫高手把手、腳、手肘和頭顱磨練成致命武器，甚至練出一身銅筋鐵骨。❷形容書法端莊剛勁。宋代鄧肅《題了翁墨跡》:“顏魯公忠義之氣充塞宇宙，故散落毫楮間者皆銅筋鐵骨，使人望之凜然，不寒而慄。”反 弱不禁風。

【銅駝荊棘】tóng tuó jīng jí《晉書•索靖傳》:“靖有先識遠量，知天下將亂，指洛陽宮門前銅駝，歎曰:‘會見汝在荊棘中耳。’”宮門前的銅駝倒卧在荊棘叢中，形容國家敗亡、宮殿荒涼慘淡的景象。後以“銅駝荊棘”指國家的興衰存亡。宋代陸游《春晴》詩:“自笑此生餘幾許，銅駝荊棘尚關情。”明代劉基《煌煌京洛行》:“銅駝荊棘沒，寢廟狐狸藏。”馮友蘭《中國哲學史》下自序:“此第二篇稿最後校改時，故都正在危急之中，身處其境，乃真知古人銅駝荊棘之語之悲也。”

【銅頭鐵額】tóng tóu tiě é 古人描述的兇狠強悍的神怪鬼獸外貌。《史記•五帝本紀》張守節正義引《龍魚河圖》“黃帝攝政，有蚩尤兄弟八十一人，並獸身人語，銅頭鐵額，食沙，造五兵，仗刀戟大弩威振天下，誅殺無道。”《太平廣記》卷三〇九引《博異記》:“又見夜叉輩六七人，皆持兵器，銅頭鐵額，狀貌可憎惡。”明代李時珍《本草綱目•獸二》:“獅子出西域，狀如虎而小……銅頭鐵額，鉤爪鋸牙，弭耳昂鼻，目光如電。”

【銅牆鐵壁】tóng qiáng tiě bì 比喻堅實牢固、不可摧毀突破的事物。宋代張洪《朱子讀書法•熟讀精思》:“譬如攻城，四面牢壯，任是銅牆鐵壁，如今但只消攻得他一面破時，則這城是自家底了。”《水滸傳》四八回:“宋江自引了前部人馬，轉過獨龍岡後面來看祝家莊時，後面都是銅牆鐵壁，把得嚴整。”同 金城湯池，鐵壁銅牆。

【銖兩悉稱】zhū liǎng xī chèn 銖、兩:都是重量單位，銖為兩的二十四分之一。稱:相當，符合。❶形容對人或事物的分析、評判合乎實際，準確恰當，沒有偏差。明代周暉《金陵瑣事•尚書異命》:“又吏部大察時，世宗命梁同考，坐吏書之左，去官三百餘員，銖兩悉稱，士林服之，士林榮之。”清代蔡世遠《四書朱子全義序》:“朱子竭一生之精神以作集註，精微洞徹，銖兩悉稱。”◇由於閱卷出自眾手，要把考卷的分數衡量得銖兩悉稱，決非易事。❷形容兩者在各方面都很得體或相當。《清文獻通考•經籍考》:“是書……凡四十門，剪裁則華實兼收，配隸則銖兩悉稱。”◇曹雪芹筆下的大觀園，面積廣闊，亭林繁縟，樓閣玲瓏，且一處有一處的景物，配置得當，銖兩悉稱。同 恰如其分、恰到好處。

【銖積寸累】zhū jī cùn lěi 銖:古代重量單位，“兩”的二十四分之一。形容從微小的數量一點一點積累起來。宋代朱熹《朱子語類•訓門人三》:“學問亦無箇一超直入之理，直是銖積寸累做將去。”清代施閏章《覆葉井叔》:“銖積寸累，或秋冬可竣，即馳寄請正也。”◇絕大多數小企業家的資本，都是銖積寸累而來，創業非常艱苦。同 積銖累寸、銖累寸積。

【銘心刻骨】míng xīn kè gǔ 見“銘心鏤骨”。

【銘心鏤骨】míng xīn lòu gǔ 銘:(在金、石或器物上) 刻。鏤:雕刻。形容感受深刻，牢記不忘。多用於表示對人的感念或思念。唐代柳宗元《謝除柳州刺史表》:“一見宮闕，親授朝命，牧人遠方，漸輕不宥之辜，特奉分憂之寄，銘心鏤骨，無報上天。”明代曹端《家規輯略》:“子孫毋習吏胥，毋為僧道，毋狎屠豎，以壞亂心術，當以‘仁義’二字銘心鏤骨，庶幾有成。”◇你雪中送炭，救我於水火，至今銘心鏤骨，感德難忘。也作“銘心刻骨”。《水滸全傳》八二回:“多感太尉恩厚，於天子左右力奏，救拔宋江等再見天日之光，銘心刻骨，不敢有忘。”《紅樓夢》三二回:“所悲者，父母早逝，雖有銘心刻骨之言，無人為我主張。”◇這兩本品味純正的客家小說，處處充溢着作家銘心刻骨的客家情懷。同 刻骨銘心、鏤骨銘心。

【銘記不忘】míng jì bù wàng 牢記心間，永遠不忘。宋代李燾《續資治通鑒長編》

卷二五二："夫得一飯於道傍則銘記不忘，而終身飽飫於其父則不以為德，此庸人之常情也。"◇使消費者銘記不忘你的產品，從而樹立起品牌形象，這應該是商家孜孜以求的。同 沒齒不忘。

【銀河倒瀉】yín hé dào xiè 銀河：傳説中的天河。像天河之水傾倒而下。形容瀑布、暴雨等急速而下的景觀。元代胡尊生《壽梅辭世》詩："銀河倒瀉春恩澤，幾度寒天嵷老骨。"清代施閏章《中秋夜愚樓觸月》詩："中霄羅袂如霜雪，銀河倒瀉天地白。"◇尼亞加拉瀑布狀若銀河倒瀉，聲若萬馬奔騰。

【銀鈎鐵畫】yín gōu tiě huà 見"鐵畫銀鈎"。

【鋪天蓋地】pū tiān gài dì 鋪滿天空，覆蓋大地。形容漫天漫野席捲而來，或形容聲勢、氣勢迅猛。周而復《上海的早晨》第三部三七："鋪天蓋地的狂飆掠過原野，發出不平的怒吼，吹得車間的玻璃發出嘩啷嘩啷的響聲。"◇報紙頭條、電視頭條、網絡新聞頭條，各種媒體鋪天蓋地，都在報導這突如其來的驚人消息。同 遮天壓地、遮天蓋地。

【鋪眉苫眼】pū méi shān yǎn 也作"苫眼鋪眉"。❶鋪、苫：平展、舒展。形容人眉目舒展清朗，端莊正氣。元代戴善夫《風光好》四折："我則道你是鋪眉苫眼真君子，你最是昧已瞞心潑小兒。"元代馬致遠《黃粱夢》二折："想元師頂天立地，鋪眉苫眼，做着個兵馬大元帥。你卻做這等勾當，是何道理？"❷鋪：由緊而鬆。苫：顫動。形容擠眉弄眼，裝模作樣，拿腔作勢。元代張鳴善《水仙子•譏時》曲："鋪眉苫眼早三公，裸袖揎拳享萬鍾。"元代戴善夫《風光好》二折："想昨日在坐上那些兒勢況，苫眼鋪眉盡都是謊。"明代康海《王蘭卿》三折："怎受的小兒曹出乖弄醜，苫眼鋪眉，迎奸賣俏，點醋嘗醯。"《金瓶梅詞話》五十回："見他在人前鋪眉苫眼，拿班做勢，口裏咬文嚼字，一口一聲只稱呼他'薛爺'。"

【鋪張浪費】pū zhāng làng fèi 形容追求表面風光，過分講究排場，浪費人力、物力、財力。◇在公務接待中容易出現鋪張浪費的現象。同 大肆揮霍、揮霍無度。反 開源節流、厲行節約。

【銷聲匿跡(迹)】xiāo shēng nì jì 銷聲：不公開講話；匿跡，不露行跡。隱藏起來，不再出現。宋代孫光憲《北夢瑣言》卷一一："京國亂離，僖皇幸蜀。宗生避地，亦到錦江……銷聲匿跡，惟恐人知。"《官場現形記》二八回："他生平最是趨炎附勢的，如何肯銷聲匿跡。"郭沫若《沸羹集•抗戰以來的文藝思潮》："雖然在初期也有少數人唱導'與抗戰無關論'，但為大勢所迫，不久也就消聲匿跡了。"同 隱姓埋名。反 出頭露面、聲名鵲起。

【鋤強扶弱】chú qiáng fú ruò 鏟除強暴，扶助弱者。宋代李廌《唐州比陽縣新學記》："吾友師文來比陽，慨然有厚民之意，率之以躬，待之以誠，鋤強扶弱，主以豈弟，威孚交加，殊有古者循吏之風。"《二刻拍案驚奇》卷一二："此等鋤強扶弱的事，不是我，誰人肯做？"《禪真逸史》二九回："不佞召集義兵，鋤強扶弱，無心得地。"◇魯智深幫助金氏父女，拳打鎮關西，充分體現了他鋤強扶弱的俠肝義膽。同 除暴安良、抑強扶弱。反 倚強凌弱、仗勢欺人。

【鋌而走險】tǐng ér zǒu xiǎn 鋌、走：奔跑。説因沒有希望或被逼迫，走投無路而採取冒險行動。《左傳· 文公十七年》："小國之事大國也，德，則其人也，不德，則其鹿也。鋌而走險，急何能擇？"《明史·西域傳三》："在官已無餘積，必至苛斂軍民，鋌而走險，盜將復發。"李六如《六十年的變遷》第五章："許多生活不下去的勞苦大眾，就不得不鋌而走險做盜匪。"也作"挺而走險"。《西湖佳話· 葛嶺仙迹》："若欲示威，挺而走險，則天下事不可知矣。"同 逼上梁山、孤注一擲。

【鋒芒所向】fēng máng suǒ xiàng 攻擊、鬥爭或進取的目標、指向。鋒芒：指刀劍的鋒刃和尖端。◇我看他們的鋒芒所向決不只是銷售產品，而是要壟斷市場。

【鋒芒畢露】fēng máng bì lù 形容傲氣十足，鋭盛之氣逼人。鋒芒：鋭利刀具的刃部和尖端。華而實《漢衣冠》二回：

"想借着師友淵源、故舊情誼來籠絡這位鋒芒畢露的身居要位的武將。"夏衍《秋瑾傳》第二幕："寫得不錯，比她那些鋒芒畢露的詩好得多了。"反 不露鋒芒。

【鋒芒逼人】fēng máng bī rén 比喻犀利的言詞或鋭利的氣勢，讓對手感到威壓。鋒芒：指刀劍的鋒刃和尖端。◇蔡元培與陳獨秀的個性完全不同：前者外圓內方，後者鋒芒逼人。同 咄咄逼人。

【鋭不可當】ruì bù kě dāng 當：抵擋。來勢勇猛，一往無前的氣勢，不可抵擋。《初刻拍案驚奇•何道士因術成奸》："侯元領了千餘人直突其陣，鋭不可當。"《隋唐演義》九十回："在下連日血戰，賊鋒鋭不可當。"馮玉祥《我的生活》三七章："然而北伐軍鋭不可當，又以政治宣傳做得好，深得民心。"同 勢如破竹。反 草木皆兵。

【錯彩鏤金】cuò cǎi lòu jīn 錯：在器物表面文字、圖案的凹槽中嵌入金銀等細絲的工藝。鏤：雕鏤為飾。形容工藝品華美精緻，或比喻詩文辭藻華美絢麗。南朝梁鍾嶸《詩品》卷中："謝（靈運）詩如芙蓉出水，顏（延之）如錯彩鏤金。"清代田雯《雜著•論五言古詩》："若夫明遠挺拔，名貴俊偉，光華直與客兒並驅，尤非錯彩鏤金者所及。"同 鏤金錯彩。

【錯落不齊】cuò luò bù qí 錯落：錯雜，間雜。形容交錯紛雜，不整齊。◇花圃中有名花四百多種，終年都有花綻放，時間有先有後，同時開放的各色花朵，色彩紛紜，錯落不齊。同 參差不齊。反 整齊劃一。

【錯落有致】cuò luò yǒu zhì 致：情致、情趣。形容事物分佈雖然高低、大小、疏密等並不一致，但很有情趣和美感。◇花園極大，有山有水，山上生長青皮古松，不下數百株，太湖石也高低錯落有致／小鎮的建築很有特色，依山而建，磚瓦木屋在山坡上散開來，參差不齊，錯落有致。

【錯節盤根】cuò jié pán gēn 樹木的枝節交錯，根株盤曲。比喻情況錯綜複雜，難以處置。唐代楊炯《原州百泉縣令李君神道碑》："唐都晉野有恆山太嶽之風，墨綬銅章有錯節盤根之化。"宋代許景衡《祭劉元修文》："事境紛然，錯節盤根，至於元修，一掃劇繁。"◇雙方政見不同，但在經濟上的關係卻錯節盤根。同 盤根錯節、錯綜複雜。

【錯綜複雜】cuò zōng fù zá 形容事物間互有關聯，互相交錯，互相摻雜，頭緒紛亂。秦牧《河汉錯綜》："不管形式上怎樣錯綜複雜，變化詭奇，實際上總有一個基本的道理貫穿其間。"◇初到公司就職的她，被錯綜複雜的人際關係，弄得像在薄冰上行走一樣，戰戰兢兢。同 牽絲攀藤、千絲萬縷。反 一目了然、純一不雜。

【錢可通神】qián kě tōng shén 有錢可以買通神靈。唐代張固《幽閒鼓吹》卷五二："相國張延賞將判度支，知有一大獄，頗有冤濫，每甚扼腕。及判，使即召獄吏嚴誡之，且曰：'此獄已久，旬日須了。'明旦視事，案上有一小帖子，曰：'錢三萬貫，乞不問此獄。'公大怒，更促之。明日帖子復來，曰：'錢五萬貫。'公益怒，命兩日須畢。明旦，案上復見帖子，曰：'錢十萬貫。'公曰：'錢至十萬，可通神矣，無不可回之事。吾懼及禍，不得不止。'"後用"錢可通神"形容金錢的力量極大，可以做到一切。元代無名氏《鴛鴦被》四折："大小荊條，先決四十，再發有司，從公擬罪，錢可通神，法難縱你。"明代陸深《龍鳳洲》詩："旌門亦是聖朝恩，孤遠何由達至尊。錢可通神勿復言，留田教子還教孫。"蔡東藩《後漢演義》六十回："果然錢可通神，奸能蒙主，曹節等人從中籲請，得使何后位置仍然穩固，毫不動搖。"也作"錢能通神"。蔡東藩《前漢演義》二七回："俗語説錢能通神，有了黃金，沒一事不能照辦。"同 金錢萬能。

【錢能通神】qián néng tōng shén 見"錢可通神"。

【鋼筋鐵骨】gāng jīn tiě gǔ 筋如鋼，骨似鐵。形容筋骨強健，體格壯實有力，或形容人意志堅強不屈。◇長期堅持不懈地鍛煉，使他直到高齡仍有一副鋼筋鐵骨般的身體。

【錐刀之末】zhuī dāo zhī mò 末：物體的頂端。錐子和刀子的末端。比喻極小的利益。也作“錐刀之利”。《左傳•昭公六年》：“民知爭端矣，將棄禮而徵於書，錐刀之末，將盡爭之。”《後漢書•輿服志上》：“爭錐刀之利，殺人若刈草然，其宗祀亦旋夷滅。”《晉書•衞瓘傳》：“人棄德而忽道業，爭多少於錐刀之末。”宋代陳襄《論青苗錢》：“臣恐此法一行，騷動天下，希錐刀之利，失億兆之心，胎禍之端，未必不由茲始。”同 蠅頭小利。

【錐刀之利】zhuī dāo zhī lì 見“錐刀之末”。

【錐處囊中】zhuī chǔ náng zhōng 錐子被放在袋子裏。《史記•平原君虞卿列傳》：“夫賢士之處世也，譬若錐之處囊中，其末立見。”後用“錐處囊中”比喻有才能的人，暫時被埋沒，等待嶄露才幹的機會。宋代孫覿《竹亭詩序》：“澤民豈終老者乎？錐處囊中，其末立見。”明代劉麟《與吳行可書》：“繡山先生古名士，如錐處囊中，豈不穎出？”清代李伯元《南亭筆記》卷四：“此吾錐處囊中，脱穎而出之時也。”

【錦上添花】jǐn shàng tiān huā 在有彩色圖案的絲織品上再繡上花。比喻好上加好，更上層樓。宋代黃庭堅《了了庵頌》：“又要涪翁作頌，且圖錦上添花。”《水滸傳》一九回：“今日山寨天幸得眾多豪傑到此相扶相助，似錦上添花，如旱苗得雨。”清代李漁《凰求鳳•讓封》：“三位夫人恭喜賀喜，又做了狀元的夫人，又進了簇新的房子，又釋了往常的嫌隙，真個是錦上添花。”反 雪中送炭。

【錦片前程】jǐn piàn qián chéng 見“錦繡前程”。

【錦心繡口】jǐn xīn xiù kǒu 錦繡：精緻華美的絲織品。形容人文思靈巧，出口成章，辭藻華美。唐代李白《冬日於龍門送從弟京兆參軍令問之淮南覲省序》：“兄心肝五藏皆錦繡耶？不然，何開口成文，揮翰霧散？”唐代柳宗元《乞巧文》：“駢四儷六，錦心繡口。”宋代王洋《贈棲賢僧》：“錦心繡口絕鉛華，白氈銅瓶古梵家。”《紅樓夢》四九回：“我們這會子腥的羶的大吃大嚼，回來卻是錦心繡口。”也作“錦心繡腹”。元代喬吉《兩世姻緣》二折：“想着他錦心繡腹那才能，能教我月下花前不動心？”元代陶宗儀《輟耕錄•連枝秀》：“皓齒細腰，打疊少年歌舞；錦心繡腹，宣揚老子經文。”

【錦心繡腹】jǐn xīn xiù fù 見“錦心繡口”。

【錦衣玉食】jǐn yī yù shí 錦衣：華美的衣飾。玉食：美食。形容生活優裕，衣食奢侈。《魏書•常景傳》：“綺閣金門，可安其宅；錦衣玉食，可頤其形。”《明史•陸崑傳》：“錦衣玉食，豈知小民祁寒暑雨凍餒之弗堪。”◇富二代靠着父輩的權勢庇蔭，錦衣玉食，奢靡無度。同 錦衣美食。

【錦瑟年華】jǐn sè nián huá 瑟：古代弦樂器。錦瑟：裝飾華美的瑟。李商隱《錦瑟》詩：“錦瑟無端五十弦，一弦一柱思華年。”詩意為追憶盛年往事，感歎生不逢時，懷才不遇。後以“錦瑟年華”指美好的青春年華。宋代吳文英《絳都春•為清華內子壽》詞：“香深霧暖，正人在、錦瑟年華深院。”清代湯右曾《彭澤》詩：“青螺峰色寒應斂，錦瑟年華客未還。”也作“錦瑟華年”。宋代仲並《浪淘沙•贈妓》詞：“街頭桃李莫爭妍。家本鳳樓高處住，錦瑟華年。”明代韓邦奇《木軒墨跡記》：“碧簫吹月，聲斷陽關；錦瑟華年，歌殘南浦。”同 豆蔻年華。

【錦瑟華年】jǐn sè huá nián 見“錦瑟年華”。

【錦繡江山】jǐn xiù jiāng shān 錦繡：精緻華美的絲織品。像錦繡一樣美麗的江河、山嶺，形容國土秀美。元代張憲《哀亡國》詩：“錦繡江山春似畫，幾傷風雨弔迷魂。”明代薛瑄《金陵春望》詩：“錦繡江山一望中，金陵佳氣正葱葱。”《三國演義》一二○回：“華覈出朝歎曰：‘可惜錦繡江山，不久屬於他人矣！’”也作“錦繡河山”。明代鄭真《用李廷瓊寓中都口號韻》詩：“錦繡河山遶帝京，南來為客最多情。”清代張紹渠《平定金川》詩：“錦繡河山綿帶礪，丹青台閣繪麒麟。”同 錦繡山河。

【錦繡河山】jǐn xiù hé shān 見“錦繡江山”。

【錦繡前程】jǐn xiù qián chéng 形容美好的前程。也作“錦片前程”。元代賈仲明《玉梳記》四折：“想着咱錦片前程，十分恩愛，百年姻眷，非今世是前緣。”清代孔尚任《桃花扇•寄扇》：“那時錦片前程，盡俺受用，何處不許遊耍，豈但下樓。”高陽《慈禧全傳》七二：“局勢如一筒火藥，而藥線在自己手裏，一旦點燃，如何爆出一片錦繡前程，而不是炸得粉身碎骨？”◇吸毒嚴重摧殘身心健康，斷送青少年的錦繡前程，毀滅幸福家庭。

【錦囊妙計】jǐn náng miào jì 錦囊：絲織品做的袋子。裝在錦囊裏的高妙計策。《三國演義》五四回：“(孔明）遂喚趙雲近前，附耳言曰：‘汝保主公入吳，當領此三個錦囊。囊中有三條妙計，依次而行。’”後多指好計策、好辦法。《兒女英雄傳》二六回：“他的那點聰明，本不在何玉鳳姑娘以下，況又受了公婆的許多錦囊妙計，此時轉比何玉鳳來得氣壯膽粗。”◇聽說他有應付難關的錦囊妙計，你可知道是甚麼法兒？同 神機妙算、萬全之策。

【錦囊佳句】jǐn náng jiā jù 錦囊：錦製的袋子。唐代李商隱《李長吉小傳》：“恆從小奚奴，騎蹇驢，背一古破錦囊，遇有所得，即書投囊中。”後以“錦囊佳句”借指美妙的詩文。宋代陸佃《程給事挽歌詞》：“聞說錦囊佳句在，光芒猶伴夜珠寒。”明代黎民表《送姊夫黃廷寅任上饒文學》：“錦囊佳句休輕擲，漢室詞人薦子虛。”清代沈復《浮生六記•閨房記樂》：“索觀詩稿，有僅一聯，或三四句，多未成篇者……余戲題其籤曰‘錦囊佳句’，不知夭壽之機此已伏矣。”同 錦囊佳製。

【錙銖必較】zī zhū bì jiào 錙、銖：古代重量單位。錙：一兩的四分之一；銖：一兩的二十四分之一。較：計較。❶形容做事認真，細小之處都要比較、辨別，深思熟慮。宋代陳文蔚《朱先生敍述》：“先生造理精微，見於處事，權衡輕重，錙銖必較。”❷形容斤斤計較，一點點小錢、小事都要算計得失。《二刻拍案驚奇》卷三一：“就是族中支派，不論親疏，但與他財利交關，錙銖必較，一些情面也沒有的。”《清續文獻通考•國用》：“獨惜任是職者不務大體，錙銖必較，則負版之徒安能奔走以聽命？”◇只要合約不太過分，就沒有必要在細節問題上錙銖必較。同 錙銖較量。

【鍥而不捨(舍)】qiè ér bù shě 原指雕刻一件器物，一直刻下去，不成功不罷休。後比喻做事有恆心，堅持不懈。《荀子•勸學》：“鍥而舍之，朽木不折；鍥而不舍，金石可鏤。”清代薛福成《出使四國日記•光緒十六年正月十六日》：“風氣既開，有志之士鍥而不舍，蘄使古今中西之學，會而為一。”魯迅《兩地書•致許廣平》：“要治這麻木狀態的國度，只有一法，就是‘韌’，也就是‘鍥而不捨’。”反 一曝十寒、“三天打魚，兩天曬網”。

【鍾靈毓秀】zhōng líng yù xiù 鍾：集聚。毓：育。靈秀的地方會育出卓越拔群的人物。《紅樓夢》三六回：“不想我生不幸，亦且瓊閨繡閣中亦染此風，真真有負天地鍾靈毓秀之德了！”清代陸以湉《冷廬雜識•神缸》：“天台（tāi）為仙境，為佛地，無怪鍾靈毓秀，甲於他邑。”◇峨嵋天下秀，風物獨絕，鍾靈毓秀，無怪乎成為佛教聖地。同 人傑地靈。反 窮山惡水。

【鏤月裁雲】lòu yuè cái yún 鏤：雕刻。唐代李義府《賦美人》詩：“鏤月成歌扇，裁雲作舞衣。”後用“鏤雲裁月”比喻技巧、藝術非常精湛，達到可雕鏤月亮、剪裁浮雲的地步。宋代李覯《和慎使君出城見梅花》：“化工呈巧異尋常，鏤月裁雲費刃芒。”清代趙翼《甌北詩抄•贈張吟薌》：“倚聲絕藝似珠圓，鏤月裁雲過百篇。”◇李白作詩信手拈來，幾乎篇篇都有鏤月裁雲之妙。

【鏤心刻骨】lòu xīn kè gǔ 鏤：雕。❶比喻花費心思，冥思苦索。清代趙翼《甌北詩話•李青蓮詩》：“不屑屑於雕章琢句，亦不勞勞於鏤心刻骨，自有天馬行空不可羈勒之勢。”郭沫若《我的童年》第三篇三：“不通的文章總愛鏤心刻骨的雕琢。”❷比喻感受極其深刻或感激涕零。《封神演義》九六回：“妾等蒙陛下眷愛，鏤心刻骨，沒世難忘。”同 刻骨鏤心、銘心刻骨。

【鏤骨銘心】lòu gǔ míng xīn 鏤：雕刻。比喻花費心思或感激之至。明代陸采《懷香記•夕陽亭議》：“真是鏤骨銘心，沒齒難泯。”同 刻骨鏤心、鏤心刻骨。

【鎩羽而歸】shā yǔ ér guī 鎩羽：鳥兒傷落羽毛。唐代柳宗元《簡吳武陵》詩：“鎩羽集枯幹，低昂互鳴悲。”比喻遭受重挫或不得志而落拓、掃興地歸來。◇身懷千萬巨款到澳門豪賭，幾番連連進賬，賭興飆升，可不到半天工夫，終竟還是逃不脫“鎩羽而歸”那四個字。

【鏡花水月】jìng huā shuǐ yuè 鏡中花，水中月。也作“水月鏡花”。❶比喻虛幻的景象或不可實現的奢望幻想。常借喻人生人世或世事。《說岳全傳》六一回：“阿彌陀佛，為人在世，原是鏡花水月。”《再生緣》六七回：“水月鏡花空好看，不過是，今生如此算收梢。”柯靈《香雪海•春節書紅》：“這些鏡花水月式的幻想早被現實的罡風吹了個煙消雲散。”❷比喻詩文空靈幻化的意境。明代謝榛《詩家直說》卷一：“詩有可解，不可解，不必解，若水月鏡花，勿泥其跡可也。”清代王韜《〈海陬冶遊錄〉自序》：“余今日之所編，逞妍抽秘，盡許荒唐，水月鏡花，無嫌空徹也已。”何其芳《夢中道路》：“我喜歡那種錘煉，那種色彩的配合，那種鏡花水月。”

【鏡破釵分】jìng pò chāi fēn 打破梳妝鏡，把髮釵分開。比喻夫妻離散或關係破裂。元代無名氏《梧桐葉》一折：“鏡破釵分，粉消香褪，縈方寸，酒美花新，總是思家恨。”元代無名氏《雲窗夢》二折：“你則待酒釅花濃，月圓人靜，便休想瓶墜簪折，鏡破釵分。”反 破璧重圓、鏡圓璧合。

【鏡裏觀花】jìng lǐ guān huā 比喻空想而已，實際上得不到任何東西。元代喬吉《兩世姻緣》三折：“我勸諫他似水裏納瓜，他看覷咱如鏡裏觀花。”◇竹籃打水，鏡裏觀花，你甚麼也抓撓不到／聽他說的賽過唱的，那都是鏡裏觀花，從他那裏摳錢出來可比登天還難。同 水底撈月、大海撈針。

【鐘鳴鼎食】zhōng míng dǐng shí 鐘：古代樂器。鼎：古代貴族烹煮用的食器。擊鐘奏樂，列鼎而食。形容尊貴豪富，氣派很大。唐代王勃《滕王閣序》：“閭閻撲地，鐘鳴鼎食之家。”《紅樓夢》二回：“誰知這樣鐘鳴鼎食的人家兒，如今養的兒孫，竟一代不如一代了。”反 啼飢號寒、飢寒交迫。

【鐵石心腸】tiě shí xīn cháng ❶形容堅守自己的理念、想法或抱負等，始終如一，決不改變。宋代蘇軾《軾以去歲春夏侍立邇英而秋冬之交子由相繼入侍次韻絕句》：“微生偶脫風波地，晚歲猶存鐵石心。”清代黃遵憲《鐵漢樓歌》：“中有七尺先生軀，鐵石心腸永不變。”❷形容心像鐵和石頭一樣硬，不為感情和外物所動。宋代張邦基《墨莊漫錄》卷三：“人疑宋開府鐵石心腸，及為《梅花賦》，清豔殆不類其為人。”元代戴善夫《風光好》二折：“他多管是鐵石心腸，直恁的難親傍。”《紅樓夢》六五回：“便是一般老到人，鐵石心腸，看了這般光景，也要心動的。”《兒女英雄傳》二五回：“我便是鐵石心腸，也該知感知情，諸事聽命。”反 人非草木、兒女情長、柔心弱骨。

【鐵杵成針】tiě chǔ chéng zhēn 宋代祝穆《方輿勝覽•磨針溪》：“在象耳山下，世傳李太白讀書山中，未成棄去，過是溪，逢老媼方磨鐵杵，問之，曰：‘欲作鍼。’太白感其意，還，卒業。”說李白被老人鐵杵磨針的毅力所感動，就返回去發奮讀書，終成大詩人。後用此故事比喻只要有志氣，有毅力，終能達到目的，成就大事。宋代孫應時《答簡夫》詩：“此生付與天公竟，鐵杵成針取次磨。”◇鐵杵成針的道理幾乎人人都懂，然而真正有毅力能做到的，卻寥寥無幾。同 有志者事竟成。反 一暴（曝）十寒、“三天打魚，兩天曬網”。

【鐵板一塊】tiě bǎn yī kuài 比喻不會分裂的整體。◇我想他們不可能鐵板一塊，總是有空子可鑽的。同 牢不可破、堅如磐石。反 四分五裂、各奔前程、禍起蕭牆。

【鐵面無私】tiě miàn wú sī 形容辦事公正嚴明，不講情面，不徇私，不枉法。《紅樓夢》四五回："眾人臉軟，所以就亂了例了。我想必得你去做個'監社御史'，鐵面無私才好。"《文明小史》一五回："不管你官家眷屬，女人孩子，他一定一個個要查，一處處要看，真是鐵面無私。"郁達夫《沉淪》三："他的長兄為人正直得很，在部裏辦事，鐵面無私。"同 公正廉明、公正嚴明。反 徇私枉法、貪贓枉法。

【鐵案如山】tiě àn rú shān 案件的證據確鑿，像山一樣矗立不動，誰也推翻不了。明代孟稱舜《鄭節度殘唐再創》一折："一任你口瀾舌翻，轆轆的似風車樣轉，道不的鐵案如山。"《聊齋誌異•胭脂》："宿不任凌藉，遂亦誣承。招成報上，咸稱吳公之神。鐵案如山，宿遂延頸以待秋決矣。"《官場現形記》一五回："具了甘結，從此冤沉海底，鐵案如山，就使包老爺復生，亦翻不過來。"同 鐵證如山。反 憑空捏造、查無實據。

【鐵硯磨穿】tiě yàn mó chuān 見"磨穿鐵硯"。

【鐵畫銀鈎】tiě huà yín gōu 畫、鈎：指漢字的筆畫和勾勒。唐代著名書法家歐陽詢在《用筆論》中說："徘徊俯仰，容與風流，剛則鐵畫，媚若銀鈎。"後用以形容書法既剛勁又柔美。也作"銀鈎鐵畫"。元代貢師泰《送國字張教授》詩："黃鐘大呂徒協和，鐵畫銀鈎謾摹錄。"清代沈曾植《題北宋本〈廣韻〉四絕》："銀鈎鐵畫石經餘，想見先唐字學書。"《兒女英雄傳》二九回："一面想一面看那扁上的字，只見那縱橫波磔，一筆筆寫的儼如鐵畫銀鈎。"

【鐵樹開花】tiě shù kāi huā 鐵樹：即蘇鐵，常綠喬木，原產熱帶，不常開花，傳說六十年開一次。用來比喻事情非常罕見或難以實現。《五燈會元•焦山師體禪師》："淳熙己亥八月朔示微疾，染翰別郡守曾公，逮夜半，書偈辭眾曰：'鐵樹開花，雄雞生卵，七十二年，搖籃繩斷。'擲筆示寂。"明代來集之《鐵氏女》："頓開鸚鵡籠，扭上鴛鴦配，定教那鐵樹開花還結子。"同 絕無僅有。反 比比皆是。

【鐵證如山】tiě zhèng rú shān 證據確鑿，不可動搖。柳子戲《孫安動本》第四場："十八張冤狀在此，鐵證如山，老賊還有何辯！"◇罪惡昭昭，鐵證如山，這個案子任你有天大的本事也翻不了。同 鐵案如山。

【鋳成大錯】zhù chéng dà cuò 鑄：以模具鑄造。錯：銼刀。據《資治通鑒•唐昭宣帝天祐三年》載：唐朝的天雄節度使羅紹威忌憚魏州牙將坐大為患，就援引朱全忠的軍隊消滅了牙將的軍隊，但朱軍"留魏半歲，羅紹威供億，所殺牛羊豕近七十萬，資糧稱是，所賂遺又近百萬，比去，蓄積為之一空"。羅紹威悔恨無及，對人說：把魏州四十三縣的鐵合起來，也不能鑄成如此大的"錯也"。"錯"是雙關語，明言"銼刀"，實指"錯誤"。後用羅紹威"鑄成大錯"的故事指造成了嚴重錯誤，無可挽回。◇辦這件事可要慎之又慎，稍有不慎，便會鑄成大錯，滿盤皆輸。

【鋳劍為犁】zhù jiàn wéi lí《孔子家語•致思》："鑄劍戟以為農器，放牛馬於原藪，室家無離曠之思，千歲無戰鬥之患。"指把打仗用的劍和戟改鑄為耕種用的犁，意即放棄武力，注重民生。◇爆發大規模戰爭的機會雖然越來越小，但目前還不到鑄劍為犁的時候。同 馬放南山、按甲休兵、偃武修文。反 秣馬厲兵、招兵買馬。

【鑠石流金】shuò shí liú jīn 形容天氣酷熱，高溫把金石都銷熔了。戰國楚宋玉《招魂》："十日代出，流金鑠石些。"《淮南子•詮言訓》："大熱鑠石流金，火弗為益其烈。"明代宋濂《故麗水葉府君墓銘》："雖經鑠石流金之候，未嘗離冠衣而處。"也作"爍石流金"。《水滸傳》二七回："正是六月前後，炎炎火日當天，爍石流金之際，只得趕早涼而行。"同 流金鑠石。反 滴水成冰。

【鑒往知來】jiàn wǎng zhī lái 明察過往的事情，總結經驗，就可以推知未來可能出現的情況。《冊府元龜》卷三一三：“陛下覽今古惑聽之説，以廣聰明，鑒往知來，實天下幸甚。”◇做高層主管，更應該廣求意見，鑒往知來，如此就能少犯錯誤，不走彎路。

【鑒貌辨色】jiàn mào biàn sè 察言觀色，揣摩對方。《敦煌變文集·伍子胥變文》：“適來鑒貌辨色，觀君與凡俗不同。”《景德傳燈錄·守清禪師》：“僧曰：‘爭知某甲不肯？’師曰：‘鑒貌辨色。’”《野叟曝言》三三回：“那知烏龜、鴇子，是世上第一等精靈不過的東西，鑒貌辨色，早已猜透了九分。”同 察顏觀色。

【鑼鼓喧天】luó gǔ xuān tiān 敲鑼打鼓的聲音響徹天地。形容戰場上兩軍激戰的情況或喜慶歡樂的景象。元代無名氏《單鞭奪槊》四折：“早來到北邙前面，猛聽的鑼鼓喧天。”《紅樓夢》一〇一回：“還聽説要鑼鼓喧天的擺酒唱戲做生日呢！”巴金《寒夜》三十：“街頭鑼鼓喧天，人們正在慶祝勝利。”同 鼓樂齊鳴。反 萬籟俱寂。

【鑽冰求火】zuān bīng qiú huǒ 見“鑽冰求酥”。

【鑽冰求酥】zuān bīng qiú sū 酥：酥油或奶製食品。本是佛教語。比喻勞而無功，無所收穫。也作“鑽冰求火”。《菩薩本緣經》卷下：“譬如鑽冰求酥，是實難得。”《雲笈七籤》卷一〇二：“影離響絕，雲銷霧除，鑽冰求火，探巢捕魚，不足言其無也。”同 鑽冰取火。反 甕裏捉鱉。

【鑿壁偷光】záo bì tōu guāng《西京雜記》卷二：“匡衡字稚圭，勤學而無燭，鄰舍有燭而不逮，衡乃穿壁引其光，以書映光而讀之。”後以“鑿壁偷光”表示孜孜不倦，刻苦攻讀。《敦煌曲子詞·菩薩蠻》：“數年學劍工書苦，也曾鑿壁偷光路。”元代喬吉《金錢記》三折：“便好道君子不重則不威，枉了你窮九經三史諸子百家，不學上古賢人囊螢積雪，鑿壁偷光。”《醒世恒言·蘇小妹三難新郎》：“強爺勝祖有施為，鑿壁偷光夜讀書。”同 鑿壁懸梁、囊螢積雪。

【鑿鑿可據】záo záo kě jù《詩經·揚之水》：“揚之水，白石鑿鑿。”鑿鑿：形容形態鮮明清晰。後用“鑿鑿可據”表示確實可靠，沒有虛假成分，可作為依據或證據。《徐霞客遊記·滇遊日記》：“龔起潛為余談之甚晰，皆鑿鑿可據。”清代于成龍《上提督請留合州營防兵揭》：“每當歷代季世，遂為瓜裂，如釣魚城之舊跡，純陽山之刻石，鑿鑿可據。”◇他的證供難道就無懈可擊、鑿鑿可據嗎？我看疑點還不少。反 查無實據、捕風捉影、憑空捏造。

【鑿鑿有據】záo záo yǒu jù《詩經·揚之水》：“揚之水，白石鑿鑿。”説白石形態清晰鮮明。後用“鑿鑿有據”表示依據或證據確切無疑。明代鄒元標《易原序》：“或以理顯事，或以事證理，或理事雙標，即一字一義，咸鑿鑿有據。”清代壯者《掃迷帚》一〇回：“老兄六尺鬚眉，何苦同婦人女子一般識見，造言惑眾，説得天花亂墜，鑿鑿有據呢？”◇這件事鑿鑿有據，他逃脱不了責任。同 證據確鑿、白紙黑字。

長部

【長久之計】cháng jiǔ zhī jì 長遠的規劃或打算。《漢書·元帝紀》：“東垂被虐耗之害，關中有無聊之民，非長久之計。”《三國演義》一〇一回：“吾伐中原，非一朝一夕之事，正當為此長久之計。”《水滸傳》三十回：“我夫妻兩個在這裏也不是長久之計，敢怕隨後收拾家私，也來山上入夥。”◇外出打工，離鄉背井，做一天算一天，終非長久之計。反 權宜之計。

【長生不老】cháng shēng bù lǎo 永遠活着，不會衰老。為古代方術、道教追求的目標。《太山純陽真經·了三得一經》：“天一生水，人同自然，腎為北極之樞，精食萬化，滋養百骸，賴以永年而長生不老。”《三國演義》一〇五回：“朕建高臺峻閣，欲與神仙往來，以求長生不老之方。”後用“長生不老”表示長壽，常作祝頌之詞。《群音類選·牧羊記·持觴祝壽》：“朱顏壽比長生不老，壽天齊同歡笑。”

【長生不死】cháng shēng bù sǐ 生命長存，永不死亡。源於古代道教方術。晉代葛洪《抱朴子•辨問》：“既已著作典謨，安上治民，復欲使之兩知仙道，長生不死，以此責聖人，何其多乎？”元代楊景賢《劉行首》一折：“遂棄卻家業，跟他學道，傳得長生不死之訣，成其大道。”◇無權時千方百計去爭奪，戴上烏紗帽就想保住它；貧困時想努力致富，富貴了又想長生不死，人就是不知足。同 長生不老。

【長此以往】cháng cǐ yǐ wǎng 長期這樣下去（多指不好的情況）。梁啟超《東南大學課畢告別辭》：“我以為長此以往，一定會發生不好的現象。中國現今政治上的窳敗，何嘗不是前二十年教育不良的結果。”魯迅《書信集•致曹聚仁》：“堅卓者無不滅亡，游移者愈益墮落，長此以往，將使中國無一好人。”同 久而久之。

【長吁短歎】cháng xū duǎn tàn 吁：歎息。長一聲、短一聲不住地歎氣。形容發愁、無奈的神情。元代王實甫《西廂記》四本三折：“當着夫人面，鶯鶯不能與張生訴離愁，只好長吁短歎，淚眼相看。”《紅樓夢》三六回：“今日之筵，大家無興散了，林黛玉倒不覺得，倒是寶玉心中悶悶不樂，回至自己房中長吁短歎。”◇她時而長吁短歎，時而垂頭哭泣，每每弄到如醉如癡的地步。同 短歎長吁、唉聲歎氣。反 歡歌笑語。

【長年累月】cháng nián lěi yuè 形容經過了很長的時間。黃永玉《平常的沈從文》：“永遠向下，向人民流動，滋養生靈，長年累月生發出水磨石穿的力量。”瓊瑤《寒煙翠》二四章：“這些房子都該拆除重建，空氣不流通，狹窄、陰暗、潮濕，長年累月生活在這樣的房子裏，怎能不生病？”同 常年累月、久而久之。反 一朝一夕。

【長舌之婦】cháng shé zhī fù《詩經•瞻卬》：“婦有長舌，維厲之階。”說長舌婦是禍患的根源。後用“長舌之婦”指喜歡說長道短、搬弄是非的女人。唐代李復言《續玄怪錄•杜子春》：“苟為妻而賢，何用言矣，亦足以戒長舌之婦。”◇他的老婆真算個長舌之婦，閒來無事，總愛同左鄰右舍說長道短。

【長江天塹】cháng jiāng tiān qiàn 塹：壕溝。長江為天然的阻絕交通的大溝。形容長江地勢險要，不可逾越。《南史•孔範傳》：“隋師將濟江，群官請為備防，範奏曰：‘長江天塹，古來險隔，虜軍豈能飛渡？’”《隋唐演義》一回：“長江天塹，天限南北，人馬怎能飛渡？總是邊將要作功勞，妄言事急。”蔡東藩《宋史通俗演義》七三回：“建康為六朝舊都，氣象雄偉，可以北控中原，況有長江天塹，足以捍禦強虜。”同 長江天險。

【長林豐草】cháng lín fēng cǎo 長林：幽深的森林。豐草：茂盛的野草。三國魏嵇康《與山巨源絕交書》：“此猶禽鹿，少見馴育，則服從教制；長而見羈，則狂顧頓纓，赴蹈湯火。雖飾以金鑣，饗以嘉餚，愈思長林而志在豐草也。”後以“長林豐草”借指隱居之地，或自由自在、不受拘管干擾的生活。唐代王維《與魏居士書》：“長林豐草，豈與官署門闌有異乎？”元代白樸《沁園春》詞：“天教寂寞，百年孤憤，日就衰殘。麋鹿難馴，金鑣縱好，志在長林豐草間。”《儒林外史》八回：“所以在風塵勞攘的時候，每懷長林豐草之思。”

【長枕大被】cháng zhěn dà bèi《北堂書鈔》卷一三四引漢代蔡邕《協初婚賦》：“長枕橫施，大被竟牀。”指新婚夫婦的牀上有長枕頭、大被子。後用“長枕大被”：❶ 形容兄弟友愛。宋代王讜《唐語林•德行》：“玄宗諸王友愛特甚，常思作長枕大被，與同起卧。”清代佟世思《鮓魚序》：“家弟偉夫，筮仕恩平，去家七千里，音書間隔，至終歲不得一達，長枕大被，寧復容易乎！”❷ 表示友好或情愛。清代閻爾梅《祝陽城郭母廉氏夫人序》：“或身處貧賤而剪髮以延過客；或製長枕大被，以歡其交遊。”清代無名氏《林蘭香》三十回：“春畹又送兩個繡枕來，愛娘又笑道：‘妹妹既留我宿，何不為長枕大被，以相枕藉。’”

【長命百歲】cháng mìng bǎi suì 壽命很長，能活到一百歲。也用作祝壽語。元代無名氏《藍采和》四折："這個道七十，那個道八十，婆婆道九十，這廝淡則淡到長命百歲。"《紅樓夢》四二回："我這一回去，沒別的報答，惟有請些高香，天天給你們唸佛，保佑你們長命百歲的，就算我的心了。"◇我雖然不想長命百歲，但得病之後，我從來沒有像現在這樣熱愛生活，依戀生活。

【長命富貴】cháng mìng fù guì《舊唐書·姚崇傳》："經云：'求長命得長命，求富貴得富貴。'"後用"長命富貴"指既長壽又富裕顯貴。多用作祝頌語。元代無名氏《爭報恩》一折："恰才姐姐救了我的性命……則願得姐姐長命富貴。"明代無名氏《商輅三元記》二二齣："望你傳家讀經書，不願滿堂金玉，惟願長命富貴，遂了奴心意。"同 富貴長命。

【長夜之飲】cháng yè zhī yǐn 通宵達旦地宴飲。《韓非子·說林上》："紂為長夜之飲，懼以失日，問其左右盡不知也。"宋代蘇軾《睡鄉記》："戰國秦漢之君，悲愁傷生，內窮於長夜之飲，外累於攻戰之具。"◇吩咐廚房多備宵夜的食物，竟似要作長夜之飲的光景。

【長夜漫漫】cháng yè màn màn ❶ 漫長的黑夜沒有盡頭。元代劉庭信《折桂令·題情》曲："夢兒成良宵短短，影兒孤長夜漫漫。"◇當我在長夜漫漫，轉側嗚咽之中，常常想那雲煙一般的往事。❷ 比喻社會黑暗的時期漫長。《樂府詩集·商歌二首·甯戚〈飯牛歌〉》："生不逢堯與舜禪，短布單衣才至骭，從昏飯牛薄夜半，長夜漫漫何時旦？"清代魏文忠《繡雲閣》四六回："爾輩居此長夜漫漫，不思復見天日乎？"同 漫漫長夜。

【長夜難明】cháng yè nán míng ❶ 漫長的黑夜難以天明。◇如果那夜晚很美好，人們只會嫌"春宵苦短"，不會說"長夜難明"。❷ 比喻漫長的黑暗統治。◇在長夜難明的古代社會，中國婦女一直受君權、神權、族權和夫權的壓迫。同 長夜漫漫。

【長治久安】cháng zhì jiǔ ān 漢代班固《漢書·賈誼傳》："建久安之勢，成長治之業。"後以"長治久安"指國家、社會長期安定。《明史·謝鐸傳》："願陛下以古證今，兢兢業業，然後可長治久安。"蔡東藩《前漢通俗演義》一回："雖然尊為天子，管轄九州，究竟也要集思廣益，依從輿論，好民所好，惡民所惡，才能長治久安。"孫中山《覆黃肅方函》："長治久安之道，當以發展實業為先。"也作"久安長治"。《宋史·魏了翁傳》："願敷求碩儒，丕闡正學，圖為久安長治之計。"清代汪琬《堯峰文鈔·兵論》："而其道遂出於萬全，此漢宋之所以久安長治與？"

【長風破浪】cháng fēng pò làng《宋書·宗慤傳》："慤年少時，炳問其志，慤曰：'願乘長風破萬里浪。'"後以"長風破浪"指船趁着風勢破浪前進，或比喻不畏艱難險阻，奮勇前進（多含施展遠大抱負之意）。唐代李白《行路難》詩："長風破浪會有時，直掛雲帆濟滄海。"元代薩都剌《黯淡灘歌》："長風破浪快人意，朝可走越暮可吳。"同 乘風破浪。

【長亭短亭】cháng tíng duǎn tíng 亭：古時於道路每隔十里設長亭，隔五里設短亭，供傳驛和路人休歇，也常用作餞別處。因以"長亭短亭"指旅途遙遠，看不到盡頭。北周庾信《哀江南賦》："水毒秦涇，山高趙陘；十里五里，長亭短亭。"宋代戴復古《醉太平》詞："長亭短亭，春風酒醒。無端惹起離情，有黃鸝數聲。"《西遊記》二九回："遇晚先投宿，雞鳴早看天，一程一程，長亭短亭，不覺的就走了二百九十九里。"

【長眠不起】cháng mián bù qǐ 死亡的委婉說法。蔡東藩《民國通俗演義》六五回："卻說馬繼增到了辰州，過了一夕，竟爾長眠不起，由隊官等上前相呼，已是魂入冥鄉，寂無聲響了。"◇很多很多個清晨，她在轉醒的一刹那，都只願自己從此長眠不起。

【長袖善舞】cháng xiù shàn wǔ《韓非子·五蠹》："鄙諺曰：'長袖善舞，多錢善賈。'此言多資之易為工也。"比喻憑藉自己具有的長處充分施展。鄭觀應《盛世危言·銀行上》："泰西各國多設銀行，以維持商務，長袖善舞，為百業之總樞。"梁啟超《生計學學説沿革小史》附論："逮門戶開放之既實行，舉全大陸為彼族長袖善舞之地。"

【長途跋涉】cháng tú bá shè 跋涉：翻山越嶺，趟水過河。形容路途遙遠，翻山涉水，行路辛苦。《説岳全傳》六六回："妾身身犯國法，理所當然，怎敢勞賢姐長途跋涉？決難從命。"余秋雨《山居筆記·抱愧山西》："江浙一帶，那裏的人民筋骨柔弱，吃不消長途跋涉。" 同 跋山涉水。

【長揖不拜】cháng yī bù bài 揖、拜：古人的拱手、跪拜禮。《史記·高祖本紀》："沛公方踞牀，使兩女子洗足。酈生不拜，長揖。"後用"長揖不拜"指只行拱手禮，不行跪拜禮，形容謁見尊貴者時禮節簡慢，不夠恭敬。《喻世明言·陳希夷四辭朝命》："先生違不得聖旨，只得隨使者取路到洛陽帝都，謁見天子，長揖不拜。"《三國演義》五七回："玄德久聞統名，便教請入相見。統見玄德，長揖不拜。"

【長話短説】cháng huà duǎn shuō 要説的話很多，只用扼要的幾句話表明主要意思。《醒世姻緣傳》六回："咱長話短説，真也罷，假也罷，你説實要多少銀，我買你的。"《歧路燈》三六回："長話短説，你與譚學生是同盟兄弟，他贏了俺一百多銀子。"茅盾《霜葉紅似二月花》一五章："長話短説，琴仙把媽入殮，又叫六個和尚唸了三天經，然後把棺材抬到善堂的公墳地上埋了。" 反 長篇大套。

【長歌當哭】cháng gē dàng kū《樂府詩集·悲歌行》："悲歌可以當泣，遠望可以當歸。"後用"長歌當哭"説用引吭高歌代替哭泣，抒發、傾瀉內心的悲憤或苦痛（實則是説內心非常悲憤沉痛）。清代黃宗羲《亡兒阿壽壙志》："兒卒於乙未之除夕，長歌當哭，遂以哭兒者為之銘。"《紅樓夢》八七回："感懷觸緒，聊賦四章，匪曰無故呻吟，亦長歌當哭之意耳。"魯迅《華蓋集續編·記念劉和珍君》："長歌當哭，是必須在痛定之後的。"

【長篇大論】cháng piān dà lùn ❶ 指長篇的講話或文章。《紅樓夢》七八回："原稿在哪裏？倒要細細的看看，長篇大論，不知説的是甚麼。"朱自清《女人》："白水是個老實人，又是個有趣的人。他能在談天的時候，滔滔不絕地發出長篇大論。" ❷ 發表長篇的講話。瓊瑤《匆匆，太匆匆》四章："（丁香）用崇拜的眼光看他，當他打鼓時，為他擦汗，當他高歌時，為他鼓掌，當他長篇大論時，為他當聽眾。" 同 長篇大套。

【長篇累牘】cháng piān lěi dú 累：重疊。牘：古代寫字用的木片。《隋書·李諤傳》："連篇累牘，不出月露之形。"後用"長篇累牘"形容指文章篇幅很長。清代黃宗羲《陳令升先生傳》："高會廣座，有所徵引，長篇累牘，應口吟誦。"《兒女英雄傳》三七回："那知一想，才覺長篇累牘，不合體裁；三言五語，包括不住，一時竟大為難起來。"季羨林《論朋友》："'男女情愛的'也不屬於友誼，而屬於愛情。對此，蒙田有長篇累牘的解釋，我無法一一徵引。" 同 長篇大論。

【長齋禮佛】cháng zhāi lǐ fó 見"長齋繡佛"。

【長齋繡佛】cháng zhāi xiù fó 常年齋戒吃素，在佛像前打坐誦經。形容信佛的人在家中供佛修行。唐代杜甫《飲中八仙歌》："蘇晉長齋繡佛前，醉中往往愛逃禪。"元代虞集《再用韻簡巢翁》："豈無尊酒梅花側，聞道長齋繡佛前。"清代余懷《板橋雜記·麗品》："（卞賽）後歸吳，依良醫鄭保御，築別館以居。長齋繡佛，持戒律甚嚴。"也作"長齋禮佛"。清代錢謙益《祖母徐氏墓誌銘》："與宗人言，音節琅琅，聽之者皆曰'丈夫也'。晚而好浮屠法，長齋禮佛。"張愛玲《〈紅樓夢〉插曲之一》："從前的婦女灰心起來，總是説長齋禮佛，不過是這麼句話。"

【長驅而入】cháng qū ér rù 見"長驅直入"。

【長驅直入】cháng qū zhí rù 長驅：不停地策馬快跑。形容長途迅猛進軍，不可阻擋。《水滸全傳》一○七回："自此，盧俊義等無南顧之憂，兵馬長驅直入。"

《蕩寇志》九一回："那廝若得了清真山，長軀直入，為患不小。"《民國春秋》三九章："先後突破敵前沿，繼以長驅直入，猛烈向縱深進擊。"也作"長軀而入"。唐代趙元一《奉天錄》卷二："時神策軍兵馬使御史中丞尚可孤，率兵五千自襄鄧收藍田而入。同華節度駱元光，領銳卒五千自昭應長驅而入。"《醒世恆言•白玉娘忍苦成夫》："不要説別事，即如一道長城，至今七八百年，外寇不能長驅而入，皆此城保障之功也。" 反 步步為營。

【長轡遠馭(御)】cháng pèi yuǎn yù 用長韁繩駕馭拉車的馬。❶ 比喻帝王用某種政策、手段安撫籠絡邊遠地區。晉代孫楚《為石仲容與孫皓書》："長轡遠御，妙略潛授，偏師同心，上下用力。"《南齊書•孔稚圭傳》："輸寶貨以結和，遣宗女以通好，長轡遠馭，子孫是賴。"《舊唐書•竇靜傳》："如臣計者，莫如因其破亡之後……分其土地，析其部落，使其權弱勢分，易為羈制，自可永保邊塞，俾為藩臣，此實長轡遠馭之道。" ❷ 比喻靈活運用創作手段，使作品達到理想的境界。南朝梁劉勰《文心雕龍•通變》："先博覽以精閱，總綱紀而攝契，然後拓衢路，置關鍵，長轡遠馭，從容按節。"◇他的詩作胸襟開闊，氣勢磅礴，長轡遠馭，逸步萬里。

門部

【門戶之見】mén hù zhī jiàn 門戶：派別。基於本派別理念或出於宗派情緒的理論、意見或言論。清代陳廷焯《白雨齋詞話》卷八："學者貴求其本原所在，門戶之見自消。"《花月痕》五十回："異日有心人，總能發潛德之幽光，底事我們闡揚，轉成門戶之見。"◇有些所謂學術討論，十分對立，變成了門戶之見，意氣之爭。

【門可張羅】mén kě zhāng luó 羅：誘捕鳥雀的羅網。《史記•汲鄭列傳論》："始，翟公為廷尉，賓客闐門；及廢，門外可設雀羅"。後以"門可張羅"形容門庭冷落，沒人來往。《太平廣記》卷一八七引唐代韋述《兩京記》："唐初，祕書省唯主寫書貯掌勘校而已，自是門可張羅。"唐代劉知幾《史通•忤時》："苟如其例，則柳常侍、劉秘監、徐禮部等，並門可張羅，府無堆案，何事置之度外，而使各無羈束乎！"《資治通鑒•晉安帝隆安三年》："西府車騎填湊，東第門可張羅。" 同 門可羅雀。

【門可羅雀】mén kě luó què 羅：誘捕鳥雀的羅網。《史記•汲鄭列傳論》："始翟公為廷尉，賓客闐門；及廢，門外可設雀羅"。後以"門可羅雀"形容門庭冷落，沒人來往。《梁書•到溉傳》："及卧疾家園，門可羅雀。"明代張岱《五異人傳》："辦事吏部，為王府科掾吏。吏部諸司極其熏灼，而王府科為冷局，門可羅雀。"馮雪峰《兩個菩薩》："兩個毗鄰的廟裏，各塑着一位菩薩……一個菩薩是又兇又醜，就簡直終年冷落，門可羅雀。" 同 門庭冷落。反 門庭若市。

【門生故吏】mén shēng gù lì 故吏：過去的吏屬。指學生和部下。《後漢書•袁紹傳》："袁氏樹恩四世，門生故吏遍於天下。"《官場現形記》二四回："這位老中堂一直做京官，沒有放過外任，一年四季，甚麼炭敬、冰敬、贄見、別儀，全靠這班門生故吏接濟他些，以資澆裹。"金庸《書劍恩仇錄》八回："此人既在父母墳前哭拜，不是自己戚屬，也必是父親的門生故吏。" 同 門生故舊。

【門庭若市】mén tíng ruò shì 門前像集市一樣，人多熱鬧。形容人來人往，絡繹不絕。《戰國策•齊策一》："群臣進諫，門庭若市。"清代壯者《掃迷帚》一八回："即就常熟與我邑計之，女巫各有百餘人，聲價最高，門庭若市者，如常熟則高埡、湖田、退星橋、烏船頭等女巫。"老舍《四世同堂》七十："粉妝樓有許多朋友，一天到晚門庭若市。" 同 門庭如市。反 門庭冷落、門可羅雀。

【門無雜賓】mén wú zá bīn 家中沒有閒雜

的人來作客。形容交友謹慎。《南史•謝譓傳》："不妄交接，門無雜賓。有時獨醉，曰：'入吾室者但有清風，對吾飲者唯當明月。'"清代紀昀《閱微草堂筆記•灤陽消夏錄二》："先姚安公性嚴峻，門無雜賓。一日與一襤褸人對語，呼余兄弟與為禮。"李劼人《暴風雨前》四："何況又三這裏，門無雜賓，稍為生疏一點的人，哪能隨便闖入？"同 門無雜客。

【門禁森嚴】mén jìn sēn yán ❶ 指宮門限制進出，禁令整飭嚴格。宋代車若水《腳氣集》："漢時士大夫奏事宮中，要便入來，只是不到後庭……後來門禁森嚴，全隔絕矣。"❷ 形容門前警衛戒備很嚴密。清代無名氏《林公案》三九回："老尼怎敢漏泄機密，不過道署中門禁森嚴，姨太太怎能進去找尋呢？"◇因為是金融重地，門禁森嚴，所有的來訪者都必須在大門外電話預約。同 門衛森嚴。

【門當戶對】mén dāng hù duì ❶ 指男女雙方的社會地位和經濟情況相當，結親很適合。元代王實甫《西廂記》二本一折："雖然不是門當戶對，也強如陷於賊中。"《西遊記》一九回："想這等一個女婿，也門當戶對，不怎麼壞了家聲，辱了行止，當真的留他也罷。"曹禺《北京人》第一幕："在他們還在媽媽的懷抱時，雙方的祖父就認為門當戶對，替他們締了婚姻。"❷ 指事物相稱、相當。宋代張端義《貴耳集》卷中："這般梵剎，顧非些少叢林；箇樣村僧，豈是尋常種草？要得門當戶對，還他景勝人奇。"

【門牆桃李】mén qiáng táo lǐ《論語•子張》："夫子之牆數仞，不得其門而入，不見宗廟之美，百官之富。"漢代韓嬰《韓詩外傳》卷七："夫春樹桃李，夏得陰其下，秋得食其實；春樹蒺藜，夏不可采其葉，秋得其刺焉。"門牆：指師長之門。桃李：比喻後輩學生。後以"門牆桃李"尊稱他人所栽培的後輩或所教出來的學生。明代歸有光《與曹按察》："雉城朱進士曾負笈函丈，今魁秋榜，足為門牆桃李之光。"《儒林外史》七回："你既出周老師門下，更該用心讀書。像你做出這樣文章，豈不有玷門牆桃李，此後須要洗心改過。"◇她是受業於著名教授的門牆桃李，是女高音部的領唱歌手。同 桃李門牆。

【閃爍其辭(詞)】shǎn shuò qí cí 說話遮遮掩掩、吞吞吐吐，不肯明言或迴避要害問題。《痛史》二五回："或者定伯故意閃爍其詞，更未可定。"◇她含含糊糊、閃爍其辭的，啥也沒說清楚。同 含混其辭。

【閉口不言】bì kǒu bù yán 閉上嘴不說話。表示無話可說、有話不願說或不敢說。漢代桓寬《鹽鐵論•刺復》："曹丞相日飲醇酒，倪大夫閉口不言。"◇一席話說得朱靜珊閉口不言，隨後掉轉話題說了幾句閒話，訕訕地告辭而去。同 閉口不談、閉口無言。

【閉口無言】bì kǒu wú yán 閉上嘴不說話。表示無話可說、有話不願說或不敢說。《古今小說•金玉奴棒打薄情郎》："莫稽滿面羞慚，閉口無言，只顧磕頭求恕。"《二十年目睹之怪現狀》一〇五回："一席話說得朱博如閉口無言，只得別去。"老舍《我怎樣寫〈火葬〉》："假使我們因厭惡戰爭而即閉口無言，那便是丟失了去面對現實與真理的勇氣，而只好禱告菩薩賜給我們和平了。"同 閉口不言、鉗口結舌。反 滔滔不絕、知無不言。

【閉月羞花】bì yuè xiū huā 讓月亮躲藏起來，叫花兒感到羞慚。形容美貌無比。宋代無名氏《錯立身》二齣："看了這婦人，有如三十三天天上女，七十二洞洞中仙，有沉魚落雁之容，閉月羞花之貌。"明代陳汝元《金蓮記•湖賞》："貌可閉月羞花，才擅迴紋綴錦。"◇我的女兒雖不是沉魚落雁之容，卻也是閉月羞花之貌，媒婆這幾年踩破了我家的門檻，我都咬定牙關不鬆口。同 羞花閉月、沉魚落雁。

【閉目塞聽】bì mù sè tīng 合上眼睛，堵住耳朵。比喻對身外之事不聞不問，或欠缺消息來源，一無所知。◇自從患病以後，閉目塞聽，凡事不聞不問，門外之事懵然不知。同 閉明塞聰、閉目塞聰。

【閉門思過】bì mén sī guò《漢書•韓延壽傳》："民有昆弟相與訟田自言，延壽大傷之……是日移病不聽事，因入臥傳舍，閉閤思過，一縣莫知所為。”閤：小門。後用“閉門思過”說關起門來反省自己的過錯。宋代徐鉉《亞元舍人猥貽佳作因為長歌聊以為報》：“閉門思過謝來客，知恩省分寬離憂。”《鏡花緣》六回：“小仙自知身獲重罪，追悔莫及，惟有閉門思過，敬聽天命。”蔡東藩《民國通俗演義》一回：“寧肯自己認錯，閉門思過。”◇出獄後匿居了一段時間，非但不知閉門思過，反而變本加厲，比過去更壞。同 反躬自省。反 不思悔改。

【閉門卻掃】bì mén què sǎo 見“杜門卻掃”。

【閉門造車】bì mén zào chē ❶ 指只要遵照規格，即便是關起門來製作的車，走起來也與道路上的車轍相合。《祖堂集·五冠山瑞雲寺和尚》：“若欲修行普賢行者，先窮真理，隨緣行行，即今行與古跡相應，如似閉門造車，出門合轍耳。”宋代沈作喆《寓卷》七：“尊宿語言問答之間，未嘗覿面交談也，而說法度人千里同音，如閉門造車，出門合轍，了無差異。”❷ 表示不管實際情況如何，只憑自己主觀想像去想主意、想辦法。嚴復《救亡決論》：“自以為閉門造車，出而合轍，而門外之轍與其所造之車，果相合否？”蔡元培《在國語傳習所的演說》：“既然經過甚麼正式的會議議決的，比較的容納多數意見，總勝於私人閉門造車的了。”◇請你先瞭解情況再考慮下一步，像現在這樣閉門造車，恐怕對不上茬口，白費氣力。反 實事求是、量體裁衣。

【閉門讀書】bì mén dú shū ❶ 悶頭讀書，不請教他人，也不與他人切磋。北齊顏之推《顏氏家訓·勉學》：“蓋須切磋相起明也。見有閉門讀書，師心自是。稠人廣坐，謬誤差失者多矣。”❷ 形容埋頭苦讀，專心致志。◇經過半年閉門讀書，她的女兒終於考進了中文大學。同 閉門卻掃。反 登門求教。

【閉明塞聰】bì míng sè cōng 閉眼塞耳。比喻對外界事物不聞不問，不接觸，不瞭解。漢代王充《論衡·自紀》：“閉明塞聰，愛精自保。”◇像你這樣閉明塞聰，就知道讀死書，遠離社會，不接觸實際，我想像不出你將來如何生活，如何做事！同 閉目塞聽。反 耳聰目明。

【閉關自守】bì guān zì shǒu 關閉關卡，同外界或外國斷絕來往，自成一體。隋代盧思道《北齊興亡論》：“王政思入據長安，淹歷歲時，神旗暫臨，如風掃籜。三秦勍敵，閉關自守；五湖之長，革音請命。”《新編五代史平話·周史上》：“無事則民勤於耕稼，以廣軍儲；有事則民習於弓矢，以蒞武事，此真霸王之資也。閉關自守，又何憂乎？”清代王韜《變法自強》：“我中朝素嚴海禁，閉關自守，不勤遠略。”魯迅《兩地書·致許廣平》：“廈大也太過於閉關自守，此後還應該與他大學往還。”

【開山始祖】kāi shān shǐ zǔ 見“開山祖師”。

【開山祖師】kāi shān zǔ shī 開山：在名山創建寺院。祖師：佛教和道教宗派的創立者。也作“開山始祖”。❶ 佛教稱最初在名山建立寺院的人。明代李昌祺《剪燈餘話·聽經猿記》：“號支雲，叢林稱為支雲鑿禪公。有語錄十卷，文集四卷，其《蛇穢說》尤行四方。迨今龍濟奉為重開山祖師。”❷ 比喻文化藝術、學術、學說流派的創始人。宋代劉克莊《後村詩話前集》卷二：“本朝詩，惟宛陵為開山祖師。”◇批判哲學的開山始祖康德說過：藝術即天才之作品／梅堯臣是宋詩的開山始祖，把詩歌的創作推向一條新的道路。❸ 某種技藝的開創者或某一事業的創始人。《醒世姻緣傳》七十回：“舊主人家童七，名字叫童有闇，號是童山城，祖傳是烏銀銀匠。其父童一品是個打烏銀的開山祖師。”《二十年目睹之怪現狀》三十回：“你好大膽！沒規矩，沒王法的！犯了這製造局的開山始祖曾中堂曾文正公的諱！”同 開山鼻祖、開山老祖。

【開天闢地】kāi tiān pì dì ❶ 神話傳說，盤古氏從混沌中開闢出天和地，開創了人類歷史。《藝文類聚》卷一引三國吳徐整《三五曆紀》：“天地混沌如雞子，盤古生其中。萬八千歲，天地開闢，陽清為天，陰濁為地。”《隋書•音樂志中》：“開天闢地，峻嶽夷海。”清代張南莊《何典》一回：“自從盤古皇手裏開天闢地以來，便分定了上中下三個太平世界。”❷借指有史以來，或前所未有。明代黃周星《補張靈崔瑩合傳》：“此開天闢地第一吃緊事也。”《豆棚閒話•首陽山叔齊變節》：“若據頑民意見，開天闢地就是個商家，到底不成，商之後不該有周，商之前不該有夏了。”◇李叔同第一個引入西洋藝術，是開天闢地的創舉 / 電腦、互聯網和手機的發明與廣泛使用，真可以說是開天闢地最重大的事變。❸比喻成就偉業或開拓出新局面。◇祖上三代都是在鄉下務農，靠天吃飯，沒想到他竟然開天闢地，成了大銀行家。同 盤古開天地。

【開台鑼鼓】kāi tái luó gǔ 在戲曲演出前合奏打擊樂器。俗稱鬧台或鬧場。常用以比喻事情的開頭或序幕。也作“開場鑼鼓”◇等一陣請大家聽錢教授的講座，那才是今天的正戲，我這番話不過是開台鑼鼓罷了 / 自從三弟提出祖上房產的事來，她就明白這只是開場鑼鼓，爭奪家產的好戲還沒上場呢。

【開合(闔)自如】kāi hé zì rú ❶打開和閉合不受阻礙，可隨意開啟或合上。◇龍頭的造型很獨特，額高嘴短，雙目突出可動，下頜開合自如。❷展開和收束自然而然，不拘束、不牽強。◇她做起畫來，好像天上的行雲，那支畫筆開闔自如，揮灑自如 / 陰陽相間，開合自如，剛柔相濟，虛實平衡，這是太極拳的一個重要理念。

【開花(華)結果】kāi huā jiē guǒ 比喻學習、工作等獲得顯著成效。《續傳燈錄•萬壽普信禪師》：“無影樹栽人不見，開華結果自馨香。”《古今小說•蔣興哥重會珍珠衫》：“如今方下種，還沒發芽哩。再隔五六年，開花結果，才到得你口。”巴金《在尼斯》：“五十二年後重訪法國，我滿載而歸。我不會白白地接受這珍貴的友誼，我要讓它開花結果。”也作“開花結實”。《雲笈七籤》卷五六：“腹中無滓穢，但有真精元氣，淘汰修煉不輟，自然開花結實矣。”◇女兒考進了香港大學，多年的辛勤苦讀，終於開花結果了。

【開花結實】kāi huā jiē shí 見“開花結果”。

【開門見山】kāi mén jiàn shān ❶房屋面山而築，打開門就看見山。明代張岱《快園記》：“開門見山，開牖見水。”❷比喻說話、寫文章一開頭就直入正題，不拐彎抹角。宋代嚴羽《滄浪詩話•詩評》：“太白發句，謂之開門見山。”《歧路燈》二回：“孔耘軒道：‘說話要開門見山，譚兄之意，欲以世兄讀書之事，煩潛老照管哩。’”◇我才講了幾句禮節性的話，他就開門見山地和我談起合作的事來。同 單刀直入。反 隱晦曲折。

【開門揖盜】kāi mén yī dào 揖：拱手行禮，表示恭迎。打開門，恭敬地迎請盜賊進來。比喻引進壞人，自招禍患。《三國志•吳主傳》：“況今奸宄競逐，豺狼滿道，乃欲哀親戚，顧禮制，是猶開門而揖盜，未可以為仁也。”《晉書•周處周札等傳論》：“而札受委扞城，乃開門揖盜，去順效逆，彼實有之。”《東周列國誌》三回：“申公借兵失策，開門揖盜，使其焚燒宮闕，戮及先王，此不共之仇也。”◇請這樣的人進公司，這不是引狼入室，開門揖盜麼？同 引狼入室。反 拒之門外。

【開物成務】kāi wù chéng wù 開物：揭示事物的道理。成務：辦成事情、成就事業。《易經•繫辭上》：“夫易，開物成務，冒天下之道，如斯而已者也。”後用“開物成務”說理解明白事物的道理，並照道理辦事，就能成事、獲得成功。《魏書•李彪傳》：“開物成務者，先皇之貞也；觀乎人文者，先皇之蘊也；革弊創新者，先皇之志也。”《南齊書•崔祖思傳》：“自古開物成務，必以教學為先。”宋代陳亮《祭俞德載知縣文》：“涉獵不休，經史百氏，開物成務，以發厥志。”清代黃宗羲《艮齋學案》：“永嘉之學，教人就事上理會，步步著實，言之必使可行，足以開物成務。”

【開卷有益】kāi juàn yǒu yì 卷：書籍。晉代陶淵明《與子儼等疏》："少學琴書，偶愛閒靜，開卷有得，便欣然忘食。"後用"開卷有益"說打開書本就能獲益，讀書大有好處。宋代王闢之《澠水燕談錄•文儒》："太宗日閱《御覽》三卷，因事有缺，暇日追補之，嘗曰：'開卷有益，朕不以為勞也。'"清代梁章鉅《歸田瑣記•燈謎》："余謂之曰：'如日躔大梁之次，未免太典，須得天文家來猜矣。'渠曰：'誰家沒得時憲書乎！'余為語塞，以是信開卷有益之言為不謬。"◇開卷有益，這是實在話，但不是絕對的，有的書看了反而有害，這也是存在的，不過為數不多就是了。

【開宗明義】kāi zōng míng yì 開宗：闡發宗旨；明義：說明義理。"開宗明義"是《孝經》起首的篇名，內容是說明全書的宗旨。後用"開宗明義"指說話寫文章一開始就把要說的中心意思點明了。《五燈會元•慧林常悟禪師》："僧問：'若不傳法度眾生，舉世無由報恩者。未審傳個甚麼法？'師曰：'開宗明義章第一。'"《文明小史》六十回："於今卻好了，士大夫也肯瀏覽書。新書裏面講政治的，開宗明義，必說是某國是專制政體，某國是共和政體，某國是立憲政體。"冰心《寄小讀者》一："在這開宗明義的第一信裏，請你們容我在你們面前介紹我自己。"同 開門見山、直截了當。反 拐彎抹角、閃爍其詞。

【開柙出虎】kāi xiá chū hǔ 柙：關野獸的木籠。《論語•季氏》："孔子曰：'虎兕出於柙，龜玉毀櫝中，是誰之過與？'"說老虎從籠子跑出來，看管者未盡職責。後用"開柙出虎"比喻玩忽職守或放縱壞人。《初刻拍案驚奇》卷二二："開柙出虎，孔宣父不責他人；當路斬蛇，孫叔敖蓋非利己。"◇人們常說警匪一家，開柙出虎成了家常便飯，所以社會上的壞人才這麼猖狂，明目張膽地為非作歹。

【開場鑼鼓】kāi chǎng luó gǔ 見"開台鑼鼓"。

【開雲見日】kāi yún jiàn rì 撥開雲霧，見到太陽。也作"雲開見日"。❶比喻衝破黑暗，見到光明。漢代牟融《理惑論》："吾自聞道以來，如開雲見白日，炬火入冥室焉。"《後漢書•袁紹傳》："趙太僕以周邵之德，銜命來征，宣揚朝恩，示以和睦，曠若開雲見日，何喜如之！"❷比喻解開了誤會、嫌隙，消除了迷惑、疑難，豁然開朗。《五燈會元•清涼文益禪師》："問：'大眾雲集，請師頓決疑網。'師曰：'寮舍內商量，茶堂內商量？'問：'雲開見日時如何？'師曰：'謾語真個。'"《水滸傳》七一回："今皇上至聖至明，只被奸臣閉塞，暫時昏昧，有日雲開見日，知我等替天行道，不擾良民，赦罪招安，同心報國，青史留名，有何不美！"◇慈母的一番勸導，開雲見日，讓她頓時醒悟過來。同 撥雲見日。反 暗無天日。

【開路先鋒】kāi lù xiān fēng ❶指行軍、作戰時在前面打通道路的先遣將士。清代張南莊《何典》十回："（閻王）便即點起陰兵，教活死人掛了騎縫印做大元帥，冒失鬼為開路先鋒，地裏鬼、雌雄人為參謀，引兵前去救應。"❷比喻起先導作用者、開創局面的人或集體。巴金《家》二五："在短時期內女子剪髮的問題就轟動社會了，這期間不顧一切阻礙以身作則做一個開路先鋒的便是許倩如。"葉聖陶《友誼》三："在征服自然的工作裏頭，鑽探隊是披荊斬棘的開路先鋒。"

【開誠佈公】kāi chéng bù gōng《三國志•諸葛亮傳論》："諸葛亮之為相國也，撫百姓，示儀軌，約官職，從權制，開誠心，佈公道。"後用"開誠佈公"說誠懇待人，襟懷坦白，無私無欲。宋代許月卿《次韻陳肇芳竿贈李相士》："集思廣益真宰相，開誠佈公肝膽傾。"清代王韜《變法自強》："開誠佈公，相見以天，必謹必速，毋詐毋虞，又何患之有？"郭沫若《蔡文姬》第二幕："我們大家應該推心置腹，開誠佈公。"同 推心置腹。反 兩面三刀。

【開誠相見】kāi chéng xiāng jiàn 坦白率真，推心置腹，與人交往當中不摻虛假成分。孫中山《革命最後一定成功》：“諸君在革命政府之地，彼此應該開誠相見。”朱自清《論老實話》：“人們在情感上要求真誠，要求真心真意，要求開誠相見或誠懇的態度。”同 推誠相見、開心見誠。反 虛與委蛇、虛情假意。

【開源節流】kāi yuán jié liú《荀子•富國》：“故明主必謹養其和，節其流，開其源，而時斟酌焉，潢然使天下必有餘，而上不憂不足。”後用“開源節流”指開闢財源，節約支出。清代袁枚《答魚門書》：“開源節流，量入為出，經紀之道，不過如此。”《民國通俗演義》一一一回：“權宜濟變，勢不外開源節流兩端。”反 鋪張浪費。

【開疆拓土】kāi jiāng tuò tǔ 見“開疆闢土”。

【開疆闢土】kāi jiāng pì tǔ 疆：疆域。開拓擴大國家的疆域領土。也作“開疆拓土”。清代陳康祺《郎潛紀聞》卷十：“高宗皇帝開疆闢土，仁育義征，決不以平定一隅遽形誇大。”《說唐》三回：“況我累代將門，若得志斬將搴旗，開疆拓土，也得耀祖榮宗。”◇在古代，一切安邦定國、開疆闢土的功勞都記在皇帝一人的名下，其他人是不敢冒功的。

【閎中肆外】hóng zhōng sì wài 閎：博大。肆：不受拘束。形容詩文內容宏富，發揮得淋漓盡致。唐代韓愈《進學解》：“先生之於文，可謂閎其中而肆其外矣。”宋代衞宗武《柳月澗〈吟秋後藁〉序》：“李杜以天授之才，閎中肆外，窮幽極渺。”清代章學誠《文史通義•文理》：“以為先生所以砥柱中流者，特以文從字順，不汩沒於流俗，而於古人所謂閎中肆外，言以聲其心之所得，則未之聞爾。”◇以駢體文為世人所稱道者，還有阮芸台、劉芙初，文章閎中肆外，典麗肅穆。

【間不容髮】jiān bù róng fà ❶形容情勢危急、緊迫到了極點。漢代枚乘《上書諫吳王》：“係絕於天，不可復結，墜入深淵，難以復出，其出不出，間不容髮。”宋代司馬光《請建儲副或進用宗室狀》：“此明白之理，皎如日月，得失之機，間不容髮。”清代李伯元《中國現在記》一回：“這事間不容髮，我明天就上個折子，一定要爭回此事。”朱自清《執政府大屠殺記》：“他說他前後兩個人都死了，他躲閃了一下，總算幸免。這種間不容髮的生死之際也夠人深長思了。”❷形容極細密，沒有破綻。《大戴禮記•曾子天圓》：“律居陰而治陽，曆居陽而治陰，律曆迭相治也，其間不容髮。”宋代王讜《唐語林•文學》：“張登為小賦，氣宏而密，間不容髮。”❸形容兩者之間的距離非常細微。清代和邦額《夜譚隨錄•小手》：“隨有石如卵大，飛落窺者面旁，相去顴頰，間不容髮。”同 危如累卵。

【間不容緩】jiān bù róng huǎn 間：縫隙。緩：拖延。說情況非常緊急，片刻都不容延誤。◇千鈞一髮，間不容緩，是否贊同，迅祈賜覆。同 刻不容緩。

【閒(閑)花野草】xián huā yě cǎo ❶野生的非人工栽培的花草。唐代顧雲《詠柳》詩：“閒花野草總爭新，眉皺絲乾獨不勻。”金代山主《臨江仙》詞：“因向山前墳畔過，途荒荊棘仍溝，閑花野草遺人愁。”《歧路燈》九十回：“東邊一座花園……滿院濕隱隱綠苔遍布，此外更無閑花野草。”❷比喻妓女，或輕佻放蕩、不是正道上的女子。元代柯丹邱《荊釵記•分別》：“春纖，捧觴低勸，好將心事拘拑，到京師，閒花野草，慎勿沾染。”《警世通言•玉堂春落難逢夫》：“今番作急回家，再休惹閒花野草。見了二親，用意攻書，倘或成名，也爭得這一口氣。”《隋唐演義》七九回：“梅妃道：‘聞得陛下納寵楊妃，賤妾一來賀喜，二來拜會新人。’玄宗道：‘這是朕一時偶興，閑花野草，何足掛齒！’”同 野草閒花。反 大家閨秀。

【閒情逸致】xián qíng yì zhì 安適的心情和悠然的情趣。《兒女英雄傳》三八回：“老爺這趟出來，更是閒情逸致，正要問問沿途的風物。”《孽海花》八四回：“他口口聲聲只是勸人做好事，要知世間好事甚多，誰有那些閒情逸致去做。”魯迅《華蓋集•“碰壁”之後》：“窮到透頂，愁得要死的人，那裏還有這許多閒情逸致來著書？”同 閒情別致、閒情逸志。反 愁眉苦臉、憂心忡忡。

【閒（閑）雲野鶴】xián yún yě hè 飄浮不定的雲，孤高獨飛的鶴。比喻無拘無束、閒散隱逸的人。元代范康《竹葉舟》二折：“仙苑優遊，物換星移幾度秋，將玄關參透，經了些夕陽西下水東流。一生空抱一生愁，千年可有千年壽？則合的蚤回頭，和着那閒雲野鶴常相守。”《紅樓夢》一一二回：“獨有妙玉如閑雲野鶴，無拘無束。”《兒女英雄傳》一八回：“僕閑雲野鶴，不欲偕赴軍門。”同 閒雲孤鶴。

【闖南走北】chuǎng nán zǒu běi 形容在社會上闖蕩，四處奔波。峻青《海嘯》第四章：“但因他多年來闖南走北，高山大海狂風巨浪經歷得多了，所以走起山路來並不感到吃力。”◇跟着父親闖南走北，早就練出了一套謀生的本事。同 走南闖北、闖蕩江湖。反 養尊處優、優哉遊哉。

【闖蕩江湖】chuǎng dàng jiāng hú 在社會的風浪裏四處奔波。多形容到處奔走以求謀生。高陽《胡雪巖全傳•平步青雲》：“說起許多他們年輕時一起闖蕩江湖的故事，感歎着日子不如從前好過。”◇如今的世道，就算你有本事闖蕩江湖，但要混得體面也不容易。同 走南闖北、闖南走北。

【關山迢遞】guān shān tiáo dì 關：關隘。山：高山峻嶺。形容山川阻隔，路途遙遠。《樂府詩集•木蘭詩》：“萬里赴戎機，關山度若飛。”《古今小說•吳保安棄家贖友》：“只是關山迢遞，怎得寄個信去？”元代無名氏《黃鶴樓》三折：“奈關山迢遞，途路跋涉，恨不能一面之會。”◇關山迢遞，道途多艱，在外顛沛流離了三個月，還沒回到家。同 山高水長。反 近在咫尺。

【關心民瘼】guān xīn mín mò 關注民間老百姓的疾苦。《官場現形記》五三回：“這正是大帥關心民瘼，才能想得如此周到。”◇當官的都是以關心民瘼為名，行掠奪百姓之實。反 漠不關心。

【關門大吉】guān mén dà jí 關起門來，才能祛除災難，獲得吉祥。後多作為商業倒閉或機構停辦的習用語。鄒韜奮《患難餘生記》第三章：“不過那個時候……只想盡力壓抑你的發展，未敢即下決心請你完全關門大吉罷了。”茅盾《子夜》五：“現在他們維持不下，難免要弄到關門大吉，那也是中國工業的損失。”王西彥《夜宴》五：“女看護先後離開，醫院也就隨即關門大吉。”

【關懷備至】guān huái bèi zhì 時時處處都關心得無微不至。◇兒女是母親的心頭肉，關懷備至是很自然的了。同 體貼入微。反 不聞不問。

【闡幽抉微】chǎn yōu jué wēi 見“闡幽明微”。

【闡幽明微】chǎn yōu míng wēi《易經•繫辭下》：“夫《易》彰往而察來，而微顯闡幽。”後用“闡幽明微”說把隱藏在深處的事物探索出來，或將深邃的道理闡述明白。也作“闡幽抉微”。抉：剔出來。《聊齋誌異•孝子》：“司風教者，重務良多，無暇彰表，則闡幽明微，賴茲芻蕘。”秦牧《藝海拾貝•象和蟻的童話》：“一些談藝術理論的著作為了要‘闡幽抉微’，也往往容易把藝術的道理談得很深奧。”

阜 部

【阮囊羞澀】ruǎn náng xiū sè 元代陰時夫《韻府群玉•七陽》：“（晉人）阮孚持一皂囊，遊會稽，客問：‘囊中何物？’阮曰：‘但有一錢看囊，空恐羞澀。’”後用“阮囊羞澀”表示身無分文。清代王韜《淞濱瑣話•金玉蟾》：“兩月餘，阮囊羞澀，垂橐興嗟。”清代淮陰百一居士《壺天錄》卷上：“擬往江西玉山縣投親，道經申浦，阮囊羞澀，行止兩難。”同 囊空羞澀、囊中羞澀。

【防不勝防】fáng bù shèng fáng 勝：盡，完全。儘量防備，還是防備不過來。清代無名氏《狄公案》四十章：“設或與匪類相通，謀為不軌，那時為害不淺，防不勝防。”《二十年目睹之怪現狀》四七回：“這種小人，真是防不勝防。”◇她冷冷地說了一句：“你的高招真多，我都防不勝防了。”同 百密一疏。反 萬無一失。

【防芽遏萌】fáng yá è méng 在錯誤或壞事未發生前，即加以阻止防範。《三國志•孫奮傳》：“大行皇帝覽古戒今，防芽遏萌，慮於千載。”◇大凡廉潔奉公的官員，都會從細微處防芽遏萌，嚴於律己。同 防患未然。反 防不勝防。

【防患未然】fáng huàn wèi rán《易經•既濟》：“君子以思患而豫防之。”漢代荀悅《申鑒•雜言》：“進忠有三術：一曰防，二曰救，三曰戒。先其未然謂之防，發而止之謂之救，行而責之謂之戒。”後以“防患未然”說要在禍難發生之前，就消除產生禍難的根源，及早杜絕。唐代陸贄《論兩河及淮西利害狀》：“非止排難於變切，亦將防患於未然。”《明史•于謙傳》：“中原多流民，設遇歲荒，嘯聚可虞。乞敕內外守備各巡撫加意整飭，防患未然。”《三俠五義》一二回：“蔣完着急道：‘君子防患未然。這事非同小可。’”同 未雨綢繆。

【防萌杜漸】fáng méng dù jiàn 在不良事物萌芽初露之時，就要阻斷杜絕，不讓它進一步發展成形。《舊唐書•太宗紀上》：“先王制法，有以兵刃至御所者刑之，所以防萌杜漸，備不虞也。”同 防微杜漸。反 堤潰蟻穴。

【防微杜漸】fáng wēi dù jiàn 在徵兆初現、剛剛萌生的時候，就採取措施預防，不使其發展起來。多針對負面事物而言。《宋書•吳喜傳》：“且欲防微杜漸，憂在未萌。”宋代范仲淹《上相府書》：“今天下久平，修理政教，制作禮樂，以防微杜漸者，道也。”夏衍《心際》第二幕：“在起初的時候，最要防微杜漸。”同 杜漸防微、防萌杜漸。反 放虎歸山、養癰遺患。

【阿諛奉承】ē yú fèng chéng 阿諛：用甜言蜜語討好人。巴結拍馬，說恭維的話討好人。明代東魯古狂生《醉醒石》八回：“他卻小器易盈，況且是個小人，在人前不過一味阿諛奉承。”清代無名氏《五美緣》七六回：“你這狗官，不論民情虛實，一味逢迎，還做甚麼地方父母官？不與皇家出力，只曉阿諛奉承，成何體制！”◇她很討厭他阿諛奉承的話，覺得肉麻。同 阿諛逢迎。反 剛直不阿。

【阿諛取容】ē yú qǔ róng 阿諛：用好聽的話討好人。取容：取悅於人。巴結拍馬，以討得別人的歡心。《後漢書•楊秉傳》：“而今猥受過寵，執政操權，其阿諛取容者，則因公褒舉，以報私惠。”《隋唐演義》九一回：“然頻歲以來，諸臣皆以言為諱，唯阿諛取容，是以闕門之外，陛下俱不得而知。”蔡東藩《兩晉通俗演義》三回：“荀勖馮紞，阿諛取容，素為齊王攸所嫉，積不相容。”同 曲意逢迎。反 剛正不阿。

【阿諛逢迎】ē yú féng yíng 阿諛：用好聽的話討好人。逢迎：迎合別人的心意。巴結奉承，有意迎合別人的心意。宋代程頤《周易程氏傳》卷一：“以臣於君言之：竭其忠誠，致其才力，乃顯其比君之道也，用之與否，在君而已，不可阿諛逢迎，求其比己也。”《初刻拍案驚奇•錢多處白丁橫帶》：“京師有一流棍，叫名李光，專一阿諛逢迎，諂事令孜。”◇她的臉堆滿阿諛逢迎的笑容，像一朵怒放的菊花。同 阿諛奉承。反 剛正不阿。

【阿彌陀佛】ē mí tuó fó ❶佛名。共有“無量壽佛”、“無量光佛”、“智慧光佛”等十三個名號，是佛教最尊仰的佛，與釋迦牟尼、藥師並座，合稱“三尊”。《醒世姻緣傳》七一回：“太太可是活一千歲成佛作祖的阿彌陀佛！”❷佛門信徒口頭誦唸的佛名號，多表示感謝佛或祈求佛的保佑。民間口語也常用“阿彌陀佛”表達“意想不到”、“求之不得”、驚訝、感歎等語義。元代李壽卿《度翠柳》一折：“(卜兒做送錢科云) 勞動列位師父，些少麵錢，改日再謝。(長老云) 阿彌陀佛！”《醒世恆言•一文錢小隙造奇冤》：“嚇得蹲倒在地，便立不起身。口中唸聲：‘阿彌陀佛！青天白日，怎做這事！’”《紅樓夢》八一回：“倒是這個和尚道人，阿彌陀佛！才是救寶玉性命的。”沙汀《淘金記》一四：“沒有人要你勸！少給我滋些事，就阿彌陀佛了！”

【附庸風雅】fù yōng fēng yǎ 附庸：依傍、追隨。風雅：《詩經》中的〈國風〉和〈大雅〉、〈小雅〉，都是文學名著。後用“附庸風雅”説沒有文化修養的人把自己裝點成風流雅士，做作出一副高雅、有風度的樣子。清代梁紹壬《兩般秋雨盦隨筆》卷三：“裝點山林大架子，附庸風雅小名家。”清代吳趼人《情變》八回：“那班鹽商，明明是鹹醃貨色，卻偏要附庸風雅，在揚州蓋造了不少的花園。”張愛玲《半生緣》五章：“世鈞的父親是很喜歡附庸風雅的，高几上，條几上，茶几上，到處擺着古董磁器。”

【附鳳攀龍】fù fèng pān lóng 漢代揚雄《法言•淵騫》：“攀龍鱗，附鳳翼，巽以揚之，勃勃乎其不可及也。”後以“附鳳攀龍”指依附帝王或投靠權貴、有財有地位者。唐代裴譔《和舍弟寄題東林寺》詩：“元非附鳳攀龍客，本是山猿野鹿身。”明代李開先《寶劍記》五一齣：“為臣義與君建功，管取你瑤台上附鳳攀龍。”◇哪個位高權重，那裏便賓客盈門，本來素昧平生，也要通過曲折的關節附鳳攀龍。同 攀龍附鳳、攀鱗附翼。

【附羶逐臭】fù shān zhú chòu 羶：羊臊氣。比喻巴結依附權貴，追逐私利。也作“附羶逐穢”、“附羶逐腥”。《明史•董傳策傳》：“嵩久握重權，炙手而熱。干進無恥之徒，附羶逐穢，麕集其門。”清代李流芳《題江南卧遊冊》：“蓋不幸與城市密邇，遊者皆以附羶逐臭而來，非知登覽之趣者也。”《歧路燈》八八回：“我們清白門第，斷不至於設招權倚勢之心，那無知小人，便看得咱家是附羶逐腥之地。”《清朝三百年演義》一四回：“這班附羶逐臭的人，情願隨鐙執鞭，趨承顏色。”

【附羶逐腥】fù shān zhú xīng 見“附羶逐臭”。

【附羶逐穢】fù shān zhú huì 見“附羶逐臭”。

【附贅懸疣(肬)】fù zhuì xuán yóu 贅、疣(肬)：皮膚上長的肉瘤、瘊子。比喻多餘無用的東西。《莊子•大宗師》：“彼以生為附贅縣疣，以死為決肒潰癰，夫若然者，又惡知死生先後之所在！”南朝梁劉勰《文心雕龍•鎔裁》：“駢拇枝指，由侈於性；附贅懸肬，實侈於形。”◇沒有能力時，不要成為別人的附贅懸疣；有能力時，不要忘了幫助別人。

【陋巷簞瓢】lòu xiàng dān piáo 陋：簡陋，狹小。簞：古代盛飯的圓形竹器。《論語•雍也》：“子曰：賢者回也，一簞食，一瓢飲，在陋巷，人不堪其憂，回也不改其樂，賢哉回也。”後用“陋巷簞瓢”形容生活非常清貧。《三國志•陳思王植傳》裴松之注引《魏略》：“陋巷簞瓢，顏子之居也。”宋代陳亮《告先師文》：“陋巷簞瓢有何可樂？而吾先師實樂之。”清代袁枚《與程原衡書》：“僕本窶人子耳，陋巷簞瓢，何嘗不慣。”◇高官一擲千金，盡是人民血汗，面對古人的陋巷簞瓢，清貧自守，豈不汗顏！同 簞瓢陋巷。反 揮金如土。

【陌路相逢】mò lù xiāng féng 與陌生人相遇。《隋唐演義》五二回：“叔寶先年與朕陌路相逢，全家虧他救護。”◇他與我陌路相逢，不過一面之緣，日後卻幫了我的大忙。同 萍水相逢。

【降心相從】jiàng xīn xiāng cóng 降：委曲，違背。説違背自己的本意去服從別人。《左傳•僖公二八年》：“天禍衛國，君臣不協，以及此憂也；今天誘其衷，使皆降心以相從也。”《孔叢子•論勢》：“故降心以相從，屈己以求存也。”◇他本不愛這個女人，但迫於父母之命，只得降心相從，姑且答允下來。

【降格以求】jiàng gé yǐ qiú 為求達到目的而降低標準或條件。魯迅《墳•燈下漫筆》：“那麼到親戚朋友那裏去借現錢去罷，怎麼會有？於是降格以求，不講愛國了，要外國銀行的鈔票。”反 求全責備。

【降龍伏虎】xiáng lóng fú hǔ 降服龍，制服虎。佛道中多有此類故事。南朝梁釋慧皎《高僧傳•神異下》説有涉公者，“能以秘咒咒下神龍”云云。後用以比喻戰勝大敵、強勢人物或重大困難。《西遊記》一四回：“悟空道：‘不瞞師父説，莫道是隻虎，就是一條龍，見了我也不敢無禮。’我老孫頗有降龍伏虎的手段，翻江攪海的神通。”◇就算他有降龍伏虎的本事，也休想過我這一關。同 伏虎降龍。

【除惡務盡】chú è wù jìn 清除邪惡勢力務必連根拔除，不留後患。《尚書•泰誓下》：“樹德務滋，除惡務本。”《野叟曝言》七三回：“唐以屢赦而成藩鎮之禍，蔓草難圖，除惡務盡，赦豈善策？”《民國通俗演義》一一七回：“維我有眾，一乃心力，除惡務盡，共建厥勳。”同 除惡務本、斬草除根。反 放虎歸山。

【除暴安良】chú bào ān liáng 見“安良除暴”。

【除舊布新】chú jiù bù xīn《左傳•昭公十七年》：“冬，有星孛於大辰，西及漢。申須曰：‘彗，所以除舊布新也。’”説彗星出見，必有“除舊”之事。後用“除舊布新”指廢除舊的，建立新的。也作“除舊更新”。《晉書•杜軫傳》：“時鄧艾至成都，軫白太守曰：‘今大軍來征，必除舊布新，明府宜避之，此全福之道也。’”《隋書•薛道衡傳》：“除舊布新，移風易俗。”清代華偉生《開國奇冤•訓士》：“被我又上了一個條陳，説除舊更新，人才缺乏，非開辦個巡警兩等學堂不可。”郭沫若《創造十年續編》：“東京雖然遭了震災，日本的國本並沒有因之而受多大的打擊，倒反而給了它一個除舊布新的機會。”同 革故鼎新、破舊立新。反 墨守成規、抱殘守缺。

【除舊更新】chú jiù gēng xīn 見“除舊布新”。

【陸海潘江】lù hǎi pān jiāng 陸、潘：指晉代的陸機和潘岳，兩人以文才著名於世。南朝梁鍾嶸《詩品•晉黃門郎潘岳》：“陸才如海，潘才如江。”後以“陸海潘江”表示文才橫溢，或指文采煥發的才人。宋代黃庭堅《晚泊長沙示秦處度范元實》詩：“秦范波瀾闊，笑陸海潘江。”明代張溥《漢魏六朝百三名家集•潘黃門集題辭》：“陸海潘江，無不善也。”清代王夫之《續落花詩》：“陸海潘江皆錦浪，《易》奇《詩》正各丹墳。”同 潘江陸海、韓潮蘇海。

【陸離光怪】lù lí guāng guài 形容色彩紛繁錯雜，現象奇特怪異。清代姜承烈《書影序》：“今試取其書讀之，凡古今來未聞未見、可法可傳者，靡不博稽而幽討，陸離光怪，莫可端倪。”《孽海花》七回：“見船上紮着無數五色的彩球，夾着各色的鮮花，陸離光怪，紙醉金迷。”《海上花列傳》六回：“仲英與雪香，小妹姐踅進洋行門口，一眼望去，但覺陸離光怪，目眩神驚。”同 光怪陸離、離奇古怪。反 平淡無奇。

【陸離斑駁】lù lí bān bó 斑駁：顏色錯雜。形容色彩絢麗，花樣紛繁。清代梁廷柟《曲話》卷三：“惟尤西堂《讀離騷》不然，不屑模文範義，通其義而肆言之，陸離斑駁，不可名狀。”魯迅《集外集拾遺補編•擬播佈美術意見書》：“重碧大赤，陸離斑駁，以其戟刺，奪人目精，豔矣，而非必為美術，此尤不可不辨者也。”朱自清《“海闊天空”與“古今中外”》：“我們看看古磁的細潤秀美，古錢幣的陸離斑駁，古玉的豐腴有澤，古印的肅肅有儀，胸襟也可豁然開朗。”同 斑駁陸離、五色斑斕。

【陵谷滄桑】líng gǔ cāng sāng《詩經•十月之交》：“百川沸騰，山冢崒崩。高岸為谷，深谷為陵。”晉代葛洪《神仙傳•麻姑》：“麻姑自説云：‘接待以來，已見東海三為桑田。’”指大江大河波翻浪湧，山體崩塌，高峻的山崖變成山谷，幽深的谿谷變成山丘。後用“陵谷滄桑”比喻自然界或世事發生天翻地覆的巨大變化。清代趙翼《甌北詩話•吳梅村詩一》：“顧謙益已仕我朝，又自托於前朝遺老，借陵谷滄桑之感，以掩其一身兩姓之慚，其人已無足觀。”◇我們怎能只感歎陵谷滄桑，而不充分把握現在呢？同 陵谷變遷、滄海桑田。反 一成不變。

【陵谷變遷】líng gǔ biàn qiān《詩經•十月之交》：“百川沸騰，山冢崒崩。高岸為谷，深谷為陵。”說百川波浪翻滾，沖擊得山體崩塌，高峻的山崖下陷成深谷，深深的山谷上升成丘陵。後用“陵谷變遷”比喻自然界或世事發生天翻地覆的變化。唐代駱賓王《敘寄員半千》詩：“坐歷山川險，吁嗟陵谷遷。”明代葉盛《水東日記•于少保文山像贊》：“陵谷變遷，世殊事異，坐卧小閣，困於羈縶，正色直辭，久而愈厲。”清代李漁《避兵行》：“我思穴處避入地，陵谷變遷難定計。”明代張岱《越山五佚記•峨眉山》：“至二十年後，陵谷變遷，遭兵遭火，外屋燔盡，而緣牆一帶，仍得無恙。”◇百多年來，陵谷變遷，國力大減，以致貌似強大的北洋艦隊，一朝覆滅。同 陵遷谷變、陵谷滄桑。

【陳言務去】chén yán wù qù 唐代韓愈《答李翊書》：“當其取於心而注於手也，惟陳言之務去，戛戛乎其難哉！”說寫文章時，務必去掉那些陳腐的言詞，注重新意。清代劉熙載《藝概•詩概》：“陳言務去，杜詩與韓文同，黃山谷、陳後山諸公學杜在此。”◇陳言務去，這是寫文章的基本要則，通篇都是迂闊的話，恐怕沒人要看。同 務去陳言、陳詞濫調。

【陳規陋習】chén guī lòu xí 陋：不好的。不合理的過時的規章制度和習慣。張笑天《死島情仇》：“遠在幾十年前，這種制度就在英國航海界廢止了，唯獨詹姆斯的船上還保留着古老的三桅帆時代的陳規陋習！”◇爺爺輩上的陳規陋習，到了孫子輩上，社會已進入信息時代，竟然還在家裏保持着，這簡直是笑話！同 因循守舊、抱殘守缺。

【陳陳相因】chén chén xiāng yīn ❶在舊糧上面疊放新糧，新糧變舊糧，層層堆積。《史記•平準書》：“太倉之粟，陳陳相因，充溢露積於外，至腐敗不可食。”❷比喻沿襲陳舊過時的制度、做法、習俗等，沒有改革和創新。宋代楊萬里《眉山任公〈小丑集〉序》：“慶曆、元祐諸公，競轡而先路，非近世陳陳相因，累累隨行之作也。”李大釗《新紀元》：“那樣陳陳相因的生活，就過了百千萬億年，也是毫無意義，毫無趣味，毫無祝賀的價值。”同 因循守舊、墨守成規。反 革故鼎新、推陳出新。

【陳詞(辭)濫調】chén cí làn diào 一次又一次重複、毫無價值、毫無新意的陳舊言詞。聞一多《唐詩雜論•宮體詩的自贖》：“所以常常是那套褪色的陳辭濫調，詩的本身並不能比題目給人以更深的印象。”王朝聞《論鳳姐》第四章：“寶玉所題的對額，和他那反對陳詞濫調的藝術見解，賈政聽了不得不心服。”反 陳言務去、別開生面。

【陰差陽錯】yīn chā yáng cuò 古代曆法用的術語。比喻因偶然因素而造成錯亂。《孽海花》三四回：“這回革命的事，幾乎成功，真是談督的官運亨通，陰差陽錯裏倒被他糊裏糊塗的撲滅了。”龍應台《自白》：“被發覺是‘女的’之後，與人的溝通變得比較困難一點，常常這麼陰差陽錯的，牛頭馬嘴對不上。”同 陰錯陽差。

【陰曹地府】yīn cáo dì fǔ 人死後靈魂所去的地方。據說那裏也設有百官，專門管理鬼魂，故稱。《歧路燈》四七回：“(慧娘道) 我到咱家，不能發送爺爺入土，不能伺候奶奶，倒叫奶奶伺候我，且閃了自己的爹娘。這個不孝，就是陰曹地府下，也自心不安。”蕭乾《我愛新聞工作》：“我想，倘若死後在陰曹地府要我填表申請下一輩子幹甚麼的話，我還要填‘記者’。”同 九泉之下。反 花花世界。

【陰陽怪氣】yīn yáng guài qì 形容人的態度神情曖昧詭譎，說話做作玄虛，叫人捉摸不透。《海上花列傳》五六回：“為啥故歇幾個人才有點陰陽怪氣！”◇沙發上的那個人翹着二郎腿，一搖一晃，陰陽怪氣的看着人 / 說話不鹹不淡、陰陽怪氣的，性格又孤僻，臉上從來沒個笑容。同 怪聲怪氣、怪模怪樣。

【陰魂不散】yīn hún bù sàn 人死後的魂靈沒有消散。比喻壞人壞事雖已不存在，但其惡劣影響仍然沒有消失。林語堂《蘇東坡傳》六章：“我名清，姓王，因為陰魂不散，在這一帶做鬼多年。”馮英子《逃會記》：“我們‘打倒了’幾千年的封建主義，陰魂不散，一直在我們頭上盤旋，其故也在於此。”何滿子《如果我是我•新舊假洋鬼子》：“半殖民地時期的假洋鬼子還陰魂不散，還在隔代遺傳，實在令人齒冷。”反 灰飛煙滅。

【陰錯陽差】 yīn cuò yáng chā 古代曆法用的術語。明代王逵《蠡海集•曆數》：“陰錯陽差……甲子、甲午為陽辰，故有陰錯；己卯、己酉為陰辰，故有陽差也。”藉以比喻因偶然因素而造成錯亂。明代湯顯祖《牡丹亭•圓駕》：“這底是前亡後化，抵多少陰錯陽差。”《三俠五義》二六回：“明知是陰錯陽差，卻想不出如何辦理的法子來。”老舍《全家福》第三幕：“不管以前的事是怎麼陰錯陽差，今天我們都要歡天喜地！”同 陰差陽錯。

【陰謀詭計】 yīn móu guǐ jì 陰險狡詐的計謀；暗地裏策劃做壞事的計策。宋代李心傳《建炎以來繫年要錄•紹興十一年十月壬申》：“況其間陰謀詭計，有不可測知者。”《檮杌萃編》二十回：“我夜飛鵬做了二十多年的好漢……卻都是明明白白來的，不像你們這班做官的，陰謀詭計，倚勢撞騙，弄了人家的錢財，污了人家的婦女，還要假充正經，説那些遮遮掩掩的話。”◇讀《三國演義》可以學到陰謀詭計，也可以學到怎樣識破陰謀詭計。同 鬼蜮伎倆、詭計多端。反 襟懷坦白、開誠相見。

【陶犬瓦雞】 táo quǎn wǎ jī 陶土燒製的狗和雞。比喻徒具形式而無實用之物，或虛有其表卻無本事的人。南朝梁元帝《金樓子•立言上》：“夫陶犬無守夜之警，瓦雞無司晨之益。”《幼學瓊林•鳥獸》：“倚勢害人，真是城狐社鼠；空存無用，何殊陶犬瓦雞。”◇丈夫的那些收藏，在她看來，都是些陶犬瓦雞，不能吃不能用，花了不少冤枉錢，還佔了家裏的不少空間。同 土雞瓦犬。

【陶情適性】 táo qíng shì xìng 滋養情趣，怡悦情懷，令人舒暢閒適。《醒世恆言•蔡瑞虹忍辱報仇》：“酒可陶情適性，兼能解悶消愁，三杯五盞樂悠悠，痛飲翻能損壽。”《紅樓夢》一二○回：“那空空道人聽了，仰天大笑……口中説道：‘原來是敷衍荒唐！不但作者不知，抄者不知，並閱者也不知。不過遊戲筆墨，陶情適性而已！’”◇林姑娘那家茶館環境清幽，是一個陶情適性的好去處。同 陶冶性情。

【隋侯之珠】 suí hóu zhī zhū 也作“隨侯之珠”。❶ 隋侯的明珠。據《淮南子•覽冥訓》高誘注：古代隋國姬姓諸侯見一大蛇受傷，就用藥救活了牠，後蛇於江中銜明月珠報救命之恩，此珠稱隋侯之珠。《墨子•小取》：“和氏之璧，隋侯之珠，此諸侯之所謂良寶也。”《莊子•讓王》：“今且有人於此，以隨侯之珠，彈千仞之雀，世必笑之。是何也？則其所用者重，而所要者輕也。”《淮南子•覽冥訓》：“譬如隋侯之珠，和氏之璧，得之者富，失之者貧。”❷ 借指寶珠或寶物。漢代鄒陽《獄中上書自明》：“故無因而至前，雖出隋侯之珠，夜光之璧，秪足結怨而不見德。”《三國志•王粲傳》裴松之注引《文士傳》：“隨侯之珠，燭眾士之好；南垠之金，登窈窕之首。”同 明月之珠、靈蛇之珠。

【隋珠彈雀】 suí zhū tán què《莊子•讓王》：“今且有人於此，以隨侯之珠，彈千仞之雀，世必笑之，是何也？則其所用者重，而所要者輕也。”隨侯：同“隋侯”。説把無價之寶隋侯之珠當作彈丸射鳥雀。比喻做事輕重失當，得不償失。晉代葛洪《抱朴子•嘉遯》：“且夫道存則尊，德勝則貴；隋珠彈雀，知者不為，何必須權而顯，俟祿而飽哉！”《東周列國誌》一回：“犬彘何須辱劍鋩，隋珠彈雀總堪傷。”同 隨珠彈雀。反 一本萬利。

【陽奉陰違】 yáng fèng yīn wéi 陽：外露的。陰：隱蔽的。表面遵從，暗中違背，表裏不一。明代范景文《革大戶行召募疏》：“如有日與胥徒比，而陽奉陰違、名去實存者，斷以白簡隨其後。”《官場現形記》三三回：“只見上面寫的無非勸誡屬員嗣後不准再到秦淮河吃酒住夜，倘若陽奉陰違，定行參辦不貸。”馮玉祥《我的生活》第五章：“不過當時官長都存有陽奉陰違的心，不情願真正消滅他們，但也無力指導他們走上正軌。”反 表裏如一。

【陽春白雪】yáng chūn bái xuě《陽春》、《白雪》是戰國時代楚國的高雅歌曲名。《文選·宋玉〈對楚王問〉》：“客有歌於郢中者，其始曰《下里》、《巴人》，國中屬而和者數千人……其為《陽春》、《白雪》，國中屬而和者不過數十人。”後世以之作為高雅音樂、高雅文藝作品的代稱。明代陳汝元《金蓮記·彈絲》：“那些個《陽春》《白雪》調偏高，賦寫甄神醉裏邀，風流難遇五陵豪。”《隋唐演義》三十回：“韓家姐姐，唱得這樣精妙，真個是陽春白雪，叫我們如何開口？”反 下里巴人。

【陽關大道】yáng guān dà dào 陽關：古代關名，在今甘肅敦煌市。唐代王維《送劉司直赴安西》詩：“絕域陽關道，胡沙與塞塵。”本指經過陽關通往西域的大道，後用“陽關大道”：❶ 借指寬闊平坦的道路。元代關漢卿《哭存孝》四折：“我將這引魂旛招颭到兩三遭，存孝也，則你這一靈兒休忘了陽關大道。”❷ 比喻光明順利的前途。◇她滿以為嫁給他，往後就是一條幸福的陽關大道了，不料想竟惹出一場塌天大禍來。同 康莊大道。反 羊腸小道。

【隔岸觀火】gé àn guān huǒ 在河的一邊觀看對岸發生的火災。比喻對別人的禍難不加援手，袖手旁觀。魯迅《且介亭雜文·答〈戲〉周刊編者信》：“那時我想，假如寫一篇暴露小說，指定事情是出在某處的罷，那麼，某處人恨得不共戴天，非某處人卻無異隔岸觀火，彼此都不反省。”郭沫若《南冠草》第二幕：“他原是在隔岸觀火呀。”反 見義勇為、急人之難。

【隔靴搔癢】gé xuē sāo yǎng 在靴子外面抓癢。比喻說話、寫文章點不到要害處，或做事抓不住主要問題，解決不了。《五燈會元·康山契穩禪師》：“曰：‘恁麼則識性無根去也？’師曰：‘隔靴搔癢。’”《群音類選·欲進諫章》：“虹出東邊手指西，都說得，無巴臂，個個是隔靴搔癢，反症行醫。”◇她對情況一無所知，偏要插嘴講些隔靴搔癢的話。反 一語破的、切中要害。

【隔牆有耳】gé qiáng yǒu ěr 說秘密謀議可能泄露出去。《管子·君臣下》：“古者有二言：‘牆有耳，伏寇在側。’牆有耳者，微謀外泄之謂也。”元代鄭廷玉《後庭花》一折：“豈不聞隔牆還有耳，窗外豈無人。”明代史槃《鶼釵記·支思》：“悄地潛行，防隔牆有耳。”《野叟曝言》九二回：“素臣道：‘隔牆有耳，沈兄怎這樣口敞。’”同 隔牆須有耳，窗外豈無人。反 密不透風、滴水不漏。

【際會風雲】jì huì fēng yún 際會：恰遇。風雲：《易經·乾》：“雲從龍，風從虎，聖人作而萬物覩。”比喻聖君良臣遇到做一番事業的大好時機。後指適逢良機。《舊五代史·桑維翰等傳論》：“趙瑩際會風雲，優遊藩輔。”明代鄭真《跋唐十八學士夜宴圖》：“方是時太宗以秦王天策上將開府，際會風雲，千載一日也。”同 風雲際會、風雲際遇。

【隨心所欲】suí xīn suǒ yù《論語·為政》：“吾十有五而志於學，三十而立，四十而不惑，五十而知天命，六十而耳順，七十而從心所欲，不逾矩。”後用“隨心所欲”指一切按自己想的辦，想怎樣就怎樣。唐代釋道世《法苑珠林·滅罪部》：“如是神咒，三世諸佛皆共宣說，同所護念，能受持者一切障滅，隨心所欲，無不成。”《紅樓夢》九回：“寶玉是個不能安分守理的人，一味的隨心所欲，因此發了癖性。”沈從文《丈夫》：“上了船，花錢半元到五塊，隨心所欲吃煙睡覺。”同 從心所欲。反 循規蹈矩。

【隨波逐流】suí bō zhú liú 隨着波浪起伏，跟着流水飄盪。比喻沒有主見，跟着別人亦步亦趨或與世浮沉。宋代孫奕《履齋示兒編·鄉原》：“所謂鄉原，即推原人之情意，隨波逐流，佞偽馳騁，苟合求媚於世。”《鏡花緣》一八回：“總之，學問從實地上用功，議論自然確有根據，若浮光掠影，中無成見，自然隨波逐流，無所適從。”郭沫若《屈原》第一幕；“你不隨波逐流，也不故步自封。” 同 隨俗沉浮、與世俯仰。

【隨俗沉(沈)浮】suí sú chén fú 順從世俗隨波逐流，不抱成見或沒有主見，無可無不可。漢代司馬遷《報任安書》：“故且從俗浮沉，與時俯仰，以通其狂惑。”《晉書•王沈傳》：“少有俊才，出於寒素，不能隨俗沈浮，為時豪所抑，仕郡文學掾，鬱鬱不得志。”◇吳仲圭對自己的繪畫成就極為自信，所以不願隨俗沉浮，而能獨樹一幟。也作“隨俗浮沉（沈）”。《舊唐書•元行沖傳》：“漢有孔季產者專於古學，有孔扶者隨俗浮沉。”明代王紳《送龔給事還鄉序》：“人苟隨俗浮沈，與時高下，吾見其貿貿焉、弊弊焉，形拘氣役之不暇，尚何能拔俗超常，以致不朽哉！” 同 和光同塵、隨波逐流。

【隨俗浮沉(沈)】suí sú fú chén 見“隨俗沉（沈）浮”。

【隨侯之珠】suí hóu zhī zhū 見“隋侯之珠”。

【隨風倒舵】suí fēng dǎo duò 倒：變換。❶ 隨着風向改變而轉換舵位。宋代無名氏《張脅狀元》四四齣：“(末白) 覆相公：這是五雞山，山下有一古廟，可以少歇。(丑) 怕府眷不要入去。(末) 相公看，偌多轎兒都在廟前。(丑) 我眼弗昏，如何不見！(末) 好，隨風倒舵。” ❷ 比喻根據情勢或不同對象，而靈活行事、變換態度。宋代陸游《醉歌》：“相風使帆第一籌，隨風倒舵更何憂。”《警世通言》卷二一：“趙公是個隨風倒舵沒主意的老兒，聽了兒子說話，便教媽媽喚京娘來問。”也作“隨風轉舵”。清代陸世儀《思辨錄輯要》卷三二：“鄉愿者，庸俗人中之最巧者也，隨風轉舵以取悅於人，胸中更無把柄。”魯迅《且介亭雜文二集•“題未定”草九》：“這是分明的畫出隨風轉舵的選家的面目，也指證了選本的難以憑信的。” 同 見風使舵、看風使舵。

【隨風轉舵】suí fēng zhuǎn duò 見“隨風倒舵”。

【隨時制宜】suí shí zhì yí 制：擬訂。宜：合適。根據實際情況靈活變通，採取最合適的措施。《晉書•周崎傳》：“州將使求援於外，本無定指，隨時制宜耳。”《明史•孔希學傳》：“聖人自羲農、至於文、武，法天治民，明並日月，德化之盛，莫有加焉，然皆隨時制宜，世有因革。”◇凡事都要留有餘地，該斷則斷，該變則變，隨時制宜，墨守成規，抱殘守缺，是辦不成大事的。同 因地制宜、審時度勢。

【隨鄉入俗】suí xiāng rù sú 見“隨鄉入鄉”。

【隨鄉入鄉】suí xiāng rù xiāng 到一個新的地方，就要尊重、適應、順從當地的風俗習慣。宋代范成大《秋雨快晴靜勝堂席上》詩：“天涯節物遮愁眼，且復隨鄉便入鄉。”明代畢自嚴《洮岷考略》：“余意此（指酥油茶）必多所補益，少久亦欲習而用之，隨鄉入鄉，又何妨乎？”《野叟曝言》六六回：“那是天地山川生就的，人力如何挽回得來？只不要隨鄉入鄉，保自己就夠了。”《紅樓夢》四一回：“俗語説：隨鄉入俗，到了你這裏，自然把這金珠玉寶一概貶為俗器了。”也作“隨鄉入俗”。明代湯顯祖《邯鄲記•望幸》：“則怕珍羞不齊，老皇帝也只好隨鄉入俗了。”◇各地的生活環境不同，新來乍到，也只能隨鄉入鄉，不然，你就處處掣肘，事事不如意。同 入鄉隨俗。

【隨遇而安】suí yù ér ān 無論處在甚麼樣的環境中，都能安然自得，不以艱難、困苦、資財匱乏為意。《孟子•盡心下》宋代朱熹注：“言聖人之心，不以貧賤而有慕於外，不以富貴而有動於中，隨遇而安，無預於己，所性分定故也。”《兒女英雄傳》三八回：“一日走不了半站，但有個住處，便隨遇而安。”魯迅《兩地書》六：“不過能夠隨遇而安——即有船坐船云云——則比起幻想太多的人們來，可以稍微安穩，能夠敷衍下去而已。” 同 隨寓而安。

【隨機應變】suí jī yìng biàn 按照時機和情況的變化，採取相應的對策，靈活處置。《舊唐書•郭孝恪傳》：“請固武牢，屯軍氾水，隨機應變，則易為克殄。”《三國演義》五七回：“(孫權) 乃問曰：‘公平生所學，以何為主？’統曰：‘不必拘執，隨機應變。’”《官場現形記》四五回：“我們做官，總要隨機應變，能屈能伸，才不會吃虧。”老舍《四世同堂》三七：“他不曉得自己是時代的渣滓，而以為自己是最會隨機應變抓住時機的人。”同 臨機應變、通權達變。反 一成不變、墨守成規。

【隨聲附和】suí shēng fù hè 自己沒有定見，人云亦云。宋代魏了翁《直前奏六未喻及邪正二論》：“人至於忠忱體國，真實任事，則圖惟國事之濟，言慮所終，事惟其是，而豈肯隨聲附和，以僥倖萬一乎！”明代朱國禎《湧幢小品•宮殿》：“世宗既改大禮，恚群臣力爭，遂改郊改廟，一切變易從新，並改殿名，大臣隨聲附和，舉朝皆震懾不敢言。”清代李漁《閒情偶寄•選劇第一》：“尤可怪者，最有識見之客，亦作矮人觀場，人言此本最佳，而輒隨聲附和。”

【險阻艱難】xiǎn zǔ jiān nán 見“艱難險阻”。

【險象環生】xiǎn xiàng huán shēng 四面都存在着危險的跡象。形容危機四伏。◇金融危机還沒過去，銀行業險象環生，這筆投資放下去有沒有把握？同 危機四伏。反 安如泰山。

【隱忍不言】yǐn rěn bù yán 見“隱忍不發”。

【隱忍不發】yǐn rěn bù fā 克制忍耐，把事情藏在心裏不說出來。宋代秦觀《淮海集•石慶論》：“特以太后之故，隱忍而不發。”清代歸莊《與季滄葦侍御書》：“僕之受侮而隱忍不發者，以為將來且有德於我，有不可忘者在也。”也作“隱忍不言”。清代歸莊《與季滄葦侍御書》：“且有先集之事相求，即受侮嫚，亦為親屈，欲終隱忍不言。”◇受家庭暴力多年，她一直隱忍不發，要救她，你就必須教會她抗爭。

【隱姓埋名】yǐn xìng mái míng 隱瞞真名實姓，不讓世人知道自己的真實身份。元代王子一《誤入桃源》一折：“因此上不事王侯，不求聞達，隱姓埋名做莊家，學耕稼。”《西遊記》七三回：“我隱姓埋名，更無一人得知，你卻怎麼知道？”老舍《四世同堂》四五：“那些人有的已經逃出北平，有的雖然仍在北平，可是隱姓埋名的閉戶讀書，不肯附逆。”同 埋名隱姓。

【隱約其詞(辭)】yǐn yuē qí cí 所說的話躲躲閃閃，意思晦暗不明。清代平步青《霞外捃屑》卷四：“使白太夫人，謂欲禮佛行也者，迎抵會城卒歲，無功為親者諱，故隱約其辭不盡也。”魯迅《三閑集•我和〈語絲〉的始終》：“但應該產生怎樣的‘新’，卻並無明白的表示，而一到覺得有些危急之際，也還是故意隱約其詞。”同 閃爍其詞、含糊其詞。

【隱晦曲折】yǐn huì qū zhé 若明若暗，轉彎抹角。形容說話含混其詞，或做事手法隱秘不明。◇無論寫文章還是做事都要一清二楚，不要隱晦曲折，叫人不明不白，摸不着頭腦。同 曲折隱晦。

【隱惡揚善】yǐn è yáng shàn 隱瞞壞處，只宣揚好處。《禮記•中庸》：“舜好問而好察邇言，隱惡而揚善。”《醒世恒言•賣油郎獨佔花魁》：“美娘想到：‘難得這好人，又忠厚，又老實，又且知情識趣，隱惡揚善，千百中難遇此一人。’”茅盾《談歌頌光明》：“對於政治社會現象亦然，該歌頌的歌頌，該暴露的暴露，亦無所謂隱惡揚善。”也作“掩惡揚善”。《藝文類聚》卷二二引三國魏曹羲《至公論》：“夫世人所謂掩惡揚善者，君子之大義，保明同好，朋友之至交。”《梁書•侯景傳》：“乃還壽春，曾無悔色，祇奉朝廷，掩惡揚善。”宋代蘇軾《趙康靖公神道碑銘》：“專務掩惡揚善，以德報怨，出於至誠，非勉強者，天下稱之。”◇為尊者諱，掩惡揚善，在古代是美德，在今天則是惡劣的品德，絕不能效法。

【隱跡(迹)埋名】yǐn jì mái míng 隱藏身份，隱瞞姓名，銷聲匿跡。元代關漢卿《裴度還帶》二折：“或有山間林下，懷才抱德，隱跡埋名，屈於下流。”元代尹志平《西江月》詞：“非愛青山綠水，惟圖隱跡埋名。”◇就算你隱跡埋名，上天入地，也逃不過我的手掌心。同 隱跡藏名。

【隴頭音信】lǒng tóu yīn xìn 南朝宋陸凱《贈范曄詩》:“折花逢驛使，寄與隴頭人。江南無所有，聊贈一枝春。”後用“隴頭音信”代稱來自遠方或寄往遠方的書信。明代高明《琵琶記•伯喈行路》:“歎路途千里，日日思親。青梅如豆，難寄隴頭音信。”◇不想女兒一去三年，不見隴頭音信，把老母親急出一場病來。

隹部

【隻字不提】zhī zì bù tí 一個字也沒有提到。◇至於他是否同她見過面，他隻字不提 / 若不是你今天告訴我，我還真不知道呢！她對這一切隻字不提。同 一字不提、隻字未提。反 直言不諱、和盤托出。

【隻言片語】zhī yán piàn yǔ 個別詞句或片斷的話語。高陽《胭脂井》:“其中或者有隻言片語可採，敬煩刪定。”◇從他斷斷續續、隻言片語之間，她隱隱約約感覺到他正在做一件大事情。同 片言隻語。反 長篇大論。

【雀屏中選】què píng zhòng xuǎn《舊唐書•高祖竇皇后傳》:“毅聞之，謂長公主曰：‘此女才貌如此，不可妄以許人，當為求賢夫。’乃於門屏畫二孔雀，諸公子有求婚者，輒與兩箭射之，潛約中目者許之。前後數十輩莫能中，高祖後至，兩發各中一目。毅大悅，遂歸於我帝。”後用“雀屏中選”表示被選中為女婿。明代唐玉《翰府紫泥全書•聘定》:“幸雀屏之中選，宜龜筮之叶謀。”《賽花鈴》三回：“倘若和得高妙，果有出人意見，一來與自己增光，二來學着古人雀屏中選之兆，三來使老安人曉得紅生學問富足，日後必然顯達，不致反悔姻盟。”

【雁過拔毛】yàn guò bá máo 從飛過的大雁身上拔下毛來。❶ 形容武藝超群或手段高明。《兒女英雄傳》三一回：“話雖如此，他既沒那雁過拔毛的本事，就該悄悄的來，悄悄兒走。怎麼好好兒的把人家拆了個稀爛？這個情理可也恕不過去！”❷ 比喻經手辦事，從中撈取好處。◇在官場中，無論大官小官，雁過拔毛似乎成了潛規則。

【雁過留聲】yàn guò liú shēng 比喻人離開或去世後留下好名聲。《兒女英雄傳》三二回：“我也鬧了一輩子，人過留名，雁過留聲，算是這麼件事。”◇常言道“人過留蹤，雁過留聲”，難道你就沒想過這輩子留下點甚麼？

【雄才大略】xióng cái dà lüè 傑出的才能和高瞻遠矚的謀略。唐代王勃《三國論》:“其雄才大略，經緯遠圖，求之數君，並無取焉。”元代無名氏《閥閱舞射柳蕤丸記》楔子：“久聞將軍雄才大略，弓馬熟閒，有萬夫不當之勇。”老舍《趙子曰》四：“這樣的舉動與運用秘密的能力，非天生的雄才大略不辦。”同 雄材大略、雄才偉略。

【雄心壯志】xióng xīn zhuàng zhì 遠大的理想，宏偉的志向，非凡的抱負。宋代歐陽修《蘇才翁輓詩》:“雄心壯志兩崢嶸，誰謂中年志不成。”清代秋瑾《感時》詩：“雄心壯志銷難盡，惹得旁人笑熱魔。”◇創業靠雄心壯志，更靠踏踏實實的努力。同 胸懷大志、凌雲之志。反 胸無大志、灰心喪氣。

【雄心勃勃】xióng xīn bó bó 勃勃：興盛勃發的樣子。形容理想和抱負非常遠大。茅盾《〈子夜〉寫作的前前後後》:“總之，《子夜》的初步計劃，還是雄心勃勃的。”◇剛剛大學畢業的時候，雄心勃勃，但是一旦踏入社會，四處碰壁，事事掣肘，他那勃勃的雄心漸漸消磨，也就漸漸實際起來。反 心灰意冷、暮氣沉沉。

【雅人深致】yǎ rén shēn zhì 雅人：風雅之人，多指文士。深致：深遠的意趣。❶ 說高雅之人情興幽遠。《世說新語•文學》:“謝公因子弟集聚，問《毛詩》何句最佳？遏（謝玄）稱曰：‘昔我往矣，楊柳依依；今我來思，雨雪霏霏。’公曰：‘訏謨定命，遠猷辰告。’謂此句偏有雅人深致。”清代馬位《秋窗隨筆》七九：“李義山詩：‘客散酒醒深秋後，更持紅燭賞殘花。’有雅人深致。”《花月痕》五二回：“好呀！一院秋色，雅人深致，畢竟不同。”❷形容言行舉止風雅不俗。清代紀昀《閱微草堂筆記•如是我聞三》：“此怪行蹤可云隱秀，即其料理劉生，不動聲色，亦有雅人深致也。”同 高人雅致。

【雅俗共賞】yǎ sú gòng shǎng 雅：文雅，指文化高的人。俗：粗俗，指文化低的人。有文化的人和沒文化的人都能欣賞。說文學藝術作品兼具優美、通俗的品格，不同文化層次的人都能接受。明代孫仁儒《東郭記•綿駒》：“今者來到這高唐地面，聞得有綿駒善歌，雅俗共賞。”《紅樓夢》五十回：“這些雖好，不合老太太的意，不如做些淺近的物兒，大家雅俗共賞才好。”《鏡花緣》八三回：“據我愚見，不論古名時名，總以明白顯豁，雅俗共賞，那才有趣。”王朝聞《實踐與願望》：“對於治印我很外行，這樣的肖形印也能引起我的興趣，這也許就是所謂雅俗共賞吧。”同 老少咸宜。反 曲高和寡。

【雌雄未決】cí xióng wèi jué 比喻勝負沒定。《後漢書•竇融傳》：“今豪傑競逐，雌雄未決，當各據其土宇，與隴蜀合從，高可為六國，下不失尉陀。”明代李夢陽《哭白溝文》：“爾其龍蛇鬬爭，雌雄未決，戰形鬭，兵營列。”同 未定之天。

【雕肝琢腎】diāo gān zhuó shèn 唐代韓愈《贈崔立之評事》詩：“勸君韜養待徵招，不用雕琢愁肝腎。”說用心太過，傷及肝腎。後用“雕肝琢腎”、“雕琢肝腎”形容苦心寫作，追求完美。宋代歐陽修《答聖俞莫飲酒》詩：“朝吟搖頭暮蹙眉，雕肝琢腎聞退之，此翁此語還自違，豈如飲酒無所知。”宋代樓鑰《唐子西與游氏帖》：“文章習氣盍痛掃除，雕琢肝腎，徒勞人耳。”元代徐瑞松《桃花雪偶和詩卷次韻》：“天公笑子成詩顛，雕肝琢腎窮歲年。”同 雕肝鏤腎、雕肝琢膂。

【雕章琢句】diāo zhāng zhuó jù 見“雕章鏤句”。

【雕章鏤句】diāo zhāng lòu jù 鏤：雕刻。比喻精心琢磨，刻意修飾詩文辭句。唐代白居易《策林四•議文章碑碣詞賦》：“美刺之詩不稽政，則補察之義廢矣，雖雕章鏤句，將焉用之？”宋代晁迥《法藏碎金錄》卷五：“夫如是雕章鏤句，緣情合意，猶能入夢而常存，則知其妙道天機貫心遠性，固當經劫而無失。”也作“雕章琢句”。宋代曹勛《和雙溪》詩：“雕章琢句老雙溪，秀韻淩虛獨擅時。”◇寫文章貴在自然，情發於中，如風行水面自然成紋，雕章鏤句哪能寫得出好東西來。

【雕琢肝腎】diāo zhuó gān shèn 見“雕肝琢腎”。

【雕樑(梁)畫棟】diāo liáng huà dòng 建築物的樑棟上飾有雕刻和彩繪。形容建築物富麗堂皇。宋代胡宏《五帝無裔》：“西方之人，駕一偏空說，失事理之正，而其神像反得盤踞中華各山，巍業相望久，聽其雕樑畫棟。”元代鄭廷玉《看錢奴》三折：“這的是雕梁畫棟聖祠堂。”《紅樓夢》三回：“正面五間上房，皆是雕梁畫棟。”◇頤和園長廊修飾一新，一眼望去，雕樑畫棟，古樸典雅，氣派華貴。同 雕甍畫棟、雕欄畫棟。反 土階茅茨、繩樞甕牖。

【雕蟲小技】diāo chóng xiǎo jì 蟲：鳥蟲書，秦書八體之一，乃是漢代學童學習的文字。雕：古人寫字最初是用刀在竹木簡上刻字。說刻寫蟲書不過是小技巧而已。漢代揚雄《法言•吾子》：“或問：‘吾子少而好賦？’曰：‘然。童子雕蟲篆刻。’俄而曰：‘壯夫不為也。’”後借指微不足道的技能，多用於文章詩詞等。《北史•李渾傳》：“嘗謂魏收曰：‘雕蟲小技，我不如卿；國典朝章，卿不如我。’”明代沈鯨《雙珠記•元宵燈宴》：“雕蟲小技，焚膏繼晷，費終歲之鑽研。”朱自清《詩文評的發展》：“原來詩文本身就有些人看作雕蟲小技，那麼，詩文的評更是小中之小，不足深論。”同 雕蟲篆刻。

【雕欄(闌)玉砌】diāo lán yù qì 砌：台階。有雕飾的欄杆，漢白玉的台階。多形容宮殿等建築富麗堂皇。南唐李煜《虞美人》詞：“雕欄玉砌應猶在，只是朱顏改。問君能有幾多愁，恰似一江春水向東流。”宋代僧道潛《僧首然師院北軒觀牡丹》詩：“雕欄玉砌升曉日，輕煙薄霧初冥蒙。”元代趙孟頫《宮中口號》：“日照黃金寶殿開，雕闌玉砌擁層台。”元代鄭元祐《次韻題趙千里扇上畫山》：“文宋於今淪落餘，雕闌玉砌凄蘼蕪。”同 雕欄畫棟。

【雙宿雙飛】shuāng sù shuāng fēi 原指一對雌雄鳥同棲息同飛翔。多比喻相愛男女形影相伴。唐代無名氏《雜詞》：“不如池上鴛鴦鳥，雙宿雙飛過一生。”金代元好問《鴛鴦扇頭》詩：“雙宿雙飛百自由，人間無物比風流。”元代石德玉《紫雲庭》楔子：“你肯教雙宿雙飛過一生，便則我子弟每行依平。”◇她決定瞞着家人，和男友雙宿雙飛，到澳洲過自由的日子去。同 雙棲雙宿。

【雙喜臨門】shuāng xǐ lín mén 兩件喜事一齊來臨，喜上加喜。《三俠五義》九二回：“張老兒那裏有了一個，如今又遇見一個，這才是雙喜臨門呢。”《歧路燈》二七回：“你屋裏恭喜了，大相公也喜了，一天生的，真正雙喜臨門。”《二十年目睹之怪現狀》八三回：“於是眾客一齊站起來，又是一番足恭道喜，一個個嘴裏都說道：‘這才是雙喜臨門呢！’總鎮也自揚揚得意。”反 福無雙至，禍不單行。

【雙管齊下】shuāng guǎn qí xià 管：指筆。畫畫時兩支筆同時並用。宋代郭若虛《圖畫見聞志•故事拾遺》：“唐張璪員外畫山水松石名重於世。尤於畫松特出意象，能手握雙管一時齊下，一為生枝，一為枯幹，勢凌風雨，氣傲煙霞。”後比喻兩件事同時進行或同時採用兩種方法。清代壯者《掃迷帚》二四回：“小弟愚見，原思雙管齊下，一邊將迷信關頭，重重戡破，一邊大興學堂，歸重德育，使人格日益高貴。”老舍《四世同堂》五：“他輕輕的叩了兩下門環，又低聲假嗽一兩下，為是雙管齊下，好惹起院內的注意。”

【雙瞳剪水】shuāng tóng jiǎn shuǐ 唐代李賀《唐兒歌》：“骨重神寒天廟器，一雙瞳人剪秋水。”瞳：指眼珠。形容人的眼睛閃光明亮。明代周履靖《錦箋記•初晤》：“不要說甚麼，你且看他雙瞳剪水迎人灩，風流萬種談笑間。”◇先不說他那才子風流，就那雙瞳剪水的眼睛，也足以讓人神魂顛倒了。

【雞口牛後】jī kǒu niú hòu《戰國策•韓策一》：“臣聞鄙語曰：‘寧為雞口，無為牛後。’”注：“雞口雖小乃進食，牛後雖大乃出糞。”後用“雞口牛後”指寧肯做小官獨立自主說了算，也不願做大官被人支配。宋代劉宰《代侄用辰謝鄉舉》：“久冥心於蟲臂鼠肝，豈過計於雞口牛後。”古人考證認為：“寧為雞口，無為牛後”應為“寧為雞尸，無為牛從”，“雞口牛後”應該是“雞尸牛從”。因字形相近，“尸”訛誤為“口”，“從”訛誤為“後”。雞尸：雞中之王。牛從：牛仔。“雞尸”雖小，然而是頭領；“牛從”雖比雞大，卻只能追隨於老牛之後，不能自主。同 寧為雞口，不為牛後。

【雞犬不留】jī quǎn bù liú 連雞狗都不放過，全殺個精光。形容斬盡殺絕，一個不留。宋代徐夢莘《三朝北盟彙編》卷一一四：“尼楚赫大王兵十萬取今日巳時攻城，城破，雞犬不留。”《說岳全傳》七二回：“快快把秦檜首惡獻出……不然，殺進來，玉石不分，那時雞犬不留，休要後悔！”老舍《吐了一口氣》：“這是一筆永遠算不清的債！以言殺戮，確是雞犬不留。”同 斬盡殺絕。

【雞犬不寧】jī quǎn bù níng 唐代柳宗元《捕蛇者說》：“叫囂乎東西，隳突乎南北，嘩然而駭者，雖雞狗不得寧焉。”形容騷擾得雞飛狗跳，人人不得安寧。《水滸後傳》一六回：“你弟兄窩藏強盜，鬧了兩座軍州，自去落草。官府着落地方搜緝，攪得雞犬不寧。”《孽海花》五回：“朝一個封奏，晚一個密摺，鬧得雞犬不寧。”同 雞犬不安。反 雞犬不驚。

【雞犬不驚】jī quǎn bù jīng ❶ 形容軍紀嚴明，不騷擾百姓。《三國演義》一五回：“及策軍到，並不許一人擄掠，雞犬不驚，人民皆悅。”《說岳全傳》四八回：

"一路地方官員饋送禮物，岳爺絲毫不受，雞犬不驚，只是吩咐他們學做好官，須要愛民如子，無負朝廷。"❷形容平安無事，百姓生活安定。宋代彭龜年《壽張京尹》詩："翁見一笑大歡足，雞犬不驚仁意多。"元代揭傒斯《善余堂記》："及其門則雞犬不驚，僮僕閒暇，皆怡然有自得之意。"清代昭槤《嘯亭雜錄·陸中丞》："賊知濟南有備，乃不敢南向，已而官兵奏捷，一城雞犬不驚焉。"同 不驚雞犬、雞犬無驚。反 雞犬不寧、雞犬不安。

【雞犬升天】jī quǎn shēng tiān 漢代王充《論衡·道虛》："淮南王劉安坐反而死，天下並聞，當時並見，儒書尚有言其得道仙去，雞犬升天者。"後以"雞犬升天"比喻依靠有權勢的家人親友而得勢或飛黃騰達。◇他當了縣長，他們那幾家人的日子也都好過了，如今仍然是一人得道，雞犬升天的世道啊！同"一人得道，雞犬飛升"、"一人得道，仙及雞犬"。

【雞犬相聞】jī quǎn xiāng wén《老子》："甘其食，美其服，安其居，樂其俗。鄰國相望，雞犬之聲相聞，民至老死不相往來。"後以"雞犬相聞"形容人煙稠密，百姓安居樂業。晉代陶淵明《桃花源記》："阡陌交通，雞犬相聞。"唐代王勃《乾元殿頌》："雞犬相聞，城尉輟鳴桴之響。"宋代陸游《感事》詩："雞犬相聞三萬里，遷都豈不有關中。"郭沫若《蔡文姬》第三幕："從前我們的邊疆，年年歲歲受到外患的侵擾，而今天呢是雞犬相聞，鋒鏑不驚。"同 人煙稠密。反 杳無人煙。

【雞犬桑麻】jī quǎn sāng má 雞鳴，犬吠，桑林，麻田。形容農村恬淡的田園生活。明代張岱《桃源曆序》："以無曆，故無歲時伏臘之擾，無王稅催科之苦，雞犬桑麻，桃花流水，其樂何似。"《文明小史》五三回："田裏種着菜，籬笆裏栽着花，大有雞犬桑麻光景。"同 男耕女織。

【雞毛蒜皮】jī máo suàn pí 比喻無關緊要的瑣事或細小無用的東西。孫犁《白洋淀紀事·石猴》："他們是為了報答你的恩情，才送給你；你倒說是雞毛蒜皮！"老舍《四世同堂》五四："對於家中那些小小的雞毛蒜皮的事，他都不大注意。"同 雞零狗碎。

【雞皮鶴髮】jī pí hè fà 皮膚像雞皮一樣皺，頭髮如仙鶴一般白。形容老人衰老的容貌。也作"鶴髮雞皮"。北周庾信《竹杖賦》："子老矣，鶴髮雞皮，蓬頭歷齒。"唐玄宗《傀儡吟》："刻木牽絲作老翁，雞皮鶴髮與真同。"明代張岱《越山五佚記·吼山》："於禪堂中見一老尼，鶴髮雞皮。"清代王韜《淞隱漫錄·仙人島》："詢舊時之戚族友朋，盡已物故，即有一二存者，亦已潦倒龍鍾，雞皮鶴髮，覿面不復可辨。"《野叟曝言》一四九回："素臣及妻妾，見水夫人康強矍鑠，比五六十歲時更加健旺，喜極開心，個個喜氣滿容，無一雞皮鶴髮之狀。"同 老邁龍鍾。

【雞飛狗走】jī fēi gǒu zǒu 見"雞飛狗跳"。

【雞飛狗跳】jī fēi gǒu tiào 雞犬受驚，飛的飛，逃的逃。形容驚慌失措，一團混亂。也作"雞飛狗走"。走：跑。《痛史》一三回："你看前兩天那種搜索的樣子，衹就我們歇宿的那一家客寓，已經是鬧得雞飛狗走，鬼哭神號。"魯迅《故事新編·起死》："因為孩子們的魂靈，要攝去墊鹿台腳了，真嚇得大家雞飛狗走，趕忙做起符袋來，給孩子們帶上。"茅盾《鍛煉》二五："然而陳克明卻在這裏想像到一方面疑神疑鬼，又一方面畏懼怨恨所造成的雞飛狗跳、人人自危的情形。"碧野《沒有花的春天》一一章："我們人多，不到三個時辰，就把他們趕得雞飛狗跳的。"同 雞飛狗叫。

【雞飛蛋打】jī fēi dàn dǎ 比喻兩頭落空，一無所獲。◇一旦真要說出來，就要落個貪贓受賄、知情不報的罪名，那可就雞飛蛋打，人財兩空了。反 兩全其美。

【雞胸龜背】jī xiōng guī bèi 雞胸向前凸，龜背向上弓起。形容人發育畸形，前胸凸出，後背隆起。◇好容易才給傻兒子說了個媳婦，喇叭一吹，算是進了門，天哪，誰知是個雞胸龜背，再醜不過的女人。

【雞零狗碎】jī líng gǒu suì 形容事物零零碎碎，或瑣瑣碎碎。茅盾《雨天雜寫》："文章遭受了凌遲極刑，又復零碎拆賣……則此特點不能不有一佳名，故擬題曰'雞零狗碎'云爾。"唐弢《不通和不懂》："一到了徒托空言的青年大作家的手裏，則又不滿意於它的短小的形式：雞零狗碎，妨礙了偉大作品的產生。" 同 雞毛蒜皮。

【雞腸狗肚】jī cháng gǒu dù 比喻心胸窄狹，心腸很壞。《天雨花》二回："據你這淫婦的雞腸狗肚容不得人，把兒媳都逼了出門，止剩得一個寡婦在家，還被你威逼死了。"◇一個雞腸狗肚的女人，以後別跟她往來，沒好處。同 狗肚雞腸、狼心狗肺。

【雞鳴而起】jī míng ér qǐ 公雞一叫就起牀。《詩經•風雨》："風雨淒淒，雞鳴喈喈。"後以"雞鳴而起"形容勤奮不懈怠。《孟子•盡心上》："雞鳴而起，孳孳為善者，舜之徒也。"南朝梁宗懍《荊楚歲時記》："正月一日，雞鳴而起，先於庭前爆竹、燃草，以辟山臊惡鬼。"唐代韓愈《上宰相書》："雞鳴而起，孜孜焉亦不為利。" 同 夙興夜寐。

【雞鳴狗盜】jī míng gǒu dào 據《史記•孟嘗君列傳》載，齊國孟嘗君出使秦被昭王扣留，其座下一食客裝狗鑽入秦營偷出狐白裘獻給昭王寵妾，用以説情使孟嘗君得以釋放。孟嘗君逃至函谷關時昭王又令人追捕。另一食客裝雞叫引眾雞齊鳴騙開城門，孟嘗君最終得以逃回齊國。後以"雞鳴狗盜"：❶代稱身懷不入流的技能的人。《漢書•游俠傳》："(列國公子) 皆藉王公之勢，競為遊俠，雞鳴狗盜，無不賓禮。"清代黃宗羲《次公董公墓誌銘》："得談仁講義之徒百，不如得雞鳴狗盜之雄一。"《東周列國誌》一〇〇回："他手下賓客，雞鳴狗盜者甚多，必然是他所為。"❷形容行為低下卑劣，見不得人。宋代羅大經《鶴林玉露》卷七："魯仲連固不肯與雞鳴狗盜者伍也，汲長孺固不肯與奴顏婢膝者齒也。"徐遲《牡丹》七："原來的那個雞鳴狗盜的南京政府是毫無意思的，他也沒有能夠取而代之。" 同 狗盜雞鳴。

【雜七夾八】zá qī jiā bā 見"雜七雜八"。

【雜七雜八】zá qī zá bā 形容非常雜亂或混雜在一起，完全沒有秩序。《鏡花緣》七三回："竊取陳編，以為己有，惟恐別人看出，不免又添些自己意思，雜七雜八，強為貫串，以為掩人耳目。"◇屋子裏面東西堆得滿滿當當，雜七雜八，實在擠不出個地方來。也作"雜七夾八"。茅盾《報施》："這個年青人……攔住了張文安就雜七夾八訴説了一大篇。" 同 夾七夾八、雜七夾八。

【難分難捨】nán fēn nán shě 形容感情深，關係密切，不忍分離。《兒女英雄傳》四十回："便是舅太太，珍姑娘合安太太，並金玉姊妹，骨肉主婢之間，也有許多的難分難捨。"《官場現形記》二九回："花小紅又親自送到塘沽上火輪船，做出一副難分難捨的樣子。"也作"難捨難分"。《野叟曝言》九四回："在雲北家敍別，也是難捨難分，不能遽別。"《官場現形記》一八回："無奈他迷戀龍珠……難捨難分，所以一直就在船上打了'水公館'。"老舍《老張的哲學》三五："這樣難捨難分的灑淚而別。" 同 難分難捨、難捨難分。

【難分難解】nán fēn nán jiě ❶形容雙方纏鬥得不可開交。《西遊記》十回："他扯住太宗，嚷鬧不放，太宗箝口難言，只掙得汗流遍體。正在那難分難解之時，只見正南上香雲繚繞，彩霧飄颻，有一個女真人上前。"《紅樓夢》一一七回："正在難分難解，王夫人、寶釵急忙趕來。見是這樣形景，王夫人便哭着喝道：'寶玉！你又瘋了！'"《兒女英雄傳》一五回："我兩個來來回回正鬥得難分難解，只見從正東人群裏閃一般攛出一個人來。"❷形容彼此感情濃厚，分不開來。《初刻拍案驚奇》卷二九："為些風情事，做了出來，正在難分難解之際，忽然登第。"◇兩人自幼青梅竹馬，形影不離，不想如今就要遠隔天涯，真是難分難解，一時間淚流滿面。同 難解難分。

【難以為繼】nán yǐ wéi jì 見"難乎為繼"。

【難以置信】nán yǐ zhì xìn 事情背離常理常態或所熟知的情況，叫人無法相信。◇你覺得難以置信嗎？可這就是我親眼看到的事實 / 聽她把他說得一無是處，壞得簡直透了頂，實在令人難以置信。同 海外奇談、荒誕不經。反 令人信服、鑿鑿有據。

【難兄難弟】nán xiōng nán dì《世說新語•德行》："陳元方子長文，有英才，與季方子孝先各論其父功德，爭之不能決，咨於太丘。太丘曰：'元方難為兄，季方難為弟。'" 意思是元方出類拔萃，他人難做他的兄長，季方俊逸出眾，他人難做他的弟弟。後用"難兄難弟"表示：❶兄弟二人才德都好，難分高下。《北史•宋隱等傳論》："正玄難兄難弟，信為美哉！"《舊唐書·穆崔竇李薛傳贊》："二李英英，四崔濟濟。薛氏三門，難兄難弟。"明代謝讜《四喜記•雙桂聯芳》："天馬步瀛洲，恩賜黃封杏花酒。喜難兄難弟，並佔鰲頭。"❷兩樁事物都很出色，難分高低◇峨嵋、九華、五台、普陀四大名山、四大禪林，難兄難弟，各有千秋。❸二者都同樣不成器，同樣低劣。清代李漁《蜃中樓•鬧鬧》："一個不通文理，一個不達時務，真是難兄難弟。"《蘭花夢奇傳》一五回："這是老劉的孽弟，天下竟有這種廢物，同他乃兄真是難兄難弟。"

【難兄難弟】nàn xiōng nàn dì 患難與共的兄弟，或處於相同的倒霉境遇中。明代倪謙《卧雲處士居公墓誌銘》："諭諸子曰：吾與汝叔生既同胞，死當同穴，宜表曰'難兄難弟之墓'。"◇昨天他的買賣失利，今天我股票大虧，真算是難兄難弟。

【難乎為繼】nán hū wéi jì《禮記•檀弓上》："孔子曰：'哀則哀矣，而難為繼也。'"後用"難乎為繼"、"難以為繼"表示難以照原樣持續做下去。清代王夫之《讀通鑑論•漢元帝》："趙充國持重以破羌，功莫盛矣。二十餘年而羌人復反，吾故曰：'難乎為繼也。'"◇除非孩子自己想學，強迫他去學，肯定難乎為繼 / 做事必須量力而行，否則必然難以為繼，甚至一事無成。

【難言之隱】nán yán zhī yǐn 有不方便說的內情或苦衷。《歧路燈》七七回："姜氏到了巫氏樓下，只是偷瞧牀上帳幔被枕，細看巫氏面目腳手，此中便有無限難言之隱。"《二十年目睹之怪現狀》七七回："總覺得無論何等人家，他那家庭之中，總有許多難言之隱的。"許地山《綴網勞蛛•枯楊生花》："人生總有多少難言之隱，而老年的人更甚。"反 直言不諱。

【難能可貴】nán néng kě guì 不容易做到的事竟然做到了，是非常可貴的。宋代蘇軾《荀卿論》："子路之勇，子貢之辯，冉有之智，此三子者，皆天下之所謂難能而可貴者也。"《官場現形記》三四回："每至一處放賑，往往惡衣菲食，與廝養同甘苦，奔馳於炎天烈日之中，實屬堅忍耐勞，難能可貴。"◇他把一生的積蓄都拿出來捐給了災區的貧民，真是難能可貴。

【難捨難分】nán shě nán fēn 見"難分難捨"。

【難得糊塗】nán dé hú tú 一種生活哲理。指做人不必事事都弄得清清楚楚，有的事眼睜眼閉隨它去，安享清靜快樂，事事明白反而會惹來無窮煩惱。◇鄭板橋抱持難得糊塗的理念，生活得悠閒自在。反 打破砂鍋璺（問）到底。

【難解難分】nán jiě nán fēn ❶雙方爭執、鬥爭或打鬥，旗鼓相當，相持不下。《封神演義》六九回："舉槍來戰，殺在中軍，難解難分。"《兒女英雄傳》六回："那女子鬥到難解難分之處，心中暗想說：'這和尚倒來得恁的了得！'"❷情意纏綿，不捨得分離。《紅樓夢》五回："至次日，便柔情繾綣，軟語溫存，與可卿難解難分。"《孽海花》七回："這門一關，那情形可想而知。卻不道，正當兩人難解難分之際，忽聽得有人喊道：'做得好事！'"同 難分難解。

【離心離德】lí xīn lí dé 各懷異心，心不齊，志不一。《尚書•泰誓中》："受有億兆夷人，離心離德；予有亂臣十人，同心同德。”《封神演義》一七回：“黎民離心離德，禍生不測。” 反 同心同德。

【離合悲歡】lí hé bēi huān 離別、聚會、悲哀與歡樂等各種不同遭遇。泛指人的種種心情和境遇。明代陸采《明珠記•提綱》：“佳人才子古難併，苦離分，巧完成，離合悲歡只在眼前生。”《紅樓夢》一回：“其間離合悲歡，興衰際遇，俱是按跡循蹤，不敢稍加穿鑿，至失其真。” 同 悲歡離合。反 花好月圓、月圓花好。

【離奇古怪】lí qí gǔ guài 奇特稀少，十分少見。《兒女英雄傳》二二回：“無端的官興發作，弄出這一篇離奇古怪的文章。”蘇曼殊《與劉三書》：“曼近日所遭，離奇古怪，待長者今冬回申，當極談耳。” ◇孩子們天天晚上都去聽那老頭兒講離奇古怪的神話故事。

【離情別緒】lí qíng bié xù 離別時依戀難捨的情緒，或分別後感懷思念之情。宋代柳永《晝夜樂》詞：“何期小會幽歡，變作離情別緒。”《紅樓復夢》四十回：“那三位老姐妹們也是離情別緒，十分難過。”茅盾《子夜》一八：“昨天是第一次重逢，說不完那許多離情別緒，而今天便覺得無話可談了。” 同 離愁別緒、離情別恨。

【離鄉背井】lí xiāng bèi jǐng 見“背井離鄉”。

【離群索居】lí qún suǒ jū 本來說離開同門師友而獨自居住，後多指離開同伴或親朋故友而獨自生活。《禮記•檀弓》上：“吾離群而索居，亦已久矣。”《隋書•經籍志一》：“自孔子沒而微言絕，七十子喪而大義乖，學者離群索居，各為異說。”清代顧炎武《與黃太冲書》：“離群索居，幾同傖父，年逾六十，迄無所成。” ◇最近閉門謝客，離群索居，說要寒窗苦讀，不入牛津誓不罷休。

【離經叛(畔)道】lí jīng pàn dào 本指背離儒家經典著作所確立的言行準則和道德規範。今多指背離社會公認的思想準則與道德規範。也作“離經畔道”。元代費唐臣《蘇子瞻風雪貶黃州》一折：“今有翰林學士蘇軾……志大言浮，離經畔道，論新法而短毀時相，托吟詠而謗訕朝廷。”清代譚獻《〈古詩錄〉序》：“微言絕，大義乖，破文析理，離經畔道，末學橫流，由是滋蔓。”清代陳天華《獅子吼》三回：“視講洋務者若仇，以為這些人離經叛道，用夷變夏，盛世所不容。”李六如《六十年的變遷》第二章：“他們說康梁離經叛道，未必科舉廢得成！”茅盾《子夜》一：“他早就說過，與其目擊兒子那樣的‘離經叛道’的生活，倒不如死了好。”

【離題萬里】lí tí wàn lǐ 形容說話或寫文章同所要表達的主旨全不相干。◇下筆千言，離題萬里。

【離鸞別鳳】lí luán bié fèng 鸞：相傳是類似鳳凰的鳥。比喻分離開的配偶。唐代李商隱《代應》詩：“離鸞別鳳今何在，十二玉樓空更空。”元代無名氏《梧桐葉》四折：“畫樓中，忽聞聽遠院琴三弄，離鸞別鳳恨匆匆，淚雙垂，把不住鄉心動。”明代陳子龍《霜月行》：“離鸞別鳳萬餘里，風車雲馬來相尋。” 反 燕侶鶯儔、比翼雙飛。

雨部

【雨後春筍】yǔ hòu chūn sǔn 春雨過後，竹筍穿地而出，長得又多又快。比喻大量湧現，蓬勃發展。鄒韜奮《患難餘生記》第二章：“實施憲政的提案有如雨後春筍。”李六如《六十年的變遷》第八章：“平民夜校好像雨後春筍，一天多過一天。” 同 春筍怒發、方興未艾。

【雨過天青】yǔ guò tiān qīng ❶雨後轉晴，天色青碧。明代謝肇淛《文海披沙記》：“陶器，柴窯最古，世傳柴世宗時燒造。所司請其色，御批云：‘雨過天青雲破處，這般顏色做將來。’”張愛玲《牛》：“黎明的天上才漏出美麗的雨過天青色，樹枝才噴綠芽，露珠亮晶晶地，一碰灑人一身。”林清玄《一探靜中消息》：“在雨過天青之時，溪水整個清澈，而山中的泥濘污穢也被清洗一空。” ❷指像雨後的天空那樣的青色。《紅樓夢》四十回：

"那個軟煙羅只有四樣顏色：一樣雨過天青，一樣秋香色，一樣松綠的，一樣就是銀紅的。"《孽海花》二一回："(珠官兒) 身上穿件雨過天青大牡丹漳㵸馬褂。" ❸ 比喻心地明朗。清代劉坤一《覆黎簡堂》："程道來牘，稱公光明磊落，雨過天青，其妙於形容處，足徵公之盛德。" ❹ 比喻問題已經解決，或情況由壞變好。冰心《南歸》："話雖如此，而人生之逼臨，如狂風驟雨。除了低頭閉目戰栗承受之外，沒有半分方法。待到雨過天青，已另是一個世界。" 莫一予《一江春水向東流》一九章："他擁抱她，親吻她，又復親憐蜜愛起來。回來和好了，雨過天青。" 同 雨過天晴。反 彤雲密佈。

【雨過天晴】yǔ guò tiān qíng 下過雨後，天氣轉為晴朗。《三俠五義》七八回："此時雨過天晴，月明如洗。" 吳晗《朱元璋傳》第一章："約夠一頓飯時，雨過天晴。" 比喻問題得到解決，局面變好。◇他上前輕聲細語地賠不是，纏得她竟然回嗔作喜，雨過天晴。同 雨過天青。

【雪上加霜】xuě shàng jiā shuāng 比喻困難或災禍未了，新的問題或災難又接踵而至。《景德傳燈錄·文偃禪師》："諸和尚子，饒你道有甚麼事，猶是頭上著頭，雪上加霜。"《二刻拍案驚奇》卷三六："見說徒弟逃走，家私已空，心裏已此苦楚，更是一番毒打，真個雪上加霜，怎經得起？"《鏡花緣》五一回："一連斷餐兩日，並未遇着一船。正在驚慌，偏又轉了迎面大風，真是雪上加霜。" 反 錦上添花。

【雪中送炭】xuě zhōng sòng tàn 下雪天給人送去烤火的木炭。比喻在人急需時送來了切實的幫助。宋代高登《覓蠹椽》詩："顧影低佪秖自憐，怕寒時聳作詩肩……雪中送炭從來事，況寫羈窮覓蠹椽。"《二刻拍案驚奇》卷一一："此時若肯雪中送炭，真乃勝似錦上添花，爭奈世情看冷暖，望着那一個救我來。"《野叟曝言》三八回："正要上牀，只見廟祝推進窗來，手提一壺熱酒，說：'老爺夜寒，請用一杯。'長卿道：'正有寒意，你這酒是雪中送炭了。'" 反 錦上添花、乘人之危。

【雪泥鴻爪】xuě ní hóng zhǎo 見"飛鴻印雪"。

【雪虐風饕】xuě nüè fēng tāo 虐：暴烈。饕：猛烈。形容狂風暴雪的酷寒景象。也作"風饕雪虐"。唐代韓愈《祭河南張員外文》："歲弊寒凶，雪虐風饕。" 宋代陸游《雪中尋梅》詩："幽香淡淡影疏疏，雪虐風饕亦自如。" 清代錢謙益《送陳生昆良南歸》詩："席帽疲驢問牖城，風饕雪虐淚縱橫。" 柳亞子《丹青引》："後雕松菊入畫圖，雪虐風饕豈沮喪？" 同 風雪交加。反 風和日麗。

【雪窖冰天】xuě jiào bīng tiān 窖：地窖。《宋史·朱弁傳》："歎馬角之未生，魂銷雪窖。攀龍髯而莫逮，淚灑冰天。" 說的是宋徽宗被金人擄掠，囚禁在冰天雪地的五國城的悲慘處境。後用"雪窖冰天"形容極為寒冷，或指酷寒的地區。清代吳偉業《贈遼左故人》詩："短轅一哭暮雲低，雪窖冰天路慘淒。" 清代黃遵憲《歸過日本志感》詩："今日荷戈邊塞去，可堪雪窖復冰天。" 梁啟超《新中國未來記》三回："當着嚴冬慄烈之時，行這雪窖冰天之地，那旅行苦楚，自然是說不盡了。" ◇人們來到這裏，就像進了雪窖冰天，除了白茫茫的積雪，看不到一點生命的跡象。同 冰天雪窖、冰天雪地。

【雲雨巫山】yún yǔ wū shān 戰國楚宋玉《高唐賦》："昔者先王嘗遊高唐，怠而晝寢，夢見一婦人，曰：'妾為高唐客，聞君遊高唐，願薦枕蓆。'王因幸之。去而辭曰：'妾在巫山之陽，高丘之阻，旦為朝雲，暮為行雨，朝朝暮暮，陽台之下。'" 後用"雲雨巫山"表示男女歡合。唐代李白《清平調》詩："一枝紅豔露凝香，雲雨巫山枉斷腸。" 明代孟稱舜《嬌紅記·會嬌》："姐姐，你腳步兒挪了半日呵，剛轉過翠生生繡軟梅羅帳，這正是嬌怯怯雲雨巫山窈窕娘。" 明代周楫《西湖二集·灑雪堂巧結良緣》："自從消瘦減容光，雲雨巫山枉斷腸。獨宿孤房淚如雨，秋宵只為一人長。”同 巫山雲雨、攜雲握雨。

【雲泥之別】yún ní zhī bié 像天上的雲與地下的泥那樣相距遙遠。《後漢書•矯慎傳》：“雖乘雲行泥，棲宿不同，每有西風，何嘗不歎！”後用“雲泥之別”比喻差別十分懸殊。《隋唐演義》六十回：“妾煢煢一身，宛如萍梗，諒郎君青年偉器，鎮國令嗣，斷不願以齊大非耦，而以鄒楚為匹也。雲泥之別，莫問舊題，原贈附璧，非妾食言，亦蓋鏡之緣慳耳。”錢鍾書《圍城》八：“現在呢，她高高在上，跟自己的地位簡直是雲泥之別。”同 雲泥異路、雲泥之隔。

【雲泥之隔】yún ní zhī gé 像天上的雲與地下的泥那樣相隔遙遠。《後漢書•矯慎傳》：“雖乘雲行泥，棲宿不同，每有西風，何嘗不歎！”後用“雲泥之隔”比喻地位十分懸殊、差異極大或相距遙遠。清代王夫之《讀四書大全說•論語•堯曰篇一》：“抑既為人心矣，其視道心有雲泥之隔，而安能有過於道心者乎？”《玉嬌梨》一七回：“兄翁突然別去，小弟無日不思。今幸相逢，然咫尺有雲泥之隔了。”同 天壤之隔。

【雲消(銷)霧散】yún xiāo wù sàn 天氣由陰雲濃霧轉為天朗氣清。比喻怨恨、顧慮、疑問等消失得無影無蹤，問題徹底解決。唐太宗《授長孫無忌尚書右僕射詔》：“吏部尚書齊國公長孫無忌識量宏遠，神情警發，道照搢紳，才資文武，樽俎之策，電斷無馳，干戈所指，雲銷霧散。”宋代朱熹《經筵留身陳四事劄子》：“更進譬喻解釋之詞，則太上皇帝雖有忿怒之情，亦且霍然雲消霧散而歡意浹洽矣。”同 煙消雲散、煙消霧散。

【雲開見日】yún kāi jiàn rì 見“開雲見日”。

【雲煙(烟)過眼】yún yān guò yǎn 從眼前飄過的浮雲和輕煙。比喻事物轉瞬即逝。宋代戴復古《再賦惜別呈李實夫運使》詩：“雲煙過眼時時變，草樹驚秋夜夜疏。”清代沈復《浮生六記•浪遊記快》：“天下所未到者，蜀中、黔中與滇南耳，惜乎輪蹏征逐，處處隨人，山水怡情，雲烟過眼，不過領略其大概，不能探僻尋幽也。”清代錢泳《履園叢話•總論》：“收藏書畫是雅事，原似雲煙過眼，可以過而不留，若一貪戀，便生覬覦之心，變雅而為俗矣。”同 過眼雲煙、煙雲過眼。

【雲蒸霞蔚】yún zhēng xiá wèi 蔚：文采華美。雲氣升騰，彩霞明麗。《世說新語•言語》：“顧長康從會稽還，人問山川之美，顧云：‘千巖競秀，萬壑爭流，草木蒙籠其上，若雲興霞蔚。’”後用“雲蒸霞蔚”：❶形容景物絢麗多彩。明代張岱《龍山文帝祠募疏》：“爰自雲蒸霞蔚，巖壑自有文章；篠簜琨瑤，貢賦必須竹箭。”劉白羽《紅瑪瑙集•長江三日》：“抬頭望處，已到巫山。上面陽光垂照下來，下面濃霧滾湧上去，雲蒸霞蔚，頗為壯觀。”❷比喻事物蓬勃興起，蔚為大觀。清代顏光敏《顏氏家藏尺牘•馮溥》：“且海內文人，雲蒸霞蔚，鱗集京師，真千古盛事。”同 雲興霞蔚。

【雲興霞蔚】yún xīng xiá wèi 蔚：文采華美。雲氣蒸騰，彩霞燦爛。形容絢麗多彩。《世說新語•言語》：“顧長康從會稽還，人問山川之美，顧云：‘千巖競秀，萬壑爭流，草木蒙籠其上，若雲興霞蔚。’”金代元好問《范寬秦川圖》詩：“雲興霞蔚幾千里，著我如在峨嵋巔。”同 雲蒸霞蔚。

【雲譎波詭】yún jué bō guǐ 譎：變化多端。詭：奇異。❶形容房屋結構變化多樣，就像雲彩和波浪一樣千姿百態。漢代揚雄《甘泉賦》：“於是大廈雲譎波詭，摧摧而成觀。”明代無名氏《光岳樓賦》：“角奮鬣馳，鱗潛羽翀，雲譎波詭，金炫漆融。”《孽海花》一二回：“崇樓傑閣，曲廊洞房，錦簇花團，雲譎波詭。”❷形容文思巧妙，變化莫測。南朝梁劉勰《文心雕龍•體性》：“是以筆區雲譎，文苑波詭者矣。”清代錢謙益《〈唐祖命詩稿〉序》：“祖命富於庀材，工於使物，雲譎波詭，聞見疊出。”◇這部小說構思雲譎波詭，情節一波三折。❸形容事物或事態變化多端。明代胡直《廣西鄉試錄序》：

"某嘗涉湘浮灕，攬結西粵之勝……雲譎波詭，不可狀陳。"清代王韜《瀛壖雜志》卷六："亦有小舟用三人者，馳鬥如飛，捷于鳧鶩，得勝者踊躍奔騰，波譎雲詭，以快奪標之興。"◇時局多變，雲譎波詭，弄得人心不穩。同 變幻莫測、變幻無常。反 平淡無奇、恆古不變。

【電光石火】diàn guāng shí huǒ 雷電的閃光和擊打燧石迸發的火花。本是佛教用語，《五燈會元·保福從展禪師》："此事如擊石火，似閃電光，搆得搆不得，未免喪身失命。"後人用以比喻：❶速度飛快，極快。清代紀昀《閱微草堂筆記·槐西雜志四》："如電光石火，彈指即過。"魯迅《阿Q正傳》："王胡驚得一跳，同時電光石火似的趕快縮了頭，而聽的人又都悚然而且欣然了。"❷稍縱即逝或轉眼就成過去的事物。元代姬翼《恣逍遙》詞："昨日嬰孩，今朝老大。百年間、電光石火。"清代洪昇《長生殿·冥追》："只他在翠紅鄉歡娛事過，粉香叢冤孽債多，一霎做電光石火。"同 石火電光。

【雷厲風行】léi lì fēng xíng 像巨雷一樣猛烈，像疾風一樣迅速。比喻聲勢大，行動快。宋代曾鞏《亳州謝到任表》："運獨斷之明，則天青水止；昭不殺之戒，則雷厲風行。"《二刻拍案驚奇》卷二六："且說李御史到了福建，巡歷地方，祛蠹除奸，雷厲風行，且是做得利害。"《官場現形記》三三回："今天調卷，明天提人，頗覺雷厲風行。"同 風行雷厲。反 老牛破車、慢條斯理。

【雷霆萬鈞】léi tíng wàn jūn 鈞：古代重量單位，三十斤。巨雷挾萬鈞之力。《漢書·賈山傳》："雷霆之所擊，無不摧折者；萬鈞之所壓，無不糜滅者。"後用"雷霆萬鈞"形容氣勢猛烈，力量強大，無可阻擋。宋代楊萬里《范公亭記》："當公伏閣以死爭天下大事，雷霆萬鈞，不栗不折，視大吏能回天卻月者，蔑如也。"章炳麟《藩鎮論》："震於雷霆萬鈞之勢，雖陰墮其實，而勿敢公違其言。"反 孤掌難鳴、勢單力孤。

【震天動地】zhèn tiān dòng dì 形容聲勢浩大或氣勢宏偉。北魏酈道元《水經注·河水》："河流激盪，濤湧波襄，雷渀電洩，震天動地。"明代李日華《三研齋三筆》卷一："是以佛雖十號圓成，而行於北方者，唯'佛'之一字震天動地，萬口宣揚之，莫之有二也。"《三國演義》四一回："二縣百姓號哭之聲，震天動地。"◇曠野上突然響起"喀喳喀喳"的閃電摩擦聲和震天動地的雷鳴。同 驚天動地、震天撼地。

【震耳欲聾】zhèn ěr yù lóng 聲音極響，震得耳朵快要聾了。沙汀《呼嚎》："每座茶館裏都人聲鼎沸，而超越這個，則是茶館裏震耳欲聾的吆喝聲。"◇街上突然傳來震耳欲聾的鞭炮聲，只見一輛紮着'囍'字的奔馳車，一路放着鞭炮，招搖過市。同 震天動地、震天駭地。

【震撼人心】zhèn hàn rén xīn 說在人們內心引起深刻的反響，形容影響力或感染力非常巨大。陳忠實《白鹿原》一三章："賀家坊的鑼鼓班子敲的是瓷豆兒傢伙，也叫硬傢伙，雄壯激昂，震撼人心，卻算不得原上最好的鑼鼓班子。"

【霧裏看花】wù lǐ kàn huā 形容老眼昏花，看東西迷迷濛濛。唐代杜甫《小寒食舟中作》詩："春水船如天上坐，老年花似霧中看。"後比喻朦朧模糊，看不真切。王國維《人間詞話》三九："白石寫景之作……雖格韻高絕，然如霧裏看花，終隔一層。"冰心《寄小讀者》一八："走馬看花，霧裏看花，都是看不清的。"反 洞若觀火。

【霧鬢風鬟】wù bìn fēng huán 鬟：古代女子的環狀髮髻。形容婦女的頭髮美麗，柔細蓬鬆。也借指美女。宋代侯寘《蝶戀花》詞："雪壓小橋溪路斷。獨立無言，霧鬢風鬟亂。"宋代朱景文《玉樓春》詞："有時閒把蘭舟放，霧鬢風鬟乘翠浪。"也作"霧鬢雲鬟"。宋代辛棄疾《木蘭花慢》詞："雲雨珠簾畫棟，笙歌霧鬢雲鬟。"元代白樸《牆頭馬上》一折："你看他霧鬢雲鬟，冰肌玉骨。"同 風鬟霧鬢。反 披頭散髮。

【霧鬢雲鬟】wù bìn yún huán 見“霧鬢風鬟”。

【露才揚己】lù cái yáng jǐ 展示才能，炫耀自己。漢代班固《〈離騷〉序》：“今若屈原，露才揚己，競乎危國群小之間，以離讒賊。”唐代楊綰《條奏貢舉書》：“投刺干謁，驅馳於要津；露才揚己，喧騰於當代。”宋代陸游《跋陳魯公所草親征詔》：“公之謙厚不伐，與露才揚己者，相去何啻千萬哉！”梁啟超《說動》：“陳言者，命之曰希望恩澤，程功者，命之曰露才揚己。”反 謙虛謹慎。

【露尾藏頭】lù wěi cáng tóu 見“藏頭露尾”。

【靈丹妙藥】líng dān miào yào ❶能醫治百病，藥到病除的丹藥。元代無名氏《漸江亭》二折：“我是天台一先生，逍遙散澹在心中，靈丹妙藥都不用，吃的是生薑辣蒜大憨葱。”明代無名氏《打韓通》頭折：“禮拜俺慈悲梵王，着夫人身安體壯，委的是靈丹妙藥世無雙。”沙汀《還鄉記》四：“他把它比作大麻瘋，說，既然是染上了，縱有靈丹妙藥你也醫不好了。”❷比喻能解決任何問題的萬能辦法。◇都說他腦袋裏有靈丹妙藥，難題只管問他好了，沒有解決不了的。同 錦囊妙計。

【靈蛇之珠】líng shé zhī zhū 據《淮南子•覽冥訓》高誘注：“隋侯，漢東之國，姬姓諸侯也。隋侯見大蛇傷斷，以藥傅之。後蛇於江中銜大珠以報之，因曰隋侯之珠”。又稱“靈蛇之珠”。後用以指代無價珍寶或非凡的才幹。三國魏曹植《與楊德祖書》：“人人自謂握靈蛇之珠，家家自謂抱荊山之玉。”唐代白居易《賦賦》：“客有自謂握靈蛇之珠者，豈可棄之而不收？”同 隋侯之珠。

【靈機一動】líng jī yī dòng 突然間閃出靈感，想出了好主意、好辦法或得到啟發。《兒女英雄傳》四回：“俄延了半晌，忽然靈機一動，心中悟將過來。”老舍《牛天賜傳》一：“她忽然靈機一動，又把小行李捲抱出來，重新檢查。”◇他靈機一動，計上心來，不禁高興得手舞足蹈。反 蠢若木雞。

青部

【青山不老】qīng shān bù lǎo ❶比喻歷時長久，永遠留存。宋代林用中《又和敬夫韻》：“青山不老千年在，白髮如絲兩鬢新。”❷形容來日方長。《三國演義》六十回：“青山不老，綠水長存。他日事成，必當厚報。”清代黃小配《洪秀全演義》一一回：“青山不老，明月常圓，後會有期。”冰心《二老財》：“呵，別了，女英雄，青山不老，綠水長存，得機緣我總要見你一面。”同 地久天長。反 白駒過隙。

【青山綠水】qīng shān lù shuǐ 清麗秀美的山水。宋代呂勝己《漁家傲》詞：“稚子攜壺翁策杖，徐徐往，青山綠水皆堪賞。”元代白樸《天淨沙•秋》曲：“一點飛鴻影下，青山綠水，白草紅葉黃花。”清代李修行《夢中緣》二回：“這青山綠水，閱盡無限興亡；斷塔疏鐘，歷過許多今古。”同 綠水青山。反 窮山惡水。

【青天白日】qīng tiān bái rì ❶指晴天的太陽。唐代韓愈《同水部張員外曲江春遊寄白二十二舍人》：“漠漠輕陰晚自開，青天白日映樓臺。”❷藍天和太陽。也借指白天、白晝。唐代韓愈《憶昨行和張十一》：“青天白日花草麗，玉斝屢舉傾金罍。”宋代楊萬里《明發房溪》詩：“青天白日十分晴，轎上蕭蕭忽雨聲。”《西遊記》八二回：“這妖精全沒一些兒廉恥！青天白日的，把個和尚關在家裏擺佈。”《紅樓夢》一〇八回：“青天白日怕甚麼？我因為好些時沒到園裏逛逛，今兒趁着酒興走走。那裏就撞着甚麼了呢？”❸比喻世道清明。唐代王建《寄分司張郎中》詩：“青天白日當頭上，會有求閒不得時。”宋代陸游《賀蔣中丞啟》：“豈惟斯民被化於春風和氣之中，亦使多士吐氣於青天白日之下。”❹比喻極其明顯，誰都可以看到的事物。宋代朱熹《答魏元履書》：“其為漢復仇之志，如青天白日，人人得而知之。”明代洪應明《菜根譚•修身篇》："心如青天白日，才應玉韞珠藏。"徐述夔《快士傳》卷一六："董聞道：'大丈夫心事如青天白日，量小弟豈有暗算老舅之理。'"同 光天化日、大天白日。反 半夜三更、暗無天日。

【青史留名】qīng shǐ liú míng 在歷史上留下好名聲。青史：指史書，古人在竹簡上記事。宋代李處己《題義門胡氏華林書院》詩："因知孝治垂風化，青史留名道允光。"《儒林外史》三九回："將來到疆場，一刀一槍，博得個封妻蔭子，也不枉了一個青史留名。"《曾國藩》一部七章："今以這部書送給賢弟，願弟暇時流覽，磨練砥礪，成就一代名將，一代賢臣，今後好青史留名。"也作"青史傳名"。《三國演義》九回："將軍若扶漢室，乃忠臣也，青史傳名，流芳百世。"同 名標青史、名垂青史。反 遺臭萬年。

【青史傳名】qīng shǐ chuán míng 見"青史留名"。

【青出於藍】qīng chū yú lán 藍：蓼藍草，可作染料。《荀子•勸學》："青，取之於藍而青於藍。"説靛青從蓼藍草中提煉出來，而顏色比蓼藍草更深。後用"青出於藍"比喻學生優於老師或後人超過前人。唐代張彥遠《歷代名畫記•敍師資傳授南北時代》："各有師資，遞相仿效，或自開戶牖，或未及門牆，或青出於藍，或冰寒於水。"宋代許月卿《次韻葉司戶》："金華葉相垂青史，青出於藍局局新。"魯彥《西安印象》："粗看起來，彷彿都是沒出息的孩子，但做起文章來卻青出於藍。"同 青勝於藍、冰寒於水。反 每下愈況、一蟹不如一蟹。

【青州從事】qīng zhōu cóng shì 青州：古代州名；從事：古代官名。《世説新語•術解》："恆公有主簿，善別酒，有酒輒令先嘗。好者謂'青州從事'，惡者謂'平原督郵'。"後用"青州從事"作為美酒的隱語。唐代皮日休《醉中寄魯望一壺並一絕》："醉中不得親相倚，故遣青州從事來。"《鏡花緣》九六回："信步走進酒肆，只見上面有一副對聯，寫着：'盡是青州從事，那有平原督郵。'"梁實秋《詩人》："就我孤陋的見聞所及，無論是'青州從事'或'平原督郵'，大抵白酒一斤或黃酒三五斤，即足以令任何人頭昏目眩粘牙倒齒。"反 平原督郵。

【青面獠牙】qīng miàn liáo yá 青面：青色的臉。獠牙：露在唇外的長牙。❶ 神怪故事中形容兇神惡鬼的面相。明代張岱《水滸牌序》："吳道子畫地獄變相，青面獠牙，盡化作一團清氣。"清代林雲銘《林四娘記》："已而推中門突入，則見有鬼，青面獠牙，赤體挺立，頭及屋簷。"❷ 形容人面貌極其兇惡猙獰。《隋唐演義》二一回："只因當日咬金面貌，還不曾這般醜陋，後因遇異人服了些丹藥，長得這等青面獠牙，紅髮黃鬚。"魯迅《吶喊•狂人日記》："那青面獠牙的一夥人，便都哄笑起來。"同 面目猙獰。反 慈眉善目。

【青紅皂白】qīng hóng zào bái 青、紅、黑、白四色。比喻事情的是非或情由。明代無名氏《梁山七虎鬧銅台》三折："也不管他青紅皂白，左右！且拏一面大枷來，把他枷着，送在牢中，再做計較。"魯迅《集外集•序言》："我卻又憎惡張翼德型的不問青紅皂白，掄板斧'排頭砍去'的李逵，我因此喜歡張順的將他誘進水裏去，淹得他兩眼翻白。"張恨水《啼笑因緣》七回："陶太太她不問青紅皂白，指定了那相片就是我。"同 是非曲直、是非黑白。

【青梅竹馬】qīng méi zhú mǎ 竹馬：兒童遊戲時當馬騎的竹竿。唐代李白《長干行》："郎騎竹馬來，遶牀弄青梅。同居長干里，兩小無嫌猜。"後用"青梅竹馬"形容小兒女天真無邪玩耍遊戲的樣子。也指男女幼年時親密無間。歐陽予倩《孔雀東南飛》四場："我與你自幼本相愛，青梅竹馬兩無猜。"◇誰不知道你們倆青梅竹馬，他一直暗戀你，到現在還不結婚？同 兩小無猜。

【青黃不接】qīng huáng bù jiē 青：青苗。黃：成熟的穀物。❶ 陳糧已經吃完，新糧尚未接上。《元典章•倉庫》："即目正是青黃不接之際，各處物斛湧貴。”清代顧炎武《病起與薊門當事書》：“請舉奏明之夏麥、秋米及豆草，一切徵其本色，貯之官倉，至來年青黃不接之時而賣之。”《曾國藩》三部七章：“今後湘鄉縣的公益之事，如修路架橋起涼亭，冬天發寒衣，青黃不接時施粥湯等等，這些事，我們曾家都要走在別人前頭。”❷ 比喻人力、物力、財力暫時難以為繼。《兒女英雄傳》三三回：“這個當兒，正是我家一個青黃不接的時候兒，何況我家又本是個入不敷出的底了，此後日用有個不足，自然還得從這項裏添補着使。”胡適《〈國學季刊〉發刊宣言》：“在這青黃不接的時期，只有三五個老輩在那裏支撐門面。”同 青黃不交。

【青雲直上】qīng yún zhí shàng 青雲：指青天。《史記·范雎蔡澤列傳》：“賈不意君能自致於青雲之上。”後以“青雲直上”比喻人迅速升到很高的地位。唐代劉禹錫《寄毗陵楊給事》詩：“青雲直上無多地，卻要斜飛取勢回。”宋代戴栩《送侯居甫監軍器所門》詩：“青雲直上不留難，也向神京效一官。”周汝昌《曹雪芹小傳·身後》：“這時和珅卻引了一句《四書》，應對敏捷巧妙，大得乾隆的歡心，從此就步步青雲直上。”同 平步青雲、飛黃騰達。反 仕途坎坷、宦海風波。

【青睞有加】qīng lài yǒu jiā《晉書·阮籍傳》：“籍又能為青白眼，見禮俗之士，以白眼對之……（嵇康）乃賫酒挾琴造焉，籍大悦，乃見青眼。”青眼：眼睛正視時，黑眼珠在中间。睞：看。後以“青睞有加”表示對人喜愛或尊重。◇發現學農科的學生中居然有一少年能背誦《詩經》，大喜過望，青睞有加，並親自在課餘教授其傳統國學。反 白眼相加。

【青錢萬選】qīng qián wàn xuǎn《新唐書·張薦傳》：“員外郎員半千數為公卿，稱‘鷟（張鷟）文辭猶青銅錢，萬選萬中’。時號鷟‘青錢學士’。”青錢：青銅錢，鑄造的品質較高。萬選：形容多次挑選。後用“金錢萬選”形容文章出眾。元代魏初《滿江紅》詞：“問誰是中原豪傑。人盡道青錢萬選，使君高節。”《醒世恆言·錢秀才錯佔鳳凰儔》：“下筆千言立就，揮毫四坐皆驚。青錢萬選好聲名，一見人人起敬。”明代程登吉《幼學瓊林·文事》：“《白雪》《陽春》，是難和難賡之韻；青錢萬選，乃屢試屢中之文。”同 字字珠璣、膾炙人口。反 辭不達意、味同嚼蠟。

【青燈黃卷】qīng dēng huáng juàn 青燈：指油燈，其燈光多呈青黃色。黃卷：指書卷，古代紙張為防蟲蛀，多用黃檗塗染。❶ 形容辛勤攻讀。宋代陸游《夙興》詩：“青燈黃卷擁篝爐，殘髮垂蓬未暇梳。”元代關漢卿《金線池》四折：“一個向青燈黃卷賦詩篇，一個剪紅綃翠錦學針線。”明代崔時佩《南西廂記·金蘭判袂》：“青燈黃卷，螢窗雪案，昔日同操筆硯。”❷ 專指油燈與佛經。◇永智禪師七歲出家，在寺廟與青燈黃卷作伴整整六十年。同 黃卷青燈。

【青蠅弔客】qīng yíng diào kè《三國志·虞翻傳》裴松之注引《虞翻別傳》：“自恨疏節，骨體不媚，犯上獲罪，當長沒海隅，生無可與語，死以青蠅為弔客。”青蠅：蒼蠅。後以“青蠅弔客”説死後只有蒼蠅來憑弔，形容生前無友，死後寂寥。清代宋琬《哭門人孫石書》詩：“囊中白雪孤兒哭，門外青蠅弔客來。”清代袁枚《哭侯夷門》詩：“黃葉秋江冷，青蠅吊客稀。”黃事忠《汪杏泉丈輓詞》：“青蠅弔客死何恨，雛鳳佳兒聲已清。”反 賓客盈門。

【青蠅點素】qīng yíng diǎn sù 漢代王充《論衡·累害》：“清受塵，白取垢，青蠅所污，常在練素。”青蠅：蒼蠅；素：白色的生絹。後用“青蠅點素”指蒼蠅玷污白絹，比喻小人誣害好人。《後漢書·楊震傳》：“故太尉震，正直是與，俾匡時政，而青蠅點素，同茲在藩。”宋代葛立方《韻語陽秋》卷二：“似譏當時閹人用事於人君之前，不能主張文儒，而乃如青蠅之點素也。”《姓氏名字》一：“數千載文明之間，時或青蠅點素，塵染日月。然五經不亡，猶仲尼常在，而聖火不絕矣。”

【靜言令色】jìng yán lìng sè 等於說“巧言令色”。形容善於用花言巧語、滿面春風取悅人。《漢書·翟方進傳》：“兄宣靜言令色，外巧內嫉。”清代王念孫《讀書雜志·漢書十三》：“靜言令色，即巧言令色。下文‘外巧’二字，統承‘靜言令色’言之，則靜非安靜之謂也。”同 巧言令色、花言巧語。反 疾言厲色、聲色俱厲。

非部

【非分之念】fēi fèn zhī niàn 見“非分之想”。

【非分之想】fēi fèn zhī xiǎng 非分：不屬自己應該佔有的。也作“非分之念”。❶ 在自己應得好處以外的奢望。魯迅《花邊文學·運命》：“不信運命，就不能‘安分’，窮人買獎券，便是一種‘非分之想’。”❷ 不道德、不規矩的想法。馮玉祥《我的生活》第五章：“那是武衛右軍的兵在潰退的途中，遇見一位坐轎車的華貴少婦，手上戴有兩副赤金鐲子，因此觸動了一部分士兵的非分之念。”◇他告誡自己，如果對現在的生活再不滿意，再有非分之想，那就太說不過去了。反 安分守己。

【非同小可】fēi tóng xiǎo kě 超出一般或關係重大，不能等閒視之。元代關漢卿《裴度還帶》一折：“恰才我見裴度此人非同小可，此人將來必然崢嶸有日。”《水滸傳》二九回：“這是武松平生的真才實學，非同小可，打得蔣門神在地下叫饒。”《紅樓夢》五三回：“這汗後失調養，非同小可。”反 無關緊要、無可無不可。

【非同兒戲】fēi tóng ér xì 說事情很重要，不是鬧着玩的。《紅樓夢》九四回：“玩是玩，笑是笑，這個事非同兒戲，你可別混說！”《鏡花緣》五五回：“你們只顧鬥嘴頑笑，那知此事非同兒戲，若不早作準備，設或出痘，誤了考期，那卻怎好？”清代李百川《綠野仙蹤》二二回：“你做的你明白，這件事可大可小，非同兒戲。”◇錢雖不多，但侵吞稅款非同兒戲。同 非同小可。

【非同尋常】fēi tóng xún cháng 尋常：平常。形容人或事物很突出，不同於一般。《官場現形記》五二回：“況且他也是王爺之分，非同尋常可比。”金庸《神雕俠侶》二一回：“忽必烈用兵果然非同尋常，只待城中開門接應，四隊精兵便一擁而入。”同 不同尋常。反 司空見慣。

【非池中物】fēi chí zhōng wù 不是長期蟄居池塘中的小動物。比喻有遠大抱負的人。《三國志·周瑜傳》：“恐蛟龍得雲雨，終非池中物也。”明代程登吉《幼學瓊林·鳥獸類》：“鮒魚困涸轍，難待西江水，比人之甚窘；蛟龍得雲雨，終非池中物，比人大有為。”《三國演義》七九回：“子建懷才抱智，終非池中物，若不早除，必為後患。”李春光《清代名人軼事輯覽·梁啟超》：“侍郎使語之曰：‘予固知啟超寒士，但此子終非池中物。’”

【非我族類】fēi wǒ zú lèi 族類：指種族。不是跟自己同一種族的人。《左傳·成公四年》：“非我族類，其心必異。”後泛指跟自己不是同類的人。南朝梁沈約《奏彈王源》：“且非我族類，往哲格言。薰不蕕雜，聞之前典。”黃易《尋秦記》十四卷一章：“我並非因呂不韋非我族類而排斥他，商君是衛人，但卻最得我的敬重。”

【非親非故】fēi qīn fēi gù 不是親屬，也不是故舊。表示彼此之間沒有甚麼特殊關係。唐代劉肅《大唐新語·剛正》：“臣必以韋擢與谘非親非故，故當以貨求耳。”《警世通言·桂員外途窮懺悔》：“但非親非故，白佔寡婦田房，被人議論。”許地山《玉官》四章：“在開心的時候她會微笑，可是有時忽然也現出莊肅的情態，這大概是她想到陳廉也許不會喜歡她，或彼此非親非故所致罷。”同 非親非眷、素昧平生。反 沾親帶故、親朋好友。

【非驢非馬】fēi lǘ fēi mǎ《漢書·西域傳下》：“驢非驢，馬非馬，若龜茲王，所謂贏也。”贏：即騾、驢和馬雜交所生。後以“非驢非馬”比喻不倫不類，甚麼也不像。蔡東藩《民國通俗演義》三八回：“這等條例，明明是限制民意，集權政府，一時不便擅作威福，就借這非驢非馬的法子，掩飾過去。”張愛玲《沉香屑•第一爐香》：“在竹布衫外面加上一件絨線背心，短背心底下，露出一大截衫子，越發覺得非驢非馬。”同 不倫不類。反 像模像樣。

【靡有孑遺】mǐ yǒu jié yí《詩經•雲漢》：“旱既太甚，則不可推。兢兢業業，如霆如雷。周餘黎民，靡有孑遺。”指大旱之年活過來的黎民百姓，也都經歷過旱災的困苦，沒一個能躲得過去。後用以指：❶ 一點都沒剩下，蕩然無存。《後漢書•應劭傳》：“逆臣董卓，蕩覆王室，典憲焚燎，靡有孑遺。”《隋書•經籍志一》：“惠、懷之亂，京華蕩覆，渠閣文籍，靡有孑遺。”梁啟超《中國積弱溯源論》：“中國之一線生機，芟夷斬伐而靡有孑遺者，皆在此三十年也。”❷ 全部囊括在內，沒有一點遺漏。唐代劉知幾《史通•煩省》：“及干令升史議，歷詆諸家而獨歸美《左傳》，云丘明能以三十卷之約，括囊二百四十年之事，靡有孑遺。”

【靡衣玉食】mǐ yī yù shí 靡：華麗精美。華麗的衣服，美味的食物。形容生活奢侈。《梁書•王亮傳》：“亮協固凶黨，作威作福，靡衣玉食，女樂盈房。”宋代蘇軾《六國論》：“春秋之末至於戰國，諸侯卿相皆爭養士……靡衣玉食以館於上者，何可勝數。”◇如今貧富懸殊，社會分化嚴重，有錢人華屋麗室，靡衣玉食。

【靡衣偷食】mǐ yī tōu shí 偷：苟且、姑且。身着華麗的衣服，吃喝玩樂，只顧眼前，不計將來。《漢書•韓信傳》：“(今足下)名聞海內，威震諸侯，眾庶莫不輟作怠惰，靡衣偷食，傾耳以待命者，然眾勞卒疲，其實難用也。”《梁書•武帝紀上》：“昔毛玠在朝，士大夫不敢靡衣偷食。”◇人若沒志氣不上進，靠在父母身上靡衣偷食，有誰能看得起他？

【靡顏膩理】mǐ yán nì lǐ 理：肌理。形容女子容貌美麗，肌膚柔細滑膩。《楚辭•招魂》：“靡顏膩理，遺視矊(mián)些。”清代袁枚《小倉山房尺牘》九六：“拜見之下，果然靡顏膩理，淑質豔光。”反 蓬頭垢面。

【靡靡之音】mǐ mǐ zhī yīn 萎靡頹廢的音樂。靡靡：柔弱、萎靡不振。也作“靡靡之樂”。《韓非子•十過》：“此師延之所作，與紂為靡靡之樂也。”《路史•后紀》：“帝履癸是為桀……群臣相持而唱於庭，靡靡之音，人以龜其必亡。”《聊齋誌異•羅剎海市》：“馬即起舞，亦效白錦纏頭，作靡靡之音。”

【靡靡之樂】mǐ mǐ zhī yuè 見“靡靡之音”。

面 部

【面不改色】miàn bù gǎi sè 臉色一點兒也不變。❶ 形容緊急時鎮定從容，神態如常。元代秦簡夫《趙禮讓肥》二折：“我這虎頭寨上，但凡拿住的人呵，見了俺喪膽亡魂，今朝拿住這廝，面不改色。”《三國演義》八一回：“宓面不改色，回顧先主而笑曰：‘臣死無恨，但可惜新創之業，又將顛覆耳！’”魯迅《故事新編•鑄劍》：“黑色人也彷彿有些驚慌，但面不改色。”❷ 形容用大力氣後，臉色如常。◇那孩子練完一趟少林拳法，面不改色，氣不發喘。同 面不改容。反 大驚失色。

【面目一新】miàn mù yī xīn 面貌一下子變成新的了。形容舊貌換新顏。◇嚴寒終於過去，初春的陽光讓萬物復蘇，大地面目一新／她換上了新衣，又剛把長髮削短，抹上了胭脂口紅，給人容光煥發，面目一新的感覺。反 面目全非。

【面目可憎】miàn mù kě zēng 憎：厭惡。樣子難看，招人厭惡。蔡東藩《慈禧太后演義》二八回：“聶士成見他煙容滿面，面目可憎，不由得發憤道：‘我不去，我不去！’”唐代韓愈《送窮文》：“凡所以使吾面目可憎，語言無味者，皆子之志也。”《醉醒石》七回：“士人三日不讀書，則面目可憎語言無味。”◇生意人就知道賺錢，滿身銅臭氣，三句話不離錢，實在是面目可憎。

【面目全非】miàn mù quán fēi 面目：指景象、狀態。已全部改變，完全不是原來的樣子了。形容前後變化巨大。《聊齋誌異•陸判》："舉首則面目全非，又駭極。夫人引鏡自照，錯愕不能自解。"茅盾《腐蝕•十月十日》："她説我也和從前在學校時完全不同了，要是在路上遇見，決不認識。唔！原來我'面目全非'了麼？"馮至《一夕話與半日遊》："我的散文裏涉及的一些人和事，有的已經面目全非，有的則是與時代共進了。"反 依然如故。

【面有菜色】miàn yǒu cài sè 菜色：因以野菜充飢，臉上浮現出的青黃色。《禮記•王制》："雖有凶旱水溢，民無菜色。"《漢書•元帝紀》："民有菜色。"後用"面有菜色"形容飢民或體弱多病的人。清代沈復《浮生六記》卷四："山門緊閉，敲良久，無應者，忽旁開一門，呀然有聲，一鶉衣少年出，面有菜色，足無完履，問曰：'客何為者？'"◇塵土飛揚的路上盡是面有菜色的飢民，提籃攜幼，衣衫襤褸。同 面有飢色、面黃肌瘦。

【面如土色】miàn rú tǔ sè 臉色像泥土一樣沒有血色。形容極為驚恐。《敦煌變文集•捉季布變文》："歸到壁前看季布，面如土色結眉頻。良久沉吟無別語，唯言禍難在逡巡。"《警世通言》卷九："李白重讀一遍，讀得聲韻鏗鏘，番使不敢則聲，面如土色。"魯迅《阿長與〈山海經〉》："煮飯的老媽子從此就駭破了膽，後來一提起，還是立刻面如土色。"同 面色如土、面無人色。反 滿面春風。

【面如冠玉】miàn rú guān yù 冠玉：裝飾在帽子上的玉。《史記•陳丞相世家》："絳侯、灌嬰等咸讒陳平曰：'平雖美丈夫，如冠玉耳，其中未必有也。'"後用以比喻男子英俊貌美。《南史•鮑泉傳》："面如冠玉，還疑木偶。"《三國演義》三八回："(孔明) 身長八尺，面如冠玉，頭戴綸巾，身披鶴氅，飄飄然有神仙之概。"◇她的哥哥面如冠玉，風度翩翩，眉宇間透出一絲書卷氣，很是招惹女性。同 美如冠玉。反 面黃肌瘦。

【面折廷爭(諍)】miàn zhé tíng zhēng 見"廷爭(諍)面折"。

【面命耳提】miàn mìng ěr tí《詩經•抑》："匪面命之，言提其耳。"附在耳旁提醒，面對面地教誨。形容懇切地教導。宋代劉克莊《擬撰科詔回奏》："幸以翰墨小技，待罪視草，辭意有未穩處，仰荷明主親灑奎畫，不啻面命耳提，謹以覽賦。"◇她家教很嚴格，從小受父親面命耳提，養成一套禮儀習慣，文質彬彬。同 耳提面命、諄諄教誨。反 少條失教。

【面面相覷】miàn miàn xiāng qù 覷：看。互相看着，説不出話來。形容因為精神緊張或驚慌恐懼而一時呆滯，不知所措。《續傳燈錄•海鵬禪師》："僧問：'如何是大疑底人？'師曰：'畢鉢巖中面面相覷。'"明代張岱《海志》："舟起如簸，人皆瞑眩，蒙被僵卧，懊喪此來，面面相覷而已。"《儒林外史》四三回："那船上管船的舵工，押船的朝奉，面面相覷，束手無策。"同 面面相看。

【面面俱全】miàn miàn jù quán 方方面面都考慮到、安排好，沒有遺漏和不妥之處。茅盾《多角關係》七："廠裏也派着二萬塊的用途，存貨也鬆鬆動動；這倒是面面俱全的法子。"◇工廠能快點收到貨款，代理商能減少庫存，商店能便宜進貨，你這主意實在是面面俱全。同 面面俱到。

【面面俱到】miàn miàn jù dào 各方面都考慮到、照顧到、安排好，該做的都做了，沒有遺漏和不妥之處。《官場現形記》五七回："這位單道台辦事一向是面面俱到，不肯落一點褒貶的。"李六如《六十年的變遷》第八章："無論對哪一派紳士，他都面面俱到，沒有得罪過任何人。"同 八面圓通、滴水不漏。反 掛一漏萬、紕漏百出。

【面紅耳赤】miàn hóng ěr chì 耳朵和面孔都紅了起來。形容害羞、情緒擾動、心中愧疚或用力過大時的臉色。《西湖佳話•斷橋情跡》："然而他是深閨小姐，如何就肯應承這句話，畢竟要面紅耳赤。"《二十年目睹之怪現狀》一回："不住的面紅耳赤，意往神弛，身上不知怎樣才好。”胡適《我的母親》：“我聽了羞愧得面紅耳赤，覺得大失了‘先生’的身份！”也作“面紅耳熱”、“耳紅面赤”。《初刻拍案驚奇•轉運漢遇巧洞庭紅》：“討少了怕不在行，討多了怕要吃笑，忖了忖面紅耳熱。”《紅樓夢》一〇九回：“想到這裏，不免面紅耳熱起來，也就訕訕的進房梳洗去了。”《説岳全傳》六一回：“忽見禁子走來，輕輕的向倪完耳邊説了幾句。倪完吃了一驚，不覺耳紅面赤。”

【面紅耳熱】 miàn hóng ěr rè 見“面紅耳赤”。

【面授機宜】 miàn shòu jī yí 機宜：靈活處置的對策。當面授予針對即時情況來處置的辦法或方策。《官場現形記》一八回：“欽差會意，等到晚上無人的時候，請了拉達過來，面授機宜。”◇偵緝隊長對卧底的密探面授機宜，關照了近期要注意的方方面面。

【面黃肌瘦】 miàn huáng jī shòu 臉色發黃，肌膚瘦削。形容飢餓、患病、體弱的樣子。《古今小説》卷四：“張遠看着阮三面黃肌瘦，咳嗽吐痰，心中好生不忍。”《鏡花緣》九八回：“再看那些吃糕之人，個個面黃肌瘦，都帶病容。”◇富裕起來的哥哥紅光滿面，而他的兄弟卻因生意破產，病得面黃肌瘦。同 面有菜色。反 腦滿腸肥。

【面無人色】 miàn wú rén sè 臉上沒有常人的血色。形容受驚嚇極度恐懼的面色或身體衰弱的樣子。宋代朱熹《答廖子晦》：“東坡在湖州被逮時，面無人色，兩足俱軟，幾不能行。”《朱文公文集•奏救荒事宜狀》：“百萬生齒，飢困支離，朝不謀夕，其尤甚者，衣不蓋形，面無人色。”《歧路燈》一七回：“舉燈看時，面無人色，眼往上翻，順口流涎，王氏慌的哭着説道：‘我的兒呀！你休不得活了，可該怎的！’”同 面如土色、面如死灰。反 面不改色。

【面壁功深】 miàn bì gōng shēn 面壁：佛教語，指面對牆壁，靜坐修行。説佛教徒面壁靜修，道行不斷提高。比喻在某方面長期鑽研，造詣與功力日深。《五燈會元•東土祖師》：“（菩提達摩大師）寓止於嵩山少林寺，面壁而坐，終日默然，人莫之測，謂之壁觀婆羅門。”◇他每於夜半作畫寫字，幾十年來從未間斷，面壁功深，其作品的市價越來越高。

革部

【革故鼎新】 gé gù dǐng xīn《易經•雜卦》：“革，去故也；鼎，取新也。”後以“革故鼎新”指破除掉舊的，創建起新的。唐代張説《唐中書令梁國公姚崇神道碑銘》：“夫以革故鼎新，大來小往，得喪而不形於色，進退而不失其正者，鮮矣！”《舊五代史•梁太祖紀》：“革故鼎新，諒曆數而先定，創業垂統，知圖纂以無差。”《水滸全傳》八十回：“速沾雨露，以就去邪歸正之心；毋犯雷霆，當效革故鼎新之意。”同 革故立新、破舊立新。反 墨守陳規、因循守舊。

【革面洗心】 gé miàn xǐ xīn《易經•繫辭上》：“聖人以此洗心。”《易經•革》：“君子豹變，小人革面。”洗心：洗滌心胸，除去惡念、雜念；革面：改變臉色或態度。後以“革面洗心”比喻徹底悔悟，痛改前非。魯迅《書信集•致黎烈文》：“近來所負軍債甚多，擬稍稍清醒，然後閉門思過，革面洗心，再一嘗試。”同 洗心革面。

【鞍前馬後】 ān qián mǎ hòu 説前前後後地奔忙，盡心竭力為主人、上司等效力。◇員工們鞍前馬後，為推出這款新產品默默地做了大量準備工作。同 驢前馬後。

【鞍馬勞困】 ān mǎ láo kùn 見“鞍馬勞頓”。

【鞍馬勞倦】 ān mǎ láo juàn 見“鞍馬勞頓”。

【鞍馬勞頓】 ān mǎ láo dùn 古人以騎馬為重要的出行方式，以“鞍馬勞頓”形容征途或旅途的辛勞。元代楊顯之《瀟湘雨》四折：“興兒，我一路上鞍馬勞頓，我權且歇息，休要着人大驚小怪的。”《説岳全傳》四二回：“王侄一路遠來，鞍馬勞頓，故令王侄回營安歇。”也作“鞍馬勞困”、“鞍馬勞倦”。元代關漢卿《竇娥冤》四折："不覺的一陣昏沉上來，皆因老夫年紀高大，鞍馬勞困之故。"元代施惠《幽閨記》二六齣："我已曾吩咐你，我路上鞍馬勞倦，欲得一覺好睡，不許閒雜人打攪。"《水滸傳》六三回："鞍馬勞困，你且去館驛內安下，待我會官商議。"同 鞍馬勞神。

【鞠躬盡瘁】jū gōng jìn cuì 鞠躬：恭敬謹慎的樣子；瘁：勞累、勞苦。忠誠不二，不怕勞苦，盡心盡責。常與"死而後已"連用。三國蜀諸葛亮《後出師表》："臣鞠躬盡力，死而後已。"明代歸有光《封中憲大夫興化府知府周公行狀》："況若臣病即死，則鞠躬盡瘁，臣之分願已畢。"吳組緗《一千八百擔》："我柏堂為義莊，五年來是鞠躬盡瘁，大家都曉得。"同 鞠躬盡瘁，死而後已。反 拈輕怕重、挑肥揀瘦。

【鞭長不及】biān cháng bù jí《左傳·宣公十五年》："古人有言曰：'雖鞭之長，不及馬腹。'"後用"鞭長不及"比喻力所不及，力量達不到。清代侯方域《代司徒公屯田奏議》："鞭長不及，漁侵莫問。"郭沫若《高漸離》第四幕："楚國和秦國的仇恨最深，秦國的勢力也有點鞭長不及，將來天下大亂的時候，一定從那兒開頭。"同 鞭長莫及。反 力所能及。

【鞭長莫及】biān cháng mò jí《左傳·宣公十五年》："古人有言曰：'雖鞭之長，不及馬腹。'"說鞭子再長，也不能打到馬肚子上。後用"鞭長莫及"說自己的能力或力量達不到。清代昭槤《嘯亭續錄·魏柏鄉相公》："滇、黔、蜀、粵地方邊遠，今將滿兵遽撤，恐一旦有變，有鞭長莫及之虞。"《歧路燈》十回："況且又有家事在心，鞭長莫及，不免有些悶悶。"《民國通俗演義》七回："就是遼東三省……亦未便駕馭，鞭長莫及，在在可憂。"同 鞭長不及。

【鞭辟入裏】biān pì rù lǐ 分析透徹，說理明白，點中要害。鞭辟：剖析。入裏：深入裏層。也作"鞭辟近裏"。宋代程顥《師訓》："學只要鞭辟近裏，著己而已。"梁啟超《湖南時務學堂課藝批》："故能興民權者，斷無可亡之理。汝已見到此層，但未鞭辟入裏耳。"朱自清《山野掇拾》："他們的思力不足，不足剖析入微，鞭辟入裏。"反 不着邊際、言不及義。

【鞭辟近裏】biān pì jìn lǐ 見"鞭辟入裏"。

韋部

【韋編三絕】wéi biān sān jué 韋編：把竹簡連在一起的皮條。三：指多次。《史記·孔子世家》："孔子晚而喜《易》……讀《易》，韋編三絕。"說孔子晚年反覆研讀《周易》，竹簡翻來翻去，連結竹簡的皮條被磨斷了多次。後形容讀書勤奮，治學刻苦。晉代葛洪《〈抱朴子〉序》："聖者猶韋編三絕，以勤經業，凡才近人，安得兼修。"唐代楊炯《中書令汾陰公薛振行狀》："沉研《易》象，韋編三絕，賦詩縱酒，以樂當年。"元代耶律楚材《過天德和王輔之》："韋編三絕耽羲《易》，蕭散風神真隱人。"同 映雪囊螢、鑿壁偷光。反 不學無術、飽食終日。

【韓壽分香】hán shòu fēn xiāng 見"韓壽偷香"。

【韓壽偷香】hán shòu tōu xiāng《晉書·賈充傳》載：晉朝大臣賈充之女賈午與韓壽私通，把皇帝賞賜給賈充的西域異香贈予韓壽，賈充知道後密而不宣，並把女兒嫁給韓壽。後用"韓壽偷香"、"韓壽分香"作為男女相愛，暗中往來的典故。五代後蜀歐陽炯《春光好》詞："雖似安仁擲果，未聞韓壽分香。"明代沈鯨《雙珠記·遇淫持正》："不但偷鈴，韓壽偷香，方法也是我教他的。"

【韜光晦跡】tāo guāng huì jì 收斂鋒芒，隱藏蹤跡。漢代孔融《離合作郡姓名字詩》："玟璇隱曜，美玉韜光。"南朝梁蕭統《〈陶淵明集〉序》："聖人韜光，賢人遁世。"後用"韜光晦跡"表示隱藏不露，避世無爭或待機而起。《高僧傳》："釋僧同，韜光晦跡，人莫能知，居寒山。”元代王子一《誤入桃源》一折：“我和你韜光晦跡老山中，煞強如齊家治國平天下。”《醒世恆言•馬當神風送滕王閣》：“自古至今有那一等懷才抱德、韜光晦跡的文人秀才，就比那奇珍異寶，良金美玉，藏於泥土之中。”清代紀昀《閱微草堂筆記•灤陽消夏錄六》：“果為隱者，方韜光晦跡之不暇，安得知名？”同 晦跡韜光、韜光養晦。反 鋒芒畢露、拋頭露面。

【韜光養晦】tāo guāng yǎng huì 收斂鋒芒，把才華、能力隱藏起來，不讓它外露。《蕩寇志》七六回：“賢侄休怪老夫説，似你這般人物，不爭就此罷休。你此去，須韜光養晦，再看天時。”鄭觀應《〈盛世危言〉自序》：“自顧年老才庸，粗知《易》理，亦急擬獨善潛修，韜光養晦。”同 韜光晦跡、韜晦之計。反 飛揚跋扈、鋒芒畢露。

【韜晦之計】tāo huì zhī jì 收斂鋒芒，隱藏自己的能力和意圖，待機而動的謀略。《三國演義》二一回：“玄德也防曹操謀害，就下處後園種菜，親自澆灌，以為韜晦之計。”同 韜光養晦。

音部

【音信杳無】yīn xìn yǎo wú 沒有一點消息。杳：暗，空。明代吾邱瑞《運甓記•剪髮延賓》：“盼前程音信杳無。”◇他自從離開故鄉出去讀書，至今音信杳無。同 杳無音信、音信杳然。

【音容笑貌】yīn róng xiào mào 聲音、容顏與笑的神態。常用於懷念對方。魯迅《關於太炎先生二三事》：“直到現在，先生的音容笑貌，還在目前，而所講的《説文解字》卻一句也不記得了。”◇他離我而去已有十年，但他的音容笑貌至今依然在我心中。

【響遏行雲】xiǎng è xíng yún 遏：阻。形容聲音響亮上震雲霄，把飄動的雲彩都阻擋住了。《列子•湯問》：“薛譚學謳於秦青，未窮青之技，自謂盡之，遂辭歸。秦青弗止，餞於郊衢，撫節悲歌，聲振林木，響遏行雲。薛譚乃謝求反，終身不敢言歸。”唐代趙嘏《聞笛》詩：“誰家吹笛畫樓中，斷續聲隨斷續風。響遏行雲橫碧落，清和冷月到簾櫳。”《廿載繁華夢》八回：“跟手又唱第二齣，便是《一夜九更天》，用老生掛白鬚，扮老人家，唱過嶺時，全用高字，真是響遏行雲。”同 響徹雲霄、聲振林木。

【響徹雲際】xiǎng chè yún jì 見“響徹雲霄”。

【響徹雲霄】xiǎng chè yún xiāo 形容聲音非常響亮，穿破雲層，直達霄漢。也作“響徹雲際”。明代袁宏道《吳遊記•虎丘》：“一夫登場，四座屏息，音若細髮，響徹雲際。”《古今小説•閒雲庵阮三償冤債》：“忽聽得街上樂聲縹緲，響徹雲際。”《隋唐演義》八六回：“這一曲笛音，真吹得響徹雲霄。”同 響遏行雲。反 萬籟俱靜。

頁部

【頂天立地】dǐng tiān lì dì 頭頂青天，腳踏大地。❶ 形容形象高大魁偉。巴金《家》一：“兩扇大門開在裏面，門上各站了一位手持大刀的頂天立地的彩色門神。”◇看你兒子長得頂天立地的，將來一定有出息。❷ 形容氣概豪邁或光明正大。《五燈會元•道場無庵法全禪師》：“汝等諸人，個個頂天立地。”元代紀君祥《趙氏孤兒》一折：“我韓厥是一個頂天立地的男兒，怎肯做這般勾當。”《水滸傳》三十回：“武松是個頂天立地的好漢。”

【頂禮膜拜】dǐng lǐ mó bài ❶ 佛教最虔誠恭敬的拜佛禮儀。頂禮：雙膝跪地，雙手伏地，頭頂尊者之足。膜拜：雙手加額，跪地而拜。❷ 比喻出於無限崇拜，致以最高、最尊崇的敬禮。《蕩寇志》一一四回：“又添一個青年女子，頂禮膜拜，行狀舉止，彷佛慧娘。”《痛史》二十回：“這句話傳揚開去，一時哄動了吉州百姓，扶老攜幼，都來頂禮膜拜。”章炳麟《東京留學生歡迎會演説辭》：“那不好的雖要改良，那好的必定應該頂禮膜拜。”同 五體投地。反 視如糞土、視如敝屣。

【項背相望】xiàng bèi xiāng wàng 項：頸項。背：脊背。指前後相顧。《後漢書•左雄傳》：“監司項背相望，與同疾疢，見非不舉，聞惡不察。”後形容前後相繼，不斷出現。宋代岳珂《天定錄後序》：“方公道宏開，真儒才卿，執椽筆而發幽光者，項背相望。”元代虞集《熊先生墓誌銘》：“舉進士者項背相望。”梁啟超《愛國論》：“不觀夫江南自強軍乎，每歲糜巨萬之餉以訓練之，然逃亡者項背相望。”

【順水人情】shùn shuǐ rén qíng 不費力的、順便做的人情。《東周列國誌》三八回：“如果天子肯放你，我就做個順水人情。”《民國演義》一五八回：“那些商民紳董，見盧氏已去，知道孫氏必來，樂得做個順水人情，拍幾個馬屁。”同 借花獻佛。

【順水推舟】shùn shuǐ tuī zhōu 順着水流的方向推船。比喻因利乘便，順着當時的情勢說話、做事，自己不擔責任、不觸犯人、不冒風險。也作“順水推船”。元代王實甫《破窰記》一折：“擠眉弄眼，俐齒伶牙，攀高接貴，順水推船。”《二刻拍案驚奇》卷一一：“是他立性既自如此，留着也落得做冤家，不是好住手的；不如順水推船，等他去了罷。”《歧路燈》一〇七回：“他能順水推舟，開籠放鳥，吾知此公子孫必然發旺。”《兒女英雄傳》三五回：“不想這樣一個順水推舟的人情，也要等你們戴紗帽的來說才說的成。”同 順水人情。

【順水推船】shùn shuǐ tuī chuán 見“順水推舟”。

【順手牽羊】shùn shǒu qiān yáng ❶ 比喻不費氣力，乘便行事。元代尚仲賢《單鞭奪槊》二折：“是我把右手帶住馬，左手揪着他眼扎毛，順手牽羊一般牽他回來了。”《西遊記》一六回：“與他個順手牽羊，將計就計，教他住不成罷。”❷ 比喻順手拿走別人的東西。清代頤瑣《黃繡球》三回：“這一天見來的很是不少，黃通理更代為躊躇，怕的是越來越多，容不下去，而且難免有趁火打劫、順手牽羊的事。”巴金《談〈憩園〉》：“據說就是在那個時候，他到任何地方都要來一下‘順手牽羊’的表演。”

【順風轉舵】shùn fēng zhuǎn duò 依照風向調整舵位，轉變方向。比喻見機行事或隨機應變。◇看人看勢說話，順風轉舵討巧，有的人就是這麼圓滑。同 隨風轉舵、順風使舵。

【順時而動】shùn shí ér dòng ❶ 順應四季時節而行動。三國魏嵇康《幽憤詩》：“嗈嗈鳴雁，奮翼北遊，順時而動，得意忘憂。”❷ 順應形勢而行動。晉代袁宏《後漢紀•靈帝紀中》：“故聖人常順時而動。”宋代朱熹《答或人》：“循理而行，順時而動，不敢用其私心。”◇秦末暴政，天下動盪，陳勝吳廣順時而動，揭竿而起。同 順天應時、順天應人。反 倒行逆施。

【順理成章】shùn lǐ chéng zhāng 宋代朱熹《朱子語類》卷一九：“文者，順理而成章之謂也。”遵循事理，文章自然有章法。後指說話做事合乎情理或自然而然。《九命奇冤》九回：“我父親當日雖然說發的是橫財，卻是順理成章，自然到手的。”朱自清《經典常談•三禮第五》：“按儒家說，禮樂刑政，到頭來只是一個道理；這四件都順理成章了，便是王道。”同 合情合理、順其自然。反 豈有此理。

【順藤摸瓜】shùn téng mō guā 比喻順着線索探究真相。王朔《編輯部的故事•懵然無知》：“關於這個謠言我已經查了，順藤摸瓜，結果發現根子就在你這兒。”

【頓開茅塞】dùn kāi máo sè 見“茅塞頓開”。

【頤指氣使】yí zhǐ qì shǐ 頤：下頜。氣：臉色。只用下巴動向和面部表情來支使別人。形容有權勢者居高臨下呼三喝四的傲慢態度。唐代元稹《追封李遜母崔氏博陵郡太君制》：“今遜等有地千里，有祿萬鍾，頤指氣使，無不隨順。”明代朱鼎《玉鏡台記•擊檳》：“公卿頤指氣使，果然鼠憑社貴，真個狐假虎威，好氣勢也呵！”《子夜》一：“他大概有四十歲了，身材魁梧，舉止威嚴，一望而知是頤指氣使慣了的'大亨'。"同目指氣使。

【頤神養性】yí shén yǎng xìng 頤：保養。保養精神，娛樂心情，強身健體。《魏書•顯祖紀》："其踐昇帝位，克廣洪業，以光祖宗之烈，使朕優遊履道頤神養性，可不善歟！"清代姜宸英《黃昆瞻先生壽序》："擷商山之紫芝，飲南陽之菊水，噓吸沖和，頤神養性，從容以待聖天子蒲輪之召可乎？"◇飲茶可以頤神養性，令人耳聰目明，益壽延年。同頤神養氣、頤神養壽。

【頭角崢嶸】tóu jiǎo zhēng róng 頭角：指人顯露的氣概、才華。崢嶸：山勢高聳突出。比喻人才幹出眾，卓越非凡。多用於年輕人。宋代姚勉《新婚致語》："五鳳之羽毛絢爛，孫枝挺秀；八龍之頭角崢嶸，欲早見於曾玄。"明代沈受先《三元記•辭親》："你趁我兩人在日，看你頭角崢嶸，前呼後擁，顯親揚名。"清代潘天成《贈一清許先生》詩："後來最喜多英俊，頭角崢嶸希聖賢。"王朔《我看大眾文化》："當時右派作家鹹魚翻身，爭當'重放的鮮花'；知青作家頭角崢嶸，排着隊上場。"同頭角嶄然、嶄露頭角。

【頭昏眼花】tóu hūn yǎn huā 頭腦發暈，看東西模糊。形容體弱有病或疲勞不適等。《說唐前傳》五八回："那尉遲恭辛苦了一日，一聞酒香，拿來就吃了幾杯，頭昏眼花，立腳不住，跌倒在地。"《官場現形記》三一回："此時制台正被他弄得頭昏眼花，又見他自己離位指點，毫無官體，本來就要端茶送客的，如今見他這個樣子，倒要看看他的條陳如何講。"◇大腦供血不足，就會出現頭昏眼花，記憶力減退的症狀。同頭昏眼暈、頭昏目眩。

【頭昏腦脹】tóu hūn nǎo zhàng 形容頭腦裏脹得滿滿的，昏昏沉沉的感覺。葉聖陶《〈溫德半爾夫人的扇子〉序》："我不知道究竟是迷霧多了所以正經人多呢，還是正經人多了所以迷霧多，不過總之鬧得我有點頭昏腦脹。"同頭昏腦悶。

【頭重腳輕】tóu zhòng jiǎo qīng ❶形容頭腦昏沉，腳下乏力，站立不穩的樣子。也指人或物上邊重，下頭輕，失去平衡。《古本水滸傳》四六回："掙扎得半晌，彼此用力過猛，忽的金鈎迸斷，二人頭重腳輕，各從馬背上翻落塵埃。"《笑林廣記•抬柩》："醫苦家貧，無力傭募，家有二子，夫妻四人，共來抬柩。至中途，醫生歎曰：'為人切莫學行醫。'妻咎夫曰：'為你行醫害老妻。'幼子云：'頭重腳輕抬不起。'長子曰：'爹爹，以後醫人揀瘦的。'"《野叟曝言》一四六回："文施心軟，只得又勉飲數杯。舊酒新酒，一齊發作，頭重腳輕，站立不住。"❷指作詩換韻不勻稱，前面換韻少，後面頻繁換韻。反之則稱頭輕腳重。清代郎廷槐《師友詩傳錄•續錄》："問：古詩忌頭重腳輕之病，其詳何如？答：此似為換韻者立說，或四句一換或六句一換，須首尾腰腹勻稱無他秘也。"

【頭破血流】tóu pò xuè liú ❶頭被打破或撞破，血流滿面。形容傷勢嚴重。《太平廣記》卷一四七引唐代李道生《定命錄•桓臣範》："至徐州界，其婢與夫相打，頭破血流。"明代曹學佺《蜀中廣記》卷八十："至明，呼喚鄰近居人視之，唯見老野狐五頭，頭破血流，死於階下。"高陽《董小宛》一八章："說罷就用手裏的木桶打老婆，打得她倒在地上，頭破血流，卻沒敢哭。"❷比喻後果很糟、很嚴重。《二十年目睹之怪現狀》八九回："但是你公公這一下子交不出人來，這個釘子怕不碰得他頭破血流！"◇不撞南牆不回頭，我看，非得撞他個頭破血流，嘗到厲害，才肯改呢！同頭破血出。

【頭疼腦熱】tóu téng nǎo rè 指小毛小病，輕微的病痛。元代孫仲章《勘頭巾》一折："問他要一紙生死文書，一百日以裏，但有頭疼腦熱，都是你，一百日以外並不干你事。"《紅樓夢》五一回："我那裏就害瘟病了！生怕招了人。我離了這裏，看你們這一輩子都別頭疼腦熱的！"◇小孩子抵抗力差，平時難免有個頭疼腦熱的，不打緊。

【頭童齒豁】tóu tóng chǐ huō 童：光禿。豁：缺口。頭髮脫落成為禿頂，牙齒缺損露出缺口。形容老態。唐代韓愈《進學解》："冬暖而兒號寒，年豐而妻啼飢，頭童齒豁，竟死何裨？"明代楊慎《朝暾行》："頭童齒豁心已灰，中逵撫劍腸欲結。"清代紀昀《閱微草堂筆記·灤陽消夏錄三》："漸至頭童齒豁，漸至傴僂勞嗽。"◇粥對於體質孱弱的病人，牙牙學語的稚童，以及頭童齒豁的老人，都是適宜的主食。同 齒豁頭童。

【頭暈眼花】tóu yūn yǎn huā 頭腦眩暈，眼睛發花。形容飢餓、疲乏、體虛或醉酒等原因引起的證狀。《西遊記》七二回："也不知跌了多少跟頭，把個呆子跌得身麻腳軟，頭暈眼花，爬也爬不動，只睡在地下呻吟。"《隋唐演義》四四回："羅士信也吃了幾杯，坐不到半個時辰，覺得天旋地轉，頭暈眼花，伏倒几上。"馮苓植《狐幻》三："'瞧瞧！'常四爺繼續說，'為了個世世捱罵的潘金蓮，頭暈眼花，兩腿發軟，圖了個甚麼？'"同 頭昏眼花、頭暈目眩。

【頭頭是道】tóu tóu shì dào 本是佛教語，說處處都有"道"，"道"無處不在。《續傳燈錄·慧力洞源禪師》："方知頭頭皆是道，法法本圓成。"後形容作詩文、說話、做事有條有理，不紊不亂。宋代嚴羽《滄浪詩話·詩法》："學詩有三節：其初不識好惡，連篇累牘，肆筆而成；既識羞愧，始生畏縮，成之極難；及其透徹，則七縱八橫，信手拈來，頭頭是道矣。"清代沈復《浮生六記·閨房記樂》："其癖好與余同，且能察眼意，懂眉語，一舉一動示之以色，無不頭頭是道。"同 有條有理。反 亂七八糟。

【顏面掃地】yán miàn sǎo dì 掃地：形容一掃而光。指把臉面都丟光了。◇對他來說，顏面掃地算得了甚麼，只要弄到錢就行了／沒想到女兒當眾出乖露醜，讓他顏面掃地。

【額手相慶】é shǒu xiāng qìng 見"額手稱慶"。

【額手稱頌】é shǒu chēng sòng 見"額手稱慶"。

【額手稱慶】é shǒu chēng qìng 得到喜訊或事情好轉之時，以手加額，表示慶幸。《東周列國誌》三七回："文公至絳，國人無不額手稱慶。百官朝賀，自不必說。"清代陳康祺《郎潛紀聞》卷三："每拆卷，當事輒額手稱慶。"《野叟曝言》五七回："須臾，任公等喜孜孜的陸續出來，訴說所以，沒一個不咋舌驚歎，如醉如夢，額手稱慶，欣喜欲狂。"也作"額手相慶"、"額手稱頌"。清代王韜《淞濱瑣話·盧雙月》："泥金高揭，鄰里喧譁，擠庭下幾滿。喜極入告，額手相慶。"蔡東藩《民國通俗演義》一二六回："湘鄂人民，當水深火熱之餘，得此福音，借息殘喘，倒也額手相慶。"徐珂《清稗類鈔·孝貞后嫻禮法》："然至軍國大計所關，及用人之尤重大者，孝貞偶行一事，人皆額手稱頌。"

【顛三倒四】diān sān dǎo sì 形容說話、做事沒有條理，顛倒錯亂。《蕩寇志》八二回："那劉母口裏不住的'南無佛，南無法，南無僧。佛國有緣，佛法相因，長樂我靜。人離難，難離身，一切災殃化灰塵'，顛三倒四價唸那《高王經》。"《好逑傳》一一回："只小耍他一場，先弄得他顛三倒四，再打得他頭破血出，卻又沒處叫屈，便也夠他的了。"巴金《談我的散文》："這就是說，它不是顛三倒四的胡說，不像我們常常唸着玩的顛倒詩。"同 倒四顛三。

【顛沛流離】diān pèi liú lí 四處流浪奔波，遭受挫折困苦。《論語·里仁》："君子無終食之間違仁，造次必於是，顛沛必於是。"宋代張世南《遊宦紀聞》卷九："而哀予顛沛流離萬里，保有之難也，而共振顯之。"明代朱鼎《玉鏡台記·獄中寄書》："體羸心惴，衰容頓憔悴。子母遭淩替，身陷家傾棄，顛沛流離，死無葬身地。"《兒女英雄傳》一三回："至於你沒出土兒就遭了這場顛沛流離，驚風駭浪，更是可憐。"同 流離顛沛。反 優哉遊哉。

【顛來倒去】diān lái dǎo qù 翻過來倒過去，來回重複。宋代朱熹《朱子語類》卷六四："聖人做出許多文章制度禮樂，顛來倒去，都只是這一個道理做出來。”元代王實甫《西廂記》三本二折：“將簡帖兒拈，把妝盒兒按，開拆封皮孜孜看，顛來倒去不害心煩。”《紅樓夢》六三回：“寶玉卻只管拿着那籤，口內顛來倒去唸‘任是無情也動人’。”茅盾《路》五：“有這樣盤算，在他心頭顛來倒去。”

【顛來播去】diān lái bō qù 見“顛來簸去”。

【顛來簸去】diān lái bǒ qù 簸：用簸箕顛動糧食，揚去糟粕。形容上下左右反覆搖晃顛簸。也作“顛來播去”。許地山《空山靈雨•海》：“我們只能把性命先保持住，隨着波浪顛來播去便了。”巴金《髮的故事•星七》：“車子雖然走得慢，但是震動得十分厲害，把站立的客人顛來簸去。”◇飛機遇到強大氣流，在空中忽上忽下，顛來簸去。

【顛倒衣裳】diān dǎo yī cháng《詩經•東方未明》：“東方未明，顛倒衣裳。顛之倒之，自公召之。”古代上衣叫衣，下衣叫裳。指君主朝三暮四，號令無常，弄得官吏慌張惶急，把上下衣服都弄顛倒了。後形容：❶倫理道德等方面的原有秩序受到破壞。《後漢書•皇后紀序》：“爰逮戰國，風憲逾薄，適情任欲，顛倒衣裳，以至破國亡身，不可勝數。”❷因惶急慌亂而舉止失去常態，亂了章法。《世説新語•言語》：“邊文禮見袁奉高，失次序。奉高曰：‘昔堯聘許由面無怍色，先生何為顛倒衣裳？’文禮答曰：‘明府初臨，堯德未彰，是以賤民顛倒衣裳耳。’”金代董解元《西廂記諸宮調》卷一：“夜則廢寢，晝則忘餐，顛倒衣裳，不知所措。”同 舉止失措。

【顛倒是非】diān dǎo shì fēi 把對的説成錯的，把錯的説成對的。唐代韓愈《唐太學博士施先生墓誌銘》：“古聖人言，其旨密微，箋注紛羅，顛倒是非。”《東周列國誌》八六回：“汝在寡人左右，寡人以耳目寄汝，乃私受賄賂，顛倒是非，以欺寡人。”《老殘遊記》九回：“然則桀紂之為君是，而桀紂之民全非了，豈不是是非顛倒嗎？”郭沫若《沸羹集•歷史、史劇、現實》：“歷史並非絕對真實，實多舞文弄墨，顛倒是非。”同 是非顛倒、顛倒黑白。反 是非分明、黑白分明。

【顛倒乾坤】diān dǎo qián kūn 乾：天。坤：地。把天地倒轉過來。形容氣勢宏偉，或能力非常大。◇説起這件事，誰都不相信他有顛倒乾坤的本事，不想他竟然辦成了。同 顛乾倒坤。

【顛倒黑白】diān dǎo hēi bái 戰國楚屈原《九章•懷沙》：“變白以為黑兮，倒上以為下。”後用“顛倒黑白”形容歪曲事實，以非為是，以是為非。清代昭槤《嘯亭續錄•張夫子》：“余嘗讀明臣奏疏，至有毀公為李陵、衞律者，真所謂顛倒黑白矣！”馮玉祥《我的生活》一四章：“編寫歷史，如此顛倒黑白，輕率任意，實在是不應該的。”同 顛倒是非、黑白顛倒。反 是非分明、黑白分明。

【顛撲不破】diān pū bù pò 撲：擊打。無論怎樣摔打都不會破碎。比喻言論、學説正確，禁得住檢驗，推不翻駁不倒。宋代朱熹《朱子語類》卷五：“伊川‘性即理也’，橫渠‘心統性情’，二句顛撲不破。”清代梁紹壬《兩般秋雨盦隨筆•對聯》：“潮州雙忠祠祀張、許二公，對云：‘國士無雙雙國士，忠臣不二二忠臣。’本色語顛撲不破。”梁啟超《新中國未來記》三回：“每讀一段，輒覺其議論已圓滿精確，顛撲不破，萬無可以再駁之理，及看下一段，忽又覺得別有天地。”反 不值一駁。

【顛鸞倒鳳】diān luán dǎo fèng ❶比喻打破原有秩序、態勢，情況陷入混亂。金代元好問《促拍醜奴兒》詞：“朝鏡惜蹉跎，一年年，來日無多，無情六合乾坤裏，顛鸞倒鳳，撐霆裂月，直被消磨。”❷比喻男女做愛。含異常歡愛的意思。《二刻拍案驚奇•贈芝麻識破假形》：“一任顛鸞倒鳳，再不推辭。”明代賈仲明《金童玉女》一折：“可正是歌盡桃花扇底風，人面映和花紅，兩下春心應自懂，憐香惜玉，顛鸞倒鳳，人在錦胡同。”《紅樓夢》六五回：“是夜賈璉和他顛鸞倒鳳，百般恩愛。”同 倒鳳顛鸞。

【顧小失大】gù xiǎo shī dà 照顧了小的方面，丟掉了大的方面，因小失大的意思。漢代焦贛《易林·賁之蒙》："戴盆望天，不見星辰，顧小失大，福逃牆外。"孫中山《要實行社會革命》："中國知金錢而不知時間，顧小失大，大都如是。"同 因小失大。反 顧全大局。

【顧此失彼】gù cǐ shī bǐ 顧得了這方面，就顧不了那方面。形容只能照顧一個方面，力難兼顧。明代張居正《請重修〈大明會典〉疏》："今兩朝實錄，尚未告成，披閱校正，日不暇給，若復兼修會典，未免顧此失彼。"《東周列國誌》七六回："一軍攻麥城，一軍攻紀南城，大王率大軍直擣郢都，彼疾雷不及掩耳，顧此失彼，二城若破，郢不守矣。"馮玉祥《我的生活》三三章："於是敵軍陷於一種恐怖氣氛中，顧此失彼，疲於奔命。"

【顧全大局】gù quán dà jú 按照全局整體的要求做事，不因局部而讓全局受到損害。《官場現形記》十四回："總求大人格外賞他們個體面，堵堵他們的嘴。這是卑職顧全大局的意思。"《二十年目睹之怪現狀》九一回："這件事，氣呢，原怪不得你氣，就是我也要生氣的。然而要顧全大局呢，也有個無可奈何的時候，到了無可奈何的時候，就不能不自己開解自己。"

【顧名思義】gù míng sī yì 看到名稱，就可以想到它的含義。《三國志·王昶傳》："欲使汝曹立身行己，遵儒家之教，履道家之言，故以玄默沖虛為名，欲使汝曹顧名思義，不敢違越也。"《說岳全傳》四回："岳飛應道：是先人命為'鵬舉'二字。周侗道：正好顧名思義。"碧野《青山常在水長流》："顧名思義，我們很容易就知道，夫妻船是由一對夫婦駕駛的。"

【顧盼生姿】gù pàn shēng zī 左右環視，目光炯炯，光彩攝人。三國魏嵇康《贈秀才入軍》詩："凌厲中原，顧盼生姿。"李劼人《天魔舞》十二章："顧盼生姿，而那瘦得像竹竿的身材，和微聳的兩肩，和微凸的胸膛，反而頗頗有點一九二〇年巴黎的小家碧玉的風度。"也作"顧盼生輝"。《二刻拍案驚奇》卷二二："士有餘糧，馬多剩草。一呼百諾，顧盼生輝。此送彼迎，尊榮莫並。"

【顧盼生輝】gù pàn shēng huī 見"顧盼生姿"。

【顧盼自雄】gù pàn zì xióng 左顧右看，揚揚自得，以為自己了不起。《宋書·范曄傳》："躍馬顧盼，自以為一世之雄。"清代紀昀《閱微草堂筆記·姑妄聽之二》："少年恃其剛悍，顧盼自雄，視鄉黨如無物。"《聊齋誌異·仙人島》："王即慨然頌近體一作，顧盼自雄。"同 揚揚自得、自鳴得意。

【顧復之恩】gù fù zhī ēn《詩經·蓼莪》："父兮生我，母兮鞠我。拊我畜我，長我育我，顧我復我，出入復我。"顧：回頭看。復：反復。後以"顧復之恩"比喻父母養育的深恩厚德。唐代李嶠《為汴州司馬請預齋會表》："思酬顧復之恩，願假招提之福。"元代石德玉《曲江池》四折："吾聞父子之親，出自天性。子雖不孝，為父者未嘗失其顧復之恩。"

【顧影自憐】gù yǐng zì lián 顧：回頭看。❶ 回望自己的身影，很是憐惜。形容處境孤苦，內心有悽然之感。晉代陸機《赴洛道中作》詩："佇立望故鄉，顧影悽自憐。"《花月痕》九回："奈秋痕終是顧影自憐。甚至一屋子人，酒酣燈灺，譁笑雜沓，他忽然淌下淚來。"❷ 看着自家身影，非常欣賞，自覺很可愛。憐：愛。《初學記》卷二七："顧影自媚，窺鏡自憐。"清代余懷《板橋雜記·董白》："董白字小宛，一字青蓮，天姿巧慧，容貌娟妍，七八歲時，阿母教以書翰，輒了了，少長顧影自憐，針神曲聖，食譜茶經，莫不精曉。"聶紺弩《論時局》："但她究竟是山谷間少有的姿色，故搔首弄姿，顧影自憐，並不為輿論所左右。"同 孤芳自賞。

【顯而易見】xiǎn ér yì jiàn 事物的情況或道理明擺着，一眼就能看清楚。宋代王安石《洪範傳》："在我者，其得失微而難知，莫若質諸天物之顯而易見，且可以為戒也。"清代李漁《閒情偶寄·結構第一》："何以有隙之人止暗寓其姓，不明吡其名，而以未必有隙之人反蒙李代桃僵之實乎？此顯而易見之事，從無一人辯之。"《蕩寇志》九九回："此事顯而易見，他分明以攻打清真為名，逼我不得不來。" 同 一目了然。

【顯親揚名】xiǎn qīn yáng míng《孝經•開宗明義章》："立身行道，揚名於後世，以顯父母，孝之終也。" 後用"顯親揚名"指讓父母尊貴榮耀，讓自己流芳後世。《魏書•陽尼傳》："顯親揚名，德之上兮。" 明代沈受先《三元記•顯親》："看你頭角崢嶸，前呼後擁，顯親揚名，也勝是死後三牲五鼎之祭。"《鏡花緣》十回："既不能顯親揚名，又不能興邦定業，碌碌人世，殊愧老大無成。" 同 揚名顯親、光宗耀祖。

風部

【風刀霜劍】fēng dāo shuāng jiàn 風像刀，霜似劍。比喻惡劣的自然環境或險惡的世情。《紅樓夢》二七回："一年三百六十日，風刀霜劍嚴相逼；明媚鮮妍能幾時，一朝飄泊難尋覓。" ◇他以超強的意志力，在風刀霜劍的惡劣環境裏，頑強地生存下來了。

【風土人情】fēng tǔ rén qíng 當地長期相沿形成的風尚、禮節、習慣等。《兒女英雄傳》一四回："又問了問褚一官走過幾省，說了些那省的風土人情。" 曹禺《王昭君》第二幕："他對於匈奴的風土人情有一定的瞭解。"

【風口浪尖】fēng kǒu làng jiān 比喻充滿挑戰，十分危險的環境。◇從進了警署那一天，他就一直在風口浪尖上拼搏。

【風不鳴條】fēng bù míng tiáo 清風徐徐，樹枝沒有聲響。《論衡•是應》："風不鳴條，雨不破塊，五日一風，十日一雨，其盛茂者，致黃龍、騏驎、鳳凰。" 比喻明君當政，天下太平。晉代張華《博物志》卷八："文王以太公為灌壇令，期年，風不鳴條。"

【風中之燭】fēng zhōng zhī zhú 在風裏搖曳着的燭光。比喻極易熄滅，行將死亡。《鏡花緣》五七回："你看我年未五旬，鬚髮已白，老病衰殘，竟似風中之燭。" ◇他老態龍鍾，行動不便，眼昏腿軟，恰似風中之燭。同 風燭草露。反 風華正茂。

【風月無邊】fēng yuè wú biān 清風輕拂，皓月當空，景致無限好。宋代朱熹《周敦頤像贊》："風月無邊，庭草交翠。" 同 無邊風月、風清月朗。反 月黑風高。

【風平浪靜】fēng píng làng jìng 江河湖海的水面沒有風浪，十分平靜。比喻平安無事。宋代楊萬里《泊光口》："風平浪靜不生紋，水面渾如鏡面新。"《糊塗世界》四："譬如你這一件事，大約也不過化上八千兩銀子，就可以風平浪靜了。"《醉堂劍語》二："這一天，二姐看了曆書，擇定吉時出門，倒並沒有預想的危情，而是一切顯得風平浪靜。" 反 驚濤駭浪。

【風光旖旎】fēng guāng yǐ nǐ 旖旎：嬌媚美豔。形容風景靚麗。季羨林《月是故鄉明》："在風光旖旎的瑞士萊芒湖上，在平沙無垠的非洲大沙漠中，在碧波萬頃的大海中，在巍峨雄奇的高山上，我都看到過月亮。" ◇這一帶樹木鬱蔥繁茂，背山面海，有亭台樓閣，風光旖旎。

【風行一時】fēng xíng yī shí 風行：像颳風一樣流行。形容事物在一段時期裏非常盛行。《孽海花》三回："不是弟妄下雌黃，只怕唐兄印行的《不息齋稿》，雖然風行一時，決不能望《五丁閣稿》的項背哩！" 郭沫若《泰戈爾來華的我見》："那年正月我初到日本，泰戈爾的文名在日本正是風行一時的時候。" 同 風靡一時、盛極一時。

【風行草偃】fēng xíng cǎo yǎn 偃：倒伏。風一吹過，草就隨着倒伏。《論語•顏淵》："君子之德，風；小人之德，草。草上之風，必偃。" 後以"風行草偃"、"風行草從"、"風行草靡"：❶ 比喻受某種道德、思想觀念的感化與影響，民風或人們的道德、思想也相應改變。《後漢書•郎顗傳》："本立道生，風行草偃，澄其源者流清，溷其本者末濁"。《周書•武帝紀》:“風行草偃,從化無違。”梁啟超《論中國學術思想變遷之大勢》:“其出入者謂之邪説異端,謂之非聖無法,風行草偃,民遂移風。”❷比喻力量所到壓倒一切,或人人遵從所推行的政令措施。《三國志·張紘傳》裴松之注:“平定三郡,風行草偃。”《南齊書·高帝紀上》:“麾旆所臨,風行草靡,神算所指,龍舉雲屬。”宋代陳亮《又癸卯秋書》:“世俗日淺,小小舉措已足以轟動一世,使秘書得展其所為,於今日斷可以風行草偃。”

【風行草從】fēng xíng cǎo cóng 見“風行草偃”。

【風行草靡】fēng xíng cǎo mǐ 見“風行草偃”。

【風吹雨打】fēng chuī yǔ dǎ ❶形容建築物、花木遭受風雨的吹打侵蝕。唐代陸希聲《陽羨雜詠》詩:“一徑穠芳萬蕊攢,風吹雨打未摧殘。”宋代辛棄疾《浣溪沙》詞:“未到山前騎馬回,風吹雨打已無梅”清代頤瑣《黃繡球》一回:“後邊一帶房屋,今年被風吹雨打,像要傾倒,官人要趕緊僱個匠人修理修理。”❷形容行路或旅途所受的辛苦。◇一路上餐風宿露,風吹雨打,如今總算到了家。❸比喻遭受打擊、摧殘、磨難等。元代喬吉《水仙子·贈朱翠英》曲:“恐怕風吹雨打,喫惜了零落天涯。”老舍《女店員》第三幕:“凌雲那孩子不像志芳、玉娥那麼禁得住風吹雨打。”同 雨打風吹、風吹浪打。

【風吹草動】fēng chuī cǎo dòng 風稍微一吹,草就搖動。比喻即將發生變故的徵兆或跡象,或者還不是很大的變故、動亂。《敦煌變文集·伍子胥變文》:“偷蹤竊道,飲氣吞聲;風吹草動,即便藏形。”《水滸傳》二四回:“倘有些風吹草動,武二眼裏認得是嫂嫂,拳頭卻不認得是嫂嫂。”《鏡花緣》五七回:“倘有絲毫風吹草動,管他甚麼天文課象,我們只好且同五弟並承志哥哥殺上長安,管教武氏寸草不留。”郭沫若《蔡文姬》第三幕:“我們從南匈奴回來,沿途都受到歡迎,沒有些微的風吹草動,難道這是一件小事嗎?”

【風言風語】fēng yán fēng yǔ ❶胡言亂語。風:同“瘋”。《金瓶梅》二回:“誰知,飲着飲着,那婦人竟是風言風語的説起來。”◇別聽她的,滿嘴的風言風語,沒一句正經話。❷流傳的沒有根據或中傷人的話。清代華偉生《開國奇冤·賸義》:“無奈那些官場風言風語,加了我老先生個徐黨徽號,弄得來漸漸的有點安處不來了。”◇有些人就是喜歡把一些捕風捉影的風言風語,當作天大的事傳來傳去。❸私下議論或散佈流言。◇她見一群街坊在那裏議論紛紛,便也湊上去風言風語地説:“聽説張寡婦家出事啦!”。同 流言蜚語。

【風花雪月】fēng huā xuě yuè ❶指四季的自然景色。宋代邵雍《〈伊川擊壤集〉序》:“雖死生榮辱,轉戰於前,曾未入於胸中,則何異四時風花雪月一過乎眼也?”元代無名氏《魚籃記》一折:“春夏秋冬四季天,風花雪月緊相連。長江不見回頭水,人老何曾再少年。”《西湖佳話·孤山隱跡》:“惟以風花雪月,領湖上之四時,南北東西,訪山水之百美。”❷藉以形容花言巧語或不着邊際。明代郎瑛《七修類稿·諺語至理》:“賒酒時風花雪月,飲之時流星趕月,討錢時水底摸月,喻世之無賴者也。”◇他一邊喝着茶,一邊指手劃腳風花雪月地説起來。❸借指男女情愛、風流韻事,或過放縱浪蕩的生活。元代喬吉《金錢記》三折:“秦弄玉吹簫跨鳳樓,動不動君王行奏。本是些風花雪月,都做了笞杖徒流。”《南宮詞紀·絳都春》:“風流空惹下風流業,又擔上風花雪月,滿懷心事,這離思教我對誰分説。”《初刻拍案驚奇》卷一五:“光陰如隙駒,陳秀才風花雪月了七八年,將家私弄得乾淨快了。”❹指抒寫四時景物、閒情逸致、愁懷遣悶、華麗浮泛的詩文。清代蠡勺居士《〈昕夕閒談〉小序》:“使徒作風花雪月之詞,記兒女纏綿之事,則未免近於導淫。”《西湖佳話·六橋才跡》:“詩書科甲中，文人滿天下，而奇才能有幾人？即或間生一二，亦不過逞風花雪月於一時，安能留古今不朽之才跡在天壤間，以為人之羡慕！”傅抱石《〈鄭板橋集〉前言》：“古人以文章經世，吾輩所謂風花雪月而已。”

【風雨不改】fēng yǔ bù gǎi《詩經•風雨序》：“《風雨》，思君子也。亂世則思君子不改其度焉。”後用“風雨不改”比喻在惡劣環境下堅持操守。唐代元稹《授韓臯尚書左僕射制》：“豈所謂徐公之行己有常，而詩人之風雨不改耶？”◇不論在甚麼時候、甚麼場合，即使威逼利誘，都要堅守清白，這是他風雨不改的信念。

【風雨不透】fēng yǔ bù tòu 風颳不進，雨淋不透。形容十分嚴密。《紅樓夢》二九回：“正值寶釵等下車，眾婆娘媳婦正圍隨的風雨不透，但見一個小道士滾了出來。”《兒女英雄傳》二三回：“你們作事瞞得我風雨不透。”葉聖陶《皇帝的新衣》：“人圍得風雨不透，皇帝東竄西撞，都被擋了回來。”同 密不透風。

【風雨同舟】fēng yǔ tóng zhōu 在狂風暴雨中同船過河。《孫子•九地》：“夫吳人與越人相惡也，當其同舟而濟，遇風，其相救也如左右手。”後比喻同心協力渡過危難。◇人可共患難，可風雨同舟，但不可共富貴，不可分享權力，這就是人的本性了。同 同舟共濟、和衷共濟。

【風雨交加】fēng yǔ jiāo jiā 風和雨一起襲來。形容天氣惡劣，或比喻多種惡運同時降臨。清代梁章鉅《浪跡叢談•除夕元旦兩詩》：“冬至前後，則連日陰曀，風雨交加，逾月不止。”◇丈夫粉碎性骨折，兒子又遇上車禍，這風雨交加的連連打擊，讓她日日以淚洗面。

【風雨如晦】fēng yǔ rú huì 風雨交加，天色暗如黑夜。《詩經•風雨》：“風雨如晦，雞鳴不已。既見君子，云胡不喜！”後用“風雨如晦”比喻：❶社會黑暗或處境險惡。唐代白居易《祭李侍郎文》：“浩浩世途，是非同規；齒牙相軋，波瀾四起，公獨何人？心如止水，風雨如晦，雞鳴不已。”南朝梁蕭綱《幽縶題壁自序》：“立身行道，終始如一，風雨如晦，雞鳴不已。”郭沫若《星空•歸來》：“遊子歸來了，在這風雨如晦之晨，遊子歸來了。”❷在黑暗社會或險惡的環境中，仍然堅持清白操守。五代呂夢奇《後唐招討使李存進墓碑》：“公以屢立戰勳，繼承先澤，勤王在念，報主為心，夙夜在公，風雨如晦。”

【風雨無阻】fēng yǔ wú zǔ 大風大雨也阻擋不了，原定的事照舊進行。《醒世恆言》卷三二：“黃秀才從陸路短船，風雨無阻，所以趕着了。”《紅樓夢》三七回：“寶釵説道：‘一月只要兩次就夠了。擬定日期，風雨無阻。’”◇我長跑鍛煉身體，三十年如一日，風雨無阻。

【風雨對牀】fēng yǔ duì chuáng 親友相聚或重逢，在風雨聲中長夜傾談。牀：古人的臥具或坐具。唐代韋應物《示全真元常》詩：“寧知風雨夜，復此對牀眠”。宋代蘇轍《舟次磁湖前篇自賦後篇次韻》：“夜深魂夢先飛去，風雨對牀聞曉鐘。”清代許思湄《與陳凝之》：“從沈孟養處寄奉手書，不啻五年前風雨對牀之快。”也作“對牀風雨”。宋代辛棄疾《永遇樂》詞：“付君此事，從今直上，休憶對牀風雨。”蘇曼殊《致劉三書》：“回憶秣陵半載，對牀風雨，受教無量。”同 對牀夜雨、夜雨對牀。

【風雨飄搖】fēng yǔ piāo yáo《詩經•鴟鴞》：“予室翹翹，風雨所漂搖。”説鴟鴞的窩在樹杈上隨着風雨搖來搖去。漂搖：動盪搖擺，後多寫作“飄搖”。比喻動盪不安或岌岌可危。宋代范成大《送文處厚歸蜀類試》詩：“死生契闊心如鐵，風雨飄搖鬢欲絲。”明代歸有光《杏花書屋記》：“孺允兄弟數見侵侮，不免有風雨飄搖之患。”魯迅《哀范君三章》：“風雨飄搖日，予懷范愛農。”同 動盪不定、動盪不安。

【風和日美】fēng hé rì měi 微風和煦，陽光明麗，天氣十分好。◇今天風和日美，我們一道去郊野公園燒烤。同 風和日麗、日麗風和。

【風和日暖】fēng hé rì nuǎn 和煦的風，溫暖的陽光。宋代王楙《野客叢書·陳胡二公評傳》："牡丹開時，正風和日暖，又安得有月冷風清之氣象邪？"《水滸傳》一回："風和日暖，時過野店山村。"魯迅《故事新編·奔月》："風和日暖，鴉雀無聲。"同 風和日麗、和風麗日。

【風和日麗】fēng hé rì lì 微風和煦，陽光明媚。形容天氣晴好。清代沈復《浮生六記·閒情記趣》："是時風和日麗，遍地黃金，青衫紅袖，越阡度陌，蝶蜂亂飛，令人不飲自醉。"◇早春二月，風和日麗，正是出遊的好時令。同 日麗風和、風和日暖。反 風雨交加、天寒地凍。

【風風火火】fēng fēng huǒ huǒ ❶ 形容行動或言語匆忙冒失的樣子。◇風風火火地闖進去大聲叫喊，也不管房裏有病人正睡着。❷ 形容活躍，有活力。◇他倒是精神十足，一路上風風火火不停拜訪客戶，全無倦意。

【風風雨雨】fēng fēng yǔ yǔ 不斷地颳風下雨。比喻動盪、變故或障礙。元代張可久《普天樂·憶鑒湖》："風風雨雨清明，鶯鶯燕燕關情。"《隋唐演義》五二回："深鎖幽窗，遍青山，愁腸滿目。甚來由，風風雨雨，亂人心曲。"《桃花扇·訪翠》："怕催花信緊，風風雨雨，誤了春光。"夏衍《愁城記》："儘管外面是風風雨雨，而這小天地間還是洋溢着青春和熱愛。"反 風和日麗、風和日暖。

【風急浪高】fēng jí làng gāo ❶ 形容風浪極大。◇一時間暴風驟至，海上風急浪高，船顛簸得厲害。❷ 比喻局勢危急。◇辛亥革命那一年，天下動盪，正當風高浪急的時候，他參加了革命軍。同 驚濤駭浪。反 風平浪靜。

【風度翩翩】fēng dù piān piān 風度：風采與氣度。翩翩：瀟灑。形容人氣質高雅，不同凡俗。◇只見那男子談吐高雅，風度翩翩，她竟一見傾心，從心裏愛慕。同 風流儒雅、風流跌宕。反 形容猥瑣、賊眉鼠眼。

【風起雲湧】fēng qǐ yún yǒng 大風颳起，雲層湧動。❶ 比喻氣勢宏大。清代唐夢賚《聊齋誌異·序》："下筆風起雲湧，能為載記之言。"◇這幅油畫描繪了風起雲湧的反殖民景象。❷ 比喻許多事物相繼湧現。郁達夫《文學概論》："這一種風起雲湧，席捲歐洲天地的新運動，就是十八世紀以後的浪漫主義的復活。"同 風起雲蒸、風起浪湧。反 銷聲匿跡、無聲無息。

【風骨峭峻】fēng gǔ qiào jùn 風骨：風格，骨氣。峭峻：山高而陡。形容人正派有骨氣，剛正不阿。唐代韓愈《感春》詩："孔丞別我適臨汝，風骨峭峻遺塵埃。"也比喻詩文等風格雄健。◇他的散文作品風骨峭峻，風格雄渾。同 風骨峻峭。反 骨軟筋酥。

【風流人物】fēng liú rén wù 風流：本指風尚、流派，後也指卓越領先。❶ 指建功立業者或有一代影響的人。唐代陳叔達《答王績書》："至若梁魏周齊之間，耳目耆舊所接，風流人物，名實可知，衣冠道義，謳謠尚在。"宋代蘇軾《念奴嬌》詞："大江東去，浪淘盡，千古風流人物。"❷ 指不受禮儀拘管或輕浮放蕩者。《水滸傳》七回："婦人家水性，見了衙內這般風流人物，再着些甜話兒調和他，不由他不肯。"《儒林外史》二八回："我們風流人物，只要才子佳人會合，一房兩房，何足為奇！"魯迅《范愛農》："如果不加說明，看見的人一定以為是些瘋氣的風流人物的裸體照片。"同 風雲人物、風流種子。反 芸芸眾生、無名小卒。

【風流才子】fēng liú cái zǐ 指風度瀟灑，才學博深者。唐代元稹《鶯鶯傳》："風流才子多春思，腸斷蕭娘一紙書。"《警世通言》卷二四："那三官……丰姿俊雅，讀書一目十行，舉筆即便成文，元是個風流才子。"同 風流人物。

【風流千古】fēng liú qiān gǔ 風雅文采流傳久遠。宋代李流謙《青玉案》詞："風流千古，一時人物，好記尊前語。"◇唐代的大詩人為我們留下精彩的文學遺產，他們無疑是風流千古，值得後人懷念的文學巨匠。同 流芳千古。

【風流倜儻】fēng liú tì tǎng 風流：風雅灑灑。倜儻：灑脱不羈。形容俊美瀟灑，氣度不凡，而又不受世俗禮法拘束。《初刻拍案驚奇》卷五：“那盧生生得偉貌長髯，風流倜儻。”《二十年目睹之怪現狀》七四回：“這邊北院裏同居的也是一個京官，姓車……為人甚是風流倜儻。”同 風流跌宕。反 蠢若木雞。

【風流雲散】fēng liú yún sàn 流：吹動。風吹得雲彩四下消散。形容飄零四散。漢代王粲《贈蔡子篤》詩：“悠悠世路，亂離多阻。濟岱江衡，邈焉異處。風流雲散，一別如雨。”宋代王沂孫《長亭怨》詞：“自約賞花人，別後總風流雲散。”《紅樓夢》一〇六回：“眾姐妹風流雲散，一日少似一日。”同 曲終人散、彩雲易散。反 花好月圓、骨肉團圓。

【風流罪過】fēng liú zuì guò ❶ 因為舞文弄墨等風雅之事而犯下的過錯。《北齊書•郎基傳》：“在官寫書，亦是風流罪過。”❷ 在男女風情上有失檢點的過失或越軌的罪過。宋代黃庭堅《滿庭芳》詞：“些子風流罪過，都説與，明月空牀。”《清平山堂話本•五戒禪師》：“忽一日，學士被宰相王荊公尋件風流罪過，把學士貶黃州安置去了。”《牡丹亭•圓駕》：“柳夢梅……桃條打，罪名加……則道是沒真場風流罪過些，有甚麼饒不過這嬌滴滴的女孩家！”❸ 指小問題、小過失。元代尚仲賢《單鞭奪槊》二折：“你喚尉遲恭來，尋他些風流罪過，則説他有二心，將他下在牢中。”《三國演義》四六回：“公瑾教我十日辦完，工匠料物都不應手，將這一件風流罪過，明白要殺我。”

【風流儒雅】fēng liú rú yǎ 風流：風雅瀟灑，不拘禮法。儒雅：有書卷氣，氣度文雅。指人灑脱、學識淵博、雍容文雅。北周庾信《枯樹賦》：“殷仲文風流儒雅，海內知名。”唐代杜甫《詠懷古跡》詩：“風流儒雅亦吾師。”《鏡花緣》一九回：“無論男婦，都是滿臉書卷秀氣，那種風流儒雅光景，倒像都從這個黑氣中透出來的。”同 風流爾雅、風流蘊藉。反 驕橫跋扈、飛揚跋扈。

【風流蘊藉】fēng liú yùn jiè 蘊藉：含蓄不顯露。❶ 形容風雅瀟灑，含蓄有致。《北齊書•王昕傳》：“昕母清河崔氏，學識有風訓，生九子，並風流蘊藉，世號王氏九龍。”清代汪琬《前明福建布政使司右參議范公墓碑》：“蓋百餘年來，吳士大夫以風流蘊藉稱者，首推吳文定王文格兩公。”《聊齋誌異•念秧》：“少年風流蘊藉，遂與吳大相愛悦。”❷ 指詩文或繪畫之作格調不俗，含蓄而飄逸。宋代王灼《碧雞漫志》卷二：“晏文獻公長短句風流蘊藉，一時莫及，而溫潤秀潔，亦無其比。”傅雷《傅雷家書》：“便是文藝復興初期的意大利與法蘭德斯宗教畫上的優雅……與十九世紀初期維也納派的風流蘊藉，熨貼細膩，同時也帶一些淡淡的感傷的柔情毫無共通之處。”

【風流韻事】fēng liú yùn shì ❶ 風雅之事。多指文人墨客琴棋書畫與詩歌唱和等。《隋唐演義》七六回：“此旨一下，眾朝臣紛紛竊議。也有不樂的，以為褻瀆朝臣；也有喜歡的，以為風流韻事。”◇馬大羽乃武人胚子，只知舞刀弄槍，哪裏懂得吟風弄月的風流韻事。❷ 指男女私情。巴金《家》三一：“他常常帶着張小桃進出他的律師事務所，他的‘風流韻事’還多得很。”同 花前月下。

【風流瀟灑】fēng liú xiāo sǎ 風流：風度與韻致。風韻超凡不俗，氣度灑脱大方。明代徐復祚《紅梨記•投䧱》：“素娘，似你這般風流瀟灑，如花似玉，向在風塵，知心有幾？”《紅樓夢》一四回：“那寶玉素日就曾聽得父兄親友人等説閒話時，讚水溶是個賢王，且生得才貌雙全，風流瀟灑，每不以官俗國體所縛。”《何典》七回：“臭花娘見他美如冠玉，風流瀟灑的，心裏也十分愛慕。”同 瀟灑風流。反 窮兇極惡。

【風捲殘雲】fēng juǎn cán yún 大風颳去了殘存的浮雲。比喻一下子清除乾淨。唐代戎昱《霽雪》：“風捲殘雲暮雪晴，江煙洗盡柳條輕。”元代鄭德輝《三戰呂布》三折：“斬上將湯澆瑞雪，殺敵兵風捲殘雲。”清代吳趼人《發財秘訣》九回：“不一會狼吞虎嚼，風捲殘雲般吃個罄盡。”同 風掃斷雲、風捲殘雪。

【風雪交加】fēng xuě jiāo jiā 風和雪一起襲來。◇她顧不上風雪交加，坐上車便往家鄉趕去。同 風雨交加、雨雪交加。反 天朗氣清、萬里無雲。

【風清月白】fēng qīng yuè bái 清：涼爽。白：明亮。微風清涼，月色皎潔，夜色美好。宋代歐陽修《采桑子》詞：“風清月白偏宜夜，一片瑤田。”沈從文《石子船》：“水面上風清月白時，忘了日曬雨淋之苦，就唱着簡單的歌，安慰着自己生活的淒涼而已。”也作“月白風清”、“風清月明”、“風清月朗”。宋代蘇軾《後赤壁賦》：“月白風清，如此良夜何！”《紅樓夢》七五回：“將一更時分，真是風清月朗，銀河微隱。”◇風清月白的夏夜，正是人們乘涼的最好時光。同 風清月皎。反 月黑風高。

【風清月明】fēng qīng yuè míng 見“風清月白”。

【風清月朗】fēng qīng yuè lǎng 見“風清月白”。

【風清弊絕】fēng qīng bì jué 風清：風氣清明不濁。説政風清廉，貪污舞弊之事絕跡不見。宋代周敦頤《拙賦》：“嗚呼！天下拙，刑政徹；上安下順，風清弊絕。”《蕩寇志》八十回：“到得鄆城不久，就興利除害，風清弊絕，吏民無不歡喜。”同 弊絕風清。反 昏天黑地。

【風華正茂】fēng huá zhèng mào 風華：風采才華。形容年輕人朝氣蓬勃，才氣豐茂。劉心武《白牙》：“他風華正茂，官運亨通，盛傳他即將提為副局長。”◇他才二十歲，風華正茂，正是創新上進的好時光。同 風華絕代、青春年華。反 風燭殘年、老態龍鍾。

【風雲人物】fēng yún rén wù 風雲：比喻名聲顯赫、風頭很盛。多指能左右局勢、有影響力的人物。有時也指曇花一現的人物。◇別看她現在貧窮潦倒，當年可是上海灘的風雲人物。同 風流人物。反 無名之輩。

【風雲突變】fēng yún tū biàn 風雲：比喻形勢。局勢或情況像風雲無定那樣發生了突然變化。◇局勢風雲突變，戰事一觸即發／沒想到股市風雲突變，她的千萬資產轉瞬化為烏有。同 風雲變幻、風雲萬變。反 風平浪靜。

【風雲際會】fēng yún jì huì 風雲：比喻機緣。際會：遇合。《後漢書·耿純傳》：“大王以龍虎之姿，遭風雲之時。”漢代王充《論衡·偶會》：“良輔超拔於際會。”後用“風雲際會”比喻有才能者遇上良機。唐代杜甫《夔府書懷》詩：“社稷經綸地，風雲際會期。”《封神演義》一八回：“困居渭水垂竿待，只等風雲際會緣。”同 際會風雲、風雲際遇。反 錯失良機、坐失良機。

【風雲變幻】fēng yún biàn huàn 像風和雲那樣變來變去不穩定。《喻世明言》卷一八：“榮枯貴賤如轉丸，風雲變幻誠多端。”清代秋瑾《柬某君三章》詩：“歎息風雲多變幻，存亡家國總關情。”徐遲《牡丹》：“生活的途徑上充滿了意想不到的風雲變幻。誰知花徑上也能長出荊棘來？”同 風雲萬變、風雲莫測。反 一成不變。

【風塵僕僕】fēng chén pú pú 風塵：風和塵土，指旅途、行旅。僕僕：走路勞累的樣子。清代吳趼人《痛史》八回：“三人揀了一家客店住下，一路上風塵僕僕，到了此時，不免早些歇息。”錢鍾書《圍城》七：“李梅亭道：‘我不是沒有新衣服，可是路上風塵僕僕，犯不着糟蹋。’”同 僕僕風塵、風塵碌碌。

【風趣橫生】fēng qù héng shēng 形容幽默詼諧而有趣味。《清史稿·高其佩傳》：“尤善指畫，嘗畫黃初平叱石成羊，或已成羊而起立，或將成而未起，或半成而未離為石，風趣橫生。”◇別看他年已古稀，説起話來可是風趣橫生。反 索然無味。

【風調雨順】fēng tiáo yǔ shùn 氣候調和，雨量適度，利於農事。《舊唐書·禮儀志一》引《六韜》：“武王伐紂，雪深丈餘……既而克殷，風調雨順。”《清平山堂話本·雪川蕭琛貶霸王》：“三年之間，風調雨順，田禾倍收，里無盜賊。”李六如《六十年的變遷》第八章：“今年風調雨順，收成比往年好些。”反 旱魃為虐、六月飛霜。

【風馳電掣】fēng chí diàn chè 像颳風和閃電一樣迅速。形容速度極快。《六韜•王翼》：“奮威四人，主擇材力，論兵革，風馳電掣，不知所由。”明代張四維《雙烈記•開宗》：“袖中三尺劍，歎空自光芒貫日，倘一時離匣，風馳電掣，掃除妖魅。”李六如《六十年的變遷》第二章：“馬上披起長衫，風馳電掣般奔往月池塘附近的下西街考棚前。”同 風馳電逝、電掣星馳。

【風餐露宿】fēng cān lù sù 在風中吃飯，在露天睡覺。形容旅途或野外生活十分艱苦。宋代蘇軾《將至筠先寄遲適遠三猶子》詩：“露宿風餐六百里，明朝飲馬南江水。”《老殘遊記》一回：“老殘行李本不甚多，也不過古書數卷，儀器幾件，收檢也極容易。頃刻之間便上了車。無非風餐露宿，不久便到了登州。”郁達夫《盧騷傳》：“然而風餐露宿，終究是沒有善心的公主和慈祥的王者出來收留他回去。”同 露宿風餐、餐風露宿。

【風聲鶴唳】fēng shēng hè lì 唳：鶴鳴。《晉書•謝玄傳》載：前秦苻堅率大軍攻打東晉，與晉軍在淝水決戰，兵敗如山倒，自相踐踏，“淝水為之不流”，秦軍“聞風聲鶴唳，皆以為王師已至”。後用“風聲鶴唳”形容恐慌疑懼，自相驚擾。宋代李曾伯《醉蓬萊》詞：“見說棋邊，風聲鶴唳，膽落胡虜。”《紅樓夢》一〇二回：“如此接連數月，鬧的兩府懼怕。從此風聲鶴唳，草木皆妖。”梁啟超《新中國未來記》三回：“正在日日苦心研究這問題，忽然接到義和團的警報，風聲鶴唳，全歐騷然。”同 草木皆兵、“風聲鶴唳，草木皆兵”。

【風燭之年】fēng zhú zhī nián 比喻人的晚年，猶如在風中搖曳不定、隨時可熄滅的火燭。◇她已是風燭之年的人了，你還同她爭甚麼呢？同 風燭殘年、風燈之年。反 青春年少、豆蔻年華。

【風燭殘年】fēng zhú cán nián《樂府詩集•古辭〈怨詩行〉》：“天德悠且長，人命一何促，百年未幾時，奄若風吹燭。”後用“風燭殘年”形容年邁的老人，就像在風中搖曳不定的燭光一樣，隨時可能去世。《蕩寇志》七六回：“老夫風燭殘年，倘不能親見，九泉下也兀自歡喜。”《北洋軍閥統治時期史話》第二章：“西太后已是風燭殘年，如果死了這座靠山，滿族少年親貴必然對他更有所不利。”同 風燭之年、風中之燭。反 年富力強。

【風靡一世】fēng mǐ yī shì 見“風靡一時”。

【風靡一時】fēng mǐ yī shí 靡：倒下。風靡：隨風一邊倒下去。形容某事物在一個時期內十分流行，像草木隨風倒向一邊。吳玉章《從甲午戰爭前後到辛亥革命前後的回憶》：“戊戌變法前後，特別是戊戌變法以前，康、梁的改良主義思想曾風靡一時。”也作“風靡一世。”◇高脂食品曾風靡一時，如今卻又時興吃清淡低油的東西了。同 風行一時、風行一世。

【風韻猶存】fēng yùn yóu cún 女子優雅的姿容氣質還在，尚未消失掉。沅君《古玩行》：“這店的老闆是位女子，文雅脱俗，熱情好客，入道雖已經年，但風韻猶存，美麗不減當年，人們想，她年輕時一定是位美人。”◇她年在四十開外，看上去風韻猶存，還有幾分吸引男人的地方。同 徐娘半老、半老徐娘。

【風鬟霧鬢】fēng huán wù bìn 鬟：環形的髮髻。鬢：耳邊鬢角。❶ 形容女子頭髮秀美。宋代周邦彥《減字木蘭花》詞：“風鬟霧鬢，便覺蓬萊三島近，水秀山明，縹緲仙姿畫不成。”清代魏子安《花月痕》七回：“(曼雲) 風鬟霧鬢，妙麗天然。”❷ 形容女子頭髮蓬鬆散亂。宋代李清照《永遇樂》詞：“如今憔悴，風鬟霧鬢，怕見夜間出去。”同 風鬟雨鬢。

【颯爽英姿】sà shuǎng yīng zī 形容人精神抖擻、意氣風發的樣子。宋代趙蕃《謁顏範祠》詩：“誰知舊日番君國，颯爽英姿蓋九賢。”元代王惲《寄總帥便宜汪》詩：“堿晟袍鎧鳳花紅，颯爽英姿百戰雄。” 同 英姿颯爽、英姿煥發。

【飄泊不定】piāo bó bù dìng 見“飄泊無定”。

【飄泊無定】piāo bó wú dìng 船在水上飄流或停泊沒有定準。形容東奔西走，生活不安定。也作“飄泊不定”。◇大半生都沒有個穩定的職業，江南塞北飄泊無定／一場大地震摧毀了他的家園，跟着父親外出找生活，過了兩年飄泊不定的流浪日子。同 萍蹤浪跡。

【飄蓬斷梗】piāo péng duàn gěng 隨風在空中飄飛的蓬草，被風亂吹的植物的斷枝殘莖 。比喻居無定所，漂泊無依的動盪生活狀況。宋代宗澤《上鄭龍圖求船書》：“全家百指，如飄蓬斷梗，一在天之涯，一在地之角。”明代王錂《春蕪記•閨語》：“問卿卿，多應是飄蓬斷梗渾無定。”吳梅《風洞山•旅吟》：“驚歲月之逝波，傷美人之遲暮，飄蓬斷梗，不復問人世事矣。”

【飄飄欲仙】piāo piāo yù xiān 宋代蘇軾《前赤壁賦》：“飄飄乎遺世而獨立，羽化而登仙。”後用“飄飄欲仙”形容：❶ 輕輕盈盈，飄飄搖搖，如同仙人一般。《老殘遊記》六回：“到了次日，老殘起來，見那天色陰的很重，西北風雖不甚大，覺得棉袍子在身上有飄飄欲仙之致。”《慈禧太后演義》二回：“當先的是兩名侍女，輕裾長袖飄飄欲仙。”老舍《老張的哲學》二七：“長頭髮散在項後，上中下三部迎風亂舞，真是飄飄欲仙。”❷ 人的心情輕盈飄飛，輕快爽脱或非常得意。清代沈復《浮生六記•浪遊記快》：“一路霜林，月下長空，萬籟俱寂。星爛彈《梅花三弄》，飄飄欲仙。”朱自清《一封信》：“那時我真脱卻人間煙火氣而飄飄欲仙了！”❸ 詩文的情致灑脱飄逸或書法飛龍舞鳳走筆輕巧。清代歸莊《顧天石詩序》：“七古近體豪宕磊落，飄飄欲仙。”《花月痕》二六回：“和癡珠同看那本白摺的賦，見書法珠圓玉潤之中，另有一種飄飄欲仙的丰致。”

飛部

【飛沙走石】fēi shā zǒu shí 沙土飛揚，石頭滾動。形容風力猛烈。晉代干寶《搜神記》卷三：“乃有神飛沙走石，雷電霹靂。”《孽海花》二三回：“不提防，陡起了一陣撼天震地的狂風，飛沙走石，直向東邊路上刮棘棘的捲去。張司《佛影》：“賈公面對一時的飛沙走石，大聲叫喊，喊聲裏，烈風忽然變作細雨灑向大地。”同 飛砂走石、走石飛砂。反 風不揚灰、風平浪靜。

【飛災橫禍】fēi zāi hèng huò 突發的意外災禍。《雲笈七籤》卷五四：“飛災橫禍，惡鬼兇神，不能為害。”李拓之《惜死》：“月貌花殘、雪膚香骨的息夫人不能與潔花雙在，白璧並存，眼看即刻的凋謝。對此，無疑是一場飛災橫禍啊！”也作“飛來橫禍”。《何典》九回：“惹出這般飛來橫禍來，帶累我們擔驚受怕。”同 橫禍飛災、橫災飛禍。

【飛來橫禍】fēi lái hèng huò 見“飛災橫禍”。

【飛針走線】fēi zhēn zǒu xiàn 形容針線活十分利索快捷。《祖堂集•洛浦和尚》：“師云：‘飛針走線’時人會，兩邊繡過卻還稀。”《水滸傳》四一回：“做得第一手裁縫，端的是飛針走線。”《醒世恒言•賣油郎獨佔花魁》：“若題（提）起女工一事，飛針走線，出人意表。”◇她學裁剪手藝多年，飛針走線，成了熟練工。同 飛針引線。

【飛芻挽粟】fēi chú wǎn sù 芻：餵牲畜的草。挽：拉引。粟：軍糧。指快速運送軍糧。《漢書•主父偃傳》：“又使天下飛芻挽粟。”顏師古注：“運載芻槁令其疾至，故曰飛芻也。挽謂引車船也。”清代顧炎武《答徐甥公肅書》：“雞肋蠶叢，尚煩戎略，飛芻挽粟，豈顧民生。”《山河風煙》四一：“起義大軍飛速膨大，為攻略都城作準備，何大天命副宰何曾偉火速籌集，裝備飛芻挽粟，日夜兼程，以應前線之需。”同 飛蒭挽粟、飛芻挽粒。

【飛揚跋扈】fēi yáng bá hù ❶ 行為舉止任意無拘束，超出常規。唐代杜甫《贈李白》詩："痛飲狂歌空度日，飛揚跋扈為誰雄？"金代田紫芝《冥鴻亭下第後作》詩："眼底功名一物無，飛揚跋扈竟何如。"郭沫若《論曹植》："曹植的飛揚跋扈，不守紀律，真是足以驚人。"❷ 形容為所欲為，蠻橫驕縱，肆無忌憚。《聊齋誌異•席方平》："飛揚跋扈，狗臉生六月之霜；隳突叫號，虎威斷九衢之路。"李大釗《國民之薪膽》："聞小幡氏尤為蠻暴，其飛揚跋扈之狀，咄咄逼人。"同 不可一世、專橫跋扈。反 韜光養晦、謹小慎微。

【飛黃騰達】fēi huáng téng dá 飛黃：古代傳說中的神馬名。唐代韓愈《符讀書城南》詩："飛黃騰踏去，不能顧蟾蜍。"騰踏：形容神馬騰空躍起。後多用"飛黃騰達"，比喻官職、地位升得很快。今多用於貶義。元代無名氏《劉弘嫁婢》三折："李春郎飛黃騰達，賴長者恩榮德化。"《儒林外史》二回："他說也是正月初一日，夢見一個大紅日頭落在他頭上，他這年就飛黃騰達的。"魯迅《準風月談•文牀秋夢》："先前，還希望招駙馬，一下子就飛黃騰達，現在皇帝沒有了，即使滿臉塗着雪花膏，也永遠遇不到公主的青睞。"同 一路福星、吉星高照。反 一敗塗地、一落千丈。

【飛短流長】fēi duǎn liú cháng 見"蜚短流長"。

【飛蛾投火】fēi é tóu huǒ 見"飛蛾赴火"。

【飛蛾赴火】fēi é fù huǒ 比喻不惜性命以達到既定目標。也比喻自找苦吃、自取滅亡。《梁書•到溉傳》："研磨墨以騰文，筆飛毫以書信，如飛蛾之赴火，豈焚身之可吝。"唐代李德裕《虛名論》："趨之者如飛蛾赴火，惟恥不及。"也作"飛蛾投火"。明代無名氏《鳴鳳記•鶴樓赴義》："正是累卵擊石，犯之必碎；飛蛾投火，觸之必焦。"◇到那個新區開闢市場，我看無異飛蛾赴火，恐怕連成本也收不回來。同 飛蛾撲火、燈蛾撲火。

【飛禽走獸】fēi qín zǒu shòu 飛翔的禽鳥，奔跑的野獸。漢代王延壽《魯靈光殿賦》："飛禽走獸，因木生姿。"唐代李公佐《南柯太守傳》："山阜峻秀，川澤廣遠，林樹豐茂，飛禽走獸，無不蓄之。"瞿秋白《亂彈•滿洲的"毀滅"》："這些獵狗和獵人互相搶着打獵的圍物，搶着'飛禽走獸'。"同 珍禽異獸。

【飛熊入夢】fēi xióng rù mèng 飛熊：長上翅膀的熊。《史記•齊太公世家》："西伯（周文王）將出獵，卜之，曰：'所獲非龍非螭，非虎非羆，所獲霸王之輔。'於是周西伯獵，果遇太公於渭之陽。"後人將"非羆"轉為"飛熊"，用周文王夢"飛熊"遇太公望的典故，指王者將得賢臣的吉兆。《武王伐紂平話》中："卻說西伯侯夜作一夢，夢見從外飛熊一隻，飛來至殿下。周公曰：'大王夢見飛熊，必得賢也'。"佚名《開天秘史》卷四："宜生曰：'昔商高宗曾有飛熊入夢而得傅說於版築之間。今主上夢虎生兩翼者，乃飛熊也。'"

【飛蓬乘風】fēi péng chéng fēng 蓬：蓬草。蓬草隨風飛舞不定。比喻世事或策略、辦法、想法隨情勢而改變。也作"飛蓬隨風"。《商君書•禁使》："今夫飛蓬遇飄風而行千里，乘風之勢也。"《後漢書•明帝紀》："昔應門失守，《關雎》刺世，飛蓬隨風，微子所歎。"胡黛《官場相》："他是當上小官日久之人，深知為官之道，但卻不肯一味仰上鼻息，用飛蓬隨風淡卻個人之思想與做人本分，不肯行鑽營之道以保官運。"◇做人應固守道德底線，不可動搖信念而有飛蓬乘風之舉。同 隨風轉舵。

【飛蓬隨風】fēi péng suí fēng 見"飛蓬乘風"。

【飛鴻印雪】fēi hóng yìn xuě 飛來的大雁在雪地上留下爪印。宋代蘇軾《和子由澠池懷舊》："人生到處知何似？應似飛鴻踏雪泥。泥土偶然留指爪，鴻飛那復計東西？"後用"飛鴻印雪"、"雪泥鴻爪"比喻往事或經歷所留下的痕跡。明代宋濂《大天界寺住持白庵師行業碑銘》："生死去來兮不礙真圓，飛鴻印雪兮爪趾宛然！”清代錢謙益《崇德令龔淵孟考滿序》：“人生出處遇合，如雪泥鴻爪，豈可以一跡論哉！”◇《民國舊影》留下了上世紀二三十年代的里弄、石庫門、樓宇、園林、人物活動的痕跡，飛鴻印雪，彌足珍貴。同 飛鴻踏雪、飛鴻雪爪。

【飛簷走脊】fēi yán zǒu jǐ 見“飛簷走壁”。

【飛簷（檐）走壁】fēi yán zǒu bì 形容身體輕捷，能飛躍屋簷，攀行牆壁。也作“飛簷走脊”。唐代張鷟《朝野僉載》卷六：“柴紹弟集，輕矯迅捷，踴身而上，挺然若飛，能自簷頭捻椽，復上越百尺樓。”元代劉唐卿《降桑椹》一折：“醉了時丟磚掠瓦，到晚來飛簷走壁。”《水滸傳》六六回：“且說時遷是個飛檐走壁的人，不從正路入城，夜間越牆而過。”明代陶貞懷《天雨花》一一回：“小的曾學過飛簷走脊的本事。”◇武俠小說中的俠客身手敏捷，一般都有飛檐走壁的本領。同 飛牆走壁。

【飛鷹走狗】fēi yīng zǒu gǒu 放飛老鷹，撒出狗來，使追捕鳥獸。形容遊獵之娛。《東觀漢記·耿恭傳》：“將兵不攏，軍士肆心縱慾，飛鷹走狗，遊戲道上。”《元史·脱脱傳》：“脱脱諫曰：‘古者帝王端居九重之上，日與大臣宿儒講求治道，至於飛鷹走狗，非其事也’。”◇古代帝王因沉湎酒色，飛鷹走狗，紙醉金迷而亡國者不在少數。同 飛鷹走犬、飛蒼走黃。

食部

【食不二味】shí bù èr wèi 味：指菜餚種類。吃飯沒有兩種菜餚。形容飲食簡單節儉。《左傳·哀公元年》：“昔闔廬食不二味，居不重席，室不崇壇，器不彤鏤，宮室不觀，舟車不飾，衣服財用，擇不取費。”《東觀漢紀·李恂傳》：“常席羊皮，卧布被，食不二味。”也作“食不重味”、“食不兼味”。漢代荀悦《漢紀·哀帝紀一》：“博初起為亭長，為人廉潔，不好酒色，食不重味，案上不過三杯。”《梁書·江革傳》：“惟資公俸，食不兼味。”兼：兩。《山河風煙》五一：“建立了大勝起義王朝的姚大天保持農民艱苦生活本色，他食不兼味，又不好聲色犬馬之樂，這使這位農民領袖威望日高。”同 衣不重彩。反 日食萬錢。

【食不甘味】shí bù gān wèi 形容心事重重或專注於做事，因而吃不出飯食的美味。《戰國策·楚策一》：“寡人自料，以楚當秦，未見勝焉，內與群臣謀，不足恃也，寡人卧不安席，食不甘味，心搖搖如懸旌而無所終泊。”《舊唐書·李靖傳》：“往者國家草創，太上皇以百姓之故，稱臣於突厥，朕未嘗不痛心疾首，志滅匈奴，坐不安席，食不甘味。”郭沫若《蔡文姬》第四幕第三場：“我寢不安席，食不甘味，在夜裏就只好彈琴唱歌，以排解自己的悲哀。”同 卧不安寢。

【食不果腹】shí bù guǒ fù《莊子·逍遙遊》：“適莽蒼者，三飡而反，腹猶果然。”後以“食不果腹”指填不飽肚子。形容貧窮困苦。◇一家三口人辛苦一年，還是食不果腹。同 衣不蔽體。反 飽食終日。

【食不重味】shí bù chóng wèi 見“食不二味”。

【食不兼味】shí bù jiān wèi 見“食不二味”。

【食少事煩（繁）】shí shǎo shì fán 飯吃得少，事務卻很繁重。形容身體欠佳，事情要做的太多，幾乎不能勝任。《三國演義》一〇三回：“孔明食少事繁，其能久乎？”明代袁宏道《錦帆集·劉子威》：“鄉遙心懶，忍作宦遊之人；食少事煩，恐是長眠之客。”魯迅《兩地書》七七：“你如來粵，我想，一定要比廈門忙……大半是要食少事繁，像我在這裏似的。”

【食玉炊桂】shí yù chuī guì 炊：煮飯。桂：肉桂樹。食物貴如珠玉，柴草貴如桂木。形容物價非常昂貴。《戰國策·楚策三》：“楚國之食貴於玉，薪貴於桂。謁者難得見如鬼，王難得見如天帝，今令臣食玉炊桂，因鬼見帝。”《陳書·後主紀》：“豈以食玉炊桂，無因自達？將懷寶迷邦，咸思獨善？”清代陳夢雷《行路難》：“巫咸上天皋陶遠，食玉炊桂不可居。”◇物資匱乏，食玉炊桂，百姓生活十分艱難。同 米珠薪桂。

【食古不化】shí gǔ bù huà 刻板地學習古人，跳不出古人的框框，就像吃東西硬吞進去，消化不了一樣。形容拘泥於過去的東西，不知靈活變通，不能與時俱進。《玉几山房畫外錄》引清代惲向《題自作畫冊》："可見定欲為古人而食古不化，畫虎不成，刻舟求劍之類也。"◇就拿《孫子兵法》來說，有人善於變通，學成了大戰略家，有人食古不化，落得個"紙上談兵"。同 泥古不化、刻舟求劍。

【食而不化】shí ér bù huà 食：吃。吃下去的東西不能消化。比喻所學不能理解，不會運用。清代紀昀《閱微草堂筆記·姑妄聽之六》："然讀書以明禮，明禮以致用也。食而不化，至昏憒僻謬，貽害無窮。"葉聖陶《論中學國文課程的改訂》："他們讀那些文學，沒有經過好好的訓練，只是生吞活剝，食而不化。"同 食古不化。

【食肉寢皮】shí ròu qǐn pí 割下他的肉吃，剝下他的皮墊着睡覺。形容極端仇恨。《左傳·襄公二十一年》："然二子者，譬於禽獸，臣食其肉而寢處其皮矣。"《西遊記》九回："卻說殷小姐痛恨劉賊，恨不食肉寢皮，只因身懷有孕，未知男女，萬不得已，權且勉強相從。"《天后宮紀事》："鮑氏尖刻寡情，得罪了不少人，仇人對他恨之入骨，恨不能將其食肉寢皮，碎屍萬段，因有天后宮之議事。"同 寢皮食肉。

【食言而肥】shí yán ér féi《左傳·哀公二十五年》載：魯國的權臣武伯是個說話不算數的人。魯哀公有一次設宴請臣下吃飯，席間武伯問哀公的寵臣郭重你怎麼這樣胖？哀公乘機諷刺武伯說："是食言多矣，能無肥乎？"後把為追求自己的利益而背棄承諾，稱作"食言而肥"。清代珠泉居士《續板橋雜記·麗品》："子好食言而肥歟？"《野叟曝言》一一五回："絕仕進以全性，你那年到浙江去，已嘗言之，我豈食言而肥者者乎！"

【食指大動】shí zhǐ dà dòng 形容預感到會有美味享用。《左傳·宣公四年》："楚人獻黿於鄭靈公，公子宋與子家將見，子公之食指動。以示子家，曰：'他日我如此，必嘗異味。'"◇食指大動，必有美味，我們就等着有人來請客吧。

【食前方丈】shí qián fāng zhàng 方丈：一丈見方。吃飯時食品之多，擺得一丈見方。形容飲食奢侈。《孟子·盡心下》："食前方丈，侍妾數百人，我得志弗為也。"清代洪昇《長生殿·獻飯》："尋常，進御大官，饌玉炊金，食前方丈，珍饈百味，猶兀自嫌他調和無當。"《文明小史》五七回："見着老人家的食前方丈，侍妾數百人的行徑，不禁羨慕。"同 食必方丈、方丈盈前。反 食不果腹、面有菜色。

【食為民天】shí wéi mín tiān 民眾以有飯吃為最重要的大事。即"民以食為天"之意。《顏氏家訓·涉務》："夫食為民天，民非食不生矣，三日不粒，父子不能相存。"清代馮桂芬《〈校邠廬抗議〉自序》："食為民天，有食斯有民。"

【食親財黑】shí qīn cái hēi 形容人貪婪自私，愛財如命。◇那個張昌言雖說很富有，為人可是食親財黑，六親不認 / 這小子就是食親財黑、見錢眼開的傢伙，敢動手也敢下黑手。同 貪婪無厭。反 樂善好施。

【飢不擇食】jī bù zé shí 餓極了，顧不上選擇食物，甚麼都可拿來充飢。也比喻惶急或無奈之時，沒得選擇，只要能解決問題，甚麼辦法都行。《五燈會元·丹霞天然禪師》："又一日訪龐居士，至門首相見，師乃曰：'居士在否？'士曰：'飢不擇食。'"《古今小說·范巨卿雞黍生死交》："沿路上飢不擇食，寒不擇衣，夜宿旅店，雖夢中亦哭。每日早起趕程，恨不得身生兩翼。"《紅樓夢》一〇三回："那金桂原是個水性人兒，那裏守得住空房，況兼天天心裏想念薛蝌，便有些飢不擇食的光景。"

【飢附飽颺】jī fù bǎo yáng《後漢書·呂布傳》："譬如養鷹，飢則為用，飽則颺去。"後表示窮困潦倒、走投無路之時來依附你，一旦得志便會背離你遠走高飛。揚，也寫作“颺”。《二刻拍案驚奇》卷一回目：“滿少卿飢附飽颺，焦文姬生仇死報。”清代藍鼎元《書鷹欺熊箴》：“誠恥夫飢附飽揚，如汝輩讒口惟利是視耳。”《孫大總統廣州蒙難記》：“如陳炯明者飢附飽颺，外強中乾，諉過推罪，嫁禍貽患。”

【飢寒交迫】jī hán jiāo pò 形容飢腸轆轆，衣不蔽體，生活十分貧困。宋代陳著《答白廷玉》：“巢居穴處者數年，飢寒交迫。”清代程麟《此中人語·拐突橋》：“偶於街市間見一丐嫗，龍鍾傴僂，衣不遮體，殊有飢寒交迫之形。”◇我跟着他過了一輩子飢寒交迫的日子。同 啼飢號寒。

【飢腸轆轆】jī cháng lù lù 腹中空空，咕轆轆直響。形容非常飢餓。葉聖陶《窮愁》：“俄而飢腸轆轆如熬煎，念阿母當亦飢矣。”同 飢火燒腸。

【飢餐渴飲】jī cān kě yǐn 飢餓時吃飯，口渴時喝水。指生活之所需。多形容旅途跋涉中的簡單生活景況。《京本通俗小說·碾玉觀音》：“四更以後，各帶隨身金銀物件出門。離不得飢餐渴飲，夜住曉行。”《古今小說·陳從善梅嶺失渾家》：“陳巡檢騎着馬，如春乘着轎，王吉、羅童挑着書箱行李，在路上少不得飢餐渴飲，夜住曉行。”明代薛瑄《絕句》：“飢餐渴飲披書卷，高臥開窗看白雲。”《鏡花緣》五七回：“一路飢餐渴飲，早起遲眠，說不盡途中辛苦。”同 風餐露宿。

【飯來張口】fàn lái zhāng kǒu 形容不勞而獲，坐享別人的勞動成果。常和“衣來伸手”連用。《金瓶梅詞話》七六回：“我的奶奶，你飯來張口，水來濕手，這等插金帶銀，呼奴使婢，又惹甚麼氣？”馮苓植《興死共舞——“鞭桿”的故事》：“還專門為其高價請了一位保姆，負責其飲食起居諸多事宜，真可謂衣來伸手，飯來張口，瀟灑得沒邊沒沿兒。”同 坐享其成、衣來伸手。反 自食其力、自力更生。

【飯糗茹草】fàn qiǔ rú cǎo 飯、茹：吃。糗：乾糧。草：野菜。以乾糧、野菜為食。形容生活清苦。《孟子·盡心下》：“舜之飯糗茹草也，若將終身焉。”宋代廖行之《代知衡州劉寺簿清之奏狀》：“布衣劉德老請介靜順，有君子之風，飯糗茹草，林居自樂者，二十餘年不入州縣。”◇住進深山老林，飯糗茹草，是要耐得住寂寞的。同 啜菽飲水、簞食瓢飲。反 山珍海味、山珍海錯。

【飯囊酒甕】fàn náng jiǔ wèng 比喻無能之人。北齊顏之推《顏氏家訓·誡兵》：“今世士大夫，但不讀書，即稱武夫兒，乃飯囊酒甕也。”宋代王禹偁《酬安祕丞歌詩集》詩：“夜眠朝走不覺老，飯囊酒甕奚足云。”同 酒囊飯袋、朽木糞土。反 出類拔萃、出將入相。

【飲水思源】yǐn shuǐ sī yuán 喝水的時候想到水的來源。北周庾信《徵調曲》：“落其實者思其樹，飲其流者懷其源。”後用“飲水思源”比喻不忘本。《兒女英雄傳》一三回：“飲水思源，打算自己當日受了八兩，此時定要還她半斤。”《文明小史》七回：“於本缺之外，又兼得怎們一個好差使，飲水思源，何非出於老兄所賜。”反 忘恩負義、背恩反噬。

【飲水啜菽】yǐn shuǐ chuò shū 喝清水，吃豆類。形容生活極清苦。《禮記·檀弓下》：“孔子曰：‘啜菽飲水盡其歡，斯之謂孝。’”宋代蘇轍《答黃庭堅書》：“獨顏子飲水啜菽，居於陋巷。”元代陳基《白雲窗記》：“顧祿薄未足以備甘膬，然飲水啜菽粗盡其歡。”同 含辛茹苦、簞食瓢飲。反 飽食終日、錦衣玉食。

【飲冰食蘗】yǐn bīng shí bò 見“飲冰茹檗”。

【飲冰茹檗(蘗)】yǐn bīng rú bò 檗：黃檗，樹皮極苦，入藥稱黃柏。比喻生活極度簡樸清苦。宋代傅察《代謝運使少卿奏舉啟》：“倘粗收於微效，飲冰茹蘗，誓無玷於殊恩。”明代費宏《壽岳母張太夫人賦》：“飲水茹檗，騰茂蜚英。也作“飲冰食蘗”。宋代李若冰《謝太上皇帝表》：“臣敢不永遵詩禮之規，盡洗貴驕之氣，飲冰食蘗，持以終身。”同 家徒四壁、啜菽飲水。反 山珍海味、瓊漿玉液。

【飲泣吞聲】yǐn qì tūn shēng 見“飲恨吞聲”。

【飲食男女】yǐn shí nán nǚ 指人對吃喝和異性的需要。《禮記·禮運》：“飲食男女，人之大欲存焉。”宋代胡仔《苕溪漁隱叢話•山谷上》:“飲食男女，人之大欲存焉，若戒之則誠難，節之則為易，乃近於人情也。”◇在繁華的都市裏，飲食男女的故事每天都在演繹着。

【飲恨吞聲】yǐn hèn tūn shēng 吞下眼淚，強忍住哭聲。形容內心格外悲痛或怨恨，卻不敢公開表現出來。也作“飲泣吞聲”。南朝梁江淹《恨賦》:“綺羅畢兮池館盡，琴瑟滅兮丘壟平。自古皆有死，莫不飲恨而吞聲。”宋代王明清《玉照新志》卷二:“鳳凰釵寶玉凋零。悵然慘，嬌魂怨，飲泣吞聲。”明代梁辰魚《浣紗記•投吳》:“夫人過哀，眼見粉愁香怨，寡人不肖，豈能飲恨吞聲。”鄒韜奮《我的母親》:“我心裏知道她見我被打，她也覺得好像刺心的痛苦……她的飲泣吞聲，為的是愛他的兒子。”同 忍氣吞聲、飲氣吞聲。

【飲醇自醉】yǐn chún zì zuì 醇：純正濃厚的美酒。喝着醇酒，在不知不覺中就醉了。比喻與品德高尚的人相處，自然而然就會心悦誠服。《三國志•周瑜傳》裴松之注:“普頗以年長，數陵侮瑜。瑜折節容下，終不與校。普後自敬服而親重之，乃告人曰:‘與周公瑾交，若飲醇醪，不覺自醉。’”清代魏裔介《都諫袁六完疏稿序》:“余與公之弟同舉於南宮，同官最久，因得與公交。交二十年矣，飲醇自醉。”

【飲鴆止渴】yǐn zhèn zhǐ kě 鴆：一種毒鳥。用鴆的羽毛浸泡的毒酒解渴。《後漢書•霍諝傳》:“譬猶療飢於附子，止渴於鴆毒，未入腸胃，已絕咽喉，豈可為哉！”後比喻只圖擺脱面臨的困難，留下後患也在所不計。茅盾《三人行》:“少爺出身的你不知道窮人的艱難；借印子錢，飲鴆止渴，也是沒有法子呀！”巴金《談〈憩園〉》:“年紀大一點的轎夫多數抽大煙，因為他們的體力不夠，不得不用這種興奮劑來刺激，明知這是飲鴆止渴，但是也無其他辦法。”

【飽食終日】bǎo shí zhōng rì 整天吃得飽飽的，甚麼事都不幹。《論語•陽貨》:“飽食終日，無所用心，難矣哉！”《北史•李彪傳》:“雖不能光啟大錄，庶不為飽食終日耳。”清代昭槤《嘯亭續錄•宗室積習》:“近日宗室繁衍，入仕者少，飽食終日，毫無所事。”◇她從小嬌生慣養，飽食終日，哪過得了苦日子。同 無所事事。反 飢腸轆轆、枵腹從公。

【飽經風霜】bǎo jīng fēng shuāng 形容經歷過很多艱難困苦。《武松演義》四回:“你家二叔才回來，旅途飽經風霜，你該去倒杯茶，請他歇息一會才是。”◇她那憂鬱的面孔上，刻滿了飽經風霜的皺紋。同 飽經霜雪、飽經滄桑。反 飽食終日、飽食暖衣。

【養生送死】yǎng shēng sòng sǐ 見“養老送終”。

【養老送終】yǎng lǎo sòng zhōng《禮記•禮運》:“禮義也者……所以養生送死事鬼神之大端也。”後用“養老送終”説關懷、贍養、侍奉老人，並妥善舉喪安葬。宋代呂南公《與傅公濟書》:“祖夫人九十，尊公亦七十有六矣，父母之心，養老送終，天下一致，公濟非無五內，而不以此念，是獨何也？”《水滸傳》五回:“劉太公這頭親事，你卻不知，他只有這個女兒養老送終，承祀香火，都在他身上。”清代陸隴其《勸諭監犯文》:“當初父母生你的時節，也望你成家立業，望你養老送終，望你榮宗耀祖。”也作“養生送死”。《孔子家語•相魯》:“孔子初仕為中都宰，制為養生送死之節。”宋代曾鞏《勸農詔》:“一夫之力，所耕百畝，養生送死，與夫出賦税給公上者，皆取具焉。”梁啟超《王荊公傳》一一章:“民三十而為兵，十年而復歸，其精力思慮，猶可以養生送死，為終生之計。”

【養虎遺(貽)患】yǎng hǔ yí huàn ❶ 飼養老虎，留下禍害。比喻縱容或包庇壞人，反而為自己種下禍根。《史記•項羽本紀》:“楚兵罷食盡，此天亡楚之時也，不如因其機而遂取之。今釋弗擊，此所謂‘養虎自遺患’也。”《宋史•王霆傳》:“至如降卒中處，養虎遺患，輕敵開邊，以肉餧虎。”《野叟曝言》八七回：“寡人久有此意，惟恐反得奸人黨類，養虎貽患，先生所言，更負何疑。”❷泛指忽視有害的因素或不利的事物，最終傷害到自己。明代徐謙《仁端錄·治痘有七法》：“若內傷不下，則毒留腸胃與穀氣相併，熱甚煩渴，詀語昏沉，寧免養虎遺患之禍乎？”明代劉宗周《學言》三：“起一惡念，吾從而知之，知之之後如何消化，此念若消化不去，吾恐其養虎遺患。”同 養虎為患、姑息養奸。反 除惡務盡、斬草除根。

【養兒防老】yǎng ér fáng lǎo 養育兒子，是為了養老送終。唐代元稹《憶遠曲》：“嫁夫恨不早，養兒將備老。”《明成化說唱詞叢刊·包龍圖斷曹國舅公案傳》：“養兒防老從來有，積穀防飢自古聞。”也作“養兒待老”。《警世通言》卷二二：“自古道：‘養兒待老，積穀防飢。’你我年過四旬，尚無子嗣，光陰似箭，眨眼頭白。百年之事，靠着何人？”《三遂平妖傳》一六回：“常言道：‘養兒待老，積穀防飢。’明年就是五十一歲，望着六十年頭了。生育之事漸漸稀少，因此心中傷感。”同 積穀防飢。

【養兒待老】yǎng ér dài lǎo 見“養兒防老”。

【養家活口】yǎng jiā huó kǒu 贍養一家人，維持一家人基本的生存和生活所需。明代劉宗周《人譜類記》卷下：“良心喪盡，廉恥全無，推究隱微，不過欲藉此養家活口，豈知種種醜惡有不堪盡述者乎！”《紅樓夢》九九回：“那些書吏衙役，都是花了錢買着糧道的衙門，那個不想發財？俱要養家活口。”《野叟曝言》三三回：“你是費了我八十兩元絲銀子的，全靠你養家活口哩！”也作“養家糊口”。清代《世宗憲皇帝硃批諭旨》卷一：“窮民力作經年，博取微利，以為養家糊口之計。”◇他在深水埗擺了個攤檔，賣些小商品養家活口。

【養家糊口】yǎng jiā hú kǒu 見“養家活口”。

【養尊處優】yǎng zūn chǔ yōu 處於尊貴的地位，過着優裕豐厚的生活。宋代蘇洵《上韓樞密書》：“天子者，養尊而處優，樹恩而收名，與天下為喜樂者也。”《鏡花緣》五四回：“父親孤身在外，無人侍奉，甥女卻在家中養尊處優，一經想起，更是坐立不寧。”茅盾《談鼠》：“貓被當作寶貝，貓既養尊處優，借鼠以自重，當然不肯出力捕鼠了。”反 貧病交加、飢寒交迫。

【養精蓄鋭】yǎng jīng xù ruì 養護精神，積蓄力量。《三國演義》三四回：“且待半年，養精蓄鋭，劉表、孫權可一鼓而下也。”清代沈起鳳《諧鐸·祥鴉》：“俟吾弟得意南宮，當養精蓄鋭，努力作鳳凰鳴也。”冰心《兩個家庭》：“在英國留學的時候養精蓄鋭的，滿想着一回國，立刻要把中國旋轉過來。”

【養癰成患】yǎng yōng chéng huàn 生了毒瘡不及時醫治，就會發展為嚴重的疾患。比喻姑息縱容壞人壞事，最終會危害到自己。清代阿桂《平定兩金川方略》卷九：“因循既久，轉使賊匪得肆鴟張，毫無忌憚，其養癰成患情由即川省地方文武各官不能復諱。”《鏡花緣》五七回：“這總怪四哥看了天象，要候甚麼‘度數’，又是甚麼‘課上孤虛’，以致耽擱至今，真是養癰成患，將來他的羽翼越多，越難動手哩！”同 養癰致患、養癰貽患。

【養癰遺(貽)患】yǎng yōng yí huàn 癰：多生在頸部和背部的毒瘡（俗稱搭背瘡）。生了毒瘡不及時治療，會為自己帶來致命的後果。比喻姑息養奸，造成後患。清代紀昀《閱微草堂筆記·槐西雜志一》：“博善化之虛名，潰散決裂乃至此。養癰貽患，我之謂也夫！”《野叟曝言》一二〇回：“議撫者不特養癰遺患，彼亦必不受；議剿者議發京軍三萬，雲貴川廣兵十二萬，勝負未可知。”《官場現形記》一四回：“兄弟此來，決計不能夠養癰貽患，定要去絕根株。”同 養癰成患。反 除惡務盡。

【餐風沐雨】cān fēng mù yǔ 在風中進食，用雨水洗頭。形容旅途或野外生活艱苦。明代張景《飛丸記》二九齣：“餐風沐雨，枕寒戈邊疆御戎。”明代許三階

《節俠記》四齣：“卻不念餐風沐雨，先皇創業多辛苦，到做了個棄正趨邪沒主張。”同 風餐露宿、櫛風沐雨。

【餐風宿水】cān fēng sù shuǐ 在風中進食，在船中過夜。形容旅途或野外生活艱苦。元代柯丹邱《荊釵記》三一齣：“小姐呵！路途上少曾經，當不得許多高山峻嶺，餐風宿水怕勞形。”同 風餐露宿、餐風宿露。

【餐風宿露】cān fēng sù lù 在風中進食，在野外過夜。形容旅途或野外生活的艱苦。元代楊暹《西遊記》二十齣：“師父力多般，餐風宿露忙投竄，宵衣旰食無擸斷受驅馳百萬端。”明代高明《琵琶記》三三齣：“懸懸望他，望他腰金衣紫；兒在程途，又怕餐風宿露。”同 餐風沐雨、風餐露宿。

【餓虎撲食】è hǔ pū shí 像飢餓的老虎撲向食物一樣。❶ 指雙臂向前，整個身子前撲的姿勢。《封神演義》一二回：“哪吒看見敖光在此等候，心中大怒，撒開大步，提起手中乾坤圈，把敖光後心一圈，打了個餓虎撲食，跌倒在地。”也稱類似這種姿勢的一種武術架式。《西遊記》八八回：“好和尚，雙着腳一跳，輪着杖，也起在空中……雙手使降妖杖丟一個丹鳳朝陽，餓虎撲食，緊迎慢擋，捷轉忙攛。”❷ 形容突然撲上去，動作迅速猛烈。多形容貪食、貪得等急切行為。《紅樓夢》一二回：“那人剛到面前，便如餓虎撲食、貓兒捕鼠的一般，抱住叫道：‘親嫂子，等死我了！’”同 猛虎撲食、餓虎撲羊。

【餓殍(莩)載道】è piǎo zài dào 見“餓殍(莩)遍野”。

【餓殍(莩)遍野】è piǎo biàn yě 殍、莩：餓死的人。《孟子·梁惠王上》：“民有飢色，野有餓殍。”後用“餓殍遍野”、“餓莩遍野”形容到處都是餓死的人。《明史·伍文定傳》：“折辱命吏，誣害良民，需求萬端，漁獵盈百萬，致餓殍遍野，盜賊縱橫。”《三國演義》一三回：“是歲大荒，百姓皆食棗菜，餓莩遍野。”也作“餓殍滿道”、“餓莩滿道”。漢代仲長統《昌言·損益篇》：“坐視戰士之蔬食，立望餓殍之滿道，如之何為君行此政也？”元代李繼本《劉義士傳》：“已而，遠近大饑，餓殍滿道。”明代吳寬《都御史盛公所受敕書碑陰記》：“時適歲荒，餓莩滿道。”也作“餓殍載道”、“餓莩載道”。清代錢泳《履園叢話·席氏多賢》：“迨父歿未幾，適當明季，蝗旱不登，餓莩載道。”蔡東藩《民國通俗演義》八五回：“道德淪喪，法度凌夷，匪黨縱橫，餓殍載道。”同 賣兒鬻女、析骨炊爨。

【餓殍(莩)滿道】è piǎo mǎn dào 見“餓殍(莩)遍野”。

【餘味無窮】yú wèi wú qióng 留下很多耐人回味的東西。大多形容文學或藝術作品的內容深刻含蓄，縈繞心懷。清代雷鋐《讀書偶記》卷一：“安閒展卷，玩《近思錄》三五條，覺得餘味無窮。”◇杜甫善於將敍事、抒情、議論融為一體，所以他的詩富含哲理，餘味無窮。同 回味無窮、餘韻無窮。反 味同嚼蠟、平淡無奇。

【餘波未平】yú bō wèi píng 比喻事情雖然大體結束，但問題並未徹底解決，仍有一些在擾動的糾葛或影響。◇那件產權糾紛餘波未平，律師只好再次登門調解。

【餘音繞樑(梁)】yú yīn rào liáng《列子·湯問》：“昔韓娥東之齊，匱糧，過雍門，鬻歌假食。既去，而餘音繞梁欐，三日不絕。”說歌唱停止後，餘音仍在樑間迴旋。形容歌聲、音樂優美動聽，韻味悠悠，令人難忘。也形容詩文等意味深長，韻味無窮。《老殘遊記》二回：“當年讀書，見古人形容歌聲的好處，有那‘餘音繞樑，三日不絕’的話，我總不懂。空中設想，餘音怎樣會得繞樑呢？又怎會三日不絕呢？及至聽了小玉先生說書，才知古人措辭之妙。”清代賀裳《載酒園詩話·歐陽修》：“至若敍事處，滔滔汩汩，累百千言……所惜意隨言盡，無復餘音繞樑之意。”同 回味無窮。反 味同嚼蠟、索然無味。

【餘勇可賈】yú yǒng kě gǔ 餘勇：尚未用到的勇氣。賈：出賣。《左傳·成公二年》：“齊高固入晉師，桀石以投人，禽之而乘其車，繫桑本焉，以徇齊壘，曰：‘欲勇者賈余餘勇。’”後用“餘勇可賈”形容勇氣十足或力量雄厚，還沒有使完。唐代權德輿《送三從弟長孺擢第後歸徐州覲省序》：“且爾齠歲秀發，好學不遷，迨乎弱冠，餘勇可賈。”明代余繼登《覆謚法疏》：“當交趾作孽之秋，餘勇可賈，深入其險阻，先聲所讋，遂易其狡心。”梁啟超《過渡時代論》：“其在過渡以後，達於彼岸，躊躇滿志，其有餘勇可賈與否，亦難料也。”同 行有餘力。

【饒有風趣】ráo yǒu fēng qù 非常有風趣。饒有：富有。◇兄弟倆説話完全不同，一個饒有風趣，一個乾癟無味。

【饕口饞舌】tāo kǒu chán shé 指貪吃的人。饕：貪婪。《歧路燈》三三回：“但只見長戟大纛，暖烘烘雲蒸霞蔚而至；饕口饞舌，雄赳赳排山倒海而來。”

【饕餮之徒】tāo tiè zhī tú 指貪殘、貪婪、貪食的人。◇他最講究吃，是個有名的饕餮之徒／官官相護，饕餮之徒橫行不法，把一個山明水秀的地方糟蹋得天昏地暗。

【饞涎欲滴】chán xián yù dī 唐代皮日休《魯望昨以五百言見貽亦迭和之微旨也》：“將來示時人，猰貐垂饞涎。”涎：口水。形容非常想吃或極想據為己有。魯迅《且介亭雜文二集·弄堂生意古今談》：“實在使我似的初到上海的鄉下人，一聽到就有饞涎欲滴之概，‘薏米杏仁’而又‘蓮心粥’，這是新鮮到連先前的夢裏也沒有想到的。”艾蕪《南行記·我詛咒你那麼一笑》：“然而凡是遇着盤毛辮子的少女的頭，我就很快地把電光擺開，不讓這位饞涎欲滴的紳士瞥見。”高雲覽《小城春秋》三九章：“牢裏的飯菜那樣壞，北洵照樣饞涎欲滴。”同 垂涎三尺、垂涎欲滴。反 不屑一顧、不值一哂。

首部

【首丘（邱）之思】shǒu qiū zhī sī 首丘：頭向着巢穴所在的土丘。傳説狐狸死亡，頭還朝着巢穴的方向。《禮記·檀弓上》：“古之人有言曰：‘狐死正首丘。’”戰國楚屈原《九章·涉江》：“鳥飛反故鄉兮，狐死必首丘。”後用“首丘之思”比喻懷念故鄉、歸葬故鄉或不忘根本。《後漢書·班超傳》：“臣聞太公封齊，五世葬周，狐死首丘，代馬依風。夫周齊同在中土千里之間，況於遠處絕域，小臣能無依風首丘之思哉？”宋代孫光憲《北夢瑣言》卷一三：“因有首邱之思，遂移軍於邢州。”◇離開家鄉四十年了，到了桑榆暮年，首丘之思愈加濃烈。同 狐死首丘、首丘之望。

【首尾相應】shǒu wěi xiāng yìng《孫子·九地》：“故善用兵者，譬如率然。率然者，常山之蛇也。擊其首則尾至，擊其尾則首至，擊其中則首尾俱至。”後用“首尾相應”：❶ 指作戰或做事互相配合接應。《水滸傳》八四回：“可將隊伍擺為長蛇之勢，首尾相應，循環無端，如此則不愁地理生。”◇他們兩兄弟一搭一檔，做起事來首尾相應，互相關照，十件有九件都做得妥妥當當。❷ 比喻詩文前後照應，結構嚴謹。宋代洪邁《容齋隨筆·絕句詩不貫穿》：“薛韶喜論詩，嘗立一説云：‘老杜近體詩精深妥帖，雖多至百韻，亦首尾相應，如常山之蛇，無間斷齟齬處。”◇他的小説首尾相應，處理得珠圓玉潤。同 前後相應、桴鼓相應。反 有頭無尾。

【首屈一指】shǒu qū yī zhǐ 屈指計算時，首先彎下大拇指。後表示第一，或比喻居於首位。《兒女英雄傳》二九回：“千古首屈一指的孔聖人，便是一位有號的。”梁啟超《法理學大家孟德斯鳩之學説》：“近世史中諸先哲，可以當此語而無愧者，蓋不過數人焉，若首屈一指，則吾欲孟德斯鳩。”朱自清《航船中的文明》：“論功行賞，船家尤當首屈一指。”

【首施兩端】shǒu shī liǎng duān 見“首鼠兩端”。

【首倡（唱）義舉】shǒu chàng yì jǔ 首先倡議，發起公益的正義之舉。《晉書·劉弘傳》：“詔惟令臣以散補空缺然，然泝鄉令虞潭忠誠烈正，首唱義舉，舉善以教，不能者勸，臣輒特轉潭補醴陵令。”《東周列國誌》七十回：“公首倡義舉，奈何以王位讓人耶？”◇辦敬老院，收養老人，是本社區的首倡義舉。

【首善之地】shǒu shàn zhī dì 見“首善之區”。

【首善之區】shǒu shàn zhī qū 排在第一位的好地方。《漢書·儒林傳序》：“故教化之行也，建首善，自京師始。”後用“首善之區”、“首善之地”指京師、首都，或最好的地方。《金史·禮志八》：“京師為首善之地，四方之所觀仰。”《續資治通鑒·宋哲宗元祐元年》：“學校為育材首善之地。”清代錢謙益《賀朱進士敍》：“輦轂之下，首善之地，得一士焉。”魯迅《華蓋集·“公理”的把戲》：“當章氏勢焰熏天時，我也曾環顧這首善之區，尋求所謂‘公理’‘道義’之類而不得。”

【首當其衝】shǒu dāng qí chōng 衝：交通要道。《漢書·五行志下》：“鄭當其衝，不能休德。”“當其衝”，處於要衝。“首當其衝”，比喻最先受到攻擊或遭遇災難。《清史稿·兵志九》：“歐艦東來，粵東首當其衝。”巴金《家》二二：“今天晚上恐怕會發生搶劫的事情，高家是北門一帶的首富，不免要首當其衝，所以還是早早避開的好。”反 趨吉避凶、趨利避害。

【首鼠兩端】shǒu shǔ liǎng duān 首鼠：同“躊躇”。在兩者之間搖擺不定，猶豫不決，進退失據。《史記·魏其武安侯列傳》：“武安已罷朝，出止車門，召韓御史大夫載，怒曰：‘與長孺共一老禿翁，何為首鼠兩端？’”元代王實甫《北西廂記·鄭恆求配》：“不料這厮每做下來，着我首鼠兩端，輾轉不決。”郭沫若《甲申三百年祭》：“像吳三桂那樣首鼠兩端的人，在初對於自成本有歸順之心，只是尚在躊躇觀望而已。”也作“首施兩端”。《後漢書·鄧訓傳》：“先是小月氏胡分居塞內，勝兵者二三千騎，皆勇健富強，每與羌戰，常以少制多。雖首施兩端，漢亦時收其用。”同 舉棋不定、狐疑不決。反 決斷如流、當機立斷。

香部

【香火不絕】xiāng huǒ bù jué 供奉神佛或祖先的香燭不間斷。也指子孫延續不斷。《初刻拍案驚奇》卷五：“民間各處，立起個‘虎媒之祠’，若是有婚姻求合的，虔誠祈禱，無有不應，至今黔陝之間，香火不絕。”◇錢光富有錢了就想光耀門庭，一心想家門香火不絕，不能斷了後，為此託人物色個老實女子作老婆。同 香火不斷。反 斷子絕孫。

【香火兄弟】xiāng huǒ xiōng dì 指焚香設誓的結拜兄弟。香火：燃點香燭，禮佛敬佛。唐代崔令欽《教坊記》：“坊中諸女以氣類相似，約為香火兄弟，每多至十四五人，少不下八九輩。”清代孔尚任《桃花扇·訪翠》：“相公不知，這院中名妓，結為手帕姊妹，就像香火兄弟一般，每遇時節，便做盛會。”《山河風煙》一四：“這姚大天與何曾偉情同手足，是一對香火兄弟。”同 香火姊妹、金蘭之契。

【香火因緣】xiāng huǒ yīn yuán 香火：向神佛敬禮時點燃的香燭與燈火。古人盟誓時也燃香火。因緣：緣分。說前世就結下盟好，所以今生有緣分。比喻雙方意氣相合。《北史·陸法和傳》：“法和是求佛之人，尚不希釋梵天王坐處，豈規王位？但於空王佛所與主上有香火因緣，見主人應有報至，故救援耳！”唐代白居易《祭中書韋相公文》：“長慶初，俱為中書舍人日，尋詣普濟寺宗律師所，同受八戒，各持十齋。由是香火因緣，漸相親近。”◇兩人形影不離，情同手足，像是前世的香火因緣。

【香車寶馬】xiāng chē bǎo mǎ 裝飾華麗的車馬。多為貴族少婦小姐的車駕。唐代王維《同比部楊員外十五夜遊》詩：“香車寶馬共喧闐，箇裏多情俠少年。”宋代陸游《立春後十二日命駕至郊外戲書觸目》詩：“香車寶馬沿湖路，繡幕金罍出郭船。”明代周楫《西湖二集·邢君瑞五載幽期》："香車寶馬，婦人女子，挨挨擠擠，好生熱鬧。" 同 寶馬香車。

【香花供養】xiāng huā gòng yǎng 用香燭和鮮花供奉神佛的一種禮儀。也表示虔誠的禮遇。《水經注·河水》："後天人以新白緤裹佛，以香花供養，滿七日，盛以金棺，送出王宮。"《聊齋誌異·鍾生》："倘得再生，香花供養有日耳。" ◇這位居士信佛多年，家中的佛堂上常年香花供養，從不間斷的。

【香草美人】xiāng cǎo měi rén 見"美人香草"。

【香消玉減】xiāng xiāo yù jiǎn 香、玉：喻美女。消減：消瘦。指美人容貌日見瘦削憔悴。元代王實甫《西廂記》四本四折："(想着你) 香消玉減，花開花謝，猶自覺爭些。"《醒世恒言》卷一三："漸漸香消玉減，柳嚲花困，太醫院診脈，吃下藥去，如水澆石一般。" 明代馮夢龍《桂枝兒·不湊巧》："香消玉減因誰害，廢寢忘餐為着誰來？" 同 玉減香消、香銷玉減。

【香消玉殞】xiāng xiāo yù yǔn 香、玉：喻美女。殞：落，亡。指女子死亡。清代王韜《淞濱瑣話·談豔下》："姬善積財，數年已逾巨萬，產後誤服人參，竟至香消玉殞，惜哉！" 蔡東藩《民國通俗演義》七九回："鳳仙閉戶不出，至午後尚是寂然。鴇母大疑，排闥入室，哪知已香消玉殞，物在人亡。" 徐遲《牡丹》："她躍過欄杆，投身昏黑的江水中。屍體已經在下游打撈到了，雖然香消玉殞，依舊面目姣好。" 同 香消玉碎、香銷玉沉。

【香象渡河】xiāng xiàng dù hé 佛教語。《優婆塞戒經·三種菩提品》："如恆河水，三獸俱渡，兔、馬、香象。兔不至底，浮水而過；馬或至底或不至底；象則盡底。" 說大象過河時腳踩河底。比喻悟道精深徹底。《五燈會元》卷三："亦如香象渡河，截流而過，更無疑 (凝) 滯。" 也用來讚美詩文精闢透徹。清代袁枚《隨園詩話》卷八："嚴滄浪借禪喻詩，所謂'羚羊掛角，香象渡河，有神韻可味，無跡象可尋。'" 同 渡河香象、香象絕流。

【馨香禱祝】xīn xiāng dǎo zhù 上香禱告、祝福、祈求。《尚書·酒誥》："弗惟德馨香，祀登聞于天。" 後用"馨香禱祝"表示誠心誠意地祈望。章炳麟《復蔣智由書》："於此知君果非有異志，則僕所馨香禱祝以求之者也。" ◇母親能早日康復出院，是她作女兒馨香禱祝的心願。 同 翹首企足。反 虛情假意。

馬部

【馬工枚速】mǎ gōng méi sù《漢書·枚皋傳》："(枚皋) 為文疾，受詔輒成，故所賦者多；司馬相如善為文而遲，故所作少而善於皋。"《梁書·張率傳》："率又為《待詔賦》奏之，甚見稱賀。手敕答曰：'省賦殊佳，相如工而不敏，枚皋速而不工，卿可謂兼二子於金馬矣。'" 漢代的司馬相如、枚皋兩人寫文章，一工一速，後以"馬工枚速"指快慢各有所長，多用於文學藝術創作。清代陳夔龍《夢蕉亭雜記》卷二："先生見之，即日和成，馬工枚速，兩擅其勝。" ◇你的方法與傳統方法相比，可以說是馬工枚速，都有可取之處。

【馬不停蹄】mǎ bù tíng tí ❶ 騎在馬上不停地跑。元代王實甫《麗堂春》二折："贏的他急難措手，打的他馬不停蹄。"《水滸全傳》一〇九回："王慶同眾人馬不停蹄，人不歇足，走到天明。"《隋唐演義》一四回："叔寶歸心如箭，馬不停蹄，兩三日間，竟奔河東潞州。" ❷ 比喻做事一件接一件，說話一句接一句，急迫連貫，沒有間歇。《金瓶梅詞話》二五回："爹若這等才好，休放他在家裏，使得他馬不停蹄才好。" 老舍《二馬》第三段三："亞歷山大把果碟子遞給他，馬不停蹄的往下說。"

【馬牛襟裾】mǎ niú jīn jū 好似馬和牛穿上人的衣服。譏諷人頭腦呆滯，無知無識，不懂禮義廉恥。唐代韓愈《符讀書城南》詩："人不通古今，馬牛而襟裾。" 元代柯丹丘《荊釵記·堂試》："宜加刻苦之功，須革富貴之相，方免馬牛襟裾之誚。”明代趙弼《趙氏伯仲友義傳》：“聞趙氏孝友之風而無興起之志，誠馬牛襟裾者也。”同 沐猴而冠、沐猴衣冠。

【馬耳東風】mǎ ěr dōng fēng 唐代李白《答王十二寒夜獨酌有懷》詩：“世人聞此皆掉頭，有如東風射馬耳。”後用“馬耳東風”比喻充耳不聞，無動於衷或互不相干。宋代蘇軾《和何長官六言次韻》：“青山自是絕世，無人誰與為容；説向市朝公子，何殊馬耳東風。”◇學生偏重英文，中文老師常常是講得口乾舌燥，學生卻聽得昏昏欲睡，老師苦口婆心，學生馬耳東風。同 秋風過耳、如風過耳。反 洗耳恭聽。

【馬仰人翻】mǎ yǎng rén fān ❶ 形容被打得人馬仰翻在地、狼狽不堪的樣子。《封神演義》一四回：“哪吒力大無窮，三五合把李靖殺的馬仰人翻，力盡筋輸，汗流脊背。”管樺《懲罰》：“昨天是因為我們到河西執行任務，敵人鑽了空子。要不，早炸他個馬仰人翻啦。”❷ 形容混亂或忙亂不堪的樣子。《紅樓夢》一一五回：“那巧姐兒是日夜哭母，也是病了，所以榮府中又鬧得馬仰人翻。”《兒女英雄傳》四回：“弄這塊石頭，何至於鬧的這等馬仰人翻的呀！”同 人仰馬翻。

【馬角烏頭】mǎ jiǎo wū tóu《燕丹子》卷上：“燕太子丹質於秦，秦王遇之無禮，不得意，欲求歸，秦王不聽，謬言曰：‘令烏白頭，馬生角，乃可許耳。’”後以“馬角烏頭”比喻不可能實現的事。清代曹貞吉《百字令•詠史》詞：“田光老矣，笑燕丹賓客，都無人物，馬角烏頭千載恨，匕首匣中如雪。”清代惜秋《維新夢•感憤》：“壯歲從征沙漠，望窮馬角烏頭，暮年遷謫江州，吟盡荻花楓葉。”同 烏頭馬角。

【馬壯人強】mǎ zhuàng rén qiáng 形容軍隊戰鬥力很強或軍容壯盛。元代紀君祥《趙氏孤兒》四折：“可不道馬壯人強，父慈子孝，怕甚麼主憂臣辱。”《群音類選•雙烈記•征途相遇》：“只俺這運神機奇行正往，那怕他恣橫行馬壯人強。”同 兵強馬壯、人強馬壯。

【馬到成功】mǎ dào chéng gōng 戰馬一到立即建功。形容事情順利，迅速取得成效。元代關漢卿《五侯宴》楔子：“有五百義兒家將，人人奮勇，個個英雄，端的是旗開得勝，馬到成功。”《孽海花》二一回：“好像可以馬到成功，弄得陽伯心癢難搔。”◇她是個智囊，只要按照她的主意辦，保你事事馬到成功。

【馬放南山】mǎ fàng nán shān《尚書•武成》：“乃偃武修文，歸馬於華山之陽，放牛於桃林之野，示天下弗服。”説作戰用的牛馬，如今放牧，不復乘用。後以“馬放南山”表示天下太平，沒有戰爭。《説岳全傳》一回：“其時天下太平已久，真個是：馬放南山，刀槍入庫，五穀豐登，萬民樂業。”同 刀槍入庫。反 厲兵秣馬。

【馬革裹屍】mǎ gé guǒ shī 用馬皮包裹屍體，指英勇奮戰，死於沙場。含有為國、為正義而殉身之意。《後漢書•馬援傳》：“男兒要當死於邊野，以馬革裹屍還葬耳，何能卧牀上在兒女子手中邪？”《宋史•崔翰傳》：“臣既以身許國，不願死於家，得以馬革裹屍足矣。”梁啟超《俠情記傳奇》一齣：“這些慷慨義烈的英雄，他原以流血救民自命，就是馬革裹屍也不能算做不幸。”同 為國捐軀。反 望風而降。

【馬勃牛溲】mǎ bó niú sōu 比喻低賤的人或事物。馬勃：一種菌類植物。牛溲：牛溺。清代褚人獲《堅瓠集•遺臭文詞》：“馬勃牛溲君受用，何須開口出而哇。”廖仲愷《壬戌六月禁錮中聞變有感》詩：“鼠肝蟲臂唯天命，馬勃牛溲稱異才。”◇本是一個世代藏書、門無雜賓的書香門第，想不到如今竟是馬勃牛溲填戶塞門。同 牛溲馬勃。

【馬面牛頭】mǎ miàn niú tóu 傳説中陰間地獄裏的鬼卒，一個面如馬，一個頭如牛。後泛指猙獰可怖的陰間鬼卒。明代周楫《西湖二集•文昌司憐才慢註祿籍》：“沒慈心的馬面牛頭，兩股叉，兩條鞭，惡惡狠狠，照例或殺或剉或舂或磨。”葉紫《鄉尋》：“兩邊站立的，活像是一群馬面牛頭。” 同 牛頭馬面。

【馬首是瞻】mǎ shǒu shì zhān《左傳•襄公十四年》：“荀偃令曰：‘雞鳴而駕，塞井夷竈，唯余馬首是瞻。’”說士兵看主將的馬頭決定進退。比喻服從指揮，或追隨某人、進退從人。《魏書•元深傳》：“今者相與還次雲中，馬首是瞻，未便西邁，將士之情，莫不解體。”清代龔自珍《與吳虹生書》：“此遊作何期會，作何章程，願惟命是聽，惟馬首是瞻，勝於在家窮愁也。”郭沫若《南冠草》第一幕：“江南的士大夫是中國讀書人的領袖，天下的讀書人都唯他們的馬首是瞻。” 同 馬首前瞻、唯命是從。

【馬馬虎虎】mǎ mǎ hū hū 草率，一點都不認真。老舍《離婚》：“終身大事，豈可馬馬虎虎！”◇他就是馬馬虎虎的人，狗改不了吃屎，指望他給你認認真真、穩穩妥妥辦好一件事，別想！同 粗枝大葉。反 小心謹慎。

【馬跡(迹)蛛絲】mǎ jì zhū sī 馬蹄的痕跡，蜘蛛的細絲。喻指依稀可辨的痕跡和隱約可尋的線索。《花月痕》五回：“碑記中寫癡珠、荷生，用一明一暗，一正一側，而秋痕、采秋，則更用暗中之明，明中之暗，正中之側，側中之正，草蛇灰線，馬跡蛛絲。”◇他做得再周密，也不會不留一點漏洞，馬跡蛛絲總是能夠查到的。同 蛛絲馬跡。

【馬瘦毛長】mǎ shòu máo cháng 比喻人窮志短，挺不起腰杆來。《五燈會元•蘄州五祖法演禪師》：“問祖意教意，是同是別，師曰人貧智短，馬瘦毛長。”◇俚語說“人窮志短無骨氣，馬瘦毛長耷拉鬃”，這話又對又不對，有志氣的人“窮且益堅”，在困境中卻能奮鬥出一番事業來。◇過窮日子，易於消沉，即所謂“人窮志短，馬瘦毛長”；過富日子，易於墮落，即所謂“錢眼如井口黑窟窿”。同 人窮志短。

【馬齒徒增】mǎ chǐ tú zēng《穀梁傳•僖公二年》：“荀息牽馬操璧而前曰：‘璧則猶是也，而馬齒加長矣。’”後以“馬齒徒增”指年齡雖增長，但學問沒有長進、事業沒有成就。多用以謙稱自己虛度年華。清代潘世恩《八十生辰紀恩述懷詩》：“馬齒徒增羞戀棧，鴻慈未報忍歸田？”柳亞子《贈少屏》詩：“鵬飛未遂衝霄志，馬齒徒增歧路悲。” 反 功成名就。

【馮唐易老】féng táng yì lǎo 馮唐：西漢人，身歷三朝，頭髮花白時才做文帝的郎官，景帝時為楚相，武帝時被舉薦為賢良，然已九十餘歲，不能做官了。後用“馮唐易老”感歎仕途不順暢，終老不得大用。元代吳景奎《寄蘇伯夔詩》：“馮唐易老雙蓬鬢，殷浩難投一紙書。”明代陳謨《跋梁仲文遊行卷》：“仲文以公瑾英發之年，將北遊燕趙之都，則以國步多艱而阻，乃王氣在南，馮唐易老，又不得與江左夷吾並驅。”◇時運不濟，馮唐易老，他是沒有東山再起的機會了。

【駟不及舌】sì bù jí shé 駟：用四匹馬拉的車。駟馬跑得雖快，也追不上說出的話。告誡人說話要謹慎，錯話一出口難以收回。《論語•顏淵》：“子貢曰：‘惜夫，夫子之說君子也！駟不及舌。’”《舊唐書•劉洎馬周等傳論》：“一言不慎，竟陷誣奏。雖君親甚悔，而駟不及舌，良足悲矣！”魯迅《憶劉半農君》：“後來也要標點《何典》，我那時還以老朋友自居，在序文上說了幾句老實話，事後，才知道半農頗不高興了，‘駟不及舌’也沒有法子。” 同 駟馬難追。

【駟馬高車】sì mǎ gāo chē 駟馬：古代駕同一輛車的四匹馬。高車：高高地支着傘蓋的車。“駟馬高車”指地位顯赫者乘坐的交通工具。《漢書•于定國傳》：“始定國父于公，其閭門壞，父老方共治之，于公謂曰：‘少高大門閭，令容駟馬高蓋車。’”漢代卓文君《司馬長卿誄》：“落魄遠遊兮，賦《子虛》，畢爾壯志兮，駟馬高車。”元代張昱《學舟為崔檢校賦》：“風波浮世何能濟，駟馬高車更有憂。”清代吳偉業《感舊贈蕭明府》詩：“長卿駟馬高車夢，卧疾相逢話草堂。” 同 高車駟馬、駟馬軒車。

【駟馬難追】sì mǎ nán zhuī 駟馬：古代駕

同一輛車的四匹馬。比喻話已出口，無法收回，或既成事實，無法改變。唐代釋慧淨《析疑論》："君子劇談，幸無虛論，一言易失，駟馬難追。斯文誠矣，深可慎哉！"《新五代史•高祖皇后李氏傳》："先帝厭代，嗣子承祧，不能繼好息民，而反虧恩辜義，兵戈屢動，駟馬難追，戚實自貽，咎將誰執？"宋代尤袤《全唐詩話》卷一："斯言不善，千里違之，勿謂可復，駟馬難追。"《世無匹》九回："大丈夫一言既出，駟馬難追。不要我有了銀子，你倒變起卦來。"同 駟不及舌。

【駒齒未落】jū chǐ wèi luò 小馬的乳齒還沒有脱落更換。比喻人尚年幼。《北齊書•楊愔傳》："此兒駒齒未落，已是我家龍文，更十歲後，當求之千里外。"龍文：駿馬名。明代楊寅秋《童處士墓誌銘》："慶駒齒未落，負笈從英俊遊，一誠列青衿，再試學使者置高等。"清代吳偉業《黃觀止五十壽序》："當其駒齒未落，豫章尚小，人便目之以騏驥，期之以棟樑。"

【駑馬十駕】nú mǎ shí jià 駕：馬走一天的路程。《荀子•勸學》："騏驥一躍，不能十步；駑馬十駕，功在不捨。"說劣馬拉車走十天也會走得很遠。比喻只要不斷努力，愚人也能有所成就，貴在堅持不懈。◇笨鳥先飛，駑馬十駕，鍥而不捨，鐵杵成針，說的都是一個道理：勤奮努力，持之以恆，終有成功之日。同 笨鳥先飛、鍥而不捨。反 一曝十寒、"三天打魚，兩天曬網"。

【駑馬鉛刀】nú mǎ qiān dāo 劣馬鈍刀。比喻才能低下，不中用。也用為自謙之詞。《後漢書•隗囂傳》："昔文王三分，猶服事殷。但駑馬鉛刀，不可強扶。"◇老人大罵兒子飽食終日，是駑馬鉛刀，衣架飯囊。

【駑馬戀棧】nú mǎ liàn zhàn 棧：圈養牲畜的棚欄。《三國志•曹爽傳》裴松之注引《晉書》："桓範出赴爽（曹爽），宣王謂蔣濟曰：'智囊往矣。'濟曰：'範則智矣，駑馬戀棧豆，爽必不能用也。'"後以"駑馬戀棧"比喻庸才無能，貪圖眼前名利安逸，沒有雄心壯志。清代谷應泰《明史紀事本末》卷五四："方且謂嵩之曲謹，有如飛鳥依人，即其好貨，不過駑馬戀棧。"清代三余氏《南明野史•紹宗皇帝紀》："芝龍念田園遍閩廣，秉政以來，增置莊倉五百餘所，駑馬戀棧，遂進降表。"同 駑馬戀棧豆。

【駕輕就熟】jià qīng jiù shú 唐代韓愈《送石處士序》："若駟馬駕輕車就熟路，而王良、造父為之先後也。"後比喻熟習所辦的事務，做起來又容易又順手。《歧路燈》七九回："若說自己虛中善受，朋友們是駕輕就熟，倘有疏虞，只怕他們又同其利而不同其害了。"錢鍾書《圍城》七："鴻漸自覺這一學期上課，駕輕就熟，漸漸得法。"同 輕車熟路。

【駕霧騰雲】jià wù téng yún ❶ 古人所認為的駕馭雲霧在空中快速疾行的一種法術。宋代倪守約《赤松山志•制誥類》："駕霧騰雲，則若恍若惚；祈晴禱雨，則隨威隨通。"《水滸傳》一四回："為因學得一家道術，亦能呼風喚雨，駕霧騰雲，江湖上都稱貧道做入雲龍。"《負曝閒談》一九回："馬夫把鞭一晃，那車便如駕霧騰雲一般的快，向來的那條路上，滔滔出發。"❷ 形容頭腦昏沉，意識模糊，手腳不能自主。多形容醉酒或吸毒後的樣子。◇他從酒吧出來，一路駕霧騰雲，搖搖晃晃地回到了家。同 騰雲駕霧。

【駭人聽聞】hài rén tīng wén 讓聽的人感到十分震驚。形容所發生的事件超乎想像，非同一般。明代文秉《先撥志始》卷下："奇貪異穢，駭人聽聞。"清代趙翼《廿二史箚記》卷三十："明代宦官擅權，其富亦駭人聽聞。"◇新近揭發出來的官商勾結的黑幕駭人聽聞。同 怵目驚心。反 無動於衷。

【駿骨牽鹽】jùn gǔ qiān yán《戰國策•楚策四》："夫驥之齒至矣，服鹽車而上太行。蹄申膝折……中阪遷延，負轅不能上。伯樂遭之，下車攀而哭之，解紵衣以冪之。"後用"駿骨牽鹽"、"峻阪鹽車"比喻人材被壓抑埋沒，或表示雖有才幹而年已老邁，無從施展。清代袁枚《與汪可舟書》："悠悠人世，本少知音，駿骨牽鹽，玄文覆醬……丈人之所以沒沒人間，含光隱耀者，身列布衣，未遇真知風雅人故也。”茅盾《題高莽為我所畫像》詩：“風雷歲月催人老，峻阪鹽車亦自憐。”

【騎牛覓牛】qí niú mì niú 見“騎驢覓驢”。

【騎虎難下】qí hǔ nán xià 比喻事情很難繼續做下去，但又不能中止，進也不是，退也不是，處於兩難境地。《晉書·溫嶠傳》：“今之事勢，義無旋踵，騎猛獸，安可中下哉！”猛獸：指猛虎。唐人避諱，“虎”轉寫“獸”。後世用為“騎虎難下”。《明史·袁化中傳》：“懼死之念深，將鋌而走險，騎虎難下。”清代吳趼人《近十年之怪現狀》三回：“這件事都是仲英鬧出來的，此刻騎虎難下。”茅盾《子夜》一二：“兩樣中間，只好挑定一樣來幹。然而為難的是現在兩樣都弄成騎虎難下。”同 左右為難、進退兩難。

【騎馬找馬】qí mǎ zhǎo mǎ 見“騎馬尋馬”。

【騎馬尋馬】qí mǎ xún mǎ 有了好處或工作，還同時在謀求別的好處或更中意的工作。《官場現形記》二一回：“如果收了我的實收，他自然照應我。彼時間騎馬尋馬，只要弄到一筆大大的銀款，賺上百十兩扣頭，就有在裏頭了。”《文明小史》二十回：“有了這個館地，我便勸你忍耐些時，騎馬尋馬，你自己想想，無論如何，一個月總得幾塊錢的束脩，也好貼補貼補零用。”也作“騎馬找馬”。老舍《駱駝祥子》一：“他得一邊兒找事，還得一邊兒拉散座，騎馬找馬，他不能閒起來。”

【騎驢覓驢】qí lǘ mì lǘ《景德傳燈錄·志公和尚大乘贊》：“不解即心即佛，真似騎驢覓驢。”說禪理佛法自然存在於己，不應另外尋求。後多比喻自己已有，卻到處尋找。宋代蘇軾《和黃龍清老》詩：“騎驢覓驢真可笑，以馬喻馬亦成癡。”明代高攀龍《高子遺書·語》：“繇此觀之，人心明即是天理，不可騎驢覓驢。”也作“騎牛覓牛”。《景德傳燈錄·福州大安禪師》：“師即造于百丈，禮而問曰：‘學人欲求識佛，何者即是？’百丈曰：‘大似騎牛覓牛。’”

【騷人墨客】sāo rén mò kè 指風流儒雅的文人。屈原有名作《離騷》，後世即以騷人代稱詩人。墨客：舞文弄墨的文人。《宣和畫譜·宋迪》：“性嗜畫，好作山水，或因覽物得意，或因寫物創意，而運思高妙，如騷人墨客登高臨賦。”明代葉憲祖《鸞鎞記·鎞訂》：“京中多少王孫公子，騷人墨客，戶外之履常滿，筩中之句頻投。”高雲覽《小城春秋》三三章：“他又加入本地的啼鵑詩社，閒空時就跟那些騷人墨客聯句步韻，當做消遣。”同 騷人雅士。

【騰雲駕霧】téng yún jià wù ❶ 乘着雲霧飛行。元代楊暹《西遊記》三齣：“聖僧羅漢落水，水卒，你與我騰雲駕霧，扛抬到金山寺前去者。”《啼笑因緣》一九回：“人就彷彿在騰雲駕霧一般，眼面前的東西，都覺得有點轉動。”❷ 形容奔馳迅速。《兒女英雄傳》二二回：“只見那馬雙耳一豎，四腳淩空，就如騰雲駕霧一般，耳邊只聽得呼呼的風聲。”❸ 形容神志恍惚。◇頭腦昏昏沉沉，好像在騰雲駕霧。

【驍勇善戰】xiāo yǒng shàn zhàn 剽悍勇猛，擅長打仗。《新五代史·唐廢帝紀》：“及長，狀貌雄偉，謹信寡言，而驍勇善戰，明宗甚愛之。”蔡東藩《民國通俗演義》九四回：“旋由粵軍司令李烈鈞，引眾堵截，麾下都是銳卒，驍勇善戰，非龍軍所能與敵。”同 勇冠三軍、萬夫不當。

【驕兵必敗】jiāo bīng bì bài《漢書·魏相傳》：“恃國家之大，矜民人之眾，欲見威於敵者，謂之驕兵，兵驕者滅。”後以“驕兵必敗”說驕狂自傲、輕視敵人的軍隊必定打敗仗。也泛指因驕傲而失利。《再生緣》六回：“驕兵必敗從來說，小視朝鮮恐損軍。”

【驕奢淫逸(佚)】jiāo shē yín yì《左傳·隱公三年》：“驕奢淫泆，所自邪也。”泆(yì)：放縱無忌。後用“驕奢淫佚”、“驕奢淫逸”指驕縱侈靡，荒淫無度。《後漢書·班彪傳》：“驕奢淫佚，所自邪也。”《宋史·徽宗本紀四》：“於是蔡京以猖薄巧佞之資，濟其驕奢淫佚之志。”《紅樓夢》一〇六回：“必是後輩兒孫驕奢淫佚，暴殄天物，以致閤府抄檢。”朱自清《論且顧眼前》：“但是大多數在飢餓線上掙扎的人，能以眼睜睜白供養着這班驕奢淫逸的人盡情的自在的享樂嗎？”同 紙醉金迷。反 勤儉節約。

【驚弓之鳥】jīng gōng zhī niǎo《戰國策•楚策四》載：戰國時魏人更羸善射，曾用空響弓弦而不發箭的辦法使受過箭傷的大雁跌落地上。後用“驚弓之鳥”比喻因受過災禍、驚嚇，而心有餘悸、惶恐不安的人。《晉書•王鑒傳》：“黷武之眾易動，驚弓之鳥難安。”《石點頭•瞿鳳奴情愆死蓋》：“方氏本是驚弓之鳥，聽見官司兩字，十分害怕。”《歧路燈》八一回：“紹聞是驚弓之鳥，嚇了一跳。”同 驚弦之鳥、傷弓之鳥。反 處變不驚、處之泰然。

【驚天動地】jīng tiān dòng dì 讓天地都受到震驚。❶ 形容聲勢非常大，聲響震動四方。元代無名氏《博望燒屯》二折：“火炮響驚天動地，施謀略巧計安排。”《紅樓夢》一〇六回：“滿屋中哭聲驚天動地，將外頭上夜婆子嚇慌，急報於賈政知道。”老舍《二馬》一段一：“有時候聖靈充滿，他們唱得驚天動地，叫那邊紅旗下的朋友不得不用字典上找不出來的字罵街。”❷ 形容影響極大，令世人為之震動。唐代白居易《李白墓》詩：“可憐荒壠窮泉骨，曾有驚天動地文。”《水滸傳》四七回：“安排縛虎擒龍計，要捉驚天動地人。”《老殘遊記》一五回：“有個驚天動地的案子，其中關係着無限的人命。”❸ 形容大驚小怪。《二十年目睹之怪現狀》七一回：“我只插戴了這一點撈什子，還覺着怪寒塵的，誰知你倒那麼驚天動地起來！”同 動地驚天、轟天撼地。

【驚心動魄】jīng xīn dòng pò 心裏受驚，魂魄震顫。❶ 形容震人心弦，感受極其強烈。南朝梁鍾嶸《詩品》卷上：“陸機所擬十四首，文溫以麗，意悲而遠，驚心動魄，可謂幾乎一字千金。”清代趙翼《甌北詩話•杜少陵詩》：“此皆古人久已説過，而一入少陵手，便覺驚心動魄，似從古未經人道者。”徐遲《入峽記》：“如果跨越長江築起幾座長虹似的橋樑來，已經使人感到驚心動魄了。”❷ 形容異常驚險或緊張，令人膽顫心驚。《老殘遊記》一六回：“只聽跑上幾個人去，把拶子往地下一摔，霍綽的一聲，驚心動魄。”朱自清《南京》：“燕子磯在長江裏看，一片絕壁，危亭翼然，的確驚心動魄。”同 驚心喪膽。反 見怪不怪。

【驚世駭俗】jīng shì hài sú 言詞標新立異，非同尋常，震驚世人。宋代王柏《朋友服議》：“子創為此服，豈不驚世駭俗，人將指為怪民矣。”明代劉基《賈性之市隱齋記》：“沈湎於酒，不衣冠而處，隱之亂者也。是皆為驚世駭俗，而有害於道。”茅盾《清明前後》一幕：“高明之見，真所謂驚世駭俗。”同 驚世震俗。反 平淡無奇。

【驚恐萬狀】jīng kǒng wàn zhuàng 形容恐懼驚慌到了極點。《史記•陳涉世家》：“卒皆夜驚恐。”◇兩隻獵豹突然衝了出來，這群正在吃草的羚羊驚恐萬狀，四散狂奔。同 恐慌萬狀。

【驚喜交加】jīng xǐ jiāo jiā 震驚和喜悦交織、匯集在一起。《兒女英雄傳》八回：“張老夫妻兩個，因方才險些兒性命不保，此時忽然的骨肉團圓，驚喜交加。”也作“驚喜交集”。周而復《上海的早晨》第三部二九：“鍾珮文看到那半束紅色的月季花，不料是陶阿毛送他的，他驚喜交集，一時説不出話來了。”

【驚喜交集】jīng xǐ jiāo jí 見“驚喜交加”。

【驚喜若狂】jīng xǐ ruò kuáng 形容非常驚異，極其歡喜，像發了狂似的。清代和邦額《夜譚隨錄•護軍女》：“少年得其應答，驚喜若狂。”◇晚年得子，讓他驚喜若狂，甚麼憂愁都消失得無影無蹤。

【驚惶失措】jīng huáng shī cuò 因驚恐過度而心慌意亂，不知如何是好。《北齊書•元暉業傳》：“孝友臨刑，驚惶失措，暉業神色自若。”宋代曾肇《謝史成受朝奉郎表》：“養拙藏愚，久已逃於常憲，因人成事，茲復玷於異恩。遜避弗容，驚惶失措。”清代和邦額《夜譚隨錄•韓生》：“家唯孀母並一姊，聞之，驚惶失措，急至閣，撫屍大慟。”也作“驚慌失措”。《三俠五義》二九回：“且說丫鬟奉命溫酒，剛然下樓，忽聽‘哎喲’一聲，轉身就跑上樓來，只嚇得他張口結舌，驚慌失措。” 同 驚惶無措、驚慌無措。反 從容不迫、不慌不忙。

【驚慌失色】jīng huāng shī sè 驚惶害怕得失去常態，六神無主。《鏡花緣》九九回：“燕紫瓊、宰玉蟾聞得丈夫又困在陣內，嚇的驚慌失色，坐立不安。”《三俠五義》七三回：“看見開門，以為惡奴前來陷害，不由的驚慌失色。”也作“驚慌失措”。《三俠五義》二九回：“丫鬟奉命溫酒，剛然下樓，忽聽‘哎喲’一聲，轉身就跑上樓來，只嚇得他張口結舌，驚慌失措。”◇在這當口兒上千萬不要驚慌失色，不要自亂陣腳。同 驚惶失色、驚惶失措。

【驚慌失措】jīng huāng shī cuò 見“驚慌失色”。

【驚魂未定】jīng hún wèi dìng 受驚嚇之後心有餘悸，情緒還沒有恢復正常。宋代蘇軾《謝量移汝州表》：“隻影自憐，命寄江湖之上；驚魂未定，夢遊縲紲之中。”宋代朱熹《與陳同甫》：“新論奇偉不常，真所創見，驚魂未定，未敢遽下語。”《老殘遊記續》二回：“德夫人等驚魂未定，並未聽見。”同 驚魂不定、驚魂無定。反 氣定神閒、鎮定自若。

【驚魂動魄】jīng hún dòng pò 形容內心十分害怕，心膽震恐。清代陳確《示兒帖》：“‘小人以小善為無益而弗為也，以小惡為無傷而弗去也，故惡積而不可掩，罪大而不可解。’每讀《易》至此，未嘗不驚魂動魄，心膽墮地也。”《老殘遊記》一六回：“夾棍拶子望堂上一摔，驚魂動魄價響。”同 驚魂失魄、驚魂喪魄。

【驚濤駭浪】jīng tāo hài làng ❶ 叫人擔驚受怕的大波浪。宋代陸游《長風沙》詩：“江水六月無津涯，驚濤駭浪高吹花。”明代唐順之《書錢遇齋高尚卷》：“賈人歲歲出沒於驚濤駭浪之中，既抵於岸而得晏然。”葉聖陶《地動》：“又覺得身體動盪，彷彿在驚濤駭浪的小船裏。”❷ 比喻險惡的環境或遭遇。唐代田穎《玉山堂文集•海雲樓記》：“人當既靜之時，每思及前經所履之驚濤駭浪，未嘗不惕然。”◇人的一生，坎坷自不必說，就算驚濤駭浪，也不知要遇到多少呢！同 驚濤怒浪、驚風駭浪。反 風平浪靜、一帆風順。

【驢年馬月】lǘ nián mǎ yuè 見“猴年馬月”。

【驢前馬後】lǘ qián mǎ hòu 古代指官員出行所帶的侍從人員、差役等，後也指受差遣役使的下人。《景德傳燈錄•良价禪師》：“苦哉苦哉，今時人例皆如此，只是認得驢前馬後將為自己，佛法平沈，此之是也。”元代無名氏《神奴兒》楔子：“我把你個村弟子孩兒，我不誤間撞着你，我陪口相告，做小伏低，你就罵我做驢前馬後，數傷我父母。”元代高文秀《遇上皇》二折：“小人是箇驢前馬後之人。”同 鞍前馬後。

【驢唇馬嘴】lǘ chún mǎ zuǐ 比喻胡言亂語。《景德傳燈錄•韶州雲門文偃禪師》：“若是一般掠虛漢，食人涎唾，記得一堆一擔骨幢，到處逞驢唇馬嘴。”◇朋友們正談在興頭上，她突然插進來驢唇馬嘴說了一通，弄得大家莫明其妙。同 瘋言瘋語。

【驪黃牝牡】lí huáng pìn mǔ 見“牝牡驪黃”。

骨部

【骨肉未寒】gǔ ròu wèi hán 屍身還沒有完全僵冷。指人剛死未久。《元典章•戶部四•官民婚》：“亡歿官員骨肉未寒，家私人口已屬他人。”清代沈復《浮生六記•坎坷記愁》：“然吾父骨肉未寒，乘凶追呼，未免太甚。”◇中年喪妻，雖說是大不幸，然而骨肉未寒就議親再娶，這又未免薄恩寡義了吧！同 屍骨未寒、墳土未乾。

【骨肉至親】gǔ ròu zhì qīn 指關係最密切的親屬。《漢書•中山靖王劉勝傳》：“諸侯王自以骨肉至親，先帝所以廣封連城，犬牙相錯者，為盤石宗也。”《明史•石珤傳》：“夫孝宗皇帝與昭聖皇太后，乃陛下骨肉至親也。”◇從稱呼上就可判斷出他倆並非骨肉至親。

【骨肉相殘】 gǔ ròu xiāng cán 比喻自己人互相殘殺。《晉書•劉元海載記》：“今司馬氏骨肉相殘，四海鼎沸，興邦復業，此其時矣。”《東周列國誌》五回：“家門不幸，骨肉相殘，誠有愧於鄰國。”◇強盜殺財主，如何算得骨肉相殘？ 同 同室操戈、自相殘殺。

【骨肉團圓】 gǔ ròu tuán yuán 指父母兄弟子女等至親團聚。明代柯丹丘《荊釵記•慶誕》：“所喜者家庭溫厚，骨肉團圓。”《鏡花緣》五六回：“哥哥嫂嫂此番幸遇唐伯伯，我們方能骨肉團圓。”◇父母終於找到了失散四十三年的女兒，一家人終於骨肉團圓了。同 骨肉團聚。反 骨肉離散。

【骨肉離散】 gǔ ròu lí sàn 喻指親屬分離，不能團聚。《詩經•杕杜序》：“《杕杜》刺時也。君不能親其宗族，骨肉離散，獨居而無兄弟，將為沃所并爾。”清代無名氏《杜詩言志》卷六：“‘衝風奪佳氣’，骨肉離散也。”佘夫《走近三八線》：“就是這條分界線，把半島分割成兩部分，使朝鮮民族飽嘗了骨肉離散的痛苦。”同 骨肉分離。反 骨肉團圓。

【骨軟筋酥】 gǔ ruǎn jīn sū ❶ 形容極其害怕的樣子。《紅樓夢》一一一回：“這些家人聽了這話，越發唬得骨軟筋酥，連跑也跑不動了。”《兒女英雄傳》三五回：“緊接着便聽得外間的門風吹得開關亂響，嚇得個妻主政骨軟筋酥，半晌動彈不得。”◇警笛突然響起，這夥人個個嚇得骨軟筋酥，渾身打顫，不知該往哪兒逃了。❷ 形容全身軟綿綿、如醉如癡的樣子。◇直叫那個女人撩撥得骨軟筋酥，好像丟了魂似的，一迭聲地說“你要甚麼我都依你”。同 骨軟肉酥。

【骨瘦如柴（豺）】 gǔ shòu rú chái 形容極其消瘦，瘦骨嶙峋。敦煌變文《維摩詰經講經文》：“舊日神情威似虎，今來體骨瘦如柴。”《京本通俗小說•拗相公》：“延及歲餘，奄奄待盡，骨瘦如柴，支枕而坐。”《紅樓夢》一一三回：“劉姥姥看着鳳姐骨瘦如柴，神情恍惚，心裏也就悲慘起來。”《蕩寇志》一〇三回：“騰蛟看那章匪，骨瘦如豺。”曹禺《日出》第二幕：“他骨瘦如柴，只穿着一條裌褲和一件敗色的舊薄棉袍。”同 枯骨瘦如、瘦骨嶙峋。反 肥頭大耳、腦滿腸肥。

【骨鯁在喉】 gǔ gěng zài hóu 鯁：魚刺。肉裏的小骨頭或魚的骨刺卡在喉嚨裏。比喻心裏有話，憋着不說出來，非常難受。清代袁枚《與金匱令書》：“僕明知成事不說，既往不咎，而無如聞不慊心事，如骨鯁在喉，必吐之而後快。”林紓《與姚叔節書》：“非斤斤與此輩爭短長，正以骨鯁在喉，不探取而出之，坐卧皆弗爽也。”魯迅《書信集•致黎烈文》：“但近來作文，避忌已甚，有時如骨鯁在喉，不得不吐，遂亦不免為人所憎。”

【體大思精】 tǐ dà sī jīng 形容規模宏大，精審嚴密。多指巨著、宏大的規劃等方面。南朝宋范曄《獄中與諸甥侄書》：“此書行，故應有賞音者。紀傳例為舉其大略耳，諸細意甚多。自古體大而思精，未有此也。”明代胡應麟《詩藪•近體上》：“李才高氣逸而調雄，杜體大思精而格渾。”清代馮鎮巒《讀〈聊齋〉雜說》：“較之《水滸》、《西廂》，體大思精，文奇義正，為當世不易見之筆墨。”蔡東藩《民國通俗演義》五五回：“收京津於浩劫之餘，返鑾輿於故宮之內，遂復高掌遠蹠，厲行文明諸新政，無不體大思精，兼營並舉，規模式廓，氣象萬千。”

【體貼入微】 tǐ tiē rù wēi ❶ 觀察得非常細緻，領悟到細微精深之處。清代趙翼《甌北詩話•杜少陵詩》：“至於尋常寫景，不必有意驚人，而體貼入微，亦復人不能到。”《啼笑因緣》七回：“你真聰明，不但唱得好，而且是體貼入微哩。”❷ 形容關懷備至，悉心照顧，細緻周到。《二十年目睹之怪現狀》三八回：“這卻全在美人心意上着想，倒也體貼入微。”◇他對妻子事事關照，體貼入微，數十年如一日。同 關懷備至、無微不至。

【體無完膚】tǐ wú wán fū ❶全身的皮膚沒有一塊完好的，形容遍體鱗傷。唐代段成式《酉陽雜俎•黥》："市里有三王子，力能揭巨石。遍身圖刺，體無完膚。"《金瓶梅詞話》二七回："經年征戰，不得回歸，衣生虱蟣，瘡痍潰爛，體無完膚。"清代和邦額《夜譚隨錄•三官保》："木棒鐵尺，亂下如雨，一霎，體無完膚，四肢不能轉側。"❷比喻被責備或批駁得一無是處。朱自清《經典常談•尚書》："兩書辨析詳明，證據確鑿，教偽孔體無完膚，真相畢露。"同 遍體鱗傷、一無是處。反 完好無損。

高部

【高人一等】gāo rén yī děng 比別人高出一等，超出一般人。《禮記•檀弓上》："獻子加於人一等矣。"魯迅《阿Q正傳》："這時候，他又覺得趙太爺高人一等了。"高陽《紅頂商人》："朝廷如無恩命，大人又怎能顯得出高人一等的人品？"同 出人頭地。反 矮人半截。

【高下其手】gāo xià qí shǒu《左傳•襄公二十六年》載：楚國的穿封戌俘虜了鄭將皇頡，王子圍與他爭功相持不下，請伯州犁裁處。伯州犁有意偏袒王子圍，叫皇頡出面說是誰之功，在介紹王子圍時伯州犁"上其手"（舉手），在介紹穿封戌時"下其手"（放下手）。皇頡心領神會，謊稱是王子圍俘獲他的。後用"高下其手"指玩弄手法，串通舞弊。宋代王闢之《澠水燕談錄•官制》："五代以來，諸州馬步軍院虞候以衙校為之，太祖慮其任私，高下其手，乃置司寇參軍，以進士、'九經'及第人充之。"《清史稿•張廷玉傳》："刑部引律例，往往刪截，但用數語即承以所斷罪，甚有求其彷彿，比照定議者，高下其手，率由此起。"同 上下其手。

【高山仰止】gāo shān yǎng zhǐ 對別人的崇高德行表示仰慕。《詩•車舝》："高山仰止，景行行止。"《隋書•高祖紀下》："有功之臣，降情文藝，家門子姪，各守一經，令海內翕然，高山仰止。"宋代陸游《嚴州釣台買田記》："入謁祠下，有高山仰止之歎。"◇來到莊嚴的紀念館，對於先烈的卓越事蹟，不由得油然升起高山仰止之感。

【高山流水】gāo shān liú shuǐ《列子•湯問》："伯牙鼓琴，志在高山，鍾子期曰：'善哉！峩峩兮若泰山！'志在流水，鍾子期曰：'善哉！洋洋兮若江河！'伯牙所念，鍾子期必得之。"後以"高山流水"表示知音相賞或知音難遇。唐代牟融《寫意》詩："高山流水琴三弄，明月清風酒一樽。"元代金仁傑《追韓信》一折："歎良金美玉何人曉，恨高山流水知音少。"袁鷹《知音》："繼而一想，事隔兩千年，還能從何處去搜尋高山流水的音韻呢？"同 流水高山。

【高山景行】gāo shān jǐng xíng《詩•車舝》："高山仰止，景行行止。"後以"高山景行"比喻情操品德崇高，行為光明正大。三國魏曹丕《與鍾大理書》："側聞斯語，未睹厥狀，雖德非君子，義無詩人，高山景行，私所仰慕。"宋代楊萬里《與余丞相書》："若夫清風明月，必思玄度，高山景行，獨仰仲尼。"◇我與這位作家並不很熟，見面也不多，但高山景行，仰慕之情卻由來已久。同 高山仰止。

【高不可攀】gāo bù kě pān ❶高得無法登攀。《鏡花緣》九回："小弟攛空離地不過五六丈，此樹高不可攀，何能摘它？這是'癩蝦蟆想吃天鵝肉'了。"巴金《談〈憩園〉》："鋪面都沒有了，仍然是高不可攀的磚牆。"❷形容難以達到。清代翁方綱《石洲詩話》："蓋元祐諸賢，皆才氣橫溢，而一時獨有此一種，見者遂以為高不可攀耳。"◇對於創作，固然不要把它看得太神秘，認為它是高不可攀的東西，但也不要把它看得太簡單，認為一動筆就能寫成好作品。同 高不可登、高不可企。

【高牙大纛】gāo yá dà dào 牙：大將的牙旗。纛：軍隊的大旗。泛指居高位者外出時的儀仗，多含聲勢顯赫之意。宋代歐陽修《相州晝錦堂記》："然則高牙大纛，不足為公榮；桓圭袞冕，不足為公貴。"明代無名氏《廣成子》一折："你看我鼎鼐調和輔聖朝，受天恩居重爵，怕不待高牙大纛顯奢豪。"同 大纛高牙。

【高自標置】gāo zì biāo zhì 自我推許得很高，認為自己高高在上。《晉書·劉惔傳》："桓溫嘗問惔：'會稽王談更進邪？'惔曰：'極進，然故第二流耳。'溫曰：'第一復誰？'曰：'故在我輩。'其高自標置如此。"《兒女英雄傳》四十回："只是為人卻高自標置的很，等閒的人，也入不得他的眼，其學問便可知了！"◇如今的精英階層高自標置，往往無視平民階層的文化需求。同 高自位置、高自標樹。

【高材(才)捷足】gāo cái jié zú 才能高超，做事快捷。明代無名氏《陰山破虜》一折："憑着我高材捷足，拿雲握霧，爭得個名揚聲遠播寰區。"清代紀昀《閱微草堂筆記·姑妄聽之四》："此人生時高材捷足，事事務居人先，故受是報，使不能行。"《紅樓夢》三七回："有力量者，十二首都做也可，不能的，做一首也可，高才捷足者為尊。"章炳麟《箴新黨論》："若吾黨之狂猾者，不疾趨以期光復，日月逝矣，高材捷足者將先之。"同 高才疾足。

【高車駟馬】gāo chē sì mǎ 古代顯貴人物所乘的四匹馬拉的高蓋車。借指達官顯宦。北魏酈道元《水經注·江水一》："城北十里曰昇僊橋，有送客觀，司馬相如將入長安，題其門曰：'不乘高車駟馬不過汝下也'。後入邛蜀，果如志焉。"明代汪廷訥《獅吼記·撫兒》："囑吾兒三冬勤下工夫，高車駟馬光門戶，我也鳳誥鸞封慰板輿。"◇當年高車駟馬、冠蓋如雲的盛況，老先生依稀還能想像得出。同 駟馬高車。反 貧窮潦倒。

【高步雲衢】gāo bù yún qú 闊步走在雲霄的大道上。形容高車駟馬，官位顯赫，或科舉登第。《晉書·郤詵阮種等傳論》："(郤詵) 對揚天問，高步雲衢，求之前哲，亦足稱矣。"唐代耿湋《許下書情寄張韓二舍人》詩："故人高步雲衢上，肯念前程杳未期。"同 高步通衢。

【高足弟子】gāo zú dì zǐ 學業優異的門生弟子。《世說新語·文學》："鄭玄在馬融門下，三年不得相見，高足弟子傳授而已。"清代梁章鉅《浪跡叢談·小玲瓏山館》："汪氏懋麟，江都人，由丁未進士授中書，以薦試康熙鴻博，為漁洋山人高足弟子。"◇孔子的思想有賴於高足弟子的大力宏揚傳播，特別是孔門後期弟子子游、子夏、曾參、澹台滅明等人。

【高抬貴手】gāo tái guì shǒu 高、貴：敬辭。客套話。用於請求對方饒恕或寬容。《鏡花緣》三七回："眾宮娥聽了，因想起當日啟奏打肉各事，惟恐記恨，一齊叩頭，只求王妃高抬貴手，莫記前仇。"◇隊長，請你高抬貴手，饒過我這一回吧！同 手下留情。反 睚眥必報。

【高枕而卧】gāo zhěn ér wò 枕着高高的枕頭安心睡覺。形容太平無事，無所顧慮。《戰國策·齊策四》："狡兔有三窟，僅得免其死耳。今君有一窟，未得高枕而卧也。"《晉書·段灼傳》："臣以為可如前表，諸王宜大其國，增益其兵，悉遣守藩，使形勢足以相接，則陛下可高枕而卧耳。"魯迅《朝花夕拾·從百草園到三味書屋》："(老和尚) 給他一個小盒子，說只要放在枕邊，便可高枕而卧。"同 安枕而卧、高枕無憂。

【高枕無憂】gāo zhěn wú yōu 墊高了枕頭，無憂無慮地睡覺。形容平安無事，無憂無慮。《敦煌變文集·廬山遠公話》："但賤奴若得道安論義，如渴得漿，如寒得火，請相公高枕無憂。"《鏡花緣》五五回："將來上京赴試，路上有了此人，可以高枕無憂了。"老舍《四世同堂》三七："南京的陷落與武漢的成為首都，已使她相信她可以高枕無憂的作她的事情了。"同 高枕無虞、高枕而卧。

【高岸深谷】gāo àn shēn gǔ《詩經·十月之交》："高岸為谷，深谷為陵。"高岸變為深谷，深谷變成高山。後以"高岸深谷"：❶ 比喻時代變遷，變化巨大。清代劉獻廷《廣陽雜記》卷四："後有延慶祖師塔，曇公不記其何代人，又不知何故陷於地中。滄海桑田，高岸深谷，信然矣。"◇現代社會的貧富變動頗為劇烈，富貴者淪落於貧賤，貧賤者升之為富貴，高岸深谷，每時每刻都在發生。❷ 指幽僻的處所。晉代皇甫謐《高士傳·許由》："巢父曰：'子若處高岸深谷，人道不通，誰能見子？'"❸ 形容事物幽隱深邃。清代朱仕琇《〈溪音〉序》："余嘗序筠園詩，以為得高岸深谷之理。"同 滄海桑田。

【高朋滿座】gāo péng mǎn zuò 高貴的朋友坐滿了座位。形容來賓眾多。唐代王勃《滕王閣序》："十旬休暇，勝友如雲；千里逢迎，高朋滿座。"《三國演義》四十回："粲容貌瘦弱，身材短小。幼時往見中郎蔡邕，時邕高朋滿座，聞粲至，倒履迎之。"◇他們家經常高朋滿座，大部分是年輕人，有男有女，穿戴都很時髦。同 賓客盈門。反 門可羅雀。

【高官厚祿】gāo guān hòu lù 高貴的官位，豐厚的俸祿。《孔叢子·公儀》："今徒以高官厚祿釣餌君子，無信用之意。"《魏書·韓子熙傳》："而令兇徒姦黨，迭相樹置，高官厚祿，任情自取。"郭沫若《屈原》第一幕："那種的高官厚祿，那種的苟且偷生，是比死還要可怕。"同 高官重祿。反 平民百姓。

【高官極品】gāo guān jí pǐn 極：最高。最高的官位，最高的品級。清代《欽定歷代職官表》卷二："夫高官極品不以處輔佐之臣而又存其名字，使亂臣賊子遞相承襲，以為竊大物之漸，非所以昭德塞違，明示百官也。"《鏡花緣》八五回："無如'子欲養而親不待'，雖高官極品，不能一日養親，亦有何味！"同 位極人臣。

【高風亮節】gāo fēng liàng jié 風骨高雅，節操堅貞。形容品格、道德非常高尚。明代茅僧曇《蘇園翁》："親奉了張丞相鈞旨，說先生是當今一人……又道先生高風亮節，非折簡所能招。"蔡東藩《民國通俗演義》二二回："南北統一後，自請解職，高風亮節，海內同欽。"老舍《四世同堂》二三："藍先生不佩服世界史中的任何聖哲與偉人，因而也就不去摹仿他們的高風亮節。"同 光明正大、高風峻節。反 卑躬屈膝、趨炎附勢。

【高屋建瓴】gāo wū jiàn líng《史記·高祖本紀》："（秦中）地勢便利，其以下兵於諸侯，譬猶居高屋之上建瓴水也。"建：舊讀（jiǎn），傾倒。瓴：盛水的瓶。把瓶裏的水從高屋頂上傾倒。形容居高臨下，有不可阻擋之勢。宋代曾極《金陵百詠·天門山》詩："高屋建瓴無計取，二梁剛把當殽函。"《花月痕》四六回："擇日出師，高屋建瓴，掛帆東下，剋了石首，又剋嘉魚，直薄武昌城下。"朱自清《那裏走》："（這種）生活樣式，正如高屋建瓴水，它的影響會迅速地伸張到各處。"同 勢如破竹。

【高飛遠走】gāo fēi yuǎn zǒu 見"遠走高飛"。

【高高在上】gāo gāo zài shàng ❶ 在極高的位置上。一般指上天、天帝、君王。《詩經·敬之》："無曰高高在上，陟降厥士，日監在茲。"《三國志·楊阜傳》："陛下當以堯、舜、禹、湯、文、武為法則，夏桀、殷紂、楚靈、秦皇為深誡，高高在上，實監后德。"魯迅《朝花夕拾·〈狗·貓·鼠〉》："假使真有一位一視同仁的造物主，高高在上，那么，對於人類的這些小聰明，也許倒以為多事。"❷ 泛指社會地位高。清代袁枚《寄陝西撫軍畢秋帆先生》："而高高在上者，未必知人間有此畸士也。"魯迅《墳·春末閒談》："今也不然，所以即使單想高高在上，暫時維持闊氣，也還得日施手段，夜費心機，實在不勝其委屈勞神之至。"❸ 形容居高臨下。◇她那傲慢無禮和高高在上的態度，把老李激怒了。

【高唱入雲】gāo chàng rù yún《西京雜記》卷一："高帝戚夫人善鼓瑟擊筑，帝常擁夫人倚瑟而絃歌，畢，每泣下流漣，夫人善為翹袖折腰之舞，歌《出塞》、《入塞》、《望歸》之曲，侍婦數百皆習之，後宮齊首高唱，聲入雲霄。"後以"高唱入雲"：❶ 形容歌聲響亮，直入雲霄。清代周生《揚州夢·高阿紫》："曲師按拍，主人倚聲，高唱入雲，雲為之停。”❷形容文辭高昂激越，非同凡響。清代譚嗣同《報劉淞芙書》：“拔起千仞，高唱入雲，瑕隙尚不易見。”◇蘇軾的“大江東去”一詞，氣象磅礴，格調雄渾，高唱入雲，其境界之宏大，是前所未有的。❸形容大力宣揚鼓吹。馮玉祥《我的生活》一八章：“這篇文章發表出來以後，中國不適宜於共和政體的聲浪，高唱入雲。”

【高深莫測】gāo shēn mò cè ❶高度和深度都無法測量。宋代高似孫《緯略·沃焦山》引《物類相感志》：“沃焦山，東海之外荒，海中有山，焦炎而峙，高深莫測。”◇說起山裏的那個高深莫測的水潭，誰也不敢下去，聽老人說水底常年卧有神龍。❷形容無法知其奥秘或真實的情況。葉聖陶《鄉里善人》：“王曉初說着魯老先生，聲聲重實有力，表示他對於那位高深莫測的學問家的欽敬。”老舍《四世同堂》九：“同時，他也納悶祁瑞宣有甚麼高深莫測的辦法，何以一點也不慌不忙的在家裏蹲着。”同 莫測高深。

【高視闊步】gāo shì kuò bù ❶形容氣宇軒昂的樣子。《隋書·盧思道傳》：“始則亡魂褫魄，若牛兄之遇獸，心戰色沮，似葉公之見龍，俄而抵掌揚眉，高視闊步。”《孽海花》三十回：“真是女娘們一向意想裏醞釀着的年少英雄，忽然活現在舞台上，高視闊步的向你走來。”◇只見一個人巍冠大袖，高視闊步，踱將出來。❷形容傲慢，自視甚高。宋代羅大經《鶴林玉露》卷三：“高視闊步，幅巾大袖，假聲音笑貌以為敬，求之於父母兄長師友之間，多可憾焉，人其以敬許之乎？”◇一看他那高視闊步的樣子，我就討厭，不就是賺了幾個錢嗎？有甚麼了不起！

【高翔遠引】gāo xiáng yuǎn yǐn 高高飛翔，遠遠離開。也表示不願依附權貴，或不願做官而隱居避世。漢代孔融《與曹操論盛孝章書》：“向使郭隗倒懸而王不解，臨溺而王不拯，則士亦將高翔遠引，莫有北首燕路者矣。”同 高翔遠翥、遠走高飛。

【高陽酒徒】gāo yáng jiǔ tú《史記·酈生陸賈列傳》：“初，沛公引兵過陳留，酈生踵軍門上謁……使者出謝曰：‘沛公敬謝先生，方以天下為事，未暇見儒人也。’酈生瞋目案劍叱使者曰：‘走！復入言沛公，吾高陽酒徒也，非儒人也。’”後用“高陽酒徒”指好飲酒而豪放不羈的人。唐代李白《梁甫吟》：“君不見高陽酒徒起草中，長揖山東隆準公。”明代張景《飛丸記·訪舊尋盟》：“斜陽古渡，問行蹤高陽酒徒，佩奚囊滿貯明珠，負青萍價值論都。”郭沫若《洪波曲》十六章四：“經天夫人的烹調很拿手，碰着我們這四大家族，都是饕餮大家而兼高陽酒徒，那就相得益彰了。”同 高陽狂客。反 文弱書生。

【高傲自大】gāo ào zì dà 自以為是，傲慢自負。◇可是他很快發現，自己的高傲自大，早已引來眾人的不滿。同 驕傲自滿。

【高義薄雲】gāo yì bó yún ❶形容詩文所表達的義理、境界高妙。《宋書·謝靈運傳論》：“屈平、宋玉導清源於前，賈誼、相如振芳塵於後，英辭潤金石，高義薄雲天。”宋代張守《雨中復惠詩仍次前韻》：“好句時時慰愁絕，仰慙高義薄雲天。”❷形容人講道義，講義氣。宋代魏了翁《回生日啟》：“某官淡交如水，高義薄雲。”明代李開先《贈少棠張舉人》詩：“萬丈文光搖北斗，一生高義薄雲天。”◇得兄長手書並銀三百元，資助訟費，這等高義薄雲，小弟感激無量。反 薄情寡義、無情無義。

【高歌猛進】gāo gē měng jìn 高聲歌唱，勇猛前進。形容鬥志昂揚，勇往直前。艾青《光的讚歌》：“光給我們送來了新時代的黎明，我們的人民從四面八方高歌猛進。”◇八九十年代，美國的新科技可以說是高歌猛進的時代。反 一敗塗地、一蹶不振。

【高樓大廈】gāo lóu dà shà 高大堂皇的房屋建築。元代無名氏《九世同居》一折：“親戚同高樓大廈，朋友共肥馬輕車。”◇我小時候可沒你們這麼享福，我住的是破茅草房，你們住的是高樓大廈。反 蓬户甕牖、蓬門篳户。

【高談大論】gāo tán dà lùn 貌似高深廣博，然而空泛不切實際的言談議論。宋代朱熹《答趙子欽書》："人慾橫流不自知覺，而高談大論以為天理盡在是也。"許地山《空山靈雨·鄉曲底狂言》："我常想着到村裏聽莊稼人說兩句愚拙的話語，勝過在都邑裏領受那些智者底高談大論。"同 高談闊論。

【高談闊論】gāo tán kuò lùn ❶發表高明的見解，談論涉獵廣泛的議題。唐代呂巖《徽宗齋會》詩："高談闊論若無人，可惜明君不遇真。"元代馬致遠《黃粱夢》一折："食紫芝草千年壽，看碧桃花幾度春，常則是醉醺醺，高談闊論，來往的盡是天上人。"❷不着邊際地大發議論。高、闊：形容空泛，不切實際。宋代高斯得《轉對奏劄》："夫所謂空言者，謂其高談闊論，遠於事情。"明代徐霖《繡襦記·偽儒樂聘》："喜高談闊論，唾落珠璣，中原雅韻何消記，南蠻鴂舌且休題，總是儀秦仗我說詞。"《紅樓夢》四九回："那史湘雲……越發高了興，沒晝沒夜，高談闊論起來。"同 高談虛論。反 實事求是。

【高瞻遠矚】gāo zhān yuǎn zhǔ 瞻：向上或向前看。矚：注意看。❶向高處看，向遠處望。《野叟曝言》二回："遂把這些粉白黛綠，鶯聲燕語，都付之不見不聞，一路高瞻遠矚，要領略湖山真景。"❷形容眼光遠大，富有預見性。鄭觀應《盛世危言·防邊》："善料敵者，亦必於事機之未露，兵釁之未開，高瞻遠矚，密訪詳稽，於彼國之一舉一動，無不瞭然於心。"茅盾《子夜》三："和孫吉人尚屬初交，真看不出這個細長脖子的小腦袋裏倒懷着那樣高瞻遠矚的氣魄。"反 目光如豆、鼠目寸光。

【高壘深溝】gāo lěi shēn gōu 高築壁壘，深掘濠溝，構築防禦工事固守。《孫子·虛實》："故我欲戰，敵雖高壘深溝，不得不與我戰者，攻其所必救也。"《三國志·法正傳》："其計莫若盡驅巴西、梓潼民內（納）涪水以西，其倉廩野穀一皆燒除，高壘深溝，靜以待之。"《楊家府演義·文廣困陷柳州城》："既爹爹夜夢不祥，且停止不出交兵，高壘深溝，坐老其師何如？"同 深溝高壘、高壘深塹。

鬥部

【鬥志昂揚】dòu zhì áng yáng 形容熱情高漲，意氣風發。馮英子《調鬥小議》："凡是高昂的音樂，都能使人精神振奮，鬥志昂揚。"反 萎靡不振。

【鬥雞走狗】dòu jī zǒu gǒu 古代以雞相鬥，以狗競走的博戲。《史記·袁盎鼂錯列傳》："袁盎病免居家，與閭里浮沉，相隨行，鬥雞走狗。"唐代皮日休《請行周典》："今之民善者少，不肖者多，苟無世守之業，必鬥雞走狗、格簺擊鞠以取飡於遊閒。"《紅樓夢》七五回："這些都是少年，正是鬥雞走狗、問柳評花的一干遊俠紈絝。"同 鬥雞走犬。

鬼部

【鬼使神差】guǐ shǐ shén chāi 好像有鬼神在暗中支配指使一樣。比喻事出意外或特別湊巧，行動不由自主。元代無名氏《碧桃花》四折："這一場悄促促似鬼使神差。"明代高明《琵琶記·張大公掃墓遇使》："原來他也只是無奈，恁地好似鬼使神差。"茅盾《春蠶》："這個，老通寶也有幾分相信：不是鬼使神差，好端端的小陳老爺怎麼會抽上了鴉片煙？"也作"神差鬼使"。《紅樓夢》三八回："可知老祖宗從小兒福壽就不小，神差鬼使礴出那個坑兒來，好盛福壽啊！"《醉醒石》九回："總是王四窮兇極惡，天理必除，故神差鬼使，做出這樣勾當。"《醒世姻緣傳》二十回："又神差鬼使，叫他裏面嚷打做鬼哭狼嚎。"

【鬼斧神工】guǐ fǔ shén gōng《莊子·達生》："梓慶削木為鐻，鐻成，見者驚猶鬼神。"後以"鬼斧神工"、"神工鬼斧"。形容技藝精巧，不是人力所能做的出來。清代袁枚《隨園詩話》卷六："二樹畫梅，題七古一篇，疊'鬚'字韻八十餘首，神工鬼斧，愈出愈奇。"清代屈大均《端州訪硯歌和諸公》："年來岩底採無餘，鬼斧神工多得髓。"孫中山《建國方略》一："其工程之大，成立之速，真所謂鬼斧神工，不可思議者也。"同 巧奪天工。

【鬼怕惡人】 guǐ pà è rén 宋代無名氏《艾子雜說》載：艾子旅行，途中見一小廟，廟前有一小溝，有人走到溝邊，無法過溝，就取廟中大王神像橫在溝上，踏着過了溝。又有一人經過，見了歎息不已，扶起神像，捧至寶座上，再拜而去。後來艾子聽到廟裏小鬼說："大王居此為神，反為愚民之辱，何不施以譴之？"大王卻說，禍將施加於後來的人身上，"前人已不信矣，又安禍之！"艾子曰："真是鬼怕惡人也。"後用"鬼怕惡人"比喻兇惡的人懼怕更兇惡者。《醒世姻緣傳》三九回："幾次要到狄家掀桌子，門前叫罵，他也不免有些鬼怕惡人。"◇真是鬼怕惡人蛇怕趕，那山賊被兇神惡煞般的大漢一吼，忙向後退，兇焰盡失。

【鬼神不測】 guǐ shén bù cè 見"鬼神莫測"。

【鬼神莫測】 guǐ shén mò cè 鬼神也預料不到。形容神奇奧妙。元代無名氏《馬陵道》四折："真個軍師妙算，鬼神莫測。"明代無名氏《鳴鳳記•世藩奸計》："妙哉妙哉，此計不惟朝廷不知，抑且鬼神莫測。"也作"神鬼不測"、"鬼神不測"。元代鄭光祖《伊尹耕莘》三折："賢士展神鬼不測之機，興一旅之師，輔佐公子，以成大事。"《三國演義》四九回："瑜駭然曰：'此人有奪天地造化之法，鬼神不測之術！'"《九命奇冤》一五回："表叔真有鬼神不測之機，此事只憑表叔調撥。"同 神鬼莫測。

【鬼哭神嚎(號)】 guǐ kū shén háo 形容哭叫聲悲慘淒厲，氣象陰森恐怖。《初刻拍案驚奇》卷二四："只聽得一陣風過處，天昏地黑，鬼哭神嚎，眼前伸手不見五指。"《野叟曝言》六六回："到得官府知道，閉城禁約，便紛紛的跳城頭，鑽水關，跌死溺死，不知其數，鬼哭神嚎，滿城雪亂。"◇多年的戰亂使得原來滿是桑蠶魚塘的家鄉，變成了餓殍遍野、鬼哭神號的恐怖世界。同 神號鬼哭。

【鬼哭狼嚎(嗥)】 guǐ kū láng háo 形容哭叫聲十分淒厲悲慘。《捻軍故事集•蔡小姐》："山貓帶着一百多人攻上去了，就像砍瓜切菜，殺得官兵鬼哭狼嚎。"◇那些驚慌失措的小兄弟們，鬼哭狼嗥地奔跑着，呼叫着，賊窩變成亂糟糟的馬蜂窩。同 鬼哭神號。

【鬼鬼祟祟】 guǐ guǐ suì suì 形容行為詭秘，怕人發現，或偷偷摸摸，不光明正大。《紅樓夢》七四回："他常和這些丫頭們鬼鬼祟祟的，這些丫頭們也都肯照顧他。"《孽海花》三三回："你們鬼鬼祟祟的幹得好事！"茅盾《子夜》一七："他猜不透趙伯韜來打招呼是甚麼意思，而且為甚麼李玉亭又是那麼鬼鬼祟祟，好像要避過了王和甫？"同 鬼頭鬼腦。反 光明正大。

【鬼迷心竅】 guǐ mí xīn qiào 如被鬼媚惑似的，心智昏亂，無法作正確理性的判斷。多指一時糊塗。劉紹棠《魚菱風景》："連花軲轆老頭和錦囊大嬸都看出了其中有鬼，他卻鬼迷心竅。"

【鬼蜮伎倆】 guǐ yù jì liǎng 《詩經•何人斯》："為鬼為蜮，則不可得。"鬼、蜮都是暗中害人的精怪。後以"鬼蜮"比喻用心險惡、暗中傷人的小人，以"鬼蜮伎倆"比喻暗中害人的卑劣手段。清代梁章鉅《浪跡叢談•鴉片》："蓋匪徒之畏法，不如其騖利，且逞其鬼蜮伎倆，則法令亦有時而窮。"清代百一居士《壺天錄》卷下："妖婦進資甚巨，而貪婪無厭，鬼蜮伎倆，愈出愈奇，真有令人髮指者。"馮玉祥《我的生活》一九章："於是飾無為有，指白為黑，甚麼鬼域伎倆都使出來了。"也作"鬼魅伎倆"。《歧路燈》九五回："這些衙役鬼魅伎倆，千人一狀，原也不必掛齒。"◇要不是你使用了甚麼鬼蜮伎倆，又豈能如此輕易地制得住我們！

【鬼魅伎倆】 guǐ mèi jì liǎng 見"鬼蜮伎倆"。

【鬼頭鬼腦】 guǐ tóu guǐ nǎo 形容言行詭秘，鬼鬼祟祟，不正派。《二刻拍案驚奇》卷二十："巢氏有兄弟巢大郎，是一個鬼頭鬼腦的人，奉承得姊夫姊姊好。"《儒林外史》四六回："叫把管租的管家叫了兩個進來，又鬼頭鬼腦，不知說了些甚麼。"洪深《包得行》第三幕："不正經的女人終歸不正經的，她又在那裏和他們鬼頭鬼腦，這一次是你們親眼看見的。"同 鬼鬼祟祟、賊頭賊腦。

【魂不守舍】hún bù shǒu shè 靈魂離開了軀殼。形容精神分散，恍恍惚惚。《紅樓夢》一五回："我看寶玉竟是魂不守舍，起動是不怕的。"《官場現形記》二三回："賈臬台見了這種女人，雖不至魂不守舍，然而坐在上頭，就覺得有點搖晃起來。"同 神不守舍、心神恍惚。反 心無二用、聚精會神。

【魂不附體】hún bù fù tǐ 靈魂離開了軀體。❶ 形容驚恐萬分。《京本通俗小說•西山一窟鬼》："風過處，看時，也不見了酒保，也不見有酒店……唬得兩個魂不附體。"《紅樓夢》一〇一回："鳳姐嚇的魂不附體，不覺失聲的咳了一聲，卻見一隻大狗。"《老殘遊記》十回："聽得天崩地塌價一聲，腳下震震搖動，嚇得魂不附體，怕是山倒下來。"❷ 形容為情所迷惑，不能自持。元代喬吉《金錢記》一折："一個好女子也，生得十分大有顏色，使小生魂不附體。"《醒世恆言•陸五漢硬留合色鞋》："那女子不覺微微而笑，張藎一發魂不附體，只是上下相隔，不能通話。"同 魂飛魄散、魂飛天外。

【魂飛天外】hún fēi tiān wài 形容因驚恐而不知所措，或受到誘惑而不能自持。元代李文蔚《張子房圯橋進履》二折："聽說罷魂飛天外，好教我心驚失色。"《石點頭》一二回："一路笙簫鼓樂，迎到方家，依樣拜堂行禮，方六一張眼再看，魂飛天外。"◇警車一路追來，我一點兒沒覺察，猛聽見警笛狂嘯，頓覺魂飛天外。同 魂飛魄散。反 處變不驚。

【魂飛魄散】hún fēi pò sàn ❶ 魂靈脫離肉身而飛散開去。《備急千金要方•膽腑方》："夢與死人共飲食，入塚神室，魂飛魄散。"❷ 形容極度驚恐。元代高文秀《啄機•玉抱肚》套曲："這嬌人何方姓氏？素不曾識面調情，平白地將人勾引，魂飛魄散，使我戰兢兢。"《紅樓夢》八二回："黛玉嚇得魂飛魄散。"同 魄散魂飛、魂消魄散。反 處變不驚、鎮定自若。

【魂牽夢縈】hún qiān mèng yíng 在夢中還牽掛縈繞着。形容思念深切。宋代劉過《四字令》詞："思君憶君，魂牽夢縈。"◇雖然已擔任校長多年，但從沒有離開過我的魂牽夢縈的課堂。同 日思夜想、魂牽夢繞。

【魄散魂飛】pò sàn hún fēi 魂魄離開身體飛散開去。形容心驚肉跳，驚恐萬分。元代無名氏《百花亭》三折："可正是船到江心補漏遲，只着我魄散魂飛。"《西遊記》三回："手中那棒，上抵三十三天，下至十八層地獄，把些虎豹狼蟲、滿山群怪、七十二洞妖王，都唬得磕頭禮拜，戰兢兢魄散魂飛。"《野叟曝言》一一三回："陳芳、王彩魄散魂飛，軍心大亂，各思逃竄。"同 魂飛魄散、魂飛天外。反 氣定神閒、不為所動。

【魏紫姚黃】wèi zǐ yáo huáng 古代洛陽兩種牡丹珍品。據《洛陽牡丹記》載，千葉黃花牡丹，出於姚氏民家，人稱"姚黃"；千葉肉紅牡丹，出於魏仁溥家，人稱"魏紫"。後以之代稱名貴牡丹或名貴花木。宋代歐陽修《縣舍不種花因戲書》詩："伊川洛浦尋芳遍，魏紫姚黃照眼明。"宋代曹冠《鳳棲梧•牡丹》詞："魏紫姚黃凝曉露，國豔天然。"元代吳昌齡《東坡夢》三折："你素魄兒十分媚，慧心兒百和香，更壓着魏紫姚黃。"同 姚黃魏紫。

【魑魅魍魎】chī mèi wǎng liǎng ❶ 魑魅：山澤之神。魍魎：山川裏的精怪。泛指害人的鬼怪。《左傳•宣公三年》："螭魅罔兩（魑魅魍魎），莫能逢之。"唐代杜甫《懷素上人草書歌》："又如吳生畫鬼神，魑魅魍魎驚本身。"明代徐渭《劉公去思碑》："即有魑魅魍魎，亦夔夔睢睢，畢露而不可逃。"❷ 比喻各種各樣的壞人。《三國志•諸葛恪傳》："藜蓧稂莠，化為善草，魑魅魍魎，更成虎士。"鄒韜奮《患難餘生記•進步文化的遭難》："如今把事實指出，愈使魑魅魍魎無所遁形於光天化日之下了。”同 牛鬼蛇神、為鬼為蜮。

魚 部

【魚目混珠】yú mù hùn zhū《參同契》卷上：“魚目豈為珠，蓬蒿不成檟。”檟(jiǎ)：茶樹或楸樹。拿魚眼睛冒充珍珠。比喻以假充真。宋代張商英《宗禪辨》：“今則魚目混珠，薰蕕共囿，羊質虎皮者多矣。”《花月痕》一七回：“他道你是魚目混珠，你該罰他一鍾酒。”同 羊質虎皮、以假亂真。

【魚死網破】yú sǐ wǎng pò 比喻與對方同歸於盡。◇雖然有“士可殺而不可辱”的豪言壯語，但真正作殊死一戰，不懼魚死網破的人卻極少。同 同歸於盡。反 同舟共濟。

【魚肉鄉里】yú ròu xiāng lǐ 魚肉：比喻欺凌、殘害。指在家鄉橫行霸道，為非作歹，欺壓禍害鄉親。清代錢泳《履園叢話•孽報》：“(徐常明等) 俱攬據要津……魚肉鄉里，人人側目。”《二十年目睹之怪現狀》九八回：“你想他們有甚弄錢之法？無非是包攬詞訟，干預公事，魚肉鄉里，傾軋善類，佈散謠言，混淆是非，甚至窩娼庇賭，暗通匪類。”同 魚肉百姓。反 救民水火。

【魚米之鄉】yú mǐ zhī xiāng 盛產魚和稻米的地方。形容非常富庶的地區。《水滸傳》三六回：“我知江州是個好地面，魚米之鄉，特地使錢買將那裏去。”《隋唐演義》一三回：“吾想普天下許多福地衙所，怎麼不揀個魚米之鄉，偏發到敝地來。”◇這一帶湖港河渠貫通八方，織成密密水網，年年風調雨順，是個遠近聞名的魚米之鄉。同 天府之國、洞天福地。反 不毛之地、窮山惡水。

【魚游釜中】yú yóu fǔ zhōng 魚在鍋裏游動。比喻身處絕境，有行將滅亡的危險。釜：古代烹煮用的炊具。《後漢書•張綱傳》：“相聚偷生，若魚游釜中，喘息須臾間耳。”明代周楫《西湖二集•忠孝萃一門》：“不然，皇上命將，將龍驤百萬，會戰於昆明池，爾如魚游釜中，不亡何待？那時悔之晚矣。”《封神演義》九一回：“姜尚進山，似魚游釜中，肉在几上。”同 燕巢飛幕、魚游沸鼎。

【魚龍混雜】yú lóng hùn zá 魚和龍混在一起。唐代張志和《和漁父詞》：“風攪長空浪攪風，魚龍混雜一川中。”後多比喻好的和壞的混雜在一起。《紅樓夢》九四回：“現在人多手亂，魚龍混雜，倒是這麼着，他們也洗洗清。”《官場現形記》五六回：“且彼時捐例大開，各省候補人員十分擁擠，其中魚龍混雜，良莠不齊。”茅盾《清谷行》：“魚龍混雜激洪波，人心所向誰敢拒。”同 良莠不分、龍蛇不辨。反 黑白分明、一清二楚。

【魯莽滅裂】lǔ mǎng miè liè 滅裂：輕率。《莊子•則陽》：“君為政焉勿鹵莽，治民焉勿滅裂。”鹵：同“魯”。後用“魯莽滅裂”形容為人做事粗魯莽撞，馬虎草率。明代張岱《五異人傳》：“吾弟自讀書做官，以至山水園亭，骨董伎藝，無不以欲速一念，乃受魯莽滅裂之報。”《隋唐演義》一五回：“這齊國遠、李如珪，卻是兩個魯莽滅裂之人，若同到長安，定要惹出一場不軌的事來，定然波及於我。”◇像他這種魯莽滅裂的幹法，是要壞大事的！同 鹵莽滅裂、莽撞冒失。

【魯魚亥豕】lǔ yú hài shǐ 篆文“魯”和“魚”、“亥”和“豕”字形很相似，容易搞錯。《呂氏春秋•察傳》：“有讀史記者曰：‘晉師三豕涉河。’子夏曰：‘非也，是己亥也。’夫己與三相近，豕與亥相似。”晉代葛洪《抱朴子•遐覽》：“諺曰：‘書三寫，魚成魯，虛成虎。’”後用“魯魚亥豕”指文章書籍在傳抄刊刻過程中出現的各種文字錯誤。宋代陳世崇《隨隱漫錄》卷二：“《神仙傳》謂：果生堯，丙子，二萬八千歲矣。堯即位三十四年丙子，至唐開元初才二千八百餘年，魯魚亥豕之誤明矣。”明代王褘《漢七略序》：“參合同異，別白偽真，刪其重複，正其脱誤，無復魯魚亥豕之訛。”鄭振鐸《插圖本中國文學史·例言》：“惡劣的書版，遍於坊間，其誤人不僅魯魚亥豕而已。”同 亥豕魯魚、魯魚帝虎。

【鰥寡孤獨】guān guǎ gū dú《孟子·梁惠王下》：“老而無妻曰鰥，老而無夫曰寡，老而無子曰獨，幼而無父曰孤：此四者，天下之窮民而無告者。”後用“鰥寡孤獨”指老弱孤苦、無依無靠的人。漢代劉向《説苑·政理》：“是日也，發其倉府，以賑鰥寡孤獨。”唐代韓愈《原道》：“明先王之道以道之，鰥寡孤獨廢疾者有養也。”明代蔣一葵《長安客話·德勝門庵》：“聖朝仁民之政……與文王治岐必先鰥寡孤獨同一致也。”同 孤兒寡婦。反 子孫滿堂、蘭桂齊芳、老有所終。

【鱗次櫛比】lín cì zhì bǐ 次：順序。櫛：梳、篦的總稱。比：排列。像魚鱗和梳子齒那樣密密地依次排列。形容房屋等物排列得很密集。明代陳貞慧《秋園雜佩·蘭》：“杖挑藤束，筐筥登市，累累不絕，每歲正二月之交，自長橋以至大街，鱗次櫛比，春光皆馥也。”清代錢泳《履園叢話·以人存詩》：“漁家曬網，每於古戍沙灘，斜日西風之下，鱗次櫛比，而青山每為所掩。”馮玉祥《我的生活》第六章：“前面果然就有一座大莊院，樹木密茂，隱約地可以看出鱗次櫛比的瓦房。”同 櫛比鱗次。

鳥 部

【鳥道羊腸】niǎo dào yáng cháng 鳥道：只有飛鳥才能通過的險峻山道。羊腸：狹窄曲折的小路。形容險峻而曲折的山間小路。《五燈會元·漳州保福院清豁禪師》：“世人休説路行難，鳥道羊腸咫尺間。”清代洪昇《長生殿·獻飯》：“鳥道羊腸，春綵馱來驛路長，連山鈴鐸頻搖響，看日近帝都旁。”同 羊腸鳥道、羊腸小道。反 陽關大道、康莊大道。

【鳥語花香】niǎo yǔ huā xiāng 鳥兒歌唱，花兒飄香。形容美好的景物，多形容嫵媚的春天景象。宋代呂本中《庵居》詩：“鳥語花香變夕陰，稍閒復恐病相尋。”清代李漁《比目魚·肥遯》：“相公，你看一路行來，山青水綠，鳥語花香，真箇好風景也。”◇走進山間小徑，只見桃紅柳綠，鳥語花香，真叫人心曠神怡。同 花香鳥語。反 枯木朽株。

【鳥盡弓藏】niǎo jìn gōng cáng《史記·越王勾踐世家》：“范蠡遂去，自齊遺大夫種書曰：‘蜚鳥盡，良弓藏，狡兔死，走狗烹。越王為人長頸鳥喙，可與共患難，不可與共安樂，子何不去？’”後用“鳥盡弓藏”比喻成功之後便拋棄、迫害甚至殺害有功之人。三國魏曹丕《煌煌京洛行》：“淮陰五刑，鳥盡弓藏，保身全名，獨有子房。”明代周楫《西湖二集·胡少保平倭戰功》：“直到三十六年十一月被胡少保用盡千方百計，身經百十餘戰，剪滅了倭奴，救了七省百姓，你道這功大也不大……後來鳥盡弓藏，蒙吏議而死。”章炳麟《上黎大總統書》：“鳥盡弓藏之戒，昔則將帥對於主上之語，今則主上對於將帥之言。”同 過河拆橋、兔死狗烹。

【鳴金收兵】míng jīn shōu bīng 發出停止交戰、返回己方的命令。鳴金：古代用鑼之類金屬響器指揮軍隊進退。《三國演義》七一回：“兩將交馬，戰不到二十餘合，曹營內忽然鳴金收兵，淵慌忙撥馬而回。”《説唐前傳》三一回：“在營前見三子元慶戰了一日，恐他脱力，忙命鳴金收兵。”同 鳴金收軍。反 大動干戈。

【鳴冤叫屈】míng yuān jiào qū 鳴：叫。為人或事物陳説蒙受冤屈或受到不公正待遇。巴金《〈探索集〉後記》：“我寫《家》，也只是為了向腐朽的封建制度提出控訴，替橫遭摧殘的年輕生命鳴冤叫屈。”◇紀昀把《聊齋誌異》貶入冷宮，在《四庫全書》中“黜而不載”，後人一直為之鳴冤叫屈。同 喊冤叫屈。

【鳴鼓而攻】míng gǔ ér gōng《論語·先進》：“季氏富於周公，而求也為之聚斂而附益之。子曰：‘非吾徒也。小子鳴鼓而攻之，可也。’”鳴鼓：古代軍隊對敵發起攻擊的命令。形容大張旗鼓地發動攻擊或聲討。《冊府元龜》卷四八三：“門庭輻湊，珍玩山積，名節皆污，冠裳是恥，議論所棄，刑憲乃加，鳴鼓而攻，斯之謂也。”《醒世姻緣傳》九八回：“他家沒人説話便罷，若是有人説話，要我們同窗做甚？我為頭領，激眾人出來鳴鼓而攻。”反 鳴金收兵。

【鳴鑼開道】míng luó kāi dào 古代官員出行時的排場，前面有衙役敲着鑼，喝令路人迴避。也作“鳴鑼喝道”。《兒女英雄傳》一三回：“只聽得縣門前道府廳縣各各一起一起的過去，落後便是那河台鳴鑼喝道前呼後擁的過去。”《二十年目睹之怪現狀》九一回：“説罷，便辭了出來，上了綠呢大轎，鳴鑼開道，徑回衙門。”現多比喻大造輿論。◇袁世凱打着尊孔的旗號，以‘維護傳統’和‘順乎國情’為號召，以孔子偶像和孔子思想為他稱帝鳴鑼開道。同 開鑼喝道。

【鳴鑼喝道】míng luó hè dào 見“鳴鑼開道”。

【鳶飛魚躍】yuān fēi yú yuè 鷹在天上飛翔，魚在水中跳躍。《詩經•旱麓》：“鳶飛戾天，魚躍於淵。”後形容宇宙萬物各得其所，自由自在。也借指自然界或自然之理。宋代真德秀《西山讀書記》卷一六：“自此以下或言天道之自然，如鳶飛魚躍之類是也。”明代王禕《治政萬言書序》：“天子望治之意隆而求治之心至矣。凡有知於鳶飛魚躍之間者，孰不鼓舞而思以自效。”清代汪由敦《御製圓明園四十景詩恭跋》：“正如天道健行不息，而四時行，百物主，鳶飛魚躍，一化機之洋溢鼓盪而不自知也。”張少華《禪修劄記》：“他總會把我們領到僻靜清涼的所在，在鳶飛魚躍、鳥叫蟲鳴、群蛙鼓噪的大天地中進行我們的禪修。”

【鳳毛麟角】fèng máo lín jiǎo 鳳凰的毛，麒麟的角。比喻極為稀少難得的人才或事物。明代何良俊《四友齋叢説•文》：“康對山之文，天下慕向之，如鳳毛麟角。”郭沫若《痛失人師》：“有學問知識的人比較容易找，而有人格修養的人實在是如鳳毛麟角。”同 麟角鳳毛、曠世奇才。

【鳳冠霞帔】fèng guān xiá pèi 宋元以來皇后嬪妃以及外命婦的服飾。鳳冠：有鳳鳥造型的，裝飾着金寶鈿花、珍珠、雉羽等物的帽子。霞帔：繡有雲霞和雉、孔雀等鳥形圖案的帔肩。古代用作禮服，有品級的區分。元代鄭光祖《𠍣梅香騙翰林風月》四折：“白敏中果登雲路，奉聖命匹配成親，賜小蠻鳳冠霞帔，賜夫人萬兩金銀。”後也指普通婦女用於喜慶的類似服飾。◇在民國年代的婚儀中，還有新娘着鳳冠霞帔的，還穿着色彩鮮豔的婚鞋。

【鳳凰于飛】fèng huáng yú fēi 于：語助詞，無義。《詩經•卷阿》：“鳳凰于飛，翽翽其羽。”本喻君王聖明，賢者嚮慕而群集。後比喻夫妻和諧，相親相愛。常用為賀人婚姻美滿、夫妻和睦的祝頌語。北周庾信《周太子太保步陸逞神道碑》：“君子至止，既紹虞賓；鳳凰于飛，實興齊國。”宋代王讜《唐語林》卷五：“鳳凰于飛，梧桐是依。雝雝喈喈，福祿攸歸。”《鳳凰于飛》歌詞：“像鳳凰于飛在雲霄，一樣的輕飄。分離不如雙棲的好，珍重這花月良宵。”

【鳳凰在笯】fèng huáng zài nú 笯：鳥籠。鳳凰被關在鳥籠裏。比喻賢人才士不能伸展抱負。戰國楚屈原《九章•懷沙》：“鳳凰在笯兮，雞鶩翔舞。”元代王逢《夜何長三疊寄周參政》詩：“鳳凰在笯驥服箱，雪埋石棧冰河梁。”明代李夢陽《戲贈周紀善》詩：“鳳凰在笯雞啄食，首蓿闌干半青黑。”

【鳳凰來儀】fèng huáng lái yí 鳳凰為神鳥，雄的稱鳳，雌的稱凰。儀：成雙成對地出現。《尚書•皋陶謨》：“簫韶九成，鳳凰來儀。”本指扮演的鳳和凰成雙成對地舞動起來。後以“鳳凰來儀”指鳳凰成雙出現，為君王聖明、天下太平的祥瑞徵兆。《漢書•王莽傳上》：“甘露從天下，醴泉自地出，鳳凰來儀，神爵降集。”明代劉宗周《鳳山葬記》：“其鄉本名鳳林，相傳神禹會計至此受圖籍，有鳳凰來儀。”《三國演義》八十回：“自魏王即位以來，麒麟降生，鳳凰來儀，黃龍出現，嘉禾蔚生，甘露下降。”同 有鳳來儀。反 天怒人怨。

【鳳鳴朝陽】fèng míng zhāo yáng 鳳凰在日出時鳴叫。《詩經•卷阿》：“鳳凰鳴矣，於彼高岡；梧桐生矣，於彼朝陽。”後以“鳳鳴朝陽”比喻聖君在位，賢才恰逢其時，可一展才華。《晉書•應貞傳》：“天垂其象，地耀其文。鳳鳴朝陽，龍翔景雲。”宋代無名氏《京口耆舊傳•王遂傳》：“所以群陰退伏，海內豹隱之賢次第而起，有鳳鳴朝陽之風。”《清儒學案》卷一〇〇：“（王念孫）首劾大學士和珅，疏語援據經義，天下比之鳳鳴朝陽。”同 朝陽鳴鳳。

【鳳舞龍飛】fèng wǔ lóng fēi ❶形容山水蜿蜒曲折，雄壯而多姿。宋代劉過《嘉泰開樂日殿岩涇原部季端邀遊鳳山》詩：“誰知鳳舞龍飛外，別有樓閣橫雲霄。”明代劉宗周《人譜類記》卷下：“文公親至其地觀之，見山明水秀，鳳舞龍飛，意大姓侵奪之情真也。”❷形容書法筆勢流暢靈動，遒勁多姿。多形容草書。《兒女英雄傳》十回：“姐姐，我只見你舞刀弄棒……只這書法也寫得這等鳳舞龍飛，真令人拜服！”◇正門對聯，運筆猶如行雲流水，字跡恰似鳳舞龍飛。同 龍飛鳳舞。

【鳳髓龍肝】fèng suǐ lóng gān 鳳的髓、龍的肝。比喻極難得的美味。元代釋克新《齏甕》詩：“先生食齏如食肉，一日不食心不足。淡然中有至味存，鳳髓龍肝何足論。”《西遊記》七五回：“老孫五百年前大鬧天宮時，吃老君丹，玉皇酒，王母桃，及鳳髓龍肝，哪樣東西我不曾吃過？”◇若脾胃已傷，縱有鳳髓龍肝，妙藥仙丹，也無濟於事。同 山珍海味。反 清湯寡水。

【鴉雀（鵲）無聲】yā què wú shēng 連烏鴉、麻雀的聲音都沒有。形容非常安靜。《紅樓夢》二九回：“（紫鵑）見三個人都鴉雀無聲，各自哭各自的，索性也傷起心來，也拿着絹子拭淚。”《老殘遊記》二回：“就這一眼，滿園子裏便鴉雀無聲，比皇帝出來還要靜悄得多呢。”《痛史》二回：“此時只覺得靜悄悄的鴉鵲無聲。”李六如《六十年的變遷》第二章：“西字號子裏，鴉雀無聲，彷彿是無人之境。”同 鴉雀無聞、萬籟俱寂。反 人聲鼎沸、笙歌鼎沸。

【鴨步鵝行】yā bù é xíng 像鴨子和鵝那樣行走。形容搖搖擺擺，步履遲緩。元代秦簡夫《破家子弟》二折：“肚疊胸高，鴨步鵝行。”◇她是一位又矮又肥胖的女人，圓墩墩的，走起路來鴨步鵝行。同 鵝行鴨步。

【鴟目虎吻】chī mù hǔ wěn 鴟：鷂鷹或貓頭鷹。目如鴟，口如虎。形容相貌兇狠。《漢書•王莽傳中》：“或問以莽形貌，待詔曰：‘莽所謂鴟目虎吻、豺狼之聲者也，故能食人，亦當為人所食。’”宋代張九成《孟子傳》卷二一：“誠諸中形諸外，此自然之理也，學士大夫又不可不考。如鴟目虎吻，露眼赤睛，不言而知其為王莽。”同 鷹鼻鷂眼、蜂目豺聲。反 心慈面軟、慈眉善目。

【鴻飛冥冥】hōng fēi míng míng《詩經•九罭》：“鴻飛遵陸，公歸不復，於女信宿。”說鴻雁飛向無邊無際的碧空。形容隱匿起來，漫無蹤影，或形容全身避禍，不知去向。漢代揚雄《法言•問明》：“治則見，亂則隱。鴻飛冥冥，弋人何慕焉！”《南村輟耕錄•論秦蜀》：“不然，如兩生、四皓、伏生之流，鴻飛冥冥，弋人何慕，肯搖唇鼓吻，自投於陷阱哉！”李劼人《死水微瀾》五部一五：“而正兇幫兇則鴻飛冥冥，連一點蹤影都沒有探得。”

【鴻案鹿車】hóng àn lù chē《後漢書•梁鴻傳》載：梁鴻與妻子孟光“相敬如賓”，吃飯時，孟光必定“舉案齊眉”奉食給梁鴻。《後漢書•鮑宣妻傳》載：鮑妻與鮑宣共駕鹿車回歸鄉里。後以“鴻案鹿車”表示夫妻互相敬重，同甘共苦。《孽海花》一四回：“劍雲是寒士生涯，租定了四斜街一所小小四合房子，夫妻團聚，卻儼然鴻案鹿車。”

【鴻稀鱗絕】hóng xī lín jué《漢書•蘇武

傳》："教使者謂單于，言天子射上林中，得雁，足有繫帛書。" 鴻：大雁，指雁書。《樂府詩集•飲馬長城窟行》："客從遠方來，遺我雙鯉魚。呼兒烹鯉魚，中有尺素書。" 鱗：魚，指魚書。"鴻稀鱗絕" 形容音信極少或斷絕。元代王實甫《西廂記》三本一折："自別顏範，鴻稀鱗絕，悲愴不勝。" ◇弟弟去嶺南數年，鴻稀鱗絕，今日忽然回來，母親興奮得手舞足蹈。同 杳無音信、渺無音信。

【鴻篇鉅(巨)製】hóng piān jù zhì 傑出的篇章，規模宏大的巨著。有時也用以稱頌他人的作品。清代葉廷琯《吹網錄•魏太和銅熨斗熨人款識》："觀察所徵鴻篇鉅製已多。" 清代皮錫瑞《經學歷史•經學復盛時代》："今鴻篇巨製，照耀寰區。" 魯迅《且介亭雜文末編•〈譯文〉復刊詞》："那時候，鴻篇巨製如《世界文學》和《世界文庫》之類，還沒有誕生。" 同 鴻篇鉅帙、鴻篇巨著。

【鴻鵠之志】hóng hú zhī zhì 比喻遠大的志向抱負。鴻鵠：天鵝，善於高飛遠翔。《呂氏春秋•士容》："夫驥驁之氣，鴻鵠之志，有諭乎人心者誠也。"《史記•陳涉世家》："陳涉太息曰：'嗟乎，燕雀安知鴻鵠之志哉！'" 元代鄭光祖《王粲登樓》一折："大丈夫仗鴻鵠之志，據英傑之才。" 同 雄心壯志、胸懷大志。反 碌碌無為、胸無大志。

【鵠面鳩形】hú miàn jiū xíng 鵠面黃而乾瘦，鳩胸凸腹凹。形容人面容疲憊憔悴，身體瘦削。《隋唐演義》八回："如今弄得衣衫襤褸，鵠面鳩形一般，卻去拜他，豈不是遲了！"《明史•耿廷籙傳》："小怨必報，何不大用於斷頭飲血之元兇；私恩必酬，何不廣用於鵠面鳩形之赤子。" 清代馮詢《娘難見》詩："仰視貴人，貂蟬何榮！貂蟬雖榮，不如我父母鵠面鳩形。" 同 鵠形鳥面、鳥面鵠形。反 面如冠玉、豐神異彩。

【鵝毛大雪】é máo dà xuě 形容紛紛揚揚的大雪，雪片像鵝毛一般大。唐代白居易《雪夜喜李郎中見訪兼酬所贈》詩："可憐今夜鵝毛雪，引得高情鶴氅人。" ◇一夜的鵝毛大雪，把個世界裝點得粉妝玉琢一般 / 暴雨挾着冰雹，劈頭蓋臉打來，不一會兒，又變成鵝毛大雪。

【鵝行鴨步】é xíng yā bù 形容走路緩慢，左搖右擺的樣子。元代楊暹《西遊記》一三齣："見一人光紗帽，黑布衫，鷹頭雀腦將身探，狼心狗行潛踪闞，鵝行鴨步懷愚濫。"《水滸傳》三二回："眾人見轎夫走得快，便說道：'你兩個閒常在鎮上抬轎時，只是鵝行鴨步，如今卻怎地這等走的快？'" ◇身材肥碩，腿又短，走起路來鵝行鴨步，實在不雅觀。同 鴨步鵝行。

【鵲笑鳩舞】què xiào jiū wǔ 形容歡快欣喜的樣子。漢代焦贛《易林•噬嗑之離》："鵲笑鳩舞，來遺我酒。"

【鵲巢鳩佔】què cháo jiū zhàn 見"鵲巢鳩居"。

【鵲巢鳩居】què cháo jiū jū《詩經•鵲巢》："維鵲有巢，維鳩居之。" 喜鵲做成的巢被斑鳩強佔。原比喻女子出嫁，住在夫家。後比喻強佔別人的房屋、土地、妻室，奪取他人的財產、地位等。清代王韜《代上廣州守馮子立都轉》："葡萄牙之踞澳門在有明中葉，其入我朝未有盟約，而鵲巢鳩居，視為固有。" 清代夏燮《中西紀事•五口釁端》："上海之收復，徒為夷人肅清港口，俾便通商，而鵲巢鳩居，其勢已不可復返。" 李六如《六十年的變遷》第九章："'鳳去台空'，雖已經過了一個短時期，然而'鵲巢鳩居'，現在有人補缺了。" 也作 "鵲巢鳩佔"。清代蔣士銓《第二碑•題坊》："驗先朝牒狀，紅泥出印牀，無奈鵲巢鳩佔，不認關防。" ◇不想返鄉之後，連個落腳處也尋不到，原有的一座宅院，早已雀巢鳩居，被四叔霸過去了。同 雀巢鳩據、鳩佔鵲巢。

【鵬程萬里】péng chéng wàn lǐ 鵬：傳說中的一種大鳥。《莊子•逍遙遊》："鵬之徙於南溟也，水擊三千里，摶扶搖而上者九萬里。" 後用 "鵬程萬里" 表示前程遠大，不可限量。元代無名氏《漁樵記》一折："俺也曾囊簡三冬依雪聚，怕不的鵬程萬里信風扶。”明代楊珽《龍膏記•開閣》：“莫嘆儒冠久誤身，鵬程萬里終當奮。”◇一心想着畢業後到大公司謀個好職位，將來鵬程萬里。同 錦繡前程、平步青雲。反 一蹶不振、一落千丈。

【鶉衣百結】chún yī bǎi jié《荀子•大略》：“子夏家貧，衣若懸鶉。”鶉：鵪鶉，羽毛長有暗色斑塊，好似打上去的補丁，用以形容破舊的衣服。結：連綴。形容衣服補丁斑斑，陳舊破敗。宋代趙蕃《大雪》詩：“鶉衣百結不蔽膝，戀戀誰憐范叔貧。”明代王錂《尋親記•遣役》：“君子謀道不謀食，憂道不憂貧，原憲鶉衣百結，顏子簞瓢陋巷。”《說岳全傳》七十回：“秦檜見那瘋僧垢面蓬頭，鶉衣百結，口嘴歪斜，手瘸足跛，渾身污穢。”同 衣衫襤褸、破衣爛衫。反 衣冠楚楚、衣冠濟楚。

【鶻入鴉群】hú rù yā qún 鶻：隼，一種猛禽。形容勇猛非常，橫掃敵陣。《北齊書•南安王思好傳》：“本名思孝，天保五年，討蠕蠕，文宣悅其驍勇，謂曰：‘爾擊賊如鶻入鴉群，宜思好事。’故改名焉。”唐代韓翃《寄哥舒僕射》詩：“左盤右射紅塵中，鶻入鴉群有誰敵。”同 勇冠三軍、驍勇善戰。反 臨陣脱逃、丟盔卸甲。

【鶯歌燕舞】yīng gē yàn wǔ 啼鶯好似唱歌，飛燕宛如起舞。形容春光媚麗，欣欣向榮的景象。明代馮惟敏《端正好》曲：“空孤負，鶯歌燕舞，檀板繡氍毹。”清代張琦《醜奴兒慢》詞：“多少冶遊，鶯歌燕舞。”◇春天來了，花園裏綠柳飛花，鶯歌燕舞，置身其中，精神奕奕。

【鶯聲燕語】yīng shēng yàn yǔ 鶯啼婉轉，燕語呢喃。多比喻女子嬌柔悅耳的聲音。《水滸傳》四二回：“宋江聽的鶯聲燕語，不是男子之音。”《再生緣》八回：“言訖依依跟在後，鶯聲燕語甚溫存。”◇我見過的那幾個女星，個個粗聲大氣，聽不到一絲兒鶯聲燕語。同 燕語鶯聲。

【鶴立雞群】hè lì jī qún《世說新語•容止》：“有人語王戎曰：‘嵇延祖卓卓如野鶴之在雞群。’”比喻儀表或才能非常出眾。元代無名氏《舉案齊眉》二折：“這是咱逢時運，父親呵休錯認做蛙鳴井底，鶴立雞群。”《鏡花緣》三九回：“正在談論，誰知女兒國王忽見林之洋雜在眾人中，如鶴立雞群一般，更覺白俊可愛。”魯迅《朝花夕拾•無常》：“他不但活潑而詼諧，單是那渾身雪白這一點，在紅紅綠綠中就有‘鶴立雞群’之概。”同 出類拔萃、才貌雙全。

【鶴髮童顏】hè fà tóng yán 見“童顏鶴髮”。

【鶴髮雞皮】hè fà jī pí 見“雞皮鶴髮”。

【鷦鷯一枝】jiāo liáo yī zhī 鷦鷯：俗名巧婦鳥，體形小，築的巢很小巧。《莊子•逍遙遊》：“鷦鷯巢於深林，不過一枝；偃鼠飲河，不過滿腹。”後用“鷦鷯一枝”比喻所求不多，極易滿足。清代程允升《幼學故事瓊林•人事》：“暫為寄足，有似鷦鷯一枝。”《二十年目睹之怪現狀》九三回：“三窟未能師狡兔，一枝尚欲學鷦鷯。”

【鷸蚌相爭】yù bàng xiāng zhēng《戰國策•燕策二》：“蚌方出曝而鷸啄其肉，蚌合而拑其喙。鷸曰：‘今日不雨，明日不雨，即有死蚌。’蚌亦曰：‘今日不出，明日不出，即有死鷸。’兩者不肯相舍，漁者得而並禽之。”後用“鷸蚌相爭”、“鷸蚌相持”表示雙方爭鬥不已，相持不下而兩敗俱傷，令他人獲利。元代尚仲賢《氣英布》二折：“權待他鷸蚌相持俱斃日，也等咱漁人含笑再中興。”《醒世恆言•喬太守亂點鴛鴦譜》：“李都管本欲唆孫寡婦、裴九老兩家與劉秉義講嘴，鷸蚌相持，自己漁人得利。”清代湘靈子《軒亭冤•哭墓》：“波翻血海全球憫，問誰敢野蠻法律罵強秦？笑他鷸蚌相爭演出風雲陣。”梁啟超《新民說》一三：“知小我而不知大我，用對外之手段以對內，所以鷸蚌相持，而使漁人竊笑其後也。”同 坐收漁利、“鷸蚌相爭，漁人得利”。反 互利雙贏。

【鷸蚌相持】yù bàng xiāng chí 見“鷸蚌相爭”。

【鷹視狼步】yīng shì láng bù 見“鷹視狼顧”。

【鷹視狼顧】yīng shì láng gù 眼光像鷹一

樣鋭利，回頭時像狼一般陰狠毒辣。形容人目光尖鋭，處事兇狠。也作“鷹視狼步”。狼步：走路似狼。《吳越春秋•勾踐伐吳外傳》：“夫越王為人，長頸鳥喙，鷹視狼步，可以共患難而不可共處樂。”《三國演義》九一回：“司馬懿鷹視狼顧，不可付以兵權。”同 鷹睃狼顧。

【鸚鵡學舌】yīng wǔ xué shé 鸚鵡會學人説話。比喻別人怎麼説，就跟着怎麼説。《景德傳燈錄•越州大殊慧海和尚》：“如鸚鵡學人語，話自語不得，由無智慧故。”浩然《豔陽天》一三一章：“他甚至於非常頑固地想：這不是真的，這是鸚鵡學舌，韓百安這種人，決不會這麼容易被蕭長春‘同化’過去。”◇她根本不懂這些，只會鸚鵡學舌，渾水摸魚。同 拾人牙慧、人云亦云。

【鸞鳳和鳴】luán fèng hè míng ❶鸞：鳳凰的一種。鸞鳥和鳳凰應和着鳴叫。表示和諧無爭的意思。三國魏嵇康《琴賦》：“遠而聽之，若鸞鳳和鳴戲雲中。”《鏡花緣》一回：“此時鸞鳳和鳴，百獸率舞。”❷比喻夫妻相處和諧美滿。常用作結婚的賀詞。《左傳•莊公二十二年》：“初，懿氏卜妻敬仲，其妻占之，曰：‘吉。是謂鳳皇于飛，和鳴鏘鏘。’”和：應和。宋代無名氏《張協狀元》一六齣：“似鸞鳳和鳴，相應青雲際。效鶼鶼比翼，鴛鴦雙雙戲。”元代白樸《梧桐雨》一折：“夜同寢，晝同行，恰似鸞鳳和鳴。”同 鸞儔鳳侶、鳳凰于飛。反 鸞鳳分飛、鸞飄鳳泊。

鹵部

【鹵莽滅裂】lǔ mǎng miè liè 鹵莽：粗疏。滅裂：輕率。《莊子•則陽》：“君為政焉勿鹵莽，治民焉勿滅裂。昔予為禾，耕而鹵莽之，則其實亦鹵莽而報予；芸而滅裂之，其實亦滅裂而報予。”後用“鹵莽滅裂”形容做事冒失草率，粗心大意。宋代司馬光《后妃封贈劄子》：“以此尤宜分別名器，使之著明，以防後世之有僭差，不可鹵莽滅裂，苟然而已也。”《三俠五義》九八回：“雖則是失了征戰的規矩，卻正是俠客的行藏，一味的巧妙靈活，決不是鹵莽滅裂，好勇鬥狠那一番的行為。”同 魯莽滅裂。反 小心謹慎。

【鹹嘴淡舌】xián zuǐ dàn shé 形容説話或插話無關痛癢、沒滋沒味兒。◇大家都在説正經事兒，她卻插進來鹹嘴淡舌地説了一通廢話。

鹿部

【鹿死誰手】lù sǐ shuí shǒu《漢書•蒯通傳》：“秦失其鹿，天下共逐之。”鹿：指政權、權力。後用“鹿死誰手”比喻不知政權會落入誰的手中，現多指在競賽中不知誰勝誰負。《晉書•石勒載記下》：“朕若逢高皇，當北面而事之，與韓、彭競鞭而爭先耳。脱遇光武，當並驅於中原，未知鹿死誰手。”元代金仁傑《追韓信》一折：“目今秦失其鹿，天下逐之，不知久後鹿死誰手。”清代李漁《閒情偶寄•牡丹》：“牡丹得王於群花，予初不服是論。謂其色其香去芍藥有幾，擇其絕勝者與角雌雄，正未知鹿死誰手。”

【麟角鳳毛】lín jiǎo fèng máo 騏麟的角，鳳凰的毛。比喻珍貴罕見的事物或人才。元代王逢《奉寄兀顏子忠廉使》詩：“君侯素是骨鯁臣，麟角鳳毛為世珍。”明代吾丘瑞《運甓記•棄官就辟》：“龍駒汗血，麟角鳳毛。”蕭乾《一本褪色的相冊•在康奈爾校園裏》：“可惜這種個人捐獻在我們國家裏還只是麟角鳳毛，還沒蔚成風氣。”同 鳳毛麟角、麟角鳳觜（zuǐ）。

【麟角鳳距】lín jiǎo fèng jù 距：鳥類的爪。麒麟的角，鳳凰的爪。比喻珍奇少有，但又沒實用價值的事物。晉代葛洪《〈抱朴子〉自敍》：“晚又學七尺杖術，可以入白刃，取大戟，然亦是不急之末學，知之譬如麟角鳳距，何必用之。”

【麟鳳龜龍】lín fèng guī lóng 麒麟，鳳凰，神龜和龍。古人奉為四大靈異的神物，象徵祥瑞、長壽和高貴。《禮記•禮運》：“麟鳳龜龍，謂之四靈。”唐代韓愈《為裴丞相讓官表》：“麟鳳龜龍，未盡游郊藪；草木魚鼈，未盡被雍熙。”《鏡花緣》一回：“這四位仙長，乃麟鳳龜龍四靈之主。”後用以比喻珍奇的東西或高尚卓越的人物。◇他是社區裏資深年長的老者，麟鳳龜龍，備受尊敬。同 龜龍麟鳳。

麻部

【麻木不仁】má mù bù rén ❶ 不仁：麻痹或失去感覺。指肢體發麻，感覺不靈。明代薛己《薛氏醫案•癘瘍機要》：“一曰皮死麻木不仁，二曰肉死針刺不痛。”❷ 比喻對外界事物反應遲鈍或漠不關心。《兒女英雄傳》二七回：“天下作女孩兒的，除了那班天日不懂、麻木不仁的姑娘外，是個女兒便有個女兒情態。”同 無動無衷。

【麻痹大意】má bì dà yì 麻痹：肢體某一部分失去知覺。比喻反應遲鈍，粗心疏忽，喪失警覺。巴金《堅強戰士》：“我要當心，不能麻痹大意，我應當找個隱蔽的地方。”秦牧《哲人的愛•愛克斯光下看“禮品”》：“對於貪污、浪費，必須認真對待，嚴正鬥爭，決不可麻痹大意，網開一面。”同 粗心大意。反 小心謹慎。

【麻痹不仁】má bì bù rén 不仁：肢體感覺不靈或失去感覺。比喻對外界事物反應遲鈍或漠不關心。明代李贄《寄答留都書》：“今但以仁體稱兄，恐合邑士大夫皆以我為麻痹不仁之人矣。”◇是甚麼讓他對一切都喪失了興趣，變得麻痹不仁了呢？同 麻木不仁。

黃部

【黃口小兒】huáng kǒu xiǎo ér 黃口：本指雛鳥，借指兒童。常用來譏諷人年輕無知。《樂府詩集•豔歌何嘗行》：“上慚倉浪之天，下顧黃口小兒。”唐代崔致遠《淮口鎮李質》：“兼知質男裕，黃口小兒，血氣未定，偶虧嚴父之訓。”◇進得公司，他才十八九歲，老員工都把他看作黃口小兒。同 乳臭（xiù）未乾、黃口孺子。反 風中之燭、枯木朽株。

【黃口孺子】huáng kǒu rú zǐ 指幼童、小孩。常用以譏諷人年輕無知。《封神演義》三回：“侯虎大怒，罵曰：‘黃口孺子！今已被擒，尚敢簧舌！’”《三國演義》一七回：“術看畢，怒曰：‘黃口孺子，何敢乃爾！吾先伐之！’”同 黃口小兒。反 七老八十、老邁龍鍾。

【黃花晚節】huáng huā wǎn jié 黃花：秋天盛開的菊花，古人賦予耐寒有節操的形象。晚節：晚年的節操。比喻人至晚年仍保持高尚的操守。宋代劉仙倫《熊師生朝》詩：“朝廷緩急須公出，更看黃花晚節香。”宋代胡仔《漁隱叢話前集》卷二十七：“魏公在北門，重陽燕諸曹於後園，有詩一聯云：‘不羞老圃秋容淡，且看黃花晚節香。’公居嘗謂保初節易，保晚節難，故晚節尤著。”◇有些官員經不起金錢的誘惑，黃花晚節毀於一旦。同 寒花晚節、高風亮節。反 晚節不終。

【黃卷青燈】huáng juàn qīng dēng 黃卷：古代為防蠹而用蘗染黃的紙印製出的書籍。青燈：發出暗淡光芒的油燈。藉以形容孤寂的佛門生活或清苦的讀書生活。宋代惠洪《宿鹿苑書松上人房》詩：“黃卷青燈紙窗下，白灰紅火地爐深。”元代關漢卿《拜月亭》二折：“休想我為翠屏紅燭流蘇帳，負了你這黃卷青燈映雪窗。”明代章懋《雲津書院詩卷三首》：“昔人黃卷青燈處，滄海桑田幾變更。”同 青燈黃卷、十年寒窗。

【黃袍加身】huáng páo jiā shēn 黃袍：古代帝王穿的黃色龍袍。指被擁立為帝王。《續資治通鑒•宋紀一》：“匡胤醉臥，初不省。甲辰，遲明，諸將擐甲執兵，直叩寢門曰：‘諸將無主，願策太尉為天子。’匡胤驚起，未及應，即被以黃袍，羅拜，呼萬歲。”《宋史演義》一回：“那殿前都點檢趙匡胤，便乘此起了異心，暗地裏聯絡將弁，託詞北征，陳橋變起，黃袍加身，居然自做皇帝。”

【黃雀在後】huáng què zài hòu 漢代韓嬰《韓詩外傳》卷十：“螳螂方欲食蟬，而不知黃雀在後，舉其頸欲啄而食之也。”比喻只見眼前利益，不察後患。宋代黃震《黃氏日抄•范雎蔡澤》：“范雎以口舌攘穰侯之位，而蔡澤後以口舌攘之，雎所謂螳螂捕蟬，黃雀在後也。”◇為人處世不宜見小利而忿爭，應知道“黃雀在後”的道理。同 螳螂捕蟬，黃雀在後。反 杜絕後患。

【黃雀伺蟬】huáng què sì chán《藝文類聚》卷七七：“譬如黃雀伺蟬，不知隨彈應至。”比喻只圖眼前之利而不知後患，或只顧算計人而不知正為人所算。◇想想股票市場上的攻防爭奪，就明白黃雀伺蟬寄寓的道理了。同 黃雀在後。

【黃童白叟】huáng tóng bái sǒu 黃髮幼童和白髮老人。泛指老老少少。唐代韓愈《元和聖德詩》：“卿士庶人，黃童白叟，踊躍歡呀，失喜噎歐。”元代戴良《甘棠集序》：“三年政成，治任將歸，而黃童白叟，涕泣以遮留者動千百計。”◇就連黃童白叟也一起參加義賣，為災區人民募集善款。同 黃髮垂髫。

【黃道吉日】huáng dào jí rì 據星相學説，青龍、明堂、金匱、天德、玉堂、司命六辰是吉祥之神，在吉神當值之日，做任何事情都會是吉祥的，不忌諱，無凶險，無禍難，這樣的日子稱為“黃道吉日”。多用以泛指吉日或適宜辦事的好日子。元代無名氏《連環計》四折：“稟上太師，今日是黃道吉日，滿朝眾公卿都在銀台門，敦請太師入朝授禪。”明代王玉峰《焚香記•允諧》：“今日乃是黃道吉日，就成了親罷。”《兒女英雄傳》一八回：“只今日便是個黃道吉日，請大人吩咐一個小僮把我那半肩行李搬了進來，便可開館。”同 良辰吉日。

【黃粱一夢】huáng liáng yī mèng 唐代沈既濟《枕中記》説：盧生在邯鄲客店遇見道士呂翁，自歎大丈夫貧困潦倒，生不逢時。呂翁掏出一個青瓷枕給他，説你枕着它睡，就會稱心如意。這時店主人正蒸着小米（黃粱）。盧生枕瓷入夢鄉，享盡榮華富貴，及醒，黃粱尚未蒸熟。他疑惑地説：“我難道是在做夢？”道士笑着説：“世上的事也像這樣的呀！”後用“黃粱一夢”比喻虛幻的事或不能實現的慾望。也作“黃粱美夢”。宋代劉昌詩《蘆浦筆記•上元詞》：“車流水，馬游龍，歡聲游動建章宮。誰憐此夜春江上，魂斷黃粱一夢中。”明代韓邦奇《黃粱夢•謝仕歸》詞：“見青山，猛自驚，又黃粱一夢醒。”◇莎士比亞的《馴悍記》描寫了一個醉漢在夢中目睹馴服悍婦成為百依百順的好妻子的故事，演繹了一場莎翁時代的黃粱一夢。同 南柯一夢、白日做夢。反 如夢方醒、大夢初醒。

【黃髮台（鮐）背】huáng fà tái bèi 黃髮：老人髮白轉黃。台：同“鮐”，鮐魚，背有黑斑，老人背上有類似黑斑。古人認為“黃髮”和”台背”是長壽的象徵，故借指老年人或長壽老人。《詩經•閟宮》：“黃髮台背，壽胥與試。”宋代洪適《賜賀允中赴闕詔》：“朕總攬紀綱，規恢緒業，思得黃髮台背之傑尊我朝廷。”南朝宋宗炳《明佛論》：“雖復黃髮鮐背，猶自覺所經俄傾，況其短者乎？”同 鶴髮童顏。反 黃口小兒。

【黃髮垂髫】huáng fà chuí tiáo 泛指老人和小孩。黃髮：老人髮白，繼而轉黃，借指老人。垂髫：古代兒童未成人前散髮下垂，借指兒童。晉代陶潛《桃花源記》：“其中往來種作，男女衣着，悉如外人。黃髮垂髫，並怡然自樂。”清代乾隆《題和闐玉桃源圖》詩：“黃髮垂髫總玉人，訝刀筆勝筆精神。”

【黃鐘大呂】huáng zhōng dà lǚ 據傳周樂用十二律，黃鐘為陽律第一，大呂為陰律第一，兩者配合演奏，上古用於最莊嚴的場合，如祀天神。❶借稱最莊嚴、高雅、美妙、和諧的文辭、音樂等。《周禮•大司樂》：“乃奏黃鐘，歌大呂，舞《雲門》，以祀天神。”宋代俞文豹《吹劍錄外集》：“趙南塘謂，言意深淺存人胸襟，不係體格，若氣象廣大，雖唐律不害為黃鐘大呂。”◇他的評論鞭闢入裏，如黃鐘大呂，振聾發聵。❷形容文辭、音樂等藝術作品莊重典雅、美妙和諧。◇我們期待作者能夠寫出更加厚重的黃鐘大呂之作。

【黃鐘毀棄】huáng zhōng huǐ qì 黃鐘：其音階在古代十二律中的陽律之首，音色最為洪亮典雅。比喻有才德的人被棄置不用。《楚辭·卜居》："世溷濁而不清……黃鐘毀棄，瓦釜雷鳴；讒人高張，賢士無名。"宋代李綱《次韻顧子美見示題曲江畫像》："黃鐘毀棄瓦釜鳴，鳳去鴞鴟集槐棘。固知骨骾易嬰鱗，坐使奸諛得乘隙。"宋代張九成《楊幹致仕》詩："黃鐘毀棄鳴瓦釜，古來才智賤如土。"◇知識分子常有"黃鐘毀棄"之歎，這是時代帶給他們的悲哀。反 瓦釜雷鳴。

黍 部

【黍離麥秀】shǔ lí mài xiù《詩經·王風》有《黍離》篇，《毛詩小序》說："周大夫行役，至於宗周，過故宗廟宮室，盡為禾黍，閔周室之顛覆，彷徨不忍去而作是詩也。"《史記·宋微子世家》記載："箕子朝周，過故殷虛，感宮室毀壞，生禾黍。箕子傷之，欲哭則不可，欲泣為其近婦人，乃作《麥秀》之詩以歌詠之。"後用"黍離麥秀"感歎國破家亡。宋代無名氏《兩朝綱目備要》卷十："士大夫豢於錢塘湖山歌舞之娛，無復故都黍離麥秀之歎。"元代楊宏道《辛丑年門帖子》詩："生長般溪溪上州，一朝滄海忽橫流。黍離麥秀悲歌裏，華髮歸來萬事休。"◇明末清初的作家張岱經歷了滄海桑田的巨變，在他看似輕鬆的筆觸下，不時透露出黍離麥秀的悲歎。

黑 部

【黑天半夜】hēi tiān bàn yè 見"黑更半夜"。

【黑白分明】hēi bái fēn míng ❶ 黑白兩色對比明顯，看得很清楚。宋代歐陽修《三琴記》："惟石無光，置之燭下，黑白分明，故為老者之所宜也。"元代謝應芳《初度作》詩："高語言聲耳尚聞，黑白分明眼猶識。"◇她那黑白分明的眼睛，深深地印在了他的心裏。❷ 比喻是非、好壞，分得很清楚。漢代董仲舒《春秋繁露·保位權》："不以著蔽微，不以眾掩寡，各應其事，以致其報，黑白分明，然後民知所去就。"宋代朱熹《答呂子約書》："據今日病證，似當且服此藥，便自胸次開闊，黑白分明。"◇可是現實遠不像心靈深處某個角落裏的情感那樣黑白分明。同 是非分明、涇渭分明。反 是非不分、混淆是非。

【黑白混淆】hēi bái hùn xiáo《後漢書·楊震傳》："白黑溷（混）淆，清濁同源。"後用"黑白混淆"形容好壞不分，顛倒是非。也作"混淆黑白"。《明史·聊讓傳》："黑白混淆，邪正倒置。"明代朱明鎬《史糾·總論》："據紹聖、崇寧、紹興之間，日曆悉出奸賊之手，諸如……蒲宗孟之《兩朝國史》、徐夢莘之《三朝北盟彙編》，悉附會奸賊而起，黑白混淆，賢奸倒置。"◇在那種是非顛倒，黑白混淆的社會氛圍中，夫妻被迫離異者司空見慣。同 混淆是非、是非混淆。反 黑白分明、是非分明。

【黑更半夜】hēi gēng bàn yè 形容夜深天黑。《紅樓夢》七回："有好差使就派了別人，這樣黑更半夜送人，就派我，沒良心的忘八羔子！"◇風聲越來越緊，三天兩頭，黑更半夜裏抽查。也作"黑天半夜"◇黑天半夜怕甚麼！他們的人敢來麼！同 半夜三更、深更半夜。反 大天白日、青天白日。

【黑漆一團】hēi qī yī tuán 形容黑乎乎的一團。鄒韜奮《抗戰以來，老爺們高興怎麼辦》："你拿回這樣的原稿以後，可以看到你自己的原文已在黑漆一團中消滅蹤跡，記不起寫了甚麼。"同 漆黑一團、一團漆黑。

【黑燈瞎火】hēi dēng xiā huǒ 形容不見燈光，漆黑一片。老舍《四世同堂》一："家家戶戶都黑燈瞎火——七號裏住的人家，壓根兒沒有油燈，也沒有煤。"同 漆黑一團、漆黑一片。反 燈火輝煌。

【默默無言】mò mò wú yán 一聲不響，一言不發。漢代東方朔《非有先生論》："非有先生仕於吳，進不能稱往古以厲主意，退不能揚君美以顯其功，默默無言者三年矣。"元代釋明本《詠梅花》："亭亭有意冷移玉，默默無言空悵人。"魯迅《〈且介亭雜文二集〉序言》："一定要到得'不幸而言中'，這才大家默默無言，然而為時已晚，是彼此大可悲哀的。"同 默不做聲、默默無語。反 喋喋不休、大放厥詞。

【默默無聞】mò mò wú wén 不聲不響，無聲無息，沒人知道。今多形容人埋頭做事，不事宣揚，不為人所知。漢代蔡邕《釋誨》："時逝歲暮，默而無聞。"明代魏學洢《代陳氏聘趙氏婚啟》："顧某倥倥自許，默默無聞，愧書劍之弗成，對桑麻而獨喜。"◇雖說很苦，但不少人都是默默無聞地在這行業一幹就是十年，二十年，甚至一輩子。同 沒沒無聞。反 舉世聞名。

【黔驢之技】qián lǘ zhī jì 唐代柳宗元《三戒·黔之驢》載：黔地沒有驢，有人從外地帶來一頭，放在山下。老虎見驢龐大，被牠一吼叫，嚇得遠遠躲開。後來老虎發現驢只能用蹄子踢，再也沒有別的本事，就撲上去"斷其喉，盡其肉"。後用"黔驢之技"喻指有限的一點本事、一點小伎倆。宋代楊時《代人謝呂漕》："仰首一鳴，已盡黔驢之技，窮年無補，終為智叟之非。"明代楊寅秋《寄金我元年丈》："頃幸致其酋主，繫組銜璧，差了西南一公案，而黔驢之技殫矣。"◇用換湯不換藥、只換個名稱的辦法，來引誘人們上當，這不過是黔驢之技。同 雕蟲小技。

【黔驢技窮】qián lǘ jì qióng 唐代柳宗元《三戒·黔之驢》載：黔地沒有驢，有人從外地帶來一頭，放在山下。老虎見驢龐大，被牠一吼叫，嚇得遠遠躲開。後來老虎發現驢只能用蹄踢，再也沒有別的本事，就撲上去"斷其喉，盡其肉"。比喻僅有的一點本事用完了，再也沒有辦法應付眼前的事態了。郭沫若《羽書集·汪精衛進了墳墓》："打了一年多的鑼鼓，僅僅湊集了三十名的臭傀儡，沒有辦法，勉強準備登台，在日本人也可以說是'黔驢技窮'了。"◇到現在才求饒，不過是黔驢技窮，想得個活命罷了。同 一籌莫展。

【點石成金】diǎn shí chéng jīn 也作"點鐵成金"。❶ 仙人和道家的法術，能把石頭和鐵變成黃金。《景德傳燈錄·靈照禪師》："還丹一粒，點鐵成金；至理一言，點凡成聖。"宋代楊萬里《荷池小立》詩："點鐵成金未是靈，若教無鐵也難成。"《西遊記》四四回："我那師傅，呼風喚雨，只有翻掌之間；指水為油，點石成金，卻如轉身之易。"❷ 比喻修改詩文，一字千金，增色生輝。宋代黃庭堅《答洪駒父書》："古之能為文章者，真能陶冶萬物，雖取古人之陳言入於翰墨，如靈丹一粒，點鐵成金也。"宋代胡仔《苕溪魚隱叢話後集·孟浩然》："詩句以一字為工，自然穎異不凡，如靈丹一粒，點石成金也。"《二十年目睹之怪現狀》四三回："真是點鐵成金，會者不難，只改得二三十個字，便通篇改觀了。"

【點頭哈腰】diǎn tóu hā yāo 哈腰：彎腰。形容恭順或十分客氣。老舍《四世同堂》三四："比他窮的人，知道他既是錢狠子，手腳又厲害，都只向他點頭哈腰的敬而遠之。"◇張家大爺在老婆面前總是點頭哈腰，大氣兒也不敢出。同 作揖打躬。

【點鐵成金】diǎn tiě chéng jīn 見"點石成金"。

【黨同伐異】dǎng tóng fá yì 屬於同一理念、同一派別的就維護推許，不同的就攻擊排斥。《後漢書·黨錮傳序》："自武帝以後，崇尚儒學，懷經協術，所在霧會，至有石渠分爭之論，黨同伐異之說，守文之徒盛於時矣。"宋代辛棄疾《九議》："持天下之危事，求未嘗有之大功，此搢紳之論黨同伐異、一唱群和、以為不可者歟！"馮至《朱自清先生》："由虛心產生出來的是公平，沒有偏見。黨同伐異，刻薄寡恩，在朱先生寫的文字裏是讀不到的。"反 一視同仁、無偏無黨。

【黯淡無光】àn dàn wú guāng 晦暗，沒有光亮或光彩。《兒女英雄傳》三四回："頭上戴一個黯淡無光的亮藍頂兒，那枝俏擺春風的孔雀翎已經蟲蛀的剩了光桿兒了。"《北洋軍閥統治時期史話》二四章："但是這個電報卻又引起了張勛的不愉快，因為，他的十三省盟主地位因此而黯淡無光。" 同 黯然失色。反 大放異彩、光芒萬丈。

【黯然失色】àn rán shī sè 見"黯然無色"。

【黯然神傷】àn rán shén shāng 情緒低沉，心神悲切。清代百一居士《壺天錄》："女更黯然神傷，泫然流涕。" 越劇《白蛇傳》："過斷橋思前情黯然神傷。"

【黯然無色】àn rán wú sè 失去原有的色澤、光彩或意境等，變得暗淡褪色或消失湮沒起來。清代鄭燮《題畫》："昔東坡居士作枯木竹石，使有枯木石而無竹，則黯然無色矣。" 清代袁枚《隨園隨筆•諸史》："微溫公《通鑒》取李繁《家傳》大為闡揚，則鄴侯一代偉人，幾乎黯然無色。" 馬寧《紅色故鄉隨筆》："陽光孤零零地落在街心上，也覺黯然無色。" 也作 "黯然失色"。清代冒襄《影梅庵憶語》："頓使《會真》、《長恨》等篇黯然失色。" 田漢《〈三個摩登女性〉與阮玲玉》："她的話使四座動容，虞玉的珠光寶氣也黯然失色。"

【黯然銷魂】àn rán xiāo hún 情緒低沉，心緒暗淡，好像失魂落魄似的。南朝梁江淹《別賦》："黯然銷魂者，惟別而已矣。" 宋代魏慶之《詩人玉屑•中興諸賢》："此二十字可謂道盡惜別之情矣，至今讀之，使人黯然銷魂也。"《鏡花緣》八六回："豈不令人觸動離別之感，黯然銷魂麼？" 同 黯然神傷、離情別緒。反 興高采烈、歡天喜地。

【黷武窮兵】dú wǔ qióng bīng 濫用武力，肆意征戰。《周書•武帝紀論》："若使翌日之瘳無爽，經營之志獲申，黷武窮兵，雖見譏於良史，雄圖遠略，足方駕於前王者歟。" 唐代陸贄《收河中後請罷兵狀》："陛下懷悔過之深誠，降非常之大號，知黷武窮兵之長亂，知急徵重斂之剿財。" 宋代洪邁《容齋隨筆•漢文帝不用兵》："予謂孝文之仁德如此，與武帝黷武窮兵，為霄壤不侔矣。" 同 窮兵黷武。反 偃武修文。

鼎部

【鼎鼐調和】dǐng nài tiáo hé 見"調和鼎鼐"。

鼓部

【鼓腹含哺】gǔ fù hán bǔ 見"含哺鼓腹"。

鼠部

【鼠目寸光】shǔ mù cùn guāng 比喻眼光短淺，缺乏遠見。清代蔣士銓《桂林霜•完忠》："俺主公豁達大度，相容並包，爾反鼠目寸光，執迷不悟。" ◇你交的那班朋友，我看都是鼠目寸光，沒一個有能耐的。同 井蛙之見、目光如豆。反 高瞻遠矚、雄才大略。

【鼠竊狗偷】shǔ qiè gǒu tōu 像老鼠和狗那樣躲在角落裏偷竊。❶ 比喻小規模的騷擾搶掠，或一般性的偷盜。《舊唐書•蕭銑杜伏威等傳論》："自隋朝維絕，宇縣瓜分，小則鼠竊狗偷，大則鯨吞虎據。"《水滸傳》七五回："鼠竊狗偷之徒，何足慮哉！" ❷ 比喻陰暗不正、見不得人，或卑鄙猥瑣、狹邪鬼祟。明代王衡《鬱輪袍》五折："原來你鼠竊狗偷，要將我正直的宋璟，做依權附勢的人。" ◇他一生坦坦蕩蕩，玩弄詭計、鼠竊狗偷之事，是他所不齒的。❸ 借指男女間的不正當行為。明代汪廷訥《種玉記•露遣》："你曉得我是個好漢子，怎肯坐視妹子與人做這等鼠竊狗偷之事，我意欲結果了他。"《二刻拍案驚奇》卷五："然因是傾城士女通宵出遊，沒些禁忌，其間就有私期密約，鼠竊狗偷，弄出許多笑柄來。" 同 鼠竊狗盜、狗盜鼠竊。反 正人君子、堂堂正正。

鼻部

【鼻青臉腫】bí qīng liǎn zhǒng 形容面部受傷，鼻子和臉都青腫的樣子。《濟公全傳》一七回："告訴你秦安，我一瞧你就有氣，你叫大眾打了個鼻青臉腫，你要合我生氣？"比喻遭受嚴重挫折、打擊、失敗等等。◇文人僅有的幾招花拳繡腿，根本不是商界鉅子的對手，幾個回合下來他已是鼻青臉腫，傷筋動骨。同 鼻青眼腫。

【鼻息如雷】bí xī rú léi 形容打鼾的聲響非常大。也形容睡得很熟。唐代韓愈《石鼎聯句詩序》："道士倚牆睡，鼻息如雷鳴。"宋代陸游《午睡》詩："簟紋似水飛蠅避，鼻息如雷稚子驚。"《醒世姻緣傳》五八回："(素姐) 又開出門來，悄悄的乘着月色走來探望，只見二人都睡倒蓆上，細聽鼻息如雷。"同 鼾聲如雷。

【鼾聲如雷】hān shēng rú léi 形容睡得很深，鼻息打呼嚕的響聲有如雷鳴般大。宋代陸游《試茶》詩："北窗高卧鼾如雷，誰遣香茶挽夢回。"《鏡花緣》三七回："各去睡了，不多時鼾聲如雷。"同 鼻息如雷。

齊部

【齊大非偶】qí dà fēi ǒu《左傳•桓公六年》："齊侯欲以文姜妻鄭大子忽，大子忽辭。人問其故，大子曰：'人各有耦 (偶)，齊大，非吾耦也。'"大：音 (tài)，同"太"。後以"齊大非偶"作為拒婚的委婉說法，表示自己門第低微，高攀不起。南朝梁沈約《奏彈王源》："臣聞齊大非偶，著乎前誥；辭霍不婚，垂稱往烈。"明代楊珽《龍膏記•訪舊》："齊大非偶，恐不敢攀。"《掃迷帚》七回："陸徉為不知，以齊大非偶，再以年貌懸殊，故意峻拒。"反 門當户對。

【齊心合力】qí xīn hé lì 見"齊心戮力"。

【齊心協力】qí xīn xié lì 見"齊心戮力"。

【齊心戮力】qí xīn lù lì 戮力：勉力，合力。眾人一心，共同出力。也作"齊心協力"、"齊心合力"。晉代袁宏《後漢紀•孝獻帝紀》："凡我同盟，齊心戮力，以致臣節，殞首喪元，必無二致。"宋代熊克《中興小紀》卷三："各宜齊心協力，共保今歲無虞。"明代楊士奇《示族弼鶲艮書》："且聞造屋尚未完結，今兄弟三四人不齊心協力了落，豈猶以此累老父乎？"清代陳鼎《東林列傳•盧象昇傳》："大家齊心合力，效順除兇。"

【齊家治國】qí jiā zhì guó 整治家庭和管理國家。儒家認為"齊家"是"治國"的基礎。《禮記•大學》："所謂治國必先齊其家者，其家不可教而能教人者，無之。故君子不出家而成教於國。"宋代李心傳《建炎以來繫年要錄》卷一一三："所貴於學者，修身齊家治國以治天下，專取文詞，亦復何用？"元代高文秀：《須賈大夫誶范叔》四折："因你二人齊家治國，竭力盡忠，故設筵宴管待也。"《野叟曝言》六二回："君子修身，齊家治國。"

【齊煙九點】qí yān jiǔ diǎn 齊：齊州，古代指中國。古人認為中國由九州組成。"齊煙九點"說從極高處俯瞰中國大地，九州就像九點煙火一般。唐代李賀《夢天》詩："遙望齊州九點煙，一泓海水杯中瀉。"清代吳綺《吳興放歌》："俯看齊煙九點，借騎鵬背。"

【齊整如一】qí zhěng rú yī 形容整齊一律，沒有不同。《三國志•鄭渾傳》："入魏郡界，村落齊整如一，民得財足用饒。"《廣群芳譜•澤漆》："莖頭凡五葉中分，中抽小莖五枝，每枝開細花，青綠色，復有小葉承之，齊整如一，故又名五鳳草。"◇走進學員住宿地，只見環境整潔，被子疊得齊整如一。同 整齊劃一。反 雜亂無章。

【齊頭並進】qí tóu bìng jìn 形容不分先後，一同前進，或幾件事同時進行。◇三項配套工程齊頭並進 / 一聲令下，兵分四路，齊頭並進。

【齎志以歿】jī zhì yǐ mò 見"齎志而歿"。

【齎志而歿】jī zhì ér mò 齎：懷着、抱着。說懷抱着未遂的志向就死去了。也作"齎志歿地"、"齎志以歿"。南朝梁江淹《恨賦》："齎志歿地，長懷無已。"宋代樓鑰《餘姚縣海堤記》："司諫用不盡其才，齎志而歿。"清代侯方域《陽羨宴集序》："一時同事者若吳貴池之蹈刃而死，李華亭之齎志以歿，風飄煙散，略已如斯。"《封神演義》九九回："聞聘等三人金蘭氣重，方圓協力同心，忠義至堅，欲效股肱之願，豈意陽運告終，齎志而歿。"

【齎志歿地】jī zhì mò dì 見"齎志而歿"。

齒 部

【齒白唇紅】chǐ bái chún hóng 牙齒潔白，嘴唇紅潤。形容人面目清秀漂亮。唐代無名氏《月波洞中記》卷下："世人只知齒露不貴，露齒貴者，何也？必是人中深長，齒白唇紅。"《水滸傳》一九回："那廝喚做小張三，生得眉清目秀，齒白唇紅。"《粉妝樓》一回："長名羅燦，年一十八歲，生得身長九尺，臂闊三停，眉清目秀，齒白唇紅，有萬夫不當之勇。"也作"唇紅齒白"。《群音類選·瓊裾記·桑下戲妻》："只見唇紅齒白桃花臉，綠鬢朱顏柳葉眉，因此不忍而去。"《醒世恒言》卷七："出落唇紅齒白，生成眼秀眉清。"

【齒如含貝】chǐ rú hán bèi 見"齒如齊貝"。

【齒如齊貝】chǐ rú qí bèi 貝：貝殼，色白。形容牙齒潔白整齊。也作"齒如含貝"。《莊子·盜跖》："身長八尺二寸，面目有光，唇如激丹，齒如齊貝。"戰國楚宋玉《登徒子好色賦》："眉如翠羽，肌如白雪，腰如束素，齒如含貝。"同 齒若編貝。

【齟齬不入】jǔ yǔ bù rù 見"齟齬不合"。

【齟齬不合】jǔ yǔ bù hé 齟齬：上下牙不咬合。比喻意見不合或關係隔閡不融洽。宋代陸游《賀吏部陳侍郎啟》："然賢能之進，常齟齬不合；治安之會，亦稀闊而難遭。"明代歸有光《方御史壽序》："彈劾不避豪貴，風威凜然，兩都為之側目。既而以'大禮議'齟齬不合，遷廣東僉憲。"◇本來很要好的兩個人，為一點小事齟齬不合，竟然反目成仇。也作"齟齬不入"。明代張岱《家傳》："司李至，謂穴非是，與藹師爭論再三，齟齬不入。"同 一拍即合、情投意合。

【齜牙咧嘴】zī yá liě zuǐ 見"齜牙裂嘴"。

【齜牙裂嘴】zī yá liè zuǐ 齜：口向兩頰張開，露出牙齒。形容面目惡狠難看的樣子，或痛苦、厭惡的表情。也作"齜牙咧嘴"。《兒女英雄傳》三七回："當下眾人看了這兩件東西，一個個齜牙裂嘴，掩鼻攢眉，誰也不肯給他裝那袋煙。"魯光《中國姑娘》四："她們用手扶着欄杆，慢慢地抬起腿，齜牙咧嘴的，有時還發出'哎唷，哎唷'的呻吟聲。"

龍 部

【龍生九子】lóng shēng jiǔ zǐ 也作"龍生九種"。❶ 傳說龍生有九子，九子的愛好、性情、外貌各異。明代李東陽《記龍生九子》："龍生九子不成龍，各有所好：囚牛，龍種，平生好音樂，今胡琴頭上刻獸是其遺像；睚眥，平生好殺，今刀柄上龍吞口是其遺像；嘲風，平生好險，今殿角走獸是其遺像；蒲牢，平生好鳴，今鐘上獸鈕是其遺像；狻猊，平生好坐，今佛座獅子是其遺像；霸上，平生好負重，今碑座獸是其遺像；狴犴，平生好訟，今獄上獅子頭是其遺像；贔屭，平生好文，今兩旁龍是其遺像；蚩吻，平生好吞，今殿脊獸頭是其遺像。"❷ 借喻同胞兄弟各不相同，或泛指各不一樣。《西遊記》四三回："行者道：'一夫一妻，如何生得這幾個雜種？'敖順道：'此正謂龍生九種，九種各別。'"

【龍生九種】lóng shēng jiǔ zhǒng 見"龍生九子"。

【龍吟虎嘯】lóng yín hǔ xiào ❶《易經·乾》："雲從龍，風從虎。"說龍與雲相生相伴，猛虎跳躍則帶來大風。後用"龍吟虎嘯"喻指同類事物互相感應而相合相從。宋太宗《趙中令公普神道碑》："其在幕府也，恭謹畏慎，盡竭赤誠，夜思晝行，勿矜勿伐，可謂龍吟虎嘯，雲起風從。”元代陸文圭《中奉大夫廣東道宣尉使都元帥墓誌銘》：“皇元啟運，神文御極，意氣招徠，薄海萬里，悉為臣妾。龍吟虎嘯，風雲感會。名臣文武，崛起要荒。”❷形容聲音雄壯威猛。唐代李頎《聽安萬善吹觱篥歌》：“龍吟虎嘯一時發，萬籟百泉相與秋。”宋代洪芻《松棚》詩：“南山落落千尺松，干雲蔽日搖青葱。盤根錯節歲月古，龍吟虎嘯號悲風。”《烈火金剛》三十回：“他這憤怒的吼聲，真像龍吟虎嘯，離半里多路聽得真真切切。”同 虎嘯龍吟。

【龍肝豹胎】lóng gān bào tāi 比喻極稀有的珍貴食品。漢代王充《論衡•龍虛篇》：“夫有象箸，必有玉杯，玉杯所盈，象箸所挾，則必龍肝豹胎。”唐代王方慶《對古來帝王皆欲國祚長久》：“古之美色，即有西施毛嬙，奇味即有龍肝豹胎。”同 山珍海味、龍肝鳳髓。反 蔬食飲水、殘羹冷炙。

【龍肝鳳髓】lóng gān fèng suǐ 比喻極稀有的珍貴食品。鳳髓：鳳的腦髓。宋代蘇軾《江瑤柱傳》：“嗟乎，瑤柱誠美士乎？方其為席上之珍，風味藹然，雖龍肝鳳髓有不及者。”明代陳耀文《天中記•八珍》：“後世八珍，則曰：龍肝鳳髓、兔胎鯉尾、鶚炙猩唇、熊掌酥酪。”《三國演義》三六回：“備聞公將去，如失左右手，雖龍肝鳳髓，亦不甘味。”同 鳳髓龍肝、龍肝豹胎。

【龍爭虎鬥】lóng zhēng hǔ dòu 見“虎鬥龍爭”。

【龍飛鳳舞】lóng fēi fèng wǔ ❶形容山勢蜿蜒起伏，綿延伸展，氣勢磅礴。宋代錢儼《吳越備史》卷一：“郭璞著《臨安地志》云：‘天目山垂兩乳長，龍飛鳳舞到錢塘。’”宋代蘇軾《表忠觀碑》：“天目之山，苕水出焉，龍飛鳳舞，萃於臨安。”❷形容書法筆勢矯健，活躍舒展。《老殘遊記》九回：“抬頭看見北牆上掛着四幅大屏，草書寫得龍飛鳳舞，出色驚人。”◇他這手龍飛鳳舞的大草，可是苦練了十年。同 龍蛇飛舞、鳳舞龍飛。

【龍馬精神】lóng mǎ jīng shén 龍馬：古代傳說中的神馬。比喻人精神非常健旺，騰騰向上。唐代李郢《上裴晉公》詩：“四朝憂國鬢如絲，龍馬精神海鶴姿。”明代張居正《答陳節推書》：“年涉期頤，而龍馬精神，有踰於少壯。”歐陽山《三家巷》九：“見那些大哥哥還在龍馬精神地說話，她也聽不出味道，就打了兩個哈欠，悄悄溜了出來。”

【龍蛇飛動】lóng shé fēi dòng 龍蛇游動飛舞。多形容草書、行草等書法筆勢寫得很生動，蜿蜒飛舞、遒勁雄健。宋代釋惠洪《冷齋夜話•草書亦自不識》：“張丞相好草書而不工，當時流輩皆譏笑之，丞相自若也。一日得句，索筆疾書，滿紙龍蛇飛動，使姪錄之。當波險處，姪罔然而止，執所書問曰：‘此何字也？’丞相熟視久之，亦自不識，詬其姪曰：‘胡不早問，致予忘之！’”宋代周必大《題權邦彥草書舞劍器行》：“今觀草書杜工部舞劍器行，龍蛇飛動，得顛張醉素之遺意。”《水滸後傳》三七回：“道士捲起袍口，磨得墨濃，蘸得筆飽，在照壁上龍蛇飛動，揮下碗口大小的二十八字。”同 龍蛇飛舞、龍飛鳳舞。

【龍蛇混雜】lóng shé hùn zá 比喻好人和壞人或好東西和壞東西混在一起。唐代韓愈《贈崔復州序》：“然而龍蛇混雜，蒼黃交眩。大吏欲達，而小吏蔽之，小吏欲達，而大吏壅之，且大小朋比，而專以罔其上。唯身之名位是保，民之性命非所問。”《五燈會元•杭州無著文喜禪師》：“龍蛇混雜，凡聖同居。”元代吳萊《次韻柳博士五洩山紀遊》：“魚鳥從容還自得，龍蛇混雜不同流。”◇音響市場可謂龍蛇混雜，一些不法商家以次充好，坑害消費者。同 魚龍混雜、五方雜處。

【龍章鳳姿】lóng zhāng fèng zī 章：文采。姿：姿容。形容人文采、儀態超凡出眾。《世說新語•容止》劉孝標注引《嵇康別傳》：“康長七尺八寸，偉容色，土木形骸，不自飾厲，而龍章鳳姿，天質自然。”唐代盧照鄰《五悲•悲窮通》：“昔也子之少，則玉樹金枝，及其長，則龍章鳳姿。”宋代楊萬里《贈都下寫真葉德明》詩：“市人請畫即唾罵，只寫龍章鳳姿公與卿。”

【龍鳳呈祥】lóng fèng chéng xiáng 古代認為，龍鳳出現是君王聖明、天下昇平的吉祥徵兆。後用作時世清明，天下太平，百姓康樂的慶賀語。也為常見的吉祥圖案名稱。《孔叢子·記問》：“天子佈德，將致太平，則麟鳳龜龍先為之呈祥。”明代汪道昆《遠山戲》：“這是龍鳳呈祥，請相公夫人同飲太平酒。”

【龍駒鳳雛】lóng jū fèng chú 駒：小馬。雛：小鳥、幼禽。比喻青少年體貌英俊，才華橫溢。多用以讚譽對方的子弟。《晉書·陸雲傳》：“雲，字士龍，六歲能屬文……幼時，吳尚書廣陵閔鴻見而奇之，曰：‘此兒若非龍駒，當是鳳雛。’”明代梁寅《送貢士顏子中》詩：“吾觀子中何俊拔，龍駒鳳雛世稀有。”《紅樓夢》一五回：“北靜王見他語言清朗，談吐有致，一面又向賈政笑曰：‘令郎真乃龍駒鳳雛，非小王在世翁前唐突，將來“雛鳳清於老鳳聲”，未可量也。’”

【龍盤(蟠)虎踞】lóng pán hǔ jù 見“虎踞龍盤”。

【龍潭虎穴】lóng tán hǔ xué 龍、虎藏身的處所。比喻非常危險的地方或極其危難的處境。也作“虎穴龍潭”。元代施君美《幽閨記·逆旅蕭條》：“龍潭虎穴愁難數，更染病耽疾羈旅。”《水滸傳》六一回：“休聽那算命的胡說，撇下海闊一個家業，耽驚受怕，去虎穴龍潭裏做買賣。”《兒女英雄傳》一九回：“你父親因他不是個詩書禮樂之門，一面推辭，便要離了這龍潭虎穴。” 同 虎窟龍潭。反 人間天堂、世外桃源。

【龍頭蛇尾】lóng tóu shé wěi 比喻寫文章、做事情前面認真，頗具聲勢，後面鬆懈，有始無終。本為佛教禪宗用語，唐代雲門文偃《雲門匡真禪師廣錄》：“肅宗帝請國師看戲。國師云：‘有甚麼身心看戲？’帝再請。國師云：‘幸自好戲’。師云：‘龍頭蛇尾。’”宋代朱熹《朱子語類》卷一三〇：“東坡天資高明，其議論文詞，自有人不到處……但中間須有些漏綻出來。如作‘歐公文集序’，先說得許多天來底大，恁地好了，到結末處，卻只如此，蓋不止龍頭蛇尾矣。”宋代胡宏《論史·劉項》：“既入彭城，則取貨寶美人，置酒會，無意討賊，龍頭蛇尾而不殺，遂使羽一向猖獗，幾不能定。” 同 虎頭蛇尾、虎頭鼠尾。反 善始善終、有頭有尾。

【龍騰虎躍】lóng téng hǔ yuè ❶ 形容人材輩出，各展宏圖。唐代嚴從《擬三國名臣讚序》：“然則聖人受命，賢人受任，龍騰虎躍，風流雲蒸。”元代侯克中《靜坐》詩：“心定不妨居鬧市，坐馳安用住空山。龍騰虎躍須臾了，天宇寥寥萬象閒。” ❷ 形容文筆豪放、自如、灑脱。明代王維楨《駁喬三石論文書》：“變化離合，不可名物；龍騰虎躍，不可韁鎖。文而至此，即遷史不皆其然。”明代張吉《貞觀小斷並序》：“史臣錄之，以為後世法，以見其修身治國之規，敬天勤民之意，非教人作文之法，如後世所謂龍騰虎躍，日光玉潔之說也。” ❸ 形容山勢雄偉，起伏連綿。清代孫承澤《春明夢餘錄·巖麓》：“燕山在京東，自西山一帶迤邐來東，龍騰虎躍，延袤數百里，直抵海岸。” 同 龍翔虎躍。反 死氣沉沉。

【龍驤虎步】lóng xiāng hǔ bù 驤：騰躍。像龍那樣奔騰，邁着似虎一般威猛的步伐。形容威武雄壯，充滿力量和自信。《後漢書·何進傳》：“今將軍總皇威，握兵要，龍驤虎步，高下在心，此猶鼓洪爐燎毛髮耳！”元代郝經《答友人論文法書》：“龍驤虎步，瞰眺八極，登風雲，厲威震以為雄。”◇這一刻，大家越來越感受到中國龍驤虎步走向世界的巨大影響。同 龍行虎步。

【龍驤虎視】lóng xiāng hǔ shì 驤：高舉、向上昂起。像龍和虎一樣昂首雄視。多形容雄才大略，志氣高遠，顧盼自雄。漢代潘勖《冊魏公九錫文》：“君龍驤虎視，旁眺八維，掩討逆節，折沖四海。”《三國志·諸葛亮傳》：“當此之時，亮之素志，進欲龍驤虎視，苞括四海；退欲跨陵邊疆，震盪宇內。”唐代歐陽詹《送張驃騎邠寧行營》詩：“寶馬雕弓金僕姑，龍驤虎視出皇都。”◇兀立在山崖頂端的蒼鷹，那龍驤虎視的雄姿，突顯出君臨天下的大氣。

龜部

【龜毛兔角】guī máo tù jiǎo ❶龜的毛，兔的角。為佛教常用語。比喻空虛，不存在的事物。《大般涅槃經•憍陳如品》：“如牛中無馬，馬中無牛，四者畢竟無，故名之為無，如龜毛兔角。”《五燈會元•漳州三平義忠禪師》：“師曰：‘龜毛拂子，兔角拄杖。天德藏向甚麼處？’曰：‘龜毛兔角豈是有邪？’”宋代蘇轍《答孔平仲二榻》：“龜毛兔角號空虛，既被無收豈是無？”❷龜生毛，兔生角。比喻稀有之事。晉代干寶《搜神記》卷六：“商紂之時，大龜生毛，兔生角，兵甲將興之象也。”宋代何薳《春渚紀聞•記丹藥》：“如漢之王陽、婁敬，唐之成弼，近世王捷，成鴟嘴金以助國用者，不可謂世無此法也，但得之者真龜毛兔角，而為之致禍者十八九也。”同 兔角龜毛。

【龜玉毀櫝】guī yù huǐ dú ❶占卜的龜殼和美玉，古人皆以為國之寶物。《論語•季氏》：“虎兕出柙，龜玉毀櫝中，是誰之過與？”說龜玉藏於櫃中被毀壞，是誰之過錯？後用“龜玉毀櫝”指守臣失職。《舊五代史•武皇紀下》：“且授任分憂，叨榮冒寵，龜玉毀櫝，誰之咎歟？”宋代楊億《謝表》：“臣等早無規畫，仰負咨詢，徵龜玉毀櫝之由，抱舟楫濟川之愧。”❷比喻貴人死亡或東西喪失。唐代張說《鄧國夫人墓誌銘》：“猗嗟邦媛，柔明亶厚。龜玉毀櫝，膏蘭夭壽。”

【龜年鶴壽】guī nián hè shòu 在中國文化中，龜與鶴都是與神仙相關的動物，象徵長壽，故以“龜年鶴壽”祝賀人高壽。晉代葛洪《抱朴子•對俗》：“知龜鶴之遐壽，故效其導引以增年。”唐代李商隱《祭張書記文》：“龜年鶴壽，在長短而且然，於妍醜而何有？”◇人人都向往長壽，中國人用“龜、鶴、松”象徵長生不老，像“松鶴延年”、“龜年鶴壽”、“龜齡鶴算”一類的古語至今仍然沿用。同 鶴算龜齡、龜鶴之年。

【龜年鶴算】guī nián hè suàn 見“龜齡鶴算”。

【龜厭不告】guī yàn bù gào 古人以龜殼占卜以求吉凶。說因不滿意占卜結果，頻頻占卜，神鬼也感覺厭煩，將不告知吉凶。《詩經•小旻》：“我龜既厭，不我告猶。”《漢書•藝文志》：“及至衰世，解於齋戒，而婁煩小筮，神明不應，故筮瀆不告，《易》以為忌，龜厭不告，《詩》以為刺。”明代季本《詩說解頤》卷九：“龜厭不告，以比賢者不樂告以善道也。蓋以初筮之誠，則告；若二三其德，則厭而不告矣。”

【龜齡鶴算（筭）】guī líng hè suàn 形容長壽。多用作祝賀用語。算：計數。筭：同“算”。宋代林亦之《賀江宰濤生朝》詩：“陰德由來活人多，龜齡鶴筭定爾過。”宋代游文仲《千秋歲•姪壽叔》詞：“一門富貴榮華，盈牀牙笏，何待拈來說。且上祝龜齡鶴算，從此千千百百。”宋代侯寘《水調歌頭•為鄭子禮提刑壽》詞：“坐享龜齡鶴算，穩佩金魚玉帶，常近赭黃袍。”同 鶴算龜齡、龜年鶴壽。